首届向全国推荐优秀古籍整理图书

杜甫集校注

〔唐〕杜甫 著
謝思煒 校注

一

上海古籍出版社

圖書在版編目(CIP)數據

杜甫集校注/(唐)杜甫著；謝思煒校注．—上海：上海古籍出版社，2015.12（2021.8重印）
（中國古典文學叢書）
ISBN 978-7-5325-7914-3

Ⅰ.①杜… Ⅱ.①杜… ②謝… Ⅲ.①杜詩—注釋
Ⅳ.①I222.742

中國版本圖書館CIP數據核字(2015)第310187號

中國古典文學叢書

杜甫集校注

(全七册)

[唐]杜 甫 著

謝思煒 校注

上海世紀出版股份有限公司
上 海 古 籍 出 版 社 出版

(上海瑞金二路272號 郵政編碼200020)

(1) 網址：www.guji.com.cn

(2) E-mail：gujil@guji.com.cn

(3) 易文網網址：www.ewen.co

上海世紀出版股份有限公司發行中心發行經銷

上海展强印刷有限公司印刷

開本 850×1168 1/32 印張 102.375 插頁 35 字數 2,100,000

2015 年 12 月第 1 版 2021 年 8 月第 5 次印刷

印數：3,501-4,100

ISBN 978-7-5325-7914-3

I·2997 平裝定價：358.00 元

如有質量問題，請與承印公司聯系

電話：021-66366565

前言

一

自宋代以來，杜甫被奉爲詩歌集大成者，各種杜詩注本層出不窮，流傳至今的就有二百餘種①。除去各種不夠完整的批點、摘抄、選評本之外，注釋全面、影響較大的注本至少也有二三十種。目前仍在閱讀和參考的，主要是宋代的各種集注本和清人注本。清人注本中流傳最廣的兩種：仇兆鰲《杜詩詳注》與楊倫《杜詩鏡銓》，分別代表了較詳與較簡兩種注釋形式。簡注本要言不煩，可以在較短時間内通讀，頗便於一般閱讀需要。但它不如詳注本每詞必究，能够提供大量背景知識，有助於讀者更深入地瞭解古典詩歌的語言用例和寫作習慣。本書作爲新校注本，仍采用詳注體，以便充分反映歷代以至最近的杜詩研究成果，同時也爲唐詩和唐語言研究提供必要的基礎性資料。讀者在理解文意的前提下，自然也可以跳過其中一些資料性内容，適當加快閱讀速度。本書没有采用集解會注和資料彙評形式，是因爲杜詩的有關資料太多，如果全書篇幅過大，頭緒過繁，勢必給閱讀帶來某種干擾。舊注有關詩歌作法、章法的一些繁瑣講解，未必適合今天讀者的需要，本書也不再保留。此外，詩歌用韻，尤其是古體詩用韻，以及某些詩律問題，需要專門探討，除非涉及文字正誤及解釋，本書在這方面也適當從略。

二

杜集版本極爲繁多，但版本系統簡單清晰，各種版本均源出於北宋王洙、王琪所編本（簡稱「二王本」）②，因此校勘工作的範圍也應當有所限制。一九五七年，張元濟主持印行原潘氏滂喜齋舊藏《宋本杜工部集》，列入《續古逸叢書》第四十七種，提供了一個最接近二王本原貌的本子。此本由兩個本子拼合而成，據張元濟跋考定，其中一本爲南宋初浙本翻刻北宋二王本，另一本爲紹興三年吳若在建康府學所刊本，即錢謙益所稱「吳若本」③。兩本又皆由宋槧殘本與毛扆抄補兩部分組成。今所見各種清人注本中，只有錢謙益《箋注》是以吳若本爲底本（但未加説明改動了原有編次），其他各家都無緣親睹二王本或吳若本，在底本選擇上不太講究，或没有清楚交代。本書的整理校勘，自然應以《續古逸叢書》本《宋本杜工部集》（簡稱「宋本」）爲底本，此外選擇以下三本爲主要參校本：

清錢謙益《箋注杜工部集》（清康熙六年静思堂刻本，簡稱「錢箋」）；

宋郭知達《新刊校定集注杜詩》（中華書局影印南宋寶慶元年曾噩刊本。此本一般稱《九家集注》，簡稱「《九家》」）；

宋蔡夢弼《杜工部草堂詩箋》(《古逸叢書》影印覆麻沙本，簡稱「《草堂》」)。

這三個本子中，錢箋所據吴若本與《九家》本被認爲是最接近二王本的宋本，《草堂》本則歷來被視爲杜集的重要參校本，收録了比較多的杜集異文。本書並據以上三本及其他各本，補入二王本之外裴煜等名家所補佚詩，共收詩一千四百五十五首，文三十二篇④。

杜詩在流傳中産生了很多異文，這些異文的來源和性質有所不同。其中最早一批異文來自五代、北宋初的杜詩傳本，二王本校文及吴若本(借助錢箋所見)校文「樊作某」、「晋作某」等，即是這些異文的反映。此外，宋初所編《文苑英華》收杜甫詩文二百餘篇，其正文及初次校文(「一作某」)反映的也是這之前杜集傳本的情況(周必大所作二次校文「集作某」只反映南宋傳本的情況)，也被本書列爲重要參校本。這批早期異文來源有自，可采信度高，其文本價值與二王本正文幾乎等同。現在由於有《續古逸叢書》本作底本，我們可以把這些異文與這以後孳生的其他異文清楚地區分開來。

這以後出現的異文，包括《九家》本、《草堂》本及其他宋本中的大量異文，則出自宋人手筆。宋代有一些學者、詩人，往往根據知識的或鑒賞的理由改動杜詩字句。王安石、蘇軾等名家都曾參與其事，有他們本人的言説或他人記録爲證。明代胡震亨對此早有批評：

杜詩即不無誤字，然本無誤而後人以意妄改者亦有之。宋蔡興宗者爲《杜詩正異》，頗以意改定其字。朱晦庵嫌其未盡，欲改「風吹滄江樹」「樹」字爲「去」，「鼓角滿天東」「滿」字爲「漏」。以「漏天」對上句「燒棧」猶可也，「風吹滄江樹，雨洒石壁來」正謂風吹樹、雨隨來耳。若第云吹江去，豈復成句哉？亦恐天下無此逆風也。近代楊升庵更好改杜詩，如「航」爲「艇」、「照」爲「點」，不一而足。後賢因之爲然，爲疑未休。⑤

除蔡興宗之外，《草堂》本也以勇於改字著稱。這類改字，除少數有關事實考證、確有所據者可以訂正傳本訛字，其他絶大多數都只能當作杜詩讀解中的一種參考意見，不能作爲文本依據。但在《續古逸叢書》本面世之前，各種異文往往籠統排列在一起，使人無從判斷。某些後出異文產生了很大影響，反而成爲通行文本。杜詩的校勘工作，首先要盡量區分開這兩種不同來源的異文。

改字解杜之風在明清時期仍十分流行。錢謙益在清代注家中是比較嚴謹的，對底本極少改動，因此根據錢箋本也可以比較可靠地窺知吴若本原貌。但錢箋在大量過録《草堂》本校文時未加注明，與《文苑英華》等校文混雜在一起。仇兆鰲注本過録前代校文也多不加説明，而且與前人相比似乎更勇於改字，每有因錯會或不明史實而誤改之例（如改「南使宜天馬」「南使」爲「西使」），有時還任意調整詩句次序（如《催宗文樹雞柵》），甚至打亂某些組詩，重新編排（如《遺興五首》），實不足爲訓。令人遺憾的是，仇注的流行程度超過了錢箋和《全唐詩》，成爲事實上的杜詩通行文本，其中包含了歷代累積下來的很多改字，在相當程度上偏離了原始文本。另外，以《續古逸叢書》本對勘還可以發現，作爲二王本原有部分的很多小字夾注（應爲作者自

注),在後代傳本中多有變動,往往面目全非,到明清時期刊落尤多,文本原有的一些重要信息也因此丢失。由於明清時期新産生的異文過於紛雜,偏離杜集祖本愈遠,參考價值遠比不上宋代異文,所以本書一般不再過録,只酌情對某些影響較大、引起嚴重歧義的例子加以説明。

三

二王本杜集原爲分體編年本,即按古體、近體分編,每體内有大致編年。此後出現了完全的編年體杜集,最早爲宋代黄長睿所編本⑥,以後逐漸成爲杜詩注本的主流,現所見宋趙次公《杜詩先後解》、蔡夢弼《草堂詩箋》等均爲編年本。影響所及,近代在整理其他作家别集時人們也開始采用這一方法。學者稱:「讀杜詩須讀編年本,分門本最可恨。」⑦可以説代表了學界共識。不過,編年體本身的問題也因此被掩蓋了。作品編年如果出自作者本人(如明清人的一些文集),當然最可信賴。但唐人自編或委託他人代編文集,尚無如此習慣。通行的做法是像二王本那樣,分體並有大致編年。杜詩儘管時事性和自傳性很强,但仍有很多作品没有包含清晰的時地綫索。後人要將所有的杜詩依年編次,難免摻入編者個人的臆斷。錢謙益曾批評編年者:「年經月緯,若親與子美游從而籍記其筆札者,其無可援據,則穿鑿其詩之片言隻字而曲爲之説,其亦近於愚矣。」可謂深中其弊。自宋以來,爲杜詩編年者不下二三十家,但由於詩人某些生活階段本來缺少清楚記載,如長安時期以前、湖湘時期乃至臨終所在,因此有些問題始終爭論不休，相關作品編年也難以求得一致。編年本固然方便閲讀，但面對這些問題時只能選擇一家之言，並把它固定下來。人們讀杜詩大多讀編年的仇注本或楊倫注本，難免不受到他們先入爲主意見的影響。

客觀地説，要爲杜詩所有作品作準確編年（指精確到某一年）是不大可能的。據筆者估計，杜詩中約有百分之五十的作品是可以準確編年的。詩人停留之地不超過一年，如秦州、同谷、江陵等地之作，自然没有問題。其他約有百分之三十到四十的作品只能大概確定作於某一時期，前後可能有一兩年或兩三年出入，長安、成都、夔州、湖湘等地有不少作品即是如此。此外，還有些作品的作地也存有疑問，有少量作品其出入時間可能達四五年，甚至更多。杜詩重要作品如《兵車行》、《麗人行》、《洗兵馬》、《風疾舟中伏枕書懷三十六韻》等，編年始終有分歧，實難求得一致。有些作品如《塞蘆子》，舊説編年基本一致，但據本書考察也有問題。

另一個問題是，相對於杜詩祖本，編年本完全改變原有編次，必然導致原有版本信息的丢失。從文獻存真的要求來看，這樣做是得不償失的。同樣的事情如果發生在經、史、子部文獻中，幾乎肯定會被視爲淆亂文獻。集部文獻由於本來是零散篇章的編集，所以纔會不斷有重編之事出現。但即便如此，對改動原書也必須十分慎重。即如錢箋雖以吴若本爲底本，但却不加説明大幅度改動原書編次，以致引起後人對吴若本真僞的懷疑。這種改編就如將《左傳》改編爲紀事本末，或將紀傳體史書改爲編年體，不能説没有意義，但嚴格來講，應將其視爲一種新著，不能用來替代原書。更何況由於杜詩編年意見不能統一，編年本杜集也就不可能有一個公認的定本。這對讀者來講又是不方便的。

宋代集注本大多保持了二王本原有編次，有的本子如《九家》本只有一些局部更動。注家中以黄鶴爲杜詩所作編年影響最大，但黄氏《補注》仍保持分體本編次，而另作《年譜辨疑》並在每篇作品下加編年説明。本書也仿照這種做法，維持原有編次而在每篇作品下加編年説明，同時附《年譜簡編》，這樣或許可以大致滿足編年閲讀的需要。

四

除經部文獻外，杜詩注釋可能是歷代注書中最爲詳盡的，文字量可能是最大的。這一方面大大方便了後人閲讀，但另一方面也使閲讀變得繁重艱難。詩歌語言本來具有歧義性和含混性，杜詩的語言追求尤其使其解讀空間較他人爲大。歷代杜詩注釋也因此包含很多歧解和爭議，有時簡單一句詩也會有四五種解釋。本書不采用集注形式，不能把這些材料全部羅列出來，但應盡量擷取其中有代表性的意見，並加以辨析。重要注家如宋鄧忠臣（託名王洙，即僞洙注）、趙次公、黄希黄鶴父子、蔡夢弼，明王嗣奭，清錢謙益、朱鶴齡、盧元昌、黄生、仇兆鰲、浦起龍、楊倫、施鴻保等，本書皆徵引較繁。此外，還有很多有關杜詩的釋義、評論、考證，散見於歷代詩話、評點、筆記和文章中，本書也盡可能搜羅，並擇要選録。當然，因識見所限，其中難免會有遺珠之憾。

注書亦如積薪，後來者居上。清代注杜諸家成就顯著，前人有價值的意見大多被他們吸取。只是注家往往好立異，喜駁正前人，清人駁宋人難免對錯參互，所以學者又强調讀杜詩須重視宋人注。清代注家中錢謙益、盧元昌好鈎深穿鑿，附會史實，頗多争議。朱鶴齡、仇兆鰲持論較爲平允，注詞語典故較前人更爲全面細緻，仇注尤其具有總結性質。其後浦起龍、楊倫等人雖每有駁正，但大多依賴仇注所釋，長期没有更爲詳盡的注釋本出現。現在，由於有電子檢索等方便手段，我們有可能在舊注基礎上再作努力。對舊注所有詞語典故，本書首先檢查覆核其書面出處，改正其中明顯錯漏，然後對前人引用不當或釋義不明之處盡可能加以補充或更替。對舊注利用不够的釋道農醫卜算之類文獻，本書亦注意適當補充。

徵引不實或任意改動原文是舊注大弊，本書盡量予以指正。學者曾據《草堂詩箋》輯先唐詩，但孤證見於此書者往往不可信。如蔡夢弼注《自瀼西荆扉且移居東屯茅屋四首》引陸機詩「游賞愧賸客」，注《贈王二十四侍御契四十韻》引「謝鮑」詩「花蔓引藤輪」，皆不詳所出，實爲杜撰。仇注《客堂》引古詩「代馬思朔雲」，當是「代馬依北風」之誤記；注《柴門》引古詩「赴壑如長蛇」，其實是蘇軾詩，趙次公注曾引，並不誤。仇注又喜改動典籍原文以牽合杜詩字面，如注《寄題江外草堂》「顧惟魯鈍姿」引劉楨詩「小臣信頑鹵」而改「頑鹵」爲「魯鈍」，實際是以《文選》李善注文代替正文。《後漢書·逸民傳》「龐公」條章懷注引《襄陽記》龐德公事，造成唐人將二人相混。《遺興五首》詠「昔者龐德公」，僞洙注和仇注引《逸民傳》則徑將原文改爲「龐德公」。仇注中這種例子非止一二，很難完全歸爲記憶之誤，或是有意爲之。

還有因誤引而造成虛假故實之例。如仇注《新婚别》引蔡夢弼注「婦人嫁三日，告廟上墳，謂之成婚」，查《草堂》原文實爲「嫁三月」，所據爲《儀禮·士昏禮》鄭玄注謂舅姑亡乃三月廟見始成昏。宋代僞蘇注妄撰典故遭學者一再痛斥，而仇注此誤被楊倫等人輾轉抄襲，可見更不易被人發覺。此外，杜詩用經、用《選》，一般均嚴守傳注之義，而仇注却每轉取宋以後之説，或别出異解。如注《送長孫九侍御赴武威判官》「驄馬新鑿蹄」引宋人「攻鑿其蹄」之説，注《風疾舟中伏枕書懷三十六韻》「舟泊常依震」引先天八卦震爲東北之説，立説均不够嚴謹，存在學術概念的混亂。

由於受整體研究水平所限，舊注在官制、科舉、軍事等唐代專門史方面有較多知識局限，在涉及天文曆算等專門之學時也往往力不從心。例如錢箋注《入奏行》「西山檢察使」，引「劍南西山運糧使、檢校户部員外郎」，而不顧「檢校」與「檢察」完全是兩回事。注《塞蘆子》「岐有薛大夫」，引陳倉令薛景仙率衆收扶風郡，而不知縣令或太守不能兼御史大夫銜。對《唐興縣客館記》所記秋分「人餘小餘」，楊倫則直言「即觀朱釋亦未明」。又如《唐故范陽太君盧氏墓志銘》，杜甫實爲説明繼祖母不能與祖父合葬，舊注不知是否有所諱避，亦不予深究。對以上各類問題，本書均力求進一步予以澄清説明。

近代以來學術發展，杜詩研究所獲裨益主要來自兩方面，一是唐史各領域研究，一是唐語言研究。在文獻方面，除對各種舊有文獻細加梳理外（如《册府元龜》等大型文獻，舊注家極少有人利用），可獲利用的新材料也有兩大宗，一是新見大量唐人墓志，一是敦煌文獻。墓志及敦煌所見《歷代法寶記》等，提供了不少與杜詩相關人物的新綫索。本書盡可能利用這些材料和學界已有研究成果，對杜詩所涉及的背景、編年、地理、人物及語言運用等各方面問題加以探討。對杜詩語言運用，除核查各種書面成語出處外，還要根據見於敦煌文獻和其他材料的各種語言用例，説明大量俗語口語詞及社會流行語的用法；除對前人所謂「無一字無來歷」加以查證外，還有必要對杜詩中的自造語和一些特殊用法加以鑒識⑧。這樣才能全面瞭解杜詩的語言追求。

史實考察和語意解釋是否正確，一般來説有相對客觀的標準。但在此基礎之上的詩意理解，仍有很多争議，往往不得不以「詩無達詁」爲説辭。在杜詩中，除了詩意解讀所允許的較大模糊空間之外，很多争議都與所謂諷興之義有關，涉及詩歌主題的理解，其中言及較多的有天寶時事、玄肅矛盾、肅代朝政等問題。在傳統興寄詩説影響下，杜詩的諷刺比興之義曾被强調到荒謬的程度。例如「老妻畫紙爲棋局，稚子敲針作釣鈎」，被宋人解釋爲妻比臣、夫比君、稚子比幼君。清代錢謙益箋《洗兵馬》等詩，自謂「鑿開鴻蒙，手洗日月」，學者亦服其闡幽抉微，發人所未發。錢氏精熟唐史，自非惠洪輩可比。但他所肇端的是一種微言解碼式的詩史互證方法，在傳統詩學中淵源有自，却與近代史學迥異其趣。本書對錢箋各詩也有重點討論，力求給出較爲客觀的評價。

筆者三十年前初次通讀仇注杜詩，當時曾據《續古逸叢書》本和幾種宋本進行校勘，由此初步嘗試文獻工作基本方法，稍窺治學門徑。其後一直將杜詩作爲研究課題，也是因爲有校勘工作的基礎，在材料掌握上較之其他題目更有信心。但儘管如此，量力畏難，實未抱有注杜之夙願。數年前結束白居易詩文集的校理工作，收獲了一個重要經驗：注書是細讀原著的最好方式，當研究進展到一定程度，勢必要回到這項工作上來。很多被忽視的問題，在注釋工作中得以發現。一些問題看似已有成説，但在注釋中發現還有待推敲。借助本書工作過程而獲得學習進階，對筆者而言誠爲幸事。其中尚存之缺誤和疑難，敬祈方家教正。公元二〇一二年杜甫誕辰一千三百周年五月，謝思煒謹識於北京清華園。

本書完稿後，筆者有若干專題論文涉及其中内容，承蒙審閲稿件諸位專家惠予指正。收入《中國古典文學叢書(典藏版)》時，亦有少量增訂。謹向對原稿錯誤提出糾正的各刊物暨上海古籍出版社各位先生表示衷心感謝！　公元二〇一六年六月補記。

【注】

① 鄭慶篤等《杜集書目提要》著録「清前知見書目二百一十五種」，齊魯書社，一九八五年。

②有關杜集版本的權威論述，參見洪業《杜詩引得》序，哈佛燕京學社引得編纂處，一九四〇年；萬曼《唐集叙録》之《杜集叙録》，中華書局，一九八〇年。

③其後也有學者認爲後一本也是吴若本的翻刻本。見元方《談宋紹興刻王原叔〈杜工部集〉》，《文學遺産增刊》第十三輯，中華書局，一九六三年。與錢箋本對勘，可以發現此本有明顯變動：錢箋本列入補遺「他集互見」的《哭長孫侍御》一首及「見卞圜本」的《惠義寺園送辛員外》、《又送》二首，分别被移入此本卷一〇、卷一二。今《續古逸叢書》本（不含補遺）詩共計一千四百八首，而據王洙《杜工部集記》其本「所收定取千四百有五篇」，多出的正是這三首。

④有關杜集篇目，參見洪業《杜詩引得》「杜詩各本篇次表」。洪業序稱：「浸尋至清錢謙益，然後杜詩總數得一千四百五十六首。至朱鶴齡，得一千四百五十七首。」仇兆鰲續有所輯者一聯半首，則不足取。今人所言杜詩總數，皆當據此。較早的説法，見於《文獻通考》卷二三二著録黄伯思「校定杜工部集二十二卷」：「古律相間，凡一千四百四十七首。」《東觀餘論》卷下載此本李綱序，作「子美之詩凡千四百四十餘篇」。《直齋書録解題》著録此本則作「凡一千四百十七首」，或疑脱去一「四」字。本書逐首編號統計，實爲一千四百五十五首。平岡武夫《唐代的詩篇》（上海古籍出版社，一九九一年）據《全唐詩》卷二一六至卷二三四杜甫卷逐首編號，爲一千四百五十五首。《全唐詩》底本全同錢箋本，唯所增「九日登梓州城」一首，乃承刊本《文苑英華》之誤，以此題與張均詩合一。另據《合璧事類》收「闕題」一首，亦不足據。此兩首應不計。而朱鶴齡本所補《漢州王大録事宅作》一首，《全唐詩》補入卷八八二。原卷《夏夜李尚書筵送宇文石首赴縣聯句》一首，《全唐詩》移入卷七

八八聯句。以上除去二首，補入二首，仍爲一千四百五十五首，與本書統計數合。洪業所計數有誤。

⑤《唐音癸籤》卷三二，古典文學出版社，一九五七年。

⑥《直齋書録解題》卷一六「校定杜工部集二十二卷」。參萬曼《杜集叙録》。

⑦王國維《觀堂别集補遺》之《宋刊分類集注杜工部詩跋》，《王忠慤公遺書》初集第三册，海寧王氏排印本。

⑧這類自造語，《趙次公先後解》稱爲「新語」，舉出「腰領」（《荆南兵馬使太常卿趙公大食刀歌》）、「擻漩捎濆」、「欹帆側柁」（《最能行》）等例。汪師韓《詩學纂聞》稱爲「變文取意」，舉出「暖眼」（《與嚴二郎奉禮别》）、「抉眼」（《可歎》）等例。類似的新奇用法或自造語，在杜詩中不爲少見，如「覬豁」、「征憩」、「偃蹙」、「撑突」、「颯爽」、「奔茫」、「酷見」、「沉年」等，有些後來成爲習慣用語。

凡　例

一、本書以《續古逸叢書》影印《宋本杜工部集》爲底本，該本又由翻刻二王本的浙本與吴若建康府學刊本二本拼合而成。本書在相應卷次的校記中均予注明。對該本卷題格式等均未作改動，以求存真。該本除包含出自宋人之手的校文外，正文中還有大量小字夾注，歷來對其性質判斷不一。本書認爲除吴若本部分確實增加若干小注之外，二王本原有注文均應視爲出自杜甫之手的詩人自注。本書只將可以判定的吴若本所增注文及個别明顯淆誤文字移出，其他均保留原貌。

二、本書移録底本原有校文，同時列出參校各本異文及各自原有校文，因各本文字出校位置原有不同，本書所列校文容有前後交錯或部分重合之處。凡底本顯見形近訛誤或版刻變異字，除有疑義之處，則徑改不再出校記。

三、本書注釋部分徵引歷代注家及近人之説，凡成書者均舉其姓名，可與後附「引用書目」對照。宋人注多有見于集注本者，如趙次公注，有原著殘帙，又有從集注本輯出者，本書均予分别。見于文集和其他各類文獻以及近人論文者，則隨文注明卷次、刊期。

四、本書在部分作品之後裒集相關評説，有涉全篇大旨及疑義乃至諸家之説不一者，僅舉其要，必要時亦申明己見，不求詳備一律。

五、本書後附「年譜簡編」，采諸家成説有定論者，重要歧見亦予介紹。

目録

杜工部集卷第二

古詩四十三首避賊至鳳翔行在及歸鄜州還京師出華州作

杜工部集卷第三

古詩七十八首 寓秦州及同谷縣行赴蜀中作

杜工部集卷第四

古詩三十六首初寓成都及至閬州作

杜工部集卷第五

古詩五十二首居東川再至閬州復還成都作

杜工部集卷第六

古詩四十八首居雲安及至夔州作

杜工部集卷第十

古詩五十七首居夔州作

杜工部集卷第八

杜工部集卷第九

近體詩八十五首天寶未亂及陷賊中作

杜工部集卷第十

近體詩一百二十二首避賊至鳳翔及收復京師在諫省出華州轉至秦州作

杜工部集卷第十一

目録

杜工部集卷第十二

近體詩一百三首在成都及綿漢梓州作

杜工部集卷第十三

近體詩一百首居閬州及再至成都作

杜工部集卷第十四

杜工部集卷第十五

杜工部集卷第十六

杜工部集卷第十七

近體詩五十四首大曆三年正月起峽中至江陵及湖南作

杜工部集卷第十八

補遺

杜工部集卷第十九

表賦記説讚述十四首

杜工部集卷第二十

補遺

杜工部集卷第一

古詩五十首①天寶未亂時并陷賊中作②

奉贈韋左丞丈二十二韻③〔一〕

紈袴不餓死，儒冠多誤身〔二〕。丈人試静聽，賤子請具陳。甫昔少年日④，早充觀國賓〔三〕。讀書破萬卷，下筆如有神〔四〕。賦料揚雄敵，詩看子建親〔五〕。李邕求識面，王翰願卜鄰⑤〔六〕。自謂頗挺出⑥，立登要路津〔七〕。致君堯舜上，再使風俗淳〔八〕。此意竟蕭條，行歌非隱淪〔九〕。騎驢三十載，旅食京華春⑦〔一〇〕。朝扣富兒門，暮隨肥馬塵。殘杯與冷炙，到處潛悲辛〔一一〕。主上頃見徵，欻然欲求伸〔一二〕。青冥却垂翅〔一三〕，蹭蹬無縱鱗〔一四〕。甚愧丈人厚，甚知丈人真。每於百寮上，猥誦佳句新〔一五〕。竊效貢公喜，難甘原憲貧〔一六〕。焉能心怏怏，祇是走踆踆〔一七〕。今欲東入海，即將西去秦。尚憐終南山，回首清渭濱。常擬報一飯⑧，況懷辭大臣〔一八〕。白鷗波浩蕩⑨，萬里誰能馴〔一九〕？（0001）

【校】

① 卷題篇數均爲宋本原有數，未改動。後同。

② 卷題注居止據錢箋過録，當爲吴若本原有。後同。

③《草堂》題下注：「見素。」

④ 少，錢箋校：「一作妙。」

⑤ 卜，錢箋校：「陳作爲。」

⑥ 出，錢箋校：「一作生。」

⑦ 旅食，《草堂》作「旅客」。

⑧ 報一飯，《草堂》作「一飯報」。

⑨ 波，錢箋作「没」，校：「宋作波。」《九家》同，校：「一作波。」

【注】

黄鶴注：當是天寶七載（七四八）所作。陳鐵民據韋濟墓志考爲天寶九載（七五〇）作。

〔一〕韋左丞：韋濟。嗣立子。《舊唐書・韋嗣立傳》附濟：「濟，早以辭翰聞。開元初，調補鄄城令。……三遷爲庫部員外郎。二十四年，爲尚書户部侍郎。累歲轉太原尹。……天寶七載，又爲河南尹。遷尚書左丞。三代爲省轄，衣冠榮之。濟從容雅度，所莅人推善政，後出爲馮翊太守。」嚴耕望《唐僕尚丞郎表》據杜甫詩，考濟自河南尹遷尚書左丞在天寶七載秋冬。陳鐵民《由新發現的韋濟墓志看杜甫天寶中的行止》（《文學遺産》一九九二年第四期）引西安市小雁塔藏韋述撰《大唐故正議大夫行儀王傅上柱國奉明縣開國子賜紫金魚袋京兆韋府君墓志銘》（《全唐文補遺》第二輯）：「君諱濟，字濟……天寶七載，轉河南尹，兼水陸運使。……九載，遷尚書左丞，累加正議大夫，封奉明縣子。十一載，出爲馮翊太守。」謂杜甫天寶九載冬在長安向韋濟投此詩。按，宋范温誤以韋左丞爲玄宗左丞相韋見素，故有《草堂》本之題注。

〔二〕紈袴二句：《漢書・叙傳》：「（班伯）出與王、許子弟爲群，在於綺襦紈袴之間，非其好也。」注：「師古曰：紈，素也。綺，今細綾也。並貴戚子弟之服。」《莊子・田子方》：「莊子曰：『周聞之，儒者冠圜冠者，知天時。』」《史記・酈生陸賈列傳》：「沛公不好儒，諸客冠儒冠來者，沛公輒解其冠，溲溺其中。」

〔三〕甫昔二句：此指杜甫開元二十三年應進士舉。《易・觀》：「六四，觀國之光，利用賓于王。」注：「居近得位，明習國儀者也，故曰利用賓于王也。」唐指應貢舉者。《新唐書・禮樂志》：「州貢明經、秀才、進士、身孝悌旌表門閭者，行鄉飲酒之禮，皆刺史爲主人。……主人曰：『吾子學優行高，應茲觀國，某日展禮，請吾子臨之。』」

〔四〕讀書二句：《隋書·明克讓傳》：「博涉書史，所覽將萬卷。」《柳䛒傳》：「好讀書，所覽將萬卷。」岑參《北庭貽宗學士道別》：「讀書破萬卷，何事來從戎。」破，蕭滌非釋爲「吃透」。按，破爲滿溢、超出義。杜甫《絶句漫興九首》：「二月已破三月來。」韓翃《送客歸廣平》：「孟月途中破，輕冰水上殘。」《太平廣記》卷一〇五《李惟燕》（出《廣異記》）：「半夕之後，忽聞船頭有流水聲，驚云：『塘闊數丈，何由得破？』久之，稍覺船浮，及明，河水已滿。」卷一七七《陳敬瑄》（出《北夢瑣言》）：「一月六設曲宴，即自有平生酒徒五人狎昵，焦菜一碗，破三十千。」是時日、數量、數目皆可言破。鍾嶸《詩品》引《謝氏家録》：「康樂每對惠連，輒得佳語。後在永嘉西堂，思詩竟日不就，寤寐間忽見惠連，即成『池塘生春草』，故常云：『此語有神助，非吾語也。』」

〔五〕賦料二句：《文心雕龍·詮賦》：「子雲《甘泉》，構深偉之風。……凡此十家，並辭賦之英傑也。」子雲，揚雄。《文心雕龍·明詩》：「兼善則子建、仲宣，偏美則太沖、公幹。」子建，曹植。鍾嶸《詩品》卷上「魏陳思王植」：「其源出於《國風》。骨氣奇高，詞采華茂，情兼雅怨，體被文質，粲溢今古，卓爾不群。」看，蔣紹愚謂有比擬義，意爲可與之相比。

〔六〕李邕二句：杜甫天寶四載在齊州見李邕，見本卷《陪李北海宴歷下亭》（0006）。《新唐書·杜甫傳》：「客吴越齊趙間，李邕奇其材，先往見之。」蓋據杜詩敷衍。《新唐書·王翰傳》：「王翰字子羽，并州晉陽人。……張説至，禮益加。復舉直言極諫，調昌樂尉。又舉超拔群類。方説輔政，故召爲秘書正字，擢通事舍人、駕部員外郎。家畜聲伎，目使頤令，自視王侯，人莫不惡之。説罷宰相，翰出爲汝州長史，徙仙州別駕。」翰卒年不詳，杜甫與其爲鄰事亦無可考。此蓋詩人詩言。

〔七〕要路津：《古詩十九首》：「何不策高足，先據要路津。」

〔八〕致君二句：應璩《與從弟君苗君胄書》：「昔伊尹輟耕，郅惲投竿，思致君於有虞，濟蒸人於塗炭。」《文選》李善注引《孟子・萬章上》：「伊尹耕於有莘之野……湯三使往聘之。既而幡然改曰：『與我處畎畝之中，由是以樂堯舜之道，吾豈若使是君爲堯舜之君哉？吾豈若使是民爲堯舜之民哉？』」

〔九〕隱淪：桓譚《新論・辨惑》：「天下神人五：一曰神仙，二曰隱淪，三曰使鬼物，四曰先知，五曰鑄凝。」《抱朴子・雜應》：「或問隱淪之道。抱朴子曰：『神道有五，坐在立亡其數焉。……鄭君云：服大隱符十日，欲隱則左轉，欲見則右回也。』」

〔一〇〕騎驢二句：盧元昌謂時杜甫年尚未四十。仇注謂杜甫初自開元二十三年赴京兆之貢，後以應詔到京在天寶六載，爲十三載，作「三十載」者斷誤。按，「三十」乃言成年之常數。陶淵明《辛丑歲七月赴假還江陵夜行塗口》：「閑居三十載，遂與塵事冥。」任昉《出郡傳舍哭范僕射》：「結歡三十載，生死一交情。」王維《偶然作六首》：「讀書三十年，腰間無尺組。」李白《安陸白兆山桃花岩寄劉侍御綰》：「雲卧三十年，好閑復愛仙。」皆不可拘泥。旅食，《儀禮・燕禮》：「尊士旅食於門西，兩圜壺。」注：「旅，衆也。士衆食，謂未得正禄，所謂庶人在官者也。」「此及《大射》尊士旅食無玄酒，鄭云賤也。」仇注又引鍾繇《薦關内侯季直表》「旅食許下」，曹丕《與吳質書》「旅食南館」，謂作旅寓之食解。按，《文選》卷四二《與吳質書》李善注仍引《儀禮》。杜詩用

《儀禮》義。

〔一一〕殘杯二句：《顏氏家訓・雜藝》：「見役勳貴，處之下坐，以取殘杯冷炙之辱。戴安道猶遭之，況爾曹乎！」

〔一二〕主上二句：元結《諭友》：「天寶丁亥中，詔徵天下士，人有一藝者，皆得詣京師就選。相國晋公林甫，以草野之士猥多，恐泄漏當時之機，議於朝廷曰：『舉人多卑賤愚瞶，不識禮度，恐有俚言，污濁聖聽。』於是奏待制者悉令尚書長官考試，御史中丞監之，試如常例，如吏部試詩賦論策。已而布衣之士無有第者，遂表賀人主，以爲野無遺賢。元子時在舉中。」《新唐書・李林甫傳》所載略同。丁亥，天寶六載。黄鶴注等均謂杜甫此次應詔退下。按，《册府元龜》卷八六《帝王部・赦宥》：「（天寶）六載正月戊子，有事於南郊，禮畢，下制曰：……天下諸色人中，通明一藝已上，各任薦舉，仍委所在郡縣長官，精加試練，灼然超絶流輩，遠近所推者，具名送省，仍委尚書及左右丞諸司，委御史中丞，更加對試。務取名實相副，一時奏聞。」正月下詔，應試當在其後一兩月。此非正常禮部、吏部試，因無科名，且不限考試者資格，似與正常制舉亦不同（本年另有風雅古調科薛據及第，見《册府元龜》卷六四五《貢舉部・科目》）。《法華經・譬喻品》：「周匝俱時，欻然火起，焚燒舍宅。」《廣韻》：「欻，暴起。」

〔一三〕却：猶再也。其例又如本卷《高都護驄馬行》（0012）：「青絲絡頭爲君老，何由却出横門道。」《驄馬行》（0039）：「赤汗微生白雪毛，銀鞍却覆香羅帕。」見張相《詩詞曲語辭彙釋》。

〔一四〕蹭蹬句：木華《海賦》：「或乃蹭蹬窮波，陸死鹽田。」《文選》呂延濟注：「蹭蹬，失勢貌。」

〔一五〕猥誦：猶言謬誦、曲誦。諸葛亮《出師表》：「先帝不以臣卑鄙，猥自枉屈。」《文選》李善注：「猥，猶曲也。言己曲蒙先帝自枉屈而來也。」

〔一六〕竊效二句：《漢書・王吉傳》：「王吉字子陽……吉與貢禹爲友，世稱『王陽在位，貢公彈冠』，言其取捨同也。」劉孝標《廣絶交論》：「是以王陽登則貢公喜，罕生逝而國子悲。」《莊子・讓王》：「子貢乘大馬，中紺而表素，軒車不容巷，往見原憲。原憲華冠縰履，杖藜而應門。子貢曰：『嘻！先生何病？』原憲應之曰：『憲聞之，無財謂之貧，學而不能行謂之病。今憲貧也，非病也。』子貢逡巡而有愧色。」

〔一七〕踆踆：張衡《西京賦》：「怪獸陸梁，大雀踆踆。」《文選》劉良注：「陸梁、踆踆，皆行走貌。」

〔一八〕常擬二句：《左傳》宣公二年：「初，宣子田於首山，舍於翳桑。見靈輒餓，問其病，曰：『不食三日矣。』食之，捨其半。問之，曰：『宦三年矣，未知母之存否，今近焉，請以遺之。』使盡之，而爲之簞食與肉，置諸橐以與之。既而與爲公介，倒戟以禦公徒，而免之。問何故，對曰：『翳桑之餓人也。』」《史記・范雎蔡澤列傳》：「一飯之德必償，睚眥之怨必報。」《後漢書・李固傳》：「竊感古人一飯之報，況受顧遇而容不盡乎！」

〔一九〕白鷗二句：蘇軾《東坡志林》卷五：「杜子美云『白鷗没浩蕩，萬里誰能馴』，蓋滅没於烟波間耳。而宋敏求謂余云：『鷗不解没，改作「波」字。』二詩改此兩字，便覺一篇神氣索然矣。」胡仔《苕溪漁隱叢話》前集卷三：「《冷齋夜話》云：老杜『白鷗波没蕩』，今誤作『浩蕩』，非惟無氣，亦分外閑置『波』字。苕溪漁隱曰：《禽經》云：『鳧善浮，鷗善没。』以『没』字易『波』字，則東坡之言益有理。冷齋以『没』字易『浩』字，其理全不通。浩蕩謂烟波也，今云『波没蕩』，亦不成語，此言無足取。」吴曾《能改齋漫録》卷一〇：「東坡以杜詩『白鷗波浩蕩』，『波』乃『没』字，謂出没於浩蕩間耳。然予觀鮑照詩有『翻浪揚白鷗』，唐李頎詩有『滄浪雙白鷗』。二公言白鷗而繼以波浪，此又何耶？」王楙《野客叢書》卷二九：「僕謂善爲詩者，但形容渾涵氣象，初不露圭角。玩味『白鷗波浩蕩』之語，有以見滄浪不盡之意。且滄浪之中，見一白鷗，其浩蕩之意可想，又何待言其出没邪？改此一字，反覺意局。更與識者參之。或者又引鷗好没爲證。僕案《禽經》：『鳧好没，鷗好浮。』」按，冷齋説無版本根據，可不論。此句是否爲宋敏求所改，亦無旁證。錢箋校：「宋作『波』。」則其所據吴若本亦作『波』。今所見宋刻本唯《九家》據東坡説改爲『没』。胡仔、王楙二人引《禽經》，今本不載，而語相乖互。《九家》注兩引《禽經》，亦作「鳧善浮，鷗善没」，然其本據東坡、胡仔説立論。而王楙書屢引《禽經》，曹植《七啓》：「翔爾鴻翥，濈然鳧没。」其説似可據。

范温《潛溪詩眼》：「山谷言文章必謹布置，每見後學，多告以《原道》命意曲折。後予以此概考古人法度，如杜子美《贈韋見素詩》云：『紈綺不餓死，儒冠多誤身。』此一篇立意也，故使人静聽而具陳之耳。自『甫昔少年日』至『再使風俗淳』，皆儒冠事業也。自『此意竟蕭條』至『蹭蹬無縱鱗』，言誤身如此也，則意舉而文備。故已有是詩矣。然必言其所以見韋者，於是有厚愧、真知之句。所以真知者，謂傳誦其詩也。然宰相職在薦賢，不當徒愛人而已，士故不能無望，故曰：『竊效貢公喜，難甘原憲貧。』果不能薦賢，則去之可也，故曰：『焉能心怏怏，祇是走踆踆。』又將入海而去秦也。然其去也，必有遲遲不忍之意，故曰：『尚憐終南山，回首清渭濱。』則所知不可以不別，故曰：『常擬報一飯，況懷辭大臣。』夫如此是可以相忘於江湖之外，雖見素亦不得而見矣，故曰『白鷗波浩蕩，萬里誰能馴』終焉。此詩前賢録爲壓卷，蓋布置最得正體，如官府甲第，廳堂房室各有定處，不可亂也。」

送高三十五書記〔一〕

崆峒小麥熟，且願休王師①〔二〕。請公問主將，焉用窮荒爲〔三〕？飢鷹未飽肉，側翅隨人飛〔四〕。高生跨鞍馬，有似幽并兒②〔五〕。脱身簿尉中，始與捶楚辭〔六〕。借問今何官，觸熱向武威〔七〕？答云一書記③，所愧國士知。人實不易知，更須慎其儀④〔八〕。十年出幕府，自可持旌麾⑤。此行既特達，足以慰所思⑥。男兒功名遂，亦在老大時⑦〔九〕。常恨結歡淺，各在天一涯〔一〇〕。又如參與商〔一一〕，慘慘中腸悲。驚風吹鴻鵠⑧，不得相追隨。黄塵翳沙漠，念子何當歸⑨〔一二〕。邊城有餘力，早寄

從軍詩〔一三〕。（0002）

【校】

①且，錢箋、《九家》校：「一作吾。」

②幽并，錢箋校：「一作并州。」

③云，錢箋校：「一作言。」

④更，錢箋校：「一作尤。」儀，錢箋、《九家》校：「一作宜。」

⑤麾，錢箋、《九家》校：「一作旗。」

⑥足以慰所思，錢箋、《九家》校：「一云『亦足慰遠思』。」

⑦大，錢箋校：「唐佐切。《夜歸》詩『明星當空大』同。」按，此爲吴若本注。

⑧吹，錢箋、《九家》校：「一作飄。」

⑨當，錢箋校：「一作時。」

【注】

仇注繫於天寶十一載（七五二）。陳鐵民考訂爲天寶十二載（七五三）送高適初入幕時作。

〔一〕高三十五書記：高適。《舊唐書·高適傳》：「高適者，渤海蓨人也。……適少濩落，不事生業。家貧，客於梁宋，以求丐取給。天寶中，海内事干進者注意文詞，適年過五十，始留意詩什，數年之間，體格漸變。以氣質自高，每吟一篇，已爲好事者稱誦。宋州刺史張九皋深奇之，薦舉有道科。時右相李林甫擅權，薄於文雅，唯以舉子待之。解褐汴州封丘尉，非其好也，乃去位，客游河右。河西節度哥舒翰見而異之，表爲左驍衛兵曹，充翰府掌書記。從翰入朝，盛稱之於上前。」《哥舒翰傳》載，天寶十一載冬，翰與安禄山、安思順並入朝。仇注謂適蓋從翰同入京。據陳鐵民《高適何時入河西幕》（《中華文史論叢》一九七九年第三輯）、周勛初《高適年譜》考證，適天寶十二載方得哥舒翰僚佐田良丘推薦赴河西，轉至隴右入幕。參本書卷九《贈田九判官梁丘》（0446）。《資治通鑑》天寶十二載三月：「哥舒翰亦爲其部將論功……翰又奏……前封丘尉高適爲掌書記。」此爲正式奏授。蓋適初入幕即被聘爲掌書記。

〔二〕崆峒二句：高適蓋以收麥時赴河西，故杜詩言麥熟，且及休兵。崆峒，黄希注謂指臨洮之崆峒。《元和郡縣圖志》卷三九隴右道岷州溢樂縣：「崆峒山，在縣西二十里。」又：「洮州，臨洮。……武德二年復於此置洮州。……神策軍，在州西八十里。天寶十三年哥舒翰置，在洮河南岸。」《舊唐書・哥舒翰傳》：「天寶六載，擢授右武衛員外將軍，充隴西節度副使、都知關西兵馬使、河源軍使。先是，吐蕃每至麥熟時，即率部衆至積石軍獲取之，共呼爲『吐蕃麥莊』。前後無敢拒之者。至是，翰使王難得、楊景暉等潛引兵至積石軍，設伏以待之。吐蕃以五千騎至，翰於城中率驍勇馳擊，殺之略盡，餘或挺走，伏兵邀擊，匹馬不還。」

〔三〕請公二句：主將謂哥舒翰。《舊唐書・玄宗紀》：「（天寶八載六月）隴右節度使哥舒翰攻吐蕃石堡城，拔之。」《王忠嗣傳》：「玄宗方事石堡城，詔問以攻取之略，忠嗣奏云：『石堡險固，吐蕃舉國而守之，若頓兵堅城之下，必死者數萬，然後事可圖也。臣恐所得不如所失，請休兵秣馬，觀釁而取之，計之上者。』玄宗因不快。李林甫尤忌忠嗣，日求其過。六載，會董延光獻策請下石堡城，詔忠嗣分兵應接之。忠嗣黽勉而從，延光不悦。……其後哥舒翰大舉兵伐石堡城，拔之，死者大半，竟如忠嗣之言，當代稱之爲名將。」錢箋：「玄宗有事於西戎，垂二十年，用哥舒翰於隴右，始克石堡，而靡敝中國多矣。此詩以窮荒爲戒，亦以見哥舒之謀國不如忠嗣也。」仇注：「首戒邊將窮兵。天寶之亂，由當時黷武所致，公已先見其兆矣。」按，錢、仇謂此詩有誡諭意，當與本卷《兵車行》（0011）等參看。

〔四〕飢鷹二句：《三國志·魏書·吕布傳》陳登對吕布言：「登見曹公言：『待將軍譬如養虎，當飽其肉，不飽則將噬人。』公曰：『不如卿言也。譬如養鷹，飢即爲用，飽則颺去。』其言如此。」《晋書·慕容垂載記》：「且垂猶鷹也，飢則附人，飽便高颺。」仇注：「此原其遠行之故，窮而依人，有似飢鷹。」

〔五〕高生二句：曹植《白馬篇》：「白馬飾金羈，連翩西北馳。借問誰家子，幽并游俠兒。」《文選》李善注：「幽、并，二州名。」鮑照《擬古》：「幽并重騎射，少年好馳逐。」

〔六〕脱身二句：高適罷封丘尉，抵長安，在天寶十一載秋。參周勛初《高適年譜》。邵博《邵氏聞見後録》卷一八：「杜子美《贈高適詩》云：『脱身簿尉中，始與捶楚辭。』退之《贈張功曹詩》云：『判司卑官不堪説，未免捶楚塵埃間。』杜牧之《寄侄阿宜詩》云：『一語不中治，鞭捶身滿瘡。』蓋唐參軍簿尉有罪加撻罰，如今之胥吏也。高子勉親見山谷云爾。予初疑其不然，因讀《唐史》：代宗命劉晏考所部官善惡，刺史有罪者，五品以上劾治，六品以下杖訖奏。參軍簿尉不足道也。」《九家》鮑注：「謂唐時參軍簿尉受杖，非也。今詳杜詩所言，捶有罪者也。」王楙《野客叢書》卷二〇引鮑注，謂：「僕謂不然，子美之意正謂屬吏受官長之杖，非謂杖有罪者。官屬受杖，其來久矣。且前漢王嘉爲宰相，裸躬受笞，其他可知。……唐猶庶幾，漢時尤甚。自入國朝，官守上下之分雖嚴，然此例削矣。」高適《封丘作》：「拜迎官長心欲碎，鞭撻黎庶令人悲。」仇注謂杜詩即用高適詩意，作捶楚他人爲是。

〔七〕武威：涼州。《元和郡縣圖志》卷四〇隴右道：「涼州，武威。中府。……武德二年，討平李軌，改爲涼州，置河西節度使。……天寶元年，改爲武威郡。乾元元年，復爲涼州。」敦煌殘卷高適《自武威赴臨洮謁大夫不及因書即事寄河西隴右幕下諸公》：「浩蕩去鄉縣，飄飖瞻節旄。揚鞭發武威，落日至臨洮。……立馬眺洪河，驚風吹白蒿。雲屯寒色苦，雪合群山高。」又《武威作二首》：「匈奴終不滅，寒山徒草草。惟見鴻雁飛，令人傷懷抱。」二詩秋冬作。高適蓋以五、六月間離長安，秋冬在武威，以未遇哥舒翰，故轉赴臨洮。

〔八〕人實二句：《史記·范雎蔡澤列傳》：「人固未易知，知人亦未易也。」《詩·大雅·抑》：「敬慎威儀，維民之則。」疏：「此言宜用賢者，使之慎儀。」《左傳》文公三年：「小國受命大國，敢不慎儀。」仇注：「不易知，見事人之難；慎其儀，見行己之難。此朋友規箴之義也。」

〔九〕大：吴若本注：「唐佐切。」《禮記·曲禮上》：「童子不衣裘裳。」鄭玄注：「裘大温。」《釋文》：「大音泰。徐他佐反。」《集韻》去聲三十九過他佐切：「大，太也。何休曰：約誓大甚。」白居易

《老熱》：「亦無別言語，多道大悠悠。」金澤文庫本注：「音拖。」此皆作副詞。敦煌文書P.3125闕題詩：「春來分付與日頭，冬天没衣總獨卧。連竹色湊三個婦，數内最他阿林大。」大作形容詞，亦讀過韻。

〔一〇〕常根二句：《古詩十九首》：「相去萬餘里，各在天一涯。」《文選》李善注：「《廣雅》曰：涯，方也。」

〔一一〕又如句：《左傳》昭公元年：「昔高辛氏有二子，伯曰閼伯，季曰實沈，居于曠林，不相能也。日尋干戈，以相征討。后帝不臧，遷閼伯于商丘，主辰，商人是因，故辰爲商星。遷實沈于大夏，主參，唐人是因，以服事夏、商。」曹植《與吴季重書》：「面有逸量之速，别有參商之闊。」陸機《爲顧彦先贈婦二首》：「形影參商隔，音息曠不達。」

〔一二〕黄塵二句：《文選》蘇武詩：「欲展清商曲，念子不能歸。」

〔一三〕從軍詩：《文選》卷二七收王粲《從軍詩》五首。蕭繹有《和王僧辯從軍詩》。庾信有《和盧記室從軍詩》。

贈李白〔一〕

二年客東都〔二〕，所歷厭機巧。野人對膻腥，蔬食常不飽〔三〕。豈無青精飯①，使我顏色好〔四〕？苦乏大藥資②，山林跡如掃〔五〕。李侯金閨彥③〔六〕，脱身事幽討。亦有梁宋游④，方期拾瑶草〔七〕。（0003）

【校】

① 精，錢箋校：「一作粇，亦作𩜋。」

② 大，錢箋校：「一作買。」

③ 彥，錢箋校：「陳浩然本作深。」

④ 亦，錢箋校：「一作未。」

【注】

朱鶴齡繫於天寶三載（七四四），仇注、聞一多《會箋》同。詹鍈、耿元瑞等考李、杜初會在天寶四載（七四五）。

〔一〕李白：李陽冰《草堂集序》：「李白，字太白，隴西成紀人，涼武昭王暠九世孫。……天寶中，皇祖下詔，徵就金馬，降輦步迎，如見綺皓。以七寶床賜食，御手調羹以飯之……置於金鑾殿，出入翰林中，問以國政，潛草詔誥，人無知者。醜正同列，害能成謗，格言不入，帝用疏之。公乃浪跡縱酒，以自昏穢。詠歌之際，屢稱東山。……天子知其不可留，乃賜金歸之，遂就從祖陳留采訪大使彥允，請北海高天師授道籙于齊州紫極宫。」聞一多《會箋》天寶三載：「是年夏，初遇李白於東都。《贈李白》詩當是本年初遇白時作。」詹鍈《李白詩文繫年》移李、杜會面於天寶四載，然爲揣度之詞。耿元瑞《有關李杜交游的幾個問題》（《文學遺産增刊》第十三輯）、郁賢皓《李杜交游新考》（《草堂》第五期）考二人會面在天寶四載，其地在梁宋。

〔二〕二年句：天寶元年杜甫在洛陽，爲姑萬年縣君撰《唐故萬年縣君京兆杜氏墓志》（本書卷二〇1482），是時至東都。

〔三〕野人二句：潘岳《秋興賦序》：「僕，野人也。偃息不過茅屋茂林之下，談話不過農夫田父之客。」仇注：「野人，公自謂。」《抱朴子·明本》：「山林之中非有道也，而爲道者必入山林，誠欲遠彼腥羶，而即此清淨也。」《雲笈七籤》卷七七《南岳真人鄭披雲傳授五行七味丸方》：「服藥之法，忌雞犬穢惡腥羶葷血，莫非潔淨處精專心修制。」《孟子·萬章下》：「雖蔬食菜羹，未嘗不飽。」此反用其意，二句言己對羶腥、飯蔬食而不飽，蓋表示對李白服藥訪道之羡慕。

〔四〕豈無二句：《真誥》卷一四《稽神樞》：「霍山中有學道者鄧伯元、王玄甫，受服青精石飯、吞日丹景之法，用思洞房已來，積三十四年，乃内見五藏，冥中夜書。以今年正月五日，太帝遣羽車見迎，伯元、玄甫以其日，遂乘雲駕龍，白日登天。」《雲笈七籤》卷七四《太極真人青精乾石䭀飯上仙靈方》：「南燭草木葉五斤……生嵩高少室、抱犢雞頭山，名山皆有之，非但數處而已，江左吴越尤多……煮取汁極令清冷，以溲米水釋炊之，洒護皆用此汁，當令飯正作紺青之色乃止。預作高格，暴令乾。若不辦得他藥者，但作此亦可服。日二升，勿服血食。亦以填胃補髓，消滅三蟲，爲益小遲，但當不及衆和者耳，亦神仙食也。」方以智《通雅》卷三九：「青䭀飯，烏飯也。今釋家四月八日作，或以烏桕，或以楓。一曰青精飯。《綱目》作飽飯，乃䭀訛也。智謂因青精而造耳。吴曾曰：《神仙王褒傳》：太極真人以太極青精飯方授之，褒煉服五季，色如少女。杜詩『惜無青精飯，使我顏色好』是也。青精用南天燭葉染之，所謂烏飯樹也。林洪以南燭即旱蓮草，誤矣。沈括云：今人家種之天竹有紅子者。智按不然。《登真隱訣》『䭀飯』，方始創『䭀』字。」

〔五〕苦乏二句：《南史·陶弘景傳》：「弘景既得神符秘訣，以爲神丹可成，而苦無藥物，帝給黄金、朱砂、曾青、雄黄等。後合飛丹，色如霜雪，服之體輕。」此句暗用其事。大藥，金丹。《抱朴子·釋滯》：「一塗之道士，或欲專守交接之術，以規神仙，而不作金丹大藥，此愚之甚也。」

〔六〕李侯句：江淹《别賦》：「金閨之諸彦，蘭臺之群英。」《文選》李善注：「金閨，金馬門也。《史記》曰：金馬門，宦者署。」錢箋：「東方朔、公孫弘待詔金馬門。白供奉翰林，故云。」

〔七〕亦有二句：本書卷七《遣懷》(0360)：「昔我游宋中，惟梁孝王都。……憶與高李輩，論交入酒壚。」卷六《昔游》(0288)：「昔者與高李，晚登單父臺。」即此時事。梁、宋，指汴州、宋州。《元和郡縣圖志》卷七河南道：「汴州，陳留。……戰國魏都，《史記》魏惠王自安邑徙理大梁，即今浚儀縣也。」「宋州，睢陽。……隋於睢陽置宋州，大業三年又改爲梁郡。隋亂陷賊，武德四年討平王世充，又爲宋州。」東方朔《與友人書》：「脱去十洲三島，相期拾瑶草，吞日月之光華，共輕舉耳。」江淹《從冠軍建平王登廬山香爐峰》：「瑶草正翕艴，玉樹信葱青。」《文選》李善注：「瑶草，玉芝也。」

游龍門奉先寺〔一〕

已從招提游〔二〕，更宿招提境。陰壑生虛籟①〔三〕，月林散清影。天闕象緯逼②，雲卧衣裳冷〔四〕。欲覺聞晨鍾，令人發深省〔五〕。（0004）

【校】

① 虛，錢箋、《草堂》校：「一作靈。」

② 闕，錢箋校：「一作闊。荆作閲。蔡興宗《考異》作闚。」

【注】

黃鶴注：當是開元二十四年（七三六）後游東都時作。

〔一〕龍門奉先寺：遺址在今洛陽龍門西山南口魏灣村北阜。參温玉成《〈河洛上都龍門之陽大盧舍那像龕記〉注釋》（《中原文物》一九八四年第三期）。龍門，即伊闕。《史記·秦本紀》正義引《括地志》：「伊闕在洛州南十九里。《注水經》云：昔大禹鑿龍門以通水，兩山相對，望之若闕，伊水歷其間，故謂之伊闕。按，今洛南猶謂之龍門也。」《全唐文》卷九八七闕名《河洛上都龍門之陽大盧舍那像龕記》：「調露元年己卯八月十五日，奉敕於大像南置大奉先寺，簡召高僧行解兼備者二七人，闕即續填。創基住持範法，英律而爲上首。至二年正月十五日，大帝書額。」

〔二〕從：徐仁甫釋爲就。信應舉釋爲向，義較長。　招提：佛寺。玄應《一切經音義》卷一六：「招提，譯云四方也。招此云四，提此云方，謂四方僧也。一云招提者訛也，正言拓鬬提奢，此云四方。譯人去鬬去奢。拓，經誤作『招』。以拓、招相似，遂有斯誤也。」謝靈運《山居賦》自注：「招提，謂僧不能常住者，可持作坐處也，所謂息肩。」王應麟《困學紀聞》卷二〇：「《通鑑考異》云：《會要》：『元和二年，薛平奏請賜中條山蘭若額，爲大和寺。』蓋官賜額者爲寺，私造者爲招提、蘭若，杜牧所謂『山臺野邑』是也。」

〔三〕陰壑句：謝莊《月賦》：「聲林虛籟，淪池滅波。」《文選》李善注：「此言風將息也。聲林而籟管虛，淪池而大波滅。」化用《莊子》「厲風濟，則衆竅爲虛」，郭象注：「烈風作則衆竅實，及其止則衆竅虛。」按，《月賦》「虛」用作動詞，杜詩用爲形容詞。

〔四〕天闕二句：陳岩肖《庚溪詩話》卷上釋此句：「此寺在洛陽之龍門。按韋述《東都記》：『龍門號雙闕，以與大内對，屹若天闕然。』此詩天闕指龍門也。後人爲其屬對不切，改爲『天關』，王介甫改爲『天閲』，蔡興宗又謂世傳古本作『天窺』，引《莊子》『用管窺天』爲證。以余觀之，皆臆説也。且『天闕象緯逼，雲卧衣裳冷』，乃此寺中即事耳。以彼天闕之高，則勢逼象緯；以我雲卧之幽，則冷侵衣裳，語自混成，何必屑屑較瑣碎，失大體哉？」《苕溪漁隱叢話》前集卷八引

《西清詩話》説略同。程大昌《演繁露》續集卷四：「杜詩『天闕象緯逼』，王介父曰『闕』當作『閲』，非也。《水經》紀穀水曰：『《漢官·典職》曰：偃師去洛西四十五里，望朱雀闕，其上鬱然與天連，明其峻極之至也。』《白虎通》曰：『今閶闔門外夾建巨闕，以應天宿。』」錢箋：「韋應物《龍門游眺》詩云：『鑿山導伊流，中斷若天闕。』又云：『南山鬱相對。』此杜詩注脚也。宋人妄改，削之何疑？」王夫之《夕堂永日緒論·内編》：「晝人解一『卧』字不得，只作人卧雲中，故于『闕』字生許多胡猜亂度。此等下字法，乃子美早年未醇處，從陰鏗、何遜來。向後脱卸乃盡，豈黄魯直所知邪？」浦起龍云：「此詩中四，却非散體。……雲卧正形容宿處之高迥，定屬虚用。而雲自與天對，卧自與闕對，正以不執死法爲文家妙用。」象緯，天象。《宋書·王僧達傳》：「搜詳妖圖，覘察象緯。」

〔五〕欲覺二句：《法苑珠林》卷九九鳴鐘部引别經偈：「洪鐘震響覺群生，聲遍十方無量土。含識群生普聞知，拔除衆生長夜苦。六識常昏終夜苦，無明被覆久迷情。晝夜聞鐘開覺悟，怡神淨刹得神通。」

望岳〔一〕

岱宗夫如何，齊魯青未了〔二〕。造化鍾神秀，陰陽割昏曉〔三〕。盪胸生曾雲，決

皆入歸鳥〔四〕。會當凌絶頂，一覽衆山小〔五〕。（0005）

【注】

黄鶴注：當作於開元二十四年（七三六）後游齊趙時。

〔一〕岳：指東岳泰山。《爾雅·釋山》：「泰山爲東岳，華山爲西岳，霍山爲南岳，恒山爲北岳，嵩高爲中岳。」《史記·秦始皇本紀》：「乃遂上泰山，立石，封，祠祀。」正義：「泰山一曰岱宗，東岳也，在兖州博城縣西北三十里。」集解：「瓚曰：古者聖王封泰山，禪亭亭或梁父。」《舊唐書·玄宗紀》：「（開元十三年十月）辛酉，東封泰山，發自東都。……封泰山神爲天齊王，禮秩加三公一等，近山十里，禁其樵采。」

〔二〕岱宗二句：仇注：「岱宗如何，意中遥想之詞。自齊至魯，其青未了。」《書·舜典》：「東巡守，至於岱宗。」傳：「岱宗，泰山，爲四岳所宗。」《白虎通義》卷五：「岳者何謂也？岳之爲言捔，捔功德。東方爲岱宗者，言萬物更相代於東方也。」《史記·貨殖列傳》：「故泰山之陽則魯，其陰則齊。」

〔三〕造化二句：《左傳》昭公二十八年：「天鍾美於是。」杜預注：「鍾，聚也。」孫綽《游天台山賦》：「天台山者，蓋山岳之神秀者也。」楊炯《少室山少姨廟碑銘》：「少室山者，山岳之神秀者也。」李邕《五臺山清涼寺碑》：「五峰對聳，四望崇崇，蓄陰陽之神秀，含造化之奇特。」《草堂》夢弼注：「陰陽謂日月也，割者分也，言泰山之高大，日月出没相隱避，迭爲昏曉也。」朱鶴齡注：

「割昏曉，言陰陽之氣爲昏曉之所分也。」仇注引徐增云：「山後爲陰，日光不到故易昏。山前爲陽，日光先臨故易曉。」按，陰陽謂山之南北，昏曉謂光照懸殊。然杜詩亦自李邕文意化出，陰陽語含雙關，與造化鈎連。

〔四〕盪胸二句：張衡《南都賦》：「湯谷涌其後，淯水盪其胸。」曾，同層。陸機《園葵詩》：「曾雲無温液，嚴霜有凝威。」《文選》李善注：「鄭玄《毛詩箋》：曾，重也。」司馬相如《子虛賦》：「弓不虛發，中必決眥。」《文選》李善注：「《説文》曰：眥，目匡也。」《苕溪漁隱叢話》前集卷九引《三山老人語録》：「（二句）借用二賦（《南都賦》、《子虛賦》）中字也，胸與眥當於山言之，或以人言之，非也。」按，杜詩未必拘泥原賦，胸或可就山言之，眥就山言之成何語？

〔五〕會當二句：《孟子·盡心下》：「孔子登東山而小魯，登太山而小天下。」會當，信應舉釋爲將要。按，有意料、預想之義。竺僧度《答苕華》：「巨石會當竭，芥子豈云多。」李白《古風》：「雌雄終不隔，神物會當逢。」

范温《潛溪詩眼》：「老杜詩凡一篇皆工拙相半，古人文章類如此。皆拙固無取，使其皆工，則峭急而無古氣，如李賀之流是也。……《望岳》詩無第二句，而云『岱宗夫如何』，雖曰亂道可也。」

汪師韓《詩學纂聞》：「詩至少陵，謂之集大成，然不必無一字一句之可議也。……即如

『岱宗夫如何，齊魯青未了』，起輕佻失體。」

施補華《峴傭説詩》：「《望岳》一題，若他人入手，不知作多少語。少陵只以四韻了之，彌見簡勁。『齊魯青未了』五字，囊括數千里，可謂雄闊。後來唯退之『荆山已去華山來』七字，足以敵之。」

陪李北海宴歷下亭〔一〕時邑人蹇處士等在座①。

東藩駐皁蓋，北渚凌清河②〔二〕。海内此亭古③，濟南名士多〔三〕。雲山已發興，玉佩仍當歌〔四〕。修竹不受暑，交流空涌波〔五〕。蘊真愜所遇，落日將如何〔六〕？貴賤俱物役〔七〕，從公難重過。（0006）

【校】

① 在座，錢箋其下有「李公序」三字。

② 清河，宋本校：「一作青荷。」錢箋作「青荷」，校：「一作河。」

③ 海内，《九家》、《草堂》作「海右」。宋本校：「一作海右。」錢箋校「内」字：「一作右。」

【注】

黄鶴注：當是天寶四載（七四五）作。

〔一〕李北海：李邕。《舊唐書·李邕傳》：「李邕，廣陵江都人。父善，嘗受《文選》於同郡人曹憲。……邕少知名，長安初，内史李嶠及監察御史張廷珪並薦邕詞高行直，堪爲諫諍之官，由是召拜左拾遺。……開元三年，擢爲户部郎中。……十三年，玄宗車駕東封回，邕於汴州謁見，累獻詞賦，甚稱上旨。由是頗自矜炫，自云當居相位。張説爲中書令，甚惡之。俄而陳州贓污事發，下獄鞫訊，罪當死……貶爲欽州遵化縣尉……又累轉括、淄、滑三州刺史，上計京師。邕素負美名，頻被貶斥，皆以邕能文養士，賈生、信陵之流，執事忌勝，剥落在外。人間素有聲稱，後進不識，京洛阡陌聚觀，以爲古人。……天寶初，爲汲郡、北海二太守。邕性豪侈，不拘細行，所在縱求財貨，馳獵自恣。五載，奸贓事發。又嘗與左驍衛兵曹柳勣馬一匹，及勣下獄，吉温令勣引邕議及休咎，厚相賂遺，詞狀連引，敕刑部員外郎祁順之、監察御史羅希奭馳往就郡決殺之，時年七十餘。」歷下：齊州。《元和郡縣圖志》卷一〇河南道下齊州條：「漢分齊郡立濟南國，今州即濟南國之歷城縣理也。……州理城，古歷下城也。」歷下亭，指客亭。《水經注》濟水：「濟水又東北，濼水入焉。水出歷城縣故城西南，泉源上奮，水涌若輪。……其水北爲大明湖，西即大明寺，寺東北兩面側湖，此水便成净池也。池上有客亭，左右楸桐，負日俯仰，目對魚鳥，水木明瑟，可謂濠梁之性，物我無違矣。」《齊乘》卷五歷下亭：「府城驛邸内歷山臺上，面山背湖，實爲勝絶。少陵有《陪李北海宴歷下亭》詩。」同卷北渚亭引《水經注》濼水條。錢箋謂客亭當爲歷下古亭，以北渚亭當之。

〔二〕東藩二句：東藩，齊地。司馬相如《上林賦》：「今齊列爲東藩。」皂蓋，此指齊郡長官太守。《後漢書・輿服志》：「中二千石、二千石皆皂蓋，朱兩轓。」太守秩二千石。北渚，北岸。《楚辭・湘君》：「夕弭節兮北渚。」王逸注：「渚，水涯也。」清河，唐時謂濟水。《元和郡縣圖志》卷五河南府濟源縣濟水：「然濟水因王莽末旱，渠涸，不復截河南過。今東平、濟南、淄川、北海界中有水流入於海，謂之清河，實荷澤、汶水合流，亦曰濟河，蓋因舊名，非本濟水也。」仇注謂北渚切北海，蕭滌非謂此句言自北渚乘舟經清河往游歷下亭。按，此句不過謂亭在北岸，下臨清河。錢箋作「青荷」，謂與皂蓋對。又或説作「青菏」，菏爲濟之別名。皆不足據。

〔三〕濟南句：濟南，齊州。《舊唐書・地理志》：「齊州上，漢濟南郡。……天寶元年，改爲臨淄郡。五載，爲濟南郡。乾元元年，復爲齊州。」仇注引《漢書・儒林傳》濟南伏生傳《尚書》，其時張生、歐陽生、林尊傳其學，皆濟南人，謂「此亦名士多之一證」。按，此句意屬蹇處士等人。

〔四〕玉佩句：王容《大堤曲》：「寶髻耀明璫，香羅鳴玉佩。」仇注引此，謂玉佩「指侑酒者」。當歌，仇注謂當筵而歌，引楊慎説：此是對當之當，非合當之當，與魏武「對酒當歌」不同。趙翼《陔餘叢考》卷二四：「曹孟德樂府『對酒當歌，人生幾何』，『當』字今作『宜』字解，然詩與『對』字並言，則具意義相類。《世説新語》王長史語『不人當對』，言其非敵手也。元微之《寄白香山書》有『當花對酒』之語。《學齋佔畢》載《古鏡銘》有云：『當眉寫翠，對臉傅紅。』是『當』字皆作『對』字解，曹詩正同此例。今俗尚有『門當户對』之語。」李白《把酒問月》：「唯願當歌對酒時，月光長照金樽裏。」是唐人用曹詩亦作對當解。

〔五〕交流句：《水經注》濟水：「（大明）湖水引瀆，東入西郭，東至歷城西而側城北注陂，水上承東城歷祠下泉，泉源競發，其水北流，逕歷城東，又北，引水爲流杯池，州僚賓燕，公私多萃其上。分爲二水，右水北出，左水西逕歷城北，西北爲陂，謂之歷水，與濼水會。」《太平寰宇記》卷一九引《三齊記》：「歷水出歷祠下，泉源競發，與濼水同入鵲山湖。」錢箋引此，謂「此所謂交流也」。

〔六〕蘊真二句：謝靈運《登江中孤嶼》：「表靈物莫賞，蘊真誰爲傳。」仇注：「蘊真，亭含真趣。」按，指亭上所見。

〔七〕貴賤句：《荀子·修身》：「内省而外物輕矣。傳曰：君子役物，小人役於物。此之謂矣。」謝瞻《答康樂秋霽詩》：「獨夜無物役，寢者亦云寧。」仇注：「物役，各役於事。」

登歷下古城員外孫新亭①時李之芳自尚書郎出齊州司馬，製此亭②〔一〕。

北海太守李邕

吾宗固神秀，體物寫謀長③〔二〕。形制開古跡〔三〕，曾冰延樂方〔四〕。太山雄地理④，巨壑眇雲莊〔五〕。高興泊煩促⑤，永懷清典常〔六〕。含弘知四大，出入見三光〔七〕。負郭喜粳稻，安時歌吉祥。

【校】

① 登歷下古城員外孫新亭，錢箋、《九家》無「孫」字。

② 時李之芳自尚書郎出齊州司馬製此亭，錢箋以此爲吴若本注，作：「本傳云：天寶初，爲汲郡、北海郡太守。時李之芳自尚書郎出爲齊州司馬，作此亭。」《分門》以此注爲「洙曰」。

③ 長，《草堂》作「良」。

④ 地理，宋本作「地里」，據他本改。

⑤ 洎，錢箋校：「陳浩然本作洎。」

【注】

〔一〕李之芳：《舊唐書·太宗諸子傳》：「蔣王惲，太宗第七子也。……惲子煌，蔡國公。煌孫之芳，幼有令譽，頗善五言詩，宗室推之。開元末爲駕部員外郎。天寶十三載，安禄山奏爲范陽司馬。及禄山起逆，自拔歸西京，授右司郎中，歷工部侍郎、太子右庶子。廣德元年，兵革未清，吐蕃又犯邊，侵軼原、會。乃遣之芳兼御史大夫，使吐蕃，被留境上，二年而歸。」按，邕爲江夏人，其以之芳爲同宗從孫，蓋唐人附會認宗之習。

〔二〕體物句：陸機《文賦》：「賦體物而瀏亮。」寫，摹寫。《史記·秦始皇本紀》：「秦每破諸侯，寫放其宮室，作之咸陽北坂上。」潘岳《西征賦》：「乃摹寫舊豐，制造新邑。」《書・盤庚中》：「汝不謀長，以思乃災。」傳：「汝不謀長久之計，思汝不徙之災。」

〔三〕開古跡：仇注：「謂開拓舊基。」

〔四〕曾冰句：仇注：「此言夏時置冰，乃引樂之方也。」曾同層。《楚辭・招魂》：「增冰峨峨，飛雪千里些。」王逸注：「言北方常寒，其冰重累，峨峨如山。」曹植《鬭雞詩》：「主人寂無爲，衆賓進樂方。」傅毅《舞賦》：「動朱脣，紆清陽，亢音高歌爲樂方。」

〔五〕太山二句：曹植《與吴季重書》：「食若填巨壑。」仇注：「巨壑，即鵲湖。」「此謂遠望莊舍，渺在雲間也。」

〔六〕高興二句：張華《答何劭二首》：「恬曠苦不足，煩促每有餘。」仇注：「泊煩促，言塵思頓蠲。」《書・微子之命》：「慎乃服命，率由典常。」傳：「循用舊典，無失其常。」仇注：「清典常，言清靜可法。」

〔七〕含弘二句：仇注：「含弘以下，舉亭前景象，以形容德化。」《易・坤・彖》：「含弘光大，品物咸亨。」《老子》二十五章：「道大，天大，地大，王大。域中有四大，而王處一。」《史記・天官書》：「太微，三光之廷。」索隱：「宋均曰：三光，日、月、五星也。」班固《典引》：「經緯乾坤，出入三光。」

同李太守登歷下古城員外新亭①亭對鵲湖〔一〕。

新亭結構罷，隱見清湖陰〔二〕。跡藉臺觀舊，氣冥海岳深②〔三〕。圓荷想自昔，遺堞感至今〔四〕。芳宴此時具，哀絲千古心③〔五〕。主稱壽尊客，筵秩宴北林④〔六〕。不阻蓬篳興，得兼梁甫吟⑤〔七〕。（0007）

【校】

① 同李太守登歷下古城員外新亭，宋本、錢箋、《九家》作「同前」，承前李邕詩題。據《草堂》本等改。

② 藉，錢箋作「籍」。　冥，錢箋、《九家》作「溟」。

③ 具，《九家》作「俱」。錢箋校：「一作俱。」　絲，錢箋校：「一作絃。」

④ 北，錢箋校：「北一作密。」

⑤ 得兼，錢箋校：「一作兼得。」

【注】

黄鶴注：當是天寶四載（七四五）作。

〔一〕鵲湖：鵲山湖。《太平寰宇記》卷一九齊州歷城縣：「《三齊記》云：歷水出歷祠下，泉源競發，與濼水同入鵲山湖。」《齊乘》卷五：「鵲山亭，城北鵲山湖上。少陵詩序『登歷下員外新亭，亭對鵲山湖者』是也。今廢。」

〔二〕隱見：或隱或見。蕭綱《詠梔子花》：「日斜光隱見，風還影合離。」

〔三〕跡藉二句：《九家》趙注：「亭之形跡憑藉臺觀之舊製，『籍』字言圖籍所載舊有臺觀之跡，於義皆通。」朱鶴齡、仇注皆取前説。氣冥海岳，《百家注》趙曰：「言東海、太山之氣相與冥接也。」鮑照《喜雨詩》：「平洒周海岳，曲潦溢山莊。」

〔四〕圓荷二句：李嶠《荷》：「新溜滿澄陂，圓荷影若規。」沈佺期《初冬從幸漢故青門應制》：「故基仍岳立，遺堞尚雲屯。」錢箋：「歷城，古齊歷下，城對歷山之下，韓信渡河，破齊歷下之師，即此也。城東有譚國城，故云遺堞感至今也。」

〔五〕哀絲句：《禮記・樂記》：「絲聲哀，哀以立廉。」

〔六〕主稱二句：曹植《野田黄雀行》：「主稱千金壽，賓奉萬年酬。」《禮記・曲禮上》：「尊客之前不叱狗。」《詩・小雅・賓之初筵》：「賓之初筵，左右秩秩。」傳：「秩秩然肅敬也。」《詩・秦風・晨風》：「鴥彼晨風，鬱彼北林。」

〔七〕不阻二句：仇注：「蓬篳興，公自謂。梁甫吟，在歷下也。」《禮記・儒行》：「儒有一畝之宫，環堵之室，篳門圭窬，蓬户甕牖。」注：「言貧窮屈道，仕爲小官也。……篳門，荆竹織門也。」釋文：「蓬户，以蓬爲户也。」《三國志・蜀書・諸葛亮傳》：「亮躬耕隴畝，好爲《梁父吟》。」《樂府詩集》卷四一《相和歌辭》引《古今樂録》：「李勉《琴説》曰：《梁甫吟》，曾子撰。《琴操》曰：曾子耕泰山之下，天雨雪冰，旬月不得歸，思其父母，作《梁山歌》。蔡邕《琴頌》曰：梁甫悲吟，周公越裳。按，梁甫，山名，在泰山下。《梁甫吟》，蓋言人死葬此山，亦葬歌也。」《太平寰宇記》卷一八青州臨淄縣：「蕩陰里，《郡國志》云在縣東，有三冢焉，即諸葛亮《梁甫吟》云：步出齊城門，遥望蕩陰里。里中有三墓，累累皆相似。借問誰家冢，田疆古冶子。」錢箋引此，謂臨淄屬北海郡，故詩云「得兼梁甫吟」。

玄都壇歌寄元逸人①〔一〕

故人昔隱東蒙峯〔二〕，已佩含景蒼精龍〔三〕。故人今居子午谷〔四〕，獨在陰崖結茅屋②。屋前太古玄都壇，青石漠漠常風寒。子規夜啼山竹裂，王母晝下雲旗翻③〔五〕。知君此計誠長往④，芝草琅玕日應長〔六〕。鐵鎖高垂不可攀，致身福地何蕭爽〔七〕。（〇〇〇八）

【校】

① 寄元逸人，錢箋作小字題注。

②在，錢箋、《九家》校：「一作並。」結，錢箋、《九家》校：「一作白。」

③翻，錢箋校：「一作蟠。」

④誠，宋本作「試」，乃「誠」之誤。據《九家》等改。錢箋作「成」，校：「或作誠。」

【注】

黄鶴注：天寶十一載（七五二）作。

〔一〕玄都壇：《九家》趙注謂：據詩意，壇在子午谷，然宋敏求《長安志》不載谷中所有古跡名稱，故壇無可考。《草堂》夢弼注：「玄都壇，漢武帝所築，在長安南山子午谷中。」或有附會。玉京玄都，爲道教所稱天闕。《雲笈七籤》卷二一天地部《四梵三界三十二天》：「四天之上則爲梵行，梵行之上則是上清之天，玉京玄都紫微宫也，乃太上道君所治，真人所登也。」元逸人：盧世潅以爲即與李白同游之元丹丘。

〔二〕故人句：《水經注》沂水・蒙山熊會貞疏：「《注》蒙山與下東蒙分載，似是二山。《通典》遂謂費縣有蒙山，又有東蒙山。《元和志》：蒙山在費縣西北八十里，東蒙山在縣西北七十五里。《寰宇記》同。王氏《詩地理考》六、《地理通釋》五亦同。然考《禹貢》蒙羽之蒙，《魯頌》龜蒙之蒙，《論語》謂之東蒙。何晏《論語集解》引孔安國《論語訓解》：以爲東蒙主，使主祭蒙山也。邢昺疏：山在東魯，故曰東蒙。《通鑑》梁天監五年胡注：蒙山即東蒙。則蒙山、東蒙實一山也。蓋古統名蒙山，或名東蒙，後人分爲二山耳。」錢箋引陸游《老學庵筆記》，以東蒙爲終南山峰名。仇注謂未足信。杜甫約天寶四載在魯地初遇元逸人及董煉師，本書卷六《昔游》（0288）：「東蒙赴舊隱，尚憶同志樂。伏事董先生，於今獨蕭索。」即此詩所謂「昔隱」。

〔三〕含景蒼精龍：指劍。《藝文類聚》卷六〇士孫瑞《劍銘》：「天生五材，金德惟剛。從革庚辛，含景吐商。」含景謂含日月之景。《春秋繁露・服制像》：「劍之在左，青龍之象也。」《史記・天官書》索隱：「《文耀鈎》云：東宮蒼龍，其精爲龍。」劉向《九歎・怨思》：「佩蒼龍之蚴虬兮，帶隱虹之逶蛇。」《九家》趙注：「或曰蒼精龍應是符籙名。蓋道家有蒼龍精，東方甲乙木；赤鳳髓，南方丙丁火。」仇注據《史記》索隱引《文耀鈎》，謂指道書青龍符。

〔四〕子午谷：《史記・樊酈滕灌列傳》索隱引《三秦記》：「長安正南，山名秦嶺，谷名子午，一名樊川，一名御宿。」《長安志》卷一二：「子午關在縣南一百里。……師古曰：子北方也，午南方也。言通南北道相當，故謂之子午耳。今京城通南山，有谷通梁漢道者，名子午谷。」

〔五〕子規二句：《九家》趙注：「子規啼而竹裂，言啼之苦也。」黄鶴注引劉曰：「嫌其夜啼聲哀怨，故燒竹爆裂以驚飛也。」張邦基《墨莊漫録》卷一：「言其聲清越如竹裂也。」王母，《九家》杜《正謬》：「王母，鳥名也，以對子規。」引《酉陽雜俎》卷一六《廣動植》：「齊郡函山有鳥，足青，觜赤，黄素翼，絳顙，名王母使者。」又《墨莊漫録》卷一：「中官陳彦和言，頃在宣和間掌禽苑，四方所貢珍禽不可殫舉，蜀中貢一種鳥，狀如燕，色紺，翠尾甚多而長，飛則尾開婀娜如兩旗，名曰王母，則子美所言，乃此禽也。」《九家》趙注：「雲旗者，神仙之儀衛也。《離騷》云：『載雲旗之逶迤。』……詩以元逸人爲仙者，則王母降之有是理，何必泥以鳥名。」

〔六〕芝草：《漢武内傳》：「太上之藥：風實雲子，玉津金漿，月精萬壽，碧海琅玕……」《書・禹貢》傳：「琅玕，石而似珠。」《抱朴子・金丹》：「是以古之道士，合作神藥，必入名山……上皆生芝草，可以避大兵大難，不但於中可合藥也。」

〔七〕鐵鎖二句：《九家》趙注引綿州彰明縣竇嵩山有二鐵鎖垂於山際，竇氏兄弟三人白日仙去，又乾州金精山女仙張麗英昇仙之地有鐵鎖垂焉。《千家注》引《道藏經》：「晉時有戍卒屯於子午谷，入谷之西，澗水窮處，忽見鐵鎖下垂，約有百餘丈，戍卒欲挽引而上，有虎蹲踞焉。」錢箋引《法苑珠林》卷三九：「終南山大秦嶺竹林寺者，至貞觀初，采蜜人山行，聞有鐘聲，尋而往至焉。寺舍二間，有人住處。傍大竹林，可有二頃。其人斷二節竹以盛蜜，可得五升許。兩人負下，尋路而至大秦戍，具告防人，以林至此可十五里。戍主利其大竹，將往伐取，遣人依言往覓，過小竹谷，達於崖下，有鐵鎖長三丈許，防人曳鎖，掣之大牢，將上，有二大虎踞崖頭，向下大呼。其人怖，急返走。又將十人重尋，值大洪雨，便返。」福地，《長安志》卷一一引《關中記》：「終南太一左右三十里内，名福地。」程大昌《雍録》卷五亦引，謂「福地、地肺，皆道家言」。

張謙宜《絸齋詩談》卷四：「『子規夜啼山竹裂，王母晝下雲旗翻。』虚景實寫，此得之《離騷》。」

葉矯然《龍性堂詩話》初集：「至杜云『白摧朽骨龍虎死，黑入太陰雷雨垂』、『子規夜啼山竹裂，王母晝下雲旗翻』，語以奇勝而帶幽。」

今夕行①

今夕何夕歲云徂，更長燭明不可孤〔一〕。咸陽客舍一事無，相與博塞爲歡娛②〔二〕。馮陵大叫呼五白，袒跣不肯成梟盧③〔三〕。英雄有時亦如此，邂逅豈即非良圖？君莫笑劉毅從來布衣願，家無儋石輸百萬〔四〕。（0009）

【校】

① 今夕行，錢箋題下注：「自齊趙西歸至咸陽作。」

② 博塞，錢箋、《九家》校：「一云賭博。」

③ 盧，錢箋、《九家》校：「一作牟。」

【注】

黃鶴注：當是天寶五載（七四六）自齊趙西歸至長安時作。

〔一〕今夕二句：《詩·唐風·綢繆》：「今夕何夕，見此良人。」箋：「言此夕何月之夕乎，而女以見良人。言非其時。」《詩・唐風・蟋蟀》：「蟋蟀在堂，歲聿其莫。」又《小雅・小明》：「曷云其還，歲聿云莫。」潘岳《寡婦賦》：「歲云暮兮日西頹。」《文選》李善注：「《毛詩》曰：歲聿其暮。古詩曰：凜凜歲云暮。」《爾雅・釋詁》：「徂、逝，往也。」韋孟《諷諫詩》：「歲月其徂，年其逮耇。」不可孤，《九家》趙注：「孤乃孤負之孤。李陵書『陵雖孤恩，漢亦負德』是也。」更長，更深。敦煌詞《五更轉》：「四更長，太子苦行萬里香。」

〔二〕咸陽二句：咸陽，指長安。《元和郡縣圖志》卷一京兆府咸陽縣：「本秦舊縣也，孝公十二年於渭北城咸陽，自汧、隴徙都焉。……縣在北山之南、渭水之北，故曰咸陽。」李白《君子有所思》：「紫閣連終南，青冥天倪色。憑崖望咸陽，宮闕羅北極。」《莊子・駢拇》：「問穀奚事，則博塞以游。」《說文》：「簙，局戲也，六箸十二棋也。」「簺，行棋相塞謂之簺。」

〔三〕馮陵二句：《左傳》襄公二年：「以憑陵我敝邑。」《楚辭・招魂》：「成梟而牟，呼五白些。」王逸注：「倍勝爲牟。五白，簙齒也。言己棋已梟，當成牟勝。射張食棋，下逃於窟，故呼五白，以助投也。」《史記・魏世家》：「王獨不見夫博者之所以貴梟者？便則食，不便則止矣。」正義：「博頭有刻爲梟鳥形者，擲得梟者合食其子，若不便，則爲餘行也。」《唐國史補》卷下：「今之博戲，有長行最盛。其具有局有子，子有黃、黑各十五，擲彩之骰有二。其法生於握槊，變於雙陸。」「洛陽令崔師本，又好爲古之摴蒱。其法三分其子，三百六十，限以二關，人執六馬，其骰五枚，分上爲黑，下爲白，黑者刻二爲犢，白者刻二爲雉。擲之全黑者爲盧，其彩十六。二雉三黑爲雉，其彩十四。二犢三白爲犢，其彩十。全白爲白，其彩八。四者貴彩也。開爲十二，塞爲十一，塔爲五，禿爲四，撅爲三，梟爲二。六者雜彩也。貴彩得連擲，得打馬，得過關，餘彩則否。新加進九、退六兩彩。」

〔四〕君莫笑二句：《晉書・劉毅傳》：「後於東府聚樗蒱大擲，一判應至數百萬，餘人並黑犢以還，唯劉裕及毅在後。毅次擲得雉，大喜，褰衣繞床，叫謂同坐曰：『非不能盧，不事此耳。』裕惡之，因挼五木久之，曰：『老兄試爲卿答。』既而四子俱黑，其一子轉躍未定，裕厲聲喝之，即成盧焉。毅意殊不快。」《宋書・武帝紀》桓玄語：「劉毅家無儋石之儲，摴蒱一擲百萬。」

王嗣奭《杜臆》：「此詩真有英雄氣。最妙在『邂逅』一句，邂逅謂偶然遇時也，窮人妄想，往往如此，又妙在結語，謂擲輸百萬，未嘗非英雄也。」

貧交行

翻手作雲覆手雨，紛紛輕薄何須數〔一〕。君不見管鮑貧時交，此道今人弃如土〔二〕。（0010）

【注】

黃鶴注：師云「公作此詩爲嚴武者」，非。意是公獻賦後寓京華，故人莫有念之者，故有此作。所以梁權道從舊次編在天寶十一載（七五二）爲是，又疑爲高適作。按，此詩當作於長安時期，然疑因高適作亦無據。

〔一〕翻手二句：《史記·酈生陸賈列傳》：「越殺王降漢，如反覆手耳。」杜弼《檄梁文》：「趨利改圖，速如覆手。」

〔二〕君不見二句：《史記·管晏列傳》：「管仲夷吾者，潁上人也。少時常與鮑叔牙游，鮑叔知其賢。管仲貧困，常欺鮑叔，鮑叔終善遇之，不以爲言。已而鮑叔事齊公子小白，管仲事公子糾。及小白立爲桓公，公子糾死，管仲囚焉。鮑叔遂進管仲。……管仲曰：『吾始困時，嘗與鮑叔賈，分財利多自與，鮑叔不以我爲貪，知我貧也。吾嘗爲鮑叔謀事而更窮困，鮑叔不以我爲愚，知時有利不利也。吾嘗三仕三見逐於君，鮑叔不以我爲不肖，知我不遭時也。吾嘗三戰三走，鮑叔不以我怯，知我有老母也。公子糾敗，召忽死之，吾幽囚受辱，鮑叔不以我爲無恥，知我不羞小節而恥功名不顯於天下也。生我者父母，知我者鮑子也。』」

兵車行

古樂府云：不聞耶娘哭子聲，但聞黃河流水鳴濺濺①〔一〕。

車轔轔，馬蕭蕭〔二〕，行人弓箭各在腰。耶娘妻子走相送②〔三〕，塵埃不見咸陽橋〔四〕。牽衣頓足攔道哭③，哭聲直上干雲霄。道傍過者問行人，行人但云點行頻〔五〕。或從十五北防河，便至四十西營田〔六〕。去時里正與裹頭〔七〕，歸來頭白還戍邊④。邊亭流血成海水⑤，武皇開邊意未已⑥〔八〕。君不聞漢家山東二百州，千村萬落生荆杞〔九〕。縱有健婦把鋤犁，禾生隴畝無東西〔一〇〕。況復秦兵耐苦戰，被驅不異犬與雞〔一一〕。長者雖有問，役夫敢申恨？且如今年冬，未休關西卒⑦〔一二〕。縣官急索租⑧，租稅從何出〔一三〕？信知生男惡，反是生女好。生女猶是嫁比鄰⑨，生男埋没隨百草⑩〔一四〕。君不見青海頭，古來白骨無人收。新鬼煩冤舊鬼哭，天陰雨濕聲啾啾⑪〔一五〕。（0011）

【校】

① 古樂府云不聞耶娘哭子聲但聞黄河流水鳴濺濺，錢箋以此注爲吴若本注，《分門》彦輔曰以爲「杜元注」，《千家注》以爲「公自注」。嗚，宋本作短綫，據錢箋改。

② 耶娘，《文苑英華》作「爺娘」。

③ 攔，宋本、《草堂》作「欄」，據錢箋等改。唐人手書「扌」「木」每不分。錢箋校：「一作欄。」下徑改不再出校。

④ 還，《文苑英華》校：「集作猶。」

⑤亭，《九家》作「庭」。錢箋校：「一作庭。」

⑥武，錢箋校：「一作我。」《文苑英華》校：「集作我。」

⑦關，錢箋、《九家》校：「一作隴。」《文苑英華》校：「集作隴。」以上三句錢箋校：「一云『役夫心益憤，如今縱得休，還爲隴西卒』。」宋本校同，缺「還」字。《九家》「還」作「休」。

⑧縣官急索租，錢箋校：「《草堂》本作『縣官云急索』。」

⑨是，錢箋校：「一作得。」《文苑英華》作「得」，校：「集作是。」

⑩男，錢箋校：「一作兒。」

⑪聲，錢箋、《九家》校：「一作悲。」《文苑英華》校：「集作悲。」

【注】

黄鶴注：吕公、梁權道皆爲天寶十一載（七五二）作，然以「且如今年冬，未休關西卒」，當是九載（七五〇）。蕭滌非據錢箋，繫於天寶十載（七五一）。

〔一〕古樂府云：《樂府詩集》卷二五《梁鼓角横吹曲》：「按歌辭有《木蘭》一曲，不知起於何代也。」録《木蘭詩》「古辭」及韋元甫續作，引《古今樂録》：「木蘭不知名。浙江西道觀察使兼御史中丞韋元甫續附入。」《九家》趙注：「黄魯直《跋木蘭歌後》云：杜子美《兵車行》引此詩，推『耶娘』字所出，以知古人用字，其與俗書不同，皆有所本。」按，此注爲杜甫自注，韋元甫約與杜甫同時，則當時已視《木蘭詩》爲古樂府辭。

〔二〕車轔二句：《詩・秦風・車鄰》：「有車鄰鄰，有馬白顛。」傳：「鄰鄰，衆車聲也。」鄰同轔。《玉篇》：「轔，力陳切，衆車。」《詩・小雅・車攻》：「蕭蕭馬鳴，悠悠旆旌。」疏：「唯聞蕭蕭然馬鳴之聲。」

〔三〕耶孃：即爺孃。《太平廣記》卷二四六《王絢》（出《啓顔録》）：「晋王絢，彧之子，六歲，外祖何尚之特加賞異。受《論語》，至『郁郁乎文哉』，尚之戲曰：『可改爲耶耶乎文哉。』吴蜀之人，呼父爲耶。絢捧手對曰：『尊者之名，安得爲戲？亦可道草翁之風必舅。』《論語》云『草上之風必偃』。翁即王絢外祖何尚之，舅即尚之子偃也。」吴景旭《歷代詩話》卷五七引此以證古樂府「不聞耶孃唤女聲」、杜詩「耶孃妻子走相送」、「見耶背面啼」義。

〔四〕咸陽橋：錢箋謂即中渭橋，仇注以爲便橋。《元和郡縣圖志》卷一京兆府咸陽縣：「中渭橋，在縣東南二十二里，本名横橋，架渭水上。」「便橋，在縣西南十里，架渭水上。武帝建元三年，初作便門，橋在長安北、茂陵東，去長安二十里。長安城西門曰便門，此橋與門相對，因號便橋。」按，中渭橋及便橋架渭水上，相距不甚遠。自長安西行逾隴坂至西域，或西北赴奉天至朔方，或西南出散關往劍南、雲南，皆須渡渭水，出開遠門當走中渭橋，出便門則經便橋。錢、仇對詩意理解有異，故其説不同，然實無關二橋所取路。喬潭《中渭橋記》：「連横門，抵禁苑，南馳終於商洛，北走滇池鄜畤。」《舊唐書・玄宗紀》：「將謀幸蜀，乃下詔親征……平明渡便橋，國忠欲斷橋。」

〔五〕點行：按名簿徵點。《唐六典》卷五尚書兵部：「凡兵士隸衛……皆取六品已下子孫及白丁無職役者點充。凡三年一簡點，成丁而入，六十而免。……凡衛士各立名簿，具三年已來征防若差遣。」《王梵志詩校注》二八八首：「兒在愁他役，又恐點著征。」

〔六〕或從二句：北防河，此指防止西北游牧民族進犯。張鷟《龍筋鳳髓判·將軍宋敬狀被差防河恐冰合賊過請差州兵上下數千里椎冰庶存通鎮》：「祇如千尋紫塞，遠接天山；萬里黄河，遥通瀚海。」馬戴《關山曲》：「木落防河急，軍孤受敵偏。」西營田，謂在西部駐軍屯田，防禦吐蕃。《唐六典》卷七屯田郎中：「凡軍、州邊防鎮守轉運不給，則設屯田以益軍儲。……凡天下諸軍、州管屯，總九百九十有二，大者五十頃，小者二十頃。」屯田亦稱營田。《朝野僉載》卷五：「納言婁師德……檢校營田，往梁州。」

〔七〕去時句：《通典》卷三《食貨·鄉黨》：「大唐令：諸户以百户爲里，五里爲鄉，四家爲鄰，五家爲保。每里置正一人，掌按比户口，課植農桑，檢察非違，催驅賦役。……諸里正，縣司選勳官六品以下、白丁清平强幹者充。」裹頭，以巾幞纏頭。《封氏聞見記》卷五「巾幞」：「近古用幅巾，周武帝裁出脚，向後幞髮，故俗謂之幞頭。至尊、皇太子、諸王及仗内供奉以羅爲之，其脚稍長。士庶多以紗縵，而脚稍短。幞頭下别施巾，象古冠下之幘也。……兵部尚書嚴武裹頭至緊，將裹，先以幞頭曳於盤水之上，然後裹之，名爲水裹，撅兩翅皆有褶數，流俗多效焉。」

〔八〕邊亭二句：邊亭，邊塞。亭謂亭塞。《漢書·貢禹傳》：「令代關東戍卒，乘北邊亭塞候望。」鮑照《出自薊北門行》：「羽檄起邊亭，烽火入咸陽。」武皇，漢武帝。《漢書·地理志》：「武帝開廣三邊。」《九家》王深父云：「此詩蓋託於漢以刺玄宗。」錢箋：「唐人詩稱明皇多云武皇。王昌齡：『白馬金鞍從武皇。』韋應物：『少事武皇帝。』」

〔九〕君不聞二句：黄氏《補注》彦輔曰：「按《十道四番志》，關以東七道，凡二百一十一州。」《九家》趙注：「山東者，太行山之東也。《漢史》所謂『山東出相』。」《老子》三十章：「師之所處，荆棘生。」

〔一〇〕縱有二句：樂府《隴西行》：「健婦持門户，亦勝一丈夫。」《史記·秦本紀》：「爲田開阡陌。」索隱：「《風俗通》曰：南北曰阡，東西曰陌。河東以東西爲阡，南北爲陌。」鄧魁英云：「無東西即阡陌不分，言耕種不善。」

〔一一〕況復二句：王嗣奭《杜臆》：「秦兵即關中之兵，正此時點行者。秦兵堅勁耐戰，故驅之尤迫。」

〔一二〕且如二句：黄鶴注引《資治通鑑》天寶九載十二月：「關西游奕使王難得擊吐蕃，克五橋，拔樹敦城。」

〔一三〕縣官二句：《史記·絳侯周勃世家》：「庸知其盜買縣官器。」索隱：「縣官謂天子也。所以謂國家爲縣官者，《夏官》王畿内縣即國都也。王者官天下，故曰縣官也。」《舊唐書·食貨志》：「賦役之法：每丁歲入租粟二石，調則隨鄉土所産，綾絹絁各二丈，布加五分之一。輸綾絹絁者兼調綿三兩，輸布者麻三斤。凡丁，歲役二旬。若不役，則收其傭，每日三尺。」《通典》卷六《食貨·賦税》：「自開元中及於天寶，開拓邊境，多立功勳，每歲軍用日增，其費糴米粟則三百六十萬疋段……而錫賚之數，此不與焉。其時錢穀之司唯務割剥，回殘剩利，名目萬端。府藏雖豐，閭閻困矣。」

〔一四〕信知四句：《水經注》河水引楊泉《物理論》：「秦始皇使蒙恬築長城，死者相屬。民歌曰：『生男慎勿舉，生女哺用鋪。不見長城下，屍骸相支柱。』其冤痛如此矣。」

〔一五〕君不見四句：《通典》卷一九〇《邊防·吐谷渾》：「其青海，周回千餘里。海中有小山，每冬冰合後，以良牝置此山，至來春收之，馬有孕，所生得駒，號曰龍種。」唐高宗龍朔三年，其地没於吐蕃。錢箋：「唐自儀鳳中，李敬玄與吐蕃戰，敗于青海。開元中，王君㚟、張景順、張忠亮、崔希逸、皇甫惟明、王忠嗣先後破吐蕃，皆在青海西。天寶中，哥舒翰築神威軍于青海上，又築城龍駒島，吐蕃始不敢近青海。」

元稹《樂府古題序》：「況自風雅至於樂流，莫非諷興當時之事，以貽後代之人。沿襲古題，唱和重複，於文或有短長，於義咸爲贅剩。尚不如寓意古題，刺美見事，猶有詩人引古以諷之義焉。曹、劉、沈、鮑之徒，時得如此，亦復稀少。近代唯詩人杜甫《悲陳陶》、《哀江頭》、《兵車》、《麗人》等，凡所歌行，率皆即事名篇，無復依傍。」

錢箋：「天寶十載，鮮于仲通討南詔蠻，士卒死者六萬。楊國忠掩其敗狀，反以捷聞，制大募兩京及河北兵，以擊南詔。人聞雲南瘴癘，士卒未戰而死者十八九，莫肯應募，國忠遣御史分道捕人，連枷送軍所。於是行者愁怨，父母妻子送之，所在哭聲震野。此詩序南征之苦，設爲役夫問答之詞。……不言南詔，而言山東，言關西，言隴右，其詞哀怨而不迫如此。曰『君不聞』、『君不見』，有詩人呼祈父之意焉。是時國忠方貴盛，未敢斥言之，雜舉河隴之事，錯互其詞，若不爲南詔而發者，此作者之深意也。」

朱鶴齡注引《杜詩博議》：「玄宗季年，窮兵吐蕃，征戍驛騷，内郡幾遍。當時點行愁怨者不獨征南一役，故公託爲征夫自愬之詞，以譏切之。若云懼楊國忠貴盛而詭其詞於關西，則尤不然。太白《古風》云：『渡瀘及五月，將赴雲南征。怯卒非壯士，南方難遠行。長號别嚴親，日月慘光晶。泣盡繼以血，心摧兩無聲。』已明刺之矣。太白胡獨不畏國忠耶？」

按，此詩所寫民間騷動之狀，與史載征南詔事更相吻合，錢箋不爲無見。《資治通鑑》天寶十三載六月：「侍御史、劍南留後李宓將兵七萬擊南詔。閣羅鳳誘之深入，至太和城，閉壁不戰。宓糧盡，士卒罹瘴疫及飢死什七八，乃引還。蠻追擊之，宓被擒，全軍皆没。楊國忠隱其敗，更以捷聞，益發中國兵討之，前後死者幾二十萬人，無敢言者。」此再討南詔事。李白《古風》「渡瀘及五月」，亦作於此後。《資治通鑑》天寶十載記鮮于仲通討南詔大敗之後，「楊國忠遣御史分道捕人，連枷送詣軍所」，當爲再征南詔前事，《通鑑》記事乃探後言。舊注繫此詩於天寶十載或十一載，均不確。此詩當作於天寶十三載。至於詩不言雲南，而言北防河、西營田及青海頭，蓋因邊塞詩之場景一向集中於西北，唐之對外作戰亦以西北更爲持久。南詔戰事入詩，僅見於李白《古風》。杜甫亦以此詩表達對天寶屢興兵役之譴責，所謂「託於漢以刺玄宗」，非有意避言國忠。

高都護驄馬行〔一〕

安西都護胡青驄，聲價歘然來向東〔二〕。此馬臨陣久無敵，與人一心成大功。功成惠養隨所致〔三〕，飄飄遠自流沙至①。雄姿未受伏櫪恩〔四〕，猛氣猶思戰場利。腕促蹄高如踣鐵〔五〕，交河幾蹴曾冰裂〔六〕。五花散作雲滿身，萬里方看汗流血〔七〕。長安壯兒不敢騎，走過掣電傾城知〔八〕。青絲絡頭爲君老，何由却出横門道〔九〕？

（0012）

【校】

① 飄飄，第二字，錢箋、《九家》、《文苑英華》校：「一作飖。」

【注】

〔一〕 黄鶴注：此詩當作於天寶七載（七四八）。梁權道雖知高都護非高適，編之於天寶十一載（七五二）。然仙芝九載已入朝，拜開府儀同三司，又爲羽林大將軍，不應詩題尚曰高都護。仇注繫於天寶八載（七四九），以八載仙芝入朝。

〔一〕高都護：高仙芝。《舊唐書・高仙芝傳》：「高仙芝，本高麗人也。父舍雞，初從河西軍，累勞至四鎮十將、諸衛將軍。仙芝美姿容，善騎射，勇決驍果，少隨父至安西，以父有功授游擊將軍……開元末，爲安西副都護、四鎮都知兵馬使。……天寶六載八月，仙芝虜勃律王及公主趣赤佛堂路班師。……其年六月，制授仙芝鴻臚卿、攝御史中丞，代夫蒙靈詧爲四鎮節度使，征靈詧入朝。……八載，入朝，加特進，兼左金吾衛大將軍同正員，仍與一子五品官。九載，將兵討石國，平之，獲其國王以歸。……其載入朝，拜開府儀同三司，尋除武威太守、河西節度使，代安思順。……制復留思順，以仙芝爲右羽林大將軍。」據同書《封常清傳》，仙芝代靈詧爲安西節度使在天寶六載十二月。

〔二〕安西二句：《通典》卷三二《職官・都護》：「大唐永徽中，始於邊方置安東、安西、安南、安北四大都護府，後又加單于北庭都護府。府置都護一人，副都護二人。」《舊唐書・地理志》：「開元二十一年，分天下爲十五道，每道置采訪使……又於邊境置節度、經略使，式遏四夷。凡節度使十，經略守捉使三。……安西節度使撫寧西域，統龜兹、焉耆、于闐、疏勒四國。安西都護府治所，在龜兹國城内。」時以安西節度使兼都護職，《高仙芝傳》等並省略其都護銜。《説文》：「驄，馬青白雜毛也。」段注：「白毛與青毛相間則爲淺青，俗所謂葱白色。」《隋書・五行志》：「陳初有童謡曰：『黄班青驄馬，發自壽陽涘。來時冬氣末，去日春風始。』其後陳主果爲韓擒所敗。擒本名擒虎，黄班之謂也。破建康之始，復乘青驄馬。」胡青驄則出自胡地，仇注以《隋書・西域傳・吐谷渾》所稱青海驄當之。顔延之《赭白馬賦》：「齒算延長，聲價隆振。」《漢書・禮樂志》天馬歌：「天馬徠，從西極，涉流沙，九夷服。……徑千里，循東道。」

〔三〕功成句：顔延之《赭白馬賦》：「願終惠養，蔭本枝兮。」

〔四〕雄姿句：《赭白馬賦》：「弭雄姿以奉引，婉柔心而待御。」《漢書・李尋傳》：「馬不伏歷，不可以趨道。」注：「師古曰：伏歷，謂伏槽歷而秣之也。」曹操《步出夏門行》：「老驥伏櫪，志在千里。」

〔五〕腕促句：《齊民要術》卷六：「相馬……腕欲促而大，其間纔容靬。」「四蹄欲厚且大。」戎昱《塞下曲》：「高蹄戰馬三千匹，落日平原秋草中。」《説文》：「踣，僵也。」段注：「僵，却偃也。……踣與仆音義皆同。孫炎曰：前覆曰仆。《左傳正義》曰：前覆謂之踣。」此爲踏義。仇注引邵注：「踣鐵，言馬蹄之堅。」

〔六〕交河：《漢書・西域志下》：「車師前國，王治交河城。河水分流繞城下，故號交河。」《元和郡縣圖志》卷四〇隴右道：「西州，交河，安西都護。……交河縣，中下。東南至州八十里。本漢車師前王庭也。……貞觀十四年於此置交河縣，與州同置。」《神異經》：「北方層冰萬里，厚百丈。」

〔七〕五花二句：《唐朝名畫録》：「自後内厩有飛黄、照夜、浮雲、五花之乘，奇毛異狀，筋骨既圓，蹄甲皆厚。」又《畫繼》卷三：「李公麟……尤好畫馬，飛龍狀質，噴玉圖形，五花散身。」則五花指馬身毛紋。李白《將進酒》：「五花馬，千金裘。」王琦注：「謂馬之毛色作五花文者。」《史記・大宛列傳》：「多善馬，馬汗血，其先天馬子也。」同書《樂書》集解：「應劭曰：大宛舊有天馬種，蹋石汗血，汗從前肩膊出如血，號一日千里。」《唐會要》卷七二《馬》：「康國馬，康居國也，是大宛馬種，形容極大。」

〔八〕走過句：蕭綱《金錞賦》：「壯士被犀，良馬絡鐵。野曠塵昏，星流電掣。」《敦煌變文集・伍子胥變文》：「馬乃掣電奔星，行至子胥妻舍。」《王陵變文》：「人如電掣，馬似流星。」

〔九〕青絲二句：《陌上桑》：「青絲繫馬尾，黄金絡馬頭。」蕭綱《采桑》：「可憐黄金絡，復以青絲繫。」却，參本卷《奉贈韋左丞丈二十二韻》(0001)注。《三輔黄圖》卷一：「長安城北出西頭第一門曰横門。」程大昌《雍録》卷二引此詩：「自横門渡渭而西，即是趨西域之路。」「言兵不北出，則此馬之能無地以施也。」

天育驃騎歌①〔一〕

吾聞天子之馬走千里〔二〕，今之畫圖無乃是。是何意態雄且傑，駿尾蕭梢朔風起②〔三〕。毛爲緑縹兩耳黄③，眼有紫焰雙瞳方〔四〕。矯矯龍性合變化④，卓立天骨森開張〔五〕。伊昔太僕張景順，監牧攻駒閲清峻⑤〔六〕。遂令大奴守天育⑥，别養驥子憐神俊〔七〕。當時四十萬匹馬，張公歎其材盡下。故獨寫真傳世人，見之座右久更新。年多物化空形影，嗚呼健步無由騁。如今豈無騕褭與驊騮，時無王良伯樂

死即休〔八〕。《周穆王傳》：驊騮、騄耳日馳三萬里。（0013）

【校】

①騎，《文苑英華》作「圖」，校：「集作騎。」

②駿，錢箋校：「一作駿。」

③縹，《文苑英華》作「驃」，校：「集作縹。」

④矯矯，錢箋校：「一作矯然。」《文苑英華》作「矯然」。　矯矯龍性，錢箋校：「一云『逸龍性矯』。」合，《草堂》校：「東坡書作含。」《文苑英華》作「含」，校：「集作合。」

⑤監牧攻駒，「攻」宋本作「收」，據錢箋等改。宋本校：「一作『老牧神駒』。」《九家》校：「一云『考牧攻駒』。」錢箋校：「一云『考牧攻駒』。一云『考牧神駒』。」《文苑英華》作「考牧攻駒」，校：「集作『監收神（駒）』。」

⑥守，錢箋：「一作字。」《文苑英華》作「字」。

【注】

黄鶴注：當是天寶末年作，梁權道編在天寶十一載（七五二）。

〔一〕天育：黄希注：「洙曰：天育，馬廄名。……按新舊史、《唐會要》諸書，唐無天育名廄。」仇注：「當是云天子所育之馬而已。」按，當取天育萬物之義。施鴻保謂：「疑天育或廄名，惟不久即廢，《唐志》遂失載也。」

〔二〕吾聞句:《穆天子傳》卷一:「天子之馬走千里,勝人猛獸。」《九家》趙注:「蓋所謂八駿者。」

〔三〕是何二句:《穆天子傳》卷一「天子之馬」郭璞注:「言炁勢傑駭也。」蕭梢,風動草木貌。此形容馬尾。江淹《待罪江南思北歸賦》:「木蕭梢而可哀,草林離而欲暮。」張鼎《古銅雀臺賦》:「露窟吒兮泣蒼蘚,風蕭梢兮悲白楊。」

〔四〕毛爲二句:緑縹,緑色和縹色。縹色即碧色。《説文》:「緑,帛青黄色也。」「縹,帛青白色也。」段注:「縹,《禮記》正義謂之碧。《釋名》:縹猶漂。漂,淺青色也。有碧縹,有天縹,有骨縹。各以其色所象言之也。」《穆天子傳》卷一「八駿」郭璞注:「魏時鮮卑獻千里馬,白色而兩耳黄,名曰黄耳。」紫焰,火焰。《玄怪録》卷一:「中有藥爐,高九尺餘,紫焰光發。」《齊民要術》卷六:「馬眼欲得高,眶欲得成三角,睛欲得如懸鈴,紫豔光。」喬彝《渥洼馬賦》:「睛射紫焰,梢垂緑絲。」顔延之《赭白馬賦》:「雙瞳夾鏡,兩權協月。」方瞳爲異人之相。《太平御覽》卷六六三引劉向《列仙傳》:「偓佺,槐山采藥野父也。好食松實,體生毛,目方瞳,能飛行。」

〔五〕矯矯二句:《説苑·復恩》介之推從者書:「有龍矯矯,頃失其所。」《魏書·吐谷渾傳》:「青海周回千餘里,海内有小山,每冬冰合後,以良牝馬置此山,到來春收之,馬皆有孕,所生得駒,號爲龍種,必多駿異。」《論衡·無形》:「龍之爲性也,變化斯須,輒復非常。」徐成《相馬書·王良百一歌》「筋骨」:「烙蹄蹄不發,漸漸骨開張。」

〔六〕伊昔二句:《唐代墓志彙編續集》天寶〇八九敬括《大唐故朝議郎行河南府士曹參軍燉煌張公墓志銘》:「父景順,皇太中大夫、守太僕卿。」張説《大唐開元十三年隴右監牧頌德碑》:「大唐接周隋亂離之後，承天下征戰之弊，鳩括殘燼，僅得牝牡三千，從赤岸澤徙之隴右，始命太僕張萬歲葺其政焉。而奕代載德，纂修其緒，肇自貞觀，成於麟德四十年，閑馬全七十萬六千匹，置八使以董之，設四十八監以掌之。跨隴西、金城、平涼、天水四郡之地，幅員千里，猶爲隘狹，更析八監，布於河曲豐曠之野，乃能容之。……張氏中廢，馬官亂職，或夷狄外攻，或師圉内寇，垂拱之後，二十餘年，潛耗大半，所存蓋寡。……（開元）二年春，帝乃簡心腑善畜之將，卜福祐宜生之長，俾領内外閑廄使焉，即開府霍國公其人也。公名毛仲，姓王氏，開元佐命之元勳，東國亡王之後裔。……元年牧馬二十四萬匹，十三年乃四十三萬匹。初有牛三萬五千頭，是年亦五萬頭。初有羊十一萬二千口，是年乃亦二十八萬六千口。皇帝東巡狩，封岱岳……回衡飲至，朝廷宴樂，上顧謂太僕少卿兼秦州都督監牧副使張景順曰：『吾馬幾何？其蕃育卿之力也。』對曰：『帝之福也，仲之令也，臣何力之有？』因具上其狀，帝用嘉焉。」《唐六典》卷一七：「太僕寺，卿一人，從三品。……太僕卿之職，掌邦國廄牧、車輿之政令，總乘黃、典廄、典牧、車府四署及諸監牧之官屬，少卿爲之貳。」《周禮・夏官・廋人》：「廋人掌十有二閑之政教，以阜馬、佚特、教駣、攻駒及祭馬祖。」注：「攻駒，制其蹄齧者。」《禮記・月令》：「仲夏之月……游牝别群，則縶騰駒。」注：「爲其牡氣有餘，相蹄齧也。」此制蹄齧之義。

〔七〕遂令二句：《九家》趙注：「大奴，王毛仲也。毛仲，高麗人，父坐事，没爲官奴。」《舊唐書・王毛仲傳》：「王毛仲，本高麗人也。父游擊將軍職事求婁，犯事没官，生毛仲，因隸于玄宗。……毛仲專知東宮駝馬鷹狗等坊，未逾年，已至大將軍，階三品矣。及先天二年七月，毛仲預誅蕭、岑等功，授輔國大將軍、左武衛大將軍、檢校内外閑廄兼知監牧使，進封霍國公，實封五百户。毛仲奉公正直，不避權貴，兩營萬騎功臣、閑廄官吏皆懼其威，人不敢犯。苑中營田草萊常收，率皆豐溢，玄宗以爲能。……毛仲部統嚴整，群牧孳息，遂數倍其初。芻粟之類，不敢盜竊，每歲回殘，常致數萬斛。不三年，扈從東封，以諸牧馬數萬匹從，每色爲一隊，望如雲錦，玄宗益喜。」開元十九年被貶賜死。胡震亨《唐音癸籤》卷二二：「毛仲即起自奴隸，時以霍國公領内外閑廄，景順實爲之屬，嘗對玄宗云：『臣稟仲之令。』其語見張説《監牧頌德碑》中可考。此大奴，第牧馬監奴耳。」按，以「大奴」稱奴罕見。令奴守監牧，亦不合唐制。顧炎武《日知録》卷二七：「是景順特毛仲之副爾。今斥毛仲爲大奴，而歸其功于景順，殆以詩人之筆而追黜陟之權乎？」按，王毛仲爲罪人，此詩所以諱其名，而代以不甚著名之張景順。「遂令」句非蒙上，蓋言毛仲受命爲監牧使。胡仔《苕溪漁隱叢話》前集卷一四：「東坡題此歌於《天育驃騎圖》後，寫作『大奴字天育』，則天育爲大奴字也。」錢箋引郄昂《岐邠涇寧馬坊頌碑》：「唐初得馬於赤岸澤，命張萬歲傍隴右馴字之。」「字」作字孕解。胡説顯謬。左思《蜀都賦》：「並乘驥子，俱服魚文。」《文選》劉逵注：「桓公《新論》曰：善相馬者曰薛公，得馬，惡貌而正走，名驥子。」《世説新語·言語》：「支道林常養數匹馬，或言：『道人畜馬不韻。』支曰：『貧道重其神駿。』」

〔八〕如今二句：《藝文類聚》卷九九引《瑞應圖》：「騕褭者，神馬也，與飛兔同，以明君有德則至也。」《初學記》卷二九引《漢書音義》：「騕褭者，神馬也，赤喙黑身。」《穆天子傳》卷一：「天子之駿：赤驥、盜驪、白義、逾輪、山子、渠黃、華騮、緑耳。」郭璞注：「華騮，色如華而赤，今名驃赤者爲棗騮。騮，赤馬也。」《孟子·滕文公下》：「昔者趙簡子使王良與嬖奚乘，終日而不獲一禽。」《左傳》哀公二年：「郵無恤御簡子。」杜預注：「郵無恤，王良也。」《荀子·王霸》：「王良、造父者，善服馭者也。」《莊子·馬蹄》：「及至伯樂，曰：『我善治馬。』」《荀子·君道》：「故伯樂不可欺以馬，而君子不可欺以人。」《戰國策·楚策四》：「夫驥之齒至矣，服鹽車而上太行……伯樂遭之，下車攀而哭之，解紵衣以冪之，驥於是俯而噴，仰而鳴，聲達於天，若出金石聲者，何也？ 彼見伯樂之知己也。」

《九家》趙注：「韓退之有言曰：『世有伯樂，然後有千里馬。千里馬常有，伯樂不常有。』此乃『豈無騕褭與驊騮，時無王良伯樂死即休』之意。」

張謙宜《絸齋詩談》卷四：「《天育驃騎歌》：『如今豈無騕褭與驊騮，時無王良伯樂死即休。』此跨出局外結法。」

趙翼《甌北詩話》卷二：「或謂詩必窮而後工，此亦不然。觀集中《重經昭陵》、《高都護驄馬》、《劉少府山水障》、《天育驃騎》、《玉華宮》、《九成宮》、《曹霸丹青》、《韋偃雙松》諸傑作，皆在不甚飢窘時。氣壯力厚，有此巨觀，則又未必真以窮而後工也。」

白絲行〔一〕

繅絲須長不須白，越羅蜀錦金粟尺①〔二〕。象床玉手亂殷紅②，萬草千花動凝碧〔三〕。已悲素質隨時染③，裂下鳴機色相射〔四〕。美人細意熨帖平〔五〕，裁縫滅盡針綫跡。春天衣著爲君舞，蛺蝶飛來黄鸝語。落絮游絲亦有情〔六〕，隨風照日宜輕舉④。香汗輕塵污顔色⑤，開新合故置何許⑥〔七〕？君不見才士汲引難⑦，恐懼弃捐忍羈旅〔八〕。（0014）

【校】

① 金粟尺，《文苑英華》校：「集作矜赫燡。」

② 象，錢箋校：「一作牙。」

③ 染，錢箋、《九家》校：「一作改。」《文苑英華》作「改」，校：「集作染。」

④ 宜，錢箋校：「一作疑。」《九家》校：「趙作同。」《草堂》校：「或作同。」《文苑英華》校：「集作疑。」

⑤ 輕，《九家》、《草堂》作「清」。此句宋本、《九家》校：「一作『香汗清塵似微污』。」錢箋校：「一作『香汗清塵似微污』。又云『香汗清塵污不着』。陳浩然本：一云『香汗清塵似顔色』。」《文苑英華》作

「香汗清塵似微污」，校：「集作『輕塵污顏色』。」

⑥何，錢箋、《九家》校：「一作相。」

⑦才，錢箋校：「一作志。」《文苑英華》作「志」，校：「集作才。」

【注】

黄鶴注編在天寶十一載（七五二）。

〔一〕白絲行：《文選》郭泰機《答傅咸一首》李善注引《傅咸集》：「河南郭泰機，寒素後門之士，不知余無能爲益，以詩見激切可施用之才，而況沉淪不能自拔於世。余雖心知之，而未如之何。此屈非復文辭所了，故直戲以答其詩云。」郭詩云：「皦皦白素絲，織爲寒女衣。寒女雖巧妙，不得秉杼機。天寒知運速，況復雁南飛。衣工秉刀尺，弃我忽若遺。人不取諸身，世士焉所希？況復已朝餐，曷由知我飢？」黄氏《補注》洙曰引此。錢箋：「此詩用泰機之言而反之。泰機以白絲寒女自喻，而致憾於衣工之弃我，以冀咸之相薦。公此詩謂白絲素質隨時染裂，有香汗輕塵之污，有開新合故之置，所以深思汲引之難，恐懼弃捐，而忍於羈旅也。」

〔二〕繰絲二句：《禮記·祭義》：「夫人繰，三盆手。」注：「三盆手者，三淹也。凡繰，每淹大總，而手振之，以出緒也。」《説文》：「繰，繹繭爲絲也。」段注：「俗作繰，乃帛如紺色之字。」《舊唐書·韋堅傳》：「會稽郡船，即銅器、羅、吴綾、絳紗。」《新唐書·地理志》「越州會稽郡」：「土貢：寶花、花紋等羅，白編、交梭、十樣花紋等綾，輕容、生縠、花紗、吴絹。」左思《蜀都賦》：「貝錦斐成，濯色江波。」《文選》劉逵注引譙周《益州志》：「成都織錦既成，濯於江水，其文分明，勝於初成。」《藝文類聚》卷八五魏文帝詔：「前後每得蜀錦，殊不相似。」《初學記》卷二七引《丹陽記》：「歷代尚未有錦，而成都獨稱妙。故三國時，魏則市于蜀，吴亦資西蜀，至是始乃有之。」金粟尺，謂以黄金飾尺。李端《聽箏》：「鳴箏金粟柱，素手玉房前。」仇注：「尺以金粟飾之，富貴家之物。」

〔三〕象床二句：《戰國策·齊策三》：「孟嘗君出行國，至楚，獻象床。」徐幹《七喻》：「華蓐布乎象床。」仇注：「象床，指機床。」殷紅，鮮紅。周朴《桃花》：「可憐狂風吹落後，殷紅片片點莓苔。」《太平廣記》卷三七二《賈耽》（出《芝田録》）：「其尼施朱傅粉，冶容豔佚，如娼人之婦。其内服殷紅，下飾亦紅。」仇注：「亂殷紅，謂經緯錯綜。」凝碧，濃緑。王勃《青苔賦》：「泛回塘而積翠，縈修樹而凝碧。」按，殷紅、凝碧皆言染絲之色彩。

〔四〕已悲二句：《吕氏春秋·當染》：「墨子見染素絲者而歎曰：『染於蒼則蒼，染於黄則黄，所以入者變，其色亦變，五入而以爲五色矣。』」鳴機，織機。鮑照《夢歸鄉詩》：「孀婦當户歎，繅絲復鳴機。」

〔五〕熨：《太平御覽》卷七一二引《通俗文》：「火斗曰熨。」

〔六〕落絮句：沈約《會圃臨春風》：「游絲暖如網，落花雰似霧。」徐陵《長相思》：「柳絮飛還聚，游絲斷復結。」

〔七〕香汗二句：蕭綱《詠内人晝眠詩》：「簟文生玉腕，香汗浸經紗。」蕭繹《後園看騎馬詩》：「鳴珂隨蹋駛，輕塵逐影移。」開新合故，仇注：「衣裳在笥，故有開合。」

〔八〕君不見二句：《漢書·劉向傳》：「禹稷與臯陶傳相汲引，不爲比周。」《左傳》莊公二十二年：「羈旅之臣，幸若獲宥。」杜預注：「羈，寄也。旅，客也。」

王嗣奭《杜臆》：「此詩本墨子悲絲來，大指謂士人改易素履，委蛇隨俗，少有點染，人便捐弃。所以忍於羈旅，無限躊躇，無限感慨。『不須白』就世情立論，乃憤激語。下云『隨時染』、『色相射』、『污顔色』，脈理相貫。士得時媸亦成妍，故云『滅盡針綫跡』；依附者衆，故云『蛺蝶飛來黄鸝語』。此一段造語妍麗，與《舟前看落花》詩相似。束語自道，具見品格。」按，「滅盡針綫跡」不過形容裁剪巧妙，「蛺蝶飛來黄鸝語」則襯托得意之態。王説過鑿。

秋雨歎三首〔一〕

雨中百草秋爛死，階下決明顔色鮮〔二〕。著葉滿枝翠羽蓋，開花無數黄金錢〔三〕。涼風蕭蕭吹汝急，恐汝後時難獨立。堂上書生空白頭，臨風三嗅馨香泣〔四〕。（0015）

【注】

黄鶴注：天寶十三載（七五四）作。

〔一〕秋雨歎：《舊唐書·玄宗紀》：「（天寶十三載）秋八月丁亥，以久雨，左相、許國公陳希烈爲太子太師，罷知政事。……是秋，霖雨積六十餘日，京城垣屋頹壞殆盡，物價暴貴，人多乏食，令出太倉米一百萬石，開十場賤糶以濟貧民。」《資治通鑑》天寶十四載：「自去歲水旱相繼，關中大饑。楊國忠惡京兆尹李峴不附己，以災沴歸咎於峴，九月，貶長沙太守。……上憂雨傷稼，國忠取禾之善者獻之，曰：『雨雖多，不害稼也。』上以爲然。扶風太守房琯言所部水災，國忠使御史推之。是歲，天下無敢言災者。高力士侍側，上曰：『淫雨不已，卿可盡言。』對曰：『自陛下以權假宰相，賞罰無章，陰陽失度，臣何敢言。』上默然。」

〔二〕雨中二句：《政和證類本草》卷七引《圖經》：「決明子，生龍門川澤，今處處有之。人家園圃所蒔，夏初生苗，高三四尺許，根帶紫色，葉似苜蓿而大，七月有花，黄白色，其子作穗，如青菉豆而鋭。按，《爾雅》：薢茩英茪。釋曰：藥草英明也。郭璞注曰：葉黄鋭，赤華，實如山茱萸。關西謂之薢茩。與此種頗不類。又有一種馬蹄決明，葉如豇豆，子形似馬蹄。」史鑄《百菊集譜》卷五：「（《秋雨歎》之決明）説者以爲即《本草》決明子。此物乃七月作花，形如白扁豆，葉極稀疏，焉得有翠羽蓋與黄金錢也？彼蓋不知甘菊一名石決，爲其明目去翳，與石決明同功，故吴越間呼爲石決。子美所歎，正此花耳。」按，甘菊花或似黄金錢，然其葉亦不類翠蓋。詩人之言，不可過泥。

〔三〕著葉二句：潘尼《芙蓉賦》：「或擢莖以高立，似雕輦之翠蓋。」辛德源《東飛伯勞歌》：「犀枕蘭橈翠羽蓋，雲羅霧縠蓮花帶。」張翰《雜詩三首》：「青條若總翠，黄華如散金。」楊方《合歡詩五首》：「黄華如沓金，白花如散銀。」

〔四〕臨風句：《論語·鄉黨》：「子路共之，三嗅而作。」集解：「非本意，不苟食，故三嗅而作。作，起也。」揚雄《劇秦美新》：「臭馨香，含甘實。」《文選》李善注：「言明德比於馨香甘實，故臭而含之。」

闌風伏雨秋紛紛①，四海八荒同一雲②〔一〕。去馬來牛不復辨③，濁涇清渭何當分〔二〕？禾頭生耳黍穗黑〔三〕，農夫田父無消息④。城中斗米換衾裯⑤，相許寧論兩相直〔四〕。（0016）

【校】

①闌，錢箋校：「一作蘭。」伏，錢箋作「長」，校：「一作伏。荆公作仗。」《九家》校：「一作長。」闌風伏雨，錢箋、《九家》校：「一作『東風細雨』。」

②四海，錢箋、《九家》校：「一作萬里。」八荒，宋本校：「一作萬里。」蓋有訛互。

③辨，宋本作「辯」，據錢箋、《九家》、《草堂》改。

④禾，錢箋校：「一作木。」《九家》作「木」，校：「一作禾。」　父，錢箋作「婦」，校：「一作父。」

⑤换，錢箋校：「一作抱。」

【注】

〔一〕闌風二句：李治《敬齋古今黈》卷九：「偶讀《文選》詩，謝靈運《初發都》云：『述職期闌暑，理棹變金素。』翰曰：『闌暑，夏末暑闌也。』闌風當作此語，謂薰風闌盡，將變而爲凉風也。」《苕溪漁隱叢話》後集卷八：「《東皋雜録》云：杜詩『闌風伏雨秋紛紛』，『伏』乃『仗』字之誤。闌姗之風，冗仗之雨也。苕溪漁隱曰：《世説》：『王忱求簟於王恭，恭曰：丈人不悉恭，恭作人無長物。』則『冗仗』用此『長』字爲是。《集韻》去聲，與『仗』字同音。杜詩舊本作『長雨』，《東皋雜録》謂『伏乃仗之誤』，非也。」《九家》趙注：「伏，如《左傳》『夏無伏陰』之『伏』，其久可知也。」按，伏雨爲入伏之雨，諸説誤。周賀《城中秋作》：「寒燈隨故病，伏雨接秋霖。」黄滔《游東林寺》：「寺寒三伏雨，松偃數朝枝。」《説苑·辨物》：「八荒之内有四海，四海之内有九州。」《詩·小雅·信南山》：「上天同雲，雨雪雰雰。」

〔二〕去馬二句：《莊子·秋水》：「秋水時至，百川灌河，涇流之大，兩涘渚崖之間，不辨牛馬。」《詩·邶風·谷風》：「涇以渭濁，湜湜其沚。」箋：「涇水以有渭，故見渭濁。」疏：「見渭濁，言人見渭，己涇之濁，由與清濁相入故也。定本『涇水以有渭，故見其濁』，《漢書·溝洫志》云『涇水一碩，其泥數斗』，潘岳《西征賦》云『清渭濁涇』是也。」

〔三〕禾頭句：《朝野僉載》卷一：「諺云：春雨甲子，赤地千里。夏雨甲子，乘船入市。秋雨甲子，禾頭生耳。冬雨甲子，鵲巢下地。」錢箋引戴寂云：「久雨則禾生耳，謂牙蘖卷攣如耳形也。」

〔四〕城中二句：《詩・召南・小星》：「肅肅宵征，抱衾與裯。」傳：「衾，被也。裯，襌被也。」箋：「裯，床帳也。」《舊唐書・李峴傳》：「天寶十三載，連雨六十餘日，宰臣楊國忠惡其不附己，以雨災歸咎京兆尹，乃出爲長沙郡太守。時京師米麥踊貴，百姓謡曰：『欲得米粟賤，無過追李峴。』」

長安布衣誰比數，反鎖衡門守環堵〔一〕。老夫不出長蓬蒿〔二〕，稚子無憂走風雨。雨聲颼颼催早寒，胡雁翅濕高飛難〔三〕。秋來未曾見白日①，泥污后土何時乾②〔四〕？（0017）

【校】

①曾，錢箋校：「陳浩然本作省。」

②后，錢箋、《九家》校：「一作厚。」

【注】

〔一〕長安二句：比數，比類，數亦比義。司馬遷《報任少卿書》：「刑餘之人，無所比數。」將紹愚釋爲「視爲同列」，「誰比數」其義即無人看得起。《詩·陳風·衡門》：「衡門之下，可以栖遲。」傳：「衡門，横木爲門，言淺陋也。」《禮記·儒行》：「儒有一畝之宫，環堵之室。」注：「言貧窮屈道，仕爲小官也。宫，爲牆垣也。環堵，面一堵也。五版爲堵，五堵爲雉。」

〔二〕老夫句：皇甫謐《高士傳》卷中：「張仲蔚，平陵人也。……常居窮素，所處蓬蒿没人，閉門養性，不治榮名，時人莫識。」

〔三〕雨聲二句：趙壹《迅風賦》：「啾啾飀飀，吟嘯相求。」《初學記》卷一引《風俗通》：「小風曰飀。」胡雁，北雁。鮑照《擬古》：「河畔草未黄，胡雁已矯翼。」李白《鳴雁行》：「胡雁鳴，辭燕山，昨發委羽朝度關。」

〔四〕秋來二句：《楚辭·九辯》：「皇天淫溢而秋霖兮，后土何時而得乾？」

仇注：「三章各有諷刺。房琯上言水災，國忠使御史按之。故曰『恐汝後時難獨立』。國忠惡言災異，而四方匿不以聞，故曰『農夫田父無消息』。帝以國事付宰相，而國忠每事務爲蒙敝，故曰『秋來未嘗見白日』。語雖微婉，而寓意深切，非泛然作也。」按，仇説穿鑿時事，曲解詩意，不可據。

歎庭前甘菊花〔一〕

簷前甘菊移時晚①，青蘂重陽不堪摘〔二〕。明日蕭條醉盡醒②，殘花爛漫開何益〔三〕？籬邊野外多衆芳，采擷細瑣升中堂〔四〕。念兹空長大枝葉，結根失所埋風霜③〔五〕。（0018）

【校】

①簷，錢箋校：「一作階。一作庭。」《九家》校：「一作庭。」

②醉盡醒，《九家》作「盡醉醒」。錢箋校：「一作盡醉醒。」

③埋，錢箋作「纏」，校：「一作埋。」

【注】

黄鶴注：天寶十三載（七五四）長安作，公蓋自傷見用之晚，當是獻《封西岳賦》後。

〔一〕甘菊：劉蒙《劉氏菊譜》：「甘菊生雍州川澤，開以九月，深黄單葉，閭巷小人且能識之，固不待記而後見也。然余竊謂古菊未有瓌異如今者，而陶淵明、張景陽、謝希逸、潘安仁等，或愛其香，或詠其色，或采之於東籬，或泛之於酒斝，疑皆今之甘菊花也。」范成大《范村菊譜》：「甘菊，一名家菊。人家種以供蔬茹。凡菊葉皆深緑而厚，味極苦，或有毛。惟此葉淡緑柔瑩，味微甘，咀嚼香味俱勝，擷以作羹及泛茶，極有風致。天隨子所賦，即此種。花差勝野菊，甚本不繫花。」

〔二〕簷前二句：移時晚，仇注：「言移植後時。」按，詩言「結根失所」，則非移植。移時晚即晚於時序之義。移時，既可言時辰，亦可言時序。孫逖《祭亡弟故左羽林軍兵曹參軍文》：「今也來斯，驟移時律。」《太平御覽》卷三二引《齊人月令》：「重陽之日，必以糕酒登高眺迥，爲時宴之游賞，以暢秋志。酒必采茱萸甘菊以泛之，既醉而還。」

〔三〕爛漫：分散，散亂。《莊子·在宥》：「大德不同，而性命爛漫矣。」沈約《行園詩》：「紫茄紛爛漫，緑芋鬱參差。」庾信《和宇文内史入重陽閣詩》：「舊蘭憔悴長，殘花爛漫舒。」

〔四〕籬邊二句：《楚辭·離騷》：「雖萎絶其亦何傷兮，哀衆芳之蕪穢。」沈約《詠杜若詩》：「不願逢采擷，木欲芳幽人。」

〔五〕結根句：劉楨《遂志賦》：「伊天皇之樹葉，必結根於仁方。」盧諶《菊花賦》：「浸三泉而結根，晞九陽而擢莖。」《南史·宋宗室彦節傳》彦節子俁賦詩：「城上草，植根非不高，所恨風霜早。」

醉時歌 贈廣文館博士鄭虔①〔一〕。

諸公袞袞登臺省②，廣文先生官獨冷〔二〕。甲第紛紛厭粱肉〔三〕，廣文先生飯不足。先生有道出羲皇，先生有才過屈宋③〔四〕。德尊一代常坎軻④〔五〕，名垂萬古知何用？杜陵野客人更嗤⑤，被褐短窄鬢如絲⑥〔六〕。日糴太倉五升米⑦，時赴鄭老同襟期〔七〕。得錢即相覓，沽酒不復疑。忘形到爾汝，痛飲真吾師⑧〔八〕。清夜沉沉動春酌，燈前細雨簷花落⑨〔九〕。但覺高歌有鬼神⑩，焉知餓死填溝壑〔一〇〕。相如逸才親滌器，子雲識字終投閣〔一一〕。先生早賦歸去來，石田茅屋荒蒼苔〔一二〕。儒術於我何有哉，孔丘盜跖俱塵埃〔一三〕。不須聞此意慘愴，生前相遇且銜杯〔一四〕。

（0019）

【校】

①醉時歌，《文苑英華》作「醉歌行」，校：「一作『醉時歌贈廣文館鄭博士虔』。」　博士，《草堂》作「學士」。

②臺，錢箋、《九家》校：「一作華。」《文苑英華》校：「集作華。」

③有才，錢箋校：「一作所談。一作所該。一作所抱。」《九家》校：「一作所談。」《文苑英華》校：「集作有政。又作所抱。」才，《九家》校：「一作文。」　有才過屈宋，宋本校：「一云『所談或屈宋』。」錢箋校：「一云『有才或屈宋』。」

④軻，錢箋校：「一作壈。」《文苑英華》校：「集作壈。」

⑤更，錢箋校：「一作見。」

⑥窄，錢箋校：「一作穴。」

⑦太，錢箋校：「一作泰。」

⑧真，錢箋校：「一作直。」

⑨燈前細雨簷花落，錢箋校：「一作『簷前細雨燈花落』。」《九家》校同。　燈，《文苑英華》校：「集作簷。」　簷，《文苑英華》校：「集作燈。」

⑩有，錢箋校：「一作感。」《文苑英華》校：「集作感。」

【注】

黄鶴注：天寶十二載（七五三）作。蓋公詩云「日糴太倉五升米」，事在十二載之秋也。仇注：當是十三載（七五四）春作。蕭滌非繫於天寶十四載（七五五）春。按，《舊唐書·玄宗紀》：「（天寶十二載）八月，京城霖雨，米貴，令出太倉米十萬石，減價糶與貧人。」「（天寶十三載）是秋，霖雨積六十餘日……令出太倉米一百萬石，開十場賤糶以濟貧民。」是十三載秋亦開太倉糶米。然糶米非能延續至來年春，仍當爲秋作。

〔一〕鄭虔：《新唐書·文藝傳》有傳。《舊唐書·玄宗紀》：「（天寶九載）秋七月己亥，國子監置廣文館，領生徒爲進士業者。」《唐語林》卷二：「天寶中，國學增置廣文館，以領詞藻之士。滎陽鄭虔久被貶謫，是歲始還京師參選，除廣文館博士。虔茫然曰：『不知廣文曹司何在？』執政謂曰：『廣文館新置，總領文詞，故以公名賢處之。且令後代稱廣文博士自鄭虔始，不亦美乎？』遂拜職。」《全唐文補遺·千唐志齋新藏專輯》盧季長《大唐故著作郎貶台州司户滎陽鄭府君并夫人瑯耶王氏墓志銘》：「公諱虔，字趨庭，滎陽人也。……曾父道瑗，隨朗州司法參軍。大父懷節，皇澧州司馬、贈衛州刺史。父鏡思，皇秘書郎、贈主客郎中、秘書少監。公則秘書之次子。……弱冠秀才，進士高第。主司拔其秀逸，翰林推其獨步。又工於草隸，善於丹青，明於陰陽，邃於算術。百家諸子，如指掌焉。家國以爲一寶，朝野謂之三絶。解褐補率更司主簿，二轉監門衛録事參軍，三改尚乘直長，四除太常寺協律郎，五授左清道率府長史，六移廣文館博士，七遷著作郎。無何，狂寇憑陵，二京失守，公奔竄不暇，遂陷身戎虜。初脅授兵部郎中，次國子司業。國家克復日，貶公台州司户，非其罪也，國之憲也。經一考，遘疾於台州官舍，終於官舍，享年六十有九。時乾元二年九月廿日也。」

〔二〕諸公二句：衮衮，謂諸公之服。《詩·小雅·采菽》：「又何予之，玄衮及黼。」箋：「玄衮，玄衣而畫以卷龍也。黼，黼黻，謂絺衣也。諸公之服自衮冕而下，侯伯自鷩冕而下，子男自毳冕而下。」《藝文類聚》卷四引《竹林七賢論》：「裴逸民叙前言往行，衮衮可聽。」乃連綿充盈之義。杜詩蓋混用。皮日休《補九夏歌·鷔夏》：「桓桓其珪，衮衮其衣。」用同杜詩。臺省，唐指御史臺及尚書、中書、門下三省。《唐會要》卷五一《識量上》陸贄言：「今之臺省長官，皆是當朝華選，孰肯徇私妄舉，以傷名取利耶！所謂臺省長官，即僕射、尚書、左右丞、侍郎及御史大夫、中丞是也。」《北齊書·王晞傳》：「非不愛作熱官，但思之爛熟耳。」張籍《早春閑游》：「年長身多病，獨宜作冷官。」白居易《寄楊六》：「青宮官冷静，赤縣事繁劇。」黄希注：「世以宗正卿爲冷卿，是亦冷官之意。」

〔三〕甲第句：《史記·孝武本紀》：「賜列侯甲第，僮千人。」集解：「《漢書音義》曰：有甲乙第次，故曰第。」張衡《西京賦》：「北闕甲第，當道直啓。」《文選》李善注：「第，館也。甲，言第一也。」《禮記·喪大記》：「不避粱肉。」疏：「就稻粱之内，粱貴而稻賤，是稻人所常種，粱是穀中之美。」《曲禮下》：「歲凶……大夫不食粱。」注：「粱，加食也。」《史記·孟嘗君列傳》：「僕妾餘粱肉，而士不厭糟糠。」

〔四〕先生二句：揚雄《劇秦美新》：「上罔顯於羲皇。」《文選》李善注：「伏羲爲三皇，故曰羲皇。」陶淵明《與子儼等書》：「自謂是羲皇上人。」屈宋，屈原、宋玉。《文心雕龍·辨騷》：「屈宋逸步，莫之能追。」江淹《燈賦》：「屈原才華，宋玉英人。」

〔五〕德尊句：《禮記·中庸》：「故君子尊德性而道問學。」《孟子·公孫丑下》：「天下有達尊三：爵一，齒一，德一。」《楚辭·七諫》：「年既已過太半兮，然埳軻而留滯。」王逸注：「埳軻，不遇也。埳，一作轗，一作坎。」

〔六〕杜陵二句：杜陵野客，杜甫自稱。《元和姓纂》卷六京兆杜：「漢御史大夫周，本居南陽，以豪族徙茂陵。子延年，又徙杜陵。延年孫篤，入《後漢·文苑傳》。篤曾孫畿，河東太守。生恕，弘農太守。生元凱，晋荆州刺史、征南大將軍、當陽侯。」《史記·高祖本紀》正義引《括地志》：「杜陵故城在雍州萬年縣東南十五里。漢杜陵縣，宣帝陵邑也，北去宣帝陵五里。廟記云故杜伯國。」聞一多《會箋》謂：杜甫天寶十三載自東都移家至長安，居南城之下杜城，其自稱「杜陵野老」，實因嘗居其地，非徒循族望之舊稱。參本卷《橋陵詩三十韻因呈縣内諸官》(0037)注。《墨子・尚賢》：「傅説被褐帶索。」《史記・商君列傳》：「夫五羖大夫……自粥於秦客，被褐食牛。」《孟子・滕文公上》「許子衣褐」趙岐注：「以毳織之，若今馬衣也。或曰：褐，枲衣也。一曰粗布衣也。」

〔七〕同襟期：同襟之情，言友情。《真誥》卷二雲林右英夫人詩：「携手同襟帶，何爲人事間。」高澄《與侯景書》：「繾綣襟期，綢繆素分。」李嶠《與夏縣崔少府書》：「以爲天下襟期，四海兄弟。」

〔八〕忘形二句：《晉書・阮籍傳》：「當其得意，忽忘形骸。」《殷芸小説》卷四：「禰正平年少與孔文舉作爾汝交。時衡年未滿二十，而融已五十餘矣。」按，鄭虔年長杜甫二十餘歲。《北史・李元忠傳》：「阮步兵吾師也，孔少府豈欺我哉。」

〔九〕清夜二句：應璩《與從弟君苗君胄書》：「酌彼春酒，接武茅茨。」陶淵明《讀山海經》：「歡言酌春酒，摘我園中蔬。」春酒蓋指春時所釀。《齊民要術》卷七：「十月桑落初凍則收水釀者爲上時，春酒正月晦日收水爲中時。春酒，河南地暖，二月作；河北地寒，三月作。大率用清明節前後耳。」丘遲《答徐侍中爲人贈婦詩》：「俱看依井蝶，共取落簷花。」劉邈《見人織聊爲之詠》：「簷花照初月，洞户垂朱帷。」仇注謂此皆實指簷前之花。王嗣奭《杜臆》：「簷水落而燈光映之如銀花，余親見之，始知其妙。今注者謂近簷之花，有何意味？」按，王説自出機杼，杜詩未必有此造語法。

〔一〇〕但覺二句：《韓非子・十過》：「昔者衛靈公將之晉，至濮水之上……夜分而聞鼓新聲者而説之，使人問左右，盡報弗聞。乃召師涓而告之曰：『有鼓新聲者……其狀似鬼神，子爲我聽而寫之。』」《毛詩序》：「故正得失，動天地，感鬼神，莫近於詩。」《戰國策・趙策四》：「願及未填溝壑而託之。」《史記・范雎蔡澤列傳》：「使臣卒然填溝壑。」

〔一一〕相如二句：《史記・司馬相如列傳》：「司馬相如者，蜀郡成都人也，字長卿。……是時卓王孫有女文君新寡，好音，故相如繆與令相重，而以琴心挑之。……文君夜亡奔相如，相如乃與馳歸成都。家徒四壁立……相如與俱之臨邛，盡賣其車騎，買一酒舍酤酒，而令文君當壚。相如身自著犢鼻褌，與保庸雜作滌器於市中。」《漢書・揚雄傳》：「揚雄字子雲，蜀郡成都人也。……王莽時，劉歆、甄豐皆爲上公，莽既以符命自立，即位之後，欲絶其原以神前事，而豐子尋、歆子棻復獻之。莽誅豐父子，投棻四裔，辭所連及，便收不請。時雄校書天禄閣上，治獄使者來，欲收雄，雄恐不能自免，乃從閣上自投下，幾死。莽聞之曰：『雄素不與事，何故在此？』間請問其故，乃劉棻嘗從雄學作奇字，雄不知情。有詔勿問。然京師爲之語曰：『惟寂寞，自投閣；爰清静，作符命。』」

〔一二〕先生二句：蕭統《陶淵明傳》：「後爲鎮軍、建威參軍，謂親朋曰：『聊欲絃歌，以爲三徑之資，可乎？』執事者聞之，以爲彭澤令。……歲終，會郡遣督郵至，縣吏請曰：『應束帶見之。』淵明歎曰：『我豈能爲五斗米折腰向鄉里小兒！』即日解綬去職，賦《歸去來》。」《史記・吴太伯世家》：「今得志於齊，猶石田，無所用。」集解：「王肅曰：石田不可耕。」

〔一三〕儒術二句：《荀子·富國》：「故儒術誠行，則天下大而富。」《史記·平津侯主父列傳》：「習文法吏事，而又緣以儒術。」《太平御覽》卷一八九引《帝王世紀》：「堯時老人擊壤於路而歌曰：『鑿井而飲，耕田而食，帝力於我何有哉？』」《莊子·盜跖》：「孔子與柳下季爲友，柳下季之弟，名曰盜跖。盜跖從卒九千人横行天下，侵暴諸侯。……盜跖大怒曰：『丘來前！……今子修文武之道，掌天下之辯，以教後世，縫衣淺帶，矯言僞行，以迷惑天下之主，而欲求富貴焉。盜莫大於子。天下何故不謂子爲盜丘，而乃謂我爲盜跖？……子之道，狂狂汲汲，詐巧虚僞事也，非可以全真也，奚足論哉！』」又《駢拇》：「伯夷死名於首陽之下，盜跖死利於東陵之上，二人者，所死不同，其於殘生傷性均也，奚必伯夷之是而盜跖之非乎！」

〔一四〕不須二句：《世説新語·任誕》：「張季鷹縱任不拘……或謂之曰：『卿乃可縱適一時，獨不爲身後名邪？』答曰：『使我有身後名，不如即時一杯酒。』」

王楙《野客叢書》卷一九：「子美詩：『孔丘盜跖俱塵埃。』杜牧詩：『堯舜周孔皆爲灰。』《隋書·五行志》和士開云：『自古帝王，盡爲灰土。堯舜桀紂，竟復何異？』」

范晞文《對床夜語》卷一：「『干戈猶在眼，儒術豈謀身』、『紈袴不餓死，儒冠多誤身』，感憤之作也，曾何傷？若『儒術於我何有哉，孔丘盜跖俱塵埃』，叱聖人之名，而使之與盜賊同列，嘻！得罪於名教亦甚焉。或謂《孟子》曰舜跖之徒，舜與跖豈可徒耶？然爲利爲善之別，亦昭然矣。」

王嗣奭《杜臆》：「此篇總是不平之鳴，無可奈何之詞，非真謂垂名無用，非真薄儒術，非真齊孔跖，亦非真以酒爲樂也。杜詩『沉醉聊自遣，放歌頗愁絶』，即此詩之解，而他詩可以旁通。」

醉歌行 別從侄勤落第歸①〔一〕。

陸機二十作文賦，汝更小年能綴文〔二〕。總角草書又神速，世上兒子徒紛紛〔三〕。驊騮作駒已汗血，鷙鳥舉翮連青雲〔四〕。詞源倒流三峽水②，筆陣獨掃千人軍〔五〕。只今年纔十六七③，射策君門期第一〔六〕。舊穿楊葉真自知，暫蹶霜蹄未爲失〔七〕。偶然擢秀非難取，會是排風有毛質〔八〕。汝身已見唾成珠④，汝伯何由髮如漆〔九〕？春光淡沲秦東亭⑤，渚蒲牙白水荇青⑥〔一〇〕。風吹客衣日杲杲，樹攪離思花冥冥〔一一〕。酒盡沙頭雙玉瓶，衆賓皆醉我獨醒⑦〔一二〕。乃知貧賤別更苦，吞聲躑躅涕淚零〔一三〕。（0020）

【校】

①勤，《九家》作「勸」。第，宋本作「弟」，據錢箋等改。兩字古通，下不另出校。
②源，錢箋校：「一作賦。」
③年，錢箋校：「陳浩然本作生。」《文苑英華》校：「集作生。」
④已，錢箋、《文苑英華》校：「一作即。」
⑤淡淹，錢箋校：「《草堂》本作潭淹。淹，徒可切。」
⑥牙，錢箋作「芽」。
⑦皆，錢箋校：「一作已。」《文苑英華》校：「集作已。」

【注】

黄鶴注：當是天寶十四載（七五五）春在長安作，「按史，十三載秋八月，上御勤政樓，試四科制舉人。前此十二載秋七月，詔天下舉人不得鄉貢，須補國子學生，然後貢舉。」按，唐人言落第，通常指禮部進士、明經諸科，杜勤所應亦禮部試。天寶十二載、十三載，諸科並正常舉行。參徐松《登科記考》卷九。鶴注所言十三載八月試四科，乃制舉，與禮部試非一事。故不能據此判斷杜勤落第於十四載春。

〔一〕杜勤：甫從侄，事迹無見。

〔二〕陸機二句：《文選》陸機《文賦》李善注引臧榮緒《晋書》：「機字士衡，吴郡人。……年二十而吴滅，退臨舊里，與弟雲勤學，積十一年。譽流京華，聲溢四表，被徵爲太子洗馬，與弟雲俱入洛。……機妙解情理，心識文體，故作《文賦》。」錢鍾書《管錐編》第一二〇七頁引周振甫言：「機年二十而吳滅，積十一年入洛，爲張華所賞，作《文賦》。必非如杜詩所謂『二十作文賦』。陸雲與兄書之九稱《文賦》『甚有辭』，又曰『《感逝賦》愈前』云云；當指機之《歎逝賦》，其賦明言『余年方四十』，則《文賦》爲機四十後作。」《漢書・劉向傳》贊：「自孔子後，綴文之士衆矣。」

〔三〕總角二句：《詩・衛風・氓》：「總角之宴，言笑晏晏。」傳：「總角，結髮也。」疏：「以無笄，直結其髮，聚之爲兩角。」衛恒《四體書勢》：「漢興而有草書，不知作者姓名。至章帝時，齊相杜度號善作篇。後有崔瑗、崔寔，亦皆稱工。杜氏殺字甚安，而書體微瘦。崔氏甚得筆勢，而結字小疏。弘農張伯英者，因而轉精其巧……下筆必爲楷則，號匆匆不暇草書。」趙壹《非草書》：「夫草書之興也，其於近古乎？……蓋秦之末，刑峻網密，官書煩冗，戰攻並作，軍書交馳，羽檄分飛，故爲隸草，趣急速耳。示簡易之旨，非聖人之業也。但貴删難省煩，損複爲單，務取易爲易知，非常儀也。故其贊曰：『臨事從宜。』而今之學草書者，不思其簡易之旨，以爲杜、崔之法，龜蛇所見也……私書相與，猶謂就書適迫遽，故不及草。草本易而速，今反難而遲，失指多矣。」《九家》趙注：「草書以遲爲工，所謂匆匆不及草書也。以速爲神，所謂一筆變化書是也。」兒子，嬰兒，此指年幼者。《墨子・公孟》：「夫嬰兒子之知，獨慕父母而已。」《莊子・庚桑楚》：「老子曰：……能侗然乎？能兒子乎？」《老子》十章作「能嬰兒」。鮑照《行路難》：「長袖紛紛徒競世，非我昔時千金軀。」

〔四〕驊騮二句：《史記・大宛列傳》集解引《漢書音義》：「大宛國有高山，其上有馬，不可得，因取五色母馬置其下，與交，生駒汗血，因號曰天馬子。」《楚辭·離騷》：「鷙鳥之不群兮，自前世而固然。」班固《擬連珠》：「臣聞鸞鳳養六翮以凌雲。」陶淵明《乙巳歲三月爲建威參軍使都經錢溪》：「微雨洗高林，清飆矯雲翮。」

〔五〕詞源二句：蕭統《文選序》：「篇辭引序，碑碣志狀，衆制鋒起，源流間出。」木華《海賦》：「吹澇則百川倒流。」《水經注》江水「自三峽七百里中，兩岸連山，略無闕處。……有時朝發白帝，暮到江陵，其間千二百里，雖乘奔御風，不以疾也。」筆陣，指書法。傳衛夫人作《筆陣圖》。王羲之《題衛夫人筆陣圖後》：「夫紙者陣也，筆者刀槊也，墨者鍪甲也，水硯者城池也，心意者將軍也。」用筆稱掃。敦煌殘卷馬雲奇《懷素師草書歌》：「興來索筆縱横掃，滿坐詞人皆道好。」

〔六〕射策：《漢書·儒林傳》贊：「自武帝立五經博士，開弟子員，設科射策，勸以官禄。」《蕭望之傳》注：「師古曰：射策者，謂爲難問疑義，書之於策，量其大小，署爲甲乙之科，列而置之，不使彰顯，有欲射者，隨其所取，得而釋之，以知優劣。射之言投射也。對策者，顯問以政事經義，令各對之，而觀其文辭定高下也。」唐人稱禮部試及制舉，均可言射策。獨孤及《唐故朝散大夫中書舍人秘書少監頓丘李公墓志》：「開元三年舉進士，十年舉茂才，十七年舉文學，皆射策取甲科。」

〔七〕舊穿二句：《戰國策·西周策》：「楚有養由基者，善射，去柳葉者百步而射之，百發百中。」《論衡·儒增》：「儒書稱：楚養由基善射，射一楊葉，百發能百中之。」《淮南子·修務訓》：「夫馬之爲草駒之時……蹶蹄足以破顱陷匈。」沈炯《詠老馬詩》：「渡水頻傷骨，翻霜屢損蹄。」

〔八〕偶然二句：趙至《與嵇茂齊書》：「吾子植根芳苑，擢秀清流。」武平一《請追贈杜審言官表》：「是以升榮粉署，擢秀蘭臺。」陸雲《與陸典書書》：「排金風於太微。」鮑照《登大雷岸與妹書》：「浴雨排風，吹澇弄翮。」毛質，毛羽。鮑照《舞鶴賦》：「烟交霧凝，若無毛質。」《文選》李善注：「毛羽與烟霧同色，故云若無。」

〔九〕汝身二句：《莊子·秋水》：「子不見夫唾者乎？噴則大者如珠，小者如霧。」趙壹《刺世疾邪賦》：「勢家多所宜，咳唾自成珠。」《宋書·謝晦傳》：「眉目分明，鬢髮如點漆。」

〔一〇〕春光二句：吴曾《能改齋漫録》卷六：「淡沲當是潭陁。見富嘉謨《明水篇》曰：『陽春二月朝始暾，春光潭陁度千門，明水時出御至尊。』而富又本梁簡文《和湘東王陽雲樓簷柳》詩曰：『潭陁青帷閉，玲瓏朱扇開。』第『陁』一字不同。《文選·江賦》：『隨風猗委，與波潭沲。』注曰：『潭沲，隨波之貌。』『沲，徒我切。』簡文與富，皆本乎此。」仇注引何氏曰：「潭沲，即淡蕩也。」按，潭沲乃漫延摇曳之貌，或以言水波，或以言春光。秦東亭，長安東亭。張説有《謝京城東亭子宴送表》。李遠《送賀著作憑出宰永新序》：「乃相與賦詩送別秦東亭。」《説文》：「芽，萌也。」段注：「古多以牙爲芽。」《詩·周南·關雎》：「參差荇菜，左右流之。」傳：「荇，接余也。」陸璣《疏》：「接余，白莖，葉紫赤色，正員，徑寸餘，浮在水上，根在水底，與水深淺等，大如釵股，上青下白，鬵其白莖，以苦酒浸之，肥美可案酒。」《九家》趙注：「蒲有牙而白，荇在水而青，此春時也。」

〔一一〕風吹二句：《詩·衛風·伯兮》：「其雨其雨，杲杲出日。」《説文》：「杲，明也。」冥冥，昏暗貌，又言茂盛。《詩·小雅·無將大車》：「無將大車，維塵冥冥。」箋：「冥冥者，蔽人目明，令無所見也。」《楚辭·九章·涉江》：「深林杳以冥冥兮，猨狖之所居。」王逸注：「山林草木茂盛。」

〔一二〕衆賓句：《楚辭·漁父》：「舉世皆濁我獨清，衆人皆醉我獨醒。」

〔一三〕吞聲句：鮑照《擬行路難》：「心非木石豈無感，吞聲躑躅不敢言。」

贈衛八處士〔一〕

人生不相見，動如參與商〔二〕。今夕復何夕①，共此燈燭光②〔三〕？少壯能幾時，鬢髮各已蒼〔四〕。訪舊半爲鬼③，驚呼熱中腸〔五〕。焉知二十載，重上君子堂。昔别君未婚，兒女忽成行。怡然敬父執〔六〕，問我來何方。問答乃未已④，兒女羅酒漿⑤。夜雨剪春韭，新炊間黄粱⑥〔七〕。主稱會面難〔八〕，一舉累十觴⑦。十觴亦不醉⑧，感子故意長。明日隔山岳，世事兩茫茫〔九〕。（0021）

【校】

①何夕，錢箋校「夕」字：「一作此。」

②共此燈燭光，宋本、錢箋、《九家》、《草堂》校：「一云『共宿此燈光』。」

③舊，錢箋、《草堂》校：「魯作問。」

④乃未已，錢箋、《草堂》校：「陳浩然作未及已。」　未已，《文苑英華》校：「集作未及。」

⑤兒女，宋本、錢箋、《九家》校：「一作驅兒。」《草堂》、《文苑英華》作「驅兒」。

⑥新，錢箋、《草堂》校：「一作晨。」　問，錢箋校：「一作聞。」

⑦累，錢箋校：「一作蒙。」《草堂》作「蒙」。

⑧十觴，錢箋校：「一云百觴。」　醉，錢箋校：「一作辭。」

【注】

黄鶴注：天寶九載（七五〇）作。仇注繫於乾元二年（七五九）在華州作。按，黄鶴注等以此詩「山岳」指華岳，實難指實。高適《酬衛八雪中見寄》有「季冬憶淇上」句，若其人即此衛八，則當居相州、衛州一帶。杜甫蓋開元間與其相識，乾元二年歸東都陸渾莊固有可能與其重逢，然其時戰事迫遽，與此詩氣氛不類。此詩當作於天寶九載之後杜甫歸東都時。

〔一〕衛八處士：《千家注》師曰：「按《唐史拾遺》，公與李白、高適、衛賓相友善，時賓年最少，號小友。」朱鶴齡謂《唐史拾遺》乃僞書杜撰，不可據。黄鶴注：「唐有隱士衛大經，居蒲州，衛八亦稱處士，或其族子，蒲至華止百四十里，或是公在華州時至其家。」亦屬臆斷。高適有《酬衛八雪中見寄》、《同衛八題陸少府書齋》，據詩意，亦隱居之士。周勛初《高適年譜》疑與此詩衛八爲同一人。

〔二〕人生二句：見本卷《送高三十五書記》(0002)注。

〔三〕今夕二句：見本卷《今夕行》(0009)注。

〔四〕少壯二句：漢武帝《秋風辭》：「歡樂極兮哀情多，少壯幾時兮奈老何。」陶淵明《飲酒》：「歲月相催逼，鬢邊早已白。」《晉書·劉聰載記》：「容貌毁悴，鬢髮蒼然。」

〔五〕訪舊二句：曹丕《又與吳質書》：「觀其姓名，已爲鬼録，追思昔游，猶在心目。」曹丕《雜詩二首》：「向風長歎息，斷絶我中腸。」謝靈運《廬陵王墓下作》：「眷言懷君子，沉痛切中腸。」錢箋引胡儼曰：「常於内閣見子美親書《贈衛八處士》詩，字甚怪偉，『驚呼熱中腸』作『嗚呼熱中腸』。」錢泳《履園叢話》卷一〇：「嘉慶丁卯歲，粤東李載園太守來吳門，携有杜少陵《贈衛八處士》詩墨迹卷，其書皆狂草，如張長史筆意。」

〔六〕怡然句：《禮記·曲禮上》：「見父之執，不謂之進不敢進，不謂之退不敢退。」注：「敬父同志，如事父。」疏：「父之執謂執友，與父同志者也。」

〔七〕夜雨二句：《禮記·王制》：「庶人春薦韭，夏薦麥。」《楚辭·招魂》：「稻粢穱麥，挐黄粱些。」王逸注：「挐，糅也。言飯則以秔稻糅稷，擇新麥糅以黄粱，和而柔濡，且香滑也。」洪興祖補注：「《本草》：黄粱出蜀、漢，商、浙間亦種之，香美逾于諸粱，號爲竹根黄。」錢箋：「此詩間黄粱，即挐字之義。」仇注引胡夏客説：「北人炊飯雜米菽，故用『間』字。」

〔八〕主稱句：曹植《野田黄雀行》：「主稱千金壽，賓奉萬年酬。」

〔九〕茫茫：《古詩十九首》：「四顧何茫茫，東風摇百草。」按，茫茫原以言空間之遼遠，杜詩用以言世事、人生之渺茫。

苦雨奉寄隴西公兼呈王徵士

隴西公即漢中王瑀。徵士，瑯琊王澈〔一〕。

今秋乃淫雨〔二〕，仲月來寒風。羣木水光下，萬象雲氣中①。所思礙行潦〔三〕，九里信不通。悄悄素滻路，迢迢天漢東〔四〕。願騰六尺馬②，背若孤征鴻〔五〕。劃見公子面③〔六〕，超然歡笑同。奮飛既胡越，局促傷樊籠〔七〕。一飯四五起，憑軒心力窮〔八〕。嘉蔬没溷濁，時菊碎榛叢〔九〕。鷹隼亦屈猛，烏鳶何所蒙〔一〇〕？式瞻北鄰居，取適南巷翁〔一一〕。挂席釣川漲，焉知清興終④〔一二〕。（0022）

【校】

① 萬象，宋本校：「一作萬家。」錢箋、《九家》校同。
② 馬，錢箋、《九家》校：「一作駒。」
③ 公，錢箋、《九家》校：「一作君。」
④ 釣，宋本作「鈎」，據錢箋、《草堂》等改。終，《草堂》作「窮」。

【注】

黃鶴注：此亦天寶十三載（七五四）秋作。

〔一〕隴西公：讓皇帝憲第六子瑀。《舊唐書·睿宗諸子傳》：「瑀早有才望，偉儀表。初爲隴西郡公。天寶十五載，從玄宗幸蜀，至漢中，因封漢中王，仍加銀青光禄大夫、漢中郡太守。」按，此題注爲作者後來所加，故言其即漢中王。施鴻保謂：「此自注是十五載後所補，可見公詩後亦仍自點檢，非必皆初稿矣。」王澈：事迹未詳。

〔二〕淫雨：《爾雅·釋天》：「久雨謂之淫。」

〔三〕所思句：漢樂府《鼓吹曲辭·有所思》：「有所思，乃在大海南。」《詩·召南·采蘋》：「于以采藻，于彼行潦。」傳：「行潦，流潦也。」疏：「《説文》云：潦，雨水也。然則行潦，道路之上流行之水。」

〔四〕悄悄二句：《詩·邶風·柏舟》：「憂心悄悄，愠於羣小。」傳：「悄悄，憂貌。」潘岳《西征賦》：「南有玄灞素滻，湯井温谷。」《文選》李善注：「玄、素，水色也。灞、滻，二水名也。」《長安志》卷六：「京城即隋文帝開皇二年自故都徙，其地……南侵終南山子午谷，北據渭水，東臨灞、滻，西枕龍首原。」卷一一：「滻水在（萬年）縣東，北流四十里入渭。」《古詩十九首》：「迢迢牽牛星，皎皎河漢女。」《九家》趙注：「天漢，則中渭橋之所。」引《三輔黄圖》卷一：「渭水貫都，以象天漢；横橋南渡，以法牽牛。」按，天漢指渭水。此稱隴西公所在「天漢東」，又近滻水，則其居所在長安城東。《大唐傳載》：「漢中王瑀爲太常卿，早起朝，聞永興里人吹笛，問是太常樂人否。」永興里在朱雀門街東第三街從北第四坊，參徐松《唐兩京城坊考》卷三。瑀入朝經永興里，蓋自東來。

〔五〕願騰二句：《周禮・夏官・廋人》：「馬八尺以上爲龍，七尺以上爲騋，六尺以上爲馬。」《莊子・逍遥游》：「有鳥焉，其名爲鵬，背若太山。」仇注引劉孝綽《答張左西詩》「持此連枝樹，暫作背飛鴻」，謂「此言身跨馬背，若飛鴻孤征也」。按，《莊子》喻鵬背若太山，此則喻馬背如飛鴻，蓋展轉爲喻，比類旁通。仇注不確。

〔六〕劃見句：劃見，忽見，乍見。《敦煌變文集・伍子胥變文》：「劃見知是自家夫，即欲發言相識認。」任華《寄李白》：「手下忽然片雲飛，眼前劃見孤峰出。」公子，仇注：「李宗室，故稱公子。」

〔七〕奮飛二句：二句以籠鳥爲喻。禰衡《鸚鵡賦》：「何今日之兩絶，若胡越之異區。順籠檻以俯仰，窺户牖以踟躕。」《九家》趙注：「言如胡與越之隔也。」湛方生《弔鶴文》：「軒天衢而奔想，顧樊籠而心驚。」

〔八〕一飯二句：《九家》舊注：「此言思見君子而不可得也。」趙注：「亦劉公幹『一日三四遷』之勢也。」劉楨《贈徐幹詩》：「誰謂相去遠，隔此西掖垣。拘限清切禁，中情無由宣。思子沉心曲，長歎不能言。起坐失次第，一日三四遷。」

〔九〕嘉蔬二句：《禮記・曲禮下》：「凡祭宗廟之禮……稻曰嘉蔬。」注：「稻，菰蔬之屬也。」郭璞《江賦》：「播匪藝之芒種，挺自然之嘉蔬。」仇注謂與本書卷六《園官送菜并序》(0283)，「皆以嘉蔬爲菜，義可兼用耳」。《楚辭·離騷》：「世溷濁而不分兮，好蔽美而嫉妒。」王逸注：「溷，亂也。濁，貪也。」此指泥水。馬融《廣成頌》：「獑徒縱，赴榛叢。」

〔一〇〕鷹隼二句：張華《鷦鷯賦》：「屈猛志以服養，塊幽縶於九重。……雖蒙幸於今日，未若疇昔之從容。」《九家》趙注：「鷹隼以苦雨猶屈其猛志，不能奮飛，況瑣瑣如烏鳶，何所蒙賴乎？」

〔一一〕式瞻二句：任昉《出郡傳舍哭范僕射》：「平生禮數絶，式瞻在國楨。」《文選》李善注：「《女史》曰：式瞻清懿。」式，語辭。謝靈運《山居賦》：「夏涼寒燠，隨時取適。」浦起龍謂北居即指隴西，南翁當指徵士，遥想兩人不時還往，以形己之岑寂也。楊倫謂北鄰謂工，南翁自指，四句欲約王同游以遣愁寂。當以楊説爲是。

〔一二〕挂席句：謝靈運《游赤石進帆海詩》：「揚帆采石華，挂席拾海月。」《文選》李善注：「揚帆、挂席，其義一也。」曹植《豫章行》：「太公未遭文，漁釣終渭川。」

同諸公登慈恩寺塔〔一〕時高適、薛據先有此作〔二〕。

高標跨蒼天①，烈風無時休〔三〕。自非曠士懷②，登兹翻百憂〔四〕。方知象教力，足可追冥搜③〔五〕。仰穿龍蛇窟，始出枝撑幽④〔六〕。七星在北户⑤，河漢聲西流〔七〕。羲和鞭白日，少昊行清秋〔八〕。秦山忽破碎⑥，涇渭不可求〔九〕。俯視但一氣，焉能辨皇州〔一〇〕。回首叫虞舜，蒼梧雲正愁〔一一〕。惜哉瑶池飲⑦，日晏崑崙丘〔一二〕。黄鵠去不息，哀鳴何所投？君看隨陽雁，各有稻粱謀〔一三〕。（0023）

【校】

① 天，錢箋、《文苑英華》校：「一作穹。」

② 曠，錢箋校：「一作壯。」

③ 足，錢箋校：「一作立。」《文苑英華》作「立」，校：「集作足。」

④ 出，錢箋校：「一作驚。」《文苑英華》作「驚」，校：「集作出。」

⑤ 北户，錢箋校：「一云户北。」

⑥ 秦，錢箋校：「一作泰，非。」

⑦ 飲，錢箋校：「一作燕。」《文苑英華》作「宴」，校：「集作飲。」

【注】

黄鶴注：應在禄山陷京師之前、天寶十載（七五一）奏賦之後作。聞一多《岑嘉州繫年會箋》考杜甫、岑參諸人同登慈恩寺塔，必在天寶十一載（七五二）秋。

〔一〕慈恩寺塔：《唐會要》卷四八《寺》：「慈恩寺，晋昌坊。隋無漏廢寺。貞觀二十二年十二月二十四日，高宗在春宫，爲文德皇后立爲寺，故以『慈恩』爲名。寺内浮圖，永徽三年沙門玄奘所立。」《唐國史補》卷下：「進士爲時所尚久矣。……既捷，列書其姓名於慈恩寺塔，謂之『題名』。」《長安志》卷八晋昌坊「半以東大慈恩寺，寺西院浮圖六級，崇三百尺，永徽三年沙門玄奘所立，初唯五層，崇一百九十尺，磚表土心，仿西域窣堵波制度，以置西域經像。後浮圖心内卉木鑽出，漸以頹毁，長安中更拆改造，依東夏刹表舊式，特崇於前。」

〔二〕高適：見本卷《送高三十五書記》(0002)注。據周勛初《高適年譜》考證，適天寶十一載秋自封丘尉去職抵長安，與杜甫等唱酬。薛據：薛播兄。《舊唐書・薛播傳》：「播伯父元曖終於隰城丞，其妻濟南林氏……元曖卒後，其子彦輔、彦國、彦偉、彦雲及播兄據、揔並早孤幼，悉爲林氏所訓導，以至成立，咸致文學之名。開元、天寶中二十年間，彦輔、據等七人並舉進士，連中科名，衣冠榮之。」《唐會要》卷六《制科舉》：「(天寶)六載，風雅古調科，薛璩及第。」薛璩即薛據。是時同登賦詩諸公尚有儲光羲、岑參，唯薛據詩不傳。

〔三〕高標二句：左思《蜀都賦》：「羲和假道於峻岐，陽烏回翼乎高標。」《文選》劉逵注：「言山木之高也。」此言塔。《相和歌辭・滿歌行》：「暮秋烈風起，西蹈滄海。」

〔四〕自非二句：自非，徐仁甫釋爲若非。鮑照《代放歌行》：「小人自齷齪，安知曠士懷。」《詩・王風・兔爰》：「我生之後，逢此百憂。」王粲《登樓賦》：「登兹樓以四望兮，聊暇日以銷憂。」仇注：「此云翻百憂，蓋翻其語也。」

〔五〕方知二句：謂象教之力足可達於處處。象教，佛教。王中《頭陀寺碑》：「正法既没，象教陵夷。」《文選》李周翰注：「象教，謂爲形象以教人也。」孫綽《游天台山賦》：「非夫遠寄冥搜，篤信通神者，何肯遥想而存之。」《文選》李善注：「寄情遐遠，搜訪幽冥。」

〔六〕仰穿二句：佛教有龍窟傳説。《大唐西域記》卷五「憍賞彌國」：「城西南八九里毒龍石窟，昔者如來伏此毒龍，於中留影。」又卷一二：「請得……金佛像一軀，通光，座高尺有六寸，擬摩揭陀國前正覺山龍窟影像。」蕭綱《上菩提樹頌啓》：「弘龍窟之威，紹鷲山之法。」王延壽《魯靈光殿賦》：「枝撑杈枒而斜據。」《文選》李周翰注：「枝撑，梁上交木也。」黄庭堅《杜詩箋》：「慈恩塔下數級，皆枝撑洞黑，出上級乃明。」

〔七〕七星二句：《史記·天官書》：「北斗七星，所謂璇璣玉衡，以齊七政。」北户，此謂北窗。張纘《秋雨賦》：「褰南帷以寓目，儆北户而披襟。」河漢，天河。《初學記》卷一引《纂要》：「天河謂之天漢。亦曰雲漢、星漢、河漢、清漢、銀漢……」

〔八〕羲和二句：《楚辭·離騷》：「吾令羲和弭節兮，望崦嵫而勿迫。」王逸注：「羲和，日御也。」《禮記·月令》：「孟秋之月……其帝少皞，其神蓐收。」注：「少皞，金天氏。」《漢書·律曆志》作「少昊」。

〔九〕秦山二句：秦山，朱鶴齡注：「指終南諸山。」宋之問《藍田山莊》：「獨與秦山老，相歡春酒前。」李華《含元殿賦》：「靡迤秦山，陂陀漢陵。」《三輔黄圖》卷六：「關中八水，皆出入上林苑。……涇水出安定涇陽笄頭山，東至陽陵入渭。渭水出隴西首陽縣鳥鼠同穴山，東北至華陰入河。」

〔一〇〕皇州：鮑照《代結客少年場行》：「升高臨四關，表裏望皇州。」《文選》李善注引陸機《洛陽記》：「洛陽有四關。」此指京城。

〔一一〕回首二句：《漢書・武帝紀》：「五年冬，行南巡狩，至於盛唐。望祀虞舜於九嶷。」注：「應劭曰：舜葬蒼梧，九嶷，山名。今在零陵營道。」《九家》趙注：「南望而遠想蒼梧，則託虞舜而思高宗之晏駕。蓋帝王之孝，莫大於虞舜也。」黄鶴注：「中、睿宗已晏駕，所以有『回首叫虞舜，蒼梧雲正愁』之句。」錢注引《列女傳》舜陟死於蒼梧，二妃死於江湘之間事。朱鶴齡注：「《西京新記》載：慈恩寺浮屠前階，立太宗《三藏聖教序碑》。回首叫舜，寓意在太宗。」又引《杜詩博議》：「高祖號神堯皇帝，太宗受内禪，故以虞舜方之。」仇注：「以虞舜蒼梧比太宗昭陵也。」蕭滌非謂：「和屈原的『濟沅湘以南征兮，就重華而陳辭』同一苦心。」按，此二句出劉向《九歎・遠游》：「旋車逝於崇山兮，奏虞舜於蒼梧。」王逸注：「至蒼梧告愬聖舜，己行忠直，而遇斥弃。」《九家》趙注已引。

〔一二〕惜哉二句：《穆天子傳》卷三：「穆王十七年，西征，至崑崙丘，見西王母。……乙丑，天子觴西王母瑶池之上。」《九家》趙注：「西望而遠想瑶池，則託西王母而思文德（皇后）不留，蓋以女仙之尊者名之也。」錢箋引程嘉燧曰：「玄宗游宴，貴妃皆從幸，『蒼梧雲正愁』，暗指二妃之事也，故以瑶池日晏惜之。」仇注：「以王母瑶池比太真温泉也。」蕭滌非説略同。

〔一三〕黄鵠四句：《韓詩外傳》卷二：田饒去魯適燕，謂哀公曰：「夫黄鵠一舉千里，止君園池，食君魚鱉，啄君黍粱，無此五者，君猶貴之，以其所從來者遠矣。臣將去君，黄鵠舉矣。」劉峻《廣絶交論》：「分雁鶩之稻粱。」《文選》李善注引《韓詩外傳》作「黄鵠止君園池，啄君稻粱」。《書・

禹貢》：「陽鳥攸居。」傳：「隨陽之鳥，鴻雁之屬。」《九家》趙注：「黄鵠之遠去，雖若高舉遠引之士，然無所投止，而我之俯世徇身，則未免若雁之謀稻粱也。」

《苕溪漁隱叢話》前集卷一二引《三山老人語録》：「《登慈恩寺塔詩》，譏天寶時事也。山者，人君之象，『秦山忽破碎』，則人君失道矣。賢不肖混淆而清濁不分，故曰『涇渭不可求』。天下無綱紀文章，上都亦然，故曰『俯視但一氣，焉能辨皇州』。於是思古之聖君不可得，故曰『回首叫虞舜，蒼梧雲正愁』。是時明皇方耽于淫樂而不已，故曰『惜哉瑶池飲，日晏崑崙丘』。賢人君子，多去朝廷，故曰『黄鵠去不息，哀鳴何所投』。惟小人貪竊禄位者在朝，故曰『君看隨陽雁，各有稻粱謀』。」

錢箋：「高標烈風，登茲百憂，岌岌乎有漂摇崩析之恐，正起興也。『涇渭不可求』，長安不可辨，所以回首而思叫虞舜。『蒼梧雲正愁』，猶太白云『長安不見使人愁』也。唐人多以王母喻貴妃，瑶池日晏，言天下將亂，而宴樂不可以爲常也。」

浦起龍云：「説是詩者，三山謂譏切時事，邵長蘅非之，謂只是登高警語。愚則以爲憂危所迫也。譏切則輕薄，憂危則忠厚。毫芒之辨，心術天淵矣。若泛作登高寫景，則語意又太涉荒淼。楚既失之，齊亦未爲得也。」

厲志《白華山人詩説》卷二：「昔時觀杜、岑二公《慈恩寺塔》詩，覺杜不如岑。又數年，覺杜亦不下於岑。比來細觀之，岑只極題中之妙，而杜之所包者甚廣。凡人平素鬱抱，每值登臨，輒欲抒寫。少陵胸中所積無盡，所歷又極高妙，寫登高境界，只題面耳。故其前半曰翻百憂，曰追冥搜，至回首以下，皆其憂也，皆其冥搜也。其生平皆於此而會也。叫虞舜者，觸於蒼梧也。其下若可解若不可解，非解所能解，是即三閭大夫之苦衷也。中間用羲和、少昊，與虞舜隱隱相關動，讀之了若無意，吾恐其皆有苦心在也。若以嘉州之作方之，不誠有小大之殊乎？」

按，杜詩譏刺楊國忠兄妹實在天寶十三載以後，此詩「瑤池日晏」所指，殊難遽斷。蓋杜甫之前唐詩人用此典，皆頌美帝后、貴主等，僅陳子昂《感遇詩》詠周穆王事一例除外。李白《秋夜獨坐懷故山》：「入侍瑤池宴，出陪玉輦行。」亦炫耀其供奉翰林之經歷。「虞舜」「蒼梧」固以喻帝王晏駕，但亦有意指太宗、高宗或中宗、睿宗之歧説。三山句句鑿實，實不可取。謂詩人憂危所迫，皆有苦心，「即三閭大夫之苦衷」，或爲通達之論。

示從孫濟〔一〕

平明跨驢出，未知適誰門①。權門多噂喈，且復尋諸孫〔二〕。諸孫貧無事，宅舍如荒村。堂前自生竹，堂後自生萱〔三〕。萱草秋已死，竹枝霜不蕃②。淘米少汲水，汲多井水渾〔四〕。刈葵莫放手，放手傷葵根〔五〕。阿翁懶惰久③，覺兒行步奔〔六〕。所來爲宗族④，亦不爲盤飧〔七〕。小人利口實〔八〕，薄俗難可論⑤。勿受外嫌猜，同姓古所敦〔九〕。（0024）

【校】

① 知，錢箋校：「一作委。」

② 蕃，錢箋、《九家》校：「一作翻。」

③ 惰，宋本作「墮」，據錢箋、《九家》、《草堂》改。

④ 來，錢箋、《九家》校：「一作求。」

⑤ 小人利口實，錢箋校：「一云『小人實利口』。」 可，錢箋校：「一作貝。」

【注】

黃鶴注：濟所居在長安，當是天寶十三載（七五四）作。按，或作於天寶十二載（七五三）。

〔一〕杜濟：顏真卿《京兆尹御史中丞梓遂杭三州刺史劍南東川使杜公神道碑銘》：「公諱濟，字應物，京兆杜陵人。晉征南大將軍、當陽侯元凱十四代孫。……高陵令、贈太子少保惠之第三子也。……早歲以寢郎從調，書判超等，爲李吏部彭年所賞，補梁州南鄭主簿。州主司馬垂爲山南西道采訪使，引在幕下。俄丁内艱，終制，轉許州長社尉。楊光翽都督隴西，奏公爲法曹。皇甫侁采訪江西，奏公爲推官。授大理司直，攝殿中侍御史，賜緋魚袋。」又《唐代墓志彙編》大曆〇五五有顔真卿《唐京兆尹兼中丞杭州刺史劍南東川節度使杜公墓志銘》。濟生於開元八年，小甫八歲。按，濟爲京兆杜氏，甫爲襄陽杜氏，相隔懸遠。甫自稱當陽侯十三葉孫，濟則爲元凱十四代孫。此詩稱從孫濟，有出入。李彭年天寶二載爲吏部侍郎，至八載猶在任。參嚴耕望《唐僕尚丞郎表》。楊光翽天寶十四載十一月時爲太原尹，被安禄山所殺。其年二月，曾由楊國忠提議除河東節度使，見《舊唐書・玄宗紀》及《資治通鑑》。其都督隴西，必在此前。杜濟此時當丁内艱，居長安。其轉長社尉，再授隴西都督法曹，恐非止數月間事。從孫：《國語・周語下》：「共之從孫，四岳佐之。」賈逵注：「從孫，同姓末嗣之孫。」

〔二〕平明四句：陶淵明《乞食》：「飢來驅我去，不知竟何之。行行至斯里，叩門拙言辭。」王嗣奭《杜臆》：「起語自陶靖節《乞食》詩脱來，亦其情同也。」《詩・小雅・十月之交》：「噂沓背憎，職競由人。」傳：「噂猶噂噂，沓猶沓沓。」箋：「噂噂沓沓相對談語，背則相憎。」噂喈同噂沓，言噂沓即意指背憎，此歇後語。

〔三〕堂後句：《詩・衛風・伯兮》：「焉得諼草，言樹之背。」傳：「諼草令人善忘。背，北堂也。」釋文：「諼，本又作萱。」施鴻保謂：「萱草古人多以比母，或濟母方死，故云。」按，杜濟此時居喪，此可備一説。

〔四〕淘米二句：《九家》趙注：「族之有宗，猶水之有源、葵之有根也。水有源勿渾之而已，葵有根勿傷之而已，族有宗亦勿疏之而已。受外嫌猜者，亦猶汲水之多也。」按，多汲喻求取於人。蕭繹《答劉縮求述制旨義書》：「叩而必應，已謝懸鍾。汲而無竭，復乖井養。」

〔五〕刈葵二句：《藝文類聚》卷八二《古詩》：「采葵莫傷根，傷根葵不生。結交莫羞貧，羞貧友不成。」《後漢書・孝明帝紀》：「權門請託，殘吏放手。」注：「謂貪縱爲非也。」黄庭堅《杜詩箋》謂用此。《九家》趙注：「苟以嫌猜而不敦同姓，亦猶放縱其手於采葵也。」

〔六〕阿翁二句：阿翁，祖父，亦稱年老者。《晋書・張憑傳》：「祖鎮，蒼梧太守。憑年數歲，鎮謂其父曰：『我不知汝有佳兒。』憑曰：『阿翁豈宜以子戲父邪？』」此甫自稱。仇注：「盧注謂公欲警覺兒輩，故奔走而來。此説未合。公本跨驢而出，非步行而至者。行步，當就濟而言。」按，此二句謂因己懶惰行遲，而感覺兒輩行步如奔。甫當携兒往訪。

〔七〕盤飧：《左傳》僖公二十三年：「乃饋盤飧，置璧焉。」《説文》：「飧，餔也。」段注：「饔、飧皆謂孰食，分别之，則謂朝食、夕食。」

〔八〕小人句：《書・仲虺之誥》：「成湯放桀于南巢，惟有慙德，曰：『予恐來世以台爲口實。』」傳：「恐來世論道我放天子，常不去口。」仇注謂：若照下「外嫌」，口實用此，指口舌譏間；若承上「盤飧」，指口腹貪饕，則用《易・頤》「自求口實」義，以前説爲確。

〔九〕勿受二句：鮑照《代放歌行》：「明慮自天斷，不受外嫌猜。」《左傳》隱公十一年：「周之宗盟，異姓爲後。」杜預注：「盟載書皆先同姓。」曹植《求通親親表》：「《傳》曰：周之宗盟，異姓爲後。誠骨肉之恩，爽而不離；親親之義，實在敦固。」仇注謂此敦字所本。

張表臣《珊瑚鉤詩話》卷三：「萱忘憂而已死，竹可愛而不蕃，則荒落甚矣。水濁而不復其清源，葵傷而不庇其根本，則宗族乖離之況也。此詩人因物而興。」

王嗣奭《杜臆》：「淘米四句，是家人語。因其汲水、刈葵，而示以作家之法如此，亦知其留款止有米飯葵羹耳。以爲比興，恐未然。」

浦起龍云：「中入比體，似歌似謡，只是家常話，直入兩漢風格矣。」

九日寄岑參〔一〕

出門復入門，兩脚但如舊①〔二〕。所向泥活活②，思君令人瘦〔三〕。沉吟坐西軒③，飲食錯昏晝④。寸步曲江頭〔四〕，難爲一相就。吁嗟呼蒼生⑤，稼穡不可救。安得誅雲師，疇能補天漏〔五〕？大明韜日月，曠野號禽獸〔六〕。君子强逶迤，小人困馳驟〔七〕。維南有崇山，恐與川浸溜⑥〔八〕。是節東籬菊⑦，紛披爲誰秀〔九〕？岑生多新詩⑧，性亦嗜醇酎〔一〇〕。采采黄金花〔一一〕，何由滿衣袖⑨？〔0025〕

【校】

①兩脚，宋本校：「一作雨脚。」錢箋校「兩」字：「陳作雨。」《九家》作「雨脚」，校：「一作兩。」 但，錢箋校：「一作仍。」 但如，錢箋、《九家》校：「一作但仍。」

②活活，宋本、錢箋、《九家》校：「一作浩浩。」

③西，錢箋校：「一作秋。」 沉吟坐西軒，錢箋校：「一云『吟卧軒窗下』。」

④飲，錢箋校：「一作飯。」

⑤呼，錢箋校：「一作乎。」

⑥恐，宋本、錢箋、《九家》校：「一作涔。」

⑦節，錢箋校：「一作時。」

⑧岑生，《草堂》作「岑參」。 詩，錢箋校：「一作語。」

⑨滿，錢箋校：「一作洒。」

【注】

黄鶴注：詩中言雨傷稼，當是天寶十三載（七五四）作。按，當作於天寶十二載（七五三）九月。

〔一〕岑參：杜確《岑嘉州集序》：「南陽岑公，聲稱尤著。公諱參，代爲本州冠族。曾太公文本，大父長倩，伯父羲，皆以學術德望，官至台輔。……天寶三載進士高第，解褐右内率府兵曹參軍，轉右威衛録事參軍，又遷大理評事兼監察御史，充安西節度判官，入爲右補闕。頻上封章，指述權佞，改爲起居郎，尋出虢州長史，又改太子中允兼殿中侍御史，充關西節度判官。」據聞一多《岑嘉州繫年考證》，岑參天寶八載赴安西四鎮節度高仙芝幕下任掌書記，天寶十載東歸。天寶十三載再赴安西四鎮節度、北庭都護封常清幕下，充安西北庭節度判官。是年五月常清出師西征，六月受降回軍，岑參有《北庭西郊候封大夫受降回軍獻上》等詩。可知天寶十三載九月，岑參已不在長安。《舊唐書·玄宗紀》：「（天寶十二載）八月，京城霖雨，米貴，令出太倉米十萬石，減價糶與貧人。」知天寶十二載京師亦秋霖米貴，甫寄岑參詩當在此時。

〔二〕兩脚：《九家》趙注：「蓋雨脚，《選》詩雨足之義，而語是方言。公詩又云『雨脚如麻未斷絶』，亦此也。若人兩脚，則無義。」按，兩脚如舊，謂既出門雙脚沾濕如舊。

〔三〕所向二句：《詩·衛風·碩人》：「河水洋洋，北流活活。」傳：「活活，流也。」釋文：「活，古闊反，又如字。」《九家》趙注：「活活雖水流聲，而泥之深多則行爲有聲也。」《寒山詩注》一八六首：「買肉血⿰氵聒⿰氵聒，買魚跳鱍鱍。」⿰氵聒⿰氵聒即活活，可知活活爲流水聲，亦可形容泥、血等。《古詩十九首》：「思君令人老，歲月忽已晚。」

〔四〕曲江：《太平寰宇記》卷二五長安縣：「曲江池，漢武帝所造，名爲宜春苑。其水曲折，有似廣陵之江，故名之。」康駢《劇談録》卷下：「曲江池，本秦隑洲。開元中疏鑿，遂爲勝境。其南有紫雲樓、芙蓉苑，其西有杏園、慈恩寺。花卉環周，烟水明媚，都人游玩，盛於中和、上巳之節，綵幄翠幬，匝於堤岸，鮮車健馬，比肩擊轂。上巳即賜宴臣僚，京兆府大陳筵席。」《長安志》卷九昇道坊：「西北隅龍華尼寺……寺南曲江。」《分門》卷三《哀江頭》注引《兩京新記》：「昇道坊龍華尼寺南有流水屈曲，謂之曲江。」曲江在長安東南隅，甫居所與此稍近。

〔五〕安得二句：司馬相如《大人賦》：「召屏翳，誅風伯，刑雨師。」張衡《思玄賦》：「雲師䨴以交集兮，涷雨沛其灑塗。」《文選》舊注：「雲師，雨師也。」《淮南子·覽冥訓》：「女媧煉五色石以補蒼天。」《蜀中廣記》卷五六引《梁益志》：「大小漏天在雅州西北，山谷高深，沉晦多雨。」

〔六〕大明二句：《禮記·禮器》：「大明生於東，月生於西，此陰陽之分。」注：「大明，日也。」《九家》趙注：「大明之下言韜日月，則晝夜皆雨，而日不見乎晝，月不見乎夜。」按，大明下言日月，語複。《楚辭·九章·悲回風》：「鳥獸鳴以號群兮，草苴比而不芳。」王逸注：「號，呼也。」

〔七〕君子二句：《九家》趙注：「以雨淫於上，泥汩于下，君子雖有車馬，亦强逶迤而已。小人艱於行李之往來，故困馳驟。」按，馳驟言馬，唐人未有以言步行者。《詩·召南·羔羊》：「退食自公，委蛇委蛇。」箋：「委蛇，委曲自得之貌。」此言君子退食尚可委曲自得，小人則不得不冒雨馳逐。

〔八〕維南二句：《九家》趙注：「上句言南山也。」《詩·召南·草蟲》：「陟彼南山，言采其蕨。」傳：「南山，周南山也。」即終南山。《周禮·夏官·職方氏》：「其川三江，其浸五湖。」注：「浸，可以爲陂灌溉者。」潘岳《射雉賦》：「天泱泱以垂雲，泉涓涓而吐溜。」《文選》李善注：「溜，水流貌也。」傅玄《雨詩》：「屯雲結不解，長溜周四阿。」庾肩吾《過建章故臺詩》：「圖雲仍溜雨，畫水即生苔。」

〔九〕是節二句：陶淵明《飲酒》：「采菊東籬下，悠然見南山。」紛披，草木分散貌。劉勝《文木賦》：

「花葉分披，條枝摧折。」蕭繹《秋風摇落》：「樹參差兮稍密，紫荷紛披兮疏且黄。」

〔一〇〕醇酎：《禮記·月令》「孟夏之月」：「是月也，天子飲酎。」注：「酎之言醇也，謂重釀之酒也。春酒至此始成。」《西京雜記》卷一：「漢制，宗廟八月飲酎，用九醖太牢，皇帝侍祠。以正月旦作酒，八月成，名曰酎，一曰九醖，一名醇酎。」左思《魏都賦》：「醇酎中山，流湎千日。」

〔一一〕采采：禰衡《鸚鵡賦》：「采采麗容，咬咬好音。」《文選》李善注：「《韓詩》曰：采采衣服。薛君曰：采采，盛貌也。」陶淵明《榮木》：「采采榮木，結根於兹。」

送孔巢父謝病歸游江東兼呈李白〔一〕

巢父掉頭不肯住〔二〕，東將入海隨烟霧。詩卷長留天地間，釣竿欲拂珊瑚樹①〔三〕。深山大澤龍蛇遠，春寒野陰風景暮②〔四〕。蓬萊織女回雲車，指點虛無是征路③〔五〕。自是君身有仙骨〔六〕，世人那得知其故。惜君只欲苦死留，富貴何如草頭露④〔七〕。蔡侯静者意有餘，清夜置酒臨前除〔八〕。罷琴惆悵月照席⑤，幾歲寄我空中書〔九〕？南尋禹穴見李白⑥〔一〇〕，道甫問信今何如⑦。（0026）

【校】

①珊瑚樹，宋本校：「一云三珠樹。」錢箋、《九家》同。

②春寒野陰風景暮，錢箋、《九家》校：「一云『花繁草青春日暮』。」

③是征路，錢箋、《九家》校：「一作引歸路。」

④惜君只欲苦死留富貴何如草頭露，宋本、錢箋校：「一云『我欲苦留君富貴，何如草頭易晞露』。」

⑤照，錢箋校：「荆作點。」

⑥南尋禹穴見李白，《文苑英華》校：「一作『若逢李白騎鯨魚』。」

⑦今何如，此下宋本、《九家》校：「一云『深山大澤龍蛇遠，華繁草青風景暮。仙人玉女回雲車，指點虛無引歸路。若逢李白騎鯨魚，道甫問信今何如』。」錢箋校：「一本云『巢父掉頭不肯住，東將入海隨烟霧。書卷長携天地間，釣竿欲拂珊瑚樹。我擬把袂苦留君，富貴何如草頭露。深山大澤龍蛇遠，花繁草青風景暮。仙人玉女回雲車，指點虛無引歸路。若逢李白騎鯨魚，道甫問信今何如』。」

【注】

黄鶴注：梁權道編在天寶十三載（七五四），當是巢父至德二載（七五七）逃歸彭澤時作。朱鶴齡注：此詩乃天寶中在京師作。仇注編在天寶五載（七四六）。川《譜》編在天寶六載（七四七）。

〔一〕孔巢父：《舊唐書·孔巢父傳》：「孔巢父，冀州人，字弱翁。父如珪，海州司户參軍，以巢父贈工部郎中。巢父早勤文史，少時與韓準、裴政、李白、張叔明、陶沔隱於徂徠山，時號『竹溪六逸』。永王璘起兵江淮，聞其賢，以從事辟之。巢父知其必敗，側身潛遁，由是知名。廣德中，李季卿爲江淮宣撫使，薦巢父，授左衛兵曹參軍。」杜甫《雜述》（本書卷一九1468）：「則魯之張叔卿、孔巢父二才士者，聰明深察，博辯閎大……嗟乎巢父！執雌守常，吾無所贈若矣。太山冥冥崒以高，泗水潾潾瀰以清。悠悠友生，復何時會於王鎬之京？」亦與其相別所作。

〔二〕掉頭：搖頭。《説文》：「掉，搖也。」李白《答王十二寒夜獨酌有懷》：「世人聞此皆掉頭，有如東風射馬耳。」

〔三〕釣竿句：《莊子・外物》：「任公子爲大鉤巨緇，五十犗爲餌，蹲於會稽，投竿東海，旦旦而釣，期年不得魚。已而大魚食之，牽巨鉤，陷没而下，鶩揚而奮鬐，白波若山，海水震盪。」此用其意。《史記・司馬相如列傳》正義引郭璞注：「珊瑚生水底石邊，大者樹高三尺餘，枝格交錯，無有葉。」

〔四〕深山二句：《左傳》襄公二十一年：「深山大澤，實生龍蛇。」楊素《贈薛播州詩》：「野陰冒叢灌，幽氣含蘭芷。悲哉暮秋別，春草復萋矣。」

〔五〕蓬萊二句：《漢書・郊祀志》：「自威、宣、燕昭使人入海求蓬萊、方丈、瀛州。此三神山者，其傳在勃海中，去人不遠。蓋嘗有到者，諸仙人及不死之藥皆在焉。」《史記・天官書》：「織女，天女孫也。」《博物志》卷八：「七月七日夜漏七刻，王母乘紫雲車而至於殿西。」《九家》趙注：「蓬萊，海中三山之一，織女係之無義。」仇注：「蓬萊在東海之中，織女爲吴越分野，故用之。」按，《太平御覽》卷八引《博物志》：「舊説天河與海通，近世有居海者，年年八月有浮槎來，甚大，往反不失期，此人乃多齎糧，乘槎去，忽忽不覺晝夜，奄至一處，有城郭屋舍，望室中多見織婦。見 丈夫牽牛渚次飲之，牽牛人驚問此人何由至此，此人即問爲何處，答曰：『君可詣蜀郡訪嚴君平，則知之。』此人還問嚴君平，君平曰：『此織女支機石也。某年某日有客星犯斗牛。』即此人到天河也。」詩化用此，謂織女爲其指路。

〔六〕仙骨：《抱朴子·金丹》：「無神仙之骨，亦不可得見此道也。」《神仙傳》卷八《劉根傳》：「神人曰：……汝有仙骨，故得見我。」

〔七〕惜君二句：苦死，苦苦地。《寒山詩注》〇三四首：「一蟲從傍來，苦死欲求寄。」盧仝《常州孟諫議座上聞韓員外職方貶國子博士有感五首》：「孤宦心肝直，天王苦死嗔。」敦煌詞《禪門十二時》：「正南午，正南午，人命猶如草頭露。」

〔八〕蔡侯二句：蔡侯，名未詳。前除，仇注：「庭前階除也。」王績《薛記室收過莊見尋率題古意以贈》：「曳裾出門迎，握手登前除。」王勃《觀佛跡寺》：「頽華臨曲磴，傾影赴前除。」

〔九〕幾歲：姚寬《西溪叢語》卷上：「老杜《送孔巢父》『幾歲寄我空中書』，用史宗引小兒騰空覺脚下有波濤寄書事，乃蓬萊仙人也。洪慶善云空中書乃雁足書，非也。」事見《高僧傳》卷一〇《晋上虞龍山史宗傳》，謂史宗世號麻衣道士，隱廣陵白土埭，後有一道人不知姓名，詣海鹽令，暫借一守鵝鴨小兒，至一山上。小兒聞屋中人問道人：「知史宗所在否？」便作書與道人，道人以書付小兒。便至縣，令問小兒所經，小兒云：「道人令其捉杖，飄然而去，或聞足下波浪耳。」山中人寄書猶在小兒衣帶。令封書送小兒至白土埭，宗開書大驚云：「汝那得蓬萊道人書耶？」傳又謂：「或云有商人海行，於孤洲上見一沙門，求寄書於史宗，置書於船中，同侣欲看書，書著船不脱。及至白土埭，書飛起就宗，宗接而將去。」按，此故事與「空中書」尚有隔，唯「蓬萊道人」名與詩句偶合，詩人意中未必有此典。

〔一〇〕南尋句：《史記·太史公自序》：「二十而南游江淮，上會稽，探禹穴。」集解：「張晏曰：禹巡狩至會稽而崩，因葬焉。上有孔穴，民間云禹入此穴。」索隱引張勃《吴録》：「本名苗山，一名覆釜，禹會諸侯計功，改曰會稽。上有孔，號曰禹穴。」《嘉泰會稽志》卷九：「宛委山即禹穴，號陽明洞天。」「宛委山在（會稽）縣東南一十五里。」李白，見本卷《贈李白》（0003）注。據諸家年譜，天寶五、六載及天寶十二、十三載，李白游江東，天寶六載游越中，亦以杜甫此詩及《春日憶李白》（本書卷九0441）爲佐證。

施補華《峴傭説詩》：「少陵七古，學問才力性情俱臻絶頂，爲自有七古以來之極盛。故五古以少陵爲變體，七古以少陵爲正宗。《送孔巢父謝病歸江東兼呈李白》一首，巢父本是竹溪六逸之一，又值其謝病而歸，故語多帶仙靈氣，所謂與題稱也。起筆『巢父掉頭不肯住，東將入海隨烟霧』，突兀可喜。下接『詩卷長留天地間，釣竿欲拂珊瑚樹』，一句應不肯住，一句應入海，整束有力，自此便順流而下矣。直起不裝頭之詩，此最可法。收筆『南尋禹穴見李白，道甫問訊今何如』，只作一點，確是兼呈，題中賓主分明。」

飲中八仙歌〔一〕

知章騎馬似乘船〔二〕，眼花落井水底眠。汝陽三斗始朝天，道逢麴車口流涎①，恨不移封向酒泉〔三〕。左相日興費萬錢，飲如長鯨吸百川，銜杯樂聖稱世賢②〔四〕。宗之瀟灑美少年，舉觴白眼望青天，皎如玉樹臨風前〔五〕。蘇晉長齋繡佛前，醉中往往愛逃禪〔六〕。李白一斗詩百篇，長安市上酒家眠。天子呼來不上船，自稱臣是酒中仙〔七〕。張旭三杯草聖傳，脱帽露頂王公前，揮毫落紙如雲烟〔八〕。焦遂五斗方卓然〔九〕，高談雄辯驚四筵。（0027）

【校】

①逢，錢箋校：「《白氏長慶集》注逢作見。」

②世，錢箋校：「邵刊作避。」《九家》作「避」。

【注】

黄鶴注：按史，汝陽王天寶九載已薨，賀知章天寶三載、李適之天寶五載、蘇晉開元二十二年並已死。此詩當是天寶間追舊事而賦之，未詳何年。按，詩引李適之銜杯樂聖語，必作於天寶五載（七四六）後。川《譜》繫於天寶三載，誤。

〔一〕飲中八仙：李陽冰《草堂集序》：「格言不入，帝用疏之。公乃浪跡縱酒，以自昏穢。詠歌之際，屢稱東山。又與賀知章、崔宗之等自爲八仙之游，謂公謫仙人。」范傳正《唐左拾遺翰林學士李公新墓碑》：「在長安時，秘書監賀知章號公爲謫仙人，吟公《烏栖曲》云：此詩可以哭鬼神矣。時人又以公及賀監、汝陽王、崔宗之、裴周南等八人爲酒中八仙。」《新唐書·李白傳》：「白自知不爲親近所容，益驁放不自修，與知章、李適之、汝陽王璡、崔宗之、蘇晋、張旭、焦遂爲酒八仙人。」錢箋：「此因杜詩附會耳。且既云天寶初供奉，又云與蘇晋同游，何自相矛盾也？」盧綸《和裴延齡尚書寄題果州謝舍人仙居》：「飄然去謁八仙翁，自地從天香滿空。」《太平廣記》卷二一四《八仙圖》（出《野人閑話》）：「西蜀道士張素卿，神仙人也。……或有收得素卿所畫八仙真形八幅，以獻孟昶。」注：「八仙者，李己、容成、董仲舒、張道陵、嚴君平、李八百、長壽、葛永璝。」按，李八百即李寬，見《抱朴子·道意》。李己、長壽、葛永璝三人不詳。蓋唐時已有八仙之説，杜甫借用。

〔二〕知章：《舊唐書·賀知章傳》：「賀知章，會稽永興人，太子洗馬德仁之族孫也。少以文詞知名，舉進士。初授國子四門博士，又遷太常博士，皆陸象先在中書引薦也。……（開元）十三年，遷禮部侍郎，加集賢院學士，又充皇太子侍讀。……俄遷太子賓客、銀青光禄大夫兼正授秘書監。……知章晚年尤加縱誕，無復規檢，自號四明狂客，又稱秘書外監，遨游里巷，醉後屬詞，動成卷軸，文不加點，咸有可觀。……天寶三載，知章因病恍惚，乃上疏請度爲道士，求還鄉里，仍舍本鄉宅爲觀。上許之……至鄉無幾壽終，年八十六。」

〔三〕汝陽三句：《舊唐書・睿宗諸子傳》讓皇帝憲長子璡：「璡，封汝陽郡王，歷太僕卿，與賀知章、褚庭誨爲詩酒之交。天寶初，終喪，加特進。九載卒，贈太子太師。」本書卷七有《八哀詩・汝陽王璡》(0333)。《太平廣記》卷七二《葉静能》(出《河東記》)：「唐汝陽王好飲，終日不亂。客有至者，莫不留連旦夕。」又卷二〇五《玄宗》(出《羯鼓録》)：「汝陽王璡，寧王長子也，姿容妍美，秀出藩邸。玄宗特鍾愛焉，自傳授之。又以其聰悟敏慧，妙達其旨，每隨游幸，頃刻不舍。」《藝文類聚》卷八七引魏文帝詔：「(蒲萄)又釀以爲酒，甘於麴米，善醉而易醒，道之固已流涎咽唾，況親食之耶。」又卷九引應劭《漢官儀》：「酒泉城下有金泉，泉味如酒，故曰酒泉。」又卷一八引班超上疏：「但願生入玉門關，不敢望封酒泉郡。」王嘉《拾遺記》：「(姚馥)好啜濁糟，常言渴於醇酒。群輩嘗弄狎之，呼爲渴羌。及晋武踐位，忽思，見馥立於階下，帝奇其倜儻，擢爲朝歌邑宰……馥於階下高聲而對曰：『馬圉老羌，漸染皇化，溥天夷貊皆爲王臣，今若歡酒池之樂，更爲殷紂之民乎？』帝撫几大悦，即遷酒泉太守。地有清泉，其味若酒。馥乘醉而拜受之，遂爲善政。」向，蔣紹愚謂義同之或至。

〔四〕左相三句：左相，李適之。《舊唐書・李適之傳》：「李適之，一名昌，恒山王承乾之孫也。父象，官至懷州别駕。……適之雅好賓友，飲酒一斗不亂，夜則宴賞，晝決公務，庭無留事。天寶元年，代牛仙客爲左相，累封清河縣公。與李林甫争權不叶，適之性疏，爲其陰中。……隴右節度皇甫惟明、刑部尚書韋堅、户部尚書裴寬、京兆尹韓朝宗，悉與適之善，林甫皆中傷之，構成其罪，相繼放逐。適之懼不自安，求爲散職。五載，罷知政事，守太子少保。遽命親故歡會，賦詩曰：『避賢初罷相，樂聖且銜杯。爲問門前客，今朝幾個來？』竟坐與韋堅等相善，貶宜春太守。後御史羅希奭奉使殺韋堅、盧幼臨、裴敦復、李邕等於貶所，州縣聞希奭到，無不惶駭。希奭過宜春，適之聞其來，仰藥而死。」木華《海賦》：「魚則横海之鯨，突兀孤游。戛岩嶅，偃高濤。茹鱗甲，吞龍舟。噏波則洪漣踧蹜，吹澇則百川倒流。」邵博《邵氏聞見後録》卷一八：「杜子美《飲中八仙歌》……『世賢』二字，殆不可曉。或云『世』字當作『避』字，寫本誤也。……子美『銜杯樂聖稱避賢』者，正用適之詩語也。」吴曾《能改齋漫録》卷三引韓子蒼言，説同。洪邁《容齋三筆》卷六「杜詩誤字」：「今所行本誤以『避賢』爲『世賢』，絶無意義，兼『世』字是太宗諱，豈敢用哉？」按，杜甫《入衡州》（本書卷八0403）：「我師嵇叔夜，世賢張子房。」《秋日夔府詠懷奉寄鄭監李賓客一百韻》（卷一五1030）：「側聽中興主，長吟不世賢。」凡兩用之，「世」字唐人本不盡諱。此句用適之語，直切時事。然用「避賢」，則直刺當朝者，詩人或有所顧忌乎？

〔五〕宗之三句：崔宗之，日用子，襲封齊國公。見《舊唐書·崔日用傳》。開元初，爲禮部員外郎。見《禮儀志》。《舊唐書·李白傳》：「時侍御史崔宗之謫官金陵，與白詩酒唱和。嘗月夜乘舟，自采石達金陵，白衣宮錦袍，于舟中顧瞻笑傲，傍若無人。」《晋書·阮籍傳》：「籍又能爲青白眼，見禮俗之士，以白眼對之。」《世説新語·容止》：「魏明帝使后弟毛曾與夏侯玄共坐，時人謂蒹葭倚玉樹。」蕭綱《與廣信侯書》：「金池動月，玉樹含風。」

〔六〕蘇晉二句：蘇晉，珦子。《舊唐書·蘇珦傳》：「子晉，亦知名。晉數歲能屬文……弱冠舉進士，又應大禮舉，皆居上第。先天中，累遷中書舍人，兼崇文館學士。玄宗監國，每有制命，皆令晉及賈曾爲之。晉亦數進讜言，深見嘉納。俄出爲泗州刺史，以父老乞辭職歸侍，許之。父卒後，歷户部侍郎，襲爵河内郡公。開元十四年，遷吏部侍郎。……出爲汝州刺史，三遷魏州刺史，加銀青光禄大夫，入爲太子左庶子。二十二年卒，年五十九。」馮贄《雲仙雜記》卷四引《醉仙圖記》：「蘇晉作曲室爲飲所，名酒窟。又地上每一磚鋪一甌酒，計磚約五萬枚。晉日率友朋次第飲之，取盡而已。」此蓋附會。繡佛，繡像佛。張説《鄎國長公主神道碑》：「躬繡彩絲佛像二鋪。」《九家》趙注：「逃禪，言逃去而禪坐耳。」此蘇東坡所謂蒲褐禪、同夜禪者也。以晉好佛，故戲之云爾。」李治《敬齋古今黈》卷三：「或者云：逃禪之逃，即逃楊、逃墨之逃。逃，畔也。杜詩此言謂逃禪而醉也。或者之論非是。逃固畔也，而謂此詩爲畔禪而醉，則誤矣。逃禪者，大抵言破戒也。子美意謂蘇晉尋常齋於繡佛之前，及其既醉，則往往盡破前日之戒。蓋逃禪者，又是醉後事耳。若謂畔禪而醉，何得先言醉中乎？又有人説云：逃禪者，逃於禪，謂竄投於禪也。如其説，則大與《孟子》逃楊、逃墨之逃異矣。」王嗣奭《杜臆》：「逃禪，蓋學浮屠術而喜飲酒，自悖其教，故云。而今人以學佛者爲逃禪，誤矣。」

〔七〕李白四句：范傳正《唐左拾遺翰林學士李公新墓碑》：「他日泛白蓮池，公不在宴，皇歡既洽，召公作序。時公已被酒于翰苑中，仍命高將軍扶以登舟，優寵如是。」《舊唐書·李白傳》：「白既嗜酒，日與飲徒醉於酒肆。玄宗度曲，欲造樂府新詞，亟召白，白已卧於酒肆矣。召入，以水洒面，即令秉筆，頃之成十餘章，帝頗嘉之。」此皆一時傳説，或據杜詩敷衍。王績《醉鄉記》：「阮嗣宗、陶淵明等十數人，並游於醉鄉，没身不返，死葬其壤，中國以爲酒仙云。」

〔八〕張旭三句：李肇《唐國史補》卷上：「張旭草書得筆法，後傳崔邈、顔真卿。旭言：『始吾見公主擔夫争路，而得筆法之意。後見公孫氏舞劍器，而得其神。』旭飲酒輒草書，揮筆而大叫，以頭揾水墨中而書之。天下呼爲『張顛』。醒後自視，以爲神異，不可復得。」《舊唐書・賀知章傳》：「時有吴郡張旭，亦與知章相善。旭善草書，而好酒，每醉後號呼狂走，索筆揮洒，變化無窮，若有神助，時人號爲『張顛』。」衛恒《四體書勢》：「漢興而有草書，不知作者姓名。……弘農張伯英者，因而轉精其巧，凡家之衣帛，必書而後練之，臨池學書，池水盡黑。下筆必爲楷則，號怱怱不暇草書。寸紙不見遺，至今世尤寶其書，韋仲將謂之草聖。」

〔九〕焦遂：袁郊《甘澤謡》：「陶峴者，彭澤之孫也。開元中，家於崑山。……自製三舟，備極堅巧，一舟自載，一舟置賓，一舟貯飲饌。客有前進士孟彦深、進士孟雲卿、布衣焦遂，各置僕妾共載。」王應麟《困學紀聞》卷一八：「飲中八仙，其名氏皆見於唐史，唯焦遂事迹僅見於《甘澤謡》。」

《苕溪漁隱叢話》前集卷一七引山谷云：「老杜《飲中八仙歌》『船』字、『眠』字、『天』字韻各再押，前字韻凡三押，此歌分八篇，人人各異，雖重用韻無害，亦周《詩》分章之意耳。」又引

《學林新編》：「此歌三十二句，而押二『船』字、二『眠』字、二『天』字、三『前』字。近時論詩者曰：『此歌一首是八段，不嫌於重用韻也。』某案，子美此歌以『飲中八仙歌』五字爲題，則是一歌也。此歌首尾於『船』字韻中押，未嘗移別韻，則非分爲八段。蓋子美古律詩重用韻者亦多，況於歌乎？……雖然，子美非創意爲此者。蓋有所本也。……古人詩自有體格，杜子美亦效古人之作耳。」

陸時雍《詩鏡總論》：「太白七古，想落意外，局自變生，真所謂驅走風雲，鞭撻海岳。其殆天授，非人力也。少陵《哀江頭》、《哀王孫》作法最古，然琢削磨礱，力盡此矣。《飲中八仙》格力超拔，庶足當之。」

王嗣奭《杜臆》：「此創格，前無所因，後不能學。描寫八公都帶仙氣，而或兩句、三句、四句，如雲在晴空，捲舒自如，亦詩中之仙也。」

浦起龍云：「此格亦從季札觀樂、羊欣論書及詩之柏梁臺體化出。其寫各人醉趣，語亦不浪下。知章必有醉而忘險之事，如公異日之醉爲馬墜也，以其爲南人，故以乘船比之。汝陽，封號也，故以移封酒泉爲點綴。左相有罷政詩，即用其語。宗之少年，故曰玉樹臨風。蘇晉耽禪，故繫之繡佛。李白詩仙也，故寓於詩。張旭草聖也，故寓於書。焦遂國史無傳，而卓然雄辯之爲實録，可以例推矣。即此識移掇不去之法。」

曲江三章章五句〔一〕

曲江蕭條秋氣高，菱荷枯折隨風濤，游子空嗟垂二毛〔二〕。白石素沙亦相蕩，哀鴻獨叫求其曹〔三〕。

即事非今亦非古，長歌激越梢林莽，比屋豪華固難數〔四〕。吾人甘作心似灰〔五〕，弟侄何傷淚如雨。

自斷此生休問天，杜曲幸有桑麻田，故將移住南山邊〔六〕。短衣匹馬隨李廣，看射猛虎終殘年〔七〕。（0028）

【注】

黄鶴注：至德元載（七五六）陷賊中作。仇注：詩旨乃自歎失意，初無憂亂之詞，當是天寶十一載（七五二）獻賦不遇後，有感而作。川《譜》同。

〔一〕曲江：見本卷《九日寄岑參》（0025）注。

〔二〕曲江三句：《楚辭·九章·遠游》：「山蕭條而無獸兮，野寂漠而無人。」《説文》：「菱，芰也。

楚謂之芰，秦謂之薢茩。」羅願《爾雅翼》卷六：「菱生水中，實兩角，或四角。一名芰。……菱葉覆被水上，其花黃白色，其食餌之可以斷穀。」《左傳》僖公二十二年：「君子不重傷，不禽二毛。」杜預注：「二毛，頭白有二色。」

〔三〕哀鴻句：《詩・小雅・鴻雁》：「鴻雁于飛，哀鳴嗷嗷。」謝惠連《泛湖歸出樓中玩月》：「哀鴻鳴沙渚，悲猿響山椒。」《楚辭・招隱士》：「虎豹鬬兮熊羆咆，禽獸駭兮亡其曹。」王逸注：「違離黨輩，失群偶也。」

〔四〕即事三句：《九家》舊注：「公游此之時，曲江方盛，無可歎者，此即事之非今古也。」仇注引王嗣奭《杜臆》：「即事吟詩，體雜古今。其五句成章有似古體，七言成句又似今體。」《文選》蘇武詩：「長歌正激烈，中心愴以摧。」宋玉《風賦》：「蹶石伐木，梢殺林莽。」《文選》李善注：「韋昭曰：梢，擊也。」《列子・湯問》：「薛譚學謳於秦青，未窮青之技，自謂盡之，遂辭歸。秦青弗止，餞於郊衢，撫節悲歌，聲振林木，響遏行雲。」《九家》趙注：「梢林莽，言歌之聲。其義則《列子》云秦青撫節悲歌，聲振林木。」難數，難計數，謂豪華者甚多。楊苕華《贈竺度詩》：「巨石故叵消，芥子亦難數。」《六度集經》卷三：「財富難數，貴賤無違。」

〔五〕吾人句：《莊子・齊物論》：「形固可使如槁木，而心固可使如死灰乎？」《法苑珠林》卷四五引《佛説太子沐魄經》：「志若死灰，身如枯木。」

〔六〕自斷三句：《論語・顏淵》：「死生有命，富貴在天。」《三國志・魏志・管輅傳》：「始輅過魏郡太守鍾毓，共論《易》義。輅因言卜可知君生死之日，毓使筮其生日月，如言無蹉跌。毓大愕，曰：『君可畏也。死以付天，不以付君。』遂不復筮。」此翻用其意。程大昌《雍録》卷七引呂《圖》：「韋曲在明德門外，韋后家在此，蓋皇子陂之西也。所謂『城南韋杜，去天尺五』者也。杜曲在啓夏門外，向西即少陵原也。」長安外郭城南面三門，東曰啓夏門。南山，終南山。

〔七〕短衣二句：《史記·李將軍列傳》：「廣家與故潁陰侯孫屏野居藍田南山中射獵，嘗夜從一騎出，從人田間飲，還至霸陵亭，霸陵尉醉，呵止廣。廣騎曰：『故李將軍。』尉曰：『今將軍尚不得夜行，何乃故也！』」又：「廣所居郡聞有虎，嘗自射之。及居右北平射虎，虎騰傷廣，廣亦竟射殺之。」

王嗣奭《杜臆》：「先言鳥求曹，以起次章弟侄之傷。次言心似灰，以起末章南山之隱。雖分三章，氣脈相屬。總以九回之苦心，發清商之怨曲，意沉鬱而氣憤張，慷慨悲悽，直與楚騷爲匹，非唐人所能及也。」

麗人行〔一〕

三月三日天氣新，長安水邊多麗人〔二〕。態濃意遠淑且真，肌理細膩骨肉勻〔三〕。繡羅衣裳照暮春①，蹙金孔雀銀麒麟〔四〕。頭上何所有，翠微㔩葉垂鬢脣②〔五〕。背後何所見③，珠壓腰衱穩稱身④〔六〕。就中雲幕椒房親，賜名大國虢與秦〔七〕。紫駝之峰出翠釜⑤，水精之盤行素鱗〔八〕。犀筯厭飫久未下，鑾刀縷切空紛綸⑥〔九〕。黄門飛鞚不動塵，御厨絲絡送八珍⑦〔一〇〕。簫鼓哀吟感鬼神⑧，賓從雜遝實要津⑨〔一一〕。後來鞍馬何逡巡，當軒下馬入錦茵⑩〔一二〕。楊花雪落覆白蘋，青鳥飛去銜紅巾〔一三〕。炙手可熱勢絶倫⑪〔一四〕，慎莫近前丞相嗔⑫。（0029）

【校】

① 繡，宋本、錢箋、《九家》校：「一作畫。」

② 微，宋本、錢箋、《九家》校：「一作爲。」　匎，宋本、錢箋、《九家》校：「一作匌。」又錢箋校：「烏合反。」《文苑英華》作「匌」，校：「集作匎。」　匎葉，錢箋校：「一作匌匎。」

③ 背，錢箋校：「一作身。」

④ 衱，錢箋校：「其輒切。一作襻。」《文苑英華》作「支」，校：「集作衱。」

⑤ 峰，宋本、錢箋校：「一作珍。」

⑥ 鑾，《草堂》作「鸞」。　空，錢箋校：「一作坐。」

⑦ 絲絡，宋本、《九家》校：「一作駱驛。」錢箋作「絡繹」，校：「一作絲絡。」《文苑英華》校：「集作絡繹。」

⑧鼓，宋本、錢箋、《九家》校：「一作管。」
⑨雜，錢箋校：「一作合。」《文苑英華》作「合」。
⑩軒，宋本、錢箋、《九家》校：「一作道。」《文苑英華》作「道」，校：「集作軒。」
⑪勢，宋本、錢箋、《九家》校：「一作世。」
⑫近，宋本、錢箋、《九家》校：「一作向。」《文苑英華》作「向」，校：「集作近。」

【注】

黄鶴注：梁權道編在天寶十四載（七五五）。末句云丞相者，謂楊國忠。按史與《通鑑》，十一載李林甫死，而國忠以十一月庚申爲左相。當是十三載作。仇注：當是十二年春作。川《譜》同。按，天寶十二載杜甫有《奉贈鮮于京兆二十韻》，方寄望於國忠，不當於此年春即作詩諷刺。此詩當作於天寶十三載或十四載春。

〔一〕麗人行：《舊唐書·后妃傳》楊貴妃：「有姊三人，皆有才貌，玄宗並封國夫人之號。長曰大姨，封韓國。三姨，封虢國。八姨，封秦國。並承恩澤，出入宫掖，勢傾天下。妃父玄琰，累贈太尉、齊國公。母封涼國夫人。叔玄珪，光禄卿。再從兄銛，鴻臚卿。錡，侍御史，尚武惠妃女太華公主，以母愛，禮遇過於諸公主。賜甲第，連於宫禁。韓、虢、秦三夫人與銛、錡等五家，每有請託，府縣承迎，峻如詔敕，四方賂遺，其門如市。……玄宗每年十月幸華清宫，國忠姊妹五家扈從，每家爲一隊，著一色衣，五家合隊，照映如百花之焕發，而遺鈿墜舄，瑟瑟珠翠，燦爛芳覆於路。而國忠私於虢國而不避雄狐之刺，每入朝或聯鑣方駕，不施帷幔。每三朝慶賀，五鼓待漏，艷妝盈巷，蠟炬如晝，而十宅諸王、百孫院婚嫁，皆因韓、虢爲紹介，仍先納賂千貫而奏請，罔不稱旨。」據《玄宗紀》，封韓國、虢國夫人在天寶七載十月。沈約《麗人賦》：「狹斜才女，銅街麗人。亭亭似月，嬿婉如春。」

〔二〕三月二句：《後漢書・禮儀志》：「是月（三月）上巳，官民皆絜於東流水上，曰洗濯祓除、去宿垢疢爲大絜。」《宋書・禮志》：「舊説後漢有郭虞者，有三女，以三月上辰産二女，上巳産一女。二日之中，而三女並亡，俗以爲大忌。至此月此日，不敢止家，皆於東流水上爲祈禳，自絜濯，謂之禊祠。分流行觴，遂成曲水。……《月令》：『暮春，天子始乘舟。』蔡邕《章句》曰：『陽氣和暖，鮪魚時至，將取以薦寢廟，故因是乘舟禊於名川也。《論語》：「暮春浴乎沂。」自上及下，古有此禮。今三月上巳，祓於水濱，蓋出於此。』邕之言然。……自魏以後，但用三日，不以巳也。」康駢《劇談録》卷下：「曲江池，本秦隑洲。開元中疏鑿，遂爲勝境。……都人游玩，盛於中和、上巳之節，綵幄翠幬，匝於堤岸，鮮車健馬，比肩擊轂。上巳即賜宴臣僚，京兆府大陳筵席。」

〔三〕態濃二句：《楚辭・招魂》：「容態好比，順彌代些。弱顔固植，謇其有意些。」王逸注：「態，姿也。」王粲《神女賦》：「惟天地之普化，何産氣之淑真。」張衡《西京賦》：「剖析毫釐，擘肌分理。」《楚辭・招魂》：「靡顔膩理，遺視矊些。」王逸注：「膩，滑也。言諸美女容顔脂細，身體夷滑。」

〔四〕繡羅二句：李白《宫中行樂辭》：「山花插寶髻，石竹繡羅衣。」《敦煌變文集·醜女因緣》：「金釵玉釧滿頭妝，錦繡羅衣覆鼻香。」蹙金銀，以金、銀絲綫鑲嵌。蹙爲盤蹙隆起之義。《朝野僉載》卷六：「又得金荆榴數十斤，木色如真金，密緻而文彩盤蹙，有如美錦。」《北里志》：「東鄰起様裙腰闊，刺蹙黄金綫幾條。」

〔五〕頭上二句：《玉篇》：「㔩綵，婦人頭花髻飾也。」木華《海賦》：「澒泊柏而迤颺，磊匌匌而相豗。」《文選》李善注：「匌匌，重疊也。」《九家》趙注：「翠微㔩葉，則翡翠微布於㔩綵之葉。翠爲匌葉，則以翠爲匌匝之葉也。」仇注：「鬢脣，鬢邊也。」

〔六〕背後二句：《爾雅·釋器》：「衱謂之裾。」郭璞注：「衣後襟也。」《九家》趙注：「謂之腰衱，則裙腰耳。以珠綴之，故言珠壓腰衱。」「頭上、背後之句，此亦曹子建《美女篇》『頭上金雀釵，腰佩翠琅玕』之勢也。蓋舉頭與腰之飾，而一身之服備矣。」「詳玩語句，蓋特見麗人之後耳。」按，曹詩亦仿辛延年《羽林郎》：「長裾連理帶，廣袖合歡襦。頭上藍田玉，耳後大秦珠。」

〔七〕就中二句：《西京雜記》卷一：「成帝設雲帳、雲幄、雲幕於甘泉紫殿，世謂爲三雲殿。」班固《西都賦》：「後宫則有掖庭椒房，后妃之室。」《文選》李善注引《三輔黄圖》：「長樂宫有椒房殿。」《藝文類聚》卷一五引應劭《漢官儀》：「皇后稱椒房，取其實蔓延盈升，以椒塗室，取温暖，除惡氣也。」《九家》趙注：「秦、虢乃玉真之姊妹，故曰雲幕椒房親也。」

〔八〕紫駝二句：《酉陽雜俎》卷七《酒食》：「將軍曲良翰，能爲駿鬃駝峰炙。」《東京夢華録》卷九：「凡御宴至第三盞，方有下酒肉，鹹豉爆肉、雙下駝峰角子。」周密《癸辛雜識》續集卷上：「駝峰之雋，列於八珍。然駝之壯者兩峰堅聳，其味甘脆，如熊白奶房而尤勝。若駝之老者，兩峰偏觶，其味淡韌，如嚼敗絮。然所烹者皆老而不任負重者，而壯有力者未始以爲饌也。」王績《游北山賦》：「拭丹爐而調石髓，裛翠釜而出金精。」《太平御覽》卷七五八引《交州雜事》：「太康四年，刺史陶璜表送林邑王范熊所獻縹、紺水精盤各一枚。」《舊唐書·西域傳》：康國「開元六年，遣使貢獻鎖子甲、水精杯、馬腦瓶、駝鳥卵及越諾之類。」王肅之《蘭亭詩》：「吟詠曲水瀨，淥波轉素鱗。」

〔九〕犀筯二句：《趙飛燕外傳》昭儀上皇后書：「謹奏上二十六物以賀：……文犀避毒筯一雙。」《酉陽雜俎》卷一：「安禄山恩寵莫比，錫賚無數。其所賜品目有：……金平脱犀頭匙筯。」《説文》：「飫，燕食也。」段注：「燕同宴，安也。安食者，無事之食也。無事食則充腹而已，故語曰厭飫……今字作『飫』。」《詩·小雅·信南山》：「執其鸞刀，以啓其毛。」疏：「鸞即鈴也。謂刀環有鈴，其聲中節。」鸞刀亦作鑾刀。潘岳《西征賦》：「饔人縷切，鸞刀若飛。」《史記·司馬相如列傳》相如《封禪文》：「紛綸葳蕤。」索隱：「張揖云：亂貌。」

〔一〇〕黄門二句：黄門指宦者。《漢書·百官公卿表》：「諸僕射、署長、中黄門皆屬焉。」注：「師古曰：中黄門，謂奄人居禁中，在黄門之内給事者也。」鮑照《擬古》：「獸肥春草短，飛鞚越平陸。」《文選》李善注：「《埤蒼》曰：鞚，馬勒鞚。」《明皇雜録》卷下：「虢國每入禁中，常乘驄馬，使小黄門御，紫驄之駿健，黄門之端秀，皆冠絶一時。」《九家》薛注：「尚膳貴嚴，故以絲絡護衛之。絲絡，如絲疏也。」趙注：「駱驛，相繼不斷之義。……若駱驛以言寵予之隆，義自分明。若絲絡，亦天子御物常事耳，何足道也。」按，吴均《贈别新林詩》：「風亂青絲絡，霧染黄金羈。」

絲絡指馬韁。唐人言絲絡同此。此言走馬送食，與飛鞚義互見。鮑照《數詩》：「八珍盈雕俎，綺肴紛錯重。」《文選》李善注：「《周禮》：食醫掌和王八珍。」《周禮·天官·食醫》：「食醫掌和王之六食、六飲、六膳、百羞、百醬、八珍之齊。」

〔一一〕賓從句：《三國志·魏書·嵇康傳》注引《魏氏春秋》：「乘肥衣輕，賓從如雲。」左思《蜀都賦》：「輿輦雜遝，冠帶混並。」《文選》吕周翰注：「雜遝，衆多貌。」要津，要路。《古詩十九首》：「何不策高足，先據要路津。」楊綰《條奏貢舉疏》：「投刺干謁，驅馳於要津。」

〔一二〕後來句：司馬相如《上林賦》：「超若自失，逡巡避席。」《文選》李善注：「《廣雅》曰：逡巡，却退也。」《九家》趙注：「言其氣勢洋洋，旁若無人。」

〔一三〕楊花二句：《梁書·楊華傳》：「華少有勇力，容貌雄偉，魏胡太后逼通之，華懼及禍，乃率其部曲來降。胡太后追思之不能已，爲作《楊白華》歌辭，使宫人晝夜連臂蹋足歌之，辭甚悽惋焉。」《雜曲歌辭·楊白花》：「陽春二三月，楊柳齊作花。春風一夜入閨闥，楊花飄蕩落南家。含情出户脚無力，拾得楊花淚沾臆。秋去春還雙燕子，願銜楊花入窠裏。」錢箋：「此句亦寓諷于楊氏也。」《爾雅·釋草》：「萍，蓱，其大者蘋。」《埤雅》卷四〇：「世説楊花入水化爲浮萍。」《漢武故事》：「七月七日，上於承華殿齋，日正中，忽見有青鳥從西方來集殿前。……王母至，乘紫車……有二青鳥如烏，夾侍母旁。」沈約《華陽先生登樓不復下贈呈》：「銜書必青鳥，佳客信龍鑣。」王勃《落花落》：「綺閣青臺静且閑，羅袂紅巾復往還。」《九家》趙注：「青鳥應如鸚鵡之類，豢養馴熟，飛銜紅巾。此正借用西王母青鳥爲使名之，且以託言昵戲之事矣。紅巾蓋婦人之飾。」蕭滌非謂此二句用楊花雙關楊氏兄妹，「以楊花覆蘋，影射兄妹苟且」，「飛去銜紅巾，爲楊氏傳遞消息」。

〔一四〕炙手可熱：崔顥《長安道》：「莫言炙手手可熱，須臾火盡灰亦滅。」《九家》趙注：「炙手可熱，言勢焰之薰灼也。」

蘇軾《續麗人行》：「深宮無人春日長，沉香亭北百花香。美人睡起薄梳洗，燕舞鶯啼空斷腸。畫工欲畫無窮意，背立東風初破睡。若教回首却嫣然，陽城下蔡俱風靡。杜陵飢客眼長寒，蹇驢破帽隨金鞍。隔花臨水時一見，只許腰肢背後看。心醉歸來茅屋底，方信人間有西子。君不見孟光舉案與眉齊，何曾背面傷春啼。」

陸時雍《詩境總論》：「張籍、王建詩有三病，言之盡也，意之醜也，韻之痺也。言窮則盡，意褻則醜，韻軟則痺。杜少陵《麗人行》、李太白《楊叛兒》，一以雅道行之，故君子言有則也。」

鍾惺《唐詩歸》：「本是諷刺，而詩中直叙富麗，若深羨不容口者。妙！妙！」

賀貽孫《詩筏》：「楊升庵譏少陵《麗人行》云：『《詩》刺淫亂，第曰「雝雝鳴雁」、「旭日始旦」而已，不必曰「慎莫近前丞相嗔」也。』蓋謂少陵無含蓄耳。王元美駁之云：『彼所稱者，興比耳。詩固有賦，以述情切事爲快，不必盡含蓄也。』元美辨則辨矣，而未盡也。就『雝雝鳴雁』本章言之，雉鳴求其牡，非比興乎？何嘗含蓄。且鄭衛刺淫，至於『期我桑中』、『車來賄還』等語，皆無含蓄。姑不必盡舉，即如同一刺衛宣姜也，有直陳者……有隱諷者，《君子偕老》一篇，但述其象翟之盛、鬒髮之美、眉額之晳，至於『胡天胡帝』而猶未已，且綴以『蒙彼縐絺，是絏袢也』，則並其褻衣之纖媚而形容之，而以『邦之媛也』四字結之。羨美中有憐惜慨歎、愛莫能助之意，略無一語及其淫亂。少陵《麗人行》，全從此詩得之。首贊其態濃意遠，肌理細膩，乃至頭上、背後、足下種種殊妙，富貴氣焰，無不動人，而『青鳥飛去銜紅巾』，則與『蒙彼縐絺』語同一生動矣。惟《君子偕老》篇首章微露『子之不淑』四字，而後章不復補綴。少陵則末語微露『慎莫近前丞相嗔』七字，而前此全不指破，手法微換耳。彼其意以爲如此人、如此事，與其直指其穢，徒令人鄙，不若悉舉其美，乃令人恨也。……蓋嘲笑甚於罵詈，而憐惜尤甚於嘲笑也。吾方謂少陵含蓄太深，不爲《牆茨》、《新臺》，而爲《君子偕老》，用修乃謂其不肯含蓄乎？」

張謙宜《絸齋詩談》卷四：「古人有盛稱其衣服車馬之美，不下斷語，而譏刺最深，如《麗人行》是也。」

樂游園歌〔一〕晦日賀蘭楊長史筵醉中作①〔二〕。

樂游古園崒森爽②，烟綿碧草萋萋長〔三〕。公子華筵勢最高，秦川對酒平如掌〔四〕。長生木瓢示真率，更調鞍馬狂歡賞③〔五〕。青春波浪芙蓉園，白日雷霆甲城仗④〔六〕。閶闔晴開昳蕩蕩⑤，曲江翠幕排銀牓〔七〕。拂水低徊舞袖翻，緣雲清切歌聲上。却憶年年人醉時，只今未醉已先悲。數莖白髮那拋得，百罰深杯亦不辭⑥〔八〕。聖朝亦知賤士醜⑦，一物自荷皇天慈⑧〔九〕。此身飲罷無歸處，獨立蒼茫自詠詩。（0033）

【校】

① 樂游園歌晦日賀蘭楊長史筵醉中作，《文苑英華》題作「晦日賀蘭傳楊長史筵醉歌」。

② 崒，錢箋校：「一作萃。」《文苑英華》作「萃」。

③ 狂，《文苑英華》作「雄」，校：「集作狂。」

④ 甲，錢箋作「夾」，校：「一作甲。」《九家》校：「當作夾。」《文苑英華》作「夾」。

⑤ 昳，宋本、《九家》作「映」，蓋形訛。據錢箋改。錢箋校：「一作詄。」《九家》校：「趙作詄。」《文苑英華》作「詄」，校：「集作昳。」

⑥ 罰，宋本、錢箋、《九家》校：「一作刻。」　亦，《文苑英華》校：「一作辭。」

⑦ 亦，錢箋、《文苑英華》校：「一作已。」

⑧ 自，錢箋校：「一作但。」《文苑英華》作「但」，校：「集作自。」　慈，錢箋校：「一作私。」

【注】

黄鶴注：梁權道編在天寶十四載（七五五）。詳味詩句，皆未經禄山之亂前所作。仇注編在天寶十載（七五一）。川《譜》同。

〔一〕樂游園：《三輔黄圖》卷五：「宣帝廟，號樂游，在杜陵西北。」注：「神爵二年，宣帝立廟於曲池之北，號樂游。按其處則今呼樂游園是也，因樂游苑而得名。」《雍録》卷六：「唐曲江本秦隑洲，至漢爲宣帝樂游廟，亦名樂游苑，亦名樂游原。基地最高，四望寬敞。隋營京城，宇文愷以其地在京城東南隅，地高不便，故闕此地，不爲居人坊巷，而鑿之爲池，以厭勝之。又會黄渠水自城外南來，可以穿城而入，故隋世遂從城外包之，入城爲芙蓉池，且爲芙蓉園也。……長安中，太平公主於原上置亭游賞，後賜寧、申、岐、薛王。正月晦日、三月三日、九月九日，京城士女咸即此祓禊，帟幕雲布，車馬填塞，詞人樂飲歌詩。」

〔二〕晦日句：《唐會要》卷二九《追賞》：「（貞元）四年九月二日敕：正月晦日、三月三日、九月九日，前件三節日，宜任文武百僚擇地追賞爲樂。」同卷《節日》：「（貞元）五年正月十一日敕：……自今以後，以二月一日爲中和節，内外官司，並休假一日。先敕百僚以三令節集會，今宜吉制嘉節以徵之，更晦日於往月之終，揆明辰於來月之始。」是舊以正月晦日爲節日。賀蘭楊長史：事迹未見。《文苑英華》此詩題作「賀蘭傳楊長史」，則其名賀蘭傳楊。或謂賀蘭傳與楊長史爲二人，則未必。按，詩稱公子，當爲貴介子弟。《唐代墓志彙編》開元一二七李升期

《唐故正議大夫使持節相州諸軍事守相州刺史上柱國河南賀蘭公墓志銘》：「公諱務温，字茂弘，河南洛陽人也。……祖師仁，皇朝銀青光禄大夫、散騎常侍、應山公。父越石，朝散大夫、洛州長史。……載初中，應大禮舉，召問前殿，天子異其册，拜家令丞。時中書令岑公雅所歎伏，特薦公知制誥。……屬太后親政，獄連皇枝。公婚結河間，官因左退。……入拜少府監丞，仍加朝散。累遷主客員外、祠部郎中。……因而左出，拜儀州刺史。未幾，除揚州司馬。……拜相州諸軍事相州刺史。……有子晋、臨、賁、恒等……粤以開元九年十月廿三日遷厝於邙山之原。」據同書天寶〇七九蔣涣《大唐皇四從姑故正議大夫使持節鄴郡諸軍事守鄴郡太守上柱國賀蘭府君夫人金城郡君隴西李氏墓志銘》，知務温婚河間元王孝恭孫、河間公晦女。又據《舊唐書·武承嗣傳》，務温父賀蘭越石娶武士彠女，即則天姊，封韓國夫人。韓國夫人女賀蘭氏在宫中頗承恩寵，則天毒之，而歸罪於武惟良等。乃以韓國夫人子敏之爲士彠嗣，改姓武氏，即武敏之，襲爵周國公，配流雷州，自縊死。則務温與敏之爲兄弟。此賀蘭氏之顯貴者。疑此賀蘭長史亦越石之族。

〔三〕樂游二句：《詩·小雅·十月》：「百川沸騰，山冢崒崩。」箋：「崒者，崔嵬。」烟綿，綿延貌。鮑照《春羈詩》：「岫遠雲烟綿，谷屈泉靡迤。」宋之問《送趙司馬赴蜀州》：「餞子西南望，烟綿劍道微。」

〔四〕秦川句：《長安志》卷一一：「《三秦記》曰：長安正南秦嶺嶺根水流爲秦川，一名樊川。」《雍録》卷七引此詩，謂：「秦川即樊川也。坐中得見秦川，則可知其高矣。」沈佺期《長安道》：「秦地平如掌，層城出雲漢。」

〔五〕長生二句：以木瓢飲酒，以示真樸。《藝文類聚》卷八九引《鄴中記》：「金華殿後有皇后浴室，種雙長生樹，枝條交於棟上，團團車蓋形，冬日不凋，葉大如掌，至八九月乃生華，華色白，子赤，大如橡子，不中啖也，世人謂之西王母長生樹。」程大昌《演繁露》卷一一謂長生樹：「雖有異名，亦不解何物。」《太平御覽》卷五七一引《古今樂録》：「（許由）每以手捧水而飲之，人有見其飲無杯，以瓢遺之，許由受以操，飲畢輒掛於樹枝。風吹樹，瓢搖動，歷歷有聲，許由尚以爲繁擾，取而弃之。」更調鞍馬，仇注：「酌瓢之後，調馬而行，得以盡覽諸勝。」施鴻保《讀杜詩説》引白居易詩，謂：「疑『鞍馬』是酒令名，『調』則『調笑』之『調』。『更』，亦言諸人更易也。」白居易《東南行一百韻》：「鞍馬呼教住，骰盤喝遣輸。長驅波卷白，連擲彩成盧。」自注：「骰盤、卷白波、莫走、鞍馬，皆當時酒令。」按，《唐語林》卷八：「酒令之設，本骰子、卷白波律令。自後聞以鞍馬、香毬或調笑，抛打時上酒。」可知鞍馬令興起在後。詩言狂歡賞，則以觀賞爲主，與酒令游戲有別。此言調馬，疑與舞馬表演近同，俟更考。

〔六〕青春二句：芙蓉園，見注〔一〕。甲城，諸家注取夾城，引玄宗築夾城入芙蓉園事。然「仗」字無解。按，甲城仗者謂城列甲仗，甲用如動詞，即列甲之義。此杜詩句法。此句謂城列甲仗，喧呼聲震，如白日雷霆。若夾城則形如閣道，築垣牆如街巷，來往外人不知，豈見如白日雷霆之隊仗？

〔七〕閶闔二句：《楚辭・離騷》：「吾令帝閽開關兮，倚閶闔而望予。」王逸注：「閶闔，天門也。」《漢書・郊祀志》郊祀歌《天門》：「天門開，詄蕩蕩。」注：「如淳曰：詄讀如迭。詄蕩蕩，天體堅清之狀也。」《文選・七哀詩》李善注引《通俗文》：「日陰曰昳。」杜詩蓋音義同詄。此句言天晴。《開元天寶遺事》卷下：「長安貴家子弟，每至春時，游宴供帳於園圃中，隨行載以油幕，或遇陰雨，以幕覆之，盡歡而歸。」白居易《代書詩一百韻寄微之》：「幄幕侵堤布，盤筵占地施。」《太平御覽》卷一七三引《神異經》：「東方有宮……門有銀榜，以青石碧鏤，題曰『天地長男之宮』。……南方有宮，以赤石爲牆，赤銅爲門，闕有銀榜，曰『天地中女之宮』。」六朝、唐人以指太子、公主所居。宗楚客《奉和幸安樂公主山莊應制》：「玉樓銀榜枕嚴城，翠蓋紅旂列禁營。」《舊唐書・郭子儀傳》：「儷崇銀榜，攄美金章。」據此句，賀蘭長史當亦婚皇室。

〔八〕百罰句：唐彥謙《夏日訪友》：「流連送深杯，賓主共忘醉。」「百罰深杯」，其義又如白居易《早飲湖州酒寄崔使君》：「十分蘸甲酌，瀲灩滿銀盂。」《九家》趙注以爲「百罰」當作「百刻」，「十而分之以斟酒者，則百刻之狀乃細分之矣」。或可備一説。

〔九〕聖朝二句：蕭統《錦帶書十二月啓》：「但某衡門賤士，甕牖微生。」「某種瓜賤士，賣餅貧生。」乃書啓自稱之詞。仇注：「一物指酒，猶陶公云杯中物。」施鴻保謂：「一物乃自謂。」按，《吕氏春秋・貴公》：「陰陽之和，不長一類；甘露時雨，不私一物。……天地大矣，生而弗子，成而弗有，萬物皆被其澤，得其利，而莫知其所由始。」不私一物，即物物皆被其澤。《楚辭・離騷》：「皇天無私阿兮，覽民德焉錯輔。」

葉燮《原詩》内篇下：「千古詩人推杜甫。其詩隨所遇之人之境之事之物，無處不發其思君王、憂禍亂、悲時日、念友朋、弔古人、懷遠道，凡歡愉幽愁、離合今昔之感，一一觸類而起，因遇得題，因題達情，因情敷句，皆因甫有其胸襟以爲基。如星宿之海，萬源從出。如鑽燧之火，無處不發。如肥土沃壤，時雨一過，夭矯百物，隨類而興，生意各别，而無不具足。即如甫集中《樂游園》七古一篇，時甫年才三十餘，而當開、寶盛時，使今人爲此，必鋪陳揚頌，藻麗雕繢，無所不極。身在少年場中，功名事業，來日未苦短也，何有乎身世之感？乃甫此詩，前半即景事無多排場，忽轉年年人醉一段，悲白髮，荷皇天，而終之以獨立蒼茫。此其胸襟之所寄託何如也。」

渼陂行〔一〕

岑參兄弟皆好奇〔二〕，携我遠來游渼陂。天地黤慘忽異色，波濤萬頃堆琉璃〔三〕。琉璃漫汗泛舟入〔四〕，事殊興極憂思集。鼉作鯨吞不復知〔五〕，惡風白浪何嗟及。主人錦帆相爲開，舟子喜甚無氛埃〔六〕。鳧鷖散亂棹謳發，絲管啁啾空翠來〔七〕。沈竿續蔓深莫測，菱葉荷花静如拭①〔八〕。宛在中流渤澥清，下歸無極終南黑②〔九〕。半陂以南純浸山，動影裹窕沖融間③〔一〇〕。船舷暝戛雲際寺，水面月出藍田關〔一一〕。此時驪龍亦吐珠，馮夷擊鼓羣龍趨〔一二〕。湘妃漢女出歌舞，金支翠旗光有無〔一三〕。咫尺但愁雷雨至，蒼茫不曉神靈意。少壯幾時奈老何，向來哀樂何其多〔一四〕。（0031）

【校】

①静，《九家》作「浄」。錢箋校：「一作浄。」

②下歸無極，錢箋校：「一云『下臨無地』。」

③裹，《九家》、《草堂》作「褭」。

【注】

黄鶴注：天寶十三載（七五四）未授官時作。按，岑參天寶十三載不在長安，當作於天寶十一載（七五二）或十二載（七五三）夏。

〔一〕渼陂：《長安志》卷一五鄠縣：「渼陂在縣西五里，出終南山諸谷，合朝公泉爲陂。《十道志》曰：有五味陂，陂魚甚美，因誤名之。本屬奉天。又《説文》曰：渼陂在京兆鄠縣，其周一十四里，北流入澇水。」

〔二〕岑參：見本卷《九日寄岑參》(0025)注。岑參有《送二十二兄北游尋羅中》及《太白東溪張老舍即事寄舍弟侄等》，其名均不詳。又有《與鄠縣群官泛渼陂》、《與鄠縣源少府泛渼陂》二首五律，或爲同時作。

〔三〕天地二句：《楚辭·遠游》：「時曖曃其曭莽兮，召玄武而奔屬。」王逸注：「日月晻黮而無光。」補注：「曖曃一作晻曀，一作黤黮。黤，音晻，深黑色。黮，徒感切，黑也。」黤慘，亦昏黑義。慘同黲。《説文》：「黲，淺青黑色也。」段注：「淺青之黑也。《通俗文》曰：暗色曰黲。《玉篇》曰：今謂物將敗時顏色黲也。」沈約《登北固樓詩》：「夜月琉璃水，春風柳色天。」

〔四〕漫汗：張衡《南都賦》：「布濩漫汗，漭沆洋溢。」《文選》李善注：「言廣大也。」

〔五〕鼉作句：言風浪之大。左思《吴都賦》：「長鯨吞航，修鯢吐浪。」

〔六〕舟子句：《楚辭·遠游》：「風伯爲余先驅兮，氛埃辟而清涼。」王逸注：「掃除霧霾與塵埃也。」

〔七〕鳧鷖二句：揚雄《羽獵賦》：「鳧鷖振鷺，上下砰磕。」左思《蜀都賦》：「吹洞簫，發棹謳。」《文選》劉逵注：「棹謳，鼓棹而歌也。」《荀子·禮論》：「小者是燕爵，猶有啁噍之頃焉。」啁噍同啁啾，鳥雀鳴聲。王維《黄雀癡》：「到大啁啾解游颺，各自東西南北飛。」杜詩以言音樂。空翠，指山色。謝靈運《過白岸亭詩》：「遠山映疏木，空翠難强名。」

〔八〕沈竿二句：續蔓，仇注作續縵，謂：「絲絃也。」按，續蔓當指水草之類。黄庭堅《杜詩箋》：「拭訓浄。《雜記》：『雍人拭羊。』注：『拭，浄也。』」《禮記·雜記》注作「静也」。拭訓浄（静），謂拭之用。其義則仍爲拂拭、掃拭。《九家》趙注：「浄如拭三字，蓋如王僧孺《至牛渚憶魏少英詩》

有『沙岸浄如掃』。」

〔九〕宛在二句：司馬相如《子虚賦》：「浮渤澥，游孟諸。」《文選》李善注：「應劭曰：渤澥，海別枝也。」《老子》二十八章：「常得無忒，復歸於無極。」《九家》趙注：「終南山在陂之上流，去之遠，則視之黑也。」仇注：「下無極，言山峰倒映。」其説未確，下歸者言水流之遠。下句之「純浸山」，乃言水中倒影。

〔一〇〕半陂二句：蕭綱《和湘東王後園回文詩》：「枝雲間石峰，脈水浸山岸。」戎昱《題嚴氏竹亭》：「溪水浸山影，嵐烟向竹陰。」裹，同褭。王延壽《王孫賦》：「攀窈褭之長枝。」陸機《壯哉行》：「夭褭桃始榮。」謝莊《竹贊》：「杳褭人表。」窈褭、杳褭、夭褭、褭窕，爲同一詞。《莊子・外物》：「螴蜳不得成。」注：「司馬云：螴蜳讀曰沖融，言怖畏之氣沖融兩溢，不安定也。」木華《海賦》：「沖瀜沆瀁，渺瀰湠漫。」《文選》李善注：「沖瀜沆瀁，深廣之貌。」沖融同沖融。閻朝隱《晴虹賦》：「上下明媚，表裏沖融。」高適《酬秘書弟兼寄幕下諸公》：「司業志應徐，雅度思沖融。」

〔一一〕船舷二句：《説文》：「戛，戟也。」段注：「《皐陶謨》戛擊鳴球，《明堂位》作『揩擊』，揚雄賦作『拮隔』。此謂『戛』同『扴』，皆六書中之假借也。」此言船舷與水相擊。岑參《終南雲際精舍尋法澄上人不遇歸高冠東潭石淙》：「昨夜雲際宿，且從西峰回。」《長安志》卷一五鄠縣：「雲際山大定寺，在縣東南六十里。隋仁壽元年置爲居賢捧日寺，本朝太平興國三年改。」《長安志》卷一六藍田縣：「藍田關在縣東南九十八里，即秦嶢關也。……後周明帝武成元年，徙青泥故城側，改曰青泥關。武帝建德三年，改曰藍田關，因縣爲名。隋煬帝大業元年，徙復舊所，即今關是。」

〔一二〕此時二句：《莊子·天下》：「夫千金之珠，必在九重之淵而驪龍頷下，子能得珠者，必遭其睡也。」《楚辭·遠游》：「使湘靈鼓瑟兮，令海若舞馮夷。」王逸注：「馮夷，水仙人。」郭璞《馮夷贊》：「禀華之精，食惟八石。乘龍隱淪，往來海客。若是水仙，號曰河伯。」

〔一三〕湘妃二句：《楚辭·九歌·湘夫人》王逸注：「言堯二女娥皇、女英，隨舜不反，没於湘水之渚，因爲湘夫人。」《列仙傳》卷上：「江妃二女者，不知何所人也。出游江漢之湄，逢鄭交甫。見而悦之，不知其神人也。謂其僕曰：『我欲下請其佩。』……遂手解佩與交甫。交甫悦，受而懷之中當心。趨去數十步，視佩，空懷無佩。顧二女，忽然不見。」《漢書·禮樂志》載《安世房中歌》：「金支秀華，庶旄翠旌。」注：「臣瓚曰：樂上衆飾，有流蘇羽葆，以黄金爲支，其首敷散，若草木之秀華也。師古曰：……庶旄翠旌，謂析五彩羽注翠旄之首，而爲旌耳。」

〔一四〕少壯二句：漢武帝《秋風辭》：「横中流兮揚素波，簫鼓鳴兮發棹歌。歡樂極兮哀情多，少壯幾時兮奈老何。」

張謙宜《絸齋詩談》卷一：「真見其故，能發得出，不拘常格，此是豪放。若作怪支離，夾雜不倫，此是放肆，非豪放也。杜陵《渼陂》、《麗人》諸篇，是好樣。」又卷四：「《渼陂行》筆力如渴龍攪海。『船舷暝戛雲際寺，水面月出藍田關』，山與關影浸陂中，船行其上，故曰『暝戛』。闕頭之月，亦在波間，故曰『水面月出』。皆蒙上『純浸山』而言。此險中取巧法。寫影中諸山如在鏡面上浮動，亦是虛景實描法。」

翁方綱《石洲詩話》卷一：「漢武《秋風辭》……至老杜《渼陂行》竟用其辭而並不相犯，乃尤妙也。此即詞場祖述，可覘古人之變化。」

渼陂西南臺

高臺面蒼陂，六月風日冷。蒹葭離披去〔一〕，天水相與永。懷新目似擊，接要心已領①〔二〕。仿像識鮫人，空蒙辨魚艇②〔三〕。錯磨終南翠，顛倒白閣影〔四〕。崷崒增光輝③，乘陵惜俄頃〔五〕。勞生愧嚴鄭，外物慕張邴〔六〕。世復輕驊騮，吾甘雜鼃黽〔七〕。知歸俗可忽，取適事莫並④〔八〕。身退豈待官，老來苦便靜〔九〕。況資菱芡足，庶結茅茨迥〔一〇〕。從此具扁舟〔一一〕，彌年逐清景。白閣，山名。（0032）

【校】

① 接要，宋本、《九家》校：「一作接惡。」

② 蒙，錢箋作「濛」。

③ 輝，錢箋、《九家》校：「一作陰。」

④ 適，錢箋、《九家》校：「一作足。」

【注】

黄鶴注：同上年作。

〔一〕蒹葭句：《詩·秦風·蒹葭》：「蒹葭蒼蒼，白露爲霜。」傳：「蒹，薕也。葭，蘆也。」陸璣《疏》：「蒹，水草也。堅實，牛食令牛肥彊。青徐人謂之蒹。兖州、遼東通語也。葭，一名蘆菼，一名薍。」《爾雅·釋草》郭璞注：「蒹似萑而細，高數尺。蘆，葦也。」《楚辭·九辯》：「白露既下百草兮，奄離披此梧楸。」補注：「離披，分散貌。」

〔二〕懷新二句：謝靈運《登江中孤嶼詩》：「懷新道轉回，尋異景不延。」《莊子·田子方》：「仲尼曰：若夫人者，目擊而道存矣。」謝敷《安般守意經序》：「苟厝心領要，觸有悟理者，則不假外以靜内。」

〔三〕仿像二句：仿像，仿佛其形像。木華《海賦》：「故可仿像其色，靉霼其形。」《文選》李善注：「仿像、靉霼，不審之貌。」左思《吴都賦》：「泉室潛織而卷綃，淵客慷慨而泣珠。」《文選》劉逵注：「俗傳鮫人從水中出，曾寄寓人家，積日賣綃。綃者，竹孚俞也。鮫人臨去，從主人索器，泣而出珠滿盤，以與主人。」謝朓《觀朝雨詩》：「空濛如薄霧，散漫似輕埃。」

〔四〕錯磨二句：錯磨即磨，錯亦磨意。皎然《桃花石枕歌贈康從事》：「莫言昨日因錯磨，看取從來無點缺。」白居易《答箭鏃》：「精在利其鏃，錯磨鋒鏑成。」岑參《因假歸白閣西草堂》：「雷聲傍太白，雨在八九峰。東望白閣雲，半入紫閣松。」清《陝西通志》卷九鄠縣：「紫閣峰、白閣峰、黄閣峰，俱在縣東南三十里。」

〔五〕峭崒二句：班固《西都賦》：「岩峻峭崒，金石峥嶸。」《文選》李善注：「峭，高貌也。」謝靈運《入華子岡是麻源第三谷》：「恒克俄頃用，豈爲古今然。」

〔六〕勞生二句：《漢書・王貢兩龔鮑傳》序：「其後谷口有鄭子真，蜀有嚴君平，皆修身自保，非其服弗服，非其食弗食。成帝時，元舅大將軍王鳳以禮聘子真，子真遂不出而終。君平卜筮於成都市，以爲卜筮者賤業，而可以惠衆人。有邪惡非正之問，則依蓍龜爲言利害。……裁日閲數人，得百錢足自養，則閉肆下簾而授《老子》。」嵇康《幽憤詩》：「仰慕嚴鄭，樂道閑居。」《莊子・大宗師》：「已外天下矣，吾又守之，七日而後能外物。」謝靈運《還舊園作見顔范二中書》：「偶與張邴合，久欲還東山。」《文選》李善注引《漢書》張良願弃人間事，從赤松子學道輕舉；又琅邪邴漢，兄子曼容，亦養志自修，爲官不肯過六百石，輒自免去。仇注引邵注，謂張、邴皆漢人，張仲蔚所居蓬蒿没人。

〔七〕世復二句：驊騮，見本卷《天育驃騎歌》(0013)注。《國語・越語下》：「昔吾先君固周室之不成子也，故濱於東海之陂，黿鼉魚鱉之與處，而鼃黽之與同渚。」

〔八〕知歸二句：謝靈運《游赤石進帆海》：「矜名道不足，適己物可忽。」又《山居賦》：「夏涼寒燠，隨時取適。」又《齋中讀書》：「萬事難並歡，達生幸可託。」

〔九〕身退二句：謝靈運《還舊園作見顏范二中書》：「辭滿豈多秩，謝病不待年。」又《過始寧墅》：「拙疾相倚薄，還得静者便。」仇注：「謝以便静爲安閑，此以便静爲闃寂，故覺其苦，而欲行樂陂間也。」浦起龍云：「苦便猶云苦愛。」徐仁甫云：「苦猶深，甚詞。老來苦便静，謂老來最宜静也。」浦、徐説近是。

〔一〇〕況資二句：《周禮·天官·籩人》：「加籩之食，蔆芡栗脯。」注：「蔆，芰也。芡，雞頭也。」《韓非子·五蠹》：「堯之王天下也，茅茨不翦，采椽不斫。」

〔一一〕從此句：《史記·貨殖列傳》：「（范蠡）乃乘扁舟，浮於江湖。」

朱鶴齡云：「此詩俱本謝康樂。『懷新目似擊』，即謝詩『懷新道轉回』也。『乘陵惜俄頃』，即謝詩『恒克俄頃用』也。『外物慕張邴』，即謝詩『外物徒龍蠖』，又詩『偶與張邴合，久欲還東山』也。『知歸俗可忽』，即謝詩『適己物可忽』也。『取適事莫並』，即謝《山居賦》『隨時取適』，又詩『萬事難並歡』也。『身退豈待官』，即謝詩『辭滿豈多秩，謝病不待年』也。『老來苦便静』，即謝詩『拙疾相倚薄，還得静者便』也。公云『熟精《文選》理』，真不誣耳。」

戲簡鄭廣文虔兼呈蘇司業源明①〔一〕

廣文到官舍，置馬堂階下②。醉則騎馬歸③，頗遭官長駡。才名四十年④，坐

客寒無氈〔二〕。賴有蘇司業⑤，時時與酒錢⑥。(0033)

【校】

①虔，源明，錢箋、《九家》爲小字。

②置，宋本校：「一作繫。」錢箋、《九家》作「繫」，校：「一作置。」

③則，錢箋校：「一作即。」《文苑英華》作「即」，校：「集作則。」

④四，錢箋校：「一作三。」《九家》作「三」。

⑤賴，錢箋校：「一作近。」《文苑英華》作「近」，校：「集作賴。」

⑥與，錢箋、《九家》校：「一作乞。」

【注】

黄鶴注：天寶十四載(七五五)作。

〔一〕鄭廣文虔：見本卷《醉時歌》(0019)注。蘇司業源明：《新唐書·文藝傳》：「蘇源明，京兆武功人，初名預，字弱夫。少孤，寓居徐、兗。工文辭，有名天寶間。及進士第，更試集賢院。累遷太子諭德。出爲東平太守。是時，濟陽郡太守李傕以郡瀕河，請增領宿城、中都二縣以紓民力。二縣隸東平、魯郡者也。於是源明議廢濟陽，析三縣分隸濟南、東平、濮陽。……既而卒廢濟陽，以縣皆隸東平。召源明爲國子司業。」據《玄宗紀》，天寶十三載七月廢濟陽郡。源明召爲國子司業在此後。《新唐書·文藝傳》：「初，（鄭）虔追紬故書可志者得四十餘篇，國子司業蘇源明名其書爲《會粹》。」

〔二〕坐客句：《晉書·吴隱之傳》：「尋拜度支尚書、太常，以竹篷爲屏風，坐無氈席。」

夏日李公見訪①〔一〕

遠林暑氣薄，公子過我游。貧居類村塢，僻近城南樓〔二〕。傍舍頗淳朴，所願亦易求②。隔屋喚西家，借問有酒不？墻頭過濁醪，展席俯長流〔三〕。清風左右至，客意已驚秋。巢多衆鳥鬭③，葉密鳴蟬稠。苦道此物聒④，孰謂吾廬幽⑤？水花晚色静⑥〔四〕，庶足充淹留。預恐樽中盡，更起爲君謀。（0034）

【校】

① 李公，錢箋、《九家》校：「一作李家令。」錢箋題下注：「李時爲太子家令。」《草堂》此注爲大字。

② 願，錢箋校：「樊、陳並作須。」

③ 鬭，錢箋校：「一作喧。」

④ 道，錢箋校：「一作遭。」

⑤ 謂，錢箋校：「陳作語。」

⑥ 静，錢箋校：「樊作浄。」

【注】

黄鶴注：天寶十四載(七五五)作。按，疑爲天寶十三載夏作。是年秋，甫寄家奉先。至十四載夏秋，則多次來往於長安、奉先。

〔一〕李公：黄鶴注：「按《宗室世系表》，唯蔡王房有炎爲太子家令，讓皇帝房有平爲太子家令、嗣寧王。然平去讓皇帝五世，不與公同時。疑是李炎。」按，賈至《授李椿光禄少卿制》：「堂侄守太子家令開國男椿，恭儉温良，宗枝擢秀。」亦曾爲太子家令。《世系表》多有遺漏。

〔二〕貧居二句：時杜甫居長安城南下杜，參本卷《橋陵詩三十韻因呈縣内諸官》(0037)注。

〔三〕墻頭二句：左思《魏都賦》：「清酤如濟，濁醪如河。」《九家》趙注：「杜陵之樊鄉有樊川，而潏水則自樊川西北流經下杜城。豈其居當此地？」

〔四〕水花：何遜《寄江州褚咨議》：「林葉下仍飛，水花披未落。」張正見有《賦得魚躍水花生》。錢箋引崔豹《古今注》：「芙蓉，一名荷花，生池澤中，一名澤芝，一名水花。」本書卷八《送重表侄王砅評事使南海》(0386)：「水花笑白首，春草隨青袍。」卷一六《獨坐二首》(1247)：「水花寒落岸，山鳥暮過庭。」疑此爲泛指。

奉同郭給事湯東靈湫作〔一〕

東山氣濛鴻①〔二〕，宫殿居上頭。君來必十月，樹羽臨九州〔三〕。陰火煮玉泉〔四〕，噴薄漲岩幽。有時浴赤日，光抱空中樓〔五〕。閬風入轍跡，廣原延冥搜〔六〕。原，崑崙東北脚名也②。沸天萬乘動③，觀水百丈湫〔七〕。幽靈斯可佳④，王命官屬休〔八〕。初聞龍用壯〔九〕，擘石摧林丘。中夜窟宅改，移因風雨秋〔一〇〕。倒懸瑶池影，屈注蒼江流⑤〔一一〕。味如甘露漿，揮弄滑且柔〔一二〕。翠旗淡偃蹇，雲車紛少留〔一三〕。簫鼓蕩四溟，異香泱漭浮〔一四〕。蛟人獻微綃⑥，曾祝沉豪牛〔一五〕。百祥奔盛明，古先莫能儔〔一六〕。坡陁金蝦蟆，出見蓋有由。至尊顧之笑，王母不遺收⑦。復歸虚無底，化作長黄虬⑧〔一七〕。飄飄青瑣郎⑨，文采珊瑚鈎〔一八〕。浩歌渌水曲〔一九〕，清絶聽者愁。（0035）

【校】

① 濛鴻，錢箋、《草堂》作「鴻濛」。

②廣，錢箋作「曠」，校：「一作廣。」　原，錢箋、《九家》、《草堂》校：「一作野。」　原崑崙東北脚名也，錢箋以此八字爲吴若本注。《分門》謂「洙曰」，則吴若本之前已有此注。

③沸，宋本、錢箋、《九家》、《草堂》校：「一作拂。」

④幽靈，錢箋、《九家》、《草堂》校：「一作靈湫。」　斯，錢箋校：「一作新。」　佳，錢箋校：「一作怪。」《草堂》作「怪」。

⑤蒼江，《九家》作「滄江」。

⑥蛟，錢箋、《草堂》作「鮫」。　微，錢箋、《九家》校：「一作徵。」

⑦遣，《草堂》校：「一作肯。」錢箋作「肯」，校：「一作遣。」

⑧長黄虬，《九家》作「黄長虬」。宋本、錢箋校：「一云龍與虬。」《草堂》校：「一云龍似虬。」

⑨飄飄，後一「飄」字錢箋、《草堂》校：「一作飆。」

【注】

黄鶴注：梁權道編在天寶十四載（七五五）。然是年之二月，禄山反狀已著，公十一月往奉先，有《詠懷》詩，歷言驪山游幸之弊矣。此詩未必在其年作，當在十三載。仇注：安禄山反，在天寶十四載十一月，此詩當是其年十月作。川《譜》同。按，天寶十三載秋杜甫送家屬寄居奉先，復返長安。此後，蓋多次往返於兩地，途經驪山。此詩當作於其間，然應在天寶十四載十月前。

〔一〕郭給事：陶敏謂是郭納。天寶十四載與王維同在給事中任。王維有《酬郭給事》。《元和姓纂》卷一〇郭：「納，給事中，陳留采訪使。」按，《舊唐書·趙曄傳》：「河東采訪使韋陟以曄履操清直，頗推敬之，表爲賓僚。陟罷，陳留采訪使郭納復奏曄爲支使。」《玄宗紀》：「（天寶十三載）冬十月壬寅，幸華清宫。貶河東太守韋陟爲桂嶺尉。」郭納自給事中出爲陳留采訪使亦在此前後。湯東靈湫：黄鶴注：「靈湫在驪山温湯之東。」《長安志》卷一五臨潼縣：「温湯在縣南一百五十步驪山之西北。……貞觀十八年，詔左屯衛大將軍姜行本、將作少匠閻立德營建宫殿，御賜名湯泉宫。太宗因幸製碑。咸亨二年名温泉宫。天寶六載，改爲華清宫。驪山上下，益治湯井爲池，臺殿環列山谷。明皇歲幸焉。又築會昌城，即於湯所置百司及公卿邸第焉。」

〔二〕東山句：東山指驪山。《長安志》卷一五引述征記：「長安東則驪山，西則白鹿原，北望雲陽，悉見山阜之形，而恒若雲霧之中。」《淮南子·俶直訓》：「提挈天地而委萬物，以鴻濛爲景柱，而浮揚乎無畛崖之際。」揚雄《羽獵賦》：「鴻濛沆茫，揭以崇山。」《文選》注：「韋昭曰：鴻濛沆茫，水草廣大貌也。」

〔三〕君來二句：《舊唐書·楊國忠傳》：「玄宗每年冬十月幸華清宫，常經冬還宫。國忠山第在宫東門之南，與虢國相對，韓國、秦國甍棟相接，天子幸其第，必過五家，賞賜宴樂。每扈從驪山，五家合隊，國忠以劍南幢節引於前，出有餞路，還有軟脚，遠近餉遺，珍玩狗馬，閹侍歌兒，相望於道。」《玄宗諸子傳》：「每歲幸華清宫，宫側亦有十王院、百孫院。宫人每院四百，百孫院三四十人。」《詩·周頌·有瞽》：「設業設虡，崇牙樹羽。」傳：「樹羽，置羽也。」翁方綱《石洲詩話》卷六：「老杜頻用『樹羽』字，皆未妥。」蓋謂其與原義有出入。

〔四〕陰火句：木華《海賦》：「陽冰不治，陰火潛然。」《九家》趙注：「今公以其水温，故假陰火煮之以爲美。」王嗣奭《杜臆》：「本題是湯東靈湫，乃湯泉東之靈湫，非湯泉也。故篇中詳述湫之改移與龍之靈怪，而詠湯泉者止有『陰火』數語，引起靈湫耳。」

〔五〕有時二句：《山海經·海外東經》：「湯谷上有扶桑，十日所浴。」《淮南子·天文訓》：「日出於暘谷，浴於咸池，拂於扶桑。」《九家》趙注：「蓋言日色出，光照樓閣，此泉正是咸池耳。」

〔六〕閬風二句：《淮南子·墬形訓》：「崑崙之丘，或上倍之，是謂涼風之山，登之而不死。」《穆天子傳》郭璞注作「閬風」。《穆天子傳》卷四：「自西王母之邦，北至於曠原之野，飛鳥之所解其羽，千有九百里。宗周至於西北大曠原，萬四千里。」《九家》趙注：「自驪山而出，若將訪崑崙而游廣原，此所以言其欲冥搜也。《老子》：『善行無轍跡。』而義則周穆王欲車轍馬跡遍天下之意。」

〔七〕沸天二句：鮑照《蕪城賦》：「歌吹沸天。」《九家》趙注：「言其聲之多也。」《長安志》卷一五臨潼縣：「泠水在縣東三十五里，來自渭南縣界，亦曰百丈水。」《太平寰宇記》卷二七新豐縣：「百丈水即泠泉之别名，歷陰盤、新豐兩原之間，北流於渭。」《九家》趙注引《水經注》渭水，謂泠水、戲水皆出驪山之下，「惜乎地志不載『百丈湫』字」。

〔八〕王命句：《九家》趙注：「言乘輿既至湫傍，遂休官屬，休乃百工休之休。」王嗣奭《杜臆》：「謂休沐以致祭。」

〔九〕初聞句：《易·大壯》：「小人用壯，君子用罔。」《長安志》卷一五：「湯泉水，陰盤故城東門外，去昭應十五里。故城，漢高祖與太上皇所置新豐邑。漢靈帝改封段熲盤侯，即此是。陰盤城高一丈三尺，東西南北各三千一百步，往來大路，必由此城。行人憧憧，無所留礙。近古帝王未嘗經過，必迂回城西，别開御路。貞觀中，乘輿將自東門入，湯泉水岸深數丈，時水暴漲平岸，又見物狀如猪，出臨門，命有司致祭，其物起向北，因失所在。開元八年冬，乘輿自南入，行至半城，黑氣自城東北角起，倏忽滿城，從官皆相失，上策馬逾城赴官路，下至渭川，雲氣稍解，侍臣分散，尋求乘輿所在，既謁見，悲喜迸涕，上亦悵然。自是還宫，數日不出。翰林學士、通事舍人王翰作《答客問》上之，詞曰：『龍躍湯泉雲漸回，龍飛香殿氣還來。龍潛龍見雲皆應，天道常然何問哉。』」《九家》趙注引此，謂「乃直指爲龍所在」。

〔一〇〕中夜二句：指移湫之事。如《劇談録》卷上：「咸通九年春，華陰縣南十餘里，一夕風雷暴作，有龍移湫，自遠而至。先是，崖壟高亞，無貯水之所。此夕徙開數十丈小山，從東西直南北，峰巒草樹，一無所傷，碧波回塘，湛若疏鑿。京洛符旅，無不枉道而觀。」

〔一一〕倒懸二句：瑶池，見本卷《同諸公登慈恩寺塔》(0023)注。《九家》趙注謂此瑶池亦指驪山温泉，句意謂湫移之時於空中倒映其影。屈注，猶《水經注》所謂「河水屈而流，白渠水注之」，「(濟水)又屈而北注」。仇注：「謂泉水奔赴。」

〔一二〕味如二句：《禮記·内則》：「旨甘柔滑。」

〔一三〕翠旗二句：司馬相如《上林賦》：「建翠華之旗，樹靈鼉之鼓。」司馬相如《長門賦》：「澹偃蹇而待曙兮，荒亭亭而復明。」《文選》李善注：「李奇曰：澹，猶動也。偃蹇，停立貌也。」雲車，見本卷《送孔巢父謝病歸游江東兼呈李白》(0026)注。

〔一四〕簫鼓二句：張協《雜詩》：「雲根臨八極，雨足洒四溟。」《文選》李善注：「四溟，四海也。」張衡《西京賦》：「山谷原隰，泱漭無疆。」《文選》薛綜注：「泱漭，無限域之貌。」

〔一五〕蛟人二句：蛟人同鮫人，見本卷《渼陂西南臺》(0032)注。《穆天子傳》卷一：「天子大朝于燕然之山，河水之阿……曾祝佐之。」郭璞注：「曾，重也。《傳》曰曾臣偃。」又同卷：「天子之豪馬、豪牛、尨狗、豪羊，以三十祭文山。」注：「豪，猶髦也。《山海經》云：髦馬如馬，足四節，皆有毛。」

〔一六〕百祥二句：《書·伊訓》：「作善，降之百祥。」傳：「祥，善也。」《後漢書·竇武傳》：「臣幸得遭盛明之世。」嵇康《幽憤詩》：「嗟我憤歎，曾莫能儔。」《宋書·王弘傳》：「功實盛大，莫之與儔。」

〔一七〕坡陁六句：司馬相如《哀秦二世賦》：「登陂陁之長坂兮，坌入曾宮之嵯峨。」《楚辭·招魂》王逸注：「陂陁，長陛也。」《九家》趙注引《新唐書·五行志》載「蝦蟆色如金者」，謂：「此金蝦蟆蓋是實事，或云驪山上有碑載之。」「王母言貴妃也。上既以湫比瑶池，則此用王母尤宜。」錢箋引《酉陽雜俎》「金背蝦蟆，疑是月中者」，謂：「月中之精，后妃之象。禄山諂約楊妃……方諸蝦蟆之入月，詩人之託諭，不亦婉而章乎。」又引《安禄山事迹》「禄山醉卧，化爲一黑猪而龍首」，謂：「『續遺歸范陽，禄山遂反，豈非『復歸虚無底，化爲長黃虬』乎？」仇注潘鴻曰引《新唐書·五行志》「神龍中，渭水有蝦蟆大如鼎，里人聚觀，數日而失，是歲大水」，謂：「『坡陁金蝦蟆』，蓋其類也。禄山濁亂宮闈，故有此應。」按，諸家徵引，皆附會貴妃、禄山事，然情節皆不甚合。《説郛》卷三三《瀟湘録》：「高宗承祧後，多患頭風，召醫於四方，終不得療。有一宮人忽自陳世業醫術，請修合藥餌，高宗初未之信，及堅論奏，遂令宦者監之修其藥。宮人開坎作藥爐，比藥中有燒香者，穿地方一二尺，忽有一蝦蟆跳出，如黄金色，背上有朱書『武』字。宮人不敢匿其事，乃進於高宗，不曉其兆，遽命弃於後苑内。宮人遂别擇地穿藥爐，方深一尺，復得前金色蝦蟆。又聞於上，上惡之，以爲不祥，命殺而弃之。至夜，其修藥宮人及宦者皆無疾而卒。」鈕琇《觚乘》卷七引此，謂：「拾遺所詠，是當年實事。乃錢虞山箋注援《酉陽雜俎》所載月光屬林、尋化金背蝦蟆事……似近附會。」此乃高宗時事，「武」者隱指武后，然其事非出驪山。驪山所傳金蝦蟆事，疑與此類似。至尊、王母，蓋指高宗、武后。傳言驪山有碑載之，則其説出於杜甫前。情節爲傳説固有，謂詩人杜撰以影射貴妃、禄山，似無可能。又郭納亦爲朝中顯宦，此奉和之作固不應横生枝蔓，醜詆當朝。

〔一八〕飄飄二句：青瑣郎，此指給事中。《初學記》卷一二黄門侍郎引應劭曰：「黄門郎每日暮向青瑣門拜，謂之夕郎。」又引《齊職儀》：「初，秦有給事黄門之職，漢因之。」唐門下省設黄門侍郎二人，給事中四人。珊瑚鈎，仇注引吴注：「《纂典》記相如見枚叔文，稱曰：『如珊瑚之鈎，璠璵之器，非世間尋常可見。』」按，《太平御覽》卷八〇七引孫氏《瑞應圖》：「珊瑚鈎者，王者恭信則見。」則非以珊瑚爲鈎，乃自然成形者。

〔一九〕渌水曲：《樂府詩集》卷五九《琴曲歌辭・蔡氏五弄》引《琴集》：「五弄：游春、渌水、幽居、坐愁、秋思，並宮調，蔡邕所作也。」又卷五六《舞曲歌辭・齊明王歌辭七首》：「《齊明王歌辭》七曲，王融應司徒教而作也。一曰明王曲，二曰聖君曲，三曰淥水曲……」

夜聽許十誦詩愛而有作①〔一〕

許生五臺賓，業白出石壁〔二〕。余亦師粲可，身猶縛禪寂〔三〕。何階子方便，謬引爲匹敵〔四〕。離索晚相逢，包蒙欣有擊〔五〕。誦詩渾游衍②，四座皆辟易③〔六〕。應手看捶鉤，清心聽鳴鏑〔七〕。精微穿溟涬，飛動摧霹靂〔八〕。陶謝不枝梧，風騷共推激〔九〕。紫鸞自超詣④，翠駮誰剪剔〔一〇〕？君意人莫知，人間夜寥闃〔一一〕。（0036）

【校】

① 許十，錢箋其下有「損」字，校：「一本作許十一。一本作許十，無『損』字。」

② 渾，錢箋校：「一作混。」

③ 皆，錢箋校：「一作俱。」

④ 鸞，錢箋、《九家》、《草堂》作「燕」。《九家》校：「一作鸞。」《草堂》校：「舊作鸞，非。歐作燕，今從之。」錢箋校：「舊作鸞，非。」

四載。

【注】黄鶴注：天寶十四載（七五五）長安作，依舊次。仇注、川《譜》同。按，當作於長安期間，未必即十四載。

〔一〕許十：事迹不詳。或謂與本書卷九《對雨書懷走邀許十一簿公》（0432）之許十一爲同一人。

〔二〕許生二句：謂許生修行浄土。《元和郡縣圖志》卷一四河東道代州五臺縣：「五臺山，在縣東北百四十里。道經以爲紫府山，内經以爲清涼山。」《續高僧傳》卷六《曇鸞傳》：「釋曇鸞，或爲巒。未詳其氏。雁門人。家近五臺山。……魏主重之，號爲神鸞焉。下令住并州大寺，晚復移住汾州北山石壁玄中寺。時往介山之陰，聚徒授業，今號鸞公岩是也。……又撰《禮浄土》十二偈，續《龍樹偈》。後又撰《安樂集》兩卷等，廣流於世。」《法苑珠林》卷一九引《大悲經》：「所有白業得白報，黑業得黑報。」《中阿含經》卷三：「謂此十種不善業道，黑有黑報。」「謂此十善業道，白有白報。」道綽《安樂集》卷下：「是故《涅槃經》云：作業時黑，果報亦黑；作業時白，果報亦白。浄雜亦爾。」曇鸞、道綽爲浄土宗初祖、二祖，均居石壁玄中寺行化。

〔三〕余亦二句：張説《唐玉泉寺大通禪師碑銘》：「自菩提達磨天竺東來，以法傳惠可，惠可傳僧璨，僧璨傳道信，道信傳弘忍，繼明重跡，相承五光。」禪宗以達摩爲初祖，惠（亦作慧）可爲二祖，僧粲（亦作璨）爲三祖。《維摩經·方便品》：「一心禪寂，攝諸亂意。」又《文殊師利問疾品》：「何謂縛？何謂解？貪著禪味是菩薩縛，以方便生是菩薩解。又無方便慧縛，有方便慧解，無慧方便縛，有慧方便解。」呂澂、陳允吉等謂，此句杜甫自謂修行北宗禪法。按，「縛禪寂」亦用《維摩經》語，故有下何階方便句。

〔四〕何階二句：《禪法要解》卷上：「第四禪名爲真禪，餘三禪者方便階梯。」《諸法集要經》卷一○：「善法爲階梯，智者能昇蹈。」《九家》趙注：「有何因階得子垂方便之行，而以之爲匹也。」按，二人修行不同，然皆爲方便之階，故引爲匹敵。

〔五〕離索二句：離索，別離。潘尼《贈汲郡太守李茂彦》：「離索何惆悵，後會未可希。」《魏書·蕭寶夤傳》：「或具僚離索，或同事凋零。」《易·蒙》：「九二，包蒙，吉。」「上九，擊蒙，不利爲寇，利禦寇。」王弼注：「以剛居中，童蒙所歸，包而不距則遠近咸至，故包蒙吉也。」「處蒙之終，以剛居上，能擊去童蒙，以發其昧者也，故曰擊蒙也。」仇注：「待其啓發也。」

〔六〕誦詩二句：《詩·大雅·板》：「昊天曰旦，及爾游衍。」傳：「游，行；衍，溢也。」疏釋爲「馳驅自恣」。謝朓《和伏武昌登孫權故城》：「于役倘有期，鄂渚同游衍。」《史記·項羽本紀》：「赤泉侯人馬俱驚，辟易數里。」

〔七〕應手二句：《莊子·知北游》：「大馬之捶鉤者，年八十矣，而不失豪芒。大馬曰：『子巧與？有道與？』曰：『臣有守也。臣之年二十而好捶鉤，於物無視也，非鉤無察也。』」郭象注：「玷捶鉤之輕重，而無毫芒之差也。」《史記·匈奴列傳》：「冒頓乃作爲鳴鏑。」集解：「《漢書音義》曰：鏑，箭也，如今鳴箭也。」

〔八〕精微二句：《淮南子·本經訓》：「舜之時，共工振滔洪水，以薄空桑，龍門未開，呂梁未發，江淮通流，四海溟涬。」《太平御覽》卷一引《三五曆記》：「未有天地之時，混沌狀如雞子，溟涬始牙，濛鴻滋萌。」《華嚴經》卷七：「甍棟相承，勢如飛動。」《文心雕龍・詮賦》：「延壽靈光，含飛動之勢。」

〔九〕陶謝二句：陶謝，陶淵明、謝靈運。前人以顔、謝並稱，稱陶、謝者始於杜甫。《史記・項羽本紀》：「諸將皆慴服，莫敢枝梧。」集解：「如淳曰：枝梧猶枝捍也。」《宋書・謝靈運傳》論：「自漢至魏，四百餘年，辭人才子，文體三變。……原其飆流所始，莫不同祖風騷。」

〔一〇〕紫鸞二句：陳子昂《與東方左史虬修竹篇》：「驅馳翠虬駕，伊郁紫鸞笙。」李白《古風》：「兩兩白玉童，雙吹紫鸞笙。」《九家》趙注：「鸞鳳之名，雖曰色多丹者曰鳳，故每曰丹鳳，色多青者曰鸞，故每曰青鸞，如鳳五色而多紫者曰鸑鷟，但杜公未嘗言紫鸑鷟，而杜公於《北征》詩曰『天吴及紫鳳』……今曰『紫鸞自超詣』，固亦如紫鳳之稱。……蔡伯世《正異》作『紫鷰』，如此則平側不相連，又兩句皆言馬，不亦拙乎。」《爾雅・釋獸》：「駮如馬，倨牙，食虎豹。」張衡《西京賦》：「天子乃駕雕軫，六駿駮。」《文選》薛綜注：「天子駕六馬。駮，白馬而黑，畫爲文如虎者。」仇注：「此云翠駮，即翠黄、翠龍之意。」按，翠駮亦如陳詩之「翠虬」，皆詩人自鑄詞。《莊子・馬蹄》：「及至伯樂，曰我善治馬。燒之，剔之，刻之，雒之。」集解司馬云：「剔謂剪其毛。」

〔一一〕寥闃：蕭子範《直坊賦》：「何坊禁之寥闃，對長庭之蕪永。」《九家》趙注：「寂静之義。」葛立方《韻語陽秋》卷三：「詩人贊美同志詩篇之善，多比珠璣碧玉、錦繡花草之類。至杜子美則豈肯作此陳腐語邪？《寄岑參詩》云：『意愜關飛動，篇終接混茫。』《夜聽許十一誦詩》云：『精微穿溟涬，飛動摧霹靂。』《贈盧琚詩》曰：『藻翰惟牽率，湖山合動揺。』《贈鄭諫議詩》云：『毫髮無遺憾，波瀾獨老成。』《寄李白詩》云：『筆落驚風雨，詩成泣鬼神。』《贈高適詩》云：『美名人不及，佳句法如何。』皆驚人語也。視餘子其神芝之與腐菌哉！」

橋陵詩三十韻因呈縣内諸官〔一〕

先帝昔晏駕，兹山朝百靈〔二〕。崇岡擁象設，沃野開天庭〔三〕。即事壯重險，論功超五丁〔四〕。坡陁因厚地①，却略羅峻屏〔五〕。雲闕虚冉冉，風松肅泠泠〔六〕。石門霜露白②，玉殿莓苔青〔七〕。宫女晚知曙③，祠官朝見星〔八〕。空梁簇畫戟，陰井敲銅瓶〔九〕。中使日夜繼④，惟王心不寧〔一〇〕。豈徒卹備享，尚謂求無形〔一一〕。孝理敦國政，神凝推道經〔一二〕。瑞芝産廟柱，好鳥鳴岩扃⑤〔一三〕。高岳前嵂崒，洪河左瀅瀠〔一四〕。金城蓄峻趾，沙苑交回汀〔一五〕。永與奥區固，川原紛眇冥〔一六〕。居然赤縣立，臺榭争岩亭〔一七〕。官屬果稱是，聲華真可聽⑥〔一八〕。王劉美竹潤，裴李春蘭馨。鄭氏才振古，啖侯筆不停〔一九〕。遺詞必中律，利物常發硎〔二〇〕。綺繡相展轉，琳琅愈青熒⑦〔二一〕。側聞魯恭化，秉德崔瑗銘〔二二〕。太史候鳧影，王喬隨鶴翎〔二三〕。朝儀限霄漢，客思回林坰〔二四〕。轗軻辭下杜，飄颻陵濁涇〔二五〕。諸生舊短褐，旅泛一浮萍〔二六〕。荒歲兒女瘦，暮途涕泗零。主人念老馬，廨署容秋螢⑧〔二七〕。流寓理豈愜，窮愁醉未醒〔二八〕。何當擺俗累，浩蕩乘滄溟〔二九〕？

（0037）

【校】

①因，錢箋校：「一作用。」地，錢箋校：「一作力。」

②露，錢箋校：「一作霧。」

③晚，錢箋校：「一作曉。」《九家》作「曉」，校：「趙作晚。」

④日夜繼，錢箋校：「一云日繼夜。《正異》云日相繼。」《九家》校：「趙作日繼夜。蔡作日相繼。」

⑤鳴，錢箋校：「一作巢。一作宿。」《九家》校：「一作巢。」

⑥真，錢箋校：「一作宜。」

⑦愈，錢箋、《九家》校：「一作逾。」

⑧署，《九家》作「宇」。錢箋校：「一作宇。」容，錢箋校：「一作客。」

【注】

黄鶴注：當是天寶十三載（七五四）物價暴貴，人多乏食時，往見諸官而作此詩。仇注、川《譜》同。按，時初寄家奉先。

〔一〕橋陵：《舊唐書·玄宗紀》：「（開元四年十月）庚午，葬睿宗大聖貞皇帝于橋陵。以同州蒲城縣爲奉先縣，隸京兆府。」「（開元十七年十一月）丙申，謁橋陵。上望陵涕泣，左右並哀感。制奉先縣同赤縣，以所管萬三百户供陵寢，三府兵馬供宿衛，曲赦縣内大辟罪已下。」《長安志》卷一八蒲城縣：「唐睿宗橋陵，在縣西北二十里豐山宣化鄉積善村。封内四十里，陪葬太子三，公主三。」

〔二〕先帝二句：《史記·范雎蔡澤列傳》：「宮車一日晏駕。」集解：「應劭曰：天子當晨起早作，如方崩殞，故稱晏駕。韋昭曰：凡初崩爲晏駕者，臣子之心猶謂宮車當駕而晚出。」班固《東都賦》：「禮神祇，懷百靈。」《文選》李善注：「《毛詩》曰：懷柔百神。」

〔三〕崇岡二句：《楚辭·招魂》：「像設君室，静閑安些。」王逸注：「像，法也。言乃爲君造設第室，法像舊廬。」揚雄《甘泉賦》：「選巫咸兮叫帝閽，開天庭兮延群神。」

〔四〕論功句：《華陽國志》卷三：「時蜀有五丁力士，能移山，舉萬鈞。每王薨，輒立大石，長三丈，重千鈞，爲墓志，今石笋是也。」

〔五〕坡陁二句：坡陁，見本卷《奉同郭給事湯東靈湫作》（0035）注。《詩·小雅·正月》：「謂地蓋厚，不敢不蹐。」却略，退後。《相和歌辭・隴西行》：「却略再拜跪，然後持一杯。」劉禹錫《楚望賦》：「薦誠致祝，却略躩跜。」《九家》趙注：「却略乃退身之義也，山之退而在後，其勢亦然。」

〔六〕雲闕二句：《晉書・滕修傳》：「瞻望雲闕，實懷痛裂。」冉冉，此言雲霧繚繞。陳希烈《省試白雲起封中》：「冉冉排空上，依依疊影重。」韋丹《思歸寄東林澈上人》：「王事紛紛無暇日，浮生冉冉只如雲。」庾信《周大將軍琅邪壯公司馬裔墓志銘》：「風松雲蓋，白水山衣。」宋玉《風賦》：「清清泠泠，愈病析酲。」《文選》李善注：「清清泠泠，清涼之貌也。」

〔七〕石門二句：石門、玉殿，指陵寢。《禮記・祭義》：「霜露既降，君子履之，必有悽愴之心。」劉峻《辨命論》：「設令忽如過隙，溘死霜露。」楊炯《青苔賦》：「王孫逝兮山之隈，披薜荔兮踐莓苔。」

〔八〕宮女二句：《資治通鑑》大中十二年胡三省注：「宋白曰：凡諸帝升遐，宮人無子者悉遣詣山陵供奉朝夕，具盥櫛，治衾枕，事死如事生。」韓愈《豐陵行》：「設官置衛鎖嬪妓，供養朝夕象平居。」白居易《新樂府・陵園妾》：「陵園妾，顔色如花命如葉。命如葉薄將奈何，一奉寢宮年月多。」《九家》趙注：「以其無事，晚而後知曉也。」《唐會要》卷二一《緣陵禮物》：「神龍二年二月，太常博士彭景直以爲諸陵每日奠祭，乖於古禮，上疏……疏奏，上謂侍臣曰：『……乾陵宜依舊，朝晡進奠，昭、獻二陵，每日一進，必若所司供辦辛苦，可減朕膳，以爲常式。』」「（開元）二十三年四月，敕獻、昭、乾、定、橋、恭六陵，朔望上食，歲冬至、寒食日，各設一祭。如節祭共朔望日相逢，依節祭料。橋陵除此日外，仍每日進半口羊食。」《九家》趙注：「以其勤恪而虔於從事也。」

〔九〕空梁二句：簇，《六書故》：「簇，小竹叢密簇簇也。」引申爲簇聚義。孟浩然《雲門寺西六七里聞符公蘭若最幽與薛八同往》：「雲簇興座隅，天空落階下。」畫戟：唐諸陵設門戟。《唐會要》卷一七《廟災變》：「元和十七年正月，宗正寺奏：『建陵黄堂南面丹景門，去年十一月被賊斫破門戟四十七竿。』」井亦稱陰井。韋應物《題鄭拾遺草堂》：「陰井夕蟲亂，高林霜果稀。」盧綸《春日陪李庶子遵善寺東院曉望》：「陽峰高對寺，陰井下通雲。」仇注：「宮女奉盥，故銅瓶汲井。」

〔一〇〕中使二句：《舊唐書・玄宗紀》：「（天寶十載正月甲午）太廟置内官，供洒掃諸陵廟。」《唐會要》卷二〇《公卿巡陵》：「景龍二年三月……手敕答曰：『乾陵每歲正旦、冬至、寒食遣外使去，二忌日遣内使去，其諸陵並依來表。』」《詩・大雅・江漢》：「時靡有争，王心載寧。」

〔一一〕豈徒二句：《左傳》僖公三十一年：「國君，文足昭也，武可畏也，則有備物之饗以象其德。」《禮記・曲禮上》：「食饗不爲概，祭祀不爲尸。聽於無聲，視於無形。」疏：「謂視而不見父母之形，雖無聲無形，恒常於心想像，似見形聞聲，謂父母將有教使己然也。」

〔一二〕孝理二句：《孝經》孝治章：「子曰：昔者明王之以孝治天下，不敢遺小國之臣。」此避唐諱作「孝理」。《莊子・逍遥游》：「其神凝，使物不疵癘而年穀熟。」道經，指《老子》。《舊唐書・玄宗紀》：「（開元）二十一年春正月庚子朔，制令士庶家藏《老子》一本，每年貢舉人量減《尚書》、《論語》兩條策，加《老子》策。」「二十九年春正月丁丑，制兩京、諸州各置玄元皇帝廟並崇玄學，置生徒，令習《老子》、《莊子》、《列子》、《文子》，每年准明經例考試。」

〔一三〕瑞芝二句：《舊唐書·玄宗紀》：「（天寶七載）三月乙酉，大同殿柱産玉芝，有神光照殿。」「（八載）六月，大同殿又産玉芝一莖。」此事近同。宋之問《游雲門寺》：「摇摇不安寐，待月詠岩扃。」

〔一四〕高岳二句：高岳，《九家》趙注謂指嵩高山，仇注謂指華岳。司馬相如《子虛賦》：「其山則盤紆岪鬱，隆崇嵂崒。」《類篇》：「崒嵂，山高貌。」洪河，黄河。班固《西都賦》：「右界褒斜隴首之險，帶以洪河涇渭之川。」《水經注》河水：「河水又南，蒲川水出石樓山，南逕蒲城東，即重耳所奔之處也。」瀅濙，錢箋謂「濙」當作「瀠」，仇注作「濴」。《類篇》：「瀅，吉成切。絶小水也。」則上字作「瀅」亦誤。郭璞《江賦》：「漩澴滎瀯。」《文選》李善注：「皆波浪回旋濆涌而起之貌也。」《類篇》：「瀯、瀠、濴、濚，維傾切。澴瀯，水回貌。或從縈、從滎、從榮。濴又玄扃切，回波曰濴。」則作瀯濴、瀯滎、瀯瀠，皆同於滎瀯。

〔一五〕金城二句：金城，《九家》杜《正謬》謂地名，指漢之金城武威，唐蘭州郡。錢箋謂指沙苑長城。《太平寰宇記》卷二八同州蒲城縣：「塹洛，《史記》：秦孝公九年築長城，簡公二年塹洛。故云自鄭濱洛。今沙苑長城是也。又按《三秦記》云：在蒲城東五十里，秦築長城，即是塹洛也。」《史記·秦本紀》：「楚、魏與秦接界，魏築長城，自鄭濱洛以北，有上郡。」正義：「魏西界與秦相接，南自華州鄭縣，西北過渭水，濱洛水東岸，向北有上郡鄜州之地，皆築長城以界秦境。」賈誼《過秦論》：「自以爲關中之固，金城千里。」此指長城。左思《魏都賦》：「藐藐標危，亭亭峻趾。」《文選》李善注引《說文》：「阯，基也。」沙苑，在同州郡。參本卷《沙苑行》（0038）注。陳子昂《于長史山池三日曲水宴》：「摘蘭藉芳月，祓宴坐回汀。」

〔一六〕永與二句：班固《西都賦》：「防禦之阻，則天地之奥區焉。」《文選》李善注引《説文》：「奥，四方之土，可定居者。」眇冥，渺無邊際。趙居貞《雲門山投龍詩》：「大壑静不波，渺溟無際極。」尚顔《述懷》：「坐與幽期遇，何湖心渺冥。」義同。

〔一七〕居然二句：居然，蔣紹愚謂作顯然解。《通典》卷三三《職官・縣令》：「大唐縣有赤、畿、望、緊、上、中、下七等之差。京都所治爲赤縣，京之旁邑爲畿縣。」奉先縣升赤縣，見注〔一〕。岧亭，高貌。謝朓《雜詩・鏡臺》：「玲瓏類丹檻，苕亭似玄闕。」江淹《雜體詩・謝法曹惠連贈別》：「泛濫北湖游，岧亭南樓期。」

〔一八〕聲華句：任昉《宣德皇后令》：「客游梁朝，則聲華籍甚。」

〔一九〕王劉四句：王、劉等六人，皆爲縣内諸公。劉即劉單。參卷一《奉先劉少府新畫山水障歌》(0080)注。朱鶴齡疑啖侯即啖助，無確證。《新唐書・儒學傳》「啖助」：「啖助，字叔佐，趙州人，後徙關中。淹該經術。天寶末，調臨海尉、丹陽主簿。秩滿，屏居。」梁武帝《浄業賦》：「如玉有潤，如竹有筠。」嵇康《贈秀才入軍》：「仰慕同趣，其馨若蘭。」

〔二〇〕遣詞二句：《文心雕龍・章表》：「必使繁約得正，華實相勝，脣吻不滯，則中律矣。」《易・乾・文言》：「利者，義之和也。」「利物，足以和義。」《莊子・養生主》：「庖丁爲文惠君解牛……刀刃若新發於硎。」

〔二一〕綺繡二句：陸機《文賦》：「或藻思綺合，清麗千眠。炳若縟繡，淒若繁絃。」張説《洛州張司馬集序》：「發言而宮商應，搖筆而綺繡飛。」《書・禹貢》「雍州」：「厥貢惟球琳琅玕。」傳：「球、琳皆玉名。琅玕，石而似珠。」揚雄《羽獵賦》：「玉山嶜崟，眩燿青熒。」《文選》李善注：「青熒，光明貌。」

〔一二〕側聞二句：《後漢書・魯恭傳》：「拜中牟令，恭專以德化爲理，不任刑罰。訟人許伯等爭田，累守令不能決，恭爲平理曲直，皆退而自責，輟耕相讓。」《後漢書・崔瑗傳》：「瑗字子玉，早孤，鋭志好學。……瑗高於文辭，尤善爲書、記、箴、銘。」《文選》卷五六崔瑗《座右銘》吕延濟注：「瑗兄璋爲人所殺，瑗遂手刃其仇，亡命。蒙赦而出，作此銘以自戒，嘗置座右，故曰座右銘。」

〔一三〕太史二句：《後漢書・方術傳》：「王喬者，河東人也。顯宗時，爲葉令。喬有神術，每月朔望，常自縣詣臺朝。帝怪其來數，而不見車騎，密令太史伺望之。言其臨至，輒有雙鳧從東南飛來。于是候鳧至，舉羅張之，但得一隻舄焉。」《列仙傳》卷上：「王子喬者，周靈王太子晋也。好吹笙，作鳳鳴，游伊洛之間。道士浮丘公接以上嵩高山。三十餘年後，求之於山上，見桓良曰：『告我家，七月七日待我於緱氏山巔。』至時，果乘白鶴駐山頭。望之不得到，舉手謝時人，數日而去。」《九家》趙注：「後漢王喬……無鶴事，今却云『王喬隨鶴翎』，因更用周靈王太子王子喬事貼之也。」

〔一四〕朝儀二句：陳琳《爲曹洪與魏文帝書》：「夫綠驥垂耳於林坰，鴻雀戢翼於污池。」《爾雅・釋地》：「野外謂之林，林外謂之坰。」《九家》趙注：「知縣入朝而公不得預，此所以自歎也。」

〔二五〕轗軻二句：轗軻，見本卷《醉時歌》(0019)「坎軻」注。《水經注》渭水：「(長安)南出東頭第一門，本名覆盎門……其南有下杜城。應劭曰：故杜陵之下聚落也，故曰下杜門。」《長安志》卷一二長安縣：「下杜城在縣南一十五里……《廟記》曰：下杜城，杜伯所築，東有杜原城，在底下，故曰下杜。」飄飄，蔣紹愚謂有漂泊、輾轉義。濁涇，見本卷《秋雨歎三首》之二(0016)注。仇注：「涇水在長安之北，公自杜陵往奉先，故渡此水。」

〔二六〕諸生二句：諸生，甫自謂。任昉《天監三年策秀才文》：「朕本自諸生，弱齡有志。」賈誼《過秦論》：「夫寒者利裋褐。」《史記》索隱：「趙岐曰：『褐以毛毳織之，若馬衣，或以褐編衣也。』裋，一音豎。謂褐布豎裁，爲勞役之衣，短而且狹，故謂之短褐，亦曰豎褐。」班彪《王命論》：「思有短褐之襲，擔石之蓄。」《文選》李善注：「韋昭曰：短爲裋。裋，襦也。毛布曰褐。」曹植《雜詩》：「寄松爲女蘿，依水如浮萍。」

〔二七〕主人二句：《韓詩外傳》卷八：「昔者田子方出見老馬於道……曰：『少盡其力，而老去其身，仁者不爲也。』束帛而贖之。窮士聞之，知所歸心矣。」《九家》趙注：「公多以老馬自況。」「秋螢乃車胤聚螢事，豈言客於縣宇而容其讀書乎？」

〔二八〕流寓二句：謝靈運《擬魏太子鄴中集·王粲》序：「家本秦川貴公子孫，遭亂流寓，自傷情多。」《史記·平原君虞卿列傳》：「然虞卿非窮愁，亦不能著書以自見於後世云。」

〔二九〕何當二句：擺，擺落，擺脫。陶淵明《飲酒》：「擺落悠悠談，請從余所之。」《梁書·謝朏傳》：「簪紱未褫，而風塵擺落。」王彪之《游仙詩》：「遠游絕塵霧，輕舉觀滄溟。」

沙苑行〔一〕

君不見左輔白沙如白水①，繚以周墻百餘里〔二〕。龍媒昔是渥洼生，汗血今稱獻於此〔三〕。苑中騋牝三千匹〔四〕，豐草青青寒不死。食之豪健西域無，每歲攻駒冠邊鄙②〔五〕。王有虎臣司苑門，入門天廄皆雲屯〔六〕。驌驦一骨獨當御〔七〕，春秋二時歸至尊③。至尊内外馬盈億④，伏櫪在坰空大存〔八〕。逸羣絶足信殊傑，倜儻權奇難具論〔九〕。累累塠阜藏奔突⑤，往往坡陁縱超越〔一〇〕。角壯翻同麋鹿游⑥，浮深簸蕩黿鼉窟〔一一〕。泉出巨魚長比人⑦〔一二〕，丹砂作尾黄金鱗。豈知異物同精氣，雖未成龍亦有神〔一三〕。（0038）

【校】

① 如白水，錢箋校：「一作白如水。」《草堂》校：「一作白如水。一作遠如水。」《文苑英華》校：「集作白如水。」

② 西域無，錢箋校：「一云騰西域。」　攻，宋本、《九家》、《草堂》、《文苑英華》校：「一作收。」錢箋校：

「一作收。一作牧。」

③歸，錢箋、《草堂》校：「一作朝。」

④至尊内外馬盈億，錢箋、《草堂》校：「鮑作『内外馬數將盈億』。」

⑤槌，宋本作「搥」，據錢箋、《草堂》、《九家》改。

⑥同，錢箋校：「一作騰。」

⑦泉，錢箋校：「一作海。」

【注】

黄鶴注：當是天寶十三載（七五四）羣牧都使奏就羣牧交點馬時作。盧元昌注：時安禄山知總監事，公作《沙苑行》疑諷之。按，此詩當與前詩作於同時。時杜甫在奉先，道近沙苑。

〔一〕沙苑：《元和郡縣圖志》卷二同州馮翊縣：「沙苑，一名沙阜，在縣南十二里。東西八十里，南北三十里。……今以其處宜六畜，置沙苑監。」《唐六典》卷一七：「沙苑監，掌牧養隴右諸牧牛羊，以供其宴會祭祀及尚食所用。每歲與典牧分月以供之。」

〔二〕君不見二句：左輔，同州。《舊唐書·地理志》關内道：「同州上輔，隋馮翊郡。……天寶元年，改同州爲馮翊郡。乾元元年，復爲同州。」《魏書·景穆十二王傳》：「竊見馮翊古城，羌魏兩民之交，許洛水陸之際，先漢之左輔，皇魏之右翼。」《太平寰宇記》卷二八同州白水縣：「後魏和平三年，分澄城郡，於此置白水縣及白水郡。南臨白水，因以立名。」「沮水，按道元《水經注》云：『洛水東南，沮水入焉。』故洛水亦名漆沮水。蓋其境東南，谷多白土，因曰白水。」班固

《西都賦》：「西郊則有上囿禁苑，林麓藪澤，陂池連乎蜀漢，繚以周牆，四百餘里。」

〔三〕龍媒二句：《史記·樂書》：「又嘗得神馬渥洼水中，復次以爲太一之歌。」集解：「李斐曰：南陽新野有暴利長，當武帝時遭刑，屯田敦煌界。人數於此水旁見群野馬中有奇異者，與凡馬異，來飲此水旁。利長先爲土人持勒靽於水旁，後馬玩習久之，代土人持勒靽，收得其馬，獻之。欲神異此馬，云從水中出。」《漢書·禮樂志》郊祀歌《天馬》：「天馬徠，龍之媒。」汗血，見本卷《高都護驄馬行》(0012)注。

〔四〕苑中句：《詩·鄘風·定之方中》：「秉心塞淵，騋牝三千。」傳：「馬七尺以上曰騋。騋馬與牝馬也。」

〔五〕攻駒：見本卷《天育驃騎歌》(0013)注。

〔六〕王有二句：《詩·大雅·常武》：「王奮厥武，如震如怒。進厥虎臣，闞如虓虎。」陸機《從軍行》：「胡馬如雲屯，越旗亦星羅。」

〔七〕驌驦句：左思《吴都賦》：「吴王乃巾玉輅，軺驌驦。」《文選》劉逵注：「驌驦，馬也。《左氏傳》曰：唐成公如楚，有兩驌驦馬，子常欲之，不與，三年止之。唐人竊馬而獻子常，子常歸唐侯。馬融曰：驌驦，鳥也。馬似之。」《左傳》定公三年作「肅爽」。

〔八〕至尊二句：《詩·魏風·伐檀》傳：「萬萬曰億。」箋：「十萬曰億。」此從十萬説。《天育驃騎歌》云：「當時四十萬匹馬。」《詩·魯頌·駉》：「駉駉牡馬，在坰之野。」傳：「坰，遠野也。邑外曰郊，郊外曰野，野外曰林，林外曰坰。」《九家》趙注：「言櫪中野外空大存之，而不如驌驦之貴也。」

〔九〕逸羣二句：傅玄《馳射馬賦》：「何逸羣之奇駿，生濛泛之遐濱。」孔融《薦禰衡疏》：「飛兔騕褭，絶足奔放。」《漢書・禮樂志》郊祀歌《天馬》：「志俶儻，精權奇。」《文選》卷一四《赭白馬賦》李善注引《廣雅》：「倜儻，卓異也。」王先謙《漢書補注》：「權奇者，奇譎非常之意。」

〔一〇〕累累二句：塠，同堆。王中《頭陀寺碑》：「溝池湘漢，堆阜衡霍。」梁武帝《撰孔子正言竟述懷》：「白水凝澗溪，黄落散堆阜。」班固《西都賦》：「窮虎奔突，狂兕觸蹶。」坡陁，見本卷《奉同郭給事湯東靈湫作》(0035)注。

〔一一〕角壯二句：顔延之《赭白馬賦》：「分馳迴場，角壯永埒。」翻，同反，反而。虞世南《門有車馬客》：「如何守直道，翻使谷名愚。」盧照鄰《哭金部韋郎中》：「翻同五日尹，遽見一星亡。」木華《海賦》：「群飛侶浴，戲廣浮深。」簸蕩，飄蕩、揺蕩。鮑照《行路難》：「陽春妖冶二三月，從風簸蕩落西家。」《九家》趙注：「言馬之角鬬其壯，可與麋鹿並其能，以麋鹿善走險故也。言馬浴時浮於深處，直至揺動黿鼉穴。」

〔一二〕泉出句：錢箋謂「泉出」當從吴若本作「海出」。荀悦《前漢紀》卷二八：「有大魚出於東萊，長八丈，高丈一尺，七枚皆死。京房《易傳》曰：……海出巨魚，邪人進，賢人疏。」朱鶴齡注引《留花門》(本書卷二0068)「泉香草豐潔」，謂泉即沙苑之泉。仇注謂唐諱淵，故改泉。

〔一三〕豈知二句：朱翌《猗覺寮雜記》卷上：「《同州志》云：沙苑有泉，泉多大魚。杜意魚與馬皆可成龍。」《九家》趙注：「龍或魚所化，或馬所爲，故異物同精氣也。」

盧元昌曰：「《沙苑行》諷朝廷不宜使禄山兼知苑總監事。天寶十三載正月禄山入朝，求兼領閑厩羣牧，又求兼總監，隨知總監事。禄山選健馬堪戰者驅歸范陽。篇中曰『王有虎臣司苑門』，以見不須禄山也。曰『春秋二時歸至尊』，以見非禄山所得私畜也。結處巨魚，正指禄山。禄山羯奴，尾大已見，巨魚雖不成龍，而砂尾金鱗，似有神彩，禄山以猪龍僭擬真龍。」

按，《分門》、黄氏《補注》引師曰已謂此篇「寫意於禄山」，「既以馬比禄山，又以魚比史思明」。其説穿鑿附會，繫年不確，趙次公、蔡夢弼、黄鶴等皆不取。錢箋引京房《易傳》「海出巨魚」，似欲抉微而補充其説，然亦未曾斷然揭櫫。浦起龍亦謂此篇「危詞」、「以巨魚比禄山」。如從盧、浦之説，則杜甫於天寶十三載已逆料禄山必反，于情于理固不能斷言獨詩人具此神明，且如此隱晦其旨、旁敲側擊，亦不合當時寫作慣例。楊倫謂：「後半亦似紀異之篇，他本必欲牽入禄山，殊覺無味。」要爲通達之論。

驄馬行

太常梁卿勑賜馬也。李鄧公愛而有之，命甫製詩〔一〕。

鄧公馬癖人共知，初得花驄大宛種〔二〕。夙昔傳聞思一見，牽來左右神皆竦。雄姿逸態何崷崒〔三〕，顧影驕嘶自矜寵。隅目青熒夾鏡懸，肉駿碨礧連錢動①〔四〕。

朝來久試華軒下②，未覺千金滿高價。赤汗微生白雪毛，銀鞍却覆香羅帕。卿家舊賜公能取③，天厩真龍此其亞。晝洗須騰涇渭深，朝趨可刷幽并夜④〔五〕。吾聞良驥老始成，此馬數年人更驚〔六〕。豈有四蹄疾於鳥，不與八駿俱先鳴〔七〕。時俗造次那得致，雲霧晦冥方降精〔八〕。近聞下詔喧都邑，肯使騏驎地上行⑤〔九〕？

（0039）

【校】

① 騣，錢箋、《九家》作「駿」。錢箋校：「荆作騣。」

② 久，錢箋校：「《草堂》作少。」

③ 能取，宋本、《九家》、《草堂》校：「一作有之。」錢箋作「取之」，校：「一云能取。一云有之。」

④ 朝，錢箋校：「荆作夕。一作晨。」《文苑英華》校：「一作晨。」

⑤ 肯使，宋本、錢箋、《文苑英華》校：「一作知有。」騏驎，《草堂》作「騂騮」。

【注】

黃鶴注：天寶十四載（七五五）作。按，李行休卒於天寶九載（七五〇）前，詩亦作於此前。

〔一〕太常梁卿：疑爲梁載言。《唐代墓志彙編》天寶一二八《唐故處士河東裴府君夫人祖氏墓志銘》：「府君諱珣，以才行見稱，爲太常卿梁載言表薦。」《舊唐書·文苑傳》梁載言：「梁載言，博州聊城人。歷鳳閣舍人，專知制誥。撰《具員故事》十卷，《十道志》十六卷，並傳于時。中宗時爲懷州刺史。」按，此言驄馬爲梁公舊有，李鄧公得之。梁公乃舊任太常卿者。李鄧公：陶敏疑爲李行休。《新唐書·宗室世系表》紀王房：紀王慎孫、義陽郡王琮子：「鄧國公、汝州刺史行休。」《太宗諸子傳》：「琮三子：行遠、行芳、行休。始，琮與二弟同死桂林。開元四年，行休請身迎柩。」《唐代墓志彙編》天寶一六六《大唐故汝州刺史李府君夫人鄧國夫人韋氏墓志銘》：「以天寶九載六月廿八日寢疾，終於洛陽縣履順里之私第。以其載十一月十一日合祔於汝州府君之舊塋。」此鄧國夫人即李行休之妻。杜甫《祭外祖祖母文》（本書卷二〇1485）：「紀國則夫人之門。」杜甫外祖母乃紀王慎孫、義陽王琮女，參該篇注。行休乃杜甫外舅公。

〔二〕鄧公二句：《晉書·杜預傳》：「時王濟解相馬，又甚愛之，而和嶠頗聚斂，預常稱濟有馬癖，嶠有錢癖。」大宛種，見本卷《高都護驄馬行》（0012）注。

〔三〕雄姿句：傅玄《鷹賦》：「雄姿邈世，逸氣橫生。」崷崒，見本卷《渼陂西南臺》（0032）注。

〔四〕隅目二句：張衡《西京賦》：「及其猛毅髬髵，隅目高匡。」《文選》薛綜注：「隅目，角眼視也。高匡，深瞳子也。皆謂猛獸作怒可畏者。」青熒，見本卷《橋陵詩三十韻因呈縣内諸官》（0037）注。顏延之《赭白馬賦》：「雙瞳夾鏡，兩權協月。」《文選》李善注：「《相馬經》曰：目成人者行千里。注云：成人者，視童子中人頭足皆見，言目中清明如鏡。或云兩目中央旋毛爲鏡。」《類篇》：「騣，馬鬣也。」蘇軾《東坡志林》卷一：「余在岐下見秦州進一馬，騣如牛頷下垂胡，側立倒項，毛生肉端。番人云：此肉駿馬也。乃知《鄧公驄馬行》云『肉駿碨礧連錢動』當作『肉駿』。」木華《海賦》：「澎濞灪䃶，碨磊山壟。」《文選》李善注：「碨磊，不平貌。」《爾雅・釋畜》：「青驪驎，驒。」郭璞注：「色有深淺，斑駁隱粼，今之連錢驄。」吳均《從軍行》：「陣頭橫却月，馬腹帶連錢。」

〔五〕朝趨句：《赭白馬賦》：「旦刷幽燕，晝秣荆越。」《文選》李善注引《説文》：「刷，刮也。」

〔六〕吾聞二句：《唐代墓志彙編》景龍〇三二《大唐故朝議大夫行洋州長史上柱國王府君墓志銘》撰於景龍三年（七〇九），署「使持節懷州刺史梁載言撰」。載言卒於懷州刺史任，見《朝野僉載》卷六。其卒年即在此前後。疑甫此詩作於開元末年，梁卿之馬至此至少應三十餘歲。《晉書・慕容儁載記》：「初，廆有駿馬曰赭白……至是，四十九歲矣，而駿逸不虧，儁比之於鮑氏驄。」鮑氏驄事見《太平御覽》卷二五〇引《列異傳》。

〔七〕豈有二句：蔣紹愚謂唐詩中「豈」有時用同豈必、何必。此「豈有」亦作何必有解。《穆天子傳》卷一：「天子之駿：赤驥、盜驪、白義、踰輪、山子、渠黄、華騮、緑耳。」稱「八駿」。

〔八〕時俗二句：造次，輕易，隨便。孟郊《弔元魯山》：「遠階無近級，造次不可升。」《大唐傳載》：「此事有天性，非可造次爲傳。」《史記・天官書》：「房爲府，曰天駟。」正義：「房星，君之位，亦主左驂，亦主良馬，故爲駟。工者恒祠之，是馬祖也。」又《太平御覽》卷八九三引《春秋考異郵》：「月精爲馬。月數十二，故馬十二月而生。」

〔九〕肯使句：東方朔《答驃騎難》：「騏驎、緑耳、蜚鴻、驊騮，天下良馬也。將以捕鼠於深宮之中，曾不如跛貓。」羅願《爾雅翼》卷一八：「麒麟善走，故良馬因之，亦名爲騏驎也。」

去矣行

君不見鞲上鷹，一飽則飛掣〔一〕。焉能作堂上燕，銜泥附炎熱〔二〕。野人曠蕩無靦顔〔三〕，豈可久在王侯間？未試囊中餐玉法，明朝且入藍田山〔四〕。（0040）

【注】

《九家》鮑云：天寶十四載（七五五），公在率府，數上賦頌，不蒙采録，欲辭職，遂作《去矣行》。黄鶴注：公在長安，上賦投詩，唯恐君相莫我知，豈類鞲鷹之飽？當是廣德二年（七六四）在嚴武幕中作。按，杜甫十四載十月乃就職率府，在職月餘即逢禄山之難，並無欲辭職事。詩所言不過憤激之詞。黄鶴説亦不足據。

〔一〕君不見二句：鮑照《代東武吟》：「昔如鞲上鷹，今似檻中猿。」隋煬帝《詠鷹》：「雖蒙鞲上榮，無復凌雲志。」《史記・滑稽列傳》集解：「鞲，臂捍也。」本卷《送高三十五書記》（0002）：「飢鷹未飽肉，側翅隨人飛。」參該篇注。

〔二〕焉能二句：《相和歌辭・艷歌行》：「翩翩堂前燕，冬藏夏來見。」《古詩十九首》：「思爲雙飛燕，銜泥巢君屋。」

〔三〕野人二句：曠蕩，寬廣。孔融《聖人優劣論》：「曠蕩出於無外，沉微出於無內。」丘遲《與陳伯之書》：「將軍獨靦顔借命。」《文選》李善注：「《毛詩》曰：有靦面目。」《詩·小雅·何人斯》：「有靦面目，視人罔極。」傳：「靦，姡也。」《説文》：「靦，面見人也。」段注：「面見人，謂但有面相對自覺可憎也。」靦顔猶云厚着臉皮。《九家》趙注：「有靦顔則能忍慚者，能忍慚則局促佞媚，無所不至。」

〔四〕未試二句：《抱朴子·仙藥》：「《玉經》曰：服金者壽如金，服玉者壽如玉也。又曰：服玄真者，其命不極。玄真者，玉之别名也。令人身飛輕舉，不但地仙而已。然其道遲成，服一二百斤，乃可知耳。」《魏書·李子預傳》：「府解罷郡，遂居長安。每羡古人餐玉之法，乃采訪藍田，躬往攻掘。得若環璧雜器形者大小百餘……預乃椎七十枚爲屑，日服食之，餘多惠人。」《漢書·地理志》：「藍田，山出美玉，有虎候山祠，秦孝公置也。」《初學記》卷二七引《京兆記》：「藍田出美玉如藍，故曰藍田。」

自京赴奉先縣詠懷五百字〔一〕天寶十四載十一月初作。

杜陵有布衣，老大意轉拙〔二〕。許身一何愚①，竊比稷與契〔三〕。居然成濩落，白首甘契闊②〔四〕。蓋棺事則已，此志常覬豁〔五〕。窮年憂黎元，歎息腸内熱③〔六〕。取笑同學翁，浩歌彌激烈〔七〕。非無江海志，瀟洒送日月④〔八〕。生逢堯舜君⑤，不忍便永訣〔九〕。當今廊廟具，構廈豈云缺〔一〇〕？葵藿傾太陽，物性固莫奪⑥〔一一〕。顧惟螻蟻輩，但自求其穴〔一二〕。胡爲慕大鯨，輒擬偃溟渤〔一三〕？以兹悟生理⑦，獨恥事干謁〔一四〕。兀兀遂至今，忍爲塵埃没〔一五〕。終愧巢與由，未能易其節〔一六〕。沉飲聊自遣⑧，放歌頗愁絶⑨〔一七〕。歲暮百草零〔一八〕，疾風高岡裂。天衢陰崢嶸，客子中夜發〔一九〕。霜嚴衣帶斷〔二〇〕，指直不得結。凌晨過驪山，御榻在嵽嵲〔二一〕。蚩尤塞寒空〔二二〕，蹴踏崖谷滑〔二三〕。瑶池氣鬱律，羽林相摩戛〔二四〕。君臣留歡娱⑩，樂動殷嶱嵑⑪〔二五〕。賜浴皆長纓，與宴非短褐⑫〔二六〕。彤廷所分帛⑬〔二七〕，本自寒女出。鞭撻其夫家⑭，聚斂貢城闕〔二八〕。聖人筐篚恩，實欲邦國活⑮〔二九〕。臣如忽至理，君豈弃此物〔三〇〕？多士盈朝廷，仁者宜戰慄〔三一〕。況聞内金盤，盡在衛霍室〔三二〕。中堂舞神仙⑯，烟霧散玉質⑰〔三三〕。暖客貂鼠裘⑱，悲管逐清瑟〔三四〕。勸客駝蹄羹，霜橙壓香橘〔三五〕。朱門酒肉臭⑲，路有凍死骨〔三六〕。榮枯咫尺異，惆悵難再述〔三七〕。北轅就涇渭，官渡又改轍〔三八〕。羣冰從西下⑳，極目高崒兀〔三九〕。

疑是崆峒來，恐觸天柱折〔四〇〕。河梁幸未折㉑，枝撐聲窸窣〔四一〕。行旅相攀援，川廣不可越㉒〔四二〕。老妻既異縣㉓，十口隔風雪。誰能久不顧，庶往共飢渴。入門聞號咷，幼子飢已卒㉔。吾寧捨一哀〔四三〕，里巷亦嗚咽㉕。所愧爲人父，無食致夭折。豈知秋未登㉖，貧窶有倉卒〔四四〕。生常免租稅㉗〔四五〕，名不隸征伐。撫迹猶酸辛㉘，平人固騷屑〔四六〕。默思失業途㉙，因念遠戍卒。憂端齊終南㉚，澒洞不可掇〔四七〕。

（0041）

【校】

① 愚，錢箋校：「樊作過。」

② 甘，錢箋校：「一云苦。」

③ 腸，錢箋、《九家》校：「一作腹。」

④ 送，錢箋校：「一作迭。」

⑤ 堯舜君，錢箋、《九家》校：「一云堯爲君。」

⑥ 莫，錢箋、《九家》校：「一作難。」

⑦ 悟，《草堂》作「誤」。

⑧ 遣，錢箋作「適」，校：「一作遣。」

⑨頗，仇注作「破」。

⑩君臣，錢箋、《九家》校：「一云聖君。」

⑪巇嵑，宋本作「湯巇」，錢箋、《九家》作「樛巇」，錢箋校：「荆作膠葛。一作巇嵑。一作福嵑巇。一作湯巇。」仇注作「膠葛」。據錢箋校改。

⑫宴，錢箋、《九家》校：「一作讌。」

⑬廷，《九家》、《草堂》作「庭」。两字古通，下不另出校。

⑭撻，錢箋、《九家》校：「一作箠。」

⑮欲，錢箋、《九家》校：「一作願。」

⑯舞，錢箋校：「一作有。」

⑰散，錢箋校：「一作蒙。」

⑱客，錢箋、《九家》校：「一云蒙。」

⑲肉，錢箋校：「一作禽。」

⑳冰，錢箋校：「一作水。」《九家》作「水」。

㉑拆，錢箋作「坼」。

㉒不，錢箋、《九家》校：「一作且。」

㉓既，錢箋作「寄」，校：「荆作既。」

㉔飢，錢箋校：「一作餓。」

㉕亦，錢箋校：「陳作猶。」

㉖未，錢箋、《九家》校：「一作禾。」

㉗常，錢箋、《草堂》校：「陳作當。」

㉘猶，錢箋、《九家》校：「一作獨。」

㉙途，宋本、《九家》校：「一作徒。」錢箋作「徒」。

㉚齊，錢箋、《九家》校：「一作際。」

【注】

黃鶴注：呂汲公等諸家皆曰天寶十四載（七五五）十一月作。詩中但言遠戍之卒及述歡娛、聚斂以致亂之因，而不及禄山之事，豈非禄山反書未至時賦此？錢箋、仇注略同。按，宋本此詩題下注乃甫自注。據《舊唐書・玄宗紀》，十一月丙寅（九日）安禄山反，壬申（十五日）聞於行在所。據《資治通鑑》，十一月甲子（七日）反於范陽，乙丑（八日）至太原，庚午（十三日）玄宗聞禄山定反。注言「十一月初作」，即明言作於禄山反前。

〔一〕奉先縣：見本卷《橋陵詩三十韻因呈縣内諸官三十韻》（0037）注。《元和郡縣圖志》卷一京兆府：「奉先縣，次赤。西南至府二百四十里。」甫以中夜出發，凌晨過驪山，行約六十里，旅途匆促，蓋欲當日趕到奉先。

〔二〕杜陵二句：杜陵，見本卷《醉時歌》（0019）注。轉，蔣紹愚釋爲益，更加、愈發。

〔三〕許身二句：許身，猶言身許。《史記·刺客列傳》：「亦未必敢以身許嚴仲子也。」《晉書·周札傳》：「札與臣等便以身許國，死而後已。」《論語·述而》：「子曰：『述而不作，信而好古，竊比於我老彭。』」揚雄《解嘲》：「家家自以爲稷契，人人自以爲皋陶。」《書·舜典》：「禹拜稽首，讓於稷、契與皋陶。」傳：「居稷官者弃也。契、皋陶，二臣名。」釋文：「契，息列反。」

〔四〕居然二句：居然，竟然。《世説新語·言語》：「江山遼落，居然有萬里之勢。」宋之問《剪綵》：「駐想持金錯，居然作管灰。」濩落，同瓠落。《莊子·逍遥游》：「惠子謂莊子曰：『魏王貽我大瓠之種，我樹之成而實五石。……剖之以爲瓢，則瓠落無所容。』」集解：「簡文云：瓠落猶廓落也。成云：平淺不容多物。」陸倕《還吏部郎啓》：「臣器均濩落，材同擁腫。」崔曙《瓢賦》：「生也綿綿，長非濩落。」《詩·邶風·擊鼓》：「死生契闊，與子成説。」傳：「契闊，勤苦也。」

〔五〕蓋棺二句：《韓詩外傳》卷八：「孔子曰：……故學而不已，闔棺乃止。」《魏書·鄭羲傳》：「蓋棺定謚，先典成式。」盧諶《贈劉琨》：「無覬狐趙，有與五臣。」《文選》李善注：「賈逵《國語注》曰：覬，望也。」《廣韻》：「豁，豁達。」庾信《擬詠懷》：「有情何可豁，忘懷固難遣。」

〔六〕窮年二句：《荀子·榮辱》：「然而窮年累世，不知不足，是人之情也。」《漢書·谷永傳》：「使天下黎元，咸安家樂業。」腸内熱，猶言腹内熱。此借用醫家、道教之説。《雲笈七籤》卷一三三洞經教部《太清中黄真經》：「夫人腹内有五行之正氣，順之即無疾，逆之即爲害。」《黄帝内經素問》卷一七：「胃氣熱，熱氣熏胸中，故内熱。」

〔七〕取笑二句：陸機《君子有所思行》：「無以肉食資，取笑葵與藿。」《楚辭·九歌·少司命》：「望美人兮未來，臨風怳兮浩歌。」《文選》蘇武詩：「長歌正激烈，中心愴以摧。」

〔八〕非無二句：《莊子·刻意》：「就藪澤，處閑曠，釣魚閑處，無爲而已矣，此江海之士，避世之人，閑暇者之所好也。」沈約《學省愁卧》：「纓珮空爲忝，江海事多違。」支遁《詠利城山居》：「長嘯歸林嶺，瀟洒任陶鈞。」張説《同劉給事城南宴集》：「雍容乘暇日，瀟洒出囂塵。」

〔九〕生逢二句：《晉書·董京傳》：「（孫）楚乃貽之書，勸以今堯舜之世，胡爲懷道迷邦。」《北史·薛孝通傳》孝通等聯句：「既逢堯舜君，願上萬年壽。」江淹《別賦》：「誰能摹暫離之狀，寫永訣之情者乎。」

〔一〇〕當今二句：《史記·貨殖列傳》：「賢人深謀於廊廟，論議朝廷。」潘岳《在懷縣作》：「器非廊廟姿，屢出固其宜。」《書·大誥》：「若考作室，既厎法，厥子乃弗肯堂，矧肯構。」傳：「以作室喻治政也。」劉楨詩：「大廈雲構。」

〔一一〕葵藿二句：曹植《求通親親表》：「若葵藿之傾葉，太陽雖不爲之回光，然終向之者，誠也。」《大般涅槃經》卷三二：「譬如葵藿隨日轉，而是葵藿亦無敬心，無識無業，異法性故，而自回轉。」物性，猶言自性、本性。陸賈《新語·道基》：「不違天時，不奪物性。」

〔一二〕顧惟二句：《韓非子·喻老》：「千丈之堤，以螻蟻之穴潰。」《史記·伍子胥列傳》：「向令伍子胥從奢俱死，何異螻蟻。」《後漢書·馬融傳》：「小臣螻蟻，不勝區區。」此數句向存異解。《九家》趙注：「螻蟻輩，以言不安分之人，此指言藩鎮敢自强大之徒。」《草堂》夢弼注：「螻蟻，物之微者，甫自喻。」仇注：「居廊廟者，如螻蟻擬鯨，公深恥而不屑干。」浦起龍云：「顧惟四句，揣分引退之詞。』」注家以螻蟻輩指居廊廟者，大乖口吻。」按，殷孟倫等考「顧惟」乃自念、自謂之義。蕭統《和武帝游鍾山大愛敬寺》：「顧惟實庸菲，沖薄竟奚施。」本書卷四《寄題江外草堂》（0203）：「顧惟魯鈍姿，豈識悔吝先。」元結《春陵行》：「顧惟孱弱者，正直當不虧。」故此二句亦甫自歎微賤之意。趙注、仇注不確。

〔一三〕胡爲二句：木華《海賦》：「魚則橫海之鯨，突扤孤游，戛岩嶅，偃高濤。」鮑照《代君子有所思》：「築山擬蓬壺，穿池類溟渤。」《文選》李善注：「溟、渤，二海名。」

〔一四〕以茲二句：嵇康《養生論》：「悟生理之易失，知一過之害生。」陸機《園葵詩》：「庇足周一智，生理各萬端。」《魏書・酈約傳》：「性多造請，好以榮利干謁，乞丐不已，多爲人所笑弄。」楊綰《條奏貢舉疏》：「投刺干謁，驅馳於要津；露才揚己，喧勝於當代。古之賢良方正，豈有如此者乎！」

〔一五〕兀兀二句：兀兀，昏昧貌。《王梵志詩校注》三一三首：「衆生頭兀兀，常住無明窟。」《寒山詩注》二三四首：「兀兀過朝夕，都不別賢良。」《楚辭・漁父》：「安能以皓皓之白，而蒙世俗之塵埃乎。」敦煌本《壇經》神秀偈：「時時勤拂拭，莫使有塵埃。」

〔一六〕終愧二句：《高士傳》卷上：「巢父者，堯時隱人也。山居不營世利，年老以樹爲巢，而寢其上，故時人號曰巢父。堯之讓許由也，由以告巢父，巢父曰：『汝何不隱汝形，藏汝光，若非吾友也。』擊其膺而下之。由悵然不自得，乃過清泠之水，洗其耳，拭其目，曰：『向聞貪言，負吾之友矣。』遂去，終身不相見。」阮籍《詠懷》：「巢由抗高節，從此適河濱。」

〔一七〕沉飲二句：張九齡《臨泛東湖》：「罷興還江城，閉關聊自遣。」王維《重酬苑郎中》：「揚子解嘲徒自遣，馮唐已老復何論。」頗，仇注改「破」，引甫「愁破崖寺古」（本書卷三《法鏡寺》0145）等詩。按，愁絶，愁甚之義。李白《灞陵行送别》：「正當今夕斷腸處，黄鸝愁絶不忍聽。」高適《薊門不遇王之涣郭密之因以留贈》：「行矣勿重陳，懷君但愁絶。」其上修飾以副詞，此杜詩句法。如本書卷一〇《寄彭州高三十五使君適虢州岑二十七長史參三十韻》（0610）：「何太龍鍾極。」

〔一八〕百草零：石崇《思歸歎》：「落葉飄兮枯枝竦，百草零兮覆畦壟。」

〔一九〕天衢二句：張衡《西京賦》：「豈伊不虔思於天衢。」《文選》李善注：「言此時豈唯不敬思居天氣四交之處邪。謂東京也。」此指長安。班固《西都賦》：「金石峥嶸。」《文選》李善注引郭璞《方言》：「峥嶸，高峻也。」仇注謂杜詩常用峥嶸，此句言「陰盛也」。鮑照《東門行》：「居人掩閨閣，行子夜中飯。野風吹秋木，行子心腸斷。」

〔二〇〕霜嚴：《楚辭·九辯》：「秋既先戒以白露兮，冬又申之以嚴霜。」《文選》蘇武詩：「寒冬十二月，晨起踐嚴霜。」

〔二一〕凌晨二句：驪山，見本卷《奉同郭給事湯東靈湫作》（0035）注。《北齊書·趙彦深傳》：「每有引見，或升御榻。」張衡《西京賦》：「託喬基於山岡，直嵽霓以高居。」《文選》薛綜注：「嵽霓，高貌也。」《類篇》：「嵲、峴、峊，倪結切。嵽嵲，山高，或書作『峴』，又書作『峊』。」

〔二二〕蚩尤：《九家》趙注：「蚩尤，前導之旗也。」揚雄《羽獵賦》：「蚩尤並轂，蒙公先驅。」《文選》李善注：「《韓子》曰：黄帝駕象車，異方並轂，蚩尤居前。」吕延濟注：「謂乘革車，使蚩尤挾車轂，旄頭爲先驅也。」又張衡《羽獵賦》：「蚩尤先驅，雨師清路。」錢箋引《皇覽》「蚩尤冢……民常十月祀之，有赤氣出，如匹絳帛，民名爲蚩尤旗」，謂：「余按，此正十一月初，借蚩尤以喻兵象也。」浦起龍引《甘泉賦》「蚩尤之倫，帶干將，秉玉戚」，謂「蚩尤」以下四句狀旌旗衛士之盛。高步瀛《唐宋詩舉要》引吴北江説，引《古今注》黄帝與蚩尤戰於涿鹿之野，蚩尤作大霧説，謂此句以蚩尤代指霧。按，錢箋以蚩尤喻兵象説，乃謂甫詩暗涉禄山反書至長安而玄宗初未信事。甫詩實作於亂前，其説不足據。以蚩尤代霧，則未見其他書證。杜甫《朝獻太清宫賦》（本書卷一九1457）：「虚閶闔，逗蚩尤。」《天狗賦》（1464）：「蚩尤之倫，已脚渭戟涇。」皆以蚩尤爲扈蹕羽衛，則此句義亦同。

〔二三〕蹴踏：本書卷四《韋諷録事宅觀曹將軍畫馬圖》（0195）：「霜蹄蹴踏長楸間。」《冬狩行》（0194）：「仿佛蹴踏寒山空。」高適《畫馬篇》：「權奇蹴踏無塵埃。」皆言馬之行走。此句詩人言己驅馳於山谷。

〔二四〕瑶池二句：瑶池，見本卷《同諸公登慈恩寺塔》（0023）注。此指驪山温泉。郭璞《江賦》：「氣滃渤以霧杳，時鬱律其如烟。」《文選》李善注：「鬱律，烟上貌。」《漢書・百官公卿表》：「羽林掌送從，次期門，武帝太初元年初置，名曰建章營騎，後更名羽林騎。」《唐六典》卷二五諸衛府：「皇朝名武威所領兵爲羽林，又别置左右屯營，各有大將軍、將軍等員，龍朔二年爲左右羽林軍，其名則歷代之羽林也。」摩戛，摩擦撞擊。參本卷《渼陂行》（0031）「船舷暝戛雲際寺」句注。

〔二五〕樂動句：《詩・召南・殷其雷》：「殷其雷，在南山之陽。」傳：「殷，雷聲也。」釋文：「殷音隱。」

張衡《南都賦》：「其山則崆峣嶱嵑。」《玉篇》：「嶱同嵑。」《集韻》：「嶱嶱，山貌。」又木作：「嶱嵑，山貌。」仇注引司馬相如《上林賦》：「張樂乎膠葛之宇。」《文選》引郭璞注：「言曠遠深貌也。」則言天。

〔二六〕賜浴二句：《安禄山事迹》卷上：「（天寶九載）是秋，禄山將入朝，乃令於温泉爲禄山造宅。……至温泉賜浴，玄宗計日幸望春宫以待。」鄭嵎《津陽門詩》注：「宫内除供奉兩湯池内外，更有湯十六所，長湯每賜諸嬪御，其修廣與諸湯不侔，甃以文瑶寶石，中央有玉蓮捧湯泉，噴以成池。又縫綴綺繡爲凫雁於水中。上時於其間泛鈒鏤小舟以嬉游焉。」《韓非子·外儲説左上》：「鄒君好服長纓，左右皆服長纓，纓甚貴。」陸機《吴王郎中時從梁陳作》：「輕劍拂鞶厲，長纓麗且鮮。」短褐，見本卷《橋陵詩三十韻因呈縣内諸官》（C037）注。

〔二七〕彤廷句：班固《西都賦》：「玄墀扣砌，玉階彤庭。」《文選》李善注：「《漢書》曰：昭陽舍中庭彤朱。」宋之問《桂州三月三日》：「賜金分帛奉恩輝，風舉雲摇入紫微。」李憕《同望幸新亭賜錢公宴》：「賜錢開漢府，分帛醉堯人。」

〔二八〕聚斂句：《論語·先進》：「季氏富於周公，而求也爲之聚斂而附益之。」集解：「孔曰：冉求爲季氏宰，爲之急賦税。」城闕，指京城。曹植《贈白馬王彪》：「顧瞻戀城闕，引領情内傷。」

〔二九〕聖人二句：《資治通鑑》肅宗上元二年：「朝義泣曰：『諸君善爲之，勿驚聖人。』」胡三省注：「當時臣子謂其君父爲聖人。」《詩·小雅·鹿鳴》序：「《鹿鳴》，燕群臣嘉賓也。既飲食之，又實幣帛筐篚，以將其厚意，然後忠臣嘉賓得盡其心矣。」《吕氏春秋·開春論》：「禹於是疏河決江，爲彭蠡之障，乾東土，所活者千八百國。」玄宗《置十道勸農判官制》：「救人活國，其利博哉。」

〔三〇〕臣如二句：豈，蔣紹愚釋爲豈不、豈非。此二句意爲如群臣不爲邦國效力，君主豈非虚擲此物？仇注：「此不敢斥言君，故託臣以諷。」

〔三一〕多士二句：《詩·大雅·文王》：「濟濟多士，文王以寧。」《晉書·樂志》四廂樂歌：「多士盈朝，莫匪俊德。」《韓非子·初見秦》：「戰戰慄慄，日慎一日。苟慎其道，天下可有。」

〔三二〕況聞二句：《魏書·食貨志》：「和平二年秋，詔中尚方作黄金合盤十二具，徑二尺二寸，鏤以白銀，鈿以玫瑰。」《開元天寶遺事》卷二：「宫中每至端午節，造粉團、角黍，貯於金盤中。」衛霍：謂衛青、霍去病。曹植《與吴季重書》：「謂蕭曹不足儔，衛霍不足侔也。」駱賓王《帝京篇》：「始見田竇相移奪，俄聞衛霍有功勳。」朱鶴齡注：「衛、霍皆漢内戚，以比楊國忠。」

〔三三〕中堂二句：劉楨《贈五官中郎將》：「清歌制妙聲，萬舞在中堂。」顧野王《艷歌行》：「齊倡趙女盡妖妍，珠簾玉砌並神仙。」仇注：「神仙玉質，指貴妃諸姨。」蕭滌非謂指女樂，唐人多謂美女爲神仙。按，「舞神仙」則指女樂。然「舞」一作「有」。胡元範《奉和太子納妃太平公主出降》：「列席詔親賢，式宴坐神仙。」沈佺期《侍宴安樂公主新宅應制》：「皇家貴主好神仙，别業初開雲漢邊。」則唐人亦以神仙指貴族。烟霧，朱鶴齡謂指堂上香烟。

〔三四〕暖客二句：《後漢書·鮮卑傳》：「又有貂、豽、鼲子，皮毛柔蠕，故天下以爲名裘。」《説文》：「貂，鼠屬，大而黄黑，出胡丁零國。」潘岳《金谷集作》：「揚桴撫靈鼓，簫管清且悲。」何承天《遠期篇》：「簫管激悲音，羽毛揚華文。」王暕《觀樂應詔詩》：「趙瑟含清音，秦箏凝逸響。」

〔三五〕勸客二句：《山堂肆考》卷一九「四駝羹」：「陳思王製駝蹄爲羹，一甌千金，號七寶羹。」傅玄《西長安行》：「何用存問妾，香橙雙珠環。」虞羲《橘詩》：「獨有淩霜橘，榮麗在中州。」

〔三六〕朱門二句：張華《輕薄篇》：「甲第面長街，朱門赫嵯峨。」《分門》洙曰引《孟子》：「庖有肥肉，廄有肥馬，民有飢色，野有餓殍。」黄庭堅《杜詩箋》：「孫子《新書》云：『楚莊攻宋，廚有臭肉，尊有敗酒，而三軍有飢色也。』注引《孟子》殊非是。」孫子《新書》語，見《藝文類聚》卷二四、卷七二。趙翼《甌北詩話》卷二：「此語本有所自。《孟子》：『狗彘食人食而不知檢，塗有餓莩而不知發。』《史記·平原君傳》：『君之後宫婢妾，被綺縠，餘粱肉，而民衣褐不完，糟糠不厭。』《淮南子·主術訓》：『貧民糟糠不接於口，而虎狼饜芻豢；百姓短褐不完，而宫室衣錦繡。』此皆古人久已説過，而一入少陵手，便覺驚心動魂，似從古未經人道者。」楊倫謂此句：「拍到路上無痕。」

〔三七〕榮枯二句：張正見《置酒高殿上》：「風雲更代序，人事有榮枯。」《楚辭·九辯》：「廓落兮羈旅而無友生，惆悵兮而私自憐。」浦起龍云：「榮枯咫尺，亦正與己相對。」

〔三八〕北轅二句：馬融《廣成頌》：「北轅反旆，至自新城。」涇渭，見本卷《同諸公登慈恩寺塔》(0023)注。曹植《贈白馬王彪》：「中逵絶無軌，改轍登高岡。」仇注：「涇渭二水交會於昭應之北，故云北轅就涇渭。其官渡改轍，在唐時亦遷徙無常，大抵在昭應之間。」

〔三九〕羣冰二句：仇注謂作「羣冰」非，此時正冬，冰凌未解。按，其時正河水未完全凍結之時，恐是上游結冰處又被衝開。詩人所涉爲一川，若稱羣水終覺未安，且無以引出下句崆峒觸柱之意。崪兀，高峻貌。李白《游溧陽北湖亭望瓦屋山懷古贈同旅》：「高墳五六墩，崪兀栖猛虎。」張祜《題蘇州思益寺》：「兩峰高崪屼，一水下淫滲。」

〔四〇〕疑是二句：《九家》趙注引《寰宇記》「禹跡之内，名崆峒者三」，謂：「此主安定崆峒言之。」朱鶴齡注：「涇渭諸水，皆自隴西而下，故疑來自崆峒。」《元和郡縣圖志》卷三原州平高縣：「笄頭山，一名崆峒山，在縣西一百里，即黄帝謁廣成子學道之處。《史記》曰『黄帝東至於海，西至崆峒，登笄頭』是也。《漢書》曰：『笄頭山，在涇陽西。』《禹貢》涇水所出。《莊子》云廣成子學道崆峒之山。」《淮南子·天文訓》：「昔者共工與顓頊争爲帝，怒而觸不周之山，天柱折，地維絶。」

〔四一〕河梁二句：拆即坼。《説文》：「坼，裂也。」又：「柝，判也。」段注：「土裂曰坼，木判曰柝，二字今可用。今人從手作拆，甚無謂也。」此言橋梁未被沖毁。朱鶴齡謂禄山反書至，帝雖未信，一時人情恇擾，議斷河橋。此説不足信。窸窣，象聲詞。李賀《神弦》：「海神山鬼來座中，紙錢窸窣鳴旋風。」宋齊丘《陪游鳳凰臺獻詩》：「夜半鼠窸窣，天陰鬼敲啄。」

〔四二〕川廣句：鮑照《還都道中》：「久宦迷遠川，川廣每多懼。」李充《七月七日》：「河廣尚可越，怨此漢無梁。」

〔四三〕吾寧句：《禮記·檀弓上》：「孔子之衛，遇舊館人之喪，入而哭之哀。……夫子曰：『予鄉者入而哭之，遇於一哀而出涕。』」寧，蕭滌非釋爲豈能。按，仍當作寧肯解。《儀禮·喪服》鄭玄

注：「不滿八歲以下皆爲無服之殤。……故子生三月則父名之，死則哭之，未名則不哭也。」潘岳《西征賦》：「夭赤子於新安，坎路側而瘞之。亭有千秋之號，子無七旬之期。雖勉勵於延吴，實潛慟乎余慈。」楊萬里《庸言》卷四：「哭子而不慟，禮也。」蓋古有此禮，而甫亦襲潘岳賦之意，示其深慟。

〔四四〕豈知二句：陶淵明《有會而作》序：「舊穀既没，新穀未登。頗爲老農，而值年災。」王嗣奭《杜臆》謂當作「秋禾登」：「杜非農家，秋禾雖登，何救於貧？」按，杜家有農莊，當不誤。下句云「生常免租税」，即言務農而免課役。《後漢書·桓榮傳》：「貧窶無資，常客傭以自給。」

〔四五〕生常句：《唐律疏議》卷一二《户婚》：「依《賦役令》，文武職事官三品以上、若郡王期親及同居大功親，五品以上及國公同居期親，並免課役。」《通典》卷七《食貨·丁中》：「開元二十五年《户令》云：……諸視流内九品以上官及男年二十以上、老男、廢疾、妻妾、部曲、客女、奴婢，皆爲不課户。」杜甫《唐故范陽太君盧氏墓志》（本書卷二〇1483）：「薛氏所生子，適曰某，故朝議大夫、兗州司馬。」此甫父杜閑終官。朝議大夫爲散官正五品下，上都督府司馬爲從四品下。甫以杜閑官蔭而得免課役。

〔四六〕撫迹二句：《宋書·武帝紀》：「撫迹懷人，慨然永歎。」平人，平民。劉向《九歎·思古》：「風騷屑以摇木兮，雲吸吸以湫戾。」王逸注：「騷屑，風聲貌。」仇注以爲紛擾之貌。本書卷四《喜雨》（0132）：「農事都已休，兵戈況騷屑。」義同。

〔四七〕憂端二句：謝靈運《長歌行》：「覽物起悲緒，顧已識憂端。」憂端即憂。端，詞義虚化。其例如宋之問《鄧國太夫人挽歌》：「悲端若能減，渭水亦應窮。」澒洞，彌漫無際。《淮南子·精神訓》：「古未有天地之時，惟像無形，窈窈冥冥，芒芠漠閔，澒濛鴻洞，莫知其門。」注：「皆無形之象。」東方虬《蟾蜍賦》：「澒洞雷殷，混萬籟而爲一。」曹操《短歌行》：「明明如月，何時可掇。」

葉夢得《石林詩話》卷上：「長篇最難，晋魏以前，詩無過十韻者。蓋常使人以意逆志，初不以叙事傾盡爲工。至老杜《述懷》、《北征》諸篇，窮極筆力，如太史公紀傳，此固古今絶唱。」按，所謂「述懷」，即指本篇。

張戒《歲寒堂詩話》卷上：「少陵在布衣中，慨然有致君堯舜之志，而世無知者，雖同學翁亦頗笑之，故『浩歌彌激烈』、『沈飲聊自遣』也。此與諸葛孔明抱膝長嘯無異，讀其詩可以想其胸臆矣。嗟夫，子美豈詩人而已哉！……方幼子餓死之時，尚以常免租税、不隸征伐爲幸，而思失業徒，念遠戍卒，至於『憂端齊終南』，此豈嘲風詠月者哉？蓋深於經術者也。與王吉、貢禹之流等矣。」

黄徹《䂬溪詩話》卷一〇：「觀《赴奉先詠懷五百言》，乃聲律中老杜心跡論一篇也。……而『默思失業徒，因念遠戍卒』，所謂憂在天下，而不爲一己失得也，禹、稷、顔子不害爲同道。少陵之跡江湖而心稷契，豈爲過哉！《孟子》曰：『窮則獨善其身，達則兼善天下。』其窮也未嘗無志於國與民，其達也未嘗不抗其易退之節，早謀先定，出處一致矣。是詩先後周復，正合乎此。昔人目《元和賀雨》詩爲諫書，余特目此詩爲心跡論也。」

白水縣崔少府十九翁高齋三十韻〔一〕天寶十五載五月作。

客從南縣來，浩蕩無與適〔二〕。旅食白日長，況當朱炎赫〔三〕。高齋坐林杪，信宿游衍閴〔四〕。清晨陪躋攀，傲睨俯峭壁〔五〕。崇岡相枕帶，曠野懷咫尺①〔六〕。始知賢主人②，贈此遣愁寂。危堦根青冥，曾冰生淅瀝〔七〕。上有無心雲，下有欲落石〔八〕。泉聲聞復息③，動静隨所擊④。鳥呼藏其身，有似懼彈射〔九〕。吏隱道情性⑤，兹焉其窟宅〔一〇〕。白水見舅氏，諸公乃仙伯⑥〔一一〕。杖藜長松陰，作尉窮谷僻〔一二〕。爲我炊雕胡，逍遥展良覿〔一三〕。坐久風頗愁⑦，晚來山更碧。相對十丈蛟，欻翻盤渦拆⑧〔一四〕。何得空裏雷，殷殷尋地脈〔一五〕。烟氛藹崷崒⑨，魍魎森慘戚〔一六〕。崑崙崆峒顛〔一七〕，回首如不隔⑩。前軒頹反照⑪，巉絶華岳赤〔一八〕。兵氣漲林巒，川光雜鋒鏑〔一九〕。知是相公軍，鐵馬雲霧積⑫〔二〇〕。玉觴淡無味，胡羯豈强敵〔二一〕？長歌激屋梁，淚下流衽席〔二二〕。人生半哀樂，天地有順逆〔二三〕。慨彼萬國夫，休明備征狄⑬〔二四〕。猛將紛填委，廟謀蓄長策〔二五〕。東郊何時開，帶甲且未釋⑭〔二六〕。欲告清宴罷⑮，難拒幽明迫〔二七〕。三歎酒食傍⑯，何由似平昔〔二八〕？

（0042）

【校】

① 懷，錢箋校：「一作回。一作迴。」

② 賢主人，《草堂》作「主人賢」。

③ 息，錢箋、《草堂》作「急」，校：「一作息。」

④ 擊，《九家》、《草堂》作「激」。錢箋校：「陳作激。」

⑤ 道，錢箋校：「陳作適。一作通。」《九家》作「適」，校：「一作通。」

⑥ 公，錢箋、《草堂》作「翁」。

⑦ 愁，錢箋、《草堂》校：「一作怒。」

⑧ 拆，錢箋作「坼」。

⑨ 氛，錢箋、《九家》校：「一作氣。」

⑩ 如，錢箋、《草堂》校：「一云知。」

⑪ 頹，錢箋、《草堂》校：「一作摧。」

⑫ 霧，錢箋、《九家》、《草堂》校：「一作烟。」

⑬狄，錢箋、《九家》校：「一作敵。」
⑭未，錢箋作「來」，校：「荆作未。」
⑮罷，錢箋、《草堂》校：「一作疲。」
⑯傍，錢箋作「旁」。

【注】

黃鶴注：公以天寶十五載（七五六）夏，自奉先來依舅氏崔十九，此詩當在是年五月。仇注同。

〔一〕白水縣：《元和郡縣圖志》卷二同州：「白水縣，望。東南至州一百二十里。本漢粟邑之地，屬左馮翊。……春秋時秦、晋戰於彭衙是也。後魏文成帝分澄城郡，於此置白水縣及白水郡，郡南臨白水，因以爲名。隋開皇三年罷郡，縣屬同州。」崔少府十九翁：崔頊。杜甫舅氏。《新唐書·宰相世系表二下》博陵崔氏第二房：武邑令紹睿子：「頂，白水尉。」「頂」當作頊。權德輿《唐故給事郎使持節房州刺史賜緋魚袋崔公墓志銘》：「公諱述，字元明，博陵安平人。……公曾祖皇朝散大夫冀州武邑縣令諱紹，大父同州白水縣尉諱頊。」少府，縣尉。洪邁《容齋隨筆》卷一：「唐人呼縣令爲明府，丞爲贊府，尉爲少府。」高齋：謝朓有《郡内高齋閑望答吕法曹》詩。

〔二〕客從二句：南縣，指奉先。《太平寰宇記》卷二八同州蒲城縣：「後魏太和十一年，分白水縣于此置南白縣，以在白水之南爲名。……唐開元四年十月，改爲奉先縣。」錢箋：「公從奉先而來，循其舊名，故稱南縣也。」《相和歌辭·飲馬長城窟行》：「客從遠方來，遺我雙鯉魚。」謝朓

《和王著作融八公山》:「浩蕩别親知,連翩戒征軸。」《九家》趙注:「浩蕩,悠遠不定止之貌。」《論語·子罕》:「可與共學,未可與適道。」集解:「適,之也。」本書卷三《兩當縣吴十侍御江上宅》(0139):「行邁心多違,出門無與適。」均謂無所之。

〔三〕旅食二句:旅食,見本卷《奉贈韋左丞丈二十二韻》(0001)注。何晏《景福殿賦》:「開建陽,則朱炎艷。」《文選》李善注引《白虎通》:「炎者太陽。」

〔四〕高齋二句:崔顥《游天竺寺》:「花龕瀑布側,青壁石林杪。」張華《輕薄篇》:「留連彌信宿,此歡難可過。」《左傳》莊公三年:「凡師,一宿爲舍,再宿爲信。」游衍,見本卷《夜聽許十誦詩愛而有作》(0036)注。阮籍《詠懷》:「王子十五年,游衍伊洛濱。」《易·豐·象》:「闃其無人。」

〔五〕清晨二句:李白《與南陵常贊府游五松山》:「我來五松下,置酒窮躋攀。」江淹《雜體詩·郭弘農璞游仙》:「傲睨摘木芝,陵波采水碧。」

〔六〕崇岡二句:嵇康《琴賦》:「惟椅梧之所生兮,託峻岳之崇岡。」謝靈運《山居賦》:「東北枕壑,下則清川如鏡,傾柯磐石,被隩映渚。西岩帶林,去潭可二十丈許,葺基構宇。」王褒《故陝州刺史馮章碑》:「岩險襟帶,山河枕倚。」《周書·韋夐傳》:「所居之宅,枕帶林泉。」晋元帝《報劉琨勸進令》:「萬里之外,心存咫尺。」江淹《空青賦》:「皆咫尺八極,鏡見四荒。」

〔七〕危堦二句:仇注謂青冥言樹色。按,青冥謂天。此言危階之高,横於空中。曾冰,見本卷李邕《登歷下古城員外孫新亭》注。謝惠連《雪賦》:「霰淅瀝而先集,雪紛糅而遂多。」《文選》劉良注:「淅瀝,細下貌。」此言泉水淅瀝而生冰凉。

〔八〕上有二句：陶淵明《歸去來兮辭》：「雲無心以出岫，鳥倦飛而知還。」張載《叙行賦》：「石壁立以切天，岌嵓隗其欲落。」

〔九〕鳥呼二句：王褒《贈周處士》：「巢禽疑上幕，驚羽畏虚彈。」

〔一〇〕吏隱二句：宋之問《藍田山莊》：「宦游非吏隱，心事好幽偏。」《白氏六帖事類集》卷二二「吏隱」注：「王喬鄴令，老聃柱史。」《九家》趙注引《汝南先賢傳》「鄭欽吏隱」，「吏」上誤奪「去」字。《禮記・樂記》：「是故先王本之情性，稽之度數，制之禮義，合生氣之和，道五常之行。」《周禮・春官・大宗伯》鄭玄注：「樂所以滌蕩邪穢，道人之正性者也。」道通導。此言以吏隱導其情性。孫綽《游天台山賦》：「天台山者……皆玄聖之所游化，靈仙之所窟宅。」

〔一一〕白水二句：《分門》洙曰引《左傳》僖公二十四年「所不與舅氏同心者，有如白水」，仇注謂此借用。《漢書・梅福傳》：「梅福字子真……補南昌尉。……至元始中，王莽顓政，福一朝弃妻子，去九江，至今傳以爲仙。其後人有見福於會稽者，變名姓，爲吴市門卒云。」錢箋：「舊注：梅福作尉，人謂之仙尉。故呼少府爲仙伯。」

〔一二〕杖藜二句：劉琨《扶風歌》：「繫馬長松下，廢鞍高岳頭。」陸機《苦寒行》：「俯入窮谷底，仰陟高山盤。」

〔一三〕爲我二句：宋玉《諷賦》：「爲臣炊雕胡之飯，烹露葵之羹。」司馬相如《子虚賦》：「東蘠雕胡。」《文選》李善注：「張揖曰：雕胡，菰米也。」謝靈運《南樓中望所遲客》：「搔首訪行人，引領冀良覿。」

〔一四〕相對二句：木華《海賦》：「盤渦谷轉，凌濤山頹。」《文選》李善注：「渦，水旋流也。」拆同坼，見本卷《自京赴奉先縣詠懷五百字》(0041)注。

〔一五〕何得二句：空裹雷，猶言晴日響雷。《佛本行集經》卷八：「無諸雲翳，但聞雷聲。」司馬相如《長門賦》：「雷殷殷而響起兮，聲象君之車音。」《史記·蒙恬列傳》：「城塹萬里，此其中不能無絶地脈哉。」

〔一六〕烟氛二句：崷崒，見本卷《渼陂西南臺》(0032)注。《左傳》宣公三年：「螭魅罔兩，莫能逢之。」杜預注：「罔兩，水神。」《説文》：「蝄蜽，山川之精物也。」《古文苑》蘇武詩：「憂心常慘戚，晨風爲我悲。」

〔一七〕崑崙句：《史記·秦本紀》正義：「《括地志》云：崑崙山在肅州酒泉縣南八十里。《十六國春秋》云：前涼張駿酒泉守馬岌上言，酒泉南山即崑崙之丘也，周穆王見西王母，樂而忘歸，即謂此山。……按，肅州在京西北二千九百六十里，即小崑崙也，非河源出處者。」崆峒，見本卷《自京赴奉先縣詠懷五百字》(0041)注。

〔一八〕前軒二句：阮籍《詠懷》：「白日頹林中，翩翩零路側。」《初學記》卷一引《纂要》：「日西落，光反照於東，謂之反景。」蕭詧《游七山寺賦》：「途險峭而巉絶，路登陟而如梯。」華岳，華山。《元和郡縣圖志》卷二華州華陰縣：「太華山，在縣南八里。」

〔一九〕兵氣二句：《漢書·燕刺王旦傳》：「妖祥數見，兵氣且至。」賈誼《過秦論》：「收天下之兵，聚之咸陽，銷鋒鏑。」

〔二〇〕知是二句：《九家》趙注：「相公指言哥舒翰。」《舊唐書·玄宗紀》：「(天寶十四載)十二月丙戌朔，禄山於靈昌郡渡河。……丙午，斬封常清、高仙芝於潼關，以哥舒翰爲太子先鋒兵馬元帥，領河隴兵募守潼關以拒之。……（十五載正月）甲子，哥舒翰進位尚書左僕射、同中書門下平章事。乙丑，賊將安慶緒犯潼關，哥舒翰擊退之。……（六月）庚寅，哥舒翰將兵八萬與賊將崔乾祐戰於靈寶西原，官軍大敗，死者十六七。」此詩作於五月，在哥舒翰戰敗前。顧炎武《日知録》卷二四：「前代拜相者必封公，故稱之曰相公，若封王則稱相王。」陸倕《石闕銘》：「鐵馬千群，朱旗萬里。」《文選》李善注：「鐵馬，鐵甲之馬。」

〔二一一〕玉觴二句：《老子》三十五章：「道出言，淡無味。」王嗣奭《杜臆》謂此句言「上方旰食」，過鑿。此即言崔十九之清宴，因時亂而飲者無味。《晋書·張祚傳》：「昔金行失馭，戎狄亂華，胡羯、氐、羌，咸懷竊璽。」羯本爲匈奴别部。《晋書·石勒載記》：「上黨武鄉羯人也，其先匈奴别部羌渠之冑。」安禄山爲雜種胡人，史思明爲突厥雜種胡人，其下屬有契丹、突厥、奚、同羅等。唐王朝稱其爲羯胡。肅宗《即位大赦文》：「乃者羯胡亂常，京闕失守。」《御丹鳳樓大赦制》：「安禄山夷羯賤類，頑兇殘愎。」

〔二一二〕長歌二句：長歌，見本卷《曲江三章章五句》（0028）注。《列子·湯問》：「昔韓娥東之齊，匱糧，過雍門，鬻歌假食，既去而餘音繞梁欐，三日不絶。」嵇康《聲無哀樂論》：「不爲觸地而生哀，當席而淚出也。」

〔二一三〕人生二句：《隋書·樂志》太廟歌辭：「人祇分，哀樂半。」《孟子·離婁上》：「順天者存，逆天者亡。」《莊子·天運》：「天有六極五常，帝王順之則治，逆之則凶。」

〔二四〕休明句：《左傳》宣公三年：「德之休明。」《後漢書・楊震傳》：「國家休明，則鑒其德。」《九家》趙注：「言禄山之禍起於不測，方天下休明之際，而乃備征狄也。」

〔二五〕猛將二句：填委，紛忙多務。劉楨《雜詩》：「職事相填委，文墨紛消散。」李德林《霸朝雜集序》：「軍國多務，朝夕填委。」《後漢書・光武紀贊》：「明明廟謀，赳赳雄斷。」《文選》李善注：「廟謀，廟算也。」《史記・平津侯主父列傳》：「靡弊中國，快心匈奴，非長策也。」

〔二六〕東郊二句：《書・費誓》：「魯侯伯禽宅曲阜，徐、夷並興，東郊不開。」疏：「於時徐州之戎、淮浦之夷並起，爲寇於魯，東郊之門不敢開闢。」《戰國策・齊策一》：「齊地方二千里，帶甲數十萬。」《左傳》襄公二十七年：「固請釋甲。」

〔二七〕幽明：《易・繫辭上》：「是故知幽明之故。」注：「幽明者，有形無形之象。」鮑照《贈故人馬子喬》：「一爲天地别，豈直限幽明。」仇注：「不曰晝夜而曰幽明，亦愁慘中語。」

〔二八〕三歎二句：《左傳》昭公二十八年：「魏子曰：『吾聞諸伯叔，諺曰：唯食忘憂。吾子置食之間三歎，何也？』」《九家》趙注：「今公所歎，歎其不若往昔太平之時也。」

王嗣奭《杜臆》：「公方避亂，故有『浩蕩無與適』、『旅食白日長』之語，情甚可憐。故雖高齋景致佳勝，而忽云『鳥呼藏其身，有似懼彈射』，借鳥自喻也。須溪云：『蛟坼地，亦實事。』是也。至雷尋地脈，以爲『用此起興，説到時事』，誤矣。蓋陰晴明晦，倏忽變幻，蛟騰渦坼，時或有之。前云『危階根青冥』，所處極高，而山下有雷，似碾於地底，但造語過奇耳。至於烟氛魍魎，亦一時晦冥光景，但以亂離心事寫出，詞亦慘悽，蓋發自性情者。久之晴霽，返照前軒，林兵川鏑，是真實語，豈有前面作寓言耶？」

盧元昌曰：「國忠恐翰圖己，以守潼關爲不足恃，將相不和，潼關危矣。公曰『知是相公軍，鐵馬雲霧積』，謂翰守潼關之足恃也。『玉觴淡無味，胡羯豈强敵』，謂至尊宵旰，有翰守潼關，賊自斃也。『猛將紛塡委，廟謀蓄長策』，謂翰守潼關，非乏戰將，但當將相協謀，此在廟算得策也。『東郊何時開，帶甲且未釋』，謂朝廷於陝右且緩圖，但當固守潼關，枕戈衽甲，勿懈於防也。終曰『三歎酒食傍，何由似平昔』，已知閫仕不專，廟謀失策，潼關必潰也。」

按，王說大致平實可據。盧說似謂甫事事洞悉，且能逆知戰局，曲解詩意，說杜入魔。此詩後半插入鐵馬鋒鏑，與前半鋪寫高齋清宴色調未盡一致。言及時局除長歌三歎之外，「休明備征狄」亦頗顯疑惑不解，「廟謀蓄長策」則僥幸於禍亂早平乎？蓋詩人方避亂不暇，又詩筆初涉此，於時局多懵懂，於詩作亦未臻熟慮。

三川觀水漲二十韻〔一〕天寶十五年七月中避寇時作①。

我經華原來〔二〕，不復見平陸。北上唯土山，連天走窮谷②〔三〕。火雲無時出③，飛雹常在目〔四〕。自多窮岫雨，行潦相豗蹙〔五〕。蓊匒川氣黄，羣流會空曲〔六〕。清晨望高浪，忽謂陰崖踣〔七〕。恐泥竄蛟龍，登危聚麋鹿〔八〕。枯查卷拔樹，礧磈共充塞〔九〕。聲吹鬼神下，勢閲人代速〔一〇〕。不有萬穴歸，何以尊四瀆〔一一〕？及觀泉源漲，反懼江海覆〔一二〕。漂沙坼岸去④，漱壑松柏禿〔一三〕。乘陵破山門⑤，回斡裂地軸⑥〔一四〕。交洛赴洪河，及關豈信宿〔一五〕。應沈數州没，如聽萬室哭〔一六〕。穢濁殊未清，風濤怒猶蓄〔一七〕。何時通舟車，陰氣不黲黷⑦〔一八〕？浮生有蕩汩，吾道正羈束〔一九〕。人寰難容身，石壁滑側足〔二〇〕。雲雷此不已⑧，艱險路更跼〔二一〕。普天無川梁，欲濟願水縮〔二二〕。因悲中林士，未脱衆魚腹⑨〔二三〕。舉頭向蒼天，安得騎鴻鵠〔二四〕？（0043）

【校】

①年，錢箋作「載」。

②窮，錢箋校：「一作穹。」

③無時出，宋本、錢箋、《九家》校：「一云出無時。」

④坼，《草堂》作「拆」，《九家》、仇注作「圻」。　岸去，錢箋校：「一作去岸。」

⑤陵，錢箋校：「陳作淩。」

⑥裂，錢箋、《草堂》校：「一作倒。」

⑦不，錢箋校：「一云亦。」

⑧此，錢箋校：「一作屯。」

⑨梟，《草堂》作「葬」。

【注】

黄鶴注：天寶十五載（七五六）六月又自白水往鄜州，有《三川觀水漲》詩。按，據題注，詩乃七月作。

〔一〕三川：《元和郡縣圖志》卷三鄜州：「三川縣，中。東北至州六十里。本漢翟道縣地，古三水郡，以華池水、黑源水及洛水三川同會，因名。」

〔二〕華原：《元和郡縣圖志》卷二京兆府：「華原縣，畿。西南至府一百六十里。本漢祋祤縣地，屬左馮翊。魏晉皆於其地置北地郡。」黄鶴注：「其曰華原者，謂華原郡。北至坊州百八十里，坊北至鄜百十里耳。馮翊在華原東百八十里，豈非公自白水西北至華原，又自華原北至坊，復自坊北至鄜也。」華原即今耀縣。甫自白水西至華原，又北上至坊州，又北至三川。

〔三〕連天：汪師韓《詩學纂聞》：「俗以一日爲一天，杜詩有之。連天，正謂連日也。」

〔四〕火雲二句：蕭統《錦帶書十二月啓》：「凍雨洗梅樹之中，火雲燒桂林之上。」《孟子·告子上》：「出入無時，莫知其鄉。」傅玄《晉宣武舞歌》：「疾逾飛電，回旋應規。」

〔五〕自多二句：左思《魏都賦》：「窮岫泄雲，日月恒翳。」行潦，見本卷《苦雨奉寄隴西公兼呈王徵士》(0022)注。木華《海賦》：「潤泊柏而迆颺，磊匒匌而相豗。」《文選》李善注：「豗，相擊也。」《廣韻》：「蹙，迫也，促也。」

〔六〕蓊匌二句：蓊匌當作匒匌。木華《海賦》：「潤泊柏而迆颺，磊匒匌而相豗。」《文選》李善注：「匒匌，重疊也。」蓊則蓊鬱、蓊蔚、蓊茸，皆草木茂盛狀。王勃《采蓮賦》：「藻河渭之空曲，被沮漳之淪漣。」

〔七〕陰崖：繁欽《詠蕙詩》：「植根陰崖側，夙夜懼危頽。」鮑照《擬古》：「陰崖積夏雪，陽谷散秋榮。」

〔八〕恐泥二句：《論語・子張》：「致遠恐泥。」集解：「包曰：泥難不通。」仇注：「此借用其字。」王延壽《王孫賦》：「尋柯條以宛轉，或捉腐而登危。」

〔九〕枯查二句：查通楂。蕭綱《送别》：「石菌生懸葉，江楂流卧枝。」庾信《和李司録喜雨》：「崩沙雜水去，卧樹擁楂來。」何遜《和劉咨議守風》：「蕭條疾帆流，魂礧衝波白。」《類篇》：「礧魂，山貌。」

〔一〇〕聲吹二句：《莊子・外物》：「白波若山，海水震盪，聲侔鬼神，憚赫千里。」陸機《歎逝賦》：「川閲水以成川，水滔滔而日度。世閲人而爲世，人冉冉而行暮。」

〔一一〕不有二句：木華《海賦》：「江河既導，萬穴俱流。」《爾雅・釋詁》：「江、河、淮、濟爲四瀆。」《漢書・溝洫志》贊：「中國川原以百數，莫著於四瀆，而河爲宗。」

〔一二〕江海覆：仇注：「江海覆，有似倒流也。」

〔一三〕漂沙二句：木華《海賦》：「漂沙礐石，蕩颾島濱。」劉孝綽《上虞鄉亭觀濤津渚學潘安仁河陽縣詩》：「漂沙黄沫聚，礐石素波揚。」圻岸，《九家》趙注引謝靈運《入彭蠡湖口》「圻岸屢崩奔」。仇注謂圻與垠同，岸也。按，杜詩多用「坼」字，無有用「圻」字。「漂沙坼岸」，則當句爲對。郭璞《江賦》：「湫壑生浦，區別作湖。」《文選》李善注引《周禮》鄭玄注：「湫，謐也。」

〔一四〕乘陵二句：宋玉《風賦》：「乘凌高城，入於深宫。」山門，朱鶴齡謂即土門山。《元和郡縣圖志》卷二美原縣：「後魏别立土門縣，以頻山有二土阜，狀似門，故曰土門。」同卷華原縣：「土門山，在縣東南四里。」謝惠連《七月七日夜詠牛女》：「傾河易回斡，款情難久悰。」《初學記》卷五引《河圖括地象》：「地下有八柱，柱廣十萬里。有三千六百軸，互相牽制，名山大川，孔穴相通。」木華《海賦》：「狀如天輪膠戾而激轉，又似地軸挺拔而争回。」

〔一五〕交洛二句：《元和郡縣圖志》卷三鄜州：「洛交縣，緊，本漢雕陰地，屬上郡。……隋開皇十六年，分三川、洛川二縣置洛交縣，屬鄜州，洛水之交，故曰洛交。」洪河，黄河。及關，錢箋謂關指潼關。信宿，見本卷《白水縣崔少府十九翁高齋三十韻》（0042）注。

〔一六〕應沈二句：朱鶴齡注：「洛水發源鄜州白於山，合漆沮水，至同州朝邑縣入河，其勢最大而疾，故有數州沉没之懼焉。」《漢書・鄒陽傳》：「列郡不相親，萬室不相救也。」

〔一七〕穢濁二句：蔡邕《琴歌》：「練余心兮浸太清，滌穢濁兮存正靈。」崔瑗《草書勢》：「蓄怒怫鬱，放逸生奇。」

〔一八〕黲黷：「黲」仇注：「朱云當作墋，楚錦切。」陸機《漢高祖功臣頌》：「芒芒宇宙，上墋下黷。」《文選》李善注：「墋，不清澄之貌也。」「賈逵曰：黷，媟也。」庾信《哀江南賦》：「潰潰沸騰，茫茫墋黷。」

〔一九〕浮生二句：《莊子·刻意》：「其生若浮，其死若休。」鮑照《答客詩》：「浮生急馳電，物道險弦絲。」本書卷一九《朝享太廟賦》(1458)：「遭鯨鯢之蕩汨。」《九家》趙注：「《選》有澥汨，又有減汨。今言水之蕩汨，當從越律之音。」《文選》左思《吴都賦》劉逵注：「汨，急疾無所不至。」《左傳》哀公十四年：「孔子曰：『吾道窮矣。』」張協《雜詩》：「述職投邊城，羈束戎旅間。」

〔二〇〕人寰二句：鮑照《舞鶴賦》：「去帝鄉之岑寂，歸人寰之喧卑。」《莊子·盜跖》：「（孔子）窮于齊，圍于陳蔡，不容身于天下。」《後漢書·杜喬傳》：「先是李固見廢，内外喪氣，群臣側足而立。」

〔二一〕艱險：《詩·小雅·正月》：「謂天蓋高，不敢不局。」傳：「局，曲也。」釋文：「局，本又作跼。」顏延之《北使洛詩》：「改服飭徒旅，首路跼險艱。」

〔二二〕普天二句：曹植《贈白馬王彪》：「伊洛廣且深，欲濟川無梁。」《魏書·爾朱兆傳》：「兆輕兵倍道從河梁西涉渡，掩襲京邑。先是，河邊人夢神謂己曰：『爾朱家欲渡河，用爾作灅波津令，爲之縮水脈。』月餘，夢者死。及兆至，有行人自言知水淺處，以草往往表插而導焉。忽失其所在，兆遂策馬涉渡。」蕭綱《箏賦》：「睹獨雁之寒飛，望交河之水縮。」

〔二三〕因悲二句：王康琚《反招隱詩》：「今雖盛明世，能無中林士。」《左傳》昭公元年：「微禹，吾其魚乎！」《楚辭·漁父》：「寧赴湘流，葬于江魚之腹中。」

〔二四〕鴻鵠：《史記·留侯世家》：「鴻鵠高飛，一舉千里。」陸機《爲顧彦先贈婦》：「願假歸鴻翼，翻飛浙江汜。」

王嗣奭《杜臆》：「遵岩極取此詩。余謂三川水漲，謂之賦可，謂之比亦可。本賦水漲，而忽云『不有萬穴歸，何以尊四瀆』，分明謂率土來王，如萬水朝宗，而狂胡僭號，天子播遷，似泉源漲而江海覆也。描寫水勢之横，不減虎頭之畫。而『聲吹』、『勢閲』二語，似不可解，而光景宛然。故前輩賞之，真驚人語也。」

趙翼《甌北詩話》卷二：「一題必盡題中之義，沉著至十分者。……《三川觀水漲》之『聲吹鬼神下，勢閲人代速』……皆題中本無此義，而竭意摹寫，寧過無不及，遂成此意外奇險之句，所謂十二三分者也。」

大雲寺贊公房〔一〕同作四首，其二在别卷①。

燈影照無睡，心清聞妙香〔二〕。夜深殿突兀，風動金琅璫〔三〕。天黑閉春院，地清栖暗芳。玉繩回斷絶，鐵鳳森翶翔〔四〕。梵放時出寺，鐘殘仍殷床〔五〕。明朝在沃野〔六〕，苦見塵沙黄。時西郊逆賊拒官軍未已。（0044）

【校】

① 同作四首其二在别卷，《九家》注：「二首見别卷。」另二首見本書卷九（0493、0494）。錢箋移至本卷。

【注】

黄鶴注：至德二載（七五七）陷賊中時作。

〔一〕大雲寺：《舊唐書·則天皇后紀》：「載初元年春正月……有沙門十人僞撰《大雲經》，表上之，盛言神皇受命之事。制頒於天下，令諸州各置大雲寺，總度僧千人。」《長安志》卷一〇懷遠坊：「大雲經寺，本名光明寺……武太后初幸此寺，法門宣政進《大雲經》，經中有女王之符，因改爲大雲經寺。遂令天下每州置一大雲經寺。此寺當中寶閣崇百尺，時人謂之七寶臺。」贊公：本書卷一〇有《宿贊公房》（0570），注：「京中大雲寺主，謫此安置。」

〔二〕妙香：《維摩經·香積佛品》：「爾時維摩詰問衆香菩薩：『香積如來，以何説法？』彼菩薩曰：『我土如來，無文字説。但以衆香，令諸天人得入律行。菩薩各各坐香樹下，聞斯妙香，得獲一切德藏三昧。』」

〔三〕夜深二句：曹毗《涉江賦》：「狂飆蕭瑟以洞駭，洪濤突兀而横峙。」金琅璫，《草堂》夢弼注：

「乃殿角懸金鈴，以驚鳥雀。」《漢書・西域傳》：「陰末赴鎖琅當德。」注：「師古曰：琅當，長鎖也。若今之禁繫人鎖矣。」錢箋：「今殿塔皆有之，舊注以爲殿角懸鈴，非是。」浦起龍云：「錢箋泥定長鎖，不必。」

〔四〕玉繩二句：《太平御覽》卷五引《春秋元命苞》：「玉衡北兩星爲玉繩。」謝脁《暫使下都夜發新林至京邑贈西府同僚》：「金波麗鳷鵲，玉繩低建章。」張衡《西京賦》：「鳳騫翥於甍標，咸遡風而欲翔。」《文選》薛綜注：「謂作鐵鳳凰，令張兩翼，舉頭敷尾，以函屋上，當棟中央，下有轉樞，常向風如將飛者焉。」李乂《人日重宴大明宮恩賜彩縷人勝應制》：「鐵鳳曾騫摇瑞雪，銅烏細轉入祥風。」

〔五〕梵放二句：王融《法樂辭》：「騰芳清漢裏，響梵古雲中。」《九家》趙注：「佛事至梵音，必唱而誦之，其聲高放，故寺外可聞也。殷，上聲，殷其雷之殷。」

〔六〕明朝句：《舊唐書・肅宗紀》：「（至德二載）二月戊子，幸鳳翔郡。……上議大舉收復兩京，盡括公私馬以助軍。」《資治通鑑》至德二年二月：「關内節度使王思禮軍武功，兵馬使郭英乂軍東原，王難得軍西原。丁酉，安守忠等寇武功，郭英乂戰不利，矢貫其頤而走。王難得望之不救，亦走。思禮退軍扶風。賊游兵至大和關，去鳳翔五十里，鳳翔大駭，戒嚴。」

童兒汲井華①〔一〕，慣捷瓶上手②。霑洒不濡地，掃除似無箒〔二〕。明霞爛複閣③，霽霧搴高牖〔三〕。側塞被徑花〔四〕，飄飄委墀柳④。艱難世事迫，隱遁佳期後〔五〕。晤語契深心，那能總鉗口〔六〕。奉辭還杖策，暫别終回首。泱泱泥污人⑤，听听國多狗〔七〕。既未免羈絆⑥，時來憩奔走。近公如白雪，執熱煩何有〔八〕？（0045）

【校】

①童兒，《草堂》作「兒童」。

②慣捷，錢箋校：「《海録》作慣健。」上，《草堂》作「在」。錢箋校：「一作在。」

③明，錢箋、《九家》、《草堂》校：「一作晨。」

④墀，錢箋、《九家》、《草堂》校：「一作堦。」

⑤泱泱，錢箋、《草堂》校：「一作浹浹。」

⑥絆，錢箋、《九家》、《草堂》校：「一作寓。」

【注】

〔一〕井華：清晨初汲之井水。《宋書·劉懷慎傳》：「平旦開城門取井華水服，至食鼓後，心動如刺，中間便絶。」

〔二〕霑洒二句：《大般若波羅蜜多經》卷五六七：「諸聽法者，唯覺香潤，不見霑濡。」《法苑珠林》卷二五引《分别功德論》：「所以稱般陀比丘暗鈍然能變形第一者，良由佛教使誦掃箒，得箒忘掃，得掃忘箒。六年之中，專心誦此，意遂解悟。」

〔三〕明霞二句：陸機《擬今日良宴會》：「高談一何綺，蔚若朝霞爛。」複閣，謂寺中寶閣。見前首注引《長安志》。鮑照《月下登樓連句》：「露入覺牖高，螢蜚測苑深。」

〔四〕側塞句：側塞，蔣紹愚引《一切經音義》：「畟塞，人稠也。」謂側塞即畟塞，爲花繁盛之義。蕭綱《吴郡石像碑》：「道俗側塞，人衹協慶。」本書卷六《阻雨不得歸瀼西甘林》(0296)：「虚徐五株態，側塞煩胸襟。」側塞爲稠多、繁茂之義。《楚辭・招魂》：「皋蘭被徑兮斯路漸。」

〔五〕隱遁句：謝靈運《登上戍石鼓山》：「佳期緬無像，騁望誰云愜。」仇注：「謂遁跡已遲。」

〔六〕晤語二句：《詩・陳風・東門之池》：「彼美淑姬，可與晤語。」慧遠《大智論抄序》：「積誠曩代，契心在茲。」《淮南子・精神訓》：「鉗口而不以言，委心而不以慮。」《九家》師注：「言方道契，故未能忘言也。」仇注：「每談及時事也。」

〔七〕泱泱二句：《詩・小雅・瞻彼洛矣》：「瞻彼洛矣，維水泱泱。」傳：「泱泱，深廣貌。」听听，《草堂》夢弼注：「字當作⿰犭斤。⿰犭斤，犬吠聲也。⿰犭斤與狺通。」《楚辭・九辯》：「猛犬狺狺而迎吠兮，關梁閉而不通。」《韓非子・外儲説右上》：「夫國亦有狗，有道之士懷其術而欲以明萬乘之主，大臣爲猛狗迎而齕之，此人主之所以蔽脅，而有道之士所以不用也。」

〔八〕近公二句：《大方廣佛華嚴經》卷四八：「能以清涼教法光明，除衆熱惱，善知識者如夏雪山。」《詩・大雅・桑柔》：「誰能執熱，逝不以濯。」

哀江頭〔一〕

少陵野老吞聲哭，春日潛行曲江曲〔二〕。江頭宮殿鎖千門，細柳新蒲爲誰緑？憶昔霓旌下南苑〔三〕，苑中萬物生顔色。昭陽殿裏第一人，同輦隨君侍君側〔四〕。輦前才人帶弓箭①，白馬嚼齧黄金勒②〔五〕。翻身向天仰射雲③，一箭正墜雙飛翼④〔六〕。明眸皓齒今何在，血污游魂歸不得〔七〕。清渭東流劍閣深〔八〕，去住彼此無消息。人生有情淚沾臆，江水江花豈終極⑤〔九〕？黄昏胡騎塵滿城，欲往城南忘南北⑥〔一〇〕。（0046）

【校】

① 才，錢箋、《九家》、《草堂》校：「一作詞。」

② 嚼，錢箋、《九家》、《草堂》校：「一作噍。」

③ 天，錢箋、《草堂》校：「一作空。」

④ 箭，宋本、《九家》校：「一云笑。」錢箋、《草堂》校：「《正異》作笑。蔡君謨作發。」

⑤ 水，宋本、錢箋、《九家》、《草堂》校：「一作草。」

⑥忘南北，錢箋、《九家》、《草堂》校：「一云望城北。」

【注】

黃鶴注：至德二載（七五七）春陷賊時作。

〔一〕哀江頭：《舊唐書·玄宗紀》：「（天寶十五載六月）甲午，將謀幸蜀，乃下詔親征。仗下後，士庶恐駭，奔走于路。乙未，凌晨自延秋門出，微雨沾濕，扈從惟宰相楊國忠、韋見素、内侍高力士及太子、親王，妃主、皇孫已下多從之不及。……丙辰，次馬嵬驛，諸衛頓軍不進。龍武大將軍陳玄禮奏曰：『逆胡指闕，以誅國忠爲名，然中外群情，不無嫌怨。今國步艱阻，乘輿震盪，陛下宜徇群情，爲社稷大計，國忠之徒，可置之於法。』會吐蕃使二十一人遮國忠告訴於驛門，衆呼曰：『楊國忠連蕃人謀逆！』兵士圍驛四合，及誅楊國忠、魏方進一族，兵猶未解。上令高力士詰之，回奏曰：『諸將既誅國忠，以貴妃在宮，人情恐懼。』上即命力士賜貴妃自盡。玄禮等見上請罪，命釋之。」《后妃傳·楊貴妃》：「及潼關失守，從幸至馬嵬，禁軍大將陳玄禮密啓太子，誅國忠父子。既而四軍不散，玄宗遣力士宣問，對曰『賊本尚在』，蓋指貴妃也。力士復奏，帝不獲已，與妃詔，遂縊死於佛室。時年三十八，瘞於驛西道側。」黃生曰：「詩意本哀貴妃，不敢斥言，故借江頭行幸處標爲題目耳。」

〔二〕少陵二句：《雍録》卷七：「少陵原，在長安縣南四十里。漢宣帝陵在杜陵縣，許后葬杜陵南園。師古曰：『即今謂小陵者也，去杜陵十八里。』它書皆作少陵。杜甫家焉，故自稱杜陵老，亦曰少陵也。」鮑照《擬行路難》：「心非木石豈無感，吞聲躑躅不敢言。」曲江，見本卷《九日寄岑參》(0025)注。

〔三〕憶昔句：司馬相如《上林賦》：「拖霓旌，靡雲旗。」《文選》郭璞注：「張揖曰：析羽毛染以五彩，綴以縷，爲旌，有似虹霓之氣也。」南苑，芙蓉苑在曲江南。

〔四〕昭陽二句：《漢書·外戚傳·趙飛燕》：「(趙)皇后既立，後寵少衰，而弟絶幸，爲昭儀，居昭陽舍，其中庭彤朱，而殿上髹漆。」又同卷《班婕好》：「成帝游於後庭，嘗欲與婕好同輦載。」《分門》洙曰引李白《宫中行樂詞》「宫中誰第一，飛燕在昭陽」，亦「謂貴妃也」。

〔五〕輦前二句：《舊唐書·職官志》内官：「(玄宗)乃改定三妃之位……下有六儀、美人、才人四等。……才人七人，掌叙宴寢，理絲枲，以獻歲功。」喬知之《羸駿篇》：「摇珂齧勒金羈盡，争鋒足頓鐵菱傷。」

〔六〕一箭句：曹植《名都篇》：「左挽因右發，一縱兩禽連。」潘尼《三月三日洛水作》：「沈鈎出比目，舉弋落雙飛。」黄庭堅《杜詩箋》謂此句「箭一作笑，蓋用賈大夫射雉事」。潘岳《射雉賦》：「昔賈氏之如皐，始解顔於一箭。」《左傳》昭公二十八年：「昔賈大夫惡，娶妻而美，三年不言不笑，御以如皐，射雉，獲之，其妻始笑而言。」

〔七〕明眸二句：曹植《洛神賦》：「丹唇外朗，皓齒内鮮。明眸善睞，靨輔承權。」《易·繫辭上》：「精氣爲物，游魂爲變。」陶淵明《擬古》：「頽基無遺主，游魂在何方。」

〔八〕劍閣：《水經注》白水：「又東南逕小劍戍北，西去大劍三十里，連山絶險，飛閣通衢，故謂之劍閣也。張載銘曰：『一人守險，萬夫趑趄。』信然。」《元和郡縣圖志》卷二二利州益昌縣：「小劍城去大劍戍四十里，連山絶險，飛閣通衢，故謂之劍閣道。自縣西南逾小山入大劍口，即秦使張儀、司馬錯伐蜀所由路也，亦謂之石牛道。」鄭棨《開天傳信記》：「上幸蜀，車駕次劍門，門左右岩壁峭絶，上謂侍臣曰：『劍門天險若此，自古及今，敗亡相繼，豈非在德不在險耶！』因駐蹕題詩。」

〔九〕人生二句：沈約《夢見美人》：「那知神傷者，潺湲淚沾臆。」《雜曲歌辭·楊白花》：「含情出户脚無力，拾得楊花淚沾臆。」《鼓吹曲辭·君馬黄》：「駕車馳馬，佳人安終極。」王粲《七哀詩》：「羈旅無終極，憂思壯難任。」

〔一〇〕黄昏二句：《苕溪漁隱叢話》前集卷三五引《遁齋閑覽》：「按杜詩《哀江頭》云：『黄昏胡騎塵滿城，欲往城南忘南北。』荆公兩用，皆以『忘南北』爲『望城北』，始疑杜詩誤，其後數善本皆作『忘南北』，或云荆公故易此兩字，以合己一篇之意。然荆公平生集句詩，未嘗改古人字，觀者更宜詳考。」苕溪漁隱曰：「余聞洪慶善云：老杜『欲往城南忘南北』之句，《楚詞》云：中心瞀亂兮迷惑。王逸注：『思念煩惑忘南北也。』子美蓋用此語也。」陸游《老學庵筆記》卷一：「老杜《哀江頭》『黄昏胡騎塵滿城，欲往城南忘城北』，言方皇惑避死之際，欲往城南，乃不能記孰爲南北也。然荆公集句，兩篇皆作『欲往城南望城北』。或以爲舛誤，或以爲改定，皆非也。蓋所傳本偶不同，而意則一也。北人謂向爲望，謂欲往城南，乃向城北，亦皇惑避死，不能記南北之意。」按，《老學庵筆記》「忘城北」顯爲誤字，「望城北」異文則出自荆公集句。洪慶善之説較善，其他異説皆據誤文，不足取。

蘇轍《詩病五事》：「蓋附離不以鑿枘，此最爲文之高致耳。老杜陷賊時有詩曰『少陵野老吞聲哭……』，予愛其詞氣如百金戰馬，注坡驀澗，如履平地，得詩人之遺法。如白樂天詩詞甚工，然拙於紀事，寸步不遺，猶恐失之，此所以望老杜之藩垣而不及也。」《九家》趙注：「頃者蘇黄門嘗謂其侄在庭曰：《哀江頭》即《長恨歌》也。《長恨》費數百言而後成歌，杜公言太真之被寵，則『昭陽殿裏第一人』足矣。言富貴，則『輦前才人帶弓箭，白馬嚼齧黄金勒』足矣。言馬嵬之死，則『血污游魂歸不得』足矣。觀《常武》與《桓》二詩，言用兵而煩簡異，則可見此。聞之石耆公云。」

張戒《歲寒堂詩話》卷上：「楊太真事，唐人吟詠至多，然類皆無禮。太真配至尊，豈可以兒女語黷之耶？惟杜子美不然。《哀江頭》云：『昭陽殿裏第一人，同輦隨君侍君側。』不待云『嬌侍夜』、『醉和春』，而太真之專寵可知。不待云『玉容』、『梨花』，而太真之絶色可想也。至於言一時行樂事，不斥言太真，而但言輦前才人，此意尤不可及。……其詞婉而雅，其意微而有禮，真可謂得詩人之旨者。《長恨歌》在樂天詩中爲最下，《連昌宫詞》在元微之詩中乃最得意者，二詩工拙雖殊，皆不若子美詩微而婉也。元白數十百言，竭力摹寫，不若子美一句，人才高下乃如此。」

哀王孫〔一〕

長安城頭頭白烏①，夜飛延秋門上呼〔二〕。又向人家啄大屋②〔三〕，屋底達官走避胡。金鞭斷折九馬死〔四〕，骨肉不待同馳驅③。腰下寶玦青珊瑚，可憐王孫泣路隅〔五〕。問之不肯道姓名，但道困苦乞爲奴。已經百日竄荆棘，身上無有完肌膚〔六〕。高帝子孫盡高準④，龍種自與常人殊〔七〕。豺狼在邑龍在野，王孫善保千金軀〔八〕。不敢長語臨交衢，且爲王孫立斯須⑤〔九〕。昨夜東風吹血腥⑥，東來橐駝滿舊都⑦〔一〇〕。朔方健兒好身手〔一一〕，昔何勇鋭今何愚。竊聞天子已傳位⑧，聖德北服南單于〔一二〕。花門剺面請雪恥，慎勿出口他人狙⑨〔一三〕。哀哉王孫慎勿疏，五陵佳氣無時無〔一四〕。（0047）

【校】

① 頭白烏，錢箋校：「樊作多白烏。一作頭白烏。」

② 向，錢箋、《草堂》校：「一作來。」

③待，錢箋、《草堂》校：「一作得。」

④高準，錢箋、《草堂》「高」作「隆」，校：「一作高。」

⑤立，《草堂》校：「一作泣。」

⑥東，錢箋、《九家》、《草堂》校：「一作春。」

⑦橐，錢箋、《草堂》校：「一作駱。」

⑧天，錢箋校：「一作太。」《九家》、《草堂》作「太」，校：「一作天。」

⑨狙，《九家》作「徂」。錢箋、《草堂》校：「一作徂。」

【注】

黄鶴注：詩云「竊聞太子已傳位」，當在至德元載（七五六）七月作。仇注：詩云「已經百日竄荆棘」，蓋在九月間也。按，詩云「聖德北服南單于」，則在回紇引軍助順後。

〔一〕哀王孫：《唐鑒》卷一〇：「楊國忠首倡幸蜀之策，帝然之。甲午，移仗北内。既夕，命陳玄禮整比六軍，厚賜錢帛，選閑厩馬九百餘匹，外人皆莫之知。乙未黎明，帝獨與貴妃姊妹、皇子、妃主、皇孫、楊國忠、韋見素、魏方進、陳玄禮及親近宦官宫人出延秋門。妃主皇孫之在外者，皆委之而去。」《舊唐書·肅宗紀》：「（至德元載七月）丁卯，逆胡害霍國長公主、永王妃侯莫陳氏、義王妃閻氏、陳王妃韋氏、信王妃任氏、駙馬楊朏等八十餘人於崇仁之街。」《安禄山事迹》卷下：「至德元年九月，賊黨孫孝哲害霍國長公主、永王妃及駙馬楊馹等八十餘人，又害皇孫等二十餘人，並刳其心，以祭安慶宗。」《史記・淮陰侯列傳》：「吾哀王孫而進食，豈望報乎。」此用其語。

〔二〕長安二句：《初學記》卷三〇引《通俗文》：「白頭烏謂之鵯鶋。」《苕溪漁隱叢話》前集卷一四：「『頭』字當作『頸』字，蓋烏無頭白者。」楊慎《丹鉛餘録》卷二一引《三國典略》：「侯景篡位，令飾朱雀門，其日有白頭烏萬計集於門樓。童謡曰：『白頭烏，集朱雀，還與吴』。」謂此詩蓋用其事，以侯景比禄山也。《長安志》卷六：「禁苑在宫城之北……西面二門，南曰延秋門，北曰玄武門。」《雍録》卷五：「玄宗幸蜀自苑西門出，在唐爲苑之延秋門，在漢爲都城直門也。既出，即由便橋渡渭，自咸陽望馬嵬而西。」

〔三〕又向句：《詩・小雅・正月》：「哀我人斯，於何從禄。瞻烏爰止，於誰之屋。」傳：「富人之屋，烏所集也。」

〔四〕金鞭句：沈炯《長安少年行》：「陳王裝腦勒，晋后鑄金鞭。」此指帝王所用。《西京雜記》卷二：「文帝自代還，有良馬九匹，皆天下之駿馬也。」劉子翬有《明皇九馬圖》詩，則後代亦衍爲故實。

〔五〕腰下句：《西京雜記》卷一：「趙飛燕女弟上襚三十五條，有珊瑚玦。」張衡《西京賦》：「睚眥蠆芥，屍僵路隅。」《晋書・鄭袤傳》：「百姓戀慕，涕泣路隅。」

〔六〕已經句：劉楨《贈五官中郎將》：「余嬰沈痼疾，竄身清漳濱。」庾信《哀江南賦》序：「余乃竄身荒谷，公私塗炭。」《陳書・沈洙傳》：「榜笞刺爇，身無完者。」

〔七〕高帝句：《史記・高祖本紀》：「高祖爲人，隆準而龍顔。」集解：「應劭曰：隆，高也。準，頰權準也。文穎曰：準，鼻也。」蕭綱《大同哀辭》：「終無逐流鳧船反，何時復聞龍種歸。」《隋書・文四子傳》：「天生龍種，所以因雲而出。」

〔八〕豺狼二句：盧諶《理劉司空表》：「荆棘茂於街里，豺狼居於府舍。」《易・坤》：「龍戰於野，其血玄黄。」《後漢書・光武帝紀》：「四夷雲集龍鬭野。」此指玄宗出奔。《史記・袁盎晁錯列傳》：「千金之子，坐不垂堂。」陶淵明《飲酒》：「客養千金軀，臨化消其寶。」

〔九〕不敢二句：潘岳《關中詩》：「肝腦塗地，白骨交衢。」《禮記・祭義》：「禮樂不可斯須去身。」注：「斯須，猶須臾也。」

〔一〇〕東來句：《九家》鮑注：「東來橐駞，謂賊自東都進也。舊都，謂長安。」《舊唐書・史思明傳》：「自禄山陷兩京，常以駱駝運兩京御府珍寶於范陽，不知紀極。」橐駞，亦作馲駝，即駱駝。郭璞《山海經圖贊・橐駞》：「駝惟奇畜，肉鞍是被。迅騖流沙，顯功絶地。潛識泉源，微乎其智。」

〔一一〕朔方句：《草堂》夢弼注：「哥舒翰領朔方兵守潼關，一日爲賊所敗，如入無人之境。」引《邠志》：「邠軍始鎮靈州，謂之朔方軍。有命則征伐，無命則入守。天寶以前，衆號十萬，實六萬。」《舊唐書・地理志》：「朔方節度使，捍禦北狄，統經略、豐安、定遠、西受降城、東受降城、安北都護、振武等七軍府。朔方節度使治靈州，管兵六萬四千七百人。」《唐會要》卷七八《諸使雜録上》大曆十二年中書門下狀奏：「兵士量險隘召募，謂之健兒，給春冬衣，並家口糧。當上百姓，名曰團練，春秋歸，冬夏追集。」

〔一二〕竊聞二句：《舊唐書・玄宗紀》：「（天寶十五載六月）丁酉，將發馬嵬驛……及行，百姓遮路乞留皇太子，願戮力破賊，收復京城，因留太子。……八月癸未朔，御蜀都府衙。……癸巳，靈武使至，始知皇太子即位。……己亥，上皇臨軒冊肅宗，命宰臣韋見素、房琯使靈武。」《肅宗紀》：「（至德元載）七月辛酉，上至靈武……（裴）冕等凡六上箋，辭情激切，上不獲已，乃從。是月甲子，上即皇帝位於靈武。……（八月）丁酉，上皇遜位稱誥，遣左相韋見素、文部尚書房琯、門下侍郎崔渙等奉冊書赴靈武。」《後漢書・光武帝紀》：「匈奴薁鞬日逐王比，自立爲南單于，於是分南北匈奴。」《草堂》夢弼注：「南單于即回紇也。時回紇舉兵助肅宗收復兩京，以雪其恥。」《舊唐書・肅宗紀》：「（至德元載八月壬午）回紇、吐蕃遣使繼至，請和親，願助國討賊。……（九月戊辰）封故邠王守禮男承宷爲敦煌王，令使回紇和親。……（十一月）戊子，回紇引軍來赴難，與郭子儀同破賊黨同羅部三千餘衆於河上。」

〔一三〕花門一句：《草堂》夢弼注：「花門，乃回紇地名。回紇以花門白號。剺面，謂剥其面皮示誠悃而來助順。」《新唐書・地理志》甘州張掖郡寧寇軍：「軍東北有居延海，又北三百里有花門山堡，又東北千里至回鶻衙帳。」《舊唐書・回紇傳》：「虜使曰：『前咸安公主來時，去花門數百里即先去，今何獨拒我？』」《周書・侯斤傳》：「死者，停屍於帳，子孫及諸親屬男女，各殺羊馬，陳於帳前，祭之。繞帳走馬七匝，一詣帳門，以刀剺面，且哭，血淚俱流，如此者七度，乃止。」《舊唐書・酷吏傳》：「諸蕃長詣闕割耳剺面訟冤者數十人。」《回紇傳》：「（寧國）公主亦依回紇法，剺面大哭，竟以無子得歸。」《史記・留侯世家》：「秦皇帝東游，良與客狙。」集解：「應劭曰：狙，伺也。」

〔一四〕五陵句：《漢書·游俠傳》注：「師古曰：五陵謂長陵、安陵、陽陵、茂陵、平陵也。」仇注引唐注：「此借漢以比唐也。」《舊唐書·禮儀志》：「（天寶）十三載，改獻、昭、乾、定、橋五陵署爲臺。」唐高祖葬獻陵，太宗葬昭陵，高宗葬乾陵，中宗葬定陵，睿宗葬橋陵，是當時所稱五陵。《後漢書·光武帝紀》：「望氣者蘇伯阿爲王莽使至南陽，遥望見舂陵郭，唶曰：『氣佳哉，鬱鬱葱葱然。』」

張戒《歲寒堂詩話》卷上：「觀子美此詩，可謂心存社稷矣。……『竊聞太子已傳位』，必云太子者，以言神器所歸，吾君之子也。言『聖德北服南單于』，又言花門助順，所以慰王孫也。其哀王孫如此，心存社稷而已。而王深父序反以爲譏刺明皇，失子美詩意矣。」

葉燮《原詩》外篇下：「七古終篇一韻，唐初絶少，盛唐間有之，杜則十有二三，韓則十居八九。……蓋七古直敘，則無生動波瀾，如平蕪一望。縱横則錯亂無條貫，如一屋散錢。有意作起伏照應，仍失之板。無意信手出之，又苦無章法矣。此七古之難，難尤在轉韻也。若終篇一韻，全在筆力能舉之。藏直叙於縱横中，既不患錯亂，又不覺其平蕪，似較轉韻差易。韓之才無所不可，而爲此者，避虚而走實，任力而不任巧，實啓其易也。至如杜之《哀王孫》，終篇一韻，變化波瀾，層層掉换，竟似逐段换韻者。七古能事，至斯已極，非學者所易步趨耳。」

悲陳陶〔一〕

孟冬十郡良家子〔二〕，血作陳陶澤中水。野曠天清無戰聲①，四萬義軍同日死②。羣胡歸來血洗箭③〔三〕，仍唱胡歌飲都市④。都人回面向北啼，日夜更望官軍至⑤〔四〕。（0043）

【校】

①曠，錢箋、《九家》、《草堂》校：「一作廣。」　清，錢箋、《九家》、《草堂》校：「一作晴。」

②軍，《草堂》校：「一作兵。」

③血，宋本、錢箋、《九家》、《草堂》校：「一作雪。」

④仍唱，宋本、錢箋、《九家》、《草堂》校：「一作撚箭。」

⑤日夜更望官軍至，宋本、錢箋、《九家》、《草堂》校：「一云『前後官軍苦如此』。」

【注】

黄鶴注：天寶十五載（七五六）十月辛丑房琯陳陶戰敗後作。

〔一〕悲陳陶：陳陶，地名，亦作陳陶斜。《唐書》作陳濤斜。《舊唐書·肅宗紀》：「（至德元載十月）上素知房琯名，至是琯請爲兵馬元帥收復兩京，許之，仍令兵部尚書王思禮爲副。分兵爲三軍，楊希文、劉貴哲、李光進等各將一軍，其衆五萬。辛丑，琯與賊將安守忠戰於陳濤斜，官軍敗績，楊希文、劉貴哲等降於賊，琯亦奔還。」《房琯傳》：「琯分爲三軍：遣楊希文將南軍，自宜壽入；劉悊將中軍，自武功入；李光進將北軍，自奉天入。琯自將中軍，爲前鋒。十月庚子，師次便橋。辛丑，二軍先遇賊於咸陽縣之陳濤斜，接戰，官軍敗績。時琯用春秋車戰之法，以車二千乘，馬步夾之。既戰，賊順風揚塵鼓噪，牛皆震駭，因縛芻縱火焚之，人畜撓敗，爲所傷殺者四萬餘人，存者數千而已。癸卯，琯又率南軍即戰，復敗，希文、劉悊並降於賊。琯等奔赴行在，肉袒請罪，上並宥之。……琯既自無廟勝，又以虚名擇將吏，以至於敗。琯之出師，戎務一委於李揖、劉秩，秩等亦儒家子，未嘗習軍旅之事。……及與賊對壘，琯欲持重以伺之，爲中使邢延恩等督戰，蒼黄失據，遂及於敗。」《雍録》卷七：「案陳濤斜在咸陽也。李晟自東渭橋移軍西上，與李懷光會於咸陽陳濤斜者是也。未戰陳濤斜時，琯已先至便橋據要，既敗，又爲中人所促，並與南軍而敗者，人事失之也。」

〔二〕孟冬句：《漢書·地理志》：「天水、隴西，山多林木，民以板爲室屋。及安定、北地、上郡、西河，皆迫近戎狄，修習戰備，高上氣力，以射獵爲先。……漢興，六郡良家子選給羽林、期門，以材力爲官，名將多出焉。」唐郡即州，天寶初改州爲郡，凡郡府三百二十有八。此言「十郡」，蓋泛言。

〔三〕羣胡句：《九家》趙注：「血洗箭……蓋言洗箭上之血也。」「蔡伯世取一作云『雪洗箭』，非是。」王嗣奭《杜臆》：「胡人且以血洗箭，自是妙語。而趙解謂洗箭上之血，以倒語爲句法好處，此小兒解事者。」

〔四〕都人二句：《安禄山事迹》卷下：「（禄山）自後安忍，殺不附己者，王侯將相扈從入蜀者，子孫兄弟，雖在嬰孩之中，皆不免於刑戮。遂深居高拱，殘虐自恣，其大將等亦不可得而見之，皆因嚴莊以白事。其酷如狼虎，雖曰腹心，齊爲寇讎矣。先是百姓因亂爲盜，忽入倉庫。禄山既收西京，大怒之，大索長安三日而後止，雖私財必皆取之。又令府縣推按，株連引證，日以勾録徵剥搜捕爲事。錐刀之末，無不徵之。百姓騷然，所在叛矣。間諜日至，士庶潛議亡歸，知肅宗至靈武，皆企望官軍，相傳曰：『皇太子從西來也。』人皆奔走，市肆爲空，如是者百餘日。京畿豪傑，没賊官吏歸者，相繼不絶，誅而復起，總莫能制。其初，自京畿、鄜坊至於岐隴，悉附之。至是，城西之外爲勍敵。」

王應麟《困學紀聞》卷一八：「少陵善房次律，而《悲陳陶》一詩不爲之隱。昌黎善柳子厚，而《永貞行》一詩不爲之諱。公議之不可掩也如是。」

悲青坂〔一〕

我軍青坂在東門，天寒飲馬太白窟〔二〕。黄頭奚兒日向西，數騎彎弓敢馳突〔三〕。山雪河冰野蕭颼①，青是烽烟白人骨②。焉得附書與我軍，忍待明年莫倉卒。（0049）

【校】

①野，錢箋校：「樊作晚。《樂府》作巳。」颼，錢箋校：「一作颸。一作颯。」《草堂》校：「一作颯。」

②烽，《九家》作「風」，《草堂》作「人」。錢箋校：「一作人。」人，《草堂》作「是」。

【注】

黄鶴注：此《唐紀》所謂癸卯又以南軍戰，敗績。乃天寶十五載（七五六）十月二十三日。

〔一〕青坂：其地未詳。錢箋謂去陳濤、便橋當不遠。按，詩言「在東門」，陳濤、便橋皆在長安西，此疑不能明者。蘇軾《東坡題跋》卷二《雜書子美詩》：「《悲陳陶》云『四萬義軍同日死』，此房琯之敗也。《唐書》作陳濤斜，不知孰是。時琯臨敗，猶欲持重有所伺，而中人邢延德促戰，遂大敗。故次篇《悲青坂》云：『焉得附書與我軍，留待明年莫倉卒。』」諸家皆謂二詩同時作。

〔二〕天寒句：《長安志》卷一五武功縣：「《三秦記》曰：太白山在縣南，去長安二百里，不知高幾許。俗云：武功、太白，去天三百。」錢箋：「琯先分三軍，劉悊將中軍，自武功入，故曰『飲馬太白窟』。」

〔三〕黄頭一句：《舊唐書·北狄傳》奚：「奚國，蓋匈奴之別種也，所居亦鮮卑故地，即東胡之界也。」室韋：「又云室韋，我唐有九部焉。所謂嶺西室韋、山北室韋、黄頭室韋、大如者室韋、小如者室韋、婆萵室韋、訥北室韋、駱駝室韋，並在柳城郡之東北。」《新唐書·李多祚傳》：「其先靺鞨酋長，號黄頭都督。」《宋史·于闐傳》又載有「黄頭回紇」。「黄頭」之義，或釋爲黄髮，或釋爲黄衣，或釋爲「正宗」或「高貴」。鍾進文發揮耿世民之説，研究裕固族族稱中的 sarγ（「黄」），認爲草原阿爾泰語系民族以黄代表南方，「黄頭」指該部族位於南方。參鍾進文《再釋裕固族族稱中的 sarγ》（《西北民族大學學報》二〇一二年第五期）。《安禄山事迹》卷中：「禄山起兵反，以同羅、契丹、室韋曳落河兼范陽、平盧、河東、幽薊之衆，號爲父子軍。」《資治通鑑》天寶十四年：「禄山發所部兵及同羅、奚、契丹、室韋凡十五萬衆，號二十萬，反於范陽。」又《舊唐書·李寶臣傳》，故姓張，名忠志，范陽城旁奚族人，禄山録爲假子，姓安，「領驍騎八千人入太原，劫太原尹楊光翽。忠志挾光翽出太原，萬兵追之不敢近」。

杜工部集卷第二

古詩四十三首避賊至鳳翔行在及歸鄜州還京師出華州作

述懷一首此已下自賊中竄歸鳳翔作。

去年潼關破，妻子隔絶久〔一〕。今夏草木長〔二〕，脱身得西走。麻鞋見天子〔三〕，衣袖露兩肘。朝廷愍生還，親故傷老醜。涕淚授拾遺①，流離主恩厚〔四〕。柴門雖得去，未忍即開口。寄書問三川〔五〕，不知家在否。比聞同罹禍，殺戮到雞狗〔六〕。山中漏茅屋，誰復依户牖？摧頽蒼松根，地冷骨未朽〔七〕。幾人全性命，盡室豈相偶〔八〕？嶔岑猛虎場②，鬱結回我首〔九〕。自寄一封書，今已十月後。反畏消息來，寸心亦何有？漢運初中興，平生老耽酒③〔一〇〕。沈思歡會處，恐作窮獨叟④。（0050）

【校】

① 授，《草堂》作「受」。

② 岑，《草堂》作「崟」。錢箋校：「一作崟。」

③ 平生，錢箋、《九家》作「生平」。

④ 獨，錢箋、《草堂》校：「一作塗。」

【注】

黄鶴注：當是至德二年（七五七）夏拜拾遺後作。

〔一〕去年二句：見卷一《白水縣崔少府十九翁高齋三十韻》（0042）注。時甫妻子在鄜州。

〔二〕今夏句：陶淵明《讀山海經》：「孟夏草木長，繞屋樹扶疏。」

〔三〕麻鞋句：王琪《杜工部集後記》：「子美之詩，詞有近質者，如『麻鞋見天子』、『垢膩脚不襪』之句。所謂轉石於千仞之山，勢也。學者尤效之而過甚，豈遠大者難窺乎！」《苕溪漁隱叢話》後集卷五引《復齋漫録》：「王叡《炙轂子》云：『夏商以草爲屩，左氏曰：屝屨也。至周以麻爲之，謂之麻鞋。貴賤通著。晋永嘉中，以絲爲之，宫中妃嬪皆著。』故《述懷》云：『麻鞋見天子，衣袖露兩肘。』」按，麻鞋乃庶人所服，凶禮亦服，引《炙轂子》釋此殊無謂。《唐語林》卷一：「璋惶恐，衣公服求見。公曰：『何事公服？請十郎袴衫麻鞋相見。』」《資暇集》卷中「出城儀」：「唐禮凡參辭，並是公服。故松柏非遠之家，每新改授皆見，所以示仕禄朱紫之榮。釋褐結綬，抑亦如之。其四時之享，布素，暫去襴板即可矣。若悉白衫麻鞋，何以表軒冕乎？」

〔四〕涕淚二句：《舊唐書·杜甫傳》：「十五載，禄山陷京師，肅宗徵兵靈武。甫自京師宵遁赴河西，謁肅宗於彭原郡，拜右拾遺。」元稹《唐檢校工部員外郎杜君墓係銘》作「拜左拾遺」。錢箋：「唐《授左拾遺誥》：『襄陽杜甫，爾之才德，朕深知之。今特命爲宣義郎、行在左拾遺。授職之後，宜勤是職，毋怠。命中書侍郎張鎬齎符告諭。至德二載五月十六日行。』右勑用黄紙，高廣皆可四尺，字大二寸許，年月有御寶，寶方五寸許。今藏湖廣岳州府平江縣裔孫杜富家。」

〔五〕三川：見卷一《三川觀水漲二十韻》(0043)注。

〔六〕比聞二句：甫以至德元年八月北投蘆子關，欲往靈武，而途中被叛軍擄往長安。三川罹禍，或亦在此期間。《資治通鑑》至德元年八月：「京畿豪傑往往殺賊官吏，遥應官軍，誅而復起，相繼不絶，賊不能制。其始自京畿、鄜坊至於岐隴皆附之，至是西門之外率爲敵壘。賊兵力所及者，南不出武關，北不過雲陽，西不過武功。」此陳濤斜兵敗前形勢。「十一月戊午，回紇至帶汗谷，與郭子儀軍合。辛酉，與同羅及叛胡戰於榆林河北，大破之，斬首三萬，捕虜一萬，河曲皆平。子儀還軍洛交」。洛交即鄜州。至二年二月，子儀自洛交分兵取馮翊，擊潼關。

〔七〕摧頽二句：應瑒《侍五官中郎將建章臺集詩》：「遠行蒙霜雪，毛羽日摧頽。」《九家》趙注：「茅屋摧頽於松傍。」仇注：「摧頽、骨冷，死者久矣。」仇説爲長。

〔八〕幾人二句：諸葛亮《出師表》：「苟全性命於亂世。」《左傳》成公二年：「巫臣盡室以行。」杜預注：「室家盡去。」《列子·黄帝》：「牝牡相偶，母子相親。」

〔九〕嶔岑二句：木華《海賦》：「若乃岩坻之隈，沙石之嶔。」《文選》李善注：「嶔，沙石嶔岑也。」《說文》：「厥，崟也。」段注：「崟者，山之岑崟也。『嶔』蓋即『厥』字。」陸機《猛虎行》：「飢食猛虎窟，寒栖野雀林。」猛虎場，言猛虎出没之所。《楚辭·遠游》：「遭沈濁而污穢兮，獨鬱結其誰語。」王逸注：「思慮煩冤，無告陳也。」

〔一〇〕漢運二句：揚雄《趙充國頌》：「在漢中興，充國作武。」《後漢書·律曆志》：「光武皇帝著《紀》，以景帝後高祖九世孫受命中興復漢。」《三國志·魏書·滿寵傳》裴注引《世語》：「王凌表：寵年邁耽酒，不可居方任。」

施補華《峴傭說詩》：「《述懷》詩：『自寄一封書，今已十月後。反畏消息來，寸心亦何有。』亂離光景如繪，真至極矣，沈痛極矣。」

沈德潛《說詩晬語》卷上：「又有反接法。……若云『不見消息來』，平平語耳。此云『反畏消息來，寸心亦何有』，斗覺驚心動魄矣。」

偪仄行 贈畢曜①〔一〕。

偪仄何偪仄〔二〕，我居巷南子巷北。可恨鄰里間，十日不一見顔色。自從官馬送還官〔三〕，行路難行澀如棘。我貧無乘非無足，昔者相過今不得②。實不是愛微軀③，又非關足無力〔四〕。徒步翻愁官長怒，此心炯炯君應識〔五〕。曉來急雨春風顛〔六〕，睡美不聞鍾鼓傳。東家蹇驢許借我，泥滑不敢騎朝天〔七〕。已令請急會通籍④，男兒性命絶可憐⑤〔八〕。焉能終日心拳拳⑥，憶君誦詩神懔然〔九〕。辛夷始花亦已落⑦〔一〇〕，况我與子非壯年。街頭酒價常苦貴，方外酒徒稀醉眠〔一一〕。速宜相就飲一斗⑧，恰有三百青銅錢〔一二〕。（0051）

【校】

①偪仄行，「贈畢曜」三字錢箋大字連題。《草堂》校：「一云偪偪行。篇中字亦作偪偪。」錢箋校同，又校：「《英華》作『贈畢四曜』。」曜，宋本作「耀」，據錢箋等酌改。

②過，《草堂》作「遇」。

③不是，錢箋校：「一作未敢。」愛微軀，錢箋、《九家》校：「一云『慵相訪』。」

④已令請急會通籍，錢箋、《九家》校：「一云『已令把牒還請假』。」

⑤性，錢箋、《文苑英華》作「信」，校：「一作性。」

⑥心，《九家》校：「一作神。」

⑦亦，錢箋校：「一作又。」

⑧ 速宜，錢箋校：「一作徑須。」

【注】

黄鶴注：當是乾元元年（七五八）爲拾遺時在京師作。

〔一〕畢曜：曜又作「燿」、「耀」。《舊唐書・酷吏傳・敬羽》：「上元中，擢爲御史中丞。……羽與毛若虚在臺五六年間，臺中囚繫不絶。又有裴升、畢曜同爲御史，皆酷毒。人之陷刑，當時有毛、敬、裴、畢之稱。裴、畢尋又流黔中。」《喬琳傳》：「同院御史畢耀初與琳嘲誚往復，因成釁隙，遂以公事互相告訴，坐貶巴州員外司户。」事在代宗時。

〔二〕偪仄：司馬相如《上林賦》：「滭弗宓汨，偪側泌瀄。」《文選》注：「司馬彪曰：偪側，相迫也。『偪』字與『逼』同。」張衡《西京賦》：「麀鹿麌麌，駢田偪仄。」韓愈《城南聯句》：「馳門填偪仄，競墅輾砯砰。」《九家》趙注：「言巷之隘陋也。」

〔三〕自從句：《舊唐書・肅宗紀》：「（至德二載二月）上議大舉收復兩京，盡括公私馬以助軍。給事中李廙署云『無馬』，大夫崔光遠劾之。」此甫授拾遺前事。《代宗紀》：「（永泰元年九月）庚戌，下詔親征。内官魚朝恩上言，請括私馬。」《吐蕃傳》：「（永泰元年）上又下詔親征，括朝官馬。」此送還官馬，亦因缺馬之故。

〔四〕實不句：陸機《塘上行》：「不惜微軀退，但懼蒼蠅前。」何遜《賦詠聯句》：「直是悲别離，非關念通塞。」宋之問《燕巢軍幕》：「非關憐翠幕，不是厭朱樓。」

〔五〕徒步二句：翻愁，更愁。翻表示更進一層。江總《攝山栖霞寺山房夜坐簡徐祭酒周尚書並同游群彦》：「翻愁夜鐘盡，同志不盤桓。」柳宗元《詔追赴都回寄零陵親故》：「每憶纖鱗游尺澤，翻愁弱羽上丹霄。」王粲《閑邪賦》：「目炯炯而不寐，心忉怛而惕驚。」

〔六〕曉來句：賀知章詩：「落花真好些，一醉一回顛。」高適《醉後贈張九旭》：「興來書自聖，醉後語尤顛。」顛，狂也。

〔七〕東家二句：賈誼《弔屈原文》：「騰駕罷牛，驂蹇驢兮。」李白《玉壺吟》：「朝天數换飛龍馬，敕賜珊瑚白玉鞭。」

〔八〕已令二句：請急，請假。《宋書·謝靈運傳》：「既無表聞，又不請急。」顔真卿《廣平文貞公宋公神道碑銘》：「三思慚懼而退，請急累月。」黄庭堅《杜詩箋》：「晋《令》：給假者五日一急，一歲以六十日爲限。書記所稱急、取急、請急，皆謂假也。車武子於早急出詣子敬，盡急而還，是也。」《漢書·元帝紀》：「令從官給事官司馬中者，得爲大父母父母兄弟通籍。」注：「應劭曰：籍者爲二尺竹牒，記其年紀名字物色，縣之宫門，案省相應，用得入也。」宋之問《祭杜學士審言文》：「通籍於八舍禁門，摇筆於萬年芳樹。」可憐，可哀。《梁鼓角横吹曲·企喻歌》：「男兒可憐蟲，出門懷死憂。」吴均《從軍行》：「男兒亦可憐，立功在北邊。」

〔九〕焉能二句：《漢書·貢禹傳》：「臣禹不勝拳拳，不敢不盡愚心。」仇注：「言焉能終日懸想。」《史記·禮書》：「時臣下懔然，莫必其命。」

〔一〇〕辛夷：《楚辭·九歌·湘夫人》：「桂棟兮蘭橑，辛夷楣兮藥房。」王逸注：「辛夷，香草。」《全芳備祖》前集卷一九「辛夷花」：「正二月開花，既落無子，夏秋再著花。即《離騷》所謂辛夷者。一名候桃，人家園庭多種，本高數丈，葉似柿而長，初出如筆，故北人呼爲木筆花，其子如相思子。」

〔一一〕方外句：《淮南子·本經訓》：「德澤施于方外。」《史記·酈生陸賈列傳》：「吾高陽酒徒也，非儒人也。」

〔一二〕速宜二句：青銅錢蓋指無惡濫之銅錢。《獨異志》卷下：「張了之文如青錢，萬揀萬中。」《通典》卷九《食貨·錢幣大唐》：「（武太后長安中）俄又簡擇艱難，交易留滯，又降敕，非鐵錫銅蕩穿穴者，並許行用。其熟銅、排斗、沙澀厚大者，皆不許簡。」「（天寶初）京城錢日加碎惡，鵝眼、鐵錫、古文、綖環之類，每貫重不過三四斤。」

劉攽《中山詩話》：「真宗問近臣：『唐酒價幾何？』莫能對。丁晋公獨曰：『斗直三百。』上問何以知之，曰：『臣觀杜甫詩：速須相就飲一斗，恰有三百青銅錢。』亦一時之善對。」黄鶴注：「按《唐·食貨志》，乾元元年，京師酒貴。肅宗以粟食方屈，乃禁民酤酒，期以麥熟如初。二年饑，復禁酤。廣德二年，禁天下酤，以月收税。建中元年罷之。三年，復禁酤，置肆釀酒，斛收值三千。今以公此詩言之，斛收三千，非特起於建中。然則丁晋公知杜詩，而不知史也。」

王嗣奭《杜臆》：「北齊盧思道嘗云：『長安酒賤，斗價三百。』此詩『速宜相就飲一斗』云云，正用其語。雖上云『街頭酒價常苦貴』，而此云酒賤，詩家不拘也。注不引盧，而引丁謂對真宗語，誤矣。丁不過取辦口給，以當戲噱，豈實價乎？乃又有引李白『金陵美酒斗十千』之句，疑李、杜同時，酒價頓異。不知李亦用曹植『君王宴平樂，美酒斗十千』之語，乃相援以評酒價，所謂癡人前不得説夢也。且酒有美惡，價亦隨之，而錢亦隨時貴賤，豈有定準乎？」

北征 歸至鳳翔，墨制放往鄜州作〔一〕。

皇帝二載秋，閏八月初吉〔二〕。杜子將北征，蒼茫問家室〔三〕。維時遭艱虞①，朝野少暇日〔四〕。顧慚恩私被，詔許歸蓬蓽〔五〕。拜辭詣闕下②，怵惕久未出〔六〕。雖乏諫諍姿，恐君有遺失〔七〕。君誠中興主，經緯固密勿〔八〕。東胡反未已，臣甫憤所切〔九〕。揮涕戀行在，道途猶恍惚③〔一〇〕。乾坤含瘡痍④，憂虞何時畢〔一一〕？靡靡踰阡陌，人烟眇蕭瑟⑤〔一二〕。所遇多被傷，呻吟更流血〔一三〕。回首鳳翔縣，旌旗晚明滅〔一四〕。前登寒山重，屢得飲馬窟〔一五〕。邠郊入地底，涇水中蕩潏〔一六〕。猛虎立我前〔一七〕，蒼崖吼時裂。菊垂今秋花，石戴古車轍⑥。青雲動高興，幽事亦可悅〔一八〕。山果多瑣細，羅生雜橡栗〔一九〕。或紅如丹砂，或黑如點漆〔二〇〕。雨露之所濡〔二一〕，甘苦齊結實⑦。緬思桃源内，益歎身世拙〔二二〕。坡陀望鄜畤，岩谷互出沒⑧〔二三〕。我行已水濱，我僕猶木末〔二四〕。鴟鳥鳴黄桑⑨，野鼠拱亂穴〔二五〕。夜深經戰場⑩，寒月照白骨〔二六〕。潼關百萬師，往者散何卒⑪。遂令半秦民，殘害爲異物〔二七〕。況我墮胡塵⑫，及歸盡華髮。經年至茆屋，妻子衣百結〔二八〕。慟哭松聲回⑬，悲泉共幽咽⑭。平生所嬌兒，顔色白勝雪〔二九〕。見耶背面啼，垢膩脚不襪〔三〇〕。床前兩小女，補綻纔過膝⑮〔三一〕。海圖拆波濤，舊繡移曲折。天吴及紫鳳，顛倒在裋褐⑯〔三二〕。老夫情懷惡，嘔泄卧數日⑰〔三三〕。那無囊中帛⑱，救汝寒凜慄〔三四〕。粉黛亦解苞，衾裯稍羅列〔三五〕。瘦妻面復光，癡女頭自櫛。學母無不爲，曉粧隨手抹。移時施朱鉛，狼藉畫眉闊〔三六〕。生還對童稚，似欲忘飢渴。問事競挽鬚，誰能即嗔喝？翻思在賊愁，甘受雜亂聒〔三七〕。新歸且慰意，生理焉得説⑲？至尊尚蒙塵，幾日休練卒〔三八〕？仰看天色改⑳，旁覺妖氣豁㉑〔三九〕。陰風西北來，慘澹隨回鶻㉒〔四〇〕。其王願助順，其俗善馳突㉓。送兵五千人，驅馬一萬匹〔四一〕。此輩少爲貴，四方服勇決。所用皆鷹騰，破敵過箭疾㉔。聖心頗虚佇，時議氣欲奪〔四二〕。伊洛指掌收〔四三〕，西京不足拔。官軍請深入，蓄鋭何俱發㉕〔四四〕。

此舉開青徐，旋瞻略恒碣〔四五〕。昊天積霜露，正氣有肅殺〔四六〕。禍轉亡胡歲，勢成擒胡月〔四七〕。胡命其能久，皇綱未宜絶〔四八〕。憶昨狼狽初〔四九〕，事與古先別。姦臣竟葅醢，同惡隨蕩析〔五〇〕。不聞夏殷衰，中自誅褒妲〔五一〕。周漢獲再興，宣光果明哲〔五二〕。桓桓陳將軍，仗鉞奮忠烈〔五三〕。微爾人盡非〔五四〕，于今國猶活。淒涼大同殿，寂寞白獸闥〔五五〕。都人望翠華，佳氣向金闕〔五六〕。園陵固有神，掃灑數不缺〔五七〕。煌煌太宗業，樹立甚宏達〔五八〕。（0052）

【校】

①虞，錢箋、《草堂》校：「一作危。」

②拜，錢箋、《九家》校：「一作奉。」闕下，錢箋、《九家》校：「一云閤門。」

③途，錢箋、《草堂》校：「一作路。」惚，宋本作「忽」，據錢箋等改。

④含，錢箋校：「陳浩然本作合。」

⑤瑟，錢箋校：「一作索。」

⑥戴，《九家》、《草堂》校：「一作帶。」錢箋校：「一作帶。一作載。」

⑦苦，錢箋、《草堂》校：「一作酸。」

⑧岩谷，錢箋校：「一作谷岩。」《草堂》作「谷岩」。

⑨鳥，錢箋、《九家》、《草堂》校：「一作梟。」

⑩深，錢箋、《草堂》校：「一作中。」

⑪散，錢箋校：「一作敗。」

⑫墮，錢箋、《九家》校：「一作隨。」

⑬回，錢箋校：「一作迴。」

⑭幽，錢箋、《草堂》校：「一作嗚。」

⑮纔，錢箋作「才」，校：「一作纔。」

⑯裋，錢箋校：「一作短。」《九家》、《草堂》作「短」，校：「一作裋。」

⑰嘔泄卧數日，宋本、錢箋、《九家》、《草堂》校：「一云『數日卧嘔泄』。」 泄，錢箋、《草堂》校：「一作咽。」

⑱那，《草堂》校：「一作能。」《九家》、錢箋此校在「無」字下，疑誤。

⑲説，錢箋校：「一作脱。」《草堂》校：「魯作脱。」

⑳看，錢箋作「觀」，校：「一作看。」

㉑旁，錢箋作「坐」，校：「一作旁。」 氣，錢箋、《九家》、《草堂》校：「一作氛。」

㉒回鶻，宋本校：「一作胡紇。」錢箋校：「一作□紇。」缺字亦當爲「胡」。《草堂》作「回紇」，校：「一作相紇。或作回鶻，非也。後方請易回紇。」

㉓善，錢箋校：「一作喜。」《九家》、《草堂》作「喜」。

㉔過，錢箋、《九家》、《草堂》校：「一作如。」

㉕何，錢箋校：「一作可。陳浩然本作伺。」《草堂》校：「一作可。」《九家》作「伺」。

【注】

黄鶴注：詩述在路及到家之事，當在《羌村》後。至德二載（七五七）九月作。

〔一〕北征：《舊唐書·杜甫傳》：「明年春，（房）琯罷相，甫上疏言琯有才，不宜罷免。肅宗怒，貶琯爲刺史，出甫爲華州司功參軍。」《新唐書·杜甫傳》：「時所在寇奪，甫家寓鄜，彌年艱窶，孺弱至餓死，因許甫自往省視。」《草堂》夢弼注：「後漢班彪更始時避地涼州，發長安，作《北征賦》。故公因之作《北征》詩。」仇注：「鄜州在鳳翔東北，故以『北征』命篇。」皇帝親下制敕稱墨制、墨敕。《舊唐書·睿宗紀》：「中宗時官爵逾濫，因依妃主墨敕而授官者，謂之斜封。」李肇《翰林志》：「貞元三年（陸）贄上疏曰：伏詳令式及國朝典故，凡有詔令，合由於中書。如或墨制施行，所司不須承受。」《鑒誡録》卷八：「遂御札墨制，除島爲遂州長江主簿。……敕曰：……是用顯我特恩，賜爾墨制，宜從短簿，別俟殊科。」蓋未鈐中書、門下印。

〔二〕皇帝二句：《舊唐書·肅宗紀》至德二載閏八月。《詩·小雅·小明》：「二月初吉。」傳：「初吉，朔日也。」

〔三〕蒼茫：《九家》趙注：「荒寂之貌。」仇注：「急遽之意。」蔣紹愚謂有迷茫、悵惘之義。庾信《擬詠懷》：「倏忽市朝變，蒼茫人事非。」本書卷九《上韋左相二十韻》（0413）：「感激時將晚，蒼茫興有神。」皆以言人事。

〔四〕維時二句：任昉《王文憲集序》：「宋末艱虞，百王澆季。」《孟子·梁惠王上》：「壯者以暇日修其孝悌忠信。」

〔五〕顧慚二句：顧慚，自慚。陶淵明《命子詩》：「顧慚華鬢，負影隻立。」到洽《贈任昉詩》：「顧慚菲薄，徒招好仁。」《漢書·元后傳》：「天下知臣被恩見哀。」《後漢書·孝恒紀》：「於是舊故恩私，多受封爵。」傅咸《贈何劭王濟詩》：「歸身蓬蓽廬，樂道以忘飢。」

〔六〕拜辭二句：班固《詠史》：「上書詣闕下，思古歌雞鳴。」《書·冏命》：「怵惕惟厲，中夜以興。」傳：「言常悚懼惟危。」曹植《責躬》：「皇恩過隆，祇承怵惕。」

〔七〕雖乏二句：《白虎通義》卷四：「明王所以立諫諍者，皆爲重民而求己失也。」《後漢書·銚期傳》：「及在朝廷，憂國愛主，其有不得於心，必犯顏諫諍。」《後漢書·朱穆傳》：「古之明君，必有輔德之臣，規諫之官，下至器物，銘書成敗，以防遺失。」《唐六典》卷八左拾遺：「皇朝所置。言國家有遺事，拾而論之，故以名官焉。」

〔八〕君誠二句：《後漢書·吳蓋陳臧傳》論：「中興之業，誠艱難也。」《左傳》昭公二十九年：「以經緯其民。」《漢書·劉向傳》：「故其《詩》曰：密勿從事，不敢告勞。」注：「密勿，猶黽勉也。」《説文》：「恤，勉也。」段注：「按《毛詩》『黽勉』亦作『僶俛』，《韓詩》作『密勿』，《爾雅》作『蠠沒』。……《韓詩》正作『蠠勿』，轉寫誤作『密耳』。」傅亮《爲宋公求加贈劉前軍表》：「密勿軍國，心力俱盡。」

〔九〕東胡二句：《漢書·匈奴傳》：「燕北有東胡、山戎。」注：「服虔曰：烏桓之先也。後爲鮮卑。」唐稱契丹等族爲東胡，以其居東胡故地。此指安史叛軍。徐陵《册陳公九錫文》：「眷言桑梓，公私憤切。」

〔一〇〕揮涕二句：王粲《七哀詩》：「顧聞號泣聲，揮涕獨不還。」阮籍《詠懷》：「揮涕懷哀傷，辛酸誰語哉。」《史記·衛將軍驃騎列傳》：「遂囚建詣行在所。」集解：「蔡邕曰：天子自謂所居曰行在所。言今雖在京師，行所至耳。」蔡琰《悲憤詩》：「見此崩五内，恍惚生狂癡。」

〔一一〕乾坤二句：《鹽鐵論·國疾》：「然其禍累世不復，瘡痍至今未息。」《易·繫辭上》：「悔吝者，憂虞之象也。」

〔一二〕靡靡二句：《詩·王風·黍離》：「行邁靡靡，中心摇摇。」傳：「靡靡，猶遲遲也。」《楚辭·九辯》：「悲哉秋之爲氣也，蕭瑟兮草木摇落而變衰。」

〔一三〕所遇二句：《後漢書·逸民傳》「逢萌」：「吏被傷流血，奔而還。」《舊唐書·肅宗紀》：「（至德二載）五月癸丑，郭子儀與賊將安守忠戰於清渠，官軍敗績，子儀退保武功。」「閏八月辛未，賊將遽寇鳳翔，崔光遠行軍司馬王伯倫、判官李椿率衆捍賊。賊退，乘勝至中渭橋，殺賊守橋衆千人，追擊入苑中。時賊大軍屯武功，聞之燒營而去。伯倫與賊血戰而死，李椿力窮被執，然自是賊不敢西侵。」此戰在杜甫離鳳翔後，然可見此前叛軍嘗自武功西寇。

〔一四〕回首二句：《舊唐書·肅宗紀》：「（至德二載）二月戊子，幸鳳翔郡。」「（八月）丁酉，改雍縣爲鳳翔縣。」《地理志》關内道：「鳳翔府，隋扶風郡。……至德二年，肅宗自順化郡幸扶風郡，置天興縣，改雍縣爲鳳翔縣，並治郭下。初以陳倉爲鳳翔縣，乃改爲寶雞縣。」沈約《奉和竟陵王藥名詩》：「玉泉亟週流，雲華乍明滅。」

〔一五〕飲馬窟：陳琳《飲馬長城窟行》：「飲馬長城窟，水寒傷馬骨。」

〔一六〕邠郊二句：《元和郡縣圖志》卷二鳳翔府：「東北至邠州二百三十里。」卷三：「邠州，新平。……武德元年復爲豳州。開元十三年，以『豳』與『幽』字相涉，詔曰：魚魯變文，荆并誤聽，欲求辨惑，必也正名，改爲『邠』字。天寶元年，改爲新平郡。乾元元年，復爲邠州。」「新平縣，望，郭下。……涇水，西北自宜禄縣界流入。」張融《海賦》：「東西蕩潏，如滿於天。」《説文》：「潏，涌也。」

〔一七〕猛虎：吴瞻泰《杜詩提要》：「猛虎，狀蒼崖之蹲踞。」一説言山行中猛虎出没。

〔一八〕青雲二句：江統《函谷關賦》：「下杳冥而幽暖，上穹崇而高興。」殷仲文《南州桓公九井作》：「獨有清秋日，能使高興盡。」本書卷一〇《秦州雜詩二十首》(0557)：「稠疊多幽事，喧呼閲使星。」杜詩喜用「幽事」二字。

〔一九〕山果二句：宋玉《高唐賦》：「箕踵漫衍，芳草羅生。」《莊子·盜跖》：「民皆巢居以避之，晝拾橡栗。」

〔二〇〕或紅二句：范堅《安石榴賦》：「頳如丹砂，粲若銀礫。」《宋書·謝晦傳》：「眉目分明，鬢髮如點漆。」

〔二一〕雨露句：《禮記·祭義》：「雨露既濡。」

〔二二〕緬思二句：陶淵明《桃花源記》：「晋太元中，武陵人捕魚爲業，緣溪行，忘路之遠近，忽逢桃花林夾岸……林盡水源，便得一山，山有小口，仿佛若有光，便捨船從口入。……村中人聞有此人，咸來問訊。自云先世避秦時亂，率妻子邑人來此絶境，不復出焉，遂與外人間隔。問今是何世，乃不知有漢，無論魏晋。」嵇康《述志詩》：「恨自用身拙，任意多永思。」孫萬壽《遠戍江南寄京邑親友》：「粤余非巧宦，少小拙謀身。」

〔二三〕坡陀二句：坡陀，見卷一《奉同郭給事湯東靈湫作》（0035）注。鄜畤，鄜州。《史記·秦本紀》：「（文公）十年，初爲鄜畤。」索隱：「於鄜地作畤，曰鄜畤。」《元和郡縣圖志》卷三邠州：「東至坊州三百一十里。」鄜州：「南至坊州一百二十五里。」杜甫蓋自邠州至坊州，再至鄜州。謝朓《和王著作融八公山詩》：「出没眺樓雉，遠近送春目。」

〔二四〕我行二句：《詩·鄘風·載馳》：「我行其野，芃芃其麥。」《詩·周南·卷耳》：「我僕痡矣，云何吁矣。」《左傳》僖公四年：「君其問諸水濱。」《楚辭·九歌·湘君》：「采薜荔兮水中，搴芙蓉兮木末。」仇注引《杜臆》：「公先至水濱，望家切，而行步速也。」

〔二五〕鴟鳥二句：《爾雅·釋鳥》：「鴟鴞，鸋鴂。」疏：「陸機《疏》云：鴟鴞似黄雀而小，其喙尖如錐，取茅秀爲窠，以麻紩之，如刺襪然。縣著樹枝，或一房，或二房。幽州人謂之鸋鴂，或曰巧婦，或曰女匠。關東謂之工雀，或謂之過贏。關西謂之桑飛，或謂之襪雀，或曰巧女。先儒皆以爲今之巧婦。郭注此云鴟類……非此小雀明矣。是與先儒意異也。」王褒《僮約》：「驅逐鴟鳥，持梢牧豬。」此鴟鳥亦爲小雀。《關尹子·三極》：「師拱鼠制禮。」《異苑》卷三：「拱鼠形如常鼠，行田野中，見人即拱手而立，人近欲搏之，跳躍而去。秦川有之。」

〔二六〕夜深二句：按叙事順序，此戰場當在坊、鄜之間。本卷《述懷一首》（0050）亦稱：「寄書問三川，不知家在否。比聞同罹禍，殺戮到雞狗。」然史料未載叛軍曾至鄜、坊一帶，不能確知此戰役何時發生。甫以朔日徒步離鳳翔，在途已數日，故夜可見月。

〔二七〕潼關四句：《舊唐書・哥舒翰傳》：「及安禄山反，上以封常清、高仙芝喪敗，召翰入……河隴、朔方兵及蕃兵與高仙芝舊卒共二十萬，拒賊於潼關。……六月四日，次於靈寶縣之西原。八日，與賊交戰。官軍南迫險峭，北臨黄河。崔乾祐以數千人先據險要……午後，東風急，乾祐以草車數十乘縱火焚之，烟焰亘天。將士掩面，開目不得，因爲凶徒所乘，王師自相排擠，墜於河。其後者見前軍陷敗，悉潰，填委於河，死者數萬人，號叫之聲振天地，縛器械，以槍爲楫，投北岸，十不存一二。軍既敗，翰與數百騎馳而西歸，爲火拔歸仁執降於賊。」賈誼《鵩鳥賦》：「化爲異物兮，又何足患。」

〔二八〕況我四句：甫以至德元年七、八月離家，被擄往長安，至此已逾一年。《藝文類聚》卷八七引王隱《晉書》：「董威輦每得殘碎繒，輒結以爲衣，號曰百結。」

〔二九〕平生二句：王嗣奭《杜臆》：「顔色白勝雪，乃飢色也。」金聖歎謂：「平生嬌兒，其顔如雪。下若云今日還看其黑如鐵，便是張打油惡詩。看他只用『背面』二字，輕避過今昔黑白不同醜語。」

〔三〇〕見耶二句：耶，見卷一《兵車行》（0011）注。《朝野僉載》卷四：「駕部郎中朱前疑粗黑肥短，身體垢膩。」《敦煌變文集·降魔變》：「下山欲久衆生苦，洗濯垢膩在熙蓮。」

〔三一〕補綻：《相和歌辭·艷歌行》：「故衣誰當補，新衣誰當綻。」

〔三二〕海圖四句：王嗣奭《杜臆》：「寫故家窮狀如畫。」胡小石云：「唐代衣物文飾，喜采珍禽怪獸形象色彩，極恢奇之觀。……此等遺物，日本正倉院猶藏有之，其風與波斯薩珊朝藝術有關。天吳短褐，正以兩者不倫相聚爲奇。」蕭滌非謂：「海圖是繡着海景的圖障。天吳和紫鳳都是障上所繡。」按，圖障材質似不宜縫補衣裳。唐旗幟有繪海圖者。《唐摭言》卷八：「沈光始貢於有司……謝恩之際昇階，忽爾回飈吹一海圖，拂光之面，正當一巨舶。」《山海經·海外東經》：「朝陽之谷，神曰天吳，是爲水伯。……其爲獸也，八首人面，八足八尾，皆青黄。」裋褐，見卷一《橋陵詩三十韻因呈縣内諸官》(0037)注。

〔三三〕嘔泄：上吐下泄。柳宗元《愚溪對》：「閩有水，生毒霧厲氣，中之者温屯嘔泄。」《酉陽雜俎》前集卷一五：「里有沽其油者……食者悉病嘔泄。」

〔三四〕那無二句：那無，張相釋爲奈無，程千帆釋爲豈無，信應舉釋爲怎無。當釋爲怎無、豈無。本書卷一〇《送許八拾遺歸江寧覲省》(0538)：「内帛擎偏重，宫衣著更香。」此囊中帛當亦朝廷所賜。凛慄，同凛厲、凛冽。曹毗《詠冬詩》：「綿邈冬夕永，凛厲寒氣升。」李白《游溧陽北湖亭望瓦屋山懷古贈同旅》：「凛冽天地間，聞名若懷霜。」

〔三五〕粉黛二句：《西曲歌·采桑度》：「姿容應春媚，粉黛不加飾。」王筠《向曉閨情詩》：「衾裯徒有設，信誓果相違。」

〔三六〕畫眉闊：張謂《岐王席上詠美人》：「半額畫雙蛾，盈盈燭下歌。」此爲闊眉。張籍《倡女詞》：「輕鬢叢梳闊掃眉，爲嫌風日下樓稀。」錢箋引劉績《霏雪録》：「唐時婦女，畫眉尚闊。」引《北征》及張籍詩。唐人《簪花仕女圖》等可見其樣式。

〔三七〕聒：《左傳》襄公二十六年：「聒而與之語。」杜預注：「聒，讙也。」疏：「聲亂耳謂之聒。」

〔三八〕至尊二句：《左傳》僖公二十四年：「天子蒙塵於外。」《通典》卷一五九引孫子《兵法》：「簡兵練卒，或出或守。」

〔三九〕妖氣：《晉書·天文志》雜星氣：「有瑞氣，有妖氣。……妖氣：一曰虹蜺，日旁氣也，斗之亂精。主惑心，主内淫，主臣謀君，天子詘，后妃顓，妻不一。二曰牂雲，如狗，赤色，長尾，爲亂君，爲兵喪。」

〔四〇〕慘澹句：慘澹，昏暗貌。王維《闕題》：「相看不忍發，慘澹暮潮平。」岑參《白雪歌送武判官歸京》：「瀚海闌干百丈冰，愁雲慘淡萬里凝。」杜詩多作「慘澹」。《舊唐書·肅宗紀》：「（至德二載九月丁丑）敦煌王承寀自回紇使還，拜宗正卿。納回紇公主爲妃，回紇封爲葉護，持四節，與回紇葉護太子率兵四千助國討賊。葉護入見，宴賜加等。丁亥，元帥廣平王統朔方、安西、回紇、南蠻、大食之衆二十萬，東向討賊。」《回紇傳》：「（至德二載九月戊寅）回紇遣其太子葉護領其將帝德等兵馬四千餘衆，助國討逆，肅宗宴賜甚厚。又命廣平王見葉護，約爲兄弟，接之頗有恩義。葉護大喜，謂王爲兄。戊子，回紇大首領達干等一十三人先至扶風，與朔方將士見僕射郭子儀，留之，宴設三日。葉護太子曰：『國家有難，遠來相助，何暇食爲！』子儀固留之，宴畢便發。其軍每日給羊二百口、牛二十頭、米四十石。及元帥廣平王率郭子儀等至香積寺東二十里，西臨灃水。賊埋精騎於大營東，將襲我軍之背。朔方左廂兵馬使僕固懷恩指回紇馳救之，匹馬不歸，因收西京。」同卷：「元和四年，藹曷里禄没弭施合密毗迦可汗遣使改爲回鶻，義取回旋輕捷如鶻也。」此作回鶻，當爲後人所改。

〔四一〕其王四句：《舊唐書·回紇傳》：「回紇，其先匈奴之裔也。在後魏時，號鐵勒部落。其衆微小，其俗驍强，依託高車，臣屬突厥，近謂之特勒。無君長，居無恒所，隨水草流移，人性凶忍，善騎射，貪婪尤甚，以寇抄爲生。自突厥有國，東西征討，皆資其用，以制北荒。……開元中，回鶻漸盛，殺涼州都督王君㚟，斷安西諸國入長安路，玄宗命郭知運等討逐，退保烏德健山。」

〔四二〕此輩六句：《世説新語·假譎》：「桓悵然失望，向之虚佇，一時都盡。」玄宗詔敕多用「虚佇」二字。《賜朝集使敕》：「宜以實言，用慰虚佇。」《三國志·魏書·張遼傳》：「吴人奪氣，還修守備。」同書《明帝紀》注引《魏略》：「王師方振，膽破氣奪。」《九家》趙注：「時議恐（回紇）畢竟爲害，所以氣欲奪也。」王嗣奭《杜臆》：「公深以借回紇兵爲非計，後回紇果爲唐患。」楊倫引邵滄來云：「極寫回紇助順，而接以『少爲貴』句……不極斥言者，以天子正賴之耳。」《舊唐書·郭子儀傳》：「（至德二載）十月，安慶緒遣嚴莊悉其衆十萬來赴陝州，與張通儒同抗官軍。賊聞官軍至，悉其衆屯於陝西，負山爲陣。子儀以大軍擊其前，回紇登山乘其背，遇賊潛師於山中，與鬭過期，大軍稍却。賊分兵三千人，絶我歸路，衆心大摇。子儀麾回紇令進，盡殺之。師馳至其後，於黄埃中發十餘箭，賊驚顧曰：『回紇來。』即時大敗，僵屍遍山澤。」此所謂「四方服勇決」者。回紇入東京曾剽掠三日，然謂回紇果爲唐患，則屬過言。

〔四三〕伊洛句：伊洛，指東京。《禮記·仲尼燕居》：「治國其如指諸掌而已乎。」

〔四四〕官軍二句：《南齊書·氐羌傳》：「蓄鋭積威，除難剿寇。」《九家》趙注：「官軍深入，自足破賊，不必專用回紇兵也。」朱鶴齡注：「當時李泌之議，欲令建寧並塞北出，與光弼犄角，以取范陽，所見正與公同。」按，李泌建議命建寧王倓與光弼並塞北出，《資治通鑑》繫於至德元年十一月。此爲唐軍既定戰略，然至此已歷十月，戰局改觀，西京亦將收復，甫詩不過言朔方等軍當與回紇等外援俱發並進。

〔四五〕此舉二句：青徐，青州、徐州，屬河南道。二地更在東京以東。恒碣，恒山在河北道恒州，碣石在河北道盧龍，爲安史叛軍巢穴所在。

〔四六〕昊天二句：《禮記·月令》：「孟秋之月……白露降，寒蟬鳴，鷹乃祭鳥，用始行戮。……天子乃命將帥，選士厲兵，簡練桀俊，專任有功，以征不義，詰誅暴慢。」《漢書·禮樂志》郊祀歌：「西顥沆碭，秋氣肅殺。」

〔四七〕禍轉二句：《酉陽雜俎》前集卷一二：「李白名播海内……及禄山反，制《胡無人》，言：『太白入月敵可摧。』及禄山死，太白蝕月。」錢箋引此。按，詩乃歲、月互文，非日月之月。劉向《新序》卷四：「語曰：轉敗而爲功，因禍而爲福。」

〔四八〕胡命二句：《左傳》桓公二年：「本既弱矣，其能久乎？」《宋書·明帝紀》：「皇綱絶而復紐，天緯缺而更張。」

〔四九〕憶昨句：《後漢書·李固傳》：「至令聖躬狼狽，親遇其艱。」此指玄宗出奔。

〔五〇〕姦臣二句：《史記·吴王濞列傳》：「敢請菹醢之罪。」《左傳》昭公十三年：「同惡相求，如市賈焉。」《書·盤庚下》：「今我民用蕩析離居。」王融《永明十一年策秀才文》：「自晉氏不綱，關河蕩析。」

〔五一〕不聞二句：《苕溪漁隱叢話》前集卷一二：「褒姒，周幽王后也。疑『夏』字爲誤，當云『商周』可也。」浦起龍云：「本應作妹妲，夏妹喜、殷妲己也。痛快疾書，涉筆成誤。」葉燮《原詩》外篇上：「詩聖推杜甫，若索其瑕疵而文致之，政自不少。……『不聞夏殷衰，中自誅褒妲。』俗儒必曰：褒、妲是殷、周，與夏無涉，遺却周，錯誤甚。」顧炎武《日知録》卷二七：「『不聞夏殷衰，中自誅褒妲』，不言周，不言妹喜，此古人互文之妙。自八股學興，無人解此文法矣。」蕭滌非引李因篤説同。

〔五二〕周漢二句：宣光，周宣王、漢光武帝。《漢書·宣帝紀》贊：「功光祖宗，業垂後世，可謂中興，侔德殷宗、周宣矣。」《晉書·慕容德載記》：「是以宣王龍飛於危周，光武鳳起於絶漢。」

〔五三〕桓桓二句：《詩·周頌·桓》：「天命匪解，桓桓武王。」箋：「桓桓有威武之武王。」陳將軍，龍武大將軍陳玄禮。參卷一《哀江頭》(0046)注。《書·牧誓》：「王左杖黄鉞，右秉白旄以麾。」傳：「鉞，以黄金飾斧。左手杖鉞，示無事於誅。」

〔五四〕微：《左傳》昭公元年：「微禹，吾其魚乎。」《論語·憲問》：「微管仲，吾其被髮左衽矣。」

〔五五〕淒凉二句：《長安志》卷九南内興慶宮：「勤政樓之北曰大同門，其内大同殿。」漢未央宮有白虎闕。《三輔黄圖》卷三未央宫：「蒼龍、白虎、朱雀、玄武，天之四靈，以正四方，王者制宫闕殿閣取法焉。」《雍録》卷二：「至《廟記》則曰未央有白虎闕，屬車闕。按《漢書》蒼龍、玄武既爲東、北闕名，則夫白虎也者，當爲西闕矣。」唐宫城亦有白獸門。《資治通鑑》睿宗景雲元年：「使福順將左萬騎攻玄德門，仙鳬將右萬騎攻白獸門，約會於凌烟閣前。」胡三省注：「玄德、白獸皆通内之門。」徐松《唐兩京城坊考》卷一：「按白獸門即杜詩所謂『寂寞白獸闥』也。」

〔五六〕都人二句：司馬相如《上林賦》：「建翠華之旗，樹靈鼉之鼓。」《文選》李善注：「張揖曰：以翠羽爲葆也。」沈約《從齊武帝琅琊講武應詔詩》：「方待翠華舉，遠適瑶池宴。」佳氣，見卷一《哀王孫》(0047)注。金闕，指帝闕。周捨《上雲樂》：「伏拜金闕，仰瞻玉堂。」杜審言《蓬萊三殿侍宴奉敕詠終南山應制》：「雲標金闕迥，樹杪玉堂懸。」

〔五七〕園陵二句：參卷一《橋陵詩三十韻因呈縣内諸官》(0037)注。

〔五八〕煌煌二句：《詩·大雅·假樂》：「穆穆皇皇，宜君宜王。」班固《東都賦》明堂詩：「聖皇宗祀，穆穆煌煌。」班固《西都賦》：「又有承明金馬，著作之庭，大雅宏達，於兹爲群。」

范温《潛溪詩眼》：「孫莘老嘗謂老杜《北征》詩勝退之《南山》詩，王平甫以謂《南山》勝《北征》，終不能相服。時山谷尚少，乃曰：『若論工巧，則《北征》不及《南山》；若書一代之事，以與國風雅頌相表裏，則《北征》不可無，而《南山》雖不作，未害也。』二公之論遂定。」

惠洪《冷齋夜話》卷二：「老杜《北征》詩曰：『唯昔艱難初，事與前世别。不聞夏商衰，終自誅褒妲。』意者明皇鑒夏商之敗，畏天悔過，賜妃子死也。而劉禹錫《馬嵬》詩曰：『官軍誅佞幸，天子舍夭姬。羣吏伏門屏，貴人牽帝衣。』白樂天《長恨詞》曰：『六軍不發争奈何，宛轉蛾眉馬前死。』乃是官軍迫使殺妃子，歌詠禄山叛逆耳，孰謂劉、白能詩哉？其去老杜何啻九牛毛耶！《北征》識君臣之大體，忠義之氣與秋色争高，可貴也。」

葛立方《韻語陽秋》卷一九：「老杜《北征》詩云：『憶昨狼狽初，事與古先别。不聞夏商衰，中自誅褒妲。』其意謂明皇英斷，自誅妃子，與夏商之誅褒妲不同。老杜此語，出於愛君而曲文其過，非至公之論也。」

施補華《峴傭説詩》：「《奉先詠懷》及《北征》是兩篇有韻古文，從文姬《悲憤詩》擴而大之者也。後人無此才氣，無此學問，無此境遇，無此襟抱，斷斷不能作。然細繹其中，陽開陰合，波瀾頓挫，殊足增長筆力。百回讀之，隨有所得。」

得舍弟消息

風吹紫荊樹，色與春庭暮〔一〕。花落辭故枝，風回返無處。骨肉恩書重，漂泊

難相遇。猶有淚成河，經天復東注〔二〕。（0053）

【注】

黃鶴注：當是乾元元年（七五八）在華州作。

〔一〕風吹二句：《全芳備祖》後集卷一九引《廣志》：「荆，楚荆也，杜荆、蔓荆也。青莖大實者名牡荆，又有山荆。」又引《郡志》：「寧浦有三種，金荆可以作枕，紫荆可以作床，白荆可以作履。」《藝文類聚》卷八九引周景式《孝子傳》：「古有兄弟，忽欲分異，出門見三荆同株，接葉連陰，歎曰：『木猶欣聚，況我而殊哉！』還爲雍和。」《續齊諧記》：「京兆田真兄弟三人，共議分財，生資皆平均，惟堂前一株紫荆樹，共議欲破三片。明日就截之，其樹即枯死，狀如火然。真往見之，大驚，謂諸弟曰：『樹本同株，聞將分斫，所以憔悴。是人不如木也。』因悲不自勝，不復解樹，樹應聲榮茂。兄弟相感，合財寶，遂爲孝門。」《九家》趙注：「此言初別之時當暮春也……因荆以興焉。」

〔二〕猶有二句：《世説新語·言語》：「顧長康拜桓宣武墓……人問之曰：『卿憑重桓乃爾，哭之狀可見乎？』顧曰：『鼻如廣莫長風，眼如懸河決溜。』或曰：『聲如震雷破山，淚如傾河注海。』」黃鶴注：「其弟在河南而公西去，故云『猶有淚成河，經天復東注』。」

徒步歸行 贈李特進。自鳳翔赴鄜州途經邠州作①〔一〕。

明公壯年值時危，經濟實藉英雄姿〔二〕。國之社稷今若是，武定禍亂非公誰〔三〕？鳳翔千官且飽飯，衣馬不復能輕肥〔四〕。青袍朝士最困者〔五〕，白頭拾遺徒步歸。人生交契無老少，論交何必先同調②〔六〕。妻子山中哭向天，須公櫪上追風驃〔七〕。（0054）

【校】

①贈李特進自鳳翔赴鄜州途經邠州作，《草堂》連題大字。《九家》無「途」字。

②論交，宋本、錢箋、《草堂》校：「一作論心。」《文苑英華》作「論心」，校：「集作交。」

【注】

黄鶴注：至德二載（七五七）作。

〔一〕李特進：黄鶴注：「意是李嗣業。」《舊唐書·李嗣業傳》：「李嗣業，京兆高陵人也。身長七尺，壯勇絶倫。天寶初，隨募至安西，頻經戰鬭。……天寶七載，安西都知兵馬使高仙芝奉詔總軍，專征勃律，選嗣業與郎將田珍爲左右陌刀將。于時吐蕃聚十萬衆於娑勒城……嗣業獨引一旗於絶險處先登……由此拜右衛威將軍。十載，又從平石國，及破九國胡並背叛突騎施，以跳蕩加特進，兼本官。……加驃騎左金吾衛大將軍。及禄山反，兩京陷，上在靈武，詔嗣業赴行在。嗣業自安西統衆萬里，威令肅然，所過郡縣，秋毫不犯，至鳳翔謁見……遂與郭子儀、僕固懷恩等常犄角爲先鋒將。……至德二年九月，嗣業從廣平王收復京城，與賊大戰於香積寺北。」杜甫閏八月離鳳翔經邠州，嗣業蓋駐軍邠州。

〔二〕明公二句：鮑照《代出自薊北門行》：「時危見臣節，世亂識忠良。」《晋書·石苞傳》：「夫貞廉之士，未必能經濟世務。」

〔三〕武定句：《左傳》宣公十二年：「夫武，禁暴、戢兵、保大、定功、安民、和衆、豐財者也。」《周書·張軌傳》：「宇文公文足經國，武可定亂。」《漢書·王莽傳》：「非公莫克此禍。」

〔四〕鳳翔二句：《論語·雍也》：「子曰：『赤之適齊也，乘肥馬，衣輕裘。』」范雲《贈張徐州謖》：「儐從皆珠玳，裘馬悉輕肥。」《九家》趙注：「歎諸公之不如意也。」錢箋：「時當肅宗括馬之後，故曰不復能輕肥也。」王嗣奭《杜臆》：「『且』字宜玩，謂國之禍亂若是，百官宜何如努力，而且只飽飯。」按，《資治通鑑》至德二年二月：「上至鳳翔旬日，隴右、河西、安西、西域之兵皆會，江淮庸調亦至洋川、漢中，上自散關通表成都，信使駱驛。長安人聞車駕至，從賊中自拔而來者日夜不絶。」此即「且飽飯」之意。王説穿鑿。

〔五〕青袍：《舊唐書·輿服志》：「六品、七品服緑，八品、九品服以青。」時甫授左拾遺，散官宣義郎，爲從七品。然唐人稱卑品官多用青袍。高適《留别鄭三韋九兼洛下諸公》：「此時亦得辭漁樵，青袍裹身荷聖朝。」本書卷一三《遣悶奉呈嚴鄭公二十韻》(0883)：「黄卷真如律，青袍也自公。」時爲郎官，亦稱青袍。

〔六〕人生二句：魏收《月下秋宴》：「良交契金水，上客慰萱蘇。」王勃《與契苾將軍書》：「僕與此公，早投交契。」謝靈運《七里瀨》：「誰謂古今殊，異世可同調。」

〔七〕須公句：劉劭《七華》：「追風之馬，出自遐裔，狀若逸虬，莫能羈制。」《説文》：「驃，黄馬發白色。一曰白髦尾也。」段注：「發白色者，起白點斑駁也。」《九家》趙注：「此借馬詩。」

玉華宫〔一〕

溪回松風長①〔二〕，蒼鼠竄古瓦。不知何王殿〔三〕，遺構絶壁下。陰房鬼火青〔四〕，壞道哀湍瀉。萬籟真笙竽②，秋色正蕭洒③〔五〕。美人爲黄土，況乃粉黛假〔六〕。當時侍金輿，故物獨石馬〔七〕。憂來藉草坐，浩歌淚盈把〔八〕。冉冉征途間，誰是長年者〔九〕？（0055）

【校】

①回，錢箋校：「一作迥。」《草堂》校：「晋作迥。」

②笙竽，錢箋校：「一作竽瑟。」《文苑英華》作「竽瑟」。

③色，錢箋、《草堂》校：「一作氣。一作光。」正，錢箋校：「一作極。」色正，《文苑英華》作「光極」。

【注】

黄鶴注：至德二載（七五七）往鄜畤作。

〔一〕玉華宮：《舊唐書·太宗紀》：「（貞元二十一年）秋七月庚子，建玉華宮於宜君縣之鳳凰谷。」《元和郡縣圖志》卷四坊州宜君縣：「（貞觀）二十年置玉華宮，仍於宮所置宜君縣，屬雍州。永徽二年，與宮同廢。」「玉華宮，在縣北四里。貞觀二十年奉敕營造。其地本縣人秦小龍宅。太宗云：『小龍出，大龍入。』當時以爲清涼勝於九成宮。永徽二年，有詔廢宫爲寺，便以玉華爲名。寺内有肅成殿，永徽中奉敕令玄奘法師於此院譯經，每言此寺即閻浮之兜率天也。」王嗣奭《杜臆》：「必非唐之宮殿，觀『不知何王』語自見。恐即苻堅所造。」按，詩題作「玉華宮」，則詩人非不知，詩作疑詞者乃謂殿而非言宮。

〔二〕溪回句：《分門》梅（聖俞）曰：『苻堅墓在此宮前，有溪曰醽醁溪。蓋取溪色如酒色之碧也。」

〔三〕不知句：《九家》趙注：「太宗創業之主，貞觀習治之世，勞人費財於營建，廢時逸豫於離宮。故詩人諱之，曰不知何王殿也。」仇注：「意久廢爲寺，與九成之置官居守者不同，故人皆不知何王之殿耳。」浦起龍云：「正以先世卑宫遺意，子孫有愧敬承。若明言貞觀之儉，則顯形天寶之奢矣。而況本朝舊物，一旦荒涼，又有不忍言者也。」楊倫謂：「只極言荒涼之意，他解深求反失之。」按，《唐會要》卷三〇《玉華宫》：「正門曰南風門，殿名玉華殿，皇太子所居。南風門東，正門曰嘉禮門，殿名暉和殿。正殿瓦覆，餘皆葺之以茅，意在清涼，務從儉約。」則玉華諸殿原爲皇太子等所居，今荒殿則不知何王所居。

〔四〕陰房句：《楚辭·九思》：「神光兮熲熲，鬼火兮熒熒。」

〔五〕萬籟二句：謝朓《答王世子詩》：「蒼雲暗九重，北風吹萬籟。」曹丕《孟津詩》：「清歌發妙曲，樂正奏笙竽。」宗炳《登半山詩》：「清晨陟阻崖，氣志洞蕭洒。」

〔六〕美人二句：江淹《雜體詩·潘黄門岳述哀》：「美人歸重泉，悽愴無終畢。」《九家》趙注：「有隨輦而死葬者矣。」仇注引邵二泉注：「粉黛假，謂殉葬木偶人也。」

〔七〕當時二句：庾肩吾《暮游山水應令賦得磧字》：「入逕轉金輿，開橋通畫鷁。」石馬，謂墓前所立。庾信《周車騎大將軍賀婁公神道碑》：「碑枕金龜，松横石馬。」

〔八〕憂來二句：袁宏《采菊》：「披榛即澗，藉草依陰。」王微《雜詩》：「桑妾獨何懷，傾筐未盈把。」

〔九〕長年：老年，享年長久。陸機《歎逝賦》：「嗟人生之短期，孰長年之能執。」

洪邁《容齋隨筆》卷一五：「此老杜《玉華宫》詩也。張文潛暮年在宛丘，何大圭方弱冠，往謁之，凡三日，見其吟哦此詩不絕口。大圭請其故，曰：『此章乃風雅鼓吹，未易爲子言。』

大圭曰：『先生所賦，何必減此？』曰：『平生極力模寫，僅有一篇稍似之，然未可同口語。』遂誦其《離黄州》詩，偶同此韻。」

喬億《劍谿説詩》卷下：「才人喜事，輒竄易往哲詩文。……本朝王阮亭先生之於老杜，《醉時歌》删『相如』二句，《玉華宫》删『美人』一聯及末二句，皆不爲無見。然細按之，似緊實促，無原本渾闊氣象。」

九成宫〔一〕

蒼山入百里，崖斷如杵臼。曾宫憑風迴①，岌嶪土囊口〔二〕。立神扶棟梁②，鑿翠開户牖〔三〕。其陽産靈芝，其陰宿牛斗③〔四〕。紛披長松倒，揭巘怪石走〔五〕。哀猿啼一聲，客淚迸林藪〔六〕。荒哉隋家帝，製此今頽朽〔七〕。向使國不亡，焉爲巨唐有〔八〕？雖無新增修，尚置官居守〔九〕。巡非瑶水遠，跡是雕牆後〔一〇〕。我行屬時危④，仰望嗟歎久。天王守太白⑤〔一一〕，駐馬更搔首⑥。（0056）

【校】

① 迴，錢箋校：「一作迥。」《九家》作「迥」，校：「一作迴。」

②梁，錢箋校：「一作宇。」《草堂》作「宇」。
③牛，《草堂》作「北」。
④行，錢箋校：「一作來。」《草堂》校：「陳作來。」《九家》作「來」。
⑤守，錢箋、《草堂》校：「晋、晁並作狩。」《文苑英華》校：「一作狩。」
⑥搔，錢箋校：「一作回。」

【注】

黄鶴注：當是至德二載（七五七）往鄜州作。

〔一〕九成宫：《元和郡縣圖志》卷二鳳翔府麟游縣：「九成宫，在縣西五里。即隋文帝所置仁壽宫，每歲避暑，春往冬還。義寧元年廢宫，置立郡縣。貞觀五年復修舊宫，以爲避暑之所，改名九成宫。」

〔二〕曾宫二句：司馬相如《哀秦二世賦》：「登陂陁之長坂兮，坌入曾宫之嵯峨。」「曾」同「層」。沈約《郊居賦》：「值龍顔之鬱起，乃憑風而矯翼。」張衡《西京賦》：「疏龍首以抗殿，狀巍峨以岌嶪。」《文選》張銑注：「巍峨、岌嶪，高壯貌。」宋玉《風賦》：「夫風生於地，起於青蘋之末，侵淫谿谷，盛怒於土囊之口。」《文選》李善注：「土囊，大穴也。」劉良注：「谷口也。」

〔三〕立神二句：王延壽《魯靈光殿賦》：「神靈扶其棟宇，歷千載而彌堅。」按，九成宫有祭神祠享之儀。《唐代墓志彙編續集》乾封〇〇六《大唐故兼司衛正卿田君墓志銘》：「蒙授九成宫副監，任遇爲重。交門夜祠，獻享無闕。」宋張舜民《畫墁録》：「古昷鳳翔府麟游縣，每令長上事必作招祓舞，其節奏與諸處不同。乃曰：『此唐九成宮本。』山縣無妓子，但止以手分書耳。」《老子》十一章：「鑿户牖以爲室。」

〔四〕其陽二句：班固《西都賦》：「其陽則崇山隱天……其陰則冠以九嵕。」此仿其句法。《抱朴子·仙藥》：「欲求芝草，入名山，必以三月九月。」曹植《鼙舞歌·靈芝篇》：「靈芝生王地，朱草被洛濱。」孫逖《宿雲門寺閣》：「畫壁餘鴻雁，紗窗宿斗牛。」《爾雅·釋天》：「星紀，斗、牽牛也。」

〔五〕紛披二句：紛披，見卷一《九日寄岑參》(0025)注。王延壽《魯靈光殿賦》：「飛陛揭嶫，緣雲上征。」《文選》李善注：「揭嶫，高貌。」

〔六〕哀猿二句：謝靈運《登臨海嶠初發疆中作》：「秋泉鳴北澗，哀猿響南巒。」《登石門最高頂》：「活活夕流駛，噭噭夜猿啼。」潘岳《寡婦賦》：「口嗚咽以失聲兮，淚横迸而沾衣。」

〔七〕荒哉二句：《隋書·食貨志》：「(開皇)十三年，帝命楊素出，於岐州北造仁壽宮。素遂夷山堙谷，營構觀宇，崇臺累榭，宛轉相屬。役使嚴急，丁夫多死，疲敝顛仆者，推填坑坎，覆以土石，因而築爲平地。死者以萬數。宫成，帝行幸焉，時方暑月，而死人相次於道。素乃一切焚除之。帝頗知其事，甚不悦。及入新宫游觀，乃喜，又謂素爲忠。」

〔八〕向使二句：木華《海賦》：「昔在帝嬀，巨唐之代。」謂唐堯。蘇頲《封東岳朝覲頌》：「昊穹之命，再集巨唐。」《左傳》昭公二十年：晏子對齊景公：「昔爽鳩氏始居此地，季萴因之，有逢伯陵因之，蒲姑氏因之，而後大公因之。古者無死，爽鳩氏之樂，非君所願也。」

〔九〕官居守：《唐六典》卷一九：「九成宫總監，監一人，副監一人，丞一人，主簿一人，録事一人，府三人，史五人。」「九成宫監掌檢校宫苑，供進合練藥餌之事。」

〔一〇〕巡非二句：王融《三月三日曲水詩序》：「穆滿八駿，如舞瑶水之陰。」謂西王母瑶池。《書・五子之歌》：「甘酒嗜音，峻宇雕牆。有一於此，未或不亡。」

〔一一〕天王句：《春秋》僖公二十八年：「天王狩於河陽。」《穀梁傳》「狩」作「守」。《九家》趙注：「太白，山名。守之爲義，正言肅宗在鳳翔也。」

沈德潛《説詩晬語》卷下：「詩貴寄意，有言在此而意在彼者。……杜少陵《玉華宫》云：『不知何王殿，遺構絶壁下。』傷唐亂也。《九成宫》云：『巡非瑶水遠，跡是雕牆後。』垂夏殷鑒也。他若諷貴妃之釀亂，則憶王母於宫中；刺花驚定之僭竊，則想新曲於天上。凡斯託旨，往往有之，但不如《三百篇》有小序可稽，在讀者以意逆之耳。」

羌村〔一〕三首①

崢嶸赤雲西〔二〕，日脚下平地。柴門鳥雀噪，歸客千里至②〔三〕。妻孥怪我在，

驚定還拭淚③。世亂遭飄蕩，生還偶然遂④。鄰人滿牆頭，感歎亦歔欷〔四〕。夜闌更秉燭，相對如夢寐〔五〕。（0057）

【校】

①羌村三首，《文苑英華》作「荒村三首」。

②歸客，宋本、錢箋、《九家》校：「一云客子。」《文苑英華》作「客子」。

③定，錢箋校：「一作走。」《九家》作「走」。

④還，《文苑英華》作「歸」。

【注】

黄鶴注：至德二載（七五七）秋至鄜時作。

〔一〕羌村：《九家》趙注：「羌村豈在鄜州，乃公寄家之地耶？」《草堂》夢弼注：「《鄜州圖經》：州治洛交縣。羌村，洛交村墟。」

〔二〕崢嶸：班固《西都賦》：「岩峻崷崒，金石崢嶸。」《文選》注引郭璞《方言》：「崢嶸，高峻也。」

〔三〕柴門二句：《西京雜記》卷三陸賈語：「乾鵲噪而行人至。」

〔四〕鄰人二句：蔡琰《悲憤詩》：「觀者皆歔欷，行路亦嗚咽。」

〔五〕夜闌二句：李白《送竇司馬貶宜春》：「堂上羅中貴，歌鐘清夜闌。」《古詩十九首》：「晝短苦夜長，何不秉燭游。」江淹《雜體詩・潘黃門岳述哀》：「夢寐復冥冥，何由覯爾形。」惠洪《冷齋夜話》卷四：「『夜闌更秉燭，相對如夢寐』，更互秉燭照之，恐尚是夢也。作更側聲字讀，則失其意甚矣。」陸游《老學庵筆記》卷一：「杜詩『夜闌更秉燭』，意謂夜已深矣，宜睡而復秉燭，以見久客喜歸之意。僧德洪妄云更當平聲讀，烏有是哉！」

晚歲迫偷生〔一〕，還家少歡趣。嬌兒不離膝，畏我復却去〔二〕。憶昔好追涼①〔三〕，故繞池邊樹。蕭蕭北風勁，撫事煎百慮〔四〕。賴知禾黍收②，已覺糟床注〔五〕。如今足斟酌，且用慰遲暮〔六〕。（0058）

【校】

① 好，錢箋校：「一作多。」《文苑英華》作「多」。

② 禾黍，宋本校：「一作禾林。」「林」字誤。《九家》校：「一作禾秫。」錢箋校：「一作禾秫。一作黍稌。」《文苑英華》作「禾秫」。

【注】

〔一〕偷生：《荀子・榮辱》：「以偷生反側於亂世之間。」虞綽《于婺州被囚詩》：「背恩已偷生，臨危未能死。」

〔二〕嬌兒二句：仇注：「不離膝，乍見而喜。復却去，久視而畏。」謂「復却去」者嬌兒。金聖歎謂：「嬌兒……于是繞膝慰留，畏我復去。」蕭滌非云：「當在『畏』字讀斷，『却去』猶即去或便去。」按，張九齡《敕突厥可汗書》：「其馬今並勒令却去，至彼之日，以理告示也。」岑參《陪使君早春西亭送王贊府赴選》：「到來逢歲酒，却去換春衣。」劉言史《送婆羅門歸本國》：「馬死經留却去時，往來應盡一生期。」項斯《憶朝陽峰前居》：「何時無一事，却去養疏慵。」薛能《留題汾上舊居》：「難説累牽還却去，可憐榆柳尚依依。」「却去」均應釋爲退去、回去。韋莊《含香》：「却去金鑾爲近侍，便辭鷗鳥不歸來。」可作便去解，然此義前不可用復字。當以仇説爲是。

〔三〕追涼：庾肩吾《和晋安王薄晚逐涼北樓回望應教》：「向夕紛喧屏，追涼飛觀中。」

〔四〕蕭蕭二句：傅亮《爲宋公修張良廟教》：「撫事懷人，永歎實深。」《楚辭·九思》：「我心兮煎熬，惟是兮用憂。」《古詩爲焦仲卿妻作》：「恐不任我意，逆以煎我懷。」江淹《雜體詩·張黄門協苦雨》：「歲暮百慮交，無以慰延佇。」

〔五〕賴知二句：《九家》趙注：「一作『黍秫收』，極是。蓋黍與秫所以造酒。」《晋書·陶潛傳》：「公田悉令種秫穀，曰：『令吾常醉於酒足矣。』」《分門》魯曰：「糟床即酒醡也。」鮑溶《山中冬思》：「幽人毛褐暖，笑就糟床醉。」皮日休《奉和添酒中六詠》：「移來近麴室，倒處臨糟床。」

〔六〕且用句：張率《對酒》：「誰能共遲暮，對酒惜芳辰。」

群雞正亂叫①，客至雞鬭爭②。驅雞上樹木，始聞扣柴荆。父老四五人，問我久遠行〔一〕。手中各有携，傾榼濁復清〔二〕。苦辭酒味薄③〔三〕，黍地無人耕。兵革既未息，兒童盡東征④。請爲父老歌，艱難愧深情⑤。歌罷仰天歎，四座淚縱横〔四〕。

（0059）

【校】

①正，錢箋、《九家》、《草堂》校：「一作忽。」《文苑英華》作「忽」。

②鬪争，錢箋校：「一作正生。」《文苑英華》作「正生」。

③苦，錢箋校：「一作莫。」《文苑英華》作「莫」。

④童，錢箋、《草堂》校：「一作郎。」《文苑英華》作「郎」。

⑤深，錢箋、《草堂》、《文苑英華》校：「一作餘。」

【注】

〔一〕問：問候。《論語·雍也》：「伯牛有疾，子問之。」

〔二〕榼：劉伶《酒德頌》：「止則操卮執觚，動則挈榼提壺。」《説文》：「榼，酒器也。」

〔三〕苦辭：一再推辭。智愷《大乘起信論序》：「法師苦辭不免，便就泛舟。」《祖堂集》卷二：「和尚分付衣鉢，某甲苦辭不受。」

〔四〕四座句：《相和歌辭·艷歌何嘗行》：「踟躕顧群侶，淚落縱横垂。」

《苕溪漁隱叢話》前集卷六引《幕府燕閑録》：「盛文肅夢朝上帝，見殿上執扇，有題詩云：『夜闌更秉燭，相對如夢寐。』意其天人詩，識之。既寤，以語客，乃杜甫詩也。」又引《三山老人語録》：「《羌村》詩：『夜闌更秉燭，相對如夢寐。』一小説謂有人過驪山，夢明皇稱美此二句。然子美詩云：『世亂遭飄蕩，生還豈偶然。』遂乃有『秉燭』之語。則致世之亂者誰邪？明皇得不慚乎？猶誦其語而譽之，可謂無恥矣。此小説之無稽也。」其事見《詩話總龜》前集卷四八引《洞微志》。

《古今詞論》劉公勇詞論：「『夜闌更秉燭，相對如夢寐。』叔原則云：『今宵賸把銀釭照，猶恐相逢是夢中。』此詩與詞之分疆也。」

楊萬里《誠齋詩話》：「五言古詩，句雅淡而味深長者，陶淵明、柳子厚也。如少陵《羌村》、後山《送内》，皆是一唱三歎之聲。」

施補華《峴傭説詩》：「《羌村三首》驚心動魄，真至極矣。陶公真至，寓於平澹；少陵真至，結爲沈痛。此境遇之分，亦情性之分。」

張謙宜《絸齋詩談》卷四：「《羌村》只是一真，遂兼衆妙。」

新安吏〔一〕收京後作。雖收兩京，賊猶充斥。

客行新安道，喧呼聞點兵〔二〕。借問新安吏，縣小更無丁〔三〕。府帖昨夜下①，次選中男行〔四〕。中男絶短小，何以守王城〔五〕？肥男有母送，瘦男獨伶俜〔六〕。白水暮東流，青山猶哭聲②。莫自使眼枯〔七〕，收汝淚縱横。眼枯即見骨③，天地終無情。我軍取相州④〔八〕，日夕望其平⑤。豈意賊難料，歸軍星散營。就糧近故壘，練卒依舊京〔九〕。掘壕不到水，牧馬役亦輕⑥。況乃王師順，撫養甚分明。送行勿泣血⑦，僕射如父兄。郭子儀也⑧〔一〇〕。（0060）

【校】

① 帖，錢箋、《九家》、《草堂》校：「一作符。」夜，錢箋、《九家》校：「一作日。」《草堂》校：「一作月。」

② 猶，宋本、錢箋、《九家》、《草堂》校：「一作聞。」

③ 即，錢箋、《草堂》校：「一作却。」《九家》作「却」。

④ 取，錢箋、《草堂》校：「一作至。」

⑤ 夕，《草堂》作「夜」。

⑥ 牧，錢箋、《草堂》校：「一作看。」

⑦ 泣血，錢箋、《草堂》校：「一作垂泣。」

⑧ 郭子儀也，四字諸本無。

【注】

黄鶴注：《新安吏》至《無家别》當是乾元二年（七五九）作。仇注：乾元二年自東都回華州時，經歷道途，有感而作。錢氏以爲自華州之東都時，誤矣。

〔一〕新安吏：《舊唐書・肅宗紀》：「（乾元二年三月）壬申，相州行營郭子儀等與賊史思明戰，王師不利，九節度兵潰，子儀斷河陽橋，以餘衆保東京。」《郭子儀傳》：「子儀與河東節度使李光弼、關内節度使王思禮、北庭行營節度李嗣業、襄鄧節度使魯炅、荆南節度季廣琛、河南節度使崔光遠、滑濮節度許叔冀、平盧兵馬使董秦等九節度之師討安慶緒。帝以子儀、光弼俱是元勳，難相統屬，故不立元帥，唯以中官魚朝恩爲觀軍容宣慰使。……二年正月，史思明自率范陽精卒復陷魏州，乃僞稱燕王。王師雖衆，軍無統帥，進退無所承禀，自冬徂春，竟未破賊。但引漳水灌其城，城中食盡，易子而食。二月，思明率衆自魏州來，李光弼、王思禮、許叔冀、魯炅前軍遇賊於鄴南，與之接戰，夷傷相半。魯炅中流矢。子儀爲後陣，未及合戰，大風遽起，吹沙拔木，天地晦暝，跬步不辨物色。我師潰而南，賊軍潰而北，委弃兵仗輜重累積於路。諸軍各還本鎮。子儀以朔方軍保河陽，斷浮橋，有詔令留守東都。」《元和郡縣圖志》卷五河南府：「新安縣，畿。東至府七十里。……貞觀元年省穀州，新安屬河南府。穀水，在縣南二里。」

〔二〕點兵：見卷一《兵車行》（0011）「點行」注。

〔三〕借問二句：仇注引《杜臆》：「借問二句，公問詞。更無丁，言豈無餘丁可遣乎。」施鴻保謂：

「借問句，則公問辭。下三句，皆吏答詞也。」「更」訓豈，見張相《詩詞曲語辭彙釋》。蕭滌非以《杜臆》爲是。蔣紹愚謂上句問詞，下句答詞。

〔四〕府帖二句：《唐六典》卷五尚書兵部：「凡衛士各立名簿，具三年已來征防若差遣，仍定優劣爲三等。每年正月十日送本府印訖，仍録一通送本衛，若有差行上番，折衝府據簿而發之。」《舊唐書·食貨志》：「男女始生者爲黄，四歲爲小，十六爲中，二十一爲丁，六十爲老。……至天寶三年，又降優制，以十八爲中男，二十二爲丁。」

〔五〕王城：指洛陽。《史記·周本紀》：「營周居於雒邑而後去。」正義引《括地志》：「故王城一名河南城，本郟鄏，周公新築，在洛州河南縣北九里苑内東北隅。自平王以下十二王皆都此城，至敬王乃遷都成周，至赧王又居王城也。」

〔六〕伶俜：潘岳《寡婦賦》：「少伶俜而偏孤兮，痛忉怛以摧心。」《文選》李善注：「伶俜，單孑貌。」

〔七〕眼枯：仇注：「眼枯，淚竭也。」《王梵志詩校注》〇七五首：「父母眼乾枯，良由我憶你。」白居易《秦吉了》：「鳶捎乳燕一窠覆，烏啄母雞雙眼枯。」眼枯猶言眼瞎。

〔八〕相州：《元和郡縣圖志》卷一六河北道：「相州，鄴郡，望。……隋大業二年，改相州爲魏郡。武德元年，復爲相州。後或爲總管，或爲都督。……西南至東都五百八十里。……東至魏州二百一十里。」

〔九〕舊京：指洛陽。《晉書·桓温傳》：「廓清中畿，光復舊京。」

〔一〇〕送行二句：《易·屯》：「泣血漣如。」《詩·小雅·雨無正》：「鼠思泣血，無言不疾。」傳：「無聲曰泣血。」疏：「無聲謂之泣矣。連言血者，以淚出於目，猶血出於體，故以淚比血。」僕射，謂郭子儀。《舊唐書·肅宗紀》：「（至德二載十二月戊午朔）左僕射、朔方節度使郭子儀加司徒，進封代國公……（乾元元年八月甲辰）加子儀中書令。」王應麟《困學紀聞》卷一八：「《新安吏》『僕射如父兄』，《汝墳》之詩曰：『雖則如燬，父母孔邇。』此詩近之。山谷所謂『論詩未覺國風遠』。」

王嗣奭《杜臆》：「此詩爐錘之妙，五首之最。……蓋吏聽官，縣聽府，府聽朝廷，朝廷方急，勢難寬縱，非真無情。不言朝廷言天地，諱之也，且無令歸咎君上也。……不言軍潰，諱之也，亦慮明言而軍士愈增其恐也。又慰之云故壘尚在，舊京可依。本於故壘戍守，而云就糧，見不憂無食。不云討賊，而云練卒，見去戰期尚遠。守須掘壕，不須到水，閑則牧馬，其役甚輕。……據注謂郭子儀時已進中書令，而稱其舊官，蓋功著于僕射時，且御士卒寬。郭僕射熟於人口，就其易曉者言之，俾無所懼而勇往收功，報效朝廷，非止寬慰士卒而已。」

仇注引張綖曰：「凡公此等詩，不專是刺。蓋兵者兇器，不得已而用之。故可已而不已者，則刺之；不得已而用者，則慰之哀之。若《兵車行》、前後《出塞》之類，皆刺也，此可已而不已者也。若夫《新安吏》之類，則慰也。《石壕吏》之類，則哀也。此不得已而用之者也。然天子有道，守在四夷。則所以慰哀之者，是亦刺也。」

潼關吏〔一〕

士卒何草草，築城潼關道〔二〕。大城鐵不如，小城萬丈餘〔三〕。借問潼關吏，修關還備胡①〔四〕。要我下馬行，爲我指山隅。連雲列戰格〔五〕，飛鳥不能踰。胡來但自守，豈復憂西都。丈人視要處②，窄狹容單車③〔六〕。艱難奮長戟，千古用一夫④〔七〕。哀哉桃林戰，百萬化爲魚。請囑防關將，慎勿學哥舒⑤〔八〕。（0061）

【校】

①修關，宋本、錢箋、《九家》校：「一作築城。」

②丈，錢箋、《草堂》校：「一作大。」

③窄，錢箋校：「一作穿。」《草堂》作「穿」。

④千，錢箋、《草堂》作「萬」，錢箋校：「吴本作千。」

⑤勿，錢箋校：「一作莫。」

【注】

〔一〕潼關：《元和郡縣圖志》卷二華州華陰縣：「潼關，在縣東北三十九里，古桃林塞也，春秋時晋侯使詹嘉處瑕以守桃林之塞是也。關西一里有潼水，因以名關。又云河在關内，南流衝激關山，因謂之衝關。……今歷二處而至河潼，上躋高隅，俯視洪流，盤紆峻極，實謂天險。河之北岸則風陵津，北至蒲關六十餘里。河山之險，邐迤相接。自此西望，川途曠然。蓋神明之奥區，帝宅之户牖。百二之固，信非虚言也。」

〔二〕士卒二句：《詩·小雅·巷伯》：「驕人好好，勞人草草。」傳：「草草，勞心也。」此即勞苦匆遽意。李白《南奔書懷》：「草草出近關，行行昧前算。」皇甫曾《遇風雨作》：「草草理夜裝，涉江又登陸。」仇注：「此因相州大敗，故修潼關以備寇。」

〔三〕大城二句：《世説新語·文學》：「殷中軍雖思慮通長，然於才性偏精。忽言及四本，便若湯池鐵城，無可攻之勢。」《焦氏易林·大畜之乾》：「金柱鐵關，堅固衛災。君子居之，安無憂危。」小城，《九家》趙注謂指睥睨，萬丈餘「蓋言其長亘耳」。仇注：「小城跨山，故尤見其高也。」《文選》班彪《北征賦》李善注引《蒼頡篇》：「障，小城也。」《唐文續拾》卷九《承天軍城記》：「其繚崇墉於岩半，百雉雲矗；冠小城於峰巔，萬仞天削。」此蓋指依山所修障堡。

〔四〕借問二句：仇注：「修關一句，公問詞。連雲以下，吏答詞。」吴見思《杜詩論文》：「公借問何爲，吏告以備邊也。」

〔五〕戰格：仇注：「戰格，即戰棚。」《通典》卷一五二《兵·守拒法》：「笓籬戰格，於女牆上跳出掾，去牆三尺，著横檢，掾端安鎋，以荆柳編爲之，長一丈，闊五尺，縣安掾端，用遮矢石。」蓋指此。

〔六〕窄狹句：《史記·蘇秦列傳》：「徑乎亢父之險，車不得方軌，騎不得比行，百人守險，千人不敢過也。」正義：「言不得兩車並行。」

〔七〕艱難二句：《漢書·晁錯傳》：「平陵相遠，川谷居間，仰高臨下，此弓弩之地也，短兵百不接一。兩陳相近，平地淺草，可前可後，此長戟之地也，劍楯三不當一。」張載《劍閣銘》：「一人荷戟，萬夫趑趄。」

〔八〕哀哉四句：《元和郡縣圖志》卷二華州靈寶縣：「桃林塞，自縣以西至潼關，皆是也。……《三秦記》曰：桃林塞在長安東四百里。若有軍馬經過，好行則牧華山休息林下，惡行則決河漫延，人馬不得過。」此指哥舒翰潼關之敗。見本卷《北征》(0052)「潼關百萬師」注。

石壕吏〔一〕

暮投石壕村，有吏夜捉人〔二〕。老翁踰牆走，老婦出門看①〔三〕。吏呼一何怒，婦啼一何苦。聽婦前致詞，三男鄴城戍。一男附書至②，二男新戰死。存者且偷生③，死者長已矣〔四〕。室中更無人，惟有乳下孫④。有孫母未去⑤，出入無完裙⑥〔五〕。老嫗力雖衰，請從吏夜歸。急應河陽役〔六〕，猶得備晨炊。夜久語聲絶，如聞泣幽咽⑦。天明登前途，獨與老翁别〔七〕。（0062）

【校】

①老婦出門看，錢箋校：「蘇潤公本作『老婦出看門』。」

②至，錢箋、《九家》、《草堂》校：「一作到。」

③存，錢箋校：「一作在。」　且，錢箋校：「一作是。」

④惟，錢箋校：「《文粹》作所。」

⑤有孫，《九家》、《草堂》作「孫有」。錢箋校：「陳浩然本作『孫有母未去』。」

⑥入，錢箋校：「一作更。」　有孫母未去出入無完裙，宋本、錢箋、《九家》校：「一云『孫母未便出，見吏無完裙』。」《草堂》校「孫母」作「其母」。

⑦泣，《草堂》作「淚」。

【注】

〔一〕石壕吏：王應麟《困學紀聞》卷一八：「蓋陝州陝縣石壕鎮也。見《九域志》、《輿地廣記》。本崤縣，唐改爲硤石，熙寧六年省爲鎮。」《元和郡縣圖志》卷六陝州：「硤石縣，望。西至州五十里。」《太平寰宇記》卷六硤石縣：「神雀臺在縣北四十五里石壕鎮東路北。」《清一統志》卷一七五陝州：「石壕鎮，在州東南七十里。」

〔二〕有吏句：《華陽國志・巴志》國人刺巴郡守：「狗吠何喧喧，有吏來在門。披衣出門應，府記欲得錢。語窮乞請期，吏怒反見尤。旋步顧家中，家中無可與。思往從鄰貸，鄰人以言遺。錢錢何難得，令我獨憔悴。」

〔三〕老婦句：應門稱看。《敦煌變文集·韓朋賦》：「使者下車，打門而喚。朋母出看，心中驚怕。」「朋言在外，新婦出看。」此句仇注引海鹽劉氏本、施閏章《蠖齋詩話》引舊刻本，作「老婦出門首」，則走、首叶韻。仇注作「出看門」，則村、人、門叶韻。又謂看讀丘虔切，則人、看叶韻，「村」字未合。施鴻保謂《彭衙行》及此詩皆叶古韻，元、真、寒、删、文五韻雜用。

〔四〕死者句：《胡笳十八拍》：「生仍冀得兮歸桑梓，死當埋骨兮長已矣。」宋之問《秋蓮賦》：「乘化無窮兮千萬年，越人望兮長已矣。」

〔五〕出入句：張望《貧士詩》：「炎夏無完絺，玄冬無暖褐。」

〔六〕河陽：《元和郡縣圖志》卷五河南府：「河陽縣，畿。西南至州八十里。……南城，在縣西，四面臨河，即孟津之地，亦謂之富平津。……中潬城，東魏孝静帝元象元年築之，仍置河陽關。天寶已前，亦於其上置關。……故自乾元以後，常置重兵，貞元後加置節度，爲都城之巨防。造浮橋，架黄河爲之，以船爲脚，竹䉋互之。」時郭子儀退保河陽。

〔七〕天明二句：王嗣奭《杜臆》：「至晨行而獨與翁别，則婦夜去矣。翁亦自知可免，故敢出而别客也。」

王嗣奭《杜臆》：「此首易解，而言外意人未盡解。此老婦蓋女中丈夫，至今無人識得。吏夜捉人，老翁走，此婦出門，便見膽略，而胸中已有成算。老翁之逃，婦教之也。……此婦當倉卒之際，而智如鏃矢，勇如賁育，辯似儀秦，既全其夫，又安其孤幼，而公詳述之，已默會到此矣。」

新婚別

兔絲附蓬麻，引蔓故不長①〔一〕。嫁女與征夫，不如弃路傍。結髮爲妻子②，席不暖君床〔二〕。暮婚晨告別，無乃太忽忙。君行雖不遠③，守邊赴河陽④〔三〕。妾身未分明，何以拜姑嫜〔四〕？父母養我時，日夜令我藏⑤。生女有所歸，雞狗亦得將⑥〔五〕。君今往死地⑦，沉痛迫中腸〔六〕。誓欲隨君去⑧，形勢反蒼黄〔七〕。勿爲新婚念⑨，努力事戎行〔八〕。婦人在軍中，兵氣恐不揚〔九〕。自嗟貧家女，久致羅襦裳⑩〔一〇〕。羅襦不復施，對君洗紅粧〔一一〕。仰視百鳥飛，大小必雙翔〔一二〕。人事多錯迕⑪〔一三〕，與君永相望。（0063）

【校】

① 故，錢箋校：「一作固。」

②妻子，錢箋、《草堂》校：「樊作子妻。」

③雖，錢箋、《草堂》校：「一作既。」

④赴，錢箋、《九家》、《草堂》校：「一作戍。」

⑤日夜，錢箋校：「《草堂》本作月夜。」《草堂》作「月夜」，注：「月夜謂卧月也。」

⑥狗，錢箋、《九家》、《草堂》校：「一作犬。」　得，錢箋校：「一作相。」《草堂》校：「黄作相。」

⑦今，《草堂》作「生」，校：「一作今。晋作『君今死生地』。」錢箋校：「陳浩然本：『君今死生地。』《草堂》本：『君生往死地。』」

⑧去，錢箋、《草堂》校：「一作往。」

⑨爲，錢箋校：「一作改。」《草堂》校：「一作以。」

⑩久致，《九家》、《草堂》校：「一作致此。」

⑪事，錢箋、《九家》、《草堂》校：「一作生。」

【注】

〔一〕兔絲二句：《古詩十九首》：「與君爲新婚，兔絲附女蘿。」《詩·小雅·頍弁》：「蔦與女蘿，施于松柏。」傳：「蔦，寄生也。女蘿，菟絲、松蘿也。」陸璣疏：「今菟絲，蔓連草上生，黄赤如金，今合藥菟絲子是也。」《荀子·勸學》：「蓬生麻中，不扶而直。」《九家》趙注：「兔絲當附松柏，而乃附蓬麻，爲不得其所矣。」

〔二〕結髮二句：《文選》蘇武詩：「結髮爲夫妻，恩愛兩不疑。」李善注：「結髮，始成人也。謂男年二十，女年十五時，取笄冠爲義也。」《淮南子·修務訓》：「孔子無黔突，墨子無暖席。」任孝恭《謝裙襦啓》：「床無暖席，桁靡懸衣。」

〔三〕河陽：見《石壕吏》（0062）注。

〔四〕妾身二句：《禮記·昏義》：「夙興，婦沐浴以俟見。質明，贊見婦於舅姑。」《草堂》夢弼注：「婦人嫁三月，已告廟上墳，始謂之成婚。婚禮既明白，然後稱謂姑嫜之名正也。」據《儀禮·士昏禮》鄭注，舅姑亡，乃三月廟見始成昏。據賈、服義，無問舅姑在否，皆三月見祖廟之後始成昏。參《禮記·曾子問》正義。此詩言暮婚晨別，則質明見舅姑之禮亦未完成。趙與時《賓退録》卷三：「《玉篇》云：『凡夫之父母曰嫜。』老杜云姑嫜，何耶？」《漢書·廣川王傳》：「背尊章。」注：「師古曰：尊章猶言舅姑也。」周祈《名義考》卷五：「姑章，姑也。《廣川王傳》『背尊章』，師古曰：『尊章猶言尊姑也。』或曰舅姑爲尊章。『章』本作『嫜』。杜詩：『何以拜姑嫜。』又《釋名》：『兄公亦曰兄章，舅公亦曰舅章。』」黄生《義府》卷下：「陳琳《飲馬長城窟行》云：『善待新姑章。』俗作『嫜』。初未悉其義。因閲《淮南子·覽冥篇》云：『君公知其盜也，逐而去之。』乃悟『章』即君公二字合語。古音公如光。如世母爲嬸，舅母爲妗之類。」則姑嫜之義，或釋爲姑，或釋爲舅姑。據詩意，拜姑嫜當指拜舅姑。

〔五〕生女二句：《禮記·禮運》：「男有分，女有歸。」《穀梁傳》隱公二年：「禮，婦人謂嫁曰歸，反曰來歸。」楊倫謂二句用諺語。《埤雅》卷一八：「語曰：嫁雞與之飛，嫁狗與之走。」歐陽修《代鳩婦言》：「人言嫁雞逐雞飛，安知嫁鳩被鳩逐。」將，蕭滌非釋爲隨也，與也。徐仁甫謂「得將」當作「相將」，即相與、相隨。《九家》趙注：「微而雞犬，皆嫁時所携物也。」説誤。

〔六〕君今二句：《老子》五十章：「人之生，動之死地，十有三。」《孫子・九地》：「疾戰則存，不疾戰則亡者，爲死地。」曹丕《雜詩》：「向風長歎息，斷絶我中腸。」

〔七〕蒼黄：孔稚圭《北山移文》：「豈期終始參差，蒼黄翻覆。」《文選》李善注：「蒼黄翻覆，素絲也。」謂反覆變化。

〔八〕戎行：《左傳》成公二年：「下臣不幸，屬當戎行。」

〔九〕婦人二句：《漢書・李陵傳》：「陵曰：『吾士氣少衰而鼓不起者，何也？軍中豈有女子乎？』始軍出時，關東群盜妻子徙邊者隨軍爲卒妻婦，大匿車中。陵搜得，皆劍斬之。」

〔一〇〕羅襦：謝朓《贈王主簿》：「輕歌急綺帶，含笑解羅襦。」

〔一一〕羅襦二句：謝朓《和王主簿季哲怨情詩》：「徒使春帶賒，坐惜紅妝變。」《九家》趙注：「如《詩》云『自伯之東，首如飛蓬。豈無膏沐，誰適爲容』之義也。」

〔一二〕仰視二句：阮籍《詠懷》：「願爲雙飛鳥，比翼共翱翔。」曹攄《答趙景猷詩》：「韓凡丹青，化爲鴛鴦。止必交頸，飛必雙翔。」

〔一三〕人事句：《關尹子・一宇》：「天物怒流，人事錯錯然。」宋玉《風賦》：「耾耾雷聲，回穴錯迕。」《文選》李善注：「錯迕，雜亂交迕也。」

王嗣奭《杜臆》：「起來四句，是真樂府，是《三百篇》興起法。『暮婚晨告别』，是詩柄。一篇都是婦人語，而公揣摩以發之。有極細心語，如『妾身未分明』一句、『婦人在軍中』二句是也。有極大綱常語，如『勿爲新婚念』、『羅襦不復施』二句是也。真無愧於《三百篇》者。」

沈德潛《説詩晬語》卷上：「少陵《新婚别》云：『嫁女與征夫，不如弃路傍。』近於怨矣。而『君今往死地』以下，層層轉换，勉以努力戎行，發乎情止乎禮義也。」

垂老别

四郊未寧静①，垂老不得安②〔一〕。子孫陣亡盡，焉用身獨完？投杖出門去，同行爲辛酸③。幸有牙齒存④，所悲骨髓乾⑤〔二〕。男兒既介胄，長揖别上官〔三〕。老妻卧路啼，歲暮衣裳單。孰知是死别〔四〕，且復傷其寒。此去必不歸，還聞勸加餐〔五〕。土門壁甚堅，杏園度亦難〔六〕。勢異鄴城下，縱死時猶寬⑥。人生有離合〔七〕，豈擇衰老端⑦？憶昔少壯日，遲回竟長歎。萬國盡征戍⑧，烽火被岡巒。積屍草木腥，流血川原丹。何鄉爲樂土，安敢尚盤桓〔八〕？弃絶蓬室居，塌然摧肺肝〔九〕。（0064）

【校】

①郊，《九家》校：「一作方。」

②老，錢箋校：「一作死。」

③同，《草堂》校：「一作聞。」

④存，錢箋校：「一作好。」《草堂》作「好」，校：「一作存。」

⑤髓，錢箋校：「一作肉。」《草堂》校：「一作體。」

⑥猶，錢箋、《草堂》校：「晋作獨。」

⑦老，錢箋校：「一作盛。」《九家》作「盛」。　衰老，《草堂》作「盛衰」，校：「盛一作甚。」

⑧征戍，錢箋、《九家》、《草堂》校：「一云東征。」

【注】

〔一〕四郊二句：《禮記·曲禮上》：「四郊多壘，此卿大夫之辱也。」蔡邕《司空房楨碑》：「享年垂老，至於積世。」

〔二〕骨髓：《魏書·蕭衍傳》：「刳剔黔首，骨髓俱罄。」

〔三〕男兒二句：《史記·絳侯周勃世家》：「將軍亞夫持兵揖曰：『介胄之士不拜，請以軍禮見。』」《酈生陸賈列傳》：「酈生入，則長揖不拜。」《漢書·高帝紀》注：「師古曰：長揖者，手自上而極下。」

〔四〕孰知：《史記·禮書》：「孰知夫出死要節之所以養生也。」正義：「孰知猶審知也。」施鴻保謂此句孰知當作熟知。

〔五〕勸加餐：《古詩十九首》：「棄捐勿復道，努力加餐飯。」

〔六〕土門二句：土門，即井陘。《元和郡縣圖志》卷一七河北道恒州獲鹿縣：「井陘口，今名土門口，縣西南十里，即太行八陘之第五陘也。四面高，中央下，似井，故名之。韓信擊趙，欲下井陘。成安君陳餘聚兵井陘口，號二十萬。」《舊唐書·李寶臣傳》：「禄山使董精甲扼井陘路，軍於土門。安慶緒僞署爲恒州刺史。九節度之師圍慶緒於相州，忠志懼，獻章歸國，肅宗因授恒州刺史。及史思明復渡河，僞授忠志工部尚書、恒州刺史、恒趙節度使，統衆三萬守常山。及思明敗，不受朝義之命，乃開土門路以内王師。」是此時土門實由歸降之李忠志（寶臣）扼守。郭子儀時受命爲東畿、山東、河東諸道元帥，權知東京留守，則名義上李忠志應聽命於子儀。杏園，在衛州。《元豐九域志》卷二衛州汲郡：「中汲，五鄉，杏園、新鄉、淇門三鎮。」《清一統志》卷一五八衛輝府汲縣：「杏園鎮，在汲縣東南。舊爲黄河津渡處。」引杜詩及《舊唐書·李忠臣傳》等。《舊唐書·郭子儀傳》：「（乾元元年）十月，子儀自杏園渡河，圍衛州。」《李忠臣傳》：「與郭子儀等九節度使圍安慶緒於相州。明年二月，諸軍潰歸，忠臣亦退。……尋拜濮州刺史、緣河守捉使，移鎮杏園渡。及史思明陷汴州，節度使許叔冀與忠臣並力屈降賊。」則其時杏園當由滑、汴等州節度使許叔冀防守。至此年十月，史思明再陷洛陽，兩地皆失守。

〔七〕離合：李充《送許從詩》：「離合理之常，聚散安足驚。」

〔八〕何鄉二句：《詩・魏風・碩鼠》：「逝將去女，適彼樂土。」《易・屯》：「磐桓，利居貞。」疏：「磐桓，不進之貌。」

〔九〕弃絶二句：塌然，頽倒貌。白居易《秋池二首》：「天旱水暗消，塌然委空地。」《有感三首》：「不如兀然坐，不如塌然卧。」《琴曲歌辭・履霜操》：「考不明其心兮聽讒言，孤恩别離兮摧肺肝。」

施閏章《蠖齋詩話》：「杜不擬古樂府，用新題紀時事，自是創識。就中《潼關吏》、《新安》、《石壕》、《新婚》、《垂老》、《無家》等篇，妙在痛快，亦傷太盡。《垂老别》云：『老妻卧路啼，歲莫衣裳單。孰知是死别，且復傷其寒。』曲折已明。又云：『此去必不歸，還聞勸加餐。』觀王粲《七哀》：『路逢飢婦人，抱子弃草間。未知身死處，焉能兩相完。驅馬弃之去，不忍聽此言。南登灞陵道，回首望長安。』醖藉差别。至子建『明月照高樓』，更不可思議，無處著人間别離語。」

無家别

寂寞天寶後〔一〕，園廬但蒿藜。我里百餘家①，世亂各東西。存者無消息，死者爲塵泥②〔二〕。賤子因陣敗〔三〕，歸來尋舊蹊③。久行見空巷④，日瘦氣慘悽。但對狐與狸，豎毛怒我啼〔四〕。四鄰何所有，一二老寡妻。宿鳥戀本枝〔五〕，安辭且窮栖⑤。方春獨荷鋤，日暮還灌畦。縣吏知我至，召令習鼓鞞〔六〕。雖從本州役，内顧無所携〔七〕。近行止一身，遠去終轉迷〔八〕。家鄉既盪盡，遠近理亦齊。永痛長病母，五年委溝谿〔九〕。生我不得力，終身兩酸嘶〔一〇〕。人生無家别，何以爲蒸黎〔一一〕？（0065）

【校】

①百，錢箋、《九家》、《草堂》校：「一作萬。」

②爲，錢箋、《九家》、《草堂》校：「一作委。」

③舊，錢箋、《九家》、《草堂》校：「一作故。」

④巷，錢箋校：「一作室。」《草堂》作「室。」

⑤安，《九家》、《草堂》校：「一作敢。」

【注】

〔一〕天寶後：施鴻保謂：「天寶後，是言至德、乾元之時。……故不曰天寶末。」

〔二〕存者二句：曹植《贈白馬王彪》：「存者忽復過，亡没身自衰。」《莊子·田子方》：「得其所一而同焉，則四支百體將爲塵垢。」

〔三〕賤子：應璩《百一詩》：「避席跪自陳，賤子實空虚。」

〔四〕但對二句：《淮南子·繆稱訓》：「今謂狐狸，則必不知狐，又不知狸。非未嘗見狐者，必未嘗見狸也。狐、狸非異，同類也。」《説文》：「貍，伏獸，似貙。」段注：「伏獸，謂善伏之獸。……言二物相似，即俗所謂野貓。」古人將狐、狸視爲同類。曹操《苦寒行》：「熊羆對我蹲，虎豹夾路啼。」

〔五〕宿鳥句：《吴聲歌曲·讀曲歌》：「日光没已盡，宿鳥縱横飛。」《古詩十九首》：「胡馬依北風，越鳥巢南枝。」潘岳《在懷縣作》：「徒懷越鳥志，眷戀想南枝。」

〔六〕鼓鞞：《禮記·樂記》：「君子聽鼓鼙之聲，則思將帥之臣。」《周禮·春官·小師》注：「應，鼙也。應與鞞及朔，皆小鼓也。」鼙通鞞。

〔七〕携：蕭滌非謂：「携，離也。」本書卷二〇《唐故萬年縣君京兆杜氏墓志》(1482)：「遇暴客於郊，抱其所携，弃其所抱。」携仍當釋作提携、携帶。

〔八〕轉：更加、愈。參卷一《自京赴奉先縣詠懷五百字》(0041)「老大意轉拙」注。

〔九〕五年句：仇注：「自天寶十四載至乾元元年，亂經五年矣。」

〔一〇〕酸嘶：釋寶月《行路難》：「君不見孤雁關外發，酸嘶度揚越。」

〔一一〕蒸黎：蔡邕《東留太守胡碩碑》：「悠悠蒸黎，惆悵喪氣。」裴秀《大蜡詩》：「穆穆我后，矜兹蒸黎。」《詩・大雅・烝民》箋：「烝，衆。」《小雅・天保》「羣黎」箋：「黎，衆也。」

仇注引胡夏客曰：「《新安》、《石壕》、《新婚》、《垂老》諸詩，述軍興之調發，寫民情之怨哀，詳矣。然作者之意，又不止此。國家不幸多事，猶幸有繕兵中興之主，上能用其民，下能應其命，至殺身弃家不顧，以成一時恢復之功。故娓娓言之，義合風雅，不爲誹謗耳。若勢極危亡，一人束手，四海離心，則不可道已。」

潘德輿《養一齋李杜詩話》卷二：「蔡氏絛曰：『齊梁以來，文士喜爲樂府辭，往往失其命題本意。《烏生八九子》但詠烏，《雉朝飛》但詠雉。甚有並其題而失之者，如《相府蓮》訛爲《想夫憐》，《楊婆兒》訛爲《楊叛兒》之類。惟老杜《兵車行》、《悲青坂》、《無家别》等篇，皆因時事，自出己意立題，略不更蹈前人陳跡，真豪傑也。』按蔡氏此論，最得樂府真處。詩爲樂心，本以言志，若樂府必作古人題目，摹古人聲調，是詩莫古於樂府，亦莫卑於樂府矣。王氏嗣奭謂：『杜公《曲江三章》學《三百》，《七歌》學《離騷》，《新安吏》諸作學古樂府，俱自開堂奥，不肯優孟衣冠。』張氏綖謂：『李杜二公齊名，李集中多古樂府之作，而杜公絶無樂府，惟前後《出塞》諸首耳。然又别出一格，用古體寫今事，大家機軸，不主故常。』胡氏應麟謂：『少陵不效四言，不仿《離騷》，不用樂府舊題，是此老胸中壁立處。』黄氏生謂：『六朝好擬古，往往無其事而假設其詞。杜詩詞不虚發，必因事而設，此即修詞立誠之旨。』王氏士禎謂：『《新婚》、

《無家》諸别，《石壕》、《新安》諸吏，《哀江頭》、《兵車行》諸篇，皆樂府之變也。滄溟詩名冠代，祇以樂府摹擬割裂，遂生後人詆毁，則樂府寧爲其變，不可以字句比擬也明矣。』諸説皆可與蔡氏之論相證合。總之，杜有樂府而無樂府，無樂府之樂府，乃樂府真處，而非後世所可及也。又沈氏德潛曰：『唐人達樂者已少，其樂府題不過借古人體制，寫自己胸臆耳，未必盡可被之管絃也。』據此則後世詩人本宜自創一題，詠歌時事。沿襲舊題，情理未篤。故余竊謂杜之樂府，非變也，真也。今之好沿樂府題者，非古也，似也。若于鱗之比擬字句，更不足笑矣。」

夏日歎〔一〕

夏日出東北，陵天經中街①〔二〕。朱光徹厚地，鬱蒸何由開〔三〕？上蒼久無雷，無乃號令乖〔四〕？雨降不濡物〔五〕，良田起黄埃。飛鳥苦熱死，池魚涸其泥②〔六〕。萬人尚流冗，舉目爲蒿萊〔七〕。至今大河北，化作虎與豺③〔八〕。浩蕩想幽薊〔九〕，王師安在哉？對食不能餐〔一〇〕，我心殊未諧。眇然貞觀初④，難與數子偕〔一一〕。

（0066）

【校】

①陵天經，錢箋：「晉作經天陵。」

②飛鳥苦熱死池魚涸其泥，《草堂》在「舉目唯蒿萊」後。

③化，錢箋校：「一作盡。」《草堂》作「盡」。

④貞，宋本諱作「正」，據錢箋等回改。下徑改不另出校。

【注】

黄鶴注：殆與乾元二年（七五九）事合。蔡興宗《年譜》却以乾元二年華州作。

〔一〕夏日歎：《舊唐書·肅宗紀》：「（乾元二年四月）癸亥，以久旱徙市，雩祈雨。」

〔二〕夏日二句：《晉書·天文志》：「故日稍北，以至於夏至……是日最北，去極最近，景最短，黄道井二十五度，出寅入戌，故日亦出寅入戌。」寅爲東北。《漢書·天文志》：「日有中道，月有九行。中道者，黄道，一曰光道。」《分門》洙曰：「中街，黄道之所經也。」顔之推《神仙詩》：「峥嶸下無地，列缺上陵天。」

〔三〕朱光二句：陸機《贈尚書郎顧彦先》：「大火貞朱光，積陽熙自南。」厚地，見卷一《橋陵詩三十韻因呈縣内諸官》（0037）注。傅玄《雜詩》：「珠汗洽玉體，呼吸氣鬱蒸。」

〔四〕上蒼二句：長孫無忌《太宗皇帝配天議》：「道格上蒼，功清下黷。」《後漢書·郎顗傳》：「《易傳》曰：『當雷不雷，太陽弱也。』……雷者號令，其德生養。號令殆廢，當生而殺，則雷反作，其時無歲。」《初學記》卷二三引《詩推度災》：「上出號令而化天下，震雷起而驚蟄。」

〔五〕雨降句：李顒《經渦路作》：「勁猋不興潤，零雨莫能濡。」

〔六〕池魚句：李顒《經渦路作》：「肇允相忘鱗，翻爲涸池魚。」

〔七〕萬人二句：《漢書·成帝紀》：「關東流冗者衆。」《谷永傳》：「流散冗食，餧死於道，以百萬數。」阮瑀《七哀詩》：「出壙望故鄉，但見蒿與萊。」

〔八〕化作句：《太平御覽》卷三一七引《江表傳》：「郭君圍塹，董將不許。幾令狐狸，化爲豺虎。」

〔九〕幽薊：《舊唐書·地理志》：「范陽節度使，理幽州。……經略軍，在幽州城内。……靜塞軍，在薊州城内。」又幽州：「薊，州所治。古之燕國都。漢爲薊縣，屬廣陽國。……自晉至隋，幽州刺史皆以薊爲治所。」安禄山爲范陽節度使，自幽州反。

〔一〇〕對食句：鮑照《擬行路難》：「對案不能食，拔劍擊柱長歎息。」

〔一一〕眇然二句：陸機《壯哉行》：「眇然游宦子，悟言來未並。」劉琨《重贈盧諶》：「中夜撫枕歎，相與數子游。」貞觀，唐太宗年號。《分門》師古曰：「房、杜、王、魏之徒，皆當時名臣。君臣之間，諫行言聽。……故甫傷今思古，而欲與數子偕，不可得也。」

黄徹《䂬溪詩話》卷九：「永叔嘗謁執政，坐中賦《雪詩》，有云：『主人與國共休戚，豈唯喜悦將豐登。須憐鐵甲冷徹骨，四十餘萬屯邊兵。』當時乃謂韓退之亦能道言語，其豫裴晉公宴會，但云：『林園窮勝事，鐘鼓樂清時。』不曾如此作鬧。殊不知老杜一言一詠，未嘗不在於憂國恤人，物我之際，則淡然無著。《夏日歎》曰：『浩蕩想幽薊，王師安在哉。』《夏夜歎》曰：『念我荷戈士，窮年守邊疆。』此仁人君子之用心，終食不可忘也。邊兵之語，豈爲過哉？如退之『始知神官未聖賢，護短賃愚要我敬』，『雪徑抵樵叟，風廊折譚僧』，真作鬧詩也。」

盧元昌曰：「時輔國專掌禁兵，事無大小，輔國爲制勅。公曰：『上天久無雷，無乃號令乖。』朝廷所相者李峴、李揆、吕諲、第五琦等，李峴具陳輔國專權亂政狀，輔國忌之，以他事出。至李揆執子弟禮於輔國，呼爲五父。吕諲、第五琦率皆碌碌庸臣。相之賢者不終任，其庸碌者但知阿比。公曰：『眇然貞觀初，難與數子偕。』」

夏夜歎

永日不可暮，炎蒸毒我腸①〔一〕。安得萬里風，飄颻吹我裳〔二〕？昊天出華月，茂林延疏光〔三〕。仲夏苦夜短，開軒納微涼〔四〕。虛明見纖毫，羽蟲亦飛揚〔五〕。物情無巨細，自適固其常〔六〕。念彼荷戈士，窮年守邊疆。何由一洗濯，執熱互相望〔七〕。竟夕擊刁斗〔八〕，喧聲連萬方。青紫雖被體〔九〕，不如早還鄉。北城悲笳發，

鸛鶴號且翔〔一〇〕。況復煩促倦②，激烈思時康〔一一〕。（0067）

【校】

① 我，宋本、錢箋、《九家》、《草堂》校：「一作中。」

② 復，錢箋校：「一作懷。」

【注】

黄鶴注：同上年，乾元二年（七五九）作。

〔一〕永日二句：《詩·唐風·山有樞》：「且以喜樂，且以永日。」庾信《奉和夏日應令》：「五月炎蒸氣，三時刻漏長。」司馬相如《琴歌》：「室邇人遐毒我腸，何緣交頸爲鴛鴦。」

〔二〕安得二句：陸機《前緩聲歌》：「長風萬里舉，慶雲鬱嵯峨。」繁欽《定情詩》：「日旰兮不來，飄風吹我裳。逍遥莫誰睹，望君愁我腸。」

〔三〕昊天二句：《爾雅·釋天》：「春爲蒼天，夏爲昊天。」江淹《雜體詩·劉文學楨感懷》：「華月照芳池，列坐金殿側。」曹攄《感舊詩》：「晨風集茂林，栖鳥去枯枝。」

〔四〕開軒句：阮籍《詠懷》：「開軒臨四野，登高望所思。」曹植《贈白馬王彪》：「秋風發微涼，寒蟬鳴我側。」

〔五〕虚明二句：陶淵明《辛丑歲七月赴假還江陵夜行塗口》：「涼風起將夕，夜景湛虚明。」嵇康《聲無哀樂論》：「夫纖毫自有形可察。」《曾子・天員》：「毛蟲之精者曰麟，羽蟲之精者曰鳳。」《九家》注：「《詩》：『熠燿宵行。』羽蟲也。山谷嘗宿招提，月夜見薨薨而游者，曰：老杜所謂云云，信不虚語。《詩・雞鳴》云：『月出之光，蟲飛薨薨。』」按，羽蟲謂鳥。《詩・東山》「熠燿宵行」則謂螢火。《雞鳴》「蟲飛薨薨」，孔疏謂未必唯小蟲，乃强爲之説。杜詩稱「見纖毫」，則當指小蟲。羽蟲錯用。《九家》注得其意。

〔六〕物情二句：《文心雕龍・明詩》：「巨細或殊，情理同致。」《莊子・駢拇》：「夫適人之適而不自適其適，雖盜跖與伯夷，是同爲淫僻也。」

〔七〕何由二句：《詩・大雅・桑柔》：「誰能執熱，逝不以濯。」傳：「濯，所以救熱也。」箋：「其爲之當如手持熱物之用濯，謂治國之道，當用賢者。」仇注引鍾惺説，謂執熱猶云熱不可解。其説昧於出典，不可據。

〔八〕竟夕句：《漢書・李廣傳》：「程不識正部曲行伍營陣，擊刁斗，吏治軍簿至明。」注：「孟康曰：刁斗，以銅作鐎，受一斗，晝炊飯食，夜擊持行，故名曰刁斗。」

〔九〕青紫：《漢書・夏侯勝傳》：「始，勝每講授，常謂諸生曰：『士病不明經術，經術苟明，其取青紫如俯拾地芥耳。』」黄鶴注：「《通鑑》云：至德二載五月，子儀與王思禮合軍，於潏西與安守忠戰敗後，府庫無積蓄，專以官爵賞功。及清渠之敗，專以官爵收散卒。由是應募入軍者，一切衣金紫。」按，杜詩乃自謂。注引《通鑑》未達。

〔一〇〕北城一句：蕭綱《雁門太守行》：「悲笳動胡塞，高旗出漢墉。」王粲《從軍詩》：「哀彼東山人，喟然感鸛鳴。」

〔一一〕况復二句：張華《答何劭》：「恬曠苦不足，煩促每有餘。」《文選》蘇武詩：「長歌正激烈，中心愴以摧。」王粲《無射鐘銘》：「休徵時序，人説時康。」

留花門〔一〕

北門天驕子①〔二〕，飽肉氣勇決。高秋馬肥健，挾矢射漢月〔三〕。自古以爲患，詩人厭薄伐〔四〕。修德使其來，羈縻固不絶〔五〕。胡爲傾國至，出入暗金闕？中原有驅除，隱忍用此物〔六〕。公主歌黄鵠，君王指白日〔七〕。連營屯左輔②，百里見積雪〔八〕。長戟鳥休飛，哀笳曙幽咽③〔九〕。田家最恐懼，麥倒桑枝折。沙苑臨清渭〔一〇〕，泉香草豐潔。渡河不用船，千騎常撇烈④〔一一〕。胡塵踰太行，雜種抵京室〔一二〕。花門既須留，原野轉蕭瑟。（0068）

【校】

①北門，錢箋校：「一作北方。一作花門。」門，宋本、《九家》校：「一作方。」

②營，錢箋、《草堂》作「雲」。

③曙，錢箋校：「一作曉。」《九家》、《草堂》作「曉」。

④撇烈，宋本、《九家》、《草堂》校：「一云滅没。」錢箋校：「一云滅没。《正異》作撇捩。」

【注】

黄鶴注：葉護請留兵沙苑在至德二載（七五七）十月，此詩作於是年。仇注：此當是乾元二年（七五九）秋適秦州後作。浦起龍云：此當是乾元元年（七五八）秋寧國公主出塞後作。川《譜》繫於乾元元年。

〔一〕花門：見卷一《哀王孫》（0047）注。《舊唐書・回紇傳》：「初收西京，回紇欲入長安劫掠，廣平王固止之。及收東京，回紇遂入府庫收財帛，於市井村坊剽掠三日而止，財物不可勝計。廣平王又賫之以錦罽寶貝，葉護人喜。及肅宗還西京，（至德二載）十一月癸酉，葉護自東京至……及辭歸蕃，上謂曰：『能爲國家就大事成義勇者，卿等力也。』葉護奏曰：『回紇戰兵，留在沙苑，今且須歸靈夏取馬，更收范陽，討除殘賊。』己丑，詔曰：『……（回紇葉護）可司空，仍封忠義王，每載送絹二萬匹至朔方軍，宜差使受領。』」

〔二〕北門句：《漢書・匈奴傳》：「單于遣使遺漢書云：『南有大漢，北有强胡。胡者，天之驕子也。』」北門，謂北方邊鎮。《舊唐書・郭子儀傳》：「朔方，國之北門，西禦犬戎，北虞獫狁。」

〔三〕高秋二句：《漢書・李陵傳》：「方秋匈奴馬肥，未可與戰。」《匈奴傳》：「舉事常隨月盛壯以攻戰，月虧則退兵。」《史記・匈奴列傳》：「其俗寬則隨畜，因射獵禽獸爲生業，急則人習戰攻以侵伐。」

〔四〕自古二句：《漢書·匈奴傳》嚴尤諫：「臣聞匈奴爲害，所從來久矣，未聞上世有必征之者也。」《詩·小雅·六月》：「薄伐玁狁，以奏膚公。」

〔五〕修德二句：《論語·季氏》：「孔子曰：……遠人不服，則修文德以來之。既來之，則安之。」《史記·司馬相如列傳》：「蓋聞天子之於夷狄也，其義羈縻勿絶而已。」索隱：「羈，馬絡頭。縻，牛韁也。言制四夷如牛馬之受羈縻也。」

〔六〕中原二句：《漢書·王莽傳》贊：「餘分閏位，聖王之驅除云爾。」注：「蘇林曰：聖王，光武也。爲光武驅除也。師古曰：言驅逐蠲除，以待聖人也。」此指安禄山立燕國及史思明復稱大燕。《漢書·甘延壽傳》元帝詔：「所以優游而不征者，重協師衆，勞將帥，故隱忍而未有云也。」

〔七〕公主二句：《漢書·西域傳·烏孫》：「漢元封中，遣江都王建女細君爲公主，以妻焉。……昆莫年老，言語不通，公主悲愁，自爲作歌曰：『吾家嫁我兮天一方，遠託異國兮烏孫王。穹廬爲室兮旃爲牆，以肉爲食兮酪爲漿。居常土思兮心内傷，願爲黄鵠兮歸故鄉。』天子聞而憐之。」《舊唐書·回紇傳》：「（乾元元年）秋七月丁亥，詔以幼女封爲寧國公主出降。其降蕃日，仍以堂弟漢中郡王瑀爲特進、試太常卿、攝御史大夫，充册命英武威遠毗伽可汗使。……甲午，肅宗送寧國公主至咸陽磁門驛，公主泣而言曰：『國家事重，死且無恨。』上流涕而還。……册公主爲可敦。……八月，回紇使王子骨啜特勤及宰相帝德等驍將三千人助國討逆。肅宗嘉其遠至，賜宴，命隨朔方行營使僕固懷恩押之。」乾元二年八月，毗伽闕可汗死，寧國公主以無子得歸。指白日，《九家》注：「以爲信誓盟約。」《舊唐書·回紇傳》至德二載十一月己丑詔：「回紇葉護……力拔山岳，精貫風雲，蒙犯不以辭其勞，急難無以逾其分。固可懸之日月，傳之子孫，豈唯裂土之封，誓河之賞而已矣！」

〔八〕連營二句：左輔謂同州，沙苑在同州。參卷一《沙苑行》(0038)注。積雪，樓鑰《答杜仲高書》：「鑰嘗考回鶻之俗，衣冠皆白，故連屯左輔而百里如積雪然，不既多乎？以此意讀之，方覺語意精彩頓別。」錢箋謂指沙苑白沙。朱鶴齡注：「回紇曳白旗。」按，樓、朱説似長。《舊唐書·回紇傳》：「回紇望見，逾山西嶺上曳白旗而趨擊之。」

〔九〕哀笳句：庾肩吾《登城北望》：「霜戈曜壟日，哀笳斷塞風。」

〔一〇〕沙苑：見卷一《沙苑行》(0038)注。回紇戰兵留在沙苑，見前注。浦起龍謂：「寧國入塞後，回紇復遣騎入助，仍屯沙苑，公憂其繹騷無已，乃作是詩。」按，據《回紇傳》，骨啜特勤王子乃隨朔方行營使僕固懷恩，言沙苑者蓋混前事。

〔一一〕撇烈：本書卷七《荊南兵馬使太常卿趙公大食刀歌》(0310)：「鋩鍔已瑩虛秋濤，鬼物撇捩辭坑壕。」盧綸《陳翃郎中北亭送侯釗侍御賦得帶冰流歌》：「撇捩寒魚上復沉，羣鵜鼓舞揚清音。」《詩話總龜》後集卷一八引《杜詩正異》：「撇捩，疾貌。《大食刀歌》云：『鬼物撇捩辭坑壕。』字意皆同。舊集作『撇烈』，非也。」按，烈、捩音同。撇捩與撥刺、潑刺等音近義通，撥刺形容魚、鳥等聳躍貌，此則形容馬之騰躍。錢箋引《上林賦》「轉騰潎洌」，恐非一詞。

〔一二〕胡塵二句：胡塵、雜種皆指叛軍，或謂指回紇新來驍騎者，誤。《舊唐書·安禄山傳》：「營州柳城，雜種胡人也。」《史思明傳》：「營州寧夷州突厥，雜種胡人也。」陳寅恪《以杜詩證唐史所謂雜種胡之義》：「雜種胡即中亞昭武九姓胡。唐人當日習稱九姓胡爲雜種胡。雜種之目非僅混雜之通義，實專指某一類種族而言也。」黄永年《羯胡柘羯雜種胡考辨》謂「雜胡」、「雜种」、「雜類」、「雜夷」、「雜人」、「雜户」等名詞，只是若干少數民族的統稱，并引樊衡《爲幽州長史薛楚玉破契丹露布》「東胡雜種君長之郡」，所指爲奚、契丹、室韋之類，謂杜詩「雜種」應指安史主力奚、契丹、同羅等。黄説較妥。錢箋謂此二句指乾元二年正月史思明於魏州僭稱燕王，至八月南下，九月收大梁，陷洛陽。仇注：「此必回紇敗歸，思明猖獗之後，追記前事耳。」鄭文《杜詩檠詁》謂指乾元二年三月相州敗後郭子儀退保河陽，史思明遣兵取懷州。按，相州敗後回紇王子骨啜特勤奔於西京，其後辭還行營。四月，回紇毗伽闕可汗死，長子葉護先被殺，立少子登里可汗。骨啜特勤或於此時返國。此期間史料不再有回紇兵助唐之記載。至上元元年九月，回紇九姓可汗使入朝奉表起居。寶應元年，復遣中使劉清潭徵兵於回紇，清潭被辱。相州敗後諸軍退保，千騎渡河固無可能。洛陽再陷，回紇恐更無留兵。此二句乃追述此前叛軍攻占兩京事，以見徵兵回紇爲不得已。

塞蘆子〔一〕

五城何迢迢〔二〕，迢迢隔河水。邊兵盡東征，城内空荆杞〔三〕。思明割懷衛，秀岩西未已〔四〕。回略大荒來①，崤函蓋虛爾〔五〕。延州秦北户〔六〕，關防猶可倚。焉得一萬人，疾驅塞蘆子〔七〕？岐有薛大夫②，旁制山賊起〔八〕。近聞昆戎徒，爲退三百里〔九〕。蘆關扼兩寇③〔一〇〕，深意實在此。誰能叫帝閽④，胡行速如鬼〔一一〕。（0069）

【校】

①回，錢箋校：「一作迴。」　來，錢箋校：「一作東。」《草堂》作「東」。

②岐，宋本、《九家》、《草堂》校：「一作須。」錢箋校：「一作頃。」

③扼，《草堂》作「振」，校：「一作扼。」

④能，錢箋校：「晉作敢。」《草堂》作「敢」，校：「一作能。」　閽，錢箋校：「陳作門。」

【注】

黄鶴注：至德二載（七五七）作。仇注：至德間陷賊中作。按，詩言賊首而稱「思明」，蓋在禄山、慶緒死後，當乾元二年（七五九）作，詳注。

〔一〕塞蘆子：《元和郡縣圖志》卷三延州延昌縣：「塞門鎮，在縣西北二十里。鎮本在夏州寧朔縣界，開元二年移就蘆子關南金鎮所安置。蘆子關，屬夏州，北去鎮一十八里。」《武經總要》前集卷一八延州：「鹽夏路，自州北至塞門砦，度蘆子關，由屏風谷入夏州界石堡、烏延、馬嶺，入平夏，至鹽州約六百里。其路自塞門至石堡、烏延，並山谷中行，最爲險狹。……蘆子關、石堡、安遠、塞門四城北路山谷險峻，比諸路最甚。」

〔二〕五城：沈括《夢溪筆談》卷二四：「延州今有五城，説者以爲舊有東西二城，夾河對立。高萬典郡，始展南北東三關城。予因讀杜甫詩云『五城何迢迢，迢迢隔河水』、『延州秦北户，關防猶可倚』，乃知天寶中已有五城矣。」《分門》洙曰引此。《舊唐書・敬宗紀》：「（長慶四年三月）甲戌，夏州節度使李祐奏：于塞外築烏延、宥州、臨塞、陰河、陶子等五城，以備蕃寇。又以党項爲盜，于蘆子關北木瓜嶺築壘，以扼其衝。」《分門》鮑曰引此。《草堂》夢弼注：「五城，謂鄜、延、環、慶、耀五州。」《舊唐書・張説傳》：「又敕説爲朔方軍節度大使，往巡五城，處置兵馬。」又《地理志》：「朔方節度使，捍禦北狄，統經略、豐安、定遠、西受降城、東受降城、安北都護、振武等七軍府。」黄鶴注引此，謂五城指定遠城、西受降城、中受降城（安北都護府治）、東受降城及豐安軍。仇注襲之，謂「五城在黄河之北，故曰隔河水」。

〔三〕邊兵二句：《資治通鑑》廣德元年：「唐自武德以來，開拓邊境，地連西域，皆置都督府、州、縣。開元中，置朔方、隴右、河西、安西、北庭諸節度使以統之，歲發山東丁壯爲戍卒……及安禄山反，邊兵精鋭者皆徵發入援，謂之行營。所留兵單弱，胡虜稍蠶食之。數年間，西北數十州相繼淪没。」黄鶴注引此，謂「然則是詩之作，蓋先事而慮也」。

〔四〕思明二句：《資治通鑑》至德二年正月：「史思明自博陵，蔡希德自太行，高秀岩自大同，牛廷玠自范陽，引兵共十萬，寇太原。……思明以爲太原指掌可取，既得之，當遂長驅取朔方、河隴。太原諸將皆懼。……思明圍太原，月餘不下……會安禄山死，慶緒使思明歸守范陽，留蔡希德等圍太原。」錢箋引此，謂：「思明自博陵寇太原，舍河北而西，故曰『割懷衛』。秀岩自大同與思明合兵，故曰『西未已』。」按，割即割據、占據之義，非捨也。史思明自博陵（定州）寇太原，乃西南行，且不當經懷、衛。高秀岩自大同來，則爲南下。一句與圍太原事不合。《資治通鑑》乾元二年三月：九節度相州兵敗，史思明殺安慶緒，「思明勒兵入鄴城，收其士馬，以府庫賞將士，慶緒先所有州縣及兵皆歸於思明。遣安太清將兵五千取懷州，因留鎮之。思明欲西略，慮根本未固，乃留其子朝義守相州，引兵還氾陽」。「割懷衛」當指此。高秀岩先爲安禄山大同軍使，史思明授其河東節度使，至德二載十二月來降，肅宗授雲中太守，乾元元年四月與思明復叛。蓋始終據大同軍，「西未已」謂其西進威脅朔方、河隴之意圖未變。

〔五〕回略二句：回略，謂迂回侵略。大荒，指西北邊塞。李嶠《奉使築朔方六州城率爾而作》：「驅車登崇墉，顧眄凌大荒。」王昌齡《從軍行》：「向夕臨大荒，朔風軫歸慮。」崤函，崤山、函谷關。賈誼《過秦論》：「秦孝公據殽函之固，擁雍州之地。」王嗣奭《杜臆》：「《廣志繹》云：『雍州山原皆從西北來。』西北最高，羌虜據之。故關中視中原，其勢俯；視羌虜，其勢仰。故殽函之險，對中原言耳。若賊從蘆關來，則殽函不足恃。」

〔六〕延州：《元和郡縣圖志》卷三關内道：「延州，延安。望。中都督府。……西南至上都六百七十四里。」

〔七〕焉得二句：錢箋謂：史思明、高秀岩重兵趨太原，崤函空虛，「得延州精兵萬人，塞蘆關而入，直搗長安，可以立奏收復之功也。……非壅塞之塞也」。朱鶴齡注：「高、史二寇合力攻太原，克太原則渡河而西，即延州界，北出即朔方五城。靈距延才六百里爾。靈武爲興復根本，公恐二寇乘虚襲之，故欲以萬人守蘆關牽制二寇，使不得北。」浦起龍云：「太原失則延州當其衝，脱或無備，賊且横貫而西，南北梗截，上而靈武危，下而長安益不可復矣。故須塞斷蘆子，預遏敵人西進之路。」按，此前天寶十四載十一月，安禄山遣高秀岩寇河曲，郭子儀擊敗之，即叛軍欲從北路奪取朔方軍，與南路主力襲兩京者形成夾擊之勢。當至德二載史思明寇太原，欲遂取朔方、河隴，亦應取北道，經嵐州渡合河津，趨銀州、夏州，可抵靈武。延州東北至黄河，雖有永和關渡，然此前後無論叛軍進攻關内或唐軍出河東，均無選擇此路綫者。蓋以其處河水湍急，蘆關路亦極險狹，不利進軍。錢箋知此非進軍之路，故不惜曲解「塞」字，創爲塞關搗長安之臆説。朱、浦不但不明此點，且不知其時鄜、延皆爲唐軍所有。郭子儀曾駐軍洛交（鄜州），參本卷《述懷》(0050)注。唐軍欲阻西進之敵，不待塞蘆關，即應於黄河西岸關口截擊。二説皆不可通。此詩乾元二年作，所慮者叛軍西略，高秀岩仍自北路攻取朔方，即詩所謂「回略大荒來」。又詩言「延州秦北户」，明謂防守關中之態勢。塞蘆子即防備叛軍迂回進攻長安之北户。

〔八〕岐有二句：岐，鳳翔府。《元和郡縣圖志》卷二關内道：「鳳翔府，岐州。扶風四輔。」薛大夫，薛景仙。《舊唐書·肅宗紀》：「（天寶十五載七月）以陳倉令薛景仙爲扶風太守。」「（乾元二年二月甲午）以太子賓客薛景仙爲鳳翔尹、本府防禦使。」錢箋引《資治通鑑》至德元年八月賊寇扶風，薛景仙擊退之。江淮奏請貢獻皆自襄陽抵扶風，道路無壅，皆景仙之功。按，此稱薛大夫，當以其帶御史大夫銜。景仙初以陳倉令授扶風太守，不得稱大夫。詩所叙非此時事。

〔九〕近聞二句：《漢書・楊惲傳》：「安定山谷之間，昆戎舊壤。」注：「文穎曰：昆夷之地也。」唐以昆戎、昆夷稱吐蕃。《舊唐書・李吉甫傳》憲宗詔：「天寶中宥州寄理於經略軍，寶應已來，因循遂廢。由是昆夷屢擾，党項靡依，蕃部之人，撫懷莫及。」《代宗紀》史臣曰：「内有李、郭之效忠，外有昆戎之幸利。」時吐蕃内侵。《舊唐書・吐蕃傳》：「及潼關失守，河洛阻兵，於是盡徵河隴、朔方之將鎮兵入靖國難，謂之行營。曩時軍營邊州無備預矣。乾元之後，吐蕃乘我間隙，日蹙邊城，或爲虜掠傷殺，或轉死溝壑。數年之後，鳳翔之西，邠州之北，盡蕃戎之境，淹没者數十州。」《新唐書・吐蕃傳》：「至德初，取巂州及威武等諸城，入屯石堡。其明年，使使來請討賊且修好。肅宗遣給事中南巨川報聘。然歲内侵，取廓、霸、岷等州及河源、莫門軍。」《資治通鑑》至德元年：「吐蕃陷威戎、神威、定戎、宣威、制勝、金天、天成等軍，石堡城、百谷城、雕窠城。」至德二年十月：「吐蕃陷西平。」乾元元年：「吐蕃陷河源軍。」此詩所云「爲退三百里」事，史無載。然至德間肅宗在靈武、鳳翔，吐蕃尚遠在鄯州。乾元以後，歲侵日蹙。詩所述亦當爲乾元間事。

〔一〇〕蘆關句：仇注：「兩寇，指思明、秀岩。」按，秀岩屬思明，不當稱兩寇。兩寇指史思明與吐蕃。

〔一一〕誰能二句：《楚辭・離騷》：「吾令帝閽開關兮，倚閶闔而望予。」王逸注：「閽，主門者也。」胡，亦指吐蕃與史思明。

王嗣奭《杜臆》：「明是條陳邊事，豈可以詩論？」

彭衙行〔一〕

憶昔避賊初，北走經險艱。夜深彭衙道①，月照白水山〔二〕。盡室久徒步，逢人多厚顔〔三〕。參差谷鳥吟②，不見游子還〔四〕。癡女飢咬我，啼畏虎狼聞③〔五〕。懷中掩其口，反側聲愈嗔〔六〕。小兒强解事〔七〕，故索苦李餐。一旬半雷雨，泥濘相牽攀〔八〕。既無禦雨備④，徑滑衣又寒。有時經契闊⑤，竟日數里閒〔九〕。野果充糇糧〔一〇〕，卑枝成屋椽。早行石上水，暮宿天邊烟。少留周家窪⑥，欲出蘆子關〔一一〕。故人有孫宰，高義薄曾雲〔一二〕。延客已曛黑〔一三〕，張燈啓重門。暖湯濯我足，剪紙招我魂〔一四〕。從此出妻孥，相視涕闌干〔一五〕。衆雛爛漫睡，喚起沾盤飧⑦〔一六〕。誓將與夫子，永結爲弟昆〔一七〕。遂空所坐堂，安居奉我歡。誰肯艱難際，豁達露心肝〔一八〕？別來歲月周，胡羯仍構患〔一九〕。何當有翅翎，飛去墜爾前。

（0070）

【校】

①道，錢箋、《草堂》校：「一作門。」

②吟，宋本、錢箋、《九家》、《草堂》校：「一作鳴。」

③虎狼，錢箋校：「一作猛虎。」《草堂》校：「陳作猛虎。」

④雨，錢箋、《九家》校：「一作濕。」《草堂》作「濕」，校：「一作雨。」

⑤經，錢箋、《九家》、《草堂》校：「一作最。」

⑥周，錢箋校：「晋作固。一作同。」《九家》、《草堂》作「同」，《草堂》校：「或作周。」

⑦飧，宋本作「餐」，餐、飧、飡字淆，據錢箋等改。

【注】

黄鶴注：大寶十五載（七五六）適白水後，七月聞肅宗即位靈武，公赴行在時作。仇注：此云「別來歲月周」，知是至德二載（七五七）追憶避賊時事。

〔一〕彭衙：《元和郡縣圖志》卷二京兆府同州：「白水縣……又爲漢彭衙縣地。春秋時秦、晋戰於彭衙是也。」《太平寰宇記》卷二八同州白水縣：「彭衙城故地，在今縣東北六十里，有故城。」

〔二〕白水：見卷一《白水縣崔少府十九翁高齋三十韻》(0042)注。此句係憶携家自白水往鄜州逃難。

〔三〕盡室二句：《左傳》成公二年：「巫臣盡室以行。」《書·五子之歌》：「顏厚有忸怩。」《荀子·解蔽》：「厚顏而忍詬。」

〔四〕參差二句：阮籍《詠懷》：「鳳皇鳴參差，伶倫發其音。」《古詩十九首》：「浮雲蔽白日，游子不顧返。」

〔五〕癡女二句：蔣禮鴻《敦煌變文字義通釋》釋「咬齧」爲求懇之義。蔣紹愚謂此「咬」字亦作求懇解。《九家》注：「虎狼喻盜賊也。」時行山谷，恐真有虎狼。且叛軍尚未至此。

〔六〕反側句：《詩·周南·關雎》：「優哉游哉，展轉反側。」曹植《弃婦詩》：「反側不能寐，逍遥於前庭。」沈約《六憶詩》：「笑時應無比，嗔時更可憐。」

〔七〕小兒句：《南齊書·茹法亮傳》：「法亮便辟解事，善於承奉。」《游仙窟》：「他家解事在，未肯輒相嗔。」

〔八〕牽攀：曹操《秋胡行》：「去去不可追，長恨相牽攀。」

〔九〕有時二句：契闊，見卷一《自京赴奉先縣詠懷五百字》(0041)注。仇注：「謂連朝勤苦。」

〔一〇〕糇糧：《左傳》宣公十一年：「具糇糧。」杜預注：「糇，乾食也。」

〔一一〕小留二句：仇注：「據詩意，孫宰當在同家窪。遇孫之後，因寄妻子鄜州，遂欲從蘆子關以達靈武。」《草堂》夢弼注謂同家窪即同州同谷。「同」字與宋本不同，恐爲臆改。浦起龍云：「孫宰必白水人，同家窪當是白水鄉村之名，即孫宰所居也。公因取白水之古名，命題作歌，以表其人。」按，浦氏未明杜甫自白水出發往鄜州，説亦有誤。蘆子關，見前詩注。

〔一二〕故人二句：黄鶴注：「孫其山川之宰歟？」仇注：「玩詩意，人名爲近。」《宋書·謝靈運傳》論：「英辭潤金石，高義薄雲天。」曾雲，見卷一《望岳》(0005)注。

〔一三〕曛黑：謝靈運《擬魏太子鄴中集·陳琳》：「夜聽極星爛，朝游窮曛黑。」《楚辭·九章·思美人》：「與纁黄以爲期。」王逸注：「纁黄，蓋黄昏時也。」纁通曛。

〔一四〕暖湯二句：《酉陽雜俎》卷一五《諾皐記下》：「夜至一驛，方欲濯足。」《太平廣記》卷二七一《曹惠》（出《玄怪録》）：「時素壙中，方持湯與樂夫人濯足。」卷四七五《淳于棼》（出《異聞録》）：「二客濯足於榻。」可見此生活習慣自唐已然。 剪紙，《草堂》夢弼注謂剪紙爲旐，以招其魂。恐未必。當剪爲紙人，以代人之魂。《太平廣記》卷三三二《唐晅》（出《通幽記》）：「別席飯其餘侍者，晅多不識，聞呼名字，乃是晅從京回日多剪紙人奴婢所題之名。問妻，妻曰：『皆君所與者。』乃知錢財奴婢，無不得也。」卷三四〇《盧頊》（出《通幽録》）：「久之，復命曰：『楊郎見傳語，切令不用也，急作紙人代之。』依言剪人，題其名字，焚之。」李調元《南越筆記》卷四：「南越人好巫……尋常有病，則以酒食置竹箕上，當門巷而祭，曰設鬼，亦曰抛撒。或作紙船、紙人旛之。紙人以代病者，是曰代人。人以鬼代，鬼以紙代。」古代死者入葬行招魂復魄之禮，病重或受驚嚇謂之喪魂，亦行招魂。《太平廣記》卷三三七《李咸》（出《通幽録》）：「見李生斃，七竅流血，猶心稍暖耳。方爲招魂將養，及明而蘇。」卷三三八《盧仲海》（出《通幽録》）：「半夜纘亡，仲海悲惶，伺其心尚暖，計無所出。忽思禮有招魂望反諸幽之旨，又先是有力士説招魂之驗，乃大呼纘名，連聲不息，數萬計。忽蘇而能言曰：『賴爾呼救我。』」

〔一五〕涕闌干：歐陽建《臨終詩》：「執紙五情塞，揮筆涕汍瀾。」《文選》李善注：「《漢書》息夫躬《絶命辭》曰：『涕泣流兮萑蘭。』瓚曰：『萑蘭，涕泣闌干。萑與汍同。』」

〔一六〕梟雛二句：禰衡《鸚鵡賦》：「匪餘年之足惜，慜梟雛之無知。」爛漫，此爲熟義。本書卷一八

《同豆盧峰貽主客李員外賢子棐知字韻》(1399)：「爛漫通經術，光芒刷羽儀。」沾，猶言沾醴、沾觴。謝瞻《九日從宋公戲馬臺集送孔令》：「四筵沾芳醴，中堂起絲桐。」王僧孺《侍宴景陽樓》：「沾觴均飲德，服道驗朝聞。」盤飧，見卷一《示從孫濟》(0024)注。《苕溪漁隱叢話》前集卷一七引《學林新編》：「《廣韻》上平聲二十三魂字韻中有『飧』字，二十五寒字韻中有『餐』字。子美《彭衙行》於兩韻中通押，蓋唐人詩文用韻如此。本朝始令禮部撮《廣韻》之要略者，使學者用之，而限以獨用之文。故如『餐』、『飧』二字，不得同韻而押矣。……此謂之唐人用韻之例也。凡上有『盤』字，則下當用『飧』字。」

〔一七〕誓將二句：王嗣奭《杜臆》謂二句乃述孫宰語，所謂「露心肝」也。《詩·王風·葛藟》：「終遠兄弟，謂他人昆。」傳：「昆，兄也。」

〔一八〕豁達二句：何晏《景福殿賦》：「爾乃開南端之豁達。」《文選》李善注：「豁達，門通之貌。」曹攄《答趙景猷》：「氣感異類，誠發心肝。」

〔一九〕胡羯：見卷一《白水縣崔少府十九翁高齋三十韻》(0042)注。

義鶻①〔一〕

陰崖有蒼鷹②，養子黑柏顛。白蛇登其巢，吞噬恣朝餐③〔二〕。雄飛遠求食，雌者鳴辛酸。力强不可制，黄口無半存④〔三〕。其父從西歸⑤，翻身入長烟。斯須領健鶻，痛憤寄所宣⑥〔四〕。斗上捩孤影，噭哮來九天⑦〔五〕。修鱗脱遠枝，巨顙拆老拳〔六〕。高空得蹭蹬，短草辭蜿蜒⑧〔七〕。折尾能一掉⑨，飽腸皆已穿⑩〔八〕。生雖滅衆雛，死亦垂千年。物情有報復，快意貴目前〔九〕。兹實鷙鳥最，急難心炯然⑪〔一〇〕。功成失所往⑫，用捨何其賢〔一一〕。近經潏水湄〔一二〕，此事樵夫傳⑬。飄蕭覺素髮〔一三〕，凛欲衝儒冠⑭。人生許與分⑮，只在顧眄間⑯〔一四〕。聊爲義鶻行，用激壯士肝⑰〔一五〕。（0071）

【校】

① 義鶻，錢箋校：「宋刻諸本皆曰義鶻行。惟吴若本無『行』字。」《草堂》、《文苑英華》有「行」字。

② 蒼，錢箋校：「一作二。」《文苑英華》作「二」，校：「集作有蒼。又作有二。」

③ 噬，宋本、錢箋校：「一作之。」　㳄，錢箋校：「一作資。」《文苑英華》作「資」，校：「集作㳄朝餐。」

④ 無，錢箋校：「一作寧。」《文苑英華》作「寧」，校：「集作無。」

⑤ 歸，宋本、錢箋、《九家》、《草堂》校：「一作來。」《文苑英華》校：「集作來。」

⑥ 痛憤，錢箋校：「一云憤懣。一云冤憤。」《文苑英華》作「冤憤」，校：「集作痛憤。又作憤懣。」

⑦ 噭哮，錢箋、《草堂》校：「一作無聲。」《文苑英華》作「無聲」，校：「集作噭哮。」

⑧短，錢箋、《草堂》校：「一作茂。」

⑨掉，錢箋、《草堂》校：「一作擺。」

⑩皆，錢箋、《草堂》校：「一作今。」　已，錢箋校：「一作以。　一云已皆。」《文苑英華》校：「集作已皆。」

⑪炯，錢箋校：「一作皎。」《草堂》校：「一作惘。」《文苑英華》校：「集作皎。」

⑫往，錢箋校：「一作在。」《草堂》作「在」，校：「一作往。」

⑬夫，錢箋校：「一作人。」《文苑英華》作「人」，校：「集作夫。」

⑭欲，宋本、《草堂》校：「一作烈。」《九家》校：「一作洌。」錢箋校：「一作烈。　一作若。」《文苑英華》作「若」，校：「集作欲。」

⑮許與，錢箋、《文苑英華》校：「一云計有。」

⑯只在，錢箋校：「一云亦存。」《文苑英華》作「亦在」，校：「集作只在。　又作亦存。」

⑰用，錢箋、《草堂》校：「一作永。」《文苑英華》作「永」，校：「集作用。」

【注】

黄鶴注：詩云「近經潏水湄」，當是乾元元年（七五八）在長安作。

〔一〕義鶻：《玉篇》：「鶻，乎忽切，鷹屬。　又音骨，斑鳩也。」《埤雅》卷六：「《禽經》曰：鷹不擊伏，鶻不擊妊。　蓋其義性如此。」又卷八：「鶻拳堅處大如彈丸，俯擊鳩鴿食之。　鳩鴿中其拳，隨空中即側身自下承之，捷於鷹隼。……舊言鶻有義性，杜甫所賦《義鶻行》是也。冬撮鳥之盈握者，夜以燠其爪掌，左右易之。旦即縱之令去，其往東矣，則是日也不東嚮搏物。南北亦然。蓋其義性有擒有縱如此。」仇注：「老拳，鶻翼下勁骨。」

〔二〕白蛇二句：郭璞《山海經圖贊・長蛇》：「飛群走類，靡不呑噬。」

〔三〕黄口：《淮南子・天文訓》：「鷙鳥不搏黄口。」《説苑・敬慎》：「孔子見羅者，其所得者，皆黄口也。孔子曰：『黄口盡得，大爵獨不得，何也？』」

〔四〕痛憤句：陸機《長歌行》：「但恨功名薄，竹帛無所宣。」仇注：「謂痛憤之心寄於宣訴之語。」

〔五〕斗上二句：斗同陡，突然。庾信《和從駕登雲居寺塔》：「石關恒逆上，山梁乍斗回。」蘇頲《夜發三泉即事》：「天彭信方隅，地勢誠斗絶。」張謂《早春陪崔中丞浣花溪宴得暄字》：「旌節臨溪口，寒郊斗覺暄。」捩，扭轉。曹植《鷂雀賦》：「不早首服，捩頸大唤。」王維《登樓歌》：「亦幸有張伯英草聖兮龍騰虬躍，擺長雲兮捩回風。」《説文》：「噭，吼也。一曰噭，呼也。」俗體作「叫」。謝靈運《七里瀨》：「荒林紛沃若，哀禽相叫嘯。」

〔六〕修鱗二句：修鱗，謂蛇身。本書卷三《萬丈潭》(0138)：「閉藏修鱗蟄，出入巨石礙。」《方言》：「顔、額，謂顙也。中夏謂之額，東齊謂之顙，河潁淮泗之間謂之顔。」巨顙亦代指蛇。拆，裂也。此謂虵首被擊碎。《劉賓客嘉話録》：「爲詩用僻事，須有來處。……嘗訝杜員外『巨顙拆老拳』，疑老拳無據。及覽《晋書》《石勒傳》云『卿既遭孤老拳，孤亦飽卿毒手』，豈虚言哉。」

〔七〕高空二句：蹭蹬，見卷一《奉贈韋左丞丈二十二韻》(0001)注。鄭豐《答陸士龍》：「飛龍蜿蜒，山谷氣翳。」

〔八〕折尾二句：司馬相如《上林賦》：「揵鰭掉尾，振鱗奮翼。」《雜寶藏經》卷一〇：「梟便於夜，知烏眼闇，復啄群烏，開穿其腸，亦復啖食。」

〔九〕快意句：《無量壽經》卷下：「然含毒畜怒，結憤精神，自然克識，不得相離，皆當對生，更相報復。」李斯《諫逐客書》：「快意當前，適觀而已矣。」

〔一〇〕急難句：《詩·小雅·常棣》：「脊令在原，兄弟急難。」潘岳《河陽縣作》：「烱如槁石火，瞥若截道飆。」《法苑珠林》卷六五：「經一宿而見小光烱然，狀若熒火。」

〔一一〕功成二句：《老子》九章：「功成名遂身退，天之道。」《論語·述而》：「子謂顔淵曰：『用之則行，捨之則藏，唯我與爾有是夫。』」

〔一二〕潏水：《水經注》渭水：「泬水又北流注渭，亦謂是水爲潏水也。故吕忱曰：潏水出杜陵縣。《漢書音義》曰：潏，水聲，而非水也。亦曰高都水。」《長安志》卷一一萬年縣：「潏水，今名沈水。自南山皇子陂西北流入縣界。」

〔一三〕飄蕭：飄動貌。本書卷一七《大曆三年春白帝城放船出瞿塘峽久居夔府將適江陵漂泊有詩凡四十韻》(1308)：「飄蕭將素髮，汩没聽洪爐。」張籍《雨中寄元宗簡》：「竹影冷疏澀，榆葉暗飄蕭。」

〔一四〕人生二句：任昉《王文憲集序》：「弘獎風流，許與氣類。」曹植《美女篇》：「顧盼遺光采，長嘯氣若蘭。」又《雜詩》：「倘終顧盼恩，永副我中情。」

〔一五〕聊爲二句：《苕溪漁隱叢話》前集卷一三引《漫叟詩話》：「『叫怒索飯啼門東』，又云『用激壯士肝』，説者謂庖厨之門在東，肝主怒，非偶就韻也。可謂至論。」

王嗣奭《杜臆》：「是太史公一篇義俠客傳，筆力相敵，而叙鳥尤難。……鍾云：『發許大道理。』又云：『住此便有味有法，多下一段可恨。』余謂論他人詩應如是，杜又不然。『人情許與分，只在顧盼間』，道理更大，明是季札挂劍心事，其可少耶！」

施補華《峴傭説詩》：「《義鶻》、《杜鵑》、《鳳凰臺》諸詩，雖有寄託，而失之傖，學者不必則效。」

畫鶻行①

高堂見生鶻②，颯爽動秋骨〔一〕。初驚無拘攣③，何得立突兀〔二〕。乃知畫師妙，功刮造化窟④〔三〕。寫此神俊姿⑤，充君眼中物〔四〕。烏鵲滿樛枝，軒然恐其出〔五〕。側腦看青霄，寧爲衆禽没〔六〕。長翮如刀劍，人寰可超越〔七〕。乾坤空峥嶸，粉墨且蕭瑟〔八〕。緬思雲沙際⑥，自有烟霧質〔九〕。吾今意何傷，顧步獨紆鬱⑦〔一〇〕。

（0072）

【校】

①畫鶻行，錢箋校：「一作畫雕。」

②生，宋本、錢箋、《九家》、《草堂》校：「一作老。」

③孿，錢箋校：「一作卷。」《草堂》作「卷」。

④功，錢箋校：「一作巧。」《草堂》作「巧」。

⑤此，錢箋、《草堂》作「作」，錢箋校：「一作此。」

⑥思，錢箋、《九家》、《草堂》校：「一作想。」

⑦顧，《草堂》作「舉」。

【注】

黄鶴注：肅宗還京，公在扈從之列，以至德二年（七五七）十月入長安。今云「見之高堂」，是其年作。仇注：姑從舊編，附在乾元之初。

〔一〕颯爽：英武貌。本書卷四《丹青引》（0201）：「褒公鄂公毛髮動，英姿颯爽來酣戰。」李端《雜歌呈鄭錫司空文明》：「高冠長劍立石堂，鬢眉颯爽瞳子方。」

〔二〕初驚二句：潘岳《西征賦》：「陋吾人之拘攣，飄萍浮而蓬轉。」木華《海賦》：「魚則橫海之鯨，突兀孤游。」

〔三〕功刮句：《列子·湯問》：「人之巧乃可與造化者同功乎？」《後漢書·張衡傳》論：「崔瑗之稱平子曰：『數術窮天地，製作侔造化。』」姚最《續畫品》：「學窮性表，心師造化。」

〔四〕寫此二句：《世説新語·賞譽》：「王右軍道謝萬石在風林中爲自遒上，歎林公器朗神俊。」陸雲《答張士然》：「感念桑梓城，仿佛眼中人。」《南史·王彧傳》：「有一客少時及見謝混，答曰：『景文方謝叔源，則爲野父矣。』(袁)粲惆悵良久，曰：『恨眼中不見此人。』」

〔五〕烏鵲二句：謝朓《游敬亭山》：「交藤荒且蔓，樛枝聳復低。」《淮南子·道應訓》：「軒軒然方迎風而舞。」

〔六〕側腦二句：郭璞《游仙詩》：「逸翮思拂霄，迅足羨遠游。」禰衡《鸚鵡賦》：「配鸞皇而等美，焉比德於衆禽。」

〔七〕人寰：鮑照《舞鶴賦》：「去帝鄉之岑寂，歸人寰之喧卑。」

〔八〕乾坤二句：峥嶸，見卷一《自京赴奉先縣詠懷五百字》(0041)注。張浚《白兔頌》：「點綴五采，漸染粉墨。」

〔九〕緬思二句：潘岳《寡婦賦》：「遥逝兮逾遠，緬邈兮長乖。」《文選》李善注引《國語》賈逵注：「緬，思貌也。」王昌齡《從軍行》：「萬里雲沙漲，平原冰霰澀。」鮑照《舞鶴賦》：「烟交霧凝，若無毛質。」《文選》李善注：「毛羽與烟霧同色，故云若無。」

〔一〇〕顧步句：阮侃《答嵇康詩》：「顧步懷想象，游日屢太行。」仇注：「行步自顧也。」《楚辭·九歎・憂苦》：「願假簧以舒憂兮，志紆鬱其難釋。」王逸注：「紆，屈也。鬱，愁也。」

《九家》趙注：「世有《西清詩話》者有云：王介甫、歐陽永叔、梅聖俞與一時聞人坐上分題賦《虎圖》，介甫先成，衆服其敏妙，永叔乃袖手。或以問余，余曰：『此體杜甫《畫鶻行》耳。』問者謂然。大抵前輩多模取古人意，以紓急解紛。此其一也。《西清》之説如此。然觀介甫虎詩，與此自不同。蓋此篇雖詠畫鶻，而終於真鶻以自況。」

張謙宜《絸齋詩談》卷四：「《畫鶻行》即作真鶻形容，已是贊畫入妙，與《畫鷹》同法。」

瘦馬行①

東郊瘦馬使我傷②，骨骼硉兀如堵牆③〔一〕。絆之欲動轉欹側，此豈有意仍騰驤〔二〕。細看六印帶官字④〔三〕，衆道三軍遺路傍⑤。皮乾剥落雜泥滓⑥〔四〕，毛暗蕭條連雪霜。去歲奔波逐餘寇，驊騮不慣不得將〔五〕。士卒多騎内厩馬，惆悵恐是病乘黄〔六〕。當時歷塊誤一蹶，委弃非汝能周防⑦〔七〕。見人慘澹若哀訴⑧，失主錯漠無晶光⑨〔八〕。天寒遠放雁爲伴⑩，日暮不收烏啄瘡⑪。誰家且養願終惠〔九〕，更試

明年春草長。（0073）

【校】

①瘦，《文苑英華》作「老」。

②瘦，錢箋校：「一作老。」《文苑英華》作「老」。

③骼，錢箋、《九家》、《草堂》校：「一作骸。」

④六，錢箋校：「一作火。非。」《草堂》校：「一作火。」

⑤三，錢箋、《草堂》校：「一作官。」

⑥雜，錢箋校：「一作盡。」

⑦能，錢箋、《草堂》校：「一作難。」

⑧若，《文苑英華》作「苦」，校：「集作若。」

⑨漠，錢箋、《九家》、《草堂》、《文苑英華》作「莫」。《文苑英華》校：「集作漠。」　晶，《文苑英華》作「精」，校：「集作晶。」

⑩伴，宋本、錢箋、《九家》、《草堂》校：「一作侶。」《文苑英華》校：「集作侶。」

⑪不收烏啄瘡，錢箋校：「一云『不衣烏作瘡』。」　不，錢箋、《九家》校：「一作未。」《文苑英華》作「未」。　收，《草堂》作「衣」。《九家》校：「一作衣。」　烏，錢箋、《九家》作「鳥」。

【注】

黃鶴注：爲房琯作。當琯敗在至德元年十月，今云「去歲奔波逐餘寇」，則是二年（七五七）作明矣。仇注：此是乾元元年（七五八）謫官華州後追述其事。

〔一〕骨骼句：郭璞《江賦》：「碧沙瀢瀩而往來，巨石硉矹以前却。」《文選》李善注：「瀢瀩、硉矹，沙石隨水之貌。」吕向注：「石轉動貌。」慧琳《一切經音義》：「硉矹，大石貌也。」按，杜詩乃高聳突出義。本書卷三《鹿頭山》(0169)：「悠然想揚馬，繼起名硉兀。」卷一七《多病執熱奉懷李尚書》(1324)：「大水淼茫炎海接，奇峰硉兀火雲昇。」《禮記・射義》：「蓋觀者如堵牆。」

〔二〕絆之二句：欹側，傾斜。庾信《小園賦》：「猶得欹側八九丈，縱横數十步。」張衡《西京賦》：「負筍業而餘怒，乃奮翅而騰驤。」《文選》薛綜注：「騰，超也。驤，馳也。」

〔三〕細看句：《唐六典》卷一七太僕寺：「凡在牧之馬皆印。印右膊以小官字，右髀以年辰，尾側以監名，皆依左右廂。若形容端正，擬送尚乘，不用監名。二歲始春，則量其力，又以『飛』字印印其左髀、膊。細馬、次馬以龍印印其項左，送尚乘者尾側依左右閑印以三花。其餘雜馬送尚乘者，以『風』字印印左膊，以『飛』字印印左髀。……官馬賜人者，以『賜』字印；配諸軍及充傳送驛者，以『出』字印，並印左右頰也。」左髀、膊，右髀、膊，尾側，項，共六印。

〔四〕皮乾句：剥落，掉、落。《漢書・五行志》：「李梅當剥落，今反華實。」潘岳《西征賦》：「或被髮左衽，奮迅泥滓。」

〔五〕去歲二句：驊騮，見卷一《天育驃騎歌》(0013)注。《九家》趙注：「驊騮正以指言瘦馬。蓋太平之久，如驊騮輩止以游乘，非慣戰之物也。」將，將持、帶走。《太平廣記》卷三二三《王胡》：「止可此食，不得將遠也。」《法苑珠林》卷二三引《佛本行經》：「出家之人不得將持塗香、末香及諸香鬘。」

〔六〕士卒二句：《唐六典》卷一一殿中省尚乘局：「内乘奉御掌内外閑廄之馬，辨其粗良，而率其習馭。……今仗内有飛龍、祥麟、鳳苑、鵷鸞、吉良、六羣等六廄，犇星、内駒等兩閑。仗外有左飛、右飛、左萬、右萬等四閑，東南内、西南内等兩廄。」惆悵，失意傷感。《楚辭・九懷・通路》：「陰憂兮感余，惆悵兮自憐。」王逸注：「悵然失志，嗟厥命也。」《唐六典》卷一七太僕寺乘黄署：「乘黄，古神馬名，亦曰飛黄，背有角，日行萬里。……隋太僕寺統乘黄署，皇朝因之，領駕士、羊車小史等。……乘黄令掌天子車輅，辨其名數與馴馭之法。」此疑病馬原屬乘黄署所掌天子車輅。

〔七〕當時二句：王褒《聖主得賢臣頌》：「過都越國，蹶如歷塊。」《文選》吕延濟注：「蹶，疾也。言過都國疾如行歷一小塊之間。」杜詩用「蹶」字有異。《説文》：「蹶，僵也。一曰跳也。」《方言》：「跌，蹷也。」《禮記・曲禮》：「足毋蹶。」注：「蹶，行遽貌。」慧琳《一切經音義》：「《説文》：蹷，僵也。僵，却偃也。……《爾雅》：蹶，動也。案蹶，驚駭急疾之意也，蹶非此也。」是蹶有跌仆、行遽二義，前義又寫作「蹷」。杜詩用跌仆義，五臣注取行遽義，當與王褒原文更爲吻合。范傳正《贈左拾遺翰林學士李公新墓碑》：「歷塊一蹶，蹷於空谷。」與杜詩同。郭震《古劍篇》：「正逢天下無風塵，幸得周防君子身。」高適《同諸公登慈恩寺浮圖》：「盛時慚阮步，未宦知周防。」

〔八〕見人二句：慘澹，見本卷《北征》(0052)注。錯漠，同錯莫。仇注：「猶云落寞。」蔣紹愚釋爲心煩意亂。鮑照《擬行路難》：「今日見我顔色衰，意中錯漠與先異。」沈滿願《晨風行》：「風彌葉落永難索，神往形返情錯漠。」

〔九〕誰家句：惠養，見卷一《高都護驄馬行》(0012)注。

《九家》趙注：「蔡伯世云：公出爲華州司功，以事之東都，有此詩。或曰此詩似言房琯之斥逐，又曰特公以自比，皆謂不然。蓋謂誰家惠養，則無所指名之義。若以房琯言之，則惠養之者必天子也，不應謂之誰家。若以公言之，則惠養之者必貴人也。公時困謫，有所望於顧拔之者，則猶有可言焉。其所喻不廣，故直以爲公因感瘦馬而託意於賢士之困。惟其所薦之，則其説廣。」按，趙次公釋「誰家」義，拘泥之甚。然謂此詩不過泛泛託意，非指言房琯，則通達可從。

送率府程録事還鄉 程攜酒饌相就取別〔一〕。

鄙夫行衰謝〔二〕，抱病昏妄集①。常時往還人，記一不識十〔三〕。程侯晚相遇，與語才傑立〔四〕。薰然耳目開，頗覺聰明入〔五〕。千載得鮑叔，末契有所及〔六〕。意鍾老柏青②，義動修蛇蟄〔七〕。若人可數見，慰我垂白泣〔八〕。告別無淹晷，百憂復相襲〔九〕。内愧突不黔，庶羞以賙給③〔一〇〕。素絲挈長魚，碧酒隨玉粒〔一一〕。途窮見交態，世梗悲路澀〔一二〕。東風吹春冰，泱莽后土濕〔一三〕。念君惜羽翮，既飽更思戢〔一四〕。莫作翻雲鶻〔一五〕，聞呼向禽急。（0074）

【校】

① 妄，錢箋校：「一作忘。」《草堂》作「忘」，校：「一作妄。非。」

② 鍾，錢箋、《九家》、《草堂》校：「一作中。」

③ 庶羞以，錢箋、《九家》、《草堂》校：「一云庶明似。」

【注】

黄鶴注：當是乾元元年（七五八）在諫省時作。仇注：當是天寶十五年（七五六）春在率府作。川《譜》同。

〔一〕率府程録事：名不詳。《唐六典》卷二八太子左右衛率府：「録事、參軍事各一人，從八品上。」

〔二〕鄙夫句：《論語·陽貨》：「子曰：『鄙夫可與事君也與哉？其未得之也，患得之；既得之，患失之。』」《梁書・陸雲公傳》：「但恐衰謝，無復前期。」

〔三〕記一句：《梁書・劉顯傳》：「（沈）約曰：『老夫昏忘，不可受策。雖然，聊試數事，不可至十也。』」

〔四〕才傑：沈約《傷謝朓》：「吏部信才傑，文鋒振奇響。」

〔五〕薰然二句：《莊子・天下》：「薰然慈仁，謂之君子。」獨孤及《夢遠游賦》：「真境沕穆以傍感，精誠薰然而來親。」《韓詩外傳》卷二：「昔者齊桓公得管仲、隰朋，南面而立，桓公曰：『吾得二子，吾目加明，吾耳加聰，不敢獨擅，進之先祖。』」

〔六〕千載二句：鮑叔，見卷一《貧交行》（0010）注。陸機《歎逝賦》：「託末契於後生，余將老而爲客。」

〔七〕意鍾二句：仇注：「意鍾松柏，言交情長久。義動蟄蛇，言豪氣激發。」

〔八〕垂白：《漢書・杜業傳》：「誠哀老姊垂白。」鮑照《擬古詩》：「結髮起躍馬，垂白對講書。」

〔九〕告別二句：王儉《春日家園詩》：「羲和遠停晷，壯士豈淹留。」徐彥伯《擬古》：「頹光無淹晷，逝水有迅流。」淹晷蓋指時光停滯。百憂，見卷一《同諸公登慈恩寺塔》（0023）注。

〔一〇〕内愧二句：《淮南子・修務訓》：「孔子無黔突，墨子無暖席。」《周禮・天官・膳夫》鄭注：「羞，出於牲及禽獸，以備滋味，謂之庶羞。」《魏書・高聰傳》：「族祖允視之若孫，大加賙給。」

〔一一〕碧酒句：薛曜《奉和聖制夏日游石淙山》：「此中碧酒恒參聖，浪道崑山別有仙。」《戰國策・楚策三》：「楚國之食貴於玉，薪貴於桂。」沈約《捨身願疏》：「玉粒晨炊，華燭夜炳。」

〔一二〕途窮二句：《史記・汲鄭列傳》：「始翟公爲廷尉，賓客闐門。及廢，門外可設雀羅。翟公復爲廷尉，賓客欲往，翟公乃大署其門曰：『一死一生，乃知交情；一貧一富，乃知交態。一貴一賤，交情乃見。』」《南齊書・高帝紀》：「國步斯梗，則棱威外發。」《魏書・臨淮王傳》：「天步未夷，國難猶梗。」此指安史之亂。潘尼《迎大駕詩》：「世故尚未夷，崤函方險澀。」蕭綱《隴西行》：「烏孫塗更阻，康居路猶澀。」

〔一三〕泱莽句：泱莽同泱漭。張衡《西京賦》：「山谷原隰，泱漭無疆。」《文選》薛綜注：「泱漭，無限域之貌。」宋玉《九辯》：「皇天淫溢而秋霖兮，后土何時而得乾。」

〔一四〕念君二句：應瑒《侍五官中郎將建章臺集詩》：「問子游何鄉，戢翼正徘徊。」劉琨《答盧諶》：「有鳥翻飛，不遑休息。匪桐不棲，匪竹不食。永戢東羽，翰撫西翼。」

〔一五〕莫作句：《北齊書・高思好傳》：「文宣悦其驍勇，謂曰：『爾擊賊如鶻入鴉群，宜思好事。』故改名焉。」

晦日尋崔戢李封〔一〕

朝光入甕牖，尸寢驚弊裘①〔二〕。起行視天宇，春氣漸和柔〔三〕。興來不暇懶②〔四〕，今晨梳我頭。出門無所待，徒步覺自由③〔五〕。杖藜復恣意，免值公與侯〔六〕。晚定崔李交，會心真罕儔〔七〕。每過得酒傾④，二宅可淹留。喜結仁里歡〔八〕，況因令節求。李生園欲荒，舊竹頗修修⑤〔九〕。引客看掃除，隨時成獻酬〔一〇〕。崔侯初筵色，已畏空樽愁〔一一〕。未知天下士，至性有此不⑥〔一二〕？草牙既青出，蜂聲亦暖游〔一三〕。思見農器陳，何當甲兵休〔一四〕？上古葛天氏⑦，不貽黃屋憂⑧〔一五〕。至今阮籍等，熟醉爲身謀〔一六〕。威鳳高其翔⑨，長鯨吞九州〔一七〕。地軸爲之翻，百川皆亂流〔一八〕。當歌欲一放，淚下恐莫收〔一九〕。濁醪有妙理，庶用慰沉浮⑩〔二〇〕。（0075）

【校】

①尸，錢箋、《草堂》校：「一作方。一作宴。」《九家》校：「一作方。」

②興來，錢箋校：「一云得興。一云乘興。」《九家》校：「一作得興。」《草堂》校：「一作乘興。」

③徒，錢箋、《九家》、《草堂》校：「一作徙。」

④傾，錢箋、《九家》、《草堂》校：「一作喫。」

⑤舊，錢箋、《九家》、《草堂》校：「一作有。」

⑥至，宋本、錢箋、《九家》、《草堂》校：「一作志。」

⑦氏，錢箋作「民」，《草堂》作「氏」，校：「或謂氏當作民，非。」

⑧屋，宋本、錢箋、《九家》、《草堂》校：「一作綺。」

⑨高其翔，錢箋、《九家》校：「一云自高翔。」

⑩用，錢箋校：「一云與。」

【注】

黄鶴注：當是乾元元年（七五八）歸京師時作。仇注：乾元元年春公方在諫垣，此時兩京復，禄山亡，詩中不得作長鯨吞、地軸翻等語。范氏編入至德二載春，此時身陷賊中，豈能爲令節之歡。斷是天寶十五載（七五六）作。

〔一〕晦日：見卷一《樂游園歌》（0030）注。崔戢：事迹未詳。李封：《新唐書·宰相世系表二上》趙郡李氏：雄飛子，「封，左補闕」。顧況《禮部員外郎陶氏集序》：「鮑、馬二京兆，中書謝舍人良弼、良輔，侍御史李封，殿中劉全誠，名自公出，名著公器。」即其人。《封氏聞見記》卷九：「李封爲延陵令，吏人有罪，不加杖罰，但令裹頭巾以辱之。……賦税常先諸縣，去官，竟不捶一人。」未知是否同人。

〔二〕朝光二句：《禮記·儒行》：「儒有一畝之宫，環堵之室，篳門圭窬，蓬户甕牖。」《論語·鄉黨》：「寢不尸，居不容。」集解包曰：「偃卧四體，布展手足，似死人。」《戰國策·秦策一》：「（蘇秦）黑貂之裘弊，黄金百斤盡。」楊倫引張上若云：「想披裘而卧，見日驚起耳。」

〔三〕起行二句：陶淵明《辛丑歲七月赴假還江陵夜行塗口》：「昭昭天宇闊，皛皛川上平。」《禮記·

樂記》：「其愛心感者，其聲和以柔。」王羲之《蘭亭詩》：「欣此暮春，和氣載柔。」

〔四〕興來句：嵇康《與山巨源絶交書》：「性復疏懶，筋駑肉緩，頭面常一月十五日不洗，不大悶癢，不能沐也。」

〔五〕出門二句：阮籍《詠懷》：「出門臨永路，不見行車馬。」《法苑珠林》卷四二引《雜阿含經》：「今唯此半阿摩勒果，我得自由。」敦煌本《壇經》：「内外不住，來去自由。」沈佺期《七夕曝衣篇》「椒房金屋寵新流，意氣驕奢不自由。」本書卷一一《和裴迪登蜀州東亭送客逢早梅見寄》（0649）：「此時對雪遥相憶，送客逢春可自由。」唐人言「自由」者蓋與佛教影響有關，與專横自恣意有别。

〔六〕杖藜二句：《莊子·讓王》：「子貢乘大馬，中紺而表素，軒車不容巷，往見原憲。原憲華冠縰履，杖藜而應門。」《列子·楊朱》：「恣體之所欲安，恣意之所欲行。」

〔七〕會心句：《法苑珠林》卷五九引《生經》：「於是世尊見衆會心，欲爲決疑。」宗炳《畫山水序》：「夫以應目會心爲理者，類之成巧，則目亦同應，心亦俱會。」張衡《鴻賦序》：「鵷鸞已降，罕見其儔。」

〔八〕仁里：張衡《思玄賦》：「匪仁里其焉宅兮，匪義跡其焉追。」《文選》李善注引《論語》：「里仁爲美。」

〔九〕舊竹句：《雜曲歌辭·古歌》：「胡地多飆風，樹木何修修。」《楚辭·七諫》：「便娟之修竹兮，寄生乎江潭。」

〔一〇〕引客二句：《説苑·貴德》：「孔子再拜受，使弟子掃除。」《詩·小雅·楚茨》：「爲賓爲客，獻酬交錯。」箋：「始主人酌賓爲獻，賓既酌主人，主人又自飲酌賓曰酬。」

〔一一〕崔侯二句：《詩·小雅·賓之初筵》：「賓之初筵，左右秩秩。」《後漢書·孔融傳》：「及退閑職，賓客日盈其門，常歎曰：『坐上客恒滿，尊中酒不空，吾無憂矣。』」

〔一二〕至性：嵇康《與山巨源絶交書》：「阮嗣宗……至性過人，與物無傷，惟飲酒過差耳。」

〔一三〕草牙二句：沈約《有所思》：「關樹抽紫葉，塞草發青芽。」《説文》：「芽，萌也。」段注：「古多以牙爲芽。」謝脁《贈王主簿》：「蜻蛉草際飛，游蜂花上食。」

〔一四〕思見二句：《禮記·月令》：「孟春之月……王命布農事，命田舍東郊，皆修封疆，審端經術。善相丘陵阪險原隰，土地所宜，五穀所殖，以教道民，必躬親之。……是月也，不可以稱兵，稱兵必天殃。兵戎不起，不可從我始。」

〔一五〕上古二句：《吕氏春秋·仲夏紀》：「昔葛天氏之樂，三人操牛尾，投足以歌八闋。」《初學記》卷九引《帝王世紀》：「及女媧氏没，次有大庭氏……葛天氏、陰康氏、無懷氏，凡十五世，皆襲庖犧之號。」陶淵明《五柳先生傳》：「無懷氏之民歟？葛天氏之民歟？」《史記·項羽本紀》：「紀信乘黄屋車。」正義：「李斐云：天子車以黄繒爲蓋裏。」沈約《辨聖論》：「聖人遺情忘己，常以兼濟爲念，若不登九五之位，則其道不行，非以黄屋玉璽爲尊貴也。」

〔一六〕至今二句：《晋書·阮籍傳》：「籍本有濟世志，屬魏晋之際，天下多故，名士少有全者，籍由是不與世事，遂酣飲爲常。文帝初欲爲武帝求婚於籍，籍醉六十日，不得言而止。鍾會數以時事問之，欲因其可否而致之罪，皆以酣醉獲免。」《北史·來護兒傳》：「臣荷恩深重，不敢專爲身謀。」

〔一七〕威鳳二句：《漢書·宣帝紀》：「南郡獲白虎、威鳳爲寶。」注：「晋灼曰：鳳之有威儀者也。與《尚書》『鳳皇來儀』同義。」孫綽《望海賦》：「長鯨岳立以截浪，蚓鰭揚鬐以排流。」蕭繹《玄覽賦》：「戮滔天之封豕，斬横海之長鯨。」

〔一八〕地軸二句：地軸，見卷一《三川觀水漲二十韻》(0043)注。《詩·小雅·十月之交》：「百川沸騰，山冢崒崩。」

〔一九〕當歌：見卷一《陪李北海宴歷下亭》(0006)注。

〔二〇〕濁醪二句：濁醪，見卷一《夏日李公見訪》(0034)注。曹植《漢二祖優劣論》：「通黄中之妙理，韜亞聖之懿才。」曹攄《思友人》：「精義測神奥，清機發妙理。」伏義《與阮嗣宗書》：「又有滑稽之士糅於其間，浮沉不一，際畔相亂。」江淹《雜體詩·阮步兵籍詠懷》：「青鳥海上游，鸒斯蒿下飛。浮沉不相宜，羽翼各有歸。」

雨過蘇端端置酒〔一〕。

雞鳴風雨交①〔二〕，久旱雨亦好②。杖藜入春泥，無食起我早〔三〕。諸家憶所歷，一飯跡便掃③〔四〕。蘇侯得數過，歡喜每傾倒〔五〕。也復可憐人④，呼兒具梨棗〔六〕。濁醪必在眼，盡醉攄懷抱〔七〕。紅稠屋角花，碧委墻隅草⑤〔八〕。親賓縱談謔⑥，喧鬧畏衰老⑦〔九〕。況蒙霈澤垂，糧粒或自保〔一〇〕。妻孥隔軍壘，撥弃不擬道⑧〔一一〕。

(0076)

【校】

①雨，錢箋、《草堂》校：「一云雲。」

②雨，錢箋作「雲」，校：「一作雨。」

③飯，錢箋、《九家》、《草堂》校：「一云飽。」　便，錢箋、《草堂》校：「一云更。」

④也復，錢箋、《草堂》校：「一作復也。」

⑤委，錢箋、《草堂》校：「一作秀。」

⑥縱，《九家》作「絶」，錢箋、《草堂》校：「一作絶。」

⑦畏，《九家》、《草堂》作「慰」，錢箋校：「一作慰。」

⑧不，《草堂》校：「一作未。」

【注】

黄鶴注：詩云「妻孥隔軍壘」，當是至德二年（七五七）作。

〔一〕蘇端：《草堂》卞圜曰：「端時白衣。《唐科名記》：端明春始及第。」徐松《登科記考》據此繫蘇端登第於乾元元年。《元和姓纂》卷三藍田蘇：刑部尚書蘇珦生晋、瞻，瞻「生端、平、寧、昶。端，比部郎中」。《舊唐書·楊綰傳》：綰卒，詔謚文簡，「比部郎中蘇端，性疏狂，嫉其賢，乃肆毁黷，異同其議。上怒，貶端爲廣州員外司馬」。《常衮傳》：「有司議謚綰文貞，衮微諷比部郎中蘇端令駁之，毁綰過甚，端坐黜官。」

〔二〕雞鳴句：《舊唐書·肅宗紀》：「（至德二載三月）癸亥大雨，至癸酉不止，詔疏理刑獄，甲戌方止。」《詩·鄭風·風雨》：「風雨淒淒，雞鳴喈喈。」

〔三〕無食句：陶淵明《乞食》：「飢來驅我去，不知竟何之。行行至斯里，叩門拙言辭。」

〔四〕一飯句：孔稚圭《北山移文》：「或飛柯以折輪，乍低枝而掃跡。」仇注：「跡便掃，絶足不再往也。」

〔五〕傾倒：《世説新語·賞譽》：「衛風韻雖不及卿諸人，傾倒處亦不近。」鮑照《答休上人菊詩》：「味貌復何奇，能令君傾倒。」

〔六〕也復二句：陶淵明《擬古》：「榮華誠足貴，亦復可憐傷。」《世説新語·言語》：「乃呼兒出，爲設果。」謝靈運《山居賦》：「桃李多品，梨棗殊所。」自注：「棗梨事出北河濟之間，淮潁諸處，故云殊所也。」《顔氏家訓·名實》：「鄴下有一少年，出爲襄國令，頗自勉篤。……凡遣兵役，握手送離，或賫梨棗餅餌，人人贈别。」按，此春季，乾棗或可見，梨則非其時，詩不過泛言趁韻。

〔七〕盡醉句：盧諶《贈劉琨詩序》：「抑不足以揄揚弘美，亦以攄其所抱而已。」

〔八〕紅稠二句：《金樓子》載蕭繹奉敕爲詩：「池平牛已合，林花發稍稠。」謝朓《往敬亭路中》：「新條日向抽，落花紛已委。」

〔九〕親賓二句：《梁書·周捨傳》：「捨素辯給，與人泛論談謔，終日不絕口。」喧鬧畏衰老，即衰老畏喧鬧。

〔一〇〕況蒙二句：陸機《浮雲賦》：「玄陰觸石，甘澤滂霈。」顔延之《陶徵士誄》：「織絇緯蕭，以充糧粒之費。」阮籍《詠懷》：「一身不自保，何況戀妻子。」

〔一一〕妻孥二句：《相和歌辭·婦病行》：「行復爾耳，弃置勿復道。」《九家》趙注：「亦自淵明『撥置且莫念』之變也。」陶淵明《還舊居》：「撥置且莫念，一觴聊可揮。」按，前句用阮詩，此句用《婦病行》，皆扣合妻孥。

喜晴①

皇天久不雨，既雨晴亦佳。出郭眺四郊，肅肅春增華②〔一〕。青熒陵陂麥，窈窕桃李花③〔二〕。春夏各有實，我飢豈無涯？干戈雖横放，慘澹鬬龍蛇〔三〕。甘澤不猶愈，且耕今未賒〔四〕。丈夫則帶甲〔五〕，婦女終在家。力難及黍稷，得種菜與麻〔六〕。千載商山芝，往者東門瓜〔七〕。其人骨已朽④，此道誰疵瑕〔八〕？英賢遇轗軻，遠引蟠泥沙〔九〕。顧慚昧所適，回首白日斜〔一〇〕。漢陰有鹿門，滄海有靈查⑤〔一一〕。焉能學衆口，咄咄空咨嗟⑥〔一二〕。（0077）

【校】

①喜晴，錢箋、《九家》校：「一云喜雨。」

②四，錢箋、《草堂》作「西」。肅肅，錢箋校：「一作蕭蕭。」《草堂》作「蕭蕭」，校：「一作肅肅。」

③李，錢箋、《九家》、《草堂》校：「一作杏。」

④朽，宋本、錢箋、《九家》、《草堂》校：「一作滅。」

⑤靈，錢箋、《草堂》校：「一作雲。」

⑥空，錢箋、《九家》校：「一作同。」《草堂》校：「一作日。」

【注】

黄鶴注：以前篇《雨過蘇端》詩考之，當是至德二年（七五七）作，此詩作於是年三月甲戌雨止之後。仇注：前篇云「久旱雨亦好」，此篇云「既雨晴亦佳」，兩篇爲同時作明矣。

〔一〕肅肅：風起貌。蔡琰《悲憤詩》：「處所多霜雪，胡風春夏起。翩翩吹我衣，肅肅入我耳。」

〔二〕青熒二句：揚雄《羽獵賦》：「玉石嶜崟，眩耀青熒。」《文選》李善注：「青熒，光明貌。」《莊子·外物》：「青青之麥，生於陵陂。」《詩·周南·關雎》：「窈窕淑女，君子好逑。」《召南·何彼襛矣》：「何彼襛矣，華如桃李。」此變言之。

〔三〕干戈二句：横放，猶言横行。張説《唐陳州龍興寺碑》：「倥侗顓蒙，情嗜横放。」本書卷二〇《前殿中侍御史柳公紫微仙閣畫太一天尊圖文》(1475)：「乖氣横放，淳風不返。」慘澹，見本卷《北征》(0052)注。仇注：「干戈、龍蛇，指禄山之亂。」按，蓋用漢高祖事。《史記・高祖本紀》：「高祖爲人，隆準而龍顔。……醉卧，武負、王媪見其上常有龍，怪之。……高祖被酒，夜徑澤中，令一人行前，行前者還報曰：『前有大蛇當徑，願還。』高祖醉，曰：『壯士行，何畏！』乃前，拔劍擊斬蛇。蛇遂分爲兩，徑開。……後人來至蛇所，有一老嫗夜哭。人問何哭，嫗曰：『人殺吾子，故哭之。……吾子，白帝子也，化爲蛇，當道，今爲赤帝子斬之，故哭。』」

〔四〕甘澤二句：賒，遲也。陶淵明《和胡西曹示顧賊曹》：「悠悠待秋稼，寥落將賒遲。」王僧孺《有所思》：「光陰復何極，望促反成賒。」以上四句爲一轉折，「雖横放」、「不猶愈」相關聯。

〔五〕丈夫句：則，雖然，即使。説見張相《詩詞曲語辭彙釋》。《國語・吴語》：「爲帶甲三萬。」

〔六〕力難二句：《詩・唐風・鴇羽》：「王事靡盬，不能蓺黍稷。」《史記・周本紀》：「弃爲兒時，屹如巨人之志，其游戲，好種樹麻菽，麻菽美。」

〔七〕千載二句：崔琦《四皓頌》：「昔南山四皓者，蓋角里先生、綺里季、夏黄公、東園公是也。秦之博士，遭世闇昧，道滅德消，坑黜儒術，詩書是焚，於是四公退而作歌曰：『莫莫高山，深谷逶迤。曄曄紫芝，可以療飢。唐虞世遠，吾將何歸。駟馬高蓋，其憂甚大。富貴之畏人兮，不若貧賤之肆志。』」《漢書・王貢兩龔鮑傳序》謂四人當秦之世，避而入商雒深山。《史記・蕭相國世家》：「召平者，秦故東陵侯。秦破，爲布衣，貧，種瓜于長安城東。瓜美，故世俗謂之東陵瓜。」《漢書·王莽傳》：「霸城門災，民間所謂青門也。」注：「師古曰：《三輔黄圖》云：長安城東出南頭名霸城門，俗以其色青，名曰青門。」阮籍《詠懷》：「昔聞東陵瓜，近在青門外。」

〔八〕其人二句：《史記·老子韓非列傳》：「其人與骨皆已朽矣，獨其言在耳。」《左傳》僖公七年：「女專利而不厭，予取予求，不女疵瑕也。」

〔九〕英賢二句：轗軻，見卷一《醉時歌》(0019)注。揚雄《法言》卷五：「龍蟠於泥，蚖其肆矣。蚖哉，蚖哉，惡睹龍之志也與！」郭璞《江賦》：「或泛潋於潮波，或混淪乎泥沙。」

〔一〇〕顧慚二句：顧慚，見本卷《北征》(0052)注。謝繹《蘭亭詩》：「縱觴任所適，回波縈游鱗。」王粲《七哀詩》：「南登霸陵岸，回首望長安。」賈誼《鵩鳥賦》：「庚子日斜兮，鵩集予舍。」

〔一一〕漢陰二句：《水經注》沔水：「襄陽城東有東白沙，白沙北有三洲……沔水中有魚梁洲，龐德公所居。士元居漢之陰，在南白沙，世故謂是地爲白沙曲矣。司馬德操宅洲之陽，望衡對宇，歡情自接，泛舟褰裳，率爾休暢。」《後漢書·逸民傳》：「龐公者，南郡襄陽人也。居峴山之南，未嘗入城府。……後遂携妻子登鹿門山，因采藥不反。」參卷三《遣興五首》(0109)注。黄希注：「鹿門在漢水之陰，地屬襄陽，非指漢陰郡。」查通楂。《太平御覽》卷八引《博物志》：「舊説天河與海通，近世有居海者，年年八月有浮查來，甚大，往反不失期，此人乃多齎糧，乘查去，忽忽不覺晝夜，奄至一處，有城郭屋舍，望室中多見織婦。見一丈夫牽牛渚次飲之，牽牛人驚問此人何由至此，此人即問爲何處，答曰：『君可詣蜀郡訪嚴君平，則知之。』此人還問嚴君平，君平曰：『此織女支機石也。某年某日有客星犯斗牛。』即此人到天河也。」

〔一二〕咄咄句：《世説新語·黜免》：「殷中軍被廢，在信安，終日恒書空作字。揚州吏民尋義逐之，竊視，唯作『咄咄怪事』四字而已。」阮籍《詠懷》：「求仁自得仁，豈復歎咨嗟。」

蘇端薛復筵簡薛華醉歌〔一〕

文章有神交有道〔二〕，端復得之名譽早。愛客滿堂盡豪翰①，開筵上日思芳草②〔三〕。安得健步移遠梅，亂插繁花向晴昊〔四〕。千里猶殘舊冰雪，百壺且試開懷抱〔五〕。垂老惡聞戰鼓悲，急觴爲緩憂心擣③〔六〕。少年努力縱談笑，看我形容已枯槁〔七〕。座中薛華善醉歌④，歌詞自作風格老⑤〔八〕。近來海内爲長句⑥，汝與山東李白好〔九〕。何劉沈謝力未工，才兼鮑昭愁絶倒⑦〔一〇〕。諸生頗盡新知樂〔一一〕，萬事終傷不自保。氣酣日落西風來，願吹野水添金杯⑧。如澠之酒常快意〔一二〕，亦知窮愁安在哉⑨！忽憶雨時秋井塌⑩，古人白骨生青苔〔一三〕，如何不飲令心哀？

（0078）

【校】

①翰，《九家》作「傑」。錢箋、《草堂》校：「一作傑。」

②日，宋本、錢箋、《九家》、《草堂》校：「一作月。」《文苑英華》作「月」，校：「集作日。」

③急，錢箋校：「一作羽。」

④座，錢箋作「坐」。兩字古通，下不另出校。　善，錢箋校：「一作能。」《文苑英華》作「能」，校：「集作善。」

⑤歌詞，錢箋校：「一云醉歌。」《文苑英華》作「醉歌」，校：「集作歌辭。」

⑥爲，錢箋校：「一作無。」《文苑英華》作「無」，校：「集作爲。」

⑦才，《文苑英華》作「甫」，校：「集作才。」　昭，《草堂》作「照」。　愁，《文苑英華》作「黎」，校：「集作愁。」

⑧添，錢箋校：「一作注。」《文苑英華》作「注」，校：「集作添。」

⑨亦知，宋本作「亦如」，據錢箋等改。錢箋校：「荆作不知。」　亦，《文苑英華》作「未」，校：「集作亦。」　愁，《文苑英華》作「達」，校：「集作愁。」

⑩塌，《文苑英華》校：「集作竭。」

【注】

黄鶴注：詩中無陷賊之意，似是天寶十五載（七五六）正月朔日作。是時方討禄山，所以只云「惡聞戰鼓悲」。川《譜》編在至德二載（七五七）。按，當與《雨過蘇端》、《喜晴》二詩作於同年。蓋此數年一世事翻覆，諸人會聚亦僅爲一時之事。此三詩皆流露厭戰苟全之意，亦亂局之下人之常情。

〔一〕蘇端：見前《雨過蘇端》(0076)。薛復：事迹未詳。薛華：獨孤及《仲春裴胄先齋宴集聯句賦詩序》：「右金吾倉曹薛華陳嘉肴，釃清沽，會河東裴冀、滎陽鄭袞、河南獨孤及於署之公堂。」仇注引此。于良史有《閑居寄薛華》詩。

〔二〕文章句：文章有神，見卷一《奉贈韋左丞丈二十二韻》(0001)注。《後漢書·王丹傳》：「交道之難，未易言也。世稱管鮑，次則王貢。張陳凶其終，蕭朱隙其末，故知全之者鮮矣。」

〔三〕愛客二句：《宋書·王弘之傳》：「君家高世之節，有識歸重，豫染豪翰，所應載述。」《書·舜典》：「正月上日，受終於文祖。」傳：「上日，朔日也。」《楚辭·離騷》：「何所獨無芳草兮，爾何懷乎故宇。」

〔四〕安得二句：《太平御覽》卷一九引《荊州記》：「陸凱與范曄爲友，在江南寄梅花一枝，詣長安與曄，並贈詩云：『折花奉秦使，寄與隴頭人。江南無所有，聊寄一枝春。』」此想移江南之梅，暗用其事。謝朓《詠梅詩》：「用持插雲髻，翡翠比光輝。」晴昊，猶言晴空。

〔五〕千里二句：《楚辭·招魂》：「增冰峨峨，飛雪千里些。」蕭綱《昭明太子集序》：「雪號千里，冰重三尺。」《詩·大雅·韓奕》：「顯父餞之，清酒百壺。」

〔六〕急觴句：謝靈運《擬魏太子鄴中集·陳琳》：「哀哇動梁埃，急觴蕩幽默。」《詩·小雅·小弁》：「我心憂傷，惄焉如擣。」

〔七〕枯槁：《老子》七十六章：「萬物草木生之柔脆，其死枯槁。」

〔八〕風格：《太平御覽》卷四六五引袁山松《後漢書》：「李膺風格秀整，高自標尚。」《文心雕龍·議對》：「亦各有美，風格存焉。」

〔九〕近來二句：長句，七言詩。李紳《追昔游集序》：「或長句，或五言，或雜言，或歌或樂府、齊梁。」《北里志》：「光遠嘗以長句詩題萊兒室曰：魚鑰獸環斜掩門……」《南部新書》辛卷：「盧演爲長句，和而勗之，曰：桑扈交飛百舌忙……」元稹《唐檢校工部員外郎杜君墓係銘》：「時山東人李白，亦以奇文取稱。」《舊唐書·文苑傳》：「李白字太白，山東人。」曾鞏《李白詩集後序》：「蓋白，蜀郡人……《舊史》稱白山東人……皆不合白之自叙。蓋史誤也。」楊慎《升庵詩話》卷一：「杜子美詩：『近來海内爲長句，汝與東山李白好。』流俗本妄改作『山東李白』。按樂史序李白集云：『白客游天下，以聲妓自隨，效謝安石風流，自號東山，時人遂以「東山李白」稱之。』子美詩句，正因其自號而稱之耳。流俗不知而妄改。」錢箋：「蓋白隱於徂徠，時人皆以山東人稱之，故杜詩亦曰『山東李白』。……近世楊慎據李陽冰、魏顥序……顥云：『跡類謝康樂，世號爲李東山。』此亦偶然題目，豈可援據爲稱謂乎？楊好奇曲説，吾所不取。」

〔一〇〕何劉二句：《梁書·何遜傳》：「初，遜文章與劉孝綽並見重於世，世謂之何劉。世祖著論論之云：『詩多而能者沈約，少而能者謝朓、何遜。』」宋祁《宋景文公筆記》卷中：「今人多誤以鮑照爲昭，李商隱有詩云：『濃烹鮑照葵。』又金陵有人得地中石刻，作『鮑照』字。」王楙《野客叢書》卷九：「武后諱照，以詔書爲制書，鮑照爲鮑昭，懿德太子重照改曰重潤，劉思照改曰思昭。」

《世説新語・賞譽》：「不意永嘉之中，復聞正始之音。阿平若在，當復絶倒。」仇注：「愁絶倒，詩家愁爲不及也。」又引計東曰：「太白長句，其源出於鮑照，故言何劉沈謝但能五言……必若鮑照七言樂府，方爲絶妙耳。」楊倫云：「謂其言愁處足使人絶倒也。」汪師韓《詩學纂聞》：「絶倒説愁，要是湊韻，後人曲解不必。」按，絶倒乃嘆服之義，詩意謂才兼鮑照者亦愁絶倒，楊説不確，汪説亦誤。

〔一一〕新知樂：《楚辭・九歌・少司命》：「悲莫悲兮生别離，樂莫樂兮新相知。」

〔一二〕如澠之酒：《左傳》昭公十二年：「有酒如澠，有肉如陵。」

〔一三〕古人句：鮑照《代挽歌》：「玄鬢無復根，枯髏依青苔。」

施補華《峴傭説詩》：「『文章有神交有道』七字，總提筆力，以下便揮灑自如。『氣酣日落』一段與《贈鄭虔》『春夜沉沉』後半同一筆墨，所謂氣足神王處也。」

沈德潛《説詩晬語》卷上：「《簡薛華醉歌》突接『氣酣日落西風來』，上寫情欲未盡，忽入寫景，激壯蒼涼，神色俱王，皆此老獨開生面處。」

病後遇王倚飲贈歌①〔一〕

麟角鳳觜世莫識②，煎膠續弦奇自見〔二〕。尚看王生抱此懷，在於甫也何由羨。且遇王生慰疇昔〔三〕，素知賤子甘貧賤。酷見凍餒不足恥③，多病沉年苦無健④〔四〕。王生怪我顔色惡，答云伏枕艱難徧〔五〕。瘧癘三秋孰可忍，寒熱百日相交戰〔六〕。頭白眼暗坐有胝，肉黄皮皺命如綫〔七〕。惟生哀我未平復〔八〕，爲我力致美肴膳。遣人向市賒香粳〔九〕，唤婦出房親自饌。長安冬菹酸且緑，金城土酥静如練〔一〇〕。兼求富豪且割鮮⑤，密沽斗酒諧終宴〔一一〕。故人情義晚誰似⑥，令我手脚輕欲漩⑦〔一二〕。老馬爲駒信不虚⑧，當時得意況深眷〔一三〕。但使殘年飽喫飯，只願無事長相見。（0079）

【校】

①遇，《草堂》作「過」。錢箋校：「一作過。」

②麟角，錢箋校：「一作鱗魚。」識，錢箋、《草堂》校：「一作辨。」

③凍，錢箋、《草堂》校：「一作陳。」

④健，《草堂》作「恠」。

⑤富豪，宋本、錢箋校：「一作畜豪。又作畜豕。」《草堂》作「畜豕」，校：「一作富豪。」《九家》校：「一作畜豕。」

⑥義，《草堂》、《九家》作「味」，《草堂》校：「一作義。」錢箋校：「一作味。」

⑦漩，錢箋校：「一作旋。」《草堂》作「旋」，校：「或作漩。」

⑧信，《九家》作「總」。錢箋校：「一作總。」

【注】

黄鶴注：梁權道編在至德二年（七五七）自行在還長安時作。然詩中略不及遭亂而病之意，終云「但使殘年飽喫飯，只願無事常相見」，蓋傷爲時輩所忽，當是天寶十三年（七五四）作。川《譜》編在天寶十年（七五一）。按，詩云「瘧癘三秋」、「寒熱百日」，與天寶十年、十三年事皆不甚相合。

〔一〕王倚：事迹不詳。《詩話總龜》前集卷二九引《古今詩話》：「唐德州刺史王倚家有筆一管，粗於常筆，刻《從軍行》，人馬毛髮，無不精絶。」未知是否其人。

〔二〕麟角二句：《海内十洲記》：「鳳麟洲在西海之中央，地方一千五百里。……洲上多鳳麟……煮鳳喙及麟角，合煎爲膏，名之爲續絃膠，或名連金泥。此膠能續弓弩已斷之絃，刀劍斷折之金，更以膠連續之，使力士掣之，他處乃斷，所續之際終無斷也。」《九家》趙注：「公美王之有用於世當然，而公自以老故已矣而無羡也。」仇注謂指公與王生談情愫，留歡宴，不覺手足輕旋，沉疴頓起，真有似乎煎膠續弦者。按，仇説似巧，然與下文不連貫。

〔三〕且遇句：嵇康《與阮德如詩》：「疇昔恨不早，既面侔舊歡。」仇注：「慰疇昔，慰已宿願也。」

〔四〕酷見二句：酷見，仇注：「猶云慘逢。」按，酷有深、極義，如言酷好、酷似。酷見猶言深見、屢見。沉年，仇注：「終年也。」此僅見於杜詩，當作經年、多年解。苦無，無。苦表程度之甚。王維《贈從弟司庫員外絿》：「徒聞躍馬年，苦無出人智。」孟浩然《秦中感秋寄遠上人》：「一丘常欲臥，三徑苦無資。」

〔五〕答云句：《詩·陳風·澤陂》：「寤寐無爲，展轉伏枕。」《左傳》僖公二十八：「險阻艱難，備嘗之矣。」

〔六〕瘧癘二句：瘧癘，瘧疾。《黄帝内經素問·瘧論》：「黄帝問曰：夫痎瘧皆生於風，其蓄作有時者何也？岐伯對曰：瘧之始發也，先起於毫毛，伸欠乃作，寒栗鼓頷，腰脊俱痛。寒去則内外皆熱，頭痛如破，渴欲冷飲。」皮日休《祝瘧癘文》：「被之者始若處冰檻，復若落炎井，眩瞀熒惑，視之累形，聽者重聲，骨節殆重，如山已傾。始或醒時，奪人之情，喪人之精，兀如木偶，昏如宿醒。」此病多經年不愈。《太平廣記》卷二一〇《顧光寶》（出《八朝畫録》）：「建康有陸溉，患瘧經年，醫療皆無效。」卷三一八《邵公》（出《録異傳》）：「邵公者患瘧，經年不差。」

〔七〕頭白二句：《莊子·讓王》：「手足胼胝。」《類篇》：「胝，又張尼切。腄也。一曰繭也。」《廣韻》：「胝，丁尼切。皮厚也。」《漢書·韋賢傳》：「南夷與北夷交侵，中國不絶如綫。」

〔八〕平復：《漢書·王褒傳》：「疾平復，乃歸。」

〔九〕香粳：張衡《南都賦》：「若其厨膳，則有華薌重秬，滍皋香秔。」《文選》薛綜注：「《廣雅》曰：粳，秈也。」《説文》：「秔，稻屬。」段注：「稻有至粘者，稬是也。有次粘者，稉是也。有不粘者，稴是也。陸德明曰：『稉』與『粳』皆俗『秔』字。」

〔一〇〕長安二句：《齊民要術》卷九：「葵、菘、蕪菁、蜀芥鹹葅法：收菜時即擇取好者，菅蒲束之，作鹽水，令極鹹，於鹽水中洗菜，即內甕中。若先用淡水洗者，菹爛。其洗菜鹽水，澄取清者，瀉著甕中，令没菜把即止，不復調和。菹色仍青，以水洗去鹹汁，煮爲茹，與生菜不殊。」《洛陽伽藍記》卷三：「（李崇）性多儉吝，惡衣粗食，食常無肉，止有韭茹韭菹。」盧綸《首冬寄河東昭德里書事貽鄭損倉曹》：「寒菹供家食，腐葉宿厨烟。」《太平御覽》卷五〇引《涼州記》：「祁連山，張掖、酒泉二界之上，東西二百里，南北百餘里，山中冬温夏涼，宜牧，牛乳酪濃好，夏寫酪不用器物，刈草著其上不散，酥特好，酪一斛得升餘酥。」《元和郡縣圖志》卷三九隴右道：「蘭州，金城。……漢武帝降匈奴，以其地置武威、酒泉、張掖、敦煌四郡，又分隴西置天水郡。昭帝六年，分隴西、張掖以爲金城郡，今州即金城郡之舊地也。」錢箋：「金城塞在酒泉郡，故曰金城土酥。」仇注謂金城指京兆府金城縣，至德二年改名興平。《長安志》卷一京兆府土貢：「歲貢興平酥、咸陽梨，不列方物。」以上酥言之，仇説似有據。謝朓《晚登三山還望京邑》：「餘霞散成綺，澄江静如練。」此以静如練形容酥酪之白。

〔一一〕兼求二句：富豪，朱鶴齡謂當作「畜豪」，指豪猪。司馬相如《子虚賦》：「鶩於鹽浦，割鮮染輪。」密，當作頻密解。

〔一二〕漩：《説文》：「漩，回泉也。」此言手脚輕便如水漩。《大方廣佛華嚴經》卷四：「善巧漩復主水神，得普演諸佛甚深境界解脱門。」朱鶴齡取「旋」字，謂手足輕旋。

〔一三〕老馬二句：《詩·小雅·角弓》：「老馬反爲駒，不顧其後。」傳：「已老矣，而孩童慢之。」箋：「此喻幽王見老人反侮慢之，遇之如幼稚，不自顧念，後至年老，人之遇己亦將然。」仇注：「言衆皆輕己，況能深眷乎。」又引劉會孟所據朱熹《詩集傳》説，謂老馬僨矣而反自以爲駒，不顧其後將有不勝任之患。浦起龍謂杜詩兼兩意，當此時得意爲有加之深眷者也。按，杜詩不當用朱熹説，劉、浦説不足據。

奉先劉少府新畫山水障歌①〔一〕

堂上不合生楓樹②，怪底江山起烟霧③〔二〕。聞君掃却赤縣圖，乘興遣畫滄洲趣〔三〕。畫師亦無數，好手不可遇。對此融心神，知君重毫素〔四〕。豈但祁岳與鄭虔，筆迹遠過楊契丹〔五〕。得非玄圃裂④，無乃瀟湘翻〔六〕？悄然坐我天姥下〔七〕，耳邊已似聞清猿。反思前夜風雨急，乃是蒲城鬼神入⑤〔八〕。元氣淋漓障猶濕，真宰上訴天應泣〔九〕。野亭春還雜花遠，漁翁暝踏孤舟立⑥。滄浪水深青冥闊⑦，欹岸側島秋毫末⑧〔一〇〕。不見湘妃鼓瑟時，至今班竹臨江活〔一一〕。劉侯天機精，愛畫入骨髓〔一二〕。自有兩兒郎，揮洒亦莫比〔一三〕。大兒聰明到，能添老樹巔崖裏。小兒心孔開，貌得山僧及童子⑨〔一四〕。若耶溪，雲門寺，吾獨胡爲在泥滓？青鞵布襪從此始〔一五〕。（0080）

【校】

①奉先劉少府新畫山水障歌，《文苑英華》題作「新畫山水障歌」，注：「奉先尉劉單宅作。」

②上，錢箋、《文苑英華》校：「一作中。」

③江山，錢箋校：「一作山川。」

④裂，錢箋校：「一作坼。」《文苑英華》作「坼」，校：「集作裂。」

⑤乃，錢箋校：「一作恐。」　蒲，錢箋校：「一作滿。」

⑥踏，宋本作「路」，據錢箋等改。

⑦冥，錢箋、《九家》、《草堂》作「溟」。　此句《文苑英華》作「滄浪之水深且闊」。

⑧岸，《文苑英華》作「峯」。　島，《文苑英華》校：「集作岸。」

⑨貌，錢箋、《文苑英華》注：「音邈。」

【注】

黄鶴注：當是赴奉先日作畫，天寶十四年（七五五）作。

〔一〕劉少府：據《文苑英華》題注，名單。《舊唐書·高仙芝傳》：「（天寶六載八月）還播密川，令劉單草告捷書。」《楊炎傳》：「元載自作相，常選擢朝士有文學才望者一人厚遇之，將以代己。初，引禮部郎中劉單。單卒，引吏部侍郎薛邕。」岑參有《武威送劉單判官赴安西行營便呈高開府》。《元和姓纂》卷五劉：「禮部侍郎劉單，岐山人。」《唐才子傳》卷二「丘爲」：「天寶初劉單榜進士。」徐松《登科記考》卷九以劉單爲天寶二年狀元。

〔二〕怪底：仇注釋底爲何，蕭滌非釋爲什麽。徐仁甫謂怪底猶怪得，皆驚疑之詞。按，蘇軾《周教授索枸杞因以詩贈》：「短檠照字細如毛，怪底昏花懸兩目。」晁説之《花開未幾忽已盡落戲作》：「怪底小憐渾不睡，夜深惆悵夢周師。」張綱《鳳栖梧》：「怪底烘堂添語笑，姮娥此夜來蓬島。」均應釋爲怪其爲何，如今語稱奇怪的是。底作爲何解，唐人多言作底。白居易《早出晚歸》：「若拋風景長閑坐，自問東京作底來。」徐凝《春寒》：「春寒能作底，已被柳條欺。」

〔三〕聞君二句：用筆稱掃，見卷一《醉歌行》（0020）注。却，表示動作完成。《九家》趙注謂赤縣指奉先：「劉少府善畫爲奉先之景物。」參卷一《橋陵詩三十韻因呈縣内諸官》（0037）注。謝朓《之宣城郡出新林浦向板橋》：「既歡懷禄情，復協滄洲趣。」《文選》李善注：「揚雄《檄靈賦》曰：世有黄公者，起於蒼州。精神養性，與道浮游。」蒼州亦作滄州。何焯謂：「『掃却赤縣圖』，謂除去舊畫地理圖，而畫新山水也。按，畫作於障上，必不能以新覆舊，且『乘興』亦謂乘前作之餘興也。

〔四〕對此二句：王度《扇上銘》：「服絡嗽雲露，體夷神自融。」謝朓《三日侍宴曲水代人應詔》：「神理内寂，機象外融。」陸機《文賦》：「紛葳蕤以馺遝，唯毫素之所擬。」

〔五〕豈但二句：錢箋引朱景玄《唐朝名畫録》：「李嗣真《畫録》云：空有其名，不見蹤跡，二十五人。祁岳在李國恒之下。」岑參《送祁樂歸河東》：「有時忽乘興，畫出江上峰。床頭蒼梧雲，簾下天台松。忽如高堂上，颯颯生清風。」錢箋謂疑即其人。鄭虔，見卷一《醉時歌》（0019）注。

《唐朝名畫録》：「鄭虔號廣文，能畫魚水山石，時稱奇妙，人所降歎。」僧彦悰《後畫録》：「隋參軍楊契丹，六法頗該，殊豐骨氣。山東體制，允屬伊人。」張彦遠《歷代名畫記》卷八：「楊契丹，上品中。官至上儀同。……李云：田、楊聲侔董展。昔田、楊與鄭法士同於京師光明寺畫小塔，鄭圖東壁、北壁，田圖西壁、南壁，楊畫外邊四面，是稱三絶。楊以簟蔽畫處，鄭竊觀之，謂楊曰：『卿畫終不可學，何勞障蔽？』楊特託以婚姻，有對門之好。又求楊畫本，楊引鄭至朝堂，指宫闕衣冠車馬曰：『此是吾畫本也。』由是鄭深嘆服。」

〔六〕得非二句：《淮南子·墬形訓》：「崑崙之丘，或上倍之，是謂涼風之山，登之而不死。或上倍之，是謂懸圃，登之乃靈，能使風雨。」《穆天子傳》郭璞注作「玄圃」。《山海經·中山經》：「帝之二女居之，是常游於江淵。澧沅之風，交瀟湘之淵，是在九江之間，出入必飄風暴雨。」

〔七〕悄然句：悄然，黯然失神。《舊唐書·王毛仲傳》：「玄宗時或不見，則悄然如有所失。」本書卷一〇《題鄭十八著作主人》（0530）：「窮巷悄然車馬絶，案頭乾死讀書螢。」《太平寰宇記》卷九六越州剡縣：「天姥山在縣南八十里。《名山志》曰：山上有楓十餘丈，蕭蕭然。」謝靈運《登臨海嶠初發彊中作與從弟惠連可見羊何共和之》：「暝投剡中宿，明登天姥岑。高高入雲霓，還期那可尋。」本書卷六《壯游》（0295）：「剡溪蘊秀異，欲罷不能忘。歸帆拂天姥，中歲貢舊鄉。」錢箋：「蓋舊游之地，故云『悄然坐我天姥下』也。」

〔八〕蒲城：奉先縣。見卷一《橋陵詩三十韻因呈縣内諸官》（0037）注。

〔九〕元氣二句：《書·堯典》傳：「昊天，言元氣廣大。」《詩·王風·黍離》傳：「元氣廣大，則稱昊天。」范縝《擬招隱士》：「飛泉兮激沫，散漫兮淋漓。」《莊子·齊物論》：「若有真宰，而特不得其眹。」

〔一〇〕滄浪二句：《孟子·離婁上》：「有孺子歌曰：『滄浪之水清兮，可以濯我纓；滄浪之水濁兮，可以濯我足。』」張衡《南都賦》：「攢立叢駢，青冥盰瞑。」鮑照《從登香爐峯》：「青冥摇烟樹，穹跨負天石。」《莊子·齊物論》：「天下莫大於秋豪之末。」

〔一一〕不見二句：《楚辭·遠游》：「使湘靈鼓瑟兮，令海若舞馮夷。」《博物志》卷八：「堯之二女，舜之二妃，曰湘夫人。舜崩，二妃啼，以涕揮竹，竹盡斑。」

〔一二〕劉侯二句：《莊子·大宗師》：「其耆欲深者，其天機淺。」陸機《文賦》：「方天機之駿利，夫何紛而不理。」《史記·秦本紀》：「繆公之怨此三人，入於骨髓。」

〔一三〕揮洒：張説《石刻般若心經序》：「學有傳癖，書成草聖，乃揮洒手翰，鐫刻《心經》。」

〔一四〕小兒二句：《神農本草經·上經》：「開心孔，補五藏。」貌，寫貌。《歷代名畫記》卷九：「張燕公以畫人手雜，圖不甚精，乃奉追法明，令獨貌諸學士。」注音邈，字通。《祖堂集》卷五「雲岩」：「和尚百年後，有人還邈得師真也無？」

〔一五〕若耶四句：《水經注》浙江：「石帆山……西連會稽山，皆一山也。東帶若邪溪……溪水上承嶕峴麻溪，溪之下，孤潭週數畝，甚清深，有孤石臨潭。乘崖俯視，猨狖驚心，寒木被潭，森沈駭觀。上有一櫟樹，謝靈運與從弟惠連常游之，作連句，題刻樹側。麻潭下注若邪溪，水至清照，衆山倒影，窺之如畫。」若邪同若耶。又：「山陰縣……又有玉笥、竹林、雲門、天柱精舍，並疏山創基，架林裁宇，割澗延流，盡泉石之好，水流逕通。」《方輿勝覽》卷六：「雲門寺，在會稽南三十一里。今名雍熙，爲州之偉觀。昔王子敬居此，有五色祥雲，詔建寺，號雲門。」黄庭堅《杜詩箋》：「南朝何季山居若邪溪雲門寺，與二兄求、點並棲遁，世號三高，敕給白衣尚書禄，不受。故《山水障圖》末云……蓋有隱遁之興也。」何胤字子季，辭官隱於若邪山雲門寺，見《太平御覽》卷二一七引《梁書》。錢箋：「公方悲亂，思孔（巢父）、李（白）輩或在剡中，欲往從之而不可得。」

楊萬里《誠齋詩話》：「詩有驚人句。杜《山水障》：『堂上不合生楓樹，怪底江山起烟霧。』又：『斫却月中桂，清光應更多。』」

《九家》趙注：「此詩篇中使字云不合，云怪底，云得非，云無乃，云似聞，云乃是，皆以形容其所畫景物之逼真也。云玄圃，云瀟湘，云天姥，乃取仙山及人間奇境稱比之也。」

王嗣奭《杜臆》：「畫有六法：氣韻生動第一，骨法用筆次之。杜以畫法爲詩法，通篇字字跳躍，天機盎然，見其氣韻。乃『堂上不合生楓樹』，突然而起，從天而下。已而忽入『前夜風雨急』，已而忽入兩兒揮洒，突兀頓挫，不知所自來，見其骨法。至末因貌山僧，轉雲門若耶、青鞋布襪，闋然而止，總得畫法經營位置之妙。而篇中最得畫家三昧，尤在『元氣淋漓障猶濕』一語。試一想像，此畫至今在目，真是下筆有神。而詩中之畫，令顧、陸奔走筆端。」

施補華《峴傭説詩》：「起手用突兀之筆，中段用翻騰之筆，收處用逸宕之筆。突兀則氣勢壯，翻騰則波瀾闊，逸宕則神韻遠，諸法備矣。須細細揣摹。」

湖城東遇孟雲卿復歸劉顥宅宿宴飲散因爲醉歌①〔一〕

疾風吹塵暗河縣〔二〕，行子隔手不相見。湖城城南一開眼②，駐馬偶識雲卿面。況非劉顥爲地主③〔三〕，懶回鞭轡成高宴④。劉侯歎我携客來⑤，置酒張燈促華饌〔四〕。且將款曲終今夕⑥，休語艱難尚酣戰⑦〔五〕。照室紅爐促曙光⑧，縈窗素月垂文練⑨〔六〕。天開地裂長安陌⑩，寒盡春生洛陽殿⑪〔七〕。豈知驅車復同軌，可惜刻漏隨更箭〔八〕。人生會合不可常，庭樹雞鳴淚如綫⑫〔九〕。（0081）

【校】

① 湖城東遇孟雲卿復歸劉顥宅宿宴飲散因爲醉歌，《草堂》題前有「冬末以事之東都」七字，「湖城東」無「東」字。《文苑英華》題末有「行」字。

② 南，《草堂》作「北」。錢箋校：「一作東。」《文苑英華》作「東」，校：「集作南。」　眼，《草堂》作「顔」。

③ 況，錢箋、《文苑英華》作「向」。

④成高，錢箋、《草堂》校：「一作城南。」《文苑英華》校：「集作城南。」

⑤歎，錢箋校：「一作歡。」《草堂》作「歡」，校：「舊作歎。」《文苑英華》校：「集作歡。」

⑥終今夕，錢箋校：「一作經今冬。」　終，《草堂》作「經」。

⑦語，錢箋校：「一作話。」《文苑英華》作「話」，校：「集作語。」

⑧促曙光，《文苑英華》作「簇曙花」，校：「集作促曙光。」

⑨文，錢箋校：「一作秋。」《文苑英華》作「秋」，校：「集作文。」

⑩陌，錢箋校：「一作春。」《文苑英華》作「春」，校：「集作陌。」

⑪寒盡春生，錢箋校：「一作紫陌春寒。」　寒盡春，《文苑英華》校：「一作紫陌寒。」

⑫綫，錢箋、《草堂》校：「一作霰。」《文苑英華》作「霰」，校：「集作綫。」

【注】

黄鶴注：當是乾元元年（七五八）自華州游東都作。梁權道以爲至德二年（七五七）歸長安時作，非。

〔一〕湖城：《元和郡縣圖志》卷七河南道虢州：「湖城縣，望。東南至州五十二里。本漢湖縣，屬京兆尹。」孟雲卿：元結《送孟校書往南海》序：「平昌孟雲卿與元次山同州里，以詞學相友，幾二十年。次山今罷守春陵，雲卿始典校芸閣。……雲卿少次山六七歲，雲卿聲名滿天下，知己在朝廷。」元結編《篋中集》、高仲武編《中興間氣集》録其詩。劉顥：《元和姓纂》卷五彭城劉：

「正，給事中。正生顒、顒。」或即其人。

〔二〕疾風句：鮑照《代出自薊北門行》：「疾風衝塞起，沙礫自飄揚。」《水經注》河水：「河水又東逕湖縣故城北，昔范叔入關，遇穰侯於此矣。」《九家》趙注：「湖城濱河，故謂河縣。」

〔三〕地主：《左傳》哀公十二年：「地主歸餼。」杜預注：「地主，所會主人也。」

〔四〕置酒句：《漢書·外戚傳》：「乃夜張燈燭，高帷帳，陳酒肉。」

〔五〕且將二句：《後漢書·光武帝紀》：「文叔少時謹信，與人不款曲，唯直柔耳。」秦嘉《贈婦詩》：「念當遠離别，思念叙款曲。」《韓非子·十過》：「酣戰之時，司馬子反渴而求飲。」

〔六〕縈窗句：阮籍《詠懷》：「皦日布炎精，素月垂景輝。」鮑令暉《古意贈今人》：「寒鄉無異服，衣氈代文練。」

〔七〕天開二句：《史記·天官書》：「天開縣物，地動坼絶。」集解：「孟康曰：謂天裂而見物象，天開示縣象。」《太平御覽》卷八七四引京氏《易妖占》：「天裂，陽不足，下害上之像。天裂見人，兵起國亡。天開檻邂，流血滂滂。」《後漢書·五行志》：「趙國易陽地裂。京房《易傳》曰：地裂者，臣下分離，不肯相從也。」仇注：「天開地裂，傷長安昔陷；寒盡春生，比洛陽今復。」

〔八〕豈知二句：《禮記·中庸》：「今天下車同軌，書同文，行同倫。」《周禮·夏官·挈壺氏》鄭玄注：「漏之箭，晝夜共百刻。冬夏之間有長短焉。大史立成法，有四十八箭。」陸倕《新漏刻銘》：「銅史司刻，金徒抱箭。」

〔九〕人生二句：徐幹《於清河見挽船士新婚與妻别》：「歲月無窮極，會合安可知。」綫或作霰。江淹《雜體詩・李都尉陵從軍》：「日暮浮雲滋，握手淚如霰。」

閿鄉姜七少府設鱠戲贈長歌〔一〕

姜侯設鱠當嚴冬，昨日今日皆天風。河凍未漁不易得①，鑿冰恐侵河伯宫〔二〕。饔人受魚鮫人手〔三〕，洗魚磨刀魚眼紅。無聲細下飛碎雪②，有骨已剁觜平聲春葱③〔四〕。偏勸腹腴愧年少，軟炊香飯緣老翁④〔五〕。落碪何曾白紙濕，放筯未覺金盤空〔六〕。新歡便飽姜侯德〔七〕，清觴異味情屢極。東歸貪路自覺難⑤，欲別上馬身無力〔八〕。可憐爲人好心事〔九〕，於我見子真顔色。不恨我衰子貴時〔一〇〕，悵望且爲今相憶。（0082）

【校】

① 河凍未漁，宋本校：「一作黄河冰魚。」《九家》校：「一云黄河美漁。」錢箋、《草堂》校：「一云黄河美魚。一云黄河冰魚。一云黄河味魚。」《草堂》校：「一作河冰未魚。」　未漁，錢箋校：「一云取魚。」

② 碎，錢箋、《九家》、《草堂》校：「一作素。」

③ 平聲，錢箋同。他本無此注。

④ 飯，宋本、錢箋、《九家》、《草堂》校：「一作粳。」

⑤ 貪，宋本、錢箋、《九家》校：「一作貧。」

【注】

黄鶴注：乾元元年（七五八）冬自華州至東都作，故有「東歸貪路自覺難」。

〔一〕閿鄉：《元和郡縣圖志》卷七河南道虢州：「閿鄉縣，望。東南至州一百里。本漢湖縣地，屬京兆尹。……貞元八年，改屬虢州。……黄巷坂，在縣西北三十五里，即潼關路也。……黄河，在縣北三里。」姜七少府：名不詳。少府，縣尉。見卷一《白水縣崔少府十九翁高齋三十韻》(0042)注。鱠：《齊民要術》卷八：「膾魚，肉裏長一尺者第一好，大則皮厚肉硬不任食，止可作鮓魚耳。切膾人雖訖亦不得洗手，洗手則膾濕。要待食罷，然後洗也。」注：「洗手則膾濕，物有自然相壓，蓋亦燒穰殺瓠之流，其理難彰矣。」《酉陽雜俎》前集卷七：「鱠法：鯉一尺，鯽八寸，去排泥之羽。鯽員天肉，腮後鬐前，用腹腴拭刀，亦用魚腦，皆能令鱠縷不著刀。」《説郛》卷七六毛勝《水族加恩簿》「銀絲省饜德郎」：「以爾鮮于羹斫鱠精妙，見稱杜陵，宜授輕薄使銀絲省饜德郎。」注：「鮮于羹，鯽也。」

〔二〕河凍二句：《楚辭·九歌·河伯》：「魚鱗屋兮龍堂，紫貝闕兮朱宮。」「未漁」或作「味魚」。錢箋引《潘錞詩話》：「韓玉汝云：河中府三面是黄河，唯有味魚，似鯽而肥短，味亦美。杜詩味魚謂此。」

〔三〕饔人句：潘岳《西征賦》：「饔人縷切，鸞刀若飛。」《文選》李善注：「《周禮》曰：内饔，中士。鄭玄曰：饔者，割烹煎和之稱也。」左思《吴都賦》：「想萍實之復形，訪靈夔於鮫人。」《文選》李善注：「鮫人居水中，故訪之。」《九家》趙注：「今公言河凍而漁人未可以漁，則饔人之所受者乃鮫人授之，所以深言魚之難得而珍重之也。」

〔四〕無聲二句：《酉陽雜俎》前集卷四：「進士段碩常識南孝廉者，善斫鱠，縠薄絲縷，輕可吹起，操刀向捷，若合節奏。」《説文》：「觜，鴟舊頭上角觜也。」段注：「觜猶柴，鋭詞也，毛角鋭。凡羽族之咮鋭，故鳥之咮曰觜，俗語因之凡口皆曰觜。」仇注引《杜臆》，謂觜音追，啄也，觜春葱謂啄鱠如葱之脆。又引胡夏客説，觜作胔，言去骨留肉而雜以春葱。浦起龍云：「『觜』與『飛』字對，當屬虚用，借言斷骨芒露，如春葱之鋭也。」按，葱必實有，浦説不確。《禮記・内則》：「凡膾，春用葱，秋用芥。」仇注：「鱠在嚴冬，而云春葱，用成語耳。」

〔五〕偏勸二句：《禮記・少儀》：「羞濡魚者進尾，冬右腴。」注：「氣在下。腴，腹下也。」疏：「腴謂魚腹。冬時陽氣下在魚腹，故右腴。」《大般涅槃經》卷一：「汝可持此世界香飯，其飯美，食之安隱。」

〔六〕落碪二句：仇注引邵注：「凡作鱠，以灰去血水，用紙以隔之。」楊倫云：「放筯謂縱意食之。」

〔七〕新歡句：《詩・大雅・既醉》：「既醉以酒，既飽以德。」

〔八〕東歸二句：潘岳《上客舍議》：「行者貪路。」王嗣奭《杜臆》：「上馬無力者，以不忍相别故也。此有戲意。」

〔九〕好心事：好心。《隋書・列女傳》：「我事三代主，唯用一好心。」《太平廣記》卷二二〇《陶俊》（出《稽神録》）：「此人好心，宜爲療其疾。」《九家》趙注：「好心事，猶言好心腸也。」

〔一〇〕不恨句：《世説新語・識鑒》：「曹公少時見喬玄，玄謂曰：『……恨吾老矣，不見君富貴，當以子孫相累。』」

戲贈閿鄉秦少公短歌①〔一〕

去年行宫當太白②，朝回君是同舍客〔二〕。同心不減骨肉親，每語見許文章伯〔三〕。今日時清兩京道，相逢苦覺人情好〔四〕。昨夜邀歡樂更無，多才依舊能潦倒〔五〕。（0083）

【校】

①公，《九家》作「翁」，《草堂》作「府」。錢箋校：「陳浩然本作翁。《草堂》作少府。」

②當，錢箋、《草堂》校：「一作守。」

【注】

黄鶴注：當是乾元元年（七五八）歸京師時作。仇注：與上首同時之作。

〔一〕秦少公：名不詳。朱鶴齡注：「少公即少府。」《幽閑鼓吹》：「張長史釋褐爲蘇州常熟尉，上後旬日，有老父過狀……老父曰：『某實非論事，但睹少公筆跡奇妙，貴爲篋笥之珍耳。』」李白有《與賈少公書》，又《春於姑熟送趙四流炎方序》：「趙少公才貌瑰雅，志氣豪烈，以黄綬作尉。」

〔二〕去年二句：《九家》鮑曰：「謂肅宗駐鳳翔也。」《元和郡縣圖志》卷二鳳翔府郿縣：「太白山，在縣東南五十里。」參本卷《九成宫》(0056)注。《史記・萬石張叔列傳》：「(直不疑)爲郎，事文帝。其同舍有告歸，誤持同舍郎金去。」此指二人同在朝。

〔三〕同心二句：《易・繫辭上》：「二人同心，其利斷金。」《論衡・超奇》：「長生説文辭之伯，文人之所共宗。」陳琳《答張紘書》：「此間率少於文章，易爲雄伯。」陳子昂《臨邛縣令封君遺愛碑》：「文章之伯，而時所宗。」

〔四〕苦：甚詞。參卷一《渼陂西南臺》(0032)注。

〔五〕多才句：嵇康《與山巨源絶交書》：「足下舊知吾潦倒粗疏，不切事情。」此散漫衰頽義。《苕溪漁隱叢話》前集卷一〇山谷謂舊注淺陋，引《北史・崔贍傳》：「自天保以後，重吏事，謂容止醖藉者爲潦倒。」錢箋：「猶言其醖藉如故也。」

李鄠縣丈人胡馬行〔一〕

丈人胡馬名胡騮，前年避胡過金牛①〔二〕。回鞭却走見天子，朝飲漢水暮靈州〔三〕。自矜胡騮奇絶代，乘出千人萬人愛。一聞説盡急難材，轉益愁向駑駘輩〔四〕。頭上鋭耳批秋竹，脚下高蹄削寒玉〔五〕。始知神龍別有種，不比俗馬空多肉〔六〕。洛陽大道時再清，累日喜得俱東行。鳳臆龍鬐未易識②，側身注目長風生〔七〕。（0084）

【校】

①胡，錢箋校：「一作賊。」

②鳳臆龍鬐，《草堂》作「龍臆鳳鬐」。龍鬐，宋本、《九家》、《草堂》校：「一作麟鬐。」錢箋校：「一作龍麟。一作麟鬐。一作麟鬐。」

【注】

黄鶴注：乾元元年（七五八）作。

〔一〕李鄠縣丈人：名不詳。《元和郡縣圖志》卷二京兆府：「鄠縣，畿。東北至府六十五里。」

〔二〕丈人二句：騮，赤馬。參卷一《天育驃騎歌》（0013）「驊騮」注。《元和郡縣圖志》卷二二山南道興元府：「金牛縣，次畿。東至府一百八十里。……武德二年，分綿谷縣通谷鎮置金牛縣，取秦五丁力士石牛出金爲名。」按，安史叛軍距漢中尚遠，江淮、襄陽亦取上津路抵扶風，唯往蜀中當經漢中。豈李自鄠縣避胡至漢中歟？

〔三〕朝飲句：《元和郡縣圖志》卷二二興元府南鄭縣：「漢水經縣南，去縣一百步。《禹貢》曰：『嶓冢導漾，東流爲漢。』」金牛縣：「嶓冢山，縣東二十八里，漢水所出。」靈州，靈武。肅宗至德元載即位靈武，參卷一《哀王孫》(0047)注。

〔四〕一聞二句：《詩·小雅·常棣》：「脊令在原，兄弟急難。」繁欽《述征賦》：「時三月之暮春，逼干戈之急難。」《九家》趙注：「急難材，如劉備之的顱一躍三丈，過檀溪以免劉表之追。劉牢之馬跳五丈澗，以脱慕容垂之逼也。」轉益，轉亦益義，更加、愈發。參卷一《自京赴奉先縣詠懷五百字》(0041)注。《楚辭·九辯》：「却騏驥而不乘兮，策駑駘而取路。」仇注：「自歎所乘者皆疲馬也。」

〔五〕頭上二句：《齊民要術》卷六：「馬耳欲得相近而前豎，小而厚……耳欲得小而促，狀如斬竹筒。耳方者千里，如斬筒七百里，如雞距者五百里。」「四蹄欲厚且大。」參卷一《高都護驄馬行》(0012)注。江淹《奏記詣南徐州新安王》：「削赤野之玉，翦燕山之金。」

〔六〕不比句：《齊民要術》卷八：「望之大，就之小，筋馬也；望之小，就之大，肉馬也。皆可乘致。致瘦欲得見其肉，謂前肩守肉。致肥欲得見其骨，骨謂頭顱。」

〔七〕鳳臆二句：《晉書·苻堅載記》：「大宛獻天馬千里駒，皆汗血，朱鬣五色，鳳膺麟身。」《説郛》卷一〇七徐成《相馬書·寶金篇》：「項長如鳳鬚彎曲，鬃毛茸細要如綿。鬐高膊闊搶風小，臆高胸闊脚前寬。」

送長孫九侍御赴武威判官〔一〕

驄馬新鑿蹄〔二〕，銀鞍被來好。繡衣黄白郎，騎向交河道〔三〕。問君適萬里，取別何草草〔四〕？天子憂涼州，嚴程到須早〔五〕。去秋羣胡反，不得無電掃〔六〕。此行收遺甿①，風俗方再造②〔七〕。族父領元戎，名聲國中老③〔八〕。奪我同官良，飄颻按城堡〔九〕。使我不能餐，令我惡懷抱〔一〇〕。若人才思闊，溟漲浸絶島④〔一一〕。樽前失詩流，塞上得國寶⑤〔一二〕。皇天悲送遠，雲雨白浩浩。東郊尚烽火，朝野色枯槁〔一三〕。西極柱亦傾，如何正穹昊〔一四〕？（0085）

【校】

①收，錢箋、《草堂》校：「陳作牧。」

②方，《草堂》作「還」。

③國，錢箋校：「晋作閣。」

④浸，錢箋校：「一作漫。」《草堂》作「漫」。

⑤得，宋本、錢箋、《九家》、《草堂》校：「一作多。」

【注】

黃鶴注：至德二載（七五七）公爲拾遺時作。

〔一〕長孫九侍御：名不詳。本書卷一〇有《哭長孫侍御》（0508），《中興間氣集》作杜誦詩。或即其人。武威：《元和郡縣圖志》卷四〇隴右道：「涼州，武威。中府。……武德二年，討平李軌，改爲涼州。置河西節度使……統赤水軍，在涼州城内……軍之大者，莫如赤水，幅員五千一百八十里，前拒吐蕃，北臨突厥者也。……天寶元年，改爲武威郡。乾元元年，復爲涼州。廣德二年陷於西蕃。」

〔二〕驄馬句：《後漢書·桓典傳》：「拜侍御史。……典執政無所回避，常乘驄馬，京師畏憚，爲之語曰：『行行且止，避驄馬御史。』」鑿蹄，宋朱申《周禮句解》卷八釋《夏官·校人》「頒馬攻特」：「牡馬蹄齧，不可乘用。故因夏頒馬而攻鑿其蹄也。」仇注引此。按，朱説與鄭玄注等不同，臆説不足據。鑿蹄疑指釘掌。《鹽鐵論》卷六有「掌蹄」説，未能肯定是否即後世之馬掌。曹唐《病馬五首呈鄭校書章三吴十五先輩》：「四蹄不鑿金磋裂，雙眼慵開玉筯斜。」《新五代史·四夷傳》「于闐」載高居誨《于闐行記》：「甘州人教晉使者作馬蹄木澀，木澀四竅，馬蹄亦鑿四竅而綴之，駝蹄則包以氂皮乃可行。」此乃木制或皮制保護馬蹄之具。明張憲《立仗馬》：「照夜玉狻猊，霜毛鐵鑿蹄。」則後世易以鐵。清高宗《野馬》：「懸峯恐穿釘鐵掌，攻駒可施斯誰把。」

〔三〕繡衣二句：《漢書·百官公卿表上》：「侍御史有繡衣直指，出討姦滑，治大獄，武帝所制，不常置。」朱鶴齡注：「或曰黄白即《漢書》銀黄。顔師古注：銀，銀印也。黄，金印也。」《隋書·音樂志》載北齊食舉樂辭：「懷黄綰白，鵷鷺成行。」仇注引此。按，黄謂金印，白疑指白簡或白筆。《初學記》卷一二御史大夫引沈約《宋書》：「何尚之與延之書曰：絳騶清路，白簡深劾。」同卷侍御史引《魏略》：「帝嘗大會，殿中侍御史簪白筆，側階而坐。」皇甫曾《送和西蕃使》：「白簡初分命，黄金已在腰。」交河，見卷一《高都護驄馬行》(0012)注。

〔四〕草草：見本卷《潼關吏》(0061)注。

〔五〕嚴程：宋之問《自洪府舟行直書其事》：「嚴程無休隙，日夜涉風水。」

〔六〕去秋二句：《九家》趙注：「羣胡反，指吐蕃也。」黄希注：「去秋當是指至德元年。」引《資治通鑑》至德元年：「吐蕃陷威戎、神威、定戎、宣威、制勝、金天、天成等軍，石堡城、百谷城、雕窠城。」朱鶴齡注：「此在隴右河鄯等州，而河西涼州未嘗陷。」引《資治通鑑》至德二年正月：「河西兵馬使蓋庭倫與武威九姓商胡安門物等，殺節度使周泌，聚衆六萬。武威大城之中，小城有七，胡據其五，二城堅守。支度判官崔稱與中使劉日新以二城兵攻之，旬有七日，平之。」朱謂：「曰去秋者，討平在正月，而發難則在去秋也。」《後漢書·吴蓋陳臧傳》贊：「電埽羣孽，風行巴梁。」

〔七〕此行二句：《左傳》襄公二十九年：「猶有先王之遺民焉。」唐諱「民」字，多言遺甿。《宋書·武帝紀》：「弘濟朕躬，再造王室。」

〔八〕族父二句：黄鶴注：「族父謂杜鴻漸。」《舊唐書・肅宗紀》：「(至德二載五月丁巳)以武部侍郎杜鴻漸爲河西節度。」《杜鴻漸傳》：「故相暹之族子。……至德二年，兼御史大夫，爲河西節度使、涼州都督。兩京平，遷荆州大都督府長史、荆南節度使。」杜暹爲濮陽杜氏。見《元和姓纂》卷六。《詩・小雅・六月》：「元戎十乘，以先啓行。」傳：「元，大也。」疏：「言大車之善者。」《左傳》僖公二十七年：「國老皆賀子文。」

〔九〕奪我二句：《左傳》文公七年：「同官爲寮，吾嘗同寮。」飄飄，見卷一《橋陵詩三十韻因呈縣内諸官》(0037)注。

〔一〇〕使我二句：蔡琰《悲憤詩》：「飢當食兮不能餐，常流涕兮眥不乾。」孫楚《征西官屬送於陟陽候作》：「乖離即長衢，惆悵盈懷抱。」

〔一一〕若人二句：鍾嶸《詩品》宋法曹參軍謝惠連：「小謝才思富捷，恨其蘭玉夙凋，故長轡未騁。」謝靈運《游赤石進帆海》：「溟漲無端倪，虚舟有超越。」

〔一二〕樽前二句：《梁書・陸雲公傳》：「秀也詩流。」《左傳》隱公六年：「親仁善鄰，國之寶也。」

〔一三〕東郊二句：《書・君陳》：「周公既没，命君陳分正東郊成周。」至德二載九月，廣平王統朔方軍等收西京。十月壬戌，入東京。黄鶴注謂此詩作於平兩京後，故止云「東郊尚烽火」。川《譜》繫此詩於至鳳翔授拾遺後，閏八月探家之前。《楚辭・漁父》：「顏色憔悴，形容枯槁。」

〔一四〕西極二句：《莊子・田子方》：「日出東方而入於西極。」《淮南子・天文訓》：「昔者共工與顓頊争爲帝，怒而觸不周之山，天柱折，地維絶，天傾西北，故日月星辰移焉。」《爾雅・釋天》：

「穹、蒼蒼，天也。春爲蒼天，夏爲昊天，秋爲旻天，冬爲上天。」

送樊二十三侍御赴漢中判官〔一〕

威弧不能弦，自爾無寧歲。川谷血横流，豺狼沸相噬〔二〕。天子從北來，長驅振凋敝。頓兵岐梁下，却跨沙漠裔〔三〕。二京陷未收，四極我得制〔四〕。蕭索漢水清①，緬通淮湖税〔五〕。使者紛星散，王綱尚旒綴〔六〕。南伯從事賢，君行立談際〔七〕。生知七曜曆②，手畫三軍勢〔八〕。冰雪浄聰明，雷霆走精鋭〔九〕。幕府輟諫官，朝廷無此例③〔一〇〕。至尊方旰食，仗爾布嘉惠〔一一〕。補闕暮徵入，柱史晨征憩④〔一二〕。正當艱難時，實藉長久計⑤。回風吹獨樹，白日照執袂〔一三〕。慟哭蒼烟根〔一四〕，山門萬重閉⑥。居人莽牢落，游子方迢遰〔一五〕。徘徊悲生離，局促老一世〔一六〕。陶唐歌遺民，後漢更列帝⑦〔一七〕。恨無匡復姿⑧，聊欲從此逝〔一八〕。（0086）

【校】

①索，錢箋、《九家》、《草堂》校：「一作瑟。」

②生，錢箋校：「一作坐。」《草堂》作「坐」，校：「一作生。」

③此，錢箋、《九家》、《草堂》校：「一作比。」

④柱史晨征憩，止當艱難時，錢箋校：「樊作『補闕入柱史，晨征固多憩』。」《草堂》校「柱史晨征憩」：「樊、晁皆作『補闕入柱史』。」

⑤久，《九家》、《草堂》校：「一作大。」

⑥重，錢箋校：「一作里。」《草堂》作「里」，校：「一作重。」

⑦列，宋本、錢箋、《九家》、《草堂》校：「一作別。」

⑧姿，宋本、錢箋、《九家》、《草堂》校：「一作資。」

【注】

黄鶴注：當是至德二載（七五七），肅宗在鳳翔。

〔一〕樊二十三：名不詳。岑參有《送樊侍御使丹陽便覲》，作年不詳。熊執易《武陵郡王馬公神道碑》：「夫人南陽樊氏，故侍御史衢州別駕晁之女。」潤州刺史樊晃撰《杜工部小集序》，晁與晃或同宗，樊二十三即晁乎？漢中判官：《元和郡縣圖志》卷二二山南道：「興元府，漢中。……武德元年，又改爲褒州。二十年，又爲梁州。興元元年，因德宗遷幸，改爲興元府。」據《舊唐書・地理志》，天寶元年改爲漢中郡。《舊唐書・睿宗諸子傳》：「瑀……天寶十五載，從玄宗幸蜀，至漢中，因封漢中王，仍加銀青光禄大夫、漢中郡太守。」樊即出爲漢中郡判官。

〔二〕威弧四句：張衡《思玄賦》：「彎威弧之撥剌兮，射嶓冢之封狼。」《文選》注：「威弧，星名也。」《史記・天官書》：「其東有大星曰狼，狼角變色，多盜賊。下有四星曰弧，直狼。」仇注引錢箋：「弧屬矢，擬射於狼，弧不直狼，則盜賊起，所謂『不能弦』也。下故有豺狼沸噬之句。」

〔三〕天子四句：《草堂》夢弼注：「謂肅宗即位靈武，長驅北來，理兵岐、梁二州。」仇注：「岐、梁二山，在鳳翔境内，王師在焉。」梁州即漢中，當以指岐、梁二山爲是。《九家》趙注：「自鳳翔極西即沙漠矣，故言跨其裔。」仇注：「回紇方許助兵也。」

〔四〕四極：《爾雅・釋地》：「東至於泰遠，西至於邠國，南至於濮鉛，北至於祝栗，謂之四極。」

〔五〕蕭索二句：漢水出漢中嶓冢山，參本卷《李鄠縣丈人胡馬行》(0084)注。《資治通鑑》至德元年八月：「北海太守賀蘭進明遣録事參軍第五琦入蜀奏事，琦言於上皇，以爲今方用兵，財賦爲急，財賦所産，江淮居多，乞假臣一職，可使軍無乏用。上皇悦，即以琦爲監察御史、江淮租庸使。」十月：「第五琦見上於彭原，請以江淮租庸市輕貨，泝江、漢而上至洋川，令漢中王瑀陸運至扶風以助軍，上從之。尋加琦山南等五道度支使。」《舊唐書・食貨志》：「肅宗初，第五琦始以錢穀得見，請於江、淮分置租庸使，市輕貨以救軍食，遂拜監察御史，爲之使。」

〔六〕使者二句：仇注：「使者星散，經營邊事也。」按，當承上指於江、淮分置租庸使。《詩・商頌・長發》：「受小球大球，爲下國綴旒。」箋：「綴，猶結也。旒，旌旗之垂者也。湯既爲天所命……執圭搢珽，以與諸侯會同，結定其心，如旌旗之旒縿著焉，擔負天之美譽，爲衆所歸鄉。」

〔七〕南伯二句：仇注：「南伯，指漢中王瑀。」參卷一《苦雨奉寄隴西公兼呈王徵士》(0022)注。從事，幕府文職僚佐。《九家》趙注：「指言樊爲判官。」揚雄《解嘲》：「或七十説而不遇，或立談間而封侯。」

〔八〕生知二句：《舊唐書・經籍志》、《新唐書・藝文志》均著録吴伯善《陳七曜曆》、《七曜曆算》等。《舊唐書・代宗紀》大曆二年正月癸酉詔：「其玄象器局、天文圖書、《七曜曆》、《太一雷公式》等，私家不合輒有。」《册府元龜》卷六一三《刑法部・定律令》周廣順三年九月敕：「巾兒有解算《七曜曆經》者，每年算造供御及賜藩鎮曆日，而富民之室皆有之。」則「七曜曆」爲曆書之稱。《史記・李將軍列傳》：「與人居則畫地爲軍陳，射闊狹以飲。」《隋書・高祖紀》大定元年周帝授隋高祖策：「口授兵書，手畫行陣，量敵制勝，指日克期。」

〔九〕冰雪二句：《九家》趙注：「聰明如冰雪之浄。」江總《入攝山栖霞寺》：「浄心抱冰雪，暮齒逼桑榆。」《法苑珠林》卷二七引《智度論》頌：「志誠抱冰雪，暮齒迫桑榆。」《左傳》襄公十四年：「敬之如神明，畏之如雷霆。」王褒《四子講德論》：「各悉精鋭，以貢忠誠。」

〔一〇〕幕府二句：《唐會要》卷七九《諸使雜録下》：「大和二年六月，中書門下奏：『諸道觀察等使，奏請供奉官及見任郎官、御史充幕府，貞元、長慶已有敕文，近見因循，多不遵守。』」卷六〇《御史臺上》：「（長慶）二年正月，御史中丞牛僧孺奏：『諸道節度、觀察等使，請在臺御史充判官。臣伏見貞元二年敕：在中書、門下兩省供奉官，及尚書、御史臺見任郎官、御史，諸司諸使並不得奏請任使，仍永爲常式。近日諸道奏請，皆不守敕文……』制曰：可。時段文昌自宰相出鎮庸蜀，奏諫官、御史、南宮郎三人爲僚佐，以某職帶臺鉉，上故可之。不逾年，又奏侍御史王申伯、監察蘇景裔，留中不下。中執法舉舊章，議者以爲當。」此皆貞元以後記事，然此前已限制諫官、御史等充任幕職。

〔一一〕至尊二句：《左傳》昭公二十年：「楚君、大夫其旰食乎！」杜預注：「將有吴憂，不得早食。」又昭公七年：「致君之嘉惠。」

〔一二〕補闕二句：杜史，指侍御史。《通典》卷二四《職官·侍御史》：「侍御史，於周爲柱下史，老聃嘗爲之。秦時張蒼爲御史，主柱下方書，亦其任也。」李頎《送崔侍御赴京》：「杜史謁承明，翩翩將有期。」據此二句，樊二十三原任補闕，以侍御史銜出任漢中判官。晨征憩，《九家》趙注：「以晨征行而因執别，則暫憩息也。」仇注：「征行不遑少憩也。」按，此杜詩造語，蓋用陶淵明《始作鎮軍參軍經曲阿》：「時來苟冥會，踠轡憩通衢。投策命晨裝，暫與園田疏。」

〔一三〕回風二句：《九家》趙注：「此言别時之景也。」《古詩十九首》：「回風動地起，秋草萋已緑。」王褒《送觀寧侯葬》：「平原看獨樹，臯亭望列村。」鮑照《擬行路難》：「執袂分别已三載，邇來寂淹無分音。」駱賓王《疇昔篇》：「解鞅欲言歸，執袂愴多違。」

〔一四〕蒼烟根：即蒼烟。佛教有塵根之説，此或仿其語。李紳《贈毛仙翁》：「我亦玄元千世孫，眼穿望斷蒼烟根。」蓋襲此語。

〔一五〕居人二句：阮籍《詠懷》：「緑水揚洪波，曠野莽茫茫。」司馬相如《上林賦》：「牢落陸離，爛漫遠遷。」《文選》李善注：「牢落，猶遼落也。」左思《吴都賦》：「曠瞻迢遞，迥眺冥蒙。」《文選》劉逵注：「迢遞，遠貌。」迢遰同迢遞。

〔一六〕徘徊二句：《琴曲歌辭・芑梁妻歌》：「樂莫樂兮新相知，悲莫悲兮生別離。」《史記・魏其武安侯列傳》：「局趣效轅下駒。」局促同局趣。

〔一七〕陶唐二句：《左傳》襄公二十九年：「請觀於周樂。……爲之歌《唐》，曰：『思深哉！其有陶唐氏之遺民乎？』」《九家》趙注：「光武中興而後，復有十二帝，以比肅宗中興也。」

〔一八〕恨無二句：孔融《與曹公書》：「惟公匡復漢室，宗社將絶，又能正之。」阮籍《詠懷》：「顧謝西王母，吾將從此逝。」

送從弟亞赴安西判官①〔一〕

南風作秋聲，殺氣薄炎熾〔二〕。盛夏鷹隼擊〔三〕，時危異人至。令弟草中來，蒼然請論事②〔四〕。詔書引上殿，奮舌動天意〔五〕。兵法五十家，爾腹爲篋笥〔六〕。應對如轉丸，疏通略文字〔七〕。經綸皆新語，足以正神器〔八〕。宗廟尚爲灰，君臣俱下淚③〔九〕。崆峒地無軸，青海天軒輊④〔一〇〕。西極最瘡痍，連山暗烽燧〔一一〕。帝曰大布衣，藉卿佐元帥〔一二〕。坐看清流沙〔一三〕，所以子奉使。歸當再前席，適遠非歷試⑤〔一四〕。須存武威郡，爲畫長久利〔一五〕。孤峯石戴驛〔一六〕，快馬金纏轡。黄羊飫不膻，蘆酒多還醉⑥〔一七〕。踴躍常人情，慘澹苦士志〔一八〕。安邊敵何有，反正計始遂〔一九〕。吾聞駕鼓車，不合用騏驥〔二〇〕。龍吟回其頭，夾輔待所致〔二一〕。（0087）

【校】

①安西，錢箋、《九家》、《草堂》校：「一云河西。」

②然，錢箋校：「一作茫。」《草堂》校：「飽作茫。」

③俱，錢箋、《九家》、《草堂》校：「一作皆。」

④青海，錢箋校：「浩然本作清海。」　輕，錢箋校：「一作轒。未詳。」

⑤歷，錢箋校：「一作虛。」

⑥蘆，錢箋校：「一作魯。」

【注】

黄鶴注：梁權道編在至德二年（七五七）鳳翔作。詩云「宗廟尚成灰」，是時京師猶未復也。

〔一〕杜亞：《舊唐書·杜亞傳》：「杜亞，字次公，自云京兆人也。少頗涉學，善言物理及歷代成敗之事。至德初，於靈武獻封章，言政事，授校書郎。其年，杜鴻漸爲河西節度，辟爲從事，累授評事、御史。後入朝，歷工、户、兵、吏四員外郎。」《肅宗紀》：「（至德二載五月丁巳）以武部侍郎杜鴻漸爲河西節度。」詩亦云「須存武威郡」，則亞實赴河西判官。

〔二〕南風二句：《分門》師曰：「南風生養之風，今作秋聲，殺氣盛也。」《史記·樂書》：「故舜彈五絃之琴，歌『南風』之詩而天下治。……夫『南風』之詩者，生長之音也。」庾信《擬詠懷》：「揺落秋爲氣，淒涼多怨情。……楚歌饒恨曲，南風多死聲。」按，詩作於六月，作秋聲者謂秋氣漸奪暑熱。《禮記·月令》：「仲秋之月……殺氣浸盛，陽氣日衰。」劉楨《大暑賦》：「赫赫炎炎，烈烈暉暉，若熾燎之附體。」

〔三〕盛夏句：《禮記·月令》：「季夏之月……鷹乃學習。」「孟秋之月……鷹乃祭鳥，用始行戮。」《漢書·五行志》：「立秋而鷹隼擊，秋分而微霜降。」仇注：「鷹隼當夏而擊，此殺氣見於造物者。」

〔四〕蒼然：皆暗貌，亦形容鬢髮灰白。謝朓《郡内登望》：「寒城一以眺，平楚正蒼然。」岑參《秋夕聽羅山人彈三峽流泉》：「皤皤岷山老，抱瑟鬢蒼然。」此形容心情沉重。李白《古風》：「仰望不可及，蒼然五情熱。」

〔五〕奮舌句：揚雄《解嘲》：「是以士頗得信其舌而奮其筆。」

〔六〕兵法二句：《漢書·藝文志》：「凡兵書五十三家，七百九十篇，圖四十三卷。」《後漢書·邊韶傳》：「腹便便，五經笥。」

〔七〕應對二句：《淮南子·要略》：「若轉丸掌中，足以自樂也。」《文心雕龍·論説》：「轉丸騁其巧辭，飛鉗伏其精術。」「轉丸」乃《鬼谷子》篇名。《禮記·經解》：「疏通知遠，《書》教也。」僧睿《大智度論序》：「略其文而挹其玄也。」

〔八〕神器：《漢書・叙傳》：「神器有命，不可以智力求也。」注：「劉奉世曰：神器者聖人之大寶，曰位是也。」

〔九〕宗廟二句：曹冏《六代論》：「宗廟焚爲灰燼，宮室變爲榛藪。」《舊唐書・肅宗紀》：「九廟爲賊所焚，上素服哭於廟三日。」

〔一〇〕崆峒二句：《分門》洙曰：「言天地未安也。」崆峒，見卷一《送高三十五書記》(0002)注。黄鶴注謂青海即哥舒翰築應龍城處，與崆峒皆河西節度統之。按，崆峒、青海皆以地域言。《詩・小雅・六月》：「戎車既安，如輊如軒。」《説文》：「輖，重也。」段注：「軒言車輕，輖言車重。引申爲凡物之輕重。」軒輖猶軒輊。何承天《重答顔光禄》：「唱言窮軒輊，立法無衡石。」

〔一一〕西極二句：西極，見本卷《送長孫九侍御赴武威判官》(0085)注。《漢書・季布傳》：「瘡痍未瘳。」司馬相如《喻巴蜀檄》：「夫邊郡之士，聞烽舉燧燔。」《唐六典》卷五職方郎中：「凡烽候所置，大率相去三十里，其逼邊境者築城以置之。每烽置帥一人、副一人。其放烽有一炬、二炬、三炬、四炬者，隨賊多少而爲差焉。」

〔一二〕帝曰二句：《左傳》閔公二年：「衛文公大布之衣，大帛之冠。」此用其字面。杜亞以布衣獻書言事。元帥謂杜鴻漸。

〔一三〕流沙：《書・禹貢》：「餘波入於流沙。」傳：「弱水餘波，西溢入流沙。」《水經》：「流沙地在張掖居延縣東北。」注：「居延澤在其縣故城東北，《尚書》所謂『流沙』者也。」

〔一四〕歸當二句：《史記・屈原賈生列傳》：「後歲餘，賈生徵見。孝文帝方受釐，坐宣室。上因感鬼神事，而問鬼神之本。賈生具道所以然之狀，至夜半，文帝前席。」《書・舜典》：「將使嗣位，歷試諸難。」傳：「試以治民之難事。」

〔一五〕須存二句：《元和郡縣圖志》卷四〇涼州：「涼州，武威……地勢西北邪出，在南山之間，隔斷西羌、西域，於時號爲斷匈奴右臂。」錢箋：「是時吐蕃乘間進擾河西。」朱鶴齡注：「河西有事，則隴右、朔方皆擾。是時有九姓商胡之叛，故曰『須存武威郡，爲畫長久利』。」參本卷《送長孫九侍御赴武威判官》(0085)注。

〔一六〕石戴驛：《爾雅・釋山》：「石戴土謂之崔嵬，土戴石爲砠。」仇注：「石戴驛，謂驛路在石岩之上。」

〔一七〕黄羊二句：《舊唐書・張説傳》：「時并州大同、横野等軍有九姓同羅、拔曳固等部落，皆懷震懼，説率輕騎二十人，持旌節直詣其部落……副使李憲以爲夷虜難信，不宜輕涉不測，馳狀以諫，説報書曰：『吾肉非黄羊，必不畏吃。血非野馬，必不畏刺。』」莊綽《雞肋編》卷中：「關右塞上有黄羊，無角，色類麞麂，人取其皮以爲衾褥。又彼中造嗂酒，以荻管吸於瓶中。老杜《送從弟亞赴河西判官》詩……蓋謂此也。」《草堂》夢弼注：「大觀三年，郭隨使虜，嘗舉此詩以問虜使時立愛，立愛云：『黄羊野物，可以獵取，食之不膻。蘆酒，麋穀醞成，可撥醅取，不醉也。但力微，飲多即醉。二物皆北方所有。』信子美之言驗矣。」

〔一八〕慘澹句：慘澹，見本卷《北征》(0052)注。《孔叢子・記問》：「太公勤身苦志，八十而遇文王。」

〔一九〕安邊二句：《史記・秦始皇本紀》：「外攘四夷，以安邊境。」《漢書・禮樂志》：「漢興，撥亂反正。」

〔二〇〕吾聞二句：《後漢書・循吏傳》：「異國有獻名馬者，日行千里，又進寶劍，賈兼百金，詔以馬駕鼓車，劍賜騎士。」《楚辭・離騷》：「乘騏驥以馳騁兮，來吾導夫先路。」王逸注：「騏驥，駿馬也。」

〔二一〕龍吟二句：張衡《歸田賦》：「爾乃龍吟方澤，虎嘯山丘。」《左傳》僖公四年：「五侯九伯，女實征之，以夾輔周室。」

送韋十六評事充同谷郡防禦判官〔一〕

昔没賊中時，潛與子同游。今歸行在所，王事有去留。偪側兵馬間，主憂急良籌〔二〕。子雖軀幹小，老氣横九州①〔三〕。挺身艱難際，張目視寇讎〔四〕。朝廷壯其節，奉詔令參謀。鑾輿駐鳳翔，同谷爲咽喉〔五〕。西扼弱水道，南鎮枹罕陬②〔六〕。此邦承平日③，剽劫吏所羞。況乃胡未滅，控帶莽悠悠〔七〕。府中韋使君，道足示懷柔〔八〕。令侄才俊茂，二美又何求〔九〕。受詞太白脚，走馬仇池頭〔一〇〕。古色沙土裂④〔一一〕，積陰雪雲稠⑤。羌父豪猪靴⑥，羌兒青兕裘⑦〔一二〕。吹角向月窟〔一三〕，蒼山旌旆愁⑧。烏驚出死樹，龍怒拔老湫〔一四〕。古來無人境，今代橫戈矛。傷哉文儒士，憤激馳林丘〔一五〕。中原正格鬬，後會何緣由？百年賦命定〔一六〕，豈料沉與浮。且復戀良友，握手步道周〔一七〕。論兵遠壑淨，亦可縱冥搜〔一八〕。題詩得秀句，札翰時相投〔一九〕。（0088）

【校】

① 老，宋本、錢箋、《九家》校：「一作志。」《草堂》作「志」，校：「一作老。」

② 枹罕，宋本、錢箋、《九家》、《草堂》校：「一作氐羌。」

③ 承，《草堂》作「升」。

④ 色，宋本、錢箋、《九家》、《草堂》校：「一作邑。」

⑤ 積陰雪雲稠，宋本、錢箋、《九家》校：「一作『積雪陰雲稠』。」《草堂》作「積雪陰雲稠」。 雪雲，錢箋校：「一作霜雪。」

⑥ 靴，錢箋校：「一云帽。」

⑦ 羌兒青兕裘，錢箋、《草堂》校：「晉作『漢兵黑貂裘』。」

⑧ 蒼山，錢箋、《草堂》校：「一作山蒼。」

【注】

黃鶴注：至德二年（七五七）作，故詩云「今歸行在所」，又云「鑾輿駐鳳翔」。

〔一〕韋十六評事：名不詳。《唐六典》卷一八大理寺：「評事十二人，從八品下。」同谷郡：《元和郡縣圖志》卷二二山南道：「成州，同谷，下。……武德元年，復爲成州。本屬隴右道，貞元五年節度使嚴震奏割屬山南道。……東至上都一千里。……東至鳳州四百五十里。」《舊唐書·地理志》：「天寶元年，改爲同谷郡。乾元元年，復爲成州。」防禦判官：防禦使判官。《唐會要》卷七八《諸使雜録上》：「（天寶）十四載十一月安禄山叛命，諸州當賊衝者，始置防禦使。至寶應元年五月十九日，停諸州防禦使。」卷六八《刺史上》：「乾元二年九月敕：比來刺史之任，皆先奏州縣官屬。今後除帶使次判官外，一切不得奏改。……其刺史非兼節度，但有防禦使者，副使、判官，委於本州官中推擇，亦不得別奏人。」

〔二〕偪側二句：偪側，見本卷《偪仄行》（0051）注。《史記·越王句踐世家》：「臣聞主憂臣勞，主辱臣死。」《留侯世家》：「張良曰：『臣請藉前箸爲大王籌之。』」

〔三〕子雖二句：《晉書·劉曜載紀》：「隴上歌之曰：『隴上壯士有陳安，軀幹雖小腹中寬，愛養將士同心肝。』」孔稚圭《北山移文》：「風情張日，霜氣横秋。」高適《還京次睢陽祭張巡許遠文》：「聲蓋天壤，氣横遼廓。」

〔四〕挺身二句：《後漢書·宗室城陽恭王祉傳》：「祉挺身還保棘陽。」《史記·廉頗藺相如列傳》：

「相如張目叱之。」

〔五〕鑾輿二句：班固《西都賦》：「於是乘鑾輿，備法駕。」《文選》李善注：「蔡邕《獨斷》曰：天子至尊，不敢渫瀆言之，故託於乘輿也。」李尤《函谷關銘》：「襟帶咽喉。」

〔六〕西扼二句：《書·禹貢》：「導弱水，至於合黎，餘波入於流沙。」《元和郡縣圖志》卷四〇隴右道甘州删丹縣：「弱水，在縣南山下。」卷三九隴右道：「河州，安樂，上。……漢昭帝分隴西、天水、張掖三郡立金城郡，今州即金城郡之枹罕縣也。……隋大業三年罷州，改爲枹罕郡。武德二年討平李軌，改置河州。」左思《吴都賦》：「荒陬譎詭。」《文選》劉逵注：「陬，四隅，謂邊遠也。」

〔七〕控帶句：《宋書·王景文傳》：「控帶三江，通接荆郢。」悠悠，長遠貌。《古詩十九首》：「回車駕言邁，悠悠涉長道。」

〔八〕府中二句：韋使君，當任同谷郡太守兼防禦使。韋十六之叔父，名不詳。使君，郡守。《陌上桑》：「使君從南來，五馬立踟躕。」王通《中説·周公》：「曰：『兼忘天下，不亦可乎？』曰：『道足乎？』曰：『足則吾不知也。』」《左傳》僖公二十四年：「其懷柔天下也，猶懼有外侮。」

〔九〕二美：潘岳《藉田賦》：「此一役也，而二美具焉。」此指叔侄二人。

〔一〇〕受詞二句：受詞，受命。本書卷七《八哀詩·嚴公武》(0332)：「受詞劍閣道，謁帝蕭關城。」竇常《奉賀太保岐公承恩致政》：「山泉遂性休稱疾，子弟能官各受詞。」太白，太白山。見本卷《九成宫》(0056)注。《元和郡縣圖志》卷二二成州：「有山曰仇池，地方百頃，其地險固，白馬氏據焉。秦逐西羌，置隴西郡。」上祿縣：「仇池山，在縣南八十里。壁立百仞，有自然樓櫓却敵，分置均調，有如人工。上有數萬人家，一人守道，萬夫莫向。其地良沃，有土可以煮鹽，楊氏故累世據焉。」

〔一一〕古色句：《史記·匈奴列傳》：「信教單于益北絶幕。」集解：「瓚曰：沙土曰幕。」《九家》趙注：「西邊近沙漠之地，故沙土裂。」

〔一二〕羌父二句：《魏書·氐傳》：「氐者，西夷之别種，號曰白馬。……漢建安中，有楊騰者，爲部落大帥。騰勇健多計略，始徙居仇池，仇池方百頃，因以爲號。……(楊)難當後自立爲大秦王，年號曰建義。」《通典》卷一七六《州郡·同谷郡》：「成州，古白馬氐國。二漢屬武都郡，晋置仇池郡，後没於楊茂搜等。」《太平御覽》卷七八九引《南夷志》：「尋傳蠻，俗無絲綿布帛，披婆羅籠，跣足，可以踐履榛棘。持弓挾矢，射豪猪，生食其肉，取其兩牙雙插頂傍爲飾，又條其皮以繫腰。」《説文》：「兕，如野牛，青色，其皮堅厚可製鎧。」

〔一三〕吹角句：《太平御覽》卷五八四引《宋樂志》：「角長五尺，形如竹筒，本細，末稍大，未詳所起。今鹵部及軍中用之，或以竹木，或以皮爲之，無定制。按古軍法有吹角也。此器俗名拔邏回，蓋胡虜驚軍之音，所以書傳無之。海内亂離，至侯景圍臺城，方用之也。」揚雄《長楊賦》：「西壓月蜎，東震日域。」《文選》李善注：「服虔曰：蜎音窟，月所生也。」指西方。顔延之《宋郊祀歌》：「月竁來賓，日際奉土。」

〔一四〕老湫：《漢書·郊祀志》：「自華以西，名山七，名川四。……湫淵，祠朝那。」《地理志》：「安定郡……又有湫淵祠。」《分門》洙曰引此。《元和郡縣圖志》卷三九隴右道芳州丹嶺縣：「湫池，在縣西八十里通彌山中，周回百餘里，蓋古之天池大澤，白水之源，蓋出此也。」按，此「老湫」固難確指，然移湫必爲湫潭之類，非名川之湫水。龍移湫傳説，見卷一《奉同郭給事湯東靈湫作》（0035）注。

〔一五〕傷哉二句：《論衡·書解》：「著作者爲文儒，説經者爲世儒。」李乂《故西臺侍郎上官公挽歌》：「宇内文儒重，朝端禮命優。」謝安《蘭亭詩》：「契兹言執，寄傲林丘。」

〔一六〕百年句：《列子·楊朱》：「百年，壽之大齊，得百年者千無一焉。」曹植《贈白馬王彪詩》：「變故在斯須，百年誰能待。」鮑照《代空城雀》：「賦命有厚薄，長歎欲如何。」

〔一七〕道周：《詩·唐風·有杕之杜》：「有杕之杜，生於道周。」

〔一八〕論兵二句：沈約《早發定山詩》：「夙齡愛遠壑，晚莅見奇山。」冥搜，見卷一《同諸公登慈恩寺塔》（0023）注。

〔一九〕題詩二句：獨孤及《安定皇甫公集序》：「曲水修禊，南浦愴别，新聲秀句，輒加於常時一等。」《舊唐書·文苑傳·元思敬》：「又撰《詩人秀句》兩卷，傳於世。」劉楨《公宴詩》：「投翰長歎息，綺麗不可忘。」

送李校書二十六韻〔一〕

代北有豪鷹，生子毛盡赤〔二〕。渥洼騏驥兒①，尤異是龍脊②〔三〕。李舟名父子，清峻流輩伯③〔四〕。人間好少年④，不必須白皙〔五〕。十五富文史，十八足賓客。十九授校書，二十聲輝赫⑤〔六〕。衆中每一見，使我潛動魄〔七〕。自恐二男兒〔八〕，辛勤養無益。乾元元年春⑥，萬姓始安宅〔九〕。舟也衣綵衣〔一〇〕，告我欲遠適。倚門固有望，斂衽就行役〔一一〕。南登吟白華，已見楚山碧〔一二〕。藹藹咸陽都，冠蓋日雲積⑦〔一三〕。何時太夫人〔一四〕，堂上會親戚？汝翁草明光，天子正前席〔一五〕。歸期豈爛漫⑧〔一六〕，别意終感激。顧我蓬屋姿，謬通金閨籍⑨〔一七〕。小來習性懶，晚節慵轉劇⑩〔一八〕。每愁悔吝作，如覺天地窄〔一九〕。羡君齒髮新，行己能夕惕〔二〇〕。臨岐意頗切，對酒不能喫〔二一〕。回身視緑野，慘澹如荒澤。老雁春忍飢⑪，哀號待枯麥。時哉高飛燕，絢練新羽翮〔二二〕。長雲濕褒斜，漢水饒巨石〔二三〕。無令軒車遲，衰疾悲宿昔⑫〔二四〕。（0089）

【校】

① 兒，錢箋、《草堂》校：「一作種。」

② 龍，錢箋、《草堂》校：「一作虎。」

③ 流，錢箋校：「樊作時。」

④少，《九家》作「妙」。錢箋、《草堂》校：「一作妙。」

⑤輝，《九家》、《草堂》校：「一作煇。」錢箋校：「一作煇。樊作烜。」

⑥元年，「元」錢箋、《九家》校：「一作二。」

⑦日雲，錢箋校：「一作已如。」

⑧期，《草堂》作「旗」。

⑨闈，錢箋、《草堂》校：「一作門。」

⑩節，錢箋、《九家》、《草堂》校：「一作歲。」

⑪春忍，錢箋校：「陳作忍春。」

⑫宿，錢箋作「夙」。

【注】

黄鶴注：乾元元年（七五八）在諫省時作。

〔一〕李校書：指李舟。梁肅《處州刺史李公墓志銘》：「公姓李氏，諱某，隴西成紀人也，字曰公受。……水部郎中眉州刺史某，以弘材廣化，實公之烈考。禮部尚書襄陽席豫，以大名諡文，實公之外祖。公生而聰邁，十六以黄老學一舉登第，十八典校弘文，二十餘以金吾掾假法冠，爲孟侯皥湖南從事。給事中賀若察宣慰南方，請公爲寮佐。其後宰東陽、宣城二縣，辟宣歙、浙東二府。……享年四十有八，以某年月日遘疾捐館。」此李舟墓志。《新唐書·宰相世系表二上》李氏姑臧大房：「岑，水部郎中、眉州刺史。」子「舟字公受，虔州刺史、隴西縣男」。《舊唐書・梁崇義傳》載其奉旨説崇義及劉文喜事：「四方反側者聞之，謂舟必能覆軍殺將。」岑參《送弘文李校書往漢南拜親》，亦送李舟，爲同時作。《唐六典》卷八門下省弘文館：「校書郎二人，從九品上。」

〔二〕代北二句：《太平御覽》卷九二六引《爾雅》「鷹，鶆鳩」郭璞注：「善擊，官於代郡捕之。」張華《鷦鷯賦》：「戀鍾岱之林野，慕隴坻之高松。」《文選》李善注：「鍾、岱二山，鷹之所産。《漢書》曰：趙地鍾岱，迫近胡寇。如淳曰：鍾，所在未聞。漢有代郡，故代國也。」魏彦深《鷹賦》：「亦有白如散花，赤如點血。」

〔三〕渥洼二句：渥洼，見卷一《沙苑行》(0038)注。《漢書・禮樂志》郊祀歌《天馬》：「虎脊兩，化若鬼。」本書卷一一《戲爲六絶句》(0693)：「龍文虎脊皆君馭，歷塊過都見爾曹。」此蓋混言。李賀《馬詩》：「龍脊貼連錢，銀蹄白踏烟。」則襲此。

〔四〕清峻句：《三國志・魏書・常林傳》：「時論以林節操清峻。」流輩伯，猶言流輩之雄。陳子昂《臨邛縣令封君遺愛碑》：「文章之伯，而時所宗。」

〔五〕不必句：《左傳》昭公二十六年：「有君子白皙，鬒鬚眉，甚口。」《陌上桑》：「爲人潔白皙，鬑鬑頗有鬚。」

〔六〕十五四句：《陌上桑》：「十五府小史，二十朝大夫。三十侍中郎，四十專城居。」仇注：「此四語所本。」按，《漢書・東方朔傳》：「年十三學書，三冬文史足用，十五學擊劍，十六學詩書，誦二十二萬言，十九學孫吴兵法，戰陣之具，鉦鼓之教，亦誦二十二萬言。」亦其所本。《後漢書・孔融傳》：「及退閑職，賓客日盈其門，常歎曰：『坐上客恒滿，尊中酒不空，吾無憂矣。』」

〔七〕動魄：江淹《雜體詩序》：「故蛾眉詎同貌，而俱動於魄。」鍾嶸《詩品》：「意悲而遠，驚心動魄。」

〔八〕二男兒：仇注：「二男，公子宗文、宗武也。」

〔九〕乾元二句：《舊唐書・肅宗紀》：「（乾元元年二月）丁未，御明鳳門，大赦天下，改至德三載爲乾元元年。」《易・剥・象》：「上以厚下安宅。」《孟子・公孫丑上》：「夫仁，天之尊爵也，人之安宅也。」

〔一〇〕衣綵衣：《藝文類聚》卷二〇引《列女傳》：「老萊子孝養二親，行年七十，嬰兒自娱，著五色綵衣，嘗取漿上堂，跌仆，因卧地爲小兒啼，或弄烏鳥於親側。」曹植《靈芝篇》：「伯瑜年七十，彩衣以娱親。慈母笞不痛，歔欷涕沾巾。」

〔一一〕倚門二句：《戰國策・齊策》：「王孫賈年十五，事閔王，王出走，失王之處。其母曰：『女朝出而晚來，則吾倚門而望。女暮出而不還，則吾倚閭而望。女今事王，王出走，女不知其處，女尚何歸？』」《史記・留侯世家》：「楚必斂衽而朝。」潘岳《秋興賦》：「且斂衽以歸來兮，忽投紱以高厲。」

〔一二〕南登二句：《詩・小雅・白華》序：「白華，孝子之絜白也。」《白華》篇亡，束晳《補亡詩六首》有其章。據岑參詩，李舟乃往漢南省親，故詩云「楚山」。朱鶴齡謂李舟道經漢中，爲楚北境，觀後「褒斜」、「漢水」語可見。仇注謂舟父向爲眉州刺史，天寶之亂必寓家於此，蜀漢本屬楚地，故云「楚山碧」。謬。

〔一三〕冠蓋句：班固《西都賦》：「冠蓋如雲，七相五公。」左思《詠史》：「濟濟京城内，赫赫王侯居。冠蓋蔭四術，朱輪竟長衢。」

〔一四〕太夫人：舟母席豫女，豫襄陽人。陶敏謂舟母當因安史之亂返襄陽依母家。按，《舊唐書·席豫傳》謂其徙家河南，則非居襄陽。此固因戰亂，衣冠避難南遷。

〔一五〕汝翁二句：舟父岑。賈至《授李岑工部員外郎制》：「京兆府兵曹參軍李岑，敏而好學，出言有章，累登甲乙之科，嘗居匡輔之任。」陶敏謂此制行於至德間，乾元初李岑當遷水部郎中知制誥。按，據《新唐書·百官志》「中書舍人」：「開元初，以它官掌詔敕策命，謂之兼知制誥。肅宗即位，又以它官知中書舍人事。……先是，知制誥率用前行正郎，宣宗時，選尚書郎爲之。」時未聞有以水部郎中知制誥者。然李岑此時在朝内無疑。班固《西都賦》：「自未央而連桂宫，北彌明光而亘長樂。」《文選》李善注：「《三輔舊事》：桂宫内有明光殿。」參卷六《石硯詩》（0270）注。前席，見本卷《送從弟亞赴安西判官》（0087）注。

〔一六〕歸期句：《莊子·在宥》：「大德不同，而性命爛漫矣。」疏：「爛漫，散亂也。」蔣紹愚釋此句爲無定止義。

〔一七〕謬通句：謝朓《始出尚書省》：「既通金閨籍，復酌瓊筵醴。」《文選》李善注：「金閨，即金門也。《解嘲》曰：歷金門，上玉堂。應劭《漢書注》曰：籍者，爲二尺竹牒，記其年紀、名字、物色，懸之宮門，案省相應，乃得入也。」參卷一《贈李白》(0003)注。

〔一八〕小來二句：小來，小，年幼。來爲語助詞。李頎《放歌行答從弟墨卿》：「小來好文恥學武，世上功名不解取。」岑參《送人赴安西》：「小來思報國，不是愛封侯。」《史記・魏其武安侯列傳》：「及孝景晚節。」索隱：「謂晚年也。」

〔一九〕每愁二句：《易・繫辭上》：「悔吝者，憂虞之象也。」嵇康《述志》：「轗軻丁悔吝，雅志不得施。」《詩・小雅・正月》：「謂天蓋高，不敢不局；謂地蓋厚，不敢不蹐。」

〔二〇〕行己句：《論語・公冶長》：「其行己也恭，其事上也敬。」《易・乾》：「君子終日乾乾，夕惕若厲。」疏：「夕惕者，謂終竟此日後，至向夕之時，猶懷憂惕。」

〔二一〕臨岐二句：吳均《發湘州贈親故别》：「何用叙離别，臨岐贈好音。」《文選》李陵《與蘇武詩》：「遠望悲風至，對酒不能酬。」黄徹《䂬溪詩話》卷七：「數物以個，謂食爲喫，甚近鄙俗，獨杜屢用。……《送李校書》云『臨岐意頗切，對酒不能喫』，『樓頭喫酒樓下卧』，『但使殘年喫飽飯』，『梅熟許同朱老喫』。蓋篇中大概奇特，可以映帶者也。」

〔二二〕時哉二句：《論語・鄉黨》：「山梁雌雉，時哉時哉！」顔延之《赭白馬賦》：「别輩越羣，絢練夐絶。」《文選》李善注：「絢練，疾貌也。」

〔二三〕長雲二句：《元和郡縣圖志》卷二二興元府褒城縣：「褒水，源出縣西衙嶺川。斜水與褒水同源而派分。褒水東流入漢中郡褒城縣，斜水北流入渭，經武功縣及鳳翔、扶風三縣者也。漢孝武帝時，人欲通褒斜道及漕，事下御史大夫張湯……發數萬人作褒斜道五百里。」「褒斜道，一名石牛道，張良令漢王燒絶棧道，示無還心，即此道也。」嚴耕望《唐代交通圖考》：「唐代文士取褒斜道者頗多，有確知其所指者，多爲鳳褒道。……以褒城至鳳州散關爲幹線，亦稱斜谷道，或逕稱之爲褒斜道。」《元和郡縣圖志》卷二一山南道均州鄖鄉縣：「漢水，西自豐利縣界流入，東有滂灘，冬即水淺，而下多大石。又東爲浄灘，夏水急迅，行旅苦之。歌曰：『冬滂夏浄，斷官使命。』」

〔二四〕無令二句：《古詩十九首》：「思君令人老，軒車來何遲。」謝朓《在郡卧病呈沈尚書》：「良辰竟何許，夙昔夢佳期。」

洗兵馬 收京後作〔一〕。

中興諸將收山東，捷書日報清晝同①〔二〕。河廣傳聞一葦過，胡危命在破竹中〔三〕。秖殘鄴城不日得，獨任朔方無限功②〔四〕。京師皆騎汗血馬，回紇餧肉蒲萄宫〔五〕。已喜皇威清海岱，常思仙仗過崆峒〔六〕。三年笛裏關山月，萬國兵前草木風〔七〕。成王功大心轉小，郭相謀深古來少③〔八〕。司徒清鑒懸明鏡，尚書氣與秋天杳〔九〕。二三豪俊爲時出，整頓乾坤濟時了〔一〇〕。東走無復憶鱸魚，南飛覺有安巢鳥〔一一〕。青春復隨冠冕入，紫禁正耐烟花繞④〔一二〕。鶴駕通宵鳳輦備⑤，雞鳴問寢龍樓曉⑥〔一三〕。攀龍附鳳世莫當⑦，天下盡化爲侯王〔一四〕。汝等豈知蒙帝力⑧，時來不得誇身强〔一五〕。關中既留蕭丞相，幕下復用張子房〔一六〕。張公一生江海客，身長九尺鬚眉蒼。徵起適遇風雲會，扶顛始知籌策良〔一七〕。青袍白馬更何有，後漢今周喜再昌〔一八〕。寸地尺天皆入貢，奇祥異瑞争來送。不知何國致白環，復道諸山得銀甕〔一九〕。隱士休歌紫芝曲，詞人解撰清河頌⑨〔二〇〕。田家望望惜雨乾，布穀處處催春種〔二一〕。淇上健兒歸莫懶，城南思婦愁多夢〔二二〕。安得壯士挽天河〔二三〕，净洗甲兵長不用！（0090）

【校】

① 日報，《草堂》作「夕奏」，校：「王荆公作夜報。」日，錢箋校：「荆作夜。又作夕。」《九家》校：「趙作夕。」

② 任，宋本作「往」，據錢箋等改。

③ 謀深，錢箋校：「一作謀猷。一作深謀。」《草堂》校：「一作謀猷。」

④ 禁，錢箋校：「吴本作駕。」

⑤ 駕，錢箋作「禁」。《草堂》校：「或作過。或作來。」

⑥樓，錢箋、《草堂》校：「一作蚍。」

⑦攀龍附鳳，《草堂》校：「一作攀鱗附翼。」　世，錢箋、《九家》、《草堂》作「勢」。錢箋校：「一作世。」

⑧蒙，錢箋校：「一作象。」

⑨解，錢箋校：「《西溪叢語》：善本作角。」　清河，錢箋、《九家》作「河清」。錢箋校：「一云清河。」

【注】

黄鶴注：此詩當是乾元二年春（七五九）作，末云「田家望望惜雨乾」，蓋二年春無雨也。梁權道編在元年，恐非。朱鶴齡、仇注、蕭滌非等説同。按，春旱之説無據，詳注。川《譜》編在乾元元年（七五八）。詹鍈《談杜甫的洗兵馬》（《杜甫研究論文集》第三集）、徐樹儀《洗兵馬繫年及解釋辨誤》（《草堂》一九八三年第一期）等，亦繫於乾元元年。

〔一〕洗兵馬：姚寬《西溪叢語》卷上：「左太沖《魏都賦》云：『洗兵海島，刷馬江州。』《六韜》：『武王問太公：雨輜車至軫，何也？曰：洗甲兵也。』魏武《兵要》曰：『大將將行，雨濡衣冠，是謂洗兵。』」吴曾《能改齋漫録》卷六：「案《説苑》：武王伐紂，風霽而乘以大雨。散宜生諫曰：『此非妖與？』王曰：『非也。天洗兵也。』」王楙《野客叢書》卷二九：「僕觀梁簡文帝詩：『洗兵逢驟雨，送陣出黄雲。』《裴行儉碑》曰：『洗兵諸真之水，刷馬草心之山。』此皆有『洗兵』之語。」

〔二〕中興二句：《舊唐書・肅宗紀》：「（至德二載九月）丁亥，元帥廣平王統朔方、安西、回紇、南蠻、大食之衆二十萬，東向討賊。……癸卯，廣平王收西京。……（十月）壬戌，廣平王入東京。……上大喜。丁卯，入長安。」「（乾元元年）二月癸卯朔，賊將僞淄青節度能元皓以其地請降，用爲河北招討使。……（九月）庚寅，大舉討安慶緒於相州。……十一月丁丑，郭子儀收魏州。……（十二月）時王師圍相州，慶緒食盡，求於史思明，率衆來援。丁卯，思明復陷魏州。」「（二年正月己巳朔）是日，史思明自稱燕王於魏州，僭立年號。……（三月）壬申，相州行營郭子儀等與賊史思明戰，王師不利，九節度兵潰。」仇注：「其作詩時兵尚未敗也。」《九家》趙注：「山東者，今之河北也。蓋謂之山東、山西，以太行山分之也。」《梁書・蔡道恭傳》：「奇謀間出，捷書日至。」《封氏聞見記》卷四：「露布，捷書之别名也。諸軍破城，則以帛書建諸竿上，謂之露布。蓋自漢已來有其名。所以名露布者，謂不封檢，露而宣布，欲四方速知。亦謂之露版。」《九家》趙注謂夕晚之報與晝同，言其好消息之真。按，「日報」者謂捷報連日，不煩改「夕」字。

〔三〕河廣二句：《詩・衛風・河廣》：「誰謂河廣，一葦杭之。」《晋書・杜預傳》：「今兵威已振，譬如破竹，數節之後，皆迎刃而解，無復著手處也。」

〔四〕祇殘二句：鄴城，相州。《舊唐書・地理志》河北道：「相州，漢魏郡也。……天寶元年，改爲鄴郡。乾元元年，復爲相州。」時安慶緒據相州。參本卷《新安史》（0060）注。朔方，朔方軍。參卷一《哀王孫》（0047）注。時朔方節度使爲郭子儀。《舊唐書・郭子儀傳》：「至彭原郡，宰相房琯請兵萬人，自爲統帥以討賊。帝素重琯，許之。兵及陳濤，爲賊所敗，喪師殆盡。方事討除，而軍半殪，唯倚朔方軍爲根本。」

〔五〕京師二句：汗血馬，見卷一《醉歌行》(0020)注。《漢書·張耳陳餘傳》：「如以肉餧虎，何益。」《漢書·匈奴傳》：「元壽二年單于來朝，上以太歲厭勝所在，舍之上林苑蒲萄宫。」時回紇助兵收復兩京，參本卷《北征》(0052)、《留花門》(0068)注。

〔六〕已喜二句：《書·禹貢》：「海岱惟青州。」傳：「東北據海，西南距岱。」釋文：「岱音代，泰山也。」崔湜《幸白鹿觀應制》：「御旗探紫籙，仙仗辟丹丘。」岑參《奉和中書舍人賈至早朝大明宫》：「金闕曉鐘開萬户，玉階仙仗擁千官。」《元和郡縣圖志》卷三原州平高縣：「笄頭山，一名崆峒山，在縣西一百里，即黄帝謁廣成子學道之處。《史記》曰：『黄帝東至於海，西至崆峒，登笄頭。』是也。《漢書》曰：『笄頭山，在涇陽西。』《禹貢》涇水所出。《莊子》云廣成子學道崆峒之山。」朱鶴齡注：「肅宗自馬嵬經彭原、平涼至靈武，合兵興復，道必由崆峒。及南回也，亦自原州入，則崆峒乃鑾輿往來之地。」

〔七〕三年二句：《九家》趙注謂自天寶十四載安禄山反至至德二載復兩京，爲三年。蕭滌非謂自天寶十四載十一月至乾元二年二月，計三年零三個月。《樂府詩集》卷二三《横吹曲辭》引《樂府解題》：「《關山月》，傷離別也。古《木蘭詩》曰：『萬里赴戎機，關山度若飛。朔氣傳金柝，寒光照鐵衣。』按相和曲有《度關山》，亦類此也。」載梁元帝、陳後主等人作。楊倫云：「此言興師以來，笛咽關山，兵驚草木。」按，萬國兵指廣平王所統朔方、安西、回紇、南蠻、大食之軍。《論語·顏淵》：「草上之風，必偃。」此言叛軍如草木必偃。仇注引《晉書》苻堅望八公山草木皆疑以爲兵，不確。

〔八〕成王二句：《舊唐書・肅宗紀》：「（至德二載十二月戊午朔）廣平王俶封楚王。」「（乾元元年二月）甲戌，元帥楚王俶改封成王。」後即位爲代宗。《荀子・不苟》：「君子位尊而志恭，心小而道大。」《淮南子・主術訓》：「聖人之心小矣。《詩》云：『惟此文王，小心翼翼。』」《舊唐書・肅宗紀》：「（至德二載十二月戊午）左僕射、朔方節度郭子儀加司徒，進封代國公。」「（乾元元年八月甲辰）朔方節度使郭子儀……來朝，加子儀中書令。」

〔九〕司徒二句：司徒，李光弼。《舊唐書・肅宗紀》：「（至德二載四月戊寅朔）李光弼爲司徒。」「（乾元元年八月甲辰）加……光弼侍中。」《世説新語・賞譽》：「殷中軍道右軍：清鑒貴要。」又《言語》袁羊曰：「何嘗見明鏡疲於屢照，清流憚於惠風。」尚書，《分門》洙曰指僕固懷恩，劉曰指房琯。《九家》趙注謂指王思禮，是。《舊唐書・肅宗紀》：「（乾元元年八月甲辰）朔方節度使郭子儀、河東節度使李光弼、關内節度使王思禮來朝，加……思禮兵部尚書，餘如故。」三節度所率爲唐軍主力，故次成王而言之。傅毅《舞賦》：「氣若浮雲，志若秋霜。」陶淵明《己酉歲九月九日》：「清氣澄餘滓，杳然天界高。」

〔一〇〕二三二句：《三國志・吴書・朱治傳》注引《江表傳》：「器爲時生。」又《諸葛恪傳》注引《漢晋春秋》：「古人有言，聖人不爲時，時至亦不可失也。」又《魏書・袁紹傳》注引《續漢書》：「將軍宜整頓天下，爲海内除患。」《後漢書・延篤傳》：「於己則事寡，濟時則功多。」

〔一一〕東走二句：《世説新語・識鑒》：「張季鷹辟齊王東曹掾，在洛，見秋風起，因思吴中菰菜羹、鱸魚膾，曰：『人生貴得適意爾，何能羈宦數千里以要名爵？』遂命駕便歸。俄而齊王敗，時人皆謂見機。」《古詩十九首》：「胡馬依北風，越鳥巢南枝。」王績《燕賦》：「還將擇木之意，自覓安巢之所。」

〔一二〕青春二句：《楚辭·大招》：「青春受謝，白日昭只。」王逸注：「青，東方春位，其色青也。」謝希逸《宋孝武宣貴妃誄》：「掩采瑤光，收華紫禁。」《文選》李善注：「王者之宮，以象紫微，故謂宮中爲紫禁。」陳子昂《于長史山池三日曲水宴》：「烟花飛御道，蜀綺照昆明。」劉希夷《歸山》：「歸去嵩山道，烟花覆青草。」本書卷一四《傷春五首》(0974)：「關塞三千里，烟花一萬重。」言烟花者多謂蒙烟之花，如烟之花，而杜詩每偏言烟。

〔一三〕鶴駕二句：虞世基《元德太子哀册文》：「望鶴駕而不追，顧龍樓而日遠。」武則天《昇仙太子碑》：「鶴駕騰鑣，俄陟神仙之路。」《列仙傳》卷上：「王子喬者，周靈王太子晋也。……見桓良曰：『告我家，七月七日待我於緱氏山顛。』至時，果乘白鶴駐山頭。」《九家》杜《補遺》：「故後世稱太子之駕曰鶴駕。」隋煬帝《步虛詞》：「翠霞承鳳輦，碧霧翼龍輿。」宋之問《松山嶺應制》：「翼翼高旌轉，鏘鏘鳳輦飛。」《禮記·文王世子》：「文王之爲世子，朝於王季，日三。雞初鳴而衣服，至於寢門外，問内豎之御者曰：『今日安否何如？』内豎曰：『安。』文王乃喜。」《漢書·成帝紀》：「上嘗急召，太子出龍樓門，不敢絶馳道。」王融《三月三日曲水詩序》：「出龍樓而問豎，入虎闈而齒胄。」《文選》李善注引《漢書》、《禮記》。《舊唐書·肅宗紀》：「(至德二載)十二月丙午，上皇至自蜀，上至望賢宮奉迎。上皇御宮南樓，上望樓辟易，下馬趨進樓前，再拜蹈舞稱慶。……上請歸東宮，上皇遣高力士再三慰譬而止。」楊倫云：「備鳳輦以迎上皇……人主復修子道，皆將見之寇盡之餘，語亦以頌寓規。」

〔一四〕攀龍二句：《漢書・叙傳》：「攀龍附鳳，並乘天衢。」又：「雲起龍驤，化爲侯王。」《舊唐書・肅宗紀》：至德二載十二月戊午朔大赦，封右僕射裴冕冀國公、殿中監李輔國成國公等。

〔一五〕汝等二句：《漢書・張耳陳餘傳》：「秋毫皆帝力也。」《三國志・魏書・劉廙傳》：「遭乾坤之靈，值時來之運。」盧照鄰《釋疾文》：「時之來也，則屠夫餓隸作工侯而有餘。」

〔一六〕關中二句：《史記・蕭相國世家》鄂君議：「夫漢與楚相守滎陽數年，軍無見糧，蕭何轉漕關中，給食不乏。陛下雖數亡山東，蕭何常全關中以待陛下，此萬世之功也。」《九家》趙注：「謂郭子儀也。」《草堂》引舊注：「賊平，帝以蕭華留守，故比之蕭何也。」夢弼按語引《新唐書・杜鴻漸傳》：「會裴冕至自河西，亦勸之朔方，而鴻漸與（崔）漪至白草頓迎謁……太子喜曰：『靈武我之關中，卿乃吾蕭何也。』」但引文誤作「裴冕傳」，蓋以其事屬裴冕。錢箋：「指房琯也。琯自蜀郡奉册，留相肅宗，故曰既留。或以謂指杜鴻漸，非也。琯既罷，張鎬代琯爲相，故曰復用張子房。」蕭滌非云：「乾元元年六月，房琯由太子少師出爲邠州刺史，邠州屬關内道，故云『關中既留』。」按，當此喻者必嘗居相位。然房琯至德二載五月罷相位，乾元元年六月並從貶秩。錢箋有意反諸舊說，謂肅宗疑玄宗舊臣，琯、鎬皆用而不終，故以此句屬房琯。其實不無可議。本書卷一七《秋日荆南送石首薛明府辭滿告別奉寄薛尚書頌德叙懷斐然之作三十韻》（1339）：「勢愜宗蕭相。」注：「郭令公。」蓋甫自注。以彼證此，則此詩蕭丞相亦當指郭子儀。

雖前已云「郭相謀深」，然叙事不同，不嫌重複。《史記・留侯世家》：「高帝曰：『運籌策帷帳中，決勝千里外，子房功也。』」

〔一七〕張公四句：《舊唐書・張鎬傳》：「張鎬，博州人也。風儀魁岸，廓落有大志，涉獵經史，好談王霸大略。……天寶末，楊國忠以聲名自高，搜天下奇傑，聞鎬名，召見薦之，自褐衣拜左拾遺。……玄宗幸蜀，鎬自山谷徒步扈從。肅宗即位，玄宗遣鎬赴行在所。鎬至鳳翔，奏議多有弘益，拜諫議大夫，尋遷中書侍郎、同中書門下平章事。……時方興軍戎，帝注意將帥，以鎬有文武才，尋命兼河南節度使……及收復兩京，加鎬銀青光禄大夫，封南陽郡公，詔以本軍鎮汴州，招討殘孽。時賊帥史思明表請以范陽歸順，鎬揣知其僞，恐朝廷許之，手書密表奏……肅宗以鎬不切事機，遂罷相位，授荆州大都督府長史。後思明、叔冀之僞皆符鎬言。」《後漢書・趙壹傳》：「身長九尺，美鬚豪眉，望之甚偉。」班固《答賓戲》：「彼皆躡風雲之會，履顛沛之勢，據徼乘邪，以求一日之富貴。」《論語・季氏》：「危而不持，顛而不扶，則將焉用彼相矣？」《苕溪漁隱叢話》前集卷一四引《蔡寬夫詩話》：「鎬雖史稱有王霸大略，然當爲相收復兩京時，不聞別有奇功，但有策史思明欲以范陽歸順爲僞、知許叔冀臨難必變二事耳。然當時亦不果用也。豈史氏或有遺邪？《唐書・房琯傳》：上皇入蜀，琯建議請諸王分鎮天下。其後賀蘭進明以此讒之肅宗，琯坐是卒廢不用，世多憫之。予讀司空圖《房太尉漢中詩》云：『物望傾心久，凶渠破膽頻。』注謂：禄山初見分鎮詔書，拊膺歎曰：『吾不得天下矣，非琯無能畫此計者。』蓋以乘輿雖播遷，而諸子各分統天下兵柄，則人心固所繫，未可以强弱爭也。今《唐史》乃不載此語。圖博學多聞，嘗位朝廷，且修史，其言必有自來。夫身以此廢，而功之在時乃若是，於其人之利害，豈不重哉！惜乎，史臣不能爲白之也。」按，此詩譽張鎬亦有誇張處，不必過究。分鎮之策，不能僅憑傳聞之禄山語而斷其是非。況且有永王璘事在前，杜甫此時亦不可能以獻此策而譽房琯。葛立方《韻語陽秋》卷二〇又謂：「甫爲右拾遺，會琯罷相，上疏力救琯，肅宗大怒，詔三司推問，宰相張鎬救之，獲免。故《洗兵馬》云：『張公一生江海客，身長九尺鬚眉蒼。』蓋感其救己也。張無盡《孤憤吟》云：『房琯未相日，所談皆皋夔。一朝陳濤下，覆没十萬師。中原已紛潰，老杜尚嗟咨。』則老杜救琯之章，豈亦出於私情乎？」其論抗疏救琯事或然，而此詩則未可一概而言。

〔一八〕青袍二句：《梁書·侯景傳》：「自篡立後，時著白紗帽，而尚披青袍……普通中，童謡曰：『青絲白馬壽陽來。』後景果乘白馬，兵皆青衣。」庾信《哀江南賦》：「青袍如草，白馬如練。」《草堂》夢弼注：「喻禄山之亂已平矣。」「謂肅宗如漢光武、周宣王之中興也。」《宋書·樂志》：「今帝德再昌，大孝御宇。」

〔一九〕不知二句：《竹書紀年》帝舜有虞氏：「西王母來朝，獻白環玉玦。」劉孝綽《送瑞鼎詣相國梁公啓》：「白環銀甕之跡，素雉金船之瑞。」《太平御覽》卷八一二引《孝經援神契》：「神靈滋液，有銀甕，不汲自滿。」

〔二〇〕隱士二句：紫芝曲，見本卷《喜晴》(0077)「商山芝」注。錢箋：「隱士謂李泌。……公以四皓擬泌，不獨著其羽翼之功，蓋亦以正肅宗爲太子之名也。」按，此恐泛指，且詩云「休歌」，非稱道意。錢箋説鑿。《宋書・鮑照傳》：「元嘉中，河、濟俱清，當時以爲美瑞，照爲《河清頌》。」《九家》趙注引《舊唐書・五行志》：「乾元二年七月，嵐州合河關黄河水，四十里間，清如井水，經四日而後復。」錢箋：「是時文士争獻歌頌，如楊炎《靈武受命》、《鳳翔出師》之類是也。」

〔二一一〕田家二句：謝朓《同王主簿有所思》：「佳期期未歸，望望下鳴機。」蕭衍《臨高臺》：「高臺半行雲，望望高不極。」雨乾，雨停。本書卷三《寄贊上人》(0103)：「當期塞雨乾，宿昔齒疾瘳。」薛能《春日北歸舟中有懷》：「雨乾楊柳渡，山熱杏花村。」黄鶴注引《舊唐書・肅宗紀》乾元二年四月「癸亥，以久旱徙市，雩祈雨」。按，若此詩作於乾元二年三月壬申前，至癸亥已五十餘日，不可謂作詩之日必春旱也。又詩言「洗兵」，時必有降雨乃如此言。《爾雅・釋鳥》：「鳲鳩，鴶鵴。」郭璞注：「今之布穀也。江東呼爲穫穀。」陸以湉《冷廬雜識》卷六：「黄霽青觀察《禽言詩引》謂江南春夏之交，有鳥繞村飛鳴，其音若『家家看火』，又若『割麥插禾』，江以北則曰『淮上好過』，山左人名之曰『短募把鋤』，常山道中又稱之曰『沙糖麥裹』，實同一鳥也。余按此鳥即布穀，《爾雅》所謂『鳲鳩鴶鵴』者是也。《本草・釋名》又有『阿公阿婆』、『脱却布褲』等音。」

〔二一二〕淇上二句：《元和郡縣圖志》卷一六河北道衛州衛縣：「枋頭故城，在縣東一里。建安九年，魏武帝在淇水口下大枋木爲堰，遏淇水令入白渠。」共城縣：「淇水，源出縣西北沮洳山，至衛縣入河，謂之淇水口。」唐人言淇上指衛州、懷州一帶，亦可含相州。張説《相州山池作》：「鄴中秋麥秀，淇上春雲没。」王嗣奭《杜臆》：「思婦愁夢，從《東山》詩『婦歎於室』脱來。」

〔二一三〕安得句：《野客叢書》卷二九：「所謂『挽天河』語，子美之前罕聞。張説《奉和聖制觀拔河俗戲應制》)詩：『貫索挽河流。』」按，曹植《九詠》：「抗南箕兮簸瓊蕊，挹天河兮滌玉觴。」此蓋化用。

張戒《歲寒堂詩話》卷上：「觀此詩聞捷書之作，其喜氣乃可掬，真所謂情動於中而形於言，言之不足，不知手之舞之、足之蹈之也。……至於『鶴駕通宵鳳輦備，雞鳴問寢龍樓曉』，雖但叙一時喜慶事，而意乃諷肅宗，所謂『主文而譎諫』也。『攀龍附鳳勢莫當』，雖似憎惡武夫，而熟味其言，乃有深意。《易·師》之上六曰：『開國承家，小人勿用。』《三略》亦曰：『還師罷軍，存亡之階。』子美於克捷之初，而訓敕將士，俾知帝力，不得誇身强，其憂國不亦至乎？子美吐詞措意每如此，古今詩人所不及也。山谷晚作《大雅堂記》，謂子美好處正在無意而意已至。若此詩是已。」

錢箋：「《洗兵馬》，刺肅宗也。刺其不能盡子道，且不能信仟父之賢臣以致太平也。首叙中興諸將之功，而繼之曰：『已喜皇威清海岱，常思仙仗過崆峒。』崆峒者，朔方回鑾之地，安不忘危，所謂願君無忘其在莒也。……整頓乾坤皆二三豪傑之力，於靈武諸人何與？諸人徼天之幸，攀龍附鳳，化爲侯王，又欲開猜阻之隙……斥之曰『汝等』，賤而惡之之辭也。當是時，内則張良娣、李輔國，外則崔圓、賀蘭進明輩，皆逢君之惡，忌疾蜀郡元從之臣。而玄宗舊臣遣赴行在，一時物望最重者，無如房琯、張鎬。琯既以進明之讒罷去，鎬雖繼相而旋出，亦不能久於其位，故章末諄復言之。『青袍白馬』以下，言能終用鎬，則扶顛籌策，太平之效可以坐致。如此望之也，亦憂之也，非尋常頌禱之詞也。……是時李鄴侯亦先去矣。泌亦琯、鎬一流人也……故曰『隱士休歌紫芝曲』也。兩京既復，諸將之能事畢矣，故曰『整頓乾坤濟時了』。收京之後，洗兵馬以致太平，此賢相之任也。而肅宗以讒猜之故，不能信用其父之臣，故曰『安得壯士挽天河』，蓋至是太平之望亦邈矣。嗚呼傷哉！」

朱鶴齡注：「使當時能專任子儀，終用張鎬，則洗兵不用，旦夕可期，而惜乎肅宗非其人也。王荆公選杜工部詩，以此詩壓卷，其大指不過如此。若玄肅父子之間，公爾時不應遽加譏切也。」

潘耒《遂初堂集》卷一一：「《洗兵馬》一詩，乃初聞恢復之報，不勝欣喜而作，寧有暗含譏刺之理？上皇初歸，肅宗未失子道，豈得預探後事以責之？詩人以忠厚爲本，少陵一飯不忘君，即貶謫後，終其身無一言怨懟。而錢氏乃謂其立朝之時即多隱刺之語，何浮薄至是？噫！此其所以爲牧齋歟？天子之孝，在乎安國家，保宗社。明皇既失天下，肅宗起兵朔方，收復兩京，再造唐室，其孝亦大矣。晚節牽於婦寺，省覲闊疏，子道誠有未盡。若謂其猜忌上皇，并忌其父之臣，有意剪鋤，則深文矣。移宫倉卒，上皇不樂，容或有之。幾爲兵鬼之言，出自《力士傳》稗官片語，乃摭以實肅宗之罪，至比之商臣、楊廣，論人當若是耶？房琯雖負重名，而鮮實效，喪師辱國，門客受賕，罷相亦不爲過。子美論救，固是爲國惜賢，雖蒙推問，旋即放免。踰年乃謫官，不知坐何事。今言其坐琯黨，亦臆度之辭耳。子美大節，在自拔賊中歸行在，不在救房琯也。錢氏直欲以此爲杜一生氣節，欲推高杜，則極贊房；因極贊房，遂痛貶帝。明末黨人多依傍一二大老，脱有失路，輒言坐某人故牽連貶謫。怨誹其君，無所不至。此自門户習氣。杜公心事，如青天白日，安有是哉！」

早秋苦熱堆案相仍 時任華州司功〔一〕。

七月六日苦炎蒸①，對食暫餐還不能。每愁夜中自足蝎②〔二〕，況乃秋後轉多蠅③。束帶發狂欲大叫，簿書何急來相仍〔三〕。南望青松架短壑④，安得赤脚踏層冰⑤〔四〕？（0091）

【校】

① 蒸，錢箋校：「一作熱。」

② 每，錢箋、《九家》、《草堂》校：「一作常。」 夜中，《草堂》作「中夜」。 中，錢箋、《九家》校：「一作來。」 自足，《九家》、《草堂》校：「一作皆是。」

③ 況，錢箋校：「一作仍。」 轉，錢箋、《文苑英華》校：「一作復。」

④ 短，錢箋、《九家》、《草堂》、《文苑英華》校：「一作絶。」

⑤ 得，錢箋校：「一作能。」

【注】

黄鶴注：公乾元元年（七五八）從左拾遺移華州掾，秋初在華州。詳「夜中自足蝎」、「秋後轉多蠅」之句，殆是指當是譖愬之人，必是元年初到華州時作。

〔一〕華州司功：《舊唐書·杜甫傳》：「其年十月，琯兵敗於陳濤斜。明年春，琯罷相。甫上疏言：琯有才，不宜罷免。肅宗怒，貶琯爲刺史，出甫爲華州司功參軍。」琯罷相在至德二載五月，據《房琯傳》，乾元元年六月詔貶房琯邠州刺史，又貶劉秩、嚴武等。錢箋：「至次年六月，（杜甫）復與琯俱貶也。然而詔書不及者，以官卑耳。」《舊唐書·地理志》京兆府：「華州上輔……天寶元年，改爲華陰郡。乾元元年，復爲華州。」《唐六典》卷三〇州縣官吏：「上州……司功參軍事一人，從七品下。」「功曹、司功參軍掌官吏考課、假使、選舉、祭祀、禎祥、道佛、學校、表疏、書啓、醫藥、陳設之事。」

〔二〕蝎：《説文》：「蠆，毒蟲也。」段注：「《左傳》曰：蜂蠆有毒。《詩》曰：卷髮如蠆。《通俗文》曰：蠆長尾謂之蝎，蝎毒傷人曰蛆。」《酉陽雜俎》卷一八《廣動植》：「江南舊無蝎，開元初，嘗有一主簿竹筒盛過江，至今江南往往亦有，俗呼爲主簿蟲。……蝎前謂之螫，後謂之蠆。」

〔三〕束帶二句：束帶，指服官服。《三國志·魏書·杜恕傳》：「況於束帶立朝，致位卿相。」簿書，公文案卷。《漢書·禮樂志》：「其務在於簿書、斷獄、聽訟而已。」相仍，相續。《三國志·魏書·管寧傳》：「徵命相仍。」

〔四〕層冰：見卷一李邕《登歷下古城員外孫新亭》注。

立秋後題

日月不相饒，節序昨夜隔〔一〕。玄蟬無停號，秋燕已如客〔二〕。平生獨往願，惆悵年半百〔三〕。罷官亦由人，何事拘形役〔四〕？（0092）

【注】

黃鶴注：以「罷官亦由人」，知是乾元二年（七五九）欲弃官時作。

〔一〕日月二句：鮑照《擬行路難》：「日月流邁不相饒，令我愁思怨恨多。」

〔二〕玄蟬二句：傅玄《蟬賦》：「潛玄昭於后土兮，雖在穢而逾馨。」駱賓王《在獄詠蟬》：「那堪玄鬢影，來對白頭吟。」潘岳《秋興賦》：「野有歸燕，隰有翔隼。」謝瞻《九日從宋公戲馬臺詩》：「巢幕無留燕，遵渚有來鴻。」

〔三〕平生二句：《莊子·在宥》：「獨往獨來，是謂獨有。」嵇康《四言贈兄秀才入軍》：「含道獨往，弃智遺身。」乾元二年杜甫年四十八，黄鶴注：「舉成數而言也。」

〔四〕何事句：陶淵明《歸去來兮辭》：「既自以心爲形役，奚惆悵而獨悲。」

杜甫集校注

〔唐〕杜　甫著
謝思煒　校注

六

上海古籍出版社

杜工部集卷第十五

近體詩一百三十三首居夔州作

七月一日題終明府水樓二首[一]

高棟曾軒已自涼，秋風此日灑衣裳。翛然欲下陰山雪，不去非無漢署香[二]。絶壁過雲開錦繡，疏松夾水奏笙簧。看君宜著王喬履，真賜還疑出尚方[三]。終明府，功曹也。兼攝奏節令，故有此句。佇觀奏即真也。（1028）

【注】

黄鶴注：當是大曆元年（七六六）在夔州作。仇注編入大曆二年（七六七）。

〔一〕終明府：名不詳。當爲夔州功曹參軍，兼攝奉節令。

〔二〕倏然二句：《北堂書鈔》卷一五二引《廣志》：「代郡陰山，五月猶宿雪，八月末復雪。」《初學記》卷一一引《漢官儀》：「尚書郎含雞舌香，伏奏事。」《趙次公先後解》：「公官爲工部尚書員外郎，其在省也，自應有含香之制，但以爲客不去耳。」仇注：「今對之不忍舍去，非爲無郎署而留此，正以壁開錦繡，松奏笙簧，樓上見聞絶勝耳。」

〔三〕看君二句：《風俗通義·正失》：「俗説孝明帝時，尚書郎河東王喬遷爲葉令。喬有神術，每月朔常詣臺朝。帝怪其來數而無車騎，密令太史候望。言其臨至時，常有雙鳧從東南飛來。因伏伺，見鳧舉羅，但得一雙舄耳。使尚方識視，四年中所賜尚書官屬履也。」《漢書·百官公卿表》少府屬官尚方，師古注：「尚方主作禁器物。」《唐六典》卷二二少府監：「光宅元年改爲尚方監，神龍元年復舊。」此言真賜，謂奏官即真。

宓子彈琴邑宰日，終軍弃繻英妙時①〔一〕。承家節操尚不泯，爲政風流今在茲。可憐賓客盡傾蓋〔二〕，何處老翁來賦詩？楚江巫峽半雲雨，清簟疏簾看弈碁。

（1029）

【校】

①英，《草堂》校：「或作年。」

【注】

〔一〕宓子二句：《吕氏春秋·察賢》：「宓子賤治單父，彈鳴琴，身不下堂而單父治。」《漢書·終軍傳》：「初，軍從濟南當詣博士，步入關，關吏與軍繻。軍問：『以此何爲？』吏曰：『爲復傳，還當以合符。』軍曰：『大丈夫西游，終不復傳還。』弃繻而去。軍爲謁者，使行郡國，建節東出關，關吏識之，曰：『此使者乃前弃繻生也。』」仇注：「虙子，切明府。終軍，切終姓。」

〔二〕可憐句：《史記·魯仲連鄒陽列傳》：「諺曰：有白頭如新，傾蓋如故。」

秋日夔府詠懷奉寄鄭監審李賓客之芳一百韻〔一〕

絶塞烏蠻北〔二〕，孤城白帝邊。飄零仍百里，消渴已三年。雄劍鳴開匣〔三〕，羣書滿繫船①。亂離心不展②，衰謝日蕭然。筋力妻孥問，菁華歲月遷〔四〕。登臨多物色，陶冶賴詩篇〔五〕。峽束滄江起，岩排石樹圓③〔六〕。拂雲霾楚氣，朝海蹴吴天④。煮井爲鹽速，燒畬度地偏〔七〕。有時驚疊嶂，何處覓平川？鸂鶒雙雙舞〔八〕，獼猴壘壘懸。碧蘿長似帶，錦石小如錢。春草何曾歇，寒花亦可憐。獵人吹戍火〔九〕，野店引山泉。唤起搔頭急，何遜云：金粟裏搔頭。扶行幾屐穿？諸阮曰：一生能

著幾屐〔一〇〕。兩京猶薄産，四海絶隨肩〔一一〕。幕府初交辟，郎官幸備員〔一二〕。瓜時猶旅寓⑤，萍泛苦夤緣〔一三〕。藥餌虚狼籍，秋風洒静便平〔一四〕。開襟驅瘴癘⑥，明目掃雲烟。高宴諸侯禮，佳人上客前。哀箏傷老大，華屋豔神仙。南内開元曲，常時弟子傳〔一五〕。法歌聲變轉，滿坐涕潺湲。都督柏中丞筵，梨園弟子李山奴歌⑦〔一六〕。弔影夔州僻，回腸杜曲煎〔一七〕。即今龍厩水，莫帶犬戎膻。兩京龍厩門，苑馬門也。渭水流苑馬門内〔一八〕。耿賈扶王室，蕭曹拱御筵〔一九〕。乘威滅蜂蠆，戮力効鷹鸇⑧〔二〇〕。舊物森猶在，凶徒惡未悛〔二一〕。國須行戰伐，人憶止戈鋋〔二二〕。奴僕何知禮，恩榮錯與權〔二三〕。胡星一彗孛⑨，黔首遂拘攣⑩〔二四〕。哀痛絲綸切，煩苛法令蠲〔二五〕。業成陳始王，兆喜出于畋〔二六〕。宫禁經綸密，台階翊戴全〔二七〕。熊羆載呂望，鴻雁美周宣〔二八〕。側聽中興主〔二九〕，長吟不世賢。音徽一柱數，道里下牢千〔三〇〕。鄭在江陵，李在夷陵。鄭李光時論，文章並我先。陰何尚清省，沈宋欻聯翩〔三一〕。律比崑崙竹，音知燥濕絃〔三二〕。風流俱善價，愜當久忘筌〔三三〕。置驛常如此，登龍蓋有焉〔三四〕。雖云隔禮數，不敢墜周旋〔三五〕。高視收人表，虚心味道玄〔三六〕。馬來皆汗血，鶴唳必青田〔三七〕。羽翼商山起，蓬萊漢閣連〔三八〕。管寧紗帽净，江令錦袍

鮮〔三九〕。東郡時題壁，南湖日扣舷〔四〇〕。遠游凌絶境，佳句染華牋。每欲孤飛去，徒爲百慮牽。生涯已寥落，國步乃迍邅⑪〔四一〕。衾枕成蕪没，池塘作弃捐。平生多病，卜築遺懷。別離憂怛怛，伏臘涕漣漣〔四二〕。露菊班豐鎬，秋蔬影澗瀍⑫〔四三〕。共誰論昔事，幾處有新阡〔四四〕？富貴空回首，喧争懶著鞭〔四五〕。兵戈塵漠漠，江漢月娟娟。局促看秋燕，蕭疏聽晚蟬。雕蟲蒙記憶，烹鯉問沉綿〔四六〕。卜羨君平杖，偷存子敬氈〔四七〕。囊虚把釵釧⑬，米盡坼花鈿〔四八〕。甘子陰涼葉，茅齋八九椽〔四九〕。陣圖沙北岸，市暨瀼西巔。八陣圖、市暨，夔人語也。江水横通山谷處，方人謂之瀼⑭〔五〇〕。羈絆心常折，栖遲病即痊〔五一〕。紫收岷嶺芋⑮，白種陸池蓮⑯〔五二〕。色好梨勝頰，穰多栗過拳〔五三〕。勅厨唯一味，求飽或三鱣〔五四〕。兒去看魚笱，人來坐馬韉⑰〔五五〕。縛柴門窄窄，通竹溜涓涓。塹抵公畦稜，京師農人指田遠近，多云幾稜。稜音去聲。村依野廟壖〔五六〕。缺籬將棘拒，倒石賴藤纏。借問頻朝謁，何如穩晝眠⑱？誰云行不逮⑲，自覺坐能堅〔五七〕。霧雨銀章澀，馨香粉署妍〔五八〕。紫鸞無近遠，黄雀任翩翾〔五九〕。困學違從衆，明公各勉旃〔六〇〕。聲華夾宸極，早晚到星躔〔六一〕。懇諫留匡鼎，諸儒引服虔⑳〔六二〕。不逢輪鯁直㉑，會是正陶甄〔六三〕。宵旰憂虞

軫〔六四〕，黎元疢苦骿。雲臺終日畫，青簡爲誰編〔六五〕？行路難何有〔六六〕，招尋興已專。由來具飛檝，暫擬控鳴弦〔六七〕。身許雙峰寺，門求七祖禪〔六八〕。落帆追宿昔，衣褐向真詮〔六九〕。安石名高晉，鄭高簡，得謝太傅之風。昭王客赴燕。李宗親，有燕昭之美。燕，周之裔〔七〇〕。途中非阮籍，查上似張騫〔七一〕。披拂雲寧在㉒，淹留景不延〔七二〕。風期終破浪，水怪莫飛涎〔七三〕。他日辭神女〔七四〕，傷春怯杜鵑。淡交隨聚散，澤國繞回旋㉓〔七五〕。本白依迦葉，何曾藉去聲偓佺〔七六〕。鑪峰生轉眄，橘井尚高褰〔七七〕。東走窮歸鶴，南征盡跕鳶〔七八〕。晚聞多妙教，卒踐塞前愆〔七九〕。顧凱丹青列，頭陀琬琰鐫〔八〇〕。衆香深黯黯，幾地肅芊芊〔八一〕。勇猛爲心極，清羸任體孱〔八二〕。金篦空刮眼，鏡象未離銓㉔〔八三〕。（1030）

【校】

① 雄劍鳴開匣，羣書滿繫船，《草堂》校：「一作所向皆窮轍，餘生日繫船。」「轍」《草堂》誤「轉」，據錢箋改。

② 展，錢箋校：「一作轉。」《草堂》作「轉」。

③ 石，錢箋校：「一作古。」《草堂》作「古」，校：「一作石樹，謂石楠也。」

④ 朝，錢箋校：「川作湖。」《草堂》作「湖」。　蹴，錢箋校：「一作襯。」

⑤猶，錢箋校：「一作仍。一作拘。」《草堂》校：「一作仍。」

⑥驅，錢箋校：「晋作祛。」

⑦梨園，錢箋、《九家》其上有「聞」字。　山奴，錢箋、《九家》作「仙奴」。

⑧効，錢箋校：「川作教。」

⑨孛，錢箋校：「川作闇。」

⑩黔首，錢箋校：「川作首惡。」

⑪乃，宋本、錢箋、《草堂》校：「一作尚。」

⑫蔬，宋本、錢箋校：「一作菰。」《草堂》作「菰」，校：「一作蔬。」

⑬虚，《草堂》作「空」。

⑭八陣圖市暨夔人語也江水横通山谷處方人謂之瀼，錢箋作：「市暨音既。峽人目市井處曰市暨。八陣圖、市暨，夔人語也。江水横通山谷處，方人謂之瀼。」《九家》作：「峽人目市井泊船處曰市暨。江水横通山谷處謂之瀼。」

⑮紫收岷嶺芋，宋本、錢箋校：「一云紫秧岷下芋。」收，《草堂》校：「一作秧。」

⑯池，宋本、錢箋、《草堂》校：「一作家。」

⑰兒去看魚笥人來坐馬韉，宋本、錢箋校：「一云俗異鄰蛟室，朋來坐馬韉。」人，《草堂》校：「一作朋。」

⑱晝，錢箋作「醉」，校：「一作晝。」

⑲ 逮，錢箋校：「一作達。」

⑳ 服，錢箋校：「一作伏。誤。」

㉑ 逢，宋本、錢箋校：「一作過。」《草堂》作「過」，校：「一作逢。」

㉒ 拂，宋本校：「一作晤。」錢箋校：「一作晤。晉作豁。」

㉓ 旋，《草堂》校：「一作還。」

㉔ 鏡象未離銓，宋本、錢箋校：「一云平等未離銓。」鏡象，《草堂》校：「一作平等。」

【注】

黃鶴注：當是大曆元年（七六六）秋作。《趙次公先後解》編入大曆二年（七六七），三月移居瀼西，至秋八月所作。

〔一〕鄭審：見卷七《八哀詩·鄭公虔》（0336）注。李之芳：見卷　李邕《登歷下古城員外孫新亭》注。岑參、獨孤及有《送李賓客荆南迎親》。

〔二〕烏蠻：見卷八《醉歌行》（0375）注。

〔三〕雄劍句：《吳越春秋》卷四：「莫耶，干將之妻也。干將作劍，采五山之鐵精，六合之金英。……於是干將妻乃斷髮剪爪，投於爐中，使童女童男三百人鼓橐將炭，金鐵乃濡，遂以成劍。陽曰干將，陰曰莫耶，陽作龜文，陰作漫理。干將匿其陽，出其陰而獻之。」鮑照《贈故人馬子喬》：「雙劍將別離，先在匣中鳴。烟雨交將夕，從此遂分形。雌沉吳江裏，雄飛入楚城。」

〔四〕菁華句：阮籍《達莊論》：「曜菁華，被沆瀣。」顔延之《陶徵士誄》：「至使菁華隱没，芳流歇絶。」

〔五〕陶冶句：《淮南子·俶真訓》：「有未始有有無者，包裹天地，陶冶萬物。」

〔六〕石樹：《苕溪漁隱叢話》前集卷一〇山谷云：「石樹，石楠也。」

〔七〕煮井二句：李貽孫《夔州都督府記》：「城之左五里，得鹽泉十四，居民煮而利焉。又西而稍南三四里，得八陣圖。」《太平寰宇記》卷一四八夔州引《荆州圖副》：「八陣圖下東西三里有一磧，東西一百步，南北廣四十步，磧上有鹽泉井五口，以木爲桶，昔常取鹽，即時沙壅，冬出夏没。」劉禹錫《畬田行》：「何處好畬田，團團縵山腹。鑽龜得雨卦，上山燒卧木。……下種暖灰中，乘陽拆芽蘖。蒼蒼一雨後，苕穎如雲發。巴人拱手吟，耕耨不關心。由來得地勢，徑寸有餘金。」《分門》洙曰：「峽土瘠确，暖氣晚達，故民燒地而耕，謂之火耕，亦謂之畬田。」

〔八〕鸂鶒：見卷一〇《曲江陪鄭八丈南史飲》(0527)注。

〔九〕獵人句：《趙次公先後解》：「火謂之戍火，則有屯戍在白帝城也。獵人至其上矣。」

〔一〇〕喚起二句：何遜詩今不存。《趙次公先後解》：「此自是詠婦人之詩，而公引之，所以表見搔頭兩字所出。」《世説新語·雅量》：「阮遥集好屐……或有詣阮，見自吹火蠟屐，因歎曰：『未知一生當著幾量屐。』神色閑暢。」

〔一一〕四海句：《禮記·曲禮上》：「五年以長則肩隨之。」《趙次公先後解》：「歎無交游相隨也。」朱鶴齡注：「言無故舊也。」

〔一二〕幕府二句：《趙次公先後解》：「前此嚴公爲東川節度使，辟公爲參謀，而官則尚書工部員外郎。今言於此，豈夔州節度亦嘗辟之邪？」按，此追述客夔之由。

〔一三〕瓜時二句：《左傳》莊公八年：「瓜時而往，曰：及瓜而代。」《趙次公先後解》：「瓜時，則五月、六月間也。」按，此言旅寓此地又及瓜時。謝靈運《從斤竹澗越嶺溪行》：「蘋萍泛沈深，菰蒲冒清淺。」左思《吳都賦》：「夤緣山岳之岊，羃歷江海之流。」《文選》劉逵注：「夤緣，布藤上貌。」《洪武正韻》：「夤緣，連絡也。」

〔一四〕藥餌二句：本書卷一《渼陂西南臺》（0032）：「身退豈待官，老來苦便靜。」參該詩注。

〔一五〕南内二句：《舊唐書·地理志》京師：「南内曰興慶宫，在東内之南隆慶坊，本玄宗在藩時宅也。自東内達南内，有夾城複道，經通化門達南内，人主往來兩宫，人莫知之。」梨園弟子，見卷七《觀公孫大娘弟子舞劍器行》（0329）注。

〔一六〕法歌二句：《舊唐書·音樂志》：「又自開元已來，歌者雜用胡夷里巷之曲，其孫玄成所集者，工人多不能通，相傳謂爲法曲。」白居易《法曲歌》注：「法曲雖似失雅音，蓋諸夏之聲也，故歷朝行焉，玄宗雖雅好度曲，然未嘗使蕃漢雜奏。天寶十三載，始詔道調法曲與胡部新聲合作，識者深異之。明年冬，而安禄山反也。」

〔一七〕杜曲：見卷一《曲江三章章五句》（0028）注。

〔一八〕即今二句：《唐六典》卷一一殿中省尚乘奉御：「今仗内有飛龍、祥麟、鳳苑、鵷鸞、吉良、六群等六廄，奔星、内駒等兩閑。」《雍録》卷八：「飛龍廄，後苑有驥德院，禁馬所在。韋后入飛龍廄

爲衛士斬首，蓋自玄武門出宮入厩也。」《漢書・食貨志》：「孝景二年……始造苑馬以廣用。」後苑當即太極宮以北之禁苑，苑馬即指閑厩馬。《因話録》卷四：「上又嘗登苑北樓，望渭水，見一醉人臨水卧。」是禁苑北臨渭水。《趙次公先後解》：「時有吐蕃之亂。」

〔一九〕耿賈二句：耿賈，見卷四《述古三首》(0206)注。蕭曹，蕭何、曹參。《史記・蕭相國世家》：「何素不與曹參相能，及何病，孝惠自臨視相國病，因問曰：『君即百歲後，誰可代君者？』對曰：『知臣莫如主。』孝惠曰：『曹參何如？』何頓首曰：『帝得之矣。臣死不恨矣。』」

〔二〇〕乘威二句：《左傳》僖公二十二年：「君其無謂邾小，蜂蠆有毒，而況國乎。」文公十八年：「見無禮於其君者，誅之如鷹鸇之逐鳥雀也。」

〔二一〕舊物二句：《左傳》哀公元年：「祀夏配天，不失舊物。」《趙次公先後解》：「以言國家之大物。」仇注：「指帝京如故。」《左傳》隱公六年：「長惡不悛，從自及也。雖欲救之，其將能乎？」

〔二二〕國須二句：戈鋋，見卷九《喜聞官軍已臨賊寇二十韻》(0495)注。朱鶴齡注引《杜詩博議》：「公以代宗不能問河北之罪，而但慕止戈之名，養成禍亂，蓋傷之也。」說甚鑿。

〔二三〕奴僕二句：《趙次公先後解》：「此則戰伐之時，必有武夫悍卒立功而蒙寵者。」《九家》趙注：「或云此句似專指安禄山，不合付以兵柄也。」錢箋：「凶徒、奴僕，指安史降將也。」朱鶴齡注：「奴僕四句又推言亂本，與『胡雛負恩澤，嗟爾太平人』同意。有謂指程元振者，非。」

〔二四〕胡星二句：《漢書・天文志》：「昴曰旄頭，胡星也。」又：「彗孛飛流，日月薄食。」《左傳》文公十四年：「有星孛入于北斗，周内史叔服曰：『不出七年，宋、齊、晉之君皆將死亂。』」昭公二十

六年：「齊有彗星，齊侯使禳之。晏子曰：『無益也，只取誣焉。……且天之有彗也，以除穢也。君無穢德，又何禳焉。』」《史記·秦始皇本紀》：「更名民曰黔首。」集解：「應劭曰：黔亦黎，黑也。」《趙次公先後解》：「兩句又憫蒼生同受其禍矣。」

〔二五〕哀痛二句：哀痛詔，見卷一〇《收京三首》(0505)注。綵綸，見卷一〇《奉和賈至舍人早朝大明宫》(0521)注。《趙次公先後解》：「兩句言代宗之美也。」朱鶴齡注：「《舊紀》：永泰元年正月，下制罪己。二年十一月，大赦改元，停什畝稅一法。哀痛二句，蓋指此也。」

〔二六〕業成二句：《詩·豳風·七月》序：「陳王業也。周公遭變故，陳后稷先公風化之所由，致王業之艱難也。」于畋，見卷九《投贈哥舒開府翰二十韻》(0412)注。《趙次公先後解》：「上句以成王比代宗也。下句意者以吕望比郭令公乎？」錢箋：「始王，指代宗初年也。于畋，喻其幸陝也。猶所謂『賢多隱屠釣，王肯載同歸』也。」按，下文「熊羆載吕望」句承此，與幸陝事無關。錢說鑿。

〔二七〕台階：見卷九《奉贈鮮于京兆二十韻》(0416)「台衮」、卷一一《建都十二韻》(0647)「三階」注。

〔二八〕鴻雁句：《詩·小雅·鴻雁》序：「美宣王也。萬民離散，不安其居，而能勞來還定安集之，至於矜寡，無不得其所焉。」

〔二九〕側聽句：《詩·小雅·烝民》序：「尹吉甫美宣王也。任賢使能，周室中興焉。」

〔三〇〕音徽二句：一柱觀，見卷七《送高司直尋封閬州》(0359)注。《趙次公先後解》：「音徽一柱數，言其數通音問。」陸機《演連珠》：「乘風載響，則音徽自遠。」侯瑾《箏賦》：「於是急絃促柱，變

調改曲。」此杜字雙關。下牢關，見卷七《荊南兵馬使太常卿趙公大食刀歌》(0310)注。

〔三一〕陰何二句：陰鏗，見卷九《與李十二白同尋范十隱居》(0436)注。《梁書・何遜傳》：「初，遜文章與劉孝綽並見重於世，世謂之何劉。世祖著論論之云：詩多而能者沈約，少而能者謝朓、何遜。」《趙次公先後解》：「沈則沈佺期，宋則宋之問。……沈、宋近代，欻然追逐，與之相聯翩也。」《苕溪漁隱叢話》前集卷六引《學林新編》以爲沈約、宋玉，未可從。

〔三二〕律比二句：《漢書・律曆志》：「黄帝使泠綸自大夏之西，崑崙之陰，取竹之嶰谷，生其竅厚均者，斷兩節間而吹之，以爲黄鐘之宫。」《韓詩外傳》卷七：「天有燥濕，絃有緩急，柱有推移。」

〔三三〕風流二句：風流，見卷六《壯游》(0295)注。《論語・子罕》：「有美玉於斯，韞櫝而藏諸？求善賈而沽諸？」《莊子・外物》：「荃者所以在魚，得魚而忘荃。」

〔三四〕置驛二句：置驛，見卷一三《贈王二十四侍御契四十韻》(0869)「鄭驛」注。登龍，見卷九《奉贈鮮于京兆二十韻》(0416)注。《趙次公先後解》：「上句以言鄭監之好客，下句以言李賓客之待士。」

〔三五〕雖云二句：《左傳》莊公十八年：「名位不同，禮亦異數。」馬融《廣成頌》：「十有餘年，以過禮數。」《左傳》文公十八年：「行父奉以周旋，弗敢失隊。」

〔三六〕高視二句：曹植《與楊德祖書》：「足下高視於上京。」《三國志・魏書・劉馥傳》：「宜高選博士，取行爲人表、經任人師者。」《淮南子・主術訓》：「天道玄默。」班固《答賓戲》：「味道之腴。」《宋書・徐廣傳》：「心息道玄。」

〔三七〕馬來二句：汗血馬，見卷一《醉歌行》(0020)注。《藝文類聚》卷九〇引《永嘉郡記》：「有洙沐溪，野青田九里中，有雙白鶴，年年生子，長大便去，只恒餘父母一雙在耳。」《趙次公先後解》：「以馬比二公，則皆汗血。以鶴比二公，則必青田。」仇注：「馬來、鶴唳，喻人才樂歸。」

〔三八〕羽翼二句：商山，見卷二《喜晴》(0077)注。《後漢書·竇章傳》：「是時學者稱東觀爲老氏藏室，道家蓬萊山，康遂薦章入東觀爲校書郎。」《趙次公先後解》：「上句以言李賓客。賓客者，太子官也，故用四皓事。」「下句以言鄭監，監者秘書監也，故用蓬萊字。」

〔三九〕管寧二句：《三國志·魏書·管寧傳》：「寧常著皁帽、布襦袴，隨時單複，出入閨庭。」江總《山水納袍賦》序：「皇儲監國餘辰，勞謙終宴。有令以納袍降賜，何以奉揚恩德，因題此賦。」《趙次公先後解》：「二公之官，一則本在東宮，一則本在禁省，而皆寄於外。其閑曠則如管寧之戴紗帽，其宴游則如江總之著錦袍。」

〔四〇〕東郡二句：《趙次公先後解》謂上句似言李賓客，「豈大曆元年李賓客在夷陵時，過江陵與鄭相從，夷陵在西，江陵在東，則爲東郡者乎」；下句似言鄭監，其後有《寄題鄭監湖上亭三首》等詩。朱鶴齡注：「夷陵郡在夔州之東，故曰東郡。南湖，即鄭監湖亭。」「因言其近在荆南，時有吟賞之樂，欲往從之而不能也。」

〔四一〕迍邅：見卷一〇《寄岳州賈司馬六丈巴州嚴八使君兩閣老五十韻》(0611)注。

〔四二〕別離二句：《詩·齊風·甫田》：「無思遠人，勞心怛怛。」傳：「怛怛，猶忉忉也。」《漢書·楊惲傳》：「田家作苦，歲時伏臘，亨羊炰羔，斗酒自勞。」潘岳《閑居賦》：「牧羊酤酪，以俟伏臘之

費。」參卷一〇《臘日》(0515)注。仇注：「別離，悲弟妹。伏臘，思祖父。」胡應麟《詩藪》内編卷四：「洪景盧云：作詩至百韻，詞意既多，故有失於檢點者。如杜老《夔府詠懷》，前云『滿坐涕潺湲』，後又云『伏臘涕漣漣』。」

〔四三〕露菊二句：司馬相如《上林賦》：「酆鎬潦潏，紆餘委蛇。」《文選》郭璞注：「張揖曰：酆水出鄠縣南山酆谷，北入渭。鎬在昆明池北。」《書·禹貢》：「伊、洛、瀍、澗既入於河。」傳：「澗出沔池山，瀍出河南北山。」《趙次公先後解》：「上句以言長安之産，下句言洛陽之産。」

〔四四〕新阡：崔融《韋長史挽詞》：「京兆新阡辟，扶陽甲第空。」《趙次公先後解》：「以言墳墓。」

〔四五〕喧争句：《晋書·劉琨傳》：「嘗恐祖生先吾著鞭。」

〔四六〕雕蟲二句：揚雄《法言》卷二：「或問：吾子少而好賦。曰：然。童子雕蟲篆刻。俄而曰：壯夫不爲也。」《飲馬長城窟行》：「呼兒烹鯉魚，中有尺素書。」沉綿，見卷六《同元使君春陵行》(0276)注。

〔四七〕卜羨二句：嚴君平，見卷一《渼陂西南臺》(0032)注。《晋書·阮修傳》：「常步行，以百錢挂杖頭，至酒店便獨酣暢。」《晋書·王獻之傳》：「夜卧齋中，而有偷人入其室，盜物都盡。獻之徐曰：『偷兒，青氈我家故物，可特置之。』」

〔四八〕囊虛二句：釵釧，見卷九《喜聞官軍已臨賊寇二十韻》(0495)注。沈約《麗人賦》：「陸離羽珮，雜錯花鈿。」《舊唐書·輿服志》：「内外命婦服花釵。施兩博鬢，寶鈿飾也。」《趙次公先後解》：「皆言賣易之也。」

〔四九〕甘子二句：本書卷六有《阻雨不得歸瀼西甘林》(0296)，參該詩注。

〔五〇〕陣圖二句：《水經注》江水：「江水又東逕諸葛亮圖壘南，石磧平曠，望兼川陸，有亮所造八陣圖，東跨故壘，皆纍細石爲之。自壘西去，聚石八行，行間相去二丈，因曰八陣既成，自今行師，庶不覆敗。皆圖兵勢行藏之權，自後深識者所不能了。今夏水漂蕩，歲月消損，高處可二三尺，下處磨滅殆盡。」李貽孫《夔州都督府記》：「城之左五里，得鹽泉十四，居民煮而利焉。又西而稍南三四里，得八陣圖，在沙州之壖，此諸葛所以示人於行兵者也。分其列陣，隱在石壘。春而潦大則没，秋而波減則露，造化之力，不能推移，所以見作者之能。」《太平寰宇記》卷一四八夔州引《荆州圖副》：「永安宫南一里渚下平磧，上周回四百十八丈，中有諸葛孔明八陣圖。」

〔五一〕羈絆二句：江淹《别賦》：「心折骨驚。」《文選》李善注：「亦互文也。」《莊子·徐无鬼》：「今予病少痊。」

〔五二〕紫收二句：岷嶺芋，見卷六《贈别賀蘭銛》(0258)注。陸池蓮，《趙次公先後解》引師民瞻説，疑爲陸地所開池，又挨傍《維摩經》云陸地不生蓮花。朱鶴齡注引《太平御覽》卷九五八引任昉《述異記》：「吴中有陸家白蓮種，顧家班竹。」

〔五三〕色好二句：左思《蜀都賦》：「紫梨津潤，樼栗罅發。」《西京雜記》卷一：「栗四：侯栗、榛栗、瑰栗、嶧陽栗。嶧陽尉曹龍所獻，大如拳。」仇注：「穰，豐穰也。」施鴻保云：「疑穰即栗實，蜀人語然，猶瓜之云瓤也。或説穰是栗殼内衣，亦非。」《説文》：「穰，黍梨已治者。」段注：「已治，謂已治去其箬皮也。謂之穰者，莖在皮中如瓜瓤在瓜皮中也。《周頌》傳曰：穰穰，衆也。此

假借也。」

〔五四〕勑厨二句：《後漢書・楊震傳》：「後有冠雀銜三鱣魚，飛集講堂前。」注：「冠音貫，即鸛雀也。鱣音善。《韓子》云：鱣似蛇。臣賢案：《續漢》及謝承書鱣字皆作鱓，然則鱣鱓古字通也。鱣魚長者不過三尺，黄地黑文……郭璞云鱣魚長二三丈，音知然反。安有鸛雀能勝二三丈乎？此爲鱣明矣。」吴曾《能改齋漫録》卷四引黄朝英《緗素雜記》：「孫卿云魚鱉鰌鱣。《韓非》、《説苑》：鱣似蛇。並作鱣字。蓋假鱣爲鱔，其來久矣。杜少陵云『敕厨唯一味，求飽或三鱣』，又以平聲押之，恐誤也。」吴曾謂：「以上皆朝英語。余按歐陽文忠公《集古録》漢楊震碑云：聖漢龍興，神祇降社，乃生於公。又云：窮神知變，與聖同符，鴻漸於門，群英雲集。又云：貽我三魚，以彰懿德。觀此，則稱鱣稱鱔，皆不得其真也。」朱鶴齡注謂杜詩蓋用《楊震傳》三鱣，兼取郭璞、陸德明音釋。

〔五五〕兒去二句：《詩・邶風・谷風》：「毋逝我梁，毋發我笱。」傳：「笱，所以捕魚也。」《藝文類聚》卷六九引《史記》：「蘇秦激張儀，令相秦，以馬韉席坐之。」《趙次公先後解》引杜田説：「人來坐馬韉，貧無坐席也。」其引《戰國策》文詳於《類聚》，然不見今本《戰國策》。

〔五六〕塹抵二句：陸龜蒙《奉酬襲美苦雨見寄》：「我本曾無一稜田，平生嘯傲空漁船。」朱鶴齡注：「韻書稜字無去音，蓋方言也。陸龜蒙詩……稜亦作去聲用。」《漢書・食貨志》：「田其宫壖地。」注：「師古曰：壖，餘也。宫壖地，謂外垣之内、内垣之外也。諸緣河壖地、廟垣壖地，其義皆同。」

〔五七〕誰云二句：《史記·刺客列傳》：「今太子聞光壯盛之時，不知吾形已不逮也。」《舊唐書·狄仁傑傳》：「衆皆接對，唯仁傑堅坐讀書。」

〔五八〕霧雨二句：銀章，見卷一三《春日江村五首》(0896)注。《趙次公先後解》：「公時已朱紱銀章，既不服之，銀章所以澀。」粉署，尚書省。沈佺期《李員外秦援宅觀妓》：「盈盈粉署郎，五日宴春光。」武平一《請追贈杜審言官表》：「是以升榮粉署，擢秀蘭臺。」《初學記》卷一一引蔡邕《漢官》：「尚書奏事於明光殿，省中皆胡粉塗壁，其邊以丹漆地。故尚書郎含雞舌香，伏其下奏事。」《趙次公先後解》：「以其詣郎官握蘭含香也，故言馨香。」

〔五九〕紫鸞二句：紫鸞，見卷一《夜聽許十誦詩愛而有作》(0036)注。張華《鷦鷯賦》：「育翩翾之陋體，無玄黄以自貴。」《文選》李善注：「《字林》曰：翩，疾飛也。《説文》曰：翾，小飛也。」謝靈運《山居賦》：「鵾鴻翻翥而莫及，何但燕雀之翩翾。」《趙次公先後解》：「上句以譬高材之人，則不論遠近而往。下句則公自謙，如黄雀之小，徒任翱翔而已。」

〔六〇〕困學二句：《論語·季氏》：「生而知之者上，學而知之者次。困而學之，又其次也。困而不學，民斯爲下矣。」《子罕》：「麻冕，禮也。今也純，儉，吾從衆。」《漢書·楊惲傳》：「方當盛漢之隆，願勉旃，毋多談。」

〔六一〕聲華二句：劉琨《勸進表》：「宸極失御，登遐醜裔。」《文選》李善注：「宸極，喻帝位。」《後漢書·明帝紀》：「郎官上應列宿。」《分門》洙曰：「郎官象列星，諸侯象四七，宰相法三台，皆星躔。」《漢書·律曆志》：「日月初躔，星之紀也。」注：「孟康曰：躔，舍也。二十八舍，列在四

方，日月行焉。起於星紀，而又周之。」

〔六二〕懇諫二句：《漢書・匡衡傳》：「諸儒爲之語曰：無説詩，匡鼎來；匡語詩，解人頤。……衡爲少傅數年，數上疏陳便宜，及朝廷有政議，傅經以對，言多法義。」注：「張晏曰：匡衡少時字鼎，長乃易字稚圭。」師古注謂其説穿鑿。《西京雜記》卷二：「鼎，衡小名也。」師古注亦謂其書淺俗。《趙次公先後解》謂時未有顔師古定説。《後漢書・儒林傳》服虔：「少以清苦建志，入太學受業，有雅才，善著文論。作《春秋左氏傳解》，行之至今。」

〔六三〕不逢二句：《後漢書・任隗傳》：「鯁言直義，無所回隱。」不逢，猶言豈不逢。揚雄《法言》卷九：「甄陶天下者，其在和乎？」

〔六四〕宵旰二句：《儀禮・士昏禮》：「纚笄、宵衣以俟見。」《左傳》昭公二十年：「楚君、大夫其旰食乎。」唐太宗《命皇太子監國詔》：「宵衣旰食，憂六宮之未安。」應瑒《文質論》：「朱虚軫其慮，辟彊釋其憂。」謝莊《山夜憂》：「仰絶炎而締愧，謝淚河而軫憂。」《楚辭・九章・涉江》「出國門而軫懷兮」王逸注：「軫，痛也。」仇注：「軫、駢，湊集之意。」軫無湊集之義。

〔六五〕雲臺二句：雲臺，見卷四《述古三首》（0206）注。青簡，見卷九《故武衛將軍挽歌三首》（0480）注。

〔六六〕行路句：《趙次公先後解》：「自行路難有何至末句，蓋叙述其將離夔而往詣二公，又盡南下而訪歷佛寺，尋問佛法以終老也。」

〔六七〕由來二句：《趙次公先後解》：「言楫飛之疾，如箭之往也。」木華《海賦》：「飛駿鼓楫，泛海凌

山。」《史記·匈奴列傳》：「控弦之士三十餘萬。」

〔六八〕身許二句：《九家》杜《補遺》引《釋氏要覽》：「曹溪在韶州雙峰寺下，昔晋武侯曹叔良宅也。」又謂：「佛書毗婆尸佛、尸弃佛、毗舍浮佛、拘留孫佛、拘那含牟尼佛、迦葉佛、釋迦牟尼佛，謂之天竺七祖。其所説七偈，乃禪源也。自達磨至慧能謂之中華六祖，與子美同時先後人耳。」錢箋引贊寧《高僧傳》道信、弘忍並住蘄州雙峰東山寺，號東山法門，及《寶林傳》慧能入雙峰曹侯溪，時人乃號六祖爲雙峰和尚而謂：「身許雙峰寺，應指蘄之雙峰。趙嘏《宿四祖寺》詩『千林樹下雙峰寺』，亦其證也。」又引李華《大德雲禪師碑》、《中岳越禪師記》、王縉《大證禪師碑》北宗尊神秀弟子普寂，立爲第七祖之説，及王維《六祖能禪師碑》弟子曰神會自叙六祖宗脈、房琯作《六葉圖序》而後震旦六祖之傳始定而謂：「公與右丞、房相，皆歸心於曹溪，不許北宗門人躋秀而祧能者也。既曰身許雙峰，知其不許度門矣。七祖之禪門，繫之以求，則知李華諸人所叙人照七葉者，固未可尅定爲宗子矣……房叙六葉，公求七祖，金湯護法之深旨，固可以參考也。然上元遷墖之後，真宗般若宗風，茂著水南，弟子豈無援祖功宗德之議，刊正祖門之統系者？公其或以大鑒既没，佛衣不傳，不應循北宗之例建立七祖，滋宗門諍論，聊以門求七祖，示置衣之微旨與？」後德宗貞元十二年，楷定禪門宗旨，勅立荷澤神會爲七祖。劉禹錫《送宗密上人歸草堂》：「自從七祖傳心印，不要三乘入便門。」按，錢箋援引材料豐富，説辯甚明。浦起龍謂臨濟宗以南岳懷讓爲第一世，而不繫以七祖之稱，實即七祖也，其嗣江西道一，俗稱馬祖，居南康龔公山，學者雲集，此正當公作詩之時。南康即廬山所在，下所謂鑪峰轉眄，正應

指此，求七祖即是依馬祖，亦聊備一説。近人郭沫若據錢箋所不取之《寶林傳》，以雙峰指曹溪寶林寺，神會肅宗時召入宮中供養，「是事實上的南宗七祖」，因謂此二句表示杜甫是南宗信徒。吕澂《杜甫的佛教信仰》（《哲學研究》一九七八年第六期）則謂杜甫在世時，只有北宗普寂被立爲七祖，故此二句表達了杜甫對北宗禪的信仰。説似皆不如錢箋周全。要之，雙峰指蘄之雙峰無疑，且其地即在江陵之下，當可落帆求之，然慧能、神秀皆出東山法門，實不能據此判定其必屬意於南北二宗之一。

〔六九〕落帆二句：《趙次公先後解》：「言於彼處帆落，乃是宿昔之願，其衣褐之身，專爲依向真詮也。」《史記·劉敬叔孫通列傳》：「臣衣帛，衣帛見；衣褐，衣褐見，終不敢易衣。」姚崇《造像記》：「並悟真詮，咸昇覺道。」盧藏用《衡岳十八高僧序》：「真詮或微，後生何述。」

〔七〇〕安石二句：《晉書·謝安傳》：「謝安，字安石。」卒贈太傅。《史記·燕召公世家》：「召公奭與周同姓，姓姬姓。」「燕昭王於破燕之後即位，卑身厚幣以招賢者……郭隗曰：『王必欲致士，先從隗始。況賢於隗者，豈遠千里哉！』於是昭王爲隗改築宮而師事之。樂毅自魏往，鄒衍自齊往，劇辛自趙往，士争趨燕。燕王弔死問孤，與百姓同甘苦。」

〔七一〕途中二句：途中，見卷四《丹青引》（0201）注。張騫，見卷一〇《秦州雜詩二十首》（0555）注。《趙次公先後解》：「公自比也。今公下水之快，故非似阮籍，而於舟上，却似張騫之乘查也。」

〔七二〕披拂二句：《世説新語·賞譽》：衛伯玉見樂廣與中朝名士談議，曰：「此人，人之水鏡也。見之若披雲霧睹青天。」謝靈運《登江中孤嶼》：「懷新道轉回，尋異景不延。」

〔七三〕風期二句：《宋書·宗慤傳》：「願乘長風破萬里浪。」《説苑·辨物》：「水之怪，龍罔象。」郭璞《江賦》：「揚鰭掉尾，噴浪飛唌。」《文選》李善注：「唌，沫也。」此指蜮之類。《詩·小雅·何人斯》：「爲鬼爲蜮，則不可得。」釋文：「蜮，狀如鱉，三足，一名射工，俗呼之水弩。在水中含沙射人，一云射人影。」《搜神記》卷一二：「有物處於江水，其名曰蜮，一曰短狐。能含沙射人。所中者，則身體筋急，頭痛發熱，劇者至死。」

〔七四〕神女，指巫山神女，見卷六《雨》(0297)注。

〔七五〕淡交二句：《莊子·山木》：「君子之交淡若水。」朱弁《風月堂詩話》：「詩之重韻，音同義異者，古人用之無嫌。如《民勞》詩一章用二休字韻是也。後人狃於科舉之習，遂不敢用。唐韓退之《答張徹》詩用二庭字，《石鼓》詩用二科字，老杜《夔府書懷》詩用二旋字，即其例也。」

〔七六〕本自二句：《法苑珠林》卷八引《增壹阿含經》：「《七佛父母姓字經》云：第一維衛佛，第二式佛，第三隨葉佛，此三佛同姓拘樓。第四拘樓秦佛，第五拘那含牟尼佛，第六迦葉佛。此三佛同姓迦葉。第七今我釋迦牟尼佛，姓瞿曇。」《趙次公先後解》、朱鶴齡注引大迦葉比丘，釋迦牟尼佛大弟子，疑非是。《列仙傳》卷上：「偓佺者，槐山采藥父也。好食松實，形體生毛，當數寸。兩目更方，能飛行，逐走馬。」《九家》趙注：「言事佛而非學仙也。」

〔七七〕鑪峰二句：《太平寰宇記》卷一一一江州：「香鑪峰在(廬)山西北，其峰尖圓，烟雲聚散如博山香鑪之狀。」白居易《草堂記》：「匡廬奇秀甲天下山，山北峰曰香鑪，峰北寺曰遺愛寺，介峰寺間，其境勝絶，又甲廬山。」曹植《洛神賦》：「轉眄流精，光潤玉顏。」橘井，見卷八《入衡州》

注曰：褰，開也。」杜詩乃高舉義。(0403)注。孫綽《游天台山賦》：「爾乃羲和亭午，游氣高褰。」《文選》李善注：「徐爰《射雉賦》

〔七八〕東走二句：《藝文類聚》卷七八引《搜神記》：「遼東城門有華表柱，忽有一白鶴集柱頭。時有少年，舉弓欲射之，鶴乃飛，徘徊空中而言曰：有鳥有鳥丁令威，去家千歲今來歸。城郭如故人民非，何不學仙冢壘壘。」《後漢記・光武帝紀》馬援語：「當吾在浪泊西時，下潦上霧，毒氣浮蒸，仰視飛鳶跕跕墮水中。」

〔七九〕晚聞二句：《大乘悲分陀利經》卷四：「起習大悲善調心，多妙世尊皆敬汝。」《三國志・吴書・孫皎傳》：「宜追前愆，深自咎責。」

〔八〇〕顧凱二句：顧愷之，見卷一〇《送許八江寧覲省甫昔時常客游此縣於許生處乞瓦棺寺維摩圖樣志諸篇末》(0538)注。《趙次公先後解》：「上句言佛寺中之畫，下句言佛寺中之碑。王簡栖作《頭陀寺碑》。」王中《頭陀寺碑文》：「頭陀寺者，沙門釋慧宗之所立也。南則大川浩汗，雲霞之所沃蕩。北則層峰削成，日月之所回薄。」《元和郡縣圖志》卷二七江夏縣：「頭陀寺在縣東南二里。」《書・顧命》：「越玉五重，陳寶、赤刀、大訓、弘壁、琬琰在西序。」朱鶴齡注：「顧畫、王碑，皆想像東游之事。」

〔八一〕衆香二句：《維摩經・香積佛品》：「過四十二恒河沙佛土，有國名衆香，佛號香積。」幾地，佛修行從初地至十地。《大般若波羅蜜多經》卷三九三：「善現，是菩薩摩訶薩從初地，乃至得第十地，曾無異想，但求無上正等菩提。」宋玉《高唐賦》：「仰視山巔，肅何芊芊。」

〔八二〕勇猛二句：《圓覺經》：「但當精勤，降服煩惱，起大勇猛。」《陳書·顧野王傳》：「野王體素清羸。」《趙次公先後解》：「言心極於聞道，而不管病體之羸弱也。」

〔八三〕金篦二句：金篦，見卷五《謁文公上方》（0209）注。《維摩經·弟子品》：「諸法皆妄見，如夢如焰，如水中月，如鏡中像。」《趙次公先後解》：「若金篦雖可以刮眼中之膜，而執鏡中之像以爲實有，則未離銓量之間。」

元稹《杜工部墓係銘》：「詩人以來，未有如子美者。是時山東人李白，亦以奇文取稱，時人謂之李杜。余觀其壯浪縱恣，擺去拘束，模寫物象，及樂府歌詩，誠亦差肩於子美矣。至若鋪陳終始，排比聲韻，大或千言，次猶數百，辭氣豪邁而風調清深，屬對律切而脱充凡近，則李尚不能歷其藩翰，況堂奥乎！」

元好問《論詩三十首》：「排比鋪張特一途，藩籬如此亦區區。少陵自有連城璧，争奈微之識碔砆。」

李重華《貞一齋詩説》：「五言排律，至杜集觀止。若多止百韻，杜老止存一首，末亦未免補綴完局，緣險韻留剩後幅故也。白香山窺破此法，將險韻參錯前後，略無痕跡，遂得綽有餘裕。故百韻叙事，當以香山爲法。但此亦不必多作，恐涉誇多鬬靡之習。」

贈李八秘書別三十韻①〔一〕

往時中補右，扈蹕上元初〔二〕。反氣凌行在，妖星下直廬〔三〕。六龍瞻漢闕②，萬騎略姚墟③〔四〕。玄朔回天步④，神都憶帝車〔五〕。一戎纔汗馬，百姓免爲魚〔六〕。通籍蟠螭印，差肩列鳳輿〔七〕。事殊迎代邸，喜異賞朱虛〔八〕。寇盜方歸順，乾坤欲晏如。不才同補衮，奉詔許牽裾〔九〕。鴛鷺叨雲閣，騏驎滯玉除⑤〔一〇〕。文園多病後，中散舊交疏〔一一〕。飄泊哀相見，平生意有餘。風烟巫峽遠⑥，臺榭楚宮虛⑦〔一二〕。觸目非論故，新文尚起予〔一三〕。清秋凋碧柳，別浦落紅蕖。消息多旗幟〔一四〕，經過歎里閭。戰連脣齒國〔一五〕，軍急羽毛書。幕府籌頻問，山劍元帥杜相公初屈幕府參籌畫，相公朝謁，今赴後期也〔一六〕。山家藥正鋤。秘書比卧青城山中。台星入朝謁，使節有吹噓〔一七〕。西蜀災長弭，南翁憤始攄〔一八〕。對敭抗士卒⑧，乾沒費倉儲〔一九〕。勢藉兵須用，功無禮忽諸〔二〇〕。御鞍金騕褭，宮硯玉蟾蜍〔二一〕。拜舞銀鉤落，恩波錦帕舒〔二二〕。此行非不濟，良友昔相於〔二三〕。去旆依顏色⑨，沿流想疾

徐〔二四〕。沈綿疲井臼，倚薄似樵漁〔二五〕。乞米煩佳客，鈔詩聽小胥〔二六〕。杜陵斜晚照，潏水帶寒淤〔二七〕。莫話清溪髮，蕭蕭白映梳。（1032）

【校】

①八，錢箋校：「一作公。」

②闕，錢箋校：「一作殿。」《草堂》作「殿」。

③略，錢箋校：「一作集。」《草堂》作「集」。　姚，錢箋校：「一作嫣。」

④回，宋本、錢箋校：「一作還。」

⑤玉除，宋本、錢箋、《草堂》校：「一作石渠。」

⑥烟，《草堂》作「塵」，校：「或作烟。」

⑦虛，宋本、錢箋、《草堂》校：「一作除。」

⑧抗，宋本、《九家》作「抗」，據錢箋改。錢箋校：「一作坑。」《草堂》作「坑」。

⑨旆，錢箋校：「一作棹。」《草堂》作「棹」，校：「一作旆。一作帆。」

【注】

黃鶴注：當是大曆二年（七六七）秋七月作。

〔一〕李八秘書：名不詳。時爲杜鴻漸僚屬，秘書當是其兼銜。岑參有《送李司諫歸京》，鄧紹基謂

李八即李司諫。恐非是。

〔二〕往時二句：《趙次公先後解》：「中補右，則在中爲右補闕矣。」錢箋：「中者，右補闕屬中書省也。」按，右補闕無有稱補右者。此疑指補右諸衛之類。《唐六典》卷五兵部郎中：「凡左右衛親衛、勳衛、翊衛，及左右率府親勳翊衛，及諸衛之翊衛，通謂之三衛。擇其資蔭高者爲親衛，其次者爲勳衛及率府之親衛，又次者爲翊衛及率府之勳衛。」李八疑爲三衛出身。錢箋：「上元初，謂上之初元，非若《寄題草堂》詩經營上元始也。」此《苕溪漁隱叢話》前集卷一四所引舊說，蓋謂甫罷拾遺在至德初，非上元年。趙注駁其非，謂此言李八，非甫自謂。錢箋蓋以下文「反氣凌行在」亦非上元年事。然上元無有如此解者。

〔三〕反氣二句：班固《西都賦》：「周廬千列。」《文選》李善注：「《漢書音義》張晏曰：直宿曰廬。」陸機《贈尚書郎顧彦先》：「朝游游層城，夕息旋直廬。」

〔四〕六龍二句：六龍，見卷五《別唐十五誡因寄禮部賈侍郎》(0233)注。《趙次公先後解》：「六龍字、萬騎字，皆在天子言之。」「上句言乘輿在鳳翔，而瞻望長安之闕。」《後漢書·郡國志》漢中郡：「成固，嬀虚在西北。」注：「《前書》曰：在西城。《帝王世紀》：亦云姚虚，在西北，有舜祠。」《水經注》沔水：「漢水又東逕嬀虚灘。《世本》曰：舜居嬀汭，在漢中西城縣。或言嬀墟在西北，舜所居也。或作姚墟。」錢箋：「此指明皇幸蜀，先至漢中郡也。」朱鶴齡注：「肅宗駐蹕鳳翔，鳳翔與漢中接境，故曰萬騎略姚墟。」此不應插入明皇事，當以朱注爲是。

〔五〕玄朔二句：玄朔，北方。《魏書·禮志》：「秦氏既亡，大魏稱制玄朔。」《詩·小雅·白華》：

「天步艱難。」朱鶴齡注：「肅宗先即位靈武，靈武在朔方，故曰玄朔回天步。」《趙次公先後解》：「神都，則天子所居。」此指長安。參卷七《秋風二首》(0316)注。《史記·天官書》：「斗爲帝車，運於中央。」索隱：「宋均曰：言是大帝乘車巡狩，故無所不紀也。」朱鶴齡注：「憶帝車，言都人皆憶乘輿所在。」

〔六〕一戎二句：《書·武成》：「一戎衣，天下大定。」傳：「衣，服也。一著戎服而滅紂，言與衆同心，動有成功。」汗馬，見卷一〇《收京三首》(0506)注。《左傳》昭公元年：「劉子曰：美哉禹功，明德遠矣。微禹，吾其魚乎。」《趙次公先後解》：「此專言肅宗親治兵以平禍亂。」

〔七〕通籍二句：通籍，見卷九《奉贈太常張卿二十韻》(0414)注。蔡邕《獨斷》卷上：「璽者，印也。印者，信也。天子璽以玉螭虎紐。古者尊卑共之。」《宋書·禮志》：「乘輿六璽，秦制也。……初，高祖入關，得秦始皇藍田玉璽，螭虎紐。」阮籍《達莊論》：「差肩而坐，恭袖而檢。」鳳輿，猶言鳳輦。見卷二《洗兵馬》(0090)注。

〔八〕事殊二句：《史記·孝文本紀》：「諸吕吕産等欲爲亂，以危劉氏，大臣共誅之，謀召立代王。……太尉乃跪上天子璽符，代王謝曰：『至代邸而議之。』遂馳入代邸。」《吕太后本紀》：「朱虚侯劉章有氣力，東牟侯興居其弟也，皆齊哀王弟，居長安。當是時，諸吕用事擅權，欲爲亂……丞相平乃召朱虚侯佐太尉，太尉令朱虚侯監軍門。……還，馳入北軍，報太尉。太尉起，拜賀朱虚侯曰：『所患獨吕産，今已誅，天下定矣。』」《趙次公先後解》：「孝文帝從諸侯而入繼耳，非若肅宗以皇太子即位也。」「李秘書豈唐之宗子乎？故又用朱虚侯形容之。」朱鶴齡

注引《杜詩博議》：「賞異朱虚，惜其不得殊擢。或以爲譏肅宗，非也。」浦起龍云：「美玄、肅父子俱還，不私潛邸之賞。」

〔九〕不才二句：補袞，見卷六《壯游》（0295）注。牽裾，見卷一一《建都十二韻》（0647）注。

〔一〇〕鴛鷺二句：鴛鷺，見卷一四《暮春題瀼西新賃草屋五首》（0984）注。潘岳《秋興賦》序：「以太尉掾兼虎賁中郎將，寓直於散騎之省。高閣連雲，陽景罕曜。」玉除，《趙次公先後解》謂當作石渠：「指言李秘書如騏驎駿馬，留滯石渠而不更遷擢」。班固《兩都賦序》：「内設金馬石渠之署。」《文選》李善注：「《三輔故事》曰：石渠閣在大秘殿北，以閣秘書。」

〔一一〕文園二句：《史記·司馬相如列傳》：「相如拜爲孝文園令。」《晋書·嵇康傳》：「與魏宗室婚，拜中散大夫。」

〔一二〕楚宫：見卷一四《返照》（1021）注。

〔一三〕觸目二句：《晋書·習鑿齒傳》：「觸目悲感，略無歡情。」《論語·八佾》：「起予者商也。」顔師古《匡謬正俗》卷三：「予讀鄭玄注《曲禮》下篇：予，古余字。因鄭此説，近代學者遂皆讀予爲余。」朱鶴齡注：「今公以起予叶平聲用，蓋從後人讀耳。」

〔一四〕消息句：《易·豐·彖》：「天地盈虚，與時消息。」此言旗幟出没。

〔一五〕戰連句：《趙次公先後解》謂指吐蕃寇靈、邠州，靈州、邠州與長安爲脣齒。朱鶴齡注：「言崔旰與楊、柏及張獻誠相攻。」《左傳》僖公五年：「諺所謂輔車相依、脣亡齒寒者，其虞、虢之謂也。」

〔一六〕幕府句：杜相公，杜鴻漸。見卷一四《季夏送鄉弟韶陪黄門從叔朝謁》(1020)注。《史記・留侯世家》：「臣請藉前箸爲大王籌之。」

〔一七〕台星二句：台星，見卷六《昔游》(0288)「三台」注。《趙次公先後解》：「正言杜相公之入覲……必薦李也。」

〔一八〕南翁：《趙次公先後解》謂用《史記・項羽本紀》楚南公曰「楚雖三户，亡秦必楚」。

〔一九〕對敭二句：《書・君牙》：「用奉若於先王，對揚文、武之光命。」司馬相如《上林賦》：「罷車馬之用，抏士卒之精。」《文選》李善注：「郭璞曰：抏，損也，音玩。」吴曾《能改齋漫録》卷六：「初不曉對揚抏士卒爲何等語，讀《上林賦》方悟。抏，挫也，五官切。抏士卒之精，費府庫之財。蓋李方入對，宜論蜀中兵老財匱也。又王褒《四子講德論》曰：『驚邊抏士，屢犯芻蕘。』」《史記・酷吏列傳》：「始爲小吏，乾没。」集解：「徐廣曰：隨勢沈浮也。駰案，服虔曰射成敗也。如淳曰：得利爲乾，失利爲没。」正義：「此二説非也。按，乾没謂無潤及之而取他人也。又云陽浮慕爲乾，心内不合爲没也。」按，唐人用之，義同上下其手，從中牟利。《舊唐書・魏元忠傳》：「萬年縣尉司馬玄景舞文飾智，以邀乾没。」《唐會要》卷四〇：「尚書左丞韋悰勾司農木橦七十價，百姓者四十價，奏其乾没。」對揚領起二句，冀其入朝所奏，抏士卒爲一事，乾没費倉儲爲一事。舊注析句未明。

〔二〇〕勢藉二句：《三國志・吴書・薛綜傳》：「假其威寵，借之形勢，責其成效。」《左傳》文公五年：「臧文仲聞六與蓼滅，曰：『臯陶庭堅不祀，忽諸。德之不建，民之無援，哀哉。』」杜預注：「蓼

與六，皆皋陶後也。傷二國之君不能建德，結援大國，忽然而亡。」杜詩作忽略解，蓋同《史記·管蔡世家》太史公曰「叔鐸之祀忽諸」等。杜預注異於他人。朱鶴齡注：「蓋全蜀之勢，今方藉兵，不得不用，而諸將冒功無禮，如所謂抗士卒、費倉儲者，其可忽之而不問乎？是時崔旰雖歸朝，而楊子琳未釋甲，蜀中所在聚兵，軍儲耗蠹，故公因秘書赴幕而及之，言外亦暗規鴻漸。」按，此言借勢，似指杜鴻漸釋崔旰不問，務姑息以弭亂，然崔、柏諸人皆論功奏官，故下句又稍以禮規之。朱注釋爲藉兵，未確。

〔二一〕御鞍二句：金騕褭，見卷五《春日戲題惱郝使君兄》(0217)注。《西京雜記》卷六：「晉靈公冢甚瑰壯……其餘器物皆朽爛不可別，唯玉蟾蜍一枚，大如拳腹，空容五合水，光潤如新，（廣川王取以爲書滴。」

〔二二〕拜舞二句：銀鈎，見卷五《陳拾遺故宅》(0208)注。《趙次公先後解》：「四句則朝廷所以寵賜相公之物。」「拜舞銀鈎落，則所以成宮硯玉蟾蜍之句。」「恩波錦帕舒，所以成御鞍金騕褭之句。蓋恩波所及，併御鞍而賜焉，於是又以錦帕覆其鞍也。」朱鶴齡注：「言秘書此行，將承恩賜馬，馬有錦帕之舒。且入直侍書，見銀鈎之落也。次公指相公言，于上下語勢不接。」按，對敭以下皆就相公落筆，秘書恐不足當。然詩人或未分賓主，而一味讚美。

〔二三〕此行二句：繁欽《定情詩》：「何以結相於，金簿畫幧頭。」曹植《當來日大難》：「廣情故，心相於。」相於謂相愛相親。

〔二四〕去旆二句：《趙次公先後解》：「沿流想其或疾或許，以言李之舟行也。」

〔二五〕沈綿二句：《後漢書·馮衍傳》：「兒女常自操井臼。」《趙次公先後解》：「病之沈綿，則不能服井臼之事。」謝靈運《過始寧墅》：「拙疾相倚薄，還得静者便。」

〔二六〕乞米一句：《趙次公先後解》：「乞字，公自注去聲，蓋音氣。白我求人謂之乞，則驅一切。自人與我謂之乞，則音氣也。」《漢書·朱買臣傳》：「糧用乏，上計吏卒更乞丐之。」師古注：「乞音氣。」小胥，小吏。《舊唐書·魏少游傳》：「賈明觀者，本萬年縣捕賊小胥。」

〔二七〕潏水：見卷二《義鶻》（0071）注。

寄劉峽州伯華使君四十韻〔一〕

峽内多雲雨，秋來尚鬱蒸。遠山朝白帝，深水謁夷陵①〔二〕。遲暮嗟爲客，西南喜得朋〔三〕。哀猿更起坐②，落雁失飛騰。伏枕思瓊樹，臨軒對玉繩〔四〕。青松寒不落，碧海闊逾澄。昔歲文爲理，羣公價盡增。家聲同令聞，時論以儒稱〔五〕。太后當朝肅③，多才接迹昇〔六〕。翠虚捎魍魎，丹極上鯤鵬〔七〕。宴引春壺滿④，恩分夏簟冰。彫章五色筆，紫殿九華燈〔八〕。學並盧王敏，書偕褚薛能〔九〕。老兄真不墜〔一〇〕，小子獨無承。近有風流作，聊從月繼徵⑤〔一一〕。放蹄知赤驥，捩翅服蒼

鷹〔一二〕。卷軸來何晚，襟懷庶可憑〔一三〕。會期吟諷數，益破旅愁凝。雕刻初誰料⑥，纖毫欲自矜〔一四〕。神融躡飛動，戰勝洗侵凌〔一五〕。妙取筌蹄弃，高宜百萬層〔一六〕。白頭遺恨在，青竹幾人登〔一七〕？回首追談笑，勞歌跼寢興〔一八〕。年華紛已矣，世故莽相仍〔一九〕。刺史諸侯貴，郎官列宿應〔二〇〕。潘生驂閣遠⑦，黄霸璽書增⑧〔二一〕。乳贙號攀石，飢鼯訴落藤〔二二〕。藥囊親道士，灰劫問胡僧〔二三〕。憑久烏皮綻⑨，簪稀白帽稜⑩〔二四〕。林居看蟻穴，野食行魚罾⑪〔二五〕。筋力交彫喪，飄零免戰兢。皆爲百里宰⑫，正似六安丞〔二六〕。姹女縈新裏，丹砂冷舊秤〔二七〕。但求椿壽永，莫慮杞天崩〔二八〕。鍊骨調情性，張兵撓棘矜〔二九〕。養生終自惜，伐數必全懲⑬〔三〇〕。政術甘疏誕，詞場愧服膺。展懷詩誦魯，割愛酒如澠。平生所好，消渴止之〔三一〕。咄咄寧書字，冥冥欲避矰〔三二〕。江湖多白鳥，天地有青蠅〔三三〕。（1032）

【校】

①謁，宋本、錢箋、《草堂》校：「一作出。」

②更，錢箋校：「一作勞。」

③當，錢箋、《草堂》校：「一作臨。」

④滿，宋本、錢箋校：「一作酒。」《草堂》作「酒」。

⑤繼，錢箋校：「一作峽。一作竃。」《草堂》作「竃」，校：「一作繼。」

⑥料，宋本、錢箋校：「一作解。」

⑦潘生驂閣遠，宋本、錢箋、《草堂》校：「一云潘安雲閣遠。」

⑧增，宋本作「曾」，據錢箋等改。

⑨綻，錢箋作「拆」，校：「一作綻。」

⑩稀，錢箋校：「一作間。」　白，錢箋校：「一作阜。」《草堂》校：「疑作阜。」

⑪行，錢箋校：「去聲。一作幸。又作待。」《草堂》作「待」。

⑫皆，錢箋、《草堂》校：「一作昔。」

⑬數，宋本、錢箋、《草堂》校：「一作叛。」

【注】

黄鶴注：當是大曆二年（七六七）在瀼西作。《趙次公先後解》編入大曆元年（七六六）。

〔一〕劉伯華：《元和姓纂》卷五劉沛國相縣：「輶元孫允濟，唐中書舍人。孫伯華，工部郎中。」于邵《送峽州劉使君忠州李使君序》：「國有戎事，今兹十年。……尚書駕部郎中劉公、司門員外郎李公分命之拜，中朝駿選。」約作於廣德間。令狐楚《爲人作奏貶晋陽簿姜鉥狀》：「右，臣劉氏堂外生，即故硤州刺史伯華嫡孫，左補闕某第三女。」峽州夷陵郡：見卷一四《得舍弟觀書自中

都已達江陵今兹暮春月末行李合到夔州悲喜相兼團圓可待賦詩即事情見乎詞》(0996)注。

〔二〕遠山二句：《趙次公先後解》：「蓋水至夷陵而愈深，所以謂之謁，以敵朝字。」

〔三〕遲暮二句：《易·坤》：「西南得朋。」《趙次公先後解》：「朋以指言劉使君。」

〔四〕伏枕二句：李陵《贈蘇武》：「思得瓊樹枝，以解長渴飢。」《趙次公先後解》：「瓊樹，指言劉使君……臨軒而坐，直至玉繩星見時也。」玉繩，見卷一四《月三首》(1012)注。

〔五〕家聲二句：《詩·大雅·文王》：「亹亹文王，令聞不已。」《舊唐書·杜審言傳》：「審言子并年十三，懷刃以擊之。季重中傷死，而并亦爲左右所殺。……士友咸哀并孝烈，蘇頲爲墓志，劉允濟爲祭文。」朱鶴齡注：「二公交契之厚可知矣。」劉知幾《自叙》：「復有永城朱敬則、沛國劉允濟、吴興薛謙光、河南元行沖、陳留吴兢、壽春裴懷古，亦以言議見許，道術相知。」

〔六〕太后二句：《新唐書·文藝傳》李適：「武后修《三教珠英》書，以李嶠、張昌宗爲使，取文學士綴集，於是適與王無競、尹元凱、富嘉謨、宋之問、沈佺期、閻朝隱、劉允濟在選。」劉允濟：「河南鞏人，其先出沛國，齊彭城郡丞瓛六世孫。少孤，事母尤孝。工文辭，與王勃齊名。……武后明堂成，奏賦述功德，手詔褒咨，除著作郎。爲來俊臣飛構當死，以母老丐餘年，繫獄，會赦免，貶大庾尉。復爲著作佐郎，修國史。」

〔七〕翠虚二句：翠虚，猶言碧虚。丹極，見卷七《虎牙行》(0338)注。張衡《東京賦》：「捎魑魅，斫獝狂。」《文選》薛綜注：「捎，殺也。」《莊子·逍遥游》：「北冥有魚，其名爲鯤。鯤之大，不知其幾千里也。化而爲鳥，其名爲鵬。鵬之背，不知其幾千里也。……鵬之徙於南冥也，水擊三千

里，摶扶摇而上者九萬里。」《趙次公先後解》：「多才進用，如在碧虚、丹極之間，於是弃捐不才，如捎魍魎。賢自得君，如上鯤鵬。」

〔八〕彫章二句：《太平御覽》卷五八六引《三國典略》：「齊蕭慤字仁祖，爲太子洗馬。嘗於秋夜賦詩，其兩句云芙蓉月下落，楊柳月中疏。曰：蕭仁祖之斯文，可謂雕章間出。」鍾嶸《詩品》江淹：「初，淹罷宣城郡，遂宿冶亭，夢一美丈夫，自稱郭璞，謂淹曰：『我有筆在卿處多年矣，可以見還。』淹探懷中，得五色筆以授之，爾後爲詩，不復成語，故世傳江淹才盡。」謝朓《直中書省》：「紫殿肅陰陰，彤庭赫弘敞。」《文選》李善注：「紫殿，紫宫也。《漢書成紀》曰：神光降集紫殿。」《漢武故事》：「王母遣使謂帝曰：『七月七日我當暫來。』帝至日，掃宫内，然九華燈。」

〔九〕學並二句：《趙次公先後解》：「盧則盧照鄰，王則王勃。」「褚則褚遂良，薛則薛稷。」盧王，見卷一一《戲爲六絶句》（0693）注。褚薛，見卷五《觀薛稷少保書畫壁》（0214）注。《法書要録》卷四：「太宗嘗謂侍中魏徵曰：『虞世南死後，無人可與論書。』徵曰：『褚遂良下筆遒勁，甚得王逸少之體。』太宗即日召令侍書。」《唐國史補》卷上：「後輩言筆札者，歐、虞、褚、薛，或有異論。」

〔一〇〕老兄句：蔡邕《與何進書薦邊讓》：「齠齔夙孤，不墜家訓。」

〔一一〕聊從句：《趙次公先後解》：「月繼，則月月相繼而徵索之。」朱鶴齡注謂寠字較繼字爲優，月寠猶言月脅，指峽州明月峽。

〔一二〕放蹄二句：捩翅，參卷二《義鶻》（0071）注。《趙次公先後解》：「皆取其神駿快疾而比之也。」

〔一三〕卷軸二句：《趙次公先後解》：「我之襟懷所望，可憑倚詩卷之來也。」

〔一四〕雕刻二句：賈誼《鵩賦》：「妙雕文以刻鏤，舒循尾之采垂。」《趙次公先後解》：「纖毫皆妙，而可矜誇。」

〔一五〕神融二句：《趙次公先後解》：「神融躡飛動，其亦取《列子》：骨肉都融，不覺形之所倚，足之所履，隨風東西之意歟？」飛動，見卷一《夜聽許十誦詩愛而有作》(0036)注。

〔一六〕妙取二句：《莊子·外物》：「荃者所以在魚，得魚而忘荃；蹄者所以在兔，得兔而忘蹄。」釋文：「荃，七全反，崔音孫，香草也，可以餌魚。或云積柴水中，使魚依而食焉。一云魚笱也。蹄，大兮反，兔罝也。又云兔弶也，繫其脚，故云蹄也。」《趙次公先後解》：「以言其詩之不拘泥。」朱鶴齡注：「雕刻初誰料，即《文賦》之『籠天地於形內，挫萬物於筆端』也。纖毫欲自矜，即『考殿最於錙銖，定去留於微芒』也。神融躡飛動，即『精騖八極，心游萬仞』也。戰勝洗侵淩，即『方天機之駿利，夫何紛而不理』也。妙取筌蹄弃，高宜百萬層，即『形不可逐，響難爲繫，塊孤立而特峙，非常言之所緯』也。」

〔一七〕青竹：猶言青簡。見卷九《故武衛將軍挽歌三首》(0480)注。

〔一八〕回首二句：《趙次公先後解》：「追懷劉使君之談笑，故徒勞我之歌詠，而跼蹐於一寢一興之間。」朱鶴齡注引謝混詩「信此勞者歌」，《文選》李善注引《韓詩》「勞者歌其事」。按，勞作動詞，趙注是。

〔一九〕世故句：本書卷二《送樊二十三侍御赴漢中判官》(0086)：「居人莽牢落，游子方迢遰。」參該

詩注。

〔二〇〕刺史二句：諸侯貴，見卷一〇《寄彭州高三十五使君適虢州岑二十七長史參三十韻》(0610)注。列宿應，見卷九《承沈八丈東美除膳部員外阻雨未遂馳賀奉寄此詩》(0478)注。

〔二一〕潘生二句：潘岳《秋興賦》：「余春秋三十有二，始見二毛。以太尉掾兼虎賁中郎將，寓直於散騎之省。高閣連雲，陽景罕曜。」《漢書·循吏傳》：「二千石有治理效，輒以璽書勉厲，增秩賜金，或爵至關内侯。」黄霸：「大子以霸治行終長者，下詔稱揚曰：……其賜爵關内侯，黄金百斤，秩中二千石。」參卷七《八哀詩·張公九齡》(0337)注。朱鶴齡注：「潘安，公自謂，承郎官句。黄霸，謂劉使君，承刺史句。」按，四句皆謂劉。仇注：「劉蓋郎官出爲刺史者。」

〔二二〕乳贙二句：乳贙，見卷七《八哀詩·蘇公源明》(0335)注。鼯，見卷一三《自閬州領妻子却赴蜀山行三首》(0867)注。《趙次公先後解》：「此皆道夔州山居之事。」

〔二三〕藥囊二句：《高僧傳》卷一《竺法蘭傳》：「昔漢武穿昆明池底得黑灰，以問東方朔，朔云：『不委，可問西域人。』後法蘭既至，衆人追以問之。蘭云：『世界終盡，劫火洞燒，此灰塵是也。』」《趙次公先後解》：「上句以其病之故，求服食於道士。」「下句以世故之多，形乎憂懼，遂有胡僧之問矣。」

〔二四〕憑久二句：烏皮几，見卷六《阻雨不得歸瀼西甘林》(0296)注。白帽，《隋書·禮儀志》：「帽，自天子下及士人，通冠之。以白紗者，名高頂帽。皇太子在上省則烏紗，在永福省則白紗。」一作皁帽。參卷一二《嚴中丞枉駕見過》(0729)注。稜同棱，兩面相交或凸起之處。《太平廣記》

卷二五九《蘇味道》（出《盧氏雜記》）：「味道無言，但以手摸床棱而已。時謂模棱宰相。」此言支起狀。王嗣奭《杜臆》：「簪稀則帽亦罕著，故棱猶完好也。」

〔二五〕魚罾：《楚辭·九歌·湘夫人》：「鳥萃兮蘋中，罾何爲兮木上。」王逸注：「罾，魚網也。」

〔二六〕皆爲二句：《趙次公先後解》謂皆與昔俱與旹點畫相近，當以旹爲正。旹，古時字。《後漢書·桓譚傳》：「譚復極言讖之非經。帝大怒曰：『桓譚非聖無法，將下斬之！』譚叩頭流血，良久乃得解。出爲六安郡丞，意忽忽不樂，道病卒。」《趙次公先後解》：「蓋公之流落，以言房琯無罪忤肅宗，遂弃不省之也。」朱鶴齡注：「劉峽州疑從省郎遷刺史，故言我爲郎官，應皆出宰百里，今飄零見弃，却似六安丞之貶斥耳。」按，據上下文，此句當爲甫自言。甫出爲華州司功，與郡丞亦相近。詩蓋言衆皆出宰百里，而已略似六安丞之貶。

〔二七〕奼女二句：《雲笈七籤》卷七〇《還金術三篇》：「夫汞者，奼女之别名。」藥裹，見卷七《寄從孫崇簡》（0349）注。

〔二八〕但求二句：《莊子·逍遥游》：「上古有大椿者，以八千歲爲春，八千歲爲秋。」《列子·天瑞》：「杞國有人憂天地崩墜，身亡所寄，廢寢食者。」

〔二九〕鍊骨二句：《雲笈七籤》卷二九《太上九丹上化胎精中記》：「煉髓易骨，節節納真。」卷五六《諸家氣法》引《陰符經》：「夫修煉法，言調和神氣，使周流不竭絶於腎。腎乃命門，故曰命術也。神氣不竭，則身形長生，煉骨化形，游於帝庭，位爲真人。」賈誼《過秦論》：「鉏耰棘矜，非錟於句戟長鎩也。」《史記》集解：「服虔曰：以鉏柄及棘作矛槿也。」索隱：「棘，戟也。矜，戟柄

也。」《趙次公先後解》：「方鍊骨以調和情性，而值時吐蕃犯順，乃不皇助之張兵，而甘撓屈棘矜也。」按，《雲笈七籤》卷一二《太清中黄真經》：「静則心孤多感思，撓則心煩怒多起。」詩蓋謂心煩如張棘矜而撓之，故須調和情性。與時亂無涉。

〔三〇〕養生二句：《趙次公先後解》：「言我之養生，終日愛惜，而時之用兵伐叛，叛者亦必懲悔而不復犯順，如此則豈不可調情性而撓棘矜乎？」朱鶴齡注引《七發》「皓齒蛾眉，命曰伐性之斧」，謂：「多欲以伐性，猶之張兵以害身也。故養生之理，貴於自惜，而伐數之事，必全懲之。數即年數之數。」按，《抱朴子・極言》：「或修道晚暮，而先自損傷已深，難可補復，補復之益，未得根據，而疾隨復作，所以剋伐之事，亦何緣得長生哉。」此所謂伐。道家蓋屢言之。不應解爲征伐。《雲笈七籤》卷三八《太戒上品》：「太極真人曰：人之行惡，莫大於嫉、殺、貪、奢、驕、淫也。若此一在心，伐爾年命矣。」卷八一《三尸中經》：「上尸名彭倨，在人頭中，伐人上分。」「中尸名彭質，在人腹中，伐人五臟。」「下尸名彭熇，在人足中。」此皆所謂伐數。

〔三一〕展懷二句：《詩・魯頌・駉》序：「頌僖公也。僖公能遵伯禽之法，儉以足用，寬以愛民，務農重穀，牧於坰野，魯人尊之，於是季孫行父請命于周，而史克作是頌。」朱鶴齡注：「言作詩頌使君，猶史克之頌魯侯也。」《左傳》昭公十二年：「有酒如澠，有肉如陵。」

〔三二〕咄咄二句：《世説新語・黜免》：「殷中軍被廢，在信安，終日恒書空作字。揚州吏民尋義逐之，竊視，唯作咄咄怪事四字而已。」《法言・問明》：「鴻飛冥冥，弋人何篡焉。」蜡，見卷七《暇日小園散病將種秋菜督勤耕牛兼書觸目》(0325)注。

〔三三〕江湖二句：《九家》杜田《補遺》：「白鳥有二説。一説謂鷗鷺之類，《詩》言白鳥鶴鶴是也。喻賢者之潔白，而弃置江湖間。一説謂白鳥，蚊蚋也，以譬則小人。言賢者居亂世，欲隱而爲蚊蚋所嚼，欲出則爲青蠅所汙，是無逃於天地之間矣。」引《大戴禮記·夏小正》：「丹鳥羞白鳥。丹鳥者，謂丹良也。白鳥，謂蚊蚋也。其謂之鳥何也？重其養者也。有翼者爲鳥。羞也者，進也，不盡食也。」《古今注》卷中：「螢火……一名丹良鳥。腐草化之，食蚊蚋。」《趙次公先後解》：「韓退之云：朝蠅不須驅，暮蚊不須拍。蠅蚊滿八區，可與盡力格。……亦以蚊蚋之多爲歎。」《詩·小雅·青蠅》：「營營青蠅，止于棘。讒人罔極，交亂四國。」

王十五前閣會〔一〕

楚岸收新雨，春臺引細風。情人來石上，鮮鱠出江中。隣舍煩書札，肩輿强老翁〔二〕。病身虚俊味，何幸飫兒童〔三〕。（1033）

【注】

黄鶴注：當是大曆元年（七六六）春作。

〔一〕王十五：卷一一有《王十五司馬弟出郭相訪兼遺營茅屋貲》（0622），卷一二有《送王十五判官

扶侍還黔中》(0811)，疑後者與此爲同一人。

〔二〕隣舍二句：《趙次公先後解》：「王十五者必公之鄰也……以肩輿求迎公也。」

〔三〕病身二句：《苕溪漁隱叢話》後集卷二五引《藝苑雌黄》：「俊味亦有來處，《本草》『葫』注中云：此物煮爲羹臛，極俊美，除風破冷，足爲饌中之俊。」《趙次公先後解》：「饋食於公，持之以歸，故宴及兒輩矣。」

寄韋有夏郎中〔一〕

省郎憂病士，書信有柴胡。飲子頻通汗，懷君想報珠〔二〕。親知天畔少，藥味峽中無。歸楫生衣卧，春鷗洗翅呼〔三〕。猶聞上急水，早作取平途。萬里皇華使〔四〕，爲僚記腐儒。(1034)

【注】

黄鶴注：當是大曆元年(七六六)作。

〔一〕韋有夏：顔真卿《東方先生畫贊碑陰記》：「郡嘗爲德州……真卿去歲拜此郡……亟與數公……朝城主簿韋夏有……同兹謁拜。」天寶十三載作。錢箋引潘淳曰「殆斯人也」，然改原文

夏有爲有夏。《歷代法寶記》載大曆元年被杜鴻漸派往白崖山迎請無住出山的諸郎官侍卿有「租庸使韋夏有」，亦即此人，然其名皆與杜詩有異。

〔二〕飲子二句：《金匱要略方論》卷下：「退五臟虚熱，四時加減柴胡飲子方。」《趙次公先後解》：「按《本草》，柴胡爲君，味苦平，主心腹，去腸胃中結氣，飲食積聚，寒熱邪氣，推陳置新。及諸家所説，並無通汗字。今公句云飲子頻通汗，大率傷寒，大小柴胡湯最通表裏之要。此所以爲通汗。」仇注：「古人稱湯藥爲飲子。孫真人有甘露飲子。此詩指柴胡飲子也。」《苕溪漁隱叢話》前集卷一三東坡云：「沈佺期《回波詞》云：『姓名雖蒙齒録，袍笏未换牙緋。』杜子美詩：『飲子頻通汗，懷君想報珠。』以飲子對懷君，亦齒録、牙緋之比也。」《趙次公先後解》引《古今詩話》：「子美以飲子對懷君，及《惡樹》詩『枸杞因吾有，雞栖奈爾何』，殆亦所謂假對也。」

〔三〕歸楫二句：《趙次公先後解》：「以上水更不須楫，所以生衣而卧。生衣者，生水衣於其上也。」按，生衣夏日所服，與熟衣（暖衣）相對而言。《太平御覽》卷二二引《齊人月令》：「四月八日，不宜殺草木，始服生衣。」戎昱《駱家亭子納涼》：「生衣宜水竹，小酒入詩篇。」白居易有《寄生衣與微之因題封上》。峽中天暖，故早服生衣。舊注穿鑿。

〔四〕皇華使：見卷六《毒熱寄簡崔評事十六弟》（0294）注。韋夏有以租庸使出在西川。

寄常徵君〔一〕

白水青山空復春，徵君晚節傍風塵〔二〕。楚妃堂上色殊衆，海鶴堦前鳴向人〔三〕。萬事糾紛猶絶粒，一官羈絆實藏身〔四〕。開州入夏知涼冷，不似雲安毒熱新〔五〕。（1035）

【注】

黄鶴注：當是大曆元年（七六六）夏作。蓋徵君永泰元年秋曾訪公雲安，所以於詩尾及之。

〔一〕常徵君：卷一四有《别常徵君》（0936），雲安作。

〔二〕白水二句：《趙次公先後解》：「言其晚節末路乃傍風塵，豈知出爲官也？」

〔三〕楚妃二句：《趙次公先後解》：「上句言徵君如是妃之妍，有絶衆之色。下句言徵君如海鶴之高，非堦墀之物，而在堦墀鳴向人，則以其傍風塵故也。」朱鶴齡注：「蓋深爲常徵君惜也。」仇注：「楚妃，比朝貴之得寵。海鶴，比處士之依人。」

〔四〕萬事二句：《趙次公先後解》：「蓋言愁疾病苦無事不有矣，猶更有絶糧粒之患，則其困可知。」朱鶴齡注：「糾紛二句，又若爲徵君解者，明其雖仕而非風塵俗吏也。」蓋絶粒有饑饉斷糧者，

亦有辟穀或自誓明志者。後二者似皆非徵君所行。

〔五〕開州二句：《舊唐書·地理志》山南西道：「開州，隋巴東郡之盛山縣。……天寶元年，改爲盛山郡。乾元元年，復爲開州。」《太平寰宇記》卷一三七「開州」：「東至夔州雲安縣龍日驛一百九十里，從驛路至夔州二百二十里。」朱鶴齡注：「言開州涼冷，非若雲安之不可居，不猶勝我之旅食乎？時常必官於開州，故復慰之如此。」

寄岑嘉州州據蜀江外①〔一〕。

不見故人十年餘，不道故人無素書。願逢顔色關塞遠，豈意出守江城居。外江三峽且相接〔二〕，斗酒新詩終日疏②。謝朓每篇堪諷誦，馮唐已老聽吹噓〔三〕。泊船秋夜經春草，伏枕青楓限玉除〔四〕。眼前所寄選何物，贈子雲安雙鯉魚〔五〕。

（1036）

【校】

①州據蜀江外，宋本無，據錢箋補。

②日，錢箋校：「一作自。」《九家》、《草堂》作「自」，校：「一作日。」

【注】

黄鶴注：當是大曆二年（七六七）作。《趙次公先後解》編入大曆元年（七六六）。

〔一〕岑嘉州：岑參。見卷一二《泛江送魏十八倉曹還京因寄岑中允參范郎中季明》（0791）注。杜確《岑嘉州詩集序》：「又出爲嘉州刺史，副元帥相國杜公鴻漸表公職方郎中兼侍御史，列於幕府，無幾使罷，寓居於蜀。」聞一多《岑嘉州繫年考證》考永泰元年十一月，岑參出爲嘉州刺史，因蜀中亂，行至梁州而還。大曆元年隨杜鴻漸入蜀，七月抵成都。二年六月，始赴嘉州刺史任。《元和郡縣圖志》卷三一劍南道：「嘉州，犍爲，中。……北至眉州一百四十里。」

〔二〕外江：見卷一四《送十五弟侍御使蜀》（1006）注。此指岷江，即大江。

〔三〕謝脁二句：《南齊書·謝脁傳》：「脁善草隸，長五言詩，沈約常云二百年來無此詩也。」《梁書·何遜傳》：「世祖著論論之云：詩多而能者沈約，少而能者謝脁、何遜。」《史記·張釋之馮唐列傳》：「武帝立，求賢良，舉馮唐。唐時年九十餘，不能復爲官。」

〔四〕泊船二句：《趙次公先後解》：「公初至雲安，是去年秋時，故云泊船秋夜。今又見春矣，故云經春草。」「限玉除，則公猶念還闕見君也。」玉除，見卷一〇《收京三首》（0504）注。

〔五〕眼前二句：《趙次公先後解》：「寄雙鯉魚，則亦通書而已矣。」見卷一三《送梓州李使君之任》（0827）注。黄鶴注：「其曰雲安魚者，在夔皆可言也。」蓋以爲實指，且作於夔州。

覽物①

曾爲掾吏趨三輔，憶在潼關詩興多〔一〕。巫峽忽如瞻華岳，蜀江猶似見黃河。舟中得病移衾枕，洞口經春長薜蘿〔二〕。形勝有餘風土惡，幾時回首一高歌？

（1037）

【校】

① 覽物，《九家》、《草堂》作「峽中覽物」，《草堂》校：「一作舟中。」

【注】

黃鶴注：當是大曆元年（七六六）夏在夔見巫峽蜀江而思華州也。

〔一〕曾爲二句：《漢書·景帝紀》：「三輔舉不如法令者。」注：「應劭曰：京兆尹、左馮翊、右扶風共治長安城中，是爲三輔。」《元和郡縣圖志》卷二關內道：「華州，華陰，四輔。……二漢及晋，爲京兆之地。」唐開元十二年升河中府爲四輔。《趙次公先後解》：「公曾爲華州功曹，故云。」潼關在華陰。

〔二〕舟中二句：《趙次公先後解》謂公初至夔州，卧病舟中，但洞口莫可考其何在。經春，則此詩四月作。

憶鄭南玭①〔一〕

鄭南伏毒守②，瀟洒到江心〔二〕。石影銜珠閣③，泉聲帶玉琴。風杉曾曙倚，雲嶠憶春臨。萬里滄浪外④，龍蛇只自深〔三〕。（1038）

【校】

①憶鄭南玭，《草堂》無「玭」字。

②守，錢箋作「寺」，校：「一作守。」

③珠，《草堂》作「玭」。

④滄浪，錢箋、《草堂》校：「陳作蒼茫。」　外，《草堂》作「水」，校：「一作外。」

【注】

黃鶴注：當是大曆元年（七六六）作。

〔一〕鄭南玭：《趙次公先後解》：「或云鄭南，地名。玭，人名，居於此。意者公之族人，行卑，故不著姓，而特言其名爾。師民瞻本則削去玭字。」錢箋引吴若本注：「玭疑作玼，音泚，玉色鮮潔也。」朱鶴齡注：「鄭南，華州鄭縣之南。詳詩意，只是憶鄭寺舊游耳。玭字或訛或衍。」按，《元和郡縣圖志》卷二華州鄭縣：「古鄭城在縣理西北三里。」本書卷二〇《乾元元年華州試進士策問五首》(1473)：「近者鄭南訓練，城下屯集。」是鄭南指華州。《唐詩品彙》謂玭指其地有石如玉。本書卷一四有《懷錦水居止二首》(0951)，又次篇《懷灞上游》，此詩命題當與之類似，地名後另著一詞。

〔二〕鄭南二句：《九家》趙注謂「守」當作「寺」。劉禹錫有《貞元中侍郎舅氏牧華州時余再忝科第前後由華覲謁陪登伏毒寺屢焉……》詩。張謙宜《絸齋詩談》卷八：「注云寺在華州鄭縣。然此處焉得有江？或是漢中之南鄭縣，彼地呼漢水爲江耳。」

〔三〕萬里二句：《趙次公先後解》引《寰宇記》邵州武岡縣有滄浪水，謂此詩郴、衡所作。朱鶴齡注：「言峽水蒼茫，徒爲龍蛇窟穴耳。歎鄭南江心之不得到也。」

懷灞上游

悵望東陵道，平生灞上游〔一〕。春濃停野騎，夜宿敞雲樓〔二〕。離别人誰在，經

過老自休〔三〕。眼前今古意，江漢一歸舟。（1039）

【注】

黄鶴注：大曆二年（七六七）作，在夔懷長安也。

〔一〕悵望二句：《史記·蕭相國世家》：「召平者，秦故東陵侯。秦破，爲布衣，貧，種瓜于長安城東。瓜美，故世俗謂之東陵瓜。」《秦始皇本紀》：「遂至霸上。」集解：「應劭曰：霸水上地名，在長安東三十里。古名滋水，秦穆公更名霸水。」《趙次公先後解》：「東陵道，指言長安東門外也。……東陵道乃所以往灞上也。」

〔二〕夜宿句：曹植《七啓》：「閑宫顯敞，雲屋皓旰。」

〔三〕離别二句：阮籍《詠懷》：「西游咸陽中，趙李相經過。」

雨

萬木雲深隱，連山雨未開。風扉掩不定，水鳥去仍回①。蛟館如鳴杼，樵舟豈伐枚〔一〕。清涼破炎毒，衰意欲登臺。（1040）

【校】

①去，錢箋作「過」，校：「舊作去。」《草堂》校：「一作過。」《文苑英華》校：「集作過。」

【注】

黄鶴注：當是大曆元年（七六六）夔州作。

〔一〕蛟館二句：郭璞《江賦》：「淵客築室於岩底，鮫人構館於懸流。」朱鶴齡注改「鮫館」。徐陵《司空徐州刺史侯安都德政碑》：「秋蟀載吟，竟鳴機杼。」李白《贈范金卿》：「百里雞犬静，千廬機杼鳴。」《詩·周南·汝墳》：「遵彼汝墳，伐其條枚。」《趙次公先後解》：「以雨之故，而不能往爲樵，故云豈伐枚也。」

晚晴

返照斜初徹①，浮雲薄未歸。江虹明近飲②，峽雨落餘飛〔一〕。鳧雁終高去③，熊羆覺自肥〔二〕。秋分客尚在，竹露夕微微④。（1041）

【校】

①返，錢箋校：「一作晚。」《草堂》作「晚」。　徹，錢箋、《九家》校：「一作散。」

②近，錢箋、《九家》作「遠」，校：「一作近。」《草堂》校：「一作遠。」

③雁，錢箋、《草堂》校：「陳作鶴。」

④夕，錢箋校：「一作久。」

【注】

黄鶴注：當是大曆元年（七六六）作。

〔一〕江虹二句：《藝文類聚》卷二引《黄帝占軍訣》：「攻城，有虹從外南方入飲城中者，從虹攻之勝。」又引《異苑》：「晋陵薛原，義熙初，有虹飲其釜澳，吸响便竭。」張正見《游匡山簡寂館》：「鏡似臨峰月，流如飲澗虹。」

〔二〕鳧雁二句：《趙次公先後解》：「熊羆之覺肥，亦以晴而便於求食也……舊注以鳧雁爲喻避世之士能高舉遠引，熊羆喻貪暴者賦民以自豐，穿鑿非是。」黄鶴注：「謂崔旰之亂未彌。」仇注：「鳥獸逢秋而自得，興己之久客未歸。」

夜雨

小雨夜復密，回風吹早秋〔一〕。野涼侵閉户①，江滿帶維舟。通籍恨多病②，爲

郎忝薄游〔二〕。天寒出巫峽，醉別仲宣樓〔三〕。（1042）

【校】

① 野，錢箋校：「一作夜。」《草堂》作「夜」。

② 恨，錢箋、《草堂》校：「陳作限。」

【注】

黄鶴注：當是大曆二年（七六七）秋作，明年正月果出峽。

〔一〕回風句：《古詩十九首》：「回風動地起，秋草萋已緑。」

〔二〕通籍二句：通籍，見卷九《奉贈太常張卿二十韻》（0414）注。孫綽《孫子》：「或問賈誼不遇漢文，將退耕於野乎？薄游於朝乎？」夏侯湛《東方朔畫贊》：「先生瑰瑋博達，思周變通，以爲濁世不可以富貴也，故薄游以取位。」

〔三〕天寒二句：仲宣樓，見卷五《短歌行》（0249）注。《趙次公先後解》：「此特想像之言，當在冬時可出巫峽，則可到荆州矣。」仇注：「公在夔則思出峽，往荆又思別樓，意在急於北歸也。」

更題

只應踏初雪①，騎馬發荆州。直怕巫山雨，真傷白帝秋。羣公蒼玉珮，天子翠雲裘〔一〕。同舍晨趨侍〔二〕，胡爲淹此留②？（1043）

【校】

①應，《草堂》作「因」。

②淹此，錢箋校：「一云此滯。」

【注】

黄鶴注：大曆二年（七六七）作，與前一詩俱有意於出峽。

〔一〕羣公二句：《晉書·職官志》：「特進品秩第二……五時朝服，佩水蒼玉。」《舊唐書·輿服志》：「諸珮，一品珮山玄玉，二品以下，五品以上，珮水蒼玉。」宋玉《諷賦》：「主人之女，翳承日之華，披翠雲之裘。」元稹《西涼伎》：「大宛來獻赤汗馬，贊普亦奉翠茸裘。」

〔二〕同舍句：《史記·萬石張叔列傳》：「爲郎，事文帝，其同舍有告歸，誤持同舍郎金去。」

峽隘

聞説江陵府，雲沙浄眇然①。白魚如切玉，朱橘不論錢〔一〕。水有遠湖樹，人今何處船〔二〕？青山各在眼②，却望峽中天〔三〕。（1044）

【校】

①浄，錢箋、《草堂》作「静」，校：「一作浄。」

②各，錢箋、《草堂》校：「陳作若。」《九家》作「若」。

【注】

黄鶴注：當是大曆二年（七六七）在夔州，有意於往荆南，故作。

〔一〕朱橘句：江陵産橘，見卷一四《暮春題瀼西新賃草屋五首》（0980）注。

〔二〕水有二句：仇注：「遠湖樹，遥指江陵。人何處，想及弟觀也。」

〔三〕青山二句：朱鶴齡注：「言欲去峽而未能。」

存殁口號二首

席謙不見近彈棋，畢耀仍傳舊小詩〔一〕。玉局他年無限笑①，白楊今日幾人悲？道士席謙善彈棋，故曰玉局②〔二〕。（1045）

【校】

①笑，錢箋校：「一作事。」《草堂》校：「魯作事。」

②道士席謙善彈棋故曰玉局，宋本無此注，據錢箋補。

【注】

黃鶴注：大曆元年（七六六）作。

〔一〕席謙二句：席謙，見卷一二《章梓州水亭》（0821）注。畢耀，見卷一〇《秦州見勑目薛三璩授司議郎畢四曜除監察與二子有故遠喜遷官兼述索居三十韻》（0609）注。《世説新語·巧藝》劉孝標注引傅玄《彈棋賦序》：「漢成帝好蹴鞠，劉向以謂勞人體，竭人力，非至尊所宜御，乃因其體作彈棋。今觀其道，蹴鞠道也。」《酉陽雜俎》續集卷四：「今彈棋用棋二十四，以色別貴賤，棋

絶後一豆。《座右方》云：白黑各六棋，依六博棋形，頗似枕狀。又魏戲法，先立一棋於局中，鬬餘者白黑圍繞之，十八籌成都。」沈括《夢溪筆談》卷一八：「彈棋今人罕爲之。有譜一卷，蓋唐人所爲。棋局方二尺，中心高如覆盂，其巔爲小壺，四角微隆起。李商隱詩云：『玉作彈棋局，中心最不平。』謂其中高也。樂天詩云：『彈棋局上事，最妙是長斜。』長斜謂抹角斜彈，一發過半局。今譜中具有此法。柳子厚叙棋用二十四棋者，即此戲也。」

〔二〕玉局二句：《趙次公先後解》：「此篇皆言二公之殁矣，故使白楊以見墓木也。」「玉局，觀也。在成都。」洪邁《容齋續筆》卷二：「每篇一存一没，蓋席謙、曹霸存，畢、鄭殁也。黄魯直《荆江亭即事十首》其一云：『閉門覓句陳無己，對客揮毫秦少游。正字不知温飽未，西風吹淚古藤州』，乃用此體。時少游殁而無己存也。」黄鶴注：「每篇言詩畫者一存一亡，故曰存殁口號。」仇注：「此謂席存而畢殁也……席尚存，故望其玉局降仙。」按，玉局，當從原注，非指玉局觀。詩云玉局他年，則席亦殁。當從趙注。

鄭公粉繪隨長夜，曹霸丹青已白頭〔一〕。天下何曾有山水，人間不解重驊騮。

高士滎陽鄭虔善畫山水。曹善畫馬①。（1046）

【校】

① 高士滎陽鄭虔善畫山水曹善畫馬，宋本無「善畫山水」四字，據錢箋補。「曹善畫馬」錢箋作「曹霸善

畫馬也」。

【注】

〔一〕鄭公二句：鄭虔，見卷一《醉時歌》(0019)、卷七《八哀詩·鄭公虔》(0336)注。曹霸，見卷四《丹青引》(0201)注。《趙次公先後解》：「此篇一殁一存也。」浦起龍云：「題云存殁口號，謂己存而四人俱殁也。公《遣懷》詩憶高李云『存殁再嗚呼』，時高適、李白俱殁也。……只次篇『已白頭』句，疑曹尚存。然此篇亦追憶廣德二年成都相遇時語耳……蓋謂鄭公長夜之時，正曹霸白頭之日。」説亦通。

日暮

牛羊下來久①〔一〕，各已閉柴門。風月自清夜，江山非故園。石泉流暗壁，草露滴秋根②。頭白明燈裏③，何須花燼繁〔二〕。(1047)

【校】

①久，《九家》作「夕」，校：「一作久。」

②滴秋根，宋本、錢箋校：「一作滿秋原。」《九家》、《草堂》作「滿秋原」，《九家》校：「一作滴秋原。」《草堂》校：「一作滿秋根。一作滴秋根。」

③明燈，錢箋作「燈明」。

【注】

黄鶴注：當是大曆二年（七六七）在瀼西作。《趙次公先後解》編入大曆元年（七六六）。

〔一〕牛羊句：《詩·王風·君子于役》：「日之夕矣，羊牛下來。」

〔二〕頭白二句：燈花，見卷一〇《獨酌成詩》（0503）注。《趙次公先後解》：「蓋言頭白老矣，何用喜爲哉，故不須燈燼繁結也。」

秋日寄題鄭監湖上亭三首〔一〕

碧草違春意①，沅湘萬里秋〔二〕。池要山簡馬，月浄庾公樓②〔三〕。磨滅餘篇翰，平生一釣舟。高唐寒浪減③，髣髴識昭丘〔四〕。（1048）

【校】

①違，錢箋、《草堂》作「逢」，校：「一作違。」

②浄，錢箋校：「一作静。」《九家》、《草堂》作「静」，校：「一作浄。」

③減，錢箋校：「一作滅。」

【注】

黄鶴注：當是大曆元年（七六六）作。仇注繫於大曆二年（七六七）。

〔一〕鄭監：鄭審。見本卷《秋日夔府詠懷奉寄鄭監審李賓客之芳一百韻》（1030）注。黄鶴注：「湖在峽州，而公在夔，故云寄題。」按，鄭審貶江陵，黄鶴謂湖在峽州，似無據。浦起龍云：「《百韻》詩自注：鄭在江陵。則湖亭明屬江陵矣。黄鶴前後諸注皆云在峽州，何也？」

〔二〕碧草二句：江淹《別賦》：「春草碧色，春水渌波。」沅湘，見卷八《入衡州》（0403）注。《趙次公先後解》：「江陵之下接洞庭、沅湘，爲言萬里秋，故廣言之。」

〔三〕池要二句：山簡，見卷一一《北鄰》（0633）注。庾公樓，武昌南樓。見卷七《八哀詩·張公九齡》（0337）注。《方輿勝覽》卷二八鄂州：「南樓，在郡治南黄鶴山頂上，有登覽之勝。舊基不知其處。中間改爲白雲閣，元祐間守方澤重建，復舊名。《記》文以爲庾亮所登故基，非也。亮所登乃武昌安樂宮端門也。李巽岩燾作《鄂州南樓記》云：吴孫氏更名漢鄂曰武昌，今州東百八十里武昌縣是也。今鄂州乃漢沙羡，當晋咸康時，沙羡未始有鄂及武昌之名，庾亮安復至此。」白居易詩又言庾亮樓在江州，亦附會。

〔四〕高唐二句：高唐，見卷七《晚晴》（0345）注。朱鶴齡注：「據《漢書注》，高唐在雲夢華容縣。後

人因巫山神女，遂傳在巫峽。」王粲《登樓賦》：「北彌陶牧，西接昭丘。」《文選》李善注：「《荆州圖記》曰：當陽東南七十里有楚昭王墓，登樓則見，所謂昭丘。」

新作湖邊宅，還聞賓客過。自須開竹逕，誰道避雲蘿。官序潘生拙，才名賈傅多①〔一〕。捨舟應轉地②，鄰接意如何〔二〕？（1049）

【校】

①傅，《九家》、《草堂》作「誼」，校：「一作傅。」

②轉，錢箋校：「一作卜。」《草堂》校：「陳作卜。」《九家》作「卜」。

【注】

〔一〕官序二句：潘岳《閑居賦》序：「自弱冠涉乎知命之年，八徙官而一進階，再免，一除名，一不拜職，遷者三而已矣。雖通塞有遇，抑亦拙者之效也。昔通人和長輿之論余也，固謂拙於用多。稱多則吾豈敢，言拙信而有徵。」賈傅，賈誼。朱鶴齡注：「鄭時謫居江陵，故以潘岳、賈誼比之。」

〔二〕捨舟二句：《趙次公先後解》：「公欲往江陵，故有鄰接之問。」

暫阻蓬萊閣①，終爲江海人〔一〕。揮金應物理，拖玉豈吾身〔二〕。羹煮秋蓴滑②，杯迎露菊新③〔三〕。賦詩分氣象，佳句莫頻頻〔四〕。（1050）

【校】

① 阻，錢箋、《草堂》校：「一作住。」

② 滑，錢箋、《草堂》校：「一作弱。」

③ 迎，錢箋校：「一作凝。」《草堂》作「凝」。

【注】

〔一〕暫阻二句：蓬萊閣，見《秋日夔府詠懷奉寄鄭監審李賓客之芳一百韻》（1030）注。謝靈運詩：「韓亡子房奮，秦帝魯連恥。本自江海人，忠義感君子。」

〔二〕揮金二句：張協《詠史》：「揮金樂當年，歲暮不留儲。」詠疏廣事。陶淵明《飲酒》：「雖無揮金事，濁酒聊可恃。」《趙次公先後解》：「應物理，則娱樂者物理之常也。」潘岳《西征賦》：「飛翠緌，拖鳴玉，以出入禁門者衆矣。」朱鶴齡注：「言鄭之不拖玉而揮金者，蓋安物理之常，而悟此身之妄也。」

〔三〕羹煮二句：蓴羹，見卷九《與李十二白同尋范十隱居》（0436）注。陶淵明《飲酒》：「秋菊有佳色，裛露掇其英。」

〔四〕佳句句：《趙次公先後解》：「佳句莫也頻頻有之乎？此莫字與『行雲莫自濕仙衣』、『即今龍厩水，莫帶犬羊羶』之莫同其類。」

謁真諦寺禪師

蘭若山高處〔一〕，烟霞嶂幾重①？凍泉依細石，晴雪落長松。問法看詩妄②，觀身向酒慵〔二〕。未能割妻子，卜宅近前峰〔三〕。（1051）

【校】

①嶂，錢箋校：「一作障。」

②妄，錢箋作「忘」，校：「一作妄。」

【注】

黄鶴注：從舊次大曆元年（七六六）冬作。仇注編入大曆二年（七六七）。

〔一〕蘭若：見卷七《大覺高僧蘭若》（0364）注。

〔二〕問法二句：《維摩經·弟子品》：「諸法皆妄見，如夢如焰，如水中月，如鏡中像，以妄想生。」又

《方便品》：「是身如芭蕉，中無有堅。是身如幻，從顛倒起。是身如夢，爲虛妄見。」《文殊師利問疾品》：「觀身無常、苦空、非我，是名爲慧。」

〔三〕未能二句：《南齊書·周顒傳》：「清貧寡欲，終日長蔬食，雖有妻子，獨處山舍。……時何胤亦精信佛法，無妻妾。太子又問顒：『卿精進何如胤？』顒曰：『三塗八難，共所未免，然各有其累。』太子曰：『所累伊何？』對曰：『周妻何肉。』」

覆舟二首

巫峽盤渦曉，黔陽貢物秋〔一〕。丹砂同隕石，翠羽共沉舟〔二〕。羈使空斜景①，龍居閟積流②〔三〕。篙工幸不溺，俄頃逐輕鷗。（1052）

【校】

①景，錢箋、《草堂》作「影」。

②居，錢箋校：「一作宫。」《草堂》作「宫」。

【注】

黃鶴注：當是大曆元年（七六六）秋在夔州作。

〔一〕巫峽二句：盤渦，見卷一《白水縣崔少府十九翁高齋三十韻》(0042)注。黔陽，黔州。見卷六《贈李十五丈別》(0302)注。自黔州入貢，蓋取道夔州入江。

〔二〕丹砂二句：《左傳》僖公十六年：「隕石於宋五，隕星也。」《戰國策・魏策一》：「積羽沉舟，群輕折軸。」《新唐書・地理志》黔州黔中郡：「土貢：犀角、光明丹沙、蠟。」《趙次公先後解》：「丹砂、翠羽，則所貢之物。……故丹砂之覆，貼之以同隕石。……因舟中有翠羽而舟覆，故貼以共沉舟。」

〔三〕羈使二句：《趙次公先後解》：「押船使者船覆無聊……覆船之物多爲龍宮所聚」。仇注：「空斜影，側身落水。闕積流，没入深淵矣。」按，使者落水亡，仇注是。羈使，謂羈旅之使。

竹宮時望拜，桂館或求仙〔一〕。姹女凌波日，神光照夜年〔二〕。徒聞斬蛟劍，無復爨犀船〔三〕。使者隨秋色，迢迢獨上天〔四〕。(1053)

【注】

〔一〕竹宮二句：《漢書・禮樂志》：「以正月上辛用事甘泉圓丘，使童男女七十人俱歌，昏祠至明。夜常有神光如流星止集於祠壇，天子自竹宮而望拜，百官侍祠者數百人皆肅然動心焉。」《郊祀志》：「於是上令長安則作飛廉、桂館，甘泉則作益壽、延壽館，使卿持節設具而候神人。」

〔二〕姹女二句：《後漢書・五行志》桓帝之初童謠：「車班班，入河間。河間姹女工數錢。」曹植《洛

神賦》：「凌波微步，羅襪生塵。」《趙次公先後解》：「以言神女之下降。」朱鶴齡注謂喻之河上姹女，「姹女凌波，神光照夜，言天子方修丹房之術，而復大興祠祀，以求長生也。斬蛟四句，方及覆舟。所云使者，疑即方士，故借漢武事以爲諷耳。夢弼注謂刺玄宗，不知唐世人主多好神仙，豈必玄宗耶？」按，朱注所言於史無徵，代宗佞於佛，未有求仙事。詩蓋傷使者之亡，以成仙事緣飾之。

〔三〕徒聞二句：《吕氏春秋·恃君覽》：「荆有次非者，得寶劍于干遂。還反涉江，至於中流，有兩蛟夾繞其船。……於是赴江刺蛟，殺之而復上船。舟中之人皆得活。」《晋書·温嶠傳》：「而後旋於武昌，至牛渚磯，水深不可測，世云其下多怪物，嶠遂毁犀角而照之。須臾，見水族覆滅，奇形異狀，或乘馬車著赤衣者。」

〔四〕迢迢句：《趙次公先後解》：「上天以言見帝也。」仇注：「獨上天，魂升天也。」此亦言使者亡。

秋清

高秋蘇肺氣①〔一〕，白髮自能梳。藥餌憎加減〔二〕，門庭悶掃除。杖藜還客拜，愛竹遺兒書〔三〕。十月江平穩，輕舟進所如。（1054）

【校】

①肺，錢箋作「病」，校：「吴作肺。」

【注】

黄鶴注：當是大曆二年（七六七）謀出峽，故有此作。

〔一〕高秋句：《黄帝内經素問》卷一：「使秋氣平，無外其志，使肺氣清，此秋氣之應，養收之道也，逆之則傷肺。」

〔二〕藥餌句：藥方有加減法，權德輿《代盧相公謝賜方藥並陳乞表》：「或有加減，自合上聞。」王建《宫詞》：「供御香方加減頻，水沈山麝每回新。内中不許相傳出，已被醫家寫與人。」

〔三〕愛竹句：《趙次公先後解》：「遣兒書，則題字於竹上。」王嗣奭《杜臆》：「已未能書，遣兒代書，乞竹栽也。」

哭王彭州掄〔一〕

執友驚淪没〔二〕，斯人已寂寥。新文生沈謝，異骨降松喬〔三〕。北部初高選，東堂早見招〔四〕。蛟龍纏倚劍，鸞鳳夾吹簫〔五〕。歷職漢庭久，中年胡馬驕。兵戈闇

兩觀①〔六〕，寵辱事三朝。蜀路江干窄②，彭門地理遥③〔七〕。解龜生碧草，諫獵阻清霄〔八〕。頃壯戎麾出，叨陪幕府要〔九〕。將軍臨氣候〔一〇〕，猛士塞風飈。井漏泉誰汲④，烽疏火不燒〔一一〕。前籌自多暇⑤，隱几接終朝〔一二〕。翠石俄雙表，寒松竟後凋〔一三〕。贈詩焉敢墜，染翰欲無聊〔一四〕。再哭經過罷，離魂去住銷〔一五〕。之官方玉折，寄葬與萍漂〔一六〕。曠望渥洼道，霏微河漢橋〔一七〕。夫人先即世，令子各清標。巫峽長雲雨，秦城近斗杓〔一八〕。馮唐毛髮白〔一九〕，歸興日蕭蕭。（1055）

【校】

① 闕，錢箋校：「一作聞。」

② 江干，錢箋校：「一作干戈。」《草堂》作「干戈」。

③ 門，錢箋校：「一作關。」《草堂》作「關」。　理，宋本作「里」，據錢箋等改。

④ 漏，錢箋校：「一作渫。一作滿。」《草堂》作「渫」，校：「一作滿。」

⑤ 暇，錢箋校：「一作假。」《草堂》作「假」。

【注】

黄鶴注：當是大曆元年（七六六）在夔州作。

〔一〕王掄：見卷一一《王十七侍御掄許携酒至草堂奉寄此詩便請邀高三十五使君同到》(0711)注。

〔二〕執友句：《禮記・曲禮上》：「執友稱其仁也，交游稱其信也。」

〔三〕新文二句：《趙次公先後解》：「沈則沈約，謝則謝靈運。」按，《梁書・武帝紀》：「高祖與沈約、謝朓、王融、蕭琛、范雲、任昉、陸倕等並游焉，號曰八友。」蕭統《與湘東王書》：「至如近世謝朓、沈約之詩，任昉、陸倕之筆。」沈謝當指沈約、謝朓。班固《西都賦》：「庶松喬之群類，時游從乎斯庭。」《文選》李善注：「《列仙傳》曰：赤松子者，神農時雨師也，服水玉以教神農。又曰：王子喬者，周靈王太子晋也，道人浮丘公接以上嵩高山。」

〔四〕北部二句：《三國志・魏書・武帝紀》：「年二十，舉孝廉爲郎，除洛陽北部尉。」《趙次公先後解》：「言其初官得京畿尉也。」東堂，見卷七《八哀詩・蘇公源明》(0335)注。

〔五〕蛟龍二句：《趙次公先後解》引宋玉《大言賦》「長劍耿耿倚天外」。朱鶴齡注引《越絶書》「當造劍之時，蛟龍奉爐，天帝裝炭」。趙注引蕭史教弄玉以吹簫而鳳凰降集，謂：「豈非言王君爲宗室女夫乎？」見卷七《奉酬薛十二丈判官見贈》(0324)注。

〔六〕兩觀：張衡《東京賦》：「建象魏之兩觀，旌六典之舊章。」

〔七〕蜀路二句：《元和郡縣圖志》卷三一劍南道：「彭州，濛陽。緊。……垂拱二年，於此置彭州，而岷山導江，江出山處，兩山相對，古謂之天彭門，因取以名州。……西南至蜀州一百二十里。」

〔八〕解龜二句：謝靈運《初去郡》：「牽絲及元興，解龜在景平。」《文選》李善注：「解龜，去官

也。……《漢書》曰：薛宣爲左馮翊，高陽令楊湛，解印綬付吏。又曰：黄金印，龜鈕，文曰章。」《史記·司馬相如列傳》：「常從上至長楊獵，是時天子方好自擊熊彘，馳逐野獸，相如上疏諫之。」《趙次公先後解》：「王君必已自彭州替罷，而有封事於朝，雖上而不報也。不然，王君素好言事，以遠而阻也。」朱鶴齡注：「掄終於彭州刺史，先嘗以侍御罷官，上書天子不報，故有解龜、諫獵之句。」

〔九〕頃壯二句：《趙次公先後解》：「豈言嚴武節度東西川，提兵而出，亦辟王君爲幕客也？……公在幕府參謀，謂之叨陪幕府要，則王彭州亦在焉，而公陪之矣。」朱鶴齡注引顔延之《五君詠·阮始平》：「屢薦不入官，一麾乃出守。」謂：「戎麾出，謂掄出守彭州。幕府要，謂嚴武辟掄居幕府。」仇注謂唐人多言戎麾，朱注非是。高祖《策秦王天策上將文》：「嚴兵鞏洛，總率戎麾。」德宗《讓皇太子表》：「然臣頃總戎麾，恭憑睿略。」《舊唐書·杜佑傳》致仕制：「累歷藩方，出總戎麾。」則戎麾指節制方面。

〔一〇〕將軍句：《通典》卷一六二《兵·風雲氣候雜占》：「察氣者，軍之大要，常令三五人參馬登高若臨下察之，進退以氣爲候。」

〔一一〕井漏二句：井泉，見卷一二《西山三首》（0825）注。烽火，見卷二《送從弟亞赴安西判官》（0087）注。《趙次公先後解》：「此狀風塵既塞，而用兵閒暇之事。」按，蓋指嚴武用兵西山獲勝。

〔一二〕前籌二句：前籌，見《贈李八秘書別三十韻》（1031）注。隱几，見卷五《大雨》（0237）注。朱鶴

齡注：「接終朝，言己居幕府中，得與掄終日相接。」

〔一三〕翠石二句：潘岳《懷舊賦》：「岩岩雙表，列列行楸。」《文選》李善注：「崔豹《古今注》曰：堯設誹謗之木，今華表也，以横木交柱頭。古人亦施之於墓。」《論語·子罕》：「歲寒然後知松柏之後凋也。」《趙次公先後解》謂上句言嚴武之死，品官之高者其死立雙石爲表；下句言王君之死。

〔一四〕贈詩二句：朱鶴齡注：「贈詩，掄贈公之詩。」仇注：「染翰，公挽章。」

〔一五〕再哭二句：《趙次公先後解》：「或云初聞其死已哭矣，此後靈櫬從舟中歸而經過夔州，則公又再哭焉。」「然以次公觀之，再哭之義，言己嘗哭嚴公靈櫬矣，今又再哭其幕中之王君。」按，詩言「寄葬」，未言靈櫬過夔州。經過罷與去住銷意同，皆謂舊交不再，非言靈櫬經過。駱賓王《遠使海曲春夜多懷》：「別島連寰海，離魂斷戍城。」張九齡《通化門外送別》：「離魂今夕夢，先繞舊林飛。」皆謂別離之魂。

〔一六〕之官二句：庾闡《弔賈生文》：「雖曰玉折，雋才何補。」《藝文類聚》卷八二古詩：「泛泛江漢萍，漂蕩水無根。」

〔一七〕曠望二句：渥注，見卷一《沙苑行》(0038)、卷二《送李校書二十六韻》(0089)注。河漢橋，見卷一三《玉臺觀》(0853)注。錢箋：「渥洼道，屬令子。河漢橋，屬夫人。」

〔一八〕巫峽二句：《史記·天官書》：「北斗七星……用昏建者杓。杓，自華以西南。」正義：「杓，東北第七星也。華，華山也。言北斗昏建用斗杓，星也。杓，華山西南之地也。」朱鶴齡注：「是

秦城正上直斗杓也。」《趙次公先後解》只言長安城謂之北斗城，參卷一〇《元日寄韋氏妹》（0489）、卷一四《月三首》（1011）注。

〔一九〕馮唐：見《寄岑嘉州》（1036）注。

夔府書懷四十韻①

昔罷河西尉，初興薊北師〔一〕。不才名位晚，敢恨省郎遲〔二〕。扈聖崆峒日，端居灩澦時〔三〕。萍流仍汲引，樗散尚恩慈②〔四〕。遂阻雲臺宿③，常懷湛露詩〔五〕。翠華森遠矣，白首颯淒其〔六〕。拙被林泉滯，生逢酒賦欺〔七〕。文園終寂寞，漢閣自磷緇〔八〕。病隔君臣議④，慚紆德澤私〔九〕。揚鑣驚主辱〔一〇〕，拔劍撥年衰。社稷經綸地，風雲際會期〔一一〕。血流紛在眼，涕洒亂交頤〔一二〕。四瀆樓船泛〔一三〕，中原鼓角悲。賊壕連白翟，戰瓦落丹墀〔一四〕。先帝嚴靈寢⑤，宗臣切受遺〔一五〕。恒山猶突騎，遼海競張旗〔一六〕。田父嗟膠漆，行人避蒺藜〔一七〕。總戎存大體，降將飾卑詞〔一八〕。楚貢何年絶，堯封舊俗疑〔一九〕。長吁翻北寇，一望卷西夷〔二〇〕。不必陪玄圃，超然待具茨〔二一〕。凶兵鑄農器⑥，講殿闢書帷〔二二〕。廟算高難測，天憂實在

茲〔二三〕。形容真潦倒，答效莫支持〔二四〕。使者分王命，羣公各典司〔二五〕。恐乖均賦斂，不似問瘡痍〔二六〕。萬里煩供給，孤城最怨思〔二七〕。緑林寧小患，雲夢欲難追〔二八〕。即事須嘗膽，蒼生可察眉〔二九〕。議堂猶集鳳⑦，貞觀是元龜⑧〔三〇〕。處處喧飛檄，家家急競錐〔三一〕。蕭車安不定，蜀使下何之〔三二〕？釣瀨疏墳籍，耕岩進弈棋〔三三〕。地蒸餘破扇，冬暖更纖絺〔三四〕。豺遘哀登楚⑨，麟傷泣象尼〔三五〕。衣冠迷適越，藻繪憶游睢〔三六〕。賞月延秋桂，傾陽逐露葵〔三七〕。大庭終反樸，京觀且僵尸〔三八〕。高枕虚眠晝，哀歌欲和誰〔三九〕？南宫載勳業，凡百慎交綏〔四〇〕。（1056）

【校】

① 四十韻，三字宋本小字，據錢箋等改。

② 恩慈，《草堂》作「蒙資」。

③ 雲臺宿，宋本、錢箋校：「一作靈臺伯。」雲，《草堂》校：「一作靈。」

④ 議，錢箋校：「一作識。」

⑤ 靈，宋本、錢箋、《草堂》校：「一作虚。」

⑥ 凶，錢箋、《草堂》校：「一作休。」

⑦ 議，宋本、錢箋校：「一作義。」

⑧貞，宋本、錢箋作「正」，據《草堂》改。

⑨溝，錢箋校：「一作搆。」

【注】

黄鶴注：大曆元年（七六六）作。《趙次公先後解》編入大曆二年（七六七）。

〔一〕昔罷二句：河西尉，見卷九《官定後戲贈》（0483）注。薊，參卷二《夏日歎》（0066）注。《趙次公先後解》：「薊北，用對河西，蓋古詩有《出自薊北門》也。」

〔二〕不才二句：《趙次公先後解》：「嚴武再爲東西川節度，辟公參謀，方爲尚書工部員外郎，故云敢恨其遲也。」

〔三〕扈聖二句：崆峒，見卷二《洗兵馬》（0090）注。《趙次公先後解》：「言初在鳳翔爲拾遺……灔澦石在瞿塘江中，所以言夔州也。」朱鶴齡注：「崆峒山在平涼，公謁肅宗於鳳翔，未嘗至平涼，此蓋以黄帝問道比肅宗也。」

〔四〕萍流二句：《趙次公先後解》：「公自中原入蜀，若萍之漂流矣，而朝論紀録，所謂汲引也。」朱鶴齡注：「汲引，謂嚴武辟請。恩慈，謂除員外郎。」樗散，見卷一〇《送鄭十八虔貶台州司户傷其臨老陷賊之故闕爲面别情見於詩》（0529）注。

〔五〕遂阻二句：雲臺，見卷四《述古三首》（0206）注。《左傳》文公四年：「昔諸侯朝正於王，王宴樂之，於是賦《湛露》，則天子當陽，諸侯用命也。」《趙次公先後解》：「公以病不得起而歸直

也……不得預宴爲懷矣。」

〔六〕翠華二句：翠華，見卷二《北征》(0052)注。《詩·邶風·緑衣》：「絺兮綌兮，淒其以風。」

〔七〕拙被二句：朱鶴齡注引《西京雜記》卷四：「梁孝王游於忘憂之館，集諸游士各使爲賦。……鄒陽爲《酒賦》。……韓安國作《几賦》不成，鄒陽代作。……鄒陽、安國，罰酒三升，賜枚乘、路喬如絹人五匹。」王嗣奭《杜臆》：「酒、賦公所深嗜，何云逢、欺？此省愆語。」按，此言酒力文思並衰。

〔八〕文園二句：文園，見《贈李八秘書別三十韻》(1031)注。《論語·陽貨》：「不曰堅乎，磨而不磷；不曰白乎，涅而不緇。」集解：「言至堅者磨之而不薄，至白者染之於涅而不黑。喻君子雖在濁亂，濁亂不能污。」謝靈運《過始寧墅》：「緇磷謝清曠，疲薾慚貞堅。」《趙次公先後解》：「漢閣，指言揚子雲也。」見卷一《醉時歌》(0019)注。

〔九〕病隔二句：《趙次公先後解》：「公被召命，以病不行，不參預國論，徒荷私恩也。」

〔一〇〕揚鑣句：傅毅《舞賦》：「龍驤横舉，揚鑣飛沫。」《文選》李善注：「鑣，馬勒旁鐵也。」朱鶴齡注：「主辱，謂車駕幸陝。」

〔一一〕風雲句：《漢書·王莽傳》：「比遭際會，安光漢室。」

〔一二〕血流二句：《趙次公先後解》：「以吐蕃之難，用兵不息也。下四句皆是其事矣。」朱鶴齡注謂此下追言肅宗中興事。東方朔《非有先生論》：「俯而深惟，仰而泣下交頤。」

〔一三〕四瀆句：《爾雅·釋詁》：「江河淮濟爲四瀆。」樓船，見卷七《荊南兵馬使太常卿趙公大食刀

歌》(0310)注。

〔一四〕賊壕二句：《史記·匈奴列傳》：「晋文公攘戎翟，居於河西圁洛之間，號曰赤翟、白翟。」索隱：「《左氏》：晋師敗狄於箕，郤缺獲白狄子。杜氏以爲白狄之别種，故西河郡有白部胡。又《國語》云：桓公西征，攘白狄之地，遂至於西河也。」《趙次公先後解》：「白翟在西，宜吐蕃與之連矣。」朱鶴齡注：「唐鄜、延二州，即春秋白翟地。禄山反，京畿、鄜坊皆附之，故云連白翟……此追言肅宗中興時事。舊注指吐蕃陷京師，非也。」

〔一五〕先帝二句：《隋書·音樂志》梁宗廟歌：「神宫肅肅，靈寢微微。」《趙次公先後解》：「上句指言肅宗……受遺，受領遺命也。」朱鶴齡注：「嚴靈寢，言收京修寢廟。宗臣，郭子儀也。按史，寶應元年建卯月，上不豫，召子儀入卧内，曰：『河東之事，一以委卿。』所謂切受遺也。」錢箋謂指李輔國，代宗即位，尊輔國爲尚父，「皆紀實以示譏也」。《史記·平津侯主父列傳》：「受遺則霍光、金日磾。」

〔一六〕恒山二句：《元和郡縣圖志》卷一七河北道：「恒州，常山。大都督府。……漢高帝三年，韓信東下井陘，擊破陳餘、趙王歇，以鉅鹿之北境置恒山郡，因恒山爲名。後避文帝諱，改曰常山。」《趙次公先後解》：「史朝義未滅，則恒山猶爲突騎矣。恒山以言河北，安史之巢穴也。」突騎，參卷六《漁陽》(0263)注。遼海，見卷三《後出塞五首》(0135)注。

〔一七〕田父二句：錢箋引吴若本注：「用弃甲事。」吴曾《能改齋漫録》卷七：「爲潼關弃甲也。」《趙次公先後解》：「所以爲言誅求之多，則田父以供輸爲嗟。」《左傳》宣公二年：「宋城，華元爲植，

巡功。城者謳曰：『睅其目，皤其腹，弃甲而復。于思于思，弃甲復來。』使其驂乘謂之曰：『牛則有皮，犀兕尚多，弃甲則那。』役人曰：『從其有皮，丹漆若何。』」《趙次公先後解》：「蒺藜者，鐵蒺藜，所以禦馬，所在布蒺藜於地，而行人避之。」《六韜》：「狹路微徑，張鐵蒺藜。」

〔一八〕總戎二句：《史記·漢興以來將相名臣年表》：「陳平作相，條侯總戎。」《趙次公先後解》：「總戎者，元帥也。代宗即位，以雍王适爲天下兵馬元帥。」錢箋引東萊注，謂指代宗，時爲元帥。朱鶴齡注：「按《通鑑》，史朝義死，賊將田承嗣、薛嵩等降，副元帥僕固懷恩恐賊平寵衰，奏留承嗣等分帥河北，自爲黨援，由是諸鎮桀驁不可制。公詩正紀其事，曰『存大體』，爲朝廷隱也。」

〔一九〕楚貢二句：《左傳》僖公四年：齊師伐楚，楚子使與師，管仲對曰：「爾貢包茅不入，王祭不共，無以縮酒，寡人是徵。」《論衡·藝增》：「儒書又言：堯舜之民，可比屋而封。言其家有君子之行，可皆官也。」《趙次公先後解》：「河北、山東蓋皆王土，其尊君戴上之俗既更變亂，可疑其忘之也。」朱鶴齡注謂堯封指薊門。《史記·周本紀》：「乃褒封神農之後於焦……帝堯之後於薊。」

〔二〇〕長吁二句：北寇，《趙次公先後解》、朱鶴齡注謂指安史餘黨，仇注謂指回紇。翻，趙注謂指其亂幸自滅息，傾翻之良不易。朱注謂即翻城之翻。王嗣奭《杜臆》謂昔順今寇，故曰翻。西夷，指吐蕃。

〔二一〕不必二句：玄圃，見卷二《奉先劉少府新畫山水障歌》（0080）注。《莊子·徐无鬼》：「黄帝將

見大隗乎具茨之山，方明爲御，昌寓驂乘，張若、謵朋前馬，昆閽、滑稽後車。至於襄城之野，七聖皆迷，無所問途。」《趙次公先後解》：「上句言己身，以譬不必朝列也。」「公心激怒，望帝親征，卷掃之。」朱鶴齡注：「代宗嘗出幸陝州，故用周穆、黄帝事，言我豈必陪車駕於玄圃乎？但望求賢問道，如黄帝之下訪具茨，則凶兵可銷，講殿可御，治平不難致矣。」

〔一二〕凶兵二句：《老子》三十一章：「兵者不祥之器。」《韓詩外傳》卷九：「鑄庫兵以爲農器。」《後漢書·孝明八王傳》：「羨博涉經書，有威嚴，與諸儒講論於白虎殿。」《漢書·東方朔傳》：「集上書囊以爲殿帷。」朱鶴齡注引《杜詩博議》：「《通鑑》：永泰元年九月庚寅朔，置百高座於資聖、西明兩寺，講《仁王經》。甲辰，吐蕃十萬衆至奉天，京城戒嚴。丙午，罷百高座講。十月己未，復講經於資聖寺。時羌胡外訌，藩鎮内叛，而帝與宰相元載等俱好佛，怠於政事。講殿闢書帷，蓋以諷也。」按，《舊唐書·代宗紀》：大曆元年正月乙酉制：「今宇縣乂寧，文武並備，方投戈而講藝，俾釋菜以行禮。使四科咸進，六藝復興……其宰相朝官、六軍諸將子弟，欲得習學，可並補國子學生。其中身雖有官，欲附學讀書者亦聽。」「二月丁亥朔，釋奠於國學。」講殿即與諸儒講論之義，疑詩所言實指此。如《博議》所言，則與上句言銷兵鑄農語脈不承。

〔一三〕廟算二句：《孫子·計篇》：「夫未戰而廟算勝者，得算多也。未戰而廟算不勝者，得算少也。」《趙次公先後解》：「或謂天憂爲杞國之人憂天地崩墜，其爲所可憂，正以天之傾圮者，在此非是。此與後篇《諸將》云『獨使至尊憂旰食，諸君何以答昇平』同義。」仇注：「孰知廟算不然，杞人憂天實在於此。」杞人憂天，見《寄劉峽州伯華使君四十韻》(1032)注。

〔二四〕形容二句：李嶠《爲水潦災異陳情表》：「仲山補袞之談，曾微答效。」張九齡《謝賜馬狀》：「荷負無力，答效何階？」此唐人表奏常語。《趙次公先後解》：「此公之自傷於無補也。」

〔二五〕使者二句：《趙次公先後解》：「謂節度各以王命。」按，《舊唐書·代宗紀》：「（大曆元年正月）丙戌，以户部尚書劉晏充東都京畿、河南、淮南、江南東西道、湖南、荆南、山南東道轉運常平鑄錢鹽鐵等使，以户部侍郎第五琦充京畿、關内、河東、劍南西川轉運常平鑄錢鹽鐵等使，至是天下財賦始分理焉。」轉運使於各地設巡院，諸道有租庸轉運鹽鐵等使及院官、推官、巡官等。詩所言疑指此，故下言賦斂事。

〔二六〕恐乖二句：《左傳》成公十八年：「禁淫慝，薄賦斂。」《周禮·地官·大司徒》：「以斂財賦，以均齊天下之政。」《後漢書·張奂傳》：「平均徭賦。」

〔二七〕孤城：《趙次公先後解》：「孤城言夔州。」

〔二八〕緑林二句：《後漢書·劉玄傳》：「於是諸亡命馬武、王常、成丹等往從之，共攻離鄉聚，臧於緑林中。」注：「緑林山，在今荆州當陽縣東北也。」《史記·淮陰侯列傳》：「漢六年，人有上書告楚王信反，高帝以陳平計，天子巡狩會諸侯，南方有雲夢，發使告諸侯會陳：吾將游雲夢。實欲襲信，信弗知。高祖且至楚，信欲發兵反，自度無罪，欲謁上，恐見禽。」《趙次公先後解》：「下句憂藩鎮之跋扈……公意以爲韓信猶可以計追，而藩鎮一跋扈，則雖欲追而不至矣。」黄鶴注：「指崔旰之亂未已矣。」錢箋謂代宗以詐殺來瑱，而藩鎮皆貳，此所謂雲楚欲難追也。來瑱見卷四《太子張舍人遺織成褥段》(0183)注。仇注別引《左傳》楚昭王涉睢濟江、入雲中、盜攻

之事：「時代宗幸陜，猶昭王出國……此段本言朝廷遣使擾民耳，於來瑱無預。」按，詩蓋泛言藩鎮事，仍當從趙注。仇注所引亦不當，其解「欲難追」爲追悔無及，尤謬。

〔二九〕即事二句：《史記·越王句踐世家》：「越王句踐反國，乃苦身焦思，置膽於坐，坐卧即仰膽，飲食亦嘗膽也。」《列子·説符》：「晉國苦盜，有郤雍者，能視盜之貌，察其眉睫之間，而得其情。晉侯使視盜，千百無遺一焉。晉侯大喜，告趙文子曰：『吾得一人，而一國盜爲盡矣，奚用多爲？』文子曰：『吾君恃伺察而得盜，盜不盡矣，且郤雍必不得其死焉。』」《趙次公先後解》：「蓋禄山叛，河北諸節度不朝，能不嘗膽爲戒耶？」「蒼生爲盜賊之情，可得於眉睫間，但當撫綏之，則不爲盜耳。」朱鶴齡注：「欲服諸鎮，須嘗膽以圖之。欲蘇民生，則在察其情於眉睫也。」其注察眉，皆不合《列子》原意。可察眉，豈可察肩也。

〔三〇〕議堂二句：《後漢書·鄧騭傳》：「其有大議，乃詣朝堂，與公卿參謀。」此當指政事堂。《舊唐書·職官志》：「舊制，宰相常於門下省議事，謂之政事堂。……開元十一年，中書令張説改政事堂爲中書門下，其政事印，改爲中書門下之印也。」《詩·大雅·卷阿》：「鳳凰于飛，翽翽其羽，亦集爰止。藹藹王多起士，維君子使，媚于天子。」《書·大禹謨》：「官占，惟先蔽志，昆命於元龜。」傳：「言志定然後卜。」疏：「元龜，謂大龜也。」劉琨《勸進表》：「前事之不忘，後代之元龜也。」《趙次公先後解》：「但以貞觀爲龜鑑可也。」

〔三一〕處處二句：潘岳《關中詩》：「飛檄秦郊，告敗上京。」《左傳》昭公六年：「錐刀之末，將盡争之。」《趙次公先後解》：「上句以言驚急之頻。」「下句以言誅求之細。」

〔三二〕蕭車二句：《漢書·蕭育傳》：「哀帝時，南郡江中多盜賊，拜育爲南郡太守。上以育耆舊名臣，乃以三公使車載育入殿中受策。……育至南郡，盜賊静。」《分門》洙曰：「司馬相如爲郎，使蜀，諭巴蜀父老。」《趙次公先後解》謂用李郃善知天星，知二使入蜀事，「亦以言盜賊禍亂之變，使者無定往而可也。」見《後漢書·李郃傳》。

〔三三〕釣瀨二句：《後漢書·逸民傳》嚴光：「乃耕於富春山，後人名其釣處爲嚴陵瀨焉。」《左傳》昭公十二年：「是能讀三墳、五典、八索、九丘。」《漢書·王貢兩龔鮑傳》：「谷口鄭子真不詘其志，耕於岩石之下，名震於京師。」《趙次公先後解》：「疏墳典而進弈棋，乃其閑曠而言也。」

〔三四〕地蒸二句：潘岳《秋興賦》：「屏輕箑，釋纖絺。」《文選》李善注：「孔安國《尚書傳》曰：纖，細也。絺，細葛也。」參卷三《遣興五首》(0113)注。

〔三五〕豺遘二句：王粲《七哀詩》：「西京亂無象，豺虎方遘患。」粲在荆州作《登樓賦》。《公羊傳》哀公十四年：「西狩獲麟，孔子曰：『吾道窮矣。』」《史記·孔子世家》：「禱於尼丘得孔子……生而首上圩頂，故因名曰丘云。」《左傳》桓公二年：「以類命爲象。」杜預注：「若孔子首象尼丘。」

〔三六〕衣冠二句：《莊子·逍遥游》：「宋人資章甫而適諸越，越人斷髮文身，無所用之。」陳琳《爲曹洪與魏文帝書》：「蓋聞過高唐者，效王豹之謳。游睢涣者，學藻繪之彩。」《文選》李善注：「《陳留記》曰：襄邑，涣水出其南，睢水經其北。傳云睢涣之間出文章，故有黼黻絺繡，日月華蟲，以奉宗廟御服焉。」《趙次公先後解》：「上句則言其欲將離夔而盡南下，且未能即然。」「公少年嘗游宋，故云憶游睢。」

〔三七〕露葵：宋玉《諷賦》：「爲臣炊雕胡之飯，烹露葵之羹。」參卷一《自京赴奉先縣詠懷五百字》（0041）注。

〔三八〕大庭二句：大庭，見卷六《同元使君春陵行》（0276）注。《淮南子·原道訓》：「已雕已琢，還反於樸。」《左傳》宣公十二年：「古者明王伐不敬，取其鯨鯢而封之，以爲大戮，於是乎有京觀，以懲淫慝。」杜預注：「積屍封土其上，謂之京觀。」《趙次公先後解》：「欲僵屍以爲京觀，此又欲一卷西夷之心也。」

〔三九〕哀歌句：左思《詠史》：「哀歌和漸離，謂若傍無人。」

〔四〇〕南宫二句：南宫雲臺，見卷四《述古三首》（0206）注。《詩·小雅·雨無正》：「凡百君子，各敬爾身。」《左傳》文公十二年：「乃皆出戰，交綏。」杜預注：「古名退軍爲綏。秦晋志未能堅戰，短兵未至，争而兩退，故曰交綏。」《趙次公先後解》：「蓋言欲載勳業於南宫者，則無令志之不堅，猶戰者之交綏焉。」仇注：「當時吐蕃陷京，諸將袖手坐觀，故有交綏之歎。」

送李功曹之荆州充鄭侍御判官重贈〔一〕

曾聞宋玉宅，每欲到荆州〔二〕。此地生涯晚，遥悲水國秋①。孤城一柱觀，落日九江流〔三〕。使者雖光彩，青楓遠自愁〔四〕。（1057）

【校】

① 悲，錢箋校：「一作通。」《草堂》作「通」。

【注】

黄鶴注：大曆元年（七六六）作。

〔一〕李功曹：名不詳。鄭侍御：名不詳。當以侍御史充荆南某使職，以李功曹爲其判官。

〔二〕曾聞二句：《九家》杜時可《補遺》：「按余知古《渚宫故事》曰：庾信因侯景之亂自建康遁歸江陵，居宋玉故宅，宅在城北三里。《哀江賦》：誅茅宋玉之宅，穿逕臨江之府。」姚寬《西溪叢語》卷上：「然子美《移居夔州入宅》詩云：『宋玉歸州宅，雲通白帝城。』蓋歸州亦有宋玉宅，非止荆州。」參卷一四《奉漢中王手札》（0941）注。錢箋别引《水經注》沔水宜城南有宋玉宅，此其里居，爲另一宅。

〔三〕孤城二句：一柱觀，見卷七《送高司直尋封閬州》（0359）注。九江，見卷一三《游子》（0847）注。

〔四〕使者二句：使者，指鄭侍御。《趙次公先後解》謂指李功曹，不確。《楚辭·招魂》：「湛湛江水兮上有楓，目極千里兮傷春心。」

上卿翁請修武侯廟遺像缺落時崔卿權夔州〔一〕

大賢爲政即多聞，刺史真符不必分〔二〕。尚有西郊諸葛廟，卧龍無首對江濆〔三〕。

（1058）

【注】

黄鶴注：崔卿權州必在大曆二年（七六七），此當是二年作。

〔一〕卿翁：此稱崔卿爲卿翁。卷一六有《奉送卿二翁統節度鎮軍還江陵》（1210）。黄鶴注：「卿一翁，姓崔，乃公舅氏。」岑參有《送張郎中赴隴右覲省卿公時張卿公亦充節度留後》。其人當兼九卿銜。杜甫大曆元年到夔州時柏中丞爲夔州防禦使，崔卿當在其後權知夔州。武侯廟，見卷一四《諸葛廟》（1016）注。

〔二〕大賢二句：《論語·爲政》：「多聞闕疑，慎言其餘，則寡尤。」《漢書·文帝紀》：「初與郡守爲銅虎符、竹使符。」注：「師古曰：與郡守爲符者，謂各分其半，右留京師，左以與之。」《趙次公先後解》：「真符不必，則言其權爲州也。」

〔三〕尚有二句：《三國志·蜀書·諸葛亮傳》：徐庶謂先主曰：「諸葛孔明者，卧龍也。」

孤雁①

孤雁不飲啄〔一〕，飛鳴聲念羣②。誰憐一片影，相失萬重雲〔二〕。望盡似猶見③，哀多如更聞④。野鴉無意緒，鳴噪自紛紛⑤。（1059）

【校】

①孤雁，宋本、錢箋校：「一云後飛雁。」

②飛鳴聲念羣，宋本、錢箋校：「一作聲聲飛念羣。」《草堂》校：「一作聲疑飛念羣。」

③盡，錢箋校：「一作斷。」

④如更，錢箋、《文苑英華》校：「一作更復。」

⑤鳴，《文苑英華》作「聲」。　自，錢箋、《文苑英華》校：「一作亦。」

【注】

黃鶴注：似是大曆元年（七六六）在夔州作。

〔一〕飲啄：見卷三《鳳凰臺》（0151）注。

〔二〕相失句：蕭綱《賦得隴坻雁初飛》：「霧暗早相失，沙明還共飛。」

遣愁

養拙蓬爲户〔一〕，茫茫何所開？江通神女館，地隔望鄉臺〔二〕。漸惜容顔老，無由弟妹來。兵戈與人事，回首一悲哀。（1060）

【注】

黄鶴注：當是大曆元年（七六六）在夔州作，二年弟觀至自江陵。仇注編入成都詩内。

〔一〕養拙句：《禮記·儒行》：「儒有一畝之宫，環堵之室，篳門圭窬，蓬户甕牖。」

〔二〕江通二句：宋玉《高唐賦》：「妾在巫山之陽，高丘之阻，旦爲朝雲，暮爲行雨，朝朝暮暮，陽臺之下。旦朝視之，如言，故爲立廟，號爲朝雲。」見卷六《雨》（0297）注。《方輿勝覽》卷五七夔州：「高唐神女廟，在巫山縣西北二百五十步，有陽臺。」望鄉臺，在成都。見卷一一《雲山》（0631）注。《趙次公先後解》：「則主隔成都而言之。」

奉寄李十五秘書二首文嶷①〔一〕

避暑雲安縣，秋風早下來〔二〕。暫留魚復浦②，同過楚王臺〔三〕。猿鳥千崖窄，江湖萬里開。竹枝歌未好，畫舸莫遲回③〔四〕。（1061）

【校】

① 文嶷，二字宋本無，據錢箋補。《草堂》此二字在「秘書」下。

② 留，錢箋校：「刊作之。」

③ 莫，錢箋校：「陳作且。」遲，錢箋校：「一作輕。」

【注】

黄鶴注：大曆元年（七六六）在夔州作。李時在雲安縣，故寄以此詩。

〔一〕李文嶷：事迹不詳。黄鶴注謂與卷六《贈李十五丈別》（0302）爲同一人，恐非是。

〔二〕避暑二句：《趙次公先後解》：「約李秘書早來也。自雲安來夔，所以謂之下來。」

〔三〕暫留二句：魚復浦，見卷一四《入宅三首》（0961）注。楚王臺，陽臺。見卷一四《返照》

（1021）注。

〔四〕竹枝二句：劉禹錫《竹枝詞》序：「四方之歌，異音而同樂。歲正月，余來建平，里中兒聯歌竹枝，吹短笛擊鼓以赴節。歌者揚袂睢舞，以曲多爲賢。聆其音，中黄鍾之羽，卒章激訐，如吳聲。雖傖儜不可分，而含思宛轉，有淇澳之艷。」《樂府詩集》卷八一《近代曲辭》：「《竹枝》本出巴渝。唐貞元中，劉禹錫在沅湘，以俚歌鄙陋，乃依騷人《九歌》作《竹枝》新辭九章，教里中兒歌之，由是盛於貞元、元和之間。」《雲仙雜記》卷四：「張旭醉後唱《竹枝曲》，反復必至九回乃止。」則開元中已歌之。

行李千金贈，衣冠八尺身。飛騰知有策，意度不無神。班秩兼通貴，公侯出異人〔一〕。玄成負文彩〔二〕，世業豈沉淪。（1062）

【注】

〔一〕班秩二句：《唐律疏議》卷二《名例》：「議曰：五品以上之官，是爲通貴。」《趙次公先後解》謂秘書郎從六品上，所以謂之通貴，恐非是。趙注又謂：「李秘書必宗室之子。」

〔二〕玄成：見卷六《贈李十五丈別》（0302）注。

即事①

天畔羣山孤草亭，江中風浪雨冥冥。一雙白魚不受釣，三寸黃甘猶自青〔一〕。多病馬卿無日起，窮途阮籍幾時醒〔二〕？未聞細柳散金甲，腸斷秦川流濁涇②〔三〕。

（1063）

【校】

① 即事，錢箋校：「一云天畔。」

② 川，錢箋校：「一作州。」

【注】

黃鶴注：大曆二年（七六七）作。

〔一〕一雙二句：仇注引張純曰：「峽中有嘉魚，長身細鱗，肉白如玉，春社前出，秋社即歸。時已九月，故云不受釣。」三寸甘，見卷六《阻雨不得歸瀼西甘林》（0296）注。

〔二〕多病二句：馬卿，司馬相如。朱鶴齡注：「公詩葛亮、馬卿，或疑不當截字用。然六朝人已有

之，庾信碑文：渡瀘五月，葛亮有深入之兵。薛道衡碑文：尚寢馬卿之書，未允梁松之奏。」

〔三〕未聞二句：細柳，見卷一三《春遠》（0842）「亞夫營」注。黃鶴注：「當是指大曆二年九月，吐蕃寇邠、靈州，京師戒嚴。」

灩澦

灩澦既没孤根深，西來水多愁太陰〔一〕。江天漠漠鳥雙去，風雨時時龍一吟。舟人漁子歌回首，估客胡商淚滿襟〔二〕。寄語舟航惡年少，休翻鹽井横黄金①〔三〕。

（1064）

【校】

①横，錢箋校：「一云摸。又作擲。」《草堂》校：「一作擲。」

【注】

黃鶴注：當是大曆二年（七六七）作。《趙次公先後解》編入大曆元年（七六六）夏。

〔一〕灩澦二句：灩澦，見卷六《柴門》（0274）注。《趙次公先後解》：「謂之既没，非指夏時而言

邪？」楊泉《五湖賦》：「太陰之所毖，玄靈之所游。」仇注引朱瀚曰：「水即太陰也。」《淮南子·天文訓》：「積陰之寒氣爲水，水氣之精者爲月。」

〔二〕舟人二句：《趙次公先後解》：「舟人漁子歌回首，則言其習水而輕之也。」「估客胡商淚滿襟，以水之泛漲，不行則滯留，行則憂舟有傾沈之患。」

〔三〕寄語二句：鹽井，見《秋日夔府詠懷奉寄鄭監審李賓客之芳一百韻》(1030)注。《趙次公先後解》：「此蓋言販鹽之惡年少者，不顧危亡而欲行舟，必沈溺弃鹽於水，是横費黄金也。」朱鶴齡注：「翻鹽井以逐厚利，必不顧沈溺之患，故公以戒之。」仇注：「翻乃翻飛之意，舟行疾也。擲，换也，又賭錢也。若作横，讀去聲，謂非理横取也。」翻鹽井與舟航爲二事，仇注不確。

白帝

白帝城中雲出門①，白帝城下雨翻盆〔一〕。高江急峽雷霆鬭，翠木蒼藤日月昏②。戎馬不如歸馬逸③，千家今有百家存④〔二〕。哀哀寡婦誅求盡〔三〕，慟哭秋原何處村。(1065)

【校】

① 城中雲出門，錢箋校：「一作城頭雲若屯。」《九家》、《草堂》作：「城頭雲若屯。」《草堂》校：「一作白

帝城中雲出門。」

②翠，錢箋、《草堂》校：「一作古。」

③戎，錢箋、《草堂》校：「一作去。」

④百，錢箋校：「一作十。」《草堂》校：「或作一。」

【注】

黄鶴注：大曆元年(七六六)秋作。

〔一〕雨翻盆：《趙次公先後解》：「雨翻盆，乃蜀人方言耳。傅玄詩云：霖雨如倒井。亦此之義。」

〔二〕戎馬二句：黄鶴注：「當是指崔旰之亂。」

〔三〕誅求：見卷四《送韋諷上閬州録事參軍》(0196)注。

黄草

黄草峽西船不歸，赤甲山下行人稀①〔一〕。秦中驛使無消息，蜀道兵戈有是非②〔二〕。萬里秋風吹錦水，誰家别淚濕羅衣？莫愁劍閣終堪據，聞道松州已被圍〔三〕。(1066)

【校】

① 行人，錢箋校：「一云人行。」《九家》、《草堂》作「人行。」

② 兵，錢箋校：「一云千。」

【注】

黃鶴注：按舊史，廣德元年（七六三）吐蕃陷松州、維州，則是作於其年秋。朱鶴齡注：此詩首二語，乃夔州作無疑。編入大曆元年（七六六）作。

〔一〕黃草二句：《水經注》江水：「江水東逕陽關巴子梁……江水又東，右逕黃葛峽，山高險，全無人居。江水又左逕明月峽，東至梨鄉，歷雞鳴峽。」楊守敬疏：「《初學記》八引《益州記》作黃葛峽，而杜甫詩云黃草峽西船不歸。又《通鑑》：唐大曆四年，涪州守捉使王守仙伏兵黃草峽。胡氏引此注，謂即一峽。蓋葛、草形近錯出也。惟《明・地理志》謂大江入涪州，東逕黃草峽。《蜀游日記》：黃葛峽約在明月峽之下約百餘里。與酈氏先敘黃葛、後敘明月不合。考《名勝志》引《圖經》云：塗山之足，有古黃葛樹，其下有黃葛渡。《一統志》謂即黃葛峽谷也。則同在今巴東縣。」《四川通志》卷二三謂黃葛峽在巴縣東，黃草峽在涪州西，是兩存之。嚴耕望《唐代交通圖考》：「就唐世言，黃草峽在涪州之西，自無問題，若酈注述次不誤，是在明月峽之西者，當別爲一峽，即明、清黃葛渡處，在巴縣之東也。」赤甲山，見卷一四《入宅三首》（0960）注。

〔二〕秦中二句：《分門》鮑曰：「崔寧之亂，郭英乂犯寧家室，寧逐之，是也；以大義責之，則寧以偏

裨逐大將，非也。」朱鶴齡注：「按史，杜鴻漸至蜀，崔旰與楊子琳、柏茂林等各授刺史防禦，而不正旰專殺主將之罪，故有兵戈是非之語。蓋言崔氏亂成都，柏、楊討之，其是非不可無辨也。然旰本建功西山，郭英乂通其妾媵，其罪有不專在旰者。未幾釋甲，隨鴻漸入朝，而吐蕃則歲歲爲蜀患。故末語又不憂劍閣而憂松州也。」崔旰，後改名寧。事見《舊唐書·郭英乂傳》、《崔寧傳》。

〔三〕莫愁二句：吐蕃廣德元年圍松州，見卷一二《警急》(0815)注。《趙次公先後解》：「今歲大曆二年之間，豈復松州而又圍之耶？若如此，則句之義蓋云：勿謂劍閣之險可恃而欲割據，雖松州在劍閣之内，已有圍之者矣。」朱鶴齡注：「松州先爲吐蕃所陷，此云已被圍，必中間嚴武又收復……黄鶴疑松州被圍謂廣德元年事，因以秦中驛使爲李之芳使吐蕃，蜀道兵戈爲徐知道據劍閣，全解俱謬。」按，廣德二年九月，嚴武拔吐蕃當狗城，遂取鹽川城。《四川通志》卷二七謂當狗城在保縣西，距松州尚遠。《崔寧傳》謂崔旰下吐蕃城寨數四，拓地數百里，以糧盡還師，亦未至松州。其自西山率衆襲成都，攻郭英乂，自不能距成都過遠。疑此乃虚言唐軍圍松州，蓋誇言崔旰之軍勢。詩意乃謂如郭英乂者以劍閣之險可據而恣意胡爲，孰料崔旰以西山之軍反攻而致其大敗。

吹笛

吹笛秋山風月清①，誰家巧作斷腸聲？風飄律吕相和切，月傍關山幾處

明②〔一〕。胡騎中宵堪北走，武陵一曲想南征〔二〕。故園楊柳今摇落③，何得愁中曲盡生④〔三〕？（1067）

【校】

①山風，錢箋校：「一云風山。」

②傍，《草堂》作「倚」，校：「一作傍。」

③摇，錢箋校：「一作摧。一作花。」《草堂》校：「一作零。」

④曲，錢箋校：「王原叔得甫詩稿，曲作却。」《草堂》作「却」，校：「一作曲，非是。」

【注】

黄鶴注：當在大曆元年（七六六）作。

〔一〕風飄二句：《樂府詩集》卷二三《横吹曲辭》：「《樂府解題》曰：《關山月》，傷離别也。古《木蘭詩》曰：萬里赴戎機，關山度若飛。朔氣傳金柝，寒光照鐵衣。」

〔二〕胡騎二句：《晉書·劉琨傳》：「在晉陽，常爲胡騎所圍數重，城中窘迫無計，琨乃乘月登樓清嘯，賊聞之，皆淒然長歎。中夜奏胡笳，賊又流涕歔欷，有懷土之切。向曉復吹之，賊並弃圍而走。」《樂府詩集》卷七四《雜曲歌辭》：「《武溪深行》，一曰《武陵深行》。崔豹《古今注》曰：《武溪深》，馬援南征之所作也。援門生爰寄生善吹笛，援作歌，令寄生吹笛以和之，名曰《武溪

深》。」錢箋引《古今注》，徑改爲「武陵深」。吴曾《能改齋漫録》卷六：「杜子美《吹笛》……上句取陳周宏讓《長笛吐清氣》詩『胡騎争北歸，遍知别鄉苦』，下句取陳賀徹《長笛吐清氣》詩『方知出塞客，不憚武陵深』。」黄鶴注：「此當是指吐蕃而言。按《通鑑》，永泰元年吐蕃與回紇入寇，子儀免胄釋甲，投鎗而進，回紇酋長皆下馬羅拜，子儀責之云云，再成和約。吐蕃聞之，夜引兵遁去。」

〔三〕故園二句：《宋書·五行志》：「太康末，京洛始爲《折楊柳》之歌，其曲始有兵革苦辛之詞，終以禽獲斬截之事。」《舊唐書·音樂志》：「漢靈帝好胡笛。五胡亂華，石遵玩之不絶音。《宋書》云：有胡篪出於胡吹，則謂此。梁《胡吹歌》云：快馬不須鞭，反插楊柳枝。下馬吹横笛，愁殺路傍兒。此歌辭元出北國之横笛。」

垂白①

垂白馮唐老②，清秋宋玉悲〔一〕。江喧長少睡，樓迥獨移時。多難身何補，無家病不辭。甘從千日醉，未許七哀詩〔二〕。（1068）

【校】

① 垂白，宋本、錢箋、《草堂》校：「一云白首。」

②垂白，錢箋校：「一云白首。」

【注】

黄鶴注：大曆元年（七六六）秋在夔州作。

〔一〕垂白二句：馮唐，見《寄岑嘉州》（1036）注。宋玉《九辯》：「悲哉秋之爲氣也，蕭瑟兮草木摇落而變衰。」

〔二〕甘從二句：《博物志》卷一〇：「昔劉玄石與中山酒家沽酒，酒家與『千日酒』，忘言其節度。歸至家當醉，而家人不知，以爲死也，權葬之。酒家計千日滿，乃憶玄石前來沽酒，醉向醒耳。往視之，云：『玄石亡來三年，已葬。』於是開棺，醉始醒。俗云：玄石飲酒，一醉千日。」王粲、曹植、阮瑀等有《七哀詩》。

草閣

草閣臨無地〔一〕，柴扉永不關。魚龍回夜水，星月動秋山〔二〕。久露清初濕①，高雲薄未還。泛舟慚小婦，飄泊損紅顔〔三〕。（1069）

【校】

①久，宋本、錢箋校：「一作夕。」清，錢箋、《草堂》校：「一作晴。」

【注】

黄鶴注：草閣當在瀼西、東屯間，乃大曆二年（七六七）秋作。仇注編入大曆元年（七六六）。

〔一〕草閣句：王巾《頭陀寺碑文》：「飛閣逶迤，下臨無地。」

〔二〕魚龍二句：陸佃《埤雅》卷一：「酈元《水經》曰：魚龍以秋日爲夜。按，龍秋分而降則蟄寢於淵，龍以秋日爲夜，豈謂是乎？」《九家》杜《補遺》引此及「魚龍寂寞秋江冷」之句，謂二詩皆秋時，是以言。《趙次公先後解》謂此與《秦州雜詩》（0549）「水落魚龍夜，山空鳥鼠秋」所用不同。

〔三〕泛舟二句：《趙次公先後解》：「恐其小兒之婦以我飄薄之故，愁損紅顔。」仇注引邵注：「蜀中多是婦人刺船。」謂指船婦。按，唐人言小婦，每指妓妾。崔顥《渭城少年行》：「小婦春來不解羞，嬌歌一曲楊柳花。」李頎《古意》：「遼東小婦年十五，慣彈琵琶解歌舞。」劉長卿《過李將軍南鄭林園觀妓》：「小婦秦家女，將軍天上人。」此稱「紅顔」，恐非指兒婦，更非船婦。

江月

江月光於水①，高樓思殺人〔一〕。天邊長作客，老去一霑巾。玉露團清影，銀

河没半輪。誰家挑錦字，滅燭翠眉嚬②〔二〕？（1070）

【校】

①於，錢箋校：「一作如。」

②滅燭，錢箋校：「一云燭滅。」《草堂》作「燭滅」，校：「一作滅燭。」

【注】

黄鶴注：當是大曆元年（七六六）在夔州西閣作。《趙次公先後解》編入大曆二年（七六七）。

〔一〕江月二句：庾肩吾《和徐主簿望月》：「樓上徘徊月，窗中愁思人。」

〔二〕誰家二句：《晉書·列女傳》竇滔妻蘇氏：「滔苻堅時爲秦州刺史，被徙流沙，蘇氏思之，織錦爲回文旋圖詩以贈滔。宛轉循環以讀之，詞甚淒惋。」何遜《相送聯句》：「君還舊聚處，爲我一嚬眉。」

洞房

洞房環珮冷〔一〕，玉殿起秋風。秦地應新月，龍池滿舊宮①〔二〕。繫舟今夜遠，
清漏往時同。萬里黄山北，園陵白露中〔三〕。（1071）

【校】

① 池，錢箋校：「一作蛇。」

【注】

黃鶴注：自此詩至《鬭雞》四篇皆因明皇升遐而感傷之，梁權道編在大曆元年（七六六），恐是。《趙次公先後解》編入大曆二年（七六七）秋，謂以下《宿昔》、《能畫》、《鬭雞》、《歷歷》、《洛陽》、《驪山》、《提封》八篇蓋一時之作。

〔一〕洞房句：《楚辭·招魂》：「姱容修態，絙洞房些。」《史記·孔子世家》：「夫人自帷中再拜，環珮玉聲璆然。」傅玄《挽歌》：「平生坐玉殿，没歸都幽宮。」此指陵寢。參卷一《橋陵詩三十韻因呈縣内諸官》（0037）注。朱鶴齡注：「洞房環珮，追言貴妃往時也。」何焯謂指奉陵之人。

〔二〕龍池：在興慶宮。見卷四《韋諷録事宅觀曹將軍畫馬圖》（0195）注。

〔三〕萬里二句：《漢書·地理志》右扶風：「槐里，周曰犬丘……有黃山宮。」《元和郡縣圖志》卷二鳳翔府興平縣：「漢黃山宮，在縣西南三十里。武帝微行，西至黃山宮，即此也。」錢箋：「按，漢武帝茂陵在興平縣東北十七里，正黃山宮之北。蓋借茂陵以喻玄宗泰陵也。」

宿昔

宿昔青門裏，蓬萊仗數移〔一〕。花嬌迎雜樹，龍喜出平池〔二〕。落日留王母①，微風倚少兒〔三〕。宮中行樂秘〔四〕，少有外人知。（1072）

【校】

① 日，錢箋校：「一作月。」《草堂》作「月」。

【注】

〔一〕宿昔二句：青門，見卷九《故武衛將軍挽歌三首》（0482）注。蓬萊，指蓬萊殿，見卷四《病橘》（0189）注。

〔二〕龍喜句：《分門》洙曰引柳芳《傳信記》：「天寶中，興慶宮小龍嘗游於宮垣南溝水中。」《趙次公先後解》謂當指蓬萊殿後之太液池。

〔三〕落日二句：《漢武故事》：「七月七日，上於承華殿齋，日正中，忽見有青鳥從西方來集殿前。……王母至，乘紫車。」《史記·外戚世家》：「衛皇后姊衛少兒，少兒生子霍去病，以軍功

封冠軍侯。」《趙次公先後解》：「王母以言楊貴妃，少兒以言妃之諸姨矣。」朱鶴齡注：「微風倚少兒，蓋合用少兒、飛燕事。」引《飛燕外傳》：「帝令后所愛侍郎馮無方吹笙，以倚后歌，歌酣風起，后揚袖曰：『仙乎仙乎，去故而就新乎？』帝乃令無方持后履。」

〔四〕宮中句：《漢書·周仁傳》：「於後宮秘戲，仁常在旁，終無所言。」李白有《宮中行樂詞》。

能畫

能畫毛延壽，投壺郭舍人〔一〕。每蒙天一笑，復似物皆春①〔二〕。政化平如水，皇恩斷若神②。時時用抵戲，亦未雜風塵〔三〕。（1073）

【校】

①似，錢箋校：「一作以。」　皆，錢箋校：「一作初。」

②恩，錢箋校：「晋作明。」

【注】

〔一〕能畫二句：《西京雜記》卷二：「元帝後宮既多，不得常見，乃使畫工圖形，案圖召幸之。諸宮

人皆賂畫工，多者十萬，少者亦不減五萬，獨王嬙不肯，遂不得見。匈奴入朝求美人爲閼氏，於是上案圖以昭君行。及去，召見，貌爲後宮第一，善應對，舉止閑雅。帝悔之，而名籍已定。帝重信於外國，故不復更人。乃窮案其事，畫工皆弃市。籍其家，資皆巨萬。畫工有杜陵毛延壽，爲人形，醜好老少，必得其真。……同日弃市，京師畫工，於是差稀。」又卷五：「武帝時郭舍人善投壺，以竹爲矢，不用棘也。古之投壺取中而求還，故實小豆，惡其矢躍而出也。郭舍人則激矢令還，一矢百餘反，謂之爲驍，言如博之擥梟於掌中爲驍傑也。每爲武帝投壺，輒賜金帛。」黄鶴注：「公託以喻明皇爲技巧所移。」

〔二〕每蒙二句：《太平御覽》卷一三引《神異傳》：「東王公與玉女投壺，誤而不接，天爲之笑，開口流光，今電是也。」朱鶴齡注：「物皆春，言畫之工可回春色。」

〔三〕時時二句：《漢書·武帝紀》：「三年春，作角抵戲，三百里内皆觀。」《刑法志》：「春秋之後，滅弱吞小，併爲戰國，稍增講武之禮，以爲戲樂，用相誇視。而秦更名角抵，先王之禮没於淫樂中矣。」《趙次公先後解》：「言至用抵戲而止，不甚雜民俗之風塵事也，豈美其不微行者乎？」

洪邁《容齋三筆》卷六：「第三聯意味頗與前語不相聯貫，讀者或以爲疑。按杜之旨，本謂技藝倡優不應蒙人主顧昵賞接，然使政化如水，皇恩若神，爲治大要既無所損，則時時用此輩亦亡害也。」王嗣奭《杜臆》：「若使政平而親疏一視，恩斷而信賞必罰，雖時時用以當戲劇，亦未必啓衅召亂，而自雜於風塵也。雜風塵，如玄宗之播遷。」按，詩意只追憶承平時事，雖時有抵戲之樂，而未有風塵之警。諸説皆求深而致迂曲。

鬬雞

鬬雞初賜錦，舞馬既登床①〔一〕。簾下宮人出，樓前御柳長②。仙游終一閟，女樂久無香〔二〕。寂寞驪山道〔三〕，清秋草木黄。（1074）

【校】

① 既，錢箋、《草堂》校：「一作解。」

② 柳，宋本、錢箋校：「一作曲。」

【注】

〔一〕鬬雞二句：鬬雞，見卷六《壯游》(0295)注。《東城老父傳》：「當時天下號爲神雞童，時人爲之語曰：生兒不用識文字，鬬雞走馬勝讀書。賈家小兒年十三，富貴榮華代不如。能令金距期勝負，白羅繡衫隨軟轝。父死長安千里外，差夫持道挽喪車。」《明皇雜録》補遺：「玄宗嘗命教舞馬四百蹄，各爲左右，分爲部目，爲某家寵、某家驕。時塞外亦有善馬來貢者，上俾之教習，無不曲盡其妙。因命衣以文繡，絡以金銀，飾其鬃鬣，間雜珠玉。其曲謂之《傾杯樂》者數十

回，奮首鼓尾，縱横應節。又施三層板床，乘馬而上，旋轉如飛。或命壯士舉一榻，馬舞於榻上，樂工數人立左右前後，皆衣淡黄衫、文玉帶，必求少年而姿貌美秀者。每千秋節，命舞於勤政樓下。其後上既幸蜀，舞馬亦散在人間。」

〔二〕仙游二句：《趙次公先後解》：「仙游終，以言明皇上昇。明皇上昇矣，宜女樂之久無香也。」朱鶴齡注引《開元傳信記》、《異聞録》玄宗夢游月宫事，謂女樂指梨園弟子。

〔三〕驪山：見卷一《奉同郭給事湯東靈湫作》(0035)等注。

鸚鵡①

鸚鵡含愁思，聰明憶别離。翠衿渾短盡，紅觜漫多知。未有開籠日，空殘舊宿枝。世人憐復損，何用羽毛奇〔一〕。(1075)

【校】

① 鸚鵡，宋本、《草堂》校：「一云翦羽。」

【注】

黄鶴注：此詩句句含不遇之意，公蓋託以自況，梁權道編在大曆元年(七六六)夔州詩内。

〔一〕世人二句：《趙次公先後解》：「此篇多使禰衡《〈鸚鵡〉賦》中字意。聰明字，則『才聰明以識機』也。憶別，則『眷西路而長懷，望故鄉而延佇』，又曰『痛母子之永隔，哀伉儷之生離』也。翠衿、紅觜字，則『紺趾丹觜，緑衣翠衿』也。渾欲短，則『顧六翮之殘毁，雖奮迅其焉如』也。漫多知，則『豈言語以階亂，將不密以致危』也。未有開籠日，則『閉以雕籠，剪其翅羽』也。空殘宿舊枝，則『想崑山之高峻，思鄧林之扶疏』，而轉入離鳥悲舊林之意也。末句羽毛奇，則『雖同俗於羽毛，故殊智而異心』也。」仇注：「詠鸚鵡，有離鄉之感。」

歷歷

歷歷開元事，分明在目前①。無端盜賊起，忽已歲時遷。巫峽西江外，秦城北斗邊〔一〕。爲郎從白首，臥病數秋天〔二〕。（1075）

【校】

①目，錢箋作「眼」。

【注】

黃鶴注：當是大曆元年（七六六）夔州作。

〔一〕巫峽二句：《趙次公先後解》：「蜀江至荆楚處，楚人名之曰西江。」引《莊子・外物》「激西江之水」。參卷一四《舍弟觀歸藍田迎新婦送示兩篇》(1018)注。秦城北斗邊，見《哭王彭州掄》(1055)注。

〔二〕爲郎二句：《趙次公先後解》：「雖實道其身，而暗用馮唐白首爲郎也。」按，「馮唐白首爲郎」見《白氏六帖》，後人有辨。見卷一四《承聞河北諸道節度入朝歡喜口號絶句十二首》(0990)注。

江上

江上日多雨，蕭蕭荆楚秋。高風下木葉，永夜攬貂裘〔一〕。勳業頻看鏡，行藏獨倚樓〔二〕。時危思報主，衰謝不能休。(1077)

【注】

黄鶴注：當是大曆元年(七六六)夔州作。《趙次公先後解》編入大曆三年(七六八)荆南所作。

〔一〕高風二句：《楚辭・九歌・湘夫人》：「嫋嫋兮秋風，洞庭波兮木葉下。」《戰國策・秦策一》：蘇秦「説秦王書十上而説不行，黑貂之裘弊，黄金百斤盡」。

〔二〕勳業二句：潘岳《楊仲武誄》：「名器雖光，勳業未融。」顔之推《古意》：「白髮窺明鏡，憂傷没

餘齒。」庾信《擬詠懷》：「匣中取明鏡，披圖自照看。」行藏，見卷六《壯游》（0295）注。陳師道《后山詩話》：「裕陵嘗謂杜子美詩云『勳業頻看鏡，行藏獨倚樓』，謂甫之詩皆不迨此。」張表臣《珊瑚鈎詩話》卷一：「予讀杜詩云『江漢思歸客，乾坤一腐儒』，『勳業頻看鏡，行藏獨倚樓』，歎其含蓄如此。」

中夜

中夜江山静，危樓望北辰。長爲萬里客，有愧百年身〔一〕。故國風雲氣，高堂戰伐塵〔二〕。胡雛負恩澤，嗟爾太平人〔三〕。（1078）

【注】

黄鶴注：當作於大曆二年（七六七）。

〔一〕長爲二句：鮑照《行藥至城東橋》：「争先萬里途，各事百年身。」

〔二〕故國二句：《草堂》夢弼注：「謂杜陵舊廬爲寇所焚也。」仇注謂概言華屋。按，崔顥《贈盧八象》：「客從巴水渡，傳爾泝行舟。是日風波霽，高堂雨半收。青山滿蜀道，緑水向荆州。」李群玉《宿巫山廟》：「寂寞高堂别楚君，玉人天上逐行雲。」又卷一六《夔州歌十絶句》（1297）：「閬

風玄圃與蓬壺，中有高唐天下無。」高唐一作高堂。唐人或以高堂爲高唐之異寫。

〔三〕胡雛二句：《九家》趙注：「當是史朝義之亂未除，而興感亂階自禄山也。」黄鶴注：「玆云高堂戰伐塵者，乃指吐蕃入寇。胡雛當是指吐蕃也。唐嘗以公主和親，其恩澤不爲不厚。而吐蕃負恩入寇故云。」《晋書·石勒載記》：「年十四，隨邑人行販洛陽，倚嘯上東門。王衍見而異之，顧謂左右曰：『向者胡雛，吾觀其聲視有奇志，恐將爲天下之患。』」《新唐書·張九齡傳》：「安禄山初以范陽偏校入奏，氣驕蹇，九齡謂裴光庭曰：『亂幽州者，此胡雛也。』……九齡曰：『禄山狼子野心，有逆相，宜即事誅之，以絶後患。』帝曰：『卿無以王衍知石勒而害忠良。』卒不用。」仇注引此，而謂以吐蕃爲胡雛者誤。

江漢

江漢思歸客，乾坤一腐儒〔一〕。片雲天共遠，永夜月同孤。落日心猶壯，秋風病欲蘇①〔二〕。古來存老馬，不必取長途〔三〕。（1079）

【校】

①蘇，錢箋作「疏」，校：「一作蘇。」

【注】黄鶴注：當是大曆二年（七六七）夔州作。《趙次公先後解》編入大曆三年（七六八）荆南所作。仇注編入大曆四年（七六九）湖南詩。

〔一〕江漢二句：《趙次公先後解》：「公在荆州，正用江漢爲宜。」《史記·黥布列傳》：「上折隨何之功，謂何爲腐儒，爲天下安用腐儒。」

〔二〕落日二句：黄生曰：「前輩有病此詩日月並見者，不知此詠懷，非寫景，何病之有？」

〔三〕古來二句：《趙次公先後解》謂用管仲事。見卷一〇《觀安西兵過赴關中待命二首》（0599）注。

洛陽

洛陽昔陷没，胡馬犯潼關〔一〕。天子初愁思，都人慘别顔。清笳去宫闕，翠蓋出關山。故老仍流涕，龍髯幸再攀〔二〕。（1080）

【注】黄鶴注：當是大曆元年（七六六）在夔州作。

〔一〕洛陽二句：見卷一《白水縣崔少府十九翁高齋三十韻》(0042)、卷二《北征》(0052)注。

〔二〕故老二句：《趙次公先後解》：「上皇至自蜀郡，此所謂故老仍流涕、龍髯幸再攀也。」龍髯，見卷九《行次昭陵》(0410)「鼎湖」注。

驪山

驪山絶望幸，花萼罷登臨〔一〕。地下無朝燭，人間有賜金〔二〕。鼎湖龍去遠①，銀海雁飛深〔三〕。萬歲蓬萊日，長懸舊羽林〔四〕。(1081)

【校】

① 去遠，《草堂》作「遠去」。

【注】

黄鶴注：同是大曆元年(七六六)作。

〔一〕花萼句：花萼相輝之樓，見卷七《八哀詩·汝陽王》(0417)注。

〔二〕地下二句：《趙次公先後解》：「凡朝在早，則秉燭而受朝。」王維《早朝》：「銀燭已成行，金門

儼驪馭。」韋應物《觀早朝》：「煌煌列明燭，朝服照華鮮。」

〔三〕鼎湖二句：鼎湖，見卷九《行次昭陵》(0410)注。《史記·秦始皇本紀》：始皇陵「以水銀爲百川江河大海，機相灌輸」。何遜《行經孫氏陵》：「銀海終無浪，金鳧會不飛。」《初學記》卷一四引《三輔故事》：「秦始皇葬驪山……水銀爲大海，金銀爲鳧雁。」詩用此。

〔四〕萬歲二句：蓬萊指蓬萊殿，見卷四《病橘》(0189)注。《趙次公先後解》：「舊日充宿衛之兵，今則守護陵寢，乃所謂舊羽林也。」羽林軍，見卷一《自京赴奉先縣詠懷五百字》(0041)注。黄鶴注：「《禮樂志》：芬樹羽林，雲景杳冥。師古曰：言所樹羽葆，其盛若林，芬然衆多。今言蓬萊殿惟有羽葆，而明皇不見耳。若以羽林爲軍，不可言懸。」

提封

提封漢天下，萬國尚同心〔一〕。借問懸車守①，何如儉德臨〔二〕。時徵俊乂入，草竊犬羊侵②。願戒兵猶火，恩加四海深〔三〕。(1082)

【校】

①車，錢箋校：「一作軍。」

② 草竊，宋本、錢箋、《草堂》校：「一作莫慮。」

【注】

黃鶴注：同是大曆元年（七六六）作。

〔一〕提封二句：《漢書·刑法志》：「一同百里，提封萬井。」注：「李奇曰：提，舉也。舉四封之內也。」又《東方朔傳》注：「師古曰，提封亦謂提舉四封之內，總計其數也。」

〔二〕借問二句：《國語·齊語》：「懸車束馬，逾太行與辟耳之谿拘夏，西服流沙西吳。」韋昭注：「三者皆山險谿谷，故懸鈎其車，偪束其馬，而以度也。」《史記·孫子吳起列傳》：「武侯浮西河而下，中流，顧而謂吳起曰：『美哉乎山河之固，此魏國之寶也。』起對曰：『在德不在險。』」

〔三〕願戒二句：《左傳》隱公四年：「夫兵猶火也，弗戢，將自焚也。」《孟子·梁惠王上》：「故推恩足以保四海，不推恩無以保妻子。」

白露

白露團甘子，清晨散馬蹄〔一〕。圃開連石樹〔二〕，船渡入江溪。憑几看魚樂，回鞭急鳥棲①〔三〕。漸知秋實美，幽徑恐多蹊〔四〕。（1083）

【校】

①急，錢箋校：「一作至。」

【注】

黄鶴注：當是大曆二年（七六七）在瀼西往東屯作。

〔一〕白露二句：謝朓《京路夜發》：「猶霑餘露團，稍見朝霞上。」《文選》李善注：「《毛詩》曰：野有蔓草，零露團兮。」《鄭風·野有蔓草》作「零露漙兮」。曹植《白馬篇》：「仰手接飛猱，俯身散馬蹄。」

〔二〕石樹：見《秋日夔府詠懷奉寄鄭監審李賓客之芳一百韻》（1030）注。

〔三〕憑几二句：《莊子·秋水》：「惠子曰：『子非魚，安知魚之樂？』莊子曰：『子非我，安知我不知魚之樂？』」《趙次公先後解》：「自清晨散馬蹄，至晚而歸矣。」

〔四〕漸知二句：《史記·李將軍列傳》：「諺曰：桃李不言，下自成蹊。」《趙次公先後解》：「公亦不自私其美實而許人采摘之。」仇注：「幽徑多蹊，恐有竊取，亦愛甘而故爲戲詞耳。」

孟氏

孟氏好兄弟〔一〕，養親唯小園。承顔胝手足，坐客强盤飧〔二〕。負米力葵

外①〔三〕，讀書秋樹根。卜鄰慚近舍，訓子學誰門②〔四〕？（1084）

【校】

①力，錢箋、《草堂》校：「晉作寒。一作夕。」

②學，錢箋校：「一作覺。」誰，錢箋校：「一作先。」《草堂》作「先」。

【注】

黄鶴注：大曆二年（七六七）夔州作。

〔一〕孟氏句：黄鶴注：「當是指孟十二倉曹與十四主簿。」見本卷《九月一日過孟十二倉曹十四主簿兄弟》（1119）。

〔二〕承顔二句：《亢倉子·訓道》：「夫善事父母，敬順爲本，意以承之，順承顔色，無所不至。」盤飧，見卷一《示從孫濟》（0024）注。《趙次公先後解》：「强字如强飯之强。」

〔三〕負米句：《説苑·建本》子路曰：「昔者，由事二親之時，常食藜藿之實，而爲親負米百里之外。」

〔四〕卜鄰二句：孟鄰，見卷一〇《寄張十二山人彪三十韻》（0612）注。《趙次公先後解》：「題是孟氏，故使孟家本事。」仇注：「學誰門，言舍孟氏之外，更學誰門乎？」

吾宗 衛倉曹崇簡〔一〕。

吾宗老孫子，質樸古人風。耕鑿安時論〔二〕，衣冠與世同。在家常早起，憂國願年豐。語及君臣際，經書滿腹中〔三〕。（1085）

【注】

黄鶴注：當是大曆元年（七六六）作。《趙次公先後解》編入大曆二年（七六七）。

〔一〕杜崇簡：卷七有《寄從孫崇簡》（0349），參該詩注。衛倉曹：諸衛倉曹參軍。《唐六典》卷二四左右衛：「倉曹參軍事各二人，正八品下。」

〔二〕耕鑿：《淮南子·齊俗訓》：「鑿井而飲，耕田而食。」

〔三〕經書句：《後漢書·邊韶傳》：「腹便便，五經笥。」《世説新語·排調》：「郝隆七月七日出日中仰卧，人問其故，答曰：『我曬書。』」

第五弟豐獨在江左近三四載寂無消息覓使寄此二首〔一〕

亂後嗟吾在，羇栖見汝難〔二〕。草黄騏驥病，沙晚鶺鴒寒①〔三〕。楚設關城險，吴吞水府寛〔四〕。十年朝夕淚，衣袖不曾乾。（1086）

【校】

①晚，錢箋校：「一作暖。」《草堂》作「暖」。

【注】

黄鶴注：當是大曆元年（七六六）在夔州作。

〔一〕杜豐：參卷三《乾元中寓居同谷縣作歌七首》（0154）注。又卷一七《元日示宗武》注：「第五弟豐漂泊江左，近無消息。」

〔二〕羇栖：見卷三《石櫃閣》（0166）注。

〔三〕鶺鴒：見卷一〇《得弟消息二首》（0548）注。

〔四〕楚設二句：《史記·楚世家》：「蜀伐楚，取茲方，於是楚爲扞關以距之。」《後漢書·郡國志》巴

陵：「魚復，扞水有扞關。」《岑彭傳》：「公孫述遣其將任滿、田戎、程汎，將數萬人乘枋箄下江關。」注：「《華陽國志》曰：巴、楚相攻，故置江關。舊在赤甲城，後移在江南岸，對白帝城，故基在今夔州魚復縣南。」木華《海賦》：「爾其水府之内，極深之庭。」

聞汝依山寺，杭州定越州〔一〕。風塵淹別日，江漢失清秋①。影著啼猿樹，魂飄結蜃樓〔二〕。明年下春水，東盡白雲求②。（1087）

【校】

① 失，宋本、錢箋、《草堂》校：「一作共。」

② 求，錢箋校：「一作游。」

【注】

〔一〕杭州句：定，定是。此表疑問。《趙次公先後解》：「其杭州邪？豈定是越州邪？」《元和郡縣圖志》卷二五江南道：「杭州，餘杭。……東南取浙江至越州　百三十里。」卷二六江南道：「越州，會稽。都督府。……西北至杭州一百四十里。」

〔二〕影著二句：盧照鄰《巫山高》：「莫辨啼猿樹，徒看神女雲。」《趙次公先後解》：「公自言其所在之處，故云影著。」《漢書・天文志》：「海旁蜃氣象樓臺。」趙注：「指其弟豐所在，故思之而魂飄。」

送李八秘書赴杜相公幕①〔一〕

青簾白舫益州來〔二〕，巫峽秋濤天地回。石出倒聽楓葉下〔三〕，灩澦堆。櫓搖皆指菊花開②。貪趨相府今晨發，恐失佳期後命催。南極一星朝北斗，五雲多處是三台〔四〕。（1088）

【校】

①秘，《文苑英華》作「校」，校：「集作秘。」

②皆，錢箋校：「一作背。」

【注】

黄鶴注：當是大曆二年（七六七）七月作。《趙次公先後解》定爲九月作。

〔一〕李八秘書：見本卷《贈李八秘書别三十韻》（1031）。杜相公：杜鴻漸。見卷一四《季夏送鄉弟韶陪黄門從叔朝謁》（1020）注。《舊唐書·代宗紀》：「（大曆二年）六月戊戌，山南、劍南副元帥杜鴻漸自蜀入朝。」「（三年八月）辛未，以門下侍郎、同中書門下平章事、山劍副元帥、太清宫

使、崇玄館大學士杜鴻漸兼東都留守。」朱鶴齡注：「鴻漸還朝，仍以平章事領山劍副元帥，故稱相公幕。」

〔二〕青簾句：楊漢公《明月樓》：「吴興城闕水雲中，畫舫青簾處處通。」仇注引邵注：「青簾白舫，官舟也。」恐爲臆説。益州，成都。

〔三〕石出句：《趙次公先後解》：「石出者，指言灧澦之石。……石出則行之候也。」參卷一四《長江二首》(0943)注。仇注謂指峽中山崖，非是。

〔四〕南極二句：《趙次公先後解》：「南極一星，以言李秘書。其在楚而往，是爲南極之星。」按，南極，言楚地。星，謂星使。五雲，五色雲。《周禮·春官·保章氏》：「以五雲之物，辨吉凶，水旱降豐荒之祲象。」鄭注：「物，色也。視日旁雲氣之色。」三台，見卷六《昔游》(0288)注。《趙次公先後解》：「北斗，指言長安。」「三台，指言杜相公。」

巫峽弊廬奉贈侍御四舅别之澧朗①〔一〕

江城秋日落，山鬼閉門中〔二〕。行李淹吾舅，誅茅問老翁〔三〕。赤眉猶世亂，青眼只途窮〔四〕。傳語桃源客，人今出處同〔五〕。(1089)

【校】

①澧，宋本作「灃」，據錢箋等改。

【注】

黄鶴注：當大曆元年（七六六）夔州作。《趙次公先後解》編入大曆二年（七六七）。

〔一〕侍御四舅：崔姓，名不詳。《舊唐書·地理志》江南西道：「澧州，下，隋澧陽郡。……天寶初，割屬山南東道。」「朗州，下，隋武陵郡。……天寶初，割屬山南東道。」

〔二〕江城二句：《趙次公先後解》：「屈原《九歌》有《山鬼》一篇，乃楚地之事。」按，卷七《奉酬薛十二丈判官見贈》（0324）：「卧病識山鬼，爲農知地形。」又《虎牙行》（0338）：「杜鵑不來猿狖寒，山鬼幽憂雪霜逼。」此蓋當地傳説。白居易《送客之湖南》：「山鬼趫跳唯一足，峽猿哀怨過三聲。」

〔三〕行李二句：行李，見卷八《贈蘇四徯》（0362）注。誅茅，見卷四《寄題江外草堂》（0203）注。

〔四〕赤眉二句：《後漢書·劉盆子傳》：「琅邪人樊崇起兵於莒……恐其衆與莽兵亂，乃皆朱其眉以相識別，由是號曰赤眉。」青眼，見卷一〇《秦州見勑目薛三璩授司議郎畢四曜除監察與二子有故遠喜遷官兼述索居凡三十韻》（0609）注。途窮，見卷九《敬贈鄭諫議十韻》（0415）注。

〔五〕傳語二句：桃源，見卷二《北征》（0052）注。《易·繫辭上》：「子曰：君子之道，或出或處，或默或語。」

溪上

峽内淹留客，溪邊四五家。古苔生迮地①〔一〕，秋竹隱疏花。塞俗人無井〔二〕，山田飯有沙。西江使船至，時復問京華。（1090）

【校】

① 迮，宋本、《草堂》校：「一作濕。」錢箋校：「一作濕。又作窄。」

【注】

黃鶴注：當是大曆二年（七六七）秋在瀼西作。

〔一〕古苔句：《三國志·蜀書·張飛傳》：「山道迮狹，前後不得相救。」《説文》：「迮，迮迮，起也。」段注：「引申訓爲迫迮，即今之窄字也。」《玉篇》：「迮，又阻格切，迫迮也。」

〔二〕無井：見卷六《引水》（0260）注。

樹間

岑寂雙甘樹，婆娑一院香〔一〕。交柯低几杖〔二〕，垂實礙衣裳。滿歲如松碧，同時待菊黄〔三〕。幾回霑葉露①，乘月坐胡床〔四〕。（1091）

【校】

① 葉，錢箋校：「一作落。」

【注】

黄鶴注：當是廣德二年（七六四）在成都府中作。

〔一〕岑寂二句：鮑照《舞鶴賦》：「去帝鄉之岑寂，歸人寰之喧卑。」婆娑，見卷一一《惡樹》（0678）注。

〔二〕交柯句：任昉《落日泛舟東溪》：「交柯溪易陰，反景澄餘映。」

〔三〕滿歲二句：《趙次公先後解》：「周滿一歲，冬夏青青如松也。橘熟於九月，則爲待菊黄矣。」

〔四〕胡床：見卷一一《少年行》（0718）注。

八月十五夜月二首

滿目飛明鏡，歸心折大刀〔一〕。轉蓬行地遠，攀桂仰天高〔二〕。水路疑霜雪，林栖見羽毛。此時瞻白兔，直欲數秋毫〔三〕。（1092）

【注】

黄鶴注：永泰元年（七六五）八月，僕固懷恩及吐蕃、回紇、党項、羌、渾、奴剌寇邊，故有「刁斗皆催曉」之句。是時公在雲安。《趙次公先後解》與《十六夜玩月》、《十七對月》同繫於大曆二年（七六七）。

〔一〕滿目二句：《古樂府》：「藁砧今何在，山上復有山。何當大刀頭，破鏡飛上天。」吴兢《樂府古題要解》卷下：「藁砧今何在，藁砧，趺也，問夫何處也。山上復有山，重山爲出也，言夫不在也。何當大刀頭，刀頭有環，問夫何時當還也。破鏡飛上天，言月半當還也。」

〔二〕轉蓬二句：轉蓬，見卷八《贈蘇四徯》（0362）注。月中桂樹，見卷一〇《一百五日夜對月》（0492）注。《楚辭·招隱士》：「猿狖群嘯兮虎豹嗥，攀援桂枝兮聊淹留。」

〔三〕此時二句：白兔指月兔，見卷一〇《月》（0507）注。仇注：「秋毫，即指兔毫，蓋因月中之兔，想見地下之兔也。」

稍下巫山峽，猶銜白帝城。氣沈全浦暗，輪仄半樓明①。刁斗皆催曉，蟾蜍且自傾〔一〕。張弓倚殘魄，不獨漢家營〔二〕。（1093）

【校】

① 仄，《草堂》作「側」。

【注】

〔一〕刁斗二句：刁斗，見卷二《夏夜歎》（0067）注。蟾蜍，見卷一〇《月》（0507）注。

〔二〕張弓二句：《禮記·鄉飲酒義》：「讓之三也，象月之三日而成魄也。」釋文：「魄，普百反，《說文》作霸，云月始生魄然也。」《藝文類聚》卷一引《乾鑿度》：「月三日成魄，八日成光。」《趙次公先後解》：「言軍營處處皆見此月，時方與吐蕃交兵。」

十六夜玩月

舊挹金波爽，皆傳玉露秋〔一〕。關山隨地闊，河漢近人流〔二〕。谷口樵歸唱，孤城笛起愁。巴童渾不寢，半夜有行舟。（1094）

【注】

黄鶴注：此詩當是大曆元年（七六六）在夔州作。

〔一〕舊挹二句：金波，見卷一〇《一百五日夜對月》（0492）注。江淹《麗色賦》：「金波照戶，玉露曖天。」《了夜四時歌》：「金風扇素節，玉露凝成霜。」

〔二〕關山二句：《古詩》：「招摇西北馳，天漢東南流。」仇注引秦曰：「夔州地高，去河漢爲近。」

十七夜對月

秋月仍圓夜，江村獨老身。捲簾還照客，倚杖更隨人。光射潛虬動，明翻宿鳥頻〔一〕。茅齋依橘柚，清切露華新。（1095）

【注】

黄鶴注：當是大曆二年（七六七）在瀼西作。

〔一〕光射二句：左思《蜀都賦》：「下高鵠，出潛虬。」謝靈運《登池上樓》：「潛虬媚幽姿，飛鴻響遠音。」

傷秋

村僻來人少①，山長去鳥微。高秋收畫扇②，久客掩荆扉③。懶慢頭時櫛，艱難帶減圍〔一〕。將軍猶汗馬〔二〕，天子尚戎衣。白蔣風飇脆，殷檉曉夜稀〔三〕。何年減豺虎④，似有故園歸。（1096）

【校】

① 村，錢箋作「林」。

② 收畫扇，宋本、錢箋、《草堂》校：「一云藏羽扇。」

③ 荆，錢箋校：「一作柴。」《草堂》作「柴」，校：「一作荆。」

④ 減，錢箋、《草堂》校：「一作滅。」

【注】

黄鶴注：當是大曆二年（七六七）作，蓋其年九月吐蕃寇靈州、邠州，京師戒嚴。

〔一〕艱難句：《梁書·昭明太子傳》：「體素壯，腰帶十圍，至是減削過半。」

〔二〕汗馬：見卷一〇《收京三首》(0506)注。

〔三〕白蔣二句：張衡《南都賦》：「其草則藨苧薠莞，蔣蒲蒹葭。」《文選》李善注：「《説文》曰：蔣，菰蔣也。」《爾雅·釋木》：「檉，河柳。」江淹《草木頌·檉》：「木貴冬榮，檉實寒色。停黛峰頂，插翠石側。碧葉罨藹，頳柯翕艴。方陋筠櫝，遠笑荆棘。」

秋峽

江濤萬古峽，肺氣久衰翁〔一〕。不寐防巴虎，全生狎楚童〔二〕。衣裳垂素髮，門巷落丹楓。常怪商山老①，兼存翊贊功〔三〕。（1097）

【校】

①常，《草堂》作「嘗」。

【注】

黄鶴注：當是大曆二年（七六七）東屯作。

〔一〕江濤二句：卷七《寄薛三郎中據》(0363)：「峽中一卧病，瘧癘終冬春。春復加肺氣，此病蓋

有因。」

〔二〕不寐二句：《莊子・養生主》：「緣督以爲經，可以保身，可以全生。」《趙次公先後解》：「言爲客於外，年老而不敢恃，雖童稚亦狎熟，免其猜忌爲害，乃所以全生也。」

〔三〕常怪二句：商山老，見卷六《昔游》(0288)注。《三國志・蜀書・呂凱傳》：「受遺托孤，翊贊季興。」

秋興八首

玉露凋傷楓樹林，巫山巫峽氣蕭森〔一〕。江間波浪兼天涌，塞上風雲接地陰〔二〕。叢菊兩開他日淚①，孤舟一繫故園心〔三〕。寒衣處處催刀尺，白帝城高急暮砧〔四〕。（1098）

【校】

① 兩，宋本、錢箋、《草堂》校：「一作重。」

【注】

黃鶴注：當是大曆元年(七六六)夔州作，自永泰元年至雲安，及今爲菊兩開也。《九家》趙注：

蓋公於夔州見菊者二年矣。繫於大曆二年（七六七）。

〔一〕玉露二句：李密《淮陽感秋》：「金風蕩秋節，玉露凋晚林。」巫山巫峽，見卷四《古柏行》（0180）注。張協《雜詩》：「溪壑無人跡，荒楚鬱蕭森。」

〔二〕江間二句：《九家》趙注：「夔以白帝城爲塞。」參卷三《貽阮隱居》（0093）注。

〔三〕叢菊二句：朱鶴齡注：「公至夔州已經二秋，時艤舟以俟出峽，故言再見菊開，仍隕他日之淚；孤舟久繫，惟懷故園之心也。」

〔四〕寒衣二句：《古詩爲焦仲卿妻作》：「左手持刀尺，右手執綾羅。」郭泰機《答傅咸》：「衣工秉刀尺，弃我忽若遺。」曹毗《夜聽擣衣》：「纖手疊輕素，朗杵叩鳴砧。」《子夜四時歌》：「佳人理寒服，萬結砧杵勞。」

夔府孤城落日斜，每依南斗望京華①〔一〕。聽猿實下三聲淚，奉使虛隨八月查〔二〕。畫省香爐違伏枕，山樓粉堞隱悲笳〔三〕。請看石上藤蘿月，已映洲前蘆荻花〔四〕。（1099）

【校】

①南，錢箋校：「一作北。」《草堂》作「北」，校：「一作南，非。」

【注】

〔一〕夔府二句：《九家》趙注：「南斗，師民瞻作北斗，蓋長安上直北斗。」《草堂》夢弼注引《春秋説題辭》：「南斗爲吴。」按，駱賓王《從軍中行路難》：「南中南斗映星河，秦川秦塞阻烟波。」蘇味道《使嶺南聞崔馬二御史並拜臺郎》：「遠從南斗外，遥仰列星文。」孫逖《送趙評事攝御史監軍嶺南》：「明年拜真月，南斗使星歸。」南斗亦可泛言南方。此言在南望北。

〔二〕聽猿二句：《水經注》江水：「自三峽七百里中，兩岸連山，略無闕處……每至晴初霜旦，林寒澗肅，常有高猿長嘯，屬引淒異，空谷傳響，哀轉久絶。故漁者歌曰：巴東三峽巫峽長，猿鳴三聲淚沾裳。」八月查，見卷一《送孔巢父謝病歸游江東兼呈李白》(0026)、卷一〇《送翰林張司馬南海勒碑》(0525)注。《九家》趙注：「公屢使爲張騫，蓋承用之熟也。」

〔三〕畫省二句：《初學記》卷一一四引蔡質《漢官典職》：「省中皆以胡粉塗壁，紫素界之，畫古烈士也。」又卷一一引應劭《漢官儀》：「尚書郎入直臺，廨中給女侍史二人，皆選端正妖麗，執香爐香囊燒薰護衣服。」沈佺期《送韋商州弼》：「累年同畫省，四海接文場。」《九家》趙注：「違去畫省香爐者，以伏枕之故也。」「山樓粉堞，指白帝城。」蕭綱《雍州曲·北渚》：「岸陰垂柳葉，平江含粉堞。」曹丕《與吴質書》：「清風夜起，悲笳微吟。」

〔四〕請看二句：范雲《貽何秀才》：「有鷺驚蘋芰，綿蠻弄藤蘿。」《西曲歌·烏夜啼》：「巴陵三江口，蘆荻齊如麻。」

千家山郭靜朝暉，一日江樓坐翠微①〔一〕。信宿漁人還泛泛〔二〕，清秋燕子故飛飛。匡衡抗疏功名薄，劉向傳經心事違〔三〕。同學少年多不賤，五陵衣馬自輕肥〔四〕。（1100）

【校】

① 一日，宋本、錢箋校：「一作百處。」《草堂》作「日日」，校：「一作一日。」

【注】

〔一〕翠微：見卷九《重題鄭氏東亭》（0421）注。

〔二〕信宿：《詩·小雅·九罭》：「公歸不復，於女信宿。」《左傳》莊公三年：「凡師，一宿爲舍，再宿爲信。」

〔三〕匡衡二句：匡衡，見卷六《同元使君舂陵行》（0276）注。《漢書·劉向傳》：「上方精於《詩》、《書》，觀古文，詔向領校中五經秘書。向見《尚書·洪範》箕子爲武王陳五行陰陽休咎之應，向乃集合上古以來歷春秋六國至秦漢符瑞災異之記，推跡行事，連傳禍福，著其占驗，比類相從，各有條目，凡十一篇，號曰《洪範五行傳論》，奏之。天子心知向忠精，故爲鳳兄弟起此論也，然終不能奪王氏權。」《九家》趙注：「功名薄，自言其爲左拾遺時雖有諫諍如匡衡，而緣此帝不加省以出，比之則功名薄也。」錢箋：「公抗疏不減匡衡，而近侍移官，一斥不復，故曰功名薄。若

劉向雖數奏封事不用，而猶居近侍，典校五經，公則白頭幕府，深愧平生，故曰心事違也。」

〔四〕同學二句：五陵，見卷七《錦樹行》(0339)注。《論語・雍也》：「乘肥馬，衣輕裘。」《九家》趙注：「五陵衣馬，言貴公子也。」錢箋：「《七歌》云：長安卿相多少年。所謂同學者，蓋長安卿相也。曰少年，曰輕肥，公之目當時卿相如此。」

聞道長安似弈棋，百年世事不勝悲①〔一〕。王侯第宅皆新主，文武衣冠異昔時〔二〕。直北關山金鼓振，征西車馬羽書遲②〔三〕。魚龍寂寞秋江冷，故國平居有所思〔四〕。(1101)

【校】

① 勝，錢箋校：「一作堪。」《文苑英華》作「堪」。

② 馬，錢箋、《草堂》校：「樊作騎。」《文苑英華》作「騎」，校：「集作馬。」　遲，錢箋、《草堂》校：「一作馳。」《文苑英華》作「馳」。

【注】

〔一〕聞道二句：《左傳》襄公二十五年：「今甯子視君不如弈棋，其何以免乎？弈者舉棋不定，不勝其耦，而況置君而弗定乎？」錢箋：「言謀國者如弈棋之無定算，故貽禍於百年之後，而不勝

其悲也。」王嗣奭《杜臆》：「長安一破於禄山，再亂於朱泚，三陷於吐蕃，如弈棋之迭爲勝負，而百年世事有不勝悲者。」按，朱泚事在此後。

〔二〕王侯二句：《舊唐書·馬璘傳》：「天寶中，貴戚勳家，已務奢靡，而垣屋猶存制度。然衛公李靖家廟，已爲嬖臣楊氏馬厩矣。及安史大亂之後，法度隳弛，内臣戎帥，競務奢豪，亭館第舍，力窮乃止，時謂木妖。」錢箋引此，謂：「王侯第宅，指誤國之人，如林甫、國忠輩也。玄宗寵任蕃將，而肅宗信向中官，俾居朝右，文武衣冠皆異於昔時也。」王嗣奭《杜臆》：「王侯奔竄，第宅皆新主矣。軍功濫進，衣冠異昔時矣。」

〔三〕直北二句：《九家》趙注：「直北關山金鼓振，言夔州之北用兵，乃隴右關輔間也。」王嗣奭《杜臆》：「北憂回紇，西困吐蕃，俱可悲也。」朱鶴齡注：「金鼓、羽書，謂吐蕃頻年入寇。」

〔四〕魚龍二句：《九家》趙注：「夔峽積水之府有魚龍焉。」參《草閣》(1069)注。阮籍《詠懷》：「念我平居時，鬱然思妖姬。」

蓬萊宮闕對南山①，承露金莖霄漢間〔一〕。西望瑤池降王母，東來紫氣滿函關〔二〕。雲移雉尾開宮扇，日繞龍鱗識聖顔〔三〕。一卧滄江驚歲晚，幾回青瑣點朝班②〔四〕？（1102）

【校】

①對，《草堂》校：「一作望。」

②點，錢箋、《草堂》作「照」，校：「一作點。」

【注】

〔一〕蓬萊二句：蓬萊宮，大明宮。見卷一〇《奉和賈至舍人早朝大明宮》(0521)注。承露金莖，見卷六《贈李十五丈別》(0302)注。

〔二〕西望二句：瑤池，見卷一《同諸公登慈恩寺塔》(0023)注。函關，見卷一四《承聞河北諸道節度入朝歡喜口號絶句十二首》(0992)注。錢箋：「天寶元年，田同秀見玄元皇帝降于永昌街，云有靈寶符在函谷關尹喜宅旁，上發使求得之。」「王母、函關，記天寶承平盛事，而荒淫失政，亦略見矣。」

〔三〕雲移二句：雉尾扇，見卷九《喜聞官軍已臨賊寇二十韻》(0495)注。司馬相如《子虛賦》：「衆色炫耀，照爛龍鱗。」揚雄《法言·淵騫》：「攀龍鱗，附鳳翼。」仇注：「雲移，狀障扇之兩開。龍鱗，謂衮衣之龍章。」

〔四〕一卧二句：青瑣，見卷九《奉贈太常張卿二十韻》(0414)注。錢箋：「幾回青瑣，追數其近侍奉引，時日無幾也。」楊慎《丹鉛總録》卷一五引宋樓鑰説：「點與玷同，古詩多用之。束晳《補亡詩》：鮮侔晨葩，莫之點辱。左思《唐林兄弟贊》：二唐潔己，乃點乃污。陸厥《答内兄希叔

詩》：既叨金馬署，復點銅駝門。杜子美詩：幾回青瑣點朝班。正承諸賢用字例也。」朱鶴齡注引此。焦竑《焦氏筆乘》卷四：「若作玷字，不得用幾回字。工建詩：殿前傳點各依班，召對西來八詔鑾。蓋唐人屢用之，亦可證杜詩之不音玷矣。」仇注引此。朱鶴齡注：「此歎長安之洊經喪亂也。金鼓、羽書，謂吐蕃頻年入寇。前三章俱主夔州言，此章以下皆及長安之事。」

瞿唐峽口曲江頭，萬里風烟接素秋〔一〕。花萼夾城通御氣，芙蓉小苑入邊愁〔二〕。朱簾繡柱圍黃鶴，錦纜牙檣起白鷗〔三〕。回首可憐歌舞地，秦中自出帝王州①〔四〕。（1103）

【校】

①出，錢箋、《草堂》作「古」。

【注】

〔一〕瞿唐二句：瞿塘峽，見卷三《龍門閣》(0165)注。曲江，見卷一《九日寄岑參》(0025)注。《初學記》卷三引梁元帝《纂要》：「秋曰白藏……亦曰三秋、九秋、素秋。」

〔二〕花萼二句：《舊唐書·地理志》京師：「南内曰興慶宮，在東内之南隆慶坊，本玄宗在藩時宅也。自東内達南内，有夾城複道，經通化門達南内。人主往來兩宮，人莫知之。宮之西南隅，

有花萼相輝、勤政務本之樓。」芙蓉園，見卷一《樂游園歌》（0030）注。朱鶴齡注謂小苑指宜春苑，宜春苑即曲江。《九家》趙注：「通御氣，則以南内爲主耳。本游幸之地，今乃有邊愁入於其間，以紀吐蕃之亂，嘗陷京師故也。」錢箋：「禄山反報至，上欲巡幸，登興慶宫花萼樓，置酒，四顧悽愴，此所謂入邊愁也。舊箋謂並指吐蕃陷長安，非也。」

〔三〕朱簾二句：《九家》趙注：「上句蓋言繡窠作雙鶴……乃所謂鞠豹盤鳳之類。」錢箋謂鶴通作鵠。朱鶴齡注引《西京雜記》卷一：「始元元年，黄鵠下太液池上。」錦纜、牙檣，見卷九《城西陂泛舟》（0445）注。朱鶴齡注：「言泛舟曲江。」施鴻保謂：「上句芙蓉小苑入邊愁，已説到由盛而衰，不應此二句復説盛時。詩意即承上句，説衰時景象。珠簾繡柱之間但圍黄鵠，錦纜牙檣之處亦起白鷗也。」

〔四〕回首二句：劉希夷《白頭吟》：「但看舊來歌舞地，唯有黄昏鳥雀悲。」《史記·秦始皇本紀》：「吾聞周文王都豐，武王都鎬，豐鎬之間，帝王之都也。」朱鶴齡注：「此歎曲江歌舞之盛，不可復睹也。」

昆明池水漢時功，武帝旌旗在眼中〔一〕。織女機絲虛月夜①，石鯨鱗甲動秋風〔二〕。波漂菰米沉雲黑，露冷蓮房墜粉紅〔三〕。關塞極天唯鳥道，江湖滿地一漁翁〔四〕。（1104）

【校】

①月夜，錢箋校：「一作夜月。」《草堂》作「夜月」。

【注】

〔一〕昆明二句：《史記·平準書》：「是時越欲與漢用船戰逐，仍大修昆明池，列觀環之。治樓船，高十餘丈，旗幟加其上，甚壯。」《西京雜記》卷六：「昆明池中有戈船、樓船各數百艘，樓船上建樓櫓，戈船上建戈矛，四角悉垂幡旄旍葆麾蓋，照灼涯涘。」

〔二〕織女二句：班固《西都賦》：「集乎豫章之宇，臨乎昆明之池。左牽牛而右織女，似雲漢之無涯。」《文選》李善注：「《漢宮闕疏》曰：昆明池有二石人，牽牛織女象。」《西京雜記》卷一：「昆明池刻玉石爲魚，每至雷雨，魚常鳴吼，鬐尾皆動。漢世祭之以祈雨，往往有驗。」

〔三〕波漂二句：菰米，見卷六《行官張望補稻畦水歸》(0283)注。《九家》趙注：「上句言菰之多，其望之長遠黯黯如雲之黑也。」謂杜田以此指茭鬱之黑實者非是。錢箋引《西京賦》「昆明靈沼，黑水玄阯」，謂指水色黑。《爾雅·釋草》：「荷，芙渠。……其實蓮，其根藕，其中的，的中薏。」郭璞注：「蓮謂房也。」朱鶴齡注引楊慎曰：「菰米不收而聽其沈波，蓮房不采而任其墜露。讀二語，兵戈亂離之狀具見矣。」

〔四〕關塞二句：謝脁《暫使下都夜發新林至京邑贈西府同僚》：「風雲有鳥路，江漢限無梁。」《文選》李善注：「《南中八志》曰：交趾郡治龍編縣，白興古鳥道四百里。」李白《蜀道難》：「西當

太白有鳥道，可以横絶峨眉巔。」朱鶴齡注：「此歎昆明荒涼。玄宗窮兵南詔，旋致禍亂。故借漢武以發歎也。織女以下，極狀昆明清秋景物，故國舊君之感，言外悽然。」

昆吾御宿自逶迤，紫閣峰陰入渼陂①〔一〕。香稻啄餘鸚鵡粒②，碧梧栖老鳳凰枝〔二〕。佳人拾翠春相問，仙侣同舟晚更移〔三〕。綵筆昔游干氣象③，白頭吟望苦低垂〔四〕。（1105）

【校】

①渼，宋本作「漢」，據錢箋等改。錢箋校：「晋作漾。」「昆吾」至「渼陂」，錢箋校：「一云紫閣峰陰入漾陂，昆吾御宿自逶迤。」《草堂》校「紫閣」句云：「别本此句在上句之上。」

②香稻，錢箋校：「一作紅稻。一作紅飯。」《草堂》作「紅豆」。餘，錢箋、《草堂》校：「一作殘。」

③游，錢箋校：「一作曾。」《草堂》作「曾」。

【注】

〔一〕昆吾二句：揚雄《羽獵賦》：「武帝廣開上林，東南至宜春、鼎湖，御宿、昆吾。」《文選》注：「晋灼曰：昆吾，地名，上有亭。」李善注：「《三秦記》曰：樊川，一名御宿。」渼陂，見卷一《渼陂行》（0031）注。岑參《因假歸白閣西草堂》：「雷聲傍太白，雨在八九峰。東望白閣雲，半入紫閣

松。」清《陝西通志》卷九鄠縣：「紫閣峰、白閣峰、黄閣峰，俱在縣東南三十里。」

〔二〕香稻一句：沈括《夢溪筆談》卷一四：「此亦語反而意全。韓退之《雪詩》『舞鏡鸞窺沼，行天馬度橋』，亦効此體。然稍牽强，不若前人之語渾成也。」羅大經《鶴林玉露》卷一二：「杜詩有反言之者，如云『久判野鶴如雙鬢』，若正言之，當云雙鬢如野鶴也。又云『黄鵠高於五尺童，化爲白鳧似老翁』，若正言之，當云五尺童時似黄鵠，化爲老翁似白鳧也。他如『紅豆啄殘鸚鵡粒，碧梧栖老鳳凰枝』，亦然。《左氏傳》曰室于怒、市于色，曾南豐曰室于議、塗于歎，皆如此類。」《九家》趙注：「特紀其舊游渼陂之所見，尚餘紅稻在地，乃宮中所供鸚鵡之餘粒。又觀所種之梧，年深即老，却鳳凰所栖之枝。既以紅稻、碧梧爲主，則句法不得不然也。」

〔三〕佳人二句：曹植《洛神賦》：「或采明珠，或拾翠羽。」《後漢書·郭太傳》：「始見河南尹李膺，膺大奇之，遂相友善，於是名震京師。後歸鄉里，衣冠諸儒送至河上，車數千兩。林宗唯與李膺同舟而濟，衆賓望之，以爲神仙焉。」錢箋：「此指游宴渼陂之事也。仙侶同舟，指岑參兄弟也。」其又箋謂此詩亦連躡上章而來，蓋武帝建元中微行數出，廣開上林，昆吾御宿二句正指武帝所開城南故地，言自逶迤者，躡昆明池水言之。

〔四〕綵筆二句：卷九《奉留贈集賢院崔于二學士》(0479)：「氣衝星象表，詞感帝王尊。」錢箋謂即此詩所言。朱鶴齡注引張性曰：「自聞道長安以後五詩，皆以前六句詠長安之事，末乃歎其不得歸也。」

胡震亨《唐音癸籤》卷一〇：「況律詩凡一題數篇者，前後皆有微度脈絡。此《秋興》八首，首咏夔府，二、三從夔府漸入京華，四方概言長安，五、六、七、八又各言長安一景。八首只作一首，若相次相引者。通讀之，始知其命篇之意與一切貫穿映帶之法。未有于中獨摘其第一首及第六首，能悉其妙，可詫爲壓卷者。」

錢箋：「玉露凋傷一章，秋興之發端也。江間塞上，狀其悲壯。叢菊孤舟，寫其悽緊。末二句結上生下，故即以夔府孤城次之。絶塞高城，杪秋薄暮，俄看落日，俄見南斗，爐烟熠而哀猿號，急杵斷而悲笳發。蘿月蘆花，淒清滿眼；蕭辰遥夜，攢簇一時。請看二字，緊映每依南斗。即連上城高暮砧，當句呼應耳。夜夜如此，朝朝亦然；日日如此，信宿亦然。心抱南斗京華之思，身與漁人燕子爲侣。遠則匡衡、劉向之不如，近則同學輕肥之相笑。第三章正申秋興名篇之意，古人所謂文之心也。然每依北斗望京華一句，是三章中吃緊罊節。蕭條歲晚，身事如此；長安棋局，世事如此。企望京華，平居寂寞，故曰百年世事不勝悲也。次下乃重章以申之。蓬萊宫闕一章，思全盛日之長安也。瞿唐峽口一章，思陷没後之長安也。昆明池水一章，思自古帝王之長安也。昆吾御宿一章，思承平昔游之長安也。由瞿唐鳥道之區，指曲江禁近之地。兵塵秋氣，萬里連延，首章即云塞上風雲接地陰也。唐時游幸，莫盛於曲江，故悲陷没則先舉曲江。漢朝形勝，莫壯於昆明，故追隆古則特舉昆明。曰漢時，曰武帝，正尅指自古帝王也。此章蓋感嘆遺跡，企想其妍麗，而自傷遠不得見，乃疊申曲江。末句文

勢了然，今以爲概指喪亂則迂矣。天寶之禍，干戈滿地，營壘俱在國西。及郭令收西京，陳於香積寺北，灃水之東，皆漢上林苑地，在昆明御宿之間。然城南故地，風景無恙，故曰自逶迤也。碧梧紅豆，秋色依然；拾翠同舟，春游如昨。追綵筆於壯盛，感星象於至尊。豈非神游化人，夢回帝所？低垂吟望，至是而秋興之能事畢矣。此詩一事疊爲八章，章雖有八，重重鈎攝，有無量樓閣門在。今人都理會不到，但少分埋會，便恐隨逐穿穴，如鼷鼠入牛角中耳。」

吴喬《圍爐詩話》卷四：「凡讀唐人詩，孤篇須看通篇意，有幾篇者須合看諸篇意，然後作解，庶幾可得作者之意，不可執一二句、一二字輕立論也。《秋興》八首皆是追昔傷今，絕無譏刺。且肅、代時干戈擾攘，日不暇給，何曾有學仙之事？《宿昔》詩之王母是比貴妃，此八首中絕無此意。宋人詩話謂此詩（「蓬萊宫闕對南山」）首句言天子，次句譏學仙，次聯應首句，第三聯應次句，名爲二字貫串格。其胸中無史書時事，固非所責，獨不可於八首中通求作者之意乎？唐人詩被宋人一説便壞，莫如之何。此詩前六句皆是興，結以賦出正意，與《吹笛》篇同體，不可以起承轉合之法求之也。」

趙翼《甌北詩話》卷二：「黄山谷謂少陵夔州以後詩不煩繩削而自合。此蓋因集中有『老去漸于詩律細』一語，而妄以爲愈老愈工也。今觀夔州後詩，惟《秋興》八首及《詠懷古跡》五首細意熨貼，一唱三嘆，意味悠長。其他則意興衰颯，筆亦枯率，無復舊時豪邁沈雄之概。入湖南後，除《岳陽樓》一首外，並少完璧。即《岳麓道林》詩爲當時所推者，究亦不免粗莽。其

他則拙澀者十之七八矣。朱子嘗云：魯直只一時有所見，創爲此論。今人見魯直説好，便都説好，矮人看場耳。斯實杜詩定評也。」

社日兩篇〔一〕

九農成德業①，百祀發光輝〔二〕。報効神如在，馨香舊不違〔三〕。南翁巴曲醉，北雁塞聲微。尚想東方朔，詼諧割肉歸〔四〕。（1106）

【校】

①九農，錢箋校：「一作秋豐。」

【注】

黄鶴注：當是大曆元年（七六六）秋社在夔州作。《趙次公先後解》編入大曆二年（七六七）。

〔一〕社日：顧炎武《日知録》卷六：「《月令》：擇元日，命民社。注：祀社日用甲。據《郊特牲》文：日用甲，用日之始也。……潘尼《皇太子社詩》：孟月涉初旬，吉日惟上酉。則不但用酉，又用孟月。唐武后長壽元年制，更以九月爲社。玄宗開元十八年，詔移社日就千秋節。皆失

古人用甲之義矣。」見卷四《遭田父泥飲美嚴中丞》(0232)注。

〔二〕九農二句：《左傳》昭公十七年：「九扈爲九農正，扈民無淫者也。」杜預注：「扈有九種也。……以九扈爲九農之號，各隨其宜以教民事。」《禮記·檀弓下》：「虞人致百祀之木。」注：「百祀，畿内百縣之祀也。」

〔三〕報効二句：《論語·八佾》：「祭如在，祭神如神在。」《左傳》僖公五年：「神所馮依，將在德矣。若晉取虞而明德以薦馨香，神其吐之乎？」

〔四〕尚想二句：《漢書·東方朔傳》：「伏日，詔賜從官肉。大官丞日晏下來，朔獨拔劍割肉，謂其同官曰：『伏日當蚤歸，請受賜。』即懷肉去。大官奏之，朔入，上曰：『昨賜肉，不待詔，以劍割肉而去之，何也？』朔免冠謝。上曰：『先生起，自責也。』朔再拜曰：『朔來朔來，受賜不待詔，何無禮也。拔劍割肉，一何壯也。割之不多，又何廉也。歸遺細君，又何仁也。』上笑曰：『使先生自責，乃反自譽。』」姚寬《西溪叢語》卷上：「杜甫詩『尚想東方朔，詼諧割肉歸』，社日用伏日事，蘇、黄皆以爲誤也。《史記年表》：秦德公二年，始作伏祠。社乃同日。至漢方有春秋二社，與伏分也。」錢箋引此。按，杜詩本用事之誤，伏祠在六月伏日，非與社同日。姚説非是。

陳平亦分肉，太史竟論功〔一〕。今日江南老，他時渭北童①〔二〕。歡娱看絶塞，涕淚落秋風。鴛鷺回金闕，誰憐病峽中〔三〕。（1107）

【校】

① 北，宋本、錢箋校：「一作水。」

【注】

〔一〕陳平二句：《史記·陳丞相世家》：「里中社，平爲宰，分肉食甚均。父老曰：『善，陳孺子之爲宰。』平曰：『嗟乎，使平得宰天下，亦如是肉矣。』」太史公曰：「陳丞相平少時，本好黄帝、老子之術。方其割肉俎上之時，其意固已遠矣。」

〔二〕今日二句：《趙次公先後解》：「此云江南，亦是夔江之南矣。」「渭北，則咸陽也……公昔有家焉。」

〔三〕鴛鷺二句：鴛鷺，見卷一四《暮春題瀼西新賃草屋五首》（0984）注。仇注：「此時金闕諸臣分肉而歸，又誰憐峽中病客耶。」

秋野五首

秋野日疏蕪①，寒江動碧虛。繫舟蠻井絡②，卜宅楚村墟〔一〕。棗熟從人打③，葵荒欲自鋤④。盤飧老夫食，分減及溪魚⑤〔二〕。（1108）

【校】

①疏，錢箋校：「一作荒。」《草堂》作「荒」，校：「一作疏。」

②絡，錢箋校：「一作路。」

③從，宋本、錢箋、《草堂》校：「一作行。」

④自，宋本、錢箋、《草堂》校：「一作且。」

⑤溪，錢箋校：「一作樵。」

【注】

黄鶴注：當是大曆元年（七六六）在夔州作，是時賃居瀼西。《趙次公先後解》編入大曆二年（七六七）。

〔一〕繫舟二句：左思《蜀都賦》：「遠則岷山之精，上爲井絡。」《文選》劉逵注：「《河圖括地象》曰：岷山之地，上爲井絡。帝爲會昌，神以建福，上爲天井。言岷山之地，上爲東井維絡。岷山之精，上爲天之井星也。」《趙次公先後解》：「著蠻字……夔者楚之附庸，而楚在春秋爲蠻夷也。」

〔二〕盤飧二句：《法苑珠林》卷四九引《百緣經》：「子吝不聽，乃至計食與母，母故分減施佛及僧。」

易識浮生理，難教一物違〔一〕。水深魚極樂，林茂鳥知歸〔二〕。吾老甘貧病，榮華有是非。秋風吹几杖，不厭此山薇①〔三〕。（1109）

【校】

① 此，錢箋校：「一作北。」

【注】

〔一〕易識二句：浮生，見卷一《三川觀水漲》(0043)注。《墨子·親士》：「聖人者，事無辭也，物無違也。」

〔二〕水深二句：《淮南子·説山訓》：「水積而魚聚，木茂而鳥集。」《趙次公先後解》：「一物不可違者何也？水深魚極樂，水淺則魚不樂矣。林茂鳥知歸，林淺則鳥不歸矣。」

〔三〕秋風二句：几杖，見卷七《八哀詩·鄭公虔》(0336)注。《史記·伯夷叔齊列傳》：「隱於首陽山，采薇而食之。」

禮樂攻吾短，山林引興長〔一〕。掉頭紗帽仄，曝背竹書光〔二〕。風落收松子，天寒割蜜房〔三〕。稀疏小紅翠，駐屐近微香。(1110)

【注】

〔一〕禮樂二句：《趙次公先後解》：「禮樂攻吾短，則嵇康所謂禮法之士疾之如讎之意也。」仇注：「攻，治也。」「掉頭二句，言檢身之疏，所謂短於禮樂也。」引《莊子》「禮樂之士敬容」。按，《論

衡・問孔》：「武伯憂親，懿子違禮。攻其短，答武伯云父母唯其疾之憂，對懿子亦宜言唯水火之變乃違禮。」此詩所本，謂禮樂固吾所短，不免遭人指責。仇注釋攻爲治，不確。

〔二〕掉頭二句：掉頭，摇頭。見卷一《送孔巢父謝病歸游江東兼呈李白》(0026)注。《周書・獨孤信傳》：「嘗因獵日暮，馳馬入城，其帽微側。詰旦，而吏民有戴帽者，咸慕信而側帽焉。」《列子・楊朱》：「昔者宋國有田夫，常衣緼黂，僅以過冬。暨春東作，自曝於日，不知天下之有廣廈隩室，綿纊狐貉，顧謂其妻曰：『負日之暄，人莫知者。以獻吾君，將有重賞。』」《趙次公先後解》：「貼以竹書，則所謂竹簡之書，暗用郝隆七月七日曬腹中書事也。」朱鶴齡注：「執書以曝日，故云竹書光。」仇注：「謂書映日光。」趙注意似長。

〔三〕天寒句：左思《蜀都賦》：「丹沙赩熾出其坂，蜜房鬱毓被其阜。」《文選》劉逵注：「巴西漢昌縣，多野蜂蜜蠟。」

遠岸秋沙白，連山晚照紅。潛鱗輸駭浪，歸翼會高風〔一〕。砧響家家發，樵聲箇箇同〔二〕。飛霜任青女，賜被隔南宫〔三〕。（1111）

【注】

〔一〕潛鱗二句：《趙次公先後解》引《淮南子・覽冥訓》「河九折注於海，而流不絶者，崑崙之輸也」，謂是此之輸。朱鶴齡注引《南都賦》「長輸遠逝」，《文選》注：「《廣雅》曰：輸，寫也。」仇注：

「如輸送之輸，是逐浪而去。」按，此當作輸贏之輸，瀉者言水，不可言鱗。輸駭浪與會高風對偶。曹丕《雜詩》：「惜哉時不遇，適與飄風會。」

〔二〕砧響二句：謝惠連《擣衣》：「櫚高砧響發，楹長杵聲哀。」《分門》洙曰：「峽中樵人常唱大昌歌，以弔柳青，每聲闋即呼柳青，然不知所爲也。」

〔三〕飛霜二句：《淮南子·天文訓》：「至秋三月……青女乃出，以降霜雪。」高誘注：「青女，天神。青媄玉女，主霜雪也。」《太平御覽》卷二一五引《漢官儀》：「尚書郎給青縑白綾被，以錦被、帷帳、氈褥、通中枕。」《後漢書·藥崧傳》：「家貧爲郎，常獨直臺上，無被，枕杫，食糟糧。帝每夜入臺，輒見崧，問其故，甚嘉之，自此詔太官賜尚書以下朝夕餐，給帷被皁袍，及侍史二人。」南宮，尚書省。見卷五《別唐十五誡因寄禮部賈侍郎》(0233)注。

身許騏驎畫，年衰鴛鷺羣〔一〕。大江秋易盛，空峽夜多聞。逕隱千重石，帆留一片雲。兒童解蠻語，不必作參軍〔二〕。(1112)

【注】

〔一〕身許二句：騏驎畫，見卷七《荊南兵馬使太常卿趙公大食刀歌》(0310)注。鴛鷺羣，見卷一四《暮春題瀼西新賃草屋五首》(0984)注。

〔二〕兒童二句：《世説新語·排調》：「郝隆爲桓公南蠻參軍。三月三日會，作詩，不能者罰酒三

升。隆初以不能受罰，既飲，攬筆便作一句云：『娵隅躍清池。』桓問：『娵隅是何物？』答曰：『蠻名魚爲娵隅。』桓公曰：『作詩何以作蠻語？』隆曰：『千里投公，始得蠻府參軍，那得不作蠻語也？』」王嗣奭《杜臆》：「尾句亦謔詞，見客巴之久也。」按，不必作參軍，謂辭蜀後無入幕事。

詠懷古跡五首〔一〕

支離東北風塵際，漂泊西南天地間〔二〕。三峽樓臺淹日月，五溪衣服共雲山〔三〕。羯胡事主終無賴〔四〕，詞客哀時且未還。庾信平生最蕭瑟，暮年詩賦動江關〔五〕。（1113）

【注】

黃鶴注：當是大曆元年（七六六）至夔州後作。《趙次公先後解》編入大曆二年（七六七）。

〔一〕朱鶴齡注：「吴本作詠懷一章，古跡四首。」王嗣奭《杜臆》：「五首各一古跡，第一首古跡不曾説明，蓋庾信宅也。借古跡以詠懷，非詠古跡也。」浦起龍云：「此題四字，本兩題也，或同時所作，訛合爲一耳。」「（第一首）詠懷也，與古跡無涉，與下四首亦無關會。……且詩中只言庾信，

不言其宅，而宅又在荊州，公身未到，何得詠及之？」

〔二〕支離二句：支離，見卷七《晚晴》(0345)注。《趙次公先後解》：「上句追言其安禄山之亂時在賊中也。」仇注：「此詩作流離之意。」施鴻保謂：「細玩詩意，疑只就現在説。支離當作離析解，謂幽薊諸鎮逆命，又浙東袁晁之亂方平，餘黨反覆，是東北尚離析於風塵之際，而已則久客西南，浮泊天地間也。」

〔三〕三峽二句：《趙次公先後解》：「樓臺指白帝城之屬。」五溪，見卷七《敬寄族弟唐十八使君》(0353)注。《趙次公先後解》：「五溪蠻夷所歸，馬援所征之地，與夔、施相接，衣服異制，而公歎與之雜歸也。」

〔四〕羯胡：見卷一《白水縣崔少府十九翁高齋三十韻》(0042)注。

〔五〕庾信二句：庾信，見卷一一《戲爲六絶句》(0691)注。庾信《傷心賦》：「對玉關而羈旅，坐長河而暮年。」仇注：「末二句即用其賦語。」王嗣奭《杜臆》：「荊州有庾信宅，江關正指其地。」此江關非指夔州江關，長江關隘均可稱江關。陸倕《以詩代書別後寄贈》：「江關寒事早，夜露傷秋草。心屬姑蘇臺，目送邯鄲道。」皇甫冉《途中送權三兄弟》：「淮海風濤起，江關憂思長。」

搖落深知宋玉悲①，風流儒雅亦吾師〔一〕。悵望千秋一灑淚，蕭條異代不同時。江山故宅空文藻，雲雨荒臺豈夢思〔二〕。最是楚宮俱泯滅〔三〕，舟人指點到今

疑。（1114）

【校】

①玉，宋本、錢箋校：「一作爲主。」

【注】

〔一〕摇落二句：宋玉《九辯》：「悲哉秋之爲氣也，蕭瑟兮草木摇落而變衰。」庾信《枯樹賦》序：「殷仲文風流儒雅，海内知名。」盧思道《北齊興亡論》：「光禄大夫元景，風流儒雅，師範搢紳。」仇注：「宋玉以屈原爲師，杜公又以宋玉爲師，故曰亦吾師。」

〔二〕雲雨句：宋玉宅，見《送李功曹之荆州充鄭侍御判官重贈》（1057）注。雲雨荒臺，見卷六《雨》（0297）注。《趙次公先後解》：「荒臺之雲雨，蓋誠有之，豈是夢思乎。」仇注：「豈夢思，言本無此夢。」按，豈，猶言豈非、豈不，豈夢思即豈非夢思。

〔三〕最是句：最是，正是，尤其是。《晋書·杜預傳》：「臣不勝愚意，竊謂最是今日之實益也。」楚王宫，見卷一四《返照》（1021）注。仇注：「俱泯滅，與故宅俱亡矣。」蕭滌非謂：「俱泯滅，專對楚宫言……反形宋玉故宅，乃如靈光之巋然獨存。」

羣山萬壑赴荆門，生長明妃尚有村〔一〕。一去紫臺連朔漠，獨留青塚向黄

昏〔二〕。畫圖省識春風面，環珮空歸月夜魂〔三〕。千歲琵琶作胡語①，分明怨恨曲中論②〔四〕。歸州有昭君村。（1115）

【校】

①歲，錢箋作「載」，校：「一作歲。」

②怨，錢箋、《草堂》校：「一作愁。」

【注】

〔一〕羣山二句：荆門，見卷三《桔柏渡》（0167）注。白居易《過昭君村》注：「村在歸州東北四十里。」見卷七《負薪行》（0321）注。石崇《王明君詞》序：「王明君者，本是王昭君，以觸文帝諱改焉。」文帝謂司馬昭。

〔二〕一去二句：江淹《恨賦》：「若夫明妃去時，仰天太息。紫臺稍遠，關山無極。」《文選》李善注：「紫臺，猶紫宫也。」《分門》杜曰：「單于既死，子達立，昭君謂達曰：『將爲漢？將爲胡？』曰：『爲胡。』於是昭君服毒而死。單于舉國葬之。胡中多白草，而此冢獨青。前代詞人爲作歌詩以弔之。」蓋據《琴操》。《太平寰宇記》卷三八振武軍金河縣：「青塚在縣西北，漢王昭君葬於此，其上草色常青，故曰青塚。」《遼史·地理志》西京道：「豐州，天德軍……青塚，即王昭君墓。」

〔三〕畫圖二句：見《能畫》(1073)注。《趙次公先後解》謂上句言後人多畫昭君於圖，公白言其在畫圖中得見昭君之美態。朱鶴齡注：「畫圖之面，本非真容，不曰不識，而曰省識，蓋婉詞。」《後漢書・南匈奴傳》漢章帝詔：「老母寡妻設虚祭，飲泣淚，想望歸魂於沙漠之表，豈不哀哉。」

〔四〕千歲二句：石崇《王明君詞》序：「昔公主嫁烏孫，令琵琶馬上作樂，以慰其道路之思。其送明君，亦必爾也。其造新曲，多哀怨之聲。」《樂府古題要解》卷上《昭君怨》：「石崇有妓曰緑珠，善歌舞，以此曲教之，而自製《王明君歌》，其文悲雅，『我本漢家子』是也。」引《琴操》：「昭君恨帝始不見遇，乃作怨思之歌。」《趙次公先後解》：「若於琵琶謂之胡語，則琵琶本胡中之樂。」

蜀主窺吴幸三峽，崩年亦在永安宫〔一〕。翠華想像空山裏①，玉殿虚無野寺中②〔二〕。古廟杉松巢水鶴，歲時伏臘走村翁〔三〕。武侯祠屋常鄰近，一體君臣祭祀同〔四〕。殿今爲寺，廟在宫東。(1116)

【校】

①空，宋本、錢箋、《草堂》校：「一作寒。」

②玉殿虚無野寺中，《草堂》注：「甫自注曰：山有卧龍寺，先主祠在焉。」此僞洙注。

【注】

〔一〕蜀主二句：《三國志·蜀書·先主傳》：「（章武二年六月）陸議大破先主軍於猇亭，將軍馮習、張南皆没。先主自猇亭還秭歸，收合離散兵，遂弃船舫，由步道還魚復，改魚復縣曰永安。」「（三年）夏四月癸巳，先主殂於永安宫。」《水經注》江水：「江水又東逕南鄉峽，東逕永安宫南，劉備終於此，諸葛亮受遺處也。其間平地可二十許里，江山迥闊，入峽所無。城周十餘里，背山面江，頹墉四毁。」陸游《入蜀記》卷六：「夔州，州在山麓沙上，所謂魚復永安宫也。宫今爲州倉，而州治在宫西北，甘夫人墓西南。景德中，轉運使丁謂、薛顔所徙，比白帝頗平曠，然失關險，無復形勢。在瀼之西，故一曰瀼西。」

〔二〕翠華二句：翠華，天子之旗。見卷四《韋諷録事宅觀曹將軍畫馬圖》(0195)注。《方輿勝覽》卷五七夔州路：「蜀先主廟，去奉節縣六里。」《分門》洙曰：「山有卧龍寺，先主祠在焉。」

〔三〕伏臘：見《秋日夔府詠懷奉寄鄭監審李賓客之芳一百韻》(1030)注。

〔四〕武侯二句：夔州武侯祠，見卷一四《諸葛廟》(1016)注。王褒《四子講德論》：「蓋君爲元首，臣爲股肱，明其一體，相待而成。」

諸葛大名垂宇宙，宗臣遺像肅清高〔一〕。三分割據紆籌策，萬古雲霄一羽毛〔二〕。伯仲之間見伊吕，指揮若定失蕭曹〔三〕。福移漢祚難恢復①，志決身殲軍務

勞〔四〕。（1117）

【校】

①福，錢箋校：「一作運。」《草堂》作「運」，校：「一作福。」　難恢復，錢箋校：「一作終難復。」《草堂》作「終難復」，校：「終一作恢。」

【注】

〔一〕諸葛二句：《漢書・蕭何曹參傳》贊：「唯何、參擅功名，位冠群臣，聲施後世，爲一代之宗臣。」遺像，參見本卷《上卿翁請修武侯廟遺像缺落時崔卿權夔州》(1058)。

〔二〕三分二句：諸葛亮《出師表》：「先帝創業未半，而中道崩徂。今天下三分，益州罷弊，此誠危急存亡之秋也。」朱鶴齡注：「言孔明籌策特屈於三分，若其聲名飛揚，卓絶萬古，如雲霄一羽，誰能匹之。公詩有『飛騰戰伐名』，可悟雲霄羽毛之義。焦氏《筆乘》云：言人以三分割據爲孔明功業，不知此乃其所輕爲，正如雲霄間一羽毛耳。說亦通。」仇注引蔣氏曰：「雲霄羽毛，正與清高相應。」引《晉書・陶侃傳》「志凌雲霄」，蕭綱《與劉孝儀令》「威鳳一毛」，以爲焦說非是。酈炎詩：「舒吾陵霄羽，奮此千里足。」乃詩人常喻。

〔三〕伯仲二句：曹丕《典論・論文》：「傅毅之於班固，伯仲之間耳。」張輔《名士優劣論》：「余以爲睹孔明之忠，奸臣立節矣。殆將與伊吕争儔，豈徒樂毅爲伍哉。」《史記・陳丞相世家》：「誠各

去其兩短，襲其兩長，天下指麾則定矣。」《太平御覽》卷六〇三引《後魏書》崔浩與毛循論曰：「夫亮之相劉備，當九州鼎沸之會，英雄奮發之時，君臣相得，魚水爲喻，而不能與曹氏争天下，委弃荆州，退入巴蜀，誘奪劉璋，僞連孫氏，守窮崎嶇之地，僭號邊夷之間，此策之下者。可與趙它爲偶，而以爲管、蕭之亞匹，不亦過乎？」謂陳壽《三國志》貶亮，非爲失實。錢箋：「此詩所以正浩之過論也。」朱鶴齡注：「公此詩以伊吕、蕭曹相提而論，所以伸張輔之説，而抑崔浩之黨陳壽也。」按，《三國志》陳壽言「亮之器能政理，抑管、蕭之亞匹」，此崔浩論所據。錢箋所引本則作「蕭曹亞匹」。《趙次公先後解》：「其指揮初未定也，使其事定，則一掃中原，坐通江右，天下混一，雖蕭何、曹參之功亦隱失矣。」

〔四〕福移二句：鍾會《檄蜀文》：「往者漢祚衰微，率土分崩。」《三國志·蜀書·諸葛亮傳》注引《魏氏春秋》：「亮使至，問其寢食及其事之煩簡，不問戎事。使對曰：『諸葛公夙興夜寐，罰二十以上，皆親攬焉。所啖食不至數升。』宣王曰：『亮將死矣。』」《趙次公先後解》：「所謂志決身殲軍務勞，於此可見。」仇注：「志決身殲，即《出師表》所謂『鞠躬盡瘁，死而後已』者。軍務勞，即《蜀志》所云巨細咸決及南征北伐之類。」

送田四弟將軍將夔州柏中丞命，起居江陵節度陽城郡王衛公幕①〔一〕。

離筵罷多酒，起地發寒塘〔二〕。回首中丞座，馳牋異姓王〔三〕。燕辭楓樹日，雁

度麥城霜〔四〕。空醉山翁酒②，遥憐似葛强〔五〕。（1118）

【校】

① 將夔州柏中丞命起居江陵節度陽城郡王衛公幕，此句錢箋等與前大字連題。錢箋、《草堂》校：「一云夔府送田將軍赴江陵。」

② 空，錢箋校：「晋作定。」

【注】

黄鶴注：當是大曆元年（七六六）秋作。《趙次公先後解》編入大曆二年（七六七）。仇注：衛伯玉封王在大曆二年，此詩亦二年所作。

〔一〕田四弟：名不詳。柏中丞：柏貞節。見卷七《覽柏中允兼子侄數人除官制詞因述父子兄弟四美載歌絲綸》（0308）注。衛公：衛伯玉。見卷七《荆南兵馬使太常卿趙公大食刀歌》（0310）注。起居：問候起居。張九齡有《酬通事舍人寓直見示篇中兼起居陸舍人景獻》。

〔二〕起地句：《趙次公先後解》：「言田將軍所起發之地在夔州之寒塘也。」

〔三〕回首二句：《趙次公先後解》：「御史中丞謂之獨座也。」《後漢書·宣秉傳》：「光武特詔御史中丞與司隷校尉、尚書令會同並專席而坐，故京師號曰三獨坐。」

〔四〕燕辭二句：《趙次公先後解》：「田之行在秋之八月。」《水經注》漳水：「漳水又南逕當陽縣，又

南逕麥城東，王仲宣登其東南隅，臨漳水而賦之曰夾清漳之通浦，倚曲沮之長洲是也。」《輿地紀勝》卷七八荆門軍當陽縣：「麥城，《元和郡縣志》：在當陽縣東五十里。關羽保麥城，在沮、漳二水之間。」

〔五〕空醉二句：山翁，山簡。葛彊，併見卷六《壯游》(0295)注。《趙次公先後解》：「句以山簡比柏中丞，以葛彊比田將軍也。」仇注：「山簡，比衛。葛彊，比田。」

九月一日過孟十二倉曹十四主簿兄弟〔一〕

藜杖侵寒露，蓬門啓曙烟。力稀經樹歇，老困撥書眠。秋覺追隨盡，來因孝友偏〔二〕。清談見滋味，爾輩可忘年〔三〕。(1119)

【注】

黄鶴注：當是大曆二年(七六七)作。

〔一〕孟十二倉曹十四主簿：參見本卷《孟氏》(1084)。

〔二〕秋覺二句：《趙次公先後解》：「自言其所追隨之處已盡，不能再往，即今所來孟氏之家，因重其兄弟孝友偏篤也。」黄生曰：「地一隅曰偏，人一意亦曰偏。言不他往也。」按，詩意即偏因孝

友來。

〔三〕清談二句：《晋書·王衍傳》：「終日清談，而縣務亦理。」鍾嶸《詩品》序：「五言居文詞之要，是衆作之有滋味者也。」《梁書·何遜傳》：「南鄉范雲見其對策，大相稱賞，因結忘年交好。」

過客相尋

窮老真無事，江山已定居。地幽忘盥櫛，客至罷琴書。挂壁移筐果，呼兒問煮魚①〔一〕。時聞繫舟楫，及此問吾廬。（1120）

【校】

①問，錢箋校：「一作闖。」《草堂》作「間」。

【注】

《趙次公先後解》編入大曆二年（七六七）。

〔一〕挂壁二句：《趙次公先後解》：「此篇有兩問字，問煮魚應錯，然不可妄填改也。」黄生曰：「五句趙謂客至乃移，見居室淺陋是也。第要知此亦呼兒爲之，以五字套裝於下句之中。

『次第尋書札，呼兒檢贈詩』，亦此法也。問煮魚，家偶烹鮮，客至即以同享，因呼兒問其熟否耳。」

孟倉曹步趾領新酒醬二物滿器見遺老夫〔一〕

楚岸通秋屐，胡床面夕畦。藉糟分汁滓，甕醬落提攜〔二〕。飯糲添香味，朋來有醉泥〔三〕。理生那免俗〔四〕，方法報山妻。（1121）

【注】

《趙次公先後解》編入大曆二年（七六七）。

〔一〕步趾：陳琳《贈五官中郎將》：「所親一何篤，步趾慰我身。」《文選》李善注：「《左氏傳》：蔿啓强曰：今君親步玉趾。」猶言親臨。

〔二〕藉糟二句：劉伶《酒德頌》：「先生於是方奉罌承槽，銜杯漱醪，奮髯箕踞，枕麴藉糟。」《文選》李善注：「藉，鋪也。……旋復枕麴鋪糟而卧也。」仇注藉作籍，謂乃漉酒之具，無據。汁滓，見卷六《槐葉冷淘》（0282）注。《周禮·天官·膳夫》：「醬用百有二十甕。」仇注：「凡新醬入甕，有時浮溢，故提携而來，常有旁落者。」按，題言「滿器」，故用落字。

〔三〕醉泥：見卷一三《將赴成都草堂途中有作先寄嚴鄭公五首》(0861)注。

〔四〕理生句：《世説新語·任誕》：「仲容以竿挂大布犢鼻褌於中庭。人或怪之，答曰：『不能免俗。』」

課小豎鉏斫舍北果林枝蔓荒穢净訖移床三首①

病枕依茅棟，荒鉏净果林。背堂資僻遠，在野興清深。山雉防求敵，江猿應獨吟〔一〕。洩雲高不去，隱几亦無心〔二〕。(1122)

【校】

① 課小豎鉏斫舍北果林枝蔓荒穢净訖移床三首，錢箋、《草堂》校：「一云秋日閑居三首。」《趙次公先後解》：「舊本三首，後兩篇一本云秋日閑居二首。」

【注】

黄鶴注：當是大曆二年(七六七)在瀼西作。

〔一〕山雉二句：潘岳《射雉賦》：「伊義鳥之應敵，啾擭地以厲響。」《文選》徐爰注：「義鳥，媒也。

爲人致敵，故名曰義媒。見野雉紛紜難中，啾然攫地而鳴，引令來鬭。」仇注：「雉性善鬭，見求敵則防。」《長門賦》：「孔雀集而相存兮，玄猿嘯而長吟。」

〔二〕洩雲二句：左思《魏都賦》：「窮岫泄雲，日月恒翳。」《文選》李善注：「泄，猶出也。」隱几，見卷五《大雨》(0237)注。

衆壑生寒早，長林卷霧齊。青蟲懸就日，朱果落封泥①〔一〕。薄俗防人面②，全身學馬蹄〔二〕。吟詩坐回首③，隨意葛巾低〔三〕。(1123)

【校】

① 封，錢箋校：「一作成。」

② 人，錢箋、《草堂》校：「一作狸。」

③ 坐，錢箋校：「一作重。」《草堂》校：「晋作重。」

【注】

〔一〕朱果句：《趙次公先後解》：「園家愛惜好果，以泥封之。」仇注：「果之隕落者，封埋泥土。」

〔二〕薄俗二句：《趙次公先後解》：「薄俗防人面，使人面獸心之義，蓋言薄俗之可防也。」仇注引《杜臆》：「防人面，恐招尤也。」王嗣奭《杜臆》：「薄俗則唯恐失人之歡，全身則唯率其真性而

已。」《史記・五帝世家》：「以禦螭魅。」集解：「服虔曰：螭魅，人面獸身，四足，好惑人，山林異氣所生，以爲人害。」又《山海經》多載人面獸身、人面鳥身之怪。《莊子・馬蹄》：「馬，蹄可以踐霜雪，毛可以禦風寒，齕草飲水，翹足而陸，此馬之真性也。」黄生云：「上句以人面影獸心，下句以篇題括篇意。」

〔三〕葛巾：見卷八《早發》(0398)注。

籬弱門何向〔一〕，沙虚岸只摧①。日斜魚更食，客散鳥還來。寒水光難定，秋山響易哀。天涯稍曛黑，倚杖更徘徊②。(1124)

【校】

① 只，錢箋、《草堂》校：「一作自。」

② 更，錢箋校：「一作獨。」

【注】

〔一〕籬弱句：《趙次公先後解》：「言籬觸處損壞，門無定向也。」

峽口二首

峽口大江間①，西南控百蠻②〔一〕。城欹連粉堞，岸斷更青山。開闢多天險③，防隅一水關〔二〕。亂離聞鼓角，秋氣動衰顔。（1125）

【校】

①間，《草堂》校：「一作闊。」

②百，《草堂》校：「一作白。」

③多，錢箋校：「一作當。」《草堂》作「當」，校：「一作多。」

【注】

黄鶴注：當是大曆元年（七六六）秋在夔州作。《趙次公先後解》編入大曆二年（七六七）。

〔一〕峽口二句：《趙次公先後解》：「施、黔連五溪之蠻也。」《詩·大雅·韓奕》：「以先祖受命，因時百蠻。」柳䛒《奉和晚日揚子江應教》：「西流控岷蜀，東泛邇蓬瀛。」

〔二〕開闢二句：《趙次公先後解》：「言峽口有鐵鎖爲關防也。」參卷七《後苦寒行二首》（0344）注。

時清關失險，世亂戟如林。去矣英雄事，荒哉割據心〔一〕。蘆花留客晚，楓樹坐猿深。疲苶煩親故〔二〕，諸侯數賜金。主人柏中丞頻分月俸①。（1126）

【校】

①主人柏中丞頻分月俸，宋本無此注，據錢箋、《草堂》補。

【注】

〔一〕去矣二句：卷四《丹青引》（0201）：「英雄割據雖已矣，文彩風流今尚存。」《趙次公先後解》：「公孫述、劉備皆以英雄而割據一隅也。」

〔二〕疲苶句：謝靈運《過始寧墅》：「淄磷謝清曠，疲薾慚貞堅。」《文選》李善注：「《莊子》曰：薾然疲而不知所歸。司馬彪曰：薾，極貌也。」薾同苶。

村雨

雨聲傳兩夜，寒事颯高秋。挈帶看朱紱①，開箱覩黑裘〔一〕。世情只益睡，盜賊敢忘憂。松菊新霑洗，茅齋慰遠游。（1127）

【校】

① 掔，錢箋、《草堂》校：「一作攬。」

【注】

黃鶴注：當是廣德二年（七六四）在草堂作。《趙次公先後解》編入大曆二年（七六七）。

〔一〕掔帶二句：朱紱，見卷九《寄高三十五書記》（0443）注。黃鶴注：「是公得賜緋未久時作。」説似拘。黑貂之裘，見《江上》（1077）注。

寒雨朝行視園樹

柴門雜樹向千株，丹橘黃甘此地無〔一〕。江上今朝寒雨歇，籬中秀色畫屏紆①。桃蹊李逕年雖故②，梔子紅椒艷復殊〔二〕。鎖石藤梢元自落，倚天松骨見來枯③〔三〕。林香出實垂將盡〔四〕，葉蒂辭枝不重蘇④。愛日恩光蒙借貸，清霜殺氣得憂虞〔五〕。衰顏動覓藜床坐⑤〔六〕，緩步仍須竹杖扶。散騎未知雲閣處〔七〕，啼猿僻在楚山隅。（1128）

【校】

①中秀，宋本、錢箋、《草堂》校：「一作邊新。」

②故，錢箋校：「一作古。」《草堂》作「古」。

③倚，錢箋校：「刊作到。」

④辭，錢箋校：「一作離。」《草堂》作「離」。　枝，《草堂》校：「一作柯。」

⑤動，錢箋作「更」，校：「一作動。」

【注】

黄鶴注：詩必作於大曆二年（七六七）冬。

〔一〕丹橘句：《趙次公先後解》：「甘橘自是楚地之所有耳，故曰北地無。」謂「此」字誤。

〔二〕桃蹊二句：《史記·李將軍列傳》：「諺曰：桃李不言，下自成蹊。」《史記·貨殖列傳》：「千畝巵茜。」集解：「徐廣曰：巵音支，鮮支也。」《説文》：「梔，黄木，可染者。」段注：「各本篆文誤作桅。……梔，今之梔子樹，實可染黄。相如賦謂之鮮支。《史記》假巵爲之。」蜀地出椒。陸暢《成都送别費冠卿》：「紅椒花落桂花開，萬里同游俱未回。」《説文》：「茮，茮莍也。」段注：「茮莍蓋古語，猶《詩》之椒聊也。單呼曰茮，參呼曰茮莍、茮聊。《唐風》椒聊之實，毛曰：椒聊，椒也。《釋木》曰：椒，椴，醜莍。椴，大椒。《神農本草經》有蜀椒，又有秦椒。」

〔三〕見來：《趙次公先後解》：「元自、見來之語，皆言其久遠如此矣。」按，見來，現在、現已，來爲語

助詞。《太平廣記》卷三〇六《冉遂》（出《奇事記》）：「爾家翁見來投我，爾當速去。」

〔四〕林香句：庾信《詠畫屏風》：「水影摇蘩竹，林香動落梅。」

〔五〕愛日二句：《左傳》文公七年：「趙衰，冬日之日也。趙盾，夏日之日也。」杜預注：「冬日，可愛。夏日，可畏。」江淹《雜體詩・鮑參軍昭戎行》：「豪士枉尺璧，宵人重恩光。」《禮記・月令》仲秋之月：「殺氣寖盛，陽氣日衰。」

〔六〕衰顔句：庾信《小園賦》：「況乎管寧藜床，雖穿而可坐。」《奉和趙王隱士詩》：「鹿裘披稍裂，藜床坐欲穿。」

〔七〕散騎句：散騎雲閣，見《贈李八秘書别三十韻》（1031）注。

偶題

文章千古事，得失寸心知〔一〕。作者皆殊列，名聲豈浪垂〔二〕。騷人嗟不見，漢道盛於斯〔三〕。前輩飛騰入，餘波綺麗爲〔四〕。後賢兼舊利①，歷代各清規〔五〕。法自儒家有，心從弱歲疲〔六〕。永懷江左逸，多病鄴中奇②〔七〕。騄驥皆良馬，騏驎帶好兒〔八〕。車輪徒已斲，堂構惜仍虧③〔九〕。漫作潛夫論，虚傳幼婦碑④〔一〇〕。緣情慰漂蕩，抱疾屢遷移〔一一〕。經濟慚長策，飛棲假一枝〔一二〕。塵沙傍蜂蠆〔一三〕，江峽

繞蛟螭。蕭瑟唐虞遠，聯翩楚漢危〔一四〕。聖朝兼盜賊〔一五〕，異俗更喧卑。鬱鬱星辰劍，蒼蒼雲雨池〔一六〕。兩都開幕府，萬寓插軍麾⑤〔一七〕。南海殘銅柱，東風避月支⑥〔一八〕。音書恨烏鵲，號怒怪熊羆〔一九〕。稼穡分詩興，柴荆學土宜〔二〇〕。故山迷白閣，秋水憶黃陂⑦〔二一〕。不敢要佳句，愁來賦別離。（1129）

【校】

①利，錢箋作「列」，校：「一云制。一云利。別本作例。」《草堂》校：「一作刊。或作列。別本作例。」

②病，錢箋、《草堂》校：「一作謝。」

③惜，錢箋校：「一作肯。」

④碑，錢箋校：「一作詞。」

⑤寓，錢箋、《草堂》作「寓」。

⑥支，《草堂》校：「或作氏。」

⑦憶，錢箋作「隱」，校：「一作憶。」

【注】

黃鶴注：當是大曆元年（七六六）在夔州作。《趙次公先後解》編入大曆二年（七六七）。

〔一〕文章二句：曹丕《典論・論文》：「蓋文章經國之大業，不朽之盛事。」曹植《與楊德祖書》：「文之佳惡，吾自得之。」

〔二〕作者二句：《趙次公先後解》：「若曰某人能詩，某人能賦，某人能文，是之謂殊列。」陶淵明《感士不遇賦》：「稟神智以藏照，兼三五而垂名。」浪，空，徒然。李白《少年行》：「衣冠半是征戰士，窮儒浪作林泉民。」

〔三〕騷人二句：蕭統《文選序》：「騷人之文，自兹而作。」《趙次公先後解》：「嗟不見，則屈、宋遠矣。」《論語・泰伯》：「唐虞之際，於斯爲盛。」《趙次公先後解》：「亦以言惟漢爲盛，傷今不如也。」仇注：「自蘇、李輩倡爲五言，漢道於斯爲盛。」

〔四〕前輩二句：《文心雕龍・誇飾》：「揚雄《甘泉》，酌其餘波。」劉楨《公宴詩》：「投翰長歎息，綺麗不可忘。」李白《古風》：「自從建安來，綺麗不足珍。」《趙次公先後解》：「文章至於綺麗，乃騷雅之末流矣，故謂之餘波。」

〔五〕後賢二句：張載《贈司隸傅咸》：「猗歟清規，允迪斯沖。」蕭衍《請徵謝朏何胤表》：「清規雅裁，兼擅其美。」《趙次公先後解》：「此言後輩兼取前輩之所利以爲規範，乃公所謂遞相祖述也。」仇注：「兼舊制，取材者廣。各清規，命意特新。」

〔六〕法自二句：《文心雕龍・通變》：「望今制奇，參古定法。」《趙次公先後解》：「此則公自謂也。言文章之法，自是吾儒家者流所有，而吾之用心已自弱冠時疲苦至今也。」仇注引張遠注：「公祖審言以詩名家，故云儒家有，即所謂詩是吾家事也。」

〔七〕永懷二句：《宋書·顔延之傳》：「自潘岳、陸機之後，文士莫及也，江左稱顔、謝焉。」《文心雕龍·才略》：「觀夫後漢才林，可參西京；晋世文苑，足儷鄴都。」《趙次公先後解》：「魏文帝好文，其在鄴也，有七子皆能文……而其間劉楨者多病……多病者指言劉楨，爲鄴中之奇也。公亦多病，故專以自比。」引謝靈運《擬魏太子鄴中集·劉楨》序「文最有氣，所得頗經奇」。

〔八〕騄驥二句：曹丕《典論·論文》：「今之文人，魯國孔融文舉，廣陵陳琳孔璋，山陽王粲仲宣，北海徐幹偉長，陳留阮瑀元瑜，汝南應瑒德槤，東平劉楨公幹，斯七子者於學無所遺，於辭無所假，咸以自騁騏驥於千里，仰齊足而並馳。」《趙次公先後解》：「蓋言文士必有佳子，而自歎其子之文不逮於己也。」王嗣奭《杜臆》：「永懷江左之逸，而不能無病於鄴中之奇。病猶歉也。蓋江左諸公，猶之騄驥，無非良馬。乃曹家父子，如麒麟又帶好兒，此其獨擅之奇也。予之疲心於此，自信車輪已斲，而兒懶失學，堂構仍虧，能如曹家父子乎？雖潛夫有論，幼婦有碑，莫爲繼述，皆虛謾耳。此予所病於鄴中者也。」仇注引胡夏客曰：「麒麟好兒，借用徐陵兒事。」見卷四《徐卿二子歌》(0187)注。

〔九〕車輪二句：《莊子·天道》：「桓公讀書於堂上，輪扁斲輪於堂下……輪扁曰：『臣也以臣之事觀之。斲輪，徐則甘而不固，疾則苦而不入。不徐不疾，得之於手而應於心，口不能言，有數存焉於其間。臣不能以喻臣之子，臣之子亦不能受之於臣，是以行年七十而老斲輪。』」《書·大誥》：「若考作室，既厎法，厥子乃弗肯堂，矧肯構？」傳：「以作室喻治政也。父已至法，子乃不肯爲堂基，況肯構立屋乎？不爲其易，則難者可知。」朱鶴齡注：「言驥子麟兒難得，斲輪雖

巧，肯構無人，我之著作，亦空傳耳。」

〔一〇〕漫作二句：潛夫論，見卷一一《晚晴》（0698）注。《世説新語・捷悟》：「魏武嘗過曹娥碑下，楊修從。碑背上見題作『黄絹幼婦，外孫虀臼』八字，魏武謂修曰：『解不？』答曰：『解。』魏武曰：『卿未可言，待我思之。』行三十里，魏武乃曰：『吾已得。』令修别記所知。修曰：『黄絹，色絲也，於字爲絶。幼婦，少女也，於字爲妙。外孫，女子也，於字爲好。虀臼，受辛也，於字爲辭，所謂絶妙好辭也。』」《趙次公先後解》：「此又歎其文章如此，雖兒子之不逮，而自流傳也。」

〔一一〕緣情二句：陸機《文賦》：「詩緣情而綺靡。」《趙次公先後解》：「蓋公已自緣情慰漂蕩而下，轉入悼己傷時之事矣。」

〔一二〕經濟二句：經濟，見卷八《上水遣懷》（0390）注。《莊子・逍遥游》：「鷦鷯巢於深林，不過一枝。」

〔一三〕蜂蠆：見卷六《除草》（0267）注。

〔一四〕蕭瑟二句：崔琦《四皓頌》：「於是四公退而作歌曰：……唐虞世遠，吾將何歸。」《趙次公先後解》：「蕭瑟唐虞遠，歎治古之復見。聯翩楚漢危，傷戰争之不能安。」

〔一五〕聖朝句：《趙次公先後解》：「聖朝雖聖，而兼有盜賊。」

〔一六〕鬱鬱二句：《趙次公先後解》：「蓋言如劍之埋而未呈，如蛟龍之在池而未出。」星辰劍，用豐城劍事，見卷七《可歎》（0328）注。《三國志・吴書・周瑜傳》：「恐蛟龍得雲雨，終非池中物也。」

〔一七〕兩都二句：兩都皆曾陷兵火。《趙次公先後解》：「則兩都曷嘗不置軍營而開幕府邪？下句

則天下皆用兵矣。」按，時雍王适爲天下兵馬元帥，李光弼、馬璘、王縉先後爲河南副元帥，王縉持節都統河南等諸道節度行營事，郭子儀加關內、河中副元帥，路嗣恭充關內副元帥，此所謂兩都開幕府。

〔一八〕南海二句：銅柱，見卷八《詠懷二首》(0388)注。《史記・匈奴列傳》：「當是之時，東胡彊而月氏盛。」正義：「《括地志》云：涼、甘、肅、延、沙等州地，本月氏國。」《漢書・西域傳》：「大月氏國，治監氏城，去長安萬一千六百里。……本居敦煌、祁連間，至冒頓單于攻破月氏，而老上單于殺月氏，以其頭爲飲器，月氏乃遠去，過大宛，西擊大夏而臣之，都嬀水北爲王庭。」《趙次公先後解》：「上句則在南亦有侵犯者，如廣德二年西原蠻陷邵州，大曆二年桂州山獠反是已。「下句則月支胡在漢爲梗，今以比吐蕃也。」

〔一九〕音書二句：《西京雜記》卷三：「乾鵲噪而行人至。」《趙次公先後解》：「道路阻寒，怒家信之不通。」

〔二〇〕土宜：《左傳》文公六年：「使毋失其土宜。」

〔二一〕故山二句：白閣峰，見卷一《渼陂西南臺》(0032)注。黃陂，皇子陂，見卷九《重過何氏五首》(0460)注。

雨晴

雨時山不改，晴罷峽如新。天路看殊俗，秋江思殺人。有猿揮淚盡，無犬附

書頻①〔一〕。故國愁眉外，長歌欲損神。（1130）

【校】

① 附，《草堂》作「送」。

【注】

黄鶴注：當是大曆元年（七六六）夔州作。《趙次公先後解》編入大曆二年（七六七）。

〔一〕有猿二句：有猿，見《秋興八首》（1099）注。《晋書·陸機傳》：「初，機有駿犬名曰黄耳，甚愛之。既而羈寓京師，久無家問，笑語犬曰：『我家絶無書信，汝能齎書取消息不？』犬摇尾作聲。機乃爲書，以竹筩盛之，而繫其頸。犬尋路南走，遂至其家，得報還洛。其後因以爲常。」

晚晴吴郎見過北舍〔一〕

圃畦新雨潤①，愧子廢鉏來〔二〕。竹杖交頭拄②〔三〕，柴扉掃徑開③。欲栖羣鳥亂，未去小童催。明日重陽酒，相迎自醱醅④〔四〕。（1131）

【校】

①新，宋本、錢箋、《草堂》校：「一作住。」

②拄，宋本作「挂」，據錢箋改。《草堂》作「柱」。

③掃，錢箋作「隔」，校：「一云掃。」

④醱，《草堂》校：「一作撥。」

【注】

黄鶴注：當是大曆元年（七六六）秋作。《趙次公先後解》編入大曆二年（七六七）。

〔一〕吴郎：與卷一四《簡吴郎司法》（1026）、《又呈吴郎》（1027）爲同一人。

〔二〕圃畦二句：周賀《酬吴處士》：「蕩漿期南去，荒園久廢鋤。」然杜詩似謂鋤園已畢。

〔三〕竹杖句：《四分律行事鈔》卷下之三：「凡食家並准僧祇，慎無喧笑及交頭雜説。」此謂兩杖相交。

〔四〕明日二句：《太平御覽》卷三二引《事類賦》：「重陽之日，必以糕酒登高眺迴，爲時宴之游賞，以暢秋志。酒必采茱萸、甘菊以泛之，既醉而還。」庾信《春賦》：「石榴聊泛，蒲桃醱醅。」李白《襄陽歌》：「遥看漢水鴨頭緑，恰似蒲桃初醱醅。」《類編》：「酘謂之醱。」岳珂《愧郯録》卷五：「《禮經》：五齊三酒。今醅酒，其齊冬以二十五日，春秋十五日，夏十日撥醅，瓮而浮蟻涌於面，今謂之撥醅，豈其所謂泛齊耶？接取撥醅，其下齊汁與滓相將，今謂之醅芽，豈其所謂醴齊耶？」沈沈《酒概》卷二：「初熟酒曰醱醋，一曰潑醅。重釀酒曰酘，開酒曰醱醅。」沈自南《藝

林彙考》卷五飲食篇：「《酒爾雅》：……醱，重醞酒也。……醅，未泲之酒也。」

解悶十二首

草閣柴扉星散居〔一〕，浪翻江黑雨飛初。山禽引子哺紅果，溪友得錢留白魚①〔二〕。（1132）

【校】

① 友，宋本、錢箋、《草堂》校：「一作女。」

【注】

黄鶴注：當是大曆元年（七六六）夔州作。《趙次公先後解》編入大曆二年（七六七）。

〔一〕草閣句：庾信《寒園即目》：「寒園星散居，摇落小村墟。」

〔二〕溪友：《趙次公先後解》：「溪女，一作溪友，當以女爲正，蓋公嘗使溪女字，如云負鹽出井此溪女。」

商胡離別下揚州①，憶上西陵故驛樓②〔一〕。爲問淮南米貴賤，老夫乘興欲東流③〔二〕。（1133）

【校】

① 胡，《草堂》校：「一作客。」

② 西，宋本、錢箋、《草堂》校：「一作蘭。」

③ 流，錢箋校：「一作游。」《草堂》作「游」，校：「一作流。」

【注】

〔一〕商胡二句：《舊唐書·蘇瓌傳》：「揚州地當要衝，多富商大賈，珠翠珍怪之産。」《鄧景山傳》：「劉展作亂，引平盧副大使田神功兵馬討賊，神功至揚州，大掠居人資産，鞭笞發掘略盡，商胡大食、波斯等商旅死者數千人。」西陵，錢箋引《水經注》漸江水：「范蠡築城於浙江之濱，言可以固守，謂之固陵，今之西陵也。」按，此與詩言淮南事不合。疑西陵當作蘭陵，指潤州丹陽。《隋書·地理志》：「延陵，舊置南徐州、南東海郡，梁曰蘭陵郡，陳又改爲東海。開皇九年州郡並廢，又廢丹徒縣入焉。十五年置潤州，大業初州廢。」王維《同崔傅答賢弟》：「揚州時有下江兵，蘭陵鎮前吹笛聲。」蔣渙《途次維揚望京口寄白下諸公》：「雲白蘭陵渚，烟青建業岑。」皆以揚州、潤州隔江相對而連言。

〔二〕爲問二句：錢箋引《越絶書》秦皇東游之會稽事。今詩言淮南米，知其説謬。

一辭故國十經秋，每見秋瓜憶故丘①〔一〕。今日南湖采薇蕨②，何人爲覓鄭瓜州③？今鄭監審④〔二〕。（1134）

【校】

① 丘，宋本、錢箋校：「一作侯。」

② 南，錢箋校：「一作東。」《草堂》作「東」。

③ 瓜，宋本、錢箋、《草堂》校：「一作袁。」

④ 鄭監，錢箋等作「鄭秘監」。

【注】

〔一〕每見句：《趙次公先後解》：「長安之東門曰青門，故侯邵平種瓜於此，時號邵平瓜。」見卷二《喜晴》（0077）「東門瓜」注。

〔二〕今日二句：本卷《秋日夔府詠懷奉寄鄭監審李賓客之芳一百韻》（1030）：「東郡時題壁，南湖日扣舷。」參該詩注。薇即蕨，見卷三《積草嶺》（0149）注。錢箋引張禮《游城南記》：「瓜州村在申店潏水之陰。」注：瓜州村與鄭莊相近，鄭莊，虔郊居也。審爲虔之侄，其居必在瓜州村。

所謂每見秋瓜憶故丘也。」按，《游城南記》原文爲「瓜洲村」，朱鶴齡注引錢箋已改，然謂：「州當作洲，與秋瓜憶故丘緊相應。或以大曆中審嘗任袁州刺史，改作袁州，生趣便索然矣。」二人說皆穿鑿。胡震亨《唐音癸籤》卷二二、顧炎武《日知録》卷二七均疑鄭審或曾官隴右之瓜州，然其時間難以確定。

沈范早知何水部，曹劉不待薛郎中〔一〕。獨當省署開文苑，兼泛滄浪學釣翁。

水部郎中據①〔二〕。（1135）

【校】

① 據，錢箋、《九家》作「薛據」。

【注】

〔一〕沈范二句：《梁書·何遜傳》：「南鄉范雲見其對策，大相稱賞，因結忘年交好……沈約亦愛其文，嘗謂遜曰：『吾每讀卿詩，一日三復，猶不能已。』」「還爲安西安成王參軍事，兼尚書水部郎。」曹劉，曹植、劉楨。《趙次公先後解》：「若薛據者，恨不與曹子建、劉楨同時，而言二人不待之也。」薛據，見卷七《寄薛三郎中據》（0363）注。

〔二〕獨當二句：《趙次公先後解》：「末句言薛在省部時已擅文章而開文苑……今在荆南有江湖之

樂。」省署，尚書省各部。姚合《和膳部李郎中秋夕》：「猶分省署直，何日是歸休。」

李陵蘇武是吾師〔一〕，孟子論文更不疑①。一飯未曾留俗客②，數篇今見古人詩。校書郎雲卿③〔二〕。（1136）

【校】

① 李陵蘇武是吾師孟子論文更不疑，錢箋校：「一云第二句作首句。」

② 留，《草堂》作「延」。

③ 雲卿，宋本作「虞卿」，據錢箋改。《九家》、《草堂》作「孟雲卿」。

【注】

〔一〕李陵句：《文選》收李陵、蘇武詩。庾信《哀江南賦》：「李陵之雙鳧永去，蘇武之一雁空飛。」

〔二〕孟雲卿：見卷二《湖城東遇孟雲卿復歸劉顥宅宿宴飲散因爲醉歌》（0081）、卷一〇《酬孟雲卿》（0533）注。

復憶襄陽孟浩然，清詩句句盡堪傳。即今耆舊無新語，漫釣槎頭縮頸鯿①〔一〕。

(1137)

【校】

①頸，錢箋校：「一作項。」《草堂》作「項」，校：「一作頸。」

【注】

〔一〕復憶四句：見卷三《遣興五首》(0122)注。《趙次公先後解》：「言浩然已死，今耆舊之間不能復造新語以言鯿魚，但漫釣之而已。」

陶冶性靈在底物①，新詩改罷自長吟〔一〕。孰知二謝將能事，頗學陰何苦用心②〔二〕。(1138)

【校】

①在，錢箋校：「一作存。」《草堂》作「存」。

②學，錢箋、《草堂》校：「一作覺。」

【注】

〔一〕陶冶二句：《淮南子·俶真訓》：「包裹天地，陶冶萬物。」《顏氏家訓·文章》：「至於陶冶性

靈，從容諷諫，入其滋味，亦樂事也。」《趙次公先後解》：「存底物，言用何物以爲陶冶性靈者，惟有詩而已，故下句曰長吟。」

〔二〕孰知二句：《趙次公先後解》：「孰知者，稔孰之孰……公自言其稔孰知謝靈運、謝惠連。」朱鶴齡注：「二謝，謝靈運、謝朓。」孰知，參卷二《垂老别》(0064)注。鍾嶸《詩品》稱謝惠連爲小謝，後人則以謝靈運、謝朓爲南朝二謝。《陳書・阮卓傳》：「時有武威陰鏗，字子堅，梁左衛將軍子春之子。幼聰慧，五歲能誦詩賦，日千言。及長，博涉史傳，尤善五言詩，爲當時所重。釋褐梁湘東王法曹參軍。」何，何遜。仇注：「將能事，將近其能事。」曹慕樊謂此用《論語・子罕》：「固天縱之將聖，又多能也。」將訓大，唐人習言「將聖多能」。按，能事與用心爲對，曹説不確。卷四《戲題畫山水圖歌》(0178)：「能事不受相促迫，王宰始肯留真跡。」意同此。將能事，謂運用能事。

不見高人王右丞〔一〕，藍田丘壑漫寒藤①。最傳秀句寰區滿，未絶風流相國能。右丞弟，今相國縉〔二〕。(1139)

【校】

① 漫，錢箋校：「陳作蔓。」《草堂》作「蔓」，校：「一作漫。」

【注】

〔一〕王右丞：王維。見卷九《崔氏東山草堂》(0489)注。

〔二〕最傳二句：鍾嶸《詩品》謝朓：「然奇章秀句，往往警遒。」《舊唐書·王縉傳》：「少好學，與兄維早以文翰著名。縉連應草澤及文辭清麗舉，累授侍御史、武部員外。……時兄維陷賊，受僞署，賊平，維付吏議，縉請以己官贖維之罪，特爲減等。……廣德二年，拜黄門侍郎、同平章事。」《王維傳》：「代宗時，縉爲宰相。代宗好文，常謂縉曰：『卿之伯氏，天寶中詩名冠代，朕嘗於諸王座聞其樂章。今有多少文集，卿可進來。』縉曰：『臣兄開元中詩百千餘篇，天寶事後，十不存一。比於中外親故間相與編綴，都得四百餘篇。』翌日上之，帝優詔褒賞。」《唐語林》卷五：「王縉多與人作碑志，有送潤筆者誤致王右丞院。右丞曰：『大作家在那邊。』」

先帝貴妃今寂寞①，荔枝還復入長安〔一〕。炎方每續朱櫻獻，玉座應悲白露團〔二〕。(1140)

【校】

①今，錢箋、《草堂》校：「陳作俱。」

憶過瀘戎摘荔枝，青楓隱映石逶迤〔一〕。京中舊見君顏色①，紅顆酸甜只自知〔二〕。（1141）

【注】

〔一〕荔枝：見卷四《病橘》(0189)注。

〔二〕炎方二句：《九家》杜《補遺》：「《唐史遺事》云：乾元初，明皇幸蜀回，適嶺南進荔枝，上感念楊妃，不覺悲慟追絕，高力士於御座旁設位享之，上稍蘇息。」《趙次公先後解》：「言自楊妃死，今明皇見荔支入貢追念而悲也。」錢箋：「此詩爲蜀貢荔枝而作。謂仙游久閟，時薦未改，自傷流落，不獲與炎方花果共薦寢園，不勝園陵白露清秋草木之悲也。題云解悶者，覩朱櫻之續獻，喜宗廟之再安。《收京》詩云『歸及薦櫻桃』，即此意也。」仇注：「據李綽《歲時記》，櫻桃薦廟，取之內園，不出蜀貢。此特言其夏薦櫻桃，而荔枝繼獻耳。」按，詩意謂炎方所貢荔枝續獻於朱櫻之後。

【校】

① 京中舊見君顏色，錢箋、《草堂》校：「陳作京華應見無顏色。」　君，錢箋作「無」。

【注】

〔一〕憶過二句：見卷一四《宴戎州楊使君東樓》(0929)注。《元和郡縣圖志》卷三二劍南道：「瀘州，瀘川。下府。……西至戎州水路三百一十里，陸路二百四十里。山路險峻或不通。」隱映，見卷六《往在》(0291)注。

〔二〕京中二句：錢箋：「次下三首，檃括張曲江《荔枝賦》而作。……今詩瀘戎一首，言物之以不知爲輕也。賦曰：『亭十里兮莫致，門九重兮曷通。山五嶠兮白雲，江千里兮青楓。』此非所謂有『青楓隱映石逶迤』乎？賦又曰：『何斯美之獨遠，嗟爾命之不逢。每被銷於凡口，罕獲知於貴躬。』非所謂『京華應見無顏色，紅顆酸甜只自知』乎？」

翠瓜碧李沈玉甃①〔一〕，赤梨蒲萄寒露成。可憐先不異枝蔓，此物娟娟長遠生〔二〕。
(1142)

【校】

① 梨，《草堂》作「架」。

【注】

〔一〕甃：見卷一〇《銅瓶》(0598)注。

〔一〕可憐二句：《趙次公先後解》：「此物，應言荔支也。瓜、李、梨、蒲萄，備言一歲之果。言同是果實，可憐先與荔支不異枝蔓，他處所有，而此物長於遠地，娟娟然生，所以歎異荔支之爲物也。」錢箋：「翠瓜一首，言味之以無比而疑也。賦曰：『受精氣於离震，爰負陽以從宜。蒙休和之所播，涉寒暑而匪虧。』肇氣含滋，備四時之氣，非瓜李夏榮、梨萄寒成之可擬也。賦又曰：『沈美李而莫取，浮甘瓜而自退。柿何稱乎梁侯，梨何幸乎張公。』諸果雖枝蔓相同，而荔枝以遠方獨異，固將欲神醴露，不數甘橘，而無比見疑，牽連凡果，不唯妄擬蒲萄，抑且下同瓜李。此可爲歎息也。」

側生野岸及江蒲①〔一〕，不熟丹宮滿玉壺。雲壑布衣鮐背死，勞生重馬翠眉須②〔二〕。（1143）

【校】

① 蒲，錢箋、《草堂》校：「一作浦。」

② 鮐，錢箋、《九家》作「駘」。 生重，錢箋校：「荆作人害。」《草堂》作「人害」。 翠眉須，宋本原作「翠眉疏」，據錢箋、《草堂》等改。

【注】

〔一〕側生句：左思《蜀都賦》：「旁挺龍目，側生荔枝。」張九齡《荔枝賦》：「陋下澤之沮沼，惡層崖之崄巇。彼前志之或妄，何側生之見疵。」《趙次公先後解》：「江蒲，則自戎僰而下以畝爲蒲，今官私契約皆然，因以押韻。師民瞻本作江浦，非是。」錢箋：「《左氏》曰：董澤之蒲，可勝既乎。澤之産蒲明矣。而趙注以畝爲蒲，或又引劉熙《釋名》，以菴爲蒲，皆曲解可笑也。」

〔二〕雲壑二句：《苕溪漁隱叢話》前集卷一〇山谷云：「雲壑布衣，臨武長唐羌上書諫荔支也。見《後漢·和帝紀》。生當作玍，武后改人爲玍，因而誤寫。……翠眉，謂妃子也。」《九家》杜《補遺》：「時布衣賢士不能搜訪馹召，至於老死山谷之間。以貴妃須荔枝之故，反勞人害馬力求於千里之外。」《趙次公先後解》：「唐羌既爲縣令，即非布衣。……鮐背，則老者之狀曰黄髮鮐背。」《書·泰誓》：「播弃犂老。」傳：「鮐背之耇稱老。」《釋名》：「九十曰鮐背。背有鮐文也。」朱鶴齡注：「此章又申上二章意，傷荔支徒側生南裔，不得熟於禁近之地，即有驛致京華者，不過因貴妃一笑之故。此與布衣老死雲壑者何以異哉。」

復愁十二首〔一〕

人烟生處僻①，虎跡過新蹄。野鶻翻窺草②，村船逆上溪。（1144）

【校】

① 生,《草堂》校:「或作遠。」錢箋校:「一云遠處。」

② 鶻,錢箋校:「一作鶴。又作鷂。晋作雉。」《草堂》校:「晋作雉。」

【注】

黃鶴注:當是大曆二年(七六七)在瀼溪作。

〔一〕復愁:《趙次公先後解》:「前題曰解悶,而此題曰復愁,悶既解之以詩矣,而又有可愁之事也。」

釣艇收緡盡,昏鴉接翅稀①〔一〕。月生初學扇,雲細不成衣〔二〕。(1145)

【校】

① 鴉,宋本、錢箋、《草堂》校:「一作鷗。」稀,錢箋作「歸」,校:「吴作稀。」

【注】

〔一〕釣艇二句:《詩·召南·何彼襛矣》:「其釣維何,維絲伊緡。」傳:「緡,綸也。」《趙次公先後解》:「昏鴉接翅稀,變何遜之語。公於『有待至昏鴉』之下自注:何遜云昏鴉接翅歸。然今改一稀字,意義遂與遜詩不同矣。」見卷一八《對雪》(1390)。

〔二〕月生二句：李義府《堂堂》：「鏤月成歌扇，裁雲作舞衣。」

萬國尚防寇，故園今若何？昔歸相識少，早已戰場多〔一〕。（1146）

【注】

〔一〕昔歸二句：朱鶴齡注：「公乾元初嘗歸東都。東都，田園所在。」《趙次公先後解》謂指長安：「豈不以安史亂於前，而吐蕃亂於後邪？」

身覺省郎在①〔一〕，家須農事歸②。年深荒草逕，老恐失柴扉。（1147）

【校】

①身，《草堂》作「須」。

②須，《草堂》作「貧」。

【注】

〔一〕身覺句：《趙次公先後解》：「言覺得省郎之身在也，此牛僧孺所謂見在身矣。」按，身，人自稱。見卷三《前出塞九首》（0126）注。

金絲鏤箭鏃①，皂尾製旗竿②〔一〕。一自風塵起，猶嗟行路難。（1148）

【校】

①鏤，錢箋校：「一作縷。」《草堂》作「縷」，校：「一作鏤。」

②製，錢箋、《草堂》校：「一作掣。」

【注】

〔一〕金絲二句：《分門》洙曰：「金絲箭、皂尾旗，皆胡服也。」《趙次公先後解》：「首兩句蓋貴將之物。」仇注：「箭飾金鏤，旗裝皂尾，賊恃利器以作逆者。」《爾雅·釋器》：「金鏃翦羽謂之鍭。」注：「今之鉀翦是也。」《周書·突厥傳》：「其徵兵發馬，科稅雜畜，輒刻木爲數，並一金鏃箭，蠟封印之，以爲信契。」後唐明宗《賜高麗王敕》：「行竿箭二百隻，貼金一百隻。」《通典》卷一四九《兵·法制》：「大唐衛公李靖兵法曰：諸軍將五旗，各准方色：……皂，北方，水。」易靜《兵要望江南·占鳥》：「必有大軍來擊我，皂旗黄杆引師行。」又注：「如見赤色鳥入軍營，覆將帳幕，以皂旗白竿立帳前三日，厭吉。」是旗幟、旗竿皆有色別。

胡虜何曾盛，干戈不肯休。閭閻聽小子，談話覓封侯①〔一〕。（1149）

【校】

① 話，錢箋校：「一作笑。」《草堂》作「笑」。

【注】

〔一〕閭閻二句：《趙次公先後解》：「此篇公蓋憤生事邀功，濫冒榮寵者矣。……蓋其意在於己身之富貴，所以閭閻小子亦説取封侯耳。」王績《晚年叙志示翟處士正師》：「明經思待詔，學劍覓封侯。」王昌齡《閨怨》：「忽見陌頭楊柳色，悔教夫婿覓封侯。」

貞觀銅牙弩①，開元錦獸張〔一〕。花門小前好②，此物弃沙場〔二〕。（1150）

【校】

① 貞，宋本、《草堂》作「正」，避宋諱。

② 前，宋本、錢箋、《草堂》校：「一作箭。」

【注】

〔一〕貞觀二句：《書·太甲》：「若虞機張。」傳：「機，弩牙也。」《唐六典》卷一六武庫令：「弩之制有七……鈎弦者曰牙，似牙齒也。牙外曰郭，爲牙之規郭也。合名之曰機，言如機之巧也，亦

言如門户樞機，開闔有節也。」《九家》杜《補遺》：「《南越志》云：龍川唐時常有銅弩牙流出，水皆銀黄，雕鏤取之製弩。父老云其地蓋越王弩營也。」《分門》師曰：「錦獸張，射設侯也。」《趙次公先後解》：「所謂錦獸張者，亦弩之物耳。」仇注：「侯畫熊羆，當時或以錦爲之耳。」射侯，見《周禮・夏官・射人》。《玉海》卷一五〇「唐幰弩」：「《儀衛志》：親王鹵簿，幰弩一。一品、二品、四品、萬年令皆有之。《宋志》：漢京兆尹司隸前驅持弓，以射窺者。今制，每弩加箭一，有靫，畫雲氣弓箭。每弓加箭二，有靫，同幰弩。杜甫詩：貞觀銅牙弩，開元錦獸張。」此又似謂箭箙。《周禮・夏官・司弓矢》：「中秋獻矢箙。」注：「箙，盛矢器也，以獸皮爲之。」靫同叉，箭室，即矢箙。李白《北風行》：「别時提劍救邊去，遺此虎紋金鞞靫。中有一雙白羽箭，蜘蛛結網生塵埃。」按，賜弩及箙較近情理，貞觀、開元互文耳。

〔二〕花門二句：《趙次公先後解》：「詳此詩末句，則銅牙弩、錦獸張乃貞觀、開元所以賜蠻夷者。花門回紇恃其有助順討安賊之功，輕小前好，而銅牙弩、錦獸張者弃之於沙場。」朱鶴齡注：「按史，收東京時，郭子儀戰不利，回紇於黄埃中發十餘矢，賊驚顧曰：『回紇至矣。』遂潰。花門小箭好，此一證也。安史之亂，皆借回紇兵收復，中國勁弩反失其長技，公所以歎之。」當以趙注爲是，作小箭者非是。阮瑀《爲曹公作書與孫權》：「無一日而忘前好。」

今日翔麟馬①，先宜駕鼓車〔一〕。無勞問河北，諸將覺榮華②〔二〕。（1151）

【校】

①翔，《草堂》校：「一作祥。」

②覺，宋本校：「一作角。」錢箋校：「一作角。樊作摧。」《草堂》作「角」，校：「一作覺。樊作摧。」

【注】

〔一〕今日二句：《趙次公先後解》引薛倉舒説，引《唐志》、《續通典》，以祥麟爲廐名。《通典》卷一四五「樂」：「今翔麟、鳳苑廐有蹀馬。」《唐詩紀事》卷九「李適」：「初，中宗景龍二年，始於修文館置大學士四人……冬幸新豐，歷白鹿觀，上驪山，賜浴湯池，給香粉蘭澤，從行給翔麟馬。」《唐會要》卷七二《馬》：「貞觀二十一年八月十七日，骨利幹遣使朝貢，獻良馬百匹，其中十匹尤駿。太宗奇之，各爲製名，號曰十驥。……九曰翔麟紫。」《草堂》夢弼注引此。前説較妥。駕鼓車，見卷二《送從弟亞赴安西判官》(0087)注。《趙次公先後解》：「先欲駕鼓車，則公欲息兵休戰矣。」

〔二〕無勞二句：《趙次公先後解》：「言此馬不勞問遺河北，徒使諸將角勝於榮華而已。」朱鶴齡注：「言河北諸將，方以爵上競相雄長，朝廷雖有戰馬，安所用之？時降將羈縻，代宗專事姑息。公度非兵力所制，故此詩云然。」仇注：「郭子儀將略威名，足以懾服降將，今置之閑散，猶祥麟之馬不用於戰陣，而先駕鼓車矣。彼河北諸將，競相角勝榮華，誰復起而問之乎。」按，仍以息戰之説近是。諸家引申過甚。

任轉江淮粟，休添苑囿兵〔一〕。由來貔虎士，不滿鳳皇城〔二〕。（1152）

【注】

〔一〕任轉二句：黃鶴注：「唐自天寶之後，輿地半爲盜區。所賴江湖之地不失，猶得藉以爲國。故史有唐得江淮財，用濟中興之語。」《舊唐書·食貨志》：「洎（劉）晏掌國計，復江淮轉運之制，歲入米數十萬斛以濟關中。代第五琦領鹽務，其法益密。」《劉晏傳》晏遺元載書：「晏自尹京，入爲計相，共五年矣。京師三輔百姓，唯苦税畝傷多。若使江湖米來每年三二十萬，即頓減徭賦，歌舞皇澤，其利一也。東都殘毀，百無一存。若米運流通，則飢人皆附，村落邑廛，從此滋多。受命之日，引海陵之倉以食鞏洛，是計之得者，其利二也。諸將有在邊者，諸戎有侵敗王略者，或聞三江五湖，貢輸紅粒；雲帆桂楫，輸納帝鄉。軍志曰：先聲後實，可以震耀夷夏。其利三也。」朱鶴齡注：「按史，永泰元年，魚朝恩以神策軍屯苑中，公詩所云殿前兵馬也……言禁兵不必添設，但當轉運以實京師。」

〔二〕由來二句：《趙次公先後解》：「秦穆公女吹簫，鳳降其城，因號丹鳳城。其後言京都之城曰鳳城者，承用此也。」「公之意蓋在責天下勤王而已，不在長安之多兵也。」沈佺期《昆明池侍宴應制》：「春仗過鯨沼，雲旗出鳳城。」朱鶴齡注：「末二句即天子有道、守在四夷之意。代宗寵任朝恩，由是宦官典兵，卒以亡唐。公此詩所諷，豈徒爲冗兵慮哉。」

江上亦秋色，火雲終不移。巫山猶錦樹〔一〕，南國且黃鸝。（1153）

【注】

〔一〕錦樹：《趙次公先後解》：「樹變青而丹，謂之錦樹。」卷七有《錦樹行》（0339）。

每恨陶彭澤，無錢對菊花〔一〕。如今九日至，自覺酒須賒〔二〕。（1154）

【注】

〔一〕每恨二句：《藝文類聚》卷四引《續晋陽秋》：「陶潛嘗九月九日無酒，宅邊菊叢中摘菊盈把，坐其側久，望見白衣至，乃王弘送酒也，即便就酌，醉而後歸。」

〔二〕自覺句：卷一一《遣意二首》（0663）：「鄰人有美酒，稚子夜能賒。」

病減詩仍拙，吟多意有餘。莫看江總老，猶被賞時魚〔一〕。（1155）

【注】

〔一〕莫看二句：江總，見卷一〇《晚行口號》（0502）注。《趙次公先後解》：「魚應是魚袋之魚。」參卷九《陪鄭廣文游何將軍山林十首》（0453）、卷一三《春日江村五首》（0896）注。朱鶴齡注：

「言我雖老，若江總猶有銀魚之賜，則流落亦未足爲恨也。」

諸將五首

漢朝陵墓對南山，胡虜千秋尚入關〔一〕。昨日玉魚蒙葬地，早時金盌出人間〔二〕。見愁汗馬西戎逼，曾閃朱旗北斗閑①〔三〕。多少材官守涇渭，將軍且莫破愁顔〔四〕。（1156）

【校】

①閑，錢箋作「殷」。

【注】

黄鶴注：當是嚴武死後作，乃是永泰元年（七六五）秋在雲安作。《趙次公先後解》編在大曆元年（七六六）。

〔一〕漢朝二句：南山，終南山。見卷一《九日寄岑參》（0025）注。錢箋：「此詩指漢朝陵墓，以喻唐也。宫闕陵墓，並對南山，有充奉屯衛之盛，而不能禁胡虜之人，故曰千秋尚入關也。禄山作

逆，繼以吐蕃，焚毀未已，駸駸有發掘之虞。」朱鶴齡注：「關，潼關也。禄山入長安，諸陵必遭焚毀。公不忍斥言，故託之漢朝陵墓耳。」按，《舊唐書·代宗紀》：「（永泰元年二月）戊寅，党項羌寇富平，焚定陵寢殿。」詩或因此而發。《資治通鑑》廣德元年十月太常博士柳伉上疏謂：「犬戎犯關度隴，不血刃而入京師，劫宫闈，焚陵寢。」蓋誇言，非實録。朱注更屬想當然。錢箋謂有發掘之虞，較有分寸。關，蕭滌非謂指蕭關。

〔二〕昨日二句：《分門》洙曰：「《西京雜記》（錢箋作「韋述西京新記」，當是《兩京新記》）：長安大明宫宣政殿，此殿初就，每夜見數騎衣鮮麗，游往其間。高宗使巫祝劉明奴、王湛然問其所由，鬼云：『我是漢楚王戊太子，死葬於此。』明奴等曰：『按《漢書》，戊與七國反，誅死無後。焉得其子葬於此？』鬼曰：『我當時入朝，以路遠不從坐。後病死，天子於此葬我。《漢書》自有遺誤耳。』明奴因宣詔與改葬，鬼喜曰：『我昔日亦是近屬豪貴，今在天子宫内，出入不安，改卜極爲幸甚。今在殿東北入地丈餘，我死時天子斂我玉魚一雙，今猶未朽。必以此相送，勿見奪也。』明奴以事奏聞，有勑改葬苑外。及發掘，玉魚宛然見在。棺槨之屬，朽爛已盡。自是其事遂絶。」《漢武故事》：「居歲餘，鄠縣又有一人於市貨玉杯，吏疑其御物，欲捕之，因忽不見。縣送其器，推問又茂陵中物也。（霍）光自呼吏問之，説市人形貌如先帝。光於是默然，乃赦前所繫者。」《九家》杜《補遺》：「沈炯字初明，爲魏所虜，嘗獨行經漢武通天臺，爲表奏之，陳己思鄉之意。其略曰：甲帳珠簾，一朝零落；茂陵玉盌，遂出人間。竊詳是詩，首句云漢朝陵墓對南山，即盌出人間，乃茂陵事也，但金、玉字異爾。元注（洙注）引盧充金盌事，恐不類。」胡應麟

《詩藪》外編卷四：「説者謂杜本用茂陵玉碗遂出人間語，以上有玉魚字，遂易作金碗。或謂盧充幽婚，自有金碗事，杜不應竄易原文。然單主盧充，又落汗漫。二説迄今紛拏。不知杜蓋以金碗字入玉碗語，一句中事詞串用，兩無痕跡。如《伯夷傳》雜取經子，熔液成文，正此老爐錘妙處。」顧炎武《日知録》卷二一「詩人改古事」：「李太白《行路難》詩：華亭鶴唳詎可聞，上蔡蒼鷹安足道。杜子美《諸將》詩：昨日玉魚蒙葬地，早時金碗出人間。改黄犬爲蒼鷹，改玉碗爲金碗，亦同此病。」

〔三〕見愁二句：《分門》洙曰：「子美父名閑。集中兩處用閑字，皆非是。」《趙次公先後解》：「諸將所以汗馬者，以西戎之逼也。然閃朱旗於北斗城中，而翻閑暇焉，則以不措意於勤王，及犬戎之既去爲不及事也。蔡伯世本改北斗殷，師民瞻本改作北斗間，蓋皆牽於杜公父名閑，必不使閑字，而以意改耳。……朱旗之閃何至殷北斗乎？若北斗間，則間字語弱，別無含蓄之意。……今所云北斗閑，皆臨文不諱。如韓退之父名卿，而退之豈不使卿字邪？」《文苑英華辨證》卷八：「又有避家諱者，如杜甫《宴王使君宅》諱『留歡上夜關』。世謂子美不避家諱，詩中兩押閑字。麻沙傳孫氏覿《杜詩押韻》作卜夜閑、北斗閑，今《文苑》元本亦作卜夜閑，其實皆非也。或改作夜闌，又不在韻。按卞氏圜集注杜詩及別本，自是『留歡上夜關』。蓋有投轄之意。上字誤爲卜字，關字訛爲閑字耳。北斗閑者，《漢書》有『朱旗絳天』，今子美《諸將》七言詩既云『曾閃朱旗北斗閑』，則是因朱旗絳天，閃見斗亦赤，本是殷字，於顔切，紅色也。後本殷周之殷，於今切，盛貌。修書時宣宗諱殷正緊，音雖不同，字則一體，或改作閑。今既祧不諱，則是殷

字何疑。」朱鶴齡注：「《左傳》：三辰旂旗。疏云畫北斗七星。……此詩北斗殷，當以旗言之。」

〔四〕多少二句：《漢書・高帝紀》：「乃發上郡、北地、隴西車騎，巴蜀材官及中尉卒三萬人。」注：「應劭曰：材官，有材力者。張晏曰：材官，騎士。習射御騎馳戰陳。」《趙次公先後解》：「此言費材官以守涇渭之水，則深防寇賊之禍，爲將軍者且莫破愁顔而爲樂也。」朱鶴齡注：「禄山之禍未已，吐蕃又屢告警急，曾不思朱旗閃斗，軍容何盛，而但任其深入内地，涇渭戒嚴，爾諸將獨不憂及陵墓耶？」

韓公本意築三城，擬絶天驕拔漢旌〔一〕。豈謂盡煩回紇馬，翻然遠救朔方兵〔二〕。胡來不覺潼關隘，龍起猶聞晋水清〔三〕。獨使至尊憂社稷，諸君何以答升平〔四〕？（1157）

【注】

〔一〕韓公二句：張仁愿封韓國公。《舊唐書・張仁愿傳》：「先，朔方軍北與突厥以河爲界，河北岸有拂雲神祠。突厥將入寇，必先詣祠祭酹求福，因牧馬料兵而後渡河。時突厥默啜盡衆西擊突騎施娑葛，仁愿請乘虚奪取漠南之地，於河北築三受降城，首尾相應，以絶其南寇之路。……六旬而三城俱就。以拂雲祠爲中城，與東西兩城相去各四百餘里，皆據津濟，遥相應

接，北拓地三百餘里，於牛頭朝那山北置烽候一千八百所。自是突厥不得度山放牧，朔方無復寇掠，減鎮兵數萬人。」天驕，見卷二《留花門》(0068)注。

〔二〕豈謂二句：錢箋：「汾陽以朔方孤軍收復兩都，皆賴回紇助順之力，故曰豈謂盡煩回紇馬也。」參《留花門》注。朔方兵，見卷二《洗兵馬》(0090)注。

〔三〕胡來二句：潼關隘，《趙次公先後解》謂指哥舒翰失守。錢箋謂指廣德元年吐蕃入寇，代宗幸陝，恐吐蕃東出潼關，徵子儀詣行在。朱鶴齡注引《杜詩博議》謂指回紇爲僕固懷恩所誘，連兵入寇，「潼關設險，本以控制山東，而今朔方失守，胡騎反從西北蹂躪三輔，則潼關之險失矣」。仇注：「果如其説，何不云蕭關、散關乎？」浦起龍云：「舊謂安賊，最是。蓋安賊自東來，故言潼關。」玄宗《并州置北都制》：「我國家以神武聖德，應天受命，龍躍晋水，鳳翔太原。」一行《起義堂頌序》：「我高祖感之，乃龍躍晋水，鳳翔太原。」《册府元龜》卷二一《帝王部·徵應》：「(高祖)次龍門縣，河水變清。」《舊唐書·五行志》載乾元二年七月，嵐州合河關黄河水，四十里間清如井水。仇注引趙次公注，謂此龍起晋水清之一證也。《趙次公先後解》：「肅宗龍飛，而晋水復清矣。」仇注：「詩蓋以祖宗之起兵晋陽，比廣平之興復京師。廣平王即代宗，故下文接以至尊。」按，諸説解「胡來」句皆嫌與前後文意不順，此「胡」承上文，當即指回紇。其助唐軍收長安，復過潼關收洛陽，此所謂不覺關隘。因其助順功著，故有肅宗龍起，唐室再造。如此方文意順暢。

〔四〕獨使二句：朱鶴齡注：「此責諸將之借助於回紇也。自回紇助順，肅宗之復兩京，雍王之討朝

義，皆用回紇兵力，卒之恃功侵擾，反合吐蕃入寇。公故追感晉陽起義之盛，而歎諸將之不能爲天子分憂也。……所以勉子儀者至矣。」錢箋：「有言末章二句，屬勸勉汾陽之詞。汾陽自相州罷歸，部曲離散，承詔日麾下才數十騎，僅免於朝恩、元振父口呰嚙。少陵於此時惜之可也，訟之可也，又何庸執三寸之管，把其短長乎？」

洛陽宮殿化爲烽，休道秦關百二重〔一〕。滄海未全歸禹貢，薊門何處盡堯封〔二〕？朝廷衮職雖多預①，天下軍儲不自供〔三〕。稍喜臨邊王相國，肯銷金甲事春農〔四〕。（1158）

【校】

①庭，錢箋作「廷」。　雖多預，錢箋校：「一作誰爭補。」《九家》、《草堂》作「誰爭補」，《草堂》校：「一作雖多預，非是。」

【注】

〔一〕洛陽二句：曹植《送應氏》：「洛陽何寂寞，宮室盡燒焚。」《趙次公先後解》：「謂舉烽燧於殿上。」《史記·高祖本紀》：「秦，形勝之國，帶河山之險，縣隔千里，持戟百萬，秦得百二焉。」集解：「應劭曰：……得天下之利百二也。」「蘇林曰：得百中之二焉。秦地險固，二萬人足當諸

侯百萬人也。」

〔二〕滄海二句：《趙次公先後解》：「滄海，指言山東。薊門，指言河北。」《書・禹貢》：「禹別九州，任土作貢。」堯封，見《夔府書懷四十韻》(1056)注。朱鶴齡注：「滄海、薊門，即河北幽瀛等州。時節度使李懷仙等收安史餘黨，相與蟠據其地。」

〔三〕朝庭二句：《詩・大雅・烝民》：「衮職有闕，維仲山甫補之。」朱鶴齡注：「補衮，宰相之職。唐諸道節度，多加中書令、平章事，兼領内銜，所謂衮職雖多預也。府兵法壞，兵農遂分，天下軍須皆仰給饋餉，而不自食其地，所謂軍儲不自供也。」仇注引顧注：「衮職誰補，言相皆出將。儲不自供，言兵弗知農。」

〔四〕稍喜二句：《舊唐書・代宗紀》：「(廣德二年)八月丁卯，宰臣王縉爲侍中，持節都統河南、淮西、淮南、山南東道節度行營事。……癸巳，王縉兼領東京留守。」錢箋引王縉請減諸道軍資錢四十萬貫修洛陽宫，在永泰元年十一月。然其事與事春農無關。朱鶴齡注：「此責諸將坐視河北淪弃，不修屯營之制，而猶有取於王相國。曰稍喜者，亦不滿之辭。」仇注引顧注：「當時李抱真爲潞澤節度使，籍民，免其租税，給弓矢，使農隙講武。既不廢朝廷廪給，而府庫亦充實。郭子儀以河中乏食，自耕百畝，將士效之，皆不勸而耕。此即軍儲之能自供者。詩但舉王縉而不及李、郭，時縉爲河南副元帥，特就河北諸帥而較論之耳。」按，李抱真事當在大曆十二年後。

回首扶桑銅柱標，冥冥氛祲未全銷①〔一〕。越裳翡翠無消息，南海明珠久寂

寥〔二〕。殊錫曾爲大司馬，總戎皆插侍中貂〔三〕。炎風朔雪天王地，只在忠臣翊聖朝②〔四〕。（1159）

【校】

① 未，錢箋、《草堂》校：「一作不。」

② 臣，錢箋、《草堂》校：「陳作良。」

【注】

〔一〕回首二句：扶桑，見卷六《壯游》(0295)注。銅柱，見卷八《詠懷二首》(0388)注。《趙次公先後解》：「扶桑以言王國之東，銅柱以言王國之南。」楊倫云：「此扶桑字特借指南海。」氛祲，見卷七《久雨期王將軍不至》(0318)注。

〔二〕越裳二句：《漢書·平帝紀》：「元始元年春正月，越裳氏重譯獻白雉一、黑雉二。」注：「師古曰：越裳，南方遠國也。」《通典》卷一八八「邊防」：「林邑國，秦象郡林邑縣地。漢爲象林縣，屬日南郡。古越裳之界也。在交趾南海，行三千里。其地縱廣可六百里，去日南界四百餘里。其南水步道二百餘里，有西屠夷，亦稱王焉。馬援所植兩銅柱，表漢界處也。」南海明珠，見卷六《自平》(0266)注。

〔三〕殊錫二句：《宋書·武帝紀》：「敬授殊錫，光啓疆宇。」總戎，見《夔府書懷四十韻》(1056)注。

《後漢書・輿服志》：「侍中、中常侍加黄金璫，附蟬爲文，貂尾爲飾。」《唐六典》卷八門下省：「左散騎與侍中左貂，右散騎與中書令右貂，謂之八貂。」錢箋：「此深戒朝廷不當使中官出將也。……李輔國以中官拜大司馬，所謂殊錫也。魚朝恩等以中官爲觀軍容使，所謂總戎也。」仇注引澤州陳冢宰曰力辨其非：「大司馬者，應指副元帥、都統、節度使、都督府、都護等官，專征伐之柄者言……總戎皆插侍中貂，當指節度使而帶宰相之銜者。」按，《唐六典》卷一三公：「太尉一人，正一品。……武帝元狩四年，置大司馬，當太尉之職。」大司馬指唐之太尉，此則概言檢校三公者。陳氏所言稍寬。李輔國判元帥行軍司馬，非拜大司馬。侍中爲門下省長官。李光弼、王縉、李懷仙曾兼侍中，李光弼、郭子儀進位太尉。諸節鎮檢校三公、同中書門下平章事者爲常。

〔四〕炎風二句：《禮記・曲禮下》：「君天下，曰天子。……臨諸侯，畛於鬼神，曰天王某甫。」朱鶴齡注：「此因南荒不靖，責諸將名位益崇，不思銷氛祲以報聖朝也。」

錦江春色逐人來，巫峽清秋萬壑哀。正憶往時嚴僕射，共迎中使望鄉臺〔一〕。
主恩前後三持節，軍令分明數舉杯。西蜀地形天下險，安危須仗出羣材〔二〕。

（1160）

【注】

〔一〕正憶二句：嚴僕射，嚴武。見卷七《八哀詩・嚴公武》(0332)注。望鄉臺，見卷一一《雲山》(0631)注。

〔二〕西蜀二句：錢箋：「此言蜀中將帥也。崔旰殺郭英乂，柏茂琳、李昌巙、楊子琳舉兵討旰，蜀中大亂。杜鴻漸受命鎮蜀，畏旰，數薦之於朝，請以節制讓旰。……如武者真出羣之材，可以當安危之寄，而今之非其人，居可知也。」

九日五首①

重陽獨酌杯中酒②，抱病起登江上臺③。竹葉於人既無分，菊花從此不須開〔一〕。殊方日落玄猿哭，舊國霜前白雁來〔二〕。弟妹蕭條各何往，干戈衰謝兩相催。(1161)

【校】

①九日五首，宋本、錢箋題下注：「闕一首。」《趙次公先後解》以《登高》「風急天高」一首補之。

②獨酌，錢箋、《九家》、《草堂》校：「一云少飲。」

③豈，宋本校：「一云起。」錢箋、《草堂》作「起」，校：「一作獨。又作起。」

【注】

黃鶴注：當是大曆二年（七六七）在夔州作，是年九月吐蕃寇邠州、靈州，京師戒嚴。《趙次公先後解》編入大曆元年（七六六）。

〔一〕竹葉二句：張協《七命》：「乃有荆南烏程、豫北竹葉，浮蟻星沸，飛華蓱接。」《文選》李善注：「張華《輕薄篇》曰：『蒼梧竹葉清，宜城九醖酒。』」庾信《春日離合詩》：「三春竹葉酒，一曲鵾雞絃。」《荆楚歲時記》九月九日：「今北人亦重此節。佩茱萸，食餌，飲菊花酒，云令人長壽。」

〔二〕殊方二句：庾信《擬連珠》：「是以烏江艤楫，知無路可歸；白雁抱書，定無家可寄。」沈括《夢溪筆談》卷二四：「北方有白雁，似雁而小，色白，秋深則來。白雁至則霜降，河北人謂之霜信。杜甫詩云故國霜前白雁來，即此也。」

舊日重陽日，傳杯不放杯〔一〕。即今蓬鬢改，但愧菊花開。北闕心長戀，西江首獨回。茱萸賜朝士①，難得一枝來。（1162）

【校】

①茱萸，錢箋校：「晉作萸房。」《草堂》校：「晉作萸芳。」

【注】

〔一〕舊日二句：《太平廣記》卷七一《葛玄》（出《神仙傳》）：「玄爲客致酒，無人傳杯，杯自至人前，或飲不盡，杯亦不去。」《唐摭言》卷一三：「偶於知聞處見干，與之傳杯酌。」上官昭容《九月九日上幸慈恩寺登浮圖群臣上菊花壽酒》：「却邪萸入佩，獻壽菊傳杯。」王嗣奭《杜臆》：「見古人只用一杯，諸客傳飲，非若今人各自一杯也。」

舊與蘇司業，兼隨鄭廣文〔一〕。采花香泛泛①，坐客醉紛紛。野樹歌還倚②，秋砧醒却聞。歡娱兩冥莫③，西北有孤雲〔二〕。（1163）

【校】

① 泛泛，錢箋、《草堂》校：「一云簇簇。一云漠漠。」

② 歌，錢箋校：「一作欹。」《草堂》作「欹」。

③ 莫，《九家》、《草堂》作「漠」。

【注】

〔一〕舊與二句：見卷一《戲簡鄭廣文虔兼呈蘇司業源明》（0033）注。

〔二〕西北句：曹丕《雜詩》：「西北有浮雲，亭亭如車蓋。」《趙次公先後解》：「義則懷望長安也。」

故里樊川菊，登高素滻源〔一〕。他時一笑後①，今日幾人存？巫峽蟠江路②，終南對國門。繫舟身萬里，伏枕淚雙痕。爲客裁烏帽，從兒具緑樽〔二〕。佳辰對羣盜③，愁絶更堪論④。（1164）

【校】

① 笑，錢箋校：「荆作醉。」《草堂》校：「王作醉。」

② 蟠，《草堂》作「盤」。

③ 對，宋本、錢箋、《草堂》校：「一作帶。」

④ 堪，錢箋作「誰」，校：「吴作堪。」

【注】

〔一〕故里二句：《長安志》卷一一萬年縣：「樊川，一名後寬川。在縣南三十五里。《十道志》曰：其地即杜陵之樊鄉，漢高祖至櫟陽，以將軍樊噲灌廢丘功，乃賜噲食邑於此，故曰樊川。《三秦記》曰：長安正南秦嶺，嶺根水流爲秦川，一名樊川。」素滻，見卷一《苦雨奉寄隴西公兼呈王徵士》（0022）注。

〔二〕爲客二句：烏帽，見卷五《相從歌》（0248）注。仇注：「暗用孟嘉事，亦兼用管寧皂帽家居事。」沈約《酬謝宣城朓》：「賓至下塵榻，憂來命緑樽。」《文選》張協《七命》李善注引盛弘之《荆州

記》：「渌水出豫章康樂縣，其烏程鄉，有酒官，取水爲酒，酒極甘美，與湘東酃湖酒，年常獻之，世稱酃渌酒。」

九日諸人集于林①

九日明朝是，相要舊俗非〔一〕。老翁難早出，賢客幸知歸。舊采黄花賸，新梳白髮微。漫看年少樂，忍淚已霑衣。（1165）

【校】

①九日，錢箋校：「一云日高。一云登高。」

【注】

黄鶴注：梁權道編在大曆元年（七六六）。

〔一〕九日二句：《分門》洙曰：「非昔日游賞之地也。」盧元昌曰：「舊俗，九日登山飲酒，以免災厄。集諸人於林，亦似登山飲酒，而非如舊俗之免災厄。」仇注：「九日之期，明朝猶是，而相邀之地，舊俗已非……集乃公會，是他人相約，而公先作詩以告之，蓋因老年難於早出，故預道其意也。」

杜工部集卷第十六

近體詩一百三十二首居夔州作

宗武生日〔一〕

小子何時見，高秋此日生〔二〕。自從都邑語〔三〕，已伴老夫名①。詩是吾家事，人傳世上情。熟精文選理，休覓綵衣輕〔四〕。凋瘵筵初秩，欹斜坐不成〔五〕。流霞分片片②，涓滴就徐傾〔六〕。宗武小名驥子。曾有詩：驥子好男兒。（1166）

【校】

① 伴，錢箋、《草堂》校：「一作律。」

②分，錢箋校：「一作飛。」《草堂》作「飛」，校：「一作分。」　片片，錢箋、《草堂》校：「一作幾片。」

【注】

黄鶴注：梁權道從舊次編在大曆元年（七六六），然詩云「小子何時見」，則是時宗武不在侍旁。意是寶應元年（七六二）秋在梓州作。仇注編入大曆元年夔州作。

〔一〕宗武：見卷六《催宗文樹雞柵》（0284）、卷九《遣興》（0488）注。

〔二〕小子二句：仇注：「小子何時見其生乎，此日正其墮地時也。起作問答之詞。」

〔三〕都邑語：仇注：「都邑語，成都之人誇語也。」

〔四〕熟精二句：《九家》趙注：「前年學語時，則才三歲耳。今云熟精文選理，則已能誦書。自至德二載至寶應元年已六年，則宗武九歲矣。」仇注：「至德二載公陷賊中，此時宗武約計五歲矣。其後自乾元二年至蜀，及永泰元年去蜀，中歷八年，宗武約十四歲左右矣。此詩都邑乃指成都，則知作此詩又在成都之後矣。」綵衣，見卷二《送李校書二十六韻》（0089）注。《九家》趙注：「公所望其子者，在學而已。」

〔五〕凋瘵二句：凋瘵，見卷四《石犀行》（0172）注。《詩·小雅·賓之初筵》：「賓之初筵，左右秩秩。」《九家》趙注：「以凋瘵才始，如筵之初秩，豈謂之臨時用之，與《詩》句不同邪？」仇注：「宗武侍筵，故有筵秩。凋瘵攲斜，自述老病。」

〔六〕流霞二句：《抱朴子·祛惑》：「河東蒲坂有項曼都者，與一子入山學仙。十年而歸家，家人問

其故，曼曰：『……仙人但以流霞一杯與我，飲之輒不飢渴。』」仇注：「流霞涓滴，思得仙漿以起疾也。」

又示宗武

覓句新知律，攤書解滿床。試吟青玉案，莫羨紫羅囊①〔一〕。假日從時飲，明年共我長〔二〕。應須飽經術〔三〕，已似愛文章。十五男兒志，三千弟子行〔四〕。曾參與游夏，達者得升堂〔五〕。（1167）

【校】

① 羨，錢箋校：「陳作帶。」《草堂》校：「一作帶。」

【注】

黄鶴注：同上篇爲寶應元年（七六二）作。《趙次公先後解》編入大曆三年（七六八）。

〔一〕試吟二句：張衡《四愁詩》：「美人贈我錦繡段，何以報之青玉案。」《晉書·謝玄傳》：「玄少好佩紫羅香囊，安患之，而不欲傷其意，因戲賭取，即焚之，於此遂止。」

〔二〕假日二句：《楚辭·離騷》：「奏九歌而舞韶兮，聊假日以媮樂。」《古詩爲焦仲卿妻作》：「新婦初來時，小姑如我長。」

〔三〕應須句：《詩·大雅·既醉》：「既醉以酒，既飽以德。」

〔四〕十五二句：《論語·爲政》：「子曰：吾十有五而志於學。」《趙次公先後解》：「公丙申至德元載陷賊中，而家在鄜州，有詩云『驥子好男兒，前年學語時』，學語時兩歲三歲矣。自丙申至今年戊申，凡十三年，通學語時正十五年矣。」《史記·孔子世家》：「孔子以詩書禮樂教，弟子蓋三千焉。」

〔五〕曾參二句：《論語·里仁》：「子曰：『參乎，吾道一以貫之。』曾子曰：『唯。』」《先進》：「柴也愚，參也魯。」又：「文學子游、子夏。」「子曰：『由也升堂矣，未入於室也。』」

夜①

露下天高秋水清②，空山獨夜旅魂驚。疏燈自照孤帆宿，新月猶懸雙杵鳴〔一〕。南菊再逢人臥病③〔二〕，北書不至雁無情④。步蟾倚杖看牛斗⑤〔三〕，銀漢遥應接鳳城〔四〕。（1168）

【校】

①夜，錢箋、《草堂》校：「一云秋夜客舍。」

②天高，錢箋校：「一云空山。」

③菊，錢箋、《草堂》校：「一作國。」

④至，錢箋校：「一作到。」

⑤蟾，宋本、錢箋校：「一作簷。」《草堂》作「簷」。

【注】

黄鶴注：當是大曆元年（七六六）夔州作。《趙次公先後解》編入大曆四年（七六九）潭州詩。

〔一〕雙杵：楊慎《丹鉛總録》卷二〇《擣衣》：「《字林》云：直舂曰擣。古人擣衣，兩女子對立，執一杵，如舂米然。今易作卧杵，對坐擣之，取其便也。嘗見六朝人畫《擣衣圖》，其制如此。」雙杵者時必有兩杵，朱鶴齡注謂兩人對舉之故曰雙，恐非是。

〔二〕南菊句：《趙次公先後解》謂大曆三年秋在荆南見菊，今年在潭州又見菊。

〔三〕步蟾：《趙次公先後解》作步櫩。司馬相如《上林賦》：「步櫩周流，長途中宿。」《文選》李善注：「步櫩，步廊也。」櫩，同簷。謝惠連詩：「房櫳引傾月，步簷結春風。」

〔四〕鳳城：見卷一五《復愁十二首》（1152）注。

上白帝城

城峻隨天壁，樓高更女墻①〔一〕。江流思夏后，風至憶襄王〔二〕。老去聞悲角，人扶報夕陽。公孫初恃險，躍馬意何長〔三〕。（1169）

【校】

① 更，錢箋校：「一作望。」《草堂》作「望」，校：「謝作更。」

【注】

黄鶴注：當是大曆元年（七六六）初至夔時作。

〔一〕城峻二句：《趙次公先後解》：「天壁，天然自立之石壁。」仇注：「謂壁高插天。」《左傳》襄公六年：「傅於堞。」杜預注：「堞，女墻也。」宣公十二年：「守陴者皆哭。」疏：「陴、堞、俾倪、短墻、短垣、女墻，皆一物也。《説文》云：堞，城上女垣也。《廣雅》云：陴倪，女墻也。《釋名》云：城上垣曰陴，於其孔中俾倪非常。亦言陴益也，助城之高也。或曰女墻言其卑小，比之於城，如女子之於丈夫也。」

〔二〕江流二句：郭璞《江賦》：「若乃巴東之峽，夏后疏鑿。」宋玉《風賦》：「楚襄王游於蘭臺之宫，宋玉、景差侍。有風颯然而至，王乃披襟而當之曰：『快哉此風，寡人所與庶人共者邪？』」

〔三〕公孫二句：左思《蜀都賦》：「公孫躍馬而稱帝，劉宗下輦而自王。」參卷一二《送元二適江左》（0820）注。

宿江邊閣

暝色延山徑，高齋次水門〔一〕。薄雲岩際宿，孤月浪中翻〔二〕。鸛鶴追飛静①，豺狼得食喧〔三〕。不眠憂戰伐，無力正乾坤。（1170）

【校】

①静，錢箋、《草堂》校：「一作盡。」

【注】

黄鶴注：當是大曆元年（七六六）作。

〔一〕高齋：《太平御覽》卷一八五引《襄沔記》：「金城内刺史院有高齋，梁昭明太子於此齋造《文

選》。」朱鶴齡注引此。按，其地在襄陽，與此詩無涉。

〔二〕薄雲二句：何遜《入西塞示南府同僚》：「薄雲岩際出，初月波中上。」

〔三〕鸛鶴二句：《詩·豳風·東山》：「鸛鳴于垤，婦歎于室。」傳：「鸛好水，長鳴而喜也。」豺狼，黄鶴注：「指崔旰輩羣起也。」

別崔潩因寄薛據孟雲卿 内弟潩赴湖南幕職〔一〕。

志士惜妄動，知深難固辭①〔二〕。如何久磨礪，但取不磷緇〔三〕。夙夜聽憂主，飛騰急濟時。荆州過薛孟②，爲報欲論詩。（1171）

【校】

①知深，錢箋校：「陳作深知。」

②過，錢箋、《草堂》校：「晋作遇。」

【注】

黄鶴注：當是大曆元年（七六六）在夔州作。

〔一〕崔漢：元結《别王佐卿序》：「癸卯歲，京兆王契佐卿年四十六……佐卿頃日去西蜀，對酒欲别……與佐卿去者有清河崔漢。」卷八《聶耒陽以僕阻水書致酒肉療飢荒江》（0408）注：「聞崔侍御漢乞師于洪府，師至袁州北。」則漢先在西川幕府。薛據，見卷七《寄薛三郎中據》（0363）注。孟雲卿，見卷二《湖城東遇孟雲卿復歸劉顥宅宿宴飲散因爲醉歌》（0081）、卷一〇《酬孟雲卿》（0533）注。二人時在荆南幕府。

〔二〕志士二句：《趙次公先後解》：「志士本惜妄動，而受知之深，則難固辭。此以言漢赴幕職於湖南也。」

〔三〕如何二句：見卷一五《夔府書懷四十韻》（1056）注。

武侯廟〔一〕

遺廟丹青落①，空山草木長。猶聞辭後主，不復卧南陽〔二〕。（1172）

【校】

① 落，錢箋校：「一作古。」《草堂》作「古」。

【注】

黄鶴注：當在大曆元年（七六六）作。

〔一〕武侯廟：見卷一四《諸葛廟》（1016）、卷一五《上卿翁請修武侯廟遺像缺落時崔卿權夔州》（1058）注。

〔二〕猶聞二句：《趙次公先後解》：「辭後主，則建興五年率諸軍北駐漢中，臨發，上表辭行，而竟死於軍中。」朱鶴齡注：「武侯爲昭烈驅馳，未見其忠，惟以後主昏庸，而盡瘁出師，不復有歸卧南陽之意，此則雲霄萬古者耳。」《三國志·蜀書·諸葛亮傳》注引《漢晋春秋》：「亮家於南陽之鄧縣，在襄陽城西二十里，號曰隆中。」

八陣圖〔一〕

功蓋三分國，名成八陣圖。江流石不轉，遺恨失吞吴〔二〕。（1173）

【注】

黄鶴注：當是大曆元年（七六六）公初至夔州作。

〔一〕八陣圖：見卷一五《秋日夔府詠懷奉寄鄭監審李賓客之芳一百韻》（1030）注。

〔二〕江流二句：《東坡志林》卷一：「僕嘗夢見人云是杜子美，謂僕曰：世人多誤解吾詩《八陣圖》。……人皆以爲先主、武侯皆欲與關羽復讎，故恨其不能滅吴，非也。我本意謂吴蜀脣齒之國，不當相圖。晉之所以能取蜀者，以蜀有吞吴之意。此爲恨耳。此理甚長。」錢箋：「按先主征吴敗績，還至魚復，孔明歎曰：『法孝直若在，必能制主上東行，不至傾危矣。』公詩意亦如此。世傳子瞻云云，坡無此言，纖兒僞託耳。」朱鶴齡注：「子美此詩，正謂孔明不能止征吴之舉，致秭歸挫辱，爲生平遺恨。東坡之説殊非。」仇注：「今按下句有四説，以不能滅吴爲恨，此舊説也。以先主之征吴爲恨，此東坡説也。不能制主上東行，而自以爲恨，此《杜臆》、朱注説也。以不能用陣法，而致吞吴失師，此劉氏（逴）之説也。」

奉送韋中丞之晉赴湖南〔一〕

寵渥徵黄漸，權宜借寇頻〔二〕。湖南安背水，峽内憶行春〔三〕。王室仍多故，蒼生倚大臣。還將徐孺子①〔四〕，處處待高人。（1174）

【校】

①子，錢箋、《草堂》校：「一作榻。」

【注】

黄鶴注：蓋作於大曆二年（七六七）。仇注編入大曆四年（七六九）衡州作。

〔一〕韋之晉：《舊唐書·代宗紀》：「（大曆四年二月）辛酉，以湖南都團練觀察使、衡州刺史韋之晉爲潭州刺史。因是徙湖南軍於潭州。」常衮《授韋之晉御史大夫制》：「銀青光禄大夫、檢校秘書監、兼衡州刺史、御史中丞、充湖南都團練守捉觀察處置等使、上柱國、扶陽縣開國男韋之晉……可兼御史大夫。」黄鶴注：「此詩送韋爲衡州刺史而作也。詩云『峽内憶行春』，韋嘗在峽内作守，故云。後進大夫，卒于潭州。有《哭韋大夫》詩。」所考甚是。仇注誤引其注。崔祐甫《廣喪朋友議》：「忽憶永泰中，於穆鄂州寧會客席，與故湖南觀察韋大夫之晉同宴。」則永泰中曾至鄂州。

〔二〕寵渥二句：徵黄霸，見卷一三《送梓州李使君之任》（0829）注。借寇恂，見卷七《鄭典設自施州歸》（0314）注。

〔三〕湖南二句：朱鶴齡注：「洞庭湖枕衡州之北，故曰背水。舊注引韓信背水陣，非是。」盧元昌曰：「湖南之地，形勢背水，地屬險要，界接夷獠，非中丞不足安之。」《後漢書·鄭弘傳》：「太守第五倫行春，見而深奇之。」

〔四〕還將句：徐穉字孺子，見卷六《贈李十五丈别》（0302）「解榻」注。

謁先主廟〔一〕

慘澹風雲會，乘時各有人。力侔分社稷，志屈偃經綸。復漢留長策，中原仗老臣〔二〕。雜耕心未已，歐血事酸辛〔三〕。霸氣西南歇，雄圖曆數屯〔四〕。錦江元過楚，劍閣復通秦〔五〕。舊俗存祠廟，空山立鬼神①。虚簷交鳥道②，枯木半龍鱗〔六〕。竹送清溪月③，苔移玉座春。閭閻兒女换④，歌舞歲時新〔七〕。絶域歸舟遠，荒城繫馬頻。如何對摇落，况乃久風塵。孰與關張並⑤，功臨耿鄧親〔八〕。應天才不小⑥，得士契無鄰⑦〔九〕。遲暮堪帷幄，飄零且釣緡〔一〇〕。向來憂國淚，寂寞洒衣巾。

(1175)

【校】

① 立，錢箋、《草堂》校：「一作泣。」

② 交，宋本、錢箋、《草堂》校：「一作扶。」 道，錢箋校：「一作過。」

③ 清，錢箋校：「樊作青。」

④兒女，《草堂》作「女兒」。

⑤孰，錢箋校：「荆作勢。」《草堂》校：「一作勢。」

⑥應，宋本、錢箋校：「一作繼。」

⑦土，錢箋校：「晋作土。」

【注】

黄鶴注：當是大曆元年（七六六）作。《趙次公先後解》編入大曆二年（七六七）。

〔一〕先主廟：見卷一五《詠懷古跡五首》(1116)注。

〔二〕復漢二句：諸葛亮《出師表》：「當奬率三軍，北定中原，庶竭駑鈍，攘除奸凶，興復漢室，還於舊都。此臣所以報先帝，而忠陛下之職分也。」

〔三〕雜耕二句：《三國志·蜀書·諸葛亮傳》：「十二年春，亮悉大衆由斜谷出，以流馬運，據武功五丈原，與司馬宣王對於渭南。亮每患糧不繼，使己志不申，是以分兵屯田，爲久駐之基。耕者雜於渭濱居民之間，而百姓安堵，軍無私焉。相持百餘日。其年八月，亮疾病，卒於軍，時年五十四。」注引《魏書》：「亮糧盡勢窮，憂恚歐血，一夕燒營遁走，入谷，道發病卒。」

〔四〕霸氣二句：《三國志·蜀書·先主傳》：「故議郎陽泉侯劉豹……等上言：『……臣父群未亡時，言西南數有黄氣，直立數丈，見來積年，時時有景雲祥風，從璿璣下來應之，此爲異瑞。……願大王應天順民，速即洪業，以寧海内。』」《史記·越王句踐世家》：「霸王之氣，見於

地户。」王勃《江寧吴少府宅餞宴序》：「霸氣盡而江山空，皇風清而市朝改。」《書・大禹謨》：「天之曆數在汝躬，汝終陟元后。」傳：「曆數謂天道。」《易・屯・象》：「屯，剛柔始交而難生。動乎險中，大亨貞。」

〔五〕錦江二句：朱鶴齡注：「過楚、通秦，傷其未久而復合於晉。」

〔六〕虚簷二句：《趙次公先後解》：「廟在山中，故云虚簷交鳥道。鳥道，則山中之險道也。」

〔七〕閭閻二句：《趙次公先後解》：「此言夔州之人所事先主者如此。」仇注：「見廟祀長存。」

〔八〕孰與二句：《三國志・蜀書・先主傳》注引《傅子》：「徵士傅幹曰：『劉備寛仁有度，能得人死力。諸葛亮達治知變，正而有謀，而爲之相。張飛、關羽勇而有義，皆萬人之敵，而爲之將。此三人者，皆人傑也。以備之略，三傑佐之，何爲不濟也？』」《趙次公先後解》：「今言諸葛與關羽、張飛之器孰與乎並。」朱鶴齡注：「申言諸葛之功，可軼關張而追耿鄧也。」耿弇、鄧禹，見卷四《述古三首》(0206)注。

〔九〕應天二句：朱鶴齡注：「言非先主應天之才，不能得士如諸葛，有魚水之契也。」

〔一〇〕遲暮二句：仇注：「今年齒遲暮，豈堪更參帷幄，祗作磻溪釣叟而已。」

白鹽山〔一〕

卓立群峰外，蟠根積水邊。他皆任厚地，爾獨近高天①〔二〕。白牓千家邑，清

秋萬估船②〔三〕。詞人取佳句，刻畫竟誰傳③？（1176）

【校】

①爾，《文苑英華》作「我」，校：「集作爾。」

②估，錢箋校：「一作里。」《九家》校：「一作古。」《文苑英華》作「里」，校：「集作估。」

③刻畫竟誰，《文苑英華》作「刷鍊始堪」，校：「集作刻畫竟難。」

【注】

黃鶴注：當是大曆元年（七六六）秋作。

〔一〕白鹽山：見卷七《寄裴施州》(0323)注。

〔二〕他皆二句：仇注引《杜臆》：「山高者必基大，此山卓立羣峰之表，乃蟠根於積水之潯，望若懸空，是不任地而近天矣。」

〔三〕白牓二句：《趙次公先後解》：「白牓，則言縣額以白爲牌耳。」李冶《敬齋古今黈》卷六：「樓觀題牓，以人情度之，宜必先定。豈有大殿已成，而使匠石輩遽挂白牓哉。」白牓謂牓上無字。估船，謂商賈之船。《世説新語・文學》：「聞江渚間估客船上有詠詩聲。」

灧澦堆

巨積水中央①，江寒出水長。沈牛答雲雨，如馬戒舟航〔一〕。天意存傾覆，神功接混茫。干戈連解纜，行止憶垂堂〔二〕。（1177）

【校】

① 積，錢箋、《草堂》校：「陳作石。」

【注】

黄鶴注：當是大曆元年（七六六）作。

〔一〕沈牛二句：見卷六《柴門》（0274）、卷一四《長江二首》（0943）注。

〔二〕干戈二句：《史記·袁盎晁錯列傳》：「臣聞千金之子，坐不垂堂。」索隱：「張揖云：恐簷瓦墮中人。」

白帝城樓

江度寒山閣，城高絶塞樓。翠屏宜晚對，白谷會深游〔一〕。急急能鳴雁，輕輕不下鷗〔二〕。夷陵春色起〔三〕，漸擬放扁舟。（1178）

【注】

黄鶴注：此詩當是大曆二年（七六七）歲晏作，明年正月公出峽。《趙次公先後解》編入大曆元年（七六六）。

〔一〕翠屏二句：《趙次公先後解》：「白谷，疑是夔州谷名。」卷六《課伐木》（0276）：「持斧入白谷。」《雨》（0297）：「白谷變氣候。」

〔二〕急急二句：《莊子·山木》：「命豎子殺雁而烹之。豎子請曰：『其一能鳴，其一不能鳴，請奚殺？』」不下鷗，見卷一二《倚杖》（0790）注。

〔三〕夷陵：峽州夷陵郡，見卷一四《得舍弟觀書自中都已達江陵》（0956）注。

寄杜位頃者與位同在故嚴尚書幕〔一〕。

寒日經簷短，窮猿失木悲〔二〕。峽中爲客恨①，江上憶君時②。天地身何往③，風塵病敢辭。封書兩行淚，霑洒裛新詩〔三〕。（1179）

【校】

① 中，錢箋校：「一作筵。」

② 上，錢箋校：「一作並。」

③ 往，錢箋作「在」，校：「吴作往。」

【注】

黄鶴注：當是大曆元年（七六六）冬在雲安作。

〔一〕杜位：見卷一三《寄杜位》（0913）注。

〔二〕寒日二句：《淮南子·覽冥訓》：「虎豹襲穴而不敢咆，猿狖顛蹶而失木枝。」

〔三〕霑洒句：裛，濕也。見卷六《牽牛織女》（0293）注。

冬深①

花葉隨天意，江溪共石根。早霞隨類影②，寒水各依痕③〔一〕。易下楊朱淚，難招楚客魂〔二〕。風濤暮不穩，捨棹宿誰門？（1180）

【校】

①冬深，錢箋、《草堂》校：「一云即日。」

②類，錢箋校：「一云淚。」

③依，錢箋、《草堂》校：「一云流。」

【注】

黄鶴注：當是永泰元年（七六五）在雲安作。《趙次公先後解》編入大曆元年（七六六）夔州作。仇注編入大曆三年（七六八）作。

〔一〕早霞二句：《趙次公先後解》：「隨類影，言其變態不常，隨所類之影而呈現也。」謝赫《古畫品》：「畫有六法……四隨類賦彩是也。」張九齡《酬王履震游園林見貽》：「舊徑稀人跡，前池

耗水痕。」

〔二〕易下二句：楊朱淚，見卷四《早發射洪縣南途中作》(0211)注。招魂，見卷一四《返照》(1021)注。

不寐

瞿唐夜水黑，城内改更籌〔一〕。翳翳月沉霧〔二〕，輝輝星近樓。氣衰甘少寐，心弱恨和愁①。多壘滿山谷②，桃源無處求。(1181)

【校】

①和，宋本校：「一作知。」錢箋校：「一作知。陳作多。或作容。」《草堂》作「知」，校：「一作和。陳作多。或作容。」

②多壘，錢箋校：「陳作疊恨。」

【注】

黄鶴注：當是大曆元年(七六六)夔州作。

〔一〕瞿唐二句：蘇頌《新儀象法要》卷下：「昏爲初更，每更有五籌。」黄麟《郡中客舍》：「蟲響亂啾

啾，更人正數籌。」張少博《尚書郎上直聞春漏》：「銀箭聽將盡，銅壺滴更新。催籌當五夜，移刻及三春。」

〔二〕翳翳：見卷三《成都府》(0170)注。

奉送十七舅下邵桂〔一〕

絶域三冬暮，浮生一病身。感深辭舅氏，別後見何人？縹緲蒼梧帝①，推遷孟母鄰〔二〕。昏昏阻雲水，側望苦傷神。（1182）

【校】

①帝，《草堂》作「野」。

【注】

黃鶴注：當是大曆元年（七六六）在夔州作。

〔一〕十七舅：名不詳。邵桂：《元和郡縣圖志》卷二九江南道：「邵州，邵州。下。……東北至潭州陸路五百三十里。」「郴州，桂陽。中。西北至衡州三百七十里。」

〔二〕縹緲二句：《漢書·武帝紀》：「五年冬，行南巡狩，至於盛唐。望祀虞舜於九嶷。」注：「應劭曰：舜葬蒼梧，九嶷，山名。今在零陵營道。」參卷一《同諸公登慈恩寺塔》(0023)注。孟母鄰，見卷一〇《寄張十二山人彪三十韻》(0612)注。《趙次公先後解》：「孟母，指言十七舅之母。意者公本與十七舅鄰居，今其去，則孟母所以與鄰之意推遷而往矣。」朱鶴齡注：「時舅必奉母同往，故云。」

送覃二判官〔一〕

先帝弓劍遠①，小臣餘此生〔二〕。蹉跎病江漢，不復謁承明〔三〕。餞爾白頭日，永懷丹鳳城〔四〕。遲遲戀屈宋，渺渺臥荆衡〔五〕。魂斷航舸失，天寒沙水清。肺肝若稍愈，亦上赤霄行〔六〕。(1183)

【校】

①帝，錢箋、《草堂》校：「一作皇。」

【注】

黃鶴注：當是大曆元年(七六六)夔州作，覃是時歸長安也。《趙次公先後解》編入大曆三年(七

六八)公安作。

〔一〕覃二判官:名不詳。

〔二〕先帝二句:見卷九《行次昭陵》(0410)注。《列仙傳》卷上黄帝:「還葬橋山,山崩,柩空無屍,唯劍舄在焉。」

〔三〕謁承明:見卷一二《送李卿曄》(0772)注。

〔四〕餞爾二句:丹鳳城,指長安。《長安志》卷六:「東内大明宫……南面五門,正南曰丹鳳門。」又參卷一五《復愁十二首》(1152)注。

〔五〕遲遲二句:仇注:「屈宋,自比賦詩。荆衡,謂荆門、衡岳。」

〔六〕肺肝二句:劉向《九歎》:「譬若王僑之乘雲兮,載赤霄而凌太清。」仇注引《太宗實録》九成宫赤霄殿,當爲丹霄殿之誤。

夜宿西閣曉呈元二十一曹長〔一〕

城暗更籌急,樓高雨雪微。稍通綃幕霽,遠帶玉繩稀〔二〕。門鵲晨光起①,墻烏宿處飛②〔三〕。寒江流甚細,有意待人歸。(1184)

【校】

①起，宋本、錢箋校：「一作喜。」

②墻，錢箋校：「一作檣。」

【注】

黄鶴注：當是大曆二年（七六七）冬在夔州作。《趙次公先後解》編入大曆元年（七六六）。仇注引顧宸注：大曆元年公自雲安縣至夔州，秋寓於西閣，終歲居之。明年春，始自西閣遷居赤甲，故凡西閣詩皆自秋及冬作也。

〔一〕元二十一曹長：見卷六《七月三日亭午已後較熱退晚加小凉穩睡有詩因論壯年樂事戲呈元二十一曹長》（0292）。

〔二〕稍通二句：《趙次公先後解》：「綃幕，則又言天幕之色，其薄如綃，故云綃幕霽。」朱鶴齡注：「綃幕，以綃爲之也。」潘岳《河陽縣作》：「登城眷南顧，凱風揚微綃。」《文選》李善注：「《禮記》曰：綃幕也。鄭玄曰：綃，縑也。」按，《禮記·檀弓上》：「布幕，衛也。縿幕，魯也。」注：「幕，所以覆棺上也。縿，縑也。縿讀如綃。」綃義如《禮記》注，杜詩用《文選》注義。玉繩，見卷一四《月三首》（1012）注。

〔三〕門鵲二句：《趙次公先後解》謂此墻烏爲檣杆上刻爲烏形。朱鶴齡注：「門鵲、墻烏，皆言曉景。舊注門鵲指門端刻鵲，檣烏船檣上刻烏形，皆曲説也。」

西閣口號呈元二十一①。

山木抱雲稠，寒江繞上頭。雪崖纔變石，風幔不依樓②〔一〕。社稷堪流涕，安危在運籌。看君話王室，感動幾銷憂〔二〕。（1185）

【校】

① 西閣口號，宋本題下無「呈元二十一」注，據錢箋補。《草堂》大字連題。

② 不，《草堂》作「下」。

【注】

黄鶴注：當是大曆二年（七六七）作。《趙次公先後解》編入大曆元年（七六六）。

〔一〕雪崖二句：《趙次公先後解》：「言雪下漫崖，變其石色爲白也。」

〔二〕社稷四句：《趙次公先後解》：「後四句應是同元二十一曹長共宿，而元話當日之事乎，故感動也。」

有歎

壯心久零落，白首寄人間。天下兵常鬭①，聞蜀官軍自圍普還②。江東客未還〔一〕。窮猿號雨雪，老馬泣關山③。武德開元際，蒼生豈重攀。（1186）

【校】

①下，宋本校：「一作泣。」

②聞蜀官軍自圍普還，宋本無此注，據錢箋補。《九家》此注在題下。《九家》、《草堂》作「傳蜀官軍自圍普遂」。

③泣，錢箋、《草堂》作「怯」，校：「一作望。一作泣。」

【注】

黃鶴注：當是大曆二年（七六七）冬夔州作，是年吐蕃入寇，京師兩戒嚴。《趙次公先後解》編入大曆元年（七六六）。

〔一〕天下二句：從《九家》本注，普、遂當指普州、遂州。《元和郡縣圖志》卷三三劍南道東川：「普

州，安丘。中。……正北微東至遂州一百三十里。」黄鶴注：「江東客，公自謂也。」朱鶴齡注謂指第五弟豐，時客江東，引《元日》詩「不見江東弟」。盧元昌引《水經》江水「又東逕赤甲……又東逕夔城」，故曰江東客，非弟豐在江左之謂。按，盧説甚怪，從無如此解法。

西閣雨望

樓雨霑雲幔，山寒著水城①。逕添沙面出，湍減石稜生。菊蘂淒疏放，松林駐遠情。滂沲朱檻濕，萬慮傍簷楹②〔一〕。（1187）

【校】

① 寒，錢箋校：「一作高。」《草堂》校：「魯作高。」

② 萬，錢箋校：「一作方。」 傍，錢箋校：「一作倚。」

【注】

黄鶴注：當是大曆元年（七六六）秋在夔州作。

〔一〕簷楹：《趙次公先後解》：「簷楹，簷邊之柱也。」

不離西閣二首

江柳非時發，江花冷色頻。地偏應有瘴，臘近已含春。失學從愚子，無家任老身①。不知西閣意，肯別定留人②〔一〕？（1188）

【校】

①任，《草堂》校：「一作住。」錢箋作「住」，校：「一作任。」

②留，宋本、錢箋、《草堂》校：「一作何。」

【注】

黄鶴注：當是大曆元年（七六六）冬作。

〔一〕不知二句：《趙次公先後解》：「西閣之意肯令我别乎？莫定要留人也？」仇注：「肯别定留人，是疑詞。杭州定越州亦然。」參卷一五《第五弟豐獨在江左近三四載寂無消息覓使寄此二首》（1087）注。

西閣從人別，人今亦故亭〔一〕。江雲飄素練①，石壁斷空青②〔二〕。滄海先迎日，銀河倒列星〔三〕。平生耽勝事，吁駭始初經。（1189）

【校】

① 練，宋本、錢箋、《草堂》校：「一作葉。」

② 斷，錢箋校：「一作斬。」

【注】

〔一〕西閣二句：《趙次公先後解》：「西閣從人別，則以成前篇肯別之意。人今亦故亭，西閣所以任從人別之而去者，以人之身亦如一故亭而已。」鄭明選《鄭侯升集》卷三二：「按《復古編》云：停本作亭，後人別作停。則此亭字，即古停字。言西閣既從人別，而不我留人，今亦故停而不去也。」

〔二〕江雲二句：空青，礦物，可爲顔料。《政和證類本草》卷三「空青」引陶隱居云：「越巂屬益州，今出銅官者色最鮮深，出始興者弗如。益州諸郡無復有，恐久不采之故也。涼州西平郡有空青山，亦甚多。今空青但圓實如鐵珠，無空腹者，皆鑿土石中取之。又以合丹，成則化鉛爲金矣。諸石藥中惟此最貴，醫方乃稀用之。而多充畫色，殊爲可惜。」江淹有《空青賦》。此形容山林之色。庾信《道士步虛詞》：「碧玉成雙樹，空青爲一林。」仇注解作「石壁斷而空處皆青」，

大謬。

〔三〕滄海二句：《趙次公先後解》：「在滄海之先已迎日矣，以見西閣之高而見日之早。銀河倒列星，則已見日而星河猶分明。」仇注：「曉登樓而海日先迎，夜臨窗而星河倒列，此閣上遠景。」

送鮮于萬州遷巴州〔一〕

京兆先時傑，琳琅照一門〔二〕。朝廷偏注意①，接近與名藩〔三〕。祖帳排舟數②〔四〕，寒江觸石喧。看君妙爲政，他日有殊恩。（1190）

【校】

① 意，錢箋、《草堂》校：「一作壐。」

② 排，錢箋、《草堂》校：「陳作維。」

【注】

黄鶴注：當是大曆元年（七六六）在夔州作。

〔一〕鮮于萬州：鮮于炅，仲通子。顔真卿《中散大夫京兆尹漢陽郡太守贈太子少保鮮于公神道碑

銘》：「公諱向，字仲通，以字行。……有子六人……叔曰萬州刺史炅，雅有父風，頗精吏道。肅宗之幸鳳翔也，竭誠幕府，以佐公家。今上之命庶僚也，由華原之政驟登省闥，作牧萬州，政績尤異，有詔遷秘書少監，尋又改牧巴州。」文作於永泰二年（大曆元年）改元前。《舊唐書・地理志》山南西道：「巴州中，隋清化郡。……（武德）二年，割歸仁、永穆置萬州。貞觀元年，廢萬州，以歸仁來屬。天寶元年，改爲清化郡。乾元元年，復爲巴州。」山南東道：「萬州，隋巴東郡之南浦縣。……（武德）八年，廢南浦州，以南浦、梁山屬夔州，武寧屬臨州。其年復立浦州，依舊領三縣。貞觀八年，改爲萬州。天寶元年，改爲南浦郡。乾元元年，復爲萬州。」按，炅自萬州赴巴州，當取陸路北赴開州，然詩云「祖帳排舟數」，或已至夔州，有詔改牧巴州，復乘舟西還。

〔二〕京兆二句：鮮于仲通天寶十載官京兆尹，見卷九《奉贈鮮于京兆二十韻》(0416)注。琳琅，見卷九《奉贈太常張卿二十韻》(0414)注。

〔三〕接近句：《趙次公先後解》：「巴於萬爲近，自萬遷巴，故云接近與名藩也。」

〔四〕祖帳：見卷四《陪章留後惠義寺餞嘉州崔都督赴州》(0197)注。

西閣三度期大昌嚴明府同宿不到〔一〕

問子能來宿，今疑索故要〔二〕。匣琴虚夜夜，手板自朝朝〔三〕。金吼霜鐘徹，花

摧臘炬銷①〔四〕。早鳧江檻底，雙影漫飄颻〔五〕。（1191）

【校】

① 臘，錢箋校：「一作蠟。」

【注】

黄鶴注：當是大曆元年（七六六）冬在夔州作。

〔一〕嚴明府：名不詳。《舊唐書·地理志》夔州：「大昌，晉分巫、秭歸縣置建昌縣，又改爲大昌。隋不改。」

〔二〕問子二句：《趙次公先後解》：「索者，尋索之索。」朱鶴齡注：「《韻會》：故，古通作固。索故要，言明府不來，疑索我之固要而後至也。」《南齊書·高逸傳》褚伯玉：「近故要其來此，冀慰日夜。」故要即一再邀請。

〔三〕匣琴二句：《宋書·禮志》：「手板，則古笏矣。」《隋書·禮儀志》笏：「晉宋以來，謂之手板，此乃不經，今還謂之笏，以法古名。自西魏已降，通用象牙，六品已下，兼用竹木。」《趙次公先後解》：「下句則言嚴明府自持手板以入官府於朝朝也。」朱鶴齡注：「自朝朝，候明府之久也。或曰明府勤於參謁上官，故期而不至也。」

〔四〕金吼二句：《山海經·中山經》：「又東南三百里曰豐山……有九鐘焉，是知霜鳴。」注：「霜降

則鐘鳴，故言知也。」《南齊書·樂志》齊雩祭歌：「霜鐘鳴，冥陵起。」李白《聽蜀僧濬彈琴》：「客心洗流水，餘響入霜鐘。」臘炬，同蠟炬。《趙次公先後解》：「古蠟字惟有臘耳。」

〔五〕早鳧二句：《趙次公先後解》謂用王喬舄事。見卷一《橋陵詩三十韻因呈縣内諸官》(0037)注。

曉望白帝城鹽山〔一〕

徐步移班杖〔二〕，看山仰白頭。翠深開斷壁，紅遠結飛樓①。日出清江望②，暄和散旅愁。春城見松雪，始擬進歸舟。(1192)

【校】

① 紅，宋本、錢箋校：「一作江。」

② 清，錢箋、《草堂》校：「一作寒。」

【注】

黃鶴注：當是大曆元年（七六六）春在夔州作。

〔一〕鹽山：白鹽山。見卷七《寄裴施州》(0323)注。

〔二〕斑杖：仇注：「斑杖，斑竹杖也。」到溉有《餉任新安班竹杖因贈》。

西閣二首

巫山小搖落，碧色見松林①〔一〕。百鳥各相命，孤雲無自心②〔二〕。層軒俯江壁，要路亦高深〔三〕。朱紱猶紗帽，新詩近玉琴〔四〕。功名不早立，衰疾謝知音③。哀世無王粲④，終然學越吟⑤〔五〕。(1193)

【校】

①見，《九家》作「是」。

②無，錢箋校：「一作非。」

③疾，《草堂》校：「一作病。」錢箋作「病」，校：「一作疾。」

④非，錢箋校：「一作無。」《草堂》作「無」。

⑤然，錢箋校：「一作朝。」《草堂》作「朝」。

【注】

黃鶴注：當是大曆元年（七六六）秋晚作。

〔一〕巫山二句：《趙次公先後解》：「小搖落，則七月也。言楚地暖，其搖落也小小而已。」參《大曆二年九月三十日》（1271）注。

〔二〕百鳥二句：王粲《登樓賦》：「獸狂顧以求群兮，鳥相鳴而舉翼。」《文選》李善注：「《大戴禮·夏小正》：鳴也者，相命也。」陶淵明《歸去來兮辭》：「雲無心以出岫，鳥倦飛而知還。」

〔三〕層軒二句：《趙次公先後解》：「雖要衝之路亦在高深間，此可以見其皆山行而已。」

〔四〕朱紱二句：朱紱，見卷九《寄高三十五書記》（0443）注。紗帽，見卷一五《秋日夔府詠懷奉寄鄭監審李賓客之芳一百韻》（1030）注。

〔五〕哀世二句：王粲《登樓賦》：「鍾儀幽而楚奏兮，莊舄顯而越吟。」《史記·張儀列傳》：「惠王曰：『子去寡人之楚，亦思寡人不？』陳軫對曰：『王聞夫越人莊舄乎？』王曰：『不聞。』曰：『越人莊舄仕楚執珪，有頃而病。楚王曰：「舄，故越之鄙細人也，今仕楚執珪，貴富矣，亦思越不？」對曰：「凡人之思故，在其病也。彼思越則越聲，不思越則楚聲。」使人往聽之，猶尚越聲也。今臣雖弃逐之楚，豈能無秦聲哉。』」

懶心似江水，日夜向滄洲〔一〕。不道含香賤，其如鑷白休〔二〕。經過調碧柳①，

蕭索倚朱樓②〔三〕。畢娶何時竟，消中得自由〔四〕。豪華看古往③，服食寄冥搜〔五〕。詩盡人間興，兼須入海求〔六〕。（1194）

【校】

① 調，錢箋校：「一作凋。」《草堂》作「凋」。

② 索，錢箋、《草堂》校：「一作瑟。」

③ 豪，錢箋、《草堂》校：「一作榮。」

【注】

〔一〕滄洲：見卷二《幽人》（0098）注。

〔二〕不道二句：《初學記》卷一一引應劭《漢官儀》：「尚書郎含雞舌香，伏奏事，黄門郎對揖跪受。」鑷白，見卷一〇《秦州雜詩二十首》（0563）注。

〔三〕經過二句：王延壽《王孫賦》：「時遼落以蕭索，乍睥睨以容與。」陶淵明《自祭文》：「天寒夜長，風氣蕭索。」

〔四〕畢娶二句：《後漢書·逸民傳》：「尚長字子平，河内朝歌人也。隱居不仕，性尚中和……建武中，男女娶嫁既畢，勑斷家事勿相關，當如我死也。於是遂肆意，與同好北海禽慶俱游五岳名山，竟不知所終。」消中，見卷六《客堂》（0269）注。

〔五〕冥搜：見卷一《同諸公登慈恩寺塔》(0023)注。

〔六〕詩盡二句：《趙次公先後解》：「緣公方欲盡南而下，故宜有入海之語。」朱鶴齡注：「公詩『到今有餘恨，不得窮扶桑』，又云『蓬萊如可到，衰白問羣仙』，末二語即此意。」

卜居

歸羡遼東鶴，吟同楚執珪〔一〕。未成游碧海，著處覓丹梯〔二〕。雲障寬江北①，春耕破瀼西〔三〕。桃紅客若至，定似昔人迷②〔四〕。(1195)

【校】

①障，錢箋、《草堂》校：「陳作嶂。」　北，錢箋作「左」，校：「一云北。」

②昔，錢箋、《草堂》校：「一作晋。」

【注】

黄鶴注：當是大曆二年(七六七)作，公是年三月自赤甲遷居瀼西。

〔一〕歸羡二句：遼東鶴，見卷一三《陪李七司馬皁江上觀造竹橋即日成往來之人免冬寒入水聊題

短作簡李公二首》（0909）注。楚執珪，見《西閣二首》（1193）注。

〔二〕未成二句：著處，到處，見卷七《清明》（0405）注。丹梯，見卷四《丈人山》（0184）注。

〔三〕瀼西：見卷六《柴門》（0274）注。

〔四〕桃紅二句：用桃花源事。見卷二《北征》（0052）注。

玉腕騮 江陵節度衛公馬也〔一〕。

聞説荆南馬，尚書玉腕騮〔二〕。頓驂飄赤汗①，跼蹐顧長楸〔三〕。胡虜三年入，乾坤一戰收〔四〕。舉鞭如有問，欲伴習池游〔五〕。（1196）

【校】

① 頓驂，錢箋、《草堂》校：「陳作驂驔。」

【注】

黄鶴注：當是大曆元年（七六六）在夔州作。

〔一〕江陵節度衛公：衛伯玉。見卷七《荆南兵馬使太常卿趙公大食刀歌》（0310）注。

〔二〕聞説二句：仇注引邵注：「前足腕肉白，曰玉腕。」

〔三〕頓驂二句：仇注作「驂驔」，引《吴都賦》「趁趕拉㹸」，李善注：「相隨驅逐衆多貌。」喬知之《羸駿篇》：「蹀躞朝馳過上苑，趁趕暝走發章臺。」亦寫作驂驔。上官昭容《駕幸新豐温泉宮獻詩》：「鸞旂掣曳拂空回，羽騎驂驔躡景來。」長楸，見卷四《韋諷録事宅觀曹將軍畫馬圖》(0195)注。

〔四〕胡虜二句：朱鶴齡注：「按《伯玉傳》：乾元二年，大破思明僞將李歸仁於彊子坂。豈指此歟？」

〔五〕習池：見卷一一《王十七侍御掄許携酒至草堂奉寄此詩便請邀高三十五使君同到》(C711)注。

見王監兵馬使説近山有白黑二鷹羅者久取竟未能得王以爲毛骨有異他鷹恐臘後春生騫飛避暖勁翮思秋之甚眇不可見請余賦詩①〔一〕

雲飛玉立盡清秋②，不惜奇毛恣遠游〔二〕。在野只教心力破③，千人何事網羅求④？一生自獵知無敵，百中争能恥下鞲〔三〕。鵬礙九天須却避，兔藏三穴莫深憂⑤〔四〕。(1197)

【校】

① 見王監兵馬使説近山有白黑二鷹羅者久取竟未能得王以爲毛骨有異他鷹恐臘後春生騫飛避暖勁翮思秋之甚眇不可見請余賦詩，《草堂》有「二首」二字。

② 雲，錢箋作「雪」，校：「別本俱作雲。」

③ 力，錢箋、《草堂》校：「一作膽。」

④ 千，錢箋校：「晉作干。或作于。」《草堂》作「于」，校：「晉、謝皆作干。」

⑤ 藏，錢箋校：「一作經。」　藏三穴，錢箋校：「一作營三窟。」

【注】

黄鶴注：當與《二角鷹歌》同是大曆元年（七六六）在夔州作。《趙次公先後解》編入大曆三年（七六八）荆南作。

〔一〕王兵馬使：見卷七《王兵馬使二角鷹》（0311）注。

〔二〕雲飛二句：《趙次公先後解》：「此篇專詠白鷹，如雲之飛，如玉之立，皆言其白。」

〔三〕一生二句：庾信《奉和永豐殿下言志》：「野鶴能自獵，江鷗解獨漁。」《趙次公先後解》：「鷹所以用獵也，謂其野鷹，所以自獵。」下韝，見卷一《去矣行》（0040）注。

〔四〕鵰礙二句：《藝文類聚》卷九一引《後幽明録》：「楚文王時，有人獻一鷹，俄而雲際有一物，凝翔鮮白，鷹便竦翮而升，須臾羽墮如雪，血下如雨，有大鳥墮地，兩翅廣數十里。衆莫能知，時

博物君子曰：此鵰雛也。」《戰國策・齊策》：「狡兔有三窟，僅得免其死耳。」

黑鷹不省人間有，度海疑從北極來。正翮摶風超紫塞，立冬幾夜宿陽臺①〔一〕？虞羅自各虛施巧，春雁同歸必見猜〔二〕。萬里寒空祇一日，金眸玉爪不凡材②〔三〕。

（1198）

【校】

① 立，錢箋校：「陳作玄。」《草堂》作「玄」，校：「一作立。」

② 不，錢箋校：「刊作未。」

【注】

〔一〕正翮二句：紫塞，見卷一二《官池春雁二首》（0747）注。陽臺，在巫山，見卷六《雨》（0297）注。

〔二〕虞羅二句：魏澹《鷹賦》：「遇犬則驚猜，得人則馴擾。」劉孝威《烏生八九子》：「虞機衡網不得施，猜鷹鷙隼無由逐。」《趙次公先後解》：「序所謂臘後春生，騫飛避暖，故云與雁同歸北塞，而雁有見猜之理矣。」按，鷹性驚警，故有猜鷹之説。此言鷹見猜於雁。

〔三〕萬里二句：《西京雜記》卷四：「茂陵少年李亨，好馳駿狗，逐狡獸。或以鷹鷂逐雉兔，皆爲之佳名。……鷹則有青翅、黄眸、青冥、金距之屬。」

鷗

江浦寒鷗戲，無他亦自饒〔一〕。却思翻玉羽，隨意點春苗〔二〕。雪暗還須浴①，風生一任飄。幾羣滄海上，清影日蕭蕭〔三〕。（1199）

【校】

① 浴，錢箋校：「一作落。」《草堂》校：「晋作俗。」

【注】

黄鶴注：當是大曆元年（七六六）夔州作。

〔一〕江浦二句：《説文》：「鷗，水鴞也。」左思《吴都賦》：「鸛鷗鷁鸕。」《文選》劉逵注：「《蒼頡篇》曰：鷗大如鳩。郭璞《山海經注》曰：鷗，水鴞也。」《太平御覽》卷九二五引《南越志》：「江鷗，一名海鷗。在漲海中隨潮上下，常以三月風至，乃還洲嶼。生卵似鷄卵，色青。頗知風雲，若羣飛至岸必風。漁人及度海者皆以此爲候。」《本草綱目》卷四七：「時珍曰：鷗者，浮水上輕漾如漚也。鷖者，鳴聲也。鴞者，形似也。在海者名海鷗，在江者名江鷗。江夏人訛爲江鵞也。海中一

種隨潮往來，謂之信鳧。」《趙次公先後解》：「無他，言無他憂虞也。所以亦自饒縱而浮泛。」

〔二〕却思二句：《趙次公先後解》：「又思明年之春田有新苗，翻玉羽而點之，斯爲飛翻之隨意矣。」羅大經《鶴林玉露》甲編卷五：「言浦鷗閑戲，使無他事，亦自饒美。奈何不免口腹之累，故閑戲未足，已思翻玉羽而點春苪，爲謀食之計，雖風雪凌厲，有所不暇顧。」浦起龍云：「惟其心裏無他，所以寬饒也。羅大經以翻羽、點苗爲逐逐於謀食，則失江鷗本色矣。」盧元昌曰：「春苗，當是青苗。夔有青苗陂。」仇注：「既云寒鷗，不當言春苗矣。」

〔三〕幾羣二句：羅大經《鶴林玉露》：「末言海鷗之曠逸，清影脩然，不爲泥滓所點染，非浦鷗所能及。以興士當高舉遠引，歸潔其身如海鷗，不當逐逐於聲利之場，以自取賤辱若浦鷗也。」

猿

裊裊啼虚壁，蕭蕭挂冷枝。艱難人不免①，隱見爾如知〔一〕。慣習元從衆，全生或用奇〔二〕。前林騰每及，父子莫相離〔三〕。（1200）

【校】

①免，錢箋作「見」，校：「一作免。」

【注】

黄鶴注：大曆元年（七六六）作。

〔一〕艱難二句：朱鶴齡注：「言挂枝、啼壁，如識隱見之機，人反有不如者矣。」

〔二〕慣習二句：《趙次公先後解》：「言其於便捷之中得以全生，如搏矢避弓之事。」仇注：「從衆，能挂枝。用奇，能騰踔。此爲隱見指實。」《論語・子罕》：「吾從衆。」

〔三〕前林二句：左思《吴都賦》：「其上則猿父哀吟，貚子長嘯。」《世説新語・黜免》：「桓公入蜀，至三峽中，部伍中有得猿子者。其母緣岸哀號，行百餘里不去，遂跳上船，至便即絶。破其腹中，腸皆寸寸斷。」《南史・齊武帝諸子傳》：「他日出景陽山，見一猨透擲悲鳴，問後堂丞：『此猨何意？』答曰：『猨子前日墮崖致死，其母求之不見，故爾。』」盧元昌曰：「此父子相離之類。」

黄魚

日見巴東峽，黄魚出浪新〔一〕。脂膏兼飼犬〔二〕，長大不容身。筒桶相沿久①，風雷肯爲神②〔三〕。泥沙卷涎沫，回首怪龍鱗〔四〕。（1201）

【校】

①桶，錢箋校：「一作筩。」《草堂》校：「一作筩。」

②神，錢箋校：「一作伸。」《草堂》作「伸」，校：「一作神。」

【注】

黄鶴注：當是大曆元年（七六六）在夔州作。

〔一〕日見二句：《爾雅·釋魚》注：「鱣，大魚，似鱏而短，鼻口在頷下，體有邪行甲，無鱗，肉黄，大者長二三丈，今江東呼爲黄魚。」疏：「陸機云：鱣出江海，三月中從河下頭來上。鱣，身形似龍，鋭頭，口在頷下，背上腹下皆有甲，縱廣四五尺。今於盟津東石磧上釣取之，大者千餘斤，可蒸爲臛，又可爲鮓，魚子可爲醬。」《詩·衛風·碩人》傳：「鱣，鯉也。」《説文》：「鯉，鱣也。」段注：「鯉者，俗通行之語……然則凡鯉曰鯉，大鯉曰鱣……而要各爲類也。」《太平御覽》卷九三六引《魏武四時食制》：「鱣，一名黄魚，大數百斤，骨軟可食。出江陽犍爲。」馬永卿《懶真子》卷四：「（峽中）黄魚極大，至數百斤，小者亦數十斤。」引此詩。

〔二〕脂膏句：《論衡·定賢》：「彭蠡之濱，以魚食犬豕。」

〔三〕筒桶二句：《趙次公先後解》：「筒桶散布水中以繫餌，觀其没以爲驗，而隨其困以取之也。」《草堂》夢弼注：「筒筩，捕魚器也。」

〔四〕泥沙二句：《趙次公先後解》：「黄魚徒大似龍鱗，乃不能起風雷，此所以爲可怪也。」

白小

白小羣分命，天然二寸魚〔一〕。細微霑水族，風俗當園蔬〔二〕。入肆銀花亂，傾箱雪片虛。生成猶拾卵①，盡取義何如〔三〕？（1202）

【校】

① 拾，錢箋校：「一作捨。」

【注】

黄鶴注：當是大曆元年（七六六）夔州作。

〔一〕白小二句：白居易《即事寄微之》：「衣縫紕纇黄絲絹，飯下腥鹹白小魚。」黄鶴注：「當是今所謂麵條魚者。」厲荃《事物異名録》卷三八：「即銀魚也。」

〔二〕細微二句：趙與旹《賓退録》卷二：「《靖州圖經》載其俗，居喪不食酒肉鹽酪，而以魚爲蔬。今湖北多然，謂之魚菜，不特靖也。老杜《白小》詩云……正指此。蓋老杜嘗往來荆楚，而此詩則嘉興魯氏定爲夔門所作，夔亦與湖北相鄰故也。注杜詩者皆不及此。《韻語陽秋》云：言白小

與菜無異，豈復有厚味哉。非其指矣。」按，杜詩非指居喪。趙説不確。

〔三〕生成二句：《禮記・王制》：「不麛，不卵，不殺胎，不殀夭，不覆巢。」張衡《西京賦》：「擭胎拾卵，蚳蝝盡取。」《文選》李善注：「《國語》曰：鳥翼鷇卵，蟲舍蚳蝝。」《趙次公先後解》：「今言取白小生成之物，遂猶拾卵而盡取矣，言白小之微細，所當有也。」朱鶴齡注：「言生成之道，卵猶不忍弃。魚雖小而盡取之，豈得爲義乎？」按，張衡賦乃謂取及胎卵，杜詩雖用其語，然實有出入，蓋同《王制》不卵之義。朱注曲爲彌合。

麂〔一〕

永與清溪別，蒙將玉饌俱。無才逐仙隱，不敢恨庖廚〔二〕。亂世輕全物，微聲及禍樞〔三〕。衣冠兼盜賊，饕餮用斯須〔四〕。（1203）

【注】

黃鶴注：當是大曆元年（七六六）夔州作。

〔一〕麂：《政和證類本草》卷一八引《圖經》：「麂音几，出東南山谷，今有山林處皆有，而均房湘漢間尤多。實麞也。謹按《爾雅》：麐與几同，大麕，旄毛狗足。釋曰：麐亦麞也。旄毛，猥長毛

也。大麈毛長狗足者名麐。南人往往食其肉，然堅韌不及麞味美，多食之則動痼疾。其皮作履舄，勝於衆皮。頭亦入藥，用采無時。又有一種類麐而更大，名麖，不堪藥用。《山海經》曰：女几之山，其獸多麖麐。是此。」引《衍義》：「麂，獐之屬，又小於獐。但口兩邊有長牙，好鬬，則用其牙。皮爲第一，無出其右者，然多牙傷痕。四方皆有，山深處則頗多，其聲如擊破鈸。」

〔二〕無才二句：《白氏六帖事類集》卷四：「《神仙傳》：葛仙公憑桐木几，於女几山學仙，得道後几化爲白麂三足，時出於山上。」《太平御覽》卷三七六引《晏子春秋》：「鹿生於山野，命懸於庖厨。」浦起龍云：「此詠獵得之麂，非生麂也。」

〔三〕亂世二句：《趙次公先後解》：「似言聖世猶不至於暴殄天物，而亂世輕全生之物，才聞鹿鳴微聲，則禍隨之矣。」仇注：「全乃全活之全。」

〔四〕衣冠二句：《趙次公先後解》：「衣冠之人行如盜賊，惟知饕餮而已，故使人多害生物，用以充庖，止在斯須之間焉。」仇注：「衣冠乃食肉者，盜賊乃捕獸者，徇口腹之欲，而戕命於斯須，則衣冠亦等於盜賊矣。」

雞

紀德名標五，初鳴度必三〔一〕。殊方聽有異，失次曉無慚〔二〕。問俗人情似，充

庖爾輩堪〔三〕。氣交亭育際，巫峽漏司南〔四〕。（1204）

【注】

黃鶴注：當是大曆元年（七六六）夔州作。

〔一〕紀德二句：《韓詩外傳》卷二：「君獨不見夫雞乎？首戴冠者，文也。足傅距者，武也。敵在前敢鬬者，勇也。得食相告，仁也。守夜不失時，信也。雞有此五德，君猶日瀹而食之者何也？」《禮記·文王世子》：「雞初鳴而衣服。」《史記·曆書》：「時雞三號，卒明。」索隱：「三號，三鳴也。言夜至雞三鳴則天曉。」

〔二〕失次句：《趙次公先後解》：「此失字，乃陳壽《三國志》所謂失旦之雞者矣。」

〔三〕問俗二句：《禮記·王制》：「充君之庖。」《趙次公先後解》：「蓋言以雞充庖者，皆風俗人情之常爾。」

〔四〕氣交二句：《老子》五十一章：「故道生之，德畜之，長之育之，亭之毒之。」河上公本「亭之毒之」作「成之熟之」。畢沅曰：「亭、成，毒、熟，聲義相近。」《梁書·武帝紀》：「思隨乾覆，布兹亭育。」《趙次公先後解》：「言雞之所以充庖，以其生息之繁，蓋一氣之所亭育也。」朱鶴齡注：「自昏而曉，正造化氣候所交，故曰氣交亭育際。」黃生謂指時在冬春之交。《韓非子·有度》：「故先王立司南以端朝夕。」《論衡·是應》：「司南之杓，投之於地，其柢指南。」《趙次公先後解》引《晉書》司南車，謂：「今公借字以言氣之司於南方耳。」朱鶴齡注：「夔州在南，雞司昏

曉，今失其司晨之職，故曰巫峽漏司南也。」仇注引顧注：「雞爲火德之精，南方屬火，故曰司南。」又引遠注：「指南車有南北定向，如雞鳴有子午之候。」黄生曰：「司南猶司晨也。」仇注：「當子半亭育之時，而巫峽漏聲早有司南之報，雞鳴果安在哉？」

別蘇徯 赴湖南幕〔一〕。

故人有游子，弃擲傍天隅〔二〕。他日憐才命，居然屈壯圖〔三〕。十年猶塌翼，絶倒爲驚吁〔四〕。消渴今如在，提携愧老夫〔五〕。豈知臺閣舊，先拂鳳凰雛①〔六〕。得實翻蒼竹，栖枝把翠梧〔七〕。北辰當宇宙，南岳據江湖〔八〕。國帶風塵色，兵張虎豹符〔九〕。數論封内事，揮發府中趨〔一〇〕。贈爾秦人策②，莫鞭轅下駒〔一一〕。（1205）

【校】

① 先，錢箋、《草堂》校：「陳作洗。」

② 爾，錢箋、《草堂》校：「一作汝。」

【注】

黄鶴注：當是大曆元年（七六六）作。《趙次公先後解》編入大曆二年（七六七）。

〔一〕蘇徯：卷七有《贈蘇四徯》(0362)。朱鶴齡注：「公爲拾遺時，徯父在臺閣，故曰臺閣舊。按史，肅宗收京，蘇源明擢考功郎中、知制誥，豈徯乃源明之子耶？」仇注：「源明卒於廣德二年，不應喪制未終，而急趨幕府，知非源明子矣。」

〔二〕故人二句：《文選》李陵詩：「風波一失所，各在天一隅。」仇注：「公蓋蘇徯父接也。」

〔三〕他日二句：《趙次公先後解》：「他日，前日也。前日嘗憐愛蘇之才命，以爲必超騰矣，而今居然猶壯圖之屈也。」《宋書・文九王傳》：「授鉞南討，本非才命。」《新唐書・藝文志》著録張鷟撰《才命論》一卷。

〔四〕十年二句：陳琳《爲袁紹檄豫州》：「垂頭拓翼，莫所憑恃。」絶倒，見卷二《蘇端薛復筵簡薛華醉歌》(0078)注。

〔五〕消渴二句：消渴，見卷六《同元使君春陵行》(0276)「渴太甚」注。《趙次公先後解》：「公自言其有消渴之病，不能提携蘇徯爲愧也。」在，存也。《論語・八佾》：「祭如在。」疏：「如其親存。」

〔六〕豈知二句：《三國志・魏書・盧毓傳》：「魏世事統臺閣，重内輕外，故八座尚書，即古六卿之任也。」仇注：「臺閣舊人，必徯父交而力能提携者。」「湖南幕主，亦徯父交而昔日同朝者。」朱注謂指徯父，不確。

〔七〕得實二句：《莊子・秋水》：「夫鵷雛，發於南海而飛於北海，非梧桐不止，非練實不食，非醴泉不飲。」

〔八〕北辰二句：《趙次公先後解》：「上句言帝都。」「次句言湖南。」

〔九〕兵張句：《漢書·文帝紀》：「初與郡守爲銅虎符、竹使符。」注：「應劭曰：銅虎符第一至第五，國家當發兵，遣使者至郡合符，符合乃聽受之。」

〔一〇〕揮發句：《陌上桑》：「盈盈公府步，冉冉府中趨。」

〔一一〕贈爾二句：《左傳》文公十三年：「（士會）乃行，繞朝贈之以策，曰：『子無謂秦無人，吾謀適不用也。』」杜預注：「策，馬檛。臨別授之馬檛，並示己所策以展情。繞朝，秦大夫。」疏引服虔云，以策爲策書。《史記·魏其武安侯列傳》：「今日廷論，局趣效轅下駒。」正義：「應劭云：駒馬駕著轅下，局趣，纖小之貌。」《趙次公先後解》：「莫鞭轅下駒，戒之以無妄舉。」仇注：「勸之以志圖遠大，而勿局於近小。」

月圓

孤月當樓滿，寒江動夜扉。委波金不定，照席綺逾依〔一〕。未缺空山静，高懸列宿稀〔二〕。故園松桂發①，萬里共清輝〔三〕。（1206）

【校】

①桂，宋本、錢箋、《草堂》校：「一作菊。」

【注】

黃鶴注：當是大曆元年（七六六）在夔州西閣作。

〔一〕委波二句：謝莊《月賦》：「委照而吳業昌，淪精而漢道融。」《漢書·郊祀志》郊祀歌：「月穆穆以金波，日華耀以宣明。」鄒陽《酒賦》：「綃綺爲席，犀璩爲鎮。」江淹《雜體詩·休上人怨別》：「膏爐絶沈燎，綺席生浮埃。」

〔二〕未缺二句：《禮記·禮運》：「三五而盈，三五而闕。」疏：「月有虧盈之理。」《趙次公先後解》：「未缺，言月之尚圓。」謝莊《月賦》：「列宿掩縟，長河韜映。」

〔三〕故園二句：謝莊《月賦》：「美人邁兮音塵闕，隔千里兮共明月。」沈約《八詠·登臺望秋月》：「凝華入黼帳，清輝懸洞房。」

中宵

西閣百尋餘，中宵步綺疏〔一〕。飛星過水白，落月動沙虛。擇木知幽鳥，潛波想巨魚。親朋滿天地，兵甲少來書。（1207）

【注】

黃鶴注：當是大曆元年（七六六）作。

〔一〕西閣二句：《後漢書·梁冀傳》：「窗牖皆有綺疏青瑣。」注：「綺疏，謂鏤爲綺文。」陸機《贈尚書郎顧彥先》：「玄雲拖朱閣，振風薄綺疏。」

白帝樓

漠漠虛無裏，連連睥睨侵①〔一〕。樓光去日遠，峽影入江深。臘破思端綺，春歸待一金②〔二〕。去年梅柳意，還欲攬邊心〔三〕。（1208）

【校】

①睥睨，《草堂》校：「一作埤堄。」

②一，《草堂》作「鎰」。

【注】

黃鶴注：當是大曆二年（七六七）歲晏作。《趙次公先後解》編入大曆元年（七六六）。

〔一〕漠漠二句：《釋名》：「城上垣曰睥睨，言於其孔中睥睨非常也。」參《上白帝城》(1169)「女墻」注。《趙次公先後解》：「侵，則侵虛無之裏，言其高也。」

〔二〕臘破二句：《古詩十九首》：「客從遠方來，遺我一端綺。」《趙次公先後解》：「臘破思端綺，所以禦寒，且爲新服。春歸待一金，所以充費，且以爲賞。」

〔三〕去年二句：仇注：「思端綺、一金製春服而作行資尚不可得，恐仍似去年之留滯耳，故對梅柳而還動邊心。」

送王十六判官〔一〕

客下荆南盡，君今復入舟。買薪猶白帝，鳴櫓少沙頭①。江陵吴船至，泊於郭外沙頭〔二〕。衡霍生春早，瀟湘共海浮〔三〕。荒林庾信宅〔四〕，爲仗主人留。(1209)

【校】

① 少，錢箋、《草堂》校：「一作已。」

【注】

黄鶴注：當是大曆元年(七六六)在夔州作。

〔一〕王十六判官：名不詳。

〔二〕鳴櫓句：卷六《雨二首》(0299)：「水深雲光廓，鳴櫓各有適。」《方輿勝覽》卷二七江陵府：「沙頭市，去府十五里。四方之商賈輻輳，舟車駢集。」

〔三〕衡霍二句：郭璞《江賦》：「衡霍磊落以連鎮，巫廬嵬崛而比嶠。」此指衡山。參卷三《昔游》(0097)「廬霍」注。朱鶴齡注：「蓋王自江陵而適湖南也。」

〔四〕荒林句：卷一五《送李功曹之荊州充鄭侍御判官重贈》(1057)《九家》杜時可《補遺》：「余知古《渚宮故事》曰：庾信因侯景之亂，自建康遁歸江陵，居宋玉故宅。宅在城北三里。《哀江賦》：誅茅宋玉之宅，穿逕臨江之府。」

奉送卿二翁統節度鎮軍還江陵〔一〕

火旗還錦纜，白馬出江城〔二〕。嘹唳吟笳發①〔三〕，蕭條別浦清。寒空巫峽曙，
落日渭陽明②〔四〕。留滯嗟衰疾，何時見息兵？（1210）

【校】

① 吟，錢箋校：「一作鳴。」《草堂》作「鳴」，校：「一作吟。」

②明，錢箋、《草堂》校："一作情。"

【注】

黄鶴注：當是大曆二年（七六七）作。《趙次公先後解》編入大曆元年。

〔一〕卿二翁：見卷一五《上卿翁請修武侯廟遺像缺落時崔卿權夔州》（1058）注。《舊唐書·地理志》夔州："（乾元）二年，刺史唐論請升爲都督府，尋罷之。"柏貞節大曆元年仍爲夔州都督，其罷都督府或即崔卿權州之時歟？

〔二〕火旗二句：李白《送程劉二侍郎兼獨孤判官赴安西幕府》："天外飛霜下葱海，火旗雲馬生光彩。"《趙次公先後解》："火旗，朱旗也。還錦纜，則軍從舟中歸矣。"白居易《送令狐相公赴太原》："青衫書記何年去，紅旆將軍昨日歸。"注："藩鎮例驅紅旆。"葉夢得《石林燕語》卷六："節度使旌節門旗二，龍虎旌一，節一，麾槍二，豹尾二，凡八物。旗以紅繒爲之，九幅，上爲塗金龍頭，以揭旌，加木盤。……旗則綢以紅繒，節及麾槍則綢以碧油，故謂之碧油紅旆。"還，猶言還有，還復，非往還之還。許敬宗《奉和喜雪應制》："飄河共瀉銀，委樹還重碧。"李白《襄陽曲》："頭上白接䍦，倒著還騎馬。"錦纜，見卷九《城西陂泛舟》（0445）注。

〔三〕嘹唳句：陶弘景《寒夜怨》："夜雲生，夜鴻驚，淒切嘹唳傷夜情。"陳子昂《西還至散關答喬補闕知之》："葳蕤蒼梧鳳，嘹唳白露蟬。"

〔四〕寒空二句：《趙次公先後解》："落日渭陽明一句説長安，所以懷鄉，又暗有卿二翁乃公舅翁之

義也。」《詩・秦風・渭陽》：「我送舅氏，曰至渭陽。」序：「《渭陽》，康公念母也。康公之母，晋獻公之女。文公遭麗姬之難，未反，而秦姬卒。穆公納文公，康公時爲大子，贈送文公於渭之陽，念母之不見也。我見舅氏，如母存焉。及其即位，思而作是詩也。」

閣夜

歲暮陰陽催短景，天涯霜雪霽寒宵〔一〕。五更鼓角聲悲壯，三峽星河影動搖〔二〕。野哭幾家聞戰伐①，夷歌是處起漁樵②〔三〕。卧龍躍馬終黄土，城上有白帝祠，郭外有孔明廟③〔四〕。人事依依漫寂寥④。（1211）

【校】

① 幾，錢箋、《草堂》校：「晋作千。」

② 是，錢箋作「數」，校：「晋作是。」《草堂》校：「晋作幾。或作數。」

③ 城上有白帝祠郭外有孔明廟，錢箋：「吴若本注：夔州有白帝城，郭外有孔明廟。」

④ 人事依依漫寂寥，宋本校：「一云人事音塵日寂寥。」《草堂》校：「一作人事音書謾寂寥。一作人事音塵日寂寥。」依依漫，錢箋校：「一作音塵日。一作音書頗。」

【注】

黄鶴注：大曆元年（七六六）作，是時崔旰之亂未息。仇注編入大曆二年（七六七）。

〔一〕歲暮二句：《古詩十九首》：「浩浩陰陽移，年命如朝露。」郭璞《客傲》：「駿狼之長暉，玄陸之短景。」

〔二〕五更二句：《後漢書・文苑傳》禰衡：「衡方爲《漁陽參撾》，蹀躍而前，容態有異，聲節悲壯。」《史記・天官書》：「天一、槍、棓、矛、盾動摇，角大，兵起。」《漢書・天文志》：「元光中，天星盡摇，上以問候星者，對曰：『星摇者，民勞也。』」《苕溪漁隱叢話》前集卷一〇引《西清詩話》：「杜少陵云：作詩用事，要如禪家語，水中著鹽，飲水乃知鹽味。此説詩家秘密藏也。如『五更鼓角聲悲壯，三峽星河影動摇』，人徒見凌轢造化之工，不知乃用事也。」引《禰衡傳》及《漢武故事》。賀裳《載酒園詩話》卷一：「余意解則妙矣，然少陵當日正是古今貫串胸中，觸手逢源，譬如秫和麴蘗而成醴，嘗者更辨其孰爲黍味，孰爲麥味耳。」施閏章《蠖齋詩話》：「注杜詩者，謂杜語必有出處。然添却故事，減却詩好處。如『五更鼓角聲悲壯，三峽星河影動摇』，蓋言峽流傾注，上撼星河，語有興象。竹坡乃引《天官書》天一槍棓矛盾動摇、角大兵起，謂語中暗見用兵之意，頓覺索然。且上句已明言鼓角矣，何復暗用爲哉？」

〔三〕野哭二句：《禮記・檀弓上》：「孔子惡野哭者。」左思《蜀都賦》：「陪以白狼，夷歌成章。」

〔四〕卧龍句：《三國志・蜀書・諸葛亮傳》：徐庶謂先主曰：「諸葛孔明者，卧龍也。」躍馬，見《上

白帝城》(1169)注。白帝祠，見卷一三《上白帝城二首》(0925)注。

《苕溪漁隱叢話》前集卷一〇引東坡云：「七言之偉麗者，子美云：『旌旗日暖龍蛇動，宮殿風微燕雀高。』『五更鼓角聲悲壯，三峽星河影動搖。』爾後寂寥無聞焉。直至永叔云：『蒼波萬古流不盡，白鳥雙飛意自閑。』『萬馬不嘶聽號令，諸番無事著耕耘。』可以並驅爭先矣。小生亦云：『令嚴鐘鼓三更月，野宿貔貅萬竈烟。』又云：『露布朝馳玉關塞，捷書夜至甘泉宮。』亦庶幾焉耳。」

白帝城最高樓

城尖徑昃旌旆愁①〔一〕，獨立縹緲之飛樓。峽坼雲霾龍虎睡②，江清日抱黿鼉游③〔二〕。扶桑西枝對斷石④，弱水東影隨長流〔三〕。杖藜歎世者誰子，泣血迸空回白頭〔四〕。（1212）

【校】

① 昃，宋本、錢箋、《草堂》校：「一作翼。」《九家》作「仄」，校：「一作翼。」

②睡，錢箋作「卧」，校：「吴作睡。」

③江清，《草堂》作「清江」。

④對，錢箋校：「一作封。」

【注】

黄鶴注：當是大曆元年（七六六）到夔時登此樓所作。

〔一〕徑昃：《趙次公先後解》作「徑仄」，謂昃字非。

〔二〕峽坼二句：《趙次公先後解》：「峽壁開坼，而雲氣霾龍虎之睡，江水澄清，而日光抱黿鼉之游。」

〔三〕扶桑二句：《山海經·海外東經》：「湯谷上有扶桑，十日所浴。」《淮南子·天文訓》：「日出於暘谷，浴於咸池，拂於扶桑。」弱水，見卷二《送韋十六評事充同谷郡防禦判官》（0088）注。曹植《游仙詩》：「東觀扶桑曜，西臨弱水流。」《趙次公先後解》謂道書言蓬萊隔弱水三十萬里，以弱水在東，所以言東影，舊注引《禹貢》弱水非是。按，道家亦恒言崑崙弱水。朱鶴齡注：「峽之高，可望扶桑西向。江之遠，可接弱水東來。」仇注：「扶桑西枝，是就東言西。弱水東影，是就西言東。」

〔四〕杖藜二句：曹植《七哀詩》：「借問歎者誰，言是宕子妻。」阮籍《詠懷》：「所憐者誰子，明察自照妍。」

趙翼《甌北詩話》卷八：「拗體七律，如『鄭縣亭子澗之濱』、『獨立縹緲之飛樓』之類，杜少陵集最多。乃專用古體，不諧平仄。中唐以後，則李商隱、趙嘏輩創爲一種以第三、第五字平仄互易，如『溪雲初起日沈閣，山雨欲來風滿樓』，『殘星幾點雁横塞，長笛一聲人倚樓』之類，别有擊撞波折之致。」

覽鏡呈柏中丞〔一〕

渭水流關内，終南在日邊〔二〕。膽銷豺虎窟，淚入犬羊天〔三〕。起晚堪從事，行遲更覺仙①〔四〕。鏡中衰謝色，萬一故人憐〔五〕。（1213）

【校】

① 覺，錢箋作「學」，校：「舊作覺。」《草堂》校：「一作學。」

【注】

黄鶴注：大曆元年（七六六）作。

〔一〕柏中丞：柏貞節。見卷七《覽柏中允兼子侄數人除官制詞因述父子兄弟四美載歌絲綸》

（0308）注。

〔二〕渭水二句：《晉書·明帝紀》：「年數歲，嘗坐置膝前，屬長安使來，因問帝曰：『汝謂日與長安孰遠？』對曰：『長安近。不聞人從日邊來，居然可知也。』」《趙次公先後解》：「故凡言帝都者，以日邊言之。」李白《行路難》：「閑來垂釣坐溪上，忽復乘舟夢日邊。」

〔三〕膽銷二句：黄鶴注：「蓋以叶蕃自廣德元年至永泰元年入寇，故云。」

〔四〕起晚二句：《趙次公先後解》：「凡仕有官者必早起，起晚矣可堪從事乎？仙者身輕步疾，老而行遲矣，那更覺爲仙乎？豈因覽鏡見衰而遂歎其終不能仙矣乎？」錢箋：「言步履遲緩，更可以學仙乎？正衰謝之意也。」朱鶴齡注：「或曰《仙傳》載薊子訓行若遲徐，走馬不及。左慈著木履，拄一竹杖，孫討逆鞭馬追之，終不能及。此所云行遲更學仙也。戲言之以見其衰謝之意耳。」按，仙疑爲音近假借或方言詞，別有義。

〔五〕萬一：表希企冀望。《後漢書·皇后紀》：「如有萬一，援不朽於黄泉矣。」顧非熊《陳情上鄭主司》：「懇情今吐盡，萬一冀哀憐。」劉駕《出門》：「進猶希萬一，退復何所如。」

西閣夜

恍惚寒山暮①，逶迤白霧昏。山虚風落石②，樓静月侵門。擊柝可憐子，無衣

何處村〔二〕？ 時危關百慮，盜賊爾猶存。（1214）

【校】

①山，《九家》作「空」。

②石，《草堂》作「木」。

【注】

黄鶴注：當是大曆元年（七六六）作，盜賊指崔旰也。

〔一〕擊柝二句：《趙次公先後解》：「白帝上有屯戍，則每夜有擊柝之役。」《易·繫辭下》：「重門擊柝，以待暴客。」

瀼西寒望

水色含羣動，朝光切太虛〔一〕。年侵頻悵望①〔二〕，興遠一蕭疏。猿挂時相學〔三〕，鷗行炯自如。瞿塘春欲至，定卜瀼西居。（1215）

【校】

①侵，錢箋校：「一作終。」

【注】

黃鶴注：當是大曆元年（七六六）冬作，明年春晚果自赤甲遷居瀼西。

〔一〕水色二句：陶淵明《雜詩》：「日入羣動息，歸鳥趨林鳴。」曹植《仙人篇》：「萬里不足步，輕舉凌太虛。」

〔二〕年侵句：陸機《豫章行》：「前路既已多，後塗隨年侵。」

〔三〕猿挂句：蕭衍《草書狀》：「若白水之游群魚，叢林之挂騰猿。」何遜《渡連圻》：「魚游若擁劍，猿挂似懸瓜。」

陪柏中丞觀宴將士二首

極樂三軍士，誰知百戰場。無私齊綺饌，久坐密金章〔一〕。醉客霑鸚鵡，佳人指鳳皇①〔二〕。幾時來翠節，特地引紅粧〔三〕？（1216）

【校】

①皇，錢箋作「凰」。

【注】

黃鶴注：作於大曆元年（七六六）。

〔一〕無私二句：鮑照《數詩》：「八珍盈雕俎，綺肴紛錯重。」何遜《擬輕薄篇》：「象床沓繡被，玉盤傳綺食。」參卷七《種萵苣》(0315)注。《趙次公先後解》：「銅章墨綬，縣令之章飾。而公今所言，則指將士之金帶耳。」按，此仍當指金印。蓋軍將兼銜受封，亦有章服。鮑照《建除詩》：「開壤襲朱紱，左右佩金章。」

〔二〕醉客二句：《九家》杜田云：「鸚鵡，杯名。雕刻海蠡而爲之，像鸚鵡形。昔人以之勸酒，並爲罰爵。」引《南海異物志》：「鸚鵡螺，狀如覆杯，形如鳥頭，向其腹視之，似鸚鵡，故以爲名。」及《酉陽雜俎》：「梁宴魏使，酒至鸚鵡杯。」《趙次公先後解》：「佳人指鳳凰，則筵上或畫圖，或繡帳上有之。」《嶺表録異》卷下：「鸚鵡螺，旋尖處屈而朱，如鸚鵡嘴，故以此名。殼上青緑斑文，大者可受三升。殼内光瑩如雲母，裝爲酒杯，奇而可玩。」朱鶴齡注引此。又引《唐會要》袍文宰相飾以鳳凰，尚書飾以對雁，謂：「鸚鵡，蒙綺纈；鳳凰，蒙金章。……可證鳳凰乃當時章服也。」仇注：「指鳳凰，彈琴也。」引《西京雜記》趙后有寶琴曰鳳凰，又慶安世善鼓琴，能爲雙鳳離鸞之曲，趙后悦之。浦起龍云：「公意隱以羣官之會，當鳳凰之集，故借佳人之指以祝之。」

引《異苑》劉穆之居京口，鳳凰集其庭。按，上句言酒具當不錯，仇注以指爲彈琴，似無此用法。武元衡有《四川使宅有韋令公時孔雀存焉暇日與諸公同玩座中兼故府賓妓興嗟久之》，時和者甚多。南中有飼養孔雀者，疑此鳳凰乃代指孔雀之類。

〔三〕幾時二句：朱鶴齡注：「時柏中丞尚未拜節度，故云然。」仇注：「翠節，符節，以旄牛尾爲之。」按，《文獻通考》卷一一五：「旌節，唐天寶中置，節度使受命日賜之，得以專制軍事，行即建節，府樹六纛。……麾槍設髹漆木盤，綢以紫繒複囊，又綢以碧油絹袋。」卷一一七：「金節，隋制也。……王公以下皆有節，制同金節，韜以碧油。」故唐人稱碧油幢。翠節或指此。宋以後習用。

繡段裝簷額，金花帖鼓腰〔一〕。一夫先舞劍，百戲後歌樵①〔二〕。江樹城孤遠，雲臺使寂寥〔三〕。漢朝頻選將，應拜霍嫖姚。〔四〕（1217）

【校】

① 樵，錢箋、《草堂》校：「一作鐎。」

【注】

〔一〕繡段二句：《趙次公先後解》：「上句則樂工之飾，下句則工所擊之鼓。」仇注：「裝簷額，即今

人宴會結綵於簷之類。」强至《彭及之邀吴仲源楊公濟與某夜會望湖樓》：「天邊鳥翼愁簷額，雨後虹光轉檻腰。」此宋人所用。

〔二〕一夫二句：《舊唐書·音樂志》：「散樂者，歷代有之，非部伍之聲，俳優歌舞雜奏。……如是雜變，總名百戲。」《趙次公先後解》：「歌樵，則戲爲夔峽樵歌之音也。公前篇《閣夜》詩曰夷歌是處起漁樵是已。舊注本作歌鐎，乃引《李廣傳》刁斗曰以銅作鐎，然考之韻書，音焦，云温器，三足而有柄。别無歌義。」

〔三〕雲臺句：南宫雲臺，見卷四《述古三首》(0206)注。仇注：「雲臺使，策功之使臣也。」

〔四〕漢朝二句：見卷二《後出塞五首》(0133)注。

奉漢中王手札報韋侍御蕭尊師亡〔一〕

秋日蕭韋逝，淮王報峽中。少年疑柱史①，多術怪仙公〔二〕。不但時人惜，祇應吾道窮〔三〕。一哀侵疾病，相識自兒童〔四〕。處處鄰家笛，飄飄客子蓬。强吟懷舊賦，已作白頭翁〔五〕。(1218)

【校】

①少，錢箋校：「一作小。」《文苑英華》作「小」，校：「集作少。」

【注】

黄鶴注：當是大曆元年（七六六）在夔州作，蓋永泰元年王已出峽。

〔一〕漢中王：見卷一四《奉漢中王手札》（0941）注。韋侍御：名不詳。尊師：唐人稱道士。

〔二〕少年二句：《史記·張丞相列傳》：「秦時爲御史，主柱下方書。」索隱：「周秦皆有柱下史，謂御史也。所掌及侍立恒在殿柱之下，故老子爲周柱下史。」《神仙傳》卷六：「淮南王劉安，好神仙之道，海内方士從其游者多矣。一旦，有八公詣之，容狀衰老，枯槁傴僂。……於是振衣整容，立成童幼之狀。……各能吹噓風雨，震動雷電，傾天駭地，回日駐流，役使鬼神，鞭撻魔魅，出入水火，移易山川，變化之事，無所不能也。」朱鶴齡注：「韋以年少而亡，故疑之。蕭學仙而亦亡，故怪之。」按，韋侍御卒時當非年少。此言其容顔甚少而使人疑，尊師多術亦使人驚怪。

〔三〕祗應句：《公羊傳》哀公十四年：「西狩獲麟，孔子曰：『吾道窮矣。』」

〔四〕一哀二句：《禮記·檀弓上》：「孔子之衛，遇舊館人之喪，入而哭之哀。出，使子貢説驂而賻之。子貢曰：『於門人之喪，未有所説驂，説驂於舊館，無乃已重乎？』夫子曰：『予鄉者入而哭之，遇於一哀而出涕。予惡夫涕之無從也？小子行之。』」

〔五〕處處四句：向秀《思舊賦》序：「鄰人有吹笛者，發聲寥亮，追想曩昔游宴之好，感音而歎。」

南極

南極青山衆，西江白谷分〔一〕。古城疏落木，荒戍密寒雲。歲月蛇常見，風飈虎或聞①。近身皆鳥道，殊俗自人羣。睥睨登哀柝，矛弧照夕曛②〔二〕。亂離多醉尉，愁殺李將軍〔三〕。（1219）

【校】

① 或，錢箋、《草堂》校：「一作忽。」

② 矛，《草堂》作「蝥」，校：「一作矛。」

【注】

黄鶴注：當是大曆元年（七六六）冬作，時在夔州。《趙次公先後解》編入大曆二年（七六七）。

〔一〕南極二句：《趙次公先後解》：「南極，乃星名老人之南極也。」黄希注：「南極當是用《爾雅》四極中南極字，言夔州去長安爲遠，非取南極星也。」《爾雅·釋地》：「東至於泰遠，西至於邠國，南至於濮鉛，北至於祝栗，謂之四極。」白谷，見《白帝城樓》（1178）注。

〔二〕睥睨二句：睥睨，見《白帝樓》（1208）注。《趙次公先後解》謂矛弧當作蝥弧，矛、弧兩物，不當對睥睨之一名。《左傳》隱公十一年：「潁考叔取鄭伯之旗蝥弧以先登。」按，《史記·日者列傳》：「此夫爲盜不操矛弧者也，攻而不用弦刃者也。」此當用其成語。

〔三〕亂離二句：《史記·李將軍列傳》：「還至霸陵亭，霸陵尉醉，呵止廣。廣騎曰：『故李將軍。』尉曰：『今將軍尚不得夜行，何乃故也。』止廣宿亭下。居無何，匈奴入殺遼西太守，敗韓將軍，後韓將軍徙右北平，於是天子乃召拜廣爲右北平太守，廣即請霸陵尉與俱，至軍而斬之。」

摇落

摇落巫山暮，寒江東北流。烟塵多戰鼓，風浪少行舟。鵝費羲之墨，貂餘季子裘〔一〕。長懷報明主，卧病復高秋。（1220）

【注】

黄鶴注：大曆二年（七六七）九月，吐蕃寇邠州、靈州，京師戒嚴，當是其年作。

〔一〕鵝費二句：鵝費，見卷一一《得房公池鵝》（0766）注。仇注引顧注：「公詩『九齡書大字，有作成一囊』。公本善書，故自比羲之。」貂裘，見卷一四《江上》（1077）注。

季秋江村

喬木村墟古，疏籬野蔓懸。素琴將暇日①，白首望霜天〔一〕。登俎黄甘重，支床錦石圓〔二〕。遠游雖寂寞，難見此山川。（1221）

【校】

① 素，宋本、《草堂》校：「一作清。」錢箋作「清」，校：「一作素。」

【注】

黄鶴注：以前篇考之，當是大曆二年（七六七）作。

〔一〕素琴二句：《趙次公先後解》：「言將琴往江村，當暇日也。」仇注引顧注：「將，送也。此言借琴以遣暇日。」按，將，持也。此謂持素琴以度暇日。

〔二〕登俎二句：《左傳》隱公五年：「鳥獸之肉不登於俎。」《史記·龜策列傳》：「南方老人用龜支床足。」

季秋蘇五弟纓江樓夜宴崔十三評事韋少府侄三首〔一〕

峽險江驚急，樓高月迥明。一時今夕會，萬里故鄉情。星落黄姑渚，秋辭白帝城〔二〕。老人因酒病，堅坐看君傾。（1222）

【注】

黄鶴注：當是大曆二年（七六七）在夔州作。

〔一〕蘇五弟纓：本卷有《戲寄崔評事表侄蘇五表弟韋大少府諸妷》（1253）。崔十三評事：見卷一四《贈崔十三評事公輔》（0942）注。韋少府：即韋大少府。名不詳。

〔二〕星落二句：《趙次公先後解》：「黄姑渚三字，天河之別名也。」《東飛伯勞歌》：「東飛伯勞西飛燕，黄姑織女時相見。」《荆楚歲時記》：「河鼓、黄姑，牽牛也。皆語之轉。」張邦基《墨莊漫録》卷四：「予後讀緯書，始見引張平子《天象賦》云：河鼓集軍，以嘈雜囋。張茂先、李淳風等注云：河鼓三星，在牽牛星北，主軍鼓，蓋天子三軍之象。昔傳牽牛織女見此星是也。故《爾雅》河鼓謂之牽牛。又古詩云：東飛伯勞西飛燕，黄姑織女時相見。黄姑即河鼓也，音訛而然。今之學者，或謂是列舍，牽牛而會織女，故於此析其疑。又張茂先《小家賦》曰：九坎至牽牛，

織女期河鼓。石鍊注云：河鼓星在牽牛北，天鼓也，主軍鼓，主鈇鉞。李淳風：自昔相傳牽牛織女七月七日相見者，乃此星也。予因此始知黃姑乃河鼓也，爲牽牛之別名。」方以智《通雅》卷一一：「黃姑當爲河鼓也。河鼓三星，見《天官》。《説文》引何鼓，是荷負也，故俗名擔鼓星。《古樂苑》《東飛伯勞歌》曰：黃姑織女時相見。子美用星落黃姑渚。蓋因河鼓音近，而訛爲黃姑也。王道俊《玄象博議》謂：黃姑乃牛宿之異名。智嘗笑馬永卿不知《爾雅》有兩牽牛，今王君又爾邪。」

明月生長好，浮雲薄漸遮①。悠悠照邊塞，悄悄憶京華。清動杯中物，高隨海上查②〔一〕。不眠瞻白兔，百過落烏紗〔二〕。（1223）

【校】

① 漸，錢箋校：「晉作暫。」

② 查，《草堂》作「槎」。

【注】

〔一〕海上查：見卷一〇《送翰林張司馬南海勒碑》(0525)、《秦州雜詩二十首》(0556)注。

〔二〕不眠二句：月兔，見卷一〇《月》(0507)注。烏紗帽，見卷五《相從歌》(0248)注。

對月那無酒，登樓況有江。聽歌驚白鬢，笑舞拓秋窻。樽蟻添相續〔一〕，沙鷗並一雙。盡憐君醉倒，更覺片心降①〔二〕。（1224）

【校】

①片，宋本、錢箋、《草堂》校：「一作我。」

【注】

〔一〕樽蟻：見卷九《贈特進汝陽王二十韻》（0417）注。

〔二〕盡憐二句：《詩·召南·草蟲》：「亦既見止，亦既覯止，我心則降。」

送孟十二倉曹赴東京選〔一〕

君行別老親，此去苦家貧〔二〕。藻鏡留連客，江山憔悴人〔三〕。秋風楚竹冷，夜雪鞏梅春〔四〕。朝夕高堂念，應宜綵服新〔五〕。（1225）

【注】

黄鶴注：當在大曆二年（七六七）作。

〔一〕孟十二倉曹：見卷一五《九月一日過孟十二倉曹十四主簿兄弟》(1119)注。《唐會要》卷七五《東都選》：「開耀元年十月，崇文館直學士崔融議選事曰：關外諸州，道里迢遞，洛河之邑，天地之中。伏望詔東西二曹，兩京都分簡留放，既畢，同赴京師。」

〔二〕君行二句：《説苑・建本》：「子路曰：負重而道遠者，不擇地而休；家貧親老者，不擇禄而仕。昔者由事二親之時，常食藜藿之食而爲親負米百里之外，親没之後，南游於楚，從車百乘，積粟萬鍾，累茵而作，列鼎而食，願食藜藿負米之時不可復得也。枯魚銜索，幾何不蠹，二親之壽，忽如過隙。草木欲長，霜露不使，賢者欲養，二親不待。故曰：家貧親老不擇禄而仕也。」

〔三〕藻鏡二句：《陳書・姚察傳》：「藻鏡人倫，良所期寄。」《趙次公先後解》：「題是送赴東京選，故用藻鏡事。」「既是赴選，則須等候，藻鏡之所取，非旬日之事，故云留連客也。」

〔四〕夜雪句：鞏，鞏縣。范雲《别詩》：「洛陽城東西，長作經時别。昔去雪如花，今來花似雪。」仇注謂夜雪鞏梅本此。

〔五〕朝夕二句：見卷二《送李校書二十六韻》(0089)注。

憑孟倉曹將書覓土婁舊莊〔一〕

平居喪亂後，不到洛陽岑。爲歷雲山問，無辭荆棘深。北風黄葉下，南浦白

頭吟[二]。十載江湖客，茫茫遲暮心。（1226）

【注】

黃鶴注：大曆二年（七六七）作。

[一] 土婁：《草堂》夢弼注：「土婁村在今洛陽東。」黃鶴注：「公有先墓在河南，又有莊墅。土婁，河南地名也。」韓愈《河南府王屋縣尉畢君墓志銘》：「從葬偃師之土婁。」何焯云：「方云：土婁在今偃師四十里。」錢泳《履園叢話》卷一九《唐工部郎杜甫墓》：「案《河南通志》云：唐工部郎杜甫墓在河南府偃師縣之土婁村，元和八年元微之志其墓。劉昫《舊唐書》載：宗武子嗣業遷甫之柩，歸葬於偃師西首陽山之前。《墓志》亦云：啓子美之柩，襄祔事於偃師。祔者，祔當陽侯墓也。是墓在偃師土婁無疑矣。自《河南府志》有鞏人與事之語，遂沿司馬温公《詩話》，誤載入鞏縣，反駁元微之祔葬偃師，爲江陵途次懸擬之詞。豈《舊唐書》亦不可據耶？以嗣業數千里乞丐焦勞，遷柩歸葬，豈不知其祖平日不忘本、不忘仁之言？祔葬當陽，以慰泉壤，禮也。乃去土婁咫尺，遷就葬鞏，既違祖遺志，而又悖元公襄祔之言，斷無是理。乾隆初年，爲村民所侵耕爲麥地。邑令朱公訪出造營碑記，以復舊制。閱四十餘年，又復侵削。舊時墓前本有杜公祠，爲鄉民改祀土穀神。欲復其舊不可，乃於城西五里堡專建焉。前臨通衢，過者易識。後洛水暴漲，棟宇摧頽。五十二年，邑令南皮湯公毓倬又爲清理，廣其兆域，崇其塚封。」按，甫所祔應爲杜審言墓。參卷二〇《唐故范陽太君盧氏墓志》（1483）注。

〔二〕北風二句：江淹《别賦》：「送君南浦，傷如之何。」仇注：「時在魚復浦也。」

耳聾

生年鶡冠子，歎世鹿皮翁〔一〕。眼復幾時暗，耳從前月聾。猿鳴秋淚缺，雀噪晚愁空〔二〕。黄落驚山樹，呼兒問朔風〔三〕。（1227）

【注】

黄鶴注：當是大曆二年（七六七）秋晚作。

〔一〕生年二句：《漢書·藝文志》：「《鶡冠子》一篇。楚人，居深山，以鶡爲冠。」《藝文類聚》卷六七引劉向《别録》：「鶡冠子常居深山，以鶡爲冠，故號鶡冠子。」又卷三六引袁淑《真隱傳》：「鶡冠子，或曰楚人，隱居幽山，衣敝履空，以鶡爲冠，莫測其名，因服成號，著書言道家。馮諼常師事之，後顯於趙，鶡冠子懼其薦己也，乃與諼絶。」鹿皮翁，見卷三《遣興三首》(0096)注。

〔二〕猿鳴二句：《玉篇》：「缺，亦作缺。」《增修禮部韻略》：「《唐李嗣真傳》：太常缺黄鍾。張九齡《選舉疏》：每一官缺，以不次用之。此與欠闕、空闕、虧闕之闕同義。又毁也，玷也。江文通《上楚平王書》：坐貽謗缺。」《趙次公先後解》：「以耳聾之故，而幸其不聞也。」

〔三〕黃落二句：《趙次公先後解》：「但見山木葉落而不聞風聲，所以呼兒而問也。」仇注：「下四寫耳聾之狀，但五六屬無聞，七八説有見，仍與眼耳相關。」

小園

由來巫峽水，本自楚人家〔一〕。客病留因藥，春深買爲花〔二〕。秋庭風落果，瀼岸雨頹沙。問俗營寒事〔三〕，將詩待物華。（1228）

【注】

黃鶴注：當是大曆二年（七六七）在瀼西作。

〔一〕由來二句：《趙次公先後解》：「此篇蓋須水以爲用之詩也。楚俗難得水，故以爲詠矣。」王嗣奭《杜臆》：「灌園之水總出巫峽，却自人家引來，見其不易。」按，蓋因峽中無井，取水不便。

〔二〕客病二句：《趙次公先後解》：「藥須水以洗濯，故留水者因藥也。」「花須以水灌沃，故買水者爲花也。」王嗣奭《杜臆》：「此園因客病而留之，爲其可以種藥。追遡買時，蓋在春深，因有花可以娱情。」

〔三〕問俗句：王嗣奭《杜臆》：「素不慣習，則問俗而營寒。」

自瀼西荆扉且移居東屯茅屋四首〔一〕

白鹽危嶠北，赤甲古城東〔二〕。平地一川穩，高山四面同。烟霜淒野日，秔稻熟天風〔三〕。人事傷蓬轉，吾將守桂叢〔四〕。（1229）

【注】

黄鶴注：公以大曆二年（七六七）秋移居東屯，當是其年作。

〔一〕東屯：王應麟《困學紀聞》卷一八：「東屯乃公孫述留屯之所，距白帝五里。稻米爲蜀第一，郡給諸官俸廪，以高下爲差，帥漕月得九斗。」注：「東屯有青苗陂。」陸游《東屯高齋記》：「少陵先生晚游夔州，愛其山川不忍去，三徙居皆名高齋。質於其詩，曰次水門者，白帝城之高齋也。曰依藥餌者，瀼西之高齋也。曰見一川者，東屯之高齋也。故其詩又曰：高齋非一處。……獨東屯有李氏者，居已數世，上距少陵財三易主，大曆中故券猶在。而高齋負山帶谿，氣象良是。」《全蜀藝文志》卷三九于貞《修夔州東屯少陵故居記》：「峽中多高山峻谷，地少平曠。獨東屯距白帝五里，而近稻田。禾畦延袤之百頃，前帶清溪，後枕崇崗，樹林葱倩，氣象深秀，稱高人逸士之居。……少陵既出峽，其地三易主，近世始屬李氏。少陵手書之券猶在。至子襄

頗好事，講求故跡，復置高齋。用涪翁名少陵詩意，創大雅堂。臨溪又建草堂，繪其遺像。歷歲滋久，屋且頹圮弗治，券亦爲有力者取去。而前賢舊隱，幾爲荆榛之墟。」何宇度《益部談資》卷下：「工部舊日草堂，在城東十餘里外，尚有遺址可尋。止一碑存數字，題重修東屯草堂記，似亦元物。」

〔二〕白鹽二句：白鹽山，見卷七《寄裴施州》(0323)注。赤甲城，見卷六《引水》(0260)注。

〔三〕秔稻：《集韻》：「秔，《説文》：稻屬。或作稉、粳。」《急就篇》：「秔謂稻之不黏者，以別於稬也。秔字或作稉。」

〔四〕桂叢：《楚辭·招隱士》：「桂樹叢生兮山之幽，偃蹇連蜷枝相繚。」仇注：「曰桂叢，時蓋八月矣。」

東屯復瀼西，一種住青溪。來往皆茅屋①，淹留爲稻畦。市喧宜近利，西居近市。林僻此無蹊〔一〕。若訪衰翁語，須令賸客迷〔二〕。（1230）

【校】

①皆，錢箋校：「陳作兼。」《草堂》校：「一作兼。」

【注】

〔一〕市喧二句：《趙次公先後解》：「此無蹊，此字則指東屯與瀼西也。」仇注：「市喧，指瀼西。公詩『市暨瀼西頭』可證。」按，上句言瀼西近市，據注「西居近市」可知。下句言東屯地僻。

〔二〕若訪二句：《草堂》夢弼注引陸機詩「游賞愧贉客」，未詳所出。

道北馮都使，高齋見一川〔一〕。子能渠細石，吾亦沼清泉。枕帶還相似①〔二〕，柴荊即有焉。斫畬應費日，解纜不知年〔三〕。（1231）

【校】

①帶，宋本、錢箋、《草堂》校：「一作席。」

【注】

〔一〕道北二句：都使，都知兵馬使。《舊唐書·德宗紀》建中元年正月詔：「常參官、諸道節度觀察防禦等使、都知兵馬使、刺史、少尹……等，授訖三日，於四方館上表讓一人以自代。」《資治通鑑》天寶六年胡三省注：「至德以後，都知兵馬使率爲藩鎮儲帥。」其實掌兵權，又有衙前都知兵馬使、衙內都知兵馬使、馬步都知兵馬使等名號。參嚴耕望《唐史研究叢稿·唐代方鎮使府僚佐考》。李白有《贈劉都使》。

〔二〕枕帶：見卷一《白水縣崔少府十九翁高齋三十韻》(0042)注。

〔三〕斫畬二句：《趙次公先後解》：「斫畬兩字是楚人語。楚俗燒榛種田曰畬，先以刀芟治林木，曰斫畬。」參卷一五《秋日夔府詠懷奉寄鄭監審李賓客之芳一百韻》(1030)注。

牢落西江外，參差北户間〔一〕。久游巴子宅①〔二〕，卧病楚人山。幽獨移佳境，清深隔遠關〔三〕。寒空見鴛鷺〔四〕，回首憶朝班②。(1232)

【校】

① 宅，錢箋作「國」，校：「吴作宅。」

② 憶，錢箋校：「晋作想。」《草堂》校：「一作想。」

【注】

〔一〕牢落二句：牢落，見卷二《送樊二十三侍御赴漢中判官》(0086)注。西江、北户，見卷一四《舍弟觀歸藍田迎新婦送示兩篇》(1018)注。

〔二〕久游句：巴子國，見卷一四《諸葛廟》(1016)注。

〔三〕幽獨二句：魚復江關，見卷一五《第五弟豐獨在江左近三四載寂無消息覓使寄此二首》(1086)注。

〔四〕寒空句：鴛鷺行，見卷一〇《至日遣興奉寄北省舊閣老兩院故人二首》(0545)注。

題柏大兄弟山居屋壁二首〔一〕

叔父朱門貴，郎君玉樹高〔二〕。山居精典籍，文雅涉風騷。江漢終吾老，雲林得爾曹。哀弦繞白雪，未與俗人操〔三〕。(1233)

【注】

黄鶴注：柏大乃貞節之猶子，當是大曆二年(七六七)作。

〔一〕柏大兄弟：黄鶴謂是柏貞節猶子。葛立方《韻語陽秋》卷六謂此與《題柏學士茅屋》皆不及功名之事，疑爲貞節邛州立功前事。黄生謂柏學士與柏貞節爲二人，安見中丞有子侄，學士遂不當有子侄哉？按，柏學士與貞節僅姓偶同，然柏大兄弟究爲誰之子侄仍難判定。

〔二〕叔父二句：《趙次公先後解》：「魏宋以來，貴人之子曰郎君，叔侄則亦父子，故可使郎君。」《後漢書·西南夷傳》：「天子以張翕有遺愛，仍拜其子湍爲太守，夷人歡喜，奉迎道路，曰：『郎君儀貌類我府君。』」《世説新語·言語》：「謝太傅問諸子侄：『子弟亦何預人事，而正欲使其佳？』諸人莫有言者，車騎答曰：『譬如芝蘭玉樹，欲使其生於階庭耳。』」

〔三〕哀弦二句：宋玉《對楚王問》：「客有歌於郢中者，其始曰《下里》、《巴人》，國中屬而和者數千人。其爲《陽阿》、《薤露》，國中屬而和者數百人。其爲《陽春》、《白雪》，國中屬而和者不過數十人。」

野屋流寒水，山籬帶薄雲。静應連虎穴，喧已去人羣。筆架霑牕雨，書籤映隙曛。蕭蕭千里馬①，箇箇五花文〔一〕。（1234）

【校】

①馬，錢箋、《草堂》作「足」，錢箋校：「荆作馬。」《草堂》校：「王作馬。」

【注】

〔一〕蕭蕭二句：《詩·小雅·車攻》：「蕭蕭馬鳴，悠悠旆旌。」《趙次公先後解》：「箇箇，指言五花文之箇箇，非謂馬一匹爲一箇也。」五花文，見卷一《高都護驄馬行》（0012）注。

暝

日下四山陰①，山庭嵐氣侵〔一〕。牛羊歸徑險，鳥雀聚枝深②。正枕當星劍，收

書動玉琴〔二〕。半扉開燭影，欲掩見清砧。（1235）

【校】

①四，《草堂》作「西」。

②枝，《草堂》作「林」。

【注】

黄鶴注：當是大曆二年（七六七）在瀼西作。

〔一〕日下二句：謝靈運《晚出西射堂》：「曉霜楓葉丹，夕曛嵐氣陰。」

〔二〕正枕二句：《趙次公先後解》：「星劍，則劍上有七星之像也。」庾肩吾《爲南康王讓丹陽尹表》：「臣聞劍鏤七星，非有司天之用。」吴均《邊城將》：「刀含四尺影，劍抱七星文。」

茅堂檢校收稻二首

香稻三秋末，平田百頃間。喜無多屋宇，幸不礙雲山。御裌侵寒氣〔一〕，嘗新破旅顏。紅鮮終日有，玉粒未吾慳〔二〕。（1236）

【注】

黃鶴注：當是大曆二年（七六七）瀼西作，蓋是年秋末又自東屯返瀼西也。仇注引盧注：瀼西有果園而無稻田，公以課園責之豎子，以稻畦責之行官，前詩自明。鶴注作瀼西茅屋，誤矣。

〔一〕裌：《集韻》：「袷，《説文》：衣無絮也。或從夾。」

〔二〕紅鮮二句：《趙次公先後解》：「紅鮮，似言魚也。」仇注引遠注：「稻有紅白二種。」卷六《行官張望補稻畦水歸》（0283）：「玉粒定晨炊，紅鮮任霞散。」知二句皆言稻。

稻米炊能白，秋葵煮復新。誰云滑易飽，老藉軟俱勻〔一〕。種幸房州熟，苗同伊闕春〔二〕。無勞映渠盌，自有色如銀〔三〕。（1237）

【注】

〔一〕誰云二句：卷一〇《佐還山後寄三首》（0604）：「味豈同金菊，香宜配緑葵。老人他日愛，正想滑流匙。」卷二《閿鄉姜七少府設鱠戲贈長歌》（0082）：「偏勸腹腴愧年少，軟炊香飯緣老翁。」

〔二〕種幸二句：《趙次公先後解》：「房州熟、伊闕春，蓋稻名也。」按，稻種爲房州産，下句謂苗如伊闕所生。《元和郡縣圖志》卷二一山南道：「房州，房陵。下。……東至襄州四百二十里。」伊闕，見卷一《游龍門奉先寺》（0004）注。朱鶴齡注：「伊闕縣屬河南府，公有莊墅在焉。」

〔三〕無勞二句：《趙次公先後解》：「渠椀，則車渠椀也。」曹丕《車渠碗賦》序：「車渠，玉屬也。多纖理縟文，生於西國，其俗寶之，小以繫頸，大以爲器。」謝朓《金谷聚》：「渠碗送佳人，玉杯邀上客。」

朝二首

清旭楚宫南〔一〕，霜空萬嶺含。野人時獨往，雲木曉相參。俊鶻無聲過，飢烏下食貪。病身終不動，摇落任江潭〔二〕。(1238)

【注】

黄鶴注：當是大曆元年（七六六）夔州作。

〔一〕清旭句：郭璞《江賦》：「督雺祲於清旭。」

〔二〕病身二句：《趙次公先後解》：「末句蓋公盡欲南下而未能也。」「十月而言摇落，則楚地暖故也。」庾信《枯樹賦》：「昔年移柳，依依漢南。今看摇落，悽愴江潭。」

浦帆晨初發，郊扉冷未開〔一〕。村疏黄葉墜①，野静白鷗來。礎潤休全濕，雲

晴欲半回〔二〕。巫山冬可怪，昨夜有奔雷〔三〕。（1239）

【校】

①村，錢箋校："一作林。"《草堂》作"林"。

【注】

〔一〕浦帆二句：《趙次公先後解》："帆音去聲，今官韻亦收矣。師民瞻本疑之，乙其字爲帆浦，非是。"《廣韻》去聲六十梵扶泛切："帆，又音凡。"

〔二〕礎潤二句：《淮南子·説林訓》："山雲蒸，柱礎濕。"《初學記》卷一引作"柱礎潤"。

〔三〕巫山二句：《禮記·月令》："仲冬行夏令，則其國乃旱，氛霧冥冥，雷乃發聲。"張衡《陽嘉二年京師地震對策》："夫動静無常，變改正道，則有奔雷土裂之異。"

晚

杖藜尋晚巷①，炙背近墻暄〔一〕。人見幽居僻，吾知拙養尊〔二〕。朝廷問府主，耕稼學山村〔三〕。歸翼飛栖定，寒燈亦閉門〔四〕。（1240）

【校】

① 晚巷，錢箋、《草堂》校：「一作巷晚。」

【注】

黃鶴注：當是大曆元年（七六六）夔州作。

〔一〕炙背：見卷一四《赤甲》（0963）注。

〔二〕吾知句：養拙，見卷五《營屋》（0255）注。

〔三〕朝廷二句：《趙次公先後解》：「蓋言朝廷以務農重穀之事問府主，故以化而學山村耕稼也。」

朱鶴齡注：「朝廷之事，則問府主，正見養拙意。」

〔四〕歸翼二句：庾信《就蒲州使君乞酒》：「鳥寒栖不定，池凝聚未流。」

夜二首

白夜月休弦，燈花半委眠①〔一〕。號山無定鹿，落樹有驚蟬。暫憶江東鱠，兼懷雪下船〔二〕。蠻歌犯星起，重覺在天邊②。（1241）

【校】

①半委，錢箋、《草堂》校：「一作委半。」

②重，《草堂》校：「一作空。」錢箋作「空」，校：「一作重。」

【注】

黄鶴注：當是大曆二年（七六七）夔州作。

〔一〕白夜二句：仇注：「無心看月，故云休弦。待燈花半落，身方就眠。」

〔二〕暫憶二句：江東鱠，見卷二《洗兵馬》（0090）注。雪下船，見卷九《冬日有懷李白》（0464）注。

城郭悲笳暮，村墟過翼稀。甲兵年數久，賦斂夜深歸〔一〕。暗樹依岩落，明河繞塞微。斗斜人更望，月細鵲休飛〔二〕。（1242）

【注】

〔一〕甲兵二句：《趙次公先後解》：「言村落之民入市供官賦斂，以夜深而後歸也。」

〔二〕月細句：曹操《短歌行》：「月明星稀，烏鵲南飛。」

東屯月夜

抱疾漂萍老，防邊舊穀屯〔一〕。春農親異俗，歲月在衡門〔二〕。青女霜楓重，黃牛峽水喧〔三〕。泥留虎鬬跡，月挂客愁村。喬木澄稀影，輕雲倚細根。數驚聞雀噪，暫睡想猿蹲〔四〕。日轉東方白，風來北斗昏。天寒不成寢①，無夢有歸魂②。

（1243）

【校】

① 寢，《草堂》作「寐」，校：「一作寢。」

② 有，《草堂》校：「一作寄。」錢箋作「寄」，校：「一作有。」

【注】

黃鶴注：大曆二年（七六七）秋公自瀼西移居東屯，當是其年作。

〔一〕抱疾二句：漂萍，見卷九《贈翰林張四學士》（0469）注。《趙次公先後解》：「東屯所以得名者，防邊而屯戍之地也。」

〔二〕春農二句：《趙次公先後解》：「蓋公中原人，而遠客於夔，故稱之爲異俗。」衡門，見卷一《秋雨歎三首》(0017)注。

〔三〕青女二句：青女，見卷一四《秋野五首》(1111)注。黄牛峽，見卷一一《送韓十四江東覲省》(0702)注。

〔四〕暫睡句：薛道衡《和許給事善心戲場轉韻》：「麋鹿下騰倚，猴猿或蹲跂。」《趙次公先後解》：「月照樹白，是雀驚而噪。猿以有照，不得久睡，故暫而已。」

東屯北崦①

盜賊浮生困，誅求異俗貧〔一〕。空村惟見鳥，落日未逢人②。步壑風吹面，看松露滴身。遠山回白首，戰地有黄塵〔二〕。(1244)

【校】

①崦，宋本作「俺」，據錢箋等改。

②未，宋本、錢箋校：「一作不。」

【注】

黄鶴注：大曆二年（七六七）移居東屯作。

〔一〕盜賊二句：《趙次公先後解》：「人之所以爲盜賊者，以浮生之困也。」説似鑿。詩意仍謂盜賊而致浮生之困。此盜賊指叛亂者。

〔二〕遠山二句：黄鶴注謂指是年吐蕃寇邠、靈州，京師戒嚴。

雲

龍以瞿唐會①，江依白帝深〔一〕。終年常起峽，每夜必通林②〔二〕。收穫辭霜渚，分明在夕岑〔三〕。高齋非一處，秀氣豁煩襟。（1245）

【校】

①以，宋本、《草堂》校：「一作自。」錢箋作「似」，校：「一作自。一作以。」《文苑英華》作「似」，校：「集作以。」

②通，《文苑英華》校：「一作過。」

【注】

黄鶴注：當是大曆二年（七六七）東屯作。

〔一〕龍以二句：《易·乾·文言》：「雲從龍。」仇注：「龍以江爲窟也。」

〔二〕終年二句：《趙次公先後解》：「起字、通字，所以言雲也。」

〔三〕收穫二句：《趙次公先後解》：「公自言其見雲之處，句謂初在霜渚中，收穫至，辭出時乃見雲在岑分明也。」

月

四更山吐月〔一〕，殘夜水明樓。塵匣元開鏡，風簾自上鈎〔二〕。兔應疑鶴髮，蟾亦戀貂裘〔三〕。斟酌姮娥寡，天寒奈九秋〔四〕。（1246）

【注】

黄鶴注：當是在夔州作，梁權道編在大曆二年（七六七）。《趙次公先後解》編入大曆元年（七六六）。

〔一〕四更句：吴均《登壽陽八公山》：「疏峰時吐月，密樹不開天。」

〔二〕塵匣二句：庾信《鏡》：「玉匣聊開鏡，輕灰暫拭塵。」又《塵鏡》：「明鏡如明月，恒常置匣中。」姚寬《西溪叢語》卷上：「杜甫《月》詩云：塵匣元開鏡，風簾自上鈎。乃用沈雲卿《月》詩：臺前疑挂鏡，簾外自懸鈎。」

〔三〕兔應二句：兔、蟾，見卷一〇《月》(0507)注。仇注：「月色臨頭，恐兔疑白髮。月影隨身，如蟾戀裘暖。」

〔四〕斟酌二句：張衡《靈憲》：「羿請不死之藥於西王母，姮娥竊之以奔月。……姮娥遂託身於月，是爲蟾蠩。」《初學記》卷三引梁元帝《纂要》：「秋曰白藏……亦曰三秋、九秋、素秋。」仇注：「姮娥獨處而耐秋，亦同於己之孤寂矣。」

獨坐二首

竟日雨冥冥，雙崖洗更青①。水花寒落岸，山鳥暮過庭。暖老須燕玉，充飢憶楚萍〔一〕。胡笳在樓上〔二〕，哀怨不堪聽。（1247）

【校】

①青，錢箋校：「一作清。」《草堂》作「清」。

【注】

黄鶴注：大曆二年（七六七）在東屯作。

〔一〕暖老二句：《趙次公先後解》：「燕玉，又言婦人也。古詩云：燕趙多佳人，美者顔如玉。故摘燕玉兩字以對楚萍。待燕玉之人而暖，則《孟子》所謂七十非人不暖是也。」《禮記·王制》：「七十非帛不暖，八十非人不暖。」錢箋：「宋人仍襲，多用燕玉，實不知其何出。顧大韶曰：燕玉，正用玉田種玉事也。按《搜神記》，雍伯葬父母于無終山，有人與石一斗，令種之，玉生其田。北平徐氏有女，雍伯求之，要以白璧一雙。伯至玉田，求得五雙。徐氏妻之。在北平城西北百二十里，有無終城，故燕地也，今爲玉田縣。」楚萍，見卷七《奉酬薛十二丈判官見贈》（0324）注。仇注：「暖老須被，充飢須食，若燕玉楚萍，乃世間必不可得之物，而思及於此，蓋甚言衣食之艱難耳。」

〔二〕胡笳：見卷一〇《喜達行在所三首》（0497）注。

白狗斜臨北，黄牛更在東〔一〕。峽雲常照夜，江日會兼風①。曬藥安垂老，應門試小童。亦知行不逮②，苦恨耳多聾〔二〕。（1248）

【校】

① 日，錢箋作「月」。

② 逮，《草堂》校：「一作遠。」

【注】

〔一〕白狗二句：《水經注》江水：「(歸鄉)縣城南面重嶺，北背大江，東帶鄉口溪。溪源出縣東南數百里，西北入縣，逕狗峽西。峽崖龕中，石隱起有狗形，形狀具足，故以狗名峽。」《輿地紀勝》卷七四歸州：「白狗峽，在秭歸縣東三十里。據《道經》，係七十二福地之數。又名雞籠山。《荆州記》、《水經注》皆云：秭歸白狗峽，蜀江水中，兩面如削，絶壁之際，隱出白石，如狗形具足，故名。天欲雨則狗形。青居人以此卜陰晴也。《元和郡縣志》云：石形隱起如狗，因名之。此石大水則没，行人無不投飯飼之。」黄牛峽，見卷一一《送韓十四江東覲省》(0702)注。

〔二〕亦知二句：仇注：「黄注：行不逮，本《論語》恥躬不逮。公以濟世自命，而衰瞶如此，是行不逮其言矣。今按，公詩言容易收病脚，作足行不逮爲平順。」浦起龍云：「姑安老景，買童以供使令，夫亦吾行之不逮也。即如衰徵見於耳聾，亦不逮之一驗也。」

雨四首

微雨不滑道，斷雲疏復行。紫崖奔處黑，白鳥去邊明〔一〕。秋日新霑影，寒江

舊落聲。柴扉臨野碓，半濕搗香杭①。（1249）

【校】

①濕，錢箋作「得」，校：「一作濕。」

【注】

黄鶴注：當是大曆二年（七六七）冬瀼西作。

〔一〕紫崖二句：仇注：「崖奔之處，雲行而見其黑。鳥去之邊，雲疏而見其明。」浦起龍云：「奔處黑，山足連綿如奔，其凹處不得天光也。去邊明，白鳥飛翔既遠，晴光反奪，陰色反顯也。」

江雨舊無時，天晴忽散絲〔一〕。暮秋霑物冷，今日過雲遲。上馬回休出，看鷗坐不辭①。高軒當灔澦②，潤色静書帷。（1250）

【校】

①鷗，《草堂》作「鴟」。辭，《草堂》作「移」。

②高，錢箋、《草堂》校：「一作層。」

【注】

〔一〕江雨二句：張協《雜詩》：「騰雲似涌烟，密雨如散絲。」

物色歲將晏，天隅人未歸。朔風鳴淅淅，寒雨下霏霏。多病久加飯，衰容新授衣。時危覺凋喪①，故舊短書稀〔一〕。（1251）

【校】

①凋喪，錢箋、《草堂》校：「一作喪亂。」

【注】

〔一〕故舊句：江淹《雜體詩·李都尉陵從軍》：「袖中有短書，願寄雙飛燕。」

楚雨石苔滋，京華消息遲。山寒青兕叫〔一〕，江晚白鷗飢。神女花鈿落，蛟人織杼悲〔二〕。繁憂不自整，終日灑如絲。（1252）

【注】

〔一〕青兕：《説文》：「兕，如野牛，青色，其皮堅厚可製鎧。」

〔二〕神女二句：神女，見卷六《雨》(0297)注。花鈿，見卷一五《秋日夔府詠懷奉寄鄭監審李賓客之芳一百韻》(1030)注。蛟人，當作鮫人，見卷八《客從》(0368)「泉客」注。《趙次公先後解》：「巫山中花，則神女之所以爲鈿者，被雨而落。」「(鮫人)以雨之故，所以織杼悲愁。」

戲寄崔評事表侄蘇五表弟韋大少府諸姪〔一〕

隱豹深愁雨，潛龍故起雲〔二〕。泥多仍徑曲，心醉阻賢羣〔三〕。忍待江山麗，還披鮑謝文〔四〕。高樓憶疏豁①，秋興坐氛氳。(1253)

【校】

①豁，《草堂》校：「魯作闊。」

【注】

黄鶴注：當是大曆元年(七六六)居西閣時作。《趙次公先後解》編入大曆二年(七六七)。

〔一〕崔評事：見本卷《季秋蘇五弟纓江樓夜宴崔十三評事韋少府侄三首》(1222)注。

〔二〕隱豹二句：《列女傳》卷二：「妾聞南山有玄豹，霧雨七日而不下食者，何也？欲以澤其毛而

成文章也，故藏而遠害。」《易·乾》：「潛龍勿用。」《文言》：「雲從龍。」仇注引《杜臆》：「此以豹自方，以龍比崔蘇輩，起語涉於戲詞。」

〔三〕泥多二句：《莊子·應帝王》：「列子見之而心醉。」

〔四〕忍待二句：鍾嶸《詩品序》：「次有輕薄之徒，笑曹劉爲古拙，謂鮑照羲黄上人，謝朓今古獨步。」楊炯《王勃集序》：「繼之以顔謝，申之以江鮑。」

有感五首①

將帥蒙恩澤，兵戈有歲年。至今勞聖主，何以報皇天〔一〕？白骨新交戰，雲臺舊拓邊〔二〕。乘槎斷消息，無處覓張騫〔三〕。（1254）

【校】

①五首，宋本爲小字，據《草堂》等改。

【注】

黄鶴注：此詩五首皆廣德初事，意是廣德元年（七六三）已後逐時有感而作，非止成於一時。

〔一〕至今二句：《書·蔡仲之命》：「皇天無親，惟德是輔。」仇注：「皇天，比君。」説誤。詩意亦謂唐帝何以報答天命。

〔二〕白骨二句：雲臺，見卷三《述古三首》(0206)注。《九家》趙注：「其在雲臺畫像議功者，則是舊拓邊之功也。」錢箋：「唐自武德以來，開拓邊境……禄山反後，數年間，西北數十州相繼淪没。」朱鶴齡注：「言此白骨交横之地，非即雲臺功臣所舊拓之邊乎？」

〔三〕乘槎二句：《九家》趙注：「此言遣使和吐蕃未還，所以用張騫乘槎爲喻。乘槎本是前漢末事，而公多用作張騫使西域尋河源所乘之槎。」朱鶴齡注：「或云張騫乘槎，出《東方朔内傳》，今此書失傳。庾肩吾《奉使江州》詩：『漢使俱爲客，星槎共逐流。』正用此事也。」參卷一〇《送翰林張司馬南海勒碑》(0525)、《秦州雜詩二十首》(0556)注。浦起龍云：「五首大意總爲河北藩鎮而發。」「時雖吐蕃不久入寇，然詩固各有所指也。」

幽薊餘蛇豕①，乾坤尚虎狼〔一〕。諸侯春不貢，使者日相望。慎勿吞青海，無勞問越裳〔二〕。大君先息戰，歸馬華山陽〔三〕。（1255）

【校】

①蛇，錢箋、《草堂》校：「樊作封。」

【注】

〔一〕幽薊二句：《左傳》定公四年：「吳爲封豕長蛇，以薦食上國。」《九家》趙注：「史朝義雖滅，而未臣服者。餘蛇豕，指河北叛將。尚虎狼，則盜賊猶自充斥也。……寶應元年台州袁晁乘亂據浙東。」

〔二〕慎勿二句：越裳，見卷一五《諸將五首》(1159)注。《九家》趙注謂戒以無有事於西羌、東夷。錢箋：「是時史朝義下降諸將奄有幽魏之地，驕恣不貢，代宗懦弱，不能致討。安有節鎮之近不修職貢，而顧能從事遠略者乎？蓋歎之也。息戰歸馬，謂其不復能用兵，而婉詞以譏之也。李翱云唐子孫不能以天下取河北，正此意也。舊注謂戒人主生事外夷，可謂愚矣。」朱鶴齡注：「天寶以後，南詔叛唐歸吐蕃，屢爲邊患。此詩青海指吐蕃，越裳指南詔也。言西南夷不足憂，所可慮者藩鎮耳。」仇注：「詩言息戰歸馬，蓋欲收鎮兵以實關内。時子儀在京，可爲統領。一以銷北顧之憂，一以備西侵之患。此最當時大計。」

〔三〕大君二句：《易·師》：「大君有命。」《書·武成》：「乃偃武修文，歸馬於華山之陽，放牛於桃林之野。」

洛下舟車入，天中貢賦均〔一〕。日聞紅粟腐，寒待翠華春〔二〕。莫取金湯固〔三〕，長令宇宙新。不過行儉德，盜賊本王臣〔四〕。（1256）

【注】

〔一〕洛下二句：張衡《東京賦》：「彼偏據而規小，豈如宅中而圖大。」《文選》薛綜注：「豈如東京居天地之中，所圖者四海之外。」李善注：「《尚書》曰：自服於十中。孔安國曰：洛邑，地勢之中。」

〔二〕日聞二句：紅粟，見卷七《八哀詩·嚴公武》(0332)注。翠華，見卷二《北征》(0052)注。朱鶴齡注：「唐江淮之粟皆輸洛陽，轉運京師。時劉晏主漕，疏浚汴渠，故言洛下舟車無阻，貢賦大集，當急布春和，散儲粟以贍民窮。」

〔三〕金湯：見卷八《入衡州》(0403)注。

〔四〕不過二句：《易·否·象》：「君子以儉德辟難，不可榮以禄。」《左傳》桓公二年：「故昭令德以示子孫，是以清廟茅屋，大路越席，大羹不致，粢食不鑿，昭其儉也。」錢箋：「自吐蕃入寇，車駕東幸，天下皆咎程元振，又以子儀新立功，不欲天子還京，勸帝且都洛陽，以避蕃寇。代宗然之。子儀因兵部侍郎張重光宣慰回，附章論奏，代宗省表垂涕，亟還京師。……公詩止隱括汾陽論奏人意。」朱鶴齡注引《杜詩博議》：「《傷春》詩有『近傳王在洛』及『滄海欲東巡』之句，則此詩爲傳聞代宗將幸東都而作也。史稱喪亂以來，汴水湮廢，漕運自江漢抵梁洋，迂險勞費。廣德二年三月，以劉晏爲河南江淮轉運使。時兵火之後，中外艱食。晏乃疏汴水，歲運米數十萬石以給關中。公之意，唐建東都，本備巡幸，今汴洛之間貢賦道均，且漕渠已通，倉粟不乏，只待翠華之臨耳。勿謂洛陽陋阨，無金湯可守。乘此時而赫然東巡，號令天下，則宇宙長新

矣。」仇注：「此特進言者侈談耳。豈知國家欲固金湯而新宇宙，實不繫乎此。若能行儉德以愛人，則盜賊本吾王臣耳，何必爲此遷都之役耶？」

丹桂風霜急，青梧日夜凋〔一〕。由來强幹地，未有不臣朝〔二〕。受鉞親賢往，卑宮制詔遥〔三〕。終依古封建，豈獨聽簫韶〔四〕。（1257）

【注】

〔一〕丹桂二句：錢箋：「丹桂言王室，青梧言宗藩也。」引《漢書·五行志》成帝時童謡「桂樹華不實，黄雀巢其顛」，注：「桂赤色，漢家象。」浦起龍云：「一二即秋景爲比，不必如錢氏以桂梧分配王室、宗藩也。」

〔二〕由來二句：《史記·漢興以來諸侯王年表》：「秉其阨塞地利，彊本幹弱枝葉之勢，尊卑明而萬事各得其所矣。」《後漢書·光武帝紀》：「强幹弱枝，所以爲治也。」

〔三〕受鉞二句：受鉞，見卷八《暮秋枉裴道州手札率爾遣興寄近呈蘇涣侍御》(0379)注。《晉書·簡文三子傳》：「道子地則親賢，任惟元輔。」左思《魏都賦》：「鑒茅茨於陶唐，察卑宮於夏禹。」錢箋：「乾元二年，史思明僭號於河北，李光弼請以親賢統師，以趙王係爲兵馬元帥。詔曰：靖難平兇，必資於金革；總戎授律，實仗於親賢。次年四月，以親王遥統兵柄。寶應元年，代宗即位。十月，以雍王适爲天下兵馬元帥。」「卑宮制詔，即天寶十五載七月丁卯制置天下之詔

也。謂其分封諸王，如禹之與子，故以卑宮言之。《壯游》詩『禹功亦命子』，此其證也。」朱鶴齡注：「肅宗收兩京，以廣平王爲元帥，所謂授鉞親賢也。玄宗傳位肅宗，故以禹之卑宮擬之。」仇注：「肅代兩朝，授鉞親賢，相沿爲定制矣。」浦起龍云：「卑宮猶云朝廷，制詔遥如符券璽書之類」，「謂使親賢得專征伐，而朝廷遥爲節制。」

〔四〕終依二句：《書·益稷》：「簫韶九成，鳳皇來儀。」傳：「韶，舜樂名。」錢箋：「初房琯建分鎮討賊之議，詔曰：令元子北略朔方，命諸王分守重鎮。詔下，遠近相慶，咸思效忠於興復。禄山撫膺曰：吾不得天下矣。肅宗即位，惡琯貶之。用其諸子統帥，然皆不出京師，遥制而已，宗藩削弱，藩鎮不臣。公追歎朝廷不用琯議，失强幹弱枝之義，而有事則倉卒以親賢授鉞也。」朱鶴齡注：「公每持親王出鎮之義，于《巴蜀安危表》極言之，《荆南述懷》詩亦云『磐石圭多剪』。然唐史載，上皇以諸王分鎮，高適切諫不可。又劉晏移書房琯，謂今諸王出深宮，一旦望桓文功不可得。其論又與公相牴牾，豈各有見耶？」

胡滅人還亂①，兵殘將自疑〔一〕。登壇名絶假，報主爾何遲②〔二〕。領郡輒無色，之官皆有詞〔三〕。願聞哀痛詔，端拱問瘡痍〔四〕。（1258）

【校】

① 胡，《草堂》校：「一作盜。」錢箋作「盜」，校：「一作胡。」

②報主，宋本、錢箋、《草堂》校：「一作執玉。」

【注】

〔一〕胡滅二句：《九家》趙注：「將自疑，則如僕固懷恩以疑而叛，李光弼以疑而沮者矣。」

〔二〕登壇二句：《九家》趙注：「名絶假，即真拜之，非特假節而已。」仇注引顧注：「廣德元年，諸道節度使並加實封，所謂名絶假也。」按，假當指檢校、兼銜之類。實封指食邑數非止名義，在唐代屬特殊恩寵。

〔三〕領郡二句：錢箋：「李肇《國史補》：開元以前，有事於外則命使臣，否則止。自置八節度、十訪使，始有坐而爲使，其後名號益廣。大抵生於置兵，盛於專利，普於銜命。於是爲使則重，爲官則輕。故天寶末佩印有至四十者，大曆中請俸有至千貫者。宦官内外悉屬之使，舊爲權臣所管、州縣所理，今屬中人者有之。此詩云登壇名絶假，謂諸將兼官太多，所謂坐而爲使也。領郡輒無色，州郡皆權臣所管，不能自達，故曰無色也。之官皆有詞，所謂爲使則重，爲官則輕也。」仇注：「節鎮權重，則徵斂日繁，郡守不得自主，故領郡常無氣色，而之官每有怨詞。」

〔四〕願聞二句：《漢書・西域傳》：「（武帝）是以末年遂弃輪臺之地，而下哀痛之詔。」端拱，見卷六《往在》（0291）注。

夜

絶岸風威動〔一〕，寒房燭影微。嶺猿霜外宿，江鳥夜深飛。獨坐親雄劍，哀歌嘆短衣〔二〕。烟塵繞閶闔〔三〕，白首壯心違。（1259）

【注】

黄鶴注：蓋大曆二年（七六七）在夔州作。

〔一〕絶岸句：鮑照《蕪城賦》：「稜稜霜氣，蔌蔌風威。」

〔二〕獨坐二句：雄劍，見卷三《前出塞九首》（0130）注。《藝文類聚》卷九四引《琴操》：「甯戚飯牛車下，叩角而商歌曰：南山矸，白石礀，生不逢堯與舜禪。短布單衣裁至骭，長夜漫漫何時旦。」

〔三〕閶闔：見卷七《久雨期王將軍不至》（0318）注。

遠游

江闊浮高棟①，雲長出斷山〔一〕。塵沙連越巂〔二〕，風雨暗荆蠻。雁矯銜蘆内，猿啼失木間〔三〕。弊裘蘇季子，歷國未知還〔四〕。（1260）

【校】

① 棟，錢箋、《草堂》校：「晋作涷。」

【注】

黄鶴注：當是大曆三年（七六八）在荆南作。《趙次公先後解》編入大曆二年（七六七）夔州作。仇注編入大曆四年（七六九）潭州作。

〔一〕江闊二句：何遜《和蕭咨議岑離閨怨》：「曉河没高棟，斜月半空庭。」江總《别南海賓化侯》：「斷山時結霧，平海若無流。」

〔二〕塵沙句：越巂，見卷一三《野望》（0927）注。《趙次公先後解》：「塵沙連越巂，則吐蕃之兵未息也。」

〔三〕雁矯二句：《淮南子·修務訓》：「夫雁順風，以愛氣力，銜蘆而翔，以備矰弋。」《主術訓》：「猿狖失木，而禽於狐狸。」

〔四〕弊裘二句：見卷一四《江上》(1077)注。

從驛次草堂復至東屯茅屋二首①〔一〕

峽内歸田客②，江邊借馬騎。非尋戴安道，似向習家池〔二〕。山險風烟僻③，天寒橘柚垂。築場看斂積，一學楚人爲。（1261）

【校】

①從驛次草堂復至東屯茅屋二首，「茅屋」二字錢箋無，校：「一本東屯卜有茅屋二字。」

②峽，錢箋校：「陳作山。」　内，錢箋校：「一作裏。」《草堂》作「裏」。　客，錢箋校：「一作舍。」《草堂》作「舍。」

③僻，錢箋校：「陳作合。」　峽險五字，《草堂》校：「陳作山陰風烟合。」

【注】

黄鶴注：是大曆二年（七六七）白東屯歸瀼西後作。

〔一〕從驛次草堂：朱鶴齡注：「驛乃白帝城之驛，草堂，瀼西草堂也。」仇注：「此從驛借馬，暫次瀼西草堂，而復至東屯也。」

〔二〕非尋二句：戴安道，見卷九《冬日有懷李白》(0464)注。習家池，見卷一一《王十七侍御掄許攜酒至草堂奉寄此詩便請邀高三十五使君同到》(0711)注。

短景難高卧，衰年强此身〔一〕。山家蒸栗暖，野飯射麋新。世路知交薄，門庭畏客頻。牧童斯在眼①，田父實爲鄰。(1262)

【校】

① 斯，錢箋、《草堂》校：「一作須。」

【注】

〔一〕短景二句：短景，見《閣夜》(1211)注。

暫往白帝復還東屯

復作歸田去，猶殘穫稻功。築場憐穴蟻，拾穗許村童。落杵光輝白，除芒子

粒紅①〔一〕。加飡可扶老，倉庾慰飄蓬②〔二〕。（1263）

【校】

① 除，錢箋校：「一作殊。」

② 庾，錢箋校：「一作廩。」

【注】

黃鶴注：公以大曆二年（七六七）秋居東屯，此詩當作於其時。

〔一〕落杵二句：《周禮·地官·稻人》：「澤草所生，種之芒種。」注：「鄭司農云：芒種，稻麥也。」莫旦《大明一統賦》卷中：「穀名……晚除芒。」查慎行《旅店食紅蓮米飯》：「色疑新出水，粒愛乍除芒。」

〔二〕加飡二句：《趙次公先後解》：「扶老，則扶吾身之老也。」《詩·小雅·楚茨》：「我倉既盈，我庾維億。」傳：「露積曰庾。」

晨雨

小雨晨光內，初來葉上聞。霧交纔洒地，風逆旋隨雲①。暫起柴荆色②，輕霑

鳥獸羣。麝香山一半〔一〕，亭午未全分。（1264）

【校】

① 逆，錢箋校：「一作折。」《草堂》作「折」，校：「一作逆。」

② 荆，《草堂》作「門」。

【注】

黄鶴注：當是在夔州作，梁權道編在大曆二年（七六七）。

〔一〕麝香山：見卷一四《入宅三首》（0961）注。

天池

天池馬不到，嵐壁鳥纔通〔一〕。百頃青雲杪，曾波白石中①〔二〕。鬱紆騰秀氣，蕭瑟浸寒空。直對巫山出②，兼疑夏禹功〔三〕。魚龍開闢有，菱芡古今同③〔四〕。聞道奔雷黑，初看浴日紅。飄零神女雨，斷續楚王風〔五〕。欲問支機石，如臨獻寶宮〔六〕。九秋驚雁序，萬里狎漁翁④。更是無人處，誅茅任薄躬⑤〔七〕。（1265）

【校】

①曾，錢箋、《草堂》作「層」。

②出，宋本、錢箋校：「一作峽。」《草堂》作「峽」。

③芡，錢箋校：「一作芰。」　同，錢箋校：「一作豐。」

④漁翁，宋本、錢箋、《草堂》校：「一作樵童。」

⑤勞，錢箋校：「一作茅。」《草堂》作「茅」，校：「一作勞。」

【注】

黃鶴注：當是大曆二年（七六七）在瀼西作。

〔一〕天池二句：《蜀中廣記》卷二二：「奉節、巫山之間有天池，浸可千頃。」引杜詩。《明一統志》卷七〇夔州府：「天池，在府治。巫山縣亦有。」

〔二〕曾波：見卷三《石櫃閣》（0166）注。

〔三〕禹功：見卷六《柴門》（0274）注。

〔四〕菱芡：見卷一《渼陂西南臺》（0032）注。

〔五〕飄零二句：神女，見卷六《雨》（0297）注。宋玉《風賦》：「楚襄王游於蘭臺之宫，宋玉、景差侍。有風颯然而至，王乃披襟而當之曰：『快哉此風，寡人所人庶人共者邪？』宋玉對曰：『此獨大王之風耳，庶人安得而共之。』」

〔六〕欲問二句：《太平御覽》卷八引《博物志》：「舊説天河與海通，近世有居海者，年年八月有浮查來，甚大，往反不失期，此人乃多齎糧，乘查去，忽忽不覺晝夜，奄至一處，有城郭屋舍，望室中多見織婦。見一丈夫牽牛渚次飲之，牽牛人驚問此人何由至此，此人即問爲何處，答曰：『君可詣蜀郡訪嚴君平，則知之。』此人還問嚴君平，君平曰：『此織女支機石也。某年某日有客星犯斗牛。』即此人到天河也。」獻寶，見卷四《韋諷録事宅觀曹將軍畫馬圖》(0195)注。《趙次公先後解》：「上句則指之爲天河。下句則指之爲龍宮。」

〔七〕誅勞句：《梁書·徐勉傳》：「薄躬遭逢，遂至今日。」

反照

反照開巫峽，寒空半有無。已低魚復暗，不盡白鹽孤〔一〕。荻岸如秋水，松門似畫圖〔二〕。牛羊識童僕，既夕應傳呼。(1266)

【注】

黄鶴注：當是大曆二年(七六七)在瀼西作。

〔一〕已低二句：魚復浦，見卷一四《入宅三首》(0961)注。白鹽山，見卷七《寄裴施州》(0323)注。

〔二〕松門：參卷七《寄薛三郎中據》(0363)「松門峽」注。仇注：「《十道志》：松門峽在夔州。」未詳所據。

向夕

畎畝孤城外〔一〕，江村亂水中。深山催短景，喬木易高風。鶴下雲汀近①，雞栖草屋同。琴書散明燭，長夜始堪終。(1267)

【校】

①汀，錢箋校：「一作河。」

【注】

黄鶴注：當是大曆二年(七六七)在瀼西作。

〔一〕畎畝：《孟子・萬章上》：「事舜於畎畝之中。」《周禮・冬官考工記》：「匠人爲溝洫，耜廣五寸，二耜爲耦。一耦之伐，廣尺深尺謂之𤰝。」釋文：「畎，古犬反，與𤰝同，古今字也。」

曉望

白帝更聲盡，陽臺曙色分〔一〕。高峰寒上日①，疊嶺宿霾雲②。地坼江帆隱〔二〕，天清木葉聞。荆扉對麋鹿〔三〕，應共爾爲羣。（1268）

【校】

① 寒，錢箋、《草堂》校：「一作初。」

② 宿霾，錢箋、《草堂》校：「一作未收。」

【注】

黄鶴注：當是大曆二年（七六七）在東屯作。

〔一〕陽臺：見卷六《雨》（0297）注。

〔二〕地坼句：《趙次公先後解》：「或曰隱音穩。佛書世尊得安隱否，用此字。言帆行於闊之江，所以安隱。於義亦通。」參卷一一《投簡梓州幕府兼簡韋十郎官》（0769）注。

〔三〕麋鹿：見卷九《題張氏隱居二首》（0422）注。

覃山人隱居

南極老人自有星，北山移文誰勒銘〔一〕？徵君已去獨松菊，哀壑無光留户庭〔二〕。予見亂離不得已，子知出處必須經〔三〕。高車駟馬帶傾覆，悵望秋天虛翠屏〔四〕。（1269）

【注】

黄鶴注：大曆二年（七六七）作。

〔一〕南極二句：老人星，見卷八《詠懷二首》（0388）注。《文選》孔稚圭《北山移文》吕向注：「孔稚圭，字德璋，會稽人也。少涉學，有美譽，仕至太子詹事。鍾山在都北。其先，周彦倫隱於此山，後應詔出爲海鹽縣令，欲却過此山。孔生乃假山靈之意移之，使不許得至，故云北山移文。」文云：「鍾山之英，草堂之靈。馳烟驛路，勒移山庭。」《趙次公先後解》：「覃山人本隱居此地，蓋自是南極之老人星矣，而乃捨所隱以去，爲可罪也，乃用《北山移文》事譏之。」王嗣奭《杜臆》：「山人死後，賦其隱居。南極句惜其不壽，北山句美其終於隱也。」朱鶴齡注：「老人星自在而山人没矣，但有移文，誰勒墓銘者？以深譏之也。」按，以勒銘指墓銘，恐不確。此仍

用「勒移」語，銘則尚有座右銘等。

〔二〕徵君二句：《趙次公先後解》：「漢魏以來，起隱士名之曰徵君。」陶淵明《歸去來兮辭》：「三逕就荒，松菊猶存。」《北山移文》：「誘我松桂，欺我雲壑。」殷仲文《南州桓公九井作》：「爽籟驚幽律，哀壑叩虚牝。」

〔三〕予見二句：傅咸《儀鳳賦》：「隨時宜以行藏兮，諒出處之有經。」《趙次公先後解》：「我所以不仕而流落於外，正亂離之故耳，而覃山人者何事而出哉？故又以能經出處譏之也。」王嗣奭《杜臆》：「予見亂離可傷，故欲濟時，出於不得已，子知出處必須守經，蓋治則進亂則退，出處之經也。」朱鶴齡注：「我以亂離故不得已而奔走，山人則誠隱者，何不以出處之宜，一爲經度乎？責其不當輕出也。」按，下句當如《杜臆》説，解作經歷、經度皆不確。

〔四〕高車二句：崔琦《四皓頌》：「駟馬高蓋，其憂甚大。富貴之畏人兮，不若貧賤之肆志。」黄生云：「言徵君既去，此地誰人復繼高蹤。蓋多昧居高必危之戒耳。」朱鶴齡注：「末二句又言危機所伏，出不如處，以深惜之。此詩譏刺山人，最爲明切，解者多支離。」按，仇注是朱注，黄生説同《杜臆》，説似各有據。然《杜臆》、朱注皆謂山人已卒，詩意有含混處，難以悉究。

柏學士茅屋〔一〕

碧山學士焚銀魚，白馬却走身岩居〔二〕。古人已用三冬足，年少今開萬卷

餘①〔三〕。晴雲滿户團傾蓋，秋水浮堦溜決渠〔四〕。富貴必從勤苦得，男兒須讀五車書〔五〕。（1270）

【校】

① 今，宋本、錢箋、《草堂》校：「一作曾。」

【注】

黄鶴注：從舊次爲大曆二年（七六七）作。

〔一〕柏學士：卷七有《寄柏學士林居》（0348）。黄鶴注：「意必前所謂柏大兄弟也。」黄生云：「學士乃柏大之叔父，柏大之山居，即學士之茅屋。」施鴻保謂：「疑學士即柏大，乃柏中丞之侄……杜鴻漸表授邛南節度使，子侄亦必授官，前有《覽柏中丞兼子侄數人除官制詞》可證也。柏大或本業儒，雖與平亂，不就武職，故除學士，然亦不即入朝，仍與兄弟讀書山中，蓋將仍應科目也。」又陳廷敬《杜律詩話》：「古詩文所云學士，不盡官名，亦有泛言文學之士者。柏氏子弟已有銀魚而好學，以學士稱之，亦無妨也。」諸人説皆出臆測。唐人恩蔭除官或奏兼朝銜，未見有授學士者。此詩與《柏學士林居》叙學士避亂岩居甚明，又此稱茭銀魚，則學士非泛稱亦可知。

〔二〕碧山二句：銀魚，指魚袋。見卷一三《春日江村五首》（0896）注。《唐六典》卷八弘文館學士：

「故事，五品已上稱爲學士，六品已下爲直學士。」集賢殿學士同。故學士當佩銀魚。《趙次公先後解》疑學士將應別科，無據。仇注：「銀魚見焚，白馬却走，遭禄山之亂也。」

〔三〕古人二句：《漢書·東方朔傳》：「年十三學書，三冬文史足用。」萬卷餘，參卷一《奉贈韋左丞丈二十二韻》(0001)注。黄生謂此詩乃勉其子弟：「學士已如古人，三冬文史足用而貴顯於世矣，今其子弟方開萬卷，皆學士所讀之餘也。」施鴻保謂此與前二句一意承説，不似説其子弟。

〔四〕晴雲二句：沈約《餞謝文學離夜》：「漢池水如帶，巫山雲似蓋。」王筠《苦暑》：「繁星聚若珠，密雲屯似蓋。」《趙次公先後解》謂用傾蓋如故語，因以見與柏君初相見。非是。此止借用字面。《漢書·溝洫志》：「舉臿爲雲，決渠爲雨。」溜，見卷一《九日寄岑參》(0025)注。仇注：「水似決渠之溜，言其急也。」

〔五〕富貴二句：《莊子·天下》：「惠施多方，其書五車。」浦起龍云：「七八就學士家前效作指點歎羡語，舊解作勉語便陋。」

大曆二年九月三十日

爲客無時了，悲秋向夕終①。瘴餘夔子國，霜薄楚王宮〔一〕。草敵虛嵐翠，花禁冷葉紅②〔二〕。年年小摇落，不與故園同〔三〕。(1271)

【校】

①悲，《草堂》作「愁」。

②葉，錢箋校：「一作蘂。」《草堂》作「蘂」。

【注】

黄鶴注：蓋在東屯也。

〔一〕瘴餘二句：夔子國，見卷七《復陰》(0346)注。楚王宫，見卷一四《返照》(1021)注。

〔二〕花禁句：禁，讀平聲。見卷一〇《奉陪鄭駙馬韋曲二首》(0535)注。

〔三〕年年二句：《西閣二首》(1133)：「巫山小摇落，碧色見松林。」《趙次公先後解》謂指七月。據此詩則非是。

十月一日

有瘴非全歇，爲冬不亦難①〔一〕。夜郎溪日暖，白帝峽風寒〔二〕。蒸裹如千室，燋糟幸一柈②〔三〕。兹辰南國重，舊俗自相歡〔四〕。(1272)

【校】

① 不亦，錢箋作「亦不」，校：「吴作不亦。」

② 糟，宋本、錢箋校：「一作糖。」《草堂》作「糖」，校：「一作糟。」

【注】

黄鶴注：當是大曆二年（七六七）在東屯作。

〔一〕有瘴二句：《趙次公先後解》：「時已十月矣，而瘴尚未全歇，所以爲冬候之難也。」作「亦不難」者非是。

〔二〕夜郎二句：《水經注》温水：「温水出牂牁夜郎縣。縣故夜郎侯國也，唐蒙開以爲縣。」《元和郡縣圖志》卷三〇江南道黔州都督府：「播州，播川。下。本西南徼外蠻夷夜郎、且蘭之地。戰國屬楚，秦亦常置吏，至漢武帝平西南夷，置牂牁郡。」又：「獎州，龍溪。……本漢武陽縣地，貞觀八年於此置夜郎，屬巫州。」朱鶴齡注：「唐黔中道黔、施、珍、思等州，皆古夜郎地，與巴夔接境，溪即五溪也。」安南都護府峰州新昌縣有夜郎溪，非此詩所指。

〔三〕蒸裹二句：黄生云：「蒸裹，以粉裹稻蒸之也，今俗作粿字。」按，蒸裹即裹蒸，可用於魚肉等。《南齊書·明帝紀》：「太官進御食，有裹蒸。帝曰：『我食此不盡，可四片破之，餘充晚食。』」《齊民要術·蒸缹法》：「裹蒸生魚，方七寸准。又云五寸准。豉汁煮秫米如蒸熊。生薑、橘皮、胡芹、小蒜、鹽，細切熬糝。膏油塗箬，十字裹之，糝在上，復以糝屈牖篸之。又云鹽和糝，

上下與。細切生薑、橘皮、葱白、胡芹、小蒜置上。篸箬蒸之。既奠，開箬邊奠上。」《太平廣記》卷四八二《南州》（出《玉堂閒話》）：「諸味將半，然後下麻蟲裹蒸。裹蒸乃取麻蕨蔓上蟲，如今之刺猱者是也，以荷葉裹而蒸之。隱勉强餐之，明日所遺甚多。」焦糟，朱鶴齡注作焦糖，引《方言》餳謂之糖。《荆楚歲時記》：「十月朔日，黍臛，俗謂之秦歲首。未詳黍臛之義。今北人此日設麻羹豆飯，當爲其始熟嘗新耳。《禰衡別傳》云十月朝，黄祖在艨艟上會，設黍臛是也。」《唐六典》卷四膳部郎中：「又有節日食料……十月一日黍臛。」疑指此。《集韻》：「槃、鎜、盤、柈，蒲官切。《説文》：承槃也。古從金。籀從皿。或作柈。」

〔四〕兹辰二句：黄生云：「秦建亥，以此日爲歲首，豈蜀地沿秦俗，故以節物相餽耶。」據《唐六典》，唐俗仍以兹辰作節日，而南國特重。

戲作俳諧體遣悶二首

異俗可吁怪，斯人難並居。家家養烏鬼，頓頓食黄魚〔一〕。舊識難爲態①，新知已暗疏〔二〕。治生且耕鑿，只有不關渠②〔三〕。（1273）

【校】

① 難，錢箋作「能」，校：「一作難。」《草堂》校：「或作能。」

②闢，錢箋校：「一作開。」

【注】

黄鶴注：蓋大曆元年（七六六）公初至夔州時作，怪其時俗之異而記之。《趙次公先後解》編入大曆二年（七六七）。

〔一〕家家二句：沈括《夢溪續筆談》：「近世注杜甫詩，引《夔州圖經》稱：峽中人謂鸕鷀爲烏鬼，蜀人臨水居者皆養鸕鷀，繩繫其頸，使之捕魚，得魚則倒提出之，至今如此。又嘗有近侍奉使過夔峽，見居人相率，十百爲曹，設牲酒於田間，衆操兵仗，羣噪而祭，謂之養鬼。養讀從去聲。言烏蠻戰殤，多與人爲厲，每歲以此禳之。又疑此所謂養烏鬼者。」《苕溪漁隱叢話》前集卷一二：「苕溪漁隱曰：家家養烏鬼之句，余觀諸公詩話，其説蓋有四焉。《漫叟詩話》以猪爲烏鬼。《蔡寬夫詩話》以烏野神爲烏鬼。《冷齋夜話》以烏蠻鬼爲烏鬼。沈存中《筆談》、《緗素雜記》以鸕鷀爲烏鬼。今具載其説焉。《漫叟詩話》云：家家養烏鬼，頓頓食黄魚。世以烏鬼爲鸕鷀，言川人養此取魚。予崇寧間往興國軍，太守楊鼎臣字漢傑，一日約飯，鄉味作蒸猪頭肉。因謂予曰：『川人嗜此肉，家家養猪。杜詩所謂家家養烏鬼是也。每呼猪則作烏鬼聲，故號猪爲烏鬼。』《蔡寬夫詩話》云：或言老杜詩家家養烏鬼，頓頓食黄魚，烏鬼乃鸕鷀，謂養之以捕魚。予少時至巴中，雖見有以鸕鷀捕魚者，不聞以爲烏鬼也。不知《夔州圖經》何以得之。然元微之《江陵》詩云：病賽烏稱鬼，巫占瓦代龜。注云：南人染病，則賽烏鬼。則烏鬼之名，自

見於此。巴楚間嘗有捕得殺人祭鬼者，問其神明，曰烏野七頭神。則烏鬼乃所事神名爾。或云養字乃賽字之訛，理亦當然。蓋爲其殺人而祭之，故詩首言異俗吁可怪，斯人難並居。若養鸕鷀捕魚而食，有何吁怪不可並居之理。則鸕鷀決非烏鬼，宜當從元注也。《冷齋夜話》云：川峽路民多供事烏蠻鬼，以臨江，故頓頓食黄魚耳。俗人不解，使作養畜字讀，遂使沈存中白差烏鬼爲鸕鷀也。沈存中《筆談》云：士人劉克博觀異書，杜詩有家家養烏鬼，頓頓食黄魚。世之説者皆謂夔峽間至今有鬼户，乃夷人也。其主謂之鬼。然不聞有烏鬼之説。又鬼户者，夷人所稱，又非人家所養。克乃按《夔州圖經》稱，峽中人以鸕鷀繩繫其頸，使之捕魚，得魚則倒提出之，至今如此。予在蜀中，見人家養鸕鷀，使捕魚信然，但不知謂之烏鬼耳。《緗素雜記》云：《筆談》嘗論杜詩家家養烏鬼，頓頓食黄魚，峽中人謂鸕鷀爲烏鬼，養之以取魚也。又按《東齋記事》云：蜀之魚家養鸕鷀十數者，日得魚可數十斤。以繩約其吭，纔通小魚，大魚則不可食。時呼而取出之，乃復遣去。甚馴狎，指顧如人意。有得魚而不以歸者，則押羣者啄而使歸。比之放鷹鶻，無馳走之勞，得利又差厚。所載止此而已。然范蜀公亦不知鸕鷀乃杜詩所謂烏鬼也。按《夷貊傳》云：倭國水多陸少，以小環掛鸕鷀項，令入水捕魚，日得百餘頭。則此事信然。余嘗細考四説，謂鸕鷀爲烏鬼是也。其謂猪與烏野神、烏蠻鬼爲烏鬼者，非也。余官建安，因事至北苑，焙茶扁舟而歸。中途見數漁舟，每舟用鸕鷀五六，以繩繫其足，放入水底捕魚，徐引出，取其魚。目覩其事，益可驗矣。」程大昌《演繁露》卷一三：「元微之嘗投簡陽明洞，有詩曰：鄉味猶珍蛤，家神愛事烏。乃知唐俗真有一鬼，正名烏鬼。謂爲鸕鷀，殆臆度耶。

傳記不聞有呼鸕鷀爲烏鬼者。又《國史補》：裴中令節度江陵，嘗遣軍將譚洪受同王積往嶺南幹集，至桂林，館有烏在竹林中，積偶擲石，擊中其腦以死。積殊不以爲意，會洪受病，逗留于後。積先達江陵，中令疑訝。忽夢洪受訴，言道爲王積所殺，弃其屍竹林中。裴大以爲異，付獄治。積自誣伏法，而洪受乃至，始知是烏鬼報讐也。此説甚怪。然有以知唐俗謂烏能神至於是。則其祠而事之，有自來矣。」王楙《野客叢書》卷二六：「四説不同，惟冷齋之説爲有據。觀《唐書南蠻傳》：俗尚巫鬼，大部落有大鬼主，百家則置小鬼主。一姓白蠻，五姓烏蠻。所謂烏蠻，則婦人衣黑繒。白蠻則婦人衣白繒。又以驗冷齋之説。劉禹錫《南中》詩亦曰：淫祀多青鬼，居人少白頭。又有所謂青鬼之説。盖廣南川峽，諸蠻之流風。故當時有青鬼、烏鬼等名。杜詩以黄魚對烏鬼，知其爲烏蠻鬼也審矣。」《趙次公先後解》、朱鶴齡注皆以元積詩爲證，是其説。黄魚，見《黄魚》(1201)注。吴曾《能改齋漫録》卷六：「頓頓字亦有所本。晉謝僕射、陶太常同詣吴領軍，坐久，吴留客作食。日已中，使婢賣狗供客，客比得一頓食，殆元氣可語。」見《太平御覽》卷四〇五引俗説。《世説新語·任誕》：「襄陽羅友有大韻，少時多謂之癡。嘗伺人祠，欲乞食，往太早，門未開。主人迎神出見，問以非時，何得在此。答曰：『聞卿祠，欲乞一頓食耳。』」

〔二〕舊識二句：《趙次公先後解》：「態字即一貴一賤乃知交態之態也。難與之爲態，則其人之薄矣。」

〔三〕治生二句：耕鑿，見卷一四《吾宗》(1085)注。庾信《代人傷往》：「無事交渠更相失，不及從來

莫作雙。」《太平廣記》卷六八《郭翰》（出《靈怪集》）：「自後夜夜皆來，情好轉切。翰戲之曰：『牽郎何在？那敢獨行？』對曰：『陰陽變化，關渠何事？』」

西歷青羌板①〔一〕，南留白帝城。於菟侵客恨②，粔籹作人情〔二〕。瓦卜傳神語，畬田費火聲③〔三〕。是非何處定，高枕笑浮生。頃歲自秦涉隴，從同谷縣出游蜀，留滯於巫山也。（1274）

【校】

① 板，《草堂》作「坂」，校：「一作板，非也。」

② 於菟，宋本、錢箋校：「一作穀於。」

③ 聲，宋本、錢箋、《草堂》校：「一作耕。」

【注】

〔一〕青羌：見卷七《秋風二首》（0316）注。朱鶴齡注：「唐嘉州本占青衣羌，其地近邛崍九折阪，故曰青羌阪。」

〔二〕於菟二句：《左傳》宣公四年：「楚人謂乳穀，謂虎於菟，故命之曰鬭穀於菟。」《楚辭·招魂》：「粔籹蜜餌，有餦餭些。」王逸注：「餦餭，餳也。言以蜜和米麪熬煎作粔籹，擣黍作餌，又有美

餳，衆味甘美也。」補注：「粔籹，蜜餌也。吴謂之膏環餌，粉餅也。」《齊民要術·餅法》：「膏環，一名粔籹。用秫稻米屑，水蜜溲之，强澤如湯餅麪。手搦團，可長八寸許，屈令兩頭相就，膏油煮之。」

〔三〕瓦卜二句：元稹《酬翰林白學士代書一百韻》：「病賽烏稱鬼，巫占瓦代龜。」范致明《岳陽風土記》：「荆湖民俗，歲時會集或禱祠，多擊鼓，令男女踏歌，謂之歌場。疾病不事醫藥，惟灼龜打瓦，或以雞子占卜，求祟所在，使俚巫治之。親族不相視病，而鄰里往往問勞之。謂親戚視之則傳染，鄰里則否。」

刈稻了詠懷

稻穫空雲水，川平對石門〔一〕。寒風疏草木①，旭日散雞豚〔二〕。野哭初聞戰，樵歌稍出村。無家問消息，作客信乾坤〔三〕。（1275）

【校】

①草，錢箋作「落」，校：「荆作草。」

【注】

黄鶴注：當是大曆二年（七六七）初冬作，是年九月、十月吐蕃入寇。

〔一〕稻穫二句：《趙次公先後解》：「豈眼前所見之石門者邪？與下篇云雙崖壯此門者是已。」

〔二〕旭日句：鮑照《代東武吟》：「腰鎌刈葵藿，倚杖牧雞豚。」

〔三〕信：信憑、信任。高駢《風箏》：「夜静絃聲響碧空，宫商信任往來風。」

瞿唐兩崖

三峽傳何處，雙崖壯此門〔一〕。入天猶石色，穿水忽雲根〔二〕。猱玃鬚髯古，蛟龍窟宅尊〔三〕。羲和冬馭近①，愁畏日車翻〔四〕。（1276）

【校】

① 冬，宋本、錢箋、《草堂》校：「一作驂。」

【注】

黄鶴注：當是大曆二年（七六七）秋晚作。仇注編入大曆元年（七六六）。

〔一〕三峽二句：見卷六《柴門》（0274）「峽門」注。

〔二〕雲根：見卷一四《題忠州龍興寺所居院壁》（0934）注。

〔三〕猱玃二句：司馬相如《上林賦》：「蜼玃飛蠝，蛭蜩蠼猱。」《文選》郭璞注：「玃，似獮猴而大。」又司馬彪曰：「玃猱，獮猴也。」

〔四〕羲和二句：見卷一《同諸公登慈恩寺塔》（0023）注。李尤《九曲歌》：「年歲晚暮時已斜，安得壯士翻日車。」

柳司馬至〔一〕

有使歸三峽，相過問兩京。函關猶出將〔二〕，渭水更屯兵。設備邯鄲道，和親邏沙城①〔三〕。幽燕唯鳥去，商洛少人行〔四〕。衰謝身何補，蕭條病轉嬰。霜天到宮闕，戀主寸心明。（1277）

【校】

① 沙，錢箋作「些」。《草堂》校：「薛夢符作邏沙。歐陽作邏些。」

【注】

黃鶴注：當是大曆二年（七六七）作，是年九月、十月京師以吐蕃入寇兩戒嚴。

〔一〕柳司馬：名不詳。

〔二〕函關：見卷一三《入宅三首》（0961）注。

〔三〕設備二句：《史記・張釋之馮唐列傳》：「是時慎夫人從，上指示慎夫人新豐道，曰：『此走邯鄲道也。』」《舊唐書・吐蕃傳》：「其國都城號爲邏些城。」又：「元鼎初見贊普於悶怛盧川，蓋贊普夏衙之所，其川在邏娑川南百里，臧河之所流也。」《新唐書・吐蕃傳》：「其贊普居跋布川，或邏娑川。」《册府元龜》卷一三四《帝王部・念功》：「薛仁貴爲邏逤道行軍大總管。」《增修禮部韻略》：「娑，邏娑，吐蕃都城名。亦作逤、些。」《舊唐書・吐蕃傳》：「永泰二年二月，命大理少卿、兼御史中丞楊濟修好於吐蕃。四月，吐蕃遣首領論泣藏等百餘人隨濟來朝，且謝申好。」此詩所謂和親事。

〔四〕幽燕二句：《趙次公先後解》：「和親與商洛少人，皆因吐蕃而然矣。」朱鶴齡注：「時吐蕃寇靈、邠，京師戒嚴，又河北諸鎮多跋扈，朝命不通，公詩所以歎之。」

孟冬

殊俗還多事，方冬變所爲〔一〕。破甘霜落爪①，嘗稻雪翻匙。巫岫寒都薄②，烏

蠻瘴遠隨③。終然減灘瀨，暫喜息蛟螭。（1278）

【校】

①甘，《草堂》作「柑」。錢箋校：「一作瓜。」

②岫，錢箋作「峽」，校：「吴作岫。」

③烏蠻，宋本校：「一作黔溪。」錢箋、《草堂》校：「一作沙。一作黔溪。」《文苑英華》作「黔溪」，校：「集作烏沙。」

【注】

黄鶴注：當是大曆元年（七六六）作。《趙次公先後解》編入大曆二年（七六七）。

〔一〕殊俗二句：《趙次公先後解》：「雖在殊俗，却還多事矣。」「至冬而後變所爲也。下句破甘嘗稻，方是變所爲矣。」仇注：「在殊俗而猶多事，前此課督田園也。冬變所爲，則喜於無事，惟破甘嘗稻而已。」

悶

瘴癘浮三蜀，風雲暗百蠻〔一〕。卷簾唯白水，隱几亦青山。猿捷長難見①，鷗

輕故不還。無錢從滯客〔二〕，有鏡巧催顔。（1279）

【校】

① 難，《草堂》作「相」。

【注】

黄鶴注：當是大曆元年（七六六）作。《趙次公先後解》編入大曆二年（七六七）。

〔一〕瘴癘二句：《趙次公先後解》：「夔州詩而言三蜀、百蠻，蓋夔在三蜀之下，百蠻之北，廣言之也。」

〔二〕無錢句：仇注：「從，隨也。謂錢不隨旅客。」按，從，任從，聽從。此歎無旅資而不得不滯留此地。

雷

巫峽中宵動，滄江十月雷。龍蛇不成蟄，天地劃争回〔一〕。却碾空山過〔二〕，深蟠絶壁來。何須妬雲雨，霹靂楚王臺〔三〕。（1280）

【注】

黄鶴注：當是大曆元年（七六六）作。《趙次公先後解》編入大曆二年（七六七）。

〔一〕龍蛇二句：《趙次公先後解》：「十月雷，非其時矣，故驚起龍蛇之蟄而變易天地之常也。」浦起龍云：「只是詠中宵之雷。蓋炎方十月而雷，殊非異事。」《玉篇》：「劃，以刀劃破物也。」《游仙窟》：「錦障劃然卷，羅帷垂半欹。」

〔二〕却碾句：《廣韻》：「輾，水輾。碾同。」此作動詞用。白居易《潯陽春三首》：「金谷踏花香騎入，曲江碾草鈿車行。」

〔三〕何須二句：《趙次公先後解》：「雷之不時，若妬神女之爲雲雨，而霹靂以震之也。」

冬至

年年至日長爲客，忽忽窮愁泥殺人〔一〕。江上形容吾獨老，天涯風俗自相親①。杖藜雪後臨丹壑，鳴玉朝來散紫宸②〔二〕。心折此時無一寸〔三〕，路迷何處是三秦③？（1281）

【校】

①涯，宋本、《草堂》校：「一作邊。」錢箋作「邊」，校：「一作涯。」

②鳴玉，錢箋校：「一云明主。」

③是，錢箋作「見」，校：「一作是。」《草堂》校：「一作見。」

【注】

黄鶴注：當是作於大曆二年（七六七），時在瀼西。

〔一〕泥：見卷五《遭田父泥飲美嚴中丞》（0232）注。

〔二〕杖藜二句：鮑照《歲暮悲》：「天寒多顏苦，妍容逐丹壑。」鳴玉，見卷一三《承聞河北諸道節度入朝歡喜口號絶句十二首》（0988）注。紫宸，見卷九《奉贈鮮于京兆二十韻》（0416）注。

〔三〕心折句：心折，見卷一〇《秦州雜詩二十首》（0549）注。寸心，見卷六《贈李十五丈別》（0302）注。

小至〔一〕

天時人事日相催，冬至陽生春又來〔二〕。刺繡五文添弱線①，吹葭六琯動浮灰②〔三〕。岸容待臘將舒柳，山意衝寒欲放梅③。雲物不殊鄉國異，教兒且覆掌中杯〔四〕。（1282）

【校】

①文，錢箋作「紋」，校：「一作文。」

②浮，《草堂》作「飛」。

③放，錢箋校：「一作破。」

【注】

黄鶴注：當是大曆元年（七六六）作，是年冬暖。《趙次公先後解》編入大曆二年（七六七）。

〔一〕小至：《通典》卷七〇《元日冬至受朝賀》：「大唐開元八年十一月，中書門下奏：伏以冬至，一陽始生……緣修新格將畢，其日祀圜丘，遂改用小冬日受朝。」錢箋：「按小冬日，即小至也。邵寶曰：小至謂至前一日，如小寒食之類。」《分門》夢符曰：「沈約《宋書》：魏晋冬至日受萬國及百僚稱賀，因小會其儀，亞於歲朝。甫稱小至，當謂是也。或曰陽爲大，陰爲小，冬至陰極，故曰小至。」朱翌《猗覺寮雜記》卷上：「子美有《小至》詩，説者謂冬至前一日爲小至。盧照鄰《年日述懷》云：『人歌小歲酒，花舞大唐春。』是以元日爲小歲。以此觀之，子美之小至即冬至也。」仇注引《杜臆》：「若以小至爲冬至前一日，則詩不當云添線、動灰矣。」

〔二〕天時二句：《易·復·象》：「先王以至日閉關。」王弼注：「冬至，陰之復也。夏至，陽之復也。」孔疏：「冬至一陽生，是陽動用而陰復於静也。夏至一陰生，是陰動用而陽復於

靜也。」

〔三〕刺繡二句：《史記·貨殖列傳》：「刺繡文不如倚市門。」朱鶴齡注：「線有五色，故云五紋。」添線，見卷一〇《至日遣興奉寄北省舊閣老兩院故人二首》(0545)注。《後漢書·律曆志》：「夫五音生於陰陽，分爲十二律，轉生六十，皆所以紀斗氣，效物類也。……冬至陽氣應，則樂均清……室中以木爲案，每律各一，内庳外高，從其方位，加律其上，以葭莩灰抑其内端，案曆而候之。氣至者灰動。其爲氣所動者其灰散，人及風所動者其灰聚。」《晉書·律曆志》：「黄帝作律，以玉爲管，長尺，六孔，爲十二月音。至舜時，西王母獻昭華之琯，以玉爲之。」朱鶴齡注：「六琯，舉律以該吕也。」

〔四〕雲物二句：《左傳》僖公五年：「凡分、至、啓、閉，必書雲物，爲備故也。」杜預注：「雲物，氣色災變也。」《宋書·樂志》載《晉杯槃舞歌》：「舞杯槃，何翩翩。舉坐翻覆壽萬年。」又：「《搜神記》云：晉太康中，天下爲《晉世寧舞》，矜手以接杯槃而反覆之。此則漢世唯有槃舞，而晉加之以杯，反覆之也。」鮑照《三日》：「解衿欣景預，臨流競覆杯。」錢箋：「舊注引覆杯池及《禮記》覆醢爲解。偶觀李太白《宴北湖》詩云：『感此勸一觴，願君覆瓢壺。榮盛當作樂，無令後賢吁。』則知覆杯乃傾尊倒甕，及時行樂之意。二公詩正可相發明也。」據《宋書·樂志》等，覆杯乃示飲盡，以表致敬、祈福等義。

舍弟觀赴藍田取妻子到江陵喜寄三首〔一〕

汝迎妻子達荆州，消息真傳解我憂。鴻雁影來連峽内，鶺鴒飛急到沙頭〔二〕。嶢關險路今虚遠，禹鑿寒江正穩流〔三〕。朱紱即當隨綵鷁，青春不假報黄牛〔四〕。

（1283）

【注】

黄鶴注：當是大曆二年（七六七）冬作，明年正月果出峽。

〔一〕舍弟觀：見卷一四《舍弟觀歸藍田迎新婦送示兩篇》（1018）。

〔二〕鴻雁二句：《禮記·王制》：「兄之齒雁行。」鶺鴒，見卷一〇《得弟消息二首》（0548）注。沙頭，參《送王十六判官》（1209）注。

〔三〕嶢關二句：《長安志》卷一六藍田縣：「藍田關在縣東南九十八里，即秦嶢關也。……後周明帝武成元年，徙青泥故城側，改曰青泥關。武帝建德三年，改曰藍田關，因縣爲名。隋煬帝大業元年，徙復舊所，即今關是。」禹鑿寒江，見卷六《柴門》（0274）注。

〔四〕朱紱二句：綵鷁，見卷一三《奉待嚴大夫》（0832）注。庾信《奉和泛江》：「春江下白帝，畫舸向

黃牛。」朱鶴齡注：「言我即當出峽，不必汝之遺報於黃牛也。」黃牛灘，見卷一一《送韓十四江東覲省》(0702)注。

馬度秦山雪正深①，北來肌骨苦寒侵。他鄉就我生春色，故國移居見客心。剩欲提携如意舞②，喜多行坐白頭吟〔一〕。巡簷索共梅花笑③，冷蘂疏枝半不禁④〔二〕。(1284)

【校】

① 度，宋本、錢箋、《草堂》校：「一作瘦。」　山，錢箋作「關」，校：「吴作山。」

② 剩欲，錢箋校：「一作歡劇。」《草堂》校：「或作歡極。」

③ 共，錢箋校：「一作近。」《草堂》作「近。」

④ 蘂，錢箋、《草堂》校：「一作落。」

【注】

〔一〕剩欲二句：《趙次公先後解》：「一本有小注云：王戎好作如意舞。意公自注。」參卷一四《宴忠州使君侄宅》(0934)注。白頭吟，見卷六《七月三日亭午已後較熱退晚加小涼穩睡有詩因論壯年樂事戲呈元二十一曹長》(0292)注。《趙次公先後解》：「《白頭吟》雖是文君緣相如晚年

置妾而有此作，其後爲樂府則言君臣朋友之不終。今公所用，但以老而吟詠耳。」

〔二〕巡簷二句：隋煬帝詩：「鳥聲争勸酒，梅花笑殺人。」仇注謂索笑句本此。按，江總《梅花落》：「金谷萬株連綺甍，梅花密處藏嬌鶯。桃李佳人欲相照，摘葉牽花來並笑。」或近此。不禁，見卷二〇《奉陪鄭駙馬韋曲二首》(0535)注。

庾信羅含俱有宅，春來秋去作誰家〔一〕？短墻若在從殘草，喬木如存可假花？卜築應同蔣詡徑，爲園須似邵平瓜〔二〕。比年病酒開涓滴①〔三〕，弟勸兄酬何怨嗟。(1285)

【校】

① 年，宋本、錢箋、《草堂》校：「一作因。」病，錢箋校：「一作斷。」開，《草堂》作「聞」。

【注】

〔一〕庾信二句：庾信宅，見《送王十六判官》(1209)注。《晉書·羅含傳》：「羅含字君章。……後爲郡功曹，刺史庾亮以爲部江夏從事……轉州別駕。以廨舍喧擾，于城西池小洲上立茅屋，伐木爲材，織葦爲席而居，布衣蔬食，晏如也。」《太平寰宇記》卷一四六荆州：「羅含宅，《渚宮記》云：安成王在鎮，以羅含故宅借録事劉朗之。常見一丈夫，衣冠甚偉，被衿而立。朗之驚問，

忽然失之。未及還，朗之以罪見黥。時人謂君章有神。羅君章宅，在江陵城西三里。庾信亦嘗居之。」

〔二〕卜築二句：《太平御覽》卷五一〇引嵇康《高士傳》：「蔣詡，字元卿，杜陵人。爲兗州刺史。王莽爲宰衡，詡奏事到灞上，稱病不進。歸杜陵，荆棘塞門，舍中三徑，終身不出。時人諺曰：楚國二龔，不如杜陵蔣翁。」錢箋：「此句正用杜陵故事，與邵平爲偶，非泛用三徑也。」邵平，見卷二《喜晴》(0077)「東門瓜」注。

〔三〕比年句：《趙次公先後解》：「前此《江樓夜宴》云：老人因酒病，堅坐看君傾。至此方欲開酒矣。」

夔州歌十絶句

中巴之東巴東山，江水開闢流其間〔一〕。白帝高爲三峽鎮，夔州險過百牢關①〔二〕。（1286）

【校】

① 夔州，錢箋校：「一作瞿塘。」《草堂》作「瞿唐」，校：「一作夔州。」

【注】

黄鶴注：當是大曆二年（七六七）夏作。

〔一〕中巴二句：《水經注》江水：「蜀章武二年，劉備爲吴所破，改白帝爲永安，巴東郡治也。漢獻帝初平元年，分巴爲二郡，以魚復爲固陵郡。蹇胤訴劉璋，改爲巴東郡，治白帝山城。」中巴，見卷七《秋風二首》（0316）注。

〔二〕白帝二句：《元和郡縣圖志》卷二五山南道興元府西縣：「百牢關，在縣西南三十步。隋置白馬關，後以黎陽有白馬關，改名百牢關。自京師趣劍南，達淮左，皆由此也。」《太平寰宇記》卷一三三興元府西縣：「百牢關，在縣西南。隋開皇中置。以蜀路險，號曰百牢關。一云置在百牢谷。」錢箋：「百牢關爲入川之隘口，但不如瞿塘之險耳。」

（1287）

白帝夔州各異城，蜀江楚峽混殊名〔一〕。英雄割據非天意，霸主并吞在物情①。

【校】

①主，《草堂》作「王」，注：「去聲。」

【注】

〔一〕白帝二句：陸游《入蜀記》卷六：「晚至瞿唐關，唐故夔州，與白帝城相連。杜詩云白帝夔州各異城，蓋言難辨也。」朱鶴齡注：「古白帝城在夔州城東，故曰各異城。」嚴耕望《唐代交通圖考》：「三峽上口灧澦堆北岸本有兩古城，南北連基。其一赤岬城在北偏西，依赤岬山，爲公孫述所築，周回七里餘。其二即魚復故城，在南偏東，公孫述改名白帝城，依白帝山。城甚小，周回不到一里，蓋高踞崖岸，爲一堡耳。故杜詩云『白帝高爲三峽鎮』也。杜詩又云『白帝夔州各異城』，夔州殆必治古赤岬城，夔爲大州，常爲統府，固宜治赤岬大城，非治白帝小城也。」參卷六《引水》(0260)注。《趙次公先後解》：「二城既臨江與峽，則無復分蜀江楚峽之名矣，故曰混殊名。」朱鶴齡注：「瞿唐峽，舊名西陵峽，與荆州西陵峽相亂，故曰混殊名。」

羣雄競起問前朝①，王者無外見今朝〔一〕。比訝漁陽結怨恨，元聽舜日舊簫韶〔二〕。(1288)

【校】

①問，錢箋校：「刊作聞。」《草堂》校：「一作向。下州作聞。」校文疑有誤。

【注】

〔一〕羣雄二句：《公羊傳》隱公元年：「祭伯者何？天子之大夫也。何以不稱使？奔也。奔則曷爲不言奔？王者無外，言奔則有外之辭也。」

〔二〕比訝二句：《後漢書·朱浮傳》：「今天下幾里，列郡幾城，奈何以區區漁陽，而結怨天子？」《趙次公先後解》：「比者，近也。禄山以怨恨起兵於漁陽，斯爲可訝者。」「舜日，則比明皇時太平爲虞舜之日。舊簫韶，則比《霓裳羽衣》之新曲如簫韶之九成。」簫韶，見《有感五首》(1257)注。

(1289)

赤甲白鹽俱刺天，閭閻繚繞接山巔〔一〕。楓林橘樹丹青合，複道重樓錦繡懸〔二〕。

【注】

〔一〕赤甲二句：張衡《南都賦》：「杳藹蓊鬱于谷底，森蕁蕁而刺天。」嚴耕望《唐代交通圖考》：「是唐世夔州城住民極多，致閭閻繚繞，達於山巔。兩城既連基，勢必房舍相接，連爲一片，故城雖各異，但閭閻市廛實已不分。」

〔二〕楓林二句：《趙次公先後解》：「丹青合，以言其樹之錯雜，蓋楓青而橘丹也。錦繡懸，以言其

宮室之華麗。」《分門》洙曰引《西京雜記》終南山有樹，葉一青一赤，望之斑駁如錦繡，長安謂之丹青樹。朱鶴齡注亦引，蓋謂錦繡字用此，亦言樹。

瀼東瀼西一萬家〔一〕，江北江南春冬花①。背飛鶴子遺瓊蘂，相趁鳧鶵入蔣芽〔二〕。（1290）

【校】

① 江北江南，錢箋、《草堂》校：「晋作江南江北。」

【注】

〔一〕瀼東瀼西：見卷六《柴門》（0276）注。嚴耕望《唐代交通圖考》：「瀼西謂瀼水之西永安宫地區，瀼東謂瀼水之東奉節縣、瞿塘驛地區，皆平地也。」

〔二〕背飛二句：《藝文類聚》卷二九李陵《贈蘇武别》：「雙鳧相背飛，相遠日已長。」木華《海賦》：「鳧鶵離褷，鶴子淋滲。」王粲《白鶴賦》：「飡靈岳之瓊蕊，吸雲表之露漿。」《趙次公先後解》謂此言鶴而用瓊蕊，指玉屑，在夔州則言花之白者，引陸機《擬涉江采芙蓉》：「上山采瓊蕊，空谷饒芳蘭。」趁，見卷三《青陽峽》（0146）注。蔣，見卷一五《傷秋》（1096）注。

東屯稻畦一百頃，北有澗水通青苗〔一〕。晴浴狎鷗分處處〔二〕，雨隨神女下朝朝。（1291）

【注】

〔一〕東屯二句：東屯，見《自瀼西荆扉且移居東屯茅屋四首》（1229）注。《方輿勝覽》卷五七夔州：「東屯有青苗陂。」引杜詩。

〔二〕晴浴句：江淹《雜體詩・孫廷尉綽雜述》：「物我俱忘懷，可以狎鷗鳥。」木華《海賦》：「群飛侶浴，戲廣浮深。」

蜀麻吴鹽自古通，萬斛之舟行若風〔一〕。長年三老長歌裏，白晝攤錢高浪中①〔二〕。（1292）

【校】

① 晝，錢箋校：「一作買。」

【注】

〔一〕蜀麻二句：蜀麻吴鹽，見卷六《客居》（0268）注。顧炎武《日知録》卷一〇「行鹽」：「松江李雯

論鹽之産於場，猶五穀之生於地，宜就場定額，一税之後，不問其所之，則國與民兩利。……余於鹽法亦引子美詩云：『蜀麻吴鹽自古通。』又曰：『風烟渺吴蜀，舟楫通鹽麻。』又曰：『蜀麻久不來，吴鹽擁荆門。』若如今日之法，各有行鹽地界，吴鹽安得至蜀哉！人人誦杜詩，而不知此故事。」

〔二〕長年二句：長年三老，見卷七《最能行》(0322)注。《趙次公先後解》：「蜀人以船頭把篙相水道者爲長年，正梢爲三老。」《後漢書・梁冀傳》：「意錢之戲。」注：「何承天《纂文》曰：詭億，一曰射意，一曰射數，即攤錢也。」《趙次公先後解》：「攤錢，則蜀人賭錢之名。」李匡乂《資暇集》卷中錢戲：「錢戲有每以四文爲一列者，即史傳所云意錢是也。俗謂之攤錢，亦曰攤鋪。攤鋪其錢，不使疊映欺惑也。疾道之，故譌其音。音攤爲豔齕反，音鋪爲蒱，厥義此耳。今人書此錢戲，率作樗蒱字。何貶樗蒱之甚耶？案樗蒱起自老子，今亦爲呼盧者，不宜雜其號於錢。説攤鋪之義，皎然可見。」

憶昔咸陽都市合，山水之圖張賣時〔一〕。巫峽曾經寶屏見〔二〕，楚宫猶對碧峰疑。

(1293)

【注】

〔一〕張賣：仇注：「張賣，張圖以賣於市也。」

〔二〕巫峽句：《西京雜記》卷二：「武帝爲七寶床，雜寶桉，廁寶屏風，列寶帳。」《太平廣記》卷二三四《鄭德懋》（出《宣室志》）：「七寶屏風，黄金屈膝。」

閬風玄圃與蓬壺〔一〕，中有高唐天下無①。借問夔州壓何處，峽門江腹擁城隅。
（1294）

【校】

① 錢箋此首在第十。唐，錢箋作「堂」，校：「晋作唐。」

【注】

〔一〕閬風句：閬風，見卷一《奉同郭給事湯東靈湫作》（0035）注。玄圃，見卷二《奉先劉少府新畫山水障歌》（0080）注。蓬壺，見卷四《戲題畫山水圖歌》（0178）注。

武侯祠堂不可忘①〔二〕，中有松柏參天長。干戈滿地客愁破，雲日如火炎天凉。
（1295）

【校】

① 錢箋此首在第九。　祠堂，錢箋、《草堂》校：「一作生祠。」

【注】

〔一〕武侯句：夔州武侯祠，見卷一四《諸葛廟》（1016）注。

雨①

冥冥甲子雨，已度立春時〔一〕。輕箑煩相向，纖絺恐自疑〔二〕。烟添纔有色，風引更如絲。直覺巫山暮，兼催宋玉悲〔三〕。（1296）

【校】

① 此詩宋本卷目有，正文缺。今據《九家》等補在此。

【注】

《趙次公先後解》：按《資治通鑑》，大曆二年正月辛亥朔，至十三日甲子。但不知立春在前，相去

幾日，以無《長曆》考之也。黄鶴注：按《舊史》，大曆元年正月丁巳朔，則是初八日爲甲子。史又云自春旱，至六月庚子始雨。却與唐諺合。公是時在雲安。其年十一月甲子日長至，方改爲大曆元年。若大曆二年甲子，在正月十三日，而立春已在元年十二月二十六七，無容謂甲子雨「已度立春時」也。按，黄説誤。

〔一〕冥冥二句：《朝野僉載》卷一：「諺云：春雨甲子，赤地千里。夏雨甲子，乘船入市。秋雨甲子，禾頭生耳。冬雨甲子，鵲巢下地。」《趙次公先後解》：「言春甲子而雨，旱之祥也。」「兩句憂之之辭也。」王嗣奭《杜臆》：「先雨而度立春，是冬甲子雨，而注引春甲子，誤。按諺：冬雨甲子，雪飛千里。南方地暖，故不雪而雨。注引赤地千里，是年春旱，又誤。又諺云：雨前生毛不肯雨，雨後生毛不肯晴。冬雨度立春，而風引如絲，乃雨之可厭者。」按，詩云「已度立春時」，謂此甲子雨在立春後，非謂自甲子雨而至立春。此詩仍當作於大曆二年。若大曆元年，立春在永泰元年十二月十六日，更無容謂甲子雨而度立春。若謂冬甲子雨而度立春，則此二年甲子至立春分别爲三十九天與四十四天。地無論南北，四季恐絶無如此長雨，更遑論亦與詩中情景完全不合。黄鶴注誤，王注亦誤。

〔二〕輕箑二句：潘岳《秋興賦》：「於是乃屏輕箑，釋纖絺。」《文選》李善注：「《吕氏春秋》曰：冬不用箑，非愛箑也，清有餘也。高誘曰：箑，扇也。孔安國《尚書傳》曰：纖，細也。絺，細葛也。」《趙次公先後解》：「是日雖雨而氣喧，故扇可用，葛可著。」

〔三〕宋玉悲：見卷一四《垂白》(1068)注。王嗣奭《杜臆》：「宋玉《悲秋賦》云：憀慄兮若在遠行。又云：坎廩兮貧士失職而志不平。故云兼催宋玉悲。注謂雨過淒然如秋，則與輕箑、纖絺戾矣。亦誤。」按，亦見《九辯》。

奉送蜀州柏二别駕將中丞命赴江陵起居衛尚書太夫人因示從弟行軍司馬位①〔一〕

中丞問俗畫熊頻，愛弟傳書彩鷁新〔二〕。遷轉五州防禦使，起居八座太夫人〔三〕。楚宫臘送荆門水，白帝雲偷碧海春。報與惠連詩不惜〔四〕，知吾斑鬢總如銀。(1297)

【校】

①此詩宋本卷目有，正文缺。今據《九家》等補在此。錢箋此詩編入卷一七。奉送蜀州柏二别駕將中丞命赴江陵起居衛尚書太夫人因示從弟行軍司馬位，「位」錢箋作「佐」。

【注】

黄鶴注：當是大曆元年(七六六)歲晚作。二年柏已去夔，乃崔卿攝郡矣。

〔一〕柏二别駕：黄鶴注：「乃中丞之弟。故云愛弟傳書。」中丞：柏貞節。衛尚書：衛伯玉。見卷七《荆南兵馬使太常卿趙公大食刀歌》（0310）注。起居：見卷一四《送田四弟將軍將夔州柏中丞命起居江陵節度陽城郡王衛公幕》（1118）注。杜位：見卷一二《寄杜位》（0913）注。

〔二〕中丞二句：《後漢書·輿服志》：「公、列侯安車，朱班輪，倚鹿較，伏熊軾。」張正見《御幸樂游苑侍宴》：「畫熊飄析羽，金埒響膠弦。」王績《游北山賦》：「鄉老則杖頭安鳥，邦君則車邊畫熊。」劉孝綽《釣竿篇》：「釣竿畫彩鷁，漁子服冰紈。」

〔三〕遷轉二句：《新唐書·方鎮表》乾元二年：「以夔、峽、忠、歸、萬五州隸夔州。」廣德元年：「置夔、忠、涪都防禦使，治夔州。」大曆元年：「荆南節度復領澧、朗、涪三州。」劉禹錫《夔州刺史廳壁記》：「天寶初，罷州置郡，號雲安。至德二年，命嗣道王煉爲太守，賜之旌節，統峽中五郡軍事。乾元初，復爲州，偃節於有司，第以防禦使爲稱。尋罷，以支郡隸江陵。」朱鶴齡注：「柏中丞爲夔州都督，時自都督遷防禦也。」按，防禦使與都督爲兼銜，時夔州未必領五州，詩蓋循舊例稱五州。《唐六典》卷一尚書令：「後漢以尚書令、僕射及六曹尚書爲八座。……今則以二丞相、六尚書爲八座。」《趙次公先後解》：「衛公乃尚書矣，故云八座。」《後漢書·岑彭傳》：「大長稱以朔望問太夫人起居。」注：「漢法，列侯之母方稱太夫人也。」

〔四〕報與句：《宋書·謝惠連傳》：「族兄靈運深相知賞。」鍾嶸《詩品》引《謝氏家録》：「康樂每對惠連，輒得佳語。後在永嘉西堂，思詩竟日不就，寤寐間忽見惠連，即成『池塘生春草』。」《趙次公先後解》：「以方弟行軍司馬也。」

杜工部集卷第十七

近體詩五十四首大曆三年正月起峽中至江陵及湖南作

太歲日〔一〕

楚岸行將老，巫山坐復春。病多猶是客，謀拙竟何人。閶闔開黄道，衣冠拜紫宸〔二〕。榮光懸日月〔三〕，賜與出金銀。愁寂鴛行斷〔四〕，參差虎穴鄰。西江元下蜀，北斗故臨秦〔五〕。散地逾高枕，生涯脱要津。天邊野柳樹，相見幾回新。

(1298)

【注】

黄鶴注：當是大曆三年（七六八）正月初三日作。

〔一〕太歲日：《趙次公先後解》：「正月一日謂之太歲日，蓋當年太歲之始日也。」黄鶴注：「大曆三年太歲戊申，今題云太歲日，則又是戊申日。按《舊史》，大曆三年春正月丙午朔，戊申乃初三日。或以巫山坐復春之句，爲在二年。然二年太歲丁未，而正月朔爲壬子，則丁未日乃在二月下旬矣。此詩云閶闔開黄道，衣冠拜紫宸，正以新元而言。」《無上秘要》卷五五：「《三元篇》曰：凡行此道，學法亦齋，合丹亦齋，入山亦齋，傳經亦齋，八節日亦齋，甲子日、庚申日、太歲日、本命日亦齋。」太歲日蓋與本命日類似，其日干支与太歲、本命所在同。

〔二〕閶闔二句：閶闔，見卷一《樂游園歌》（0030）注。《漢書·天文志》：「日有中道，月有九行。中道者，黄道。一曰光道。」紫宸，見卷九《奉贈鮮于京兆二十韻》（0416）注。王維《和賈舍人早朝大明宫之作》：「九天閶闔開宫殿，萬國衣冠拜冕旒。」《趙次公先後解》：「自此而下蓋言朝見賀正矣。」

〔三〕榮光句：《藝文類聚》卷一一引《尚書中候》：「帝堯即政，榮光出河。」江淹《詣建平王上書》：「青雲浮洛，榮光塞河。」

〔四〕鴛行：見卷一〇《至日遣興奉寄北省舊閣老兩院故人二首》（0545）注。

〔五〕西江二句：《趙次公先後解》：「公由蜀而欲往荆渚，今尚在夔，故曰西江元下蜀。」北斗句，見

卷一四《月三首》（1011）注。

元日示宗武〔一〕

汝啼吾手戰，吾笑汝身長〔二〕。處處逢正月，迢迢滯遠方。飄零還柏酒①〔三〕，衰病只藜床。訓喻青衿子，名慚白首郎〔四〕。賦詩猶落筆，獻壽更稱觴。不見江東弟，高歌淚數行。第五弟豐漂泊江左，近無消息〔五〕。（1299）

【校】

① 酒，錢箋、《草堂》校：「一作葉。」

【注】

黄鶴注：大曆三年（七六八）作。

〔一〕宗武：見卷一六《宗武生日》（1166）注。

〔二〕汝啼二句：《世説新語·黜免》：「桓公讀詔，手戰流汗。」《趙次公先後解》：「手戰則老病也，身長則長大也。」

〔三〕飄零句：《荆楚歲時記》正月一日：「進椒柏酒，飲桃湯。」注：「按《四民月令》云：過臘一日謂之小歲，拜賀君親，進椒酒，從小起。椒是玉衡星精，服之令人身輕能老。柏是仙藥。……是知小歲則用之，漢朝元正則行之。」

〔四〕訓喻二句：青衿，見卷八《折檻行》(0372)注。白首郎，見卷一四《承聞河北諸道節度入朝歡喜口號絶句十二首》(0990)注。

〔五〕不見二句：見卷一五《第五弟豐獨在江左近三四載寂無消息覓使寄此二首》(1087)注。

遠懷舍弟穎觀等〔一〕

陽翟空知處，荆南近得書〔二〕。積年仍遠别，多難不安居。江漢春風起，冰霜昨夜除。雲天猶錯莫〔三〕，花萼尚蕭疏。對酒都疑夢，吟詩正憶渠。舊時元日會，鄉黨羨吾廬。（1300）

【注】

黄鶴注：當是大曆三年（七六八）正月旦日作。

〔一〕弟穎觀：穎，見卷一二《送舍弟頻赴齊州三首》(0884)注。觀，見卷一六《舍弟觀赴藍田取妻子

到江陵喜寄三首》(1283)注。

〔二〕陽翟二句：《元和郡縣圖志》卷五河南府：「陽翟縣，畿。西北至府二百四十里。」《趙次公先後解》：「潁在陽翟也。荆南，則觀新所遷居也。」

〔三〕錯莫：見卷二《瘦馬行》(0073)注。

續得觀書迎就當陽居止正月中旬定出三峽①〔一〕

自汝到荆府，書來數唤吾。頌椒添諷咏，禁火卜歡娱②〔二〕。舟楫因人動，形骸用杖扶。天旋夔子峽③，春近岳陽湖。發日排南喜〔三〕，傷神散北吁④。飛鳴還接翅，行序密銜蘆〔四〕。俗薄江山好，時危草木蘇。馮唐雖晚達，終覬在皇都〔五〕。

(1301)

【校】

①續得觀書迎就當陽居止正月中旬定出三峽，「止」宋本作「山」，據錢箋等改。

②娱，錢箋、《草堂》校：「一作呼。」

③峽，錢箋作「國」。

④眸，錢箋、《九家》、《草堂》作「吁」。

【注】

黄鶴注：當是大曆三年（七六八）元日作。

〔一〕當陽：《舊唐書・地理志》荆州江陵府：「當陽，漢縣，屬南郡。……（武德）六年，改屬玉州。又省臨沮入當陽，屬荆州。」

〔二〕頌椒二句：頌椒，見卷九《杜位宅守歲》（0465）注。《趙次公先後解》：「禁火卜歡娱，則序云正月中旬定出三峽，於寒食必相聚矣。」

〔三〕發日句：《趙次公先後解》：「起發之日，安排往南而喜。」仇注：「排舟而南。」

〔四〕銜蘆：見卷一六《遠游》（1260）注。

〔五〕馮唐二句：見卷一五《寄岑嘉州》（1036）注。

將别巫峽贈南鄉兄瀼西果園四十畝①〔一〕

苔竹素所好，萍蓬無定居②〔二〕。遠游長兒子③〔三〕，幾地别林廬？雜蘂紅相對，他時錦不如。具舟將出峽，巡圃念携鋤。正月喧鶯末，茲辰放鷁初。雪籬梅

可折，風樹柳微舒。託贈鄉家有④，因歌野興疏。殘生逗江漢⑤〔四〕，何處狎樵漁？

（1302）

【校】

① 將別巫峽贈南鄉兄瀼西果園四十畝，「鄉」錢箋、《草堂》作「卿」。

② 無，錢箋、《草堂》校：「一作不。」

③ 兒，《草堂》校：「一作見。」

④ 鄉，錢箋、《草堂》作「卿」。

⑤ 逗，錢箋校：「陳作逼。」《草堂》校：「謝作逼。」

【注】

黄鶴注：當是大曆三年（七六八）正月作。

〔一〕南鄉兄：未詳。《趙次公先後解》謂作南卿是，「或云公之族大，爲卿者非一人，或南宅之卿，或南位之卿也」。按，此兄當非杜氏。

〔二〕苔竹二句：潘岳《西征賦》：「陋吾人之拘攣，飄萍浮而蓬轉。」

〔三〕長兒子：兒卷四《將適吴楚留別章使君留後兼幕府諸公得柳字》（0199）注。

〔四〕殘生句：江淹《雜體詩・謝光禄莊郊游》：「肅舲出郊際，徙樂逗江陰。」《文選》李善注：「《説

文》曰：逗，止也。」

送大理封主簿五郎親事不合却赴通州主簿前閬州賢子余與主簿平章鄭氏女子垂欲納采鄭氏伯父京書至女子已許他族親事遂停①〔一〕

禁臠去東床，趨庭赴北堂〔二〕。風波空遠涉，琴瑟幾音洎虚張〔三〕。渥水出騏驥，崑山生鳳皇〔四〕。兩家誠款款，中道許蒼蒼〔五〕。頗謂秦晋匹②，從來王謝郎〔六〕。青春動才調，白手缺輝光〔七〕。玉潤終孤立，珠明得闇藏〔八〕。餘寒折花卉，恨别滿江鄉。（1303）

【校】

①送大理封主簿五郎親事不合却赴通州主簿前閬州賢子余與主簿平章鄭氏女子垂欲納采鄭氏伯父京書至女子已許他族親事遂停，錢箋無「采」字，校：「一有采字。」

②謂，《草堂》作「爲」。

【注】

黄鶴注：當是大曆三年（七六八）正月未出峽前作。

〔一〕封閬州：封議。見卷七《送高司直尋封閬州》（0359）注。封主簿五郎當即其子封揆。《唐代墓志彙編》貞元〇〇六張勸《唐故梁州城固縣令渤海封君墓志銘》：「君諱揆，字揆，渤海蓨人也。……王父諱哲。皇考諱議，蓬、集、閬、明四州刺史。君即明州府君□冢嗣也。……時河南元帥太尉李公以君利入無間，奏君徐州彭城縣尉。以君□能舉目，轉君楚州安宜主簿。劍南東川節使鮮于公與君通舊，知君理材，奏君巴西督郵。工部尚書兼御史大夫魏國公之節制惟梁也，君懷刺頁謁，以君有仁恤惠政，奏君城固縣□。」《舊唐書·地理志》山南西道：「通州上，隋通川郡。……乾元元年，復爲通州。」平章，商議。此指議婚。《太平廣記》卷二八一《櫻桃青衣》（出《河東記》）：「吾有一外甥女子姓鄭，早孤，遺吾妹鞠養，甚有容質，頗有令淑，當爲兒平章。」

〔二〕禁臠二句：《晉書·謝混傳》：「初，孝武帝爲晉陵公主求壻，謂王珣曰：『主壻但如劉真長、王子敬便足。如王處仲、桓元子誠可，才小富貴，便豫人家事。』珣對曰：『謝混雖不及真長，不減子敬。』帝曰：『如此便足。』未幾，帝崩。袁山松欲以女妻之。珣曰：『卿莫近禁臠。』初，元帝始鎮建業，公私窘罄，每得一㹠，以爲珍膳，項上一臠尤美，輒以薦帝，羣下未嘗敢食。于時呼爲禁臠。故珣因以爲戲。混竟尚主。」《世説新語·雅量》：「郗太傅在京口，遣門生與王丞相

書，求女婿……門生歸，白郗曰：『王家諸郎亦皆可嘉，聞來覓婿，咸自矜持，唯有一郎在東床上坦腹臥，如不聞。』」趙庭，見卷九《登兗州城樓》(0429)注。北堂，見卷一〇《送許八江寧覲省甫昔時常客游此縣於許生處乞瓦棺寺維摩圖樣志諸篇末》(0538)注。《趙次公先後解》：「禁臠去東床，言親事不合也。趙庭赴北堂，言往通州也。」朱鶴齡注：「封主簿至通州省母。」

〔三〕琴瑟句：《詩・小雅・常棣》：「妻子好合，如鼓瑟琴。」箋：「合者，如鼓瑟琴之聲相應和也。」《漢書・禮樂志》董仲舒對策：「辟之琴瑟不調，甚者必解而更張之，乃可鼓也。」

〔四〕渥水二句：渥水，渥洼，見卷一《沙苑行》(0038)注。《趙次公先後解》：「《葛仙公傳》曰：崑崙一名積石瑶房。古本《莊子》載老子曰：吾聞南方有鳥，其名爲鳳。所居積石千里。則崑山可以言生鳳凰矣。舊注引丹穴之鳳凰，却是丹穴也。」「古本《莊子》」見《文選》江淹《雜體詩・嵇中散康言志》李善注引。仇注：「此指封、鄭約婚事。騏驥，閬州子。鳳凰，鄭氏女。」

〔五〕中道句：仇注：「蒼蒼，指天以誓也。」

〔六〕頗謂二句：《左傳》僖公二十三年：「乃送諸秦。秦伯納女五人，懷嬴與焉。奉匜沃盥，既而揮之。怒曰：『秦晋匹也，何以卑我。』」《世説新語・賢媛》：「王凝之謝夫人既往王氏，大薄凝之。既還謝家，意大不説。太傅慰釋曰：『王郎，逸少之子，人才亦不惡，汝何以恨乃爾？』答曰：『一門叔父，則有阿大、中郎。群從兄弟，則有封、胡、遏、末。不意天壤之中，乃有王郎。』」《趙次公先後解》：「晋江左以王、謝爲胄族，其子弟風流也。」

〔七〕青春二句：《南齊書・到撝傳》：「才調流贍，善納交游。」白手，徒手。《撼龍經》：「此星定是

有威權，白手成家積巨富。」此或言封氏家貲不豐。

〔八〕玉潤二句：《晋書・衛玠傳》：「玠妻父樂廣，有海内重名，議者以爲婦公冰清，女壻玉潤。」鄒陽《獄中上書自明》：「臣聞明月之珠，夜光之璧，以暗投人於道，衆莫不按劍相眄者，何則？無因而至前也。」

人日兩篇

元日到人日〔一〕，未有不陰時。冰雪鶯難至，春寒花較遲。雲隨白水落，風振紫山悲〔二〕。蓬鬢稀疏久，無勞比素絲〔三〕。（1304）

【注】

黄鶴注：大曆三年（七六八）作。

〔一〕人日：見卷八高適《人日寄杜二拾遺》注。

〔二〕雲隨二句：《趙次公先後解》：「白水、紫山，非是地名。白水，蓋水之白色。紫山，則公前篇云紫崖奔處黑是也。」仇注引《山海經》白水、《後漢地志》紫岩山，非是。

〔三〕蓬鬢二句：李白《古風》：「玉顔艷紅彩，雲髮非素絲。」

此日此時人共得，一談一笑俗相看。樽前柏葉休隨酒，勝裏金花巧耐寒〔一〕。佩劍衝星聊暫拔，匣琴流水自須彈〔二〕。早春重引江湖興，直道無憂行路難。

(1305)

【注】

〔一〕樽前二句：庾肩吾《歲盡應令》：「聊開柏葉酒，試奠五辛盤。」《趙次公先後解》：「柏葉，乃元日事。……今言休隨酒，則元日過矣。」參《元日示宗武》(1299)注。《荆楚歲時記》：「正月七日爲人日，以七種菜爲羹，剪綵爲人，或鏤金薄爲人，以貼屏風，亦戴之頭鬢。又造華勝以相遺，登高賦詩。」

〔二〕佩劍二句：佩劍衝星，見卷七《可歎》(0328)注。《列子·湯問》：「伯牙善鼓琴，鍾子期善聽。伯牙鼓琴，志在登高山，鍾子期曰：『善哉！峨峨兮若泰山。』志在流水，鍾子期曰：『善哉！洋洋乎若江河。』」

江梅

梅蘂臘前破，梅花年後多。絶知春意好①，最奈客愁何。雪樹元同色②，江風

亦自波。故園不可見，巫岫鬱嵯峨〔一〕。（1306）

【校】

①好，錢箋校：「一作早。」《草堂》作「早」。

②元，錢箋校：「一作能。」《草堂》作「能」。

【注】

黄鶴注：當是大曆二年（七六七）作。《趙次公先後解》編入大曆三年（七六八）。

〔一〕巫岫句：陸機《前緩聲歌》：「長風萬里舉，慶雲鬱嵯峨。」

庭草

楚草經寒碧，庭春入眼濃。舊低收葉舉，新掩卷牙重〔一〕。步履宜輕過，開筵得屢供。看花隨節序，不敢强爲容〔二〕。（1307）

【注】

黄鶴注：當是大曆二年（七六七）作。《趙次公先後解》編入大曆三年（七六八）。

〔一〕舊低二句：《趙次公先後解》：「言舊低俯而收斂之葉，以春而舉也。」「新掩蔽而韜卷之牙，以春而重也。」王嗣奭《杜臆》：「舊葉本低，今收而上舉。新牙尚掩，今卷而重出。」

〔二〕看花二句：《老子》十五章：「夫唯不可識，故强爲之容。」王嗣奭《杜臆》：「後四句皆代草將意。」

大曆三年春白帝城放船出瞿唐峽久居夔府將適江陵漂泊有詩凡四十韻〔一〕

老向巴人裏，今辭楚塞隅。入舟翻不樂，解纜獨長吁。窄轉深啼狖，虛隨亂浴鳧①。石苔凌几杖，空翠撲肌膚。疊壁排霜劍，奔泉濺水珠。杳冥藤上下，濃淡樹榮枯。神女峰娟妙，昭君宅有無〔二〕。曲留明怨惜②，夢盡失歡娱〔三〕。擺闔盤渦沸，欹斜激浪輸。風雷纏地脉，冰雪耀天衢。鹿角真走險，狼頭如跋胡〔四〕。惡灘寧變色，向者二灘名③。高卧負微軀〔五〕。書史全傾撓，裝囊半壓濡。生涯臨臬兀〔六〕，死地脱斯須。不有平川决④〔七〕，焉知衆壑趨。乾坤霾漲海〔八〕，雨露洗春蕪。鷗鳥牽絲颺，驪龍濯錦紆〔九〕。落霞沉緑綺，殘月壞金樞〔一〇〕。泥笋苞初荻，

沙茸出小蒲〔一一〕。雁兒争水馬，燕子逐檣烏〔一二〕。絶島容烟霧，環洲納曉晡〔一三〕。前聞辨陶牧，轉眄拂宜都〔一四〕。縣郭南畿好，路入松滋縣。津亭北望孤〔一五〕。勞心依憩息，朗詠劃昭蘇〔一六〕。意遣樂還笑，衰迷賢與愚〔一七〕。飄蕭將素髮，汩没聽洪鑪〔一八〕。丘壑曾忘返〔一九〕，文章敢自誣。此生遭聖代，誰分哭窮途〔二〇〕。卧疾淹爲客，蒙恩早厠儒。廷争酬造化，樸直乞去江湖〔二一〕。灧澦險相迫，滄浪深可逾。浮名尋已已，懶計却區區。喜近天皇寺，先披古畫圖。此寺有晋右軍書，張僧繇畫孔子洎顔子十哲形像〔二二〕。應經帝子渚，同泣舜蒼梧〔二三〕。朝士兼戎服，君王按湛盧〔二四〕。旄頭初俶擾，鶉首麗泥塗〔二五〕。甲卒身雖貴，書生道固殊。出塵皆野鶴，歷塊匪轅駒〔二六〕。伊吕終難降，韓彭不易呼〔二七〕。五雲高太甲，六月曠摶扶〔二八〕。回首黎元病，争權將帥誅。山林託疲苶〔二九〕，未必免崎嶇。（1308）

【校】

① 亂，錢箋、《草堂》校：「一作落。」

② 惜，錢箋、《草堂》校：「一作别。」宋本校：「怨惜一作怨别。」

③ 向者二灘名，錢箋「鹿角」、「狼頭」下分注：「灘名。」《九家》、《草堂》注：「公自注云：鹿角、狼頭二

灘名。」

④決，宋本、錢箋、《草堂》校：「一作快。」

【注】

黃鶴注：此詩作於夷陵。

〔一〕仇注：「詩本四十二韻，曰四十者，舉成數言耳。」

〔二〕神女二句：陸游《入蜀記》卷六：「二十三日過巫山凝真觀，謁妙用真人祠。真人即世所謂巫山神女也。祠正對巫山峰巒，上入霄漢，山脚直插江中。議者謂太華衡廬皆無此奇。然十二峰者不可悉見，所見八九峰，惟神女峰最爲纖麗奇峭，宜爲仙真所託。祝史云：每八月十五夜月明時，有絲竹之音往來峰頂，山猿皆鳴，達旦方漸止。」昭君宅，見卷七《負薪行》(0321)注。

〔三〕曲留二句：《昭君怨》曲，見卷一五《詠懷古跡五首》(1115)注。襄王夢，見卷六《雨》(0297)注。

〔四〕鹿角二句：《水經注》江水：「江水又東逕宜昌縣北，分夷道佷山所立也。縣治江之南岸，北枕大江，與夷陵對界。《宜都記》曰：渡流頭灘十里，便得宜昌縣。江水又東逕狼尾灘而歷人灘。袁山松曰：二灘相去二里。人灘水至峻峭。」《通典》卷一八三《夷陵郡》宜都：「荆門、虎牙二山，即楚之西塞狼尾灘。」《明一統志》卷六二荆州府：「虎頭灘、鹿角灘、狼尾灘，俱在夷陵州，三峽中惟此數灘最險。」《詩・豳風・狼跋》：「狼跋其胡，載疐其尾。」傳：「跋，躐。疐，跲也。老狼有胡，進則躐其胡，退則跲其尾。」疏：「老狼有胡，謂頷垂胡。」

〔五〕惡灘二句：《論語·鄉黨》：「有盛饌，必變色而作。」《趙次公先後解》：「今遇惡灘，寧不變色而憂懼乎？」仇注：「誠恐猝罹水患，負此殘軀也。」按，高卧負微軀，即負高卧之微軀。

〔六〕生涯句：《易·困》：「困于葛藟，于臲卼。」疏：「臲卼，動摇不安之辭。」《説文》：「鼿，槷鼿，不安也。從出，臬聲。《易》曰槷鼿。」段注：「許作槷鼿，蓋孟《易》也。《尚書》：邦之杌隉。槷與隉、臲、劓、倪同，鼿與杌、軏、卼、仉同。杌、軏、卼、仉皆兀聲。」

〔七〕不有句：朱鶴齡注：「江水出峽，其流始平，故曰平川。」

〔八〕乾坤句：鮑照《蕪城賦》：「南馳蒼梧漲海，北走紫塞雁門。」

〔九〕鷗鳥二句：《莊子·列禦寇》：「夫千金之珠，必在九重之淵而驪龍頷下。」《趙次公先後解》：「言龍體如錦也。」

〔一〇〕落霞二句：謝朓《晚登三山還望京邑》：「餘霞散成綺，澄江静如練。」《趙次公先後解》：「用緑綺字，則琴有緑綺之名，取此兩字貼之耳。」木華《海賦》：「若乃大明攎轡於金樞之穴，翔陽逸駭於扶桑之津。」《文選》李善注：「伏韜《望清賦》曰：金樞理轡，素月告望。義出於此。」吕延濟注：「金樞，西方月之没處。」《趙次公先後解》：「殘月狀如户樞之壞脱也。」「取此兩字貼之耳。」仇注：「皆平川中變幻也。」

〔一一〕泥筍二句：謝靈運《於南山往北山經湖中瞻眺》：「初篁苞緑籜，新蒲含紫茸。」朱鶴齡注：「謂蒲花也。」

〔一二〕雁兒二句：《分門》夢符曰：「按《本草》：水馬生水中，善行如馬，亦謂之海馬。」師曰：「今按

陳藏器《本草》云：水馬生海中，頭如馬形，長五六寸，蝦類也。今所在池塘亦有之，差小耳，俗亦呼爲水馬。」朱鶴齡注：「《山海經》：諸毗之水中多水馬，其狀如馬，文臂牛尾。《江賦》『騁馬騰波以噓蹀』，即此也。又《歲時記》：競渡以水車，謂之飛鳧，亦曰水馬。」謂此與舊注未知孰是，疑騁馬近之。仇注：「方以智《物理小識》云：水馬能化蜻蜓。則水鼈蟲耳，非四足之水秀才也。一名蝦扒蟲，蜻蜓入水生子所化，故復變爲蜻蜓。」陰鏗《廣陵岸送北使》：「亭嘶北櫪馬，檣轉向風烏。」《趙次公先後解》：「船檣上刻爲烏形，取烏之識風，所以相風亦刻烏形者以此。」

〔一三〕絶島二句：謝靈運《於南山往北山經湖中瞻眺》：「側逕既窈窕，環洲亦玲瓏。」《趙次公先後解》：「曉晡兩字，早晚之義也。」參卷一一《徐步》(0675)注。

〔一四〕前聞二句：王粲《登樓賦》：「北彌陶牧，西接昭丘。」《文選》李善注：「盛弘之《荊州記》曰：江陵縣西有陶朱公家。其碑云是越之范蠡。《爾雅》曰：郊外曰牧。」《水經注》江水：「夷道縣，漢武帝伐西南夷，路由此出，故曰夷道矣。王莽更名江南。桓温父名彝，改曰西道。魏武分南郡置臨江郡。劉備改曰宜都。郡治在縣東四百步。故城，吴丞相陸遜所築也，爲二江之會也。」《元和郡縣圖志》逸文卷一：「峽州，魏武置臨江郡，理夷陵，蜀先主改爲宜都郡，後却屬吴。《紀勝》。」

〔一五〕縣郭二句：《元和郡縣圖志》逸文卷一：「松滋縣，本漢高城縣地，屬南郡。《紀勝》江陵府。」朱鶴齡注：「肅宗以江陵府爲南都，故曰南畿。《水經注》：江津戍對馬頭岸，北對大岸，謂之江

津口。此云津亭，疑即江津之亭也。」

〔一六〕勞心二句：《趙次公先後解》：「劃字，開豁之意。」按，指驟然變化。參卷一六《雷》(1286)注。《禮記·樂記》：「蟄蟲昭蘇。」

〔一七〕意遣二句：《趙次公先後解》：「當是時，雖身之老，志之衰矣，豈復論賢愚哉，聽於造物而已。」仇注：「謂老年混俗。」按，任昉《爲蕭揚州薦士表》：「叔寶理遣之談，彦輔名教之樂。」《文選》李善注：「臧榮緒《晉書》曰：衛玠字叔寶，好言玄理，拜太子洗馬。常以人有不及，可以情恕；非意相干，可以理遣。故終身不見喜愠之色。」意遣句當出此。

〔一八〕飄蕭二句：飄蕭，見卷二《義鶻》(0071)注。汩没，見卷三《泥功山》(0150)注。洪鑪，見卷九《行次昭陵》(0410)注。

〔一九〕丘壑句：仇注：「曾忘，謂不曾忘。」

〔二〇〕此生二句：仇注：「誰分，猶云誰料。」駱賓王《艷情代郭氏答盧照鄰》：「誰分迢迢經兩歲，誰能脈脈待三秋。」張漸《朗月行》：「今年花未澆，誰分生別離。」哭窮途，見卷四《丹青引》(0201)注。

〔二一〕廷争二句：《史記·吕太后本紀》：「於今面折廷争，臣不如君。」《趙次公先後解》：「言其爲左拾遺時，嘗論房琯有才不宜廢弃，是謂庭諍。」又：「人惠遺之曰乞，音去既反。」見卷一五《贈李八秘書別三十韻》(1031)注。

〔二二〕喜近二句：《獨異志》卷上：「梁張僧繇善畫，爲吴興太守。武帝每思諸王在外藩者，即令僧繇

乘傳往寫其貌，如對其面。嘗於江陵天皇寺畫佛並仲尼及十哲，帝曰：『釋門之内畫此，何也？』對曰：『異日賴之。』至後周焚滅佛教，以此殿有儒聖，獨不焚之。」《宋高僧傳》卷一〇《唐荆州天皇寺道悟傳》：「有天皇寺者，據郡之左標，異他刹，號爲名藍。困於人火，蕩爲煨燼。」此大曆間事。

〔二三〕應經二句：《楚辭·九歌·湘夫人》：「帝子降兮北渚，目眇眇兮愁予。」王逸注：「帝子，謂堯女也。言堯二女娥皇、女英，隨舜不反，没於湘水之渚，因爲湘夫人。」蒼梧，參卷一《同諸公登慈恩寺塔》(0023)注。

〔二四〕君王句：《吴越春秋》卷四：「吴王得越所獻寶劍三枚，一曰魚腸，二曰磐郢，三曰湛盧。」

〔二五〕旄頭二句：旄頭，見卷八《題衡山縣文宣王廟新學堂呈陸宰》(0402)注。《書·胤征》：「俶擾天紀。」傳：「俶，始。擾，亂。」《漢書·地理志》：「自井十度至柳三度，謂之鶉首之次，秦之分也。」《趙次公先後解》：「初俶擾，言胡始爲亂。」「麗泥塗，此言廣德元年長安陷也。」

〔二六〕出塵二句：《世説新語·容止》：「嵇延祖卓卓如野鶴之在雞群。」歷塊，見卷二《瘦馬行》(0073)注。轅駒，見卷一六《别蘇徯》(1205)注。

〔二七〕伊吕二句：《趙次公先後解》：「伊尹相湯伐桀，吕望佐武王伐紂，此書生之善用兵者。終難降，則不肯降志於甲卒之徒也。或曰降則天之降才，維岳降神，既已死矣，終難降生也。於義亦通。韓者韓信，彭者彭越，二人皆以武夫負氣，跋扈難制，所以不易呼。」朱鶴齡注：「呼即飢鷹易呼之呼。」仇注引胡夏客曰：「降，用《詩》維岳降神。呼，用《史記》呼大將如小兒。」盧元昌

曰：「伊吕如李泌，衡山之駕不返。韓彭如子儀，朝恩之譖遂行。」

〔二八〕五雲二句：《趙次公先後解》：「京房《易飛候》曰：視四方常有大雲，五色具，其下賢人隱。高太甲，則言雲高於六甲之上。但太甲字未見明出，以俟博聞。」王應麟《困學紀聞》卷一八：「尝觀王勃《益州夫子廟碑》云：帝車南指，遁七曜於中階。華盖西臨，藏五雲於太甲。《酉陽雜俎》謂燕公讀碑，自帝車至太甲四句悉不解，訪之一公。一公言：北斗建午，七曜在南方，有是之祥，無位聖人當出華盖以下。卒不可悉。愚謂老杜讀書破萬卷，必自有所据。或入蜀見此碑，而用其語也。《晋天文志》：華盖杠旁六星曰六甲，分陰陽而配节候。太甲恐是六甲一星之名。然未有考證。以一行之邃於星曆，張燕公、段柯古之殫見洽聞，而猶未知焉。姑闕疑以俟博識。」嚴羽《滄浪詩話》：「太甲之義，殆不可曉。得非高太乙耶？乙與甲蓋亦相近，以星對風，亦從其類也。」鄭明選《鄭侯升集》卷三七：「愚按徐陵《玉臺新咏》序云：雲飛六甲，高擅玉函；鴻烈仙方，長推丹枕。王勃之語本此。太甲當作六甲，字誤也。」田藝蘅《留青日札》卷五：「《孝經援神契》曰：斗曲杓撓，象成車。房爲龍馬，華蓋覆鈎。天罡入魁，神不獨居，故驂駕陪乘，以道踟蹰。益州在西方，故曰華蓋西臨也。《漢封禪書》曰：乃作畫雲氣車，及各以勝日駕車，辟惡鬼。……《宋書》曰：五色安車，五色立車，各五乘，建龍旂，駕四馬，施八鸞，餘如金根車之制。其車各如方色，馬亦如之。所謂五時副車，俗謂爲五帝車。是即五雲車耳。庚信詩：北屬五雲車。王維詩：來往五雲車。皆謂此也。正西方畢宿，有五車。五星主天子五岳，西北曰天庫，太白；東北曰天獄，辰星；東南曰天倉，歲星；中央曰司空，填星；西南曰卿

相，熒惑。凡此五車，各以五寅日候之。金車庚寅，木車甲寅，火車丙寅，土車戊寅，水車壬寅。又雲五色具者，賢人隱其下也。青雲潤澤蔽日，在西北，爲舉賢良雲。而畢乃晋之分野，正屬益州。故王勃於《益州廟碑》用之。蓋言華蓋西臨，高望五雲之車於太甲之象。木車色青，既以甲乙畫之，又以甲寅候之，實五車之首。故云太甲耳。如甲如乙，皆天神之名，而曰太者，尊之之至也。故曰太甲猶太乙也。」董斯張《吹景集》卷六：「《留青日札》又引五車證五雲，云五車以五寅日候之，有雲各具其色者，賢人隱其下也。甲寅爲五候之首，故曰太甲。可謂精而覈矣。第與華蓋西臨語亦未甚合。」「考《隋書》：天子有所游往，其地先發天子氣，或如華蓋在霧中，或有五色。蒼帝起，青雲扶日。白帝起，白雲扶日。黑帝起，黑雲扶日。孔子，衰周而素王。故子安以天子氣喻之。華蓋五雲之説，確本於此。魯分野在戌之奎婁，奎爲溝瀆，婁爲聚衆，皆在西宫，故曰華蓋西臨。戌，後天乾方也。京氏《易納甲》以甲屬乾宫。甲爲歲陽首，故曰太甲。乃借《爾雅》太歲在甲字面也。華蓋之氣，一臨乾甲，五帝五雲，皆逡巡不敢方駕。所云賢於堯舜也，是之謂藏」。「（杜詩）五雲太甲，正用蒼帝起青雲扶日意。蒼帝盛德在木，太昊曆起甲寅。代宗於壬寅歲即位，而改元之春，實唯甲寅。是時國雖多難，人有離心，而五雲猶扶翼蒼帝，巍然爲江漢之朝宗也。六月曠摶扶，言元振用事，豪傑解體，至王室有飄摇之歎，如楚莊王三年不飛者然。然帝亦六月息耳，一朝憬焉悟，乘扶摇而上九萬里，風不在下哉。」朱鶴齡注引《易飛候》，蓋據趙注，謂：「五雲當用此義以自況也。」「太甲或出緯書，難以强解。」又謂《滄浪詩話》、《留青日札》皆臆説耳。仇注謂董説輾轉湊合，終覺晦僻，不如從朱注。曠摶扶，

見卷一〇《送楊六判官使西蕃》（0510）注。

〔二九〕疲茶：見卷一五《峽口二首》（1126）注。

巫山縣汾州唐使君十八弟宴別兼諸公携酒樂相送率題小詩留于屋壁〔一〕

卧病巴東久，今年强作歸。故人猶遠謫，兹日倍多違。接宴身兼杖，聽歌淚滿衣。諸公不相弃，擁別借光輝。（1309）

【注】

黄鶴注：當是大曆三年（七六八）正月作。

〔一〕唐十八：見卷七《敬寄族弟唐十八使君》（0353）注。《舊唐書·地理志》夔州：「巫山，漢巫縣，屬南郡。隋加山字，以巫山硤爲名。舊治巫子城。」

春夜峽州田侍御長史津亭留宴〔一〕得筵字。

北斗三更席，西江萬里船〔二〕。杖藜登水榭，揮翰宿春天。白髮煩多酒①，明星惜此筵〔三〕。始知雲雨峽，忽盡下牢邊〔四〕。（1310）

【校】

①煩，錢箋校：「一作須。」《草堂》作「須」。

【注】

黄鶴注：當是大曆三年（七六八）作。

〔一〕田侍御：名不詳。峽州夷陵郡，見卷一四《得舍弟觀書自中都已達江陵》（0996）注。黄鶴注：「津亭在峽州，即前詩所謂縣郭南畿好，津亭北望孤。蓋在轉眄拂宜都之後也。」

〔二〕北斗二句：《趙次公先後解》：「西江，指蜀之盡處，荆渚是也。」參卷一四《舍弟觀歸藍田迎新婦送示兩篇》（1018）注。

〔三〕明星句：《趙次公先後解》：「言夜將盡而曉，則明星行暗矣，於是筵終爲可惜也。」

〔四〕始知二句：雲雨峽，巫峽。下牢關，見卷七《荆南兵馬使太常卿趙公大食刀歌》(0310)注。

泊松滋江亭〔一〕

紗帽隨鷗鳥，扁舟繫此亭。江湖深更白，松竹遠還青①。一柱全應近〔二〕，高唐莫再經。今宵南極外，甘作老人星〔三〕。(1311)

【校】

①還，錢箋作「微」，校：「一作還。」《草堂》校：「一作微。」

【注】

黄鶴注：當是大曆三年(七六八)三月作。

〔一〕松滋：《舊唐書·地理志》荆州江陵府：「松滋，漢高城縣地，屬南郡。松滋亦漢縣名，屬廬江郡。晋時松滋縣人避亂至此，乃僑立松滋縣，因而不改。」

〔二〕一柱觀：見卷七《送高司直尋封閬州》(0359)注。

〔三〕老人星：見卷六《寄韓諫議》(0278)注。

行次古城店泛江作不揆鄙拙奉呈江陵幕府諸公〔一〕

老年常道路，遲日復山川。白屋花開裏，孤城麥秀邊〔二〕。濟江元自闊，下水不勞牽。風蝶勤依槳，春鷗懶避船。王門高德業，幕府盛才賢〔三〕。行色兼多病，蒼茫泛愛前〔四〕。（1312）

【注】

黄鶴注：當是大曆三年（七六八）三月公至江陵時作。

〔一〕古城店：錢箋引《水經注》江水又東逕陸抗故城北，謂即此所謂古城也。

〔二〕孤城句：《草堂》夢弼注引《郡國志》荆州當陽縣東南有麥城。

〔三〕王門二句：黄鶴注：「蓋以衛伯玉爲陽城郡王也。」見卷七《荆南兵馬使太常卿趙公大食刀歌》（0310）注。

〔四〕蒼茫句：《論語·學而》：「泛愛衆，而親仁。」殷仲文《南州桓公九井作》：「廣筵散泛愛，逸爵紆勝引。」朱鶴齡注：「此指幕府諸公。」

乘雨入行軍六弟宅〔一〕

曙角凌雲罷，春城帶雨長。水花分塹弱，巢燕得泥忙。令弟雄軍佐，凡才汚省郎〔二〕。萍漂忍流涕，衰颯近中堂。（1313）

【注】

黄鶴注：公以大曆三年（七六八）春抵荆南，是時衛伯玉爲節度使，故位爲行軍司馬，此詩當是其時作。

〔一〕行軍六弟：杜位。見卷一六《奉送蜀州柏二别駕將中丞命赴江陵起居衛尚書太夫人因示從弟行軍司馬位》（1297）注。

〔二〕令弟二句：《趙次公先後解》：「凡才汚省郎，公爲尚書工部員外郎，而自謙之辭也。」《漢書·李尋傳》：「久汚玉堂之署。」

宴胡侍御書堂李尚書之芳、鄭秘監審同集。歸字韻〔一〕。

江湖春欲暮，墻宇日猶微。闇闇書籍滿①，輕輕花絮飛。翰林名有素，墨客興

無違〔二〕。今夜文星動〔三〕，吾儕醉不歸。（1314）

【校】

① 書，錢箋作「春」，校：「吳作書。」

【注】

黄鶴注：當是大曆三年（七六八）三月作。

〔一〕胡侍御：名不詳。李之芳、鄭審：見卷一五《秋日夔府詠懷奉寄鄭監審李賓客之芳一百韻》（1030）注。

〔二〕翰林二句：揚雄《長楊賦》：「聊因筆墨之成文章，故藉翰林以爲主人，子墨爲客卿以風。其辭曰：子墨客卿問於翰林主人。」

〔三〕今夜句：《晉書·天文志》：「東壁二星，主文章，天下圖書之秘府也。星明，王者興，道術行，國多君子。星失色，大小不同，王者好武，經士不用，圖書隱。星動，則有土功。」錢起《哭曹鈞》：「忽見江南弔鶴來，始知天上文星失。」仇注謂用德星聚事。

書堂飲既夜復邀李尚書下馬月下賦絶句①

湖水林風相與清②，殘罇下馬復同傾。久拚野鶴如雙鬢③，遮莫鄰鷄下五更〔一〕。（1315）

【校】

①書堂飲既夜復邀李尚書下馬月下賦絶句，「書」《草堂》作「草」。

②水，錢箋校：「一作月。」

③雙，錢箋作「霜」。

【注】

黄鶴注：同上篇一時作。

〔一〕久拚二句：拚，參卷九《重過何氏五首》（0464）「判年」、卷一四《舍弟觀歸藍田迎新婦送示兩篇》（1029）注。《苕溪漁隱叢話》後集卷八引《藝苑雌黄》：「遮莫，俚語，猶言盡教也。自唐以來有之。故當時有『遮莫你古時五帝，何如我今日三郎』之説。然詞人亦稍有用之者。杜詩

云：『久拚野鶴同雙鬢，遮莫鄰雞唱五更。』李太白詩：『遮莫枝根長百尺，不如當代多還往。』『遮莫親姻連帝城，不如當身自簪纓。』元微之詩：『從茲罷馳騖，遮莫寸陰斜。』

上巳日徐司録林園宴集〔一〕

鬢毛垂領白，花蘂亞枝紅〔二〕。欹倒衰年廢，招尋令節同。薄衣臨積水①，吹面受和風。有喜留攀桂〔三〕，無勞問轉蓬。（1316）

【校】

① 薄，錢箋、《草堂》校：「一作蕩。」

【注】

黄鶴注：當是大曆三年（七六八）在江陵作。《趙次公先後解》編入大曆四年（七六九）潭州作。

〔一〕徐司録：名不詳。《唐六典》卷三〇京兆河南太原府：「司録參軍事二人，正七品上。……皇朝省掾、主簿，置録事參軍。開元初，改爲司録參軍。」然唯三府稱司録參軍，諸州爲録事參軍。上元元年九月，置南都，以荆州爲江陵府，故置司録參軍。《舊唐書・李齊物傳》：「子復，字初

陽，以父蔭累官至江陵府司録。精曉吏道，衛伯玉厚遇之。」上巳：見卷一《麗人行》（0029）注。

〔二〕亞：見卷四《戲題畫山水圖歌》（0178）注。

〔三〕攀桂：見卷一五《八月十五夜月二首》（1092）注。

奉送蘇州李二十五長史丈之任〔一〕

星坼台衡地，曾爲人所憐〔二〕。公侯終必復〔三〕，經術竟相傳①。食德見從事，克家何妙年〔四〕。一毛生鳳穴，三尺獻龍泉〔五〕。赤壁浮春暮〔六〕，姑蘇落海邊。客間頭最白，惆悵此離筵。（1317）

【校】

①竟，錢箋作「昔」，校：「吴作竟。」

【注】

黄鶴注：大曆三年（七六八）公在江陵，會長史之任。

〔一〕李二十五長史：錢箋：「《舊史》：李林甫有子二十五人。此或是林甫幼子。史云林甫自處台

衡，朝野側目，及國忠誣構，天下以爲冤。《新史世系表》林甫子僅載五人，無從考據耳。或云是適之之後也。」仇注引胡夏客曰：「此恐是適之之子，但適之子季卿，史不載爲蘇州長史，或另是一子也。」岑仲勉《唐人行第録》：「今考《新》七〇下《宗室世系表》，適之有子霅，不知是此人否。」按，李二十五當爲李復。父齊物，淮安王神通子鹽州刺史鋭孫也。與李適之善，適之爲林甫所構貶官，齊物坐謫竟陵太守。至德初，拜太子賓客，遷刑部尚書、鳳翔尹、太常卿、京兆尹。晚年除太子少傅、兼宗正卿。《舊唐書・李齊物傳》：「子復，字初陽，以父蔭累官至江陵府司録。精曉吏道，衛伯玉厚遇之，府中之事，多以咨委。性苛刻，爲伯玉所信，奏爲江陵縣令，遷少尹。歷饒州、蘇州刺史，皆著政聲。」據杜詩，復當於此年遷蘇州長史。

〔二〕星坼二句：《晉書・張華傳》：「少子韙以中台星坼，勸華遜位，華不從。」《天文志》：「三台六星，兩兩而居，起文昌，列抵太微。一曰天柱，三公之位也。在人曰三公，在天曰三台，主開德宣符也。」《漢書・五行志》成帝時歌謡：「桂樹華不實，黄爵巢其顛。故爲人所羡，今爲人所憐。」

〔三〕公侯句：《左傳》閔公元年：「公侯之子孫，必復其始。」

〔四〕食德二句：《易・訟》：「食舊德，貞厲，終吉。或從王事，無成。」《蒙》：「子克家。」疏：「子孫能克荷家事。」曹植《上疏求自試表》：「終軍以妙年使越，欲得長纓纓其王。」

〔五〕一毛二句：鳳毛，見卷八《送重表侄王砅評事使南海》(0386)注。龍泉，見卷七《可歎》(0328)注。

〔六〕赤壁：見卷八《醉歌行》(0375)注。朱鶴齡注：「李至蘇州所經也。」《元和郡縣圖志》卷二五蘇州：「隋開皇九年平陳，改爲蘇州，因姑蘇山爲名。山在州西四十里，其上闔閭起臺。」

暮春江陵送馬大卿公恩命追赴闕下〔一〕

自古求忠孝，名家信有之〔二〕。吾賢富才術，此道未磷緇〔三〕。玉府標孤映，霜蹄去不疑〔四〕。激揚音韻徹，籍甚衆多推〔五〕。潘陸應同調，孫吴亦異時〔六〕。北宸徵事業①，南紀赴恩私〔七〕。卿月昇金掌，王春度玉墀〔八〕。熏風行應律，湛露即歌詩〔九〕。天意高難問〔一〇〕，人情老易悲。樽前江漢闊，後會且深期。(1318)

【校】

①宸，錢箋、《九家》作「辰」。

【注】

黄鶴注：大曆三年(七六八)三月作。

〔一〕馬大卿公：名不詳。岑參有《送張郎中赴隴右覲省卿公時張卿公亦充節度留後》，卿公當是兼

九卿銜者。此馬大之職亦當爲荆南節度副使之類。

〔二〕自古二句：《後漢書・韋彪傳》：「孔子曰：事親孝故忠臣移於君，是以求忠臣必於孝子之門。」

〔三〕磷緇：見卷一五《夔府書懷四十韻》(1056)注。

〔四〕玉府二句：顔延之《赭白馬賦》：「秘寶盈於玉府，文駟列乎華厩。」《文選》李善注：「《周禮》曰：玉府，掌王之金玉玩好。」按，此當指幕府，猶幕帳稱玉帳。舊注引《穆天子傳》群玉之山先王之策府，非是。孔稚圭《北山移文》：「使我高霞孤映，明月獨舉。」

〔五〕籍甚句：《漢書・陸賈傳》：「賈以此游漢廷公卿間，名聲籍甚。」注：「孟康曰：言狼籍甚盛。」

〔六〕潘陸二句：《趙次公先後解》：「潘則潘岳，陸則陸機。」「孫則孫武，吴則吴起。」《晋書・姚興載記》：「敞在西土，時論甚美，方敞魏之陳、徐，晋之潘、陸。」謝靈運《七里瀨》：「誰謂古今殊，異代可同調。」

〔七〕北宸二句：《趙次公先後解》：「天子所居曰紫宸，而坐北也。」南紀，見卷七《八哀詩・李公光弼》(0331)注。

〔八〕卿月二句：《書・洪範》：「王省惟歲，卿士惟月，師尹惟日。」傳：「卿士各有所掌，如月之有别。」《趙次公先後解》：「昇金掌，則以譬其近於顯要。金掌者，金銅仙人捧露盤之掌也。」《春秋》隱公元年：「元年春王正月。」王融《法樂辭》：「薰風動蘭月，丹榮藻玉墀。」《趙次公先後解》：「言馬大卿春時在天子之玉墀也。」

〔九〕熏風二句：《吕氏春秋·有始覽》：「東南曰熏風。」《禮記·樂記》：「五色成文而不亂，八風從律而不姧。」《左傳》文公四年：「昔諸侯朝正於王，王宴樂之，於是乎賦《湛露》，則天子當陽，諸侯用命也。」朱鶴齡注：「言大卿入朝，及此春期，猶得陛見，可以應薰風而歌《湛露》也。」

〔一〇〕天意句：《淮南子·道應訓》：「天之處高而聽卑。」《論衡·卜筮》：「欲問天，天高，耳與人相遠。」《鶡冠子·近迭》：「天高而難知，有福不可請，有禍不可避。」

暮春陪李尚書李中丞過鄭監湖亭泛舟〔一〕得過字韻。

海内文章伯〔二〕，湖邊意緒多。玉樽移晚興，桂楫帶酣歌。春日繁魚鳥，江天足芰荷。鄭莊賓客地〔三〕，衰白遠來過。（1319）

【注】

黄鶴注：公往江陵時過峽州，故游之，遂作此詩。按，此年李尚書在江陵，詩當作於江陵。

〔一〕李尚書：朱鶴齡注：「尚書即之芳。中丞未詳。」陳冠明疑中丞即之芳之子佇，非是。兼御史中丞者必是刺史或節度副使。此李中丞疑是李復。《册府元龜》卷七一六《幕府部·選任》：「李復大曆中歷江陵府司録、江陵少尹。建中初，李希烈背叛，荆南節度張伯儀數出兵，爲希烈

所敗。時朝廷憂之，以復久在江陵，得軍州人心，時復在母喪，乃起復爲江陵少尹兼中丞，充節度行軍司馬。」李復大曆三年已爲江陵少尹，其時當亦兼御史中丞。鄭監湖亭：見卷一五《秋日寄題鄭監湖上亭三首》（1048）注。

〔二〕文章伯：見卷二《戲贈閿鄉秦少公短歌》（0083）注。

〔三〕鄭莊：見卷一三《贈王二十四侍御契四十韻》（0869）「鄭驛」注。

夏日楊長寧宅送崔侍御常正字入京①〔一〕得深字韻。

醉酒揚雄宅，升堂子賤琴②〔二〕。不堪垂老鬢，還對欲分襟。天地西江遠，星辰北斗深。烏臺俯麟閣，長夏白頭吟〔三〕。（1320）

【校】

① 夏日楊長寧宅送崔侍御常正字入京，「寧」《文苑英華》校：「一作宮。」

② 琴，《文苑英華》作「吟」。

【注】

黄鶴注：當是大曆三年（七六八）作。

〔一〕楊長寧：名翰。韋應物有《答長寧令楊翰》。劉長卿有《夏口送長寧楊明府歸荆南因寄幕府諸公》。戴叔倫（一作戎昱）有《同辛兖州巢父盧副端岳相思獻酬之作因紓歸懷兼呈辛魏二院長楊長寧》。《舊唐書·地理志》荆州江陵府：「（上元）二年，置長寧縣於郭内，與江陵並治。其年省枝江縣入長寧。」崔侍御、常正字：名不詳。

〔二〕醉酒二句：揚雄宅，見卷一一《堂在》(0623)注。子賤琴，見卷一五《七月一日題終明府水樓二首》(1029)注。《趙次公先後解》：「以楊君爲長寧宰，故用子賤琴事。」

〔三〕烏臺二句：《漢書·朱博傳》：「是時御史府吏舍百餘區，井水皆竭。又其府中列柏樹，常有野烏數千栖宿其上。」麟閣，指秘書省。《唐會要》卷一〇《秘書省》：「（漢）未央宫中有麒麟閣、天禄閣，亦藏書」，「龍朔二年改爲蘭臺，其監曰蘭臺太史，咸亨元年復舊。天授初改爲麟臺監，神龍元年復舊。」《趙次公先後解》：「今所謂烏臺，指言崔侍御。所謂麟閣，指言常正字。」長夏，見卷四《陪章留後惠義寺餞嘉州崔都督赴州》(0197)注。

和江陵宋大少府暮春雨後同諸公及舍弟宴書齋〔一〕

渥洼汗血種，天上麒麟兒〔二〕。才士得神秀，書齋聞爾爲。棣華晴雨好，綵服暮春宜〔三〕。朋酒日歡會〔三〕，老夫今始知。(1321)

【注】

黄鶴注：公至江陵，已是春晚。大曆三年（七六八）作。

〔一〕宋大少府：名不詳。

〔二〕渥洼二句：渥洼，見卷一《沙苑行》(0038)注。麒麟兒，見卷四《徐卿二子歌》(0187)注。

〔三〕棣華二句：《詩·小雅·常棣》：「常棣之華，鄂不韡韡。凡今之人，莫如兄弟。」《趙次公先後解》：「下句言宋少府之有二親。」見卷二《送李校書二十六韻》(0089)注。仇注：「綵服，有職者之服。」

〔四〕朋酒句：《詩·豳風·七月》：「朋酒斯饗，曰殺羔羊。」傳：「兩樽曰朋。」

夏夜李尚書筵送宇文石首赴縣聯句〔一〕

愛客尚書重，之官宅相賢〔二〕。子美。酒香傾坐側，帆影駐江邊。之芳。翟表郎官瑞，鳧看令宰仙〔三〕。彧。雨稀雲葉斷，夜久燭花偏。子美。數語攲紗帽①，高文擲彩箋。之芳。興饒行處樂，離惜醉中眠。彧。單父長多暇，河陽實少年〔四〕。子美。客居逢自出，爲別幾悽然。之芳。(1322)

【校】

①欹，宋本、錢箋、《九家》校：「一作攲。」

【注】

黃鶴注：當是大曆三年（七六八）公在江陵作。

〔一〕李尚書：李之芳。宇文石首：宇文晁。見後篇《宇文晁尚書之甥崔彧司業之孫尚書之子重泛鄭監前湖審》。《舊唐書·地理志》荆州江陵府：「石首，漢華容縣，屬南郡。武德四年，分華容縣置，取縣北石首山爲名。」

〔二〕愛客二句：《趙次公先後解》：「宇文石首，則李尚書之外甥也。故使宅相典。」見卷九《贈比部蕭郎中十兄》（0476）注。

〔三〕翟表二句：《趙次公先後解》：「彧則崔司業之孫也。漢顯宗曰：郎官出宰百里。爲言知縣，故用郎官字。貼之以翟，則翟者雉也。」《藝文類聚》卷九〇引蕭廣濟《孝子傳》：「蕭芝至孝，除尚書郎，有雉數十頭，飲啄宿止，當上直，送至歧路。下直入門，飛鳴車側。」鳧看，用王喬事。見卷一《橋陵詩三十韻因呈縣内諸官》（0037）、卷一五《七月一日題終明府水樓二首》（1028）注。

〔四〕單父二句：單父，用宓子賤事。見卷一五《七月一日題終明府水樓二首》（1029）注。河陽，用潘岳事。見卷一一《蕭八明府隄處覓桃栽》（0719）注。

宇文晁尚書之甥崔彧司業之孫尚書之子重泛鄭監前湖審〔一〕

郊扉俗遠長幽寂，野水春來更接連。錦席淹留還出浦，葛巾欹側未回船。樽當霞綺輕初散，棹拂荷珠碎却圓。不但習池歸酩酊，君看鄭谷去夤緣〔二〕。（1323）

【注】

黄鶴注：詩在前篇之先作。

〔一〕宇文晁：《趙次公先後解》：「尚書之甥則宇文晁，而尚書之子亦預焉。下所謂尚書之子是已，非謂崔彧爲崔尚書之子也。」朱鶴齡注：「尚書之子佚其名。『孫』下當有缺字。」《新唐書・宰相世系表二下》南祖崔氏：融孫、翹子，「彧，太子少詹事。」《舊唐書・崔融傳》：「時張易之兄弟頗招集文學之士，融與納言李嶠、鳳閣侍郎蘇味道、麟臺少監王紹宗等俱以文才降節事之。及易之伏誅，融左授袁州刺史。尋召拜國子司業。」黄生云：「按此題似止重泛鄭監前湖六字是本題。宇文等十七字本前聯句詩自注之語，後人傳寫之誤，與此題聯混爲一也。」

〔二〕不但二句：習池，見卷一一《王十七侍御掄許攜酒至草堂奉寄此詩便請邀高三十五使君同到》

(0711)注。鄭谷，見卷九《鄭駙馬宅宴洞中》(0413)注。賔緣，見卷一五《秋日夔府詠懷奉寄鄭監審李賓客之芳一百韻》(1030)注。

多病執熱奉懷李尚書之芳

衰年正苦病侵凌，首夏何須氣鬱蒸〔一〕。大水淼茫炎海接，奇峰硉兀火雲昇〔二〕。思霑道暍黃梅雨，敢望宮恩玉井冰〔三〕。不是尚書期不顧，山陰野雪興難乘〔四〕。(1324)

【注】

黃鶴注：當是大曆三年（七六八）四月作。

〔一〕衰年二句：謝靈運《游赤石進帆海》：「首夏猶清和，芳草亦未歇。」

〔二〕硉兀：見卷二《瘦馬行》(0073)注。

〔三〕思霑二句：黃梅雨，見卷六《梅雨》(0617)注。《趙次公先後解》：「唐制，百官賜冰。而公嘗爲左拾遺，當預賜冰之列。」《唐會要》卷五九《水部員外郎》：「貞元元年十二月九日敕：立春日，前內外兩井納冰，總二千五百段，每段長一尺，厚一尺五寸，宜令府縣勾當，澄濾淨潔供進。」

《舊唐書·職官志》司農卿：「季冬藏冰，仲春頒冰，皆祭司寒。」韋應物《夏冰歌》：「九天含露未銷鑠，閶闔初開賜貴人。」楊巨源《和人與人分惠賜冰》：「天水藏來玉墮空，先頒密署幾人同。」白居易有《謝恩賜冰狀》。

〔四〕不是二句：見卷一一《卜居》(0615)注。

水宿遣興奉呈羣公

魯鈍仍多病〔一〕，逢迎遠復迷。耳聾須畫字，髮短不勝篦〔二〕。澤國雖勤雨，炎天竟淺泥〔三〕。小江還積浪，弱纜且長堤。歸路非關北，行舟却向西〔四〕。暮年漂泊恨，今夕亂離啼①。童稚頻書札，盤飧詎糝藜〔五〕。我行何到此，物理直難齊。高枕翻星月，嚴城疊鼓鼙。風號聞虎豹，水宿伴鳧鷖。異縣驚虛往，同人惜解携〔六〕。蹉跎長泛鷁〔七〕，展轉屢鳴鷄。嶷嶷瑚璉器，陰陰桃李蹊〔八〕。餘波期救涸，費日苦輕賫〔九〕。支策門闌邃②，肩輿羽翮低〔一〇〕。自傷甘賤役，誰愍强幽棲？巨海能無釣，浮雲亦有梯〔一一〕。勳庸思樹立，語默可端倪〔一二〕。贈粟囷應指，登橋柱必題〔一三〕。丹心老未折，時訪武陵溪〔一四〕。(1325)

【校】

①今夕，錢箋校：「一作久客。」《草堂》校：「一作夕客。」

②支，《草堂》作「楮」，校：「一作杖。」

【注】

黄鶴注：大曆三年（七六八）夏作。

〔一〕魯鈍：見卷四《憶昔行》（0193）注。

〔二〕耳聾二句：《説文》：「䯸，用梳比也。」段注：「比者，今之篦字，古只作比。用梳比謂之䯸者，次第施之也。凡理髮先用梳，梳之言疏也。次用比，比之言密也。」

〔三〕澤國二句：《穀梁傳》僖公二年：「不雨者，勤雨也。」注：「是欲得雨之心勤也。」《趙次公先後解》：「夏四月不雨，言不雨者，閔雨也。」黄鶴注：「當是言得雨勤數，然以炎天，故泥淺也。」按，淺泥者爲近水，鶴注誤。

〔四〕歸路二句：仇注：「歸北，思故鄉。向西北，往武陵。」

〔五〕童稚二句：《莊子·讓王》：「孔子窮於陳蔡之間，七日不火食，藜羹不糝。」成玄英疏：「藜菜之羹，不加米糝。」

〔六〕解攜：解攜手，即分别。陸機《赴洛二首》：「撫膺解攜手，永歎結遺音。」

〔七〕泛鷁：見卷一三《奉待嚴大夫》（0832）注。

〔八〕嶷嶷二句：《詩·大雅·生民》：「誕實匍匐，克岐克嶷。」傳：「嶷，識也。」箋：「其貌嶷嶷然，有所識別也。」釋文：「《說文》作㘈，云小兒有知也。」瑚璉，見卷七《八哀詩·嚴公武》(0332)注。桃李蹊，見卷一四《白露》(1083)注。

〔九〕餘波二句：《莊子·大宗師》：「泉涸，魚相與處於陸，相呴以濕，相濡以沫，不如相忘於江湖。」《外物》：「顧視車轍中，有鮒魚焉。周問之曰：『鮒魚來，子何爲者邪？』對曰：『我，東海之波臣也。君豈有斗升之水而活我哉？』」《後漢書·朱儁傳》：「儁乃羸服間行，輕齎數百金到京師，賂主章吏。」

〔一〇〕支策二句：《世説新語·排調》：「范容期見郗超俗情不淡，戲之曰：『夷、齊、巢、許一詣垂名，何必勞神苦形，支策據梧邪？』」《史記·楚世家》：「甚願爲門闌之廝。」肩輿，見卷六《雨》(0301)注。《趙次公先後解》：「支策、肩輿，言出謁於人矣。」朱鶴齡注：「言群公力能救涸，乃肩輿造門，無救愍者。勢交之感，言外淒然。」

〔一一〕巨海二句：《莊子·外物》：「任公子爲大鈎巨緇，五十犗爲餌，蹲於會稽，投竿東海，旦旦而釣，期年不得魚。已而大魚食之，牽巨鈎，陷没而下，鶩揚而奮鬐，白波若山，海水震盪。」雲梯，見卷七《寄從孫崇簡》(0349)注。

〔一二〕勳庸二句：《後漢書·荀彧傳》：「雖勳庸崇著，猶秉忠貞之節。」《易·繫辭上》：「君子之道，或出或處，或默或語。」《莊子·大宗師》：「反復終始，不知端倪。」仇注：「平時思爲樹立，嘗於語言中微露之。」

〔一三〕贈粟二句：《三國志・吴書・魯肅傳》：「周瑜爲居巢長，將數百人故過候肅，並求資糧。肅家有兩囷米，各三千斛，肅乃指一囷與周瑜。瑜益知其奇也，遂相親結，定僑、札之分。」題柱，見卷九《投贈哥舒開府翰二十韻》（0412）注。《趙次公先後解》：「於是群公必有所知者，則贈粟應指矣。」仇注：「今當旅困，倘有贈我以粟者，則題橋之志猶存也。」

〔一四〕武陵：見卷三《赤谷西崦人家》（0100）注。

奉賀陽城郡王太夫人恩命加鄧國太夫人①〔一〕

衛幕銜恩重，潘輿送喜頻〔二〕。濟時瞻上將，錫號戴慈親。富貴當如此，尊榮邁等倫。郡依封土舊，國與大名新②。紫誥鸞回紙，清朝燕賀人〔三〕。遠傳冬笋味，更覺綵衣春〔四〕。弈葉班姑史，芬芳孟母鄰〔五〕。義方兼有訓〔六〕，詞翰兩如神。委曲承顔體，騫飛報主身〔七〕。可憐忠與孝，雙美畫麒麟③〔八〕。（1326）

【校】

① 奉賀陽城郡王太夫人恩命加鄧國太夫人，錢箋題下注：「陽城郡王，衛伯玉也。」《九家》、《草堂》作「陽城王衛伯玉也」。

②大，宋本作「太」，據錢箋等改。

③畫，《草堂》作「映」。　麒麟，錢箋作「騏驎」。

【注】

黄鶴注：按《新舊史》，大曆初伯玉丁母憂。《舊史帝紀》又云，大曆二年六月壬寅，荆南節度使衛伯玉封陽城郡王。與傳自異。然丁母憂在大曆初，是此詩當在廣德二年後、大曆元年前作。按，説有誤。此詩當作於大曆三年（七六八）。

〔一〕陽城郡王：《册府元龜》卷一二九《帝王部・封建》：「（大曆二年）六月，封荆南節度江陵尹衛伯玉爲城陽郡王。」《舊唐書・代宗紀》、《衛伯玉傳》亦作「城陽郡王」。又，卷一七六《帝王部・姑息》：「（大曆）五年夏，以殿中監王昂爲江陵尹、御史大夫，充荆南節度。時荆南節度觀察使衛伯玉以内憂去職，故命昂代之。昂既行，伯玉諷荆南大將楊鉥等拒昂，乞留伯玉，優詔許之。」知衛伯玉丁母憂在大曆五年。母封鄧國太夫人當在三年。

〔二〕衛幕二句：《趙次公先後解》：「衛幕，衛青之幕也。所以比陽城郡王也。」「潘輿，潘母之輿也。所以比郡太夫人也。」《史記・李將軍列傳》：「莫府省約文書籍事。」索隱：「大顔云：凡將軍謂之莫府者，蓋兵行舍於帷帳，故稱幕府。古字通用，遂作莫耳。」潘岳《閑居賦》：「太夫人乃御版輿，升輕軒，遠覽王畿，近周家園。」

〔三〕紫誥二句：《趙次公先後解》：「紫誥，紫錦之誥也。鸞回紙，則紙上之字有回鸞之勢也。」按，

紫誥，當指紫泥封誥。見卷九《贈翰林張四學士》(0469)注。庾信《傷王司徒褒》：「回鸞抱書字，別鶴繞琴絃。」張懷瓘《書斷》：「史游制草，始務急就。婉若回鸞，擢如舞袖。」《淮南子・說林訓》：「大廈成而燕雀相賀。」

〔四〕遠傳二句：冬笋，見卷一二《送王十五判官扶侍還黔中》(0811)注。綵衣，見卷二《送李校書二十六韻》(0089)注。

〔五〕弈葉二句：《後漢書・列女傳》：「扶風曹世叔妻者，同郡班彪之女也，名昭，字惠班，一名姬。博學高才。世叔早卒，有節行法度。兄固著《漢書》，其八《表》及《天文志》未及竟而卒，和帝詔昭就東觀臧書閣踵而成之。帝數召入宮，令皇后諸貴人師事焉，號曰大家。」孟母鄰，見卷一〇《寄張十二山人彪三十韻》(0612)注。

〔六〕義方句：《左傳》隱公三年：「臣聞愛子，教之以義方。」《書・五子之歌》：「皇祖有訓。」

〔七〕委曲二句：《漢書・雋不疑傳》：「承顔接辭。」騫飛，字當作鶱。見卷七《覽柏中允兼子侄數人除官制詞因述父子兄弟四美載歌絲綸》(0308)注。

〔八〕可憐二句：畫麒麟，見卷七《荆南兵馬使太常卿趙公大食刀歌》(0310)注。《趙次公先後解》謂雙美非特畫郡王之像，亦畫夫人之像。又謂用金日磾母事。《漢書・金日磾傳》：「日磾母教誨兩子，甚有法度，上聞而嘉之。病死，詔圖畫於甘泉宮，署曰休屠王閼氏。日磾每見畫常拜，鄉之涕泣，然後乃去。」

江陵望幸

雄都元壯麗〔一〕，望幸欻威神。地利西通蜀，天文北照秦。風烟含越鳥，舟楫控吳人。未枉周王駕，終期漢武巡〔二〕。甲兵分聖旨，居守付宗臣。早發雲臺仗①，恩波起涸鱗〔三〕。（1327）

【校】

① 仗，錢箋校：「刊作路。」《草堂》校：「或作路。」

【注】

《趙次公先後解》繫於大曆三年（七六八）。黄鶴注：此詩合是廣德元年（七六三）作，是年代宗幸陝，以衛伯玉有幹略，乃拜江陵尹、荆南節度等使。意是代宗有意幸江陵，故有此作。朱鶴齡注：時公在巴閬，傳聞代宗欲巡幸江陵，故有此作。按，黄、朱之説亦臆測耳。仍當從舊編，在江陵作。

〔一〕雄都句：參卷一一《建都十二韻》（0647）注。《舊唐書・肅宗紀》：「（上元元年）九月甲午，以荆州爲南都，州曰江陵府，官吏制置同京兆。」《新唐書・地理志》江陵府：「肅宗上元元年號南

都，爲府。二年罷都，是年又號南都。尋罷都。」按，肅宗上元二年去年號，但稱元年，建卯月詔五都之號其來自久，宜以江陵府爲南都。此前南都實未罷，詔旨在重申其事。其後罷都時間不詳。然據其官仍稱尹、少尹、司録，皆沿建都時之稱，則大曆中建制依舊，不同他郡。

〔二〕未枉二句：《列子·周穆王》：「不恤國事，不樂臣妾，肆意遠游，命駕八駿之乘……馳驅千里，至於巨蒐氏之國。」《漢書·武帝紀》：「（元封元年）行自泰山，復東巡海上，至碣石。自遼西歷北邊九原，歸於甘泉。」「五年冬，行南巡狩，至於盛唐，望祀虞舜於九嶷。登灊天柱山，自尋陽浮江，親射蛟江中，獲之，舳艫千里，薄樅陽而出，作盛唐樅陽之歌，遂北至琅邪，并海，所過禮祠其名山大川。」

〔三〕早發二句：雲臺仗，見卷七《八哀詩·嚴公武》（0332）注。凋鱗，見《水宿遺興奉呈羣公》（1325）注。

江邊星月二首①

驟雨清秋夜，金波耿玉繩〔一〕。天河元自白，江浦向來澄②。映物連珠斷，緣空一鏡升〔二〕。餘光隱更漏③〔三〕，況乃露華凝。（1328）

【校】

①二首，錢箋、《九家》、《草堂》爲大字連題。

②浦，錢箋校：「一作渚。」

③隱，錢箋、《草堂》校：「一作憶。」

【注】

黄鶴注：當是大曆三年（七六八）秋江陵舟中作。

〔一〕玉繩：見卷一四《月三首》（1012）注。

〔二〕映物二句：《趙次公先後解》：「上句所以言星。」「次句所以言月。」《漢書·律曆志》：「五星如連珠。」《玉臺新詠》古詩：「何當大刀頭，破鏡飛上天。」

〔三〕更漏：見卷二《湖城東遇孟雲卿復歸劉顥宅宿宴飲散因爲醉歌》（0081）注。

江月辭風纜①，江星別霧船②。鷄鳴還曙色③，鷺浴自清川〔一〕。歷歷竟誰種，悠悠何處圓〔二〕？客愁殊未已，他夕始相鮮。（1329）

【校】

①纜，錢箋校：「一作檻。」《文苑英華》作「檻」，校：「集作纜。」

②霧，錢箋校：「一作露。」《草堂》作「露」。

③曙，錢箋校：「一作曉。」《草堂》作「曉」。

【注】

〔一〕江月四句：《趙次公先後解》：「四句言曉見星月，言船行之時也。」

〔二〕歷歷二句：《相和歌辭·隴西行》：「天上何所有，歷歷種白榆。」謝莊《月賦》：「升清質之悠悠，降澄輝之藹藹。」

舟月對驛近寺

更深不假燭，月朗自明船。金刹青楓外〔一〕，朱樓白水邊。城烏啼眇眇，野鷺宿娟娟。皓首江湖客，鈎簾獨未眠。（1330）

【注】

黃鶴注：當是大曆三年（七六八）江陵舟中作。

〔一〕金刹句：《釋氏要覽》卷上：「梵刹，梵者清淨之義。《經音》云：梵云刹瑟致，此云竿，今略名

剎，即幡柱也。」《法苑珠林》卷三六引《迦葉詰阿難經》：「王見歡喜，便使取金幡金華，懸諸剎上。」

舟中

風餐江柳下，雨臥驛樓邊。結纜排魚網，連檣並米船。今朝雲細薄，昨夜月清圓。飄泊南庭老，祇應學水仙〔一〕。(1331)

【注】

黄鶴注：當是大曆三年（七六八）在江陵作。

〔一〕飄泊二句：《趙次公先後解》：「南庭老，公自謂也。南庭者，南方之庭，猶北地謂之北庭耳。」吴均《登壽陽八公山》：「是有琴高者，陵波去水仙。」《列仙傳》卷上：「琴高者，趙人也。以善鼓琴爲宋康王舍人，行涓彭之術，浮游冀州、涿郡之間二百餘年。後辭，入涿水中取龍子，與諸弟子期曰：『皆潔齋待於水傍，設祠。』果乘赤鯉來，出坐祠中。旦有萬人觀之，留一月餘，復入水去。」

遣悶

地闊平沙岸，舟虛小洞房〔一〕。使塵來驛道，城日避烏檣①〔二〕。暑雨留蒸濕，江風借夕涼。行雲星隱見，疊浪月光芒。螢鑒緣帷徹，珠絲罥鬢長〔三〕。哀箏猶凭几，鳴笛竟霑裳〔四〕。倚著如秦贅，過逢類楚狂〔五〕。氣衝看劍匣，穎脱撫錐囊〔六〕。妖孽關東臭，兵戈隴右瘡〔七〕。時清疑武略，世亂跼文場〔八〕。餘力浮于海，端憂問彼蒼〔九〕。百年從萬事，故國耿難忘。（1332）

【校】

① 檣，宋本、錢箋校：「一作墻。」

【注】

黄鶴注：當是大曆三年（七六八）江陵作。

〔一〕舟虛句：《楚辭·招魂》：「姱容修態，絚洞房些。」仇注引滔注：「小洞房，舟如洞房也。」

〔二〕城日句：烏檣，見《大曆三年春白帝城放船出瞿唐峽久居夔府將適江陵漂泊有詩凡四十韻》

(1308)注。《趙次公先後解》：「日爲城所障，不照及檣。」朱鶴齡注：「言泊船城下，雨晦不見日也。」

〔三〕螢鑒二句：《趙次公先後解》：「螢尾之光，可以照物，故曰螢鑒。」阮籍《詠懷》：「薄帷鑒明月，清風吹我衿。」鮑照《歲暮悲》：「絲罥千里心，獨宿乏然諾。」

〔四〕哀箏二句：曹丕《與吴質書》：「高談娱心，哀箏順耳。」《趙次公先後解》：「初聞哀箏，已可垂淚，然猶忍淚憑几聽之而已。至聞笛鳴，則情不禁矣。」

〔五〕倚著二句：《漢書・賈誼傳》：「秦人家富子壯則出分，家貧子壯則出贅。」注：「應劭曰：出作贅壻也。師古曰：謂之贅壻者，言其不當出在妻家，亦猶人身體之有肬贅，非應所有也。一説贅，質也。家貧無有聘財，以身爲質也。」《論語・微子》：「楚狂接輿歌而過孔子，曰：『鳳兮鳳兮，何德之衰。往者不可諫，來者猶可追。已而已而，今之從政者殆而。』孔子下，欲與之言，趨而辟之，不得與之言。」《趙次公先後解》：「倚著，倚附之謂也。」

〔六〕氣衝二句：氣衝，見卷七《可歎》(0328)注。穎脱，見卷七《八哀詩・王公思禮》(0330)注。

〔七〕妖孽二句：仇注：「關東，安史之亂。隴右，吐蕃之警。」

〔八〕時清二句：文場，見卷一一《魏十四侍御就敝廬相別》(0708)注。仇注：「時方右武，故文人失志。」

〔九〕餘力二句：《論語・公冶長》：「子曰：道不行，乘桴浮於海。」端憂，見卷一〇《獨立》(0593)注。《詩・秦風・黄鳥》：「彼蒼者天，殲我良人。」

江陵節度陽城郡王新樓成王請嚴侍御判官賦七字句同作〔一〕

樓上炎天冰雪生，高飛燕雀賀新成。碧窗宿霧濛濛濕，朱栱浮雲細細輕。杖鉞褰帷瞻具美，投壺散帙有餘清〔二〕。自公多暇延參佐〔三〕，江漢風流萬古情。

（1333）

【注】

黃鶴注：當是大曆三年（七六八）夏作。

〔一〕陽城郡王：黃鶴注：「史云伯玉大曆初丁母憂，則是時未再朞也。雖曰起復，亦不當作樓命客賦詩。當時士論醜之，宜哉。」按，衛伯玉起復在大曆五年，非此時。嚴侍御判官：陳冠明謂是嚴郢。按，《新唐書·嚴郢傳》：「代宗初，追還承鼎官，召郢爲監察御史，連署帥府司馬。郭子儀表爲關内、河東副元帥府判官，遷行軍司馬。子儀鎮邠州，檄郢主留務。……歲餘，召至京師，元載薦之帝。時載得罪，不見用。」大曆二年九月，吐蕃寇邠州，詔子儀自河中鎮涇陽。三年九月，自河中移鎮奉天。此後鎮邠州。元載得罪則在大曆十二年。知大曆間嚴郢在河中軍中，不在江陵。

〔二〕杖鉞二句：《後漢書·賈琮傳》：「乃以琮爲冀州刺史。舊與傳車駿駕，垂赤帷裳，迎於州界。及琮之部，升車言曰：『刺史當遠視廣聽，糾察美惡，何有反垂帷裳，以自掩塞乎？』乃命御者褰之。」王勃《滕王閣序》：「四美具，二難並。」投壺，見卷一五《能畫》(1073)注。散帙，見卷七《八哀詩·張公九齡》(0337)注。

〔三〕自公句：《詩·召南·羔羊》：「退食自公，委蛇委蛇。」

又作此奉衛王

西北樓成雄楚都〔一〕，遠開山岳散江湖。二儀清濁還高下，三伏炎蒸定有無〔二〕。推轂幾年唯鎮靜，曳裾終日盛文儒〔三〕。白頭授簡焉能賦，愧似相如爲大夫〔四〕。(1334)

【注】

黃鶴注：與前篇不相遠作。

〔一〕西北句：《史記·貨殖列傳》：「江陵，故郢都，西通巫巴，東有雲夢之饒。」正義：「荆州江陵縣故爲郢，楚之都。」

〔二〕二儀二句：二儀，見卷九《臨邑舍弟書至苦雨黄河泛溢隄防之患簿領所憂因寄此詩用寬其意》(0437)注。三伏，見卷六《阻雨不得歸瀼西甘林》(0296)注。朱鶴齡注：「言此樓中立於天高地下之間，尚有三伏之炎蒸否乎？」

〔三〕推轂二句：推轂，見卷七《覽柏中允兼子侄數人除官制詞因述父子兄弟四美載歌絲綸》(0308)注。曳裾，見卷六《壯游》(0295)注。

〔四〕白頭二句：謝惠連《雪賦》：「召鄒生，延枚叟，相如末至，居客之右，俄而微霰零，密雪下，王乃歌北風於衛詩，詠南山於周雅，授簡於司馬大夫曰：『抽子秘思，騁子妍辭，侔色揣稱，爲寡人賦之。』」《漢書·藝文志》：「傳曰：不歌而誦謂之賦，登高能賦可以爲大夫。」

舟中出江陵南浦奉寄鄭少尹審①

更欲投何處，飄然去此都。形骸元土木〔一〕，舟楫復江湖。社稷纏妖氣，干戈送老儒。百年同弃物〔二〕，萬國盡窮途。雨洗平沙净，天銜闊岸紆。鳴螿隨泛梗，別燕起秋菰〔三〕。栖託難高卧，飢寒迫向隅〔四〕。寂寥相呴沫，浩蕩報恩珠〔五〕。溟漲鯨波動，衡陽雁影徂〔六〕。南征問懸榻，東逝想乘桴〔七〕。濫竊商歌聽，時憂卞泣誅〔八〕。經過憶鄭驛〔九〕，斟酌旅情孤。(1335)

【校】

① 舟中出江陵南浦奉寄鄭少尹，錢箋無「中」字，校：「一有中字。」

【注】

黃鶴注：當是大曆三年（七六八）秋作，是時公移居公安。公安在江陵之南，故出南浦也。

〔一〕形骸：見卷七《八哀詩・鄭公虔》（0336）注。

〔二〕百年句：《老子》二十七章：「常善救物，而無弃物。」

〔三〕鳴螿二句：《爾雅・釋蟲》：「蜺，寒蜩。」注：「寒螿也。似蟬而小，青赤。」泛梗，見卷九《臨邑舍弟書至苦雨黃河泛溢隄防之患簿領所憂因寄此詩用寬其意》（0437）注。秋菰，見卷六《行官張望補稻畦水歸》（0283）注。

〔四〕飢寒句：《說苑・貴德》：「今有滿堂飲酒者，有一人獨索然向隅而泣，則一堂之人皆不樂矣。」

〔五〕寂寥二句：《莊子・大宗師》：「泉涸，魚相與處於陸，相呴以濕，相濡以沫，不如相忘於江湖。」報恩珠，《趙次公先後解》謂有三事。《藝文類聚》卷七九引辛氏《三秦記》：「昆明池，漢武帝之習水戰，中有靈沼神池，云堯時洪水訖，停船此池，池通白鹿原，人釣魚原，綸絕而去，魚夢於武帝，求去其鉤，明日，帝戲於池，見大魚銜索。帝曰：『豈非昨所夢乎？』取魚，去其鉤而放之。」卷八四引《搜神記》：「隨侯行，見大蛇傷，救而治之，其後蛇銜珠以報之，徑盈寸，純白而夜光，可以燭堂。」又：「有玄鶴爲弋人所射，窮而歸噲參，參收養，療治瘡，瘡愈而放之，後鶴夜到門

外，參執燭視之，鶴雌雄雙至，各銜明珠以報參焉。」

〔六〕溟漲二句：溟漲，見卷二《送長孫九侍御赴武威判官》(0085)注。《方輿勝覽》卷二四衡州：「回雁峰，在衡陽之南。雁至此不過，遇春而回，故名。或曰峰勢如雁之回。」劉孝綽《賦得始歸雁》：「洞庭春水緑，衡陽旅雁歸。」

〔七〕南征二句：懸榻，見卷六《贈李十五丈別》(0302)注。《論語·公冶長》：「子曰：道不行，乘桴浮於海。」

〔八〕濫竊二句：《吕氏春秋·離俗覽》：「甯戚欲干齊桓公，窮困無以自進，於是爲商旅，將任車以至齊，暮宿於郭門之外。……甯戚飯牛居車下，望桓公而悲，擊牛角疾歌。」《淮南子·主術訓》：「甯戚商歌車下，桓公喟然而寤。」《韓非子·和氏》：「楚人和氏得玉璞楚山中，奉而獻之厲王。厲王使玉人相之，玉人曰：『石也。』王以和爲誑而刖其左足。及厲王薨，武王即位，和又奉其璞而獻之武王，武王使玉人相之，又曰：『石也。』王又以和爲誑而刖其右足。武王薨，文王即位，和乃抱其璞而哭於楚山之下，三日三夜，泣盡而繼之以血。王聞之，使人問其故，曰：『天下之刖者多矣，子奚哭之悲也？』和曰：『吾非悲刖也，悲夫寶玉而題之以石，貞士而名之以誑，此吾所以悲也。』王乃使玉人理其璞而得寶焉，遂命曰和氏之璧。」《説苑·雜事》作卞和。

〔九〕鄭驛：見卷一三《贈王二十四侍御契四十韻》(0869)注。

江南逢李龜年〔一〕

岐王宅裏尋常見，崔九堂前幾度聞。正是江南好風景，落花時節又逢君。崔九即殿中監滌也，中書令湜之弟也①〔二〕。（1336）

【校】

① 弟，《草堂》校：「魯作侄。」

【注】

黃鶴注：梁權道編在大曆三年（七六八）荆南詩内。按公以是年正月出峽，暮春至江陵，今詩云「落花時節又逢君」，正其時也。《趙次公先後解》編入大曆四年（七六九）潭州詩。朱鶴齡注：此詩題曰江南，必潭州作也。

〔一〕李龜年：《大唐傳載》：「李龜年、彭年、鶴年兄弟三人，開元中皆有才學盛名。鶴年詩尤妙，唱《渭城》。彭年善舞，龜年善打羯鼓。玄宗問：『卿打多少杖？』對曰：『臣打五千杖訖。』上曰：『汝殊未，我打却三竪櫃也。』」《明皇雜録》下：「唐開元中，樂工李龜年、彭年、鶴年兄弟三

人，皆有才學盛名。彭年善舞，鶴年、龜年能歌，尤妙製《渭川》，特承顧遇。於東都大起第宅，僭侈之制，逾於公侯。宅在東都道通里，中堂制度甲於都下。其後龜年流落江南，每遇良辰勝賞，爲人歌數闋，座中聞之，莫不掩泣罷酒。則杜甫嘗贈詩所謂『岐王宅裏尋常見……』。崔九堂，殿中監滌，中書令湜之弟也。」《雲溪友議》卷中：「明皇幸岷山，百官皆竄辱，積屍滿中原，士族隨車駕也。伶官張野狐觱栗，雷海清琵琶，李龜年唱歌，公孫大娘舞劍。初，上自擊羯鼓，而不好彈琴，言其不俊也。又寧王吹簫，薛王彈琵琶，皆至精妙，其爲樂焉。唯李龜年奔迫江潭，杜甫以詩贈之曰……龜年曾於湘中采訪使筵上唱：『紅豆生南國，秋來發幾枝。贈君多采擷，此物最相思。』又：『清風朗月苦相思，蕩子從戎十載餘。征人去日殷勤囑，歸雁來時數附書。』此詞皆王右丞所製，至今梨園唱焉。歌闋，合座莫不望行幸而慘然。龜年唱罷，忽悶絶仆地。以左耳微暖，妻子未忍殯殮，經四日乃蘇。曰：『我遇二妃，令教侍女蘭苕唱祓禊畢，放還。』且言主人即復長安，而有中興之主也，謂龜年有何憂乎。」

〔二〕岐王四句：《舊唐書·睿宗諸子傳》：「惠文太子範，睿宗第四子也。……睿宗踐祚，進封岐王……範好學工書，雅愛文章之士，士無貴賤，皆盡禮接待，與閻朝隱、劉庭琦、張諤、鄭繇篇題唱和。又多聚書畫古跡，爲時所稱。時上禁約王公，不令與外人交結。駙馬都尉裴虛己坐與範游宴，兼私挾讖緯之書，配徙嶺外。萬年尉劉庭琦、太祝張諤皆坐與範飲酒賦詩，黜庭琦爲雅州司户，諤爲山茌丞。然上未嘗間範，恩情如初。……（開元）十四年，病薨。」《崔仁師傳附孫湜》：「先天元年，拜中書令……玄宗在東宮，數幸其第，恩意甚密。湜既私附太平公主，時

人咸爲之懼。……及帝將誅蕭至忠等，召將託爲腹心。湜弟滌謂湜曰：『主人若有所問，不得有所隱也。』湜不從。及見帝，對問失旨。至忠等既誅，湜坐徙嶺外。……追湜賜死。」「弟滌，多辯智，善諧謔，素與玄宗款密。兄湜坐太平黨誅，玄宗常思之，故待滌逾厚，用爲秘書監。出入禁中，與諸王侍宴不讓席，而坐或在寧王之上。後賜名澄。……開元十四年卒。」滌兄液官至殿中侍御史。注云崔滌爲殿中監，或有混淆。《苕溪漁隱叢話》前集卷一四苕溪漁隱曰：「此詩非子美作，岐王開元十四年薨，崔滌亦卒於開元中，是時子美方十五歲。天寶後子美未嘗至江南。」黄鶴注：「公當開元十四年，雖已十五歲，有登門之理，然是時未有梨園弟子。當是指嗣岐王而云。則公見李龜年必在天寶十載已後。」錢箋：「王翦定荆江南地。《項羽紀》：徙義帝於江南。《楚辭章句》：襄王遷屈原於江南。在江湘之間。龜年方流落江潭，故曰江南。」浦起龍云：「龜年等乃曲師，非弟子也。曲師之得幸，豈在既開梨園後哉？……公《壯游》詩云：往者十四五，出游翰墨場。開元十三四年間，正公十四五時，恰是年少游京師之始，於岐宅、崔堂更復暗合。」

官亭夕坐戲簡顔十少府〔一〕

南國調寒杵①，西江浸日車〔二〕。客愁連蟋蟀，亭古帶蒹葭。不返青絲鞚〔三〕，

虛燒夜燭花。老翁須地主②，細細酌流霞〔四〕。（1337）

【校】

①杵，《草堂》作「暑」。

②主，《草堂》作「坐」，校：「或作主。誤也。」

【注】

黄鶴注：當是大曆三年（七六八）公安作。官亭當在公安。

〔一〕顔十少府：黄鶴注：「顔，公安尉也。公嘗賦《醉歌行》，有『神仙中人不易得，顔氏之子才孤標』，正其人也。」按，顔十疑爲顔頎。顔真卿《秘書省著作郎夔州都督長史上護軍顔公神道碑》：「君諱勤禮……玄孫……頎，江陵參軍。」爲真卿侄。或自公安尉轉江陵參軍。

〔二〕南國二句：庾信《詠畫屏風》：「錦石平砧面，蓮房接杵腰。急節迎秋韻，新聲入手調。」王嗣奭《杜臆》：「擣衣之杵有音節，吾鄉所云花練槌是也。」日車，見卷三《青陽峽》（0146）注。

〔三〕不返句：蕭繹《紫騮馬》：「宛轉青絲鞚，照耀珊瑚鞭。」鞚，見卷一《麗人行》（0029）注。

〔四〕流霞：見卷一六《宗武生日》（1166）注。

秋日荊南述懷三十韻

昔承推奬分，愧匪挺生材〔一〕。遲暮宫臣忝，艱危袞職陪〔二〕。揚鑣隨日馭①，折檻出雲臺〔三〕。罪戾寬猶活，干戈塞未開〔四〕。星霜玄鳥變，身世白駒催〔五〕。伏枕因超忽，扁舟任往來。九鑽巴噀火，三蟄楚祠雷〔六〕。望帝傳應實，昭王問不回②〔七〕。蛟螭深作横，豺虎亂雄猜〔八〕。素業行已矣，浮名安在哉？琴烏曲怨憤，庭鶴舞摧頹〔九〕。秋水漫湘竹③，陰風過嶺梅〔一〇〕。苦摇求食尾，常曝報恩鰓〔一一〕。結舌防讒柄，探腸有禍胎④〔一二〕。蒼茫步兵哭，展轉仲宣哀〔一三〕。飢籍入聲家家米⑤，愁徵處處杯。休爲貧士嘆，任受衆人咍〔一四〕。得喪初難識，榮枯劃易該。差池分組冕，合沓起蒿萊〔一五〕。不必伊周地，皆登屈宋才⑥〔一六〕。漢庭和異域，晋史坼中台〔一七〕。霸業尋常體，宗臣忌諱災〔一八〕。羣公紛戮力，聖慮窅徘徊⑦〔一九〕。數見銘鍾鼎，真宜法斗魁〔二〇〕。願聞鋒鏑鑄，莫使棟梁摧〔二一〕。盤石圭多翦，凶門轂少推〔二二〕。垂旒資穆穆，祝網但恢恢〔二三〕。赤雀翻然至，黄龍詎假媒⑧〔二四〕。賢非夢傅野，隱幾鑿顔坏⑨〔二五〕。自古江湖客，冥心若死灰〔二六〕。（1338）

【校】

①鑣，錢箋校：「樊作鞭。」

②問，《草堂》作「去」。

③秋水漫湘竹，「水」錢箋作「雨」，「竹」錢箋作「水」，校：「一云秋水漫湘竹。」

④探，宋本作「深」，據錢箋等改。

⑤籍，《草堂》校：「一作借。」

⑥登，《草堂》校：「一作知。」錢箋作「知」，校：「一作登。」

⑦窅，錢箋校：「樊作睿。」《草堂》校：「樊作督。」

⑧詎，錢箋校：「一作不。」《草堂》作「不」，校：「一作詎。」

⑨幾，錢箋、《九家》、《草堂》作「類」。　坏，錢箋、《草堂》作「坯」。

【注】

黄鶴注：當是大曆三年（七六八）秋末移公安前作。

〔一〕愧匪句：楊戲《季漢輔臣贊》：「順期挺生，傑起龍驤。」

〔二〕遲暮二句：江淹《雜體詩・陸平原機羈宦》：「服義追上列，矯跡廁宮臣。」《詩・大雅・烝民》：「衮職有闕，維仲山甫補之。」《趙次公先後解》：「拾遺通籍於朝，斯爲宮臣。在肅宗行在拜之，則艱危之時也。」

〔三〕揚鑣二句：揚鑣，見卷一五《夔府書懷四十韻》(1056)注。折檻，見卷八《折檻行》(0372)注。《趙次公先後解》：「上句言其扈從也」，「下句言其諫諍不合而出也。」

〔四〕罪戾二句：《左傳》莊公二十二年：「赦其不閑於教訓，而免於罪戾。」《趙次公先後解》：「其一出之後，干戈日尋也。」

〔五〕星霜二句：張九齡《與弟游家園》：「星霜屢爾別，蘭麝爲誰幽。」《禮記·月令》仲春之月：「玄鳥至。」仲秋之月：「玄鳥歸。」注：「玄鳥，燕也。」《史記·留侯世家》：「人生一世間，如白駒過隙。」

〔六〕九鑽二句：《論語·陽貨》：「舊穀既没，新穀既升，鑽燧改火，期可已矣。」《趙次公先後解》：「清明取新火也。後漢樂巴噀酒求蜀火，謂之巴噀火。」見卷七《奉酬薛十二丈判官見贈》(0324)注。《禮記·月令》仲秋之月：「是月也，日夜分，雷始收聲，蟄蟲壞户。」《趙次公先後解》：「楚人所祠之雷，蓋楚人好祠祭也。」朱鶴齡注：「或云即指楚王宫也。」趙注：「通言九年中事，非謂十二年也。」「自庚子至今大曆三年之清明，歲在戊申，是爲九年。」《苕溪漁隱叢話》前集卷一四苕溪漁隱曰：「老杜又有『十暑岷山葛，三霜楚户砧』之句，《詩譜》以爲公以乾元己亥冬至蜀，不以暑計，起明年庚子，至是爲十暑，時已在湖南，獨言岷山。永泰乙巳秋至雲安，雲安、荆湖皆楚地，至是合爲五霜，而云三者，獨以峽中言之。」

〔七〕望帝二句：望帝，見卷四《杜鵑行》(0173)注。《左傳》僖公四年：「管仲曰：『……爾貢苞茅不入，王祭不共，無以縮酒，寡人是徵。昭王南征而不復，寡人是問。』對曰：『貢之不入，寡君之

罪也，敢不共給。昭王之不復，君其問諸水濱。』」《太平御覽》卷六六引《湘州記》：「益陽有昭潭，其下無底，湘洲最深處也。或謂周昭王南征不復，没於此潭，因以爲名。」錢箋：「望帝，藉以喻玄宗也。代宗惡李輔國，而不能明正其罪，使盜竊其首，猶昭王南征不復，而周人不能問之于楚也。」

〔八〕蛟螭二句：謝靈運《擬魏太子鄴中集》序：「漢武帝徐樂諸才，備應對之能，而雄猜多忌。」《趙次公先後解》：「蓋是時有跋扈之强臣，賊盜之巨滑故也。」

〔九〕琴烏二句：《舊唐書·音樂志》：「《烏夜啼》，宋臨川王義慶所作也。元嘉十七年，徙彭城王義康于豫章。義慶時爲江州，至鎮，相見而哭，爲帝所怪，徵還宅，大懼。妓妾夜聞烏啼聲，扣齋閣云：『明日應有赦。』其年更爲南兖州刺史，作此歌。」《樂府詩集》卷四七《清商曲辭·西曲歌》引《古今樂録》：「《西曲歌》有《石城樂》、《烏夜啼》。」鮑照《舞鶴賦》：「唳清響於丹墀，舞飛容於金閣。始連軒以鳳蹌，終宛轉而龍躍。躑躅徘徊，振迅騰摧。」摧頹，又見卷六《昔游》（0288）注。

〔一〇〕秋水二句：張華《博物志》卷八：「堯之二女，舜之二妃，曰湘夫人。舜崩，二妃啼，以涕揮竹，竹盡斑。」嶺梅，見卷一一《廣州段功曹到得楊五長史譚書功曹却歸聊寄此詩》（0705）注。

〔一一〕苦摇二句：司馬遷《報任少卿書》：「猛虎在深山，百獸震恐，及在檻阱中，摇尾而求食，積威約之漸也。」《藝文類聚》卷九六引辛氏《三秦記》：「河津一名龍門，大魚集龍門下數千不得上，上者爲龍，不上者魚，故云曝鰓龍門。」魚報恩，又見《舟中出江陵南浦奉寄鄭少尹審》（1335）注。

〔一二〕結舌二句：《漢書·杜業傳》：「自尚書近臣皆結舌杜口。」吴均《行路難》：「盡是得意忘言者，探腸見膽無所惜。」《太平御覽》卷三九五引《風俗通》：「案里語：厚哉鮑管，探腸按腹。」枚乘《上書諫吴王》：「福生有基，禍生有胎。」

〔一三〕蒼茫二句：《晉書·阮籍傳》：「時率意獨駕，不由徑路，車跡所窮，輒慟哭而反。」王粲有《七哀詩》。

〔一四〕休爲二句：陶淵明有《詠貧士》。《楚辭·九章·惜誦》：「行不群以巔越兮，又衆兆之所咍。」王逸注：「咍，笑也。楚人謂相啁笑曰咍。」

〔一五〕差池二句：《趙次公先後解》：「分組綬冠冕之貴，其重沓而來，則特起於蓬蒿草萊之間耳。」《分門》師曰：「皆託諷濫進者多也。」

〔一六〕不必二句：《趙次公先後解》：「伊尹、周公之所任，則宰輔之地。」王嗣奭《杜臆》：「言登樞要皆武夫也。」按，不必專指武夫。

〔一七〕漢庭二句：《趙次公先後解》：「上句以比當時遣使和吐蕃也。」「次句則又必有以罪誅者。」王嗣奭《杜臆》：「比房琯得罪。」錢箋：「房卒於廣德元年，此追述之耳。是年二月，回紇登里可汗歸蕃，詳《回紇傳》。皆代宗初元之事，故牽連書之耳。」按，大曆二年十一月，和蕃使薛景仙自吐蕃使還，首領論泣陵隨景仙來朝。錢箋等捨此近事不言，而必謂是廣德初事，實難信從。又，廣德二年七月，河南副元帥、太尉、兼侍中、臨淮王李光弼薨於徐州。且甫《八哀詩》以光弼、王思禮爲首，無房琯。諸家必欲以房琯當此句，甚無謂。庾信《傷王司徒褒》：「豈意中台

坼，君當風燭前。」參《奉送蘇州李二十五長史丈之任》(1317)注。

〔一八〕霸業二句：《趙次公先後解》：「中國之於夷狄，甘心於和親，此霸業尋常之體也。而大臣充使，或留或誅，則宗臣以爲忌諱矣。」《分門》師曰：「言宗臣不敢直言也。」胡震亨《唐音癸籤》卷二三：「似又舉和親回紇事，較分鎮抑揚論之。若曰琯去位始有和親事，國體損而宗臣以忌諱斥矣。無非宛轉爲琯出脱，明己之救琯者未爲不是。」唐元竑《杜詩攟》：「此四句似爲李尚書之芳而發。李使吐蕃和親，被留二年。霸業尋常體，謂當時世以公主下降絶域，遂爲故事也。著一霸字，見雖爲宗社不得已，故定非王道所宜。」錢箋：「宗臣忌諱災，叙房琯病卒閬州。」盧元昌曰：「當乾元間朝廷和親回紇之年，正房公台星中坼之日。夫和親本漢道雜霸，非國體之正。若房公乃唐室宗臣，而台星中坼者，因分鎮之議有觸忌諱，遂至罹災耳。」

〔一九〕羣公二句：謝朓《敬亭山》：「緣源殊未極，歸徑窅如迷。」《文選》李善注：「《聲類》曰：窅，遠望也。」《趙次公先後解》：「又煩聖慮之軫及，而窅然徘徊。」仇注：「言今者群臣協力，聖主焦思。」

〔二〇〕數見二句：《禮記·祭統》：「夫鼎有銘，銘者，自名也。自名，以稱揚其先祖之美，而明著之後世者也。」《後漢書·天文志》：「太微天子廷，北斗魁主殺。星從太微出，抵北斗魁，是天子大使將出，有所伐殺。」《晉書·天文志》：「北斗七星在太微北……魁四星爲琁璣，杓三星爲玉衡」，「魁中四星爲貴人之牢，曰天理也。輔星傅乎開陽，所以佐斗成功，丞相之象也。」《趙次公先後解》：「上句則群公功成，鐘鼎之可銘。下句則聖慮之號令，當法之北斗。」仇注：「在諸將

雖勒名鐘鼎，尚宜法斗魁以衛宸極。」

〔二一〕願聞二句：賈誼《過秦論》：「收天下之兵，聚之咸陽，銷鋒鑄鐻，以爲金人十二。」《韓詩外傳》卷九：「顏淵曰：『願得明王聖主爲之相，使城郭不治，溝池不鑿，陰陽和調，家給人足，鑄庫兵以爲農器。』」《晉書・陸玩傳》：「玩既拜，有人詣之，索杯酒，瀉置柱梁之間，呪曰：『當今乏材，以爾爲柱石，莫傾人梁棟邪！』」

〔二二〕磐石二句：《史記・孝文本紀》：「高帝封王子弟，地犬牙相制，此所謂磐石之宗也。」《晉世家》：「成王與叔虞戲，削桐葉爲珪以與叔虞，曰：『以此封若。』史佚因請擇日立叔虞。」《淮南子・兵略訓》：「將已受斧鉞……乃爪鬋，設明衣也，鑿凶門而出。」推轂，見卷七《覽柏中允兼子侄數人除官制詞因述父子兄弟四美載歌絲綸》(0308)注。仇注：「多剪圭，同姓自此蟠固。少推轂，藩鎮免於跋扈。」

〔二三〕垂旒二句：《禮記・禮器》：「天子之冕，朱綠藻十有二旒。」《後漢書・輿服志》：「冕冠，垂旒，前後邃延，玉藻。」《淮南子・主術訓》：「故古之王者，冕而前旒所以蔽明也。」《呂氏春秋・孟冬紀》：「湯見祝網者，置四面，其祝曰：『從天墜者，從地出者，從四方來者，皆離吾網。』湯曰：『嘻，盡之矣。非桀，其孰爲此也？』湯收其三面，置其一面，更教祝曰：『昔蛛蝥作網罟，今之人學紓。欲左者左，欲右者右，欲高者高，欲下者下，吾取其犯命者。』漢南之國聞之曰：『湯之德及禽獸矣。』四十國歸之。」《老子》七十三章：「天網恢恢，疏而不漏。」

〔二四〕赤雀二句：《論衡・初禀》：「文王得赤雀，武王得白魚赤烏。儒者論之，以爲雀則文王受命，

魚烏則武王受命。」《淮南子·天文訓》：「中央，土也，其帝黄帝，其佐后土，執繩而制四方，其神爲鎮星，其獸黄龍。」《泰族訓》：「故精誠感於内，形氣動於天，則景星見，黄龍下，祥鳳至。」

〔二五〕賢非二句：夢傅野，見卷六《昔游》(0288)注。《漢書·揚雄傳》：「或鑿坏以遁。」注：「應劭曰：鑿坏，謂顔闔也。魯君聞顔闔賢，欲以爲相，使者往聘，因鑿後垣而亡。坏，壁也。」坯坏字通。顔闔事，參卷一二《嚴公仲夏枉駕草堂兼携酒饌》(0756)注。

〔二六〕冥心句：《莊子·齊物論》：「形固可使如槁木，而心固可使如死灰乎？」

秋日荆南送石首薛明府辭滿告别奉寄薛尚書頌德叙懷斐然之作〔一〕三十韻①

南征爲客久，西候别君初〔二〕。歲滿歸鳧舄，秋來把雁書〔三〕。荆門留美化，姜被就離居〔四〕。聞道和親入，垂名報國餘。連枝不日並，八座幾時除〔五〕？往者胡星孛，恭惟漢網疏②〔六〕。風塵相澒洞，天地一丘墟〔七〕。殿瓦鴛鴦坼，宫簾翡翠虚〔八〕。鉤陳摧徼道，槍櫐失儲胥〔九〕。文物陪巡守，親賢病拮据〔一〇〕。公時呵猰㺄，首唱却鯨魚〔一一〕。勢愜宗蕭相，郭令公。材非一范睢。諸名將〔一二〕。屍填太行

道，血走浚儀渠〔一三〕。滏口師仍會，函關憤已攄〔一四〕。紫微臨大角，皇極正乘輿〔一五〕。賞從頻峩冕，殊私再直廬③。公舊執金吾，新授羽林。前後二將軍〔一六〕。豈唯高衛霍，曾是接應徐〔一七〕。降集翻翔鳳，追攀絶衆狙〔一八〕。侍臣雙宋玉，戰策兩穰苴〔一九〕。鑒澈勞懸鏡〔二〇〕，荒蕪已荷鋤。嚮來披述作，石首處見公新文一卷。重此憶吹噓。白髮甘凋喪，青雲亦卷舒〔二一〕。經綸功不朽，跋涉體何如？公頃奉使和蕃，已見上〔二二〕。應訏耽湖橘，常餐占野蔬。十年嬰藥餌，萬里狎樵漁。揚子淹投閣，鄒生惜曳裾〔二三〕。但驚飛熠耀，不記改蟾蜍〔二四〕。烟雨封巫峽，江淮略孟諸〔二五〕。湯池雖險固，遼海尚闐淤④〔二六〕。努力輸肝膽，休煩獨起予〔二七〕。（1339）

【校】

① 三十韻，宋本、錢箋爲小字，《草堂》等則作大字并入正題。

② 疏，《草堂》作「除」。

③ 私，《草堂》作「恩」。

④ 闐，錢箋作「填」。

【注】

黄鶴注：公以大曆三年（七六八）至荆南，當是其年秋作。

〔一〕薛尚書：黄鶴注：「乃景仙也。」明府，其弟。《舊唐書·吐蕃傳》：「（大曆二年）十一月，和蕃使、檢校户部尚書兼御史大夫薛景仙自吐蕃使還，首領論泣陵隨景仙來朝。」《新唐書·忠義傳》至德功臣：「左羽林大將軍、檢校户部尚書、兼御史大夫薛景仙。」

〔二〕南征二句：蕭綱《餞臨海太守劉孝儀蜀郡太守劉孝勝》：「碣石臨東海，峨嵋距西候。」《趙次公先後解》：「西候，屬西之時候，乃秋日也。」朱鶴齡注：「按孫子荆有《征西官屬送於陟陽候》，注：陟陽，亭名；候，亭也。西候謂此。唐人每用之。」張九齡《送韋城李少府》：「送客南昌尉，離亭西候春。」

〔三〕歲滿二句：鳧舄，見卷一《橋陵詩三十韻因呈縣内諸官》（0037）注。雁書，見卷八《遣興》（0488）注。

〔四〕姜被：見卷一〇《寄張十二山人彪三十韻》（0612）注。

〔五〕連枝二句：《文選》蘇武詩：「況我連枝樹，與子同一身。」言兄弟。八座，見卷一六《奉送蜀州柏二别駕將中丞命赴江陵起居衛尚書太夫人因示從弟行軍司馬位》（1297）注。朱鶴齡注：「此期明府與兄並登八座也。」按，言景仙新除尚書。景仙蓋以出使吐蕃而檢校尚書。

〔六〕往者二句：胡星孛，見卷一五《秋日夔府詠懷奉寄鄭監審李賓客之芳一百韻》（1030）注。仇注：「禄山稱亂，由朝廷過寵，故曰漢網疏。」

〔七〕風塵二句：澒洞，見卷一《自京赴奉先縣詠懷五百字》（0041）注。江淹《雜體詩·王侍中粲懷德》：「崤函蕩丘墟，冀闕緬縱横。」

〔八〕殿瓦二句：《三國志・魏書・方技傳》：「文帝問（周）宣曰：『吾夢殿屋兩瓦墮地，化爲雙鴛鴦，此何謂也？』」吴均《答蕭新浦詩》：「肘懸辟邪印，屋曜鴛鴦瓦。」《初學記》卷二五引《洞冥記》：「漢武帝二十年，起招靈閣，翠羽麟毫爲簾。」仇注：「瓦坼，謂天子出奔。簾虚，謂妃嬪皆走。」

〔九〕鈎陳二句：鈎陳，見卷八《魏將軍歌》（0366）注。班固《西都賦》：「周廬千列，徼道綺錯。」《文選》李善注：「《漢書》曰：中尉，掌徼循京師。如淳曰：所謂游徼循禁，備盜賊也。」揚雄《長楊賦》：「木擁槍壘，以爲儲胥。」《文選》李善注：「顔師古曰：胥，須也。言有儲畜以待所須也。蘇林曰：木擁栅其外，又以竹槍壘爲外儲胥也。韋昭曰：儲胥，蕃落之類也。」《趙次公先後解》：「鈎陳之營，摧頹於徼道之中。」「槍壘之壞，所以於儲胥爲失也。」仇注：「鈎陳指侍衛。摧徼道，巡徼皆散也。槍壘指守禦。失儲胥，庫藏盡亡矣。」

〔一〇〕文物二句：《詩・豳風・鴟鴞》：「予手拮据，予所捋荼。」傳：「拮据，撠挶也。」釋文：「《韓詩》云：口足爲事曰拮据。」《趙次公先後解》：「巡守，指言肅宗之在鳳翔也。文物陪，則言衣冠集於此也。」「親與賢皆病，則勞於討賊之事也。」仇注：「陪巡，謂衣冠扈從。拮据，謂宗室憂勞。」

〔一一〕公時二句：猰㺄，見卷一二《贈王二十四侍御契四十韻》（0869）注。《趙次公先後解》：「以譬却退巨賊之義。」朱鶴齡注：「禄山反，景仙守扶風，却賊。」見卷二《塞蘆子》（0069）注。

〔一二〕勢愜二句：《趙次公先後解》：「勢愜，言討賊之勢愜順也。」浦起龍云：「勢愜者，勢足以資汾陽之成功。材非句，見諸將併力擊賊，皆由尚書倡起也。」《漢書・蕭何曹參傳》：「聲施後世，

爲一代之宗臣。」《史記·范雎蔡澤列傳》：「乃拜范雎爲客卿，謀兵事。卒聽范雎謀，使五大夫伐魏，拔懷。後二歲，拔邢丘。」按，後世《史記》傳本或作范睢。杜詩作范雎。錢大昕《潛研堂金石文跋尾》：「戰國秦漢人多以且爲名，讀子餘切。如穰且、豫且、夏無且、龍且皆是。且旁或加隹，如范雎、唐雎，文殊而音不殊也。胡身之注《通鑑》，輒音范雎之雎爲雖，是誤以爲目旁矣。」

〔一三〕屍填二句：仇注：「太行，乃思明之寇。浚儀，乃慶緒之兵。」浦起龍云：「太行、浚儀，指安史蔓延之禍。」按，上句指天寶十五載李光弼、郭子儀將兵出井陘，與史思明戰，及其後自河北旋師，至德二載保守太原。《水經注》濟水：「昔大禹塞其淫水，而於滎陽下引河，東南以通淮泗。濟水分河，東南流。漢明帝之世，司空伏恭薦樂浪人王景字仲通，好學多藝，善能治水。顯宗詔與謁者王吴始作浚儀渠。……渠流東注，浚儀故復，謂之浚儀渠也。」楊守敬疏：「鴻溝首受河處，一名莨蕩渠，亦名汴渠，後世又名通濟渠。《水經》則直謂之濟水。」浚儀渠即古汴渠。下句指河南戰事。

〔一四〕滏口二句：《元和郡縣圖志》卷一五磁州滏陽縣：「鼓山一名滏山，在縣西北四十五里，滏水出焉。泉源奮涌，若水之湯，故以滏口名之。入陘第四曰滏口陘，山嶺高深，實爲險阨。」《讀史方輿紀要》卷四九磁州武安縣：「滏口爲自鄴西出之要道。」朱鶴齡注：「觀此詩滏口數語，則收東京時景仙嘗會師滏陽，立功河北矣。」仇注：「滏口，即安陽河，時王師共會於此。」函關，見卷一四《入宅三首》(0961)注。按，此當指寶應元年十月唐軍收復東京及河北，時薛景仙在軍中，

然此句非專言景仙。

〔一五〕紫微二句：大角，見卷一四《傷春五首》(0976)注。《書·洪範》：「建用皇極。」傳：「皇，大。極，中也。」《趙次公先後解》：「紫微臨大角，則帝星臨王座也。」「皇極正乘輿，則大中之道復正也。」仇注：「紫微臨，帝星復明也。皇極正，肅宗還京也。」

〔一六〕賞從二句：張華《祖道趙王應詔》：「軒冕峨峨，冠蓋習習。」直廬，見卷一五《贈李八秘書别三十韻》(1031)注。《新唐書·逆臣傳》史朝義：「會雍王以河東、朔方、回紇兵十餘萬討賊……右金吾大將軍薛景仙曰：『我若不勝，請以勇士二萬椎鋒死賊。』」在寶應元年。新授左羽林大將軍，當在本年。

〔一七〕豈唯二句：衛霍，衛青、霍去病。應徐，應瑒、徐幹。曹丕《與吴質書》：「徐、陳、應、劉，一時俱逝。」《趙次公先後解》：「蓋皆當丕爲太子時除所從之人也。」「此薛公又加太子賓客職故也。」仇注謂應、許爲魏太子賓客，誤。《舊唐書·肅宗紀》：「(乾元二年三月)以太子賓客薛景仙爲鳳翔尹、本府防禦使。」

〔一八〕降集二句：《漢書·宣帝紀》：「鳳皇甘露，降集京師。」《莊子·齊物論》：「狙公賦芧，曰：『朝三而暮四。』衆狙皆怒。曰：『然則朝四而暮三。』衆狙皆説。」仇注：「言其才品超出，非衆人可及。」

〔一九〕侍臣二句：《史記·司馬穰苴列傳》：「齊威王使大夫追論古者司馬兵法而附穰苴於其中，因號曰司馬穰苴兵法。」朱鶴齡注：「自往者胡星孛至此，皆頌薛尚書。雙宋玉、兩穰苴，言宋玉、

穰苴復見於今也，與『居然雙捕虜』句法略同。次公以降集四語爲兼美薛兄弟，失之。」

〔二一〇〕鑒澈句：曹植《學宫頌》：「玄鏡作鑒，神明昭晰。」《世説新語·識鑒》：「褚太傅有知人鑒。」仇注：「言尚書有知人之鑒，惜己之荒蕪，不足有爲也。」

〔二一一〕白髮二句：《趙次公先後解》：「言青雲之志，昔舒而今卷也。」

〔二一二〕經綸二句：《易·屯·象》：「君子以經綸。」《詩·鄘風·載馳》：「大夫跋涉，我心則憂。」

〔二一三〕揚子二句：投閣，見卷一《醉時歌》(0019)注。曳裾，見卷六《壯游》(0295)注。

〔二一四〕但驚二句：《詩·豳風·東山》：「町畽鹿場，熠燿宵行。」傳：「熠燿，燐也。」蟾蜍，月。見卷一〇《月》(0507)注。

〔二一五〕烟雨二句：《爾雅·釋地》：「宋有孟諸。」注：「今在梁國睢陽縣東北。」《趙次公先後解》：「指前途之所經也。」

〔二一六〕湯池二句：《漢書·蒯通傳》：「皆爲金城湯池，不可攻也。」填淤，見卷五《溪漲》(0239)注。朱鶴齡注：「《通鑑》：大曆三年六月，幽州兵馬使朱希彩與朱泚、朱滔共殺節度使李懷仙，自稱留後，朝廷不能制。故云尚填淤也。」

〔二一七〕努力二句：《史記·淮陰侯列傳》：「臣願披腹心，輸肝膽。」《論語·八佾》：「起予者商也。」朱鶴齡注：「以尚書新文言之。」仇注：「此借言起廢。」「勸其努力報君，不必專以起予爲念。」

哭李尚書之芳〔一〕

漳濱與蒿里，逝水竟同年〔二〕。欲挂留徐劍①，猶回憶戴船〔三〕。相知成白首，此別間黄泉。風雨嗟何及，江湖涕泫然。修文將管輅，奉使失張騫〔四〕。史閣行人在〔五〕，詩家秀句傳。客亭鞍馬絶，旅櫬綱蟲懸。復魄昭丘遠，歸魂素滻偏〔六〕。樵蘇封葬地，喉舌罷朝天〔七〕。秋色凋春草，王孫若箇邊〔八〕。（1340）

【校】

①挂，《文苑英華》作「把」。

【注】

黄鶴注：大曆三年（七六八）作於江陵府。

〔一〕李之芳：本年卒於江陵。

〔二〕漳濱二句：劉楨《贈五官中郎將》：「余嬰沈痼疾，竄身清漳濱。……逝者如流水，哀此遂離分。」蒿里，見卷七《八哀詩・蘇公源明》（0335）注。《論語・子罕》：「子在川上曰：『逝者如斯

夫，不舍晝夜。』」《趙次公先後解》：「漳濱以言其病，蒿里及逝水同年以言其即死。」仇注：「得病隨亡，故曰同年。」

〔三〕欲挂二句：留徐劍，見卷一三《別房太尉墓》(0864)注。憶戴船，見卷一一《卜居》(0615)注。

〔四〕修文二句：地下修文郎，見卷一四《聞高常侍亡》(0931)注。管輅，見卷九《上韋左相二十韻》(0413)注。張騫，見卷一〇《秦州雜詩二十首》(0555)注。《舊唐書·吐蕃傳》：「寶應二年三月，遣左散騎常侍兼御史大夫李之芳、左庶子兼御史中丞崔倫使於吐蕃，至其境而留之。」「（廣德）二年五月，放李之芳還。」仇注：「修文，言精靈不没。奉使，指出使吐蕃。」浦起龍云：「有文而不享大年，故曰將管輅。出使爲生平大節，故曰失張騫。」

〔五〕史閣句：《趙次公先後解》：「行人，又申言其奉使。史閣，則言其書之史册也。」

〔六〕復魄二句：《儀禮·士喪禮》：「復者一人，以爵弁服，簪裳於衣。」注：「復者，有司招魂復魄也。」疏：「出入之氣謂之魂，耳目聰明謂之魄，死者魂神去離於魄，今欲招取魂來復歸於魄，故云招魂復魄也。」昭丘，見卷一五《秋日寄題鄭監湖上亭三首》(1048)注。《趙次公先後解》：「李尚書寄居荆南。」素滻，見卷一《苦雨奉寄隴西公兼呈王徵士》(0022)注。趙注：「李尚書乃長安人也。」

〔七〕樵蘇二句：《戰國策·齊策》：「昔者秦攻齊，令曰：有敢去柳下季壟五十步而樵采者，死不赦。」任昉《爲范始興作求立太宰碑表》：「寧容使長想九原，樵蘇罔識其禁。」尚書爲帝喉舌，見卷九《上韋左相二十韻》(0413)注。

〔八〕秋色二句：《楚辭・招隱士》：「王孫游兮不歸，春草生兮萋萋。」若箇，哪個，哪裏。楊炯《和石侍御山莊》：「蓮房若箇實，竹節幾重虛。」沈佺期《初達驩州》：「雨露何時及，京華若箇邊。」

重題

涕泗不能收，哭君余白頭①。兒童相顧盡②，宇宙此生浮〔一〕。江雨銘旌濕，湖風井逕秋③〔二〕。還瞻魏太子，賓客減應劉〔三〕。公歷禮部尚書④，薨于太子賓客。（1341）

【校】

① 余，錢箋校：「一作餘。」

② 顧，錢箋作「識」，校：「一作顧。」

③ 逕，錢箋作「徑」。

④ 公，錢箋作「李公」。

【注】

黄鶴注：當是同時作。

〔一〕兒童二句：《趙次公先後解》：「言自兒童時與李尚書相識，今相識之人殆盡矣。」浮生，見卷一《三川觀水漲二十韻》(0043)注。

〔二〕江雨二句：《周禮·春官·司常》：「大喪，共銘旌，建廞車之旌。」《禮記·檀弓下》：「銘，明旌也，以死者爲不可别已，故以其旗識之。」《周禮·地官·小司徒》：「九夫爲井，四井爲邑。」《遂人》：「凡治野，夫間有遂，遂上有徑。」注：「徑、畛、塗、道、路，皆所以通車徒於國都也。徑容牛馬。」鮑照《蕪城賦》：「邊風急兮城上寒，井逕滅兮丘隴殘。」

〔三〕還瞻二句：應劉，應瑒、劉楨。參《秋日荆南送石首薛明府辭滿告别奉寄薛尚書頌德叙懷斐然之作三十韻》(1339)注。《舊唐書·蔣王惲傳附之芳》：「乃遣之芳兼御史大夫，使叶蕃，被留境上，二年而歸。除禮部尚書，尋改太子賓客。」

獨坐

悲愁回白首①，倚杖背孤城。江斂洲渚出，天虚風物清。滄溟服衰謝②，朱紱負平生〔一〕。仰羨黄昏鳥，投林羽翮輕。(1342)

【校】

① 愁，錢箋校：「一作秋。」《草堂》作「秋」。

②服，宋本、錢箋、《草堂》校：「一作恨。」

【注】

黄鶴注：當是大曆三年（七六八）江陵作。仇注編入廣德二年（七六四）在幕中作。

〔一〕滄溟二句：《趙次公先後解》：「言在滄溟之中，甘服衰謝。」「朱紱，公已賜緋也。」參卷一三《春日江村五首》（0897）注。

暮歸

霜黄碧梧白鶴栖，城上擊柝復烏啼。客子入門月皎皎，誰家搗練風凄凄？
南渡桂水闕舟楫，北歸秦川多鼓鞞①〔一〕。年過半百不稱意，明日看雲還杖藜。

（1343）

【校】

①秦，宋本、錢箋、《草堂》校：「一作洛。」

【注】

黃鶴注：當是大曆二年（七六七）夔州作。若大曆三年作，其年秋在公安，冬移岳陽。《趙次公先後解》編入大曆三年（七六八）。仇注同。

〔一〕南渡二句：桂水，見卷八《詠懷二首》（0388）注。《舊唐書·代宗紀》：「（大曆三年八月）壬戌，吐蕃十萬寇靈武。」「丁卯，吐蕃寇邠寧，節度使馬璘破吐蕃二萬於邠州。」朱鶴齡注引此。

移居公安敬贈衛大郎鈞〔一〕

衛侯不易得，余病汝知之。雅量極高遠①，清襟照等夷〔二〕。平生感意氣，少小愛文辭。河海由來合，風雲若有期。形容勞宇宙，質朴謝軒墀。自古幽人泣，流年壯士悲。水烟通徑草，秋露接園葵〔三〕。入邑豺狼鬭，傷弓鳥雀飢②。白頭供宴語，烏几伴棲遲〔四〕。交態遭輕薄，今朝豁所思。（1344）

【校】

①極，錢箋、《草堂》作「涵」，《草堂》校：「一作極。」

②飢，錢箋作「饑」。《草堂》校：「一作饑。」

【注】

黃鶴注：公以大曆三年（七六八）秋移居公安，乃是時作。

〔一〕衛鈞：事迹不詳。

〔二〕雅量二句：任昉《王文憲集序》：「（袁）粲答詩曰：老夫亦何寄，之子照清襟。」《史記・留侯世家》：「今諸將皆陛下故等夷。」集解：「徐廣曰：夷猶儕也。」索隱：「如淳云：等夷，言等輩。」

〔三〕水烟二句：《趙次公先後解》：「述其移居公安之地也。」

〔四〕烏几：見卷六《阻雨不得歸瀼西甘林》（0296）「烏皮几」注。

公安送韋二少府匡贊〔一〕

逍遥公後世多賢〔二〕，送爾維舟惜此筵。念我能書數字至①，將詩不必萬人傳。時危兵甲黃塵裏，日短江湖白髮前。古往今來皆涕淚，斷腸分手各風烟。

（1345）

【校】

①能書，宋本、錢箋、《草堂》校：「一作常能。」

【注】

黄鶴注：大曆三年（七六八）秋晚作，是年吐蕃入寇，京師戒嚴。

〔一〕韋匡贊：事迹不詳。

〔二〕逍遥句：《周書·韋敻傳》：「韋敻，字敬遠。……明帝即位，禮敬逾厚……號之曰逍遥公。」《舊唐書·韋思謙傳附子嗣立》：「嗣立，承慶異母弟也。……及承慶卒，代爲黄門侍郎，轉太府卿，加修文館學士。景龍三年，轉兵部尚書，同中書門下三品。……嗣立與韋庶人宗屬疏遠，中宗特令編入屬籍，由是顧賞尤重……因封嗣立爲逍遥公。」《宰相世系表四上》韋氏逍遥公房：「敻字敬遠，後周逍遥公，號逍遥公房。」小逍遥公房：「出自東眷穆曾孫鍾……至嗣立更號小逍遥公房。」《分門》師曰：「子美稱逍遥公，乃韋敻，非嗣立也。」然實難確證。

贈虞十五司馬〔一〕

遠師虞秘監〔二〕，今喜識玄孫。形象丹青逼，家聲器宇存〔三〕。淒涼憐筆勢，浩

蕩問詞源〔四〕。爽氣金天豁〔五〕，清談玉露繁。佇鳴南岳鳳，欲化北溟鯤〔六〕。交態知浮俗①，儒流不異門〔七〕。過逢連客位②〔八〕，日夜倒芳罇。沙岸風吹葉，雲江月上軒〔九〕。百年嗟已半，四坐敢辭喧〔一〇〕。書籍終相與，青山隔故園〔一一〕。（1346）

【校】

① 交，《文苑英華》作「文」，校：「集作交。」

② 連，錢箋、《文苑英華》作「聯」。

【注】

黄鶴注：意是上元、寶應間在浣花作。若在公安，則未嘗舍舟。《趙次公先後解》編入大曆三年（七六八）公安作。

〔一〕虞十五：名不詳。

〔二〕遠師句：《舊唐書·虞世南傳》：「虞世南，字伯施，越州餘姚人，隋内史侍郎世基弟也。……太宗升春宫，遷太子中舍人。及即位，轉著作郎，兼弘文館學士。時世南年已衰老，抗表乞骸骨，詔不許。遷太子右庶子，固辭不拜，除秘書少監。……七年，轉秘書監。……（太宗）嘗稱世南有五絶：一曰德行，二曰忠厚，三曰博學，四曰言辭，五曰書翰。……敕圖其形於凌烟

閣。」盧元昌曰：「秘監能書，公亦善書。《壯游》詩曰：九齡書大字。又嘗曰：鵝費羲之墨。此曰遠師虞秘監者，正師其書法。」

〔三〕形象二句：朱鶴齡注：「言司馬之貌，逼似其祖也。」

〔四〕淒涼二句：《三國志・魏書・衛覬傳》注引《文章叙録》載衛恒《四體書勢》：「梁鵠謂淳得次仲法，然鵠之用筆，盡其勢矣。」「杜氏結字甚安而書體微瘦，崔氏甚得筆勢而結字小疏。」《太平御覽》卷五九九引《抱朴子》：「二陸文詞，源流不出俗檢。」

〔五〕爽氣句：張衡《思玄賦》：「顧金天而歎息兮，吾欲往乎西嬉。」《文選》舊注：「金天，少昊位也。」指秋天。

〔六〕佇鳴二句：劉楨《贈從弟》：「鳳皇集南岳，徘徊孤竹根。」《文選》李善注：「鳳生丹穴，故曰南岳。」《山海經・南山經》：「丹穴之山，其上多金玉，丹水出焉，而南流注於渤海。有鳥焉，其狀如雞，五采而文，名曰鳳皇。」《莊子・逍遥游》：「北冥有魚，其名爲鯤。鯤之大，不知其幾千里也。化而爲鳥，其名爲鵬。」

〔七〕交態二句：仇注：「儒門不異，虞、杜皆舊家。」

〔八〕過逢句：《儀禮・士冠禮》：「醮於客位。」《禮記・檀弓上》：「殯於客位。」此即指客席。

〔九〕沙岸二句：江淹《别賦》：「日下壁而沈彩，月上軒而飛光。」

〔一〇〕百年二句：《玉臺新詠》古詩：「四坐且莫喧，願聽歌一言。」

〔一一〕書籍二句：《三國志・魏書・王粲傳》：「（蔡邕）聞粲在門，倒屣迎之。粲至，年既幼弱，容狀

短小，一坐盡驚。邕曰：『此王公孫也。有異才，吾不如也。吾家書籍文章，盡當與之。』」《鍾會傳》注引《博物記》：「蔡邕有書近萬卷，末年載數車與（王）粲。」

公安縣懷古

野曠呂蒙營，江深劉備城〔一〕。寒天催日短，風浪與雲平。灑落君臣契，飛騰戰伐名〔二〕。維舟倚前浦，長嘯一含情。（1347）

【注】

黄鶴注：當是大曆三年（七六八）秋晚作。

〔一〕野曠二句：《太平寰宇記》卷一四六荆州公安縣：「《荆州記》云：劉備敗於襄陽，奔荆州。吴大帝推先主爲左將軍、荆州牧，鎮油口，即居此城。時人號備爲公，故名其城爲公安也。」「孱陵城，《十三州志》曰：吴大帝封吕蒙爲孱陵侯，即此地也。」《輿地紀勝》卷四六江陵府：「孱陵故城，又名孫夫人城。《元和郡縣志》云：在公安縣，相傳此乃劉備妻孫夫人所築，夫人，權之妹，疑備，故别作此城，不與備同住。」説不同。

〔二〕灑落二句：《趙次公先後解》：「灑落君臣契，則又言先主之與諸葛也。飛騰戰伐名，則以言吕

蒙之爲將也。」

公安送李二十九弟晉肅入蜀余下沔鄂〔一〕

正解柴桑纜，仍看蜀道行〔二〕。檣烏相背發〔三〕，塞雁一行鳴。南紀連銅柱，西江接錦城〔四〕。憑將百錢卜，飄泊問君平〔五〕。（1348）

【注】

黄鶴注：公以大曆三年（七六八）冬發公安，往岳陽，蓋其時。故題云下沔鄂，後不果至武昌。

〔一〕李晉肅：《舊唐書·李賀傳》：「李賀，字長吉，宗室鄭王之後。父名晉肅，以是不應進士。韓愈爲之作《諱辨》，賀竟不就試。」崔教《邵伯祠碑記》：「貞元九年……陝縣令李晉肅虔奉新政，恭惟昔賢，請刻石書。」鄭王元懿，高祖子。杜甫爲高祖子舒王元名外孫之外孫，其稱晉肅爲弟，則晉肅爲元懿四世孫。

〔二〕正解一句：《漢書·地理志》豫章郡：「柴桑，莽曰九江亭。」《元和郡縣圖志》卷二八江州廬山：「柴桑故城，在縣西南二十里。」陶淵明爲尋陽柴桑人。《趙次公先後解》：「上句則公將下沔鄂也。次句則送晉肅入蜀也。」又卷一四《又示兩兒》（0972）：「長葛書難得，江州涕不禁。」

《趙次公先後解》：「長葛、江州，取次是其弟其妹所在，未可妄考。」

〔三〕 檣烏：見《大曆三年春白帝城放船出瞿唐峽久居夔府將適江陵漂泊有詩凡四十韻》（1308）注。

〔四〕 南紀二句：南紀，見卷七《八哀詩・李公光弼》（0331）注。 銅柱，見卷八《詠懷二首》（0388）注。

〔五〕 憑將二句：見卷二《渼陂西南臺》（0032）、卷一五《秋日夔府詠懷奉寄鄭監審李賓客之芳一百韻》（1030）注。

宴王使君宅題二首〔一〕

漢主追韓信，蒼生起謝安〔二〕。吾徒自飄泊，世事各艱難。逆旅招邀近①，他鄉思緒寬②。不才甘朽質，高卧豈泥蟠〔三〕。（1349）

【校】

① 邀，《文苑英華》作「要」。

② 思緒，《文苑英華》校：「集作意緒。」

【注】

黄鶴注：梁權道編在公安詩内，然均不出大曆三年（七六八）秋。王使君當是閑居邑中。

〔一〕王使君：名不詳。

〔二〕漢主二句：《史記・淮陰侯列傳》：「信數與蕭何語，何奇之。至南鄭，諸將行道亡者數十人，信度何等已數言上，上不我用，即亡。何聞信亡，不及以聞，自追之。……上復罵曰：『諸將亡者以十數，公無所追，追信，詐也。』何曰：『諸將易得耳。至如信者，國士無雙。』」《晉書・謝安傳》：「征西大將軍桓温請爲司馬，將發新亭，朝士咸送，中丞高崧戲之曰：『卿累違朝旨，高卧東山，諸人每相與言，安石不肯出，將如蒼生何！蒼生今亦將如卿何！』」

〔三〕不才二句：揚雄《法言・問神》：「龍蟠於泥，蚖其肆矣。」《趙次公先後解》：「所以自謙也。」

泛愛容霜髮①，留歡卜夜閑②〔一〕。自吟詩送老，相勸酒開顔。戎馬今何地，鄉園獨舊山③。江湖墮清月④〔二〕，酩酊任扶還。（1350）

【校】

①髮，錢箋校：「一作髩。」《文苑英華》作「鬢」。

②卜夜閑，宋本、錢箋校：「一作上夜關。」《草堂》、《文苑英華》作「上夜關」，《草堂》校：「一作卜夜閑。」《文苑英華辨證》：「今《英華》元本亦作卜夜閑。」

③舊，《草堂》作「在」。錢箋校：「舊山一作在山。」《文苑英華》校：「集作在。」

④墮，《文苑英華》作「墜」。

【注】

〔一〕泛愛二句：泛愛，見《行次古城店泛江作不揆鄙拙奉呈江陵幕府諸公》(1312)注。《左傳》莊公二十二年：「飲桓公酒，樂。公曰：『以火繼之。』辭曰：『臣卜其晝，未卜其夜，不敢。』」《趙次公先後解》：「一作上夜闌，蓋以公父諱閑，當避閑字也。殊不知公有云娟娟戲蝶過閑幔，則亦臨文不諱矣。然今句當以上夜闌爲正，蓋首兩句便對，而夜闌字方對霜鬢也。」句見卷一八《小寒食舟中作》(1402)。參卷一五《諸將五首》(1156)注。

〔二〕江湖句：李白《擬古》：「明月看欲墮，當窗懸清光。」

留別公安太易沙門〔一〕

隱居欲就廬山遠，麗藻初逢休上人〔二〕。數問舟航留製作，長開篋笥擬心神〔三〕。沙村白雪仍含凍，江縣紅梅已放春。先踏鑪峰置蘭若，徐飛錫杖出風塵〔四〕。(1351)

【注】

黄鶴注：當是大曆三年（七六八）冬作。

〔一〕太易：又作大易。司空曙有《送太易上人赴東洛》。《全唐詩》卷八一〇録大易詩二首。《唐才子傳》卷三：「（方外攻文）其或雖以多而寡稱，或著少而增價者，如……太易……等四十五人，名既隱僻，事且微冥。」沙門：《魏書·釋老志》：「諸服其道者，則剃落鬚髮，釋累辭家，結師資，遵律度，相與和居，治心修淨，行乞以自給，謂之沙門。或曰桑門，亦聲相近。總謂之僧，皆胡言也。僧，譯爲和命衆，桑門爲息心，比丘爲行乞。」

〔二〕隱居二句：廬山遠，見卷七《大覺高僧蘭若》（0364）注。休上人，見卷九《大雲寺贊公房二首》（0493）注。

〔三〕數問二句：任昉《出郡傳舍哭范僕射》：「已矣平生事，詠歌盈篋笥。」仇注：「擬者，欲和其詩也。」

〔四〕先踏二句：廬山香鑪峰，見卷一五《秋日夔府詠懷奉寄鄭監審李賓客之芳一百韻》（1030）注。蘭若，飛錫，見《大覺高僧蘭若》（0364）注。《趙次公先後解》：「蓋言我先往廬山路香爐峰求置蘭若之地，請太易師飛錫而來也。」仇注：「言太易當築室爐峰，以俟道成飛舉。」「此本用廬山神仙事。」引湛方生《廬山神仙詩序》。按，釋門不言神仙飛舉。

杜甫集校注

〔唐〕杜甫著
謝思煒校注

五

上海古籍出版社

杜工部集卷第十一①

近體詩一百一十五首 此下在成都作

蜀相②

丞相祠堂何處尋，錦官城外柏森森〔一〕。映堦碧草自春色，隔葉黄鸝空好音③〔二〕。三顧頻繁天下計④，兩朝開濟老臣心〔三〕。出師未捷身先死⑤〔四〕，長使英雄淚滿襟。（0614）

【校】

① 宋本此卷底本爲吳若本。

② 蜀相，《文苑英華》題作「蜀相廟」。

③黃鸝，《文苑英華》作「黃鶯」，校：「集作鸝多。」　空，宋本、錢箋、《九家》、《草堂》校：「一作多。」映堦碧草自春色隔葉黃鸝空好音，宋本注：「介甫云：『映堦』、『隔葉』一聯，非止詠孔明，而託意在其中。」錢箋無。

④繁，錢箋作「煩」，校：「吴作繁。」《文苑英華》作「煩」。

⑤捷，宋本、錢箋校：「一作用。」《草堂》校：「一作戰。」《文苑英華》校：「集作戰。」《九家》校：「一云未用。又云未戰。」

【注】

黃鶴注：當是上元元年（七六〇）作。

〔一〕丞相二句：諸葛武侯祠，見卷四《古柏行》（0180）注。錦官城，成都。見卷四《贈蜀僧閭丘師兄》（0175）注。《元和郡縣圖志》卷三一成都縣：「少城，在縣南一十里，故錦官城也。」

〔二〕映堦二句：陸璣《毛詩草木鳥獸蟲魚疏》：「黃鳥，黃鸝留也。或謂之黃栗留，幽州人謂之黃鸎，或謂之黃鳥。一名倉庚，一名商庚，一名鵹黃，一名楚雀，齊人謂之搏黍，關西謂之黃鳥。當葚熟時，來在桑間。」陶淵明《己酉歲九月九日》：「蔓草不復榮，園木空自凋。」《西洲曲》：「捲簾天自高，海水搖空緑。」何遜《行經孫氏陵》：「山鶯空曙響，隴月自秋暉。」《九家》趙注：「言人已亡而物空自春耳。」

〔三〕三顧二句：諸葛亮傳《出師表》：「先帝不以臣卑鄙，猥自枉屈，三顧臣於草廬之中。」《三國志·

魏書·后妃傳》注引《晉諸公贊》：「景、文二王欲自結於郭后，是以頻繁爲婚。」《晉書·刑法志》：「主者以詔旨使問頻繁。」是字原作「頻繁」。仇注：「兩朝，指先主、後主。《杜臆》謂欲復高、光舊業，似遠。」《三國志·魏書·和洽傳》：「弟逌，才爽開濟。」《王昶傳》：「王昶開濟識度。」《晉書·楚王瑋傳》：「瑋性開濟好施，能得衆心。」《劉琨傳》：「劉琨忠亮開濟。」《九家》趙注：「開謂開豁其謀，濟謂濟遂其事。」仇注引《謚法》「開物濟務」。按，開濟原指氣度開闊，識見高邁。

〔四〕出師句：《三國志·蜀書·張嶷傳》注引《益部耆舊傳》：「若有未捷，殺身以報。」

《順宗實録》卷五：「上疾久不瘳，内外皆欲上早定太子位，叔文默不發議。已立太子，天下喜，而叔文獨有憂色。常吟杜甫題諸葛亮廟詩末句云：『出師未用身先死，長使英雄淚滿襟。』因歔欷流涕。聞者咸竊笑之。」

《宋史·宗澤傳》：「澤前後請上還京二十餘奏，每爲潛善輩等所抑，憂憤成疾，疽發於背。諸將入問疾，澤矍然曰：『吾以二帝蒙塵，積憤至此。汝等能殲敵，則我死無恨。』衆皆流涕曰：『敢不盡力！』諸將出，澤歎曰：『出師未捷身先死，長使英雄淚滿襟。』翌日，風雨晝晦。澤無一語及家事，但連呼『過河』者三而薨。」

胡應麟《詩藪》内編卷五：「大率唐人詩主神韻，不主氣格，故結句率弱者多。惟老杜不爾，如『醉把茱萸仔細看』之類，極爲深厚渾雄。然風格亦與盛唐稍異，間有濫觴宋人者，『出

師未捷身先死』之類是也。」

卜居

浣花流水水西頭①，主人爲卜林塘幽〔一〕。已知出郭少塵事，更有澄江銷客愁。無數蜻蜓齊上下，一雙鸂鶒對沉浮〔二〕。東行萬里堪乘興，須向山陰上小舟〔三〕。（0615）

【校】

① 流，宋本、錢箋、《九家》、《草堂》校：「一作之。」

【注】

黄鶴注：當是上元元年（七六〇）作。

〔一〕浣花二句：浣花溪，見卷五《溪漲》（0236）注。《分門》鮑曰：「裴冕爲卜成都西郭浣花溪，作草堂居焉。」《九家》趙注：「地主或所館置之人，皆可呼也。」

〔二〕鸂鶒：見卷九《曲江陪鄭八丈南史飲》（0527）注。

〔三〕東行二句：《太平御覽》卷七三引常璩《華陽國志》：「萬里橋在成都縣南八十里。蜀使費禕使吳，諸葛亮送之於此，歎曰：『萬里之路，始於此橋。』因名萬里橋。」《世説新語・任誕》：「王子猷居山陰……忽憶戴安道，時戴在剡，即便乘小船就之。」《九家》趙注：「蓋以因萬里之名而起興故耳。」

一室

一室他鄉遠①，空林暮景懸。正愁聞塞笛，獨立見江船〔一〕。巴蜀來多病，荊蠻去幾年②〔二〕？應同王粲宅，留井峴山前〔三〕。(0616)

【校】

① 遠，宋本、錢箋校：「一作老。」

② 年，宋本、錢箋校：「一云千。」

【注】

《趙次公先後解》編入大曆二年(七六七)夔州詩。黃鶴注：上元元年(七六〇)作。仇注編入上元

二年（七六一）。

〔一〕正愁二句：《趙次公先後解》：「塞笛，指言白帝城上笛也。江船，則眼前所見夔江之船也。」

〔二〕巴蜀二句：《分門》師曰：「意欲適荆楚，厭崔旰之亂，不知幾年得去也。」《趙次公先後解》：「自蜀來夔，故云巴蜀」，「今至夔矣，自問其自此將適荆楚在幾何年也。」仇注：「公在蜀而懷楚也。」「獨立見船，適荆將在何年乎。」按，去，原義離開，唐已有前往義。《敦煌變文集·舜子變》：「自從夫去遼陽，遣妾勾當家事。」然此用王粲「委身適荆蠻」語，實以荆蠻指巴蜀，謂幾年能離去，故有下句「留井」云云。諸家説誤。

〔三〕應同二句：《太平御覽》卷一八〇引《襄沔記》：「繁欽宅、王粲宅並在襄陽，井臺猶存。」《分門》師曰：「昔王粲依劉表，卜居峴山下，後人呼爲王粲宅。宅前有井，呼爲仲宣井。」

梅雨①〔一〕

南京西浦道②〔二〕，四月熟黄梅。湛湛長江去③，冥冥細雨來〔三〕。茅茨疏易濕，雲霧密難開。竟日蛟龍喜，盤渦與岸回〔四〕。（0617）

【校】

①梅雨，《文苑英華》題作「黃梅雨」。

②西，宋本校：「一作犀。明皇以成都爲南京，犀浦乃屬邑。」錢箋無「明皇」以下十四字。《草堂》作「犀」。《文苑英華》校：「集作犀。」　道，《文苑英華》作「市」，校：「集作道。」

③湛湛，錢箋校：「一作黤黤。」

【注】

黃鶴注：意是上元元年（七六〇）草堂初成時作。

〔一〕梅雨：《初學記》卷二引蕭繹《纂要》：「梅熟而雨曰梅雨。」《太平御覽》卷二三引周處《風土記》：「夏至之日雨，名曰黃梅雨。」卷九七〇引《風俗通》：「五月有落梅風，江淮以爲信風。又其霖霪，號爲梅雨，沾衣服皆敗黦。」陳岩肖《庚溪詩話》卷上：「江南五月梅熟時霖雨連旬，謂之黃梅雨。然少陵曰：『南京犀浦道，四月熟黃梅。……』蓋唐人以成都爲南京，則蜀中梅雨，乃在四月也。及讀柳子厚詩曰：『梅實迎時雨，蒼茫值晚春。……』此子厚在嶺外詩，則南越梅雨又在春末。是知梅雨時候，所至早晚不同。」《九家》趙注：「川中雖亦有此雨，而土人未識其名。今公因見有此梅雨而著之。」

〔二〕南京句：《新唐書·地理志》：「成都府蜀郡，赤。至德二載曰南京，爲府，上元元年罷京。」《九家》趙注：「西浦，蓋江水西邊之浦漵，如《野望》云『南浦清江萬里橋』是已。蓋謂之浦上，則公

所居正在此矣，豈非所謂西浦乎？一本作犀浦，蓋惑於今日成都屬縣之郫有犀浦鎮。殊不思下有『長江』之句，則犀浦道無江。」《元和郡縣圖志》卷三一成都府：「犀浦縣，次畿。東至府二十七里。本成都縣之界，垂拱二年分置犀浦縣。昔蜀守李冰造五石犀，沈之於水以厭怪，因取其事爲名。」

〔三〕湛湛二句：《楚辭・招魂》：「湛湛江水兮上有楓。」王逸注：「湛湛，水貌。」《九歌・山鬼》：「雷填填兮雨冥冥。」

〔四〕盤渦：見卷一《白水縣崔少府十九翁高齋三十韻》(0042)注。

爲農

錦里烟塵外，江村八九家〔一〕。圓荷浮小葉，細麥落輕花①。卜宅從兹老，爲農去國賒〔二〕。遠慚勾漏令，不得問丹砂〔三〕。(0618)

【校】

① 落，宋本、《草堂》校：「一作墜。」錢箋校：「一作墮。」

【注】

黄鶴注：當是上元元年(七六〇)營草堂後作。

〔一〕錦里二句：仇注：「錦里，錦城之地。」

〔二〕卜宅二句：《左傳》昭公三年：「非宅是卜，唯鄰是卜。」

〔三〕遠慚二句：葛洪求爲勾漏令，見卷八《送重表侄王砅評事使南海》(0386)注。

有客①

幽栖地僻經過少〔一〕，老病人扶再拜難。豈有文章驚海内，漫勞車馬駐江干〔二〕。竟日淹留佳客坐，百年粗糲腐儒餐〔三〕。不嫌野外無供給，乘興還來看藥欄〔四〕。(0619)

【校】

① 有客，《草堂》題作「客至」。

【注】

黄鶴注：當是上元元年（七六〇）在草堂作。

〔一〕幽栖句：謝靈運《鄰里相送至方山》：「資此永幽栖，豈伊年歲别。」阮籍《詠懷》：「西游咸陽中，趙李相經過。」

〔二〕漫勞句：《詩·魏風·伐檀》：「坎坎伐檀兮，置之河之干兮。」傳：「干，厓也。」吴均《答蕭新浦》：「問子行何去，高帆艤江干。」

〔三〕百年句：《史記·刺客列傳》：「將用爲大人粗糲之費。」正義：「糲猶粗米也，脱粟也。」

〔四〕乘興句：吴曾《能改齋漫録》卷三：「唐李匡乂《資暇集》謂：園亭中藥欄，欄即藥，藥即欄，猶言圍援，非花藥之欄也。有不悟者，以藤架、蔬圃堪作切對，不知其由矣。按漢宣帝詔曰：『池藥未御幸者，假與貧民。』《漢書》『闌入宫禁』，字多作草下闌，則藥欄尤分明也。方悟杜子美《將赴成都草堂》詩『常苦沙崩損藥欄』及『乘興還來看藥欄』之意。孫少魏以藥爲籞，今本史信然。」王楙《野客叢書》卷一二：「僕謂此説固是，然考《漢宣帝紀》『池籞未御幸者，假與貧民』，非『藥』字。又觀古人詩，如梁庾肩吾曰：『向嶺分花徑，隨階轉藥欄。』……多作花藥之欄用也。」王維《春過賀遂員外藥園》：「前年槿籬故，新作藥欄成。」錢起《中書王舍人輞川舊居》：「藤長穿松蓋，花繁壓藥欄。」皆當指花藥之欄。

狂夫

萬里橋西一草堂①，百花潭水即滄浪〔一〕。風含翠篠娟娟静②，雨裛紅蕖冉冉香〔二〕。厚禄故人書斷絶，恒飢稚子色凄涼。欲填溝壑唯疏放，自笑狂夫老更狂〔三〕。（0620）

【校】

①一，宋本、錢箋、《九家》、《草堂》校：「一云新。」

②篠，宋本作「蓧」，據錢箋等諸本改。

【注】

黄鶴注：當是上元元年（七六〇）夏作。

〔一〕萬里二句：萬里橋，見前《卜居》（0615）注。《太平寰宇記》卷七二益州：「萬里橋在州南二里，亦名篤泉橋，橋之南有篤泉也。」「杜甫宅在郭西外，地屬犀浦縣。按，浣花溪地有百花潭。」《九家》趙注：「橋在今城南門外，西即浣花溪，公之草堂在焉。百花潭，浣花之上游。」陸游《老學

庵筆記》卷一：「杜少陵在成都有兩草堂，一在萬里橋之西，一在浣花，皆見於詩中。萬里橋故跡湮没不可見，或云房季可園是也。」錢箋引《文選・北山移文》李善注引梁簡文帝《草堂傳》，及李德裕《益州五長史真記》注引《成都記》「益州草堂寺，在府西七里，去浣花亭三里」，而謂「草堂寺自梁有之……甫卜居浣花里，近草堂寺，因名草堂。志云寺枕浣花溪，接杜工部舊居草堂，俗呼爲草堂寺。此大誤也。……然則草堂背成都郭，在西郊碧雞坊外，萬里橋南，百花潭北，浣花水西，歷歷可考。……放翁在蜀久，無容有誤。然少陵在成都，實無二草堂也」。

〔二〕風含二句：《集韻》：「筱，《説文》：箭屬，小竹也。或作篠。」娟娟，見卷六《寄韓諫議》（0278）注。陶淵明《雜詩》：「秋菊有佳色，裛露掇其英。」《文選》李善注：「《文字集略》曰：裛，坌衣香也。然露坌花亦謂之裛也。」《廣韻》：「裛，裛香。」《爾雅・釋草》：「荷，芙渠。」注：「別名芙蓉，江東呼荷。」蕭綱《蒙華林園戒》：「紅蕖間青瑣，紫露濕丹楹。」

〔三〕欲填二句：填溝壑，見卷一《醉時歌》（0019）注。《詩・齊風・東方未明》：「折柳樊圃，狂夫瞿瞿。」

賓至①

患氣經時久〔一〕，臨江卜宅新。喧卑方避俗，疏快頗宜人。有客過茅宇，呼兒正葛巾〔二〕。自鋤稀菜甲〔三〕，小摘爲情親。（0621）

【校】

① 賓至，《草堂》題作「有客」。

【注】

黄鶴注：當是上元元年（七六〇）草堂作。

〔一〕患氣句：王羲之帖：「昨得熙廿六日書，云患氣，懸情。」《北齊書·崔瞻傳》：「瞻患氣，兼性遲重，雖居二省，竟不堪敷奏。」《和士開傳》：「帝先患氣疾，因飲酒，輒大發動。」《分門》師曰：「公有肺氣，故云云。」按，患氣所指蓋甚寬泛。《史記·扁鵲倉公列傳》：「臣意診其脈，曰：病氣疝，客於膀胱」；「望其色有病氣……告之曰：此傷脾氣也。當至春鬲塞不通，不能食飲，法至夏泄血死。」

〔二〕葛巾：見卷八《早發》(0396)注。

〔三〕菜甲：見卷一〇《蒹葭》(0583)注。

王十五司馬弟出郭相訪兼遺營茅屋貲①〔一〕

客裏何遷次〔二〕，江邊正寂寥。肯來尋一老〔三〕，愁破是今朝。憂我營茅棟，攜

錢過野橋。他鄉唯表弟，還往莫辭遥。(0622)

【校】

①屋，《草堂》作「堂」。

【注】

黄鶴注：當是上元元年（七六〇）初營草堂時作。

〔一〕王十五司馬：名未詳。

〔二〕客裏句：《左傳》哀公十五年：「廢日共積，一口遷次。」謂遷移所次。樂昌公主詩：「今日何遷次，新官對舊官。」指遷擢。唐人用法同。杜詩指遷移居所。

〔三〕肯來句：《周書·韋敻傳》：「弘正乃造敻，談讌盈日，恨相遇之晚。後請敻至賓館，敻不時赴，弘正仍贈詩曰：『德星猶未動，真車詎肯來。』」

堂成

背郭堂成蔭白茅，緣江路熟俯青郊〔一〕。榿林礙日吟風葉，籠竹和烟滴露

梢〔二〕。暫止飛烏將數子①，頻來語燕定新巢〔三〕。旁人錯比揚雄宅，懶惰無心作解嘲②〔四〕。（0623）

【校】

①止，宋本、錢箋、《九家》、《草堂》校：「一作下。」

②惰，宋本、錢箋校：「一作慢。」《草堂》校：「舊作慢。」

【注】

黄鶴注：當是上元元年（七六〇）三月作。

〔一〕背郭二句：《史記·陳丞相世家》：「家乃負郭窮巷。」索隱：「高誘注《戰國策》云：負背郭居也。」《詩·召南·野有死麕》：「野有死麕，白茅包之。」陸璣《疏》：「茅之白者，古用包裹禮物，以充祭祀，縮酒用。」謝朓《和徐都曹出新亭渚》：「結軫青郊路，回瞰蒼江流。」《文選》李善注：「《周禮》曰：東方謂之青。」《九家》趙注：「青郊者，春麥蓋地青青然也，非謂東郊爲青郊。」説與《文選》注異。

〔二〕榿林二句：宋祁《益部方物贊》：「榿，亦蜀所宜，民家蒔之，不三年材可倍。常斧而薪之，疾種亟取，里人以爲利。」周密《齊東野語》卷一一榿木：「或讀作豈，而韻書亦無此字。集中又有『榿林礙日吟風葉』，鄭氏注曰『五來反』。若然，當作『獃』字。余嘗見陳體仁端明云：見前輩

讀若欹韻。頗以爲疑。後見劍南詩有『著書增木品，搜句覓榿栽』，又荆公詩云『濯錦江邊木有榿，小園封植佇華滋』，益信欹音爲然。榿惟蜀有之，不才木也，或謂即榕云。」《益部方物贊》慈竹：「别有數種，節間容八九寸者曰籠竹，一尺者曰苦竹。」黄庭堅《杜詩箋》：「籠音蒙，籠竹，蜀人名大竹云。」

〔三〕暫止二句：《相和歌辭·烏生》：「烏生八九子，端坐秦氏桂樹間。」李白《宫中行樂辭》：「宫鶯嬌欲醉，簷燕語還飛。」

〔四〕旁人二句：《太平寰宇記》卷七二益州：「子雲宅，在少城西南角，一名草玄堂。」《蜀中廣記》卷三：「何涉《讀易堂記》云：揚雄有宅一區，在錦官西郭隘巷，著書墨池在焉。按，今在藩司西南隅，屬城之北，與郡縣俱移來者。」《漢書·揚雄傳》：「雄方草《太玄》，有以自守，泊如也。或嘲雄以玄尚白，而雄解之，號曰《解嘲》。」

田舍

田舍清江曲①，柴門古道旁〔一〕。草深迷市井，地僻懶衣裳。櫸柳枝枝弱②，枇杷樹樹香③〔二〕。鸕鷀西日照，曬翅滿魚梁〔三〕。（0624）

【校】

①曲，宋本、錢箋校：「一作上。」

②櫸，錢箋、《草堂》校：「唐顧陶作楊。」蓋據《能改齋漫録》。

③樹樹，錢箋、《草堂》校：「顧陶作對對。」

【注】

黄鶴注：當是上元元年（七六〇）初夏作。

〔一〕田舍二句：《九家》趙注：「蓋公之草堂在水東岸之曲處，今成都土人謂胡蘆灘者乃其處也。西岸梵安寺之草堂，特本朝吕汲公爲帥日想像典刑爲之耳，本非在西岸也。『柴門古道傍』，則舊趨温江之路。」

〔二〕櫸柳二句：《爾雅·釋木》：「楥，柜桏。」注：「未詳。或曰桏當爲柳。柜桏似柳，皮可煮作飲。」方以智《通雅》卷四三：「櫸柳即杞柳。《爾雅注》作柜，與櫸同。杜詩『櫸柳枝枝弱』，即杞柳也。杞于櫸，猶丘于區也。訛爲鬼柳。今盱泗間謂之櫸榆，而呼凍杉爲柳版。《説文》：椲可屈而爲杅。即鬼柳也。潛谷杞櫸爲二，泥其名異耳。」《説文》段注：「趙注《孟子》曰：杞柳，柜柳也。……《廣韻》柜下云柜柳。柜，今俗作櫸，又音訛爲鬼柳樹，未知許所説是此不。」吳曾《能改齋漫録》卷四：「櫸字非也。枇杷止一物，櫸柳則二物矣。」孫奕《示兒編》卷九：「此以一草木對二草木也。」朱鶴齡注謂吳説：「不知櫸柳正是一物也。」《太平御覽》卷九七一引《風土

記》：「枇杷葉似栗，子似杏，小而叢生，四月熟。」引《廣志》：「枇杷冬華，實黃，大如雞子，小者如杏，味甜酢，四月熟，出犍爲。」

〔三〕鸊鵜二句：鸊鵜，見卷一〇《秦州雜詩》（0565）注。《詩·邶風·谷風》：「毋逝我梁，毋發我笱。」傳：「梁，魚梁。」

進艇

南京久客耕南畝，北望傷神坐北窗①〔一〕。晝引老妻乘小艇，晴看稚子浴清江。俱飛蛺蝶元相逐，並蒂芙蓉本自雙〔二〕。茗飲蔗漿攜所有，瓷罌無謝玉爲缸〔三〕。（0625）

【校】

① 坐，錢箋、《草堂》校：「一作卧。」《九家》作「卧」。

【注】

黃鶴注：謂之「久客」，則當是上元二年（七六一）作。

〔一〕南京二句：《詩・小雅・甫田》：「今適南畝，或耘或耔。」陶淵明《與子儼等疏》：「常言五六月中，北窗下卧，遇涼風暫至，自謂是羲皇上人。」

〔二〕並蒂句：《初學記》卷七引《三秦記》：「宋有天泉池、華林池，池有雙蓮同幹，芙蓉異花並蒂。」《爾雅・釋草》：「荷，芙渠。」注：「別名芙蓉，江東呼荷。」《楚辭・離騷》：「製芰荷以爲衣兮，集芙蓉以爲裳。」洪興祖補注：「《本草》云：其葉名荷，其華未發爲菡萏，已發爲芙蓉。」

〔三〕茗飲二句：《洛陽伽藍記》卷三：「菰稗爲飯，茗飲作漿。」《楚辭・招魂》：「胹鱉炮羔，有柘漿些。」王逸注：「柘，藷蔗也。取藷蔗之汁，爲漿飲也。」《廣韻》：「甖，瓦器。罌同。」《集韻》：「罌、甖，《博雅》：瓶也。或從瓦。」仇注：「瓷不讓玉，言貴賤齊視也。」「無謝，皆作不讓解。」《後漢書・宦者列傳》：「或稱伊霍之勳，無謝於往載。」

西郊

時出碧雞坊〔一〕，西郊向草堂。市橋官柳細〔二〕，江路野梅香①。傍架齊書帙，看題減藥囊②〔三〕。無人覺來往③，疏懶意何長。（0626）

【校】

① 路，宋本、錢箋校：「晋作岸。」

②減，宋本、錢箋校：「晋作檢。」《文苑英華》校：「集作檢。」《九家》、《草堂》作「檢」，《九家》校：「一作減。」《草堂》校：「或作減。非是。」

③覺，宋本、錢箋、《草堂》校：「一云競。一云與。」《文苑英華》校：「一作競。」《九家》作「競」，校：「一作與。一作覺。」

【注】

黄鶴注：當是上元元年（七六〇）冬作。

〔一〕時出句：《九家》趙注：「成都有碧雞坊，今在城北。」《清一統志》卷二九二成都府：「碧雞坊，在府城内西南。《梁益州記》：成都之坊，百有二十，第四曰碧雞坊。」

〔二〕市橋句：《華陽國志》卷三蜀郡：「西南兩江有七橋：直西門郫江中曰衝橋，西南石牛門曰市橋，下，石犀所潛淵也。」《太平寰宇記》卷七二益州：「市橋，在州西四里。」《晋書·陶侃傳》：「都尉夏施盜官柳植之於己門。」

〔三〕傍架句：謝靈運《酬從弟惠連》：「凌澗尋我室，散帙問所知。」《文選》李善注：「《説文》曰：帙，書衣也。」《世説新語·文學》：「許便問主人：『有《莊子》不？』正得《漁父》一篇。謝看題，便各使四坐通。」《太平廣記》卷一四九《麴思明》（出《會昌解頤》）：「遂乃拆壁開封，看題云：來年某月日上幸温泉。」題謂簽題。

所思

苦憶荊州醉司馬〔一〕，崔吏部漪。謫官樽俎定常開①。九江日落醒何處，一柱觀頭眠幾回〔二〕？可憐懷抱向人盡，欲問平安無使來。故憑錦水將雙淚，好過瞿唐灩澦堆②〔三〕。（0627）

【校】

①官，宋七、錢箋、《九家》、《草堂》校：「一云居。」 俎，宋本、錢箋、《九家》、《草堂》校：「一云酒。」

②過，《草堂》作「向」。

【注】

黄鶴注：當是上元二年（七六一）在成都作。

〔一〕苦憶句：《新唐書·宰相世系表二下》清河崔氏小房：子美子，「漪」。柳宗元《唐故朝散大夫永州刺史崔公（敏）墓志》：「祔於皇考吏部侍郎贈户部尚書府君之墓。尚書諱漪。……尚書之先曰貴鄉丞、贈太常少卿府君諱子美。」《舊唐書·顏真卿傳》：「（至德二年）中書舍人兼吏

部侍郎崔漪帶酒容入朝，諫議大夫李何忌在班不肅，真卿劾之，貶漪爲右庶子。」賈至有《巴陵早秋寄荆州崔司馬吏部閻功曹舍人》，則復貶荆州節度司馬。

〔二〕九江二句：《書·禹貢》：「荆及衡陽惟荆州。江漢朝宗於海，九江孔殷。」傳：「江於此州界分爲九道，甚得地勢之中。」《九家》趙注謂九江在潯陽郡，九江看日落處則在荆州也。仇注引蔡傳：「九江，即今之洞庭。」按，杜詩只用孔傳江於荆州界分爲九道意。蔡傳謂蔡沈《書集傳》，其説後出。一柱觀，見卷七《送高司直尋封閬州》(0359)注。

〔三〕故憑二句：錦水，見卷五《短歌行》(0249)注。灧澦堆，見卷六《柴門》(0274)注。

江村

清江一曲抱村流，長夏江村事事幽。自去自來堂上燕①，相親相近水中鷗。老妻畫紙爲棋局②，稚子敲針作釣鈎〔一〕。多病所須唯藥物③，微軀此外更何求④。(0628)

【校】

① 來，錢箋、《九家》、《草堂》校：「一作歸。」

② 爲，宋本、錢箋、《草堂》校：「一作成。」

③多病所須唯藥物，宋本、錢箋校：「一云但有故人供禄米。供樊作分。」《草堂》校：「一作但有故人供藥物。一作但有故人分禄米。」《文苑英華》作「但有故人供禄米」，校：「集作多病所須唯藥物。」

④何，宋本、錢箋、《九家》、《草堂》校：「一作無。」

【注】

黄鶴注：當是上元元年（七六〇）夏作。

〔一〕老妻二句：李秀《四維賦》序：「畫紙爲局，截木爲棋。」東方朔《七諫・哀命》：「以直針而爲釣兮，又何魚之能得。」惠洪《天厨禁臠》卷中比興法：「妻比臣，夫比君。棋局，直道也。針合直而敲曲之，言老臣以直道成帝業，而幼君壞其法。稚子比幼君也。」此説杜詩入魔之甚者。李治《敬齋古今黈》卷九：「老杜詩自高古，後人求之過當，往往反爲所累。如『紈袴不餓死，儒冠多誤身』，乃云本乎天者親上，本乎地者親下。『旌旗日暖龍蛇動，宮殿風微燕雀高』，謂爲藩鎮跋扈，朝多小人。『老妻畫紙爲棋局，稚子敲針作釣鈎』，謂爲縱横由婦人，曲直在小人。如此等類，又豈足與言詩耶。」

江漲

江漲柴門外，兒童報急流。下床高數尺，倚杖没中洲。細動迎風燕，輕摇逐

浪鷗。漁人縈小楫，容易拔船頭①〔一〕。（0629）

【校】

① 拔，宋本、錢箋、《草堂》校：「一作捩。」

【注】

黄鶴注：當是上元元年（七六〇）在草堂作。

〔一〕容易句：《九家》趙注：「拔船頭，川中舟人語也。拔有兩音，其音蒲撥切，義則回也，乃回船頭耳。」《集韻》蒲撥切：「拔，回也。」《龍龕手鑑》：「拔，又蒲末反，回拔也。」《敦煌變文集・捉季布傳文》：「拔馬揮鞭而便走，陣似山崩遍野塵。」

野老

野老籬前江岸回①，柴門不正逐江開。漁人網集澄潭下，賈客船隨返照來。長路關心悲劍閣，片雲何意傍琴臺②〔一〕？王師未報收東郡，城闕秋生畫角哀。南京同兩都，得云城闕也〔二〕。（0630）

【校】

① 前，錢箋、《草堂》校：「一作邊。」

② 意，宋本、錢箋校：「一作事。又云行雲幾處。」《草堂》作「事」，校：「一作意。」傍，宋本作「旁」，據錢箋等改。

【注】

黃鶴注：當是上元元年（七六〇）初秋作。

〔一〕長路二句：劍閣，見卷一《哀江頭》（0046）注。《九家》趙注：「回念其初來蜀時道路之難也。」盧照鄰有《相如琴臺》，岑參有《司馬相如琴臺》。見本卷《琴臺》（0680）注。仇注：「長路關心，既傷入蜀；片雲何事，又嫌留蜀。」

〔二〕王師二句：《九家》趙注：「去歲乾元二年之秋，史思明陷東京及齊、汝、鄭、滑四州，乃京之東郡。」黃鶴注謂指滑州。《元和郡縣圖志》卷八滑州：「大業三年又改爲東郡，武德元年罷郡置滑州。」朱鶴齡注謂指京東諸郡，非滑州也。曹植《贈白馬王彪》：「顧瞻戀城闕，引領情內傷。」陸機《擬青青陵上柏》：「名都一何綺，城闕鬱盤桓。」用《爾雅·釋宮》「觀謂之闕」義，指宮門觀闕。

雲山

京洛雲山外，音書静不來。神交作賦客，力盡望鄉臺。隋蜀王秀所築①〔一〕。衰疾江邊卧，親朋日暮回。白鷗元水宿，何事有餘哀〔二〕？（0631）

【校】

① 隋蜀王秀所築，錢箋無此注。

【注】

黄鶴注：當是上元元年（七六〇）在成都作。

〔一〕神交二句：《分門》洙曰：「神交作賦客，謂宋玉也。」《九家》趙注謂指班固與張衡，以班固作《兩都賦》，張衡作《二京賦》，因思京洛而及之。王嗣奭《杜臆》謂指司馬相如，乃蜀人，望鄉臺亦在成都。《分門》洙曰：「《成都記》：望鄉臺，隋蜀王秀所築。」《太平寰宇記》卷七二益州華陽縣：「《益州記》云：昇遷亭夾路有二臺，一名望鄉臺，在縣北九里。」

〔二〕何事句：《古詩十九首》：「一彈再三唱，慷慨有餘哀。」

遣興

干戈猶未定，弟妹各何之？拭淚霑襟血①，梳頭滿面絲〔一〕。地卑荒野大，天遠暮江遲。衰疾那能久，應無見汝時②。（0632）

【校】

① 襟，宋本、錢箋校：「一作巾。」

② 時，宋本、錢箋校：「一作期。」《九家》、《草堂》作「期」，校：「一作時。」

【注】

黄鶴注：當是乾元二年（七五九）秦州作，而舊次與梁權道皆編在成都詩内。仇注編入上元元年（七六〇）作。

〔一〕拭淚二句：何遜《爲人妾思》：「寸心君不見，拭淚坐調絃。」《吴聲歌曲·子夜歌》：「宿昔不梳頭，絲髮被兩肩。」王融《有所思》：「欲知憂能老，爲視鏡中絲。」

北鄰

明府豈辭滿，藏身方告勞〔一〕。青錢買野竹，白幘岸江皋〔二〕。愛酒晉山簡，能詩何水曹〔三〕。時來訪老疾，步屧到蓬蒿〔四〕。（0633）

【注】

黃鶴注：此與下篇皆指草堂之鄰，當是上元元年（七六〇）作。

〔一〕明府二句：洪邁《容齋隨筆》卷一：「唐人呼縣令爲明府，丞爲贊府，尉爲少府。」本卷有《敬簡王明府》（0645）、《重簡王明府》（0646）。謝靈運《還舊園作見顔范二中書》：「辭滿豈多秩，謝病不待年。」《九家》趙注：「辭去盈滿也，蓋知足之義。兩句則言北鄰之人豈是辭滿，故藏身而告勞乎。」《詩·小雅·十月之交》：「黽勉從事，不敢告勞。」

〔二〕青錢二句：青錢，見卷二《偪仄行》（0051）「青銅錢」注。孔融《與韋林甫書》：「不得復與足下岸幘廣坐，舉杯相於，以爲邑邑。」《世説新語·簡傲》：「岸幘嘯詠，無異常日。」《資治通鑑》卷九二：「（劉）隗岸幘大言。」胡三省注：「岸幘，幘微脱額也。」《楚辭·九歌·湘君》：「朝騁騖兮江皋，夕弭節兮北渚。」王逸注：「澤曲曰皋。」

〔三〕愛酒二句：《晉書・山簡傳》：「簡每出嬉游，多之池上，置酒輒醉，名之曰高陽池。」《梁書・何遜傳》：「遷中衛建安王水曹行參軍，兼記室。王愛文學之士，日與游宴，及遷江州，遜猶掌書記。還爲安西安成王參軍事，兼尚書水部郎。……初，遜文章與劉孝綽並見重於世，世謂之何劉。世祖著論論之云：詩多而能者沈約，少而能者謝朓、何遜。」

〔四〕步屧：見卷五《遭田父泥飲美嚴中丞》（0232）注。

南鄰

錦里先生烏角巾〔一〕，園收芋粟不全貧①。慣看賓客兒童喜②，得食階除鳥雀馴。秋水纔深四五尺③，野航恰受兩三人④〔二〕。白沙翠竹江村暮⑤，相對柴門月色新⑥。（0634）

【校】

①粟，宋本、錢箋校：「一云栗。」《九家》、《草堂》作「栗」，《草堂》校：「一作粟。」

②賓客，宋本、錢箋校：「一云門户。」《文苑英華》校：「集作户門。亦作朋友。」

③纔深，宋本、錢箋校：「一云池雖。」纔，《九家》、《草堂》校：「一作雖。」

④航，宋本校：「魯直作艇。航，方舟也。」錢箋校：「魯直作艇。」《九家》校：「一作艇。」《草堂》作「艇」，校：「别本作航。黄庭堅作艇。」

⑤村，錢箋校：「一作山。」《草堂》作「山」，校：「一作村。」　暮，錢箋校：「一作路。」《文苑英華》校：「集作路。」

⑥對，錢箋校：「一作送。」《文苑英華》作「送」，校：「集作對。」　柴門，宋本、錢箋、《草堂》校：「一作籬南。」

【注】

黄鶴注：上元元年（七六〇）作。

〔一〕錦里句：《華陽國志》卷三蜀郡：「其道西城，故錦官也。錦工織錦濯其江中則鮮明，濯他江則不好，故命曰錦里也。」烏角巾，見卷九《奉陪鄭駙馬韋曲二首》（0535）「烏巾」注。《晋書·王導傳》：「元規若來，吾便角巾還第。」《周書·武帝紀》：「初服常冠，以皂紗爲之，加簪而不施纓導，其制若今之折角巾也。」

〔二〕野航句：《苕溪漁隱叢話》前集卷一〇引山谷云：「别本作航，航是大舟，當以艇爲正。」王楙《野客叢書》卷二六：「僕謂漁隱蓋見左思賦『長鯨吞航』，子美詩『已具浮天航』，樂天詩『野艇容三人』，故有是説。不知航亦有小者。《詩》所謂『一葦杭之』，豈大舟也？」《九家》趙注：「一本作艇，艇乃去聲。……杭即航。一葦猶謂之杭，則野航者不必名其大也。」楊慎《升庵集》卷

五七引古樂府「沿江引百丈，一濡多一艇」，謂艇音廷，杜詩正用此音。錢箋、朱鶴齡注駁其非是。

赴青城縣出成都寄陶王二少尹〔一〕

老恥妻孥笑①，貧嗟出入勞。客情投異縣，詩態憶吾曹②。東郭滄江合③，西山白雪高〔二〕。文章差底病〔三〕，回首興滔滔。（0635）

【校】

① 老恥妻孥笑，宋本、錢箋校：「一云老被樊籠役。」《九家》、《草堂》作「老被樊籠役」，校：「一作老恥妻孥笑。」

② 吾，宋本、錢箋、《九家》校：「一作君。」

③ 滄江，宋本、錢箋、《九家》校：「一云滄浪。」

【注】

黄鶴注：當是上元元年（七六〇）作。《草堂》編在上元二年（七六一），朱鶴齡注、仇注從之。

〔一〕青城：《元和郡縣圖志》卷三一蜀州：「青城縣，望。南至州四十一里。」「大江，經縣北，去縣二里。」陶王：名未詳。《唐六典》卷三〇京兆河南太原三府：「少尹二人，從四品下。」時成都改南京，置少尹。

〔二〕東郭二句：西山，見卷五《揚旗》（0238）注。朱鶴齡注引《括地志》郡有合江亭，乃成都事，與此不合。

〔三〕文章句：《九家》趙注：「差，病校也。蓋公尚投異縣以干求，自悼雖有文章，可差得何病乎。」朱鶴齡注：「如趙説，差應讀楚懈切。然此恐是差錯之差，病如聲病之病，言文章之不利，差在何病乎。」《玉篇》：「瘥，楚懈切，疾愈也。」《廣韻》卦韻：「差，楚懈切，病除也。瘥同。」《三國志・魏書・方技傳》華佗：「病者言已到，應便拔針，病亦行差。」用例極多。杜詩當用此。文章病犯之説，雖唐人屢言，然朱注解爲差錯之差，終嫌不妥。

因崔五侍御寄高彭州一絶①〔一〕

百年已過半〔二〕，秋至轉飢寒。爲問彭州牧，何時救急難。（0636）

【校】

① 因崔五侍御寄高彭州一絶，《九家》題無「一絶」二字，另注：「適。」

【注】

黄鶴注：適上元二年已代崔光遠爲劍南節度，當是上元元年（七六〇）作。

〔一〕崔五侍御：名不詳。高彭州：高適。見卷一〇《寄彭州高三十五使君適虢州岑二十七長史參三十韻》（0610）注。

〔二〕百年句：朱鶴齡注：「時公年將五十，而詩云『百年已過半』，猶乾元二年《立秋後題》，公年止四十八，亦曰『惆悵年半百』。」

野望因過常少仙〔一〕

野橋齊度馬，秋望轉悠哉。竹覆青城合，江從灌口來〔二〕。入村樵徑引，嘗果栗皺開①〔三〕。落盡高天日，幽人未遣回。（0637）

【校】

① 皺，錢箋校：「一作園。」《草堂》作「園」，校：「一作皺。」

【注】

黄鶴注：少仙當是常徵君，此詩當是上元元年（七六〇）在青城作。仇注編入上元二年（七六一）。

〔一〕常少仙：洪邁《容齋隨筆》卷四：「《隨筆》載縣尉爲少公，予後得晏幾道叔原一帖與逋叟少公者，正用此也。杜詩有《野望因過常少仙》一篇……蜀士注曰：少仙應是言縣尉也。縣尉謂之少府，而梅福爲尉，有神仙之稱。『少仙』二字尤爲清雅，與今俗呼爲『仙尉』不侔矣。」錢箋引此。朱鶴齡注：「詩末『幽人』，指常少仙也。黄鶴云即後常徵君，或是。」浦起龍云：「少仙或其名字，非尉也。」

〔二〕灌口：見卷四《石犀行》(0172)注。

〔三〕嘗果句：宋祁《益部方物贊》：「天師栗，生青城山中，他處無有也。似栗味美，惟獨房爲異。久食已風攣。」

出郭〔一〕

霜露晚淒淒，高天逐望低。遠烟鹽井上，斜景雪峰西〔二〕。故國猶兵馬，他鄉亦鼓鼙①〔三〕。江城今夜客，還與舊烏啼。(0638)

【校】

①亦，宋本、錢箋、《九家》校：「一作正。」

【注】

按，黄鶴注實繫此詩於上元二年（七六一），傳本或誤作元年。仇注編入上元元年。

〔一〕出郭：《九家》趙注：「成都諸城門，唯二東門曰大東郭、小東郭。則此詩公自來城中，却自城中出東郭門，繞城歸浣花溪上矣。」仇注：「草堂在郭外，從城中復歸草堂，故有『還與舊烏啼』句。舊説謂自青城還成都，新説謂從成都往青城者皆非。」趙注所謂繞城，太泥。

〔二〕遠烟二句：《華陽國志》卷三蜀郡：「廣都縣，郡西三十里。元朔二年置。有鹽井、漁田之饒。大豪馮氏有魚池鹽井，縣凡有小井十數所。」雪峰，指西山。

〔三〕故國二句：《九家》趙注：「上句言史朝義，下句言段子璋。」黄鶴注：「謂上元二年羌、渾、党項寇涇隴，史思明陷東京，而段子璋反，陷綿州，劉展反，陷昇、潤州，西原蠻又寇邊。」參卷四《戲作花卿歌》（0174）等注。

過南鄰朱山人水亭〔一〕

相近竹參差〔二〕，相過人不知。幽花欹滿樹，小水細通池。歸客村非遠，殘樽席更移。看君多道氣〔三〕，從此數追隨。（0639）

【注】

黃鶴注：當是廣德二年（七六四）自閬州歸草堂時作。梁權道編在上元元年，恐與「歸客」不合。仇注編入上元元年（七六〇）。

〔一〕朱山人：《九家》趙注疑即《南鄰》（0634）詩之錦里先生。朱鶴齡注、仇注等從之。

〔二〕相近句：賀循《賦得夾池修竹》：「緑竹影參差，葳蕤帶曲池。」

〔三〕看君句：徐陵《天台山館徐則法師碑》：「法師蕭然道氣，卓矣仙才。」

恨别

洛城一别四千里①，胡騎長驅五六年②〔一〕。草木變衰行劍外，兵戈阻絶老江邊。思家步月清宵立，憶弟看雲白日眠。聞道河陽近乘勝，司徒急爲破幽燕〔二〕。

（0640）

【校】

① 四，宋本、錢箋、《草堂》校：「一作三。」《九家》作「三」，校：「一作四。」

② 五六，宋本、錢箋、《草堂》校：「一云六七。」

【注】

《九家》趙注謂作於上元元年（七六〇）。黄鶴注：當是乾元二年（七五九）冬成都作。仇注編入上元元年。

〔一〕胡騎句：《九家》趙注謂自天寶十四載（七五五）安禄山反至上元元年爲六年。

〔二〕聞道二句：《九家》趙注謂指上元元年三月李光弼與史思明戰於懷州，敗之。黄鶴注謂指乾元二年十月李光弼守河陽，破賊於城下。仇注謂上元元年三月破安太清於懷州城下，四月又破史思明於河陽西渚，此河陽乘勝之事也。

寄賀蘭銛〔一〕

朝野歡娱後，乾坤震蕩中〔二〕。相隨萬里日〔三〕，總作白頭翁。歲晚仍分袂，江邊更轉蓬〔四〕。勿云俱異域，飲啄幾回同〔五〕。（0641）

【注】

《九家》趙注：自新津歸成都府作。黄鶴注：當在廣德元年（七六三）作，是時公在閬州。仇注編入廣德二年（七六四）冬。

〔一〕賀蘭銛：見卷五《贈別賀蘭銛》(0258)。

〔二〕朝野二句：《九家》趙注：「朝野歡娛，指安禄山未反前。」黄鶴注：「謂廣德元年收京後，吐蕃之亂未息。」

〔三〕相隨句：《九家》趙注：「言與賀蘭同來萬里橋之日也，若作道里之萬里，則自長安來蜀不當著此字也。」

〔四〕歲晚二句：謝惠連《西陵遇風獻康樂》：「飲餞野亭館，分袂澄湖陰。」轉蓬，見卷七《贈蘇四徯》(0362)注。

〔五〕飲啄句：《莊子·養生主》：「澤雉十步一啄，百步一飲。」何承天《雉子游原澤》：「飲啄雖勤苦，不願栖園林。」

寄楊五桂州譚。因州參軍段子之任〔一〕。

五嶺皆炎熱，宜人獨桂林〔二〕。梅花萬里外，雪片一冬深〔三〕。聞此寬相憶，爲邦復好音。江邊送孫楚〔四〕，遠附白頭吟。(0642)

【注】

黄鶴注：當是上元元年(七六〇)在成都作。

〔一〕楊五：楊譚，見卷九《送張二十參軍赴蜀州因呈楊五侍御》（0470）注。本卷有《廣州段功曹到得楊五長史譚書功曹却歸聊寄此詩》（0705）。《全唐文》卷三七七楊譚《兵部奏桂州破西原賊露布》：「臣前年銜命到州……去年二月二日，睦州、武陽、珠蘭、金溪、黄橙等一百餘洞大賊帥……潛相結構，約二十萬衆。……凡經二百餘日，前後苦戰，各三十餘陣，破賊二十萬衆。」當爲上元元年奏。《新唐書·肅宗紀》上元元年、《資治通鑑》上元元年六月載桂州經略使邢濟破西原蠻。《新唐書·南蠻傳》作桂管經略使邢濟。桂管經略使治桂州，經略使當由刺史充任。楊譚後遷廣州都督府長史，疑其在桂州亦非任刺史，而爲都督府長史。段子：《分門》鮑曰謂即後之廣州段功曹。

〔二〕五嶺二句：五嶺，見卷一〇《寄李十二白二十韻》（0613）注。《元和郡縣圖志》卷三七：「桂州，始安。中都督府。……天寶元年改爲始安郡，至德二年改爲建陵郡。」同卷象州：「隋開皇十一年廢二縣，以潭中縣爲桂林縣，仍以桂林置象州。大業二年廢象州，以桂林縣屬桂州。武德四年平蕭銑，析桂林立武德縣，仍於縣理重置象州。」其地爲秦桂林郡。白居易《送嚴大夫赴桂州》：「桂林無瘴氣，柏署有清風。」

〔三〕梅花二句：《九家》趙注：「廣南多梅。」范成大《桂海虞衡志》：「南州多無雪霜，草木皆不改柯易葉。獨桂林歲歲得雪，或臘中三白，然終不及北州之多。靈川、興安之間，兩山蹲踞，中容一馬，謂之嚴關。朔雪至關輒止，大盛則度關至桂州城下，不復南矣。」

〔四〕江邊句：孫楚，見卷七《八哀詩·嚴公武》（0332）「子荆」注。《九家》趙注：「指言段子也，往爲

桂林之參軍。」

逢唐興劉主簿弟〔一〕

分手開元末，連年絶尺書。江山且相見，戎馬未安居。劍外官人冷〔二〕，關中驛騎疏①。輕舟下吴會〔三〕，主簿意何如？（0643）

【校】

①騎，《草堂》作「使」。

【注】

黄鶴注：當是上元二年（七六一），與《簡王明府》詩同時作。

〔一〕劉主簿：名未詳。《元和郡縣圖志》卷三一蜀州：「唐興縣，望。西北至州四十里。本漢江原縣地，後魏於此立犍爲郡。……武德元年於廢州置唐隆縣，屬益州，垂拱二年割入蜀州。先天元年以犯諱改爲唐安，至德二年改爲唐興縣。」舊注皆引東川遂州之唐興縣，天寶元年改爲蓬溪，而謂此詩及《唐興縣客館記》沿舊稱。蓋新舊《唐書·地理志》蜀州唐安縣，皆未載其至德

改名。舊注誤。

〔二〕劍外句：《九家》趙注謂上句言主簿之爲冷官。朱鶴齡注：「官人者，乃州縣令佐之稱也。」引《杜詩博議》：「官人，乃隋唐間語。」按，官人即官員，通上下言之，詔敕中多有「文武官人」、「内外官人」、「州縣官人」之稱。此句蓋言官員待人冷落。

〔三〕輕舟句：曹丕《雜詩》：「吹我東南行，南行至吴會。吴會非我鄉，安能久留滯。」《九家》趙注：「音會計之會，指會稽也。」按，此用魏晋人語，即指吴地。

和裴迪登新津寺寄王侍郎 王時牧蜀①〔一〕。

何限倚山木②〔二〕，吟詩秋葉黄。蟬聲集古寺，鳥影度寒塘。風物悲游子，登臨憶侍郎。老夫貪佛日③，隨意宿僧房〔三〕。（0644）

【校】

① 和裴迪登新津寺寄王侍郎王時牧蜀，《文苑英華》題作「奉和裴十四迪新津山寺寄王侍郎」，注：「即王蜀州。」

② 限，宋本、錢箋、《九家》、《草堂》校：「一作恨。」

③貪佛，《文苑英華》作「探賞」，校：「集作佛。」　佛，宋本、錢箋校：「一云賞。一云費。」《草堂》校：「一作費，非是。」

【注】

黄鶴注：當是上元元年（七六〇）作，或是公暫如新津時與裴同至寺，故有此作。

〔一〕裴迪：王維有《山中與裴迪秀才書》、《贈裴十迪》及與裴迪唱和之《輞川集》。王縉有《同王昌齡裴迪游青龍寺曇壁上人兄院集和兄維》。錢起有《送裴頔侍御使蜀》，《全唐詩》校：「一作迪。」《唐詩紀事》卷一六謂其天寶後爲蜀州刺史，無據。《元和郡縣圖志》卷三一蜀州：「新津縣，望。西北至州八十里。……又東有新津渡，謂之新津市。」王侍郎：《文苑英華》注：「即王蜀州。」《草堂》夢弼注：「乃王維之弟縉也。」王維《責躬薦弟表》：「臣弟蜀州刺史縉，太原五年，撫養百姓。」《新唐書·王維傳》：「縉爲蜀州刺史未還，維自表己有五短，縉五長……久乃召縉爲左散騎常侍。」吴縝《新唐書糾謬》以《王縉傳》不載任蜀州刺史、左散騎常侍事，謂新書《王維傳》所言誤。鄧紹基考王縉由工部侍郎出爲蜀州刺史，約在上元元年秋，接李峴任。次年四五月間遷左散騎常侍。吴説不可信。並引皇甫澈《賦四相詩》「門下侍郎平章事王縉」一首，序云「蜀州刺史廳壁記居相位者，前後四公」爲證。浦起龍云：「玩詩意，知題中『登新津』以下八字，乃裴原題。仇則誤以寄王屬公耳。」

〔二〕何限句：王獻之《桃葉歌》：「春花映何限，感郎獨采我。」此言山木無限而倚之。仇注取「何

恨」字，謂此詩句句含恨意，必裴詩原有「恨」字，鑿甚。

〔三〕老夫二句：朱鶴齡注引《隋書·李士謙傳》「佛，日也；道，月也」及蕭統《旻法成實論義疏序》「佛日團空」語。按，此言貪佛，非佛日爲詞。《王縉傳》載縉弟兄奉佛，縉晚年尤甚，施財立寺等事。詩言貪佛，蓋亦順其所好。

敬簡王明府〔一〕

葉縣郎官宰，周南太史公〔二〕。神仙才有數①〔三〕，流落意無窮。驥病思偏秣〔四〕，鷹愁怕苦籠②。看君用高義，恥與萬人同。（0645）

【校】

①才，《草堂》作「方」。

②愁，宋本、錢箋校：「一作秋。」

【注】

黃鶴注：上元二年辛丑歲（七六一）嘗爲王作《唐興縣客館記》，此年秋作。

〔一〕王明府：本書卷一九《唐興縣客館記》(1465)：「中興之四年，王潛爲唐興宰……自辛丑歲秋分，大餘二，小餘二千一百八十八，杜氏之老記已。」黄鶴注謂即其人。

〔二〕葉縣二句：見卷一《橋陵詩三十韻因呈縣内諸官》(0037)「王喬」注。《後漢書·明帝紀》：「郎官上應列宿，出宰百里。」《史記·太史公自序》：「是歲天子始建漢家之封，而太史公留滯周南。」《九家》趙注：「下句取太史公留滯周南以自比也。」

〔三〕神仙句：《太平廣記》卷三《漢武帝》(出《漢武内傳》)：「劉徹好道，適來視之，見徹了了……雖當語之以至道，殆恐非仙才也。」

〔四〕驥病句：仇注：「思偏秣，猶言偏思秣。」《淮南子·説山訓》：「伯牙鼓琴，駟馬仰秣。」

重簡王明府

甲子西南異〔一〕，冬來只薄寒。江雲何夜盡①，蜀雨幾時乾？行李須相問，窮愁豈有寬②。君聽鴻雁響，恐致稻粱難〔二〕。（0646）

【校】

① 盡，錢箋校：「一作静。」《九家》、《草堂》作「静」，《九家》校：「一作盡。」

②有，宋本、錢箋校：「一作自。」《九家》、《草堂》作「自」，校：「一作有。」

【注】

黄鶴注：當是上元二年（七六一）冬作。

〔一〕甲子句：朱鶴齡注：「甲子，謂歲序。」《太平御覽》卷一六引《易乾鑿度》：「堯以甲子天元爲推術。」注云：「甲子爲蔀首，起十月朔。」程曉《贈傅休奕》：「龍集甲子，四時成歲。」

〔二〕君聽二句：見卷一《同諸公登慈恩寺塔》（0023）注。

建都十二韻〔一〕

蒼生未蘇息，胡馬半乾坤。議在雲臺上，誰扶黄屋尊〔二〕？建都分魏闕，下詔闢荆門〔三〕。恐失東人望，其如西極存〔四〕。時危當雪恥，計大豈輕論。雖倚三階正，終愁萬國翻〔五〕。牽裾恨不死，漏網辱殊恩〔六〕。永負漢庭哭，遥憐湘水魂〔七〕。窮冬客江劍①，隨事有田園〔八〕。風斷青蒲節，霜埋翠竹根〔九〕。衣冠空穰穰②〔一〇〕，關輔久昏昏③。願枉長安日④，光輝照北原〔一一〕。（0647）

【校】

①江劍，錢箋校：「一云劍外。」《草堂》作「劍外」。

②冠，《草堂》作「裳」。

③久，宋本、錢箋、《九家》、《草堂》校：「一作遠。」

④願枉，宋本、《九家》校：「一云唯駐。」錢箋校：「一云唯駐。一云願駐。」《草堂》作「願往」，校：「一作唯駐。」

【注】

《九家》趙注：此篇上元元年（七六〇）九月已後之作。黄鶴注：此詩寶應元年（七六二）作。朱鶴齡注：詩云「窮冬客江劍，隨事有田園」，其爲成都草堂作甚明。鮑欽止編寶應元年冬，是年雖復建南都，時公往來梓州，未嘗定居，安得有田園之句？

〔一〕建都：《舊唐書·肅宗紀》：「（上元元年）九月甲午，以荆州爲南都，州曰江陵府，官吏制置同京兆。其蜀郡先爲南京，宜復爲蜀郡。」《吕諲傳》：「諲至治所，上言請於江陵置南都。九月，敕改荆州爲江陵府，永平軍團練三千人，以遏吳蜀之衝。」

〔二〕議在二句：《後漢書·逸民傳》周黨：「臣願與坐雲臺之下，考試圖國之道。」江淹《獄中上建平王書》：「結綬金馬之庭，高議雲臺之上。」黄屋，見卷二《晦日尋崔戢李封》(0075)注。

〔三〕建都二句：《莊子·讓王》：「身在江海之上，心居乎魏闕之下。」《周禮·天官·大宰》：「乃縣

治象之法于象魏，使萬民觀治象。」注：「鄭司農云：象魏，闕也。」疏：「周公謂之象魏，雉門之外，兩觀闕高魏魏然。孔子謂之觀。」《九家》趙注：「凡謂之都，則有王者之制焉，期爲分魏闕矣。」《水經注》江水：「江水又東歷荆門、虎牙之間，荆門在南，上合下開，闇徹山南，有門像虎牙，在北，石壁色紅，間有白文，類牙形，並以物像受名。此二山，楚之西塞也，水勢急峻。」

〔四〕恐失二句：《九家》趙注：「恐失東人望，指言河南府之人不服而有觖望之心也。其如西極存，却言以鳳翔爲西都，則所以爲西極之重，斯能保其存。」朱鶴齡注：「東人，指荆州以東。西極，指蜀郡。」仇注：「雖欲慰東人之望，其如西極儼然存，不當建彼而廢此也。」浦起龍云：「西極當即指長安，朱氏指蜀，恐非。」「考是時思明尚據東都，朝廷不能專意進取，長驅北向，乃反納荆州之議，張賊勢而惑衆心，失策甚矣。」楊倫云：「遷洛陽，郭子儀尚堅持不可，況江陵愈趨而南，是直以宗廟陵寢爲可弃矣。」其如，其如之何。見卷一〇《歸燕》(0579)注。

〔五〕雖倚二句：《史記·天官書》索隱：「應劭引《黄帝泰階六符經》曰：泰階，天子之三階。上階，上星爲男主，下星爲女主。中階，上星爲諸侯三公，下星爲卿大夫。下階，上星爲士，下星爲庶人。三階平，則陰陽和，風雨時。」

〔六〕牽裾二句：《三國志·魏書·辛毗傳》：「帝不答，起入内。毗隨而引其裾，帝遂奮衣不還，良久乃出，曰：『佐治，卿持我何太急邪？』」《漢書·刑法志》：「漢興之初，雖有約法三章，網漏吞舟之魚。」《九家》趙注：「此已下六句，公自謂也。」

〔七〕永負二句：賈誼《上疏陳政事》：「臣竊惟事勢，可爲痛哭者一，可爲流涕者二，可爲長太息者

六。」《史記·屈原賈生列傳》：「及渡湘水，爲賦以弔屈原。」

〔八〕隨事：有隨處義。白居易《三年冬隨事鋪設小堂寢處稍似穩暖》：「逐身安枕席，隨事有屏帷。」

〔九〕風斷二句：庾信《詠畫屏風》：「蒲低猶抱節，竹短未空心。」

〔一〇〕衣冠句：《史記·貨殖列傳》：「天下熙熙，皆爲利來。天下壤壤，皆爲利往。」

〔一一〕願枉二句：《晉書·明帝紀》：「年數歲，嘗坐置膝前，屬長安使來，因問帝曰：『汝謂日與長安孰遠？』對曰：『長安近。不聞人從日邊來，居然可知也。』元帝異之。明日，宴群僚，又問之，對曰：『日近。』元帝失色，曰：『何乃異間者之言乎？』對曰：『舉目則見日，不見長安。』」《九家》趙注：「蓋以太原府爲北原，而陷於史思明。」《草堂》夢弼注：「言太原、河北之地未定。」錢箋謂指長安畢原，在渭之北，漢朝諸陵並在其上。引岑參《與高適薛據登慈恩寺浮圖》：「五陵北原上，萬古青濛濛。」朱注謂其説未當。

錢箋：「此詩因建南都而追思分鎮之事也。初，房琯建分鎮討賊之議，詔下，遠近相慶。禄山撫膺曰：『吾不得天下矣。』肅宗以此惡琯，貶之。東南多事，從吕諲之請，置南都於荆州，以扼吴蜀之衝。公聞建都之詔，終以琯議爲是，而惜肅宗之不知大計，故作此詩。」

朱鶴齡注：「江陵號南都，本出吕諲建議。此詩……蓋以譏諲也。江陵雖吴蜀要衝，然天子未嘗駐蹕，則不當移蜀郡之稱於此，而河北、中原之地尚爲賊據，安可不急圖收復乎！

『牽裾』以下，歷歷自叙，正歎己之客居劍外，無由效漢庭之哭也。」

歲暮

歲暮遠爲客，邊隅還用兵。烟塵犯雪嶺，鼓角動江城〔一〕。天地日流血，朝廷誰請纓〔二〕？濟時敢愛死，寂寞壯心驚。（0648）

【注】

《九家》趙注繫於上元元年（七六〇）。黄鶴注：廣德元年（七六三）作。

〔一〕烟塵二句：《九家》趙注：「上元元年歲在庚子，吐蕃陷廓州，則其兵熾於西山一帶。西山近接松、維。」黄鶴注：「當是指廣德元年吐蕃陷松、維、保三州。雪嶺，指維州也。」《元和郡縣圖志》卷三二西川松州嘉誠縣：「雪山，在縣東八十里，春夏常有積雪，故名。」本卷《赴青城縣出成都寄陶王二少尹》（0635）：「西山白雪高。」則雪山即指西山。按，廓州去松、維州稍遠。然自至德後，吐蕃歲内侵。《舊唐書・吐蕃傳》：「劍南西山又與吐蕃、氐、羌鄰接，武德以來，開置州縣，立軍防，即漢之筰路，乾元以後亦陷於吐蕃。」《新唐書・吐蕃傳》載寶應元年，吐蕃破西山合水城。則此詩所指，非必是廣德元年陷松、維州。

〔二〕朝廷句：《漢書・終軍傳》：「軍自請：願受長纓，必羈南越王而致之闕下。」

和裴迪登蜀州東亭送客逢早梅見寄①〔一〕

東閣官梅動詩興，還如何遜在揚州。何遜集有《早梅》詩②〔二〕。此時對雪遥相憶，送客逢春可自由③〔三〕？幸不折來傷歲暮，若爲看去亂鄉愁④〔四〕？江邊一樹垂垂發，朝夕催人自白頭。（0649）

【校】

① 見寄，錢箋、《九家》、《草堂》作「相憶見寄」。

② 何遜集有早梅詩，錢箋無此注。

③ 春，宋本、錢箋校：「一作花。」《草堂》作「花」，校：「一作春。」 可，宋本、錢箋校：「樊作更。」

④ 鄉，宋本、錢箋校：「一作春。」《草堂》作「春」。

【注】

黄鶴注：此詩題云「逢梅相憶見寄」，則是上元元年冬在成都作。

〔一〕蜀州：《元和郡縣圖志》卷三一成都府：「蜀州，唐安。緊。……東至成都府一百五十里。」

〔二〕東閣二句：何遜，見前《北鄰》(0633)注。《藝文類聚》卷八六：「梁何遜《詠早梅》詩曰：兔園標物序，驚時最是梅。銜霜當路發，映雪擬寒開。枝横却月觀，花繞淩風臺。知應早飄落，故逐上春來。」《苕溪漁隱叢話》後集卷二一引《復齋漫録》：「《漢皋詩話》謂：杜詩『東閣官梅動詩興，還如何遜在揚州』，今本傳不見揚州事。遜《早梅》詩……見《初學記》。杜詩所用，非爲此也。《三輔決録》云：遜在揚州，見官梅亂發，賦四言詩，人争傳寫。」張邦基《墨莊漫録》卷一：「余後見別本：遜，東海剡人，舉本州秀才，射策爲當時之冠。歷官奉朝請，時南平王殿下爲中權將軍、揚州刺史，望高右戚，實曰賢主。擁篲分庭，愛客接士，東閣一開，競收揚、馬。左席皆啓，争趨鄒、枚。君以詞藝早聞，故深親禮，引爲水部行參軍事，仍掌文記室云云。乃知遜嘗在揚州也。蓋本傳但言南平引爲記室，略去揚州爾。然東晉、宋、齊、梁、陳，皆以建業爲揚州，則遜之所在揚州，乃建業耳，非今之廣陵也。」胡震亨《唐音癸籤》卷二二：「《梁書》：建安王偉刺揚州，遜爲水曹行參軍兼記室。遜集有《揚州法曹梅花盛開》詩。時迪在蜀依王侍郎，東閣云者，擬王也。裴依王，何依建安，而何恰有梅詩，故用相比。今人詠梅輒曰何水部，豈知老杜初拈出時，切確不可移易如此。」其所謂「揚州法曹梅花盛開詩」，似據僞蘇注。朱鶴齡注：「胡震亨曰：《何遜墓志》：東閣一開，競收揚、馬。杜甫『東閣』本此。志載《墨莊漫録》。」似非胡震亨語。

〔三〕自由：見卷二《晦日尋崔戢李封》(0075)注。

〔四〕幸不二句：朱鶴齡注：「言幸而不折花寄來，若看之必動鄉愁矣。」按，若爲，何爲、如何之義。

王維《送秘書晁監還日本國》：「別離方異域，音信若爲通。」李白《寄遠》：「桃李今若爲，當窗發光彩。」詩云值此歲暮傷心之時，幸好不折花寄來，又何必去看梅，以增鄉愁？

寄贈王十將軍承俊〔一〕

將軍膽氣雄，臂懸兩角弓〔二〕。纏結青驄馬〔三〕，出入錦城中。時危未授鉞〔四〕，勢屈難爲功。賓客滿堂上，何人高義同？（C650）

【注】

《九家》趙注疑在浣花溪上馳往城内，便可謂之「寄」。黃鶴注：王將軍在成都，而公作詩寄之，當在大曆元年（七六六）春作。梁權道編入上元二年（七六一）。仇注：必上元二年在青城作。

〔一〕王十將軍承俊：王承俊，陶敏謂當作王崇俊。《舊唐書·崔寧傳》：「永泰元年五月，嚴武卒……旰時爲西山都知兵馬使，與軍衆共請大將王崇俊爲節度使。二奏俱至京師，會朝廷已除英乂，旰使因見英乂陳其事。英乂至成都數日，誣殺王崇俊，又召旰還成都。」

〔二〕臂懸句：《唐六典》卷一六武庫令：「弓之制有四：一曰長弓，二曰角弓，三曰稍弓，四曰格弓。……角弓以筋角，騎兵用之。」仇注謂左右二臂各懸一弓，故曰「兩角弓」。按，張弓必以雙

臂。兩角弓者蓋有備用者。

〔三〕纏結句：仇注：「纏結，馬之裝飾。」按，纏結當爲動詞。韓翃《少年行》：「千點斕斒噴玉驄，青絲結尾繡纏騣。」施肩吾《觀舞女》：「纏紅結紫畏風吹，裊娜初回弱柳枝。」

〔四〕時危句：《晋書·禮志》：「漢魏故事，遣將出征，符節郎授節鉞於朝堂。」

游修覺寺　前游①〔一〕

野寺江天豁，山扉花竹幽。詩應有神助〔二〕，吾得及春游。徑石相縈帶②，川雲自去留③。禪枝宿衆鳥〔三〕，漂轉暮歸愁。（0651）

【校】

①前游，二字錢箋無，《九家》、《草堂》小字。

②相，宋本、錢箋、《九家》、《草堂》校：「一云深。」

③自，宋本、錢箋、《九家》、《草堂》校：「一云晚。」

【注】

黄鶴注：當在上元元年（七六〇）作。仇注編入上元二年（七六一）。

〔一〕修覺寺：《方輿勝覽》卷五二崇慶府：「修覺寺，在新津縣南五里。」鍾惺《游修覺山記》：「辛亥十月十有九日，早發新津，叔弟恬不知隔江者爲何許山也……問之，則修覺山。……及唐明皇幸蜀，大書『修覺山』三大字嵌石壁，今猶存者，即其處也。……夾砌數折，即修覺寺，寺前雙井，一井一塔，唐物也。明皇書嵌佛殿左側岩壁上，字方廣二三尺，一字各專一石。」《清一統志》卷二九三成都府：「修覺寺，在新津縣東南五里修覺山，僧神秀結廬於此，唐明皇駐蹕，爲題『修覺山』三字，有左右二井，春夏汲東，秋冬汲西，水斯甘冽，反之則否。」

〔二〕有神助：見卷一《奉贈韋左丞丈二十二韻》(0001)注。

〔三〕禪枝句：蕭統《講席將畢賦三十韻》：「藥樹永繁稠，禪枝詎凋槭。」

後游

寺憶新游處①，橋憐再渡時。江山如有待，花柳更無私〔一〕。野潤烟光薄，沙暄日色遲。客愁全爲減，捨此復何之。(0652)

【校】

① 新，錢箋校：「一作曾。」《草堂》作「曾」。

【注】

黄鶴注：同上年作。

〔一〕江山二句：《莊子・田子方》：「萬物亦然，有待也而死，有待也而生。」《禮記・孔子閑居》：「天無私覆，地無私載，日月無私照。」

題新津北橋樓得郊字。

望極春城上，開筵近鳥巢。白花簷外朵，青柳檻前梢。池水觀爲政，厨烟覺遠庖〔一〕。西川供客眼①，唯有此江郊②。（0653）

【校】

①客，宋本、錢箋、《草堂》校：「一作遠。」　客眼，錢箋校：「一云醉客。」《文苑英華》作「醉客」，校：「集作客眼。」

②唯有，宋本、錢箋校：「一云偏愛。」　有，《文苑英華》作「是」，校：「集作有。」

【注】

黄鶴注：上元元年（七六〇）公嘗暫如新津，此詩殆其年作也。仇注編入上元二年（七六一）。

〔一〕池水二句：《藝文類聚》卷九引《顧子》：「與子華游東池，子華曰：『水有四德，池爲一焉。沐浴群牛，澤流萬世，仁也；揚清激濁，滌蕩塵穢，義也；弱而難勝，勇也；導江疏河，變盈流謙，智也。』顧子曰：『我得女於池上矣。』」《孟子·梁惠王上》：「君子之於禽獸也，見其生，不忍見其死；聞其聲，不忍食其肉。是以君子遠庖厨也。」朱鶴齡注：「時必與官於蜀州者同作。」浦起龍云：「五六就俯仰之景打合縣令，然欠老成。」

奉酬李都督表丈早春作〔一〕

力疾坐清曉〔二〕，來時悲早春①。轉添愁伴客，更覺老隨人②。紅入桃花嫩③，青歸柳葉新。望鄉應未已，四海尚風塵。（0654）

【校】

①時，宋本、錢箋校：「一云詩。」《九家》、《草堂》、《文苑英華》作「詩」。

②人，宋本、錢箋校：「荊作身。」

③桃，《文苑英華》作「梅」，校：「集作桃。」

【注】

黄鶴注：當是上元元年（七六〇）作。仇注編入上元二年（七六一）。

〔一〕李都督：陳冠明謂即李若幽（國貞）。《舊唐書·李國貞傳》：「李國貞，淮安王神通子淄川王孝同之曾孫。父廣業，劍州長史。國貞本名若幽……上元初，改成都尹，兼御史大夫，充劍南節度使。入爲殿中監。二年八月，遷户部尚書，兼御史大夫，持節充朔方、鎮西、北庭、興平、陳鄭等節度行營兵馬及河中節度都統處置使，鎮於絳，賜名國貞。」按，杜甫爲舒王元名外孫之外孫，見卷七《别李義》（0358）注。故稱孝同曾孫若幽爲表丈，年輩吻合。然成都舊爲蜀郡大都督府，至德二年改成都府，稱成都尹。杜詩稱曾爲成都尹之嚴武爲中丞、大夫，乃其兼銜，無有稱都督者。《肅宗紀》：「（上元元年）三月壬申，以京兆尹李若幽爲成都尹、劍南節度使。」其至成都亦不當在早春。疑都督當作都統，此詩當作於寶應元年春，時已賜名國貞充都統處置使。

〔二〕力疾句：《三國志·魏書·華歆傳》：「君其力疾就會，以惠予一人。」詩中「來時」當作「來詩」。

登樓

花近高樓傷客心，萬方多難此登臨。錦江春色來天地①，玉壘浮雲變古

今〔一〕。北極朝廷終不改，西山寇盜莫相侵〔二〕。可憐後主還祠廟，日暮聊爲梁甫吟〔三〕。（0655）

【校】

① 色來，宋本、錢箋、《九家》校：「一云水流。」

【注】

黄鶴注：意是廣德二年（七六四）作，指廣德元年十二月吐蕃陷松、維州而言。

〔一〕錦江二句：錦江、玉壘，見卷七《覽柏中允兼子侄數人除官制詞因述父子兄弟四美載歌絲綸》（0308）注。

〔二〕北極二句：《爾雅・釋天》：「北極謂之北辰。」注：「北極，天之中，以正四時。」《九家》趙注謂指廣德元年十月吐蕃陷京師，郭子儀復長安，則朝廷終不改。十二月吐蕃陷松、維、保三州，成都大震，則來相侵。

〔三〕可憐二句：吴曾《能改齋漫録》卷一二：「蜀先主祠，在成都錦官門外，西挾即武侯祠，東挾即後主劉禪祠。蔣公堂帥蜀，以禪不能保有土宇，因去之。」朱鶴齡注引錢箋引此，謂：「所謂『後主還祠廟』者，書所見以志慨也。」又錢箋：「以代宗任用程元振、魚朝恩，致蒙塵之禍，而託諷於後主之用黄皓乎。」梁甫吟，見卷一《同李太守登歷下古城員外新亭》（0007）注。《九家》趙

注：「諸葛作《梁甫吟》，意在譏罪晏子之爲相，今公以諸葛自處而爲其吟，所以罪元載乎？」錢箋引《西溪叢語》：「泰山以喻人君，梁甫以喻小人，諸葛好爲《梁甫吟》，恐取此意。」朱鶴齡注：「傷時戀主，自負亦在其中。」仇注：「思得諸葛以濟世耳。」

潘德輿《養一齋李杜詩話》卷二：「按杜之七律較勝諸家處，不在渾雄富麗也。高、岑何嘗不渾雄，王、李何嘗不富麗哉？且《秋興》八首，興象聲色，誠爲名構，然持之較《九日藍田崔氏莊》、《聞官軍收河南河北》、《登高》、《登樓》、《諸將》、《詠懷古跡》等詩，則《秋興》猶非杜公七律之止境也。胡氏應麟曰：『近體莫難於七言律。高、岑明浄整齊，所乏遠韻。王、李精華秀朗，時覺小疵。學者步高、岑之格調，合王、李之風神，加以杜陵之雄深變幻，七律能事畢矣。』又曰：『七言近體，盛唐至矣，充實輝光，種種備美，所少者曰大曰化耳，故能事者必老杜而後極。』二段於杜律勝諸家處，獨得其微，過高氏（棅）遠矣。然胡氏以『錦江春色來天地，玉壘浮雲變古今』等句爲字中化境，强爲分晰，殊屬多事。蓋既曰化境，則從心所欲，神動天隨，何篇章字句之能辨哉？」

春歸

苔逕臨江竹，茅簷覆地花。别來頻甲子〔一〕，歸到忽春華①。倚杖看孤石，傾

壺就淺沙。遠鷗浮水静，輕燕受風斜。世路雖多梗，吾生亦有涯〔二〕。此身醒復醉②，乘興即爲家。（0656）

【校】

① 歸到，錢箋作「倏忽」，校：「一作歸到。」 忽，錢箋作「又」。

② 此身，宋本、錢箋、《草堂》校：「一作且應。」

【注】

黄鶴注：廣德二年（七六四）避亂歸成都時作。

〔一〕頻甲子：見卷九《贈韋左丞丈濟》（0411）注。

〔二〕世路二句：多梗，見卷二《送宰府程録事還鄉》（0074）注。《莊子·養生主》：「吾生也有涯，而知也無涯。」

歸雁

東來萬里客①，亂定幾年歸②〔一〕。腸斷江城雁，高高正北飛③。（0657）

【校】

①東，《九家》作「春」，校：「一作東。」

②定，宋本、錢箋校：「一云走。」

③正，錢箋、《九家》校：「一作向。」

【注】

黄鶴注：同前篇廣德二年作。

〔一〕東來二句：《九家》趙注以萬里謂萬里橋，自西川來東川，所以爲東來之客。仇注：「東來客，赴成都。幾年歸，念長安。」如趙注，則作於東川。

三絶句

楸樹馨香倚釣磯，斬新花蘂未應飛〔一〕。不如醉裏風吹盡①，可忍醒時雨打稀②？（0658）

【校】

①風吹，錢箋校：「一云春風。」

②可，宋本、錢箋、《草堂》校：「一作何。」

【注】

黃鶴注：當在寶應元年（七六二）作。

〔一〕楸樹二句：《爾雅·釋木》：「槐，小葉曰榎。大而皵，楸。小而皵，榎。」注：「槐當爲楸。楸細葉者爲榎。老乃皮粗，皵者爲楸，小而皮粗，皵者爲榎。」宇文毓《贈韋居士》：「坐石窺仙洞，乘槎下釣磯。」孟浩然《經七里灘》：「釣磯平可坐，苔磴滑難步。」張籍《寒食後》：「斬新衣著盡，還似去年時。」敦煌詞《酒泉子》：「三尺青蛇，斬新鑄就鋒刃快。」

門外鸕鷀去不來①，沙頭忽見眼相猜〔一〕。自今已後知人意，一日須來一百回。（0659）

【校】

①去，宋本、錢箋校：「一作久。」《草堂》作「久」。

【注】

〔一〕門外二句：鸕鷀，見卷一〇《秦州雜詩》（0565）注。劉孝威《烏生八九子》：「虞機衡網不得施，

猜鷹鷙隼無由逐。」

無數春笋滿林生，柴門密掩斷人行。會須上番去聲看成竹〔一〕，客至從嗔不出迎。（0660）

【注】

〔一〕會須句：《九家》趙注：「蜀人於竹言上番則成竹，又曰上筤笋。下番則不成竹，亦曰下筤笋。」朱翌《猗覺寮雜記》卷上：「杜子美『會須上番看成竹』、元微之『飛舞先春雪，因依上番梅』，俱用『上番』字。則『上番』不專爲竹也。退之《笋》詩云『庸知上幾番』，又作平聲押。」朱鶴齡注：「暫新、上番，皆唐人方言。」黄生《字詁》：「其義即更番之番，但唐時方言作去聲讀。」何焯云：「馮云：上番猶言頭潑，凡二三潑笋多蛀折，不能成竹。」

客至喜崔明府相過①〔一〕。

舍南舍北皆春水，但見羣鷗日日來②。花徑不曾緣客掃，蓬門今始爲君開。盤飧市遠無兼味，樽酒家貧只舊醅〔二〕。肯與鄰翁相對飲，隔籬呼取盡餘

杯。（0661）

【校】

①過，宋本作「遇」，據錢箋改。相過，《九家》、《草堂》作「見過」。

②見，宋本、錢箋、《九家》校：「一作有。」

【注】

黄鶴注：當在上元二年（七六一）作。

〔一〕崔明府：名不詳。仇注引邵注謂甫舅氏，無據。

〔二〕盤飧二句：盤飧，見卷一《示從孫濟》（0024）注。《韓詩外傳》卷八：「大侵之禮，君食不兼味，臺榭不飾，道路不除。」沈自南《藝林彙考》卷五：「《酒爾雅》：……醅，未泲之酒也。」

遣意二首

囀枝黄鳥近，泛渚白鷗輕。一逕野花落，孤村春水生。衰年催釀黍，細雨更移橙①〔一〕。漸喜交游絶〔二〕，幽居不用名。（0662）

【校】

①更，錢箋校：「一作夜。」

【注】

黄鶴注：當同是上元二年（七六一）作。

〔一〕衰年二句：《齊民要術》卷七：「黍米酎法，亦以正月作，七月熟，净治麴，擣末絹簁如上法。笨麴一斗，殺米六斗，用神麴彌佳，亦隨殺多少，以意消息。米細篩净淘，弱炊再餾，黍攤冷，以麴末於甕中和之，挼令調均，擘破塊，著甕中。」張衡《南都賦》：「楟棗若留，穰橙鄧橘。」《文選》薛綜注：「《説文》曰：橙，橘屬也。」

〔二〕漸喜句：陶淵明《歸去來兮辭》：「歸去來兮，請息交以絶游。」

簷影微微落，津流脈脈斜。野船明細火①，宿雁取圓沙②。雲掩初弦月，香傳小樹花。鄰人有美酒，稚子夜能賒③〔一〕。（0663）

【校】

①船，錢箋、《草堂》校：「一作松。」

② 取圓，宋本校：「一作聚寒。」 取，錢箋、《九家》、《草堂》作「聚」。 圓，錢箋、《九家》、《草堂》校：「一作寒。」

③ 夜，宋本、錢箋、《九家》、《草堂》校：「一作也。」

【注】

〔一〕鄰人二句：《橫吹曲辭・高陽樂人歌》：「可憐白鼻騧，相將入酒家。無錢但共飲，畫地作交賒。」《太平廣記》卷四〇《章仇兼瓊》（出《逸史》）：「有一鬻酒者，酒勝其黨，又不急於利，賒貸甚衆。」

漫成二首

野日荒荒白①，春流泯泯清②〔一〕。渚蒲隨地有，村逕逐門成。只作披衣慣，常從漉酒生③〔二〕。眼邊無俗物〔三〕，多病也身輕。（0664）

【校】

① 野日荒荒，宋本、錢箋、《草堂》校：「一作野月茫茫。」 日，《九家》校：「一作月。」

②春，錢箋校：「一云江。」

③漉，《草堂》校：「黄作受。」

【注】

黄鶴注：從舊次上元二年（七六一）作。

〔一〕野日二句：黄希注：「張有《復古編》云：浯，古活字。泯泯當是浯浯，如《詩》『北流活活』之義。傳寫之誤耳。」《説文》：「潣，水流浼浼貌。從水，閔聲。」《古今韻會舉要》：「或作泯。」引杜詩「春流泯泯清」。朱鶴齡注引此，謂：「泯泯對荒荒，極狀江流之遠大。泯泯、活活，意象各不同。」

〔二〕只作二句：陶淵明《移居》：「相思則披衣，言笑無厭時。」《宋書·陶潛傳》：「取頭上葛巾漉酒。」浦起龍云：「生字作生涯之生解，與慣字對。」

〔三〕眼邊句：《世説新語·排調》：「嵇、阮、山、劉在竹林酣飲，王戎後往，步兵曰：『俗物已復來敗人意。』」

江皋已仲春，花下復清晨。仰面貪看鳥，回頭錯應人。讀書難字過，對酒滿壺頻。近識峨眉老〔一〕，知余懶是真①。東山隱者②。（0665）

【校】

①余，錢箋作「予」。

②東山隱者，宋本校：「又作陳山。」

【注】

〔一〕近識句：《水經注》青衣水：「《益州記》曰：平鄉江東逕峨眉山，在南安縣界，去成都南千里。然秋日清澄，望見兩山，相峙如峨眉焉。」《元和郡縣圖志》卷三一嘉州：「峨眉縣，上。東至州七十五里。……枕峨眉山東麓，故以爲名。……峨眉大山，在縣西七里。《蜀都賦》云『抗峨眉於重阻』。兩山相對，望之如峨眉，故名。此山亦有洞天石室，高七十六里。中峨眉山，在縣東南二十里。」

春水

三月桃花浪①〔一〕，江流復舊痕。朝來没沙尾②，碧色動柴門。接縷垂芳餌，連筒灌小園〔二〕。已添無數鳥③，争浴故相喧④。（0666）

【校】

①浪，錢箋、《草堂》校：「一云水。」

② 尾，錢箋校：「一云岸。」

③ 已添，《文苑英華》作「不知」。

④ 争浴，《文苑英華》作「何意」。

【注】

黄鶴注：當是上元二年（七六一）在浣花作。

〔一〕三月句：《漢書·溝洫志》：「如使不及今冬成，來春桃華水盛，必羨溢，有填淤反壤之害。」注：「師古曰：蓋桃方華時，既有雨水，川谷冰泮，衆流猥集，波瀾盛長，故謂之桃華水耳。」

〔二〕接縷二句：朱鶴齡注引李實曰：「川中水車如紡車，以細竹爲之，車骨之末縛以竹筒，旋轉時低則舀水，高則瀉水。故曰『連筒灌小園』。若夔州府修水筒，則引山泉者。」按，此言連筒，筒與筒相接，似非水車。《太平御覽》卷八二四引《魏略》：馬鈞作翻車灌園。程大昌《演繁露》卷三謂是今之水車。《舊唐書·文宗紀》大和二年閏三月：「内出水車樣，令京兆府造水車。」又在此後五十年。

江亭

坦腹江亭暖，長吟野望時〔一〕。水流心不競，雲在意俱遲〔二〕。寂寂春將晚，欣

欣物自私〔三〕。故林歸未得，排悶强裁詩①〔四〕。（0667）

【校】

① 故林歸未得排悶强裁詩，錢箋校：「草堂本一云江東猶苦戰，回首一顰眉。」《草堂》校同。

【注】

黄鶴注：從舊次上元二年（七六一）作。

〔一〕坦腹二句：《世説新語·雅量》：「郗太傅在京口，遣門生與王丞相書，求女婿……門生歸，白郗曰：『王家諸郎亦皆可嘉，聞來覓婿，咸自矜持。唯有一郎在東床上坦腹卧，如不聞。』」

〔二〕水流二句：嵇康《答向子期難養生論》：「未能外榮華而安貧賤，且抑使由其道而不争；不可令其力争，故許其心競。」葉夢得《避暑録話》卷上：「子美聞難間關，盡室遠去，及一召用不得志，卒飢寒轉徙巴峽之間而不悔，終不肯一引頸而西笑，非有不競遲留之心安能然。耳目所接，宜其瞭然，自與心會。此固與淵明同一出處之趣也。」《唐詩品彙》卷六二：「張子韶云：其意與物初無間斷，比之陶淵明『雲無心已出岫，鳥倦飛而知還』，氣更混淪也。」

〔三〕欣欣句：陶淵明《歸去來兮辭》：「木欣欣以向榮，泉涓涓而始流。善萬物之得時，感吾生之行休。」

〔四〕排悶句：陸機《文賦》：「苟銓衡之所裁，固應繩其必當。」鍾嶸《詩品》嵇康：「託喻清遠，良有

鑒裁。」戴逵：「裁長補短，袁彥伯之亞乎。」

村夜

蕭蕭風色暮①，江頭人不行。村舂雨外急，鄰火夜深明。胡羯何多難〔一〕，樵漁寄此生。中原有兄弟，萬里正含情。（0668）

【校】

① 蕭蕭，宋本作「肅肅」，據錢箋等改。　蕭蕭風色暮，宋本、錢箋校：「樊作風色蕭蕭暮。」《九家》、《草堂》、《文苑英華》作「風色蕭蕭暮」，《九家》、《草堂》校：「一作蕭蕭風色暮。」

【注】

黃鶴注：當是上元元年（七六〇）浣花作。若二年，段子璋反，不應詩不及之。

〔一〕胡羯句：《新唐書·史思明傳》：「思明乘勝鼓行，西陷洛陽，破汝、鄭、滑三州，圍李光弼河陽，不能拔。使安太清取懷州以守，光弼攻之，太清降。思明又遣田承嗣擊申、光等州，王同芝擊陳，許敬釭擊兖、鄆，薛崿擊曹。」史思明陷洛陽在乾元二年九月。李光弼收懷州在上元元年十

一月。思明遣田承嗣等出擊，當在此之間。黄鶴注引《資治通鑑》，籠統繫於上元元年十一月。《九家》趙注謂指上元二年三月史朝義弑其父思明。

早起

春來常早起，幽事頗相關。帖石防隤岸〔一〕，開林出遠山。一丘藏曲折〔二〕，緩步有躋攀。童僕來城市，瓶中得酒還。(0669)

【注】

仇注編入上元二年(七六一)。

〔一〕帖石句：宋玉《高唐賦》：「磐石險峻，傾崎崖隤。」

〔二〕一丘句：《世説新語·品藻》謝鯤語：「端委廟堂，使百僚準則，臣不如亮。一丘一壑，自謂過之。」

《瀛奎律髓》卷一四：「此乃老杜集之晚唐詩也。起句平，入晚唐也。三四著上，帖、防、開、出字爲眼，則不特晚唐也。五六意足，不必拘對而有味，則不止晚唐矣。尾句别用一意，亦晚唐所必然也。」

畏人〔一〕

早花隨處發，春鳥異方啼。萬里清江上，三年落日低①〔二〕。畏人成小築，褊性合幽栖〔三〕。門逕從榛草②，無心走馬蹄③。（0670）

【校】

①年，宋本、錢箋、《九家》校：「一作峰。」

②門逕，宋本、錢箋、《九家》、《草堂》校：「一云逕没。」

③走，宋本、錢箋校：「一作待。」《九家》、《草堂》作「待」，校：「一作走。」

【注】

黄鶴注：當是寶應元年（七六二）作，蓋言公抵成都恰三年。

〔一〕畏人：曹丕《雜詩》：「弃置勿復陳，客子常畏人。」

〔二〕萬里二句：《九家》趙注：「公所居在萬里橋西。」

〔三〕褊性句：《詩・魏風・葛屨》：「維是褊心，是以爲刺。」疏：「褊急，言性躁。」

可惜

花飛有底急〔一〕，老去願春遲。可惜歡娱地，都非少壯時。寬心應是酒，遣興莫過詩。此意陶潛解，吾生後汝期〔二〕。（0671）

【注】

黄鶴注：意是寶應元年（七六二）春作。仇注編入上元二年（七六一）。

〔一〕花飛句：《九家》趙注：「有底，唐人語，有甚底事也。」朱鶴齡注：「俗謂何物爲底。有底急，言有底事而飛之急。」

〔二〕此意二句：王嗣奭《杜臆》：「古來唯陶淵明得此意，而今無其人，吾生也晚，當與作神交耳。」

落日

落日在簾鈎，溪邊春事幽。芳菲緣岸圃，樵爨倚灘舟〔一〕。啅雀争枝墜〔二〕，飛

蟲滿院游。濁醪誰造汝，一酌散千憂①〔三〕。（0672）

【校】

①一酌，宋本、錢箋、《草堂》校：「一云酌罷。」　一酌散千憂，宋本、錢箋校：「一云一酌罷人憂。」

【注】

黄鶴注：同是寶應元年（七六二）春作。仇注：此及《可惜》大抵皆上、寶間作，姑依蔡氏附在上元二年（七六一）之春。

〔一〕芳菲二句：《九家》趙注：「此於義本是『緣岸芳菲圃，倚灘樵爨舟』。而句法藏巧，故云。」

〔二〕啅雀：見卷四《枯椶》（0190）注。

〔三〕濁醪二句：濁醪，見卷一《夏日李公見訪》（0034）注。沈炯《獨酌謡》：「所以成獨酌，一酌傾一瓢。生涯本漫漫，神理暫超超。再酌矜許史，三酌傲松喬。頻煩四五酌，不覺凌丹霄。」

獨酌

步屧深林晚①〔一〕，開樽獨酌遲。仰蜂粘落絮②，行音杭蟻上枯梨③〔二〕。薄劣慚

真隱，幽偏得自怡〔三〕。本無軒冕意，不是傲當時〔四〕。（0673）

【校】

①步屧，宋本、錢箋校：「一作履。 作倚杖。」

②絮，宋本、錢箋、《草堂》校：「一作蘂。」《九家》作「蘂」。

③音杭，錢箋作「户郎切」。

【注】

黄鶴注：繼前篇而作。

〔一〕步屧：見卷五《遭田父泥飲美嚴中丞》(0232)注。

〔二〕仰蜂二句：《九家》趙注：「蜂粘花蘂是也，一作落絮，非。行蟻，成行之蟻。」

〔三〕薄劣二句：謝靈運《九日從宋公戲馬臺集送孔令》：「彼美丘園道，喟焉傷薄劣。」陸機《董桃行》：「聊樂永日自怡，賫此遺情何之。」

〔四〕本無二句：謝朓《休沐重還丹陽道中》：「志狹輕軒冕，恩甚戀閨闈。」夏侯湛《東方朔畫贊》：「苟出不可以直道也，故頡頏以傲世。」

遠游

賤子何人記，迷芳著處家①〔一〕。竹風連野色②，江沫擁春沙。種藥扶衰病，吟詩解嘆嗟。似聞胡騎走，失喜問京華〔二〕。（0674）

【校】

①芳，宋本、錢箋校：「荆作方。」《草堂》作「方」，校：「王作芳。」

②色，《草堂》作「浪」。

【注】

黄鶴注：寶應元年冬十月，史朝義屢敗，將輕騎數百東走。此詩當是廣德元年（七六三）春作。

按，寶應二年（廣德元年）春河北已定，不應云「似聞胡騎走」。當是上元二年（七六一）春作。

〔一〕著處：見卷八《清明》（0405）注。

〔二〕似聞二句：《舊唐書·肅宗紀》：「（上元二年二月）戊寅，李光弼率河陽之軍五萬，與史思明之衆戰於北邙，官軍敗績。光弼、僕固懷恩走保聞喜，魚朝恩、衛伯玉走保陝州。河陽、懷州共陷

賊，京師戒嚴。……三月甲子，史朝義率衆夜襲我陝州，衛伯玉逆擊，敗之。戊戌，史思明爲其子朝義所殺。」此詩當作於三月衛伯玉敗敵後。

徐步

整履步青蕪①，荒庭日欲晡〔一〕。芹泥隨燕觜，花蘂上蜂鬚②〔二〕。把酒從衣濕，吟詩信杖扶。敢論才見忌，實有醉如愚〔三〕。（0675）

【校】

① 履，宋本、錢箋校：「一作屐。晉作屧。」《九家》、《草堂》校：「一作屐。」

② 花蘂，宋本、錢箋校：「一作蘂粉。」

【注】

黄鶴注：從舊次上元二年（七六一）作。

〔一〕荒庭句：晡，夕。《漢書·五行志》：「晡時食從西北，日下晡時復。」

〔二〕花蘂句：《埤雅》卷一〇：「《續古今注》曰：鼃黽之類無雄，蜂蝶之類無雌。一説蜂蝶醜，皆以

鬚嗅，鬚蓋其鼻也。杜甫詩曰『花蘂上蜂鬚』以此。」

〔三〕敢論二句：《後漢書・楊李翟應霍爰徐傳》：「孫懿以高明見忌。」李康《運命論》：「以仲尼之謙也，而見忌於子西。」《論語・爲政》：「子曰：『吾與回言終日，不違如愚。』」《公冶長》：「子曰：『甯武子，邦有道則知，邦無道則愚。其知可及也，其愚不可及也。』」

寒食

寒食江村路①〔一〕，風花高下飛②。汀烟輕冉冉，竹日浄暉暉〔二〕。田父要皆去③，鄰家鬧不違④〔三〕。地偏相識盡⑤，雞犬亦忘歸⑥。（0676）

【校】

① 路，宋本、《九家》校：「一云落。」錢箋校：「一作樹。」

② 寒食江村路風花高下飛，《草堂》校：「王作寒食江村樹，風花江上飛。」

③ 父，宋本、錢箋、《九家》、《草堂》校：「一云舍。」

④ 鬧，宋本、錢箋校：「晉作問。」《九家》作「閑」，校：「一作問。」《草堂》作「問」，校：「或作鬧。非是。」

⑤ 識，宋本校：「晉作失。」錢箋校：「一作失。」 地偏相識盡，《草堂》校：「魯作地偏不相識。」

⑥歸，宋本、錢箋、《九家》校：「一作機。」

【注】

黄鶴注：從舊次上元二年（七六一）作。

〔一〕寒食：見卷九《一百五日夜對月》（0492）注。

〔二〕竹日句：何遜《登石頭城》：「擾擾見行人，暉暉視落日。」

〔三〕田父二句：《九家》趙注：「要音平聲，言有招要則皆去也。」「言鄰家之問贈亦不違而受之。舊本作閑，非。」

高柟

柟樹色冥冥，江邊一蓋青〔一〕。近根開藥圃，接葉製茅亭。落景陰猶合，微風韻可聽。尋常絶醉困，卧此片時醒。（0677）

【注】

黄鶴注：從舊次上元二年（七六一）作。

〔一〕柟樹二句：見卷五《柟樹爲風雨所拔歎》(0234)注。黄鶴注：「此詩云『江邊一蓋青』，而歌云『浦上童童一蓋青』，故知爲即此柟。」

惡樹〔一〕

獨繞虚齋徑，常持小斧柯〔二〕。幽陰成頗雜，惡木剪還多〔三〕。枸杞因吾有①，雞栖奈汝何②〔四〕。方知不材者③，生長漫婆娑〔五〕。(0678)

【校】

①因，錢箋校：「一作固。」

②汝，《九家》校：「一作爾。」

③者，宋本、錢箋校：「一云木。」

【注】

黄鶴注：當在上元二年(七六一)作。

〔一〕惡樹：黄鶴注：「惡樹，不材木也，如榿木之類是也。」《詩·豳風·七月》：「采荼薪樗，食我農

夫。」傳：「樗，惡木也。」疏：「樗唯堪爲薪，故云惡木。」

〔二〕常持句：《説苑·敬慎》：「青青不伐，將尋斧柯。」

〔三〕幽陰二句：陸機《猛虎行》：「渴不飲盜泉水，熱不息惡木陰。」《文選》李善注：「江邃《文釋》云：管子曰：夫士懷耿介之心，不蔭惡木之枝。惡木尚能恥之，况與惡人同處。」

〔四〕枸杞二句：段成式《酉陽雜俎》續集卷二：「成式嘗見道者論枸杞、茯苓、人參、朮形有異，服之獲上壽。或不葷血，不色欲遇之，必能降真爲地仙矣。」《太平廣記》卷二四《朱孺子》（出《續神仙傳》）：「忽見岸側有二小花犬相趁，孺子異之，乃尋逐入枸杞叢下。歸語玄真，訝之，遂與孺子俱往伺之。復見二犬戲躍，逼之，又入枸杞下。玄真與孺子共尋掘，乃得二枸杞根，形狀如花犬，堅若石。」《急就篇》卷四：「皂莢樹，一名雞栖。」《太平御覽》卷九六〇引《廣志》：「雞栖子，皂莢也。」《九家》趙注：「以惡木蔽障而枸杞不生，因公翦去雜陰而有也。翦去木枝似妨雞栖，故云『奈汝何』。」仇注：「言枸杞延年，若因吾而有者，雞栖賤樹，奈何其復叢耶。」按，雞栖非賤樹。《太平廣記》頗載皂莢樹或食皂莢事。二句互文，謂枸杞、雞栖皆因吾而種，竟無奈汝惡木蔽障。

〔五〕方知二句：《莊子·人間世》：「是不材之木也，無所可用，故能若是之壽。」婆娑，枝葉分疏。庾信《枯樹賦》：「顧庭槐而歎曰：『此樹婆娑，生意盡矣。』」

石鏡

蜀王將此鏡，送死置空山①〔一〕。冥寞憐香骨，提攜近玉顔〔二〕。衆妃無復歎，千騎亦虚還〔三〕。獨有傷心石，埋輪月宇間〔四〕。（0679）

【校】

① 置，《草堂》校：「一作至。」

【注】

黄鶴注：上元二年（七六一）作。

〔一〕蜀王二句：《華陽國志》卷三：「武都有一丈夫化爲女子，美而艷，蓋山精也。蜀王納爲妃，不習水土，欲去。王必留之，乃爲《東平之歌》以樂之。無幾，物故，蜀王哀念之，乃遣五丁之武都擔土爲妃作塚，蓋地數畝，高數丈，上有石鏡，今成都北角武擔是也。」

〔二〕提攜句：《九家》趙注：「提攜此鏡以近女子之玉顔也。」

〔三〕衆妃二句：《九家》趙注：「上句言昔日專寵衆妃皆有嗟歎，今既死矣，則無復歎。下句言人已

葬矣，送葬之千騎虛還而已。」

〔四〕埋輪句：宋之問《宴安樂公主宅得空字》：「賓至星槎落，仙來月宇空。」朱鶴齡注：「猶言天宇。」

琴臺〔一〕

茂陵多病後，尚愛卓文君①〔二〕。酒肆人間世，琴臺日暮雲〔三〕。野花留寶靨〔四〕，蔓草見羅裙。歸鳳求皇意〔五〕，寥寥不復聞。（0680）

【校】

①尚，《草堂》校：「一作常。」

【注】

黃鶴注：當是上元二年（七六一）在成都作。

〔一〕琴臺：《分門》洙曰：「《成都記》：琴臺院，以司馬相如琴臺得名，而非相如舊臺。在浣花溪正路，金花寺北廂，號海安寺。梁蕭藻鎮蜀，增建樓臺，以備游觀。元魏伐蜀，下營於此，掘爲塹，

得大甕二十餘口，蓋所以響琴也。隋蜀王秀更增五臺，並舊爲六。」

〔二〕茂陵二句：《史記・司馬相如列傳》：「相如之臨邛，從車騎，雍容閑雅甚都。及飲卓氏，弄琴，文君竊從户窺之，心悦而好之，恐不得當也。既罷，相如乃使人重賜文君侍者通殷勤，文君夜亡奔相如。相如乃與馳歸成都，家居徒四壁立。……相如與之俱之臨邛，盡賣其車騎，買一酒舍酤酒，而令文君當壚。」「相如既病免，家居茂陵。」

〔三〕酒肆二句：《九家》趙注：「言以酒肆爲營生之具爾。」朱鶴齡注：「酒肆猶存人世，琴臺但有暮雲，正是弔古語耳。」

〔四〕野花句：《楚辭・大招》：「靨輔奇牙，宜笑嗎只。」王逸注：「言美女頰有靨輔，口有奇牙。」《酉陽雜俎》前集卷八：「近代妝尚靨如射月，曰黄星靨。靨鈿之名，蓋自吴孫和鄧夫人也。」朱鶴齡注：「唐時婦女多貼花鈿於面，謂之靨飾。」

〔五〕歸鳳句：《玉臺新詠》司馬相如《琴歌》：「鳳兮鳳兮歸故鄉，遨游四海求其皇。」

聞斛斯六官未歸①〔一〕

故人南郡去，去索作碑錢〔二〕。本賣文爲活，翻令室倒懸〔三〕。荆扉深蔓草，土銼冷疏烟〔四〕。老罷休無賴，歸來省醉眠〔五〕。蜀人呼釜爲銼②。（0681）

【校】

①聞，宋本作「問」，據錢箋等改。

②蜀人呼釜爲銼，錢箋以此注爲吴若本注。

【注】

黄鶴注：此詩當在成都作，舊次上元二年（七六一）。

〔一〕斛斯六：黄鶴注謂即斛斯融。見卷一二《江畔獨步尋花七絶》（0730）注。浦起龍云：「今俗呼平人曰幾官，想唐時已然。」施鴻保謂明以前無此稱。

〔二〕故人二句：《漢書·地理志》：「南郡，秦置，高帝元年更爲臨江郡，五年復故。……莽曰南順。屬荆州。」洪邁《容齋續筆》卷六「文字潤筆」：「作文受謝，自晋宋以來有之，至唐始盛。《李邕傳》：邕尤長碑頌，中朝衣冠及天下寺觀，多齎持金帛往求其文。前後所製，月數百首，受納饋遺，亦至巨萬。時議以爲自古鬻文貨財，未有如邕者。故杜詩云：『碑版昭四裔，豐屋珊瑚鉤。』又有《送斛斯六官》詩云：『故人南郡去，去索作碑錢。』蓋笑之也。」

〔三〕翻令句：《左傳》僖公二十六年：「室如縣罄，野無青草。」《孟子·公孫丑上》：「民之悦之，猶解倒懸也。」

〔四〕土銼句：《説文》：「銼鑹，鍑也。」《太平御覽》卷七五七引《纂文》：「秦人以鈷鏻爲銼鑹。」朱鶴齡注：「鍑音副。釜大者曰鍑。土銼，是甗甑之屬，即今之行鍋也。」謂舊注非是。

〔五〕老罷二句：《宋書·蔡興宗傳》：「加老罷私門，兵力頓闕。」《九家》趙注引此謂：「言老而罷也，應是常語。」仇注：「言老則百事皆罷矣。」施鴻保云：「皆但用《南史》字面，意則猶云老去、老來也。《南史》則言老年罷官。」本書卷七《夜歸》（0347）：「白頭老罷舞復歌，杖藜不睡誰能那。」卷一二《懷舊》（0776）：「老罷知明鏡，悲來望白雲。」老罷、悲來爲對，可證施氏之説。

絶句漫興九首〔一〕

眼見客愁愁不醒①，無賴春色到江亭。即遣花開深造次②，便覺鶯語太丁寧③〔二〕。（0682）

【校】

①見，宋本、錢箋、《九家》、《草堂》校：「一云前。」

②開，宋本、錢箋校：「一作飛。」《九家》作「飛」，校：「一作開。」　深，宋本、錢箋校：「一作從。」

③覺，宋本、錢箋、《九家》、《草堂》校：「一作教。」

【注】

黃鶴注：當是上元元年（七六〇）在浣花溪作。仇注編入上元二年（七六一）。

〔一〕漫興：《九家》趙注：「題名漫興，蓋書眼前之景而漫成耳，别無譏誚。」王嗣奭《杜臆》：「興之所到，率然而成，故云漫興，亦《竹枝》、樂府之變體也。」

〔二〕即遣二句：造次，輕易、隨便，見卷一《驄馬行》（0039）注。《古詩爲焦仲卿妻作》：「府吏見丁寧，結誓不别離。」

手種桃李非無主，野老牆低還是家①。恰似春風相入聲欺得，夜來吹折數枝花〔一〕。（0683）

【校】

①是，錢箋作「似」，校：「一作是。」

【注】

〔一〕恰似二句：陸游《老學庵筆記》卷一〇：「世多言白樂天用『相』字多從俗語，作思必切。如『爲問長安月，誰教不相離』是也。然北人大抵以『相』字作入聲，至今猶然，不獨樂天。老杜云：『恰似春風相欺得，夜來吹折數枝花。』亦從入聲讀，乃不失律。俗謂南人入京師，效北語，過相藍，輒讀其牓曰大廝國寺，傳以爲笑。」

熟知茅齋絶低小①，江上燕子故來頻。銜泥點污琴書内，更接飛蟲打著人〔一〕。（0684）

【校】

① 熟，錢箋、《九家》、《草堂》校：「一作耐。」熟知，宋本、錢箋校：「晋作孰如。」

【注】

〔一〕更接句：著，助詞，表動作持續中。《敦煌變文集·韓擒虎話本》：「不得打著，切須記當。」岑參《玉門關蓋將軍歌》：「紫紱金章左右趨，問著只是蒼頭奴。」

二月已破三月來〔一〕，漸老逢春能幾回？莫思身外無窮事①，且盡生前有限杯〔二〕。（0685）

【校】

① 思，《草堂》校：「一作辭。」錢箋校：「草堂作辭。」

【注】

〔一〕破：過，見卷一《奉贈韋左丞丈二十二韻》（0001）注。

〔二〕莫思二句：《世説新語·任誕》：「張季鷹縱任不拘……曰：『使我有身後名，不如即時一杯酒。』」

腸斷江春欲盡頭①，杖藜徐步立芳洲。顛狂柳絮隨風去，輕薄桃花逐水流〔一〕。（0686）

【校】

①江春，錢箋作「春江」，校：「一云江春。」　盡，宋本、錢箋校：「一作白。」

【注】

〔一〕顛狂二句：《許彦周詩話》：「梁江從簡爲《采荷調》云：『欲持荷作柱，荷弱不勝梁。欲持荷作鏡，荷暗本無光。』此語嘲何敬容，而波及蓮荷矣。春時穠麗，無過桃柳。『桃之夭夭』，『楊柳依依』，詩人言之也。老杜云：『顛狂柳絮隨風去，輕薄桃花逐水流。』不知緣誰而波及桃花與楊柳矣。」《九家》趙注：「作爲狂怪之語，别無所譏。」

懶慢無堪不出村〔一〕，呼兒日在掩柴門。蒼苔濁酒林中静，碧水春風野外昏。（0687）

【注】

〔一〕懶慢句：《九家》趙注：「懶慢而無所堪任，所以不出村，乃嵇康性疏懶而有七不堪是也。」仇注：「無堪，無可人意者。」按，韓愈《朝歸》：「坐食取其肥，無堪等聾瞶。」無堪即不堪，謂懶慢至極，與嵇康所謂七不堪猶有不同。

糝徑楊花鋪白氈，點溪荷葉疊青錢①〔一〕。笋根稚子無人見②〔二〕，沙上鳧雛傍母眠。（0688）

【校】

① 疊，宋本、錢箋、《九家》校：「一作累。」　錢，錢箋、《草堂》校：「一云鈿。」

② 笋，宋本、錢箋校：「一作竹。」　稚子，宋本校：「一作雉子。」錢箋校：「一作雉。」

【注】

〔一〕糝徑句：《禮記·内則》：「和糝不蓼。」注：「凡羹齊宜五味之和，米屑之糝，蓼則不矣。」糝，細

碎狀，謂楊花洒落。

〔二〕筍根句：宋本（吴若本）注：「漢鐃歌有《雉子班》。一云稚子，筍也。」孔平仲《談苑》卷四：「老杜詩曰：『筍根稚子無人見。』唐人《食筍》詩云：『稚子脱錦棚，駢頭玉香滑。』則稚子爲筍明矣。故一名曰稚子。」姚寬《西溪叢語》卷下：「杜牧之《朱坡》詩云：『小蓮娃欲語，幽筍稚相携。』言筍如稚子。與杜甫『竹根稚子無人見』同意。」

舍西柔桑葉可拈，江畔細麥復纖纖。人生幾何春已夏，不放香醪如蜜甜〔一〕。

（0689）

【注】

〔一〕人生二句：王楙《野客叢書》卷三唐時酒味：「三山老人云：唐人好飲甜酒，殆不可曉。子美曰：『人生幾何春與夏，不放香醪如蜜甜。』退之曰：『一尊春酒甘若飴，丈人此樂無人知。』僕謂唐人以酒比飴蜜者，大率謂醇乎醇者耳，非謂好飲甜酒也。且以樂天詩驗之，曰：『甕頭竹葉經春熟，如餳氣味緑粘臺。』曰：『春携酒客過，緑餳粘盞杓。』曰：『宜城酒似餳。』口：『粘臺酒似餳。』樂天詩非不言酒之甜也，至要其極論則曰：『甘露太甜非正味，醴泉雖潔不芳馨。』曰：『户大嫌甜酒，才高笑小詩。』曰：『甕揭聞時香酷烈，缾封貯後味甘辛。』酒味至於甘辛乃爲佳耳。樂天之詩又如此，豈好甜酒哉！且退之詩亦自有『酒爲泠洌』之語，又豈嘗專好甜酒

邪！樂天『户大嫌甜酒』之句，正屬退之，非好甜酒矣。大抵酒味之適口，古今所同。豈唐之所好，與今異邪！三山蓋不深考耳。」葉矯然《龍性堂詩話》續集：「陸放翁云唐人愛飲甜酒、炭酒，引少陵『不放香醪如蜜甜』、陸魯望『酒滴灰香似去年』爲證。……至愛飲甜酒引杜句爲切，則又不然。杜云『人生幾何春已夏，不放香醪如蜜甜』，甜者甘也。即甘食甘飲之義。言景光易邁，忽春又夏，當飲酒爲樂，如蜜之甜。此即古樂府《相勸酒》遺意。若認酒甜，何啻説夢。」

隔户楊柳弱嫋嫋①，恰似十五女兒腰〔一〕。誰謂朝來不作意〔二〕，狂風挽斷最長條。（0690）

【校】

① 隔户，錢箋、《草堂》校：「一云户外。」

【注】

〔一〕隔户二句：鮑照《在江陵歎年傷老》：「翾翾燕弄風，嫋嫋柳垂道。」《横吹曲辭·琅琊王歌辭》：「新買五尺刀，懸著中梁柱。一日三摩娑，劇於十五女。」

〔二〕誰謂句：《法苑珠林》卷二三：「若道若俗，常須作意，正念現前。」《李相國論事集》卷五：「吉

甫謂義乃曰：『此人勁硬，必不得位頭便已。大須作意。』」作意謂注意、著意於某事，此謂不注意、不顧惜。

戲爲六絶句

庾信文章老更成，凌雲健筆意縱横〔一〕。今人嗤點流傳賦，不覺前賢畏後生〔二〕。（0691）

【注】

黄鶴注：梁權道編在上元二年（七六一），亦從舊次而編也。

〔一〕庾信二句：《周書·庾信傳》：「侯景作亂，梁簡文帝命信率宫中文武千餘人，營於朱雀航。及景至，信以衆先退。臺城陷後，信奔於江陵。……來聘於我，屬大軍南討，遂留長安。……時陳氏與朝廷通好，南北流寓之士，各許還其舊國。陳氏乃請王褒及信等十數人。高祖唯放王克、殷不害等，信及褒並留而不遣。……信雖位望通顯，常有鄉關之思。乃作《哀江南賦》以致其意云。」史臣曰：「然則子山之文，發源於宋末，盛行於梁季。其體以淫放爲本，其詞以輕險爲宗。故能誇目侈於紅紫，蕩心逾於鄭衛。昔揚子雲有言：『詩人之賦麗以則，詞人之賦麗以

淫。』若以庾氏方之，斯又詞賦之罪人也。」《法苑珠林》卷一八：「唐遂州人趙文信，至貞觀元年暴死。三日後還得蘇，即自説云：……王後喚遂州人前：汝從生已來作何功德？其人報王言：臣一生已來，不修佛經，唯好庾信文章集録。王言：其庾信者是大罪人，現此受苦。汝見庾信，頗曾識不？……王即遣人引出庾信，令示其人。乃見一龜，身一頭多。龜去少時，現一人來，口云：我是庾信，爲生時好作文章，妄引佛經，雜糅俗書，誹謗佛法，謂言不及孔老之教。今受罪報龜身，苦也。」此可見庾信文章在北朝及唐初之流傳，且亦頗遭編排。江淹《别賦》：「賦有凌雲之稱，辯有雕龍之聲。」江總《謝宫爲製讓詹事表啓》：「久降噓枯之旨，許賜凌雲之筆。」徐陵《讓五兵尚書表》：「雖復陳琳健筆，未盡愚懷。」

〔二〕今人二句：干寶《晋紀總論》：「蓋共嗤點以爲灰塵，而相詬病矣。」《九家》趙注：「嗤笑檢點之也。」《論語·子罕》：「子曰：『後生可畏，焉知來者之不如今也。』」《九家》趙注：「庾信生於前，故謂之『前賢』。公生於後，故謂之『後生』。」仇注：「豈知前賢自有品格，未見其當畏後生也。前賢指庾公，後生指嗤點者。」浦起龍云：「聽其嗤點無忌憚之言，不覺前賢且生畏矣。爲前賢稱屈，正使後生知警也。」汪師韓《詩學纂聞》：「豈前賢如庾者，反畏爾曹後生耶？」按，不覺，不知也，謂無意識之間。此明用《論語》語，謂文章代變，不覺之間後生可畏。庾文淫放，乃唐初通論。杜甫稱其老成之作，且與流傳之賦有别，著眼自與今之衆人不同，然非盡爲庾信稱屈。

楊王盧駱當時體①，輕薄爲文哂未休〔一〕。爾曹身與名俱滅，不廢江河萬古流〔二〕。（0692）

【校】

① 楊王，宋本、錢箋校：「一作王楊。」

【注】

〔一〕楊王二句：《朝野僉載》卷六：「盧照鄰字昇之，范陽人。弱冠拜鄧王府典簽，王府書記一以委之。王有書十二車，照鄰總披覽，略能記憶。後爲益州新都縣尉，秩滿，婆娑於蜀中，放曠詩酒，故世稱王楊盧駱。照鄰聞之曰：『喜居王後，恥爲駱前。』時楊之爲文，好以古人姓名連用……號爲點鬼簿。駱賓王文好以數對……時人號爲算博士。如盧生之文，時人莫能評其得失矣。」《太平廣記》卷二六五《盈川令》：「楊炯，華陰令。幼聰敏博學，以神童舉。與王勃、盧照鄰、駱賓王齊名。嘗謂人曰：『吾愧在盧前，恥居王後。』當時以爲然。」二説有異。《大唐新語》卷八：「張説謂人曰：楊盈川之文，如懸河注水，酌之不竭，既優於盧，亦不減王。恥居王後則信然，愧在盧前則爲誤矣。」《文心雕龍·章表》：「胡廣章奏，天下第一，並當時之傑筆也」；「琳瑀章表，有譽當時。」《鎔裁》：「剛柔以立本，變通以趨時。立本有體，意或偏長；趨時無方，辭或繁雜。」《梁書·何敬容傳》：「時蕭琛子巡者，頗有輕薄才，因製卦名、離合等詩以

嘲之。敬容處之如初，亦不屑也。」《北齊書·魏收傳》：「收昔在洛京，輕薄尤甚，人號云『魏收驚蛺蝶』。」《隋書·李諤傳》：「諤又以屬文之家，體尚輕薄，遞相師效，流宕忘反。」《九家》趙注：「四子之文，大率浮麗，故公以之爲輕薄爲文，而哂之未休也。」仇注：「四公之文，當時傑出，今乃輕薄其爲文而哂笑之，豈知爾輩不久銷亡，前人則萬古長垂，如江河不廢乎。」汪師韓《詩學纂聞》：「『輕薄爲文』四字，乃後生哂四家之語，非指後生輩爲輕薄人也。」按，文人輕薄乃六朝及唐人常言，然此既非如趙注言公以四子爲輕薄，亦非如仇、汪謂後生哂四子輕薄。而當如洪邁所言，謂輕薄子爲文哂笑四子，事近於蕭巡製詩嘲敬容。

〔二〕爾曹二句：洪邁《容齋四筆》卷五：「王勃等四子之文，皆精切有本原。其用駢儷作記序碑碣，蓋一時體格如此，而後來頗議之。杜詩云……正謂此耳。身名俱滅，以責輕薄子。江河萬古流，指四子也。」錢箋：「嗤點流傳，輕薄爲文，皆指並時之人也。一則曰爾曹，再則曰爾曹，正退之所謂『群兒』也。」

縱使盧王操翰墨，劣於漢魏近風騷〔一〕。龍文虎脊皆君馭，歷塊過都見爾曹〔二〕。（0693）

【注】

〔一〕縱使二句：盧元昌曰：「舉盧、王而楊駱在中矣。」《宋書·謝靈運傳》史臣曰：「原其飈流所

始，莫不同祖風騷。」錢箋：「盧、王之文，劣于漢魏，而能江河萬古者，以其近於風騷也。」汪師韓《詩學纂聞》：「漢魏近風騷，五字相連，言盧、王亦近風騷，但劣于漢魏之近風騷耳。又一解：盧王操翰墨劣於漢魏，九字相連，言盧、王比之漢魏則劣，然其於風騷之旨則近矣。」楊倫云：「謂盧、王不如漢魏之近風騷也。」按，楊説二句較穩。然「縱使」二字尤不能放過，全篇劉辰翁説近是。朱鶴齡、仇注皆襲其説。

〔二〕龍文二句：龍文虎脊，參卷二《送李校書二十六韻》(0089)注。《九家》趙注：「文章之妙如龍文虎脊之馬，皆可充君王之馭，然或過都而蹶，則猶不爲良馬。爾曹指盧、王也。」《千家注》劉辰翁曰：「第三首又只借盧、工反復言之，以爲縱使不及漢魏風騷，畢竟皆異材也。爾曹自負不淺，然過都歷塊，乃可見耳。所以極形容前輩之未易貶也。汪謂盧、王爲爾曹，是全失先後語意。」仇注：「縱使盧、王操筆，不如漢魏近古，但似此龍文虎脊，皆足供王者之用。若爾曹薄劣之材，試之長途，當自蹶耳，奈何輕議古人。」杜詩用「蹶如歷塊」，蹶取跌仆義，見卷二《瘦馬行》(0073)注。此謂爾曹輩不免一蹶，則爾曹不指盧、王愈明。

才力應難跨數公，凡今誰是出羣雄〔一〕？或看翡翠蘭苕上，未掣鯨魚碧海中〔二〕。(0694)

【注】

〔一〕才力二句：《九家》趙注：「數公指庾信、楊王盧駱與夫漢魏諸人也。自衆人觀之，才力未易超跨之。……『羣』字亦指數公，而出羣雄，則蓋自負也。」錢箋：「凡今誰是出羣雄，公所以自負也。」仇注：「才如庾、楊數公，應難跨出其上，今人亦誰是出羣者。」按，「數公」當承上指楊王盧駱四子。唐人品文之風甚盛。《大唐新語》卷八：「張説、徐堅同爲集賢學士十餘年，好尚頗同，情契相得。時諸學士凋落者衆，唯説、堅二人存焉。説手疏諸人名，與堅同觀之。堅謂説曰：『諸公昔年皆擅一時之美，敢問孰爲先後？』説曰：『李嶠、崔融、薛稷、宋之問，皆如良金美玉，無施不可。……』堅又曰：『今之後進，文詞孰賢？』説曰：『韓休之文，有如太羹玄酒，雖雅有典則，而薄於滋味。……若能箴其所闕，濟其所長，亦一時之秀也。』」此開元間事。天寶年間有殷璠《河岳英靈集》，高仲武《中興間氣集》則起自至德，終於大曆，皆選詩而加品評。故甫此詩亦有比美前賢之問。

〔二〕或看二句：郭璞《游仙詩》：「翡翠戲蘭苕，容色更相鮮。」《文選》李善注：「蘭苕，蘭秀也。」謝靈運《南樓中望所遲客》：「瑶華未堪折，蘭苕已屢摘。」虞世基《江都夏》：「蘭苕翡翠但相逐，桂樹鴛鴦恒並宿。」蕭繹《玄覽賦》：「戮滔天之封豕，斬横海之長鯨。」《陳書・陳寶應傳》：「水扼長鯨，陸掣封豨。」《九家》趙注：「公所自負出羣雄者，如掣鯨魚於碧海。」錢箋：「翡翠蘭苕，指當時研揣聲病、尋章摘句之徒。」

不薄今人愛古人，清詞麗句必爲鄰〔一〕。竊攀屈宋宜方駕，恐與齊梁作後塵〔二〕。（0695）

【注】

〔一〕不薄二句：《舊唐書·孝敬皇帝弘傳》：「命中書令、太子賓客許敬宗……博采古今文集，摘其英詞麗句，以類相從，勒成五百卷，名曰《瑶山玉彩》。」錢箋：「『不薄今人』以下，惜時人之是古非今，不知別裁而正告之也。」仇注：「言今人愛慕古人，取其清詞麗句而必與爲鄰，我亦豈敢薄之。」浦起龍云：「統言今人，則齊梁而下、四傑而外皆是。統言古人，則漢魏以上、風騷以還皆是。」楊倫云：「言我非敢薄今人而專愛古人也。但庾信、四傑輩體格雖似略卑，其清詞麗句終必有近於風騷者。」仇注以「今人愛古人」連讀，終嫌不妥。

〔二〕竊攀二句：張衡《西京賦》：「酒車酌醴，方駕授饔。」《文選》薛綜注：「方，並也。」張協《七命》：「余雖不敏，請從後塵。」《九家》趙注：「言公竊自追攀屈原、宋玉，宜與之並駕矣。」「言恐共齊梁之人皆作屈宋後塵爾。一云公所以必追逐屈宋者，惟恐不超過齊梁而翻與之作後塵。」錢箋：「今人侈言屈宋，而轉作齊梁之後塵，不亦傷乎。」仇注：「但恐志大才庸，揣其意，竊思仰攀屈宋，論其文終作齊梁後塵耳。」按，四句皆作甫自言其志較妥。恐作齊梁後塵，既爲告誡，亦屬解嘲。蓋既喜清詞麗句，則不能與齊梁盡脱干係。錢、仇以爲譏今人，未免視甫過高而至迂。

未及前賢更勿疑，遞相祖述復先誰〔一〕？ 別裁僞體親風雅，轉益多師是汝師〔二〕。（0696）

【注】

〔一〕未及二句：《禮記·中庸》：「仲尼祖述堯舜，憲章文武。」《草堂》夢弼注：「遞相祖述，言齊梁相習爲輕薄之文，無有慨然以風雅正體倡先者。」錢箋：「今人之未及前賢無怪其然也，以其遞相祖述，沿流失源，而不知誰爲之先也。」浦起龍云：「前賢各有師承，如宗支之代嬗也。『祖述』字本《曲臺記》，是好字眼，錢氏解爲沿流而失源，誤矣。」「復先誰者，詰其輕嗤輕哂，妄分先後也。」按，遞相祖述則失真源，錢箋不誤。 朱弁《風月堂詩話》卷上：「魏曹植詩出於《國風》，晋阮籍詩出於《小雅》，其餘遞相祖襲，雖各有師承，而去風雅猶未遠也。 自魏晋至宋，雅奥清麗，尤盛於江左。齊梁已下，不足道矣。」此據鍾嶸《詩品》爲説，雖非解杜此詩，然或近杜詩之意。

〔二〕別裁二句：《文心雕龍·定勢》：「是以括囊雜體，功在銓別。」《史傳》：「騰褒裁貶，萬古魂動。」《鎔裁》：「蹊要所司，職在鎔裁，櫽括情理，矯揉文采也。」又《知音》：「學不逮文，而信僞迷真者，樓護是也。」轉益，轉亦益，此作增益解。 參卷二《李鄠縣丈人胡馬行》（0084）注。《九家》趙注：「多求前人以取其所長，乃爲師耳。」

張戒《歲寒堂詩話》卷上：「此詩非爲庾信、王楊盧駱而作，乃子美自謂也。方子美在時，雖名滿天下，人猶有議論其詩者，故有『嗤點』、『哂未休』之句。夫子美詩超今冠古，一人而已，然而其生也人猶笑之，殁而後人敬之，况其下者乎。子美忿之，故云『爾曹身與名俱滅，不廢江河萬古流』，『龍文虎脊皆君馭，歷塊過都見爾曹』也。然子美豈其忿者？戲之而已。其云『或看翡翠蘭苕上，未掣鯨魚碧海中』，若子美真所謂掣鯨魚碧海中者也，而嫌於自許，故皆題爲戲句。」

田雯《古歡堂雜著》卷二：「古來論詩者，子美《戲爲六絶句》、義山《漫成五章》、東坡《次韻孔毅父五首》，又《讀孟郊詩二首》，遺山『漢謡魏什』云云三十首，又《濟南雜詩十首》，議論闡發，皆有妙理。」

江漲

江發蠻夷漲，山添雨雪流〔一〕。大聲吹地轉〔二〕，高浪蹴天浮。魚鼈爲人得〔三〕，蛟龍不自謀。輕帆好去便，吾道付滄洲〔四〕。（0697）

【注】

黃鶴注：梁權道編在上元二年（七六一）。

〔一〕江發二句：《分門》洙曰：「蜀水之源，皆出夷地。」按，《書·禹貢》：「岷山導江。」此言江水出岷山。黃鶴注：「蜀山多積雪，盛夏始解，濟之以雨，江流愈漲也。」

〔二〕大聲句：揚雄《法言·問道》：「或問大聲，曰：非雷非霆，隱隱耾耾，久而愈盈，尸諸聖。」

〔三〕魚鼈句：《莊子·庚桑楚》：「鳥獸不厭高，魚鼈不厭深。」

〔四〕吾道句：謝脁《之宣城郡出新林浦向板橋》：「既歡懷祿情，復協滄洲趣。」《文選》呂延濟注：「滄洲，洲名，隱者所居。」

晚晴

村晚驚風度〔一〕，庭幽過雨霑。夕陽薰細草〔二〕，江色映疏簾。書亂誰能帙，杯乾可自添。時聞有餘論，未怪老夫潛〔三〕。（0698）

【注】

黃鶴注：從舊次爲上元二年（七六一）作。

〔一〕村晚句：曹植《贈徐幹》：「驚風飄白日，忽然歸西山。」

〔二〕夕陽句：江淹《別賦》：「閨中風暖，陌上草薰。」

〔三〕時聞二句：《後漢書·王符傳》：「乃隱居著書三十餘篇，以譏當時失得，不欲章顯其名，故號曰《潛夫論》。」司馬相如《子虛賦》：「願聞大國之風烈，先生之餘論也。」

朝雨

涼氣晚蕭蕭①，江雲亂眼飄。風鴛藏近渚，雨燕集深條〔一〕。黄綺終辭漢②，巢由不見堯〔二〕。草堂樽酒在，幸得過清朝③。（0699）

【校】

①晚，宋本、錢箋校：「一作曉。」《九家》、《草堂》作「曉」。

②辭，宋本、錢箋校：「一作投。」

③朝，宋本、錢箋校：「一作宵。」

【注】

黄鶴注：當是上元二年（七六一）秋作。

〔一〕雨燕句：蕭繹《泛蕪湖》：「飄隨迎雨燕，鼓逐伺潮雞。」

〔二〕黃綺二句：黃綺，四皓之綺里季、夏黃公。見卷二《喜晴》(0077)注。巢父、許由，見卷一《自京赴奉先縣詠懷五百字》(0041)注。

送裴五赴東川〔一〕

故人亦流落，高義動乾坤。何日通燕塞，相看老蜀門。東行應暫別，北望苦銷魂〔二〕。凜凜悲秋意〔三〕，非君誰與論？（0700）

【注】

〔一〕裴五：名不詳。

黃鶴注：上元二年(七六一)成都作。

〔二〕東行二句：江淹《別賦》：「黯然銷魂者，唯別而已矣。」

〔三〕凜凜句：宋玉《九辯》：「悲哉秋之爲氣也，蕭瑟兮草木摇落而變衰。」「皇天平分四時兮，竊獨悲此廩秋。」廩一作凜。

奉簡高三十五使君〔一〕

當代論才子，如公復幾人？驊騮開道路，鷹隼出風塵。行色秋將晚，交情老更親。天涯喜相見，披豁對吾君①〔二〕。（0701）

【校】

① 對，宋本、錢箋校：「一作道。」君，《草堂》作「真」。錢箋校：「吴若本作君，恐誤。」

【注】

黄鶴注：當是上元元年（七六〇）秋作。按，高適轉蜀州刺史説有不同。或謂當在上元二年（七六一）。參卷八高適《人日寄杜二拾遺》注。上元元年，王縉在蜀州刺史任，見本卷《和裴迪登新津寺寄王侍郎》（0614）注。

〔一〕高三十五使君：高適。見卷一〇《寄彭州高三十五使君適虢州岑二十七長史參三十韻》（0610）注。

〔二〕披豁句：《晋書·陸玩傳》：「乞陛下披豁聖懷。」按，吾君通常稱君主，然日常對話中亦以稱對

方。《太平廣記》卷一二四《劉璠》（出《稽神録》）：「其人撫膺歎曰：『吾君必死，此人即劉璠也。』其日中使至，遂縊於獄矣。」卷三四三《陸喬》（出《宣室志》）：「常夢一人告我曰：吾君後當至端揆，然終不及臺司。」

送韓十四江東覲省〔一〕

兵戈不見老萊衣①〔二〕，歎息人間萬事非。我已無家尋弟妹，君今何處訪庭闈〔三〕？黃牛峽静灘聲轉②，白馬江寒樹影稀〔四〕。此别還須各努力③，故鄉猶恐未同歸④。（0702）

【校】

① 兵，《文苑英華》校：「一作干。」

② 轉，錢箋、《文苑英華》校：「一作急。」

③ 還須，《文苑英華》作「須當」。錢箋作「應須」。

④ 同，宋本、錢箋、《九家》校：「一作堪。」

【注】

黄鶴注：從舊次上元二年（七六一）在成都作。

〔一〕韓十四：崔國輔有《送韓十四被魯王推遞往濟南府》。高適《酬別薛三蔡大留簡韓十四主簿》：「韓公有奇節，詞賦凌群彥。讀書嵩岑間，作吏滄海甸。」獨孤及有《喜辱韓十四郎中書兼封近詩示代書題贈》。後者岑仲勉《唐人行第録》謂爲韓滉。陶敏考爲韓洄，並疑此詩之韓十四亦爲洄。權德輿《贈户部尚書韓公行狀》：「乾元中……朝廷推其能名，除睦州別駕知州事，俄拜監察御史，又轉殿中侍御史，賜緋魚袋，充江西都團練判官。……李梁公峴之充江淮選補使也，引爲判官。」洄此期間蓋未曾入蜀。仇注引張綖注：「韓蓋公同鄉人，必其父母避亂江東而往省之。玩次聯及結可見。」此人當與高適詩之韓十四主簿爲同一人。

〔二〕老萊衣：見卷二《送李校書二十六韻》（0089）注。

〔三〕庭闈：見卷五《入奏行》（0236）注。

〔四〕黄牛二句：《水經注》江水：「江水又東逕黄牛山下，有灘名曰黄牛灘。南岸重嶺疊起，最外高崖間，有石色如人負刀牽牛，人黑牛黄，成就分明。既人跡所絶，莫能究焉。此崖既高，加江湍迂回，雖途經信宿，猶望見此物。故行者云：『朝發黄牛，暮宿黄牛，三朝三暮，黄牛如故。』言水路迂深，回望如一。」《九家》趙注：「白馬江，蜀州江名，今所稱亦然，乃韓與公爲別之處。……舊注引爲江陵，非是。」錢箋引《寰宇記》王僧達爲荆州刺史，刑白馬祭江神事。《方輿

勝覽》卷五二崇慶府：「白馬江，自晉源縣界入新津縣界。」《明一統志》卷六七成都府：「白馬江，在崇慶州東一十里。源自晉源廢縣，東入新津縣界。」此蜀中之白馬江。

贈杜二拾遺

高　適

傳道招提客〔一〕，詩書自討論。佛香時入院，僧飯屢過門。聽法還應難，尋經剩欲翻。草玄今已畢〔二〕，此後更何言①。

【校】

① 後，錢箋作「外」，校：「吴作後。」

【注】

〔一〕招提：見卷一《游龍門奉先寺》（0004）注。

〔二〕草玄：見卷九《奉寄河南韋尹丈人》（0426）「笑揚雄」注。

酬高使君相贈

古寺僧牢落，空房客寓居①〔一〕。故人供禄米，鄰舍與園蔬。雙樹容聽法，三車肯載書〔二〕。草玄吾豈敢，賦或似相如②〔三〕。（0703）

【校】

①客，宋本、錢箋、《草堂》校：「一作得。」《文苑英華》作「得」，校：「集作客。」

②似，錢箋校：「一云比。」《文苑英華》作「比」，校：「集作似。」

【注】

黄鶴注：公初到成都時居於浣花寺，疑蜀州是彭州。上元元年（七六〇）作。按，《草堂》前詩題「蜀州刺史高適」。

〔一〕古寺二句：《草堂》夢弼注引趙清獻《玉壘記》：「草堂鹿苑，府右七里，浣花三里，物色邃清，沙門履空居之。甫草堂杖屨，初齒梵游。」草堂寺，見本卷《狂夫》（0620）注。

〔二〕雙樹二句：娑羅雙樹，佛涅槃處。《佛遺教經》：「於娑羅雙樹間將入涅槃，是時中夜，寂然無

聲。」後指佛寺。三車，《法華經·譬喻品》：「羊車、鹿車、牛車，今在門外，可以游戲。汝等於此火宅宜速出來，隨汝所欲，皆當與汝。爾時諸子聞父所説珍玩之物，適其願故，心各勇鋭，互相推排，競共馳走，争出火宅。」《九家》趙注：「以比三乘。」錢箋引《慈恩窺基傳》「以三車自隨，前乘經論箱袠，中乘自御，後乘妓女食饌，道中文殊菩薩化爲老人，呵之而止」，謂此詩用慈恩事，言亦應許我如慈恩三車自隨，但我只辦用以載書耳。浦起龍云：「詩謂假僧車以載書耳。錢箋引《窺基傳》……毋乃多事。」楊倫云：「此句當兼用《莊子》惠施多方其書五車事，言佛法在語言文字之外也。」

〔三〕賦或句：《漢書·揚雄傳》：「先是時，蜀有司馬相如，作賦甚弘麗温雅，雄心壯之，每作賦，常擬之以爲式。……孝成帝時，客有薦雄文似相如者。」

草堂即事

荒村建子月〔一〕，獨樹老夫家。霧裏江船渡①，風前逕竹斜。寒魚依密藻，宿鷺起圓沙。蜀酒禁愁得〔二〕，無錢何處賒？（0704）

【校】

①霧，宋本校：「舊作雪。」錢箋校：「一云雪。」《九家》、《草堂》作「雪」。

【注】

黃鶴注：當是上元二年（七六一）十一月在成都作。

〔一〕荒村句：《舊唐書·肅宗紀》：「（上元二年九月）壬寅制：……自今已後，朕號唯稱皇帝，其年號但稱元年，去上元之號。」《資治通鑑》上元二年：「去年號，但稱元年，以建子月爲歲首，月皆以所建爲數。」建子月，當農曆十一月。自此月稱元年，月以所建爲數。至次年建巳月（四月）改元寶應。王嗣奭《杜臆》：「《春秋》變古則書。蓋史法也。」

〔二〕禁愁得：禁得愁。白居易《座中戲呈諸少年》：「衰容禁得無多酒，秋鬢新添幾許霜。」禁得，宋詞常見。

廣州段功曹到得楊五長史譚書功曹却歸聊寄此詩〔一〕

衛青開幕府，楊僕將樓船〔二〕。漢節梅花外〔三〕，春城海水邊。銅梁書遠及，珠浦使將旋〔四〕。貧病他鄉老，煩君萬里傳。（0705）

【注】

黃鶴注：當是公寶應元年（七六二）在梓州得書而有此作。

〔一〕段功曹：疑即前詩之段子。《唐六典》卷三〇中都督府：「長史一人，正五品上」；「功曹參軍事一人，從七品上。」楊五長史譚：楊譚，見本卷《寄楊五桂州》(0642)注。

〔二〕衛青二句：《史記·衛將軍驃騎列傳》：「元光五年，青爲車騎將軍，擊匈奴。」「即軍中拜車騎將軍青爲大將軍。」《廉頗藺相如傳》索隱：「崔浩云：古者出征爲將帥，軍還則罷，理無常處，以幕帟爲府署，故曰莫府。則莫當作幕，字之訛耳。」唐代軍鎮、節度使等皆稱幕府。《漢書·楊僕傳》：「南越反，拜爲樓船將軍。」

〔三〕漢節句：李嶠《梅》：「大庾天寒少，南枝獨早芳。」張方注：「大庾嶺上梅，南枝落，北枝開。」本卷《寄楊五桂州》：「梅花萬里外，雪片一冬深。」

〔四〕銅梁二句：銅梁山，見卷四《贈蜀僧閭丘師兄》(0175)注。《後漢書·循吏傳》孟嘗：「遷合浦太守，郡不産穀實，而海出珠寶。……先時宰守並多貪穢，詭人采求，不知紀極，珠遂漸徙於交阯郡界。……嘗到官，革易前敝，求民病利。曾未逾歲，去珠復還。」《舊唐書·地理志》廣州中都督府：「春州，隋高涼郡之陽春縣。」「陽春，州所治，漢高涼縣地，屬合浦郡，至隋不改。」《九家》趙注謂合浦即廉州，楊長史豈在廉州乎。按，此泛以珠浦稱廣府。

得廣州張判官叔卿書使還以詩代意〔一〕

鄉關胡騎遠①，宇宙蜀城偏。忽得炎州信，遥從月峽傳〔二〕。雲深驃騎幕，夜

隔孝廉船〔三〕。却寄雙愁眼，相思淚點懸②。（0706）

【校】

①遠，宋本、錢箋校：「一云滿。」

②思，宋本、錢箋校：「一作望。」

【注】

黄鶴注：當是在梓州同楊長史書得之。寶應元年（七六二）作。仇注編入上元二年（七六一）成都作。

〔一〕張判官叔卿：張叔卿，本書卷一九《雜述》（1438）：「則魯之張叔卿、孔巢父二才十者，聰明深察，博辯閎大……泰山冥冥崒以高，泗水潾潾瀰以清，悠悠友生，復何時會於王鎬之京。」張叔卿，又疑爲張叔明。參卷九《題張氏隱居二首》（0422）注。按，此判官與魯人張叔卿是否一人，亦難傕證。

〔二〕忽得二句：何承天《臨高臺篇》：「馳迅風，游炎州。」《太平御覽》卷五三引李膺《益州記》：「廣陽洲東七里……至明月峽，峽前南岸壁高四十丈，其壁有圓孔，形如滿月，因以爲名。」《方輿勝覽》卷六〇重慶府：「明月峽在巴縣，石壁高四十丈，有孔若明月。」

〔三〕雲深二句：霍去病爲驃騎將軍。《世説新語·文學》：「張憑舉孝廉，出都，負其才氣，謂必參

時彥。欲詣劉尹……真長延之上坐，清言彌日，因留宿至曉。張退，劉曰：『卿且去，正當取卿共詣撫軍。』張還船，同侶問何處宿，張笑而不答。須臾，真長遣傳教張孝廉船，同侶惋愕。即同載詣撫軍。」《九家》趙注：「夜隔，則阻隔之隔，蓋不見張而空望之意。」

送段功曹歸廣州

南海春天外，功曹幾月程①？峽雲籠樹小，湖日落船明②〔一〕。交趾丹砂重，韶州白葛輕〔二〕。幸君因旅客③，時寄錦官城。（0707）

【校】

① 程，宋本、錢箋校：「一作行。」

② 落，宋本、錢箋、《九家》、《草堂》校：「一作蕩。」

③ 旅，宋本、錢箋校：「一作估。」《九家》、《草堂》作「估」，校：「一作旅。」

【注】

黃鶴注：當是寶應元年（七六二）春作。若在梓州，則公是時有意於出峽，必不言時寄錦官城矣。

〔一〕峽雲二句：仇注：「出峽以後，必經洞庭而後至廣，舊指蜀中東湖、西湖，未然。」

〔二〕交趾二句：交趾丹砂，用葛洪事。見卷七《送重表侄王砅評事使南海》（0386）注。《新唐書·地理志》嶺南道：「韶州始興郡，下。本番州。……土貢：竹布、鐘乳、石斛。」李調元《南越筆記》卷五：「粵之葛，以增城女葛爲上，然不鬻於市。彼中女子終歲乃成一疋，以衣其夫而已。其重三四兩者，未字少女乃能織，已字則不能，故名女兒葛。……《漢書》云：粵地多果布之湊。韋昭曰：布，葛布也。顔師古曰：布謂諸雜細布皆是也。其黄潤者，生苧也。細者爲絟，粗者爲苧。苧一作紵。唐時，端、潮貢蕉布，韶貢竹布。竹布産仁化，其竹名曰丹竹。丹亦曰單。竹節長可緝絲，織之名丹竹布。一名竹練。庾翼《與燕王書》曰『竹練三端』是也。」此稱韶州白葛，蓋葛布、竹布類同。

魏十四侍御就敝廬相别〔一〕

有客騎驄馬〔二〕，江邊問草堂。遠尋留藥價，惜别到文場①〔三〕。入幕旌旗動，歸軒錦繡香。時應念衰疾②，書疏及滄浪③〔四〕。（0708）

【校】

①到，錢箋校：「一云倒。」《草堂》作「倒」，校：「一作到。」

②衰，《九家》作「老」。

③疏，宋本、錢箋校：「一作迹。」《九家》、《草堂》作「迹」。

【注】

黄鶴注：當是在草堂作，從舊次爲寶應元年（七六二）詩。

〔一〕魏十四侍御：名不詳。當爲西川節度使從事，侍御是其兼銜。

〔二〕驄馬：見卷二《送長孫九侍御赴武威判官》（0085）注。

〔三〕遠尋二句：《後漢書·逸民傳》：「韓康字伯休……常采藥名山，賣於長安市，口不二價，三十餘年。時有女子從康買藥，康守價不移，女子怒曰：『公是韓伯休耶？乃不二價乎？』康歎曰：『我本欲避名，今小女子皆知有我，何用藥爲？』乃遁入霸陵山中。」《晋書·杜預傳》贊：「元凱文場，稱爲武庫。」《九家》趙注：「公自以其居爲文場。」

〔四〕滄浪：見卷六《壯游》（0295）注。

徐九少尹見過〔一〕

晚景孤村僻，行軍數騎來〔二〕。交新徒有喜，禮厚愧無才。賞静憐雲竹，忘歸

步月臺。何當看花蘂，欲發照江梅。（0709）

【注】

黄鶴注：當是上元二年（七六一）冬作。

〔一〕徐九少尹：徐知道。高適《賀斬逆賊徐知道表》：「逆賊前成都少尹兼侍御史、僞稱成都尹兼御史中丞、劍南節度使徐知道，中官携養，莫知姓族。」知徐知道原爲成都少尹。寶應元年，徐知道作亂。見卷五《草堂》（C251）等詩注。

〔二〕行軍句：《九家》趙注：「唐以少尹爲行軍長史，若有節度使，即謂之行軍司馬。」黄鶴注：「《志》云：天下兵馬元帥府有行軍長史、行軍司馬。今詩與徐少尹，而云行軍，當是其時成都尹兼節制兵馬，以討亂，故少尹兼行軍也。」按，時成都尹例由劍南節度使兼任，其屬下行軍司馬兼少尹亦爲常例。

范二員外邈吴十侍御郁特枉駕闕展待聊寄此〔一〕

暫往比鄰去①，空聞二妙歸〔二〕。幽栖誠簡略，衰白已光暉〔三〕。野外貧家遠，村中好客稀。論文或不愧，肯重款柴扉〔四〕？（0710）

【校】

① 去，宋本、錢箋校：「晋作至。」

【注】

黄鶴注：當是上元二年（七六一）在浣花作。

〔一〕范二員外邈：范邈，事迹不詳。吴十侍御郁：吴郁，見卷三《兩當縣吴十侍御江上宅》(0139)注。據《歷代法寶記》，永泰二年爲東川青苗使。黄鶴注：「過江上宅時郁尚謫楚中，是年蓋放還矣。」展待：展禮待命。明清人有用此詞者。

〔二〕空聞句：《晋書·衛瓘傳》：「與尚書郎敦煌索靖俱善草書，時人號爲一臺二妙。」

〔三〕衰白句：任豫《夏潦省宅》：「生長數十載，幸佑見衰白。」

〔四〕肯重句：范雲《贈張徐州謖》：「還聞稚子説，有客款柴扉。」

王十七侍御掄許携酒至草堂奉寄此詩便請邀高三十五使君同到〔一〕

老夫卧穩朝慵起，白屋寒多暖始開。江鸛巧當幽徑浴①，鄰雞還過短牆來。

繡衣屢許攜家醞，皂蓋能忘折野梅〔二〕。戲假霜威促山簡，須成一醉習池回②〔三〕。

（0711）

【校】

① 鸖，宋本、錢箋、《九家》、《草堂》校：「一作鶴。」

② 一醉，宋本、錢箋校：「一作醉裏。」

【注】

黄鶴注：當是上元二年（七六一）冬作。時高適刺蜀州，意是高同崔光遠平段子璋後，崔不能戢，將士大掠，天子怒以適代其節度，時在成都，故邀之。今詩不云高尹，仍謂高使君。又是年建子月光遠卒，建丑月旋以嚴武爲成都尹，則適實未嘗代光遠爲尹，殆是攝節度事而在成都。嚴武實應元年召歸爲京尹後，却不見成都别除尹。史云代宗即位，吐蕃陷隴右，漸逼京畿，適練兵於蜀，師出無功，而松、維等州尋陷，代宗以嚴武代還。必實應元年五月至廣德元年十二月，乃適尹成都。不知公何以無一詩與之。朱鶴齡注：蓋適爲尹時，公全在東川。及武再鎮蜀，方歸草堂也。

〔一〕王十七侍御掄：王掄，本書卷一五有《哭王彭州掄》（1055）。《唐御史臺精舍題名考》有其人考證。高適助崔光遠平段子璋，見卷四《戲作花卿歌》（0174）注。

〔二〕繡衣二句：分言王侍御、高使君。皂蓋，見卷一《陪李北海宴歷下亭》（0006）注。

〔三〕戲假二句：霜威，見卷八《入衡州》(0403)「風霜」注。《世説新語・任誕》劉孝標注引《襄陽記》：「漢侍中習郁于峴山南，依范蠡養魚法作魚池。……山簡每臨此池，未嘗不大醉而還，曰：『此是我高陽池也。』」

王竟攜酒高亦同過共用寒字

卧疾荒郊遠①，通行小徑難。故人能領客，攜酒重相看。自愧無鮭菜②〔一〕，空煩卸馬鞍。移時勸山簡③，頭白恐風寒〔二〕。高每云：汝年幾？且不必小於我④〔三〕。故此句戲之。(0712)

【校】

① 疾，錢箋作「病」。

② 鮭，宋本、錢箋校：「一作蝦。」

③ 時，《草堂》校：「或作樽。或作林。」

④ 且不必，錢箋無「且」字。《草堂》作「小且不必」。

【注】

黄鶴注：同上年作。

〔一〕自愧句：《南齊書·庾杲之傳》：「清貧自業，食唯有韮葅、瀹韮、生韮雜菜，或戲之曰：『誰謂庾郎貧，食鮭常有二十七種。』言三九也。」《集韻》佳韻：「鮭，吴人謂魚菜總稱。」《古今韻會舉要》：「膎，户佳切。音與諧同。《説文》：脯也，從肉，奚聲。徐曰：古謂脯之屬爲膎，因通謂儲蓄食味爲膎。《南史》：孔靖飲宋高祖酒，無膎，取伏雞卵爲肴。王儉云：庾郎食膎有二十七種。一曰吴人謂醃魚爲膎脼。通作鮭。又杜詩：『自愧無鮭菜。』」

〔二〕移時二句：仇注：「勸高飲酒禦寒，戲之也。」

〔三〕不必，謂不一定。高云甫之年未必小於己，故詩反戲之。《世説新語·言語》：「夜光之珠，不必出於孟津之河；盈握之璧，不必采於崑崙之山。」《任誕》：「名士不必須奇才。」

少年行二首

莫笑田家老瓦盆，自從盛酒長兒孫①〔一〕。傾銀注瓦驚人眼②，共醉終同卧竹根〔二〕。（0713）

【校】

① 長，宋本、錢箋校：「一作養。」

② 瓦，宋本校：「一作玉。」原校誤在「注」字下。《草堂》作「玉」。《文苑英華》作「玉」，校：「集作瓦。」

【注】

黄鶴注：當是上元二年（七六一）作。

〔一〕莫笑二句：《晉書·阮咸傳》：「宗人間共集，不復用杯觴斟酌，以大盆盛酒，圓坐相向，大酌更飲。」張表臣《珊瑚鉤詩話》卷三：「夫盆者，槃也，載酒而置之座中也。」《説郛》卷九四鄭獬《觥記注》：「缶者，小瓦盆也。秦人擊之以節歌。杜子美詩：『莫笑田家老瓦盆，自從盛酒長兒孫。』」《史記·平準書》：「守閭閻者食糧肉，爲吏者長子孫。」集解：「如淳曰：時無事，吏不數轉，至於子孫長大而不轉職任。」

〔二〕傾銀二句：《九家》趙注：「舊本作注瓦，非特疊字，而與銀字豈相類乎？」羅大經《鶴林玉露》乙集卷八：「蓋言以瓦盆盛酒，與傾銀壺而注玉杯者同一醉也，尚何分別之有。……一本乃改『玉』字作『瓦』字，失之矣。」按，傾銀壺而注瓦，正羅氏所謂「同一醉也」之意，亦正是其驚人眼處。原不煩改字。《九家》杜田《補遺》：「《酒譜》云：老杜『共醉終同卧竹根』，蓋以竹根爲飲器。事見《江淹集》。然遍閲江集，並無竹根事。唯庾信《報趙王賜酒》詩曰：『如聞傳上命，定是賜中樽。野爐然樹葉，山杯捧竹根。』此以竹根爲飲器也。」趙注：「古詩云：『徘徊孤竹根。』」

杜田之説，以竹根爲飲器。夫竹根固是酒杯矣，酒杯既空，豈可謂之卧乎？」朱鶴齡注引潘耕曰：此暗用阮咸事，咸與嵇康諸人共爲竹林之游，故末有「同卧竹根」之句。

巢燕養雛渾去盡①〔一〕，江花結子已無多②。黄衫年少來宜數〔二〕，不見堂前東逝波。（0714）

【校】

① 雛，《文苑英華》作「兒」。

② 已，宋本、錢箋、《草堂》校：「一作也。」《文苑英華》作「也」。

【注】

〔一〕渾：幾乎、全部。《敦煌變文集·李陵變文》：「不那弓刀渾用盡，遂搦空身左右遮。」

〔二〕黄衫句：《九家》趙注：「黄衫，應是唐人貴富家之服。」引《明皇雜録》婦人衣黄披衫。《太平廣記》卷三五〇《浮梁張令》（出《纂異記》）：「庖人炙羊方熟，有黄衫者據盤而坐，僕夫連叱，神色不撓。店嫗曰：『今五坊弋羅之輩，横行關内，此其流也，不可與競。』」黄衫乃吏服，小説多見。《新唐書·禮樂志》：「樂工少年姿秀者十數人，衣黄衫、文玉帶，立左右。」樂工亦服之。

野人送朱櫻

西蜀櫻桃也自紅，野人相贈滿筠籠。數回細寫愁仍破，萬顆匀圓訝許同〔一〕。憶昨賜霑門下省，退朝擎出大明宮〔二〕。金盤玉筯無消息〔三〕，此日嘗新任轉蓬。

（0715）

【注】

黃鶴注：從舊次爲寶應元年（七六二）作。

〔一〕數回二句：《禮記·曲禮上》：「御食於君，君賜餘，器之溉者不寫，其餘皆寫。」注：「寫者，傳己器中乃食之也。」方回及錢箋等引此。按，細寫謂輕取輕放。方回《瀛奎律髓》卷二七：「野人嘗云：惟櫻桃既摘，不可易器。青柄一脱，則紅苞破而無味。老杜既得此三昧，又下一句有『萬顆匀圓』之訝，古今絶唱。」愁仍破，耽心其破損。

〔二〕憶昨二句：《分門》洙曰：「唐制，賜近臣櫻桃，有宴。」修可曰：「唐李綽《歲時記》云：四月一日内園進櫻桃，寢廟薦訖，賜各有差。」王維有《敕賜百官櫻桃》詩。

〔三〕金盤句：仇注：「此詩作於肅宗晏駕之後，故云『金盤玉筯無消息』。」浦起龍云：「亦含休官遠

客意。」施鴻保謂：「第追念在朝時恩寵而已。」

范温《潛溪詩眼》：「老杜《櫻桃》詩云……此詩如禪家所謂信手拈來、頭頭是道者，直書眼前所見，平易委曲，得人心所同然，但他人艱難不能發耳。至於『憶昨賜霑門下省，退朝擎出大明宫。金盤玉筯無消息，此日嘗新任轉蓬』，其感興皆出於自然，故終篇遒麗。韓退之有《賜櫻桃》詩云：『漢家舊種明光殿，炎帝還書本草經。豈似滿朝承雨露，共看轉賜出青冥。香隨翠籠擎偏重，色照銀盤寫未停。食罷自知無補報，空然慚汗仰皇扃。』蓋學老杜前詩，然搜求事迹，排比對偶，其言出於勉强，所以相去甚遠。若非老杜在前，人亦安敢輕議。」

即事①

百寶裝腰帶，真珠絡臂鞲〔一〕。笑時花近眼，舞罷錦纏頭〔二〕。（0716）

【校】

① 即事，《草堂》題下注：「贈舞者也。」

【注】

黄鶴注：舊次爲寶應元年（七六二）成都作。

〔一〕百寶二句：《史記·滑稽列傳》：「帣韝鞠䠊。」集解：「徐廣曰：韝，臂捍也。音溝。」《漢書·東方朔傳》：「董君緑幘傅韝。」注：「韋昭曰：韝，形如射韝，以縛左右手，於事便也。師古曰：韝即今之臂韝也。」鞲同韝。《九家》趙注：「此篇贈女人之舞者，直道其事耳。」

〔二〕錦纏頭：見卷五《春日戲題惱郝使君兄》（0217）注。

贈花卿〔一〕

（0717）

錦城絲管日紛紛，半入江風半入雲。此曲祇應天上有①，人間能得幾回聞？

【校】

① 有，《樂府詩集》作「去」。

【注】

仇注從單復編入上元二年（七六一）成都詩内。

〔一〕贈花卿：《樂府詩集》卷七九《近代曲辭・水調》：「按唐曲凡十一疊，前五疊爲歌，後六疊爲入破。」以此詩爲入破第二。陳善《捫虱新話》下集卷三：「世人謂杜子美《贈花卿》詩有『此曲祗應天上有，人間那得幾回聞』之句，因誤認花卿爲歌妓者多矣。按花卿蓋西川牙將，嘗與西川節度崔光遠平段子璋，遂大掠東川，故子美復有《戲贈花卿歌》……當時花卿跋扈不法，有僭用禮樂之意，子美所贈，蓋微而顯者也，不然豈天上有曲而人間不得聞乎？」楊慎《升庵詩話》卷一襲其説。朱鶴齡注：「敬定恃功驕横則有之，不聞有僭禮樂事。詳詩意，似諷其歌舞太侈，非居功之道耳。」參卷四《戲作花卿歌》(0174)注。胡應麟《詩藪》外編卷四：「花卿蓋歌伎之姓，『此曲祗應天上有』，本自目前語。而用修以成都猛將當之，且謂僭用天子禮樂，真癡人説夢也。」賀裳《載酒園詩話》卷一：「用修以爲花卿在蜀頗僭，子美作此諷之，則於詩意似合，疑可從耳。要之，兩詩不作於一時，前自惜其功，後自譏其僭，何必牽拘。」黄白山評：「據史僅言其大掠東蜀，未嘗言及僭擬朝廷。用修只據『天上』二字，遂漫爲此説，要非事實也。予以當時梨園弟子流落人間者不少，如《寄鄭李百韻》詩：『南内開元曲，當時弟子傳。』自注：『柏中丞筵，聞梨園弟子李仙奴歌。』所云『天上有』者，亦即此類。蓋贊其曲之妙，必是當時供奉所進，非人間所嘗聞耳。」

少年行

馬上誰家薄媚郎①，臨堦下馬坐人床②〔一〕。不通姓字粗豪甚③，指點銀瓶索酒

嘗④〔二〕。（0718）

【校】

① 馬上，宋本、錢箋、《草堂》校：「一云騎馬。」　薄媚，宋本、錢箋校：「一云白面。」《九家》、《草堂》、《文苑英華》作「白面」，《九家》、《草堂》校：「一作薄媚。」

② 堦，《文苑英華》作「軒」，校：「一作街。」　坐，宋本、錢箋校：「一作踏。」

③ 粗豪甚，宋本校：「一云粗疏甚。」　豪，錢箋校：「一作疏。」

④ 索酒嘗，宋本、錢箋校：「一云酒未嘗。」

【注】

仇注從黄鶴注依舊次編入寶應元年（七六二）。

〔一〕馬上二句：薄媚，輕薄。《王梵志詩校注》三七七首：「埋著黄蒿中，猶成薄媚鬼。」《游仙窟》：「誰知可憎病鵲，夜半驚人；薄媚狂雞，三更唱曉。」《敦煌變文集・燕子賦》：「薄媚黄頭雀，便漫説緣由。」《九家》趙注：「或作薄媚郎，非是。夫薄媚，施之娘可也。」按，章孝標《貽美人》：「諸侯帳下慣新妝，皆怯劉家薄媚娘。」然以上諸例，皆非施於女姓。仇注：「床，胡床也。」《世説新語・簡傲》：「良久，乃沐頭散髮而出，亦不坐，仍據胡床，在中庭曬頭。」《太平廣記》卷三六《拓跋大郎》（出《原化記》）：「吾昨被録去，見拓跋據胡床坐。」

〔二〕不通二句：《三國志·吴書·孫皎傳》：「此人雖粗豪，有不如人意時，然其較略大丈夫也。」《宋書·顔延之傳》：「又好騎馬，遨游里巷，遇知舊輒據鞍索酒。」《九家》趙注謂暗用此。

蕭八明府隄處覓桃栽①〔一〕

奉乞桃栽一百根〔二〕，春前爲送浣花村。河陽縣裏雖無數②，濯錦江邊未滿園③〔三〕。（0719）

【校】

①隄，宋本、錢箋校：「一作實。」《九家》作「實」，《草堂》作「宴」。

②裏，《草堂》校：「一作底。」

③邊，宋本、錢箋校：「一作頭。」

【注】

黄鶴注：上元元年（七六〇）作。此必是經營草堂成就時求之，不然，亦是上元二年歲下作。仇注編入上元元年。

〔一〕蕭八明府：據以下數詩例，其人當名隄或實。《九家》趙注：「河陽蓋以比蕭八所治之縣也，非華陽則成都矣。」

〔二〕奉乞句：仇注：「桃、栽二字連用，猶俗云桃秧，乃小桃之可栽者。榿栽、松栽亦然。竹不言栽者，移竹兼用根竿也。」

〔三〕河陽二句：庾信《春賦》：「河陽一縣並是花，金谷從來滿園樹。」《白氏六帖事類集》卷二一：「潘岳爲河陽令，樹桃李花，人號曰『河陽一縣花』。」

從韋二明府續處覓綿竹①〔一〕

華軒藹藹他年到，綿竹亭亭出縣高〔二〕。江上舍前無此物，幸分蒼翠拂波濤。

（0720）

【校】

① 綿竹，《草堂》下有「數叢」二字。

【注】

黄鶴注：從舊次爲寶應元年（七六二）作。仇注編入上元元年（七六〇）。

〔一〕韋二明府續：韋續，《新唐書·宰相世系表四上》東眷韋氏彭城公房：太子少保、駙馬都尉鐬孫，陳王府長史友廉子，「續，天興令」。著有《墨藪》。《全唐文》卷三六三收其《五一六種書序》。《唐代墓志彙編》開元〇七一蘇晉《大唐故銀青光禄大夫衛尉卿扶陽縣開國公護軍事韋公墓志銘》：「公諱項，字勵己，京兆杜陵人也。……有子駙馬都尉、銀青光禄大夫、彭城郡開國公、上柱國、右金吾將軍、衛尉卿、左出歙州别駕鐬。」即其祖父。據《唐會要》卷六，尚中宗女永壽公主。《全唐文》以續爲鐬子，蓋誤。

〔二〕華軒二句：《草堂》夢弼注：「《後漢·劉延傳》注：綿州故城在今益州綿竹縣東。《地十道志》：有紫岩山，綿竹之所出焉。綿竹蓋産於此山也。」李衎《竹譜》卷四：「綿竹生漢州之綿竹縣，今白延平後山及永州、全州山中皆有之。叢生，節稀圓正，有長三尺六寸者，道家漁鼓唯此有聲。葉小一如淡竹，作篾甚良，又爲櫛篾之最。客旅往往販至江上，作船掣纜，收束絞縛極筋韌。」《九家》趙注：「他年，則一二年前也。今公所覓，非華陽縣廨，則成都縣廨，題云韋二明府，則指知縣明矣。」

憑何十一少府邕覓榿木栽①〔一〕

草堂塹西無樹林②，非子誰復見幽心。飽聞榿木三年大，與致溪邊十畝陰。

（0721）

【校】

①榿木，《草堂》下有「數百」二字。

②林，宋本、錢箋校：「一作木。」

【注】

黃鶴注：上元元年（七六〇）作。

〔一〕何十一少府邕：何邕，黃鶴注：「梁編爲公有《贈何邕》詩在後，當是綿谷尉，與公爲鄉人。」榿木：見本卷《堂成》（0623）注。

憑韋少府班覓松樹子〔一〕

落落出羣非欅柳，青青不朽豈楊梅〔二〕。欲存老蓋千年意①〔三〕，爲覓霜根數寸栽②。（0722）

【校】

①蓋，《草堂》作「盡」，校：「一作蓋。」

②栽，宋本、錢箋、《草堂》校：「一云來。」

【注】

黄鶴注：當是與覓榿木時同作，乃上元元年（七六〇）。

〔一〕韋少府班：韋班，本書卷一一有《涪江泛舟送韋班歸京》（0781）。《新唐書·宰相世系表四上》東眷韋氏逍遥公房：希元子，「班，衡州刺史」。《元和姓纂》卷二作衢州刺史。韋應物《示從子河南尉班》詩序：「永泰中，余任洛陽丞，以撲抶軍騎，時從子河南尉班亦以剛正，俱見訟于居守。」

〔二〕落落二句：欅柳，見本卷《田舍》（0624）注。司馬相如《上林賦》：「槫棗楊梅。」《文選》注：「張揖曰：楊梅，其實似穀而有核，其味酸，出江南也。」《藝文類聚》卷八七引《臨海異物志》：「楊梅，其子大如彈丸，正赤，五月中熟，熟時似梅，其味甜酸。」《九家》趙注：「楊梅，其栽易蛀，故不若松之不朽。」

〔三〕欲存句：《抱朴子·對俗》：「千歲松樹，四邊披越，上杪不長，望而視之，有如偃蓋。」

又於韋處乞大邑瓷盌〔一〕

大邑燒瓷輕且堅，扣如哀玉錦城傳①。君家白盌勝霜雪，急送茅齋也可憐。

（0723）

【校】

① 哀，宋本、錢箋、《九家》、《草堂》校：「一作寒。」

【注】

黄鶴注：當是上元二年（七六一）作。

〔一〕大邑瓷盌：《元和郡縣圖志》卷三一邛州：「大邑縣，上。東南至州四十九里。」《格致鏡原》卷三六引《缾花譜》：「古無磁缾，皆以銅爲之，至唐始尚窑器。厥後有柴、汝、官、哥、定、龍泉、均州、章生、烏泥、宣成等窑，而品類多矣。」《舊唐書·韋堅傳》謂「豫章郡船，即名瓷、酒器」，《新唐書·地理志》謂越州土貢「瓷器」，《唐國史補》卷下謂「内丘白瓷甌、端溪紫石硯，天下無貴賤通用之」，則當時名瓷産地。《荀子·法行》：「夫玉者，君子比德焉。……扣之，其聲清揚而遠

聞，其止輟然，辭也。」

詣徐卿覓果栽〔一〕

草堂少花今欲栽，不問緑李與黄梅。石笋街中却歸去，果園坊裏爲求來〔二〕。

（0724）

【注】

黄鶴注：當是上元二年（七六一）作。

〔一〕徐卿：與卷四《徐卿二子歌》（0187）當爲同一人。

〔二〕石笋二句：石笋街，見卷四《石笋行》（0171）注。《九家》趙注：「在今府城之西，則往公草堂之路。」本書卷一三《寄邛州崔録事》（0875）：「邛州崔録事，聞在果園坊。」注：「坊名，在成都。」黄鶴注：「果園坊乃徐之所居處。」

贈別何邕

生死論交地，何由見一人〔一〕？悲君隨燕雀，薄宦走風塵。綿谷元通漢，沱江不向秦〔二〕。五陵花滿眼，傳語故鄉春〔三〕。（0725）

【注】

黄鶴注：寶應元年（七六二）送嚴武至綿時作此詩以送之。按，前《憑何十一少府邕覓榿木栽》作於成都，則何非成都尉即華陽尉。浦起龍云：「綿谷去成都將及千里，公覓榿木，豈千里能致百根耶？邕蓋官於成都近境，上元二年春在草堂送之入京耳。」詩止言何氏將北取綿谷路返秦。

〔一〕生死二句：《史記·汲鄭列傳》：「始翟公爲廷尉，賓客闐門。及廢，門外可設雀羅。翟公復爲廷尉，賓客欲往，翟公乃大署其門曰：一死一生，乃知交情。」

〔二〕綿谷二句：《元和郡縣圖志》卷二二利州：「綿谷縣，上。郭下。本漢葭萌縣地，東晋孝武帝分晋壽縣置興安縣，隋開皇十八年改綿谷縣，因縣東南綿谷爲名。……西漢水，一名嘉陵水，經縣西，去縣一里。潛水，出縣東北龍門山。《書》曰『沱潛既道』是也。」《水經注》江水：「江水又東別爲沱，開明之所鑿也。」《史記·夏本紀》索隱：「沱出蜀郡郫縣西，東入江。潛出漢中安陽

縣西，北入漢。故《爾雅》云：水自江出爲沱，漢出爲潛。」正義引《括地志》：「潛水　名復水，今名龍門水，源出利州綿谷縣東龍門山大石穴下也。」朱鶴齡注：「綿谷元通漢，謂綿谷潛水本上合於沔陽之漢水也。漢中北直長安，故云。」又引金履祥曰：「江至永康軍導江縣，諸源既盛，遂分爲沱。東至眉州彭山縣，復合於江。」

〔三〕五陵二句：五陵，見卷一《哀王孫》(0047)注。黄鶴注：「邕與公同京兆人也。」

贈別鄭錬赴襄陽〔一〕

戎馬交馳際〔二〕，柴門老病身。把君詩過日①，念此別驚神②〔三〕。地闊峨眉晚③，天高峴首春〔四〕。爲於耆舊内，試覓姓龐人〔五〕。(0726)

【校】

①日，錢箋校：「俗本作目。」

②念此別驚神，宋本、錢箋、《草堂》校：「一云念別意驚神。」

③晚，宋本、錢箋校：「一作曉。晋作遠。」《草堂》校：「一作曉。」

【注】

黃鶴注：寶應元年（七六二）作。

〔一〕鄭錬：事迹不詳。

〔二〕戎馬句：黃鶴注：「蓋指寶應元年史朝義陷營州，羌、渾、奴剌陷梁州，河東、河中軍皆亂故也。」

〔三〕把君二句：《宋書・武帝紀》韓延之書：「寄性命以過日，心企太平久矣。」

〔四〕地闊二句：峨眉，見本卷《漫成二首》（0665）注。峴首，見卷八《別董頲》（0381）注。

〔五〕姓龐人：龐公，見卷三《遺興五首》（0109）注。

重贈鄭錬絶句①

鄭子將行罷使臣〔一〕，囊無一物獻尊親。江山路遠羈離日，裘馬誰爲感激人〔二〕？（0727）

【校】

①錬，宋本缺，據錢箋等補。

【注】

〔一〕鄭子句：《九家》趙注：「言罷使臣，則鄭君必在幕中而罷去也。」

〔二〕裘馬句：《九家》趙注：「言乘肥衣輕之人，有誰感激而憐鄭之貧也。」《論語·雍也》：「乘肥馬，衣輕裘。」

杜工部集卷第十二①

近體詩一百三首 在成都及綿漢梓州作

奉和嚴中丞西城晚眺十韻②〔一〕

汲黯匡君切，廉頗出將頻〔二〕。直詞才不世，雄略動如神③。政簡移風速，詩清立意新。層城臨暇景④，絕域望餘春。旗尾蛟龍會，樓頭燕雀馴〔三〕。地平江動蜀，天闊樹浮秦。帝念深分閫，軍須遠算緡〔四〕。花羅封蛺蝶，瑞錦送騏驎〔五〕。辭第輸高義，觀圖憶古人〔六〕。征南多興緒〔七〕，事業闇相親。（0728）

【校】

① 宋本此卷底本爲吴若本。

② 十韻，錢箋、《草堂》等爲大字連題。

③ 動，宋本、錢箋校：「一作用。」

④ 層，宋本校：「晋作曾。」　暇，宋本、錢箋校：「一作媚。」《草堂》作「媚」，校：「一作暇。」

【注】

黄鶴注：史謂上元二年建丑月，以嚴武爲成都尹。此詩作於寶應元年（七六二）之春。

〔一〕嚴中丞：嚴武。見卷五《遭田父泥飲美嚴中丞》（0232）、卷七《八哀詩・嚴公武》（0332）注。

〔二〕汲黯二句：汲黯，見卷七《八哀詩・嚴公武》（0332）「匡汲」注。廉頗，見卷九《投贈哥舒開府翰二十韻》（0412）注。仇注：「汲黯匡君，嚴昔爲諫官。廉頗出將，今再爲節度。」

〔三〕旗尾二句：《爾雅・釋天》：「有鈴曰旂。」注：「縣鈴於竿頭，畫蛟龍於旒。」《淮南子・説林訓》：「湯沐具而蟣虱相弔，大廈成而燕雀相賀。」

〔四〕帝念二句：《史記・張釋之馮唐列傳》：「臣聞上古王者之遣將也，跪而推轂，曰閫以内者寡人制之，閫以外者將軍制之。」《北史・韓麒麟傳》：「麒麟上義租六十萬斛，並攻戰器械，於是軍須無乏。」《漢書・武帝紀》：「初算緡錢。」注：「李斐曰：緡，絲也，以貫錢也。一貫千錢，出算二十也。師古曰：謂有儲積錢者，計其緡貫而稅之。」仇注引遠注：「遠算緡，謂不事

科斂也。」

〔五〕花羅二句：《唐會要》卷三二《輿服》：「天授三年正月二十二日，内出繡袍，賜新除都督、刺史。其袍皆繡作山形……自此每新除都督、刺史，必以此袍賜之。延載元年五月二十二日，出繡袍以賜文武官三品已上。其袍文仍各有訓誡，諸王則飾以盤龍及鹿，宰相飾以鳳池，尚書飾以對雁，左右衛將軍飾以對麒麟。」《分門》洙曰：「蛺蝶、麒麟，羅錦上絲繡也。」《九家》趙注：「言嚴公入貢，不忘朝廷也。蛺蝶羅、麒麟錦，亦蜀中當時實事。」仇注：「承上帝念而來，故知爲所賜之物。舊注謂嚴公以此入貢，非也。」麒麟指賜袍所繡，蛺蝶亦爲羅錦圖案。

〔六〕辭第二句：《史記·衛將軍驃騎列傳》：「天子爲治第，令驃騎視之，對曰：『匈奴未滅，無以家爲也。』」《後漢書·馬援傳》：「顯宗圖畫建武中名臣列將於雲臺，以椒房故，獨不及援。東平王蒼觀圖，言於帝曰：『何故不畫伏波將軍像？』帝笑而不言。」《分門》洙曰引此。朱鶴齡注引杜甫《同嚴公詠蜀道畫圖》及《八哀詩》「堂上指畫圖」，謂此言觀蜀之地圖，輒以古人爲期。《晉書·裴秀傳》秀作《禹貢地域圖》，序云：「文皇帝乃命有司撰訪吴蜀地圖。蜀土既定，六軍所經，地域遠近，山川險易，征路迂直，校驗圖記，罔或有差。」仇注引此。

〔七〕征南句：《晉書·杜預傳》：「追贈征南大將軍。」《九家》趙注：「又以杜預比嚴公也。」「興緒，興況意緒也。」王勃《上巳浮江宴韻得遥字》：「上巳年光促，中川興緒遥。」鄭少微《對文可以經邦策》：「創業興緒，克昌後昆。」前例興致義，後例垂緒義。

嚴中丞枉駕見過嚴自東川除西川，勅令兩川都節制。

元戎小隊出郊坰〔一〕，問柳尋花到野亭。川合東西瞻使節，地分南北任流萍①〔二〕。扁舟不獨如張翰，白帽應兼似管寧②〔三〕。寂寞江天雲霧裏③，何人道有少微星〔四〕？（0729）

【校】

① 流，宋本、錢箋、《九家》、《草堂》校：「一作孤。」

② 白，錢箋校：「一作皁。」《草堂》作「皁」，校：「一作白。」　應兼，錢箋作「還應」，校：「一作應兼。」《九家》、《草堂》作「應兼」。

③ 寂寞，宋本、錢箋、《九家》校：「一作今日。」

【注】

黄鶴注：按史，廣德二年正月，令劍南東西川合爲一道，以黄門侍郎嚴武爲節度。此詩既曰「川合東西」，而題云「嚴中丞」，何也？趙曰公自注云「嚴自東川除西川，勅令都節制」，則是未合爲一道

時，故得稱爲中丞。蓋廣德元年十月，武方拜黄門侍郎。當是寶應元年（七六二）權令兩川都節制時作。盧元昌曰：按史，嚴除兩川在寶應元年六月，是誤以被召時爲除職日，當以公注及詩爲據。先是，至德二載上皇還京，分劍南東西兩川，各置節度，是兩川始分也。此詩公自注云：「嚴自東川除西川，敕令兩川都節制。」是嚴先爲東川節度，更除西川，權攝東川。故是年公《説旱》云：請管内東西，各遣一使。正以其分而未合，故各遣耳。嚴武六月被召還朝，西川節度高適代之，東川使節虚懸，但以章彝爲留後。至廣德二年正月，東西兩川始合爲一道，以黄門侍郎嚴武爲節度。若謂劍南二川兩合於嚴，誤矣。此章「川合東西」，但謂其權知兩川事。趙注曾云，應爲不謬。

〔一〕元戎句：《詩・小雅・六月》：「元戎十乘，以先啓行。」傳：「元，大也。」

〔二〕川合二句：《分門》洙曰：「謂長安有南杜北杜也。」《九家》趙注：「自蜀望長安，則長安爲北，蜀地爲南也。舊注非。」《後漢書・鄭玄傳》玄以書戒子益恩：「而黄巾爲害，萍浮南北，復歸邦鄉。」

〔三〕扁舟二句：《晉書・張翰傳》：「翰因見秋風起，乃思吴中菰菜、蓴羹、鱸魚膾，曰：『人生貴得適志，何能羈宦數千里以要名爵乎！』遂命駕而歸。」《三國志・魏書・管寧傳》：「寧常著皂帽、布襦袴、布裙，隨時單複，出入閨庭，能自任杖。」參卷八《别董頲》(0381)注。

〔四〕寂寞二句：《晉書・天文志》：「少微四星在太微西，士大夫之位也。一名處士，亦天子副主，或曰博士官。」《謝敷傳》：「初，月犯少微，少微一名處士星，占者以隱士當之。譙國戴逵有美

才，人或憂之。俄而斂死。」《九家》趙注：「公自謂也。」仇注：「江天星隱，喜使節之過。」

江畔獨步尋花七絶句

江上被花惱不徹〔一〕，無處告訴只顛狂。走覓南鄰愛酒伴，經旬出飲獨空床。

斛斯融，吾酒徒〔二〕。（0730）

【注】

黄鶴注：從舊次爲寶應元年（七六二）作。

〔一〕江上句：仇注：「徹，盡也。」曹睿《長歌行》：「吐吟音不徹，泣涕沾羅纓。」崔國輔《小長干曲》：「菱歌唱不徹，知在此塘中。」

〔二〕斛斯融：參卷一一《聞斛斯六官未歸》（0681）注。

稠花亂蘂畏江濱①，行步欹危實怕春②〔一〕。詩酒尚堪驅使在，未須料理白頭人〔二〕。（0731）

【校】

① 畏，宋本、錢箋校：「一作裹。」《九家》、《草堂》作「裹」，《草堂》校：「一作裹。」

② 實，錢箋、《草堂》校：「一云獨。」

【注】

〔一〕欹危：傾斜。沈炯《歸魂賦》：「渡狹石之欹危，跨清津之幽咽。」

〔二〕料理：關照。《世説新語·德行》：「韓康伯時爲丹陽尹，母殷在郡，每聞二吴之哭，輒爲淒惻，語康伯曰：『汝若爲選官，當好料理此人。』」

（0732）

江深竹静兩三家，多事紅花映白花〔一〕。報答春光知有處，應須美酒送生涯。

【注】

〔一〕多事句：《游仙窟》：「無情明月，故故臨窗；多事春風，時時動帳。」

東望少城花滿烟，百花高樓更可憐〔一〕。誰能載酒開金盞①，唤取佳人舞繡

筵。（0733）

【校】

① 盞，宋本、錢箋、《草堂》校：「一作鎖。」

【注】

〔一〕東望二句：《元和郡縣圖志》卷三一成都府：「州城，秦惠王二十七年張儀所築。……少城，一曰小城，在縣西南一里二百步。《蜀都賦》云：『亞以少城，接乎其西。』」百花樓，黄希注謂在百花潭上。《方輿勝覽》卷五一成都府：「浣花溪，在城西五里，一名百花潭。」陸游《大醉歸南禪弄影月卜有作》：「即今客錦城，醉過百花樓。」或襲杜詩。

黄師塔前江水東〔一〕，春光懶困倚微風。桃花一簇開無主，可愛深紅愛淺紅①〔二〕。（0734）

【校】

① 愛淺，「愛」宋本、錢箋、《九家》校：「一云映。晋作與。」《草堂》作「映」，校：「一作愛。」

【注】

〔一〕黃師句：陸游《老學庵筆記》卷九：「予在成都，偶以事至犀浦，過松林甚茂，問馭卒此何處，答曰師塔也。蓋謂僧所葬之塔。於是乃悟杜詩『黃師塔前江水東』之句。」僧塔例稱某師塔，觀僧傳碑銘等可見。

〔二〕桃花二句：朱鶴齡注：「言桃花無主，可是愛深紅乎，抑愛淺紅乎？」

黃四娘家花滿蹊〔一〕，千朵萬朵壓枝低。留連戲蝶時時舞，自在嬌鶯恰恰啼〔二〕。（0735）

【注】

〔一〕黃四句：《東坡題跋》卷二《書子美黃四娘詩》：「東坡云：此詩雖不甚佳，可以見子美清狂野逸之態，故僕喜書之。昔齊魯有大臣，史失其名。黃四娘獨何人哉，而託此詩不朽？可以使覽者一笑。」吳若本注引此，錢箋削。

〔二〕留連二句：何遜《石頭答庾郎丹》：「黃鸝隱葉飛，蛺蝶縈空戲。」劉令嫻《答外詩》：「鳴鸝葉中舞，戲蝶花間鶩。」恰恰，亦作洽恰，多而密集貌。《敦煌變文集·降魔變文》：「峻嶺高岑總安致，恰恰遍布不容針。」蔣禮鴻《敦煌變文字義通釋》：「狎洽、壓恰、洽恰，有多而密的意思。」

不是愛花即肯死①，只恐花盡老相催〔一〕。繁枝容易紛紛落，嫩葉商量細細開②〔二〕。（0736）

【校】

①愛，《草堂》校：「一作有。」肯，宋本、錢箋校：「一作欲。」《九家》、《草堂》作「欲」，校：「一作索。」七字宋本、錢箋校：「一作不是看花即索死。」

②葉，宋本、錢箋、《草堂》校：「一作蕊。」《九家》作「蘂」，校：「一作葉。」

【注】

〔一〕不是二句：張相《詩詞曲語辭彙釋》：「肯，猶拚也。言倘若無花逍遣，直欲拚死。所以如此汲汲者，恐花盡而老將至也。」按，張説忽略「不是」二字。肯，寧肯，情願。詩言非是執意愛花，乃是憂慮年老相催。

〔二〕繁枝二句：宋人多采此意入詞，如舒亶《菩薩蠻·次張秉道韻》：「密葉似商量，嚮人春意長。」晁補之《一叢花》：「應約萬紅，商量細細，留嚮未開尋。」

春水生二絶

二月六夜春水生，門前小灘渾欲平①。鸕鷀鸂鶒莫漫喜〔一〕，吾與汝曹俱眼明。（0737）

【校】

① 灘，宋本、錢箋、《九家》、《草堂》校：「一作籬。」

【注】

黄鶴注：當是上元二年（七六一）在浣花作。梁權道編在寶應元年，然是年春旱，自十月不雨。

〔一〕鸕鷀句：鸕鷀，見卷一〇《秦州雜詩二十首》（0565）注。鸂鶒，見卷一〇《曲江陪鄭八丈南史飲》（0527）注。

一夜水高二尺强，數日不可更禁當〔一〕。南市津頭有船賣，無錢即買繫籬傍〔二〕。（0738）

【注】

〔一〕數日句：《九家》趙注：「『禁當』字，亦蜀中語。」仇注：「禁，止也。」按，禁亦當也。見卷一〇《奉陪鄭駙馬韋曲二首》(0535)注。

〔二〕南市二句：仇注：「無錢買船，誠恐水没草堂耳。」

春夜喜雨

好雨知時節，當春乃發生①〔一〕。隨風潛入夜，潤物細無聲〔二〕。野徑雲俱黑，江船火獨明。曉看紅濕處，花重錦官城〔三〕。(0739)

【校】

①乃，宋本、錢箋、《九家》、《草堂》校：「一云及。」《文苑英華》作「及」，校：「集作乃。」

【注】

黄鶴注：當是上元二年(七六一)作。

〔一〕當春句：《爾雅·釋天》：「春爲發生。」

〔二〕隨風二句：《淮南子·墬形訓》：「以潤萬物。」《論衡·雷虚》：「雨潤萬物，名曰澍。」《九家》趙注：「（二句）范元實所謂聖人復生不可改也。」今人輯《詩眼》無此。

〔三〕曉看二句：蕭綱《賦得入階雨》：「漬花枝覺重，濕鳥羽飛遲。」

江頭五詠

丁香〔一〕

丁香體柔弱，亂結枝猶墊〔二〕。細葉帶浮毛，疏花披素艷。深栽小齋後，庶近幽人占。晚墮蘭麝中，休懷粉身念〔三〕。（0740）

【注】

黄鶴注：依舊次爲寶應元年（七六二）作。

〔一〕丁香：《政和證類本草》卷一二引《圖經》：「丁香出交廣南番，今唯廣州有之。木桂類，高丈餘，葉似櫟，凌冬不凋。花圓細，黄色，其子出枝蕊上，如釘子，長三四分，紫色。其中有粗大如山茱萸者，謂之母丁香。」沈括《夢溪筆談》卷二六：「《齊民要術》云：雞舌香，世以其似丁子，故一名丁子香。即今丁香是也。《日華子》云：雞舌香，治口氣。所以三省故事，郎官口含雞

舌香，欲其奏事對答，其氣芬芳。此正謂丁香治口氣，至今方書爲然。又古方五香連翹湯用雞舌香，《千金》五香連翹湯無雞舌香，却有丁香，此最爲明驗。《新補本草》又出丁香一條，蓋不曾深考也。」

〔二〕丁香二句：朱鶴齡注：「陳藏器云：丁香，擊之則順理而解爲兩向。義山詩：『本是丁香樹，春條始結生。』其合則爲結也。」《說文》：「墊，下也。」段注：「謂地之下也。《皋陶謨》曰：下民昏墊。因以爲凡下之稱。」朱鶴齡注：「凡物之下墮，皆可云墊。」施鴻保謂應作墊襯解。

〔三〕晚墮二句：《晉書·石崇傳》：「崇盡出其婢妾數十人以示之，皆蘊蘭麝，被羅縠。」《九家》趙注：「末句言結實而墮蘭麝中，俱以體香相類，雖不念粉身可也。」朱鶴齡注：「丁香與幽僻相宜，晚而墮於蘭麝，則非其類矣。雖粉身豈足惜哉？此等詩全是寓意。」

麗春〔一〕

百草競春華，麗春應最勝。少須好顏色①，多漫枝條剩。紛紛桃李枝，處處總能移。如何貴此重②，却怕有人知。（0741）

【校】

① 須，宋本、錢箋校：「晉作頊。」　好顏色，錢箋校：「草堂作顏色好。」

②如何貴此重，宋本、錢箋校：「晋作稀如可貴重。」《草堂》校同，「稀」作「希」。

【注】

〔一〕麗春：朱鶴齡注引《圖經本草》「麗春草，一名仙女蒿」及《格物論》「麗春，罌粟別種也，一名長春花」。按，《古今合璧事類備要》別集卷三一引《格物總論》：「麗春花，罌粟花別種也。叢生，柔幹多葉，有刺。數種，紅紫白三色，而於三色之中又多變態。今江浙間多此，惟金陵産獨勝耳。」引《游默齋花譜》，謂淳熙甲辰客金陵，得異草曰麗春，罌粟別種也。罌粟其子可食，故無佳花。麗春太華，實遂無取。《佩文齋廣群芳譜》卷九五：「麗春草，與《花譜》麗春名同物異。」麗春草，見《政和證類本草》卷三〇引《圖經》，謂淮陽郡、潁川及譙郡、汝南郡等並呼爲龍羊草，河北近山鄴郡、汲郡名蘘蘭艾，上黨紫團山名定參草，亦名仙女蒿。唐天寶中，因潁川郡楊正進。洪适《麗春》：「纖莛小作罌，瘦殼元無粟。色麗品少雙，詩成看未足。」《格致鏡原》卷七一引《農圃書》：「麗春，一名虞美人，又名滿園春，又名百般嬌。」詩人所詠，當爲麗春花。

梔子〔一〕

梔子比衆木，人間誠未多。於身色有用，與道氣傷和①〔二〕。紅取風霜實，青看雨露柯。無情移得汝，貴在映江波〔三〕。（0742）

【校】

①傷，錢箋校：「一作相。」《草堂》作「相」。

【注】

〔一〕梔子：《政和證類本草》卷一三引《圖經》：「梔子生南陽川谷，今南方及西蜀州郡皆有之。木高七八尺，葉似李而厚硬，又似樗蒲子。二三月生白花，花皆六出，甚芬香，俗説即西域詹匐也。夏秋結實，如訶子狀，生青熟黄，中仁深紅。九月采實暴乾。南方人競種以售利。」

〔二〕於身二句：《九家》趙注：「蜀人取其色以染帛與紙，故云『色有用』。」朱鶴齡注：「其性大寒，食之傷氣，故云『傷和』。或曰：《本草》稱梔子治五内邪氣、胃中熱氣，其能理氣明矣。此頌梔子之功也，作氣相和亦是。」

〔三〕無情二句：謝朓《詠牆北梔子》：「有美當階樹，霜露未能移。……還思照緑水，君階無曲池。」蕭綱《詠梔子花》：「素華偏可憙，的的半臨池。」《九家》趙注：「（蕭綱）則因謝朓無曲池爲歎，而自言其的的然有池之可臨矣。公今云無情移汝於它處，貴在映江波，則又以有江波之可映，蓋又勝於臨池者乎？」

鸂鶒

故使籠寬織，須知動損毛〔一〕。看雲莫悵望，失水任呼號。六翮曾經剪，孤飛

卒未高①〔二〕。且無鷹隼慮，留滯莫辭勞。（0743）

【校】

① 卒，錢箋校：「一作只。」《文苑英華》作「只」。

【注】

〔一〕故使二句：左思《詠史》：「習習籠中鳥，舉翮觸四隅。」《九家》趙注：「今鸂鶒以羽毛之好，則寬爲之籠，以防損其毛。」

〔二〕六翮二句：禰衡《鸚鵡賦》：「顧六翮之殘毀，雖奮迅其焉如。」

花鴨

花鴨無泥滓，堦前每緩行①〔一〕。羽毛知獨立，黑白太分明〔二〕。不覺羣心妬，休牽衆眼驚。稻粱霑汝在②，作意莫先鳴〔三〕。（0744）

【校】

① 堦前，宋本、錢箋校：「一作中庭。」《草堂》校：「一作庭前。」

② 霑，宋本、錢箋校：「一作知。」

【注】

〔一〕花鴨二句：潘岳《西征賦》：「或被髮左衽，奮迅泥滓。」《九家》趙注：「此篇於物則紀實，於義則自況。無泥滓，則比其潔也。每緩行，則比其雍容也。羽毛獨立，則自比其不羣也。黑白分明，則白比其文采之明著也。」

〔二〕黑白句：《後漢書·朱浮傳》：「豈不燦然黑白分明哉。」

〔三〕稻粱二句：稻粱，見卷一《同諸公登慈恩寺塔》(0023)注。《左傳》襄公二十一年：「州綽曰：『君以爲雄，誰敢不雄？然臣不敏，平陰之役，先二子鳴。』」杜預注：「自比於雞，鬭勝而先鳴。」《九家》趙注：「夫鴨之鳴，多欲呼食也。既有稻粱乃戒之，無用先鳴。亦飽食緘言以終之處亂之道，此公之自警也。」

野望

西山白雪三奇戍①，南浦清江萬里橋〔一〕。海内風塵諸弟隔，天涯涕淚一身遥。唯將遲暮供多病，未有涓埃答聖朝〔二〕。跨馬出郊時極目，不堪人事日蕭條②〔三〕。（0745）

【校】

① 奇，錢箋校：「一作城。一作年。」《九家》作「城」。《草堂》作「年」。

② 日，錢箋、《草堂》校：「一作自。」

【注】

黃鶴注：當是寶應元年（七六二）在成都未去綿時作。

〔一〕西山二句：王應麟《困學紀聞》卷一八：「按《唐地理志》：彭州導江縣有三奇戍。《韋皋傳》：遣大將陳洎等出三奇（路）。《西南備邊録》所謂三奇營也。」錢箋：「按西山三城界於吐蕃，爲蜀邊要害，屢見杜詩。正不必作三奇。此穿鑿之過耳。」按，《新唐書・地理志》彭州濛陽郡導江縣：「西有蠶崖關，有岷山、玉壘山。有鎮静軍，開元中置。有白沙守捉城，有木瓜戍、三奇戍。」本書卷一二《西山三首》（0827）：「蠶崖鐵馬瘦，灌口米船稀。」此爲成都通西山松州要道，杜詩固屢言之，王説有據。萬里橋，見卷一一《卜居》（0615）注。

〔二〕未有句：馮萬石《對求賢策》：「效其涓埃，以增海岳耳。」宋之問《爲皇甫懷州讓官表》：「駑駕梁園，涓埃莫效。」

〔三〕不堪句：朱鶴齡注：「按史，是時分劍南爲兩節度，而西山三城列戍，百姓疲於調役，高適嘗上疏論之。公詩當爲此而作，故有人事蕭條之歎。」

官池春雁二首〔一〕

自古稻粱多不足，至今鸂鶒亂爲羣。且休悵望看春水，更恐歸飛隔暮雲〔二〕。

（0746）

【注】

黄鶴注：寶應元年（七六二）五月，公送嚴武至綿，道出漢州，故至官池。朱鶴齡注繫甫至漢州在廣德元年（七六三）春。

〔一〕官池：本卷《舟前小鵝兒》（0755）注：「漢州城西北角官池作。」黄鶴注：「漢州城西池乃房琯所鑿，今曰官池，即城西池也。」以爲同時作。

〔二〕自古四句：《九家》趙注：「公前《鸂鶒》篇以自況，則取其身之文采。今《春雁》詩乃尊雁而鄙鸂鶒，則又取雁之孤高。詩人變化，豈有拘礙哉。」

青春欲盡急還鄉，紫塞寧論尚有霜〔一〕。翅在雲天終不遠，力微矰繳絶須

防①〔二〕。（0747）

【校】

① 繒，《九家》、《草堂》作「矰」。

【注】

〔一〕紫塞句：崔豹《古今注》卷上：「秦所築長城，土色皆紫，漢亦然，故云紫塞也。」鮑照《蕪城賦》：「南馳蒼梧漲海，北走紫塞雁門。」此言雁北飛。

〔二〕繒繳：見卷七《暇日小園散病將種秋菜督勤耕牛兼書觸目》（0325）注。

水檻遣心二首①

去郭軒楹敞，無村眺望賒。澄江平少岸，幽樹晚多花。細雨魚兒出，微風燕子斜〔一〕。城中十萬户〔二〕，此地兩三家。（0748）

【校】

① 心，《九家》作「興」，趙注：「師民瞻作『遣興』，是。蓋『遣心』不可謂之新語，謂之生可也。」

【注】

黄鶴注：當在寶應元年（七六二）建巳月得雨後。

〔一〕細雨二句：葉夢得《石林詩話》卷下：「詩語固忌用巧太過，然緣情體物，自有天然之妙，雖巧而不見刻削之痕。老杜『細雨魚兒出，微風燕子斜』，此十字殆無一字虚設。雨細著水面爲漚，魚常上浮而淰，若大雨則伏而不出矣。燕體輕弱，風猛則不能勝，唯微風乃受以爲勢，故又有『輕燕受風斜』之語。」王國維《人間詞話》：「境界有大小，不以是而分優劣。『細雨魚兒出，微風燕子斜』，何遽不若『落日照大旗，馬鳴風蕭蕭』？」

〔二〕城中句：《元和郡縣圖志》卷三一成都府：「開元户十三萬七千四十六，鄉二百五十。元和户四萬六千一十，鄉二百四十二。」

蜀天常夜雨，江檻已朝晴。葉潤林塘密，衣乾枕席清。不堪祇老病，何得尚浮名①〔一〕。淺把涓涓酒，深憑送此生。（0749）

【校】

① 尚，宋本、錢箋校：「晋作向。」

【注】

〔一〕不堪二句：《詩·小雅·我行其野》：「成不以富，亦衹以異。」傳：「衹，適也。」釋文：「衹音支。」《九家》趙注引《詩》，謂：「據韻書只作平聲，無作入聲者。」《古今韻會舉要》：「衹，適也。《增韻》：適所以之辭。一曰但也。……並音支。杜詩韓文或書作『秖』，而俗讀曰質者，非也。如『秖言地未滿』、『秖是照蛟龍』、『秖知閑信馬』，皆當平聲讀。至如『飄泊南庭老，衹應學水仙』，不作平聲讀可乎？俗又作『秪』，亦非。秪，禾始熟也。」又「只」字：「《説文》：只，語已詞也。從口，象氣下引之形。……孫氏曰：只字，韻書皆音之移、之尒二切，俗讀作質者訛。杜詩『只益丹心苦』、『只想竹林眠』、『寒花只暫香』、『閨中只獨看』、『憶渠愁只睡』之類，但當讀作止也。」是二字原有別，然舊時讀音已同，用亦互淆。

屏跡二首①

用拙存吾道②〔一〕，幽居近物情。桑麻深雨露，燕雀半生成〔二〕。村鼓時時急，漁舟箇箇輕〔三〕。杖藜從白首，心跡喜雙清〔四〕。（0750）

【校】

① 屏跡二首，錢箋合此二詩與卷五《屏跡》（0257）爲「屏跡三首」。

②存，宋本、錢箋校：「一作誠。」

【注】

仇注依蔡氏、梁氏，編入寶應元年（七六二）。參卷五《屏跡》注。

〔一〕用拙句：《老子》四十五章：「大巧若拙。」《韓非子・説林上》：「巧詐不如拙誠。」張戒《歲寒堂詩話》卷上：「用拙存吾道，若用巧，則吾道不存矣。心跡雙清，縱白首而不厭也。子美用意如此，豈特詩人而已哉？」

〔二〕桑麻二句：范晞文《對床夜語》卷二：「老杜詩『兩邊山木合，終日子規啼』，以『終日』對『兩邊』。『不知雲雨散，虚費短長吟』，以『短長』對『雲雨』。『桑麻深雨露，燕雀半生成』，以『生成』對『雨露』。『風物悲游子，登臨憶侍郎』，以『登臨』對『風物』。句意適然，不覺其爲偏枯。然終非正法，柳下惠則可，吾則不可。」王應麟《困學紀聞》卷一八：「後山《挽司馬公》云『輟耕扶日月，起廢極吹噓』，與老杜『桑麻深雨露，燕雀半生成』相似。生成、吹噓，字若輕而實重。」

〔三〕漁舟句：李調元《方言藻》卷上：「箇箇，數也，枚也。杜詩『箇箇五花文』，又『樵聲箇箇同』，又『却繞井欄添箇箇』。《説文》：竹枚也。《方言》以一枚爲一箇。别作个，非。」

〔四〕心跡句：謝靈運《齋中讀書》：「矧乃歸山川，心跡雙寂寞。」《初去郡》：「顧己雖自許，心跡猶未並。」

晚起家何事，無營地轉幽。竹光團野色①，舍影漾江流②。失學從兒懶，長貧任婦愁。百年渾得醉，一月不梳頭〔一〕。（0751）

【校】

① 團，宋本、錢箋校：「一作圍。」

② 舍，宋本、錢箋、《草堂》校：「一作山。」

【注】

〔一〕一月句：嵇康《與山巨源絶交書》：「頭面常一月十五日不洗，不大悶癢，不能沐也。」

寄題杜二錦江野亭

嚴　武

漫向江頭把釣竿，懶眠沙草愛風湍。莫倚善題鸚鵡賦，何須不著鵕鸃冠〔一〕。腹中書籍幽時曬，肘後醫方静處看〔二〕。興發會能馳駿馬①，終須重到使君灘②〔三〕。

【校】

① 駿，宋本、錢箋校：「一云五。」

② 須，宋本、錢箋校：「晋作當。」《草堂》校：「一作當。」 重，錢箋校：「一作直。」

【注】

〔一〕莫倚二句：鸚鵡賦，見卷九《奉贈太常張卿二十韻》(0414)注。《漢書·佞幸傳》：「孝、惠時郎、侍中皆冠鵕鸃、貝帶。」注：「師古曰：以鵕鸃毛羽飾冠，海貝飾帶。」王嗣奭《杜臆》：「鵕鸃冠大抵近侍之冠，必非《佞倖傳》者。後人誤讀此語，遂有不冠之説，而欲殺之誣從此起矣。」

〔二〕腹中二句：《世説新語·排調》：「郝隆七月七日出日中仰卧，人問其故，答曰：『我曬書。』」肘後方，見卷一〇《寄張十二山人彪三十韻》(0612)注。

〔三〕終須句：《水經注》江水：「又東逕羊腸虎臂灘，楊亮爲益州，至此舟覆，懲其波瀾，蜀人至今猶名之爲使君灘。」《九家》趙注謂應與浣花溪相近，恐是名偶同。王嗣奭《杜臆》：「使君灘必非魚復縣者，或因使君字而借用之。」

奉酬嚴公寄題野亭之作

拾遺曾奏數行書，懶性從來水竹居。奉引濫騎沙苑馬〔一〕，幽栖真釣錦江魚。

謝安不倦登臨費①，阮籍焉知禮法疏〔二〕。枉沐旌麾出城府②，草茅無逕欲教

鋤③〔三〕。（0752）

【校】

①費，錢箋校：「一作賞。」

②枉沐，宋本、錢箋、《草堂》校：「一作何日。」《九家》校：「一作今日。」

③無，宋本、錢箋、《九家》、《草堂》校：「一作荒。」

【注】

黄鶴注：當在寶應元年（七六二）作。

〔一〕奉引句：沙苑馬，見卷一《沙苑行》（0038）注。《九家》趙注：「拾遺既掌供奉，則騎馬以奉引。」

〔二〕謝安二句：謝安，見卷八《入衡州》（0403）注。阮籍，見卷三《有懷台州鄭十八司户》（0107）注。

〔三〕草茅句：《楚辭·卜居》：「寧誅草茅，以力耕乎。」陶淵明《歸去來兮辭》：「三徑就荒，松菊猶存。」《文選》李善注引《三輔決録》：「蔣詡，字元卿，舍中三徑，唯羊仲、求仲從之游，皆挫廉逃名不出。」

中丞嚴公雨中垂寄見憶一絶奉答二絶

雨映行宫辱贈詩①〔一〕，元戎肯赴野人期②。江邊老病雖無力，强擬晴天理釣絲。（0753）

【校】

①宫，錢箋校：「一作官。一作雲。非是。」《九家》、《草堂》作「雲」，校：「一作宫。一作官。非是。」

②元戎肯赴野人期，宋本、錢箋、《九家》校：「一云元戎欲動野人知。」

【注】

黄鶴注：當是寶應元年（七六二）建巳月得雨時作。

〔一〕雨映句：《九家》趙注：「師民瞻云：明皇嘗幸蜀，故稱行宫。則嚴公雨中必在明皇往日所幸之地，尚有幸宫之名存，在此處寄詩也。」《舊唐書·郭英乂傳》：「玄宗幸蜀時舊宫，置爲道士觀，内有玄宗鑄金真容及乘輿侍衛圖畫。先是，節度使每至，皆先拜而後視事。英乂以觀地形勝，乃入居之，其真容圖畫悉遭毁壞。」朱鶴齡注引《杜詩博議》：「此即玄宗行宫，當在成都城

內。有謂近萬里橋者，非也。」

何日雨晴雲出溪，白沙青石先無泥①。只須伐竹開荒徑，拄杖穿花聽馬嘶②。

（0754）

【校】

① 先，宋本、錢箋校：「一云洗。」《九家》作「光」。《草堂》作「洗」，校：「舊作先。非是。」

② 拄，錢箋、《草堂》作「倚」，錢箋校：「一作拄。」 馬嘶，宋本、錢箋、《九家》、《草堂》校：「一云鳥啼。」

謝嚴中丞送青城山道士乳酒一瓶〔一〕

山瓶乳酒下青雲，氣味濃香幸見分。鳴鞭走送憐漁父，洗盞開嘗對馬軍。軍州謂驅使騎爲馬軍①〔二〕。（0755）

【校】

① 軍州謂驅使騎爲馬軍，此注宋本作「軍州謂爲馬軍」，據錢箋、《九家》改。

【注】

黄鶴注：寶應元年（七六二）作。

〔一〕青城山：見卷四《丈人山》（0284）注。

〔二〕山瓶四句：張率《對酒》：「如華良可貴，似乳更堪珍。」楊倫云：「句言急於欲飲，兼暗用謝奕引老兵共飲事。舊引羊祜飲陸抗酒事，甚謬。」《苕溪漁隱叢話》前集卷七苕溪漁隱曰，以此詩爲絶句律詩之變體。蓋以第三句失粘。

嚴公仲夏枉駕草堂兼攜酒饌 得寒字①

竹裏行厨洗玉盤，花邊立馬簇金鞍〔一〕。非關使者徵求急，自識將軍禮數寬〔二〕。百年地闢柴門迥②，五月江深草閣寒。看弄漁舟移白日，老農何有罄交歡。（0756）

【校】

① 嚴公仲夏枉駕草堂兼攜酒饌，《九家》、《草堂》校：題「一作鄭枉駕攜饌訪水亭。」

② 闢，錢箋校：「今本作僻。」《草堂》作「僻」。

【注】

黃鶴注：寶應元年（七六二）嚴未赴召時作。

〔一〕竹裹二句：《太平廣記》卷五《劉政》（出《神仙傳》）：「坐致行厨，飯膳俱數百人。」謂在外所携炊厨。令狐楚《游春辭》：「風前調玉管，花下簇金羈。」或釋爲駐馬義，當自簇聚義來。

〔二〕非關二句：《莊子・讓王》：「魯君聞顔闔得道之人也，使人以幣先焉。顔闔守陋巷，苴布之衣而自飯牛。……使者致幣，顔闔對曰：『恐聽者謬而遺使者罪，不若審之。』使者還，反審之，復來求之，則不得已。」《九家》趙注：「上句遣使者求賢事。」《史記・廉頗藺相如列傳》：「因賓客至藺相如門謝罪，曰：『鄙賤之人，不知將軍寬之至此也。』」黃生注：「正用大將軍有揖客事。」事見《汲鄭列傳》。

《苕溪漁隱叢話》前集卷七苕溪漁隱曰，以此詩爲七言律詩之變體。蓋以第五句失粘。

嚴公廳宴同詠蜀道畫圖 得空字。

日臨公館静，畫滿地圖雄①。劍閣星橋北，松州雪嶺東〔一〕。華夷山不斷，吴蜀水相通。興與烟霞會，清樽幸不空〔二〕。（0757）

【校】

①滿，宋本、錢箋校：「一作列。」《九家》、《草堂》作「列」，《草堂》校：「一作滿。」

【注】

黄鶴注：寶應元年（七六二）作。

〔一〕劍閣二句：《華陽國志》卷三蜀郡：「西南兩江有七橋……長老傳言：李冰造七橋，上應七星。故世祖謂吴漢曰：安軍宜在七星間。」《元和郡縣圖志》卷三一西川節度使：「交川郡，臨翼郡北百里。管兵二千八百人。交川，今松州。」卷三二：「松州，交川，下都督府。……古西羌地也。……北至茂州三百三十里。」雪嶺，見卷四《贈蜀僧閭丘師兄》（0175）注。

〔二〕興與二句：見卷二《晦日尋崔戢李封》（0075）「空尊」注。

奉送嚴公入朝十韻①

鼎湖瞻望遠，象闕憲章新〔一〕。四海猶多難，中原憶舊臣。與時安反側〔二〕，自昔有經綸。感激張天步〔三〕，從容静塞塵。南圖回羽翮，北極捧星辰〔四〕。漏鼓還思晝②，宫鶯罷囀春。空留玉帳術〔五〕，愁殺錦城人。閣道通丹地，江潭隱白蘋〔六〕。

此生那老蜀，不死會歸秦。公若登台輔〔七〕，臨危莫愛身。（0758）

【校】

① 奉送嚴公入朝十韻，宋本題「入朝」二字小字，在「十韻」下，據錢箋等改。

② 晝，《草堂》作「旦」。

【注】

黄鶴注：寶應元年（七六二）夏作。

〔一〕鼎湖二句：《九家》趙注：「上句以言肅宗之上昇，下句以言代宗之初立。」《草堂》夢弼注：「寶應元年壬寅春，武開府成都。是年四月己巳，代宗踐祚，召武以太子賓客。」朱鶴齡注：「召武爲橋道使，故云『瞻望遠』。時代宗初立，故云『憲章新』。」《舊唐書·嚴武傳》：「入爲太子賓客，遷京兆尹，兼御史大夫。二聖山陵，以武爲橋道使。無何。罷兼御史大夫，改吏部侍郎，尋遷黄門侍郎。」按，二聖山陵事在廣德元年三月，錢箋、朱注謂武以橋道使召，大誤。鼎湖，見卷九《行次昭陵》（0410）注。《周禮·天官·大宰》：「乃縣治象之法於象魏。」注：「鄭司農云：象魏，闕也。」

〔二〕與時句：《後漢書·光武帝紀》：「令反側子自安。」

〔三〕感激句：《詩·小雅·白華》：「天步艱難，之子不猶。」

〔四〕南圖二句：《莊子・逍遥游》：「背負青天而莫之夭閼者，而後乃今將圖南。」《論語・爲政》：「子曰：『爲政以德，譬如北辰，居其所而衆星共之。』」仇注：「回羽翮，自蜀而還。」

〔五〕空留句：《舊唐書・經籍志》兵書：「《玉帳經》一卷。」顔之推《觀我生賦》：「守金城之湯池，轉絳宫之玉帳。」《太白陰經》卷〇：「出軍行陣，深入敵國，止宿營壘，休舍憩息，大將軍居太乙玉帳下，吉，攻之不得。以功曹加月建前五辰是也。」朱鶴齡注引張淏《雲谷雜記》：「蓋玉帳乃兵家厭勝之方，主將於其方置軍帳，則堅不可犯。」

〔六〕閣道二句：《太平御覽》卷二二一引《漢官》：「尚書郎奏事於明光殿，省中皆胡粉塗壁，其邊以丹漆地，故曰丹墀。」《楚辭・九歌・湘夫人》：「登白蘋兮騁望，與佳期兮夕張。」《九家》趙注：「下句公自言其在草堂。」

〔七〕公若句：《後漢書・張奮傳》：「臣累世台輔。」

酬别杜二①

嚴　武

獨逢堯典日，再覩漢官儀〔一〕。未效風霜勁，空慚雨露私。夜鐘清萬户，曙漏拂千旗。並向殊庭謁，俱承别館追②〔二〕。斗城憐舊路，渦水惜歸期〔三〕。峰樹還相伴，江雲更對垂。試回滄海棹，莫妬敬亭詩③〔四〕。祇是書應寄，無忘酒共持。但

令心事在，未肯鬢毛衰。最悵巴山裏，清猿惱夢思。

【校】

①此詩宋本不載，據錢箋補。

②殊，錢箋校：「一作斜。」追，《草堂》作「移」。

③莫，錢箋校：「一作更。」

【注】

〔一〕獨逢二句：仇注：「堯典，指受終之日。」按，當指玄宗禪位於肅宗。漢官儀，見卷六《狄明府》（0277）注。

〔二〕並向二句：沈約《和劉中書仙》：「殊庭不可及，風熛多異色。」盧照鄰《樂府雜詩序》：「九成宮者，信天子之殊庭，群山之一都也。」班固《西都賦》：「離宮別館，三十六所。」此指謁肅宗於靈武行在。

〔三〕斗城二句：《三輔黄圖》卷一漢長安故城：「城南爲南斗形，北爲北斗形，至今人呼漢京城爲斗城是也。」《元和郡縣圖志》卷三一綿州：「按州理城，漢涪縣也，去成都三百五十里。依山作固，東據天池，西臨涪水，形如北斗，卧龍伏馬，爲蜀東北之要衝。」錢箋引此，謂渦水在譙縣，非二公送別之地，斗城當指綿州之城，非謂長安，渦水斷是涪水之誤。按，曹丕《臨渦賦》序：「上

建安十八年至譙，余兄弟從上拜墳墓，遂乘馬游觀，經東園，遵渦水，相伴乎高樹之下，駐馬書鞭，爲臨渦之賦。」詩蓋用事。如劉孝綽《春日從駕新亭應制》：「臨渦起睿作，駟馬暫停軿。」庾肩吾《應令》：「臨渦同極望，竊吹愧才輕。」又，渦，水漩也。渦水、斗城，對偶極佳，無容改涪水。且綿州不當稱舊路，斗城仍指長安。

〔四〕試回二句：謝朓《游敬亭山》：「要欲追奇趣，即此陵丹梯。皇恩竟已矣，茲理庶無睽。」仇注：「試回二句，勸杜留蜀，答此生那老蜀意。」「今且隨意行樂，勿以不至敬亭爲媿也。」按，詩蓋勸甫返朝，莫欣羨敬亭隱淪。

送嚴侍郎到綿州同登杜使君江樓〔一〕得心字。

野興每難盡，江樓延賞心。歸朝送使節，落景惜登臨。稍稍烟集渚，微微風動襟。重船依淺瀨，輕鳥度曾陰。檻峻背幽谷，窗虚交茂林。燈光散遠近，月彩靜高深①〔二〕。城擁朝來客，天橫醉後參〔三〕。窮途衰謝意，苦調短長吟。此會共能幾，諸孫賢至今〔四〕。不勞朱户閉，自待白河沉〔五〕。（0759）

【校】

①彩，《草堂》作「影」。

【注】

黄鶴注：嚴公寶應元年赴召時未爲黄門侍郎，其再以黄門侍郎尹成都又薨於官，乃題之者誤。此詩寶應元年（七六二）五六月作。朱鶴齡注：「按《通鑑》：寶應元年六月壬戌，以兵部侍郎嚴武爲西川節度使。今據公詩，蓋以侍郎召也。又《新書》於封鄭國公時云遷黄門侍郎，《舊書》於罷兼御史大夫時云改兼吏部侍郎，尋遷黄門侍郎，皆不云爲兵部，與《通鑑》不合。」嚴耕望《唐僕尚丞郎表》：「寶應元年春，嚴武蓋由兵侍出爲劍南西川節度使，或六月由西川節度使入爲兵侍。」「二聖山陵皆在廣德元年三月，則嚴武始任吏侍當在夏秋。又《舊紀》遷黄門時原銜爲『京兆尹兼吏部侍郎』，則兼吏侍，而京尹如故也。」其爲兵侍在前，兼吏侍在後，《通鑑》非與《唐書》紀事不合。

〔一〕杜使君：杜濟。見卷一《示從孫濟》（0024）注。顔真卿《京兆尹御史中丞梓遂杭三州刺史劍南東川使杜公神道碑銘》：「僕射裴冕爲劍南節度，奏公爲成都令。遷綿州刺史，賜紫金魚袋。屬徐知道作亂，使裨將曹懷信招公，公執以歸朝。除户部郎中，加朝散大夫。廣德中檢校駕部郎中、上柱國。」

〔二〕月彩句：《漢書·律曆志》：「古文《月采》篇曰：『三日曰朏。』」蕭綸《詠新月》：「霜氛含月彩，靄靄下南樓。」虞世南《奉和月夜觀星應令》：「早秋炎景暮，初弦月彩新。」是新月稱月彩。此詩

當作於七月初。

〔三〕天横句：《相和歌辭・善哉行》：「月没參横，北斗闌干。」仇注又引《史記・滑稽列傳》「飲可八斗而醉二參」，二叁謂十有二叁，與此不合。浦起龍云：「七月見參，夜向闌矣。舊注俱引參分在蜀爲證，不知經星之現，各有時序，設在五六月間亦用參横，爲識者嗤笑。」農曆六月尾，日出前獵户座在東方天際隱約可見，此後一兩月漸次於凌晨可見。據此，作此詩時至少已届七月。

〔四〕諸孫：謂杜濟。

〔五〕自待句：《九家》趙注：「白河沉，謂天河之沉隱，夜艾也。天河曰銀河，其白可知。」

奉濟驛重送嚴公四韻〔一〕

遠送從此别①，青山空復情。幾時杯重把，昨夜月同行。列郡謳歌惜②，三朝出入榮〔二〕。江村獨歸處，寂寞養殘生。（0760）

【校】

①遠送，《草堂》作「送遠」。

②謳歌，《文苑英華》校：「一作歌謡。」

【注】

黄鶴注：奉濟驛在綿州，同是寶應元年（七六二）作。

〔一〕奉濟驛：《九家》注：「驛去綿三十里。」嚴耕望《唐代交通圖考》：「前一詩已在綿州，蓋次日嚴武東行，杜公又送一驛，是在州東三十里。」

〔二〕三朝句：仇注：「三朝，指明、肅、代宗。」《北齊書·清河王岳傳》：「出將入相，翊成鴻業。」

巴西驛亭觀江漲呈竇使君①〔一〕

宿雨南江漲，波濤亂遠峰〔二〕。孤亭凌噴薄，萬井逼春容〔三〕。霄漢愁高鳥，泥沙困老龍。天邊同客舍，携我豁心胸。（0761）

【校】

① 竇使君，《草堂》作「竇十五使君」。《九家》合卷一八補遺《巴西驛亭觀江漲呈竇使君二首》之「轉驚波作怒」（1420）爲二首。

【注】

黄鶴注：非寶應元年夏作，當是廣德元年（七六三）春自梓州送辛員外暫至綿州時作。

〔一〕巴西：《元和郡縣圖志》卷三三：「綿州，巴西。上。開元户五萬一千四百八十。」「巴西縣，望。郭下。本漢涪縣地。」「涪水，經縣南，去縣一里。」又閬州爲隋巴西郡。朱鶴齡注：「此詩巴西驛亭，當如舊注云在綿州。逸詩又有《巴西聞收京送班司馬》，則斷是閬州。黄鶴亦以爲綿州詩，誤矣。」竇使君：名不詳。末二句《九家》趙注：「竇使君亦是客，同在驛亭中者。」則非任綿州刺史者。

〔二〕宿雨句：黄希注謂南江蓋泯江。按，當爲涪水，經縣南一里。故有「萬井逼春容」句。

〔三〕孤亭二句：左思《吴都賦》：「混濤併瀨，濆薄沸騰。」《漢書·刑法志》：「一同百里，提封萬井。」春容，見卷八《入衡州》(0403)注。朱鶴齡注：「此借言水勢衝擊之狀。」

城上①

草滿巴西緑〔一〕，空城白日長②。風吹花片片，春動水茫茫③。八駿隨天子，羣臣從武皇〔二〕。遥聞出巡守，早晚徧遐荒〔三〕。（0762）

【校】

① 城上，錢箋、《草堂》校：題「荆作空城。」

② 空城，錢箋校：「山谷作城空。」《草堂》校：「或曰當作城空。」

③ 春動水，宋本、錢箋、《草堂》校：「一云春送雨。」動，錢箋校：「一作蕩。」《草堂》作「蕩」。

【注】

黄鶴注：當是廣德元年（七六三）十二月閬州作。仇注編入廣德二年（七六四）春自梓州往閬州時作。

〔一〕草滿句：閬州，隋巴西郡。見卷四《送韋諷上閬州録事參軍》（0196）注。

〔二〕八駿二句：八駿，見卷一《驄馬行》（0039）注。武皇，漢武帝。仇注：「末借周漢巡游，以比代宗幸陝。」

〔三〕遥聞二句：廣德元年十月，吐蕃陷京師。《九家》趙注：「末句不敢言天子蒙塵，姑以巡守微言之耳。」早晚，何時。見卷七《秋風二首》（0317）注。韋賢《諷諫詩》：「彤弓斯征，撫寧遐荒。」

玩月呈漢中王〔一〕

夜深露氣清，江月滿江城。浮客轉危坐①，歸舟應獨行〔二〕。關山同一照②，烏鵲自多驚。欲得淮王術，風吹暈已生〔三〕。（0763）

【校】

①浮，宋本、錢箋、《九家》、《草堂》校：「一作游。」

②照，錢箋校：「《海録》作點。」《九家》校：「舊本作點。」

【注】

黄鶴注：寶應元年（七六二）在梓州作。《趙次公先後解》編入大曆二年（七六七）夔州詩。

〔一〕漢中王：名瑀。見卷一《苦雨奉寄隴西公兼呈王徵士》（0022）、卷七《八哀詩・汝陽郡王璡》（0333）注，並參見卷一四《奉漢中王手札》（0941）注。《新唐書・漢中王瑀傳》：「肅宗詔收群臣馬助戰，瑀與魏少游等持不可。帝怒，貶蓬州長史。薨，贈太子太師，謚曰宣。」

〔二〕浮客二句：謝惠連《西陵遇風獻康樂》：「淒淒留子言，眷眷浮客心。」歸舟句《趙次公先後解》謂漢中王蓋自梓州替罷歸朝，謀取峽州出路。朱鶴齡注謂蓋自梓州而歸蓬州。按，被貶事，《舊唐書・魏少游傳》繫於乾元二年十月，漢中王無由久處貶所。然自蓬州歸朝，不應取道峽州。自梓州歸蓬州則無水路。王當自蓬州至梓州，泝涪江至綿州，然後取劍道歸朝。「歸舟」者謂此。趙注繫於夔州，非是。

〔三〕欲得二句：《淮南子・覽冥訓》：「畫隨灰而月運闕。」注：「運者軍也。將有軍事相圍守，則月運出也。以蘆草灰隨牖下月光中令圜畫，缺其一面，則月運亦缺於上也。」「運」同「暈」。王褒《關山月》：「天寒光轉白，風多暈欲生。」《趙次公先後解》：「爲是呈漢中王，故用淮南王劉安

事。」朱鶴齡注：「言風吹暈生，正可驗淮王畫灰之術也。」

陪王漢州留杜綿州泛房公西湖①〔一〕

舊相恩追後，春池賞不稀〔二〕。闕庭分未到〔三〕，舟楫有光輝。豉化蓴絲熟，刀鳴鱠縷飛〔四〕。使君雙皂蓋〔五〕，灘淺正相依。（0764）

【校】

① 湖，《草堂》作「池」。

【注】

黃鶴注：當是廣德元年（七六三）公再至漢州，故有此作。寶應元年杜綿州未去巴西，今至漢州，意是受代而之成都。朱鶴齡注：此詩及下詩俱及房公赴召，則廣德元年春公嘗至漢州明矣。仇注：《唐書》謂寶應二年夏召琯，恐誤。據此詩，春末蓋已赴召矣。按，甫至漢州當在五月之後。

〔一〕王漢州：名不詳。楊倫云蓋繼房琯之任者。《元和郡縣圖志》卷三一劍南道：「漢州，德陽。上。……南至成都府一百里。」杜綿州：杜濟。見前《送嚴侍郎到綿州同登杜使君江樓》

（0759）注。據顏真卿《杜公神道碑銘》，徐知道作亂，使裨將曹懷信招濟，濟執以歸朝，除户部郎中、加朝散大夫，廣德中檢校駕部郎中、上柱國。然據此詩，濟實未離蜀。嚴武再鎮蜀，則出爲行軍司馬。《方輿勝覽》卷五四漢州：「房公湖，又名西湖。」「按《壁記》，房相上元初牧此邦，其時始鑿湖，有詩存焉。同時高達夫、杜子美皆嘗賦詠，李贊皇、劉賓客相繼有作。」

〔二〕舊相二句：《舊唐書·房琯傳》：「（乾元）二年六月，詔褒美之，徵拜太子賓客。上元元年四月，改禮部尚書，尋出爲晉州刺史。八月，改漢州刺史。琯長子乘，自少兩目盲，琯到漢州，乃厚結司馬李鋭以財貨，乘聘鋭外甥女盧氏，時議薄其無士行。寶應二年四月，拜特進、刑部尚書。在路遇疾，廣德元年八月四日，卒於閬州僧舍，時年六十七。贈太尉。」按，琯八月卒於閬州，旅途不應綿延過久，仇注疑其春末即赴召上路，無據。詩言「春池」，或爲合律。《九家》趙注：「言於恩追而未行之間，其必數數游湖，此追道其賞也。」亦可備一説。

〔三〕闕庭句：仇注：「此詩舊有兩説，一指房公應召時，則恩追乃恩命追赴。所謂『分未到』者，房在中途也。一指房公既歿後，則恩追乃恩賜追贈。所謂『分未到』者，房卒中途也。」「觀下章云『爲報籠隨王右軍』，以琯在途次故也。」杜審言《泛舟送鄭卿入京》：「帝坐蓬萊殿，恩追社稷臣。」此恩命追赴義。張相《詩詞曲語辭彙釋》謂分作意料之辭，讀去聲。然此句當讀平聲。

〔四〕豉化二句：《世説新語·言語》：「有千里蓴羹，但未下鹽豉耳。」《説文》：「敊，配鹽幽尗也。豉，俗敊，從豆。」《九家》趙注：「蓴、鱠，言湖中所有也。」

〔五〕使君句：《九家》趙注：「雙皁蓋，言王、杜二使君也。」見卷一《陪李北海宴歷下亭》（0006）注。

舟前小鵝兒 漢州城西北角官池作〔一〕。

鵝兒黄似酒，對酒愛新鵝〔二〕。引頸嗔船逼①，無行亂眼多。翅開遭宿雨，力小困滄波。客散曾城暮，狐狸奈若何〔三〕。（0765）

【校】

① 逼，錢箋、《草堂》校：「一作過。」

【注】

黄鶴注：當是寶應元年（七六二）作。仇注編入廣德元年（七六三）。

〔一〕官池：《九家》趙注：「官池即房公湖也。琯未爲漢州刺史，止謂之官池。後人以其池經房公修之，故名之曰房公湖。」

〔二〕鵝兒二句：《方輿勝覽》卷四漢州土産：「鵝兒酒，杜甫詩：『鵝兒黄似酒，對酒愛新鵝。』故陸務觀詩云：『兩川名釀避鵝黄。』乃漢中酒名，蜀中無能及者。」見陸游《游漢州西湖》。《九家》趙注：「鵝兒黄似酒，蓋自公始爲之譬也。東坡詩云：『小舟浮鴨緑，大杓瀉鵝黄。』乃用

此意。」

〔三〕客散二句：《晉書·桑虞傳》：「嘗行，寄宿逆旅，同宿客失脯，疑虞爲盜。虞默然無言，便解衣償之。主人曰：『此舍數失魚肉雞鴨，多是狐狸偷去，君何以疑人？』乃將脯主至山塚間尋求，果得之。」

得房公池鵝

房相西亭鵝一羣①，眠沙泛浦白於雲②。鳳凰池上應回首，爲報籠隨王右軍〔一〕。（0766）

【校】

①亭，錢箋、《草堂》作「池」，《草堂》校：「或作亭。」

②於，宋本、錢箋校：「一作如。」

【注】

黃鶴注：寶應二年（七六三）四月，房琯拜特進、刑部尚書，是年改廣德，此詩當作於其年拜特

進時。

〔一〕鳳凰二句：鳳凰池，見卷七《寄薛三郎中據》(0363)注。《晉書・王羲之傳》：「山陰有一道士，養好鵝，羲之往觀焉，意甚悦，固求市之。道士云：『爲寫《道德經》，當舉群相贈耳。』羲之欣然寫畢，籠鵝而歸，甚以爲樂。」《九家》趙注：「今公詩意，蓋以興己之不必望華趨近，已甘從高人所愛，而隨之以飲啄也。」蓋謂以鵝自比。王嗣奭《杜臆》：「池中養鵝，而題云得鵝，必有取而餉之者。房公常在中書，而與公相知，因戲言公在鳳池，休得回首而顧惜此鵝，爲報右軍已籠而去矣。右軍，公自謂也。」

戲作寄上漢中王二首王新誕明珠。

雲裏不聞雙雁過，掌中貪見一珠新①〔一〕。秋風嫋嫋吹江漢，只在他鄉何處人。(0767)

【校】

①見，《草堂》作「看」，校：「一作見。」

【注】

黄鶴注：當是廣德元年（七六三）在梓州作。《趙次公先後解》定此詩爲大曆二年（七六七）作，在《奉漢中王手札》諸詩之後，非是。

〔一〕雲裏二句：《太平御覽》卷五一八引《三輔要録》：「韋康字元將，京兆人。孔融與康父端書曰：『前見元將來，淵才亮茂，雅度弘毅，偉世之器也。昨日又見仲將來，文敏志篤，誠保家之主也。不意雙珠，出於老蚌。』」傅玄《短歌行》：「昔君視我，如掌中珠。」江淹《傷愛子賦》：「曾憫憐之慘淒，痛掌珠之愛子。」

謝安舟楫風還起，梁苑池臺雪欲飛〔一〕。杳杳東山携漢妓〔二〕，泠泠修竹待王歸。（0768）

【注】

〔一〕謝安二句：謝安，見卷八《入衡州》（0403）注。《漢書・文三王傳》：「孝王，太后少子，愛之，賞賜不可勝道。於是孝王築東苑，方三百餘里，廣睢陽城七十里，大治宫室。」謝莊《雪賦》：「歲將暮，時既昏，寒風積，愁雲繁。梁王不悦，游於兔園。乃置旨酒，命賓友，召鄒生，延枚叟，相如末至，居客之右。」

〔二〕杳杳句：《世説新語·識鑒》：「謝公在東山畜妓，簡文曰：『安石必出，既與人同樂，亦不得不與人同憂。』」

投簡梓州幕府兼簡韋十郎官〔一〕

幕下郎官安穩無①〔二〕，從來不奉一行書。固知貧病人須弃，能使韋郎跡也疏。（0769）

【校】

① 穩，《九家》作「隱」。

【注】

黄鶴注：當是在漢州作。以後篇知之。

〔一〕韋十郎官：名不詳。當爲東川節度使從事。

〔二〕幕下句：《廣雅·釋詁》：「隱，安也。」《説文》：「㥯，有所依也。从爫工。讀與隱同。」段注：「此與阜部隱音同義近，隱行而㥯廢矣。凡諸書言安隱者當作此。今俗作安穩。」朱鶴齡注：

「唐帖多寫穩爲隱，作隱正得之。」佛經多言安隱。《法苑珠林》卷九引《普曜經》：「各各得安隱，德豐無限量。」

答楊梓州〔一〕

悶到房公池水頭，坐逢楊子鎮東州〔二〕。却向青溪不相見，回船應載阿戎游〔三〕。（0770）

【注】

黄鶴注：公在漢州遇楊，當是廣德元年（七六三）再至漢州時作。

〔一〕楊梓州：名不詳。

〔二〕東州：指梓州。東川節度使治所。

〔三〕阿戎：見卷九《杜位宅守歲》（0465）注。《九家》趙注：「必是紀其載兒以游也。」指楊梓州子。仇注謂指梓州之侄，不確。

贈韋贊善別〔一〕

扶病送君發，自憐猶不歸。衹應盡客淚，復作掩荆扉。江漢故人少，音書從此稀。往還二十載，歲晚寸心違①。（0771）

【校】

①晚，錢箋作「時」。　違，《草堂》作「遲」。

【注】

黄鶴注：當是寶應元年（七六二）梓州作。

〔一〕韋贊善：本書卷一八有《贈韋七贊善》（1405）。參該詩注。《唐六典》卷二六太子左春坊：「太子左贊善大夫五人，正五品上。」太子右春坊右贊善大夫如其左。

送李卿曄〔一〕

王子思歸日〔二〕，長安已亂兵。霑衣問行在，走馬向承明〔三〕。暮景巴蜀僻，春風江漢清。晉山雖自弃，魏闕尚含情〔四〕。（0772）

【注】

黄鶴注：當是廣德元年（七六三）十二月作。仇注引鶴注，改爲廣德二年（七六四）初春作，謂時代宗已還京，而巴西尚未聞也。

〔一〕李曄：《新唐書·宗室世系表上》大鄭王房：淮安忠公、宗正卿琇子，「刑部侍郎曄」。《唐御史臺精舍題名考》有考。賈至有《授李曄宗正卿制》。《舊唐書·李峴傳》：鳳翔七馬坊押官爲盜，天興縣令謝夷甫擒獲決殺之，李輔國黨其人，爲之上訴，詔御史中丞崔伯陽、刑部侍郎李曄、大理卿權獻三司訊之。曄貶嶺下一尉。事在乾元二年。李白有《陪族叔刑部侍郎曄及中書賈舍人至游洞庭》。

〔二〕王子句：庾信《哀江南賦》：「咸陽布衣，非獨思歸王子。」用《史記·春申君列傳》黄歇説應侯語。

〔三〕霑衣二句：《舊唐書·代宗紀》：「（廣德元年十月）辛未，高暉引吐蕃犯京畿。」「丙子，駕幸陝州。」「戊寅，吐蕃入京師。」「庚寅，子儀收京城。」「（十二月）甲午，上至自陝州。」曹植《贈白馬王彪》：「謁帝承明廬，逝將返舊疆。」《漢書·嚴助傳》注：「師古曰：承明廬在石渠閣外。直宿所止曰廬。」

〔四〕晋山二句：《新唐書·地理志》閬州：「晋安，中。本晋城，武德中避隱太子名更。」《九家》趙注引此，謂：「此所謂晋山乎？」朱鶴齡注：「公嘗扈從肅宗，故自比介之推。曰『自弃』者，不敢以華州之貶懟其君也。《壯游》詩『之推避賞從』亦此意。」仇注：「晋山本就閬言，而兼用介之推入綿上山事。」《莊子·讓王》：「身在江海之上，心居乎魏闕之下。」

絶句

江邊踏青罷〔一〕，回首見旌旗。風起春城暮，高樓鼓角悲。（0773）

【注】

黄鶴注：當是廣德元年（七六三）春作。仇注引趙次公注謂江邊踏青乃成都事，依趙氏編在寶應元年（七六二）成都詩内，是年西山有吐蕃之警，故云「旌旗」、「鼓角」。按，《九家》趙注：「或云江邊踏

青乃成都事……是不知處處皆然。」仍編入梓州詩。仇注誤會。

〔二〕江邊句：孟浩然《大堤行》：「歲歲春草生，踏青二三月。」《舊唐書·代宗紀》：「（大曆二年）二月壬午，幸昆明池踏青。」《册府元龜》卷一一四《帝王部·巡幸》作「從俗踏青也」。

九日登梓州城

伊昔黄花酒〔一〕，如今白髮翁。追歡筋力異〔二〕，望遠歲時同。弟妹悲歌裏，朝廷醉眼中①。兵戈與關塞〔三〕，此日意無窮。（0774）

【校】

① 朝廷，錢箋校：「一作乾坤。」《草堂》作「乾坤」。

【注】

黄鶴注：公於寶應元年、廣德元年皆在梓州，今以後篇云「去年登高郪縣北」考之，則此詩在寶應元年（七六二）作。

〔一〕伊昔句：伊昔，往昔。陸機《答賈長淵》：「伊昔有皇，肇濟黎蒸。」《文選》李善注：「《爾雅》

曰：伊，惟也。郭璞曰：發語詞。」黄花，菊花。庾信《贈周處士》：「籬下黄花菊，丘中白雪琴。」

〔二〕追歡句：崔尚《奉和聖制同二相已下群臣樂游園宴》：「合錢承罷宴，賜帛復追歡。」《舊唐書·王鉷傳》：「又於宅側自有追歡之所。」

〔三〕兵戈句：《九家》趙注：「兵戈以言格戰，關塞以言屯戍。時吐蕃之亂，既與之戰，且有防守也。」錢箋：「謂徐知道以兵守劍閣。」按，此説有疑義，詳後詩注。

九日奉寄嚴大夫

九日應愁思，經時冒險艱。不眠持漢節，何路出巴山〔一〕？小驛香醪嫩，重岩細菊班①。遥知簇鞍馬〔二〕，回首白雲間。（0775）

【校】

① 菊，錢箋校：「《草堂》作雨。」

【注】

黄鶴注：嚴武以寶應元年（七六二）夏赴召，公送至綿，遂入梓，然武夏離成都，而九日尚在巴嶺，

何其遲遲如此？必是路梗。

〔一〕不眠二句：錢箋：「寶應元年四月，代宗即位，召武入朝，是年徐知道反，武阻兵，九月尚未出巴。《通鑑》載六月以武爲西川節度使，徐知道守要害阻武，武不得進。誤也。當以此詩正之。」吴廷燮《唐方鎮年表》據杜詩錢箋，謂《通鑑》所記有誤，當是六月以兵部侍郎召嚴武。嚴耕望《唐僕尚丞郎表》謂吴説蓋是，否則在當年春由兵侍出爲西川節度使，《通鑑》紀月有誤。按，嚴武自東川除西川，在本年春，見本卷《嚴中丞枉駕見過》(0729)注，嚴《表》之或説不成立。嚴武五月尚在成都，見本卷《嚴公仲夏枉駕草堂兼携酒饌》(0756)詩。可知吴《表》六月以兵部侍郎召嚴武之説近是。《新唐書·代宗紀》：「(寶應元年七月)癸巳，劍南西川兵馬使徐知道反。八月己未，知道伏誅。」《册府元龜》卷一二九《帝王部·封建》：「(寶應元年)八月，劍南狂賊徐知道爲麾下將李忠勇所殺，劍南州縣盡平。封忠勇爲臨晋郡王。」《資治通鑑》寶應元年七月：「癸巳，劍南兵馬使徐知道反，以兵守要害，拒嚴武，武不得進。」八月：「己未，徐知道爲其將李忠厚所殺，劍南悉平。」諸書所載皆同，知道以七月反，八月伏誅，其間僅二十餘日。本書卷五《草堂》(0251)謂其「西取邛南兵，北斷劍閣隅」，高適《賀斬逆賊徐知道表》亦稱其「杜塞劍道」，此錢箋、朱注謂知道以兵守劍閣阻嚴武北上所據。然據事理推求，此事不無可疑。蓋成都北有漢州刺史房琯，綿州刺史杜濟，知道必先據有二州，方可北斷劍閣。其使裨將曹懷信招濟，濟執以歸朝，則綿州未下可知。亂兵或已過漢州，然房琯亦未聞被裹挾或驅逐。時高適自

蜀州出兵討知道，距成都不過一百五十里。房琯、杜濟雖未聞南下出兵，然亦不能失職弃守，否則亂後難免追究其責。《通鑑》謂知道以兵阻嚴武，武不得進，雖交待不明，易致誤解，然其説或有據。時嚴武已過綿州，亂起則受命南下討敵。知道以兵阻之，當是阻其至成都，然已腹背受敵，敗亦旋踵。亂平後，嚴武當再整旆北上，故九日尚在巴山。杜詩、高《表》所謂北斷劍閣，疑皆泛言其意圖。綿州有鹿頭山之險，北通劍道，知道當有意據此，故遣曹懷信招杜濟。

〔二〕簇鞍馬：見本卷《嚴公仲夏枉駕草堂兼携酒饌》(0756)注。

巴嶺答杜二見憶

嚴　武

卧向巴山落月時，兩鄉千里夢相思。可但步兵偏愛酒，也知光禄最能詩〔一〕。江頭赤葉楓愁客，籬外黄花菊對誰？跂馬望君非一度〔二〕，冷猿秋雁不勝悲。

【注】

〔一〕可但二句：《世説新語・任誕》：「步兵校尉缺，厨中有貯酒數百斛，阮籍乃求爲步兵校尉。」《宋書・顔延之傳》：「延之與陳郡謝靈運俱以詞彩齊名，自潘岳、陸機之後，文士莫及也，江左稱顔謝焉。」鍾嶸《詩品》宋光禄大夫顔延之：「其源出於陸機，尚巧似。體裁綺密，情喻淵深。」

〔二〕跋馬句：跋同拔，參卷一一《江漲》(0629)注。

懷舊

地下蘇司業〔一〕，情親獨有君。那因喪亂後①，便有死生分②。老罷知明鏡，悲來望白雲〔二〕。自從失詞伯，不復更論文〔三〕。公前名預，緣避御諱，改爲源明〔四〕。(0776)

【校】

①喪，宋本、錢箋、《九家》、《草堂》校：「一作哀。」

②便有，宋本、錢箋校：「一云更作。」有，《九家》、《草堂》校：「一作作。」

【注】

黄鶴注：源明以廣德二年死，此詩當作於永泰元年(七六五)。按，此卒年蓋黄鶴所推測。參《八哀詩》注。然代宗名豫，此詩必作於廣德以後。

〔一〕蘇司業：蘇源明，見卷一《戲簡鄭廣文虔兼呈蘇司業源明》(0033)、卷七《八哀詩・蘇公源明》(0335)注。

〔二〕老罷二句：老罷，見卷一一《聞斛斯六官未歸》（0681）注。《九家》趙注：「因明鏡知其老罷之狀也。」仇注引顧注：「望白雲，用淵明《停雲》思友意。」

〔三〕自從二句：仇注：「鍾子期死，伯牙不復鼓琴，末句之意亦然。」

〔四〕避御諱改爲源明：本書卷一八《哭台州鄭司户蘇少監》（1442）：「羈游萬里闊，凶問一年俱。」鄭虔卒於乾元二年，見盧季長所撰墓志。而代宗名豫，則源明必卒於廣德後，甫得虔之凶問或遲至源明卒時。杜詩此前稱源明者，蓋皆追改。此詩所注，必源明改名之後不久，蓋即得其死訊同時而聞之乎？

所思 得台州鄭司户虔消息。

鄭老身仍竄，台州信所傳①〔一〕。爲農山澗曲，卧病海雲邊。世已疏儒素，人猶乞酒錢〔二〕。徒勞望牛斗，無計斸龍泉〔三〕。（0777）

【校】

①所，宋本、錢箋、《九家》校：「一云始。」《草堂》作「始」，校：「荆公作所。」

【注】

黄鶴注：鄭虔之貶在至德二載十二月，其去在乾元元年，此詩云「台州信所傳」，當是乾元二年（七五九）未去諫省時作。

〔一〕鄭老二句：鄭虔，見卷一《醉時歌》（0019）、卷七《八哀詩·鄭公虔》（0336）注。《元和郡縣圖志》卷二六江南道：「台州，臨海。上。……東至大海一百八十里。西北至越州四百七十五里。」

〔二〕世已二句：《三國志·魏書·袁渙傳》：「霸弟徽，以儒素稱。」卷一《戲簡鄭廣文虔兼呈蘇司業源明》（0033）：「賴有蘇司業，時時與酒錢。」《九家》趙注：「故今言『人猶乞酒錢』，所以拈出舊語也。」

〔三〕徒勞二句：見卷七《可歎》（0328）注。

不見 近無李白消息。

不見李生久，佯狂真可哀〔一〕。世人皆欲殺①〔二〕，吾意獨憐才。敏捷詩千首，飄零酒一杯。匡山讀書處，頭白好歸來②〔三〕。（0778）

【校】

①殺,《草堂》校:「或作戮。」

②好,宋本、錢箋校:「一云始。」

【注】

黄鶴注:乾元元年白流夜郎,此詩當是二年(七五九)作。

〔一〕不見二句:《荀子·堯問》:「接輿避世,箕子佯狂。」

〔二〕世人句:《三國志·魏書·王肅傳附薛夏》:「時太祖已在冀州,聞夏爲本郡所質,撫掌曰:『夏無罪也,漢陽兒輩直欲殺之耳。』」

〔三〕匡山二句:《九家》杜《補遺》:「范傳正《李白新墓碑》云:白厥先避仇,客居蜀之彰明,太白生焉。彰明有大小匡山,白讀書於大匡山,有讀書臺。尚存其宅,在清廉鄉,後廢爲僧坊,號隴西院,蓋以太白得名。院有太白像,唐綿州刺史高忱及崔令欽記。所謂匡山,乃彰明之大匡山,非匡廬也。」趙注:「公既在蜀,而白舊有讀書處,欲招其歸來也。」吴曾《能改齋漫録》卷五、王楙《野客叢書》卷七亦以爲綿州大匡山,言匡廬者誤。《苕溪漁隱叢話》前集卷一一引《學林漫録》,謂匡山指廬山:「李太白游廬山舊矣,子美既不得志,而太白復以譖出……蓋欲招隱爲廬山之游也。」姚寬《西溪叢語》卷下説同,謂《綿州圖經》載戴天山又名大康山,即杜甫所謂康山讀書處,其説爲妄。錢箋謂《唐詩紀事》所載東蜀楊天惠《彰明逸事》云云乃委巷傳聞之語,近

時楊慎輩力引蜀中故事，殊不足信。按，杜《補遺》所引大小匡山以下，當出於《彰明逸事》。

題玄武禪師屋壁〔一〕

何年顧虎頭〔二〕，滿壁畫瀛州①。赤日石林氣，青天江海流②。錫飛常近鶴，杯渡不驚鷗〔三〕。似得廬山路，真隨惠遠游〔四〕。（0779）

【校】

①壁，宋本、錢箋校：「一云座。」　瀛，錢箋、《草堂》校：「魯作滄。」

②海，宋本、錢箋、《草堂》校：「一云水。」《九家》作「水」，校：「一作海。」

【注】

黄鶴注：從舊次當是寶應元年（七六二）梓州作。

〔一〕玄武禪師：《元和郡縣圖志》卷三三梓州：「玄武縣，上。東至州一百一十五里。」「玄武山，在縣東二里。山出龍骨。」《太平寰宇記》卷八二梓州玄武縣：「玄武山，《九州要記》云：玄武山，一名赤雀山，一名宜君山。山有鹿尾入貢。又《華陽國志》云：玄武山，一名三嵎山。在縣東

二里，其山六屈三起，山出龍骨。傳云龍升其山，值天門閉，龍升不達，死墜於此，後殁地中。民掘取其骨，入藥用。」《方輿紀勝》卷六二潼川府：「大雄山，在中江，有真武祠。杜甫有《題玄武禪師屋壁》詩，即此。」

〔二〕顧虎頭：顧愷之。見卷九《送許八江寧覲省甫昔時常客游此縣於許生處乞瓦棺寺維摩圖樣志諸篇末》(0538)注。

〔三〕錫飛二句：飛錫，見卷七《大覺高僧蘭若》(0364)注。《法苑珠林》卷六一：「宋京師有釋杯渡者，不知俗姓，名字是何。常乘木杯渡水，因而爲目。初見在冀州，不修細行。神力超越，世莫能測其由來。嘗於北方寄宿一家，家有一金像，渡竊而將去。家主覺而追之，見渡徐行，走馬逐而不及。至孟津河，浮木杯於水，憑之渡河，無假風棹，輕疾如飛。」

〔四〕似得二句：惠遠，即慧遠。見卷七《大覺高僧蘭若》(0364)注。《九家》趙注：「言所畫之趣似是廬山路，可以尋惠遠大師也。」

聞官軍收河南河北①

劍外忽傳收薊北〔一〕，初聞涕淚滿衣裳。却看妻子愁何在，漫卷詩書喜欲狂。白日放歌須縱酒②，青春作伴好還鄉。即從巴峽穿巫峽，便下襄陽向洛陽。余田園

在東京〔二〕。（0780）

【校】

① 收河南河北，宋本、錢箋、《草堂》校：「一云收兩河。」

② 日，錢箋校：「一云首。」

【注】

黄鶴注：廣德元年（七六三）春作。

〔一〕劍外句：《舊唐書·代宗紀》：「（寶應元年）冬十月辛酉，詔天下兵馬元帥雍王統河東、朔方及諸道行營、回紇等兵十餘萬討史朝義，會軍於陝州。……壬申，王師次洛陽北郊。甲戌，戰於橫水，賊大敗，俘斬六萬計。史朝義奔冀州。乙亥，雍王奏收東京、河陽、汴、鄭、滑、相、魏等州。……丁酉，僞恒州節度使張忠志以趙、定、深、恒、易五州歸順……於是河北州郡悉平。賊范陽尹李懷仙斬史朝義首來獻，請降。」

〔二〕即從二句：仇注引舊注：「巴縣有巴峽，巫山縣有巫峽。」《華陽國志》卷一《巴志》：「其郡東枳有明月峽、廣德峽，故巴亦有二峽。」辛志賢《杜甫詩句即從巴峽穿巫峽考辨》（《北京師範大學學報》一九七八年第三期）引此，謂即舊注所云巴縣巴峽。《太平御覽》卷六五引《三巴記》：「閬、白二水合流，自漢中至始寧城下入武勝，曲折三曲，有如『巴』字，亦曰巴江，經峻峽中謂之

巴峽，即此水也。」蕭滌非引此，謂閬、白二水即嘉陵江上游，杜詩「巴峽」蓋指此。辛志賢謂杜甫寫此詩在梓州，蓋計劃順涪江南下，至巴縣轉入長江。巴江（嘉陵江）則在閬州，非此詩所指。按，嘉陵江下游亦與涪江匯合，南至巴縣入於江。《三巴記》所謂「巴峽」，不能證其指嘉陵江上游，當以巴縣巴峽説較妥。《元和郡縣圖志》卷二一襄州：「北至東都八百二十五里。……南至江陵府四百七十里。」《通典》卷一七五《州郡・通川郡》：「去東京，取盛山郡下水，經三峽，出江陵、襄陽、南陽、臨汝等郡至東京，水陸相承，二千八百七十五里。」卷一七七《襄陽郡》：「襄陽去江陵步道五百。」「便下襄陽」，蓋自江陵取道襄陽赴東京。

范温《潛溪詩眼》：「古人律詩，亦是一片文章，語或似無倫次，而意若貫珠。……《聞官軍收河北》詩云：『劍外忽傳收薊北，初聞涕淚滿衣裳。』夫人感極則悲，悲定而後喜，忽聞大盜之平，喜唐室復見太平，顧視妻子，知免流離，故曰『却看妻子愁何在』。其喜之至也，不知手之舞之，足之蹈之，故曰『漫展詩書喜欲狂』。從此有樂生之心，故曰『白日放歌須縱酒』。於是率中原流寓之人同歸，以青春和暖之時即路，故曰『青春作伴好還鄉』。言其道途，則曰『欲從巴峽穿巫峽』。言其所歸，則曰『便下襄陽到洛陽』。此蓋曲盡一時之意，愜當衆人之情，通暢而有條理，如辯士之語言也。」

方東樹《昭昧詹言》卷一七：「此亦通篇一氣，而沈著激壯，與他篇曲折細緻者不同，題各

有稱也。起四句沈著頓挫，從肺腑流出，故與流利輕滑者不同。後四句又是一氣，而不嫌直致者，用意真，措語重，章法斷結曲折也。先君曰：公先爲襄陽人，祖徙河南，父徙杜陵。公生於杜陵，而田園在東京。東京，洛陽也。從劍外聞信，欲歸洛陽，情事分明，而又皆虛擬，所以爲妙。後人則以實叙行歷爲能，有何味也。」

涪江泛舟送韋班歸京〔一〕得山字。

追餞同舟日，傷春一水間①〔二〕。飄零爲客久，衰老羨君還。花遠重重樹②，雲輕處處山。天涯故人少，更益鬢毛斑③。（0781）

【校】

① 春，宋本、錢箋、《草堂》校：「一云心。」《九家》作「心」，校：「一作春。」

② 遠，宋本、錢箋校：「一云雜。」《九家》、《草堂》作「雜」，校：「一作遠。」

③ 益，錢箋校：「一作憶。」

【注】

〔一〕黄鶴注：當是廣德元年（七六三）在梓州作。

〔一〕涪江：《元和郡縣圖志》卷三三劍南道：「梓州，梓潼。上。……郪縣，望，郭下。……涪江水，經縣東，去縣四里。」韋班：見卷一一《憑韋少府班覓松樹子》（0722）注。黄鶴注：「當是涪江尉。」按，前詩作於成都，班亦當爲成都或華陽尉。其自成都還京而至梓州，當投閬中道。參卷五《入奏行》（0236）注。

〔二〕追餞二句：張九齡《餞宋司馬序》：「既而出宿南浦，與鴻雁而同歸；追餞北梁，對江山而不樂。」追蓋同於追游、追歡之追，謂相聚餞行。

春日梓州登樓二首

行路難如此，登樓望欲迷。身無却少壯〔一〕，跡有但羇栖①。江水流城郭，春風入鼓鞞。雙雙新燕子，依舊已銜泥。（0782）

【校】

① 有但，宋本、錢箋校：「舊作但有。」

【注】

黄鶴注：當是廣德元年（七六三）春作。

〔一〕却：猶再也，還也。見張相《詩詞曲語辭彙釋》。

天畔登樓眼，隨春入故園①。戰場今始定，移柳更能存②〔一〕。厭蜀交游冷，思吳勝事繁。應須理舟楫，長嘯下荆門〔二〕。（0783）

【校】

①春，宋本、錢箋、《九家》、《草堂》校：「一云風。」

②移，宋本、錢箋校：「晋作栘。」《草堂》作「栘」。　更，宋本、《九家》、《草堂》校：「一云豈。」

【注】

〔一〕移柳句：庾信《哀江南賦序》：「釣臺移柳，非玉關之可望。」又《枯樹賦》：「桓大司馬聞而歎曰：昔年移柳，依依漢南。今看摇落，悽愴江潭。樹猶如此，人何以堪。」

〔二〕荆門：見卷三《桔柏渡》（0167）注。

遣憤

聞道花門將，論功未盡歸〔一〕。自從收帝里，誰復總戎機①〔二〕？蜂蠆終懷毒，

雷霆可震威〔三〕。莫令鞭血地，再濕漢臣衣〔四〕。（0784）

【校】

① 戎，宋本、錢箋、《草堂》校：「一云兵。」 戎機，宋本、錢箋校：「一云軍麾。」

【注】

黄鶴注：當是永泰元年（七六五）作。《九家》趙注以爲廣德元年（七六三）作。

〔一〕聞道二句：《舊唐書·回紇傳》：寶應元年，代宗初即位，以史朝義尚在河洛，遣中使劉清潭徵兵於回紇。回紇已爲史朝義所誘，云唐家天子頻有大喪，國亂無主，請發兵來收府庫。可汗乃領衆而南，已八月矣。京師大駭，代宗使殿中監藥子昂馳勞之。肅宗以僕固懷恩女嫁毗伽闕可汗子，及是爲可敦。代宗敕懷恩自汾州見之太原，諫國家恩信不可違背。以雍王适爲兵馬元帥，東會回紇登里可汗營於陝州黄河北。雍王領子昂等從而見之，可汗責雍王不於帳前舞蹈，禮倨。相拒久之，車鼻遂引子昂、李進、少華、魏琚各榜捶一百，少華、琚因榜捶一宿而死。懷恩與回紇右殺爲先鋒，及諸節度同攻賊，破之。及諸節度收河北州縣，僕固瑒與回紇之衆追躡二千餘里，梟朝義首而歸，河北悉平。初，回紇至東京，以賊平，恣行殘忍，士女懼之，皆登聖善寺及白馬寺二閣以避之。回紇縱火焚二閣，傷死者萬計。及是朝賀，又縱横大辱官吏。代宗册可汗、可敦，可汗、可敦及左右殺、諸都督、内外宰相已下，共加實封二千户。《百家注》趙

注：「大意以回紇助順討史朝義，恐其恃功驕暴難制，故欲早加以威而絶其如此。」錢箋亦謂漢臣鞭血，正紀此時事。黄鶴注謂指永泰元年郭子儀與回紇再盟，藥羅葛率衆追吐蕃，殺吐蕃於靈臺西原萬計，又破之於涇州，於是回紇胡禄都督等二百餘人入見，前後贈賚繒帛一萬疋，府藏空竭，税百官俸以給之，此所以爲可憤也。朱鶴齡注同。按，從舊次當以趙注、錢箋爲是。

〔二〕自從二句：《九家》趙注：「恐回紇恃功難制而作逆也。」朱鶴齡注：「吐蕃敗去，京師解嚴，時魚朝恩統神策軍，勢寖盛。『誰復總戎機』，蓋諷中人典兵，而任子儀之不專也。」此從黄鶴注爲説。從趙注，時回紇與諸節度同攻賊，故發此問。《木蘭詩》：「萬里赴戎機，關山度若飛。」

〔三〕蜂蠆二句：《左傳》僖公二十二年：「君其無謂邾小，蜂蠆有毒，而況國乎。」《漢書・賈山傳》：「今人主之威，非特雷霆也。」

〔四〕莫令二句：《左傳》莊公八年：「鞭之，見血。」

鄜城西原送李判官兄武判官弟赴成都府〔一〕

憑高送所親，久坐惜芳辰〔二〕。遠水非無浪，他山自有春。野花隨處發，官柳著行新①。天際傷愁别，離筵何太頻。（0785）

【校】

①官，宋本、錢箋、《九家》、《草堂》校：「一作妖。」

【注】

黄鶴注：當是廣德元年（七六三）春作。

〔一〕郪城：《元和郡縣圖志》卷三三梓州：「郪縣，望。郭下。本漢舊縣，屬廣漢郡，因郪江水爲名也。」李判官、武判官：名不詳。當爲東川節度使判官。《新唐書·百官志》：「節度使、副大使知節度事，行軍司馬、副使、判官、支使、掌書記、推官、巡官、衙推各一人。……（節度使）兼觀察使，又有判官、支使、推官、巡官、衙推各一人。」

〔二〕久坐句：《初學記》卷三引梁元帝《纂要》：「春曰青陽……辰曰良辰、嘉辰、芳辰。」

客夜

客睡何曾著，秋天不肯明〔一〕。卷簾殘月影①，高枕遠江聲〔二〕。計拙無衣食，途窮仗友生。老妻書數紙，應悉未歸情〔三〕。（0786）

【校】

①卷，《九家》、《草堂》作「入」，校：「一作捲。」

【注】

黄鶴注：公寶應元年（七六二）自綿至梓，時家在成都，秋晚方迎家再至梓。今云「老妻書數紙」，當是在梓州作。

〔一〕客睡二句：《敦煌變文集·漢將王陵變》：「將士夜深渾睡著，不知漢將入偷營。」《九家》趙注：「睡著、天明，通中國之常語。」此亦以俗語入詩。葛立方《韻語陽秋》卷一：「杜甫《客夜》詩云：『客睡何曾著，秋天不肯明。』《陪王使君泛江》詩云：『山豁何時斷，江平不肯流。』『不肯』二字，含蓄甚佳，故杜兩言之。與淵明所謂『日月不肯遲，四時相催迫』同意。」

〔二〕卷簾二句：張説《深渡驛》：「洞房懸月影，高枕聽江流。」吴曾《能改齋漫録》卷八謂杜詩用其意。

〔三〕老妻二句：仇注：「書乃寄妻之書。」

陪王侍御宴通泉東山野亭〔一〕

江水東流去，清樽日復斜。異方同宴賞，何處是京華？亭影臨山水①，村烟

對浦沙。狂歌過於勝②〔二〕，得醉即爲家。（0787）

【校】

① 影，錢箋、《草堂》作「景」。

② 於，宋本、錢箋校：「一云形。」

【注】

黃鶴注：當是寶應元年（七六二）冬公至通泉時作。

〔一〕通泉：《元和郡縣圖志》卷三三梓州：「通泉縣，緊。西北至州一百四十里。……涪江水，經縣東三里。」王侍御：本書卷五有《陪王侍御同登東山最高頂宴姚通泉晚携酒泛江》（0216）。參該詩注。

〔二〕狂歌句：過於勝，太勝、甚勝。此過於非如「莫過於此」之超過義，亦當時俗語。敦煌詞《五更轉》：「第一温言不可得，處分小語過于珍。」白居易《詩酒琴人例多薄命予酷好三事雅當此科》：「中散步兵終不貴，孟郊張籍過於貧。」

客亭

秋窗猶曙色，落木更天風①〔一〕。日出寒山外，江流宿霧中。聖朝無弃物，老病已成翁②〔二〕。多少殘生事，飄零似轉蓬。（0788）

【校】

①落木，錢箋校：「一作木落。」《草堂》作「木落」。　天，宋本、錢箋、《儿家》、《草堂》校：「一作高。」《文苑英華》作「高」。

②成，宋本、錢箋、《九家》、《草堂》校：「一云衰。」《文苑英華》校：「集作衰。」

【注】

黄鶴注：與《客夜》詩同是寶應元年（七六二）秋在梓州作。

〔一〕秋窗二句：王嗣奭《杜臆》：「諺云『日高風』，故曙色着『猶』字，謂風之早也。」

〔二〕聖朝二句：《老子》二十七章：「常善救物，而無弃物。」《淮南子·道應訓》引作「人無弃人，物無弃物」。《九家》趙注：「此蓋公不怨天、不尤人之意，與孟浩然『不才明主弃，多病故人疏』之

語有間矣。」施補華《峴傭説詩》：「『聖朝無弃物，衰病已成翁』，怨而不怒。『一病緣明主，三年獨此心』，諷而不刺，皆見詩人忠厚。」羅隱《曲江有感》：「聖代也知無弃物，侯門未必用非才。」用此語。

方回《瀛奎律髓》卷一四：「王右丞詩云：『江流天地外，山色有無中。』此詩三四以寫秋曉，亦足以敵右丞之壯。然其佳處，乃在五六有感慨。兩句言景，兩句言情。詩必如此，則浄潔而頓挫也。」

行次鹽亭縣聊題四韻奉簡嚴遂州蓬州兩使君咨議諸昆季〔一〕

馬首見鹽亭，高山擁縣青。雲溪花淡淡①，春郭水泠泠。全蜀多名士，嚴家聚德星〔二〕。長歌意無極，好爲老夫聽。（0789）

【校】

① 淡淡，錢箋、《草堂》校：「一云漠漠。」

【注】

黃鶴注：當是廣德元年（七六三）公自梓州至鹽亭時作。

〔一〕鹽亭：《元和郡縣圖志》卷三三梓州：「鹽亭縣，上。西南至州九十三里。……梓潼水，經縣南，去縣三里。」嚴遂州、蓬州：蓬州即嚴堅，遂州疑爲嚴侁，二人爲嚴震從兄弟。咨議：嚴震。《舊唐書·嚴震傳》：「嚴震，字遐聞，梓州鹽亭人。世爲田家，以財雄於鄉里。至德、乾元已後，震屢出家財以助邊軍，授州長史、王府咨議參軍。東川節度判官韋收薦震才，用於節度使嚴武，遂授合州長史。及嚴武移西川，署爲押衙，改恒王府司馬。嚴武以宗姓之故，軍府之事多以委之，又歷試衛尉、太常少卿。嚴武卒，乃罷歸。」德宗時爲山南西道節度使、興元尹。權德輿《唐故山南西道節度營田觀察處置等使……嚴公墓志銘》：「初，公從父兄侁，以含章好義，歷中執法，剖符盧山。同氣曰堅，曰霽，曰霔，皆卿才也。堅爲盛山、咸安二郡守，霽以殿中侍御史介於岷峨，霔四爲尚書郎。」《舊唐書·地理志》山南西道：「蓬州……天寶元年，改爲咸安郡。至德二年，改爲蓬山郡。乾元元年，復爲蓬州。」盧山即雅州，疑嚴侁後改官雅州。

〔二〕嚴家句：《藝文類聚》卷一引《異苑》：「陳仲弓從諸子侄造荀季和父子，於時德星聚，太史奏五百里内有賢人聚。」

倚杖 鹽亭縣作。

看花雖郭内①，倚杖即溪邊。山縣早休市，江橋春聚船。狎鷗輕白浪②〔一〕，歸雁喜青天③。物色兼生意，淒涼憶去年。（0790）

【校】

①内，宋本、錢箋校：「一作外。」

②狎，宋本、錢箋、《九家》校：「一云野。」浪，宋本、錢箋、《草堂》校：「一云日。」《九家》作「日」，校：「一作浪。」

③雁，宋本、《草堂》校：「一作鳥。」青，宋本、錢箋校：「一作清。」

【注】

黄鶴注：當是廣德元年（七六三）春作。

〔一〕狎鷗句：任昉《别蕭咨議》：「儻有關外驛，聊訪狎鷗渚。」《列子·黄帝》：「海上之人有好漚鳥者，每旦之海上，從漚鳥游，漚鳥之至者百住而不止。其父曰：『吾聞漚鳥皆從汝游，汝取來，

吾玩之。』明日之海上，漚鳥舞而不下也。」

泛江送魏十八倉曹還京因寄岑中允參范郎中季明〔一〕

遲日深春水①，輕舟送別筵。帝鄉愁緒外，春色淚痕邊。見酒須相憶②，將詩莫浪傳〔二〕。若逢岑與范，爲報各衰年。（0791）

【校】

① 春，宋本、錢箋校：「一作江。」《九家》、《草堂》、《文苑英華》作「江」，《九家》、《草堂》校：「一作春。」

② 須，《文苑英華》校：「一作應。」

【注】

黄鶴注：當是廣德元年（七六三）梓州作。是年岑參自虢州長史歸爲太子中允。

〔一〕魏十八：名不詳。唐諸衛、諸軍有倉曹參軍事。岑中允參：岑參，見卷一〇《寄彭州高三十五使君適虢州岑二十七長史參三十韻》（0610）注。杜確《岑嘉州詩集序》：「尋出虢州長史。又改太子中允兼殿中侍御史，充關西節度判官。聖上潛龍藩邸，總戎陝服，參佐僚吏，皆一時之

選，由是委公以書奏之任。入爲祠部、考功二員外郎，轉虞部、庫部二正郎，又出爲嘉州刺史。」聞一多《岑嘉州繫年考證》考岑參改太子中允，至遲在寶應元年春。范郎中季明：范季明，《元和姓纂》卷七范氏燉煌：「狀云范汪之後。職方郎中范季明，代居懷州，云自燉煌徙焉。」岑參《范公叢竹歌》序：「職方郎中兼侍御史范公，乃於陝西使院内種竹。」

〔二〕將詩句：《朝野僉載》卷一：「莫浪語，阿婆嗔，三叔聞時笑殺人。」本書卷一〇《得弟消息二首》（0548）：「浪傳烏鵲喜，深負鶺鴒詩。」乃傳言不確之意。此謂不要將詩隨意示人。《九家》趙注：「公蓋自負其詩如此。」仇注：「公詩多傷時語，故囑其莫浪傳以取忌。」説皆鑿。此作自愧語。

送路六侍御入朝〔一〕

童稚情親四十年①，中間消息兩茫然。更爲後會知何地，忽漫相逢是別筵。

不分桃花紅勝錦②，生憎柳絮白於綿③〔二〕。劍南春色還無賴，觸忤愁人到酒邊〔三〕。

（0792）

【校】

① 四，宋本、錢箋校：「一云三。」

②分，《草堂》作「憤」。

③於，宋本、錢箋校：「一作如。」

【注】

黄鶴注：當是廣德元年（七六三）春梓州作。

〔一〕路六侍御：名不詳。

〔二〕不分二句：不分，亦作不憤、不忿，氣不過。徐摛《賦得簾塵》：「恒教羅袖拂，不分秋風吹。」崔湜《婕妤怨》：「不分君恩斷，新妝視鏡中。」《敦煌變文集・李陵變文》：「單于見陣輸失，心懷不分。」生憎，最恨。盧照鄰《長安古意》：「生憎帳額繡孤鸞，好取門簾帖雙燕。」元稹《古決絶詞》：「生憎野鶴性遲回，死恨天雞識時節。」《九家》趙注：「杜公造爲新語，其云『不分』、『生憎』，乃所以深言其紅白也。」

〔三〕觸忤：冒犯。《後漢書・劉瑜傳》：「言不足采，懼以觸忤。」

泛江送客

二月頻送客，東津江欲平〔一〕。烟花山際重，舟楫浪前輕。淚逐勸杯下①，愁

連吹笛生〔二〕。離筵不隔日，那得易爲情。（0793）

【校】

①下，錢箋校：「一作落。」《九家》、《草堂》、《文苑英華》作「落」。

【注】

黄鶴注：當是廣德元年（七六三）公暫游左綿時作。

〔一〕東津句：本書卷五《觀打漁歌》（0242）：「綿州江水之東津，魴魚鱍鱍色勝銀。」參該詩注。

〔二〕愁連句：向秀《思舊賦》序：「鄰人有吹笛者，發聲寥亮，追想曩昔游宴之好，感音而歎。」

上牛頭寺〔一〕

青山意不盡，衮衮上牛頭〔二〕。無復能拘礙，真成浪出游。花濃春寺静，竹細野池幽。何處鶯啼切①，移時獨未休。（0794）

【校】

①鶯啼，《草堂》作「啼鶯」。

【注】

黄鶴注：當是廣德元年（七六三）作。

〔一〕牛頭寺：《太平寰宇記》卷八二梓州郪縣：「牛頭山，在縣西南二里，高一里，形似牛頭，四面孤絶，俯臨州郭。下有長樂寺，樓閣烟花，爲一方之勝概。」《方輿勝覽》卷六二潼川府：「牛頭山……《圖經》有云：羅漢洞在岩之半，永福寺據其頂，廣化寺據其岡，羅漢院據其麓。」《蜀中廣記》卷二九潼川州引《九州要記》：「本志云：永福寺，梁武賜名長樂，唐名靈瑞，宋名永福也。」王勃有《梓州郪縣靈瑞寺浮圖碑》。

〔二〕衮衮：見卷四《徐卿二子歌》（0187）注。

望牛頭寺

牛頭見鶴林，梯逕繞幽深①〔一〕。春色浮山外②，天河宿殿陰③。傳燈無白日，布地有黄金〔二〕。休作狂歌老，回看不住心〔三〕。（0795）

【校】

①梯逕繞幽深，宋本、錢箋、《九家》、《草堂》校：「一云秀麗一何深。」

②浮，宋本、錢箋、《九家》、《草堂》校：「一作流。」

③宿，宋本、《九家》、《草堂》校：「一作没。」錢箋校：「蔡作没。」

【注】

黄鶴注：當與上篇同時作。

〔一〕牛頭二句：《大般涅槃經》卷一：佛入滅時，「爾時拘尸那城娑羅樹林，其林變白，猶如白鶴。」《法苑珠林》卷一〇〇興福部唐高祖：「詵詵法侣，若鷲嶺之初開；濟濟名賓，似鶴林之始集。」《長阿含經》卷三：拘舍婆提城「水精梯陛，琉璃爲蹬，周匝欄楯，遶繞相承。」

〔二〕傳燈二句：《華嚴經》卷五九：「譬如一燈，然百千燈無所損減，菩提心火亦復如是，悉然三世諸佛慧燈，無所損減。」《法苑珠林》卷八五感興緣唐西京大莊嚴寺釋慧因：「受業弟子五百餘人，踵武傳燈，將三十載。」布地，見卷四《贈蜀僧閭丘師兄》(0175)注。

〔三〕回看句：《金剛經》：「應無所住，而生其心。」《維摩經·觀衆生品》：「答曰：無住則無本。文殊師利，從無住本立一切法。」神會《壇語》：「無住心不離知，知不離無住。知心無住，更無餘知。」

上兜率寺〔一〕

兜率知名寺，真如會法堂〔二〕。江山有巴蜀，棟宇自齊梁〔三〕。庾信哀雖久，何

顒好不忘〔四〕。白牛車遠近，且欲上慈航〔五〕。（0796）

【注】

黄鶴注：當是廣德元年（七六三）作。

〔一〕兜率寺：《方輿勝覽》卷六二潼川府：「兜率寺，在南山，名長壽，有劉蜕文塚碑及蜕二詩，刻之石。」王勃有《梓州郪縣兜率寺浮圖碑》。侯圭《東山觀音院記》：「廣明初，梓州浮圖祠大小共十二。慧義居其北，兜率當其南，牛頭據其西，貞觀距其東。」

〔二〕真如：指法性真實。《大乘起信論》：「心真如者，即是一法界大總相法門體，所謂心性不生不滅。」

〔三〕江山二句：《九家》趙注：「江山自巴蜀時便有之，此乃使羊叔子所謂自有宇宙來便有此山之義。」朱鶴齡注：「按，王勃《郪縣兜率寺碑》：兜率寺者，隋開皇中之所建也。此云『自齊梁』，疑未詳考。」

〔四〕庾信二句：庾信，見卷一一《戲爲六絶句》（0691）注。《百家注》趙注：「後漢末黨事起，顒私入洛陽從袁紹計議，其窮困閉厄者爲求救援，以濟其患。蓋公言身已流離，有庾信之哀矣，而哀愁之中不忘交好也，何顒者有救之之心也。」《草堂》夢弼注：「或謂何顒疑作周顒，何乃黨錮之徒，周常奉佛食菜。」錢箋、朱注是其説。參卷八《岳麓山道林二寺行》（0406）注。仇注：「庾信哀時，周顒好佛，皆屬自喻。」

〔五〕白牛二句：《法華經·譬喻品》：「爾時長者各賜諸子等一大車……駕以白牛，膚色充潔，形體姝好，有大筋力，行步平正，其疾如風。」參卷一一《酬高使君相贈》（0703）「三車」注。蕭統《開善寺法會》：「法輪明暗室，慧海渡慈航。」

望兜率寺

樹密當山徑，江深隔寺門。霏霏雲氣重①，閃閃浪花翻。不復知天大，空餘見佛尊〔一〕。時應清盥罷②，隨喜給孤園〔二〕。（0797）

【校】

①重，宋本校：「晋作動。」錢箋校：「一作動。」

②盥，宋本、錢箋校：「一作興。」

【注】

黄鶴注：與前篇同時作。

〔一〕不復二句：朱鶴齡注：「二語言佛之尊於天也。闞澤云：孔老二教，法天制用，不敢違天。佛

之設教，諸天奉行，不敢違佛。故佛號人天師。可證此二語之義。」施鴻保云：「詩人之言，不必斤斤辨儒釋之是非，此等説皆欲推重少陵，而反隘之矣。」

〔二〕隨喜句：隨喜，謂見他人行善隨生歡喜。《維摩經·菩薩行品》：「勸請説法，隨喜贊善。」給孤園，見卷四《贈蜀僧閭丘師兄》(0174)「祇樹園」注。

甘園〔一〕

春日清江岸，千甘二頃園。青雲羞葉密①，白雪避花繁。結子隨邊使，開筒近至尊〔二〕。後於桃李熟，終得獻金門〔三〕。（0738）

【校】

① 羞，錢箋、《草堂》校：「一作著。」

【注】

黄鶴注：當是廣德元年（七六三）作。《趙次公先後解》編入大曆二年（七六七）夔州詩。《草堂》編入大曆元年（七六六）。

〔一〕甘園：朱鶴齡注引李實曰：「柑園，在梓州城南十里，今猶名柑子鋪，柑廢。」宋祁《益部方物贊》：「柑生果、渠、嘉等州，結實埒於江南，味亦差爲薄云。」

〔二〕開筒句：王嗣奭《杜臆》：「柑豈筒盛，恐當作『筐』。」

〔三〕後於二句：王嗣奭《杜臆》：「公方蹭蹬，而用世之心猶切，故於落句發之，此作詩本指。」金門，即金馬門。揚雄《解嘲》：「與群賢同行，歷金門，上玉堂，有日矣。」

數陪李梓州泛江有女樂在諸舫戲爲艷曲二首贈李①〔一〕

上客回空騎，佳人滿近船。江清歌扇底，野曠舞衣前。玉袖凌風並，金壺隱浪偏〔二〕。競將明媚色，偷眼艷陽天②〔三〕。（0799）

【校】

① 李梓州，《九家》、《草堂》作「章梓州」。　贈李，《草堂》作「贈章」，《九家》無二字。

② 天，宋本、錢箋校：「一作年。」《九家》作「年」，校：「一作天。」

【注】

黄鶴注：當是廣德元年（七六三）春作。

〔一〕李梓州：本書卷一三有《送梓州李使君之任》(0829)。《唐刺史考》疑爲吴王祇子岵，陶敏謂當是祇之另二子峿或巘之一人。于邵《爲吴王祇請罪表》：「臣祇言：臣長男岵，受國恩榮，出典藩翰，不能昭宣聖理，協和上下，爰抵憲章，自貽剿絶。……臣詣朝堂並領男前梓州刺史某等束身請罪。」時岵已賜死，梓州刺史爲另一男。祇三子，見《新唐書・宗室世系表下》吴王房。《太宗諸子傳》嗣吴王祇：「子巘，以廕補五品官。祇薨，兄岵得罪，乃以巘嗣王。累至宗正卿，檢校刑部尚書。」《九家》趙注等謂當是章梓州，不確。

〔二〕隱：映也。見卷三《桔柏渡》(0167)注。

〔三〕偷眼句：鮑照《學劉公幹體》：「兹辰自爲美，當避艷陽年。」《文選》李善注：「《神農本草》曰：春夏爲陽。」

白日移歌袖，清霄近笛床〔一〕。翠眉縈度曲，雲鬢儼分行。立馬千山暮，回舟一水香。使君自有婦〔二〕，莫學野鴛鴦。(0830)

【注】

〔一〕清霄句：朱鶴齡注：「按《釋名》：床，裝也。凡所以裝載者皆謂之床，如糟床、食床、鼓床、筆床皆此義。《樹萱録》云：南朝呼筆管爲床。笛床，當即其類。」

〔二〕使君句：《陌上桑》：「使君自有婦，羅敷自有夫。」

登牛頭山亭子

路出雙林外，亭窺萬井中〔一〕。江城孤照日，山谷遠含風①。兵革身將老，關河信不通〔二〕。猶殘數行淚，忍對百花叢。（0801）

【校】

①山，宋本、錢箋、《九家》校：「一作春。」《草堂》作「春」，校：「一作山。」

【注】

黄鶴注：當是廣德元年（七六三）作。

〔一〕雙林：見卷一一《酬高使君相贈》（0703）「雙樹」注。《法苑珠林》卷一七觀音部感應緣頌：「三乘既弘，雙林遺身。」

〔二〕兵革二句：《九家》趙注：「時吐蕃猶盛。」

陪李梓州王閬州蘇遂州李果州四使君登惠義寺①〔一〕

春日無人境，虚空不住天〔二〕。鶯花隨世界〔三〕，樓閣寄山巔②。遲暮身何得，登臨意惘然③。誰能解金印，蕭洒共安禪④〔四〕？（0802）

【校】

① 李，《草堂》作「章」。

② 寄，宋本、錢箋、《九家》校：「一作倚。」《草堂》作「倚」，校：「一作寄。」

③ 惘，宋本、錢箋校：「一云寂。」

④ 誰能解金印瀟洒共安禪，宋本、錢箋、《九家》、《草堂》校：「一云三車將五馬，若個合安禪。」蕭，錢箋作「瀟」。

【注】

黄鶴注：當是廣德元年（七六三）春在梓州作。

〔一〕王閬州：名不詳。兄名承訓。見卷二〇《爲閬州王使君進論巴蜀安危表》（1486）注。蘇遂

州：名不詳。當與卷五《短歌行》（0250）之「蘇使君」爲同一人。李果州：名不詳。惠義寺：見卷三《陪章留後惠義寺餞嘉州崔都督赴州》（0197）注。

〔二〕虚空句：梵天之一名虚空天。《法苑珠林》卷九引《佛本行經》：「或復梵天或説之書：……安多梨叉提婆書。」注：「虚空天。」不住，謂法性不住。《維摩經·弟子品》：「法無去來，常不住故。」

〔三〕鶯花句：《楞嚴經》卷四：「何名爲衆生世界？世爲遷流，界爲方位。汝今當知，東、西、南、北、東南、西南、東北、西北、上、下爲界，過去、未來、現在爲世。」亦與世間同義。《翻譯名義集》卷三：「間之與界，名異義同。間是隔別間差，界是界畔分齊。」

〔四〕誰能二句：《史記·魏其武安侯列傳》：「君當免冠解印綬歸。」《雜阿含經》卷二〇：「佛住娑祇城，安禪林中。」張纘《南征賦》：「尋太傅之故宅，今築室以安禪。」

送何侍御歸朝〔一〕李梓州泛舟筵上作。

舟楫諸侯餞，車輿使者歸。山花相映發，水鳥自孤飛〔二〕。春日垂霜鬢，天隅把繡衣〔三〕。故人從此去①，寥落寸心違。（0803）

【校】

①去，宋本、錢箋、《九家》、《草堂》校：「一云遠。」

【注】

黃鶴注：當是廣德元年（七六三）作。

〔一〕何侍御：名不詳。

〔二〕山花二句：張説《巴丘春作》：「江涔相映發，卉木共紛華。」孟浩然《宴張記室宅》：「妓堂花映發，書閣柳逶迤。」何遜《詠白鷗兼嘲別者》：「孤飛出溆浦，獨宿下滄洲。」

〔三〕繡衣：見卷二《送長孫九侍御赴武威判官》（0085）注。

江亭送眉州辛別駕昇之〔一〕得蕪字。

柳影含雲幕①，江波近酒壺。異方驚會面，終宴惜征途。沙晚低風蝶，天晴喜浴鳧。別離傷老大，意緒日荒蕪。（0804）

【校】

①幕，宋本、錢箋、《九家》校：「一云重。」

【注】

黃鶴注：當是廣德二年（七六四）春公在閬州作。梁權道編在梓州作，恐非。

〔一〕辛別駕昇之：辛昇之，《元和姓纂》卷三辛氏：「大曆都官郎中辛昇之，訪未獲。」都督府、州有別駕，位在都督、刺史下。《唐六典》卷三〇督護州縣：「晋代諸州各置別駕、治中從事史一人，宋、齊、梁、陳、後魏、周、隋，因而不改。皇朝因之。永徽中，改別駕爲長史。垂拱初，又置別駕員，多以皇家宗枝爲之。神龍初罷。開元初復置，始通用庶姓焉。」

涪城縣香積寺官閣〔一〕

寺下春江深不流，山腰官閣迥添愁。含風翠壁孤雲細，背日丹楓萬木稠。小院回廊春寂寂①，浴鳧飛鷺晚悠悠。諸天合在藤蘿外，昏黑應須到上頭〔二〕。

（0805）

【校】

①春，宋本、錢箋校：「一作清。」

【注】

黄鶴注：當是廣德元年（七六三）春作。

〔一〕涪城：《元和郡縣圖志》卷三三梓州：「涪城縣，緊。東南至州六十里。本漢涪縣地，隋開皇十六年改置涪城縣，屬綿州，大曆十三年割屬梓州。」《太平寰宇記》卷八二梓州涪城縣：「香積山，在縣東南三里，北枕涪江。」

〔二〕諸天：見卷五《山寺》（0223）注。

戲題寄上漢中王三首〔一〕時王在梓州。初至斷酒不飲，篇有戲述。

西漢親王子，成都老客星〔二〕。百年雙白鬢，一別五秋螢①。忍斷杯中物，祇看座右銘②〔三〕。不能隨皂蓋，自醉逐浮萍〔四〕。（0806）

【校】

①秋，宋本、錢箋、《九家》、《草堂》校：「一作飛。」

②祇，錢箋校：「王作眠。」《草堂》作「眠」，校：「一作祇。王作眠，當從之。」座，宋本作「坐」，據錢箋等改。

【注】

黄鶴注：公自乾元二年出華州時與王别，至寶應元年（七六二）爲五年。詩云「不能隨皂蓋」，則

王尚在蓬州，雖當更代，而道梗不得歸。按，「不能隨皂蓋」乃甫自言，時王在梓州無疑，當自蓬州西至梓州，取綿州道北上歸朝。

〔一〕漢中王：見本卷《玩月呈漢中王》(0763)注。

〔二〕客星：見卷九《贈翰林張四學士》(0469)注。

〔三〕忍斷二句：陶淵明《責子》：「天運苟如此，且進杯中物。」座右銘，見卷一《橋陵詩三十韻因呈縣内諸官》(0037)「崔瑗銘」注。

〔四〕不能二句：黄鶴注：「今考此云『不能隨皂蓋』，及《奉漢中王手札》詩云『剖符來蜀道』，皆是太守事，疑史誤。且魏少游是時以衛尉卿貶渠州長史，而瑀以親王，無容亦貶長史。當是刺史，而史誤爲長史無疑。」仇注：「今王復斷酒看銘，將不得與之同飲矣，唯有旅中獨醉而已。」

策杖時能出，王門異昔游。已知嗟不起，未許醉相留〔一〕。蜀酒濃無敵〔二〕，江魚美可求。終思一酩酊，净掃雁池頭〔三〕。(0807)

【注】

〔一〕已知二句：仇注：「王病不起，舊注引《謝安傳》語，安寢疾，曰：『吾昔夢雞，今歲在酉，吾殆不起乎。』但謝公所云『不起』，乃病亡之兆，豈可引比漢中乎？」引盧元昌曰：「『不起』者，謂王病

酒不能起，本枚乘《七發》篇中連用『起』字。」按，卧病言不起，其例甚多，自非用《謝安傳》，然詩本有戲意。

〔二〕蜀酒句：《唐國史補》卷下：「酒則有……劍南之燒春。」

〔三〕浄掃句：《西京雜記》卷二：「梁孝王好營宫室苑囿之樂，作曜華之宫，築兔園。園中有百靈山，山有膚寸石、落猿岩、栖龍岫。又有雁池，池間有鶴洲、鳧渚。其諸宫觀相連，延亘數十里。」

羣盜無歸路，衰顔會遠方。尚憐詩警策〔一〕，猶記酒顛狂①。魯衛彌尊重，徐陳略喪亡〔二〕。空餘枚叟在②，應念早升堂〔三〕。（0808）

【校】

①記，宋本、錢箋校：「一作憶。」《九家》、《草堂》作「憶」，校：「一作記。」

②枚，宋本、錢箋校：「一作故。」

【注】

〔一〕尚憐句：陸機《文賦》：「立片言而居要，乃一篇之警策。」

〔二〕魯衛二句：《論語·子路》：「魯衛之政，兄弟也。」《玉海》卷二九：「開元十四年十一月己丑，幸寧王憲宅，與諸王宴，探韻賦詩，詩曰：『魯衛情先重』，而終勉以爲善之樂，即口還宫。」錢

箋：「瑀爲寧王之子，故曰『魯衛彌尊重』，用明皇詩語也。」曹丕《與吴質書》：「昔年疾疫，親故多離其災。徐、陳、應、劉，一時俱逝。」徐陳謂徐幹、陳琳。

〔三〕空餘二句：謝莊《雪賦》：「召鄒生，延枚叟。」謂枚乘。仇注：「枚叟，公自謂，舊已登堂，今不當謝絶也。」

陪章留後侍御宴南樓〔一〕得風字。

絶域長夏晚，兹樓清宴同。朝廷燒棧北，鼓角滿天東①〔二〕。屢食將軍第②，仍騎御史驄③〔三〕。本無丹竈術④〔四〕，那免白頭翁。寇盜狂歌外，形骸痛飲中。野雲低渡水，簷雨細隨風。出號江城黑⑤〔五〕，題詩蠟炬紅⑥。此身醒復醉，不擬哭途窮〔六〕。（0809）

【校】

①滿，宋本、錢箋、《九家》、《草堂》校：「一作漏。」《文苑英華》作「漏」。

②第，宋本、錢箋校：「一作邸。」

③騎，宋本、錢箋校：「一云驕。」

④術，宋本、錢箋校：「一作訣。」

⑤江，《文苑英華》作「軍」，校：「集作江。」

⑥蠟，宋本作「臘」，據錢箋改。　炬，宋本、錢箋校：「一作燭。」《文苑英華》作「燭」，校：「集作炬。」

【注】

黄鶴注：當是廣德元年（七六三）夏末作。

〔一〕章留後：章彝。見卷四《冬狩行》（0194）注。

〔二〕朝廷二句：《九家》趙注：「張良燒絶棧道，今獨摘其字用，言地理耳。」朱鶴齡注：「按《通鑑》，上元二年二月，奴剌、党項寇寶雞，燒大震關。廣德元年秋七月，吐蕃入大震關，陷蘭、廓、河、鄯、洮、岷、秦、成、渭等州，故有『燒棧』二句。」滿天，《九家》趙注等作「漏天」，引《梁益記》雅州西北有大小漏天。施鴻保謂天東鼓角，或指浙右袁晁亂言，引卷四《喜雨》（0182）「時聞浙右多盜賊」爲證。

〔三〕御史驄：見卷二《送長孫九侍御赴武威判官》（0085）注。章彝兼侍御史。

〔四〕本無句：江淹《别賦》：「守丹竈而不顧，煉金鼎而方堅。」

〔五〕出號句：《資治通鑑》景雲元年：「逮夜，葛福順、李仙鳧皆至隆基所，請號而行。」胡三省注：「凡用兵下營及攻襲，就主帥取號，以備緩急相照應。」朱鶴齡注引此。按，號即軍號。《周書·達奚武傳》：「去營百步，下馬潛聽，得其軍號。」如今之口令。

〔六〕途窮：見卷四《丹青引》（0201）注。

臺上得涼字。

改席臺能迴，留門月復光〔一〕。雲霄遺暑濕①，山谷進風涼。老去一杯足，誰憐屢舞長？何須把官燭，似惱鬢毛蒼。（0810）

【校】

①霄，錢箋作「行」，校：「一作霄。」 遺，宋本校：「一云遣。」

【注】

黄鶴注：當是自南樓復宴臺上而作也。

〔一〕留門句：《九家》趙注：「留門，且未閉城門也。」仇注：「舊云留住城門者，非是。主將燕客不待留門。」施鴻保謂：「惟主將宴客，故留門以待……言夜雖已深，城門既留，而月色又佳，正可留連歡宴也。」

送王十五判官扶侍還黔中〔一〕得開字。

大家東征逐子回〔二〕，風生洲渚錦帆開。青青竹笋迎船出，日日江魚入饌來①〔三〕。離别不堪無限意，艱危深仗濟時才。黔陽信使應稀少〔四〕，莫怪頻頻勸酒杯②。（0811）

【校】

① 日日，錢箋校：「一云白白。」《九家》、《草堂》作「白白」，《九家》校：「一云日日。一云旦旦。」《草堂》校：「一作旦旦。」

② 頻頻，宋本、錢箋、《九家》校：「一作頻煩。」

【注】

黄鶴注：舊次廣德元年（七六三）作。

〔一〕王十五：名不詳。本書卷一一有《王十五司馬弟出郭相訪兼遺營茅屋貲》（0622），卷一五有《王十五前閣會》（1033），疑後者與此詩爲同一人。朱鶴齡注引張綖曰：「王蓋黔中人，以侍養

而歸，故深爲濟時之才惜。或以爲之官，非也。」

〔二〕大家句：班昭《東征賦》：「惟永初之有七兮，余隨子乎東征。」《文選》李善注：「《大家集》曰：子穀，爲陳留長，大家隨至官，作《東征賦》。」班彪女名昭，娉曹世叔，號曰大家。朱鶴齡注：「逐子，即隨子義。用修欲以『將』字易之，恐非。」

〔三〕青青二句：《藝文類聚》卷八九引《楚國先賢傳》：「孟宗母嗜笋，及母亡，冬節將至，笋尚未生，宗入竹哀歎，而笋爲之出，得以供祭，至孝之感也。」《後漢書·列女傳》姜詩妻：「姑嗜魚鱠，又不能獨食，夫婦常力作供鱠，呼鄰母共之。舍側忽有涌泉，味如江水，每旦輒出雙鯉魚，常以供二母之膳。」

〔四〕黔陽：見卷六《贈李十五丈别》（0302）注。

倦夜

竹涼侵卧内，野月滿庭隅①。重露成涓滴，稀星乍有無。暗飛螢自照，水宿鳥相呼。萬事干戈裏，空悲清夜徂〔一〕。（0812）

【校】

① 滿，宋本、錢箋校：「一作徧。」

【注】

黄鶴注：當是在浣花作，廣德二年（七六四）自閬州歸未爲參謀時詩。

〔一〕空悲句：《長門賦》：「懸明月以自照兮，徂清夜於洞房。」

《東坡志林》卷一〇：「司空表聖自論其詩，以爲得味外味。『緑樹連村暗，黄花入麥稀』，此句最善。又云：『棋聲花院閉，幡影石壇高。』吾嘗獨游五老峰，入白鶴觀，松蔭滿地，不見一人，唯聞棋聲，然後知此句之工也。但恨其寒儉有僧態。若杜子美云：『暗飛螢自照，水宿鳥相呼』、『四更山吐月，殘夜水明樓』，則材力雄健，去表聖之流遠矣。」

黄徹《䂬溪詩話》卷四：「永叔『堪笑區區郊與島，螢飛露濕吟秋草』，以爲二子之窮。然子美亦有『暗飛螢自照，水宿鳥相呼』、『幸因腐草出，敢近太陽飛』，雖吟詠微物，曾無一點窮氣。」

謝榛《四溟詩話》卷二：「傅咸《螢火賦》：『雖無補於日月兮，期自照於陋形。當朝陽而戢景兮，必宵昧而是征。進不競於天光兮，退在晦而能明。』駱賓王賦：『光不周物，明足自資。處幽不昧，居照斯晦。』二子皆有託寓，繁簡不同。子美『暗飛螢自照』之句，意愈簡而辭愈工也。」按，傅咸《螢火賦》作「期自竭於陋形」。

悲秋

涼風動萬里，羣盜尚縱橫。家遠傳書日①，秋來爲客情。愁窺高鳥過，老逐衆人行。始欲投三峽，何由見兩京〔一〕？（0813）

【校】

① 傳，宋本、《九家》校：「一作待。」

【注】

黄鶴注：當是寶應元年（七六二）秋在梓州未歸迎家時作。

〔一〕始欲二句：黄生云：「時蜀有徐知道之亂，公久客梓，蓋謀爲下峽之計。三、四與『老妻書數紙，應悉未歸情』一意。此首尚似初寄書語。」

對雨

莽莽天涯雨，江邊獨立時。不愁巴道路，恐濕漢旌旗〔一〕。雪嶺防秋急，繩橋戰勝遲〔二〕。西戎甥舅禮①〔三〕，未敢背恩私。（0814）

【校】

①甥，宋本作「生」，據錢箋等改。

【注】

黄鶴注：當作於廣德元年（七六三），是年吐蕃入寇，公將入閬州。

〔一〕不愁二句：《九家》趙注：「巴道路，自綿而東也。時治兵禦吐蕃。」朱鶴齡注：「言不憂巴道難行，特戍兵此時沐雨，深足念耳。」

〔二〕雪嶺二句：雪嶺，見卷四《贈蜀僧閭丘師兄》（0175）注。繩橋，見卷五《入奏行》（0236）注。

〔三〕甥舅禮：見卷一〇《秦州雜詩二十首》（0566）注。

警急 時高公適領西川節度〔一〕。

才名舊楚將〔二〕，妙略擁兵機。 玉壘雖傳檄，松州會解圍〔三〕。 和親知拙計①，公主漫無歸〔四〕。 青海今誰得，西戎實飽飛〔五〕。 （0815）

【校】

① 拙計，《九家》、《草堂》作「計拙」。

【注】

黄鶴注：詩云「松州會解圍」，則是在廣德元年（七六三）松州未陷時作，公時在閬州。

〔一〕高公適：高適，高適領西川節度，參卷一一《王十七侍御掄許携酒至草堂奉寄此詩便請邀高三十五使君同到》（0711）注。《舊唐書・高適傳》：「代宗即位，吐蕃陷隴右，漸逼京畿。適練兵於蜀，臨吐蕃南境以牽制之，師出無功，而松、維等州尋爲蕃兵所陷。代宗以黄門侍郎嚴武代還。」

〔二〕才名句：《九家》趙注：「考《適傳》，自諫議大夫除揚州大都督長史、淮南節度使，此所謂楚

將也。」

〔三〕玉壘二句：玉壘，見卷一一《登樓》(0655)注。《舊唐書・代宗紀》：「(廣德元年七月)是月，吐蕃大寇河隴，陷我秦、成、渭三州，入大震關，陷蘭、廓、河、鄯、洮、岷等州，盜有隴右之地。」「(十二月)吐蕃陷松州、維州、雲山城、籠城。」

〔四〕和親二句：《九家》趙注：「《唐史》：永泰元年乙巳，吐蕃方請和，繼而又叛。時議必再有請嫁公主爲和親計者。」按，「公主漫無歸」則必已嫁，此蓋追溯前事。

〔五〕青海二句：《舊唐書・吐蕃傳》：「時楊矩爲鄯州都督，吐蕃遣使厚遺之，因請河西九曲之地以爲金城公主湯沐之所，矩遂奏與之。吐蕃既得九曲，其地肥良，堪頓兵畜牧，又與唐境接近，自是復叛，始率兵入寇。」後哥舒翰收九曲。今復失隴右，則青海更不可得。詩言和親計拙，蓋追溯此事。

王命

漢北豺狼滿①，巴西道路難〔一〕。血埋諸將甲，骨斷使臣鞍②〔二〕。牢落新燒棧，蒼茫舊築壇〔三〕。深懷喻蜀意，慟哭望王官③〔四〕。(0816)

【校】

① 漢，錢箋校：「一云漢。」宋本此校在「北」字下，蓋誤。

② 臣，宋本、錢箋校：「一作君。」

③ 王官，宋本、錢箋校：「一云京鑾。」

【注】

黄鶴注：時公在閬州，當是廣德元年（七六三）十月作。

〔一〕漢北二句：《九家》趙注：「漢與巴相連，蓋吐蕃入寇之地。」豺狼滿，蓋指是年吐蕃入京師。見卷四《憶昔二首》（0192）、卷六《青絲》（0261）注。閬州爲隋巴西郡，綿州唐爲巴西郡，《九家》趙注謂指綿、漢、成都。

〔二〕血埋二句：《資治通鑑》廣德元年十月：「癸酉，渭北行營兵馬使呂月將將精卒二千，破吐蕃於盩厔之西。乙亥，吐蕃寇盩至，月將復與力戰，兵盡，爲虜所擒。」黄鶴注謂上句言此。《舊唐書·吐蕃傳》：「寶應二年三月，遣左散騎常侍兼御史大夫李之芳、左庶子兼御史中丞崔倫使於吐蕃，至其境而留之。」《九家》趙注謂使臣指李之芳、崔倫。

〔三〕牢落二句：牢落，見卷二《送樊二十三侍御赴漢中判官》（0086）注。《新唐書·肅宗紀》：「（上元二年）二月己未，奴剌、党項羌寇寶雞，焚大散關。」朱鶴齡注謂上句言此。《舊唐書·吐蕃傳》：廣德元年十月，吐蕃寇邠州，又陷奉天縣，遣中書令郭子儀西禦。京師失守，郭子儀退

軍，行軍判官王延昌等勸其南保商州，延昌等與子儀别行，逾絶澗趨商州，説六軍將張知節等。諸將皆遵子儀約束，吐蕃奔走，乃收上都。《九家》趙注：「舊築壇，指郭令公也。」按，朱鶴齡注等皆引《資治通鑑》，《通鑑》謂子儀與延昌謀，使延昌徑入商州撫諭潰兵，叙事與《舊唐書》有出入。浦起龍云：「朱注以吕月將戰死當血埋，以命子儀出鎮當築壇，此係陷京幸陝時事。如此，則直痛及蒙塵，不得但以喻蜀爲汲汲矣。今詩中不爾，可知作於九、十月之交。無容漫引十月間三千里外長安之事也。」施鴻保謂「舊築壇」當謂高適，言適之無能禦寇，故有望於嚴武重來。按，築壇命帥，高適恐不足以當之。

〔四〕深懷一句：《史記·司馬相如列傳》：「會唐蒙使略通夜郎西僰中，發巴蜀吏卒千人，郡又多爲發轉漕萬餘人，用興法誅其渠帥，巴蜀民大驚恐。上聞之，乃使相如責唐蒙，因喻告巴蜀民以非上意。……乃拜相如爲中郎將，建節往使。……至蜀，蜀太守下郊迎，縣令負弩矢先驅，蜀人以爲寵。」朱鶴齡注：「此詩蓋序其事，而急望王官之至，以安蜀人也。王官，當指嚴武。吐蕃圍松州，高適不能制，故蜀人思得武代之。」鄭文謂王官非專指嚴武，注家以嚴武後來重創吐蕃，因以意逆之耳。

征夫

十室幾人在〔一〕，千山空自多。路衢唯見哭，城市不聞歌。漂梗無安地，銜枚

有荷戈〔二〕。官軍未通蜀，吾道竟如何〔三〕？（0817）

【注】

黄鶴注：自《警急》至此三首，皆爲高適作，所以譏其不能禦虜也。廣德元年（七六三）作。

〔一〕十室句：《論語・公冶長》：「子曰：『十室之邑，必有忠信如丘者焉。』」《穀梁傳》莊公九年：「十室之邑，可以逃難，百室之邑，可以隱死。」

〔二〕漂梗二句：漂梗，見卷九《臨邑舍弟書至苦雨黄河泛溢隄防之患簿領所憂因寄此詩用寬其意》（0437）注。《九家》趙注：「此公自言爾。」《周禮・夏官・銜枚氏》注：「銜枚，止言語囂讙也。枚如箸，横銜之，爲繣結於項。」《史記・高祖本紀》：「秦益章邯兵，夜銜枚擊項梁。」

〔三〕官軍二句：仇注：「下四歎援師不至。」按，未通蜀，仍指西山用兵事。

惠義寺園送辛員外①〔一〕

朱櫻此日垂朱實，郭外誰家負郭田〔二〕？萬里相逢貪握手，高才仰望足離筵〔三〕。（0818）

【校】

①錢箋此篇及次篇在卷一八補遺末，謂「右二篇見卞圜本」，注：「並見吴若本。」《草堂》本此二篇兩見。卷四〇題作「二首」，合次篇言，謂：「右二篇見卞圜本。」補遺卷五題同此，注「新添」。

【注】

黄鶴注：當是廣德元年（七六三）作。

〔一〕惠義寺：見前《陪李梓州王閬州蘇遂州李果州四使君登惠義寺》（0802）注。辛員外：即辛昇之。見前《江亭送眉州辛別駕昇之》（0804）。

〔二〕郭外句：《史記·蘇秦列傳》：「且使我有雒陽負郭田二頃，吾豈能佩六國相印乎。」索隱：「負者背也，枕也。近城之地，沃潤流澤，最爲膏腴，故曰負郭也。」

〔三〕高才句：仇注：「足，盡也。言仰望無窮之意，盡於離筵頃刻之間。」按，謂仰望之情滿於離筵。

又送

雙峰寂寂對春臺，萬竹青青照客杯①。細草留連侵坐軟，殘花悵望近人開。

同舟昨日何由得，並馬今朝未擬回。直到綿州始分首，江邊樹裏共誰來〔一〕？

（0819）

【校】

① 照，宋本、錢箋、《草堂》校：「一作送。」

【注】

黄鶴注：魯訔《年譜》云：公送辛員外暫至綿。廣德元年（七六三）作。

〔一〕同舟四句：按，自梓州溯涪江往綿州，故曰「同舟」。與《玩月呈漢中王》（0763）「歸舟應獨行」同。此詩當作於到綿州後。

送元二適江左〔一〕

亂後今相見，秋深復遠行。風塵爲客日，江海送君情。晉室丹陽尹，公孫白帝城〔二〕。經過自愛惜，取次莫論兵〔三〕。元嘗應孫吴科舉〔四〕。（0820）

【注】

黄鶴注：詩云「風塵爲客日」，謂廣德元年（七六三）九月吐蕃入寇，此詩是時作。

〔一〕元二：錢箋：「劉會孟本題下公自注：元結也。考顔魯公墓碑及《次山集》，代宗時，以著作郎退居樊上，起家爲道州刺史，未嘗至蜀，亦未嘗至江左。次山《春陵行》及廣德二年《道州上謝表》時月皆可據，所謂元二者，必非結也。」朱鶴齡注謂《王右丞集》有《送元二適安西》詩，疑即此人。

〔二〕晉室二句：《宋書・州郡志》：「丹陽尹，秦鄣郡……晉武帝太康二年，分丹陽爲宣城郡，治宛陵，而丹陽移治建業。元帝太興元年，改爲尹。」白帝城，見卷六《引水》（0260）注。《後漢書・公孫述傳》：「會有龍出其府殿中，夜有光耀，述以爲符瑞，因刻其掌，文曰『公孫帝』。建武元年四月，遂自立爲天子，號成家，色尚白。」《九家》趙注：「丹陽，潤州也。今元二必是往潤州爲守，則舟行必經白帝城而下也。」朱鶴齡注：「此二句不過引下莫論兵意耳，次公注太鑿。」仇注引胡孝轅曰：「丹陽尹，不必定指晉何人。南渡初，如温嶠、劉隗尹京，多在王敦俶擾際，而子陽負劍㭊白帝，大似肅、代朝節鎮分據景象，用此二語先之，正爲論兵語脈也。」施鴻保謂：「丹陽即江左，是元二所適者。白帝則其所過，或便有所謁，故並舉之，而戒其設有遇合，莫即論兵，並無涉時事意。」按，時季廣琛爲浙西節度使，丹陽尹疑指其人。元二當往其幕下。詩爲告誡語，非確有分據事。廣琛曾因永王璘事懼罪出奔，韋陟表其爲丹陽太守，以安反側。見《舊唐書・韋陟傳》。上元元年，劉展又爲亂，陷揚、潤、昇等州。詩人蓋懲前而言。

〔三〕取次：隨意、隨便。《太平廣記》卷一五五《段文昌》（出《定命録》）：「問其移勤，遂命紙作兩句詩云：『梨花初發杏花初，甸邑南來慶有餘。』宗儒遂考之，清公但云：『害風阿師取次語。』」

〔四〕孫吴科舉：《册府元龜》卷六四五《貢舉部・科目》：「（至德）二載十二月，詔其有文經邦國、學究

天人、博於經史、工於詞賦、善於著述、精於法理、軍謀制勝、武藝絶倫，並任於所在自舉，委郡守銓擇奏聞，不限人數。上元元年閏四月，詔宜令中外五品以上文武正員官，各舉賢良方正、直言極諫一人，武藝文才俱堪濟理者，亦任狀舉。其或文乏詞策，武非騎射，但權謀可以集事，材力可以臨戎，方圓可收，亦任通策。」又卷三九一《將帥部·習兵法》：「馬燧父季龍，嘗舉明孫吴、倜儻善兵書，官至嵐州刺史。」所謂孫吴科舉，當在以上諸舉中。

章梓州水亭時漢中王兼道士席謙在會。同用荷字韻〔一〕。

城晚通雲霧，亭深到芰荷。吏人橋外少，秋水席邊多。近屬淮王至，高門薊子過〔二〕。荆州愛山簡〔三〕，吾醉亦長歌。（0821）

【注】

黄鶴注：廣德元年（七六三）秋作。

〔一〕席謙：本書卷一五《存歿口號二首》（1045）注：「道士席謙善彈棋。」

〔二〕近屬二句：淮王，見卷八《追酬故高蜀州人日見寄》（0384）「劉安」注。薊子，見卷九《奉寄河南韋尹丈人》（0426）注。

〔三〕山簡：見卷一一《北鄰》(0633)注。

章梓州橘亭餞成都竇少尹①〔一〕得涼字。

秋日野亭千橘香，玉杯錦席高雲涼。主人送客何所作音左②，行酒賦詩殊未央〔二〕。衰老應爲難離別③，賢聲此去有輝光。預傳籍籍新京尹④，青史無勞數趙張⑤〔三〕。(0822)

【校】

①梓州，宋本、錢箋校：「一云使君。」

②音左，錢箋、《草堂》作「音佐」。

③應爲難離別，宋本、錢箋校：「一云難爲應離別。」

④尹，錢箋校：「一作兆。」

⑤數，宋本、錢箋校：「一作缺。」

【注】

黄鶴注：當在廣德元年（七六三）秋作，是年九月公至閬州。

〔一〕竇少尹：見卷五《入奏行》(0236)注。

〔二〕作音左：見卷八《憶昔行》(0365)注。

〔三〕預傳二句：《漢書・王吉傳附子駿》：「先是，京兆有趙廣漢、張敞、王尊、王章，至駿皆有能名。故京師稱曰：前有趙張，後有三王。」《景十三王傳》：「國中口語籍籍。」

送陵州路使君赴任〔一〕

王室比多難①，高官皆武臣〔二〕。幽燕通使者〔三〕，岳牧用詞人。國待賢良急，君當拔擢新。佩刀成氣象〔四〕，行蓋出風塵。戰伐乾坤破，創痍府庫貧。衆寮宜潔白，萬役但平均②〔五〕。霄漢瞻佳士③，泥塗任此身〔六〕。秋天正搖落，回首大江濱。

(0823)

【校】

①比，錢箋、《草堂》校：「荆作北。」

②萬役但平均，宋本、錢箋校：「一云萬物役平均。」但，《文苑英華》校：「一作盡。」

③佳士，宋本、錢箋校：「樊作家事。」

【注】

黃鶴注：當是廣德元年（七六三）秋在梓州作。

〔一〕陵州：《元和郡縣圖志》卷三三東川節度使：「陵州，仁壽。中。……東北至成都府二百里。西至眉州七十里。」路使君：名不詳。

〔二〕王室二句：朱鶴齡注：「按史，時諸州久屯軍旅，多以武將兼領刺史，法度廢弛，人甚弊之，故有『高官皆武臣』之歎也。」

〔三〕幽燕句：《九家》趙注：「安史既平，幽燕路通矣。」

〔四〕佩刀：見卷九《喜聞官軍已臨賊寇二十韻》（0495）「呂虔刀」注。

〔五〕戰伐四句：朱鶴齡注：「按，高適在蜀《請合東西川疏》：『嘉、陵比爲夷獠所陷，今雖小定，瘡痍未平。』可證陵州先經寇亂，惜二史不載其事。此詩潔己、平役，蓋告以文臣救亂之道當如是耳。」

〔六〕霄漢二句：荀濟《贈陰梁州》：「雲泥已殊路，暄涼詎同節。」

薄暮

江水長流地①，山雲薄暮時。寒花隱亂草，宿鳥擇深枝②。舊國見何日，高秋

心苦悲。人生不再好，鬢髮白成絲③。（0824）

【校】

①長流，宋本、錢箋校：「一云最深。」《九家》、《草堂》作「最深」，《草堂》校：「舊作長流。」

②擇，宋本、錢箋、《九家》、《草堂》校：「一云探。」

③白，宋本、錢箋、《九家》校：「一作自。」《草堂》作「自」，校：「一作白。」

【注】

黄鶴注：當是廣德元年（七六三）秋在閬州作。

西山三首

夷界荒山頂，蕃州積雪邊〔一〕。築城依白帝①，轉粟上青天〔二〕。蜀將分旗鼓，羌兵助井泉②〔三〕。西南背和好，殺氣日相纏。（0825）

【校】

①依，宋本、錢箋、《九家》、《草堂》校：「一作連。」

②助，錢箋校：「一作動。」　井泉，宋本、錢箋校：「一作鎧鋋。」《九家》、《草堂》作「鎧鋋」，校：「一作井泉。」

【注】

黄鶴注：當是廣德元年（七六三）十二月松州被圍時作。

〔一〕夷界二句：參卷五《揚旗》（0238）「西嶺」注。

〔二〕築城二句：黄希注：「白帝，西方之帝也。舊注引夔州白帝城，非是。」轉粟，參卷五《入奏行》（0236）「運糧」注。

〔三〕羌兵句：羌兵，指西山諸國内附部落。《北齊書·平鑒傳》：「鑒乃具衣冠俯井而祝，至旦有井泉涌溢，合城取之。」《舊唐書·封常清傳》：「常清於幕中潛作捷書，具言次舍井泉，遇賊形勢。」此蓋指羌兵助唐軍尋找水源。

辛苦三城戍〔一〕，長防萬里秋。烟塵侵火井，雨雪閉松州〔二〕。風動將軍幕①，天寒使者裘。漫平聲山賊營壘②，回首得無憂。（0826）

【校】

①幕，宋本、錢箋、《九家》、《草堂》校：「一云蓋。」

②賊營壘，錢箋校：「一云成壁壘。」

【注】

〔一〕三城：見卷五《入奏行》(0236)注。

〔二〕烟塵二句：火井，見《入奏行》注。松州，見本卷《嚴公廳宴同詠蜀道畫圖》(0757)注。

子弟猶深入〔一〕，關城未解圍。蠶崖鐵馬瘦，灌口米船稀〔二〕。辯士安邊策，元戎決勝威。今朝烏鵲喜，欲報凱歌歸〔三〕。（0827）

【注】

〔一〕子弟句：唐諸衛用功臣、扈從官子弟。本書卷一九《東西兩川説》(1487)：「兼羌堪戰子弟向二萬人，實足以備邊守險。」則指内附部落。

〔二〕蠶崖二句：《元和郡縣圖志》卷三一彭州導江縣：「蠶崖關，在縣西北四十七里。其處江山險絶，鑿崖通道，有如蠶食，因以爲名。」「灌口山，在縣西北二十六里。漢蜀文翁穿湔江溉灌，故以灌口名山。又灌口山西嶺有天彭闕，亦曰天彭門，兩石相立如闕，故名之。」「灌口鎮，在縣西二十六里，後魏置。自觀坂迄千頃山，五百里間，兩岸壁立如峰，瀑布飛流，十里而九，昔人以爲井陘之厄。」此爲通西山松州之要道。

〔三〕今朝二句：《西京雜記》卷三：「乾鵲噪而行人至，蜘蛛集而百事喜。」成公綏《烏賦》：「時應德而來儀兮，介帝王之繁祉。入中州而武興兮，集林木而軍起。能休祥于有周兮，矧貞明於起士。嘉茲鳥之淑良兮，永和樂而靡紀。」又唐人有拜烏之俗。元稹《大觜烏》：「翺翔富人屋，栖息屋前枝。巫言此烏至，財産日豐宜。主人一心惑，誘引不知疲。轉見烏來集，自言家轉孳。白鶴門外養，花鷹架上維。專聽烏喜怒，信受若神龜。」又《聽庾及之彈烏夜啼引》：「歸來相見淚如珠，唯説閑宵長拜烏。君來到舍是烏力，妝點烏盤邀女巫。」彭乘《墨客揮犀》卷二：「北人喜鴉聲而惡鵲聲，南人喜鵲聲而惡鴉聲。鴉聲吉凶不常，鵲聲吉多而凶少。故俗呼喜鵲，古所謂乾鵲是也。」此宋人説。杜甫爲北人，其言烏鵲，蓋合烏與鵲而言之。

薄游

淅淅風生砌①，團團日隱牆②〔一〕。遥空秋雁滅③，半嶺暮雲長④。病葉多先墮⑤，寒花只暫香。巴城添淚眼⑥，今夕復秋光⑦〔二〕。（0828）

【校】

① 淅淅，宋本、錢箋校：「一云漸漸。」

②日，《草堂》作「月」。《九家》校：「一作月。」
③遥，宋本、錢箋校：「一云滿。」《草堂》校：「舊作滿。」　滅，錢箋校：「一云過。」《草堂》作「過」。
④長，宋本、錢箋校：「一云張。」
⑤墮，錢箋作「墜」。
⑥淚，宋本、錢箋校：「一作月。」《九家》、《草堂》此校在「眼」字下。
⑦秋，錢箋作「清」。

【注】

黄鶴注：廣德元年（七六三）公至綿乃是春晚，至閬乃是秋晚，此詩當是在閬州作。

〔一〕淅淅二句：謝朓詩：「夜條風淅淅，晚葉露淒淒。」何遜《日夕望江山贈魚司馬》：「的的帆向浦，團團日映洲。」《九家》趙注：「惟其日晚，晚則低而隱牆。舊注輒改日作月，殊不知下句有『秋雁滅』、『暮雲長』，則日晚之景也。」

〔二〕巴城二句：巴城，黄鶴注等謂指閬州。《九家》趙注：「此句方是言月，然不必有『月』字而義自明。」

杜工部集卷第十三①

近體詩一百首 居閬州及再至成都作

送梓州李使君之任② 故陳拾遺，射洪人也。篇末有云〔一〕。

籍甚黄丞相，能名自潁川〔二〕。近看除刺史，還喜得吾賢。五馬何時到，雙魚會早傳〔三〕。老思笻竹杖③，冬要錦衾眠〔四〕。不作臨岐恨，唯聽舉最先〔五〕。火雲揮汗日，山驛醒心泉。遇害陳公殞，于今蜀道憐。君行射洪縣，爲我一潸然。

（0829）

【校】

① 宋本此卷底本爲吴若本。

② 之，《文苑英華》作「赴」，校：「集作之。」

③ 笻竹杖，宋本、錢箋校：「一云笻杖拄。」

【注】

黄鶴注：史云梓州刺史章彝爲嚴武召至成都殺之，乃廣德二年。則李使君之任乃在寶應元年（七六二）夏。

〔一〕李使君：見卷一二《數陪李梓州泛江有女樂在諸舫戲爲艷曲二首贈李》（0799）注。陳拾遺：陳子昂。見卷五《陳拾遺故宅》（0208）注。

〔二〕籍甚二句：《史記·酈生陸賈列傳》：「陸生以此游漢廷公卿間，名聲籍甚。」集解：「《漢書音義》曰：言狼籍甚盛。」《漢書·黄霸傳》：「霸以外寬内明得吏民心，户口歲增，治爲天下第一。徵守京兆尹，秩二千石。坐發民治馳道不先聞，又發騎士詣北軍馬不適士，劾乏軍興，連貶秩。有詔歸潁川太守官，以八百石居，治如其前。前後八年，郡中愈治。」

〔三〕五馬二句：五馬，見卷四《冬狩行》（0194）注。雙魚，《相和歌辭·飲馬長城窟行》：「客從遠方來，遺我雙鯉魚。呼兒烹鯉魚，中有尺素書。」

〔四〕老思二句：《史記·西南夷列傳》：「博望侯張騫使大夏來，言居大夏時見蜀布、邛竹杖。」集

解：「韋昭曰：邛縣之竹，屬蜀。瓚曰：邛，山名。此竹節高實中，可作杖。」王維《謁璿上人》：「床下阮家屐，窗前筇竹杖。」《九家》趙注：「筇竹與錦，皆蜀中所出，公從李使君求此二物也。」

〔五〕唯聽句：《漢書·京房傳》：「化行縣中，舉最當遷。」注：「師古曰：以課最被舉，故欲遷爲他官也。」

王閬州筵奉酬十一舅惜别之作〔一〕

萬壑樹聲滿，千崖秋氣高。浮舟出郡郭①，别酒寄江濤。良會不復久，此生何太勞。窮愁但有骨②，羣盜尚如毛〔二〕。吾舅惜分手，使君寒贈袍。沙頭暮黄鶴，失侣自哀號③。（0830）

【校】

①舟，宋本、錢箋校：「一作雲。」

②但，宋本、錢箋校：「一云唯。」

③鶴，錢箋作「鵠」。　自，宋本、錢箋校：「一作亦。」《草堂》作「亦」，校：「一作自。」

【注】

黃鶴注：當是廣德元年（七六三）九月至閬州作。

〔一〕王閬州：見卷一二《陪李梓州王閬州蘇遂州李果州四使君登惠義寺》（0802）注。十一舅：見卷四《閬州東樓筵奉送十一舅往青城縣得昏字》（0198）注。

〔二〕羣盜句：賈誼《新書》卷一：「反者如蝟毛而起。」

放船

送客蒼溪縣〔一〕，山寒雨不開。直愁騎馬滑，故作泛舟回。青惜峰巒過，黃知橘柚來〔二〕。江流大自在①〔三〕，坐穩興悠哉。（0831）

【校】

①大，錢箋校：「一作天。」《草堂》作「天」。

【注】

黃鶴注：當是廣德元年（七六三）秋閬州作。

〔一〕送客句：《舊唐書·地理志》閬州：「蒼溪，後漢分宕渠置漢昌縣，屬巴郡。隋改漢昌爲蒼溪也。」《太平寰宇記》卷八六閬州：「蒼溪縣，東南五十七里。……因縣界蒼溪谷爲名。……嘉陵江，在縣東一里，東南流入。」

〔二〕黄知句：樓鑰《答杜仲高旃書》：「又嘗與蜀士黄文叔裳食花椑，因問蜀中有此乎？黄曰此物甚多，正出閬州。杜詩所謂『黄知橘柚來』，極爲佳句，然誤矣。曾親到蒼溪縣，順流而下，兩岸黄色照耀，真似橘柚，其實乃此椑也。問之土人云：工部既誤以爲橘柚，有好事之欲爲之解嘲，爲於其處大種橘柚，終以非其土宜，無一活者。」

〔三〕江流句：《法苑珠林》卷四四引《瑜伽論》：「王之功德略有十種。……何等爲十？一種姓尊高，二得大自在。」

奉待嚴大夫

殊方又喜故人來，重鎮還須濟世才。常怪偏裨終日待，不知旌節隔年回〔一〕。欲辭巴徼啼鶯合，遠下荆門去鷁催〔二〕。身老時危思會面，一生襟抱向誰開①？

(0832)

【校】

①襟，宋本、錢箋、《草堂》校：「一作懷。」

【注】

黄鶴注以爲寶應元年（七六二）正月，嚴武再尹成都時作。朱鶴齡注：此詩舊譜及諸家注並云廣德二年（七六四）作。按《通鑑》，是年嚴武得劍南之命在正月，詩不當曰「隔年回」。又公與武詩，皆隨所受官而稱之，其時嚴已封鄭國公，不得但稱「大夫」，且遷黄門侍郎時已罷兼御史大夫矣。黄鶴致疑於此，故編寶應元年。然是年春，公不聞嘗去草堂，何以有「欲辭巴徼」、「遠下荆門」之語？即使公欲赴荆楚，何不經嘉、戎，下渝、忠，顧乃北走山南，由梓、閬而出峽耶？當仍以舊編爲是。其云「旌節隔年回」，意武受命劍南，乃在廣德元年之冬。而唐人凡稱節度使皆曰大夫，正不必以封鄭公爲疑也。按，武以前年（寶應元年）受命還朝，廣德二年再鎮蜀，所謂「隔年回」者中隔一年，非謂次年也。又節度使例兼御史大夫，國公則爲封爵，分稱各有所宜。黄鶴疑所不當，朱注辨亦未明。

〔一〕不知句：肅宗《去上元年號大赦文》：「自今已後，有隱欺勾剥者，宜勾當年。若事連去年，亦任通勾。其隔年者，不在勾限。」此去年以前稱隔年，亦有年前稱隔年者，隨文成義。

〔二〕欲辭二句：巴徼，見卷六《客堂》（0269）「巴鶯」句注。張衡《西京賦》：「浮鷁首，翳雲芝。」《文選》薛綜注：「船頭象鷁鳥，厭水神，故天子乘之。」《方言》郭璞注：「鷁，鳥名也。今江東貴人船前作青雀，是其像也。」

奉寄高常侍①〔一〕

汶上相逢年頗多，飛騰無那故人何〔二〕。總戎楚蜀應全未，方駕曹劉不啻過②〔三〕。今日朝廷須汲黯，中原將帥憶廉頗〔四〕。天涯春色催遲暮，別淚遥添錦水波〔五〕。（0833）

【校】

①奉寄高常侍，宋本、錢箋、《草堂》校：題「一云寄高三十五大夫。」

②駕，宋本、錢箋、《草堂》校：「一云價。」

【注】

黄鶴注：適代還，用爲刑部侍郎，轉散騎常侍，今題云寄高常侍，當是永泰元年（七六五）正月在成都作。仇注編入廣德二年（七六四）。

〔一〕高常侍：《舊唐書·高適傳》：「適練兵於蜀，臨吐蕃南境以牽制之，師出無功，而松、維等州尋爲蕃兵所陷。代宗以黄門侍郎嚴武代還，用爲刑部侍郎，轉散騎常侍……永泰元年正月卒。」

〔二〕汶上二句：《元和郡縣圖志》卷一〇兖州乾封縣：「汶水，源出縣東北原山，西南流經縣理南，去縣三里。又有北汶、嬴汶、柴汶、牟汶、浯汶。《述征記》曰：泰山郡水皆名汶。按，今縣界凡有五汶，皆源別而流同也。」仇注：「汶上相逢，蓋開元間相遇於齊魯也。」無那，無奈。王維《游李山人所居因題屋壁》：「翻嫌枕席上，無那白雲何。」

〔三〕總戎二句：《九家》趙注：「高適先除淮南節度，後爲西川節度，故言『總戎楚蜀』。」朱鶴齡注：「應全未，未盡其才也。」劉峻《廣絶交論》：「遒文麗藻，方駕曹王。」鍾嶸《詩品》卷三：「昔曹、劉殆文章之聖，陸、謝爲體貳之才。」曹、劉，曹植、劉楨。

〔四〕今日二句：汲黯、廉頗，見卷一二《奉和嚴中丞西城晚眺十韻》（0728）注。

〔五〕别淚句：朱鶴齡注：「時高赴召而公在成都，故有末句。」

奉寄章十侍御時初罷梓州刺史、東川留後，將赴朝廷〔一〕。

淮海惟揚一俊人①，金章紫綬照青春〔二〕。指麾能事回天地，訓練强兵動鬼神。湘西不得歸關羽，河内猶宜借寇恂〔三〕。朝覲從容問幽仄，勿云江漢有垂綸②〔四〕。（0834）

【校】

①惟，錢箋、《草堂》作「維」。

②有，錢箋、《草堂》校：「一作老。」

【注】

黄鶴注：當是廣德二年（七六四）作。

〔一〕章十侍御：章彝，見卷四《冬狩行》（0194）注。黄鶴注：「二史皆云嚴武殺梓州刺史章彝，則章罷梓州刺史，不當更赴朝廷。豈非將行時爲武所殺？」浦起龍疑其事非實：「彝奉朝命在春初，武至，宜必不值。彝即遲行，武安得違命而留之？即留矣，彝以刺史爲留後，職在副貳，安得輒降爲判官？且無故殺一方面，朝廷竟不問耶？不足信矣。」按，武若殺章彝，必在成都；而彝自梓赴朝，不當往成都。

〔二〕淮海二句：《分門》趙注：「章侍御必揚州人，故用淮海也。」《古今姓氏書辨證》謂彝湖州人。《晉書·職官志》：「文武官公，皆假金章紫綬，著五時服。」

〔三〕湘西二句：陸機《辯亡論》：「志報關羽之敗，圖收湘西之地。」《文選》李善注：「蜀將關羽守荆州，孫權襲破之，取荆州，虜關羽。劉備怨之，遂伐吴。……湘西，則荆州也。」寇恂，見卷七《鄭典設自施州歸》（0314）注。《分門》黄曰：「甫意美章善守東川，恐如關羽、寇恂不得去也。」朱鶴齡注：「按，嚴武再鎮成都，復合東西川爲一節度，東川留後在所宜廢，湘西不得歸關羽，言

其不復歸鎮也。」仇注引陳敬廷注：「借寇恂者潁川也，詩何以言河内？蓋河内、潁川，皆寇舊治。詩意謂潁川盜起，固宜借之；河内無盜，猶宜借之。時段子璋已平，故云然，非誤用河内也。」此用典連及，含混言之，未必有深意。

〔四〕朝覲二句：《宋書·順帝紀》：「今可宣下州郡，搜揚幽仄。」嵇康《贈秀才入軍》：「流磻平皋，垂綸長川。」

將赴荆南寄别李劍州①〔一〕

使君高義驅今古，寥落三年坐劍州。但見文翁能化俗②，焉知李廣未封侯〔二〕。路經灩澦雙蓬鬢〔三〕，天入滄浪一釣舟。戎馬相逢更何日，春風回首仲宣樓〔四〕。（0835）

【校】

①李劍州，《九家》、《草堂》下有「弟」字。

②俗，宋本、錢箋校：「一作蜀。」

【注】

黃鶴注：當在廣德二年（七六四）春作。

〔一〕李劍州：《舊唐書·杜鴻漸傳》：「永泰元年十月，劍南西川兵馬使崔旰殺節度使郭英乂，據成都，自稱留後。邛州衙將柏茂林、瀘州衙將楊子琳、劍州衙將李昌巙等，興兵討旰。」《資治通鑑》大曆元年八月：「以柏茂琳、楊子琳、李昌巙各爲本州刺史。」陶敏謂即此李劍州，並繫此詩大曆三年作。按，時甫欲下峽，故云「將赴荊南」。詩非大曆三年作，此李劍州亦是另一人。《元和郡縣圖志》卷三三東川節度使：「劍州，普安。上。……東南至閬州二百二十里。」

〔二〕但見二句：文翁，見卷七《八哀詩·嚴公武》（0332）注。李廣，見卷三《後出塞五首》（0132）注。

〔三〕路經句：《太平寰宇記》卷一四八夔州：「灩澦堆，周圍二十丈，在州西南二百步蜀江中心，瞿唐峽口。冬水淺，屹然露百餘尺。夏水漲，没數十丈。其狀如馬，舟人不敢進。又曰猶與，言舟子取途不決水脈，故曰猶與。」

〔四〕仲宣樓：見卷五《短歌行》（0249）注。

奉寄別馬巴州〔一〕時甫除京兆功曹，在東川。

勳業終歸馬伏波①，功曹非復漢蕭何②〔二〕。甫曾任華州司功。扁舟繫纜沙邊久，

南國浮雲水上多。獨把魚竿終遠去，難隨鳥翼一相過③。知君未愛春湖色，興在驪駒白玉珂〔三〕。（0836）

【校】

① 終，宋本、錢箋、《草堂》校：「一作真。」

② 非，錢箋校：「一云無。」《草堂》作「無」。

③ 鳥，宋本、錢箋校：「樊作烏。」

【注】

黄鶴注：嚴武表公爲節度參謀，又在廣德二年秋武再鎮成都時。惟其召補京兆功曹在上元間，草堂方成，道路多梗，而嚴武又來蜀，是以不赴。當是上元二年（七六一）作。朱鶴齡注：蔡興宗《年譜》：廣德元年補功曹。與此詩注語正合。可證除功曹時正在東川，將爲荆南之游也。《本傳》以召補京兆府功曹不至在上元二年，王原叔《集序》因之，皆誤。仇注：此詩與《奉待嚴大夫》互證，知同爲廣德二年（七六四）作。時欲適楚，以嚴武將至，故不果行。

〔一〕馬巴州：名不詳。黄鶴注：「意是上元二年死於遂州者。」恐非是。參卷五《苦戰行》（0220）注。《舊唐書·地理志》山南西道：「巴州，隋清化郡。」

〔二〕勳業二句：馬伏波，見《苦戰行》注。漢蕭何，《史記·蕭相國世家》：「爲沛主吏掾。」索隱：

「《漢書》云：何爲主吏。主吏，功曹也。」《三國志・吴書・虞翻傳》：「卿復以功曹爲吾蕭何，守會稽耳。」

〔三〕興在句：《漢書・儒林傳》：「歌驪駒。」注：「服虔曰：逸《詩》篇名也。見《大戴禮》。客欲去，歌之。文穎曰：其辭云：驪駒在門，僕夫具存。驪駒在路，僕夫整駕。」《陌上桑》：「何用識夫壻，白馬從驪駒。」玉珂，見卷一〇《春宿左省》(0524)注。

泛江

方舟不用楫，極目總無波。長日容杯酒，深江淨綺羅〔一〕。亂離還奏樂，飄泊且聽歌。故國流清渭，如今花正多。(0837)

【注】

黄鶴注：當是廣德二年(七六四)春在閬州作。

〔一〕深江句：朱鶴齡注：「淨綺羅，猶云澄江淨如練。」仇注引方氏云：「以奏樂聽歌照之，知其爲妓女之衣也。或云映花如綺羅，或云水紋似綺羅，皆非。」

陪王使君晦日泛江就黄家亭子二首〔一〕

山豁何時斷，江平不肯流〔二〕。稍知花改岸，始驗鳥隨舟。結束多紅粉〔三〕，歡娱恨白頭。非君愛人客〔四〕，晦日更添愁①。（0838）

【校】

①添，宋本、錢箋、《草堂》校：「一作禁。」

【注】

黄鶴注：當是廣德二年（七六四）正月晦日作。

〔一〕王使君：黄鶴注：「王使君即王閬州也。」晦日，見卷一《樂游園歌》（0030）注。

〔二〕山豁二句：王嗣奭《杜臆》謂山豁指閬中蟠龍山，今人次閬中，見山氣鬱葱，鑿破山脈，水流如血。不肯，參卷一二《客夜》（0786）注。

〔三〕結束句：《百家注》趙注：「言有妓也。」《三國志·魏書·東夷傳》：「其衣横幅，但結束相連，略無縫。」《古詩十九首》：「娥娥紅粉妝，纖纖出素手。」

〔四〕非君句：《三國志·吴書·周瑜傳》：「其有人客，皆不得問。」《南齊書·劉繪傳》：「父勔，宋末權貴，門多人客。」舊指家客。此即指客人。

有逕金沙軟〔一〕，無人碧草芳。野畦連蛺蝶，江檻俯鴛鴦。日晚烟花亂，風生錦繡香。不須吹急管，衰老易悲傷。（0839）

【注】

〔一〕有逕句：左思《蜀都賦》：「金沙銀礫，符采彪炳。」《文選》劉逵注：「永昌有水，出金如糠在沙中。」

南征

春岸桃花水〔一〕，雲帆楓樹林。偷生長避地，適遠更霑襟。老病南征日，君恩北望心。百年歌自苦，未見有知音〔二〕。（0840）

【注】

黄鶴注：當是廣德二年（七六四）春在閬州作。《趙次公先後解》、《草堂》編入大曆三年（七六八）。

仇注編入大曆四年（七六九）衡潭間作。

〔一〕春岸句：《漢書·溝洫志》：「如使不及今冬成，來春桃華水盛，必羡溢，有填淤反壤之害。」注：「師古曰：蓋桃方華時，既有雨水，川谷冰泮，衆流猥集，波瀾盛長，故謂之桃華水耳。」

〔二〕百年二句：《古詩十九首》：「不惜歌者苦，但傷知音稀。」

久客

羈旅知交態〔一〕，淹留見俗情。衰顔聊自哂，小吏最相輕。去國哀王粲，傷時哭賈生〔二〕。狐狸何足道，豺虎正縱横①〔三〕。（0841）

【校】

①正，宋本、錢箋、《草堂》校：「一作亂。」

【注】

黄鶴注：當是廣德二年（七六四）在閬州作。《趙次公先後解》、《草堂》編入大曆三年（七六八）江陵詩。

〔一〕交態：見卷二《送率府程録事還鄉》(0074)注。

〔二〕去國二句：王粲，見卷五《通泉驛南去通泉縣十五里山水作》(0212)注。賈生，見卷七《同元使君春陵行》(0276)注。

〔三〕狐狸二句：《漢書·孫寶傳》：「豺狼橫道，不宜復問狐狸。」

春遠

肅肅花絮晚，菲菲紅素輕〔一〕。日長唯鳥雀，春遠獨柴荆。數有關中亂，何曾劍外清〔二〕。故鄉歸不得①，地入亞夫營〔三〕。(0842)

【校】

①鄉，宋本、錢箋校：「一作園。」

【注】

黄鶴注：當是永泰元年（七六五）春在浣花作。

〔一〕肅肅二句：左思《吴都賦》：「鬱兮葰茂，曄兮菲菲。」《文選》劉逵注：「菲菲，花美貌也。」《百家

注》趙注：「紅所以言花，素所以言絮。」

〔二〕數有二句：黄鶴注：「是年二月戊寅，党項羌寇富平，富平屬京兆府，故諸將營於近畿。」

〔三〕故鄉二句：《漢書·周亞夫傳》：「上自勞軍，至霸上及棘門軍，直馳入，將以下騎出入送迎，已而之細柳軍。」《元和郡縣圖志》卷一京兆府萬年縣：「細柳營，在縣東北三十里。相傳云周亞夫屯軍處。今按亞夫所屯，在咸陽縣西南二十里，言在此，非也。」咸陽縣：「細柳倉，在縣西南二十里，漢舊倉也。周亞夫軍次細柳，即此是也。張揖云在昆明池南，恐爲疏遠。」《百家注》趙注：「此指言長安屯兵，乃公之故鄉而爲軍營矣。」

暮寒①

霧隱平郊樹，風含廣岸波。沉沉春色静，慘慘暮寒多②。戍鼓猶長擊〔一〕，林鶯遂不歌。忽思高宴會，朱袖拂雲和〔二〕。（0843）

【校】

① 暮寒，《草堂》題作「春寒」。

② 寒，《草堂》作「雲」。

【注】

黄鶴注：當是廣德二年（七六四）春在閬州作。

〔一〕戍鼓句：《百家注》趙注：「言吐蕃之亂，至今春尚防戍也。」

〔二〕朱袖句：《周禮·春官·大司樂》：「雲和之琴瑟。」注：「鄭司農云：……雲和，地名也。」「玄謂……雲和、空桑、龍門，皆山名。」張協《七命》：「吹孤竹，撫雲和。」

雙燕

旅食驚雙燕①，銜泥入此堂②。應同避燥濕，且復過炎涼③〔一〕。養子風塵際，來時道路長。今秋天地在，吾亦離殊方〔二〕。（0844）

【校】

① 驚雙燕，宋本、錢箋、《草堂》校：「一作雙飛燕。」

② 此，《草堂》作「北」。

③ 過，錢箋校：「一作遇。」

【注】

黃鶴注：當是廣德二年（七六四）春在閬州作。仇注編入廣德元年（七六三）。

〔一〕應同二句：《左傳》襄公十七年：「吾儕小人，皆有闔廬以辟燥濕寒暑。」

〔二〕今秋二句：朱鶴齡注：「天地在，去在天地之間也，亦倒句法。」黃鶴注：「公有意於出峽，未知嚴武再鎮蜀也。」

百舌

百舌來何處，重重祇報春〔一〕。知音兼衆語，整翮豈多身。花密藏難見①，枝高聽轉新。過時如發口，君側有讒人。《周公·時訓》曰：反舌有聲，讒人在側②〔二〕。（0845）

【校】

①藏難見，宋本、錢箋校：「一云難相見。」

②周公時訓曰反舌有聲讒人在側，錢箋無此注，另引《汲冢周書·時訓》。蓋以此注爲吳若本注。

【注】

黃鶴注：未詳何年作，要不出廣德元年、二年（七六四）也。仇注編入廣德元年作。

〔一〕百舌二句：《逸周書·時訓解》：「芒種之日，螳螂生。又五日，鵙始鳴。又五日，反舌無聲。螳螂不生，是謂陰息。鵙不始鳴，令奸壅偪。反舌有聲，佞人在側。」羅願《爾雅翼》卷一四：「反舌，春始鳴，至五月止，能變其舌，反易其聲，以效百鳥之鳴，故名反舌，亦名百舌。《淮南子》曰：人有多言者，猶百舌之聲。人有少言者，猶不脂之户。謂多言而不得其要，徒爲譊譊耳。」以下引《周書·時訓》及《春秋保乾》。

〔二〕過時二句：黄庭堅《雜書》：「余讀《周書·月令》云：反舌有聲，佞人在側。乃解老杜《百舌》『過時如發口，君側有讒人』之句。」仇注：「時程元振已貶斥，公初春猶未知，故借百舌以寄慨。」

地隅

江漢山重阻，風雲地一隅〔一〕。年年非故物，處處是窮途。喪亂秦公子，悲涼楚大夫①〔二〕。平生心已折〔三〕，行路日荒蕪。（0846）

【校】

①涼，宋本、錢箋校：「一云秋。」

【注】

黃鶴注：當是廣德二年（七六四）閬州作。《趙次公先後解》、《草堂》編入大曆三年（七六八）出峽至荊南作。

〔一〕江漢二句：仇注：「杜詩用江漢有二處，未出峽以前所謂江漢者，乃西漢之水，注於涪江，如『江漢忽同流』、『無由出江漢』是也。既出峽以後所謂江漢者，乃東漢之水，入於長江，如『江漢思歸客』、『江漢山重阻』是也。」杜詩江漢亦稱蜀地，參卷四《枯椶》（0190）注。

〔二〕喪亂二句：謝靈運《擬魏太子鄴中集·王粲》序：「家本秦川貴公子孫，遭亂流寓，自傷情多。」楚大夫，指屈原。屈原爲楚三閭大夫。

〔三〕平生句：江淹《别賦》：「使人意奪神駭，心折骨驚。」《文選》李善注：「亦互文也。《左氏傳》：衛太子禱曰：無折骨。」

游子

巴蜀愁誰語，吴門興杳然〔一〕。九江春草外〔二〕，三峽暮帆前。厭就成都卜，休爲吏部眠〔三〕。蓬萊如可到，衰白問羣仙〔四〕。（0847）

【注】

黄鶴注：當是廣德二年（七六四）閬中作。

〔一〕巴蜀二句：黄鶴注：「是時以嚴武再鎮蜀，欲往之而尚在閬，下峽之意不遂，故曰『吴門興杳然』。」

〔二〕九江句：《書·禹貢》：「江漢朝宗於海，九江孔殷。」傳：「江於此州界分爲九道，甚得地勢之中。」釋文：「《太康地記》曰：九江，劉歆以爲湖漢九水入於彭蠡澤也。」

〔三〕厭就二句：嚴君平賣卜成都，見卷一《渼陂西南臺》（0032）注。《晉書·畢卓傳》：「常飲酒廢職，比舍郎釀熟，卓因醉夜至其甕間盜飲之，爲掌酒者所縛，明旦視之，乃畢吏部也，遽釋其縛。卓遂引主人宴于甕側，致醉而去。」

〔四〕蓬萊二句：《九家》趙注：「非止南下游吴而已，蓬萊仙山可到，即亦往矣。」

歸夢

道路時通塞，江山日寂寥。偷生唯一老，伐叛已三朝〔一〕。雨急青楓暮①，雲深黑水遥〔二〕。夢歸歸未得②，不用楚辭招〔三〕。（0848）

【校】

① 青，宋本作「清」，據錢箋等改。

② 夢歸歸未得，宋本、錢箋校：「一作夢魂歸亦得。」 夢歸，《草堂》作「夢魂」，校：「一作夢歸歸亦得。一作夢魂歸亦得。」

【注】

黄鶴注：當是廣德二年（七六四）閬州作。《趙次公先後解》編入大曆三年（七六八）荆南作。仇注：蔡氏編在湖南詩中，應是大曆三四年間作。

〔一〕三朝：玄宗、肅宗、代宗三朝。

〔二〕雨急二句：黄鶴注：「公詩屢言楓林，如曰『獨歎楓香林』，蓋指閬州南池。今在閬又曰『雨急青楓暮』，意是地名，所以對黑水。」《趙次公先後解》：「《楚辭》云：江水湛湛兮上有楓。以楓言南下，則楚地多楓也。」「黑水在長安鄠、杜之間，南山之下。」錢箋引《禹貢》「華陽黑水惟梁州」，《水經注》「黑水出張掖雞山」，及《寰宇記》「巂州越巂縣有黑水，杜詩『雲深黑水遥』是也。」朱鶴齡注：「黑水源流非一。唐巂州地，瀘水所出，瀘水即黑水也。」按，張衡《西京賦》：「乃有昆明靈沼，黑水玄阯。」《文選》李善注：「黑水玄阯，謂昆明靈沼之水沚也。水色黑，故曰玄阯也。」趙注謂黑水在長安有據。越巂黑水，豈可言歸夢？

〔三〕夢歸二句：《楚辭·招魂》：「魂兮歸來，反故居些。」

江亭王閬州筵餞蕭遂州①〔一〕

離亭非舊國，春色是他鄉。老畏歌聲斷②，愁從舞曲長③。二天開寵餞④，五馬爛生光⑤〔二〕。川路風烟接，俱宜下鳳皇⑥〔三〕。（0849）

【校】

① 江亭王閬州筵餞蕭遂州，《草堂》校：題「一作閬州王使君江亭餞蕭遂州。」

② 斷，宋本、錢箋、《草堂》校：「一云短。」《九家》作「短」。

③ 從，錢箋作「隨」，校：「吴作從。」

④ 開，宋本、錢箋、《草堂》校：「一云悲。」

⑤ 生光，《草堂》作「光輝」，蓋「輝光」之訛。「生」錢箋校：「一作輝。」

⑥ 宜，宋本校：「樊作看。」錢箋校：「一云看。」

【注】

黄鶴注：廣德二年（七六四）春作。

〔一〕蕭遂州：名不詳。《元和郡縣圖志》卷三三東川節度使：「遂州，遂寧。中府。……西北至梓州二百五十里，東南至合州二百六十里。」

〔二〕二天二句：《後漢書·蘇章傳》：「遷冀州刺史，故人爲清河太守，章行部案其奸臧，乃請太守，爲設酒肴，陳平生之好甚歡。太守喜曰：『人皆有一天，我獨有二天。』」五馬，見卷四《冬狩行》(0194)注。

〔三〕川路二句：《漢書·黄霸傳》：「有詔歸潁川太守官，以八百石居治如其前。前後八年，郡中愈治。是時，鳳皇神爵數集郡國，潁川尤多。」

絶句二首

遲日江山麗，春風花草香。泥融飛燕子，沙暖睡鴛鴦。(0850)

【注】

黄鶴注：廣德二年(七六四)成都作。

江碧鳥逾白，山青花欲燃。今春看又過，何日是歸年？(0851)

【注】

洪邁《容齋五筆》卷一〇：「永嘉士人薛韶喜論詩，嘗立一説云：老杜近體律詩精深妥帖，雖多至百韻，亦首尾相應，如常山之蛇，無間斷齟齬處。而絶句乃或不然，五言如『遲日江山麗，春風花草香。泥融飛燕子，沙暖睡鴛鴦』、『急雨梢溪足，斜暉轉樹腰。隔巢黄鳥並，翻藻白魚跳』、『江動月移石，溪虚雲傍花。鳥栖知故道，帆過宿誰家』、『鑿井交椶葉，開渠斷竹根。扁舟輕褭纜，小徑曲通村』、『日出籬東水，雲生舍北泥。竹高鳴翡翠，沙僻舞鵾雞』、『釣艇收緡盡，昏鴉接翅稀。月生初學扇，雲細不成衣』、『舍下笋穿壁，庭中藤刺簷。地晴絲冉冉，江白草纖纖』，七言如『糝徑楊花鋪白氈，點溪荷葉疊青錢。笋根雉子無人見，沙上鳧雛傍母眠』、『兩個黄鸝鳴翠柳，一行白鷺上青天。窗含西嶺千秋雪，門泊東吴萬里船』之類是也。予因其説，以唐人萬絶句考之，但有司空圖《雜題》云：『驛步堤縈閣，軍城鼓振橋。鷗和湖雁下，雪隔嶺梅飄』、『舴艋猿偷上，蜻蜓燕競飛。樵香燒桂子，苔濕挂莎衣』。」

羅大經《鶴林玉露》乙編卷二：「杜少陵絶句云：『遲日江山麗，春風花草香。泥融飛燕子，沙暖睡鴛鴦。』或謂此與兒童之屬對何以異。余曰不然。上二句見兩間莫非生意，下二句見萬物莫不適性。於此而涵泳之、體認之，豈不足以感發吾心之真樂乎？」

滕王亭子在玉臺觀内。王調露年中任閬州刺史〔一〕。

君王臺榭枕巴山，萬丈丹梯尚可攀〔二〕。春日鶯啼修竹裏，仙家犬吠白雲間②〔三〕。清江錦石傷心麗①，嫩蘂濃花滿目班。人到于今歌出牧，來游此地不知還〔四〕。（0852）

【校】

①錦，宋本、錢箋校：「一作碧。」《九家》、《草堂》作「碧」，《草堂》校：「一作錦。」

②間，錢箋作「邊」。

【注】

黄鶴注：當是廣德二年（七六四）春作。

〔一〕滕王亭子：《方輿勝覽》卷六七閬州：「滕王亭，即滕王元嬰所建，在玉臺觀。」《舊唐書·高祖二十二子傳》滕王元嬰：「後起授壽州刺史，轉隆州刺史。弘道元年，加開府儀同三司，兼梁州都督。」隆州，先天元年避玄宗諱，改閬州。

〔二〕君王二句：《方輿勝覽》卷六七閬州：「閬苑，唐時魯王靈夔、滕王元嬰以衙中卑陋，遂修飾宏大之，擬于宮苑，是之謂隆苑。其後以明皇諱隆基，改曰閬苑。」王嗣奭《杜臆》：「《志》云：閬中多仙聖游集之所，城東有天目山，乃葛洪修煉之所。有文山，張道陵授徒符籙處。萬丈丹梯謂此。」仇注引邵注：「今四川保寧府巴縣南龕，上有丹梯書院。」按，《雲笈七籤》卷二八《二十四治》：「第一雲臺山治，在巴西郡閬州蒼溪縣東二十里，上山十八里方得，山足去成都一千三百七十里。張天師將弟子三百七十人住治上教化，二年白日升天。其後一年，天師夫人復升天。後三十年，趙升、王長復得白日升天。……又云雲臺治山中有玉女乘白鶴，仙人乘白鹿，又有仙師來迎天師白日升天，萬民盡見之。一云此天柱山也，在雲臺治前有立碑處。」

〔三〕春日二句：枚乘《梁王菟園賦》：「修竹檀欒夾池水，旋菟園。」《神仙傳》卷六淮南王：「（八公）乃取鼎煮藥，使王服之，骨肉近三百餘人，同日升天。雞犬舐藥器者，亦同飛去。」楊慎《升庵詩話》卷一四：「修竹用梁孝王事，犬吠雲中用淮南王事，人皆知之矣。予嘗怪修竹本無『鶯啼』字也。後見孫綽《蘭亭詩》『啼鶯吟修竹，游鱗戲瀾濤』，乃知杜老用此也。」

〔四〕人到二句：《論語·憲問》：「管仲相桓公，霸諸侯，一匡天下，民到于今受其賜。」楊慎《升庵詩話》卷一二：「後人因子美之詩，注者遂謂滕王賢而有遺愛於民。今郡志亦以滕王爲名宦。予考新舊《唐書》並云元嬰爲荆州刺史，驕佚失度。太宗崩，集宦屬燕飲歌舞，狎昵廝養，巡省部內，從民借狗求罝，所過爲害，以丸彈人，觀其走避則樂。及遷洪州都督，以貪聞。高宗給麻二車，助爲錢緡。小説又載其召屬宦妻於宮中而淫之。其惡如此，而少陵老子乃稱之，所謂詩史

者蓋亦不足信乎？未有暴於荆、洪兩州而仁於閬州者也。」

玉臺觀 滕王作①〔一〕。

中天積翠玉臺遥②，上帝高居絳節朝〔二〕。遂有馮夷來擊鼓，始知嬴女善吹簫〔三〕。江光隱見黿鼉窟，石勢參差烏鵲橋③〔四〕。更肯紅顔生羽翰④，便應黄髮老漁樵〔五〕。（0853）

【校】

①玉臺觀，《九家》合下五言《玉臺觀》作「二首」。　作，錢箋、《九家》作「造」。

②臺，宋本、錢箋校：「一作處。」

③參差，宋本、錢箋校：「一云差池。」

④肯，宋本、錢箋校：「一作有。」　翰，錢箋作「翼」，校：「吴作翰。」

【注】

黄鶴注：當與《滕王亭子》詩同年作。

〔一〕玉臺觀：《方輿勝覽》卷六七閬州：「玉臺觀，在州北七里。唐滕王嘗游，有亭及墓。」《九家》趙注：「觀在高處，其中有臺，號曰玉臺也。」

〔二〕中天二句：《列子·周穆王》：「其高千仞，臨終南之上，號曰中天之臺。」《漢書·禮樂志》漢郊祀歌：「游閶闔，觀玉臺。」注：「應劭曰：玉臺，上帝之所居。」蕭綸《祀魯山神文》：「絳節陳竽，滿堂繁會。」

〔三〕遂有二句：馮夷，見卷一《渼陂行》(0031)注。嬴女，見卷七《奉酬薛十二丈判官見贈》(0324)「帝里女」注。

〔四〕江光二句：黿鼉窟，見卷三《桔柏渡》(0167)注。《歲華紀麗》卷三引《風俗通義》：「織女七夕當渡河，使鵲爲橋。」朱鶴齡注：「四語形容仙境恍惚。……上只言江光之遠，下只言石勢之高耳。或云觀中有公主遺跡，故用嬴女吹簫事。」

〔五〕更肯二句：《詩·魯頌·駉》：「黃髮台背，壽胥與試。」箋：「黃髮台背，皆壽徵也。」《南山有臺》疏：「舍人曰：黃髮，老人髮白復黃也。」朱鶴齡注：「言世果有駐顏飛升之術，吾便當留此以終老爾。」

滕王亭子

寂寞春山路，君王不復行。古牆猶竹色，虛閣自松聲。鳥雀荒村暮，雲霞過

客情。尚思歌吹入，千騎把霓旌①。（0854）

【校】

① 把，錢箋作「擁」。

玉臺觀 滕王造。

浩劫因王造①〔一〕，平臺訪古游。綵雲蕭史駐，文字魯恭留〔二〕。宮闕通羣帝，乾坤到十洲〔三〕。人傳有笙鶴，時過此山頭②〔四〕。（0855）

【校】

① 造，宋本、錢箋校：「一云起。」

② 此，錢箋校：「一云北。」《草堂》作「北」。

【注】

〔一〕浩劫：見卷七《八哀詩·李公邕》（0334）注。朱鶴齡注：「又《廣韻》：浩劫，宮殿大階級也。

杜田云：俗謂塔級爲劫。故《岳麓行》曰『塔劫宫牆壯麗敞』。此説待考。」《正字通》引《楞嚴經》注：「浩劫，宫殿大階級也。」

〔二〕文字句：孔安國《尚書序》：「至魯共王好治宫室，壞孔子舊宅，以廣其居，於壁中得先人所藏古文虞夏商周之書，及傳《論語》、《孝經》，皆科斗文字。」

〔三〕乾坤句：東方朔《十洲記》：「漢武帝既聞王母説八方巨海之中，有祖洲、瀛洲、玄洲、炎洲、長洲、元洲、流洲、生洲、鳳麟洲、聚窟洲。」

〔四〕人傳二句：《列仙傳》卷上：「王子喬者，周靈王太子晋也。好吹笙作鳳鳴。游伊洛之間，浮丘公接以上嵩高山，三十餘年後，於山中謂桓良曰：『告我家，七月七日待我緱氏山頭。』是日，果乘白鶴駐山嶺。望之不得到，舉手謝時人，數日而去。」

渡江

春江不可渡①，二月已風濤〔一〕。舟楫欹斜疾②，魚龍偃卧高。渚花兼素錦③，汀草亂青袍〔二〕。戲問垂綸客，悠悠見汝曹④。（0856）

【校】

①可，錢箋校：「一作用。」

② 疾，宋本、錢箋、《草堂》校：「一作甚。」

③ 兼，宋本、錢箋校：「陳作張。」《草堂》作「張」。

④ 見，宋本、錢箋、《草堂》校：「一作是。」

【注】

黄鶴注：意是廣德二年（七六四）公自閬歸成都時作。

〔一〕春江二句：顔延之《車駕幸京口侍游蒜山作》：「春江壯風濤，蘭野茂荑英。」楊慎《升庵詩話》卷五謂杜詩本之。

〔二〕汀草句：《玉臺新詠》古詩：「青袍似春草，長條隨風舒。」

喜雨

南國旱無雨①，今朝江出雲〔一〕。入空纔漠漠，洒迥已紛紛。巢燕高飛盡，林花潤色分。晚來聲不絶，應得夜深聞②。（0857）

【校】

① 旱，宋本、錢箋校：「一云早。」

②得，《文苑英華》作「是」，校：「集作得。」

【注】

黄鶴注：按史，永泰元年（七六五）自春不雨，四月己巳乃雨，當是其年作。按，《舊唐書·代宗紀》載是春大旱，京師米貴，非蜀中事。

〔一〕南國二句：《禮記·孔子閑居》：「開降時雨，山川出雲。」

送韋郎司直歸成都〔一〕

竄身來蜀地，同病得韋郎〔二〕。天下兵戈滿①，江邊歲月長。别筵花欲暮，春日鬢俱蒼②。爲問南溪竹③〔三〕，抽梢合過牆。余草堂在成都西郭。（0858）

【校】

①兵，錢箋、《草堂》作「干」，錢箋校：「一作兵。」

②春日鬢俱蒼，宋本、錢箋、《九家》、《草堂》校：「一云春鬢色俱蒼。」

③竹，宋本、錢箋、《九家》、《草堂》校：「一云筍。」

【注】

黄鶴注：疑是廣德元年（七六三）梓州作。

〔一〕韋郎：陶敏疑爲韋津。引《華陽縣志·金石志》載《唐故朝議郎試太子左贊善大夫兼彭州别駕賜緋魚袋上柱國韋府君之墓志銘》：「公諱津，字津，京兆杜陵人也。……屬太上皇南巡，復資授大理□□，俄攝監察御史，充山南采訪判官。又充劍南節度判官，轉大理司直，賜緋魚袋。又充劍南東川節度判官，轉遷太子左贊善大夫，兼彭州别駕。俄攝監察御史，充山南采訪知轉運東川軍糧。」大曆四年八月卒於成都，妻京兆杜氏。

〔二〕竄身二句：劉楨《贈五官中郎將》：「余嬰沈痼疾，竄身清漳濱。」

〔三〕爲問句：《百家注》趙注：「南溪者，又草堂傍近之名。」

將赴成都草堂途中有作先寄嚴鄭公五首〔一〕

得歸茅屋赴成都，直爲文翁再剖符①〔二〕。但使閭閻還揖讓，敢論松竹久荒蕪。魚知丙穴由來美，酒憶郫筒不用酤②〔三〕。五馬舊曾諳小徑，幾回書札待潛夫〔四〕。（0859）

【校】

①直，宋本、錢箋、《九家》校：「一云真。」《草堂》作「真」，校：「一作直。」

②郫，宋本校：「一云箄。」《九家》校：「一作笙。」

【注】

黄鶴注：當是廣德二年（七六四）自閬州歸成都作。

〔一〕嚴鄭公：嚴武。《舊唐書·嚴武傳》：「廣德二年，破吐蕃七萬餘衆，拔當狗城。十月，取鹽川城，加檢校吏部尚書，封鄭國公。」《新唐書·嚴武傳》：「還，拜京兆尹，爲二聖山陵橋道使，封鄭國公。」據杜詩，武再鎮蜀前已封鄭國公。

〔二〕文翁：見卷七《八哀詩·嚴公武》(0332)注。

〔三〕魚知二句：左思《蜀都賦》：「嘉魚出於丙穴，良木攢於褒谷。」《文選》劉逵注：「丙穴在漢中沔陽縣北，有魚穴二所，常以三月取之。」《太平御覽》卷一六七興州引《周地圖記》：「郡有丙山，山有穴，即丙穴。其口向丙，因以爲名。每春三月上旬，有魚長八九寸，或二三日聯綿從穴出躍，相傳名爲嘉魚。左太沖《蜀都賦》曰：『嘉魚出於丙穴。』」趙德麟《侯鯖録》卷一：「或云魚以丙日出穴，故陳藏器云：嘉魚，乳穴中小魚，能久食，力强於乳。丙者向陽，穴多生魚。魚復何能擇丙日出入耶？酈善長云：穴口向丙。又引柏枝山中有丙穴，穴大數丈，有嘉魚，嘗以春末游渚，冬入穴。故知丙穴之魚，不獨漢有也。」何宇度《益部談資》卷下：「丙穴在達州，出

嘉魚，杜工部詩云『魚知丙穴由來美』是也。《志》又載雅州亦有丙穴。」黃鶴注：「又邛州大邑縣有嘉魚穴，其魚秋冬則乘流而出入，春夏嚇鰓於岩間，時人往往乘之，世傳謂之魚穴。……然則蜀多丙穴，而此詩公自閬赴成都有云，當是指大邑縣魚穴。蓋成都西南至邛州纔百里。」浦起龍謂：「詩但用蜀中故實耳，若必泥何處爲近，則公嘗有釣錦江之句，何不言魚知錦水美也。」《天中記》卷四四引《成都記》：「郫筒酒，成都府西五十里，因水標名曰郫縣。蜀王杜宇所都。以竹筒盛美酒，號曰郫筒。」又引《風俗録》：「郫人刳竹之大者，傾春釀於筒，包以藕絲，蔽以蕉葉，信宿馨達於林外，然後斷之以獻，俗號郫筒。」

〔四〕潛夫：見卷一一《晚晴》(0698)注。

處處清江帶白蘋，故園猶得見殘春。雪山斥候無兵馬，錦里逢迎有主人。休怪兒童延俗客，不教鵝鴨惱比鄰。習池未覺風流盡〔一〕，況復荆州賞更新。(0860)

【注】

〔一〕習池句：習池，見卷一一《王十七侍御掄許携酒至草堂奉寄此詩便請邀高三十五使君同到》(0711)注。朱鶴齡注：「武當訪草堂，故以山簡習池擬之。」

竹寒沙碧浣花溪，菱刺藤梢咫尺迷①。過客徑須愁出入，居人不自解東西。書籤藥裹封蛛網，野店山橋送馬蹄。豈藉荒庭春草色②，先判一飲醉如泥〔一〕。（0861）

【校】

①菱，錢箋、《九家》、《草堂》校：「一作橘。」

②豈，宋本、錢箋校：「一作肯。」《草堂》作「肯」。　春草，錢箋校：「一作新月。」

【注】

〔一〕先判句：判，參卷九《重過何氏五首》（0463）注。《後漢書·儒林傳》孫堪：「時人爲之語曰：生世不諧作太常妻，一歲三百六十日，三百五十九日齋。」注：「《漢官儀》此下云：一日不齋醉如泥。」

常苦沙崩損藥欄〔一〕，也從江檻落風湍。新松恨不高千尺①，惡竹應須斬萬竿。生理祇憑黄閣老，衰顔欲付紫金丹②〔二〕。三年奔走空皮骨，信有人間行路難。（0862）

【校】

① 高，錢箋校：「一作長。」

② 顔，宋本、錢箋校：「一作容。」 付，錢箋校：「一作赴。」《九家》作「赴」。

【注】

〔一〕藥欄：見卷一一《有客》(0619)注。

〔二〕生理二句：黄閣，見卷一〇《奉贈嚴八閣老》(0500)注。《雲笈七籤》卷六九金丹部《七返靈砂論》：「將赤金變化爲砂，伏火鼓成紫金，至紫金即是第七返。靈砂之金，而含積陽精，真元之氣足矣。而將紫金變化爲砂，運火燒之一周，迥然通徹洞耀，即成紫金還丹。」

錦官城西生事微①，烏皮几在還思歸〔一〕。昔去爲憂亂兵入，今來已恐鄰人非。側身天地更懷古，回首風塵甘息機。共説總戎雲鳥陣，不妨游子芰荷衣〔二〕。

(0863)

【校】

① 錦官城西生事微，錢箋校：「一作錦官生事城西微。」《九家》、《草堂》謂「王荆公作」。 官，宋本、錢

箋校：「一作館。」《草堂》校：「或作里。」

【注】

〔一〕烏皮几：見卷六《阻雨不得歸瀼西甘林》（0296）注。浦起龍云：「烏皮几，即今髹漆器，非言皮裹也。」說與《南史》不同。

〔二〕共說二句：《太平御覽》卷三〇一引《太白陰經》：「黃帝設八陣之形：……鳥雲鳥翔，火也。」又：「飛龍、虎翼、鳥翔、蛇盤，爲四奇陣。地、天、風、雲，爲四正陣。」《楚辭·離騷》：「製芰荷以爲衣兮，集芙蓉以爲裳。」

別房太尉墓〔一〕閬州①。

他鄉復行役，駐馬別孤墳。近淚無乾土，低空有斷雲②。對棋陪謝傅，把劍覓徐君〔二〕。唯見林花落，鶯啼送客聞。（0864）

【校】

① 別房太尉墓，《草堂》題作「閬州別房太尉墓」。

② 低空，錢箋校：「一云空山。」

【注】

黄鶴注：廣德元年公自梓游閬，明年春自閬歸成都，詩殆作於二年（七六四）春，别其墓而歸成都也。

〔一〕房太尉：房琯。《舊唐書·房琯傳》：「寶應二年四月，拜特進、刑部尚書。在路遇疾，廣德元年八月四日，卒於閬州僧舍，時年六十七。贈太尉。」

〔二〕對棋二句：《晋書·謝安傳》：「玄等既破堅，有驛書至，安方對客圍棋，看書既竟，便攝放床上，了無喜色，棋如故。客問之，徐答云：『小兒輩遂已破賊。』既罷，還内，過户限，心喜甚，不覺屐齒之折，其矯情鎮物如此。」《新序·節士》：「延陵季子將西聘晋，帶寶劍以過徐君。徐君觀劍，不言而色欲之。延陵季子爲有上國之使，未獻也，然其心許之矣。致使於晋，故反，則徐君死於楚，於是脱劍致之嗣君。……嗣君曰：『先君無命，孤不敢受劍。』於是季子以劍帶徐君墓樹而去。」錢箋：「琯爲宰相，聽董庭蘭彈琴。李德裕《游房太尉西池》詩注：『房公以好琴聞於海内。』公此詩以謝傳圍棋爲比，蓋爲房公解嘲也。」

自閬州領妻子却赴蜀山行三首

汩汩避羣盜①，悠悠經十年〔一〕。不成向南國，復作游西川。物役水虚照，魂傷山寂然〔二〕。我生無倚著，盡室畏途邊〔三〕。（0865）

【校】

①汩汩，宋本、錢箋校：「一作揖揖。又作浥浥。音蟄。」

【注】

黄鶴注：廣德二年（七六四）春再歸成都依嚴武時作。

〔一〕汩汩二句：《文選》左思《吴都賦》劉逵注：「汩，急疾無所不至。」此「汩汩」亦當作急疾解。《古詩十九首》：「回車駕言邁，悠悠涉長道。」

〔二〕物役二句：物役，見卷一《陪李北海宴歷下亭》（0006）注。《九家》趙注：「言身爲物所役，水亦徒相照，不得優游觀賞之也。」

〔三〕我生二句：《分門》洙曰：「師古曰：地著，謂安土也。」引《漢書注》。《左傳》成公二年：「巫臣盡室以行。」

長林偃風色，回復意猶迷①。衫裛翠微潤〔一〕，馬銜青草嘶。棧懸斜避石②，橋斷却尋溪〔二〕。何日兵戈盡③，飄飄愧老妻。（0866）

【校】

①回，《草堂》校：「一作往。」復，宋本、錢箋校：「一云首。」

②棧，宋本校：「一云遥。」錢箋校：「一云逕。」避，《草堂》校：「一作逕。」

③兵，錢箋作「干」，校：「一作兵。」

【注】

〔一〕衫裛句：裛，見卷六《牽牛織女》（0293）注。翠微，見卷九《重題鄭氏東亭》（0421）注。

〔二〕棧懸二句：朱鶴齡注：「《説文》：棧，棚也。又閣也。閬至成都無棧道，只言架木爲路耳。」嚴耕望《唐代交通圖考》：「閬梓道中雖非絶險，但亦溪谷山徑，頗荒蕪，有毒害。」引杜詩謂：「觀二詩足見道中情景，亦非大道坦途。」

行色遞隱見，人烟時有無。僕夫穿竹語，稚子入雲呼。轉石驚魑魅，抨弓落狖鼯〔一〕。真供一笑樂，似欲慰窮途。（0867）

【注】

〔一〕抨弓句：《九家》趙注：「抨，披耕切，訓擊彈也。」張説《奉和聖制義成校獵喜雪應制》：「綽仗飛走繁，抨弦筋角勁。」仇注：「抨弓，即虚發也。」恐爲臆説。狖，見卷三《兩當縣吴十侍御江上宅》（0139）注。《爾雅・釋鳥》：「鼯鼠，夷由。」注：「狀如小狐，似蝙蝠，肉翅。翅尾項脅毛紫赤色，背上蒼艾色，腹下黄，喙頷雜白。脚短，爪長，尾三尺許。飛且乳，亦謂之飛生。聲如人

呼，食火烟。能從高赴下，不能從下上高。」左思《吴都賦》：「狖鼯猓然，騰趠飛超。」

山館①

南國晝多霧，北風天正寒。路危行木杪，身遠宿雲端②。山鬼吹燈滅〔一〕，厨人語夜闌。雞鳴問前館，世亂敢求安。（0868）

【校】

① 山館，《草堂》題作「移居公安山館」。

② 遠，錢箋、《草堂》校：「樊作迥。」

【注】

黄鶴注：當是廣德元年（七六三）自閬州暫往梓州時作。《趙次公先後解》、《草堂》編入大曆三年（七六八）荆南詩。

〔一〕山鬼句：鮑照《蕪城賦》：「木魅山鬼，野鼠城狐。」

贈王二十四侍御契四十韻〔一〕

往往雖相見，飄飄愧此身。不關輕紱冕，俱是避風塵。一别星橋夜，三移斗柄春〔二〕。敗亡非赤壁，奔走爲黄巾〔三〕。子去何蕭灑①，余藏異隱淪〔四〕。書成無過雁，衣故有懸鶉〔五〕。恐懼行裝數，伶俜卧疾頻②〔六〕。曉鶯工迸淚，秋月解傷神。會面嗟黧黑〔七〕，含悽話苦辛。接輿還入楚，王粲不歸秦〔八〕。錦里殘丹竈，花溪得釣綸。消中袛自惜③〔九〕，晚起索誰親？伏柱聞周史，乘槎有漢臣〔一〇〕。鴛鴻不易狎〔一一〕，龍虎未宜馴。客則挂冠至④，交非傾蓋新〔一二〕。由來意氣合，直取性情真。浪跡同生死，無心恥賤貧。偶然存蔗芋〔一三〕，幸各對松筠。粗飯依他日，窮愁怪此辰。女長裁褐穩，男大卷書勻〔一四〕。㶁口江如練，蠶崖雪似銀〔一五〕。名園當翠巘，野棹没青蘋。屢喜王侯宅，時邀江海人⑤。追隨不覺晚，款曲動彌旬。但使芝蘭秀，何煩棟宇鄰⑥〔一六〕。山陽無俗物，鄭驛正留賓〔一七〕。出入並鞍馬，光輝參席珍⑦〔一八〕。重游先主廟，更歷少城闉〔一九〕。石鏡通幽魄，琴臺隱絳唇〔二〇〕。送終唯糞土，結愛獨荆榛〔二一〕。置酒高林下，觀棋積水濱。區區甘累趼，稍稍息勞

筋〔一二二〕。綢聚粘圓鯽，絲繁煮細蓴〔一二三〕。長歌敲柳癭⑧，小睡憑藤輪〔一二四〕。農月須知課，田家敢忘勤。浮生難去食，良會惜清晨〔一二五〕。列國兵戈暗，今王德教淳。要聞除猰貐，休作畫麒麟〔一二六〕。洗眼看輕薄，虛懷任屈伸。莫令膠漆地，萬古重雷陳〔一二七〕。（0869）

【校】

①子，宋本、錢箋校：「一作爾。」　蕭，錢箋作「瀟」。

②疾，宋本、錢箋校：「一云病。」

③消，宋本、錢箋校：「一作宵。」

④則，宋本、錢箋校：「一云即。」《九家》、《草堂》作「即」。

⑤邀，宋本、錢箋校：「一作逢。」

⑥煩，錢箋校：「一作須。」

⑦參，宋本、錢箋校：「一云忝。」

⑧長，宋本、錢箋校：「一云慨。」

【注】

黄鶴注：當是廣德二年（七六四）春自閬州歸成都時作。

〔一〕王二十四侍御契：王契，元結《别王佐卿序》：「癸卯歲，京兆王契佐卿年四十六……佐卿頃日去西蜀，對酒欲别……與佐卿去者有清河崔濮，與次山住者有彭城劉灣。相醉相留，幾日江畔。主人鄂州刺史韋延安令四座作詩，命余爲序，以送遠云。」癸卯爲廣德元年。朱鶴齡注謂即此人。仇注：「今玩詩詞，公去蜀時與王相别，及歸蜀時又與王相遇。黄鶴以王契爲蜀人者，得之。元結所云者當另是一人。」按，詩云「子去何瀟灑」，則王契中亦去蜀，或至鄂州，今返蜀再與甫相遇。

〔二〕一别二句：星橋，見卷一二《嚴公廳宴同詠蜀道畫圖》（0757）注。《公羊傳》隱公元年何休注：「昏，斗指東方曰春，指南方曰夏，指西方曰秋，指北方曰冬。」

〔三〕敗亡二句：《三國志·吴書·孫權傳》：「瑜、普爲左右督，各領萬人，與備俱進，遇於赤壁，大破曹公軍。」《後漢書·靈帝紀》：「巨鹿人張角自稱黄天，其部帥有三十六方，皆著黄巾，同日反叛。」朱鶴齡注：「此謂徐知道反成都。言我之不敗亡而奔走者，特以避知道之亂，非好爲隱淪也。」

〔四〕隱淪：見卷一《奉贈韋左丞丈二十二韻》（0001）注。

〔五〕書成二句：過雁，見卷九《遣興》（0488）注。《荀子·大略》：「子夏貧，衣若縣鶉。」

〔六〕伶俜：見卷二《新安吏》（0060）注。

〔七〕黧黑：見卷七《贈蘇四徯》（0362）注。

〔八〕接輿二句：《論語·微子》：「楚狂接輿歌而過孔子，曰：『鳳兮鳳兮，何德之衰。往者不可諫，

來者猶可追。已而已而，今之從政者殆而。』孔子下，欲與之言，趨而辟之，不得與之言。」王粲，見卷五《通泉驛南去通泉縣十五里山水作》(0212)注。按，上句似言王契去在鄂州，下句甫自言。

〔九〕消中：見卷六《客堂》(0269)注。

〔一〇〕伏柱二句：《史記・周本紀》集解：「唐固曰：伯陽父，周柱下史老子也。」王康琚《反招隱詩》：「伯夷竄首陽，老聃伏柱史。」乘槎，見卷一〇《送翰林張司馬南海勒碑》(0525)注。《百家注》趙注：「兩句指言王侍御。上句以御史之官，故用老子比之。下句豈王侍御嘗使吐蕃乎？」仇注：「伏柱、乘槎，王曾出使。」

〔一一〕鴛鴻句：仇注謂「鴛鴻」當作「鵷鴻」，用《莊子》「鵷雛發於南海而飛于北海」，若鴛鴦，人得取而狎之矣。《隋書・儒林傳》劉炫：「比翼鵷鴻。」

〔一二〕客則二句：《後漢書・逢萌傳》：「時王莽殺其子宇，萌謂友人曰：『三綱絶矣！不去，禍將及人。』即解冠挂東都城門，歸將家屬浮海，客於遼東。」《史記・魯仲連鄒陽列傳》：「諺曰：有白頭如新，傾蓋如故。」朱鶴齡注：「我雖挂冠不仕，然與侍御則久交而深契也。」

〔一三〕偶然句：左思《蜀都賦》：「其園則有蒟蒻茱萸，瓜疇芋區，甘蔗辛薑。」

〔一四〕女長二句：《南齊書・張融傳》融與從叔征北將軍永書：「世業清貧，民生多待。榛栗棗脩，女贄既長，束帛禽鳥，男禮已大，勉身就官。十年七仕，不欲代耕，何至此事？」顧炎武《日知録》卷二七引此。

〔一五〕湔口二句：《華陽國志》卷三：「秦孝文王以李冰爲蜀守。冰能知天文地理……冰乃壅江作堋，穿郫江、檢江，別支流雙過郡下，以行舟船。」《太平寰宇記》卷七三彭州：「都安堰，一名湔堰。李冰擁江作堋，蜀人謂堰爲堋。」參卷四《石犀行》(0172)注。《百家注》趙注引《寰宇記》作「湔堰」。浦起龍謂「湔口」當作「灌口」。蠶崖，蠶崖關，見卷一二《西山三首》(0827)注。

〔一六〕但使二句：《孔子家語・六本》：「與善人居，如入芝蘭之室。」陶淵明《答龐參軍》：「歡心孔洽，棟宇惟鄰。」

〔一七〕山陽二句：山陽，見卷九《贈翰林張四學士》(0469)注。《漢書・鄭當時傳》：「常置驛馬長安諸郊，請謝賓客，夜以繼日，至明旦，常恐不遍。」

〔一八〕席珍：見卷七《寄薛三郎中據》(0363)注。

〔一九〕重游二句：先主廟，見卷四《古柏行》(0180)注。《元和郡縣圖志》卷三一成都府：「州城，秦惠王二十七年張儀所築。……少城，一曰小城，在縣西南一里二百步。《蜀都賦》云：『亞以少城，接乎其西。』」

〔二〇〕石鏡二句：見卷一一《石鏡》(0679)、《琴臺》(0680)注。鮑照《蕪城賦》：「蕙心紈質，玉貌絳脣。」

〔二一〕送終二句：《百家注》趙注：「初以石鏡送終，今墓中之人已糞土矣。以琴結夫婦之情，今則徒生荆棘矣。」

〔二二〕區區二句：《莊子・天道》：「吾固不辭遠道而來願見，百舍重趼而不敢息。」朱鶴齡注：「謂奔走避難。」

〔二三〕絲繫句：見卷一二《陪王漢州留杜綿州泛房公西湖》(0764)注。

〔二四〕長歌二句：庾信《枯樹賦》：「戴癭銜瘤，藏穿抱穴。」王績《春莊酒後》：「竹瘤還作杓，樹癭即成杯。」《分門》洙曰：「柳癭，木之節目如疣。」朱鶴齡注：「柳癭可爲樽。」藤輪，《分門》洙曰：「蒲團也，以藤爲之。」《草堂》夢弼注：「藤輪，謂車也。謝鮑詩『花蔓引藤輪』是也。」所引「謝鮑詩」未詳。仇注以洙注爲正：「若車輪，豈可倚以爲睡乎。」施鴻保云：「藤輪疑即藤枕。」按，蓋指藤盤繞如輪。參卷八《宿花石戍》(0397)注。

〔二五〕浮生二句：《論語·顏淵》：「子貢曰：『必不得已而去之，于斯二者何先？』曰：『去食。自古皆有死，民無信不立。』」朱鶴齡注：「言農事須勤，故良會不能久。」

〔二六〕要聞一句：《爾雅·釋獸》：「猰㺄，類貙，虎爪，食人，迅走。」朱鶴齡注：「《朝野僉載》：楊炯每目朝官爲麒麟楦，言如弄假麒麟，刻畫頭角，修飾皮毛，覆之驢上，巡場而走，及脱皮，還是驢耳。舊注引圖形麟閣事，與此無涉。」參卷七《荊南兵馬使太常卿趙公大食刀歌》(0310)注。

〔二七〕莫令二句：見卷四《憶昔二首》(0193)注。

寄董卿嘉榮十韻〔一〕

聞道君牙帳，防秋近赤霄①〔二〕。下臨千雪嶺②，却背五繩橋〔三〕。海內久戎服，

京師今晏朝〔四〕。犬羊曾爛漫，宮闕尚蕭條。猛將宜嘗膽，龍泉必在腰〔五〕。黃圖遭污辱，月窟可焚燒〔六〕。會取干戈利，無令斥候驕〔七〕。居然雙捕虜，自是一嫖姚〔八〕。落日思輕騎，高天憶射雕③。雲臺畫形像，皆爲掃氛妖〔九〕。（0870）

【校】

① 赤，《草堂》作「青」。

② 千雪嶺，錢箋校：「一作千仞雪。」《草堂》作「千仞雪」。

③ 高，宋本、錢箋校：「一作秋。」《九家》作「秋」。

【注】

黃鶴注：當是廣德二年（七六四）作，公時在成都。《趙次公先後解》編入大曆元年（七六六）夔州詩。

〔一〕董卿嘉榮：董嘉榮，楊譚《兵部奏劍南節度破西山賊露布》：「八國招討副使左羽林大將軍董當、左羽林軍將軍董旁郎、董畢郎、右羽林董利、董歌弄、左驍衛將軍董利峰、左武衛將軍董奉仇……統八國子弟八千餘衆……十八日，都知西山子弟兵馬副使左金吾衛大將軍攝臨翼郡太守董却翹、左羽林大將軍兼静[川]郡太守董元智、右羽林大將軍兼蓬山郡太守董懷恩、右驍衛

將軍兼歸城（誠）郡太守董思賢、江源郡太守董懿、右驍衛大將軍董仁羆、折衝董弄封等，領八郡驍勇，並蕃漢武士等七千人，自蓬婆路取牙山。」蓋董姓爲西山羌族部落首領，亦即卷二〇《東西兩川説》（1487）之「諸董」。《歷代法寶記》載大曆元年杜鴻漸入蜀，有「節度副使牛望仙、李靈應，歸誠王董嘉會、張温」等與之對答，談及嚴武在蜀當日「被差充十將領兵馬上西山，打當狗城」。頗疑此董嘉榮與董嘉會或爲同一人，或爲同族，當爲歸誠郡（悉州）部落首領，充嚴武部下將軍。

〔二〕聞道二句：錢箋引吴若本注「此邢君牙也」（不見今宋本），並駁其非是。《封氏聞見記》卷五：「近代通謂府建廷爲公衙，公衙即古之公朝也。字本作『牙』。《詩》曰：『祈父予王之爪牙。』祈父司馬掌武修，象猛獸以爪牙爲衛，故軍前大旗謂之牙旗。出師則有建牙、禡牙之事，軍中聽號令，必至牙旗之下，稱與府朝無異。近俗尚武，是以通呼公府爲公牙，府門爲牙門。字謬訛變，轉而爲衙也，非公府之名。或云公門外刻木爲牙，立於門側，象獸牙。軍將之行置牙竿首，懸於上，其義一也。」牙帳指中軍所在。此謂董卿牙帳在西山要塞。

〔三〕下臨二句：雪嶺，見卷四《贈蜀僧閭丘師兄》（0175）注。繩橋，見卷五《入奏行》（0236）注。《太平寰宇記》卷七八茂州汶川縣：「故桃關，關在縣南入蠻界，公私之路俱從此，有繩橋方渡。」又卷七三彭州導江縣：「犍尾堰索橋，李冰祠，在縣西三十三里。」《輿地紀勝》卷一五一永康軍：「又有白沙繩橋，過崇德廟十里，地名白沙戍，以江闊水湍，故造繩橋以濟居民及威、茂兩州往來者。」五繩橋，蓋泛言繩橋、索橋之多。

〔四〕海内二句：《趙次公先後解》謂指永泰元年十月，郭子儀大破吐蕃。按，合下文當指廣德元年冬吐蕃陷京師，後敗潰。

〔五〕猛將二句：《史記·越王句踐世家》：「越王句踐反國，乃苦身焦思，置膽於坐，坐卧即仰膽，飲食亦嘗膽也。曰：『女忘會稽之恥邪？』」龍泉，見卷一二《所思》(0777)注。

〔六〕黄圖二句：庾信《哀江南賦》：「擁狼望於黄圖，填廬山於赤縣。」倪璠注：「謂畿輔。」《隋書·經籍志》：「《黄圖》一卷，記三輔宫觀、陵廟、明堂、辟雍、郊畤等事。」仇注引張溍注：「黄圖，猶今之黄册。」蓋言其本義。月窟，見卷二《送韋十六評事充同谷郡防禦判官》(0088)注。

〔七〕無令句：《史記·李將軍列傳》：「然亦遠斥候。」索隱：「許慎注《淮南子》云：斥，度也。候，視也，望也。」

〔八〕居然二句：《後漢書·馬武傳》：「拜捕虜將軍。」嫖姚，見卷三《後出塞五首》(0133)注。

〔九〕雲臺二句：雲臺，見卷三《述古三首》(0206)注。孫萬壽《遠戍江南寄京邑親友》：「牛斗盛妖氛，梟獍已成群。」

寄司馬山人十二韻

關内昔分袂，天邊今轉蓬。驅馳不可説，談笑偶然同。道術曾留意，先生早

擊蒙〔一〕。家家迎薊子，處處識壺公〔二〕。長嘯峨嵋北，潛行玉壘東〔三〕。有時騎猛虎〔四〕，虛室使仙童。髮少何勞白，顏衰肯更紅。望雲悲轗軻，畢景羡沖融〔五〕。喪亂形仍役〔六〕，淒涼信不通。懸旌要路口，倚劍短亭中〔七〕。永作殊方客，殘生一老翁。相哀骨可换，亦遣馭清風〔八〕。（0871）

【注】

黄鶴注：當是廣德二年（七六四）未歸成都作。

〔一〕先生句：《易·蒙》：「上九，擊蒙，不利爲寇，利禦寇。」注：「處蒙之終，以剛居上，能擊去童蒙，以發其昧者也。」仇注：「欲受教也。」

〔二〕家家二句：薊子，見卷九《奉寄河南韋尹丈人》（0426）注。《後漢書·方術傳》費長房：「市中有老翁賣藥，懸一壺於肆頭，及市罷，輒跳入壺中。市人莫之見，唯長房於樓上睹之，異焉，因往再拜，奉酒脯……長房旦日復詣翁，翁乃與俱入壺中。」

〔三〕長嘯二句：峨嵋，見卷三《劍門》（0168）注。玉壘，見卷一一《登樓》（0655）注。

〔四〕有時句：《雲笈七籤》卷一一〇《鄭思遠》：「所住山虎生二子，山下人格得虎母，虎父驚逸，虎子未能得食。思遠見之，將還山舍養飼。虎父尋還，又依思遠。後思遠每出行，乘騎虎父，二虎子負經書衣藥以從。」

〔五〕畢景句：鮑照《上潯陽還都道中作》：「侵星赴早路，畢景逐前儔。」沖融，見卷一《渼陂行》(0031)注。

〔六〕喪亂句：陶淵明《歸去來兮辭》：「既自以心爲形役，奚惆悵而獨悲。」

〔七〕懸旌二句：《史記·蘇秦列傳》：「心搖搖然，如縣旌而無所終薄。」《漢書·陳湯傳》：「縣旌萬里之外。」庾信《哀江南賦》：「十里五里，長亭短亭。」

〔八〕相哀二句：通玄先生《玄珠歌》：「捉得玄珠令換骨，形超碧落駕金鸞。」《庚道集》卷四有「丹陽換骨法」。《雲笈七籤》卷六〇《中山玉櫃服氣經·胎息羽化功》：「易換骨肉，煉髓如霜。」

寄李十四員外布十二韻 新除司議郎兼萬州別駕。雖尚伏枕，已聞理裝〔一〕。

名參漢望苑，職述景題輿〔二〕。巫峽將之郡，荆門好附書〔三〕。遠行無自苦，內熱比何如〔四〕？正是炎天闊，那堪野館疏。黄牛平駕浪，畫鷁上凌虚〔五〕。試待盤渦歇〔六〕，方期解纜初。悶能過小徑，自爲摘嘉蔬①。渚柳元幽僻，村花不掃除。宿陰繁素㮈②，過雨亂紅蕖〔七〕。寂寂夏先晚，泠泠風有餘。江清心可瑩，竹冷髮

堪梳③。直作移巾几，秋帆發弊廬〔八〕。（0872）

【校】

① 自，宋本、錢箋、《草堂》校：「一作日。」

② 陰，《草堂》校：「一作雲。」 㮏，宋本校：「晋作柰。」錢箋、《九家》作「柰」。

③ 堪，宋本、錢箋、《草堂》校：「一云宜。」

【注】

黄鶴注：當是廣德二年（七六四）夏在草堂作。《趙次公先後解》編入大曆四年（七六九）潭州詩。朱鶴齡注同。浦起龍謂應是大曆三年（七六八）在荆州作。

〔一〕李十四員外布：李布，事迹不詳。《唐六典》卷二六太子左春坊：「太子司議郎四人，正六品上。」此爲其所兼朝銜。《舊唐書·地理志》荆州江陵府：「萬州，隋巴東郡之南浦縣。……天寶元年，改爲南浦郡。乾元元年，復爲萬州。」

〔二〕名參二句：《漢書·戾太子傳》：「及冠就宫，上爲立博望苑，使通賓客，從其所好，故多以異端進者。」劉孝威《奉和簡文帝太子詩》：「延賢博望苑，視膳長安城。」《北堂書鈔》卷七二引謝承《後漢書》：「周景爲豫州，辟陳蕃爲别駕，不就。景題别駕輿曰：『陳仲舉座也。』不復更辟。蕃惶懼，起視職。」《趙次公先後解》：「上句言其除司議郎。司議，太子府官也。下句言其兼萬

州別駕也。」

〔三〕巫峽二句：《趙次公先後解》：「蓋萬州在巫峽之上游，故句云『巫峽將之郡』，又云『黃牛平駕浪』，則言其經峽中上水而之任也。」朱鶴齡注：「明是溯流而上，以至萬州。舊編廣德二年成都作，乃是順流下峽，不當曰『上凌虛』。且荆門在萬州之下，無由至此附書也。」仇注：「巫峽漸近荆門，故公欲附書到荆，其云駕浪凌虛，不過形容水漲船高，非謂逆流而上也。還依舊編爲是。」按，依舊編則此二句難通，當以趙、朱注爲是。荆門附書，謂自荆門附書於夔、萬州。趙、朱注解亦未確。

〔四〕内熱句：《莊子·人間世》：「今我朝受命而夕飲冰，我其内熱與？」比，近也。

〔五〕黃牛二句：黃牛，黃牛峽，見卷一一《送韓十四江東覲省》(0702)注。晝鷁，見本卷《奉待嚴大夫》(0832)注。

〔六〕盤渦：見卷一《白水縣崔少府十九翁高齋三十韻》(0042)注。

〔七〕宿陰二句：左思《蜀都賦》：「朱櫻春熟，素柰夏成。」《文選》李善注：「素柰，白柰也。王逸《荔枝賦》曰：酒泉白柰。」《齊民要術》卷四：「《廣志》曰：樝、掩、藍，柰也。又曰：柰有白、青、赤三種，張掖有白柰，酒泉有赤柰。西方例多柰，家以爲脯，數十百斛以爲蓄積，如收藏棗栗。……《晉宮閣簿》曰：秋有白柰。《西京雜記》曰：紫柰、緑柰。別有素柰、朱柰。」紅蕖，紅芙蓉。朱超《詠同心芙蓉》：「未及清池上，紅蕖並出房。」

〔八〕秋帆句：《趙次公先後解》：「公自離荆南，三處有宅，曰公安，曰潭州，曰衡州。今句云『秋帆

發弊廬』，則夏中之詩，所以約之也。公安之宅，則大曆三年始移焉，而四年春在岳州矣。衡州之宅大曆五年二月方有，至夏乃往耒陽而卒矣。惟潭州以大曆四年春自岳而往，至大曆五年二月方離而之衡，則潭州之宅有夏有秋也。」按，據「荆門好附書」句，當以作於江陵爲是。大曆三年夏，甫正在江陵。「秋帆」乃預約之詞，此秋移居公安與詩意不違。萬州屬荆南節度，時節度使爲衛伯玉，李布蓋爲其奏署爲萬州别駕，自江陵赴任。趙注繫於潭州，轉於事實乖隔。

歸來

客裏有所過①，歸來知路難。開門野鼠走，散帙壁魚乾〔一〕。洗杓開新醞，低頭拭小盤②。憑誰給麴蘖③〔二〕，細酌老江干。（0873）

【校】

① 過，宋本、錢箋、《草堂》校：「一作適。」

② 開，宋本校：「一云斟。」　拭小盤，宋本、錢箋、《九家》、《草堂》校：「一云著小冠。」

③ 蘖，宋本作「糵」，據錢箋等改。

【注】

黃鶴注：當是廣德二年（七六四）初歸草堂時作。

〔一〕散帙句：謝靈運《酬從弟惠連》：「凌澗尋我室，散帙問所知。」《文選》李善注：「《説文》曰：帙，書衣也。」《爾雅・釋蟲》：「蟫，白魚。」注：「衣書中蟲也。一名蛃魚。」《酉陽雜俎》卷一七：「壁魚，補闕張周封言：嘗見壁上白瓜子化爲白魚，因知《列子》言朽瓜爲魚之義。」方以智《通雅》卷四七：「蠹魚、蛃魚、衣魚、壁魚，即《爾雅》之蟫，白魚也，化爲脈望。注疏：蟫音淫，衣書中白魚，一名蛃魚。《本草》曰：衣魚，亦曰壁魚。《馬懷素傳》㚟朽蟫斷是也。」

〔二〕憑誰句：《書・説命下》：「若作酒醴，爾惟麴糵。」

王録事許修草堂貲不到聊小詰〔一〕

爲嗔王録事，不寄草堂貲。昨屬愁春雨，能忘欲漏時？（0874）

【注】

黃鶴注：當是寶應元年（七六二）未歸綿州時作。仇注從梁權道編入廣德二年（七六四）作。

〔一〕王録事：名不詳。本書卷一八有《漢川王大録事宅作》(1414)，朱鶴齡注疑即其人。仇注謂别是一人。《唐六典》卷三〇：「上州……録事參軍事一人，從七品上。録事二人，從九品上。」

寄邛州崔録事〔一〕

邛州崔録事，聞在果園坊〔二〕。坊名。在成都。久待無消息，終朝有底忙？應愁江樹遠，怯見野亭荒。浩蕩風烟外①，誰知酒熟香？（0875）

【校】

①烟，錢箋、《九家》、《草堂》作「塵」，錢箋校：「一作烟。」

【注】

黄鶴注：當是廣德二年（七六四）歸在草堂作。

〔一〕崔録事：名不詳。《元和郡縣圖志》卷三一成都府：「西南至邛州二百六十里。」「邛州，臨邛。上。……東北至蜀州八十里。」

〔二〕果園坊：參卷一一《詣徐卿覓果栽》(0724)注。

過故斛斯校書莊二首老儒艱難，時病於庸蜀。歎其没後方授一官①〔一〕。

此老已云殁，鄰人嗟亦休②。竟無宣室召，徒有茂陵求〔二〕。妻子寄他食，園林非昔游。空堂繐帷在③〔三〕，淅淅野風秋。（0876）

【校】

① 老儒艱難時病於庸蜀歎其没後方授一官，《文苑英華》題注作「没後方受一官。公名融。」

② 嗟亦休，錢箋校：「一云歎未休。」　嗟，《草堂》作「歎」。　亦，《九家》作「未」。

③ 堂繐，《九家》、《草堂》作「餘遺」。　帷，《文苑英華》作「紼」。

【注】

黄鶴注：廣德二年（七六四）作。

〔一〕斛斯校書：黄鶴注謂即斛斯融。見卷一二《江畔獨步尋花七絶》（0730）注。《書·牧誓》：「及庸、蜀、羌、髳、微、盧、彭、濮人。」傳：「八國皆蠻夷戎狄屬文王者國名。……庸、濮在江漢之南。」此即指蜀。

〔二〕竟無二句：《史記・屈原賈生列傳》：「後歲餘，賈生徵見。孝文帝方受釐，坐宣室。上因感鬼神事，而問鬼神之本。賈生具道所以然之狀，至夜半，文帝前席。」《漢書・司馬相如傳》：「相如既病免，家居茂陵。天子曰：『司馬相如病甚，可往從悉取其書，若後之矣。』使所忠往，而相如已死，家無遺書。……其遺札書言封禪事，所忠奏焉，天子異之。」

〔三〕繐帷：見卷六《往在》（0291）注。

燕入非傍舍，鷗歸祇故池。斷橋無復板，卧柳自生枝。遂有山陽作，多慚鮑叔知〔一〕。素交零落盡〔二〕，白首淚雙垂。（0877）

【注】

〔一〕遂有二句：向秀《思舊賦》：「濟黄河以泛舟兮，經山陽之舊居。……踐二子之遺跡兮，歷窮巷之空廬。」二子謂嵇康、吕安。顔延之《五君詠・向常侍》：「流連河裏游，惻愴山陽賦。」鮑叔，見卷一《貧交行》（0010）注。

〔二〕素交句：劉峻《廣絶交論》：「斯則賢達之素交，歷萬古而一遇。」「於是素交盡，利交興。」

立秋雨院中有作①

山雲行絶塞，大火復西流〔一〕。飛雨動華屋②，蕭蕭梁棟秋〔二〕。窮途愧知己，暮齒借前籌〔三〕。已費清晨謁，那成長者謀〔四〕。解衣開北户，高枕對南樓。樹濕風涼進，江喧水氣浮。禮寬心有適，節爽病微瘳。主將歸調鼎，吾還訪舊丘〔五〕。

（0878）

【校】

① 立秋，《九家》下有「日」字。

② 華，《草堂》作「花」。

【注】

黄鶴注：當是嚴公奏爲參謀，在幕中作。

〔一〕大火句：《詩·豳風·七月》：「七月流火。」傳：「火，大火也。流，下也。」箋：「大火者，寒暑之候也。火星中而寒暑退，故將言寒，先著火所在。」

〔二〕飛雨二句：張協《雜詩》：「飛雨洒朝蘭，輕露栖叢菊。」謝朓《觀朝雨》：「朔風吹飛雨，蕭條江上來。」郭璞《游仙詩》：「雲生梁棟間，風出窗户裏。」

〔三〕暮齒句：《三國志·吴書·孫和傳》：「年齒一暮，榮華不再。」《史記·留侯世家》：「臣請藉前箸爲大王籌之。」仇注：「借箸，時爲參軍。」

〔四〕那成句：《論語·述而》：「好謀而成者也。」《孟子·公孫丑下》：「子爲長者慮。」仇注：「長者，指嚴公，言不能成就其謀也。」

〔五〕主將二句：調鼎，見卷九《上韋左相二十韻》(0413)注。還舊丘，黄生謂隨武回京。仇注謂指草堂，引卷五《破船》(0254)「緬邈懷舊丘」。

軍城早秋　　嚴武

昨夜秋風入漢關，朔雲邊雪滿西山①。更催飛將追驕虜，莫遣沙場匹馬還②。

【校】

①雪，錢箋校：「一作月。」

②遣，宋本、錢箋校：「一作放。」

奉和軍城早秋①

秋風嫋嫋動高旌，玉帳分弓射虜營〔一〕。已收滴博雲間戍，更奪蓬婆雪外城〔二〕。（0879）

【校】

① 奉和軍城早秋，錢箋題作「奉和」，《九家》作「奉和嚴鄭公軍城早秋」。

【注】

黄鶴注：當是廣德二年（七六四）七月作。

〔一〕玉帳：見卷一二《奉送嚴公入朝十韻》（0758）注。

〔二〕已收二句：楊譚《兵部奏劍南節度破西山賊露布》：「臨翼郡太守董却翹……領八郡驍勇並蕃漢武士等七千人，自蓬娑（婆）路取牙山。……通化郡太守譚元受……率健彍三千人，自滴博嶺入。」《新唐書·韋皐傳》：「乃命大將董勔、張芬分出西山靈關，破峨和、通鶴、定廉城，逾的博嶺，遂圍維州。」《方輿紀要》卷六七威州：「的博嶺在州西北。」《舊唐書·吐蕃傳》：「王昱又

率劍南兵募攻其安戎城，先於安戎城左右築兩城，以爲攻拒之所，頓兵於蓬婆嶺下，運劍南道資糧以守之。」《元和郡縣圖志》卷三二柘州：「有安戎江、蓬婆水，在州南三十里。」柘縣：「大雪山，一名蓬婆山，在縣西北一百里。」嚴耕望《唐代交通圖考》附篇此詩箋證，考滴博嶺、蓬婆嶺皆在邛崍山脈北段，爲唐代岷江以西地區通吐蕃之兩道口，滴博嶺與維州相近，蓬婆嶺與平戎城（安戎城）相近。嚴武已收滴博嶺，即計畫更奪取蓬婆嶺、平戎城。雲間戍，嚴耕望謂指維州西境之定廉縣，天寶間爲雲山郡，其後郡治西移，雲山故地仍置雲山守捉。雪外城，嚴耕望謂指蓬婆嶺外之平戎城。

院中晚晴懷西郭茅舍①

幕府秋風日夜清②，澹雲疏雨過高城。葉心朱實看時落③〔一〕，階面青苔先自生④。復有樓臺銜暮景，不勞鐘鼓報新晴〔二〕。浣花溪裏花饒笑，肯信吾兼吏隱名⑤〔三〕。（0880）

【校】

① 院中，《草堂》校：「一作使院。」　懷，《文苑英華》作「省」，校：「集作懷。」

②幕府，《文苑英華》作「天際」，校：「集作幕府。」

③朱，《文苑英華》作「珠」，校：「集作朱。」看，錢箋校：「一作堪。」《九家》作「堪」。

④先自，《文苑英華》作「老更」，校：「集作先自。」

⑤兼，宋本、錢箋校：「一作今。」

【注】

黄鶴注：當是廣德二年（七六四）秋作。

〔一〕葉心句：劉琨《重贈盧諶》：「朱實隕勁風，繁英落素秋。」《左傳》僖公十五年：「歲云秋矣，我落其實而取其材。」

〔二〕復有二句：朱鶴齡注引舊注：「俗以鐘鼓聲亮爲晴之占，故曰『報新晴』。」

〔三〕浣花二句：吏隱，見卷一《白水縣崔少府十九翁高齋三十韻》（0042）注。《分門》趙注：「言院花之開似能獻笑，必笑我離草堂而宿院，此中有公家事，亦不信我兼爲吏隱也。」

到村

碧澗雖多雨，秋沙先少泥①。蛟龍引子過，荷芰逐花低。老去參戎幕，歸來散

馬蹄〔一〕。稻粱須就列，榛草即相迷〔二〕。蓄積思江漢，頑疏惑町畦②〔三〕。暫酬知己分③，還入故林栖〔四〕。（0881）

【校】

①先，宋本、錢箋、《草堂》校：「陳作亦。」

②頑疏，錢箋作「疏頑」，校：「吴作頑疏。」　惑，錢箋校：「一作感。」

③暫，錢箋作「稍」，校：「吴作暫。」《草堂》作「暫」。

【注】

黄鶴注：當是廣德二年（七六四）秋作。

〔一〕老去二句：李嶠《送駱奉禮從軍》：「羽書資鋭筆，戎幕引英賓。」曹植《白馬篇》：「仰手接飛猱，俯身散馬蹄。」

〔二〕稻粱二句：仇注：「欲謀稻粱，須身就農列，惜田園榛草日已荒迷耳。」按，稻粱謂謀食，此言入幕。既就列幕中，故榛草遂漸荒迷。《論語·季氏》：「周任有言曰：陳力就列，不能者止。」

〔三〕蓄積二句：班昭《女誡》：「吾性疏頑。」謝靈運《山居賦》：「畦町所藝，含蕊藉芳。」仇注：「思出江漢，則蜀難久留；但舊畦仍在，未免惑志耳。」

〔四〕暫酬二句：仇注：「分謂分誼。」《三國志·魏書·臧洪傳》：「杖策携背，虧交友之分。」又：

「年爲吾兄，分爲篤友。」按，此分即分義、本分之分。《百家注》趙注：「知己謂嚴公，言既稍酬報知己之分，乃因遂歸故林爾。」

宿府

清秋幕府井梧寒①〔一〕，獨宿江城蠟炬殘②。永夜角聲悲自語，中天月色好誰看〔二〕？風塵荏苒音書絶〔三〕，關塞蕭條行路難。已忍伶俜十年事〔四〕，强移栖息一枝安。（0882）

【校】

①梧，宋本、錢箋校：「一作桐。」

②炬，宋本、錢箋校：「一作燭。」

【注】

黄鶴注：當是廣德二年（七六四）秋在府中作。

〔一〕清秋句：庾肩吾《賦得有所思》：「井梧生未合，宫槐卷復稀。」

〔二〕永夜二句：謝靈運《擬魏太子鄴中集·徐幹》：「行觴奏悲歌，永夜繫白日。」

〔三〕風塵句：潘岳《悼亡詩》：「荏苒冬春謝，寒暑忽流易。」《文選》李善注：「荏苒，猶漸也。冉冉歲月流貌也。」

〔四〕已忍句：仇注引邵寶云：「自禄山初反，至此爲十年。」又顧注謂自乾元初弃官至廣德二年爲七年，其云「十年」者，舉成數耳。

遣悶奉呈嚴鄭公二十韻①

白水魚竿客，清秋鶴髮翁〔一〕。胡爲來幕下②，衹合在舟中。黄卷真如律，青袍也自公〔二〕。老妻憂坐痺，幼女問頭風〔三〕。平地專欹倒，分曹失異同〔四〕。禮甘衰力就，義忝上官通〔五〕。疇昔論詩早，光輝仗鉞雄。寬容存性拙，剪拂念途窮〔六〕。露裛思藤架，烟霏想桂叢〔七〕。信然龜觸網，直作鳥窺籠〔八〕。西嶺紆村北，南江繞舍東〔九〕。竹皮寒舊翠，椒實雨新紅〔一〇〕。浪簸船應拆③，杯乾甕即空。藩籬生野徑，斤斧任樵童。束縛酬知己，蹉跎效小忠〔一一〕。周防期稍稍，太簡遂忽忽〔一二〕。曉入朱扉啓，昏歸畫角終〔一三〕。不成尋别業〔一四〕，未敢息微躬。烏鵲愁

銀漢，鴛鮐怕錦幪〔一五〕。會希全物色，時放倚梧桐〔一六〕。（0883）

【校】

① 嚴鄭公，錢箋、《九家》作「嚴公」，錢箋校：「吴本有鄭字。」

② 來，宋本、錢箋校：「一作居。」

③ 拆，宋本、《草堂》校：「一作折。」錢箋、《九家》作「坼」。

【注】

黄鶴注：作於廣德二年（七六四）秋。

〔一〕清秋句：庾信《竹杖賦》：「噫，子老矣。鶴髮雞皮，蓬頭歷齒。」

〔二〕黄卷二句：《唐六典》卷一三御史臺：「臺中有黄卷，不糾舉所職則罰之。」「主簿掌印及受事發辰、句檢稽失。兼知官厨及黄卷。」《唐會要》卷六二《御史臺雜録》：「（天寶）四載十一月十六日敕：御史宜依舊制，黄卷書缺失，每歲委知雜御史長官比類能否，送中書門下，改轉日褒貶。」趙璘《因話録》卷五：「食畢，則主簿持黄卷揖曰：『請舉事。』於是臺院白雜端曰：『舉事。』則舉曰：『某姓侍御有某過，請准條。』主簿書之。……凡見黄卷罰直，遇赦悉免。」李翺《勸河南尹復故事書》：「河南府版榜縣於食堂北梁，每年寫黄紙，號曰黄卷。其一條曰：『司録入院，諸官於堂上序立，司録揖，然後坐。』……前尹因取黄卷簡條省之，使人以黄卷示司録，

曰：『黄卷是故事，豈得責人執守？』當司録所過狀注判云：『黄卷有條，即爲故事，依榜。』」是官司律條、記過皆書於黄卷。朱鶴齡注：「真如律、也自公，言幕下之禮亦同於朝廷也。」青袍，見卷二《徒步歸行》(0054)注。仇注：「今青袍從事，亦自公而退矣。」

〔三〕老妻二句：嵇康《與山巨源絶交書》：「危坐一時，痹不得摇。」《黄帝内經素問·痺論》：「風、寒、濕三氣雜至，合而爲痺也。其風氣勝者爲行痺，寒氣勝者爲痛痺，濕氣勝者爲著痺也。」《三國志·魏書·華佗傳》：「太祖苦頭風，每發，心亂目眩，佗針鬲，隨手而差。」

〔四〕平地二句：欹倒，欹斜。此謂在平地亦欹傾欲倒。《百家注》趙注：「言其散秩，在府中所坐之曹，不專其事而分之，不知爲異爲同也。」王嗣奭《杜臆》：「觀公此詩，誰云傲誕哉？即幕僚不合，止云『分曹失異同』。而『平地專欹倒』，且自分其過。」仇注：「異同，意見不侔。」楊倫云：「失異同，失於有異同也。二句言公在幕中既患老病，復與同僚多意見不侔。」按，幕府分曹，各有職守，此謂既昏聵而不明其異同。

〔五〕禮甘二句：《論語·季氏》：「陳力就列。」《百家注》趙注：「上官指嚴武也。」

〔六〕剪拂：見卷六《七月三日亭午已後較熱退晚加小凉穩睡有詩因論壯年樂事戲呈元二十一曹長》(0292)注。

〔七〕桂叢：《楚辭·招隱士》：「桂樹叢生兮山之幽，偃蹇連蜷兮枝相繚。」

〔八〕信然二句：《史記·龜策列傳》：「江使神龜使於河，至於泉陽，漁者豫且舉網得而囚之。」仇注：「觸網、窺籠，言不得遂己優游之性。」

〔九〕南江：錢箋：「南江，即二江也。」《元和郡縣圖志》卷三一成都府成都縣：「大江，一名汶江，一名流江，經縣南七里。蜀守李冰穿二江成都中，皆可行舟，溉田萬頃。」

〔一〇〕椒實句：《詩·唐風·椒聊》：「椒聊之實，蕃衍盈升。」

〔一一〕束縛二句：《史記·魯仲連鄒陽列傳》：「束縛桎梏，辱也。」《南越列傳》：「吕嘉小忠，令佗無後。」

〔一二〕周防二句：杜預《春秋左氏傳序》：「聖人包周身之防。」《説苑·修文》：「雍之所以得稱南面者，問子桑伯子於孔子，孔子曰：『可也，簡。』仲弓曰：『居敬而行簡，以道民，不亦可乎？居簡而行簡，無乃太簡乎？』子曰：『雍之言然。』」仇注：「雖涉世亦念周防，而生性終傷太簡。」

〔一三〕曉入二句：周必大《二老堂詩話》：「杜子美爲劍南參謀，《遣悶呈嚴鄭公》詩云……韓退之爲武寧節度使推官，《上張僕射書》云：『使院故事，晨入夜歸，非有疾病事故，輒不許出。抑而行之，必發狂疾。』乃知唐制，藩鎮之屬皆晨入昏歸，亦自少暇。如牛僧孺待杜牧之，固不以常禮也。」

〔一四〕不成句：朱鶴齡注：「別業，即草堂。」

〔一五〕烏鵲二句：《百家注》趙注：「言如烏鵲之微，力不任於填河；駑駘之蹇，不足以被錦幪之飾。」參卷九《臨邑舍弟書至苦雨黄河泛溢隄防之患簿領所憂因寄此詩用寬其意》(0437)「烏鵲毛」注。徐陵《紫騮馬》：「玉鐙繡纏鬃，金鞍錦覆幪。」

〔一六〕會希二句：《後漢書·逸民傳》嚴光：「乃變名姓，隱身不見。帝思其賢，乃令以物色訪之。」物

色即形貌。朱鶴齡注：「物色，謂形容之老。」《莊子・德充符》：「倚樹而吟，據槁梧而瞑。」

送舍弟頻赴齊州三首①〔一〕

岷嶺南蠻北，徐關東海西〔二〕。此行何日到，送汝萬行啼。絶域唯高枕，清風獨杖藜。危時暫相見，衰白意都迷。（0884）

【校】

① 頻，《九家》、《草堂》作「潁」，《草堂》校：「一作頻。」

【注】

黄鶴注：廣德二年（七六四）作。

〔一〕弟頻：「頻」或當作「潁」。參卷三《乾元中寓居同谷縣作歌七首》（0154）注。

〔二〕岷嶺二句：朱鶴齡注：「南蠻，南詔蠻也。」劍南以南諸國皆入《南蠻傳》。徐關，見卷九《臨邑舍弟書至苦雨黄河泛溢隄防之患簿領所憂因寄此詩用寬其意》（0437）注。

風塵暗不開，汝去幾時來？兄弟分離苦，形容老病催。江通一柱觀，日落望鄉臺〔一〕。客意長東北，齊州安在哉？（0885）

【注】

〔一〕江通二句：一柱觀，見卷七《送高司直尋封閬州》（0359）注。望鄉臺，見卷一一《雲山》（0631）注。

諸姑今海畔，兩弟亦山東〔一〕。去傍干戈覓，來看道路通。短衣防戰地〔二〕，匹馬逐西風①。莫作俱流落，長瞻碣石鴻〔三〕。（0886）

【校】

①西，錢箋、《九家》、《草堂》作「秋」。

【注】

〔一〕諸姑二句：黄鶴注：「按公作《范陽太君盧氏墓志》，審言之女，薛氏所出者適魏上瑜、裴榮期、盧正均，皆前卒。盧氏所出者適京兆王佑，會稽賀撝。會稽瀕於海也。」朱鶴齡注：「兩弟，謂觀與豐。」

〔二〕短衣句：《百家注》趙注：「時吐蕃未息，故戎服以在防戰之地。」按，《說文》：「襦，短衣也。」《急就篇》顏師古注：「短衣曰襦，自膝已上。」詩止言此，非謂戎服。仇注以趙武靈王胡服騎射事釋之，恐非。

〔三〕長瞻句：《淮南子·覽冥訓》：「過歸雁於碣石。」劉峻《廣絶交論》：「附駔驥之旄端，軼歸鴻於碣石。」碣石，見卷二《北征》(0052)、卷六《昔游》(0288)注。

嚴鄭公堦下新松 得霑字。

弱質豈自負，移根方爾瞻。細聲聞玉帳①，疏翠近珠簾。未見紫烟集〔一〕，虛蒙清露霑。何當一百丈，欹蓋擁高簷〔二〕。（0887）

【校】

①聞，宋本、錢箋、《九家》校：「一作侵。」《草堂》校：「一作隱。」

【注】

黃鶴注：當是廣德二年（七六四）作。

〔一〕未見句：郭璞《游仙詩》：「赤松臨上游，駕鴻乘紫烟。」仇注謂紫烟蓋指紫禁，非是。

〔二〕何當二句：《抱朴子·對俗》：「千歲松樹，四邊披越，上杪不長，望而視之，有如偃蓋。」

嚴鄭公宅同詠竹得香字。

緑竹半含籜〔一〕，新梢纔出牆。色侵書院晚，陰過酒樽涼。雨洗娟娟浄，風吹細細香。但令無剪伐，會見拂雲長。（0888）

【注】

黄鶴注：當是廣德二年（七六四）夏作。

〔一〕緑竹句：謝靈運《於南山往北山經湖中瞻眺》：「初篁苞緑籜，新蒲含紫茸。」《文選》李善注：「籜，竹皮也。」

奉觀嚴鄭公廳事岷山沱江畫圖十韻得忘字。①

沱水流中座②〔一〕，岷山到此堂③。白波吹粉壁④，青嶂插雕梁。直訝杉松冷，

兼疑菱荇香。雪雲虚點綴，沙草得微茫。嶺雁隨毫末，川蜺飲練光〔二〕。霏紅洲蘂亂，拂黛石蘿長〔三〕。暗谷非關雨⑤，丹楓不爲霜⑥。秋成玄圃外⑦，景物洞庭傍〔四〕。繪事功殊絶，幽襟興激昂。從來謝太傅，丘壑道難忘〔五〕。(0889)

【校】

①得忘字，宋本無此三小字，據錢箋補。

②流，錢箋校：「一作臨。」《九家》、《草堂》作「臨」。

③到，宋本、錢箋、《草堂》校：「一作對。」《九家》作「赴」。　此，錢箋校：「一作北。」《草堂》作「北」。

④吹，錢箋校：「一作侵。」

⑤暗谷，錢箋校：「一作谷暗。」《草堂》作「谷暗」。

⑥丹楓，錢箋校：「一作楓丹。」《草堂》作「楓丹」。

⑦成，宋本、錢箋、《草堂》校：「一作城。」

【注】

黄鶴注：廣德二年（七六四）作。

〔一〕沱水：見卷一一《贈別何邕》(0725)注。

〔二〕嶺雁二句：朱鶴齡注：「毫末，筆毫之末。練光，素練之光也。」《爾雅·釋天》：「螮蝀，虹也。蜺爲挈貳。」注：「蜺，雌虹也。」王褒《玄圃浚池臨泛奉和》：「石壁如明鏡，飛橋類飲虹。」沈約《登臺望秋月》：「望秋月，秋月光如練。」

〔三〕霏紅二句：謝朓《詠薔薇》：「發萼初攢紫，餘采尚霏紅。」周南《晚妝》：「拂黛雙蛾飛，調脂豔桃發。」江淹《惜晚春應劉秘書》：「水苔方下蔓，石蘿日上尋。」

〔四〕秋成二句：玄圃，見卷二《奉先劉少府新畫山水障歌》(0080)注。洞庭，見卷六《寄韓諫議》(0278)注。

〔五〕從來二句：《晉書·謝安傳》：「安雖放情丘壑，然每游賞，必以妓女從。」

晚秋陪嚴鄭公摩訶池泛舟〔一〕得溪字。

湍駛風醒酒〔二〕，船回霧起隄①。高城秋自落〔三〕，雜樹晚相迷。坐觸鴛鴦起，巢傾翡翠低。莫須驚白鷺，爲伴宿青溪〔四〕。(0890)

【校】

①回，錢箋校：「一作行。」

【注】

黄鶴注：當是廣德二年（七六四）作。

〔一〕摩訶池：《分門》魯曰：「池在使府内，蕭摩訶所開，因是得名。」《元和郡縣圖志》卷三一成都府州城：「摩訶池，在州中城内。」《太平寰宇記》卷七二益州：「汙池，一名摩訶池，昔蕭摩訶所置，在錦城西。」《方輿勝覽》卷五一成都府：「躍龍池，在成都縣東南十二里。隋開皇中欲伐陳，鑿大池以教水戰」，「隋蜀王秀取土築廣子城，因爲池，有胡僧見之，曰摩訶宫毗羅。蓋胡僧謂摩訶爲大，宫毗羅爲龍，謂此池廣大有龍耳。又云摩訶池，或云蕭摩訶所開。」張唐英《蜀檮杌》卷上：「（前蜀）改元武成……十月，下僞詔改堂宇廳館爲宫殿……摩訶池爲龍躍池。」

〔二〕湍駛句：鮑照《望水》：「流駛巨石轉，湍回急沫上。」

〔三〕高城句：潘岳《秋興賦》：「感冬索而春敷兮，嗟夏茂而秋落。」

〔四〕爲伴句：《九家》趙注：「青溪，公指浣花溪爾。」

初冬

垂老戎衣窄，歸休寒色深①。漁舟上急水，獵火著高林〔一〕。日有習池醉②，愁來梁甫吟〔二〕。干戈未偃息，出處遂何心？（0891）

【校】

①休，《草堂》校：「一作來。」色，宋本、錢箋校：「一作氣。」

②有，《草堂》作「暮」。

【注】

黄鶴注：廣德二年（七六四）十月，嚴武攻吐蕃鹽川城，克之。公時在幕府，故亦衣戎衣也。

〔一〕獵火句：庾信《上益州上柱國趙王》：「寒沙兩岸白，獵火一山紅。」

〔二〕日有二句：習池，見本卷《將赴成都草堂途中有作先寄嚴鄭公五首》（0860）注。《九家》趙注：「謂陪嚴武出也。」梁甫吟，見卷一一《登樓》（0655）注。

正月三日歸溪上有作簡院内諸公

野外堂依竹，籬邊水向城。蟻浮仍臘味〔一〕，鷗泛已春聲。藥許鄰人斸，書從稚子擎〔二〕。白頭趨幕府，深覺負平生〔三〕。（0892）

【注】

黄鶴注：當是永泰元年（七六五）作。

〔一〕蟻浮句：蟻浮，見卷九《贈特進汝陽王二十韻》(0417)注。仇注引顧注：「臘味，酒造於臘月也。」參卷一〇《臘日》(0515)注。

〔二〕藥許二句：《百家注》趙注：「(上句)公之不吝如此。(下句)言文書多任稚子也。」黄鶴注：「種藥本以濟世，故許人斸；藏書本以教兒，故任子擎。」按，詩簡院内諸公，書當指書簡。

〔三〕白頭二句：《百家注》趙注：「公歎老而猶仕耳。公與嚴故人，故顯言之，别無指旨。」仇注：「不得遂其立朝素志，故云深負。」

敝廬遣興奉寄嚴公

野水平橋路，春沙映竹村。風輕粉蝶喜，花暖蜜蜂喧。把酒宜深酌①，題詩好細論。府中瞻暇日，江上憶詞源〔一〕。跡忝朝廷舊②，情依節制尊〔二〕。還思長者轍，恐避席爲門〔三〕。(0893)

【校】

① 宜，錢箋、《九家》作「且」，錢箋校：「一作宜。」

② 忝，錢箋校：「一作寄。」《草堂》作「寄」。

【注】

黄鶴注：是寶應元年（七六二）武節制兩府時作也。廣德二年、永泰元年春武雖俱在成都，而是時正合東西川爲節度使矣，不應云「節制」。仇注：當是永泰元年（七六五）春自幕府回草堂時作，故云「幕府瞻暇日」。

〔一〕詞源：見卷一《醉歌行》（0020）注。

〔二〕情依句：節制，指節度使。《唐會要》卷七八：「（元和十三年二月）詔：事關軍旅，並屬節制；務繫州縣，悉歸察廉。」岑參《送狄員外巡按西山軍》：「莫辭冒險艱，可以裨節制。」

〔三〕還思二句：《史記·陳丞相世家》：「家乃負郭窮巷，以弊席爲門，然門外多有長者車轍。」

春日江村五首

農務村村急〔一〕，春流岸岸深。乾坤萬里眼，時序百年心。茅屋還堪賦，桃源自可尋〔二〕。艱難賤生理①，飄泊到如今。（0894）

【校】

①賤，宋本、錢箋校：「一作淺。陳作昧。」《草堂》作「昧」，校：「一作淺。一作賤。」

【注】

黃鶴注：當是永泰元年（七六五）歸溪上後作。

〔一〕農務句：陶淵明《移居》：「農務各自歸，閑暇輒相思。」

〔二〕茅屋二句：賦，指賦税。桃源，見卷二《北征》（C052）注。

迢遞來三蜀，蹉跎有六年①〔一〕。客身逢故舊，發興自林泉。過懶從衣結，頻游任履穿〔二〕。藩籬無限景②，恣意買江天③〔三〕。（0895）

【校】

①有，宋本、錢箋校：「一作又。」《草堂》作「又」。

②無限景，宋本、錢箋校：「陳、川本並作頗無限。」《草堂》校：「陳作頗無限。」

③買，宋本、錢箋、《草堂》校：「一作向。」

【注】

〔一〕迢遞二句：左思《蜀都賦》：「三蜀之豪，時來時往。」《文選》劉逵注：「三蜀，蜀郡、廣漢、犍爲也。本一蜀國，漢高祖分置廣漢，漢武帝分置犍爲。」黃鶴注：「公自乾元二年冬入蜀，到此已

經六年矣。」

〔二〕過懶二句：《藝文類聚》卷六七引王隱《晉書》：「董威輦每得殘碎繒，輒結以爲衣，號曰百結。」施鴻保謂此「結」字指衣不熨貼，多皺痕，所謂打結。《莊子・山木》：「士有道德不能行，憊也。衣弊履穿，貧也，非憊也。」

〔三〕恣意句：《分門》師曰：「言江天恣意賞眺，不費錢買也。」按，《世説新語・排調》：「支道林因人就深公買印山，深公答曰：『未聞巢由買山而隱。』」此用其意。

種竹交加翠，栽桃爛漫紅。經心石鏡月〔一〕，到面雪山風。赤管隨王命，銀章付老翁〔二〕。豈知牙齒落，名玷薦賢中。（0896）

【注】

〔一〕石鏡：見卷一一《石鏡》（0679）注。

〔二〕赤管二句：《藝文類聚》卷五八引《漢官儀》：「尚書令僕丞郎，月給赤管大筆一雙。」銀章，《初學記》卷二六引衛宏《漢舊儀》：「中二千石，銀印龜鈕，文曰章。」此當指佩魚袋。《舊唐書・輿服志》：「咸亨三年五月，五品已上賜新魚袋，並飾以銀。……自武德已來，皆正員帶闕官始佩魚袋。……自後恩制賜賞緋紫，例兼魚袋，謂之章服，因之佩魚袋、服朱紫者衆矣。」《舊唐書・杜甫傳》：「奏爲節度參謀、檢校尚書工部員外郎，賜緋魚袋。」李白《贈劉都使》：「一鳴即朱紱，

五十佩銀章。」

扶病垂朱紱，歸休步紫苔〔一〕。郊扉存晚計①，幕府愧羣材。燕外晴絲卷，鷗邊水葉開。鄰家送魚鼈，問我數能來。（0897）

【校】

① 存，宋本、錢箋校：「一作在。」

【注】

〔一〕扶病二句：朱紱，指賜緋。見卷九《寄高三十五書記》（0443）注。沈約《冬節後至丞相第詣世子車中》：「賓階綠錢滿，客位紫苔生。」

羣盜哀王粲，中年召賈生。登樓初有作，前席竟爲榮〔一〕。宅入先賢傳，才高處士名〔二〕。異時懷二子，春日復含情〔三〕。（0898）

【注】

〔一〕登樓二句：登樓，見卷五《短歌行》（0249）注。前席，見本卷《過故斛斯校書莊二首》（0876）注。

〔二〕宅入二句：《元和郡縣圖志》卷二九潭州長沙縣：「賈誼宅，在縣南四十步。」王粲宅，見卷一一《一室》(0616)注。朱鶴齡注：「處士名，言王、賈之才不遇於時，猶之處士而已。」

〔三〕異時二句：《史記・平準書》：「異時算軺車賈人緡錢。」索隱：「異時，猶昔時也。」此即不同時之義。亦可指後日。游方《任城縣橋亭記》：「會方有公車之召，請俟於異時。」朱鶴齡注：「公依嚴武，似王粲荆州。官幕僚，似賈生王傅。故此詩以二子自況，因以自悲也。宅空載於先賢，名實同於處士，二語正爲卜居草堂、吏隱使府發歎，寄感甚深。」按，以才高之語觀之，未始不有自矜之意。

絶句六首

日出籬東水，雲生舍北泥。竹高鳴翡翠，沙僻舞鵾雞①〔一〕。(0899)

【校】

① 鵾，錢箋校：「一作鶤。」

【注】

黄鶴注：當是廣德二年(七六四)春晚自閬州歸草堂時作。

〔一〕鵾雞：見卷三《兩當縣吴十侍御江上宅》(0139)注。

藹藹花蘂亂，飛飛蜂蝶多。幽栖身懶動，客至欲如何？（0900）

鑿井交椶葉〔一〕，開渠斷竹根。扁舟輕褭纜，小逕曲通村。（0901）

【注】

〔一〕鑿井句：錢箋引吴若本注：「交椶，作井綆也。」朱鶴齡注引趙曰：「蜀有鹽井，雨露之水落其中則壞，新鑿井時即交椶葉以覆之。」仇注：「二説皆非，汲綆用椶毛，不用椶葉。此井在村中，於鹽井無涉。」「井在椶下，故葉交加。」

急雨捎溪足〔一〕，斜暉轉樹腰。隔巢黄鳥並，翻藻白魚跳。（0902）

【注】

〔一〕急雨句：仇注：「捎溪足，雨勢掠過也。」

舍下笋穿壁，庭中藤刺簷①。地晴絲冉冉，江白草纖纖。（0903）

【校】

① 刺，宋本、錢箋、《草堂》校：「一作到。」

江動月移石，溪虛雲傍花。鳥栖知故道，帆過宿誰家？（0904）

絶句四首

堂西長笋別開門，塹北行椒却背村〔一〕。梅熟許同朱老喫，松高擬對阮生論。

朱、阮，劍外相知。（0905）

【注】

黄鶴注：當是寶應元年（七六二）四月作。永泰元年四月嚴武卒，公行出蜀，恐非此年作。仇注從朱鶴齡注，編入廣德二年（七六四）。

〔一〕塹北句：仇注：「行椒，椒之成行者。」

欲作魚梁雲復湍①〔一〕，因驚四月雨聲寒。青溪先有蛟龍窟，竹石如山不敢安〔二〕。（0906）

【校】

①復，宋本、錢箋、《草堂》校：「一作覆。」

【注】

〔一〕魚梁：見卷一一《田舍》（0624）注。

〔二〕青溪二句：《百家注》趙注：「魚梁，劈竹積石，横截中流以爲聚魚之區也。以溪下有蛟龍，時興雲雨，雖以魚梁人之所利也，而公不敢犯害以就利，異乎世人徑行直前，惟利是謀矣。」浦起龍云：「竹石皆爲梁之具，不敢安，非真不安也，雨止雲收即安矣。」

兩個黃鸝鳴翠柳〔一〕，一行白鷺上青天。窗含西嶺千秋雪，門泊東吴萬里船〔二〕。西山白雪，四時不消。（0907）

【注】

〔一〕個：參卷七《夜歸》(0347)注。

〔二〕窗含二句：《元和郡縣圖志》卷三二西川松州嘉誠縣：「雪山，在縣東八十里，春夏常有積雪，故名。」范成大《吳船録》卷上：「是日泊舟合江亭下……蜀人入吳者皆自此登舟。其西則萬里橋，諸葛孔明送費禕使吳曰：『萬里之行始於此。』後因以名橋。杜子美詩曰『門泊東吳萬里船』。此橋正爲吳人設。」參卷一一《卜居》(0615)注。

藥條藥甲潤青青①，色過棕亭入草亭〔一〕。苗滿空山慚取譽，根居隙地怯成形〔二〕。(0908)

【校】

① 藥甲，「藥」錢箋校：「一作菜。」

【注】

〔一〕藥甲：參卷一〇《蒹葭》(0583)注。

〔二〕根居句：仇注引吳論：「成形，如人參成人形，茯苓成禽獸形之類。」

陪李七司馬皁江上觀造竹橋即日成往來之人免冬寒入水聊題短作簡李公二首①〔一〕

伐竹爲橋結構同，褰裳不涉往來通〔二〕。天寒白鶴歸華表，日落青龍見水中〔三〕。顧我老非題柱客〔四〕，知君才是濟川功。合歡却笑千年事②，驅石何時到海東〔五〕？（0909）

【校】

①二首，《九家》、《草堂》無二字。次首《九家》、《草堂》題作「觀作橋成月夜舟中有述還呈李司馬」。

②歡，錢箋校：「考異作觀。」

【注】

黄鶴注：當是上元二年（七六一）冬在蜀州作。

〔一〕李七司馬：名不詳。《元和郡縣圖志》卷三一蜀州唐興縣：「鄠江，一名皁江，經縣東二里。出𡸣金。」《蜀中廣記》卷五温江縣引任慥《渠堰志》：「九昇口堰，其源出於皁江，至郫之栅頭别流

爲温江口，而九昇口者，實兩江之匯也。」引此詩。

〔二〕褰裳句：《詩·鄭風·褰裳》：「子惠思我，褰裳涉溱。」

〔三〕天寒二句：《異苑》卷三：「晋太康二年冬，大寒。南洲人見二白鶴語於橋下曰：『今兹寒，不減堯崩年也。』於是飛去。」《藝文類聚》卷七八引《搜神記》：「遼東城門有華表柱，忽有一白鶴集柱頭。時有少年，舉弓欲射之，鶴乃飛，徘徊空中而言曰：『有鳥有鳥丁令威，去家千歲今來歸。城郭如故人民非，何不學仙冢壘壘。』」《百家注》趙注：「橋前二柱曰華表柱。」朱鶴齡注：「此華表是言橋柱，李義山詩：『灞水橋邊倚華表。』」華表，見卷八《入衡州》（0403）注。按，當是橋當交衢而有華表，非橋柱謂之華表。《朝野僉載》卷五：「趙州石橋甚工，磨礲密緻如削焉。望之如初日出雲，長虹飲澗。……至天后大足年，默啜破趙、定州，賊欲南過，至石橋，馬跪地不進，但見一青龍卧橋上，奮迅而怒，賊乃遁去。」仇注：「青龍，用費長房竹杖事，切竹橋也。《楚辭》：『麾蛟龍以津梁。』知橋可稱龍。」費長房事，見卷四《桃竹杖引》（0202）注。

〔四〕題柱：見卷九《投贈哥舒開府翰二十韻》（0412）注。

〔五〕合歡二句：《藝文類聚》卷六引《三齊略記》：「始皇作石塘，欲過海看日出處，時有神人，能驅石下海，石去不速，神輒鞭之，皆流血，至今悉赤。」

把燭成橋夜①，回舟坐客時②。天高雲去盡，江迴月來遲。衰謝多扶病，招邀

屢有期。異方乘此興，樂罷不無悲。（0910）

【校】

①成橋，宋本、錢箋校：「一作橋成。」

②坐客，宋本、錢箋校：「一作客坐。」《草堂》作「客坐」。

李司馬橋了承高使君自成都回〔一〕

向來江上手紛紛，三日成功事出羣。已傳童子騎青竹①，總擬橋東待使君〔二〕。（0911）

【校】

①竹，錢箋校：「一作馬。」《草堂》作「馬」。

【注】

黄鶴注：同上篇爲上元二年（七六一）作。

〔一〕高使君：高適。見卷一一《奉簡高三十五使君》(0701)注。

〔二〕已傳二句：《後漢書·郭伋傳》：「乃調伋爲并州牧。……始至行部，到西河美稷，有童兒數百，各騎竹馬，道次迎拜。伋問：『兒曹何自遠來？』對曰：『聞使君到，喜，故來遠迎。』」

江上值水如海勢聊短述①

爲人性僻耽佳句，語不驚人死不休〔一〕。老去詩篇渾漫興，春來花鳥莫深愁〔二〕。新添水檻供垂釣，故著浮槎替入舟。焉得思如陶謝手，令渠述作與同游〔三〕。(0912)

【校】

①值，宋本、錢箋校：「一作置。」

【注】

黄鶴注：當爲寶應元年(七六二)春作。仇注編入上元二年(七六一)。

〔一〕爲人二句：黄徹《䂬溪詩話》卷二：「吴邁遠好自高，而蚩鄙他人，每作詩得稱意語，輒以擲地

下大呼曰：『曹子建何足數哉！』袁嘏謂人曰：『我詩有生氣，亦以用心深苦。俄而有得，宜不勝其喜也。』子美云『語不驚人死不休』，貫休謂『得句先呈佛』，皆爲此也。」

〔二〕老去二句：《百家注》趙注：「耽佳句而語驚人，言其平昔如此。今老矣，所爲詩則漫與而已，無復有意於驚人也。故寄語花鳥，無用深愁耳。」薛雪《一瓢詩話》：「一友與余論詩，引朱竹垞、王阮亭兩先生云：杜詩中『老去詩篇渾漫興』，是『漫與』，錢虞山改爲『漫興』。余曰：先曾祖注杜詩一首，今坊間流傳《杜詩七律薛注》者是也，係天啓初刻本，其中亦是『漫興』，可見虞山箋本以前已皆如是。若果所改，必非無據。朱、王兩公，南北名家，騷壇宗匠，亦非無見者。改『漫興』而對『深愁』，恐無其説。姑互存之。」仇注：「諸家因前題《漫興》九首，遂並此亦作『漫興』。按上聯有『句』字，次聯又用『興』字，不宜疊見去聲。」

〔三〕焉得二句：鍾嶸《詩品》卷下：「王微風月，謝客山泉……陶公《詠貧》之製、惠連《擣衣》之作，斯皆五言之警策者也。」李白《早夏於將軍叔宅與諸昆季送傅八之江南序》：「陶公愧田園之能，謝客慚山水之美。」獨孤及《唐故揚州慶雲寺律師一公塔銘》：「騷雅之遺韻，陶謝之缺文，公能綴之。」仇注：「陶謝，謂淵明、惠連。」

田雯《古歡堂雜著》卷三：「少陵《江上值水如海勢》詩……申鳧盟《説杜》甚譊讓之，謂與題無涉，此老無故作矜詩語，抑又陋矣。余初學時亦以爲然。後官楚，入黃州，泊舟港口，約葉井叔登赤鼻絕頂，縱目千里，命酒豪飲，俄而潮平月上，風露蒼涼，的白鶴數百隻鳴於樹

間。……因悟少陵此詩蓋目觸江上光景，思成佳句，以吟詠其奔濤駭浪之勢而不可得，廢然長歎，曰『性癖』，曰『驚人』，言平生所篤嗜在詩也。曰老去漫興，與『晚節漸於詩律細』似不相屬，謙辭也。曰花鳥莫深愁，言詩人刻毒，遇一花一鳥摹寫無餘，能令花鳥愁也，今老無佳句，不必深愁矣。花鳥尚然，況值此江勢之大，閉口束手，能復有驚人篇章耶？故只可添水檻以垂釣，著浮槎以閑游而已。若述作之手，非陶、謝不可，吾則何敢。悠悠千載，猶思慕陶、謝不置焉。少陵殆抑然自下者，全無矜誇語氣。言在題外，神合題中，而江如海勢之奇觀，隱躍紙上矣。何謂無涉？固哉鳧盟之説杜也。」

寄杜位〔一〕位京中宅近西曲江。詩尾有述。

近聞寬法離新州①〔二〕，想見懷歸尚百憂。逐客雖皆萬里去，悲君已是十年流。干戈況復塵隨眼②，鬢髮還應雪滿頭③。玉壘題書心緒亂，何時更得曲江游〔三〕？（0913）

【校】

① 離，宋本、錢箋校：「一云別。」

②塵，錢箋、《草堂》校：「一云行。」

③雪，宋本、錢箋、《草堂》校：「一云白。」

【注】

黄鶴注：當是上元二年（七六一）自成都赴青城時作。自天寶十一載至今爲十年。

〔一〕杜位：見卷九《杜位宅守歲》（0465）注。《舊唐書·李林甫傳》：「國忠素憾林甫，既得志，誣奏林甫蕃將阿布思同構逆謀，誘林甫親族間素不悦者爲之證。詔奪林甫官爵，廢爲庶人，岫、峴諸子並謫於嶺表。」朱鶴齡注：「位因李林甫婿貶官，林甫十一載十一月卒，則位之貶必在十二載。自十二載癸巳至上元二年辛丑爲九年，詩舉成數，故云『十年流』也。」

〔二〕近聞句：《舊唐書·地理志》嶺南道：「新州，隋信安郡之新興縣。……東至廣州義寧縣四十一里，北至端州一百四十里……至京師五千五十二里，至東都五千里。」

〔三〕玉壘二句：玉壘，見卷一一《登樓》（0655）注。曲江，見卷一《九日寄岑參》（0025）注。

題桃樹

小徑升堂舊不斜，五株桃樹亦從遮〔一〕。高秋總餧貧人實①，來歲還舒滿眼

花。簾户每宜通乳燕，兒童莫信打慈鴉〔二〕。寡妻羣盜非今日，天下車書正一家②〔三〕。（0914）

【校】

① 餧，錢箋校：「一作餽。」《草堂》作「餽」，校：「一作餧。」

② 正，錢箋校：「一作已。」《草堂》作「已」。

【注】

黄鶴注：當是廣德二年（七六四）自閬州歸成都時作。《趙次公先後解》編入大曆元年（七六六）雲安詩。

〔一〕小徑二句：鮑照《擬行路難》：「中庭五株桃，一株先作花。」

〔二〕簾户二句：鮑照《采桑》：「乳燕逐草蟲，巢蜂拾花萼。」莫信，莫許。《趙次公先後解》：「不許其如此，謂之莫信任其如此。」慈鴉，慈烏。蕭衍《孝思賦》：「靈蛇銜珠以酬志，慈烏反哺以報親。」

〔三〕寡妻二句：寡妻羣盜，《趙次公先後解》謂用《後漢書·劉盆子傳》呂母事，呂母子爲縣吏，犯小罪，宰論殺之，呂母怨宰，入海中招合亡命。羣盜因之而起。仇注：「丁壯喪亡，寡妻因羣盜所致。」《梁書·武帝紀》：「疆埸多阻，車書未一。」朱鶴齡注：「疑所題者，乃故園之桃也。時方全盛，末逢亂離，故桃亦可懷如此，以歎今之不然。」仇注謂朱注失考：「是時北寇平，蜀亂息，

而吐蕃退矣。」

舍弟占歸草堂檢校聊示此詩〔一〕

久客應吾道，相隨獨爾來。孰知江路近〔二〕，頻爲草堂回。鵝鴨宜長數，柴荆莫浪開。東林竹影薄，臘月更須裁。（0915）

【注】

黄鶴注：當是廣德元年（七六三）避亂在梓閬時作。

〔一〕弟占：隨杜甫入蜀。參卷三《乾元中寓居同谷縣作歌七首》（0154）注。

〔二〕孰知句：《説文》：「孰，食飪也。」段注：「孰與誰雙聲，故一曰誰也。後人乃分别熟爲生熟，孰爲誰孰矣。曹憲曰：顧野王《玉篇》始有熟字。」

暮登四安寺鍾樓寄裴十①迪〔一〕

暮倚高樓對雪峰②，僧來不語自鳴鍾〔二〕。孤城返照紅將斂，近市浮烟翠且

重。多病獨愁常闃寂，故人相見未從容。知君苦思緣詩瘦，大向交游萬事慵③〔三〕。（0916）

【校】

① 四，宋本、錢箋校：「一作西。」

② 高，《草堂》作「鐘」。

③ 大，宋本、錢箋校：「一云太。」《草堂》作「太」。

【注】

黃鶴注：當是永泰元年（七六五）在溪上作。仇注：當是上元二年（七六一）往蜀州時作。

〔一〕裴十迪：見卷一一《和裴迪登新津寺寄王侍郎》（0644）注。《蜀中廣記》卷七新津縣：「《志》又云南二里四安寺，亦神秀創。」引此詩。又卷一〇一詩話記：「杜少陵《暮登四安寺鍾樓寄裴十》，即裴秀才迪也。寺在新津昭覺山，樓與雪峰相對。」《宋高僧傳》卷六《唐彭州丹景山知玄傳》：「乃隨師詣唐興邑四安寺。」

〔二〕暮倚二句：《蜀中廣記》卷七新津縣：「《志》云南一里修覺山，神秀禪師結廬於此，唐明皇駐蹕，爲題『修覺山』三字。……其上爲寶華山，橫跨江表，俯瞰平川，取物華天寶之義也。峰頂多雪，又曰雪峰。」

〔三〕大：見卷一《寄高三十五書記》(0002)注。

觀李固請司馬弟山水圖三首〔一〕

簡易高人意①，匡床竹火爐〔二〕。寒天留遠客，碧海挂新圖。雖對連山好，貪看絶島孤。羣仙不愁思，冉冉下蓬壺〔三〕。(0917)

【校】

①意，宋本、錢箋校：「一作體。」

【注】

黄鶴注：意廣德二年(七六四)冬作。

〔一〕李固：仇注：「李固當是蜀人，其弟曾爲司馬，能寫山水圖。公至固家，固挂其圖於壁，而請公題之也。」

〔二〕匡床句：《淮南子·主術訓》：「匡床蒻席，非不安也。」高誘注：「匡，安也。」張衡《同聲歌》：「思爲莞蒻席，在下蔽匡床。」

〔三〕蓬壺：見卷四《戲題畫山水圖歌》(0178)注。

方丈渾連水，天台總映雲〔一〕。人間長見畫，老去恨空聞①。范蠡舟偏小②，王喬鶴不羣〔二〕。此生隨萬物，何路出塵氛？(0918)

【校】

①老去，宋本、錢箋校：「一作身老。」

②舟偏，《草堂》作「偏舟」。

【注】

〔一〕方丈二句：方丈，見卷四《戲題畫山水圖歌》(0178)注。天台，見卷二《有懷台州鄭十八司户》(0107)注。孫綽《游天台山賦》序：「涉海則有方丈蓬萊，登陸則有四明天台。」

〔二〕范蠡二句：范蠡，見卷四《將適吴楚留别章使君留後兼幕府諸公得柳字》(0199)注。王喬，見卷一《橋陵詩三十韻因呈縣内諸官》(0037)注。

高浪垂翻屋，崩崖欲壓床。野橋分子細①，沙岸繞微茫。紅浸珊瑚短，青懸薜

荔長。浮查並坐得②，仙老暫相將〔一〕。（0919）

【校】

①橋，宋本、錢箋校：「一作樓。」

②並坐得，錢箋、《草堂》校：「一云相並坐。」

【注】

〔一〕浮查二句：《拾遺記》卷一：「堯登位三十年，有巨查浮於西海，查上有光，夜明晝滅，海人望其光，乍大乍小，若星月之出入矣。查常浮繞四海，十二年一周天，周而復始，名曰貫月查，亦名挂星查。羽人栖息其上，羣仙含露，以漱日月之光，則如暝矣。」吴曾《能改齋漫録》卷六釋此詩引之。

散愁二首

久客宜旋旆，興王未息戈。蜀星陰見少，江雨夜聞多。百萬傳深入，寰區望匪它①。司徒下燕趙②，收取舊山河〔一〕。（0920）

【校】

①它，《草堂》作「他」。

②司徒，錢箋夾注：「光弼。」

【注】

黄鶴注：當是乾元二年（七五九）初入蜀時作。仇注：當在上元元年（七六〇）光弼破安太清、史思明之後。若上元二年，王思禮已死，不得致望於尚書矣。

〔一〕司徒二句：李光弼至德二載檢校司徒，乾元元年授司空，上元元年正月進位太尉。此沿舊稱。《舊唐書·肅宗紀》：「（乾元二年九月）庚寅，逆胡史思明陷洛陽，副元帥李光弼守河陽，汝、鄭、滑等州陷賊。」「乙巳，李光弼奏破賊於城下。」「（上元元年）四月甲午，李光弼奏破賊於懷州、河陽。」「十一月乙巳，李光弼奏收懷州。」上元二年二月，李光弼與史思明戰於北邙，官軍敗績。三月，李光弼以失律讓太尉、中書令。五月，來朝，進位太尉，兼侍中，充河南副元帥。

聞道并州鎮，尚書王思禮訓士齊〔一〕。幾時通薊北，當日報關西〔二〕。戀闕丹心破，霑衣皓首啼。老魂招不得〔三〕，歸路恐長迷。（0921）

【注】

〔一〕聞道二句：《舊唐書·肅宗紀》：「（乾元二年七月）丁亥，以兵部尚書、潞州大都督府長史、潞沁節度、霍國公王思禮兼太原尹，充北京留守、河東節度副大使。」「（上元元年閏四月）丁卯，太原尹王思禮進位司空。」「（上元二年五月）河東節度副大使、霍國公王思禮卒。」《元和郡縣圖志》卷一三河東道：「太原府，并州。……武德九年罷郡爲并州總管。……（開元十一年）改并州爲太原府。」

〔二〕幾時二句：朱鶴齡注：「鄴城之潰，惟思禮與光弼軍獨完，尋破思明别將於潞城東，乃當時名將也。故以收薊北、報關西望之。」

〔三〕老魂句：招魂，見卷二《彭衙行》（0070）注。

至後

冬至至後日初長，遠在劍南思洛陽〔一〕。青袍白馬有何意，金谷銅駝非故鄉〔二〕。梅花欲開不自覺，棣萼一别永相望〔三〕。愁極本憑詩遣興，詩成吟詠轉凄涼。（0922）

【注】

黃鶴注：當是廣德二年（七六四）冬在嚴武幕中作。

〔一〕日初長：見卷一〇《至日遣興奉寄北省舊閣老兩院故人二首》（0545）注。

〔二〕青袍二句：青袍白馬，見卷二《洗兵馬》（090）注。朱鶴齡注：「或曰青袍即『青袍也自公』，白馬即『歸來散馬蹄』也。皆在幕府如此，故云有何意。」石崇《金谷詩序》：「有別廬在河南縣界金谷澗中，去城十里，或高或下，有清泉茂林衆果竹柏藥草之屬。」《太平寰宇記》卷三河南府河南縣：「郭緣生《述征記》云：金谷，谷也。地有金水，自太白原南流經此谷，晉衛尉石崇因即川阜而造爲園館。」《水經注》穀水：「渠水又支分，夾路南出，逕太尉、司徒兩坊間，謂之銅駝街。舊魏明帝置銅駝諸獸于閶闔南街。陸機云：駝高九尺，脊出太尉坊者也。」《太平寰宇記》卷三河南府：「銅駝街，陸機《洛陽記》云：漢鑄銅駝二枚，在宮南四會道頭，夾路相對。俗語曰：『金馬門外聚羣賢，銅駝陌上集少年。』言人物之盛也。」朱鶴齡注：「非故鄉，言此豈非吾之故鄉耶。」

〔三〕棣萼句：《詩·小雅·常棣》：「常棣之華，鄂不韡韡。凡今之人，莫如兄弟。」鄂通萼。棣萼喻兄弟。

撥悶①

聞道雲安麴米春，纔傾一盞即醺人〔一〕。乘舟取醉非難事，下峽銷愁定幾巡。

長年三老遥憐汝，棙柂開頭捷有神②〔二〕。已辦青錢防雇直，當令美味入吾脣〔三〕。

（0923）

【校】

① 撥悶，宋本、錢箋、《九家》、《草堂》校：題「一云贈嚴二別駕。」

② 開頭，宋本、錢箋校：「一作鳴鐃。」

【注】

黄鶴注：當是永泰元年（七六五）在忠、渝作。

〔一〕聞道二句：雲安，見卷六《引水》（0260）注。《東坡志林》卷五：「退之詩曰：『百年未滿不得死，且可勤買抛青春。』《國史補》云：『酒有郢之富春，烏程之若下春，滎陽之土窟春，富平之石凍春，劍南之燒春。』杜子美亦云：『聞道雲安麴米春，纔傾一盞便醺人。』裴鉶作《傳奇》，記裴航事，亦有酒名松醪春。乃知唐人名酒多以春，則抛青春亦是酒名也。」

〔二〕長年二句：長年三老，見卷七《最能行》（0322）注。棙柂，見卷八《清明》（0405）注。朱鶴齡注引李實曰：「川中人以掌前梢爲開頭，今名看頭。」王嗣奭《杜臆》：「汝，指麴米春而言，同欲相求，宜其捷也。」

〔三〕已辦二句：《後漢書·桓帝紀》：「其百姓吏民者，以見錢雇直。」王嗣奭《杜臆》：「因語舟子

云：已辨青錢備雇汝之直，當令美味入吾脣矣。」「題云『撥悶』，蓋因心有所悶，爲此謔浪以自寬，勿認作真話。」

登高

風急天高猿嘯哀，渚清沙白鳥飛回①。無邊落木蕭蕭下，不盡長江滾滾來②〔一〕。萬里悲秋常作客③，百年多病獨登臺。艱難苦恨繁霜鬢，潦倒新停濁酒杯〔二〕。（0924）

【校】

①清，《九家》作「濤」。

②滾滾，錢箋、《九家》作「袞袞」。

③秋常，《草堂》作「歌長」。

【注】

黃鶴注：當是廣德元年（七六三）九月在梓州作。朱鶴齡注：詩有「猿嘯哀」之句，定爲夔州作。

〔一〕無邊二句：《楚辭·九歌·湘夫人》：「嫋嫋兮秋風，洞庭波兮木葉下。」

〔二〕潦倒句：嵇康《與山巨源絶交論》：「足下舊知吾潦倒粗疏，不切事情。」朱鶴齡注：「時公以肺病斷飲。」

胡應麟《詩藪》内編卷五：「杜『風急天高』一章五十六字，如海底珊瑚，瘦勁難名，沈深莫測，而精光萬丈，力量萬鈞。通章法、句法、字法，前無昔人，後無來學。微有説者，是杜詩，非唐詩耳。然此詩自當爲古今七言律第一，不必爲唐人七言律第一也。」「若『風急天高』，則一篇之中句句皆律，一句之中字字皆律，而實一意貫串，一氣呵成。驟讀之，首尾若未嘗有對者，胸腹若無意於對者。細繹之，則錙銖鈞兩，毫髪不差，而建瓴走坂之勢，如百川東注於尾閭之窟。至用句用字，又皆古今人必不敢道、決不能道者，真曠代之作也。然非初學士所當究心，亦匪淺識士所能共賞。此篇結句似微弱者，第前六句既極飛揚震動，復作峭快，恐未合張弛之宜，或轉入別調，反更爲全首之累。只如此軟冷收之，而無限悲涼之意，溢於言外，似未爲不稱也。『昆明池水』雖極精工，然前六句力量皆微減，一結奇甚，竟似有意湊砌而成。益見此超絶也。」

賀裳《載酒園詩話》卷一：「文章聲價自定，嗜好終是難齊。如老杜『風急天高』、『玉露凋傷』、『老去悲秋』、『昆明池水』四篇，寧非佳詩，必欲取爲全唐壓卷，固宜來黠者之揶揄也。鍾

生曰：『老杜至處不在此。』自是公論。然選《詩歸》，終不能全刪，仍取『老去悲秋』、『昆明池水』。此所謂定價也。弇州尤愛『風急天高』一章，固是意之所觸，情文相會。猶宋孝宗獨稱『勳業頻看鏡，行藏獨倚樓』耳。然即此一詩，弇州嫌其結弱，劉須溪則云結復鄭重。平心觀之，弱耶重耶？恐兩公未免皆膜外之觀也。此詩作於大曆二年夔州時，『艱難苦恨繁霜鬢，潦倒新停濁酒杯』，自是情與境會之言，不經播遷之恨者，固宜以常法律之。鍾曰：『二句雖一氣，然上語悲，下語謔，微吟自知，不得隨口念過。』愚意此即弇州所云情生於文，正未易論。蓋有出之者偶然，而覽之者實際也。然弇州評此詩曰：『首尾勻稱而斤兩不足。』亦只是較量體格，未及細探情之言。」

九日

去年登高郪縣北，今日重在涪江濱〔一〕。苦遭白髮不相放，羞見黃花無數新。世亂鬱鬱久爲客，路難悠悠常傍人。酒闌却憶十年事，腸斷驪山清路塵〔二〕。

（0925）

【注】

黃鶴注：當是廣德元年（七六三）作。

〔一〕去年二句：鄜縣、涪江，見卷一二《涪江泛舟送韋班歸京》（0781）注。

〔二〕酒闌二句：王嗣奭《杜臆》：「天寶十四年冬，公自京師歸奉先，路經驪山，玄宗時幸華清宮，禄山反，然後還京……至今廣德元年，則十年矣，公所以憶之而腸斷也。」仇注：「清路塵，輦出而清道也。」

秋盡

秋盡東行且未回，茅齋寄在少城隈〔一〕。籬邊老却陶潛菊，江上徒逢袁紹杯〔二〕。雪嶺獨看西日落①，劍門猶阻北人來②〔三〕。不辭萬里長爲客，懷抱何時得好開③？（0926）

【校】

①落，錢箋校：「一作暮。」

②阻，《草堂》校：「一作斷。」

③得好開，宋本、錢箋校：「一云好一開。」

【注】

黃鶴注：詩云「秋盡東行且未回」，謂寶應元年（七六二）秋自梓歸迎家再往梓，當是其年作。

〔一〕秋盡二句：王嗣奭《杜臆》：「東行未回，謂到梓未還成都。」少城，見本卷《贈王二十四侍御契四十韻》（0869）注。

〔二〕籬邊二句：陶淵明《飲酒》：「采菊東籬下，悠然見南山。」《分門》洙曰：「《典略》曰：劉松、袁紹於河朔三伏之際，晝夜飲酒，至於無知，以避一時之暑。故河朔間有避暑之飲。」《後漢書·鄭玄傳》：「時袁紹總兵冀州，遣使要玄，大會賓客，玄最後至，乃延升上坐，身長八尺，飲酒一斛……紹客多豪俊，並有才説，玄依方辨對，咸出問表，皆得所未聞，莫不嗟服。」楊慎《升庵詩話》卷八引此，謂：「公以玄自比，爲儒而逢世亂也。……王洙注引河朔飲事，尤無干涉。」按，河朔飲詩人常用，亦不限避暑。庾信《聘齊秋晚館中飲酒》：「欣兹河朔飲，對此洛陽才。殘秋欲屏扇，餘菊尚浮杯。」楊慎所引亦聊備一説。

〔三〕劍門句：《分門》洙曰：「言京信尚阻。」朱鶴齡注：「時徐知道爲其下所殺，其兵尚據劍閣。」純爲臆説。參卷一二《九日奉寄嚴大夫》（0775）注。

野望

金華山北涪水西①〔一〕，仲冬風日始淒淒。山連越巂蟠三蜀②，水散巴渝下五溪〔二〕。獨鶴不知何事舞，飢烏似欲向人啼。射洪春酒寒仍緑，目極傷神誰爲携③？（0927）

【校】

①北，宋本、錢箋校：「一云南。」

②越，《草堂》作「粤」，校：「與越同。」

③爲，宋本校：「一云欲。」

【注】

黄鶴注：當是寶應元年（七六二）十一月往射洪作。

〔一〕金華山：見卷五《冬至金華山觀因得故拾遺陳公學堂遺跡》（0207）注。

〔二〕山連二句：《元和郡縣圖志》卷三二西川：「巂州，越巂。下府。……本漢西南外夷獠，秦漢爲

邛都國，秦嘗攻之，通五尺道，改置吏焉。至漢武帝始誅且蘭邛君，並殺筰侯，而冉駹等皆震恐，乃以邛都之地爲越巂郡，屬益州。按郡有越水巂水，出生羌界，言越巂者，以彰威德遠也。……至德二年没吐蕃，貞元十三年節度使韋皋收復。」三蜀，見本卷《春日江村五首》（0895）注。五溪，見卷七《敬寄族弟唐十八使君》（0353）注。

杜工部集卷第十四①

近體詩一百首行過戎渝州居雲安夔州作

哭嚴僕射歸櫬〔一〕

素幔隨流水，歸舟返舊京②〔二〕。老親如宿昔③，部曲異平生〔三〕。風送蛟龍雨④，天長驃騎營〔四〕。一哀三峽暮，遺後見君情〔五〕。（0928）

【校】

①宋本此卷底本爲吴若本。

②舊，《文苑英華》作「故」。

③如，《草堂》校：「一作知。」《文苑英華》作「知」。

④送，宋本、錢箋校：「一作逆。」雨，宋本校：「晋作匣。」錢箋校：「一作匣。」

【注】

黄鶴注：當是永泰元年（七六五）在渝、忠作。

〔一〕嚴僕射：嚴武。《舊唐書·嚴武傳》：「永泰元年四月，以疾終，時年四十。」《新唐書·嚴武傳》：「贈尚書左僕射。」

〔二〕素幔二句：朱鶴齡注：「舊京，西京也。武本華陰人，故櫬歸京師。」

〔三〕老親二句：《趙次公先後解》：「言嚴公有母在，弃之而去，其母之健尚如宿昔耳。」《唐國史補》卷上：「嚴武少以强俊知名。蜀中坐衙，杜甫袒跣登其几案，武愛其才，終不害。然與章彝素善，再入蜀，談笑殺之。乃卒，母喜曰：『而今而後，吾知免官婢矣。』」《歷代法寶記》：「先嚴尚書表弟子蕭律師等囑太夫人，奪金和上禪院爲律院。」太夫人亦謂嚴母。

〔四〕風送二句：《趙次公先後解》：「蛟龍以譬嚴公。周瑜言劉先主曰：蛟龍得雲雨，終非池中物。」錢箋：「《西京雜記》：漢帝送死，皆珠繻玉匣。武帝匣上，皆鏤爲蛟龍鸞鳳龜麟之象，世謂爲蛟龍玉匣。按《霍光傳》：賜璧珠璣玉及梓宫。則人臣亦可稱蛟龍匣也。」朱鶴齡注：「任昉《求立太宰碑表》云：珠襦玉匣，遽飾幽泉。公《哀李光弼》詩亦云『零落蛟龍匣』。『雨』字斷爲『匣』字之訛。」《趙次公先後解》引《晋書》齊王攸還驃騎將軍，時驃騎當罷營兵，兵士數千人戀攸恩德，不肯去，謂此言送嚴之歸者皆戀恩德之兵。朱鶴齡注：「《漢書》：元狩六年，霍去

病以驃騎將軍薨。其年略與武同，故以比之。舊注引《晉書》齊王攸，非是。」

〔五〕一哀二句：《禮記·檀弓上》：「予鄉者入而哭之，遇於一哀而出涕。」

宴戎州楊使君東樓〔一〕

勝絶驚身老，情忘發興奇。座從歌妓密，樂任主人爲〔二〕。重碧酤春酒①，輕紅擘荔枝〔三〕。樓高欲愁思，横笛未休吹。（0929）

【校】

① 酤，宋本校：「一作拈。一作擘。一作拓。」錢箋作「拈」，校：「一作酤。一作擘。一作拓。」《草堂》校：「一作拈。一作擘。」春，錢箋校：「一作筒。」

【注】

黄鶴注：公以永泰元年（七六五）五月去成都，之嘉、戎，當是其年六月作。

〔一〕楊使君：名不詳。《元和郡縣圖志》卷三一劍南道：「戎州，南溪。中。……東北至上都，取嘉、眉州水陸相兼二千七百里。東北至東都三千五百六十里。」

〔二〕座從二句：傅毅《舞賦》：「鄭衛之樂，所以娛密坐、接歡欣也。」

〔三〕重碧二句：《趙次公先後解》：「食荔枝而飲春酒，蓋煮酒也。謂之重碧，以酒之色重碧也。或謂酒以色輕爲上，杜公言重碧，所以譏戎州酒之惡，大非是。……春酒之色重碧，以見其濃美也。」仇注：「《杜臆》引《藝海洞酌》云：叙州官醞名重碧。戎州，即叙州。」《趙次公先後解》謂「酟」字非是：「用鄭玄酟買也言之，二千石設筵必有公帑，豈亦沽酒乎？」「拈酒乃唐人之語也。」引白居易《歲假内命酒贈周判官蕭協律》：「歲酒先拈辭不得，被君推作少年人。」《太平寰宇記》卷七九戎州僰道縣：「荔枝園，《郡國志》云：僰在施夷中最賢者，古所謂僰僮之富，多以荔枝爲業。園植萬株，樹收一百五十斛。」黄鶴注：「黄山谷在戎州有《食荔枝》詩云『六月連山柘枝紅』，可知荔枝熟於六月也。」《趙次公先後解》：「輕紅，謂荔枝膜粉紅。蓋荔枝種色雖多……而膜皆帶粉紅。」

渝州候嚴六侍御不到先下峽〔一〕

聞道乘驄發〔二〕，沙邊待至今。不知雲雨散〔三〕，虚費短長吟。山帶烏蠻闊，江連白帝深〔四〕。船經一柱觀〔五〕，留眼共登臨①。（0930）

【校】

①眼，宋本、錢箋校：「一作滯。」

【注】

黃鶴注：永泰元年（七六五）公去成都經嘉、戎至此作。

〔一〕嚴六侍御：名不詳。《元和郡縣圖志》卷三三劍南道：「渝州，南平。下。……其地東至魚復，西抵僰道，北接漢中，南極牂牁，是其界也。……東北至涪州水路三百四十里。」《趙次公先後解》：「所謂峽者，明月峽也。……在江州巴郡東四百里。則渝州言『先下峽』者，豈非明月峽乎？」明月峽，見卷五《奉贈射洪李四丈》（0210）注。

〔二〕乘驄：見卷二《送長孫九侍御赴武威判官》（0085）注。

〔三〕不知句：江總《別袁昌州》：「不言雲雨散，更似東西流。」浦起龍云：「詩本用朝雲暮雨意」，「愚意嚴必留連聲妓，故戲之云爾。」巫山雲雨，參卷六《雨》（0297）注。

〔四〕山帶二句：烏蠻，見卷八《醉歌行》（0375）注。白帝，見卷六《引水》（0260）注。

〔五〕一柱觀：見卷七《送高司直尋封閬州》（0359）注。

聞高常侍亡忠州作〔一〕。

歸朝不相見，蜀使忽傳亡。虛歷金華省，何殊地下郎〔二〕。致君丹檻折，哭友白雲長〔三〕。獨步詩名在，衹令故舊傷。（0931）

【注】

黃鶴注：當是永泰元年（七六五）在成都作。原注謂忠州所作，非。不應正月已卒，六月始聞也。按，原注無可疑，鶴注鑿。

〔一〕高常侍：高適。永泰元年正月卒。見卷一三《奉寄高常侍》（0833）注。

〔二〕虛歷二句：金華省，見卷七《八哀詩·張公九齡》（0337）注。《太平御覽》卷八八三引王隱《晉書》：蘇韶仕至中牟令卒，乃晝日見其伯父第九子節，「節問所疑，韶言：『天上及地下事，亦不能悉知。顏淵、卜商今見在修文郎，凡有八人。鬼之聖者梁成，賢者吳季子。』」

〔三〕致君二句：折檻，見卷八《折檻行》（0372）注。《趙次公先後解》：「以言高之諫諍。觀唐新史載適遷侍御史，擢諫議大夫，負氣敢言，權近側目可見矣。」仇注：「白雲，用陶潛《停雲》思友意。」

宴忠州使君侄宅〔一〕

出守吾家侄，殊方此日歡。自須游阮舍①，不是怕湖灘②〔二〕。樂助長歌送③，林饒旅思寬④。昔曾如意舞，牽率强爲看〔三〕。（0932）

【校】

①舍，宋本、《草堂》校：「陳作巷。」錢箋作「巷」，校：「一作舍。」

②湖，錢箋校：「一作溪。」《草堂》作「胡」，校：「王荆公作湖。」

③送，宋本、《草堂》校：「陳作逸。」錢箋作「逸」，校：「一作送。」

④林，錢箋作「杯」，校：「一作林。」《草堂》校：「一作杯。」

【注】

黄鶴注：永泰元年（七六五）作。

〔一〕忠州使君侄：名不詳。《舊唐書·地理志》山南東道：「忠州，隋巴東郡之臨江縣。」

〔二〕自須二句：阮舍，見卷七《八哀詩·鄭公虔》（0336）注。《太平寰宇記》卷八八瀘州合江縣：

「《峽城記》云：瀘、合、遂、蜀四郡，皆峽之郡。自巒江、桔柏、池、導等江，至此二百八十江會於峽前，次荆門，都四百十五灘。即有清水、重峰、湖灘、漢灘、忽雷、閃電、叱灘、瀨灘、狼尾。」《明一統志》卷七〇夔州府：「湖灘，在萬縣西六十里。其水甚險，春夏水泛，江面如湖。」

〔三〕昔曾二句：庾信《對酒歌》：「山簡接䍦倒，王戎如意舞。」《酉陽雜俎》卷八：「靨鈿之名，蓋自吴孫和鄧夫人也。和寵夫人，嘗醉舞如意，誤傷鄧頰，血流。」按，庾信詩或誤用王敦以如意擊唾壺事，參卷五《屏跡》(0257)注。牽率，爲人勉强。《後漢書·孔融傳》：「取媚奸臣，爲所牽率。」

禹廟

禹廟空山裏〔一〕，秋風落日斜。荒庭垂橘柚，古屋畫龍蛇〔二〕。雲氣生虛壁①，江聲走白沙。早知乘四載，疏鑿控三巴②〔三〕。(0933)

【校】

① 生虛壁，宋本、錢箋校：「一云噓清壁。」《草堂》作「噓清壁」，校：「一作生虛壁。」

② 疏鑿，宋本、錢箋、《草堂》校：「一云流落。」

【注】

黄鶴注：當是永泰元年（七六五）秋在渝、忠間作。

〔一〕禹廟句：《方輿勝覽》卷六一咸淳府：「禹祠，在臨江縣南，過岷江二里。」引此詩。《明一統志》卷六九叙州：「禹廟，在忠州治南，過江二里許，祀夏禹王。」

〔二〕荒庭二句：《書・禹貢》：「厥包橘柚，錫貢。」《孟子・滕文公下》：「當堯之時，水逆行，泛濫於中國，蛇龍居之，民無所定。……使禹治之。禹掘地而注之海，驅蛇龍而放之菹。」晁説之《晁氏客語》引孫莘老云：「甫因見此而有感也。蓋橘柚錫貢、放龍蛟，皆禹之事也。」《趙次公先後解》：「橘柚在秋八月間雖青而盡結實矣，所以皆謂之垂也。」《楚辭・招魂》：「仰觀刻桷，畫龍蛇些。」

〔三〕早知二句：《書・益稷》：「禹曰：洪水滔天，浩浩懷山襄陵，下民昏墊。予乘四載，隨山刊木。」傳：「所載者四，謂水乘舟，陸乘車，泥乘輴，山乘樏。」疏鑿，見卷六《柴門》（0274）注。三巴，見卷七《秋風二首》（0316）注。

題忠州龍興寺所居院壁〔一〕

忠州三峽内，井邑聚雲根〔二〕。小市常争米①，孤城早閉門。空看過客淚②，莫

覓主人恩。淹泊仍愁虎③〔三〕，深居賴獨園。（0934）

【校】

① 米，《文苑英華》作「道」，校：「集作米。」

② 空，錢箋、《草堂》校：「一作豈。」

③ 泊，《草堂》校：「一作薄。」

【注】

黄鶴注：公以永泰元年（七六五）秋至忠州，寓居於寺，故有此作。

〔一〕龍興寺：《方輿勝覽》卷六一咸淳府：「龍興寺，陸務觀有《龍興寺弔少陵先生寓居》詩。……寺門聽江聲甚壯。」《蜀地廣記》卷一九忠州：「杜甫嘗居龍興寺……在州北八十里。又二十里有拔山寺，與龍興寺俱漢永平間建。……已上三寺，《志》云在州北九十里。」

〔二〕忠州二句：《趙次公先後解》：「杜公言三峽者，以明月峽爲首，巴峽、巫峽之類爲中，東突峽爲盡矣。……今此忠州詩而句云『忠州三峽内』，則忠州在渝州之下、夔州之上，斯乃杜公所謂『三峽内』也。……世有吾西蜀之子，自據耳目之私，直云下水出峽則是峽外，上水出峽則峽内，故忠州言三峽内。然試問之：上水出峽謂之峽内，不知以何處爲止乎？若渝州而上，瀘州、戎州亦可謂之峽内乎？」張協《雜詩》：「雲根臨八極，雨足洒四溟。」周嬰《卮林》卷五：「天

水趙子櫟《杜詩注》曰：『雲根，石也。蓋取五岳之雲，觸石而出，則石者雲之根也。』用修采其説耳。嬰按，張協詩曰：『雲根臨八極，雨足洒四溟。』又《玄武館賦》：『仰視雲根，俯臨天末。』曹毗《請雨文》：『雲根山積而中披，雨足垂零而復散。』沈君攸《桂檝泛河中詩》曰：『眇眇雲根侵遠樹。』夫曰布，曰披，曰臨，曰侵，皆是浮輕去來之意，不容以爲石也。且浪仙之詩，移石動石，豈成文理。天降時雨，山川出雲，何必皆觸石而出乎？尋宋武帝《登作樂山詩》云『屯烟擾風穴，積水溺雲根』，宋之問《江亭晚望詩》『浩渺侵雲根』，依稀可傅會耳。」按，雲根即雲，「根」字義如佛教所言塵根，參卷二《送樊二十三侍御赴漢中判官》(0086)「蒼烟根」注。

〔三〕淹泊句：峽中多虎，見卷六《客居》(0268)注。

旅夜書懷

細草微風岸，危檣獨夜舟。星垂平野闊，月涌大江流。名豈文章著，官應老病休〔一〕。飄零何所似①，天地一沙鷗②〔二〕。（0935）

【校】

① 零，錢箋作「飄」，校：「一作零。」

② 地，錢箋、《草堂》校：「一作外。」

【注】

黃鶴注：當是永泰元年（七六五）去成都舟下渝州時作。《趙次公先後解》編入大曆五年（七七〇）自衡州暫往潭州詩。

〔一〕名豈二句：仇注引顧注：「名實因文章而著，官不爲老病而休。故用『豈』、『應』二字，反言以見意，所云書懷也。」

〔二〕天地句：李嶠《和杜學士旅次淮口阻風》：「水雁銜蘆葉，沙鷗隱荻苗。」

胡應麟《詩藪》内編卷四：「『山隨平野闊，江入大荒流』，太白壯語也；杜『星垂平野闊，月涌大江流』，骨力過之。『九衢寒霧斂，萬井曙鐘多』，右丞壯語也；杜『星臨萬户動，月傍九霄多』，精彩過之。『氣蒸雲夢澤，波撼岳陽城』，浩然壯語也；杜『吴楚東南坼，乾坤日夜浮』，氣象過之。『弓抱關西月，旗翻渭北風』，嘉州壯語也；杜『北風隨爽氣，南斗避文星』，風神過之。讀唐諸家至杜，輒令人自失矣。」

翁方綱《石洲詩話》卷一：「太白云：『山隨平野盡，江入大荒流。』少陵云：『星垂平野闊，月涌大江流。』此等句皆適與手會，無意相合，固不必謂相爲倚傍，亦不容區分優劣也。」

别常徵君①

兒扶猶杖策，卧病一秋强〔一〕。白髮少新洗，寒衣寬總長。故人憂見及，此别淚相忘〔二〕。各逐萍流轉，來書細作行〔三〕。（0936）

【校】

①常徵君，宋本作「徵常君」，誤。據錢箋等改。

【注】

黄鶴注：當是永泰元年（七六五）冬在雲安作。

〔一〕卧病句：仇注：「强，多也。」

〔二〕故人二句：朱鶴齡注：「憂見及，言徵君憂己之病而見訪。」仇注引黄注：「見及，恐大命之見及也。」説甚鑿。

〔三〕各逐二句：曹植《雜詩》：「寄松爲女蘿，依水如浮萍。」《趙次公先後解》：「書細作行，囑其委曲也。字則亦《漢書》言詔書成文，細札十行中字矣。」《後漢書·循吏傳》：「其以手跡賜方國

者，皆一札十行，細書成文。」

十二月一日三首

今朝臘月春意動，雲安縣前江可憐。一聲何處送書雁，百丈誰家上水船①〔一〕？未將梅蘂驚愁眼，要取楸花媚遠天②〔二〕。明光起草人所羨，肺病幾時朝日邊〔三〕？（0937）

【校】

① 水，錢箋校：「一作瀨。」

② 要，錢箋校：「一作更。」楸，錢箋校：「一作椒。」

【注】

黄鶴注：當是永泰元年（七六五）在雲安作。

〔一〕百丈：見卷七《秋風二首》（0316）注。

〔二〕未將二句：《趙次公先後解》：「蓋梅未開而楸有花也。」朱鶴齡注：「十二月一日去元日已近，

故用椒花獻頌事。媚，即《古樂府》『入門各自媚』之『媚』耳。此正應起語『春意動』三字。楊用修謂椒花色緑，與葉無辨，不可言媚，當作楸花。吾不謂然。」楊慎説見《升庵詩話》卷一三。椒花，見卷九《杜位宅守歲》(0465)注。按，朱説鑿，椒花謂椒酒，非能與梅蘂爲對。

〔三〕明光二句：明光起草，見卷二《送李校書二十六韻》(0089)注。《晉書·明帝紀》：「年數歲，嘗坐置膝前，屬長安使來，因問帝曰：『汝謂日與長安孰遠？』對曰：『長安近。不聞人從日邊來，居然可知也。』」《趙次公先後解》：「其後人遂以日邊爲帝都。」

寒輕市上山烟碧，日滿樓前江霧黄。負鹽出井此谿女，打鼓發船何郡郎〔一〕？新亭舉目風景切，茂陵著書消渴長〔二〕。春花不愁不爛漫，楚客唯聽棹相將〔三〕。

(0938)

【注】

〔一〕負鹽二句：《舊唐書·地理志》山南東道夔州：「雲安，漢朐䏰縣，屬巴郡。故城曰萬户城。縣西三十里，有鹽官。」浦起龍引王周《峽船具詩序》：「牽百丈者擊鼓以號令之，人聲灘亂，無以相接，所以節動止進退。」袁枚《隨園詩話》卷二：「古人官貴行船多伐鼓，少陵詩曰『打鼓發船誰氏郎』，白香山詩曰『兩岸紅燈數聲鼓，使君樓艓下巴東』，皆伐鼓之證也。今人開船鳴鉦，未

知起於何時。」按，白居易詩亦言峽內，杜詩則顯非言官貴，此爲當地風景。

〔二〕新亭二句：《世説新語·言語》：「過江諸人，每至美日，輒相邀過新亭，藉卉飲宴。周侯中坐而歎曰：『風景不殊，正自有山河之異。』皆相視流淚。唯王丞相愀然變色，曰：『當共戮力王室，克復神州，何至作楚囚相對？』」《趙次公先後解》：「以避亂流落，所寓如新亭之景物。」茂陵著書，見卷三《鹿頭山》（0169）注。消渴，見卷六《同元使君春陵行》（0276）。

〔三〕楚客：《趙次公先後解》：「楚客，則公自指其爲楚地之客。」

《苕溪漁隱叢話》前集卷四七：「《禁臠》云：魯直换字對句法，如『只今滿坐且尊酒，後夜此堂空月明』……其法於當下平字處以仄字易之，欲其氣挺然不群，前此未有人作此體，獨魯直變之。苕溪漁隱曰：此體本出於老杜，如『寵光蕙葉與多碧，點注桃花舒小紅』、『一雙白魚不受釣，三寸黄柑猶自青』、『外江三峽且相接，斗酒新詩終日疏』、『負鹽出井此溪女，打鼓發船何處郎』、『沙上草閣柳新暗，城邊野池蓮欲紅』，似此體甚多，聊舉此數聯，非獨魯直變之也。……今俗所謂拗句者是也。」

《瀛奎律髓》卷二五：「拗字詩在老杜集七言律詩中謂之吴體。老杜七言律一百五十九首，而此體凡十九出，不止句中拗一字，往往神出鬼没。雖拗字甚多，而骨格愈峻峭。今江湖學詩者，喜許渾詩『水聲東去市朝變，山勢北來宫殿高』、『湘潭雲盡暮山出，巴蜀雪消春水

來』，以爲丁卯句法。殊不知始於老杜，如『負鹽出井此溪女，打鼓發船何郡郎』、『寵光蕙葉與多碧，點注桃花舒小紅』之類是也。如趙嘏『殘星幾點雁横塞，長笛一聲人倚樓』亦是也。唐詩多此類，獨老杜吴體之所謂拗，而才小者不能爲之矣。五言律亦有拗者，止爲語句要渾成，氣勢要頓挫，則换易一兩字平仄無害也，但不如七言吴體全拗爾。」

即看燕子入山扉，豈有黄鸝歷翠微〔一〕。短短桃花臨水岸，輕輕柳絮點人衣。
春來準擬開懷久〔二〕，老去親知見面稀。他日一杯難强進，重嗟筋力故山違。
（0939）

【注】

〔一〕即看二句：陳後主《晚宴文思殿》：「荷影侵池浪，雲色入山扉。」翠微，見卷九《重題鄭氏東亭》（0421）注。

〔二〕準擬：蔣禮鴻《敦煌變文字義通釋》：「准擬，有兩類意義，一類是打算、希望、料想，一類是準備、安排。」《敦煌變文集·三身押座文》：「若不是□死王押頭著，准擬千年餘萬年。」《太平廣記》卷二四八《韋齊休》（出《河東記》）：「其夕，張清似夢中忽見齊休曰：『我昨日已死，先令買塋三畝地，可速支關。』……張清准擬皆畢。」此爲希望義。

又雪

南雪不到地，青崖霑未消〔一〕。微微向日薄，脈脈去人遥。冬熱鴛鴦病，峽深豺虎驕。愁邊有江水，焉得北之朝？（0940）

【注】

黄鶴注：當是永泰元年（七六五）冬作。

〔一〕南雪二句：《趙次公先後解》引卷七《前苦寒行二首》（0342）：「去年白帝雪在山，今年白帝雪在地。」謂：「此大曆元年冬詩也。其云去年，則指今歲永泰元年矣。」

奉漢中王手札〔一〕

國有乾坤大，王今叔父尊〔二〕。剖符來蜀道，歸蓋取荆門〔三〕。峽險通舟過①，江長注海奔。主人留上客，避暑得名園〔四〕。前後緘書報，分明饌玉恩。天雲浮絶

壁，風竹在華軒。已覺良宵永②，何看駭浪翻。入期朱邸雪，朝傍紫微垣〔五〕。枚乘文章老，河間禮樂存〔六〕。悲秋宋玉宅，失路武陵源〔七〕。淹薄俱崖口，東西異石根。夷音迷咫尺，鬼物傍黄昏③。犬馬誠爲戀，狐狸不足論〔八〕。從容草奏罷，宿昔奉清罇。（0941）

【校】

①過，宋本、錢箋校：「陳作峻。」《草堂》校：「或作浚。」

②永，宋本、錢箋校：「陳作逸。」

③傍，宋本、錢箋、《草堂》校：「一作倚。」

【注】

黄鶴注：當是王貶蓬州刺史，以路梗不得歸京，今將出峽，作書報公，而公復以此詩。王在歸州爲太守留度夏，而公在雲安也。當是永泰元年（七六五）作。《趙次公先後解》編入大曆二年（七六七）七月夔州作。仇注編入大曆元年。

〔一〕漢中王：名瑀。見卷一二《玩月呈漢中王》（0763）、《戲題上漢中王三首》（0806）注。按，前詩寶應元年（七六二）在梓州作，時王貶蓬州，而至梓州，有「歸舟應獨行」句，蓋自梓州泝涪江至

綿州歸朝。而此詩云「剖符來蜀道，歸蓋取荆門」，舊注皆謂王自蓬州取道荆門歸朝。然自寶應元年至此又遷延數年，王自乾元二年被貶至此則已七八年，據事理實不應遭此重譴，在任亦不應如此之久。且自蓬州歸朝，而出峽赴荆門，實無如此迂遠取道之理。疑王前已歸朝，再受命剖符來蜀，而史闕載。

〔二〕國有二句：瑀爲玄宗兄讓皇帝憲子，爲代宗叔父。

〔三〕荆門：見卷三《桔柏渡》(0167)注。

〔四〕主人二句：《趙次公先後解》：「主人指其爲郡之人，應是歸州。蓋由歸州一百九十里至峽州，由峽州出陸，乃取荆門道也。……何以知其爲歸州？蓋上言舟已過峽，而下言淹泊於崖口石根也。」

〔五〕紫微垣：指帝居，見卷八《詠懷二首》(0387)注。

〔六〕枚乘二句：枚乘，見卷一二《戲題上漢中王三首》(0808)注。《漢書·枚乘傳》：「復游梁，梁客皆善屬辭賦，乘尤高。孝王薨，乘歸淮陰。武帝自爲太子聞乘名，及即位，乘年老，乃以安車蒲輪徵乘，道死。」河間禮樂，見卷七《別李義》(0358)注。

〔七〕悲秋二句：陸游《入蜀記》卷四：「宋玉宅，在秭歸縣之東，今爲酒家。舊有石刻『宋玉宅』三字，近以郡人避太守家諱去之。或遂由此失傳，可惜也。」《明一統志》卷六二荆州府：「宋玉宅，在歸州治東五里。」《清一統志》卷二七三宜昌府：「宋玉宅，在歸州東二里相公嶺上。」武陵源，見卷二《北征》(0052)「桃源」注。

〔八〕犬馬二句：曹植《上責躬應詔詩表》：「不勝犬馬戀主之情。」《漢書・孫寶傳》：「豺狼横道，不宜復問狐狸。」

贈崔十三評事公輔〔一〕

飄飄西極馬①，來自渥洼池〔二〕。颯飄定山桂②〔三〕，低徊風雨枝。我聞龍正直，道屈爾何爲〔四〕？且有元戎命〔五〕，悲歌識者知③。官聯辭冗長，行路洗欹危〔六〕。脱劍主人贈〔七〕，去帆春色隨。陰沈鐵鳳闕，教練羽林兒〔八〕。天子朝侵早，雲臺仗數移〔九〕。分軍應供給，百姓日支離〔一〇〕。黠吏因封己，公才或守雌〔一一〕。燕王買駿骨④，渭老得熊羆〔一二〕。活國名公在⑤，拜壇羣寇疑〔一三〕。冰壺動瑶碧，野水失蛟螭〔一四〕。入幕諸彦集⑥，渴賢高選宜〔一五〕。騫騰坐可致，九萬起於斯〔一六〕。復進出矛戟，昭然開鼎彝〔一七〕。會看之子貴，歎及老夫衰。豈但江曾決，還思霧一披〔一八〕。暗塵生古鏡，拂匣照西施〔一九〕。舅氏多人物，無慚困翮垂〔二〇〕。（0942）

【校】

①飄，錢箋作「飃」，校：「吴作飄。」

②定，宋本校：「一作寒。」錢箋校：「一作寒。一作鄧。」《草堂》作「寒」，校：「一作定。或謂『定』字當作『鄧』。」

③知，錢箋作「誰」，校：「吴作知。」

④買，宋本、錢箋校：「一作賈。」

⑤活，宋本作「沽」，據錢箋等改。

⑥集，《草堂》作「聚」，校：「或作集。」

【注】

黄鶴注：梁權道編在永泰元年（七六五）雲安詩内，然詩云去帆隨，則非雲安作。《趙次公先後解》編入大曆元年（七六六）夔州詩。

〔一〕崔十三評事公輔：卷一六有《戲寄崔評事表侄蘇五表弟韋大少府諸姪》（1253）。此爲杜甫表侄，與崔十六評事弟非一人。《新唐書·宰相世系表二下》崔氏清河大房：洛陽丞豐孫，「公輔，雅州刺史」。未知是否同人。

〔二〕渥注：見卷一《沙苑行》（0038）注。

〔三〕颯飄句：《趙次公先後解》：「『寒山桂』一作『定山桂』，以『寒山桂』爲是。或云周王褒有《詠定

林寺桂樹》詩，然不應以定林爲定山也。」「飄音習。《唐韻》云：颯飄，大風也。」《廣韻》：「颯飄，大風。」按，沈約《早發定山》：「野棠開未落，山櫻發欲然。忘歸屬蘭杜，懷祿寄芳荃。」定山在錢塘。詩云「定山桂」，或蘭、桂混淆。

〔四〕我聞二句：《趙次公先後解》：「比崔以龍，蓋若顔延年《詠嵇康》云『龍性誰能馴』也。」仇注：「龍屈當伸，而元戎見知。」《易·繫辭下》：「尺蠖之屈，以求信也；龍蛇之蟄，以存身也。」《説苑·至公》：「是以德積而不肆，大道屈而不伸。」

〔五〕且有句：《趙次公先後解》：「其元戎指節度使也。」朱鶴齡注：「元戎命，言應羽林軍帥之命。」趙注是。大曆初，荆南節度使爲衛伯玉，見卷七《荆南兵馬使太常卿趙公大食刀歌》(0310)注。

〔六〕官聯二句：《趙次公先後解》：「蓋崔評事於元戎之僚屬，亦止閑散官，今以行役而往，則官聯可辭冗長矣。」「行路洗欹危，則以舟行，故免欹危之苦。」庾信《周太子太保步陸逞神道碑》：「官聯會計，務殷平準。」官聯即職掌義。

〔七〕脱劍句：《趙次公先後解》：「主人以指元戎者，以劍贈人，亦理之常。如伍子胥解劍以贈漁父，楊修嘗以劍與魏文帝。舊注引季札以劍帶徐君墓上，却是贈死人矣，豈可用證此乎？」

〔八〕陰沈二句：張衡《西京賦》：「鳳騫翥於甍標，咸遡風而欲翔。」《文選》薛綜注：「謂作鐵鳳凰，令張兩翼，舉頭敷尾，以函屋上，當棟中央，下有轉樞，常向風如將飛者焉。」羽林，見卷一《自京赴奉先縣詠懷五百字》(0041)注。朱鶴齡注：「評事掌出使推按，不爲冗官。此云『官聯辭冗長』，又云『教練羽林兒』，蓋崔自外僚徵入朝，爲羽林幕職，評事恐是兼官，或先曾以評事貶

斥。」仇注：「崔蓋先爲評事，繼膺幕僚，後以元戎之薦，補羽林軍職也。」按，據後《戲寄崔評表侄蘇五表弟韋大少府諸姪》及《季秋蘇五弟纓江樓夜宴崔十三評事韋少府侄三首》（1222）等詩，則大曆二、三年崔仍在夔州，無所謂還朝之事。其人必爲荆南節度使或夔州都督府僚屬，評事爲其兼銜。此二句言宫闕，引出下二句。謂羽林兒守衛宫闕，與崔評事實無關。朱、仇皆誤會。

〔九〕天子二句：侵早，清晨。王建《宫詞》：「爲報諸王侵早入，隔門催進打毬名。」雲臺仗，見卷七《八哀詩·嚴公武》（0332）注。《趙次公先後解》：「蓋天子當多難之時，其朝侵早以訓兵練卒，故所禦非一處，而移雲臺之仗也。」

〔一〇〕分軍二句：《趙次公先後解》：「分軍則當應其供給，此可以見崔評事爲帶軍糧及絹帛之類爲行役也。」按，時荆南節度使領澧、朗、硤、夔、忠、歸、萬等八州及黔中之涪，所在皆有軍鎮，置兵鎮守，崔評事蓋奉元戎命上峽，或有軍糧供給之事，而路經夔州，故詩云「去帆」。

〔一一〕黠吏二句：《國語·晋語八》：「引黨以封己，利己而忘君。」《趙次公先後解》：「封己者，取利以入己，封己以養高，勢動人主。」《晋書·虞騤傳》：「孔愉有公才而無公望，丁潭有公望而無公才。」《趙次公先後解》：「公才者，公輔之才也。……似指言崔評事之主人。」《老子》二十八章：「知其雄，守其雌。」仇注：「守雌，無益於民者。」按，此謂主帥謙退。二句對言。

〔一二〕燕王二句：買駿骨，見卷六《昔游》（0288）注。得熊羆，見卷九《投贈哥舒開府翰二十韻》（0412）「非熊」注。

〔一三〕活國二句：拜壇，見卷一〇《秦州雜詩二十首》(0567)注。《趙次公先後解》：「正指言上句公才之人。……既言活國在於名公，則可以拜爲大將矣。拜爲大將，必有蕩寇之功，故爲羣寇所疑。」按，此當指衛伯玉。

〔一四〕冰壺二句：《趙次公先後解》：「冰壺動瑶碧，又言元戎之胸中如冰壺之清。」仇注：「言將令肅清。」《趙次公先後解》：「野水失蛟螭，以言元戎之離去山徼之水，如蛟螭脱於野水之中。」朱鶴齡注：「玉壺消冰，蛟螭失水，言群盜將蕩滅也。」仇注：「野水句，言餘孽消除。」按，蛟螭當喻崔評事入幕，脱去野水。

〔一五〕入幕二句：《後漢書·周舉傳》：「求賢若渴。」《趙次公先後解》：「六句一段，却以美崔評事必再入幕而展其材也。」按，此言崔已在幕下。

〔一六〕騫騰二句：騫騰，見卷一〇《寄岳州賈司馬六丈巴州嚴八使君兩閣老五十韻》(0611)注。九萬句，見卷一〇《送楊六判官使西蕃》(0510)注。

〔一七〕復進二句：《世説新語·賞譽》：「見鍾士季如觀武庫，但睹矛戟。」《禮記·祭統》：「對揚以辟之，勤大命施於烝彝鼎。此衛孔悝之鼎銘也。」注：「言我將行君之命，又刻著於烝祭之彝鼎。彝，尊也。」

〔一八〕豈但二句：《孟子·盡心上》：「及其聞一善言，見一善行，若決江河，沛然莫之能禦也。」霧一披，見卷九《贈特進汝陽王二十韻》(0417)注。

〔一九〕暗塵句：徐幹《情詩》：「爐薰闔不用，鏡匣上塵生。」鮑照《擬古詩》：「明鏡塵匣中，寶瑟生

網羅。」

〔二〇〕無慚句：盧諶《答魏子悌》：「顧此腹背羽，愧彼排虛翮。」朱鶴齡注：「困翮，公自謂也。」

長江二首

衆水會涪萬，瞿唐爭一門〔一〕。朝宗人共挹，盜賊爾誰尊〔二〕？孤石隱如馬，高蘿垂飲猿〔三〕。歸心異波浪，何事即飛翻〔四〕？（0943）

【注】

黄鶴注：永泰元年（七六五）作，時公在雲安。

〔一〕衆水二句：《元和郡縣圖志》卷三〇：「涪州，涪陵。下。……武德元年，立爲涪州，在蜀江之南，涪江之西，故爲名。上元二年，因黄茅硤有獠賊强聚，江陵節度吕諲請隸於江陵，置兵鎮守。……東至東都三千六百里，水路至萬州六十里。」《舊唐書·地理志》山南東道：「萬州，隋巴東郡之南浦縣。……天寶元年，改爲南浦郡。乾元元年，復爲萬州。」《水經注》江水：「又東北至巴郡江州縣東，强水、涪水、漢水、白水、宕渠水五水合，南流注之。」瞿塘，見卷六《柴門》（0274）注。

〔二〕朝宗二句：《書·禹貢》：「江漢朝宗於海。」黄鶴注：「盜賊指崔旰。」見卷六《客居》（0268）注。

〔三〕孤石二句：《唐國史補》卷下：「蜀之三峽，河之三門，南越之惡溪，南康之贛石，皆險絶之所，自有本處人爲篙工。大抵峽路峻急，故曰『朝發白帝，暮徹江陵』。四月五月爲尤險時，故曰『灔澦大如馬，瞿塘不可下。灔澦大如牛，瞿塘不可留。灔澦大如襆，瞿塘不可觸』。」蕭督《游七山寺賦》：「猿連臂而下飲，鳥比翼而群飛。」

〔四〕飛翻：見卷七《别李義》（0358）注。

浩浩終不息，乃知東極臨①〔一〕。衆流歸海意，萬國奉君心。色借瀟湘闊〔二〕，聲驅灔澦深②。未辭添霧雨，接上遇衣襟③〔三〕。（0944）

【校】

①臨，宋本、錢箋、《草堂》校：「一作深。」

②深，宋本校：「一作沈。」錢箋校：「荆作沈。」《草堂》校：「王荆公作沈。」

③遇，宋本、錢箋校：「一作過。」《草堂》作「過」，校：「一作遇。」

【注】

〔一〕東極：《史記·秦始皇本紀》：「登兹泰山，周覽東極。」浦起龍云：「東極，東海也。不言海而

言極，喻朝廷也。」

〔二〕色借句：《趙次公先後解》：「三峽之水下入洞庭，與瀟湘相連，故云色借其闊。」

〔三〕未辭二句：《趙次公先後解》：「爲此長江者，未便辭讓霧雨添之，而舟中之人接於其上，則先經過於衣襟間也。」朱鶴齡注引《杜詩博議》：「江流之大，不辭霧雨，雨接江流而上，過人衣襟之間，所謂波浪兼天者如此。」仇注：「『接上』二字恐當作『接壤』，言水浸岸上也。」

承聞故房相公靈櫬自閬州啓殯歸葬東都有作二首〔一〕

遠聞房太守①，歸葬陸渾山〔二〕。一德興王後，孤魂久客間〔三〕。孔明多故事，安石竟崇班〔四〕。他日嘉陵涕，仍霑楚水還〔五〕。（0945）

【校】

① 守，宋本、錢箋、《草堂》校：「一作尉。」

【注】

黃鶴注：作於永泰元年（七六五），是時公在雲安。

〔一〕房相公：房琯。見卷一三《别房太尉墓》(0864)注。

〔二〕遠聞二句：《趙次公先後解》：「師民瞻本作房太尉，極是。蓋琯既出爲晋、漢二刺史，寶應元年召拜刑部尚書，道病卒，贈太尉，不應呼之爲太守也。」陸渾山，見卷一〇《憶弟二首》(0511)注。《舊唐書·房琯傳》：「房琯，河南人。……少好學，風儀沈整。以門蔭補弘文生，性好隱遁，與東平吕向於陸渾伊陽山中讀書爲事，凡十餘歲。」

〔三〕一德二句：《書·咸有一德》：「伊尹作咸有一德。……惟尹躬暨湯，咸有一德。」錢箋：「琯建分鎮討賊之議，首定興復之功，故以『一德興王』許之。琯爲肅宗所惡，幾有伊生嬰戮之禍，故以伊尹比之。亦寓意於玄、肅父子之間也。」亦施其故伎，有意生發。

〔四〕孔明二句：《三國志·蜀書·諸葛亮傳》：「臣壽等言：臣前在著作郎，侍中領中書監濟北侯臣荀勖、中書令關内侯臣和嶠奏，使臣定故蜀丞相諸葛亮故事……凡爲二十四篇。」《晋書·王獻之傳》：「及安薨，贈禮有同異之議，惟獻之、徐邈共明安之忠勳……孝武帝遂加安殊禮。」

〔五〕他日二句：嘉陵江，又名閬中水，見卷五《閬水歌》(0277)注。錢箋：「楚水，夔以下之江也。」朱鶴齡注：「公在閬州曾哭琯墓，故言此淚仍隨江水而來也。」

丹旐飛飛日〔一〕，初傳發閬州。風塵終不解，江漢忽同流〔二〕。劍動新身匣①〔三〕，書歸故國樓。盡哀知有處，爲客恐長休。(0946)

【校】

①新，錢箋校：「趙云善本作親。」《草堂》作「親」，校：「一作新。」

【注】

〔一〕丹旐：何遜《王尚書瞻祖日》：「昱昱丹旐振，亭亭素蓋立。」見卷七《八哀詩·嚴公武》(0332)注。

〔二〕江漢句：《趙次公先後解》：「江漢忽同流，則靈櫬所經者江與漢矣。」

〔三〕劍動句：朱鶴齡注：「《左傳》：不識屬辟。疏云：屬，次大棺。辟，親身棺也。匣即蛟龍玉匣。」參本卷《哭嚴僕射歸櫬》(0928)注。仇注引吴注：「按劍動匣中，直指劍匣，非謂棺也。謝惠連詩：『裁爲親身服，著以俱寢興。』『親身』二字亦可相證，何必引《左傳》疏文乎？」按，劍匣之説甚多。《太平廣記》卷三四四引《拾遺記》：「顓頊高陽氏有畫影劍、騰空劍，若四方有兵，此劍則飛赴指其方則克。未用時，在匣中常如龍虎吟。」然此「匣」字似雙關葬衣，故謂之「新身匣」亦不誤，不必改爲親身。

雲安九日鄭十八携酒陪諸公宴〔一〕

塞花開已盡，菊蘂獨盈枝。舊摘人頻異，輕香酒暫隨。地偏初衣裌①，山擁更

登危。萬國皆戎馬〔二〕，酣歌淚欲垂。（0947）

【校】

①裌，《草堂》作「袷」。

【注】

黄鶴注：公永泰元年（七六五）初秋至雲安，當是其年作。

〔一〕鄭十八：見卷六《贈鄭十八賁》（0303）注。黄鶴注：「鄭十七、鄭十八兄弟也，意鄭是雲安人。」

〔二〕萬國句：黄鶴注：「永泰元年八月，僕固懷恩及吐蕃、回紇等入寇，故詩云『萬國皆戎馬』。」

答鄭十七郎一絶

雨後過畦潤，花殘步屐連。把文驚小陸，好客見當時〔一〕。（0948）

【注】

黄鶴注：當是大曆元年（七六六）春作，公是年春晚方遷夔。

〔一〕把文二句：《趙次公先後解》：「小陸，陸士龍也。當時，鄭當時也。皆以言鄭十八。蓋在鄭十七郎言之，故指鄭十八爲小陸。」《晋書·陸機傳》：「至太康末，與弟雲俱入洛，造太常張華。華素重其名，如舊相識，曰：『伐吳之役，利獲二俊。』」鄭當時，見卷一三《贈王二十四侍御契四十韻》（0869）「鄭驛」注。

將曉二首

石城除擊柝，鐵鎖欲開關〔一〕。鼓角悲荒塞，星河落曙山①。巴人常小梗，蜀使動無還〔二〕。垂老孤帆色，飄飄犯百蠻②〔三〕。（0949）

【校】

① 曙，《草堂》作「曉」。

② 百，錢箋校：「一作白。」《九家》、《草堂》作「白」，《草堂》校：「或作百。非是。」

【注】

黄鶴注：當是永泰元年（七六五）冬作。

〔一〕石城二句：《華陽國志》卷一：「朐忍縣，郡西二百九十里。水道有東陽、下瞿數灘，山有大小石城勢。」《水經注》江水：「江水又東逕臨江縣南，王莽之臨江縣也。《華陽記》曰：縣要枳東四百里，東接朐忍縣，有鹽官。……江水又東得黄華水口，江浦也，左逕石城南。庾仲雍曰：臨江至石城黄華口一百里。」《太平寰宇記》卷一四九忠州臨江縣：「故石城在縣東一百里，當岷江之北岸。李雄之亂，巴西郡寄治此城。其城四面懸絶焉。」然此石城，疑是泛言。《趙次公先後解》：「其所言石城，乃白帝城也。」又：「擊柝所以言警夜。曉則除罷之矣。」《易·繫辭下》：「重門擊柝，以待暴客。」《水經注》江水：「江水又東逕魚復縣故城南……《地理志》江關都尉治。」《太平寰宇記》卷一四八夔州：「三鈎鎮在州東三里，舊時鐵鎖斷江、浮梁禦敵處也。鎮居數溪之會，故曰三鈎。唐武德二年廢。」

〔二〕巴人二句：《趙次公先後解》：「『巴人常小梗』自是一句，應道當時實事。謂之『小梗』，亦不甚傾駭。史傳不載。……舊注便作段子璋反，子璋反在上元二年，去此隔六年事。」「『蜀使動無還』又是一句，言吐蕃未息，所以蜀使輒無還者。」黄鶴注謂指上元元年段子璋反，伏誅；乾元元年徐知道反，伏誅；永泰元年崔旰反，殺郭英乂，乂曰動無還。趙注謂張獻誠與崔旰戰於梓州，不可謂之巴人。浦起龍謂時巴渝間必有脅諸蠻爲亂者，段子璋、徐知道、崔旰等皆在西蜀，不得云巴人；「蜀使動無還」，如《三絶句》所云渝州、開州殺刺史之類。

〔三〕白蠻：《趙次公先後解》：「末句白蠻，則亦以荆地靠溪洞一帶爲蠻矣。」謂作百蠻非。參卷六《秋風二首》(0316)注。

軍吏回官燭，舟人自楚歌。寒沙蒙薄霧，落月去清波。壯惜身名晚，衰慚應接多。歸朝日簪笏，筋力定如何〔一〕？（0950）

【注】

〔一〕歸朝二句：仇注：「前章歎留滯南方，此章欲還歸北闕也。」

懷錦水居止二首

軍旅西征僻，風塵戰伐多〔一〕。猶聞蜀父老①，不忘舜謳歌〔二〕。天險終難立，柴門豈重過〔三〕。朝朝巫峽水，遠遠錦江波②。（0951）

【校】

① 猶，宋本、錢箋、《草堂》校：「一作獨。」

② 遠遠，錢箋、《草堂》作「遠逗」。

【注】

黃鶴注：當是大曆元年（七六六）在雲安作。《趙次公先後解》編入永泰元年（七六五）。

〔一〕軍旅二句：《趙次公先後解》謂指永泰元年八月僕固懷恩及吐蕃、回紇掠涇、邠，京師大震，「此詩作於初聞寇難，而周、郭未勝之前。」黃鶴注謂指吐蕃之亂及張獻誠、柏茂林、楊子琳共起兵討崔旰。

〔二〕不忘句：《孟子・萬章上》：「舜相堯二十有八載，非人之所能爲也，天也。堯崩……謳歌者，不謳歌堯之子而謳歌舜，故曰天也。夫然後之中國，踐天子位焉。」《趙次公先後解》：「今意在歌頌天子而已。」

〔三〕天險二句：《趙次公先後解》：「則憂吐蕃能犯蜀之險矣。」仇注：「兵亂如是，故天險難以立身，而草堂不復經過矣。」

萬里橋南宅①，百花潭北莊〔一〕。層軒皆面水，老樹飽經霜。雪嶺界天白，錦城曛日黃。惜哉形勝地，回首一茫茫。（0952）

【校】

① 南，錢箋校：「當作西。」《草堂》作「西」，校：「或作南，誤。」

【注】

〔一〕萬里二句：見卷一一《卜居》(0615)、《狂夫》(0620)注。朱鶴齡注：「公前詩云『萬里橋西一草堂』，此詩又云『萬里橋南宅』，堂蓋居於橋之西南也。」

子規

峽裏雲安縣，江樓翼瓦齊〔一〕。兩邊山木合，終日子規啼〔二〕。眇眇春風見，蕭蕭夜色淒。客愁那聽此，故作傍人低①。(0953)

【校】

① 故作傍人低，宋本、錢箋、《草堂》校：「一作故傍旅人低。」

【注】

黄鶴注：當是大曆元年(七六六)作。

〔一〕江樓句：翼謂屋翼。《儀禮・鄉飲酒禮》注：「榮，屋翼。」疏：「榮在屋棟兩頭，與屋爲翼，若鳥之有翼。」劉攽《西都大内作》：「琉璃映瓦翼，瑲琅耀金鋪。」

〔二〕子規：見卷三《法鏡寺》（0145）、卷四《杜鵑行》（0173）注。

立春

春日春盤細生菜〔一〕，忽憶兩京梅發時。盤出高門行白玉，菜傳纖手送青絲〔二〕。巫峽寒江那對眼，杜陵遠客不勝悲。此身未知歸定處，呼兒覓紙一題詩。

（0954）

【注】

黄鶴注：當是大曆元年（七六六）在雲安作。《趙次公先後解》編入大曆二年（七六七）。

〔一〕春日句：《太平御覽》卷二〇引《齊人月令》：「凡立春日食生菜，不可過多，取迎新之意而已。及進漿粥，以導和氣。」《説郛》卷六九《四時寶鏡》：「東晋李鄂，立春日命以蘆菔、芹菜爲菜盤，相餽貺。」「立春日，春餅生菜號春盤。」

〔二〕盤出二句：《水經注》渭水：「北出西頭……第二門，本名厨門，又曰朝門，王莽更名建子門廣世亭，一曰高門。蘇林曰：高門，長安城北門也。其内有長安厨官在東，故名曰厨門也。」朱鶴齡注引此，謂：「或曰高門，概言高大之門。」仇注：「此指貴戚之家。」《趙次公先後解》：「行白

玉，行白玉盤也。」卷七《種萵苣》（0315）：「登于白玉盤，藉以如霞綺。」仇注：「黃生注：生菜，韭也。……詩言青絲指韭，良是。」

漫成一絶①

江月去人只數尺，風燈照夜欲三更。沙頭宿鷺聯拳静②，船尾跳魚撥刺鳴③〔一〕。

（0955）

【校】

①一絶，《九家》、《草堂》無。

②静，宋本、錢箋、《草堂》校：「一作起。」

③撥，宋本、錢箋校：「一作跋。」

【注】

黃鶴注：當是大曆元年（七六六）自雲安發船下夔州時作。

〔一〕沙頭二句：本書卷一九《鷗賦》（1463）：「聯拳拾穗，長大如人。」《趙次公先後解》：「聯拳者，

相並相續之貌。」按，《莊子・在宥》：「乃始臠卷獊囊而亂天下也。」釋文：「司馬云：臠卷，不申舒之狀也。崔同。一云相牽引也。」揚雄《羽獵賦》：「騰空虛，距連卷。」《漢書》注：「師古曰：卷音拳。」《文選》吕向注：「連卷夭蹻，樹木盤曲貌。」《南都賦》李善注：「連卷，曲貌。」聯拳、臠卷、連卷，蓋同一詞。撥剌，擺動而發出聲響，用以形容琴絃、弓弦及魚。《淮南子・修務訓》：「琴或撥剌枉橈，闊解漏越。」張衡《思玄賦》：「彎威弧之撥剌兮，射嶓冢之封狼。」

老病

老病巫山裏，稽留楚客中。藥殘他日裹，花發去年叢〔一〕。夜足霑沙雨，春多逆水風。合分雙賜筆，猶作一飄蓬〔二〕。（0956）

【注】

黄鶴注：當是大曆元年（七六六）夔州作。

〔一〕藥殘句：藥裹，見卷七《寄從孫崇簡》（0349）注。

〔二〕合分二句：《藝文類聚》卷五八引《漢官儀》：「尚書令僕丞郎，月給赤管大筆一雙。」《趙次公先後解》：「公爲尚書工部郎，故感而有句。」

南楚

南楚青春異〔一〕，暄寒早早分。無名江上草，隨意嶺頭雲。正月蜂相見，非時鳥共聞。杖藜妨躍馬，不是故離羣〔二〕。（0957）

【注】

黄鶴注：當是大曆元年（七六六）在雲安作。

〔一〕南楚：《趙次公先後解》：「夔在戰國爲楚地。」《通典》卷一七五《州郡》：「夔州，春秋時爲魚國，後屬楚。……大唐武德三年，避皇外祖諱，改信州爲夔州。其後或爲雲安郡。領縣四：……巫山，楚置巫山郡。」

〔二〕杖藜二句：《趙次公先後解》：「官身而在諸人之間，則必騎馬。今也杖藜而獨往，乃放曠所然，不是故爲離羣也。」

移居夔州郭

伏枕雲安縣，遷居白帝城〔一〕。春知催柳別〔二〕，江與放船清①。農事聞人説，山光見鳥情。禹功饒斷石，且就土微平〔三〕。（0958）

【校】

①與，宋本、錢箋、《草堂》校：「一作已。」

【注】

黄鶴注：公以大曆元年（七六六）春晚移居夔州城，此當是其時作。

〔一〕白帝城：見卷六《引水》（0260）注。

〔二〕春知句：虞世南《奉和獻歲宴宫臣》：「春光催柳色，日彩泛槐烟。」宋之問《奉和晦日幸昆明池應制》：「節晦蓂全落，春遲柳暗催。」

〔三〕禹功二句：禹功，見卷六《柴門》（0274）注。《分門》洙曰：「沿峽皆開鑿而成，故少平土。惟夔州稍平爾。」

船下夔州郭宿雨濕不得上岸别王十二判官〔一〕

依沙宿舸船，石瀨月娟娟。風起春燈亂，江鳴夜雨懸。晨鐘雲外濕①，勝地石堂烟〔二〕。柔櫓輕鷗外，含悽覺汝賢〔三〕。（0959）

【校】

① 外，宋本、錢箋校：「晋作岸。」

【注】

黄鶴注：大曆元年（七六六）春晚自雲安遷居夔州時作。

〔一〕王十二判官：名不詳。

〔二〕石堂：《趙次公先後解》：「石堂應是夔州佳處。」

〔三〕柔櫓二句：謝靈運《廬陵王墓下作》：「含淒泛廣川，洒淚眺連崗。」《趙次公先後解》：「汝，以指言鷗。」仇注：「或以汝賢指鷗鳥，於别王之意不合。」

入宅三首①

奔峭背赤甲，斷崖當白鹽〔一〕。客居愧遷次〔二〕，春酒漸多添。花亞欲移竹〔三〕，鳥窺新捲簾。衰年不敢恨，勝概欲相兼〔四〕。（0960）

【校】

①入宅三首，錢箋題下注：「赤甲白鹽二山。」

【注】

黄鶴注：公大曆二年（七六六）移居赤甲，此詩作於大曆二年春。按，夔州治所爲奉節縣，即赤甲城。舊注謂甫至夔州後居西閣，二年春自西閣移居赤甲，三月又遷居瀼西。然西閣所在不明，亦不知赤甲城即夔州治所。據舊編，則移居夔州與卜宅赤甲實爲一時之事。

〔一〕奔峭二句：赤甲山，見卷六《引水》（0260）「魚復」注。白鹽山，隔東瀼溪與赤甲山相望。見卷七《寄裴施州》（0323）注。《太平寰宇記》卷一四八夔州：「奉節縣，去州四里……本漢魚復縣也。今縣北三十里有赤甲城，是舊魚復縣基。」此黄鶴注等所以謂赤甲山在奉節縣北三十里。

然據《方輿勝覽》卷五七夔州：「赤甲山，《元和志》在城北三里，上有孤城。」知作三十里者誤。謝靈運《七里瀨》：「孤客傷逝湍，徒旅苦奔峭。」

〔二〕遷次：見卷一一《王十五司馬弟出郭相訪兼遺營茅屋貲》(0622)注。

〔三〕亞：見卷四《戲題畫山水圖歌》(0178)注。

〔四〕勝概：李邕《崧臺石室記》：「皆神仙之窟宅，爲區宇之勝概。」岑參《因假歸白閣西草堂》：「勝概紛滿目，衡門趣彌濃。」

亂後居難定，春歸客未還。水生魚復浦①，雲暖麝香山〔一〕。半頂梳頭白②，過眉拄杖班。相看多使者，一一問函關〔二〕。（0961）

【校】

① 復，錢箋夾注：「音腹。」

② 半，宋本校：「樊作粭。」錢箋校作「粨」。疑當作「粭」。

【注】

〔一〕水生二句：魚復，見卷六《引水》(0260)注。夔州本漢魚復縣。《初學記》卷二四引《荊州圖記》：「魚復縣西北赤甲城，東南連白帝城，西臨大江。」《通典》卷一七五《州郡・雲安郡》：「奉

節，漢魚復縣地。又有魚復故城在北，赤甲城是也，即漢之江關。有白帝城及諸葛亮八陣圖，聚石爲。」《明一統志》卷七〇夔州府奉節縣：「魚復浦，在府治東南，漢魚復縣以此得名。」前代無此說。此或據杜詩敷衍。《太平寰宇記》卷一四八秭歸縣：「麝香山在縣南一百一十里，多麝。」《方輿勝覽》卷五七夔州：「麝香山，在城東百三十里。」

〔二〕相看一句：函關，函谷關。《水經注》河水：「河水自潼關東北流，水側有長坂，謂之黄巷坂，坂傍絶澗，陟此坂以升潼關，所謂泝黄巷以濟潼矣。歷北出東崤，通謂之函谷關也。邃岸天高，空谷幽深，澗道之狹，車不方軌，號曰天險。」《舊唐書·代宗紀》：「（大曆元年十二月）癸卯，同華節度使周智光專殺陝州監軍張志斌、前虢州刺史龐充，據華州謀叛。」朱鶴齡注謂言此。

宋玉歸州宅，雲通白帝城〔一〕。吾人淹老病，旅食豈才名。峽口風常急，江流氣不平。只應與兒子，飄轉任浮生。（0962）

【注】

〔一〕宋玉句：宋玉宅，見本卷《奉漢中王手札》（0941）注。

赤甲

卜居赤甲遷居新，兩見巫山楚水春。炙背可以獻天子，美芹由來知野人〔一〕。荊州鄭薛寄書近，蜀客郗岑非我鄰〔二〕。笑接郎中評事飲〔三〕，病從深酌道吾真①。(0963)

【校】

① 真，宋本作「貞」缺筆，據錢箋等改。

【注】

黄鶴注：與《入宅》詩同時作。

〔一〕炙背二句：《列子·楊朱》：「昔者宋國有田夫，常衣緼黂，僅以過冬。暨春東作，自曝於日，不知天下有廣廈隩室、綿纊狐狢，顧謂其妻曰：『負日之暄，人莫知之。以獻吾君，將有重賞。』」嵇康《與山巨源絶交書》：「野人有快炙背而美芹子者，欲獻之至尊。雖有區區之意，亦已疏矣。」

〔二〕荆州二句：《草堂》夢弼注：「鄭審、薛據、郄昂、岑參，皆甫之故舊也。」符載《犀浦縣令楊府君（鷗）墓志銘》：「相國杜公鴻漸景行操履，奏授犀浦縣令。……時視僚友杜員外甫、岑郎中參、郄舍人昂，聞公風聲，望公飛翔。」李白有《送郄昂謫巴中》。《蜀中廣記》卷二五巴州引《碑目》：「郄昂《陪嚴使君暮春五言二首》，在南龕。詩甚典麗。」朱鶴齡注引此，謂郄爲郄昂無疑。羊士諤《乾元初嚴黄門自京兆少尹貶牧巴郡……士諤謬因出守得繼兹賞》注：「時郄詹事昂自拾遺貶清化尉，黄門年三十餘，且爲府主，與郄意氣友善，賦詩尚會，文字猶存。」是郄乾元初貶巴州清化尉，此前在朝任拾遺。

〔三〕笑接句：《趙次公先後解》：「評事，則崔評事矣。郎中，未有所考。」

上白帝城二首

江城含變態，一上一回新。天欲今朝雨，山歸萬古春。英雄餘事業〔一〕，衰邁久風塵。取醉他鄉客，相逢故國人。兵戈猶擁蜀，賦斂强輸秦①〔二〕。不是煩形勝，深慚畏損神②〔三〕。（0964）

【校】

① 强，錢箋校：「一作尚。」

②慚，宋本、錢箋、《草堂》校：「一作愁。」

【注】

黄鶴注：當是大曆元年（七六六）公初至夔州時作。

〔一〕英雄：《趙次公先後解》：「英雄，指言白帝也。公孫述自號白帝，築爲此城。」

〔二〕兵戈二句：《趙次公先後解》：「兵戈猶擁蜀，豈又言崔旰之亂？」「觀旰歸朝，帝爲改名寧，則輸貢賦無疑矣。」

〔三〕不是二句：《趙次公先後解》：「蓋與《鹿頭關》詩大意相似……皆言以地之險，遂致有恃險之心，故以形勝爲煩，以疊嶂可削也。」仇注：「忽見輸餉赴京者，不覺觸目生愁。」

白帝空祠廟〔一〕，孤雲自往來。江山城宛轉，棟宇客徘徊。勇略今何在，當年亦壯哉。後人將酒肉，虛殿日塵埃。谷鳥鳴還過，林花落又開。多慚病無力，騎馬入青苔。（0965）

【注】

〔一〕白帝句：李貽孫《夔州都督府記》：「州初在瀼西之平上，宇文氏建德中，王述徙白帝城，今衙

是也。東南斗上二百七十步，得白帝廟。白帝，公遜述自名也。後人因其廟時享焉。」《方輿勝覽》卷五七夔州府：「白帝廟，在奉節縣東八里，舊州城内。有三石笋猶存。」陸游《入蜀記》卷四：「肩輿入關，謁白帝廟，氣象甚古，松柏皆數百年物。有數碑，皆孟蜀時所立。」

愁

强戲爲吴體〔一〕。

江草日日喚愁生，巫峽泠泠非世情①〔二〕。盤渦鷺浴底心性〔三〕，獨樹花發自分明。十年戎馬暗萬國，異域賓客老孤城。渭水秦山得見否，人今罷病虎縱横〔四〕。

(0966)

【校】

① 巫，宋本、錢箋校：「一作春。」

【注】

黄鶴注：當是大曆元年（七六六）夔州作。《趙次公先後解》編入大曆二年（七六七）。

〔一〕吴體：陸龜蒙有《獨夜有懷因作吴體寄襲美》。皮日休作《奉和魯望獨夜有懷吴體見寄》。或

謂吴體即拗體。《苕溪漁隱叢話》前集卷四七苕溪漁隱曰：「詩破弃聲律，老杜自有此體，如……《愁》『强戲爲吴體』。」方回《瀛奎律髓》卷二五：「拗字詩在老杜集七言律詩中謂之吴體，老杜七言律一百五十九首，而此體凡十九出。不止句中拗一字，往往神出鬼没。雖拗字甚多，而骨格愈峻峭。」或謂吴中俚俗爲此體。黄生《杜詩説》：「皮、陸集中亦有吴體詩，大抵即拗律詩耳。乃知當時吴中俚俗爲此體，詩流不屑效之，獨杜公篇什既衆，時出變調，凡集中拗律皆屬此體。偶發例於此曰『戲』者，明其非正聲也。」許印芳《詩譜詳説》：「當時吴中歌謡有此格調。」或謂雜以方言諧語。梁運昌《杜園説杜》：「凡篇中雜以方言諧語者，皆是吴體。」或謂其全篇不入律。梁章鉅《退庵隨筆》學詩二：「七律有全首不入律者，謂之吴體，與拗體詩不同。方虚谷《瀛奎律髓》合之拗字類中，非也。如杜少陵之《題省中院壁》、《愁》、《晝夢》、《夢歸》諸詩皆是。其訣在每對句第五字以平聲救轉，故雖拗而音節仍諧。宋人黄山谷以下，多效爲之。」或謂爲吴均體。桂馥《札樸》卷六：「案《梁書·吴均傳》：均文體清拔有古氣，好事者或學之，謂爲吴均體。杜所謂吴體，蓋謂均也。清拔言不拘聲病。」或謂上四字謎，下三字破謎。葉矯然《龍性堂詩話》續集：「老杜『盤渦鷺浴』、『獨樹花發』二句，公自注曰：『戲爲吴體。』徐文長解謂即『牆頭栽菜姊無園』，上四字謎，而下三字破謎語也。杜言巫峽非人所居，而己居之，自知之而已矣。與盤渦不宜鷺浴而浴之者，鷺亦自知之也。此所謂『獨樹花發自分明』也。予竊有説焉。以下句釋上句意，如《古詞》云『圍棋燒敗襖，著子故衣然』、陸龜蒙云『旦日思雙履，明時願早諧』、皮日休云『莫言春繭薄，猶有萬重思』，是也。今細味杜此句，與東坡

詩云『蓮子劈開須見薏，秋枰著盡更無棋。破衫却有重縫處，一飯何曾忘却匙』，是文與釋並見一句中，又與古體小異矣。」亦有謂其自立名目。方世舉《蘭叢詩話》：「老杜晚年七律，有自注時體、吴體、俳諧體。俳諧易知；時體、吴體不解。案之不過稍稍野樸，以『老樹著花無醜枝』博趣，而辭氣無所分別。當時皆未有此，何自而立名目？」以上除「吴均體」之説無據，他説皆可參取。

〔二〕巫峽句：《趙次公先後解》：「巫峽泠泠非世情，言水自泠泠，不徇世情，有人愁寂而感其泠泠之聲也。」

〔三〕盤渦句：盤渦，見卷一《白水縣崔少府十九翁高齋三十韻》(0042)注。仇注：「盤渦鷺浴，本自得也，疑其有何心性。」

〔四〕人今句：《趙次公先後解》：「虎縱横，言盜賊也。吐蕃亦乃盜賊耳。」朱鶴齡注引張璁曰：「虎縱横，謂暴斂也。時京兆用第五琦什畝税一法，民多流亡。」

江雨有懷鄭典設〔一〕

春雨闇闇塞峽中①，早晚來自楚王宫〔二〕。亂波分披已打岸，弱雲狼藉不禁風。寵光蕙葉與多碧，點注桃花舒小紅〔三〕。谷口子真正憶汝，岸高瀼滑限西

東②〔四〕。（0967）

【校】

①塞，宋本、《草堂》校：「晋作發。」錢箋校：「一作發。」

②真，宋本作「貞」，據錢箋等改。　滑，宋本、錢箋、《草堂》校：「一作闊。」

【注】

黄鶴注：當是大曆二年（七六七）春作，是年公自赤甲遷瀼西。

〔一〕鄭典設：名不詳。《唐六典》卷二六太子典設局：「典設郎四人，從六品下。」

〔二〕春雨二句：《趙次公先後解》：「楚王宫，指言高唐也。」朱鶴齡注：「暗用朝雲暮雨事。」見卷六《雨》（0297）注。

〔三〕寵光二句：《詩·小雅·蓼蕭》：「既見君子，爲龍爲光。」傳：「龍，寵也。」《楚辭·招魂》：「光風轉蕙，泛崇蘭些。」鍾會《孔雀賦》：「五色點注，華羽參差。」《趙次公先後解》：「其於桃花才小開苞，有點注之狀。」

〔四〕谷口二句：谷口子真，見卷九《鄭駙馬宅宴洞中》（0419）注。《趙次公先後解》：「公在瀼西，而鄭必在瀼東矣。」

雨不絕

鳴雨既過漸細微①，映空搖颺如絲飛。堦前短草泥不亂，院裏長條風乍稀。舞石旋應將乳子，行雲莫自濕仙衣〔一〕。眼邊江舸何怱促，未待安流逆浪歸②。

（0968）

【校】

① 漸細，宋本、錢箋校：「晋作細雨。」《文苑英華》作「細雨」，校：「集作漸細。」

② 待，宋本、錢箋校：「晋作得。」《草堂》作「得」，校：「一作待。」　未待，《文苑英華》作「不得」，校：「集作未得。」

【注】

黄鶴注：當是廣德二年（七六四）在嚴公幕中作。《趙次公先後解》編入大曆二年（七六七）。仇注編入大曆元年（七六六）。

〔一〕舞石二句：《趙次公先後解》：「舞石者，指燕。」《水經注》湘水：「東南流逕石燕山東，其山有

石，紺而狀燕，因以名山。其石或大或小，若母子焉。及其雷風相薄，則石燕群飛，頡頏如真燕矣。」《初學記》卷一庾仲雍《湘州記》：「零陵山有石燕，遇雨則飛，雨止還化爲石也。」庾信《喜晴》：「已歡無石燕，彌欲弃泥龍。」行雲，用巫山神女事。宋玉《高唐賦》「旦爲朝雲，暮爲行雨」，《水經注》江水引作「旦爲行雲，暮爲行雨」。

崔評事弟許相迎不到應慮老夫見泥雨怯出必愆佳期走筆戲簡〔一〕

江閣要賓許馬迎，午時起坐自天明〔二〕。浮雲不負青春色，細雨何孤白帝城。身過花間霑濕好，醉於馬上往來輕。虛疑皓首衝泥怯，實少銀鞍傍險行。（0969）

【注】

黄鶴注：當是大曆二年（七六七）作。《趙次公先後解》編入大曆元年（七六六）。

〔一〕崔評事弟：卷六《毒熱寄簡崔評事十六弟》（0294），與此當爲同一人。

〔二〕江閣二句：仇注：「本是邀賓江閣許馬迎，天明起坐至午時。兩句皆用倒裝法。」引邵注：「江閣，公所寓。白帝城，崔所居。」

晝夢

二月饒睡昏昏然，不獨夜短晝分眠〔一〕。桃花氣暖眼自醉，春渚日落夢相牽。故鄉門巷荆棘底，中原君臣豺虎邊。安得務農息戰鬬，普天無吏横索錢〔二〕。(0970)

【注】

黄鶴注：當是大曆二年(七六七)二月作。

〔一〕不獨句：《趙次公先後解》：「短睡不足，而乃分晝之半以眠耳。」仇注引邵注：「二月，晝夜平分之時。」按，晝分即晝，夜分即夜。曹植《上責躬應詔詩表》：「晝分而食，夜分而寢。」張九齡《感遇》：「夜分起躑躅，時逝曷淹留。」玄宗《卹緣邊兵士詔》：「是以晝分不食，夜不安寢。」

〔二〕横：《趙次公先後解》：「横音去聲。」《敦煌變文集·伍子胥變文》：「適來專輒横相訐，自側於身實造次。」《太平廣記》卷一〇九《趙泰》(出《幽冥録》)：「使開縢檢年紀之籍，云：有算三十年，横爲惡鬼所取，今遣還家。」

熟食日示宗文宗武〔一〕

消渴游江漢〔二〕，羇栖尚甲兵。幾年逢熟食，萬里逼清明。松柏邛山路①，風花白帝城②〔三〕。汝曹催我老〔四〕，回首淚縱横。（0971）

【校】

① 邛，錢箋校：「一作邙。」《草堂》作「邙」，校：「一作邛。」

② 花，《草堂》作「光」。

【注】

黄鶴注：當是大曆二年（七六七）在夔州作，蓋元年春晚方還夔，三年正月已下峽。

〔一〕熟食日：《分門》洙曰：「熟食日即寒節也。秦人呼寒食爲熟食日，言其不動烟火，預辦熟食物過節也。齊人呼爲冷節，又云禁烟。」宗文、宗武：見卷六《催宗文樹雞柵》（0284）注。

〔二〕消渴句：消渴，見卷六《同元使君春陵行》（0276）注。《趙次公先後解》：「夔實楚地，南接荆南，故云游江漢。」

〔三〕松柏二句：《九家》杜《補遺》：「《十道志》曰：邙山在洛陽縣北十里。楊佺期《洛城記》曰：邙山，古今東洛九原之地也。俗以寒食省墳，子美先塋在邙，而其身流寓白帝，於寒食不能展省也，故有此句。」錢箋别引《元和郡國志》「邛州南接邛來山，因以爲名」。

〔四〕汝曹句：白居易《同夢得和思黯見贈》：「催老莫嫌孫稚長，加年須喜鬢毛秋。」王建《短歌行》：「人家見生男女好，不知男女催人老。」

又示兩兒

令節成吾老，他時見汝心〔一〕。浮生看物變，爲恨與年深。長葛書難得，江州涕不禁〔二〕。團圓思弟妹，行坐白頭吟〔三〕。（0972）

【注】

黄鶴注：與上篇同時作。

〔一〕令節二句：《趙次公先後解》：「他時見汝心，意言汝輩今日方年少，未知老者之情，候它日汝輩老年，方見其心如我之今日耳。」仇注：「言老不歸鄉，他時奉先省墓，見汝曹之用心耳。」浦起龍云：「汝曹今日蚩蚩，毫無掛念，直待他年無人管顧，汝心方見出來也。」按，仇説近是。此

預想身後寒食掃墓之事。

〔二〕長葛二句：《元和郡縣圖志》卷八河南道許州：「長葛縣，緊。南至州六十里。」卷二八江南道：「江州，潯陽。上。」《趙次公先後解》：「是其弟其妹所在。」仇注謂長葛與齊州爲近，前有《送弟往齊州》詩；江州與鍾離相近，《同谷七歌》云「有妹在鍾離」。

〔三〕行坐句：《趙次公先後解》：「白頭吟，止取老而爲詩耳。其本出則司馬相如將聘茂陵女爲妾，而文君作《白頭吟》以諷之。」按，《白頭吟》古辭：「今日斗酒會，明旦溝水頭。躞蹀御溝上，溝水東西流。」此亦取其詠别離意。

陪諸公上白帝城頭宴越公堂之作①〔一〕

此堂存古製，城上俯江郊。落構垂雲雨，荒堦蔓草茅。柱穿蜂溜蜜〔二〕，棧缺燕添巢。坐接春杯氣，心傷艷蘂梢。英靈如過隙，宴衎願投膠〔三〕。古樂府云：以膠投漆中，誰能别離此②。莫問東流水③，生涯未即拋。（0973）

【校】

① 頭，錢箋、《草堂》無「頭」字，錢箋校：「吴有頭字。」

②錢箋以此注爲吴若本注。

③東流水，錢箋校：「一作水清淺。」

【注】

黄鶴注：當是大曆元年（七六六）春晚作。《趙次公先後解》編入大曆二年（七六七）。

〔一〕越公堂：李貽孫《夔州都督府記》：「東斗上二百七十步，得白帝廟。……又有越公堂，在廟南而少西，隋越公素所爲也。奇構隆敞，内無欂柱，夐視中脊，邈不可度。五逾甲子，無土木之隙。」《方輿勝覽》卷五七夔州：「越公堂，在瞿唐關城内。隋楊公素所爲也。」陸游《入蜀記》卷四：「入關謁白帝廟。……又有越公堂，隋楊素所創，少陵爲賦詩者。已毁，今堂近歲所築，亦甚宏壯。自關而東，即東屯，少陵故居也。」

〔二〕溜：《廣韻》去聲四十九宥：「溜，力救切。水溜。」此作動詞。吴均《采蓮曲》：「葉卷珠難溜，花舒紅易傾。」

〔三〕英靈二句：《莊子·盜蹠》：「操有時之具而託於無窮之間，忽然無異騏驥之馳過隙也。」《史記·留侯世家》：「人生一世間，如白駒過隙。」《詩·小雅·南有嘉魚》：「君子有酒，嘉賓式燕以衎。」傳：「衎，樂也。」《古詩十九首》：「以膠投漆中，誰能别離此。」

傷春五首①

天下兵雖滿，春光日自濃②〔一〕。西京疲百戰，北闕任羣兇〔二〕。關塞三千里，烟花一萬重。蒙塵清露急，御宿且誰供③〔三〕？殷復前王道，周遷舊國容〔四〕。蓬萊足雲氣，應合總從龍〔五〕。（0974）

【校】

①《千家注》：「公自注：巴閬僻遠，傷春罷始知春前已收宮闕。」仇注等引之。宋本等皆未見。據詩意，非是。

②春光，宋本、錢箋、《草堂》校：「一作青春。」

③且，宋本、錢箋、《草堂》校：「一作有。」

【注】

黃鶴注：當是廣德二年（七六四）在閬州作。

〔一〕天下二句：《九家》趙注：「上句謂廣德元年吐蕃陷京師，車駕幸陝。」見卷一二《送李卿曄》

(0772)等注。

〔二〕西京二句：《九家》趙注：「下句謂程元振、魚朝恩之徒。按史載柳伉疏：吐蕃犯順，罪由元振，請斬之以謝天下。以元振等弄權，故呼爲羣凶。」朱鶴齡注：「涇州刺史高暉、射生將王獻忠等迎吐蕃入長安，立邠王守禮孫承宏爲帝，故曰『疲百戰』、『任群凶』也。」

〔三〕蒙塵二句：清露，仇注改「清路」：「清路急，不暇除道也。」揚雄《羽獵賦》：「武帝廣開上林，東南至宜春、鼎湖、御宿、昆吾。」《文選》李善注：「《三秦記》曰：樊川，一名御宿。」《九家》趙注：「乃帝御所宿也，漢以爲地名。」《舊唐書・代宗紀》：「（廣德元年十月）丙子，駕幸陝州……丁丑，次華州。官吏藏竄，無復儲擬。會魚朝恩領神策軍自陝來迎駕，乃幸朝恩軍。」

〔四〕殷復二句：《史記・殷本紀》：「武丁修政行德，天下咸驩，殷道復興。」《周本紀》：「平王立，東遷於雒邑，辟戎寇。」

〔五〕蓬萊二句：《九家》趙注：「蓬萊殿也。公正憂羣臣有徇身而辭難者。」《百家注》趙注：「蓋言羣臣當盡隨駕。」蓬萊殿，見卷四《病橘》(0189)注。《易・乾・文言》：「雲從龍，風從虎。」按，此當指京師收復。蓋前已言「殷復前王道」。

鶯入新年語，花開滿故枝。天青風捲幔①，草碧水通池②。牢落官軍速③〔一〕，蕭條萬事危。鬢毛元自白，淚點向來垂。不是無兄弟，其如有別離。巴山春色

静，北望轉逶迤。（0975）

【校】

① 青，《草堂》校：「一作清。」

② 通，《草堂》作「連。」

③ 速，《草堂》作「遠」，校：「一作速。」

【注】

〔一〕牢落：见卷二《送樊二十三侍御赴漢中判官》（0086）注。

日月還相鬭，星辰屢合圍①〔一〕。不成誅執法〔二〕，焉得變危機？大角纏兵氣，鈎陳出帝畿〔三〕。烟塵昏御道，耆舊把天衣②〔四〕。行在諸軍闕，來朝大將稀。賢多隱屠釣，王肯載同歸〔五〕？（0976）

【校】

① 屢合，宋本、錢箋校：「一作亦屢。」

② 烟塵昏御道耆舊把天衣，錢箋、《草堂》校：「一云固無牽白馬，幾至著青衣。」

【注】

〔一〕日月二句：《晉書·天文志》：「數日俱出，若鬬，天下兵起，大戰。日鬬，下有拔城。」又：「凡五星，木與土合，爲内亂，饑。與水合，爲變謀而更事。與火合，爲饑，爲旱。與金合，爲白衣之會。合鬬，國有内亂，野有破軍，爲水。」

〔二〕不成句：《分門》洙曰引《天文志》「南宫南四星，名執法中端門」。劉峻《辨命論》：「宋公一言，法星三徙。」《文選》李善注：「《廣雅》曰：熒惑謂之罰星，或謂之執法。」《九家》趙注引此，謂：「今此指熒惑而言也，蓋公之意，以譏程元振之徒熒惑人主。」朱鶴齡注引《杜詩博議》：「《漢志》：哀帝元壽元年十一月，歲星入太微，逆行，干右執法。占曰：大臣有憂，執法者誅，若有罪。二年十月，高安侯董賢免歸，自殺。此詩『執法』二句暗引是事，以董賢況程元振也。」浦起龍引《石氏星經》（見《説郛》卷一〇八《星經》）：「執法四星，在太陽首（守）西北，主刑餘之人，又爲刑政之官，主宣王命，内常侍官也。」以爲即《晉書·天文志》「太陽守西北四星曰勢，勢，腐刑人也」，正以比宦官程元振，而端門執法二星爲太微之藩，熒惑爲火星之號，皆不可以擬閹人。徐文靖《管城碩記》卷二七引《石氏星經》即作「勢四星，助宣王命，内常侍官也」。按，廣德元年十一月，程元振放歸田里，此所以詩人顯斥言也。

〔三〕大角二句：《史記·天官書》：「大角者，天王帝廷。其兩旁各有三星，鼎足句之，曰攝提。」《晉書·天文志》：「七月癸亥，大角星散摇五色。占曰：王者流散。」左思《魏都賦》：「奸回内贔，兵纏紫微。」鈎陳，見卷八《魏將軍歌》（0366）注。《九家》趙注：「今隨車駕出狩，故曰『出

帝畿』。」

〔四〕者舊句：《南齊書・輿服志》：「衮衣，漢世出陳留襄邑所織。宋末用繡及織成。建武中，明帝以織成重，乃采畫爲之，加飾金銀薄，世亦謂之天衣。」顧炎武《日知録》卷二七引此。朱鶴齡注轉引。

〔五〕賢多二句：《韓詩外傳》卷八：「太公望少爲人婿，老而見去，屠牛朝歌，賃於棘津，釣於磻溪。文王舉而用之。」

再有朝廷亂〔一〕，難知消息真。近傳王在洛，復道使歸秦①〔二〕。奪馬悲公主，登車泣貴嬪②〔三〕。蕭關迷北上，滄海欲東巡〔四〕。敢料安危體，猶多老大臣。豈無嵇紹血③，霑洒屬車塵〔五〕。（0977）

【校】

① 歸，宋本、錢箋校：「一作通。」《草堂》校：「一作回。」

② 泣，《草堂》校：「一作哭。」

③ 豈，宋本、錢箋、《草堂》校：「一作得。」

【注】

〔一〕再有句：仇注：「再亂，謂禄山之後，復有吐蕃。」

〔二〕近傳二句：《九家》趙注：「詳此篇尤見車駕出幸東都，傳之未審也。」仇注：「在洛，用獻帝還洛事。歸秦，用張儀歸秦事。」

〔三〕奪馬二句：仇注：「奪馬，用高歡事。泣嬪，用晉哀事。」《北齊書·神武帝紀》：「神武乃自晉陽出滏口，路逢爾朱榮妻北鄉郡長公主自洛陽來，馬三百匹，盡奪易之。」《晉書·成帝紀》：「峻逼遷天子于石頭，帝哀泣升車，宮中慟哭。」

〔四〕蕭關二句：《漢書·武帝紀》：「行幸雍，祠五畤，通回中道，遂北出蕭關。」蕭關，見卷七《八哀詩·嚴公武》(0332)注。《史記·秦始皇本紀》：「於是乃並勃海以東，過黄腄，窮成山，登之罘，立石頌秦德焉而去。」《九家》趙注：「上兩句亦所傳聞，以爲車駕或議北上蕭關，或欲東巡滄海，兩皆迷惑而不定也。」按，廣德元年十一月，收京城。十二月，代宗還京。蜀中當亦聞知。此皆追述前事。仇注等據《千家注》所謂公自注爲説，不確。

〔五〕豈無二句：《晉書·嵇紹傳》：「紹以天子蒙塵，承詔馳詣行在所。值王師敗績於蕩陰，百官及侍衛莫不散潰。唯紹儼然端冕，以身捍衛，兵交御輦，飛箭雨集。紹遂被害於帝側，血濺御服，天子深哀歎之。及事定，左右欲浣衣，帝曰：『此嵇侍中血，勿去。』」司馬相如《上書諫獵》：「犯屬車之清塵。」

聞説初東幸①，孤兒却走多〔一〕。難分太倉粟，競弃魯陽戈〔二〕。胡虜登前殿，王公出御河。得無中夜舞②，誰憶大風歌③〔三〕？春色生烽燧，幽人泣薜蘿〔四〕。君臣重修德，猶足見時和。（0978）

【校】

① 説，《草堂》校：「一作道。」

② 得無，宋本、錢箋、《草堂》校：「一作忍爲。」

③ 誰，宋本、錢箋校：「一作宜。」

【注】

〔一〕聞説二句：《漢書·百官公卿表》：「羽林掌送從，次期門。武帝太初元年初置，名曰建章營騎，後更名羽林騎。又取從軍死事之子孫養羽林，官教以五兵，號曰羽林孤兒。」

〔二〕競弃句：《淮南子·覽冥訓》：「魯陽公與韓構難，戰酣，日暮，援戈而撝之，日爲之反三舍。」

〔三〕得無二句：《晉書·祖逖傳》：「與司空劉琨俱爲司州主簿，情好綢繆，共被同寢。中夜聞荒雞鳴，蹴琨覺，曰：『此非惡聲也。』因起舞。」《史記·高祖本紀》：「高祖還歸，過沛，留。置酒沛宮，悉召故人父老子弟縱酒……自爲歌詩曰：『大風起兮雲飛揚，威加海内兮歸故鄉，安得猛士兮守四方。』」朱鶴齡注：「代宗致亂，皆因信任非人，老臣不見用。故一曰『賢多隱屠釣』，一

曰『猶多老大臣』，一曰『誰憶大風歌』，篇中每三致意焉。」

〔四〕幽人句：《楚辭·九歌·山鬼》：「若有人兮山之阿，被薜荔兮帶女蘿。」《九家》趙注：「幽人，公自謂也。」

暮春題瀼西新賃草屋五首〔一〕

久嗟三峽客，再與暮春期。百舌欲無語〔二〕，繁花能幾時？谷虛雲氣薄，波亂日華遲。戰伐何由定，哀傷不在茲〔三〕。（0979）

【注】

黃鶴注：大曆二年（七六七）在瀼西作，是年公自赤甲遷瀼西。

〔一〕瀼西：見卷六《柴門》（0276）注。

〔二〕百舌句：百舌，見卷七《寄柏學士林居》（0348）注。《趙次公先後解》：「反舌無聲，在芒種後十日，今謂之欲無語，則暮春之時也。」

〔三〕戰伐二句：《趙次公先後解》：「末句蓋言戰伐不定，乃所哀傷者。……茲者，指言草屋也。」仇注：「不在茲，言豈不在此戰伐。」

此邦千樹橘，不見比封君〔一〕。養拙干戈際，全生麋鹿羣〔二〕。畏人江北草，旅食瀼西雲。萬里巴渝曲，三年實飽聞〔三〕。（0980）

【注】

〔一〕此邦二句：《史記·貨殖列傳》：「燕秦千樹栗，蜀漢、江陵千樹橘……此其人皆與千户侯等。」

〔二〕養拙二句：養拙，見卷五《營屋》（0255）注。麋鹿羣，見卷九《題張氏隱居二首》（0422）注。

〔三〕萬里二句：《晉書·樂志》：「漢高祖自蜀漢將定三秦，閬中范因率賨人以從帝，爲前鋒。……其俗喜舞，高祖樂其猛鋭，數觀其舞，後使樂人習之。閬中有渝水，因其所居，故名曰《巴渝舞》。舞曲有《矛渝本歌曲》、《安弩渝本歌曲》、《安臺本歌曲》、《行辭本歌曲》，總四篇。」《趙次公先後解》謂此句實道其事，而尤有依據。

綵雲陰復白，錦樹曉來青①。身世雙蓬鬢，乾坤一草亭〔一〕。哀歌時自短②，醉舞爲誰醒③？細雨荷鋤立，江猿吟翠屏。（0981）

【校】

①曉，宋本、錢箋校：「晉作晚。」

②短，錢箋作「惜」。

③醉舞，《草堂》校：「一作薄酒。」

【注】

〔一〕身世二句：《趙次公先後解》：「上句言身之已老，雙鬢如蓬矣。」

壯年學書劍①，他日委泥沙〔一〕。事主非無禄，浮生即有涯〔二〕。高齋依藥餌，絶域改春華。喪亂丹心破，王臣未一家〔三〕。（0982）

【校】

①年，宋本、錢箋、《草堂》校：「晉作志。」

【注】

〔一〕壯年二句：《史記·項羽本紀》：「項籍少時，學書不成，去學劍。」沈約《傷韋景猷》：「税驂止營校，淪跡委泥沙。」浦起龍云：「他日，渾指罷職之時。」

〔二〕浮生句：《莊子·養生主》：「吾生也有涯，而知也無涯。以有涯隨無涯，殆已。」

〔三〕高齋四句：《詩·小雅·北山》：「溥天之下，莫非王土。率土之濱，莫非王臣。」浦起龍云：

「高齋當指嚴武之幕」，「草屋不得云高齋。蓋此句跟上四一片下，正隱括入蜀依嚴事也。」

欲陳濟世策，已老尚書郎〔一〕。未息豺虎鬭，空慚鴛鷺行〔二〕。時危人事急①，風逆羽毛傷②。落日悲江漢，中宵淚滿床。（0983）

【校】

① 急，宋本、錢箋、《草堂》校：「晋作惡。」

② 逆，宋本、錢箋、《草堂》校：「晋作急。」

【注】

〔一〕欲陳二句：《文選》張衡《思玄賦》李善注引《漢武故事》：「顔駟，不知何許人。漢文帝時爲郎。至武帝，嘗輦過郎署，見駟龍眉皓髮，上問曰：『叟何時爲郎？何其老也！』答曰：『臣文帝時爲郎。文帝好文而臣好武，至景帝好美而臣貌醜，陛下即位，好少而臣已老。是以三世不遇，故老於郎署。』」

〔二〕空慚句：鴛鷺行，見卷一〇《至日遣興奉寄北省舊閣老兩院故人二首》（0545）注。

承聞河北諸道節度入朝歡喜口號絶句十二首〔一〕

禄山作逆降天誅，更有思明亦已無〔二〕。洶洶人寰猶不定，時時戰鬬欲何須①〔三〕？（0984）

【校】

① 戰鬬，錢箋作「鬬戰」。

【注】

黄鶴注：當是大曆二年（七六七）作。

〔一〕河北諸道節度入朝：《舊唐書·代宗紀》：「（大曆二年三月）汴宋節度使田神功來朝。……八月庚辰，鳳翔節度使李抱玉來朝。……（九月）命左丞李涵宣慰河北。……十二月甲申，鳳翔李抱玉來朝。丁酉，太原節度使辛雲京來朝。」朱鶴齡注：「河北入朝事，史無明文。疑公在夔州，特傳聞之，而未然耳。」按，《舊唐書·李懷仙傳》：「朝義以餘孽數千奔范陽，懷仙誘而擒之，斬首來獻。屬懷恩私欲樹黨以固兵權，乃保薦懷仙可用。代宗復授幽州大都督府長史、檢

校侍中、幽州盧龍等軍節度使，與賊將薛嵩、田承嗣、張忠志等分河朔而帥之。既而懷恩叛逆，西蕃入寇，朝廷多故，懷仙等四將各招合遺孽，治兵繕邑。部下各數萬勁兵，文武將吏，擅自署置，貢賦不入於朝廷，雖稱藩臣，實非王臣也。朝廷初集，姑務懷安，以是不能制。懷仙大曆三年爲其麾下兵馬使朱希彩所殺。」此大曆三年前河北諸道形勢。

〔二〕禄山二句：見卷一二《聞官軍收河南河北》（0780）注。

〔三〕洶洶二句：《趙次公先後解》謂指廣德元年吐蕃入寇。仇注：「今元惡並除，小醜復何覬乎？末句乃誡詞。」

社稷蒼生計必安，蠻夷雜種錯相干〔一〕。周宣漢武今王是〔二〕，孝子忠臣後代看。（0985）

【注】

〔一〕雜種：見卷二《留花門》（0068）注。黄永年謂此句統指當時四裔民族。

〔二〕周宣句：周宣、漢武，見卷二《北征》（0052）注。

喧喧道路多歌謠①〔一〕，河北將軍盡入朝。始是乾坤王室正②，却交江漢客魂

銷③〔三〕。（0986）

【校】

①多歌，錢箋校：「一作好童。」

②始，宋本、錢箋校：「晋作作。」

③交，宋本、錢箋校：「一作教。」《草堂》作「教」。

【注】

〔一〕喧喧句：《舊唐書·桓彦範傳》：「臣聞京師喧喧，道路籍籍。」

〔二〕始是二句：《趙次公先後解》：「公因喜諸節度入朝，而傷其流落。」

不道諸公無表來①，茫然庶事遣人猜②〔一〕。擁兵相學干戈鋭，使者徒勞百萬回③〔二〕。（0987）

【校】

①不，錢箋校：「一作北。」

②茫然，錢箋校：「一作茫茫。」《草堂》校：「魯作茫茫。」 遣，錢箋、《草堂》校：「一作使。」

③百萬，《草堂》作「萬里」。

【注】

〔一〕不道二句：《趙次公先後解》：「諸節度雖亦通表於朝，然不肯入覲，此爲可猜也。」朱鶴齡注：「言河北諸道前時不朝，爲可疑。」仇注：「曰『不道』、曰『遣人猜』，據跡而疑其心也。至是，則諸鎮之心跡可白矣。」

〔二〕擁兵二句：《册府元龜》卷一三六《帝王部・慰勞》：「代宗寶應元年冬，以初平河朔，拜宗正少卿李涵左庶子、兼御史中丞，河北宣慰使。廣德二年正月，以尚書右丞顏真卿爲刑部尚書、兼御史大夫，充朔方宣慰使。永泰元年七月，遣尚書左丞李涵以本官兼御史大夫，於河北道宣慰。」又大曆二年九月，李涵充河北宣慰使。此數遣使者。

（0988）

鳴玉鏘金盡正臣，修文偃武不無人〔一〕。興王會静妖氛氣，聖壽宜過一萬春。

【注】

〔一〕鳴玉二句：成公綏《正旦大會行禮歌》：「濟濟鏘鏘，金振玉聲。」駱賓王《帝京篇》：「繡柱璇題粉壁映，鏘金鳴玉王侯盛。」《書・武成》：「乃偃武修文。」

英雄見事若通神，聖哲爲心小一身①〔一〕。燕趙休矜出佳麗，宮闈不擬選才人〔二〕。（0983）

【校】

①小一，《草堂》作「一小」。

【注】

〔一〕英雄二句：心小，見卷二《洗兵馬》（0090）注。仇注：「小一身，言不侈天下以自奉。」似未盡意。

〔二〕燕趙二句：《古詩十九首》：「燕趙多佳人，美者顏如玉。」《趙次公先後解》：「既喜其入朝，却防其媚悦而獻佳麗，故預以爲戒。」仇注引常袞請却諸道獻金帛事，謂「英雄見事」當指常袞。説似狹。才人，見卷一《哀江頭》（0046）注。

抱病江天白首郎〔一〕，空山樓閣暮春光。衣冠是日朝天子，草奏何時入帝鄉〔二〕？（0990）

【注】

〔一〕抱病句：白首郎，參前《暮春題瀼西新賃草屋五首》(0983)「已老尚書郎」注。舊注謂用馮唐事。《史記·張釋之馮唐列傳》：「武帝立，求賢良，舉馮唐。唐時年九十餘，不能復爲官。」王楙《野客叢書》卷五：「《漢武故事》載顏駟一事，甚與馮唐同。……人往往誤以此事爲馮唐用。如《白氏六帖》曰：『漢文帝時，馮唐白首爲郎，帝問之，曰：臣三朝不遇。』樂天詩亦曰：『重文疏卜式，尚少弃馮唐。』……如此甚多。諸詩誤引承襲而然。《六帖》云云，尤爲可笑。」

〔二〕帝鄉：《莊子·天地》：「乘彼白雲，至於帝鄉。」成玄英疏：「天地之鄉。」後亦指帝都。

澶漫山東一百州，削成如桉抱青丘〔一〕。苞茅重入歸關内，王祭還供盡海頭〔二〕。(0991)

【注】

〔一〕澶漫二句：張衡《西京賦》：「澶漫靡迤，作鎮於近。」卷一《兵車行》(0011)「漢家山東二百州」，謂關以東。《趙次公先後解》：「詩云山東一百州，則言河北明矣。」謂太行山以東。削成，見卷三《萬丈潭》(0138)注。青丘，見卷六《壯游》(0295)注。

〔二〕苞茅二句：《左傳》僖公四年：「爾貢包茅不入，王祭不共，無以縮酒，寡人是征。」

東逾遼水北滹沲，星象風雲喜共和①〔一〕。紫氣關臨天地闊，黃金臺貯俊賢多〔二〕。（0992）

【校】

① 喜，錢箋校：「一作氣。」

【注】

〔一〕東逾二句：《水經注》大遼水：「遼水亦言出砥石山，自塞外東流，直遼東之望平縣西，王莽之長說也。屈而西南流，逕襄平縣故城西。」《周禮·夏官·職方氏》：「正北曰并州，其山鎮曰恒山，其澤藪曰昭餘祁，其川虖沲、嘔夷。」注：「虖沲出鹵城。」《史記·蘇秦列傳》正義：「呼沱出代州繁時縣，東南流經五臺山北，東南流過定州，流入海。」《史記·周本紀》：「召公、周公二相行政，號曰共和。」正義：「韋昭云：彘之亂，公卿相與和而修政事，號曰共和也。」陸機《五等論》：「是以宣王興於共和，襄惠振於晉鄭。」

〔二〕紫氣二句：《史記·老子韓非列傳》索隱：「《列仙傳》：老子西游，關令尹喜望見有紫氣浮關，而老子果乘青牛而過也。」指函谷關。黃金臺，見卷七《晚晴》（0345）注。

漁陽突騎邯鄲兒，酒酣並轡金鞭垂〔一〕。意氣即歸雙闕舞，雄豪復遣五陵

知〔二〕。（0993）

【注】

〔一〕漁陽二句：漁陽突騎，見卷六《漁陽》（0263）注。《漢書·地理志》：「自趙夙後九世稱侯，四世敬侯徙都邯鄲。……邯鄲北通燕、涿，南有鄭、衛，漳、河之間一都會也。其土廣俗雜，大率精急，高氣勢，輕爲奸。」

〔二〕意氣二句：雙闕，帝闕，見卷三《鹿頭山》（0169）注。五陵，見卷一《哀王孫》（0047）注。

李相將軍擁薊門，白頭雖老赤心存①〔一〕。竟能盡説諸侯入②，知有從來天子尊。（0994）

【校】

① 雖老，錢箋校：「一作惟有。」

② 盡説，《草堂》作「説盡」。

【注】

〔一〕李相二句：李相，《趙次公先後解》改「岑相」，謂即節度使之稱相公者。《草堂》夢弼注謂指李

光弼。朱鶴齡注：「按史，李懷仙先以范陽歸順，是時爲檢校侍中、幽州盧龍等軍節度使，但未有説諸侯入朝事。夢弼謂是李光弼，近之。光弼在玄、肅朝嘗加范陽節度使，又嘗兼幽州大都督府長史，雖止遥領其地，亦可謂之『擁薊門』也。廣德二年光弼已没，此所云『白頭』、『赤心』，蓋追美之。」按，李相即指李懷仙，光弼卒已三年，且與河北諸將事無關，豈可牽强言之？此言其盡説諸侯入朝，正與詩題吻合。

十二年來多戰場，天威已息陣堂堂〔一〕。神靈漢代中興主，功業汾陽異姓王〔二〕。（0995）

【注】

〔一〕十二年句：自天寶十四載至大曆二年爲十二年。《孫子·軍争》：「勿擊堂堂之陣。」

〔二〕汾陽：郭子儀。《舊唐書·郭子儀傳》：「上元二年……進封汾陽郡王。」

得舍弟觀書自中都已達江陵今兹暮春月末行李合到夔州悲喜相兼團圓可待賦詩即事情見乎詞〔一〕

爾到江陵府①，何時到峽州〔二〕？亂離生有别，聚集病應瘳。颯颯開啼眼，朝

朝上水樓。老身須付託，白骨更何憂。（0996）

【校】

① 到，宋本、錢箋、《草堂》校：「晋作過。」

【注】

黄鶴注：當是大曆二年（七六七）春作。

〔一〕舍弟觀：見卷三《乾元中寓居同谷縣作歌七首》（0154）注。《舊唐書・肅宗紀》：「（至德二載十二月）西京改爲中京。」

〔二〕峽州：《舊唐書・地理志》江陵府：「硤州，下，隋夷陵郡。……（貞觀）九年，自下牢鎮移治陸抗故壘。天寶元年，改爲夷陵郡。乾元元年，復爲硤州。」

喜觀即到復題短篇二首

巫峽千山暗，終南萬里春〔一〕。病中吾見弟，書到汝爲人〔二〕。意答兒童問①，來經戰伐新〔三〕。泊船悲喜後，款款話歸秦②。（0997）

【校】

① 意，錢箋校：「一作竟。」《草堂》作「竟」。

② 話，宋本、錢箋、《草堂》校：「一作議。」　宋本兩首連刻，「秦」下空白，脱「待爾嗔烏」四字。

【注】

黄鶴注：當是大曆二年（七六七）作。

〔一〕終南句：《趙次公先後解》：「觀自長安來，故云『終南萬里春』。」

〔二〕病中二句：《趙次公先後解》：「得家書方知弟生存也。」

〔三〕意答二句：《趙次公先後解》：「自戰伐中來，兒童見之，必有所問，己意其一一答之也。」黄生云：「開書時其子在傍，詢叔動定，且讀且答，讀至末，則知當來此相聚。」

待爾嗔烏鵲，拋書示鶺鴒〔一〕。枝間喜不去，原上急曾經〔二〕。江閣嫌津柳，風帆數驛亭〔三〕。應論十年事，愁絶始星星①〔四〕。（0998）

【校】

① 愁，錢箋校：「一作撚。」《草堂》作「撚」，校：「一作愁。」

【注】

〔一〕待爾二句：烏鵲，見卷一二《西山三首》(0827)注。鶺鴒，見卷一〇《得弟消息二首》(0548)注。仇注：「待弟不至，遂嗔烏鵲難憑矣。將拋書以示鶺鴒，欲問來時消息耳。」

〔二〕枝間二句：仇注：「鵲在枝間，若報喜而不去，復望之也。鶺鴒原上，乃急難曾經者，何又寂無一言乎。四句總是自揣自語，展轉盼望之情。」

〔三〕江閣句：朱鶴齡注：「嫌津柳，嫌其遮望眼也。」

〔四〕星星：左思《白髮賦》：「星星白髮，生於鬢垂。」

喜聞盜賊蕃寇總退口號五首

蕭關隴水入官軍〔一〕，青海黄河卷塞雲。北極轉愁龍虎氣①，西戎休縱犬羊羣〔二〕。（0999）

【校】

①極，錢箋、《草堂》校：「晋作闕。」 愁，錢箋、《草堂》校：「一作深。」

【注】

黃鶴注：大曆三年（七六八）作。朱鶴齡注、仇注同。《趙次公先後解》編入大曆二年（七六七）。

〔一〕蕭關句：蕭關，見卷七《八哀詩・嚴公武》（〇三三二）注。《舊唐書・代宗紀》：「（大曆二年九月）甲寅，吐蕃寇靈州，進寇邠州。詔子儀率師三萬，自河中鎮涇陽，京師戒嚴。……十月戊寅，靈州奏破吐蕃二萬，京師解嚴。」《吐蕃傳》：「大曆二年十月，靈州破吐蕃二萬餘衆，生擒五百人，獲馬一千五百匹。十一月，和蕃使、檢校户部尚書、兼御史大夫薛景仙自吐蕃使還，首領論泣陵隨景仙來朝。景仙奏云：贊普請以鳳林關爲界。俄又遣使路悉等十五人來朝。」黃鶴注：「蕭關與靈州相近，正是指吐蕃寇靈州而路嗣恭破之。」朱鶴齡注同。

〔二〕北極二句：《分門》師曰：「言中國氣盛，胡人愁恐也。」《趙次公先後解》：「北極指言帝座，轉愁龍虎氣，則吐蕃望之轉加憂愁矣。」仇注：「時宦官典兵，内憂方切，故云『北極轉愁』。」引遠注，謂龍虎軍蓋禁旅，此時魚朝恩典掌禁兵，公故深愁之。浦起龍云：「詩正以殲賊而喜，鯁入此意，則文氣不屬。」當以師、趙説爲是。《史記・項羽本紀》：「吾令人望其氣，皆爲龍虎，成五采，此天子氣也。」《後漢書・應劭傳》：「鮮卑隔在漠北，犬羊爲群。」

贊普多教使入秦〔一〕，數通和好止烟塵①。朝廷忽用哥舒將，殺伐虛悲公主親〔二〕。（一〇〇二）

【校】

①止，錢箋、《草堂》校：「晉作尚。」

【注】

〔一〕贊普：見卷六《近聞》（0262）注。

〔二〕朝廷二句：《趙次公先後解》謂四句言開元二十八年金城公主薨，明年吐蕃使者朝，請和，明皇不許。後用哥舒翰節度隴右，拔石堡城，收九曲故地，結吐蕃之怨亦深，是則國家虛悲公主之死而已。仇注：「此追咎邊將之起釁者。……前《贈哥舒翰開府》詩又盛誇其武功，能免譎詞乎？」

崆峒西極過崑崙①，駝馬由來擁國門〔一〕。逆氣數年吹路斷，蕃人聞道漸星奔〔二〕。（1001）

【校】

①極，錢箋、《草堂》校：「晉作北。」

【注】

〔一〕崆峒二句：崆峒，見卷一《送高三十五書記》(0002)注。《趙次公先後解》：「崑崙又在崆峒西極之西……詩人廣大言其從化之地遠也。」駝馬，見卷一〇《寓目》(0573)注。

〔二〕逆氣二句：劉琨《答盧諶詩並書》：「裹糧携弱，匍匐星奔。」《文選》李善注：「星奔，言疾也。」仇注：「此記吐蕃叛服之不常也。」

勃律天西采玉河，堅昆碧盌最來多〔一〕。舊隨漢使千堆寶，少答胡王萬匹羅①〔二〕。(10C2)

【校】

① 胡，宋本、錢箋、《草堂》校：「晉作朝。」

【注】

〔一〕勃律二句：《新唐書·西戎傳》：「大勃律，或曰布露。直吐蕃西，與小勃律接，西鄰北天竺、烏萇。地宜鬱金，役屬吐蕃。……小勃律去京師九千里而贏，東少南三千里距吐蕃贊普牙，東八百里屬烏萇，東南三百里大勃律，南五百里個失蜜，北五百里當護密之娑勒城。……天寶六載，詔副都護高仙芝伐之。……仙芝約王降，遂平其國。」《回鶻傳》：「黠戛斯，古堅昆國也。

地當伊吾之西，焉耆北，白山之旁。或曰居勿，曰結骨。其種雜丁零，乃匈奴西鄙也。……乾元中，爲回紇所破，自是不能通中國。後狄語訛爲黠戛斯，蓋回鶻謂之，若曰黃赤面云，又訛爲戛戛斯。然常與大食、吐蕃、葛禄相依杖，吐蕃之往來者畏回鶻剽鈔，必住葛禄，以待黠戛斯護送。」《新五代史・四夷傳》載高居誨至于闐，記往復所見山川諸國：「（于闐）其南千三百里曰玉州，云漢張騫所窮河源出于闐，而山多玉者此山也。其河源所出，至于闐分爲三。東曰白玉河，西曰緑玉河，又西曰烏玉河。三河皆有玉而色異，每歲秋水涸，國王撈玉於河，然後國人得撈玉。」《酉陽雜俎》卷一四《諾皐記》：「天寶初，安思順進五色玉帶，又於左藏庫中得五色玉杯。上怪近日西賫無五色玉，令責安西諸蕃。蕃言：『比常進皆小勃律所劫，不達。』上怒，欲征之。群臣多諫，獨李右座贊成上意，且言武成王天運謀勇可將。乃命王天運將四萬人，兼統諸蕃兵伐之。及逼勃律城下，勃律君長恐懼請罪，悉出寶玉，願歲貢獻。天運不許，即屠城，虜三千人及其珠璣而還。」朱鶴齡注：「碧盌，即琉璃盌。」

〔二〕舊隨二句：錢箋引奘師《西域記》贍部洲地有四主焉，南象主、西寶主、北馬主、東人主。象主印度國也，人主中夏國也，馬主突厥國也，寶主胡國也。謂此詩與西方寶主之記最爲符合。又謂：「少陵之詩，於羌胡雜種長驅犯順，深憂痛疾，情見乎詞。此詩則曰『舊隨漢使』、『少答胡王』，庶幾許其内屬，優以即序，不忍以禽獸絶之，亦《春秋》之法也。」

今春喜氣滿乾坤，南北東西拱至尊。大曆二年調玉燭，玄元皇帝聖雲孫〔一〕。

（1003）

【注】

〔一〕大曆二句：黄鶴注改「二年」爲「三年」，謂吐蕃之退在大曆二年冬，詩作於三年之春。調玉燭，見卷一〇《秦州見勑目薛三璩授司議郎畢四曜除監察與二子有故遠喜遷官兼述索居凡三十韻》（0909）注。《爾雅·釋親》：「孫之子爲曾孫，曾孫之子爲玄孫，玄孫之子爲來孫，來孫之子爲昆孫，昆孫之子爲仍孫，仍孫之子爲雲孫。」

即事

暮春三月巫峽長，皛皛行雲浮日光①〔一〕。雷聲忽送千峰雨，花氣渾如百和香〔二〕。黄鶯過水翻回去，燕子銜泥濕不妨。飛閣捲簾圖畫裏，虚無只少對瀟湘〔三〕。（1004）

【校】

① 浮，宋本、錢箋、《草堂》校：「一作無。」

【注】

黃鶴注：當是大曆二年（七六七）暮春作。

〔一〕暮春二句：《太平御覽》卷五三引盛弘之《荆州記》：「巴東三峽巫峽長，猿鳴三聲淚沾衣。」陶淵明《辛丑歲七月赴假還江陵夜行途中》：「昭昭天宇闊，皛皛川上平。」《文選》李善注：「《説文》曰：通白曰皛。皛，明也。」

〔二〕百和香：《藝文類聚》卷八五引《神仙傳》：「淮南王爲八公張錦綺之帳，燔百和之香。」吴均《行路難》：「博山爐中百和香，鬱金蘇合及都梁。」

〔三〕飛閣二句：仇注：「知是在西閣時作。」

見螢火

巫山秋夜螢火飛，簾疏巧入坐人衣。忽驚屋裏琴書冷，復亂簷邊星宿稀〔一〕。却繞井欄添箇箇〔二〕，偶經花蘂弄輝輝。滄江白髮愁看汝，來歲如今歸未歸。

（1005）

【注】

黄鶴注：當是大曆二年（七六七）作。

〔一〕復亂句：蕭綱《詠螢》：「騰空類星隕，拂樹若花生。井疑神火照，簾似夜珠明。」

〔二〕箇箇：見卷七《夜歸》（0347）注。

送十五弟侍御使蜀〔一〕

喜弟文章進〔二〕，添余別興牽。數杯巫峽酒，百丈内江船〔三〕。未息豺虎鬬，空催犬馬年〔四〕。歸朝多便道，搏擊望秋天〔五〕。（1006）

【注】

黄鶴注：當是大曆元年（七六六）作。《趙次公先後解》編入大曆二年（七六七）。

〔一〕十五弟：名不詳。

〔二〕喜弟句：范曄《獄中與諸甥侄書》：「文章轉進，但才少思難。」《南齊書·丘靈鞠傳》：「在沈淵座見王儉詩，淵曰：『王令文章大進。』靈鞠曰：『何如我未進時？』」

〔三〕百丈：見卷七《秋風二首》(0316)注。内江：《分門》洙曰：「水自渝上合者，謂之内江。自渝由戎瀘上蜀者，謂之外江。」楊慎《丹鉛餘録》總録卷二：「史炤《通鑑釋文》曰：巴郡正對二水口，右則涪内水，左則蜀外水，自渝上合州至綿州曰内水，自渝上戎瀘至蜀謂之外水。慎按，外水即岷江，自重慶上叙州、嘉定是也。内水即涪江，自重慶上合州、遂寧、潼綿是也。」《水經注疏》江水趙一清引《山堂雜論》：「外江、内江之名，前後凡三見。大江爲外水，涪江爲内水，此不易者也。湔水入洛爲外江，流江入江爲内江，此自成都府言之也。郫江對大江而言，則大江爲南江，郫爲北江；對流江而言，則流江爲外江，郫江爲内江，此自成都一城言之也。流江實兼内外之稱，各因所指立名，似相雜而實不相溷也。」此指涪江。

〔四〕未息二句：黄鶴注：「未息豺虎鬭，蓋指崔旰輩相攻。」《漢書·趙充國傳》：「犬馬之齒七十六。」

〔五〕搏擊句：《分門》師曰：「御史之擊搏姦回，如鷹逢秋擊搏鳥獸故云。」《魏書·昭成子孫傳》：「御史之職，鷹鸇是任，必逞爪牙，有所噬搏。」《舊唐書·陽嶠傳》：「争薦嶠，請引爲御史。内史楊再思素與嶠善，知嶠不樂搏擊之任。」

暮春

卧病擁塞在峽中，瀟湘洞庭虚映空〔一〕。楚天不斷四時雨，巫峽常吹千里風。

沙上草閣柳新闇，城邊野池蓮欲紅。暮春鴛鷺立洲渚，挾子翻飛還一叢〔二〕。（1007）

【注】

黄鶴注：當是大曆元年（七六六）初遷夔州時作。《趙次公先後解》編入大曆二年（七六七）。仇注同。

〔一〕卧病二句：《趙次公先後解》：「言二地之景虚在彼處映空，而我卧病於此不得見之也。」

〔二〕暮春二句：《趙次公先後解》：「《韻書》云：叢，聚也。一叢，則鴛鷺與子爲一聚耳。」朱鶴齡注：「言鴛鷺與子叢聚而飛也。」

晴二首

久雨巫山暗，新晴錦繡文〔一〕。碧知湖外草①，紅見海東雲。竟日鶯相和，摩霄鶴數羣〔二〕。野花乾更落，風處急紛紛。（1008）

【校】

① 外，宋本、錢箋、《草堂》校：「晋作上。」

【注】

黄鶴注：當是大曆元年（七六六）初到夔州時作。《趙次公先後解》編入大曆二年（七六七）。

〔一〕錦繡文：《西京雜記》卷二：「合綦組以成文，列錦繡而爲質。」

〔二〕摩霄：《淮南子·人間訓》：「背負青天，膺摩赤霄。」

啼烏争引子〔一〕，鳴鶴不歸林。下食遭泥去①，高飛恨久陰。雨聲衝塞盡，日氣射江深。回首周南客，驅馳魏闕心〔二〕。（1009）

【校】

① 遭泥去，《文苑英華》作「遭多泥」，校：「集作遭泥去。」

【注】

〔一〕啼烏句：殷遥《春晚山行》：「野花成子落，江燕引雛飛。」

〔二〕回首二句：周南客，見卷六《寄韓諫議》(0278)注。《趙次公先後解》：「公適有所感，思其人。」

「以其身客於外，如太史公之在周南，而自況焉，於義亦通。」魏闕，見卷一一《建都十二韻》(0647)注。

雨

始賀天休雨，還嗟地出雷〔一〕。驟看浮峽過①，密作渡江來②。牛馬行無色〔二〕，蛟龍鬬不開。干戈盛陰氣，未必自陽臺〔三〕。(1010)

【校】

①浮，宋本、錢箋校：「一作巫。」

②密作，宋本、錢箋校：「舊作塞密。」

【注】

黄鶴注：大曆元年(七六六)作。《趙次公先後解》編入大曆二年(七六七)。

〔一〕地出雷：《易·豫·象》：「雷出地奮，豫。」

〔二〕牛馬句：《莊子·秋水》：「秋水時至，百川灌河，涇流之大，兩涘渚崖之間，不辨牛馬。」

〔三〕干戈二句：《淮南子・天文訓》：「地之含氣，和者爲雨，陰陽相薄，感而爲雷，激而爲霆，亂而爲霧。陽氣勝則散而爲雨露，陰氣盛則凝而爲霜雪。」《呂氏春秋・孟秋紀》：「孟秋行冬令，則陰氣大勝，介蟲敗穀，戎兵乃來。」杜詩所言有變通。陽臺，見卷六《雨》(0297)注。《趙次公先後解》：「惟是峽中詩，故用陽臺爲當體。」又趙注謂二句指大曆二年九月吐蕃寇靈州，進寇邠州。黄鶴注：「當是指崔旰、柏茂林、楊子琳輩相攻。」

月三首

斷續巫山雨，天河此夜新〔一〕。若無青嶂月，愁殺白頭人。魍魎移深樹①，蝦蟆動半輪〔二〕。故園當北斗〔三〕，直指照西秦②。(1011)

【校】

①移，《草堂》校：「一作多。」

②指，宋本、錢箋校：「一作想。」

【注】

黄鶴注：當是大曆二年(七六七)作，然三首非一時而成。《趙次公先後解》定首篇爲七月作，次

篇爲明年二月望夜詩，末篇爲明年正月初七、初八夜作。

〔一〕天河句：《趙次公先後解》：「七月河已見矣。謂之天河新，所以知其爲秋七月也。」説似鑿。此夜新，謂雨後初見。

〔二〕魍魎二句：魍魎，見卷一《白水縣崔少府十九翁高齋三十韻》(0042)注。《趙次公先後解》：「移深樹，則以月明而藏避也。」《淮南子·精神訓》：「月中有蟾蜍。」高誘注：「蟾蜍，蝦蟆。」《趙次公先後解》：「古人言月之狀云隻輪，言月之端曰重輪，今謂之半輪，所以知其爲十一夜、十二夜也。」仇注：「上弦月也。」

〔三〕故園句：《趙次公先後解》：「一説長安城有南斗、北斗之像，一説長安上直北斗。蓋《廣雅》云：北斗樞爲雍州。公用北斗，止從上直北斗之説。」

併點巫山出①，新窺楚水清。羇栖愁見裏②，二十四回明〔一〕。必驗升沉體，如知進退情。不違銀漢落，亦伴玉繩横〔二〕。(1012)

【校】

①點，錢箋、《草堂》作「照」，校：「一作點。」

②愁見裏，宋本、錢箋、《草堂》校：「一作愁裏見。」

【注】

〔一〕羈栖二句：《趙次公先後解》謂自大曆元年四月至三年二月爲二十四回明（大曆二年有閏六月）。黄鶴注謂自永泰元年秋至雲安，及今二年秋，爲二十四回明。朱鶴齡注謂言客夔二年。二十四回明大抵當二年，不必深校。

〔二〕玉繩：謝朓《暫使下都夜發新林至京邑贈西府同僚》：「金波麗鳷鵲，玉繩低建章。」《文選》李善注：「《春秋元命苞》曰：玉衡北兩星爲玉繩星。」

萬里瞿塘峽①，春來六上弦〔一〕。時時開暗室，故故滿青天〔二〕。爽合風襟静，
高當淚臉懸。南飛有烏鵲〔三〕，夜久落江邊。（1013）

【校】

①峽，宋本、錢箋、《草堂》校：「一作月。」

【注】

〔一〕萬里二句：《趙次公先後解》謂合大曆二年春三月及三年春三月爲六上弦。黄鶴注：「第三首則是三月詩，故云非一時而成。」合雲安與夔州言之。仇注謂是二年之六月。鶴注較妥。

〔二〕時時二句：《游仙窟》：「故故將纖手，時時弄小絃。」《王梵志詩校注》〇四〇首：「廣貪世間樂，故故招枷棒。」項楚釋爲故意、特地、明知而不避。按，故故猶言每每，與時時互言。

〔三〕南飛句：曹操《短歌行》：「月明星稀，烏鵲南飛。」

園

仲夏流多水，清晨向小園。碧溪摇艇闊，朱果爛枝繁。始爲江山静，終防市井喧。畦蔬繞茅屋，自足媚盤飧〔一〕。（1014）

【注】

黄鶴注：大曆二年（七六七）居瀼西時作。

〔一〕媚盤飧：《趙次公先後解》：「媚者，宜也。」引《詩·大雅·卷阿》：「媚於天子。」「媚於庶人。」按，《詩·秦風·駟驖》疏：「媚訓愛也。」《大雅·思齊》傳：「媚，愛也。」盤飧，見卷一《示從孫濟》（0024）注。

歸

束帶還騎馬，東西却渡船〔一〕。林中才有地，峽外絶無天。虛白高人静，喧卑俗累牽〔二〕。他鄉悦遲暮①，不敢廢詩篇。（1015）

【校】

①悦，《草堂》作「閲」。

【注】

黄鶴注：大曆二年（七六七）作。

〔一〕東西：黄鶴注：「當是指瀼東西而言。」

〔二〕虛白二句：《莊子·人間世》：「瞻彼闋者，虛室生白，吉祥止止。」司馬彪注：「室比喻心，心能空虛，則純白獨生也。」江總《借劉太常説文》：「山宇生虛白，留連嗣芳杜。」鮑照《舞鶴賦》：「去帝鄉之岑寂，歸人寰之喧卑。」

諸葛廟

久游巴子國，屢入武侯祠〔一〕。竹日斜虚寢，溪風滿薄帷。君臣當共濟，賢聖亦同時。翊戴歸先主，并吞更出師〔二〕。蟲蛇穿畫壁，巫覡醉蛛絲〔三〕。欻憶吟梁父①〔四〕，躬耕也未遲②。（1016）

【校】

① 父，《草堂》作「甫」。

② 也，宋本、錢箋校：「一作起。」《草堂》作「起」，校：「一作也。」

【注】

黄鶴注：當是大曆二年（七六七）作。

〔一〕久游二句：《華陽國志》卷一《巴志》：「武王既克殷，以其宗姬封于巴，爵之以子。古者遠國雖大，爵不過子，故吴、楚及巴皆曰子」；「巴子時雖都江州，或治墊江，或治平都，後治閬中。」《元和郡縣圖志》卷三四合州石鏡縣：「巴子城在縣南五里。」《方輿勝覽》卷六一咸淳府：「古巴子

國，在恭、涪、夔、萬之間。」卷五七夔州：「諸葛武侯廟，在州城中八陣臺也。後封威烈武靈仁濟王。」

〔二〕翊戴二句：《文選》諸葛亮《出師表》李善注：「《蜀志》曰：建興五年，亮率軍北駐漢中，臨發上疏。」

〔三〕蟲蛇二句：張衡《東京賦》：「方相秉鉞，巫覡操茢。」《文選》李善注：「《國語》曰：在男謂之覡，在女謂之巫也。」仇注：「但見畫壁空穿，蛛絲綴人耳。」

〔四〕梁父吟：見卷一《同李太守登歷下古城員外新亭》（0007）注。

豎子至

樝梨且綴碧①，梅杏半傳黃〔一〕。小子幽園至，輕籠熟㮈香②〔二〕。山風猶滿把，野露及新嘗。欲寄江湖客，提携日月長。（1017）

【校】

①且，宋本、錢箋校：「一作纔。」《草堂》作「纔」，校：「一作且。」

②㮈，錢箋作「柰」。

【注】

黄鶴注：當是大曆二年（七六七）作。豎子即阿段。

〔一〕樝梨二句：《爾雅·釋木》注：「樝似梨而酢澀。」《漢書·司馬相如傳》：「樝梨梬栗。」注：「張揖曰：樝似梨而甘。師古曰：樝即今所謂樝子也。」《趙次公先後解》：「此四月初時，其所摘者，下句之柰也。」

〔二〕榇：見卷一三《寄李十四員外布十二韻》（0872）注。

舍弟觀歸藍田迎新婦送示兩篇①〔一〕

汝去迎妻子，高秋念却回。即今螢已亂〔二〕，好與雁同來。東望西江水②，南游北户開〔三〕。卜居期静處，會有故人杯。（1018）

【校】

①兩篇，《草堂》作「二首」。

②水，錢箋校：「一作永。」《草堂》作「永」。

【注】

黃鶴注：當是大曆二年（七六七）夏作。

〔一〕藍田：《元和郡縣圖志》卷一京兆府：「藍田縣，畿。東北至府八十里。」

〔二〕即今句：《趙次公先後解》：「即今螢已亂，則觀之往也，應是三月末、四月初。」按，夏季多螢，當在四、五月間。蕭綱《秋閨夜思》：「初霜隕細葉，秋風驅亂螢。」

〔三〕東望二句：《趙次公先後解》：「西江者，楚人指蜀江之名。」按，西江即長江。唐人用例極多。張説《岳州西城》：「西江三紀合，南浦二湖連。」蓋自荆湖以上，皆可謂西江。《爾雅·釋地》：「觚竹、北户、西王母、日下，謂之四荒。」郭璞注：「北户在南。」左思《吴都賦》：「開北户以向日，齊南冥於幽都。」黄庭堅《杜詩箋》：「林邑日南諸國，皆開北户向日。」朱鶴齡注：「時觀歸藍田，必東出瞿唐峽，又將卜居江陵。江陵在藍田之南，故言我送汝東下，但見西江之永待汝南來，當爲北户之開，望之之切也。」

楚塞難爲路①，藍田莫滯留。衣裳判白露，鞍馬信清秋〔一〕。滿峽重江水〔二〕，開帆八月舟。此時同一醉，應在仲宣樓〔三〕。（1019）

【校】

①路，宋本、錢箋、《草堂》校：「一作別。」

【注】

〔一〕衣裳二句：仇注：「判是拚着之意。」參卷九《重過何氏五首》（0463）注。信，任也。參卷九《城西陂泛舟》（0445）注。

〔二〕重江：朱鶴齡注：「蜀江非一，故曰重江。」鮑照《蕪城賦》：「重江複關之隩，四會五達之莊。」《文選》李善注：「南臨二江曰重。」

〔三〕仲宣樓：見卷五《短歌行》（0249）注。

季夏送鄉弟韶陪黄門從叔朝謁〔一〕

（1020）

令弟尚爲蒼水使，名家莫出杜陵人〔二〕。比來相國兼安蜀，歸赴朝廷已入秦。捨舟策馬論兵地，拖玉腰金報主身〔三〕。莫度清秋吟蟋蟀，早聞黄閣畫騏驎①〔四〕。

【校】

①閣，《草堂》作「閤」，校：「一作閣。」錢箋引張璁曰：「自注：韶比兼開江使，通成都外江下峽舟船。」《趙次公先後解》謂一本自注云。宋本等未見。

【注】

黃鶴注：杜鴻漸大曆元年爲劍南節度，二年歸朝。韶陪從其歸。

〔一〕鄉弟韶：仇注引張遠注：「鄉弟，故鄉同姓之弟。」按，王闢之《澠水燕談録》卷二：「一日於行香所，宰相張齊賢呼參知政事温仲舒爲鄉弟，及它語尤鄙。」則鄉弟非同姓，同姓不應另稱鄉弟。疑此人姓韋，與杜同爲京兆杜陵人。《新唐書·宰相世系表四》韋氏隕公房：郇王府司馬才絢子，「韶，明州刺史」。或爲此人。黄門從叔：杜鴻漸。見卷六《送殿中楊監赴蜀見相公》(0306)注。

〔二〕令弟二句：錢大昕《恒言録》卷三：「令兄令弟之稱，蓋本於《詩·角弓》『此令兄弟』語。……謝靈運《酬從弟惠連》詩：『末路值令弟。』杜子美詩亦稱其弟曰令弟，如『令弟草中來』，送從弟亞也。『令弟尚爲蒼水使』，送鄉弟韶也。『令弟雄軍佐』，過行軍六弟宅也。今惟稱人之弟則曰令弟。」按，唐人亦稱人之弟爲令弟。李頎《送裴騰》：「令弟爲縣尹，高城汾水隅。」《吴越春秋》卷六：「禹乃登山仰天而嘯，忽然而卧，因夢見赤繡衣男子，自稱玄夷蒼水使者。」《趙次公先後解》：「禹知水脈，故公取之以言掌水之官。」莫出，猶言莫如。杜陵，見卷一《醉時歌》(0019)注。《元和姓纂》卷二韋氏京兆杜陵：「孟元孫賢，漢丞相、扶陽侯，徙京兆杜陵，生元成。」

〔三〕比來四句：朱鶴齡注：「韶出峽後，當從陸道歸京師，故曰『捨舟策馬』。」仇注：「韶出峽後，從

荆州陸道歸。」按，《舊唐書·代宗紀》：「（大曆二年）六月戊戌，山南、劍南副元帥杜鴻漸自蜀入朝。」當是其入朝日。鴻漸入蜀自駱谷道，見《崔寧傳》。其返朝亦不應迂遠出峽至荆州，且六月動身，戊戌日亦不能至長安。詩言「歸赴朝廷已入秦」，疑鄉弟韶非與杜鴻漸同路，蓋以公事出峽，轉道赴長安。

〔四〕莫度二句：王褒《聖主得賢臣頌》：「蟋蟀俟秋吟，蜉蝣出以陰。」黄閣，見卷一〇《奉贈嚴八閣老》（0500）注。晝騏驎，見卷七《荆南兵馬使太常卿趙公大食刀歌》（0310）注。

返照

楚王宫北正黄昏〔一〕，白帝城西過雨痕。返照入江翻石壁〔二〕，歸雲擁樹失山村。
衰年肺病唯高枕，絶塞愁時早閉門。不可久留豺虎亂，南方實有未招魂〔三〕。（1021）

【注】

黄鶴注：當是大曆二年（七六七）作。

〔一〕楚王宫：《太平寰宇記》卷一四八夔州巫山縣：「楚宫，在縣西北二百步，在陽臺古城内，即襄王所游之地。」參本卷《江雨有懷鄭典設》（0967）注。

〔二〕返照句：庾信《北園新齋成應趙王教》：「月懸唯返照，蓮開長倒垂。」

〔三〕不可二句：黄鶴注：「貙虎謂楊子琳之徒攻擊未已也。」《趙次公先後解》：「南方實有未招魂，則公自言也。」《楚辭·招魂》：「魂兮歸來，南方不可以止些。」王逸注：「《招魂》者，宋玉之所作也。……宋玉憐哀屈原，忠而斥弃，愁懣山澤，魂魄放佚，厥命將落，故作《招魂》。」

熱三首

雷霆空霹靂，雲雨竟虛無。炎赫衣流汗〔一〕，低垂氣不蘇。乞爲寒水玉，願作冷秋菰〔二〕。何似兒童歲①，風涼出舞雩〔三〕。（1022）

【校】

①何，宋本、錢箋校：「晋作那。」《草堂》校：「一作那。」

【注】

黄鶴注：當是大曆元年（七六六）在夔州作。《趙次公先後解》編入大曆二年（七六七）。

〔一〕炎赫：劉楨《大暑賦》：「赫赫炎炎，烈烈暉暉。」

〔二〕乞爲二句：王嗣奭《杜臆》：「寒水玉，注云水精，恐是臆解。公《園人送瓜》詩：『浮沉亂水玉』，謂瓜也。以對秋菰，豈不穩稱？」

〔三〕風凉句：《論語・先進》：「莫春者，春服既成，冠者五六人，童子六七人，浴乎沂，風乎舞雩，詠而歸。」

瘴雲終不滅，瀘水復西來〔一〕。閉户人高卧，歸林鳥却回。峽中都似火，江上只空雷①。想見陰宫雪，風門颯踏開〔二〕。（1023）

【校】

①空，錢箋校：「晋作聞。」《草堂》校：「一作聞。」

【注】

〔一〕瀘水：《水經注》若水：「《益州記》曰：瀘水源出曲羅嶲下三百里，曰瀘水。兩峰有殺氣，暑月舊不行，故武侯以夏渡爲艱。瀘水又下合諸水而總其目焉，故有瀘江之名矣。」《後漢書・西南夷傳》注：「瀘水一名若水，出旄牛徼外，經朱提至僰道入江，在今嶲州南。」

〔二〕想見二句：繁欽《暑賦》：「雖託陰宫，罔所避旃。」颯踏，同颯沓，見卷七《種萵苣》(0315)注。

朱李沈不冷，彫胡炊屢新①〔一〕。將衰骨盡痛，被褐味空頻②〔二〕。欻翕炎蒸景〔三〕，飄飄征戍人。十年可解甲，爲爾一霑巾。（1024）

【校】

① 胡，宋本、錢箋校：「晋作菰。」《草堂》作「菰」。

② 褐，錢箋校：「一作暍。」宋本誤作「喝」。《草堂》校：「或作暍。」

【注】

〔一〕朱李二句：曹丕《與吳質書》：「浮甘瓜於清泉，沈朱李於寒水。」彫胡，見卷一《白水縣崔少府十九翁高齋三十韻》(0042)注。朱鶴齡注：「炊屢新，以熱甚，不能餐。」

〔二〕被褐句：《趙次公先後解》謂當作被暍，傷暑也，「今方被暍而有沈水之朱李，新炊之彫胡，其味空頻，不及喫也」。

〔三〕欻翕句：《趙次公先後解》謂欻翕即欻吸。江淹《雜體詩・王徵君微養疾》：「寂歷百草晦，欻吸鵾雞悲。」《文選》李善注：「欻吸，疾貌。」此言熱甚。

示獠奴阿段〔一〕

山木蒼蒼落日曛，竹竿裊裊細泉分。郡人入夜争餘瀝，豎子尋源獨不聞①。病渴三更回白首〔二〕，傳聲一注濕青雲。曾驚陶侃胡奴異〔三〕，怪爾常穿虎豹羣。

（1025）

【校】

① 豎，錢箋校：「一作稚」。

【注】

黄鶴注：大曆元年（七六六）作。《趙次公先後解》編入大曆二年（七六七）。

〔一〕獠奴：《魏書·蠻獠傳》：「獠者，蓋南蠻之别種，自漢中達於邛笮川洞之間，所在皆有。種類甚多，散居山谷，略無氏族之别。又無名字，所生男女，唯以長幼次第呼之。其丈夫稱阿謨、阿段，婦人阿夷、阿等之類，皆語之次第稱謂也。」《唐會要》卷八六《奴婢》天寶八載六月十八日敕：「京畿及諸郡百姓，有先是給使在私家驅使者，限勒到五日内，一切送付内侍省。其中有

是南口及契券分明者，各作限約，定數驅使。雖王公之家，不得過二十人。……其南口請禁蜀蠻及五溪、嶺南夷獠之類。」《太平廣記》卷二七五《上清》（出《常侍旨言》）：「德宗至是大悟，因怒陸贄曰：『者獠奴。』」是當時蓄獠奴爲常。阿段：已見卷七《秋行官張望督促東渚耗稻向畢清晨遣女奴阿稽豎子阿段往問》（0307）。

〔二〕病渴：見卷六《同元使君春陵行》（0276）注。

〔三〕曾驚句：今本《異苑》載：「陶侃家童千餘人，嘗得胡奴，不喜言，嘗默坐。侃一日出郊，奴執鞭以隨，胡僧見而驚禮云：此海山使者也。」錢箋謂其仍是僞蘇注，《異苑》是流俗刻本，或繕寫人勦入耳。《九家》薛夢符云引《世説》「王修齡若飢，自當就謝仁祖索食，不須陶胡奴米」，劉孝標注：「胡奴，陶範小字也。《陶侃别傳》曰：範字道則，侃第十子也。」《趙次公先後解》引薛之説：「則『陶侃胡奴』四字，言陶之胡奴也，而於阿段似無相干。」顧炎武《日知録》卷二七：「『曾驚陶侃胡奴異』，蓋謂士行有胡奴，可比阿段。胡奴，侃子範小字，非奴也。」謂其一時用事之誤。朱鶴齡注：「或曰當作陶峴胡奴，事見《甘澤謡》。」《甘澤謡》陶峴：「海舶崑崙奴名摩訶，善泅水而勇捷。」峴，開元間人。似亦非杜詩所詠。

簡吴郎司法〔一〕

有客乘舸自忠州，遣騎安置瀼西頭。古堂本買藉疏豁，借汝遷居停宴游。雲石

熒熒高葉曙①，風江颯颯亂帆秋。却爲姻婭過逢地〔二〕，許坐曾軒數散愁。（1026）

【校】

① 曙，錢箋校：「一作曉。」《草堂》作「曉」，校：「一作曙。」

【注】

黄鶴注：蓋公大曆二年（七六七）自瀼西遷東屯，故以草堂借吴郎。當是大曆二年作。

〔一〕吴郎：仇注引顧注：「吴必公之姻婭，故稱爲郎，親之也。」施鴻保云：「吴郎若公子妻父，或公壻父，似不當稱郎。若公妻姊妹壻，則亦不當稱郎，且年又不相合。吴郎疑即公之壻也。……詩云姻婭，或謂吴郎父母，或就兩壻相會言。……公藉以瀼西舊居，當亦以壻故也。」《唐六典》卷三〇上州：「司法參軍事一人，從七品下。」中州一人，正八品下。下州從八品下。

〔二〕姻婭：《爾雅·釋親》：「女子子之夫爲壻，壻之父爲姻，婦之父爲婚。」「婦之父母、壻之父母相謂爲婚姻。兩壻相謂爲亞。婦之黨爲婚兄弟，壻之黨爲姻兄弟。」

又呈吴郎

堂前撲棗任西鄰，無食無兒一婦人〔一〕。不爲困窮寧有此，祇緣恐懼轉須

親〔二〕。即防遠客雖多事①，使插疏籬却甚真②〔三〕。已訴徵求貧到骨，正思戎馬淚盈巾③〔四〕。（1027）

【校】

①防，宋本、錢箋、《草堂》校：「一作知。」

②使，宋本、錢箋、《草堂》校：「一作便。」

③盈，《草堂》校：「一作霑。」

【注】

黄鶴注：同前篇一時作。

〔一〕堂前二句：《趙次公先後解》謂暗用《漢書·王吉傳》東家棗樹垂吉庭，其妻取棗啖吉事。

〔二〕不爲二句：《趙次公先後解》：「探斯婦之情，蓋困窮所致，又告吴郎當念其恐懼，宜更親之。」仇注：「三言宜見諒其心，四言當曲全其體。」

〔三〕即防二句：《趙次公先後解》：「雖任鄰婦取棗，然吴郎以在遠客而來，亦須謹藩籬以防他寇。」仇注：「婦防客，時懷恐懼。吴插籬，不憐困窮矣。」浦起龍云：「公向居此堂，熟知鄰婦之苦，聽其竊棗以活。吴郎新到，不知其由，將插籬護圃，公於東屯聞之，喫緊以止之，非既插而責之也。」「婦防遠客，幾以吴爲刻薄人，固屬多心也。婦見插籬，將疑吴特爲我設，其跡似

真也。」

〔四〕已訴二句：《趙次公先後解》：「取東之鄰婦已告訴爲徵求所困而貧到骨。」浦起龍云：「末又借婦平日之訴，發爲遠慨。」

杜甫集校注

〔唐〕杜甫 著
謝思煒 校注

四

上海古籍出版社

杜工部集卷第九

近體詩八十五首 天寶未亂及陷賊中作

冬日洛城北謁玄元皇帝廟 廟有吴道子畫五聖圖〔一〕。

配極玄都閟，憑高禁禦長①〔二〕。守祧嚴具禮，掌節鎮非常〔三〕。碧瓦初寒外，金莖一氣旁〔四〕。山河扶繡户，日月近雕梁〔五〕。仙李盤根大，猗蘭奕葉光〔六〕。世家遺舊史②，道德付今王③〔七〕。畫手看前輩，吴生遠擅場〔八〕。森羅移地軸〔九〕，妙絶動宫牆。五聖聯龍衮④，千官列鴈行⑤〔一〇〕。冕旒俱秀發〔一一〕，旌旆盡飛揚。翠柏深留景，紅梨迥得霜。風筝吹玉柱，露井凍銀床⑥〔一二〕。身退卑周室，經傳拱漢皇〔一三〕。谷神如不死，養拙更何鄉⑦〔一四〕。（0409）

【校】

①高，錢箋作「虛」，校：「一作高。又作空。」禦，錢箋校：「一作籞。」《九家》作「籞」。

②遺，錢箋校：「一作隨。」

③付，錢箋校：「一作冠。」

④聯，錢箋校：「晋作連。」

⑤列，錢箋校：「一作引。」

⑥湅，《文苑英華》作「動」。

⑦鄉，宋本、錢箋校：「一作方。」

【注】

黃鶴注：詩所言「五聖聯龍袞」，却是天寶八年（七四九）閏六月事，當是其年冬作。蓋天寶九年已歸長安，獻三大禮賦。錢箋謂詩作於玄元廟稱廟之時，當是開元末年。

〔一〕玄元皇帝廟：《舊唐書·禮儀志》：「開元二十九年正月己丑，詔兩京及諸州各置玄元皇帝廟一所，並置崇玄學。其生徒令習《道德經》及《莊子》、《列子》、《文子》等，每年準明經例舉送。至閏四月，玄宗夢京師城南山趾有天尊之像，求得之於盩厔樓觀之側。至天寶元年正月癸丑，陳王府參軍田同秀稱於京永昌街空中見玄元皇帝，以『天下太平、聖壽無疆』之言傳於玄宗，仍云桃林縣故關令尹喜宅傍有靈寶符。發使求之，十七日，獻於含元殿。於是置玄元廟於太寧

坊，東都於積善坊舊邸。……二年正月丙辰，加玄元皇帝尊號『大聖祖』三字，崇玄學改崇玄館。……三月壬子，親謁玄元宮……西京玄元廟爲太清宮，東京爲太微宮，天下諸州爲紫極宫。」

〔二〕配極二句：《九家》趙注：「配極之義，杜《補遺》以爲配紫極，是。蓋紫極，北極也。晋謝安建宫室，體合辰極，乃其義也。以廟在城之北，故曰配極。」《史記·秦始皇本紀》：「已更命信宫爲極廟，象天極。」索隱：「爲宫廟象天極，故曰極廟。《天官書》曰『中宫曰天極』是也。」朱鶴齡注引此。《雲笈七籤》卷二一天地部：「四天之上則爲梵行，梵行之上則是上清之天，玉京玄都，紫微宫也，乃太上道君所治，真人所登也。」《九家》趙注：「玄都、丹臺，仙真之所也，故用玄都言廟。」按，玄都爲道教慣用，修道之所名玄都，修道之人稱玄都客。《詩·魯頌·閟宫》：「閟宫有侐。」傳：「閟，閉也。先妣姜嫄之廟，在周常閉而無事。」朱鶴齡注：「玄元廟在北邙山上，故曰憑高。」揚雄《羽獵賦》：「器械儲偫，禁禦所營。」《文選》李善注：「應劭曰：禦，禁也，謂禁止往來。」《漢書·宣帝紀》：「又詔池籞未御幸者，假與貧民。」注：「蘇林曰：折竹以繩綿連禁籞，使人不得往來，律名爲籞。」

〔三〕守祧二句：《周禮·春官·守祧》：「守祧掌守先王先公之廟祧，其遺衣服藏焉。」注：「廟謂大祖之廟及三昭三穆。遷主所藏曰祧。先公之遷主，藏於后稷之廟。先王之遷主，藏於文武之廟。」《舊唐書·高宗紀》：「幸老君廟，追號曰太上玄元皇帝，創造祠堂。其廟置令、丞各一員。」《九家》趙注：「既尊玄元爲聖祖，故監廟者得謂之守祧。」錢箋：「今于玄元之廟，嚴守祧

之禮，不亦過乎。」按，杜用語甚謹嚴，錢箋無謂。《周禮·地官·掌節》：「掌節掌守邦節而辨其用，以輔王命。」《九家》趙注：「必有御賜之信以爲鎮，故得借掌節以爲言。」

〔四〕金莖句：班固《西都賦》：「抗仙掌以承露，擢雙立之金莖。」《文選》李善注：「《漢書》曰：孝武又作柏梁、銅柱、承露仙人掌之屬矣。金莖，銅柱也。」《九家》趙注：「金莖，廟中未必有，詩人言之，以壯宫殿之形勢耳。」曹植《承露盤頌銘》：「皇帝乃詔有司，鑄銅建承露盤，莖長十二丈。」朱鶴齡注：「則洛城金莖固有之矣。」

〔五〕山河二句：《南史·陳帝紀》後主「及從東巡，登芒山，侍飲，賦詩曰：日月光天德，山川壯帝居。」沈約《臨春風》：「鳴珠簾於繡户，散芳塵於綺席。」檀秀才《陽春歌》：「青春獻初歲，白日映雕梁。」

〔六〕仙李二句：《藝文類聚》卷七八引《神仙傳》：「老子姓李名耳……云母到李樹下生老子，生而能言，指李樹曰：以此爲我姓。」庾信《至老子廟應詔》：「旄毛新鵠小，盤根古樹低。」《分門》洙曰引《漢武帝故事》：「孝景王后夢日入其懷，以七月七日生武帝於猗蘭殿。」《九家》趙注謂用《琴操·猗蘭操》「孔子見薌蘭獨茂，喟然歎曰：夫蘭當爲王者香」：「以李氏之世譬之猗蘭，蓋亦孔子所謂蘭爲王者香也。」錢箋：「以『猗蘭』對『仙李』，亦以漢武比玄宗也。」《晋書·李暠傳》：「文桓嗣位，弈葉載德。」

〔七〕世家二句：《分門》洙曰：「《史記》有《老子傳》而無世家。」朱鶴齡注：「謂《史記》世家不列老子。」《新唐書·選舉志》：「及注《老子道德經》成，詔天下藏其書，貢舉減《尚書》、《論語》策，而

加試《老子》。」《唐會要》卷三六《修撰》：「（開元二十三年）其年三月二十七日，上注《老子》，並修《疏義》八卷，並製《開元文字音義》三十卷，頒示公卿。」

〔八〕畫手二句：朱景玄《唐朝名畫録》：「吴道玄字道子，東京陽翟人也。少孤貧，天授之性，年未弱冠，窮丹青之妙。浪跡東洛，時明皇知其名，召入内供奉。開元中，駕幸東洛，吴生與裴旻將軍、張旭長史相遇，各陳其能。……又畫玄元廟五聖千官，宮殿冠冕，勢傾雲龍，心歸造化。故杜員外詩云：『森羅回地軸，妙絶動宮牆。』」《唐國史補》卷上：「郭曖，昇平公主駙馬也。盛集文士，即席賦詩。……是會也，李端擅場；《送王相公之鎮幽朔》，韓翃擅場；《送劉相之巡江淮》，錢起擅場。」《九家》趙注：「擅場，蓋取鬭雞之勝者言之。」曹植《鬭雞詩》：「願蒙狸膏助，常得擅此場。」

〔九〕森羅句：范縝《神滅論》：「若陶甄禀於自然，森羅均於獨化。」地軸，見卷一《三川觀水漲二十韻》（0043）注。

〔一〇〕五聖二句：《舊唐書·禮儀志》：「（天寶八載）閏六月四日，玄宗朝太清宮，加聖祖玄元皇帝尊號曰『聖祖大道玄元皇帝』，高祖、太宗、高宗、中宗、睿宗尊號並加『大聖』字，皇后並加『順聖』字。」康駢《劇談録》卷下：「東都北邙山有玄元觀，南有老君廟，臺殿高敞，下瞰伊洛。神仙泥塑之像，皆開元中楊惠之所製，奇巧精嚴，見者增敬。壁有吴道玄畫五聖真容及《老子化胡經》事，丹青絶妙，古今無比。」《唐會要》卷五〇《尊崇道教》：「於是置玄元皇帝廟於大寧坊西南角，東都置於積善坊臨淄舊邸。廟初成，命工人於大白山砥石爲玄元皇帝聖容，又采白石爲玄

宗聖容，侍立於玄元皇帝之右，衣以王者衮冕之服。又於像東設立白石，爲李林甫、陳希烈像。林甫犯事，又改刻石爲楊國忠代焉。至德中，克復上都，盡毀瘞之。」錢箋：「知吴生所畫千官，皆生而也。」按，此記西京玄元廟，東都廟似無石像。

〔一一〕冕旒句：《禮記·禮器》：「天子之冕，朱緑藻十有二旒，諸侯九，上大夫七。」

〔一二〕風筝一句：《分門》洙曰：「風筝，謂製筝挂於風際，風至則鳴也。」司空曙《風筝》：「高風吹玉柱，萬籟忽齊飄。」鮑溶《風筝》：「何響與天通，瑶筝挂望中。」楊慎《丹鉛總録》卷二〇：「古人殿閣簷稜間有風琴、風筝，皆因風動而成音，自諧宫商。元微之詩：『烏啄風筝碎珠玉。』高駢有《夜聽風筝》詩云：『夜静絃聲響碧空，宫商信任往來風。依稀似曲纔堪聽，又被風吹别調中。』……此乃簷下鐵馬也。」《相和歌辭·淮南王》：「後園鑿井銀作床，金瓶素綆汲寒漿。」庾肩吾《九日侍宴樂游苑應令》：「玉醴吹岩菊，銀床落井桐。」吴曾《能改齋漫録》卷六：「按，《山海經》曰：『海内崑崙墟，在西北，帝之下都。高萬仞，面有九井，以玉爲檻。』郭璞注曰：『檻，欄也。』故梁簡文《雙桐生空井》詩云：『銀床繫轆轤。』……蓋銀床者，以銀作欄，猶《山海經》所謂以玉爲欄耳。」朱鶴齡注引《名義考》：「銀床非井欄，乃轆轤架也。」施鴻保云：「今按《釋名》：床，裝也。所以裝物者，皆謂之床，如筆床、墨床、鼓床、琴床之類。轆轤所以便轉，架即兩邊植木，以其裝轆轤，故亦名床。」按，《太平御覽》卷四三引《山經》：「皖山東面有激水，冬夏懸流，狀如瀑布，下有九井，井有一石床，可容百人。」則井床不同於井檻，亦非轆轤架，蓋指井口石板及井檻。

〔一三〕身退二句：《史記·老子韓非列傳》：「老子者，楚苦縣厲鄉曲仁里人也。姓李氏，名耳，字聃，周守藏室之史也。……居周久之，見周之衰，乃遂去。」《藝文類聚》卷七八引《神仙傳》：「河上公，莫知姓名也。漢孝景帝時，結草爲菴於河湄，嘗讀《老子經》。景帝好老子之言，有所不知數事，莫能通者，聞人説河上公讀《老子》，乃遣人咨所不解事以問之。河上公曰：『道尊德貴，非可遥問也。』帝即駕而從之，公以素書二卷與帝，曰：『熟省此，則皆疑了，不事多言言也。勿以示非人。』言畢失其所在。」《九家》趙注：「其經所傳之人，可用之以拱翼漢皇，指言文、景之間崇黄老之教也。」《唐會要》卷七七《論經義》：「（開元七年）其年四月七日，左庶子劉子玄上《孝經注》，議曰：『……按《漢書·藝文志》，注《老子》者三家，河上所釋，無聞焉爾。豈非注者欲神其事，故假造其説耶？其言鄙陋，其理乖訛，豈如王弼所著，義旨爲優。必黜河上公，升王輔嗣。』國子祭酒司馬貞議曰：『……又注《老子》河上公，蓋憑虚立號，漢史實無其人。然其注以養神爲宗，以無爲爲體。其辭近，其理弘，小足以修身絜誠，大可以寧人安國。……今望請王、河二注，令學者俱行。』」

〔一四〕谷神二句：《老子》六章：「谷神不死，是謂玄牝。」釋文：「谷，中央無者也。河上本作浴。浴者養也。」四十五章：「大巧若拙。」潘岳《閑居賦》：「仰衆妙而絶思，終優游以養拙。」《九家》趙注：「鄉，如所謂道德之鄉，與『出入無時、莫知其鄉』同義，不必指洛城也。」「道德之鄉」見《莊子·山木》。

張戒《歲寒堂詩話》卷下：「以神武定天下，高祖、太宗之功也，何必以家世不若商周爲愧，而妄認老子爲祖，必不足以爲榮，而適足以貽世笑。子美云『世家遺舊史』，謂老子爲唐之祖，其家世不見於舊史也。『守祧嚴具禮』，謂以宗廟事之也。『五聖』、『千官』等句，雖若狀吴生畫手之工，而其實謂無故而畫五聖千官於此也。凡此事既明白，但直叙其事，是非自見，六義所謂賦也。身退知周室之卑，漢文景尚黄老，垂拱無爲而天下治，老子之道如此。故子美云『谷神如不死，養拙更何鄉』也。」

錢箋：「『配極』四句，言玄元廟用宗廟之禮，爲不經也。『碧瓦』四句，譏其宫殿踰制也。『世家遺舊史』，謂《史記》不列於世家，開元中敕升爲列傳之首，然不能升之于世家，蓋微詞也。『道德付今王』，謂玄宗親注《道德經》及置崇玄學，然未必知道德之意，亦微詞也。『畫手』以下，記吴生畫圖，冕旒旌旆，炫燿耳目，爲近于兒戲也。《老子》五千言，其要在清静無爲，理國立身，是故身退則周衰。經傳則漢盛，即令不死，亦當藏名養拙，安肯憑人降形，爲妖爲神，以博世主之崇奉也。『身退』以下四句，一篇諷諭之意，總見於此。」

仇注引毛先舒曰：「此篇錢氏以爲皆屬諷刺，不知詩人忠厚爲心，况於子美耶。即如明皇失德致亂，子美於《洞房》、《宿昔》諸作及《千秋節有感》二首，何等含蓄温和。况玄元致祭立廟，起於唐高祖，歷世沿祀，不始明皇。在洛城廟中，又五聖並列，臣子入謁，宜何如肅將者。且子美後來獻三大禮賦，其《朝獻太清宫》，即老子廟也。賦中竭力鋪揚，若先刺後頌，則

自相矛盾亦甚矣。子美必不出此也。」

浦起龍云：「字字典重，句句高華。據事直書，不參議論，純是頌體。而細繹之，『配極』四句，亦似鉅典，亦似悖禮。『碧瓦』四句，亦似壯觀，亦似踰制。『蟠根』、『奕葉』，亦似綿遠，亦似矯誣。『遺舊史』，亦似反挑，亦似實刺。『付今王』，亦似同揆，亦似假託。紀畫處亦似尊崇，亦似涉戲。谷神何鄉，亦似呼吸可接，亦似神靈不依。而讀去毫無圭角，所以爲佳。錢箋語語指斥，意非不是也。但學者不善會之，偏在譏刺一邊看去，則失之遠矣。蓋題係朝廷鉅典，體宜頌揚，非比他事諷諫，尚可顯陳也。」

潘德輿《養一齋李杜詩話》卷三：「詩殆未可以多少論也。然僕竊疑少陵酬應之章，排律爲多，即如《贈翰林張四學士》、《贈集賢崔于二學士》、《贈鮮于京兆》等作，大都褒稱先達，感述沈淪，習染時賢，格亦無甚變化，較之《謁玄元皇帝廟》、《行次昭陵》、《重經昭陵》等作，精力甚遜，蓋亦猶五七律中有率不經意之篇也。平心而論，排律一途，杜直以餘力行之，可慕其宏富，勵靡誇多，亦不可斥其冗長，舉一廢百。」

行次昭陵〔一〕

舊俗疲庸主，羣雄問獨夫〔二〕。讖歸龍鳳質，威定虎狼都〔三〕。天屬尊堯典，神

功協禹謨〔四〕。風雲隨絶足①，日月繼高衢②〔五〕。文物多師古，朝廷半老儒〔六〕。直詞寧戮辱，賢路不崎嶇〔七〕。往者災猶降，蒼生喘未蘇。指麾安率土，盪滌撫洪鑪〔八〕。壯士悲陵邑，幽人拜鼎湖〔九〕。玉衣晨自舉，鐵馬汗常趨③〔一〇〕。松柏瞻虚殿④〔一一〕，塵沙立暝途⑤。寂寥開國日，流恨滿山隅。（0410）

【校】

①絶，錢箋校：「一作逸。」《文苑英華》作「逸」，校：「集作絶。」

②繼，錢箋校：「一作亨。」

③鐵，《文苑英華》作「石」，校：「集作鐵。」　趨，宋本作「馳」，出韻。據錢箋等改。

④虚，宋本、錢箋、《九家》、《草堂》校：「一作靈。」《文苑英華》校：「集作靈。」

⑤暝，錢箋、《草堂》校：「樊作暗。」　立暝，《文苑英華》作「暗指」，校：「集作立暝。」

【注】

黄鶴注：當是天寶五年（七四六）自東都歸長安時作。朱鶴齡注：《草堂詩箋》序於《北征》詩後，良是。蓋省家鄜州，道經此也。

〔一〕昭陵：《舊唐書·地理志》京兆府醴泉縣：「貞觀十年，置昭陵於九嵕山，因析雲陽、咸陽二縣

置醴泉縣。」《唐會要》卷二〇《陵議》：「至（貞觀）二十三年八月十八日，山陵畢。上欲闡揚先帝徽烈，乃令匠人琢石，寫諸蕃君長、貞觀中擒伏歸化者形狀，而刻其官名。」注：「陵在醴泉縣，因九嵕層峰，鑿山南面，深七十五丈，爲玄宮。緣山傍岩，架梁爲棧道，懸絶百仞，繞山二百三十步，始達玄宫門。頂上亦起神游殿。文德皇后即玄宮後，有五重石門，其門外於雙棧道上起舍，宫人供養如平常。及太宗山陵畢，宫人欲依故事留棧道，惟舊山陵使閻立德奏曰：『玄宫棧道，本留擬有今日，今既始終永畢，與前事不同。謹按故事，惟有寢宫安供養奉之法，而無陵上侍衛之儀，望除棧道，固同山岳。』上嗚咽不許。長孫無忌等援引《禮經》，重有表請，乃依奏。」「突厥頡得可汗……等十四人，列於陵司馬北門内，九嵕山之陰，以旌武功。乃又刻石爲常所乘破敵馬六匹於闕下也。」

〔二〕舊俗二句：《分門》洙曰：「群雄，如李密之流也。」《九家》趙注：「庸主、獨夫，指隋煬帝也。舊俗，謂隋民疲困於庸昏之主。」

〔三〕讖歸二句：《隋書·李渾傳》：「後帝討遼東，有方士安伽陀，自言曉圖讖，謂帝曰：『當有李氏應爲天子。』勸盡誅海内凡姓李者。」《舊唐書·五行志》：「隋末有謡云：『桃李子，洪水繞楊山。』煬帝疑李氏有受命之符，故誅李金才。後李密據洛口倉以應其讖。」《李軌傳》：「曹珍曰：『常聞圖讖云李氏當王。今軌在謀中，豈非天命也？』遂拜賀之，推以爲主。」《劉文静傳》：「文静因謂裴寂曰：『公豈不聞先發制人，後發制於人乎？唐公名應圖讖，聞於天下，何乃推延，自貽禍釁。』」《太宗紀》：「太宗時年四歲，有書生自言善相，謁高祖曰：『公貴人也，且

有貴子。』見太宗，曰：『龍鳳之姿，天日之表。年將二十，必能濟世安民矣。』高祖懼其言泄，將殺之，忽失所在，因采『濟世安民』之義以爲名焉。」《史記·蘇秦列傳》：「夫秦，虎狼之國也。」《九家》趙注：「太宗之取天下，先定關中，故曰威定虎狼都。」顧炎武《日知録》卷二七：「此乃用《秦本紀》贊：『據狼弧，蹈參伐。』參爲白虎，秦之分星也。」

〔四〕天屬二句：《九家》趙注：「尊堯典，謂尊高祖之法度，豈亦以高祖爲神堯皇帝，故得用堯典字耶。」朱鶴齡注：「高祖謚神堯，其傳位如堯禪舜，故曰『尊堯典』。」蔡琰《悲憤詩》：「天屬綴人心，念别無會期。」《分門》洙曰：「父子，天屬也。」《九家》趙注：「蓋所謂禹成厥功，而《書》有《禹謨》也。」朱鶴齡注：「《禹謨》：『九功惟叙。』太宗作樂，有九功舞，其盛可配神禹，故曰『協禹謨』。」

〔五〕風雲二句：王粲《登樓賦》：「惟日月之逾邁兮，俟河清之未極。冀王道之一平兮，假高衢而騁力。」《文選》李善注：「高衢，謂大道也。」朱鶴齡注：「言房、杜諸公乘風雲之會，依日月之光也。」施鴻保謂此二句仍就太宗説，「繼」謂太宗繼高祖也。

〔六〕文物二句：《左傳》桓公二年：「文物以紀之，聲明以發之。」《書·説命》：「事不師古，以克永世，匪説攸聞。」仇注：「師古，如製雅樂，定律令，議封建之類。老儒，如用虞世南諸學士。」

〔七〕直詞二句：《説苑·至公》：「久踐高位，妨群賢路。」《九家》趙注：「賢路不崎嶇，則不艱於進用。」仇注：「直詞，如納王珪、魏徵之諫。賢路，如召馬周、劉子翼皆是。」

〔八〕往者四句：張戒《歲寒堂詩話》卷上：「太宗即位之初，兵戈猶未已，然太宗指揮而安率土，遂

盪滌污俗而致太平，其易如此。」《九家》趙注：「此六句言太宗末年有日食、太白晝見之祥，興翠微、玉華之役，高麗、龜茲之戰，相繼用師，則太宗之意猶欲好大喜功，勤兵於遠。立思方如此，遽爾升遐，故繼之以『壯士悲陵邑』也。」錢箋謂此用班固《東都賦》「往者王莽作逆，漢祚中缺……乃致命乎聖皇，紹百王之荒屯，因造化之盪滌」：「固之賦序建武克命之事，幾二百言，此詩檃括以二十言。」「往者災猶見，蓋言天寶之亂，乃隋末之災再降於今日也。指揮盪滌，頌收復之功也。」《後漢書・何進傳》：「今將軍總皇威，握兵要，龍驤虎步，高下在心，此猶鼓洪鑪燎毛髮耳。」

〔九〕壯士二句：《易・履》：「履道坦坦，幽人貞吉。」《史記・封禪書》：「黃帝采首山銅，鑄鼎於荆山下。鼎既成，有龍垂胡鬚下迎黃帝。黃帝上騎，群臣後宮從上者七十餘人，龍乃上去。餘小臣不得上，乃悉持龍鬚，龍鬚拔墮，墮黃帝之弓，百姓仰望黃帝既上天，乃抱其弓與胡鬚號。故後世因名其處曰鼎湖，其弓曰烏號。」仇注：「壯士，指守陵者。幽人，公謁陵也。」按，說恐倒。幽人謂守陵宮女，壯士蓋泛言謁陵者。唐帝陵有宮女守陵，參卷一《橋陵詩三十韻因呈縣内諸官》(0037)注。閻立德所言「無陵上侍衛之儀」，恐非實情。

〔一〇〕玉衣二句：《漢書・霍光傳》：「賜金錢繒絮繡被百領，衣五十篋，璧珠璣玉衣。」注：「師古曰：《漢儀注》：以玉爲襦，如鎧狀連綴之，以黃金爲縷，要已下玉爲札，長尺廣二寸半爲甲，下至足，亦綴以黃金縷。」程大昌《演繁露》卷一二：「皆言昭陵神靈也。《三輔故事》：高廟中御衣從篋中出，舞於殿上，冬衣自下在席上。」《漢書・王莽傳》：「杜陵便殿乘輿虎文衣廢臧在室

匣中者出，自樹立外堂上，良久乃委地。吏卒見者以聞，莽惡之。」錢箋引此，謂程大昌所引非是。《安禄山事迹》卷下：「玄宗數使進兵出關，（哥舒）翰遂領馬步十五萬與賊將崔乾祐會。……陣之既敗也，乾祐領白旗引左右馳突，我軍視之，狀若神鬼。又見黄旗軍數百隊，官軍潛謂是賊，不敢逼之。須臾，又見與乾祐鬭，黄旗不勝，退而又戰者不一，俄然不知所在。後昭陵奏：是日靈宫石人馬汗流。」錢箋：「李義山《復京》詩：『大教李令心如日，可要昭陵石馬來。』韋莊詩：『興慶玉龍寒自躍，昭陵石馬夜空嘶。』蓋詠此事也。鐵馬，當從《英華》作石馬。」按，其説已見《能改齋漫録》卷六引王原叔説及《苕溪漁隱叢話》前集卷七引《蔡寬夫詩話》。《新唐書·五行志》：「至德二載，昭陵石馬汗出。昔周武帝之克晋州也，齊有石像汗流濕地，此其類也。」此又一事。《日知録》卷二七：「『往者災猶降』，謂武、韋之禍。『指麾安率土』，謂玄宗再造唐室也。本於太宗之遺德在人，故詩中及之。錢氏謂此詩天寶亂後作，而改『鐵馬』爲『石馬』，以合李義山詩『昭陵石馬』之説，非矣。其《朝享太廟賦》曰：『弓劍皆鳴，汗鑄金之風馬。』在此未亂以前，又將何説？必古記有此事，而今失之耳。」《南史·梁宗室猷傳》：「時江陽人齊苟兒反，衆十萬攻州城，猷兵糧俱盡，人有異心，乃遥禱請救。是日有田老逢一騎，浴鐵從東方來，問去城幾里，曰百四十。時日已晡，騎舉槊曰：『後人來，可令之疾馬，欲及日破賊。』俄有數百騎如風，一騎過請飲，田老問爲誰，曰：『吴興楚王來救臨汝侯。』當此時，廟中請祈無驗。十餘日，乃見侍衛土偶皆泥濕如汗者。」仇注：「鐵馬汗趨，疑用此事。」張戒《歲寒堂詩話》卷上：「蓋歎其威靈如在。」浦起龍云：「其必玉衣舉、鐵馬趨，力佑子孫殺賊而後快也。」

〔一一〕松柏句：《白虎通義》卷一〇：「《春秋含文嘉》曰：天子墳高三仞，樹以松。諸侯半之，樹以柏。」何思澄《奉和湘東王教班婕妤》：「虛殿簾帷静，閑階花蕊香。」《唐會要》卷一八《配享功臣雜録》：「開元十七年玄宗詔：昭陵仿像，見太宗立於神游殿前，及寢宫聞室中謦欬之音，又於寢宫門外設奠以祭，陪陵功臣將相蕭瑀、房玄齡等，如聞蹈舞之聲。」

黄生《杜詩説》：「唐仲言云：明皇任楊李亂政，故有『災猶降』、『喘未蘇』之歎，因思向者之安撫而不可得，是以向山隅流恨。舊解作隋末之亂者，非。按，此説甚是。蓋從『文物』四句讀下，便見今日之朝廷事事與之相反，前者開元之治媲美貞觀者，今已掃地。有志之士皆爲當路沮抑而不得進，安得不望昭陵而興悲乎！」「予謂『玉衣』二句，蓋援古事爲形容之語耳。以『鐵』爲『石』，恐後人轉因昭陵有此事，從而改之。不然，禄山之亂，率土翻覆，九廟震驚，何詩中略無一語叙及？恐蹂躪之慘，恢復之功，以『往者』四語當之，亦不甚似。而『寂寥』二語作結，亦不相應也。」

仇注：「此詩中段，向有三説。以災降爲隋末旱災仍降唐初者，張南湖説也。以災降爲韋后亂宫，明皇廓清者，錢牧齋説也。以災降爲禄山倡亂，如隋末兵戈者，朱長孺説也。黄白山謂指天寶季年禄山未亂之先，此説得之。」按，以爲武、韋之禍，顧炎武之説。以爲禄山之亂，則錢、朱之説。

贈韋左丞丈濟〔一〕

左轄頻虚位〔二〕，今年得舊儒。相門韋氏在①，經術漢臣須②〔三〕。時議歸前列③，天倫恨莫俱〔四〕。鴒原荒宿草，鳳沼接亨衢〔五〕。有客雖安命，衰容豈壯夫。家人憂几杖，甲子混泥途〔六〕。不謂矜餘力，還來謁大巫〔七〕。歲寒仍顧遇，日暮且踟躕。老驥思千里，飢鷹待一呼④〔八〕。君能微感激，亦足慰榛蕪⑤〔九〕。（0411）

【校】

① 在，《文苑英華》作「任」，校：「集作在。」

② 臣，錢箋校：「一作官。」《文苑英華》作「官」，校：「集作臣。」

③ 列，錢箋、《草堂》作「烈」，錢箋校：「吴作列。」

④ 飢，《文苑英華》作「寒」，校：「集作飢。」

⑤ 亦足慰榛蕪，宋本、錢箋、《九家》、《文苑英華》校：「一云折骨效區區。」

【注】

黄鶴注：天寶七載（七四八）作。按，當作於天寶九載（七五〇）。

〔一〕韋左丞丈濟：韋濟，見卷一《奉贈韋左丞丈二十二韻》(0001)注。

〔二〕左轄句：左轄，尚書左丞。《唐六典》卷一尚書左右丞：「左丞一人，正四品上，右丞一人，正四品下。左右丞掌管轄省事，糾舉憲章，以辨六官之儀制，而正百僚之文法，分而視焉。」注：「晋傅咸云：左丞得奏彈八座。魏晋已來，左丞主臺内禁令、宗廟祠祀、朝儀禮制、選用置吏、糾諸不法，無所回避。」《舊唐書·韋濟傳》：「遷尚書左丞。三代爲省轄，衣冠榮之。」中宗《授張錫工部尚書制》：「自提綱左轄，執簡中台。」《梁書·王暕傳》：「養素丘園，台階虚位。」

〔三〕相門二句：韋思謙二子：承慶、嗣立。《舊唐書·韋嗣立傳》：「及承慶卒，嗣立又代爲黄門侍郎，前後四職相代。又父子三人，皆至宰相。有唐已來，莫與爲比。嗣立三子：孚、恒、濟，皆知名。」《漢書·韋賢傳》：「少子玄成，復以明經歷位至丞相。故鄒魯諺曰：『遺子黄金滿籯，不如一經。』」《九家》趙注：「嗣立、承慶並爲宰相，故得引漢韋氏爲言。」

〔四〕時議二句：《後漢書·儒林傳》謝該：「今該實卓然比跡前列。」《穀梁傳》隱公元年：「兄弟，天倫也。」《九家》趙注：「嗣立有二子，恒、濟知名，故有是句。」朱鶴齡注：「按，濟遷左丞時，其兄恒必已先歿，故有『恨莫俱』、『荒宿草』之句。」

〔五〕鴒原二句：《詩·小雅·常棣》：「脊令在原，兄弟急難。」傳：「脊令，雝渠也。飛則鳴，行則摇，不能自舍耳。急難，言兄弟之相救於急難。」釋文：「令音零，本亦作鴒。」《禮記·檀弓上》：「曾子曰：朋友之墓，有宿草而不哭焉。」注：「宿草，謂陳根也。爲師心喪三年，於朋友期可。」此謂其兄亡已經年。《晋書·荀勖傳》：「勖久在中書，專管機事，及失之，甚罔罔悵恨。

或有賀之者，勖曰：『奪我鳳皇池，諸君何賀邪！』」謝莊《讓中書令表》：「臣聞璧門大邃，鳳沼神深。」《易·大畜》：「上九，何天之衢，亨。」朱鶴齡注：「《通典》：光宅元年，中書省改曰鳳閣，以鳳池事爲名。濟父祖皆官鳳閣，此故以『接亨衢』期之也。」浦起龍云：「天倫、宿草，以概其兄，作開筆，然於賀體不倫。」

〔六〕家人二句：《禮記·曲禮上》：「大夫七十而致事。若不得謝，則必賜几杖，行役以婦人。」《左傳》襄公三十年：「晉悼夫人食輿人之城杞者，絳縣人或年長矣，無子而往，與於食。有與疑年，使之年。曰：『臣小人也，不知紀年。臣生之歲，正月甲子朔，四百有四十五甲子矣，其季於今三之一也。』……（趙孟）召之，而謝過焉，曰：『武不才，任君之大事，以晉國之多虞，不能由吾子，使吾子辱在泥塗久矣。』」仇注：「次言窮老而受知於韋。」浦起龍云：「几杖、泥塗，甚言蹉跌之態，然非盛年本色，定是疵句。」

〔七〕不謂二句：《論語·學而》：「行有餘力，則以學文。」《九家》趙注：「正謂矜餘力之文也。」《三國志·吴書·張紘傳》注引《吴書》：「後紘見陳琳作《武庫賦》、《應機論》，與琳書深歎美之。琳答曰：『自僕在河北，與天下隔，此間率少於文章，易爲雄伯……今景興在此，足下與子布在彼，所謂小巫見大巫，神氣盡矣。』」

〔八〕老驥二句：曹操《步出夏門行》：「驥老伏櫪，志在千里。」《三國志·魏書·吕布傳》：「譬如養鷹，饑則爲用，飽則揚去。」《九家》趙注：「雖飢矣，猶待呼，則不苟就食也。」

〔九〕君能二句：《史記·張儀列傳》：「乃使人微感張儀。」朱鶴齡注引此。《漢書·韓信傳》：「欲

説信令背漢，乃先微感信曰。」皆謂微言誘導。此謂稍感激，義不同。傅亮《爲宋公至洛陽謁五陵表》：「伊洛榛蕪，津塗久廢。」

投贈哥舒開府翰二十韻

今代騏驎閣，何人第一功〔一〕？君王自神武，駕馭必英雄〔二〕。開府當朝傑，論兵邁古風。先鋒百勝在①，略地兩隅空②〔三〕。青海無傳箭③，天山早挂弓〔四〕。廉頗仍走敵，魏絳已和戎〔五〕。每惜河湟弃，新兼節制通〔六〕。智謀垂睿想④，出入冠諸公〔七〕。日月低秦樹，乾坤繞漢宫。胡人愁逐北，宛馬又從東〔八〕。受命邊沙遠⑤，歸來御席同〔九〕。軒墀曾寵鶴，畋獵舊非熊〔一〇〕。茅土加名數，山河誓始終〔一一〕。策行遺戰伐，契合動昭融〔一二〕。勳業青冥上，交親氣概中。未爲珠履客⑥，已見白頭翁⑦〔一三〕。壯節初題柱，生涯獨轉蓬〔一四〕。幾年春草歇〔一五〕，今日暮途窮。軍事留孫楚，行間識吕蒙⑧〔一六〕。防身一長劍，將欲倚崆峒⑨〔一七〕。（0412）

【校】

①勝，宋本、錢箋、《九家》校：「一作戰。」《文苑英華》校：「川本注作戰。」

②略地，錢箋校：「一作妙略。」

③無傳，《文苑英華》作「傳飛」，校：「集作無傳。」

④智謀，《文苑英華》作「知謀」，校：「川本作知謨。」

⑤邊沙，宋作、錢箋、《九家》校：「一作軍麾。」

⑥珠，錢箋、《草堂》作「朱」。

⑦見，宋本、錢箋、《九家》校：「一作是。」

⑧軍事留孫楚行間識呂蒙，宋本、錢箋校：「一云鄉曲輕周處，將軍拔呂蒙。」

⑨防身一長劍將欲倚崆峒，宋本、錢箋校：「一云腰間有長劍，聊欲倚崆峒。」《九家》校：「一云防身有長劍，聊欲倚崆峒。」　防身一，《文苑英華》校：「一作腰間有。」　將，《文苑英華》作「聊」，校：「集作將。」

【注】

黄鶴注：翰凡三入朝，今詩云「每惜海湟弃，新兼節制通」，又云「茅土加名數」，則是指天寶十二載（七五三）加河西節度，進封西平郡王。

〔一〕今代二句：麒麟閣，見卷七《荆南兵馬使太常卿趙公大食刀歌》（0310）注。朱鶴齡注引《杜詩

博議》：「按《高宗紀》：總章元年三月，以太原元從西府功臣分爲第一功、第二功二等官，其後有差。此詩以『第一功』期翰，欲其遠比開國之功臣也。舊注引漢高論功，以蕭何爲第一，殊不切。」用典以切時事，詩意本可兼賅。

〔二〕君王二句：《漢書・刑法志》：「高祖躬神武之材，行寬仁之厚，總攬英雄，以誅秦、項。」朱鶴齡注：「哥舒本蕃將，必駕馭之而成功，故以神武歸美天子，此立言之體也。」

〔三〕開府四句：《舊唐書・哥舒翰傳》：「哥舒翰，突騎施首領哥舒部落之裔也。蕃人多以部落稱姓，因以爲氏。祖沮，左清道率。父道元，安西副都護，世居安西。翰家富於財，倜儻任俠，好然諾，縱蒱酒。年四十，遭父喪，三年客居京師，爲長安尉不禮，慨然發憤折節，仗劍之河西。初事節度使王倕，倕攻新城，使翰經略，三軍無不震懾。後節度使王忠嗣補爲衙將。翰好讀《左氏春秋傳》及《漢書》，疏財重氣，士多歸之。忠嗣以爲大斗軍副使，嘗使翰討吐蕃於新城，有同列爲副者，見翰禮倨，不爲用，翰怒，撾殺之，軍中股慄。遷左衛郎將。後吐蕃寇邊，翰拒之苦拔海。其衆三行，從山差池而下，翰持半段槍當其鋒擊之，三行皆敗，無不摧靡，由是知名。天寶六載，擢授右武衛員外將軍，充隴西節度副使、都知關西兵馬使、河源軍使。先是，吐蕃每至麥熟時即率部衆至積石軍獲取之，共呼爲吐蕃麥莊，前後無敢拒之者。至是，翰使王難得、楊景暉等潛引兵至積石軍，設伏以待之。吐蕃以五千騎至，翰於城中率驍勇馳擊，殺之略盡，餘或挺走，伏兵邀擊，匹馬不還。……王忠嗣被劾，敕召翰至，與語悅之，遂以爲鴻臚卿，兼西平郡太守，攝御史中丞，代忠嗣爲隴右節度支度營田副大使，知節度事。……十一載，加開

府儀同三司。」錢箋：「所謂『兩隅』者，指河西、隴右而言也。舊注北征突厥，西伐吐蕃，謬甚。」

〔四〕青海二句：《舊唐書·哥舒翰傳》：「明年，築神威軍於青海上，吐蕃至，攻破之。又築城於青海中龍駒島，有白龍見，遂名爲應龍城。吐蕃屏跡，不敢近青海。吐蕃保石堡城，路遠而險，久不拔。八載，以朔方、河東群牧十萬衆委翰總統，攻石堡城。翰使麾下將高秀岩、張守瑜進攻，不旬日而拔之。」《新唐書·吐蕃傳上》：「其舉兵，以七寸金箭爲契，百里一驛，有急兵，驛人臆前加銀鶻，甚急，鶻益多。告寇舉烽。」天山，見卷七《八哀詩·王公思禮》(0330)注。《舊唐書·地理志》北庭節度使：「天山軍，在西州城内，管兵五千人，馬五百匹。」《薛仁貴傳》：「軍中歌曰：『將軍三箭定天山，戰士長歌入漢關。』」

〔五〕廉頗二句：《史記·廉頗藺相如列傳》：「趙使者既見廉頗，廉頗爲之一飯斗米，肉十斤，被甲上馬，以示尚可用。」《左傳》襄公十一年：「晉侯以樂之半賜魏絳，曰：子教寡人和諸戎狄，以正諸華。」《九家》趙注：「此必中間議不用兵，故言廉頗仍可以走敵，而魏絳和戎之策已行也。」錢箋：「翰已年老，素有風疾，故以廉頗爲比。《新書》：十二載，賜翰音樂田園。」

〔六〕每惜二句：《元和郡縣圖志》卷三九鄯州湟水縣：「湟水，名湟河，亦謂之都樂水，出青海東北亂山中，東南流至蘭州西南入黄河。」《舊唐書·吐蕃傳》：「睿宗即位……時楊矩爲鄯州都督，吐蕃遣使厚遺之，因請河西九曲之地以爲金城公主湯沐之所，矩遂奏與之。吐蕃既得九曲，其地肥良，堪頓兵畜牧，又與唐境接近，自是復叛，始率兵入寇。」參卷七《八哀詩·王公思禮》(0331)注。《舊唐書·哥舒翰傳》：「十二載，進封涼國公，食實封三百户，加河西節度使，尋封

西平郡王。」《九家》趙注：「蓋以河湟之久弃，欲得翰收復之，故使之節度河西也。」

〔七〕智謀二句：《九家》趙注：「惟其方往謀復河湟，而爲帝所繫想，則入歸朝，出而建節，其榮耀爲諸公之冠矣。明年遂復河湟。舊注引王忠嗣事，在復河湟之前，非是。」《新唐書・玄宗紀》：「(天寶十三載)三月，隴右、河西節度使哥舒翰敗吐蕃，復河源九曲。」

〔八〕胡人二句：《南部新書》庚卷：「天寶中，哥舒翰爲安西節度使，控地數千里，甚著威令。故西鄙人歌曰：『北斗七星高，哥舒夜帶刀。吐蕃總殺盡，更築兩重壕。』」宛馬，見卷一《高都護驄馬行》(0012)「汗血馬」注。

〔九〕受命二句：《舊唐書・哥舒翰傳》：「翰素與禄山、思順不協，上每和解之爲兄弟。其冬，禄山、思順、翰並來朝，上使高力士及中貴人於京城東駙馬崔惠童池亭宴會。」《安禄山事迹》卷上：「使射生官供鮮鹿，取血煮其腸，謂之熱落河，以賜之，爲翰好之故也。」錢箋：「禄山在范陽，翰與思順分控隴、朔，故曰『受命邊沙遠』。」

〔一〇〕軒墀二句：《左傳》閔公二年：「衛懿公好鶴，鶴有乘軒者。將戰，國人受甲者皆曰：『使鶴，鶴實有禄位。余焉能戰！』」張表臣《珊瑚鈎詩話》卷一：「杜甫云『軒墀曾寵鶴』，杜牧云『欲把一麾江海去』，皆用事之誤。蓋衛懿公好鶴，鶴有乘軒者，則軒車之軒耳，非軒墀也。」《隋書・突厥傳》：「拜首軒墀。」謂軒宇丹墀。陰鏗《詠鶴》：「乍動軒墀步，時轉入琴聲。」此蓋與乘軒鶴混用。薛雪《一瓢詩話》：「張表臣駁老杜『軒墀曾寵鶴』、小杜『欲把一麾江海去』，以爲誤用懿公好鶴顔詩意。殊不知二公非死煞用事者，其好處正是此種。」《史記・齊世家》：「西伯將出

獵，卜之，曰所獲非龍非彲，非虎非羆，所獲霸王之輔。於是周西伯獵，果遇太公於渭之陽。」洪邁《容齋五筆》卷二：「自李翰《蒙求》有『呂望非熊』之句，後來據以爲用。然以史策考之……後漢崔駰《達旨》云『漁父見兆於玄龜』，注文乃引《史記》『非龍非彲，非熊非羆』爲證。今之《史記》蓋不然也。非熊出處，惟此而已。」朱鶴齡注：「《爾雅翼》：熊之雌者爲羆。則熊羆殆可互用。」錢箋：「蓋謂禄山、思順不過軒墀之寵鶴，如翰者乃畋獵之非熊也。以寵鶴喻禄山、思順，亦以衛懿公託諷玄宗也。」按，寵鶴疑泛言，錢箋頗涉附會。

〔一一〕茅土二句：《書·禹貢》：「厥貢惟土五色。」傳：「王者封五色土爲社，建諸侯則各割其方色土與之，使立社。燾以黄土，苴以白茅。茅取其潔，黄取王者覆四方。」《漢書·石奮傳》：「關東流民二百萬口，無名數者四十萬。」注：「師古曰：名數，若今户籍。」《高惠高后文功臣表》：「封爵之誓曰：『使黄河如帶，泰山如厲，國以永存，爰及苗裔。』」《舊唐書·哥舒翰傳》：「十二載，進封涼國公，食實封三百户，加河西節度使，尋封西平郡王。時楊國忠有隙於禄山，頻奏其反狀，故厚賞翰以親結之。十三載，拜太子少保，更加實封三百户，又兼御史中丞。」

〔一二〕策行二句：朱鶴齡注：「遺戰伐，猶云王者無戰。」仇注：「攘邊策行，無事於戰伐。」《詩·大雅·既醉》：「昭明有融，高朗令終。」傳：「融，長。朗，明也。始於饗燕，終於享祀。」箋：「天既助女以光明之道，又使之長。」仇注：「君臣契合，獨見其昭明。」

〔一三〕未爲二句：珠履客，見卷五《短歌行》(0249)注。曹丕《與吴質書》：「已成老翁，但未白頭耳。」

〔一四〕壯節二句：《水經注》江水成都縣：「城北十里曰昇仙橋，有送客觀。司相相如將入長安，題其

門曰：『不乘高車駟馬，不過汝下也。』」《太平御覽》卷七三引常璩《華陽國志》作「司馬相如題橋柱」。曹操《却東西門行》：「田中有轉蓬，隨風遠飄揚。」

〔一五〕幾年句：謝靈運《游赤石進帆海》：「首夏猶清和，芳草亦未歇。」楊素《贈薛内史》：「待君春草歇，獨坐秋風發。」

〔一六〕軍事二句：《晉書·孫楚傳》：「復參石苞驃騎軍事。楚既負其材氣，頗侮易於苞。初至，長揖曰：『天子命我參卿軍事。』」《三國志·吴書·孫權傳》：「拔吕蒙於行陳，是其明也。」《九家》趙注：「公欲有所冀於翰，故先引以爲言曰：以軍事則能留孫楚，異乎石苞之不容；以行間則識吕蒙如孫策者。」錢箋：「翰奏嚴挺之之子武爲節度判官，河東吕諲爲度支判官，前封丘尉高適爲掌書記，又蕭昕亦爲翰掌書記。翰爲其部將論功，隴右十將皆加封。若王思禮翰押衙，魯炅爲别將，郭英乂亦策名河隴間，又是年奏安邑曲環爲别將，皆拔之行間也。」按，錢引雖不誤，然詩意仍就己言。

〔一七〕防身二句：宋玉《大言賦》：「長劍耿耿倚天外。」崆峒，見卷一《送高三十五書記》(0002)注。

胡應麟《詩藪》内篇卷四：「杜排律五十百韻者，極意鋪陳，頗傷蕪碎。蓋大篇冗長，不得不爾。惟贈李白、汝陽、哥舒、見素諸作，格調精嚴，體骨匀稱。每讀一篇，無論其人履歷，咸若指掌，且形神意氣，踴躍毫楮。如周昉寫生，太史序傳，逼奪化工。而杜從容聲律間，尤爲難事，古今絶詣也。」

上韋左相二十韻見素。相公之先人遺風餘烈，至今稱之，故云「丹青憶老臣」。公時兼兵部尚書，故云「聽履上星辰」①〔一〕。

鳳曆軒轅紀，龍飛四十春〔二〕。八荒開壽域，一氣轉洪鈞〔三〕。霖雨思賢佐，丹青憶老臣②〔四〕。應圖求駿馬〔五〕，驚代得騏驎③。沙汰江河濁④，調和鼎鼐新〔六〕。韋賢初相漢，范叔已歸秦〔七〕。盛業今如此，傳經固絶倫〔八〕。豫樟深出地，滄海闊無津〔九〕。北斗司喉舌，東方領搢紳〔一〇〕。持衡留藻鑑，聽履上星辰〔一一〕。獨步才超古，餘波德照鄰⑤〔一二〕。聰明過管輅，尺牘倒陳遵〔一三〕。豈是池中物，由來席上珍〔一四〕。廟堂知至理，風俗盡還淳。才傑俱登用，愚蒙但隱淪〔一五〕。長卿多病久，子夏索居頻〔一六〕。回首驅流俗，生涯似衆人〔一七〕。巫咸不可問，鄒魯莫容身〔一八〕。感激時將晚，蒼茫興有神。爲公歌此曲⑥，涕淚在衣巾。（0413）

【校】

①見素相公之先人遺風餘烈至今稱之故云丹青憶老臣公時兼兵部尚書故云聽履上星辰，錢箋以「見

素」以下題注为吴若本注。「稱之」宋本作「爲□」，據錢箋、《九家》改。

②老，錢箋校：「一作直。樊作舊。」《文苑英華》作「舊」，校：「集作老。」

③代，《文苑英華》作「世」，校：「集作代。」

④河，《文苑英華》作「湖」，校：「集作河。」

⑤餘波德照鄰，錢箋校：「一云餘陰照北鄰。」《九家》校：「一云餘陰照比鄰。」

⑥公，《文苑英華》作「君」，校：「集作公。」

【注】

黄鶴注：當是天寶十三載（七五四）見素同中書門下平章事時投之，今題曰「左相」，乃後來編寫之誤。仇注：詩云「四十春」，蓋天寶十四載（七五五）初春作。《川》譜繫於天寶十三載。

〔一〕韋左相：韋見素，《舊唐書・玄宗紀》：「（天寶十三載）秋八月丁亥，以久雨，左相、許國公陳希烈爲太子太師，罷知政事。文部侍郎韋見素爲武部尚書，同中書門下平章事。」「（十五載七月庚午）以韋見素爲左相。」《韋見素傳》：「韋見素，字會微，京兆萬年人。父湊，開元中太原尹。……時右相楊國忠用事，左相陳希烈畏其權寵，凡事唯諾，無敢發明。玄宗頗知之，聖情不悦。天寶十三年秋，霖雨六十餘日，京師廬舍垣墉頹毀殆盡，凡一十九坊污潦。天子以宰輔或未稱職，見此咎徵，命楊國忠精求端士……國忠訪於中書舍人竇華、宋昱等，華、昱言見素方雅，柔而易制，上亦以經事相王府，有舊恩，可之。其年八月，拜武部尚書、同中書門下平章事，

充集賢院學士，知門下省事，代陳希烈。見素既爲國忠引用，心德之。時禄山與國忠争寵，兩相猜嫌，見素亦無所是非，署字而已，遂至凶胡犯順，不措一言。」按，《楊國忠傳》：「上率龍武將軍陳玄禮、左相韋見素……出延秋門……左相韋見素傷」。又《韋見素傳》：「見素遁走，爲亂兵所傷，衆呼曰：『勿傷韋相。』」是見素代左相職，當時已呼爲左相。杜詩乃保留當時稱謂。《舊唐書・職官志》：「開元元年十二月，改尚書左右僕射爲左右丞相。……天寶元年二月，侍中改爲左相，中書令改爲右相，左、右丞相依舊爲僕射。……至德二載十二月敕：近日所改百司額及郡名並官名，一切依故事。於是侍中、中書令、兵吏部等並仍舊。」

〔二〕鳳曆二句：《左傳》昭公十七年：「昔者黄帝氏以雲紀，故爲雲師而雲名。……我高祖少皞摯之立也，鳳鳥適至，故紀於鳥，爲鳥師而鳥名。鳳鳥氏，曆正也。」杜預注：「黄帝軒轅氏，姬姓之祖也。」「少皞金天氏，黄帝之子，己姓之祖也。」「鳳鳥知天時，故以名曆正之官。」《九家》趙注：「自明皇即位，至天寶十三載四十三年，而此言四十春，蓋詩家舉其大目耳。」四十春猶四十年，仇注以爲春季者誤。

〔三〕八荒二句：《漢書・禮樂志》：「驅一世之民，濟之仁壽之域。」《莊子・大宗師》：「游乎天地之一氣。」張華《答何劭》：「洪鈞陶萬類，大塊稟群生。」《文選》李善注：「洪鈞，大鈞，謂天也。」

〔四〕霖雨二句：錢箋謂指天寶十三載霖雨事，朱鶴齡注：「非尋常使霖雨故事也。」《九家》趙注：「下句非甫題下自注見素之先人，則後學無由而見。言丹青，則應見於圖畫之間也。」《舊唐書・韋湊傳》：「韋湊，京兆萬年人。……景龍中歷遷將作少匠、司農少卿，嘗以公事忤宗楚

客，出爲貝州刺史。睿宗即位，拜鴻臚少卿，加銀青光禄大夫。景雲二年，轉太府少卿，又兼通事舍人。……湊前後上書論時政得失，多見采納。再遷河南尹，累封彭城郡公。以公事左授杭州刺史，轉汾州刺史。十年，拜太原尹兼節度支度營田大使。」

〔五〕應圖句：班固《典引》：「若乃嘉穀靈草，奇獸神禽，應圖合諜。」又《洛神賦》李善注：「應圖，應畫圖也。」《漢書·梅福傳》：「今不循伯者之道，乃欲以三代選舉之法取當時之士，猶察伯樂之圖，求騏驥於市，而不可得，亦已明矣。」

〔六〕沙汰二句：《後漢書·賈琮傳》：「詔書沙汰刺史、二千石。」《九家》趙注：「此句言見素爲文部侍郎時也。文部即吏部，而當時更名耳。沙汰，乃吏部事。沙汰其濁，則清仕流矣。」錢箋：「陳希烈爲太子太師罷政，故云『沙汰江河濁』。」按，陳罷政爲太師，不得謂沙汰。《淮南子·泰族訓》：「伊尹憂天下不治，調和五味，負鼎俎而行。」《太平御覽》卷二〇九引《漢官儀》：「太尉、司徒、司空長史，秩比千石，號爲毗佐三台，助和鼎味。」《詩·周頌·絲衣》：「鼐鼎及鼒，兕觥其觩。」傳：「大鼎謂之鼐。」

〔七〕韋賢二句：《漢書·韋賢傳》：「韋賢字長孺，魯國鄒人也。……自孟至賢五世，賢爲人質樸少欲，篤志於學，兼通《禮》、《尚書》，以《詩》教授，號稱鄒魯大儒。……以先帝師，甚見尊重。本始三年，代蔡義爲丞相。」《史記·范雎蔡澤列傳》：「范雎者，魏人也，字叔。……王稽辭魏去，超載范雎入秦。……秦昭王大説，乃謝王稽，使以傳車召范雎。」錢箋：「見素雖爲國忠引薦，公深望其秉正以去國忠，故有范叔之諭。蓋國忠以外戚擅國，猶穰侯之擅秦也。」仇注謂其曲

說。浦起龍云：「此見解本出於明季傾軋之習，然於本句實有會，但不可入正講。」

〔八〕盛業二句：浦起龍云：「亦用韋賢事，父子皆以通經至相位。益知原注非僞。」朱鶴齡注引見素子倜、僔，皆位至給事中。非是。

〔九〕豫樟二句：豫樟，見卷四《贈蜀僧閭丘師兄》(C175)注。曹植《當牆欲高行》：「君門以九重，道遠河無津。」

〔一〇〕北斗二句：《後漢書·李固傳》：「今陛下之有尚書，猶天下之有北斗也。斗爲天喉舌，尚書亦爲陛下喉舌。」《九家》趙注引《周禮·朝士》「左九棘，孤、卿、大夫位焉，群士在其後」，謂：「左者東方之位，爲左相，其秩則孤矣，位在東方之九棘，而領卿大夫群士。」《書·康王之誥》：「太保率西方諸侯，入應門左。畢公率東方諸侯，入應門右。」傳：「二公爲二伯，各率其所掌諸侯，隨其方爲位。」又《顧命》傳：「司馬第四，畢公領之。」錢箋引此，謂：「見素兼兵部尚書，故以畢公擬之。」

〔一一〕持衡二句：《禮記·深衣》：「權衡取其平。」《詩·小雅·沔水》疏引《援神契》：「春執規，夏持衡。」秦嘉《與婦徐淑書》：「頃得此鏡，既明且好，形觀文藻。」江總《讓尚書僕射表》：「藻鏡官方，品裁人物。」《北史·郎茂傳》：「子琮簿領見知，及居藻鏡，俱稱尸禄。」《舊唐書·韋見素傳》：「天寶五年，充江西、山南、黔中、嶺南等黜陟使，觀省風俗，彈糾長吏，所至肅然。使還，拜給事中，駁正繩違，頗振臺閣舊典。尋檢校尚書工部侍郎，改右丞。九載，遷吏部侍郎，加銀青光禄大夫。見素仁恕長者，意不忤物，及典選累年。銓叙平允，人士稱之。」《漢書·鄭崇

傳》：「哀帝擢爲尚書僕射，數求見諫争，上初納用之。每見，曳革履，上笑曰：『我識鄭尚書履聲。』」《九家》趙注：「上星辰，以言其親帝之旁，猶言上雲霄。」

〔一二〕獨步二句：《後漢書・逸民傳》戴良：「我若仲尼長東魯，大禹出西羌，獨步天下，誰與爲偶。」《論語・里仁》：「德不孤，必有鄰。」傅亮《爲宋公修張良廟教》：「張子房道亞黄中，照鄰殆庶。」

〔一三〕聰明二句：《三國志・魏書・管輅傳》評曰：「管輅之術筮，誠皆玄妙之殊巧，非常之絶技矣。」《新唐書・韋見素傳》：「肅宗立，與房琯、崔涣持節奉傳國璽及册……是歲十月丙申，有星犯昴，見素言於帝曰：『昴者，胡也。天道謫見，所應在人，禄山將死矣。』帝曰：『日月可知乎？』見素曰：『福應在德，禍應在刑，昴金忌火，行當火位，昴之昏中，乃其時也。既死其月，亦死其日。明年正月甲寅，禄山其殪乎。』……及禄山死，日月皆驗。」錢箋引此，謂：「見素孫顗，亦精陰陽象緯，蓋其家學也。」《漢書・陳遵傳》：「性善書，與人尺牘，主者藏弆以爲榮。」《九家》趙注：「見素必善書矣，惜乎史所不載。」朱鶴齡注：「倒，即傾倒之倒。」仇注：「倒，壓倒也。」

〔一四〕豈是二句：《三國志・吴書・周瑜傳》：「恐蛟龍得雲雨，終非池中物也。」《禮記・儒行》：「儒有席上之珍以待聘，夙夜强學以待問。」注：「席，猶鋪陳也。鋪陳往古堯舜之善道，以待見問也。」

〔一五〕愚蒙句：朱鶴齡注：「隱淪，公自謂。」

〔一六〕長卿二句：長卿病，見卷六《同元使君春陵行》(0276)注。《禮記・檀弓上》子夏曰：「吾離群

而索居，亦已久矣。」

〔一七〕回首二句：《九家》趙注：「此言欲回首而驅出流俗，然爲生之涯終似衆人也。」仇注：「且驅逐生涯，資身無策。」

〔一八〕巫咸二句：《楚辭・離騷》：「巫咸將夕降兮，懷椒糈而要之。」《藝文類聚》卷七五引《古史考》：「庖犧氏作，始有筮，其後殷時巫咸善筮。」《莊子・盜跖》：「子自謂才士聖人邪？則再逐于魯，削跡于衛，窮于齊，圍于陳蔡，不容身於天下。」

奉贈太常張卿二十韻 均①〔一〕

方丈三韓外，崑崙萬國西〔二〕。建標天地闊〔三〕，詣絶古今迷。氣得神仙迥，恩承雨露低〔四〕。相門清議衆，儒術大名齊。軒冕羅天闕②，琳琅識介珪〔五〕。伶官詩必誦，夔樂典猶稽〔六〕。健筆凌鸚鵡，銛鋒瑩鸊鵜〔七〕。友于皆挺拔，公望各端倪〔八〕。通籍踰青瑣，亨衢照紫泥〔九〕。靈虬傳夕箭，歸馬散霜蹄〔一〇〕。能事聞重譯，嘉謨及遠黎〔一一〕。弼諧方一展，班序更何躋〔一二〕。適越空顛躓，游梁竟慘悽〔一三〕。謬知終畫虎，微分是醯雞〔一四〕。萍泛無休日③，桃陰想舊蹊〔一五〕。吹噓人

所羨，騰躍事仍睽〔一六〕。碧海真難涉，青雲不可梯〔一七〕。顧深慚鍛鍊④，才小辱提携〔一八〕。檻束哀猿叫⑤，枝驚夜鵲栖〔一九〕。幾時陪羽獵，應指釣璜溪〔二〇〕。（0414）

【校】

①均，《草堂》校：「一作垍。」

②天，宋本、錢箋校：「一作高。」

③泛，錢箋校：「一作跡。」

④慚，錢箋校：「一作忘。」

⑤叫，錢箋、《九家》校：「一作巧。」宋本校：「一作功。」字誤。

【注】

黄鶴注：詩當作於天寶十一載（七五二）。朱鶴齡注、仇注均繫於天寶十三載（七五四）。

〔一〕張卿：張均，説子。《舊唐書·張均傳》：「均、垍皆能文。説在中書，兄弟已掌綸翰之任。……九載，遷刑部尚書。自以才名當爲宰輔，常爲李林甫所抑。及林甫卒，依附權臣陳希烈，期於必取。既而楊國忠用事，心頗惡之，罷希烈知政事，引文部侍郎韋見素代之，仍以均爲大理卿，均大失望，意常鬱鬱。」《張垍傳》：「以主婿，玄宗特深恩寵，許於禁中置内宅，侍爲文章……及禄山還鎮，命中官高力士餞於滻坡。既還，帝曰：『禄山慰意否？』力士曰：『觀其深

心鬱鬱，必伺知宰相之命不行故也。』帝告國忠，國忠曰：『此議他人不知，必張垍所告。』帝怒，盡逐張垍兄弟。出均爲建安太守，垍爲盧溪郡司馬，埱爲宜春郡司馬。歲中召還，再遷爲太常卿。」《新唐書・張均傳》：「坐垍，貶建安太守，還，授大理卿。」黄鶴注：「按史，均未嘗爲太常卿。……兄弟貶皆在十三載。今詩當是與垍。垍尚主，多留禁中，所以冀其援引。」《九家》趙注謂《舊史》載均坐垍貶建安太守，還，遷太常卿。所引疑誤。錢箋謂：「均於歲中召還之後，自大理卿遷太常卿，故云再遷也。」然史料實無如此解説之理。

〔二〕方丈二句：《史記・秦始皇本紀》：「言海中三神山，名曰蓬萊、方丈、瀛洲，仙人居之。」《三國志・魏書・東夷傳》：「韓在帶方之南，東西以海爲限，南與倭接，方可四千里。有三種：一曰馬韓，二曰辰韓，三曰弁韓。」《水經注》河水：「崑崙墟在西北，去嵩高五萬里，地之中也。」《九家》趙注：「是皆仙聖居集之地。……以譬禁掖之清切，乃神仙之地，惟有仙風道骨，始能游且承恩寵也。」

〔三〕建標句：《太平御覽》卷七四引劉欣期《交州記》：「馬援積石爲塘，以通於海，達於象浦，建標爲南極之界。」

〔四〕氣得二句：《舊唐書・禮儀志》：「九載十月，先是御史大夫王鉷奏稱，太白山人王玄翼見玄元皇帝於寶仙洞中，乃遣王鉷、張均、王倕、韋濟、王翼、王岳靈，於洞中得玉石函《上清護國經》、寶券、紀籙等，獻之。」《資治通鑑》天寶九年十月：「太白山人王玄翼上言見玄元皇帝，言寶仙洞有妙寶真符，命刑部尚書張均等往求，得之。」錢箋：「秦皇之求方丈，漢武之窮崑崙，皆爲天

地古今闊絶不可致之事，豈如玄宗使張均求妙寶真符於寶仙洞，往而遂獲乎？以秦皇、漢武喻玄宗之求仙，亦諷均之以求仙得幸也。」朱鶴齡注：「詣絶，造乎絶域也。言方丈、崑崙爲天地闊絶之境，古今共迷其處，豈若禁掖承恩者能迥得神仙之氣乎？因垍尚主，有宅在禁中故云。然方丈、崑崙乃假像爲辭。」仇注引張遠注，則謂：「（張均往求）必與垍同行也。張垍於寶仙洞中求得真符，其感神仙而膺主眷，豈若前世之渺茫乎。」浦起龍云：「贈詩通意，主美不主諷，而此詩語氣亦見美不見諷也。其言方丈、崑崙者，唐人於貴主姻戚多以仙家比之。言世間闊絶之區，平人迷不能到，今乃得合氣而承恩焉。」朱、浦説近是，詩亦無關求真符。

〔五〕琳琅句：《世説新語·容止》：「有人詣王太尉，遇安豐、大將軍、丞相在坐。往別屋，見季胤、平子。還，語人曰：『今日之行，觸目見琳琅珠玉。』」《詩·大雅·崧高》：「錫爾介圭，以作爾寶。」箋：「圭長尺二寸謂之介，非諸侯之圭，故以爲寶。諸侯之瑞圭，自九寸而下。」

〔六〕伶官二句：《詩·邶風·簡兮》箋：「伶官，樂官也。伶氏世掌樂官而善焉，故後世多號樂官爲伶官。」《書·舜典》：「帝曰：夔，命汝典樂，教胄子。」《九家》趙注：「此正言其爲太常卿也。太常卿，掌樂者也。」

〔七〕健筆二句：《後漢書·禰衡傳》：「射時大會賓客，人有獻鸚鵡者，射舉卮於衡曰：『願先生賦之，以娱嘉賓。』衡攬筆而作，文無加點，辭采甚麗。」鸚鵡，見卷七《荆南兵馬使太常卿趙公大食刀歌》（0310）注。

〔八〕友于二句：友于，見卷八《岳麓山道林二寺行》（0406）注。《晋書·虞駿傳》：「孔愉有公才而

無公望，丁潭有公望而無公才。」《資治通鑑》天寶十五年七月：「是時均、垍兄弟，及姚崇之子尚書右丞奕、蕭嵩之子兵部侍郎華、韋安石之子禮部侍郎陟、太常少卿斌，皆以才望全大官，上嘗曰：『或命相，當遍舉故相子弟耳。』既而皆不用。」《九家》趙注、錢箋、朱鶴齡注皆引此，然詩雖稱譽，實無涉於此。

〔九〕通籍二句：《漢書·元帝紀》：「得爲大父母、父母、兄弟通籍。」應劭注：「籍者，爲二尺竹牒，記其年紀名字物色，縣之宫門，案省相應，乃得入也。」《三輔黄圖》卷二：「《漢宫闕疏》曰：未央宫有麒麟閣、天禄閣，有金馬門、青瑣門，玄武、蒼龍二闕。」《初學記》卷一二引衛宏《漢舊儀》：「黄門郎屬黄門令，日暮入對青瑣闥拜，名夕郎。」錢箋：「均、垍供奉翰林院，故曰『蹿青瑣』。」《史記·高祖本紀》正義：「天子有六璽……皆以武都紫泥封，青囊白素裹，兩端無縫。《三秦記》云：紫泥水在今成州。《輿地志》云：漢封詔璽用紫泥。則此水之泥也。」錢箋：「此言掌綸翰之事也。」

〔一〇〕靈虬二句：陸倕《新刻漏銘》：「靈虬承注，陰蟲吐噏。……銅史司刻，金徒抱箭。」《文選》李善注：「孫綽《漏刻銘》曰：『靈虬吐注，陰蟲承瀉』」；「張衡《漏水轉渾天儀制》曰：『蓋上又鑄金銅仙人，居左壺；爲胥徒，居右壺。皆以左手抱箭，右手指刻，以别天時早晚』」。吕周翰注：「言漏刻之體，以龍承之。」《九家》趙注：「此言晝日之接，晚始歸也。」

〔一一〕能事二句：《淮南子·泰族訓》：「夷狄之國，重譯而至。」《史記·秦始皇本紀》泰山刻石：「親巡遠方黎民。」刻石作「親巡遠黎」。《九家》趙注：「此又美其爲太常卿也。太常，古之宗伯，兼

掌禮樂，朝會之際，蠻夷在焉。」朱鶴齡注謂其非是：「時垍自貶所召還，故有『重譯』、『遠黎』之句。」錢箋謂指均爲兵部侍郎，以累遷饒、蘇二州。錢、朱説皆有疵，仇注：「制作遥傳，而謀猷及遠。」疑只是泛譽。

〔一二〕弼諧二句：《書·臯陶謨》：「謨明弼諧。」傳：「謀廣聰明，以輔諧其政。」《宋書·蔡廓傳》：「皇子出仕則有位，有位則依朝，復示之班序。」姚崇《十事要説》：「外戚貴主，更相用事，班序荒雜。」班序指朝班序列。《九家》趙注謂甫自言班次序列不可攀于張。仇注：「更何躋，言莫有躋其上者。」按，言可躋高位。

〔一三〕適越二句：《九家》趙注：「公初落魄，嘗適越矣。公又嘗游梁矣。」《晋書·武帝紀》：「是猶將適越者指沙漠以遵途，欲登山者涉舟航而覓路。」《史記·司馬相如列傳》：「因病免，客游梁。」

〔一四〕謬知二句：《後漢書·馬援傳》：「所謂『畫虎不成反類狗』者也。」《宋書·劉式之傳》：「劉式之於國家粗有微分。」《莊子·田子方》：「孔子見老聃……孔子出，以告顔回曰：『丘之道也，其猶醯雞與！』」注：「醯雞者，甕中之蠛蠓。」仇注：「知同畫虎，謂召試不遇。分等醯雞，謂抱道不行。」

〔一五〕萍泛二句：司馬彪詩：「泛泛江漢萍，飄蕩永無根。」《史記·李將軍列傳》：「諺曰：『桃李不言，下自成蹊』。」《九家》趙注：「乃懷念舊日見知之人也。」

〔一六〕吹噓二句：阮籍《詠懷》：「吹噓誰以益，江湖相捐忘。」《莊子·逍遥游》：「我騰躍而上，不過

數仞而下。」

〔一七〕碧海二句：《初學記》卷六引東方朔《十洲記》：「東有碧海，廣狹浩汗，與東海等，水不鹹苦，正作碧色。」謝靈運《登石門最高頂》：「惜無同懷客，共登青雲梯。」浦起龍云：「碧海、青雲，亦借用仙家語，與篇首照耀。」

〔一八〕顧深二句：《九家》趙注：「言張卿恩顧我雖深，而已却自慚鍛鍊之未至也。」

〔一九〕檻束二句：《淮南子·俶真訓》：「置猿檻中，則與豚同，非不巧捷也，無所肆其能也。」曹操《短歌行》：「月明星稀，烏鵲南飛。繞樹三匝，何枝可依。」

〔二〇〕幾時二句：《漢書·揚雄傳》：「其十二月羽獵，雄從。……故聊因《校獵賦》以風。」《初學記》卷二二引《尚書大傳》：「周文王至磻溪，見吕望，文王拜之尚父。望釣得玉璜，刻曰：『周受命，吕佐檢，德合於今昌來提。』」錢箋：「蓋謂逢人主以求仙，不若薦賢爲國，爲大臣之事也。應指釣璜溪，以太公望自況，其自待亦不薄矣。」朱鶴齡注：「終以汲引望之也。」

敬贈鄭諫議十韻①〔一〕

諫官非不達，詩義早知名〔二〕。破的由來事，先鋒孰敢争〔三〕。思飄雲物外②，律中鬼神驚〔四〕。毫髮無遺恨，波瀾獨老成〔五〕。野人寧得所，天意薄浮生〔六〕。多

病休儒服，冥搜信客旌〔七〕。築居仙縹緲，旅食歲峥嶸〔八〕。使者求顔闔，諸公厭禰衡〔九〕。將期一諾重③〔一〇〕，欻使寸心傾。君見途窮哭，宜憂阮步兵〔一一〕。（0415）

【校】

① 贈，宋本作「聽」，據諸本改。

② 外，宋本、錢箋、《九家》校：「一作動。」

③ 諾，錢箋校：「一作語。」

【注】

黄鶴注：當是天寶十載（七五一）奏賦後作。

〔一〕鄭諫議：陶敏謂是鄭審。顔真卿《正議大夫行國子司爲下柱國金鄉縣開國男顔府君（允南）神道碑銘》：「天寶九載……與諫議大夫鄭審、郎中祁賢之每應制及朝廷唱和，必警絶佳對，人人稱説之。」参卷七《八哀詩·鄭公虔》（0336）注。《唐六典》卷八門下省：「諫議大夫四人，正五品上。」

〔二〕詩義句：《毛詩序》：「故詩有六義焉：一曰風，二曰賦，三曰比，四曰興，五曰雅，六曰頌。」

〔三〕破的二句：《世説新語·品藻》：「長史曰：『韶音令辭不如我，往輒破的，勝我。』」《史記·留侯世家》：「楚人剽疾，願上無與楚人争鋒。」

〔四〕思飄二句：《九家》趙注：「此如《文賦》言神游萬仞，精騖八極。」《左傳》僖公五年：「凡分、至、

啓、閉，必書雲物。」《詩譜序》疏引《堯典》鄭玄注：「聲之曲折，又長言而爲之。聲中律，乃爲和。」《毛詩序》：「故正得失，動天地，感鬼神，莫近於詩。」

〔五〕毫髮二句：鮑照《代白頭吟》：「毫髮一爲瑕，丘山不可勝。」陸機《文賦》：「恒遺恨以終篇，豈懷盈而自足。」《文心雕龍·序志》：「振葉以尋根，觀瀾而索源。」《隋書·文學傳》：「英華秀發，波瀾浩蕩。筆有餘力，詞無竭源。」《詩·大雅·蕩》：「雖無老成人，尚有典刑。」仇注：「毫髮無憾，謂字句斟酌。波瀾老成，謂通篇結構。包小大而言。」

〔六〕野人二句：《九家》趙注：「自此而下，皆公自叙也。」《漢書·王莽傳》：「四海輻湊，靡不得所。」

〔七〕多病二句：冥搜，見卷一《同諸公登慈恩寺塔》（0023）注。駱賓王《疇昔篇》：「賴有邊城月，常伴客旌懸。」仇注：「不修儒服，而但任客旌，則行蹤難定矣。」

〔八〕築居二句：謝靈運《石門新營所住四面高山回溪》：「躋險築幽居，披雲卧石門。」木華《海賦》：「群仙縹眇，餐玉清涯。」旅食，見卷一《奉贈韋左丞丈二十二韻》（0001）注。峥嶸，見卷一《自京赴奉先縣詠懷五百字》（0041）注。

〔九〕使者二句：《莊子·讓王》：「魯君聞顔闔得道之人也，使人以幣先焉。顔闔守陋閭，苴布之衣而自飯牛。……使者致幣，顔闔對曰：『恐聽者謬而遺使者罪，不若審之。』使者還，反審之，復來求之，則不得已。」《後漢書·禰衡傳》：「（曹）操怒，謂融曰：『禰衡竪子，孤殺之猶雀鼠耳。顧此人素有虚名，遠近將謂孤不能容之，今送與劉表，視當何如。』於是遣人騎送之。……後復侮慢於表，表恥，不能容，以江夏太守黄祖性急，故送衡與之。祖亦善待焉。……後黄祖在蒙

衡船上大會賓客，而衡言不遜順，祖慚，乃呵之。……衡方大罵，祖恚，遂令殺之。」黃鶴注：「當是天寶十載奏賦後作，謂天子雖召試而莫有從而薦送之者。」浦起龍云：「略逗召試本事，是轉下語。言我已舉朝厭之，而君且爲我不平。」

〔一〇〕將期句：《史記·季布欒布列傳》：「楚人諺曰：『得黃金百，不如得季布一諾。』」

〔一一〕君見二句：《晉書·阮籍傳》：「籍聞步兵厨營人善釀，有貯酒三百斛，乃求爲步兵校尉。……時率意獨駕，不由徑路，車跡所窮，輒慟哭而反。」

奉贈鮮于京兆二十韻〔一〕

王國稱多士，賢良復幾人〔二〕？異才應間出①，爽氣必殊倫〔三〕。始見張京兆，宜居漢近臣〔四〕。驊騮開道路，雕鶚離風塵〔五〕。侯伯知何筭②，文章實致身〔六〕。奮飛超等級，容易失沉淪〔七〕。脱略磻溪釣，操持郢匠斤〔八〕。雲霄今已逼，台衮更誰親〔九〕？鳳穴雛皆好，龍門客又新〔一〇〕。義聲紛感激，敗績自逡巡〔一一〕。途遠欲何向③，天高難重陳〔一二〕。學詩猶孺子④，鄉賦忝嘉賓⑤〔一三〕。不得同鼂錯，吁嗟後郤詵〔一四〕。計疏疑翰墨，時過憶松筠〔一五〕。獻納紆皇眷，中間謁紫宸〔一六〕。且

隨諸彦集〔一七〕，方覬薄才伸。破膽遭前政，陰謀獨秉鈞〔一八〕。微生霑忌刻〔一九〕，萬事益酸辛。交合丹青地〔二〇〕，恩傾雨露辰。有儒愁餓死，早晚報平津〔二一〕。

（0416）

【校】

① 出，錢箋校：「一作世。」

② 筭，錢箋作「等」，校：「刊作算。」《九家》校：「一作等。」

③ 遠，宋本、錢箋、《九家》校：「一作永。」

④ 孺子，宋本、錢箋、《九家》校：「一云子夏。」

⑤ 忝，錢箋作「念」，校：「一作忝。」

【注】

黄鶴注：仲通爲京兆尹在天寶十一載十一月國忠爲相後也，則此詩在十一載（七五二）十二月作。按，追削李林甫在身官爵在天寶十二載（七五三）二月，詩當作於其後。

〔一〕鮮于京兆：名仲通。《舊唐書·楊國忠傳》：「國忠薦閬州人鮮于仲通爲益州長史，令率精兵八萬討南蠻，與羅鳳戰於瀘南，全軍陷没。……十載，國忠權知蜀郡都督府長史，充劍南節度

副大使，知節度事，仍薦仲通代己爲京兆尹。」《資治通鑑》天寶四年：「楊釗，貴妃之從祖兄也，不學無行，爲宗黨所鄙。從軍於蜀，得新都尉。考滿，家貧不能自歸。新政富民鮮于仲通常資給之。……鮮于仲通名向，以字行，頗讀書，有材智，劍南節度使章仇兼瓊引爲采訪支使，委以心腹。嘗從容謂仲通曰：『今吾獨爲上所厚，苟無内援，必爲李林甫所危。聞楊妃新得幸，人未敢附之。子能爲我至長安與其家相結，吾無患矣。』仲通曰：『仲通蜀人，恐敗公事。今爲公更求得一人。』因言釗本末。兼瓊引見，儀觀甚偉，言辭敏給，兼瓊大喜，即辟爲推官，往來寖親密。乃使之獻春彩於京師。」天寶十二年正月：「京兆尹鮮于仲通諷選人請爲國忠刻頌，立於省門。」顔真卿《鮮于氏離堆記》：「君諱向，字仲通，以字行，漁陽人。……天寶九載，以益州大都督府長史兼御史中丞、持節充劍南節度副大使知節度事、劍南山南西道采訪處置使，入爲司農少卿，遂作京兆尹。以忤楊國忠，貶邵陽郡司馬。十有二載秋八月，除漢陽郡太守。冬十有一月，終於所任官舍。」又據顔氏《鮮于公神道碑銘》，其卒於天寶十四載閏十一月。

〔二〕王國二句：《詩·大雅·文王》：「思皇多士，生此王國。」《禮記·月令》：「贊桀俊，遂賢良。」

〔三〕異才二句：《宋書·劉義慶傳》：「異人間出，何遠之有。」《世説新語·簡傲》：「（王子猷）以手版拄頰云：『西山朝來，致有爽氣。』」左思《詠史》：「雖無壯士節，與世亦殊倫。」

〔四〕始見二句：《漢書·張敞傳》：「是時，潁川太守黄霸以治行第一入守京兆尹。霸視事數月，不稱，罷歸潁川。於是制詔御史：『其以膠東相敞守京兆尹。』」

〔五〕驊騮二句：驊騮，見卷一《天育驃騎歌》(0013)注。左思《蜀都賦》：「熊羆咆其陽，雕鶚鴥其

陰。」《文選》劉逵注：「鶚，其形如雕，皆鷙鳥也。」干寶《晉紀總論》：「悠悠風塵，皆奔競之士。」《文選》李善注：「風塵，以喻污辱也。」《九家》趙注：「以比其俊，言得其路。」

〔六〕侯伯二句：《論語・子路》：「斗筲之人，何足算也。」顏延之《陶徵士誄》：「苟允德義，貴賤何算焉。」曹丕《典論・論文》：「蓋文章經國之大業，不朽之盛事。」《論語・學而》：「事父母，能竭其力；事君，能致其身。」《九家》趙注：「此微言而含不盡之意。」錢箋：「魯公《碑》記節度劍南，拔吐蕃摩彌城，而不載南詔之役。公詩美其文章義激，而不及其武略，古人不輕諛人若此。」朱鶴齡注：「此曰『文章實致身』與『容易失沉淪』，頌之亦諷之也。」是皆求之過深。

〔七〕奮飛二句：劉向《九歎・憂苦》：「或沉淪其無所達兮，或清激其無所通。」《九家》趙注：「言惟其奮飛而超邁於官之等級，故其離去沉淪也易而不難。」仇注：「當今侯伯雖多，鮮于獨以文章進身，一旦奮飛而起，則向之沉淪頓失矣。」浦起龍云：「『侯伯』四句忽將俗腸颺開，正以激動京兆。言侯伯之人何算，非不以文章致身者，一自位登通顯，便爾漠視單寒，比比然矣。」浦説甚巧，然終非正解。

〔八〕脱略二句：脱略，此爲放弃義。江淹《恨賦》：「脱略公卿，跌宕文史。」磻溪釣，參本卷《奉贈太常張卿二十韻》(0414)「釣璜溪」注。《莊子・徐无鬼》：「郢人堊慢其鼻端若蠅翼，使匠石斫之。匠石運斤成風，听而斫之，盡堊而鼻不傷，郢人立不失容。」

〔九〕雲霄二句：夏侯湛《抵疑》：「猶奮迅於雲霄之際，騰驤於四極之外。」《晉書・天文志》：「　曰天柱，三公之位也。在人曰三公，在天曰三台。」《職官志》：「其相國、丞相，皆衮冕，綠盭綬，所

以殊於常公也。」王褒《太保吴武公尉遲綱碑銘》：「及年逾艾服，任隆台衮。」仇注：「雲霄，言得近天子。台衮，言得交宰相。」

〔一〇〕鳳穴二句：《晋書·陸雲傳》：「幼時吴尚書廣陵閔鴻見而奇之，曰：『此兒若非龍駒，當是鳳雛。』」錢箋：「《碑》載公弟晋，字叔明，超遷京兆尹，不十載而兄弟相代。有子六人，皆有令聞。」見顔真卿《中散大夫京兆尹漢陽郡太守贈太子少保鮮于公神道碑銘》。《後漢書·李膺傳》：「士有被其容接者，名爲登龍門。」《九家》趙注：「已暗引入公之自謂矣。」

〔一一〕義聲二句：《三國志·魏書·崔琰傳》：「盤游滋侈，義聲不聞。」《左傳》莊公十一年：「凡師，敵未陳曰敗某師，皆陳曰戰，大崩曰敗績。」《九家》趙注：「言鮮于之義聲雖紛然感激之多，而我之敗績，則自逡巡而不進也。」

〔一二〕天高句：《吕氏春秋·制樂》：「天之處高而聽卑，君有至德之言三，天必三賞君。」此反言之。

〔一三〕學詩二句：《論語·季氏》：「嘗獨立，鯉趨而過庭，曰：『學詩乎？』對曰：『未也。』『不學詩，無以言。』鯉退而學詩。」《史記·留侯世家》：「孺子可教矣。」《舊唐書·元載傳》：「家貧，徒步隨鄉賦。」朱鶴齡注：「鄉賦，謂鄉舉。」

〔一四〕不得二句：《漢書·晁錯傳》：「後詔有司舉賢良文學士，錯在選中，上親策詔之。……時賈誼已死，對策者百餘人，唯錯爲高第，繇是遷中大夫。」《晋書·郤詵傳》：「武帝於東堂會送，問詵曰：『卿自以爲何如？』詵對曰：『臣舉賢良對策，爲天下第一，猶桂林之一枝，崑山之片玉。』」《九家》趙注：「此公本傳謂其舉進士不中也。」朱鶴齡注：「此序開元末應鄉舉下

第事。」

〔一五〕計疏二句：《九家》趙注：「上句乃憤歎之語，與『文章憎命達』、『儒術誠難起』同義。下句言時已過矣，則思隱於山林。」《禮記·學記》：「時過然後學，則勤苦而難成。」謝朓《陽雪聯句遥贈和》：「原隰望徙倚，松筠竟不移。」

〔一六〕獻納二句：班固《兩都賦序》：「朝夕論思，日月獻納。」《唐六典》卷七尚書工部：「宣政北曰紫宸門，其内曰紫宸殿。即内朝正殿也。」《長安志》卷六大明宫：「龍朔二年造蓬萊宫、含光殿，又造宣政、紫宸、蓬萊三殿。」朱鶴齡注：「此序獻三大禮賦，召試集賢院之事。」

〔一七〕且隨句：江淹《别賦》：「金閨之諸彦，蘭臺之群英。」

〔一八〕破膽二句：《漢書·谷永傳》：「臣永所以破膽寒心。」朱鶴齡注：「前政、秉鈞，謂李林甫也。是時國忠已代林甫，故云『前政』也。」錢箋、朱鶴齡皆引《李林甫傳》詔天下通一藝已上皆詣京師，恐草野之士對策斥言其奸惡，遂無一人及第事。參卷一《奉贈韋左丞丈二十二韻》(0001)注。《九家》趙注以此事屬前「獻納」二句。

〔一九〕微生二句：蕭統《錦帶書十二月啓》：「但某衡門賤士，甕牖微生。」《晋書·王濟傳》：「然外雖弘雅，而内多忌刻。」

〔二〇〕交合句：《九家》趙注：「丹青地，指言爲公卿之地也。」《鹽鐵論·相刺》：「公卿者，四海之表儀，神化之丹青也。」

〔二一〕早晚句：早晚，何日，何時。見卷七《秋風二首》(0317)注。《史記·平津侯主父列傳》：公孫

弘爲宰相，封平津侯。《九家》趙注：「所賴者在鮮于京兆如公孫弘爾。」朱鶴齡注：「平津，謂國忠也。仲通與國忠深交，此詩疑謁選時所上，故望其汲引。舊注指鮮于，謬矣。」

潘德輿《養一齋李杜詩話》卷三：「王氏應麟曰：『鮮于京兆，仲通也。張太常、博士，均、垍也。所美非美。然昌黎之於于頔、李實，類此。杜、韓晚節所守，如孤松勁柏，學者不必師法其少作也。』按少陵酬應投獻之詩，不盡行其平素鯁直之誼，蓋唐人風氣使然，亦不獨於鮮于京兆、張博士也。《投哥舒僕射》詩云：『君王自神武，駕馭必英雄。開府當朝傑，論兵邁古風。』而《潼關吏》則云：『哀哉潼關卒，百萬化爲魚。請囑防關將，慎勿學哥舒。』何其前後違戾如此？此皆古人躁率失檢處。而置之集中，不肯删其少作，又見古人樸實，不諱過也。然於翰等猶可解曰前時敗闕未見，自不應逆探其惡而斥之。若王維、鄭虔，大節已玷，猶從而美之曰『一病緣明主，三年獨此心』、『反覆歸聖朝，點染無滌蕩』，何其深加惋惜乃爾！至稱維曰天下高人，稱虔曰天然生知，此真不能爲少陵解矣。」

贈特進汝陽王二十韻①〔一〕

特進羣公表，天人夙德升〔二〕。霜蹄千里駿，風翮九霄鵬〔三〕。服禮求毫髮，惟

忠忘寢興②〔四〕。聖情常有眷，朝退若無憑〔五〕。仙醴來浮蟻③〔六〕，奇毛或賜鷹。清關塵不雜，中使日相乘〔七〕。晚節嬉游簡，平居孝義稱。自多親棣萼，誰敢問山陵〔八〕。學業醇儒富，辭華哲匠能④〔九〕。筆飛鸞聳立，章罷鳳騫騰〔一〇〕。精理通談笑，忘形向友朋〔一一〕。寸長堪繾綣⑤，一諾豈驕矜〔一二〕。已忝歸曹植，何知對李膺〔一三〕。招要恩屢至，崇重力難勝。披霧初歡夕〔一四〕，高秋爽氣澄。樽罍臨極浦〔一五〕，鳧雁宿張燈。花月窮游宴，炎天避鬱蒸〔一六〕。硯寒金井水，簷動玉壺冰〔一七〕。瓢飲唯三逕，岩栖在百層⑥〔一八〕。且持蠡測海⑦，況挹酒如澠⑧〔一九〕。鴻寶寧全秘，丹梯庶可淩〔二〇〕。淮王門有客⑨，終不愧孫登〔二一〕。（0417）

【校】

①二十，錢箋校：「按詩二十二韻，題恐有誤。」《九家》作「二十二」。

②惟，錢箋校：「一作推。」《九家》作「推」。

③醴，宋本、錢箋校：「一作醞。」　來，錢箋校：「一作求。」《九家》作「求」。

④辭，錢箋校：「一作才。」

⑤長，宋本、錢箋、《九家》校：「一作腸。」

⑥岩栖在百層，錢箋校：「陳作岩居異一塍。」

⑦且，錢箋校：「魯作謬。」

⑧挹，《草堂》作「把」。

⑨有，宋本、錢箋校：「一作下。」《九家》作「下」。

【注】

黃鶴注：天寶三載璡喪服方終，必其年二月封琳爲嗣寧王，時并加璡特進。從汝陽之游當在天寶五、六載（七四七）間。

〔一〕汝陽王：名璡。見卷一《飲中八仙歌》（0027）、卷七《八哀詩・汝陽郡王璡》（0333）注。《舊唐書・職官志》文散官：「特進，正二品。」

〔二〕天人句：《三國志・魏書・曹仁傳》：「及見仁還，乃歎曰：『將軍真天人也。』三軍服其勇。」又《王粲傳》注引《魏略》：「（邯鄲）淳歸，對其所知歎（曹）植之材，謂之天人。」《魏書・廣陵王羽傳》：「卿夙德老成，久居機要。」

〔三〕霜蹄二句：霜蹄，見卷四《題壁畫馬歌》（0177）注。庾闡《衡山》：「翔虬凌九霄，陸鱗困濡沫。」慧遠《廬山東林雜詩》：「孰是騰九霄，不奮衝天翮。」

〔四〕服禮二句：《九家》趙注：「言其於禮無纖毫違背。」《詩・秦風・小戎》：「言念君子，載寢載興。」

〔五〕聖情二句：沈約《齊故安陸昭王碑》：「皇情眷眷，慮深求瘼。」《九家》趙注：「王謙抑焉，於朝

退若無憑恃其貴也。」朱鶴齡注引鄭善夫曰：「若無憑，猶漢高失蕭何若失左右手意。正言帝眷之切，非如舊注所云不挾貴也。」

〔六〕仙醴句：設醴，見卷七《八哀詩・汝陽郡王璡》（0333）注。張衡《南都賦》：「醪敷徑寸，浮蟻若蓱。」《文選》李善注：「《釋名》曰：酒有泛齊，浮蟻在上，泛泛然如蓱之多者。」

〔七〕清關二句：《九家》趙注：「乘者，一使已到而又有一使乘駕其上也。清關塵不雜，則形容其門牆之深嚴。」仇注：「門關不雜，正見無憑。」

〔八〕自多二句：《詩・小雅・常棣》：「常棣之華，鄂不韡韡。凡今之人，莫如兄弟。」《舊唐書・讓皇帝憲傳》：「玄宗於興慶宮西南置樓，西面題曰『花萼相輝之樓』，南面題曰『勤政務本之樓』。玄宗時登樓，聞諸王音樂之聲，咸召登樓同榻宴謔，或便幸其第，賜金分帛，厚其歡賞。諸王每日於側門朝見，歸宅之後即奏樂縱飲，擊毬鬭雞，或近郊從禽，或別墅追賞，不絶於歲月矣。游踐之所，中使相望，以爲天子友悌，近古無比，故人無間然。」「（開元二十九年）十一月薨，時年六十二。……憲長子汝陽郡王璡又上表懇辭，盛陳先意，謙退不敢當帝號，手制不許。……制號其墓爲惠陵。」朱鶴齡注：「言帝雖篤親親之誼，崇禮有加，而汝陽終恪守臣節，不敢問及山陵之名。所謂孝義足稱者此也。」仇注謂「親棣萼」句言汝陽能善於兄弟。

〔九〕學業二句：《漢書・賈山傳》：「所言涉獵書記，不能爲醇儒。」殷仲文《南州桓公九井作》：「哲匠感蕭晨，肅此塵外軫。」

〔一〇〕筆飛二句：索靖《草書狀》：「草書之爲狀也，婉若銀鈎，漂若驚鸞。」《法書要録》卷四《唐朝叙

書録》：許圉師見太宗書，曰：「今觀聖跡，兼絶二王，鳳翥鸞回，實古今書聖也。」崔琦《七蠲》：「翻然鳳舉，軒爾龍騰。」《九家》趙注：「下句言其又有鳳藻之華。」

〔一一〕忘形句：《晉書・阮籍傳》：「當其得意，忽忘形骸。」

〔一二〕寸長二句：《史記・白起王翦列傳》：「鄙語云：『尺有所短，寸有所長。』」《左傳》昭公二十五年：「繾綣從公，無通外内。」杜預注：「繾綣，不離散。」《九家》趙注：「於人之寸長堪繾綣，則待之以一諾，豈更驕矜乎？」

〔一三〕已忝二句：《九家》趙注：「曹植爲陳思王，故以比汝陽王。此公自言其身，蓋曹植府中有七才子。」仇注：「自謙不如王粲輩，故曰『已忝』。」《後漢書・杜密傳》：「黨事既起，免歸本郡，與李膺俱坐，而名行相次，故時人亦稱李杜焉。」《九家》趙注：「今蓋言已叨忝歸附於曹王，又何敢謂己身姓杜，欲配對姓李之汝陽王乎。」朱鶴齡注：「公自言不敢對李膺爲李杜，謙辭也。」

〔一四〕披霧句：《世説新語・賞譽》：衛伯玉見樂廣與中朝名士談議，曰：「此人，人之水鏡也。見之若披雲霧睹青天。」

〔一五〕樽罍句：《楚辭・九歌・湘君》：「望涔陽兮極浦，横大江兮揚靈。」王逸注：「極，遠也。浦，水涯也。」

〔一六〕花月二句：《吳聲歌曲・子夜四時歌》：「思見春花月，含笑當道路。」應璩《與廣川長岑文瑜書》：「草木焦卷，處涼臺而有鬱蒸之煩。」

〔一七〕硯寒二句：劉孝威《奉和湘東王應令冬曉》：「天寒硯水凍，心悲書不成。」鮑照《代白頭吟》：「直如朱絲繩，清如玉壺冰。」《九家》趙注：「惟其避鬱蒸，必置清涼之物於前，故硯則寒金井之

水，而玉壺之冰輝動簷端也。」浦起龍謂玉壺冰指簷馬。按，詩言初歡在秋，又言花月、炎天游宴，則俔寒簷冰亦寫實記冬。浦起龍並以高秋句爲比語，乃謂花月炎天均是一宴，臆説無據。

〔一八〕瓢飲二句：《論語·雍也》：「賢哉回也，一簞食，一瓢飲，在陋巷，人不堪其憂，回也不改其樂，賢哉回也。」陶淵明《歸去來兮辭》：「三徑就荒，松菊猶存。」《文選》李善注引《三輔決録》：「蔣詡，字元卿，舍中三徑，唯羊仲、求仲從之游，皆挫廉逃名不出。」嵇康《與山巨源絶交書》：「堯舜之君世，許由之岩栖。」

〔一九〕且持二句：東方朔《答客難》：「語曰：『以管窺天，以蠡測海。』」《文選》李善注：「張晏曰：蠡，瓠瓢也。」《左傳》昭公十一年：「有酒如澠，有肉如陵。」《詩·小雅·大東》：「維北有斗，不可以挹酒漿。」傳：「挹，斟也。」釋文：「挹音揖。斟，矩於反，《廣雅》云：酌也。」

〔二〇〕鴻寶二句：《漢書·劉向傳》：「淮南有《枕中鴻寶苑秘書》，書言神仙使鬼物爲金之術，及鄒衍重道延命方，世人莫見。」謝朓《游敬亭山》：「要欲追奇趣，即此陵丹梯。」《文選》李善注：「丹梯，謂山也。」又謝靈運《擬魏太子鄴中集》「躧步陵丹梯」李善注：「丹梯，丹墀也。」朱鶴齡注引作「丹梯，陛階也」，謂當從此。仇注引邵注以丹梯爲山上升仙之路。按，此言游仙，即用謝朓詩意。《苕溪漁隱叢話》前集卷一七引《學林新編》，謂此詩「一篇押二『陵』字也。」王嗣奭《杜臆》：「韻重『陵』字，『可陵』當作『凌』，本作『夌』。」宋本作「凌」。

〔二一〕淮王二句：《神仙傳》卷六：「淮南王安，好神仙之道，海内方士從其游者多矣。一旦，有八公詣之，容狀衰老，枯槁傴僂……八公曰：『王以我衰老不欲相見，却致年少，又何難哉？』於是

振衣整容，立成童幼之狀。」《晉書·隱逸傳》孫登：「孫登字公和，汲郡共人也。無家屬，於郡北山爲土窟居之。夏則編草爲裳，冬則被髮自覆。……嵇康又從之游三年，問其所圖，終不答。康每歎息，將別，謂曰：『先生竟無言乎？』登乃曰：『……今子才多識寡，難乎免於今之世矣。子無求乎？』康不能用，果遭非命，乃作《幽憤詩》曰：『昔慚柳下，今愧孫登。』」《九家》趙注：「淮南王以比汝陽王。言以汝陽無鴻寶之秘，由是得遂其養生，不以嵇康之戮辱而有愧孫登也。」朱鶴齡注：「言汝陽愛士固不下淮南，我則何敢有愧孫登乎？蓋不欲自處於曳裾之客也。」王嗣奭《杜臆》：「嵇與魏宗室婚，拜中散大夫。杜與汝陽交好似之。……言己爲淮王門客，終可不愧孫登也。蓋嵇康所遇非時，而已所與游則賢王也，亦盛世也。」

重經昭陵

草昧英雄起，謳歌曆數歸①〔一〕。風塵三尺劍，社稷一戎衣〔二〕。翼亮貞文德，丕承戢武威〔三〕。聖圖天廣大〔四〕，宗祀日光輝。陵寢盤空曲，熊羆守翠微〔五〕。再窺松柏路，還見五雲飛②〔六〕。（0418）

【校】

① 曆，宋本作歷，據錢箋改。

②見，《草堂》作「有」。

【注】

《草堂》魯訔曰：不知往來之因，姑從舊次。仇注：此必鄜州省家之後，復至長安時作。《川》譜亦與《行次昭陵》同繫於至德二載（七五七）。按，自鄜州返長安不應屈道往醴泉。至德後實無由再經昭陵，並《行次昭陵》詩編年俱可疑。

〔一〕草昧二句：《易・屯・象》：「天造草昧。」《論語・堯曰》：「堯曰：『咨！爾舜，天之曆數在爾躬。』」《史記・曆書》：「（堯）年耆禪舜，申戒文祖，云天之曆數在爾躬。舜亦以命禹。」

〔二〕風塵二句：《史記・高祖本紀》：「吾以布衣提三尺劍取天下，此非天命乎？」《書・武成》：「一戎衣，天下大定。」傳：「衣，服也。一著戎服而滅紂。」庾信《周宗廟歌・皇夏》：「終封三尺劍，長卷一戎衣。」

〔三〕翼亮二句：《三國志・魏書・高堂隆傳》：「鎮撫皇畿，翼亮帝室。」《易・小畜・象》：「君子以懿文德。」《左傳》襄公八年：「小國無文德，而有武功，禍莫大焉。」《書・君牙》：「丕承哉，武王烈。」傳：「言武王業美，大可承奉。」《漢書・刑法志》：「文德者，帝王之利器；威武者，文德之輔助也。」《九家》趙注：「此言太宗偃武用文也。貞則《易》云『天下之動，貞夫一』，戢則《左傳》『兵猶火也，不戢將自焚』。此又無一字無來處矣。」

〔四〕聖圖句：《宋書・武帝紀》：「自靈命初基，聖圖重遠。」

〔五〕陵寢二句：《史記·劉敬叔孫通列傳》：「先帝園陵寢廟。」《九家》趙注：「下句言兵衛之人如熊如羆，屯守於翠微之際。」

〔六〕再窺二句：《藝文類聚》卷九八引孫氏《瑞應圖》：「景雲者，太平之應也，一曰慶雲。非氣非烟，五色氛氲，謂之慶雲。」又引《孝經援神契》：「德至山陵，則景雲出。」

鄭駙馬宅宴洞中〔一〕

主家陰洞細烟霧，留客夏簟清琅玕①〔二〕。春酒杯濃琥珀薄，冰漿椀碧馬腦寒②〔三〕。誤疑茅堂過江麓③，已入風磴霾雲端〔四〕。自是秦樓壓鄭谷，時聞雜佩聲珊珊〔五〕。（0419）

【校】

①清，錢箋校：「一作青。」

②馬腦，錢箋作「瑪瑙」，《九家》作「碼碯」。

③堂，宋本、錢箋、《九家》校：「一作屋。」江麓，錢箋校：「一云江底。」

【注】

黄鶴注：公所撰《皇甫淑妃碑》云：「甫忝鄭莊之賓客，游竇主之山林。」碑作於天寶四載（七四五），而詩在其先後矣。按，碑當作於天寶五載（七四六），參該篇注。

〔一〕鄭駙馬：獨孤及《鄭駙馬孝行記》：「特進、駙馬都尉滎陽鄭潛曜，字某。睿宗外孫，玄宗之甥，代國長公主之才子也。……公開元二十八年，尚玄宗第十二女臨晋長公主。……歷太僕、光禄，嗣滎陽郡公。」《新唐書·孝友傳》：「鄭潛曜者，父萬鈞，駙馬都尉、滎陽郡公。母，代國長公主。」黄鶴注：「按公所撰《皇甫淑妃碑》：鄭潛曜尚臨晋公主，乃代國長公主之子，官曰光禄卿，爵曰駙馬都尉。」碑見本書卷二〇（1481）。鄭萬鈞《代國長公主碑》：「後乃相攸，降歸於鄭。……男二女四，教之以德。長子左贊善人夫聰，聰爲吾耳。次子右贊善大夫明，明爲吾目。」明疑即潛曜。鄭愔《大唐故贈荆州大都督上蔡郡王（韋泚）墓志銘》（《全唐文補遺》第三輯）：「又下制，冥婚滎陽鄭氏，即隋高密令道援之曾孫，澧州司馬懷節之孫，貝州清河尉鋭思之女，尚舍奉御萬鈞之妹。」懷節爲鄭虔祖父，虔與萬鈞爲從兄弟，參卷一《醉時歌》（0019）引鄭虔《墓志》。本書卷一〇《鄭駙馬池臺喜遇鄭廣文同飲》（0514）：「重對秦簫發，俱過阮宅來。」錢箋、朱注謂潛曜爲鄭虔之侄。今以墓志證之。張禮《游城南記》：「直樊川之上，倚神禾原，有洞曰蓮花，舊爲村人鄭氏之業。鄭氏遠祖潛曜，尚明皇之女臨晋公主，杜甫詩有《宴鄭駙馬洞中》云『主家陰洞細烟霧』，宜即此地也。」

〔二〕留客句：左思《吴都賦》：「桃笙象簟。」《文選》劉逵注：「吴人謂簟爲竹，又折象牙以爲簟也。」江淹《别賦》：「夏簟清兮晝不暮，冬釭凝兮夜何長。」《文選》李善注：「張儼《席賦》曰：席爲冬設，簟爲夏施。」《書·禹貢》：「厥貢球琳琅玕。」傳：「琅玕，石而似珠。」《九家》趙注：「詩家多以比竹，今言竹簟之美耳。杜田所引又作青琅玕，以附會青者爲勝之説。」

〔三〕春酒二句：琥珀杯，參卷八《奉送魏六丈佑少府之交廣》(0382)「琥珀鍾」注。《九家》趙注：「舊注以爲酒色，非是。」《洛陽伽藍記》：「河間王琛最爲豪首……琛嘗會宗室，陳諸寶器，金瓶銀甕百餘口，甌檠盤盒稱是。自餘酒器，有水晶鉢、瑪瑙琉璃碗、赤玉巵數十枚，作工奇妙，中土所無，皆從西域而來。」

〔四〕誤疑二句：鮑照《過銅山掘黄精》：「既類風門磴，復像天井壁。」庾肩吾《賦得山》：「層雲霾峻嶺，絶澗倒危峰。」《九家》趙注：「言在富貴之家，都城之地，而有幽逸之興。」朱鶴齡注：「二語極狀洞中之幽。」

〔五〕自是二句：《分門》洙曰：「以秦女弄玉吹簫於樓上得仙，故曰秦樓。」按，《相和歌辭·陌上桑》：「日出東南隅，照我秦氏樓。」此「秦樓」字面所出。李嶠《鳳》：「屢向秦樓側，頻過洛水陽。」乃唐人改言。《漢書·王貢兩龔鮑傳》序：「其後谷口有鄭子真，蜀有嚴君平，皆修身自保，非其服弗服，非其食弗食。成帝時，元舅大將軍王鳳以禮聘子真，子真遂不出而終。」《雍録》卷七：「谷口，在雲陽縣西四十里，鄭樸字子真隱於此。……即鄭白渠出山之處。」宋玉《神女賦》：「動霧縠以徐步兮，拂墀聲之珊珊。」

李監宅〔一〕

尚覺王孫貴〔二〕，豪家意頗濃。屏開金孔雀，褥隱繡芙蓉〔三〕。且食雙魚美，誰看異味重〔四〕？門闌多喜色，女婿近乘龍〔五〕。（0420）

【注】

黄鶴注：天寶初作。

〔一〕李監：《太平廣記》卷三三〇《李令問》（出《靈怪録》）：「李令問，開元中爲秘書監，左遷集州長史。令問好服玩飲饌，以奢聞於天下。其炙驢罌鵝之屬，慘毒取味，天下言服饌者，莫不祖述李監，以爲美談。」《九家》趙注引此，謂：「今公詩題李監宅，而有『異味重』之句，豈李監者乃李令問乎？開元中左遷集州，今豈自集州歸，賦詩者尚從故稱乎？」李令問，靖弟客師孫，傳附《舊唐書·李靖傳》。先天二年預誅竇懷貞功，遷殿中少監，封宋國公。開元中轉殿中監、左散騎常侍，知尚食事。十五年，坐與王君㚟連姻左授撫州別駕，尋卒。此當是其故宅，或另一人。錢起《陪南省諸公宴殿中李監宅》：「將門高勝霍，相子寵過韋。」或爲同一人。《舊唐書·高宗中宗諸子傳》許王素節子璆：「進《龍池皇德頌》，遷宗正卿、光禄卿、殿中監。天寶初，重拜宗

正卿。」唐皇孫亦多授殿中監同正員，然詩必稱某王、某郡王。本書卷一八補遺《李鹽鐵二首》(1445)，錢箋注：「後一首題云《李監宅》，在第九卷中。」參該篇注。

〔二〕尚覺句：朱鶴齡注：「李監必宗室，故曰王孫。」《史記·淮陰侯列傳》：「吾哀王孫而進食，豈望報乎。」索隱：「劉德曰：秦末多失國，言王孫公子，尊之也。」令問非宗室，王孫亦泛言貴者。

〔三〕屏開二句：《舊唐書·后妃傳》高祖太穆皇后竇氏：「乃於門屏畫二孔雀，諸公子有求婚者，輒與兩箭射之，潛約中目者許之，前後數十輩莫能中。高祖後至，兩發各中一目。毅大悦，遂歸於我帝。」《分門》洙曰以爲太宗長孫皇后事，誤。徐彦伯《芳樹》：「玉花珍簟上，金縷畫屏開。」王僧孺《爲人述夢》：「以親芙蓉褥，方開合歡被。」崔顥《盧姬篇》：「魏王綺樓十二重，水精簾箔繡芙蓉。」《九家》趙注：「隱，蔽也，如王維『暮省隱花枝』之隱。」楊慎《丹鉛總録》卷二一：「《集韻》：縫衣曰繶。今俗云『穿針繶線』是也。杜詩『褥繶繡芙蓉』，而字借隱。」玄應《一切經音義》卷一四：「縫繶，繶衣也。《通俗文》：合衹曰繶。」

〔四〕且食二句：《飲馬長城窟行》：「客從遠方來，遺我雙鯉魚。」《史記·吴太伯世家》：「越王句踐食不重味。」《九家》趙注：「此微誚之也。言我但知食雙魚之美耳，誰復顧其異味之多也。」仇注引王嗣奭曰：「食魚句乃翻《孟子》舍魚取熊掌語。」

〔五〕門闌二句：《後漢書·明帝紀》：「勞賜縣掾史，及門闌走卒。」《虞詡傳》注引《續漢志》：「伍伯，公八人。……武官武伯，文官辟車。鈴下、侍閣、門闌、部署、街里走卒，皆有程品，多少隨所典領。」《九家》趙注：「則門闌之品，貴家方有之。」《藝文類聚》卷四〇引《楚國先賢傳》：「孫

俊字文英，與李元禮俱娶太尉桓焉女，時人謂桓叔元兩女俱乘龍，言得婿如乘龍也。」《苕溪漁隱叢話》前集卷一四引《潘子真詩話》：「杜詩云『門闌多喜色，女婿近乘龍』，宋景文亦云『承家男得鳳，擇婿女乘龍』。事雖不如宋之切當，至造語則杜渾厚而有工。」吴曾《能改齋漫録》卷三：「余嘗以潘子真之論爲非，蓋景文所用乃是此事。至杜子美詩『女婿近乘龍』，蓋用《太平廣記》蕭史傳所謂『弄玉乘鳳，蕭史乘龍』者是也。」汪師韓《詩學纂聞》：「此二韻俱俗調。」

方回《瀛奎律髓》卷二九：「老杜卒於大曆五年庚戌，自天寶十四年乙未始亂，流離凡十六年。唐中葉衰矣，却只成就得老杜一部詩也。不知終始不亂，老杜得時行道如姚、宋，此一部杜詩不過如其祖審言能雅歌詠治象耳，不過皆《何將軍山林》、《李監宅》等詩耳。寧有如今一部詩乎？然則亦可發一慨也。」

重題鄭氏東亭 在新安界〔一〕。

華亭入翠微〔二〕，秋日亂清暉。崩石欹山樹，清漣曳水衣〔三〕。紫鱗衝岸躍，蒼隼護巢歸〔四〕。向晚尋征路〔五〕，殘雲傍馬飛。（0421）

【注】

黄鶴注：當是天寶三年（七四四）在東都作。

〔一〕鄭氏：《分門》鮑曰：「即駙馬鄭潛曜也。」朱鶴齡注：「鄭氏無考。」新安，見卷二《新安吏》（0060）注。

〔二〕華亭句：《爾雅·釋山》：「未及上，翠微。」注：「近上旁陂。」疏：「謂未及頂上，在旁陂陀之處，名翠微。一説山氣青縹色，故曰翠微。」左思《蜀都賦》：「鬱氛氲以翠微，崛巍巍以峩峩。」《文選》劉逵注：「翠微，山之輕縹也。」

〔三〕崩石二句：江淹《學梁王兔園賦》：「崩石梧岸，肻岃藏陰。」《詩·魏風·伐檀》：「河水清且漣猗。」傳：「風行水成文曰漣。」《説文》：「落，水衣也。」張協《雜詩》：「階下伏泉涌，堂上水衣生。」

〔四〕紫鱗二句：左思《蜀都賦》：「觴以清醥，鮮以紫鱗。」潘岳《西征賦》：「華魴躍鱗，素鱮揚鬐。」《晉鼓吹曲·仲秋獮田》：「白藏司辰，蒼隼時鷹揚。」

〔五〕向晚：傍晚。沈滿願《戲蕭娘》：「清晨插步摇，向晚解羅衣。」

題張氏隱居二首

春山無伴獨相求，伐木丁丁山更幽〔一〕。澗道餘寒歷冰雪，石門斜日到林丘〔二〕。不貪夜識金銀氣，遠害朝看麋鹿游〔三〕。乘興杳然迷出處，對君疑是泛虚

舟〔四〕。（0422）

【注】

黄鶴注疑張氏即與李白俱隱於徂徠山之張叔明，或杜甫《雜述》之魯人張叔卿，謂詩作於開元二十四年（七三六）後。錢箋：「或曰張氏以爲張山人彪亦可。正不必求其人以實之。」

〔一〕伐木句：《詩·小雅·伐木》：「伐木丁丁，鳥鳴嚶嚶。」傳：「丁丁，伐木聲也。」

〔二〕石門句：《輿地廣記》卷六齊州臨邑縣：「唐屬齊州。有石門，有盧縣故城。《春秋》齊侯、鄭伯盟於石門，尋盧之盟是也。」黄鶴注：「公嘗與劉九法曹、鄭瑕丘宴集於石門也。」仇注：「石門不必確指地名。公《橋陵》詩云『石門霜露白』，亦只泛言。」王士禛《居易録》卷二七亦以此詩之石門與本卷《劉九法曹鄭瑕丘石門宴集》（0430）爲一地，即曲阜縣東北石門山，謂其地有張氏莊，相傳爲張叔明舊居，「山南有兩小阜，俗稱金耙齒、銀耙齒者，子美詩『不貪夜識金銀氣』之句，蓋偶然即目耳，非身歷其處固不知也。」

〔三〕不貪二句：《九家》趙注：「古人有《地鏡圖》之書，以觀地下之物，曰黄金之氣夜赤黄，銀之氣夜正白，流散在地。今言性雖不貪，而能夜識金銀之氣。」《太平御覽》卷八一一引《地鏡圖》、《説郛》卷六〇《地鏡圖》有此説。《史記·天官書》：「大水處，敗軍場，破國之虚，下有積錢，金寶之上，皆有氣，不可不察。」沈作喆《寓簡》卷三：「齊梁間，山陰隱者孔祐至行通神，嘗於四明山谷中見積錢數百斛，視之如瓦石，樵人競取，入手即成沙礫。」錢箋引此。劉峻《廣絶交論》：

「獨立高山之頂，歡與麋鹿同群。」

〔四〕乘興二句：《莊子・知北游》：「夫道，窅然難言哉。」《山木》：「方舟而濟於河，有虛船來觸舟，雖有惼心之人不怒。」李諧《述身賦》：「獨浩然而任己，同虛舟之不繫。」

之子時相見〔一〕，邀人晚興留。霽潭鱣發發①，春草鹿呦呦〔二〕。杜酒偏勞勸，張梨不外求〔三〕。前村山路險，歸醉每無愁。（0423）

【校】

①霽，錢箋校：「一作濟。」

【注】

〔一〕之子句：《詩・鄭風・羔裘》：「彼其之子，舍命不渝。」《漢書・五行志》：「成帝時童謡曰：燕燕尾涎涎，張公子，時相見。」

〔二〕霽潭二句：《詩・衛風・碩人》：「施罛濊濊，鱣鮪發發。」毛傳：「鱣，鯉也。發發，盛貌。」《小雅・鹿鳴》：「呦呦鹿鳴，食野之苹。」

〔三〕杜酒二句：曹操《短歌行》：「何以解憂，唯有杜康。」《文選》李善注：「《博物志》曰：杜康作酒。」潘岳《閑居賦》：「張公大谷之梨。」《文選》李善注：「《廣志》曰：洛陽北芒山有張公夏梨，

甚甘，海内唯有一樹。」仇注：「暗用賓主二姓。」

天寶初南曹小司寇舅於我太夫人堂下累土爲山一匱盈尺以代彼朽木承諸焚香瓷甌甌甚安矣旁植慈竹蓋茲數峰嶔岑嬋娟宛有塵外數致乃不知興之所至而作是詩①〔一〕

一匱功盈尺，三峰意出羣〔二〕。望中疑在野，幽處欲生雲。慈竹春陰覆，香爐曉勢分〔三〕。惟南將獻壽，佳氣日氛氳②〔四〕。（0424）

【校】

①數，《九家》作「格」，錢箋校：「一本無『數』字。」

②氛，錢箋、《草堂》作「氤」。

【注】

黃鶴注：謂之天寶初，專指爲元年，今從呂大防、魯訔《譜》，爲天寶元年（七四二）作。

〔一〕南曹小司寇舅：盧氏太夫人侄。《唐六典》卷六刑部：「侍郎一人，正四品下。周之秋官小司

寇，中大夫也。」《新唐書・宰相世系表三上》盧氏第二房：之信，洛州司功參軍；子元哲，金州刺史；元哲弟珙，珙孫：「貞諒，刑部侍郎。」嚴耕望《唐僕尚丞郎表》推測其官至刑侍當在玄宗時。按，《世系表》元哲未知是否爲盧氏太夫人父。「大父元懿」則於表無徵。然貞諒當即此小司寇舅，據表乃元哲從孫。《唐六典》卷二吏部：「員外郎一人，掌選院，謂之南曹。其曹在選曹之南，故謂之南曹。」《唐會要》卷五八《吏部員外郎》：「開元十二年四月十六日，敕兵吏各專定兩人判南曹，以陳希烈、席豫爲之，尋却一人判。」權德輿《吏部員外郎南曹廳壁記》：「初上元中，天官趙郡李敬玄號爲稱職……乃請外郎一人顓南曹之任，其後或詔同曹郎分主之，或詔他曹郎權居之，皆難其才而慎斯舉也。」朱鶴齡注：「按唐制，未聞以司寇判南曹。此云『南曹小司寇』，當是以秋官權職者。」太夫人：審言繼室，杜甫繼祖母。本書卷二〇《唐故范陽太君盧氏墓志》(1483)：「五代祖柔，隋吏部尚書容城侯。大父元懿，是渭南尉。父元哲，是廬州慎縣丞。維天寶三載五月五日，故修文館學士著作郎京兆杜府君諱某之繼室、范陽縣太君盧氏，卒於陳留郡之私第，春秋六十有九。」

〔二〕一匱二句：《書・旅獒》：「爲山九仞，功虧一簣。」沈約《傷王融》：「眷言懷祖武，一簣望成峰。」《分門》洙曰：「猶華岳之三峰也。」《太平寰宇記》卷二九華州華陰縣：「按《名山記》：華岳有三峰，直上數千仞，基廣而峰峻，疊秀迄於嶺表，有如削成。今博山香爐，形實象之。」《九家》趙注：「今句實道土山之三峰。舊注非是。」按，借三峰爲喻，舊注不誤。唐人蓋屢言之。

〔三〕慈竹二句：《太平御覽》卷九六二引任昉《述異記》：「南中生子母竹，今慈竹是也。漢章帝三

年，子母竹笋生白虎殿前，謂之孝竹，群臣作《孝竹頌》。」《分門》洙曰：「廬山有香爐峰。」《九家》趙注：「兩句並指實事。下句言土山上承香瓷甌，其曉烟勢與春陰分也。」按，此亦以香爐峰喻焚香甌。沈佺期《同李舍人冬日集安樂公主山池》：「峰奪香爐巧，池偷明鏡圓。」唐人亦屢言之。仇注謂舊注太迂，亦不明此喻象之沿襲。

〔四〕惟南一句：《詩·小雅·天保》：「如南山之壽，不騫不崩。」沈約《齊明帝哀策文》：「北極齊光，南山獻壽。」《隋書·樂志》北齊元會大饗《食舉樂》：「榮光至，氣氤氳。」

龍門

龍門橫野斷〔一〕，驛樹出城來。氣色皇居近，金銀佛寺開〔二〕。往還時屢改，川水日悠哉①。相閲征途上，生涯盡幾回〔三〕。（0425）

【校】

① 水，錢箋校：「一作陸。」

【注】

黄鶴注：公天寶元年（七四二）在東京，此詩當是其時作。

〔一〕龍門句：《史記·秦本紀》正義引《括地志》：「伊闕在洛州南十九里。《注水經》云：昔大禹鑿龍門以通水，兩山相對，望之若闕，伊水歷其間，故謂之伊闕。按，今洛南猶謂之龍門也。」《元和郡縣圖志》卷五河南府：「初，煬帝嘗登邙山，觀伊闕，顧曰：『此非龍門邪？自古何因不建都於此？』僕射蘇威對曰：『自古非不知，以俟陛下也。』帝大悦，遂議都焉。其宫室臺殿，皆宇文愷所創也。」

〔二〕金銀句：《分門》洪覺範曰：「此句蓋謂龍門山有奉先寺，佛地有金世界、銀世界。」錢箋引元人《龍門記》：「舊有八寺，無一存者。」仇注：「固不但奉先一寺也。」乾隆《河南府志》卷七五：「後魏所建龍門八寺，見於《伽藍記》者，惟有石窟、靈岩二寺，餘六寺見於舊《洛志》者，曰乾元，曰廣化，曰崇訓，曰寶應，曰嘉善，曰天竺，而奉先、香山不與焉。然奉先、香山據舊《洛志》，亦建于後魏時。八寺外益以奉先、香山，則爲十寺。故居易《記》曰：龍門十寺，香山爲冠。《名勝志》舉龍門八寺之名，而並數奉先、香山，其亦弗深考歟？至八寺遺跡，據薩天錫《龍門記》：伊闕兩岸，舊有八寺，無一存者，但東崖嶺有壘石址兩區，餘不可辨。又孫應奎《乾元寺記》：舊在伊闕東山巔，魏時龍門八寺，惟此爲甲，去村寫遠。嘉靖間遷於山麓。今香山寺亦非舊址。」參卷一《游龍門奉先寺》(0004)注。白居易有《修香山寺記》、《春日題乾元寺上方最高峰亭》。

〔三〕往還四句：陸機《歎逝賦》：「川閲水以成川，水滔滔而日度。世閲人而爲世，人冉冉而行暮。」仇注：「閲征途而生涯無幾，歎後游難必也。」

奉寄河南韋尹丈人甫敝廬在偃師，承韋公頻有訪問，故有下句〔一〕。

有客傳河尹，逢人問孔融〔二〕。青囊仍隱逸，章甫尚西東〔三〕。鼎食分門户①，詞場繼國風〔四〕。尊榮瞻地絶，疏放憶途窮〔五〕。濁酒尋陶令，丹砂訪葛洪〔六〕。江湖漂短褐②，霜雪滿飛蓬〔七〕。牢落乾坤大，周流道術空③〔八〕。謬慚知薊子，真怯笑揚雄〔九〕。盤錯神明懼，謳歌德義豐〔一〇〕。尸鄉餘土室，難説祝雞翁④〔一一〕。

（0426）

【校】

① 分，錢箋校：「一作爲。」《九家》、《草堂》作「爲」。

② 短，宋本、錢箋校：「一作裋。」

③ 流，錢箋校：「一作旋。」

④ 難説祝雞翁，宋本、錢箋校：「一云誰話⿱罒州雞翁。」 難説，《九家》校：「一作誰話。」

【注】

黄鶴注：《韋濟傳》濟天寶七載（七四八）爲河南尹，詩當作於是年。

〔一〕河南韋尹：韋濟。見卷一《奉贈韋左丞丈二十二韻》（〇〇〇一）注。《新唐書・地理志》河南府：「偃師，畿。天寶七載，尹韋濟以北坡道迂，自縣東山下開新道通孝義橋。」

〔二〕有客二句：《後漢書・孔融傳》：「年十歲，隨父詣京師。時，河南尹李膺以簡重自居，不妄接士賓客，敕外自非當世名人及與通家，皆不得白。融欲觀其人，故造膺門。語門者曰：『我是李君通家子弟。』門者言之。膺請融……融曰：『然。先君孔子與君先人李老君同德比義，而相師友，則融與君累世通家。』」

〔三〕青囊二句：《晉書・郭璞傳》：「有郭公者，客居河東，精於卜筮，璞從之受業。公以《青囊中書》九卷與之，由是遂洞五行天文卜筮之術。」《莊子・逍遥游》：「宋人資章甫而適諸越，越人斷髮文身，無所用之。」《禮記・檀弓上》孔子曰：「今丘也，東西南北人也。」

〔四〕鼎食二句：《説苑・建本》：「累茵而坐，列鼎而食。」《後漢書・蔡邕傳》：「言事者因此欲陷臣父子，破臣門户。」《分門》洙曰：「門户，閥閲也。」仇注：「韋氏有大小兩逍遥房，故云分門户。」《毛詩序》：「《關雎》，后妃之德也。風之始也，所以風天下而正夫婦也，故用之鄉人焉，用之邦國焉。」箋：「此風謂十五國風，風是諸侯政教也。」

〔五〕尊榮二句：任昉《齊竟陵文宣王行狀》：「地尊禮絶，親賢莫貳。」《分門》洙曰：「言地望崇重。」

向秀《思舊賦》序：「然嵇志遠而疏，吕心曠而放。」《晋書・阮籍傳》：「時率意獨駕，不由徑路，車跡所窮，輒慟哭而反。」《趙次公先後解》：「公自謂也。」

〔六〕濁酒二句：《晋書・陶潛傳》：「又不營生業，家務悉委之兒僕。未嘗有喜愠之色，惟遇酒則飲，時或無酒，亦雅詠不輟。」陶淵明《己酉歲九月九日》：「何以稱我情，濁酒且自陶。」葛洪，見卷八《送重表侄王砅評事使南海》(0386)注。

〔七〕江湖二句：短褐，見卷一《橋陵詩三十韻因呈縣内諸官》(0037)注。《詩・衛風・伯兮》：「自伯之東，首如飛蓬。」朱鶴齡注：「霜雪，髮之白也。」《趙次公先後解》以此詩爲潭州作，霜雪乃實言。不從。

〔八〕牢落二句：左思《魏都賦》：「臨菑牢落，鄢郢丘墟。」《文選》李善注：「牢落，猶遼落也。」《楚辭・離騷》：「覽相觀於四極兮，周流乎天余乃下。」

〔九〕謬慚二句：《後漢書・方術傳》：「薊子訓者，不知所由來也。建安中，客在濟陰宛句，有神異之道。……其追逐觀者常有千數。既到京師，公卿以下候之者，坐上恒數百人。」《漢書・揚雄傳》：「時雄方草《太玄》，有以自守，泊如也。或嘲雄以玄尚白，而雄解之，號曰《解嘲》：……子徒笑我玄之尚白，吾亦笑子之病甚，不遭臾跗、扁鵲。」盧元昌曰：「公《秋述》云：『揚子雲草《玄》寂寞，多爲後輩所褻。』近似之矣。」

〔一〇〕盤錯二句：《後漢書・虞詡傳》：「乃以詡爲朝歌長，故舊皆弔詡曰：『得朝歌何衰！』詡笑曰：『志不求易，事不避難，臣之職也。不遇槃根錯節，何以别利器乎？』」《魏書・甄琛傳》：

「遷河南尹……琛表曰：……凡使人攻堅木者，必爲之擇良器。今河南郡是陛下天山之堅木，盤根錯節，亂植其中。六部里尉即攻堅之利器，非貞剛精鋭，無以治之。」朱鶴齡注：「按《唐書》稱濟文雅能修飾政事，所至以治稱。此詩『盤錯』二語，當是實録。」

〔一一〕尸鄉二句：尸鄉，見卷六《催宗文樹雞栅》（0284）注。《漢書・地理志》河南郡：「偃師，尸鄉，殷湯所都。莽曰師成。」《水經注》穀水：「陽渠水又東，逕亳殷南，昔盤庚所遷，改商曰殷此始也。班固曰尸鄉，故殷湯所都者也，故亦曰湯亭。……此山即祝雞翁之故居也。」黄鶴注：「土室，謂依土山以爲室。……諸杜廬與墓多在河南偃師。」《趙次公先後解》：「蓋言誰人話及祝雞翁乎，惟我韋丈人而已。」

贈李白〔一〕

秋來相顧尚飄蓬，未就丹砂愧葛洪〔二〕。痛飲狂歌空度日，飛揚跋扈爲誰雄〔三〕？（0427）

【注】

黄鶴注：當是開元十八年（七三〇）在東都作。仇注繫於天寶四載（七四五）。

〔一〕李白：見卷一《贈李白》(0003)注。

〔二〕秋來二句：《九家》趙注：「時公有胄曹之命，白以賀知章薦而待詔，然公意以無益於身，不若稚川爲勾漏令之能養身也。」仇注：「此詩自歎失意浪游，而惜白之興豪不遇也。」蕭滌非謂：「相顧，見得彼此一樣。時二人都流浪山東，故以飄蓬爲比。」按，葛洪謂李，言己未如李訪道受籙，故有愧。

〔三〕痛飲二句：《世説新語·任誕》：「王孝伯言：名士不必須奇才，但使常得無事，痛飲酒，熟讀《離騷》，便可稱名士。」仇注：「『李白斗酒詩百篇』，即『痛飲狂歌』也。」《後漢書·梁冀傳》：「帝少而聰慧，知冀驕横，嘗朝群臣，目冀曰：『此跋扈將軍也。』」章懷注：「跋扈，猶强梁也。」《北齊書·神武帝紀》：「神武曰：『(侯)景專制河南十四年矣，常有飛揚跋扈志。』」《九家》趙注：「飛揚跋扈，皆强狠不臣之謂。公意謂如吾輩之痛飲狂歌，亦空度日而已，如强狠之輩跋扈飛揚，亦何所爲而自雄？皆不若勾漏令之能養生有益於身也。」錢箋：「按太白性倜儻，好縱横術，魏顥稱其眸子炯然，哆如餓虎，少任俠，手刃數人。故公以『飛揚跋扈』目之，猶云『平生飛動意』也。」仇注：「下二贈語含諷，見朋友相規之義焉。」蕭滌非謂：「意思是希望李白不要太任性，應該收斂些。」

與任城許主簿游南池〔一〕

秋水通溝洫，城隅集小船①。晚涼看洗馬②，森木亂鳴蟬。菱熟經時雨③，蒲

荒八月天④〔二〕。晨朝降白露⑤，遥憶舊青氈⑥〔三〕。（0428）

【校】

① 集，錢箋作「進」。

② 涼，錢箋校：「《草堂》本作來。」

③ 菱，《草堂》作「麥」。　時，錢箋校：「一作旬。」

④ 荒，《草堂》作「黄」。

⑤ 降，《草堂》作「看」。

⑥ 憶，《草堂》作「想」。

【注】

黄鶴注：此詩公游齊趙至兖時作，當作於開元二十九年（七四一）前。仇注繫於開元二十五年（七三七）。

〔一〕任城：《元和郡縣圖志》卷一〇兖州：「任城縣，緊。東至州七十六里。」許主簿：名不詳。《唐六典》卷三〇諸州下縣：「主簿一人，從九品上。」「主簿掌付事勾稽，省署抄目，糾正非違，監印，給紙筆雜用之事。」

〔二〕菱熟二句：《九家》趙注引范元實説：「蒲當八月，未至於荒，其荒者，以經時之雨故然邪。」仇

注：「蒲有二種。《陳風》：『彼澤之陂，有蒲與荷。』蒲乃水草，其質柔弱，故到中秋而荒殘也。《王風》：『不流束蒲。』乃蒲柳，屬木本，與此不同。」按，蒲與蒲柳自是二物，不當謂蒲有二種。

〔三〕遥憶句：《晉書·王獻之傳》：「夜卧齋中，而有偷人入其室，盜物都盡。獻之徐曰：『偷兒，青氈我家故物，可特置之。』」

登兖州城樓〔一〕

東郡趨庭日〔二〕，南樓縱目初。浮雲連海岱①，平野入青徐〔三〕。孤嶂秦碑在，荒城魯殿餘〔四〕。從來多古意，臨眺獨躊躇〔五〕。（0429）

【校】

① 岱，錢箋作「岳」，校：「一作岱。」

【注】

黄鶴注：公以開元二十四年前下第後游齊趙，此當作於開元二十九年（七四一）前。仇注繫於開元二十五年（七三七）。

〔一〕兖州：《元和郡縣圖志》卷一〇：「兖州，魯郡。中都督府。」《舊唐書・地理志》：「兖州，上都督府。隋魯郡。……天寶元年，改兖州爲魯郡。乾元元年，復爲兖州。」

〔二〕東郡句：《漢書・地理志》：「東郡，秦置。莽曰治亭。屬兖州。」《論語・季氏》：「嘗獨立，鯉趨而過庭，曰：『學詩乎？』對曰：『未也。』『不學詩，無以言。』」鯉，孔子之子。《草堂》夢弼注：「公父閑嘗爲兖州司馬，公時省侍之。」

〔三〕浮雲二句：《書・禹貢》：「海岱惟青州。」傳：「東北據海，西南距岱。」《元和郡縣圖志》卷一〇河南道：「青州，北海，望。」卷九河南道：「徐州，彭城。上。」青州在兖州北，徐州在兖州南。

〔四〕孤嶂二句：《水經注》泗水：「《地理志》：嶧山在鄒縣北。……山北有絶岩，秦始皇觀禮於魯，登於嶧山之上，命丞相李斯以大篆勒銘山嶺，名曰書門。」《元和郡縣圖志》卷一〇兖州鄒縣：「嶧山，一名鄒山，在縣南二十二里。……秦始皇二十六年，觀禮於魯，刻石於嶧山。」《水經注》泗水魯縣：「孔廟東南五百步有雙石闕，即靈光之南闕，北百餘步即靈光殿基，東西二十四丈，南北十二丈，高丈餘。東西廊廡別舍，中間方七百餘步。……是漢景帝程姬子魯恭王之所造也。」《元和郡縣圖志》卷一〇兖州曲阜縣：「靈光殿，魯王所造，在魯城内。案《文選》，漢景帝子名餘，封爲魯王，好理宮室，而建此殿。遭王莽亂，宮室被焚，建章皆隳壞，而靈光殿巋然獨存。」

〔五〕臨眺句：張衡《思玄賦》：「躔建木於廣都兮，摭若華而躊躇。」《文選》李善注：「《韓詩》曰：愛而不見，搔首躊躇。薛君曰：躊躇，躑躅也。《廣雅》曰：躊躇，猶豫也。」

劉九法曹鄭瑕丘石門宴集〔一〕

秋水清無底，蕭然静客心①。掾曹乘逸興〔二〕，鞍馬去相尋②。能吏逢聯璧，華筵直一金〔三〕。晚來横吹好，泓下亦龍吟③〔四〕。（0430）

【校】

①静，錢箋、《草堂》作「净」。

②乘，宋本作「承」，抄寫之誤，據錢箋等改。　去相尋，宋本、錢箋校：「一云到荒林。」

③「能吏」至「龍吟」，錢箋、《草堂》校：「一云尊酒宜如此，人生復至今。白頭逢晚歲，相顧一悲吟。」

【注】

黄鶴注：當是開元二十四年（七三六）以後作。

〔一〕劉九法曹：名不詳。《唐六典》卷三〇上都督府：「法曹參軍事二人，正七品下。」「法曹、司法參軍掌律令格式，鞫獄定刑，督捕盜賊，糾逖姦非之事。」鄭瑕丘：名不詳。《元和郡縣圖志》卷一〇兖州：「瑕丘縣，上，郭下。」朱鶴齡注：「石門在兖東。李白集有《魯郡東石門送杜甫》

詩。」錢箋引《水經注》：「（臨邑）縣有濟水祠也。水有石門，以石爲之，故濟水之門也。」仇注：「石門，山名，在兖州府平陰縣，與瑕丘相鄰境。」王士禛《居易録》卷二七：「孔博士東塘言：曲阜縣東北有石門山，即杜子美詩《題張氏隱居》所謂『春山無伴獨相求』、《劉九法曹鄭瑕丘石門宴集》所謂『秋水清無底』者是也。李太白有《石門送杜二甫》詩：『何言石門路，復有金尊開。』亦其地。山麓今尚有張氏莊，相傳爲唐隱士張叔明舊居。張蓋與太白、孔巢父輩同隱徂徠，稱『竹溪六逸』者也。山不甚高，石峽對峙如門，故名。」

〔二〕掾曹：《分門》洙曰：「漢制以曹官爲掾，如室之掾也，言其有所負荷。」《九家》趙注謂指劉法曹。按，掾曹即掾屬諸曹。《後漢書・百官志》：「掾史屬二十四人。本注曰：……西曹主府史署用，東曹主二千石長史遷除及軍吏。户曹主民户、祠祀、農桑。」唐指州府諸曹參軍。《舊唐書・韓愈傳》：「量移江陵府掾曹。」《李商隱傳》：「京兆尹盧弘正奏署掾曹。」《新唐書》愈傳作「江陵法曹參軍」，商隱傳作「表爲府參軍」。

〔三〕能吏二句：《漢書・張敞傳》：「望之以爲敞能吏，任治煩亂。」《晉書・夏侯湛傳》：「與潘岳友善，每行止同輿接茵，京都謂之連璧。」《周書・韋孝寬傳》：「時獨孤信爲新野郡守，同荆州，與孝寬情好款密，政術俱美，荆部吏人號爲聯璧。」《九家》趙注：「指二公也。」《史記・孝文本紀》：「召匠計之，直百金。」《平準書》：「一金，黄金一斤。」索隱：「臣瓚下注云秦以一鎰爲一金，漢以一斤爲一金，是其義也。」《酈生陸賈列傳》正義：「漢制：一金直千貫。」

〔四〕晚來二句：《晉書・樂志》：「鼓角横吹曲。……角，説者云蚩尤氏帥魑魅與黄帝戰於涿鹿，帝

乃始命吹角爲龍鳴以禦之。……胡角者，本以應胡笳之聲，後漸用之横吹，有雙角，即胡樂也。」《通典》卷一四四《樂》：「篪，以竹爲之，長尺四寸，圍三寸，一孔，上出寸三分，名曰翹，横吹之。小者尺二寸。《廣雅》云八孔。今有胡吹，非雅器也。」《九家》趙注：「横吹雖云胡樂，縱非笛而別是一物，公今只是借字以言横笛耳。」潘岳《笙賦》：「欝捋劫悟，泓宏融裔。」《文選》李善注：「泓宏，聲大貌。融裔，聲長貌。《説文》曰：泓，下深也。」《説文》段注：「下深謂其上似淺狹，其下深廣也。」馬融《長笛賦》：「龍鳴水中不見已，截竹吹之聲相似。」

暫如臨邑至㟪山湖亭奉懷李員外率爾成興〔一〕

野亭逼湖水，歇馬高林間。鼉吼風奔浪，魚跳日映川。暫游阻詞伯，却望懷青關〔二〕。靄靄生雲霧，唯應促駕還。（0431）

【注】

黄鶴注：當是天寶四載（七四五）作，在李邕五載事發之前。

〔一〕臨邑：《元和郡縣圖志》卷一〇齊州：「臨邑縣，上，南至州六十里。」㟪山湖亭：《九家》趙注：「㟪，《玉篇》：助麥切。或曰㟪山湖即鵲山湖，非也。《地志》云：齊州治歷城，歷城縣東門外

十步有歷水，入鵲山湖。按本朝王存《九域志》：臨邑去州北百四十里。而㟧字之音又與鵲不同，則所謂㟧山湖又別湖之名。」朱鶴齡注引《杜詩博議》：「疑公將往臨邑，中道抵歷下，登新亭，因懷李之芳。㟧山湖當是鵲山湖之訛，不必別求㟧山以實之也。」盧元昌曰：「暫如臨邑者，公弟簿領臨邑，前以河泛書至告哀也，暫如臨邑，故先至湖亭別員外李之芳。」李員外：黄鶴注：「李員外，皆以李之芳爲駕部員外郎而云。然李邕……亦可稱員外。北海郡爲青州。……蓋公嘗與邕宴歷下亭，而却未嘗與之芳至此也。」按，李邕《登歷下古城員外孫新亭》實爲之芳作。參卷一《同李太守登歷下古城員外新亭》(0007)注。

〔二〕暫游二句：詞伯，見卷六《壯游》(0295)注。《九家》趙注：「指李員外矣。」仇注引遠注：「却望，退望也。」按，却望即回望。《太平廣記》卷三七《楊越公弟》(出《逸史》)：「回數十步却望，猶有揮袖者。」朱鶴齡注：「青關，李員外所在，其地未詳。或云即青州樛陵關。」《南齊書·蘇侃傳》載蕭道成《塞客吟》：「青關望斷，白日西斜。」此或用其語。

對雨書懷走邀許十一簿公①〔一〕

東岳雲峰起，溶溶滿太虚〔二〕。震雷翻幕燕，驟雨落河魚②〔三〕。座對賢人酒，門聽長者車〔四〕。相邀愧泥濘，騎馬到堦除。（0432）

【校】

①許十一簿公，《九家》作「許主簿」。

②河，宋本、錢箋、《九家》校：「一作溪。」

【注】

黄鶴注：主簿即任城許主簿，當是開元二十九年至兖州與許游南池時相先後。仇注編在開元二十五年（七三七）。

〔一〕簿公：即主簿。《鑒誡録》卷二：「臣少時曾任封丘主簿……僧云：『今日實不知簿公訪及，有闕迎門。』」

〔二〕東岳二句：沈約《和竟陵王游仙》：「玉鑾隱雲霧，溶溶紛上馳。」曹植《仙人篇》：「萬里不足步，輕舉凌太虛。」

〔三〕震雷二句：《左傳》襄公二十九年：「夫子之在此也，猶燕之巢於幕上。」《苕溪漁隱叢話》後集卷一引《藝苑雌黄》：「夫幕非燕巢之所，言其至危也。……後人因此言燕事多使巢幕，似乎無謂。」仇注：「杜詩『震雷翻幕燕』，則仍合本意矣。」《史記・秦始皇本紀》：「河魚大上。」索隱：「謂河水溢，魚大上平地，亦言遭水害也。」黄鶴注：「河魚乃水面之塵所結成者，如釜生魚也。公《秋述》云卧病旅次長安，多雨生魚，此義也。」朱鶴齡注：「雨著水面，魚必上浮而淰，故曰『落河魚』。」引《杜詩博議》：「《汝南先賢傳》云：葛玄書符著社中，大雨淹注，復書符投雨中，

須臾落大魚數百頭。豈暗使此事耶？」仇注引慈水姜氏曰：「『驟雨落河魚』與『細雨魚兒出』照看自明。雨細則雨浮而上淰，雨驟則魚落而潛伏也。」

〔四〕座對二句：《三國志·魏書·徐邈傳》：「邈私飲至於沈醉。校事趙達問以曹事，邈曰：『中聖人。』達白之太祖，太祖甚怒。度遼將軍鮮于輔進曰：『平日醉客謂酒清者爲聖人，濁者爲賢人，邈性修慎，偶醉言耳。』」《史記·陳丞相世家》：「家乃負郭窮巷，以弊席爲門，然門外多有長者車轍。」

巳上人茅齋〔一〕

巳公茅屋下，可以賦新詩。枕簟入林僻，茶瓜留客遲。江蓮搖白羽，天棘夢青絲①〔二〕。空忝許詢輩，難酬支遁詞〔三〕。（0433）

【校】

①夢，錢箋校：「一作蔓。」《九家》、《草堂》作「蔓」，《九家》校：「舊本作夢。」

【注】

黃鶴注：當是開元二十九年間作。仇注編入開元二十五年（七三七）。

〔一〕巳上人：事迹不詳。錢箋：「僞歐注云齊巳，謬甚。」

〔二〕江蓮二句：劉孝威《苦暑》：「白羽徒垂握，緑水自周堂。」朱鶴齡注：「白羽，謂白羽扇。摇白羽，狀蓮之迎風而舞也。《華嚴會玄記》：青松爲麈尾，白蓮爲羽扇。」吴可《藏海詩話》：「徐師川云：工部有『江蓮摇白羽，天棘夢青絲』之句，於江蓮而言摇白羽，乃見蓮而思扇也。蓋古以白羽爲扇者。是詩之作，以時考之，乃夏日故也。於天棘言夢青絲，乃見柳而思馬也。蓋古有以青絲絡馬者。……此詩後復用支遁事，則見柳思馬形於夢寐審矣。東坡欲易『夢』爲『弄』，恐未然也。」《苕溪漁隱叢話》前集卷八引《冷齋夜話》：「王仲至言：天棘非烟非霧，自是一種物。曾見一小説，今忘之矣。高秀實云：天棘，天門冬也。見《本草》。其枝蔓延。疑『蔓』字也，非夢青絲也。然《本草》：天門冬，一名巔棘。王元之詩：『水芝卧玉腕，天棘蔓金絲。』則天棘蓋柳也。」《許彦周詩話》：「當以秀實之言爲正。顛、天聲相近，又酷似青絲。又江南徐鉉家本云『天棘蔓青絲』，若蔓生如青絲，尤見是天門冬。」羅大經《鶴林玉露》乙編卷四：「譚浚明爲余言：此出佛書。終南長老入定，夢天帝賜以青棘之香。蓋言江蓮之香，如所夢天棘之香耳。此詩爲僧齊巳賦，故引此事。余甚喜其説，然終未知果出何經。近閲葉石林《過庭録》，亦言此句出佛書。則浚明之言宜可信。」朱鶴齡注引李時珍云：「天門冬或曰天棘，即《爾雅》之髦顛棘。因其葉如髦，有細棘也。」按，諸説皆未有確據。江蓮非專名，所對天棘恐亦非專名，只如叢棘、荆棘之棘，青絲亦狀棘之蔓延也。

〔三〕空忝一句：《世説新語·文學》：「支道林、許掾諸人共在會稽王齋頭。支爲法師，許爲都講。

支通一義，四坐莫不厭心。許送一難，衆人莫不抃舞。但共嗟詠二家之美，不辯其理之所在。」

房兵曹胡馬詩①〔一〕

胡馬大宛名，鋒稜瘦骨成〔二〕。竹批雙耳峻，風入四蹄輕〔三〕。所向無空闊，真堪託死生〔四〕。驍騰有如此，萬里可横行〔五〕。（0434）

【校】

① 房兵曹胡馬詩，《草堂》作「房兵曹胡馬」。

【注】

黄鶴注：以舊次先後，當在開元二十八九年間作。

〔一〕房兵曹：名不詳。《唐六典》卷三〇上州：「司兵參軍事一人，從七品下。」

〔二〕胡馬二句：大宛馬，見卷一《高都護驄馬行》(0012)注。《唐會要》卷七二《馬》：「貞觀二十一年八月十七日，骨利幹遣使朝貢，獻良馬百匹，其中十匹尤駿。太宗奇之，各爲制名……上乃叙其事曰：骨利幹獻馬十匹，特異常倫。觀其骨大叢精，鬣高意闊，眼如懸鏡，頭若側塼。腿

像鹿而差圓，頸比鳳而增細。後橋之下，促骨起而成峰；側韉之間，長筋密而如瓣。」

〔三〕竹批二句：竹批，見卷二《李鄠縣丈人胡馬行》(0084)注。《藝文類聚》卷九三引魯國黃伯仁《龍馬頌》：「雙耳如剡筩。」《九家》趙注：「相馬法：不取三羸五駑。其一羸是大蹄，其一駑是緩耳。而劉義恭《白馬賦》有『竦身輕足』。故公詩於耳言峻，於蹄言輕也。」

〔四〕所向二句：《九家》趙注：「如《世説》載劉備之初奔劉表……的顱達備意，一踴三丈得過。又如劉牢之爲慕容垂所逼，策馬跳五丈澗而脱。此其事也。」仇注：「無空闊，能越澗注坡。」

〔五〕驍騰二句：顔延之《赭白馬賦》：「料武藝，品驍騰。」《史記·季布欒布列傳》：「上將軍樊噲曰：『臣願得十萬衆，橫行匈奴中。』」

浦起龍云：「此與《畫鷹》詩自是少年氣盛時作，都爲自己寫照。」

畫鷹

素練風霜起①〔一〕，蒼鷹畫作殊②。攫身思狡兔，側目似愁胡〔二〕。絛鏇光堪摘，軒楹勢可呼〔三〕。何當擊凡鳥，毛血洒平蕪〔四〕。(0435)

【校】

① 風，宋本、錢箋、《九家》、《草堂》校：「一作如。」

② 殊，宋本缺字，據錢箋等補。

【注】

黄鶴注：此詩雖未詳何年在何地作，然舊次在《與李白同尋范氏隱居》，則不得爲在天寶十三年作。

〔一〕素練句：《九家》趙注：「素練，絹也。」卷五《春日戲題惱郝使君》(0217)：「願携王趙兩紅顔，再騁肌膚如素練。」《舊唐書·文苑傳》徐堅論近代文士：「張九齡之文，如輕縑素練。」《西京雜記》卷三：「號爲淮南子，一曰劉安子，自云字中皆挾風霜。」

〔二〕攫身二句：《分門》洙曰：「攫身猶竦身也。」《廣韻》：「攫，執也。」《集韻》：「聳，音攫。義同。」《禮部韻略》：「攫，挺也。」傅玄《鷹賦》：「左看若側，右視如傾。」《九家》趙注：「鷹常傾側其目。」孫楚《鷹賦》：「深目蛾眉，狀似愁胡。」魏澹《鷹賦》：「立如植木，望似愁胡。」《分門》王琪曰：「鷹産於岱北，出於胡地。愁胡謂思胡也。」朱鶴齡注：「傅玄《猿猴賦》云：『揚眉蹙額，若愁若嗔。既似老公，又類胡兒。』所謂愁胡也。以對狡兔甚切。」仇注引劉云：「以其碧眼相似也。」

〔三〕絛鏇二句：《玉篇》：「絛，縷飾也。」《廣韻》：「絛，編絲繩也。」魏澹《鷹賦》：「絛不欲絶，背不宜喘。」《玉篇》：「鏇，徐釧切，圓轆轤也。又徐專切，轉軸裁器也。」朱鶴齡注：「以絛繫鷹足，而繫之於鏇也。」傅玄《鷹賦》：「飾五采之華絆，結璇璣之金環。」仇注：「環即鏇也。」孫楚《鷹

賦》：「毚則應機，招出易呼。」

〔四〕何當二句：《初學記》卷三引《孔氏志》：「楚文王好田，天下快狗名鷹畢聚焉。有人獻一鷹，曰非王鷹之儔。俄而雲際有一物，凝翔飄摇，鮮白而不辨其形。鷹於是竦翮而升，矗若飛電，須臾羽墮如雪，血洒如雨。良久，有一大鳥墮地而死。」《九家》趙注謂暗用此事。

與李十二白同尋范十隱居〔一〕

李侯有佳句，往往似陰鏗〔二〕。余亦東蒙客〔三〕，憐君如弟兄。醉眠秋共被〔四〕，携手日同行①。更想幽期處〔五〕，還尋北郭生。入門高興發〔六〕，侍立小童清。落景聞寒杵，屯雲對古城〔七〕。向來吟橘頌，誰欲討蓴羹〔八〕？不願論簪笏〔九〕，悠悠滄海情。（0436）

【校】

①日，錢箋校：「一作月。」《草堂》作「月」，校：「或作日。」

【注】

黄鶴注：當是開元二十四年後公游齊趙，與高、李同至齊兖時作。仇注編入天寶四載（七四五）。

〔一〕李十二白：李白。崔宗之有《贈李十二白》，賈至有《初至巴陵與李十二白裴九同泛洞庭湖》。

范十：李白有《尋魯城北范居士失道落蒼耳中見范置酒摘蒼耳作》。

〔二〕李侯二句：《苕溪漁隱叢話》前集卷六引《遯齋閑覽》：「或問王荆公……曰：『評詩者謂甫期白太過，反爲白所誚。』公曰：『不然。甫贈白詩，則曰「清新庾開府，俊逸鮑參軍」。但比之庾信、鮑照而已。又曰「李侯有佳句，往往似陰鏗」。鏗之詩，又在鮑、庾下矣。飯顆之嘲，雖一時戲劇之談，然二人者名既相逼，亦不能無相忌也。』」引韓子蒼云：「陰鏗與何遜齊名，號陰何。今《何遜集》五卷，其詩清麗簡遠，正稱其名。鏗詩至少，又淺易無他奇，其格律乃似隋唐間人所謂。疑非出於鏗。雖然，自隋唐以來謂鏗詩矣。」又《學林新編》云：「某按子美《夔州詠懷寄鄭監李賓客》詩云：『鄭李光時論，文章並我先。陰何尚清省，沈宋欻聯翩。』蓋謂陰鏗、何遜、沈約、宋玉也。四人皆能詩文，爲時所稱者。而子美又以陰鏗居四人之首，則知贈太白之詩非鄙之也，乃深美之也。《陳書·阮卓傳》曰：武威陰鏗字子堅，五歲能誦詩，日賦千言。及長，博涉史傳，尤喜五言詩，爲當世所重，有集三卷行於世。以此觀之，則子美贈太白詩『往往似陰鏗』者，乃美太白善爲五言詩似陰鏗也。」陳僅《竹林答問》：「太白《宮中行樂詞》諸作，絶似陰鏗，少陵之評，故非漫下。」

〔三〕東蒙：見卷一《玄都壇歌寄元逸人》(0008)注。

〔四〕醉眠句：《後漢書·姜肱傳》：「肱與二弟仲海、季江，俱以孝行著聞。其友愛天至，常共卧起。」《晉書·祖逖傳》：「與司空劉琨俱爲司州主簿，情好綢繆，共被同寢。」

〔五〕更想句：謝靈運《富春渚》：「平生協幽期，淪躓困微弱。」

〔六〕入門句：殷仲文《南州桓公九井作》：「獨有清秋日，能使高興盡。」

〔七〕落景二句：江淹《雜體詩·謝僕射混游覽》：「眷然惜良辰，徘徊踐落景。」《列子·周穆王》：「化人之宮構以金銀，絡以珠玉，出雲雨之上，而不知下之據，望之若屯雲焉。」謝惠連《西陵遇風獻康樂》：「屯雲蔽曾嶺，驚風涌飛流。」

〔八〕向來二句：《楚辭·橘頌》王逸注：「言橘受天命生於江南，不可移徙，種於北地則化爲枳也。屈原自比志節如橘，亦不可移徙。」《晉書·張翰傳》：「翰因見秋風起，乃思吴中菰菜、蓴羹、鱸魚膾，曰：『人生貴得適志，何能羈宦數千里以要名爵乎！』遂命駕而歸。」《九家》趙注：「意謂其身與李白、范隱居並吟誦屈原之《橘頌》，守己之有素，又誰肯待倦游、睹秋風而後思蓴羹乎？」

〔九〕不願句：《宋書·禮志》：「古者貴賤皆執笏，其有事則搢之於腰帶，所謂搢紳之士者，搢笏而垂紳帶也。紳垂三尺。笏者有事則書之，故常簪筆。今之白筆，是其遺象。三台五省二品文官簪之，王公侯伯子男卿尹及武官不簪，加内侍位者乃簪之。手版，則古笏矣。」江總《秋日侍宴婁苑湖應詔》：「朽劣叨榮遇，簪笏奉周行。」

臨邑舍弟書至苦雨黄河泛溢隄防之患簿領所憂因寄此詩用寬其意〔一〕

二儀積風雨，百谷漏波濤〔二〕。聞道洪河坼〔三〕，遥連滄海高①。職司憂悄

悄②，郡國訴嗷嗷〔四〕。舍弟卑栖邑，防川領簿曹〔五〕。尺書前日至，版築不時操〔六〕。難假黿鼉力，空瞻烏鵲毛〔七〕。燕南吹畎畝，濟上没蓬蒿〔八〕。螺蚌滿近郭，蛟螭乘九皋〔九〕。徐關深水府，碣石小秋毫〔一〇〕。白屋留孤樹，青天失萬艘③〔一一〕。吾衰同泛梗，利涉想蟠桃〔一二〕。賴倚天涯釣④，猶能掣巨鼇〔一三〕。（0437）

【校】

①遥，錢箋校：「一作逕。」

②司，錢箋作「思」，校：「一作司。」

③天，宋本、錢箋校：「一作雲。」　失，錢箋作「矢」，校：「一作失。」

④賴倚，錢箋作「倚賴」。　賴，宋本校：「一作却。」　倚，錢箋校：「一作却。」

【注】

黄鶴注：《唐書·五行志》：開元二十九年（七四一）七月，伊洛及支川皆溢，是秋河南、河北二十四郡水。齊其一也。當是其年作。仇注引張綖注：「然黄河水溢，常常有之，豈獨是年哉。集中如此類者甚多，不能徧舉。」

〔一〕臨邑舍弟：朱鶴齡注：「集有《送弟潁赴齊州》詩，或潁嘗官臨邑。」《元和郡縣圖志》卷一〇齊

州臨邑縣：「黄河，在縣北七十里。」

〔二〕二儀二句：《初學記》卷一引《纂要》：「天地曰二儀，以人參之曰三才。」傅咸《患雨賦》：「惟二儀之神化，奚水旱之有並。」《老子》六十六章：「江海所以能爲百谷王，以其善下之，故能爲百谷王。」《後漢書・陳忠傳》：「青冀之域，淫雨漏河。」

〔三〕聞道句：班固《西都賦》：「右界褒斜隴首之險，帶以洪河涇渭之川。」《文選》劉良注：「洪河，大河也。」

〔四〕職司二句：《詩・唐風・蟋蟀》：「無已大康，職思其憂。」傳：「職，主也。」《邶風・柏舟》：「憂心悄悄，愠於群小。」傳：「悄悄，憂貌。」《小雅・鴻雁》：「鴻雁于飛，哀鳴嗷嗷。」傳：「未得所安集，則嗷嗷然。」

〔五〕舍弟二句：曹植《矯志詩》：「鵷雛遠害，不羞卑栖。」簿領，文書檔案。《後漢書・獨行傳》戴就：「遣部從事薛安案倉庫簿領，收就於錢唐縣獄。」仇注：「領簿曹，穎爲臨邑主簿。」主簿主文書檔案。《唐六典》卷三〇諸州縣：「主簿掌付事勾稽，省署抄目，糾正非違，監印，給紙筆雜用之事。」

〔六〕尺書二句：應璩《百一詩》：「文章不經國，筐篋無尺書。」《孟子・告子下》：「舜發於畎畝之中，傅説舉於版築之間。」《九家》趙注：「此言書中云水遽至，不得即時操版築以防之也。」按，不時有不按時、時常二義，此當是時常義。

〔七〕難假二句：《藝文類聚》卷九引《紀年》：「周穆王三十七年，伐楚，大起九師，至於九江，比黿鼉

爲梁。」羅願《爾雅翼》卷一三鵲：「涉秋七日，首無故皆髡，相傳以爲是日河鼓與織女會於漢東，役烏鵲爲梁以渡，故毛皆脱去。」《九家》趙注：「言無是物爲橋梁也。」

〔八〕燕南二句：《九家》趙注：「燕南、濟上、徐關、碣石，皆齊州近境。」朱鶴齡注：「燕南、濟上、徐關、碣石，志諸州漂没也。吹畎畝、失萬艘，志害稼並害漕也。」《後漢書·公孫瓚傳》：「燕南垂，趙北際。」《史記·樂毅列傳》：「舉之濟上。」正義：「濟上，在濟水之上。」

〔九〕螺蚌二句：《論衡·説日》：「日月毁於天，螺蚌汨於淵。」《詩·小雅·鶴鳴》：「鶴鳴于九皋，聲聞于野。」傳：「皋，澤也。」釋文：「《韓詩》云：九皋，九折之澤。」

〔一〇〕徐關二句：《左傳》成公二年：「齊侯免……遂自徐關入。」朱鶴齡注：「徐關在齊州。」顧炎武《日知録》卷三一七：「徐關在齊境，今不可考。」木華《海賦》：「爾其水府之内，極深之庭。」碣石，見卷六《昔游》(0288)注。《莊子·齊物論》：「天下莫大於秋豪之末，而大山爲小。」

〔一一〕白屋二句：《韓詩外傳》卷三：「窮巷白屋先見者四十九人。」左思《吴都賦》：「泛舟航於彭蠡，渾萬艘而既同。」《文選》劉逵注：「《説文》曰：艘，船總名。」

〔一二〕吾衰二句：《戰國策·齊策三》：「今者臣來，過於淄上，有土偶人與木偶人相與語，木偶人謂土偶人曰：『子，西岸之土也，埏子以爲人，至歲八月，降雨下，淄水至，則子殘矣。』土偶人曰：『不然。吾，西岸之土也，吾殘，則復西岸耳。今子，東國之桃梗也，刻削以爲人，降雨下，淄水至，流子而去，則子漂漂然將何所之也？』」《初學記》卷三引《山海經》：「東海有山名度索，山有大桃實，樨盤三千里，曰蟠桃。」

〔一三〕賴倚二句：《列子·湯問》：「渤海之東，不知幾億萬里，有大壑焉……其中有五山焉：一曰岱輿，二曰員嶠，三曰方壺，四曰瀛洲，五曰蓬萊。……帝恐流於西極，失群仙之居，乃命禺强，使巨鼇十五舉首而戴之。迭爲三番，六萬歲一交焉。五山始峙而不動。而龍伯之國有大人，舉足不盈數步而暨五山之所，一釣而連六鼇，合負而趣，歸其國，灼其骨以數焉。員嶠二山流於北極，沈於大海，仙聖之播遷者巨億計。」朱鶴齡注：「末因臨邑濱海，故用蟠桃、巨鼇事，言我雖泛梗無成，猶思垂釣東海，以施掣鼇之力，水患豈足憂耶。蓋戲爲大言以慰之，題所謂『用寬其意』也。」

過宋員外之問舊莊 員外季弟執金吾見知于代，故有下句〔一〕。

宋公舊池館，零落守陽阿①〔二〕。枉道祇從入，吟詩許更過〔三〕。淹留問耆老，寂寞向山河。更識將軍樹〔四〕，悲風日暮多。（0438）

【校】

① 守，宋本、錢箋、《九家》校：「一云首。」《草堂》作「首」。

【注】

黃鶴注：是開元二十九年至天寶二三年公在河南時作。朱鶴齡注：「本集：開元二十九年，公築室首陽之下，祭遠祖當陽君。其過之問莊，或在是時也。」

〔一〕宋員外之問：宋之問，《舊唐書·文苑傳》：「宋之問，虢州弘農人。父令文，有勇力而工書，善屬文。……易之兄弟雅愛其才，之問亦傾附焉。預修《三教珠英》，常扈從游宴。……及易之等敗，左遷瀧州參軍。未幾，逃還。……景龍中，再轉考功員外郎。時中宗增置修文館學士，擇朝中文學之士，之問與薛稷、杜審言等首膺其選，當時榮之。……睿宗即位，以之問嘗附張易之、武三思，配徙欽州。先天中，賜死於徙所。……世人以之問父爲三絕，之問以文詞知名，弟之悌有勇力，之遜善書，議者云各得父之一絕。之悌，開元中自右羽林將軍出爲益州長史、劍南節度兼采訪使。尋遷太原尹。」黃鶴注：「之問有送審言詩，有『卧病人事絶，嗟君萬里行』之句，審言死，之問又有景龍二年祭文，公與之有世契，宜過其莊而問耆舊也。」

〔二〕宋公二句：《九家》趙注：「伯夷、叔齊隱於首陽山，《史記》注云在河東蒲阪，華山之北，河曲之中。之問乃汾州人，去河中皆晉地，則宜爲首陽矣。舊作守陽則無義。」錢箋引《寰宇記》、朱鶴齡注引《文選》阮籍《詠懷》詩注引《河南郡圖經》，謂偃師縣西北之首陽山。朱注：「按《新書》之問汾州人，《舊書》則云虢州弘農人。首陽與虢州相鄰，故有莊在焉。」按，虢州與偃師相距甚遠，朱注牽强爲説，實無據。之問《春夜令狐正字田子過弊廬序》：「使嵩高洞裏，記兹夕之當

歌；太白岩中，念今宵之秉燭。」又《温泉莊卧病寄楊七炯》：「賴有嵩丘山，高枕長在目。」《使至嵩山尋杜四不遇》：「歸來不相見，孤賞弄寒泉。」又有《初到陸渾山莊》等詩。嵩山亦稱陸渾山。此當即之問舊莊所在。又王維曾購之問輞川别業。詩所言當無外此二處。《楚辭・九歌・少司命》：「與女沐兮咸池，晞女髮兮陽之阿。」王逸注：「阿，曲隅，日所行也。」詩用此。與首陽山無涉。

〔三〕枉道二句：《九家》趙注：「凡枉道而游者猶任其人，況能吟詩者而不許其過乎。」朱鶴齡注：「祇從入，言一任過客之入，見莊已無主也。許更過，言他日可更過此乎，見重來者未有期。」

〔四〕更識句：《後漢書・馮異傳》：「每所止舍，諸將並坐論功，異常獨屏樹下，軍中號曰大樹將軍。」此指之悌。《朝野僉載》卷六：「之悌有勇力。之悌後左降朱鳶，會賊破驩州，以之悌爲總管擊之。募壯士，得八人。之悌身長八尺，被重甲，直前大呼曰：『獠賊，動即死。』賊七百人一時俱剉，大破之。」

夜宴左氏莊

風林纖月落①，衣露浄琴張〔一〕。暗水流花徑，春星帶草堂〔二〕。檢書燒燭短〔三〕，看劍引杯長②。詩罷聞吳詠，扁舟意不忘〔四〕。（0439）

【校】

①風林，錢箋校：「晉作林風。」

②看，宋本、錢箋、《九家》校：「一作説。」看劍，宋本、錢箋、《九家》校：「一云煎茗。」

【注】

黄鶴注：公未得鄉貢之前游吴越，下第之後游齊趙，此詩云「詩罷聞吴詠，扁舟意不忘」，謂因吴音而思其地也，則是在游齊趙時作。詩是天寶二三年間作。

〔一〕風林二句：《藝文類聚》卷五六《古兩頭纖纖詩》：「兩頭纖纖月初生，半白半黑眼中精。」《九家》趙注：「纖月，初生月也。」又：「《莊子》之書人名率用義理寓言爲之，有子琴張，用張琴爲名也。此琴張因可使矣。」

〔二〕春星句：《九家》趙注：「《吴都賦》云：帶朝夕之濬池，佩長洲之茂苑。注云：帶、佩，猶近也。又《魏都賦》云：列宿分其野，荒裔帶其隅。則『帶』字又可單用，不必以襟帶、佩帶爲類也。」仇注引張伯復《詩話》：「只一『帶』字，便點出空中景象。如『玉繩低建章』，『低』字亦然。帶，拖帶也。」

〔三〕檢書句：《隋書·李文博傳》：「恒令在聽事帷中披檢書史。」《九家》趙注：「謂之檢書，則必尋事出之類。檢或未獲，宜乎燒燭至於短。此理之當然。」黄徹《䂬溪詩話》卷三：「燭正不宜觀書，檢閲時暫可也。」

〔四〕詩罷二句：《世説新語・排調》：「劉真長始見王丞相……劉既出，人問王公云何，劉曰：『未見他異，唯聞作吴語耳。』」《宋書・顧琛傳》：「先是，宋世江東貴達者，會稽孔季恭、季恭子靈符、吴興丘淵之及琛，吴音不變。」《史記・貨殖列傳》：「（范蠡）乃乘扁舟，浮於江湖。」《九家》趙注：「惟其聞吴詠，故動扁舟之興。」

送蔡希魯都尉還隴右因寄高三十五書記①時哥舒入奏，勒蔡子先歸〔一〕。

蔡子勇成癖，彎弓西射胡〔二〕。健兒寧鬭死②，壯士耻爲儒〔三〕。官是先鋒得，材緣挑戰須〔四〕。身輕一鳥過，槍急萬人呼〔五〕。雲幕隨開府〔六〕，春城赴上都③。馬頭金匼帀④，駝背錦糢糊〔七〕。咫尺雲山路⑤，歸飛青海隅⑥〔八〕。上公猶寵錫⑦〔九〕，突將且前驅。漢使黄河遠，涼州白麥枯〔一〇〕。因君問消息，好在阮元瑜〔一一〕。（0420）

【校】

① 魯，錢箋作「曾」，校：「一作魯。」

②健，宋本、錢箋、《九家》校：「一作男。」

③赴，宋本、錢箋、《九家》校：「一作入。」

④叵帀，錢箋作「狎帢」，校：「一作叵匝。」

⑤咫尺雲山路，錢箋校：「一作自至青雲外。」雲，錢箋校：「荆作雪。」《九家》作「雪」。

⑥青，錢箋、《九家》校：「一作西。」

⑦猶，錢箋校：「荆作獨。」

【注】

黄鶴注：哥舒翰天寶十四載（七五五）春入朝，道遇風疾，留京師，勒都尉蔡希魯先歸隴右，故詩以送之。朱鶴齡注：夢弼謂十一載冬隨翰來朝，明年春至京師，誤也。是時高尚未爲書記。

〔一〕蔡希魯：事迹不詳。《唐六典》卷二五諸衛折衝都尉府：「諸府折衝都尉各一人，左右果毅都尉一人。諸府折衝都尉之職，掌領五校之屬，以備宿衛，以從師役。」高三十五書記：高適。見卷一《送高三十五書記》（0002）注。

〔二〕蔡子二句：《晉書·杜預傳》：「時王濟解相馬，又甚愛之，而和嶠頗聚斂，預常稱濟有馬癖，嶠有錢癖。」《後漢書·五行志》桓帝之初童謡：「丈人何在西擊胡。」

〔三〕健兒二句：陳琳《飲馬長城窟行》：「男兒寧當格鬭死，何能怫鬱築長城。」《禮記·儒行》：「今衆人之命儒也妄，常以儒相詬病。」楊炯《從軍行》：「寧爲百夫長，勝作一書生。」

〔四〕材緣句：《左傳》宣公十二年：「請挑戰，弗許。請召盟，許之。」《史記・項羽本紀》：「願與漢王挑戰決雌雄。」集解：「李奇曰：挑身獨戰，不復須衆也。」

〔五〕身輕二句：歐陽修《六一詩話》：「陳公時偶得杜集舊本，文多脱誤，至《送蔡都尉》詩云『身輕一鳥』，其下脱一字。陳公因與數客各用一字補之，或云『疾』，或云『落』，或云『起』，或云『下』，莫能定。其後得一善本，乃是『身輕一鳥過』。陳公嘆服，以爲雖一字，諸君亦不能到也。」《九家》趙注：「然兩句好處，尤在『槍急』字，非身輕而槍急，何以致萬人之呼。」朱鶴齡注：「槍急，謂用槍之急。」按，謂出槍迅速。

〔六〕雲幕句：《史記・李將軍列傳》：「莫府省約文書籍事。」索隱：「『大顔云：凡將軍謂之莫府者，蓋兵行舍於帷帳，故稱幕府，古字通用，遂作莫耳。《小爾雅》謂莫爲大，非也。」《唐六典》卷二吏部郎中：「從一品曰開府儀同三司。」注：「吕布有平董卓之勳，開府如三司。魏黄初三年，黄權爲車騎將軍、開府儀同三司。開府之名，自此始也。」此指節度使設幕府。

〔七〕馬頭二句：《九家》趙注：「金匼匝，言金絡頭，其狀密而匼匝。駝背負物，而以錦帊蒙之，此之謂模糊。匼匝、模糊皆方言。」鮑照《代白紵舞歌詞》：「象床瑶席鎮犀渠，雕屏匼匝組帷舒。」本書卷四《戲作花卿歌》(0174)：「子璋髑髏血模糊，手提擲還崔大夫。」

〔八〕青海：見卷一《兵車行》(0011)注。

〔九〕上公句：《九家》趙注：「上公言哥舒翰，猶有錫命未已。」《易・師・象》：「在師中吉，承天寵也。王三錫命，懷萬邦也。」

〔一〇〕漢使二句：《史記・大宛列傳》：「漢使窮河源。」《通典》卷六《食貨・賦稅》天下諸郡每年常貢：「武威郡：貢野馬皮五張，白小麥十石，今涼州。」《政和證類本草》卷二五引陳藏器《本草》：「河渭已西，白麥麵涼，以其春種，缺二時氣，使之然也。」

〔一一〕好在句：《三國志・魏書・王粲傳》：「陳留阮瑀字元瑜……建安中都護曹洪欲使掌書記，瑀終不爲屈。太祖並以琳、瑀爲司空軍謀祭酒，管記室，軍國書檄，多琳、瑀所作也。」《九家》趙注：「此題所謂因寄高書記也。」朱鶴齡注：「好在，乃存問之詞。」《太平廣記》卷三八四《周子恭》（出《朝野僉載》）：「子恭蘇，問家中曰：『許侍郎好在否？』」

春日憶李白

白也詩無敵①，飄然思不羣〔一〕。清新庾開府，俊逸鮑參軍〔二〕。渭北春天樹，
江東日暮雲〔三〕。何時一樽酒，重與細論文②〔四〕？（0441）

【校】

①敵，宋本、錢箋、《九家》校：「一作數。」

②細論文，錢箋校：「一作話斯文。」

【注】

黄鶴注：是時白在江東也，當是天寶元年（七四二）春作。仇注引顧注：天寶五載（七四六）春，公歸長安，白被放浪游，再入吴，詩必此時作。

〔一〕白也一句：《九家》趙注：「呼人名爲某也，起於《左傳》，而『回也』、『賜也』之類，在《論語》几多。」《漢書・景十三王傳》：「夫唯大雅，卓爾不群。」

〔二〕清新二句：《周書・庾信傳》：「出爲弘農郡守，遷驃騎大將軍、開府儀同三司。」《宋書・鮑照傳》：「臨海王子頊爲荆州，照爲前軍參軍，掌書記之任。」葛立方《韻語陽秋》卷一：「杜集中言李白詩處甚多，如『李白一斗詩百篇』，如『清新庾開府，俊逸鮑參軍』，『何時一尊酒，重與細論文』之句，似譏其太俊快。」楊慎《升庵詩話》卷九：「杜工部稱庾開府曰清新，清者流麗而不濁滯，新者創見而不陳腐也。」「庾信之詩，爲梁冠絶，啓唐之先鞭。史評其詩曰綺艷，杜之美稱之曰清新，又曰老成。綺艷清新，人皆知之，而其老成，獨子美能發其妙。」李調元《雨村詩話》卷下：「杜少陵詩：『白也詩無敵，飄然思不群。清新庾開府，俊逸鮑參軍。』又不似稱白詩，亦直公自寫照也。」

〔三〕渭北二句：《九家》趙注：「於兩句内分言地之所在，時白在會稽，越州也，斯江東矣。」

〔四〕何時二句：孫奕《示兒編》卷九：「即孟浩然『何時一杯酒，重與李膺傾』之體。」孟詩即《永嘉别張子容》。《九家》趙注：「蘇子卿云：我有一樽酒，欲以贈遠人。」見《文選》蘇武詩。

贈陳二補闕〔一〕

世儒多汩没〔二〕，夫子獨聲名。獻納開東觀，君王問長卿〔三〕。皂雕寒始急〔四〕，天馬老能行。自到青冥裏，休看白髮生。（0442）

【注】

黄鶴注：天寶十三載（七五四）長安作。

〔一〕陳二補闕：名不詳。高適有《宋中遇陳二》，未知是否同人。《唐六典》卷八門下省：「左補闕二人，從七品上。皇朝所置，言國家有過闕而補正之，故以名官焉。……垂拱中因其義而創立四員，左右各二焉。天授初，左右各加三員，通前爲十員。神龍初，依舊各置二人。其才可則登，不拘階叙。又置内供奉，無員數，才職相當，不待闕而授，其資望亦與正官同，禄俸等並全給。右補闕亦同。」

〔二〕汩没：見卷三《泥功山》（0150）注。

〔三〕獻納二句：《後漢書·杜詩傳》：「讜言善策，隨事獻納。」《唐六典》卷八黄門侍郎：「盡規獻納，糾正違闕。」《後漢書·孝和帝紀》：「帝幸東觀，覽書林，閲篇籍，博選術藝之士以充其官。」

《漢書·司馬相如傳》：「上讀《子虛賦》而善之，曰：『朕獨不得與此人同時哉。』得意曰：『臣邑人司馬相如自言爲此賦。』上驚，乃召問相如。」

〔四〕皂雕句：陸佃《埤雅》卷六：「雕能草食，似鷹而大，黑色，俗呼皂雕。」羅願《爾雅翼》卷一六：「雕者鶚之類，土黄色。……鷲乃雕之大者耳，鷲多黑色，則所謂皂雕是也。」《舊唐書·王志愔傳》：「執法剛正，百僚畏憚，時人呼爲皂雕。言其顧瞻人吏，如雕鶚之視燕雀也。」黄鶴注：「陳蓋老儒也。」

寄高三十五書記適〔一〕

歎惜高生老，新詩日又多〔二〕。美名人不及，佳句法如何？主將收才子，崆峒足凱歌〔三〕。聞君已朱紱〔四〕，且得慰蹉跎。（0443）

【注】

黄鶴注：當是天寶十三載（七五四）作。

〔一〕高三十五書記：高適，見卷一《送高三十五書記》（0002）注。

〔二〕歎惜一句：《舊唐書·高適傳》：「適年過五十留意詩什，數年之間，體格漸變，以氣質自高，每

吟一篇，已爲好事者稱誦。」

〔三〕崆峒：見卷一《送高三十五書記》注。

〔四〕聞君句：《説文》：「市，韠也。上古衣蔽前而已，市以象之。天子朱市，諸侯赤市……俗作紱。」《漢書·韋賢傳》韋孟諫詩：「黼衣朱紱，四牡龍旂。」唐指賜緋。《舊唐書·良吏傳》薛苹：「理身儉薄，嘗衣一緑袍，十餘年不易，因加賜朱紱，然後解去。」黄鶴注：「史云玄宗嘉適陳潼關敗亡之勢，至成都方賜緋，除諫議大夫。則在至德二載。若是賜緋後寄之，則不應題曰『書記』。……當是十三載作詩時聞賜緋，故及之，而言者誤也。」按，適至德二載授諫議大夫，乃實職。《唐會要》卷八一《考》元和二年五月敕：「諸道及諸司副使、行軍司馬、判官、參謀、掌書記、支使、推官、巡官等，有敕充職掌、帶檢校五品已上官及臺省官，三考與改轉，餘官四考與改轉。」《舊唐書·馬炫傳》：「李光弼鎮太原，辟爲掌書記、試大理評事、監察御史，歷侍御史。」大理評事以下即其所帶檢校官。掌書記所帶朝銜一般不及五品，然其遷轉或及之。詩蓋虛言譽之。

送裴二虬作尉永嘉〔一〕

孤嶼亭何處〔二〕，天涯水氣中。故人官就此，絶境興誰同①？隱吏逢梅福，游

山憶謝公〔三〕。扁舟吾已就②，把釣待秋風③〔四〕。（0444）

【校】

①興，錢箋校：「一作與。」《草堂》作「與」。

②就，宋本、錢箋、《九家》、《草堂》校：「一作具。」

③扁舟吾已就把釣待秋風，錢箋校：「一云扁舟吾已買，只是待秋風。」

【注】

黄鶴注：公欲學謝靈運游山，梁權道編在天寶十三載（七五四），或是。

〔一〕裴虬：見卷八《暮秋枉裴道州手札率爾遣興寄近呈蘇渙侍御》（0397）注。《元和郡縣圖志》卷二六温州：「永嘉縣，上。郭下。」

〔二〕孤嶼句：謝靈運《登江中孤嶼》：「亂流趨正絶，孤嶼媚中川。」《文選》李善注：「永嘉江也。」《太平寰宇記》卷九九温州：「孤嶼山在州南四里永嘉江中，渚長三百丈，闊七十步，嶼有二峰。」

〔三〕隱吏句：《漢書·梅福傳》：「補南昌尉。……一朝弃妻子，去九江，至今傳以爲仙。」錢箋：「比裴之作尉也。」《宋書·謝靈運傳》：「出爲永嘉太守，郡有名山水，靈運素所愛好，出守既不得志，遂肆意游遨，徧歷諸縣，動逾旬朔。民間聽訟，不復關懷。所至輒爲詩詠，以致其意焉。」

《百家注》趙注：「舊注妄引謝安，非是。」

〔四〕把釣句：劉長卿《却赴南邑留别蘇臺知己》：「已料生涯事，唯應把釣竿。」

城西陂泛舟〔一〕

青蛾皓齒在樓船，横笛短簫悲遠天〔二〕。春風自信牙檣動，遲日徐看錦纜牽〔三〕。魚吹細浪摇歌扇①，燕蹴飛花落舞筵〔四〕。不有小舟能盪槳②，百壺那送酒如泉〔五〕。（0445）

【校】

①歌，錢箋校：「一作攲。」

②舟，《草堂》作「船」。槳，錢箋校：「樊作艀。」

【注】

黄鶴注：天寶十三載（七五四）作。

〔一〕城西陂：《九家》趙注：「此渼陂也，在鄠縣西五里。後篇有《與源大少府游陂》詩『應爲西陂

好』可知也。」參卷一《渼陂行》(0031)注。

〔二〕青蛾二句：劉鑠《白紵曲》：「佳人舉袖輝青蛾，摻摻擢手映鮮羅。」朱鶴齡注：「蛾，蛾眉也。」江總《梅花落》：「横笛短簫凄復切，誰知柏梁聲不絶。」

〔三〕春風二句：自信，自任。唐求《贈楚公》：「雲間曉月應難染，海上虚舟自信風。」《横吹曲辭·黄淡思歌》：「象牙作帆檣，緑絲作幃繂。」蕭綱《玄圃牛渚磯碑》：「畫船向浦，錦纜牽磯。」《隋遺録》卷上：「錦帆彩纜，窮極侈靡。」《大唐傳載》：「杜亞爲淮南，競渡采蓮，龍舟錦纜繡帆之戲，費金數千萬。」

〔四〕魚吹二句：唐太宗《采芙蓉》：「船移分細浪，風散動浮香。」

〔五〕百壺句：裴秀《大蜡詩》：「有肉如丘，有酒如泉。」

贈田九判官梁丘〔一〕

崆峒使節上青霄，河隴降王款聖朝〔二〕。宛馬總肥春苜蓿①，將軍只數漢嫖姚②〔三〕。陳留阮瑀誰争長，京兆田郎早見招〔四〕。麾下賴君才並入，獨能無意向漁樵〔五〕。(0446)

【校】

① 春，錢箋校：「或作秦。」

② 漢，宋本、錢箋、《九家》校：「一作霍。」

【注】

黄鶴注：哥舒翰天寶十四載入朝，當是十四載春作。仇注引陳廷敬曰：天寶十三載（七五四）吐谷渾蘇毗王款塞，明皇詔翰應接，舊注以此當降王款朝是也。田蓋以使事入奏，當在翰未疾之先，非隨翰入朝也。公所投翰詩，當是一時作，或即因田而投贈於翰也。

〔一〕田九判官：田梁丘，《舊唐書·哥舒翰傳》：「及安禄山反，上以封常清、高仙芝喪敗，召翰入，拜爲皇太子先鋒兵馬元帥，以田良丘爲御史中丞，充行軍司馬。……軍中之務不復親躬，委政於行軍司馬田良丘，良丘復不敢專斷，教令不一。」于邵《田司馬傳》：「司馬姓田氏，名某字某。其先蓋自齊諸田之裔，遠代仕漢，徙家於秦，世爲京兆茂陵人。……齒太學，數歲不上第，因左常侍王倕受鉞西河之地，乃喟然而歎……遂投刺王公。……御史大夫哥舒翰兼統五原，雅知其人，得之甚喜，表清勝府别將，非其好也。人皆歎屈，獨不以介意。驟改永平府果毅、長松府折衝。……臨蕃介在大府，尤難其人，所被斟酌者蓋百餘輩，人人自以爲得令，而哥舒公決策取之。……會安禄山以范陽叛，潼關失守，有詔御史中丞郭英乂專制隴右，未及下車，表渭州隴西縣令。」顔真卿《顔府君（允南）神道碑》：「十五年，長安陷，輿駕幸蜀，朝官多出駱谷至興

道，房琯、李峘、高適等數十人盡在，中丞田良丘爲哥舒翰行軍司馬，既敗，猶自振矜，因誦表云：『翰北行師，未嘗挫衄，蓋緣運數潛迫，人神同弃，職之人故，匪翰之由。』衆皆默然，君獨抗聲叱之曰：『公何得尚爲賊説徵祥乎？』」則其名或作良丘。

〔二〕崆峒二句：《新唐書·哥舒翰傳》：「攻破吐蕃洪濟、大莫門等城，收黄河九曲，以其地置洮陽郡，築神策、宛秀二軍。」《舊唐書·王思禮傳》：「十三年，吐蕃蘇毗王款塞，詔翰至磨環川應接之。」《册府元龜》卷一二八《帝王部·明賞》：「（天寶）十三年二月，隴右節度使哥舒翰破吐蕃洪濟、大莫門等城，並牧九曲，其將咸來策勳，翰采摭具奏。」卷九九七《外臣部·降附》：「（天寶）十四載正月，蘇毗王子悉諾邏率其首領數十人來降，隴右節度使哥舒翰奏曰：……且吐蕃、蘇毗互相屠戮，心腹自潰，滅亡可期。但其王去逆歸仁，則是國家盛事。」

〔三〕宛馬二句：《史記·大宛列傳》：「俗嗜酒，馬嗜苜蓿。漢使取其實來，於是天子始種苜蓿、蒲萄肥饒地。」《西京雜記》卷一：「樂游苑自生玫瑰樹，樹下有苜蓿。苜蓿一名懷風，時人或謂之光風，風在其間常蕭蕭然。日照其花有光采，故名苜蓿爲懷風，茂陵人謂之連枝草。」嫖姚，見卷二《後出塞五首》（0133）注。

〔四〕陳留二句：阮瑀，見本卷《送蔡希魯都尉還隴右因寄高三十五書記》（0440）注。《九家》趙注：「以比田九也。」《初學記》卷一一引《三輔決録注》：「田鳳字季宗，爲尚書郎。容儀端正，入奏事，靈帝目送之，因題柱曰：『堂堂乎張，京兆田郎。』」

〔五〕麾下一句：《史記·魏其武安侯列傳》：「至吴將麾下。」正義：「謂大將之旗。」《分門》洙曰：

「漁樵，杜公自謂也。」《九家》趙注：「言主將麾下賴田君之才與諸俊並入，可獨能無意而甘心向於漁樵乎。」仇注：「留意漁樵，公仍望其汲引也。」

贈獻納使起居田舍人 澄〔一〕

獻納司存雨露邊①，地分清切任才賢〔二〕。舍人退食收封事，宫女開函近御筵②〔三〕。曉漏追趨青瑣闥③，晴窗點檢白雲篇〔四〕。揚雄更有河東賦，唯待吹嘘送上天〔五〕。（0447）

【校】

① 邊，錢箋校：「一作偏。」

② 近，錢箋校：「一作捧。」

③ 趨，錢箋作「飛」，校：「刊作趨。吴亦作趨。」《草堂》校：「卞圜作飛。」

【注】

黄鶴注：公既獻三賦，又作《封西岳賦》欲奏上，故云「揚雄更有河東賦」，當是天寳十三載（七五

四）未進賦時投贈也。

〔一〕田舍人：田澄，事迹不詳。《唐詩紀事》卷二九收其《成都爲客作》詩。《舊唐書·職官志》：「知匭使，天后垂拱二年，置匭以達冤滯。其制，一房四面，各以方色，東曰延恩，西曰申冤，南曰招諫，北曰通玄。所以申天下之冤滯，達萬人之情狀。蓋古善旌、誹謗木之意也。天寶九年，改匭爲獻納。乾元元年，復名曰匭。垂拱已來，常以諫議大夫及補闕、拾遺一人充使，受納訴狀。」《唐六典》卷九匭使院：「知匭使一人，垂拱元年置，常以諫議大夫及補闕、拾遺一人爲使。……理匭使常以御史中丞及侍御史一人爲之。」《唐會要》卷五五《匭》：「伏准寶應元年五月敕，給事中韓賞、中書舍人楊綰同充理匭使。」《九家》趙注：「今舊注乃以中書舍人當起居舍人，以埋匭使爲知匭，以寶應事當天寶，皆非。田公以起居舍人爲獻納使。」

〔二〕獻納二句：《申鑑·雜言上》：「故人主以義申，以義屈也。喜如春陽，怒如秋霜。威如雷霆之震，惠如雨露之降，沛然孰能禦也。」《唐六典》卷二吏部郎中：「清望官，謂内外三品已上官……六品謂起居郎、舍人，太子司議郎、舍人，諸司員外郎、侍御史……」

〔三〕舍人二句：《詩·召南·羔羊》：「退食自公，委蛇委蛇。」《唐會要》卷六五《光禄寺》珍羞署：「景雲二年正月敕：左右廂南衙廊中食，每日常參官職事五品以上及員外郎，供一百盤、羊三口。餘賜中書門下供奉官及監察御史、太常博士。……若御内坐當參日，即於外廊設食，並給門下中書，有餘賜供奉官六品已下，及在仗三衛主兵帥、漏生漏刻直官等食，不須回折。」起居

舍人屬供奉官，與此食。《唐六典》卷一二尚宫局：「女史掌執文書。司言掌宣傳啓奏之事。」《分門》洙曰：「宫女開函，以所投封事奏御。」

〔四〕曉漏二句：范雲《古意贈王中書》：「攝官青瑣闥，遥望鳳皇池。」參本卷《奉贈太常張卿二十韻》(0414)注。《九家》薛云：「漢武帝《秋風詞》曰：秋風起兮白雲飛。《淮南王安傳》：武帝每爲報書及賜，常召司馬相如等視草乃遣。」朱鶴齡注：「《新史》云：起居舍人本紀言之職，惟編詔書，不及他事。此云『白雲篇』，以比舍人所編制詔耳。」又補注：「陶淵明《和郭主簿》云：『遥遥望白雲，懷古意何深。』故郎士元《馮翊西樓》詩有『陶令好文嘗對酒，相招一和白雲篇』之句。或云即此詩『白雲篇』也。言在野文章舍人皆得上達。」仇注引張希良曰：「舊指白雲篇爲隱逸之書，非也。宋之問《登總持莊嚴二寺》詩：『帝歌雲稍白，御酒菊猶黄。』張説《扈從》詩：『獻納紆天札，飄飄飛白雲。』白雲本漢武《秋風辭》，謂御製也。舍人職王言，故有點檢白雲之贈。」

〔五〕揚雄二句：《漢書·揚雄傳》：「其三月，將祭后土。上乃帥群臣横大河……雄以爲臨川羨魚不如歸而結網，還，上《河東賦》以勸。」《九家》趙注：「今公自比於雄，欲有所諷諫而上《河東賦》，以田君爲獻納使，有吹噓之理。」黄鶴注：「按《進賦表》云：『惟岳授陛下元弼，克生司空。』司空指楊國忠。《舊史》：天寶十三載二月戊寅，右丞相兼吏部尚書楊國忠守司空。甲申，受册。則進賦必在是年。」

送韋書記赴安西〔一〕

夫子欻通貴，雲泥相望懸〔二〕。白頭無籍在，朱紱有哀憐〔三〕。書記赴三捷①，公車留二年〔四〕。欲浮江海去，此别意蒼然②。（0448）

【校】

① 捷，錢箋校：「一作接。」

② 蒼，錢箋校：「一作茫。」《九家》、《草堂》作「茫」，《草堂》校：「一作蒼。」

【注】

黄鶴注：《進封西岳表》云：「幸得奏賦，待制於集賢。」今詩云「公車留二年」，當是天寶十一載（七五二）作。

〔一〕韋書記：名不詳。《舊唐書·封常清傳》：「王正見爲安西節度，奏常清爲四鎮支度營田副使、行軍司馬。十一載，正見死，乃以常清爲安西副大都護，攝御史中丞，持節充安西四鎮節度、經略、支度、營田副大使，知節度事。」黄鶴注以爲韋當爲其書記。

〔二〕夫子二句：《九家》趙注：「詳公詩意，則韋君亦貧困矣，忽然通貴，遂有雲泥之隔。」《後漢書·逸民傳》矯慎：「乘雲行泥，栖宿不同。」荀濟《贈陰梁州》：「雲泥已殊路，暄涼詎同節。」

〔三〕白頭二句：《分門》洙曰：「籍如通籍之籍。」《九家》趙注：「謂無所倚籍。」錢箋：「謂無人慰籍如韋也。引通籍及《尹賞傳》無市籍，俱非是。」仇注引申涵光曰：「蓋言無著籍所在，如今籍貫之籍，身老無家，幸爲朱紱所哀憐耳。」按，《唐律疏議》卷七《衛禁》「宫殿門無籍冒名入」：「諸於宫殿門無籍及冒承人名而入者，以闌入論。」疏：「議曰：應入宫殿，在京諸司皆有籍。其無籍應入者，皆引入。其無籍不得人引，而詐言有籍及冒承人名而入者，宫門，徒二年；殿門，徒二年半；持杖者，各加二等。」此是當時官籍，非止前代有通籍，無籍者即未入官。朱紱，見本卷《寄高三十五書記》（0443）注。朱鶴齡注：「唐制御史賜金印朱紱，韋書記必兼官御史。」韋或帶憲銜，然所言唐制未詳所出。

〔四〕書記二句：《詩·小雅·采薇》：「豈敢定居，一月三捷。」《漢書·東方朔傳》：「令待詔公車。」注：「師古曰：公車令屬衛尉，上書者所詣也。」錢箋：「公獻賦隸有司參列選序之時也。」

陪鄭廣文游何將軍山林十首〔一〕

不識南塘路，今知第五橋〔二〕。名園依緑水，野竹上青霄。谷口舊相得，濠梁

同見招〔三〕。平生爲幽興，未惜馬蹄遥。（0449）

【注】

黄鶴注：天寶九載秋七月置廣文館，以此詩第四首及後詩第五首考之，是官未定時游此，當在天寶十二載（七五三）作。

〔一〕鄭廣文：鄭虔。見卷一《醉時歌》（0019）注。何將軍山林：《長安志圖》卷中：「韓莊者，在韋曲之東。退之與孟郊賦詩，又送其子讀書之所也。鄭莊又在其東南，鄭十八虔之居也。曰塔坡者，以其浮圖故名。在韋曲西，何將軍之山林也。蓮花洞在神禾原，即鄭駙馬之居，所謂主家陰洞者也。」《陝西通志》卷七三引《馬志》：「何將軍山林，今謂之塔坡，少陵原乃樊川之北原，自司馬村起至此而盡。其高三百尺，在杜城之東，韋曲之西，山林久廢，上有寺浮圖，亦廢。俗呼爲塔坡。」

〔二〕不識二句：張禮《游城南記》：「今第五橋在韋曲之西，與沈家橋相近。定昆池在韋曲之北，楊柳渚今不可考。南塘，按許渾詩云：『背嶺枕南塘』，其亦在韋曲之左右乎。」《陝西通志》卷一六長安縣引《賈志》：「韋曲之西有華嚴寺，寺西北有雁鶩陂，陂西北有第五橋。」

〔三〕谷口二句：谷口，見本卷《鄭駙馬宅宴洞中》（0419）注。《莊子·秋水》：「莊子與惠子游於濠梁之上，莊子曰：『儵魚出游從容，是魚之樂也。』惠子曰：『子非魚，安知魚之樂？』莊子曰：『子非我，安知我不知魚之樂？』」《九家》趙注：「指言廣文，相親爲莊惠也。」

百頃風潭上〔一〕，千重夏木清①。卑枝低結子，接葉暗巢鶯〔二〕。鮮鯽銀絲鱠，香芹碧澗羹〔三〕。翻疑柂樓底，晚飯越中行〔四〕。（0450）

【校】

① 重，錢箋校：「《草堂》本作章。」《九家》、《草堂》作「章」。

【注】

〔一〕百頃句：黃希注：「潭當是廣運潭，亦在萬年縣。」按，廣運潭在禁苑東南望春宫之東，壅滻水而成，與城南韋曲不相接。

〔二〕卑枝二句：曹丕《芙蓉池作》：「卑枝拂羽蓋，修條摩蒼天。」吴均《行路難》：「青瑣門外安石榴，連枝接葉夾御溝。」謝朓《春思》：「巢燕聲上下，黄鳥弄儔匹。」吴聿《觀林詩話》：「謝靈運有『蘋苹泛沈深，菰蒲冒清淺』，上句雙聲疊韻，下句疊韻雙聲。後人如杜少陵『卑枝低結子，接葉暗巢鶯』……皆出於疊韻，不若靈運之工也。」

〔三〕鮮鯽二句：庾信《謝趙王賚乾魚啓》：「洞庭鮮鮒，温湖美鯽。」《爾雅・釋草》：「芹，楚葵。」注：「今水中芹菜。」

〔四〕翻疑二句：《九家》趙注：「公往時在越州，今言何將軍山林之景似之也。」朱鶴齡注：「見羹鱠而思越，猶前聞吴詠而思吴也。」

萬里戎王子，何年别月支〔一〕？異花開絶域，滋蔓匝清池①。漢使徒空到，神農竟不知〔二〕。露翻兼雨打，開拆漸離披②〔三〕。（0451）

【校】

①匝，《草堂》作「接」。

②漸，錢箋作「日」，校：「荆作漸。」《草堂》校：「舊作日。」

【注】

〔一〕萬里二句：《九家》趙注：「戎王子，説者以爲花名，義固然也。」《朱子語類》卷一四〇：「此中嘗有一人，在都下見一蜀人遍鋪買戎王子，皆無。曰是蜀中一藥，爲《本草》不曾收，今遂無人蓄。方曉杜詩所言。」朱鶴齡注：「或曰《本草》日華子云：獨活，一名戎王使者，戎王子當是其類。」《太平御覽》卷九九二：「《本草經》曰：獨活，一名護羌使者，味苦平，生益州，久服輕身。」

〔二〕漢使二句：朱鶴齡注引趙曰：「漢使空到，謂張騫至西域止得安石榴種。神農不知，謂《本草》不載也。」

〔三〕露翻一句：《楚辭·九辨》：「白露既下百草兮，奄離披此梧楸。」

李調元《雨村詩話》卷下：「其三章文氣似與上下文絶不相蒙。《銷夏録》曰：『馬上無事，與鄭廣文閑説其來歷，遂成此詩。遂不連接，而法脈有天然之妙，文章唯太史公有此奇横。』愚謂通首皆比也。公與鄭俱有才不遇，故感慨獨深。」

旁舍連高竹，疏籬帶晚花。碾渦深没馬〔一〕，藤蔓曲藏蛇①。詞賦工無益②，山林跡未賒。盡拈書籍賣③，來問爾東家〔二〕。（0452）

【校】

① 藤蔓，錢箋作「蔓藤」。藏，錢箋校：「一作垂。」

② 無，錢箋校：「一作何。」

③ 拈，錢箋、《九家》作「撚」。

【注】

〔一〕碾渦句：《太平御覽》卷七六二引《通俗文》：「石碢轢穀曰碾。」《魏書·崔亮傳》：「亮在雍州，讀《杜預傳》，見爲八磨，嘉其有濟時用，遂教民爲碾。及爲僕射，奏於張方橋東堰穀水造水碾磨數十區，其利十倍，國用便之。」朱鶴齡注：「碾渦，碾磑間水渦漩也。」仇注：「此言碾轆地陷處，水漩成渦。」引《杜臆》：「謂園木周圍曲繞，狀如碾槽之渦。」按，朱注是。此言碾磑。《舊唐

書・李元紘傳》：「時太平公主與僧寺爭碾磑……諸王公權要之家，皆緣渠立磑，以害水田，元紘令吏人一切毀之。」《李林甫傳》：「林甫京城邸第，田園水磑，利盡上腴。」時私家多建碾磑。仇注謂車輾碾地，其水渦豈可深沒馬？

〔二〕盡拈二句：《說文》：「拈，掫也。」段注：「《篇》、《韻》皆云指取也。」王念孫《廣雅疏證》：「今俗語猶謂兩指取物爲拈矣。」《三國志・魏書・邴原傳》：「欲遠游學，詣安丘孫崧。……崧曰：『鄭君學覽古今，博聞強識，鈎深致遠，誠學者之師模也。君乃舍之，躡屣千里，所謂以鄭爲東家丘者也。君似不知而曰然者何？』原曰：『……人各有志，所規不同……君謂僕以鄭爲東家丘，君以僕爲西家愚夫邪？』」仇注：「東家，指何氏。」浦起龍云：「時蓋去獻賦試文未久也。非謂欲賣書買園，蓋憤讀書無用，將以結避地之鄰耳。山林必在杜曲之東，故曰東家。」施鴻保云：「疑何園之旁別有他氏之園……此必其園久廢，或本欲出售，公特發此興，東家雖借用現成字，亦必其園正在何園之東。」

剩水滄江破，殘山碣石開〔一〕。緑垂風折笋，紅綻雨肥梅〔二〕。銀甲彈箏用，金魚換酒來①〔三〕。興移無洒掃，隨意坐莓苔。（0453）

【校】

① 魚，錢箋校：「一作盤，非。」

【注】

〔一〕剩水二句：《九家》趙注：「滄江破而爲剩水，碣石開而爲殘山。剩水殘山，杜公之新語。」按，此破亦爲溢滿義。參卷一《奉贈韋左丞丈二十二韻》（0001）注。

〔二〕緑垂二句：《九家》趙注：「上句言風折笋垂緑，下言雨肥梅綻紅，句法以倒言爲老健。」

〔三〕銀甲二句：朱鶴齡注：「銀甲，繫爪之類。」《梁書・羊侃傳》：「有彈筝人陸太喜，著鹿角爪長七寸。」李商隱《無題》：「十二學彈筝，銀甲不曾卸。」唐彦謙《無題》：「錦筝銀甲響鵾絃，勾引春聲上綺筵。」《舊唐書・輿服志》：「天授元年九月，改内外所佩魚並作龜。久視元年十月，職事三品已上龜袋宜用金飾，四品用銀飾，五品用銅飾。……神龍元年二月，内外官五品已上依舊佩魚袋。六月，郡王、嗣王特許佩金魚袋。」《晋書・阮孚傳》：「嘗以金貂换酒。復爲所司彈劾。」李白《對酒憶賀監》：「金龜换酒處，却憶淚沾巾。」朱鶴齡注：「蓋龜、魚皆唐制，不妨隨舉言之。」

范温《潛溪詩眼》：「上自齊梁諸公，下至劉夢得、温飛卿輩，往往以綺麗風花累其正氣，其過在於理不勝而詞有餘也。老杜云『緑垂風折笋，紅綻雨肥梅』、『岸花飛送客，檣燕語留人』，亦極綺麗，其模寫景物，意自親切，所以妙絶古今。」

范晞文《對床夜語》卷三：「老杜多欲以顔色字置第一字，却引實字來，如『紅入桃花嫩，青歸柳葉新』是也，不如此，則語既弱而氣亦餒。他如『青惜峰巒過，黄知橘柚來』、『碧知湖外

草，紅見海東雲』、『緑垂風折笋，紅綻雨肥梅』、『紅浸珊瑚短，青懸薜荔長』、『翠深開斷壁，紅遠結飛樓』、『翠乾危棧竹，紅膩小湖蓮』、『紫收岷嶺芋，白種陸池蓮』，皆如前體。若『白摧朽骨龍虎死，黑入太陰雷雨垂』，益壯而險矣。」

風磴吹陰雪①，雲門吼瀑泉〔一〕。酒醒思卧簟，衣冷得裝綿②。野老來看客，河魚不取錢〔二〕。只疑淳樸處，自有一山川〔三〕。（0454）

【校】

①陰，錢箋校：「一作梅。」

②得，錢箋作「欲」，校：「一作得。」《九家》校：「一作欲。」《草堂》校：「舊作欲。」

【注】

〔一〕風磴二句：風磴，見卷五《謁文公上方》（0209）注。《分門》師曰：「雲門，謂雲擁翼山門。」朱鶴齡注：「言飛瀑之濺，乍疑吹雪。」仇注：「以下句解上句。」

〔二〕野老二句：楊倫引蔣云：「言何不禁人游，不禁人取，即所謂淳樸也。」

〔三〕只疑一句：仇注引洪注：「暗用桃花源事。」

棘樹寒雲色①，茵蔯春藕香〔一〕。脆添生菜美，陰益食單凉②〔二〕。野鶴清晨出③，山精白日藏〔三〕。石林蟠水府，百里獨蒼蒼〔四〕。（0455）

【校】

① 棘，錢箋校：「刊作楝。」

② 益，錢箋校：「一作蓋。」

③ 出，宋本、錢箋、《九家》校：「一作至。」

【注】

〔一〕棘樹二句：《説文》：「棘，小棗叢生者。」《爾雅·釋木》：「桋，赤楝。白者楝。」注：「赤楝，樹葉細而岐鋭，皮理錯戾，好叢生山中，中爲車輞。白楝，葉員而岐，爲大木。」朱鶴齡注：「此云『寒雲色』，似是高大之木。」仇注：「棘乃小棗，棘下鋪單，頗無佳致，當是楝樹。」浦起龍云：「曰石林，則必有危峰峭壁，高據水涯，羣樹叢生其上，雖小木亦有寒雲之色，遠覆之陰矣。」《政和證類本草》卷七「茵蔯蒿」引陳藏器《本草》：「雖蒿類，苗經冬不死，更因舊苗而生，故名茵蔯，後加蒿字也。今又詳此，非菜中茵蔯也。」《通志》卷七五：「茵陳蒿，南人所用者似香薷，北人所用者似青蒿，即白蒿也。南北所用，俱有山茵蔯之名，同名異實。又有石香葇，亦名山茵蔯，而香薷亦名茵陳。四種足相紊也。」錢箋、朱注引陳藏器《本草》，皆删去「非菜中茵蔯也」一

句。《太平廣記》卷三九《劉晏》（出《逸史》）：「吃冷淘一盤，香菜茵陳之類，甚爲芳潔。」杜詩所言當與此同。

〔二〕脆添二句：生菜，蔬菜。《齊民要術》卷九作菹藏生菜法：「菹色仍青，以水洗去鹹汁，煮爲茹，與生菜不殊。」《政和證類本草》卷二八「冬葵」：「生菜中又有胡葵、芸香、白苣、邪蒿，並不可多食。」《新唐書·地理志》振州延德郡：「土貢：金、五色藤盤、斑布食單。」《太平廣記》卷二二四《范氏尼》（出《常侍言旨》）：「范尼指坐上紫絲布食單曰：『顔郎衫色如此，其功業名節稱是。』」《太白陰經》卷五軍資篇：「軍士一人一年賞賜……帳設錦褥一十領、紫綾褥一十領、食單四十張、食器一千事。」此蓋餐布一類。錢箋引鄭望之《膳夫録》「韋僕射巨源有燒尾宴食單」，乃菜譜食經之類，非是。

〔三〕山精句：《異苑》卷三：「吴孫皓時，臨海得毛人。《山海經》云：山精如人而有毛。此蔣山精也。故《抱朴子》曰：山之精，形如小兒而獨足，足向後，喜來犯人。其名曰跂，知而呼之，即當自却耳。一名曰超空，可兼呼之。又或如鼓，赤色一足，其名曰渾。又或如人，長九尺，衣裘戴笠，名曰金累。又或如龍，有五色赤角，名曰飛龍。見之皆可呼其名，不敢爲害。《玄中記》：山精如人，一足，長三四尺，食山蟹，夜出晝藏。」此蓋泛言精魅。

〔四〕石林二句：《水經注》溱水：「晋中朝時，縣人有使至洛者，事訖將還，忽有一人寄其書云：『吾家在觀峽前，石間懸藤，即其處也。但叩藤，自當有人取之。』使者謹依其言，果有二人出外，取書並延入水府，衣不沾濡。」《太平御覽》卷五九引《述異記》：「漢洏會流處，岸上有石銘云：下

至水府三十一里。皆傳李斯刻石於此。」仇注：「石林，叢石如林也」；「獨見蒼蒼，甚言石林之高聳，非謂何林有百里也。」

憶過楊柳渚，走馬定昆池〔一〕。醉把青荷葉，狂遺白接䍦〔二〕。刺船思郢客，解水乞吴兒〔三〕。坐對秦山晚，江湖興頗隨。（0456）

【注】

〔一〕走馬句：《舊唐書·外戚傳》武延秀：「令楊務廉於城西造定昆池於其莊，延袤數里。」《新唐書·安樂公主傳》：「嘗請昆明池爲私沼，帝曰：『先帝未有以與人者。』主不悦，自鑿定昆池，延袤數里。定，言可抗訂之也。司農卿趙履温爲繕治，累石肖華山，隥彴横邪，回淵九折，以石瀵水。」《雍録》卷六：「定昆池在長安縣西南十五里。」

〔二〕醉把二句：《世説新語·任誕》：「山季倫爲荆州，時出酣暢，人爲之歌曰：『山公時一醉，徑造高陽池。日莫倒載歸，茗艼無所知。復能乘駿馬，倒著白接䍦。舉手問葛彊，何如并州兒。』」

〔三〕刺船二句：《莊子·漁父》：「乃刺船而去。」宋玉《對楚王問》：「客有歌於郢中者。」《晉書·夏統傳》：「此吴兒是木人石心也。」《宋書·索虜傳》：「南習水鬭，江湖固舟楫之鄉。」

床上書連屋〔一〕，階前樹拂雲。將軍不好武，稚子總能文。醒酒微風入，聽詩静夜分〔二〕。絺衣挂蘿薜，涼月白紛紛〔三〕。（0457）

【注】

〔一〕床上句：庾信《擬詠懷》：「琴聲遍屋裏，書卷滿床頭。」又《寒園即目》：「游仙半壁畫，隱士一床書。」

〔二〕聽詩句：曹植《上責躬應詔詩表》：「晝分而食，夜分而寢。」朱鶴齡注引鍾嶸《詩品序》「分夜呻吟」，不確。仇注：「静夜分，夜中分，出更漏也。」亦無憑。參卷一四《晝夢》(0970)注。

〔三〕絺衣二句：絺衣，見卷三《遣興五首》(0113)注。《楚辭·九歌·山鬼》：「若有人兮山之阿，被薜荔兮帶女蘿。」《九家》趙注：「月白謂之紛紛，言其影在薜蘿之間。」

幽意忽不愜，歸期無奈何。出門流水住①〔一〕，回首白雲多②。自笑燈前舞，誰憐醉後歌。祇應與朋好，風雨亦來過〔二〕。（0458）

【校】

①住，錢箋作「注」，校：「一作住。」

②白雲多，宋本、錢箋、《九家》校：「一作雜花多。」

【注】

〔一〕出門句：《九家》趙注：「流水住，則又見其處所當水平慢不流之處爲平地矣。」

〔二〕祇應二句：顏延之《和謝監靈運》：「入神幽明絶，朋好雲雨乖。」

張謙益《絸齋詩談》卷四：「《游何將軍山林》合十首看，章法不必死相承接，却一句少不得。其一是遠看。其二入門細看，並及林下供給。其三單摘一花，爲其異種也。其四又轉入園内之書舍。其五前狀其假山池沼之森蔚，後叙其好客治具之高雅。其六酒後起立，隨意登臨，即一磴一泉亦堪賞心。其七前叙物産之美，後極形勢之大。其八借定昆池以擬何氏之池，因及刺船解水之嬉。其九單贊主人之賢，若非地主好士，文人不能久留。此爲十首之心。其十一折忽超局外，身去而心猶繫，便伏重過之根。此一題數首之定式也。」

重過何氏五首

問訊東橋竹〔一〕，將軍有報書。倒衣還命駕，高枕乃吾廬〔二〕。花妥鶯捎蝶①，

溪喧獺趁魚〔三〕。重來休沐地，真作野人居。（0459）

【校】

①妥，錢箋校：「刊作墮。」

【注】

黄鶴注：前詩云「千重夏木清」，言夏初景物，今詩云「春風啜茗時」，則是春作，當是天寶十三載（七五四）春也。

〔一〕問訊句：仇注引顧注：「東橋即第五橋。問訊云竹，此暗翻看竹何須問主人事。」

〔二〕倒衣句：《詩·齊風·東方未明》：「東方未明，顛倒衣裳。顛之倒之，自公召之。」《晉書·嵇康傳》：「東平吕安服康高致，每一相思，輒千里命駕。」《韓非子·用人》：「君高枕而臣樂業。」

〔三〕花妥句：《禮記·曲禮下》：「國君綏視。」注：「綏讀爲妥。」疏：「妥，下也。庾氏云：妥，頹下之貌。」錢箋引吴若本注：「刊作墮，音妥。妥又音墮。關中人謂落爲妥。」《苕溪漁隱叢話》前集卷一〇引《三山老人語録》：「西北方言以墮爲妥，花妥即化墮也。」《説文》：「捎，自關已西，凡取物之上者爲撟捎。」段注：「取物之上，謂取物之顛也。捎之言梢也。……《考工記》：捎其藪、捎溝。注曰：捎，除也。其引申之義。」張衡《東京賦》：「捎魑魅，斮獝狂。」《文選》薛

綜注：「捎，殺也。」捎蝶略同捕蝶。《禮記·月令》孟春之月：「獺祭魚。」注：「此時魚肥美，獺將食之，先以祭也。」趁，趕也。見卷三《青陽峽》(0146)注。

山雨樽仍在，沙沉榻未移。犬迎曾宿客①，鴉護落巢兒。雲薄翠微寺，天清黄子陂②〔一〕。向來幽興極，步屧過東籬③〔二〕。（0460）

【校】

① 犬迎曾宿客，錢箋校：「吴曾《漫録》：顧陶本作犬憎閑宿客。」

② 清，錢箋校：「《雍録》作寒。」

③ 屧，宋本校：「一作屟。」錢箋校：「一作履。一作屐。」

【注】

〔一〕雲薄二句：《元和郡縣圖志》卷一京兆府長安縣：「太和宫，在縣南五十五里終南山太和谷。武德八年造，貞觀十年廢。二十一年，以時熱，公卿重請修築。於是使將作大匠閻立德繕理焉，改爲翠微宫。今廢爲寺。」《長安志》卷一一萬年縣：「永安坡在縣南二十五里，周七里。《十道志》曰：秦葬皇子，起冢陂北原上，因名皇子陂。」《雍録》卷六引此詩：「或書『皇』爲『黄』，誤也。」又卷七韋曲杜曲：「韋曲在明德門外，韋后家在此，蓋皇子陂之西也。」仇注：「以

皇對翠，乃借對法。岑參《早朝》詩紫陌、皇州作對，亦此法也」；「原來翠寺皇陂只言遥望之景，詩意主在雲薄天清，晴光可愛，以逗起末句耳。」

〔二〕向來二句：仇注引顧注：「此章云『向來幽興極』，是追憶從前；下章云『自今幽興熟』，是預期後日。兩章緊相照應。」向來，此前。見卷七《醉爲馬墜諸公携酒相看》(0356)注。屐多言脱屐、倒屐，當作屧。步屧，見卷五《遭田父泥飲美嚴中丞》(0232)注。

落日平臺上，春風啜茗時〔一〕。石欄斜點筆①，桐葉坐題詩〔二〕。翡翠鳴衣桁〔三〕，蜻蜓立釣絲。自今幽興熟②，來往亦無期。(0461)

【校】

① 點，錢箋校：「一云照。」

② 自今幽興熟，錢箋、《九家》校：「一云自逢今日興。」

【注】

〔一〕春風句：李嘉祐《同皇甫侍御題薦福寺一公房》：「啜茗翻真偈，然燈繼夕陽。」

〔二〕石欄二句：《九家》趙注：「置硯於石欄之上也。」王嗣奭《杜臆》：「點筆謂泚筆，置硯石欄而坐臺上，故用一『斜』字。」岑參《西亭子送李司馬》：「酒行未醉聞暮雞，點筆操紙爲君題。」姚合

《武功縣中作》：「點筆圖雲勢，彈琴學鳥聲。」下筆亦可稱點筆。《劉賓客嘉話録》：「鄭廣文學書而病無紙，知慈恩寺有柿葉數間屋，遂借僧房居止，日取紅葉學書，歲久殆遍。」《本事詩》卷一：「顧況在洛，乘間與三詩友游於苑中，坐流水上，得大梧葉，題詩上曰：『一入深宫裏，年年不見春。聊題一片葉，寄與有情人。』況明日於上游，亦題葉上，放於波中。」此以葉書寫之事。

〔三〕翡翠句：《説文》：「翡，赤羽雀也，出鬱林。」「翠，青羽雀也，出鬱林。」《相和歌辭·東門行》：「盎中無斗儲，還視桁上無懸衣。」慧琳《一切經音義》卷九四：「《考聲》云：桁，衣架也。」《正字通》桁：「又漾韻杭去聲，衣架，一曰曬衣杆。」

頗怪朝參懶，應耽野趣長。雨抛金鎖甲，苔卧緑沈槍〔一〕。手自移蒲柳〔二〕，家纔足稻粱。看君用幽意，白日到羲皇〔三〕。（0462）

【注】

〔一〕雨抛二句：周紫芝《竹坡詩話》：「言甲抛於雨，爲金所鎖，槍卧於苔，爲緑所沈，有將軍不好武之意。余讀薛氏《補遺》，乃以緑沈爲精鐵，謂隋文帝賜張奫以緑沈之甲是也。不知金鎖當是何物。又讀趙德麟《侯鯖録》，謂緑沈爲筆，乃引陸龜蒙詩：『一架三百竿，緑沈森杳冥。』此尤可笑。」姚寬《西溪叢語》卷上：「《續齊諧記》云：『王敬伯夜見一女，命婢取酒，提一緑沈漆榼。』王羲之《筆經》：『有人以緑沈漆竹管見遺，亦可愛玩。』蕭子雲詩云：『緑沈弓項縱，紫艾

刀横拔。』恐緑沈如今以漆調雌黄之類，若調緑漆之，其色深沈，故謂之緑沈，非精鐵也。」王楙《野客叢書》卷五：「僕謂周説鑿甚。杜之緑沈槍，正謂精鐵槍耳。且《唐百家詩》亦曰『校獵緑沈槍』，此豈槍卧於苔爲緑所沈邪？竹坡謂以緑沈爲精鐵，則金鎖甲當是何物。僕謂金鎖甲者黄金鎖子甲耳。貫休詩曰：『黄金鎖子甲，風吹色如鐵。』此亦用金鎖甲事，安謂何物？竹坡言槍卧於苔，爲緑所沈，固已甚鑿。言甲抛於雨，爲金所鎖，尤爲不通。僕嘗考之，所謂緑沈者，不可專指一物，顧所指何物耳。如梁武帝食緑沈瓜，是指瓜也；如人以緑沈漆管筆遺王逸少，是指筆也；如劉邵賦『六弓四弩，緑沈黄間』，古樂府『緑沈明月弦』，唐太宗詩『羽騎緑沈弓』，是指弓也。」吴曾《能改齋漫録》卷四：「蓋槍用緑沈飾之，以此得名。如弩稱黄間，則以黄爲飾。槍稱緑沈，則以緑爲飾。」周必大《二老堂詩話》：「余按苻堅使熊邈造金銀鎧，金爲綫以縲之。蔡琰詩云：『金甲耀日光。』至今謂甲之精細者爲鎖子甲，言其相銜之密也。」《唐六典》卷一六：「甲之制……十有三曰鎖子甲。」「山文、烏鎚、鎖子，皆鐵甲也。」

〔二〕手自句：《古今注》卷下：「蒲柳，水邊生，葉似青楊，亦曰蒲楊。」

〔三〕看君二句：陶淵明《與子儼等書》：「常言五六月中，北窗下卧，遇涼風暫至，自謂是羲皇上人。」

到此應常宿，相留可判年〔二〕。蹉跎暮容色①〔三〕，悵望好林泉。何路霑微禄②，

歸山買薄田〔三〕。斯游恐不遂③，把酒意茫然。（0463）

【校】

①色，錢箋校：「一作鬢。」

②路，錢箋校：「一作日。」

③斯游，錢箋校：「一作終身。」

【注】

〔一〕相留句：《分門》師曰：「判年，半年也。」《周禮・地官・媒氏》「掌萬民之判」注：「判，半也。」朱鶴齡注：「古音多四聲互用，唐人猶知此法，如『判』字本去聲，亦讀平聲。《吳越春秋》『一士判死兮而當百夫』，王筠《行路難》『含情畜怨判不死』是也，音義與『拚』同。杜詩『拚』字都作『判』。此詩『可判年』，猶云可拚却一年耳。又孫愐《唐韻》，『拚』字收入二十三阮。《玉篇》：拚一音伴。則『拚』字正可從仄聲叶，非半年之解。」按，二解皆可通。高適《送渾將軍出塞》：「意氣能甘萬里去，辛勤判作一年行。」或與此同。

〔二〕蹉跎句：《世説新語・自新》：「欲自修改而年已蹉跎，終無所成。」

〔三〕何路二句：《後漢書・獨行傳》趙苞：「欲以微禄奉養朝夕。」《三國志・蜀書・諸葛亮傳》：「成都有桑八百株，薄田十五頃，子弟衣食，自有餘饒。」

冬日有懷李白

寂寞書齋裏，終朝獨爾思。更尋嘉樹傳，不忘角弓詩〔一〕。裋褐風霜入①，還丹日月遲〔二〕。未因乘興去，空有鹿門期〔三〕。（0464）

【校】

①裋，錢箋、《草堂》作「短」，錢箋校：「刊作裋。」

【注】

黄鶴注：當在開元二十九年（七四一）冬作。仇注引顧注：此詩在天寶四載（七四五）冬作，諸家謂白未官時，誤。

〔一〕更尋二句：《左傳》昭公二年：「晉侯使韓宣子來聘……公享之，季武子賦《綿》之卒章，韓子賦《角弓》。……既享，宴於季氏，有嘉樹焉，宣子譽之。武子曰：『宿敢不封殖此樹，以無忘《角弓》。』遂賦《甘棠》。」杜預注：「《角弓》，《詩・小雅》。取其『兄弟昏姻，無胥遠矣』，言兄弟之國宜相親」；「《甘棠》，《詩・召南》。召伯息於甘棠之下，詩人思之，而愛其樹。武子欲封殖嘉樹

如甘棠，以宣子比召公。」《九家》趙注：「以在書齋而思白，故於讀書之中更尋得此傳，因尋此傳，故不忘《角弓》。言兄弟相親之意。」

〔二〕裋褐二句：裋褐，見卷一《橋陵詩三十韻因呈縣内諸官》（0037）注。朱鶴齡注：「《漢書·貢禹傳》『裋褐不完』、班彪《王命論》『裋褐之褻』，皆『裋』字豎音，唐人遂兩用之。若少陵『短褐風霜入，還丹日月遲』與『江湖漂短褐，霜雪滿飛蓬』，以屬對言，皆不當作『裋』。」《雲笈七籤》卷六六《丹論訣旨心照五篇·大還丹宗旨》：「夫言還丹者，即神仙服食也。……夫論還丹皆至藥而爲之，即丹砂之玄珠，金汞之靈異。」

〔三〕未因二句：《世説新語·任誕》：「王子猷居山陰，夜大雪，眠覺……忽憶戴安道。時戴在剡，即便乘小船就之。經宿方至，造門不前而返。人問其故，王曰：『吾本乘興而行，興盡而返，何必見戴。』」鹿門，見卷三《遣興五首》（0109）注。《九家》趙注：「言無因乘興如子猷訪戴而去，徒與白有效龐德公隱鹿門山之期約也。」

杜位宅守歲〔一〕

守歲阿戎家①，椒盤已頌花〔二〕。盍簪喧櫪馬，列炬散林鴉〔三〕。四十明朝過，飛騰暮景斜〔四〕。誰能更拘束〔五〕，爛醉是生涯。（0465）

【校】

① 戎，錢箋校：「刊作咸。」

【注】

黃鶴注：詩云「四十明朝過」，則是天寶十載（七五一）除夜。

〔一〕杜位：《舊唐書・李林甫傳》：「子婿……杜位爲右補闕。」《新唐書・宰相世系表二上》襄陽杜氏：希望，河西隴右節度使、太僕卿，子：「位，考功郎中、湖州刺史。」其弟佑，相德宗、順宗、憲宗。王應麟《困學紀聞》卷一八：「時林甫在相位，盍簪列炬之盛，其炙手之徒歟？」

〔二〕守歲一句：《晉書・王戎傳》：「父渾……戎年十五，隨渾在郎舍。戎少（阮）籍二十歲，而籍與之交……謂渾曰：『濬沖清賞，非卿倫也。共卿言，不如共阿戎談。』」《分門》洙曰引此。《苕溪漁隱叢話》後集卷六引《藝苑雌黃》：「潘惇《詩話補闕》云：舊本作『守歲阿咸家』。按杜位，子美侄也，當以『阿咸』爲是。故東坡有《除夜詩》：『欲喚阿咸來守歲，林鴉櫪馬鬬喧嘩。』正用杜詩。則知今本作『阿戎』者誤。余又考之，子美有《送蜀州柏二別駕將中丞命赴江陵起居衛尚書太夫人因示從弟行軍司馬位》云：『與報惠連詩不惜，知吾斑鬢已如銀。』則位恐所謂阿咸也。」胡震亨《唐音癸籤》卷二二：「後人以位爲甫從弟，不應用父子事，妄改『阿戎』爲『阿咸』。正不知呼人爲阿戎，必父前可呼。想其時位恰有父在，故云。」《南齊書・王思遠傳》：思遠從兄晏，高宗廢立之際曾規勸之，晏不聽，「及拜驃騎，集會子弟，謂思遠兄思徵曰：『隆昌之末，

阿戎勸吾自裁，若從其語，豈有今日。』思遠遽應曰：『如阿戎所見，猶未晚也。』」錢箋引胡儼曰及吴旦生《歷代詩話》卷三四引此，謂阿戎本指從弟。按，本書卷一二《答楊梓州》（0770）：「却向青溪不相見，回船應載阿戎游。」注家皆謂用王戎典。王維《送李員外賢郎》：「借問阿戎父，知爲童子郎。」亦同。皆指同儕之子。用王思遠事者未見。位必年幼於甫，胡震亨説或可參。羅願《爾雅翼》卷一一：「荆楚之俗，正月一日，長幼悉正衣冠以次拜賀，進椒酒。崔寔《月令》云：過臘一日，謂之小歲，拜賀君親，進椒酒，從小起。成公綏《椒花銘》云：『肇惟歲首，月正元日。』是知小歲則用之漢朝，元正則行之後世。率以正月一日，以盤進椒，飲酒則撮置酒中，號椒盤焉。」《晋書·列女傳》劉臻妻陳氏：「嘗正旦獻《椒花頌》。」

〔三〕盍簪二句：《易·豫》：「勿疑，朋盍簪。」注：「故勿疑則朋合疾也。盍，合也。簪，疾也。」朱翌《猗覺寮雜記》卷上：「王弼云：盍，合也；簪，疾也。謂朋來之速。子美云『盍簪喧櫪馬，列炬散林鴉』，以簪爲冠簪之簪。按，古冠有笄，不謂之簪。簪，後人所名。以弼言爲是。」王應麟《困學紀聞》卷一：「朋盍簪，簪，疾也。至侯果始有冠簪之訓。晁景迂云：古者禮冠未有簪名。」若璩按：「杜注號詳博，皆未知其從侯果來者。侯果説見李鼎祚《周易集解》。」施鴻保云：「李鼎祚《周易集解》所載侯果説雖在公前，然公非用其説也，但取與『列炬』字對，其義則仍本王弼注。」

〔四〕飛騰句：鮑照《三日游南苑》：「合樽遽景斜，折榮各組芬。」

〔五〕誰能句：任昉《答何徵君》：「散誕羈鞿外，拘束名教裏。」

與鄠縣源大少府宴渼陂得寒字〔一〕。

應爲西陂好，金錢罄一餐①。飯抄雲子白〔二〕，瓜嚼水精寒。無計回船下，空愁避酒難。主人情爛漫，持答翠琅玕〔三〕。（0466）

【校】

① 金錢，《草堂》校：「一作千金。」

【注】

黄鶴注：梁權道編在天寶十四載（七五五）。錢箋：岑參《得人字》云「載酒入天色，水凉難醉人」，蓋公與參頻游渼陂也。仇注：今依類編入西陂詩内。

〔一〕鄠縣：《元和郡縣圖志》卷二京兆府：「鄠縣，畿。東北至府六十五里。」源大少府：名不詳。岑參有《與鄠縣源少府泛渼陂得人字》。渼陂：見卷一《渼陂行》（0031）注。

〔二〕飯抄句：仇注：「北人稱匕爲抄，乃抄轉也。」按，《敦煌變文集·大目乾連冥間救母變文》：「見飯未能抄入口，大火無端却損傷。」韓愈《贈劉師服》：「匙抄爛飯穩送之，含口軟嚼如牛

哃。」白居易《與沈楊二舍人閣老同食敕賜櫻桃玩物感恩因成十四韻》：「手擘才離核，匙抄半是津。」乃以匙勺盛取之義。《分門》時可曰引《漢武帝内傳》「太上之藥，風實雲子」。《許彦周詩話》：「雲子，雨也，言如雨點爾，出荀子《雲賦》。又，葛洪《丹經》用雲子，碎雲母也。今蜀中有碎礫，狀如米粒圓白，云雲子石也。」莊綽《雞肋編》卷下云吉州有雲子石，疑少陵比飯者是此石也。《九家》趙注：「雲子，指言菰米飯也。西陂中則有菰矣。惟菰米之香滑潔白，然後足以當雲子之譬。」朱鶴齡注：「雲子以擬飯之白耳。……升庵《韻藻》引山稻名雲子，河樫號雨師，直以雲子爲稻名，不知何本。」朱注謂趙注謬，趙注明言雲子譬飯，而指飯爲菰米，未必誤。

〔三〕持答句：《九家》趙注：「持答翠琅玕，言以篇什當之也。」張衡《四愁詩》：「美人贈我金琅玕，何以報之雙玉盤。」

崔駙馬山亭宴集〔一〕

蕭史幽栖地，林間踏鳥毛①〔二〕。洑流何處入〔三〕，亂石閉門高。客醉揮金椀，詩成得繡袍〔四〕。清秋多宴會②，終日困香醪〔五〕。（0467）

【校】

① 鳥，錢箋、《文苑英華》作「鳳」。

② 宴會，錢箋校：「一云賞樂。」

【注】

黃鶴注：梁權道編在天寶十四載，是年禄山反狀已明，當在十三載（七五四）秋作。

〔一〕崔駙馬：《新唐書·諸公主傳》玄宗二十九女：「晉國公主，始封高都，下嫁崔惠童。」《舊唐書·哥舒翰傳》：「上使内侍高力士及中貴人於京城東駙馬崔惠童池亭宴會。」錢箋、朱鶴齡注謂即此人。

〔二〕蕭史一句：《九家》趙注：「蕭史，秦女弄玉之婿，故得以言駙馬。」見卷七《奉酬薛十二丈判官見贈》（0324）注。《南齊書·謝朝宗傳》：「帝大嗟賞，曰：『超宗殊有鳳毛，恐靈運復出。』」浦起龍云：「借用超宗鳳毛，以貼蕭史跨鳳。」

〔三〕洑流句：何遜《渡連圻》：「洑流自洄糾，激瀨視奔騰。」《廣韻》：「洑，回流。」

〔四〕客醉二句：《禮記·曲禮上》：「飲玉爵者弗揮。」釋文：「何云：振去餘酒曰揮。」《舊唐書·宋之問傳》：「則天幸洛陽龍門，令從官賦詩，左史東方虬詩先成，則天以錦袍賜之。及之問詩成，則天稱其詞愈高，奪虬錦袍以賞之。」《唐會要》卷三二《異文袍》：「天授三年正月二十二日，内出繡袍，賜新除都督刺史。……延載元年五月二十二日，出繡袍以賜文武官三品已上。其袍文仍各有訓誡，諸王則飾以盤龍及鹿，宰相飾以鳳池，尚書飾以對雁，左右衛將軍飾以對麒麟，左右武衛飾以對虎……文銘皆各爲八字回文。」施鴻保云：「第言宴集之盛，非真有其

事也。」

〔五〕終日句：李適《奉和聖制九日應制得高字》：「萸房頒彩笥，菊蕊薦香醪。」

九日楊奉先會白水崔明府〔一〕

今日潘懷縣，同時陸浚儀〔二〕。坐開桑落酒〔三〕，來把菊花枝。天宇清霜淨，公堂宿霧披〔四〕。晚酣留客舞，鳧舄共差池〔五〕。（0468）

【注】

黄鶴注：《橋陵詩呈縣内諸官》云「王劉美竹潤」，王與楊音同，當有一誤。蓋天寶十三載（七五四）作。

〔一〕楊奉先：參卷一《橋陵詩三十韻因呈縣内諸官》（0037）注。白水崔明府：見卷一《白水縣崔少府十九翁高齋三十韻》（0042）注。

〔二〕今日二句：《晉書・潘岳傳》：「出爲河陽令……轉懷令。」《陸雲傳》：「出補浚儀令。」

〔三〕坐開句：《水經注》河水：「河東郡民有姓劉名墮者，宿善工釀，采挹河流，釀成芳酎。排於桑落之辰，故酒得其名矣。」《齊民要術》卷七造神麴並酒等：「十月桑落初凍則收水釀者，爲上時春酒。」

〔四〕天宇二句：陶淵明《辛丑歲七月赴假還江陵夜行途中》：「昭昭天宇闊，皛皛川上平。」霧披，見本卷《贈特進汝陽王二十韻》（0417）注。

〔五〕皛皛：見卷一《橋陵詩三十韻因呈縣內諸官》（0037）注。

贈翰林張四學士〔一〕

翰林逼華蓋〔二〕，鯨力破滄溟。天上張公子，宮中漢客星〔三〕。賦詩拾翠殿，佐酒望雲亭〔四〕。紫誥仍兼綰，黃麻似六經〔五〕。內分金帶赤①，恩與荔枝青〔六〕。無復隨高鳳，空餘泣聚螢〔七〕。此生任春草，垂老獨漂萍〔八〕。儻憶山陽會〔九〕，悲歌在一聽。（0469）

【校】

①分，錢箋校：「魯作頒。」

【注】

黃鶴注：此詩題云「贈翰林張四學士」，則在張垍未貶司馬前。意是天寶九載（七五〇）自河南歸

時作。

〔一〕張四學士：張垍。參本卷《奉贈太常張卿二十韻》(0414)注。《舊唐書·職官志》翰林院：「玄宗即位，張説、陸堅、張九齡、徐安貞、張垍等召入禁中，謂之翰林待詔。」《唐會要》卷五七《翰林院》：「(玄宗)由是始選朝官有詞藝學識者入居翰林，供奉敕旨。於是中書舍人吕向、諫議大夫尹愔玄充焉。雖有密近之殊，亦未定名。制詔書敕猶或分在集賢。時中書舍人張九齡、中書侍郎徐安貞等迭居其職，皆被恩遇。至二十六年，始以翰林供奉改稱學士，由是別建學士院，俾掌内制。於是太常少卿張洎、起居舍人劉光謙等首居之，而集賢所掌於是罷息。」

〔二〕翰林句：張衡《西京賦》：「華蓋承辰，天畢前驅。」《文選》薛綜注：「華蓋星覆北斗，王者法而作之。」

〔三〕天上二句：《漢書·五行志》：「成帝時童謡曰：『燕燕尾涎涎，張公子，時相見。……』其後帝爲微行出游，常與富平侯張放俱稱富平侯家人，過陽阿主作樂，見舞者趙飛燕而幸之，故曰燕燕尾涎涎，美好貌也。張公子，謂富平侯也。」《後漢書·逸民傳》嚴光：「因共偃卧，光以足加帝腹上。明日，太史奏客星犯御坐甚急。帝笑曰：『朕故人嚴子陵共卧耳。』」李肇《翰林志》：「(學士院)南廳五間，本學士駙馬都尉張垍飾爲公主堂。」

〔四〕賦詩二句：《玉海》卷一六〇引《兩京記》：「金鑾西南曰長安殿，長安北曰仙居殿，仙居西北曰麟德殿。此殿三面，故以三殿名。……大福殿在三殿北，拾翠殿在大福殿東南。」《長安志》卷

六大明宫：「翰林門北曰九仙門，大福殿、拾翠殿、三清殿、含水殿。」同卷西内：「延嘉殿在甘露殿西北……延嘉西北有景福臺，臺西有望雲亭。」《太平御覽》卷一九四引《兩京新記》：「西京苑内有望雲亭、鞠場亭……」

〔五〕紫誥二句：《分門》洙曰：「紫誥，謂以紫泥封誥。」見本卷《奉贈太常張卿二十韻》注。蘇頲《春晚紫微省直寄内》：「内史通宵承紫誥，中人落晚愛紅妝。」李肇《翰林志》：「凡賜予徵召宣索處分曰詔，用白藤紙，凡慰撫軍旅曰書，用黄麻紙，並印。」《唐會要》卷五七《翰林院》：「故事，中書以黄、白二麻爲綸命重輕之辨，近者所由猶得用黄麻，其白麻皆在此院。自非國之重事、拜授于德音赦宥者，則不得由於斯矣。」黄鶴注：「制誥本集賢學士領之，今翰林學士得分掌，故云『兼綰』。」《分門》洙曰：「似六經，言訓辭深厚如六經。」

〔六〕内分二句：《唐會要》卷三一《章服品第》：「上元元年八月二十一日敕：……文武三品已上服紫，金玉帶十三銙。四品服深緋，金帶十一銙。五品服淺緋，金帶十銙。六品服深緑，七品服淺緑，並銀帶九銙。」《分門》洙曰：「翰林拜命日賜金荔枝帶。」《文獻通考》卷一一三：「太平興國七年正月翰林學士承旨李昉等奏曰：……荔枝帶本是内出，以賜將相，在於庶僚，豈可僭服。」吕希哲《吕氏雜記》：「舊制，執政見任賜笏頭帶，親王、使相及武臣任樞府皆止賜荔枝帶。俗號毬文爲笏頭，御仙花爲荔枝，朝省文書亦多從俗呼。」《九家》趙注引楊文公《談苑》載荔枝帶，云：「雖是本朝名式，然稱舊用，則亦循唐故事矣」；「謂之荔枝青，言金色之青熒也。」朱鶴齡注引貴妃嗜荔枝事，謂垍尚主，宅在禁中，得與此賜。又引曾子固《荔枝狀》：「江家緑，出福

州。又色紅而有青斑者名虎皮，亦出福州。」謂荔枝青殆此類。按，荔枝事天寶中似無人言及。甫在蜀中賦《病橘》（卷四0189）始及之。疑趙注爲是。

〔七〕無復二句：《分門》洙曰引《後漢書・逸民傳》高鳳，《九家》趙注：「殊無意義，豈可以人名對聚螢乎。」《詩・大雅・卷阿》：「鳳凰鳴矣，于彼高岡。」顔延之《秋胡行》：「椅梧傾高鳳，寒谷待鳴律。」《晋書・車胤傳》：「家貧不常得油，夏月則練囊盛數十螢火以照書，以夜繼日焉。」

〔八〕此生二句：《九家》趙注：「此言任春時之草生幾度，更不管年華之去耳。」仇注：「春草，歎卑微。漂萍，傷流落。」《藝文類聚》卷八二古詩：「泛泛江漢萍，漂蕩水無根。」

〔九〕儻憶句：《三國志・魏書・王粲傳》注引《魏氏春秋》：「（嵇）康寓居河内之山陽縣，與之游者，未嘗見其喜愠之色。與陳留阮籍、河内山濤、河南向秀、籍兄子咸、琅邪王戎、沛人劉伶相與友善，游於竹林，號爲七賢。」

送張二十參軍赴蜀州因呈楊五侍御①〔一〕

好去張公子，通家別恨添〔二〕。兩行秦樹直〔三〕，萬點蜀山尖②。御史新驄馬，參軍舊紫髯〔四〕。皇華吾善處，於汝定無嫌〔五〕。（0470）

【校】

①州，《草堂》作「川」。

②點，錢箋校：「一作朵。」

【注】

黄鶴注：楊侍御使蜀而張參軍往依之，以舊次考之，當在天寶十三載（七五四）。

〔一〕張二十參軍：名不詳。楊五侍御：本書卷一一有《寄楊五桂州》（0642），注：「譚。因州參軍段子之任。」又《廣州段功曹到得楊五長史譚書功曹却歸聊寄此詩》（0705）。《新唐書·宰相世系表一下》楊氏觀王房：汾陰令暹子，「譚，廣州都督。」《全唐文》卷三七七收楊譚《兵部奏劍南節度破西山賊露布》，當爲天寶十一載奏，時爲劍南節度從事。

〔二〕通家句：《後漢書·孔融傳》：「敕外自非當世名人及與通家，皆不得白。」

〔三〕兩行句：《唐會要》卷八六《道路》：「開元二十八年正月十三日，令兩京道路並種果樹。」同卷《街巷》：「（貞元）十二年，官街樹缺，所司植榆以補之。京兆尹吴湊曰：『榆非九衢之玩。』亟命易之以槐。」

〔四〕御史二句：驄馬，見卷二《送長孫九侍御赴武威判官》（0085）注。《晋書·郗超傳》：「府中語曰：髯參軍，短主簿，能令公喜，能令公怒。超髯、珣短故也。」《九家》趙注：「紫髯字却因《孫權傳》號紫髯將軍可得取而合用之。」

〔五〕皇華二句：《詩·小雅·鹿鳴》：「皇皇者華，于彼原隰。」序：「君遣使臣也。」曹丕《典論·奸讒》：「斯可謂善處骨肉之間矣。」《九家》趙注：「楊侍御爲皇華之使，乃吾所厚善之人，則於張二十亦必無嫌。」

陪諸貴公子丈八溝携妓納涼晚際遇雨二首〔一〕

落日放船好，輕風生浪遲。竹深留客處，荷净納涼時。公子調冰水，佳人雪藕絲〔二〕。片雲頭上黑，應是雨催詩〔三〕。（0471）

【注】

黄鶴注：當是天寶十三載（七五四）作。仇注：大抵在天寶間未亂時作。

〔一〕丈八溝：張禮《游城南記》：「又西北經下杜城，過沈家橋，杜城之西有丈八溝，即杜子美陪諸公子納涼遇雨之地。」《陝西通志》卷九長安縣潏水引《賈志》：「丈八溝在縣西南十五里，即漕河岸最深處。」引《縣册》：「皂河自牛頭寺入縣境，西北流至丈八溝，一分流爲通濟渠，一西北流逕三橋鎮入渭。按皂河即漕河之訛。」

〔二〕公子二句：《九家》趙注：「貴家有以蜜或乳糖伴雪而食者，冰水曰調，豈亦用香美之物調和之

乎」；「雪藕絲，蓋雪斷之雪。此是方言。」朱鶴齡注引《家語》：「黍所以雪桃。」注：「雪，拭也。」按，趙注「雪斷」之「雪」，當即「撧」字，又記作「擨」。《龍龕手鑑》：「擨，居月反，撥物也」；「撧，子雪反，手撧斷也。」蔣捷《秋夜雨》：「愁多無奈處，謾碎把、寒花輕撧。」本又作「擨」。李調元《雨村詩話》卷二：「『撧』字字書不載，意即『擲』字也。」説誤。《黑旋風雙獻功》第二折：「我把那廝脊梁骨各支支生撧作兩三截。」雪藕絲，蓋謂擨斷藕而絲相連，言拭者無義。謝朓《在郡卧病呈沈尚書》：「夏李沈朱實，秋藕折輕絲。」

〔三〕片雲二句：仇注引胡夏客曰：「公子作詩，催之亦未必速就。應是雨催詩，調笑中却有含蓄。」

雨來霑席上，風急打船頭①〔一〕。越女紅裙濕，燕姬翠黛愁〔二〕。纜侵隄柳繫，幔卷浪花浮②〔三〕。歸路翻蕭颯，陂塘五月秋〔四〕。（0472）

【校】

① 急，宋本、錢箋、《九家》校：「一作惡。」

② 卷，錢箋作「宛」，校：「一作卷。」

【注】

〔一〕風急句：《大般涅槃經》卷三一：「譬如壞瓶，不耐風雨打擲搥押。」《九家》趙注：「亦是方

言。蓋江南有謂之打頭風者也。」辛弃疾《小重山》：「殷勤却謝打頭風，船兒住，且醉浪花中。」

〔二〕越女二句：枚乘《七發》：「越女侍前，齊姬奉後。」江總《南越木槿賦》：「趙女垂金珥，燕姬插寶珈。」江總《新入姬人應令》：「數錢拾翠争佳麗，拂紅點黛何相似。」

〔三〕纜侵二句：《九家》趙注：「急雨當避，進舟於岸傍，故侵堤柳而繫纜也。」蕭綱《送別》：「水苔隨纜聚，岸柳拂舟垂。」庾信《詠畫屏風》：「幰拂緣堤柳，甍飄夾路花。」庾肩吾《應令》：「別筵開帳殿，離舟卷幔城。」顧野王《艷歌行》：「窗開翠幔卷，妝罷金星出。」

〔四〕歸路二句：《九家》趙注：「以當五月炎天，而遂成秋。」

白水明府舅宅喜雨〔一〕得過字。

吾舅政如此，古人誰復過。碧山晴又濕〔二〕，白水雨偏多。精禱既不昧，歡娛將謂何？湯年旱頗甚，今日醉絃歌〔三〕。（0473）

【注】

黃鶴注：當在天寶十三載（七五四）作。

〔一〕白水明府舅：見本卷《九日楊奉先會白水崔明府》(0468)注。

〔二〕碧山句：蔡邕《協和婚賦》：「立若碧山亭亭豎，動若翡翠奮其羽。」

〔三〕精禱四句：《淮南子·主術訓》：「湯之時，七年旱，以身禱于桑林之際，而四海之雲湊，千里之雨至。」

陪李金吾花下飲〔一〕

勝地初相引，余行得自娱①。見輕吹鳥毳，隨意數花鬚〔二〕。細草稱偏坐②，香醪懶再沽〔三〕。醉歸應犯夜，可怕李金吾〔四〕？（0474）

【校】

①余，宋本、錢箋校：「一作徐。」《九家》作「徐」。

②稱偏，錢箋校：「一作偏稱。」《草堂》作「偏稱」。

【注】

黄鶴注：金吾，李嗣業也。天寶十四載（七五五）春作。

〔一〕李金吾：《唐六典》卷二五諸衛府：「左右金吾衛，大將軍各一人，正三品。將軍各二人，從三品。」《舊唐書・李嗣業傳》：「仙芝表其功，加驃騎左金吾大將軍。及禄山反，兩京陷，上在靈武，詔嗣業赴行在。嗣業自安西統衆萬里，威令肅然，所過郡縣，秋毫不犯。」則天寶末年嗣業在安西。黄鶴注指此爲嗣業，恐非是。《舊唐書・李峴傳》：「入爲金吾將軍，遷將作監，改京兆府尹。」任華《送李侍御充汝州李中丞副使序》：「且御史仲兄金吾將軍，嘗處中司之雄職。」李遵天寶十四載由執金吾爲彭原郡守(《全唐文》小傳)。此皆在天寶年間。

〔二〕見輕二句：《書・堯典》：「鳥獸氄毛。」傳：「鳥獸皆生耎毳細毛以自温焉。」《漢書・晁錯傳》：「鳥獸毳毛。」左思《蜀都賦》：「敷蘂葳蕤，落英飄飖。」《文選》劉逵注：「蘂者，或謂之華，或謂之實。一曰花鬚頭點也。」

〔三〕細草二句：《九家》趙注：「如公嘗使『偏勸腹腴愧年少』、『漁父忌偏醒』、『驥病思偏秣』之義，此飲酒闌珊則歇於細草之上，惟其偏可於此坐，則不思起矣。」劉禹錫《拋毬樂》：「最宜紅燭下，偏稱落花前。」《海山記》載《望江南》：「浪摇晴影走金蛇，偏稱泛靈槎。」則作偏稱是。

〔四〕醉歸二句：《唐六典》卷二五諸衛府：「左右金吾衛大將軍、將軍之職，掌宫中及京城晝夜巡警之法，以執禦非法。」《九家》趙注：「此戲李金吾也。」「薛夢符所引李廣霸陵事非。言可怕，則不怕之也。」《世説新語・政事》：「王安期作東海郡，吏録一犯夜人來。王問：『何處來？』云：『從師家受書還，不覺日晚。』王曰：『鞭撻甯越以立威名，恐非致理之本。』使吏送令歸家。」張鷟《龍筋鳳髓判》：「右金吾衛將軍趙宜檢校街，時大理丞徐逖鼓絶後於街中行，宜決二

十，奏付法。遜有故，不伏科罪。」

贈高式顔〔一〕

昔别是何處①，相逢皆老大。故人還寂寞，削跡共艱虞〔二〕。自失論文友，空知賣酒壚〔三〕。平生飛動意〔四〕，見爾不能無。（0475）

【校】

① 是，宋本、錢箋校：「一作人。」

【注】

黄鶴注：當是禄山反後，天寶十五載（七五六）與高相遇於奉先、白水間作。仇注：當是乾元初出爲華州司功時。

〔一〕高式顔：高適《宋中送族侄式顔時張大夫貶括州使人召式顔遂有此作》：「游梁且未遇，適越今可以。」又《又送族侄式顔》：「惜君才未遇，愛君才若此。世上五百年，吾家一千里。俱游帝城下，忽在梁園裏。我今行山東，離憂不能已。」

〔二〕削跡句：《莊子・天運》：「伐樹於宋，削跡於衛，窮於商周。」疏：「削，剗也。夫子嘗游於衛，衛人疾之，故剗削其跡不見用也。」《晋書・明帝紀》：「虚弊既甚，事極艱虞。」

〔三〕自失二句：本書卷七《遣懷》(0360)：「憶與高李輩，論交入酒壚。」朱鶴齡注：「今高適不在，故云然。」參該詩注。

〔四〕飛動：見卷一《夜聽許十誦詩愛而有作》(0036)注。

贈比部蕭郎中十兄 甫從姑子也〔一〕。

有美生人傑〔二〕，由來積德門。漢朝丞相系，梁日帝王孫〔三〕。蘊藉爲郎久，魁梧秉哲尊〔四〕。詞華傾後輩，風雅藹孤騫〔五〕。宅相榮姻戚〔六〕，兒童惠討論。見知真自幼，謀拙愧諸昆①〔七〕。漂蕩雲天闊，沈埋日月奔。致君時已晚，懷古意空存。中散山陽鍛，愚公野谷村②〔八〕。寧紆長者轍，歸老任乾坤〔九〕。(0476)

【校】

① 愧，錢箋作「醜」，校：「一作愧。」

② 谷，《文苑英華》作「客」，校：「集作谷。」

【注】

黃鶴注：當是未獻賦前天寶五載（七四六）自河南歸應詔時作。

〔一〕蕭郎中：名不詳。《唐六典》卷六尚書刑部：「比部郎中一人，從五品上。員外郎一人，從六品上。比部郎中、員外郎掌勾諸司百寮俸料、公廨、贓贖、調斂、徒役課程、逋懸數物，以周知內外之經費而總勾之。」

〔二〕有美句：《詩·鄭風·野有蔓草》：「有美一人，清揚婉兮。」牛人，《九家》趙注謂應是生民，避唐諱改。《史記·高祖本紀》：「此三者，皆人傑也，吾能用之，此吾所以取天下也。」

〔三〕漢朝二句：《新唐書·宰相世系表一下》蕭：「漢有丞相酇文終侯何」；齊梁房：「衍，梁高祖武皇帝也。號齊梁房。」

〔四〕蘊藉二句：《史記·酷吏列傳》：「治敢行，少蘊藉。」索隱：「張晏云：爲人無所避，故少所假借也。」《後漢書·桓榮傳》：「會諸博士論難於前，榮被服儒衣，温恭有蘊藉。」《史記·留侯世家》：「余以爲其人魁梧奇偉。」集解：「應劭曰：魁梧，丘虛壯大之意。」《書·酒誥》：「經德秉哲。」傳：「能常德持智。」

〔五〕風雅句：孤鶱，字當作「騫」，飛舉之貌。見卷七《覽柏中允兼子侄數人除官制詞因述父子兄弟四美載歌絲綸》（0308）注。

〔六〕宅相句：《晉書·魏舒傳》：「少孤，爲外家甯氏所養。甯氏起宅，相宅者云：『當出貴甥。』外

祖母以魏氏甥小而慧，意謂應之。舒曰：『當爲外氏成此宅相。』」《九家》趙注：「蕭兄，杜家之外孫，故比之魏舒。」

〔七〕謀拙句：朱鶴齡注：「諸昆，謂蕭氏諸兄。」

〔八〕中散二句：《晉書·嵇康傳》：「與魏宗室婚，拜中散大夫。……性絶巧而好鍛，宅中有一柳樹甚茂，乃激水圜之，每夏月，居其下以鍛。」《説苑·政理》：「齊桓公出獵，逐鹿而走，入山谷之中，見一老公而問之曰：『是爲何谷？』對曰：『爲愚公之谷。』桓公曰：『何故？』對曰：『以臣名之。……臣故畜牸牛，生子而大，賣之而買駒，少年曰牛不能生馬，遂持駒去。傍鄰聞之，以臣爲愚，故名此谷爲愚公之谷。』」

〔九〕寧紓二句：《九家》趙注：「言不煩蕭兄之枉顧，姑任乾坤而歸老。蓋孤憤之辭也。」

九日曲江〔一〕

綴席茱萸好，浮舟菡萏衰〔二〕。季秋時欲半①，九日意兼悲。江水清源曲，荆門此路疑〔三〕。晚來高興盡〔四〕，摇蕩菊花期。（0477）

【校】

① 季秋時欲半，宋本、錢箋、《九家》、《草堂》校：「一作百年秋已半。」

【注】

黄鶴注繫於天寶十四載（七五五），仇注謂天寶十二載（七五三）作。皆無確證。

〔一〕曲江：見卷一《九日寄岑參》（0025）注。

〔二〕綴席二句：《太平御覽》卷三二引《齊人月令》：「重陽之日，必以糕酒登高眺迥，爲時宴之游賞，以暢秋志。酒必采茱萸、甘菊以泛之，既醉而還。」《爾雅·釋草》：「荷，芙蕖，其莖茄，其葉蕸，其本蔤，其華菡萏，其實蓮，其根藕。」曹植《芙蓉賦》：「芙蕖騫翔，菡萏星屬。」

〔三〕荆門句：《分門》洙曰：「桓温以九日宴從事於龍山。孟嘉落帽龍山，在荆州門外。」《九家》趙注：「《九域志》載：江陵府古跡有落帽臺，乃龍山矣。今言在曲江作重九，而疑是龍山，故曰『荆門此路疑』。」

〔四〕晚來句：殷仲文《南州桓公九井作》：「獨有清秋日，能使高興盡。」

官定後戲贈〔一〕時免河西尉，爲右衛率府兵曹①〔二〕。

不作河西尉，淒涼爲折腰〔三〕。老夫怕趨走，率府且逍遥〔四〕。耽酒須微禄〔五〕，狂歌託聖朝。故山歸興盡，回首向風飆。（0478）

【校】

① 右，《草堂》作「左」。

【注】

黃鶴注：改衛尉率府兵曹在天寶十四載（七五五），《夔府書懷》所云「昔罷河西尉，初興薊北師」是也。

〔一〕官定後戲贈：《九家》趙注：「此公自贈耳，故云戲也。」《唐六典》卷二吏部尚書：「凡注官，皆對面唱示。若官資未相當及以爲非便者，聽至三注。三注不伏注，至冬檢舊判注擬。」甫蓋初注河西尉，後改注率府。

〔二〕河西：《元和郡縣圖志》卷二同州：「夏陽縣，緊。西南至州一百三十里。古有莘國、漢郃陽縣之地。武德三年分郃陽於此置河西縣，在河之西，因以爲名。又割同州之郃陽、韓城二縣於今縣理置西韓州，取古韓國爲名也。以河東有韓州，故此加西。貞觀八年廢西韓州，以縣屬同州，乾元三年改爲夏陽縣。」卷一二河中府：「河西縣，次赤。郭下。本朝邑縣東地，乾元三年因置河中府，割朝邑縣置。」《舊唐書·地理志》同州：「夏陽，武德三年，分郃陽於此置河西縣。乾元三年，爲夏陽。」又河中府：「河西，舊朝邑縣，屬同州，管長春宮。乾元元年，置河中府，割朝邑來屬，改爲河西縣，以鹽坊爲理所。」聞一多《會箋》謂河西縣故城在今雲南河西縣境。所據爲《舊唐書·地理志》所載戎州都督府宗州領縣河西。然戎州屬羈縻州，其官員由酋渠自

署。杜甫所授當爲同州河西縣尉，乾元三年後改夏陽縣。郭沫若謂唐河西一屬於雲南，在嶲自附近，一屬於四川，在宜賓附近，尤謬。參譚其驤《郭著〈李白與杜甫〉地理正誤》（《歷史地理》第一輯）。右衛率府兵曹：王洙《杜工部集記》作「改右衛率府胄曹」。《唐六典》卷二八太子左右衛：「太子左右衛率府……兵曹參軍事各一人，從八品下。胄曹參軍事各一人，從八品下。……兵曹掌親、勳、翊三府、廣濟等五府武官，親、勳、翊衛衛士之名簿，及其番上、差遣之法式。凡上番者，皆受其名簿，而咨配於率。兼知公私馬及雜畜之簿帳。胄曹掌親、勳、翊三府、廣濟等五府器械，諸公廨繕造之物事。」

〔三〕淒涼句：蕭統《陶淵明傳》：「歲終，會郡遣都郵至，縣吏請曰：『應束帶見之。』淵明歎曰：『我豈能爲五斗米折腰向鄉里小兒。』即日解綬去職，賦《歸去來》。」

〔四〕率府句：《白虎通義》卷四：「臣以執事趨走爲職。」

〔五〕耽酒句：《晉書·裴憲傳》：「挹、毅俱豪俠耽酒，好臧否人物。」

承沈八丈東美除膳部員外阻雨未遂馳賀奉寄此詩〔一〕

今日西京掾，多除南省郎。府掾四人同日拜郎〔二〕。通家惟沈氏，謁帝似馮唐〔三〕。詩律羣公問，儒門舊史長〔四〕。清秋便寓直，列宿頓輝光〔五〕。未暇申宴慰①〔六〕，含

情空激揚②。司存何所比，膳部默悽傷。甫大父昔任此官〔七〕。貧賤人事略，經過霖潦妨。禮同諸父長，恩豈布衣忘〔八〕。天路牽騏驥，雲臺引棟梁〔九〕。徒懷貢公喜〔一〇〕，颯颯鬢毛蒼。（0479）

【校】

① 宴，錢箋校：「一作安。」

② 激，《草堂》作「抑」。

【注】

黃鶴注：當是天寶十三載（七五四）作，是年九月淫雨不止。

〔一〕沈八丈東美：沈東美，《太平廣記》卷四四八《沈東美》（出《紀聞》）：「唐沈東美爲員外郎，太子詹事佺期之子，家有青衣，死且數歲，忽還家。」綦毋潛有《題沈東美員外山池》。《唐六典》卷四尚書禮部：「膳部郎中一人，從五品上。員外郎一人，從六品上。膳部郎中、員外郎掌邦之牲豆、酒膳，辨其品數。」

〔二〕今日二句：《唐六典》卷三〇京兆河南太原府：「司録參軍事二人，正七品上。……煬帝罷州置郡，有東西曹掾及主簿。皇朝省掾主簿，置録事參軍。開元初，改爲司録參軍。」《舊唐書·

姜公輔傳》：「以府掾俸給稍優，乃求兼京兆尹戸曹參軍。」府掾指三府司録參軍及諸曹參軍。東美嘗以京兆府司録參軍遷膳部員外郎。南省，尚書省。《通典》卷二一《中書省》：「時謂尚書省爲南省，門下、中書爲北省，亦謂門下省爲左省，中書爲右省，或通謂之兩省。」

〔三〕通家二句：《史記・張釋之馮唐列傳》：「武帝立，求賢良，舉馮唐。唐時年九十餘，不能復爲官。」朱鶴齡注：「蓋沈以晚年除郎也。」

〔四〕詩律一句：詩律謂詩之聲律。《文鏡秘府論》天卷引王昌齡《詩格》：「律調其言，言無相妨，以字輕重清濁間之須穩。……兩頭管上去入相近，是詩律也。」《新唐書・宋之問傳》：「魏建安後迄江左，詩律屢變，至沈約、庾信，以音韻相婉附，屬對精密。及之問、沈佺期，又加靡麗，回忌聲病，約句准篇，如錦繡成文。學者宗之，號爲沈宋。」仇注：「詩律一句，稱其家學」；「又，沈約亦修《宋史》」。

〔五〕清秋二句：《九家》趙注：「便，平聲。」《楚辭・大招》：「魂兮歸徠，恣所便只。」王逸注：「便猶安也。」補注：「便，平聲。」謝靈運《過始寧墅》：「拙疾相倚薄，還得静者便。」潘岳《秋興賦》：「以太尉掾兼虎賁中郎將，寓直於散騎之省。」《文選》李善注：「寓，寄也。」直指宿直。《唐六典》卷一尚書都省：「凡尚書省官，每日一人宿直，都司執直簿一轉以爲次。」《後漢書・明帝紀》：「館陶公主爲子求郎，不許，而賜錢千萬。謂群臣曰：『郎官上應列宿，出宰百里，有非其人，則民受其殃，是以難之。』」《通典》卷二九《職官・三署郎官》：「自近代皆謂郎官上應列宿，出宰百里，爲尚書郎故事。且夫天文有武賁、郎位等星，皆在太微帝座之後，爲翊衛之象，則應

劭、楊秉所言三署郎是也，而代人謂之尚書郎，則誤矣。徵其失也，蓋自梁陶藻《職官要録》以漢三署郎故事通爲尚書郎，循名失實，疑誤後代。」

〔六〕未暇句：鮑照《玩月城西門廨中》：「休浣自公日，宴慰及私辰。」

〔七〕司存二句：《論語・泰伯》：「籩豆之事，則有司存。」《九家》趙注：「言沈丈之司何所比擬乎，公直以比其大父也。」《舊唐書・杜審言傳》：「拜著作佐郎，俄遷膳部員外郎。」

〔八〕禮同二句：《詩・小雅・伐木》：「既有肥羜，以速諸父。」《九家》趙注：「布衣，則公新召試入官，前此蓋布衣耳。」

〔九〕天路二句：《楚辭・九辯》：「却騏驥而不乘兮，策駑駘而取路。」雲臺，見卷四《述古三首》（0206）注。

〔一〇〕貢公喜：見卷一《奉贈韋左丞丈二十二韻》（0001）注。

奉留贈集賢院崔于二學士國輔、休烈〔一〕。

昭代將垂白①，途窮乃叫閽〔二〕。氣衝星象表〔三〕，詞感帝王尊。天老書題目，春官驗討論〔四〕。倚風遺鶂路，隨水到龍門〔五〕。竟與蛟螭雜，寧無燕雀喧②〔六〕。青冥猶契闊③，陵厲不飛翻④〔七〕。儒術誠難起，家聲庶已存〔八〕。故山多藥物，勝概憶

桃源〔九〕。欲整還鄉旆，長懷禁掖垣〔一〇〕。謬稱三賦在，難述二公恩。甫獻三大禮賦出身，二公常謬稱述。（0480）

【校】

①白，《草堂》作「老」。

②寧，宋本、《九家》校：「一作空。」寧無，錢箋作「空聞」，校：「一作寧聞。一作寧無。」

③猶契闊，錢箋校：「一云連澒洞。」

④不，錢箋校：「一云小。」

【注】

黃鶴注：天寶十一載（七五二）作。公獻賦，明皇奇之，俾待詔集賢，召學官試文章。崔、于二學士當是試文之人。試後止降恩澤，送隸有司，參列選序，故起故山之興。

〔一〕崔于二學士：崔國輔、于休烈。《新唐書・藝文志》：「《崔國輔集》，卷亡。應縣令。舉授許昌令、集賢直學士、禮部員外郎。坐王鉷近親，貶竟陵郡司馬。」《直齋書録解題》卷一九：「開元十三年進士，應縣令，舉爲許昌令。天寶中加學士。後以王鉷近親坐貶。」《河岳英靈集》卷中：「國輔詩婉孌清楚，深宜諷詠，樂府數章，古人不及也。」《舊唐書・于休烈傳》：「河南人。高祖志寧，貞觀中任左僕射，爲十八學士。……自幼好學，善屬文，與會稽賀朝、萬齊融、延陵

包融爲文詞之友，齊名一時。舉進士，又應制策登科，授秘書省正字，累遷右補闕、起居郎、集賢殿學士，轉比部員外郎、郎中。楊國忠輔政，排不附己者，出爲中部郡太守。值禄山構難，肅宗踐祚，休烈自中部赴行在，擢拜給事中，遷太常少卿。」集賢院，見卷五《莫相疑行》(0231)注。

〔二〕昭代二句：《分門》洙曰：「昭代猶明時也。」《九家》趙注：「本是昭世字。」鮑照《擬青青陵上柏》：「浮生旅昭世，空事歎華年。」宋之問《故趙王屬贈黄門侍郎上官公挽詞》：「冥漠辭昭代，空憐賦子虚。」謝靈運《游南亭》：「戚戚感物歎，星星白髮垂。」揚雄《甘泉賦》：「選巫咸兮叫帝閽，開天庭兮延群神。」《文選》注：「服虔曰：令巫祝叫呼天門也。」錢箋：「公後進《雕賦》、《封西岳賦》，亦投延恩匭，故曰叩閽也。」

〔三〕氣衝句：《九家》趙注：「氣衝星象，暗以劍喻。」參卷七《可歎》(0327)注。

〔四〕天老二句：《韓詩外傳》卷八：「黄帝即位……夙寐晨興，乃召天老而問之。」《太平御覽》卷二〇六引陶氏《職官要録》：「三台擬三公。黄帝以風后配上台，天老配中台，五聖配下台。」《唐六典》卷四禮部：「禮部尚書一人，正三品。周之春官卿也。……後周依《周官》，置春官府大宗伯卿一人。隋更爲禮部尚書，皇朝因之。……光宅元年爲春官尚書，神龍元年復故。」《九家》趙注：「公於《進封西岳表》云：幸得奏賦，待制於集賢，委學官試文章。則出題目者宰相，而審驗之者禮部。」

〔五〕倚風二句：《左傳》僖公十六年：「六鷁退飛過宋都，風也。周内史叔興聘於宋，宋襄公問焉，曰：『是何祥也？吉凶焉在？』對曰：『今兹魯多大喪，明年齊有亂。君將得諸侯而不終。』退

而告人曰：『君失問。是陰陽之事，非吉凶所生也。吉凶由人，吾不敢逆君故也。』」鷁，《穀梁傳》作鶂。《九家》趙注：「言倚賴風而往矣，反遭回風而遺失其所往之程路。」《水經注》河水：「《爾雅》曰：鱣，鮪也。出鞏穴，三月則上渡龍門，得渡爲龍矣，否則點額而還。」

〔六〕竟與二句：《九家》趙注：「到龍門而不過，則猶雜蛟螭；遺鷁路而不進，則不免群燕雀而受其喧也。」

〔七〕陵厲句：嵇康《代秋胡歌》：「淩厲五岳，忽行萬意。」王粲《贈蔡子篤》：「苟非鴻雕，孰能飛翻。」

〔八〕家聲句：《史記·李將軍列傳》：「單于既得陵，素聞其家聲。」

〔九〕桃源：見卷二《北征》(0052)注。

〔一〇〕欲整二句：《九家》趙注：「整旆字，如劉公幹整駕之整。」劉楨《贈五官中郎將》：「昔我從元后，整駕至南鄉。」《左傳》宣公十二年：「令尹南轅反旆。」杜預注：「回車南鄉。旆，軍前大旗。」陸機《贈顧交阯公真》：「惆悵瞻飛駕，引領望歸旆。」劉楨《贈徐幹》：「誰謂相去遠，隔此西掖垣。」《文選》李善注：「《洛陽故宮銘》曰：洛陽宮有東掖門、西掖門。」薛奇童《楚宮詞》：「日晚梧桐落，微寒入禁垣。」

故武衛將軍挽歌三首〔一〕

嚴警當寒夜，前軍落大星〔二〕。壯夫思感決①，哀詔惜精靈〔三〕。王者今無戰，

書生已勒銘〔四〕。封侯意疏闊，編簡爲誰青〔五〕？（0481）

【校】

①感，錢箋校：「陳作敢。」

【注】

黄鶴注：詩云「黄河十月冰」，《通鑑》謂天寶八載（七四九）黄河冰合，意將軍是年死。仇注：詩意本謂塞外河冰，引證未合。大抵屬未亂以前之詩。

〔一〕武衛將軍：《唐六典》卷五尚書兵部：「凡兵士隸衛，各有其名。左右衛曰驍騎，左右驍衛曰豹騎，左右武衛曰熊渠，左右威衛曰羽林，左右領軍衛曰射聲，左右金吾衛曰佽飛。」卷二四諸衛：「左右武衛，大將軍各一人，正三品。將軍各二人，從三品。左右武衛大將軍、將軍之職掌如左右衛。」仇注引張希良曰疑此人爲裴旻，然裴官金吾將軍，與此不合。曹慕樊謂是王忠嗣。《舊唐書·王忠嗣傳》：「天寶元年……忠嗣乃縱反間於拔悉密與葛邏禄、回紇三部落，攻米施可汗走之。忠嗣因出兵伐之，取其右廂而歸，其西葉護及毗伽可敦、男殺葛臘哆，率其部落千餘帳入朝。因加左武衛大將軍。……七載，量移漢東郡太守。明年，暴卒，年四十五。」

〔二〕嚴警二句：《三國志·蜀書·諸葛亮傳》注引《晉陽秋》：「有星赤而芒角，自東北西南流，投於亮營，三投再還，往大還小，俄而亮卒。」

〔三〕壯夫二句：《九家》趙注：「疑是敢決，蓋思其敢決邁往之氣也。或是感決，欲隨之以死。」劉歆《遂初賦》：「勒障塞而固守兮，奮武靈之精誠。」夏侯湛《東方朔畫贊》：「墟墓徒存，精靈永戢。」

〔四〕王者二句：《荀子・議兵》：「王者有誅而無戰。」盧元昌曰：「開寶時府兵罷，折衝停，民間挾兵器者有禁。王者今無戰，正謂如將軍不使折衝萬里，乃坐老宿衛，賫志以没耳。」按，天寶八載停折衝，因折衝府但有兵額，無兵可交，非所謂王者無戰。《唐會要》卷七二《軍雜録》：「天寶末，天子以中原太平，修文教，廢武備，銷鋒鏑，以弱天下豪傑。於是挾軍器者有辟，蓄圖讖者有誅，習弓矢者有罪。不肖子弟爲武官者，父兄擯之不齒。惟邊州置重兵，中原乃包其戈甲，示不復用，人至老不聞戰聲。六軍諸衛之士，皆市人白徒。富者販繒采，食粱肉，壯者角抵拔河，翹木扛鐵，日以寢鬬，有事乃股栗，不能授甲。其後盜乘而反，非不幸也。」詩蓋緣此文飾。勒銘，見卷七《奉酬薛十二丈判官見贈》(0324)注。

〔五〕封侯二句：《後漢書・吴祐傳》：「欲殺青簡以寫經書。」注：「殺青者，以火炙簡令汗，取其青易書，復不蠹，謂之殺青，亦謂汗簡。」朱鶴齡注：「封侯之志雖不得遂，然編簡不爲之青而爲誰青乎？許其功名之必垂於簡策也。」《舊唐書・王忠嗣傳》：「河西兵馬使李光弼危之，遽而入告：……忠嗣曰：『李將軍，忠嗣計已決矣。平生始望，豈及貴乎？今争一城，得之未制於敵，不得之未害於國，忠嗣豈以數萬人之命易一官哉？假如明主見責，豈失一金吾羽林將軍，歸朝宿衛乎？』」曹慕樊謂詩言此。

舞劍過人絶，鳴弓射獸能〔一〕。銛鋒行愜順，猛噬失蹻騰〔二〕。赤羽千夫膳①，黄河十月冰。横行沙漠外，神速至今稱〔三〕。（0482）

【校】

① 羽，錢箋校：「一作雨。」

【注】

〔一〕鳴弓句：曹植《名都篇》：「攬弓捷鳴鏑，長驅上南山。」楊素《出塞》：「嚴鐎息夜斗，騂角罷鳴弓。」射獸，猶言射虎。用李廣事。

〔二〕銛鋒二句：張衡《西京賦》：「衝狭燕濯，胸突銛鋒。」《文選》李善注：「《漢書音義》曰：銛，利也。」曹植《七啓》：「蹻捷若飛，蹈虚遠蹠。」《文選》李善注：「《廣雅》曰：趫，趫行也。今爲蹻，古字無定也。」《九家》趙注：「猛噬，言射獸之能也。」

〔三〕赤羽四句：《韓詩外傳》卷九：「孔子喟然歎曰：『二三子各言爾志，予將覽焉。由，爾何如？』曰：『得白羽如月，赤羽如日，擊鐘鼓者，上聞於天，下槊於地。使由將而攻之，惟由爲能。』」《藝文類聚》卷六〇引《六韜》：「陷堅陣、攻强敵，大黄參連弩，飛鳬電影自副。飛鳬赤莖白羽，以鐵爲首。電影青莖赤羽，以銅爲首。」朱鶴齡注：「四句紀行師沙漠之事也。赤羽之下會膳千夫，見以孤軍轉鬬，又值黄河十月，塞外苦寒，冰堅難渡之時，當此而能横行沙漠之外，其神

速誠可稱矣。」

哀挽青門去，新阡絳水遥〔一〕。路人紛雨泣，天意颯風飆。部曲精仍鋭〔二〕，匈奴氣不驕。無由覩雄略，大樹日蕭蕭〔三〕。（0483）

【注】

〔一〕哀挽二句：《漢書·王莽傳》：「霸城門災，民間所謂青門也。」注：「師古曰：《三輔黄圖》云：長安城東出南頭名霸城門，俗以其色青，名曰青門。」《漢書·原涉傳》：「初，武帝時，京兆尹曹氏葬茂陵，民謂其道爲京兆仟。涉慕之，乃買地開道，立表署曰南陽仟，人不肯從，謂之原氏仟。」仟即阡陌之阡，此指墓間道。仇注謂阡墓表也，施鴻保已駁其非。《九家》趙注：「武衛將軍蓋絳州人，其柩歸絳，則由城東而去矣。」《水經注》澮水：「澮水又西南，與絳水合。俗謂之白水，非也。水出絳山東，寒泉奮涌，揚波北注，懸流奔壑，一十許丈。……其水西北流，注於澮。應劭曰：絳水出絳縣西南，蓋以故絳爲言也。」《舊唐書·王忠嗣傳》忠嗣爲太原祁人。

〔二〕部曲：見卷五《去秋行》（0221）注。

〔三〕無由二句：大樹將軍，見本卷《過宋員外之問舊莊》（0438）注。

九日藍田崔氏莊①〔一〕

老去悲秋强自寬〔二〕，興來今日盡君歡②。羞將短髮還吹帽，笑倩傍人爲正冠③〔三〕。藍水遠從千澗落，玉山高並兩峰寒〔四〕。明年此會知誰健④，醉把茱萸子細看⑤〔五〕。（0484）

【校】

① 九日藍田崔氏莊，錢箋題下注：「自此已後詩十三首，没賊時作。」

② 今，錢箋校：「一作終。」《文苑英華》作「終」，校：「集作今。」

③ 正，《文苑英華》作「整」，校：「集作正。」

④ 健，錢箋、《草堂》校：「一云在。」《文苑英華》作「在」，校：「集作健。」

⑤ 醉，錢箋、《九家》、《草堂》校：「一云再。」

【注】

黄鶴注：梁權道編在至德元載（七五六）陷賊中作，魯訔《年譜》亦然。在賊營則不應更能遠至藍

田。又是時兩宫奔竄，四海驚擾，公豈有「興來今日盡君歡」之理？意是乾元元年（七五八）爲華州司功時至藍田有此作。蓋以後篇《東山草堂》詩知之。按，據後篇詩注，詩當作於陷賊時，舊編有據。鶴注想當然爾。

〔一〕藍田：《元和郡縣圖志》卷一京兆府：「藍田縣，畿。東北至府八十里。本秦孝公置。按《周禮》：『玉之美者曰球，其次爲藍。』蓋以縣出美玉，故曰藍田。」崔氏：名興宗，王維内弟。王維有《秋夜獨坐懷内弟崔興宗》、《與盧員外象過崔處士興宗林亭》。崔興宗有《和王維敕賜百官櫻桃》。《唐才子傳》卷二「王維」：「别墅在藍田縣南輞川，亭館相望。嘗自寫其景物奇勝，日與文士丘丹、裴迪、崔興宗游覽賦詩，琴樽自樂。」《唐代墓志彙編》元和〇七四辛劭《唐朝請大夫唐州長史兼監察御史彭城劉公故夫人崔氏墓志銘》：「夫人博陵崔氏……曾祖樫，皇恒州井陘縣令。祖元續，皇左衛兵曹參軍。皆貫綜道德，窮達理要。考興宗，皇大理評事。」時代相近。按，内弟謂舅子。《白氏六帖事類集》：「舅子爲内兄弟。」非謂妻弟。王維母爲博陵崔氏，此興宗當即其人。

〔二〕老去句：《列子·天瑞》：「孔子游於泰山，見榮啓期行乎郕之野，鹿裘帶索，鼓琴而歌……孔子曰：『善乎，能自寬者也。』」

〔三〕羞將二句：《晉書·孟嘉傳》：「後爲征西桓温參軍，温甚重之。九月九日，温燕龍山，僚佐畢集。時佐吏並著戎服，有風至，吹嘉帽墮落，嘉不之覺。温使左右勿言，欲觀其舉止。嘉良久

如厠，温令取還之，命孫盛作文嘲嘉。」陳琳《爲曹洪與魏文帝書》：「怪乃輕其家丘，謂爲倩人。」《文選》張銑注：「謂我文辭皆倩人所作。」《禮部韻略》：「倩，七正切，假也。」

〔四〕藍水二句：《水經注》渭水：「霸者，水上地名也。古曰滋水矣。秦穆公霸世，更名滋水爲霸水，以顯霸功。水出藍田縣藍田谷，所謂多玉者也。西北有銅谷水，次東有輞谷水，二水合而西注，又西流入泥水。」《元和郡縣圖志》卷一藍田：「藍田山，一名玉山，一名覆車山，在縣東二十八里」；「霸水，故滋水也，即秦嶺水之下流，東南自商州上洛縣界流入，又西北流，合滻水入渭。」齊召南《水道提綱》卷六渭水：「灞水上源即藍水也，出東南藍田縣藍關之西南山秦嶺，其南即丹水南入沔漢者。藍水二源，北流而合，又西北經縣城南，又西北有水合三源自西南來會，亦出秦嶺者也。又西北流曰灞水，經府境東而北，有滻水。」《分門》晏曰：「玉山與秦山、華山峙立，故云『高並兩峰寒』。」朱鶴齡注：「《華山志》：岳東北有雲臺山，兩峰峥嶸，四面懸絶，上冠景雲，下通地脈。按，藍田去華山近，故曰『高並兩峰寒』。舊注指秦山、華山，非也。」浦起龍云：「兩峰不必指實。」

〔五〕醉把句：《魏書·源懷傳》：「理世務當舉綱維，何必須太子細也。」《舊唐書·孫伏伽傳》：「若欲子細推尋，逆城之内，人誰無罪？」

崔氏東山草堂〔一〕

愛汝玉山草堂静，高秋爽氣相鮮新①。有時自發鐘磬響，落日更見漁樵人。

盤剥白鴉谷口栗②，飯煮青泥坊底芹〔二〕。何爲西莊王給事，柴門空閉鎖松筠③？

王維時被張通儒禁在東山北寺。有所歎息，故云④〔三〕。（0485）

【校】

①相，錢箋校：「一作多。」《草堂》作「多」。

②栗，《九家》作「粟」。《草堂》校：「一作粟。」

③鎖，錢箋校：「一作好。」

④王維時被張通儒禁在東山北寺有所歎息故云，錢箋引吴若本注作：「王維時被張通儒禁在京城東山北寺，有所歎息故云。」息，宋本作「惜」，抄寫之誤。據錢箋、《九家》改。

【注】

當與前詩同作於至德元載（七五六）。

〔一〕東山：朱鶴齡注：「東山即玉山。」以其在藍田縣東。

〔二〕盤剥二句：《陝西通志》卷九藍田縣引《縣志》：「鴉谷在縣東南，即白鴉谷也。杜甫詩『盤剥白鴉谷口栗』即此。」《元和郡縣圖志》卷一藍田縣：「縣理城，即嶢柳城也，俗亦謂之青泥城。桓温伐苻健，使將軍薛珍擊青泥城破之，即其處也。」《九家》趙注：「此所謂青泥坊也。」朱鶴齡注引《説文》，謂坊即堤也。

〔三〕何爲二句：《舊唐書·王維傳》：「天寶末，爲給事中。禄山陷兩都，玄宗出幸，維扈從不及，爲賊所得。維服藥取痢，僞稱瘖病。禄山素憐之，遣人迎置洛陽，拘於普施寺，迫以僞署」；「得宋之問藍田別墅，在輞口」。《雍録》卷七：「輞川在藍田縣西南二十里，王維別墅在焉。本宋之問別圃也。」《九家》趙注：「蓋輞谷在藍田縣，謂之西莊，則在崔氏草堂之西也。」黄鶴注：「時維未得此別墅，詩意謂維得此別墅却再仕朝廷，遂令門鎖松筠，當同前詩是乾元元年作。」按，喻鳧《游山北寺》：「藍峰露秋院，灞水入春厨。」白居易《和答詩十首序》：「是夕，足下次於山北寺。」皆指藍田山北寺。鶴注謂王維至德間尚未得輞川別墅，實誤讀《舊唐書》傳。維經營輞川，實在天寶中。參陳鐵民《王維年譜》。《前定録》鄭虔：「十五年，安禄山亂東都，遣僞署西京留守張通儒至長安，驅朝官就東洛。虔至東都，僞署水部郎中。」蓋王維被拘至洛陽前，被張通儒禁在此寺。此詩注爲甫自注當無可疑。鶴注疑所不當疑，如其所解，全不成語。

對雪

戰哭多新鬼①，愁吟獨老翁。亂雲低薄暮，急雪舞回風〔一〕。瓢弃樽無緑②〔二〕，爐存火似紅。數州消息斷，愁坐正書空〔三〕。（0486）

【校】

① 哭，《文苑英華》作「國」。《九家》校：「一作國。」

② 瓢弃，《文苑英華》作「飄弃」。錢箋校：「一作飄弄。」　無緑，《草堂》校：「一作苔緑。」

【注】

黄鶴注：詩云「戰哭多新鬼」，當是天寶十五載（七五六）作。仇注：至德元載十月，房琯大敗於陳陶斜，詩正爲是而作。

〔一〕急雪句：《古風十九首》：「回風動地起，秋草萋已緑。」沈佺期《奉和洛陽玩雪應制》：「氛氲生浩氣，颯沓舞回風。」

〔二〕瓢弃：沈約《酬謝宣城朓》：「賓至下塵榻，憂來命緑樽。」王僧孺《在王晋安酒席數韻》：「何因送款款，半飲杯中醁。」《九家》趙注：「酒謂之醽醁，亦曰緑酒。」

〔三〕愁坐句：《世説新語·黜免》：「殷中軍被廢，在信安，終日恒書空作字。揚州吏民尋義逐之，竊視，唯作『咄咄怪事』四字而已。」

月夜

今夜鄜州月〔一〕，閨中只獨看。遥憐小兒女，未解憶長安。香霧雲鬟濕，清輝

玉臂寒。何時倚虛幌①，雙照淚痕乾〔二〕？（0487）

【校】

①時，錢箋校：「一云當。」

【注】

黄鶴注：至德元載（七五六）八月自鄜州赴行在，爲賊所得時作。

〔一〕鄜州：《元和郡縣圖志》卷三關内道：「鄜州，洛交，上。……東南至上都四百七十七里。」參卷二《羌村三首》（0057）注。

〔二〕何時二句：江淹《雜體詩·王徵君微養疾》：「煉藥倚虛幌，泛瑟卧遥帷。」《文選》李善注：「《集略》曰：幌，以帛明窗也。」《九家》趙注：「雙照字，以言月照其夫婦相會之時也。」

施補華《峴傭説詩》：「詩猶文也，忌直貴曲。少陵『今夜鄜州月，閨中只獨看』，是身在長安，憶其妻在鄜州看月也。下云『遥憐小兒女，未解憶長安』，用旁襯之筆。兒女不解憶，而解憶者獨其妻矣。『香霧雲鬟』、『清輝玉臂』，又從對面寫，由長安遥想其妻在鄜州看月光景。收處作期望之詞，恰好去路，『雙照』緊對『獨看』，可謂無筆不曲。」

遺興

驥子好男兒〔一〕，前年學語時。問知人客姓，誦得老夫詩。世亂憐渠小，家貧仰母慈。鹿門携不遂，雁足繫難期①〔二〕。天地軍麾滿，山河戰角悲〔三〕。儻歸免相失②，見日敢辭遲③。（0488）

【校】

①鹿門携不遂雁足繫難期，宋本、錢箋、《九家》、《草堂》校：「一云鹿門携有處，鳥道去無期。」

②儻，錢箋、《草堂》校：「一作東。」

③日，宋本、錢箋、《九家》、《草堂》校：「一作爾。」

【注】

黄鶴注：是至德元載（七五六）陷賊中作。

〔一〕驥子句：《分門》洙曰：「驥子，公子宗武也。見《宗武生日》詩注。」本書卷一六《宗武生日》(1166)注：「宗武小名驥子。曾有詩：『驥子好男兒。』」仇注引胡夏客説，謂驥當是宗文，熊當

是宗武。洪業是其説。未可據。

〔二〕鹿門二句：鹿門，見卷三《遣興五首》(0109)注。《漢書·蘇武傳》：「教使者謂單于，言天子射上林中，得雁，足有繫帛書，言武等在某澤中。」《九家》趙注：「此蓋公獨陷賊中而書信不通矣。」

〔三〕天地二句：杜審言《送崔融》：「祖帳連河闕，軍麾動洛城。」《晋書·樂志》：「角，説者云蚩尤氏帥魑魅與黄帝戰於涿鹿，帝乃始命吹角爲龍鳴以禦之」；「胡角者，本以應胡笳之聲，後漸用之横吹，有雙角，即胡樂也。」

元日①

近聞韋氏妹，迎在漢鍾離〔一〕。郎伯殊方鎮，京華舊國移②〔二〕。春城回北斗，郢樹發南枝〔三〕。不見朝正使〔四〕，啼痕滿面垂。(0489)

【校】

①元日，錢箋等題作「元日寄韋氏妹」。

②華，《草堂》作「城」。

【注】

黃鶴注：詩云「京華舊國移」，謂肅宗行宮在靈武，當是至德二載（七五七）元日，時陷賊中。

〔一〕近聞二句：韋氏妹：本書卷三《乾元中寓居同谷縣作歌七首》（0155）：「有妹有妹在鍾離，良人早殁諸孤癡。」即此妹。參該詩注。朱鶴齡注：「今云『郎伯殊方鎮』，時尚未没也。」説恐誤。鍾離，見《乾元中寓居同谷縣作歌七首》（0155）注。《元和郡縣圖志》卷九濠州：「漢置鍾離縣，復隸九江郡。」

〔二〕郎伯二句：朱鶴齡注：「婦人稱其夫曰郎曰伯。《詩》：『自伯之東。』」按，郎伯當是一詞，引《詩》不當。《乾元中寓居同谷縣作歌七首》趙注：「蓋其夫已殁，夫之兄迎在鍾離。」近實。韋氏妹之夫早殁，爲方鎮者當是其夫之兄。郎伯乃妻稱夫之伯兄，如今俗云大伯子。劉克莊《處士妻十首·於陵》：「何必如郎伯，區區禄萬鍾。辟纑並織屨，足了一生中。」詠《論衡·刺孟》仲子去母避兄、與妻獨處於陵事，用同此詩。

〔三〕春城二句：《三輔黃圖》卷一漢長安故城：「城南爲南斗形，北爲北斗形，至今人呼漢京城爲斗城是也。」《九家》趙注引其説。朱鶴齡注：「『回北斗』是用斗柄東而天下皆春。或引《三輔黃圖》未當。」浦起龍云：「既切地，亦紀時也。」《史記·楚世家》：「文王熊貲立，始都郢。」鍾離郡屬楚地。

〔四〕不見句：《漢書·宣帝紀》：「今匈奴單于稱北藩臣，朝正月。」《唐會要》卷二四《受朝賀》天寶

六載十二月二十七日敕：「承前諸道差使賀正，十二月早到……望自今以後，應賀正使，並取元日。」

春望

國破山河在，城春草木深①。感時花濺淚，恨別鳥驚心〔一〕。烽火連三月〔二〕，家書抵萬金。白頭搔更短，渾欲不勝簪〔三〕。（0490）

【校】

① 春，《草堂》校：「一作荒。」

【注】

黄鶴注：當是至德二載（七五七）春作。

〔一〕國破四句：司馬光《温公續詩話》：「古人爲詩，貴於意在言外，使人思而得之。故言之者無罪，聞之者足以戒也。近世唯杜子美最得詩人之體。如『國破山河在，城春草木深。感時花濺淚，恨別鳥驚心』，山河在，明無餘物矣。草木深，明無人矣。花鳥，平時可娱之物，見之而泣，

聞之而恐，則時可知矣。他皆類此，不可遍舉。」

〔二〕烽火句：《九家》趙注：「此詩作於天寶十五載之正月，蓋安禄山反於十四載之十月，至是則烽火連三月。」黄鶴注：「當是至德二載三月陷賊時作，三月者直指三月而云。」浦起龍云：「上年之春潼關雖未破，而寇警不絶。此云『連三月』者，謂連逢兩個三月。」按，當指春季三月，故用「連」字。不必拘泥戰事起迄。

〔三〕白頭二句：《後漢書·李固傳》：「搔頭弄姿。」渾，簡直，幾乎。《敦煌變文集·佛説阿彌陀講經文》：「觀此世途渾似夢，誰能終日帶愁顏。」鮑照《擬行路難》：「膏沐芳餘久不御，蓬首亂鬢不設簪。」釋亡名《老苦》：「階庭唯仰杖，朝府不勝簪。」

憶幼子 字驥子。時隔絶在鄜州。

驥子春猶隔，鶯歌暖正繁〔一〕。別離驚節换，聰慧與誰論①？澗水空山道，柴門老樹村。憶渠愁只睡②，炙背俯晴軒〔二〕。（0491）

【校】

① 慧，錢箋校：「晋作惠。」《九家》作「惠」。

②只，錢箋校：「荆作即。」《草堂》校：「王作即。」睡，《草堂》校：「一作卧。」

【注】

黄鶴注：當是至德二載（七五七）春作。

〔一〕驥子二句：《西曲歌·西烏夜飛》：「持底喚歡來，花笑鶯歌詠。」盧照鄰《折楊柳》：「鶯啼知歲隔，條變識春歸。」黄生云：「鶯歌雖點春物，亦不泛下。暗比幼子正在學語之時，故接『聰慧』二字。」

〔二〕炙背句：嵇康《與山巨源絶交書》：「野人有快炙背而美芹子者。」

一百五日夜對月

無家對寒食，有淚如金波〔一〕。斫却月中桂①，清光應更多〔二〕。仳離放紅蕊，想像嚬青娥②〔三〕。牛女漫愁思，秋期猶渡河③〔四〕。（0492）

【校】

①斫却，錢箋校：「顧陶本作折盡。」

②娥，錢箋、《九家》、《草堂》作「蛾」，錢箋校：「晉作娥。」《草堂》校：「或作娥。」

③猶，《草堂》作「應」。

【注】

黄鶴注：詩云「無家對寒食」，謂身陷賊中而家在鄜州，當是至德二載（七五七）作。

〔一〕無家二句：《荆楚歲時記》：「去冬至一百五日，即有疾風甚雨，謂之寒食。據曆合在清明前二日，亦有去冬至一百六日者。」《漢書·郊祀志》郊祀歌《天門》：「月穆穆以金波，日華耀以宣明。」

〔二〕斫却二句：《初學記》卷一引虞喜《安天論》：「俗傳月中仙人桂樹，今視其初生，見仙人之足漸以成形，桂樹後生。」段成式《酉陽雜俎》前集卷一：「舊言月中有桂有蟾蜍，故異書言月桂高五百丈，下有一人常斫之，樹創隨合。人姓吴名剛，西河人，學仙有過，謫令伐樹。」《世説新語·言語》：「徐孺子年九歲，嘗月下戲。人語之曰：『若令月中無物，當極明邪？』徐曰：『不然。譬如人眼中有瞳子，無此必不明。』」朱鶴齡注引作「若使月中無桂」。

〔三〕仳離二句：《詩·王風·中谷有蓷》：「有女仳離，嘅其歎矣。」傳：「仳，別也。」箋：「有女遇凶年而見弃，與其君子別離。」《九家》趙注：「公因其夫婦別離，遂借用耳。」陸機《東宫》：「軟顔收紅蕊，玄鬢吐素華。」《九家》趙注：「言寒食之花也。」朱鶴齡注：「丹桂花也。」《韓非子·内儲説上》：「一嚬一笑。」杜審言《戲贈趙使君美人》：「紅粉青娥映楚雲，桃花馬上石榴裙。」《九

家》趙注：「舊作『青蛾』，當爲青娥，翠眉之謂也。」青蛾，見本卷《城西陂泛舟》（0445）注。朱鶴齡注：「舊傳月中有嫦娥，故云。」《九家》趙注：「言女方值此仳離而花發，則亦愁寂而已，可想見其嚬也。」仇注：「朱注却以蕊指月桂，蛾指嫦娥，不切。」

〔四〕牛女二句：見卷六《火》（0296）注。《詩·衛風·氓》：「將子無怒，秋以爲期。」《九家》趙注：「言二星離而終聚，其在我未知其何如耳。」

惠洪《天厨禁臠》卷上：「此杜子美詩也。其法頷聯雖不拘對偶，疑非聲律，然破題引韻已的對矣，謂之偷春格。言如梅花偷春色而先開也。」

楊萬里《誠齋詩話》：「詩有驚人句。杜《山水障》：『堂上不合生楓樹，怪底江山起烟霧。』又：『斫却月中桂，清光應更多。』」

羅大經《鶴林玉露》乙編卷三：「李太白云：『剗却君山好，平鋪湘水流。』杜子美云：『斫却月中桂，清光應更多。』二公所以爲詩人冠冕者，胸襟闊大故也。此皆自然流出，不假安排。」

大雲寺贊公房二首本四首。二首在前卷。

心在水精域〔一〕，衣霑春雨時。洞門盡徐步〔二〕，深院果幽期。到扉開復閉①，

撞鐘齋及茲②〔三〕。醍醐長發性，飲食過扶衰③〔四〕。把臂有多日，開懷無愧詞④〔五〕。黃鸝度結構⑤，紫鴿下芳菲⑥〔六〕。愚意會所適，花邊行自遲。湯休起我病，微笑索題詩〔七〕。（0493）

【校】

① 到，錢箋校：「一作倒。」扉，錢箋校：「一作屝。又作履。」到扉，《草堂》校：「或作到屝。」

② 齋，《九家》、《草堂》作「齊」。

③ 飲，錢箋校：「一作飯。」

④ 詞，錢箋、《九家》、《草堂》作「辭」。

⑤ 鸝，錢箋校：「一作鶯。」《九家》作「鶯」。

⑥ 芳菲，錢箋、《草堂》作「罘罳」，校：「一云芳菲。」

【注】

前二首見卷一（0044）。

〔一〕心在句：《中阿含經》卷一一：「彼八萬四千樓觀中，有一樓觀，或金，或銀，或琉璃，或水精，名正法殿，是我常所住。」江總《大莊嚴寺碑》：「遥拖宛虹，光遍水精之域。」

〔二〕洞門：《漢書·董賢傳》：「重殿洞門。」注：「師古曰：洞門謂門門相當也。」

〔三〕到扉二句：《四分律行事鈔》卷上：「寺是攝十方一切衆僧修道境界法，爲待一切僧經游來往受供處所。無彼無此，無主無客。僧理平等，同護佛法。故其中飲食衆具，悉是供十方凡聖，同有鳴鐘作法，普集僧衆，同時共受。」《祖堂集》卷八本仁：「來晨令修齋，食畢聲鐘。」禪語録又謂齋後鐘。仇注：「扉開復閉，正值齋時。」

〔四〕醍醐二句：《增壹阿含經》卷一二：「由牛得乳，由乳得酪，由酪得酥，由酥得醍醐。然復醍醐於中，最尊最上，無能及者。」《涅槃經》卷一四：「從佛出生十二部經，從十二部經出修多羅，從修多羅出方等經，從方等經出般若波羅蜜，從般若波羅蜜出大涅槃，猶如醍醐。言醍醐者，喻於佛性。」《漢書·食貨志》：「酒者，天之美禄，帝王所以頤養天下，享祀祈福，扶衰養疾。百禮之會，非酒不行。」

〔五〕把臂二句：劉峻《廣絶交論》：「自昔把臂之英，金蘭之友。」《文選》李善注：「《東觀漢記》曰：朱暉同縣張堪，有名德，每與相見，常接以友道。暉以堪宿成名德，未敢安也。堪至把暉臂曰：欲以妻子託朱生。」潘岳《馬汧督誄》：「苟莫開懷，於何不至。」《左傳》襄公二十七年：「其祝史陳信於鬼神，無愧辭。」

〔六〕黄鸝二句：王延壽《魯靈光殿賦》：「於是詳察其棟宇，觀其結構。」《文選》李善注：「高誘《吕氏春秋注》曰：結，交也。構，架也。」紫鴿，楊倫云：「此句亦暗用釋氏『鴿入佛影，心不驚怖』之語。」《大智度論》卷一一：「佛在祇洹住晡時經行，舍利弗從佛經行。是時有鷹逐鴿，鴿飛來

佛邊住。佛經行過之，影覆鴿上。鴿身安隱，怖畏即除，不復作聲。後舍利弗影到，鴿便作聲，戰怖如初。舍利弗白佛言：『佛及我身，俱無三毒。以何因緣，佛影覆鴿，鴿便無聲，不復恐怖。我影覆上，鴿便作聲，戰慄如故？』佛言：『汝三毒習氣未盡。以是故，汝影覆時，恐怖不除。』」

〔七〕湯休二句：《宋書·徐湛之傳》：「時有沙門釋惠休，善屬文，辭采綺艷，湛之與之甚厚。世祖命之還俗。本姓湯，位至揚州從事史。」仇注：「詩借湯休以比贊公。」王嗣奭《杜臆》：「起我病，謂有好詩之癖。」

細軟青絲履，光明白氎巾〔一〕。深藏供老宿〔二〕，取用及吾身。自顧轉無趣，交情何尚新〔三〕。道林才不世，惠遠德過人〔四〕。雨瀉暮簷竹，風吹青井芹①〔五〕。天陰對圖畫，最覺潤龍鱗〔六〕。（0494）

【校】

① 青，宋本、錢箋、《九家》、《草堂》校：「一作春。」

【注】

〔一〕細軟二句：《說文》：「屝，履也。一曰青絲頭履也。」段注：「履者，足所依也。《方言》曰：絲

作之者謂之履，麻作之者謂之不借。或謂之屨，或謂之靸角，或謂之粗，或謂之屦，或謂之屟。履其通語也」；「上義謂麻作之，此義謂青絲爲頭。」《後漢書·西南夷傳》哀牢夷：「知染采文繡，罽㲲帛疊，蘭干細布，織成文章如綾錦。」注：「《外國傳》曰：諸薄國女子織作白疊花布。」《大唐西域記》卷一「跋禄迦國」：「細氈細褐，鄰國所重。」慧琳《一切經音義》：「此國出細好白氎，上細毛罽，爲鄰國中華所重。時人號爲末禄氎，其實毛布也。」王建《送鄭權尚書南海》：「白氎家家織，紅蕉處處栽。」

〔二〕深藏句：《三國志·魏書·曹爽傳》：「以範鄉里老宿，於九卿中特敬之。」

〔三〕自顧二句：無趣，無所趨向。《華嚴經》卷一三：「樂觀衆生無生想，普見諸趣無趣想。」《大寶積經》卷二四：「不趣於無相，亦不入無相。無趣無所入，顯了平等住。」高適《自淇涉黄河途中作》：「獨行既未愜，懷土悵無趣。」《史記·魯仲連鄒陽列傳》：「諺曰：有白頭如新，傾蓋如故。何則？知與不知也。」集解：「桓譚《新論》曰：言内有以相知與否，不在新故也。」

〔四〕道林二句：《高僧傳》卷四：「支遁，字道林，本姓關氏，陳留人。……年二十五出家，每至講肆，善標宗會，而章句或有所遺，時爲守文者所陋。謝安聞而善之，曰：『此乃九方堙之相馬也，略其玄黄，而取其駿逸。』」惠遠，即慧遠。參卷七《大覺高僧蘭若》(0364)注。

〔五〕雨瀉二句：《九家》趙注：「『青井』當作『春井』，蓋言春時之水井耳。」朱鶴齡注：「春井猶云秋井。」按，井芹與簷竹爲對，蓋生於井上，青言其色。

〔六〕天陰二句：《歷代名畫記》卷三西京寺觀等畫壁：「大雲寺，東浮圖北有塔，俗呼爲七寶塔，隋

文帝造。馮提伽畫車馬並帳幕人物，已剥落。又東壁、北壁，鄭法輪畫。西壁田僧亮畫。外邊四面楊契丹畫《本行經》。據裴《録》，此寺亦有展畫，其田、楊、鄭並同。塔東又手下畫辟邪，雙目隨人物轉盼。三階院西下，曠野雜獸似是張孝師。西南浄土院繞殿僧至妙，失人名。」又卷九：「馮紹正，開元中任少府監，八年爲户部侍郎。尤善鷹鶻雞雉，盡其形態，觜眼脚爪，毛彩俱妙。曾于禁中畫五龍堂，亦稱其善，有降雲蓄雨之感。」《唐朝名畫録》吴道子：「又畫内殿五龍，其鱗甲飛動，每天欲雨，即生烟霧。」朱鶴齡注：「此曰『潤龍鱗』，殆類是耶？」

喜聞官軍已臨賊寇二十韻

胡虜潛京縣①，官軍擁賊壕〔一〕。鼎魚猶假息，穴蟻欲何逃〔二〕？帳殿羅玄冕，轅門照白袍〔三〕。秦山當警蹕〔四〕，漢苑入旌旄。路失羊腸險②，雲横雉尾高〔五〕。五原空壁壘，八水散風濤〔六〕。今日看天意，游魂貸爾曹〔七〕。乞降那更得，尚詐莫徒勞〔八〕。元帥歸龍種，司空握豹韜③〔九〕。前軍蘇武節④，左將吕虔刀〔一〇〕。兵氣回飛鳥，威聲没巨鼇〔一一〕。戈鋋開雪色，弓矢向秋毫⑤〔一二〕。天步艱方盡，時和運

更遭〔一三〕。誰云遺毒螫⑥，已是沃腥臊〔一四〕。睿想丹墀近⑦，神行羽衛牢〔一五〕。花門騰絶漠，拓羯渡臨洮〔一六〕。此輩感恩至，羸俘何足操〔一七〕。鋒先衣染血，騎突劍吹毛〔一八〕。喜覺都城動，悲連子女號⑧。家家賣釵釧，只待獻春醪〔一九〕。（0495）

【校】

① 虜，宋本、錢箋、《草堂》校：「一作騎。」

② 失，宋本、錢箋、《九家》、《草堂》校：「一作濕。」

③ 握，錢箋校：「一作擁。」

④ 軍，宋本、錢箋、《九家》、《草堂》校：「一作旌。」

⑤ 向，《草堂》校：「晋作尚。」錢箋作「尚」，校：「晋作向。」

⑥ 遺，錢箋、《草堂》校：「一作貴。」 螫，錢箋校：「一作蠆。」

⑦ 想，宋本、錢箋、《草堂》校：「一作思。」

⑧ 連，錢箋作「憐」，校：「吴作連。」

【注】

黄鶴注：按史，至德二載（七五七）閏八月丁卯，廣平王俶爲天下兵馬元帥，郭子儀副之。則此詩九月作。

〔一〕胡虜二句：《漢書·晁錯傳》：「漢興以來，胡虜數入邊地。」《舊唐書·顔杲卿傳》乾元元年五月詔：「屬胡虜憑陵，流毒方熾。」時稱安史叛軍爲胡虜。謝朓《晚登三山還望京邑》：「灞涘望長安，河陽視京縣。」《九家》趙注：「京師之縣也。」《通典》卷三三《職官·縣令》：「大唐縣有赤、畿、望、緊、上、中、下七等之差。京都所治爲赤縣，京之旁邑爲畿縣。」《舊唐書·肅宗紀》：「（至德二載九月）丁亥，元帥廣平王統朔方、安西、回紇、南蠻、大食之衆二十萬，東向討賊。壬寅，與賊將安守忠、李歸仁等戰於香積寺西北，賊軍大敗，斬首六萬級，賊帥張通儒弃京城東走。癸卯，廣平王收西京。」

〔二〕鼎魚二句：《後漢書·劉陶傳》：「此猶養魚於沸鼎之中，栖鳥於烈火之上。」丘遲《與陳伯之書》：「將軍魚游於沸鼎之中，燕巢於飛幕之上，不亦惑乎。」《異苑》卷八：「晋太元中，桓謙字敬祖，忽有人皆長寸餘，悉被鎧持槊，乘具裝馬從坎中出。精光耀目，游走宅上，數百爲群。……蔣山道士朱應子令作沸湯，澆所入處，寂不復出。因掘之，有斛許大蟻，死在穴中。」

〔三〕帳殿二句：沈約《三日侍林殿曲水宴應制》：「大行聳雲旆，帳殿臨春籞。」《九家》趙注：「行在之所，以帳爲殿也。」《周禮·春官·司服》：「卿大夫之服，自玄冕而下如孤之服。」注：「自公之衮冕至卿大夫之玄冕，皆其朝聘天子及助祭之服。」《九家》趙注：「羅玄冕，言群臣侍也。」轅門，見卷三《前出塞九首》（0130）注。《梁書·陳慶之傳》：「慶之麾下悉著白袍，所向披靡。先是洛陽童謡曰：『名師大將莫自牢，千兵萬馬避白袍。』」《九家》趙注謂指朝廷之兵。仇注：「白袍，回紇衣。」説鑿。

〔四〕秦山句：《史記・梁孝王世家》：「出言蹕，入言警。」索隱：「《漢舊儀》云：皇帝輦動稱警，出殿則傳蹕，止人清道。言出入者，互文耳，入亦有蹕。」

〔五〕路失二句：《漢書・地理志》上黨郡：「壺關，有羊腸坂。」曹操《苦寒行》：「北上太行山，艱哉何巍巍。羊腸坂詰屈，車輪爲之摧。」《隋書・崔賾傳》：「從駕登太行山，詔問賾曰：『何處有羊腸坂？』賾對曰：『臣按《漢書・地理志》，上黨壺關縣有羊腸坂。』帝曰：『不是。』又答曰：『臣按皇甫士安撰《地書》，云太原北九十里有羊腸坂。』帝曰：『是也。』」《九家》趙注：「今公所謂羊腸者，指太原也。」説鑿。詩蓋泛言。《古今注》卷上：「雉尾扇，起於殷世。高宗有雊雉之祥，服章多用翟羽。周制以爲王后、夫人之車服。輿輦有翣，即緝雉羽爲扇，翣以障翳風塵也。漢朝乘輿服之，後以賜梁孝王。魏晋以來，用爲常準，諸王皆得用之。」《新唐書・儀衛志》大駕鹵簿：「次大傘二，執者騎，横行，居衙門後。次雉尾障扇四，執者騎，夾傘。次腰輿，輿士八人。次小團雉尾扇四，方雉尾扇十二，花蓋二，皆執者一人，夾腰輿。」

〔六〕五原二句：五原，《九家》趙注謂指長安畢原、白鹿原、少陵原、高陽原、細柳原，樂游原不與，曰樂游廟。朱鶴齡注：「空辟壘，言敵之壁壘已空矣。」黄鶴注謂指鹽州五原郡：「謂肅宗即位於靈武，今次鳳翔，漸可還京，所以五原空存壁壘。」《元和郡縣圖志》卷四鹽州：「漢武帝元朔二年，置五原郡。地有五原，故號五原。……天寶元年改爲五原郡，乾元元年復爲鹽州」；「管縣二：五原……貞觀二年與州同置。五原謂龍游原、乞地千原、青嶺原、可嵐貞原、横槽原也。」按，唐人言五原皆指鹽州，未見長安有五原之稱。八水：《三輔黄圖》卷六：「關中八水皆出上

林苑。霸水出藍田谷，西北入渭。滻水亦出藍田谷，北至霸陵入霸。涇水出安定涇陽幵頭山，東至陽陵入渭。渭水出隴西首陽縣鳥鼠同穴山，東北至華陰入河。豐水出鄠南山豐谷，北入渭。鎬水在昆明池北。牢水出鄠縣西南，入潦谷，北流入渭。潏水在杜陵，從皇子陂西北流，經昆明池入渭。」

〔七〕游魂句：《易·繫辭下》：「精氣爲物，游魂爲變。」《三國志·魏書·高柔傳》：「臣以爲晃信有言，宜貸其死。」詩謂唯有游魂可蒙寬貸，即致敵於死之義。

〔八〕乞降二句：《九家》趙注：「賊窘則乞降，黠則尚詐，今安賊既爲官軍所臨，欲望如是不可也。」

〔九〕元帥二句：《新唐書·肅宗紀》：「（至德二載八月）丁卯，廣平郡王俶爲天下兵馬元帥，郭子儀副之。」《舊唐書·肅宗紀》：「（至德二載）夏四月戊寅朔，以郭子儀爲司空，兼副元帥，統諸節度」；「（五月）甲子，郭子儀以失律讓司空。」此未改稱。《淮南子·精神訓》：「故通許由之意，《金縢》、《豹韜》廢矣。」《莊子·徐无鬼》：「金板、六弢。」釋文：「金板、六弢，皆《周書》篇名，或曰秘戲也。本又作『六韜』。謂太公《六韜》，文、武、虎、豹、龍、犬也。」

〔一〇〕前軍二句：《晉書·陶侃傳》：「暨蘇峻作逆，京都不守……峻弟逸復聚衆，侃與諸軍斬逸於石頭。……王導入石頭城，令取故節，侃笑曰：『蘇武節似不如是。』導有慚色，使人屏之。」錢箋：「李嗣業爲前軍，郭子儀爲中軍，王思禮爲後軍。」仇注引胡夏客曰：「嗣業所將，皆蕃夷四鎮，故以蘇武之典屬國爲比。」皆謂香積寺之戰。《晉書·王祥傳》：「初，吕虔有佩刀，工相之，以爲必登三公，可服此刀。虔謂祥曰：『苟非其人，刀或爲害。卿有公輔之量，故以相與。』祥

固辭，强之乃受。祥臨薨，以刀授覽，曰：『汝後必興，足稱此刀。』」《九家》趙注：「又似言李嗣業。」引嗣業善用陌刀，高仙芝嘗署爲左陌刀將，香積之戰執長刀立於陣前，大呼「當嗣業刀者，人馬俱碎」。仇注：「前軍，謂李嗣業。左將，謂僕固懷恩。」時懷恩爲朔方左廂兵馬使。

〔一一〕兵氣二句：《九家》杜《補遺》引《北史·彭城王勰傳》「始有一鳥，望旗顛仆，臣謂大吉」事。趙注謂所引穿鑿，此句本亦無出處。易静《兵要望江南·占鳥》：「占飛鳥，軍旅要知因。或是縱横或逐我，或來逆我或成群。仔細説來情。」「兵行次，鳥衆逐軍行。未見彼軍防隱伏，若逢敵戰利先征，攻戰必先赢。」巨鼇，見卷七《荆南兵馬使太常卿趙公大食刀歌》(0310)注。《九家》趙注：「此狂賊懾服之意。」

〔一二〕戈鋋二句：班固《東都賦》：「戈鋋彗雲。」《文選》李善注：「《説文》曰：鋋，小矛也。」《列子·仲尼》：「目將眇者，先睹秋毫。」《九家》趙注：「弓矢向之，言能中微也。」

〔一三〕天步二句：《詩·小雅·白華》：「天步艱難，之子不猶。」《漢書·谷永傳》：「涉三七之節紀，遭無妄之卦運。」《後漢書·梁統傳》：「今遭值陛下神聖之運。」

〔一四〕誰云二句：班固《西都賦》：「流大漢之愷悌，蕩亡秦之毒螫。」《文選》李善注：「《説文》曰：螫，蟲行毒也。」《楚辭·九章·涉江》：「腥臊並御，芳不得薄兮。」王逸注：「腥臊，臭惡也。」

〔一五〕睿想二句：《太平御覽》卷二二一引《漢官》：「尚書郎奏事於明光殿，省中皆胡粉塗壁，其邊以丹漆地，故曰丹墀。」江淹《雜體詩·袁太尉淑從駕》：「羽衛藹流景，采吹震沈淵。」《文選》李善注：「負羽侍衛也。」

〔一六〕花門二句：花門，見卷一《哀王孫》(0047)注。《新唐書・西域傳》：「安者，一曰布豁，又曰捕喝，元魏謂忸蜜者。東北至東安，西南至畢，皆百里所。西瀕烏滸河，治阿濫謐城，即康居小君長罽王故地。大城四十，小堡千餘。募勇健者爲柘羯。柘羯，猶中國言戰士也。」《册府元龜》卷九六四《外臣部・封册》：「(開元二十八年二月)是月加拓羯王斯謹褆特進，賞平蘇禄可汗之功。」卷九七六《外臣部・褒異》：「(乾元二年)十二月戊申，宴蕃胡柘羯於三殿，各賜物三十段。」《新唐書・封常清傳》：「常清使驍騎拒之，殺拓羯數十百人。」《舊唐書》作「柘羯」。此指西域諸國來赴難者。《舊唐書・僕固懷恩傳》：「及回紇使葉護、帝得數千騎來赴國難，南蠻、大食之卒相繼而至。」《元和郡縣圖志》卷三九隴右道：「洮州，臨洮，下。……廣德元年陷於西蕃。」

〔一七〕羸俘句：《九家》趙注：「羸俘，尪羸之俘也。操者，執俘之謂。」

〔一八〕騎突句：李頎《崔五六圖屏風各賦一物得烏孫佩刀》：「烏孫腰間佩兩刀，刃可吹毛錦爲帶。」盧綸《難綰刀子歌》：「吹毛可試不可觸，似有蟲搜闕裂文。」

〔一九〕家家二句：《後漢書・董卓傳》：「布應聲持矛刺卓，趣兵斬之。……士卒皆稱萬歲，百姓歌舞於道，長安中士女賣其珠玉衣裝市酒肉相慶者，填滿街肆。」

杜工部集卷第十①

近體詩一百二十二首 避賊至鳳翔及收復京師在諫省出華州轉至秦州作

喜達行在所三首 自京竄至鳳翔。

西憶岐陽信，無人遂却回〔一〕。眼穿當落日②，心死著寒灰〔二〕。霧樹行相引③，蓮峰望忽開④〔三〕。所親驚老瘦，辛苦賊中來。（0496）

【校】

① 宋本此卷底本爲吴若本。

② 當，宋本、錢箋校：「一作看。」《文苑英華》作「看」，校：「集作當。」

③ 霧，宋本、錢箋、《九家》、《草堂》校：「一作茂。」《文苑英華》作「茂」，校：「集作霧。」

④蓮峰，宋本、錢箋、《九家》校：「一作連山。」《文苑英華》作「連山」，校：「集作蓮峰。」　蓮，《草堂》校：「一作連。」　忽，錢箋、《草堂》校：「一作或。」《九家》作「或」。

【注】

黄鶴注：至德二載（七五七）夏，公自賊營逃至鳳翔行在所時作。

〔一〕西憶二句：岐陽，指鳳翔。《元和郡縣圖志》卷二鳳翔府：「隋開皇元年，於州城内置岐陽宫，岐州移於今理。……至德元年改爲鳳翔郡，乾元元年改爲鳳翔府」；「岐陽縣，次畿。西南至府一百里。」《九家》趙注：「無人遂却自鳳翔回，所以問之也。」仇注：「却回，謂退回之人。」按，却回，返回之義。本書卷一四《熱三首》（1023）：「閉户人高卧，歸林鳥却回。」《游仙窟》：「含嬌窈窕迎前出，忍笑嫈嫇返却回。」此謂在長安西望，不見岐陽之人遂返回。

〔二〕眼穿二句：敦煌詞《喜秋天》：「不知牽牛在那邊，望作眼睛穿。」《五更轉》：「耶輪憶我向門看，眼應穿。」《敦煌變文集·佛説阿彌陀講經文》：「每到日西獨吃飯，飢人遥望眼精穿。」此蓋民間常喻。朱鶴齡注：「鳳翔在京城西，故曰『當落日』。」《莊子·齊物論》：「形固可使如槁木，而心固可使如死灰乎？」

〔三〕霧樹二句：《九家》趙注：「言自出長安眼中所見。一作蓮峰非也。蓋蓮峰乃華山蓮華峰，豈有却倒過長安之東經同華之境而來乎。」

愁思胡笳夕①〔一〕，淒涼漢苑春。生還今日事，間道暫時人〔二〕。司隸章初覩，南陽氣已新〔三〕。喜心翻倒極，嗚咽淚霑巾②〔四〕。（0497）

【校】

①愁，錢箋校：「一作秋。」《文苑英華》作「秋」，校：「集作愁。」

②淚，錢箋校：「一作涕。」《文苑英華》校：「集作涕。」

【注】

〔一〕愁思句：《晉書・劉琨傳》：「中夜奏胡笳，賊又流涕歔欷，有懷土之切。」《宋書・樂志》：「葭，杜摯《笳賦》：『李伯陽入西戎所造。』漢舊注曰：『箛，號曰吹鞭。』《晉先蠶儀注》：『車駕住，吹小箛；發，吹大箛。』箛即葭也。又有胡笳。漢舊《箏笛録》有其曲，不記所出本末。」

〔二〕生還二句：《史記・楚世家》：「乃從間道走趙以求歸。」

〔三〕司隸二句：《後漢書・光武帝紀》：「以光武行司隸校尉，使前整修宮府。於是置僚屬，作文移，從事司察，一如舊章」；「望氣者蘇伯阿爲王莽使至南陽，遥望見春陵郭，唶曰：『氣佳哉！鬱鬱葱葱然。』」謝朓《始出尚書省》：「還睹司隸章，復見東都禮。」

〔四〕喜心二句：仇注：「翻倒，翻喜爲悲也。」按，卷七《王兵馬使二角鷹》（0311）：「角鷹翻倒壯士臂，將軍玉帳軒翠氣。」《太平廣記》卷三百《張嘉》（出《廣異記》）：「及他食物，又被翻倒。」翻倒

即顛倒、倒轉義。此言由愁翻爲喜達到極點，故涕淚霑巾。

死去憑誰報，歸來始自憐。猶瞻太白雪，喜遇武功天〔一〕。影静千官裏①，心蘇七校前〔二〕。今朝漢社稷，新數中興年〔三〕。（0498）

【校】

①官，宋本、錢箋校：「一作門。」《文苑英華》校：「集作門。」

【注】

〔一〕猶瞻二句：太白、武功，見卷二《悲青坂》（0040）注。《舊唐書・肅宗紀》：「（至德二載）五月癸丑，郭子儀與賊將安守忠戰於清渠，官軍敗績，子儀退保武功。」「閏八月辛未，賊將邊寇鳳翔，崔光遠行軍司馬王伯倫、判官李椿率衆捍賊。賊退，乘勝至中渭橋，殺賊守橋衆千人，追擊入苑中。時賊大軍屯武功，聞之燒營而去。」時武功爲兩軍對壘之前綫。

〔二〕心蘇句：《漢書・刑法志》：「至武帝平百粤，内增七校，外有樓船。」注：「晋灼曰：《百官表》：中壘、屯騎、步兵、越騎、長水、胡騎、射聲、虎賁，凡八校尉。胡騎不常置，故此言七也。」

〔三〕今朝二句：王觀國《學林》卷二：「《烝民》詩曰：『任賢使能，周室中興焉。』陸德明《音義》曰：中，丁仲反。杜預《春秋左氏傳序》曰：『若平王能祈天永命，紹開中興。』陸德明《音義》曰：

中，丁仲反。觀國案：中字有鍾、衆二音，其義異也。音鍾者在二者之中，首尾均也。音衆者首尾不必均，但在二者之間爾。中興者在一世之間，因王道衰而有能復興者，斯謂之中興，首尾先後不必均也。……杜子美《喜達行在所》詩曰：『今朝漢社稷，新數中興年。』又《送鄭虔貶台州》詩曰：『萬里傷心嚴譴日，百年垂死中興時。』二詩皆律詩，並用中字作去聲。前賢用字，皆有所本，不妄舉也。」

王夫之《薑齋詩話》卷下：「情景名爲二，而實不可離，神於詩者妙合無垠。巧者則有情中景，景中情。景中情者，如『長安一片月』，自然是孤栖憶遠之情。『影静千官裏』，自然是喜達行在之情。」

得家書

去憑游客寄①，來爲附家書。今日知消息，他鄉且舊居。熊兒幸無恙，驥子最憐渠〔一〕。臨老羈孤極〔二〕，傷時會合疏。二毛趨帳殿，一命侍鸞輿〔三〕。北闕妖氛滿，西郊白露初〔四〕。涼風新過雁，秋雨欲生魚。農事空山裏，眷言終荷鋤②〔五〕。

（0499）

【校】

① 游客寄，宋本、錢箋、《九家》校：「一云休汝騎。」

② 眷言終荷鋤，宋本、錢箋、《九家》校：「一云終篇言荷鋤。」

【注】

黄鶴注：至德二載（七五七）在鳳翔行在作。

〔一〕熊兒二句：杜甫次子宗武小名驥子，熊兒是長子宗文小名。見卷九《遣興》（0488）注。《藝文類聚》卷七五引《風俗通》：「無恙，俗説疾也。凡人相見及書問者曰無恙耶。按上古之時，草居路宿。恙，噬蟲也，食人心。凡相勞問者曰：無恙乎？非爲疾也。」

〔二〕臨老句：謝莊《月賦》：「親懿莫從，羈孤遞進。」《文選》李善注：「羈孤，羈客孤子也。」

〔三〕二毛二句：《禮記·王制》：「制：三公一命卷，若有加則賜也，不過九命。……小國之卿與下大夫一命。」班固《西都賦》：「乘鑾輿，備法駕。」張衡《東京賦》：「奉引弩畢，先輅乃發。鑾旗皮軒，通帛綪旆。」《文選》薛綜注：「鑾旗，謂以象鑾鳥也。」李善注：「蔡邕《車服志》曰：鑾旗，俗人名曰雞翹。」《九家》趙注：「公是歲竄歸鳳翔，授左拾遺，故曰『一命侍鑾輿』也。」

〔四〕西郊句：《禮記·月令》：「孟秋之月……白露降。」《九家》趙注：「則在七月明矣。」

〔五〕眷言句：陶淵明《歸園田居》：「晨興理荒穢，帶月荷鋤歸。」

奉贈嚴八閣老〔一〕

扈聖登黃閣①，明公獨妙年〔二〕。蛟龍得雲雨，鵰鶚在秋天〔三〕。客禮容疏放，官曹可接聯②〔四〕。新詩句句好，應任老夫傳。（0500）

【校】

① 扈聖，宋本、錢箋、《九家》、《草堂》校：「一作今日。」《文苑英華》作「扈從」，校：「集作扈聖。又作今日。」閣，《文苑英華》校：「集作閤。」

② 可，錢箋、《九家》、《草堂》校：「一作許。」《文苑英華》作「許」，校：「集作可。」

【注】

黃鶴注：按《舊史》，嚴武遷給事中在收長安之前，此詩在至德二載（七五七）作，是年公亦爲拾遺。

〔一〕嚴八閣老：嚴武。《舊唐書・嚴武傳》：「至德初，肅宗興師靖難，大收才傑，武杖節赴行在。宰相房琯以武名臣之子，素重之，及是，首薦才略可稱，累遷給事中。」李肇《唐國史補》卷下：「宰相相呼爲元老，或曰堂老。兩省相呼爲閣老。」《資治通鑑》大和八年：「德裕將出中書，謂

涯曰：『且喜給事中封敕。』涯即召肅、攸謂曰：『李公適留語，令二閣老不用封敕。』」王應麟《困學紀聞》卷一八：「此唐人稱給事爲閣老也。」

〔二〕扈聖二句：《宋書・禮志》：「三公黄閤，前史無其義。史臣按，《禮記》：士韠與天子同，公侯大夫則異。鄭玄注：士賤，與君同，不嫌也。大朱門洞啓，當陽之正色也。三公之與天子，禮秩相亞，故黄其閤，以示謙不敢斥天子，蓋是漢來制也。張超與陳公箋：拜黄閤將有日月是也。」黄鶴注：「給事中屬門下省，其長曰侍中，與中書令參總而顓判省事，即宰相也。給事中掌分判省事，故得同登黄閣。」「嚴武爲給事中，是年三十一，豈非妙年。」朱鶴齡注：「《説文》閣與閤異。閣，夾室也，以板爲之。亦樓觀通名。閤，門旁小户也。漢公孫弘開東閤以延賢人，蓋避當門，而東向開一小門引賓客，以別於官屬也。……此非子美誤用，乃訛字相沿耳。」

〔三〕蛟龍二句：《三國志・吴書・周瑜傳》：「恐蛟龍得雲雨，終非池中物也。」《淮南子・原道訓》：「秋風下霜，倒生挫傷，鷹鵰搏鷙。」《舊唐書・王志愔傳》：「執法剛正，百僚畏憚，時人呼爲皂鵰。言其顧瞻人吏，如鵰鶚之視燕雀也。」

〔四〕官曹句：《困學紀聞》卷一八：「給事中屬門下省，開元曰黄門省，故云黄閣。少陵爲左拾遺，亦東省之屬，故云『官曹可接聯』。近世用此詩爲宰輔事，誤矣。」

留別賈嚴二閣老兩院補闕①得雲字。嚴武、賈至②〔一〕。

田園須暫往，戎馬惜離羣〔二〕。去遠留詩別，愁多任酒醺〔三〕。一秋常苦雨〔四〕，今日始無雲。山路時吹角③，那堪處處聞。（0501）

【校】

①兩院補闕，錢箋校：「一作兩院遺補諸公。」《文苑英華》作「兩院遺補諸公」。

②嚴武賈至，錢箋作「賈至嚴武」。

③時，宋本、錢箋、《九家》校：「一作晴。」《文苑英華》作「晴」。　角，錢箋校：「一作笛。」《文苑英華》作「笛」，校：「集作角。」

【注】

黄鶴注：此詩乃至德二載（七五七）秋往鄜州省家時作。

〔一〕賈嚴二閣老：賈至、嚴武。《舊唐書·賈至傳》：「至，天寶末爲中書舍人。禄山之亂，從上皇幸蜀。時肅宗即位於靈武，上皇遣至爲傳位册文。」朱鶴齡注：「兩院，謂拾遺、補闕也。作遺

補是。」按，拾遺、補闕未聞分院而居，兩院者蓋指左、右拾遺、補闕分居門下、中書省。本書卷二〇《爲遺補薦岑參狀》(1477)：「至德二載六月十二日左拾遺内供奉臣裴薦等狀。右拾遺内供奉臣孟昌浩。右拾遺内供奉臣魏齊聃。左拾遺内供奉臣杜甫。左補闕臣韋少游。」是兩院遺補諸公。

〔二〕戍馬句：《禮記·檀弓上》：「吾離群而索居，亦已久矣。」

〔三〕去遠二句：庾信《詠畫屏風》：「酒醺人半醉，汗濕馬全驕。」岑參《送羽林長孫將軍赴歙州》：「青門酒樓上，欲別醉醺醺。」

〔四〕一秋句：《墨子·尚同》：「飄風苦雨，薦臻而至者，此天之降罰也。」

晚行口號

三川不可到①，歸路晚山稠〔一〕。落雁浮寒水，飢烏集戍樓〔二〕。市朝今日異〔三〕，喪亂幾時休？遠愧梁江總，還家尚黑頭〔四〕。（0502）

【校】

① 到，《文苑英華》作「望」，校：「集作到。」

【注】

黄鶴注：當是至德二載（七五七）往鄜州時作。

〔一〕三川二句：三川，見卷一《三川觀水漲二十韻》（0043）注。謝靈運《過始寧墅》：「岩峭嶺稠疊，洲縈渚連綿。」

〔二〕飢烏句：《九家》趙注：「飢烏集戍樓，蓋地經喪亂，寂乎無人而然也。」

〔三〕市朝句：《史記·趙世家》：「韓亡三川，魏亡晋國，市朝未變而禍已及矣。」陸機《門有車馬客行》：「市朝互遷易，城闕或丘荒。」

〔四〕遠愧二句：《陳書·江總傳》：「江總，字總持……侯景寇京都，詔以總權兼太常卿，守小廟。臺城陷，總避難崎嶇，累年，至會稽郡，憩於龍華寺。……梁元帝平侯景，徵總爲明威將軍，始興内史……會江陵陷，遂不行，總自此流寓嶺南積歲。天嘉四年，以中書侍郎徵還朝，直侍中書。……後主即位，除祠部尚書。……禎明二年，進號中權將軍。京城陷，入隋，爲上開府。開皇十四年，卒於江都，時年七十六。」《苕溪漁隱叢話》後集卷一引《復齋漫録》：「據總詩『白首入轘轅』，則非黑頭矣，不知子美將别有所本邪？」《千家注》劉辰翁評：「人知江令自陳入隋，不知其自梁時已達官矣。自梁入陳，自陳入隋，歸尚黑頭，其人物心事可知。著一『梁』字，而不勝其愧矣。詩之妙如此，豈待罵哉。」錢箋：「曰梁江總，以總在梁遇亂尚少年也。」顧炎武《日知録》卷二七：「以本傳總之年計之，梁太清三年己巳臺城陷，總年三十一。自此流離於外

十四五年，至陳天嘉四年癸未還朝，總年四十五，即所謂『還家尚黑頭』也。總集有《詒孔中丞奂》詩曰：『我行五嶺表，辭鄉二十年。』子美遭亂崎嶇，略與總同，而自傷其年已老，故發此歎爾，何暇罵人哉。傳又云京城陷，入隋，爲上開府。開皇十四年，卒於江都，時年七十六。去禎明三年己酉陳亡之歲又已五年，頭安得黑乎？其臺城陷而避亂本在梁時，自不得蒙以陳氏，何罵之有？」浦起龍云：「江總仕梁，侯景陷臺城，避難會稽，憩龍華寺。寺即其上世都陽里舊基，故作《修心賦》曰：『是豫章之舊圃。』又曰：『庶忘累於妻子。』詩所謂『還家』當指此，正以自況值亂而歸寓宅也。以江總十八解褐之年計之，避難時纔三十餘耳。而公年已望五，故曰『遠愧』。」

獨酌成詩

燈花何太喜〔一〕，酒緑正相親①。醉裏從爲客，詩成覺有神〔二〕。兵戈猶在眼〔三〕，儒術豈謀身。共被微官縛②〔四〕，低頭愧野人。（0503）

【校】

① 緑，宋本、錢箋、《九家》、《草堂》校：「一作色。」

②共，宋本、錢箋校：「一作苦。」《草堂》作「苦」，校：「一作共。」

【注】

黄鶴注：當是往鄜州迎家時作。

〔一〕燈花二句：《西京雜記》卷三：「夫目瞤得酒食，燈火華得錢財。乾鵲噪而行人至，蜘蛛集而百事喜。」魚玄機《迎李近仁員外》：「今日喜時聞喜鵲，昨宵燈下拜燈花。」

〔二〕醉裏二句：駱賓王《詠懷》：「悲調絃中急，窮愁醉裏寬。」李嶠《餞駱四》：「曲中驚別緒，醉裏失愁容。」李白《江上吟》：「興酣落筆摇五岳，詩成笑傲凌滄洲。」

〔三〕兵戈句：謝靈運《從斤竹澗越嶺溪行》：「想見山阿人，薜蘿若在眼。」

〔四〕共被句：蕭衍《游鍾山大愛敬寺》：「曰予受塵縛，未得留蓋纏。」

收京三首

仙仗離丹極，妖星照玉除①〔一〕。須爲下殿走，不可好樓居②〔二〕。暫屈汾陽駕，聊飛燕將書〔三〕。依然七廟略，更與萬方初〔四〕。（0504）

【校】

①照，《草堂》作「帶」。

②須爲下殿走不可好樓居，宋本、錢箋、《九家》、《草堂》校：「一云得非羣盜起，難作九重居。」

【注】

黄鶴注：此詩梁權道編在至德二載（七五七），然第三首又似乾元元年（七五八）作，意二篇非同時作也。按，「春城」另有解，詳注。

〔一〕仙仗二句：仙仗，見卷二《洗兵馬》（0090）注。丹極，見卷七《虎牙行》（0338）注。曹植《贈丁儀》：「凝霜依玉除，清風飄飛閣。」《文選》李善注：「玉除，階也。《説文》曰：除，殿階也。《西都賦》曰：玉除彤庭。」按，《西都賦》作「玉階彤庭」。《晉書·天文志》：「有瑞星，有妖星。」「妖星，一曰彗星……見則兵起。」「二曰孛星……内不有大亂，則外有大兵。」計有二十一種。錢箋引《安禄山事跡》禄山生夜，「赤光傍照，群獸四鳴，望氣者見妖星芒熾，落其穹廬」。按，錢説過鑿。詩仍言妖星見而兵起之意。

〔二〕須爲二句：《資治通鑑》梁武帝大通六年：「卜以諺云『熒惑入南斗，天子下殿走』，乃跣而下殿以禳之。」《史記·封禪書》：「公孫卿曰：『仙人可見……置脯棗，神人宜可致也。且仙人好樓居。』於是上令長安則作蜚廉桂觀，甘泉則作益延壽觀。」錢箋引《連昌宮詞》「上皇正在望仙樓」及玄宗登興慶宮華萼相輝之樓事。朱鶴齡注：「玄宗晚節怠荒，深居九重，政由妃子，以致播

還之禍。公不忍顯言，而寓意於仙人之樓居。因貴妃嘗爲女道士，故舉此況之。……舊注直云譏玄宗好神仙，泥矣。」浦起龍云：「此皆以輕薄之見，測渾厚之語也。」

〔三〕暫屈二句：《莊子·逍遥游》：「堯治天下之民，平海内之政，往見四子藐姑射之山，汾水之陽，窅然喪其天下焉。」《史記·魯仲連鄒陽列傳》：「燕將攻下聊城，聊城人或讒之燕，燕將懼誅，因保守聊城，不敢歸。齊田單攻聊城歲餘，士卒多死而聊城不下。魯連乃爲書，約之矢以射城中，遺燕將。」《九家》趙注：「言京城不勞兵戰而駕可復止，若魯仲連飛書而聊城自下耳。」錢箋引《安禄山事跡》哥舒翰被送於洛陽，禄山令其書招李光弼等事。朱鶴齡注：「時嚴莊來降，史思明亦叛，慶緒納土，河北折簡可定，故以魯連射書言之。時解引哥舒翰至洛陽，禄山令以書招李光弼等，此於收京何涉？」浦起龍云：「言出狩曾無幾時，而蕩寇捷於一紙。」「錢箋以飛書爲禄山招李光弼，大謬。朱注以爲河北折簡可定，則又太落後層。」

〔四〕依然二句：庾肩吾《亂後行經吴郵亭》：「方憑七廟略，誓雪五陵冤。」《禮記·王制》：「天子七廟，三昭三穆，與太祖之廟而七。」《九家》趙注：「兵謀謂之廟略，蓋謀之於廟也。言廟略素定，更與萬方一新。更，平聲，蓋更始之義。」

生意甘衰白〔一〕，天涯正寂寥。忽聞哀痛詔，又下聖明朝〔二〕。羽翼懷商老①，文思憶帝堯〔三〕。叨逢罪己日〔四〕，霑洒望青霄②。（0505）

【校】

①懷，宋本、錢箋校：「一作慚。」

②霑洒，宋本、錢箋、《九家》、《草堂》校：「一作洒涕。」

【注】

〔一〕生意句：王褒《和殷廷尉歲暮》：「寂寞灰心盡，摧殘生意餘。」嵇康《養生論》：「積微成損，積損成衰，積衰得白，從白得老。」

〔二〕忽聞二句：《漢書·西域傳》：「（武帝）末年遂弃輪臺之地，而下哀痛之詔，豈非仁聖之所悔哉。」錢箋引《舊唐書·玄宗紀》：「（天寶十五載）八月癸未朔，御蜀都府衙，宣詔曰：……一物失所，無忘罪己。……皆朕不明之過也。……癸巳，靈武使至，始知皇太子即位。丁酉，上用靈武册稱上皇，詔稱誥。己亥，上皇臨軒册肅宗，命宰臣韋見素、房琯使靈武，册命曰：朕稱太上皇，軍國大事先取皇帝處分，後奏朕知。候克復兩京，朕當怡神姑射，偃息大庭。」朱鶴齡注謂指肅宗還京，下制大赦。按，詩云「忽聞」、「叨逢」，當指還京近日之事。然「哀痛」、「罪己」之語，又似混玄宗之詔而言。

〔三〕羽翼二句：商老，見卷六《昔游》（0288）注。《書·堯典》：「昔在帝堯，聰明文思，光宅天下。將遜於位，讓於虞舜，作《堯典》。」《九家》趙注：「商老，似言郭子儀副廣平王以成功也。文思憶帝堯，指言肅宗。」錢箋：「收京之時，上皇在蜀，誥定行日，肅宗汲汲御丹鳳樓下制。李泌有

言：後代何以辨陛下靈武即位之意乎？故曰『忽聞哀痛詔，又下聖明朝』，蓋譏之也。靈武諸臣争誇擁立之功，至有蜀郡、靈武功臣之目。故以商老羽翼刺之」；「玄宗内禪，故目之曰帝堯。史稱靈武使至，上用靈武册稱太上皇，亦可謂殆哉岌岌乎矣。公心傷之，故以『憶帝堯』爲言。又肅宗已即大位，而用商老羽翼之事，則仍是東朝故事，亦元結書太子即位之義也。」朱鶴齡注：「肅宗即位，本迫於事勢。迨兩京克復，奉迎上皇，累表避位，而後受之。是時父子間猜嫌未見，不應有譏。以愚考之，羽翼蓋指廣平王而言也」；「肅宗之失，不在靈武之舉，而在還京後使良娣、輔國得媒孽其間，以致劫遷西内，子道不終。公於此時若有深見其微者，曰『憶帝堯』，欲其篤於晨昏之戀也。霑洒青霄，其所以望肅宗者豈不深且厚耶。」浦起龍云：「公爾時身遠闕廷，忽聞新詔，此心何等雀躍，旋即逆料其君將必戕子拂親，有是理乎」；「彼以上句例下句，解爲憶逆。愚以下句例上句，解爲願望。毫釐千里，必有能辯之者。」按，此收京之作仍主頌美，帝堯指玄宗，美其禪讓；羽翼蓋指佐命肅宗諸臣，亦含册命使臣，然非所謂微言譏之，亦不必牽涉廣平王事。還京後張良娣、李輔國事，皆非此詩所能逆料。錢箋、朱注皆深文求之，不若浦説通達。

〔四〕叨逢句：《左傳》莊公十一年：「禹湯罪己，其興也悖焉。」

汗馬收宫闕，春城鏟賊壕〔一〕。賞應歌杕杜，歸及薦櫻桃①〔二〕。雜虜横戈數②，

功臣甲第高〔三〕。萬方頻送喜③，無乃聖躬勞〔四〕。（0506）

【校】

①歸，宋本、錢箋、《九家》、《草堂》校：「一作福。」

②數，錢箋、《草堂》校：「魯作槊。」

③頻，宋本、錢箋校：「一作同。」

【注】

〔一〕汗馬二句：《史記·晉世家》：「矢石之難，汗馬之勞。」《說文》：「鏟，鏶也。從金，産聲。一曰平鐵。」段注：「謂以剛鐵削平柔鐵也。《廣韻》曰：鏟，平木器也。凡鏟削多用此字，俗多用『剗』字。」

〔二〕賞應二句：《詩·小雅·杕杜》序：「勞還役也。」《禮記·月令》仲夏之月：「天子乃雛嘗黍，羞以含桃，先薦寢廟。」注：「含桃，櫻桃也。」《草堂》夢弼注：「唐李綽《歲時記》：四月一日，内園進櫻桃，先薦寢廟。」朱鶴齡注：「是時，王師復兩京，圍安慶緒於鄴城未下。故言方春必可平賊，班師行賞，正值櫻桃薦廟之時，蓋預期之也。」浦起龍謂遥想還京後鏟壕、薦享諸事。按，圍慶緒乃在次年，朱說不妥。「春城」句言來春築城鏟壕，城用如動詞。故次言薦宗廟。

〔三〕雜虜二句：《晉書·武帝紀》：「西北雜虜及鮮卑、匈奴、五溪蠻夷、東夷三國前後十餘輩，各帥

種人部落内附。」《舊唐書・郭子儀傳》：「子儀一軍萬餘人，而雜虜圍之數重。」指僕固懷恩所誘吐蕃、回紇、党項、羌、渾、奴剌諸族。朱鶴齡注：「謂回紇諸虜助順者。」《史記・孝武本紀》：「賜列侯甲第，僮千人。」集解：「《漢書音義》曰：有甲乙第次，故曰第。」《衛將軍驃騎列傳》：「天子爲治第，令驃騎視之，對曰：『匈奴未滅，無以家爲也。』」錢箋引内臣戎帥，競務奢豪，時謂木妖事。按，事見《舊唐書・馬璘傳》，乃安史大亂之後事，非此詩所謂。此詩只言賞賜功臣。

〔四〕萬方二句：《分門》師曰：「此聖主之勳勞，人臣不宜貪大功以爲己力，諷之之辭。」朱鶴齡注：「聖躬勞，即『大夫速退，無使君勞』之勞。」《晋書・羊祜傳》：「帝欲使祜卧護諸將，祜曰：『取吴不必須臣自行，但既平之後，當勞聖慮耳。功名之際，臣所不敢居。若事了，當有所付授，願審擇其人。』」浦起龍云意與此同。

月

天上秋期近，人間月影清。入河蟾不没，擣藥兔長生〔一〕。只益丹心苦，能添白髮明。干戈知滿地①，休照國西營〔二〕。（0507）

【校】

① 地，錢箋校：「一作道。」《草堂》作「道」。

【注】

黃鶴注：當是至德二載（七五七）作。

〔一〕入河二句：張衡《靈憲》：「羿請不死之藥於西王母，姮娥竊之以奔月。……姮娥遂託身於月，是爲蟾蠩。」《太平御覽》卷四引傅玄《擬天問》：「月中何有，玉兔擣藥。」《宋書·樂志》相和歌《上謁》古詞：「白兔長跪擣藥蝦蟆丸，奉上陛下一玉柈。」《初學記》卷一引《春秋元命苞》：「月之爲言闕也，而設以蟾蜍與兔者，陰陽雙居，明陽之制陰，陰之倚陽。」

〔二〕干戈二句：《分門》洙曰：「時官軍營於國西。休照，爲征夫見月而感。」《九家》、《草堂》皆有「時官軍營於國西」注。黃鶴注謂指武功賊營，引《舊唐書·肅宗紀》至德二載閏八月行軍司馬王伯倫追賊至中渭橋、賊大軍屯武功事。仇注謂指至德二載七月，官軍尚在扶風。

哭長孫侍御①〔一〕

道爲謀書重②，名因賦頌雄。禮闈曾擢桂，憲府舊乘驄③〔二〕。流水生涯盡，浮雲世事空。唯餘舊臺柏，蕭瑟九原中〔三〕。（0508）

【校】

① 此詩錢箋列入卷一八「他集互見」。

② 謀，宋本、錢箋校：「一作諫。一作詩。」《草堂》作「詩」。

③ 舊，錢箋、《草堂》校：「一作近。」

【注】

黃鶴注：當是至德二載（七五七）作。

〔一〕長孫侍御：此詩《中興間氣集》卷上作杜誦詩，謂：「杜君詩調不失文流，如『流水生涯盡，浮雲世事空』，得生人之理，故編之。」《文苑英華辨證》卷五：「按《中興間氣集》、《又玄集》、《唐宋類詩》皆云杜誦。高仲武當唐中興肅宗時編《間氣集》，載誦詩僅此一首……必不誤。近卞圜注杜詩亦載此篇，雖云或以爲杜誦作，然不明辨也。」據此，二王本似未收此詩。今宋本此卷底本爲吴若本，收此詩。黃鶴注：「長孫侍御即後有《送長孫九侍御赴武威判官》者。此詩不言爲判官事，而言其爲詩流，與夫才思闊，則與此合。意是得武威之命，未到而死。」見卷二《送長孫九侍御赴武威判官》（0085）注。仇注：「此詩不及亂離中語，恐非長孫九侍御也。」

〔二〕禮闈二句：任昉《王文憲集序》：「出入禮闈，朝夕舊館。」《文選》李善注：「《十州記》曰：崇禮闈，即尚書上省門。崇禮東建禮門，即尚書下舍門。然尚書省二門名禮，故曰禮闈也。」唐人多指禮部，此指應尚書禮部試。《晉書・郤詵傳》：「武帝於東堂會送，問詵曰：『卿自以爲何

如？』詵對曰：『臣舉賢良對策，爲天下第一，猶桂林之一枝，崑山之片玉。』」憲府，謂御史臺，秦、漢爲御史府，東漢稱憲臺。《舊唐書・韋温傳》：「入爲監察御史，以父在田里，憲府禮拘，難於省謁，不拜。」乘驄，見卷二《送長孫九侍御赴武威判官》注。

〔三〕唯餘一句：《漢書・朱博傳》：「是時御史府吏舍百餘區，井水皆竭。又其府中列柏樹，常有野烏數千棲宿其上。」《禮記・檀弓下》：「文子曰：『武也得歌於斯，哭於斯，聚國族於斯，是全要領以從先大夫於九京也。』」又：「趙文子與叔譽觀乎九原，文子曰：『死者如可作也，吾誰與歸。』」注：「晉卿大夫之墓地在九原。『京』蓋字之誤，當爲『原』。」

奉送郭中丞兼太僕卿充隴右節度使三十韻英乂〔一〕

詔發西山將①，秋屯隴右兵②〔二〕。淒涼餘部曲，燀赫舊家聲③〔三〕。鵰鶚乘時去〔四〕，驊騮顧主鳴。艱難須上策④，容易即前程。斜日當軒蓋，高風卷旆旌⑤。松悲天水冷，沙亂雪山清〔五〕。和虜猶懷惠〔六〕，防邊不敢驚⑥。古來於異域，鎮静示專征⑦〔七〕。燕薊奔封豕，周秦觸駭鯨〔八〕。中原何慘黷，餘孽尚縱横⑧〔九〕。箭入昭陽殿，笳吟細柳營〔一〇〕。内人紅袖泣⑨，王子白衣行〔一一〕。宸極妖星動⑩，園陵殺

氣平⑪〔一二〕。空餘金椀出，無復繐帷輕〔一三〕。毀廟天飛雨〔一四〕，焚宫火徹明。罘罳朝共落，棆桷夜同傾〔一五〕。三月師逾整，羣胡勢就烹⑫〔一六〕。瘡痍親接戰⑬，勇決冠垂成⑭〔一七〕。妙譽期元宰，殊恩且列卿〔一八〕。幾時回節鉞，戮力掃欃槍〔一九〕。圭竇三千士⑮，雲梯七十城〔二〇〕。恥非齊説客，秪似魯諸生⑯〔二一〕。通籍微班忝，周行獨坐榮〔二二〕。隨肩趨漏刻，短髮寄簪纓⑰〔二三〕。徑欲依劉表，還疑厭禰衡⑱〔二四〕。漸衰那此別⑲〔二五〕，忍淚獨含情。廢邑狐狸語，空村虎豹争。人頻墜塗炭，公豈忘精誠〔二六〕。元帥調新律⑳，前軍壓舊京〔二七〕。安邊仍扈從〔二八〕，莫作後功名㉑。

（0509）

【校】

① 西山，錢箋校：「一作山西。」《文苑英華》作「山西」。

② 屯，錢箋校：「一作營。」

③ 燀，宋本、錢箋、《九家》校：「一作烜。」

④ 須，錢箋校：「一作思。」《草堂》校：「魯作思。」

⑤ 高，宋本、錢箋、《九家》、《草堂》校：「一作歸。」

⑥ 不，宋本、錢箋校：「一作詎。」《草堂》、《文苑英華》作「詎」。

⑦示，宋本、錢箋校：「一作得。」

⑧餘，宋本、錢箋校：「一作遺。」

⑨泣，宋本、錢箋校：「一作短。」

⑩妖，錢箋作「祆」。　動，宋本、錢箋校：「一作大。」

⑪陵，宋本、錢箋、《九家》、《草堂》校：「一作林。」

⑫胡，錢箋、《文苑英華》校：「一作兇。」

⑬瘡痍，宋本、錢箋、《文苑英華》校：「一作恭承。」

⑭勇決，宋本、《文苑英華》校：「一云餘勇。」錢箋校：「一作餘力。」

⑮圭竇，宋本、錢箋校：「一云蓬户。」

⑯祇，宋本、錢箋校：「荆作甘。」《九家》、《草堂》作「甘」。《文苑英華》作「甘」，校：「一作祇。」

⑰寄，宋本、錢箋、《九家》校：「一作愧。」

⑱還疑，宋本、錢箋、《九家》、《草堂》校：「一作能無。」

⑲那，宋本、錢箋校：「一作寧。」

⑳律，宋本校：「樊作鼎。」錢箋校：「一作鼎。」

㉑莫作，宋本、錢箋、《九家》、《草堂》、《文苑英華》校：「一云無使。」

【注】

黄鶴注：當是至德二載（七五七）作。

〔一〕郭中丞：郭英乂。《舊唐書・郭英乂傳》：「先朝隴右節度使、左羽林軍將軍知運之季子也。……至德初，肅宗興師朔野，英乂以將門子特見任用，遷隴右節度使，兼御史中丞。既收二京，徵還闕下，掌禁兵，遷羽林大將軍，加特進。」《新唐書・郭英乂傳》：「祿山亂，拜秦州都督、隴右采訪使。賊將高嵩擁兵入汧、隴，英乂僞勞之，且具饗，既而伏兵發，盡虜其衆。至德二年，加隴右節度使。」元載《故定襄王郭英乂神道碑》：「至德二年，詔公爲鳳翔太守，轉西平太守，加隴右節度兼御史大夫。」

〔二〕詔發二句：《漢書・趙充國辛慶忌傳》贊：「秦漢以來，山東出相，山西出將。」《分門》洙曰引此。《九家》趙注：「英乂先爲秦州都督，乃加隴右節度使，故云西山，正言秦州，不干山西出將事。舊注非是。」錢箋：「天水、隴西、安定、北地皆爲山西，英乂瓜州長樂人，故云『山西將』也。」按，西山、山西義不同，錢箋執定山西爲説，未妥。唐有稱崑崙山爲西山者。英乂以西平郡太守加隴右節度使，西山蓋指此。《元和郡縣圖志》卷三九：「鄯州，西平。下府。……儀鳳二年置都督府，後復爲州。開元二十一年置隴右節度使……備西戎，統臨洮軍，開元中移就節度衙置。」

〔三〕淒涼二句：朱鶴齡注：「英乂繼其父節度隴右，故有『部曲』、『家聲』之句。」

〔四〕鶗鴂：見卷九《奉贈鮮于京兆二十韻》(0416)注。

〔五〕松悲二句：《元和郡縣圖志》卷三九：「秦州，天水。中府。……天寶元年改爲天水郡，乾元元年復爲秦州。」卷四〇瓜州：「雪山，在縣南一百六十里，積雪復不消。東西九十里，南連吐谷

渾界。」

〔六〕和虜句：《九家》趙注：「和虜，指言吐蕃也。至德二載，使使來請討賊，且修好。既而侵廓、岷、霸等州，又請和也。」參卷一《塞蘆子》(0069)注。

〔七〕古來二句：《三國志・魏書・崔林傳》：「此州與胡虜接，宜鎮之以静，擾之則動其逆心，特爲國家牛北顧憂。」《書・胤征》「湯征諸侯」傳：「爲夏方伯，得專征伐。」朱鶴齡注：「言鎮静安邊，然後可併力爲討賊之計。」

〔八〕燕薊二句：《左傳》定公四年：「吴爲封豕長蛇。」杜預注：「言吴貪害如蛇豕。」陳琳《爲曹洪與魏太子書》：「若駭鯨之決細網。」朱鶴齡注：「禄山反幽州，陷河北及洛陽、長安，所謂奔燕薊、觸周秦也。」

〔九〕中原二句：慘黷，見卷一《三川觀水漲二十韻》(0043)注。《後漢書・段熲傳》：「餘孽復起，於兹作害。」《光武帝紀》：「群盗縱横。」

〔一〇〕箭入二句：昭陽殿，見卷一《哀江頭》(0046)注。《漢書・周亞夫傳》：「上自勞軍，至霸上及棘門軍，直馳入，將以下騎出入送迎，已而之細柳軍。」《九家》趙注：「此一段陷京師時事。」「言胡人之箭乃在漢營。」

〔一一〕内人二句：内人，錢箋謂指梨園女妓。《教坊記》：「妓女入宜春院謂之内人，亦曰前頭人，常在上前也。其家猶在教坊，謂之内人家。」白衣行，《百家注》趙注：「言雖是王子，以避亂故，隱跡爲白衣而行。」

〔一二〕宸極二句：劉琨《勸進表》：「宸極失御，登遐醜裔。」《文選》李善注：「宸極，喻帝位。」妖星，見本卷《收京三首》(0504)注。錢箋引「祆，胡神也」之說。按，祆、祅字異，祅星即妖星，異文作祆，無涉胡神之祆。《漢書·王莽傳》：「赤眉遂燒長安宫室市里……長安爲虚，城中無人行，宗廟園陵皆發掘。」按，叛軍焚長安九廟，未有發陵寢事。詩連言及之。

〔一三〕空餘二句：本書卷一五《諸將五首》(1156)：「昨日玉魚蒙葬地，早時金椀出人間。」《草堂》夢弼注：「金碗當作玉碗，但避『玉魚』字，故改。」引《南史·沈炯傳》「茂陵玉碗，遂出人間」語，又謂或引孔氏《志怪》盧充事。《漢武故事》：「鄴縣又有一人於市貨玉杯，吏疑其御物，欲捕之，因忽不見。縣送其器，又茂陵中物也。光自呼吏問之，説市人形貌如先帝。」盧充事見《搜神記》卷一六，謂盧充家西三十里有崔少府墓，出獵進少府府，少府展充父書，令與女成婚，三日女有娠相，送充出，「家人相見悲喜，推問，知崔是亡人而入其墓，追以懊惋。别後四年，三月三日，充臨水戲……見崔氏女與三歲男共載……女抱兒還充，又與金碗。……充後乘車入市賣碗，高舉其價。……欻有一老婢識此，還白大家曰：『市中見一人乘車，賣崔氏女郎棺中碗。』大家即崔氏親姨母也。」朱鶴齡注謂《諸將》與此詩蓋皆借用盧充事。繐帷，見卷六《往在》(0291)注。

〔一四〕毁廟句：《舊唐書·肅宗紀》：「九廟爲賊所焚，上素服哭於廟三日，入居大明宫」；「(乾元元年四月)辛亥，九廟成，備法駕自長安殿迎九廟神主入新廟。」

〔一五〕罘罳二句：罘罳，見卷六《往在》(0291)注。錢箋謂此「罘罳朝共落」，蓋同蘇鶚《演義》言宫殿

簷户問網羅。《爾雅・釋木》：「棆，無疵。」注：「棆，梗屬，似豫章。」《釋宮》：「桷謂之榱。」注：「屋椽。」

〔一六〕三月二句：《九家》趙注謂：至德二載閏八月，以廣平王爲天下兵馬元帥，自此逆數以前三月，當是郭子儀五月及安守忠戰青渠敗績之後，别訓練士卒，至此師逾整肅。以上十六句叙安史父子爲寇，而廣平王往收復京師。

〔一七〕瘡痍二句：《册府元龜》卷三九八《將帥部・撫士卒》：「成如璆爲特進。至德二年，關西節度郭英乂爲賊所敗，如璆代英乂收其餘卒於岐山，撫其瘡痍，招其逋散，三軍之士有如挾纊。」卷四四三《將帥部・敗衄》：「郭英乂爲關西節度兵馬使，至德二年三月，賊寇武功東原，英乂與賊戰，爲賊所敗，流矢中頤而走。右廂兵馬使王難得軍於西原，觀之不救，弃甲而遁。」事亦見《資治通鑑》。《九家》趙注：「此微言英乂之敗，而激其再立功也。」「敗績，故有瘡痍之譬。」

〔一八〕妙譽二句：《九家》趙注：「上句美其可以爲相，且列卿，則今兼太僕卿也。」《晉書・王導傳》贊：「實賴元宰，固懷匪石之心。」

〔一九〕幾時二句：《晉書・禮志》：「漢魏故事，遣將出征，符節郎授節鉞於朝堂。」欃槍，見卷八《魏將軍歌》(0366)注。

〔二〇〕圭竇二句：《禮記・儒行》：「儒有一畝之宮，環堵之室，篳門圭窬。」釋文：「圭窬，徐音豆。《説文》云：穿木户也。郭璞《三蒼解詁》云：門旁小窬也，音臾。《左傳》作竇，杜預云：圭竇，小户也。上鋭下方，狀如圭形也。」《史記・孔子世家》：「孔子以詩書禮樂教，弟子蓋三千焉。」

王嗣奭《杜臆》引邵二泉云：用《左傳》僖公二十四年：「秦伯送衛於晉三千人，實紀綱之僕。」《墨子・公輸》：「公輸般爲楚造雲梯之械，成，將以攻宋。」

〔二一〕恥非二句：《史記・酈生陸賈列傳》：「使酈生説齊王……田廣以爲然，聽酈生，罷歷下兵守戰備，與酈生日縱酒。淮陰侯聞酈生伏軾下齊七十餘城，夜度兵平原襲齊。」《劉敬叔孫通列傳》：「臣願徵魯諸生，與臣弟子共起朝儀。」《九家》趙注：「如我曾無説客之談，特爲諸生之事而已。蓋自責其無補於戰也。」朱鶴齡注：「齊説客，申七十城；魯諸生，申三千士。時賊尚據長安，故用下城事。」

〔二二〕通籍二句：通籍，見卷二《偪仄行》(0051)注。《詩・周南・卷耳》：「嗟我懷人，置彼周行。」傳：「置周之列位。」《後漢書・宣秉傳》：「光武特詔御史中丞與司隸校尉、尚書令會同並專席而從，故京師號曰三獨坐。」此言英乂帶御史中丞銜。

〔二三〕隨肩二句：《禮記・曲禮上》：「五年以長則肩隨之。」《漢書・王莽傳》：「捕斬虜騶，平定東域，虜知殄滅，在於漏刻。」簪纓，見卷七《八哀詩・嚴公武》(0332)注。《九家》趙注：「上句言同入朝也。」「下句以言其在有位之列也」。

〔二四〕徑欲二句：《三國志・魏書・王粲傳》：「年十七，司徒辟，詔除黄門侍郎，以西京擾亂，皆不就，乃之荆州依劉表。」禰衡，見卷九《敬贈鄭諫議十韻》(0415)注。

〔二五〕那：猶奈也。見張相《詩詞曲語辭彙釋》。

〔二六〕人頻二句：《書・仲虺之誥》：「民墜塗炭。」班固《幽通賦》：「魂營營與神交兮，精誠發於

宵寐。」

〔二七〕元帥二句：《九家》趙注：「元帥，指言廣平王俶」；「前軍，指言李嗣業之軍」。「新律是師律之律」。參卷九《喜聞官軍已臨賊寇二十韻》(0455)注。《易·師·象》：「師出以律，失律凶也。」《淮南子·泰族訓》：「夔之初作樂也，皆合六律而調五音。」《漢書·律曆志》：「傳黄帝《調律曆》，漢元年以來用之。」

〔二八〕安邊句：司馬相如《上林賦》：「扈從橫行，出乎四校之中。」

送楊六判官使西蕃〔一〕

送遠秋風落，西征海氣寒〔二〕。帝京氛祲滿〔三〕，人世別離難。絶域遥懷怒，和親願結歡〔四〕。勅書憐贊普，兵甲望長安〔五〕。宣命前程急①，惟良待士寬〔六〕。了雲清自守，今日起爲官〔七〕。垂淚方投筆，傷時即據鞍〔八〕。儒衣山鳥怪，漢節野童看〔九〕。邊酒排金盞②，夷歌捧玉盤〔一〇〕。草輕蕃馬健③，雪重拂廬乾〔一一〕。慎爾參籌畫，從茲正羽翰。歸來權可取，九萬一朝摶〔一二〕。(0510)

【校】

①命，宋本、錢箋校：「一作令。」

②盞，宋本、錢箋、《九家》、《草堂》校：「一作盌。」

③輕，宋本、錢箋、《草堂》校：「一作肥。」《九家》作「肥」，校：「一作輕。」

【注】

黃鶴注：當是至德二載（七五七）未復京師前作。

〔一〕楊六判官：名未詳。《舊唐書·肅宗紀》：「（至德二載三月癸亥）吐蕃遣使和親，遣給事中南巨川報命。」《册府元龜》卷九七九《外臣部·和親》：「（至德）二年九月……是歲，吐蕃又遣使請和親，上詔給事中南巨川以修戎好報命。」按，詩言「秋風落」，則巨川報命當在九月。朱鶴齡注：「楊蓋贊巨川以行者。」

〔二〕西征句：《九家》趙注：「往吐蕃，渡青海而去。」按，《漢書·地理志》：「金城郡，昭帝始元六年置。莽曰西海。」《王莽傳》：「今謹案已有東海、南海、北海郡，未有西海郡，請受良願等所獻地爲西海郡。」則西境固可稱西海。

〔三〕帝京句：氛祲，見卷七《久雨期王將軍不至》（0318）注。《九家》趙注：「蓋京師猶未復。」

〔四〕絶域二句：《漢書·陳湯傳》：「出百死，入絶域。」朱鶴齡注：「言吐蕃來請討賊也。」

〔五〕勅書二句：《舊唐書·吐蕃傳》：「其國人號其王爲贊普，相爲大論、小論。」《新唐書·吐蕃

傳》：「其俗謂强雄曰贊，丈夫曰普，故號君長曰贊普，贊普妻曰末蒙。」朱鶴齡注：「言天子許其和親，遂降意以待之也」，「長安之人急望王師之至，則助國討賊不容緩也」。

〔六〕惟良句：朱鶴齡注引《杜詩博議》，謂此用《漢書》「與我共理者，其惟良二千石乎」，亦友于、貽厥之類。李嘉祐《送相公五叔守歙州》：「新安江自緑，明主重惟良。」此一證。按，王儉《褚淵碑文》：「元首惟明，股肱惟良。」《文選》李善注：「《尚書大傳》曰：元首明哉，股肱良哉。元首，君也。股肱，臣也。」此惟良所出，即股肱之臣義。

〔七〕子雲二句：羅大經《鶴林玉露》乙編卷四：「葉石林云：杜工部詩對偶至嚴，而《送楊六判官》云『子雲清自守，今日起爲官』，獨不相對。竊意『今日』字當是『令尹』字傳寫之訛耳。余謂不然。此聯之工，正爲假雲對日，兩句一意，乃詩家活法。若作『令尹』字，則索然無神，夫人能道之矣。且送楊姓人，故用子雲爲切題，豈應又泛然用一令尹耶？如『次第尋書札，呼兒檢贈篇』之句，亦是假以第對兒，詩家此類甚多。」朱鶴齡注：「子雲、今日是假對。但《漢書》言：子雲係出揚侯，其字不從木。按，晉羊舌氏食邑於揚，曰揚食我，後分其田爲三縣，曰平陽，曰楊氏。則揚與楊同出一姓，故楊修有『吾家子雲』之語。或疑此送楊判官，不合用子雲事，蓋失考耳。」

〔八〕垂淚二句：《後漢書·班超傳》：「家貧，常爲官傭書以供養。久勞苦，嘗輟業投筆歎曰：『大丈夫無它志略，猶當效傅介子、張騫立功異域，以取封侯，安能久事筆研間乎？』」《馬援傳》：「援自請曰：『臣尚能披甲上馬。』帝令試之，援據鞍顧眄，以示可用。」

〔九〕漢節句：《漢書・蘇武傳》：「杖漢節牧羊，卧起操持，節旄盡落。」

〔一〇〕邊酒二句：《册府元龜》卷九七九《外臣部・和親》：「（開元）四年八月，吐蕃請和，從之，賞賜金城公主及贊普錦帛器物等，蕃酋皆喜，公主奉表謝恩云：……謹獻金盞、羚羊衫段、青長毛罽各一，奉表以聞。」

〔一一〕雪重句：《舊唐書・吐蕃傳》：「屋皆平頭，高者至數十尺。貴人處於大氈帳，名爲拂廬。」

〔一二〕慎爾四句：《莊子・逍遥游》：「鵬之徙於南冥也，水擊三千里，摶扶摇而上者九萬里，去以六月息者也。」《九家》趙注：「楊君起於閑廢尤明。」朱鶴齡注：「欲其伸中國之威，不辱君命也。」仇注：「權位可取，言不終於判官。張注謂借兵之舉，權且取之，乃曲説也。」浦起龍云：「權此舉之可取與否，無久淹也。不曰權可否，而曰權可取，婉詞也。」

憶弟二首 時歸在南陸渾莊〔一〕。

喪亂聞吾弟，飢寒傍濟州〔二〕。人稀吾不到①，兵在見何由。憶昨狂催走，無時病去憂〔三〕。即今千種恨，惟共水東流〔四〕。（0511）

【校】

①吾，錢箋、《九家》校：「一作書。」《草堂》作「書」。

【注】

黃鶴注：當是乾元元年（七五八）春作。按，當作於乾元二年（七五九）春鄴城兵敗前。

〔一〕弟：本卷《得弟消息二首》（0547）：「近有平陰信，遥憐舍弟存。」當即杜穎。見卷九《臨邑舍弟書至苦雨黄河泛溢隄防之患簿領所憂因寄此詩用寬其意》（0437）注。陸渾：《元和郡縣圖志》卷五河南府鞏縣：「陸渾山，俗名方山，在縣西五十五里。」「陸渾縣，畿。東北至府一百三十里。」

〔二〕濟州：《元和郡縣圖志》卷一〇鄆州盧縣：「濟州理碻磝城……泰常八年，於此置濟州。至天寶十三載，州爲河所陷，廢。」

〔三〕憶昨二句：《後漢書·朱浮傳》：「伯通獨中風狂走。」朱鶴齡注：「言避亂之時。」《九家》趙注：「公素多病，而又無時而病去，所以憂也。」仇注：「乃十字句法，謂自昔奔走以來，憂弟而病，無能解去也。」

〔四〕即今二句：朱鶴齡注：「濟州在洛陽之東，公身在洛，故恨與水俱東也。」

且喜河南定，不問鄴城圍〔一〕。百戰今誰在，三年望汝歸。故園花自發，春日鳥還飛。斷絶人烟久，東西消息稀。（0512）

【注】

〔一〕且喜二句：《舊唐書·肅宗紀》：「（乾元元年九月）庚寅，大舉討安慶緒於相州。」參卷二《新安

吏》（0060）注。詩春季作，則在圍鄴城之次年春。

得舍弟消息

亂後誰歸得，他鄉勝故鄉。直爲心厄苦①，久念與存亡②〔一〕。汝書猶在壁，汝妾已辭房③〔二〕。舊犬知愁恨，垂頭傍我床。（0513）

【校】

①直，宋本、錢箋、《草堂》校：「一作若。」《九家》作「若」，校：「一作直。」

②念，宋本、錢箋、《九家》校：「一作得。」　與，宋本、錢箋校：「刊作汝。」《草堂》校：「一作汝。」

③妾，錢箋校：「一作室。」《草堂》校：「别本作室。」

【注】

黄鶴注：作於乾元元年（七五八）。按，當同前詩作於乾元二年（七五九）。

〔一〕直爲二句：《三國志·魏書·陶謙傳》注引《吴書》：「饑厄困苦，亦已甚矣。」朱鶴齡注：「與存亡，與之俱爲存亡也。」

〔一一〕汝書二句：潘岳《悼亡詩》：「流芳未及歇，遺挂猶在壁。」沈夢麟《花谿集》卷三《遺婢五首》：「阿蓮今夕苦辭房，向我褰衣泣數行。」辭房指遺放婢妾。

鄭駙馬池臺喜遇鄭廣文同飲〔一〕

不謂生戎馬，何知共酒杯①〔二〕。燃臍郿塢敗②，握節漢臣回③〔三〕。白髮千莖雪④，丹心一寸灰⑤〔四〕。別離經死地⑥，披寫忽登臺〔五〕。重對秦簫發，俱過阮宅來⑦〔六〕。留連春夜舞⑧，淚落强徘徊⑨。（0514）

【校】

① 知，《草堂》作「如」。

② 敗，《文苑英華》作「散」。

③ 握，宋本、錢箋校：「宋景文作秃。」

④ 莖，《文苑英華》作「行」。

⑤ 寸，宋本、錢箋校：「晋作片。」

⑥ 死，錢箋校：「一作此。」《文苑英華》作「此」。

⑦ 宅，錢箋校：「一作巷。」

⑧ 留連，宋本、錢箋、《九家》校：「一作醉留。」 舞，宋本、錢箋校：「一作席。」

⑨ 留連春夜舞淚落强徘徊，宋本、錢箋、《九家》校：「一云醉留春苑夜，舞淚落徘徊。」 强，錢箋校：「一作更。」

【注】

黄鶴注：此詩在至德二載（七五七）作，蓋是年正月禄山爲安慶緒所弒，鄭駙馬池臺在河南新鄭，豈公以陷賊亦暫拘東都，故得與鄭虔相遇而同飲。朱鶴齡注：此駙馬池臺必是在京師者，黄鶴妄云在河南新安，遂造公嘗受拘東都之説。

〔一〕鄭駙馬：鄭潛曜。見卷九《鄭駙馬宅宴洞中》（0419）注。池臺當即鄭駙馬宅。鄭廣文：鄭虔。見卷一《醉時歌》（0019）注。

〔二〕不謂二句：仇注：「平時不謂遭亂，遇亂何知復聚。」

〔三〕燃臍二句：《三國志·魏書·董卓傳》：「築郿塢，高與長安城埒，積穀爲三十年儲，云事成雄據天下，不成，守此足以畢老。」注引《英雄記》：「暴卓屍於市，卓素肥，膏流浸地，草爲之丹，守屍吏瞑以爲大炷，置卓臍中以爲燈，光明達旦，如是積日。」《九家》趙注：「言慶緒奔敗如董卓也。」朱鶴齡注：「嚴莊與禄山子慶緒謀殺禄山，使帳下李猪兒以大刀斫其腹，腸潰於床而死，事正與卓類也。」《漢書·蘇武傳》：「杖漢節牧羊，卧起操持，節旄盡落。……武留匈奴凡十九

歲，始以强壯出，及還，鬚髮盡白。」《九家》趙注：「言虔自陷賊中回。」參卷七《八哀詩・鄭公虔》(0336)注。

〔四〕白髮二句：宋之問《早發始興江口至虛氏村作》：「鬢髮俄成素，丹心已作灰。」

〔五〕披寫：見卷八《奉送魏六丈佑少府之交廣》(0382)注。

〔六〕重對二句：秦簫，見卷七《奉酬薛十二丈判官見贈》(0324)「帝里女」注。《晉書・阮咸傳》：「咸任達不拘，與叔父籍爲竹林之游，當世禮法者譏其所爲。咸與籍居道南，諸阮居道北，北阮富而南阮貧。」《九家》趙注：「阮舍、阮宅者，皆以阮咸言之……則阮宅者乃指言鄭駙馬家乎？」

臘日〔一〕

臘日常年暖尚遥①，今年臘日凍全消〔二〕。侵陵雪色還萱草，漏洩春光有柳條②〔三〕。縱酒欲謀良夜醉③，還家初散紫宸朝④〔四〕。口脂面藥隨恩澤，翠管銀罌下九霄〔五〕。(0515)

【校】

① 常年，宋本、錢箋校：「一作年年。」

②有，宋本、《九家》、《草堂》校：「一作是。」

③良，宋本、錢箋、《九家》、《草堂》校：「一作長。」

④散，宋本、錢箋校：「一作放。」　紫，宋本、錢箋校：「一作北。」

【注】

黄鶴注：當是至德二載（七五七）扈從還京時作。

〔一〕臘日：《風俗通義》卷八：「謹按《禮》傳：夏曰嘉平，殷曰清祀，周曰大蜡。漢改爲臘。臘者，獵也，言田獵取獸以祭祀其先祖也。或曰臘者，接也，新故交接，故大祭以報功也。漢家火行，衰於戌，故以戌臘也。」《太平御覽》卷三三引高堂隆《魏臺訪議》杜公瞻曰：「近日蜡臘兼設，蜡在十月，臘在歲終。隋開皇四年始停建亥之蜡，直爲建丑之臘，依五行，火衰於戌而用戌日故也。」《白孔六帖》卷四：「王者各以其行，盛日爲祖，衰日爲臘。漢以火德，火衰於戌，故戌日爲臘。魏以土德，土衰於辰，故辰日爲臘。晋以金德，金衰於丑，故丑日爲臘。」《宋史・禮志》和峴奏：「唐乘土德，貞觀之際，以前寅日蜡百神，卯日祭社宫，辰日享宗廟。開元定禮，三祭皆於臘辰，以應土德。」

〔二〕臘日二句：庾信《梅花》：「常年臘月半，已覺梅花闌。不信今春晚，俱來雪裏看。」沈約《泛永康江》：「山光浮水至，春色犯寒來。」仇注引朱瀚曰前半本此。

〔三〕侵陵二句：朱鶴齡注：「侵陵雪色，言萱草初茁土時。」還、有互文義同。《左傳》襄公十四年：

「言語漏洩。」

〔四〕縱酒句：《文選》蘇武詩：「芬馨良夜發，隨風聞我堂。」

〔五〕口脂二句：吴曾《能改齋漫録》卷六：「《景龍文館記》：三年臘日，帝於苑中召近臣賜臘。晚自北門入，於内殿賜食，加口脂。臘脂盛以翠碧鏤牙筒。故杜子美《臘日》詩云：『口脂面藥隨恩澤，翠管銀罌下九霄。』王建《宫辭》云：『月冷天寒近臘時，玉街金瓦雪漓漓。浴堂門外抄名入，公主家人謝口脂。』皆言臘日賜口脂也。」《唐六典》卷一一殿中省尚藥局：「合口脂匠二人。皇朝初置。」《穆天子傳》卷二：「天子乃賜之黄金銀罌四七。」《新唐書·柳玭傳》：「有二青衣賫銀罌出，曰：『公恐君寒，奉地黄酒三杯。』」

紫宸殿退朝口號〔一〕

户外昭容紫袖垂，雙瞻御座引朝儀〔二〕。香飄合殿春風轉，花覆千官淑景移①〔三〕。晝漏希聞高閣報②〔四〕，天顔有喜近臣知。宫中每出歸東省，會送夔龍集鳳池③〔五〕。（0516）

【校】

① 景，《九家》、《草堂》校：「一作日。」

② 希，《九家》、《草堂》、《文苑英華》作「稀」。宋本、錢箋、《九家》校：「一作聲。」

③ 集，宋本、錢箋、《九家》、《草堂》校：「一作到。」

【注】

黄鶴注：當是乾元元年（七五八）爲拾遺時作。

〔一〕紫宸殿：《唐會要》卷三〇《大明宫》：「（龍朔三年四月）二十五日，始御紫宸殿聽政，百僚奉賀，新宫成也。」《雍録》卷三：「含元之北爲宣政，宣政之北爲紫宸。地每退北，輒又加高，至紫宸則極矣。其北遂爲蓬萊殿。」《新五代史·李琪傳》：「唐故事，天子日御殿見群臣，曰常參。朔望薦食諸陵寢，有思慕之心，不能臨前殿，則御便殿見群臣，曰入閤。宣政，前殿也，謂之衙，衙有仗。紫宸，便殿也，謂之閤。其不御前殿而御紫宸也，乃自正衙唤仗，由閤門而入，百官俟朝於衙者因隨以入見，故謂之入閤。然衙，朝也，其禮尊；閤，宴見也，其事殺。」

〔二〕户外二句：《唐六典》卷二司封郎中：「凡内命婦之制……昭儀、昭容、昭媛、充儀、充容、充媛並爲嬪，正二品。」卷一二内官尚儀局：「司賓掌賓客朝見宴會賞賜之事。司贊掌朝見宴會贊相之事。凡朝會，司贊引客立於殿庭，司言宣敕賜坐，司贊引升就席。」《酉陽雜俎》續集卷四：「今閤門有宫人垂帛引百寮，或云自則天，或言因後魏。據《開元禮疏》曰：晋康獻褚后臨朝不坐，則宫人傳百寮拜。有虜中使者見之，歸國遂行此禮。時禮樂盡在江南，北方舉動法之。周隋相沿，國家承之不改。」程大昌《演繁露》卷一一：「《唐會要》：天祐二年敕：今後每遇延英

坐朝日，只令小黃門祗候引從，宫人不得擅出内。乃知杜詩『户外昭容紫袖垂，雙瞻御座引朝儀』者，真出殿引座。而鄭谷《入閣》詩亦言『導引出宫鈿』。蓋至天祐始罷。」《九家》趙注：「雙瞻御座，則應用昭容二人爲引。謂之瞻，則回瞻也。」

〔三〕香飄二句：庾肩吾《賦得横吹曲長安道》：「合殿生光彩，離宫起烟霧。」《荀子·正論》：「古者天子千官，諸侯百官。」袁奭《從駕游山》：「玉輿明淑景，珠旗轉瑞風。」

〔四〕晝漏句：《長安志》卷六：「（含元）殿東南有翔鸞閣，西南有栖鳳閣，與殿飛廊相接。又有鐘樓、鼓樓。」朱鶴齡注：「紫宸，内衙，故稀聞晝漏，必待外廷高閣之報也。」

〔五〕宫中二句：龐元英《文昌雜録》卷五：「東省，門下，鸞臺在焉。鳳池在中書省。杜詩不應有誤。恐唐朝别有故事。又恐是時政事堂適在右省耳。」《雍録》卷八：「政事堂在東省，屬門下。……至中宗時，裴炎以中書令執政事筆，故徙政事堂於中書省。杜甫爲左拾遺，作《紫宸殿退朝》詩云：『宫中每出歸東省，會送夔龍集鳳池。』鳳池者，中書也。左省官方自宫中退朝而出，則歸東省者，以本省言也已。又送夔龍集於鳳池者，殆東官集政事堂白六押事耶？杜之爲左拾遺也，在中宗後肅宗時，政事堂已在中書矣。故出東省而集於西省者，就政事堂見宰相也。爲其官於東省而越至西省，故《文昌録》於此闕疑也。」錢箋引此。按，《通典》卷二一《職官·宰相》：「舊制宰相常於門下省議事，謂之政事堂。至永淳二年七月，中書令裴炎以中書執政事筆，其政事堂合在中書，遂移在中書省。開元十一年，張説奏改政事堂爲中書門下，其政事印亦改爲中書門下之印。至德二載三月，宰相分直主政事執筆，每一人知十日。」詩言「會

送夔龍集鳳池」，當是送宰相至中書門下，非謂己至中書會宰相。詩正言當時之制。《書·舜典》：「伯拜稽首，讓於夔龍。」傳：「夔、龍，二臣名。」鳳池，見卷三《寄薛三郎中據》(0363)注。

曲江二首〔一〕

一片花飛減却春，風飄萬點正愁人。且看欲盡花經眼，莫厭傷多酒入脣。江上小堂巢翡翠①，花邊高塚卧麒麟②〔二〕。細推物理須行樂，何用浮名絆此身③〔三〕。(0517)

【校】

①堂，宋本、錢箋校：「川作棠。」《草堂》校：「鮑氏曰堂或作棠。」

②花，宋本、錢箋校：「一作苑。」《九家》作「苑」，校：「一作花。」

③用，宋本、錢箋校：「晋作事。」浮，《草堂》校：「一作榮。」名，宋本、錢箋校：「一作榮。」

【注】

黄鶴注：當是乾元元年(七五八)爲拾遺時在京師作。

〔一〕曲江：見卷一《九日寄岑參》(0025)注。

〔二〕花邊句：《九家》趙注：「舊本『花邊』，師民瞻本作『苑邊高塚』是。蓋芙蓉苑之邊也。」《西京雜記》卷三：「五柞宮有五柞樹……其宮西有青梧觀。觀前有三梧桐樹，樹下有石麒麟二枚，刊其脅爲文字，是秦始皇酈山墓上物也。頭高一丈三尺。東邊者前左折，折處有赤如血，父老謂其有神，皆含血屬筋焉。」《分門》洙曰引此。《封氏見聞記》卷六：「秦漢以來，帝王陵前有石麒麟、石辟邪、石象、石馬之屬，人臣墓前有石羊、石虎、石人、石柱之屬，皆所以表飾墳壟，如生前之象儀衛耳。」

〔三〕細推二句：《淮南子·覽冥訓》：「耳目之察，不足以分物理。」楊惲《報孫會宗書》：「人生行樂耳，須富貴何時。」謝靈運《初去郡》：「伊余秉微尚，拙訥謝浮名。」《文選》李善注：「《禮記》：孔子曰：恥名之浮於行也。」《漢書·叙傳》：「今吾子已貫仁誼之羈絆，繫名聲之韁鎖。」

朝回日日典春衣，每日江頭盡醉歸〔一〕。酒債尋常行處有，人生七十古來稀〔二〕。穿花蛺蝶深深見①，點水蜻蜓款款飛②〔三〕。傳語風光共流轉，暫時相賞莫相違〔四〕。（0518）

【校】

① 見，宋本、錢箋、《草堂》校：「一作舞。」

② 款款，宋本、錢箋、《草堂》校：「一云緩緩。」

【注】

〔一〕朝回句：典，典當。《因話録》卷四：「李公有故人子弟來投，落拓不事。李公遍問舊時别墅及家童有技者，圖書有名者，悉云賣却。李責曰：『郎君未官家貧，産業從賣，何至賣及書籍古畫？』惆悵久之，復問曰：『有一本虞永興手寫《尚書》，此猶在否？』其人慚懼，不敢言賣，云『暫將典錢』。」周賀《贈李主簿》：「對酒妨料吏，爲官亦典衣。」

〔二〕酒債二句：李白《贈劉都使》：「歸家酒債多，門客粲成行。」高適《贈别王十七管記》：「堂中皆食客，門外多酒債。」曹慕樊謂索共飲者多，未暇酬酢，即名酒債。按，張謂《宴鄭伯瑛宅》：「俸錢供酒債，行子未須歸。」岑參《送顔少府投鄭陳州》：「愛客多酒債，罷官無俸錢。」《送崔主簿赴夏陽》：「地近行程少，家貧酒債多。」皆只作欠酒錢解。吴可《藏海詩話》：「世傳『酒債尋常行處有，人生七十古來稀』，以爲尋常是數，所以對七十。老杜詩亦不拘此説，如『四十明朝過，飛騰暮景斜』，又云『羇栖愁裏見，二十四回明』，乃是以連綿字對連綿數也。以此可見工部立意對偶處。」曹毗《對儒》：「此蓋員動之用舍，非尋常之所實也。」《隋書·于仲文傳》：「以此爲觀，非尋常人也。」皆非言數，義同平常。行處，佛典有佛所行處、經行處語，蓋源自此。

〔三〕穿花二句：何遜《石頭答庾郎丹》：「黄鸝隱葉飛，蛺蝶縈空戲。」蕭綱《晚日後堂》：「花留蛺蝶粉，竹翳蜻蜓珠。」本書卷一四《喜觀即到復題短篇二首》（0997）：「泊船悲喜後，款款話歸秦。」

款款乃舒緩貌。

〔四〕傳語二句：《後村詩話》卷五引煬帝《春日》：「傳語春光道，先歸何處邊。」《九家》趙注引作馮少憐詩，又張謂《春江月》：「請語春光催後騎，併將歌舞向前溪。」趙注：「今公所謂『傳語』，正參用此語，以風光在我輩，當共流轉，相與賞玩，莫相違戾。」

范温《潛溪詩眼》：「或問余：東坡有言：詩至於杜子美，天下之能事畢矣。老杜之前，人固未有如老杜，後世安知無過老杜者？余曰：如一片花飛減却春，若詠落花則語意皆盡，所以古人既未到，決知後人更無好語。」

《二程遺書》卷一八：「且如今言能詩無如杜甫，如言『穿花蛺蝶深深見，點水蜻蜓款款飛』，如此閑言語道出作甚？」

葉夢得《石林詩話》卷下：「詩語固忌用巧太過，然緣情體物，自有天然之妙，雖巧而不見刻削之痕。……至『穿花蛺蝶深深見，點水蜻蜓款款飛』，『深深』字若無『穿』字，『款款』字若無『點』字，皆無以見其精微如此。然讀之渾然，全似未嘗用力，此所以不礙其氣格超勝。使晚唐諸子爲之，便當如『魚躍練波抛玉尺，鶯穿絲柳織金梭』體矣。」

吴喬《圍爐詩話》卷二：「律詩有二體，如沈佺期《古意》……八句如鈎鎖連環，不用起承轉合一定之法者也。子美《曲江》詩亦然。其云『一片花飛減却春』，言花初落也。『風飄萬點

正愁人』，言花大落也。『且看欲盡花經眼』，言花落盡也。一片、萬點、減却春、正愁人、欲盡經眼，情景漸次而深，興起第四句以酒遣懷之意。『小堂巢翡翠』，言失位猶有可意事。『高塚卧麒麟』，言富貴終有盡頭時。落花起興，至此意已完。『細推物理須行樂』，因落花而知萬物有必盡之理。細推者，自一片、萬點、落盡、飲酒、塚墓，皆在其中，以引末句失官不足介懷之意。此體子美最多。」

曲江對酒

苑外江頭坐不歸，水精春殿轉霏微①〔一〕。桃花細逐楊花落②，黄鳥時兼白鳥飛③。縱飲久判人共弃〔二〕，懶朝真與世相違。吏情更覺滄洲遠④，老大悲傷未拂衣⑤〔三〕。（0519）

【校】

①春，宋本、錢箋、《九家》、《草堂》校：「一作宫。」

②細逐楊花落，宋本、錢箋、《草堂》校：「一云欲共梨花語。」

③時，宋本、錢箋、《草堂》校：「一作仍。」

④ 吏，宋本、錢箋、《九家》、《草堂》校：「一作含。」

⑤ 悲傷，《草堂》作「徒悲」。

【注】

黄鶴注：當是乾元元年（七五八）爲拾遺在京師作。

〔一〕苑外二句：《九家》趙注：「苑外者，芙蓉苑之外也，曲江在苑北。」「月宫謂之水精宫，今以言春殿，蓋以狀其清幽也。或云即殿名。」《太平御覽》卷一八七引《漢官典職》：「德陽殿柱皆金刻鏤作，奇禽萬巧，間以丹青翡翠，竟柱構以水精，一柱三帶，韜以赤緹。」黄生注：「曲江宫殿多在水中，故以二字擬之。」沈約《庭雨應詔》：「霢霂裁欲垂，霏微不能注。」

〔二〕縱飲句：《方言》：「拌，弃也。楚凡揮弃物謂之拌。」《集韻》拌：「俗作拚，非是。」李調元《方言藻》：「判與拌同，俗作拚。揚子雲《方言》：楚人揮弃物謂之拌。杜子美詩：『縱飲久判人共弃。』温庭筠詩：『夜聞猛雨判花盡。』今人云判得如此，猶言自分如此。」

〔三〕吏情二句：謝朓《之宣城郡出新林浦向板橋》：「既歡懷禄情，復協滄洲趣。」謝靈運《述祖德詩》：「高揖七州外，拂衣五湖裏。」

曲江對雨①

城上春雲覆苑牆，江亭晚色静年芳②〔一〕。林花著雨燕脂落③，水荇牽風翠帶

長〔二〕。龍武新軍深駐輦④，芙蓉別殿謾焚香〔三〕。何時詔此金錢會⑤，暫醉佳人錦瑟傍⑥〔四〕。（0520）

【校】

① 對雨，宋本、錢箋校：「晋作值雨。」

② 年，宋本、錢箋、《九家》校：「一作天。」

③ 脂，宋本、錢箋、《草堂》校：「一作支。」

④ 深，宋本、錢箋校：「一作經。」

⑤ 詔，宋本、錢箋、《九家》校：「一作重。」

⑥ 暫，宋本、錢箋、《九家》、《草堂》校：「一作爛。」

【注】

黄鶴注：當是乾元元年（七五八）爲拾遺時在京師作。

〔一〕江亭句：沈約《三月三日率爾成章》：「麗日屬元巳，年芳具在斯。」

〔二〕林花二句：《古今注》卷中：「燕支，葉似薊，花似蒲公，出西方，土人以染，名爲燕支，中國亦謂之紅藍。以染粉，爲婦人色，謂爲燕支粉。今人以重絳爲胭肢，非燕支花所染也。燕支花自爲紅藍耳。舊謂赤白之間爲紅，即今所謂紅藍也。」趙彦衛《雲麓漫鈔》卷七：「清微子《服飾變古

録》云：燕脂，紂製，以紅藍汁凝而爲之。官賜宫人，塗之，號爲桃花粉。藍地水清，合之色鮮。至唐頗進貢，惟后妃得賜，曰燕脂。」此以言桃花之色。《詩·周南·關雎》：「參差荇菜，左右流之。」傳：「荇，接余也。」陸璣《疏》：「荇，一名接余，白莖，葉紫赤色，正圓徑寸餘，浮在水上，根在水底，與水深淺等，大如釵股，上青下白，鬻其白莖，以苦酒浸之，脆美可案酒。」杜審言《和韋承慶過義陽公主山池》：「綰霧青絲弱，牽風紫蔓長。」

〔三〕龍武二句：《舊唐書·職官志》：「左右龍武軍，初，太宗選飛騎之尤驍健者别署百騎，以爲翊衛之備。天后初加置千騎，中宗加置萬騎，分爲左右營，置使以領之。自開元以來，與左右羽林軍名曰北門四軍。開元二十七年，改爲左右龍武軍，官員同羽林軍也。」仇注别引肅宗至德二載置左右神武軍，謂即此「新軍」。《九家》趙注：「兩句意言車駕唯深駐曲江，不復幸芙蓉苑，則别殿焚香爲漫耳。」程大昌《雍録》卷八：「龍武者，龍虎也。言其人材質服飾有似龍虎也。初置惟以從獵，其地最爲親密，固已易於寵狎矣。又其軍皆中官主之，廩給賞賜比他處特豐，事力重，技藝多。故杜甫詩曰：『龍武新軍深駐輦，芙蓉别殿謾焚香。』言其初時擬幸芙蓉，已遂留駐龍武也。甫之此言，蓋有譏也。」錢箋：「此亦懷上皇南内之詩也。玄宗用萬騎軍以平韋氏，改爲龍武軍，親近宿衛。自深居南内，無復昔日駐輦游幸矣。興慶宫南樓置酒眺望，欲由夾城以達曲江芙蓉苑，不可得矣。」何焯云：「歎其非復太平之舊，且不必遽謂其父子間有所嫌猜也。」

〔四〕何時二句：《九家》趙注：「似言賜錢爲宴。」引《劇談録》開元中上巳賜宴曲江池。見卷二《九

日寄岑參》(0025)注。按，當指會醵，即合衆人之錢。《唐國史補》卷下：「進士爲時所尚久矣。……大宴於曲江亭子，謂之曲江會。」《唐語林》卷二引作「會醵爲樂於曲江亭，謂之曲江宴」。《唐摭言》卷三期集：「謝恩後，方詣期集院。……其日醵罰不少，又出抽名紙錢，每人十千文。其斂名紙，見狀元。俄於衆中驀抽三五個，便出此錢鋪底，一自狀元已下，每人三十千文。」錢箋引開元元年宴王公百寮於承天門，令左右於樓下撒金錢，許諸官争拾之。似未確。崔顥《渭城少年行》：「可憐錦瑟箏琵琶，玉壺清酒就倡家。」

早朝大明宮呈兩省寮友

賈　至〔一〕

銀燭朝天紫陌長，禁城春色曉蒼蒼。千條弱柳垂青瑣，百轉流鶯滿建章。劍佩聲隨玉墀步，衣冠身染御鑪香。共沐恩波鳳池裏，朝朝染翰侍君王。

【注】

〔一〕賈至：見本卷《留别賈嚴二閣老兩院補闕》(0501)注。

奉和賈至舍人早朝大明宮〔一〕舍人先世嘗掌絲綸〔二〕。

五夜漏聲催曉箭，九重春色醉仙桃①〔三〕。旌旗日暖龍蛇動〔四〕，宮殿風微燕雀高。朝罷香烟携滿袖，詩成珠玉在揮毫〔五〕。欲知世掌絲綸美，池上于今有鳳毛②〔六〕。（0521）

【校】

① 重，宋本、錢箋、《九家》、《草堂》校：「一作天。」《文苑英華》作「天」，校：「集作重。」

② 于，宋本、錢箋、《草堂》校：「一作如。」《文苑英華》校：「集作如。」　有，宋本、錢箋、《九家》、《草堂》校：「一作得。」

【注】

黄鶴注：此當是乾元元年（七五八）在諫省作。

〔一〕大明宮：《唐會要》卷三〇《大明宮》：「貞觀八年十月，營永安宮。至九年正月，改名大明宮，以備太上皇清暑。公卿百僚，争以私財助役。至龍朔二年，高宗染風痹，以宮内湫濕，乃修舊

大明宮，改名蓬萊宮，北據高原，南望爽塏。……咸亨元年三月四日，改蓬萊宮爲含元殿。長安元年十一月，又改爲大明宮。」《唐六典》卷七尚書工部：「大明宮在禁苑之東南，西接宮城之東北隅。南面五門，正南曰丹鳳門。……丹鳳門内正殿曰含元殿。殿即龍首山之東趾也。階上高於平地四十餘尺，南去丹鳳門四百餘步，東西廣五百步。今元正、冬至於此聽朝也。」

〔二〕舍人先世：《舊唐書·賈曾傳》：「俄特授曾中書舍人。曾以父名忠，固辭。乃拜諫議大夫、知制誥。……開元初，復拜中書舍人，曾又固辭，議者以爲中書是曹司名，又與曾父音同字別，於禮無嫌，曾乃就職。與蘇晉同掌制誥，皆以詞學見知，時人稱爲蘇賈。……子至。至，天寶末爲中書舍人。禄山之亂，從上皇幸蜀。時肅宗即位於靈武，上皇遣至爲傳位册文。上皇覽之，歎曰：『昔先帝遜位於朕，册文則卿之先父所爲。今朕以神器大寶付儲君，卿又當演誥。累朝盛典，出卿父子之手，可謂難矣。』」

〔三〕五夜二句：《初學記》卷二五引衛宏《漢舊儀》：「五夜：甲夜，乙夜，丙夜，丁夜，戊夜。」《顔氏家訓·書證》：「或問：一夜何故五更？更何所訓？答曰：漢魏以來，謂爲甲夜、乙夜、丙夜、丁夜、戊夜。又云鼓：一鼓、二鼓、三鼓、四鼓、五鼓。亦云一更、二更、三更、四更、五更，皆以五爲節。所以爾者，假令正月建寅，斗柄夕則指寅，曉則指午矣。自寅至午，凡歷五辰。冬夏之月，雖復長短參差，然辰間遼闊，盈不過六，縮不至四，進退常在五者之間。」錢箋引《緗素雜記》謂杜詩「五夜漏聲」，正謂戊夜耳。箭：漏箭，見卷九《奉贈太常張卿二十韻》「傳夕箭」(0414)注。朱鶴齡注：「醉仙桃，言春色之濃，桃花如醉，以在禁内，故曰仙桃，非用王母事

也。」《唐六典》卷七尚書工部東都上陽宫：「次北東上曰玉京門……玉京西北出曰仙桃門。」《唐會要》卷七貞觀二十一年正月丁酉詔：「東苑蟠桃，西池味谷。」和凝《宫詞》：「侍臣不異東方朔，應喜仙桃滿禁林。」是唐禁中植桃。

〔四〕旌旗句：《周禮·春官·司常》：「司常掌九旗之物名，各有屬，以待國事。日月爲常，交龍爲旂，通帛爲旜，雜帛爲物，熊虎爲旗，鳥隼爲旟，龜蛇爲旐。」

〔五〕朝罷一句：《新唐書·儀衛志》：「朝日，殿上設黼扆、躡席、熏爐、香案。」《文心雕龍·神思》：「吟詠之間，吐納珠玉之聲。」高允《塞上公亭詩序》：「仰德音於在昔，遂揮毫以寄言。」

〔六〕欲知一句：《禮記·緇衣》：「子曰：王言如絲，其出如綸；王言如綸，其出如綍。」《南齊書·謝朝宗傳》：「王母殷淑儀卒，超宗作誄奏之，帝大嗟賞，曰：『超宗殊有鳳毛，恐靈運復出。』」

同前

王　維〔一〕

絳幘雞人送曉籌①，尚衣方進翠雲裘。九天閶闔開宫殿，萬國衣冠拜冕旒。日色纔臨仙掌動，香烟欲傍衮龍浮。朝罷須裁五色詔，佩聲歸到鳳池頭。

【校】

①送，錢箋作「報」，校：「一作送。」

【注】

〔一〕王維：見卷九《崔氏東山草堂》(0489)注。《舊唐書·王維傳》：「賊平，陷賊官三等定罪。維以《凝碧詩》聞於行在，肅宗嘉之。會縉請削己刑部侍郎以贖兄罪，特宥之，責授太子中允。乾元中，遷太子中庶子、中書舍人，復拜給事中，轉尚書右丞。」

同前

岑　參〔一〕

雞鳴紫陌曙光寒，鶯囀皇州春色闌。金鎖曉鍾開萬户，玉堦仙仗擁千官。花迎劍佩星初落，柳拂旌旗露未乾。獨有鳳凰池上客，陽春一曲和皆難。

【注】

〔一〕岑參：見卷一《九日寄岑參》(0025)注。本書卷二〇《爲補遺薦岑參狀》(1477)：「宣議郎、試大理評事、攝監察御史、賜緋魚袋岑參。右臣等竊見岑參識度清遠、議論雅正……至德二載六月十二日左拾遺内供奉裴薦等狀。」

楊萬里《誠齋詩話》：「七言褒頌功德，如少陵、賈至諸人倡和《早朝大明宫》，乃爲典雅重

大。和此詩者，岑參云『花迎劍佩星初落，柳拂旌旗露未乾』，最佳。」

謝榛《四溟詩話》卷三：「予客都門，雪夜同張茂參、劉成卿二計部酌酒談詩。茂參曰：『賈舍人《早朝大明宮》詩及諸公和者，可能定其次第否？』……成卿曰：『予僭評之，何異蠡測海爾。杜其一也，王其二也，岑其三也，賈其四也。』予曰：『子所論詎敢相反？顛之倒之，則伯仲叔季定矣。賈則氣渾調古，岑則詞麗格雄，王、杜二作，各有短長，其次第猶是一輩行。或有擬之者，難與爲倫。』」

宣政殿退朝晚出左掖〔一〕

天門日射黃金榜，春殿晴曛赤羽旗①〔二〕。宮草微微承委珮②，鑪烟細細駐游絲〔三〕。雲近蓬萊常好色③，雪殘鳷鵲亦多時〔四〕。侍臣緩步歸青瑣，退食從容出每遲〔五〕。（0522）

【校】

① 曛，錢箋校：「一作熏。」

② 微微，宋本、錢箋、《九家》、《草堂》校：「一云霏霏。」《文苑英華》作「霏霏」，校：「集作微微。」

③好，宋本、錢箋、《九家》校：「一作五。」《草堂》作「五」。《文苑英華》作「五」，校：「集作好。」

【注】

黃鶴注：當是乾元元年（七五八）春作。

〔一〕宣政殿：《唐六典》卷七尚書工部大明宮：「丹鳳門内正殿曰含元殿……其北曰宣政門……内曰宣政殿。殿前東廊曰日華門，門東門下省。」《唐會要》卷二四《朔望朝參》：「故事，朔望日，御宣政殿見群臣，謂之大朝。玄宗始以朔望陵寢薦食，不聽政，其後遂以爲常。」左掖：門下省。《漢書・成帝紀》：「入尚方掖門。」注：「服虔曰：掖門者，正門之傍小門也。」「師古曰：掖門在兩傍，言如人臂掖也。」張説《和許給事中直夜簡諸公》：「左掖知天近，南窗見月臨。」

〔二〕天門二句：《藝文類聚》卷六二引《神異經》：「西南方有宮，以金爲牆，門有金榜，以銀鏤字，題曰『天皇之宮』。」仇注引邵注：「榜，門扁也。」楊巨源《春日奉獻聖壽無疆詞》：「曙色含金榜，晴光轉玉珂。」赤羽旗，《分門》洙曰：「以赤鳥羽爲旗。」《九家》趙注：「如《周官》析羽爲旌。」朱鶴齡注：「所謂前朱雀也。」張衡《西京賦》：「垂翟葆，建羽旗。」《文選》薛綜注：「建隼羽爲旌旗也。」

〔三〕宮草二句：《禮記・曲禮下》：「立則磬折垂佩。主佩倚則臣佩垂，主佩垂則臣佩委。」注：「君臣俛仰之節。倚，謂附於身。小俛則垂，大俛則委於地。」游絲，見次首注。

〔四〕雲近二句：蓬萊宮，即大明宮。見本卷《奉和賈至舍人早朝大明宮》（0521）注。司馬相如《上林賦》：「過鳷鵲，望露寒。」《文選》李善注：「張揖曰：此四觀，武帝建元中作，在雲陽甘泉

宮外。」

〔五〕侍臣二句：青瑣，見卷九《奉贈太常張卿二十韻》(0419)注。《詩・召南・羔羊》：「退食自公，委蛇委蛇。」《唐會要》卷六五《光禄寺》：「景雲二年正月敕：左右廂南衙廊中食，每日常參官職事五品以上及員外郎，供一百盤、羊三口。餘賜中書門下供奉官及監察御史、太常博士。百官每日常供具三羊，六參日、節日加羊一口。」

題省中院壁

掖垣竹埤梧十尋，洞門對霤常陰陰①〔一〕。落花游絲白日静，鳴鳩乳燕青春深〔二〕。腐儒衰晚謬通籍，退食遲回違寸心〔三〕。衮職曾無一字補，許身愧比雙南金〔四〕。（0523）

【校】

① 霤，宋本、錢箋校：「一作雪。」《九家》、《草堂》作「雪」。

【注】

黄鶴注：當是乾元元年（七五八）爲拾遺時作。

〔一〕掖垣二句：劉楨《贈徐幹》：「誰謂相去遠，隔此西掖垣。」《草堂》夢弼注：「垣、埤皆牆也。高曰垣，低曰埤。垣竹、埤梧皆長十尋也。」仇注謂無此句法。王褒《和從弟佑山家詩》：「衆林積爲籟，園竹茂成埤。」朱鶴齡注：「此是『竹埤』所本，不必强疏。」洞門，見卷九《大雲寺贊公房二首》(0493)注。左思《吴都賦》：「玉堂對霤，石室相距。」《文選》李善注：「鄭玄《禮記注》曰：堂前有承霤。」《九家》趙注謂洞門不當言「對霤」，當作「對雪」，蓋終南崇山，雖春深而有積雪。說迂。

〔二〕落花二句：沈約《三月三日率爾成章》：「游絲映空轉，高楊拂地垂。」《九家》趙注：「游絲於春時空中自有之，蓋野馬之類，天地之氣也。即非蛛絲，學者多誤指之矣。」曹植《贈徐幹》：「春鳩鳴飛棟，流猋激櫺軒。」鮑照《采桑》：「乳燕逐草蟲，巢蜂拾花萼。」

〔三〕腐儒二句：通籍，見卷九《奉贈太常張卿二十韻》(0419)注。陸機《文賦》：「函綿邈於尺素，吐滂沛乎寸心。」《詩·邶風·谷風》：「中心有違。」

〔四〕衮職二句：《詩·大雅·烝民》：「衮職有闕，維仲山甫補之。」箋：「衮職者不敢斥王之言也，王之職有闕，輒能補之者，仲山甫也。」張載《擬四愁詩》：「佳人遺我緑綺琴，何以贈之雙南金。」《詩·魯頌·泮水》：「元龜象齒，大賂南金。」傳：「南，謂荆揚也。」箋：「荆揚之州，貢金三品。」

陳師道《後山詩話》：「黄魯直謂白樂天云『笙歌歸院落，燈火下樓臺』，不如杜子美云『落花游絲白日静，鳴鳩乳燕青春深』也。」

葉夢得《石林詩話》卷上：「禪宗論雲間有三種語：其一爲隨波逐浪句，謂隨物應機，不主故常。其二爲截斷衆流句，謂超出言外，非情識所到。其三爲函蓋乾坤句，謂泯然皆契，無間可伺。其深淺以是爲序。余嘗戲謂學子言：老杜詩亦有此三種語，但先後不同。『波漂菰米沉雲黑，露冷蓮房墜粉紅』爲函蓋乾坤句，以『落日游絲白日静，鳴鳩乳燕青春深』爲隨波逐浪句，以『百年地僻柴門迥，五月江深草閣寒』爲截斷衆流句。若有解此，當與渠同參。」

方回《瀛奎律髓》卷二五：「此篇八句俱拗，而律吕鏗鏘。試以微吟，或以長歌，其實文從字順也。以下吴體皆然。『落花游絲白日静，鳴鳩乳燕青春深』，此等句法惟老杜多，亦惟山谷、後山多，而簡齋亦然。乃知江西詩派非江西，實皆學老杜耳。」

春宿左省①

花隱掖垣暮，啾啾棲鳥過。星臨萬户動〔一〕，月傍九霄多。不寢聽金鑰②，因風想玉珂〔二〕。明朝有封事，數問夜如何〔三〕。（0524）

【校】

① 春宿左省，《文苑英華》題作「春夜宿左省」。

②寢，《文苑英華》作「寐」，校：「集作寢。」鑰，《文苑英華》作「鎖」，校：「集作鑰。」

【注】

黃鶴注：乾元元年（七五八）作。

〔一〕星臨句：庾肩吾《亂後經夏禹廟》：「月起吾山北，星臨天漢中。」《漢書・郊祀志》：「作建章宫，度爲千門萬户。」

〔二〕不寢二句：《唐六典》卷八門下省：「城門郎掌京城、皇城、宫殿諸門開闔之節，奉其管鑰而出納之。」卷一二内官尚宫局：「司闈掌宫闈管鑰之事。」張華《輕薄篇》：「文軒樹羽蓋，乘馬鳴玉珂。」《西京雜記》卷二：「自是長安始盛飾鞍馬，競加雕鏤，或一馬之飾直百金，皆以南海白蜃爲珂，紫金爲蕚，以飾其上。」《唐六典》卷四尚書禮部百僚冠笏：「傘、幰、珂、珮各有差。」「珂，三品已上九子，四品七子，五品五子。」《宋史・儀衛志》：「馬珂之制，銅面，雕翎鼻拂，攀胸，上綴銅杏葉、紅絲拂。又胸前及腹下皆有攀，綴銅鈴，後有跋塵，錦包尾。」

〔三〕明朝二句：《漢書・宣帝紀》：「令群臣得奏封事，以知下情。」《新唐書・百官志》左補闕、左拾遺：「掌供奉諷諫，大事廷議，小則上封事。」《詩・小雅・庭燎》：「夜如何其？夜未央。」

送翰林張司馬南海勒碑①相國製文〔一〕。

冠冕通南極，文章落上台〔二〕。詔從三殿去②〔三〕，碑到百蠻開。野館濃花發，

春帆細雨來。不知滄海上③，天遣幾時回〔四〕？（0525）

【校】

① 司馬，宋本、錢箋校：「一云學士。」

② 三殿，宋本、錢箋校：「一云天上。」

③ 上，宋本、錢箋校：「一作使。」《文苑英華》作「使」，校：「集作上。」

【注】

黄鶴注：梁權道編在乾元元年（七五八），亦從舊次耳。按《南詔傳》，玄宗詔何履光以兵定南詔境，立馬援銅柱乃還，蓋在天寶七載（七四八），恐是此時往勒碑。

〔一〕翰林張司馬：司空曙有《送翰林張學士嶺南勒聖碑》。黄鶴注：「《唐志》翰林無司馬，唯王府長史下有司馬一人……今題云『翰林張司馬』，豈非以司馬而居翰林之事？」「今題云『勒碑』，又是相國已製，則張非文詞經學之士明矣，殆鐫工之精者。」陶敏疑爲張漸。《全唐文補遺》第七輯《皇第五孫女墓志銘》：「署中大夫、行中書舍人、翰林院待制、上柱國張漸撰。」天寶十三載閏十一月葬。《舊唐書・楊國忠傳》：「國忠之党翰林學士張漸、竇華……憑國忠之勢，招來賂遺，車馬盈門，財貨山積。及國忠敗，皆坐誅滅。」若此詩乾元間作，則非其人。《新唐書・百官志》：「翰林院者，待詔之所也。唐制，乘輿所在，必有文詞、經學之士，下至卜醫伎術之流，

皆直於別院，以備宴見，而文書詔令，則中書舍人掌之。自太宗時，名儒學士時時召以草制，然猶未有名號。乾封以後，始號北門學士。玄宗初，置翰林待詔，以張説、陸堅、張九齡爲之，掌四方表疏批答、應和文章。既而又以中書務劇，文書多壅滯，乃選文學之士，號翰林供奉，與集賢院學士分掌制詔書敕。」翰林待詔、供奉屬差遣，充其職者皆另有官銜。《新唐書·呂向傳》：「帝自爲文，勒石西岳，詔向爲鐫勒使。」姜宸英《湛園札記》卷四：「此雖權設，亦以士人爲之也。若是雜流，公不宜作詩送之。」南海勒碑：《舊唐書·地理志》：「廣州中都督府，隋南海郡。……天寶元年，改爲南海郡。乾元元年，復爲廣州。」杜詩南海，例指廣州。黄鶴注以南詔事當之，非是。此勒碑事疑與西原蠻有關。乾元初曾遣中使賜西原蠻詔書，約降。參卷六《自平》(0266)注。

〔二〕文章句：《太平御覽》卷二〇六引陶氏《職官要録》：「三台擬三公。黄帝以風后配上台，天老配中台，五聖配下台。」

〔三〕三殿：麟德殿。《南部新書》丙卷：「麟德殿三面，亦謂之三殿。」《雍録》卷四：「李肇《記》曰：翰林院在少陽院南，其東當三院。結鄰、鬱儀樓，即三院之東西廊也。」「三殿者，麟德殿也。一殿而三面，故名三殿也。三院即三殿也。」

〔四〕不知二句：《九家》趙注：「此句暗用《博物志》有人乘槎至海犯牛斗事。杜公每用，却多指爲張騫云。」見卷一《送孔巢父謝病歸游江東兼呈李白》(0026)注。黄生云：「蓋因其姓，因其使，使又往海上，用事精切，又雄渾不露。」

晚出左掖

晝刻傳呼淺，春旗簇仗齊〔一〕。退朝花底散，歸院柳邊迷〔二〕。樓雪融城濕，宮雲去殿低。避人焚諫草，騎馬欲雞栖〔三〕。朱仲卿車如雞栖馬如狗①〔四〕。（0526）

【校】

① 朱仲卿車如雞栖馬如狗，錢箋以此爲吴若本注。

【注】

黄鶴注：當是乾元元年（七五八）春在諫省作。

〔一〕晝刻二句：《藝文類聚》卷四九引《漢官解詁》：「衛尉，主宮闕之内……當出入者，案籍畢，復齒符，乃引内之也。其有官位得出入者，令執御者各傳呼前後以相通，從昏至晨，分部行夜。」陸倕《新刻漏銘》：「衛宏載傳呼之節，較而未詳。」《文選》李善注：「衛宏《漢舊儀》曰：夜漏起宮中，宮城門傳五伯官，直符行衛士，周廬擊木柝，歡呼備火。」《九家》趙注：「謂傳呼淺，則在晝不若夜之遠也。」簇，簇聚。見卷一《橋陵詩三十韻因呈縣内諸官》（0037）注。

〔二〕退朝二句：《雍録》卷八：「按《六典》，宣政殿前有兩廡，兩廡各自有門，其東曰日華，日華之東，則門下省也。以其地居殿廡之左，故又曰左省也。凡兩省官繫銜左者，如左散騎、左諫議、給事中，皆其屬也。西廡有門曰月華，月華之西即中書省也。凡繫銜爲右者，如右諫議、右常侍、中書舍人，則其屬也。……老杜詩曰：『退朝花底散，歸院柳邊迷』，其曰散者，分班而出東西，各歸其廨也。」龐元英《文昌雜録》卷四：「杜甫《紫宸退朝》詩云：『香飄合殿春風轉，花覆千官淑景移。』又《晚出左掖》云：『退朝花底散，歸院柳邊迷。』乃知唐朝殿亦種花柳。今殿庭惟對植槐楸，鬱鬱然有嚴毅之氣也。」

〔三〕避人二句：《晋書·羊祜傳》：「其嘉謀讜議，皆焚其草，故世莫聞。」《舊唐書·馬周傳》：「周臨終，索所陳事表草一帙，手自焚之，慨然曰：『管、晏彰君之過，求身後名，吾弗爲也。』」《後漢書·陳蕃傳》：「蕃友人陳留朱震……震字伯厚，初爲州從事，奏濟陰太守單匡臧罪，並連匡兄中常侍車騎將軍超。桓帝收匡下廷尉，以譴超，超詣獄謝。三府諺曰：車如雞栖馬如狗，疾惡如風朱伯厚。」顧炎武《日知録》卷二七引此，謂：「蓋欲效古人敝車羸馬之意。」「雞栖言車小也。余聞之張錦衣紀云。」

〔四〕錢箋引吴若本此注，謂：「按此詩爲『晚出左掖』，不如用『日之夕矣』爲當。」按，《漢書·朱邑傳》邑字仲卿，此注誤與伯厚淆。然其爲作者自注，當無疑。《詩·王風·君子于役》：「雞栖于塒，日之夕矣。」此用雞栖蓋兩涉。

曲江陪鄭八丈南史飲〔一〕

雀啄江頭黃柳花①，鵁鶄鸂鶒滿晴沙〔二〕。自知白髮非春事，且盡芳樽戀物華〔三〕。近侍即今難浪跡，此身那得更無家〔四〕。丈人文力猶强健②，豈傍青門學種瓜〔五〕。（0527）

【校】

① 黃柳，《文苑英華》作「杨柳」。

② 文，宋本、錢箋校：「刊作才。」《草堂》校：「卞圜刊作才。」《九家》、《文苑英華》作「才」。

【注】

黃鶴注：當是乾元元年（七五八）在諫省時作，時未貶華州司功也。

〔一〕鄭八丈南史：事跡未詳。《册府元龜》卷一三九《帝王部·旌表》：「（興元元年十二月）前起居舍人鄭南史爲司封員外郎……並朱泚時潛不仕也。」未知是否一人。

〔二〕鵁鶄句：《爾雅·釋鳥》：「鳽，鵁鶄。」注：「似鳧，脚高，毛冠。江東人家養之以厭火災。」左思

《吴都賦》：「鸂鶒鸘鶂。」《文選》劉逵注：「鸂鶒，水鳥也。色黄赤，有斑文，食短狐蟲，在水中，無毒。江東諸郡皆有之。」《駢雅》卷七：「鴛鴦、鸂鶒，匹鳥也。」《舊唐書・倪若水傳》：「（開元）四年，玄宗令宦官往江南采鵁鶄等諸鳥。」《開元天寶遺事》卷三：「五月五日，明皇避暑游興慶池，與妃子晝寢於水殿中。宫嬪輩憑欄倚檻，争看二鸂鶒戲於水中。」

〔三〕自知二句：《九家》趙注：「春事嬉游賞玩，皆年少之所宜，故白髮非春事矣。」劉孝綽《櫟口守風》：「華茵藉初卉，芳樽散緒寒。」謝靈運《撰征賦》：「怨物華之推驛，慨舟壑之遞遷。」

〔四〕近侍二句：江淹《雜體詩・張廷尉綽雜述》：「浪跡無蚩妍，然後君子道。」《文選》李善注：「浪，猶放也。」《九家》趙注：「今既復聚，故喜而曰『那得更無家』。」朱鶴齡注：「那得更無家，即笑爲妻子累意也。時已有去官之志。」仇注：「回念此身，更無家計可資。」浦起龍云：「洛陽舊宅當殘破之後，故曰無家。」按，那得即那能，亦即不得、不能。趙、朱注近是。

〔五〕丈人二句：見卷二《喜晴》(0077)「東門瓜」注。

送賈閣老出汝州〔一〕

西掖梧桐樹〔二〕，空留一院陰。艱難歸故里，去住損春心〔三〕。宫殿青門隔，雲山紫邏深〔四〕。人生五馬貴〔五〕，莫受二毛侵。（0528）

【注】

黄鶴注：至奔襄鄧在乾元二年三月，此詩在元年（七五八）春作，公是時在左掖。

〔一〕賈閣老：賈至。《新唐書·肅宗紀》：「（乾元二年三月）史思明殺安慶緒。東京留守崔圓、河南尹蘇震、汝州刺史賈至奔於襄鄧。」又見《册府元龜》卷四四三《將帥部·敗衄》。又至有《汝州刺史謝上表》。

〔二〕西掖句：西掖，中書省。《初學記》卷一一引應劭《漢官儀》：「左右曹受尚書事，前事文士，以中書在右，因謂中書爲右曹，又稱西掖。」至以中書舍人出守汝州。

〔三〕艱難二句：黄鶴注：「蓋至之父曾，河南洛陽人，而汝州唐屬河南道，與河南又爲鄰。」錢箋：「賈至本傳不載出守之故。杜有《别賈嚴二閣老》及《寄岳州兩閣老》詩。知其爲房琯黨也。琯與武尚未貶，而先出至者，以普安郡制置天下之詔，至實當制，故先去之也。岳州之謫，亦本於此。公詩有艱難去住之句，情見乎詞矣。」按，艱難謂國艱，去住言彼此二人。錢氏刻意深求，敲剥史實，未見其當。

〔四〕宫殿二句：青門，長安東門。見前詩注。《太平寰宇記》卷八汝州：「廢臨汝縣，在州西南六十里。本漢梁縣地。唐先天元年十二月割置縣，於今縣西南二十里紫邏川置。」《雲笈七籤》卷一一二：「鄭南海爲牧梁宋，其表弟進士劉生寓居汝州，有紫邏山，即神仙靈境也。」

〔五〕五馬：見卷四《冬狩行》（0154）注。

送鄭十八虔貶台州司户傷其臨老陷賊之故闕爲面別情見於詩〔一〕

鄭公樗散鬢成絲①，酒後常稱老畫師〔二〕。萬里傷心嚴譴日〔三〕，百年垂死中興時。蒼惶已就長途往②，邂逅無端出餞遲。便與先生應永訣，九重泉路盡交期③〔四〕。（0529）

【校】

① 成，錢箋校：「一作如。」《草堂》作「如」。

② 蒼惶，宋本、錢箋校：「一作伶俜。」

③ 路，宋本、錢箋校：「一作下。」

【注】

黄鶴注：當是至德二載（七五七）十二月作。

〔一〕鄭十八虔：見卷七《八哀詩·鄭公虔》（0336）注。《册府元龜》卷一五二《帝王部·明罰》：

「(至德二載)十二月，受賊僞官陳希烈、達奚珣等二百餘人並繫楊國忠宅，付三司推鞫。……是月，三司所推受賊僞官陳希烈等定六等罪，於尚書省集議，皆以爲極重刑之於市，與衆弃之；其次自盡及重杖一頓；其次三等皆流貶。」

〔二〕鄭公二句：《莊子·逍遥游》：「吾有大樹，人謂之樗，其大本擁腫而不中繩墨，其小枝卷曲而不中規矩。立之途，匠者不顧。」虞世南《奉和幸江都應詔》：「多幸沾行葦，無庸類散樗。」《舊唐書·閻立本傳》：「太宗嘗與侍臣學士泛舟於春苑，池中有異鳥，隨波容與。太宗擊賞，數詔座者爲詠，召立本令寫焉。時閣外傳呼云畫師閻立本。」

〔三〕萬里句：《後漢書·襄楷傳》：「嚴被譴讓。」宋之問《至端州驛見杜五審言》：「逐臣北地承嚴譴，謂到南中每相見。」

〔四〕九重句：蕭統《詠彈箏人》：「還作三洲曲，誰念九重泉。」

題鄭十八著作主人①〔一〕

台州地闊海冥冥②〔二〕，雲水長和島嶼青。亂後故人雙别淚③，春深逐客一浮萍④。酒酣懶舞誰相拽〔三〕，詩罷能吟不復聽。第五橋東流恨水，皇陂岸北結愁亭〔四〕。賈生對鵩傷王傅，蘇武看羊陷賊庭〔五〕。可念此翁懷直道⑤，也霑新國用輕

刑〔六〕。禰衡實恐遭江夏，方朔虛傳是歲星〔七〕。窮巷悄然車馬絶⑥，案頭乾死讀書螢〔八〕。（0530）

【校】

①主人，錢箋、《草堂》作「虔」，《九家》作「丈」。

②闊，宋本、錢箋、《草堂》校：「一作僻。」

③亂後，宋本、錢箋校：「一作繾綣。」

④春深，宋本、錢箋校：「一作飄飖。」

⑤翁，《草堂》作「公」。　懷，宋本、錢箋校：「一作常。」

⑥悄然，宋本、錢箋校：「一云一朝。」

【注】

黄鶴注：當是乾元元年（七五八）三月作。

〔一〕題鄭十八著作主人：王嗣奭《杜臆》：「遵岩云：此當是題其在京之故居，詳其謫居而及其被謫之由，結句乃其所居之感也，極是。余初疑『題』字誤，今知非誤也，但『題』下缺『故居』二字。」按，「主人」即就居所言，如劉長卿《逢雪宿芙蓉山主人》。或者不曉其義，而妄改爲虔、丈之類。

〔二〕台州句：《元和郡縣圖志》卷二六：「台州，臨海。……武德四年討平李子通，於臨海縣置海州，五年改海州爲台州，蓋因大台山爲名。……東至大海一百八十里。」

〔三〕酒酣句：《王梵志詩校注》〇〇五首：「忽起相羅拽，啾唧索相調。」《敦煌變文集·漢將王陵變》：「横駝竪拽，到王陵面前。」

〔四〕第五句：第五橋，見卷九《陪鄭廣文游何將軍山林十首》(0449)注。皇陂即皇子陂，見《重過何氏五首》(0460)注。王嗣奭《杜臆》：「虔所居與第五橋、皇子陂皆近，故引用。洙注以爲會別之地，誤矣。」

〔五〕賈生二句：對鵩，見卷七《八哀詩·李公邕》(C334)注。《漢書·蘇武傳》：「單于愈益欲降之，乃幽武置大窖中，絶不飲食。天雨雪，武卧齧雪與旃毛並咽之，數日不死。匈奴以爲神，乃徙武北海上無人處，使牧羝，羝乳乃得歸。……武既至海上，廩食不至，掘野鼠去草實而食之。杖漢節牧羊，卧起操持，節旄盡落。」

〔六〕可念二句：錢箋：「是時陷賊官以六等定罪，虔在次三等之數，貶台州司户，故曰『用輕刑』也。」

〔七〕禰衡一句：禰衡，見卷九《敬贈鄭諫議十韻》(0415)注。《太平御覽》卷五引《漢武故事》：「西王母使者至，東方朔死，上問使者，對曰：『朔是木帝精，爲歲星，下游人中以觀天下，非陛下臣也。』」《太平廣記》卷六《東方朔》(出《洞冥記》及《朔别傳》)：「武帝得此語，即召太王公問之曰：『爾知東方朔乎？』公對曰：『不知。』『公何所能？』曰：『頗善星曆。』帝問：『諸星皆具在

否？』曰：『諸星具，獨不見歲星十八年，今復見耳。』帝仰天歎曰：『東方朔生在朕傍十八年，而不知是歲星哉。』」

〔八〕窮巷二句：車胤聚螢讀書，見卷七《奉酬薛十二丈判官見贈》(0324)注。

端午日賜衣〔一〕

宮衣亦有名，端午被恩榮〔二〕。細葛含風軟，香羅疊雪輕。自天題處濕〔三〕，當暑著來清。意内稱長短①，終身荷聖情②。(0531)

【校】

① 意内稱，宋本、錢箋、《草堂》校：「一云恰稱身。」

② 情，《九家》、《草堂》校：「一作明。」

【注】

黄鶴注：乾元元年(七五八)作。

〔一〕端午日賜衣：李嶠有《謝端午賜衣表》。常衮有《謝端午賜衣及器物等表》。參卷八《惜别行送

向卿進奉端午御衣之上都》(0374)注。

〔二〕宮衣二句：王嗣奭《杜臆》：「鍾云：亦有名，有望外意。余謂公即以六月出華州，知時帝眷已衰，寓不平之感。」何焯云：「『有名』即所謂『自天題處濕』，衣有賜杜甫字也。」

〔三〕自天句：朱鶴齡注：「題謂題名衣上。」天題，謂御筆所題。

贈畢四曜〔一〕

才大今詩伯〔二〕，家貧苦宦卑。飢寒奴僕賤，顔狀老翁爲〔三〕。同調嗟誰惜〔四〕，論文笑自知。流傳江鮑體，相顧免無兒〔五〕。(0532)

【注】

黄鶴注：公在長安時贈之，當是乾元元年（七五八）。

〔一〕畢四：畢曜，見卷二《偪仄行》(0051)注。

〔二〕才大句：詩伯，參卷二《戲贈閿鄉秦少公短歌》(0083)「文章伯」注。

〔三〕飢寒二句：仇注引申涵光曰：「奴僕賤主、奴僕自賤與奴僕爲人所賤，三説俱通。」王延壽《王孫賦》：「顔狀類乎老公，軀體似乎小兒。」王嗣奭《杜臆》：「吾初讀顔狀老夫爲，意曜真老。後

公在秦州時畢曜除監察，始知畢以飢寒憔悴，故顔狀致然，則可悲之甚。」

〔四〕同調句：謝靈運《七里瀨》：「誰謂古今殊，異代可同調。」

〔五〕流傳二句：《九家》趙注：「江謂江淹，鮑謂鮑照。師民瞻本『江鮑體』作『江左體』，亦是。言江左，則不止指二人。」鍾嶸《詩品》：江淹「文通詩體總雜，善於摹擬，筋力於王微，成就於謝朓。」鮑照「其源出於二張，善製形狀寫物之詞，得景陽之諔詭，含茂先之靡嫚。骨節强於謝混，驅邁疾於顔延。總四家而擅美，跨兩代而孤出。嗟其才秀人微，故取湮當代。」《朝野僉載》卷六：「時人語曰：『蘇瑰有子，李嶠無兒。』」趙注引此，謂：「意言各有子以傳世業，即非伯道無兒事。」《隋書·蘇威傳》：「子夔……少聰敏，有口辯。……楊素甚奇之，每戲威曰：『楊素無兒，蘇夔無父。』」曹慕樊引此。

酬孟雲卿〔一〕

樂極傷頭白，更長愛燭紅①〔二〕。相逢難衮衮②，告别莫怱怱〔三〕。但恐天河落，寧辭酒盞空〔四〕。明朝牽世務〔五〕，揮淚各西東。（0533）

【校】

① 長，錢箋校：「一作深。」

②難，錢箋校：「流俗本作雖。」《草堂》作「雖」。

【注】

黃鶴注：當是乾元元年（七五八）六月出爲華州司功將行時作。

〔一〕孟雲卿：見卷二《湖城東遇孟雲卿復歸劉顥宅宿宴飲散因爲醉歌》（0081）注。

〔二〕更長：見卷一《今夕行》（0009）注。

〔三〕相逢二句：《藝文類聚》卷四引《竹林七賢論》：「裴逸民叙前言往行，衮衮可聽。」《南史・梁宗室傳》：「童謡云：莫匆匆，且寬公。」

〔四〕但恐二句：鮑照《玩月城西門廨中》：「夜移衡漢落，徘徊帷幌中。」《吴聲歌曲・子夜歌》：「奉酒待相勸，酒還杯亦空。」吴均《別王謙》：「離歌玉絃絶，別酒金卮空。」

〔五〕明朝句：陸機《擬東城一何高》：「曷爲牽世務，中心若有違。」

奉贈王中允維〔一〕

中允聲名久，如今契闊深〔二〕。共傳收庾信，不比得陳琳〔三〕。一病緣明主，三年獨此心〔四〕。窮愁應有作，試誦白頭吟〔五〕。（0534）

【注】

黄鶴注：當是乾元元年（七五八）作。

〔一〕王中允：王維，《舊唐書・王維傳》：「禄山陷兩都，玄宗出幸。維扈從不及，爲賊所得。維服藥取痢，僞稱瘖病。禄山素憐之，遣人迎置洛陽，拘於普施寺，迫以僞署。禄山宴其徒於凝碧宫，樂工皆梨園弟子、教坊工人。維聞之悲惻，潛爲詩曰：『萬户傷心生野烟，百官何日再朝天。秋槐花落空宫裏，凝碧池頭奏管絃。』賊平，陷賊官三等定罪，維以《凝碧詩》聞於行在，肅宗嘉之，會縉請削己刑部侍郎以贖兄罪，特宥之，責授太子中允。乾元中，遷太子中庶子、中書舍人，復拜給事中，轉尚書右丞。」

〔二〕如今句：《詩・邶風・擊鼓》：「死生契闊，與子成説。」傳：「契闊，勤苦也。」釋文：「《韓詩》云：約束也。」繁欽《定情詩》：「何以致契闊，繞腕雙跳脱。」此亦作相約解。

〔三〕共傳二句：《周書・庾信傳》：「侯景作亂，梁簡文帝命信率宫中文武千餘人，營於朱雀航。及景至，信以衆先退，臺城陷後，信奔於江陵。梁元帝承制，除御史中丞。及即位，轉右衛將軍，封武康縣侯，加散騎常侍，來聘於我，屬大軍南討，遂留長安。」《三國志・魏書・陳琳傳》：「琳避難冀州，袁紹使典文章。袁氏敗，琳歸太祖。太祖謂曰：『卿昔爲本初移書，但可罪狀孤而已，惡惡止其身，何乃上及父祖邪？』琳謝罪，太祖愛其才而不咎。」《九家》趙注：「共傳收庾信，以言肅宗憐維，釋其死罪，止下遷太子中允」；「維聞悲甚，賦詩痛悼，則異乎陳孔璋在袁紹

時詈及曹父祖矣。」錢箋：「以侯景比禄山，以子山比中允也」；「當時從逆之臣謗訕朝廷，如陳琳之爲袁紹檄狀曹公者多矣。維獨痛憤作詩，聞於行在，故曰『不比得陳琳』也。」王嗣奭《杜臆》：「陳琳本得罪於曹，故云『不比得陳琳』，言維本無罪。」仇注：「維初繫洛陽，而肅宗復用，與庾信之奔竄江陵、元帝收用者相似。維作《凝碧》詩，能不忘故主，與陳琳之爲紹草檄，後事魏武者不同。」按，「共傳」乃疑詞，當用庾信留周事。二句謂傳聞維受僞署，其實非同於陳琳之歸曹。

〔四〕一病二句：《九家》趙注：「維既以不欲污賊而病，其心三年唯在明主。」錢箋：「維一病三年，不當復責授中允，落句譏肅宗之失刑也。」仇注：「一病，指詐瘖事。三年，自天寶末至乾元初也。」錢箋屬無事生非。

〔五〕窮愁二句：《西京雜記》卷三：「相如將聘茂陵人女爲妾，卓文君作《白頭吟》以自絶，相如乃止。」《九家》趙注：「止言當老而吟賦爾。」仇注：「文君願一心不二，故借此喻維。」浦起龍云：「試索誦其哀吟，可灼知其不二。」

奉陪鄭駙馬韋曲二首〔一〕

韋曲花無賴，家家惱殺人〔二〕。淥樽雖盡日①，白髪好禁春②〔三〕。石角鈎衣破，藤枝刺眼新③。何時占叢竹，頭戴小烏巾〔四〕。（0535）

【校】

①淥，錢箋作「緑」。雖，錢箋校：「一作須。」《草堂》本作「須」。

②禁，宋本、錢箋、《九家》《草堂》校：「一作傷。」

③枝，宋本、錢箋、《九家》校：「一作蘿。」

【注】

黃鶴注：當是乾元元年（七五八）春作。仇注編入天寶十三載（七五四）作。

〔一〕鄭駙馬：黃鶴注：「駙馬即潛曜。」見卷九《鄭駙馬宅宴洞中》（0419）注。《雍録》卷七：「呂《圖》：韋曲在明德門外，韋后家在此，蓋皇子陂之西也。所謂『城南韋杜，相去尺五』者也。」張禮《游城南記》：「韋曲在韓鄭莊之北。堯夫，進士韋師賜之字也，世爲韋曲人。遠祖敻後周時居此，蕭然自適，與族人處玄及安定梁曠爲放逸之友，時人慕其閑素，號爲逍遥公。」

〔二〕韋曲二句：《方言》：「央亡、嚜杘、姡，獪也，江湘之間或謂之無賴，或謂之獶。」《史記·高祖本紀》：「始大人常以臣無賴。」集解：「晋灼曰：許慎曰：賴，利也。無利入於家也。或曰江淮之間小兒多狡猾爲無賴。」江總詩：「惱殺未歸客，桃花壚眼醉。」李白《贈段七娘》：「千杯緑酒何辭醉，一面紅妝惱殺人。」

〔三〕禁：承受。本書卷一二《春水生二絶》（0738）：「一夜水高二尺强，數日不可更禁當。」卷一六《舍弟觀藍田取妻子至江陵喜寄三首》（1284）：「巡簷索共梅花笑，冷蕊疏枝半不禁。」《敦煌變

文集・伍子胥變文》：「一寸愁腸似刀割，途中不禁淚沾襟。」《可洪音義》：「不禁，音今。力所不加也。」讀平聲。

〔四〕何時二句：占，據也。《魏書・穆崇傳》：「以占奪民田，免官爵。」張謂《官舍早梅》：「風光先占得，桃李莫相輕。」《增修禮部韻略》五十五豔：「占，章豔切。擅據也，著位也，固也。」《六書故》占：「又去聲。《漢書》曰：令商賈各以其物自占。今人因用爲占據之占。」《法書要録》卷一羊欣《采古來能書人名》：「吴時張弘好學不仕，常著烏巾，時人號爲張烏巾。」

野寺垂楊裏，春畦亂水間。美花多映竹，好鳥不歸山。城郭終何事，風塵豈駐顔。誰能共公子，薄暮欲俱還〔一〕。（0536）

【注】

〔一〕城郭四句：張説《錢本草》：「錢味甘，大熱有毒，偏能駐顔。」《九家》趙注：「言城中多風塵，徒催人老耳。」王嗣奭《杜臆》：「鳥猶知戀，而城郭風塵傷生伐性，薄暮而公子欲還，可以人而不如鳥乎？」浦起龍云：「爲公子汩於聲色下砭，正爲自己役於名利收韁也。」

寄左省杜拾遺

岑　參〔一〕

聯步趨丹陛，分曹限紫微。曉隨天仗入，暮惹御香歸。白髮悲花落，青雲羨鳥飛。聖朝無闕事，自覺諫書稀。

【注】

〔一〕岑參：見本卷岑參《同奉和賈至舍人早朝大明宮》注。黄鶴注：「今題云奉答岑參補闕，則是薦後除參補闕，亦可謂言聽矣。」

奉答岑參補闕見贈

窈窕清禁闥，罷朝歸不同。君隨丞相後，我往日華東①〔一〕。冉冉柳枝碧，娟娟花蘂紅〔二〕。故人得佳句，獨贈白頭翁②。（0537）

【校】

①往，宋本、錢箋、《九家》校：「一作住。」

②獨，宋本、錢箋校：「一作猶。」

【注】

黄鶴注：當是乾元元年（七五八）作。

〔一〕窈窕四句：黄鶴注：「當是岑補闕居右署，而公居左署，故不同。岑亦有『分曹限紫微』之句。」岑參官右補闕，屬中書省。參本卷《晚出左掖》（0526）注。

〔二〕娟娟句：鮑照《玩月城西門廨中》：「末映東北墀，娟娟似蛾眉。」王昌齡《齋心》：「紫葛蔓黄花，娟娟寒露中。」

送許八拾遺歸江寧覲省甫昔時常客游此縣於許生處乞瓦棺寺維摩圖樣志諸篇末〔一〕

詔許辭中禁，慈顔赴北堂①〔二〕。聖朝新孝理，祖席倍輝光②〔三〕。内帛擎偏重③〔四〕，宫衣著更香。淮陰清夜驛④，京口渡江航〔五〕。春隔雞人晝，秋期燕子

涼〔六〕。賜書誇父老，壽酒樂城隍⑤〔七〕。看畫曾飢渴，追蹤恨淼茫⑥。虎頭金粟影，神妙獨難忘〔八〕。（0538）

【校】

①赴，宋本、錢箋校：「樊作拜。」詔許十字，宋本、錢箋、《九家》校：「一云天語辭中禁，家榮赴北堂。」

②祖席倍輝光，宋本、錢箋、《九家》校：「一云行子倍恩光。」

③內，宋本、錢箋、《草堂》校：「一作贈。」

④清，錢箋校：「一云新。」清夜，宋本校：「一云績代。」

⑤「春隔」至「城隍」，宋本、錢箋、《九家》校：「一云竹引趨庭者，山添扇枕涼。十年過父老，幾日賽城隍。」

⑥恨，宋本、錢箋、《草堂》校：「一作限。」《九家》作「限」。

【注】

黃鶴注：當是乾元元年（七五八）作。

〔一〕許八：許登。岑參有《送許子擢第歸江寧拜親因寄王大昌齡》。錢箋：「在天寶元年告賜靈符上加尊號之日。此云許八拾遺，蓋擢第後十餘年官拾遺，又得覲省也。」賈至《授韋少游祠部員

外郎等制》：「守右監門衛冑曹參軍許登，振藻揚采，穆如清風。……登可右拾遺。」陶敏考爲此人。岑參又有《送許拾遺恩歸江寧拜親》。劉長卿有《送許拾遺還京》。《元和郡縣圖志》卷二五潤州：「上元縣，緊。東北至州一百八十里。本金陵地。……至德二年，於縣置江寧郡，乾元元年改爲昇州，並置浙西節度使。上元二年廢昇州，仍改江寧爲上元縣。」《高僧傳》卷五《竺法汰傳》：「瓦官寺本是河内山玩公墓爲陶處，晋興寧中，沙門慧力啓乞爲寺，止有堂塔而已。及汰居之，更拓房宇，修立衆業，又起重門，以可地勢。」《景定建康志》卷四六：「崇勝戒壇院，即古瓦官寺，又爲昇元寺，在城西南隅。晋哀帝興寧二年，詔移陶官於淮水北，遂以南岸窨地施僧慧力，造瓦官寺。《舊志》曰瓦棺者非也。蓋據俗説云瓦棺寺之名起自西晋，時長沙城隅忽陸地生青蓮兩朵，民以聞官，掘得一瓦棺，見一僧形貌儼然，其花從舌根生。父老云昔有一僧，不説姓名，平生誦《法華經》萬餘部，臨死遺言曰以瓦棺葬之。遂以寺名爲瓦棺，而本於此。其説頗涉怪誕，縱果有此事，亦在長沙，於此無與也。」《歷代名畫記》卷五：「顧愷之，字長康，小字虎頭。……《京師寺記》云：興寧中，瓦棺寺初置，僧衆設會，請朝賢鳴刹注疏。其時，士大夫莫有過十萬者。既至，長康打刹注百萬。長康素貧，衆以爲大言。後寺衆請勾疏，長康曰宜備一壁，遂閉户往來一月餘。日所畫維摩詰一軀，工畢，將欲點眸子，乃謂寺僧曰：『第一日觀者請施十萬，第二日可五萬，第三日可任例責施。』及開户光照，一寺施者填咽，俄而得百萬錢。」

〔二〕慈顔句：潘岳《閑居賦》：「壽觴舉，慈顔和。」《儀禮·士昏禮》：「婦洗在北堂。」

〔三〕聖朝二句：仇注：「去年十一月迎上皇至京，是年正月又加上皇尊號，故曰『新孝理』。」《漢書・劉屈氂傳》：「丞相爲祖道，送至渭橋。」注：「師古曰：祖者送行之祭，因設宴飲焉。」沈佺期《夏日梁王席送張岐州》：「天人開祖席，朝宷候征麾。」

〔四〕内帛：参卷二《北征》(0052)「囊中帛」注。

〔五〕淮陰二句：《舊唐書・地理志》楚州：「天寶元年，改爲淮陰郡。乾元元年，復爲楚州。」潤州丹徒縣：「吴爲京口戍，晋置南徐州。隋爲延陵鎮，因改爲延陵縣。尋以蔣州之延陵、永年，常州之曲阿三縣置潤州。」《九家》趙注：「蓋往江寧經歷之地。」

〔六〕春隔二句：《周禮・春官・雞人》：「雞人掌共雞牲，辨其物。大祭祀，夜嘑旦，以嘂百官。」《九家》趙注：「方春而歸……其返以秋爲期也。」朱鶴齡注：「言拾遺春日辭朝，期以涼秋覲母。」

〔七〕壽酒句：《北齊書・慕容儼傳》：「城中先有神祠一所，俗號城隍神，公私每有祈禱。」《太平廣記》卷三〇三《宣州司户》(出《紀聞》)：「吴俗畏鬼，每州縣必有城隍神。」李陽冰《縉雲縣城隍神記》：「城隍神祀典無之，吴越有之，風俗水旱疾疫，必禱焉。」

〔八〕虎頭二句：吴曾《能改齋漫録》卷五：「《歷代名畫記》云顧愷之字長康，小字虎頭，晋陵無錫人。然予考《世説》，乃謂顧愷之爲虎頭將軍，每食蔗自尾至本，人或問，曰漸入佳境。則知虎頭非小字，《名畫記》之誤。」《藝文類聚》卷八七引《世説》有此，《九家》趙注已引。元黄之《潤州江寧縣瓦棺縣維摩詰畫像碑》亦謂：「瓦棺寺變相者，晋虎頭將軍顧愷之所畫也。」又《吴郡志》卷一七：「顧家橋，顧悌仕吴爲虎頭將軍，父亡五日絶漿而死。郡人爲之造橋。」錢箋、朱

注均謂《漫録》未知所據，失考。金粟如來，維摩前身。吉藏《維摩經義疏》卷一：「有人言文殊師利本是龍種上尊佛，净名即是金粟如來。相傳云金粟如來出《思惟三昧經》，今未見本。」

因許八奉寄江寧旻上人

不見旻公三十年，封書寄與淚潺湲〔一〕。舊來好事今能否，老去新詩誰與傳①？棋局動隨尋澗竹②，袈裟憶上泛湖船〔二〕。聞君話我爲官在〔三〕，頭白昏昏只醉眠。（0539）

【校】

① 與，宋本、錢箋、《草堂》校：「一作爲。」

② 尋，宋本、錢箋、《草堂》校：「一作幽。」《九家》作「幽」。

【注】

黄鶴注：當是乾元元年（七五八）作。

〔一〕不見二句：《楚辭・九歌・湘君》：「横流涕兮潺湲，隱思君兮悱側。」王逸注：「潺湲，流貌。」

〔二〕棋局二句：袈裟，僧衣。《四分律》卷一：「剃髮被袈裟以信堅固，出家學道，精勤不懈，得阿羅漢。」何焯云：「上句杜尋旻，下句旻尋杜，二句即三十年舊來好事光景也。」

〔三〕在：語助，接於動詞或動詞短語後。《游仙窟》：「他家解事在，未肯輒相瞋。」《敦煌變文集・前漢劉家太子傳》：「遂有一童子，過在街坊。」

至德二載甫自京金光門出問道歸鳳翔乾元初從左拾遺移華州掾與親故别因出此門有悲往事①〔一〕

此道昔歸順，西郊胡正繁②〔二〕。至今殘破膽，應有未招魂③〔三〕。近得歸京邑，移官豈至尊④〔四〕。無才日衰老，駐馬望千門。（0540）

【校】

① 問，宋本校：「樊作間。」錢箋校：「樊作間。」《九家》無此字。《草堂》作「開」，校：「一作間。」

② 胡，宋本校：「一作騎。」正，錢箋校：「一作騎。」二校蓋有一誤。繁，宋本校：「一云煩。」《九家》、《草堂》作「煩」。

③ 殘，《草堂》校：「陳作猶。」　應，宋本、錢箋校：「一作猶。」《九家》作「猶」。

④ 得，宋本、錢箋校：「一作侍。」《草堂》作「侍」，校：「一作得。」　豈，宋本、錢箋校：「一作遠。」

【注】

黃鶴注：此詩作於乾元元年（七五八）六月，雖史不載移掾月日，而七月已有《代華州郭使君進滅寇狀》。

〔一〕金光門：《唐六典》卷七尚書工部京城：「西面三門，中曰金光，北曰開遠，南曰延平。」《長安志》卷七同。移華州掾：元稹《杜君墓係銘》：「拜左拾遺，歲餘，以直言失官，出爲華州司功，尋遷京兆功曹。」《舊唐書·杜甫傳》：「明年春，琯罷相，甫上疏言琯有才，不宜罷免。肅宗怒，貶琯爲刺史，出甫爲華州司功參軍。」《元和郡縣圖志》卷二：「華州，華陰四輔。……西至上都一百八十里。東至東都六百八十里。」按，甫至德二載間道竄鳳翔，故西出金光門。此蓋因與親故別又出此門，非往華州而出此門。

〔二〕此道二句：按，至德二載四月，郭子儀與王思禮軍合於西渭橋，進屯潏西，五月清渠兵敗，退保武功。杜甫約於四月自長安西竄。

〔三〕至今二句：破膽，見卷九《奉贈鮮于京兆二十韻》（0419）注。招魂，見卷二《彭衙行》（0070）注。

〔四〕近得二句：《分門》師曰：「甫陷祿山軍中，竄歸鳳翔，謁肅宗，故云歸順。後論房琯事，移華州司功，非出天子之意，蓋讒邪毀傷之也。」錢箋：「公上疏救房琯，詔三司推問，以張鎬力救，勅

放就列。至次年，復與房琯、嚴武俱貶，坐琯黨也。此公事君交友、平生出處之大節。」琯罷相在至德二載五月，貶邠州刺史則在乾元元年六月，劉秩、嚴武等同貶。甫移華州掾亦在此時。

寄高三十五詹事 適〔一〕

安穩高詹事〔二〕，兵戈久索居。時來如宦達①，歲晚莫情疏〔三〕。天上多鴻雁，池中足鯉魚②〔四〕。相看過半百③，不寄一行書。（0541）

【校】

① 如，宋本、錢箋、《九家》、《文苑英華》校：「一作知。」

② 池，錢箋校：「一作河。」《文苑英華》作「河」，校：「集作池。」

③ 百，《文苑英華》作「月」，校：「集作百。」

【注】

黄鶴注：當是乾元元年（七五八）作。

〔一〕高三十五詹事：高適，見卷一《送高三十五書記》（0002）注。《舊唐書·高適傳》：「二年，永王

璘起兵於江東，欲據揚州。初，上皇以諸王分鎮，適切諫，不可。及是永王叛，肅宗聞其論諫有素，召而謀之。適因陳江東利害，永王必敗。上奇其對，以適兼御史大夫、揚州大都督府長史、淮南節度使。詔與江東節度來瑱率本部兵平江淮之亂，會於安州。師將渡而永王敗，乃招李廣琛於歷陽。兵罷，李輔國惡適敢言，短於上前，乃左授太子少詹事。」《册府元龜》卷四四三《將帥部・敗衄》：「乾元二年三月壬申……與逆賊安慶緒戰於相州城下，官軍不利。……東京士庶驚恐，散投山谷，留守崔圓、河南尹蘇震、詹事高適、汝州刺史賈至百餘人，南奔襄鄧。」高適《酬裴員外以詩代書》：「留司洛陽宫，詹府唯蒿萊。」是高適除詹事留守東都。

〔二〕安穩句：《晋書・顧愷之傳》：「行人安穩，布帆無恙。」

〔三〕歲晚句：《禮記・表記》：「情疏而貌親，在小人則穿窬之盜也與？」

〔四〕天上二句：鴻雁，見卷九《遣興》(0488)注。《相和歌辭・飲馬長城窟行》：「客從遠方來，遺我雙鯉魚。呼兒烹鯉魚，中有尺素書。」

路逢襄陽楊少府入城戲呈楊員外綰 甫赴華州日，許寄員外茯苓①〔一〕。

寄語楊員外，山寒少茯苓〔二〕。歸來稍暄暖②，當爲斸青冥〔三〕。翻動神仙窟③，封

題鳥獸形〔四〕。兼將老藤杖，扶汝醉初醒④。（0542）

【校】

①路逢襄陽楊少府入城戲呈楊員外綰甫赴華州日許寄員外茯苓，錢箋校：「一本戲題四韻附呈許員外爲求茯苓。」《文苑英華》作「路逢襄陽楊少府入京城戲題四韻附呈楊四員外綰甫赴華州日許員外爲求茯苓」。宋本首個「楊」字漫漶，據錢箋補。寄，宋本無此字，據錢箋補。

②稍暄，宋本、錢箋、《九家》校：「一云候和。」

③動，宋本、錢箋校：「一作倒。」　神仙，錢箋校：「一作龍蛇。」《文苑英華》作「龍蛇」，校：「集作神仙。」

④汝，《文苑英華》校：「一作爾。」

【注】

黃鶴注：當是乾元元年（七五八）作。

〔一〕楊員外綰：楊綰，《舊唐書·楊綰傳》：「楊綰，字公權，華州華陰人也。……肅宗即位於靈武。綰自賊中冒難，披榛求食，以赴行在。時朝廷方急賢，及綰至，衆心咸悅，拜起居舍人、知制誥。歷司勳員外郎、職方郎中，掌誥如故。遷中書舍人，兼修國史。」

〔二〕山寒句：《唐六典》卷三戶部關內道厥貢：「華州伏苓、伏神、細辛。」《通典》卷六《食貨·賦稅》

諸郡每年常貢華陰郡：「伏苓三十八斤。」

〔三〕當爲句：《説文》：「斵，斫也。」段注：「木部有欘字，所以斫也。齊謂之兹其。蓋實一字。」仇注謂青冥爲樹色，引吴沅云：「偃蓋老松，下有茯苓，天色晴霽時，松下有青氣一股，斜注地邊，掘之可得茯苓。此即斵青冥之説也。」按，青冥謂天色，此指山高處。仇説迂。

〔四〕翻動二句：《淮南子·説山訓》：「千年之松，下有茯苓，上有兔絲。」《初學記》卷四引《太清諸草木方》：「九月九日采菊花與茯苓、松脂，久服之令人不老。」《政和證類本草》卷一二引陶隱居云：「自然成者大如三四升器，外皮黑細皺，内堅白，形如鳥獸龜鱉者良。」引《蜀本圖經》：「生枯松樹下，形塊無定，以似人龜鳥形者佳。今所在有大松處皆有，惟華山最大。」封題，封緘題識。《晉書·顧愷之傳》：「愷之見封題如初，但失其畫。」

題鄭縣亭子

鄭縣亭子澗之濱〔一〕，户牖憑高發興新。雲斷岳蓮臨大路①，天晴宫柳暗長春②〔二〕。宫名。巢邊野雀羣欺燕③，花底山蜂遠趁人〔三〕。更欲題詩滿青竹，晚來幽獨恐傷神。（0543）

【校】

①路，宋本、錢箋、《九家》校：「一作道。」

②晴，宋本、錢箋、《草堂》校：「一作清。」宫，錢箋校：「一作官。」《草堂》作「官」。

③雀，錢箋校：「一作鵲。」《草堂》校：「一作鵲。或作鶴。」

【注】

黄鶴注：當是乾元元年（七五八）赴華州司功時作。

〔一〕鄭縣句：《元和郡縣圖志》卷二華州：「鄭縣，望。郭下。」陸游《老學庵筆記》卷六：「先君入蜀時，至華之鄭縣，過西溪。唐昭宗避兵嘗幸之。其地在官道旁七八十步，澄深可愛。亭曰西溪亭，蓋杜工部詩所謂『鄭縣亭子澗之濱』者。亭旁古松間支徑入小寺，外弗見也。」

〔二〕雲斷二句：《九家》趙注：「岳蓮，指言蓮花峰也。」見卷三《青陽峽》（0146）注。《詩話總龜》後集卷一八引《杜詩正異》：「大路，陝華間地名也。《晉書》：檀道濟從劉裕伐姚泓至潼關，姚鸞屯大路以絶道濟糧道。」《九家》趙注謂其穿鑿。朱鶴齡注引《通鑑》注：「自澠池西入關有兩路，南路由回谿阪，自漢以前皆由之。曹公惡南路之險，更開北路，遂以北路爲大路。」嚴耕望《唐代交通圖考》謂自陝城以東有所謂南北兩道。《通鑑》注所據爲《通典》卷一七七「永寧縣」文。《元和郡縣圖志》卷二同州朝邑縣：「長春宫，後周武帝置。隋大業十三年，高祖起義兵，自太原舍於此宫，休甲養士，而定京邑。」

〔三〕巢邊二句：《九家》趙注：「舊注云皆感時而作，非也。此道實事，而偶似讖耳。」趁，見卷三《青陽峽》（0146）注。

望岳

西岳崚嶒竦處尊①〔一〕，諸峰羅立如兒孫②。安得仙人九節杖，拄到玉女洗頭盆〔二〕。車箱入谷無歸路③，箭栝通天有一門④〔三〕。稍待秋風涼冷後⑤，高尋白帝問真源〔四〕。（0544）

【校】

①崚嶒，宋本、錢箋校：「一云危稜。」《九家》校：「一云稜危。」

②立，宋本、錢箋校：「一作列。」《九家》作「列」。　如，錢箋校：「一作似。」

③歸，宋本、錢箋、《草堂》校：「一作回。」

④栝，宋本校：「晋作閣。」錢箋校：「晋作閣。一作闕。」《草堂》校：「一作闕。」

⑤秋，錢箋作「西」，校：「吴作秋。」

【注】

黄鶴注：當是乾元元年（七五八）赴華州司功時作。

〔一〕西岳句：《元和郡縣圖志》卷二華州華陰縣：「太華山，在縣南八里。」沈約《游鍾山詩應西陽王教》：「鬱律構丹巘，崚嶒起青嶂。」

〔二〕安得二句：《太平御覽》卷七一〇引《劉根別傳》：「孝武皇帝登少室，見一女子以九節杖仰指日，閉左目，開右目，氣且絶，久乃蘇息。武帝使問之所行何事，女子不答。東方朔曰：婦人食日精者。」《太平廣記》卷五九《明星玉女》（出《集仙録》）：「明星玉女者，居華山，服玉漿，白日昇天。山頂石龜，其廣數畝，高三仞。其側有梯磴，遠皆見。玉女祠前有五石臼，號曰玉女洗頭盆。其中水色碧緑澄澈，雨不加溢，旱不減耗。」

〔三〕車箱二句：《太平寰宇記》卷二九華州華陰縣：「車箱谷，一名車水渦。在縣西南二十五里，去敷水谷七里。深不可測。祈雨者以石投之，其中有一鳥飛出，應時獲雨。」《九家》趙注引《華山記》：「箭栝峰上有穴，纔見天，攀緣自穴而上，有至絶處者。」然他書未見。《韓非子·外儲説左上》：「秦昭王令工施鈎梯而上華山，以松柏之心爲博，箭長八尺，棋長八寸，而勒之曰：昭王嘗與天神博於此矣。」錢箋引此。《水經注》河水南至華陰潼關：「自下廟歷列柏，南行十一里，東回三里，至中祠。又西南出五里至南祠，謂之北君祠。……從此南入谷七里，又屆一祠，謂之石養父母，石龕木主存焉。又南出一里至天井，井裁容人，穴空，迂回頓曲而上，可高六丈

餘。山上又有微涓細水，流入井中，亦不甚沾人。上者皆所由陟，更無別路。欲出井望空視明，如在室窺窗也。」朱鶴齡注引此，謂與通天門語甚合。又《初學記》卷五蓮峰與柏箭爲事對，朱注謂則箭栝乃「柏」字之訛耳。按，《水經注》所述列柏至天井相距甚遥，難言爲一事。

〔四〕稍待二句：《禮記·月令》：「立秋之日，天子親帥三公九卿、諸侯大夫迎秋於西郊。」注：「迎秋者，祭白帝白招拒於西郊之兆也。」《天中記》卷八引《洞天記》：「華山名太極總仙之天，即少昊爲白帝，治西岳，上應井鬼之精，下鎮秦地之分野。」劉孝儀《和昭明太子鍾山解講》：「回輿下重閣，降道訪真源。」

至日遣興奉寄北省舊閣老兩院故人二首①〔一〕

去歲兹辰捧御床，五更三點入鵷行〔二〕。欲知趨走傷心地②，正想氛氲滿眼香〔三〕。無路從容陪語笑③，有時顛倒著衣裳〔四〕。何人錯憶窮愁日④，愁日愁隨一線長⑤〔五〕。（0545）

【校】

① 故人，宋本、錢箋校：「一作補遺。」

②地，《草堂》作「處」。

③語笑，《草堂》作「笑語」。

④憶，錢箋校：「一作認。」《草堂》作「認」。

⑤愁日愁隨一線長，宋本、錢箋校：「刊作日日愁隨一線長。」《九家》校：「一作白日愁隨一線長。」

【注】

黄鶴注：當是乾元元年（七五八）作。

〔一〕至日：《唐六典》卷七尚書工部大明宮：「丹鳳門内正殿曰含元殿……今元正、冬至於此聽朝也。」《唐會要》卷二四《受朝賀》：「（開元八年十一月十三日）敕：『自今以後，冬至日受朝，永爲常式。』至天寶三年十一月五日甲子冬至，敕：『……自今以後，冬至宜取以次日受朝，仍永爲常式。』」後永泰元年又改爲冬至日祭南郊後受朝賀。據此詩，則至德二載冬至日朝會。北省：中書、門下省。《通典》卷二一《職官・中書省》：「時謂尚書省爲南省，門下、中書爲北省，亦謂門下省爲左省，中書爲右省，或通謂之兩省。」兩院：見本卷《留别賈嚴二閣老兩院補闕》（0501）注。朱瀚斷此詩爲僞作，然據詩所記朝會事，他人斷難僞造。

〔二〕五更句：《唐六典》卷一〇秘書省挈壺正：「凡候夜漏以爲更點之節，每夜分爲五更，每更分爲五點，更以擊鼓爲節，點以擊鐘爲節。」《唐會要》卷七一《十二衛》：「（建中）二年閏二月八日敕：四月一日以後，五更二點放鼓契。九月一日以後，五更三點放鼓契。日出後二刻傳點，三

刻進坐牌。」蓋冬至大朝會，故衆官五更三點即入朝。鵷行，指朝班。《隋書·樂志》北齊元會大饗歌《食舉樂》：「懷黄綰白，鵷鷺成行。」

〔三〕欲知二句：欲知，蔣紹愚謂有料想、已料之義。此與「正想」互文。朱鶴齡注：「趨走，言爲華州掾趨謁上官。」仇注：「近汴謂趨走殿陛者，非。」引《官定後戲贈》「老夫怕趨走」爲證。按，仍當指殿陛。謂料想去年此日趨走之地，今辰正舉行朝會大禮。

〔四〕無路二句：《晉書·王嘉傳》：「滑稽好語笑。」劉孝綽《侍宴集賢堂應令》：「委坐陪瑶席，綢繆參宴笑。」仇注：「滿眼、陪笑，同列朝班。」《詩·齊風·東方未明》：「東方未明，顛倒衣裳。顛之倒之，自公召之。」箋：「挈壺氏失漏刻之節，東方未明而以爲明，故群臣促遽，顛倒衣裳。」亦言入朝。句意謂仍不時憶及入朝而致顛倒衣裳。仇注謂趨走、顛倒指參謁郡主，誤。

〔五〕何人二句：《荆楚歲時記》：「晉魏間宫中以紅綫量日影，冬至後日影添長一綫。」《格致鏡原》卷四九引《唐雜録》：「宫中以女工揆日長短，冬至後日晷漸長，較常日添一綫之工。」《九家》趙注：「蓋謂别人錯思我窮愁之日，殊不知我愁日之愁則隨一綫長。」王嗣奭《杜臆》：「得意之人，未必憶及窮愁，故云錯憶。」仇注：「《演義》以冬至陽長陰消，謂之愁盡日。此説無據。」今《蘇氏演義》無此文。

憶昨逍遥供奉班，去年今日侍龍顔①〔一〕。麒麟不動鑪烟上，孔雀徐開扇影

還〔二〕。玉几由來天北極②，朱衣只在殿中間〔三〕。孤城此日堪腸斷，愁對寒雲雪滿山③。（0546）

【校】

① 今日，《文苑英華》作「冬至」，校：「集作今日。」

② 几，宋本、錢箋校：「一作座。」《草堂》校：「一作坐。」

③ 雪，宋本、錢箋校：「一作白。」

【注】

〔一〕憶昨二句：《唐六典》卷二吏部郎中：「供奉官，謂侍中，中書令，左右散騎常侍，黄門、中書侍郎，諫議大夫，給事中，中書舍人，起居郎，起居舍人，通事舍人，左右補闕、拾遺，御史大夫，御史中丞，侍御史，殿中侍御史。」《史記・高祖本紀》：「高祖爲人，隆準而龍顔。」集解：「應劭曰：顔，頟顙也。齊人謂之顙，汝南淮泗之間曰顔。」

〔二〕麒麟二句：陳敬《陳氏香譜》卷四：「《晉儀禮》：大朝會，即鎮宫皆以金鍍九尺麒麟大爐。唐薛逢詩云『獸坐金床吐碧烟』是也。」《百家注》趙注：「麒麟者，香爐之狀也。」《唐六典》卷一一殿中省尚輦局：「凡繖扇，大朝會則繖二翰一，陳之於庭。孔雀扇一百五十有六，分居左右。舊翟尾扇，開元初改繡孔雀以省。」《唐會要》卷二四《朔望朝參》：「開元中，蕭嵩奏：『每月朔

望，皇帝受朝於宣政殿……臣以爲宸儀肅穆，升降俯仰，衆人不合得而見之，乃請備羽扇於殿兩廂，上將出，所司承旨索扇，扇合，上座定，乃去扇。給事中奏無事，將退，又索扇如初。』令以常式。」

〔三〕玉几二句：《書·顧命》：「敷重篾席，黼純，華玉仍几。」傳：「華玉以飾憑几。」《漢書·西域傳》：「天子負黼依，襲翠被，馮玉几，而處其中。」《唐會要》卷二四《朔望朝參》：「開元二十五年，御史大夫李通奏：『每至冬至，及緣大禮，應朝參官並六品清官並服朱衣，餘六品以下許通著袴褶。如有慘故，准式不合著朱衣袴褶者，其日聽不入朝。自餘應合著而不著者，請奪一月俸，以懲不恪。』制曰：『可。』」

得弟消息二首〔一〕

近有平陰信〔二〕，遥憐舍弟存。側身千里道，寄食一家村〔三〕。烽舉新酣戰，啼垂舊血痕〔四〕。不知臨老日，招得幾人魂①。（0547）

【校】

①人，宋本、錢箋校：「一作時。」

【注】

黃鶴注：梁權道編此詩在乾元元年華州詩内，然詩云「兩京三十口」，殆是在京師作，是天寶十五載（七五六）避賊時作。按，詩云「烽舉新酣戰」，當指鄴城之戰。或作於乾元二年（七五九）。

〔一〕弟：杜穎。見本卷《憶弟二首》（0511）注。

〔二〕近有句：《元和郡縣圖志》卷一〇鄆州：「平陰縣，上。西南至州一百二十里。……大業二年移於今理，仍改名平陰，屬濟州。天寶十三載，州廢，縣割隸鄆州。」

〔三〕寄食句：《史記・淮陰侯列傳》：「常數從其下鄉南昌亭長寄食。」

〔四〕啼垂句：《説苑・權謀》：「下蔡威公閉門而哭，三日三夜，泣盡而繼以血。旁鄰窺牆而問之曰：『子何故而哭悲若此乎？』對曰：『吾國且亡。』」

汝懦歸無計，吾衰往未期。浪傳烏鵲喜，深負鶺鴒詩〔一〕。生理何顏面，憂端且歲時。兩京三十口，雖在命如絲〔二〕。（0548）

【注】

〔一〕浪傳二句：《西京雜記》卷三：「乾鵲噪而行人至，蜘蛛集而百事喜。」《詩・小雅・常棣》：「脊令在原，兄弟急難。」傳：「脊令，雝渠也。飛則鳴，行則搖，不能自舍耳。急難，言兄弟之相救

於急難。」

〔二〕雖在句：《後漢書·劉茂傳》：「臣爲賊所圍，命如絲髮。」謝靈運《初發石首城》：「寸心若不亮，微命察如絲。」

秦州雜詩二十首〔一〕

滿目悲生事，因人作遠游〔二〕。遲回度隴怯〔三〕，浩蕩及關愁①。水落魚龍夜，山空鳥鼠秋②〔四〕。西征問烽火，心折此淹留〔五〕。（0549）

【校】

①及，宋本、錢箋、《九家》、《草堂》校：「一作入。」

②空，宋本、錢箋校：「一作通。」

【注】

黄鶴注：當是乾元二年（七五九）秋作。

〔一〕秦州：見卷三《發秦州》（0140）注。

〔二〕滿目二句：《分門》師曰：「因琯有此游也。」仇注引顧注：「關輔大饑，生事艱難，故依人遠游，非謂因房琯而致此遠游。」浦起龍云：「因人之人，或即指侄佐。」聞一多《會箋》采其說。按，甫至秦隴必有入幕之打算，佐非其所望之人。

〔三〕遲回句：度隴，見卷三《青陽峽》(0146)注。《元和郡縣圖志》卷二隴州汧源縣：「大震關在州西六十里，後周置。漢武至此遇雷震，因名。」

〔四〕水落二句：《水經注》渭水：「(汧)水有二源，一水出(汧)縣西山，世謂之小隴山，岩障高險，不通軌轍。故張衡《四愁詩》曰：『我所思兮在漢陽，欲往從之隴坂長。』其水東北流，歷澗，注以成淵，潭漲不測。出五色魚，俗以爲靈，而莫敢采捕，因謂是水爲龍魚水，自下亦通謂之龍魚川。」《太平寰宇記》卷三二隴州引《水經注》作「魚龍川」。《舊唐書·太宗紀》：「(貞觀四年)冬十月壬辰，幸隴州。……十三日，校獵於魚龍川。」《水經注》渭水：「水出鳥鼠山渭水谷，《尚書·禹貢》所謂『渭出鳥鼠』者也。」《元和郡縣圖志》卷三九渭州：「鳥鼠山，今名青雀山，在縣西七十六里。渭水所出，凡有三源，並下。其同穴鳥如家雀，色小青。其鼠如家鼠，色小黄。」姚寬《西溪叢語》卷上：「老杜：『水落魚龍夜，山空鳥鼠秋。』陸農師引《水經》：魚龍以秋日爲夜。按，龍秋分而降，則蟄寢於淵。龍以社日爲夜，豈謂是乎？又，鳥獸同穴者，鼠與鳥爲雌雄，似鼠而尾短，在内，鳥在外。魚龍，水名。鳥鼠，山名。鳥鼠秋而魚龍夜，是詩兩句而含三事也。」葉矯然《龍性堂詩話》初集：「老杜『水落魚龍夜，山空鳥鼠秋』，即岑參『魚龍川北盤溪雨，鳥鼠山西洮水雲』。魚龍、鳥鼠皆地名，解魚龍以秋爲夜者，鑿矣。」

〔五〕心折句：江淹《别賦》：「使人意奪神駭，心折骨驚。」《文選》李善注：「亦互文也。」

秦州山北寺①，勝跡隗囂宫②〔一〕。苔蘚山門古③，丹青野殿空。月明垂葉露，雲逐渡溪風。清渭無情極，愁時獨向東〔二〕。（0550）

【校】

①山，宋本、錢箋、《草堂》校：「一作城。」《九家》、《文苑英華》作「城」。

②勝跡，宋本、錢箋校：「一云傳是。」

③古，宋本、錢箋校：「一作故。」

【注】

〔一〕秦州二句：《元和郡縣圖志》卷三九秦州伏羌縣：「後漢隗囂自稱西伯，都於此。」《方輿勝覽》卷六九天水軍：「麥積山……山之北曰雕窠谷，又有隗囂避暑宫，對面瀑布瀉出於蒼崖之間，亦勝景也。」又引此詩：「隗囂據隴西天水郡，寺即其故居。」

〔二〕清渭二句：《元和郡縣圖志》卷三九秦州上邽縣：「渭水，在縣北十三里，西自伏羌縣界流入。」

州圖領同谷，驛道出流沙〔一〕。降虜兼千帳〔二〕，居人有萬家。馬驕珠汗落①，

胡舞白蹄斜②〔三〕。年少臨洮子③，西來亦自誇〔四〕。（0551）

【校】

① 珠，錢箋、《草堂》校：「一作朱。」

② 蹄，宋本、錢箋校：「一作題。」《九家》、《草堂》作「題」，《九家》校：「一作蹄。」

③ 子，宋本、錢箋、《草堂》校：「一作至。」

【注】

〔一〕州圖二句：同谷，見卷二《送韋十六評事充同谷郡防禦判官》(0088)注。《舊唐書·地理志》秦州中都督府：「天寶元年，改爲天水郡。依舊都督府，督天水、隴西、同谷三郡。」《唐六典》卷三户部郎中：「隴右道……東接秦州，西逾流沙，南連蜀及吐蕃，北界朔漠。」《元和郡縣圖志》卷四〇甘州張掖縣：「居延海，在縣東北一百六十里，即居延澤，古文以爲流沙者，風吹流行，故曰流沙。」

〔二〕降虜：指党項等族内附部落。見卷二《遣興三首》(0095)注。

〔三〕馬驕二句：《梁書·裴子野傳》：「是時西北徼外有白題及滑國，遣使由岷山道入貢。……子野曰：『漢潁陰侯斬胡白題將一人。服虔注云：白題，胡名也。……此其後乎。』」《九家》杜《補遺》引此。趙注：「服虔注云：謂之白題，題者額也。其俗以白塗其額，故以此得名。舞則

頭偏，頭偏則白題亦斜矣。」似以「題者額也」三句爲服虔注，然他書未見。張邦基《墨莊漫録》卷二引裴子野言，謂：「予常疑之。蓋白題胡名，對珠汗似無意。後見李長民元叔云：在京師圍城中，戎入城，有胡人風吹氊笠墮地，後告云落下白題。其胡下馬拾之。始悟白題乃胡人謂氊笠子也。子美所謂『胡舞白題斜』，胡人多爲旋舞，笠之斜似乎謂此也。」朱鶴齡注謂白題胡如黑齒、雕題之類。何焯謂作白蹄亦得，引《詩》「有豕白蹢」箋：「四蹄皆白曰駭。」「則白蹄其尤躁疾者。」

〔四〕年少二句：《元和郡縣圖志》卷三九：「洮州，臨洮。……開元十七年廢入岷州。二十年於臨潭又置臨州，二十七年又改爲洮州。廣德元年陷於西蕃。」同卷鄯州：「開元二十一年置隴右節度使……備西戎。統臨洮軍，開元中移就節度衙置，管兵五萬五千人，馬八千四百匹。」《舊唐書・地理志》洮州：「天寶元年，改爲臨洮郡。管密恭縣，党項部落也，寄治州界。乾元元年，復爲洮州。」《九家》趙注：「洮州在秦州之西，故云『西來亦自誇』，誇其年少耳。」按，此「臨洮子」當爲洮州人或臨洮軍人，然必是内附部落，與前言降虜、胡舞相應。

鼓角緣邊郡，川原欲夜時。秋聽殷地發，風散入雲悲。抱葉寒蟬静，歸來獨鳥遲①。萬方聲一概②，吾道竟何之〔一〕？（0552）

【校】

① 來，宋本、錢箋校：「一作山。」《九家》、《草堂》作「山」。

② 方，宋本、錢箋校：「一作年。」

【注】

〔一〕萬方二句：《九家》趙注：「時東有安史之亂，西有吐蕃之警，故曰『萬方聲一概』。」《楚辭·九章·懷沙》：「同糅玉石兮，一概而相量。」陶淵明《乞食》：「飢來驅我去，不知竟何之。」

南使宜天馬〔一〕，由來萬匹强。浮雲連陣没，秋草偏山長①〔二〕。聞説真龍種，仍殘老驌驦②〔三〕。哀鳴思戰鬭，迥立向蒼蒼。（0553）

【校】

① 偏，宋本、錢箋、《草堂》校：「一作滿。」

② 仍殘，宋本、錢箋、《草堂》校：「一云空餘。」

【注】

〔一〕南使句：《史記·大宛列傳》：「初，天子發書易，云神馬當從西北來。得烏孫馬好，名曰天馬。

及得大宛汗血馬，益壯，更名烏孫馬曰西極，名大宛馬曰天馬云。」《草堂》夢弼注：「或曰南使乃沙苑別名。唐置牧馬監。」説未詳。仇注從張遠改西使，引張鷟事，大謬。錢箋引《水經注》馬池水「謂之龍淵水」事，然非此詩所謂。鄭文謂指唐之監牧南使，是。《唐六典》卷五駕部郎中：「監牧六十有五焉，皆分使而統之。南使十五監，西使十六監，北使七監，東使九監，鹽州使八監，嵐州使三監。」《新唐書・百官志》：「麟德中，置八使，分總監坊。秦、蘭、原、渭四州及河曲之地，凡監四十有八：南使有監十五，西使有監十六，北使有監七，鹽州使有監八，嵐州使有監二。」張説《隴右監牧頌德碑》：「置八使以董之，設四十八監以掌之，跨隴西、金城、平涼、天水四郡之地，幅員千里，猶爲隘狹。更析八監，布於河曲豐曠之野，乃能容之。」秦州當四州之南，故爲南使諸監之地。

〔二〕浮雲句：朱鶴齡注引《西京雜記》文帝良馬九匹「一曰浮雲」。錢箋謂指是年三月，九節度之師潰於鄴城，戰馬萬匹惟存三千。

〔三〕聞説一句：龍種，見卷一《天育驃騎歌》（0013）注。驌驦，見卷一《沙苑行》（0038）注。《九家》趙注：「所餘之驌驦，以遺而不用於戰，故哀鳴思戰鬭也。豈非公自況耶？」朱鶴齡注謂其説鑿。

城上胡笳奏，山邊漢節歸〔一〕。防河赴滄海，奉詔發金微①〔二〕。士苦形骸黑，

旌疏鳥獸稀②。那聞往來戍③，恨解鄴城圍〔三〕。（0554）

【校】

①微，宋本、錢箋校：「一作徽。」

②旌，錢箋校：「一作林。」

③聞，宋本、錢箋校：「一作堪。」《九家》、《草堂》作「堪」，《草堂》校：「舊作聞。」

【注】

〔一〕城上二句：胡笳，見本卷《喜達行在所三首》(0497)注。《九家》趙注：「胡笳奏，言用兵以禦吐蕃也。時吐蕃既侵陷州郡，又欲請和，而爲之通使也。」

〔二〕防河二句：《九家》趙注：「吐蕃雖旋請和，而出入不常，則河又不可不防矣。滄海豈指青海耶？」朱鶴齡注引《博物志》「東海稱渤海，又謂之滄海」，謂：「時發金微之卒防禦河北，非防河西也。」《舊唐書·李忠臣傳》：「至德二載正月……防河招討使李銑承制以忠臣爲德州刺史。屬史思明歸順，河南節度張鎬令忠臣以兵赴鄆州，與諸軍使收河南州縣。」《唐會要》卷八〇《謚法》蘇端駁太常贈司徒楊綰謚議：「使防河之人，家聞采菉之歎。」是當時亦指防禦河北河南。《舊唐書·僕固懷恩傳》：「貞觀二十年，鐵勒九姓大首領率其部來降，分置瀚海、燕然、金微、幽陵等九都督府於夏州，別爲蕃州以禦邊。」《突厥傳》：「瀚海都護領瀚海、金微、新黎等七都

督，仙蕚、賀蘭等八州，各以其首領爲都督、刺史。」當從朱注。

〔三〕那聞二句：鄜城圍，見卷二《新安吏》(0060)注。《九家》趙注：「西邊既苦吐蕃之戰，而鄜城之圍既圍復解，史賊猶未平，則役戍疲於往來，所以爲恨。」按，詩亦憂慮於邊兵盡抽調東征而西部空虚，故致恨於鄜城之敗。參卷二《塞蘆子》(0069)注。

莽莽萬重山，孤城山谷間①。無風雲出塞，不夜月臨關〔一〕。屬國歸何晚，樓蘭斬未還〔二〕。烟塵獨長望②，衰颯正摧顔③。(0555)

【校】

① 山，宋本、錢箋、《九家》、《草堂》校：「一作石。」

② 獨，宋本、錢箋、《草堂》校：「一作一。」《九家》作「一」。

③ 摧，宋本、錢箋校：「一云催。」

【注】

〔一〕無風二句：邵博《邵氏聞見後録》卷一八：「王子韶云『無風』谷名，『不夜』城名，嘗親至其地。」《九家》趙注：「或曰今秦州有無風寨、不夜城，蓋亦後人因杜詩而爲之名也。」錢箋引《齊地記》「古者有日夜出」，已見《能改齋漫録》，非杜詩所謂。

〔二〕屬國二句：《漢書·百官公卿表》：「典屬國，秦官，掌蠻夷降者。」《昭帝紀》：「移中監蘇武前使匈奴，留單于庭，十九歲乃還，奉使全節，以武爲典屬國。」樓蘭，見卷四《憶昔二首》(0192)「傅介子」注。《九家》趙注：「公之意尚怒吐蕃或叛或欲和，而思使者斬之也。」

聞道尋源使〔一〕，從天此路回。牽牛去幾許，宛馬至今來〔二〕。一望幽燕隔，何時郡國開〔三〕？東征健兒盡〔四〕，羌笛暮吹哀。（0556）

【注】

〔一〕聞道句：《九家》趙注：「時遣使與吐蕃和，云『尋源使』，則借張騫以爲言也。《博物志》載乘槎事，以爲後漢時人，而公屢使作張騫。梁庾肩吾《奉使江州船中七夕》詩曰：『漢使俱爲客，星槎共逐流。』亦以漢使貼星槎事使。蓋《因話録》所謂詩家承襲也。」《史記·大宛列傳》：「漢使窮河源。」參卷一《謝孔巢父謝病歸游江東兼呈李白》(0026)注。

〔二〕宛馬句：宛馬，見卷一《高都護驄馬行》(0012)注。《九家》趙注：「則望吐蕃既和而西域皆通貢也。」

〔三〕一望二句：朱鶴齡注：「時河北幽薊諸州皆陷史思明。」郡國開，謂何時收復幽燕而重爲郡縣。

〔四〕東征句：朱鶴齡注：「健兒盡，亦謂鄴城之敗。」

今日明人眼，臨池好驛亭。叢篁低地碧，高柳半天青。稠疊多幽事，喧呼閲使星〔一〕。老夫如有此，不異在郊坰〔二〕。（0557）

【注】

〔一〕稠疊二句：謝靈運《過始寧墅》：「岩峭嶺稠疊，洲縈渚連綿。」《後漢書·李郃傳》：「和帝即位，分遣使者，皆微服單行。……郃因仰觀，問曰：『二君發京師時，寧知朝廷遣二使邪？』二人默然，驚相視曰：『不聞也。』問何以知之？郃指星示云：『有二使星向益州分野，故知之耳。』」《九家》趙注：「指往來使吐蕃者。」

〔二〕老夫二句：郊坰，見卷七《奉酬薛十二丈判官見贈》（0324）注。《百家注》趙注：「老夫若有此亭景，則如在郊坰矣。」按，指長安。

雲氣接崑崙，涔涔塞雨繁〔一〕。羌童看渭水，使客向河源①〔二〕。烟火軍中幕，牛羊嶺上村。所居秋草淨，正閉小蓬門。（0558）

【校】

①使，宋本、錢箋校：「一作估。」　向，錢箋校：「一作尚。」《草堂》作「尚」，校：「一作向。」

【注】

〔一〕雲氣二句：崑崙，見卷一《白水縣崔少府十九翁高齋三十韻》(0042)注。潘尼《苦雨賦》：「瞻中塘之浩汗，聽長霤之涔涔。」《增修禮部韻略》：「涔涔，雨多貌。」

〔二〕羌童二句：《九家》趙注謂似指吐蕃之兵窺覦渭水。按，當指党項内附部落。見前「降虜」注。向河源，見前「尋源使」注。

蕭蕭古塞冷，漠漠秋雲低①。黄鵠翅垂雨，蒼鷹飢啄泥。薊門誰自北，漢將獨征西〔一〕。不意書生耳②，臨衰厭鼓鞞③〔二〕。(0559)

【校】

①雲，《九家》作「風」，校：「一作雲。」《草堂》校：「一作風。」

②耳，宋本、錢箋校：「一作眼。」

③厭，宋本、錢箋、《九家》、《草堂》校：「一作見。」

【注】

〔一〕薊門二句：曹植《艷歌行》：「出自薊北門，遥望胡地桑。」鮑照《代出自薊北門行》：「時危見臣節，世亂識忠良。」《九家》趙注：「誰自北，則公問收復燕薊者誰也。」《後漢書·馮異傳》：「拜

異爲征西大將軍。……於是北地諸豪長耿定等，悉畔隗囂降。」仇注：「吐蕃在邊，尚遺征西之將。」

〔二〕臨衰句：鼓鞞，見卷二《無家别》(0065)注。沈佺期《雜詩三首》：「何苦朝鮮郡，年年事鼓鼙。」劉長卿《奉陪鄭中丞自宣州解印》：「跡遠親魚鳥，功成厭鼓鼙。」

山頭南郭寺①，水號北流泉〔一〕。老樹空庭得，清渠一邑傳〔二〕。秋花危石底，晚景卧鍾邊②。俛仰悲身世〔三〕，溪風爲颯然③。(0560)

【校】

①南，宋本、錢箋、《草堂》校：「一云東。」

②邊，宋本、錢箋、《九家》、《草堂》校：「一作前。」

③颯，錢箋、《草堂》、《九家》校：「一作肅。」

【注】

〔一〕山頭二句：《元和郡縣圖志》卷三九秦州：「郡前有湖水，冬夏無增減，取天水名，由此湖也。」《太平寰宇記》卷一五〇秦州天水縣引《秦州記》：「縣界無山，有水一派，北流入長道縣界。」錢箋引此，然未引「縣界無山」一句，似與詩言「山頭」不合。

〔二〕清渠句：朱鶴齡注引《唐書》秦州清水縣及《水經注》「清水導源東北隴山」，疑清渠即此水。然據《元和郡縣圖志》，清水縣「西南至州一百二十五里」，似不能與首二句牽合爲一。

〔三〕俛仰：同俯仰。班固《西都賦》：「方舟並鶩，俯仰極樂。」《文選》李善注：「《莊子》曰：俛仰之間。杜預《左氏傳注》曰：俛，俯也。音免。」盧諶《贈劉琨》：「瞻彼日月，迅過俯仰。」

傳道東柯谷〔一〕，深藏數十家。對門藤蓋瓦，映竹水穿沙。瘦地翻宜粟，陽坡可種瓜〔二〕。船人近相報，但恐失桃花〔三〕。（0561）

【注】

〔一〕傳道句：《千家注》趙傁曰引《天水圖經》：「秦州隴城縣有杜工部故居及工部侄佐草堂，在東柯谷之南，麥積山瑞應寺上。」陸友仁《研北雜志》卷下：「杜子美舊居在秦州東柯谷，今爲寺，山下有大木，至今呼爲子美樹。」《甘肅通志》卷六秦州：「秦亭山，在州東南五十里，左有永豐山，中則東柯谷。山亘四十里，上有秦亭，下爲秦谷。」「東柯谷，在州東南六十里。杜甫詩『傳道東柯谷』，即此。」

〔二〕瘦地二句：《九家》趙注：「種粟當在肥地，而瘦地翻自宜粟，言東柯谷中之地無不好者。」「種瓜正要日照。」《齊民要術·種穀》：「地勢有良薄，良田宜種晚，薄田宜種早。良地非獨宜晚，早亦無害。薄地宜早，晚必不成實也。」麥非良地則不須種，而粟薄地亦宜。

〔三〕船人二句：《九家》趙注：「意以東柯谷爲桃源也。船人報恐失桃花，則公欲往不往之際矣。舊注以爲桃花水，誤矣。」

萬古仇池穴，潛通小有天〔一〕。神魚人不見，福地語真傳〔二〕。近接西南境，長懷十九泉〔三〕。何時一茅屋①，送老白雲邊。（0562）

【校】

①時，錢箋校：「一作當。」《草堂》作「當」。

【注】

〔一〕萬古二句：仇池，見卷二《送韋十六評事充同谷郡防禦判官》（0088）注。蘇軾《和桃花源詩》序：「余在潁州，夢至一官府，人物與俗間無異，而山川清遠，有足樂者。顧視堂上，榜曰仇池。覺而念之：仇池武都氏故地，楊難當所保，余何爲居之？明日以問客，客有趙令畤德麟者曰：公何爲問此？此乃福地小有洞天之附庸也。杜子美蓋云：『萬古仇池穴，潛通小有天。』……他日工部侍郎王欽臣仲至謂余曰：吾嘗奉使過仇池，有九十九泉，萬山環之，可以避世，如桃源也。」《雲笈七籤》卷二七《天地宫府圖·十大洞天》：「第一王屋山洞，周回萬里，號曰小有清虚之天。」

〔二〕神魚二句：《草堂》夢弼注：「世説仇池有地穴通小有洞中，出神魚，食之者仙。經十九靈泉也。」《雲笈七籤》卷二七：「太上曰：其次七十二福地，在大地名山之間。上帝命真人治之，其間多得道之所。」

〔三〕近接二句：上句謂仇池接秦州西南境。《甘肅通志》卷二三成縣：「仇池故城在西和之南，成縣之北，相去各百里。其山四面斗絶，稜角外向，自成城郭樓櫓之狀。上有羊腸盤道三十六回，其上有平地，方二十餘里，田百頃，泉九十九源，亦名百頃城。」《明一統志》卷三五鞏昌府：「十九泉，在成縣南。」引此詩。朱鶴齡注：「王仁裕《入洛記》亦云：仇池有甘泉百孔。此云十九泉，豈舉其最勝者耶？」仇注：「此云十九泉，乃詩家省字之法。」朱鶴齡注：「前詩聞東柯谷之勝而欲卜居，此述仇池穴之勝而欲卜居也。觀卒章『讀記憶仇池』，則前六句皆是引記中語。」

未暇泛滄海，悠悠兵馬間。塞門風落木①，客舍雨連山。阮籍行多興②，龐公隱不還〔一〕。東柯遂疏懶③，休鑷鬢毛班〔二〕。（0563）

【校】

① 塞門風落木，錢箋、《九家》、《草堂》校：「一云塞風寒落木。」

② 興，《草堂》作「哭」。

③ 遂，《草堂》校：「一作放。」 懶，宋本、錢箋校：「一云放。」

【注】

〔一〕阮籍二句：阮籍，見卷二《晦日尋崔戢李封》(0075)注。龐公，見卷三《遣興五首》(0109)注。

〔二〕休鑷句：左思《白髮賦》：「星星白髮，生於鬢垂。……將拔將鑷，好爵是縻。」《南史・齊本紀》廢帝鬱林王：「高帝方令左右拔白髮，問之曰：『兒言我誰耶？』答曰：『太翁。』高帝笑謂左右曰：『豈有爲人作曾祖而拔白髮者乎？』即擲鏡鑷。」

東柯好崖谷，不與衆峰羣。落日邀雙鳥，晴天養片雲①。野人矜險絶②，水竹會平分〔一〕。采藥吾將老，童兒未遣聞③。(0564)

【校】

① 養，宋本、錢箋校：「一作卷。」《九家》作「卷」。

② 矜，錢箋校：「一作吟。」

③ 童兒，錢箋、《草堂》作「兒童」。

【注】

〔一〕野人二句：《楚辭・九辯》：「皇天平分四時兮，竊獨悲此廩秋。」《九家》趙注：「此已含蓄可避

世之意，將與野人分水竹之景也。」王嗣奭《杜臆》：「半水半竹，故云平分。」按，會，應當，表揣想。仍以趙注爲是。

邊秋陰易久①，不復辨晨光。簷雨亂淋幔，山雲低度牆。鸕鷀窺淺井，蚯蚓上深堂②〔一〕。車馬何蕭索，門前百草長〔二〕。（0565）

【校】

① 久，錢箋校：「一作夕。」《九家》、《草堂》作「夕」。

② 深，宋本、錢箋、《九家》、《草堂》校：「一作高。」

【注】

〔一〕鸕鷀二句：《爾雅·釋鳥》：「鷀，鶿。」注：「即鸕鷀也。觜頭曲如鉤，食魚。」釋文：「《字林》云：似鶂而黑。」玄應《一切經音義》：「此鳥胎出，從口內吐出，一産八九，中國或謂之水鴉。」郭璞《爾雅圖贊·蚯蚓》：「蚯蚓土精，無心之蟲。交不以分，淫於皁螽。觸而感物，無乃常雄。」

〔二〕車馬二句：《九家》趙注：「暗用張仲蔚所居蓬蒿滿門、寂無車馬事。」

地僻秋將盡，山高客未歸。塞雲多斷續，邊日少光輝。警急烽常報，傳聞檄屢飛①〔一〕。西戎外甥國〔二〕，何得迕天威②。（0566）

【校】

① 聞，宋本、錢箋校：「一作聲。」《九家》、《草堂》作「聲」，《草堂》校：「一作聞。」

② 得，《草堂》校：「一作德。」 迕，宋本、錢箋校：「一作近。」《九家》、《草堂》作「近」，《草堂》校：「一作迕。」

【注】

〔一〕警急二句：《史記·魏公子列傳》：「北境傳舉烽。」集解：「文穎曰：作高木櫓，櫓上作桔槔，桔槔頭兜零，以薪置其中，謂之烽。常低之，有寇即火然舉之以相告。」《通典》卷一五二《兵·守拒法》：「烽臺，於高山四顧險絶處置之，無山亦於孤迥平地置。下築羊馬城，高下任便，常以三五爲准。……每晨及夜平安，舉一火。聞警，固舉二火。見烟塵，舉三火。見賊，燒柴籠。如每晨及夜平安火不來，即烽子爲賊所捉。」左思《詠史》：「邊城苦鳴鏑，羽檄飛京都。」

〔二〕西戎句：唐玄宗《親征吐蕃制》：「爰自昔年，慕我朝化，申以婚姻之好，結爲甥舅之國。」

鳳林戈未息，魚海路常難〔一〕。候火雲烽峻①，懸軍幕井乾②〔二〕。風連西極動，

月過北庭寒〔三〕。故老思飛將，何時議築壇③〔四〕？（0567）

【校】

①烽，宋本、錢箋校：「一作峰。」《草堂》作「峰」。

②幕，宋本、錢箋校：「一作暮。」

③時，宋本、錢箋校：「一作人。」

【注】

〔一〕鳳林二句：《元和郡縣圖志》卷三九河州：「鳳林縣，中下。東南至州八十里。……又名安鄉，天寶元年改名鳳林。石門山，在縣東北二十八里。山高險絶，對岸若門，即臯蘭山門也。漢武帝元狩二年，霍去病出隴西至臯蘭，即此也。」《舊唐書·吐蕃傳》：「（大曆二年）十一月，和蕃使、檢校户部尚書兼御史大夫薛景仙自吐蕃使還，首領論泣陵隨景仙來朝。景仙奏云：贊普請以鳳林關爲界。」《新唐書·李國臣傳》：「以折衝從收魚海五城。」《册府元龜》卷三七《帝王部·頌德》：「（天寶元年）十二月，西河大破吐蕃，中書門下表賀曰：……三數日間河西當有大捷，今日王倕果奏大破吐蕃魚海。」樊衡《河西破蕃賊露布》：「十五日至青海北界……十六日進至魚海軍。……因得戮巨鯨於魚海，墜封豕於鹿泉。平積骸成京觀，斬魚海軍大使劍具一人，生擒魚海軍副使金字告身論悉諾匝。」豆盧詵《嶺南節度判官宗公神道碑》：「遂從安思

順破魚海，敗五城。」嚴耕望《唐代交通圖考》：『據《露布》，魚海軍當爲青海北之一重地。……新城威戎軍在今湟源之西全海晏間，是在青海東北，然則魚海軍在新城之西三四日程也。……新城威戎軍西通魚海軍一道，正當即隋以前西平郡通青海北龍夷城之故道也。杜翁此詩殆即指此道而言。」

〔二〕懸軍句：《三國志·蜀書·法正傳》：「左將軍縣軍襲我。」《易·井》：「井收勿幕。」注：「幕猶覆也。」此指軍中所鑿井。《後漢書·耿恭傳》：「恭於城中穿井十五丈不得水，吏士渴乏，笮馬糞汁而飲之。恭仰歎曰：『聞昔貳師將軍拔佩刀刺山，飛泉涌出。今漢德神明，豈有窮哉。』乃整衣服向井再拜，爲吏士禱。有頃，水泉奔出。」

〔三〕風連二句：《楚辭·離騷》：「朝發軔於天津兮，夕余至乎西極。」《舊唐書·地理志》：「北庭節度使所治，在北庭都護府」；「北庭都護府……在京師西北五千七百二十里，東至伊州界六百八十里，南至西州界四百五十里。」

〔四〕故老二句：《史記·李將軍列傳》：「廣居右北平，匈奴聞之，號曰漢之飛將軍。」《淮陰侯列傳》：「於是王欲召信拜之，何曰：『王素慢無禮，今拜大將如呼小兒耳，此乃信所以去也。王必欲拜之，擇良日，齋戒，設壇場，具禮，乃可耳。』」朱鶴齡注謂飛將指郭子儀，是秋七月以魚朝恩之譖，罷閑京師。盧元昌謂李嗣業爲北庭節度，圍鄴城，卒於軍中。其説皆附會。

唐堯真自聖，野老復何知〔一〕？曬藥能無婦，應門幸有兒①〔二〕。藏書聞禹穴，

讀記憶仇池②〔三〕。爲報鴛行舊，鷦鷯在一枝〔四〕。（0568）

【校】

①幸，宋本校：「刊作亦。」錢箋校：「一作亦。」《草堂》作「亦」。

②憶，宋本、錢箋、《草堂》校：「一作悟。」

【注】

〔一〕唐堯二句：《史記·五帝本紀》：「帝堯爲陶唐。」集解：「韋昭曰：陶唐皆國名也，猶湯稱殷商矣。張晏曰：堯爲唐侯，國於中山，唐縣是也。」《漢書·賈捐之傳》：「臣聞堯舜，聖之盛也，禹入聖域而不優，故孔子稱堯曰大哉。」《列子·仲尼》：「堯治天下五十年，不知天下治歟不治歟，不知億兆之願戴己歟、不願戴己歟，顧問左右，左右不知。問外朝，外朝不知。問在野，在野不知。」《九家》趙注：「唐堯，謂肅宗也。」仇注：「自聖，見讜言不能入。何知，見朝政不忍聞。」浦起龍云：「是爲腹誹矣，公不然也。」

〔二〕曬藥二句：能無，豈無。李密《陳情事表》：「内無應門五尺之童。」

〔三〕藏書二句：禹穴，見卷一《送孔巢父謝病歸游江東兼呈李白》(0026)注。《太平御覽》卷四一引《九土文括略》：「禹禪此山，有一石穴委曲，黄帝藏書於此，禹得之。」王嗣奭《杜臆》：「禹穴非會稽者，必近秦州有之。」楊倫云：「句係陪説，取與仇池穴相類耳。」

〔四〕爲報二句：爲報，替我告知。《莊子·逍遥游》：「鷦鷯巢於深林，不過一枝。」

月夜憶舍弟

戍鼓斷人行，邊秋一雁聲①。露從今夜白〔一〕，月是故鄉明。有弟皆分散②〔二〕，無家問死生。寄書長不避③，況乃未休兵。（0569）

【校】

①邊秋，錢箋作「秋邊」，校：「一作邊秋。」

②分散，錢箋、《九家》、《草堂》校：「一作羈旅。」

③避，宋本、錢箋校：「樊作達。」《九家》、《草堂》作「達」。

【注】

黄鶴注：當是乾元二年（七五九）秦州作。

〔一〕露從句：《禮記·月令》：「孟秋之月……涼風至，白露降，寒蟬鳴。」

〔二〕有弟句：《九家》趙注：「公之二弟，方賊亂時，一在濟州，一在陽翟。」參卷四《乾元中寓居同谷

縣作歌七首》（0154）注。

王得臣《麈史》卷二：「杜子美善於用事及常語，多離析或倒句，則語峻而體健，意亦深穩。如『露從今夜白，月是故鄉明』是也。」

宿贊公房〔一〕京中大雲寺主謫此安置。

杖錫何來此①〔二〕，秋風已颯然。雨荒深院菊，霜倒半池蓮。放逐寧違性②，虛空不離禪〔三〕。相逢成夜宿，隴月向人圓。（0570）

【校】

① 此，錢箋校：「一作久。」

② 違，錢箋校：「一作虧。」

【注】

黃鶴注：當是乾元二年（七五九）晚秋在秦州作。

〔一〕贊公：見卷三《西枝村尋草堂地夜宿贊公土室二首》（〇一〇一）注。

〔二〕杖錫：見卷三《寄贊上人》（〇一〇三）注。

〔三〕虚空句：《長阿含經》卷二一：「有人得第二禪者，即踴身上昇於虚空中。」

東樓

萬里流沙道，西征過此門①〔一〕。但添新戰骨，不返舊征魂②。樓角凌風迥③，城陰帶水昏④。傳聲看驛使，送節向河源〔二〕。（〇五七一）

【校】

①西征，宋本、錢箋校：「一云行。一云征西。」《九家》作「征西」。《草堂》作「征行」。此，錢箋作「北」，校：「一作此。」

②但添新戰骨不返舊征魂，宋本、錢箋、《九家》、《草堂》校：「一云但添征戰骨，不返死生魂。」

③凌，《九家》作「臨」。《草堂》校：「一本作臨。」

④水，宋本、錢箋校：「一作雨。」

【注】

黃鶴注：當是乾元二年（七五九）秦州作。

〔一〕萬里二句：流沙，見卷二《送從弟亞赴安西判官》(0087)注。《九家》趙注：「流沙，則自秦州而西往也。」《新唐書·吐蕃傳》：「玄宗繼收黃河積石、宛秀等軍，中國無斥候警者幾四十年。輪臺、伊吾屯田，禾菽彌望。開遠門外揭候署曰：『西極道九千九百里』，示戍人無萬里行也。」

〔二〕傳聲二句：《唐六典》卷八門下省符寶郎：「自漢以來，唯旌節稱節，餘皆號符焉」；「凡國有大事則出納符節，辨其左右之異，藏其左而班其右，以合中外之契焉。……五曰旌節。……旌節之制，命大將帥及遣使於四方，則請而假之，旌以專賞，節以專殺。」《九家》趙注：「末句又以言遣使與吐蕃和」，「又暗用張騫奉使尋河源事」。河源軍在鄯州西一百二十里。此蓋指隴右節度使。

雨晴

天際秋雲薄①，從西萬里風〔一〕。今朝好晴景，久雨不妨農。塞柳行疏翠②，山梨結小紅。胡笳樓上發，一雁入高空。（0572）

【校】

①際，宋本校：「一云外。」錢箋作「水」，校：「一云外。一云際。」《草堂》作「外」，校：「一作際。一作水。」

②塞，宋本、錢箋、《草堂》校：「一云岸。」

【注】

黄鶴注：當是乾元二年（七五九）秦州作。

〔一〕天際二句：洪邁《容齋三筆》卷六：「天永秋雲薄，從西萬里風。謂秋天遼永，風從萬里而來，可謂廣大。而集中作天水，此乃秦州郡名，若用之入此篇，其致思淺矣。」又改作「天永」。

寓目

一縣蒲萄熟，秋山苜蓿多〔一〕。關雲常帶雨，塞水不成河。羌女輕烽燧①，胡兒制駱駞②〔二〕。自傷遲暮眼，喪亂飽經過。（0573）

【校】

①輕，宋本、錢箋、《九家》、《草堂》校：「一作摇。」

②制，宋本、錢箋、《九家》、《草堂》校：「一作掣。」

【注】

黃鶴注：當是在秦州作，乾元二年（七五九）詩。

〔一〕一縣二句：《史記·大宛列傳》：「宛左右以蒲陶爲酒，富人藏酒至萬餘石，久者數十歲不敗。俗嗜酒，馬嗜苜蓿。漢使取其實來，於是天子始種苜蓿、蒲陶肥饒地。及天馬多，外國使來衆，則離宮別觀旁盡種蒲萄、苜蓿極望。」《藝文類聚》卷八七引《秦州記》：「秦野多蒲萄。」《新唐書·王毛仲傳》：「初監馬二十四萬，後乃至四十三萬，牛羊皆數倍。蒔茼麥、苜蓿千九百頃以禦冬。」

〔二〕羌女二句：《舊唐書·職官志》虞部郎中：「其關內、隴右、西使、南使諸牧監馬牛駝羊，皆貯藁及茭草。」《唐會要》卷七二《馬》：「（天寶）十三載六月一日，隴右群牧都使奏：……就群牧交點，總六十萬五千六百三頭匹口……駝五百六十三頭。」朱鶴齡注：「關塞無阻，羌胡雜居，乃世變之深可慮者，公故感而歎之。未幾，秦隴果爲吐蕃所陷。」按，此與《秦州雜詩》所言「降虜」皆指党項等內附部落，其諸部且爲唐朔方諸軍主力，與吐蕃入侵事無關。舊注每不辨史實，見「羌」、「胡」字，即斥言世變俗亂，不足爲訓。

山寺

野寺殘僧少，山園細路高〔一〕。麝香眠石竹，鸚鵡啄金桃〔二〕。亂石通人過①，懸崖置屋牢。上方重閣晚，百里見秋毫②〔三〕。（0574）

【校】

①石，宋本、錢箋校：「一作水。」《草堂》作「水」，校：「一作石。」

②秋，宋本、錢箋校：「一作纖。」《九家》、《草堂》、《文苑英華》作「纖」，《草堂》校：「一作秋。」

【注】

黄鶴注：公《賀薛璩畢曜遷官》詩在秦州，亦曰「隴俗輕鸚鵡」，則此詩正在秦州作，乾元二年（七五九）。

〔一〕野寺二句：《方輿勝覽》卷六九天水軍：「麥積山，在天水縣東白里，狀如麥積，爲秦地林泉之冠。杜甫秦州《山寺》詩：『麝香眠石竹，鸚鵡啄金桃。』即此。」錢箋引《方輿勝覽》瑞應寺條，以此寺即瑞應寺。姜宸英《湛園札記》卷四引庾信《麥積崖佛龕銘》，但言大都督李允信於壁之南

崖梯雲鑿道，不言先有瑞應寺。

〔二〕麝香二句：《爾雅·釋獸》：「麝父，麕足。」注：「脚似麕有香。」《唐六典》卷三中尚署：「麝香出蘭州。」卷七户部郎中隴右道甘、沙、渭、河等州亦貢麝香。禰衡《鸚鵡賦》：「惟西域之靈鳥兮，挺自然之奇姿。」《文選》李善注：「西域，謂隴坻出此鳥也。」《舊唐書·西戎傳》康國：「（貞觀）十一年，又獻金桃、銀桃，詔令植之於苑囿。」《封氏聞見記》卷七：「黄桃名金桃，大如鵝卵，康國所獻也。」

〔三〕亂石四句：《太平廣記》卷三九七《麥積山》（出《玉堂閑話》）：「麥積山者北跨清渭，南漸兩當，五百里岡巒，麥積處其半。崛起一石塊，高百萬尋，望之團團，如民間積麥之狀，故有此名。其青霄之半，峭壁之間，鐫石成佛，萬龕千室。雖自人力，疑其鬼功。隋文帝分葬神尼舍利函於東閣之下，石室之中。有庾信銘記，刊於岩中。古記云：六國共修，自平地積薪至於岩巔，從上鐫鑿其龕室佛像，功畢，旋旋折薪而下，然後梯空架險而上。其上有散花樓，七佛用金蹄銀角犢兒。由西閣懸梯而上，其間千房萬屋，緣空躡虚，登之者不敢回顧。將及絶頂，有萬菩薩堂，鑿石而成，廣古今之大殿，其雕梁畫栱，繡棟雲楣，並就石而成，萬軀菩薩，列於一堂。自此室之上，更有一龕，謂之天堂。空中倚一獨梯，攀緣而上。至此，則萬中無一人敢登者。於此下顧其群山，皆如培塿。王仁裕時獨能登之，仍題詩於天堂西壁上。」錢箋節引。

即事

聞道花門破，和親事却非〔一〕。人憐漢公主，生得渡河歸。秋思抛雲髻①，腰支勝寶衣②〔二〕。羣凶猶索戰〔三〕，回首意多違。（0575）

【校】

①髻，宋本、錢箋校：「一作鬟。」《九家》、《草堂》作「鬟」，《草堂》校：「一作髻。」

②勝，宋本、錢箋校：「一作賸。」《九家》、《草堂》作「賸」，《草堂》校：「一作勝。」

【注】

黄鶴注：寧國公主乾元二年（七五九）八月自回紇歸，當是是年作。

〔一〕聞道二句：見卷二《留花門》（0068）注。《舊唐書·回紇傳》：「（乾元元年）秋七月丁亥，詔以幼女封爲寧國公主出降。」「（乾元二年）夏四月，回紇毗伽闕可汗死。長子葉護先被殺，乃立其少子登里可汗，其妻爲可敦。六月丙午，以左金吾衛將軍李通爲試鴻臚卿、攝御史中丞，充弔祭回紇使。毗伽闕可汗初死，其牙官、都督等欲以寧國公主殉葬，公主曰：『我中國法，婿死即

持喪，朝夕哭臨，三年行服。今回紇娶婦，須慕中國禮。若今依本國法，何須萬里結婚。』然公主亦依回紇法，剺面大哭，竟以無子得歸。秋八月，寧國公主自回紇還，詔百官於明鳳門外迎之。」《九家》趙注：「其後犯順自是寶應二年，相去公主之歸乃四年也，而又無破之之事。豈公主纔歸之後便爲寇，而中國能破敗之邪？」朱鶴齡注：「時公主不肯殉葬，又以無子歸唐，則回紇之好失矣。公故傷和親之非計也。……向者結婚回紇，實欲資其力以討賊。今賊方索戰，而回紇之好中絶，其和親之本意何？」仇注謂「花門破」指鄴城之敗，花門同破。按，時回紇遭喪，自不能出兵助唐。和親事非，乃謂中生變故，即指寧國因喪歸國事，不必解爲以和親爲非計、回紇之好已盡失。

〔二〕腰支句：《史記·三王世家》：「皇子賴天，能勝衣趨拜。」蕭衍《送始安王方略入關》：「如何吾幼子，勝衣已別離。」詩用此。舊注從賸衣者誤。

〔三〕羣凶句：朱鶴齡注：「羣凶指史思明輩。是年九月，思明分兵四道濟河，光弼議弃東都，守河陽。」

遣懷

愁眼看霜露，寒城菊自花。天風隨斷柳，客淚墮清笳①。水淨樓陰直②，山昏

塞日斜。夜來歸鳥盡，啼殺後栖鴉〔一〕。（0576）

【校】

①清，宋本、錢箋、《草堂》校：「一作晴。」

②樓，錢箋校：「一作城。」

【注】

黄鶴注：乾元二年（七五九）秦州作。

〔一〕夜來二句：李白《三五七言》：「落葉聚還散，寒鴉栖復驚。」

天河

常時任顯晦，秋至輒分明①。縱被微雲掩，終能永夜清②。含星動雙闕〔一〕，伴月落邊城。牛女年年渡〔二〕，何曾風浪生。（0577）

【校】

①輒，宋本校：「刊作最。」錢箋校：「一作最。」《九家》校：「一作轉。」《草堂》作「轉」，校：「一作最。

一作輒。」

②能，宋本、錢箋校：「一云當。一云輸。」《九家》、《草堂》校：「一作當。」《文苑英華》作「當」。

【注】

黃鶴注：當是乾元二年（七五九）七月在秦州作。

〔一〕含星二句：《古詩十九首》：「兩宮遥相望，雙闕百餘尺。」《周禮·天官·大宰》：「乃縣治象之法於象魏。」注：「鄭司農云：象魏，闕也。」

〔二〕牛女：見卷六《火》（0290）注。

初月①

光細弦豈上②，影斜輪未安〔一〕。微升古塞外③，已隱暮雲端。河漢不改色，關山空自寒。庭前有白露，暗滿菊花團④〔二〕。（0578）

【校】

①初月，《文苑英華》題作「新月」。

②光細，宋本、錢箋、《草堂》校：「一云常時。」　豈，宋本、錢箋校：「刊作初。陳作欲。」《九家》作「初」，校：「趙作豈。」《草堂》作「欲」，校：「陳、卞皆曰刊作欲。」《文苑英華》校：「集作欲。」

③塞，錢箋校：「一作堞。」《文苑英華》作「堞」，校：「集作塞。」

④滿，《草堂》校：「一作滴。」　團，宋本、錢箋校：「一云欄。」《文苑英華》作「欄」，校：「集作團。」

【注】

黃鶴注：梁權道編在乾元二年（七五九）。按至德二載（七五七）丨月還京，當在是年秋作，蓋詩意屬肅宗即位於靈武。仇注：詩有「古塞」、「關山」等語，當是乾元二年在秦州作。

〔一〕光細二句：《釋名》：「弦，月半之名也。其形一旁曲，一旁直，若張弓施弦也。」《詩·小雅·天保》箋：「月上弦而就盈。」鮑泉《江上望月》：「客行鈎始懸，此夜月將弦。」劉孝綽《望月》：「輪光缺不半，扇影出將圓。」

〔二〕庭前二句：《九家》趙注：「《詩》云『零露漙兮』，雖止是『漙』字，而《選》載謝玄暉詩『猶沾餘露團』，又江文通云『簷前露已團』，則用『團』字。」吳曾《能改齋漫録》卷六：「杜子美《初月》詩云：『庭前有白露，暗滿菊花團。』又《白露》詩云：『白露團甘子。』又《江月》詩：『玉露團清影。』又絶句：『玉座應悲白露團。』按，謝惠連詩：『團團滿葉露。』謝玄暉：『猶沾餘露團。』庾信《挹得胥臺露》詩：『惟有團階露，承睫共沾衣。』杜詩所本。」朱鶴齡注：「漙，《集韻》或作團，通作專，以故古多混用。」

黄庭堅《杜詩箋》：「王原叔説，此詩爲肅宗作。」《分門》師古曰：「微升古塞外，喻肅宗即位於靈武也。已隱暮雲端，喻帝爲張皇后、李輔國所蔽也。」《九家》趙注：「蓋以月言人君，已不爲善取譬。況自至德之元逮乾元之元，肅宗即位已三年矣，豈得以月之微升比即位乎？」朱鶴齡注：「舊注以『古塞』二句爲託喻，後人將下四句俱牽合作比，如何可通？」

歸燕

不獨避霜雪，其如儔侶稀〔一〕。四時無失序，八月自知歸〔二〕。春色豈相訪①，衆雛還識機〔三〕。故巢儻未毀，會傍主人飛〔四〕。（0579）

【校】

① 訪，宋本、錢箋校：「一作誤。」

【注】

黄鶴注：舊次在乾元二年（七五九）秦州詩内，梁編亦然。

〔一〕不獨二句：其如，其如何。謝朓《將發石頭上烽火樓》：「歸飛無羽翼，其如離别何。」江總《别

南海賓化侯》：「其如江海泣，惆悵徒離憂。」曹睿《長歌行》：「哀彼失群燕，喪偶獨煢煢。單心誰與侶，造房孰與成。」嵇康《五言贈秀才》：「徘徊戀儔侶，慷慨高山陂。」

〔二〕四時二句：《禮記·月令》：「仲春之月……玄鳥至。」「仲秋之月……鴻雁來，玄鳥歸。」

〔三〕春色二句：豈，蔣紹愚謂有豈不、豈非義。此當作豈不解。二句皆爲問句。鮑照《詠雙燕》：「豈但避霜雪，當儆野人機。」

〔四〕故巢二句：傅咸《燕賦》：「有言燕今年巢在此，明歲復來者。其將逝，翦爪識之，其後果至焉。」沈約《學省愁臥》：「網蟲垂户織，夕鳥傍簷飛。」劉孝綽《古意送沈宏》：「復此歸飛燕，銜泥繞曲房。差池入綺幕，上下傍雕梁。」

擣衣

亦知戍不返，秋至拭清砧〔一〕。已近苦寒月①，況經長別心②。寧辭擣熨倦③，一寄塞垣深。用盡閨中力，君聽空外音〔二〕。（0580）

【校】

① 苦，宋本、錢箋、《草堂》校：「一作暮。」

②經，宋本、錢箋、《九家》、《草堂》校：「一作驚。」

③熨，宋本、錢箋校：「一作衣。」《九家》、《草堂》作「衣」。

【注】

黄鶴注：乾元二年（七五九）作。

〔一〕亦知二句：曹毗《夜聽擣衣》：「冬夜清且永，皓月照堂陰。纖手疊輕素，朗杵叩鳴碪。」

〔二〕君聽句：宋之問《麟趾殿侍宴應制》：「欲知陪賞處，空外有飛烟。」空外，猶言空中。

促織

促織甚微細①〔一〕，哀音何動人②。草根吟不穩③，床下夜相親〔二〕。久客得無淚，放妻難及晨④〔三〕。悲絲與急管⑤，感激異天真〔四〕。（0581）

【校】

①細，《草堂》作「物」。

②音，錢箋校：「一作聲。」

③吟，宋本、錢箋校：「一作冷。」

④放，宋本、錢箋校：「一作故。」《文苑英華》校：「集作故。」《九家》、《草堂》作「故」。妻，《草堂》校：「王彦輔作栖。」

⑤絲，宋本、錢箋、《九家》、《草堂》校：「一云絃。」《文苑英華》校：「集作絃。」

【注】

黄鶴注：自此至《除架》五詩皆託以喻人，當是乾元二年（七五九）秦州作。

〔一〕促織：《爾雅·釋蟲》：「蟋蟀，蛩。」注：「今促織也。亦名蜻蛚。」

〔二〕床下句：《詩·豳風·七月》：「九月在户，十月蟋蟀入我床下。」

〔三〕放妻句：陸璣《毛詩草木鳥獸蟲魚疏》：「蟋蟀……幽州人謂之趨織，督促之言也。里語曰：趨織鳴，懶婦驚是也。」

〔四〕悲絲二句：《九家》趙注：「暗用《晋書》絲不如竹，竹不如肉，以其漸近自然。故絲管之聲不若蟲聲之天真也。」

螢火

幸因腐草出，敢近太陽飛〔一〕。未足臨書卷，時能點客衣〔二〕。隨風隔幔小，帶

雨傍林微。十月清霜重，飄零何處歸？（0582）

【注】

黄鶴注：乾元二年（七五作）秦州作。

〔一〕幸因二句：《禮記·月令》：「季夏之月……腐草爲螢。」傅咸《螢火賦》：「進不競於天光兮，退在晦而能明。」沈旋《詠螢火》：「雨墜弗虧光，陽昇反奪照。」

〔二〕未足二句：車胤聚螢讀書，見卷七《奉酬薛十二丈判官見贈》（0324）注。

《分門》師曰：「螢出於腐草，喻小人起於微賤而侵陵大德之士。一旦時清，必蒙擯斥，故云『飄零何處歸』。」《苕溪漁隱叢話》前集卷一三引《漫叟詩話》：「説者云爲李輔國作。」黄鶴注：「蓋指李輔國輩，以宦者近君而撓政也。」方回《瀛奎律髓》卷二七：「凡評詩正不當如此刻切拘泥。言之者無罪，聞之者足以戒。大丈夫耿耿者不當爲螢爝微光，於此自無相關。世之近明忽晦不常者，又豈一輔國。」仇注：「腐草喻腐刑之人，太陽乃人君之象，比義顯然。」

蒹葭〔一〕

摧折不自守①〔二〕，秋風吹若何？暫時花戴雪②，幾處葉沉波③？體弱春甲早④〔三〕，叢長夜露多。江湖後搖落，亦恐歲蹉跎⑤〔四〕。（0583）

【校】

① 守，宋本、錢箋校：「一云與。」

② 戴，錢箋校：「一作載。」《草堂》作「帶」。

③ 幾處，宋本、錢箋校：「一作墮水。」

④ 甲，宋本校：「一云風。」錢箋校：「一云風。一云苗。」《九家》作「風」，校：「一作甲。一作苗。」《草堂》作「苗」，校：「亦作田。一作風。」

⑤ 亦，宋本、錢箋、《九家》校：「一作只。」《草堂》校：「一作祇。」

【注】

黃鶴注：從舊次乾元二年（七五九）作。

〔一〕蒹葭：《詩·秦風·蒹葭》：「蒹葭蒼蒼，白露爲霜。」見卷一《渼陂西南臺》(0032)注。

〔二〕摧折句：《分門》洙曰：「生質衰脆，不能自守。」

〔三〕體弱句：《説文》：「甲，東方之孟，昜氣萌動。從木戴孚甲之象。」段注：「孚者，卵孚也。孚甲猶今言殼也。凡草木初生，或戴種於顛，或先見其葉。故其字像之。下像木之有莖，上像孚甲下覆也。」本書卷一一《賓至》(0621)：「自鋤稀菜甲，小摘爲情親。」

〔四〕江湖二句：《九家》趙注：「末句似費解。蓋言今在秦州所見之蒹葭已摇落矣，尚餘時月之光景，江湖之上其物在後摇落，亦恐當歲之暮，有可傷之意。」仇注：「南方地氣多濕，故在江湖者後落。秋風摧折如彼，而遠託江湖者亦復蹉跎歲晚乎。」以江湖屬南方，似未允。蒹葭枯萎在秋末，此所謂「後摇落」。見摇落而傷歲暮，此所謂「歲蹉跎」。

苦竹〔一〕

青冥亦自守，軟弱强扶持〔二〕。味苦夏蟲避，叢卑春鳥疑。軒墀曾不重，剪伐欲無辭①。幸近幽人屋，霜根結在兹〔三〕。(0584)

【校】

① 欲，宋本、錢箋校：「一云亦。」

【注】

黄鶴注：同上年作。

〔一〕苦竹：《齊民要術》卷一〇引《孝經河圖》：「安思縣多苦竹。竹之醜有四：有青苦者，白苦者，紫苦者，黄苦者。」李衎《竹譜》卷四：「苦竹處處有之，其種凡二十有二。北方有二種，一種節稀而堅厚，枝短葉長。一種與淡竹無異，但笋味差苦。」

〔二〕青冥二句：《九家》趙注：「青冥，雲霄間之貌。蓋指苦竹在高山上者。」

〔三〕軒墀四句：《九家》趙注：「種人家軒墀者，有不重而剪伐之。若在幽人之家，方有保護結根之理。」仇注：「五六見廊廟非分，七八言林麓堪依。」《古詩十九首》：「冉冉孤生竹，結根泰山阿。」

除架〔一〕

束薪已零落，瓠葉轉蕭疏①〔二〕。幸結白花了，寧辭青蔓除〔三〕。秋蟲聲不去，暮雀意何如。寒事今牢落，人生亦有初〔四〕。（0585）

【校】

①轉，宋本、錢箋校：「一云卷。」　蕭，宋本、錢箋校：「一云相。」

【注】

黃鶴注：當是秋冬之交，公將赴同谷，同上年作。

〔一〕除架：《分門》洙曰：「瓜架也。」《齊民要術》卷二種瓜：「瓜引蔓，皆沿芰上。芰多則瓜多，芰少則瓜少。芰多則蔓廣，蔓廣則歧多，歧多則饒子。……若無芰處，豎乾柴亦得。」「胡瓜亦豎柴木，令引蔓緣之。」

〔二〕束薪二句：《詩·王風·揚之水》：「揚之水，不流束薪。」《小雅·瓠葉》：「幡幡瓠葉，采之亨之。」

〔三〕幸結二句：《九家》趙注：「瓜初花，其色白，結白花則爲瓜實矣。」王嗣奭《杜臆》：「瓠開白花，與瓜有別，然瓜其總名也。」

〔四〕寒事二句：朱鶴齡注：「言蟲鳥猶有故物之戀，人可以不念厥初哉？」仇注：「寒事已落，人生亦然，有始盛終衰之慨。」徐幹《室思詩》：「人靡不有初，想君能終之。」

廢畦

秋蔬擁霜露，豈敢惜凋殘〔一〕。暮景數枝葉，天風吹汝寒。緑霑泥滓盡，香與歲時闌。生意春如昨①，悲君白玉盤〔二〕。（0586）

【校】

①春,《草堂》校:「魯旹疑作春。」

【注】

黄鶴注:從舊次乾元二年(七五九)作,時公已有去秦之意矣。

〔一〕秋蔬二句:黄生以尾聯見春意、玉盤字,謂此蔬即生菜,生菜者韭也。生菜,見卷九《陪鄭廣林游何將軍山林十首》(0455)注,未可徑作韭解。春盤所薦亦未必爲韭。此蓋泛言。

〔二〕生意二句:何遜《輕薄篇》:「象床杳繡被,玉盤傳綺食。」此只言食器之美。古詩詠橘柚「委身玉盤中」,用者夥矣。《藝文類聚》卷七三引應劭《漢官儀》:「封禪壇南有玉盤,盤中有玉龜。」《九家》趙注引作「白玉盤」,非食器,與此無涉。王嗣奭《杜臆》:「落句謂生意内含,其春如昨,但悲君玉盤乏供耳。……乃江湖魏闕之思。」仇注亦謂君指君王。朱鶴齡注:「言生意猶存,而凋殘如此,不得同春盤之薦,深可悲也。」按,唐人言「悲君」皆指言對方,未有涉及君王者。此蓋泛言,亦自指。

夕烽

夕烽來不近①,每日報平安②〔一〕。塞上傳光小③,雲邊落點殘④。照秦通警

急，過隴自艱難⑤〔二〕。聞道蓬萊殿〔三〕，千門立馬看⑥。（0587）

【校】

① 近，宋本、錢箋校：「一作止。」

② 夕烽來不近每日報平安，宋本校：「一云夕烽明照灼，了了報平安。」錢箋校：「一云烽明夕照灼，了了報平安。」

③ 光，宋本、錢箋校：「一云聲。」

④ 落，宋本、錢箋校：「一云數。」

⑤ 照秦通警急過隴自艱難，宋本、錢箋校：「一云燄銷仍再滅，烟迴不勝寒。」

⑥ 聞道蓬萊殿千門立馬看，宋本、錢箋校：「一云恐照蓬萊殿，城中幾道看。」

【注】

黄鶴注：乾元二年（七五九）十月，李光弼與史思明戰於河陽，思明敗，當在其年作。仇注：皆憂吐蕃之亂，此望西方之烽也。

〔一〕夕烽二句：見本卷《秦州雜詩二十首》（0566）注。

〔二〕塞上四句：仇注：「凡平安火，止用一炬，故傳光少而落點殘。若警急之報，則炬多光熾，便當照秦過隴矣。」按，《唐六典》卷五兵部職方郎中：「開元二十五年敕以邊隅無事，寰宇乂安，内

地置烽，誠爲非要，量停近甸烽二百六十所。」此天寶亂前事。《舊唐書·杜希全傳》：「鹽州……乃者城池失守，制備無據，千里庭障，烽燧不接。」《王承元傳》：「鳳翔城東，商旅所集，居人多以烽火相警。」此貞元以後事。當肅宗時，隴坂以東亦當隨時設以烽燧。然數千里之遥，烽警傳遞必不能速如邊境，亦必有烽燧不接之缺，此所謂「過隴自艱難」。

〔三〕聞道句：蓬萊殿，見卷四《病橘》(0189)注。按，烽燧因戰伐警備隨時而設。《舊唐書·東夷傳》高麗：「初，帝自定州命每數十里置一烽，屬於遼城，與太子約，克遼東，當舉烽。是日，帝命舉烽，傳入塞。」《李相國論事集》卷四：「河湟郡縣，没於蕃醜，列置烽堠，逼近郊圻。」此言時西戎警急，京城擾動。

秋笛①

清商欲盡奏〔一〕，奏苦血霑衣。他日傷心極，征人白骨歸〔二〕。相逢恐恨過，故作發聲微。不見秋雲動，悲風稍稍飛〔三〕。(0588)

【校】

① 秋笛，《九家》、《草堂》校：題「一作吹笛。」

【注】

黃鶴注：乾元二年（七五九）秋作。

〔一〕清商句：宋玉《笛賦》：「吟清商，追流徵。」《韓非子・十過》：「平公問師曠曰：『此所謂何聲也？』師曠曰：『此所謂清商也。』公曰：『清商固最悲乎？』師曠曰：『不如清徵。』」《隋書・音樂志》：「清樂，其始即清商三調是也，並漢來舊曲。樂器形制，並歌章古辭，與魏三祖所作者，皆被於史籍。屬晉朝遷播，夷羯竊據，其音分散。苻永固平張氏，始於涼州得之。宋武平關中，因而入南，不復存於内地。及平陳後獲之。」亦雙關秋時。潘岳《悼亡詩》：「清商應秋至，溽暑隨節闌。」《文選》李善注：「秋風爲商。」

〔二〕他日二句：王嗣奭《杜臆》：「他日謂昔日。征人白骨歸，謂相州之敗無疑。」按，此蓋指唐人詠塞下之作。如王昌齡《塞下曲》：「黃塵足今古，白骨亂蓬蒿。」劉灣《出塞》：「死是征人死，功是將軍功。」王翰《涼州詞》：「醉卧沙場君莫笑，古來征戰幾人回。」王之涣《涼州詞》：「羌笛何須怨楊柳，春光不度玉門關。」諸調皆屬横吹曲，亦每道及戰死。

〔三〕不見二句：仇注：「不見，猶云獨不見。」謂反問。《韓非子・十過》：「公曰：『清徵可得而聞乎？』……師曠不得已而鼓之。一奏，而有玄雲從西北而方起。再奏之，大風至，大雨隨之。」

送遠

帶甲滿天地，胡爲君遠行〔一〕？親朋盡一哭，鞍馬去孤城。草木歲月晚，關河霜雪清。别離已昨日，因見古人情〔二〕。（0589）

【注】

黄鶴注：乾元二年（七五九）作，作詩時公將去秦也。

〔一〕帶甲二句：黄鶴注：「當是指其年史思明之亂。」《戰國策·楚策》：「帶甲百萬。」

〔二〕别離二句：江淹《古離别》：「送君如昨日，簷前露已團。」仇注：「因思《古别離》有『送君如昨日』者，知今古有同悲也。」

觀兵

北庭送壯士，貔虎數尤多〔一〕。精鋭舊無敵，邊隅今若何〔二〕？妖氛擁白馬，

元帥待彤戈〔三〕。莫守鄴城下，斬鯨遼海波〔四〕。（0590）

【注】

黄鶴注：當是乾元二年（七五九）春作，非秦州詩。仇注編入乾元元年（七五八）冬。按，據命題，仍以從舊次編入秦州詩爲是。

〔一〕北庭二句：錢箋：「北庭，謂鎮西北庭節度使李嗣業之兵，即安西兵也。」朱鶴齡注：「乾元元年十月，李嗣業將鎮西北庭兵屯懷州，會師攻鄴。」按，嗣業自安西統衆赴靈武行在在至德元載，後以北庭行營節度使從郭子儀圍相州，且於乾元二年正月卒於相州行營。此詩所言與本卷《秦州雜詩》（0554）「奉詔發金微」同，亦指發邊兵入援過秦州者，故題爲「觀兵」。若鄴城之師，則詩人無由觀之。《舊唐書·郭昕傳》：「肅宗末爲四鎮留後。自關隴陷蕃，爲虜所隔，其四鎮北庭使額，李嗣業、荔非元禮皆遥領之。昕阻隔十五年，建中二年，與伊西北庭節度使李元忠俱遣使來朝。」北庭都護府陷吐蕃，在上元元年。

〔二〕邊隅句：朱鶴齡注：「邊隅謂鄴城，凡臨敵境即爲邊。」浦起龍云：「指延州、雁門等，東抵燕塞之邊。」按，仍指西域。亦憂心吐蕃入侵，邊隅不保。

〔三〕妖氛二句：朱鶴齡注：「白馬，用侯景事。」按，疑指滑州。《舊唐書·肅宗紀》：「（乾元二年九月）庚寅，逆胡史思明陷洛陽，副元帥李光弼守河陽，汝、鄭、滑等州陷賊。」《元和郡縣圖志》卷八滑州：「今州城東北五里白馬故城，即衛之曹邑也。」「白馬縣，望。郭下。」朱鶴齡注：「元帥

指嗣業。』「舊注北庭謂回紇，元帥謂廣平，妖氛謂吐蕃，俱極謬。」仇注：「郭子儀前爲副元帥，收復東京，今望朝廷以元帥授子儀，故曰待琱戈。」按，《舊唐書·肅宗紀》：「（乾元二年七月）辛丑，制以趙王系爲天下兵馬元帥，司空兼侍中李光弼爲副。」時李光弼守河陽，當指光弼。《漢書·郊祀志》：「賜爾旂鸞黼黻琱戈。」注：「師古曰：琱戈，刻鏤之戈也。」

〔四〕莫守二句：錢箋引李光弼與朔方軍同逼魏城求戰之謀，而謂：「皆謂不當困守鄴城，老師之饋，以待援師之至也。」仍以鄴城圍潰之前爲説。按，此與《秦州雜詩》「恨解鄴城圍」意同，皆追咎鄴城之敗，望官軍此去北收遼海，一舉平叛。

不歸

河間尚征伐①〔一〕，汝骨在空城。從弟人皆有，終身恨不平。數金憐俊邁，總角愛聰明〔二〕。面上三年土，春風草又生②。（0591）

【校】

①征，宋本、錢箋校：「一作戰。」

②春，宋本、錢箋校：「一作秋。」　草，宋本、錢箋校：「一作吹。」

【注】

黄鶴注：禄山自范陽反，公之從弟死於城中，天寶十四載十一月至乾元元年爲三年，當是乾元二年(七五九)春作，公是時在東都。而梁權道編在秦州作，非。仇注謂公之從弟必死於天寶十五載，至乾元二年爲三年。

〔一〕河間句：《舊唐書・地理志》河北道：「瀛州，上，隋河間郡。……天寶元年，改爲河間郡。乾元元年，復爲瀛州。」《舊唐書・史思明傳》：「南拔常山、趙郡，又攻河間，爲尹子奇所圍，已四十餘日。顔真卿使和琳以一萬二千人、馬百匹以救之。至河間二十餘里，北風勁烈，鼓聲不相聞，賊縱擊之，擒和琳以至城下。思明既全，合勢，賊軍益盛。李奂爲賊所擒，送東京。又攻景城。」時在至德元載十月。

〔二〕數金二句：《草堂》夢弼注：「數，所具切，計也。謂幼之時識錢數也。張正見詩：數金買聲名。」仇注引胡夏客曰：「數金，用河間姹女數錢語，以應河間。蕭子顯詩：暝數河間錢。」按，數錢，唐人用以詠歌妓，當非此詩所謂。數金或與算數有關。《九章算術》卷七：「今有共買金，人出四百盈三千四百，人出三百盈一百，問人數、金價各幾何？答曰：三十三人，金價九千八百。」金爲交易物，亦以之計物值，故常用爲演算例題。《三國志・魏書・胡質傳》注引虞預《晉書》：「陔及二弟韶、茂，皆總角見稱，並有器望。」《晉書・荀顗傳》：「總角知名，博學洽聞。」

天末懷李白

涼風起天末〔一〕，君子意如何？鴻雁幾時到，江湖秋水多。文章憎命達，魑魅喜人過〔二〕。應共冤魂語，投詩贈汨羅〔三〕。（0592）

【注】

《九家》趙注：公在秦州懷之，而遂謂之「天末」。黄鶴注：應在寶應元年（七六二）後。仇注仍繫於秦州作。

〔一〕涼風句：張衡《東京賦》：「眇天末以遠期，規萬世而大摹。」陸機《爲顧彦先贈婦》：「借問歎何爲，佳人眇天末。」

〔二〕文章二句：朱鶴齡注：「上句言文章窮而益工，反似憎命之達者。下句言小人争害君子，猶魑魅喜得人而食之，即《招魂》『雄虺九首，吞人以益其心』意也。」宋之問《祭杜學士審言文》：「辭業備而官成，名聲高而命薄。屈原不終於楚相，揚雄自投於漢閣。代生人而豈無，人違代而咸若。運鍾唐虞，崇文寵儒；國求至寶，家獻靈珠。後復有王、楊、盧、駱，繼之以子躍雲衢。王也才參卿於西陝，楊也終遠宰於東吴；盧則哀其栖山而卧疾，駱則不能保族而全軀。」

〔三〕應共二句：《史記·屈原賈生列傳》：「屈原至於江濱，被髮行吟澤畔，顔色憔悴，形容枯槁。……於是懷石，遂自投汨羅以死。」索隱：「汨水在羅，故曰汨羅。《地理志》：長沙有羅縣，羅子之所徙。《荆州記》：羅縣北帶汨水。」《九家》趙注：「此以白比於賈誼也。屈原其死爲冤也，誼過汨羅，有《弔屈原賦》。」仇注：「冤魂指屈原，投詩謂李白。」「邵寶謂白已死，公在夔州作，蓋誤認冤魂爲白魂耳。」黄鶴注誤同。

獨立

空外一鷙鳥，河間雙白鷗。飄飖搏擊便，容易往來游〔一〕。草露亦多濕，蛛絲仍未收。天機近人事，獨立萬端憂〔二〕。（0593）

【注】

黄鶴注：詩乾元二年（七五九）在秦華間作。仇注：此詩有憂讒畏譏之意，必乾元元年（七五八）在華州時作。

〔一〕空外四句：《九家》趙注：「此言白鷗往來，蓋不知鷙鳥之將搏擊，此可謂寒心矣。公後篇《寄賈六嚴八》詩戒其爲文爲詩莫傳於衆，而曰『浦鷗防碎首，霜鶻不空拳』，則公今詩應有所憂之

人乎？」按，二詩意不同，此似言鷙鳥、白鷗各得其便。

〔二〕草露四句：《九家》趙注：「或曰露下衆草則將殺草，蛛絲未收則將羅物，皆有殺意。此並是天機，如人事之多患，宜公有萬端之憂也。」按，草露、蛛絲只言物之更微細者，未見所謂殺意。所謂天機，亦萬物流轉、各有天性之意。《莊子・秋水》：「今予動吾天機，而不知其所以然。」《文選》《文賦》李善注引司馬彪注：「天機，自然也。」又劉障注：「言天機者，言萬物轉動，各有天性，任之自然，不知所由然也。」謝莊《月賦》：「陳王初喪應劉，端憂多暇。」《文選》李周翰注：「端然憂愁，以多閑暇。」

《千家注》劉辰翁曰：「此必有幽人受禍而羅織仍未已者，如太白、鄭虔輩也。」朱鶴齡注：「此詩與《鄭縣亭子》『巢邊野雀群欺燕，花底山蜂遠趁人』，皆有憂讒畏譏之意。」二説不同，皆涉猜度。

日暮

日落風亦起，城頭烏尾訛①〔一〕。黄雲高未動，白水已揚波。羌婦語還哭，胡兒行且歌〔二〕。將軍別换馬②〔三〕，夜出擁彫戈。（0594）

【校】

① 鳥，宋本、錢箋校：「晋作烏。」《九家》、《草堂》作「烏」，《九家》校：「杜《正謬》：烏尾當作烏尾。」《草堂》校：「一作烏。非是。」

② 别换馬，宋本、錢箋校：「一云换駿馬。」

【注】

黄鶴注：亦乾元二年（七五九）在秦州作。

〔一〕城頭句：《分門》修可曰引《後漢書·五行志》京師童謡「城上烏，尾畢逋」，「蓋言處高利獨食，不與下共，謂人主多聚斂也。」朱鶴齡注引《詩傳》：「訛，動也。」見《小雅·無羊》傳。

〔二〕羌婦二句：《九家》趙注：「蓋秦州有寄處者耳。與前篇『羌女輕烽燧，胡兒制駱駝』同義。」見本卷《寓目》(0573)。

〔三〕將軍句：《九家》趙注：「以敵人識其所乘舊馬，所以换馬。」《舊唐書·李光弼傳》：「光弼令换馬遣之，玉换馬復入，決死而前。」《唐律疏議》卷一〇《職制》：「經驛不换馬者，杖八十。」换馬者或因戰傷而换，或因馬疲而换。《北征》：「送兵五千人，驅馬一萬匹。」則騎兵人備兩馬。

空囊

翠柏苦猶食，晨霞高可餐①〔一〕。世人共鹵莽，吾道屬艱難。不爨井晨凍，無衣床夜寒。囊空恐羞澀，留得一錢看〔二〕。（0595）

【校】

①晨，錢箋、《草堂》校：「一云明。」　高，宋本、錢箋、《草堂》校：「一云朝。」《九家》作「朝」。

【注】

黄鶴注：當是乾元二年（七五九）作。

〔一〕翠柏二句：《異苑》卷八：「漢末大亂，宫人小黄門上墓樹上避兵，食松柏實，遂不復飢。舉體生毛，長尺許。」《楚辭·遠游》：「餐六氣而飲沆瀣兮，漱正陽而含朝霞。」《雲笈七籤》卷五七《服氣精義論》：「是知吸引晨霞，餐漱風露，養精源於五臟，導榮衛於百關。」

〔二〕囊空二句：趙壹《客秦詩》：「文籍徒滿腹，不如一囊錢。」袁昂《古今書評》：「羊欣書如大家婢爲夫人，雖處其位，而舉止羞澀。」

病馬

乘爾亦已久①〔一〕，天寒關塞深。塵中老盡力，歲晚病傷心。毛骨豈殊衆，馴良猶至今。物微意不淺，感動一沉吟②。（0596）

【校】

①爾，《文苑英華》作「汝」，校：「集作爾。」

②動，《文苑英華》作「激」，校：「集作動。」

【注】

黄鶴注：當是乾元二年（七五九）在秦州作。

〔一〕乘爾句：《九家》趙注：「此篇暗使田子方事之意。」《韓詩外傳》卷八：「昔者田子方出見老馬於道，喟然有志焉。以問於御者曰：『此何馬也？』曰：『故公家畜也。罷而不爲用，故出放也。』田子方曰：『少盡其力，而老去其身，仁者不爲也。』束帛而贖之。窮士聞之，知所歸心矣。」

蕃劍

致此自僻遠①，又非珠玉裝〔一〕。如何有奇怪，每夜吐光芒。虎氣必騰趠②，龍身寧久藏〔二〕。風塵苦未息，持汝奉明王。（0597）

【校】

① 致，錢箋校：「一云至。」

② 趠，宋本、錢箋校：「一作上。」《九家》、《草堂》作「上」。

【注】

黄鶴注：舊次與梁編皆在乾元二年（七五九）秦州詩内。

〔一〕致此二句：《西京雜記》卷一：「高帝斬白蛇劍，劍上有七采珠、九華玉以爲飾。」曹植《七啓》：「步光之劍，華藻繁縟。飾以文犀，雕以翠緑。綴以驪龍之珠，錯以荆山之玉。」

〔二〕虎氣二句：《越絶書》卷二：「闔廬冢在閶門外，名虎丘。下池廣六十步，水深丈五尺，銅槨三重，墳池六尺，玉鳧之流，扁諸之劍，三千方圓之口，三千時耗，魚腸之劍在焉。千萬人築治之，

取土臨湖口，築三日而白虎居上，故號虎丘。」《九家》趙注引此，謂：「亦無『虎氣』字。於虎曰氣，於龍曰身，豈公因事而自造語耶？」又別引《世説》（見《殷芸小説》卷二）：「王子喬墓在京茂陵，戰國時有人盜發之，睹之無所見，唯有一劍懸在空中。欲取之，劍便作龍鳴虎吼，遂不敢近。」龍身，見卷七《可歎》（0328）「紫氣鬱鬱猶衝斗」注。

銅瓶

亂後碧井廢，時清瑤殿深〔一〕。銅瓶未失水，百丈有哀音。側想美人意，應非寒甃沉①〔二〕。蛟龍半缺落，猶得折黃金〔三〕。（0598）

【校】

① 非，錢箋、《草堂》校：「一作悲。」

【注】

黃鶴注：乾元二年（七五九）作。

〔一〕亂後二句：張説《南省就竇尚書山亭尋花柳宴序》：「諸公入金門，侍瑤殿。」

〔二〕銅瓶四句：《九家》趙注：「銅瓶乃是不用於汲而留於世者，非是沈在井底所得。側想美人之意，可以推見。」仇注：「此瓶未經失水，則繫以長綆，而轆轤有聲。及其沉没水中，想汲井宫人，應對寒甃而傷悲矣。」浦起龍云：「借汲井之人，影知己之人，蓋謂君也。注家不察，將美人認煞宫人。」按，「應非」句應「未失水」，不煩改「悲」字。哀音謂汲水井中之音。側想美人意，謂見銅瓶而想像汲井之時如此。不必别求深解。《初學記》卷六引《風俗通》：「甃，聚磚修井也。」

〔三〕蛟龍二句：《九家》趙注：「井中或得斷釵遺珥，有黄金蛟龍之狀。」師云：「蛟龍蓋瓶上刻鑄之象，今雖缺落，猶可準折黄金，則其工巧可知。」朱鶴齡注引戴延之《西征記》（《藝文類聚》卷六二引）：「太極殿上有金井欄、金博山、金轆轤，蛟龍負山於井上。」按，詩詠瓶而非井，二句自應屬瓶。

觀安西兵過赴關中待命二首〔一〕

四鎮富精鋭①，摧鋒皆絶倫。還聞獻士卒②，足以静風塵〔二〕。老馬夜知道，蒼鷹飢著人③〔三〕。臨危經久戰，用急始如神④〔四〕。（0599）

【校】

① 四，宋本、錢箋校：「一云西。」

②獻，宋本、錢箋校：「一作就。」《草堂》作「遺」。

③飢，宋本、錢箋校：「一作秋。」

④急，錢箋、《九家》校：「一作意。」《草堂》作「意」，校：「一作急。」　始，宋本、錢箋校：「一作使。」

【注】

黄鶴注：當是乾元元年（七五八）華州作，梁權道編在乾元二年（七五九）作。按，仍當作於秦州，故云「過赴關中」，若華州則已在關中。

〔一〕安西：《舊唐書·地理志》：「安西大都護府……長壽二年，收復安西四鎮，依前於龜兹國置安西都護府。至德後，河西、隴右戍兵皆徵集收復兩京，上元元年，河西軍鎮多爲吐蕃所陷。」《新唐書·地理志》謂：「至德元載更名鎮西，後復爲安西。」《通典》卷一七二《州郡·大唐》則謂：「鎮西節度使，理安西。」《舊唐書》李嗣業、荔非元禮等稱鎮西北庭行營節度使，馬璘稱鎮西節度使。

〔二〕四鎮四句：《舊唐書·地理志》安西都護府所統四鎮：龜兹都護府，本龜兹國；毗沙都督府，本于闐國；疏勒都督府，本疏勒國；焉耆都督府，本焉耆國。唐長孺《唐書兵志箋正》：「按唐代在西域之軍區有三：曰磧西或四鎮，曰安西，曰伊西或北庭，三者常相兼，故軍鎮亦不常所屬。……所謂安西四鎮節度，正稱應曰四鎮節度使安西都護。」黄鶴注等皆引乾元元年六月，李嗣業充鎮西北庭行營節度使，八月同郭子儀討安慶緒。按，嗣業早於至德初入援，所充行營

節度使，即鎮西北庭兵已在關内者。此詩所言，乃續徵調者。參前《觀兵》(0590)注。

〔三〕老馬二句：《韓非子・説林》：「管仲、隰朋從桓公伐孤竹，春往冬反，迷惑失道。管仲曰：『老馬之智可用也。』乃放老馬而隨之，遂得道。」鷹飢，見卷一《送高三十五書記》(0002)注。

〔四〕臨危二句：《三國志・魏書・郭淮傳》：「淮臨危濟難，功書王府。」《史記・絳侯周勃世家》：「即有緩急，周亞夫真可任將兵。」

奇兵不在衆，萬馬救中原。談笑無河北，心肝奉至尊〔一〕。孤雲隨殺氣，飛鳥避轅門。竟日留歡樂①，城池未覺喧。(0600)

【校】

①歡樂，宋本、錢箋、《九家》、《草堂》校：「一作觀樂。」

【注】

〔一〕談笑二句：《三國志・吴書・甘寧傳》：「士衆皆懼，惟寧談笑自若。」葛立方《韻語陽秋》卷一：「杜甫《觀安西過兵》詩云：『談笑無河北，心肝奉至尊。』故東坡亦云：『似聞指揮築上郡，已覺談笑無西戎。』蓋用左太沖《詠史詩》『長嘯激清風，志若無東吴』也。王維云：『虜騎千重只似無』，句則拙矣。」

送人從軍

弱水應無地，陽關已近天〔一〕。今君渡沙磧〔二〕，累月斷人烟。好武寧論命，封侯不計年〔三〕。馬寒防失道，雪没錦鞍韉〔四〕。（0601）

【注】

黄鶴注：當是乾元二年（七五九）在秦州作。

〔一〕弱水二句：弱水，見卷二《送韋十六評事充同谷郡防禦判官》（0088）注。《元和郡縣圖志》卷四〇沙州壽昌縣：「陽關，在縣西六里。以居玉門關之南，故曰陽關。本漢置也，謂之南道，西趣鄯善、莎車。後魏嘗於此置陽關縣，周廢。」

〔二〕今君句：沙磧，沙漠。《魏書·西域傳》焉耆國：「東去高昌九百里，西去龜兹九百里，皆沙磧，東南去瓜州二千二百里。」《隋書·西域傳》高昌：「從武威西北，有捷路，度沙磧千餘里，四面茫然，無有蹊徑。欲往者，尋有人畜骸骨而去。」錢箋：「漢後史家變稱爲磧。磧者沙積也，其義一也。」

〔三〕好武二句：《史記·李將軍列傳》：「諸廣之軍吏及士卒或取封侯。」仇注：「亦暗用李廣數奇不遇事。」

〔四〕雪没句：岑參《衛節度赤驃馬歌》：「紅纓紫鞚珊瑚鞭，玉鞍錦韉黄金勒。」桂馥《札樸》卷七：「馬鞁具曰韉，此俗作也。當爲『帴』。《廣韻》：帴，蘇旱切。二幅。《説文》：帴，婦人脅衣。馥謂帴亦馬之脅衣，故冒名焉。《晋書》：張方傳軍人入宫閣，争割流蘇武帳而爲馬帴。」

野望

清秋望不極，迢遞起曾陰。遠水兼天浄，孤城隱霧深。葉稀風更落，山迴日初沉。獨鶴歸何晚，昏鴉已滿林〔一〕。(0602)

【注】

黄鶴注：乾元二年(七五九)秦州作。

〔一〕獨鶴二句：《分門》洙曰：「譏小人衆多也。」《九家》趙注：「末句亦道實事耳，舊注所言未必然。」

示侄佐

佐草堂在東柯谷〔一〕。

多病秋風落，君來慰眼前。自聞茅屋趣，只想竹林眠。滿谷山雲起，侵籬澗

水懸。嗣宗諸子侄①，早覺仲容賢〔二〕。（0603）

【校】

①嗣，宋本、錢箋、《九家》、《草堂》校：「一云阮。」

【注】

黄鶴注：乾元二年（七五九）九月作。

〔一〕佐：杜佐，岑參有《送杜佐下第歸陸渾別業》。《新唐書・宰相世系表二上》杜淹後：繁子，「佐，大理正。」《舊唐書・杜元穎傳》：「杜元穎，萊公如晦裔孫也。父佐，官卑。」《杜審權傳》：「國初萊成公如晦六代孫。祖佐，位終大理正。佐生二子，元穎、元絳。」黄鶴注引《世系表》襄陽杜氏殿中侍御史暐子佐，爲另一人。朱鶴齡注亦淆二人。東柯谷：見《秦州雜詩二十首》（0561）注。

〔二〕嗣宗二句：阮籍字嗣宗。《晋書・阮咸傳》：「咸字仲容。……任達不拘，與叔父籍爲竹林之游，當世禮法者譏其所爲。」

佐還山後寄三首〔一〕

山晚浮雲合①，歸時恐路迷。澗寒人欲到，村黑鳥應栖。野客茅茨小，田家樹木低。舊諳疏懶叔，須汝故相携〔二〕。（0604）

【校】

① 浮，錢箋校：「一云黄。」

【注】

黄鶴注：同上年作。

〔一〕還山：黄鶴注：「還東柯谷也。」

〔二〕舊諳二句：《九家》趙注：「末句又以嵇康自處。」

白露黄粱熟，分張素有期〔一〕。已應舂得細，頗覺寄來遲。味豈同金菊，香宜配緑葵①〔二〕。老人佗日愛②，正想滑流匙〔三〕。（0605）

【校】

①金，宋本校：「晋作甘。」錢箋校：「一作甘。」　配，《九家》作「酌」。

②佗，錢箋作「他」。

【注】

〔一〕白露二句：《後漢書·五行志》桓帝初京都童謡：「石上慊慊春黄粱。」《齊民要術》卷二粱秫：「今世有黄粱，穀秫，桑根秫，檍天棓秫也」；「種與稙穀同時，晚者全不收也。」分張，分開、分給。鍾會《檄蜀文》：「而巴蜀一州之衆，分張守備，難以禦天下之師。」《南齊書·張岱傳》：「岱初作遺命，分張家財。」

〔二〕味豈二句：《禮記·月令》：「鞠有黄華。」釋文：「鞠，本又作菊。」潘岳《閑居賦》：「緑葵含露，白薤負霜。」《南齊書·周顒傳》：「王儉謂顒曰：『卿山中何所食？』顒曰：『赤米白鹽，緑葵紫蓼。』」《顔氏家訓·勉學》：「齊主客郎李恕問梁使曰：『江南有露葵否？』答曰：『露葵是蓴，水鄉所出。卿今食者，緑葵菜耳。』」

〔三〕老人二句：《太平廣記》卷四九四《薛令之》（出《閩川名士傳》）載薛詩：「飯澀匙難綰，羹稀箸易寬。」

幾道泉澆圃，交横落慢坡①〔一〕。葳蕤秋葉少②，隱映野雲多〔二〕。隔沼連香芰，

通林帶女蘿〔三〕。甚聞霜薤白〔四〕，重惠意如何③。（0606）

【校】

① 慢，錢箋校：「或作幔。」《九家》、《草堂》作「幔」。

② 葉少，宋本、《九家》校：「一作菜色。」錢箋校：「一作小。一作菜色。」

③ 惠，宋本、錢箋校：「一云薦。」

【注】

〔一〕幾道二句：黃希注：「幔坡，言青翠如幔。」朱鶴齡注：「或云疑作『幔落坡』，與『泉澆圃』對，言幔影落於坡上也。」仇注：「設幔於坡，以防鳥雀，是爲瓜果而設者。」按，慢坡猶言緩坡。《續資治通鑑長編》卷三〇二：「憲州静樂縣民請射石神慢坡塢荒地千餘頃，置弓箭手五百人，歲輸租米三千石。」《西廂記諸宮調》卷三：「栲栳大隊精兵，轉過拽脚慢坡。」

〔二〕葳蕤二句：《楚辭·七諫》：「上葳蕤而防露兮，下泠泠而來風。」王逸注：「葳蕤，盛貌。」《史記·司馬相如列傳》：「紛綸葳蕤。」索隱：「胡廣曰：葳蕤，委頓也。張揖云：亂貌。」仇注：「葳蕤有兩解，一作盛貌，一作衰貌。」隱映，映襯。謝舉《凌雲臺》：「綺甍懸桂棟，隱映傍喬柯。」

〔三〕隔沼二句：《楚辭·離騷》：「製芰荷以爲衣兮，集芙蓉以爲裳。」王逸注：「芰，蔆也。」《說文》：「蔆，芰也。楚謂之芰，秦謂之薢茩。」羅願《爾雅翼》卷六：「蔆生水中，實兩角，或四角。」

一名芆。……菱葉覆被水上，其花黄白色，其食餌之，可以斷穀。」《詩・小雅・頍弁》：「蔦與女蘿，施于松柏。」傳：「蔦，寄生也。女蘿，菟絲、松蘿也。」

〔四〕甚聞句：潘岳《閑居賦》：「緑葵含露，白薤負霜。」蕭綱《七勵》：「霜薤沸烈，露葵繁舒。」《政和證類本草》卷二八引唐本注：「薤本是韭類，葉不似葱，今云同類，不識所以然。薤有赤、白二種，白者補而美，赤者主金瘡及風苦而無味。」

從人覓小胡孫許寄〔一〕

人説南州路，山猿樹樹懸〔二〕。舉家聞若駭①，爲寄小如拳〔三〕。預哂愁胡面，初調見馬鞭②〔四〕。許求聰惠者③，童稚捧應癲。（0607）

【校】

① 若駭，宋本、錢箋、《九家》、《草堂》校：「一云共愛。」

② 初，宋本、錢箋校：「一作何。」

③ 惠，錢箋作「慧」。

【注】

黄鶴注：詩云「人説南州路」，則詩在西北作，當是寓秦州時。

〔一〕胡孫：《古今事文類聚》後集卷三七「猴」引《廣雅》：「一名狙，一名王孫，一名胡孫。」《朝野僉載》卷四：「遇契丹賊孫萬榮使何阿小取滄瀛冀貝，良弼謂鹿城令李懷璧曰：『孫者胡孫，即是獼猴，雖可當也。『萬』字者有草，即草中藏。』勸懷璧降何阿小。」

〔二〕山猿句：《爾雅·釋獸》：「猱，蝯，善援。」注：「便攀援。」吴曾《能改齋漫録》卷三：「意題皆是胡孫，而首句以山猿爲詞者，何耶？」按，《太平廣記》卷一八四《高輦》（出《玉堂閑話》）：「胡孫大者爲猿。」李德裕《白猿賦》：「此郡多白猿，其性馴而仁愛，所止榛林不瘁，果熟乃取，不敢與猴相狎，猴亦畏而避之。昔傅休奕有《猿猴賦》，但悦其變態似優，以爲戲玩，且不言二物殊性，余今作賦以辨之爾。」是人多混言或連言。

〔三〕舉家一句：黄庭堅《杜詩箋》：「舉家聞如駭，當作『咳』。禺屬惟猿猴喜怒飲食常作咳。」《爾雅翼》卷二〇：「猴狀似愁胡，而手足如人，其聲嗝嗝若咳。」按，如駭謂家人聞之，若咳則言猴之聲，二意不同，自以前者爲順解。《分門》師曰：「小如拳，言胡孫至小者爲奇也。」《九家》師云：「《南越志》：廣夷之山多小樹，玃立如拳。」《天中記》卷六〇引《崇安志》：「武夷山多獼猴，其小者僅如拳。」

〔四〕預哂二句：傅玄《猿猴賦》：「既似老公，又類胡兒。」《分門》師曰：「初調見馬鞭，言始調狎之

則用笞撻，如馬之見鞭而後行也。」朱鶴齡注：「舊注胡孫能警馬，畜馬者夜則令胡孫警馬背。」引《齊民要術》「常繫獼猴於馬坊，令馬不畏，辟惡，消百病」。按，以鞭調猴與胡孫警馬爲二事，詩似只言前者。

秋日阮隱居致薤三十束〔一〕

隱者柴門内①，畦蔬繞舍秋。盈筐承露薤〔二〕，不待致書求。束比青芻色，圓齊玉箸頭〔三〕。衰年關鬲冷〔四〕，味暖併無憂②。（0608）

【校】

① 門，宋本、錢箋、《草堂》校：「一云荆。」

② 併，宋本、錢箋、《九家》、《草堂》校：「一作腹。」

【注】

黃鶴注：公以乾元二年（七五九）夏至秦州，有《貽阮隱居詩》，此詩同是其年作。

〔一〕阮隱居：阮昉。見卷三《貽阮隱居》(0093)。《説文》：「䪥，䪥菜也。似韭，從韭，𣪠聲。」俗作

薤。《爾雅翼》卷五：「薤似韭而無實，亦不甚葷。古禮脂用葱，膏用薤。脂，羊牛麋鹿之屬。膏，犬豕之屬。蓋物各有所宜。今薤與牛肉同食，令人作癥瘕是也。……薤有赤、白二種，赤者主金瘡及風苦而無味，白者補而美。又雖有辛，不葷五藏，養生者服之，可以安神養氣。」劉克莊《後村詩話》卷一〇：「公於菜中尤重薤，有『味暖腹無憂』之句，非嗜生冷者。貴人日費萬錢，或一生食萬羊。子美晚途以耒陽令饋白酒牛肉暴卒，豈若常蔬茹乎？」

〔二〕盈筐句：《詩·周南·卷耳》：「采采卷耳，不盈頃筐。」

〔三〕束比二句：《詩·小雅·白駒》：「生芻一束，其人如玉。」仇注引顧注：「玉筯頭，言薤根之白。」《太平御覽》卷八九二引《帝王世紀》：「紂爲玉筯。」

〔四〕衰年句：《鹽鐵論·箴石》：「今欲下箴石，通關鬲。」鬲同膈。《廣韻》：「膈，胸膈。」《集韻》：「膈、髀，肓也。或從革。」《正字通》：「否隔、噎隔、肝膈，並借鬲，義通。肝鬲、胸鬲，皆作鬲。《韻補》：膈，肝膈。鬲，胸膈。分爲二，非。」

秦州見勑目薛三璩授司議郎畢四曜除監察與二子有故遠喜遷官兼述索居凡三十韻①〔一〕

大雅何寥闊②，斯人尚典刑〔二〕。交期余潦倒，材力爾精靈〔三〕。二子聲同日，

諸生困一經〔四〕。文章開突奧③，遷擢潤朝廷〔五〕。舊好何由展〔六〕，新詩更憶聽。別來頭併白，相見眼終青〔七〕。伊昔貧皆甚，同憂心不寧④。栖遑分半菽，浩蕩逐流萍〔八〕。俗態猶猜忌⑤，妖氛忽杳冥⑥〔九〕。獨慚投漢閣，俱議哭秦庭⑦〔一〇〕。還蜀祇無補，囚梁亦固扃〔一一〕。華夷相混合，宇宙一羶腥。帝力收三統〔一二〕，天威總四溟。舊都俄望幸〔一三〕，清廟肅惟馨。雜種雖高壁⑧，長驅甚建瓴〔一四〕。焚香淑景殿，漲水望雲亭〔一五〕。法駕初還日，羣公若會星〔一六〕。宮臣仍點染，柱史正零丁〔一七〕。官忝趨栖鳳，朝回歎聚螢⑨〔一八〕。喚人看腰裹，不嫁惜娉婷〔一九〕。掘劍知埋獄，提刀見發硎〔二〇〕。侏儒應共飽，漁父忌偏醒〔二一〕。旅泊窮清渭，長吟望濁涇〔二二〕。羽書還似急，烽火未全停。師老資殘寇，戎生及近坰〔二三〕。忠臣辭憤激，烈士涕飄零。上將盈邊鄙⑩，元勳溢鼎銘⑪〔二四〕。仰思調玉燭，誰定握青萍⑫？劍名〔二五〕。隴俗輕鸚鵡，原情類鶺鴒〔二六〕。秋風動關塞，高卧想儀形〔二七〕。（0609）

【校】

① 勑，宋本、錢箋、《九家》、《草堂》校：「一云除。」

② 闕，宋本、錢箋校：「一作廓。」

③突，宋本、錢箋校：「一作窔。烏弔切。」　奥，宋本、錢箋校：「一云隩。」

④心，宋本、錢箋校：「一作歲。」《九家》、《草堂》作「歲」。

⑤忌，錢箋校：「一作忍。」

⑥忽，錢箋校：「一作遂。」

⑦俱，錢箋校：「一作但。」

⑧雖，宋本、錢箋、《九家》、《草堂》校：「一作難。」　壁，錢箋作「壘」。

⑨歎，宋本、錢箋、《九家》、《草堂》校：「一作欲。」

⑩上，宋本、錢箋校：「一云小。」

⑪隘，錢箋、《草堂》作「溢」。

⑫握，宋本、錢箋、《九家》、《草堂》校：「一作淬。」

【注】

黃鶴注：乾元二年（七五九）秋作。

〔一〕敕目：《唐六典》卷一尚書都省：「凡上之所以逮下，其制有六，曰制、敕、册、令、教、符。天子曰制，曰敕，曰册。」敕目者僅抄録其目。《舊唐書·李昭德傳》：「臣近於南臺見敕目，諸處奏事，陛下已依。」蓋杜甫在秦州所見朝報有薛、畢授官敕目。薛三璩：薛璩，見卷一《同諸公登慈恩寺塔》（0023）、卷七《寄薛三郎中據》（0363）注。《唐六典》卷二六太子左春坊：「太子司議

郎四人，正六品上」；「司議郎掌侍從規諫，駁正啓奏，以佐庶子、中允之闕。」畢四曜：畢曜，見卷二《偪仄行》(0051)注。

〔二〕大雅二句：《詩·大雅·蕩》：「雖無老成人，尚有典刑。」箋：「雖無此臣，猶有常事故法可案用也。」

〔三〕交期二句：嵇康《與山巨源絶交書》：「足下舊知我潦倒粗疏，不切事情。」傅毅《舞賦》：「攄予意以弘觀兮，繹精靈之所束。」

〔四〕二子二句：《九家》趙注：「言二子由諸生而登朝廷也。」仇注：「並除官，故云同日。」鮑照詩：「豎儒守一經，未足識行藏。」

〔五〕文章二句：《爾雅·釋宫》：「西南隅謂之奥」，「東南隅謂之窔。」《荀子·非十二子》：「奥窔之間，簟席之上斂然，聖王之文章具焉。」《九家》趙注：「潤朝廷，字如富潤屋、德潤身之潤。」

〔六〕舊好句：曹植《離友詩》：「迄魏都兮息蘭房，展宴好兮惟樂康。」

〔七〕相見句：《晋書·阮籍傳》：「籍又能爲青白眼，見禮俗之士，以白眼對之。」

〔八〕栖遑二句：《漢書·項籍傳》：「今歲饑民貧，卒食半菽。」注：「臣瓚曰：士卒食蔬菜，以菽雜半之。」曹植《雜詩》：「寄松爲女蘿，依水如浮萍。」何偃《冉冉孤生竹》：「流萍依清源，孤鳥宿深沚。」

〔九〕俗態二句：仇注：「猜忌，指李林甫。妖氛，指安禄山。」

〔一〇〕獨慚二句：投漢閣，見卷一《醉時歌》(0019)注。《左傳》定公四年：「申包胥如秦乞師……立，

依於庭牆而哭，日夜不絶聲，勺飲不入口七日。秦哀公爲之賦《無衣》，九頓首而出，秦師乃出。」《草堂》夢弼注：「甫得罪，自比揚雄也。」「言二子既顯達，當議救朝廷之難也。」朱鶴齡注：「投漢閣，比降賊諸臣如陳希烈、張均兄弟是也。哭秦庭，比肅宗遣使徵兵回紇也。」仇注：「投閣，身陷賊中。哭秦，乞師回紇。」何焯云：「公之自責如此，於摩詰、廣文有恕詞焉，可謂忠厚之至。」浦起龍云：「哭秦庭，望諸節鎮出師也。」獨慚，當從仇、何之説。

〔一一〕還蜀二句：《分門》洙曰：「司馬相如還蜀。」《草堂》夢弼注：「甫以故鄉爲賊焚蕩，雖獲歸還，復何益哉。」朱鶴齡注引《三國志・蜀書・黄權傳》黄權降魏，魏主問之，對曰：「臣降吴不可，還蜀無路，是以歸命。」《漢書・鄒陽傳》：「（梁）孝王怒，下陽吏，將殺之。陽客游以讒見禽，恐死而負累，乃從獄中上書……書奏孝王，孝王立出之，卒爲上客。」夢弼注：「甫雖謫華州，亦能固守。」朱鶴齡注：「還蜀、囚梁，又比陷賊脱歸及爲所拘縶者，皆指當時事。」仇注：「還蜀，不得扈從上皇也。囚梁，朝官被繫洛陽也。」浦起龍云：「無補，自謙脱賊任拾遺之事。固扃，謂二子亦嘗被拘於洛陽也。」按，下云「宫臣仍點染」，蓋指治罪陷賊官事。杜甫蓋與薛、畢皆自賊中拔歸，然薛、畢或因脅從而獲罪。囚梁指下獄，時治罪在長安，不在洛陽。參卷七《八哀詩・蘇公源明》（0335）注。諸家謂指二子曾被賊拘，不確。還蜀即指歸朝，此事則在其後，且賊拘亦不得言「固扃」。

〔一二〕帝力句：《漢書・律曆志》：「三統者，天施、地化、人事之紀也。……此三律之謂矣，是爲三統。」《谷永傳》：「垂三統，列三正，去無道，開有德。」按，三統又指三代之統。《律曆志》兒寬

議：「臣愚以爲三統之制，後聖復前聖者，二代在前也。今二代之統絶而不序矣。」唐封三恪二王後，亦遵此義。

〔一三〕舊都句：《九家》趙注：「舊都，指言長安。望幸，言車駕還也」，「言再見宗廟也。」

〔一四〕雜種二句：雜種，見卷二《留花門》(0068)注。《史記·高祖本紀》：「其以下兵於諸侯，譬猶居高屋之上建瓴水也。」

〔一五〕焚香二句：《長安志》卷六西内：「安仁門内有安仁殿……歸真觀在安仁殿後，觀後有絲綵院，院西有淑景殿。」望雲亭，見卷九《贈翰林張四學士》(0469)注。

〔一六〕羣公句：《詩·衛風·淇奥》：「充耳琇瑩，會弁如星。」箋：「會，謂弁之縫中，飾之以玉，皪皪而處，狀似星也。天子之朝服皮弁，以日視朝。」

〔一七〕宫臣二句：《九家》趙注：「點染者，爲文字也。此以言薛璩。畢除監察，故以柱史言畢。」朱鶴齡注：「胡震亨曰：仍點染，言據此時被誣，仍未湔洗。必有實事，惜無考。」點染，點污。見卷六《園官送菜》(0285)注。《唐六典》卷一三御史臺侍御史：「《周官·宗伯》屬官御史……以其在殿柱之間，亦謂之柱下史。秦改爲侍御史。」畢曜爲監察御史，故以「柱史」稱之。浦起龍云：「曰宫臣、柱史者，就今日之官稱之，非謂其已除官也。」「若二子亦於是時授此官，何得至秦州始見勅目也。」説是，可破趙注等誤。李密《陳情事表》：「零丁孤苦，至於成立。」

〔一八〕官忝二句：《長安志》卷六：「(含元)殿東南有翔鸞閣，西南有栖鳳閣，與殿飛廊相接。」車胤聚螢讀書，見卷七《奉酬薛十二丈判官見贈》(0324)注。《九家》趙注謂趨栖鳳者言畢曜，歎聚螢

似言薛璩仍不廢讀書，東宮官屬以經教授，以讀書爲事爾。朱鶴齡注謂二句公自謂也。按，當從朱注。時薛、畢二人尚未就職。

〔一九〕唤人二句：腰裹，見卷一《天育驃騎歌》（0013）注。《九家》趙注：「以言二公初不自眩鬻，以駿馬、以佳人爲喻。」《草堂》夢弼注：「此皆甫以良馬美女自喻，不見用於世也。」朱鶴齡注：「言我忝官拾遺，逢人爲之吹薦，惜二子過時不字。」

〔二〇〕掘劍二句：掘劍，見卷七《可歎》（0328）「紫氣鬱鬱猶衝斗」注。《莊子・養生主》：「以無厚入有間，恢恢乎其於游刃必有餘地矣，是以十九年而刀刃若新發於硎。」「提刀而立，爲之四顧。」《九家》趙注：「以言二公稍因遷用而後見其才也。」

〔二一〕侏儒二句：《漢書・東方朔傳》：「朱儒飽欲死，臣朔飢欲死。」《史記・屈原賈生列傳》：「屈原曰：『舉世混濁而我獨清，衆人皆醉而我獨醒，是以見放。』漁父曰：『……舉世混濁，何不隨其流而揚其波？衆人皆醉，何不餔其糟而啜其醨？』」

〔二二〕旅泊二句：《元和郡縣圖志》卷三九秦州上邽縣：「渭水，在縣北十三里。」《九家》趙注：「公在秦而憶長安故也。」「窮其上流，所以言清。」濁涇，見卷一《秋雨歎三首》（0016）注。

〔二三〕師老二句：《左傳》僖公二十八年：「且楚師老矣。」《老子》：「天下無道，戎馬生於郊。」《九家》趙注：「則時又有吐蕃之患矣。」仇注：「師老，頓兵已久。戎生，思明復熾。」

〔二四〕元勳句：《禮記・祭統》：「夫鼎有銘，銘者自名也。」張衡《東京賦》：「銘勳彝器，歷世彌光。」陳琳詩：「建功不及時，鐘鼎何所銘。」《孟子・公孫丑上》：「伯夷隘，柳下惠不恭。隘與不恭，

君子不由也。」隘鼎銘，謂不以鼎銘爲意。

〔二五〕仰思二句：《爾雅・釋天》：「四氣和謂之玉燭。」疏：「言四時和氣，温潤明照，故曰玉燭。」李巡曰：人君德美如玉，而明若燭。」《梁書・武帝紀》：「仁被動植，氣調玉燭。」陳琳《答東阿王箋》：「秉青萍干將之器。」《文選》吕延濟注：「青萍、干將，皆劍名也。」仇注：「上將、元勳，見功臣可仗。欲調玉燭，青萍誰屬，言當專任李、郭，以致太平。」

〔二六〕隴俗二句：《九家》趙注：「隴俗輕鸚鵡，公自況也。」按，此爲襯句。甫亦不當自喻鸚鵡。鶺鴒，見本卷《得弟消息二首》(0548)注。趙注：「與二公如兄弟之急難也。」

〔二七〕高卧句：《世説新語・賞譽》：「夫學之所益者淺，體之所安者深。閑習禮度，不如式瞻儀形。」《九家》趙注：「想望其風彩也。」

按，此詩感二子遷擢，有昨是今非、世事難料之歎。蓋杜甫自賊中拔歸，即授拾遺，而薛、畢二人其時或有點染罣誤之事，尚未洗湔，甫亦有薦拔之事。今日甫流落秦隴，而二人得參近侍，故見勑目而不勝欷歔。

寄彭州高三十五使君適虢州岑二十七長史參三十韻

時患瘧病〔一〕。

故人何寂寞①，今我獨淒涼。老去才難盡②〔二〕，秋來興甚長。物情尤可見〔三〕，辭客未能忘。海内知名士，雲端各異方〔四〕。高岑殊緩步，沈鮑得同行③〔五〕。意愜關飛動，篇終接混茫〔六〕。舉天悲富駱，近代惜盧王〔七〕。似爾官仍貴，前賢命可傷④。諸侯非弃擲，半刺已翱翔〔八〕。詩好幾時見，書成無信將⑤〔九〕。男兒行處是，客子鬬身强⑥〔一〇〕。羈旅推賢聖，沉綿抵咎殃〔一一〕。三年猶瘧疾，一鬼不銷亡⑦〔一二〕。隔日搜脂髓，增寒抱雪霜〔一三〕。徒然潛隙地，有靦屢鮮粧〔一四〕。何太龍鍾極〔一五〕，于今出處妨。無錢居帝里，盡室在邊疆。劉表雖遺恨，龐公至死藏〔一六〕。心微傍魚鳥，肉瘦怯豺狼。隴草蕭蕭白，洮雲片片黄〔一七〕。彭門劍閣外⑧，虢略鼎湖傍〔一八〕。荆玉簪頭冷，巴牋染翰光〔一九〕。烏麻蒸續曬，丹橘露應嘗〔二〇〕。豈異神仙宅〔二一〕，俱兼山水鄉。竹齋燒藥竈，花嶼讀書床。更得新清

否⑨，遥知對屬忙〔二二〕。舊官寧改漢，淳俗本歸唐⑩〔二三〕。濟世宜公等，安貧亦士常〔二四〕。蚩尤終戮辱〔二五〕，胡羯漫猖狂。會待妖氛静，論文暫裹糧⑪〔二六〕。（0610）

【校】

① 故，宋本、錢箋、《草堂》校：「一作古。」

② 難，宋本、錢箋校：「一作雖。」《九家》作「雖」。

③ 同，宋本、錢箋、《草堂》校：「樊作周。」

④ 命，《草堂》作「事」。

⑤ 信，宋本、錢箋校：「一作使。」《草堂》作「使」。

⑥ 鬬，錢箋、《草堂》校：「一作問。」

⑦ 不，宋本、錢箋校：「一作未。」

⑧ 彭門，宋本、錢箋校：「一作天彭。」

⑨ 新清，錢箋、《草堂》作「清新」。

⑩ 本歸，錢箋校：「一云不離。」《草堂》作「不離」。

⑪ 静，宋本、錢箋校：「一云滅。」 裹，宋本作「裏」，據錢箋等改。

【注】

黄鶴注：乾元二年（七五九）作。

〔一〕高三十五使君適：高適，見本卷《寄高三十五詹事》（0541）注。《舊唐書·高適傳》：「乃左授太子少詹事。未幾，蜀中亂，出爲蜀州刺史，遷彭州。」黄鶴注：「公有《寄高詹事詩》……是時未出爲刺史也。史又云乾元二年五月貶李峴爲蜀州刺史，而此詩亦是年秋作，則是初得刺彭無疑。柳芳《曆》亦云適乾元初刺彭州。蓋史誤其先後耳。當以詩爲是。」岑二十七長史參：岑參，見本卷《奉答岑參補闕見贈》（0537）注。杜確《岑嘉州詩集序》：「入爲右補闕，頻上封章，指述權佞，改起居郎，尋出虢州長史。」岑參《佐郡思舊游》詩序：「己亥歲春三月，參自補闕轉起居舍人，夏四月署虢州長史。」

〔二〕老去句：《宋書·鮑照傳》：「上好爲文章，自謂物莫能及，照悟其旨，爲文多鄙言累句，當時咸謂照才盡，實不然也。」《梁書·江淹傳》：「淹少以文章顯，晚節才思微退，時人皆謂之才盡。」

〔三〕物情句：范雲《贈張徐州謖》：「物情弃疵賤，何獨顧衡闈。」《文選》李善注：「《莊子》曰：人之有所不得與，皆物之情也。郭象曰：憂娱在懷，皆物情耳。」

〔四〕海内二句：《三國志·魏書·陳宫傳》注引魚豢《典略》：「少與海内知名之士皆相連結。」枚乘《雜詩》：「美人在雲端，天路隔無期。」

〔五〕高岑二句：孫綽《游天台山賦》：「恣心目之寥朗，任緩步之從容。」朱鶴齡注：「沈鮑，沈約、鮑照也。」

〔六〕意愜二句：謝靈運《石壁精舍還湖中作》：「慮澹物自輕，意愜理無違。」《文心雕龍·詮賦》：「延壽《靈光》，含飛動之勢。」《莊子·繕性》：「古之人在混芒之中，與一世而得澹漠焉。」

〔七〕舉天二句：《舊唐書·富嘉謨傳》：「嘉謨與少微屬詞，皆以經典爲本，時人欽慕之，文體一變，稱爲富吴體。」《駱賓王傳》：「坐贓，左遷臨海丞，怏怏失志，弃官而去。文明中，與徐敬業於揚州作亂。敬業軍中書檄，皆賓王之詞也。敬業敗，伏誅，文多散失。」《盧照鄰傳》：「因染風疾去官，處太白山中，以服餌爲事。……既沈痼攣廢，不堪其苦，嘗與親屬執別，遂自投潁水而死。時年四十。」《王勃傳》：「勃六歲解屬文，構思無滯，詞情英邁。……恃才傲物，爲同僚所嫉。……渡南海，墮水而卒，時年二十八。」

〔八〕諸侯二句：《九家》趙注：「諸侯以言高適，半刺以言岑參。」傅玄《傅子·安民》：「今之刺史，古之牧伯也。今之郡縣，古之諸侯也。」唐玄宗《幸河東推恩詔》：「今之刺史，古之諸侯。」庾亮《答郭預書》：「别駕舊與刺史别乘同流，宣王化於萬里者，其任居刺史之半，安可任非其人。」《唐六典》卷三〇上州：「别駕一人，從四品下。長史一人，從五品上。」「隋初，上州有刺史、長史、司馬……三年，罷郡，以州統縣，改别駕、贊治爲長史、司馬。」錢箋：「岑爲長史而曰『半刺已翱翔』，賈爲司馬而曰『治中實弃捐』，蓋並可以互稱也。」

〔九〕書成句：信，信使。方以智《通雅》卷一九：「使者爲信。古人謂使爲信，黄伯思《法帖刊誤》炎報帖：故遣信還。逸少帖：遣一信見告。」《正字通》卷一：「古人謂使者曰信，與訊通。《韓世家》：陳軫説楚王發信臣，多其車，重其幣。相如《諭巴蜀檄》：故遣信使曉諭百姓。晋司馬炎報帖末云：故遣信還。《王濬傳》：王渾遣信，要令暫過論事。虞永興帖：事已信，人口具。《真誥》云：至山下，又遣一信見告。」

〔一〇〕男兒二句：行處，參本卷《曲江二首》(0518)注。《焦氏易林》睽之晋：「鬬身戰天，門有何患。」

〔一一〕羈旅二句：《九家》趙注：「言聖賢皆如此，不獨我也。」仇注：「王弼《易注》：仲尼爲旅人，即推賢聖意。」《易·乾·文言》王弼注：「仲尼旅人，則國可知矣。」沈約《齊故安陸昭王碑》：「因遘沉痾，綿留氣序。」謝朓《侍宴西堂落日望鄉》：「沉病已綿緒，負官别鄉憂。」《漢書·外戚傳》：「懼古人之禍敗，近事之咎殃。」《九家》趙注：「言其病也。」

〔一二〕三年二句：《搜神記》卷一六：「昔顓頊氏有三子，死而爲疫鬼。一居江水，爲瘧鬼。」《文選》張衡《東京賦》李善注引《漢舊儀》同。

〔一三〕隔日二句：《黄帝内經素問·瘧論》：「其氣之舍深，内薄於陰，陽氣獨發，陰邪内著，陰與陽争不得出，是以間日而作也。」「夫寒者陰氣也，風者陽氣也，先傷於寒而後傷於風，故先寒而後熱也，病以時作，名曰寒瘧。……先風而後傷於寒，故先熱而後寒也，亦以時作，名曰温瘧。」參卷二《病後遇王倚飲贈歌》(0079)注。

〔一四〕徒然二句：朱鶴齡注：「潛隙地，屨鮮粧，言逃瘧也。俗云避瘧鬼必伏於幽隙之地，不爾即畫易容貌。」《太平廣記》卷二九六《太室神》(出《廣古今五行記》)：「後魏太武時，嵩陽太室中有寶神像長數尺。孝文太和中，有人避瘧於此廟。」《高力士外傳》：「高公患瘧，敕於功臣閣下避瘧。」《詩·小雅·何人斯》：「有靦面目，視人罔極。」

〔一五〕何太句：《蘇氏演義》卷上：「龍鍾者，不昌熾、不翹舉貌，如藍鬖、拉搭、解縱之類。」《通雅》卷六：「龍鍾，一作隴種、躘踵、儱偅。轉爲籠東、瀧凍。《荀子》曰：隴種而退。注：遺失貌。余

以爲即龍鍾字。《埤蒼》作躘踵，或作儱偅。然古多通用。杜弼爲侯景檄梁曰：龍鍾稚子。王褒《與周弘正書》：龍鍾橫集。裴度曰：見我龍鍾。元載別妻詩：誰不厭龍鍾。退之詩：白首誇龍鍾。或言老，或言淚，或訓小人行，總皆狀其潦倒笨累耳。《指南》作儱偅。《北史》：宇文泰戰敗，敵兵追及，李穆以鞭擊泰，罵曰『籠東軍士，爾主安在』？籠東猶隴種。《説文》：瀧涷，沾漬也。兵敗披靡而退，如冒雨衣濕之狀。俗謂水濕爲瀧涷。又《三國吳志》周魴誘曹休書：卒奉大略，伀蠓狼狽。伀音鍾，伀蠓猶龍鍾也。郝京山以《淮南》蘢蓯遼巢爲一則，非矣。林氏曰：《方言》：瀧涿謂之霑漬，音籠冢。此與《説文》相證，可存。姚文燮曰：竹曰龍鍾，生羅浮地。亦謂其大而笨累也。」

〔一六〕劉表二句：見卷三《遣興五首》(0109)注。

〔一七〕隴草二句：隴右節度使統洮州。

〔一八〕彭門二句：《元和郡縣圖志》卷三一彭州：「垂拱二年，于此置彭州，以岷山導江、江出山處，兩山相對，古謂之天彭門，因取以名州。」劍閣，見卷一《哀江頭》(0046)注。《元和郡縣圖志》卷六虢州：「(大業)三年又於弘農縣置弘農郡，義寧元年改爲鳳林郡。其年，於盧氏縣置虢郡，武德元年改爲虢州。其年，改鳳林郡爲鼎州，因鼎湖以爲名。貞觀八年廢，遂移虢州於今理所。」「湖城縣，望。東南至州五十二里。本漢湖縣，屬京兆尹。即黄帝鑄鼎之處。後漢改屬弘農郡，至宋加『城』字，爲湖城縣。荆山，在縣南，即黄帝鑄鼎之處。」虢古稱虢略。《後漢書・郡國志》弘農郡陸渾縣：「西有虢略地。」

〔一九〕荆玉二句：《説苑·雜事》：「荆人卞和得玉璞而獻之荆厲王，使玉尹相之，曰：『石也。』……和乃奉玉璞而哭於荆山中，三日三夜。」《山海經·中山經》：「荆山之首，曰景山，其上多金玉。」《太平寰宇記》卷六陝州湖城縣：「荆山在縣南，出美玉，即黄帝鑄鼎之所。」然他書未載。疑杜詩以荆山玉附會湖城之荆山。謝惠連《擣衣詩》：「簪玉出北房，鳴金步南階。」《唐國史補》卷下：「紙則有……蜀之麻面、屑末、滑石、金花、長麻、魚子、十色牋。」《唐摭言》卷一三：「目御前有蜀牋數十幅，因命授之。」

〔二〇〕烏麻二句：《政和證類本草》卷二四引陶隱居云：「生大宛，故名胡麻。又莖方名巨勝，莖圓名胡麻。服食家常九蒸九暴，熬擣餌之。」引唐本注：「此麻以角作八稜者爲巨勝，四稜者爲胡麻，都以烏者良，白者劣耳。」引《圖經》：「生中原川谷，今並處處有之。」左思《蜀都賦》：「家有鹽泉之井，户有橘柚之園。」

〔二一〕豈異句：孫綽《游天台山賦》：「皆玄聖之所，靈仙之所窟宅。」《游仙窟》：「承聞此處有神仙之窟宅。」

〔二二〕遥知句：《文鏡秘府論》北卷論對屬（據考出上官儀《筆札華梁》）：「凡爲文章，皆須對屬。誠以事不孤立，必有配匹而成。」

〔二三〕舊官二句：《九家》趙注：「此所謂不圖今日復見漢官威儀，言安史雖亂而舊典不改矣。」朱鶴齡注：「刺史本漢官，故云『寧改漢』。虢州本晋地，故云『不離唐』也。」《通典》卷三二《職官·州牧刺史》：「（漢）文帝十三年，以御史不奉法，下失其職，乃遣丞相史出刺並督監察御

史。……至五年，乃置部刺史，掌奉詔六條察州，凡十二州焉。……（隋）開皇三年，罷郡，以州統縣。自是刺史之名存而職廢。後雖有刺史，皆太守之互名，理一郡而已，非舊刺史之職。……大唐武德元年，罷郡置州，改太守爲刺史。」漢有部刺史巡察諸州，唐刺史爲州郡長官，實相當於漢之太守。此所謂「寧改漢」，亦因實有別而言。《史記・晋世家》：「周公誅滅唐。成王與叔虞戲，削桐葉爲珪以與叔虞，曰：『以此封若。』……於是遂封叔虞於唐。」按，歸唐，蓋用晋伐虢事。《左傳》僖公五年：「晋侯復假道於虞以伐虢。……冬十二月丙子朔，晋滅虢。」

〔二四〕濟世二句：《史記・平津侯主父列傳》：「天子召見三人，謂曰：『公等皆安在？何相見之晚也。』」《列子・天瑞》：「貧者士之常也。」

〔二五〕蚩尤句：《史記・五帝本紀》：「蚩尤作亂，不用帝命。於是黄帝乃徵師諸侯，與蚩尤戰於涿鹿之野，遂禽殺蚩尤。」

〔二六〕論文句：《左傳》文公十二年：「裹糧坐甲，固敵是求。」《九家》趙注：「言賊必平而反聚也。」按，論文裹糧，蓋戲語，互爲匹敵也。

寄岳州賈司馬六丈巴州嚴八使君兩閣老五十韻〔一〕

衡岳啼猿裏，巴州鳥道邊〔二〕。故人俱不利①，謫宦兩悠然②。開闢乾坤正③，

榮枯雨露偏〔三〕。長沙才子遠，釣瀨客星懸〔四〕。憶昨趨行殿〔五〕，殷憂捧御筵。討胡愁李廣，奉使待張騫〔六〕。無復雲臺仗，虛修水戰船〔七〕。蒼茫城七十，流落劍三千〔八〕。畫角吹秦晋④，旄頭俯澗瀍〔九〕。小儒輕董卓，有識笑苻堅〔一〇〕。浪作禽填海，那將血射天⑤〔一一〕。萬方思助順，一鼓氣無前〔一二〕。陰散陳倉北，晴熏太白巔〔一三〕。亂麻屍積衛，破竹勢臨燕〔一四〕。法駕還雙闕，王師下八川〔一五〕。此時霑奉引〔一六〕，佳氣拂周旋。貔虎開金甲⑥，麒麟受玉鞭〔一七〕。侍臣諳入仗，廄馬解登仙〔一八〕。花動朱樓雪，城凝碧樹烟。衣冠心慘愴，故老淚潺湲。哭廟悲風急，朝正霽景鮮〔一九〕。月分梁漢米，春得水衡錢⑦〔二〇〕。内蘂繁於纈，宮莎軟勝綿⑧〔二一〕。恩榮同拜手，出入最隨肩⑨〔二二〕。晚著華堂醉〔二三〕，寒重繡被眠。轡齊兼秉燭，書枉滿懷牋〔二四〕。每覺昇元輔，深期列大賢〔二五〕。秉鈞方咫尺，鎩翮再聯翩〔二六〕。禁掖朋從改⑩，微班性命全。青蒲甘受戮⑪〔二七〕，白髮竟誰憐。弟子貧原憲，諸生老伏虔〔二八〕。師資謙未達，鄉黨敬何先⑫〔二九〕。舊好腸堪斷，新愁眼欲穿⑬。翠乾危棧竹，紅膩小湖蓮⑭〔三〇〕。賈筆論孤憤，嚴詩賦幾篇〔三一〕。定知深意苦⑮，莫使衆人傳。貝錦無停織，朱絲有斷絃〔三二〕。浦鷗防碎首，霜鶻不空拳〔三三〕。地僻昏

炎瘴，山稠隘石泉〔三四〕。且將棋度日，應用酒爲年。典郡終微眇，治中實弃捐〔三五〕。安排求傲吏，比興展歸田〔三六〕。去去才難得，蒼蒼理又玄〔三七〕。古人稱逝矣，吾道卜終焉〔三八〕。隴外翻投跡，漁陽復控弦〔三九〕。笑爲妻子累，甘與歲時遷。親故行稀少，兵戈動接聯。他鄉饒夢寐，失侶自迍邅〔四〇〕。多病加淹泊⑯，長吟阻靜便〔四一〕。如公盡雄俊，志在必騰騫⑰〔四二〕。（0611）

【校】

①利，宋本、錢箋校：「一作別。」

②悠，宋本、《草堂》校：「舊作茫。」錢箋校：「一作茫。」

③正，宋本、錢箋校：「一作大。」

④吹，宋本、錢箋校：「一作欶。」晋，宋本、錢箋校：「一作塞。」

⑤將，《草堂》作「堪」。

⑥甲，宋本、錢箋校：「刊作匣。」《草堂》校：「一作匣。」

⑦得，宋本、錢箋、《草堂》校：「刊作給。」

⑧莎，宋本、錢箋校：「刊作花。」

⑨入，宋本、錢箋、《草堂》校：「一作處。」

⑩改，宋本、錢箋、《九家》、《草堂》校：「一作換。」

⑪受，宋本、錢箋、《九家》、《草堂》校：「一作就。」

⑫何，宋本、錢箋校：「一作推。」

⑬愁，宋本、錢箋校：「一作秋。」

⑭湖，宋本、錢箋、《九家》、《草堂》校：「一作池。」

⑮苦，宋本、錢箋校：「一作好。」

⑯加，宋本、錢箋校：「一作成。」

⑰如公盡雄俊志在必騰騫，宋本、錢箋校：「一云公如盡憂患，何事有陶甄。樊云如公盡雄俊，何事負陶甄。」《九家》、《草堂》校無「樊云」十字。

【注】

黄鶴注：當是乾元二年（七五九）秦州作。

〔一〕賈司馬：賈至。見本卷《留別賈嚴二閣老兩院補闕》（0501）、《送賈閣老出汝州》（0528）注。《新唐書·賈至傳》：「坐小法，貶岳州司馬。寶應初，召復故官。」錢箋謂至自汝州刺史奔于襄鄧，「坐小法」者謂此。嚴八使君：嚴武，見本卷《奉贈嚴八閣老》（0500）注。《舊唐書·房琯傳》：「乾元元年六月，詔曰：……又與前國子祭酒劉秩、前京兆少尹嚴武等潛爲交結……琯可邠州刺史、秩可閬州刺史，武可巴州刺史。」

〔二〕衡岳二句：《元和郡縣圖志》卷二七：「岳州，巴陵，下。……武德六年，復爲岳州。」衡岳指衡山，自岳州溯湘水而上至衡州。《舊唐書・地理志》山南西道：「巴州，中，隋清化郡。……天寶元年，改爲清化郡。乾元元年，復爲巴州。」謝朓《暫使下都夜發新林至京邑贈西府同僚》：「風雲有鳥路，江漢限無梁。」《文選》李善注：「《南中八志》曰：交趾郡治龍編縣，自興古鳥道四百里。」李白《蜀道難》：「西當太白有鳥道，可以横絶峨眉巔。」

〔三〕開闢二句：朱鶴齡注：「乾坤正，言兩京收復。雨露偏，言二公遠謫，深沾雨露之恩也。」

〔四〕長沙二句：《史記・屈原賈生列傳》：「乃以賈生爲長沙王太傅。賈生既辭往行，聞長沙卑濕，自以壽不得長，又以適去，意不自得。」《後漢書・逸民傳》嚴光：「及光武即位，乃變名姓，隱身不見。帝思其賢，乃令以物色訪之。……因共偃卧，光以足加帝腹上。明日，太史奏客星犯御坐甚急。帝笑曰：『朕故人嚴子陵共卧耳。』除爲諫議大夫，不屈。乃耕於富春山，後人名其釣處爲嚴陵瀨焉。」

〔五〕憶昨句：《分門》洙曰：「天子行幸所止，曰行殿。」《周書・皇后傳》：「純等設行殿，列羽儀。」《九家》趙注：「自此已下二十句，皆公自言在鳳翔所見，以至收復京師時事也。」

〔六〕討胡二句：朱鶴齡注：「愁李廣，當指哥舒翰，謂其以老將敗績也。待張騫，謂肅宗即位即遣使回紇，修好徵兵。」

〔七〕無復二句：庾信《哀江南賦》：「非無北闕之兵，猶有雲臺之仗。」《三國志・魏書・三少帝紀》注引《魏氏春秋》：「帝自將冗從僕射李昭、黄門從官焦伯等下陵雲臺，鎧仗授兵，欲因際會，自

出討文王。」《漢書・食貨志》：「是時粵欲與漢用船戰逐，乃大修昆明池，列館環之，治樓船，高十餘丈。」何焯云：「謂昆明池落賊中也。」按，鄭回《南詔德化碑》：「三年，漢又命前雲南郡都督兼侍御史李宓……乃舟楫備修，擬水陸俱進。」《新唐書・南蠻傳》：「會楊國忠以劍南節度當國，乃調天下兵凡十萬，使侍御史李宓討之，輦餉者尚不在，涉海而疫死，相踵於道。」高適《李雲南征蠻詩》序：「天寶十一載，有詔伐西南夷，右相楊公兼節制之寄，乃奏前雲南太守李宓涉海自交趾擊之。道路險艱，往復數萬里，蓋百王所未通也。十二載四月至於長安。」是天寶間討南詔曾自海上用兵。

〔八〕蒼茫二句：《分門》洙曰：「《莊子・說劍》：趙文王喜劍，劍士來門而客三千餘人，日夜相擊於前。」朱鶴齡注：「城七十，似借用樂毅下齊七十餘城事。禄山反，河北二十餘郡皆弃城走。」「《越絶書》：闔閭葬虎丘，有扁諸之劍三千。時西京陵墓多爲賊發，故云『流落』。」「舊注引《莊子》……於時事無著。」浦起龍云：「此借作劍佩用，時朝士多陷賊者。」按，《莊子・說劍》下文云：「然吾王所見劍士，皆蓬頭突鬢垂冠，曼胡之纓，短後之衣。」左思《魏都賦》：「三屬之甲，縵胡之纓。」《文選》張載注引《說劍》之文。「城七十」與「劍三千」分言齊、趙，謂皆爲安史叛軍所下，士人流落。當從《分門》洙注。

〔九〕旄頭句：《漢書・天文志》：「昴曰旄頭，胡星也。」《書・禹貢》：「伊洛瀍澗，既入於河。」傳：「澗出沔池山，瀍出河南北山。」朱鶴齡注：「澗、瀍二水在東都。」

〔一〇〕小儒二句：《九家》趙注：「小儒，有識，公自謂也。」錢箋引《袁紹傳》「卓按劍叱紹曰：豎子敢

然。紹勃然曰：天下健者，豈唯董公。」朱鶴齡注：「董卓殺於吕布，苻堅亡於鮮卑，喻安史必滅。」

〔一一〕浪作二句：《山海經・北山經》：「有鳥焉，其狀如烏，文首白喙赤足，名曰精衛，其鳴自詨。是炎帝之少女名曰女娃，女娃游於東海，溺而不返，故爲精衛，常銜西山之木石，以堙於東海。」《史記・殷本紀》：「帝武乙無道，爲偶人，謂之天神。與之博，令人爲行。天神不勝，乃僇辱之。爲革囊，盛血，卬而射之，命曰射天。」《九家》趙注：「言安史不知量也。」

〔一二〕一鼓句：《左傳》莊公十年：「夫戰，一鼓作氣，再而衰，三而竭。」

〔一三〕陰散二句：《舊唐書・肅宗紀》：「（至德二載七月）丁酉，改雍縣爲鳳翔縣，陳倉爲寶雞縣。」《地理志》鳳翔府：「肅宗自順化郡幸扶風郡，置天興縣，改雍縣爲鳳翔縣，並治郭下。初以陳倉爲鳳翔縣，乃改爲寶雞縣。」太白，見卷二《九成宫》（0056）注。《九家》趙注：「言將復京師也。」

〔一四〕亂麻二句：《元和郡縣圖志》卷一六河北道：「衛州，汲郡。望。……西南至東都三百九十里，東北至相州一百九十里。」《舊唐書・肅宗紀》：「（乾元元年十月乙未）郭子儀奏破賊十萬於衛州，獲安慶緒弟慶和，進收衛州。」破衛州在收兩京後又一年，詩所言有混淆。《史記・天官書》：「死人如亂麻。」

〔一五〕法駕二句：司馬相如《上林賦》：「蕩蕩乎八川分流，相背而異態。」見卷九《喜聞官軍已臨賊寇二十韻》（0495）「八水」注。《九家》趙注：「自『法駕還雙闕』而下十八句，言車駕還長安所見之

事也。」

〔一六〕此時句：《漢書・郊祀志》：『禮月之夕，奉引復迷。』注：「韋昭曰：奉引，前導引車。」《九家》趙注：「公爲拾遺，掌供奉諷諫，故云『霑奉引』。」

〔一七〕貔虎一句：貔虎，見卷三《後出塞五首》(0134)注。蔡琰《悲憤詩》：「卓衆來東下，金甲耀日光。」《九家》趙注：「麒麟，以言御馬。」《杜陽雜編》卷上：「上因命御馬九花虬並紫玉鞭轡以賜子儀。」「上嘗幸興慶宮，於複壁間得寶匣，匣中獲玉鞭，鞭末有文曰軟玉鞭，即天寶中異國所獻。光可鑒物，節文端嚴，雖藍田之美不能過也。」

〔一八〕厩馬句：厩馬，見卷二《瘦馬行》(0073)注。《太平御覽》卷二三〇引《齊職儀》：「乘黄，獸名也。龍翼馬身，黄帝乘之而仙，後人以名厩。」

〔一九〕哭廟二句：《禮記・檀弓下》：「有焚其先人之室，則三日哭。故曰新宫火，亦三日哭。」《舊唐書・肅宗紀》：「(至德二載十月)丁卯，入長安。……九廟爲賊所焚，上素服哭於廟三日，入居大明宫。」朝正，指元正大朝會。《唐六典》卷四禮部郎中：「凡元日大陳設於太極殿。」

〔二〇〕月分二句：《九家》師云：「謝承《後漢書》：章帝分梁漢儲米給民。」《新唐書・食貨志》：「肅宗即位，遣御史鄭叔清等籍江淮、蜀漢富商右族訾畜……於是北海郡録事參軍第五琦以錢穀得見，請於江淮置租庸使，吴鹽、蜀麻、銅冶皆有税，市輕貨繇江陵、襄陽、上津路轉至鳳翔。」《李叔明傳》：「東都平，拜洛陽令，招徠遺民，號能吏。擢商州刺史、上津轉運使。」按，時河南未平，江淮漕運不通，故百官所分米亦取自梁漢，自上津路轉運。《漢書・宣帝紀》：「二年春，

以水衡錢爲平陵。」《百官公卿表》：「水衡都尉，武帝元鼎二年初置，掌上林苑，有五丞。……又衡官……皆屬焉。……初，御羞、上林、衡官及鑄錢，皆屬少府。」《唐六典》卷二二諸鑄錢監：「錢官，漢氏初屬少府，後屬水衡。」《九家》趙注引《漢書》應劭注「水衡與少府皆天子私藏」，謂此句言蒙賜予之優。按，《舊唐書·食貨志》乾元元年七月詔：御史中丞第五琦奏請改錢，以一當十，别爲新鑄，不廢舊錢，文曰乾元重寶。此「水衡錢」即指官俸所得，錢監所鑄，非關天子私藏。

〔二一〕内蘂二句：朱鶴齡注：「内蘂，宮花也。」玄應《一切經音義》：「纈，謂以絲縛繒染之，解絲成文曰纈也。」《唐會要》卷三一《内外官章服》大和六年六月勑：「客女及婢，通服青碧，聽同庶人，兼許夾纈。」《唐語林》卷四：「玄宗柳婕妤有才學，上甚重之。婕妤妹適趙氏，性巧慧，因使工鏤板爲雜花，象之而爲夾結。因婕妤生日，獻王皇后一匹。上見而賞之，因敕宮中依樣製之。當時甚秘，後漸出，遍於天下，乃爲至賤所服。」夾結即夾纈。宮莎，宮草。王涯《宮詞》：「迎風殿裏罷雲和，起聽新蟬步淺莎。」張喬《省中偶作》：「二轉郎曹自勉旃，莎階吟步想前賢。」仇注謂内蘂、宮莎乃大内所種花草，借纈綿以比況。

〔二二〕恩榮二句：《書·太甲》：「伊尹拜手稽首。」傳：「拜手，首至手。」《禮記·曲禮上》：「五年以長則肩隨之。」

〔二三〕晚著句：《九家》趙注：「著音直略切。」《類篇》著：「又直略切，附也。」《廣韻》：「著，直略切，附也。」《敦煌變文集·廬山遠公話》：「忽然困重著床，魂魄不安。」用同。《唐會要》卷二六《待

制官》：「先天三年十月五日敕：『京清官及朝集使六品已上，每日兩人隨仗待制供奉，及宿衛官不在此例。』至開元十四年七月，詔曰：『比令百官，更直待制……』」又大曆十四年崔祐甫奏，待制官酉時後放，依敕每日未時放歸。至爲中書舍人，武爲給事中，甫爲拾遺，皆屬待制官。本卷有《春宿左省》(0524)。

〔二四〕書枉句：韋述《答蕭十書》：「忽枉書問，詞高理博。」枉，言委屈、煩擾。

〔二五〕每覺二句：班固《涿邪山祝文》：「晃晃將軍，大漢元輔。」《論語·子張》：「我之大賢與，于人何所不容。」《九家》趙注：「所以極言二公才器可爲宰輔也。」浦起龍云：「指房琯也。舊云即指賈、嚴，誤。」然前後語脈難通。

〔二六〕秉鈞二句：《詩·小雅·節南山》：「秉國之鈞，四方是維。」顔延之《五君詠·嵇中散》：「鸞翮有時鎩，龍性誰能訓。」《文選》李善注：「《淮南子》曰：飛鳥鎩羽。許慎曰：鎩，殘羽也。」錢箋：「至出守汝州，在乾元元年。當是與公及嚴武後先貶官也。按十五載八月，玄宗幸普安郡，制置天下之詔，房琯建議，而至當制。琯將貶而至先出守，其坐琯黨無疑矣。至父子演綸，受知於玄宗，肅宗深忌蜀郡舊臣，至安能一日容於朝廷。其再貶岳州，雖坐小法，亦以此故也。蓋琯既用事，則必汲引至、武，故其貶也，亦聯翩而去。」朱鶴齡注引《杜詩博議》：「至貶岳州，實因弃汝州之故，吴縝《唐書糾謬》有辨甚詳。」按，肅宗貶房琯、嚴武，有明詔。錢箋必以賈至牽涉其中，證成所謂玄宗舊臣之黨。

〔二七〕青蒲句：《漢書·史丹傳》：「丹以親密臣得侍視疾，候上間獨寢時，丹直入卧内，頓首伏青蒲

上，涕泣言曰。」《太平御覽》卷四五二引應劭注：「以青規地曰青蒲，自非皇后不得至此。」《九家》趙注：「公以拾遺爲職，常有諫諍之心，故用青蒲事。」朱鶴齡注：「謂疏救房琯。」

〔二八〕弟子二句：《史記·仲尼弟子列傳》：「憲攝敝衣冠見子貢，子貢恥之，曰：『夫子豈病乎？』原憲曰：『吾聞之，無財者謂之貧，學道而不能行者謂之病。若憲，貧也，非病也。』」《日知録》卷二七：「古人經史，皆是寫本，久客四方，未必能携。一時用事之誤，自所不免，後人不必曲爲之諱。……諸生老伏虔，本用濟南伏生事，伏生名勝，非虔。後漢有服虔，非伏也。」錢箋謂「伏」當作「服」，朱鶴齡注引《服虔傳》，蓋謂用服虔事。按，虔字叶韻，故不可改。然言老，自是伏生事，此必詩人記憶之誤，而非寫刻之誤。楊萬里《誠齋詩話》：「詩有實字而善用者，以實爲虚。杜云：『弟子貧原憲，諸生老伏虔。』『老』字蓋用『趙充國請行，上老之』。」貧、老皆意動用法。仇注：「公以原憲、服虔自處，而後輩嫌其貧老。」

〔二九〕師資二句：《老子》二十七章：「善人，不善人之師。不善人，善人之資。不貴其師，不愛其資，雖知大迷。」《世説新語·言語》：「昔先君仲尼與君先人伯陽，有師資之尊。」《孟子·告子上》：「『鄉人長於伯兄一歲，則誰敬？』曰：『敬兄。』『酌則誰先？』曰：『先酌鄉人。』」《九家》趙注：「言鄉黨之人將敬父兄而已乎，抑先敬有道德之人也？」朱鶴齡注：「即《壯游》『坐深鄉黨敬』之意。」仇注：「言師資雖不敢居，鄉黨獨不當先敬乎。」按，二句互文，皆有愧不敢當之意。

〔三〇〕翠乾二句：《九家》趙注：「自此已下二十句，以言嚴、賈所居之地。」「危棧竹，以指嚴八之巴州

在棧閣之外。小湖蓮，以指賈六之岳州多陂湖。」

〔三一〕賈筆二句：陸游《老學庵筆記》卷九：「南朝詞人謂文爲筆，故《沈約傳》云：謝玄暉善爲詩，任彦昇工於筆，約兼而有之。又《庾肩吾傳》梁簡文《與湘東王書論文章之弊》曰：詩既若此，筆又如之。又曰：謝朓、沈約之詩，任昉、陸倕之筆。《任昉傳》又有沈詩、任筆之語。老杜《寄賈至嚴武》詩云：『賈筆論孤憤，嚴詩賦幾篇。』杜牧之亦云：『杜詩韓筆愁來讀，似倩麻姑癢處抓。』亦襲南朝語爾。」《文心雕龍·總術》：「今之常言，有文有筆，以爲無韻者筆也，有韻者文也。」王嗣奭《杜臆》：「余謂『賈筆』句借用長沙痛哭流涕語。至『嚴詩』句，則借嚴助事。」引《漢書·嚴助傳》「作賦頌數十篇」。朱鶴齡注：「《漢書》：賈君房下筆，言語妙天下。賈筆當本此。然賈筆、嚴詩，直以至、武言之，未必用故實。」

〔三二〕貝錦二句：《詩·小雅·巷伯》：「萋兮斐兮，成是貝錦。彼譖人者，亦已大甚。」傳：「興也。萋、斐，文章相錯也。貝錦，錦文也。」箋：「錦文者，文如餘泉餘蚳之貝文也。興者，喻讒人集作己過，以成於罪，猶女工之集采色以成錦文。」《呂氏春秋·本味》：「伯牙鼓琴，鍾子期聽之。……鍾子期死，伯牙破琴絶絃，終身不復鼓琴，以爲世無足復爲鼓琴者。」《九家》趙注：「歎二子無知音而戒之也。」

〔三三〕浦鷗二句：《九家》趙注：「謂二子如浦鷗，言官如霜鶻，既不空拳，期於必中，則鷗有碎首之防，戒之至也。」空拳，參卷二《義鶻》(0071)注。

〔三四〕地僻二句：《九家》趙注：「上句言岳州近南爲有瘴矣，下句言巴州在亂山間也。」

〔三五〕典郡二句：《唐六典》卷三〇：「後漢省都尉，州又置別駕、治中，皆刺史自辟除。魏晋以下因之。隋文帝罷郡，以州統縣，改別駕、治中爲長史、司馬。」參前《寄彭州高三十五使君適虢州岑二十七長史參三十韻》「半刺」注。浦起龍云：「高、岑、賈、嚴俱典州郡，而高、岑爲簡任，賈、嚴則左遷。故前篇云『諸侯非弃擲，半刺已翱翔』，此篇云『典郡終微眇，治中實弃捐』。事同情別，識此乃悟兩詩神理。」

〔三六〕安排二句：《史記·老子韓非列傳》：「莊子者，蒙人也，名周。周嘗爲蒙漆園吏。」郭璞《游仙詩》：「漆園有傲吏，萊氏有逸妻。」《莊子·大宗師》：「造適不及笑，獻笑不及排，安排而去化，乃入於寥天一。」注：「安於推移而與造化俱。」《文選》張衡《歸田賦》序：「張衡仕不得志，欲歸田里，因作此賦。」

〔三七〕去去二句：《文選》蘇武詩：「參辰皆已没，去去從此辭。」《論語·泰伯》：「孔子曰：『才難，不其然乎？』」《莊子·逍遥游》：「天之蒼蒼，其正色邪？」《九家》趙注：「所謂天理難喻也。」

〔三八〕古人二句：《論語·陽貨》：「日月逝矣，歲不我與。」按，此陽貨勸孔子出仕語。唐人每不分別，作孔子語引。《三國志·魏書·管寧傳》：「中國少安，客人皆還，唯寧晏然若將終焉。」

〔三九〕隴外二句：《莊子·天地》：「多物將往，投跡者衆。」注：「亢足投跡，不安其本步也。」漁陽，見卷三《後出塞五首》(0135)注。仇注：「時史思明復反。」

〔四〇〕失侣句：《易·屯》：「屯如邅如，乘馬班如。」注：「屯難之時，正道未行。」左思《詠史》：「英雄有迍邅，由來自古昔。」

〔四一〕多病二句：張九齡《奉和聖制送十道采訪使及朝集使》：「戒程有攸往，詔餞無淹泊。」謝靈運《過始寧墅》：「拙疾相倚薄，還得靜者便。」

〔四二〕志在句：《九家》趙注：「不應押兩『騫』字。」《玉篇》：「騫，許言切。飛舉也。」「騫，丘焉切。馬腹縶也。虧也。」《廣韻》元韻：「騫，飛舉貌。」仙韻：「騫，虧少。一曰馬腹縶。」洪邁《容齋五筆》卷七「騫、騫二字義訓」：「文人相承，以騫騰之騫爲軒昂掀舉之義，非也。其字之下從馬，馬豈能掀舉哉？閔損字子騫，雖古聖賢命名，製字未必有所拘泥，若如虧少之義則涣然矣。其下從鳥，則於掀飛之訓爲得。此字殆廢於今，故東坡、山谷亦皆押『騫』字入『元』字，如『時來或作鵬騫』、『傳非其人恐飛騫』之類，特不暇毛舉深考耳。唯韓公《和侯協律詠笋》一聯云：『得時方張王，挾勢欲騰騫。』乃爲得之。」按，李白《書情贈蔡舍人雄》：「曾飈振六翮，不日思騰騫。」又《贈宣城趙太守悦》：「所期要津日，倜儻假騰騫。」傳本皆或作「騰騫」，亦傳寫之淆。李、韓詩皆押元韻，自應爲「騫」字。朱鶴齡注引《漢書》「斬將搴旗」及《韻會》「搴，古通於騫」，謂杜詩「騰騫」蓋以搴取爲義。然「搴」在《廣韻》爲上聲獮韻，《禮部韻略》謂又仙韻。《古今韻會舉要》等乃入先、仙韻。此蓋從俗改。杜甫《八哀詩·蘇公源明》：「煌煌齋房芝，事絶萬手搴。」錢起《仲春晚尋覆釜山》：「碧洞志忘歸，紫芝行可搴。」則皆押上聲。謂「騰騫」以搴取爲義，臆説耳。仇注引鄭庠《古韻》，謂真、文、元、寒、删、先六韻，皆協先音。然此詩爲近體，無容如此通押。杜此詩既叶仙韻，字又作「騫」，或爲詩人誤記，或爲有意淆誤，其義即飛舉之騰騫，字則借仙韻之騫。

寄張十二山人彪三十韻〔一〕

獨臥嵩陽客①，三違潁水春②〔二〕。艱難隨老母，滲澹向時人。謝氏尋山屐③，陶公漉酒巾④〔三〕。群兇彌宇宙，此物在風塵〔四〕。歷下辭姜被，關西得孟鄰〔五〕。早通交契密⑤，晚接道流新〔六〕。静者心多妙⑥，先生藝絶倫。草書何太古⑦，詩興不無神。曹植休前輩，張芝更後身〔七〕。數篇吟可老，一字買堪貧〔八〕。將恐曾防寇，深潛託所親⑧〔九〕。寧聞倚門夕，盡力潔飧晨〔一〇〕。疏懶爲名誤，驅馳喪我真。索居猶寂寞⑨，相遇益愁辛⑩〔一一〕。流轉依邊徼⑪，逢迎念席珍。時來故舊少，亂後别離頻〔一二〕。世祖修高廟，文公賞從臣〔一三〕。商山猶入楚，源水不離秦⑫〔一四〕。存想青龍秘，騎行白鹿馴〔一五〕。耕岩非谷口，結草即河濱⑬〔一六〕。肘後符應驗，囊中藥未陳〔一七〕。旅懷殊不愜⑭，良覿渺無因〔一八〕。自古皆悲恨，浮生有屈伸〔一九〕。此邦今尚武⑮，何處且依仁〔二〇〕？鼓角凌天籟，關山信月輪⑯〔二一〕。官場羅鎮磧⑰，賊火近洮岷〔二二〕。蕭瑟論兵地⑱，蒼茫鬬將辰〔二三〕。大軍多處所，餘孽尚紛綸〔二四〕。

高興知籠鳥，斯文起獲麟⑲〔二五〕。窮秋正摇落，回首望松筠⑳〔二六〕。（0612）

【校】

① 陽，宋本、錢箋、《九家》、《草堂》校：「一作雲。」

② 違，《文苑英華》校：「一作逢。」

③ 屐，《文苑英華》校：「一作屣。」

④ 公，《文苑英華》校：「一作潛。」　巾，宋本誤「申」，據錢箋等改。

⑤ 密，《文苑英華》校：「一作闊。」

⑥ 妙，宋本、錢箋校：「一云好。」

⑦ 何太古，宋本、錢箋、《九家》校：「一云應甚苦。」　太，《文苑英華》校：「一作甚。」

⑧ 潛，宋本、錢箋、《草堂》校：「一作情。」

⑨ 猶，宋本、錢箋、《九家》、《草堂》校：「一作尤。」

⑩ 愁，錢箋作「悲」，校：「一作酸。吴作愁。」《文苑英華》作「酸」，校：「一作愁。」

⑪ 流轉，宋本、錢箋校：「一云轉徙。」　徼，《九家》校：「一作境。」

⑫ 源水不離秦，宋本、錢箋校：「刊作湍水不流秦。」　源，錢箋作「渭」。《草堂》校：「一作渭。」《文苑英華》校：「一作湍。」　離，宋本、錢箋《九家》、《草堂》校：「一作知。」《文苑英華》校：「一作流。」

⑬ 即，宋本、錢箋、《草堂》校：「一作欲。」

⑭旅，錢箋校：「一作放。」《草堂》作「放」。　旅懷，《文苑英華》校：「一作懷賢。」

⑮今，宋本、錢箋、《九家》、《草堂》校：「一作全。」

⑯信，宋本、錢箋校：「樊作倚。」《九家》、《草堂》作「倚」，《草堂》校：「一作信。」

⑰場，宋本、錢箋、《九家》、《草堂》校：「一作壕。」　鎮，宋本、錢箋校：「一作錦。」《草堂》校：「樊作錦。」

⑱瑟，《文苑英華》校：「一作索。」　兵，宋本、錢箋、《九家》、《草堂》校：「一作功。」《文苑英華》作「功」，校：「一作兵。」

⑲起，宋本、錢箋校：「一作豈。」《文苑英華》作「豈」，校：「一作起。」

⑳松，宋本、錢箋校：「一作湘。」

【注】

黃鶴注：當是乾元二年（七五九）秦州作。

〔一〕張十二山人彪：張彪，《唐才子傳》卷三：「彪，潁上人。初赴舉，無所遇。適遭喪亂，奉老母避地隱居嵩陽，供養至謹。與孟雲卿爲中表，俱工古調詩。雲卿有贈云：『善道居貧賤，潔服蒙塵埃。行行無定心，坎壈難歸來。』性高簡，善草書。志在輕舉，《詠神仙》云：『五穀非長年，四氣乃靈藥。列子何必待，吾心滿寥廓。』時與杜甫往還。」引甫此詩。《篋中集》録其詩。韋續《墨藪》書品優劣第三草書：「張彪，孤峰削成，藏筋露骨。」倪濤《六藝之一録》卷八九引《石墨

鐫華》：「王宥等華岳題名：華岳題名凡二紙：……其一則上元元年華陰令王宥，前令王紓，丞王沐，尉李齊、權頌，鄭縣簿張彬，尉竇彧，下邽丞李演，尉邢涉，處士王季友、張彪，著作郎孟昌原，法曹參軍李樞，同謁題。」《全唐文補遺》第七輯所録與此文字有出入。

〔二〕獨卧二句：《初學記》卷五引戴延之《西征紀》：「嵩山東謂太室，西謂少室，相去十七里，嵩其總名也。謂之室者，以其下各有石室焉。」《水經注》潁水：「潁水出潁川陽城縣西北少室山。」《元和郡縣圖志》卷七：「潁州，汝陰。上。……秦併天下，爲潁川郡地。在漢則汝南郡之汝陰縣也。」

〔三〕謝氏二句：《宋書·謝靈運傳》：「尋山陟嶺，必造幽峻。岩嶂千重，莫不備盡。登躡常著木履，上山則去前齒，下山則去其後齒。」《南史·謝靈運傳》作「木屐」。蕭統《陶淵明傳》：「郡將嘗候之，值其釀熟，取頭上葛巾漉酒，漉畢，還復著之。」

〔四〕此物句：朱鶴齡注：「此物，蒙巾屐言。黄注指張彪，非。」

〔五〕歷下二句：歷下，見卷一《陪李北海宴歷下亭》(0006)注。《太平御覽》卷七〇七引《海内先賢傳》：「姜肱字伯淮，事繼母。年少，肱兄弟感《凱風》之孝，同被而寢不入室，以慰母心也。」《列女傳》卷一：「其舍近墓，孟子之少也，嬉游爲墓間之事，踴躍築埋。孟母曰：『此非吾所以居處子也。』乃去舍市傍。其嬉戲爲賈人衒賣之事。孟母又曰：『此非吾所以居處子也。』復徙舍學宫之傍。其嬉游乃設俎豆揖讓進退。」朱鶴齡注：「味下二句，公蓋交山人於歷下，而遇之於關西也。次公謂辭姜被，公自言别諸弟之時，亦非。」浦起龍云：「公與山人遇，始於齊，繼於華

州。其在華州之遇，當在將起身客秦隴時也。舊誤以張曾來秦州相遇，遂至偏身荆棘。」按，三違潁水春，謂張離嵩陽入關已三年。當是張先居華州，甫後至與爲鄰。據華岳題名，張彪上元年仍在華州。

〔六〕早通二句：陸機《贈顧令文爲宜春令》：「交道雖博，好亦勤止。比志同契，惟予與子。」僧肇《鳩摩羅什法師誄》：「道契神交。」孔稚圭《北山移文》：「談空空於釋部，核玄玄於道流。」

〔七〕張芝句：《法書要録》卷一羊欣《采古來能書人名》：「弘農張芝，高尚不仕，善草書，精勁絶倫。家之衣帛，必先書而後練。臨池學書，池水盡墨。每書云：匆匆不暇草書。人謂之書聖。」《殷芸小説》卷三：「張衡亡月，蔡邕母方娠，此二人才貌相類，時人云邕即衡之後身也。」

〔八〕數篇二句：《書斷列傳》卷二：「羲之爲會稽，子敬出戲，見北館新白土壁，白淨可愛。子敬令取掃帚，沾泥汁中以書壁，爲方丈一字，晻曖斐亹，極有勢好。日日觀者成市。羲之後見，歎其美，問誰所作，答曰七郎。羲之於是作書與所親曰：『子敬飛白大有直，是圖於此壁。』子敬好書，觸遇造玄。有一好事年少，故作精白紗裓，著往詣，子敬便取裓書之。草正諸體，悉備兩袖，及褾略周，自歎比來之合。年少覺王左右有凌奪之色，於是掣裓而走。左右果逐及於門外，鬬爭分裂衣，少年才得一袖而已。」葛立方《韻語陽秋》卷一謂此二句分續前二句。

〔九〕將恐二句：《詩·小雅·谷風》：「將恐將懼，維予與女。」賈誼《弔屈原文》：「襲九淵之神龍兮，沕深潛以自珍。」仇注：「將恐深潛，避亂之計。」

〔一〇〕寧聞二句：倚門，見卷二《送李校書二十六韻》(0089)注。束晳《補亡詩》：「馨爾夕膳，絜爾晨

餐。」朱鶴齡注：「言山人奉母潛身，力致孝養。」

〔一一〕疏懶四句：阮籍《詠懷》：「願耕東臯陽，誰與守其真。」庾闡《斷酒戒》：「吾固以窮智之害性，任欲之喪真也。」浦起龍云：「疏懶八句，夾入在華即遇即别之情，而深致客秦愁緒。」此四句言在華州。

〔一二〕流轉四句：席珍，見卷九《上韋左相二十韻》(0413)注。此四句言在秦憶張山人。

〔一三〕世祖二句：《後漢書·光武帝紀》：「十年春正月……修理長安高廟。」「有司奏上尊廟曰世祖。」《左傳》僖公二十四年：「晉侯賞從亡者，介之推不言禄，禄亦弗及。」錢箋：「至德二載十二月，蜀郡、靈武元從功臣皆加封爵。次年四月，九廟成，備法駕，自長安迎九廟神主入新廟。此二句借漢晉爲喻，以括焚毁收復之事也。肅宗賞功，獨厚于靈武從臣，故曰文公賞從臣，引介子推之事以譏之。此《春秋》之微詞也。」微詞之説，諸家未采。《九家》趙注：「自此至『囊中藥未陳』，言肅宗反正，張山人雖隱者，亦可施其術也。」

〔一四〕商山二句：商山，見卷二《喜晴》(0077)注。《史記·蘇秦列傳》正義：「商坂即商山也，在商洛縣南一里。亦曰楚山。」朱鶴齡注：「商山、渭水，是用四皓、太公事以擬山人。」「或曰此二句與《謁先主廟》詩『錦江元過楚，劍閣復通秦』同意，言肅宗反正，天下復歸於唐也，亦通。」

〔一五〕存想二句：邊韶《老子銘》：「存想丹田，太一紫房。」《抱朴子·雜應》：「老君真形者，思之……從黄童百二十人，左有十二青龍，右有二十六白虎……此事出於仙經中也。」《雲笈七籤》卷一一《誦黄庭經訣》：「《仙經》曰：存五臟之氣，變爲五色雲，常在頂上，覆蔭一身。日居

於前，月居於後，左青龍，右白虎，前朱雀，後玄武，即去邪長生之道也。」《神仙傳》卷二衛叔卿：「忽有一人乘浮雲、駕白鹿集於殿前，帝驚問之爲誰，曰：『我中山衛叔卿也。』」

〔一六〕耕岩二句：谷口，見卷九《鄭駙馬宅宴洞中》(0419)注。《神仙傳》卷八：「河上公者，莫知其姓名也。漢孝文帝時，結草爲庵於河之濱，常讀老子《道德經》。」《九家》趙注：「言張山人之耕岩儻非似鄭子真之谷口，則所結茅屋必如河上公之在河濱矣。」非、即二字相應。

〔一七〕肘後二句：《抱朴子·遐覽》：「崔文子《肘後經》。」「李先生《口訣肘後》二卷。」傳世葛洪撰、陶貞白補《肘後方》。《抱朴子·遐覽》：「道經有……趙太白《囊中要》五卷。」《隋書·經籍志》曆數：「《遁甲肘後立成囊中秘》一卷，葛洪撰。」

〔一八〕良覿：見卷一《白水縣崔少府十九翁高齋三十韻》(0042)注。

〔一九〕浮生：見卷一《三川觀水漲二十韻》(0043)注。

〔二〇〕何處句：《論語·述而》：「子曰：『志於道，據於德，依於仁，游於藝。』」

〔二一〕鼓角二句：《莊子·齊物論》：「子游曰：『地籟則衆竅是已，人籟則比竹是已。敢問天籟。』子綦曰：『夫天籟者，吹萬不同，而使其自己也，咸其自取，怒者其誰邪！』」《樂府詩集》卷二三《橫吹曲辭》引《樂府解題》：「《關山月》，傷離別也。古《木蘭詩》曰：萬里赴戎機，關山度若飛。朔氣傳金柝，寒光照鐵衣。」

〔二二〕官場二句：《九家》趙注：「官場即官之戰場也。」《百家注》趙注：「言四鎮皆置官場，收斂以供軍需。」朱鶴齡注：「《唐書》：隴右道北庭都護府有神山鎮，又有大漠、小磧。」按，《唐會要》卷

八七《轉運鹽鐵使》：「其後王涯復判二使，表請使茶山之人，移樹官場。」此指茶場。又稅場、鹽場等，皆可稱官場。此當指教場，演兵之地。鎮即軍鎮。磧言其近沙漠。岷州、洮州皆屬隴右道。朱鶴齡注：「上元元年，吐蕃陷廓州，廓州與洮、岷連接。」仇注：「鼓角四句，憂吐蕃之侵。」

〔二三〕蕭瑟二句：《三國志·吴書·吕蒙傳》：「天下未定，鬬將如寧難得，宜容忍之。」《隋書·賀若弼傳》：「韓擒是鬬將，非領將。」

〔二四〕大軍二句：《後漢書·段熲傳》：「猶不誅盡，餘孽復起，於兹作害。」仇注：「蕭瑟四句，憂思明之亂。」

〔二五〕高興二句：潘岳《秋興賦》序：「譬猶池魚籠鳥，有江湖山藪之思。於是染翰操紙，慨然而賦。于時秋也，故以『秋興』命篇。」《公羊傳》哀公十四年：「西狩獲麟，孔子曰：『吾道窮矣。』」杜預《春秋左氏傳序》：「今麟出非其時，虚其應而失其歸，此聖人所以爲感也。絶筆於獲麟之一句者，所感而起，固所以爲終也。」朱鶴齡注：「皆自況也。」趙注屬張山人，非。

〔二六〕窮秋二句：《南史·袁彖傳》：「夫迅寒急節，乃見松筠之操。」

寄李十二白二十韻會稽賀知章一見白，號爲天上謫仙人①。

昔年有狂客，號爾謫仙人。筆落驚風雨②，詩成泣鬼神〔一〕。聲名從此大，汩

没一朝伸〔二〕。文彩承殊渥，流傳必絶倫〔三〕。龍舟移棹晚，獸錦奪袍新〔四〕。白日來深殿，青雲滿後塵。乞歸優詔許，遇我宿心親③〔五〕。未負幽栖志④，兼全寵辱身。劇談憐野逸⑤〔六〕，嗜酒見天真。醉舞梁園夜，行歌泗水春〔七〕。才高心不展，道屈善無鄰〔八〕。處士禰衡俊，諸生原憲貧〔九〕。稻粱求未足，薏苡謗何頻〔一〇〕。五嶺炎蒸地，三危放逐臣〔一一〕。幾年遭鵩鳥，獨泣向麒麟⑥〔一二〕。蘇武先還漢，黄公豈事秦〔一三〕。楚筵辭醴日，梁獄上書辰〔一四〕。已用當時法，誰將此義陳⑦？老吟秋月下，病起暮江濱〔一五〕。莫怪恩波隔，乘槎與問津⑧〔一六〕。（0613）

【校】

① 會稽賀知章一見白號爲天上謫仙人，《九家》、《文苑英華》有此注。錢箋無。

② 驚，宋本、錢箋、《九家》、《草堂》校：「一作聞。」《文苑英華》作「聞」，校：「集作驚。」

③ 宿，宋本、《九家》校：「一云夙。」《文苑英華》作「夙」，校：「集作宿。」

④ 未，《九家》作「不」。　負，宋本、錢箋校：「一作遂。」

⑤ 劇，錢箋校：「一作戲。」《文苑英華》作「戲」，校：「集作劇。」

⑥ 獨泣向麒麟，宋本、錢箋校：「一云不獨泣麒麟。」　泣，宋本、錢箋、《文苑英華》校：「一作立。」

⑦ 義，宋本、錢箋校：「一作議。」

⑧與，宋本、錢箋校：「一作得。」

【注】

黄鶴注：李白乾元元年長流夜郎，從舊次當在乾元二年（七五九）秦州作。

〔一〕昔年四句：李白《對酒憶賀監》序：「太子賓客賀監，于長安紫極宫一見，呼余爲謫仙人，因解金龜换酒爲樂。」《本事詩》高逸第三：「李太白初自蜀至京師，舍於逆旅，賀監知章聞其名，首訪之，既奇其姿，復請所爲文。出《蜀道難》以示之，讀未竟，稱歎者數四，號爲謫仙，解金龜换酒，與傾盡醉。期不間日，由是稱譽光赫。賀又見其《烏栖曲》，歎賞苦吟，曰：『此詩可以泣鬼神矣。』」參卷一《飲中八仙歌》（0027）注。

〔二〕汩没：見卷三《泥功山》（0150）注。

〔三〕文彩二句：《宋書·徐爰傳》：「既經大宥，思沾殊渥。」李陽冰《草堂集序》：「天寶中，皇祖下詔，徵就金馬，降輦步迎，如見綺皓。以七寶床賜食，御手調羹以飯之。謂曰：『卿是布衣，名爲朕知，非素蓄道義，何以及此。』置於金鑾殿，出入翰林中，問以國政，潛草詔誥。」

〔四〕龍舟二句：范傳正《唐左拾遺翰林學士李公新墓碑》：「他日泛白蓮池，公不在宴，皇歡既洽，召公作序。時公已被酒於翰苑中，仍命高將軍扶以登舟，優寵如是。」《本事詩》高逸第三：「時寧王邀白飲酒，已醉，既至，拜舞頹然。上知其薄聲律，謂非所長，命爲《宫中行樂》五言律詩十首。……白取筆抒思，略不停綴，十篇立就，更無加點。筆跡遒利，鳳跱龍拏，律度對屬，無不

精絶。」奪袍，見卷九《崔駙馬山亭宴集》(0467)注。劉邈《秋閨》：「燈前量獸錦，簷下織花紋。」令狐楚《謝賜冬衣狀》：「宛是蠶綿，爛如獸錦。」朱鶴齡注：「織錦爲獸文也。」

〔五〕乞歸二句：見卷一《贈李白》(0003)注。

〔六〕劇談句：《漢書・揚雄傳》：「口吃不能劇談。」

〔七〕醉舞二句：《西京雜記》卷二：「梁孝王好營宮室苑囿之樂，作曜華之宮，築兔園。園中有百靈山，山有膚寸石、落猿岩、栖龍岫。又有雁池，池間有鶴洲、鳧渚。其諸宮觀相連，延亘數十里。」《元和郡縣圖志》卷八宋州宋城縣：「兔園，縣東南十里。漢梁孝王園。」錢箋：「天寶三載，杜在東都，四載在齊州，斯其與高、李游之日乎。」《元和郡縣圖志》卷一〇兖州：「曲阜，在縣理魯城中。……洙、泗二水，東自泗水縣界流入，又西南流經縣北，分爲二流。水側有一城，爲二水之分會也，南爲泗水，北爲洙水。二水之間，即夫子領所居也。」「泗水縣，上。西南至州一百里。漢卞縣之地。……泗水，源出縣東陪尾山，其源有四，四泉俱導，因以爲名。」參卷六《昔游》(0288)、卷七《遣懷》(0360)注。

〔八〕道屈句：《左傳》襄公二十九年：「鄰於善，民之望也。」

〔九〕處士二句：孔融《薦禰衡疏》：「竊見處士平原禰衡，年二十四，字正平，淑質貞亮，英才卓礫。」原憲，見本卷《寄岳州賈司馬六丈巴州嚴八使君兩閣老五十韻》(0610)注。

〔一〇〕稻粱二句：稻粱，見卷一《同諸公登慈恩寺塔》(0023)注。《後漢書・馬援傳》：「南方薏苡實大，援欲以爲種，軍還，載之一車。時人以爲南土珍怪，權貴皆望之。援時方有寵，故莫以聞。

及卒後，有上書譖之者，以爲前所載還皆明珠文犀。」

〔一一〕五嶺二句：《舊唐書·李白傳》：「禄山之亂，玄宗幸蜀，在途以永王璘爲江淮兵馬都督、揚州節度大使。白在宣州謁見，遂辟從事。永王謀亂，兵敗，白坐長流夜郎。」《史記·秦始皇本紀》正義：「《廣州記》云：五嶺者，大庾、始安、臨賀、揭陽、桂陽。《輿地志》云：一曰臺嶺，亦名塞上，今名大庾。二曰騎田，三曰都龐，四曰萌諸，五曰越嶺。」《書·舜典》：「竄三苗于三危。」《史記·五帝本紀》正義：「《括地志》云：三危山有三峰，故曰三危，俗亦卑羽山，在沙州敦煌縣東南三十里。」朱鶴齡注：「太白時流夜郎，三危去夜郎甚遠，此特借言其放逐耳。」浦起龍云：「當作三苗。三苗乃夜郎地也。以三危爲三苗放處，故誤用耳。」

〔一二〕幾年二句：鵩鳥，見卷七《八哀詩·李公邕》(0334)注。《公羊傳》哀公十四年：「春，西狩獲麟。……有以告者曰：『有麕而角者。』孔子曰：『孰爲來哉！孰爲來哉！』反袂拭面，涕沾袍。」

〔一三〕蘇武二句：蘇武，見本卷《鄭駙馬池臺喜遇鄭廣文同飲》(0514)注。黄公，四皓之一夏黄公。見卷二《喜晴》(0077)注。《九家》趙注：「此以比白之得還，比武則先也。」「黄公，比白之不妄從永王璘也。」仇注：「蘇武、黄公，言心本無他。」

〔一四〕楚筵二句：辭醴，見卷六《壯游》(0295)「置醴」注。梁獄，見本卷《秦州見勅目薛三璩授司議郎畢四曜除監察與二子有故遠喜遷官兼述索居凡三十韻》(0609)「囚梁」注。《九家》趙注：「此皆永王璘本待白之薄，而白豈與其謀哉。」仇注：「辭醴，謂不受僞官。上書，謂力辯己冤。」《新

唐書·李白傳》:「有詔長流夜郎,會赦,還尋陽,坐事下獄。時宋若思將吴兵三千赴河南,道尋陽,釋囚辟爲參謀,未幾辭職。」李白有《獄中上崔相涣》、《中丞宋公以吴兵三千赴河南軍次尋陽脱余之囚參謀幕府因贈之》等詩,其繫潯陽獄在流夜郎前。

〔一五〕老吟二句:《九家》趙注:「公於老病吟起之中思念白。」仇注謂老、病皆指白:「曰江濱,蓋赦後還潯陽也。」浦起龍謂指黔江、烏江,不必定指潯陽。

〔一六〕莫怪二句:丘遲《侍宴樂游苑送張徐州應詔》:「參差别念舉,肅穆恩波被。」乘槎,見卷二《喜晴》(0077)「靈查」注。朱鶴齡注:「末歎如白之才而恩波不及,故欲乘槎以問之天也。」

〔唐〕杜甫 著
謝思煒 校注

杜甫集校注

三

上海古籍出版社

杜工部集卷第六

古詩四十八首 居雲安及至夔州作

杜鵑〔一〕

西川有杜鵑，東川無杜鵑。涪萬無杜鵑，雲安有杜鵑〔二〕。我昔游錦城，結廬錦水邊。有竹一頃餘，喬木上參天。杜鵑暮春至，哀哀叫其間。我見常再拜，重是古帝魂。生子百鳥巢，百鳥不敢嗔①。仍爲餧其子，禮若奉至尊〔三〕。鴻雁及羔羊，有禮太古前。行飛與跪乳，識序如知恩②〔四〕。聖賢古法則③，付與後世傳④。君看禽鳥情，猶解事杜鵑。今忽暮春間，值我病經年。身病不能拜，淚下如迸泉。

(0259)

【校】

①嗔，宋本、錢箋、《九家》、《草堂》校：「一作喧。」

②如，錢箋、《草堂》校：「一作又。」

③古，錢箋校：「一作吾。」《草堂》校：「驗作吾。」

④付，《草堂》校：「或作號。」　與，錢箋校：「一作之。」

【注】

黄鶴注：舊注編在廣德年間。然詩云「雲安有杜鵑」，又云「值我病經年」，則是大曆元年（七六六）春在雲安作。意譏崔旰、子琳輩。仇注編入大曆元年。

〔一〕杜鵑：《九家》舊注：「一説謂上皇幸蜀還，肅宗用李輔國謀遷之西内，上皇悒悒而崩。此詩感是而作。」錢箋：「此詩大曆元年公在雲安作，明皇晏駕久矣。」

〔二〕西川四句：《苕溪漁隱叢話》前集卷七引東坡云：「（王）誼伯謂：『西川有杜鵑，東川無杜鵑，涪萬無杜鵑，雲安有杜鵑』，蓋是題下注。斷自『我昔游錦城』爲首句。誼伯誤矣。且子美詩備諸家體，非必率合程度，偘偘者然也。是篇落句處凡五杜鵑，豈可以文害辭、辭害意邪？原子美之詩，類有所感，託物以發者也，亦六藝之比興、《離騷》之法與？……子美蓋譏當時之刺史有不禽鳥若也。唐自明皇以後，天步多棘，刺史能造次不忘於君者，可得而考也。嚴武在蜀，雖横斂刻薄，而實資中原，是『西川有杜鵑』耳。其不虔王命，負固以自抗，擅軍旅，絶貢賦，如

杜克遜在梓州，爲朝廷西顧憂，是『東川無杜鵑』耳。至於涪萬、雲安刺史，微不可考。凡其尊君者爲有也，懷貳者爲無也，不在夫杜鵑真有無。……（王）又云：子美不應疊用韻。子美自我作古，疊用韻無害於詩，僕所見如此。」《趙次公先後解》以此爲仙井李新元應所作《杜鵑辨》，鬻書者編入《東坡外集詩話》。又云：「此亦《詩》所謂『有酒湑我，無酒酤我。坎坎鼓我，蹲蹲舞我』之勢也」；「若言其尊君之意，則自在中間鋪叙，不必泥首四句便爲美刺也。況公此詩作於雲安，乃大曆元年之春，而嚴武已死於去年之夏，時郭英乂爲崔旰所殺，繼而杜鴻漸來，豈可指爲嚴武之有君邪？又雲安在唐止是夔州之屬縣耳，非有刺史也，豈可比西川、東川之列乎？」吴曾《能改齋漫録》卷一〇：「樂府有江南古辭云：『江南可采蓮，蓮葉何田田。魚戲蓮葉間，魚戲蓮葉東，魚戲蓮葉西，魚戲蓮葉南，魚戲蓮葉北。』子美正用此格。」黄希注：「《白頭吟》：『郭東亦有樵，郭西亦有樵』，此詩起法或本此。」

〔三〕生子四句：參卷四《杜鵑行》(0173)注。

〔四〕鴻雁四句：《春秋繁露·執贄》：「凡執贄，天子用暢，公侯用玉，卿用羔，大夫用雁。雁乃有類於長者，長者在民上，必施然有先後之隨，必俶然有行列之治，故大夫以爲贄。羔有角而不任，設備而不用，類好仁者。執之不鳴，殺之不諦，類死義者。羔食於其母，必跪而受之，類知禮者。故羊之爲言祥與，故卿以爲贄。」《初學記》卷二九引譙周《法訓》：「羊有跪乳之禮，雞有識時之候，雁有庠序之儀，人取法焉。」

錢箋：「按杜克遜事，新舊兩書俱無可考。嚴武在東川之後，節制東川者李奂、張獻誠也。其以梓州反者，段子璋也。梓州刺史見杜集者，有李梓州、楊梓州、章梓州，未聞有杜也。既曰譏當時之刺史，不應以嚴武並列也。逆節之臣，前有段子璋，後有崔旰、楊子琳，不當舍之而刺涪萬之刺史微不可考者也。所謂杜克遜者，既不見史傳，則亦子虚無是之流，出後人僞撰耳。」

引水

月峽瞿塘雲作頂，亂石崢嶸俗無井〔一〕。雲安沽水奴僕悲，魚復移居心力省〔二〕。白帝城西萬竹蟠，接筒引水喉不乾〔三〕。人生留滯生理難，斗水何直百憂寬。（0260）

【注】

黄鶴注：當是大曆元年（七六六）至夔州作。

〔一〕月峽二句：明月峽，見卷五《奉贈射洪李四丈》（0210）注。瞿塘峽，見卷三《龍門閣》（0165）注。

《分門》魯曰：「夔俗無井，皆以竹引山泉而食，蟠屈山腹間，有至於數百丈者。」錢箋引《酉陽雜俎》雲安井事，乃鹽井，與此詩所言無關。

〔二〕雲安二句：《舊唐書·地理志》山南東道：「夔州，隋巴東郡。……天寶元年，改爲雲安郡。至德元年，於雲安置七州防禦使。乾元元年，復爲夔州。二年，刺史唐論請升爲都督府。尋罷之。……雲安，漢朐䏰縣，屬巴郡。故城曰萬户城。縣西三十里，有鹽官。」又：「奉節，漢魚復縣。屬巴郡。今縣北三里赤甲城是也。梁置信州，周爲永安郡，隋爲巴東郡，仍改爲人復縣。貞觀二十三年，改爲奉節。」奉節即夔州治所，二句言自雲安移居夔州。

〔三〕白帝二句：《水經注》江水：「又東（南）逕赤岬城西，是公孫述所造，因山據勢，周回七里一百四十步，東高二百丈，西北高一千丈，南連基白帝。山甚高大，不生樹木，其石悉赤，土人云如人祖胛，故謂之赤岬山。……江水又東逕魚復縣故城，故魚國也。……《地理志》江關都尉治。公孫述名之爲白帝，取其王色。蜀章武二年，劉備爲吴所破，改白帝爲永安，巴東郡治也。……巴東郡，治白帝山城，周回二百八十步，北緣馬嶺接赤岬山，其間平處，南北相去八十五丈，東西七十丈。又東傍東瀼溪，即以爲隍。西南臨大江，闚之眩目。惟馬嶺小差委迤，猶斬山爲路，羊腸數四，然後得上。益州刺史鮑陋鎮此，爲譙道福所圍，城裏無泉，乃南開水門，鑿石爲函道，上施木天公，直下至江中，有似猿臂相牽引汲，然後得水。」嚴耕望考白帝城即魚復故城，偏南，赤岬城在北偏西，爲夔州治所。參本書卷一六《夔州歌十絶句》（1287）「白帝夔州各異城」注。詩言接水筒在白帝城西，與《水經注》言白帝城「西南臨大江」合。

青絲

青絲白馬誰家子，粗豪且逐風塵起〔一〕。不聞漢主放妃嬪，近静潼關掃蜂蟻〔二〕。殿前兵馬破汝時，十月即爲虀粉期〔三〕。未如面縛歸金闕①，萬一皇恩下玉墀〔四〕。（0261）

【校】

①如，錢箋、《九家》、《草堂》校：「一作知。」

【注】

黄鶴注：此詩言僕固懷恩之亂，當是廣德二年（七六四）作。錢箋編入永泰元年（七六五）。

〔一〕青絲二句：《舊唐書·代宗紀》：「（廣德元年）九月壬戌朔，僕固懷恩拒命於汾州。」「（二年）冬十月丙寅，僕固懷恩引吐蕃二萬寇邠州，節度使白孝德閉城拒守。丁卯，寇奉天，京師戒嚴。……十一月乙未，懷恩與蕃軍自潰，京師解嚴。」「（永泰元年九月）丁酉，僕固懷恩死於靈州之鳴沙縣。時懷恩誘吐蕃數十萬寇邠州，客將尚品息贊磨、尚悉東贊等寇奉天、醴泉，党項、

羌、渾、奴剌寇同州及奉天，逼鳳翔府、盩厔縣，京師戒嚴。……己酉，郭子儀自河中至，進屯涇陽，李忠臣屯東渭橋，李光進屯雲陽，馬璘、郝玉屯便橋，駱奉仙、李伯越屯盩厔，李抱玉屯鳳翔，周智光屯同州，杜冕屯坊州。上親率六軍屯苑內。庚戌，下詔親征。內官魚朝恩上言，請括私馬，京城男子悉皂衣團結，塞京城二門之一。士庶大駭，有逾垣鑿竇出城者，吏不能禁。自丙午至甲寅大雨，平地水流。丁巳，吐蕃大掠京畿男女數萬計，焚廬舍而去。同華節度周智光以兵追擊於澄城，破賊萬計。冬十月己未，復講《仁王經》於資聖寺。吐蕃至邠州，與回紇相遇，復合從入寇。辛酉，逼奉天。癸亥，党項攻同州，焚州民廬舍。丁丑，郭子儀説諭回紇，令與吐蕃疑貳。庚辰，子儀先鋒將白元光合回紇軍擊吐蕃之衆於靈臺縣之西原，斬首五萬級，俘獲人畜凡三百里不絶。辛巳，京師解嚴。壬午，僕固懷恩大將僕固名臣以千騎來降。」《梁書·侯景傳》：「普通中，童謡曰：『青絲白馬壽陽來。』後景果乘白馬，兵皆青衣。」朱鶴齡注：「用侯景事，以比僕固懷恩也。」

〔二〕不聞二句：朱鶴齡注：「《舊唐書》：永泰元年二月，內出宮女千人、品官六百人守洛陽宮。此與肅宗收京即放宮女三千，皆盛德事，故借漢主爲言也。不聞，謂豈不聞乎。」錢箋：「董逌《跋崇徽公主手痕碑》云：『碑在汾州靈石。懷恩以猜嫌入回紇，没其家入後宮。大曆四年，以其女爲崇徽公主，嫁回紇可汗。』故云『不聞漢主放妃嬪』，言懷恩獨不爲妻孥計，意亦隱刺代宗也。」按，錢箋過鑿。《新唐書·僕固懷恩傳》：「始，懷恩立功，門內死王事者四十六人。及拒命，士不弛甲凡三年。帝隱忍，數下詔，未嘗聲其反。及死，爲之惻然曰：『懷恩不反，爲左右

所誤耳。』俄而從子名臣以千騎降。大曆四年，册懷恩幼女爲崇徽公主，嫁回紇云。」錢箋謂《唐書》不足信，而轉引《廣川書跋》，然亦不能以懷恩妻孥當詩所謂「妃嬪」。當以朱注爲是。《舊唐書・代宗紀》：「（廣德元年九月）己丑，吐蕃寇涇州，刺史高暉以城降，因爲吐蕃鄉導。……（十月）辛未，高暉引吐蕃犯京畿，寇奉天、武功、盩厔等縣。……癸巳，以郭子儀爲京留守。高暉聞吐蕃潰，以三百騎東奔至潼關，爲關守李伯越所殺。」

〔三〕殿前二句：黄鶴注：「殿前兵馬，即神策軍也。」參卷五《三絶句》（0230）注。《新唐書・兵志》：「廣德元年，代宗避吐蕃幸陝，（魚）朝恩舉在陝兵與神策軍迎扈，悉號神策軍。天子幸其營。及京師平，朝恩遂以軍歸禁中，自將之，然尚未與北軍齒也。永泰元年，吐蕃復入寇，朝恩又以神策軍屯苑中，自是寖盛，分爲左右廂，勢居北軍右，遂爲天子禁軍，非它軍比。朝恩乃以觀軍容宣慰處置使知神策軍兵馬使。」然杜詩此時稱「殿前兵馬」，只是泛指禁軍，未必預知神策軍之驕横。《莊子・列禦寇》：「使宋王而寤，子爲韲粉夫！」

〔四〕未如二句：《分門》洙曰：「時降者皆受節鎮，河北之患自此起矣。」《左傳》僖公六年：「許男面縛，銜璧。」杜預注：「縛手於後，唯見其面。」

近聞

近聞犬戎遠遁逃，牧馬不敢侵臨洮〔一〕。渭水逶迤白日淨，隴山蕭瑟秋雲

高〔二〕。崆峒五原亦無事，北庭數有關中使〔三〕。似聞贊普更求親，舅甥和好應難弃〔四〕。（0262）

【注】

黄鶴注編入永泰元年（七六五）。朱鶴齡注編入大曆元年（七六六）。

〔一〕近聞二句：《舊唐書・吐蕃傳》：「永泰元年三月，吐蕃請和，遣宰相元載、杜鴻漸等於興唐寺與之盟而罷。秋九月，僕固懷恩誘吐蕃、回紇之衆，南犯王畿。……吐蕃退至永壽北，遇回紇之衆，雖聞懷恩死，皆悖其衆，相誘而奔，復來寇。至奉天，兩蕃猜貳争長，别爲營壘。……回紇三千騎詣涇陽降款，請擊吐蕃爲效，子儀許之。……永泰二年（即大曆元年）二月，命大理少卿、兼御史中丞楊濟修好於吐蕃。四月，吐蕃遣首領論泣藏等百餘人隨濟來朝，且謝申好。」錢箋：「此詩蓋記其事也。」犬戎，見卷四《憶昔二首》（0192）注。《元和郡縣圖志》卷三九隴右道：「洮州，臨洮。下。……廣德元年陷於西蕃。」

〔二〕渭水二句：《元和郡縣圖志》卷三九隴右道：「渭州，隴西。……後魏莊帝永安三年，於郡置渭州，因渭水爲名。……寶應二年，陷於吐蕃。」卷二鳳翔府：「隴州，汧陽。……西魏文帝改名隴州，因山爲名。」汧源縣：「隴山，在縣西六十二里。」參卷三《青陽峽》（0146）「隴坂」注。

〔三〕崆峒二句：崆峒，見卷一《送高三十五書記》（0002）注。朱鶴齡注：「崆峒有三，此與五原並舉，當指在平涼者言之。」《元和郡縣圖志》卷四靈武節度使：「鹽州，五原。中府。……天寶元

年改爲五原郡，乾元元年復爲鹽州。」五原縣：「五原，謂龍游原、乞地千原、青領原、可嵐貞原、横槽原也。」卷四〇隴右道：「庭州，北庭。下都護府。……長安二年改置北庭都護府，按三十六蕃。開元二十一年改置北庭節度使，都管兵二萬人，馬五千匹。衣賜四十八萬匹段。以防制突騎施、堅昆、斬啜。……東南至上都五千二百七十里。」朱鶴齡注：「五原，今榆林地，直長安西北，與靈州接壤。先是僕固懷恩自靈州合吐蕃、回紇入寇，今吐蕃敗走，故崆峒、五原皆無事也。」《趙次公先後解》：「北庭數有關中使，則又有突厥通好也。或云回紇等國皆在北之地，既不附吐蕃，故亦遣使於國中，其説亦是。」仇注：「北庭使至，吐蕃通和也。」浦起龍云：「二句兼言吐谷渾、党項等。」按，當以趙、浦説爲是，指西域諸國使。

〔四〕似聞二句：《新唐書·吐蕃傳》：「其俗謂强雄曰贊，丈夫曰普，故號君長曰贊普。」貞觀十五年，太宗以文成公主妻贊普弃宗弄贊。景龍元年，中宗以嗣雍王守禮女爲金城公主，妻贊普。玄宗《賜吐蕃贊普書》：「昔文成遠嫁，將以寵光彼國。……又降金城，以敦前好。……舅甥之禮，萬里如初。」

漁陽

漁陽突騎猶精鋭，赫赫雍王都節制①〔一〕。猛將飄然恐後時，本朝不入非高

計〔二〕。祿山北築雄武城，舊防敗走歸其營〔三〕。繫書請問燕耆舊，今日何須十萬兵〔四〕。（0263）

【校】

① 節，宋本、《九家》校：「一作前。」錢箋、《草堂》此校在「都」字下。

【注】

黃鶴注：當是廣德二年（七六四）前作。仇注：當是寶應元年（七六二）冬晚在梓州作。

〔一〕漁陽二句：《舊唐書・代宗紀》：「（寶應元年）冬十月辛酉，詔天下兵馬元帥雍王統河東、朔方及諸道行營、回紇等兵十餘萬討史朝義。……乙亥，雍王奏收東京、河陽、汴、鄭、滑、相、魏等州。……丁酉，僞恒州節度使張忠志以趙、定、深、恒、易五州歸順，以忠志檢校禮部尚書、恒州刺史，充成德軍節度使，賜姓名曰李寶臣。於是河北州郡悉平。賊范陽尹李懷仙斬史朝義首來獻，請降。」「（廣德二年）二月己巳朔，册天下兵馬元帥、尚書令、雍王适爲皇太子。」《後漢書・吳漢傳》：「乃説太守彭寵曰：『漁陽、上谷突騎，天下所聞也。君何不合二郡精鋭，附劉公擊邯鄲，此一時之功也。』」《九家》趙注：「漁陽突騎，指雍王所統兵。」何焯曰：「漁陽用光武事，此指朔方軍也。」按，《舊唐書・封常清傳》上表：「率周南市人之衆，當漁陽突騎之師。」此言河北諸將降後，爲雍王所統制。義門誤。

〔二〕猛將二句：《九家》趙注：「（公）尚聞河北猶有未入朝者，乃諭諸將，苟飄然而來，已自後時，而不入本朝，豈高計乎？」

〔三〕禄山二句：《舊唐書·安禄山傳》：「禄山陰有逆謀，於范陽北築雄武城，外示禦寇，內貯兵器，積穀爲保守之計，戰馬萬五千匹，牛羊稱是。」《九家》趙注：「舉往事以懲警不朝之將。」錢箋引趙說，「往事」前補「禄山」二字。

〔四〕繫書二句：《史記·魯仲連鄒陽列傳》：「齊田單攻聊城歲餘，士卒多死而聊城不下。魯連乃爲書，約之矢以射城中，遺燕將。」《九家》趙注謂用此：「名之曰『燕耆舊』，則本吾民之父老。又託之問耆舊，以警諸將耳。」

黄河二首

黄河北岸海西軍，椎鼓鳴鍾天下聞〔一〕。鐵馬長鳴不知數①，胡人高鼻動成羣〔二〕。（0264）

【校】

①知，錢箋校：「一作如。」

【注】

黃鶴注：意是廣德二年（七六四）作。

〔一〕黃河二句：《分門》鮑曰：「謂吐蕃入寇。舊注謂禄山，非也。」《九家》趙注：「前章罪海西軍不能禦寇。黃河之北、大海之西，則河北一帶之州郡也。」錢箋：「雍王至陝州，回紇可汗屯于河北，與僚屬從數十騎往見之。諸軍發陝州，僕固懷恩與回紇左殺爲前鋒。此所謂『河北海西軍』也。舊注指吐蕃入寇，謬甚。」按，錢箋所引爲《資治通鑑》寶應元年十月紀事。胡三省注：「陝州之河北也。《括地志》曰：陝州河北縣，本漢大陽縣。天寶元年……更名平陸縣。」非謂河北一道，亦與此詩所言「黃河北岸」無關。朱鶴齡注已駁其非。此詩所言，當指靈州，開元中置朔方節度使，有三受降城在河外。唐人稱海西，或指遼海西，即河北地；或指東海西，即淮揚；或指西海，即西北邊地。張説《蘇摩遮》：「摩遮本出海西胡，琉璃寶服紫髯胡。」岑參《北庭作》：「孤城天北畔，絶域海西頭。」指西北。此詩所言海西軍，即指自靈州迤西諸軍鎮，唐之邊防所在。《後漢書・光武帝紀》：「傳吏疑其僞，乃椎鼓數十通。」《舊唐書・李憕傳》：「禄山領其衆，椎鼓大呼，以入都城。」

〔二〕鐵馬二句：《晉書・石季龍載紀》：「閔躬率趙人誅諸胡羯……于時高鼻多鬚至有濫死者半。」《魏書・西域傳》：「自高昌以西，諸國人等深目高鼻。」此指靈州所轄六胡州之九姓胡。《舊唐書・郭子儀傳》至德元載十一月：「賊將阿史那從禮以同羅、僕骨五千騎出塞，誘河曲九府、六胡州部落數萬，欲迫行在。子儀與迴紇首領葛邏支往擊敗之，斬獲數萬，河曲平定。」《資治通

鑑考異》至德元載引陳翃《汾陽王家傳》：「説九姓府、六胡州，悉已來矣。甲兵五萬，部落五十萬，蟻聚於經略軍北。」又河西亦發生九姓商胡叛亂，至德二年正月討平。參卷二《送長孫九侍御赴武威判官》(0085)。

黄河西岸是吾蜀①，欲須供給家無粟〔一〕。願驅衆庶戴君王，混一車書弃金玉〔二〕。(0265)

【校】

①西，錢箋校：「一云北。一云南。俱非。」《草堂》作「北」，校：「一作南。」《九家》校：「趙作南岸。」吾，錢箋校：「一作故。」

【注】

〔一〕黄河二句：《分門》鮑曰：「黄河西岸是吾蜀，鄭公軍也。謂當狗之戰。舊注謂明皇、肅宗，非也。」《九家》趙注：「後章憫蜀人困於供給。」朱鶴齡注引《杜詩博議》：「唐運道俱仰黄河，獨蜀僻在西南，河漕不通，西山三城糧運屢絶。故有供給無粟之歎，此亦爲吐蕃入寇而作。」按，唐漕運饋西北，仰汴渠，蜀中不待漕運，《博議》謬甚。仇注：「此歎蜀人迫於軍餉。」趙、仇注是。又《九家》趙注：「黄河南岸，一作西岸，非是。成都路雖在中國西南，以河言之，雖遠而實南

耳。」按，此承前首就大勢而言，黃河北岸言北方，西岸言西南。

〔二〕混一句：《史記·張儀列傳》：「而欲經營天下，混一諸侯。」庾信《哀江南賦序》：「混一車書，無救平陽之禍。」《禮記·儒行》：「儒有不寶金玉，而忠信以爲寶。」

自平

自平宮中呂太一①，收珠南海千餘日〔一〕。近供生犀翡翠稀〔二〕，復恐征戎干戈密②。蠻溪豪族小動摇③，世封刺史非時朝④〔三〕。蓬萊殿前諸主將⑤，才如伏波不得驕〔四〕。（0266）

【校】

① 宮中，錢箋校：「一作中宮。一作中官。」《九家》作「中宮」，校：「一作官。」《草堂》作「中官」，校：「舊作中宮，非是。」

② 戎，錢箋校：「一作戍。」《九家》、《草堂》作「戍」，《草堂》校：「一作戎。一作伐。」

③ 小，錢箋校：「一作山。」《草堂》作「山」，校：「或作小。」

④ 時，錢箋、《草堂》校：「一作常。」

⑤前，錢箋校：「一作裹。」《九家》、《草堂》作「裹」，《草堂》校：「一作裹。」

【注】

黄鶴注：當作於大曆二年（七六七），蓋自廣德元年十二月太一方反，平之必在二年，至大曆二年爲三年，故曰千餘日也。

〔一〕自平二句：《舊唐書·代宗紀》：「（廣德元年）十二月甲辰，宦官市舶使吕太一逐廣南節度使張休，縱下大掠廣州。」《韋倫傳》：「代宗即位，起爲忠州刺史，歷台、饒二州。以中官吕太一於嶺南矯詔募兵爲亂，乃以倫爲韶州刺史、兼御史中丞、韶連柳三州都團練使。竟遭太一用賂反間。」又《李勉傳》：「賊帥陳莊連陷江西州縣，偏將吕太一、武日昇相繼背叛。」與此非一人。《分門》定功曰：「宫中，當作中官。」黄鶴謂是。按，宦官稱中使，稱宫中亦可通。《後漢書·孟嘗傳》：「遷合浦太守，郡不産穀實，而海出珠寶……先時宰守並多貪穢，詭人采求，不知紀極，珠遂漸徙於交阯郡界。」《晋書·陶璜傳》：「合浦郡土地磽確，無有田家，百姓唯以采珠爲業，商賈去來，以珠貿米。而吴時珠禁甚嚴，慮百姓私散好珠，禁絶來去，人以饑困。又所調猥多，限每不充。」《舊唐書·地理志》嶺南道廉州合浦：「有珠母海，郡人采珠之所，云合浦也。」據《新唐書·地理志》嶺南道，惟白州南昌郡土貢珠。此言收珠，蓋代指貢賦。

〔二〕近供句：《新唐書·地理志》嶺南道：「厥貢：金、銀、孔翠、犀、象、彩藤、竹布。」《三國志·吴書·士燮傳》：「遷交阯太守。……燮每遣使詣權，致雜香細葛，輒以千數。明珠、大貝、流離、

翡翠、玳瑁，犀象之珍，奇物異果，蕉、邪、龍眼之屬，無歲不至。」《藝文類聚》卷九二引《廣志》：「翡色赤，翠色紺，皆出交州興古縣。」

〔三〕蠻溪二句：《舊唐書・王翃傳》：「自安史之亂，頻詔徵發嶺南兵募，隸南陽魯炅軍。炅與賊戰於葉縣，大敗，餘衆離散。嶺南溪洞夷獠，乘此相恐爲亂。其首領梁崇牽自號平南十道大都統，及其黨覃問等，誘西原賊張侯、夏永攻陷城邑，據容州。」《新唐書・南蠻傳》：「西原蠻，居廣、容之南，邕、桂之西。有甯氏者，相承爲豪。又有黄氏，居黄橙洞，其隸也。其地西接南詔。天寶初，黄氏强，與韋氏、周氏、儂氏相脣齒，爲寇害，據十餘州。韋氏、周氏恥不肯附，黄氏攻之，逐於海濱。至德初，首領黄乾曜、真崇鬱與陸州、武陽、朱蘭洞蠻皆叛，推武承斐、韋敬簡爲帥，僭號中越王……合衆二十萬，綿地數千里。署置官吏，攻桂管十八州。所至焚廬舍、掠士女，更四歲不能平。乾元初，遣中使慰曉諸首領，賜詔書赦其罪，約降。於是西原、環、古等州首領方子彈、甘子暉、羅承韋、張九解、宋原五百餘人請出兵討承斐等，歲中戰二百……承斐等以餘衆面縛桂州降，盡釋其縛，差賜布帛縱之。其種落張侯、夏永與夷獠梁崇牽、覃問及西原酋長吴功曹復合兵内寇，陷道州，據城五十餘日。」事在廣德元年。朱鶴齡注引《舊唐書》大曆二年九月桂州山獠陷州城，刺史李良遁去。然其時影響至大者，乃西原蠻之亂，至大曆間猶未定。本書卷二〇《東西兩川説》(1487)：「八州素歸心於其世襲刺史。」《舊唐書・僕固懷恩傳》：「鐵勒九姓大首領率其部落來降……世襲都督。」《分門》洙曰：「時溪洞蠻歸順者皆世授刺史。」師曰：「不以時朝，不比内諸侯。姑務羈縻而已。」錢箋引作「比于内諸侯」。本書卷七

《八哀詩・汝陽王璡》(0333)：「出入獨非時，禮異見羣臣。」非時朝，謂受恩寵。

〔四〕蓬萊二句：蓬萊殿，見卷四《病橘》(0189)注。伏波，見卷五《苦戰行》(0220)注。

錢箋：「此詩言唐盛時置蠻夷之法。『蠻溪豪族小動摇』，言其小小蠢動，朝廷置之不問也。『世封刺史非時朝』，不責以時朝之禮也。如此則蠻夷率俾，雖有伏波之將，不得生事於外夷也。『蓬萊殿前諸主將』，指中官掌禁軍者而言。」朱鶴齡注：「太一平後，蠻豪復小梗，公恐出鎮者遽興兵生事，故援羈縻之義以戒之。」

按，「小動摇」實指西原蠻之亂，其亂實因頻詔發嶺南兵募，故前文云「復恐征戍干戈密」。「小動摇」、「非時朝」，乃有意輕言，實欲亂速平息，蠻復歸順，而非置之不問，亦非誡主將不得生事。

除草

去蕁草也。蕁音潛，山韭①〔一〕。

草有害于人，曾何生阻修〔二〕。其毒甚蜂蠆，其多彌道周〔三〕。清晨步前林，江色未散憂。芒刺在我眼〔四〕，焉能待高秋。霜露一霑凝②，蕙葉亦難留〔五〕。荷鋤先童稚，日入仍討求。轉致水中央，豈無雙釣舟〔六〕。頑根易滋蔓〔七〕，敢使依舊丘。

自兹藩籬曠③，更覺松竹幽。茇夷不可闕，疾惡信如讎〔八〕。（0267）

【校】

① 去蘞草也蘞音潛山韭，錢箋以此題注爲吴若本注。

② 露，錢箋校：「一作雪。」《文苑英華》校：「集作雪。」《九家》、《草堂》作「雪」。　凝，宋本、錢箋、《九家》校：「一作衣。」《文苑英華》作「衣」，校：「集作凝。」

③ 兹，錢箋校：「一作移。」《文苑英華》作「移」，校：「集作兹。」

【注】

黄鶴注：以後篇考之，當是大曆元年（七六六）在夔州作。仇注：詩云藩籬、松竹，當是草堂詩。依朱氏編在永泰元年（七六五）成都詩内。

〔一〕蘞草：方以智《通雅》卷四一：「蘞麻即蕁麻。《圖經》有蕁麻，一作毛蘞。音燗。李時珍曰：『蕁』字本作『蘞』。杜子美有《除蘞草》詩。智按，張子賢《墨莊漫録》曰：川陜間有一種惡草，土人呼爲蘞麻，音瓚。其枝葉拂人，肌肉即成瘡皰。劉袤延仲至蜀嘗見之。今考葉有毛芒，觸人如蠆，以人溺洗之可解也。或又作『蘝』，乃『蘞』之訛。以燗音，瓚其土音耳。」按，《爾雅·釋草》：「蕁，芜藩。」郭璞注：「生山上，葉如韭，一曰提母。」疏：「藥草知母也。一名蕁，一名芜藩。」蘞同蕁、蕁，徒含切，又徐心切。此注「音潛，山韭」，乃與韱混。《説文》：「韱，山韭也。從

韭，𢦔聲。」韱，息廉切，音潛。《集韻》：「或作韯。」

〔二〕阻修：張載《擬四愁詩》：「我所思兮在營州，往欲從之路阻修。」

〔三〕其毒二句：《左傳》僖公二十二年：「蜂蠆有毒，而況國乎。」《詩・唐風・有杕之杜》：「有杕之杜，生於道周。」

〔四〕芒刺句：《漢書・霍光傳》：「上内嚴憚之，若有芒刺在背。」《賢愚經》卷九：「爾時樹神語太子言：波婆伽梨，是汝之賊。刺汝眼竟，持汝珠去。」《王梵志詩校注》三一九首：「乍可刺你眼，不可隱我脚。」

〔五〕霜露二句：陸機《擬東城一何高》：「零露彌天墜，蕙葉憑林衰。」《九家》趙注：「又欲先秋除去之，若待秋，則霜雪一霑，蕙與薉草同一衰落，亦美惡俱盡矣。」

〔六〕轉致二句：《分門》晏曰：「《禮》：薙人掌殺草，有水火之化。以釣舟載而致之水，此水化也。」《周禮・秋官・薙氏》：「薙氏掌殺草。……若欲其化也，則以水火變之。」

〔七〕頑根句：《左傳》隱公元年：「不如早爲之所，無使滋蔓。蔓，難圖也。蔓草猶不可除，況君之寵弟乎。」

〔八〕芟夷二句：《周禮・地官・稻人》：「作田，凡稼澤，夏以水殄草而芟夷之。」《後漢書・陳蕃傳》：「疾惡如讎。」

《分門》洙曰：「草去則幽芳之物伸矣。此詩有所傷而云。」師曰：「松竹有操，君子自守之

象。小人既去，則君子道長，而松竹得遂其生養之性也。此篇大有含蓄，詳玩之頗有味矣。」

客居

客居所居堂，前江後山根〔一〕。下塹萬尋岸，蒼濤鬱飛翻〔二〕。葱青衆木梢，邪豎雜石痕〔三〕。子規晝夜啼，壯士斂精魂〔四〕。峽開四千里〔五〕，水合數百源。人虎相半居，相傷終兩存〔六〕。蜀麻久不來，吴鹽擁荆門〔七〕。西南失大將，商旅自星奔。今又降元戎，已聞動行軒〔八〕。舟子候利涉，亦憑節制尊〔九〕。我在路中央，生理不得論〔一〇〕。卧愁病脚廢，徐步視小園。短畦帶碧草，悵望思王孫〔一一〕。鳳隨其皇去，籬雀暮喧繁〔一二〕。覽物想故國，十年别荒村①。日暮歸幾翼〔一三〕，北林空自昏。安得覆八溟，爲君洗乾坤〔一四〕。稷契易爲力，犬戎何足吞〔一五〕。儒生老無成，臣子憂四番②〔一六〕。篋中有舊筆，情至時復援〔一七〕。（0268）

【校】

① 荒，《草堂》作「鄉」。

②四番，錢箋校：「《草堂》本作四藩。魯直刊本作憂思翻。」《九家》、《草堂》作「四藩」，《草堂》校：「一作四番。黄作思翻。」

【注】

《趙次公先後解》：此雲安詩。黄鶴注：當在大曆元年（七六六）春晚欲遷夔州時作，故有「舟子修利涉」句。仇注：蓋三月初作。

〔一〕山根：山脚。徐陵《東陽雙林寺傅大士碑》：「乃於山根嶺下，創造伽藍。」王褒《送觀寧侯葬》：「餘輝盡天末，夕霧擁山根。」

〔二〕飛翻：王粲《贈蔡子篤》：「苟非鴻雕，孰能飛翻。」沈約《和謝宣城》：「揆余發皇鑒，短翮屢飛翻。」

〔三〕葱青二句：阮籍《東平賦》：「瞻荒榛之蕪穢兮，顧東山之葱青。」沈約《早發定山》：「傾壁忽斜豎，絶頂復孤圓。」

〔四〕子規二句：見卷三《法鏡寺》(0145)注。《相和歌辭·蒿里曲》：「蒿里誰家地，聚斂魂魄無賢愚。」江淹《恨賦》：「蔓草縈骨，拱木斂魂。」

〔五〕峽開句：《太平寰宇記》卷一四八引盛弘之《荆州記》：「沿江峽三十里，有新崩灘，至巫峽，因山名也。首尾一百六十里。舊云自三峽取蜀數千里，恒是一山。此蓋好大之言也。唯三峽七百里，兩岸連山，略無闕處，重岩疊嶂，隱天蔽日，自非亭午夜分，不見日月。」錢箋：「公所謂

『峽開四千里』，蓋統論江山之大勢，非專指言峽山也。」

〔六〕人虎二句：《太平廣記》卷四二六《峽口道士》（出《會昌解頤録》）：「開元中，峽口多虎，往來舟船皆被傷害。自後但是有船將下峽之時，即頂一人充飼虎，方舉船無患。不然，則船中被害者衆矣。自此成例，船留二人上岸飼虎。」

〔七〕蜀麻二句：本書卷一六《夔州歌十絶句》（1292）：「蜀麻吴鹽自古通，萬斛之舟行若風。」《舊唐書·食貨志》：「玄宗幸巴蜀，鄭昉使劍南，請於江陵税鹽麻以資國，官置吏以督之。」《新唐書·地理志》成都府蜀郡：「土貢：錦、單絲羅、高杼布、麻、蔗糖、梅煎、生春酒。」《食貨志》：「肅宗即位，遣御史鄭叔清等籍江淮、蜀漢富商右族訾畜，十收其二，謂之率貸。諸道亦税商賈以贍軍，錢一千者有税。於是北海郡録事參軍第五琦以錢穀得見，請於江淮置租庸使，吴鹽、蜀麻、銅冶皆有税，市輕貨繇江陵、襄陽、上津路轉至鳳翔。」此言崔旰之亂致商路阻斷。

〔八〕西南四句：《舊唐書·代宗紀》：「（永泰元年十月戊申）劍南節度使郭英乂爲其檢校西山兵馬使崔旰所殺，邛州柏茂林、瀘州楊子琳、劍南李昌巙皆起兵討旰，蜀中亂。」「（大曆元年二月）壬子，命黄門侍郎、同平章事杜鴻漸兼成都尹，持節充山南西道、劍南東川等道副元帥，仍充劍南西川節度使，以平郭英乂之亂也。」元戎，見卷二《送長孫九侍御赴武威判官》（0085）注。張説《送蘇合宫頲》：「别曲鸞初下，行軒雉尚過。」王維《送崔五太守》：「長安廄吏來到門，朱文露網動行軒。」

〔九〕舟子二句：《易·需》：「利涉大川。」《趙次公先後解》：「節制，即元戎之節制也。雖舟子爲商賈，亦以節制而利涉，然後免攘奪之憂也。」

〔一〇〕我在二句：《詩·秦風·蒹葭》：「溯游從之，宛在水中央。」《趙次公先後解》：「公言其南下以歸長安，到處留滯而未能，今尚在半路也。」朱鶴齡注：「言雲安路在荆蜀之間。」生理，見卷一《自京赴奉先縣詠懷五百字》（0041）注。

〔一一〕短畦二句：《楚辭·招隱士》：「王孫游兮不歸，春草生兮萋萋。」

〔一二〕鳳隨二句：《趙次公先後解》：「思王孫、懷鳳凰，其故國之賢者乎？」仇注：「楊妃殁後，上皇亦亡，故曰『鳳隨其凰去』。」浦起龍云：「此總由羈旅所感，他説支離，皆不可從。」

〔一三〕日暮句：《趙次公先後解》：「歸幾翼，以譬能歸鄉者幾人。」

〔一四〕安得二句：八溟，猶言八海。李白《當塗李宰君畫贊》：「濫觴百里，涵量八溟。」本書卷八《追酬故高蜀州人日見寄》（0384）：「遥拱北辰纏寇盜，欲傾東海洗乾坤。」

〔一五〕稷契二句：稷契，見卷一《自京赴奉先縣詠懷五百字》注。《趙次公先後解》：「但得稷契而用之，易爲力耳。彼吐蕃犬戎何足吞乎。」仇注：「朝廷苟用稷契，外寇何難掃除。」

〔一六〕四番：番指當番。《唐會要》卷六四《文學館》：「諸學士食五品珍膳，分爲三番，更直宿閤下。」此當指舊在幕府當番。《趙次公先後解》、《草堂》作「四藩」，則指四方。

〔一七〕篋中一句：曹植《贈白馬王彪》：「收淚即長路，援筆從此辭。」

客堂

憶昨離少城，而今異楚蜀〔一〕。舍舟復深山，窅窕一林麓〔二〕。栖泊雲安縣，消

中内相毒〔三〕。舊疾甘載來①，衰年得無足②〔四〕。死爲殊方鬼，頭白免短促〔五〕。老馬終望雲，南雁意在北〔六〕。別家長兒女〔七〕，欲起慚筋力。客堂叙節改③，具物對羈束〔八〕。石暄蕨芽紫，渚秀蘆笋緑〔九〕。巴鶯紛未稀④，徼麥早向熟⑤〔一〇〕。悠悠日動江，漠漠春辭木。臺郎選才俊〔一一〕，自顧亦已極。前輩聲名人，埋没何所得。居然綰章紱，受性本幽獨〔一二〕。平生憩息地，必種數竿竹。事業只濁醪，營葺但草屋〔一三〕。上公有記者〔一四〕，累奏資薄禄。主憂豈濟時，身遠彌曠職〔一五〕。循文廟算正⑥，獻可天衢直〔一六〕。尚想趨朝廷，毫髮裨社稷〔一七〕。形骸今若是，進退委行色〔一八〕。（0269）

【校】

①甘，《九家》作「廿」。　載，錢箋、《草堂》校：「一作戰。一作再。」

②得無足，錢箋、《草堂》校：「一作得弱足。一作弱無足。」

③叙，《草堂》作「序」。

④鶯，宋本、錢箋、《九家》、《草堂》校：「一作稼。」

⑤向，《草堂》作「回」。

⑥循，錢箋、《草堂》校：「鮑作修。」

【注】

黄鶴注：當是大曆元年（七六六）春在雲安作。王嗣奭《杜臆》：「客堂非前客居，客居前江後山，此云深山林麓，故知别是一所。當是移夔後作。」仇注繫於大曆元年夔州詩内。按，詩明言「棲泊雲安縣」，王説過鑿。

〔一〕憶昨二句：少城，指成都。左思《蜀都賦》：「亞以少城，接乎其西。」《文選》劉逵注：「少城，小城也。在大城西，市在其中也。」仇注：「成都爲蜀，夔州爲楚。」

〔二〕窅窕：同杳窕。見卷三《白沙渡》（0161）注。

〔三〕消中句：《黄帝内經素問》卷五：「風成爲寒熱，癉成爲消中。」注：「癉爲濕熱也。熱積於内故變爲消中也。消中之證，善食而溲。」

〔四〕舊疾二句：《後漢書·鄭玄傳》：「載病到元城縣，疾篤不進。」《趙次公先後解》：「言此疾相嬰，至於衰年矣，而尚未痊去，疾亦得無足乎。」仇注：「疾而曰甘，衰而曰足，蓋以不死爲幸也。」按，謂衰年已甚。

〔五〕死爲二句：《文選》李陵《重報蘇武書》：「生爲别世之人，死爲異域之鬼。」庾信《竹杖賦》：「髮種種而愈短。」

〔六〕老馬一句：《趙次公先後解》：「蓋懷鄉之譬也。此乃倣『胡馬嘶北風，越鳥巢南枝』之意而變文耳。」仇注引古詩「代馬思朔雲」，乃杜撰。

〔七〕長兒女：見卷四《將適吴楚留别章使君留後兼幕府諸公得柳字》(0199)「長兒童」注。

〔八〕客堂二句：《左傳》昭公元年：「分爲四時，序爲五節。」《禮記・祭義》：「孝子將祭，慮事不可以不豫。比時具物，不可以不備。」《陳書・後主紀》：「具物匪新，節序疑舊。」仇注：「羈束，旅困也。」按，此言在羈旅無法置備時物。

〔九〕石暄二句：《詩・召南・草蟲》：「言采其蕨。」陸璣疏：「蕨，鱉也，山菜也。周秦曰蕨，齊魯曰鱉。初生似蒜，莖紫黑色，可食，如葵。」《爾雅・釋草》：「葭，蘆。菼，薍。其萌虇。」郭璞注：「今江東呼蘆笋爲虇，然則萑葦之類，其初生者皆名虇。」

〔一〇〕巴鶯二句：巴鶯，《趙次公先後解》作「巴稼」，謂：「紛未稀，則苗猶多耳。若作『鶯』字，則句不相聯。」朱鶴齡注：「鶯未稀而麥向熟，正是春去夏來之時，所以感懷於節序。」徼，邊徼。《漢書・地理志》蜀郡：「岷山在西徼外，江水所出。」

〔一一〕臺郎句：臺郎，尚書省郎中。《初學記》卷一一引《漢官》：「尚書郎，初從三署郎選詣尚書臺試，每一郎缺則試五人。先試箋奏，初入臺稱郎中，滿歲稱侍郎。」《後漢書・虞詡傳》：「臺郎顯職，仕之通階。」張九齡《上封事書》：「凡不歷都督刺史，雖有高第者，不得入爲侍郎、列卿；不歷縣令有善政者，亦不得入爲臺郎、給舍郎。」此謂在嚴武幕中奏授檢校工部員外郎。

〔一二〕居然二句：孔稚圭《北山移文》：「紐金章，綰墨綬。」鮑照《建除詩》：「開壤襲朱紱，左右佩金章。」《舊唐書・張九齡傳》：「胥吏末班，先加章紱。」謝靈運《晚出西射堂》：「安排徒空言，幽獨賴鳴琴。」

〔一三〕事業二句：濁醪，見卷一《夏日李公見訪》(0034)注。顏延之《和謝監靈運》：「采茨葺昔宇，剪

棘開舊哇。」

〔一四〕上公句：朱鶴齡注：「上公，謂嚴鄭公。」仇注：「記謂記念舊交。」

〔一五〕主憂二句：《鹽鐵論·繇役》：「主憂者臣勞，上危者下死。」《漢書·元后傳》：「曠職素餐。」

〔一六〕循文二句：浦起龍云：「循文，繼體守文之謂。」《晉書·文帝紀》：「玄謀廟算，遵養時晦。」《左傳》昭公二十年：「君所謂可而有否焉，臣獻其否以成其可。君所謂否而有可焉，臣獻其可以去其否。」《國語·晉語九》：「夫事君者，諫過而賞善，薦可而替否，獻能而進賢。」

〔一七〕毫髮句：張九齡《荊州作》：「況乃山海澤，效無毫髮端。」

〔一八〕行色：陶翰《送崔二十一之上都序》：「乃徵詩賓，以壯行色。」岑參《送宇文舍人出宰元城》：「馬帶新行色，衣聞舊御香。」

石硯詩 平侍御者①〔一〕。

平公今詩伯，秀發吾所羨〔二〕。奉使三峽中，長嘯得石硯。巨璞禹鑿餘〔三〕，異狀君獨見。其滑乃波濤，其光或雷電。聯坳各盡墨，多水遞隱現〔四〕。揮洒容數人，十手可對面。比公頭上冠，貞質未爲賤②〔五〕。當公賦佳句，況得終清宴。公含起草姿，不遠明光殿〔六〕。致于丹青地，知汝隨顧眄〔七〕。（0270）

【校】

①石硯詩平侍御者,《九家》、《草堂》題無「詩」字。《草堂》題注作「平侍御者之硯也」。

②貞,宋本、《九家》作「正」,據錢箋改。《草堂》校:「一作正,避諱。」

【注】

黄鶴注:當是平持節出使至峽中。梁權道編在永泰元年(七六五)雲安詩中,仇注編入大曆元年(七六六),陳冠明考爲天寶中作。

〔一〕平侍御:平冽。《舊唐書·楊慎矜傳》:「監察御史平冽賚敕至大理寺,慎餘聞死,合掌指天而縊。」時天寶六載十一月。顔真卿《東方先生畫贊碑陰記》:「真卿去歲拜此郡,屬殿中侍御史平公冽……咸以河北采訪使東平王判官巡按押至。」時天寶十三載季冬。《安禄山事迹》卷上:「(天寶)十年,兼河東節度使。刑賞在己,於是張通儒、李廷望、平冽、李史魚、獨孤問俗等在幕下。」《舊唐書·安慶緒傳》:「慶緒……復與孫孝哲、乾祐謀閉門自守……張通儒、高尚、平冽謂慶緒曰。」時乾元二年三月。《唐御史臺精舍題名考》卷三「平冽」趙鉞案:「杜詩《石硯詩》原注『平侍御』者,即此人。」按,殿中侍御史爲平冽任安禄山判官時所兼憲銜,此詩必作於天寶十載後。平冽以安禄山判官,不當出使峽中,硯或此前出使時所得。又,王維有《送平澹然判官》,綦毋潛有《送平判官入秦》,疑澹然即冽。

〔二〕平公二句:戎昱《贈岑郎中》:「天下無人鑒詩句,不尋詩伯重尋誰。」李端《送吉中孚拜官歸楚

州》：「滿堂歸道師，衆口宗詩伯。」皆襲杜詩。《全唐文》收平洌賦三篇。陸機《辨亡論》：「逸才命世，弱冠秀發。」

〔三〕巨璞句：《戰國策·秦策》：「鄭人謂玉未理者璞。」《淮南子·人間訓》：「禹鑿龍門，辟伊闕，平治水土。」

〔四〕其滑四句：米芾《硯史》「夔州黟石硯」：「色黑理乾，間有墨點，如墨玉光，發墨不乏。」朱鶴齡注：「聯坳，謂硯穴相並。盡墨，謂盡墨力，猶今云發墨也。多水，硯潤出水也。」

〔五〕比公二句：《後漢書·輿服志》：「法冠，一曰柱後。高五寸，以纚爲展筩，鐵柱卷，執法者服之，侍御史、廷尉正監平也。或謂之獬豸冠。獬豸，神羊，能別曲直。」

〔六〕公含二句：《初學記》卷一一引《漢官儀》：「尚書郎主作文書起草，晝夜更直，五日於建禮門内。」又：「尚書郎含雞舌香，伏奏事。」明光殿，見卷二《送李校書二十六韻》(0089)注。王楙《野客叢書》卷二一：「杜子美詩曰：『不遠明光殿』，『至於丹青地』。洙注曰：『明光殿，霍去病藉以避暑。』修可注曰：『漢殿名，元后傳成都侯藉以避暑是已。』東坡詩曰：『何人先入明光宮。』又曰：『老死不入明光宮。』趙注皆曰：『武帝太初四年所起，乃成都侯商所藉以避暑者也。』僕嘗考之，漢有兩明光宮，一明光殿。按《三輔黄圖》：一明光宮屬北宮，一明光宮屬甘泉宮。屬北宮者，正成都侯商避暑之所。屬甘泉宮者，乃武帝所造，以求仙者。所謂明光殿，自在桂宮。三者元不相干。今觀諸家之注，往往認爲一處，顛倒錯亂，莫知其非。」

〔七〕致于二句：王嗣奭《杜臆》：「汝指石硯，謂用草奏，能隨人之顧眄也。」朱鶴齡注：「言此硯致

於明光禁中，丹墀青瑣之地，亦得蒙天子之眄睞也。」仇注：「汝能隨人顧眄，而盡所欲言。」

三韻三篇

高馬勿唾面①，長魚無損鱗〔一〕。辱馬馬毛焦，困魚魚有神〔二〕。君看磊落士，不肯易其身。（0271）

【校】

① 唾，宋本、錢箋、《九家》、《草堂》校：「一作捶。」

【注】

黄鶴注：當是永泰元年（七六五）作。蓋以代宗信任元載、魚朝恩，而士之易節者，争出其門。二人在廣德、永泰間其權特盛，故公此詩譏當時輕於趨附者。

〔一〕高馬句：《趙次公先後解》：「當以『捶』爲正，然後有義。」按，捶面則傷重，仍以唾面爲是。《戰國策·趙策》：「老婦必唾其面。」

〔二〕辱馬二句：仇注：「毛焦，猶《詩》言我馬玄黄。」「雷雨大作，鯉魚空中飛去，是其神也。」《法苑

珠林》卷三二引《搜神記》：「孔子厄於陳，弦歌於館中。夜有一人，長九尺餘，著皂衣，高冠，大吒，聲動左右。子貢進問：『何人耶？』便提子貢而挾之。子路引出，與戰於庭，有頃未勝。孔子罕之，見其甲車間時時開如掌，孔子曰：『何不探其甲車，引而奮之？』子路如之，没手仆於地，乃是大鯷魚也，長九尺餘。孔子歎曰：『此物也何爲來哉？吾聞物老則群精依之，因衰而至。此其來也，豈以吾遇厄絶糧，從者病乎？夫六畜之物及龜蛇、魚鼈、草木久者，神皆依憑，能爲妖怪，故謂之五酉。五酉者，五行之方，皆有其物。酉者，老也。故物老則爲怪矣。』」

蕩蕩萬斛船〔一〕，影若揚白虹①。起檣必椎牛，挂席集衆功〔二〕。自非風動天，莫置大水中。（0272）

【校】

① 揚，錢箋校：「一作摇。」《草堂》作「摇」。

【注】

〔一〕萬斛船：《顔氏家訓・歸心》：「昔在江南，不信有千人氈帳。及來河北，不信有二萬斛船。」《唐國史補》卷下：「舟船之盛，盡於江西。編蒲爲帆，大者或數十幅。自白沙泝流而上，常待東北風，謂之潮信。七月八月有上信，三月有鳥信，五月有麥信。暴風之候，有抛車雲，舟人必

祭婆官而事僧伽。江湖語云『水不載萬』，言大船不過八九千石。然則大曆、貞元間有俞大娘、航船最大。居者養生送死嫁娶，悉在其間。開巷爲圃，操駕之工數百。南至江西，北至淮南，歲一往來，其利甚博。此則不啻載萬也。洪鄂之水居頗多，與邑殆相半。凡大船必爲富商所有，奏商聲樂，從婢僕，以據柂樓之下。」

〔二〕起檣二句：《史記·張釋之馮唐列傳》：「五日一椎牛，饗賓客軍吏舍人。」《鹽鐵論·散不足》：「今富者祈名岳，望山川，椎牛擊鼓，戲倡舞象。」《趙次公先後解》：「椎牛所以享衆功。」按，當先行祭祀。挂席，見卷一《苦雨奉寄隴西公兼呈王徵士》(0022)注。

列士惡多門①，小人自同調〔一〕。名利苟可取，殺身傍權要。何當官曹清，爾輩堪一笑〔二〕。(0273)

【校】

①列，錢箋作「烈」，校：「一作列。」

【注】

〔一〕列士二句：《左傳》哀公十一年：「越子率其衆以朝焉，王及列士，皆有饋賂。」成公十六年：「晉政多門。」昭公二十年：「公曰：『唯據與我和夫。』晏子對曰：『據亦同也，焉得爲和。』」謝

靈運《七里瀨》：「誰謂古今殊，異世可同調。」

〔二一〕何當二句：官曹，官署。《後漢書·黄瓊傳》：「達練官曹，争議朝堂。」《趙次公先後解》：「詳味末句，當時蓋有依非其人而爲好官者矣。」黄鶴注：「魚朝恩勢傾朝野，而劉希暹、王駕鶴從而佐之，以階顯擢。」

柴門

泛舟登瀼西①，回首望兩崖〔一〕。東城乾旱天〔二〕，其氣如焚柴。長影没窈窕，餘光散唅呀②〔三〕。大江蟠嵌根〔四〕，歸海成一家。下衝割坤軸，竦壁攢鏌鎁〔五〕。蕭颯洒秋色，氣昬霾日車③〔六〕。峽門自此始④，最窄容浮查〔七〕。禹功翊造化，疏鑿就欹斜〔八〕。巨渠決太古，衆水爲長蛇〔九〕。風烟渺吴蜀，舟楫通鹽麻〔一〇〕。我今遠游子，飄轉混泥沙〔一一〕。萬物附本性，約身不願奢⑤〔一二〕。茅棟蓋一床〔一三〕，清池有餘花。濁醪與脱粟〔一四〕，在眼無咨嗟。山荒人民少，地僻日夕佳〔一五〕。貧病固其常⑥，富貴任生涯。老於干戈際，宅幸蓬蓽遮〔一六〕。石亂上雲氣，杉清延月華⑦〔一七〕。賞妍又分外⑧，理愜夫何誇⑨〔一八〕？足了垂白年，敢居高士差〔一九〕。書

此豁平昔〔二〇〕，回首猶暮霞。（0274）

【校】

①泛，錢箋作「孤」，校：「一作泛。」

②唅呀，《草堂》作「谽谺」。

③氣，《九家》、《草堂》校：「一作氛。」錢箋作「氛」，校：「一作氣。」

④峽，錢箋校：「一作峓。」《草堂》作「峓」，校：「一作峽。」

⑤約，錢箋校：「一云處。」 身，錢箋校：「一作性。」《草堂》作「性」。 願，錢箋校：「一作欲。」《草堂》作「欲」。

⑥病，宋本、錢箋、《九家》校：「一作賤。」《草堂》作「窮」。

⑦清，錢箋校：「晋作青。」《草堂》作「青」，校：「一作清。」 月，錢箋校：「一作日。」《草堂》作「日」。

⑧妍，《草堂》校：「一作愜。」

⑨愜，《九家》作「妍」，《草堂》校：「一作妍。」

【注】

黄鶴注：當是大曆元年（七六六）夏末，求居瀼西時作。《趙次公先後解》編入大曆二年（七六七）。

〔一〕泛舟二句：《水經注》江水：「江水又東逕魚復縣故城南……蹇胤訴劉璋，改爲巴東郡，治白帝

山城……又東傍東瀼溪，即以爲隍。」《趙次公先後解》：「夔州惟有東瀼溪，見《水經注》。瀼東瀼西，則水兩傍之名。」按，夔州西又有大瀼水。本書卷一五《秋日夔府詠懷奉寄監審李賓客之芳一百韻》（1030）：「陣圖沙北岸，市暨瀼西巔。」注：「江水横通山谷處，方人謂之瀼。」《太平寰宇記》卷一四八夔州大昌縣：「千頃池在縣西三百六十里，波瀾浩渺，莫知涯際，分爲三道……一道南流爲奉節縣西瀼水。」《方輿勝覽》卷五七夔州：「大瀼水，在奉節縣，州城以景德二年遷瀼西。」《明一統志》卷七〇夔州府：「大瀼水，在府城東，自達州萬頃池發源，經此流入大江。」嚴耕望考杜詩瀼東瀼西即大瀼水東西地區。朱鶴齡注：「兩崖，瞿唐兩崖也。」

〔二〕東城句：仇注：「白帝城在夔州之東，故云東城。」《初學記》卷二四引《荆州圖記》：「魚復縣西北赤甲城，東南連白帝城，西臨大江。」赤甲城在北偏西，白帝城在南偏東。參本卷《引水》（0260）注。然此自瀼西言，二城皆在東。

〔三〕長影二句：司馬相如《上林賦》：「谽呀豁閜，阜陵别島。」《文選》郭璞注：「司馬彪曰：谽呀，大貌。」《集韻》：「谽谺，谷中大空貌。」朱鶴齡注：「言日光返照，散映於谽谺之間。」仇注：「此言崖影直没窈窕之處，餘光散在空洞之中。」按，長影當指江影，遠望窈窕入峽。餘光亦指水光。

〔四〕嵌根：《趙次公先後解》：「嵌根，嵌岩之根也。」仇注：「嵌根，指崖。」揚雄《甘泉賦》：「深溝嵌岩而爲谷。」《文選》李善注：「嵌岩，深貌也。」

〔五〕下衝二句：坤軸，見卷三《青陽峽》（0146）注。《吴越春秋》卷四：「使劍匠作爲二枚：一曰干將，二曰莫耶。莫耶，干將之妻也。」

〔六〕日車：見卷三《青陽峽》注。

〔七〕峽門二句：《水經注》江水：「白帝山城……水門之西，江中有孤石，爲淫預石，冬出水二十餘丈，夏則没，亦有裁出處也。……江水又東逕廣溪峽，斯乃三峽之首也。其間三十里，頽岩倚木，厥勢殆交。……峽中有瞿塘、黄龕二灘，夏水回復，沿溯所忌。」《太平寰宇記》卷一四八夔州：「灔澦堆，周圍二十丈，在州西南二百步蜀江中心、瞿唐峽口。冬水淺，屹然露百餘尺。夏水漲，没數十丈。其狀如馬，舟人不敢進。又曰猶與，言舟子取途不決水脈，故曰猶與。」「瞿唐峽，在州東一里，古西陵峽也。連崖千丈，奔流電擊，舟人爲之恐懼。」是唐以下稱瞿唐峽。

〔八〕禹功二句：《孟子·滕文公上》：「禹疏九河。」郭璞《江賦》：「若乃巴東之峽，夏后疏鑿。」

〔九〕衆水句：《趙次公先後解》：「衆水爲長蛇，其比亦新矣。東坡云赴壑如長蛇，蓋出於此。」仇注引作古詩「赴壑如長蛇」，誤。

〔一〇〕風烟二句：參本卷《客居》(0268)注。

〔一一〕混泥沙：郭璞《江賦》：「或泛瀲於潮波，或混淪乎泥沙。」

〔一二〕萬物二句：仇注：「附本性，言隨性所適。」《説苑·雜言》：「居不幽則思不遠，身不約則智不廣。」《潛夫論·遏利》：「弃利約身，故無怨於人。」《申鑒·時事》：「革奢即約。」

〔一三〕茅棟句：《梁書·賀琛傳》：「至於居處，不過一床之地。」《維摩經·問疾品》：「除去所有及諸侍者，唯置一床。」

〔一四〕濁醪句：《趙次公先後解》：「濁醪字，如嵇康濁醪一杯。」嵇康《與山巨源絶交書》：「濁酒一

杯，彈琴一曲，志願畢矣。」《文選》江淹《恨賦》注引作「濁醪」。《史記·平津侯主父列傳》：「食一肉脱粟之飯。」索隱：「脱粟，纔脱穀而已，言不精鑿也。」

〔一五〕山荒二句：陶淵明《飲酒》：「山氣日夕佳，飛鳥相與還。」

〔一六〕宅幸句：傅咸《贈何劭王濟》：「歸身蓬蓽廬，樂道以忘飢。」

〔一七〕石亂二句：沈約《應王中丞思遠詠月》：「月華臨静夜，夜静滅氛埃。」

〔一八〕賞妍二句：《三國志·魏書·程昱傳》：「上不責非職之功，下不務分外之賞。」謝靈運《石壁精舍還湖中作》：「慮澹物自輕，意愜理無違。」

〔一九〕足了二句：《世説新語·任誕》：「拍浮酒池中，使足了一生。」《漢書·杜欽傳》：「誠哀老姊垂白。」《趙次公先後解》：「敢居高士差，言不敢過差，居其上也。」仇注：「差是差肩。」按，差肩不可省爲差。此猶言敢居高士之列。差即有差、等差之差，此指等級。獨孤及《送陳王府張長史還京》：「論齒弟兄列，爲邦前後差。」

〔二〇〕書此句：《世説新語·德行》：殷仲堪每語子弟云：「勿以我受任方州，云我豁平昔時意。」

貽華陽柳少府〔一〕

繫馬喬木間〔二〕，問人野寺門。柳侯披衣笑，見我顔色温。並坐石下堂①，俛

視大江奔。火雲洗月露，絶壁上朝暾〔三〕。自非曉相訪，觸熱生病根〔四〕。南方六七月，出入異中原。老少多暍死，汗踰水漿翻〔五〕。俊才得之子，筋力不辭煩。指揮當世事，語及戎馬存。涕淚濺我裳②，悲氣排帝閽③〔六〕。鬱陶抱長策，義仗知者論〔七〕。吾衰卧江漢，但愧識璵璠〔八〕。文章一小技，於道未爲尊〔九〕。起余幸班白④，因是託子孫〔一〇〕。俱客古信州〔一一〕，結廬依毁垣。相去四五里，徑微山葉繁。時危挹佳士〔一二〕，況免軍旅喧。醉從趙女舞⑤，歌鼓秦人盆〔一三〕。子壯顧我傷，我驩兼淚痕。餘生如過鳥〔一四〕，故里今空村。（0275）

【校】

① 石下堂，宋本、《九家》校：「一云堂下石。」錢箋校：「一云堂下石。一云石堂下。」《九家》、《草堂》作「石堂下」，《草堂》校：「一作堂下石。一作石下堂。」

② 涕淚，錢箋、《草堂》校：「一云流涕。」

③ 氣，《草堂》作「風」。

④ 余，錢箋、《九家》、《草堂》作「予」。

⑤ 從，《草堂》作「徒」。

【注】

黄鶴注：當是大曆元年（七六六）在夔州作。

〔一〕柳少府：名不詳。《元和郡縣圖志》卷三一成都府：「華陽縣，次赤。管縣東界，郭下。」

〔二〕繫馬句：劉琨《扶風歌》：「繫馬長松下，廢鞍高岳頭。」

〔三〕朝暾：謝靈運《石門新營所住四面高山回溪》：「早聞夕飆急，晚見朝日暾。」

〔四〕自非二句：自非，若非。見卷一《同諸公登慈恩寺塔》（0023）注。程曉《嘲熱客》：「今世褦襶子，觸熱到人家。」

〔五〕老少二句：《漢書·武帝紀》：「大旱，民多暍死。」《世説新語·言語》：「帝曰：『卿面何以汗？』毓對曰：『戰戰惶惶，汗出如漿。』」

〔六〕排帝閽：《楚辭·離騷》：「吾令帝閽開關兮，倚閶闔而望予。」《趙次公先後解》：「而排字則所謂排闥而入也。」

〔七〕鬱陶二句：《書·五子之歌》：「鬱陶乎予心。」傳：「鬱陶，言哀思也。」《史記·平津侯主父列傳》：「此人臣之利也，非天下之長策也。」《漢書·賈誼傳》：「守節而仗義。」

〔八〕吾衰二句：江漢，此指夔州。《周禮·夏官·職方氏》：「正南曰荆州，其山鎮曰衡山，其澤藪曰雲夢，其川江漢。」疏：「此州有漢水過焉，故江漢並言也。」夔州屬荆南節度使。璵璠，見卷四《贈蜀僧閭丘師兄》（0175）注。

〔九〕文章二句：《後漢書·袁宏傳》：「又鴻都門下，招會群小，造作賦説，以蟲篆小技見寵於時。」

《隋書·李德林傳》任城王書：「至如經國大體，是賈生、晁錯之儔；雕蟲小技，殆相如、子雲之輩。」

〔一〇〕起予二句：《論語·八佾》：「起予者商也，始可與言《詩》已矣。」《世説新語·識鑒》喬玄謂曹公：「恨吾老矣，不見君富貴，當以子孫相累。」

〔一一〕古信州句：《舊唐書·地理志》山南東道：「夔州下，隋巴東郡。武德元年，改爲信州。……（二年）又改信州爲夔州。」《太平寰宇記》卷一四八夔州：「梁大同三年，於郡理立信州。……隋開皇二年罷郡，郡所領縣並屬信州。大業元年廢總管，三年罷州，爲巴東郡。」

〔一二〕挹：蔣紹愚謂挹通揖，有稱揚、推舉義。按，此句似指挹酒。鮑照《代邊居行》：「不如一畝中，高會挹清漿。」

〔一三〕醉從二句：《史記·李斯列傳》李斯書：「隨俗雅化，佳冶窈窕趙女不立於側也。夫擊甕叩缶，彈箏搏髀，而歌呼嗚嗚快耳目者，真秦之聲也。」趙壹《非草書》：「趙女善舞，行步媚蠱。」劉劭《趙都賦》：「爾乃進夫中山名倡，襄國妖女，狄鞮妙音，邯鄲才舞。」

〔一四〕餘生句：張協《雜詩》：「人生瀛海内，忽如鳥過目。」張表臣《珊瑚鉤詩話》卷三：「『春回上林苑，花滿洛陽城。』崔湜詩也。湜弱冠登科，不十年掌貢舉。……使湜令終，當時朝士，豈能出其右哉？故杜詩云：『文章一小技，於道未爲尊。』或以此也。」

羅大經《鶴林玉露》丙編卷一：「文章一小道，於道未爲尊。此論後世之文也。文者，貫道之器。此論古人之文也。天以雲漢星斗爲文，地以山川草木爲文，要皆一元之氣所發露，古人之文似之。巧女之刺繡，雖精妙絢爛，才可人目，初無補於實用，後世之文似之。」

胡應麟《詩藪》雜編卷五：「『文章一小技，於道未爲尊』劉注：此甫謙詞以答柳侯尊己，本涉用意而今爲名言，由世之談道者借甫自文，不可不辨。每閱劉注，必含蓄遠致，與杜詩互相映發，令人意消。」

同元使君舂陵行〔一〕并序

覽道州元使君結《舂陵行》兼《賊退後示官吏作》二首，志之曰：當天子分憂之地，效漢官良吏之目①，今盜賊未息，知民疾苦，得結輩十數公，落落然參錯天下爲邦伯，萬物吐氣、天下少安可得矣②。不意復見比興體制、微婉頓挫之詞〔二〕。感而有詩，增諸卷軸③。簡知我者，不必寄元④。

遭亂髮盡白⑤，轉衰病相嬰⑥〔三〕。沉綿盜賊際⑦，狼狽江漢行〔四〕。歎時藥力薄，爲客羸瘵成〔五〕。吾人詩家秀⑧，博采世上名〔六〕。粲粲元道州，前聖畏後

生〔七〕。觀乎舂陵作，欻見俊哲情〔八〕。復覽賊退篇⑨，結也實國楨⑩〔九〕。賈誼昔流慟，匡衡常引經〔一〇〕。道州憂黎庶⑪，詞氣浩縱橫。兩章對秋月⑫，一字偕華星⑬〔一一〕。致君唐虞際，純朴憶大庭⑭〔一二〕。何時降璽書，用爾爲丹青⑮〔一三〕？獄訟永衰息⑯，豈唯偃甲兵〔一四〕。悽惻念誅求，薄斂近休明〔一五〕。乃知正人意，不苟飛長纓〔一六〕。涼飆振南岳，之子寵若驚〔一七〕。色阻金印大⑰，興含滄溟清⑱〔一八〕。我多長卿病，日夕思朝廷。肺枯渴太甚，漂泊公孫城〔一九〕。呼兒具紙筆，隱几臨軒楹。作詩呻吟內，墨淡字欹傾。感彼危苦詞，庶幾知者聽。（0276）

【校】

①官，錢箋、《草堂》校：「舊作朝。」

②萬物吐，錢箋校：「晋作姓壯。」《草堂》校：「晋作百姓壯。」《文苑英華》作「萬姓吐」。　少，錢箋、《文苑英華》校：「一作小。」　得，《草堂》作「待」。　矣，錢箋校：「一作已。」《文苑英華》作「已」，校：「一作矣。」

③諸，宋本作「詩」，據錢箋等改。

④元，錢箋、《草堂》校：「晋作云。」

⑤盡，宋本、錢箋、《九家》、《草堂》校：「一作遽。」

⑥嬰，錢箋校：「一作縈。」《文苑英華》作「縈」，校：「一作嬰。」

⑦綿，《文苑英華》作「聯」，校：「集作綿。」

⑧秀，錢箋、《草堂》校：「一作流。」

⑨覽，《文苑英華》作「見」，校：「集作覽。」

⑩楨，宋本作「貞」，據錢箋等改。

⑪憂，錢箋、《草堂》校：「一作哀。」《文苑英華》作「哀」，校：「一作憂。」

⑫月，宋本、錢箋、《九家》校：「一作水。」　秋月，《文苑英華》校：「一作流水。」

⑬偕，宋本、錢箋、《九家》、《草堂》校：「一作皆。」

⑭純，《文苑英華》作「淳」。　憶，錢箋校：「一作意。」

⑮爾，《文苑英華》作「汝」，校：「集作爾。」

⑯永，《文苑英華》校：「川本作久。」

⑰阻，錢箋校：「晋作沮。」《草堂》校：「一作沮。」

⑱溟，宋本、《九家》校：「一作浪。」錢箋、《草堂》、《文苑英華》作「浪」，錢箋、《草堂》校：「一作溟。」

【注】

黄鶴注：當是大曆二年（七六七）在夔州作。

〔一〕元使君：元結。顔真卿《唐故容州都督兼御史中丞本管經略使元君表墓碑銘》：「君諱結，字

次山。……天寶十二載舉進士，作《文編》。……乾元二年，李光弼拒史思明於河陽，肅宗欲幸河東，聞君有謀略，虚懷召問。君悉陳兵勢，獻《時議》三篇。……乃拜君左金吾兵曹，攝監察御史，充山南東道節度參謀。……今上登極，節度使留後者例加封邑，君遜讓不受，遂歸養親。……歲餘，上以君居貧，起家爲道州刺史。州爲西原賊所陷，人十無一，户才滿千。君下車，行古人之政，二年間，歸者萬餘家，賊亦懷畏，不敢來犯。既受代，百姓詣闕，請立生祠……轉容府都督兼侍御史、本管經略使。」《元和郡縣圖志》卷二九湖南觀察使：「道州，江華。中。」延唐縣：「春陵故城，在縣北五十里。長沙定王封中子買爲春陵侯是也。」

〔二〕不意句：《毛詩序》：「故《詩》有六義焉：一曰風，二曰賦，三曰比，四曰興，五曰雅，六曰頌。」《文心雕龍·比興》：「比者附也，興者起也。附理者切類以指事，起情者依微以擬議。起情故興體以立，附理故比例以生。」陳子昂《與東方左史虬修竹篇序》：「僕嘗暇時觀齊梁間詩，彩麗競繁而興寄都絶，每以詠歎。」《左傳》成公十四年：「《春秋》之稱，微而顯，志而晦，婉而成章。」劉峻《辯命論》：「夫聖人之言，顯而晦，微而婉。」陸機《遂志賦序》：「(馮)衍抑揚頓挫，怨之徒也。」又《文賦》：「箴頓挫而清壯。」

〔三〕病相嬰：《後漢書·黨錮傳》：「滂以同囚多嬰病，乃請先就格。」

〔四〕沉綿二句：沉綿，久病不愈。王績《久客齋府病歸言志》：「沉綿赴漳浦，羈旅别長安。」代宗《追封華陽公主制》：「沉綿衽席，彌歷紀年。」《太平廣記》卷五四《盧鈞》(出《神仙感遇傳》)：「災運方深，由是有沉綿之疾。」狼狽，見卷五《溪漲》(0239)注。

〔五〕歎時二句：《舊唐書·方伎傳》許胤宗：「藥力既純，病即立愈。」《梁書·昭明太子傳》：「聞汝所進過少，轉就羸瘵。」

〔六〕吾人二句：代宗《答王縉進王維集表詔》：「詩家者流，時論歸美。」

〔七〕粲粲二句：《詩·小雅·大東》：「西人之子，粲粲衣服。」傳：「粲粲，鮮盛貌。」《論語·子罕》：「後生可畏。」

〔八〕俊哲：《晉書·周嵩傳》：「皆委賴俊哲，終成功業。」

〔九〕國楨：《詩·大雅·文王》：「王國克生，維周之楨。」《後漢書·盧植傳》：「士之楷模，國之楨幹也。」

〔一〇〕賈誼二句：賈誼《上疏陳政事》：「臣竊惟事勢，可爲痛哭者一，可爲流涕者二，可爲長太息者六。」《漢書·匡衡傳》：「衡爲少傅數年，數上疏陳便宜，及朝廷有政議，傅經以對，言多法義。」

〔一一〕兩章二句：曹丕《芙蓉池作》：「丹霞夾明月，華星出雲間。」

〔一二〕致君二句：致君，見卷一《奉贈韋左丞丈二十二韻》(〇〇〇一)注。《莊子·胠篋》：「昔者容成氏、大庭氏、伯皇氏……當是時也，民結繩而用之，甘其食，美其服。」

〔一三〕何時二句：《漢書·循吏傳》：「故二千石有治理效，輒以璽書勉厲，增秩賜金。或爵至關内侯，公卿缺則選諸所表而以次用之。」《鹽鐵論·相刺》：「公卿者，四海之表儀，神化之丹青也。」

〔一四〕獄訟二句：《漢書·禮樂志》：「百姓素樸，獄訟衰息。」《史記·司馬相如列傳》：「偃甲兵於此，而息誅伐於彼。」

〔一五〕悽惻二句：誅求，見卷四《送韋諷上閬州録事參軍》(0196)注。《左傳》昭公二十年：「使有司寬政，毀關，去禁，薄斂，已責。」《孟子·盡心上》：「易其田疇，薄其税斂，民可使富也。」

〔一六〕不苟句：《趙次公先後解》：「以歎其不苟且在冠冕之中也。飛長纓者，冠冕之事也。」鄒陽《酒賦》：「曳長裾，飛廣袖，奮長纓。」

〔一七〕涼飆二句：班婕妤《怨詩》：「常恐秋節至，涼飆奪炎熱。」南岳，衡山。《趙次公先後解》：「道州在南，故以涼飆言秋時，而必曰振南岳。」《老子》十三章：「寵辱若驚。」

〔一八〕色阻二句：色阻，猶言色沮。鮑照《舞鶴賦》：「當是時也，燕姬色沮，巴童心恥。」陽固《演賾賦》：「或望旗而色阻兮，或臨危而撫琴。」《晋書·周顗傳》：「顧左右曰：『今年殺諸賊奴，取金印如斗大繫肘。』」《趙次公先後解》：「惟其寵辱若驚，故色阻於金印之榮，而興如滄浪之水清也。舊本正作『滄溟清』，非。滄溟，大海，不可言清。然則道州之所以憂國爲詩，豈在於榮寵之望乎。」

〔一九〕我多四句：《史記·司馬相如列傳》：「常有消渴疾。」《黄帝内經素問》卷一三：「肥者令人内熱，甘者令人中滿，故其氣上溢，轉爲消渴。」公孫城，白帝城。

舂陵行有序

元　結

癸卯歲，漫叟授道州刺史①〔一〕。道州舊四萬餘户，經賊已來，不滿四千，

大半不勝賦税。到官未五十日，承諸使徵求符牒二百餘封〔二〕，皆曰失其限者，罪至貶削。於戲！若悉應其命，則州縣破亂，刺史欲焉逃罪？若不應命，又即獲罪戾，必不免也。吾將守官，静以安人，待罪而已。此州是春陵故地，故作《春陵行》以達下情。

軍國多所須，切責在有司。有司臨郡縣，刑法竟欲施②。供給豈不憂，徵斂又可悲。州小經亂亡，遺人實困疲。大鄉無十家，大族命單羸。朝飧是草根，暮食乃樹皮。出言氣欲絶，意速行步遲。追呼尚不忍，況乃鞭朴之。郵亭傳急符，來往迹相追。更無寬大恩，但有迫促期。欲令鬻兒女，言發亂恐隨。悉使索其家，而又無生資。聽彼道路言，怨傷誰復知？去冬山賊來〔三〕，殺奪幾無遺。所願見王官，撫養以惠慈。奈何重驅逐，不使存活爲。安人天子命，符節吾所持。州縣忽亂亡，得罪復是誰？逋緩違詔令，蒙責固所宜。前賢重守分，惡以禍福移③。亦云貴守官④，不愛能適時⑤。顧唯孱弱者，正直當不虧。何人采國風，吾欲獻此辭。

【校】

① 授，《草堂》作「移」。

②竟，錢箋校：「一作意。」《草堂》作「意」。

③福，錢箋校：「一作敗。」《草堂》作「敗」。

④貴守官，《草堂》作「守官貴」。

⑤愛，錢箋校：「一作憂。」《草堂》作「憂」。

【注】

〔一〕癸卯：代宗廣德元年（七六三）。漫叟：元結《文編序》：「天寶十二年，漫叟以進士獲薦，名在禮部。」又《漫歌八曲》序：「壬寅中，漫叟得免職事，遂家樊上。」漫叟蓋其早年自稱。

〔二〕承諸使徵求符牒：元結《奏免科率狀》：「當州准敕及租庸等使徵率錢物，都計一十三萬六千三百八十八貫八百文。一十三萬二千四百八十貫九百文，嶺南西原賊未破州已前。三千九百七貫九百文，賊退後徵率。以前件如前。臣自到州，見租庸等諸使文牒，令徵前件錢物送納。臣當州被西原賊屠陷，賊停留一月餘日，焚燒糧儲屋宅，俘掠百姓男女，驅殺牛馬老少，一州幾盡。賊散後，百姓歸復，十不存一，資産皆無。人心嗷嗷，未有安者。若依諸使期限，臣恐坐見亂亡。今來未敢徵率，伏待進止。又嶺南諸州，寇盜未盡，臣州是嶺北界，守捉處多。若臣州不安，則湖南皆亂。伏望天恩，自州未破以前，百姓久負租税，及租庸等使所有徵率，和市雜物，一切放免。」

〔三〕去冬句：山賊指西原賊。見本卷《自平》（0266）注。

賊退示官吏有序

元結

癸卯歲，西原賊入道州，殺掠幾盡而去①。明年，賊又攻永破邵②，不犯此州邊鄙而退〔一〕。豈力能制敵，蓋蒙其傷憐而已。諸使何爲忍苦徵斂？故作詩一篇，以示官吏。

昔歲逢太平，山林二十年。泉源在庭户，洞壑當門前。井稅有常期，日晏猶得眠。忽然遭世變，數歲親戎旃。今來典斯郡，山夷又紛然。城小賊不屠，人貧傷可憐。是以陷鄰境，此州獨見全。使臣將王命，豈不如賊焉？今彼徵斂者，迫之如火煎。誰能絶人命，以作時世賢？思欲委符節，引竿自刺船。將家就魚菱③，窮老江湖邊④。

【校】

① 殺掠，錢箋校：「一作焚燒殺掠。」《草堂》作「焚燒殺掠」。

② 永，《草堂》下有「州」字。

③ 菱，錢箋校：「一作麥。」

④ 窮，錢箋校：「一作歸。」

【注】

〔一〕癸卯歲六句：《新唐書·代宗紀》：「（廣德元年）西原蠻陷道州。」「（廣德二年）是歲，西原蠻陷邵州。」《南蠻傳》西原蠻：「餘衆復圍道州，刺史元結固守不能下，進攻永州，陷邵州，留數日而去。」朱鶴齡注：「今序云『不犯此州邊鄙』，疑史有誤。《杜詩博議》：顔魯公《次山墓碑》云：『君在州二年，歸者萬餘家，賊亦懷畏，不敢來犯。』與次山詩序語合，唐史之誤明矣。」按，次山不欲邀功而婉言之，顔碑文亦美譽之文。

狄明府博濟①〔一〕

梁公曾孫我姨弟〔二〕，不見十年官濟濟。大賢之後竟陵遲，浩蕩古今同一體。比看叔伯四十人②，有才無命百寮底。今者兄弟一百人，幾人卓絶秉周禮〔三〕？在汝更用文章爲，長兄白眉復天啓〔四〕。汝門請從曾翁説③，太后當朝多巧詆④〔五〕。狄公執政在末年，濁河終不污清濟⑤〔六〕。國嗣初將付諸武，公獨廷諍守

丹陛。禁中決册請房陵⑥，前朝長老皆流涕⑦〔七〕。太宗社稷一朝正，漢官威儀重昭洗〔八〕。時危始識不世才，誰爲荼苦甘如薺⑧〔九〕？汝曹又宜列土食⑨，身使門户多旌棨〔一〇〕。胡爲飄泊岷漢間⑩，干謁王侯頗歷抵⑪〔一一〕。况乃山高水有波，秋風蕭蕭露泥泥〔一二〕。虎之飢，下巉喦，蛟之横，出清泚〔一三〕。早歸來，黄土污衣眼易眯⑫〔一四〕。（0277）

【校】

① 狄明府博濟，錢箋校：「一作寄狄明府。」《草堂》作「寄狄明府博濟」。

② 叔伯，《九家》作「伯叔」，《草堂》作「叔父」。

③ 翁，錢箋校：「一云公。」《九家》作「公」。

④ 詆，錢箋、《草堂》校：「一作訐。」

⑤ 終，《九家》作「中」。錢箋校：「陳浩然本作中。」

⑥ 決册，錢箋校：「陳作册決。」《草堂》校：「一作册決。」請，錢箋校：「一作詔。」

⑦ 前，宋本、錢箋、《九家》、《草堂》校：「一作滿。」

⑧ 爲，錢箋、《九家》、《草堂》作「謂」。

⑨ 列土，宋本校：「一云列鼎。」錢箋校：「一作鼎。」《九家》作「列鼎」，校：「一作裂土。」

⑩ 飄，錢箋作「漂」。下不另出校。

⑪ 抵，錢箋、《草堂》校：「一作詆。」《九家》作「詆」。

⑫ 黄土污衣，錢箋作「黄土泥衣」，校：「浩然本作黄污人衣」。《草堂》作「黄土污人」。

【注】

黄鶴注：當是大曆二年（七六七）在夔州作。

〔一〕狄明府：狄博濟。《元和姓纂》卷一〇狄：「仁傑……生光嗣、光遠、景昭。光嗣，户部郎中，孫博通、博濟。」《册府元龜》卷一三一《帝王部·延賞》：「（貞元九年）是年詔曰：前利州刺史狄博濟，惟乃曾祖梁文惠公，啓佑天后，定紹復之策……可衛尉少卿。」《歷代法寶記》載杜鴻漸差諸郎官侍卿往迎無住，有「侍卿狄博濟」。博濟或隨杜鴻漸入蜀，大曆元年時在成都。岑參有《青山峽口泊舟懷狄侍御》，亦即其人。

〔二〕姨弟：《分門》洙曰：「母之姊妹之子曰姨弟。」《晋書·劉羣傳》：「温嶠前後表稱：姨弟劉羣，内弟崔悦、盧諶等，皆在末波中。」

〔三〕秉周禮：《左傳》閔公元年：「公曰：『魯可取乎？』對曰：『不可，猶秉周禮。周禮，所以本也。』」

〔四〕長兄句：《三國志·蜀書·馬良傳》：「兄弟五人，並有才名。鄉里爲之諺曰：『馬氏五常，白眉最良。』良眉中有白毛，故以稱之。」李白有《東魯見狄博通》，即博濟之長兄。張衡《西京賦》：「天啓其心，人惎之謀。」

清濟。」

〔五〕巧詆：《史記·汲鄭列傳》：「刀筆吏專深文巧詆。」

〔六〕濁河句：《史記·蘇秦列傳》：「齊有清濟濁河。」謝朓《始出尚書省》：「紛虹亂朝日，濁河穢清濟。」

〔七〕國嗣四句：《舊唐書·狄仁傑傳》：「狄仁傑字懷英，并州太原人也。……初，中宗在房陵，而吉頊、李昭德皆有匡復讜言，則天無復辟意。唯仁傑每從容奏對，無不以子母恩情爲言，則天亦漸省悟，竟召還中宗，復爲儲貳。初，中宗自房陵還宫，則天匿之帳中，召仁傑以廬陵爲言。仁傑慷慨敷奏，言發涕流。遽出中宗，謂仁傑曰：『還卿儲君。』仁傑降階泣賀。既已，奏曰：『太子還宫，人無知者，物議安審是非？』則天以爲然，乃復置中宗於龍門，具禮迎歸，人情感悦。」《史記·吕太后本紀》：「面折廷争。」

〔八〕漢官句：《後漢書·光武帝紀》：「及見司隸僚屬，皆歡喜不自勝。老吏或垂涕曰：『不圖今日復見漢官威儀。』」

〔九〕誰爲句：爲，以爲。《王梵志詩校注》〇八七首：「黄母化爲鱉，只爲鱉爲身。」《唐摭言》卷六孟郊詩：「出門即有礙，誰爲天地寬。」《詩·邶風·谷風》：「誰謂荼苦，其甘如薺。」

〔一〇〕汝曹二句：汝曹，見卷三《飛仙閣》(0163)注。《穀梁傳》定公四年：「寰内諸侯也，非列土諸侯。」《漢書·谷永傳》：「方制海内非爲天子，列土封疆非爲諸侯，皆以爲民也。」《後漢書·輿服志》：「公以下至二千石，騎吏四人，千石以下至三百石，縣長二人，皆帶劍，持棨戟爲前列。」《舊唐書·張儉傳》：「唐制三品已上，門列棨戟。」

〔一一〕胡爲二句：《三國志・吴書・陸凱傳》注引《江表傳》：「西阻岷漢。」《晋書・羊祜傳》：「山川之險，不過岷漢。」謂岷山、漢水。干謁，見卷一《自京赴奉先縣詠懷五百字》（0041）注。《史通・忤時》：「布懷知己，歷抵群公。」李白《早秋贈裴十七仲堪》：「歷抵海岱豪，結交魯朱家。」按，據此句博濟當在杜鴻漸幕下。詩稱「狄明府」，蓋曾任縣令。

〔一二〕露泥泥：《詩・小雅・蓼蕭》：「蓼彼蕭斯，零露泥泥。」傳：「泥泥，霑濡也。」謝朓《始出尚書省》：「衰柳尚沉沉，凝露方泥泥。」

〔一三〕虎之四句：謝朓《郡内登望》：「威紆距遥甸，巉岩帶遠天。」《文選》李善注：「《廣雅》曰：巉喦，高也。」謝朓《始出尚書省》：「邑里向疏蕪，寒流自清泚。」

〔一四〕黄土句：《莊子・天運》：「夫播糠眯目，則天地四方易位矣。」《淮南子・繆稱訓》：「蒙塵而欲毋眯，涉水而欲無濡，不可得也。」

寄韓諫議注①〔一〕

今我不樂思岳陽，身欲奮飛病在床〔二〕。美人娟娟隔秋水，濯足洞庭望八荒〔三〕。鴻飛冥冥日月白，青楓葉赤天雨霜②〔四〕。玉京羣帝集北斗，或騎騏驎翳鳳皇〔五〕。芙蓉旌旗烟霧樂③，影動倒景摇瀟湘〔六〕。星宫之君醉瓊漿，羽人稀少不在

傍④〔七〕。似聞昨者赤松子，恐是漢代韓張良。昔隨劉氏定長安，帷幄未改神慘傷〔八〕。國家成敗吾豈敢，色難腥腐餐風香⑤〔九〕。周南留滯古所惜⑥，南極老人應壽昌〔一〇〕。美人胡爲隔秋水，焉得置之貢玉堂〔一一〕？（0278）

【校】

①寄韓諫議注，宋本、《九家》題無「寄」字。錢箋無「注」字，《九家》、《草堂》「注」字大字連題。今酌改。

②雨，錢箋校：「一作飛。」

③旗，錢箋校：「一作旄。」　樂，錢箋作「落」。

④傍，錢箋作「旁」。兩字古通，下不另出校。

⑤餐，《九家》作「食」。　風，錢箋校：「一作楓。」《草堂》作「楓」。

⑥所，錢箋、《草堂》校：「一作莫。」

【注】

黃鶴注：當是大曆元年（七六六）在夔州作。

〔一〕韓諫議：韓泫。錢箋：「韓休之子泫，上元中爲諫議大夫，有學尚，風韻高雅，當即其人。『注』字蓋傳寫之誤。」泫附見《舊唐書·韓休傳》。《新唐書·韓休傳》作「泫上元中終諫議大夫」。《唐六典》卷八門下省：「諫議大夫四人，正五品上。」

〔二〕今我二句：《詩・唐風・蟋蟀》：「今我不樂。日月其除。」《元和郡縣圖志》卷二七鄂岳觀察使：「岳州，巴陵。下。」「巴陵縣，上，郭下。……洞庭湖，在縣西南一里五十步。周回二百六十里。」《隋書・地理志》巴陵郡湘陰縣：「梁置岳陽郡及羅州，陳廢州。平陳，廢郡及湘陰入岳陽縣，置玉州。尋改岳陽爲湘陰。」《詩・邶風・柏舟》：「静言思之，不能奮飛。」

〔三〕美人二句：《趙次公先後解》：「詩人以美人比君子。」《詩・邶風・簡兮》：「彼美人兮，西方之人兮。」鮑照《玩月城西門》：「末映東北墀，娟娟似蛾眉。」《文選》李善注：「娟娟，明媚貌。」《孟子・離婁上》：「有孺子歌曰：『滄浪之水清兮，可以濯我纓；滄浪之水濁兮，可以濯我足。』」左思《詠史》：「振衣千仞崗，濯足萬里流。」揚雄《河東賦》：「陟西岳以望八荒。」

〔四〕鴻飛二句：《法言・問明》：「鴻飛冥冥，弋人何篡焉。」謝靈運《晚出西射堂》：「曉霜楓葉丹，夕曛嵐氣陰。」鮑照《代白紵曲》：「北風驅雁天雨霜，夜長酒多樂未央。」

〔五〕玉京二句：《雲笈七籤》卷二一《四梵三界三十二天》：「四天之上則爲梵行，梵行之上則是上清之天，玉京玄都紫微宮也。乃太上道君所治，真人所登也。自四天之下，二十八天，分爲三界，一天則有一帝王治其中。」同卷「上四天」：「《諸天靈書經》曰：飛步入北清者，是三界之上四天帝王北真天也。言此四帝上爲三清玉京之巔，應化接引。中爲三界四天，御運五氣。……先師疏云：北清天者，北斗是也。」卷三「道教三洞宗元」：「最上一天名曰大羅，在玄都玉京之上。紫微金闕，七寶騫樹，麒麟、師子化生其中。」朱鶴齡注引《甘泉賦》「登鳳凰兮翳華芝」，謂「注：翳，蔽也」。王嗣奭《杜臆》：「翳，助語詞。」仇注：「舊解翳爲蔽，恐非。」按，仍

當作蔽翳解。張衡《西京賦》：「浮鶂首，翳雲芝。」此爲固定句式，謂隱翳於鳳凰之下。《趙次公先後解》：「羣帝以言諸貴人，北斗以言天子。」

〔六〕芙蓉二句：芙蓉旌旗，未詳。或指芙蓉冠與旌旗。《雲笈七籤》卷二三《太上鬱儀日中五帝諱字服色》：「日中青帝……衣青玉錦帔，蒼華飛羽裙，建翠芙蓉晨冠。」司馬相如《大人賦》：「貫列缺之倒景兮，涉豐隆之滂濞。」《漢書》注：「張揖曰：《淩陽子明經》曰：列缺氣去地二千四百里，倒景氣去地四千里，其景皆倒在下也。」《漢書·郊祀志》：「登遐倒景。」注：「如淳曰：在日月之上，反從下照，故其景倒。」

〔七〕星宮二句：星宮，衆星之宮。《雲笈七籤》卷二四日月星辰部：「北辰星者，衆神之本也。凡星各有主掌，皆繫於北辰。北辰者，北極不動之星也。其神正坐玄丹宮，名太一君也。」《楚辭·招魂》：「華酌既陳，有瓊漿些。」《遠游》：「仍羽人於丹丘兮，留不死之舊鄉。」王逸注：「《山海經》言有羽人之國，不死之民。」《趙次公先後解》：「星宮之君，則降於羣帝者，以況禁從之人。羽人，則又降於星宮之君者，以況諸通籍朝見之人。」仇注：「羽人稀少，韓已去位。」按，以上皆敷陳游仙事，舊注必牽合朝政，似鑿。

〔八〕似聞四句：《史記·留侯世家》：「願弃人間事，欲從赤松子游耳。」又：「留侯張良者，其先韓人也。」又：「良未嘗有戰鬬功，高帝曰：『運籌策帷帳中，決勝千里外，子房功也。』」《趙次公先後解》：「韓諫議者，應是好道。爲其姓韓，挨傍張良是韓國人，而從赤松子游，緊用張良比之也。」

〔九〕國家二句：《論語·述而》：「子曰：『若聖與仁，則吾豈敢。』」《趙次公先後解》：「（韓君）在外

不得參預帷幄，託韓君自謙之言吾豈敢也。」《漢書・佞幸傳》：「上使太子齰癰，太子齰癰而色難之。」《神仙傳》卷九壺公：「乃命啖溷，中有蟲長寸許，長房色難之。公乃歎謝遣之曰：『子不得仙也。』」羅大經《鶴林玉露》乙編卷五：「余觀佛書云：凡諸所嗅，風與香等。意杜陵用此。」《維摩經・弟子品》：「所嗅香與風等。」仇注謂作楓香是，即楓香樹。仇注：「此申明諫議去官之故。……色難腥腐，蓋厭濁世而思潔身矣。」

〔一〇〕周南二句：《史記・太史公自序》：「是歲天子始建漢家之封，而太史公留滯周南，不得與從事，故發憤且卒。」《晉書・天文志》：「老人一星，在弧南，一曰南極。……見則治平，主壽昌，常以秋分候之南郊。」

〔一一〕貢玉堂：揚雄《解嘲》：「歷金門，上玉堂有日矣。」《漢書》注：「晉灼曰：《黄圖》有大玉堂、小玉堂殿也。」王嗣奭《杜臆》：「南極老人，非祝其壽昌。此星治平則見，蓋意在治平，而貢之玉堂，則老人星見矣。」

錢箋：「程嘉燧曰：此詩蓋爲李泌而作。余考之是也。按史及家傳，泌從肅宗于靈武，既立大功，而幸臣李輔國害其能，因表乞游衡岳，優詔許之。山居累年，代宗即位，累有頒賜，號天柱峰中岳先生。無幾，徵入翰林。公此詩，蓋當鄴侯隱衡山之時，勸勉韓諫議，欲其貢置之玉堂也。安劉帷幄，在玄、肅之代，舍泌其誰？」

朱鶴齡注：「韓諫議不可考。其人大似李泌，必肅宗收京時嘗與密謀，後屏居衡湘，修神

仙羽化之道，公思之而作。……或疑韓諫議乃韓休之子汯，訛作『注』。又云此詩爲李泌隱衡山而作。其説皆牽合難從。」

潘耒《遂初堂集》卷一一：「少陵平生交友，無一不見於詩。即張曲江、王思禮未曾款洽者，亦形諸歌詠。若李鄴侯，則從無一字涉及。蓋杜於五月拜官，李即於十月乞歸，未嘗相往還也。此詩題云『寄韓諫議』，則所云『美人』當即指韓。今移之鄴侯，有何確據？杜既推李如此，他詩何不一齒及，而獨寓意於寄韓一篇？且何所忌諱，而廋辭隱語，并題中不見一姓氏耶？若云詩中語非鄴侯不足當，則韓既諫官而與杜善，安知非扈從收京，曾參密議者耶？錢氏歸其説於程孟陽，亦知其不的也。」

按，錢箋疑諫議即韓汯，或可從。汯在朝爲諫議大夫，或與杜甫同僚。然其職亦難深刻影響朝政，篇中譽美之辭亦多虛語，不必坐實。謂詩人勉韓諫議，欲其推置鄴侯於廟堂，則穿鑿甚矣。

課伐木并序

課隸人伯夷、幸秀、信行等入谷斬陰木①〔一〕，人日四根止。維條伊枚②〔二〕，正直挺然。晨征暮返，委積庭内。我有藩籬，是缺是補，載伐篠簜，

伊仗支持，則旅次于小安〔三〕。山有虎，知禁。若恃爪牙之利，必昏黑撑突③。夔人屋壁，列樹白菊④〔四〕。鏝爲牆，實以竹，示式遏〔五〕。爲與虎近，混淪乎無良〔六〕。賓客憂害馬之徒⑤，苟活爲幸，可嘿息已。作詩付宗武誦⑥〔七〕。

長夏無所爲，客居課奴僕⑦。清晨飯其腹⑧，持斧入白谷。青冥曾巔後〔八〕，十里斬陰木⑨。人肩四根已，亭午下山麓。尚聞丁丁聲〔九〕，功課日各足。蒼皮成積委⑩，素節相照燭〔一〇〕。藉汝跨小籬，當仗苦虛竹⑪〔一一〕。空荒咆熊羆，乳獸待人肉〔一二〕。不示知禁情，豈唯干戈哭〔一三〕。城中賢府主，處貴如白屋〔一四〕。蕭蕭理體浄，蜂蠆不敢毒〔一五〕。虎穴連里閭，隄防舊風俗。泊舟滄江岸，久客慎所觸⑫〔一六〕。舍西崖嶠壯，雷雨蔚含蓄。牆宇資屢修⑬，衰年怯幽獨。爾曹輕執熱，爲我忍煩促〔一七〕。秋光近青岑，季月當泛菊⑭〔一八〕。報之以微寒，共給酒一斛〔一九〕。（0279）

【校】

① 幸，錢箋校：「一作辛。」《草堂》作「辛」。

② 枚，宋本作「校」，據錢箋等改。

③撐，錢箋、《九家》、《草堂》作「橕」。錢箋校：「晉作撐。一作搪。」《草堂》校：「晉作撐。」

④列，宋本、錢箋、《草堂》校：「一作例。」《九家》校：「一作冽。」菊，錢箋校：「一作萄。」

⑤憂，宋本、錢箋、《九家》、《草堂》校：「一作齒。」

⑥付，錢箋、《草堂》作「示」。武，錢箋、《草堂》校：「一作文。」

⑦奴，錢箋、《草堂》校：「一作童。」

⑧腹，錢箋、《草堂》校：「一作腸。」

⑨陰，《草堂》作「幽」。

⑩積委，錢箋作「委積」，校：「吴本作積委。」

⑪仗，錢箋校：「一云杖。一云材。」《草堂》作「杖」。苦，錢箋校：「一云若。」

⑫滄，《九家》作「蒼」。《草堂》校：「一作登。」所，《草堂》校：「或作無。」

⑬屢，《草堂》校：「一作累。」

⑭季，宋本作「李」，據錢箋等改。

【注】

黄鶴注：當是大曆元年（七六六）夔州作。仇注：當是大曆二年（七六七）夏居瀼西時作。

〔一〕斬陰木：《周禮·地官·山虞》：「仲冬斬陽木，仲夏斬陰木。」注引鄭司農云：「陽木，春夏生者。陰木，秋冬生者，若松柏之屬。」玄注：「陽木，生山南者。陰木，生山北者。」

〔二〕維條句：《詩・召南・汝墳》：「遵彼汝墳，伐其條枚。」傳：「枝曰條，榦曰枚。」

〔三〕載伐三句：《書・禹貢》：「篠簜既敷。」傳：「篠，竹箭。簜，大竹。」《趙次公先後解》：「伐木所以爲枝持，即今俗謂之籬橛是也。苦竹所以爲籬，叙所謂『伐篠簜』是也。」

〔四〕夔人二句：夔人，夔府之人。黄庭堅《宿舒州太湖觀音院》「月黑虎夔藩」，以夔爲抵觸義，乃誤用此序「夔人」語。洪邁《容齋隨筆》卷一二有辨。白菊，《趙次公先後解》：「師民瞻本作白蒟，是。蓋荻之屬也。」仇注引張溍注：「白蒟，蓋其地易生之木，如北地榆柳，取其板可作牆，又編以竹也。」按，白蒟未知何物，荻則不可爲板材，恐是字誤。

〔五〕示式遏：《詩・大雅・民勞》：「無縱詭隨，以謹無良。式遏寇虐，憯不畏明。」

〔六〕混淪乎無良：郭璞《江賦》：「或泛激於潮波，或混淪乎泥沙。」

〔七〕賓客四句：《莊子・徐无鬼》：「夫爲天下者，亦奚以異乎牧馬者哉。亦去其害馬者而已矣。」宗武，甫子宗文、宗武。見本書卷一六《宗武生日》(1166)注。

〔八〕青冥句：鮑照《從登香爐峰》：「青冥摇烟樹，穹跨負天石。」謝靈運《過始寧墅》：「葺宇臨回江，築觀基曾巔。」

〔九〕丁丁聲：《詩・小雅・伐森》：「伐木丁丁，鳥鳴嚶嚶。」傳：「丁丁，伐木聲也。」

〔一〇〕蒼皮二句：《楚辭・九章・懷沙》：「材樸委積兮，莫知余之所有。」鍾嶸《詩品序》：「欲以照燭三才，輝麗萬有。」

〔一一〕苦虛竹：仇注引趙注：「苦虛竹，謂虛心之苦竹。」

〔一二〕空荒二句：《楚辭・招隱士》：「虎豹鬭兮熊羆咆，禽獸駭兮亡其曹。」乳獸，乳虎。《淮南子・說林訓》：「若入林而遇乳虎。」

〔一三〕不示二句：仇注：「若不爲此禁防，恐其害甚於干戈矣。」

〔一四〕城中二句：黄鶴注：「賢府主當是柏都督。公嘗爲柏都督作《謝上表》，正是初到夔時。」見本書卷二〇《爲夔州柏都督謝上表》(1480)。白屋，見卷五《破船》(0254)注。

〔一五〕蕭蕭二句：理體，治體。《史記・曹相國世家》：「蓋公爲言治道貴清静而民自定。」賈誼《新書》卷一：「以陛下之明通，因使少知治體者得佐下風，致此治非有難也。」《左傳》僖公二十二年：「蜂蠆有毒，而況國乎。」

〔一六〕慎所觸：《草堂》夢弼注：「要當戒慎，無觸此禍。」指虎患。

〔一七〕爾曹二句：《草堂》夢弼注：「爾曹，指信行等。」執熱，見卷一《大雲寺贊公房四首》(0045)注。張華《答何劭》：「恬曠苦不足，煩促每有餘。」

〔一八〕秋光二句：《太平御覽》卷三二引《齊人月令》：「重陽之日，必以糕酒登高眺迥，爲時宴之游賞，以暢秋志。酒必采茱萸、甘菊以泛之，既醉而還。」張正見《賦得白雲臨酒詩》：「菊泛金枝下，峰斷玉山前。」宋之問《奉和九日幸臨渭亭登高應制得歡字》：「仙杯還泛菊，寶饌且調蘭。」

〔一九〕報之二句：王嗣奭《杜臆》：「九月以前苦熱，以後苦寒，季秋得寒暑之中，故古人以此爲節而賞勞奴僕，蓋與同一日之樂也。」

《苕溪漁隱叢話》後集卷五引《藝苑雌黄》：「東坡嘗言：曾子固文章妙天下，而有韻者輒

不工。杜子美長於歌詩，而無韻者幾不可讀。比觀《西清詩話》，乃不然此説，云：杜少陵文自古奥，如『九天之雲下垂，四海之水皆立』、『忽翳日而翻萬象，却浮空而留六龍』、『萬舞凌亂，又似乎春風壯而江海波』，其語磊落驚人。或言無韻者不可讀，是大不然。予謂此數語，乃出杜陵三賦，謂之無韻，可乎？竊意東坡所謂無韻者，蓋若《課伐木詩序》之類是也。」苕溪漁隱按：「少游嘗有此語，《藝苑》以爲東坡，誤矣。」同書前集卷九引秦少游語。

王嗣奭《杜臆》：「此作以後，如《耗稻》、《秋菜》、《樹柵》等詩，正晦翁所云『鄭重煩絮』者。而伯敬極稱之，不免好奇之過。至謂以奴婢事、帳簿語，而滿腔化工，全副王政，和盤托出，非細心看杜詩，不能作此語。而讀杜詩者，不可不知。」

園人送瓜

江間雖炎瘴，瓜熟亦不早，柏公鎮夔國①〔一〕，滯務兹一掃②。食新先戰士，共少及溪老③〔二〕。傾筐蒲鴿青，滿眼顔色好〔三〕。竹竿接嵌竇，引注來鳥道〔四〕。沉浮亂水玉④，愛惜如芝草〔五〕。落刃嚼冰霜，開懷慰枯槁。許以秋蒂除，仍看小童抱⑤〔六〕。東陵跡蕪絶⑥〔七〕，楚漢休征討。園人非故侯，種此何草草〔八〕。（0280）

【校】

①國，《草堂》作「園」。

②兹，錢箋、《草堂》校：「一作資。」

③溪，錢箋、《草堂》校：「一作窮。」

④沉浮，《草堂》作「浮沉」。

⑤童，錢箋校：「一作兒。」《草堂》作「兒」。　抱，宋本、《九家》校：「一作飽。」《草堂》校：「晋作飽。」

⑥陵，錢箋校：「一作溪。」

【注】

黄鶴注：大曆元年（七六六）夏作。仇注：當是大曆二年（七六七）夏作。

〔一〕柏公句：《舊唐書·代宗紀》：「（大曆元年二月癸丑）邛州刺史柏茂林充節南防禦使。」「（八月壬寅）邛南防禦使、邛州刺史柏茂林爲邛南節度使。」《杜鴻漸傳》載「邛州牙將柏貞節」等興兵討崔旰，鴻漸以柏貞節爲邛州刺史。常衮《授柏貞節夔忠等州防禦使制》：「開府儀同三司試太常卿、使持節邛州諸軍事兼邛州刺史、御史中丞、劍南防禦使及邛南招討使、上柱國鉅鹿縣開國子柏貞節……可使持節都督夔州諸軍事兼夔州刺史，依前兼御史中丞，充忠萬歸涪等州都防禦使。」是茂林即貞節。其移節夔州在大曆二年。參本書卷二〇《爲夔府柏都督謝上表》（1480）。

〔二〕食新二句：《左傳》成公十一年：「不食新矣。」《北齊書·蘭陵武王孝瓘傳》：「每得甘美，雖一瓜數果，必與將士共之。」《宋書·謝弘微傳》：「分多共少，不至有乏。」

〔三〕傾筐二句：《分門》師曰：「青瓜色如蒲鴿。蒲鴿、貍首，皆瓜名也。」仇注：「貍首之甘美，出張載《瓜賦》，未知蒲鴿出何書耳。」姜宸英《湛園札記》：「蒲鴿或是瓜狀青色，然不知何典。」按，鴿有色青者。《中阿含經》卷二〇：「青猶鴿色，赤若血塗。」敦煌文書P. 2552 李昂《馴鴿篇》序：「滎陽主簿賈季良廳事，有雙青鴿焉。」

〔四〕竹竿二句：朱鶴齡注：「嵌竇，岩泉也。」元結《七泉銘》：「或吐於淵竇，或繁於嵌臼。」謝朓《暫使下都夜發新林》：「風雲有鳥路，江漢限無梁。」

〔五〕沉浮二句：曹丕《與吴質書》：「浮甘瓜於清泉，沉朱李於寒水。」司馬相如《上林賦》：「水玉磊砢。」《文選》郭璞注：「水玉，水精也。」仇注謂此句應解作水精。王嗣奭《杜臆》：「瓜有水能解炎熱，故以『水玉』稱之，此瓜之别號。」嵇含《瓜賦》：「世云三芝，瓜處一焉。……甘瓜普植，用薦神祇。其名龍膽，其味亦奇，是爲土芝。」

〔六〕許以二句：郭璞《游仙詩》：「在世無千月，命如秋葉蔕。」謝朓《拜中軍記室辭隋王箋》：「邈若墜雨，翩似秋蔕。」仇注引邵注：「小童抱，言其瓜大也。」

〔七〕東陵句：召平爲東陵侯。見卷二《喜晴》(0077)「東門瓜」注。

〔八〕園人二句：草草，見卷二《潼關吏》(0061)注。《趙次公先後解》：「此篇兩押『草』字，亦東坡先生所云兩耳義不同，故得重用邪。」蘇軾《送江公著》注：「二耳義不同，故得重用。」

信行遠修水筒

汝性不茹葷，清静僕夫内〔一〕。秉心識本源①，於事少滯礙〔二〕。雲端水筒坼，林表山石碎〔三〕。觸熱藉子修，通流與厨會。往來四十里，荒險崖谷大②。日曛驚未餐③，貌赤愧相對。浮瓜供老病，裂餅嘗所愛④〔四〕。於斯答恭謹，足以殊殿最〔五〕。詎要方士符，何假將軍蓋⑤〔六〕？行諸直如筆，用意崎嶇外〔七〕。（0281）

【校】

① 本，宋本、錢箋、《九家》、《草堂》校：「一作根。」

② 谷，《草堂》作「石」。

③ 餐，錢箋校：「一作食。」《草堂》作「食」，校：「一作飡。」

④ 嘗，宋本作「常」，據錢箋等改。

⑤ 蓋，錢箋校：「高麗本作佩。」《草堂》作「佩」。

【注】

黄鶴注：《課伐木序》證之，當是大曆元年（七六六）在夔州作。信行，即前所謂隸人伯夷、辛秀、信行。

〔一〕汝性句：《莊子・人間世》：「回之家貧，唯不飲酒、不茹葷者數月矣。」

〔二〕秉心二句：《漢書・楚元王傳》：「論議正直，秉心有常。」敦煌本《壇經》：「《菩薩戒經》云：我本源自性清淨。識心見性，自成佛道。」《法苑珠林》卷二八引《大方等大集念佛三昧經》：「隨機獲益，無有滯礙。」

〔三〕雲端二句：謝朓《休沐重還丹陽道中》：「雲端楚山見，林表吳岫微。」

〔四〕裂餅句：《周書・王羆傳》：「嘗有臺使，羆爲其設食，使乃裂其薄餅緣。」《趙次公先後解》：「蓋公食餅則裂而與之，乃常所私愛信行者也。」

〔五〕足以句：《漢書・宣帝紀》：「丞相、御史課殿最以聞。」注：「師古曰：殿，後也，課居後也。最，凡要之首也，課居先也。」

〔六〕詎要二句：《趙次公先後解》：「方士符、將軍蓋，是求水二事。」引夷道縣事。錢箋引《神仙傳》葛玄事，按見《太平廣記》卷七一引《神仙傳》：「嘗船行，見器中藏書札符數十枚，因問：『此符之驗，能爲何事？可得見否？』玄曰：『符亦何所爲乎？』即取一符投江中，流而下。玄曰：『何如？』客曰：『吾投之亦能爾。』玄又取一符投江中，逆流而上。曰：『何如？』客曰：『異矣。』又取一符投江中，停立不動，須臾上符下，下符上，三符合一處，玄乃取之。」朱鶴齡注引《汝南先賢傳》，按見《藝文類聚》卷九六引《汝南先賢傳》(卷七八又引作《神仙傳》)：「玄與吳主坐樓上，見作請雨土人，玄曰：『雨易得耳。』即書符著社中，一時之間，大雨流淹。」朱注又引何雲曰：「《真誥》有制虎豹符。此詩方士符，蓋用之。《示獠奴阿段》詩云『怪爾常穿虎豹羣』，

此可證也。」將軍蓋，趙次公引《東觀漢記》，按見《後漢紀・孝明帝紀》：「（耿）恭以疏勒傍有水，去王忠所據近，引兵居之……城中穿井十五丈，不得水，吏士失色，恭歎曰：『……聞貳師將軍拔佩刀以刺山，而飛泉涌出。今漢神明，豈有當窮者乎！』乃整衣服向井拜……有頃，飛泉涌出，大得水。」趙注：「意是貳師事，但無『蓋』字耳。」錢箋引《古今注》：「曲蓋，太公所作。……戰國嘗以賜將帥。」然改「將帥」爲「將軍」。又謂：「『佩』字較『蓋』字爲穩，宜從之。」朱注：「此言信行觸熱入山，不煩張蓋也，恐亦非用貳師事。」黄生謂「蓋」當作「拜」，乃聲近而訛。鄧紹基謂此句混用耿恭事及曲蓋賜將軍二典。

〔七〕行諸二句：仇注謂行諸猶云行乎，呼信行之名。袁淑《效曹子建白馬篇》：「義分明於霜，信行直如弦。」仇注謂信行取名本此。《魏書・古弼傳》：「太宗嘉之，賜名曰筆，取其直而有用。後改名弼。……弼頭尖，世祖常名之曰筆頭，是以時人呼爲筆公。」《趙次公先後解》：「直如筆字，勢蓋效直如弦……不取筆頭之義。」按，前人言直如弦、直如髮、直如繩，杜詩所言如後世所謂「筆直」。仇注引《晉書》「工繩直筆」，乃秉筆直書義，與此不同。

槐葉冷淘〔一〕

青青高槐葉，采掇付中厨〔二〕。新麪來近市，汁滓宛相俱〔三〕。入鼎資過熟，加

餐愁欲無〔四〕。碧鮮俱照筯，香飯兼苞蘆〔五〕。經齒冷於雪，勸人投比珠①〔六〕。願隨金騕褭，走置錦屠蘇②〔七〕。路遠思恐泥〔八〕，興深終不渝。獻芹則小小，薦藻明區區〔九〕。萬里露寒殿，開冰清玉壺〔一〇〕。君王納涼晚，此味亦時須。（0282）

【校】

①比，錢箋作「此」，校：「一作比。」

②屠蘇，錢箋、《草堂》校：「又作廜麻。」

【注】

黃鶴注：詩云「新麪來近市」，則公是時不居城郭。當是大曆二年（七六七）遷居瀼西時作。

〔一〕冷淘：《唐會要》卷六五《光禄寺》：「冬月量造湯餅及黍臛，夏月冷淘、粉粥。」《白孔六帖》卷一六「水花冷淘」：「《入洛記》：野狐泉一姥善製水花冷淘，切以吴刀，淘以洛酒，潦葉于鐺耳中，過投于湯中，其疾徐鳴掌趁之不及。富子携金就食之。」《太平廣記》卷三九《劉晏》（出《逸史》）：「過衡山縣，時春初，風景和暖，喫冷淘一盤，香菜茵陳之類，甚爲芳潔。」周祈《名義考》卷一二：「凡以麪爲食具者，皆謂之餅。……他如托不起、溲牢丸、冷淘等，皆餅類。」《草堂》夢弼注：「謂細擣槐葉和麪爲冷淘，取其碧香理風也。」王質《紹陶録》卷下「槐芽」：「膠著房，蝱著蠊。所思兮安可芰，碧鮮冷淘思露寒。」則采嫩槐葉爲之。

〔二〕青青二句：傅咸《鳴蜩賦》：「有嘒嘒之鳴蜩，於臺府之高槐。」曹植《野田黄雀行》：「中厨辦豐膳，烹羊宰肥牛。」

〔三〕新麵二句：《周禮・天官・酒正》：「辨五齊之名，一曰泛齊，二曰醴齊。」注：「泛者，成而滓泛泛然，如今宜成醪矣。醴猶體也，成而汁滓相將，如今恬酒矣。」本書卷一五《孟倉曹步趾領新酒醬二物滿器見遺老夫》(1121)：「藉藉分汁滓，甕醬落提携。」《趙次公先後解》：「固是言槐葉，蓋採其汁以溲麵。」按，冷淘投湯中，並薦以菜蔬，此蓋指湯汁。

〔四〕入鼎二句：過，當即《入洛記》所謂「過投于湯中」，即在沸湯中焯熟。欲無，若無。宋之問《洞庭湖》：「晶耀目何在，瀅熒心欲無。」崔曙《奉試明堂火珠》：「天净光難滅，雲生望欲無。」愁欲無，即愁若無。

〔五〕碧鮮二句：《草堂》蔡弼注：「苞蘆，謂蘆笋也。」《趙次公先後解》謂蘆笋之嫩者。葛立方《韻語陽秋》卷一九：「蜀中食品，南方不知其名者多矣，而况其味乎？……苞蘆，蜀鮓也，老杜所謂『香飯兼苞蘆』是也。」朱鶴齡等皆以爲僞蘇注，不取。朱注：「《説文》：盧，飯器也，亦作簋。此『蘆』字必『簋』字誤。苞，如《管子》『道有遺苞』之苞，言取冷淘兼香飯，苞裹之飯器中，欲以贈人耳。」盧元昌曰：「蘆荻之屬，甲而未拆曰苞。」仇注引盧注，謂朱注太拙，贈人冷淘，何必又加香飯乎。《日下舊聞考》卷一四九引《排悶録》：「京師無笋，以蘆芽爲笋。按杜詩『渚秀蘆笋短』，又云『泥笋苞初荻』，又云『春飯兼苞蘆』。注：苞蘆，蘆笋也。則唐時已尚之。」以上朱説過迂，蔡弼、盧注、《排悶録》皆以爲蘆笋，葛説以爲蜀鮓，爲另一説。

〔六〕勸人句：《草堂》夢弼注：「以此味相勸，貴重如珠也。」按，言其珍美及形狀。

〔七〕願隨二句：金騕褭，見卷五《春日戲題惱郝使君兄》（0217）注。《玉篇》：「𢊍麻，庵也。」《廣韻》：「𢊍麻，草庵。《通俗文》曰：屋平曰𢊍麻。」劉孝威《結客少年場行》：「插腰銅匕首，障日錦屠蘇。」《趙次公先後解》：「錦𢊍麻指御前之帳屋也。」劉詩「錦屠蘇」，謂大冠形似屋者，杜詩用其字面，義則如趙注。

〔八〕路遠句：《論語·子張》：「致遠恐泥，是以君子不爲也。」集解：「包曰：泥難不通。」參本書卷八《解憂》（0392）注。

〔九〕獻芹二句：《列子·楊朱》：「宋國有田夫……顧謂其妻曰：『負日之暄，人莫知者。以獻吾君，將有重賞。』里之富室告之曰：『昔人有美戎菽、甘枲莖芹萍子者，對鄉豪稱之。鄉豪取而嘗之，蜇於口，慘於腹，衆哂而怨之。其人大慚。子，此類也。』」《左傳》隱公三年：「蘋蘩薀藻之菜……可薦於鬼神，可羞於王公。」昭公十三年：「是區區者而不余畀。」

〔一〇〕萬里二句：露寒殿，見卷五《入奏行》（0236）「寒露」注。鮑照《代白頭吟》：「直如朱絲繩，清如玉壺冰。」

行官張望補稻畦水歸〔一〕

東屯大江北①，百頃平若桉〔二〕。六月青稻多，千畦碧泉亂。插秧適云已，引

溜加溉灌〔三〕。更僕往方塘〔四〕，決渠當斷岸。公私各地著〔五〕，浸潤無天旱。主守問家臣，分明見溪伴②〔六〕。芊芊炯翠羽③，剡剡生銀漢④〔七〕。鷗鳥鏡裏來，關山雪邊看〔八〕。秋菰成黑米，精鑿傳白粲⑤〔九〕。玉粒定晨炊⑥，紅鮮任霞散〔一〇〕。終然添旅食，作苦期壯觀〔一一〕。遺穗及衆多，我倉戒滋蔓〔一二〕。（0283）

【校】

① 大江北，宋本、錢箋、《九家》、《草堂》校：「一云枕大江。」

② 明，錢箋、《九家》、《草堂》校：「一作朋。」　伴，錢箋校：「一作畔。」

③ 芊芊，錢箋校：「一作芋芋。一作竿竿。」《草堂》校：「一作竿竿。」

④ 生，錢箋校：「一作向。」

⑤ 鑿，宋本、錢箋、《九家》、《草堂》校：「一作穀。」　傅，錢箋作「傳」，校：「一作傅。」

⑥ 定，錢箋、《九家》作「足」。

【注】

黃鶴注：當是大曆二年（七六七）公未遷東屯時作，是年秋公始自瀼西遷居也。

〔一〕行官：朱鶴齡注：「行官，是行田者。韓文公《答孟簡書》：『行官自南回，過吉州。』蓋唐時有此名目。」《永樂大典》卷八〇八引《項安世家説》：「杜詩有《遺行官張望視稻》詩，又《答嚴武》

云：『雨映行官辱贈詩。』蓋唐人例呼官力爲行官，若今散從官、衙官之類。韓退之《與孟簡書》云『行官自南回，得吾兄書者』是也。如杜詩有馬軍送酒，盧仝詩有軍將送酒，皆當時送書之人。後人不知，遂以雨映行官爲雨映行宫，其去本事遠矣。」《資治通鑑》天寶六載胡三省注：「行官，主將命往來京師及鄰道及巡内郡縣。」沈欽韓《韓集補注》引胡注，謂「則行官亦幹僕之稱」。按，除韓文、《通鑑》之外，唐文及唐人小説亦多言及行官。《太平廣記》卷八四《李業》（出《録異記》）：「左軍李生與行官楊鎮亦投舍中……翁曰：『……然三人皆節度使，某何敢不祗奉耶？』業曰：『三人之中，一人行官耳，言之過矣。』翁曰：『行官領節鉞在兵馬使之前，秀才節制在兵馬使之後。然秀才五節鉞，勉自愛也。』既數年不第，業從戎幕矣。明年，楊鎮爲仇士良開府擢用，累職至軍使，除涇州節度使。」卷三三八《李載》（出《廣異記》）：「言訖，分財與之，使行官送還北。小妻便爾下船，行官少事，未即就路。載亦知之，召行官至，杖五下，使驟去。」劉長卿有《祭故吏行官文》：「我事戎旃，爾爲羽翼。實執鞭弭，豈辭筋力。」是行官爲幕府下級僚佐，項安世、胡注得其解。此行官張望當爲夔州都督府差遣。

〔二〕東屯二句：見卷一六《自瀼西荆扉且移居東屯茅屋四首》（1229）注。

〔三〕引溜句：《太平御覽》卷二六八引《崔氏家傳》：崔瑗爲汲令，長老歌之：「穿溝廣溉灌，決渠作甘雨。」

〔四〕更僕句：《禮記·儒行》：「哀公曰：『敢問儒行。』孔子對曰：『遽數之不能終其物，悉數之乃留更僕未可終也。』」注：「留，久也。僕，大僕也。君燕朝則正位，掌擯相。更之者，爲久將倦，

使之相代。」庾信《哀江南賦》：「方塘水白，釣渚池圓。」

〔五〕公私句：《漢書・食貨志》：「理民之道，地著爲本。」又晁錯説：「不農則不地著，不地著則離鄉輕家。」注：「師古曰：地著謂安本也。」《趙次公先後解》：「公私各地著，則有官田在其間矣。」按，杜甫在東屯所營爲官田，或謂代夔府柏都督監管，故有行官差遣。

〔六〕主守二句：《趙次公先後解》：「主守指言行官張望。家臣則其下所臣之人。」引本書卷七《秋行官張望督促東渚耗稻向畢遣女奴阿稽豎子阿段往問》（0307）「尚恐主守疏」爲證。朱鶴齡注謂家臣即行官張望。按，行官非私人僕屬，詳上。《詩話總龜》後集卷一八引《杜詩正異》：「耘者必分朋曹而進，故東坡《遠景樓記》謂『耘者畢出，數百人爲曹』者是也。舊作明，乃字小訛耳。」《草堂》夢弼注：「乃使臣巡視詳察其所以也。」仇注：「引水不必分朋，不如仍作分明。」説是。

〔七〕芊芊二句：潘岳《在懷縣作》：「稻栽肅芊芊，黍苗何離離。」《文選》李善注：「《廣雅》曰：芊芊，茂也。」宋玉《登徒子好色賦》：「眉如翠羽，肌如白雪。」《楚辭・離騷》：「皇剡剡其揚靈兮，告余以吉故。」王逸注：「剡剡，光貌。」朱鶴齡注：「芊芊二句，言苗色之青葱。」王嗣奭《杜臆》：「畦水畢而生銀漢。」

〔八〕鷗鳥二句：釋惠標《詠水》：「舟如空裏泛，人似鏡中行。」沈佺期《釣竿篇》：「人疑天上坐，魚似鏡中懸。」王嗣奭《杜臆》：「東屯以西爲上牢關，東爲下牢關，故瀼西之山得稱關山。」按，上牢、下牢其説不一，當在峽州夷陵，去此尚遠。此關山即指瞿唐關及瞿唐兩崖。參本書卷一五

《峽口二首》(1125)注。朱鶴齡注：「鷗鳥二句，言畦水之明淨。」

〔九〕秋菰二句：庚肩吾《奉和太子納涼梧下應令》：「黑米生菰葉，青花出稻苗。」《政和證類本草》卷一一引《衍義》：「菰根，蒲類。……河朔邊人止以此苗飼馬，曰菰蔣。及作薦花如葦，結青子，細若青麻黃，長幾寸，彼人收之，合粟爲粥，食之甚濟飢。此杜甫所謂『願作冷秋菰』者是也。」《左傳》桓公二年：「粢食不鑿。」杜預注：「黍稷曰粢，不精鑿。」釋文：「鑿，精米也。《字林》作糳，子沃反，云：糲米一斛舂爲八斗。」疏：「《九章算術》：粟率五十，鑿二十四。言粟五斗爲米二斗四升，是則米之精鑿。」《漢書·惠帝紀》：「皆耐爲鬼薪、白粲。」注：「應劭曰：取薪給宗廟爲鬼薪，坐擇米使正白爲白粲，皆三歲刑也。」朱鶴齡注：「傳白粲，言以菰米傳合白粲而炊之。」按，「傳」當作「傅」。精鑿傅白粲，即傅精鑿白粲。

〔一〇〕玉粒二句：沈約《捨身願疏》：「玉粒晨炊，華燭夜炳。」《趙次公先後解》謂玉粒言米之珍貴，紅鮮言飯紅潤之色。錢箋：「鮮于注：江浙人謂紅米曰紅鮮。又曰紅鮮謂魚色之鮮如霞也。淮南吴越人有此。」本書卷一六《茅屋檢校收稻二首》(1236)：「紅鮮終日有，玉粒未吾慳。」知二句皆言稻。

〔一一〕終然二句：旅食，見卷一《奉贈韋左丞丈二十二韻》(0001)注。楊惲《報孫會宗書》：「田家作苦。」黄生注：「壯觀，言委積之高也。」

〔一二〕遺穗二句：《詩·小雅·大田》：「彼有遺秉，此有滯穗，伊寡婦之利。」《小雅·楚茨》：「我倉既盈，我庾維億。」仇注：「戒滋蔓，不專利於己。」

催宗文樹雞柵〔一〕

吾衰怯行邁，旅次展崩迫〔二〕。愈風傳烏雞，秋卵方漫喫〔三〕。自春生成者，隨母向百翮〔四〕。驅趁制不禁〔五〕，喧呼山腰宅。課奴殺青竹，終日憎赤幘①〔六〕。踏藉盤案翻，塞蹊使之隔〔七〕。牆東有隙地②，可以樹高柵。避熱時來歸③，問兒所爲跡〔八〕。織籠曹其内，令入不得擲〔九〕。稀間可突過④，觜爪還汚席⑤〔一〇〕。我寬螻蟻遭，彼免狐貉厄〔一一〕。應宜各長幼，自此均勍敵〔一二〕。籠柵念有修，近身見損益⑥〔一三〕。明明領處分，一一當剖析〔一四〕。不昧風雨晨，亂離減憂戚〔一五〕。其流則凡鳥，其氣心匪石〔一六〕。倚賴窮歲晏，撥煩去冰釋⑦〔一七〕。未似尸鄉翁，拘留蓋阡陌〔一八〕。（0284）

【校】

① 憎，錢箋校：「一作增。晋作帽。」《草堂》校：「晋作帽。」

② 有隙，錢箋校：「晋作閒散。」《草堂》校：「晋作散。」

③來，錢箋、《草堂》校：「晉作未。」

④可，錢箋、《草堂》校：「一作苦。」

⑤爪，《草堂》作「距」。

⑥見，宋本、錢箋、《九家》、《草堂》校：「一作知。」

⑦去，宋本、錢箋、《九家》、《草堂》校一作「及」。

【注】

黃鶴注：當是大曆元年（七六六）作。山腰宅，蓋客居也。

〔一〕宗文：甫長子。樊晃《杜工部小集序》：「君有子宗文、宗武，近知所在，漂寓江陵。」

〔二〕吾衰二句：《詩·王風·黍離》：「行邁靡靡，中心搖搖。」任昉《啓蕭太傅固辭奪禮》：「不任崩迫之情。」仇注：「言迫促少休。」

〔三〕愈風二句：《政和證類本草》卷一九：「食療云：……烏雌雞，温味酸無毒，主除風寒濕痺，治反胃、安胎及腹痛。」又引《食醫心鏡》：「主風寒濕痺，五緩六急，烏雞一隻，治如食法。煮令極熟，調作羹，食之。」《趙次公先後解》：「春卵方可抱育，而秋卵充食而已。」

〔四〕自春二句：《齊民要術》卷六養雞：「雞，春夏雛，二十日内，無令出窠。」仇注：「百翮，連母五十頭。」按，百翮猶言百羽，一翮即當一隻。

〔五〕驅趁：驅趕，參卷三《青陽峽》（0146）「趁」注。

〔六〕課奴二句：仇注謂「課奴」句與「踏藉」句當互調。劉向《别録》：「殺青而書可繕寫也。」《分門》洙曰：「楚人以火炙竹去其汗，謂之殺青，欲其耐久也。」按，此用「殺青」字面，即斫竹之意。《搜神記》卷一八：「安陽城南有一亭，夜不可宿，宿輒殺人。書生明術數，乃過宿之。……須臾，復有一人冠赤幘者，呼亭主。……（書生）乃問曰：『向黑衣來者誰？』曰：『北舍母猪也。』又曰：『冠赤幘來者誰？』曰：『西舍老雄雞也。』曰：『汝復誰耶？』曰：『我是老蠍也。』」《齊民要術》卷六養雞：「取穀産雞子供常食法：别取雌雞，勿令與雄相雜……一雞生百餘卵，不雛，並食之無咎。」此言養雞産卵，故與雄相隔。

〔七〕塞蹊：《淮南子·時則訓》：「補決竇，塞蹊徑。」

〔八〕牆東四句：《趙次公先後解》：「蓋言所柵之雞以避熱之故，往往歸來宅内，所以問兒宜合如何有爲而遏止之也。下句所謂『織籠曹其内』是已。」按，來歸仍當歸高柵，柵内仍設雞籠。王嗣奭《杜臆》謂此二句宜移置「勍敵」之下，未確。

〔九〕織籠二句：《齊民要術》卷六引《家政法》：「養雞法：……於地上作屋，方廣丈五，於屋下懸簀，令雞宿上，並作雞籠，懸中。夏月盛晝，雞當還屋下息。」《趙次公先後解》：「上兩句則戒兒之辭。」

〔一〇〕稀間二句：朱鶴齡注：「言柵中稀疏有間，突過污席，明織籠之不可已也。」按，二句承上，謂織籠若稀，則雞還突過，亦對宗文語。

〔一一〕我寬二句：王褒《洞簫賦》：「螻蟻蝘蜓，蟬蟬蜩蜩。遷延徙迤，魚瞰雞睨。」螻蟻爲雞所食，此

言不受雞之困撓如螻蟻之遭。《齊民要術》卷六：「雞栖，宜據地爲籠，籠内著棧，雖鳴聲不朗，而安穩易肥，又免狐狸之患。」《趙次公先後解》謂「狐貉」乃「狐狸」字訛。

〔一二〕應宜二句：《左傳》僖公二十二年：「勍敵之人隘而不列。」杜預注：「勍，强也。」仇注：「且各領長幼，勍敵不争。」按，長幼、勍敵，皆當就羣雞言。

〔一三〕籠柵二句：《易・繫辭下》：「近取諸身，遠取諸物。」《淮南子・修務訓》：「世俗廢衰，而非學者多。人性各有所修短，若魚之躍，若鵲之駁，此自然者，不可損益。吾以爲不然。」《趙次公先後解》：「凡近身之事，可推此而見也。」朱鶴齡注：「言因修此籠柵，近譬諸身，見損益之理莫不宜然。」

〔一四〕明明二句：《趙次公先後解》：「上兩句則兒領旨命之辭。」朱鶴齡注：「處分、剖析，告宗文之詞也。」仇注：「剖析，别雞羣之異黨。」説誤。當如趙、朱解，此謂宗文領命。

〔一五〕不昧二句：《詩・鄭風・風雨》：「風雨如晦，雞鳴不已。」序：「思君子也。亂世則思君子，不改其度焉。」疏：「此雞雖逢風雨，不變其鳴，喻君子雖居亂世，不改其節。」浦起龍謂「亂離」就雞言，不確。此用《詩序》意。

〔一六〕其流二句：陳琳《爲曹洪與魏文帝書》：「鴻雀戢翼於污池，褻之者固以爲園囿之凡鳥。」《韓詩外傳》卷二：「君獨不見夫雞乎？……得食相告，仁也，守夜不失時，信也。雞有此五德，君猶日瀹而食之者何也？則以其所來者近也。」《詩・邶風・柏舟》：「我心匪石，不可轉也。」

〔一七〕倚賴二句：《後漢書・胡廣傳》：「廣才略深茂，堪能撥煩。」《老子》十五章：「渙若冰將釋。」

《趙次公先後解》：「蓋川人於近歲除，每以雞爲饋送，則可挨傍歲晏。撥去眼前百翮之煩多，如冰之釋矣。」仇注：「歲終賴雞充用……撥煩，無喧呼煩惱也。」按，撥煩原指處理煩冗事務，即指以上樹柵、織籠諸事。

〔一八〕未似二句：《列仙傳》卷上：「祝雞翁者，洛人也。居尸鄉北山下，養雞百餘年，雞有千餘頭，皆立名字，暮栖樹上，晝放散之。欲取，呼名即依呼而至。賣雞及子，得千餘萬，輒置錢去，之吴，作養魚池。」《趙次公先後解》：「不泥於拘留，如尸鄉翁之多養，至於填蓋阡陌也。」朱鶴齡注：「拘留應樹籠柵，阡陌應牆東隙地。言祝雞翁任其飛走，吾則未能，故拘留而蓋之阡陌之間也。」仇注：「拘留，應怯行邁。」按，拘留仇得正解。蓋阡陌，謂有營田之事，故不能遠去。

王嗣奭《杜臆》：「此詩處分極細，不免迂腐。蓋成大事者不宜小察，而鍾、譚一味稱之，可笑。」

盧元昌曰：「雞柵本一瑣事，杜公説來，便見仁至義盡之意。」

園官送菜并序

園官送菜把，本數日闕〔一〕。矧苦苣馬齒，掩乎嘉蔬〔二〕。傷時小人妬害

君子①，菜不足道也。比而作詩。

清晨蒙菜把②，常荷地主恩〔三〕。守者愆實數，略有其名存。苦苣刺如針，馬齒葉亦繁。青青嘉蔬色〔四〕，埋没在中園③。園吏未足怪，世事固堪論〔五〕。嗚呼戰伐久，荆棘暗長原〔六〕。乃知苦苣輩，傾奪蕙草根〔七〕。小人塞道路，爲態何喧喧。又如馬齒盛，氣擁葵荏昏〔八〕。點染不易虞，絲麻雜羅紈〔九〕。一經器物内，永挂粗刺痕④〔一〇〕。志士采紫芝，放歌避戎軒〔一一〕。畦丁負籠至，感動百慮端。（0285）

【校】

① 時，錢箋、《九家》、《草堂》無此字。

② 蒙，錢箋校：「一作送。」

③ 在，錢箋校：「晋作自。」

④ 器，宋本、錢箋、《九家》、《草堂》校：「一作氣。」 痕，《草堂》作「根」。

【注】

黄鶴注：當在大曆元年（七六六）作。朱鶴齡注：柏茂林到夔州必在大曆元年、二年之交，《草堂》編入二年（七六七）爲是。

〔一〕菜把：《齊民要術》卷九作菹法：「瀉著甕中，令没菜把即止。」又：「束如小把，大如畢箄。」王績《九月九日贈崔使君善爲》：「香氣徒盈把，無人送酒來。」把爲量詞，約爲一手所握。本，亦爲量詞。《隋書·五行志》：「但見人參一本。」本數闕，蓋謂菜把中棵數減少。

〔二〕苦苣：《政和證類本草》卷二七：「苦苣即野苣也。野生者又名褊苣。今人家常食爲白苣，江外嶺南吴人無白苣，嘗植野苣以供厨饌。」馬齒：《政和證類本草》卷二九引《圖經》：「馬齒莧，舊不著所出州土，今處處有之。雖名莧類，而苗、葉與人莧輩都不相似。又名五行草，以其葉青，梗赤、花黄，根白，子黑色。此有二種，葉大者不堪用，葉小者爲勝云。」卷二七「莧實」陳藏器云：「陶以馬齒與莧同類，蘇亦於莧條出馬齒功用。按此二物厥類既殊，合從别忌。」

〔三〕地主：朱鶴齡注：「《送菜》詩云『常荷地主恩』，《送瓜》詩云『柏公鎮夔國』，則知地主即柏都督，都督乃茂林也。」參本卷《園人送瓜》（028）注。《左傳》哀公十二年：「地主歸餼。」杜預注：「地主，所會主人也。」《趙次公先後解》：「其後有土如州縣者，皆謂之地主。」

〔四〕青青句：《禮記·曲禮下》：「稻曰嘉蔬。」注：「稻，菰蔬之屬也。」

〔五〕世事句：崔國輔《王昭君》：「紫臺綿望絶，秋草不堪論。」岑參《巴南舟中夜市》：「孤舟萬里外，秋月不堪論。」

〔六〕荆棘句：《老子》三十章：「師之所處，荆棘生。」江淹《敕爲朝賢答劉休範書》：「金甲映平陸，鐵馬炤長原。」

〔七〕蕙草：班固《西都賦》：「蘭林蕙草。」《山海經·西山經》郭璞注：「蕙，香草，蘭屬也。」

〔八〕氣擁句：馬融《廣成頌》：「桂荏鳧葵。」《爾雅·釋草》：「蘇，桂荏。」注：「蘇，桂類，故名桂

荏。」疏：「蘇，荏類之草也。以其味辛似荏，故一名桂荏。陶注《本草》云：葉下紫色而氣甚香，其無紫色不香似荏者，名野蘇。生池澤中者名水蘇，一名雞蘇。皆荏類也。」《詩・魯頌・泮水》：「思樂泮水，薄采其茆。」傳：「茆，鳧葵也。」釋文：「干寶云：今之鴨蹠草，堪爲菹。江東有之。何承天云：此菜出東海，堪爲菹醬。鄭小同云：江南人名之蓴菜，生陂澤中。《草木疏》同。又云：或名水葵，一云今之浮菜，即猪蓴也。《本草》有鳧葵，陶弘景以入有名無用品。」黄希注：「葵，如戎葵、兔葵、楚葵、蔠葵。荏，如荏菽、桂荏，皆嘉種也。」蓋泛指。

〔九〕點染二句：仇注：「絲麻雜羅紈，又比中之比。點染，言美惡混雜。不易虞，在意料之外。」點染乃點污、污染義。司馬遷《報任安書》：「適足以發笑而自點耳。」本書卷七《八哀詩・鄭公虔》（0336）：「反覆歸聖朝，點染無滌蕩。」卷一〇《秦州見勅目薛三璩授司議郎畢四曜除監察與二子有故遠喜遷官兼述索居凡三十韻》（0609）：「宫臣仍點染，柱史正零丁。」

〔一〇〕一經二句：朱鶴齡注：「言苦苣、馬齒一點染器物，則粗刺永存，小人可畏如之。」

〔一一〕志士二句：采紫芝，見卷二《喜晴》（0077）「商山芝」注。陸機《漢高祖功臣頌》：「戎軒肇跡，荷策來附。」

上後園山脚

朱夏熱所嬰，清旭步北林①〔一〕。小園背高岡，挽葛上崎崟〔二〕。曠望延駐目，

飄飄散疏襟。潛鱗恨水壯②，去翼依雲深〔三〕。勿謂地無疆，劣於山有陰〔四〕。石椋遍天下，水陸兼浮沉〔五〕。自我登隴首〔六〕，十年經碧岑。劍門來巫峽，薄倚浩至今〔七〕。故園暗戎馬，骨肉失追尋〔八〕。時危無消息，老去多歸心。志士惜白日，久客藉黃金。敢爲蘇門嘯，庶作梁父吟〔九〕。（0286）

【校】

①旭，錢箋校：「一作旦。」《九家》作「旦」，校：「趙作旭。」

②水，錢箋校：「一作川。」

【注】

黃鶴注：公以乾元二年入隴右，至大曆三年爲十年。然三年正月已出峽，今首云「朱夏」，則是大曆二年（七六七）夏作無疑。

〔一〕清旭句：郭璞《江賦》：「督雺祲於清旭。」曹植《種葛篇》：「出門當何顧，徘徊步北林。」

〔二〕崟：《說文》：「崟，山之岑崟也。」參卷二《述懷一首》（0050）「嶔岑」注。

〔三〕潛鱗二句：《趙次公先後解》：「蓋魚之潛，以淵爲安，水壯則非淵矣。鳥之栖，以深山爲安，雲深則山深矣。」朱鶴齡注：「以況隱淪之士，須在幽深。」

〔四〕勿謂二句：朱鶴齡注：「言九州雖大，不若此山之陰可以避亂也。」《易・坤・象》：「牝馬地

類，行地無疆。」《公羊傳》桓公十六年注：「山北曰陰。」

〔五〕石榞二句：《分門》沈(括)曰：「石榞，其子如芎藭，其皮可以禦飢。時天下荒亂，小民轉溝壑，水陸並載石榞以充飢。」《九家》杜田《補遺》：「《唐韻》曰：榞音原，木名，皮可食，實如甘蔗。謂之石榞，未究其旨。」《趙次公先後解》：「或云善本止是石原，蓋平地曰原。承上句山有陰之下，言山陰石之平處雖遍天下有之，而涉水行陸以往，兼有浮沈而難到也。」

〔六〕隴首：《漢書·武帝紀》：「西登隴首。」《讀史方輿紀要》卷五二：「隴坻，即隴山，亦曰隴坂，亦曰隴首。……舊志以大隴爲隴首，小隴爲隴坻。」參卷三《青陽峽》(0146)「隴坂」注。

〔七〕劍門二句：劍門，見卷三《劍門》(0168)注。巫峽，見卷四《古柏行》(0180)注。此指夔州。謝靈運《過始寧墅》：「拙疾相倚薄，還得靜者便。」《趙次公先後解》謂此倒用。

〔八〕故園二句：黄鶴注：「謂同華節度使周智光反，其年正月郭子儀討之。而去年正月吐蕃亦陷原州也。」《舊唐書·代宗紀》：「(大曆元年十二月)癸卯，同華節度使周智光專殺陝州監軍張志斌，前虢州刺史龐充，據華州謀叛。」「(二年正月)丁巳，密詔關內河東副元帥郭子儀治兵討周智光。」按，當月帳下將斬智光。此詩夏月作，蓋泛言戰亂。

〔九〕敢爲二句：《晉書·阮籍傳》：「籍嘗於蘇門山遇孫登，與商略終古及栖神導氣之術，登皆不應。籍因長嘯而退，至半嶺，聞有聲若鸞鳳之音，響乎岩谷，乃登之嘯也。遂歸著《大人先生傳》。」梁父吟，見卷一《同李太守登歷下古城員外新亭》(0007)注。《趙次公先後解》：「非敢直若孫登遺世離物也……則希諸葛亮雖高卧而猶懷經世之意也。」

驅豎子摘蒼耳〔一〕

江上秋已分，林中瘴猶劇①。畦丁告勞苦，無以供日夕②〔二〕。蓬莠獨不燋③〔三〕，野蔬暗泉石。卷耳況療風，童兒且時摘④。侵星驅之去，爛漫任遠適〔四〕。放筐亭午際⑤，洗剥相蒙羃〔五〕。登床半生熟〔六〕，下筯還小益。加點瓜薤間，依稀橘奴跡⑥〔七〕。亂世誅求急，黎民糠籺窄〔八〕。飽食復何心，荒哉膏粱客〔九〕。富家廚肉臭，戰地骸骨白〔一〇〕。寄語惡少年，黄金且休擲〔一一〕。（0287）

【校】

① 林，錢箋、《草堂》校：「一作村。」

② 日，《草堂》作「朝」。

③ 獨，錢箋校：「一作猶。」 燋，錢箋、《九家》、《草堂》作「焦」。

④ 童兒且時摘，宋本、錢箋、《九家》、《草堂》校：「一云童僕先時摘。」

⑤ 亭，錢箋、《草堂》校：「一作當。」

⑥ 橘，錢箋、《草堂》校：「一作木。」

【注】

黄鶴注：公以大曆二年（七六七）遷居赤甲瀼西，此詩云「江上」、「林中」，則非在城郭中語，當是大曆二年秋作。

〔一〕蒼耳：《爾雅·釋草》：「菤耳，苓耳。」注：「《廣雅》云：枲耳也。亦云胡枲，江東呼爲常枲，或曰苓耳。形似鼠耳，叢生如盤。」《政和證類本草》卷八「枲耳」劉禹錫按引《爾雅》「苓耳」作「蒼耳」，是苓、蒼字異。又引唐本注：「蒼耳，三月已後七月已前刈，日乾爲散，夏水服，冬酒服，主大風、癲癇、頭風、濕痺，毒在骨髓。」

〔二〕畦丁二句：潘岳《閑居賦》：「灌園粥蔬，以供朝夕之膳。」

〔三〕蓬莠句：《管子·封禪》：「今鳳凰麒麟不來，嘉穀不生，而蓬蒿藜莠茂，鴟梟數至。」

〔四〕侵星二句：鮑照《還都道中作》：「侵星赴早路，畢景逐前儔。」爛漫，蔣紹愚謂此有任縱義。

〔五〕放筐二句：《草堂》夢弼注：「謂洗其土，剥其毛，以筐盛而巾覆之也。」朱鶴齡注乃謂冪爲覆食巾。按，敬括《蜘蛛賦》：「或連延於壁隅，時蒙冪於楹曲。」張籍《新桃行》：「常惡牽絲蟲，蒙冪成網羅。」蒙冪乃形容蛛網覆蓋，轉義爲籠罩，不可拆字解。

〔六〕登床句：《趙次公先後解》：「登床，登食床也。半生熟，則或作生菜，或作熟菜故也。」《太平廣記》卷二八六《板橋三娘子》（出《河東記》）：「置新作燒餅於食床上，與客點心。……乃見諸客圍床，食燒餅未盡。」

〔七〕加點二句：《趙次公先後解》：「瓜、薤、橘，皆與卷耳同時之物。」王嗣奭《杜臆》：「謂元有瓜薤，而參用野蔬。」「蓋古人用橘以調和。」仇注謂其色青似橘皮，近臆説。《三國志·吴書·孫休傳》注引《襄陽記》：「（李衡）密遣客十人於武陵龍陽汜洲上作宅，種甘橘千株。臨死敕兒曰：『汝母惡我治家，故窮如是。然吾州裏有千頭木奴，不責汝衣食，歲上一匹絹，亦可足用耳。』」

〔八〕糠籺：《史記·陳丞相世家》：「其嫂嫉平之不視家生産，曰：『亦食糠覈耳。』」集解：「孟康曰：麥糠中不破者也。晋灼曰：覈音紇，京師謂粗屑爲紇頭。」《集韻》：「屑米細者曰籺。」

〔九〕荒哉句：陸機《君子有所思行》：「善哉膏粱士，營生奥且博。宴安消靈根，酖毒不可恪。無以肉食資，取笑藜與藿。」

〔一〇〕富家二句：參卷一《自京赴奉先縣詠懷五百字》(0041)「朱門酒肉臭」注。

〔一一〕寄語二句：吴均《古意》：「中有惡少年，伎能專自得。」王嗣奭《杜臆》：「黄金且休擲，似謂賭錢。『休翻鹽井』所云惡少，即此輩。而白晝攤錢，即其横黄金者也。」參本書卷一六《夔州歌十絶句》(1292)注。

昔游

昔者與高李①，高適、李白。晚登單父臺②〔一〕。寒蕪際碣石〔二〕，萬里風雲來。桑

柘葉如雨，飛藿共徘徊③〔三〕。清霜大澤凍〔四〕，禽獸有餘哀。是時倉廩實，洞達寰區開④〔五〕。猛士思滅胡，將帥望三台〔六〕。君王無所惜，駕馭英雄材〔七〕。幽燕盛用武，供給亦勞哉。吴門轉粟帛，泛海陵蓬萊〔八〕。肉食三十萬⑤〔九〕，獵射起黄埃。隔河憶長眺，青歲已摧頹〔一〇〕。不及少年日，無復故人杯〔一一〕。賦詩獨流涕，亂世想賢才。有能市駿骨⑥，莫恨少龍媒〔一二〕。商山議得失，蜀主脱嫌猜〔一三〕。吕尚封國邑⑦，傅説已鹽梅〔一四〕。景晏楚山深，水鶴去低回〔一五〕。龐公任本性，携子卧蒼苔〔一六〕。（0288）

【校】

① 昔者與高李，《草堂》作「昔與高李輩」。

② 晚，錢箋、《草堂》校：「一作同。」

③ 共，錢箋作「去」，校：「一作共。」

④ 區，宋本、錢箋、《九家》校：「一作瀛。」《草堂》校：「一作瀛。一作宇。」

⑤ 三，錢箋、《草堂》校：「一作四。」

⑥ 有，錢箋、《九家》校：「一作君。」《草堂》校：「一作若。」

⑦ 國邑，錢箋校：「一云内國。」

【注】

黄鶴注：當是大曆元年（七六六）冬在夔州作。

〔一〕昔者二句：本書卷七《遣懷》（〇三六〇）：「昔我游宋中，惟梁孝王都。……憶與高李輩，論交入酒壚。」諸家年譜繫杜甫與高適、李白游梁宋在天寶三載或四載。《元和郡縣圖志》卷七宋州：「單父縣，緊，西南至州一百四十九里。……貞觀十七年廢戴州，縣隸宋州。」《太平寰宇記》卷一四單父縣：「琴臺，在縣北一里，高三丈，即子賤彈琴之所。」

〔二〕寒蕪句：《通典》卷一七八《州郡·北平郡》：「盧龍，漢肥如縣。有碣石山，碣然而立在海傍，故名之。晉太康《地志》云：秦築長城，所起自碣石。在今高麗舊界，非此碣石也。」又卷一八六高句麗：「碣石山在漢樂浪郡遂城縣，長城起於此山。今驗長城東截遼水而入高麗，遺跡猶存。按《尚書》云：『夾右碣石入於河。』右碣石即河赴海處，在今北平郡南二十餘里。則高麗中爲左碣石。」杜詩乃言右碣石，河北蕃鎮所在。

〔三〕桑柘二句：左思《魏都賦》：「黝黝桑柘，油油麻紵。」阮籍《詠懷》：「秋風吹飛藿，零落從此始。」

〔四〕清霜句：《趙次公先後解》：「清霜降而大澤爲之凍……言登臺之時是冬也。」

〔五〕是時二句：《孟子·梁惠王下》：「君之倉廩實，府庫充。」班固《東都賦》：「平夷洞達，萬方輻湊。」《後漢書·逸民傳》：「蟬蛻囂埃之中，自致寰區之外。」仇注：「寰區開，言道路無梗。」

〔六〕猛士二句：《晉書·天文志》：「三台六星，兩兩而居，起文昌，列抵太微。一曰天柱，三公之位

也。在人曰三公，在天曰三台。」《草堂》夢弼注：「時任蕃將，僥幸邊功，祿山得以乘隙進用，將兵伐契丹，既而有功，遂領范陽節度，求平章事故也。」《趙次公先後解》：「此普説諸邊事與將者也。至『幽燕盛用武』而下，方説朔方矣。」

〔七〕駕馭句：《晋書・姚萇載記》：「駕馭群雄，苞羅俊異。」

〔八〕幽燕四句：玄宗時海運河北軍糧，見卷三《後出塞五首》(0135)注。

〔九〕肉食句：《左傳》莊公十年：「肉食者鄙。」

〔一〇〕隔河二句：潘岳《射雉賦》：「褰微罟以長眺，已踉蹌而徐來。」陳子昂《春臺引》：「遲美人兮不見，恐青歲之遂遒。」應瑒《侍五官中郎將建章臺集詩》：「遠行蒙霜雪，毛羽日摧頹。」《趙次公先後解》：「公自憶其長眺之事。青歲，青春之年歲。」

〔一一〕不及二句：沈約《别范安成》：「平生少年日，分手易前期。」謝朓《離夜》：「山川不可夢，況乃故人杯。」

〔一二〕有能二句：《戰國策・燕策一》：「古之君人，有以千金求千里馬者，三年不能得。涓人言於君曰：『請求之。』君遣之。三月得千里馬，馬已死，買其首五百金，反以報君。君大怒曰：『所求者生馬，安事死馬而捐五百金？』涓人對曰：『死馬且買之五百金，況生馬乎？天下必以王爲能市馬，馬今且至矣。』於是不能期年，千里之馬至者三。」《漢書・郊祀志》郊祀歌《天馬》：「天馬徠，龍之媒。」

〔一三〕商山二句：《史記・留侯世家》：「上欲廢太子，立戚夫人子趙王如意。大臣多諫争，未能得堅

決者也。……留侯曰：『此難以口舌争也。顧上有不能致者，天下有四人。四人者，年老矣，皆以爲上慢侮人，故逃匿山中，義不爲漢臣。然上高此四人，今公誠能無愛金玉璧帛，令太子爲書，卑辭安車，因使辯士固請，宜來。』……四人從太子，年皆八十有餘，鬚眉皓白，衣冠甚偉。上怪之，問曰：『彼何爲者？』四人前對，各言名姓，曰東園公、甪里先生、綺里季、夏黄公。」參卷二《喜晴》(0077)「商山芝」注。《三國志・蜀書・諸葛亮傳》：「由是先主遂詣亮，凡三往，乃見。……於是與亮情好日密，關羽、張飛等不悦。先主解之曰：『孤之有孔明，猶魚之有水也。願諸君勿復言。』羽、飛乃止。」《趙次公先後解》：「言孔明之遇劉先主也。……舊注云劉備爲曹操嫌猜，是何夢語。」錢箋：「商山，謂李泌爲肅宗彌縫匡救，上皇即日還京也。唐人多以蜀王指明皇者。」盧元昌曰：「應指李泌當肅宗即位靈武時得失未定，李泌謂位雖即，凡事須待上皇歸，得失遂定。及肅宗表請上皇，語李泌曰：『朕已表請上皇東歸，朕當還東宫。』泌謂：『如此，上皇不歸矣。』已而表至，上皇欲不歸，是上皇有嫌猜也。李泌易表至，上皇喜，乃還，嫌猜盡釋。」仇注引盧説，謂其於駿骨、龍媒，意不相接續耳。朱鶴齡注：「市駿以下，言人君果能求賢，則四皓、孔明、太公、傅説之流，世豈少其人哉？……語意本無斷續。」錢、盧説皆涉穿鑿。

〔一四〕吕尚二句：《史記・齊太公世家》：「本姓姜氏，從其封姓，故曰吕尚。……遷九鼎，修周政，與天下更始，師尚父謀居多。於是武王已平商而王天下，封師尚父於齊營丘。」《書・説命》：「高宗夢得説，使百工營求諸野，得諸傅岩。」「王曰：來，汝説。……若作和羹，爾惟鹽梅。」錢箋：「吕尚，似指房公罷相後册封清河郡公也。言國邑雖封，而相業則已矣。」盧元昌曰：「當時靈

武扈從功臣皆封國邑，如呂尚；而晉爵人相者，如傅說。」

〔一五〕景晏二句：宋之問《自湘源至潭州衡山縣》：「向背群山轉，應接良景晏。」楚山深，《趙次公先後解》：「言其在夔也。」劉向《九歎·思古》：「溯高風以低回兮，覽周流於朔方。」

〔一六〕龐公二句：龐公，見卷三《遣興五首》(0109)「龐德公」注。

雷

大旱山岳焦①，密雲復無雨②〔一〕。南方瘴癘地，罹此農事苦。封內必舞雩，峽中喧擊鼓〔二〕。真龍竟寂寞，土梗空俯僂〔三〕。吁嗟公私病，稅斂缺不補。故老仰面啼，瘡痍向誰數〔四〕？暴尪或前聞，鞭巫非稽古〔五〕。請先偃甲兵，處分聽人主。萬邦但各業，一物休盡取。水旱其數然③，堯湯免親覩〔六〕。上天鑠金石，羣盜亂豺虎〔七〕。二者存一端，愆陽不猶愈〔八〕？昨宵殷其雷〔九〕，風過齊萬弩。復吹霾翳散，虛覺神靈聚〔一〇〕。氣暍腸胃融〔一一〕，汗滋衣裳污④。吾衰尤拙計⑤，失望築場圃〔一二〕。(0289)

【校】

①焦，錢箋作「燋」。

②復無雨，錢箋、《草堂》校：「一云覆如雨。」

③其數然，錢箋校：「一云數至然。」

④污，宋本、錢箋、《九家》、《草堂》校：「一云腐。」

⑤尤拙計，《草堂》作「猶計拙」。錢箋校：「一云計拙。」

【注】

黄鶴注：《舊史》：永泰二年春旱，至六月庚子始雨。是年改大曆元年（七六六），自雲安遷居夔州，當是大曆元年夔州作。按，史載春旱非夔州之地，黄説牽强。

〔一〕大旱二句：《莊子·逍遥游》：「大旱金石流，土山焦而不熱。」《易·小畜》：「密雲不雨，自我西郊。」

〔二〕封内二句：《周禮·春官·司巫》：「若國大旱，則帥巫而舞雩。」注：「雩，旱祭也。天子於上帝，諸侯於上公之神。」《太平御覽》卷三五引《神農求雨書》：「北不雨，命巫祝雨，曝之不雨，禱山神，積薪其旁，擊鼓而焚之。」

〔三〕真龍二句：《趙次公先後解》：「土梗，則以言土龍也。」《春秋繁露·求雨》：「春旱求雨……以甲乙日爲大蒼龍一，長八丈，居中央，爲小龍七，各長四丈，於東方，皆東鄉，其間相去八尺。小

童八人，皆齋三日，服青衣而舞之。」《論衡・亂龍》：「董仲舒申春秋之雩，設土龍以招雨，以意以雲龍相致。……儒者或問曰：夫《易》言雲從龍者，謂真龍也，豈謂土哉？」《左傳》昭公七年：「一命而僂，再命而傴，三命而俯。」杜預注：「俯共於傴，傴共於僂。」

〔四〕瘡痍句：《史記・季布欒布列傳》：「於今創痍未瘳。」

〔五〕暴尪二句：《禮記・檀弓下》：「歲旱，穆公召縣子而問然，曰：『天久不雨，吾欲暴尪而奚若？』曰：『天久不雨，而暴人之疾子，虐，毋乃不可與！』『然則吾欲暴巫而奚若？』曰：『天則不雨，而望之愚婦人，於以求之，毋乃已疏乎？』」注：「尪者面鄉天，覬天哀而雨之。」《左傳》僖公二十一年：「夏，大旱，公欲焚巫尪。」杜預注：「巫尪，女巫也。主祈禱請雨者。或以爲尪非巫也，瘠病之人，其面上向，俗謂天哀其病，恐雨入其鼻，故爲之旱，是以公欲焚之。」《魏書・南安王楨傳》：「楨又以旱祈雨於群神。鄴城有石虎廟，人奉祀之，楨告虎神像云：『三日不雨，當加鞭罰。』請雨不驗，遂鞭像一百。」《奚康生傳》：「在州，以天旱令人鞭石虎畫像。」

〔六〕水旱二句：《前漢紀・高后紀》：「故堯湯水旱者，天數也。」《莊子・秋水》：「禹之時十年九潦，而水弗爲加益；湯之時八年七旱，而崖不爲加損。」免親覩，《趙次公先後解》：「豈免親見乎？」仇注：「詩家有省字法，是言不免親覩。」

〔七〕上天二句：《楚辭・招魂》：「十日代出，流金鑠石些。」張載《七哀詩》：「季世喪亂起，賊盜如豺虎。」

〔八〕二者二句：《左傳》昭公四年：「冬無愆陽，夏無伏陰。」杜預注：「愆，過也。謂冬溫。」《趙次公

先後解》：「就二者之中言，雖愆陽而旱，不猶勝於盜賊乎？」

〔九〕昨宵句：《詩・召南・殷其雷》：「殷其雷，在南山之陽。」

〔一〇〕復吹二句：仇注：「風散霾翳而不雨，故虛覺神靈之聚。」

〔一一〕氣喝句：《莊子・則陽》：「喝者反冬乎冷風。」釋文：「喝言謁。《字林》云：傷暑也。」仇注：「融，謂腹瀉。」

〔一二〕失望句：《詩・豳風・七月》：「九月築場圃。」

火

楚山經月火，大旱則斯舉。舊俗燒蛟龍①，驚惶致雷雨〔一〕。爆嵌魑魅泣，崩凍嵐陰昈〔二〕。羅落沸百泓，根源皆萬古②〔三〕。青林一灰燼，雲氣無處所③〔四〕。入夜殊赫然，新秋照牛女〔五〕。風吹巨焰作，河棹騰烟柱④〔六〕。勢欲焚崑崙，光彌焮洲渚〔七〕。腥至燋長蛇⑤，聲吼纏猛虎⑥。神物已高飛，不見石與土⑦〔八〕。爾寧要謗讟，憑此近熒侮〔九〕。薄關長吏憂，甚昧至精主〔一〇〕。遠遷誰撲滅，將恐及環堵〔一一〕。流汗卧江亭，更深氣如縷。（0290）

【校】

①蛟，錢箋校：「一作蛇。」

②萬，錢箋、《草堂》校：「一作太。」

③處所，《草堂》作「所處」。

④棹，錢箋、《草堂》校：「一作淡。」騰，錢箋校：「一作勝。」《草堂》作「勝」，校：「一作騰。」

⑤燋，錢箋、《草堂》作「焦」。

⑥聲吼，錢箋、《草堂》校：「一云吼争。」

⑦不，錢箋、《草堂》校：「一作只。」

【注】

黄鶴注：當是大曆元年（七六六）在夔州作。

〔一〕楚山四句：《分門》洙曰：「楚俗，大旱則焚山擊鼓，有合《神農書》。」《水經注》江水：「江水又東逕廣溪峽，斯乃三峽之首也。其間三十里，頹岩倚木，厥勢殆交。北岸山上有神淵，淵北有白鹽崖，高可千餘丈，俯臨神淵。土人見其高白，故因名之。天旱，燃木岸上，推其灰燼，下穢淵中，尋即降雨。常璩曰：縣有山澤水神，旱時鳴鼓請雨，則必應嘉澤。《蜀都賦》所謂『應鳴鼓而興雨』也。」左思《蜀都賦》：「潛龍蟠於沮澤，應鳴鼓而興雨。」《文選》劉逵注：「巴東有澤水，人謂有神龍，不可鳴鼓，鳴鼓其傍，即便雨也。」

造作。」

〔二〕爆嵌二句：《玉篇》：「嵌，坎旁孔也。又山岩。」《廣韻》：「昈，文彩狀。又明也。」朱鶴齡注：「言積凍之地爲火所崩迫，故嵐陰皆有赤光。」江師韓《詩學纂聞》：「『爆嵌』、『崩凍』，字太造作。」

〔三〕羅落二句：陳琳《爲袁紹檄豫州》：「州郡各整戎馬，羅落境界。」《文選》吕向注：「羅落，布列也。」朱鶴齡注：「言火燼周圍隕落。」則此爲墜落義。潘尼《火賦》：「山林爲之崩阤，川澤爲之涌沸。」《趙次公先後解》：「言百泓之根源皆自萬古，而同沸於今日也。」

〔四〕雲氣句：宋玉《高唐賦》：「風止雨霽，雲無處所。」

〔五〕入夜二句：《文選》謝惠連《七月七日夜詠牛女》李善注引《齊諧記》：「桂陽城武丁有仙道，常在人間。忽謂其弟曰：七月七日織女渡河，諸仙悉還宫，吾向以被召不得停，與爾别矣。弟問：織女何事渡河，兄何當還？答曰：織女暫詣牽牛。吾去後，三千年當還耳。明旦，失武丁所在。世人至今猶云七月七日織女嫁牽牛。」黄鶴注：「殆是山南入秋猶未雨也。」

〔六〕風吹二句：《趙次公先後解》：「舊本『河棹』善本作『河掉』。蓋言風吹巨焰高起，可遠照河水，而爲之震掉，烟直如柱也。」《草堂》夢弼注：「烟柱謂燭也。河中之棹火延及，光焰勝於燭也。」朱鶴齡注：「或本作淡，淡乃漢字之訛耳。」仇注：「恐是烟拄，謂烟氣直拄河漢也。」按，詩只是紀實，謂河中之棹亦有烟騰起如柱。

〔七〕勢欲二句：《書·胤征》：「火炎崑岡，玉石俱焚。」《左傳》昭公十八年：「行火所焮。」杜預注：「焮，炙也。」

〔八〕神物二句：《趙次公先後解》：「神物，指言蛟龍也。蛟龍已高飛而去，其飛也不礙石與土。古傳人不見風，牛不見火，龍不見石故也。」張端義《貴耳集》卷下引《四夷附録内典》：「論云：龍能變水，人能變火，龍不見石，人不見風，魚不見水，鬼不見地，此亦理也。」仇注：「此言蛟龍避火而去，不能爲雨也。」

〔九〕爾寧二句：《左傳》昭公元年：「民無謗讟。」杜預注：「讟，誹也。」《孔子家語》卷一：「匹夫熒侮諸侯者，罪應誅。」《史記・孔子世家》作「營惑」。朱鶴齡注：「言蛟龍神物，奈何爲焚山之舉，以謗讟而熒侮之。」

〔一〇〕薄關二句：《趙次公先後解》：「此亦關於長吏之所憂也。蓋水旱有數，冥冥中固有主之者矣。」《草堂》夢弼注：「薄關，近及郊關。」朱鶴齡注謂其説非是：「此固舊俗不經，實因長吏薄於憂民，不知以精誠爲主，盡祈救之道耳。」按，朱説亦曲解。「薄」與「甚」對言，謂焚山之事亦稍關於長吏所憂，而其事則甚昧於至精之理。《易・繫辭下》：「非天下之至精，其孰能與於此。」

〔一一〕遠遷二句：《書・盤庚上》：「若火之燎於原，不可嚮邇，其猶可撲滅。」《禮記・儒行》：「儒有一畝之宫，環堵之室。」

葉矯然《龍性堂詩話》初集：「子美《火》詩……奇語咄咄。後劉夢得《武陵觀火》有云：『盲風扇其威，白晝曛陽烏。』又：『金烏入焚天，赤龍游玄都。』又：『吹光照水府，炙浪愁天

吴。』又：『厚地藏宿熱，遥林呈驟枯。』又：『晉庫走龍劍，吴宮傷燕雛』等句，瑰偉不凡，亦堪仿佛杜公。」

往在

往在西京時①，胡來滿彤宫②〔一〕。中宵焚九廟，雲漢爲之紅〔二〕。解瓦飛十里，繐帷紛曾空③〔三〕。疚心惜木主〔四〕，一一灰悲風。合昏排鐵騎，清旭散錦幪④〔五〕。賊臣表逆節⑤〔六〕，相賀以成功。是時妃嬪戮，連爲糞土叢〔七〕。當宁陷玉座，白間剥畫蟲〔八〕。不知二聖處〔九〕，私泣百歲翁。車駕既云還，楹桷欻穹崇〔一〇〕。故老復涕泗，祠官樹椅桐〔一一〕。宏壯不如初，已見帝力雄。前春禮郊廟，祀事親聖躬〔一二〕。微軀忝近臣，景從陪羣公〔一三〕。登階捧玉册，峨冕耿金鍾⑥〔一四〕。侍祠恧先露⑦，掖垣邇濯龍〔一五〕。天子惟孝孫，五雲起九重〔一六〕。鏡奩换粉黛，翠羽猶葱朧〔一七〕。前者厭羯胡，後來遭犬戎〔一八〕。俎豆腐膻肉⑧，罘罳行角弓〔一九〕。安得自西極，申命空山東〔二〇〕。盡驅詣闕下，士庶塞關中。主將曉逆順，元元歸始終〔二一〕。一朝自罪己⑨，萬里車書通〔二二〕。鋒鏑供鋤犁〔二三〕，征戍聽所從⑩。冗官

各復業，土著還力農〔二四〕。君臣節儉足，朝野歡呼同⑪。中興似國初⑫，繼體如太宗〔二五〕。端拱納諫諍，和風日沖融〔二六〕。赤墀櫻桃枝，隱映銀絲籠〔二七〕。千春薦陵寢⑬〔二八〕，永永垂無窮⑭。京都不再火，涇渭開愁容。歸號故松柏，老去苦飄蓬〔二九〕。（0291）

【校】

① 時，錢箋、《九家》、《草堂》作「日」，錢箋、《草堂》校：「一作時。」

② 彤，錢箋校：「一作丹。」

③ 粉，錢箋、《九家》、《草堂》作「紛」，錢箋校：「一作粉。」《草堂》校：「魯作粉。」

④ 驝，宋本、錢箋校：「一作幪。」《九家》、《草堂》作「幪」，校：「一作驝。」

⑤ 節，錢箋、《草堂》校：「晉作帥。」

⑥ 耿，宋本、錢箋、《九家》校：「一作聆。」《草堂》作「聆」。

⑦ 露，錢箋校：「一作霑。」

⑧ 腐，宋本、錢箋、《草堂》校：「一作爛。」

⑨ 自罪己，宋本、錢箋、《草堂》校：「一云罪己已。」

⑩ 戍，《草堂》校：「或作伐。」所，《草堂》作「近」，校：「一作所。」

⑪呼，宋本、錢箋、《九家》、《草堂》校：「一作娱。」

⑫似，錢箋、《草堂》校：「一作比。」

⑬陵寢，《草堂》作「寢廟」。

⑭垂，《草堂》作「傳」。

【注】

黄鶴注：永泰元年正月下制有云「勞懷罪己之念」，當是大曆元年（七六六）作。

〔一〕彤宫：《趙次公先後解》：「彤宫者，天子之宫也。丹謂之彤，故丹墀謂之彤墀。」

〔二〕中宵二句：《舊唐書·肅宗紀》：「（至德二載十月）丁卯，入長安。……九廟爲賊所焚，上素服哭於廟三日，入居大明宫。」「（十一月）新成九廟神主，上親告享。」《禮儀志》：「國朝始饗四廟，宣、光並太祖、世祖神主祔於廟。貞觀九年，將祔高祖於太廟，朱子奢請准禮立七廟，其三昭三穆，各置神主。……開元十年，玄宗特立九廟，於是追尊宣皇帝爲獻祖，復列於正室，光皇帝爲懿祖，以備九室。禘祫猶虚太祖之位。祝文於三祖不稱臣，明全廟數而已。至德二載克復後，新作九廟神主，遂不造弘農府君神主，明禘祫不及故也。至寶應二年，祔玄宗、肅宗於廟，遷獻、懿二祖於西夾室，始以太祖當東向位。」

〔三〕解瓦二句：《後漢書·光武紀》：「會大雷風，屋瓦皆飛。」陸機《弔魏武帝文》：「又曰吾婕妤妓人，皆著銅爵臺。於臺堂上施八尺床繐帳，朝晡上脯糒之屬。」沈約《郊居賦》：「繐帷一朝冥

漠，西陵忽其蔥楚。」曾空，同層空。

〔四〕木主：神主。《史記・周世家》：「爲文王木主，載以車。」

〔五〕合昏二句：《趙次公先後解》：「合昏，則黃昏也。」仇注：「本是草名，此處借用作黃昏。」《説文》：「𩧭，驢子也。」《趙次公先後解》：「以幪字爲正。若𩧭字，則驢之別名，殊無義也。」引徐陵《紫騮馬》：「玉鐙繡纏鬃，金鞍錦覆幪。」錢箋：「禄山陷兩京，以橐駞運御府珍寶于范陽，故曰『散錦𩧭』。」按，《龍龕手鑑》：「𩧭，驢子𩧭。」《本草綱目》卷五〇騾：「其類有五……牡牛交驢而生者爲𩥭𩧭。」𩧭乃驢所生子，非驢之別名。此句鐵騎、錦𩧭爲對，作錦幪者不合。《舊唐書・吴元濟傳》：「地既少馬，而廣畜騾，乘之教戰，謂之騾子軍。」是唐時有以騾作戰者。

〔六〕賊臣句：《國語・越語下》：「逆節萌生。」

〔七〕是時二句：《安禄山事迹》卷下：「至德元年九月，賊黨孫孝哲害霍國長公主、永王妃及駙馬楊駬等八十餘人，又害皇孫等二十餘人，並刳其心，以祭安慶宗。……自後安忍殺不附己者，王侯將相扈從入蜀者，子孫兄弟，雖在嬰孩之中，皆不免於刑戮。」參卷一《哀王孫》(0047)注。

〔八〕當宁二句：《禮記・曲禮下》：「天子當宁而立。」釋文：「門屏之間曰宁。」謝朓《同謝咨議銅雀臺詩》：「玉座猶寂漠，況乃妾身輕。」何晏《景福殿賦》：「皎皎白間，離離列錢。」《文選》李善注：「白間，青瑣之側，以白塗之。今猶謂之白間。」張銑注：「窗也。」《分門》師曰：「白間，黼扆也。畫蟲畫雉以飾之。」《趙次公先後解》：「剥畫蟲，則白間之上所畫剥落也。」仇注引《吴越春秋》：「蟲鏤之刻畫。」按，蟲謂華蟲。《書・益稷》：「山龍華蟲。」傳：「華象草華蟲雉也。」李

尤《德陽殿賦》：「青瑣禁門，廊廡翼翼，華蟲詭異，密采珍縟。」

〔九〕二聖：《趙次公先後解》：「二聖，指言明皇與肅宗也。」

〔一〇〕楹桷句：《詩·商頌·殷武》：「松桷有梴，旅楹有閑，寢成孔安。」《爾雅·釋宮》：「宋廇謂之梁。其上楹謂之棁。」郭璞注：「侏儒柱也。」又：「桷謂之榱。」郭璞注：「屋椽。」王延壽《魯靈光殿賦》：「彤彤靈宮，巋摧穹崇。」《文選》李善注：「皆高大之貌。」

〔一一〕祠官句：《詩·鄘風·定之方中》：「樹之榛栗，椅桐梓漆，爰伐琴瑟。」傳：「椅，梓屬。」箋：「樹此六木於宮者，曰其長大可伐以爲琴瑟。言豫備也。」

〔一二〕前春二句：《舊唐書·肅宗紀》：「（乾元元年四月）辛亥，九廟成，備法駕自長安殿迎九廟神主入新廟。甲寅，上親享九廟，遂有事於圓丘，即日還宮。翌日，御明鳳門，大赦天下。」《册府元龜》卷八〇《帝王部·慶賜》：「（乾元元年）四月甲寅，郊廟禮畢。乙卯，御丹鳳門，大赦天下。」《趙次公先後解》：「唐史所載，乃四月中事，而此詩云前春，則豈所謂前歲之義而已乎。」按，《通典》卷一〇六《禮·開元禮纂》：「孟夏雩祀昊天上帝於圓丘，以太宗文武聖皇帝配座。」「太廟九室，每歲五享。謂四時孟月及臘也。……又三年一祫以孟冬，五年一禘以孟夏。」本年四月所行，當爲享廟及雩祀之禮。然以九廟新成，故特隆重。

〔一三〕景從：班固《東都賦》：「天官景從，寢威盛容。」

〔一四〕登階二句：《通典》卷五四《禮·封禪》：「大唐貞觀十一年，左僕射房玄齡等……又議玉册：四枚，各長尺三寸，廣寸五分。每册五簡，俱以金編。」此行封禪大禮用玉册。中宗《即位赦

文》：「其引玉册及璽册、讀册等官人，各賜物五十段。」憲宗《上尊號赦文》：「撰册文官中書侍郎同平章事崔羣與一子正員官，奉册寶綬書、玉册書寶官加兩階。」是即位、上尊號等册書亦稱玉册，然未必爲玉製。此蓋同後者。張華《祖道趙王應詔》：「軒冕峨峨，冠蓋習習。」《通典》卷一〇九《禮・開元禮纂》冬至祀圓丘：「前祀二日，太樂令設宮懸之樂於壇南内壝之外。東方西方磬虡起北，鐘虡次之。南方北方磬虡起西，鐘虡次之。設十二鎛鐘於編懸之間，各依辰位。……設歌鐘歌磬於壇上近南北向，磬虡在西，鐘虡在東。」雩祀禮蓋同。

〔一五〕侍祠二句：司馬相如《封禪文》：「微乎此之爲符也，以登介丘，不亦恧乎。」《文選》李善注：「《爾雅》曰：心慚曰恧。」《趙次公先後解》：「其有合預侍祠而不奉先露，所以慚恧矣。史有先朝露，以言臣之不幸者也。」朱鶴齡注：「言己新進小臣，得與侍祠之列，故以先蒙恩露爲慚也。」葉燮《原詩》卷三録此句謂費解。按，先露即先顯露。《南齊書・曹虎傳》：「仁義弗聞，苛暴先露。」趙、朱説皆迂。仇注改「先路」，亦無據。劉楨《贈徐幹》：「誰謂相去遠，隔此西掖垣。」《後漢書・桓帝紀》：「祠黄老於濯龍宮。」《皇后紀》馬皇后：「帝幸濯龍中。」張衡《東京賦》：「濯龍芳林。」《文選》薛綜注：「《洛陽圖經》曰：濯龍，池名。」顔延之《赭白馬賦》：「處以濯龍之奥。」《文選》李善注：「盧植集曰：詔給濯龍厩馬三百匹。」《九家》杜《補遺》：「諸家稱濯龍不同，大抵以池得名，而置監宮園厩皆因之也。」朱鶴齡注：「言時爲拾遺，出入掖垣，其地密邇宮禁也。」

〔一六〕天子二句：《禮記・郊特牲》：「祭稱孝孫孝子，以其義稱也。」董仲舒《雨雹對》：「雲則五色而

爲慶，三色而成喬。」《南齊書・樂志》明堂樂歌《昭夏樂》：「聖祖降，五雲集。」

〔一七〕鏡奩二句：《後漢書・皇后紀》陰皇后：「明帝性孝愛，追慕無已。……帝從席前伏御床，視太后鏡奩中物，感動悲涕，令易脂澤裝具。左右皆泣，莫能仰視焉。」《漢書・西域傳》：「自是之後，明珠、文甲、通犀、翠羽之珍盈於後宮。」《趙次公先後解》：「翠羽，乃所以飾神御之物者。」郭璞《江賦》：「涯灌芊萰，潛薈葱蘢。」《文選》李善注：「皆青盛貌也。」

〔一八〕前者二句：羯胡，指安史叛軍。見卷一《白水縣崔少府十九翁高齋三十韻》(0042)注。犬戎，指吐蕃。見卷四《憶昔二首》(0192)注。此指廣德元年吐蕃陷京師。

〔一九〕俎豆二句：《禮記・樂記》：「簠簋俎豆，制度文章，禮之器也。」《禮記・禮器》：「崇坫康圭，疏屏，天子之廟飾也。」注：「屏謂之樹，今桴思也。」《太平御覽》卷一八五引作「罘罳」。《古今注》卷上：「罘罳，屏之遺象也。塾門外之舍也。臣來朝君，至門外，當就舍更衣，熟詳所應對之事。塾之言熟也。行至門内屏外，復應思惟。罘罳，言復思也。」《酉陽雜俎》續集卷四：「士林間多呼殿榱桷護雀網爲罘罳，其淺誤也如此。……予自筮仕已來，凡見縉紳數十人，皆謬言梟鏡、罘罳事。」《分門》蒼舒曰引蘇鶚《演義》稱罘罳織絲爲之，輕疏浮虚，象網羅交文之狀，蓋宫殿簷户之間也。《唐六典》卷一六武庫令：「弓之制有四：一曰長弓，二曰角弓，三曰稍弓，四曰格弓。」《通典》卷一九七《邊防・突厥》：「兵器有角弓、鳴鏑、甲、槊、刀劍。」《草堂》夢弼注：「謂吐蕃污漫祭器也。」「操弓矢狼藉宫廟也。」

〔二〇〕安得二句：《莊子・田子方》：「日出東方而入於西極。」盧元昌曰：「最痛心者，藩鎮之赴援不

聞，節度之入朝希有。今日安得自西徂東，布昭王命。」仇注：「指京師之西。」

〔二一〕主將二句：朱鶴齡注：「主將，謂史朝義諸降將。」賈誼《過秦論》：「既元元之民冀得安其性命，莫不虛心而仰上。」《趙次公先後解》：「言令終始一節，爲王之臣，而無犯順也。」

〔二二〕一朝二句：《左傳》莊公十一年：「禹湯罪己，其興也悖焉。」《舊唐書·代宗紀》：「永泰元年正月癸巳朔，制曰：……朕所以馭朽懸旌，坐而待曙，勞懷罪己之念，延想安人之策。……可大赦天下，改廣德三年爲永泰元年。」任昉《奏彈曹景宗》：「聖朝乃顧，將一車書。」

〔二三〕鋒鏑：《史記·秦楚之際月表》：「銷鋒鏑，鉏豪桀。」

〔二四〕土著：謂古田定居。《漢書·西域傳》：「西域諸國大率土著，有城郭田畜。」《通典》卷七《食貨·歷代盛衰户口》：「若逃税則不土著而人貧。」《管子·重令》：「務時殖穀，力農墾草。」

〔二五〕中興二句：《史記·外戚世家》：「自古受命帝王及繼體守文之君。」索隱：「繼體謂非創業之主，而是嫡子繼先帝之正體而立者也。」此言代宗。

〔二六〕端拱二句：蕭綱《大法頌》：「履璇璣而端拱，居岩廊而淵默。」沖融，見卷一《渼陂行》(0031)注。

〔二七〕隱映：映襯。謝舉《凌雲臺》：「綺甍懸桂棟，隱映傍喬柯。」

〔二八〕千春句：《禮記·月令》：「仲夏之月……是月也，天子乃雛嘗黍，羞以含桃，先薦寢廟。」注：「含桃，櫻桃也。」《分門》定功曰引唐李綽《歲時記》：「四月一日内園進櫻桃，寢廟薦訖，頒賜各有差。」

〔二九〕歸號二句：《趙次公先後解》：「自亦及其先墳之思，言欲歸號哭於其祖先墳墓之間，而苦飄泊不能歸。」

七月三日亭午已後校熱退晚加小涼穩睡有詩因論壯年樂事戲呈元二十一曹長①〔一〕

今兹商用事，餘熱亦已末〔二〕。衰年旅炎方，生意從此活〔三〕。亭午減汁流，北鄰耐人聒〔四〕。晚風爽烏匼〔五〕，筋力蘇摧折。閉目踰十旬，大江不止渴〔六〕。退藏恨雨師，健步聞旱魃②〔七〕。園蔬抱金玉〔八〕，無以供采掇。密雲雖聚散，徂暑終衰歇③〔九〕。前聖慎焚巫，武王親求暍〔一〇〕。陰陽相主客，時序遞回斡〔一一〕。洒落唯清秋，昏霾一空闊〔一二〕。蕭蕭紫塞雁〔一三〕，南向欲行列。欻思紅顔日，霜露凍堦闥〔一四〕。胡馬挾彫弓，鳴弦不虛發〔一五〕。長鈚逐狡兔④，突羽當滿月〔一六〕。惆悵白頭吟，蕭條游俠窟〔一七〕。臨軒望山閣，縹緲安可越。高人煉丹砂，未念將朽骨〔一八〕。少壯跡頗疏，歡樂曾倏忽〔一九〕。杖藜風塵際，老醜難剪拂〔二〇〕。吾子得神仙，本是池中物〔二一〕。賤夫美一睡，煩促嬰詞筆〔二二〕。（0292）

【校】

①校，錢箋作「較」。

②聞，錢箋校：「一作供。」

③終，錢箋校：「一作經。」《草堂》作「經」。

④逐，錢箋校：「一作及。」《草堂》作「及」。

【注】

黄鶴注：當是大曆元年（七六六）初至夔州作。

〔一〕元二十一：名未詳。曹長：李肇《唐國史補》卷下：「尚書丞、郎、郎中相呼爲曹長，外郎、御史、遺補相呼爲院長。上可兼下，下不可兼上。」

〔二〕今兹二句：《禮記·月令》：「孟秋之月……其音商，律中夷則。」《孔子集語》卷四引《周易乾鑿度》：「孔子曰：歲三百六十日而天氣周，八卦用事各四十五日，方備歲焉。」仇注：「七月三日，蓋立秋之日。凡公詩記日者，皆指節候言。」

〔三〕衰年二句：《北齊書·文宣紀》：「逷彼炎方，盡生荆棘。」《晋書·殷仲文傳》：「此樹婆娑，無復生意。」

〔四〕北鄰句：《法苑珠林》卷一九釋道開：「不耐人，樂幽静。」徐積《送晦叔》：「耐人俱是白髮翁，不用語言情意通。」耐人即可承受、不厭煩之義。

〔五〕烏匼：《分門》洪芻曰：「烏匼，不舒貌。」薛夢符曰：「子美曰：『馬頭金匼匝。』所謂烏匼，即烏巾也。」錢箋引吴若本注：「匼，魏武擬古皮弁，裁縑帛以爲帢，以色别貴賤。晋咸和中制：尚書八座丞郎門下三省皆白帢，二宫直官烏紗帢。當作『帢』，《字書》無『匼』字。音恰。」《趙次公先後解》：「今亦有匼頭巾之語。」朱鶴齡注引鮑照詩「銀屏匼匝」、《唐書》「楊再思阿匼取容」，皆不以言巾，故此字當作「帢」。《玉篇》：「帢，口洽切。帽也。緝幘也。㡊、帢字同。」《龍龕手鑑》：「匼，苦合反。匼匝。與𢈈同。」

〔六〕閉目二句：《趙次公先後解》：「公有肺疾痟中之病，當炎暑則渴尤甚矣。」

〔七〕退藏二句：《易·繫辭上》：「退藏於密。」《山海經·大荒北經》：「應龍畜水，蚩尤請風伯雨師，縱大風雨。黄帝乃下天女曰魃，雨止，遂殺蚩尤。」《詩·大雅·雲漢》：「旱魃爲虐，如惔如焚。」傳：「魃，旱神也。」疏引《神異經》：「南方有人，長二三尺，袒身而目在頂上，走行如風，名曰魃。所見之國大旱，赤地千里。一名旱母。遇者得之，投溷中即死，旱災消。」《趙次公先後解》故謂「旱魃有健步實事」。

〔八〕園蔬句：《趙次公先後解》：「抱金玉，言其貴而難得如金玉也。」

〔九〕徂暑：《詩·小雅·四月》：「四月維夏，六月徂暑。」傳：「徂，往也。六月火星中，暑盛而往矣。」箋：「徂，猶始也。四月立夏矣，至六月乃始盛暑。」杜詩乃暑往義。

〔一〇〕前聖二句：《左傳》僖公二十一年：「夏，大旱，公欲焚巫尪。臧文仲曰：『非旱備也。修城郭，貶食省用，務穡勸分，此其務也。巫尪何爲？天欲殺之，則如勿生。若能爲旱，焚之滋甚。』公

從之。是歲也，饑而不害。」參本卷《雷》(0289)「暴尪」注。《藝文類聚》卷一二引《帝王世紀》：「武王見暍人，王自左擁而右扇之。」《淮南子・人間訓》：「武王蔭暍人於樾下，左擁而右扇之，而天下懷其德。」

〔一一〕陰陽二句：董仲舒《雨雹對》：「自十月以後，陽氣始生於地下，漸冉流散，故言息也。陰氣轉收，故言消也。日夜滋生，遂至四月純陽用事。自四月以後，陰氣始生於天下，漸冉流散，故云息也。陽氣轉收，故言消也。日夜滋生，遂至十月純陰用事。」張華《勵志詩》：「大儀斡運，天回地游。」謝惠連《七月七日夜詠牛女》：「傾河易回斡，款情難久悰。」

〔一二〕洒落二句：潘岳《秋興賦》：「庭樹槭以洒落兮，勁風戾而吹帷。」顔延之《和謝監靈運》：「徒遭良時詖，王道奄昏霾。」

〔一三〕蕭蕭句：鮑照《蕪城賦》：「南馳蒼梧漲海，北走紫塞雁門。」《文選》李善注引崔豹《古今注》：「秦所築長城，土色皆紫，漢塞亦然，故稱紫塞。」駱賓王《同張二詠雁》：「唼藻滄江遠，銜蘆紫塞長。」

〔一四〕欻思二句：《趙次公先後解》：「緣此思少年乘塞射獵之事，而感歎年老也。」潘岳《秋興賦》：「熠燿粲於階闥兮，蟋蟀鳴乎軒屏。」

〔一五〕胡馬二句：司馬相如《子虛賦》：「左烏號之雕弓，右夏服之勁箭。」又：「弓不虛發，中必決眥。」

〔一六〕長鈚二句：《方言》：「凡箭鏃……其廣長而薄鎌者謂之錍。」《集韻》：「或作鈚、鈚、鎞。」《史

記·越王句踐世家》：「狡兔死，走狗烹。」《趙次公先後解》：「突羽又所以言箭，其羽奔突而疾，故曰突羽。其當滿月，則所以言挽弓之滿，箭當其挽滿之間也。」駱賓王《送鄭少府入遼》：「滿月臨弓影，連星入劍端。」李白《行行游且獵篇》：「弓彎滿月不虛發，雙鶬迸落連飛髇。」

〔一七〕惆悵二句：《西京雜記》卷三：「相如將聘茂陵人女爲妾，卓文君作《白頭吟》以自絶，相如乃止。」《趙次公先後解》：「公所用止取白頭吟詠者耳。」郭璞《游仙詩》：「京華游俠窟，山林隱遁栖。」

〔一八〕高人二句：《趙次公先後解》：「高人，指言元君。元必好道之士。」

〔一九〕少壯二句：《胡笳十八拍》：「生倏忽兮如白駒之過隙，然不得歡樂兮當我之盛年。」

〔二〇〕老醜句：阮籍《詠懷》：「朝爲媚少年，夕暮成醜老。」劉峻《廣絶交論》：「顧盼增其倍價，剪拂使其長鳴。」《文選》李善注引《戰國策》「君獨無湔拔僕也」，謂：「湔拔、剪拂，音義同也。」

〔二一〕吾子一句：《三國志·吴書·周瑜傳》：「恐蛟龍得雲雨，終非池中物也。」

〔二二〕賤夫二句：張華《答何劭》：「恬曠苦不足，煩促每有餘。」王嗣奭《杜臆》：「謂吾子雖得神仙，未能羽化，猶是池中物。己於熱後得一美睡，何減仙游，故致煩詞筆也。」按，王解「猶是池中物」稍悖。詩謂元君如池中蛟龍，恐得雲雨而成仙；己則僅得穩睡，且煩於紙筆。

牽牛織女

牽牛出河西，織女處其東①〔一〕。萬古永相望②，七夕誰見同〔二〕？神光意難候③，此事終蒙朧。颯然精靈合，何必秋遂通〔三〕。亭亭新粧立，龍駕具曾空④〔四〕。世人亦爲爾⑤，祈請走兒童。稱家隨豐儉，白屋達公宫〔五〕。膳夫翊堂殿，鳴玉淒房櫳〔六〕。曝衣遍天下〔七〕，曳月揚微風。蛛絲小人態，曲綴瓜果中⑥。初筵裛重露〔八〕，日出甘所終⑦。嗟汝未嫁女，秉心鬱忡忡〔九〕。防身動如律，竭力機杼中〔一〇〕。雖無姑舅事⑧，敢昧織作功〔一一〕。明明君臣契，咫尺或未容。義無弃禮法，恩始夫婦恭。小大有佳期，戒之在至公〔一二〕。方圓苟齟齬，丈夫多英雄⑨〔一三〕。（0293）

【校】

①處，《草堂》作「出」。

②永，錢箋作「久」。

③光，錢箋校：「一作仙。」《草堂》校：「晉作先。」　意，宋本、錢箋、《九家》校：「一作竟。」《草堂》作「竟」，校：「一作意。」

④空，錢箋、《草堂》校：「一作穹。」

⑤亦，《草堂》校：「晉作以。」

⑥綴，宋本、錢箋、《草堂》校：「一作掇。」

⑦終，錢箋、《草堂》校：「一作從。」

⑧姑舅，《九家》、《草堂》作「舅姑」。

⑨丈夫多英雄，宋本、錢箋、《九家》校：「一云勿替丈夫雄。」

【注】

黄鶴注：當是公至夔之初年因所見而賦之，梁權道亦編在大曆元年（七六六）。

〔一〕牽牛二句：《爾雅·釋天》：「河鼓謂之牽牛。」郭璞注：「今荆楚人呼牽牛星爲檐鼓。檐者荷也。」《史記·天官書》：「南斗爲廟，其北建星。建星者，旗也。牽牛爲犧牲。其北河鼓。……婺女，其北織女。織女，天女孫也。」《晉書·天文志》：「織女三星，在天紀東端，天女也，主果蓏絲帛珍寶也。」陸機《擬迢迢牽牛星》：「牽牛西北回，織女東南顧。」

〔二〕萬古二句：《文選》曹植《洛神賦》李善注引曹植《九詠》注曰：「牽牛爲夫，織女爲婦。織女牽牛之星，各處河鼓之旁。七月七日，乃得一會。」參本卷《火》(0290)「照牛女」注。

〔三〕神光四句：《初學記》卷四引周處《風土記》：「七月七日，其夜洒掃於庭，露施几筵，設酒脯時果，散香粉於河鼓、織女，言此二星神當會。守夜者咸懷私願，或云見天漢中有奕奕正白氣，光耀五色，以此爲徵應，見者便拜，而願乞富乞壽，無子乞子。唯得乞一，不得兼求。三年乃得言之，頗有受其祚者。」

〔四〕亭亭二句：《趙次公先後解》：「指言織女也。」謝朓《七夕賦》：「回龍駕之容裔，亂鳳管之淒鏘。」

〔五〕世人四句：《荆楚歲時記》七月七日：「是夕，人家婦女結彩縷，穿七孔針。或以金銀鍮石爲針，陳瓜果於庭中以乞巧，有喜子網於瓜上，則以爲符應。」陳鴻《長恨歌傳》：「秋七月，牽牛織女相見之夕，秦人風俗，夜張錦繡，陳飲食，樹花燔香於庭，號爲乞巧。宫掖間尤尚之。」《開元天寶遺事》卷四乞巧樓：「宫中以錦結成樓殿，高百尺，上可以勝數十人。陳以瓜果酒炙，設坐具以祀牛、女二星。嬪妃各以九孔針、五色綫，向月穿之，過者爲得巧之候。動清商之曲，宴樂達旦，士民之家皆效之。」

〔六〕膳夫二句：《趙次公先後解》：「言公宫之如此。」《宋書·樂志》食舉歌：「爾公爾侯，鳴玉華殿。」左思《吴都賦》：「房櫳對櫎，連閣相經。」《文選》李善注：「《説文》曰：櫳，房室之疏也。」

〔七〕曝衣句：《初學記》卷四引崔寔《四民月令》：「七月七日作麴，合藍丸及蜀漆丸，暴經書及衣裳。」《世説新語·任誕》：「七月七日，北阮盛曬衣，皆紗羅錦綺。仲容以竿挂大布犢鼻褌於中庭。人或怪之，答曰：『不能免俗，聊復爾耳。』」

〔八〕初筵句：《唐語林》卷八：「七夕者，七月七日夜。……今人乃以七月六日夜爲之，至明曉望於彩縷，以冀織女遺絲，乃是七曉，非夕也。又取六夜穿七竅針，益謬矣。今貴家或連二宵陳乞巧之具，此不過苟悦童稚而已。」丘光庭《兼明書》卷五：「今北人即以七月六日之夕乞巧，詢其所自，則説有異端。静而思之，抑有由也。蓋鼎峙之世，或中分之時，南北異文，車書不一，必北朝帝王有當七日而崩者，故其俗間用六日之夕。南人不爲之忌，不移七日之夕。」瀼，仇注作「裛」。陶淵明《飲酒》：「秋菊有佳色，裛露掇其英。」《文選》李善注：「《文字集略》曰：裛，坌衣香也。然露坌花亦謂之裛也。」按，班固《西都賦》：「裛以藻繡。」《文選》李善注：「《説文》曰：裛，纏也。」《廣韻》：「裛，裛香。」裛皆爲纏繞之義。陶詩「裛露」，朱駿聲《説文通訓定聲》謂乃假借爲浥。《説文》：「浥，濕也。」此瀼亦當同浥。

〔九〕秉心句：《詩·小雅·小弁》：「君子秉心，維其忍之。」箋：「秉，執也。」《召南·草蟲》：「未見君子，憂心忡忡。」

〔一〇〕防身二句：陳琳《爲袁紹檄豫州》：「如律令。」《文選》李善注：「文書下如律令，言當履繩墨，動不失律令也。」趙彦衛《雲麓漫鈔》卷七：「急急如律令，漢之公移常語，猶今云符到奉行。張天師漢人，故承用之，而道家遂得祖述。」《古詩十九首》：「迢迢牽牛星，皎皎河漢女。纖纖擢素手，札札弄機杼。」

〔一一〕雖無二句：仇注：「無舅姑，未嫁夫也。」

〔一二〕明明六句：《趙次公先後解》：「又以君臣比其夫婦之義。」朱鶴齡注：「終言夫婦之義通於君

臣，近雖咫尺，非佳期不合。苟弃禮失身，能不爲丈夫所賤耶。」《禮記・内則》：「禮，始於謹夫婦。」

〔一三〕方圓二句：宋玉《九辯》：「圓鑿而方枘兮，吾固知其鉏鋙而難入。」何遜《還渡五洲》：「方圓既齟齬，貧賤豈怨尤。」孔融《論盛孝章書》：「今孝章，實丈夫之雄也。」《趙次公先後解》：「婦人女子一有齟齬，爲丈夫者豈能容乎？」

羅大經《鶴林玉露》乙編卷五：「朱文公嘗病《女戒》鄙淺，欲别集古語成一書。立篇目曰正静，曰卑弱，曰孝愛，曰和睦，曰儉質，曰寬惠，曰講學。且言如杜詩云：『嗟汝未嫁女，秉心鬱忡忡。防身動如律，竭力機杼中。』凡此等句，便可入《正静》。他皆仿此。」

朱鶴齡注：「或曰此託意君子進身之道，感牛女事而發之。」

施補華《峴傭説詩》：「《牽牛織女》詩，陳戒游女，語多迂腐。佻薄非詩，迂腐亦非詩也。」

毒熱寄簡崔評事十六弟〔一〕

大暑運金氣①，荆揚不知秋〔二〕。林下有塌翼〔三〕，水中無行舟。千室但掃地，閉關人事休②〔四〕。老夫轉不樂③，旅次兼百憂〔五〕。蝮蛇暮偃蹇，空床難暗投〔六〕。

炎宵惡明燭，況乃懷舊丘④。開襟仰内弟，執熱露白頭〔七〕。束帶負芒刺，接居成阻修〔八〕。何當清霜飛，會子臨江樓。載聞大易義，諷興詩家流⑤〔九〕。蘊藉異時輩，檢身非苟求⑥〔一〇〕。皇皇使臣體，信是德業優〔一一〕。楚材擇杞梓，漢苑歸驊騮⑦〔一二〕。短章達我心，理爲識者籌⑧〔一三〕。（0294）

【校】

①暑，宋本、錢箋、《九家》校：「一作火。」《草堂》、《文苑英華》作「火」，校：「一作暑。」

②關，《草堂》作「門」。

③夫，錢箋校：「一作大。」

④懷，《文苑英華》作「憶」，校：「集作懷。」

⑤興，錢箋校：「一作詠。」《草堂》作「詠」。

⑥苟，《文苑英華》作「久」，校：「集作苟。」

⑦漢苑，《文苑英華》作「大宛」，校：「集作漢苑。」

⑧爲，宋本、錢箋、《九家》校一作「待」。《文苑英華》作「待」。

【注】

《趙次公先後解》編入大曆三年（七六八）荆南所作。黄鶴注：當是大曆元年（七六六）作。

〔一〕崔評事十六弟：甫内弟，名不詳。《唐六典》卷一八大理寺：「評事十二人，從八品下。」「評事掌出使推按，凡承制而出推長吏，據狀合停務及禁錮者，先請魚書以往，據所受之狀鞫而盡之。」

〔二〕大暑二句：《分門》洙曰：「五行相生，以成四時。夏，火也。秋，金也。金當代火而畏火，故金氣伏而火流，所以熱也。」《趙次公先後解》：「以運金氣言之，當以大火爲正。蓋此一句止言七月之候也。《詩》曰七月流火。火者，大火也。《月令》曰：孟秋之月，盛德在金。大火流而運金氣，所以爲七月矣。既已七月，則當有秋也，而荆揚楚地，是爲炎方，故獨不知秋也。」朱鶴齡、仇注從趙説。按，《初學記》卷四事對「金藏火昇」：「《曆忌釋》曰：伏者何也？金氣伏藏之日。夏侯湛《大暑賦》曰：三伏相仍，徂暑彤彤。上無纖雲，下無微風。扶桑赩以增熿，大火曄其南昇。」運金氣即金氣伏藏之意，詩謂自大暑而運金氣，則漸屆秋矣。黄希注：「《唐志》：夔州屬山南道，古荆、梁二州之域。」

〔三〕林下句：陳琳《爲袁紹檄豫州》：「皆垂頭拓翼，莫所憑恃。」《趙次公先後解》：「鳥以熱而難飛也。」

〔四〕千室二句：司馬相如《上林賦》：「刮野掃地。」《文選》李善注：「言殺獲皆盡，野地似乎掃刮也。」《易·復·象》：「先王以至日閉關，商旅不行。」

〔五〕老夫二句：轉，益也。見卷一《自京赴奉先縣詠懷五百字》(0041)注。《易·旅》：「旅即次。」注：「次者，可以安行旅之地也。」

〔六〕蝮蛇二句：《論衡·言毒》：「江南地濕，故多蝮蛇。」《楚辭·九歌·東皇太一》：「靈偃蹇兮姣服，芳菲菲兮滿堂。」王逸注：「偃蹇，舞貌。」補注：「偃蹇，委曲貌，一曰衆盛貌。」《古詩十九首》：「蕩子行不歸，空床難獨守。」鄒陽《獄中上書自明》：「明月之珠，夜光之璧，以暗投人於道。」此借用字面。

〔七〕開襟二句：王粲《登樓賦》：「憑軒檻以遥望兮，向北風而開襟。」惠棟《九曜齋筆記》卷三：「《白氏六帖》：『舅之子爲内兄弟。』《儀禮·喪服》經曰：『舅之子緦。』鄭氏注云：『内兄弟也。』《晉書·阮瞻傳》：『内兄潘岳，每令鼓琴。』傅咸《贈何邵王濟序》：『朗陵公何敬祖，咸之從内兄。國子祭酒王武子，咸從姑之外孫也。』陸厥有《答内兄顧希叔》詩。少陵《奇簡崔評事十六弟》詩：『開襟仰内弟，執熱露白頭。』自注：『内弟崔漢卦湖南幕職。』柳子厚有《送内弟盧遵游桂州序》，注：『昌黎《銘子厚》云：舅弟盧遵，涿郡人。』李嘉祐《臺閣集》有《送内弟閻伯均歸江州》詩云：『莫怪臨歧獨垂淚，魏舒偏念外家恩。』嘉祐，閻出也。」執熱，見卷一《大雲寺贊公房四首》(0045)注。

〔八〕束帶二句：《論語·公冶長》：「束帶立於朝。」秦嘉《贈婦》：「清晨當引邁，束帶待雞鳴。」《漢書·霍光傳》：「大將軍光從驂乘，上内嚴憚之，若有芒刺在背。」向秀《思舊賦》：「余與嵇康、吕安居止接近。」阻修，見本卷《除草》(0267)注。

〔九〕載聞二句：揚雄《太玄賦》：「觀大易之損益兮，覽老氏之倚伏。」閔鴻《羽扇賦》：「表高義於大易，著詩人之雅章。」范寧《春秋穀梁傳集解序》：「君臣之禮廢，則《桑扈》之諷興。」傅玄《叙連

珠》：「必假喻以達其旨，而覽者微悟，合於古詩諷興之義。」

〔一〇〕蘊藉二句：《史記・酷吏列傳》：「治敢行，少蘊藉。」索隱：「張晏云：爲人無所避，故少所假借也。」《後漢書・桓榮傳》：「榮被服儒衣，温恭有蘊藉。」《書・伊訓》：「與人不求備，檢身若不及。」《吕氏春秋・士節》：「於利不苟取，於害不苟免。」《淮南子・繆稱訓》：「小人之從事也，曰苟得，君子曰苟義。」

〔一一〕皇皇二句：《詩・小雅・皇皇者華》序：「君遣使臣也。送之以禮樂，言遠而有光華也。」崔十六蓋以評事出使推按。《後漢書・楊震傳》：「德業相繼。」

〔一二〕楚材二句：《左傳》襄公二十六年：「晋卿不如楚，其大夫則賢，皆卿材也。如杞梓皮革，自楚往也。雖楚有材，晋實用之。」《趙次公先後解》：「於驊騮言漢苑，則漢有天馬之苑。」仇注：「楚材，喻崔使夔。漢苑，喻崔回京。」

〔一三〕理爲句：《趙次公先後解》：「識者，指評事也。」《史記・留侯世家》：「臣請藉前箸爲大王籌之。」按，詩謂評事當爲朝内識者剖析其理獄之事。

壯游

往昔十四五①，出游翰墨場②〔一〕。斯文崔魏徒，崔鄭州尚。魏豫州啓心。以我似班

揚③〔二〕。七齡思即壯，開口詠鳳皇。九齡書大字，有作成一囊〔三〕。性豪業嗜酒，嫉惡懷剛腸〔四〕。脱略小時輩④〔五〕，結交皆老蒼。飲酣視八極，俗物都茫茫〔六〕。東下姑蘇臺，已具浮海航〔七〕。到今有遺恨，不得窮扶桑〔八〕。王謝風流遠，闔廬丘墓荒〔九〕。劍池石壁仄，長洲荷芰香⑤〔一〇〕。嵯峨閶門北，清廟映回塘⑥〔一一〕。每趨吴太伯，撫事淚浪浪〔一二〕。枕戈憶勾踐，渡浙想秦皇〔一三〕。蒸魚聞匕首，除道哂要章〔一四〕。越女天下白，鏡湖五月涼⑦〔一五〕。剡溪藴秀異〔一六〕，欲罷不能忘。歸帆拂天姥，中歲貢舊鄉〔一七〕。氣劘屈賈壘，目短曹劉牆⑧〔一八〕。忤下考功第⑨，獨辭京尹堂〔一九〕。放蕩齊趙間，裘馬頗清狂〔二〇〕。春歌叢臺上，冬獵青丘旁⑩〔二一〕。呼鷹皂櫪林⑪，逐獸雲雪岡〔二二〕。射飛曾縱鞚，引臂落鶖鶬⑫〔二三〕。蘇侯據鞍喜，監門胄曹蘇預。忽如攜葛强〔二四〕。快意八九年，西歸到咸陽〔二五〕。許與必詞伯，賞游實賢王⑬〔二六〕。曳裾置醴地，奏賦入明光〔二七〕。天子廢食召，羣公會軒裳〔二八〕。脱身無所愛⑭，痛飲信行藏〔二九〕。黑貂不免弊⑮，斑鬢兀稱觴〔三〇〕。杜曲晚耆舊⑯，四郊多白楊〔三一〕。坐深鄉黨敬⑰，日覺死生忙⑱〔三二〕。朱門任傾奪⑲，赤族迭罹殃〔三三〕。國馬竭粟豆，漢有太常、三輔粟豆⑳。官雞輸稻粱〔三四〕。舉隅見煩費，引古惜興亡〔三五〕。河朔風塵起，岷山行幸長〔三六〕。兩宫各警蹕〔三七〕，萬里遥相望。崆峒殺

氣黑，少海旌旗黃。禹功亦命子，涿鹿親戎行〔三八〕。翠華擁英岳㉑，螭虎噉豺狼〔三九〕。爪牙一不中，胡兵更陸梁〔四〇〕。大軍載草草㉒，凋瘵滿膏肓㉓〔四一〕。備員竊補袞，憂憤心飛揚〔四二〕。上感九廟焚㉔〔四三〕，下憫萬民瘡㉕。斯時伏青蒲，廷爭守御床〔四四〕。君辱敢愛死，赫怒幸無傷〔四五〕。聖哲體仁恕，宇縣復小康〔四六〕。哭廟灰燼中，鼻酸朝未央〔四七〕。小臣議論絕，老病客殊方㉖〔四八〕。鬱鬱苦不展，羽翮困低昂〔四九〕。秋風動哀壑，碧蕙捐微芳㉗。之推避賞從，漁父濯滄浪〔五〇〕。榮華敵勳業〔五一〕，歲暮有嚴霜。吾觀鴟夷子，才格出尋常〔五二〕。羣凶逆未定，側佇英俊翔〔五三〕。（0295）

【校】

① 昔，錢箋、《九家》校：「一作者。」《草堂》校：「魯作者。」

② 游，錢箋、《草堂》校：「一作入。」

③ 似，錢箋、《草堂》校：「一作比。」

④ 略，錢箋校：「一作落。」

⑤ 荷芰，《九家》、《草堂》作「芰荷」。

⑥ 回，錢箋、《草堂》校：「一作池。」

⑦ 鏡，宋本缺末筆，錢箋作「鑑」。

⑧ 目，宋本、錢箋校：「一作日。」

⑨ 功，宋本作「工」，據錢箋等改。

⑩ 冬，《草堂》校：「或作久。」

⑪ 皂，宋本、錢箋、《九家》、《草堂》校：「一作紫。」　櫪，錢箋、《草堂》校：「晋作櫟。」

⑫ 引，宋本、錢箋、《九家》校：「一云跛。」

⑬ 賞，宋本、錢箋、《九家》、《草堂》校：「一作貴。」

⑭ 愛，錢箋校：「一作受。」

⑮ 不，錢箋校：「一作寧。」《草堂》作「寧」。

⑯ 晚，宋本、錢箋、《草堂》校一作「换」。

⑰ 黨，《草堂》校：「一作曲。」

⑱ 日，錢箋、《草堂》校：「一作自。」

⑲ 任，宋本、錢箋、《九家》、《草堂》校一作「務」。

⑳ 漢有八字，錢箋以此注爲吴若本注。

㉑ 英，宋本、錢箋、《草堂》校一作「吴」。《九家》作「吴」。

㉒ 大，錢箋、《草堂》校：「一作天。」

㉓ 肓，宋本作「盲」，據錢箋、《九家》改。

㉔ 焚，錢箋、《草堂》校：「一作毁。」

㉕ 萬民，錢箋、《草堂》校：「一作蒼生。」

㉖ 老，《草堂》作「久」，校：「一作老。」

㉗ 捐，宋本、錢箋、《草堂》校一作「損」。

【注】

《趙次公先後解》：「公之平生出處，莫詳於此篇。而史官爲傳，當時之人爲墓志，後人爲集序，皆不能考此以書之，甚可惜也。」編入大曆二年（七六七）冬所作。黄鶴注：當是大曆元年（七六六）在夔州作。

〔一〕往昔二句：阮籍《詠懷》：「昔年十四五，志尚好讀書。」《趙次公先後解》引此謂：「上句歲數雖是實道，此爲恰好處不放過也。」謝瞻《經張子房廟》：「濟濟屬車士，粲粲翰墨場。」

〔二〕斯文二句：《新唐書·宰相世系表二下》南祖崔氏：谷神子，「尚，祠部郎中。」《唐詩紀事》卷一四：「尚登久視六年進士第，官至祠部郎中。」久視僅一年，「六」字爲「元」字訛。《唐會要》卷七六《制科舉》：「神龍二年，才膺管樂科：張大求、魏啓心……及第。」班揚，班固、揚雄。《文心雕龍·比興》：「至於揚班之倫，曹劉以下，圖狀山川，影寫雲物。」

〔三〕七齡四句：《趙次公先後解》：「此必實道其事。」《禮記·文王世子》：「古者謂年齡，齒亦齡也。」《文心雕龍·序志》：「予生七齡，乃夢彩雲若錦，則攀而采之。」揚雄《法言·問神》：「育

而不苗者，吾家之童烏乎。九齡而與我玄文。」

〔四〕嫉惡句：嵇康《與山巨源絶交書》：「剛腸疾惡，輕肆直言。」

〔五〕脱略句：脱略，見卷五《過郭代公故宅》(0213)注。此謂輕慢時輩。江淹《恨賦》：「脱略公卿，跌宕文史。」《文選》張銑注：「脱略，輕易。」

〔六〕飲酣二句：八極，見卷三《鳳凰臺》(0151)注。《世説新語·排調》：「嵇、阮、山、劉在竹林酣飲，王戎後往，步兵曰：『俗物已復來敗人意。』」

〔七〕東下二句：《越絶書》卷一二：「吴王不聽，遂受之而起姑胥臺，三年聚材，五年乃成，高見二百里。」《吴地記》：「姑蘇臺，在吴縣西南三十五里。闔閭造，經營九年始成。其臺高三百丈，望見三百里外，作九曲路以登之。」《論語·公冶長》：「道不行，乘桴浮於海。」

〔八〕扶桑：《梁書·諸夷傳》東夷：「扶桑國者，齊永元元年，其國有沙門慧深來至荆州，説云：『扶桑在大漢國東二萬餘里，地在中國之東，其土多扶桑木，故以爲名。』」《藝文類聚》卷八引《十洲記》：「扶桑在碧海之中，地一面萬里，太帝之宫，太真東王君所治處。」

〔九〕王謝二句：《晋書·殷浩傳》：「王夷甫，先朝風流士也。」庾信《周故大將軍趙公墓志銘》：「荏苒風流，則王濛、謝朓。」李華《唐贈太子少師崔公神道碑》：「魏以荀陳爲德門，南朝以王謝爲高望。」《越絶書》卷二：「闔廬冢，在閶門外，名虎丘。下池廣六十步，水深丈五尺。銅槨三重，澒池六尺。玉鳧之流，扁諸之劍，三千方圓之口，三千時耗，魚腸之劍在焉。十萬人築治之，取土臨湖口。築三日而白虎居上，故號虎丘。」

〔一〇〕劍池二句：《吴郡志》卷一六：「劍池，吴王闔廬葬其下，以扁諸、魚腸等劍三千殉焉，故以劍名池。葬之三日，有白虎踞其上，故山名虎丘。唐避諱曰武丘。劍池，浙中絶景。兩岸劃開，中涵石泉，深不可測。」《元和郡縣圖志》卷二六蘇州長洲縣：「本萬歲通天元年析吴縣置，取長洲苑爲名。苑在縣西南七十里。」《吴郡圖經續記》卷下：「長洲苑，吴故苑，在郡界。昔枚乘諫吴王云：『漢修治上林，雜以離宫，積聚玩好，圈守禽獸，不如長洲之苑。游曲臺，臨上路，不如朝夕之池。』《吴都賦》亦云：『帶朝夕之濬池，佩長洲之茂苑。』注云：『有朝夕池，謂潮水朝盈夕虚，因名焉。』庾信《哀江南賦》云：『連茂苑於海陵，跨横塘於江浦。』亦取諸此。」

〔一一〕嵯峨二句：《吴地記》：「闔閭城……西閶、胥二門。……閶門，亦號破楚門。吴伐楚，大軍從此門出。」清廟，《分門》洙曰：「文王之廟也。」修可曰：「乃吴文皇帝孫和廟也。子皓改葬和，號明陵……立寢堂，號曰清廟。」《吴郡志》卷一二：「至德廟，即泰伯廟。東漢永興二年，郡守麋豹建於閶門外。《辨疑志》載：吴閶門外有泰伯廟，廟東又有一宅，祀泰伯長子三郎，吴越錢武肅王始徙之城中。《纂異志》又云：吴泰伯廟在閶門西。皮日休詩云：『一廟争祠兩讓君。』蓋並祠仲雍舊矣。今廟在閶門内，東行半里餘。」朱鶴齡注引此，謂：「舊注指孫皓父和之廟，謬極。」

〔一二〕每趨二句：《史記·吴太伯世家》：「吴太伯、太伯弟仲雍，皆周太王之子，而王季歷之兄也。季歷賢，而有聖子昌，太王欲立季歷以及昌，於是太伯、仲雍二人乃奔荆蠻，文身斷髮，示不可用，以避季歷。季歷果立，是爲王季，而昌爲文王。太伯之奔荆蠻，自號句吴。荆蠻義之，從而

歸之千餘家，立爲吳太伯。」《楚辭·離騷》：「攬茹蕙以掩涕兮，霑余襟之浪浪。」

〔一三〕枕戈二句：《史記·越王句踐世家》：「越王句踐反國，乃苦身焦思，置膽於坐，坐卧即仰膽，飲食亦嘗膽也。」朱鶴齡注：「枕戈待旦，乃晋劉琨語。此作句踐事用，未詳。」《晋書·劉琨傳》：「吾枕戈待旦，志梟逆虜。」此以事類同而借用。《史記·秦始皇本紀》：「三十七年十月癸丑，始皇出游。……過丹陽，至錢唐。臨浙江，水波惡，乃西百二十里從狹中渡。上會稽，祭大禹，望於南海，而立石刻頌秦德。」

〔一四〕蒸魚二句：《史記·刺客列傳》：「光伏甲士於窟室中，而具酒請王僚。……酒既酣，公子光佯爲足疾，入窟室中，使專諸置匕首魚炙之腹中而進之。既至王前，專諸擘魚，因以匕首刺王僚，王僚立死。左右亦殺專諸，王人擾亂。公子光出其伏甲以攻王僚之徒，盡滅之，遂自立爲王，是爲闔閭。」《漢書·朱買臣傳》：「拜爲太守，買臣衣故衣，懷其印綬，步歸郡邸。……守邸怪之，前引其綬，視其印，會稽太守章也。……買臣遂乘傳去。會稽聞太守且至，發民除道，縣長吏並送迎，車百餘乘。入吳界，見其故妻、妻夫治道。買臣駐車，呼令後車載其夫妻。」《説文》：「要，身中也。」腰本字。崔湜《襄陽作》：「廟堂初解印，郡邸忽腰章。」

〔一五〕越女二句：王融《采菱曲》：「荆姬采菱曲，越女江南謳。」李白《越女詞》：「鏡湖水如月，耶溪女似雪。」《元和郡縣圖志》卷二六越州：「鏡湖，後漢永和五年太守馬臻創立。鏡湖在會稽、山陰兩縣界。築塘蓄水，水高丈餘，田又高海丈餘，若水少則洩湖灌田，如水多則閉湖洩田中水入海，所以無凶年。隄塘周回三百一十里，都溉田九千頃。」《嘉泰會稽志》卷一〇：「鏡湖在

〔會稽〕縣東二里，故南湖也。一名長湖，又名大湖。」

〔一六〕剡溪句：《元和郡縣圖志》卷二六越州剡縣：「剡溪，出縣西南，北流入上虞縣界，爲上虞江。」《世説新語・任誕》：「王子猷居山陰……忽憶戴安道，時戴在剡，即便乘小船就之。」

〔一七〕歸帆二句：《元和郡縣圖志》卷二六剡縣：「天姥山，在縣南八十里。」謝靈運《登臨海嶠初發彊中作》：「暝投剡中宿，明登天姥岑。」《唐六典》卷二吏部考功員外郎：「凡諸州每歲貢人，其類有六。」《唐會要》卷七六《緣舉雜録》：「（開元）十九年六月敕：諸州貢舉，皆於本貫籍分信明者。然依例，不得於所附貫便求申送。如有此色，所由州縣即便催科，不得遞相容許。」

〔一八〕氣劘二句：《左傳》宣公十二年：「吾聞致師者，御靡旌摩壘而還。」《漢書・賈山傳》：「賈山自下劘上。」摩、劘字通。屈賈，屈原、賈誼。曹劉，曹植、劉楨。《文心雕龍・比興》：「至於揚班之倫，曹劉以下。」《論語・子張》：「子貢曰：譬之宮牆，賜之牆也及肩，窺見室家之好。夫子之牆數仞，不得其門而入，不見宗廟之美，百官之富。」《趙次公先後解》：「目短之，則言可窺見曹劉之藴也。」

〔一九〕忤下二句：《唐會要》卷五八《考功員外郎》：「考功員外郎，貞觀以後知貢舉。至開元二十四年三月十二日，以員外郎李昂爲舉人李權所訟，乃移舉於禮部也。」黄鶴等以杜甫開元二十三年舉進士不第，是年考功員外郎孫逖知貢舉。《趙次公先後解》：「京尹，言京兆尹也。辭京尹堂，則又離去長安矣。」聞一多《會箋》謂此年杜甫自吴越歸東都舉進士，引《太平廣記》引《定命録》載崔圓開元二十三年「又於河南府充鄉貢進士，其日正於福唐觀試」。川《譜》從之。按，

《太平廣記》卷二二三所載，乃明謂圓於河南府充鄉貢進士，故於福唐觀應試，非是年進士試於東都。

〔二〇〕放蕩二句：《漢書·東方朔傳》：「指意放蕩，頗復詼諧。」《論語·雍也》：「赤之適齊也，乘肥馬，衣輕裘。」《漢書·昌邑王傳》：「清狂不惠。」注：「蘇林曰：凡狂者陰陽脈盡濁。今此人不狂似狂者，故言清狂也。或曰色理清徐而心不慧，曰清狂。清狂，如今白癡也。」

〔二一〕春歌二句：《漢書·高后紀》：「趙王宮叢臺災。」注：「師古曰：連聚非一，故名叢臺。蓋本六國時趙王故臺，在邯鄲城中。」《元和郡縣圖志》卷一五磁州邯鄲縣：「叢臺，在縣東南五里。」司馬相如《子虛賦》：「秋田乎青丘。」《文選》郭璞注：「服虔曰：青丘國在海東三百里。」《元和郡縣圖志》卷一〇青州千乘縣：「千乘者，以齊景公有馬千駟，畋於青丘。今縣北有青丘縣，因以爲名。」

〔二二〕呼鷹二句：《趙次公先後解》以皂櫪林、雲雪岡爲青丘傍地，恨無所考。按，疑此爲泛稱。《太平廣記》卷三三四《朱敖》（出《廣異記》）：「敖與察微從者一人伏櫪林下。」項斯《山行》：「青櫪林深亦有人，一渠流水數家分。」櫪，木名。張衡《南都賦》：「楓柙櫨櫪。」《文選》李善注：「櫪與櫟同。」

〔二三〕射飛二句：縱鞚，參卷一《麗人行》（0029）「飛鞚」注。鶖鶬，見卷三《乾元中寓居同谷縣作歌七首》（0154）注。

〔二四〕蘇侯二句：蘇侯，蘇預，蘇源明。見卷一《戲簡鄭廣文虔兼呈蘇司業源明》（0033）注。《唐六

典》卷二五諸衛府左右監門衛：「胄曹參軍事各一人，正八品下。」《晉書·山簡傳》：「簡每出嬉游，多之池上，置酒輒醉，名之曰高陽池。時有童兒歌曰：……舉鞭問葛彊，何如并州兒。彊家在并州，簡愛將也。」

〔二五〕咸陽：指長安。見卷一《今夕行》(0009)注。

〔二六〕許與二句：任昉《王文憲集序》：「弘長風流，許與氣類。」《文選》劉良注：「許與，謂招引也。」《論衡·超奇》：「長生説文辭之伯，文人之所共宗。」《戰國策·楚策一》：「大王，天下之賢王也。」朱鶴齡注：「汝陽王也。」

〔二七〕曳裾二句：《漢書·鄒陽傳》：「何王之門不可曳長裾乎。」《楚元王傳》：「元王敬禮申公等，穆生不耆酒，元每置酒，常爲穆生設醴。」明光，明光殿，見卷二《送李校書二十六韻》(0089)注。杜甫獻三大禮賦，見卷五《莫相疑行》(0231)注。

〔二八〕天子二句：《宋書·謝弘微傳》：「遂廢食感咽，歔欷不自勝。」陶淵明《雜詩》：「驅役無停息，軒裳逝東崖。」

〔二九〕脱身二句：《論語·述而》：「子謂顔淵曰：『用之則行，舍之則藏，惟我與爾有是夫。』」潘岳《西征賦》：「孔隨時以行藏，蘧與國而舒卷。」

〔三〇〕黑貂二句：《戰國策·秦策》：「(蘇秦)説秦王書十上而説不行，黑貂之裘弊，黄金百斤盡。……歸至家，妻不下紝，嫂不爲炊，父母不與言。」潘岳《秋興賦》：「斑鬢髟以承弁兮，素髮颯以垂領。」《漢書·兒寬傳》：「臣寬奉觴再拜，上千萬歲壽。制曰：敬舉君之觴。」《陳書·沈

文阿傳》：「夫稱觴奉壽，家國大慶。」王嗣奭《杜臆》：「斑鬢兀稱觴，此亦古人慶壽之一證。」兀，亦昏昧義。《太平廣記》卷四一六《吴偃》(出《宣室志》)：「於是挈之而歸，然兀若沈醉者。」獨孤及《客舍月下對酒醉後寄畢四耀》：「視身兀如泥，瞪目傲今昔。」

〔三一〕杜曲二句：杜曲，見卷一《曲江三章章五句》(0028)注。《古詩十九首》：「出郭門直視，但見丘與墳。古墓犂爲田，松柏摧爲薪。白楊多悲風，蕭蕭愁殺人。」《趙次公先後解》：「言杜曲晚年之耆舊皆爲鬼録。」翁方綱《石洲詩話》卷一謂「晚」當爲「换」之訛。

〔三二〕坐深二句：《趙次公先後解》：「其晚年之耆舊已多死矣，則公在鄉里爲長上，故曰坐深。」仇注：「從外視内，位上者坐深。」《王梵志詩校注》〇〇八首：「沉淪三惡道，負特愚癡鬼。荒忙身卒死，即屬伺命使。」三〇二首：「滿堂何所用，妻兒日夜忙。行坐聞人死，不解暫思量。」

〔三三〕朱門二句：《史記·春申君列傳》：「招致賓客，以相傾奪。」束皙《玄居釋》：「公孫泣涕而辭相，揚雄抗論於赤族。」王績《贈梁公》：「朱門雖足悦，赤族亦可傷。」

〔三四〕國馬二句：《漢書·昭帝紀》：「其令郡國毋斂今年馬口錢，三輔、太常郡得以叔粟當賦。」注：「師古曰：諸應出賦算租税者，皆聽以叔粟當錢物也。叔，豆也。」《唐六典》卷一七太僕寺典廐署：「象、馬、騾、牛、駝飼青草日，粟豆各減半，鹽則恒給。飼禾及青豆者，粟豆全斷。若無青可飼，粟豆依舊給。」陳鴻祖《東城老父傳》：「玄宗在藩邸時，樂民間清明節鬬雞戲，及即位，治雞坊於兩宫間。索長安雄雞金毫鐵距高冠昂尾千數，養於雞坊。選六軍小兒五百人，使馴擾教飼。上之好之，民風尤甚。諸王世家、外戚家、貴主家、侯家，傾帑破産市雞，以償雞直。都

中男女，以弄雞爲事。」稻粱，見卷一《同諸公登慈恩寺塔》(0023)注。

〔三五〕舉隅二句：《論語·述而》：「舉一隅不以三隅反，則不復也。」朱鶴齡注：「言舉此一隅，則衆費可知。」《趙次公先後解》：「既如此而煩費，可以引古而驗今，知興亡之所在也。」

〔三六〕河朔二句：河朔，河北。《舊唐書·哥舒翰傳》：「翰數奏禄山雖竊河朔，而不得人心。」岷山，見卷三《劍門》(0168)注。

〔三七〕兩宫句：《史記·梁孝王世家》：「出言蹕，入言警。」索隱：「《漢舊儀》云：皇帝輦動稱警，出殿則傳蹕，止人清道。」《趙次公先後解》：「太上在蜀，肅宗在靈武，此所謂兩宫各警蹕。」

〔三八〕崆峒四句：崆峒，見卷二《洗兵馬》(0090)注。《山海經·東山經》：「至於無皋之山，南望幼海。」郭璞注：「即少海也。《淮南子》曰：東方大渚曰少海。」《書·甘誓》：「啓與有扈戰於甘之野。」《分門》洙曰：「以廣平王爲天下兵馬元帥。」修可曰：「《東宫故事》：天子比大海，太子爲少海。……啓戰於甘之野，正指太子爲元帥。」《論語·堯曰》：「舜亦以命禹。」《趙次公先後解》謂「亦命子」挨傍此語。錢箋：「禹功亦命子，謂肅宗自立後玄宗始加册命，不得比于禹之命子也。」朱鶴齡注：「崆峒在西，少海在東，言東西皆用兵也。舊注引《東宫故事》太子比少海，指廣平王俶爲元帥，恐非。」仇注：「命子，上皇禪位。」蕭滌非謂：「禹受舜禪，復傳子，故以比肅宗命子廣平王俶親征。」按，錢説穿鑿，不必論。朱、仇説亦未允。舊注及蕭説可從。《藝文類聚》卷一一引《帝王世紀》：「黄帝有熊氏……使力牧神皇直討蚩尤氏，擒之於涿鹿之野。」《趙次公先後解》：「肅宗親治兵於鳳翔，斯爲『親戎行』矣。」

〔三九〕翠華二句：翠華，見卷三《北征》(0052)注。英岳，朱鶴齡注作吴岳，謂指隴州吴山。見卷三《青陽峽》(0146)注。按，作英岳亦通，即岳英、岳靈之意。《史記・周本紀》：「如虎如羆，如豺如离。」集解：「徐廣曰：此訓與螭同。」班固《封燕然山銘》：「鷹揚之校，螭虎之士。」《趙次公先後解》：「螭虎，以言天兵。豺狼，以言寇賊。」

〔四〇〕爪牙二句：《詩・小雅・祈父》：「祈父，予王之爪牙。」《趙次公先後解》：「正指房琯陳濤斜之敗。」朱鶴齡注：「此指鄴城之敗。」按，當如趙説，此下方叙備員補衮事。張衡《西京賦》：「怪獸陸梁。」《文選》薛綜注：「陸梁，東西倡佯也。」

〔四一〕大軍一句：盧元昌謂指清渠之潰。《舊唐書・肅宗紀》：「(至德二載)五月癸丑，郭子儀與賊將安守忠戰於清渠，官軍敗績，子儀退保武功。」草草，見卷二《潼關吏》(0061)注。木華《海賦》：「天綱浡潏，爲凋爲瘵。」《文選》李善注：「《説文》曰：凋，半傷也。《爾雅》曰：瘵，病也。」《左傳》成公十年：「疾不可爲也。在肓之上，膏之下，攻之不可，達之不及。」《趙次公先後解》：「傷軍須誅求之苦。」仇注：「民力困疲也。」

〔四二〕備員二句：《史記・秦始皇本紀》：「博士雖七十人，特備員弗用。」《詩・大雅・烝民》：「衮職有闕，維仲山甫補之。」《趙次公先後解》：「乃公自言其充左拾遺而合有所言也。」

〔四三〕九廟焚：見本卷《往在》(0291)注。

〔四四〕斯時二句：《漢書・史丹傳》：「丹以親密臣得侍視疾，候上間獨寢時，丹直入卧内，頓首伏青蒲上，涕泣言曰。」注：「應劭曰：以青規地曰青蒲，自非皇后不得至此。」《史記・呂太后本

紀》：「於今面折廷爭，臣不如君。」《晉書・衛瓘傳》：「瓘託醉，因跪帝床前曰：『臣欲有所啓。』……瓘欲言而止者三，因以手撫床曰：『此座可惜。』帝意乃悟。」

〔四五〕君辱二句：《史記・越王句踐世家》：「臣聞主憂臣勞，主辱臣死。」《詩・大雅・皇矣》：「王赫斯怒，爰整其旅。」

〔四六〕聖哲二句：《孟子・盡心上》：「强恕而行，求仁莫近焉。」《説苑・貴德》：「夫仁者，必恕然後行。」《史記・秦始皇本紀》之罘刻石：「宇縣之中，承順聖意。」《詩・大雅・民勞》：「民亦勞止，汔可小康。」

〔四七〕哭廟二句：《禮記・檀弓上》：「國亡大縣邑，公卿大夫士皆厭冠，哭於大廟，三日，君不舉。」《舊唐書・肅宗紀》：「（至德二載十月）丁卯，入長安。……九廟爲賊所焚，上素服哭於廟三日，入居大明宫。」《史記・高祖本紀》：「未央宫成，高祖大朝諸侯群臣，置酒未央前殿。」

〔四八〕小臣二句：《趙次公先後解》：「議論絶，則以罷拾遺而出矣。殊方，指言在夔州。」

〔四九〕鬱鬱二句：《史記・魏其武安侯列傳》：「灌孟年老，潁陰侯强請之，鬱鬱不得意。」左思《魏都賦》：「羽翮頡頏，鱗介浮沈。」低昂，見卷五《通泉縣署屋壁後薛少保畫鶴》(0215)注。

〔五〇〕之推二句：《左傳》僖公二十四年：「晉侯賞從亡者，介之推不言禄，禄亦弗及。……其母曰：『盍亦求之，以死誰懟？』對曰：『尤而效之，罪又甚焉。且出怨言，不食其食。』其母曰：『亦使知之若何？』對曰：『言，身之文也。身將隱，焉用文之？是求顯也。』其母曰：『能如是乎？與女偕隱。』遂隱而死。」《楚辭・漁父》：「漁父莞爾而笑，鼓枻而去，乃歌曰：『滄浪之水清兮，

可以濯吾纓。滄浪之水濁兮，可以濯吾足。』」錢箋：「喻己之賞薄而不自言，恥與靈武諸臣争功也。」

〔五一〕榮華句：潘岳《楊仲武誄》：「名器雖光，勳業未融。」《趙次公先後解》：「言榮華與勳業相敵，不可妄求。自傷其勳業之寡，故榮華之微也。」

〔五二〕吾觀二句：《史記·貨殖列傳》：「（范蠡）乃乘扁舟浮於江湖，變名易姓，適齊，爲鴟夷子皮；之陶，爲朱公。朱公以爲陶天下之中，諸侯四通，貨物所交易也。乃治産積居，與時逐而不責於人。故善治生者，能擇人而任時，十九年之中，三致千金。」盧元昌曰：「公借范蠡比李泌，泌歸衡山，代宗時事，有非李泌不能匡救者，公望朝廷速徵之。」穿鑿不足取。

〔五三〕羣凶二句：《漢書·枚乘傳》：「與英俊並游。」黄鶴注：「羣凶當是指崔旰輩。」

阻雨不得歸瀼西甘林〔一〕

三伏適已過，驕陽化爲霖〔二〕。欲歸瀼西宅，阻此江浦深。壞舟百板坼，峻岸復萬尋。篙工初一弃，恐泥勞寸心〔三〕。佇立東城隅①〔四〕，悵望高飛禽。草堂亂玄圃，不隔崑崙岑〔五〕。昏渾衣裳外，曠絶同層陰②〔六〕。園甘長成時，三寸如黄金〔七〕。諸侯舊上計，厥貢傾千林〔八〕。邦人不足重，所迫豪吏侵〔九〕。客居暫封

植③，日夜偶瑶琴〔一〇〕。虚徐五株態，側塞煩胸襟〔一一〕。焉得輟兩足④〔一二〕，杖藜出嶇嶔。條流數翠實，偃息歸碧潯〔一三〕。拂拭烏皮几〔一四〕，喜聞樵牧音。令兒快搔背，脱我頭上簪〔一五〕。（0296）

【校】

①佇，錢箋校：「一作倚。」《草堂》校：「一作俯。」

②層，《草堂》作「曾」。

③植，錢箋、《草堂》作「殖」。

④得，錢箋、《草堂》校：「一作能。」　兩，錢箋校：「一作雨。」《草堂》校：「疑當作雨足。謝朓詩：森森散雨足。」

【注】

黄鶴注：當是大曆元年（七六六）作。以《客居》詩互考之，乃是公初至夔時嘗暫居瀼西。仇注：當是大曆二年（七六七）七月作。

〔一〕瀼西：見本卷《柴門》（0274）注。王嗣奭《杜臆》：「是往白帝城而阻雨。」

〔二〕三伏二句：《初學記》卷四引《陰陽書》：「從夏至後第三庚爲初伏，第四庚爲中伏，立秋後初庚爲後伏，謂之三伏。曹植謂之三旬。」張九齡《奉和聖制瑞雪篇》：「昨訝驕陽積數旬，始知和氣

待迎新。」

〔三〕恐泥：《論語·子張》：「致遠恐泥，是以君子不爲也。」施鴻保云：「公詩常用『恐泥』字……皆晦澀不明，蓋猶『執熱』等，當時語也。」按，執熱、恐泥，皆杜詩喜用。

〔四〕東城：指白帝城。見本卷《柴門》注。

〔五〕草堂二句：玄圃，見卷二《奉先劉少府新畫山水障歌》（0080）注。《趙次公先後解》：「珍重其甘林，有同玄圃。」盧元昌曰：「瀼西路非玄圃，遠異崑崙，其如水氣濺衣，層陰絶跡何？所以欲歸瀼西者，以甘林極不忘耳。」

〔六〕曠絶句：馬融《廣成頌》：「稀有曠絶。」江淹《從冠軍建平王登廬山香爐峰》：「日落長沙渚，曾陰萬里生。」《文選》李善注：「曾，重也。」

〔七〕園甘二句：本書卷一五《即事》（1063）：「一雙白魚不受釣，三寸黄甘猶自青。」《宋書·彭城王義康傳》：「上嘗冬月啖甘，歎其形味並劣，義康在坐曰：『今年甘殊有佳者。』遣人還東府取甘，大供御者三寸。」

〔八〕諸侯二句：《史記·范雎蔡澤列傳》：「三歲不上計。」集解：「司馬彪曰：凡郡掌治民，進賢勸功，決訟檢奸，常以春行所至縣，勸民農桑，振救乏絶，秋冬遣無害吏案訊問諸因，平其罪法，論課殿最，歲盡遣吏上計。」《通典》卷三三《職官·郡太守》：「漢制，歲盡遣上計掾史各一人，條上郡内衆事，謂之計偕簿。」《漢書·地理志》：「魚復，江關，都尉治，有橘官。」《新唐書·地理志》夔州雲安郡土貢：「茶、柑、橘、蜜、蠟。」

〔九〕邦人二句：《趙次公先後解》：「邦人反不足以爲重，其反不重者無它，苦於豪吏之侵奪故耳。」

〔一〇〕客居二句：封植，同封殖。《左傳》昭公二年：「宿敢不封殖此樹，以無忘《角弓》。」江淹《雜體詩·休上人怨別》：「寶書爲君掩，瑶琴詎能開。」《草堂》夢弼注：「此樹日夜聽其風韻，若鼓瑶琴焉。」

〔一一〕虚徐二句：班固《幽通賦》：「承靈訓其虚徐兮，佇盤桓而且俟。」《文選》李善注：「虚徐，狐疑也。」側塞，見卷一《大雲寺贊公房四首》(0045)注。

〔一二〕焉得句：《三國志·吴書·陸遜傳》：「臣聞志行萬里者，不中道而輟足。」輟足爲止行之義，詩意似不連貫。然作輟雨足，亦不成辭。

〔一三〕條流二句：《宋書·志序》：「網羅一代，條流遂廣。」《文心雕龍·宗經》：「歲歷綿曖，條流紛糅。」《通典》卷四〇《職官》：「條流不紊，職非重設。」條流有源流、條理義。朱鶴齡引劉孝儀《緑李賦》「緑珠滿條流」，未詳所出。仇注謂「枝條之上，果實流動」，亦望文生義。此謂當至甘園逐一清點果實，與偃息對言，皆作動詞。劉楨《魯都賦》：「翠實離離，鳳凰攸食。」陳子昂《南山家園林木交映》：「蛺蝶憐紅藥，蜻蜓愛碧潯。」

〔一四〕烏皮几：謝朓《詠烏皮隱几詩》：「蟠木生附枝，刻削豈無施。取則龍文鼎，三趾獻光儀。勿言素韋絜，白沙尚推移。曲躬奉微用，聊承終宴疲。」《南史·宋本紀》：「葦席舊以烏皮緣故，欲代以紫皮。上以竹棨未至於壞，紫色貴，並不聽改。」烏皮几蓋以烏皮纏飾。

〔一五〕令兒二句：《太平御覽》卷三七〇引《列異傳》：「神仙麻姑降東陽蔡經家，手爪長四寸。經意

曰：『此女子實好佳手，願得以搔背。』」郭璞《答賁九州愁》：「逍游永年，抽簪收髮。」

雨①

峽雲行清曉，烟霧相徘徊。風吹蒼江樹，雨洒石壁來〔一〕。淒淒生餘寒，殷殷兼出雷②〔二〕。白谷變氣候③，朱炎安在哉〔三〕？高鳥濕不下，居人門未開。楚宫久已滅，幽珮爲誰哀〔四〕？侍臣書王夢，賦有冠古才。冥冥翠龍駕，多自巫山臺〔五〕。（0297）

【校】

①雨，《九家》合後二首題作「雨三首」。

②出，錢箋校：「一作山。」《草堂》作「山」。

③谷，《草堂》作「公」。

【注】

黄鶴注：當是大曆元年（七六六）在夔州作。然三篇非一時作。

〔一〕風吹二句：《朱子語類》卷一四〇：「『樹』字無意思，當作『去』字無疑，『去』字對『來』字。」仇注：「此乃古詩，作『樹』字本合，言風先吹樹而繼以雨來也。」

〔二〕殷殷句：《詩·召南·殷其雷》：「殷其雷，在南山之陽。」

〔三〕白谷二句：《草堂》夢弼注：「白屬秋，朱屬夏，謂夏得雨而氣候變爲秋也。」仇注引邵注：「白谷，巫山之谷。」

〔四〕楚宫二句：《趙次公先後解》：「幽珮，則以雨聲如珮，因以比神女之珮也。蓋《神女賦》有云『於是搖珮飾，鳴玉鸞』也。」

〔五〕侍臣四句：宋玉《高唐賦》：「昔者楚襄王與宋玉游於雲夢之臺，望高唐之觀……玉曰：『昔者先王嘗游高唐，怠而晝寢，夢見一婦人曰：「妾，巫山之女也。爲高唐之客，聞君游高唐，願薦枕席。」王因幸之，去而辭曰：「妾在巫山之陽，高丘之阻，旦爲朝雲，暮爲行雨，朝朝暮暮，陽臺之下。」旦朝視之，如言，故爲立廟，號爲朝雲。』王曰：『朝雲始出，狀若何也？』玉對曰：『其始出也，𣯶兮若松榯；其少進也，晰兮若姣姬。揚袂鄣日，而望所思。忽兮改容，偈兮若駕駟馬，建羽旗。湫兮如風，淒兮如雨。風止雨霽，雲無處所。』」又《神女賦》：「楚襄王與宋玉游於雲夢之浦，使玉賦高唐之事。其夜，王寢，果夢與神女遇，其狀甚麗，王異之，明日以白玉。玉曰：『其夢若何？』王曰：『晡夕之後，精神怳忽，若有所喜，紛紛擾擾，未知何意。目色仿佛，乍若有記。見一婦人，狀甚奇異，寐而夢之，寤不自識。罔兮不樂，悵然失志。於是撫心定氣，復見所夢。』」《趙次公先後解》：「侍臣，指玉也。賦，則《高唐》、《神女賦》也。翠龍駕，則又指

神女也。神女曰：『妾旦爲朝雲，暮爲行雨……』故以雨歸之神女也。」朱鶴齡注：「翠龍是行雨之龍。」多，仇注：「乃大都之意。」

雨二首

青山澹無姿，白露誰能數〔一〕？片片水上雲，蕭蕭沙中雨。殊俗狀巢居，曾臺俯風渚〔二〕。佳客適萬里，沉思情延佇〔三〕。挂帆遠色外，驚浪滿吴楚〔四〕。久陰蛟螭出，寇盜復幾許①〔五〕？（0298）

【校】

① 寇盜，宋本、錢箋、《九家》、《草堂》校：「一云冠蓋。」

【注】

《趙次公先後解》編入大曆三年（七六八）荆南所作。黄鶴注：今以「殊俗狀巢居」之言，疑止可用於夔州。若在江陵作，不應詩又云「空山中宵陰」。當是大曆元年（七六六）在夔州作。

〔一〕白露句：《禮記・月令》：「孟秋之月……涼風至，白露降，寒蟬鳴。」《趙次公先後解》：「誰能

數，暗用佛書雨露皆有頭數之義。」《楞嚴經》卷五：「如是乃至恒沙界外，一滴之雨，亦知頭數。」按，此故設問語，未必用佛書。

〔二〕殊俗二句：巢居，參卷三《五盤》（0164）注。元稹《酬樂天得微之詩知通州事因成四首》：「平地才應一頃餘，閣欄都大似巢居。」注：「巴人多在山坡架木爲居，自號閣欄頭也。」傅毅《七激》：「曾臺百仞，臨望博見。俯視雲霧，騁目窮觀。」曾同層。柳惲《贈吴均》：「相思白露亭，永望秋風渚。」

〔三〕佳客二句：《趙次公先後解》：「此必有所別之人。」陶淵明《停雲》：「良朋悠邈，搔首延佇。」

〔四〕挂帆二句：木華《海賦》：「維長綃，挂帆席。」又：「驚浪雷奔，駭水迸集。」

〔五〕久陰二句：張衡《南都賦》：「追水豹兮鞭魍魎，憚夔龍兮怖蛟螭。」《文選》李善注：「蛟螭，若龍而黄。」左思《蜀都賦》：「或藏蛟螭，或隱碧玉。」《文選》劉逵注：「有鱗曰蛟螭。蛟螭，水神也。一曰雌龍也，一曰龍子也。」《趙次公先後解》：「末四句蓋憂佳客旅興之辭。」

空山中宵陰，微冷先枕席〔一〕。回風起清曙①，萬象萋已碧〔二〕。落落出岫雲，渾渾倚天石〔三〕。日假何道行〔四〕，雨含長江白。連檣荆州船〔五〕，有士荷矛戟。南防草鎮慘，霑濕赴遠役〔六〕。羣盜下辟山，總戎備强敵〔七〕。水深雲光廓，鳴櫓各有適〔八〕。漁艇息悠悠②，夷歌負樵客〔九〕。留滯一老翁，書時記朝夕〔一〇〕。（0299）

【校】

①曙，錢箋校：「一作曉。」《九家》作「曉」。

②息，宋本、錢箋、《九家》、《草堂》校一作「自」。

【注】

〔一〕空山二句：陶淵明《雜詩》：「風來入房户，夜中枕席冷。氣變悟時易，不眠知夕永。」

〔二〕回風二句：《古詩十九首》：「回風動地起，秋草萋已緑。」《爾雅·釋天》：「回風爲飄。」郭璞注：「旋風也。」

〔三〕落落二句：陶淵明《歸去來兮辭》：「雲無心以出岫，鳥倦飛而知還。」周興嗣《答吴均》：「曀曀夕雲起，落落曉星沈。」宋玉《大言賦》：「長劍耿耿倚天外。」枚乘《七發》：「沌沌渾渾，狀如奔馬。」

〔四〕日假句：《漢書·天文志》：「日有中道，月有九行。中道者，黄道，一曰光道。」《趙次公先後解》：「以久雨陰晦，不知日之所行何道也。」

〔五〕連檣：郭璞《江賦》：「舳艫相屬，萬里連檣。」

〔六〕南防二句：《趙次公先後解》：「此篇蓋當是時荆渚間有寇盗而實道其事也。南防草鎮慘，則寇盗之在草鎮者矣。」王嗣奭《杜臆》：「草鎮，地名，想即黄草峽也。蓋峽西有亂，而總戎調荆州兵以防之，故船中之士，荷戈冒雨，而赴遠役。」按，草鎮猶言草市，謂不知名集鎮。

〔七〕羣盗二句：《元和郡縣圖志》卷三三渝州：「壁山縣，中下。東北至州一百八十里。本江津、萬

壽、巴三縣地，四面高山，中央平田，周回約二百里。天寶中，諸州逃户多投此營種。川中有一孤山，西北二面險峻，東南面稍平，土人號爲重壁山。至德二年置縣，因山爲名。」《趙次公先後解》作「壁山」。朱鶴齡注謂《宋史》有辟山縣，疑即此地。按，《宋史》亦作「壁山」。《晉書·張華傳》：「據方鎮總戎馬之任者，皆在陛下聖慮矣。」

〔八〕鳴櫓句：《清商曲辭·襄陽樂》：「上水郎擔篙，下水摇雙櫓。」《釋名·釋船》：「在傍曰櫓。櫓，膂也，用膂力然後舟行也。」《集韻》：「艣，所以進船也。通作櫓。」戴侗《六書故》：「槳……摇者曰櫓，刺者曰櫂，曰篙。」

〔九〕夷歌：《後漢書·西南夷傳》：「夷歌巴舞，殊音異節之技，列倡於外門。」左思《蜀都賦》：「陪以白狼，夷歌成章。」

〔一〇〕留滯二句：太史公留滯周南，見本卷《寄韓諫議》(0278)注。《左傳》昭公九年：「冬，築郎囿，書時也。」《趙次公先後解》：「姑書時節之朝夕而已。」按，此書時亦謂記時事。

又上後園山脚

昔我游山東，憶戲東岳陽。窮秋立日觀，矯首望八荒①〔一〕。朱崖著毫髮，碧海吹衣裳〔二〕。蓐收困用事，玄冥蔚强梁〔三〕。逝水自朝宗，鎮石各其方②〔四〕。平原

獨憔悴〔五〕，農力廢耕桑。非關風露凋③，曾是戍役傷〔六〕。於是國用富，足以守邊疆。朝廷任猛將，遠奪戎虜場〔七〕。到今事反覆，故老淚萬行〔八〕。龜蒙不復見〔九〕，況乃懷舊鄉④。肺萎屬久戰，骨出熱中腸〔一〇〕。憂來杖匣劍〔一一〕，更上林北岡。瘴毒猿鳥落〔一二〕，峽乾南日黃。秋風亦已起，江漢始如湯〔一三〕。登高欲有往，蕩析川無梁〔一四〕。哀彼遠征人，去家死路傍。不及父祖塋⑤，累累塚相當〔一五〕。（0300）

【校】

① 八，宋本、錢箋、《九家》校：「一云北。」

② 石，錢箋作「名」。

③ 非關，宋本、錢箋、《九家》校：「一云北闕。」

④ 舊，錢箋校：「一作故。」

⑤ 父祖，錢箋作「祖父」。

【注】

黄鶴注：前有《上後園山脚》詩，爲大曆二年（七六七）夏作，則此詩乃其年秋作。

〔一〕昔我四句：東岳，泰山。見卷一《望岳》（0005）注。《水經注》汶水：「應劭《漢官儀》云：泰山

東南山頂，名曰日觀。日觀者，雞一鳴時見日，始欲出，長三丈許，故以名焉。」

〔二〕朱崖二句：木華《海賦》：「南澰朱崖，北洒天墟。」《文選》李善注：「東都主人曰：南燿朱垠。垠，亦崖也。」仇注：「毫髮言渺茫。」謂遠望朱崖渺如毫髮。《初學記》卷六引東方朔《十洲記》：「東有碧海，廣狹浩汗，與東海等，水不鹹苦，正作碧色。」

〔三〕蓐收二句：《禮記·月令》：「孟秋之月……其神蓐收。」「孟冬之月……其神玄冥。」《老子》四十二章：「强梁者不得其死。」王嗣奭《杜臆》：「蓐收西方，困用事，似謂吐蕃時有戰爭。玄冥北方，蔚强梁，知禄山已有尾大之虞。」錢箋：「窮秋之時，蓐收將退，而玄冥方來，喻長安漸凋敝，而禄山方强梁于范陽也。」

〔四〕逝水二句：《書·禹貢》：「江漢朝宗於海。」鎮石，《杜臆》、仇注謂指《周禮》九州之鎮山。按，此當指方鎮。《舊唐書·地理志》：「開元二十一年，分天下爲十五道，每道置采訪使……凡節度使十，經略守捉使三。大凡鎮兵四十九萬人。」《唐會要》卷三六《修撰》：「元和二年十二月，李吉甫等撰《元和年國計簿》十卷，總計天下方鎮，凡四十八道。」

〔五〕平原句：朱鶴齡注：「平原，猶言中原。黄鶴指德州平原郡，非也。時河北皆苦戍役，不應獨舉平原一郡言之。」

〔六〕曾是：蔣紹愚謂即乃是、正是。張九齡《奉和聖制瑞雪篇》：「匪惟在人利，曾是扶天意。」陳子昂《答韓使同在邊》：「聞詔安邊使，曾是故人謨。」

〔七〕於是四句：《分門》洙曰：「當玄宗時，不能節用自守，而委任蕃將，求功夷狄也。」

〔八〕故老句：沈約《春詠》：「襟前萬行淚，故是一相思。」駱賓王《送費六還蜀》：「萬行流別淚，九折切驚魂。」

〔九〕龜蒙：《詩・魯頌・閟宫》：「泰山岩岩，魯邦所詹。奄有龜蒙，遂荒大東。」傳：「龜，山也。蒙，山也。」疏：「魯之境内，有此二山。」《元和郡縣圖志》卷一〇兖州泗水縣：「龜山，在縣東北七十五里。」蒙山，參卷一《玄都壇歌寄元逸人》(0008)「東蒙」注。

〔一〇〕肺萎二句：《黄帝内經素問》卷一二《痿論》篇：「肺者，藏之長也，爲心之蓋也。有所失亡，所求不得，則發肺鳴，鳴則肺熱葉焦。故曰五藏因肺熱葉焦，發爲痿躄。」久戰，仇注：「病咳而身戰也，公《過王倚詩》『寒熱時交戰』可證，舊注作世亂戰伐者非。」

〔一一〕憂來句：鮑照《贈故人馬子喬》：「雙劍將別離，先在匣中鳴。」何遜《別沈助教》：「可憐玉匣劍，復此飛鳧舄。」

〔一二〕瘴毒句：《後漢記・光武帝紀》馬援語：「當吾在浪泊西時，下潦上霧，毒氣浮蒸，仰視飛鳶跕跕墮水中。」

〔一三〕江漢句：《詩・大雅・江漢》：「江漢湯湯，武夫洸洸。」仇注：「如湯，言風濤相激，如湯之沸。」按，此用《江漢》詩意，如湯謂水始盛大。

〔一四〕蕩析句：《書・盤庚》：「今我民用蕩析離居，罔有定極。」《吴越春秋》卷一〇河梁之詩：「悲去歸兮河無梁。」

〔一五〕不及二句：潘岳《懷舊賦》：「墳壘壘而接壟，柏森森以攢植。」

朱鶴齡注：「開元末，公游齊趙，有《望岳》詩。此云『憶戲東岳陽』、『窮秋立日觀』，則後又嘗登岱頂矣。《通鑑》：天寶九載四月，平盧范陽節度使安禄山欲以邊功市寵，數侵掠奚、契丹，奚、契丹各殺公主以叛，禄山討破之。此詩平原、戍役、猛將、戎馬等語，正指當時之事。」

雨

山雨不作泥〔一〕，江雲薄爲霧①。晴飛半嶺鶴，風亂平沙樹〔二〕。明滅洲景微，隱見岩姿露〔三〕。拘悶出門游，曠絶經目趣〔四〕。消中日伏枕〔五〕，卧久塵及屨。豈無平肩輿〔六〕，莫辨望鄉路。兵戈浩未息，蛇虺反相顧〔七〕。悠悠邊月破〔八〕，鬱鬱流年度。針灸阻朋曹，糠籺對童孺〔九〕。一命須屈色②，新知漸成故〔一〇〕。窮荒益自卑，飄泊欲誰訴。尪羸愁應接，俄頃恐違迕③〔一一〕。浮俗何萬端，幽人有高步④〔一二〕。龐公竟獨往，尚子終罕遇〔一三〕。宿留洞庭秋，天寒瀟湘素〔一四〕。杖策可入舟〔一五〕，送此齒髮暮。（0301）。

【校】

① 雲，《草堂》校：「一作雪。」

②色，《草堂》作「己」。

③違，宋本、錢箋、《九家》、《草堂》校一作「危」。

④高，錢箋作「獨」，校：「吴作高。」

【注】

黄鶴注：當是大曆二年（七六七）夔州作。時欲下峽入荆襄矣。

〔一〕涅：《玉篇》：「涅，泥塗也。」

〔二〕晴飛二句：范雲《餞謝文學離夜》：「遠山隱且見，平沙斷還緒。」

〔三〕明滅二句：沈約《奉和竟陵王藥名詩》：「玉泉亟周流，雲華乍明滅。」《趙次公先後解》：「半嶺鶴、平沙樹、洲景、岩姿，皆新語矣。」

〔四〕曠絶句：《趙次公先後解》：「言空曠絶遠之處，即是經目之景趣也。或云以雨之故，氣象昏昏，故曠隔阻絶所經目之景趣，非是。」按，曠絶如愁絶、蕪絶、幽絶、斗絶、懸絶之例，皆表程度之甚。

〔五〕消中：見本卷《客堂》（0269）注。

〔六〕豈無句：《世説新語·簡傲》：「王子猷嘗行吴中，見一士大夫家極有好竹……王肩輿徑造竹下，諷嘯良久。」《太平廣記》卷二六九《胡淛》（出《投荒雜録》）：「淛每召將吏鞠，且患馬之不習，便更命夷民十餘輩肩輿。」《趙次公先後解》：「轎子也。」

〔七〕兵戈二句：黄鶴注：「是年吐蕃寇邠、靈州，京師戒嚴。」《詩・小雅・斯干》：「維虺維蛇，女子之祥。」箋：「虺蛇穴處，陰之祥也，故爲生女。」按，《小雅・正月》：「哀今之人，胡爲虺蜴。」箋：「虺蜴之性，見人則走。哀哉今之人何爲如是。傷時政也。」此蓋混用。《趙次公先後解》謂蛇虺「以比盗賊凶徒」，誤。

〔八〕悠悠句：《胡笳十八拍》：「殺氣朝朝衝塞門，胡風夜夜吹邊月。」《趙次公先後解》：「月破，一月而去也。公嘗有句云『二月已破三月來』，亦此破義。」破，參卷一《奉贈韋左丞丈二十二韻》（0001）注。按，「二月已破」純言歲月，而此句則混邊塞之月爲歲月之月。仇注：「月破，月殘也。」亦未明其含混句法。

〔九〕針灸二句：《趙次公先後解》：「以針灸之故，與朋曹阻隔。貧食糠籺，與童孺相對如此。」糠籺，見本卷《驅豎子摘蒼耳》（0287）注。

〔一〇〕一命二句：《禮記・王制》：「制：三公一命卷，若有加則賜也，不過九命。……小國之卿與下大夫一命。」唐人往往指初授官。《晋書・王衍傳》：「衍幼年無屈下之色。」《趙次公先後解》：「上兩句似指言嚴鄭公矣。蓋嚴武辟公爲節度參謀，則所謂『一命』也。……『漸成故』，蓋言其死也。」王嗣奭《杜臆》：「謂對一命之人，便須屈色。」按，王説似不確。蓋唐人稱一命多自言其卑。然趙解「漸成故」顯誤。《史記・魯仲連鄒陽列傳》：「諺曰：有白頭如新，傾蓋如故。」詩蓋從此化出。

〔一一〕尫羸二句：《晋書・山濤傳》：「臣二子尫病，宜絶人事。」《趙次公先後解》：「以尫羸不堪於應

接，故以之爲愁。其應接既倦而不久，則才俄頃而已，又却有違迕之憂焉。」

〔一二〕高步：左思《詠史》：「被褐出閶闔，高步追許由。」

〔一三〕龐公二句：龐公，見卷三《遣興五首》(0109)注。《後漢書·逸民傳·尚長》：「尚長字子平，河内朝歌人也。隱居不仕，性尚中和。……建武中，男女娶嫁既畢，勑斷家事勿相關，當如我死也。於是遂肆意，與同好北海禽慶俱游五岳名山，竟不知所終。」

〔一四〕宿留二句：《漢書·郊祀志》：「宿留海上。」錢箋、朱鶴齡注皆引顔師古注：「有所須待也。」按，顔注乃釋宿留之動機，非宿留即須待也。《趙次公先後解》：「如言等候也。」仇注：「此拆用『素秋』二字。」

〔一五〕杖策：陸機《猛虎行》：「整駕肅時命，杖策將遠尋。」《文選》李善注引杜預《左氏傳注》：「策，馬檛也。」

贈李十五丈別〔一〕

峽人鳥獸居，其室附層顛〔二〕。下臨不測江〔三〕，中有萬里船。多病紛倚薄〔四〕，少留改歲年。絶域誰慰懷，開顔喜名賢①〔五〕。孤陋忝末親②，等級敢比肩〔六〕。人生意氣合③，相與襟袂連〔七〕。一日遺兩僕④，三日共一筵⑤。揚論轉寸心⑥，壯筆

過飛泉〔八〕。玄成美價存，子山舊業傳〔九〕。不聞八尺軀〔一〇〕，常受衆目憐。且爲苦辛行⑦，蓋被生事牽。北回白帝棹，南入黔陽天〔一一〕。汧公制方隅，迥出諸侯先〔一二〕。封内如太古，時危獨蕭然。清高金莖露⑧，正直朱絲絃〔一三〕。昔在堯四岳，今之黄潁川〔一四〕。于邁恨不同，所思無由宣〔一五〕。山深水增波，解榻秋露懸〔一六〕。客游雖云久，亦思月再圓⑨。晨集風渚亭，醉操雲嶠篇〔一七〕。丈夫貴知己，歡罷念歸旋〔一八〕。（0302）

【校】

①喜，《草堂》作「嘉」，校：「一作喜。」　名，宋本作「多」，蓋字誤。據錢箋、《九家》、《草堂》改。

②親，《草堂》作「戚」。

③氣，錢箋、《九家》、《草堂》作「頗」，校：「一作氣。」

④遣兩，錢箋、《九家》、《草堂》作「兩遣」。

⑤共一，錢箋、《九家》作「一共」。

⑥轉，錢箋、《九家》、《草堂》作「展」。

⑦苦辛，錢箋、《九家》、《草堂》作「辛苦」。

⑧金莖露，錢箋、《草堂》校：「一作金掌露。一作金莖掌。」　露，《九家》校：「一作掌。」

⑨ 亦思，錢箋、《九家》、《草堂》作「主要」，錢箋校：「陳作亦思。」

【注】

黃鶴注：李十五丈即文嶷秘書也。寄李之詩在大曆元年（七六六）夏作，則此詩乃其年秋作也。

〔一〕李十五丈：本書卷一五有《奉寄李十五秘書二首》（1061），題注「文嶷」。詩云：「衣冠八尺身。」「玄成負文彩。」黃鶴注謂與此詩「不聞八尺軀」、「玄成美價存」合，故知爲文嶷。然此詩稱「末親」，彼二詩絶無言及，且稱謂互異，僅行第偶合。姑存疑。

〔二〕峽人二句：參本卷《雨二首》（二）（298）「殊俗狀巢居」注。

〔三〕下臨句：賈誼《過秦論》：「據億丈之城，臨不測之谿以爲固。」枚乘《上書諫吳王》：「上懸無極之高，下垂不測之淵。」

〔四〕多病句：謝靈運《過始寧墅》：「拙疾相倚薄，還得靜者便。」

〔五〕開顏句：馮衍《顯志賦》：「沮先聖之成論兮，邈名賢之高風。」

〔六〕孤陋二句：《禮記·學記》：「獨學而無友，則孤陋而寡聞。」《戰國策·齊策三》：「千里而一士，是比肩而立。」仇注：「李與公必同輩親戚，故云末親、比肩。」按，李乃杜之丈人行。詩謂不敢與李比肩。

〔七〕人生二句：《玉臺新詠》卷一《白頭吟》：「男兒重意氣，何用錢刀爲。」盧諶《與劉琨書》：「昔聶政殉嚴遂之顧，荊軻慕燕丹之義，意氣之間，靡軀不悔。」盧照鄰《五悲文》：「平生連袂，宿昔銜

杯。」李白《玩月金陵城西孫楚酒樓》：「捨舟共連袂，行上南渡橋。」

〔八〕揚論二句：《韓非子》有《揚權》篇。《漢書・叙傳》：「揚榷古今，監世盈虛。」陸機《文賦》：「函綿邈於尺素，吐滂沛乎寸心。」曹植《王仲宣誄》：「文若春華，思若涌泉。」

〔九〕玄成二句：《漢書・韋賢傳》：「賢四子……少子玄成，復以明經歷位至丞相。故鄒魯諺曰：『遺子黄金滿籯，不如一經。』」《周書・庾信傳》：「庾信字子山……父肩吾，梁散騎常侍、中書令。……時肩吾爲梁太子中庶子，掌書記。東海徐摛爲左衛率。摛子陵及信，並爲抄撰學士。父子在東宫，出入禁闥，恩禮莫與比隆。既有盛才，文並綺艷，故世號爲徐庾體焉。」

〔一〇〕不聞句：《史記・項羽本紀》：「籍長八尺餘，力能扛鼎。」又《張丞相列傳》：「初，張蒼父長不滿五尺，及生蒼，蒼長八尺餘，爲侯、丞相。蒼子復長。及孫類，長六尺餘，坐法失侯。」

〔一一〕北回二句：《元和郡縣圖志》卷三〇黔州：「彭水縣，上，郭下。本漢酉陽縣地，屬武陵郡。自吴至梁陳，並爲黔陽縣地。」按，詩所言即指黔州。

〔一二〕汧公二句：《九家》杜田《補遺》：「汧公，李勉。按《舊史》，上元初爲梁州刺史、山南西道防禦使。李十五在峽中，往謁之。故子美作此詩爲别也。」《趙次公先後解》：「然以《舊史》上元初言之，則在肅宗時。……相去七年矣。……然則汧公又非李勉乎？以俟博聞。」黄鶴注：「《新史》謂嶺南節度使召歸，進工部尚書，封汧國公。……勉大曆四年方入嶺南，其歸在五年以後，公已死矣，無容言汧公，疑有誤。」錢箋：「李勉……後歷河南尹，徙江西觀察使。大曆二

年來朝，拜京兆尹。李十五自峽中往訪，正勉在江西時也。南入黔陽天，自黔取道之豫章也。……《新書》：大曆十年，拜工部尚書，封汧國公。此詩已稱汧公，知《新書》誤也。」黄生注：「由蜀入豫章，一水之便，而反迂道以入黔陽，何爲者耶？」按，嚴耕望《唐代交通圖考》考，由黔州東行二百里至黔江縣，又東北約三百里至施州清江縣，又東北一百三十里至建始縣，又約九十里至大石嶺驛，又北踰南陵山，下百八盤過江至巫山縣，此爲長江以南黔州通夔州巫山縣之陸道，路極險峻。蓋入黔須走此道，而李十五若自夔往江西，取道黔陽無異南轅北轍。黄生駁錢箋甚是。然黄從杜田説，謂李十五往梁州訪李勉，亦想當然，往梁州亦不當入黔。勉廣德二年亦已任洪州刺史，見《舊唐書·代宗紀》，時亦未封汧國公。此詩所言當非李勉，而乃時出任黔中者。據韋建《黔州刺史薛舒神道碑》，舒寶應初拜黔州刺史、黔中經略招討等使，封河東郡開國伯，大曆十年薨於溪州。其封非國公，然據職則必此人。疑詩有誤，汧公當作薛公。

〔一三〕清高二句：班固《西都賦》：「抗仙掌以承露，擢雙立之金莖。」《文選》李善注：「《漢書》曰：孝武又作柏梁、銅柱，承露仙人掌之屬矣。金莖，銅柱也。」鮑照《代白頭吟》：「直如朱絲繩，清如玉壺冰。」

〔一四〕昔在二句：《書·堯典》：「帝曰：咨，四岳。」傳：「四岳，即上羲和之四子，分掌四岳之諸侯，故稱焉。」《漢書·地理志》：「潁川，南陽，本夏禹之國。……韓延壽爲太守，先之以敬讓。黄霸繼之，教化大行，獄或八年亡重罪囚。」

〔一五〕于邁：《詩·魯頌·泮水》：「無小無大，從公于邁。」箋：「于，往。邁，行也。」

〔一六〕山深二句：《楚辭·招隱士》：「山氣巃嵸兮石嵯峨，谿谷嶄岩兮水曾波。」《後漢書·徐穉傳》：「時陳蕃爲（豫章）太守……蕃在郡不接賓客，唯穉來特設一榻，去則縣之。」錢箋：「勉按察江西，故用陳蕃事。」黄生謂之「其固已甚」。仇注：「李丈蓋嘗設榻以待公。」

〔一七〕晨集二句：柳惲《贈吴均》：「相思白露亭，永望秋風渚。」王融《游仙詩》：「結賞自雲嶠，移燕乃方壺。」

〔一八〕歸旋：《詩·召南·采蘩》：「被之祁祁，薄言還歸。」旋通還，此倒作歸旋。

贈鄭十八賁〔一〕

温温士君子，令我懷抱盡〔二〕。靈芝冠衆芳，安得闕親近？遭亂意不歸，竄身跡非隱〔三〕。細人尚姑息，吾子色愈謹〔四〕。高懷見物理〔五〕，識者安肯哂。卑飛欲何待，捷徑應未忍〔六〕。示我百篇文，詩家一標準〔七〕。羈離交屈宋，牢落值顔閔〔八〕。水陸迷畏途①，藥餌駐修軫〔九〕。古人日已遠，青史自不泯②〔一〇〕。步趾詠唐虞，追隨飯葵堇〔一一〕。數杯資好事，異味煩縣尹〔一二〕。心雖在朝謁，力與願矛

盾〔一三〕。抱病排金門，衰容肯爲敏③〔一四〕。（0303）

【校】

①畏，錢箋、《九家》、《草堂》校：「一作長。」

②自，錢箋、《九家》、《草堂》作「字」。

③肯，錢箋、《草堂》作「豈」。

【注】

黄鶴注：賁乃鄭十七之弟，公有《答鄭十七郎一絶》云：「把文驚小陸」，即其人也。以鄭十七絶句考之，當是大曆元年（七六六）雲安作。

〔一〕鄭十八賁：本書卷一四有《雲安九日鄭十八携酒陪諸公宴》（0947）、《答鄭十七郎一絶》（0948）。《新唐書·宰相世系表五上》鄭氏北祖胤伯後：全柳丞運孫、魯子，「賁」。錢起《客舍贈鄭賁》：「一望金門詔，三看黄鳥飛。暝投同旅食，朝出易儒衣。」天寶亂前作於長安。常衮《授鄭賁司農卿》：「早參幕畫，在樽俎而止戈；自董軍儲，有京坻之足食。」未知是否一人。《舊唐書·李希烈傳》：「僭號曰武成，以孫廣、鄭賁、李綬、李元平爲宰相。」時代亦相合。

〔二〕温温二句：《詩·小雅·小宛》：「温温恭人，如集於木。」傳：「温温，和柔貌。」謝靈運《相逢行》：「邂逅賞心人，與我傾懷抱。」

〔三〕竄身句：劉楨《贈五官中郎將》：「余嬰沈痼疾，竄身清漳濱。」

〔四〕細人二句：《禮記·檀弓上》：「君子之愛人也以德，細人之愛人也以姑息。」疏：「細小之人愛人也，不顧道理，且相寧息。」《史記·魏公子列傳》：「公子顔色愈和。」

〔五〕高懷句：《淮南子·覽冥訓》：「耳目之察，不足以分物理。」

〔六〕卑飛二句：《吴越春秋》卷八：「鷙鳥將搏，必卑飛戢翼。」張九齡《送蘇主簿赴偃師》：「賢人安下位，鷙鳥欲卑飛。」《楚辭·離騷》：「何桀紂之昌披兮，夫唯捷徑以窘步。」張衡《應間》：「捷徑邪至，我不忍以投步。」

〔七〕詩家句：袁宏《三國名臣序贊》：「器範自然，標準無假。」

〔八〕羈離二句：羈離，羈旅。沈約《愍塗賦》：「免悽愴於羈離，亦殷勤於行路。」高適《薊門不遇王之涣郭密之》：「迢遞千里游，羈離十年别。」屈宋，屈原、宋玉。司馬相如《上林賦》：「牢落陸離，爛漫遠遷。」《文選》李善注：「牢落，猶遼落也。」顔閔，顔淵、閔子騫。《論語·先進》：「德行：顔淵、閔子騫、冉伯牛、仲弓。」

〔九〕水陸二句：《莊子·達生》：「夫畏途者，十殺一人，則父子兄弟相戒也，必盛卒徒而後敢出焉。」何遜《相送聯句》：「高軒雖駐軫，餘日久無輝。」朱鶴齡注：「此言以丹藥駐年。」仇注：「謂暫輟行蹤，正對上迷途説。」

〔一〇〕青史：江淹《詣建平王上書》：「俱啓丹册，並圖青史。」《文選》李善注：「《漢書》有《青史子》。《音義》曰：古史官記事。」

〔一一〕步趾二句：《左傳》僖公二十六年：「寡人聞君親舉玉趾，將辱於敝邑。」劉楨《贈五官中郎將》：「所親一何篤，步趾慰我身。」鮑照《代放歌行》：「蓼蟲避葵堇，習苦不言非。」《趙次公先後解》：「詠唐虞而飯葵堇，非樂道而然耶？堇與葵皆菜之美者。」

〔一二〕數杯二句：《趙次公先後解》：「鄭十八蓋好事之人而爲縣尹也。」浦起龍云：「鄭亦有品之士，流寓於此者。」味詩意鄭似爲客，縣尹乃爲主。

〔一三〕力與句：嵇康《幽憤詩》：「事與願違，遘兹淹留。」《韓非子·難一》：「楚人有鬻楯與矛者，譽之曰：『吾楯之堅，莫能陷也。』又譽其矛曰：『吾矛之利，於物無不陷也。』或曰：『以子之矛陷子之楯何如？』其人弗能應也。」

〔一四〕抱病二句：揚雄《解嘲》：「歷金門，上玉堂。」《左傳》文公十五年：「魯人以爲敏。」仇注：「末用自叙作結。」

殿中楊監見示張旭草書圖〔一〕

斯人已云亡，草聖秘難得。及兹煩見示，滿目一淒惻。悲風生微綃〔二〕，萬里有古色①。鏘鏘鳴玉動，落落羣松直〔三〕。連山蟠其間，溟漲與筆力〔四〕。有練實先書，臨池真盡墨〔五〕。俊拔爲之主〔六〕，暮年思轉極。未知張王後，誰並百代則〔七〕。

嗚呼東吴精，逸氣感清識〔八〕。楊公拂篋笥，舒卷忘寢食。念昔揮毫端，不得觀酒德〔九〕②。（0304）

【校】

① 有，錢箋、《九家》、《草堂》作「起」。

② 得，錢箋、《九家》、《草堂》作「獨」。

【注】

黄鶴注：後篇《送楊監赴蜀見相公》詩云「送子清秋暮」，則此同是大曆元年（七六六）作。《趙次公先後解》謂前二篇與後篇稍遠無害，豈有同日觀書畫而便送别也。

〔一〕殿中楊監：參《送殿中楊監赴蜀見相公》（0306）注。《唐六典》卷一一殿中省：「監一人，從三品。少監二人，從四品上。」張旭：見卷一《飲中八仙歌》（0027）注。王嗣奭《杜臆》：「草書何以云圖？豈右軍《筆陣圖》之類乎？」施鴻保謂：「此當是草書障子。」

〔二〕悲風句：潘岳《河陽縣作》：「登城眷南顧，凱風揚微綃。」

〔三〕鏘鏘二句：謝朓《郊祀曲》：「鏘鏘玉鑾動，溶溶金障旋。」鮑照《代邊居行》：「長松何落落，丘隴無復行。」《法書要録》卷二袁昂《古今書評》：「崔子玉書如危峰阻日，孤松一枝，有絶望之意。」

〔四〕連山二句：《法書要録》卷九：「宋蕭思話……行草如連岡盡望，勢不斷絶。」謝靈運《游赤石進

帆海》：「溟漲無端倪，虚舟有超越。」《趙次公先後解》：「玉動、松直、山蟠，皆以狀其草書。溟漲與筆力，言筆力浩汗，若溟渤之漲水乞與之也。」

〔五〕有練二句：衛恒《四體書勢》：「弘農張伯英者……凡家之衣帛，必書而後練之，臨池學書，池水盡黑。」

〔六〕俊拔：《法書要録》卷六竇臮《述書賦》字格：「峻，頓挫穎達曰峻」；「拔，輕駕超殊曰拔。」

〔七〕未知二句：《趙次公先後解》：「張則伯英，王則羲之。」《晋書·王羲之傳》：「每自稱我書比鍾繇，當抗行；比張芝草，猶當雁行也。」

〔八〕嗚呼二句：李頎《贈張旭》：「皓首窮草隸，時稱太湖精。」王嗣奭《杜臆》：「東吴精可作旭别號。」《趙次公先後解》：「言張旭之逸氣感楊監之清識。」

〔九〕不得句：晋劉伶有《酒德頌》。《趙次公先後解》：「末句又言旭之善飲。」

楊監又出畫鷹十二扇

近時馮紹正，能畫鷙鳥樣〔一〕。明公出此圖，無乃傳其狀〔二〕。殊姿各獨立，清絶心有向①。疾禁千里馬，氣敵萬人將。憶昔驪山宫，冬移含元仗〔三〕。天寒大羽獵，此物神俱王〔四〕。當時無凡材，百中皆用壯〔五〕。粉墨形似間〔六〕，識者一惆悵。

干戈少暇日，真骨老崖嶂〔七〕。爲君除狡兔，會是翻鞲上②〔八〕。（0305）

【校】

①向，錢箋、《草堂》校：「一作尚。」

②翻，錢箋校：「一作飛。」

【注】

黄鶴注：題云「又出」，則是與前詩同時作。

〔一〕近時二句：《歷代名畫記》卷一叙歷代能畫名人「唐二百六人」，有馮紹正。卷三叙自古跋尾押署：「（開元）十年月日。王思忠裝。同上。使承議郎守殿中丞知中尚書作事安昌縣開國男臣馮紹正。」錢箋引《歷代名畫記》，謂紹正開元中任少府監，八年爲户部侍郎。《全唐文》小傳略同。然查《册府元龜》等，其官職唯載少府監，恐錢箋有誤。《唐朝名畫録》：「馮紹政善雞、鶴、龍、水，時稱其妙。開元中關輔大旱，京師渴雨尤甚，亟命大臣遍禱於山澤間，而無感應。上於龍池新創一殿，因詔少府監馮紹政於四壁各畫一龍。紹政乃先於四壁畫素龍，其狀蜿蜒，如欲振涌。繪事未半，若風雲隨筆而生。上與從官於壁下觀之，鱗甲皆濕。設色未終，有白龍自簷間出，入於池中。」

〔二〕明公二句：錢箋：「張彦遠云：顧愷之有摹搨妙法。古時好搨畫，十得七八。亦有御府搨本，

謂之官搨。十二扇，蓋搨馮監畫本也。」按，錢説據《歷代名畫記》卷二「論畫工用搨寫」。摹搨即摹寫。

〔三〕憶昔二句：《雍録》卷三：「龍朔二年，高宗染風痺，惡太極宫卑下，故就修大明宫，改名蓬萊宫，取殿後蓬萊池爲名也。至三年四月移仗御蓬萊宫之含元殿，二十五日始御紫宸，故咸亨元年改蓬萊宫爲含元殿。長安五年，又改爲大明宫。」玄宗每年冬避寒驪山華清宫，參卷一《奉同郭給事湯東靈湫作》(0035)注。

〔四〕神俱王：《莊子·養生主》：「神雖王，不善也。」釋文：「王，於況反。」林希逸《口義》：「王音旺。」

〔五〕百中句：《易·大壯》：「小人用壯。」《唐會要》卷七八《五坊宫苑使》：「五坊，謂雕、鶻、鷹、鷂、狗，共爲五坊，宫苑舊以一使掌之。自寶應二年後，五坊使入隸内宫苑使。」《開元天寶遺事》卷四：「申王有高麗赤鷹，岐王有北山黄鶻，上甚愛之。每弋獵，必置之駕前，帝目之爲決雲兒。」

〔六〕粉墨句：《宋書·謝靈運傳》論：「相如工爲形似之言。」張九齡《宋使君寫真圖贊》：「意得神傳，筆精形似。」

〔七〕真骨句：鍾嶸《詩品》：「真骨凌霜，高風跨俗。」

〔八〕爲君二句：孫楚《鷹賦》：「擒狡兔於平原，截鶴雁於河渚。」鮑照《代東武吟》：「昔如韝上鷹，今似檻中猿。」

送殿中楊監赴蜀見相公〔一〕

去水絶還波，洩雲無定姿〔二〕。人生在世間，聚散亦暫時。離别重相逢，偶然豈定期①〔三〕。送子清秋暮，風動長年悲②〔四〕。豪俊貴勳業，邦家頻出師〔五〕。相公鎮梁益，軍事無孑遺〔六〕。解榻再令見③〔七〕，用才復擇誰？况子已高位，爲郡得固辭〔八〕。難拒供給費，慎哀漁奪私〔九〕。干戈未甚息，紀綱正所持〔一〇〕。泛舟巨石横，登陸草露滋。山門日昜久④〔一一〕，當念居者思。（0306）

【校】

①定，《草堂》校：「一作乏。」

②動，錢箋、《九家》、《草堂》作「物」。

③再令見，錢箋、《九家》作「再見令」，《草堂》作「令再見」。

④昜，錢箋等作「易」。　久，錢箋、《草堂》校：「一作夕。」《九家》作「夕」。

【注】

〔一〕相公：杜鴻漸。《舊唐書·代宗紀》：「（大曆元年二月）壬子，命黄門侍郎、同平章事杜鴻漸兼

成都尹，持節充山南西道、劍南東川等道副元帥，仍充劍南西川節度使，以平郭英乂之亂也。」「（二年）六月戊戌，山南劍南副元帥杜鴻漸自蜀入朝。」錢箋：「按《舊書・杜亞傳》，杜鴻漸以宰相出領山劍副元帥，以亞及楊炎並爲判官。《崔寧傳》：鴻漸至蜀日，與判官楊炎、杜亞縱觀高會。《羯鼓録》：鴻漸出蜀，至嘉陵江，與從事楊崖州、杜亞輩登驛樓望月，行觴讌語。此詩所謂楊監者，豈即崖州耶？炎以元載敗，貶道州司馬。詩云『況子已高位，爲郡得固辭』，則知炎爲判官，正以道州司馬辟也。」按，此姓氏偶合耳。據常衮《授庾準楊炎知制誥制》，楊炎爲副元帥判官時兼銜爲檢校兵部郎中。炎以元載敗被貶，更在大曆十二年，錢箋誤甚。

〔二〕去水二句：蕭衍《贈逸民》：「漏有去箭，流無還波。」鮑照《望孤石》：「洩雲去無極，馳波往不窮。」

〔三〕人生四句：謝靈運《酬從弟惠連》：「悟對無厭歇，聚散成分離。」蕭綱《妾薄命》：「蕩子行未至，秋胡無定期。」

〔四〕風動句：殷仲文《南州桓公九井作》：「景氣多明遠，風物自淒緊。」《淮南子・説山訓》：「桑葉落而長年悲也。」

〔五〕豪俊二句：《三國志・吴書・張昭傳》：「夫爲人後者，貴能負荷先軌，克昌堂構，以成勳業也。」邦家，國家。《越絶書》卷七：「孤欲空邦家，措策力。」

〔六〕相公二句：《漢書・地理志》：「至漢武帝攘却胡越，開地斥境……改梁曰益，凡十二部。」魏平蜀，分益州巴漢七郡置梁州。《詩・大雅・雲漢》：「周餘黎民，靡有孑遺。」浦起龍云：「無孑

遺，借言軍事無幾微不關相公之慮，是以需材亟亟也。」

〔七〕解榻：見本卷《送李十五丈別》(0302)注。

〔八〕況子二句：仇注：「得固辭，言不得固辭也。」楊監當赴蜀任郡守。

〔九〕難拒二句：本卷《黃河二首》(0265)：「黃河西岸是吾蜀，欲須供給家無粟。」謂供應軍需。《漢書·景帝紀》：「漁奪百姓，侵牟萬民。」

〔一〇〕紀綱句：《漢書·武帝紀》：「二千石官長紀綱人倫。」《唐六典》卷三〇：「尹、少尹、别駕、長史、司馬掌貳府州之事，以紀綱衆務，通判列曹。」

〔一一〕山門句：《趙次公先後解》：「公自言其在夔，故以山門言之。」仇注：「此居者代爲行人思也。」趙注、仇注皆作「日易夕」。趙解作「一别之後，光陰易换」。仇解作「今我日夕還山」。施鴻保疑「山門」當作「出門」。

杜工部集卷第七

古詩五十七首 居夔州作

秋行官張望督促東渚耗稻向畢清晨遣女奴阿稽豎子阿段往問①〔一〕

東渚雨今足，佇聞粳稻香〔二〕。上天無偏頗，蒲稗各自長〔三〕。人情見非類，田家戒其荒〔四〕。功夫競搰搰〔五〕，除草置岸傍②。穀者命之本③〔六〕，客居安可忘。青春具所務，勤懇免亂常〔七〕。吴牛力容易，並驅去聲動莫當④〔八〕。豐苗亦已概，雲水照方塘〔九〕。有生固蔓延，静一資隄防〔一〇〕。督領不無人，提携頗在綱⑤〔一一〕。荆揚風土暖〔一二〕，肅肅候微霜。尚恐主守疏，用心未甚臧〔一三〕。清朝遣婢僕，寄語踰

崇岡。西成聚必散，不獨陵我倉〔一四〕。豈要仁里譽〔一五〕，感此亂世忙。北風吹蒹葭，蟋蟀近中堂〔一六〕。荏苒百工休，鬱紆遲暮傷〔一七〕。（0307）

【校】

①耗，宋本、錢箋、《九家》、《草堂》校：「一作刈。」

②傍，錢箋、《九家》作「旁」。

③命之，宋本、錢箋校：「一云令土。」

④動莫當，宋本、錢箋、《九家》校：「一云紛游場。」《草堂》作「紛游場」，校：「一作動莫當。」

⑤携，宋本、錢箋、《九家》、《草堂》校：「一作掣。」

【注】

黄鶴注：東渚即東屯。按公大曆二年（七六七）秋自瀼西居東屯，此詩當其年秋晚作。

〔一〕行官：見卷六《行官張望補稻畦水歸》（0283）注。耗稻：《趙次公先後解》：「於稻中消耗其蒲稗，免相奪耳。或云耗稻是方言。」朱鶴齡注：「按《説文》：耗，本作秏，稻屬，從禾毛聲，今作耗。《吕氏春秋》：飯之美者，有玄山之禾，南海之秏。督促耗稻，是言督領田禾之事。舊注耗，減也，謂蒲稗之能爲禾害者減去之，非是。」仇注以舊解爲是。按，據文意，耗爲動詞。

〔二〕粳稻：見卷二《病後遇王倚飲贈歌》（0079）注。

〔三〕上天二句：《漢書·匈奴傳》：「天不頗覆，地不偏載。」謝靈運《石壁還湖中作》：「芰荷迭映暧，蒲稗相因依。」《趙次公先後解》：「上天以無偏頗，不擇稻與蒲稗而皆生長之。」

〔四〕人情二句：《齊民要術》卷二引《淮南子》：「蘺，先稻熟，而農夫薅之者，不以小利害大獲。」高誘曰：「蘺，水稗。」《漢書·齊哀王弟章傳》：「深耕穊種，立苗欲疏，非其種者，鉏而去之。」

〔五〕功夫句：《莊子·天地》：「見一丈人方將爲圃畦，鑿隧而入井，抱甕而出灌，搰搰然用力甚多而見功寡。」

〔六〕轂者句：《管子·國蓄》：「五穀食米，民之司命也。」《説苑·建本》：「夫穀者，國家所以昌熾，士女所以姣好，禮義所以行，而人心所以安也。《尚書》五福，以富爲始。子貢問爲政，孔子曰：『富之。』既富乃教之。此治國之本也。」

〔七〕勤懇句：《左傳》文公十八年：「傲很明德，以亂天常。」

〔八〕吴牛二句：《世説新語·言語》：「臣猶吴牛，見月而喘。」注：「今之水牛，唯生江淮間，故謂之吴牛。」馬融《廣成頌》：「類行並驅，星布麗屬。」

〔九〕豐苗二句：《漢書·齊哀王弟章傳》：「深耕穊種。」注：「師古曰：穊，稠也。穊種者，言多生子孫也。」劉楨《贈徐公幹》：「細柳夾道生，方塘含清源。」

〔一〇〕有生二句：《弘明集》卷五鄭道子《神不滅論》：「夫萬化皆有也，榮枯盛衰，死生代互，一形盡，一形生，此有生之終始也。」韋孟《諷諫詩》：「矜矜元王，恭儉静一。」《文選》李善注：「一，道也。」《趙次公先後解》：「均爲有生如蒲稗者，固蔓延於稻矣。然静守一道，則專在稻苗焉。」

〔一一〕提携句：《南齊書·顧歡傳》：「臣聞舉網提綱，振裘持領。」

〔一二〕荆揚句：《漢書·武帝紀》：「朕巡荆揚，輯江淮物。」夔州屬荆州江陵府，此連言稱荆揚。

〔一三〕尚恐二句：《書·酒誥》：「小子惟土物愛，厥心臧。」《爾雅·釋詁》：「臧……善也。」《趙次公先後解》：「主守，又指行官張望也。」

〔一四〕西成二句：《書·堯典》：「平秩西成。」傳：「秋，西方，萬物成。」潘岳《籍田賦》：「我倉如陵，我庾如坻。」

〔一五〕豈要句：張衡《思玄賦》：「匪仁里其焉宅兮，匪義跡其焉追。」司馬遷《報任安書》：「僕少負不羈之才，長無鄉曲之譽。」

〔一六〕北風二句：《詩·秦風·蒹葭》：「蒹葭蒼蒼，白露爲霜。」《唐風·蟋蟀》：「蟋蟀在堂，歲聿其莫。」

〔一七〕荏苒二句：《禮記·月令》：「季秋之月……霜始降，則百工休。」曹植《贈白馬王彪》：「鬱紆將何念，親愛在離居。」

覽柏中允兼子侄數人除官制詞因述父子兄弟四美載歌絲綸〔一〕

紛然喪亂際，見此忠孝門〔二〕。蜀中寇亦甚，柏氏功彌存。深誠補王室，戮力

自元昆〔三〕。三止錦江沸，獨清玉壘昏〔四〕。高名入竹帛，新渥照乾坤〔五〕。子弟先卒伍，芝蘭疊璵璠〔六〕。同心注師律，洒血在戎軒〔七〕。絲綸實具載，紱冕已殊恩〔八〕。奉公舉骨肉，誅叛經寒温①〔九〕。金甲雪猶凍，朱旗塵不翻〔一〇〕。每聞戰場説，欻激懦氣奔。聖主國多盜，賢臣官則尊〔一一〕。方當節鉞用，必絶祲沴根②〔一二〕。吾病日回首③，雲臺誰再論〔一三〕？作歌挹盛事，推轂期孤騫④〔一四〕。

（0308）

【校】

①温，錢箋校：「一作暄。」

②沴，宋本作「泠」，據錢箋等改。

③日，《草堂》校：「一作思。」

④騫，錢箋作「鶱」。

【注】

黄鶴注：當是大曆元年（七六六）到夔後作，是時柏都督在夔。

〔一〕柏中允：《趙次公先後解》：「舊本中允，師民瞻本作中丞，是。蓋近體詩有題云《陪柏中丞觀

宴將士》也。然民瞻便指爲柏正節，非矣。詩句有『戮力自元昆』，意其方是柏正節也。然亦竊有疑焉。」葛立方《韻語陽秋》卷六：「杜子美《柏中丞除官制》詩，舊注以爲柏者，又以爲貞節。按杜詩云『紛然喪亂際，見此忠孝門……』，當是有功於蜀者。方是時，段子璋反於上元，徐知道反於寶應，而貞節爲邛州刺史，數有功，則是貞節無疑矣。」錢箋謂新舊《唐書》爲郭英乂前軍，與崔旰戰，敗于成都西門者，柏茂琳也。以邛州牙將起兵討崔旰者，柏貞節也。此詩「方當節鉞用」，必茂琳，非貞節也。朱鶴齡注引《杜詩博議》謂《舊唐書·崔寧傳》記茂琳與崔旰戰喪軍而不及貞節，《杜鴻漸傳》記貞節興兵而不及茂琳。《新唐書·崔寧傳》則兼録二傳之文。以《舊唐書·代宗紀》考之，則授邛州刺史、邛南防禦及節度，皆茂林一人之事。蓋茂林以牙將爲英乂前軍，敗於城西，復歸邛州，興兵討旰。疑貞節乃茂林之字，或後改名，非二人也。參卷六《園人送瓜》（0280）注。據常衮《授柏貞節夔忠等州防禦使制》，柏貞節兼銜爲御史中丞。常衮制及《册府元龜》卷一七六、卷三二三記事皆作柏貞節，本書卷五《草堂》（0251）杜甫自注亦作「柏貞節」，是其改名爲貞節也。此制子侄數人授官，蓋皆因柏貞節推恩之故。

〔二〕紛然二句：《詩·小雅·節南山》：「天方薦瘥，喪亂弘多。」《晉書·卞壼傳》：「父死於君，子死於父，忠孝之道，萃於一門。」

〔三〕深誠二句：《書·胤征》：「爾衆士同力王室。」《世説新語·言語》：「當共戮力王室，克復神州。」元昆，兄長。玄宗《加宋王成器開府儀同三司制》：「朕之元昆，人之師表。」

〔四〕三止二句：《太平寰宇記》卷七二益州成都縣：「濯錦江，即蜀江。水至此濯錦，錦彩鮮潤於他

水，故曰濯錦江。」《趙次公先後解》以寶應元年徐知道反、永泰元年崔旰殺郭英乂、大曆三年楊子琳陷成都爲錦江三沸，然疑柏貞節預徐知道之亂，又與楊子琳爲同類，若以柏氏爲貞節實未安。黄鶴注以討段子璋、徐知道、崔旰三事當之。朱鶴齡注謂大曆三年杜甫去夔已久，柏中丞亦不聞後復還蜀，「三止錦江沸」是柏中丞與崔旰對攻時事。按，柏貞節反戈討徐知道，又起兵討崔旰，另一事難以指實，詩意或有含混處。左思《蜀都賦》：「廓靈關以爲門，包玉壘而爲宇。」《文選》劉逵注：「玉壘，山名也。湔水出焉，在成都西北岷山界。」朱注引《杜詩博議》：「《九域志》云：（玉壘山）在茂州。是時鴻漸以茂州授旰，故曰『玉壘昏』。」説鑿。

〔五〕高名二句：《史記·孝文本紀》：「祖宗之功德著於竹帛，施于萬世。」渥，渥恩。王褒《洞簫賦》：「蒙聖主之渥恩。」

〔六〕子弟二句：《周禮·地官·小司徒》：「乃會萬民之卒伍而用之。五人爲伍，五伍爲兩，四兩爲卒。」《世説新語·言語》：「謝太傅問諸子侄：『子弟亦何預人事，而正欲使其佳？』諸人莫有言者，車騎答曰：『譬如芝蘭玉樹，欲使其生於階庭耳。』」璵璠，見卷四《贈蜀僧閭丘師兄》（0175）注。

〔七〕同心一句：《易·師》：「師出以律。」戎軒，見卷六《園官送菜》（0285）注。

〔八〕絲綸二句：絲綸，指制誥。《禮記·緇衣》：「王言如絲，其出如綸。」班固《答賓戲》：「躬帶紱冕之服。」

〔九〕奉公二句：《左傳》襄公三年：「君子謂祁奚於是能舉善矣。稱其仇，不爲諂。立其子，不爲

比。舉其偏，不爲黨。」此言柏中丞推恩及子侄。

〔一〇〕金甲二句：班固《封燕然山銘》：「玄甲耀日，朱旗絳天。」白居易《送令狐相公赴太原》注：「藩鎮例驅紅旆。」虞世南《出塞》：「霧鋒黯無色，霜旗凍不翻。」

〔一一〕聖主二句：《左傳》襄公二十一年：「於是魯多盜。」《趙次公先後解》：「言聖主之國今多盜賊，有能伐叛之賢臣，朝廷不惜爵賞，故官則尊也。」

〔一二〕方當二句：《晉書・禮志》：「漢魏故事，遣將出征，符節郎授節鉞於朝堂。其後荀顗等所定新禮，遣將，御臨軒，尚書受節鉞，依古兵書跪而推轂之義也。」董仲舒《雨雹對》：「此皆陰陽相蕩而爲祲沴之妖也。」

〔一三〕雲臺：見卷四《述古三首》（0206）注。

〔一四〕推轂句：《史記・張釋之馮唐列傳》：「臣聞上古王者之遣將也，跪而推轂，曰閫以内者寡人制之，閫以外者將軍制之。」《説文》：「鶱，飛貌也。」張衡《西京賦》：「鳳鶱翥於甍標，咸溯風而欲翔。」

聽楊氏歌

佳人絶代歌，獨立發皓齒〔一〕。滿堂慘不樂，響下清虚裏①〔二〕。江城帶素

月〔三〕，況乃清夜起。老夫悲暮年②，壯士淚如水〔四〕。玉杯久寂寞，金管迷宮徵〔五〕。勿云聽者疲〔六〕，愚智心盡死。古來傑出士③，豈特一知己④。吾聞昔秦音⑤，傾側天下耳⑥〔七〕。（0309）

【校】

① 清虚裏，宋本、錢箋、《九家》、《草堂》、《文苑英華》校：「一作浮雲裏。」

② 夫，宋本作「大」，據錢箋等改。

③ 士，宋本、錢箋校：「一作事。」

④ 特，《草堂》、《文苑英華》作「待」。

⑤ 音，《草堂》校：「歐、王皆作青。」錢箋、《九家》作「青」，《九家》校：「一本作秦音。」

⑥ 側，《草堂》校：「王作倒。」《九家》校：「一云傾倒。」

【注】

黄鶴注：當是在夔州。從舊次及梁權道編爲大曆元年（七六六）作。

〔一〕佳人二句：《漢書·外戚傳》李延年歌：「北方有佳人，絶世而獨立。」曹植《雜詩》：「南國有佳人，容華若桃李。朝游江北岸，夕宿瀟湘沚。時俗薄朱顔，誰爲發皓齒。」

〔二〕滿堂二句：《説苑·貴德》：「今有滿堂飲酒者，有一人獨索然向隅而泣，則一堂之人皆不樂

矣。」阮籍《清思賦》：「夫清虛寥廓，則神物來集。」

〔三〕素月：謝莊《月賦》：「白露曖空，素月流天。」

〔四〕老夫二句：曹操《步出夏門行》：「烈士暮年，壯心不已。」

〔五〕玉杯二句：《分門》洙曰：「世之議樂者以絲不如竹，竹不如肉。言肉聲勝於絲竹，則金石固當有問矣。孟嘉語也。」《趙次公先後解》：「玉杯、金管，皆所以爲聲曲者也。玉杯，則今之所擊水盞。金管，則今之吹笛。……（二句）言其聲不逮於歌，皆以形容歌聲之妙也。」朱鶴齡注：「言聽其歌者爲之停杯不飲，即金管亦失次，而不能奏也。」

〔六〕勿云句：江淹《雜體詩・魏文帝曹丕游宴》：「淵魚猶伏浦，聽者未云疲。」

〔七〕古來四句：秦音，諸家注皆以作秦青爲是。《列子・湯問》：「薛譚學謳於秦青，未窮青之技，自謂盡之。遂辭歸，秦青弗止。餞於郊衢，撫節悲歌，聲振林木，響遏行雲。薛譚乃謝求反，終身不敢言歸。」按，《史記・張儀列傳》：「陳軫適至秦，惠王曰：『子去寡人之楚，亦思寡人不？』陳軫對曰：『王聞夫越人莊舄乎？』王曰：『不聞。』曰：『越人莊舄仕楚執珪，有頃而病。楚王曰：舄故越之鄙細人也。今仕楚執珪，貴富矣，亦思越不？中謝，對曰：凡人之思故，在其病也。彼思越則越聲，不思越則楚聲。使人往聽之，猶尚越聲也。今臣雖弃逐之楚，豈能無秦聲哉？』」詩或用此，言歌引故鄉之思，故以知音自許。「知己」即言知音，蓋暗用伯牙、子期之典。

荆南兵馬使太常卿趙公大食刀歌〔一〕

太常樓船聲嗽嘈，問兵刮寇趨下牢①〔二〕。牧出令奔飛百艘，猛蛟突獸紛騰逃〔三〕。白帝寒城駐錦袍，玄冬示我胡國刀〔四〕。壯士短衣頭虎毛，憑軒拔鞘天爲高〔五〕。翻風轉日木怒號②，冰翼雪淡傷哀猱〔六〕。鐫錯碧罌鸊鵜膏，鋩鍔已瑩虚秋濤③〔七〕。鬼物撇捩辭坑壕④，蒼水使者捫赤絛，龍伯國人罷釣鼇〔八〕。芮公回首顔色勞，分閫救世用賢豪〔九〕。趙公玉立高歌起，攬環結佩相終始〔一〇〕。萬歲持之護天子，得君亂絲與君理〔一一〕。蜀江如線如針水⑤，荆岑彈丸心未已〔一二〕。賊臣惡子休干紀，魑魅魍魎徒爲耳，妖腰亂領敢欣喜〔一三〕。用之不高亦不庳，不似長劍須天倚〔一四〕。吁嗟光禄英雄弭〔一五〕，大食寶刀聊可比。丹青宛轉麒麟裏⑥，光芒六合無泥滓〔一六〕。（0310）

【校】

① 趨，錢箋、《草堂》校：「陳作超。」 錢箋句末有小字注「楚地」。

②木，錢箋校：「一作水。」

③鉒鍔，錢箋、《草堂》校：「一作銛鋒。」　虛，錢箋校：「一作靈。」

④辭，錢箋校：「陳作亂。」

⑤如針水，錢箋校：「一作針如水。」《草堂》作「針如水」。

⑥麒麟，《草堂》作「騏驎」，校：「一作麒麟。」

【注】

黃鶴注：梁權道編在大曆元年（七六六），然是年冬蜀中無事。當是永泰元年（七六五）冬崔旰反，時蜀中大亂，趙公刮寇至此。按，詩爲夔州作，仍當作於大曆元年。

〔一〕荊南兵馬使：《新唐書·百官志》外官：「天下兵馬元帥、副元帥……前軍兵馬使、中軍兵馬使、後軍兵馬使……各一人。」節度使、觀察使屬下掌軍職者亦稱兵馬使。《舊唐書·地理志》：「荊南節度使，治江陵府，管歸、夔、峽、忠、萬、澧、朗等州。」太常卿是其兼銜。大食：《新唐書·西域傳》：「大食，本波斯地。……（隋大業中）滅波斯，破拂菻，始有粟麥倉庾。南侵婆羅門，並諸國，勝兵至四十萬。康、石皆往臣之。其地廣萬里，東距突騎施，西南屬海。」

〔二〕太常二句：《史記·南越列傳》：「令罪人及江淮以南樓船十萬師往討之。」集解：「應劭曰：時欲擊越，非水不至，故作大船。船上施樓，故號曰樓船也。」蕭衍《古意》：「嗷嘈繞樹上，翩翩集寒枝。」乃鳥鳴聲。《趙次公先後解》謂此「鳴鑼擊鼓而鼓枻之聲也」。揚雄《羽獵賦》：「刮野

掃地。」《文選》李善注：「言殺獲皆盡，野地似乎掃刮也。」此「刮」字用法同，猶言掃寇。《新唐書・地理志》：「峽州夷陵郡，中。本治下牢戍，貞觀九年徙治步闡壘。」「縣四：夷陵，上。西北二十八里有下牢鎮。」《讀史方輿紀要》卷七八夷陵州：「下牢溪，在州西北二十五里，有關曰下牢關，亦曰下牢戍，舊峽州治也。陸游曰：下牢關夾江千峰萬嶂，奇怪不可名狀。初冬草木青蒼不凋，西望重山如關，江出其間。其上有洞曰三游洞，泉石絶勝。」

〔三〕牧出二句：《趙次公先後解》：「牧則州牧，令則縣令。牧出令奔，同赴軍事，督軍須之船故也。」《後漢書・劉陶傳》：「豕突上京。」此「突」字用法同。

〔四〕玄冬：《初學記》卷三引梁元帝《纂要》：「冬曰玄英，亦曰安寧，亦曰玄冬、三冬、九冬。」

〔五〕壯士二句：《趙次公先後解》：「頭虎毛，則蓋頭者以虎頭爲飾也。」朱鶴齡注：「首蒙虎皮也。」《西京雜記》卷一：「高帝斬白蛇劍……十二年一加磨瑩，開匣拔鞘，輒有風氣光彩射人。」

〔六〕翻風二句：盧思道《北齊興亡論》：「轉日回天。」《趙次公先後解》：「翻風轉日，言刀揮霍之勢。語蓋如張纘《南征賦》『平湖夷暢，翻光轉彩』也。冰翼雪淡，言刀瑩薄嚴冷之狀。」朱鶴齡注：「《酉陽雜俎》：王天運征勃律還，忽驚風四起，雪花如翼。冰翼恐亦此義。勢回風日，色薄冰雲，極言刀之利也。」徐彦伯《登長城賦》：「鷙隼爭擊，哀猱直透。」

〔七〕鐫錯二句：甖同罌。《説文》缶部：「罌，缶也。」又：「罃，備火長頸瓶也。」段注：「按近人謂罌、罃一字，依許則劃然二物，二字也，罌大罃小，用各不同。」又瓦部：「罌謂之甀。」《廣韻》罌同甖。《龍龕手鑑》：「罌，瓦器瓶也。」此爲盛膏之器，即罃也。《爾雅・釋鳥》：「鷉，須鸁。」郭

璞注：「鶊，鶬鶊。似鳧而小，膏中瑩刀。」方以智《通雅》卷四五：「鶬鶊，須鸁。即今之鸊鷉，油鴨也。《爾雅》：鶬鶊，須鸁。注以爲鸊鷉，水鳥。今時珍作須鸁，一名水鶩。古以其血塗刀劍。」戴嵩《度關山》：「馬銜苜蓿葉，劍瑩鸊鷉膏。」《趙次公先後解》：「虛秋濤，則狀刀之瑩，色如濤。」朱鶴齡注：「言鋒鍔瑩如秋水。」

〔八〕鬼物三句：撇捩，見卷二《留花門》(0068)「撇烈」注。《趙次公先後解》：「鬼物本隱藏於坑壕，見刀乃撇拔而辭頓焉。」《分門》洙曰引《搜神記》：「秦時有人夜渡河，見一人丈餘，手横刀而立，叱之，乃曰：『吾蒼水使者也。』」《吴越春秋》卷六：「禹乃東巡，登衡岳，血白馬以祭，不幸所求。禹乃登山仰天而嘯，忽然而卧，因夢見赤繡衣男子，自稱玄夷蒼水使者，聞帝使文命於斯，故來候之。」朱鶴齡注引趙曰：「赤絛，以赤色絲爲繩，刀飾也。捫赤絛，將拔刀也。」《列子·湯問》：「帝恐流於西極，失群仙聖之居，乃命禺强使巨鼇十五舉首而戴之，迭爲三番，六萬歲一交焉。五山始峙而不動。而龍伯之國有大人，舉足不盈數步而暨五山之所，一釣而連六鼇，合負而趣，歸其國，灼其骨以數焉。」《趙次公先後解》：「以蒼水使者提刀而呈，龍伯國人見之乃罷釣而去，則又言刀之神矣。」

〔九〕芮公二句：《分門》洙曰：「芮公，荆南節度使。」錢箋引吴若本注：「以《唐書》考之，恐是衛伯玉。」《舊唐書·代宗紀》：「(大曆元年七月辛酉)加荆南節度使衛伯玉檢校工部尚書。」「(二年六月)壬寅，荆南節度使衛伯玉封城陽郡王。」代宗《封衛伯玉城陽郡王制》：「開府儀同三司、檢校工部尚書兼江陵尹、御史大夫，充荆南節度觀察處置等使、上柱國、芮國公衛伯玉……可

封城陽郡王。」《唐大詔令集》卷六一作「陽城郡工」。是衛伯玉原封芮國公。《史記・張釋之馮唐列傳》：「臣聞上古王者之遣將也，跪而推轂，曰閫以內者寡人制之，閫以外者將軍制之。」《隋書・高祖紀》：「分閫推轂，嘗不逾時。」

〔一〇〕趙公二句：桓温《薦譙元彦表》：「而能抗節玉立，誓不降辱。」《趙次公先後解》：「攬環結佩，則莊嚴其服。」朱鶴齡注：「言攬刀環而佩服之。」鮑照《幽蘭》：「坐令芳節終，結佩徒分明。」結佩謂佩服。

〔一一〕萬歲二句：仇注：「萬歲，對天子而言之，乃久長之意。」按，句意即「持之護天子萬歲」。《太平御覽》卷三一五引謝承《後漢書》：「上嘉其才，以繁亂絲付儲使理，儲拔佩刀而斷之曰：『反經任勢，臨事宜然。』」《北齊書・文宣帝紀》：「高祖嘗試觀諸子意識，各使治亂絲，帝獨抽刀斬之，曰：『亂者須斬。』」《趙次公先後解》引二事，謂皆刀事也。

〔一二〕蜀江二句：《分門》洙曰：「蜀水至瞿唐，則爲峽所束如線焉。」王粲《登樓賦》：「平原遠而極目兮，蔽荆山之高岑。」《史記・平原君虞卿列傳》：「此彈丸之地弗予。」朱鶴齡注：「言趙公此刀，以平區區荆蜀之梗，無足難者。」

〔一三〕賊臣三句：《三國志・魏書・武帝紀》：「犯關十紀，莫不誅殄。」魑魅魍魎，見卷一《白水縣崔少府十九翁高齋三十韻》(00≤2)注。《趙次公先後解》：「腰領，言所斬之處。妖腰亂領，亦公之新語。」朱鶴齡注：「彼賊臣干紀，用之以誅斬其腰領，高下不差。」

〔一四〕用之二句：潘岳《射雉賦》：「捩懸刀，騁絶技，如轆如軒，不高不埤。」《文選》李善注：「鄭玄

《周禮注》曰：埤，短也。埤與庳，古字通。」宋玉《大言賦》：「長劍耿耿倚天外。」

〔一五〕吁嗟句：《趙次公先後解》謂太常與光禄爲九卿之首，二卿之職常兼領，光禄又指趙兵馬使；「英雄弭，則言其英雄弭止而未振，猶寶刀之未用也」。朱鶴齡注：「弭，言弭亂。」按，《唐六典》卷一四太常寺：「（梁）太常位視金紫光禄大夫，班第十四。」此以光禄大夫稱太常卿，非指光禄卿。趙臆説。

〔一六〕丹青二句：《漢書·蘇武傳》：「上思股肱之美，乃圖畫其人於麒麟閣，法其形貌，署其官爵、姓名。」《莊子·在宥》：「出入六合，游乎九州。」潘岳《西征賦》：「或被髮左衽，奮迅泥滓。」

王兵馬使二角鷹〔一〕

悲臺蕭颯石巃嵸①，哀壑杈枒浩呼洶②〔二〕。中有萬里之長江，回風滔日孤光動③〔三〕。角鷹翻倒壯士臂，將軍玉帳軒翠氣④〔四〕。二鷹猛腦徐侯穟⑤，目如愁胡視天地〔五〕。杉雞竹兔不自惜，溪虎野羊俱辟易⑥〔六〕。韝上鋒棱十二翮〔七〕，將軍勇鋭與之敵。將軍樹勳起安西，崑崙虞泉入馬蹄〔八〕。白羽曾肉三狻猊，敢決豈不與之齊〔九〕。荆南芮公得將軍〔一〇〕，亦如角鷹下翔雲⑦。惡鳥飛飛啄金屋，安得爾

輩開其羣，驅出六合梟鸞分〔一一〕。（0311）

【校】

①颯，錢箋校：「一作瑟。」《九家》、《草堂》作「瑟」，《草堂》校：「一作颯。」

②浩，《草堂》校：「一作浪。」　呼，錢箋校：「刊作污。」《草堂》校：「一作污。」

③滔，錢箋、《草堂》校：「陳作陷。」

④翠，錢箋校：「一云昂。一云勇。」《草堂》校：「或作昂。」

⑤徐侯穟，錢箋校：「荆作絛徐墜。」《草堂》校：「王荆公作絛徐墜。一作絲徐穟。皆非是。」《九家》作「絛徐墜」。

⑥溪，錢箋校：「一作孩。」　溪虎，《草堂》作「虎溪」，「溪」校：「一作孩。」

⑦下翔，宋本、錢箋、《九家》、《草堂》校一作「入朔」。

【注】

黄鶴注：當是永泰元年（七六五）冬王扦寇至夔時作。按《舊史》，衛伯玉大曆初丁母憂，朝廷以王昂代其任，伯玉潛諷將吏不受詔，遂起復再任。王得非昂乎？仇注謂王蓋與趙卿同時討亂而至者，繫於大曆元年（七六六）。

〔一〕王兵馬使：詩明言王爲芮公之將，黄鶴注疑爲王昂，不確。角鷹：見卷五《姜楚公畫角鷹歌》

（0246）注。

〔二〕悲臺二句：曹植《雜詩》：「高臺多悲風，朝日照北林。」仇注引吴注：「《西征賦》：作歸來之悲臺。按賦言悲臺，用戾太子事，於此詩不切。今以曹植詩爲證。」按，詩言悲臺，當指巫山臺。見卷六《雨》（0297）注。《楚辭·招隱士》：「山氣巃嵸兮石嵯峨，谿谷嶄岩兮水曾波。」殷仲文《南州桓公九井作》：「爽籟警幽律，哀壑叩虚牝。」王延壽《魯靈光殿賦》：「枝撑杈枒而斜據。」《文選》李善注：「杈枒，參差之貌。」

〔三〕回風句：朱鶴齡注：「滔日，即滔天之滔。」孤光，水光，見卷三《桔柏渡》（0167）注。

〔四〕將軍句：虞世基《出塞》：「轅門臨玉帳，大旆指金微。」《趙次公先後解》：「玉帳者，將軍之帳。」揚雄《甘泉賦》：「曳紅采之流離兮，颺翠氣之宛延。」顔延之《五君詠·向常侍》：「交吕既鴻軒，攀嵇亦鳳舉。」《文選》李善注：「王仲宣《贈蔡子篤詩》：歸雁載軒。軒，飛貌。」仇注：「軒然翠氣，鷹之毛色。」

〔五〕二鷹二句：《趙次公先後解》：「猛腦固是言鷹之腦猛厲。」又謂徐侯穟當作絛徐墜。按，穟通穗。《龍龕手鑑》：「穗、穟，音遂。禾秀也。二同。」可形容毛髮。侯寘《菩薩蠻·簪髻》：「交刀剪碎琉璃碧，深黄一穗瓏瓏色。」此當指鷹之頭毛。玄宗開元二十七年追謚孔子十哲，冉子有贈徐侯。此或爲一種民間説法。孫楚《鷹賦》：「深目蛾眉，狀似愁胡。」

〔六〕杉雞二句：《太平御覽》卷九一八引《臨海異物志》：「杉雞，黄冠青綬，常在杉樹下。頭上有長黄毛，頭及頰正青如垂緌。」朱鶴齡注其下接引：「竹兔，小如野兔，食竹葉。」未詳所出。又

謂：「孩虎，猶云乳虎也。」仇注引《廬山記》慧遠送客過虎溪事。司馬相如《上林賦》：「手熊羆，足野羊。」《文選》注引張揖曰：「野羊，羚羊也，似羊而青。」《史記·項羽本紀》：「人馬俱驚，辟易數里。」正義：「言人馬俱驚，開張易舊處，乃至數里。」

〔七〕韝上句：韝上，見卷六《楊監又出畫鷹十二扇》(0305)注。傅玄《鷹賦》：「勁翮二六，機連體輕。」

〔八〕將軍二句：安西都護府，見卷一《高都護驄馬行》(0012)注。《淮南子·説林訓》：「日出暘谷，入於虞淵。」此避唐諱作泉。

〔九〕白羽二句：司馬相如《上林賦》：「彎蕃弱，滿白羽。」《文選》注引文穎曰：「以白羽爲箭，故言白羽也。」《爾雅·釋獸》：「狻麑，如虦貓，食虎豹。」郭璞注：「即師子也。出西域。」朱鶴齡注：「肉狻猊，言得而肉之也。」嚴尤《三將軍論》：「小頭而鋭者，敢斷決也。」《魏書·孝明帝紀》：「直言正諫之士，敢決徇義之夫。」

〔一〇〕芮公：見前篇注。

〔一一〕惡鳥三句：本書卷一《哀王孫》(0047)：「長安城頭頭白烏，夜飛延秋門上呼。又向人家啄大屋，屋底達官走避胡。」蓋俗以惡鳥啄屋爲不祥。《太平御覽》卷四九六引桓譚《新論·見徵》：「余前爲典樂大夫，有梟鳴於庭樹上，而府中門下皆爲憂懼。後余與典樂謝侯爭鬭，俱坐免去。」

施補華《峴傭説詩》：「寫鷹即寫人。以『將軍勇鋭與之敵』及『荆南芮公得將軍，亦如角鷹下朔雲』爲點題眼，乃不是尋常詠物，且移不去别處。詠鷹起筆收筆，皆出題外用力。起四語空作寫景，而角鷹已呼之欲出，尤宜效法。」

葉矯然《龍性堂詩話》初集：「老杜七言古，《韓諫議》之超忽，《魏將軍》之雄慷，一則宗騷，一則其獨步也。又《大食刀》、《角鷹》二詩同調，不得以音節字句議其短長。劉須溪評《角鷹》詩即云：此詩不得以逐句逐字、某地某事意之。甚得解。《大食刀》詩復呶呶何也？甚矣宋人不可與言詩。在劉猶然，況其他歟！」

甘林

捨舟越西岡，入林解我衣。青芻適馬性，好鳥知人歸〔一〕。晨光映遠岫，多露見日晞①〔二〕。遲暮少寢食，清曠喜荆扉〔三〕。經過倦俗態，在野無所違②〔四〕。試問甘藜藿，未肯羡輕肥〔五〕。喧静不同科，出處各天機〔六〕。勿矜朱門是，陋此白屋非〔七〕。明朝步鄰里，長老可以依。時危賦斂數，脱粟爲爾揮〔八〕。相攜行豆田，秋花靄菲菲。子實不得喫，貨市送王畿〔九〕。盡添軍旅用，迫此公家威〔一〇〕。主人長

跪問，戎馬何時稀？我衰易悲傷，屈指數賊圍。勸其死王命，慎莫遠奮飛〔一一〕。

（0312）

【校】

① 多，錢箋、《九家》作「夕」。

② 所，錢箋校：「一云或。」《草堂》作「或。」

【注】

黄鶴注：詩云「捨舟越西岡」，必是自東屯登瀼西。然詩中言貨豆實送王畿，以添軍旅之用，蓋以大曆二年（七六七）吐蕃寇近畿，子儀屯涇陽，京師戒嚴，故詩又云「戎馬何時稀」。

〔一〕青芻二句：青芻，見卷五《入奏行》（0236）注。曹植《公燕詩》：「潛魚躍清波，好鳥鳴高枝。」

〔二〕晨光二句：謝朓《郡内高齋閑望答吕法曹》：「窗中列遠岫，庭際俯喬林。」《相和歌辭·長歌行》：「青青園中葵，朝露待日晞。」

〔三〕清曠句：謝靈運《田南樹園激流植援》：「中園屏氛雜，清曠招遠風。」

〔四〕經過二句：阮籍《詠懷》：「西游咸陽中，趙李相經過。」沈佺期《覽鏡》：「時芳固相奪，俗態豈恒堅。」《書·大禹謨》：「君子在野。」陶淵明《歸園田居》：「衣沾不足惜，但使願無違。」仇注：「不與俗違忤也。」按，此用陶詩意，謂唯在野與願無違。

〔五〕試問二句：《韓非子·五蠹》：「糲粢之食，藜藿之羹。」陸機《君子有所思行》：「無以肉食資，取笑藜與藿。」輕肥，見卷二《徒步歸行》(0054)注。

〔六〕喧静二句：鮑照《舞鶴賦》：「去帝鄉之岑寂，歸人寰之喧卑。」《論語·八佾》：「爲力不同科，古之道也。」《莊子·秋水》：「今予動吾天機，而不知其所以然。」

〔七〕勿矜二句：傅玄《牆上難爲趨》：「子貢欲自矜，原憲知其非。屈伸各異勢，窮達不同資。」白屋，見卷五《破船》(0254)注。

〔八〕脱粟句：《史記·平津侯主父列傳》：「食一肉脱粟之飯。」索隱：「脱粟，才脱穀而已，言不精鑿也。」仇注：「爾，指索賦者。」

〔九〕子實二句：《趙次公先後解》：「言豆子雖結實矣，而長老者不得喫也。」仇注：「貨市，貨之於市。」

〔一〇〕盡添二句：《舊唐書·代宗紀》：「(大曆元年閏十月)丁未，百寮上表，以軍興急於糧，請納職田以助費。從之。」「十二月己酉勅：如聞諸州承本道節度觀察使牒，科役百姓，致户口凋弊。此後委轉運使察訪以聞。」「(二年)五月丙辰，税青苗地錢使、殿中侍御韋光裔諸道税地回。是歲得錢四百九十萬貫。自乾元已來，天下用兵，百官俸錢折，乃議於天下地畝青苗上量配税錢，命御史府差使徵之，以充百官俸料，每年據數均給之，歲以爲常式。」黄鶴注：「可見賦斂之數。貨豆以送王畿蓋以此徵取之苛，故云『迫此公家威』。」

〔一一〕慎莫句：朱鶴齡注：「遠奮飛，言逃亡遠去。」

雨

行雲遞崇高，飛雨靄而至〔一〕。潺潺石間溜，汩汩松上駛〔二〕。亢陽乘秋熱〔三〕，百穀皆已弃①。皇天德澤降，燋卷有生意〔四〕。前雨傷卒暴〔五〕，今雨喜容易。不可無雷霆，間作鼓增氣〔六〕。佳聲達中宵，所望時一致。清霜九月天，髣髴見滯穗〔七〕。郊扉及我私②〔八〕，我圃日蒼翠。恨無抱甕力〔九〕，庶減臨江費。峽内無井，取江水喫③。（0313）

【校】

① 皆，錢箋校：「一作亦。」

② 我私，宋本、錢箋、《九家》校：「一云栽耘。」《草堂》校：「一作我耘。」

③ 峽内無井取江水喫，錢箋以此注爲吴若本注。

【注】

黄鶴注：公以永泰元年（七六五）至雲安，其年秋旱，當是其年秋在雲安作。仇注：詩云「我圃蒼

翠」，雲安匆匆，焉得有圃？其爲夔州作無疑，還依朱本入在大曆元年（七六六）。

〔一〕行雲二句：宋玉《高唐賦》：「旦爲朝雲，暮爲行雨。」阮籍《詠懷》：「四時更代謝，日月遞參差。」陶淵明《停雲》：「靄靄停雲，濛濛時雨。」

〔二〕潺潺二句：曹丕《丹霞蔽日行》：「谷水潺潺，木落翩翩。」陸機《招隱》：「山溜何泠泠，飛泉漱鳴玉。」枚乘《七發》：「聊兮慌兮，混汩汩兮。」《文選》吕延濟注：「汩汩，相合疾流貌。」此當爲細流貌。韓愈《奉和虢州劉給事使君三堂新題・流水》：「汩汩幾時休，從春復到秋。」

〔三〕亢陽句：《論衡・順鼓》：「《春秋説》曰：人君亢陽致旱，沈溺致水。」傅咸《患雨賦》：「湯亢陽於七載兮，堯洪泛乎九齡。」

〔四〕皇天二句：《管子・形勢解》：「人主之所以使下盡力而親上者，必爲天下致利除害也。故德澤加於天下，惠施厚於萬物。」應璩《與廣川長岑文瑜書》：「沙礫銷鑠，草木焦卷。」

〔五〕前雨句：《三國志・魏書・楊阜傳》：「頃者天雨，又多卒暴，雷電非常，至殺鳥雀。」

〔六〕不可二句：《漢書・東方朔傳》：「撞萬石之鐘，擊雷霆之鼓。」《左傳》莊公十年：「一鼓作氣。」

〔七〕髣髴句：《詩・小雅・大田》：「彼有遺秉，此有滯穗，伊寡婦之利。」

〔八〕郊扉句：顔延之《贈王太常僧達》：「郊扉常晝閉，林閭時晏開。」《小雅・大田》：「雨我公田，遂及我私。」

〔九〕恨無句：《莊子・天地》：「見一丈人方將爲圃畦，鑿隧而入井，抱甕而出灌。」參卷六《引水》（0260）注。

鄭典設自施州歸〔一〕

吾憐滎陽秀〔二〕，冒暑初有適。名賢慎出處①，不肯妄行役。旅茲殊俗遠②，竟以屢空迫〔三〕。南謁裴施州，氣合無險僻〔四〕。攀援懸根木，登頓入天石③〔五〕。青山自一川，城郭洗憂戚④。聽子話此邦，令我心悦懌。其俗則純朴⑤，不知有主客。温温諸侯門，禮亦如古昔。勑厨倍常羞，杯盤頗狼藉〔六〕。時雖屬喪亂，事貴賞匹敵⑥〔七〕。中宵愜良會，裴鄭非遠戚。羣書一萬卷，博涉供務隙〔八〕。他日辱銀鈎，森疏見矛戟〔九〕。倒屣喜旋歸⑦，畫地求所歷⑧〔一〇〕。乃聞風土質，又重田疇闢。刺史似寇恂，列郡宜競借⑨〔一一〕。北風吹瘴癘，羸老思散策〔一二〕。渚拂蒹葭塞⑩，嶠空蘿蔦冪〔一三〕。此身仗兒僕，高興潛有激。孟冬方首路，强飯取崖壁〔一四〕。歎爾疲駑駘，汗溝血不赤〔一五〕。終然備外飾，駕馭何所益？我有平肩輿，前途猶準的〔一六〕。翩翩入鳥道，庶脱蹉跌厄〔一七〕。（0314）

【校】

①出處，《草堂》校：「王荆公作所出。」錢箋作「所出」，校：「一作出處。」

②遠，錢箋校：「一作還。」《草堂》作「還」。

③天，錢箋校：「《草堂》、陳浩然並作矢。」《草堂》作「矢」。

④戚，錢箋作「慼」。

⑤則，錢箋、《草堂》校：「一作甚。」

⑥賞，宋本、錢箋、《九家》、《草堂》校：「一作當。」

⑦屣，《草堂》校：「一作履。」

⑧求，錢箋、《草堂》校：「一作來。」

⑨借，錢箋、《九家》作「惜」，錢箋校：「一作借。音迹。」《草堂》校：「本或作惜。」

⑩塞，宋本、錢箋、《九家》、《草堂》校：「一云寒。」

【注】

黄鶴注以裴施州爲裴冕，繫此詩於永泰元年（七六五）冬作。朱鶴齡考杜甫到夔州，冕已久居朝廷，此人名不可考。編入大曆二年（七六七）。

〔一〕鄭典設：名不詳。《唐六典》卷二六太子左春坊典設局：「典事郎四人，從六品下。」施州：《元和郡縣圖志》卷三〇黔州：「管州十五：……施州，清江。下。……北至夔州五百里，東至叙

州七百六十六里，南至黔州四百八十五里。」

〔二〕吾憐句：白居易《唐河南元府君夫人滎陽鄭氏墓志》：「天下有五甲姓，滎陽鄭氏居其一。」《唐國史補》卷上：「四姓惟鄭氏不離滎陽。」

〔三〕竟以句：《論語·先進》：「回也其庶乎，屢空。」集解：「言回庶幾聖道，雖數空匱，而樂在其中。」

〔四〕南謁二句：見本卷《寄裴施州》(0323)注。

〔五〕攀援二句：夔州至黔州路途極險峻，參卷六《贈李十五丈別》(0302)注。施州在此路所經。陸游《入蜀記》卷六：「巫山縣在峽中……隔江南陵山，極高大，有路如線，盤屈到絶頂，謂之一百八盤。蓋施州正路。黄魯直詩云：『一百八盤携手上，至今歸夢繞羊腸。』即謂此也。」登頓，見卷五《通泉驛南去通泉縣十五里山水作》(0212)注。

〔六〕杯盤句：《史記·滑稽列傳》：「履舄交錯，杯盤狼藉。」

〔七〕事貴句：《左傳》成公二年：「蕭同叔子非他，寡君之母也。若以匹敵，則亦晉君之母也。」

〔八〕博涉句：《後漢書·仲長統傳》：「博涉書記，贍於文辭。」傅亮《感物賦》：「夜清務隙，游目藝苑。」

〔九〕他日一句：銀鉤，見卷五《陳拾遺故宅》(0208)注。《法書要録》卷三李嗣直《書後品》：「歐陽詢……至於鐫勒及飛白諸勢，如武庫矛戟，雄劍森森。」

〔一〇〕倒屣二句：《三國志·魏書·王粲傳》：「(蔡邕)聞粲在門，倒屣迎之。」《漢書·張安世傳》：

「千秋口對兵事，畫地成圖，無所忘失。」

〔一一〕刺史二句：《後漢書·寇恂傳》：「恂從至潁川，盜賊悉降，而竟不拜郡。百姓遮道曰：『願從陛下復借寇君一年。』」

〔一二〕羸老句：仇注：「散策，杖策而行。」

〔一三〕渚拂二句：《詩·秦風·蒹葭》：「蒹葭蒼蒼，白露爲霜。」《小雅·頍弁》：「蔦與女蘿，施于松柏。」傳：「蔦，寄生也。女蘿，菟絲松蘿也。」羃，羃䍥。王融《詠女蘿》：「羃䍥女蘿草，蔓衍旁松枝。」《文選·吴都賦》劉逵注謂分布覆被貌。

〔一四〕孟冬二句：顔延之《北使洛》：「改服飭徒旅，首路跼險難。」《漢書·外戚傳》：「行矣，强飯勉之。」

〔一五〕歎爾二句：駑駘，見卷二《李鄠縣丈人胡馬行》(0084)注。顔延之《赭白馬賦》：「膺門沫赭，汗溝走血。」《文選》李善注：「《相馬經》曰：膺門欲開，汗溝欲深。《漢書》天馬歌曰：『沾赤汗，沫流赭。』應劭曰：大宛馬汗血沾濡也，流沫如赭也。」

〔一六〕我有二句：平肩輿，見卷六《雨》(0301)注。《後漢書·齊武王傳》：「爲天下凖的。」《趙次公先後解》：「既以駑駘之不可馭，則以乘轎而往。」

〔一七〕翩翩二句：謝朓《暫使下都夜發新林至京邑贈西府同僚》：「風雲有鳥路，江漢限無梁。」《文選》李善注：「《南中八志》曰：交趾郡治龍編縣，自興古鳥道四百里。」馬第伯《封禪儀記》：「無一人蹉跌。」

種萵苣〔一〕并序

既雨已秋，堂下理小畦，隔種一兩席許萵苣①。向二旬矣，而苣不甲坼，伊人莧青青②〔二〕。傷時君子，或晚得微禄，轗軻不進。因作此詩。

陰陽一錯亂③，驕蹇不復理〔三〕。枯旱於其中④，炎方慘如燬〔四〕。植物半蹉跎，嘉生將已矣〔五〕。雲雷欻奔命，師伯集所使〔六〕。指麾赤白日，澒洞青光起⑤〔七〕。雨聲先已風⑥，散足盡西靡〔八〕。山泉落滄江⑦，霹靂猶在耳。終朝紆颯沓，信宿罷瀟洒〔九〕。堂下可以畦，呼童對經始〔一〇〕。苣兮蔬之常，隨事蓺其子〔一一〕。破塊數席間〔一二〕，荷鋤功易止。兩旬不甲坼〔一三〕，空惜埋泥滓。野莧迷汝來，宗生實於此〔一四〕。此輩豈無秋，亦蒙寒露委〔一五〕。翻然出地速〔一六〕，滋蔓户庭毁。因知邪干正，掩抑至没齒〔一七〕。賢良雖得禄，守道不封己〔一八〕。擁塞敗芝蘭，衆多盛荆杞〔一九〕。中園陷蕭艾，老圃永爲恥〔二〇〕。登于白玉盤，藉以如霞綺〔二一〕。莧也無所施，胡顔入筐篚〔二二〕？（0315）

【校】

① 萵，宋本作「萎」，據《九家》、錢箋等改。

② 伊人，錢箋校：「一作獨野。」《草堂》校：「今作獨野，今當從之。」

③ 錯，錢箋、《草堂》校：「一作屯。」

④ 其，《草堂》校：「或作此。」

⑤ 青光，錢箋校：「一作雲色。」

⑥ 已，錢箋、《草堂》校：「晋作以。」

⑦ 江，《草堂》作「海」。

【注】

《趙次公先後解》編入大曆二年（七六七）秋。黄鶴注：大曆元年（七六六）大旱，自三月不雨，至於六月。當是其年作。

〔一〕萵苣：《政和證類本草》卷二九：「陳藏器云：白苣如萵苣，葉有白毛。萵苣冷，微毒，紫色者入燒煉藥用，餘功用同白苣。」元《農桑輯要》卷五：「萵苣……但可生芽，先用水浸種一日，於濕地上鋪襯，置子於上，以盆碗合之。候芽微出則種。春正月二月種之，可爲常食。秋社前一二日種者，霜降後可爲醃菜。」《本草綱目》卷二七：「萵苣正二月下種最宜，肥地，葉似白苣而尖，色稍青，折之有白汁粘手。四月抽薹，高三四尺，剥皮生食，味如胡瓜，糟食亦良。江東人

鹽曬壓乾，以備方物，謂之蒿笋也。」

〔二〕人莧：《政和證類本草》卷二七引《圖經》：「莧實生淮陽川澤及田中，今處處有之。即人莧也，《經》云細莧亦同。葉如藍是也。謹按莧有六種，有人莧、赤莧、白莧、紫莧、馬莧、五色莧。馬莧即馬齒莧也。大葉者人、白二莧，俱大寒，亦謂之糠莧，亦謂之胡莧，亦謂之細莧，其實一也。但人莧小而白莧大耳。」

〔三〕陰陽二句：《漢書·元帝紀》：「間者陰陽錯謬，風雨不時。」又《五行志》：「怠慢驕蹇。」

〔四〕炎方句：炎方，南方。鍾會《孔雀賦》：「有炎方之偉鳥，感靈和而來儀。」《詩·周南·汝墳》：「魴魚赬尾，王室如燬。」傳：「燬，火也。」

〔五〕植物二句：《周禮·地官·大司徒》：「以土會之法，辨五地之物生。一曰山林，其動物宜毛物，其植物宜皁物。」《史記·曆書》：「民神異業，敬而不瀆，故神降之嘉生。」集解：「應劭曰：嘉穀也。」

〔六〕師伯句：《趙次公先後解》：「師伯，則言雨師風伯。」《韓非子·十過》：「風伯進掃，雨師灑道。」

〔七〕指麾二句：赤白日，紅日。《楚辭·招魂》：「紅壁沙版。」王逸注：「紅，赤白色也。」澒洞，見卷一《自京赴奉先縣詠懷五百字》（0041）注。《趙次公先後解》：「澒洞者，氣昏之貌。」

〔八〕雨聲二句：翁方綱《石洲詩話》卷一謂「已」爲「以」之訛。張協《雜詩》：「翳翳結繁雲，森森散雨足。」宋玉《笛賦》：「天旋少陰，白日西靡。」劉峻《重答劉秣陵沼書》：「冀東平之樹，望咸陽而西靡。」《文選》李善注：「《聖賢冢墓記》曰：東平思王冢在東平無鹽。人傳云：思王歸國京

師，後葬，其冢上松柏西靡。」《趙次公先後解》：「風從東南來，所以西靡也。」

〔九〕終朝二句：鮑照《舞鶴賦》：「颯沓矜顧，遷延遲暮。」《文選》李善注：「颯沓，群飛貌。」仇注引應瑒《西狩賦》「颯沓風翔」，謂：「紆颯沓，風緩矣。」按，颯沓言雨未止，罷瀟洒則雨止。

〔一〇〕呼童句：《詩·大雅·靈臺》：「經始勿亟，庶民子來。」

〔一一〕隨事句：《詩·大雅·生民》：「蓺之荏菽。」箋：「蓺，樹也。」《趙次公先後解》：「藝者，種也。」

〔一二〕破塊句：《鹽鐵論·水旱》：「當此之時，雨不破塊，風不鳴條。」此稍變其義，謂雨足。仇注：「破塊，鋤土也。」恐未是。

〔一三〕兩句句：《易·解·彖》：「雷雨作而百果草木皆甲坼。」《説文》：「甲，東方之孟，易氣萌動。從木戴孚甲之象。」段注：「孚者卵孚也。孚甲猶今言㲉也。凡草木初生，或戴穜於顛，或先見其葉，故其字像之。」

〔一四〕宗生句：左思《吳都賦》：「宗生高岡，族茂幽阜。」《文選》劉逵注：「宗生，宗類而生於高山之脊，故名宗生。」

〔一五〕亦蒙句：鮑照《玩月城西門》：「歸華先委露，別葉早辭風。」

〔一六〕翻然：反而，反過來。翻同反。高適《酬秘書弟兼寄幕下諸公》：「何意構廣廈，翻然顧雕蟲。」

〔一七〕因知二句：《隋書·樂志》：「掩抑摧藏，哀音斷絶。」形容音樂起伏低昂。此作壓抑解。《論語·憲問》：「飯疏食，没齒無怨言。」疏：「謂終没齒年也。」

〔一八〕守道句：《國語·晉語》：「叔向曰：君子比而不別。比德以贊事，比也。引黨以封己，利己而

忘君，别也。」韋昭注：「封，厚也。」李康《運命論》：「封己養高，勢動人主。」

〔一九〕擁塞二句：《趙次公先後解》：「兩句通義，蓋芝蘭之所以壅塞者，以荆杞之衆多也。」《文選》劉峻《辨命論》李善注引孫盛《晋陽秋》王夷甫論：「夫芝蘭不與茨棘俱植，鸞鳳不與梟鴟同栖。」

〔二〇〕中園二句：劉峻《辨命論》：「嚴霜夜零，蕭艾與芝蘭共盡。」《論語·子路》：「請學爲圃。曰：『吾不如老圃。』」

〔二一〕登于二句：《古詩類苑》古詩：「聞君好我甘，竊獨自雕飾。委身玉盤中，歷年冀見食。」何遜《擬輕薄篇》：「象床沓繡被，玉盤傳綺食。」謝朓《晚登三山還望京邑》：「餘霞散成綺，澄江静如練。」《趙次公先後解》：「古人每言綺饌，蓋以錦綺藉食，不足怪也。」按，趙説恐鑿。何遜詩即言食之精美。杜詩乃自出機杼。

〔二二〕莧也二句：曹植《上責躬應詔詩表》：「忍垢苟全，則犯詩人胡顔之譏。」《文選》李善注：「即上『胡不遄死』之義也。孔安國《尚書傳》曰：胡，何也。《毛詩》謂何顔而不速死也。」朱鶴齡注：「言玉盤霞綺之間，必苣始充用，無有薦及野莧者。是小人雖能掩抑君子，而終不爲時之所貴也。萵苣，公以自喻，觀詩序有『晚得微禄』句，詞旨甚明。」

秋風二首①

秋風淅淅吹巫山，上牢下牢修水關〔一〕。吴檣楚柂牽百丈，暖向神都寒未

還②〔二〕。要路何日罷長戟，戰自青羌連百蠻③〔三〕。中巴不曾消息好〔四〕，暝傳戍鼓長雲間④。（0316）

【校】

① 二首，錢箋等大字。

② 神，錢箋校：「一作成。」《草堂》作「城」。

③ 百，錢箋校：「一作白。」《草堂》作「白」。

④ 暝，宋本作「瞑」，據錢箋等改。

【注】

黄鶴注：廣德、永泰吐蕃與党項、羌、渾、奴剌入寇，當是大曆元年（七六六）作。按，詩言蜀中之亂，當作於大曆元年秋。

〔一〕秋風二句：謝朓詩：「夜條風淅淅，晚葉露凄凄。」《分門》洙曰：「上牢、下牢，皆峽内地名，水關關津也。」《草堂》夢弼注：「乃夔峽大關津也。上牢瞿峽，下牢夷陵。春夏多雨水，秋冬多旱乾。修水關在秋時也。《十道志》：三峽口，地曰峽州。上牢、下牢，楚、蜀分畛。」下牢，見本卷《荆南兵馬使太常卿趙公大食刀歌》（0310）注。嚴耕望《唐代交通圖考》推測上牢當在巴東縣近處。

〔二〕吴檣二句：《趙次公先後解》：「江至於吴、楚，則用帆矣。今在夔州，則吴船之檣、楚船之桅猶

用百丈牽以上水也。」程大昌《演繁露》卷一五：「杜詩舟行多用百丈，問之蜀人，云水峻，岸石又多廉稜，若用索牽，即遇石輒斷，不耐。故劈竹爲大瓣，以麻索連貫其際，以爲牽具，是名百丈。百丈以長言也。《南史·朱超石傳》：宋武北伐，超石董舟師入河陽，人緣河南岸牽百丈。則知有百丈矣。」陸游《入蜀記》卷三：「蓋上峽唯用檣及百丈，不復張帆矣。百丈以巨竹四破爲之，大如人臂。予所乘千六百斛舟，凡用檣六枝，百丈兩車。」〔六〕趙次公先後解》以「神都」指言吴楚，引《吴都賦》：「伊兹都之函洪，傾神州而韞櫝。」朱鶴齡注：光宅元年，號東都曰神都。此云牽百丈，以上峽者言之，疑作成都爲是。按，神都即指成都。本書卷一五《贈李八秘書別三十韻》(1031)：「玄朔回天步，神都憶帝車。」是以神都指長安。鮑照《侍宴覆舟山》：「明輝爍神都，麗氣冠華甸。」以神都指建康。是帝都皆可稱神都。成都曾爲蜀之都，至德中爲南京，故亦稱神都。

〔三〕戰自句：《水經注》青衣水：「青衣縣，故青衣羌國也。……公孫述之有蜀也，青衣不服，世祖嘉之，建武十九年以爲郡。」錢箋引此。朱鶴齡注引《後出師表》「賨叟、青羌，散騎武騎一千餘人」。《三國志·魏書·明帝紀》注引《魏略》載明帝露布：「亮又侮易益土，虐用其民，是以利狼、宕渠、高定、青羌，莫不瓦解。」《通典》卷一七五《州郡·犍爲郡》：「嘉州，故夜郎國，漢武開之，置犍爲郡。……後周改爲青州，尋又改爲嘉州，並置平羌郡。」此蓋泛指蜀中諸羌，與党項等入寇無關。百蠻，趙次公等諸家皆以作白蠻是。白蠻即古之僰人。《史記·司馬相如列傳》：「通夜郎西僰中。」集解：「徐廣曰：羌之别種也。」索隱：「文穎曰：皆西南夷。後以夜

郎屬牂柯，僰屬犍爲。」樊綽《蠻書》卷四：「西爨，白蠻也。東爨，烏蠻也。當天寶中，東北自曲靖州，西南至宣城，邑落相望，牛馬被野。在石城、昆川、曲軛、晉寧、喻獻、安寧至龍和城，謂之西爨。在曲靖州、彌鹿川、升麻川，南至步頭，謂之東爨。」按，西南諸蠻族屬不同，僅《蠻書》、新舊《唐書》著其名者即有數十。詩稱「百蠻」亦不誤。

〔四〕中巴：《華陽國志》卷一：「獻帝興平元年，征東中郎將安漢趙韙建議分巴爲二郡。韙欲得巴舊名，故白益州牧劉璋，以墊江以上爲巴郡，河南龐羲爲太守，治安漢。以江州至臨江爲永寧郡，朐忍至魚復爲固陵郡。巴遂分矣。建安六年，魚復蹇胤白璋，爭巴名。璋乃改永寧爲巴郡，以固陵爲巴東，徙羲爲巴西太守，是爲三巴。」《方輿勝覽》卷六八巴州：「此居其中，爲中巴。」

秋風淅淅吹我衣，東流之外西日微①。天清小城擣練急〔一〕，石古細路行人稀。不知明月爲誰好，早晚孤帆他夜歸②〔二〕？會將白髮倚庭樹，故園池臺今是非。(0317)

【校】

① 西日，《草堂》作「日西」。

②他，錢箋、《草堂》校：「一作也。」

【注】

〔一〕天清句：《清商曲辭·子夜四時歌》：「憶郎須寒服，乘月擣白素。」

〔二〕早晚：何日、何時。見張相《詩詞曲語辭彙釋》。

久雨期王將軍不至〔一〕

天雨蕭蕭滯茅屋①，空山無以慰幽獨。鋭頭將軍來何遲〔二〕，令我心中苦不足。數看黄霧亂玄雲，時聽嚴風折喬木〔三〕。泉源泠泠雜猿狖〔四〕，泥濘漠漠飢鴻鵠②。歲暮窮陰耿未已〔五〕，人生會面難再得。憶爾腰下鐵絲箭，射殺林中雪色鹿〔六〕。前者坐皮因問毛〔七〕，知子歷險人馬勞。異獸如飛星宿落，應弦不礙蒼山高〔八〕。安得突騎只五千，崒然眉骨皆爾曹〔九〕？走平亂世相催促，一豁明主正鬱陶〔一〇〕。憶昔范增碎玉斗③，未使吴兵著白袍④〔一一〕。昏昏閶闔閉氛祲，十月荆南雷怒號〔一二〕。（0318）

【校】

① 天，宋本、錢箋、《九家》、《草堂》校：「一云山。」　滯，宋本、錢箋、《九家》、《草堂》校：「一云帶。」

② 濘，錢箋校：「一云滓。」

③ 憶，宋本、錢箋、《九家》校：「一云根。」　增，宋本作「曾」，據錢箋改。

④ 兵，《草堂》作「軍」。

【注】

《趙次公先後解》繫於大曆三年（七六八）。黄鶴注：大曆元年（七六六）作。仇注從鄭注，繫於大曆二年（七六七）冬。按，趙注據「十月荆南」句編入荆南詩，可從。

〔一〕王將軍：名不詳。黄鶴注指爲本書卷一一《寄贈王十將軍承俊》（0650）。仇注：「王蓋昔爲將軍，而退居夔州者。黄鶴指爲王承俊，誤矣。承俊在成都，於荆南無與。」

〔二〕鋭頭將軍：見卷三《遣興五首》（0114）注。

〔三〕數看二句：《漢書·元后傳》：「其夏，黄霧四塞終日。天子以問諫大夫楊興、博士駟勝等，對皆以爲陰盛侵陽之氣也。」阮籍《詠懷》：「寒風振山岡，玄雲起重陰。」《文選》顔延之注：「風霜交至，凋殞非一，玄雲重陰，多所擁蔽。」袁淑《效古》：「四面各千里，從横起嚴風。」

〔四〕泉源句：班固《西都賦》：「猿狖失木，豺狼懾竄。」《文選》李善注：「《蒼頡篇》曰：狖，似狸。」

〔五〕歲暮句：鮑照《舞鶴賦》：「於是窮陰殺節，急景凋年。」耿，不安貌。《相和歌辭·滿歌行》：

「戚戚多思慮，耿耿殊不寧。」

〔六〕憶爾二句：《唐六典》卷一六武庫：「箭之制有四：一曰竹箭，二曰木箭，三曰兵箭，四曰弩箭。……兵箭剛鏃而長，用之射甲。」箭鏃以鐵製，此鐵絲未詳所指。《法苑珠林》卷五〇引《九色鹿經》：「昔者菩薩身爲九色鹿，具九種色，角白如雪。……時國王夫人夜夢見九色鹿，即詐病不起。王問何以，答曰：我昨夜夢見非常之鹿，其毛九種色，其角白如雪。我思欲得其皮作坐褥，其角作拂柄，王當爲我得之。」

〔七〕前者句：《左傳》僖公十四年：「皮之不存，毛將安傅。」坐皮問毛，蓋從此化出。

〔八〕異獸二句：《太平御覽》卷八八八引《列異傳》：「昔鄱陽郡安樂縣有人姓彭，世以捕射爲業。兒隨父入山，父忽蹶然倒地，乃變成白鹿。兒悲號追鹿，超然遠逝，遂失所在。兒於是終身不捉弓。至孫，復學射。忽得一白鹿，乃於鹿角間得道家七星符，並有其祖姓名、年月分明。睹之惋悔，乃燒去弧矢。」《初學記》卷二九引劉敬叔《異苑》略同。疑用此。《史記・李將軍列傳》：「度不中不發，發即應弦而倒。」

〔九〕安得一句：《後漢書・臧宫傳》：「後匈奴饑疫，自相分爭，帝以問宫，宫曰：『願得五千騎以立功。』」突騎，參卷六《漁陽》(0263)注。崒然，高聳貌。鮑照《蕪城賦》：「崒若斷岸，矗似長雲。」《文選》李善注：「崒，高峻也。」《隋書・煬帝紀》：「高祖密令善相者來和遍視諸子，和曰：『晋王眉上雙骨隆起，貴不可言。』」

〔一〇〕鬱陶：見卷五《大雨》(0237)注。

〔一一〕憶昔二句：《史記·項羽本紀》：「張良入謝，曰：『沛公不勝杯杓，不能辭，謹使臣良奉白璧一雙，再拜獻大王足下。玉斗一雙，再拜奉大將軍足下。』……項王則受璧，置之坐上。亞父受玉斗，置之地，拔劍撞而破之，曰：『唉！　豎子不足與謀。奪項王天下者，必沛公也。吾屬今爲之虜矣。』」《趙次公先後解》：「意言姦亂之敵終似楚王之可滅，徒勞范增怒而碎斗也。」《草堂》夢弼注：「初禄山將作亂，朝臣嘗諫帝，若范增之諫羽。」仇注：「范增，比老謀不用。」《九家》師曰：「侯景命東吴兵盡著白袍，自爲營陣。」《趙次公先後解》：「《南史》：陳慶之麾下悉著白袍，所向披靡。先是洛中謡曰：『名軍大將莫自勞，千兵萬馬避白袍。』蓋江左事也。此豈吴楚之間有戰伐之事乎？」《草堂》夢弼注引二事，又謂：「吴王夫差兵敗於越，以素冠素袍祈哀，越不聽。」錢箋：「《吕蒙傳》：蒙至尋陽，盡伏其精兵𦪇䑽中，使白衣摇櫓，作商賈人服。此所謂吴兵著白袍也。」朱鶴齡謂用《南史》陳慶之事，舊注引夫差、侯景、吕蒙事俱謬。仇注亦謂用陳慶之事，「白袍，言軍功未立。」按，范增喻王，亦喻忠臣，趙説誤。吴兵句，疑王曾從征東南。

〔一二〕昏昏二句：《分門》洙曰：「時賊據京師。」《趙次公先後解》：「閶闔，即吴之閶闔門也。……是時（大曆三年）京師晏然矣。」黄希注謂大曆二年九月十月有吐蕃之擾，京師戒嚴。朱鶴齡注同。按，閶闔言天門，亦喻君門。參卷一《樂游園歌》(0030)注。郭璞《江賦》：「爾乃督雰祲於清旭，覘五兩之動静。」《文選》李善注：「《説文》曰：雰，亦氛字也。鄭玄《禮記注》曰：祲，陰陽氣相浸漸以成災也。」此句言天氣陰晦，非必喻京師之擾。亦不能據此句判其作年。《淮南子·本經訓》：「春肅秋榮，冬雷夏霜，皆賊氣之所生。」《趙次公先後解》：「十月雷，又以實記

其變也。」朱鶴齡注：「雷出非時，亦兵氣所感。」仇注：「言災變未弭。」按，本書卷一六《雷》（1280）：「巫峽中宵動，滄江十月雷。」趙注謂記實，可信。謂其陰陽之變，亦古人常論。謂其兵氣所感，則據己意發揮。

別李秘書始興寺所居〔一〕

不見秘書心若失，及見秘書失心疾〔二〕。安爲動主理信然，我獨覺子神充實①〔三〕。重聞西方之觀經②，老身古寺風泠泠〔四〕。妻兒待來且歸去③〔五〕，他日杖藜來細聽。（0319）

【校】

① 神充實，錢箋、《草堂》校：「一作精神實。」

② 之，錢箋作「止」，《九家》作「正」。

③ 來，錢箋、《草堂》作「我」，校：「一作來。陳作米。」

【注】

黃鶴注：此當是大曆二年（七六七）在夔州別李十五丈秘書。

〔一〕李秘書：本書卷一五有《贈李八秘書別三十韻》(1031)、《送李八秘書赴杜相公幕》(1088)，又有《奉寄李十五秘書二首》(1061)，題注：「文嶷。」按，黄鶴注以卷六《贈李十五丈別》(0302)即李十五秘書文嶷，實難指實。參該篇注。疑此李秘書乃赴杜相公幕之李八。始興寺：劉禹錫《夔州始興寺移鐵像記》：「此寺始於宇文周，初瀕江卑庳，皇唐神龍中爲水所壞。有波那賴耶國僧廣照，浮海而至，頓錫不去，遂移於今道場所。山曰磨刀，嶺曰虎岡。其經始與克終，皆蕃僧是力。」王象之《輿地碑記目》卷四：「夔州始興寺移鐵像記，劉禹錫撰。」《蜀中廣記》卷二一夔州府：「《志》云：白帝城東十五里有勝己山，以高出衆山之上。王十朋名龜齡，四月二十一日同運使周丈、查丈行香報恩精舍，登佛牙樓，觀勝己山，望江流之險。……劉儀鳳《報恩寺詩》序云：寺有唐立夫題字，云本晉鐵佛寺，有像，今徙他處，而碑記無存者。……《碑目》以《夔州始興寺移鐵像記》爲劉禹錫撰矣。……寺産香山茶，因名香山寺。黄魯直《香山寺行記》云：……遠水喬木，僧房高下，景物清絶。爲夔路第一。」

〔二〕不見二句：《後漢書·黄憲傳》：「同郡戴良才高倨傲，而見憲未嘗不正容，及歸，罔然若有失也。」《藝文類聚》卷三四：「俗説曰：阮光禄大兒喪，哀過，遂得失心病。」《左傳》昭公二十一年：「王其以心疾死乎。」《趙次公先後解》：「失心疾者，其疾失去而寧瘉也。兩失義不同，詩人以疊字爲老手矣。」杜詩取兩處字面而變換其義。

〔三〕安爲二句：《趙次公先後解》：「安爲動主，義乃《老子》所謂静爲躁君也。」《法苑珠林》卷七八引《正法念經》：「其心寂静，心不躁動，善浄深心。」敦煌本《壇經》：「吾與汝一偈，真假動静

偈，汝等盡誦取：……有性即解動，無性即不動。若修不動行，同無情不動。若見真不動，動上有不動。不動是不動，無情無佛種。能善分別相，第一義不動。」《九家》師曰：「相法曰：目精晃朗，形神充實者，主壽不死。」

〔四〕重聞二句：《九家》杜田《補遺》：「《西方無量壽經》教韋提希及未來世一切衆生觀於西方極樂世界……作是觀者，名爲正觀。」黄希注：「《摩訶止觀》，陳隋間國師天台智者所説，凡十卷。」朱鶴齡注：「此詩《止觀經》，明白可據。舊本『止』訛作『之』，音相近耳。」宋玉《風賦》：「清清泠泠，愈病析酲。」《文選》李善注：「清清泠泠，清涼之貌也。」

〔五〕待來：「來」爲語助詞。

縛雞行

小奴縛雞向市賣，雞被縛急相喧争〔一〕。家中厭雞食蟲蟻，不知雞賣還遭烹。蟲雞於人何厚薄，吾叱奴人解其縛〔二〕。雞蟲得失無了時〔三〕，注目寒江倚山閣。(0320)

【注】

黄鶴注：當是大曆元年(七六六)冬，寓居夔西閣時作。

〔一〕雞被句：《趙次公先後解》謂「縛急」暗用曹操縛呂布「不得不急」事。

〔二〕解其縛：《趙次公先後解》謂用《左傳》僖公六年許男面縛銜璧、楚武王親釋其縛事。

〔三〕雞蟲句：禪宗語録多用「了時」，然皆在中唐後。張繼《安公房問法》：「流年一日復一日，世事何時是了時。」

《趙次公先後解》：「一篇之妙，在乎落句。蓋雞之所以得者，蟲之所以失。人之所以得者，雞之所以失。而人之得失如雞如蟲，又且相仍，何時而了乎？至於『注目寒江倚山閣』，則所思深矣。近世惟黄魯直深達此詩之旨。其《書酺池寺書堂》有云：『小黠大癡螳捕蟬，有餘不足夔憐蚿。退食歸來北窗夢，一江風月趁漁船。』可與言詩者當自解也。」

張表臣《珊瑚鉤詩話》卷二：「陳無己先生語余曰：『今人愛杜甫詩，一句之内，至竊取數字以仿像之，非善學者。學詩之要，在乎立格、命意、用字而已。……《縛雞行》言雞蟲得失不如兩忘而寓於道，兹非命意之深乎？』」

洪邁《容齋三筆》卷五：「老杜《縛雞行》一篇……此詩自是一段好議論，至結句之妙，非它人所能跂及也。予友李德遠嘗賦《東西船行》，全擬其意。舉以相示云：『東船得風帆席高，千里瞬息輕鴻毛。西船見笑苦遲鈍，汗流撐折百張篙。明日風翻波浪異，西笑東船却如此。東西相笑無已時，我但行藏任天理。』是時德遠誦至三過，頗自喜。予曰：『語意絶工，幾

於得奪胎法。只恐「行藏任理」與「注目寒江」之句，似不可同日語。』德遠以爲知言，鋭欲易之，終不能滿意也。」

負薪行

夔州處女髮半華，四十五十無夫家。更遭喪亂嫁不售，一生抱恨堪咨嗟①。土風坐男使女立，應當門户女出入②〔一〕。十有八九負薪歸③，賣薪得錢當供給④。至老雙鬟只垂頸⑤，野花山葉銀釵並〔二〕。筋力登危集市門，死生射利兼鹽井〔三〕。面粧首飾雜啼痕，地褊衣寒困石根。若道巫山女粗醜⑥，何得此有昭君村⑦〔四〕？

（0321）

【校】

① 堪，錢箋、《草堂》校：「一作長。」《文苑英華》校：「集作長。」

② 應，錢箋校：「坡作男。」　應當門户，錢箋校：「一作應門當户。」《文苑英華》作「應門當户」。

③ 有，錢箋、《草堂》作「猶」，校：「一作有。」《九家》作「有」。《文苑英華》校：「集作有。」

④ 當，錢箋、《草堂》作「應」，校：「一作當。」《文苑英華》作「應」，校：「集作當。」

⑤鐶，錢箋作「鬟」，校：「一作鐶。」《九家》作「環」。

⑥醜，《文苑英華》校：「集作澀。」

⑦此，宋本、錢箋、《九家》、《草堂》校：「一作北。」

【注】

黃鶴注：與下篇《最能行》同時作。當是大曆元年（七六六）公初到夔，見其習俗如此，故作。

〔一〕土風二句：《相和歌辭·隴西行》：「健婦持門户，亦勝一丈夫。」《顔氏家訓·治家》：「鄴下風俗，專以婦持門户。」黃希注：「今江東、閩中多女人負擔采薪也。」黃鶴注引《詩·汝墳》及《隴西行》謂：「則女當門户，從事樵薪，其來已久。」

〔二〕十有四句：陸游《入蜀記》卷四：「大抵峽中負物率著背，又多婦人……未嫁者率爲同心髻，高二尺，插銀釵至六隻，後插大象牙梳，如手大。」

〔三〕死生句：左思《吴都賦》：「乘時射利。」李貽孫《夔州都督府記》：「城之左五里，得鹽泉十四，居民煮而利焉。又西而稍南三四里，得八陣圖，在沙州之壝。」《太平寰宇記》卷一四八夔州引《荆州圖記》：「八陣圖下東西三里有一磧，東西一百步，南北廣四十步，磧上有鹽泉井五口，以木爲桶，昔常取鹽，即時沙壅，冬出夏没。」

〔四〕若道二句：《趙次公先後解》引《歸州圖經》：「王昭君，南郡秭歸人。興山縣有昭君村，有香溪，昭君所游。」《太平寰宇記》卷一四八歸州興山縣：「本漢秭歸縣地。……香溪，在邑界，即

王昭君所游處。王昭君宅，漢王嬙即此邑之人，故曰昭君之縣，村連巫峽，是此地。」范成大《吴船録》卷下：「興山縣，王嬙生焉。今有昭君臺、香溪尚存，城南二里有明妃廟。余嘗論歸爲州僻陋，爲西蜀之最，而男子有屈、宋，女子有昭君，閥閱如此，正未易忽。」

最能行

峽中丈夫絶輕死，少在公門多在水。富豪有錢駕大舸，貧窮取給行艓子〔一〕。小兒學問止論語①〔二〕，大兒結束隨商旅。欹帆側柂入波濤，撇漩捎濆無險阻〔三〕。朝發白帝暮江陵，頃來目擊信有徵〔四〕。瞿唐漫天虎鬚怒②，歸州長年行最能③〔五〕。此鄉之人氣量窄④，誤競南風疏北客〔六〕。若道土無英俊才⑤，何得山有屈原宅〔七〕？（0322）

【校】

①兒，《草堂》校：「一作人。」

②唐，錢箋作「塘」。下不另出校。　鬚，宋本、錢箋、《九家》校：「一作眼。」《文苑英華》校：「集作眼。」

③行，錢箋、《草堂》校：「一作與。」《文苑英華》作「與」，校：「集作行。」

④氣，錢箋校：「一作器。」《文苑英華》作「器」，校：「集作氣。」

⑤土，錢箋校：「一作士。」《九家》、《草堂》作「士」。

【注】

〔一〕富豪二句：《方言》：「南楚江湘，凡船大者謂之舸。」取給，謂供給生活。《大唐新語》卷三：「(馮)立不營生業，衣食取給而已。」《九家》杜田《補遺》：「艓，小舟名，音葉，言輕如小葉。《切韻》、《玉篇》並不載『艓』字。」吳曾《能改齋漫録》卷六：「余按，王智深《宋記》曰：『司空劉休範舉兵，潛作艦艓。』則字不爲無所本也。」《集韻》：「艓，舟名。」

〔二〕小兒句：《顔氏家訓·勉學》：「自荒亂已來，諸見俘虜，雖百世小人，知讀《論語》、《孝經》者，尚爲人師。雖千載冠冕，不曉書記者，莫不耕田養馬。」《唐六典》卷二考功郎中：「其明經各試所習業……正經有九：《禮記》、《左傳》爲大經，《毛詩》、《周禮》、《儀禮》爲中經，《周易》、《尚書》、《公羊》、《穀梁》爲小經。通大經者一大一小，若兩中經；通三經者大、小、中各一；通五經者大經並通。其《孝經》、《論語》並須兼習。」《論語》在九經之外，只須兼習。

〔三〕欹帆二句：郭璞《江賦》：「漩澴滎瀯，渨濡濆瀑。」《文選》李善注：「皆波浪回旋濆涌而起之貌也。」《趙次公先後解》：「『撇漩捎濆』、『欹帆側柁』，皆公所造新語。」《説文》段注：「漩，夔州土人讀去聲，謂峽中回流大者，其深不測，舟遇之則旋轉而入，《江賦》所謂『盤渦谷轉』也。濆，土人讀如濆，謂峽中回流漸平，則突涌如山，《江賦》所謂『渨濡濆瀑』也。斯二者必撇之捎之而

行，不可正犯。杜用峽中語言入詩。」

〔四〕朝發二句：《水經注》江水：「自三峽七百里中，兩岸連山，略無闕處。……有時朝發白帝，暮到江陵，其間千二百里，雖乘奔御風，不以疾也。」

〔五〕瞿唐二句：瞿唐，見卷六《柴門》(0274)「峽門」注。《水經注》江水：「江水又逕虎鬚灘，灘水廣大，夏斷行旅。江水又東逕臨江縣南。」《蜀地廣記》卷一九忠州：「今州西二里有石梁三十餘丈，橫截江中，俗呼倒鬚灘，即其處。」《清一統志》卷三一六忠州：「舊《志》：州西二里有石梁，亘三十餘丈，橫截江中，俗呼倒鬚灘，即《水經注》所謂虎鬚灘也。」又《方輿勝覽》卷五七夔州：「虎鬚灘，在奉節縣。」《明一統志》卷七〇夔州府：「虎鬚灘，在府城西。」《清一統志》卷三〇三夔州府：「在奉節縣東三十里，東去平山縣四十里。」皆引杜此詩。此兩虎鬚灘，一在忠州，一在夔州。范成大《大望州》：「望州山頭天四低，東瞰夷陵西秭歸。……黃牛廟磯石如劈，想看驚湍虎鬚白。」當指夔州者。《舊唐書·地理志》：「歸州，隋巴東郡之秭歸縣。武德二年，割夔州之秭歸、巴東二縣，分置歸州。」宋祁《宋景文公筆記》卷中：「蜀人謂柁師爲長年三老，杜甫用之。」陸游《入蜀記》卷五：「見舟人焚香祈神云：告紅頭須小使頭長年三老，莫令錯呼錯喚。問何謂長年三老，云梢工是也。長讀如長幼之長。乃知老杜『長年三老長歌裏，白晝攤錢高浪中』之語。」《趙次公先後解》：「行最能，言行瞿唐峽與虎鬚灘甚易也。」朱鶴齡注同。《千家注》：「最能者，負船水手之稱。」此劉辰翁說。王嗣奭《杜臆》：「『最能』當是峽中長年之稱。」二說皆無據。施鴻保謂：「最能，蓋即長年中之最能行舟者……此『行』字似當讀行輩之行。」

説亦迂。此二字與今口語義無異。嚴武《巴嶺答杜二見憶》：「可但步兵偏愛酒，也知光禄最能詩。」柳宗元《先君石表陰先友記》：「梁肅，安定人，最能爲文。」是已入詩文。

〔六〕誤競句：《左傳》襄公十八年：「吾驟歌北風，又歌南風。南風不競，多死聲，楚必無功。」朱鶴齡注：「競，强也。言以地主爲强，而欺北客也。」浦起龍云：「競爲南中輕生逐利之風，而疏於北方文物冠裳之客也。」

〔七〕若道二句：《水經注》江水「又東過秭歸縣之南」：「縣，故歸鄉。《地理志》曰：歸子國也。……袁山松曰：屈原有賢姊，聞原放逐，亦來歸，喻令自寬。全鄉人冀其見從，因名曰秭歸，即《離騷》所謂女嬃嬋媛以詈余也。……縣北一百六十里，有屈原故宅，纍石爲室基，名其地曰樂平里。宅之東北六十里，有女嬃廟，擣衣石猶存。故《宜都記》曰：秭歸蓋楚子熊繹之始國，而屈原之鄉里也，原田宅於今具存。指謂此也。……江水又東逕歸鄉縣故城北。袁山松曰：父老傳言，原既流放，忽然暫歸，鄉人喜悦，因名曰歸鄉。抑其山秀水清，故出儁異，地險流疾，故其性亦隘。」

寄裴施州〔一〕

廊廟之具裴施州，宿昔一逢無此流①〔二〕。金鍾大鏞在東序，冰壺玉衡懸清

秋②〔三〕。自從相遇感多病③，三歲爲客寬邊愁〔四〕。堯有四岳明至理，漢二千石真分憂〔五〕。幾度寄書白鹽北，苦寒贈我青羔裘④〔六〕。霜雪回光避錦袖，龍蛇動篋蟠銀鉤⑤〔七〕。紫衣使者辟復命⑥〔八〕，再拜故人謝佳政。將老已失子孫憂，後來況接才華盛⑦〔九〕。（0323）

【校】

① 此，錢箋：「一作比。」

② 衡，《文苑英華》校：「集作珩。」

③ 感，錢箋校：「晋作減。」《草堂》校：「一作減。一作成。」《文苑英華》作「減」，校：「集作感。」

④ 羔，宋本、錢箋、《九家》、《草堂》校一作「絲」。《文苑英華》作「絲」，校：「集作羔。」

⑤ 龍蛇，錢箋校：「刊作蛟龍。」《草堂》校：「一作蛟龍。」《文苑英華》作「蛟龍」。

⑥ 辟，《草堂》校：「陳作辭。」錢箋、《九家》作「辭」，錢箋校：「一作辟。」

⑦ 才華盛，此下《文苑英華》有「遥憶書樓碧池映」七字，校：「集無此句。」

【注】

《趙次公先後解》編入大曆二年（七六七）夔州所作。黄鶴注以裴施州爲裴冕，定爲永泰元年（七六五）冬作。朱鶴齡編入大曆二年冬作。

〔一〕裴施州：《舊唐書·代宗紀》：「（寶應元年九月）丙申，右僕射、山陵使裴冕貶施州刺史。」「（廣德二年二月）戊寅，以澧州刺史裴冕爲左僕射兼御史大夫，充東都、河南、江南、淮南轉運使。」《裴冕傳》：「永泰元年，與裴遵慶等並集賢待制。……烜坐法，冕坐貶施州刺史。數月，移澧州刺史，復徵爲左僕射。」元載《冀國公贈太尉裴冕傳》：「其中以直遇坎牧蠻溪者二，以時當任兼憲臺鎮梁、益各一。……大曆四年冬十一月……詔復入相。」錢箋謂冕自施召還，當在大曆二年之間，以杜詩考之，冕蓋久于施州，當是自澧移施也。朱鶴齡謂冕山陵之命必在廣德元年前，《冕傳》作永泰元年誤。公到夔州，冕已久居朝廷，此人必非裴冕。

〔二〕廊廟二句：廊廟具，見卷一《自京赴奉先縣詠懷五百字》(0041)注。《晉書·阮籍傳》：「仲容已豫吾此流，汝不得復爾。」

〔三〕金鍾二句：《書·顧命》：「越玉五重，陳寶、赤刀、大訓、弘璧、琬琰在西序，大玉、夷玉、天球、河圖在東序。」傳：「于東西序坐北，列玉五重，又陳先王所寶之器物。」曹丕《浮淮賦》：「乃撞金鐘，爰伐雷鼓。」《爾雅·釋樂》：「大鐘謂之鏞。」鮑照《代白頭吟》：「直如朱絲繩，清如玉壺冰。」《書·舜典》：「在璿璣玉衡，以齊七政。」傳：「璣、衡，王者正天文之器，可運轉者。」王嗣奭《杜臆》：「金鍾大鏞狀其軒朗，冰壺玉衡狀其清高。」

〔四〕自從二句：王嗣奭《杜臆》：「蓋邊民易亂，邊方安而作客者亦安也。」

〔五〕堯有二句：四岳，見卷六《贈李十五丈別》(0302)注。《漢書·循吏傳》：「（宣帝）常稱曰：『庶民所以安其田里而亡歎息愁恨之心者，政平訟理也。與我共此者，其唯良二千石乎！』」

〔六〕幾度二句：《水經注》江水：「江水又東逕廣溪峽，斯乃三峽之首也。……淵北有白鹽崖，高可千餘丈，俯臨神淵。土人見其高白，故因名之。」《初學記》卷八引《荆州記》：「峽之首北岸曰白鹽峰，中黄龍灘水，沿泝所忌。」《方輿勝覽》卷五七夔州：「白鹽山在城東十七里，崖壁五十餘里，其色炳耀，狀若白鹽。」白鹽山在大江北，白帝城及赤甲山以東，隔一東瀼溪。杜甫大曆二年秋自瀼西遷居東屯，參卷六《行官張望補稻畦水歸》(0283)注。《西京雜記》卷二：「家君作彈棋以獻，帝大悦，賜青羔裘、紫絲履，服以朝覲。」此當爲西南所産。《舊唐書・南蠻傳》東女國：「冬則羔裘，飾以紋錦。」

〔七〕霜雪二句：《趙次公先後解》：「霜雪回光而避之，言寒不能侵。」龍蛇句，言其書。參本卷《鄭典設自施州歸》(0314)注。《法書要録》卷一王右軍《題衛夫人筆陣圖後》：「字體形勢，狀等龍蛇，相鉤連不斷。」

〔八〕紫衣句：《趙次公先後解》：「紫衣使者，則所差來之人也。」按，此當指裴奉朝命。紫衣使者指内官高階者。《杜陽雜編》卷上：「以班次居下爲同列所欺，(魚)朝恩怒。翌日，於上前奏曰：『臣幼男令微位處衆僚之下，願陛下特賜金章，以超其等。』上未及語，而朝恩已令所司捧紫衣而至。令微既謝恩於殿前，上雖知不可强，謂朝恩曰：『卿兒著章服大宜稱也。』」辟復命，先辟後命，二字原可分用。《後漢書・胡廣傳》：「其所辟命，皆天下名士。」《黨錮傳》岑晊：「三府交辟，並不就。」

〔九〕將老二句：《趙次公先後解》：「蓋云我雖老而免憂子孫，無它，以後來之人相接有裴君諸子才

華之盛美也。」《論語・季氏》：「今夫顓臾，固而近于費，今不取，後世必爲子孫憂。」

奉酬薛十二丈判官見贈①〔一〕

忽忽峽中睡〔二〕，悲風方一醒②。西來有好鳥，爲我下青冥〔三〕。羽毛净白雪③，慘澹飛雲汀〔四〕。既蒙主人顧，舉翮唳孤亭〔五〕。持以比佳士，及此慰揚舲〔六〕。清文動哀玉，見道發新硎〔七〕。欲學鴟夷子，待勒燕山銘④〔八〕。誰重斷蛇劍⑤〔九〕，致君君未聽。志在麒麟閣，無心雲母屏〔一〇〕。卓氏近新寡，豪家朱門扃⑥〔一一〕。相如才調逸⑦，銀漢會雙星〔一二〕。客來洗粉黛，日暮拾流螢〔一三〕。不是無膏火，勸郎勤六經。老夫自汲澗，野水日泠泠。我歎黑頭白，君看銀印青〔一四〕。卧病識山鬼，爲農知地形。誰矜坐錦帳〔一五〕，苦厭食魚腥。東西兩岸坼⑧〔一六〕，横水注滄溟⑨。碧色忽惆悵⑩，風雷搜百靈。空中右白虎⑪，赤節引娉婷〔一七〕。自云帝里女⑫，噀雨鳳皇翎〔一八〕。襄王薄行跡，莫學冷如丁⑬〔一九〕。千秋一拭淚，夢覺有微馨⑭〔二〇〕。人生相感動，金石兩青熒〔二一〕。丈人但安坐⑮，休辨渭與涇⑯〔二二〕。龍蛇尚格鬭，洒血暗郊坰〔二三〕。吾聞聰明主，治國用輕刑⑰〔二四〕。銷兵鑄農器，今

古歲方寧。文王日儉德⑱，俊乂始盈庭〔二五〕。榮華貴少壯，豈食楚江萍〔二六〕。

（0324）

【校】

① 酬，《文苑英華》作「和」。

② 風，錢箋、《草堂》校：「一作秋。」

③ 浄，錢箋校：「一作盡。」《草堂》作「盡」。

④ 山，《文苑英華》作「然」，校：「集作山。」

⑤ 誰重斷蛇劍，宋本、《九家》校：「一云口重斬邪劍。」錢箋校：「一云國重斬邪劍。」《文苑英華》作「口重斬邪劍」，校：「集作誰重斷蛇劍。」　斷蛇，《草堂》作「斬邪」，校：「一作斷蛇。」

⑥ 門，錢箋、《草堂》校：「一作户。」《文苑英華》作「户」，校：「集作門。」

⑦ 才，《文苑英華》作「琴」，校：「集作才。」

⑧ 兩岸坼，錢箋、《草堂》校：「晋作岸兩坼。」　岸，《文苑英華》作「崖」，校：「集作岸。」

⑨ 横，錢箋：「一作積。」《文苑英華》作「積」，校：「集作横。」

⑩ 忽，宋本、錢箋、《九家》、《草堂》校：「一作苦。」

⑪ 右，宋本、錢箋校：「一作有。」《文苑英華》校：「集作有。」《九家》、《草堂》作「石」，校：「一作有。」

⑫ 里，宋作、錢箋、《九家》、《草堂》校：「一作季。」《文苑英華》校：「集作季。」

⑬丁，錢箋校：「一作冰。」《文苑英華》作「冰」。
⑭微，《草堂》作「餘」。
⑮人，《文苑英華》作「夫」，校：「集作人。」
⑯與，《文苑英華》作「將」，校：「集作與。」
⑰治，錢箋校：「一作活。」《文苑英華》作「活」。
⑱文，錢箋校：「一作天。」《文苑英華》作「天」，校：「集作文。」

【注】

黄鶴注：當是大曆二年（七六七）秋在東屯作。時吐蕃寇邠、靈州，京師戒嚴。

〔一〕薛十二丈判官：名不詳。錢起《送薛判官赴蜀》：「始見儒者雄，長纓繫餘孽。」疑爲同一人，則其人當任劍南西川節度判官。

〔二〕忽忽句：司馬遷《報任安書》：「居則忽忽若有所亡，出則不知其所往。」

〔三〕西來二句：朱鶴齡注：「用王母事。」《漢武故事》：「王母遣使謂帝曰：『七月七日我當暫來。』帝至日，掃宮内，然九華燈。七月七日，上於承華殿中齋，日正中，忽見有青鳥從西方來集殿前。」仇注：「好鳥來，比薛君至。」按，詩爲酬贈，非與薛會面，好鳥似喻傳書。

〔四〕羽毛二句：《世説新語·言語》：「已而會雪下，未甚寒，諸道人問在道所經。壹公曰：『風霜固所不論，乃先集其慘澹。郊邑正自飄瞥，林岫便已浩然。』」慘澹乃形容雪，此形容鳥之白羽。

謝靈運《登臨海嶠初發彊中作》：「顧望脰未悁，汀曲舟已隱。」《文選》李善注：「《文字集略》曰：汀，水際平也。」雲汀，蓋謂雲水相交之際。

〔五〕既蒙二句：《世説新語・尤悔》：「陸平原河橋敗，爲盧志所讒，被誅。臨刑歎曰：『欲聞華亭鶴唳，可復得乎？』」《趙次公先後解》：「在佳士言之，則主人者，豈郡刺史之徒邪？」

〔六〕及此句：謝脁《和何議曹郊游》：「揚舲浮大川，惆悵至日下。」《楚辭・涉江》王逸注：「舲船，船有窗牖者。」朱鶴齡注：「慰揚舲，慰己出峽之懷也。」

〔七〕清文二句：《趙次公先後解》：「上句言佳士之文清如玉聲之哀，蓋環佩之類。下句言佳士之才敏。」《莊子・養生主》：「庖丁爲文惠君解牛……刀刃若新發於硎。」

〔八〕欲學二句：鴟夷子，范蠡，見卷六《壯游》(0295)注。《後漢書・竇憲傳》：「與北單于戰于稽落山，大破之……憲、秉遂登燕然山，去塞三千餘里，刻石勒功，紀漢威德，令班固作銘。」施鴻保謂：「二句倒説，待勒燕然山銘後，學鴟夷子浮五湖也。」

〔九〕誰重句：斷蛇劍，《趙次公先後解》作「斬邪劍」，謂用朱雲事；「舊本正作斬蛇劍，乃漢高祖事，不可以常人言之也。」錢箋引吴若本注，説同。錢箋：「按李賀《寄權璩楊敬之詩》云：自言漢劍當飛去。唐人用事，無容拘泥若此。」朱鶴齡注：「斬蛇劍，《同谷七歌》已用之，唐人使事不如此拘泥。」

〔一〇〕志在二句：麒麟閣，見本卷《荆南兵馬使太常卿趙公大食刀歌》(0310)注。《後漢書・鄭弘傳》：「時舉將第五倫爲司空，班次在下，每正朔朝見，弘曲躬而自卑。帝問知其故，遂聽置雲

母屏風，分隔其間，由此以爲故事。」《趙次公先後解》引此，謂兩事皆是建功立名事。朱鶴齡注別引《西京雜記》趙飛燕爲后，遺雲母屏風事。按，詩意謂佳士志在建功，不以班次貴顯爲意。

〔一一〕卓氏二句：《史記·司馬相如列傳》：「會梁孝王卒，相如歸，而家貧，無以自業。……是時卓王孫有女文君新寡，好音，故相如繆與令相重，而以琴心挑之。相如之臨邛，從車騎，雍容閑雅甚都。及飲卓氏，弄琴，文君竊從户窺之，心悦而好之，恐不得當也。既罷，相如乃使人重賜文君侍者通殷勤。文君夜亡奔相如，相如乃與馳歸成都。家居徒四壁立。……相如與俱之臨邛，盡賣其車騎，買一酒舍酤酒，而令文君當爐。相如身自著犢鼻褌，與保庸雜作，滌器於市中。……卓王孫不得已，分予文君僮百人，錢百萬，及其嫁時衣被財物。文君乃與相如歸成都，買田宅，爲富人。」

〔一二〕相如二句：《南齊書·到撝傳》：「才調流贍，善納交游。」雙星，《趙次公先後解》謂指織女渡河從牽牛事。仇注：「此記其新婚一事。」

〔一三〕客來二句：《後漢書·逸民傳》梁鴻：「及嫁，始以裝飾入門，七日而鴻不答。……鴻曰：『吾欲裘褐之人，可與俱隱深山者爾。今乃衣綺縞，傅粉墨，豈鴻所願哉？』妻曰：『以觀夫子之志耳。妾自有隱居之服。』乃更爲椎髻，著布衣，操作而前。」《藝文類聚》卷九七引《續晋陽秋》：「車胤字武子，學而不倦，家貧，不常得油，夏日用練囊盛數十螢火，以夜繼日焉。」

〔一四〕我歎二句：《趙次公先後解》：「我已黑頭白，乃公之自傷。君看銀印青，蓋金銀之色晃曜，望之有青熒之光也。」《漢書·百官公卿表》：「凡吏秩比二千石以上，皆銀印青綬。」

〔一五〕誰矜句：《漢官儀》：「尚書郎入直，官供錦綾被，給帳帷茵褥通中枕。」張説《李工部挽歌三首》：「錦帳爲郎日，金門待詔時。」《趙次公先後解》：「公爲工部員外郎，故云然也。」

〔一六〕東西句：仇注：「兩岸，瀼水東西。」

〔一七〕空中二句：《禮記·曲禮上》：「行，前朱鳥而後玄武，左青龍而右白虎。」注：「以此四獸爲軍陳，象天也。」《漢書·劉屈氂傳》：「初，漢節純赤，以太子持赤節，故更爲黄旄加上以相别。」仇注引此，然與詩意似不合。《趙次公先後解》：「娉婷，指言如卓氏之人。」仇注：「此託爲陽臺結夢。……娉婷，謂巫山神女。」

〔一八〕自云二句：《趙次公先後解》：「帝里女，則必京師人家之女。一作帝季女，則又皇家之女矣。」《水經注》江水：「丹山西即巫山者也。又帝女居焉。宋玉所謂天帝之季女，名曰瑶姬，未行而亡，封於巫山之陽。精魂爲草，實爲靈芝，所謂巫山之女，高唐之阻，旦爲行雲，暮爲行雨，朝朝暮暮，陽臺之下。」朱鶴齡注引此。《太平御覽》卷三八一引《襄陽耆舊記》「宋玉曰」，與《水經注》同。參卷六《雨》(0297)注。《神仙傳》卷五欒巴：「巴爲尚書，正旦會群臣，飲酒，巴乃含酒起，望西南噀之，奏云：『臣本鄉成都市失火，故爲救之。』帝馳驛往問之，云：『正旦失火時，有雨自東北來滅火，雨皆作酒氣也。』」此借言神女行雨。鳳皇翎，《趙次公先後解》謂用弄玉與蕭史騎鳳而仙事。《列仙傳》卷上：「蕭史者，秦穆公時人也。善吹簫，能致孔雀白鶴於庭。穆公有女字弄玉，好之。公遂以女妻焉。日教弄玉作鳳鳴，居數年，吹似鳳聲，鳳凰來止其屋。公爲作鳳臺，夫婦止其上，不下數年，一旦皆偕隨鳳凰飛去。」

〔一九〕襄王二句：張華《雜詩》：「房櫳自來風，户庭無行跡。」《趙次公先後解》：「冷如丁，俗語云冷丁丁地，蓋匠者之造丁，其初出火，頃刻之熱既已，則沈冷矣。」此丁即釘。又引丁令威化鶴歸及《齊諧記》桂陽城武丁事，謂：「兩事皆久去而後歸，爲沈冷者如此，則頗不成言語。」按，徐凝《莫愁曲》：「若爲教作遼西夢，月冷如丁風似刀。」據徐詩，則如丁不能解作丁令威或武丁事。《趙次公先後解》謂二句乃託爲如卓氏之人之怨辭。按，句意即莫學襄王之薄行跡，冷如丁。

〔二〇〕千秋二句：《趙次公先後解》：「謂其相逢如一夢而已。」謝莊《瑞雪吟》：「結秋竹之麗響，引幽蘭之微馨。」

〔二一〕青熒：班固《西都賦》：「碝磩采致，琳珉青熒。」《文選》《羽獵賦》李善注：「青熒，光明貌。」

〔二二〕丈人二句：《趙次公先後解》：「丈人，指言薛丈。所謂佳士者，豈薛丈之子弟親戚也？」《相和歌辭·相逢行》：「丈人且安坐，調絲方未央。」渭與涇，參卷一《秋雨歎三首》(0016)注。

〔二三〕龍蛇二句：黄鶴注謂指大曆二年九月吐蕃入侵邠、靈州，京師戒嚴。《爾雅·釋地》：「邑外謂之郊，郊外謂之牧，牧外謂之野，野外謂之林，林外謂之坰。」

〔二四〕治國句：《書·大禹謨》：「有過無大，刑故無小。罪疑惟輕，功疑惟重。」

〔二五〕文王二句：《書·太甲上》：「慎乃儉德，惟懷永圖。」《皋陶謨》：「九德咸事，俊乂在官。」

〔二六〕榮華二句：《説苑·辨物》：「楚昭王渡江，有物大如斗，直觸王舟，止於舟中。昭王大怪之，使聘問孔子。孔子曰：『此名萍實，令剖而食之，惟霸者能獲之。此吉祥也。』」《趙次公先後

解》：「少壯，則又指言佳士者矣。今言『豈食楚江萍』，則佳士者豈非是留滯於夔，而公言其因此脱去者乎？」

《趙次公先後解》：「此篇在集中極難解者，姑以意逆之。似是公泊船處有一佳美之士，文采風流，有司馬相如挑卓氏之作。公既見其人，而又見有搜求其人而去者。所謂佳士，豈薛丈之子弟親戚乎？故及丈人安坐之語，且言國家輕刑以寬之。又言此士俊乂以勉之也。」下引《太平廣記》嚴武竊室女而殺之事，以爲佳士或當有捕捉之事，然未敢斷其必是。

朱鶴齡注引馮班曰：「此詩初似不可解，再四讀之，略得其旨。首云好鳥西來，言薛判官有贈詩之及也。清文以下，序薛來詩之意，言方欲學鴟夷、伯越，勒銘燕然，惜利器如斷蛇之劍，不爲時君所知。然志在立功，豈溺情於雲母屏之樂者哉？疑薛有臨邛之遇，致詩於公以自明，故爲序其意如此。下遂言薛有相如之逸才，得卓女於豪家，方洗粉黛，拾流螢，相勉以勤學，非風流放誕者比也。又言我在峽中，辛苦爲農，猶不免結夢陽臺，有襄王之遇。蓋精靈感動，金石爲開，人固能無情乎？特戲言以解之耳。末言薛不必苦辨清濁，但當乘時立功，自致榮華而已。相如之事，不足諱也。」

按，二人皆以此詩有本事。然或以之屬薛丈，或謂另有佳士。要之，「清文動哀玉」以下述來書意，即薛丈見贈之書。篇末「丈人但安坐」以下，則丁寧致意於薛。篇中但借卓氏女叙

其本事，又以襄王夢爲比喻或映襯。然既稱丈人而以相如事調之，似有不妥；另引入佳士，亦與篇中叙事有扞格。本事不明，終難定奪。

暇日小園散病將種秋菜督勤耕牛兼書觸目①

不愛入州府，畏人嫌我真〔一〕。及乎歸茅宇②，旁舍未曾嗔。老病忌拘束③，應接喪精神〔二〕。江村意自放④，林木心所欣。秋耕屬地濕⑤，山雨近甚勻。冬菁飯之半〔三〕，牛力晚來新⑥。深耕種數畝，未甚後四鄰。嘉蔬既不一〔四〕，名數頗具陳。荆巫非苦寒，采擷接青春〔五〕。飛來兩白鶴，暮啄泥中芹〔六〕。雄者左翮垂，損傷已露筋⑦〔七〕。一步再血流，尚經矰繳勤⑧〔八〕。三步六號叫，志屈悲哀頻。鸞皇不相待⑨，側頸訴高旻。杖藜俯沙渚，爲汝鼻酸辛〔九〕。（0325）

【校】

① 勤，錢箋、《九家》作「勒」。

② 及乎歸茅宇，宋本、錢箋、《九家》、《草堂》校：「一云及歸在茅屋。」

③忌，錢箋校：「一作恐。」《草堂》作「恐」。
④自，錢箋校：「一作日。」
⑤秋耕，《草堂》作「耕耘」。
⑥晚，錢箋校：「一作曉。」《草堂》校：「晋作曉。」
⑦露，宋本、錢箋、《九家》、《草堂》校一作「及」。
⑧血流，錢箋、《草堂》作「流血」。　經，宋本、錢箋、《九家》、《草堂》校：「一作驚。」
⑨皇，錢箋作「凰」。

【注】

黄鶴注：當是大曆二年（七六七）瀼西作。雖東屯、瀼西俱有茅屋，然園圃在瀼西。

〔一〕不愛二句：《藝文類聚》卷六三引《襄陽耆舊記》：「龐德公在沔水上，至老不入襄陽城。」《趙次公先後解》謂暗用此事。

〔二〕老病二句：任昉《答何徵君》：「散誕羈鞿外，拘束名教裏。」《後漢書·馬援傳》：「能應接諸公，專對賓客。」

〔三〕冬菁句：張衡《南都賦》：「春卵夏筍，秋韭冬菁。」《文選》李善注：「《廣雅》曰：韭，其華謂之菁。」李周翰注：「菁，蔓菁。」《爾雅·釋草》：「須，蕵蕪。」郭璞注：「蕵蕪，似羊蹄，葉細，味酢，可食。」疏：「郭意以毛云『葑，須』者謂此蕵蕪也。《坊記》注云：『葑，蔓菁也。陳宋間謂之

葑。』陸機云：『葑，蕪菁。幽州人或謂之芥。』《方言》云：『蘴、蕘，蕪菁也。陳楚謂之蘴，齊魯謂之蕘，關西謂之蕪菁，趙魏之部謂之大芥。』『蘴』與『葑』字雖異，音實同。則葑也，須也，蕪菁也，蔓菁也，蕵蕪也，蕘也，芥也，七者一物也。」《趙次公先後解》：「飯之半，則以冬菁飯牛，是其芻之半也。」

〔四〕嘉蔬：見卷六《園官送菜》(0285)注。

〔五〕荆巫二句：仇注：「秋蔬多種，直接來春，則圃畦可以自給矣。」

〔六〕暮啄句：《爾雅·釋草》：「芹，楚葵。」郭璞注：「今水中芹菜。」疏：「案《本草》云：水芹，一名水英。陶注云：其二月三月作英時，可作菹及瀹食之。又有渣芹，可爲生菜，亦可生啖。別本注云：芹有兩種，荻芹取根，白色，赤芹取莖、葉，並堪作菹及生菜是也。」

〔七〕雄者二句：《草堂》夢弼注：「此以下用古樂府《艷歌行》意，以書其觸目也。」《相和歌辭·艷歌何嘗行》：「飛來雙白鵠，乃從西北來。十十將五五，羅列行不齊。忽然卒被病，不能飛相隨。五里一反顧，六里一徘徊。吾欲銜汝去，口噤不能開。吾欲負汝去，羽毛日摧頹。樂哉新相知，憂來生別離。躊躕顧群侶，淚落縱横垂。」

〔八〕尚經句：《史記·留侯世家》：「上曰：『爲我楚舞，吾爲若楚歌。』歌曰：『鴻鵠高飛，一舉千里。羽翮已就，横絶四海。横絶四海，當可奈何？雖有矰繳，尚安所施？』」集解：「韋昭曰：繳，弋射也。其矢曰矰。」

〔九〕鼻酸辛：見卷五《贈别賀蘭銛》(0258)注。

寫懷二首

勞生共乾坤，何處異風俗？冉冉自趨競，行行見羈束〔一〕。無貴賤不悲，無富貧亦足〔二〕。萬古一骸骨，鄰家遞歌哭〔三〕。鄙夫到巫峽，三歲如轉燭〔四〕。全命甘留滯，忘情任榮辱〔五〕。朝班及暮齒，日給還脱粟〔六〕。編蓬石城東，采藥山北谷①〔七〕。用心霜雪間，不必條蔓緑〔八〕。非關故安排，曾是順幽獨〔九〕。達士如弦直，小人似鈎曲〔一〇〕。曲直我不知，負暄候樵牧〔一一〕。（0326）

【校】

① 北，宋本、錢箋校：「一云林。」

【注】

黄鶴注：公永泰元年至雲安，大曆元年移居夔州郭，三年下峽。此當是大曆二年（七六七）作，故云「三歲如轉燭」。

〔一〕冉冉二句：陸機《歎逝賦》：「世閲人而爲世，人冉冉而行暮。」《文選》李善注：「《廣雅》曰：冉

冉，進也。」《梁書・王峻傳》：「峻性詳雅，無心趨競。」《舊唐書・劉洎傳》上疏：「亦當矯正趨競，豈唯息其稽滯哉。」張協《雜詩》：「述職投邊城，羈束戎旅間。」

〔二〕無貴二句：阮籍《大人先生傳》：「夫無貴則賤者不怨，無富則貧者不爭，各足於身而無所求也。」

〔三〕萬古二句：謂自古人皆一死。《王梵志詩校注》〇〇一首：「遥看世間人，村坊安社邑。一家有死生，合村相就泣。張口哭他屍，不知身去急。本是長眠鬼，暫來地上立。」

〔四〕轉燭：見卷二《佳人》(0099)注。

〔五〕全命二句：《趙次公先後解》：「上句言性命得全，雖留滯而甘心。下句言既忘好惡之情，則任其或榮或辱也。」《世説新語・傷逝》：「王戎喪兒萬子，山簡往省之，王悲不自勝。簡曰：『孩抱中物，何至於此？』王曰：『聖人忘情，最下不及情。情之所鍾，正在我輩。』」

〔六〕朝班二句：仇注：「謂昔玷朝班，而今已暮年矣。」脱粟，見本卷《甘林》(0312)注。《趙次公先後解》：「日給還脱粟飯而已，蓋其貧故也。舊注以爲俸，非是。」

〔七〕編蓬二句：《孔子集語》卷四引《尚書大傳》：「(子夏)退而岩居河濟之間，深山之中，作環室，編蓬户，尚彈琴其中。」仇注：「石城，即夔州城。」《分門》洙曰引許洵、許畋采藥事，仇注謂用龐公采藥事。此當爲記實。

〔八〕用心二句：《趙次公先後解》：「言冬采之(藥)，不必待春也。」

〔九〕非關二句：《莊子・大宗師》：「造適不及笑，獻笑不及排，安排而去化，乃入於寥天一。」謝靈

運《晚出西射堂》：「安排徒空言，幽獨賴鳴琴。」

〔一〇〕達士二句：《後漢書・五行志》：「順帝之末，京都童曰：『直如弦，死道邊；曲如鈎，反封侯。』」

〔一一〕負暄句：《列子・楊朱》：「昔者宋國有田夫，常衣緼黂，僅以過冬。暨春東作，自曝於日，不知天下有廣廈隩室、綿纊狐狢，顧謂其妻曰：『負日之暄，人莫知之。以獻吾君，將有重賞。』」

夜深坐南軒〔一〕，明月照我膝。驚風翻河漢，梁棟已出日①〔二〕。羣生各一宿，飛動自儔匹〔三〕。吾亦驅其兒，營營爲私實②〔四〕。天寒行旅稀，歲暮日月疾。榮名忽中人③，世亂如蟣虱〔五〕。古者三皇前，滿腹志願畢〔六〕。胡爲有結繩，陷此膠與漆〔七〕？禍首燧人氏，厲階董狐筆〔八〕。君看燈燭張，轉使飛蛾密〔九〕。放神八極外，俯仰俱蕭瑟〔一〇〕。終契如往還④，得匪合仙術⑤〔一一〕。（0327）

【校】

① 已出日，錢箋校：「一作日已出。」《草堂》作「日已出」。

② 實，宋本、《九家》、《草堂》校：「一作室。」錢箋校：「晋作室。」

③ 忽，宋本、錢箋、《九家》校：「一云惑。」《草堂》校：「一作感。」

④終契如往還，宋本、錢箋、《九家》、《草堂》校：「一云終然契真如。」

⑤合，宋本、《九家》校：「一云金。」得匪合仙術，錢箋、《草堂》校：「一作歸匪金仙術。」

【注】

〔一〕夜深句：鮑照《園葵賦》：「獨酌南軒，擁琴孤聽。」

〔二〕驚風二句：曹植《野田黄雀行》：「驚風飄白日，光景馳西流。」郭璞《游仙詩》：「雲生梁棟間，風出窗户裏。」

〔三〕羣生二句：《莊子·繕性》：「萬物不傷，群生不夭，人雖有知，无所用之，此之謂至一。」《淮南子·原道訓》：「跂行喙息，蠉飛蝡動。」王褒《九懷·通路》：「步余馬兮飛柱，覽可與兮匹儔。」王逸注：「二人爲匹，四人爲儔。」

〔四〕營營句：《莊子·庚桑楚》：「全汝形，抱汝生，无使汝思慮營營。」陶淵明《形影神詩序》：「貴賤賢愚，莫不營營以惜生。」《左傳》文公十八年：「聚斂積實。」杜預注：「實，財也。」

〔五〕榮名二句：宋玉《九辯》：「憯悽增欷兮薄寒之中人。」洪興祖補注：「中，去聲。」《淮南子·説林訓》：「湯沐具而蟣虱相弔，大廈成而燕雀相賀。」《論衡·物勢》：「然則人生於天地也，猶魚之於淵，蟣虱之於人也。」《趙次公先後解》：「言世之紛亂，不啻如蟣虱之營營也。」仇注：「蟣虱，言所争者小。」按，此喻世人紛擾，近於《論衡》所言。

〔六〕古者二句：三皇，見卷三《劍門》(0168)注。《莊子·逍遥游》：「偃鼠飲河，不過滿腹。」

〔七〕胡爲二句：《易·繫辭下》：「上古結繩而治，後世聖人易之以書契。」《莊子·駢拇》：「且夫待鈎繩規矩而正者，是削其性者也。待繩約膠漆而固者，是侵其德者也。」

〔八〕禍首二句：《左傳》昭公四年：「楚禍之首，將在此矣。」《韓非子·五蠹》：「有聖人作，鑽燧取火以化腥臊，而民説之，使王天下，號之曰燧人氏。」《詩·大雅·桑柔》：「誰生厲階，至今爲梗。」傳：「厲，惡。」箋：「誰始生此禍者。」《左傳》宣公二年：「孔子曰：董狐，古之良史也，書法不隱。」

〔九〕君看二句：張協《雜詩》：「蜻蛚吟階下，飛蛾拂明燭。」《佛本行集經》卷一六：「此處損害，愚癡之人，争競投入，猶如飛蛾，奔赴燈燭。」

〔一〇〕放神二句：王康琚《反招隱詩》：「放神青雲外，絶跡窮山裏。」八極，見卷三《鳳凰臺》(0151)注。宋玉《九辯》：「悲哉，秋之爲氣也。蕭瑟兮，草木摇落而變衰。」《文選》李周翰注：「蕭瑟，秋風貌。」

〔一一〕終契二句：《趙次公先後解》謂作「終然契真如」。朱鶴齡注引孫楚《陟陽候》「齊契在今朝」《文選》注引《説文》：「契，大約也。」言齊死生，契在於今朝；如往還，則《吴越春秋》「生往死還」也。按，高允《詠貞婦彭城劉氏》：「生則同室，終契黄泉。」終契謂終死之契。往還，即生死，亦言輪回。《楞嚴經》卷六：「寄於殘生，旅泊三界，示一往還，去已無返。」《法苑珠林》卷四頌曰：「三界擾擾，六道茫茫。往還不已，受苦未央。」得匪，得非，豈不是。卷二《奉先劉少府新畫山水障歌》(0080)：「得非玄圃裂，無乃瀟湘翻。」二句謂終然視死生如往還，則豈不同於成

仙之術。趙注等以作「金仙」是，朱鶴齡注：「金仙，佛也。」武則天《大周新譯大方廣佛華嚴經序》：「金仙降旨，大雲之偈先彰。」

可歎

天上浮雲如白衣①，斯須改變如蒼狗〔一〕。古往今來共一時，人生萬事無不有。近者抉眼去其夫②，河東女兒身姓柳〔二〕。丈夫正色動引經，酆城客子王季友〔三〕。羣書萬卷常暗誦，孝經一通看在手。貧窮老瘦家賣屐③，好事就之爲携酒〔四〕。豫章太守高帝孫〔五〕，引爲賓客敬頗久。聞道三年未曾語④〔六〕，小心恐懼閉其口。太守得之更不疑，人生反覆看亦醜〔七〕。明月無瑕豈容易，紫氣鬱鬱猶衝斗〔八〕。時危可仗真豪俊，二人得置君側否？太守頃者領山南，邦人思之比父母。王生早曾拜顔色，高山之外皆培塿〔九〕。用爲羲和天爲成，用平水土地爲厚〔一〇〕。王也論道阻江湖，李也丞疑曠前後⑤〔一一〕。死爲星辰終不滅，致君堯舜焉肯朽〔一二〕。吾輩碌碌飽飯行，風后力牧長回首〔一三〕。（0328）

【校】

①如，錢箋、《草堂》校：「一作似。」

②夫，宋本校：「一云眯。」錢箋、《九家》、《草堂》校：「陳作眯。」

③屐，錢箋、《草堂》校：「一作履。」《九家》作「履」。

④聞，錢箋校：「一作問。」《草堂》作「問」。

⑤丞疑，《草堂》作「疑丞」。

【注】

黄鶴注：詩作於李勉大曆二年入朝爲京尹後，當是大曆四年（七六九）勉入廣時公在潭州作。仇注謂鶴誤認山南爲廣南，詩中山南本追論前事，當編在大曆二年（七六七）之末。

〔一〕蒼狗：《漢書·天文志》：「牂雲如狗，赤色。」《隋書·天文志》：「軍上雲如狗形，勿與戰。」

〔二〕近者二句：《趙次公先後解》：「東北人方言，不喜見者每曰抉眼。」朱鶴齡注：「《吴世家》：子胥將死，曰抉吾眼置吴東門。抉眼去其夫，言如抉眼中之物而去之。」汪師韓《詩學纂聞》：「杜詩用字，有變文取意者。……抉眼非即反目之謂乎？」仇注：「河東，乃柳氏郡名。」《元和姓纂》卷七柳：「秦并天下，柳氏遂遷於河東。」

〔三〕丈夫二句：王季友，寶應元年自華陰尉辟爲虢州録事參軍，旋復舊官。岑參《送王録事却歸華陰》注：「王録事自華陰尉授虢州録事參軍，旬日即復舊官。」廣德二年李勉爲江西觀察使，辟

爲副使。于邵《送王司議季友赴洪州序》：「勉移獨坐之權，實專方面之寄。……是以王司議得爲副車。」大曆二年，勉入爲京兆尹，季友還山。《唐才子傳》卷四季友傳多采杜甫此詩。《元和郡縣圖志》卷二八洪州：「豐城縣，上。北至州一百四十七里。本漢南昌縣地。」黄鶴注引《豫章圖經》：「唐王季友，豐城人。家貧賣履，博極羣書。李勉引爲賓客，正色引經，勉甚敬之。」蓋據杜詩敷衍。豐城客子，謂季友入幕洪州。

〔四〕貧窮二句：《太平御覽》卷六八九引謝承《後漢書》：「江夏劉勤家貧，作屩供食，常作一量屨，斷，勤置不賣，出行，妻賣以糴米。勤歸而炊熟，怪問：『何所得米？』妻以實告。勤責妻曰：『賣毁物，欺取其直也。』因弃不食。」携酒，《趙次公先後解》謂雖是實事，亦暗用《揚雄傳》好事者載酒肴從游學事。按，亦用《晋書·陶潛傳》「其親朋好事，或載酒肴而往，潛亦無所辭焉」。

〔五〕豫章句：豫章太守，李勉。《舊唐書·李勉傳》：「李勉字玄卿，鄭王元懿曾孫也。……克復西京，累歷清要，四遷至河南少尹。累爲河東節度王思禮、朔方河東都統李國貞行軍司馬，尋遷梁州都督、山南西道觀察使。……肅宗將大用勉，會李輔國寵任，意欲勉降禮於己。勉不爲之屈，竟爲所抑，出歷汾州、虢州刺史，改京兆尹、檢校右庶子，兼御史中丞、都畿觀察使。尋兼河南尹，明年罷尹，以中丞歸西臺，又除江西觀察使。……大曆二年來朝，拜京兆尹、兼御史大夫。……四年，除廣州刺史，兼嶺南節度觀察使。」

〔六〕聞道句：黄鶴注：「隆興有石幢，載李勉爲洪州刺史，在張鎬之後、魏少游之前。鎬以廣德二年九月卒，勉即以是月繼之。」至大曆二年爲三年。按，據獨孤及《唐故洪州刺史張公遺愛碑》，

鎬廣德元年七月卒于任。勉繼任當在廣德二年初。

〔七〕太守二句：朱鶴齡注：「言季友之賢，爲太守所信，乃至見弃于妻，此事之反覆而可醜者。然其才則如珠光劍氣，豈得而掩没之哉。」仇注：「太守敬而且信，以王生小心慎密，語不外洩，與人情反覆者不同也。」

〔八〕明月二句：《淮南子·氾論訓》：「夫夏后氏之璜，不能無瑕；明月之珠，不能無纇。」《晉書·張華傳》：「初，吴之未滅也，斗牛間常有紫氣，道術者皆以吴方强盛，未可圖也，惟華以爲不然。及吴平之後，紫氣愈明。華聞豫章人雷焕妙達緯象，乃要焕宿……華曰：『是何祥也？』焕曰：『寶劍之精，上徹於天耳。』……華大喜，即補焕爲豐城令。焕到縣，掘獄屋基，入地四丈餘，得一石函，光氣非常，中有雙劍，並刻題，一曰龍泉，一曰太阿。其夕，斗牛間氣不復見焉。」

〔九〕太守四句：《趙次公先後解》：「王生之拜太守顏色，如仰高山，其餘人真培塿也。」朱鶴齡注：「言已與王生相遇之早。」按，季友曾被辟爲虢州録事參軍，疑即李勉官虢州刺史時辟之。勉旋入爲京兆尹，故季友却復舊官。參傅璇琮主編《唐才子傳校箋》王季友傳（儲仲君撰）。趙注有據。《左傳》襄公二十四年：「部婁無松柏。」杜預注：「部婁，小阜。」左思《魏都賦》：「萬邑比焉，亦猶犨麋之與子都，培塿之與方壺也。」《文選》李善注：「《左氏傳》曰：太叔曰：培塿無松柏。」

〔一〇〕用爲二句：《書·堯典》：「乃命羲和，欽若昊天。」傳：「重黎之後羲氏和氏世掌天地四時之官，故堯命之。」《大禹謨》：「地平天成。」《舜典》：「禹，汝平水土，惟時懋哉。」

〔一一〕王也二句：《書・周官》：「茲惟三公，論道經邦，燮理陰陽。」《禮記・文王世子》：「虞夏商周，有師保，有疑丞，設四輔及三公。」疏：「案《尚書大傳》云：古者天子必有四鄰，前曰疑，後曰丞，左曰輔，右曰弼。」《趙次公先後解》：「論道，則言其可爲三公。丞疑，則言其可爲宰相。」

〔一二〕死爲二句：《太平御覽》卷六引《風俗通》：「東方朔，太白星精，黄帝時爲風后，堯時爲務成子，周時爲老子，越爲范蠡，齊爲鴟夷，言其變化無常也。」張淵《觀象賦》：「傅説登天而乘尾，奚仲託精於津陽。」注：「傅説一星在尾後。傅説，殷時隱於岩中，殷王武丁夢得賢人，圖畫其象，求而得之，即立爲相。死，精上爲星。」致君堯舜，見卷一《奉贈韋左丞丈二十二韻》(0001)注。

〔一三〕吾輩二句：《史記・酷吏列傳》：「九卿碌碌奉其官，救過不贍。」《太平御覽》卷三七引《帝王世紀》：「黄帝夢大風，吹天下塵埃皆去。又夢人執千鈞之弩，驅羊數萬群。……得風后於海隅，得力牧於大澤。」

朱鶴齡注：「此詩爲季友作也。……季友雖云豪俊，何至許以良相？蓋季友爲妻所弃，時議必多嗤薄之者。公盛稱其人，以破俗見，明事變無常，不足爲賢者之累也。」

仇注：「王嗣奭云：『詩題曰《可歎》，是歎其懷才不用，非歎其夫婦乖離。河東女兒，不指季友之妻。王特見此一事，而正色斥之。』今按，若果如其説，則王生偶然論此，亦何關於其身，而舉此以發端乎？開首『蒼狗』一段，感慨甚深，斷是爲季友妻而發。朱買臣見弃於妻，

古人亦明有之，又何必爲季友諱耶？」

觀公孫大娘弟子舞劍器行〔一〕并序

大曆二年十月十九日，夔州别駕元持宅①〔二〕，見臨潁李十二娘舞劍器〔三〕。壯其蔚跂〔四〕，問其所師。曰：「余②，公孫大娘弟子也。」開元三載③，余尚童稚，記於郾城觀公孫氏舞劍器渾脱，瀏漓頓挫，獨出冠時〔五〕。自高頭宜春、梨園二伎坊内人④，洎外供奉⑤〔六〕，曉是舞者，聖文神武皇帝初，公孫一人而已。玉貌錦衣⑥，況余白首〔七〕。今兹弟子，亦匪盛顔。既辨其由來，知波瀾莫二〔八〕。撫事慷慨，聊爲《劍器行》。往者吴人張旭善草書書帖⑦，數嘗於鄴縣見公孫大娘舞西河劍器⑧，自此草書長進〔九〕。豪蕩感激，即公孫可知矣⑨。

昔有佳人公孫氏，一舞劍器動四方⑩。觀者如山色沮喪，天地爲之久低昂〔一〇〕。㸌如羿射九日落，矯如羣帝驂龍翔〔一一〕。來如雷霆收震怒⑪，罷如江海凝清光〔一二〕。絳唇珠袖兩寂寞，況有弟子傳芬芳⑫〔一三〕。臨潁美人在白帝，妙舞

此曲神揚揚〔一四〕。與余問答既有以，感時撫事增惋傷〔一五〕。先帝侍女八千人⑬，公孫劍器初第一〔一六〕。五十年間似反掌〔一七〕，風塵傾動昏王室⑭。梨園弟子散如烟，女樂餘姿映寒日〔一八〕。金粟堆南木已拱〔一九〕，瞿唐石城草蕭瑟⑮。玳筵急管曲復終，樂極哀來月東出〔二〇〕。老夫不知其所往，足繭荒山轉愁疾⑯〔二一〕。

（0329）

【校】

① 持，錢箋校：「一作特。」《草堂》作「特」，校：「一作持。」　宅，《文苑英華》作「公宅」，校：「集無『公』字。」

② 曰余，《文苑英華》作「答余云」，校：「三字集作曰余。」錢箋「所師」下校：「一本此下有答字。」

③ 三載，錢箋、《草堂》校：「一作五載。」《文苑英華》作「三年」，校：「集作載。」

④ 伎，錢箋校：「一作教。」《文苑英華》作「教」，校：「集作伎。」

⑤ 外供奉，《文苑英華》此下有「舞女」二字。

⑥ 錦，錢箋校：「一作繡。」《草堂》作「繡」。

⑦ 往者，《草堂》作「昔」。《文苑英華》作「往時」，校：「集作往日。」

⑧ 嘗，錢箋、《草堂》作「常」。　鄴，錢箋校：「一作葉。」

⑨知矣，《文苑英華》此下有「行曰」二字。

⑩器，《文苑英華》作「氣」。

⑪來，錢箋校：「一作末。」《文苑英華》作「末」，校：「集作來。」

⑫珠，《文苑英華》作「朱」。　況，錢箋校：「陳作脱。一作晚。」《九家》、《文苑英華》作「晚」，《文苑英華》校：「集作況。」《草堂》校：「闍本作晚。」

⑬帝，錢箋校：「一作皇。」《文苑英華》作「皇」，校：「集作帝。」

⑭傾動，錢箋校：「一作澒洞。」《文苑英華》作「澒洞」，蓋字誤。

⑮草，錢箋校：「一作暮。」《文苑英華》作「暮」，校：「集作草。」

⑯疾，錢箋、《草堂》校：「一作寂。」

【注】

據詩序，諸家皆編於大曆二年（七六七）夔州作。

〔一〕公孫大娘：《太平御覽》卷五六九引《明皇雜録》：「上御勤政樓，大張聲樂，羅列百伎。時教坊有王大娘，善戰百尺竿。……時有公孫大娘者，善劍舞，能爲鄰里曲及裴將軍，士謂之春秋設。」錢箋引《明皇雜録》作：「時有公孫大娘者，善舞劍，能爲鄰里曲及裴將軍滿堂勢、西河劍器、渾脱遺，姸妙皆冠絶于時也。」又《太平廣記》卷五七四引《明皇雜録》：「開元中，有公孫大娘善舞劍，僧懷素見之，草書遂長。蓋壯其頓挫勢也。」段安節《樂府雜録》作：「健舞曲有棱

大、阿連、柘枝、劍器、胡旋、胡騰。……開元中有公孫大娘善舞劍器，僧懷素見之，草書遂長，蓋准其頓挫之勢也。」《唐國史補》卷上：「張旭草書得筆法，後傳崔邈、顔真卿。旭言：『始吾見公主擔夫争路，而得筆法之意。後見公孫氏舞劍器，而得其神。』」《教坊記》曲名：「破陣子、劍器子、獅子……」鄭嵎《津陽門詩》注：「有公孫大娘舞劍，當時號爲雄妙。」《雲溪友議》卷中：「明皇幸岷山，百官皆竄辱，積屍滿中原，士族隨車駕也。伶官張野狐觱栗，雷海清琵琶，李龜年唱歌，公孫大娘舞劍。」按，以上諸記載，自杜詩、《教坊記》至《樂府雜録》，皆作舞劍器，晚唐鄭處晦所作《明皇雜録》以下方謂舞劍，其間似可見混淆之跡。然劍器本義指劍應無疑義。《唐會要》卷七二《軍雜録》：「諸縣軍鎮放牧人等，不得帶弓箭刀劍器仗。」姚合有《劍器詞三首》，司空圖有《劍器》詩，皆寫軍陣廝殺，似爲集體表演。姚合詞有「掉劍龍纏臂，開旗火滿身」句，似有劍爲道具。敦煌卷子《劍器詞》：「排備白旗舞，先自有由來。合如花焰秀，散若電光開。感聲天地裂，騰踏山岳摧。劍器呈多少，渾脱向前來。」叙寫亦極分明。《文獻通考》卷一四六《俗部樂》記宋制：「隊舞之制，其名各十。小兒隊，凡七十二人。……二曰劍器隊，衣五色繡羅襦，裹交脚襆頭，紅羅繡抹額器仗。」此亦集體隊伍，舞者非女子。曾季貍《艇齋詩話》：「世人多以爲公孫能舞劍，非也。蓋公孫善舞劍器，劍器者曲名也。詩序言公孫氏舞劍器渾脱，又言舞西河劍器，然則渾脱、西河、劍器三者皆曲名也。詩中又言『妙舞此曲神揚揚』，則知爲曲信矣。安有婦人能舞刀劍者乎？」仇注引張自烈《正字通》：「劍器，古武舞之曲名，其舞用女妓雄妝，空手而舞。見《文獻通考》舞部。杜甫《公孫大娘歌》指武舞而言，或以劍器

爲刀劍，誤也。」方以智《通雅》卷三〇引《通考》，亦有此語。然《通考》樂舞唐宋部分均無此節。文舞、武舞乃郊廟祭祀樂舞之名，如唐之《破陣樂》。《通考》叙此極分明，故知以劍器爲武舞名者顯爲杜撰。空手舞云云，疑亦引用者以意增之。清桂馥《札樸》卷六：「姜元吉言：在甘肅見女子以丈餘彩帛結兩頭，雙手持之而舞，有如流星，問何名，曰劍器也。乃知公孫大娘所舞即此。」此或後世演變者。

〔二〕元持：《元和姓纂》卷四元：「延祚，司議郎。生平叔，綿州長史，生挹、撝、持。……撝，太常博士。持，都官郎中。」《唐尚書省郎官石柱題名考》吏部員外作元特，司封員外作元持。岑仲勉考作持是。

〔三〕臨潁：《元和郡縣圖志》卷四河南道許州：「臨潁縣，上。西北至州六十里。」

〔四〕蔚跂：浦起龍云：「言其光彩蔚然，而有舉足淩厲之勢。」

〔五〕開元五句：三載：《草堂》夢弼注：「時甫纔三歲，當作十二載。」錢箋以作五載是：「六歲觀劍，似無不可。詩云『五十年間似反掌』，自開元五年至是年，凡五十一年。」郾城：《元和郡縣圖志》卷四蔡州：「郾城縣，緊。東南至州一百八十里。」渾脱：《舊唐書·儒學傳》郭山惲：「工部尚書張錫爲談容娘舞，將作大匠宗晋卿舞渾脱，左衛將軍張洽舞黄獐。」呂元泰《陳時政疏》：「臣比見都邑坊市，相率爲渾脱隊，駿馬胡服，名爲『蘇莫遮』。旗鼓相當，軍陣之勢也。……君必謀事，則時寒順之，何必裸露形體，澆灌衢路，鼓舞跳躍，而索寒焉。」此言潑寒胡戲。《杜陽雜編》卷中：「上降誕之日，大張音樂，集天下百戲於殿前。時有妓女石人胡，本幽

州人……大胡立於十重朱畫床子上，令諸女迭踏，以至半空，手中皆執五彩小幟。床子大者始一尺餘，俄而手足齊舉，爲之踏渾脱，歌呼抑揚，若履平地。」此言百戲雜技。《樂府雜録》鼓架部：「即有《踏摇娘》、《羊頭渾脱》、《九頭獅子》，弄《白馬益錢》，以至尋橦跳丸、吐火吞刀、旋概觔鬬，悉屬此部。」是渾脱當爲一種舞蹈形式，在雜技、娱神、戲劇中均有運用，然非某種專指舞名。據敦煌《劍器詞》，則舞劍器中亦有渾脱舞。至於渾脱之本義，則葉子奇《草木子》卷四《雜俎篇》：「北人殺小牛，自脊上開一孔，逐旋取去内頭骨肉，外皮皆完，揉軟用以盛乳酪酒逶，謂之渾脱。」似可見其義。

〔六〕自高頭二句：高頭宜春梨園二伎坊：《新唐書·禮樂志》：「玄宗既知音律，又酷愛法曲，選坐部伎子弟三百教於梨園，聲有誤者，帝必覺而正之，號皇帝梨園弟子。宮女數百，亦爲梨園弟子，居宜春北院。梨園法部，更置小部音聲三十餘人。」崔令欽《教坊記》：「妓女入宜春院，謂之内人，亦曰前頭人，常在上前頭也。」浦起龍云：「高頭疑即前頭之謂。」外供奉：《教坊記》：「西京右教坊在光宅坊，左教坊在延政坊。右多善歌，左多工舞，蓋相因成習。」《新唐書·百官志》太樂署：「武德後，置内教坊於禁中。武后如意元年，改曰雲韶府，以中官爲使。開元二年，又置内教坊於蓬萊宮側，有音聲博士、第一曹博士、第二曹博士。京都置左右教坊，掌俳優雜技。自是不隸太常，以中官爲教坊使。」左右教坊在宮外，爲外教坊。其藝人爲外供奉。

〔七〕玉貌錦衣二句：仇注引申涵光曰：「詩序太剥落，『玉貌錦衣』下，如何接『況余白首』。」浦起龍云：「玉貌，憶公孫。白首，悲今我。」鄧紹基謂「玉貌錦衣」乃詩人自謂其當年之貌。

〔八〕波瀾：黄生《義府》卷下：「今人喜用波瀾老成字，而不知所謂波瀾者何義。按波瀾即淵源也。謂鄭詩獨有前輩淵源，李舞淵源公孫，竟似一人也。蓋唐諱『淵』字，故以『波瀾』易之。」

〔九〕往者三句：張旭：見卷一《飲中八仙歌》（0027）注。陸羽《僧懷素傳》：「至晚歲，顔太師真卿以懷素爲同學鄔兵曹弟子，問之曰：『夫草書於師授之外，須自得之。張長史睹孤蓬驚沙之外，見公孫大娘劍器舞，始得低昂回翔之狀，未知鄔兵曹有之乎？』懷素對曰：『似古釵脚，爲草書竪牽之極。』」顔真卿語，意中似有杜此詩在。亦可見此傳説流傳頗廣，故李肇又記入《唐國史補》。而《明皇雜録》等謂懷素見舞劍草書遂長，乃誤會陸氏此傳乎？西河劍器：《教坊記》曲名有「西河獅子」、「西河劍氣（器）」。錢箋引《明皇雜録》亦有此名。西河顯爲地名，所指不明，或爲西北地域。唐曲無有單名《西河》者。

〔一〇〕觀者二句：《趙次公先後解》：「觀者如山，倣《禮記》矍相之射獵，觀者如堵也。天地爲之久低昂，倣李陵書天地爲陵震動也。」

〔一一〕㸌如二句：玄應《一切經音義·等目菩薩所問經》：「霍，倏忽急疾也，霍然，忽然也。經文作㸌，胡沃反。《説文》：㸌，灼也。㸌非此用。」《説文》作「燿，灼也」。此㸌亦當作急疾解。《淮南子·本經訓》：「堯之時，十日並出……堯乃使羿……上射十日而下殺猰貐。」《論衡·感虚》：「儒者傳書言：堯之時，十日並出，萬物焦枯。堯上射十日，九日去，一日常出。」《楚辭·九歌·雲中君》：「龍駕兮帝服，聊翺游兮周章。」班彪《覽海賦》：「騁飛龍之驂駕，歷八極而回周。」

〔一二〕來如二句：《詩·大雅·常武》：「如雷如霆，徐方震驚。王奮厥武，如震如怒。」傅玄《晉鼓吹曲·唐堯》：「神明道自然，河海猶可凝。」

〔一三〕絳脣二句：鮑照《蕪城賦》：「東都妙姬，南國麗人，蕙心紈質，玉貌絳脣。」《趙次公先後解》：「序使玉貌，詩使絳脣。」鮑照《代白紵舞歌詞》：「珠履颯沓紈袖飛。」珠袖，蓋由珠履、紈袖化出。宋玉《神女賦》：「吐芬芳其若蘭。」

〔一四〕神揚揚：《晏子春秋》卷五：「意氣揚揚，甚自得也。」

〔一五〕感時句：王逸《九思·傷時》：「歲忽忽兮惟暮，余感時兮悽愴。」傅亮《爲宋公修張良廟教》：「微管之歎，撫事彌深。」

〔一六〕先帝二句：《舊唐書·宦官傳》：「開元、天寶中，長安大内、大明、興慶三宫，皇子十宅院，皇孫百孫院，東都大内、上陽兩宫，大率宫女四萬人。」洪邁《容齋五筆》卷三開元宫嬪：「自漢以來，帝王妃妾之多，唯漢靈帝、吴歸命侯、晋武帝、宋蒼梧王、齊東昏、陳後主、唐世明皇爲盛。白樂天《長恨歌》云：『後宫佳麗三千人。』杜子美《劍器行》云：『先帝侍女八千人。』蓋言其多也。《新唐史》所叙，謂開元、天寶中，宫嬪大率至四萬，嘻其甚矣。」

〔一七〕似反掌：《漢書·枚乘傳》：「變所欲爲，易於反掌。」《晋書·王羲之傳》：「安危之機，易於反掌。」

〔一八〕女樂句：傅玄《却東西門行》：「回目流神光，傾亞有餘姿。」

〔一九〕金粟句：玄宗所葬泰陵，名金粟岡。見卷四《韋諷録事宅觀曹將軍畫馬圖》(0195)注。

〔二〇〕玳筵二句：劉楨《瓜賦》：「更布象牙之席，薰玳瑁之筵。」江總《今日樂相樂》：「綺殿文雅遒，玳筵歡趣密。」鮑照《代白紵舞》：「古稱淥水今白紵，催絃急管爲君舞。」漢武帝《秋風辭》：「歡樂極兮哀情多，少壯幾時兮奈老何。」

〔二一〕老夫二句：《淮南子·修務訓》：「昔者楚欲攻宋，墨子聞而悼之，自魯趨而十日十夜，足重繭而不休息。」

八哀詩并序

傷時盜賊未息，興起王公、李公。歎舊懷賢，終于張相國。八公前後存殁，遂不詮次焉。

贈司空王公思禮①

司空出東夷，童稚刷勁翮〔一〕。追隨燕薊兒，穎鋭物不隔②〔二〕。服事哥舒翰，意無流沙磧③〔三〕。未甚拔行間，犬戎大充斥〔四〕。短小精悍姿，屹然强寇敵〔五〕。貫穿百萬衆，出入由咫尺。馬鞍懸將首，甲外控鳴鏑〔六〕。洗劍青海水，刻銘天山

石〔七〕。九曲非外蕃，其王轉深壁〔八〕。飛兔不近駕，鷙鳥資遠擊〔九〕。曉達兵家流④，飽聞春秋癖〔一〇〕。胸襟日沉静，肅肅自有適⑤〔一一〕。潼關初潰散，萬乘猶辟易〔一二〕。偏裨無所施，元帥見手格〔一三〕。太子入朔方，至尊狩梁益〔一四〕。胡馬纏伊洛〔一五〕，中原氣甚逆。肅宗登寶位，塞望勢敦迫⑥〔一六〕。公時徒步至，請罪將厚責。際會清河公，間道傳玉册。清河公，房太尉也⑦〔一七〕。天王拜跪畢，讜議果冰釋〔一八〕。翠華卷飛雪⑧，熊虎亘阡陌〔一九〕。屯兵鳳凰山，帳殿涇渭闢〔二〇〕。金城賊咽喉，詔鎮雄所搤〔二一〕。禁暴清無雙⑨，爽氣春淅瀝〔二二〕。巷有從公歌，野多青青麥〔二三〕。及夫哭廟後，復領太原役〔二四〕。恐懼禄位高，悵望王土窄。不得見清時，嗚呼就窀穸〔二五〕。永繫五湖舟⑩，悲甚田横客〔二六〕。千秋汾晋間，事與雲水白〔二七〕。昔觀文苑傳，豈述廉藺績⑪〔二八〕。嗟嗟鄧大夫⑫，士卒終倒戟⑬〔二九〕。

（0330）

【校】

① 王公思禮，錢箋題下注：「高麗人。」《草堂》注：「王思禮，高麗人也。」

② 鋭，宋本、錢箋、《九家》、《草堂》、《文苑英華》校：「一云脱。」

③意無，錢箋校：「晉作氣無。」

④曉達，《文苑英華》作「晚學」，校：「集作曉達。」

⑤肅肅，錢箋、《草堂》校：「晉作蕭蕭。」

⑥迫，錢箋、《草堂》校：「一作逼。」

⑦房太尉也，錢箋作「房琯也」，其下有：「時自蜀奉太上皇册命至，諫上以爲可收後效，遂釋之。」

⑧卷飛雪，宋本、錢箋、《文苑英華》校：「一云飛雪中。」

⑨清，宋本校：「一作靖。」錢箋校：「一作靖。一作静。」《九家》、《草堂》作「靖」，《草堂》校：「一作清。」《文苑英華》作「静」，校：「一作清。」

⑩永，錢箋、《草堂》校：「一作空。」

⑪績，錢箋校：「一作跡。」　藺績，《文苑英華》作「頗跡」，校：「集作藺績。」

⑫嗟嗟，錢箋校：「晉作諾諾。」

⑬倒戟，此下錢箋注：「鄧景山爲太原尹，爲軍衆所殺。」

【注】

《趙次公先後解》編入永泰元年（七六五）九月作，以「傷時盜賊未息」指是年八月僕固懷恩引吐蕃寇奉天。黄鶴注謂八詩非一時所作，如李光弼詩云「洒淚巴東峽」、嚴武詩云「悵望龍驤塋」，則二詩在夔州作無疑。如李邕詩云「君臣尚論兵」，則是史朝義未死之前，當在廣德元年之前。仇注：觀哀鄭

虔詩云「秋色餘魍魎」，當是大曆元年（七六六）之秋。「君臣尚論兵」因吐蕃未靖，河北降將陽奉陰違，非爲史朝義而發也。

〔一〕司空二句：《舊唐書・王思禮傳》：「王思禮，營州城傍高麗人也。父虔威，爲朔方軍將，以習戰聞。思禮少習戎旅，隨節度使王忠嗣至河西，與哥舒翰對爲押衙。及翰爲隴右節度使，思禮與中郎周泌爲翰押衙，以拔石堡城功，除右金吾衛將軍，充關西兵馬使，兼河源軍使。十一載，加雲麾將軍。十二載，翰征九曲，思禮後期，欲引斬之，續使命釋之。思禮徐言曰：『斬則斬，却喚何物？』諸將皆壯之。十三年，吐蕃蘇毗王款塞，詔翰至磨環川應接之。思禮墜馬損脚，翰謂中使李大宜曰：『思禮既損脚，更欲何之？』」

〔二〕追隨二句：《後漢書・吴漢傳》：「往來燕薊間，所至皆交結豪傑。」《舊唐書・地理志》幽州：「薊，州所治。古之燕國都。漢爲薊縣，屬廣陽國。……自晋至隋，幽州刺史皆以薊爲治所。」《史記・平原君虞卿列傳》：「毛遂曰：『臣乃今日請處囊中，使遂蚤得處囊中，乃穎脱而出，非特其末見而已。』」

〔三〕服事二句：《書・禹貢》：「導弱水，至於合黎，餘波入於流沙。」《漢書・地理志》張掖郡：「居延，居延澤在東北，古文以爲流沙。」

〔四〕未甚二句：《史記・三王世家》：「使臣去病待罪行間。」《陳書・侯安都傳》：「拔跡行間，假之毛羽。」犬戎，指吐蕃。見卷四《憶昔二首》（0192）注。

〔五〕短小二句：《史記・游俠列傳》：「（郭）解爲人短小精悍。」王延壽《魯靈光殿賦》：「屹然特立，

的爾殊形。」

〔六〕馬鞍二句：《草堂》夢弼注：「暗用後漢彭寵傳事。」《後漢書·彭寵傳》：「書成，即斬寵及妻頭，置囊中，便持記馳出城。」此寵被害事，恐非用此。蔡琰《悲憤詩》：「馬邊縣男頭，馬後載婦女。」錢箋引鮮于注：「甲外，軍陣之外也。有游騎掠軍離什伍者。」施鴻保謂此仍就思禮説，甲當指甲胄。按，甲或指甲仗。陳造《聞盱眙北使信感事再次韻》：「幄中已辦吞青海，中外寧惟馘白題。」鳴鏑，見卷一《夜聽許十誦詩愛而有作》(0036)注。

〔七〕洗劍二句：青海，見卷一《兵車行》(0011)注。《史記·李將軍列傳》「祁連天山」索隱：「晉灼云：在西域，近蒲類海。又《西河舊事》云：白山冬夏有雪，匈奴謂之天山也。」正義：「《括地志》云：祁連山在甘州張掖縣西南二百里。天山一名白山，今名初羅漫山，在伊吾縣北百二十里。」竇憲刻石燕然山，見本卷《奉酬薛十二丈判官見贈》(0324)注。

〔八〕九曲二句：《舊唐書·吐蕃傳》：「時楊矩爲鄯州都督，吐蕃遣使厚遺之，因請河西九曲之地以爲金城公主湯沐之所，矩遂奏與之。吐蕃既得九曲，其地肥良，堪頓兵畜牧，又與唐境接近，自是復叛，始率兵入寇。」《新唐書·哥舒翰傳》：「攻破吐蕃洪濟、大莫門等城，收黃河九曲，以其地置洮陽郡，築神策、宛秀二軍。」在天寶十三載。黃河發源巴顔喀喇山脈之北，繞經大積石山，至共和縣河流曲折，故古有九曲、河曲之説。嚴耕望《唐代交通圖考》：「唐蕃本以河爲界。唐境九曲之地當在河東，不應云河西。《舊傳》此條云『河西九曲』，《會要》全同。惟《新書·中宗紀》景龍四年『三月，以河源九曲予吐蕃』……作河源是也。」《史記·高祖本紀》：「工深壁。」

〔九〕飛兔二句：《吕氏春秋·離俗》：「飛兔要裹，古之駿馬也。」又《決勝》：「若鷙鳥之擊也，搏攫則殪，中木則碎。」

〔一〇〕曉達二句：《漢書·藝文志》：「兵家者，蓋出古司馬之職，王官之武備也。」《晋書·杜預傳》：「預常稱濟有馬癖，嶠有錢癖。武帝聞之，謂預曰：『卿有何癖？』對曰：『臣有《左傳》癖。』」

〔一一〕胸襟二句：《漢書·霍光傳》：「光爲人沈静詳審。」《詩·周南·兔罝》：「肅肅兔罝，椓之丁丁。」傳：「肅肅，敬也。」

〔一二〕潼關二句：《舊唐書·王思禮傳》：「十四載六月，加金城太守。禄山反，哥舒翰爲元帥，奏思禮加開府儀同三司，兼太常卿同正員，充元帥府馬軍都將，每事獨與思禮決之。十五載二月，思禮白翰謀殺安思順父元貞，於紙隔上密語翰，請抗表誅楊國忠，翰不應。復請以三十騎劫之，横馱來潼關殺之，翰曰：『此乃翰反，何預禄山事。』六月，潼關失守，思禮西赴行在，至安化郡。思禮與吕崇賁、李承光並引於纛下，責以不能堅守，並從軍令。或救之可收後效，遂斬承光而釋思禮、崇賁，與房琯爲副使。便橋之戰又不利，除爲關内節度使。尋遣守武功。」辟易，見本卷《王兵馬使二角鷹》(0311)注。《趙次公先後解》：「言明皇乘輿播遷也。」施鴻保謂下云「至尊狩梁益」方説明皇出奔，此萬乘疑猶萬騎，言哥舒翰之師。按，萬乘無容異解。後「狩梁益」言入蜀，此言倉皇出逃。

〔一三〕元帥句：《史記·殷本紀》：「手格猛獸。」《舊唐書·哥舒翰傳》：「軍既敗，翰與數百騎馳而西歸，爲火拔歸仁執降於賊。」

〔一四〕至尊句：梁益，蜀中。見卷六《送殿中楊監赴蜀見相公》(0306)注。

〔一五〕胡馬句：《後漢書·班固傳》：「兵纏夷狄。」左思《魏都賦》：「伊洛榛曠，崤函荒蕪。」

〔一六〕塞望句：賈誼《過秦論》：「塞萬民之望。」《漢書·主父偃傳》：「非誅偃無以塞天下之望。」《世説新語·賞譽》：「昔安石在東山，縉紳敦逼，恐不豫人事。」李嶠《百官請不從靈駕表》：「倉卒敦迫，必不敢辦。」

〔一七〕際會二句：《新唐書·王思禮傳》：「肅宗責不堅守，引至纛下，將斬之。宰相房琯諫，以爲可收後效。遂獨斬承光，赦思禮等。」《册府元龜》卷一五二《明罰》：「至德元載九月，肅宗引潼關敗將王思禮、吕崇賁、李承光等於纛下，將斬之，文部尚書平章事房琯救之，獨斬承光，餘並釋放。」

〔一八〕天王二句：《趙次公先後解》：「言跪受房公之玉册也。肅宗初欲誅思禮，以房公可收後效讜直之語，故冰釋其所欲誅之意矣。」《禮記·曲禮下》：「君天下，曰天子。……臨諸侯，畛于鬼神，曰有天王某甫。」《漢書·叙傳》：「吾久不見班生，今日復聞讜言。」杜預《春秋左氏傳序》：「涣然冰釋。」

〔一九〕翠華二句：翠華，見卷二《北征》(0052)注。《周禮·春官·司常》：「熊虎爲旗，鳥隼爲旟。」《趙次公先後解》：「卷飛雪，則以言其時之在冬。」

〔二〇〕屯兵二句：《舊唐書·王思禮傳》：「尋遣守武功。賊將安守忠及李歸仁、安泰清來戰，思禮以其衆退守扶風。賊兵分至大和關，去鳳翔五十里。王師大駭，鳳翔戒嚴，中官及朝官皆出其

弩，上使左右巡御史虞候書其名，乃止。遂命司徒郭子儀以朔方之衆擊之而退。」《太平御覽》卷四〇引《河圖括地象》：「岐山在崑崙山東南，爲地乳，上多白金。周之興也，鸑鷟鳴於岐山。時人亦謂岐山爲鳳凰堆。」《趙次公先後解》：「鳳凰山，即鳳翔之山。時駐兵鳳翔也。」沈約《三日侍林光殿曲水宴應制》：「帳殿臨春籞，帷宫繞芳薈。」《唐六典》卷一一殿中省尚舍局：「凡大駕行幸，預設三部帳幕，有古帳、大帳、次帳、小次帳、小帳，凡五等。」《趙次公先後解》：「帳殿闢於涇渭，則在平涼，乃渭州也。」按，當指鳳翔，渭水所經。

〔二一〕金城二句：《太平寰宇記》卷二七興平縣：「唐景龍四年，車駕送金城公主置縣，因改爲金城縣，置於馬嵬故城。……至德二年，復爲興平縣。後又復爲金城，今改爲興平。」錢箋：「思禮爲關内節度使鎮此。黄鶴以爲河西之金城，謬矣。」按，興平在武功東，此即代指武功。《漢書・婁敬傳》：「搤其亢，拊其背。」注：「師古曰：搤與扼同。」

〔二二〕淅瀝：見卷一《白水縣崔少府十九翁高齋三十韻》(0042)注。

〔二三〕巷有二句：《詩・魯頌・泮水》：「無小無大，從公于邁。」《莊子・外物》：「《詩》固有之，曰：青青之麥，生於陵陂。」

〔二四〕及夫二句：《舊唐書・王思禮傳》：「至德二年九月，思禮從元帥廣平王收西京。既破賊，思禮領兵先入景清宫。又從子儀戰陝城、曲沃、新店，賊軍繼敗，收東京。思禮又於絳郡破賊六千餘衆，器械山積，牛馬萬計。遷户部尚書、霍國公，食實封三百户。乾元二年，與子儀等九節度圍安慶緒於相州。思禮領關内及潞府行營步卒三萬、馬軍八千，大軍潰，唯思禮與李光弼兩軍

獨全。及光弼鎮河陽，制以思禮爲太原尹、北京留守、河東節度使，兼御史大夫，貯軍糧百萬，器械精鋭。尋加司空。自武德已來，三公不居宰輔，唯思禮而已。上元二年四月，以疾薨，輟朝一日，贈太尉，謚曰武烈。」《舊唐書·肅宗紀》：「九廟爲賊所焚，上素服哭於廟三日。」

〔二五〕嗚呼句：《左傳》襄公十三年：「唯是春秋窀穸之事。」杜預注：「窀，厚也。穸，夜也。厚夜，猶長夜。春秋，謂祭祀。長夜，謂葬埋。」

〔二六〕永繫二句：五湖舟，見卷三《幽人》(0098)注。《史記·田儋列傳》：「漢王立爲皇帝，以彭越爲梁王。田横懼誅，而與其徒屬五百餘人入海，居島中。高帝聞之……乃使使赦田横罪而召之。……遂自剄，令客奉其頭，從使者馳奏之高帝。……既葬，二客穿其冢旁孔，皆自剄，下從之。高帝聞之，乃大驚，以田横之客皆賢。吾聞其餘尚五百人在海中，使使召之。至則聞田横死，亦皆自殺。於是乃知田横兄弟能得士也。」《趙次公先後解》：「永繫五湖舟，傷其不得功成名遂身退而終老也。」朱鶴齡注：「公自謂也。」仇注：「公方繫舟，不得赴哭，故作歌以悲，甚於田横之客。舊注謂思禮有功成身退之志，非也。」施鴻保謂舊注是，惟是惜思禮不得如范蠡之功成身退，非思禮果有此志耳。

〔二七〕千秋二句：仇注：「此惜其守太原而身歿也。」《漢書·地理志》：「太原郡，秦置。有鹽官，在晋陽。屬并州。」「晋陽……龍山在西北，有鹽官，晋水所出，東入汾。」

〔二八〕昔觀二句：《趙次公先後解》：「形容思禮文不足而英武有餘也。廉頗、藺相如，古之名將，豈必書其文采於《文苑傳》乎。」仇注：「將略不須文藝，故廉頗制勝，而景山喪身。」

〔二九〕嗟嗟二句：《舊唐書·鄧景山傳》：「上元二年十月，追入朝，拜尚書左丞。太原尹、北京留守王思禮軍儲豐實，其外又别積米萬石，奏請割其半送京師。屬思禮薨，以管崇嗣代之，委任左右，失於寬緩，數月之間，費散殆盡，唯存陳爛萬餘石。上聞之，即日召景山代崇嗣。及至太原，以鎮撫紀綱爲己任，檢覆軍吏隱没者，衆懼。有一偏將抵罪當死，諸將各請贖其罪，景山不許。其弟請以身代其兄，又不許。弟請納馬一匹以贖兄罪，景山許其减死。衆咸怒，謂景山曰：『我等人命輕如一馬乎？』軍衆憤怒，遂殺景山。上以景山統馭失所，不復驗其罪，遣使諭之。」

故司徒太尉李公光弼①

司徒天寶末，北收晉陽甲〔一〕。胡騎攻吾城②，愁寂意不愜〔二〕。人安若泰山，薊北斷右脅〔三〕。朔方氣乃蘇③，黎首見帝業〔四〕。二宫泣西郊，九廟起頽壓〔五〕。未散河陽卒，思明僞臣妾〔六〕。復自碣石來，火焚乾坤獵〔七〕。高視笑禄山〔八〕，公又大獻捷④。異王册崇勳，小敵信所怯〔九〕。擁兵鎮河汴，千里初妥帖〔一〇〕。青蠅紛營營⑤，風雨秋一葉〔一一〕。内省未入朝，死淚終映睫〔一二〕。大屋去高棟，長城埽遺堞〔一三〕。平生白羽扇，零落蛟龍匣〔一四〕。雅望與英姿⑥，惻愴槐里接〔一五〕。三軍晦

光彩，烈士痛稠疊〔一六〕。直筆在史臣，將來洗箱篋〔一七〕。吾思哭孤冢，南紀阻歸楫〔一八〕。扶顛永蕭條，未濟失利涉〔一九〕。疲苶竟何人，洒涕巴東峽⑦〔二〇〕。（0331）

【校】

①故司徒太尉李公光弼，錢箋題下注：「廣德二年七月卒。」

②胡，錢箋校：「一作獷。」

③乃，錢箋校：「一作多。」《草堂》校：「晋作多。」

④大獻捷，錢箋校：「一云獻大捷。」《草堂》、《文苑英華》作「獻大捷」，《文苑英華》校：「集作大獻捷。」

⑤紛，錢箋校：「一作徒。」《草堂》作「徒」。

⑥與，錢箋校：「晋作歎。」

⑦涕，《文苑英華》作「淚」，校：「集作涕。」

【注】

〔一〕司徒二句：《舊唐書·李光弼傳》：「李光弼，營州柳城人。其先契丹之酋長。父楷洛，開元初，左羽林將軍同正、朔方節度副使，封薊國公，以驍果聞。光弼幼持節行，善騎射，能讀班氏《漢書》。……天寶初，累遷左清道率兼安北都護府、朔方都虞候。五載，河西節度王忠嗣補爲兵馬使，充赤水軍使。忠嗣遇之甚厚，常云：『光弼必居我位。』邊上稱爲名將。八載，充節度

副使，封薊郡公。十一載，拜單于副使都護。十三載，朔方節度安思順奏爲副使、知留後事。思順愛其材，欲妻之，光弼稱疾辭官。隴右節度哥舒翰聞而奏之，得還京師。禄山之亂，封常清、高仙芝戰敗，斬於潼關。又以哥舒翰率師拒賊。尋命郭子儀爲朔方節度，收兵河西。玄宗眷求良將，委以河北河東之事，以問子儀，子儀薦光弼堪當閫寄。十五載正月，以光弼爲雲中太守，攝御史大夫，充河東節度副使，知節度事。二月，轉魏郡太守、河北道采訪使，以朔方兵五千會郭子儀軍，東下井陘，收常山郡。賊將史思明以卒數萬來援常山，追擊破之，進收槁城等十餘縣，南攻趙郡。……六月，與賊將蔡希德、史思明、尹子奇戰於常山郡之嘉山，大破賊黨，斬首萬計，生擒四千。思明露髪跣足，奔於博陵。河北歸順者十餘郡。光弼以范陽禄山之巢穴，將先斷之，使將絶根本。會哥舒翰潼關失守，玄宗幸蜀，人心驚駭。肅宗理兵靈武，遣中使劉智達追光弼、子儀赴行在，授光弼户部尚書，兼太原尹、北京留守、同中書門下平章事。……二年，賊將史思明、蔡希德、高秀岩、牛廷玠等四僞帥率衆十餘萬來攻太原，光弼經河北苦戰，精兵盡赴朔方，麾下皆烏合之衆，不滿萬人。……月餘，我怒而寇怠，光弼率敢死之士出擊，大破之，斬首七萬餘級，軍資器械一皆委弃。賊始至及遁，五十餘日。」《元和郡縣圖志》卷一三河東道：「太原府，并州。……今太原有三城，府及晋陽縣在西城，太原縣在東城，汾水貫中城南流。」《公羊傳》定公十三年：「秋，晋趙鞅入於晋陽以叛。……晋趙鞅取晋陽之甲以逐荀寅與士吉射。荀寅與士吉射者，曷爲者也？君側之惡人也。此逐君側之惡人，曷爲以叛言之？無君命也。」後指勤王之師。《晋書·八王傳序》：「徒興晋陽之甲，竟匪勤王之師。」此

亦指光弼知河東節度事。

〔二〕胡騎二句：《趙次公先後解》：「胡騎攻吾城，則《傳》言史思明、李立節、蔡希德攻饒陽者矣。」《舊唐書·史思明傳》：「十四載，安禄山反，命思明討饒陽等諸郡，陷之。十五載正月六日，思明與蔡希德圍顔杲卿於常山，九日拔之。又圍饒陽，二十九日不能拔。李光弼出土門，拔常山郡，思明解圍而拒光弼。光弼列兵於城南，相持累月。……四月，朔方節度郭子儀以朔方蕃漢二萬人自土門至常山，軍威遂振，南拔趙郡，思明退保博陵。五月十日，子儀、光弼擊之，敗思明於沙河上。又攻之，思明以騎卒奔嘉山，光弼擊之，思明大敗，走入博陵郡。光弼圍之，城幾拔。屬潼關失守，肅宗理兵於朔方，使中官邢廷恩追朔方、河東兵馬。光弼入土門，思明隨後徼擊之。……饒陽陷，李系投火死，河北悉陷。」仇注：「首記守太原之事。」謂至德元年事。按，至德元年戰事在河北，二年正月史思明乃圍太原。仇注所言頗含混。詩言「天寶末」，則應追溯至戰事初起，光弼自土門出擊叛軍。趙注可取。然「吾城」似亦不必定指饒陽。光弼守太原功業尤著，其事則在至德二年。首四句乃總括光弼三年之戰績歟？

〔三〕人安二句：《漢書·劉向傳》：「如下有泰山之安，則上有累卵之危。」《趙次公先後解》：「『右脅』字在佛書爲多，而『斷右脅』則挨傍斷匈奴右臂爲言也。」朱鶴齡注：「太原在幽薊之西，故曰右脅。」

〔四〕朔方二句：《趙次公先後解》：「光弼屢戰勝，所以斷薊北之脅，蘇朔方之氣，使萬民得見帝業也。」朔方，指肅宗即位靈武。參卷四《憶昔二首》(0192)注。

〔五〕二宫二句：《趙次公先後解》：「今云二宫，蓋並肅宗言之，西郊，則上皇自蜀歸京師之郊也。」按，肅宗自鳳翔還京，亦自西來。九廟句，見前篇「哭廟」注。

〔六〕未散三句：朱鶴齡注：「僞臣妾，謂思明至德二載率所部來降。」乾元元年復叛。《舊唐書・李光弼傳》：「與九節度兵圍安慶緒於相州，拔有日矣。史思明自范陽來救，屢絶糧道，光弼身先士卒，苦戰勝之。屬大風晦冥，諸將引衆而退，所在剽掠，唯光弼所部不散。……史思明因殺安慶緒，即僞位，縱兵河南。加光弼太尉，兼中書令，代郭子儀爲朔方節度、兵馬副元帥，以東師委之。……時史思明已至偃師，光弼悉軍赴河陽。賊已至洛城，光弼軍方至石橋。日暮，令秉炬徐行，與賊相隨，而不敢來犯。乙夜，入河陽三城。排閱守備，號令嚴明，與士卒同甘苦，咸誓力戰。賊憚光弼威略，頓兵白馬寺，南不出百里，西不敢犯宫闕，於河陽南築月城，掘壕以拒光弼。十月，賊攻城。於中潬城西大破逆黨五千餘衆，斬首千餘級，生擒五百餘人，溺死者大半。……賊既敗走，光弼收懷州，思明來救，迎擊於沁水之上，又敗之。賊將安太清極力拒守，月餘不下。光弼令僕固懷恩、郝玉由地道而入，得其軍號，乃登陴大呼，我師同登，城遂拔。生擒安太清、周摯、楊希文等，送於闕下，即日懷州平。以功進爵臨淮郡王，累加實封至一千五百户。」

〔七〕復自二句：碣石，見卷二《北征》(0052)「恒碣」、卷六《昔游》(0288)注。《舊唐書・史思明傳》：「十二月，蕭華以魏州歸順，詔遣崔光遠替之。思明擊而拔其城，光遠脱身南渡。思明於魏州殺三萬人，平地流血數日，既乾元二年正月一日也。思明於魏州北設壇，僭稱爲大聖燕王，以周贄爲行軍司馬。三月，引衆救相州，官軍敗而引退。思明召慶緒等殺之，併有其衆。

四月，僭稱大號，以周贄爲相，以范陽爲燕京。九月，寇汴州，節度使許叔冀合於思明，思明益振。又陷洛陽，與太尉光弼相拒。」

〔八〕高視句：朱鶴齡注：「高視笑禄山，言思明復熾，笑禄山之無成也。」

〔九〕異王二句：《趙次公先後解》：「異王，異姓之王也。光弼封臨淮郡王。」《後漢書・光武帝紀》：「劉將軍平生見小敵怯，今見大敵勇，甚可怪也。」《九家》杜田《正謬》：「謂北邙之敗也。」《趙次公先後解》：「若相州北邙之敗，則魚朝恩爲之，又非可言小敵也。」朱鶴齡注：「怯小敵，正見其勇於大敵耳。舊注指北邙敗績，非是。」仇注：「雖指北邙之敗，亦見其勇於大敵也。」按，光弼因北邙之敗抗表請罪，詩人亦不諱言，謂其雖小敗而不掩大功。仇注是。

〔一〇〕擁兵二句：《舊唐書・李光弼傳》：「觀軍容使魚朝恩屢言賊可滅之狀，朝旨令光弼速收東都。……由是中使督戰，光弼不獲已，進軍列陣於北邙山下。賊悉精鋭來戰，光弼敗績，軍資器械並爲賊所有。時李抱玉亦弃河陽，光弼渡河保聞喜。朝旨以懷恩異同致敗，優詔徵之。光弼自河中入朝，抗表請罪，詔釋之。……俄復拜太尉，充河南、淮南、山南東道、荆南等副元帥，侍中如故，出鎮臨淮。史朝義乘邙山之勝，寇申、光等十三州，自領精騎圍李岑於宋州。將士皆懼，請南保揚州。光弼徑赴徐州以鎮之，遣田神功擊敗之。……光弼未至河南也，田神功平劉展後，逗留於揚府，尚衡、殷仲卿相攻於兖、鄆，來瑱旅拒於襄陽，朝廷患之。及光弼輕騎至徐州，史朝義退走，田神功遽歸河南，尚衡、殷仲卿、來瑱皆懼其威名，相繼赴闕。寶應元年，進封臨淮王，賜鐵券，圖形凌烟閣。」陸機《文賦》：「或妥帖而易施，或岨峿而不安。」

〔一一〕青蠅二句：《舊唐書・李光弼傳》：「廣德初，吐蕃入寇京畿，代宗詔徵天下兵。光弼與程元振不協，遷延不至。十月，西戎犯京師，代宗幸陝。朝廷方倚光弼爲援，恐成嫌疑，數詔問其母。吐蕃退，乃除光弼東都留守，以察其去就。光弼伺知之，辭以久待敕不至，且歸徐州，欲收江淮租賦以自給。……光弼御軍嚴肅，天下服其威名，每申號令，諸將不敢仰視。及懼朝恩之害，不敢入朝，田神功等皆不禀命，因愧恥成疾，遣衙將孫珍奉遺表自陳。廣德二年七月，薨於徐州，時年五十七。」《趙次公先後解》：「青蠅紛營營，則指言魚與程也。」《詩・小雅・青蠅》：「營營青蠅，止于樊。豈弟君子，無信讒言。」

〔一二〕內省二句：《趙次公先後解》：「光弼既當入援京師而不行……正復以內自省過而未敢就也。」仇注：「當日畏禍，不敢入朝，內省慚恨，故臨死而淚猶在睫。」桓譚《新論・琴道》：「於是孟嘗君喟然太息，涕淚承睫而未下。」王僧孺《贈顧倉曹》：「誰復三承睫，獨念九飛魂。」

〔一三〕大屋二句：傅玄《棟銘》：「國有維輔，屋有棟梁。」《宋書・檀道濟傳》：「薛彤、進之並道濟腹心，有勇力，時以比張飛、關羽。初，道濟見收，脱幘投地曰：『乃復壞汝萬里之長城。』」

〔一四〕平生二句：《初學記》卷二五引裴啓《語林》：「諸葛武侯持白羽扇，指麾三軍。」《晉書・顧榮傳》：「廣陵相陳敏反……敏率萬餘人出，不獲濟，榮麾以羽扇，其衆潰散。」《趙次公先後解》：「蛟龍匣，應是劍匣。」《西京雜記》卷一：「漢帝送死皆珠襦玉匣，匣形如鎧甲，連以金鏤。武帝匣上皆鏤爲蛟龍、鸞鳳、龜龍之象，世謂之蛟龍玉匣。」錢箋《哭嚴僕射歸櫬》（本書卷一四0928）：「按《霍光傳》：賜璧珠璣玉衣梓宮，則人臣亦可稱蛟龍匣也。」朱鶴齡注、仇注皆引之。

〔一五〕惻愴句：《史記・秦本紀》正義：「《括地志》云：犬丘故城一名槐里，亦曰廢丘，在雍州始平縣東南十里。《地理志》云：扶風槐里縣，周曰犬丘，懿王都之，秦更名廢丘，高祖三年更名槐里也。」顔真卿《唐故開府儀同三司太尉兼侍中……臨淮武穆王李公神道碑銘》：「虔窆公於富平縣先塋之東。……（銘曰）渭水川上，壇山路旁。」錢箋：「檀山在縣西北四十里，漢武帝墓在槐里之茂陵，衛青、霍去病墓去茂陵不三里。光弼葬在馮翊，猶衛、霍之接近槐里。」《元和郡縣圖志》卷一京兆府：「醴泉縣，次赤。東南至府一百二十里。……肅宗建陵，在縣東北十八里武將山。」「富平縣，次赤。西南至府一百五十里。」是富平去醴泉建陵尚遥，錢説鑿。按，庾信《周車騎大將軍賀婁公神道碑》：「馬援亡於武溪，屍柩返於槐里。」《後漢書・馬援傳》：「及卒後，有上書譖之者……帝益怒，援妻孥惶懼，不敢以喪還舊塋，裁買城西數畝地槁葬而已。……上書訴冤，前後六上，辭甚哀切，然後得葬。」馬援，扶風茂陵人，故庾信稱其屍柩返於槐里。光弼以畏讒不敢入朝，故詩以馬援比之。

〔一六〕烈士句：謝靈運《過始寧墅》：「岩峭嶺稠疊，洲縈渚連綿。」《文選》劉良注：「稠疊，重疊也。」

〔一七〕直筆二句：杜預《春秋左氏傳序》：「直書其事，具文見意。」《晋書・郭璞傳》：「忝荷史任，敢忘直筆。」《三國志・吴書・韋曜傳》：「爲侍中，常領左國史。時所在承指數言瑞應，皓以問曜，曜答曰：『此人家筐篋中物耳。』」《册府元龜》卷二一八引作「箱篋」。《趙次公先後解》引此：「將來洗箱篋之污辱，此必當時猶有以相州、北邙之敗歸罪光弼者矣。」朱鶴齡注：「洗其未入朝之恨也。」仇注引《杜臆》：「筐篋，似用樂羊謗書盈篋事。」按，詩言史臣，當用韋曜語。

〔一八〕南紀：《初學記》卷七事對「南紀」：「《詩》云：『滔滔江漢，南國之紀。』」見《小雅・四月》。

〔一九〕扶顛二句：《論語・季氏》：「危而不持，顛而不扶，則將焉用彼相矣。」《易・未濟》：「六三，未濟，征凶。利涉大川。」

〔二〇〕疲苶二句：《莊子・齊物論》：「苶然疲役而不知其所歸。」陳子昂《東征答朝臣相送》：「平生白雲意，疲苶愧爲雄。」《趙次公先後解》：「巴東峽乃指言夔州。」《水經注》江水：「故漁者歌曰：『巴東三峽巫峽長，猿鳴三聲淚沾裳。』」

周容《春酒堂詩話》：「少陵哀李光弼詩云：『内省未入朝。』正是就彼一生形跡心事，兩字説盡，可謂刻畫。而申鳧盟云：『光弼一生失著，以「内省」二字混過。』誤矣。」

贈左僕射鄭國公嚴公武①

鄭公瑚璉器，華岳金天晶〔一〕。昔在童子日，已聞老成名〔二〕。嶷然大賢後②，復見秀骨清〔三〕。開口取將相，小心事友生〔四〕。閲書百紙盡③，落筆四座驚〔五〕。歷職匪父任，嫉邪常力爭〔六〕。漢儀尚整肅，胡騎忽縱横〔七〕。飛傳自河隴，逢人問公卿〔八〕。不知萬乘出④，雪涕風悲鳴。受詞劍閣道，謁帝蕭關城〔九〕。寂寞雲臺仗，飄飖沙塞旌〔一〇〕。江山少使者，笳鼓凝皇情〔一一〕。壯士血相視⑤〔一二〕，忠臣氣

不平⑥。密論貞觀體，揮發岐陽征〔一三〕。感激動四極，聯翩收二京。西郊牛酒再⑦，原廟丹青明⑧〔一四〕。匡汲俄寵辱，衛霍竟哀榮〔一五〕。四登會府地，三掌華陽兵〔一六〕。京兆空柳色⑨，尚書無履聲〔一七〕。群烏自朝夕，白馬休橫行〔一八〕。諸葛蜀人愛，文翁儒化成〔一九〕。公來雪山重，公去雪山輕〔二〇〕。記室得何遜，韜鈐延子荊〔二一〕。四郊失壁壘，虛館開逢迎〔二二〕。堂上指圖畫⑩〔二三〕，軍中吹玉笙。豈無成都酒〔二四〕，憂國只細傾。時觀錦水釣，問俗終相并〔二五〕。意待犬戎滅，人藏紅粟盈〔二六〕。以茲報主願，庶或裨世程⑪〔二七〕。炯炯一心在，沉沉二豎嬰〔二八〕。顏回竟短折，賈誼徒忠貞〔二九〕。飛旐出江漢〔三〇〕，孤舟轉荊衡。虛無馬融笛⑫，悵望龍驤塋〔三一〕。空餘老賓客，身上愧簪纓〔三二〕。（0332）

【校】

① 贈左僕射鄭國公嚴公武，錢箋題下注：「永泰元年卒。」

② 然，《文苑英華》作「若」，校：「集作然。」

③ 紙，宋本、錢箋、《九家》校：「一作氏。」《草堂》、《文苑英華》作「氏」，《草堂》校：「一作紙。非。」《文苑英華》校：「集作紙。」

④ 萬乘，錢箋、《草堂》校：「一作乘輿。」《文苑英華》校：「集作乘輿。」

⑤視，錢箋校：「一作見。」
⑥不，錢箋、《草堂》校：「一作未。」
⑦再，錢箋、《草堂》校：「一作至。」《文苑英華》作「至」。
⑧原廟，《文苑英華》作「九廟」，校：「集作原廟。」　丹青明，《草堂》作「明丹青」。
⑨色，宋本、錢箋、《九家》校：「一云市。」《草堂》校：「或作翠。」
⑩圖，錢箋、《草堂》校：「一作書。」
⑪或，宋本、錢箋、《九家》、《草堂》校：「一云獲。」《文苑英華》作「獲」，校：「集作或。」
⑫虛無，錢箋校：「舊本作虛爲。時本作虛横。『横』字蓋公自況也。」《草堂》作「虛爲」。

【注】

〔一〕鄭公二句：嚴武，見卷五《遭田父泥飲美嚴中丞》(0232)注。《舊唐書・嚴武傳》：「嚴武，中書侍郎挺之子也。神氣雋爽，敏於聞見。幼有成人之風，讀書不究精義，涉獵而已。弱冠以門蔭策名，隴右節度使哥舒翰奏充判官，遷侍御史。至德初，肅宗興師靖難，大收才傑，武杖節赴行在。宰相房琯以武名臣之子，素重之，及是，首薦才略可稱。累遷給事中，既收長安，以武爲京兆少尹，兼御史中丞，時年三十二。以史思明阻兵不之官，優游京師，頗自矜大。出爲綿州刺史，遷劍南東川節度使。入爲太子賓客，兼御史中丞。」《論語・公冶長》：「子貢問曰：『賜也何如？』子曰：『女，器也。』曰：『何器也？』曰：『瑚璉也。』」集解：「包曰：瑚璉，黍稷之器。

夏曰瑚，殷曰璉，周曰簠簋，宗廟之器貴者。」嚴挺之，華州華陰人。《舊唐書·禮儀志》：「玄宗乙酉歲生，以華當本命。先天二年七月正位，八月癸丑，封華岳神爲金天王。」

〔二〕昔在二句：《詩·大雅·蕩》：「雖無老成人，尚有典刑。」《新唐書·嚴武傳》：「武字季鷹，幼豪爽。母裴不爲挺之所容，獨厚其妾英。武始八歲，怪問其母，母語之故。武奮然以鐵錘就英寢，碎其首。左右驚白挺之曰：『郎戲殺英。』武辭曰：『安有大臣厚妾而薄妻者，兒故殺之，非戲也。』父奇之，曰：『真嚴挺之子。』然數禁敕。」

〔三〕嶷然二句：《詩·大雅·生民》：「誕實匍匐，克岐克嶷。」傳：「嶷，識也。」箋：「其貌嶷嶷然，有所識別也。」釋文：「《說文》作㠜，云小兒有知也。」《舊唐書·嚴挺之傳》：「嚴挺之，華州華陰人。叔父方嶷，景雲中爲户部郎中。挺之少好學，舉進士。神龍元年，制舉擢第，授義興尉。……與張九齡相善，九齡入相，用挺之爲尚書左丞，知吏部選。……九齡嘗欲引挺之同居相位，謂之曰：『李尚書深承聖恩，足下宜一造門款狎。』挺之素負氣，薄其爲人，三年，非公事竟不私造其門，以此彌爲林甫所嫉。及挺之囑蔚州刺史王元琰，林甫使人詰於禁中，以此九齡罷相，挺之出爲洺州刺史。……挺之素重交結，有許與，凡舊交先歿者，厚撫其妻子，凡嫁孤女數十人，時人重之。」

〔四〕開口二句：《隋書·王頍傳》：「每歎不逢時，常以將相自許。」《詩·小雅·常棣》：「雖有兄弟，不如友生。」

〔五〕閲書二句：書寫例以紙計，百紙言其多。《唐會要》卷四九：「（開元）十二年六月二十六日敕

有司，試天下僧尼年六十已下者，限誦二百紙經，每一年限誦七十三紙。」蘇鶚《杜陽雜編》序：「暇日閱所紀之事，逾數百紙。」李白《江上吟》：「興酣落筆搖五岳，詩成笑傲凌滄洲。」

〔六〕歷職二句：《漢書·張安世傳》：「少以父任爲郎。」《趙次公先後解》：「此兩句正言其初雖補蔭，而其後致身自得爲侍御史也。」朱鶴齡注：「言其才自可得官，不盡由門蔭也。」

〔七〕漢儀二句：《後漢書·光武帝紀》：「不圖今日復見漢官威儀。」又：「群盜縱横，賊害元元。」

〔八〕飛傳二句：盧照鄰《至陳曉晴望京邑》：「拂曙驅飛傳，初晴帶曉涼。」《趙次公先後解》：「飛傳，則傳遞之報也。……有飛傳自河隴來，武必詢問公卿爲誰。」仇注：「飛傳，急遞也。」按，飛傳即指傳車。趙注謂天寶末武隨玄宗入蜀。錢箋：「蓋禄山之亂，武自河隴訪知乘輿所在，趨赴劍閣，然後玄宗遣赴行在也。按公此詩，則武亦如張鎬、房琯，以玄宗命赴行在者也。」朱鶴齡注同。按，據《舊唐書》本傳，武乃赴肅宗行在。據此詩，則武自隴右來。武此前爲隴右節度哥舒翰判官，哥舒翰已於天寶十四載入守潼關，武豈留守隴右歟？《舊唐書》本傳謂其「遷侍御史」，恐是節度判官兼銜。既自隴右來，且「不知萬乘出」，則與裴冕自河西赴闕遇肅宗於平涼事近同，無由遠赴蜀中。

〔九〕受詞二句：《元和郡縣圖志》卷三原州平高縣：「蕭關故城，在縣東南三十里。《漢書》文帝十四年，匈奴入蕭關，殺北地都尉是也。」《舊唐書·肅宗紀》：「（天寶十五載六月）辛丑，至平涼郡。……上在平涼，數日之間未知所適。會朔方留後杜鴻漸、魏少游、崔漪等遣判官李涵奉箋迎上……時河西行軍司馬裴冕新授御史中丞赴闕，遇上於平涼，亦勸上治兵於靈武以圖進取。

上然之。……七月辛酉，上至靈武。」嚴武乃在平涼（原州）見肅宗。玄宗一行七月壬戌方至益昌，甲子次普安郡。嚴武絶無可能七月間在劍閣受玄宗命，又趕至平涼見肅宗。此二句蓋牽於用韻而倒互，當是武在平涼受肅宗命，後赴蜀中見玄宗。肅宗七月即位靈武，「即日奏其事於上皇」，嚴武豈即所遣奏事者歟？

〔一〇〕寂寞二句：庾信《哀江南賦》：「非無北闕之兵，猶有雲臺之仗。」《三國志·魏書·高貴鄉公紀》注引《魏氏春秋》：「帝自將冗從僕射李昭、黄門從官焦伯等下陵雲臺，鎧仗授兵，欲因際會，自出討文王。」《後漢書·南匈奴傳》：「世祖以用事諸華，未遑沙塞之外。」《趙次公先後解》：「上句言行宫儀衛之草創也。沙塞又指言河隴行在之地。」

〔一一〕江山二句：顔延之《車駕幸京口三月三日侍游曲阿後湖作》：「金練照海浦，笳鼓震溟洲。」又《車駕幸京口侍游蒜山作》：「宣游弘下濟，窮遠凝聖情。」《趙次公先後解》：「道路阻絶，於王國江山之内，少使者相通，而日聞笳鼓，凝結皇帝之情也。」

〔一二〕壯士句：江淹《别賦》：「瀝泣共訣，抆血相視。」

〔一三〕密論二句：《趙次公先後解》：「貞觀體，則言太宗朝事。岐陽固指鳳翔而道實事，然亦挨傍《左傳》云：成有岐陽之蒐也。」朱鶴齡注：「肅宗駐鳳翔，武嘗贊議收復。」

〔一四〕西郊二句：《趙次公先後解》：「至德二載九月癸卯復京師，十月丁卯車駕入長安，則已具牛酒矣。十二月丙午上皇至自蜀郡，則又具牛酒。」《漢書·叔孫通傳》：「願陛下爲原廟渭北。」注：「師古曰：原，重也。先已有廟，今更立之，故云重也。」言重修京師九廟。

〔一五〕匡汲二句：匡汲，匡衡、汲黯。《漢書·匡衡傳》：「有司奏衡專地盜土，衡竟坐免。」《汲黯傳》：「亦以數直諫，不得久居位。」衛霍，衛青、霍去病。仇注：「俄寵辱，除罷不常。竟哀榮，存殁可慨。」《晋書·琅邪悼王焕傳》：「殯葬送終，務以稱哀榮之情。」《舊唐書·嚴武傳》：「出爲綿州刺史，遷劍南東川節度使。入爲太子賓客，兼御史中丞。上皇誥以劍兩川合爲一道，拜武成都尹，兼御史大夫，充劍南節度使。入爲太子賓客，遷京兆尹，兼御史大夫。二聖山陵，以武爲橋道使。無何。罷兼御史大夫，改吏部侍郎，尋遷黄門侍郎。與宰臣元載深相結託，冀其引在同列。事未行，求爲方面，復拜成都尹，充劍南節度等使。廣德二年，破吐蕃七萬餘衆，拔當狗城。十月，取鹽川城。加檢校吏部尚書，封鄭國公。……永泰元年四月，以疾終，時年四十。」

〔一六〕四登二句：《趙次公先後解》以會府指京兆府、成都府，謂武爲京兆少尹、京兆尹、成都尹，又復節度劍南，爲四登會府。錢箋略同。按，會府指尚書省。郭子儀《讓加尚書令表》：「臣聞王政之本，繫於中臺，天下所宗，謂之會府。」《唐會要》卷五七《尚書省》永泰二年四月十五日制：「今之尚書省，即六官之位也。古稱會府，實曰政源。」趙注未知所據，且以尹成都計入，則與三掌華陽事重。仇注引《通鑑注》：「唐時巡屬諸州，以節度使爲大府，亦謂之會府。」亦與唐人用例不合。武改吏部侍郎，又檢校吏部尚書，此兩登會府，餘二次未詳。華陽指成都，見卷四《投簡成華兩縣諸子》(0186)注。嚴武節度劍南事，新舊《唐書》傳等所載互有出入。《趙次公先後解》辨謂：「寶應元年春，初爲兩川都節制。次以兵部侍郎來，雖不得進，而專節度西川。廣德

二年，代宗方以東西川爲一道，而武以黄門侍郎來，斯爲三持節與『三掌華陽兵』。」錢箋又有辨：《舊唐書・房琯傳》乾元元年六月詔：「又與前國子祭酒劉秩、前京兆少尹嚴武等潛爲交結……宜從貶秩，俾守外藩。琯可邠州刺史，秩可閬州刺史，武可巴州刺史。」是《嚴武傳》出爲綿州刺史誤。未久而節度東川。上元二年段子璋反，東川節度使李奐敗奔成都。武之初任東川當在奐前，蓋在乾元元年、二年之間。引趙汴《玉壘記》：「上元二年，東劍段子璋反，李奐走成都，崔光遠命花驚定平之，縱兵剽掠士女，至斷腕取金。監軍按其罪，冬十月恚死。其月廷命嚴武。」此武代光遠之證。《高適傳》謂適代光遠誤。此再鎮。武召入，高適代之，適失西山三州，又以武代之。此三鎮，在廣德二年。

〔一七〕京兆二句：《漢書・張敞傳》：「敞爲京兆……無威儀，時罷朝會，過走馬章臺街。」盧照鄰《還赴蜀中貽示京邑游好》：「籞宿花初滿，章臺柳向飛。」崔國輔《長樂少年行》：「章臺折楊柳，春日路傍情。」此唐人言章臺之柳。《漢書・鄭崇傳》：「數求見諫争，上初納用之。每見曳革履，上笑曰：『我識鄭尚書履聲。』」

〔一八〕群烏二句：《漢書・朱博傳》：「(御史)府中列柏樹，常有野烏數千栖宿其上，晨去暮來，號曰朝夕烏。」《後漢書・張湛傳》：「常乘白馬，帝每見湛，輒言白馬生且復諫矣。」《趙次公先後解》：「休横行，則言其常乘白馬矣，今爲别官，則休止馬之横行也。」又或説侯景爲亂乘白馬，以青絲爲鞚而應讖，趙注謂此只説嚴公，非以白馬言賊。朱鶴齡引侯景事，謂此句言武雖没，而盜賊猶爲脅息也。仇注是趙説。按，下文方言治蜀，武在朝職任尚輕，無從言震攝盜寇。

趙、仇二注是。

〔一九〕諸葛二句：《三國志·蜀書·諸葛亮傳》陳壽言：「至今梁益之民，咨述亮者，言猶在耳，雖《甘棠》之詠召公，鄭人之歌子産，無以遠譬也。」《漢書·文翁傳》：「景帝末，爲蜀郡太守，仁愛好教化。見蜀地辟陋，有蠻夷風，文翁欲誘進之，乃選郡縣小吏開敏有材者張叔等十餘人，親自飭厲，遣詣京師，受業博士，或學律令。……又修起學官於成都市中，招下縣子弟以爲學官弟子，爲除更徭，高者以補郡縣吏，次爲孝弟力田。……至今巴蜀好文雅，文翁之化也。」

〔二〇〕公來二句：雪山，見卷四《古柏行》(0180)注。仇注：「雪山輕重，言身繫安危。公三鎮蜀中，故有去來之語。」

〔二一〕記室二句：《梁書·何遜傳》：「遷中衛建安王水曹行參軍，兼記室。王愛文學之士，日與游宴。」《晋書·孫楚傳》：「字子荆。……楚才藻卓絶，爽邁不群，多所陵傲，缺鄉曲之譽。年四十餘，始參鎮東軍事。」張説《將赴朔方軍應制》：「禮樂逢明主，韜鈐用老臣。」原注：「《太公兵法》有《玄女六韜》及《玉鈐篇》。」《趙次公先後解》：「言鄭公所辟幕客皆美材也，而公實與焉。」

〔二二〕四郊二句：《禮記·曲禮上》：「四郊多壘，此卿大夫之辱也。」《趙次公先後解》：「失壁壘，言鎮静無事也。」《漢書·公孫弘傳》：「起客館，開東閤，以延賢人，與參謀議。」《趙次公先後解》：「言開閤以禮士也。」

〔二三〕堂上句：仇注：「公有《奉觀嚴鄭公廳事岷山沲江畫圖十韻》詩。」見本書卷一三(0889)。

〔二四〕豈無句：蕭子顯《代美女篇》：「朝酤成都酒，暝數河間錢。」《唐國史補》卷下：「酒則有……劍

南之燒春。」

〔二五〕時觀二句：錦水，見卷五《短歌行》(0249)注。《三國志・吴書・孫皓傳》注引干寶《晋紀》：「陟、璆奉使如魏，入境而問諱，入國而問俗。」《趙次公先後解》：「言其車騎之出，非專爲閑散，終以問俗爲事也。」仇注：「謂武過草堂。公酬詩云：『幽栖真釣錦江魚。』」見本書卷一二《奉酬嚴公寄題野亭之作》(0752)。

〔二六〕人藏句：《漢書・賈捐之傳》：「至孝武皇帝元狩六年，太倉之粟紅腐而不可食。」

〔二七〕庶或句：《漢書・賈誼傳》：「立經陳紀，輕重同得，後可以爲萬世法程。」

〔二八〕沉沉句：《左傳》成公十年：「公疾病，求醫於秦。秦伯使醫緩爲之。未至，公夢疾爲二豎子，曰：『彼，良醫也。懼傷我，焉逃之？』其一曰：『居肓之上，膏之下，若我何？』」

〔二九〕顔回二句：《論語・雍也》：「有顔回者好學，不遷怒，不貳過，不幸短命死矣。」《書・洪範》：「六極：一曰凶短折。」傳：「短未六十，折未三十。」《史記・屈原賈生列傳》：「賈生自傷爲傅無狀，哭泣歲餘，亦死。賈生之死，時年三十三矣。」

〔三〇〕飛旐：潘岳《寡婦賦》：「龍轜儼其星駕兮，飛旐翩以啓路。」《文選》李善注：「《禮記》曰：孔子之喪，公西赤爲志焉，設旐夏也。然旐，喪柩之旌也。」本書卷一四有《哭嚴僕射歸櫬》(0928)。

〔三一〕虚無二句：馬融《長笛賦》序：「獨卧郿平陽鄔中，有雒客舍逆旅，吹笛爲《氣出》、《精列》、《陽和》。融去京師逾年，暫聞甚悲而樂之。」《殷芸小説》卷三：「馬融性好音樂，善鼓琴吹笛。笛聲一發，感得蜻蛚出吟，有如相和。」《趙次公先後解》：「鄭公好笛可知矣。」朱鶴齡注：「言武

既死，世無知音也。」《晉書・王濬傳》：「尋以謠言拜濬龍驤將軍，監梁益諸軍事。……太康六年卒，時年八十，謚曰武。葬柏谷山，大營塋域，葬垣周四十五里，面別開一門，松柏茂盛。」

〔三二〕身上句：謝朓《奉和隨王殿下》：「觀淄詠已失，憮然愧簪纓。」《儀禮・士冠禮》注：「笄，今之簪。有笄者，屈組爲紘，垂爲飾。無笄者，纓而結其條。」《隋書・禮儀志》：「案《禮圖》，有結纓而無笄導。少府少監何稠請施象牙簪導，詔許之。弁加簪導，自茲始也。」仇注：「愧簪纓，感其薦拔。」

仇注：「考嚴武生平所爲多不法。其在蜀中用度無藝，峻掊亟斂，閭里爲之一空。唯破吐蕃，收鹽川，爲當時第一功。詩云『公來雪山重，公去雪山輕』，誠實録也。至比之爲諸葛、文翁，不免譽浮其實。噫！唐世人物如嚴武者何可勝數，而後人至今傳述，公之有功於武多矣。」

贈太子太師汝陽郡王璡①

汝陽讓帝子，眉宇真天人〔一〕。虬鬚似太宗，色映塞外春②〔二〕。往者開元中，主恩視遇頻。出入獨非時，禮異見羣臣。愛其謹潔極，倍此骨肉親。從容聽朝後③，或在風雪晨④。忽思格猛獸⑤，苑囿騰清塵〔三〕。羽旗動若一，萬馬肅駪

駪〔四〕。詔王來射雁，拜命已挺身。箭出飛鞚内⑥，上又回翠麟⑦〔五〕。翻然紫塞翮，下拂明月輪〔六〕。胡人雖獲多，天笑不爲新〔七〕。王每中一物，手自與金銀。袖中諫獵書，扣馬久上陳〔八〕。竟無銜橛虞〔九〕，聖聰矧多仁⑧。官免供給費，水有在藻鱗〔一〇〕。匪唯帝老大，皆是工忠勤〔一一〕。晚年務置醴，門引申白賓〔一二〕。道大容無能〔一三〕，永懷侍芳茵。好學尚貞烈⑨，義形必霑巾〔一四〕。揮翰綺繡揚，篇什若有神。川廣不可泝，墓久狐兔鄰〔一五〕。宛彼漢中郡⑩，王弟漢中王瑀。文雅見天倫〔一六〕。何以開我悲⑪，泛舟俱遠津。温温昔風味，少壯已書紳〔一七〕。舊游易磨滅〔一八〕，衰謝增酸辛⑫。（0333）

【校】

①贈太子太師汝陽郡王璡，「璡」宋本小字，據諸本酌改。錢箋題下注：「天寶九載卒。」

②塞外，錢箋、《文苑英華》校：「一作寒夜。」《草堂》校：「一作塞夜。」

③聽，錢箋校：「一作退。」《草堂》作「退」，校：「或作聽。」

④雪，《草堂》作「雷」，校：「或作雪。」

⑤忽思，《文苑英華》作「思欲」，校：「集作忽思。」

⑥出，《文苑英華》校：「集作發。」

⑦又，宋本、錢箋、《草堂》、《文苑英華》校：「一作入。」

⑧聰，錢箋、《草堂》校：「一作慈。」《文苑英華》作「慈」，校：「一作聰。」

⑨貞，宋本作「正」，避宋諱。據他本改。

⑩郡，《草堂》校：「魯作王。」

⑪開，錢箋校：「一作慰。」《草堂》作「慰」。

⑫增，錢箋校：「一作多。」《九家》、《文苑英華》作「多」，《文苑英華》校：「一作增。」

【注】

〔一〕汝陽二句：汝陽王璡，見卷一《飲中八仙歌》(0027)注。《舊唐書·睿宗諸子傳》：「讓皇帝憲，本名成器，睿宗長子也。……睿宗踐祚，拜左衛大將軍。時將建儲貳，以成器嫡長，而玄宗有討平韋氏之功，意久不定。成器……累日涕泣固讓，言甚切至。……(開元二十九年)十一月薨，時年六十三。上聞之，號叫失聲，左右皆掩涕。翌日下制曰：……敬追謚讓皇帝。」枚乘《七發》：「然陽氣見於眉宇之間。」《三國志·魏書·王粲傳》注引《魏略》：「(邯鄲)淳歸，對其所知歎(曹)植之材，謂之天人。」

〔二〕虬鬚二句：《酉陽雜俎》前集卷一：「太宗虬鬚，嘗戲張弓挂矢。」朱鶴齡注：「春色映於塞外，極狀其眉宇。」仇注謂翻用蕭紀《明君詞》「塞外無春色」，「乃極狀器宇之溫和也」。

〔三〕忽思二句：司馬相如《子虛賦》：「於是乎乃使專諸之倫，手格此獸。」又《上書諫獵》：「犯屬車

之清塵。」

〔四〕羽旗二句：《周禮・地官・澤虞》：「若大田獵，則萊澤野，及弊田，植虞旌以屬禽。」注：「澤虞有旌，以其主澤，澤鳥所集，故得注析羽。」《春官・司常》：「全羽爲旞，析羽爲旌。」注：「全羽、析羽，皆五采，繫之於旞旌之上，所謂注旄於干首也。」《詩・小雅・皇皇者華》：「駪駪征夫，每懷靡及。」傳：「駪駪，衆多之貌。」

〔五〕箭出二句：飛鞚，見卷一《麗人行》（0029）注。《趙次公先後解》：「上，言箭之直上也。翠麟，言所騎馬也。箭出馬勒之外，且既上矣，方未射落雁下之間，又急回轉馬，言其能之捷也。」朱鶴齡注：「言帝急回馬，將助之射也。」朱注較妥。

〔六〕翻然二句：紫塞，見卷六《七月三日亭午已後較熱退晚加小凉穩睡有詩因論壯年樂事戲呈元二十一曹長》（0292）注。《趙次公先後解》：「雁從北方來，故謂之紫塞翮。」「下拂明月輪，言雁下而拂弓也。雁既落矣，其所彎之弓盈滿如月，猶未放手。」

〔七〕胡人二句：揚雄《長楊賦》序：「上將大誇胡人以多禽獸。」《趙次公先後解》謂上句雖記實，然亦挨傍《長楊賦》序語。《太平廣記》卷一《木公》（出《仙傳拾遺》）：「或與一玉女，更投壺焉。每投，一投十二百梟。設有入不出者，天爲嚼噓。」注：「嚼噓者，言開口笑也。」《趙次公先後解》謂蔣倉舒引此，其説是。

〔八〕袖中二句：《史記・司馬相如列傳》：「常從上至長楊獵，是時天子方好自擊熊彘，馳逐野獸，相如上疏諫之。」

〔九〕竟無句：司馬相如《上疏諫獵》：「且夫清道而後行，中路而後馳，猶時有銜橛之變。」《史記》索隱：「張揖曰：銜，馬勒銜也。橛，騑馬口長銜也。周遷《輿服志》云：鈎逆上者爲橛，橛在銜中，以鐵爲之，大如雞子。」《漢書》注：「師古曰：橛謂車之鈎心也。銜橛之變，言馬銜或斷，鈎心或出，則致傾敗以傷人也。」

〔一〇〕水有句：《詩·小雅·魚藻》：「魚在在藻，有頒其首。」《趙次公先後解》：「又言非特止獵，且不漁也。」

〔一一〕匪唯二句：仇注：「此皆王之忠勤所格，非帝老而倦游也。」老大，謂年老。《相和歌辭·長歌行》：「少壯不努力，老大徒傷悲。」賀知章《回鄉偶書》：「少小離鄉老大回，鄉音未改鬢毛衰。」

〔一二〕晚年二句：《漢書·楚元王傳》：「元王既至楚，以穆生、白生、申公爲中大夫。」「元王敬禮申公等，穆生不耆酒，元王每置酒，常爲穆生設醴。」

〔一三〕道大句：《莊子·天道》：「夫道，於大不終，於小不遺，故萬物備。廣廣乎其無不容也。」

〔一四〕義形句：《公羊傳》桓公二年：「孔父可謂義形於色矣。」

〔一五〕川廣二句：《詩·周南·漢廣》：「漢之廣矣，不可泳思。」鮑照《還都道中》：「久宦迷遠川，川廣每多懼。」桓譚《新論·琴道》：「墳墓生荆棘，狐兔生其中。」張載《七哀詩》：「狐兔窟其中，蕪穢不復掃。」

〔一六〕宛彼二句：漢中王瑀，見卷一《苦雨奉寄隴西公兼呈王徵士》（0022）注。《穀梁傳》隱公元年：「兄弟，天倫也。」

〔一七〕温温二句：《詩·小雅·小宛》：「温温恭人，如集於木。」傳：「温温，和柔貌。」《世説新語·傷逝》：「支道林喪法虔之後，精神賈喪，風味轉墜。」《論語·衛靈公》：「子張書諸紳。」集解：「孔曰：紳，大帶。」

〔一八〕舊游句：江淹《雜體詩·謝臨川靈運游山》：「身名竟誰辨，圖史終磨滅。」

贈秘書監江夏李公邕〔一〕

長嘯宇宙間，高才日陵替①。古人不可見，前輩復誰繼？憶昔李公存，詞林有根柢〔二〕。聲華當健筆，洒落富清製〔三〕。風流散金石，追琢山岳鋭〔四〕。情窮造化理，學貫天人際〔五〕。干謁走其門，碑版照四裔〔六〕。各滿深望還，森然起凡例〔七〕。蕭蕭白楊路，洞徹寶珠惠②〔八〕。龍宫塔廟涌③，浩劫浮雲衛④〔九〕。宗儒俎豆事，故吏去思計〔一〇〕。眄睞已皆虚，跋涉曾不泥〔一一〕。向來映當時〔一二〕，豈獨勸後世⑤。豐屋珊瑚鈎，騏驎織成罽〔一三〕。紫騮隨劍几，義取無虚歲〔一四〕。分宅脱驂間，感激懷未濟〔一五〕。衆歸賙給美，擺落多藏穢⑥〔一六〕。獨步四十年，風聽九皐唳〔一七〕。嗚呼江夏姿，竟掩宣尼袂〔一八〕。往者武后朝，引用多寵嬖。否臧太常議，面折二張勢⑦〔一九〕。衰俗凛生風，排蕩秋旻霽〔二〇〕。忠貞負冤恨⑧，宫闕深旒

綴〔二一〕。放逐早聯翩，低垂困炎厲〔二二〕。日斜鵩鳥入，魂斷蒼梧帝〔二三〕。榮枯走不暇⑨，星駕無安稅〔二四〕。幾分漢廷竹，夙擁文侯篲〔二五〕。終悲洛陽獄，事近小臣潎⑩〔二六〕。禍階初負謗，易力何深嚌〔二七〕。伊昔臨淄亭，酒酣託末契〔二八〕。重敘東都別，朝陰改軒砌〔二九〕。論文至崔蘇，指盡流水逝⑪〔三〇〕。近伏盈川雄，楊炯。未甘特進麗。李嶠〔三一〕。是非張相國，燕公說。相扼一危脆〔三二〕。争名古豈然，鍵捷欻不閉⑫〔三三〕。例及吾家詩⑬，曠懷掃氛翳。慷慨嗣真作，和李大夫。咨嗟玉山桂〔三四〕。鍾律儼高懸，鯤鯨噴迢遞⑭〔三五〕。坡陁青州血，蕪没汶陽瘞〔三六〕。哀贈竟蕭條⑮，恩波延揭厲〔三七〕。子孫存如綫⑯，舊客舟凝滯〔三八〕。君臣尚論兵，將帥接燕薊。朗詠六公篇，張桓等五王洎狄相六公⑰。憂來豁蒙蔽〔三九〕。（0334）

【校】

① 陵，錢箋校：「一作淪。」《文苑英華》作「淪」。

② 洞徹，錢箋校：「晋作涸轍。」

③ 涌，錢箋、《草堂》校：「下作踴。」

④ 雲，宋本、錢箋校：「一云空。」

⑤ 獨，錢箋校：「一作特。」《草堂》作「特」。

⑥藏，錢箋、《草堂》校：「晋作贓。」

⑦二，錢箋、《草堂》校：「晋作三。」

⑧貞，宋本作「正」，據他本改。　寃，錢箋、《草堂》校：「晋作怨。」《九家》、《文苑英華》作「怨」，《文苑英華》校：「集作寃。」

⑨榮，宋本、錢箋、《九家》、《草堂》校：「一作策。」《文苑英華》校：「集作策。」

⑩敝，錢箋校：「一作斃。」《草堂》、《文苑英華》作「斃」，《草堂》校：「或作敝，非。」

⑪指，錢箋校：「晋作推。」

⑫鍵捷，《文苑英華》作「關鍵」，「鍵」校：「集作揵。《廣韻》通用。」

⑬例，錢箋校：「一作倒。」

⑭鯤鯨，《草堂》作「鯨鯤」。

⑮竟，《文苑英華》校：「集作晚。」

⑯存，《文苑英華》作「在」，校：「集作存。」

⑰張桓等五王洎狄相六公，《九家》作「邕有張桓等五王洎狄相公六公詩」。《草堂》作「元自注云：桓彦範敬暉張柬之袁恕己洎狄相也」。

【注】

〔一〕李公邕：見卷一《陪李北海宴歷下亭》（0006）注。《舊唐書》傳稱邕廣陵江都人。《新唐書·宰

相世系表二上》稱江夏李氏，《李邕傳》作「揚州江都人」。《唐代墓志彙編》大曆〇〇九李昂《唐故北海郡守贈秘書監江夏李公墓志銘》：「公諱邕，字太和，本趙人也。烈祖恪，隨晋南遷，食邑於江，數百年矣。」又大曆〇六〇《有唐通議大夫守太子賓客贈尚書左僕射崔公墓志》：「故人北海太守江夏李邕爲志。」貞元〇三三《唐故江夏李府君墓志》：「公諱岐，字伯道，廣武君左軍之後，趙人也。至九代孫就，徙江夏。」此邕子岐志。貞元一一六《唐朝散大夫試大理司直兼曹州考城縣令柳府君靈表》：「夫人江夏李氏，秘書郎崇賢館學士之孫，北海郡太守之女。」新舊《唐書》傳誤。《江夏李公（邕）墓志銘》：「先帝克平，幽顯皆復，尚書盧公訟理，追贈秘書監。」《新唐書·李邕傳》：「代宗時，贈秘書監。」

〔二〕根柢：鄒陽《獄中上書》：「蟠木根柢，輪囷離詭。」《史記》集解：「張晏曰：根柢，下本也。」

〔三〕聲華二句：任昉《宣德皇后令》：「客游梁朝，則聲華籍甚。」徐陵《讓五兵尚書表》：「雖復陳琳健筆，未盡愚懷。」鮑照《蜀四賢詠》：「陵令無人事，毫墨時洒落。」

〔四〕風流二句：風流，見卷三《寄贊上人》(0103)注。《史記·秦始皇本紀》：「猶刻金石，以自爲紀。」《詩·大雅·棫朴》：「追琢其章，金玉其相。」傳：「追，彫也。金曰彫，玉曰琢。」

〔五〕情窮二句：造化，參卷二《畫鶻行》(0072)注。司馬遷《報任安書》：「亦欲以究天人之際，通古今之變，成一家之言。」

〔六〕干謁二句：干謁，見卷一《自京赴奉先縣詠懷五百字》(0041)注。謝靈運《入華子岡是麻源第三谷》：「圖牒復磨滅，碑版誰聞傳。」《舊唐書·李邕傳》：「初，邕早擅才名，尤長碑頌。雖貶

職在外，中朝衣冠及天下寺觀，多賫持金帛往求其文。前後所製，凡數百首。受納饋遺，亦至鉅萬。時議以爲自古鬻文獲財，未有如邕者。」

〔七〕森然句：杜預《春秋左氏傳序》：「其發凡以言例，皆經國之常制。」何之元《經典序》：「其間損益，頗有凡例。」

〔八〕蕭蕭二句：《趙次公先後解》：「蕭蕭白楊路，墳墓也。墳墓之路幽昏，而得邕之文，如寶珠之洞澈以照之。」

〔九〕龍宫二句：《趙次公先後解》：「龍宫塔廟，蓋言道觀佛宇。」仇注：「寺觀碑也。」按，龍宫、塔廟，皆指佛寺。《法華經·見寶塔品》：「爾時，佛前有七寶塔高五百由旬，縱廣二百五十由旬，從地涌出。」《法苑珠林》卷三八：「《輿志》云：阿育，釋迦弟子，能役鬼神。一日夜於天下造佛骨寶塔八萬四千，皆從地出。」《度人經》卷一：「唯有元始浩劫之家，部制我界，統乘玄都。」《趙次公先後解》：「浩劫，無窮之劫也。」朱鶴齡注：「言邕所撰塔廟碑文，歷浩劫而浮雲常擁衛之。」

〔一〇〕宗儒二句：《論語·衛靈公》：「衛靈公問陳於孔子，孔子對曰：『俎豆之事，則嘗聞之矣。軍旅之事，未之學也。』」沈約《齊故安陸昭王碑文》：「去思一借之情，愈久彌結。」《文選》李善注：「《漢書》曰：何武爲兗州刺史，徙京兆尹。其所居亦無赫赫名，去後常見思。」《趙次公先後解》：「言作《修學校記》、《文宣王廟記》之屬也。」「言使者、太守、縣令替罷，而作頌政碑、頌功德碑之屬也。」

〔一一〕眄睞二句：《古詩十九首》：「眄睞以適意，引領遥相睎。」《文選》吕延濟注：「眄睞，斜視也。」朱鶴齡注：「學宫故事，良吏去思，轉盼皆成虚跡。其跋涉來請者，應之從無泥滯。」仇注：「眄睞皆虚，前之看碑者已往。跋涉不泥，後之摩碑者復至。」按，不泥似亦用「致遠恐泥」語。參卷二《槐葉冷淘》(0282)注。此謂雖遠不泥。楊炯《公獄辯》：「故君子盡心法古，動必本禮，將遠而不泥，久而不亂也。」詩謂諸碑記所叙事跡已如過眼烟雲，然其製作多所用心而無泥難。

〔一二〕向來句：《宋書·謝靈運傳》論：「並標能擅美，獨映當時。」

〔一三〕豐屋二句：《易·豐》：「豐其屋，蔀其家。」珊瑚鈎，見卷一《奉同郭給事湯東靈湫作》(0035)注。《漢書·西域傳》罽賓：「其民巧，雕文刻鏤，治宫室，織罽，刺文繡。」《書·禹貢》「熊羆狐貍織皮」傳：「貢四獸之皮，織金罽。」疏：「《釋言》云：氂，罽也。舍人曰：氂謂毛罽也。胡人續羊毛作衣。孫炎曰：毛氂爲罽。」《趙次公先後解》：「罽上所織者麒麟也。……以饋餉邕也。」仇注：「以織成罽對珊瑚鈎，織成乃罽名也。」織成，見卷四《太子張舍人遺織成褥段》(0183)注。

〔一四〕紫騮二句：《南史·羊侃傳》：「帝因賜河南國紫騮令試之。」宋之問《過史正議宅》：「劍几傳好事，池臺傷故人。」《趙次公先後解》：「既有馬，又隨之以實劍與憑几也。」《論語·憲問》：「義然後取，人不厭其取。」

〔一五〕分宅二句：《三國志·吴書·周瑜傳》：「瑜推道南大宅以舍策，升堂拜母，有無通共。」劉峻《廣絶交論》：「曾無羊舌下泣之仁，寧慕郈成分宅之德。」《文選》李善注：「《孔叢子》曰：郈成

子自魯聘晉，過於衛，右宰穀臣止而觴之，陳樂而不作，酣畢而送以璧。成子不辭。……行三十里而聞衛亂作，右宰穀臣死之。成子於是迎其妻子，還其璧，隔宅而居之。」《史記·管晏列傳》：「越石父賢，在縲紲中。晏子出，遭之塗，解左驂贖之。」《趙次公先後解》：「邕雖以文受人之財，而氣義好與，思古人分宅或脱驂之事，其所感激，常以未有所濟爲懷。」

〔一六〕衆歸二句：《晋書·樂道融傳》：「與朋友信，每約己而務周給，有國士之風。」《陳書·徐陵傳》：「邑户送米至於水次，陵親戚有貧匱者，皆令取之，數日便盡，陵家尋致乏絶。府僚怪而問其故，陵云：『我有車牛衣裳可賣，餘家有可賣不？』其周給如此。」《舊唐書·李邕傳》：「俄而陳州贓污事發，下獄鞫訊，罪當死，許州人孔璋上書救邕曰：……且斯人所能者，拯孤恤窮，救乏賑患，積而便散，家無私聚。」擺落，擺脱。陶淵明《飲酒》：「擺落悠悠談，請從余所之。」《老子》四十四章：「多藏必厚亡。」

〔一七〕獨步二句：《後漢書·逸民傳》戴良：「我若仲尼長東魯，大禹出西羌，獨步天下，誰與爲偶？」《詩·小雅·鶴鳴》：「鶴鳴於九皋，聲聞於野。」傳：「興也。皋，澤也。言身隱而名著也。」《舊唐書·李邕傳》：「邕素負美名，頻被貶斥，皆以邕能文養士，賈生、信陵之流。執事忌勝，剥落在外。人間素有聲稱，後進不識，京洛阡陌聚觀，以爲古人。或將眉目有異，衣冠望風，尋訪門巷。又中使臨問，索其新文。」

〔一八〕嗚呼二句：《後漢書·黄香傳》：「遂博學經典，究精道術，能文章，京師號曰天下無雙，江夏黄童。」《公羊傳》哀公十四年：「春，西狩獲麟。……孔子曰：『孰爲來哉？孰爲來哉？』反袂拭

面，涕沾袍。」《左傳》哀公十六年：「子西以袂掩面而死。」

〔一九〕往者四句：《舊唐書・李邕傳》：「召拜左拾遺。俄而御史中丞宋璟奏侍臣張昌宗兄弟有不順之言，請付法推斷。則天初不應，邕在階下進曰：『臣觀宋璟之言，事關社稷，望陛下可其奏。』則天色稍解，始允宋璟所請。」「孔璋上書救邕曰：……往者張易之用權，人畏其口，而邕折其角。韋氏恃勢，言出禍應，而邕挫其鋒。」《韋巨源傳》：「太常博士李處直議巨源謚曰昭。户部員外郎李邕駁之曰：『三思引之爲相，阿韋託之爲親，無功而封，無德而禄。……』處直仍固請依前謚爲定，邕又駁曰……當時雖不從邕議，而論者是之。」在睿宗時。

〔二〇〕排蕩句：謝靈運《北亭與吏民别》：「行久懷丘窟，景昃感秋旻。」

〔二一〕忠貞二句：《詩・商頌・長發》：「受小球大球，爲下國綴旒。」箋：「綴，猶結也。旒，旌旗之垂者也。」《趙次公先後解》：「天子深居九重，不加省察，所謂宫闕深旒綴也。」仇注：「或曰旒黈所以蔽耳目，言朝廷之聰明蔽塞。」按，《公羊傳》襄公十六年：「君若贅旒然。」注：「旒，旂旒。贅，繫屬之辭。……以旂旒喻者，爲下所執持東西。」贅通綴。劉琨《勸進表》：「國家之危，有若綴旒。」杜詩似用此，謂君主爲下所蒙蔽。

〔二二〕放逐二句：《舊唐書・李邕傳》：「以與張柬之善，出爲南和令，又貶富州司户。唐隆元年，玄宗清内難，召拜左臺殿侍御史，改户部員外郎，又貶崖州舍城丞。開元三年，擢爲户部郎中。邕素與黄門侍郎張廷珪友善。時姜皎用事，與廷珪謀引邕爲憲官。事泄，中書令姚崇嫉邕險躁，因而構成其罪，左遷括州司馬。後徵爲陳州刺史。十三年，玄宗車駕東封回，邕於汴州謁

見，累獻詞賦，甚稱上旨。由是頗自矜炫，自云當居相位。張説爲中書令，甚惡之。俄而陳州贓污事發，下獄鞫訊，罪當死……邕已會減死，貶爲欽州遵化縣尉。」

〔一三〕日斜二句：《史記・屈原賈生列傳》：「賈生爲長沙王太傅三年，有鴞飛入賈生舍，止於坐隅。楚人命鴞曰服。賈生既以適居長沙，長沙卑濕，自以爲壽不得長，傷悼之，乃爲賦以自廣。其辭曰：……庚子日斜兮，服集予舍。」蒼梧，見卷一《同諸公登慈恩寺塔》(0023)注。邕所貶富州、崖州、欽州，皆在嶺南，漢蒼梧郡之地。

〔一四〕榮枯二句：《詩・鄘風・定之方中》：「星言夙駕，説于桑田。」《史記・李斯列傳》：「物極則衰，吾未知所税駕也。」索隱：「税駕猶解駕，言休息也。」

〔一五〕幾分二句：《史記・孝文本紀》：「初與郡國守相爲銅虎符、竹使符。」顔延之《顔府君家傳銘》：「建節中平，分竹黄初。」《晋書・阮籍傳》：「籍詣都亭奏記曰：……昔子夏在於西河之上，而文侯擁篲。」《舊唐書・李邕傳》：「邕後於嶺南從中官楊思勖討賊有功，又累轉括、淄、滑三州刺史，上計京師。……天寶初，爲汲郡、北海二太守。」

〔一六〕終悲二句：《舊唐書・李邕傳》：「(天寶)五載，奸贓事發。又嘗與左驍衛兵曹柳勣馬一匹，及勣下獄，吉温令勣引邕議及休咎，厚相賂遺，詞狀連引，敕刑部員外郎祁順之、監察御史羅希奭馳往，就郡決殺之。」《後漢書・蔡邕傳》：「於是下邕、質於洛陽獄。」

〔一七〕禍階二句：《左傳》隱公四年：「將立州吁，乃定之矣。若猶未也，階之爲禍。」《漢書・淮南厲王傳》：「今乃輕言恣行，以負謗於天下。」又《異姓諸侯王表》：「鐫金石者難爲功，摧枯朽者易

爲力。」《禮記・雜記》：「主人之酢也嚌之，衆賓兄弟則皆啐之。」注：「嚌、啐，皆嘗也。嚌至齒，啐入口。」

〔二八〕伊昔二句：臨淄，濟南。此言天寶初在濟南見李邕。參卷一《陪李北海宴濟下亭》(0006)。末契，見卷五《莫相疑行》(0231)注。

〔二九〕重叙二句：《趙次公先後解》：「重叙東都别，則公早歲在洛陽時，豈所謂『李邕求識面者』邪？」施鴻保謂：「重叙即承託末契言，重叙舊契也。當是公與李初遇於臨淄，再遇於東都。下朝陰句，是言再遇東都後，李即遭禍而故。」潘岳《楊仲武誄》：「日昃景西，望子朝陰。如何短折，背世湮沈。」

〔三〇〕論文二句：崔蘇，《分門》洙曰謂崔信明、蘇源明。《趙次公先後解》謂崔尚、蘇頲。錢箋謂崔融、蘇味道。《新唐書・杜審言傳》：「少與李嶠、崔融、蘇味道爲文章四友，世號崔、李、蘇、杜。」按，二句謂邕論已逝者。錢箋謂武后朝崔、蘇者，是。《大唐新語》卷六玄宗謂蘇頲：「前朝有李嶠、蘇味道，時謂之蘇李。」《唐語林》卷五補遺：「蘇味道詞亞於李嶠，時稱蘇李。」「文章四友」之説僅見於《新唐書》，錢箋謂出《朝野僉載》，今不見。

〔三一〕近伏二句：楊炯爲盈川令，李嶠封趙國公，加特進，同中書門下三品。《大唐新語》卷八：「張説謂人曰：楊盈川之文，如懸河注水，酌之不竭，既優於盧，亦不減王。恥居王後則信然，愧在盧前則爲誤矣。」又(張)説曰：李嶠、崔融、薛稷、宋之問，皆如良金美玉，無施不可。」

〔三二〕是非二句：《趙次公先後解》：「蓋言是亦非張説以相國勢力所能勝邕，特邕身危脆，易於一扼

耳。」錢箋：「邕之論文也，歎崔蘇之已逝，伏盈川而夷特進，與燕公之論相合。燕公首推盈川，次及崔李，世皆歎其是非之當，何至於邕則相扼不少貸？蓋崔蘇皆没，而邕獨與説争名，説雖忌刻，亦邕之露才揚己，有以取之。」仇注：「（邕）獨於張相國不無是非之隙，遂至相扼而幾危，亦由邕之不能忘名而善閉耳。」按，二句叙邕是非張相國之言，抑或詩人評論邕與張之是非嫌隙，有歧義。錢、仇説可參取。

〔三三〕鍵捷句：《老子》二十七章：「善閉，無關鍵不可開。」河上公注：「善以道閉情欲守精神者，不如門户有關鍵可得開。」《趙次公先後解》：「亦當牢閉關鍵，勿誇捷急，勿令開露，方是全身之道。而邕於關鍵則捷急，而欻然不閉，所以召禍。」

〔三四〕例及四句：杜審言有《和李大夫嗣真奉使存撫河東》。本書卷四《贈蜀僧閭丘師兄》（0175）：「吾祖詩冠古。」參該詩注。

〔三五〕鍾律二句：《漢書·京房傳》：「好鍾律，知音聲。」何晏《景福殿賦》：「華鍾杌其高懸，悍獸仡以儷陳。」《趙次公先後解》：「玉山桂、鍾律、鯤鯨，皆以比其詩。玉山之桂取其秀拔，鍾律取其聲之和雅，鯤鯨取其勢之强壯。」

〔三六〕坡陁二句：坡陁，見卷一《奉同郭給事湯東靈湫作》（0035）注。《趙次公先後解》：「青州總言山東也。坡陁青州血，傷言杖死之也。」《元和郡縣圖志》卷一〇兖州龔丘縣：「故汶陽城，在縣東北五十里。其城側土田沃壤，故魯號汶陽之田，謂此地也。」《趙次公先後解》：「言邕權葬之處。」

〔三七〕恩波句：《詩・邶風・匏有苦葉》：「深則厲，淺則揭。」傳：「以衣涉水爲厲，謂由帶以上也。揭，褰衣也。」《趙次公先後解》：「所延及淺及深，乃普及之也。」朱鶴齡注：「《説文》：揭，高舉也。延揭厲，言國恩之及，尚待高揭而揚厲之。」按，揭厲仍當作淺深解。仇注引《劇秦美新》「俟衛厲揭」亦同。

〔三八〕子孫二句：《李邕墓志》等載邕子穎、岐、翹。參趙超《新唐書宰相世系表集校》。《越絶書》卷三：「中國不絶如綫矣。」江淹《別賦》：「舟凝滯於水濱，車逶遲於山側。」舊客，甫自稱。

〔三九〕朗詠二句：趙明誠《金石録》卷二六：「右唐六公詠，李邕撰，胡履虚書。余讀杜甫《八哀詩》云：『朗詠六公篇，憂來豁蒙蔽。』恨不見其詩。晚得石本入録，其文詞高古，真一代佳作也。六公者，五王爲一章，狄丞相別爲一章云。」董逌《廣川書跋》卷七：「李北海《六公詠》，今《泰和集》中雖有詩而無其姓名。又其説一章不盡，或遺。余見荆州《六公詠》石刻，文既不刓，故得盡存，可序載於此。按中宗復位，以彦範王扶陽，暉王平陽，玄暐王博陵，柬之王漢陽，恕己王南陽，世謂『五王』。然皆梁公所進。故邕歎其成大功者六人。詩尤奇偉，豪氣激發，如見斷鰲立極時。至今讀之，令人想望風采。宜老杜有云。」

故秘書少監武功蘇公源明〔一〕

武功少也孤，徒步客徐兖①。讀書東岳中，十載考墳典〔二〕。時下萊蕪郭②，忍

飢浮雲巘〔三〕。負米晚爲身，每食臉必泫〔四〕。夜字照爇薪〔五〕，垢衣生碧蘚③。庶以勤苦志，報兹劬勞顯④〔六〕。學蔚醇儒姿〔七〕，文包舊史善。洒落辭幽人⑤，歸來潛京輦〔八〕。射君東堂策⑥，宗匠集精選〔九〕。制可題未乾⑦，乙科已大闡⑧〔一〇〕。文章日自負，吏禄亦累踐⑨。晨趨閶闔内，足踏夙昔趼〔一一〕。一麾出守還，黄屋朔風卷〔一二〕。不暇陪八駿，虜庭悲所遣〔一三〕。平生滿樽酒，斷此朋知展〔一四〕。憂憤病二秋，有恨石可轉⑩〔一五〕。肅宗復社稷，得無逆順辨〔一六〕。范曄顧其兒，李斯憶黄犬〔一七〕。秘書茂松意⑪，再扈祠壇墠〔一八〕。前後百卷文，枕藉皆禁臠〔一九〕。篆刻揚雄流⑫，溟漲本末淺⑬〔二〇〕。青熒芙蓉劍，犀兕豈獨剸〔二一〕。反爲後輩褻，予實苦懷緬。煌煌齋房芝，事絶萬手搴⑭〔二二〕。垂之俟來者，正始貞勸勉⑮〔二三〕。不要懸黄金⑯，胡爲投乳贙⑰〔二四〕？結交三十載⑱，吾與誰游衍〔二五〕？滎陽復冥寞，罪罟已横罥。鄭詩在後〔二六〕。嗚呼子逝日，始泰則終蹇⑲〔二七〕。長安米萬錢，凋喪盡餘喘〔二八〕。戰伐何當解，歸帆阻清沔〔二九〕。尚纏漳水疾，永負蒿里餞〔三〇〕。

（0335）

【校】

①客，錢箋校：「一作寓。」《草堂》作「寓」。

②郭，《文苑英華》作「廓」。

③生，錢箋、《文苑英華》校：「一作帶。」

④顯，宋本、錢箋校：「一作願。」《九家》、《草堂》作「願」，《草堂》校：「一作顯。」

⑤落，錢箋、《草堂》校：「一作淚。」

⑥射君東堂策，錢箋校：「魯作射策君東堂。」《九家》、《草堂》作「射策君東堂。」《草堂》校：「魯作射君東堂策。」

⑦制可題，錢箋、《草堂》校：「一作制題墨。」《文苑英華》作「制題墨」，校：「集作可題。」

⑧乙科，錢箋、《草堂》校：「一作休聲。」《文苑英華》作「休聲」，校：「集作乙科。」

⑨吏祿，錢箋校：「晉作椽吏。」《草堂》作「吏掾」。《文苑英華》作「掾吏」。

⑩石，錢箋、《草堂》校：「一作不。」

⑪意，《草堂》、《文苑英華》作「色」，《草堂》校：「一作意。」《文苑英華》校：「集作意。」

⑫再扈四句，宋本無。據《九家》、《草堂》、《文苑英華》補。「再扈」《草堂》校：「一作屢侍。」《文苑英華》校：「集作載從。」篆刻，《草堂》校：「一作制作。」《文苑英華》校：「集作制作。」

⑬末，《草堂》校：「一作未。」

⑭絶，《文苑英華》校：「集作終。」

⑮貞，宋本、《九家》、《草堂》缺末筆。錢箋作「徵」，校：「一作貞。避嫌名。」《文苑英華》校：「集作徵。」

⑯要，錢箋校：「一作惡。」《草堂》作「惡」，校：「一作要。」

⑰乳，錢箋、《草堂》校：「一作亂。」

⑱載，《文苑英華》作「年」，校：「集作載。」

⑲則，錢箋校：「晋作即。」《草堂》校：「一作即。」

【注】

〔一〕蘇公源明：蘇源明，見卷一《戲簡鄭廣文虔兼呈蘇司業源明》(0033)注。《新唐書·文藝傳·蘇源明》：「少孤，寓居徐、兖。」蓋取自此詩首二句。

〔二〕墳典：《左傳》昭公十二年：「是能讀三墳五典、八索九丘。」孔安國《尚書序》：「伏犧、神農、黄帝之書，謂之三墳。少昊、顓頊、高辛、唐、虞之書，謂之五典。」

〔三〕時下二句：《元和郡縣圖志》卷一〇兖州：「萊蕪縣，中。西南至州二百六十里。本漢縣也，故城在今淄州東南六十里。……貞觀元年廢入博城縣。至長安四年，又於廢嬴縣置萊蕪縣，取漢舊名也。屬兖州。」《詩·大雅·公劉》：「陟則在巘，復降在原。」傳：「巘，小山，别於大山也。」《爾雅·釋山》：「重甗，隒。」注：「謂山形如累兩甗。」巘、甗義别，然混用。

〔四〕負米二句：《説苑·建本》子路曰：「昔者，由事二親之時，常食藜藿之實，而爲親負米百里之

外。」《趙次公先後解》：「子路爲親百里負米，而源明晚歲母已死矣，止爲身而負米，所以每食必泫也。」《宋書・廬江王褘傳》：「顔無戚狀，淚不垂瞼。」蕭衍《代蘇屬國婦詩》：「帛上看未終，臉下淚如絲。」瞼別作臉。慧琳《一切經音義》：「瞼，音檢。字書云：目上下皮也。《文字典説》云：瞼，目瞼也。從目，僉聲也。」《禮記・檀弓上》：「孔子泫然流涕。」

〔五〕夜字句：《晋書・范汪傳》：「年十三，喪母，居喪盡禮，親鄰哀之。及長，好學。外氏家貧，無以資給，汪乃廬於園中，布衣蔬食，然薪寫書。寫畢，誦讀亦遍。」《藝文類聚》卷八〇引《汝南先賢傳》：「侯瑾甚孤貧，依宋人居，晝爲人傭賃，暮輒燃柴薪以讀書。」

〔六〕報兹句：《詩・邶風・凱風》：「棘心夭夭，母氏劬勞。」傳：「劬勞，病苦也。」《孝經》開宗明義章：「立身行道，揚名於後世，以顯父母，孝之終也。」

〔七〕學蔚句：《漢書・賈山傳》：「所言涉獵書記，不能爲醇儒。」

〔八〕洒落二句：洒落，此似言清秋。參卷六《七月三日亭午已後較熱退晚加小涼穩睡有詩因論壯年樂事戲呈元二十一曹長》(0292)注。《後漢書・周舉傳》：「及還納言，出入京輦。」

〔九〕射君二句：《漢書・儒林傳》贊：「自武帝立五經博士，開弟子員，設科射策，勸以官禄。」《晋書・摯虞傳》：「因詔諸賢良方正直言，會東堂策問。」《藝文類聚》卷三九引摯虞《決疑要注》：「漢制，會於建始殿。晋制，大會於太極殿，小會於東堂。」《太平御覽》卷一七五引山謙之《丹陽記》：「太極殿，周制路寢也。秦漢曰前殿，今稱太極曰前殿。……東西堂亦魏制，於周小寢也。」范寧《王弼何晏論》：「斯蓋軒冕之龍門，濠梁之宗匠。」

〔一〇〕制可二句：《史記·秦始皇本紀》：「制曰可。」集解：「蔡邕曰：群臣有所奏請，請尚書令奏之，下有司曰制，天子答之曰可。」《通典》卷一五《選舉·歷代制唐》：「按令文，科第秀才與明經同爲四等，進士與明法同爲二等。然秀才之科久廢，而明經雖有甲、乙、丙、丁四科，進士有甲、乙二科，自武德以來，明經唯有丁第，進士唯乙科而已。」源明登進士第。大闡，弘揚發揮。蕭綱《南郊頌》：「被慈雨於枯根，大闡三朝。」

〔一一〕文章四句：《趙次公先後解》：「史所謂累遷太子諭德是已。累遷，則累踐之義。太子宮在禁内，則趨閶闔内之義。」《莊子·天道》：「吾固不辭遠道而來願見，百舍重趼而不敢息。」《趙次公先後解》：「言其由貧賤中來也。」

〔一二〕一麾二句：顔延之《五君詠·阮始平》：「屢薦不入官，一麾乃出守。」《文選》李善注：「麾，指麾也。言爲（荀）勖所指麾也。」朱鶴齡注：「謂麾之使出。後人用者，多作旌麾之麾。」《趙次公先後解》：「史所謂出爲東平太守，召爲國子司業也。」《史記·項羽本紀》：「紀信乘黄屋車，傅左纛。」正義：「李斐云：天子車以黄繒爲蓋裏。」

〔一三〕不暇二句：《列子·周穆王》：「命駕八駿之乘。」仇注：「上皇幸蜀矣，源明失於陪從，致爲賊驅遣而悲憤也。」按，所遣猶所遇，言源明陷虜庭而悲其所遇。

〔一四〕平生二句：仇注：「朋知斷，故情不展。」按，展應樽酒，猶展宴之展。二句謂斷與平生朋知展樽酒之宴。劉孝綽《三日侍安成王曲水宴》：「持此陽瀨游，復展城隅宴。」虞世基《秋日贈王中舍》：「伊川忽會面，留連展言宴。」

〔一五〕有恨句：《詩・邶風・柏舟》：「我心匪石，不可轉也。」《趙次公先後解》：「石可轉而吾心不可轉焉。此言源明之不污賊也。」

〔一六〕肅宗二句：《舊唐書・肅宗紀》：「（至德二載十月）己巳，文武脅從官免冠徒跣，朝堂待罪，命中丞崔器劾之。」《刑法志》：「初，西京文武官陸大鈞等陷賊來歸，崔器草儀，盡令免冠徒跣，撫膺號泣，以金吾府縣人吏圍之，於朝謝罪，收付大理京兆府獄繫之。及陳希烈等大臣至者數百人，又令朝堂徒跣如初，令宰相苗晉卿、崔圓、李麟等百僚同視，以爲弃辱，宣詔以責之。朝廷又以負罪者衆，獄中不容，乃賜楊國忠宅鞫之。器、諲多希旨深刻，而擇木無所是非，獨李峴力争之，乃定所推之罪爲六等，集百僚尚書省議之。肅宗方用刑名，公卿但唯唯署名而已。於是河南尹達奚珣等三十九人，以爲罪重，與衆共弃。珣等十一人，於子城西伏誅。陳希烈、張垍、郭納、獨孤朗等七人，於大理寺獄賜自盡。達奚摯、張岯、李有孚、劉子英、冉大華二十一人，於京兆府門決重杖死。大理卿張均引至獨柳樹下刑人處，免死配流合浦郡，而達奚珣、韋恒至腰斬。」

〔一七〕范曄二句：《宋書・范曄傳》：「曄轉醉，子藹亦醉，取地土及果皮以擲曄，呼曄爲別駕數十聲。曄問曰：『汝恚我邪？』藹曰：『今日何緣復恚？但父子同死，不能不悲耳。』」《史記・李斯列傳》：「具斯五刑，論腰斬咸陽市。斯出獄，與其中子俱執，顧謂其中子曰：『吾欲與若復牽黄犬，俱出上蔡東門逐狡兔，豈可得乎！』」《趙次公先後解》：「彼其污賊之人，遄受誅戮，蓋若范曄、李斯，徒有顧憶耳。」

〔一八〕再扈句：《書·金縢》：「公乃自以爲功，爲三壇同墠。」傳：「壇築土，墠除地。」疏：「除地爲墠，墠内築壇，爲三壇同墠。」仇注：「扈祠，扈從祠祭也。」

〔一九〕枕藉句：《隋書·辛德源傳》：「枕藉六經，漁獵百氏。」《晋書·謝混傳》：「袁山松欲以女妻之，珣曰：『卿莫近禁臠。』初，元帝始鎮建業，公私窘罄，每得一㹠，以爲珍膳，項上一臠尤美，輒以薦帝，群下未嘗敢食，於時呼爲禁臠。」

〔二〇〕篆刻二句：揚雄《法言·吾子》：「或問：吾子少而好賦。曰：然。童子雕蟲篆刻。俄而曰：壯夫不爲也。」謝靈運《游赤石進帆海》：「溟漲無端倪，虚舟有超越。」《後漢書·陳元傳》：「范升奏以爲《左氏》淺末，不宜立。」曹植《上責躬應詔詩表》：「詞旨淺末，不足采覽。」仇注：「才大如揚雄，雖溟漲猶爲淺末。」《趙次公先後解》：「其本末比之猶爲淺。」以本末爲詞，未確。

〔二一〕青熒二句：青熒，見卷一《橋陵詩三十韻因呈縣内諸官》(0037)注。《越絶書》卷一一：「王取純鈞……其華捽如芙蓉始出。」盧照鄰《長安古意》：「俱邀俠客芙蓉劍，共宿娼家桃李蹊。」王褒《聖主得賢臣頌》：「及至巧冶鑄干將之璞，清水淬其鋒，越砥斂其咢，水斷蛟龍，陸剸犀革。」《文選》李善注：「《字林》曰：剸，截也。」

〔二二〕煌煌二句：《漢書·武帝紀》：「甘泉宮内中産芝，九莖連葉。……作芝房之歌。」《禮樂志》：「郊祀歌十九章：……《齊房》十三，元封二年芝生甘泉齊房作。」《舊唐書·肅宗紀》：「(上元二年七月)甲辰，延英殿御座梁上生玉芝，一莖三花，上製《玉靈芝詩》。」《王璵傳》：「肅宗即位，累遷太常卿，以祠禱每多賜賚。……及當樞務，聲問頓減。璵又奏置太一神壇於南郊之

東，請上躬行祀事。肅宗嘗不豫，太卜云：『祟在山川。』璵乃遣女巫分行天下，祈祭名山大川。」《新唐書·蘇源明傳》：「安禄山陷京師，源明以病不受僞署。肅宗復兩京，擢考功郎中、知制誥。是時，承大盜之餘，國用耎屈，宰相王璵以祈禬進，禁中禱祀窮日夜，中官用事，給養繁靡，群臣莫敢切諍。昭應令梁鎮上書勸帝罷淫祀，其他不暇及也。源明數陳政治得失。及史思明陷洛陽，有詔幸東京，將親征。源明上疏極諫。」《趙次公先後解》：「當時佐爲淫祀，指望搴取房芝者，非一手也。」仇注：「當時齋房瀆祀，蘇能苦口力諍，於萬手欲搴者，竟阻絶而不行。」按，句謂源明諫阻，不同於衆人搴芝欲獻。

〔二三〕垂之二句：《毛詩序》：「周南、召南，正始之道，王化之基。」《趙次公先後解》：「源明所言，可以垂後世法，乃正始之道也。」朱鶴齡注：「可以訓將來而徵勸勉也。」

〔二四〕不要二句：《晉書·周顗傳》：「今年殺諸賊奴，取金印如斗大繫肘。」《爾雅·釋獸》：「貙，有力。」郭璞注：「出西海，大秦國有養者，似狗，多力，獷惡。」《趙次公先後解》：「乳貙，猶乳虎也。蓋言佞媚則黄金可懸，而切直則犯上之怒，不啻投飢貙也。」

〔二五〕游衍：《詩·大雅·板》：「昊天曰旦，及爾游衍。」箋：「相與女出入往來，游溢相從。」此即交游義。

〔二六〕滎陽二句：滎陽，謂鄭虔。《詩·小雅·小明》：「豈不懷歸，畏此罪罟。」

〔二七〕嗚呼二句：本書卷一八《哭台州鄭司户蘇少監》(1442)：「羈游萬里闊，凶問一年俱。」朱鶴齡注：「始泰，謂見肅宗中興。終蹇，謂没於荒歲。」

〔二八〕長安二句：《漢書·高帝紀》：「關中大饑。米斛萬錢。」《新唐書·食貨志》乾元元年第五琦更鑄乾元錢，「法既屢易，物價騰踊，米斗錢至七千，餓死者滿道」。《後漢書·張綱傳》：「若魚游釜中，喘息須臾間耳。」《梁書·袁昂傳》：「今以餘喘，欲遂素志。」黄鶴注：「《舊史》：廣德二年，自秋及冬，斗米千錢。今云長安米萬錢，蓋以一斛言之。史不言蘇與鄭死之年，以此詩及長安米價論之，當是其年蘇、鄭相繼而死。故云『滎陽復冥寞』。後詩又云『凶問一年俱』。」按，鄭虔卒於乾元二年，見盧季長所撰墓志。鶴注誤。

〔二九〕歸帆句：《趙次公先後解》：「公言其在雲安，不得泝沔以歸鄉。」《書·禹貢》傳：「漢上曰沔。」「泉始出山爲漾水，東南流爲沔水，至漢中東流爲漢水。」

〔三〇〕尚纏二句：劉楨《贈五官中郎將》：「余嬰沈痼疾，竄身清漳濱。」《古今注》卷中：「《薤露》、《蒿里》，並哀歌也。出田横門人。横自殺，門人傷之，爲作悲歌。言人命薤上露，易晞滅也。亦謂人死魂魄歸於蒿里，故有二章。」《趙次公先後解》：「傷其不得一弔酹之。」

故著作郎貶台州司户滎陽鄭公虔〔一〕

鶢鶋至魯門，不識鍾鼓響〔二〕。孔翠望赤霄，愁思雕籠養①〔三〕。滎陽冠衆儒，早聞名公賞。地崇士大夫，況乃氣精爽②。往者公在疾，蘇許公頲位尊望重，素未相識，早愛才名，躬自哀問。後結忘年之契，遠邇嘉之〔四〕。天然生知姿，學立游夏上〔五〕。神農極闕

漏③，黃石愧師長。藥纂西極名④，兵流指諸掌。公著《薈蕞》等諸書之外，又撰《胡本草》七卷〔六〕。貫穿無遺恨，薈蕞何技癢〔七〕。圭臬星經奧，蟲篆丹青廣〔八〕。子雲窺未遍，方朔諧太枉⑤〔九〕。神翰顧不一，體變鍾兼兩〔一〇〕。文傳天下口，大字猶在牓〔一一〕。昔獻書畫圖，新詩亦俱往。滄洲動玉陛⑥，宣鶴誤一響⑦〔一二〕。三絶自御題〔一三〕，四方尤所仰。嗜酒益疏放，彈琴視天壤〔一四〕。形骸實土木，親近唯几杖〔一五〕。未曾寄官曹⑧，突兀倚書幌⑨〔一六〕。晚就芸香閣⑩，胡塵昏坱莽〔一七〕。反覆歸聖朝，點染無滌盪〔一八〕。老蒙台州椽，泛泛浙江槳⑪。履穿四明雪，飢拾楢溪橡〔一九〕。空聞紫芝歌，不見杏壇丈〔二〇〕。天長眺東南，秋色餘魍魎〔二一〕。別離慘至今，斑白徒懷曩。春深秦山秀⑫，葉墜清渭朗。劇談王侯門，野税林下鞅〔二二〕。操紙終夕酣，時物集遐想〔二三〕。詞場竟疏闊，平昔濫吹獎⑬〔二四〕。百年見存没，牢落吾安放⑭〔二五〕？蕭條阮咸在，出處同世網。他日訪江樓，含悽述飄蕩。著作與今秘書監鄭君審篇翰齊價，謫江陵⑮。故有「阮咸」、「江樓」之句〔二六〕。（0336）

【校】

① 思，錢箋、《草堂》校：「一作入。」

②精，《文苑英華》校：「集作清。」

③極，《九家》、《草堂》、《文苑英華》作「或」。

④極，錢箋、《草堂》校：「一作域。」

⑤諧，宋本、《九家》作「詣」，據錢箋改。《草堂》作「講」。

⑥陛，《文苑英華》校：「集作堦。」

⑦宣，宋本、錢箋、《九家》、《草堂》校：「一作寡。」《文苑英華》作「宮」，校：「集作寡。」

⑧寄，錢箋校：「魯作記。」《草堂》校：「魯氏刊作記。」《文苑英華》作「記」，校：「一作寄。」

⑨突，《文苑英華》校：「集作陶。」

⑩香閣，《草堂》作「閣香」。

⑪泛泛，《文苑英華》作「遐泛」，校：「集作泛泛。」

⑫秦，宋本、錢箋校：「一作泰。」《草堂》、《文苑英華》作「泰」，《草堂》校：「一作秦。」

⑬吹，錢箋校：「晋作咨。」《九家》作「推」。

⑭放，宋本、錢箋、《九家》校：「一云倣。」

⑮謫，《文苑英華》作「謫居」。

【注】

〔一〕鄭公虔：鄭虔，見卷一《醉時歌》(0019)注。

〔二〕鶢鶋二句：《國語・魯語》：「海鳥曰爰居，止於路東門之外三日，臧文仲使國人祭之。展禽曰：『……今茲海其有災乎？ 夫廣川之鳥獸，恒知避其災也。』是歲也海多大風，冬暖。」《莊子・至樂》：「昔者海鳥止於魯郊，魯侯御而觴之於廟，奏九韶以爲樂，具太牢以爲膳。鳥乃眩視憂悲，不敢食一臠，不敢飲一杯，三日而死。」江淹《雜體詩・嵇中散康言志》：「咸池饗爰居，鍾鼓或愁辛。」

〔三〕孔翠二句：張華《鷦鷯賦》：「彼鷲鶚鶤鴻，孔雀翡翠，或凌赤霄之際，或託絶垠之外。」禰衡《鸚鵡賦》：「閉以雕籠，翦其翅羽。」

〔四〕滎陽四句：蘇頲，瓌子。《舊唐書・蘇瓌傳附頲》：「神龍中，累遷給事中，加修文館學士，俄拜中書舍人。尋而頲父同中書門下三品，父子同掌樞密，時以爲榮。 機事塡委，文誥皆出頲手。中書令李嶠歎曰：『舍人思如涌泉，嶠所不及也。』……(開元)十五年卒，年五十八。」

〔五〕天然二句：《論語・季氏》：「孔子曰：『生而知之者上也，學而知之者次也。』」《先進》：「文學：子游、子夏。」

〔六〕神農四句：《新唐書・鄭虔傳》：「虔學長於地理，山川險易、方隅物産、兵戍衆寡無不詳。嘗爲《天寶軍防録》，言典事該。」《藝文志》著録鄭虔《天寶軍防録》，卷亡；鄭虔《胡本草》七卷。《隋書・經籍志》醫方著録《神農本草》八卷、雷公集注《神農本草》四卷。又兵家著録《黄石公三略》三卷、《黄石公兵書》三卷等。《趙次公先後解》：「西極名，則《胡本草》之謂。」《禮記・仲尼燕居》：「子曰：『明乎郊社之義、嘗禘之禮，治國其如指諸掌而已乎。』」

〔七〕貫穿二句：《封氏聞見記》卷一〇：「天寶初，協律郎鄭虔采集異聞，著書八十餘卷。人有竊窺其草稿，告虔私修國史，虔聞而遽焚之。由是貶謫十餘年，方從調選，受廣文館博士。虔所焚書既無别本，後更纂録，率多遺忘，猶存四十餘卷。書未有名，及爲廣文博士，詢於國子監司業蘇元明。元明請名《會粹》，取《爾雅》序『會粹舊説』也。西河太守盧象贈虔詩云：『書名會粹才偏逸，酒號屠蘇味更醇。』即此之謂也。」《趙次公先後解》：「今公自注作『薈蕞』。按字書，粹音子骨切，䅡粹也。而䅡音蒲骨切。䅡粹，禾秀不聚向上貌。會粹之義，意言聚會粹細之物。若公所用『薈蕞』字，《詩》云：『薈兮蔚兮。』《左傳》云：『蕞爾國。』薈爲烏外切，草多貌。蕞音徂外切，小貌。薈蕞之義，意言細小之物。二名字不同而義相近，當以杜公詩爲正。」潘岳《射雉賦》：「屏發布而累息，徒心煩而技癢。」《文選》徐爰注：「有伎藝欲逞，曰技癢也。」

〔八〕圭臬二句：陸倕《石闕銘》：「陳圭置臬，瞻星揆地。」《文選》李善注：「《周禮》曰：土圭之法，測土深。正日影，以求地中。又曰：匠人建國，求地中，置槷木以懸視其影。鄭玄曰：槷，古文臬，假借字也。」《趙次公先後解》：「圭臬，言其善地理也。」「星經，又言能天文。」《晉書·天文志》：「後武帝時，太史令陳卓總甘、石、巫咸三家所著星圖，大凡二百八十三官、一千四百六十四星，以爲定紀。」《魏書·張淵傳》：「集甘、石二家《星經》及漢魏以來二十三家經占，集爲五十五卷。」《法書要録》卷二引梁庾元威論書：「其百體者……科斗蟲篆、雲篆、蟲篆。」

〔九〕子雲二句：子雲，揚雄。《趙次公先後解》：「上句言奇字與方言也。下句言虔能知荒遠之所在也。東方朔每言其所詣皆神仙之處，故云詣枉，猶太迂枉。」朱鶴齡注：「言虔之學過乎子雲

之博覽，虔之言異乎方朔之詼諧也。」

〔一〇〕神翰二句：《分門》修可曰：「《書苑》曰：虔善草隸。呂揔云：虔書如風送雲收，霞催月上。鍾兼兩，鍾繇、鍾會也。父子善隸書，皆盡其妙。」又或云：「兼兩車也。（後）漢吴恢爲南海太守，欲殺青寫書，子祐諫曰：『此書若成，則載之兼兩。』注：『車有兩輪，故稱。』」錢箋：「羊欣《古來能書人名》：鍾繇，魏太尉，書有三體，一曰銘石書，二曰章程收，三曰行押書。《金壺記》：繇工三色書，草、隸、八分最優。虔善草、隸，故云『兼兩』也。」按，錢説似鑿。《宋書·傅隆傳》：「盧植、鄭玄，偕學馬融，人各名象。又後之學者，未逮曩時，而問難星繁，充斥兼兩。」此兼車之義。《魏書·明亮傳》：「謀勇二事，體本相須。……必須兼兩，乃能制勝。」未有舉三賅二而稱兼兩者。

〔一一〕大字句：《晋書·王獻之傳》：「太元中，新起太極殿，（謝）安欲使獻之題牓，以爲萬代寶，而難言之，試謂曰：『魏時陵雲殿牓未題，而匠者誤釘之，不可下，乃使韋仲將懸橙書之。比訖，鬚鬢盡白，裁餘氣息，還語子弟，宜絶此法。』獻之揣知其旨，正色曰：『仲將，魏之大臣，寧有此事！使其若此，有以知魏德之不長。』安遂不之逼。」鄭虔或有書牓事，然亦用前代事。

〔一二〕滄洲二句：《趙次公先後解》：「言本滄洲隱淪之客，而動天子玉陛之上。」朱鶴齡注：「玉陛之上展滄洲之畫圖，而寡鶴誤發爲響，形容其繪事逼真。」諸家皆以作寡鶴是。按，《太平御覽》卷四六引《宣城圖經》：「三鶴山，在溧水縣東南六十里。昔有潘氏兄弟三人，於此山求仙，後道成，化爲三白鶴，於此衝天。」宣鶴疑用此。

〔一三〕三絶句：《劉賓客嘉話録》：「鄭廣文學書而病無紙，知慈恩寺有柹葉數間屋，遂借僧房居止，日取紅葉學書，歲久殆遍。後自寫所製詩並畫，同爲一卷，封進玄宗，御筆書其尾曰：『鄭虔三絶。』」《太平廣記》卷二〇八《鄭廣文》謂出《尚書故實》。

〔一四〕嗜酒二句：《晉書·阮籍傳》：「嗜酒能嘯，善彈琴。當其得意，忽忘形骸。」《莊子·應帝王》：「鄉吾示之以天壤，名實不入，而機發於踵。」

〔一五〕形骸二句：《世説新語·容止》：「劉伶身長六尺，貌甚醜悴，而悠悠忽忽，土木形骸。」《禮記·曲禮上》：「大夫七十而致事。若不得謝，則必賜几杖，行役以婦人。」

〔一六〕未曾二句：《唐語林》卷二：「天寶中，國學增置廣文館，以領詞藻之士。滎陽鄭虔久被貶謫，是歲始還京師參選，除廣文館博士。虔茫然曰：『不知廣文曹司何在？』執政謂曰：『廣文館新置，總領文詞，故以公名賢處之，且令後代稱廣文博士自鄭虔始，不亦美乎？』遂拜職。」《新唐書·鄭虔傳》：「虔乃就職。久之，雨壞廡舍，有司不復修完，寓治國子館，自是遂廢。」仇注謂非實録也。蕭綱《秋興賦》：「乃息書幌之勞，以命北園之駕。」

〔一七〕晚就二句：芸香閣，指秘書省。《初學記》卷一二引魚豢《典略》：「芸臺香辟紙魚蠹，故藏書臺稱芸臺。」盧季長《大唐故著作郎貶台州司户滎陽鄭府君並夫人瑯琊王氏墓志銘》：「六移廣文館博士，七遷著作郎。無何，狂寇憑陵，二京失守，公奔竄不暇，遂陷身戎虜。初脅授兵部郎中，次國子司業。」《楚辭·招隱士》：「坱兮軋，山曲㟮。」王逸注：「霧氣昧也。」《説文》：「坱，塵埃也。」王勃《梓州郪縣兜率寺浮圖碑》：「火絶烟沈，與雲雨而坱莽。」

〔一八〕反覆二句：《新唐書·鄭虔傳》：「安禄山反，遣張通儒劫百官置東都，僞授虔水部郎中，因稱風緩，求攝市令，潛以密章達靈武。賊平，與張通、王維並囚宣陽里。三人者皆善畫，崔圓使繪齋壁，虔等方悸死，即極思祈解於圓，卒免死，貶台州司户參軍事。」點染，點污。見卷六《園官送菜》（0285）注。朱鶴齡注：「無滌蕩，言無有洗其污賊之跡者。」仇注：「但一受僞命，無從洗滌。」按，滌蕩乃清掃義。此謂虔雖蒙污，然未遭清除，終獲寬宥。

〔一九〕履穿二句：《太平寰宇記》卷九六越州餘姚縣：「四明山在縣西南一百里。《會稽地記》云：縣南有四明山，高峰軼雲，連岫蔽日。」謝靈運《山居賦》：「凌石橋之莓苔，越楢溪之蒙紆。」《太平寰宇記》卷九八台州天台縣：「楢溪在縣東三十五里。」《清一統志》卷二三九台州府：「楢溪，在天台縣東二十里，亦名歡溪，源出華頂，南流至鳳凰山側，入始豐溪。」

〔二〇〕空聞二句：紫芝歌，見卷二《洗兵馬》（0090）注。《莊子·漁父》：「孔子游乎緇帷之林，休坐乎杏壇之上。弟子讀書，孔子絃歌鼓琴，奏曲未半，有漁父者下船而來。」《趙次公先後解》：「兩句則以四皓與漁父比之。」朱鶴齡注：「杏壇丈，言廣文館師席。《禮》：席間函丈。」

〔二一〕魍魎：見卷一《白水縣崔少府十九翁高齋三十韻》（0042）注。孫綽《游天台山賦》：「始經魑魅之途，卒踐無人之境。」《趙次公先後解》：「則台州又可言魍魎之域。」其引《游天台山賦》作「魍魎之域」。

〔二二〕劇談二句：《漢書·揚雄傳》：「口吃不能劇談。」謝朓《京路夜發》：「行矣倦路長，無由税歸鞅。」《文選》李周翰注：「税息鞅駕也。」朱鶴齡注：「言在長安時與虔游宴之樂。」

〔一三〕操紙二句：曹睿《長歌行》：「中心感時物，撫劍下前庭。」孫綽《答許詢》：「仰觀大造，俯覽時物。」仇注：「二句言醉後吟詠。」

〔一四〕濫吹：江淹《雜體詩・盧中郎諶感交》：「更以畏友朋，濫吹乖名實。」《太平御覽》卷五八一引《韓子》：「齊宣王使人吹竽，必三百人。南郭處士請爲王吹，粟食與三百人等。宣王死，愍王即位，一一聽之，處士走。或云韓昭侯，田岩使　一聽之，乃知其濫吹也。」

〔一五〕牢落句：牢落，見卷二《送樊二十三侍御赴漢中判官》（0086）注。《禮記・檀弓上》：「梁木其壞，哲人其萎，則吾將安放。」

〔一六〕蕭條四句：《晉書・阮籍傳附咸》：「咸字仲容。……咸任達不拘，與叔父籍爲竹林之游，當世禮法者譏其所爲。」《舊唐書・岐王範傳》：「鄭繇者，鄭州滎陽人，北齊吏部尚書述五代孫也。……子審亦善詩詠，乾元中任袁州刺史。」按，述當作述祖。《北齊書・鄭述祖傳》：「鄭述祖，字恭文，滎陽開封人。……天保初，累遷太子少師、儀同三司、兖州刺史。」又稱述祖爲「鄭尚書」。《唐代墓志彙編》開元三六一《大唐故贈博州刺史鄭府君墓志》：「高祖述祖，北齊侍中、開府儀同三司、尚書左僕射，謚平簡公。曾祖武叔……父懷節，皇朝澧州司馬□衛州刺史。府君即衛州之長子也，諱進思。……夫人□□□氏，（闕文）繇、雲、戎、愿、游等。」「繇」上有闕文，然據文意，知其爲進思子，平簡公述祖後。《全唐文補遺》第八輯楊漢公《唐華州潼關防禦判官朝請郎殿中侍御史内供奉驍騎尉賜緋魚袋楊漢公故人滎陽鄭氏墓志銘》：「夫人諱本柔，字本柔，滎陽人也。……曾祖繇，皇博州刺史。祖審，皇秘書監。」此鄭審後。又據盧季長《鄭

虔墓志》：「大父懷節，皇澧州司馬，贈衛州刺史。父鏡思，皇秘書郎，贈主客郎中、秘書少監。公則秘書之次子。」知虔父鏡思與進思爲兄弟行，繇與虔爲從兄弟，審爲虔之侄。《趙次公先後解》：「今以阮咸比鄭審。」鄭審謫江陵，見本書卷一五《秋日夔府詠懷奉寄鄭監審李賓客之芳一百韻》(1030)。

故右僕射相國張公九齡①

相國生南紀，金璞無留礦〔一〕。仙鶴下人間，獨立霜毛整〔二〕。矯然江海思②，復與雲路永〔三〕。寂寞想土階③，未遑等箕潁④〔四〕。上君白玉堂，倚君金華省〔五〕。碣石歲峥嶸⑤，天地日蛙黽⑥〔六〕。退食吟大庭，何心記榛梗⑦〔七〕。骨驚畏曩哲，鬒變負人境⑧〔八〕。雖蒙換蟬冠，右地恧多幸〔九〕。敢忘二疏歸⑨，痛迫蘇耽井〔一〇〕。紫綬映暮年⑩，荆州謝所領〔一一〕。庾公興不淺，黄霸鎮每静〔一二〕。賓客引調同，諷詠在務屏〔一三〕。詩罷地有餘⑪，篇終語清省〔一四〕。一陽發陰管，淑氣含公鼎〔一五〕。乃知君子心，用才文章境〔一六〕。散帙起翠螭，倚薄巫廬並〔一七〕。綺麗玄暉擁，牋誄任昉騁〔一八〕。自我一家則⑫，未缺隻字警〔一九〕。千秋滄海南，名繫朱鳥影⑬〔二〇〕。歸老守故林⑭，戀闕悄延頸⑮〔二一〕。波濤良史筆，蕪絶大庾嶺〔二二〕。向時禮數隔，

制作難上請⑯〔一三〕。再讀徐孺碑，猶思理烟艇〔一四〕。（0337）

【校】

①故右僕射相國張公九齡，錢箋題下注：「開元二十八年七月卒。」

②海，錢箋、《文苑英華》校：「一作漢。」

③土，宋本、錢箋校：「一云玉。」

④遑，《文苑英華》校：「集作嘗。」

⑤碣石，宋本、錢箋、《草堂》校：「一作竭力。」

⑥地，錢箋、《草堂》校：「一作池。」

⑦記，錢箋校：「一作託。」

⑧鬢，錢箋校：「一作鬚。」《文苑英華》作「鬚」。

⑨忘，錢箋校：「一作志。」

⑩紫綬，錢箋校：「一作金紫。」《文苑英華》作「金紫」，校：「集作紫綬。」

⑪詩罷地有餘，錢箋、《草堂》校：「一云詩地能有餘。」

⑫我，錢箋校：「一作成。」《草堂》、《文苑英華》作「成」，《草堂》校：「一作我。」　則，錢箋、《草堂》校：「一作削。」

⑬鳥，《草堂》作「雀」。

⑭老，《文苑英華》作「與」，校：「集作老。」

⑮悄，錢箋、《草堂》校：「一作嘗。」《文苑英華》作「常」，校：「集作悄。」

⑯制，《文苑英華》作「製」，校：「集作制。」

【注】

〔一〕相國二句：《舊唐書·張九齡傳》：「張九齡，字子壽，一字博物。曾祖君政，韶州別駕，因家於始興，今爲曲江人。」《新唐書·天文志》：「乃東循嶺徼，達東甌、閩中，是謂南紀，所以限蠻夷也。」《趙次公先後解》：「大抵自江漢以南，皆謂之南紀，非特江漢而已。」《説文》：「磺，銅、鐵樸石也。」《周禮·地官·丱人》注：「丱之言礦也。金玉未成器曰礦。」《圓覺經》：「如銷金礦，金非銷有。即已成金，不重爲礦。」《楞嚴經》卷四：「又如金礦，雜於精金。其金一純，更不成雜。」乃佛典常喻。

〔二〕仙鶴二句：《苕溪漁隱叢話》前集卷一一引《唐子西語録》：「《張九齡家傳》：九齡初生，母夢九鶴從天而下。恐少陵用此事。」《廣東通志》卷四四《人物志》：「張九齡字子壽，弘雅從子。別駕君政生矧令子胄，子胄生索盧丞弘愈，嘗僑南海，生九齡。其夕母夢九鶴盤天而下，故名。」

〔三〕矯然二句：鮑照《過銅山掘黃精》：「空守江海思，豈愧梁鄭客。」沈約《游沈道士館》：「都令人徑絶，唯使雲路通。」

〔四〕寂寞二句：《説苑·反質》：「古有無文者，得之矣，夏禹是也。卑小宮室，損薄飲食，土階三等，衣裳細布。」箕潁，見卷三《貽阮隱居》（0093）注。

〔五〕上君二句：班固《西都賦》：「金華玉堂，白虎麒麟。」《文選》李善注：「《三輔黄圖》曰：未央宮有清涼殿、宣室殿、中温室殿、金華殿、大玉堂殿……」《漢書·叙傳》：「鄭寬中、張禹朝夕入説《尚書》、《論語》於金華殿中。」崔湜《襄陽早秋寄岑侍郎》：「故人金華省，肅穆秉天機。」李白《朝下過盧郎中叙舊游》：「君登金華省，我入銀臺門。」唐指中書三省。《舊唐書·張九齡傳》：「開元十年，三遷司勳員外郎。……十一年，拜中書舍人。……召拜九齡爲秘書少監、集賢院學士，副知院事。再遷中書侍郎。……二十一年十二月，起復拜中書侍郎、同中書門下平章事。明年，遷中書令，兼修國史。……二十四年，遷尚書右丞相，罷知政事。」

〔六〕碣石二句：碣石，見卷六《昔游》（0288）注。《趙次公先後解》：「似比九齡之孤高。」《分門》師曰：「碣石山在東，禄山所據之方。峥嶸，高大貌。禄山有叛志，嘗自高大，視天地間如蛙黽，全無忌憚。相國料其有反意，屢請於帝。」錢箋説同。東方朔《七諫》：「雞鶩滿堂壇兮，蛙黽游乎華池。」《趙次公先後解》：「言聲之喧雜。時李林甫用事故耳。」

〔七〕退食二句：大庭，見卷六《同元使君春陵行》（0276）注。鍾嶸《詩品》郭璞：「又云『戢翼栖榛梗』，乃是坎壈詠懷。」《趙次公先後解》：「言九齡思反淳復樸，如大庭之世。」《本事詩·怨憤》：「張曲江與李林甫同列，玄宗以文學精識深器之。林甫嫉之若讎，曲江度其巧譎，慮終不免，爲《海燕》詩以致意曰：『海燕何微眇，乘春亦暫來。豈知泥滓賤，祇見玉堂開。繡户時雙

入，華軒日幾回。無心與物競，鷹隼莫相猜。』亦終退斥。」錢箋引此。

〔八〕骨驚二句：江淹《别賦》：「使人意奪神駭，心折骨驚。」《文選》李善注：「亦互文也。」謝朓《晚登三山還望京邑》：「有情知望鄉，誰能鬒不變。」《趙次公先後解》：「骨驚畏曩哲，則畏其不逮於前人。鬒變負人境，則憂其髮白而將老，皆傷功名之不立也。」仇注引《通鑑》張九齡奏請斬安禄山，玄宗曰：「卿勿以王夷甫識石勒，枉害忠良。」竟赦之。謂「畏曩哲」指夷甫，「負人境」恐爲後患也。説鑿。

〔九〕雖蒙二句：《後漢書·輿服志下》：「武冠，一曰武弁大冠，諸武官冠之。侍中、中常侍加黄金璫，附蟬爲文，貂尾爲飾。」《舊唐書·輿服志》：「侍中、中書令，加貂蟬，珮紫綬。」此言九齡遷中書令。《新唐書·張九齡傳》：「九齡既戾帝旨，固内懼，恐遂爲林甫所危，因帝賜白羽扇，乃獻賦自況。……帝雖優答，然卒以尚書右丞相罷政事。」《明皇雜録》卷下：「九齡惶恐，因作賦以獻。又爲《歸燕詩》以貽林甫。……林甫覽之，知其必退，恚怒稍解。九齡洎裴耀卿罷免之日，自中書至月華門，將就班列，二人鞠躬卑遜，林甫處其中，抑揚自得，觀者竊謂一雕挾兩兔。俄而詔張、裴爲左右僕射，罷知政事。林甫視其詔，大怒曰：『猶爲左右丞相邪？』二人趨就本班，林甫目送之。公卿以下視之，不覺股栗。」《趙次公先後解》：「言九齡在右地已慚恧而多幸。何者？有林甫之嫉、仙客之憾，則得此爲幸矣。」

〔一〇〕敢忘二句：《漢書·疏廣傳》：「疏廣字仲翁，東海蘭陵人也。……廣徙爲太傅。廣兄子受字公子，亦以賢良舉爲太子家令。……即日父子俱移病。滿三月賜告，廣遂稱篤，上疏乞骸

骨。……公卿大夫故人邑子設祖道，供張東都門外，送者車數百兩，辭決而去。及道路觀者皆曰：『賢哉二大夫。』或嘆息爲之下泣。」《水經注》耒水：「黄溪東有馬嶺山，高六百餘丈，廣圓四十許里。漢末，有郡民蘇耽栖游此山。《桂陽列仙傳》云：耽，郴縣人。少孤，養母至孝。言語虚無，時人謂之癡。……即面辭母云：受性應仙，當違供養。涕泗，又説：年將人疫，死者略半，穿一井飲水，可得無恙。如是有哭聲甚哀。後見耽乘白馬，還此山中，百姓爲立壇祠，民安歲登，民因名爲馬嶺山。」《新唐書・張九齡傳》：「數乞歸養，詔不許。以其弟九皐、九章爲嶺南刺史，歲時聽給驛省家。遷中書侍郎，以母喪解，毁不勝哀，有紫芝産坐側，白鳩白雀巢家樹。是歲，奪哀拜中書侍郎、同中書門下平章事。」《趙次公先後解》：「言其欲引退矣。詔不許而至於母死。……九齡韶州人，韶之西北與郴相接，才一百八十里耳，故得以爲言。」

〔一一〕紫綬二句：《舊唐書・張九齡傳》：「初九齡爲相，薦長安尉周子諒爲監察御史。至是，子諒以妄陳休咎，上親加詰問，令於朝堂決殺之。九齡坐引非其人，左遷荆州大都督府長史。俄請歸拜墓，因遇疾卒，年六十八，贈荆州大都督，謚曰文獻。」

〔一二〕庾公二句：《晋書・庾亮傳》：「亮在武昌，諸佐吏殷浩之徒，乘秋夜往共登南樓，俄而不覺亮至，諸人將起避之。亮徐曰：『諸君少住，老子於此興復不淺。』」《漢書・黄霸傳》：「霸以外寬内明得吏民心，户口歲增，治爲天下第一。徵守京兆尹……有詔歸潁川太守官，以八百石居治如其前。前後八年，郡中愈治。」

〔一三〕賓客二句：《舊唐書・文苑傳・孟浩然》：「孟浩然，隱鹿門山，以詩自適。年四十，來游京師，

應進士不第，還襄陽。張九齡鎮荆州，署爲從事，與之唱和。」謝朓《新治北窗和何從事》：「國小暇日多，民淳紛務屏。」盧思道《孤鴻賦》序：「囂務既屏，魚鳥爲鄰。」

〔一四〕詩罷二句：《唐詩紀事》卷一五張九齡：「中書舍人姚子顔狀其行曰：公所得俸禄，悉歸鄉園，先得賜物，上表進納。其清約如此。嘗賦詩曰：『清節往來苦，壯容離别哀。』有以見公之情也。公以風雅之道，興寄爲主，一句一詠，莫非興寄，時皆諷誦焉。」《文心雕龍·鎔裁》：「士龍思劣，而雅好清省。」

〔一五〕一陽二句：《漢書·律曆志》：「律十有二，陽六爲律，陰六爲吕。律以統氣類物，一曰黄鍾，二曰太族。……黄帝使泠綸自大夏之西，崑崙之陰，取竹之解谷，生其竅厚均者，斷兩節間而吹之，以爲黄鍾之宫。」庾信《爲晋公進玉律秤尺斗升表》：「所冀節移陰管，無勞河内之灰；氣動陽鍾，不待金門之竹。」《趙次公先後解》：「一陽發陰管，則黄鍾之律也。言其詩之和而可聽於耳。」《易·鼎·象》：「鼎，象也。以木巽火，亨飪也。聖人亨以享上帝，而大亨以養聖賢。」陸機《悲哉行》：「蕙草饒淑氣，時鳥多好音。」魏收《枕中篇》：「公鼎爲己信，私玉非身寶。」《趙次公先後解》：「淑氣含公鼎，則大亨之和也。言其詩之美而可味於口。」

〔一六〕乃知二句：《趙次公先後解》：「以其爲有用之文故也。」仇注：「惜其抱濟世之才，退而用心於文章也。」王昌齡《詩格》：「詩有三境，一曰物境，二曰情境，三曰意境。」此唐人以境言詩。文章境之説或與其有關。

〔一七〕散帙二句：潘岳《楊仲武誄》：「披帙散書，屢睹遺文。」謝靈運《酬從弟惠連》：「凌澗尋我友，

散帙問所知。」《文選》李善注：「《説文》曰：帙，書衣也。」揚雄《解難》：「獨不見翠虬絳螭之將登乎天，必聳身於蒼梧之淵。」謝靈運《過始寧墅》：「拙疾相倚薄，還得静者便。」《文選》李善注：「韓康伯《周易注》曰：薄，謂相附也。」郭璞《江賦》：「衡霍磊落以連鎮，巫廬嵬崛而比嶠。」《趙次公先後解》：「蓋言開散曲江文帙，神物欻起，其高至並巫廬之山也。……翠虬、翠螭可互用也。」「巫則巫山，在夔州。廬則廬山，在江州。」

〔一八〕綺麗二句：《趙次公先後解》：「皆言九齡可以比之也。」《文心雕龍·情采》：「韓非云『艷乎辯説』，謂綺麗也。綺麗以艷説，藻飾以辯雕，文辭之變，於斯極矣。」鍾嶸《詩品》謝惠連：「小謝才思富捷……又工爲綺麗歌謡，風人第一。」此移以言謝朓。李白《古風》：「自從建安來，綺麗不足珍。」又《詩品》任昉：「彦昇少年爲詩不工，故世稱沈詩任筆，昉深恨之。晚節愛好既篤，文亦遒變。」

〔一九〕自我二句：謝靈運《述祖德》：「達人貴自我，高情屬天雲。」此自我即我，自的介詞功能虚化。《史記·太史公自序》：「以拾遺補蓺，成一家之言。」陸機《文賦》：「立片言而居要，乃一篇之警策。」

〔二〇〕千秋二句：《史記·天官書》：「南宫朱鳥，權衡。」索隱：「《文耀鈎》云：南宫赤帝，其精爲朱鳥。」《趙次公先後解》：「當時謂九齡爲滄海遺珠，則其有名稱矣。」按，滄海遺珠乃稱狄仁傑語。

〔二一〕戀闕句：潘岳《西征賦》：「猶犬馬之戀主，竊託慕於闕庭。」崔湜《至桃林塞作》：「丹心恒戀

闕，白首更辭親。」《史記·留侯世家》：「天下莫不延頸欲爲太子死者。」

〔二二〕波濤二句：班固《答賓戲》：「馳辯如濤波，摛藻如春華。」蕭綱《贈張纘》：「既當垂帷學，復折波濤辯。」《文心雕龍·史傳》：「《曲禮》曰：『史載筆。』史者，使也。執筆左右，使之記也。」九齡遷中書令，兼修國史。江淹《恨賦》：「望君王兮何期，終蕪絶兮異域。」大庾嶺，見卷三《龍門閣》(0165)注。

〔二三〕向時二句：任昉《出郡傳舍哭范僕射》：「平生禮數絶，式瞻在國楨。」《趙次公先後解》：「則帝眷已衰，難以所制作上請於朝也。」仇注：「公於曲江無交，故有向時禮隔之語。」

〔二四〕再讀二句：張九齡《後漢徵君徐君碣銘》：「後漢高士徐君諱稚，字孺子，南昌人也。……皇唐開元十五年，予忝牧茲郡，風流是仰，在懸榻之後，想見其人。有表墓之儀，豈孤此地。」《趙次公先後解》：「慕徐孺之高風，故江漢之念不忘也。」

《苕溪漁隱叢話》前集卷一一引《少陵詩總目》：「《八哀詩》維古風中最爲大筆，崔德符嘗論斯文可以表裏《雅》《頌》，中古作者莫及也。」

葉夢得《石林詩話》卷上：「然《八哀》八篇，本非集中高作，而世多尊稱之不敢議。此乃揣骨聽聲耳，其病蓋傷於多也。如《李邕》、《蘇源明》詩中極多累句，余嘗痛刊去，僅各取其半，方爲盡善。然此語不可爲不知者言也。」

施補華《峴傭説詩》：「《八哀》洋洋大篇，然中多拙滯之語，蓋極意經營而失之者也。『文章本天成，妙手偶得之。』刻意求工，必至拙矣。」

葉矯然《龍性堂詩話》初集：「子美《八哀詩》，薈蔚蒼鬱，略無凡氣，洋洋纚纚，直百餘言，真傑作也。宋人謂其傷於多，如《李邕》、《蘇源明》篇中多累句，删去其半方盡善。吾不知其何句爲累，何處可删也。宋人無識至此，敢爾妄言。蚍蜉撼大樹，真可笑也。」

虎牙行

秋風欻吸吹南國①〔一〕，天地慘慘無顏色。洞庭揚波江漢回，虎牙銅柱皆傾側〔二〕。巫峽陰岑朔漠氣〔三〕，峰巒窈窕谿谷黑。杜鵑不來猿狖寒②，山鬼幽憂雪霜逼〔四〕。楚老長嗟憶炎瘴，三尺角弓兩斛力〔五〕。壁立石城橫塞起③，金錯旌竿滿雲直〔六〕。漁陽突騎獵青丘，犬戎鎖甲聞丹極④〔七〕。八荒十年防盜賊，征戍誅求寡妻哭，遠客中宵淚霑臆〔八〕。（0338）

【校】

①秋，錢箋、《草堂》校：「一作北。」《文苑英華》作「北」。　欻吸，錢箋、《草堂》校：「晉作欻欻。」

②寒，錢箋校：「一作啼。」《文苑英華》校：「集作啼。」

③石，《文苑英華》作「古」，校：「集作石。」

④聞，《草堂》作「闈」，校：「一作聞。」《文苑英華》作「圍」。

【注】

黄鶴注：今詩云「八荒十年防盜賊」，當是大曆二年（七六七）作。

〔一〕秋風句：江淹《雜體詩·王徵君微養疾》：「寂歷百草晦，欻吸鵾雞悲。」《文選》李善注：「欻吸，疾貌。」《趙次公先後解》謂此言風，同於謝朓《高松賦》：「卷風飆之吸欻，積霰雪之嚴霏。」

〔二〕洞庭二句：《水經注》江水：「江水又東歷荆門、虎牙之間，荆門在南，上合下開，闇徹山南，有門像虎牙，在北，石壁色紅，間有白文，類牙形，並以物像受名。此二山，楚之西塞也，水勢急峻。故郭景純《江賦》曰『虎牙桀豎以屹崒，荆門闕竦而盤薄。圓淵九回以懸騰，溢流雷呴而電激』者也。」「江水又東逕漢平縣二百餘里，左自涪陵東出百餘里，而届於黄石，東爲桐柱灘。又逕東望峽，東歷平都，峽對豐民洲，舊巴子別都也。」《太平寰宇記》卷一二〇涪州：「《周地圖記》云：涪陵江中有銅柱灘，昔人於此維舟，見水底有銅柱，故名銅柱灘。灘最險急。」《趙次公先後解》：「今以風吹之故，山與灘其勢皆傾倒。」

〔三〕巫峽句：何遜《石頭答庾郎丹》：「陰岑自爾悦，寂寥予罕寄。」《趙次公先後解》：「巫峽雖在南方，今以風寒故成陰岑，而如朔漠之氣。」

〔四〕杜鵑二句：《趙次公先後解》：「杜鵑、猿狖、山鬼，皆南國之物也。」

〔五〕楚老二句：《唐六典》卷一六武庫令：「弓之制有四：一曰長弓，二曰角弓，三曰稍弓，四曰格弓。……角弓以筋角，騎兵用之。」《南齊書・武十七王傳》：「子響勇力絶人，開弓四斛力。」《趙次公先後解》：「三尺角弓，其斗力未多也。以風寒之故，乃堅勁難開，如兩斛之力。」仇注：「舊時秋猶炎瘴，今忽風寒弓勁，此即兵象也。」

〔六〕壁立二句：《趙次公先後解》：「石城指言白帝城，蓋其城乃山石自然之城。」「金錯旌竿，如今所謂銀纏竿槍之類。」

〔七〕漁陽二句：漁陽突騎，參卷六《漁陽》(0263)注。《趙次公先後解》：「指言安史之兵。……蓋追言之，以引下云『十年防盜賊』句。」司馬相如《子虛賦》：「秋田乎青丘，徬徨乎海外。」《史記》正義：「服虔云：青丘國在海東三百里。郭璞云：青丘，山名。上有田，亦有國，出九尾狐，在海外。」劉峻《辯命論》：「雖大風立於青丘，鑿齒奮於華野。」《文選》李善注：「青丘，東方。」《唐六典》卷一六武庫令：「甲之制十有三：……十有二曰鎖子甲。……今明光、光要、細鱗、山文、烏鎚、鎖子，皆鐵甲也。」《趙次公先後解》：「丹極者，帝居也。」唐高宗《册趙王福梁州都督文》：「摛祥丹極，毓慶元樞。」朱鶴齡注：「廣德元年，吐蕃陷京師，故曰圍丹極。」

〔八〕八荒三句：仇注：「歌行結尾，每用疊韻，若『哭』字用叶，不必疑『丹極』下有漏句矣。」

錦樹行

今日苦短昨日休，歲云暮矣增離憂〔一〕。霜凋碧樹行錦樹①〔二〕，萬壑東逝無停留。荒戍之城石色古，東郭老人住青丘〔三〕。飛書白帝營斗粟，琴瑟几杖柴門幽〔四〕。青草萋萋盡枯死②，天馬跂足隨犛牛③〔五〕。自古聖賢多薄命，姦雄惡少皆封侯④〔六〕。故國三年一消息，終南渭水寒悠悠。五陵豪貴反顛倒，鄉里小兒狐白裘〔七〕。生男墮地要膂力，一生富貴傾邦國⑤。莫愁父母少黄金，天下風塵兒亦得〔八〕。（0339）

【校】

① 行，錢箋作「待」，校：「荆作行。一云作。」《草堂》作「作」，校：「荆公作行。」

② 青，錢箋校：「荆作春。」

③ 馬跂，錢箋校：「陳作與驤。跂一作跛。」天馬跂足，《草堂》校：「一作天與跂足。」

④ 皆封侯，錢箋校：「一作封公侯。」《草堂》校：「王本作封公侯。」

⑤ 一生，錢箋、《草堂》校：「一作生女。」邦，《九家》、《草堂》作「家」。

【注】

黃鶴注：當是大曆二年（七六七）東屯作。

〔一〕今日二句：曹植《當來日大難》：「日苦短，樂有餘。」陸機《短歌行》：「來日苦短，去日苦長。」《楚辭·九歌·山鬼》：「風颯颯兮木蕭蕭，思公子兮徒離憂。」《文選》劉良注：「離，罹也。」

〔二〕霜凋句：《趙次公先後解》：「上句則木葉經霜而紅，若錦然也。」楊慎《升庵詩話》卷一：「『黃夾纈林寒有葉』，白居易詩也。夾纈，錦之別名。杜詩所謂『霜凋碧樹作錦樹』，同意。」朱鶴齡注引此。

〔三〕荒戍二句：《趙次公先後解》：「東郭，指夔州之郭也。東郭老人，則公自言。住青丘……蓋與齊地之青丘偶同名耳。」白帝城稱東城，見卷六《柴門》（0274）注。朱鶴齡注：「《史記》：齊人東郭先生待詔公車。公以東郭先生自擬，故云『住青丘』。」

〔四〕几杖：見本卷《八哀詩·鄭公虔》（0336）注。

〔五〕青草二句：《趙次公先後解》：「草枯，則無以充天馬之飼，與犛牛無異矣。」《詩·衛風·河廣》：「誰謂宋遠，跂予望之。」箋：「我跂足則可以望見之。」犛牛，産西南。《漢書·郊祀志》：「殺一犛牛，以爲俎豆牢具。」注：「李奇曰：音貍。師古曰：西南夷長尾髦之牛也。一音茅。」《後漢書·西羌傳》：「或爲犛牛種，越巂羌是也。」《通典》卷一九〇《宕昌》：「牧養犛牛、羊、豕，以供其食。」党項：「以犛牛、馬、驢、羊、豕爲食。」

〔六〕自古二句：《史記·伯夷列傳》：「或曰：天道無親，常與善人。若伯夷、叔齊，可謂善人者非邪？積仁絜行如此而餓死。且七十子之徒，仲尼獨薦顏淵爲好學，然回也屢空，糟糠不厭，而卒蚤夭。天之報施善人，其何如哉？」劉峻《辯命論》：「然則高才而無貴仕，饕餮而居大位，自古所歎，焉獨公明而已哉！故性命之道，窮通之數，夭閼紛綸，莫知其辯。仲任蔽其源，子長闡其惑。」

〔七〕五陵二句：班固《西都賦》：「南望杜霸，北眺五陵，名都對郭，邑居相承。英俊之域，紱冕所興。冠蓋如雲，七相五公。與乎州郡豪傑，五都之貨殖，三選七遷，充奉陵邑。」《文選》李善注：「《漢書》曰：宣帝葬杜陵，文帝葬霸陵，高帝葬長陵，惠帝葬安陵，景帝葬陽陵，武帝葬茂陵，昭帝葬平陵。」《趙次公先後解》：「本是七陵……其後多摘『五陵』兩字而承用之也。」《史記·孟嘗君列傳》：「孟嘗君使人抵昭王幸姬求解，幸姬曰：『妾願得君狐白裘。』」集解：「韋昭曰：以狐之白毛爲裘。謂集狐腋之毛，言美而難得者。」

〔八〕生男四句：傅玄《苦相篇》：「男兒當門户，墮地自生神。雄心志四海，萬里望風塵。」《三國志·魏書·呂布傳》：「布便弓馬，膂力過人。」《趙次公先後解》：「師民瞻本作『生女富貴傾家國』，則與上下句皆男子之事不接矣。此蓋泥於『傾』字也。」朱鶴齡注：「貴妃時民間語曰：『生男勿喜女勿悲，君看生女作門楣。』詩末正翻此，言風塵之時，男兒亦好，豈必生女能致富貴乎。」王嗣奭《杜臆》：「此等詩皆有所避忌，故顛倒朦朧其語。……大抵有武夫惡少，乘亂得

官，而豪横無忌，觀『膂力』、『風塵』語可見。自玉環得寵，有『不重生男重生女』之說，此又反之，謂天下風塵，有力村夫，皆可得官，多金而榮其父母矣。」

赤霄行

孔雀未知牛有角，渴飲寒泉逢觝觸〔一〕。赤霄玄圃須往來，翠尾金花不辭辱〔二〕。江中淘河嚇飛燕，銜泥却落羞華屋〔三〕。皇孫猶曾蓮勺困，衛莊見貶傷其足①〔四〕。老翁慎莫怪少年，葛亮貴和書有篇〔五〕。丈夫垂名動萬年，記憶細故非高賢〔六〕。（0340）

【校】

① 衛，錢箋、《草堂》校：「一作鮑。」

【注】

《趙次公先後解》編入大曆二年（七六七）所作。黄鶴注：末云「老翁慎莫怪少年」，當是指郭英乂，與《莫相疑行》同是永泰元年（七六五）作。

〔一〕渴飲句：揚雄《校獵賦》：「犀兕之抵觸，熊羆之挐攫。」

〔二〕赤霄二句：赤霄，見本卷《八哀詩·鄭公虔》（0336）注。玄圃，見卷二《奉先劉少府新畫山水障歌》（0080）注。《埤雅》卷七：「《博物志》云：孔雀尾多變色，或紅或黄，喻如雲霞，其色無定。人拍其尾則舞。尾有金翠，五年而後成。始生三年，金翠尚小。初春乃生，三四月後復凋，與花萼俱衰榮。雌者不冠尾短，無金翠。人采其尾，以飾扇拂，生取則金翠之色不減。南人取其尾者，握刀蔽於叢竹潛隱之處，伺過急斬其尾，若不即斷，回首一顧，金翠無復光彩。性頗妒忌，自矜其尾，雖馴養已久，遇婦人童子服錦綵者，必逐而啄之。每欲山栖，先擇置尾之地。故欲生捕者，候雨甚往擒之，尾霑而重，不能高翔，人雖至，且愛其尾，不復騫揚也。《嶺表録異》云：孔雀翠尾，自累其身。比夫雄雞自斷其尾，無所稱焉。」《趙次公先後解》：「孔雀蓋赤霄玄圃往來之物，渴而飲泉，不得已也。不知牛有角而逢抵觸，則值非其類也。」

〔三〕江中二句：《爾雅·釋鳥》：「鵜，鴮鸅。」注：「今之鵜鶘也。好群飛，沈水食魚，故名洿澤。俗呼之爲淘河。」陸璣疏：「鵜，水鳥。形如鶚而極大，喙長尺餘，直而廣。口中正赤，頷下胡大如數斗囊。若小澤中有魚，便群共抒水，滿其胡而弃之，令水竭盡，魚在陸地，乃共食之，故曰淘河。」《趙次公先後解》：「《莊子》言鴟得腐鼠，鵷雛過之，仰而視之，曰嚇。飛燕從江上來，爲淘河所疑，意謂燕争其魚而嚇之。……孔雀與燕皆自譬也。牛與淘河以譬見辱之子。華屋，主人之屋也。豈言夔州所依之主人如柏中丞者乎？」

〔四〕皇孫二句：《漢書·宣帝紀》：「孝宣皇帝，武帝曾孫，戾太子孫也。……然亦喜游俠，鬭雞走

馬，具知閭里奸邪，吏治得失。數上下諸陵，周徧三輔，常困於蓮勺鹵中。」注：「如淳曰：爲人所困辱也。蓮勺縣有鹽池，縱廣十餘里。其鄉人名爲鹵中。」《左傳》成公十七年：「國子相靈公以會，高、鮑處守。及還，將至，閉門而索客。孟子訴之曰：『高、鮑將不納君，而立公子角。國子知之。』秋七月壬寅，刖鮑牽而逐高無咎。……仲尼曰：『鮑莊子之知不如葵，葵猶能衛其足。』」杜預注：「葵傾葉向日，以蔽其根。言鮑牽居亂，不能危行言孫。」朱鶴齡注：「『衛』當作『鮑』。」

〔五〕葛亮句：《三國志·蜀書·諸葛亮傳》陳壽上《諸葛亮集》二十四篇，「貴和第十一」。《趙次公先後解》：「以諸葛《貴和》爲鑒，則又所以自責，蓋惟不能和，則必召辱矣。」

〔六〕記憶句：賈誼《鵩鳥賦》：「德人無累兮，知命不憂。細故蔕芥兮，何足以疑。」

張戒《歲寒堂詩話》卷上：「子美自以爲孔雀，而以不知己者爲牛。自當時觀之，雖曰薄行可也。自後世觀之，與子美同時而不知者，庸非牛乎？子美不能堪，故曰『老翁慎莫怪少年，葛亮貴和書有篇。丈夫垂名動萬年，記憶細故非高賢』，蓋自遣也。淵明之窮，過於子美，抵觸者固自不乏。然而未嘗有孔雀逢牛之詩，忘懷得失，以此自終。此淵明所以不可及也歟？」

《趙次公先後解》：「此篇乃遭侮辱而感歎之作。」朱鶴齡注：「詩云『老翁慎莫怪少年』，

乃是勸勉他人語，非自喻也。」

前苦寒行二首〔一〕

漢時長安雪一丈，牛馬毛寒縮如蝟〔二〕。楚江巫峽冰入懷，虎豹哀號又堪記。

秦城老翁荆揚客，慣習炎蒸歲絺綌〔三〕。玄冥祝融氣或交，手持白羽未敢釋〔四〕。

（0341）

【注】

黄鶴注：《舊史》：永泰元年正月癸巳，雪盈尺。二年正月丁巳朔，大雪平地二尺。當是大曆元年（七六六）正月公在雲安作。仇注：據次章之説，是公兩遇白帝之雪，明係大曆二年（七六七）冬作。史所記雪，乃長安事，恐與夔州不同。按，次篇言去年雪在山，乃常年之景。仇説微誤。

〔一〕苦寒行：《樂府詩集》卷三三《相和歌辭》引《古今樂録》：「王僧虔《技録》：清調有六曲：一《苦寒行》，二《豫章行》……武帝『北上』，《苦寒行》。……明帝『悠悠』，《苦寒行》。」又魏武帝《苦寒行》引《樂府解題》：「晋樂奏魏武帝《北上篇》，備言冰雪溪谷之苦。其後或謂之《北上行》，蓋因武帝辭而擬之也。」

〔二〕漢時二句：《西京雜記》卷二：「元封二年大寒，雪深五尺，野中鳥獸皆死，牛馬皆蜷蹜如蝟。三輔人民凍死者十有二三。」鮑照《代出自薊北門行》：「馬毛縮如蝟，角弓不可張。」

〔三〕秦城二句：《趙次公先後解》：「秦城老翁，自言其長安人也。荆揚客，則言其今旅泊於外也，雖在夔而已有荆揚之期矣。」絺綌，見卷三《遣興五首》(0113)注。

〔四〕玄冥二句：《禮記・月令》：「孟冬之月……其神玄冥。」「季夏之月……其神祝融。」《趙次公先後解》：「楚地多熱，今雖苦寒，然當玄冥用事之時，而祝融之氣或相交，仍當使扇矣。」

去年白帝雪在山，今年白帝雪在地〔一〕。凍埋蛟龍南浦縮，寒刮肌膚北風利①。楚人四時皆麻衣，楚天萬里無晶輝②〔二〕。三足之烏足恐斷③，羲和送將安所歸④〔三〕？（0342）

【校】

① 刮，錢箋、《草堂》校：「陳作割。」《文苑英華》作「割」，校：「一作刮。」

② 里，《文苑英華》作「頃」，校：「一作里。」

③ 足，《文苑英華》作「骨」，校：「一作足。」

④ 送將安所歸，錢箋校：「一作迭送將安歸。一作送之將安歸。」《草堂》校：「一刊作迭送將安歸。」

安，錢箋、《草堂》作「何」。《文苑英華》作「送之將安歸」，校：「一作送將安所歸。又作迭送將安歸。」

【注】

〔一〕去年二句：《趙次公先後解》：「雪在山則雪之尚少，雪在地則多矣。」仇注：「雪到地，祁寒甚矣。」南方唯山高處有雪，今年則平地降雪寒甚。

〔二〕楚天：喬知之《苦寒行》：「遥裔出雁關，逶迤含晶光。」喬備《出塞》：「陰雲暮下雪，寒日晝無晶。」晶輝言日光。

〔三〕三足二句：《淮南子・精神訓》：「日中有踆烏。」高誘注：「踆猶蹲也。謂三足烏。」羲和，日御。見卷五《别唐十五誡因寄禮部賈侍郎》(0233)注。將，語助詞，接於動詞後。本書卷一八《送魏二十四司直充嶺南掌選崔郎中判官兼寄韋韶州》(1396)：「憑報韶州牧，新詩昨寄將。」《敦煌變文集・王陵變文》：「與寡人領將一百識文字人，抄録將來。」敦煌詞《失調名》：「九天遠地覓將來，移將後院深處坐。」仇注：「冬日無光，豈日烏畏寒，而羲和使之匿影耶？此與『羲和冬馭近，愁畏日車翻』，同屬憑空想像語。」

後苦寒行二首

南紀巫廬瘴不絶〔一〕，太古以來無尺雪。蠻夷長老怨苦寒，崑崙天關凍應

折①〔二〕。玄猿口噤不能嘯，白鵠翅垂眼流血②，安得春泥補地裂〔三〕？（0343）

【校】

①應，《文苑英華》作「欲」，校：「一作應。」

②流，錢箋校：「一作出。」《文苑英華》作「出」，校：「一作流。」

【注】

仇注：詩云「天兵新斬青海戎」，大曆二年（七六七）吐蕃寇邠、靈州，故云然。黃鶴指永泰元年者，非也。

〔一〕南紀句：南紀、巫廬，見本卷《八哀詩·張公九齡》（0337）注。

〔二〕蠻夷二句：《趙次公先後解》引《神異經》崑崙有銅柱，所謂天柱也，「今所謂天關，豈天柱者乎？」又謂「折」字用《列子》共工怒觸不周之山，天柱折。《草堂》夢弼注：「崑崙山爲天柱，崆峒山爲天關。」揚雄《長楊賦》：「於是上帝眷顧高祖，高祖奉命，順斗極，連天關。橫鉅海，漂崑崙。」《文選》李善注：「《天官星占》曰：北辰一名天關。又《星經》曰：牽牛神一名天關。」朱鶴齡注引此。仇注：「言天上地下皆凍也。」按，《史記·天官書》：「黑帝行德，天關爲之動。」正義：「黑帝，北方叶光紀之帝也。冬萬物閉藏，爲之動，爲之開閉也。天關一星，在五車南，畢西北，爲天門，日月五星所道，主邊事，亦爲限隔內外，障絕往來，禁道之作違者。」崑崙可言折，

闕亦可言折。

〔三〕玄猿三句：陸機《苦寒行》：「猛虎憑林嘯，玄猿臨岸歎。」《相和歌辭・艷歌何嘗行》：「吾欲銜汝去，口噤不能開。」《禮記・月令》：「仲冬之月……冰益壯，地始坼。」《後漢書・五行志》：「京房《易傳》曰：地裂者，臣下分離，不肯相從也。」《草堂》夢弼注：「甫託意言賊割裂州郡也。」仇注：「寒極思春，乃道其常。」

晚來江門失大木①〔一〕，猛風中夜吹白屋②。天兵斷斬青海戎③，殺氣南行動坤軸④〔二〕。不爾苦寒何太酷⑤，巴東之峽生凌澌，彼蒼回軒人得知⑥〔三〕。（0344）

【校】

① 晚，錢箋校：「一作曉。」《文苑英華》作「曉」，校：「一作晚。」 門，錢箋校：「一作邊。」《草堂》校：「一作間。」《文苑英華》作「邊」。

② 吹，《文苑英華》作「飛」，校：「一作吹。」

③ 斷斬，錢箋作「斬斷」。 斷，《文苑英華》作「新」，校：「一作斷。」

④ 坤，錢箋作「地」。

⑤ 太，錢箋校：「一作其。」《文苑英華》作「其」，校：「一作太。」

⑥ 軒，錢箋校：「舊作軻。刊作斡。」《九家》、《草堂》、《文苑英華》、《樂府詩集》作「斡」，《草堂》校：「一

作軒。」

【注】

〔一〕晚來句：江門，蓋指江關。《水經注》江水：「江水又東逕魚復縣故城南……《地理志》江關都尉治。」《太平寰宇記》卷一四八夔州：「三鈎鎮在州東三里，舊時鐵鎖斷江，浮梁禦敵處也。鎮居數溪之會，故曰三鈎。唐武德二年廢。」

〔二〕天兵二句：青海戍，指吐蕃。坤軸，見卷三《青陽峽》(0146)注。《趙次公先後解》：「今言苦寒之故，以天兵斬盡吐蕃，殺氣所至。」

〔三〕不爾二句：郭璞《江賦》：「若乃巴東之峽，夏后疏鑿。」《初學記》卷七引《風俗通》：「積冰曰凌，冰壯曰凍，冰流曰澌，冰解曰泮。」《詩·秦風·黄鳥》：「彼蒼者天，殲我良人。」回軒，回車。湛方生《七歡》：「撫往運而長揖，因歸風而回軒。」盧諶《覽古》：「屈節邯鄲中，俯首忍回軒。」諸家作「回斡」，謂天爲之回轉斡旋，人豈知之。

晚晴

高唐暮冬雪壯哉①〔一〕，舊瘴無復似塵埃。崖沉谷没白皚皚，江石缺裂青楓

摧〔二〕。南天三旬苦霧開，赤日照耀從西來，六龍寒急光徘徊〔三〕。照我衰顏忽落地，口雖吟詠心中哀〔四〕。未怪及時少年子，揚眉結義黄金臺〔五〕。洎乎吾生何飄零②，支離委絶同死灰〔六〕。（0345）

【校】

① 唐，《草堂》校：「舊作堂。今從師民瞻本爲正。」

② 洎，錢箋校：「陳作汩。」《草堂》校：「一作泊。或作汩。」

【注】

黄鶴注：當是大曆二年（七六七）冬作。

〔一〕高唐：指巫山。參卷六《雨》(0297)「巫山臺」注。

〔二〕崖沉二句：《趙次公先後解》：「崖沉谷没，則雪漫之也。石缺楓摧，則雪壓之也。」班彪《北征賦》：「飛雲霧之杳杳，涉積雪之皚皚。」

〔三〕南天三句：鮑照《舞鶴賦》：「嚴嚴苦霧，皎皎悲泉。」阮籍《詠懷》：「沐浴丹淵中，照耀日月光。」六龍，馭日車。見卷五《別唐十五誡因寄禮部賈侍郎》(0233)注。仇注：「冬晷短，故寒急。」

〔四〕照我二句：仇注：「夕影斜，故落地。傷暮年，故心哀。」

〔五〕揚眉句：阮籍《大人先生傳》：「乃揚眉而蕩目，振袖而撫裳。」鮑照《代放歌行》：「豈伊白璧賜，將起黄金臺。」《文選》李善注：「王隱《晋書》曰：段匹磾討石勒，進屯故安縣故燕太子丹金臺。《上谷郡圖經》曰：黄金臺，易水東南十八里。燕昭王置千金於臺上，以延天下之士。」

〔六〕洎乎二句：《三國志・魏書・文帝紀》：「洎乎孝、靈，不恒其心。」《晋書・后妃傳》：「洎乎世祖，始親選良家。」洎，及也。此猶言説到。朱鶴齡注作「汩乎」，引《離騷》「汩余若將弗及兮」。汩，去貌。謝惠連《雪賦》：「憑雲升降，從風飄零。」謝靈運《永初三年七月十六日之郡初發都》：「曰余亦支離，依方早有慕。」《文選》李善注：「《莊子》曰：支離疏者，頤隱於齊，肩高於頂，會撮指天，五管在上，兩髀爲脅。《七賢音義》曰：形體離，不全正也，名疏。」見《莊子・人間世》。委絶，委弃。沈約《奉和竟陵王藥名詩》：「細柳空葳蕤，水萍終委絶。」《莊子・齊物論》：「形固可使如槁木，而心固可使如死灰乎？」

復陰

方冬合沓玄陰塞〔一〕，昨日晚晴今日黑。萬里飛蓬映天過，孤城樹羽揚風直〔二〕。江濤簸岸黄沙走①，雲雪埋山蒼兕吼〔三〕。君不見夔子之國杜陵翁〔四〕，牙齒半落左耳聾。（0346）

【校】

①簸，錢箋、《草堂》校：「一作欺。」

【注】

黃鶴注：同是大曆二年（七六七）冬作。

〔一〕方冬句：王褒《洞簫賦》：「薄索合沓，罔象相求。」《文選》李善注：「合沓，重沓也。」《玉臺新詠》古詩：「夜光照玄陰，長歎念所思。」

〔二〕萬里二句：《雜曲歌辭·古八變歌》：「翩翩飛蓬征，愴愴游子懷。」江淹《從建平王游紀南城》：「君王澹以思，樹羽望楚城。」《趙次公先後解》：「則白帝城上屯戍之旗也。」

〔三〕蒼兕：《史記·齊太公世家》：「師尚父左杖黃鉞，右把白旄以誓，曰：蒼兕蒼兕，總爾衆庶，與爾舟楫，後至者斬。」索隱：「馬融曰：蒼兕，主舟楫官名。又王充曰：蒼兕者水獸，九頭。今誓衆，令急濟，故言蒼兕以懼之。」

〔四〕君不見句：《左傳》僖公二十六年：「夔子不祀祝融與鬻熊，楚人讓之，對曰：『我先王熊摯有疾，鬼神弗赦而自竄於夔。吾是以失楚，又何祀焉？』秋，楚成得臣、鬬宜申帥師滅夔，以夔子歸。」《水經注》江水秭歸縣：「縣，故歸鄉。《地理志》曰：歸子國也。《樂緯》曰：昔歸典叶聲律。宋忠曰：歸即夔。歸鄉蓋夔鄉矣。古楚之嫡嗣有熊摯者，以廢疾不立，而居於夔，爲楚附庸。後王命爲夔子。」

夜歸

夜來歸來衝虎過〔一〕，山黑家中已眠臥。傍見北斗向江低，仰看明星當空大〔二〕。庭前把燭嗔兩炬①，峽口驚猿聞一箇〔三〕。白頭老罷舞復歌，杖藜不睡誰能那〔四〕。（0347）

【校】

① 嗔，錢箋、《草堂》校：「一作喚。」

【注】

黄鶴注：大曆二年（七六七）在瀼西居時作。

〔一〕夜來二句：夜來，來爲名詞詞尾，表時間。孟浩然《春曉》：「夜來風雨聲，花落知多少。」衝，向，冒。《敦煌變文集·燕子賦》：「使人遠來衝熱，且向窟裏逐涼。」峽中多虎，見卷六《客居》（0268）注。

〔二〕傍見二句：《詩·小雅·大東》：「東有啓明，西有長庚。」傳：「日旦出謂明星爲啓明，日既入

謂明星爲長庚。」大，唐佐切。見卷一《送高三十五書記》(0002)注。

〔三〕庭前二句：《趙次公先後解》：「嗔兩炬，亦愛惜之意，實道其事也。」王嗣奭《杜臆》：「此窮儒之態也。情真故妙。」《北齊書·安德王延宗傳》：「可憐止有此一箇。」黄徹《䂬溪詩話》卷七：「數物以箇，謂食爲喫，甚近鄙俗，獨杜屢用。『峽口驚猿聞一箇』、『兩箇黄鸝鳴翠柳』、『却繞井欄添箇箇』。」

〔四〕白頭二句：《趙次公先後解》：「老罷字，或云以老而罷官也。」錢箋：「《顧況集》：閩俗呼子爲囝，父爲郎罷。此云老罷，亦戲用閩俗語也。」按，老罷即已老。《敦煌變文集·父母恩重講經文》：「苦惱莫能言，是事都來罷。」來罷即來過，已發生。如醉罷、釣罷，即已醉、已釣之義。那，朱鶴齡注：「何也。」《左傳》宣公二年：「弃甲則那。」杜預注：「那，猶何也。」按，此即不能奈何義。《敦煌變文集·金剛般若波羅蜜經講經文》：「深觀濁世苦偏多，惡業持身不那何。」齊己《放鷺鷥》：「潔白雖堪愛，腥膻不那何。」《祖堂集》卷七洞山：「一句子天下人不那何。」那何即奈何。

寄柏學士林居①〔一〕

自胡之反持干戈，天下學士亦奔波。歎彼幽栖載典籍，蕭然暴露依山

阿②〔二〕。青山萬里静散地③〔三〕，白雨一洗空垂蘿。亂代飄零余到此④，古人成敗子如何〔四〕？荆揚春冬異風土〔五〕，巫峽日夜多雲雨⑤。赤葉楓林百舌鳴，黄泥野岸天雞舞⑥〔六〕。盜賊縱横甚密邇〔七〕，形神寂寞甘辛苦。幾時高議排金門，各使蒼生有環堵〔八〕。（0348）

【校】

①林居，《草堂》校：「魯作草堂。」

②依，錢箋校：「一作向。」

③里，錢箋校：「一作重。」《草堂》校：「王作重。」

④余，錢箋校：「一作餘。」《草堂》校：「作餘者誤也。」

⑤雲，錢箋校：「一作風。」《草堂》作「風」。

⑥泥，宋本、錢箋、《九家》、《草堂》校：「一作花。」

【注】

黄鶴注：當是大曆元年（七六六）夔州作。

〔一〕柏學士：名不詳。本書卷一六有《柏學士茅屋》（1270）。

〔二〕歎彼二句：《楚辭·九歌·山鬼》：「若有人兮山之阿，被薜荔兮帶女蘿。」王逸注：「阿，曲隅也。」

〔三〕青山句：《趙次公先後解》：「静散地，則僻静閑散之地也。『散地』字，王弼云『投戈散地』也。」仇注：「静處散地。」按，《史記·黥布列傳》：「諸侯戰其地爲散地。」集解：「《漢書音義》曰：謂散滅之地。」正義：「魏武帝注《孫子》曰：卒戀土地，道近而易敗散。」王弼語亦出此，非閑散義。《舊唐書·楊綰傳》：「乃奏爲國子祭酒，實欲以散地處之。」乃閑散義。

〔四〕亂代二句：朱鶴齡注：「因學士載書而隱，故問以觀古人成敗之事今當如何也。」

〔五〕荆揚句：《分門》洙曰：「《風土記》：荆揚之間，春寒而秋暖。此所以爲異也。」

〔六〕赤葉二句：《禮記·月令》：「小暑至，螳螂生，鵙始鳴，反舌無聲。」注：「反舌，百舌鳥。」《藝文類聚》卷九二引《易緯通卦》：「百舌者，反舌鳥也。能反覆其口，隨百鳥之音。」《太平御覽》卷二三引《雜説》：「百舌鳥一名反舌，春始囀，夏至則止。唯食蚯蚓，正月以後凍開則來，蚯蚓出故也。十月以後則藏，蚯蚓蟄故也。」天雞，見卷四《枯柟》(0191)注。

〔七〕盜賊句：《趙次公先後解》：「此大曆二年之冬春，則去年十二月周智光反，據華州。今年正月同華將吏殺智光，傳首闕下。九月吐蕃寇靈州，又寇邠州。同月桂州山獠反。斯所謂『盜賊縱横』矣。謂之『甚密邇』，言其時日之尚近也。或云別有盜賊，去夔、荆之地爲近。」黄鶴注：「非指崔旰，即指周智光也。」

〔八〕幾時二句：吴質《答東阿王書》：「歷玄闕，排金門，升玉堂。」《禮記·儒行》：「儒有一畝之宫，

環堵之室。」

寄從孫崇簡〔一〕

嵯峨白帝城東西，南有龍湫北虎溪〔二〕。吾孫騎曹不騎馬①，業學尸鄉多養雞〔三〕。龐公隱時盡室去，武陵春樹他人迷〔四〕。與汝林居未相失，近身藥裹酒長攜〔五〕。牧豎樵童亦無賴，莫令斬斷青雲梯〔六〕。（0349）

【校】

①騎馬，「騎」錢箋校：「一作記。」《九家》、《草堂》作「記」，《草堂》校：「一作騎。」

【注】

黄鶴注：似是大曆二年（七六七）作，時在赤甲瀼西也。

〔一〕崇簡：杜崇簡，世系不詳。本書卷一五《吾宗》（1085）注：「衛倉曹崇簡。」黄鶴注引《新唐書·世系表》，崇簡出襄陽房，益州司馬參軍。今《新唐書》未見，係誤引。

〔二〕南有句：龍湫、虎溪，未詳，疑爲泛稱。

〔三〕吾孫二句：《世説新語・簡傲》：「王子猷作桓車騎騎兵參軍，桓問曰：『卿何署？』答曰：『不知何署。時見牽馬來，似是馬曹。』桓又問：『官有幾馬？』答曰：『不問馬，何由知其數？』又問：『馬比死多少？』答曰：『未知生，焉知死。』」尸鄉，見卷六《催宗文樹雞柵》（0284）注。

〔四〕龐公二句：龐公，見卷三《遣興五首》（0109）注。武陵，見卷三《赤谷西崦人家》（0100）注。

〔五〕近身句：《漢書・外戚傳》：「武發篋中，有裹藥二枚。」《宋書・符瑞志》：「帝患手創積年，沙門出懷中黄散一裹與帝，曰：『此創難治，非此藥不能瘳也。』」《太平廣記》卷二《彭祖》（出《神仙傳》）：「服藥百裹，不如獨卧。」一裹猶言一服、一劑。

〔六〕牧豎二句：《史記・高祖本紀》：「始大人常以臣無賴。」集解：「晋灼曰：許慎曰：賴，利也。無利入於家也。或曰江淮之間謂小兒多狡猾爲無賴。」郭璞《游仙詩》：「靈谿可潛盤，安事登雲梯。」《文選》李善注：「雲梯，言仙人昇天，因雲而上，故曰雲梯。《墨子》曰：公輸般爲雲梯，必取宋。張湛《列子注》曰：班輸爲梯，可以陵虚。」謝靈運《登石門最高頂》：「惜無同懷客，共登青雲梯。」

西閣曝日①

凛冽倦玄冬，負暄嗜飛閣〔一〕。羲和流德澤，顓頊愧倚薄〔二〕。毛髮具自和②，

肌膚潛沃若〔三〕。太陽信深仁，衰氣欻有託〔四〕。攲傾煩注眼，容易收病脚〔五〕。流離木杪猿③，翩僊山巔鶴④〔六〕。用知苦聚散⑤，哀樂日已作⑥〔七〕。即事會賦詩，人生忽如昨⑦〔八〕。古來遭喪亂，賢聖盡蕭索〔九〕。胡爲將暮年，憂世心力弱。（0350）

【校】

① 日，《文苑英華》作「背」。

② 和，錢箋、《草堂》校：「一作私。」《九家》、《文苑英華》作「私」，《文苑英華》校：「集作和。」

③ 流離，錢箋、《草堂》校：「或作瀏漓。」《文苑英華》作「瀏漓」。　杪，錢箋校：「一作梢。」《文苑英華》作「梢」，校：「集作流離木杪。」

④ 僊，《文苑英華》作「翻」，校：「集作僊。」錢箋作「蹮」。

⑤ 用，錢箋校：「刊作朋。」《九家》、《草堂》作「朋」，《草堂》校：「王作用。或作明。非也。」《文苑英華》作「明」。

⑥ 日已作，錢箋校：「一作亦已昨。」《文苑英華》作「亦已昨」，校：「集作日已作。」

⑦ 昨，錢箋校：「一作錯。」《文苑英華》作「錯」，校：「集作昨。」

【注】

黄鶴注：當是大曆元年（七六六）居西閣時作。

〔一〕負暄：見卷六《槐葉冷淘》(0282)「獻芹」注。

〔二〕羲和二句：羲和，日御。《禮記・月令》：「孟冬之月……其帝顓頊。」倚薄，見本卷《八哀詩・張公九齡》(0337)注。仇注：「顓頊斂威矣。」按，倚薄爲倚附義，慚愧有感謝義，見張相《詩詞曲語詞匯釋》。此「愧」字亦作感謝解。句謂冬日爲能倚附陽光而感愧。

〔三〕沃若：《詩・衛風・氓》：「桑之未落，其葉沃若。」傳：「沃若，猶沃沃然。」

〔四〕太陽二句：《説文》：「日，實也。大昜之精不虧。」

〔五〕欹傾二句：《趙次公先後解》：「光采注眼之煩，眩而欹傾也。」朱鶴齡注：「言輾轉向日而卧也。」仇注：「注眼、收脚，坐久而起行也。地傾注視，恐病脚偶蹉，忽而舉步容易，則暖氣流暢於足矣。」

〔六〕流離二句：司馬相如《上林賦》：「流離輕禽，蹴履狡獸。」《文選》李善注：「張揖曰：流離，放散也。」謝靈運《於南山往北山經湖中瞻眺》：「俯視喬木杪，仰聆大壑淙。」左思《蜀都賦》：「紆長袖而屢舞，翩躚躚以裔裔。」《趙次公先後解》：「皆倦於寒凜，見日而喜也。」

〔七〕用知二句：《趙次公先後解》：「用是推知人之情，聚則樂，散則哀。朋友知舊苦聚散，言苦其聚而復散也。」仇注：「聚樂散哀，此旅人之情狀。」用知，諸家以作「朋知」是。按，蔣紹愚謂苦有頻、屢義，此亦謂屢聚散。

〔八〕即事二句：《趙次公先後解》：「念人生之事忽如昨日而已，亦何用苦憂慮乎。」仇注：「人生如昨，亦且隨時遣興耳。」

〔九〕古來二句：阮籍《詠懷》：「蕭索人所悲，禍釁不可辭。」

水閣朝霽奉簡嚴雲安①〔一〕

東城抱春岑〔二〕，江閣鄰石面。崔嵬晨雲白，朝旭射芳甸②〔三〕。雨檻卧花叢，風床展書卷③。鈎簾宿鷺起，丸藥流鶯囀〔四〕。呼婢取酒壺，續兒誦文選〔五〕。晚交嚴明府，矧此數相見。（0351）

【校】

①朝霽奉，《草堂》無。　嚴雲安，錢箋校：「一作雲安嚴明府。」

②旭，錢箋校：「一作日。」

③展書卷，錢箋、《草堂》校：「一作展輕幔。」

【注】

黄鶴注：當是大曆元年（七六六）春在雲安作。

〔一〕嚴雲安：名不詳。時爲雲安縣令。

〔二〕東城句：阮瑀詩：「春岑藹林木。」

〔三〕崔嵬二句：徐勉《詠司農府春幡》：「逶遲乘旦風，葱翠揚朝旭。」謝朓《晚登三山還望京邑》：「喧鳥覆春洲，雜英滿芳甸。」

〔四〕鈎簾二句：《雜曲歌辭·古艷歌》：「十月鈎簾起，並在束薪中。」《史記·扁鵲倉公列傳》：「即令更服丸藥。」曹丕《折楊柳行》：「與我一丸藥，光耀有五色。」沈約《三月三日率爾成章》：「開花已匝樹，流鶯復滿枝。」

〔五〕呼婢二句：張戒《歲寒堂詩話》卷上：「杜子美云：『續兒誦文選。』又云：『熟精文選理。』《文選》雖昭明所集，非昭明所作，秦漢魏晉奇麗之文盡在，所失雖多，所得不少。作詩賦四六，此其大法，安可以昭明去取一失而忽之？……《文選》中求議論而無，求奇麗之文則多矣。子美不獨教子，其作詩乃自《文選》中來，大抵宏麗語也。」葛立方《韻語陽秋》卷三：「杜子美喜用《文選》語，故宗武亦習之不置。所謂『熟精文選理，休覓彩衣輕』。又云：『呼婢取酒壺，續兒誦文選。』唐朝有《文選》學，而時君尤見重，分別本以賜金城、書絹素以屬裴行儉是也。」

晚登瀼上堂

故躋瀼岸高〔一〕，頗免崖石擁。開襟野堂豁〔二〕，繫馬林花動。雉堞粉似雲①，

山田麥無壠〔三〕。春氣晚更生，江流靜猶涌〔四〕。四序嬰我懷〔五〕，羣盜久相踵。黎民困逆節，天子渴垂拱〔六〕。所思注東北，深峽轉修聳〔七〕。衰老自成病，郎官未爲冗〔八〕。淒其望呂葛，不復夢周孔〔九〕。濟世數嚮時，斯人各枯冢〔一〇〕。楚星南天黑，蜀月西霧重。安得隨鳥翎，迫此懼將恐〔一一〕。（0352）

【校】

①似，錢箋作「如」。

【注】

黃鶴注：大曆二年（七六七）三月，公自赤甲移居瀼西，此詩當是其時作。

〔一〕瀼：瀼水，見卷六《柴門》（0274）注。

〔二〕開襟句：王粲《登樓賦》：「憑軒檻以遥望兮，向北風而開襟。」

〔三〕雉堞二句：鮑照《蕪城賦》：「板築雉堞之殷，井幹烽櫓之勤。」《文選》李善注：「鄭玄《周禮注》曰：雉，長三丈，高一丈。杜預《左氏傳注》曰：堞，女牆也。」蕭綱《雍州曲・北渚》：「岸陰垂柳葉，平江含粉堞。」朱鶴齡注：「麥無壠，麥之茂也。」仇注：「麥無壠，高低星散。」按，春時麥初生，山田故不成壠。

〔四〕春氣二句：仇注：「晚更生，返照增妍。靜猶涌，波平流順。」

〔五〕四序句：王劭之《夫誄》：「璇璣倏忽，四序競征。」何遜《寄江州褚咨議》：「自與君別離，四序紛回薄。」王粲《思親詩》：「奄遘不造，殷憂是嬰。」

〔六〕天子句：《書·武成》：「垂拱而天下治。」疏：「《説文》云：拱，斂手也。垂拱而天下治，謂所任得人，人皆稱職，手無所營，下垂其拱。」

〔七〕所思二句：《趙次公先後解》：「我之所思注意於東北，指言長安也。」張九齡《晨坐齋中偶而成詠》：「孤頂乍修聳，微雲復相續。」

〔八〕郎官句：《趙次公先後解》：「公爲尚書工部員外郎，而郎官上應列宿，亦未爲冗矣。」《漢書·申屠嘉傳》：「錯所穿非真廟垣，乃外堧垣，故冗官居其中。」《後漢書·虞詡傳》：「其牧守令長子弟皆除爲冗官。」

〔九〕淒其二句：謝靈運《初發石首城》：「欽聖若旦暮，懷賢亦淒其。」吕葛，吕望、諸葛亮。張輔《名士優劣論》：「余以爲睹孔明之忠，奸臣立節矣。殆將與伊吕争儔，豈徒樂毅爲伍哉。」《論語·述而》：「子曰：『甚矣吾衰矣。久矣吾不復夢見周公。』」

〔一〇〕濟世二句：嚮時，舊時。陸機《辯亡論》：「嚮時之師，無曩日之衆。」《趙次公先後解》：「前時濟世非無其人，而人與骨皆朽爲枯冢矣。」錢箋：「斯人蓋指房琯、張鎬、嚴武之流，公所相期濟世者也。」朱鶴齡注：「舊注即以吕葛、周孔言之，非是。」按，據文意仍指前代。

〔一一〕迫此句：《詩·小雅·谷風》：「將恐將懼，維予與女。」箋：「將，且也。」

敬寄族弟唐十八使君①〔一〕

與君陶唐後，盛族多其人〔二〕。聖賢冠史籍，枝派羅源津。在今氣磊落，巧僞莫敢親〔三〕。介立寔吾弟②，濟時肯殺身〔四〕。物白諱受玷〔五〕，行高無污真。得罪永泰末，放之五溪濱〔六〕。鸞鳳有鎩翮，先儒曾抱麟〔七〕。雷霆霹長松，骨大却生筋〔八〕。一失不足傷，念子孰自珍〔九〕。泊舟楚宮岸〔一〇〕，戀闕浩酸辛。除名配清江，厥土巫峽鄰〔一一〕。登陸將首途〔一二〕，筆札枉所申。歸朝跼病肺，叙舊思重陳〔一三〕。春風洪濤壯，谷轉頗彌旬〔一四〕。我能泛中流，搪突鼉獺瞋〔一五〕。長年已省柂〔一六〕，慰此貞良臣。（0353）

【校】

① 使，宋本脱，據他本補。

② 寔，錢箋作「實」。

【注】

黃鶴注：公大曆三年（七六八）下峽時與唐相別於巫山，此詩當是別後唐寄書而公賦此以簡之，是時猶未出峽也。

〔一〕唐十八使君：唐旻。本書卷一七有《巫山縣汾州唐十八使君弟宴別》（1309）。《新唐書·宰相世系表四下》唐氏：休璟孫，「旻，汾州刺史。」《册府元龜》卷五二二《憲官部·誣譖》：「唐旻，肅宗時爲御史，誣蒲州刺史顔真卿，貶饒州刺史。」殷亮《顔魯公行狀》：「乾元元年三月，又改蒲州刺史……是年，爲酷吏唐旻所誣，貶饒州刺史。」

〔二〕與君二句：《左傳》襄公二十四年：「昔匄之祖，自虞以上，爲陶唐氏，在夏爲御龍氏，在商爲豕韋氏，在周爲唐杜氏。」杜預注：「唐、杜，二國名。殷末，豕韋國於唐，遷之於杜，爲杜伯。杜伯之子隰叔奔晋，四世及士會，食邑於范氏。杜，今京兆杜縣。」本書卷二〇《唐故萬年縣君京兆杜氏墓志》（1482）：「其先系統於伊祁，分姓於唐杜，吾祖也，我知之。」

〔三〕巧僞句：《莊子·盜跖》：「此夫魯國之巧僞人孔丘非邪？」「子之道，狂狂汲汲，詐巧虛僞事也。」

〔四〕介立二句：《後漢書·欒恢傳》：「性廉直介立，行不合己者，雖貴不與交。」張衡《思玄賦》：「何孤行之煢煢兮，孑不群而介立。」《論語·衛靈公》：「無求生以害仁，有殺身以成仁。」

〔五〕物白句：《詩·大雅·抑》：「白圭之玷，尚可磨也。」

〔六〕五溪：《水經注》沅水：「辰水又右會沅水，名之爲辰溪口。武陵有五溪，謂雄溪、樠溪、無溪、西溪，辰溪其一焉。夾溪悉是蠻左所居，故謂此蠻五溪蠻也。」《元和郡縣圖志》卷三〇辰州：「辰州蠻戎所居也。其人皆槃瓠子孫，或曰巴子兄弟立爲五谿之長。今西谿在州西，次南武谿，次南沅谿，次南辰谿，次東南熊谿，次東南郎谿。其熊、郎二谿與酈道元《水經注》雖不同，推其次第相當，則五谿盡在今辰州界也。」

〔七〕鸞鳳二句：顔延之《五君詠·嵇中散》：「鸞翮有時鎩，龍性誰能馴。」《文選》李善注：「《淮南子》曰：飛鳥鎩羽。許慎曰：鎩，殘羽也。」杜恕《體論》：「修之在己，而遭遇有時，是以古人抱麟而泣也。」《公羊傳》哀公十四年：「西狩獲麟，孔子曰：『吾道窮矣。』」《藝文類聚》卷一〇引《琴操》：「魯哀公十四年，西狩，薪者獲麟，擊之，傷其左足。將以示孔子，孔子道與相逢見，俯而泣，抱麟曰：『爾孰爲來哉？孰爲來哉？』」

〔八〕雷霆二句：《趙次公先後解》：「松骨之大，其中生筋相附著，則霹不能盡破。以譬使君雖得罪，未能遂傷之也。」仇注：「長松筋骨，言窮而益堅。」

〔九〕孰：《草堂》夢弼注：「孰與熟同。」宋玉《登徒子好色賦》：「王孰察之，誰爲好色者矣。」孰同熟。

〔一〇〕楚宫岸：指夔州。參卷六《雨》(0297)注。

〔一一〕除名二句：《元和郡縣圖志》卷三〇黔州：「施州，清江。……秦屬黔中郡，漢爲巫縣之地。巫縣即今夔州巫山縣是也。……北至夔州五百里。」參本卷《鄭典設自施州歸》(0314)注。除名，

謂除去官爵流放。《唐律疏議》卷二「應議請減贖章」疏：「議曰：犯五流之人，有官爵者，除名，流配，免居作。」《趙次公先後解》：「除名配清江，則再加貶責矣。」

〔一二〕登陸句：沈約《齊故安陸昭王碑文》：「威令首途，仁風載路。」《文選》李善注：「首途，猶首路也。」朱鶴齡注：「言將赴施州貶所。」

〔一三〕歸朝二句：《詩·小雅·正月》：「謂天蓋高，不敢不局。」局又作跼。《趙次公先後解》：「公自言其病肺之故，雖欲歸朝，跼蹐不申也。」劉琨《扶風歌》：「弃置勿重陳，重陳令心傷。」

〔一四〕春風二句：顔延之《車駕幸京口侍游蒜山作》：「春江壯風濤，蘭野茂荑英。」郭璞《江賦》：「盤渦谷轉，凌濤山頽。」

〔一五〕我能二句：《詩·邶風·柏舟》：「泛彼柏舟，亦泛其流。」《後漢書·桓帝紀》：「又詔被水死流失屍骸者，令郡縣鈎求收葬，及所唐突壓溺物故。」

〔一六〕長年句：長年，艄公。見本卷《最能行》(0322)注。《趙次公先後解》：「省柂，則將行矣。」朱鶴齡注：「言已將出峽東下。」省，視也。

李潮八分小篆歌〔一〕

蒼頡鳥跡既茫昧〔二〕，字體變化如浮雲。陳倉石鼓又已訛①〔三〕，大小二篆生八

分〔四〕。秦有李斯漢蔡邕〔五〕，中間作者寂不聞。嶧山之碑野火焚，棗木傳刻肥失真〔六〕。苦縣光和尚骨立，書貴瘦硬方通神②〔七〕。惜哉李蔡不復得③，吾甥李潮下筆親。尚書韓擇木，騎曹蔡有鄰〔八〕。開元已來數八分，潮也奄有二子成三人〔九〕。況潮小篆逼秦相，快劍長戟森相向。八分一字直百金④，蛟龍盤拏肉屈強⑤〔一〇〕。吳郡張顛誇草書〔一一〕，草書非古空雄壯。豈如吾甥不流宕⑥，丞相中郎丈人行〔一二〕。巴東逢李潮⑦，逾月求我歌。我今衰老才力薄，潮乎潮乎奈汝何。

（0354）

【校】

① 又，錢箋校：「一作文。」《文苑英華》校：「集作文。」

② 書，宋本、錢箋、《九家》、《草堂》校：「一作畫。」《文苑英華》校：「集作畫。」

③ 復，錢箋、《草堂》校：「一作可。」

④ 百，錢箋、《九家》、《草堂》、《文苑英華》校：「一作千。」宋本校：「一作金。」恐誤。

⑤ 屈，《草堂》校：「一作淈。」

⑥ 如，《文苑英華》作「知」，校：「集作如。」

⑦ 巴，《九家》、《草堂》、《文苑英華》校：「一作江。」　東，宋本、錢箋校：「一作江。」

【注】

黃鶴注：當是大曆二年（七六七）夔州作。

〔一〕李潮：趙明誠《金石録》卷二七：「右唐惠義寺彌勒像碑，李潮八分書。潮書初不見重於唐，當時獨杜甫詩盛稱之，以比蔡有鄰、韓擇木。今石刻在者絶少，惟此碑與《彭元曜墓志》爾。余皆得之。其筆法亦不絶工，非韓、蔡比也。」

〔二〕蒼頡句：《淮南子・本經訓》：「昔者蒼頡作書，而天雨粟，鬼夜哭。」又《説山訓》：「見鳥跡而知著書，以類取之。」《論衡・感類》：「以見鳥跡而知爲書，見蜚蓬而知爲車。天非以鳥跡命倉頡，以蜚蓬使奚仲也，奚仲感蜚蓬，而倉頡起鳥跡也。」

〔三〕陳倉石鼓：《元和郡縣圖志》卷二鳳翔府天興縣：「石鼓文，在縣南二十里許，石形如鼓，其數有十。蓋紀周宣王畋獵之事，其文即史籀之跡也。貞觀中，吏部侍郎蘇勗紀其事云：『虞、褚、歐陽，共稱古妙。雖歲久訛缺，遺跡尚有可觀，而歷代紀、《地理志》者不存記録，尤可歎息。』」韋應物、韓愈有《石鼓歌》。歐陽修《集古録》卷一：「岐陽石鼓初不見稱於前世，至唐人始盛稱之，而韋應物以爲周文王之鼓，宣王刻詩，韓退之直以爲宣王之鼓。在今鳳翔孔子廟中。鼓有十，先時散弃於野，鄭餘慶置於廟而亡其一。皇祐四年，向傳師求於民間，得之，乃足。其文可見者四百六十五，不可識者過半。余所集録，文之古者，莫先於此。然其可疑者三四：今世所有漢桓靈時碑往往尚在，其距今未及千歲，大書深刻，而摩滅者十猶八九。此鼓按太史公《年

表》，自宣王共和元年至今嘉祐八年，實千有九百一十四年，鼓文細而刻淺，理豈得存？此其可疑者一也。其字古而有法，其言與《雅》《頌》同文，而《詩》《書》所傳之外，三代文章真跡在者，惟此而已。然自漢已來，博士好奇之士皆略而不道。此其可疑者二也。隋氏藏書最多，其《志》所録，秦始皇刻石、婆羅門外國書皆有，而猶無石鼓，遺近録遠，不宜如此。此其可疑者三也。前世傳記所載古遠奇怪之事，類多虚誕而難信，況傳記不載，不知韋、韓二君何據而知爲文宣之鼓也。隋唐古今書籍粗備，豈當時猶有所見，而今不見之邪？然退之好古不妄者，余姑取以爲信爾。至於字書，亦非史籀不能作也。」後世考證甚夥，不録。

〔四〕大小二篆生八分：許慎《説文解字叙》：「及宣王大史籀著《大篆》十五篇，與古文或異。……秦始皇帝初兼天下，丞相李斯乃奏同之，罷其不與秦文合者。斯作《倉頡篇》，中車府令趙高作《爰歷篇》，大史令胡毋敬作《博學篇》，皆取史籀大篆，或頗省改，所謂小篆者也。是時秦燒滅經書，滌除舊典，大發吏卒，興戍役，官獄職務繁，初有隸書，以趣約易，而古文由此絶矣。」張懷瓘《書斷》：「八分者，秦羽人上谷王次仲所作也。王愔云：王次仲始以古書方廣少波勢，建初中以隸草作楷法，字方八分，言有楷模。始皇得次仲文，簡略赴急疾之用，甚喜，遣召之，三徵不至。始皇大怒，制檻車送之，於道化爲大鳥飛去。」張彦遠《法書要録》卷七：「又蕭子良云：『靈帝時，王次仲飾隸爲八分。』二家俱言後漢，而兩帝不同。且靈帝之前，工八分者非一，而云方廣，殊非隸書。既言古書，豈得稱隸？若驗方廣，則篆籀有之。變古爲方，不知其謂也。……案數家之言，明次仲是秦人，既變蒼頡書，即非效程邈隸也。案蔡邕《勸學篇》『上谷

王次仲初變古形』是也。始皇之世，出其數書，小篆古形，猶存其半。八分已減小篆之半，隸又減八分之半，然可云子似父，不可云父似子，故知隸不能生分八矣。本謂之楷書，楷者法也，式也，模也。……又楷、隸初制，大範幾同，故後人惑之，學者務之。蓋其歲深，漸若八字分散，又名之爲八分。時人用寫篇章，或寫法令，亦謂之章程書。」《九家》杜田《補遺》：「《書苑》云：……《蔡文姬別傳》：臣父邕言：八分書割程邈隸字去八法，割李斯小篆去二分，取八分，故曰八分書。」陸游《老學庵筆記》卷一〇：「周越《書苑》云：郭忠恕以爲小篆散而八分生，八分破而隸書出，隸書悖而行書作，行書狂而草書聖。以此知隸書乃今真書。趙明誠謂：誤以八分爲隸，自歐陽公始。」吾丘衍《學古編》：「八分者，漢隸之未有挑法者也。比秦隸則易識，比漢隸則微似篆，若用篆筆作漢隸，即得之矣。八分與隸，人多不分，故言其法。」又《日知録之餘》卷一集沈括、洪适諸家説，可參。

〔五〕秦有句：《漢書・藝文志》：「《蒼頡》七章者，秦丞相李斯所作也。」張懷瓘《書斷》：「斯善書，自趙高已下，咸見伏焉。諸名山碑璽銅人，並斯之筆書。……斯妙篆，始省改之，爲小篆者《蒼頡篇》七章。……始皇以和氏之璧琢而爲璽，令斯書其文。今泰山、嶧山及秦望等碑，並其遺跡。亦謂傳國之偉寶，百世之法式。斯小篆入神，大篆入妙。」「後漢蔡邕，字伯喈。……工書，篆隸絶世，尤得八分之精微。體法百變，窮靈盡妙，獨步今古。又創造飛白，妙有絶倫。喈八分、飛白入神，大篆、小篆入妙。」

〔六〕嶧山二句：《封氏聞見記》卷八「嶧山」：「始皇刻石紀功，其文李斯小篆。後魏太武帝登山，使

人排倒之，然而歷代摹拓以爲楷則。邑人疲於供命，聚薪其下，因野火焚之，由是殘缺，不堪摹拓。然猶上官求請，行李登涉，人吏轉益勞敝。有縣宰取舊文，勒於石碑之上，凡成數片，置之縣廨，須則拓取。自是山下之人，邑中之吏，得以休息。今人間有嶧山碑，皆新刻之碑也。」《集古録》卷一秦泰山刻石：「今俗傳嶧山碑者，《史記》不載，又其字體差大，不類泰山存者，其本出於徐鉉。又有別本，云出於夏竦家者，以今市人所鬻校之，無異。自唐封演已言嶧山碑非真，而杜甫直謂棗木傳刻爾，皆不足貴也。」

〔七〕苦縣二句：《後漢書·桓帝紀》：「（延熹）八年春正月，遣中常侍左悺之苦縣，祠老子。」《九家》杜田《補遺》：「《續漢書》：桓帝夢老子，令中常侍左悺於賴鄉祠之，詔陳相邊韶立祠兼刻石。即蔡邕伯喈八分書也。」洪适《隸釋》卷三：「右《老子銘》篆額，在亳州苦縣。苦屬陳國，故其文陳相邊韶所作。碑云：延熹八年八月，帝夢老子，尊而祀之。《帝紀》：此年春冬，兩遣中常侍至苦祠老子。《水經》載蒙城王子喬碑亦云：延熹八年八月，帝遣使致祠，國相王璋乃銘紀遺烈。蓋威宗方修神仙之事，故一時郡國競作碑表。此石立於延熹無疑。杜子美云『苦縣光和尚骨立』者誤也。」杜田又引《靈帝紀》注及《書苑》：「靈帝好書，詔天下尚書於鴻都門，至者數百人。時南陽人師宜官稱八分爲最，大則一字徑丈，小則方寸千言，甚矜其能。」謂：「以是考之，疑苦縣蔡邕書，光和師宜官書也。……豈非祠立於延熹而碑刻於光和乎？」《趙次公先後解》：「以苦縣於前時已有蔡邕碑刻，至光和再刻之，幸未失真而尚猶骨立爲可貴。以意逆志，如是而已。下句『李蔡不復得』，重結上文，豈容光和碑更是師宜官書邪？」《苕溪漁隱叢話》前

集卷一二引《潘子真詩話》：「《北岳碑》，後漢光和二年立。苦縣老子廟，亦漢碑。其字刻極勁，杜詩所謂『苦縣光和尚骨立，書貴瘦硬方通神』。苦縣、光和，謂二碑也。」錢箋又謂《孫根》及《華山亭碑》皆立於光和，安知杜所謂光和者非指此耶。仇注別引劉思敬《臨池漫記》，謂亳州真縣有明道宮，宮有漢光和年所立碑，蔡邕書，馬永卿贊。

〔八〕尚書二句：《舊唐書・肅宗引》：「（上元元年四月壬午）右散騎常侍韓擇木爲禮部尚書。」竇臮《述書賦》：「韓常侍則八分中興，伯喈如在，光和之美，古今遠代，昭刻石而成名，類神都之冠蓋。韓擇木昌黎人，工部尚書歷右散騎常侍。」「衛包蔡鄰，功夫亦到。出於人意，乃近天造。……蔡有鄰濟陽人，善八分，本拙弱，至天寶之間，遂至精妙，相衛中多其跡。」韓愈《科斗書後記》：「愈叔父當大曆世，文辭獨行中朝，天下之欲銘述其先人功行取信來世者，咸歸韓氏。於時李監陽冰獨能篆書，而同姓叔父擇木善八分，不問可知其人，不如是者不稱三服，故三家傳子弟往來。」

〔九〕奄：《詩・大雅・皇矣》：「受祿無喪，奄有四方。」傳：「奄，大也。」疏：「奄亦是覆蓋之義，故箋以爲覆有天下。」

〔一〇〕蛟龍句：張懷瓘《文字論》：「或若擒虎豹，有强梁拏攫之形。執蛟螭，見蚴蟉盤旋之勢。」《漢書・陸賈傳》：「乃欲以新造未集之越，屈强於此。」注：「師古曰：屈强謂不柔服也。」

〔一一〕張顛：見卷一《飲中八仙歌》(0027)注。

〔一二〕豈如二句：《相和歌辭・艷歌行》：「兄弟兩三人，流宕在他縣。」丞相，李斯。中郎，蔡邕。《史

記・匈奴列傳》：「漢天子，我丈人行也。」朱鶴齡注：「言先後行輩。」

蘇軾《孫莘老求墨妙亭詩》：「嶧山傳刻典刑在，千載筆法留陽冰。杜陵評書貴瘦硬，此論未公吾不憑。短長肥瘠各有態，玉環飛燕誰敢憎。」

《苕溪漁隱叢話》前集卷一四苕溪漁隱曰：「《李潮八分小篆歌》云：『書貴瘦硬方通神。』唐初字書得晋宋之風，故以勁健相尚，至褚、薛則尤極瘦硬矣。開元、天寶以後，變爲肥厚。至蘇靈芝輩，幾於重濁。雖其言爲篆字而發，亦似有激於當時也。」又卷一八引《蔡寬夫詩話》：「杜子美云：『書貴瘦硬方通神。』予家有其父閑所書《豆盧府君德政碑》，簡遠精勁，多出於薛稷、魏華，此蓋自其家法言之。」又後集卷六苕溪漁隱曰：「蓋東坡學徐浩書，浩書多肉，用筆圓熟，故不取此語。殊不知唐初歐、虞、褚、薛，字皆瘦勁，故子美有『書貴瘦硬』之語。此非獨言篆字，蓋真字亦皆然也。」

釋悶

四海十年不解兵，犬戎也復臨咸京①〔一〕。失道非關出襄野，揚鞭忽是過胡城②〔二〕。豺狼塞路人斷絕，烽火照夜屍縱横。天子亦應厭奔走，羣公固合思昇

平〔三〕。但恐誅求不改轍，聞道嬖孽能全生③〔四〕。江邊老翁錯料事〔五〕，眼暗不見風塵清。（0355）

【校】

① 戎，錢箋校：「一作羊。」《草堂》作「羊」。

② 胡，錢箋校：「晋作湖。」《九家》作「湖」。

③ 能，錢箋、《草堂》校：「一作今。」

【注】

黄鶴注：此詩當是廣德二年（七六四）作。

〔一〕四海二句：黄鶴注：「謂吐蕃以廣德元年入寇陷京師。」

〔二〕失道二句：《莊子・徐无鬼》：「黄帝將見大隗乎具茨之山……至於襄城之野，七聖皆迷，無所問途。」《世説新語・假譎》：「王大將軍既爲逆，頓軍姑孰。晋明帝以英武之才，猶相猜憚，乃著戎服，騎巴賓馬，賫一金馬鞭，陰察軍形勢。未至十餘里，有一客姥，居店賣食……便與客姥馬鞭而去，行敦營匝而去。」《晋書・明帝紀》：「帝密知之，乃乘巴滇駿馬微行，至於湖，陰察敦營壘而出。」《王敦傳》：「時帝將討敦，微服至蕪湖，察其營壘。」錢箋引吴若本注：「自唐以來，皆破句讀，故温庭筠樂府有《湖陰曲》，金城地名有湖陰。張文潛云：微行至於湖句斷。」王嗣

奭《杜臆》：「天子出奔，而用黄帝、晉明隱語，用意忠厚。」仇注引天台謝省注：「代宗避寇奔走，非如黄帝迷道，却似明帝微行。」

〔三〕天子二句：《九家》趙注：「車駕雖歸長安，而有乞遷洛巡海之説。」

〔四〕但恐二句：《九家》趙注：「嬖孽指程元振，此猶未知其死也。」見卷四《憶昔二首》(0192)注。《舊唐書·代宗紀》：「(廣德元年)十一月辛丑朔，太常博士柳伉上疏，以蕃寇犯京師，罪由程元振，請斬之以謝天下。上其嘉納，以元振有保護之功，削在身官爵，放歸田里。」「(十二月)程元振自三原縣衣婦人服入京城，京兆府擒之以聞，乃下御史臺鞫問。」「(二年正月)壬寅，御史臺以程元振獄狀聞，配流溱州。既行，追念舊勳，特矜遐裔，令於江陵府安置。」

〔五〕江邊句：黄鶴注：「時在閬州，故自稱『江邊老翁』。」

醉爲馬墜諸公携酒相看

甫也諸侯老賓客，罷酒酣歌拓金戟〔一〕。騎馬忽憶少年時，散蹄迸落瞿唐石〔二〕。白帝城門水雲外，低身直下八千尺〔三〕。粉堞電轉紫游韁〔四〕，東得平岡出天壁。江村野堂争入眼，垂鞭嚲鞚凌紫陌①〔五〕。向來皓首驚萬人，自倚紅顔能騎射〔六〕。安知決臆追風足，朱汗驂驔猶噴玉〔七〕。不虞一蹶終損傷〔八〕，人生快意多

所辱。職當憂戚伏衾枕，況乃遲暮加煩促〔九〕。明知來問腆我顏②〔一〇〕，杖藜强起依僮僕。語盡還成開口笑〔一一〕，提攜別掃清谿曲。酒肉如山又一時，初筵哀絲動豪竹〔一二〕。共指西日不相貸，喧呼且覆杯中淥〔一三〕。何必走馬來爲問③，君不見嵇康養生被殺戮④〔一四〕。（0356）

【校】

①鞭，錢箋、《草堂》校：「一作肩。」

②明，錢箋校：「一作朋。」《草堂》校：「王作朋。」《九家》作「朋」。

③來爲問，錢箋校：「一作不爲身。」

④被，錢箋作「遭」，校：「一作被。」

【注】

黄鶴注：當是大曆二年（七六七）作。仇注：此夔州詩，年次難考。

〔一〕罷酒句：岑參《送顏平原》：「海風掣金戟，導吏呼鳴騶。」李白《在水軍宴贈幕府諸侍御》：「雲旗卷海雪，金戟羅江烟。」

〔二〕散蹄句：曹植《白馬篇》：「仰手接飛猱，俯身散馬蹄。」潘岳《射雉賦》：「倒禽紛以迸落，機聲振而未已。」

〔三〕白帝二句：《水經注》江水：「巴東郡，治白帝山城，周回二百八十步，北緣馬嶺接赤岬山，其間平處，南北相去八十五丈，東西七十丈。又東傍東瀼溪，即以爲隍。西南臨大江，闞之眩目。惟馬嶺小差委迤，猶斬山爲路，羊腸數四，然後得上。」嚴耕望《唐代交通圖考》引此詩，謂：「殆即乘一時豪興循馬嶺路騰馬而下，不虞一蹶終損傷也。『直下八千尺』，正與酈注『千丈』相印證。」

〔四〕粉堞句：蕭綱《雍州曲・北渚》：「岸陰垂柳葉，平江含粉堞。」嵇康《贈秀才入軍》：「風馳電逝，躡景追飛。」《晋書・五行志》太和中百姓歌：「青青御路楊，白馬紫游韁。」

〔五〕垂鞭句：虞世南《應詔嘲司花女》：「學畫鴉黄半未成，垂肩嚲袖太憨生。」《廣韻》：「嚲，丁可切。垂下貌。」黄生《字詁》：「焦澹園《俗書刊誤》云：耳垂曰奲，皮寬曰皶，並音苔。吾鄉今有此語，但呼苔平聲。按，此聲即嚲之轉。」王粲《羽獵賦》：「濟漳浦而横陣，倚紫陌而並征。」

〔六〕向來二句：《趙次公先後解》：「言人雖以我皓首爲驚，而自謂其少年時能騎射，今亦尚能也。」向來，剛才，此前。陶淵明《挽歌詩》：「向來相送人，各已歸其家。」張九齡《三月三日申王園亭宴集》：「向來同賞處，惟恨碧林曛。」

〔七〕安知二句：《趙次公先後解》：「決臆，決度於胸臆也。」仇注：「縱意也。」浦起龍云：「奔放不羈之意。」按，潘岳《射雉賦》：「丹臆蘭綷。」《文選》徐爰注：「臆，膺也。」此臆與足並列，皆謂馬，仇注誤。追風，見卷二《徒步歸行》(0054)注。庾信《三月三日華林園馬射賦》序：「於是選朱汗之馬，校黄金之埒。」盧照鄰《戰城南》：「雕弓夜宛轉，鐵騎曉參驒。」崔液《上元夜》：「驂

驛始散東城曲，倏忽還來南陌頭。」張説《舞馬詞》：「擘石騄驛紫燕，摐金顧步蒼龍。」仇注：「以騄驛對宛轉，倏忽，乃飛騰迅疾之貌。」《穆天子傳》卷五：「天子東游於黃澤，宿於曲洛，廢□使宮樂謠曰：『黃之池，其馬歕沙，皇人威儀。黃之澤，其馬歕玉，皇人受穀。』」

〔八〕一蹶：見卷二《瘦馬行》(0073)注。

〔九〕職當二句：職當，理應。《後漢書・蔡邕傳》：「臣之愚冗，職當咎患。」張華《答何劭》：「恬曠苦不足，煩促每有餘。」

〔一〇〕明知句：沈約《奏彈王源》：「明目腆顏，曾無愧畏。」《文選》李善注：「孔安國《尚書傳》曰：腆，厚也。」

〔一一〕語盡句：《莊子・盜跖》：「其中開口而笑者，一月之中不過四五日而已矣。」

〔一二〕酒肉二句：《左傳》昭公十二年：「有酒如澠，有肉如陵。」《禮記・樂記》：「絲聲哀，哀以立廉。」《文選》蘇武詩：「絲竹厲清聲，慷慨有餘哀。」

〔一三〕共指二句：陶淵明《責子》：「天運苟如此，且進杯中物。」王僧孺《在王晉安酒席數韻》：「何因送款款，半飲杯中醁。」

〔一四〕君不見句：嵇康，見卷三《有懷台州鄭十八司户》(0107)注。嵇康著《養生論》。仇注：「結引嵇康，見事有出於意外者。」

别蔡十四著作〔一〕

賈生慟哭後〔二〕，寥落無其人。安知蔡夫子，高義邁等倫。獻書謁皇帝〔三〕，志已清風塵。流涕洒丹極〔四〕，萬乘爲酸辛。天地則創痍〔五〕，朝廷當正臣①。異才復間出，周道日惟新〔六〕。使蜀見知己，别顔始一伸。主人薨城府，扶櫬歸咸秦②〔七〕。巴道此相逢〔八〕，會我病江濱。憶念鳳翔都，聚散俄十春。我衰不足道，但願子意陳③。稍令社稷安，自契魚水親〔九〕。我雖消渴甚，敢忘帝力勤〔一〇〕。尚思未朽骨〔一一〕，復覩耕桑民。積水駕三峽，浮龍倚長津④〔一二〕。揚舲洪濤間，仗子濟物身〔一三〕。鞍馬下秦塞，王城通北辰〔一四〕。玄甲聚不散〔一五〕，兵久食恐貧。窮谷無粟帛，使者來相因。若馮南轅使⑤，書札到天垠〔一六〕。（0357）

【校】

①當，宋本、錢箋、《九家》、《草堂》校：「一作多。」

②扶，宋本作「撫」，據錢箋等改。

③意，錢箋、《草堂》校：「一作音。」

④長津，錢箋、《草堂》校：「一云輪囷。」

⑤馮，錢箋、《草堂》校：「一云逢。」　使，錢箋作「吏」，校：「陳作使。」

【注】

黄鶴注：公至德二載在鳳翔，至大曆元年（七六六）爲十春。當是其年作。

〔一〕蔡十四著作：名不詳。朱鶴齡注：「蔡著作以使事之成都，值崔旰之亂。公欲其以兵食匱乏歸奏天子，計安蜀人。」浦起龍云：「蔡著作當是奉除勑而詣郭，因留郭幕者。郭既遇害，蔡以扶櫬下峽，會公於雲安。」

〔二〕賈生句：賈誼《上疏陳政事》：「臣竊惟事勢，可爲痛哭者一，可爲流涕者二，可爲長太息者六。」

〔三〕獻書句：朱鶴齡注：「蓋肅宗在鳳翔時，著作嘗上書言事。」

〔四〕丹極：見本卷《虎牙行》（0338）注。

〔五〕天地句：《史記·季布欒布列傳》：「於今創痍未瘳，噲又面諛。」

〔六〕異才二句：《晉書·孝武帝紀》：「名賢間出，舊德斯在。」《禮記·大學》：「湯之《盤銘》曰：『苟日新，日日新，又日新。』《康誥》曰：『作新民。』《詩》云：『周雖舊邦，其命維新。』」

〔七〕主人二句：《趙次公先後解》：「主人，正指言郭英乂。英乂於永泰元年閏十月爲崔旰所殺，所以言薨。而蔡著作扶護靈櫬，由舟行以歸奏也。」錢箋：「指嚴武爲是。蓋英乂單騎奔簡州，爲普州刺史韓澄所殺，不當云『薨城府』也。」朱鶴齡注：「按《舊史》，英乂奔簡州，普州刺史韓澄

斬其首送崔旰，英乂必殯於成都，故此云『蘄城府』，蓋隱之也。或疑指嚴武，非是。」按，詩云「聚散俄十春」，則必杜甫去蜀後蔡方詣蜀。《舊唐書・郭英乂傳》：「與宰臣元載交結，以久其權。會劍南節度使嚴武卒，載以英乂代之，充劍南節度使。既至成都，肆行不軌，無所忌憚。……又頗恣狂蕩，聚女人騎驢擊毬，製鈿驢鞍及諸服用，皆侈靡裝飾，日費數萬，以爲笑樂。未嘗問百姓間事，人頗怨之。又以西山兵馬使崔旰得衆心，屢抑之。旰因蜀人之怨，自西山率麾下五千餘衆襲成都，英乂出軍拒之，其衆皆叛，反攻英乂。英乂奔於簡州，普州刺史韓澄斬英乂首以送旰，並屠其妻子焉。」

〔八〕巴道句：《趙次公先後解》：「巴道，指言夔州。」黄鶴注：「巴道云者尚未至夔，意在雲安。」

〔九〕自契句：《三國志・蜀書・諸葛亮傳》：「先主解之曰：『孤之有孔明，猶魚之有水也。』」

〔一〇〕我雖二句：消渴甚，見卷六《同元使君舂陵行》(0276)「渴太甚」注。《太平御覽》卷一八九引《帝王世紀》：「堯時老人擊壤於路而歌曰：『鑿井而飲，耕田而食，帝力于我何有哉』？」

〔一一〕尚思句：《史記・老子韓非列傳》：「老子曰：『子所言者，其人與骨皆已朽矣。』」

〔一二〕浮龍句：仇注引吴注：「龍即舟也。晋謡語及郭璞詩，皆指舟爲龍。」

〔一三〕揚舲二句：揚舲，見本卷《奉酬薛十二丈判官見贈》(0324)注。《趙次公先後解》：「於此驚危之中，揚舲洪濤，則所倚杖者，濟物之身可以保其無虞也。」仇注引遠注：「即若濟巨川，用汝作舟楫意。」趙注較穩妥。

〔一四〕鞍馬二句：朱鶴齡注：「言著作出峽後，復從陸道歸京師。」仇注：「王城，在河南。」指洛陽。

參卷二《新安史》(0060)注。北辰，帝居。

〔一五〕玄甲句：班固《封燕然山銘》：「玄甲耀日，朱旗絳天。」《文選》李善注：「《漢書》曰：發屬國之玄甲。」朱鶴齡注：「《唐書》：崔旰反，柏茂林等舉兵討之。大曆元年三月，山南西道節度使張獻誠與旰戰於梓州，大敗。」仇注：「玄甲，會討崔旰之兵。」

〔一六〕窮谷四句：《趙次公先後解》：「言方用兵須食，而頻遣使者來至窮谷。如此，則南轅之使可憑其吏而附書也。窮谷，指夔州也。來相因者，來不斷也。」「來夔之使爲南轅。」「天垠，則指言夔州以遠。」仇注：「使者，京師索餉之官。」「窮谷、天垠，俱指夔州。」《左傳》宣公十二年：「令尹南轅反旆。」按，謂京師索餉於夔者恐非。詩蓋言蔡歸長安後可託使者附書至此。

別李義〔一〕

神堯十八子，十七王其門〔二〕。道國洎舒國①，實唯親弟昆②〔三〕。中外貴賤殊，余亦忝諸孫〔四〕。丈人嗣王業③，之子白玉溫〔五〕。道國繼德業，請從丈人論。丈人領宗卿，肅穆古制敦。先朝納諫諍，直氣橫乾坤〔六〕。子建文筆壯④，河間經術存〔七〕。爾克富詩禮⑤〔八〕，骨清慮不喧。洗然遇知己，談論淮湖奔〔九〕。憶昔初見時，小襦繡芳蓀⑥〔一〇〕。長成忽會面，慰我久疾魂⑦。三峽春冬交，江山雲霧昏。

正宜且聚集，恨此當離樽。莫怪執杯遲，我哀涕唾煩〔一一〕。重問子何之，西上岷江源〔一二〕。願子少干謁，蜀都足戎軒〔一三〕。誤失將帥意，不如親故恩。少年早歸來，梅花已飛翻〔一四〕。努力慎風水，豈唯數盤飧⑧〔一五〕。猛虎卧在岸，蛟螭出無痕。王子自愛惜，老夫困石根。生别古所嗟，發聲爲爾吞〔一六〕。（0358）

【校】

① 洎，錢箋校：「一作及。」

② 實，《草堂》校：「一作督。」錢箋作「督」，校：「一作實。」

③ 王業，錢箋作「三葉」，校：「一作王業。」

④ 筆，《草堂》作「章」。

⑤ 爾，《九家》、《草堂》作「温」。

⑥ 襦，宋本、錢箋校：「一作孺。」

⑦ 疾，《草堂》作「病」。

⑧ 飧，宋本作「飡」，據錢箋等改。《草堂》作「餐」。

【注】

黄鶴注：當是大曆二年（七六七）在夔州作。

〔一〕李義：《舊唐書・高祖二十二子傳》道王元慶：「子臨淮王誘嗣，官至澧州刺史。永淳中，坐贓削爵。次子詢，壽州刺史。詢子微，神龍初，封爲嗣道王。……子錬，開元二十五年襲封嗣道王。廣德中，官至宗正卿。」義爲錬之子。

〔二〕神堯二句：《舊唐書・高祖紀》：「高宗上元元年八月，改上尊號曰神堯皇帝。」《分門》鮑曰：「高祖二十二子，衛懷王玄霸、楚哀王智雲皆先薨。太子建成、巢王元吉以事誅，詔除籍。故止言十八。太宗有天下，故十七子封王也。」

〔三〕道國二句：《舊唐書・高祖二十二子傳》：道王元慶，高祖第十六子，劉婕妤生。舒王元名，高祖第十八子，小楊嬪生。

〔四〕中外二句：本書卷二〇《祭外祖祖母文》(1485)：「紀國則夫人之門，舒國則府君之外父。」錢箋：「外父者，即外王父也。公爲舒國外孫之外孫。」

〔五〕丈人二句：朱鶴齡注引《杜詩博議》：「《新書・宗室世系表》於道孝王元慶之下，首書嗣王誘，次書嗣王宗正卿微，嗣王宗正卿錬，嗣王京兆尹實。《困學紀聞》云：『義蓋微之子。』以予考之不然。義乃錬之諸子，實之弟耳。詩云『丈人嗣三葉』，丈人謂錬。自誘至錬，爲嗣道王三世，故曰嗣三葉也。」《詩・秦風・小戎》：「言念君子，温其如玉。」

〔六〕先朝二句：《舊唐書・禮儀志》：「(天寶)十載正月，四海並封爲王。……太子率更令嗣道王錬祭沂山東安公。」《杜詩博議》：「則錬在玄宗時已蒙任使，所云先朝納諫諍者，蓋玄宗也。」

〔七〕子建二句：子建，曹植。《漢書・景十三王傳》：「河間獻王德以孝景前二年立，修學好古，實

事求是。從民得善書，必爲好寫與之，留其真，加金帛賜以招之。繇是四方道術之人不遠千里，或有先祖舊書，多奉以奏獻王者，故得書多，與漢朝等。……其學舉六藝，立《毛氏詩》、《左氏春秋》博士。修禮樂，被服儒術，造次必於儒者。」浦起龍云：「皆古親王有文學者。」

〔八〕爾克句：《書·説命下》：「其爾克紹乃辟於先王。」《多士》：「爾克敬，天惟畀矜爾。」

〔九〕洗然二句：潘岳《爲賈謐作贈陸機》：「吾子洗然，恬淡自逸。」《文選》李善注：「《莊子》曰：庚桑子之始來也，吾洒然異之。鄭玄《禮記注》曰：洒如，肅敬也。」洗然同洒然。班固《西都賦》：「泛舟山東，控引淮湖。」《分門》洙曰：「言談論鋒起，若淮湖奔注，不可涯涘也。」

〔一〇〕小襦句：《急就篇》：「短衣曰襦，自膝已上。一曰短而施要者。」謝靈運《入彭蠡湖口》：「乘月聽哀狖，浥露馥芳蓀。」

〔一一〕莫怪一句：《趙次公先後解》：「衆人也舉杯，我獨執之遲，蓋以涕唾煩故也。」

〔一二〕西上句：仇注：「夔州居下流，故赴蜀爲西上。」

〔一三〕願子二句：干謁，見卷一《自京赴奉先縣詠懷五百字》(0041)注。戎軒，見卷六《園官送菜》(0295)注。《趙次公先後解》：「言將帥非一人也。」按，言幕府之盛。

〔一四〕飛翻：王粲《贈蔡子篤》：「苟非鴻雕，孰能飛翻。」沈約《和謝宣城》：「揆余發皇鑒，短翮屢飛翻。」飛翻同翻飛，聯綿詞，謂上下飛動。

〔一五〕努力二句：《三國志·魏書·鍾繇傳》：「此童有貴相，然當厄於水，努力慎之。」《左傳》僖公二十三年：「乃饋盤飧。」

〔一六〕發聲句：江淹《恨賦》：「自古皆有死，莫不飲恨而吞聲。」

送高司直尋封閬州①〔一〕

丹雀銜書來〔二〕，暮棲何鄉樹？驊騮事天子〔三〕，辛苦在道路。司直非冗官，荒山甚無趣。借問泛舟人，胡爲入雲霧？與子姻婭間〔四〕，既親亦有故。萬里長江邊，邂逅一相遇〔五〕。長卿消渴再，公幹沉綿屢〔六〕。清談慰老夫〔七〕，開卷得佳句。時見文章士，欣然淡情素②。伏枕聞别離，疇能忍漂寓？良會苦短促，溪行水奔注。熊羆咆空林，游子慎馳騖〔八〕。西謁巴中侯，艱險如跬步③〔九〕。主人不世才，先帝常特顧。拔爲天軍佐〔一〇〕，崇大王法度。淮海生清風〔一一〕，南翁尚思慕。公宫造廣厦〔一二〕，木石乃無數。初聞伐松柏④，猶卧天一柱〔一三〕。我瘦書不成⑤，成字讀亦誤⑥。爲我問故人，勞心練征戍。（0359）

【校】

① 封，《文苑英華》校：「一作赴。」

②淡，錢箋校：「一作談。」

③險，《草堂》作「難」。

④聞，《草堂》校：「一作開。」

⑤瘦，宋本、錢箋、《草堂》、《文苑英華》校：「一作病。」《九家》作「病」，校：「一作瘦。」

⑥讀，錢箋、《草堂》校：「一作字。」

【注】

黄鶴注：當是大曆二年（七六七）在夔州作。

〔一〕高司直：名不詳。《唐六典》卷一八大理寺：「司直六人，從六品上。……司直掌承制出使推覆，若寺有疑獄，則參議之。」封閬州：封議。本書卷一七有《送大理封主簿五郎親事不合却赴通州主簿前閬州賢子余與主簿平章鄭氏女子垂欲納采鄭氏伯父京書至女子已許他族親事遂停》（1303）。《唐代墓志彙編》貞元〇〇六張勸《唐故梁州城固縣令渤海封君墓志銘》：「君諱揆，字揆，渤海蓨人也。……王父諱哲。皇考諱議，蓬、集、閬、明四州刺史。君即明州府君□冢嗣也。……劍南東川節使鮮于公與君通舊，知君理材，奏君巴西督郵。」

〔二〕丹雀句：《詩·大雅·文王》疏：「《中候我應》云：季秋之月，赤雀銜丹書入豐，止於昌户，再拜稽首受。……所命文王銜丹書者，《我應》、《是類謀》謂之赤雀，《元命苞》謂之鳳皇，《通卦驗》謂之爲鳥。鳥者羽蟲之大名，赤雀，鳳皇之雛，神而大之亦得稱鳳。文雖不同，其實一也。」

〔三〕驊騮句：驊騮，見卷一《天育驃騎圖歌》(0013)注。《趙次公先後解》：「司直通籍事主，故以丹雀之於文王，驊騮之於穆王比之。」按，皆泛喻稱譽。

〔四〕姻婭：《詩·小雅·節南山》：「瑣瑣姻亞。」傳：「兩婿相謂曰亞。」箋：「婿之父曰姻。」

〔五〕邂逅句：《詩·鄭風·野有蔓草》：「邂逅相遇，適我願兮。」

〔六〕長卿二句：長卿消渴，見卷六《同元使君春陵行》(0276)注。劉楨《贈五官中郎將》：「余嬰沉痼疾，竄身清漳濱。」

〔七〕清談：《晉書·王衍傳》：「終日清談，而縣務亦理。」

〔八〕游子句：《史記·李斯列傳》：「此布衣馳騖之時，而游説者之秋也。」

〔九〕西謁二句：《趙次公先後解》：「閬爲巴中。巴中侯，則封閬州也。」《漢書·鄒陽傳》：「失與而無助，跬步獨進。」注：「師古曰：半步曰跬。」

〔一〇〕拔爲句：《趙次公先後解》：「則必嘗佐禁旅之任。」仇注：「初爲宿衛官。」

〔一一〕淮海句：《趙次公先後解》：「則必嘗爲揚州等處官。」

〔一二〕公宮句：公宮，諸侯之宮。《左傳》莊公八年：「連稱有從妹在公宮。」《趙次公先後解》：「凡官府貴處，謂之公宮矣。……乃建廣厦於官府者也。」

〔一三〕猶卧句：《淮南子·天文訓》：「昔者共工與顓頊争爲帝，怒而觸不周之山，天柱折，地維絶。」《博物志》卷六：「《南荆賦》：江陵有臺甚大而有一柱，衆木皆拱之。」《方輿勝覽》卷二七江陵府：「一柱觀，《郡縣志》：在松滋東丘家湖中。按，《渚宫故事》：宋臨川王義慶在鎮，於羅公

洲立觀甚大，而惟一柱。」《趙次公先後解》：「此非封閬州之爲廊廟器不足當之。舊注惑於公宫字，却注云幕府方須材，意以指高使君言之，非是。」按，此以構廈爲喻，公宫指諸侯之宫無異義，此亦指使府。

遣懷

昔我游宋中，惟梁孝王都〔一〕。名今陳留亞，劇則貝魏俱〔二〕。邑中九萬家，高棟照通衢〔三〕。舟車半天下，主客多歡娱〔四〕。白刃讎不義〔五〕，黄金傾有無。殺人紅塵裏〔六〕，報答在斯須。憶與高李輩，適、白。論交入酒壚〔七〕。兩公壯藻思，得我色敷腴〔八〕。氣酣登吹臺①，懷古視平蕪〔九〕。芒碭雲一去〔一〇〕，雁鶩空相呼。先帝正好武，寰海未凋枯〔一一〕。猛將收西域，長戟破林胡〔一二〕。百萬攻一城，獻捷不云輸〔一三〕。組練弃如泥，尺土負百夫②〔一四〕。拓境功未已，元和辭大爐〔一五〕。亂離朋友盡，合沓歲月徂〔一六〕。吾衰將焉託，存没再嗚呼。蕭條益堪愧，獨在天一隅③〔一七〕。乘黄已去矣〔一八〕，凡馬徒區區。不復見顔鮑，繫舟卧荆巫〔一九〕。臨飡吐更食，常恐違撫孤〔二〇〕。（0360）

【校】

①吹，宋本、錢箋、《九家》校：「一作文。」

②負，宋本、錢箋、《九家》、《草堂》校：「一作勝。」

③蕭條益堪愧獨在天一隅，宋本、錢箋、《九家》、《草堂》校：「一云蕭條病益甚，塊獨天一隅。」

【注】

黃鶴注：蓋李白以寶應元年卒，高適今又以永泰元年卒，此當是大曆元年（七六六）在夔州作。

〔一〕昔我二句：《漢書·文三王傳》梁孝王武：「梁最親，有功，又爲大國，居天下膏腴地，北界泰山，西至高陽，四十餘城，多大縣。孝王，太后少子，愛之，賞賜不可勝道。於是孝王築東苑，方三百餘里，廣睢陽城七十里，大治宮室。」《元和郡縣圖志》卷七河南道：「宋州，睢陽。望。開元户十萬三千，鄉一百九十三。……梁，即今州地。秦併天下，改爲碭郡。後改爲梁國，漢文帝封其子武爲梁王。」

〔二〕名今二句：《元和郡縣圖志》卷七河南道：「汴州，陳留。雄。……漢文帝以皇子武爲梁王，都大梁，以其地卑濕，東徙睢陽，今宋州是也。漢陳留郡即今陳留縣。」卷一六河北道：「魏州，魏郡。大都督府。開元户十一萬七千五百七十五。」「貝州，清河。上望。開元户八萬四千四百。」

〔三〕高棟句：何遜《和蕭咨議岑離閨怨》：「曉河没高棟，斜月半空庭。」潘岳《在懷縣作》：「靈圃耀

華果，通衢列高椅。」

〔四〕主客句：張協《詠史》：「昔在西京時，朝野多歡娛。」

〔五〕白刃句：鮑照《代結客少年場行》：「失意杯酒間，白刃起相讎。」

〔六〕殺人句：班固《西都賦》：「紅塵四合，烟雲相連。」

〔七〕憶與二句：參卷六《昔游》（C288）注。《世説新語·傷逝》：「王濬沖爲尚書令，著公服，乘軺車，經黄公酒壚下過。顧謂後車客：『吾昔與嵇叔夜、阮嗣宗共酣飲於此壚。竹林之游，亦預其末。』」

〔八〕兩公二句：陸機《文賦》：「或藻思綺合，清麗千眠。」鮑照《行路難》：「人生苦多歡樂少，意氣敷腴在盛年。」

〔九〕氣酣二句：《水經注》渠水：「其水更南流，逕梁王吹臺東。《陳留風俗傳》曰：縣有倉頡師曠城，上有列仙之吹臺。北有牧澤，澤中出蘭蒲，上多俊髦，衿帶牧澤，方十五里，俗謂之蒲關澤，即謂此矣。梁王增築以爲吹臺，城隍夷滅，略存故跡。今層臺孤立於牧澤之右矣。其臺方百許步，即阮嗣宗《詠懷》詩所謂『駕言發魏都，西向望吹臺。簫管有遺音，梁王安在哉』。晉世喪亂，乞活憑居，削墮故基，遂成二層。上基猶方四五十步，高一丈餘，世謂之乞活臺，又謂之繁臺城。」《元和郡縣圖志》卷七汴州開封縣：「梁王吹臺，在縣東南六里，俗號繁臺。」

〔一〇〕芒碭句：《史記·高祖本紀》：「隱於芒、碭山澤岩石之間。呂后與人俱求，常得之。高祖怪而問之，呂后曰：『季所居上常有雲氣，故從往常得季。』」集解：「徐廣曰：芒，今臨淮縣也。碭

縣在梁。」正義：「《括地志》云：宋州碭山縣在州東一百五十里，本漢碭縣也。碭山在縣東。」

〔一一〕先帝二句：《趙次公先後解》：「先帝，蓋言玄宗也。玄宗盛時，開拓疆土。」參卷一《兵車行》(0011)等注。左思《詠史》：「俯仰生榮華，咄嗟復凋枯。」

〔一二〕猛將二句：朱鶴齡注：「猛將，謂高仙芝、哥舒翰輩。」《史記・匈奴列傳》：「晉北有林胡、樓煩之戎。」索隱：「如淳云：林胡即儋林，爲李牧所滅也。」

〔一三〕輸：《敦煌變文集・漢將王陵變》：「陣陣皆輸他西楚霸王。」《正字通》：「今俗謂負曰輸。戰敗北亦曰輸。」

〔一四〕組練二句：《左傳》襄公三年：「使鄧廖帥組甲三百，被練三千。」杜預注：「組甲，漆甲成組文。被練，練袍。」謝朓《和伏武昌登孫權故城》：「北拒溺驂驪，西戡收組練。」《趙次公先後解》：「爭一尺之土，以百夫爲償，則不惜人之命。」朱鶴齡注：「負，恃也。」按，此合尺土、負土爲一語，負土即載土。中宗《封張仁愿韓國公制》：「而乃躬先士卒，負土築城。」此言尺土皆由百夫負載。

〔一五〕元和句：郭璞《江賦》：「保不虧而永固，稟元氣於靈和。」《莊子・大宗師》：「今一以天地爲大爐，以造化爲大冶。」《趙次公先後解》：「政失其平和於天地之間矣。」

〔一六〕合沓：見本卷《復陰》(0346)注。

〔一七〕獨在句：《文選》李陵詩：「風波一失所，各在天一隅。」

〔一八〕乘黃：《唐六典》卷一七太僕寺乘黃署：「乘黃，古神馬名，亦曰飛黃，背有角，日行萬里。《六

韜》云：『乘黄震死。』《淮南子》云：『天下有道，飛黄伏皂。』然車馬職同。後漢有未央廄令、長樂廄丞。至魏，遂改爲乘黄廄，晉因之。」

〔一九〕不復二句：《趙次公先後解》：「顔則顔延年，鮑則鮑明遠，又以申比二公（高適、李白）。」

〔二〇〕臨飱二句：《史記·留侯世家》：「漢王輟食吐哺。」《淮陰侯列傳》：「莫如案甲休兵，鎮趙撫其孤。」仇注：「恐客死於變，不見兩家子孫也。」

君不見簡蘇徯〔一〕

君不見道邊廢弃池，君不見前者摧折桐。百年死樹中琴瑟，一斛舊水藏蛟龍〔二〕。丈夫蓋棺事始定〔三〕，君今幸未成老翁。何恨憔悴在山中。深山窮谷不可處，霹靂魍魎兼狂風①。（0361）

【校】

① 兼，宋本、錢箋、《草堂》校：「一作并。」

【注】

黄鶴注：今以後篇《贈蘇徯》考，當在大曆元年（七六六）作。

〔一〕蘇徯：本書卷一六有《別蘇徯》(1205)，注：「赴湖南幕。」朱鶴齡疑爲源明之子。仇注謂非是。

〔二〕君不見四句：《異苑》卷七：「句章人吴平，州門前忽生一株青桐樹，上有謡歌之聲。平惡而斫殺。平隨軍北征，首尾三載，死桐欻自還立於故根之上。又聞樹巔空中歌曰：『死桐今更青，吴平尋當歸。適聞殺此樹，已復有光輝。』平尋復歸如見。」《趙次公先後解》引此：「以譬士終有用也。」又引庾信《擬連珠》：「龍門死樹，尚抱咸池之曲。」朱鶴齡注引枚乘《七發》：「龍門之桐……其根半死半生。」仇注引吴平事，謂：「平以爲琴瑟，事始定。」未詳所出。《三國志・吴書・周瑜傳》：「恐蛟龍得雲雨，終非池中物也。」

〔三〕蓋棺：見卷一《自京赴奉先縣詠懷五百字》(0041)注。

贈蘇四徯

異縣昔同游，各云厭轉蓬〔一〕。別離已五年，尚在行李中〔二〕。戎馬日衰息，乘輿安九重〔三〕。有才何栖栖，將老委所窮〔四〕。爲郎未爲賤，其奈疾病攻〔五〕。子何面黧黑〔六〕，不得豁心胸。巴蜀倦剽劫①，下愚成土風〔七〕。幽薊已削平，荒徼尚彎弓〔八〕。斯人脱身來，豈非吾道東〔九〕。乾坤雖寬大，所適裝囊空〔一〇〕。肉食哂菜色〔一一〕，少壯欺老翁。況乃主客間，古來偪側同〔一二〕。君今下荆揚，獨帆如飛鴻。

二州豪俠場，人馬皆自雄。一請甘飢寒，再請甘養蒙〔一三〕。（0362）

【校】

① 劫，錢箋作「掠」，校：「一作劫。」

【注】

黄鶴注：當是大曆元年（七六六）作。「巴蜀倦剽劫」指崔旰之徒爲亂。是時河北盡平。蘇徯自蜀赴湖南，公有《別蘇徯赴湖南幕》詩，乃同時作。

〔一〕各云句：曹植《雜詩》：「轉蓬離本根，飄颻隨長風。……類此游客子，捐軀遠從戎。」

〔二〕行李：《左傳》僖公三十年：「行李之往來，共其乏困。」杜預注：「行李，使人。」又襄公八年注：「行人也。」

〔三〕戎馬二句：《趙次公先後解》：「以車駕嘗因吐蕃陷京師而幸陜，今稍平定，復還長安，爲九重之安矣。」九重，見卷四《丹青引》（0201）注。

〔四〕有才二句：《論語·憲問》：「微生畝謂孔子曰：『丘何爲是栖栖者與？無乃爲佞乎？』」朱鶴齡注：「委所窮，言困窮委之於命也。」

〔五〕爲郎二句：《趙次公先後解》：「公爲尚書工部員外郎，而今苦肺病。」

〔六〕子何句：《韓非子·外儲説左上》：「手足胼胝，面目黧黑。」

〔七〕巴蜀二句：黄鶴注：「五年之間，段子璋、徐知道、崔旰之變相繼，而盜賊隨起，安得不倦於剽劫，真是下愚習以爲風也。」

〔八〕荒徼句：賈誼《過秦論》：「士不敢彎弓而報怨。」

〔九〕斯人二句：《後漢書・鄭玄傳》：「玄因從質諸疑義，問畢辭歸。（馬）融喟然謂門人曰：『鄭生今去，吾道東矣。』」

〔一〇〕乾坤二句：《漢書・王吉傳》：「其自奉養極爲鮮明，而亡金銀錦繡之物。及遷徙去處，所載不過囊衣，不畜積餘財。去位家居，亦布衣疏食。天下服其廉而怪其奢，故俗傳王陽能作黄金。」

〔一一〕肉食句：《左傳》莊公十年：「肉食者鄙。」《禮記・王制》：「民無菜色。」陸機《君子有所思行》：「無以肉食資，取笑葵與藿。」

〔一二〕偪側：見卷二《偪仄行》(0051)注。

〔一三〕再請句：《易・蒙・彖》：「蒙以養正，聖功也。」《趙次公先後解》：「欲其晦跡以自全耳。」仇注：「養蒙守正，則不爲少壯者欺。」

寄薛三郎中據①〔一〕

人生無賢愚，飄飖若埃塵②。自非得神仙，誰免危其身〔二〕？與子俱白頭，役

役常苦辛③〔三〕。雖爲尚書郎，不及村野人。憶昔村野人，其樂難具陳④〔四〕。藹藹桑麻交，公侯爲等倫〔五〕。天未厭戎馬〔六〕，我輩本常貧。子尚客荆州，我亦滯江濱。峽中一卧病，瘧癘終冬春〔七〕。春復加肺氣⑤，此病蓋有因⑥。早歲與蘇鄭〔八〕，痛飲情相親。二公化爲土，嗜酒不失真〔九〕。余今委修短，豈得恨命屯⑦〔一〇〕。聞子心甚壯，所過信席珍〔一一〕。上馬不用扶，每扶必怒嗔⑧〔一二〕。賦詩賓客間，揮洒動八垠〔一三〕。乃知蓋代手，才力老益神〔一四〕。青草洞庭湖，東浮滄海漘〔一五〕。君山可避暑，況足采白蘋〔一六〕。子豈無扁舟，往復江漢津。我未下瞿塘，空念禹功勤〔一七〕。聽説松門峽〔一八〕，吐藥攬衣巾。高秋却束帶，鼓枻視清旻⑨。鳳池日澄碧，濟濟多士新〔一九〕。余病不能起，健者勿逡巡〔二〇〕。上有明哲君，下有行化臣〔二一〕。（0363）

【校】

① 薛三，《文苑英華》作「薛三丈」。　據，《草堂》大字連正題。

② 飆，《九家》、《草堂》、《文苑英華》作「飄」。《文苑英華》校：「集作飄飄。」

③ 役役，《九家》、《草堂》校：「一作没没。」《文苑英華》作「没没」，校：「集作役役。」

④具，《草堂》校：「一作俱。」

⑤春復加肺氣，《文苑英華》校：「一作復加肺氣疾。」

⑥病，《文苑英華》作「疾」，校：「集作病。」

⑦屯，《文苑英華》作「迍」。

⑧每，宋本、錢箋、《九家》校：「一作忽。」《草堂》校：「一作思。」《文苑英華》作「忽」，校：「集作每。」

⑨枻，《文苑英華》作「椬」，校：「集作枻。」清，錢箋作「青」。

【注】

黄鶴注：當是大曆二年（七六七）作。

〔一〕薛三郎中據：薛據，見卷一《同諸公登慈恩寺塔》（0023）注。又本書卷一〇有《秦州見勑目薛三璩授司議郎畢四曜除監察與二子有故遠喜遷官兼述索居三十韻》（0609）。韓愈《國子助教河東薛君墓志銘》：「君諱公達……父曰播，尚書禮部侍郎。侍郎命君後兄據，據爲尚書水部郎中，贈給事中。」

〔二〕人生四句：《列子·楊朱》：「萬物所異者生也，所同者死也。生則有賢愚貴賤，是所異也。死則有臭腐消滅，是所同也。」

〔三〕役役句：《莊子·齊物論》：「終身役役而不見其成功，茶然疲役而不知其所歸。」

〔四〕其樂句：《古詩十九首》：「今日良宴會，歡樂難具陳。」

〔五〕藹藹二句：陶淵明《和郭主簿》：「藹藹堂前林，中夏貯清陰。」《歸園田居》：「相見無雜言，但道桑麻長。」《述酒》：「天容自永固，彭殤非等倫。」

〔六〕天未句：《晉書·姚泓載記》：「天未厭亂，凶旅實繁。」

〔七〕瘧癘：見卷二《病後遇王倚飲贈歌》(0079)注。

〔八〕早歲句：蘇鄭，蘇源明、鄭虔。見卷一《戲簡鄭廣文虔兼呈蘇司業源明》(0033)、本卷《八哀詩·蘇公源明》(0335)、《鄭公虔》(0336)注。

〔九〕二公二句：《三國志·吴書·孫權傳》注引《吴書》：「(鄭)泉臨卒謂同類曰：『死必葬我陶家之側，庶百歲之後化而成土，幸見取爲酒壺，實獲我心矣。』」施鴻保謂詩用此。

〔一〇〕余今二句：《論衡·命義》：「故壽命修短，皆稟於天。」仇注：「委修短，壽夭聽之於天也。」《易·屯》：「屯如邅如，乘馬班如。」注：「屯，時方屯難，正道未通，涉遠而行，難可以進。」

〔一一〕所過句：《禮記·儒行》：「儒有席上之珍以待聘。」仇注：「席珍，人皆推重。」

〔一二〕上馬二句：陸游《老學庵筆記》卷八：「蓋老人諱老故爾。若少壯者，扶與不扶皆可，何嗔之有？」

〔一三〕揮洒句：胡廣《邊都尉箴》：「巍巍上聖，光被八垠。」

〔一四〕乃知二句：殷璠《河岳英靈集》薛據：「據爲人骨鯁有氣魄，其文亦爾。」

〔一五〕青草二句：《史記·五帝本紀》正義：「洞庭，湖名。在岳州巴陵西南一里，南與青草湖連。」《元和郡縣圖志》卷二七岳州巴陵縣：「洞庭湖，在縣西南一里五十步，周回二百六十里。」「巴

丘湖，又名青草湖，在縣南七十九里。周回二百六十五里。俗云古夢澤也。」班固《東都賦》：「西蕩河源，東澹海漘。」《文選》李善注：「《毛詩》曰：置之河之漘兮。毛萇曰：漘，厓也。」

〔一六〕君山二句：《元和郡縣圖志》卷二七岳州巴陵縣：「君山，在縣西三十里青草湖中。昔秦始皇欲入湖觀衡山，遇風浪，至此山止泊，因號焉。又云湘君所游止，故名之也。」《楚辭·九歌·湘夫人》：「登白薠兮騁望，與佳期兮夕張。」

〔一七〕禹功：見卷六《柴門》(0274)注。

〔一八〕聽説句：《趙次公先後解》：「松門峽，無所考。豈亦如巴峽中有瞿唐灘，當時遂名爲瞿唐峽者乎？」《草堂》夢弼注：「巴中地名也。」王嗣奭《杜臆》：「觀『松門似畫圖』詩，知其去巫峽不遠。」句見本書卷一六《反照》(1266)。

〔一九〕鳳池二句：《晉書·荀勖傳》：「勖久在中書，專管機事，及失之，甚罔罔悵恨，或有賀之者，勖曰：『奪我鳳凰池，諸君何賀邪！』」謝朓《直中書省》：「兹言翔鳳池，鳴珮多清響。」《詩·大雅·文王》：「濟濟多士，文王以寧。」

〔二〇〕健者句：《後漢書·袁紹傳》：「(董)卓議欲廢立……紹勃然對曰：『天下健者，豈唯董公。』」《公羊傳》宣公六年：「趙盾逡巡北面，再拜稽首。」

〔二一〕下有句：《後漢書·循吏傳》：「自章、和以後，其有善績者往往不絶。……斯皆可以感物而行化也。」

大覺高僧蘭若和尚去冬往湖南〔一〕。

巫山不見廬山遠〔二〕，松林蘭若秋風晚①。一老猶鳴日暮鍾，諸僧尚乞齋時飯。香爐峰色隱晴湖，種杏仙家近白榆〔三〕。飛錫去年啼邑子，獻花何日許門徒〔四〕？（0364）

【校】

①林，錢箋、《草堂》校：「一作間。」

【注】

《趙次公先後解》編入大曆二年（七六七）夔州詩中。黄鶴注以爲在湖南作。仇注編入夔州詩。

〔一〕大覺：《趙次公先後解》等以爲僧名。按，或爲寺名。蘭若：修行處。慧琳《一切經音義》：「阿練若，或云阿蘭若，或云阿蘭那，或但云蘭若，皆梵語訛轉耳。正梵語應云阿蘭。……此土意譯云寂静處，或云無諍地，所居不一。」

〔二〕巫山句：廬山遠，慧遠。《高僧傳》卷六《慧遠傳》：「及届潯陽，見廬峰清静，足以息習，始住龍

泉精舍。……桓乃爲遠復於山東更立房殿，即東林是也。……自遠卜居廬阜三十餘年，影不出山，跡不入俗，每送客游履，常以虎溪爲界焉。」李白《别東林寺僧》：「笑别廬山遠，何煩過虎溪。」《趙次公先後解》：「大覺和尚雖是巫山之僧，而比之爲遠公。公往謁之而不遇，故云『巫山不見廬山遠』。」

〔三〕香爐二句：《太平寰宇記》卷一一一江州：「香鑪峰在（廬）山西北，其峰尖圓，烟雲聚散如博山香鑪之狀。」《趙次公先後解》：「公題下注云『和尚去年往湖南』，今此乃言江州廬山事，即隱晴湖是江南彭蠡湖，疑『湖南』字誤。」朱鶴齡注：「題下所注『湖南』，謂彭蠡湖之南。」《神仙傳》卷一〇：「董奉者，字君異。……後還廬山下居……君異居山間，爲人治病，不取錢物，人重病愈者使栽杏五株，輕者一株。如此數年，計得十萬餘株，鬱然成林。」《相和歌辭・隴西行》：「天上何所有，歷歷種白榆。」《趙次公先後解》：「言其所居之高，近乎星辰也。」按，詩以高僧比慧遠，故連用廬山典故，不必疑題注「湖南」有誤。

〔四〕飛錫二句：孫綽《游天台山賦》：「王喬控鶴以衝天，應真飛錫以躡虚。」《文選》李善注：「《大智度論》曰：菩薩常應二時。頭陀常用錫杖、經傳、佛像。」《正字通》錫：「梵言隙弃羅，此云錫杖。錫杖，經名德杖，又名智杖。有金環振之，作錫錫聲，以節步趨。《真覺要覽》：游行僧爲飛錫，安住僧爲挂錫。」《念佛三昧經》卷三：「欲得求供養，他方剎土佛。種種妙花香，隨意以奉獻。」仇注：「啼邑子，前惜其去。許門徒，今望其回。」

杜工部集卷第八

古詩四十五首 居松陵公安及至湖南作

憶昔行

憶昔北尋小有洞〔一〕，洪河怒濤過輕舸。辛勤不見華蓋君，艮岑青輝慘么麽〔二〕。千崖無人萬壑靜，三步回頭五步坐。秋山眼冷魂未歸，仙賞心違淚交墮。弟子誰依白茅室①，盧老獨啓青銅鎖〔三〕。巾拂香餘擣藥塵，階除灰死燒丹火②〔四〕。玄圃滄洲莽空闊，金節羽衣飄婀娜〔五〕。落日初霞閃餘映，倏忽東西無不可〔六〕。松風磵水聲合時，青兕黄熊啼向我〔七〕。徒然咨嗟撫遺迹，至今夢想仍猶佐③〔八〕。秘訣隱文須内教，晚歲何功使願果④〔九〕？更討衡陽董鍊師⑤，南浮早鼓

瀟湘柂⑥〔二〇〕。（0365）

【校】

①茅，宋本、錢箋、《草堂》校：「一作石。」

②階，宋本、錢箋、《草堂》校：「一作前。」除，《九家》校：「一作前。」

③佐，錢箋校：「一作左。音如佐。」《九家》作「作」，校：「一作佐。」

④使，錢箋校：「一作收。」

⑤討，錢箋、《草堂》校：「一作覓。」

⑥浮，錢箋校：「一作游。」《九家》作「游」。

【注】

黄鶴注：當是大曆三年（七六八）出峽後作。

〔一〕憶昔句：《雲笈七籤》卷二七《天地宫府圖》十大洞天：「第一王屋山洞，周回萬里，號曰小有清虚之天。在洛陽、河陽兩界，去王屋縣六十里，屬西城王君治之。」

〔二〕辛勤二句：華蓋君、艮岑，見卷三《昔游》（0097）注。班彪《王命論》：「又况么麽不及數子。」《文選》李善注：「《鶡冠子》曰：無道之君，任用么麽，動則煩濁。《通俗文》曰：不長曰么，細小曰麽。」慘，暗也。見卷一《渼陂行》（0031）注。

〔三〕弟子二句：《莊子·在宥》：「(黃帝)築特室，席白茅。」盧老，《趙次公先後解》：「應是華蓋君親信者。」

〔四〕巾拂二句：鮑照《舞鶴賦》：「巾拂兩停，丸劍雙止。」指巾舞、拂舞。此即言巾、拂二物。《三洞奉道科戒》卷三居處品：「凡道士女冠居處，唯虛淨素樸而已，除曲几、夾膝、如意、麈拂、香爐、香合、經案、巾帕……等，非法器玩具，皆不合畜用。」陸機《贈尚書郎顧彦先》：「豐注溢修霤，黃潦浸階除。」《文選》李善注：「《説文》曰：除，殿階也。」

〔五〕玄圃二句：玄圃，見卷二《奉先劉少府新畫山水障歌》(0080)注。滄洲，見卷三《幽人》(0098)注。《趙次公先後解》：「金節羽衣，則仙人之服御也。」《史記·封禪書》：「使衣羽衣，夜立白茅上。」曹植《洛神賦》：「華容婀娜，令我亡餐。」《文選》李善注：「張衡《七辯》曰：『蝤齊之領，阿那宜顧。』」

〔六〕落日二句：王粲《七哀詩》：「山岡有餘映，岩阿增重陰。」《苕溪漁隱叢話》前集卷一四苕溪漁隱曰：「《憶昔行》云：『落日初霞閃餘映，倏忽東西無不可。』王屋山中日西落而人影或在西，日東出而人影或在東，不可致詰。」

〔七〕青兕句：青兕，見卷二《送韋十六評事充同谷郡防禦判官》(0088)注。《左傳》昭公七年：「昔堯殛鯀於羽山，其神化爲黃熊，以入於羽淵，實爲夏郊，三代祀之。」

〔八〕至今句：佐，《趙次公先後解》：「當是『作』字，但音佐而已。此南人之語音。公詩又曰『主人送客何所作』，自注云音佐，可見矣。言今猶作此夢也。」又引句見本書卷一二《章梓州橘亭餞

成都竇少尹》(0822)。朱鶴齡注：「然此恐是相左之左，即上『仙賞心違』意耳。」

〔九〕秘訣二句：《抱朴子・勤求》：「告之不力，則秘訣何可悉得邪。」《雲笈七籤》目録「三洞經教部經釋」有《太上玉清神虎内真隱文》，又有《玉清隱文》等。仇注：「内教，謂傳授密諦。」《雲笈七籤》卷六《三洞品格》：「其後分有内教十卷，即是升玄之文。」《三洞奉道科戒》卷四法次儀：「太上洞玄靈寶升玄内教經一部十卷。」願果，佛教説法。《法苑珠林》卷二七求果部引《雜寶藏經》：「佛法寬廣，濟度無涯，至心求道，無不獲果。」卷四〇引《海龍王經》：「唯佛垂恩，威德兼加，所願得果。」

〔一〇〕更討二句：《輿地紀勝》卷五五衡州：「董奉先，唐天寶中修九華丹法於衡陽，栖朱陵後洞。」引杜甫此詩。錢箋引。《永樂大典》卷八六四七引《元一統志》同。

魏將軍歌

將軍昔著從事衫，鐵馬馳突重兩銜〔一〕。被堅執鋭略西極，崑崙月窟東嶄岩〔二〕。君門羽林萬猛士，惡若哮虎子所監〔三〕。五年起家列霜戟，一日過海收風帆〔四〕。平生流輩徒蠢蠢，長安少年氣欲盡〔五〕。魏侯骨聳精爽緊〔六〕，華岳峰尖見秋隼。星纏寶校金盤陀，夜騎天駟超天河〔七〕。攙槍熒惑不敢動，翠蕤雲旓相蕩

摩〔八〕。吾爲了起歌都護，酒闌插劍肝膽露。鉤陳蒼蒼玄武暮①〔九〕。萬歲千秋奉明主，臨江節士安足數〔一〇〕。（0366）

【校】

① 玄武暮，錢箋、《九家》作「風玄武」，校：「一云玄武暮。」

【注】

黃鶴注：當是大曆二年（七六七）作。朱鶴齡注：此詩言魏將軍先立功西陲，後統禁軍宿衛，絶不及喪亂事，蓋禄山未反時作也，《草堂》本編在天寶末年，今從之。

〔一〕將軍一句：《九家》趙注：「著從事衫，則初爲幕官於元帥府耳。馬勒重銜，則戰馬之謹也。」引《後漢書·李憲傳》：廬江人陳衆爲從事，「號白馬陳從事」。《北史·魏孝静帝紀》：「詔内外戒嚴，百司悉依舊章，從容雅服，不得以務衫從事。」仇注引姜氏杜箋引此。

〔二〕被堅二句：《戰國策·楚策一》：「吾被堅執鋭，赴强敵而死，此猶一卒也。」揚雄《長楊賦》：「西厭月螖，東震日域。」《文選》注：「服虔曰：螖音窟，月所生也。」司馬相如《上林賦》：「深林巨木，嶄岩嵾嵳。」《文選》李善注：「郭璞曰：皆峰嶺之貌也。」《九家》趙注：「今言『崑崙月窟東嶄岩』，蓋言崑崙在月窟之東，其形嶄岩然也。」錢箋引荆溪吴子良曰：「崑崙月窟在西，云東者，謂將軍略地至西方之極，而崑崙月窟反在東也。」

〔三〕君門二句：羽林，見卷一《自京赴奉先縣詠懷五百字》(0041)注。《詩·大雅·常武》：「闞如虓虎。」釋文：「虓，火交反，虎怒貌。」《文選》曹植《七啓》「哮闞」李善注：「哮與虓同也。」

〔四〕五年二句：《唐會要》卷三二《戟》：「(貞元)五年十二月十九日，中書門下奏：應請列戟官准儀制令，正一品、開府儀同三司、嗣王郡王並勳官上柱國、柱國等帶職事三品以上，並許列戟，准天寶六載敕。」朱鶴齡注：「過海收帆，承上略西極言之，蓋過青海也。」

〔五〕平生二句：《左傳》昭公二十四年：「今王室實蠢蠢焉。」杜預注：「蠢蠢，動擾貌。」《九家》趙注：「氣欲盡，則觀將軍之富貴功名而然矣。」

〔六〕魏侯句：《左傳》昭公七年：「用物精多，則魂魄强，是以有精爽，至於神明。」仇注：「言其英氣過人。」

〔七〕星纏二句：顔延之《赭白馬賦》：「具服金組，兼飾丹雘。寶鉸星纏，鏤章霞布。」《文選》李善注：「金組，二甲也。丹雘，二色也。鉸，裝飾也。」張衡《東京賦》：「龍輈華轙，金鋄鏤錫。」《文選》李善注：「蔡邕曰：金鋄者，馬冠也。高廣各五寸，上如玉華形，在馬髦前。鏤，彫飾也。當顱，刻金爲之。」錢箋引吕東萊注引此，謂：「所謂寶校，此其具也。第尊卑之制殊耳。」金盤陁，見卷五《别唐十五誡因寄禮部賈侍郎》(0233)注。《史記·天官書》：「房爲府，曰天駟。」索隱：「《詩記曆樞》云：房爲天馬，主車駕。」《九家》趙注：「言將軍之馬乃御厩之馬也。」

〔八〕攙槍二句：《史記·天官書》：「(歲星)其失次舍以下……退而西北，三月生天欃，長四丈，末兑。退而西南，三月生天槍，長數丈，兩頭兑。」正義：「京房云：天欃爲兵，赤地千里，枯骨籍

籍。」「天槍者，長數丈，兩頭鋭，出西南方。其見，不過三月，必有破國亂君伏死其辜。」又《天官書》：「禮失，罰出熒惑，熒惑失行是也。出則有兵，入則兵散。」正義：「《天官占》云：熒惑爲執法之星，其行無常。」張衡《南都賦》：「望翠華兮葳蕤，建太常兮裶裶。」《文選》李善注：「葳蕤，翠華貌。」張衡《西京賦》：「栖鳴鳶，曳雲旓。」《文選》薛綜注：「雲旓，謂旌旗之旒飛如雲也。」《九家》趙注：「皆天兵之儀也。」

〔九〕吾爲三句：《宋書·樂志》：「《督護哥》者，彭城内史徐逵之爲魯軌所殺，宋高祖使府内直督護丁旿收斂殯埋之。逵之妻，高祖長女也，呼旿至閤下，自問斂送之事，每問，輒歎息曰『丁督護』，其聲哀切。後人因其聲，廣其曲焉。」《晉書·天文志》：「鈎陳，後宫也，大帝之正妃也，大帝之常居也。」班固《西都賦》：「周以鈎陳之位，衛以嚴更之署。」《文選》李善注：「《樂汁圖》曰：鈎陳，後宫也。服虔《甘泉賦》注曰：紫宫外營。」《漢書·天文志》：「北營玄武，虚、危。……其南有衆星，曰羽林天軍。」《九家》趙注以玄武爲闕名，引《三輔舊事》：「未央宫北有玄武闕。」

〔一〇〕萬歲二句：舊注謂夔州又名臨江軍，《九家》趙注駁其非是。《漢書·藝文志》：「臨江王及愁思節士歌詩四篇。」《景十三王傳》：「臨江閔王榮以孝景前四年爲皇太子，四歲廢爲臨江王。三歲，坐侵廟壖地爲宫，上徵榮。榮行，祖於江陵北門，既上車，軸折車廢。江陵父老流涕竊言曰：『吾王不反矣！』榮至，詣中尉府對簿。中尉郅都簿責訊王，王恐，自殺。葬藍田，燕數萬銜土置冢上。百姓憐之。」陸厥《臨江王節士歌》：「節士慷慨髮衝冠，彎弓掛若木，長劍竦雲

端。」《樂府詩集》卷八四《中山王孺子妾歌》：「按，此謂以歌詩賜中山王及孺子妾、未央才人等爾，累言之，故云及也。而陸厥作歌，乃謂之中山孺子妾，失之遠矣。《藝文志》又曰臨江王及愁思節士歌詩四篇、李夫人及幸貴人歌詩三篇，亦皆累辭也。」朱鶴齡注：「節士無考，本是二人，累言之故曰及也。陸韓卿合所作，乃合爲臨江王節士，其誤與中山孺子妾歌同。《哀江南賦》『臨江王有愁思之歌』，又因此而誤，太白相沿未改。」

北風

北風破南極，朱鳳日威垂①〔一〕。洞庭秋欲雪，鴻雁將安歸〔二〕？十年殺氣盛〔三〕，六合人烟稀。吾慕漢初老，時清猶茹芝〔四〕。（0367）

【校】

①威，宋本、錢箋、《草堂》校：「一作低。」

【注】

黄鶴注：公大曆三年（七六八）至岳陽詩也。仇注編入大曆四年（七六九）潭州詩。

〔一〕北風二句：《淮南子·墜形訓》：「八紘之外，乃有八極。……南方曰南極之山，曰暑門。」《趙次公先後解》：「南極，所以言楚地。」「朱鳳者，南方之鳥故也。」《莊子·秋水》：「南方有鳥，其名曰鵷雛。」《藝文類聚》卷九〇引《莊子》：「吾聞南方有鳥，其名爲鳳。」傅玄《晉鼓吹曲·伯益》：「朱雀作南宿，鳳皇統羽群。」

〔二〕洞庭二句：劉孝綽《賦得始歸雁》：「洞庭春水緑，衡陽旅雁歸。」

〔三〕十年句：《趙次公先後解》：「云十年殺氣盛，則舉其大數爲詩句耳。」

〔四〕吾慕二句：言商山四皓。見卷二《喜晴》（0077）注。

客從

客從南溟來，遺我泉客珠〔一〕。珠中有隱字，欲辨不成書〔二〕。緘之篋笥久，以俟公家須。開視化爲血，哀今徵斂無〔三〕。（0368）

【注】

《趙次公先後解》：蔡伯世以此詩爲長沙詩，云長沙當南海孔道，故有此作，極是。黄鶴注：按史，大曆四年（七六九）三月遣御史税商錢。此詩故託珠以諷賦斂之及於商賈也。

〔一〕客從二句：《莊子・逍遥游》：「海運則將徙於南冥。」庾闡《游衡山》：「未體江湖游，安識南溟闊。」張華《博物志》卷二：「南海外有鮫人，水居如魚，不廢織績，其眼能泣珠。」左思《吴都賦》：「泉室潛織而卷綃，淵客慷慨而泣珠。」《文選》劉逵注：「俗説鮫人從水中出，曾寄寓人家，積日賣綃。綃者，竹孚俞也。鮫人臨去，從主人索器，泣而出珠滿盤，以與主人。」李善注避唐諱作「泉客」。南海産珠，本書卷六《自平》(0266)：「自平宫中呂太一，收珠南海千餘日。」則以收珠喻賦斂。參該詩注。

〔二〕珠中二句：《酉陽雜俎》卷三貝編：「摩尼珠中有金字偈。」朱鶴齡注引此。王嗣奭《杜臆》：「珠中隱字，喻民之隱情，欲辨而不得也。」

〔三〕開視二句：《分門》師曰：「此詩寓意公家徵斂而索其所無有之物，《詩》云『俾出童羖』是也。」朱鶴齡注：「哀無淚化之珠以應公家之徵斂也。」仇注：「通首寓言，末句露意。」

白馬

白馬東北來，空鞍貫雙箭。可憐馬上郎，意氣今誰見？近時主將戮，中夜商於戰①〔一〕。喪亂死多門，嗚呼涕如霰②。(0369)

【校】

① 商，宋本校：「或作傷。」錢箋校：「一作傷。」《九家》、《草堂》作「傷」，《草堂》校：「一作商於。」

② 涕，錢箋作「淚」。

【注】

《分門》蔡伯世曰：乃潭州詩，主將謂崔瓘也。《趙次公先後解》從之，編入大曆五年（七七〇）。黃鶴注：當是大曆三年（七六八）荆南作。仇注編入大曆五年。

〔一〕近時二句：「商於」《趙次公先後解》作「傷於」：「商於者山名，在虢州，與此潭州之亂無相干，斷不可取。」黃鶴注：「秦相商君之邑，張儀詐以商於之地六百里賂楚，即此地。唐爲商州上洛郡，治上洛縣。大曆二年三月，商州兵馬使劉洽殺其刺史殷仲卿，此詩爲仲卿作也。」事見《新唐書·代宗紀》。《草堂》夢弼注：「主將謂崔瓘也。臧玠與達奚忿争，拂衣去，是夜以兵殺瓘。時甫自潭州如長沙而逢亂也。」朱鶴齡注：「商州在江陵西北，不當云『白馬東北來』也。考《九域志》，衡州北至潭州三百九十里，公自潭如衡，則所見之白馬爲自東北來明矣。」《舊唐書·崔瓘傳》：「大曆五年四月，會月給糧儲，兵馬使臧玠與判官達奚覯忿争，覯曰：『今幸無事。』玠曰：『有事何逃？』厲色而去。是夜，玠遂構亂，犯州城，以殺達奚覯爲名。瓘惶遽走，逢玠兵至，遂遇害。」

白鳧行

君不見黄鵠高於五尺童，化爲白鳧似老翁①〔一〕。故畦遺穗已蕩盡〔二〕，天寒歲暮波濤中②。鱗介腥膻素不食，終日忍飢西復東。魯門鶢鶋亦蹭蹬，聞道如今猶避風③〔三〕。（0370）

【校】

① 似，宋本、錢箋、《九家》、《草堂》校：「一作象。」

② 歲，宋本、錢箋、《九家》、《草堂》校：「一作日。」

③ 如，錢箋、《草堂》校：「樊作于。」

【注】

《趙次公先後解》編入大曆五年（七七〇）潭州詩。黄鶴注：詩云「終日忍飢西復東」，如公在夔自瀼西遷東屯，當是大曆二年（七六七）作。仇注：應是大曆四年（七六九）潭州作，若三年秋冬，尚在公安山館也。

〔一〕君不見二句：《太平御覽》卷九一六引《毛詩義疏》：「鴻鵠，羽毛光澤純白，似鶴而大，長頸，肉美如雁。又有小鴻，大小如鳧，色亦白，今人直謂鴻也。」《趙次公先後解》：「鵠高五尺，宜高舉遠引，乃推藏低回，化作白鳧之狀，象老翁之傴僂……此賢者失所之譬也。」羅大經《鶴林玉露》乙編卷六：「杜詩有反言之者……『黄鵠高於五尺童，化爲白鳧似老翁』，或正言之，當云『五尺童時似黄鵠，化爲老翁似白鳧』也。」朱鶴齡注：「黄鵠化爲白鳧，不能飛舉矣，猶五尺童化爲老翁，不復少壯矣。此自傷衰暮之語。羅景倫目爲倒句，非也。」仇注引董斯張曰：「屈原《卜居》：『將泛泛若水中之鳧乎，將與黄鵠比翼乎？』公藉以自況。」按，《楚辭・卜居》：「寧昂昂若千里之駒乎，將泛泛若水中之鳧，與波上下，偷以全吾軀乎？寧與騏驥亢軛乎，將隨駑馬之跡乎？寧與黄鵠比翼乎，將與雞鶩爭食乎？」杜詩似非徑襲。

〔二〕故畦句：《詩・小雅・甫田》：「彼有遺秉，此有滯穗。」

〔三〕魯門二句：見卷七《八哀詩・鄭公虔》（0336）注。朱鶴齡注：「爰居今猶避風，則黄鵠蹭蹬所固然耳，何必以忍飢西東爲戚哉？」仇注：「鶢鶋避風，傷北歸亦無安身之地也。」

蠶穀行

天下郡國向萬城，無有一城無甲兵。焉得鑄甲作農器〔一〕，一寸荒田牛得耕。

牛盡耕①，蠶亦成。不勞烈士淚滂沱〔二〕，男穀女絲行復歌。（0371）

【校】

① 耕，錢箋校：「一有田字。」《草堂》有「田」字。

【注】

黄鶴注：當是大曆三年（七六八）荆南作。去年與其年周智光反，吐蕃寇邠靈州，京師戒嚴，桂州山獠反，商州、幽州兵馬使並反，楊子琳又陷成都，亦可謂天下皆用兵也。錢箋：鶴必欲舉某年某事以實之，可謂固矣。仇注編在大曆四年（七六九）。

〔一〕焉得句：《韓詩外傳》卷九：「顏淵曰：『願得明王聖主爲之相，使城郭不治，溝池不鑿，陰陽和調，家給人足，鑄庫兵以爲農器。』」

〔二〕不勞句：《詩·陳風·澤陂》：「寤寐無爲，涕泗滂沱。」

折檻行〔一〕

嗚呼房魏不復見，秦王學士時難羨〔二〕。青襟胄子困泥塗①，白馬將軍若雷

電〔三〕。千載少似朱雲人，至今折檻空嶙峋〔四〕。婁公不語宋公語，尚憶先皇容直臣〔五〕。（0372）

【校】

① 襟，錢箋作「衿」，《九家》校：「一作衿。」

【注】

《趙次公先後解》：此永泰元年（七六五）作，三月獨孤及上疏。黃鶴注：詩云「白馬將軍若雷電」，當是指崔旰作亂。大曆三年（七六八）在荊南作。錢箋謂非是。仇注編入大曆元年（七六六）。

〔一〕折檻行：《漢書·朱雲傳》：「丞相故安昌侯張禹以帝師位特進，甚尊重。雲上書求見，公卿在前，雲曰：『……臣願賜尚方斬馬劍，斷佞臣一人，以厲其餘。』上問：『誰也？』對曰：『安昌侯張禹。』上大怒。……御史將雲下，雲攀殿檻，檻折。……及後當治檻，上曰：『勿易。因而輯之，以旌直臣。』」洪邁《容齋三筆》卷三：「至今宮殿正中一間橫檻獨不施欄楯，謂之折檻，蓋自漢以來相傳如此矣。」

〔二〕嗚呼二句：《舊唐書·褚亮傳》：「始太宗既平寇亂，留意儒學，乃於宮城西起文學館，以待四方文士。於是，以屬大行臺司勳郎中杜如晦、記室考功郎中房玄齡……並以本官兼文學館學士。……尋遺圖其狀貌，題其名字爵里，乃命亮爲之像贊，號『十八學士寫真圖』，藏之書府，以

彰禮賢之重也。諸學士並給珍膳，分爲三番，更直宿於閣下。每軍國務静，參謁歸休，即便引見，討論墳籍，商略前載。預入館者，時所傾慕，謂之『登瀛洲』。」錢箋引吴若本注：「房喬故秦府學士，魏公佐建成，非十八人之列。」房玄齡初名喬。朱鶴齡注：「秦王學士本不蒙房、魏言之。然考《翰林故事》，貞觀中，秘書監虞世南等十八人爲十八學士，秦府學士，遇缺即補，意貞觀猶沿其制。徵以貞觀三年爲秘書監，安知不嘗與十八人之數乎？此詩稱『秦王學士』者，猶《秦王破陣曲》後遂以名樂耳。」按，詩言貞觀直諫之臣，故稱房魏，不必疑魏徵或嘗與十八人之數。

〔三〕青襟二句：《詩・鄭風・子衿》：「青青子衿，悠悠我心。」傳：「青衿，青領也。學子之所服。」《書・舜典》：「教胄子。」傳：「胄，長也。謂元子以下至卿大夫子弟。」《趙次公先後解》：「學校之頹壞，非特白屋之子失學而已，雖貴胄子弟，皆困辱泥塗。」《三國志・魏書・龐德傳》：「時德常乘白馬，羽軍謂之白馬將軍，皆憚之。」《趙次公先後解》：「白馬將軍若雷電，大意言武人之寵幸。」朱鶴齡注：「是時魚朝恩爲左監門衛大將軍兼神策軍使，蓋謂朝恩。黄鶴指崔旰，非是。」

〔四〕至今句：左思《魏都賦》：「榱題黮䨴，階隨嶙峋。」《文選》張載注：「《埤蒼》曰：嶙峋，山崖之貌也。」

〔五〕婁公二句：《舊唐書・婁師德傳》：「師德頗有學涉，器量寬厚，喜怒不形於色。自專綜邊任，前後三十餘年，恭勤接下，孜孜不怠。雖參知政事，深懷畏避，竟能以功名始終，甚爲識者所

重。」洪邁《容齋三筆》卷三：「此篇專爲諫争而設，謂婁師德、宋璟也。人多疑婁公既無一語，何得爲直臣？錢伸仲云：『朝有闕政，或婁公不語則宋公語。』但師德乃是武后朝人，璟爲相時其亡久矣。杜有《祭房相國文》，言『羣公間出，魏杜婁宋』。亦並二公稱之。詩言先皇，意爲明皇帝也。婁氏別無顯人，有聲開元間，爲不可曉。」按，詩言婁謹厚而宋忠直，皆爲先朝所容，婁乃以襯宋。

《趙次公先後解》引《資治通鑑》永泰元年三月，命左僕射裴冕、右僕射郭英乂等文武之臣十三人於集賢殿待制，左拾遺洛陽獨孤及上疏曰：「陛下召冕等待制以備詢問，此五帝盛德也。頃者陛下雖容其直，而不録其言，有容下之名，無聽諫之實，遂使諫者稍稍鉗口飽食，相招爲禄仕，此忠鯁之人所以竊歎，而臣亦恥之。」謂：「觀此，則公詩作於永泰元年爲審。非以譏其有容下之名，無聽諫之實，不若先皇之真能容直臣乎？」

錢箋：「次年，國子監釋奠，魚朝恩率六軍諸將往聽講，子弟皆服朱紫爲諸生，遂以朝恩判國子監事。故曰『青衿胄子困泥塗，白馬將軍若雷電』也。當時大臣鉗口飽食，效師德之畏遜，而不能繼宋璟之忠讜，故以折檻爲諷，言集賢諸臣自無宋、魏輩爾，未可謂朝廷不能容直臣如先皇也。」

朱鳳行

君不見瀟湘之山衡山高，山巔朱鳳聲嗷嗷①〔一〕。側身長顧求其羣②，翅垂口噤心甚勞③〔二〕。下愍百鳥在羅網，黄雀最小猶難逃〔三〕。願分竹實及螻蟻，盡使鴟梟相怒號〔四〕。（0373）

【校】

① 巔，錢箋校：「卞圜本作岩。」《文苑英華》校：「卞圜注杜詩作岩。」 聲，錢箋校：「一作鳴。」《文苑英華》校：「集作鳴。」

② 羣，錢箋校：「一作曹。」《草堂》、《文苑英華》作「曹」，《草堂》校：「一作群。」

③ 甚勞，錢箋、《文苑英華》校：「一作勞勞。」

【注】

黄鶴注：此詩爲衡州刺史陽中丞濟作也。大曆五年臧玠殺崔瓘，濟攝連帥之職以討賊，故託衡山朱鳳以喻之。錢箋謂其説迂謬。仇注：玩此詩詞意，與《白鳧行》相似，蓋同時之作無疑。編入大曆

四年（七六九）潭州作。

〔一〕君不見二句：《元和郡縣圖志》卷二九衡州衡山縣：「衡山，南岳也，一名岣嶁山，在縣西三十里。《南岳記》曰：衡山者，朱陽之靈臺，太虛之寶洞。又云：赤帝館其嶺，祝融託其陽，以其宿當翼軫，度應機衡，故爲名。又曰：上如車蓋及衡軛之形，山高四千一十丈。」朱鳳，南方之鳥。見本卷《北風》（0367）注。

〔二〕翅垂句：《後漢書・馮異傳》：「始雖垂翅回溪，終能奮翼黽池。」《相和歌辭・艷歌何嘗行》：「吾欲銜汝去，口噤不能開。」

〔三〕下愍二句：《説苑・敬慎》：「孔子見羅者，其所得者皆黄口也。孔子曰：『黄口盡得，大爵獨不得，何也？』羅者對曰：『黄口從大爵者不得，大爵從黄口者可得。』」劉楨《贈從弟》：「鳳凰集南岳，徘徊孤竹根。於心有不厭，奮翅凌紫氛。豈不常勤苦，羞與黄雀群。」《文選》李善注：「黄雀，喻俗士也。」《趙次公先後解》：「公今黄雀難逃於羅網，爲鳳所憫，則公之與劉楨，其心有間矣。」朱鶴齡注：「公詩似取其意而反之。羞群黄雀者，鳳采之高翔。下愍黄雀者，鳳德之廣覆也。所食竹實，願分之以及螻蟻，而鴟鴞則一聽怒號。此即『驅出六合梟鸞分』意也。」

〔四〕願分二句：竹實，見卷三《鳳凰臺》（0151）注。《莊子・秋水》：「夫鵷雛，發於南海而飛於北海，非梧桐不止，非練實不食，非醴泉不飲。於是鴟得腐鼠，鵷雛過之，仰而視之，曰嚇。今子欲以子之梁國而嚇我邪？」《趙次公先後解》：「四句託鳳之憂小類，憫微物，惡凶惡，乃公仁義

之心如此。」

惜別行送向卿進奉端午御衣之上都①〔一〕

肅宗昔在靈武城，指揮猛將收咸京。向公泣血洒行殿，佐佑卿相乾坤平〔二〕。逆胡冥寞隨烟燼，卿家兄弟功名震〔三〕。麒麟圖畫鴻雁行②，紫極出入黃金印〔四〕。尚書勳業超千古，雄鎮荆州繼吾祖〔五〕。裁縫雲霧成御衣〔六〕，拜跪題封賀端午③。向卿將命寸心赤，青山落日江潮白。卿到朝廷説老翁，漂零已是滄浪客④〔七〕。（0374）

【校】

① 之，《文苑英華》作「赴」。

② 圖，錢箋校：「一作閣。」《文苑英華》校：「集作閣。」《草堂》作「閣」。

③ 賀，錢箋作「向」，校：「吴本作賀。」

④ 漂，《文苑英華》作「飄」，校：「集作漂。」

【注】

黃鶴注：當是大曆三年（七六八）荆南作。

〔一〕向卿：向蕚。賈至《授向蕚光禄少卿制》：「荆南奏事官守太子僕同正向蕚等，咸膺推擢，俾在兹任。可守光禄少卿同任。」錢箋稱：「一云向公亦衛伯玉，蓋『芮』字傳寫之誤。」非是。向卿爲衛伯玉奏事官。《唐會要》卷二九《節日》：「景雲二年十一月敕：『太子及諸王公主，諸節賀遺，並宜禁斷。惟降誕日及五月五日，任其進奉，仍不得廣有營造，但進衣裳而已。諸親及百官，一切不得進。』」「初，代宗時，每歲端午及降誕日四方貢獻者數千，悉入内庫。及是，上以爲非旨，不納。」端午爲四節之一，有進奉之事，又有貢衣及賜衣之俗。

〔二〕向公二句：《趙次公先後解》：「言平乾坤者非獨卿相力，乃向公佐佑之也。」

〔三〕逆胡二句：盧元昌曰：「時扈從行在、洒血矢忠者，卿家向公也。……顧向公與卿，兄弟也。」按，詩言向公即向卿，其兄弟一人，然詩非分别言之。

〔四〕麒麟二句：麒麟圖畫，見卷七《荆南兵馬使太常卿趙公大食刀歌》（0310）注。丘遲《與陳伯之書》：「今功臣名將，雁行有序。」《文選》李善注：「應劭《漢官儀》：典職楊喬糾羊柔曰：柔知丞郎雁行，威儀有序。」潘岳《西征賦》：「厭紫極之閑敞，甘微行以游盤。」《文選》李善注：「紫極，星名，王者爲宫以象之。」金印，見卷六《和元和君春陵行》（0276）注。

〔五〕尚書二句：尚書，荆南節度使衛伯玉。參卷七《荆南兵馬使太常卿趙公大食刀歌》（0310）注。吾祖，指杜預。《晉書·杜預傳》：「及祜卒，拜鎮南大將軍、都督荆州諸軍事。」

〔六〕裁縫句：仇注：「雲霧，謂衣上織紋。」

〔七〕漂零句：滄浪客，見卷六《壯游》（0295）注。

醉歌行贈公安顔少府請顧八題壁①〔一〕。

神仙中人不易得，顔氏之子才孤標〔二〕。天馬長鳴待駕馭，秋鷹整翮當雲霄〔三〕。君不見東吴顧文學，君不見西漢杜陵老〔四〕。詩家筆勢君不嫌，詞翰升堂爲君掃〔五〕。是日霜風凍七澤，烏蠻落照銜赤壁〔六〕。酒酣耳熱忘頭白，感君意氣無所惜。一爲歌行歌主客②。（0375）

【校】

① 醉歌行贈公安顔少府請顧八題壁，《文苑英華》題作「醉歌行贈公安縣顔十少府」。錢箋、《草堂》「贈公安顔少府請顧八題壁」大字連題。

② 一爲歌行歌主客，宋本、錢箋校：「一本云醉歌行歌主客。」《文苑英華》作「醉歌行歌主客」，校：「集作一爲辭醉歌歌主客。」「辭」字衍。

【注】

黄鶴注：當是大曆三年（七六八）公至公安時作。

〔一〕顔少府：參卷一七《官亭夕坐戲簡顔十少府》(1337)注。時爲公安縣尉。《舊唐書・地理志》荆州江陵府：「公安，吴孱縣地。漢末左將軍劉備自襄陽來鎮此，時號左公，乃改名公安。」顧八：朱鶴齡注：「疑脱『分』字。即後『顧八分文學』也。」見本卷《送顧八分文學適洪吉州》(0389)。

〔二〕神仙二句：《世説新語・容止》：「王右軍見杜弘治，歎曰：『面如凝脂，眼如點漆，此神仙中人。』」黄鶴注：「正以顔氏爲尉用之。」謂用仙尉典。《漢書・梅福傳》：「補南昌尉。……一朝弃妻子，去九江，至今傳以爲仙。」蕭綱《莊嚴寺僧旻法師碑》：「獨振孤標，倫類之所遠絶。」

〔三〕秋鷹句：孫綽《游天台山賦》：「哂夏蟲之疑冰，整輕翮而思矯。」

〔四〕君不見二句：《晉書・顧榮傳》：「顧榮字彦先，吴國吴人也，爲南土著姓。祖雍，吴丞相。」《王導傳》：「吴人紀瞻、顧榮，皆江南之望。」仇注：「杜陵在西京，故曰西漢。」按，杜陵漢縣，去宣帝陵五里，故詩稱「西漢」。參卷一《醉時歌》(0019)注。

〔五〕詩家二句：用筆稱掃，見卷一《醉歌行》(0020)注。《趙次公先後解》：「公自言其詩家之詞，與顧君筆勢之翰，升顔少府之堂，各爲之一掃也。」

〔六〕是日二句：司馬相如《子虚賦》：「臣聞楚有七澤，嘗見其一……名曰雲夢。」《新唐書・南蠻傳》：「烏蠻與南詔世昏姻，其種分七部落：一曰阿芋路，居曲州、靖州故地；二曰阿猛；三曰夔山；四曰暴蠻，五曰盧鹿蠻，二部落分保竹子嶺；六曰磨彌斂；七曰勿鄧。土多牛馬，無布帛，男子髽髻，女人被髮，皆衣牛羊皮。俗尚巫鬼，無拜跪之節。其語四譯，乃與中國通。」參卷七《秋風二首》(0316)「百蠻」注。本書卷一五《秋日夔府詠懷奉寄鄭監李賓客一百韻》

(1030)：「絶塞烏蠻北，孤城白帝邊。」自黔州至牂牁有入南詔道。《蠻書》卷一〇：蒙異牟尋「恐和使不達，故三道遣：……一道出牂牁，從黔府路入。」參嚴耕望《唐代交通圖考》第四卷篇三肆黔中牂牁諸道。《元和郡縣圖志》卷二七鄂州蒲圻縣：「赤壁山，在縣西一百二十里。北臨大江，其北岸即烏林，與赤壁相對，即周瑜用黄蓋策，焚曹公舟船敗走處。」又沔州汉川縣：「赤壁草市，在縣西八十里。古今地書多言此是曹公敗處。……曹公既從江陵水軍至巴丘，赤壁又在巴丘之下，軍敗引還南郡，周瑜水軍退，並是大江之中，與汉川殊爲乖繆。蓋是側近居人，見崖岸赤色，因呼爲赤壁，非曹公敗處也。」趙彦衛《雲麓漫鈔》卷六：「今江漢間言赤壁者五：漢陽、漢川、黄州、嘉魚、江夏，惟江夏合於史。」仇注：「烏蠻在西，赤壁在東，落照自西而映東也。」按，蒲圻（嘉魚）、漢川皆在公安以東，且路遥，非目力所及。疑此詩乃泛稱。《太平寰宇記》卷一四六荆州公安縣：「黄山，字或作皇。昔人或呼爲睢山，今鄉人或爲王山。云宋大將軍謝晦被誅，死於此山。立廟，因呼此神爲王山，祠壇基址猶在。」或指此山。日落西南，遠則烏蠻之鄉，近則没於赤壁，故稱「銜赤壁」。

歲晏行

歲云暮矣多北風，瀟湘洞庭白雪中①。漁父天寒網罟凍，莫徭射雁鳴桑

弓〔一〕。去年米貴闕軍食，今年米賤大傷農〔二〕。高馬達官厭酒肉，此輩杼軸茅茨空〔三〕。楚人重魚不重鳥②〔四〕，汝休枉殺南飛鴻。況聞處處鬻男女，割慈忍愛還租庸〔五〕。往日用錢捉私鑄，今許鉛錫和青銅③〔六〕。刻泥爲之最易得，好惡不合長相蒙〔七〕。萬國城頭吹畫角，此曲哀怨何時終〔八〕？（0376）

【校】

①雪，錢箋校：「一作雲。」《草堂》作「雲」。

②鳥，宋本、錢箋、《九家》、《草堂》校：「一作肉。」

③許，宋本、錢箋、《九家》、《草堂》校：「一作來。」

【注】

黄鶴注：當是大曆三年（七六八）次岳州作。

〔一〕莫徭句：《隋書·地理志》：「長沙郡又雜有夷蜒，名曰莫徭。自云其先祖有功，常免徭役，故以爲名。其男子但著白布褌衫，更無巾褲。其女子青布衫、班布裙，通無鞋屩。婚嫁用鐵鈷鉧爲聘財。武陵、巴陵、零陵、桂陽、澧陽、衡山、熙平，皆同焉。」《册府元龜》卷一六二《帝王部·命使》開元二十九年五月詔曰：「又江淮之間，有深居山洞，多不屬州縣，自謂莫徭。何得因

循，致使如此？」卷九四九《總録部・逃難》：「甄濟，肅宗寶應中爲刑部員外郎，因蕃寇逃難，客於襄州。大曆中，江西觀察使魏少游奏授著作佐郎兼侍御史，充莫徭副使。」權德輿《贈户部尚書韓公行狀》：「洪州刺史張鎬，以故相之重，作鎮江西，奏授本州長史、莫徭副使，懷徠夷落，四方率教。」劉禹錫《莫瑶歌》：「莫瑶自生長，名字無符籍。市易雜鮫人，婚姻通木客。星居占泉眼，火種開山脊。夜渡千仞谿，含沙不能射。」《禮記・内則》：「射人以桑弧蓬矢六，射天地四方。」注：「桑弧蓬矢，本大古也。」疏：「以桑與蓬皆質素之物，故知本大古也。桑，衆木之本。」

〔二〕去年二句：《舊唐書・代宗紀》：「（大曆二年十月）甲寅，減京官職田三分之一，給軍糧。」「（十一月）己丑，率百官京城士庶出錢以助軍。」黄鶴注引此。又《代宗紀》：大曆四年八月，京師米斗八百文；五年七月，京師米斗千文。則唯三年米賤。《漢書・昭帝紀》：「穀賤傷農。」

〔三〕此輩句：《詩・小雅・大東》：「小東大東，杼柚其空。」釋文：「杼，直吕反。《説文》云：盛緯器。柚音逐，本又作軸。」

〔四〕楚人句：《陳書・王固傳》：「魏人以南人嗜魚，大設罟網。」

〔五〕割慈句：江淹《别賦》：「割慈忍愛，離邦去里。」《舊唐書・食貨志》：「賦役之法，每丁歲入租粟二石。調則隨鄉土所産，綾絹絁各二丈，布加五分之一。輸綾絹絁者，兼調綿三兩；輸布者，麻三斤。凡丁，歲役二旬。若不役，則收其傭，每日三尺。」

〔六〕往日二句：《舊唐書・食貨志》：「至天寶之初，兩京用錢稍好，米粟豐賤。數載之後，漸又濫

惡。府縣不許好者加價回博，好惡通用。富商奸人，漸收好錢，潛將往江淮之南，每錢貨得私鑄惡者五文，假託官錢，將入京私用。京城錢日加碎惡，鵝眼、鐵錫、古文、綖環之類，每貫重不過三四斤。……（乾元）二年三月，琦入爲相，又請更鑄重輪乾元錢，一當五十，二十斤成貫，詔可之。於是新錢與乾元、開元通寶錢三品並行。尋而穀價騰貴，米斗至七千，餓死者相枕於道。乃抬舊開元錢以一當十，減乾元錢一當三十。緣人厭錢價不定，人間抬加價錢爲虚錢。長安城中，競爲盜鑄，寺觀鐘及銅象多壞爲錢，奸人豪族犯禁者不絶。京兆尹鄭叔清擒捕之，少不容縱，數月間榜死者八百餘人。人益無聊矣。」寶應元年又改行乾元錢。又《食貨志》：「高宗嘗臨軒謂侍臣曰：『錢之爲用，行之已久。公私要便，莫甚於斯。比爲州縣不存檢校，私鑄過多。如聞荆、潭、宣、衡，犯法尤甚。遂有將船筏宿於江中，所部官人不能覺察。』」錢箋：「公時居荆衡間，故作此詩。」

〔七〕刻泥二句：《趙次公先後解》：「似言以泥爲錢模也，故言易得。」《左傳》僖公二十四年：「上下相蒙。」杜預注：「蒙，欺也。」

〔八〕萬國二句：蕭綱《折楊柳》：「城高短簫發，林空畫角悲。」《晋書·樂志》：「胡角者，本以應胡笳之聲，後漸用之横吹，有雙角，即胡樂也。張博望入西域，傳其法於西京，惟得《摩訶兜勒》一曲。李延年因胡曲更造新聲二十八解，乘輿以爲武樂。」《説郛》卷一〇〇《管絃記》：「胡角有雙角，即今畫角。後用之横吹，有大横吹部、小横吹部。」

夜聞觱篥

夜聞觱篥滄江上[一]，衰年側耳情所嚮。鄰舟一聽多感傷，塞曲三更欻悲壯[二]。積雪飛霜此夜寒，孤燈急管復風湍①[三]。君知天地干戈滿②，不見江湖行路難③[四]。(0377)

【校】

①風，錢箋校：「一作奔。」《草堂》作「奔」，校：「一作風。」

②地，宋本、錢箋、《九家》、《草堂》校：「一作下。」

③湖，宋本、錢箋、《九家》、《草堂》校：「一作湘。」

【注】

黄鶴注：當是大曆二年(七六七)夔州作。仇注從梁權道編在大曆三年(七六八)離公安次岳州時。其云「天地干戈滿」者，以去年吐蕃兩入寇，桂州山獠反，是年之夏楊子琳反成都也。

〔一〕夜聞句：《太平御覽》卷五八四引《樂部》：「觱篥者，笳管也。卷蘆爲頭，截竹爲管，出於胡地。

制法角音，九孔漏聲，五音咸備。唐以編入鹵部，名爲笳管，用之雅樂，以爲雅管。六竅之制，則爲鳳管。旋宫轉器，以應律管者也。」

〔二〕鄰舟二句：《晉書·劉疇傳》：「嘗避亂塢壁，賈胡數百欲害之，疇無懼色，援笳而吹之，爲《出塞》、《入塞》之聲，以動其游客之思，於是群胡皆垂泣而去。」

〔三〕孤燈句：鮑照《代白紵曲》：「古稱淥水今白紵，催絃急管爲君舞。」孟浩然《登峴山亭寄晉陵張少府》：「峴首風湍急，雲帆若鳥飛。」

〔四〕君知二句：《千家注》劉辰翁曰：「君知干戈如此，則不復恨行路矣。」朱鶴齡注：「或曰君知干戈滿地，獨不見行路之難乎？乃更吹此，以助人悲傷也。」按，二句皆設問，猶言豈不知、豈不見。

發劉郎浦〔一〕

挂帆早發劉郎浦，疾風颯颯昏亭午。舟中無日不沙塵，岸上空村盡豺虎〔二〕。

十日北風風未回，客行歲晚晚相催①〔三〕。白頭厭伴漁人宿，黄帽青鞋歸去來〔四〕。

（0378）

【校】

① 晚，錢箋校：「一作兀。」《草堂》校：「一作尤。」《九家》作「尤」。

【注】

《趙次公先後解》：此公自安縣欲往岳州所經行之處。劉郎浦，乃公安之下石首縣也。黄鶴注：當是大曆三年（七六八）往公安時作。

〔一〕劉郎浦：《九家》薛云：「《江陵圖經》：在石首縣。孫權與劉備成婚於此，因以得名。」吕温《劉郎浦口號》：「吴蜀成婚此水潯，明珠步障幄黄金。誰將一女輕天下，欲换劉郎鼎峙心。」《湖廣通志》卷九公安縣：「劉郎浦，舊縣油江渡口。宋趙抃《過公安詩》：『劉郎浦上公安渡，我過高吟老杜詩。烟浪幾重江幾曲，算應風物似當時。』按石首亦有劉郎浦。」又石首縣：「繡林山，縣西南二里。……一名望夫山。又北有劉郎浦，即先主迎婚處。杜甫詩『挂帆早發劉郎浦』是也。」

〔二〕岸上句：《趙次公先後解》：「空村盡豺虎，乃實道其事。舊注云言多盗賊，亦是。蓋張孟陽云盗賊如豺虎也。」

〔三〕十日二句：《趙次公先後解》：「北風風未回，所以催船之南行也。」

〔四〕黄帽句：黄帽，見卷三《有懷台州鄭十八司户》（0107）注。仇注引沈氏曰：「黄帽，籜冠。青鞋，芒鞋。」

暮秋枉裴道州手札率爾遣興寄近呈蘇渙侍御〔一〕

久客多枉友朋書，素書一月凡一束〔二〕。虛名但蒙寒温問，泛愛不救溝壑辱〔三〕。齒落未是無心人，舌存恥作窮途哭〔四〕。道州手札適復至，紙長要自三過讀〔五〕。盈把那須滄海珠，入懷本倚崑山玉〔六〕。撥弃潭州百斛酒〔七〕，蕪没瀟岸千株菊。使我書立煩兒孫，令我夜坐費燈燭。憶子初尉永嘉去，紅顔白面花映肉〔八〕。軍符侯印取豈遲，紫燕緑耳行甚速〔九〕。聖朝尚飛戰鬭塵，濟世宜引英俊人。黎元愁痛會蘇息，夷狄跋扈徒逡巡①。授鉞築壇聞意指②，頽綱漏網期彌綸〔一〇〕。郭欽上書見大計，劉毅答詔驚羣臣〔一一〕。他日更僕語不淺，明公論兵氣益振〔一二〕。傾壺簫管黑白髮③，舞劍霜雪吹青春〔一三〕。宴筵曾語蘇季子，後來傑出雲孫比〔一四〕。茅齋定王城郭門，藥物楚老漁商市〔一五〕。市北肩輿每聯袂，郭南抱甕亦隱几〔一六〕。無數將軍西第成，早作丞相山東起④〔一七〕。烏雀苦肥秋粟菽，蛟龍欲蟄寒沙水〔一八〕。天下鼓角何時休，陣前部曲終日死〔一九〕。附書與裴因示

蘇，此生已愧須人扶。致君堯舜付公等〔二〇〕，早據要路思捐軀。（0379）

【校】

① 夷，錢箋作「戎」。

② 指，錢箋、《九家》、《草堂》作「旨」。

③ 黑，宋本、《九家》、《草堂》校：「一作理。」錢箋校：「一作理。 刜作動。」

④ 山東，錢箋、《草堂》作「東山」。

【注】

黄鶴注：當是大曆四年（七六九）在潭州作。

〔一〕裴道州：裴虬。《舊唐書·代宗紀》：「（大曆五年）夏四月庚子，湖南兵馬使崔瓘爲其兵馬使臧玠所殺，玠據潭州爲亂。澧州刺史楊子琳、道州刺史裴虬、衡州刺史楊潬出軍討玠。」韓愈《河南少尹裴君墓志銘》：「公諱復，字茂紹，河東人。曾大父元簡，大理正。大父曠，御史中丞、京畿采訪使。父虬，以有氣略、敢諫諍爲諫議大夫，引正大疑，有寵代宗朝，屢辭官不肯拜，卒贈工部尚書。」吴曾《能改齋漫録》卷六：「余偶讀蔣参政之奇《武昌怡亭序》云：『《怡亭銘》，乃永泰元年李陽冰篆，李莒八分，而裴虬作銘。』又云：『因過浯溪，觀唐賢題名，有河東裴虬，字深源。大曆四年爲著作郎、兼侍御史、道州刺史。』」劉長卿有《春過裴虬郊園》。蘇涣：見本

卷《蘇大侍御涣静者也旅于江側》(0385)注。

〔二〕素書：《飲馬長城窟行》：「呼兒烹鯉魚，中有尺素書。」

〔三〕虚名二句：《世説新語・品藻》：「王黄門兄弟三人俱詣謝公，子猷、子重多説俗事，子敬寒温而已。」《論語・學而》：「泛愛衆，而親仁。」陸雲《答兄平原》：「惇仁泛愛，錫予好音。」殷仲文《南州桓公九井作》：「廣筵散泛愛，逸爵紆勝引。」《趙次公先後解》：「晋宋間遂以朋友爲泛愛。蓋猶兄弟謂之友于。」按，此言寬泛之愛，非歇後。《左傳》昭公十三年：「小人老而無子，知擠於溝壑矣。」《孟子・梁惠王下》：「凶年饑歲，君之民老弱轉乎溝壑。」

〔四〕舌存句：《史記・張儀列傳》：「共執張儀，掠笞數百，不服，醳之。其妻曰：『嘻！子毋讀書游説，安得此辱乎？』張儀謂其妻曰：『視吾舌尚在不？』其妻笑曰：『舌在也。』儀曰：『足矣。』」窮途哭，見卷四《丹青引》(0201)注。

〔五〕紙長句：《梁書・王筠傳》：「愛《左氏春秋》，吟諷常爲口實，廣略去取，凡三過五抄。」

〔六〕盈把二句：《新唐書・狄仁傑傳》閻立本曰：「君可謂滄海遺珠矣。」《趙次公先後解》：「閻立本有可謂之語，則已前固有此語矣。」《白虎通義》卷五：「江出大貝，海出明珠。」潘岳《滄海賦》：「煮水而鹽成，剖蚌而珠出。」蓋本爲常説。《晋書・郄詵傳》：「臣舉賢良對策，爲天下第一，猶桂林之一枝，崑山之片玉。」

〔七〕撥弃句：《世説新語・任誕》：「步兵校尉缺，厨中有貯酒數百斛，阮籍乃求爲步兵校尉。」《水經注》耒水「北過酃縣東」：「縣有酃湖，湖中有洲，洲上民居，彼人資以爲給，釀酒醇美，謂之酃

酒，歲常貢之。」又郴縣：「縣有淥水，出縣東俠公山，西北流，而南屈注於耒，謂之程鄉溪，郡置酒官，醖於山下，名曰程酒，獻同酃也。」《後漢書・郡國志》長沙郡注引《荆州記》：「縣有酃湖，周回三里。取湖水爲酒，酒極甘美。」錢箋引此。按，酃屬衡陽，而詩稱潭州酒，或非特指。

〔八〕憶子二句：本書卷九有《送裴二虬作尉永嘉》（0444），在天寶末年。

〔九〕軍符二句：《趙次公先後解》：「軍符，則爲節度使、爲將帥也。侯印，則封侯佩印矣。」《西京雜記》卷二：「文帝自代還，有良馬九匹，皆天下之駿馬也……一名紫燕騮。」緑耳，見卷一《天育驃騎歌》（0013）注。

〔一〇〕授鉞二句：《晋書・禮志》：「漢魏故事，遣將出征，符節郎授節鉞於朝堂。」《史記・淮陰侯列傳》：「於是王欲召信拜之。何曰：『王素慢無禮，今拜大將如呼小兒耳。此乃信所以去也。王必欲拜之，擇良日，齋戒，設壇場，具禮，乃可耳。』」陸機《五等論》：「六臣犯其弱綱，七子衝其漏網。」范寧《王弼何晏論》：「振千載之頹綱，落周孔之塵網。」《易・繫辭上》：「易與天地準，故能彌綸天地之道。」

〔一一〕郭欽二句：《晋書・四夷傳》：「侍御史西河郭欽上疏曰：『戎狄强獷，歷古爲患。魏初人寡，西北諸郡皆爲戎居。今雖服從，若百年之後有風塵之警，胡騎自平陽、上黨不三日而至孟津，北地、西河、太原、馮翊、安定、上郡盡爲狄庭矣。宜及平吴之威，謀臣猛將之略，出北地、西河、安定，復上郡，實馮翊……』帝不納。」《劉毅傳》：「帝嘗南郊，禮畢，喟然問毅曰：『卿以朕方漢何帝也？』對曰：『可方桓、靈。』帝曰：『吾雖德不及古人，猶克己爲政，又平吴會，混一天下。

方之桓、靈，其已甚乎？』對曰：『桓、靈賣官，錢入官庫。陛下賣官，錢入私門。以此言之，殆不如也。』帝大笑曰：『桓靈之世，不聞此言。今有直臣，故不同也。』」

〔一二〕他日二句：《趙次公先後解》：「他日，前日也。他日可以言前日，可以言後日。」更僕，見卷六《行官張望補稻畦水歸》（0283）注。《晉書・庾亮傳》：「老子於此處興復不淺。」左思《詠史》：「荆軻飲燕市，酒酣氣益振。」

〔一三〕傾壺二句：《趙次公先後解》：「黑白髮，言飲酒聽樂而寬愁，白髮爲之再黑。霜雪，以言劍之光采。」

〔一四〕宴筵二句：《史記・蘇秦列傳》：「見季子位高金多也。」集解：「蘇秦字季子。」索隱：「按，其嫂呼小叔爲季子耳，未必即其字。」《趙次公先後解》：「言於閑宴筵度之間，曾語及蘇涣侍御，乃六國時蘇秦之遠孫可比之也。」仇注：「指前此湘江之宴，此時蘇蓋在坐，而曾與接語也。」《爾雅・釋親》：「曾孫之子爲玄孫，玄孫之子爲來孫，來孫之子爲晜孫，晜孫之子爲仍孫，仍孫之子爲雲孫。」

〔一五〕茅齋二句：《水經注》湘水：「蘇林曰：青陽，長沙縣也。漢高祖五年，以封吴芮爲長沙王，是城即芮築也。漢景帝二年，封唐姬子發爲王，都此。」發謚定。《方輿勝覽》卷二三潭州：「定王廟，在長沙東北一里。」《湖廣通志》卷一一長沙縣：「定王岡，在縣東。《寰宇記》：定王廟連岡一丈，俗謂之定王岡。」盧元昌曰：「此詩『藥物楚老』，公自謂無疑。」

〔一六〕市北二句：肩輿，見卷六《雨》（0301）注。抱甕，見卷七《雨》（0313）注。隱几，見卷五《大雨》

(0237)注。《趙次公先後解》:「乘肩輿而連袂,以言與蘇相逐之歡。抱甕隱几,單言蘇之居處。」盧元昌曰:「蘇卜茅齋於定王郭門,我賣藥物於魚商市上。」

〔一七〕無數二句:《後漢書·馬融傳》:「融懲於鄧氏,不敢復違忤勢家,遂爲梁冀草奏李固,又作《大將軍西第頌》,以此頗爲正直所羞。」《漢書·趙充國辛慶忌傳》:「秦漢已來,山東出相,山西出將。」

〔一八〕鳥雀二句:《趙次公先後解》:「上句又以比無功受禄者,下句又以比賢材之潛藏。」

〔一九〕部曲:見卷五《去秋行》(0221)注。

〔二〇〕致君句:《新唐書·李靖傳》:「家故藏高祖、太宗賜靖詔書數函,上之。一曰:『兵事節度皆付公,吾不從中治也。』」

奉贈李八丈判官 曛①

我丈時英特,宗枝神堯後〔一〕。珊瑚市則無,騄驥人得有〔二〕。早年見標格,秀氣衝星斗②〔三〕。事業富清機〔四〕,官曹正獨守③。頃來樹嘉政〔五〕,皆已傳衆口。艱難體貴安,冗長吾敢取〔六〕。區區猶歷試,炯炯更持久〔七〕。討論實解頤,操割紛應手〔八〕。篋書積諷諫,宮闕限奔走④〔九〕。入幕未展材⑤,秉鈞孰爲偶〔一〇〕?所親問淹泊⑥,泛愛惜衰朽〔一一〕。垂白亂南翁⑦,委身希北叟〔一二〕。真成窮轍鮒,或似喪

家狗〔一三〕。秋枯洞庭石，風颯長沙柳〔一四〕。高興激荊衡〔一五〕，知音爲回首。

（0380）

【校】

①曛，《九家》大字聯題。

②衝，《文苑英華》校：「一作通。」

③正，《文苑英華》作「貞」。

④限，《文苑英華》校：「一作浪。」

⑤材，宋本、錢箋、《九家》校：「一作懷。」

⑥泊，《文苑英華》作「薄」，校：「集作泊。」

⑦亂，錢箋校：「一作辭。」《九家》作「辭」。《文苑英華》作「慕」，校：「集作辭。」

【注】

黄鶴注：當是大曆四年（七六九）在潭州作。

〔一〕我丈二句：李曛，唐宗室後。事迹不詳。神堯，唐高祖。見卷七《別李義》（0358）注。

〔二〕珊瑚二句：《太平御覽》卷八〇七引《述異記》：「鬱林郡有珊瑚市，海客市珊瑚處也。」騄驥，騄耳、騏驥。見卷一《驄馬行》（0039）、卷二《送從弟亞赴安西判官》（0087）注。

〔三〕早年二句：《南齊書·張緒傳》：「凝衿素氣，自然標格。」衡星斗，見卷七《可歎》(0328)注。

〔四〕事業句：曹攄《思友人》：「精義測神奧，清機發妙理。」

〔五〕頃來句：李白《贈范金卿》：「游子睹嘉政，因之聽頌聲。」

〔六〕艱難二句：陸機《文賦》：「要辭達而理舉，故無取乎冗長。」《趙次公先後解》：「言時方艱難，爲政不擾，所以其大體貴在安静。」「今言爲政，本分之外，其如物之冗長者，吾不取之。」朱鶴齡注：「無取冗碎之務也。」

〔七〕區區二句：《書·舜典》：「歷試諸難。」仇注：「區區一判，歷試而心久持。」

〔八〕討論二句：《漢書·匡衡傳》：「匡語詩，解人頤。」《左傳》襄公三十一年：「今吾子愛人則以政，猶未能操刀而使割也。」《莊子·天道》：「不徐不疾，得之於手而應於心。」仇注：「解頤，謂博通典故。應手，謂練達時務。」

〔九〕篋書二句：《趙次公先後解》：「言雖有諫書之多，積滿朝篋，而身則不能造宫闕也。」

〔一〇〕秉鈞句：《詩·小雅·節南山》：「秉國之鈞，四方是維。」

〔一一〕所親二句：仇注：「所親指李，泛愛概言。」按，所親、泛愛皆就己言，謂李之所親、泛愛及於己。淹泊，同淹薄。謝靈運《富春渚》：「定山緬雲霧，赤亭無淹薄。」張纘《懷音賦》序：「及途經鄢郢，淹泊累旬。」

〔一二〕垂白二句：南翁，諸家謂即南公。《趙次公先後解》引《史記·項羽本紀》「楚南公曰」。正義：「虞喜《志林》云：南公者，道士，識廢興之數，知亡秦者必於楚。《漢書·藝文志》云：《南公》

十三篇，六國時人，在陰陽家流。」錢箋引之。班固《幽通賦》：「叛回穴其若茲兮，北叟頗識其倚伏。」《文選》注引《淮南子》塞上之人失馬事。

〔一三〕真成二句：《莊子・外物》：「周顧視車轍中，有鮒魚焉。……周曰：『諾。我且南游吴越之王，激西江之水而迎子，可乎？』鮒魚忿然作色曰：『吾失我常與，我無所處。我得升斗之水然活耳，君乃言此，曾不如早索我於枯魚之肆。』」《史記・孔子世家》：「累累若喪家之狗。」

〔一四〕秋枯二句：《元和郡縣圖志》卷二九湖南觀察使：「潭州，長沙，中都督府。」

〔一五〕高興句：《周禮・夏官・職方氏》：「正南曰荆州，其山鎮曰衡山。」

別董頲〔一〕

窮冬急風水，逆浪開帆難〔二〕。士子甘旨闕〔三〕，不知道里寒。有求彼樂土，南適小長安〔四〕。到我舟楫去①，覺君衣裳單。素聞趙公節，兼盡賓主歡〔五〕。已結門廬望②，無令霜雪殘〔六〕。老夫纜亦解③，脱粟朝未餐〔七〕。飄蕩兵甲際，幾時懷抱寬？漢陽頗寧靜，峴首試考槃〔八〕。當念著白帽④，采薇青雲端〔九〕。（0381）

【校】

①到，錢箋校：「刊作別。」《九家》、《草堂》作「別」。

②盧，錢箋校：「一作閭。」《九家》校：「當作閭。」《草堂》作「閭」。

③纜亦解，《草堂》作「亦解纜」。

④帽，錢箋校：「一作褐。」

【注】

《趙次公先後解》編入大曆四年（七六九）。黄鶴注：當在大曆三年（七六八）作，公是時亦有適潭之期。

〔一〕董頲：戴叔倫有《送董頲》。陶敏謂當即董侹（挺）。劉禹錫《董氏武陵集序》：「生名挺，字庶中。……嘗所與游，皆青雲之士，聞名如盧、杜，高韻如包、李，迭以章句揚於當時。末路寡徒，值余歡甚。」原注：「盧員外象，杜員外甫。」又《故荆南節度推官董府君墓志銘》：「元和七年夏四月某日，前荆州部從事董府君以疾終於故府私第，年若干。……君名侹，字庶中。」《全唐文》收董侹《荆南節度使江陵尹裴公重修玉泉關廟記》、《修陽山廟碑》。按，自大曆至元和，已四十年。頲若在世，亦垂垂老矣。然據劉禹錫詩文，董猶爲荆府評事幕職，且似與劉年輩相近。頲與侹或非一人。

〔二〕窮冬二句：《趙次公先後解》：「若在潭州言之，逆浪則往衡州而南矣。公意蓋言往鄧州必泝

江漢而上，自潭順流至岳，乃泝江泝漢。」

〔三〕士子句：《禮記・内則》：「由命士以上，父子皆異宮。昧爽而朝，慈以旨甘。」注：「慈，愛敬進之。」

〔四〕有求二句：《詩・魏風・碩鼠》：「逝將去女，適彼樂土。」《後漢書・郡國志》南陽郡：「育陽。邑。有小長安，有東陽聚。」

〔五〕素聞二句：《趙次公先後解》：「趙公必知鄧州者也。」

〔六〕已結二句：《戰國策・齊策》：「王孫賈年十五，事閔王，失王之處。其母曰：『女朝出而晚來，則吾倚門而望。女暮出而不還，則吾倚閭而望。』」朱鶴齡注：「董因闕甘旨而謁趙公，故用倚門倚閭事，勸其早歸以慰慈母之望也。」仇注：「霜雪殘，老人易凋殘於冬日也。」按，此用《禮記・祭義》：「霜露既降，君子履之，必有悽愴之心，非其寒之謂也。」注：「皆爲感時念親也。」

〔七〕脱粟：見卷六《柴門》(0274)注。

〔八〕漢陽二句：《元和郡縣圖志》卷二七：「沔州，漢陽。上。……武德四年，分沔陽郡，於漢陽縣置沔州及縣。……管縣二：漢陽、汊川。」卷二一　襄州襄陽縣：「峴山，在縣東南九里。山東臨漢水，古今大路。」《趙次公先後解》：「與鄧州相近，公因董君之往鄧，故思及之。」朱鶴齡注：「公素有居襄陽之志，故因董適鄧而及之。言我亦將道漢陽，登峴首，爲終隱計。」《詩・衛風・考槃》：「考槃在澗，碩人之寬。」傳：「考，成。槃，樂也。」箋：「有窮處成樂在於此澗者。」

〔九〕當念二句：《趙次公先後解》：「公嘗詩云『白帽應須似管寧』。然考之《管寧傳》，則云常著皁帽，而杜佑《通典》作帛帽。豈今《三國志》本誤邪？以有白帢、白接䍦言之，則白帽蓋閑散者

之服耳。」句見本書卷一二《嚴中丞枉駕見過》(0729)。白帽乃喪帽或閑居之服，此或誤用。采薇，見卷五《草堂》(0251)「食薇」注。

奉送魏六丈佑少府之交廣〔一〕

賢豪贊經綸〔二〕，功成空名垂①。子孫不振耀②〔三〕，歷代皆有之。鄭公四葉孫〔四〕，長大常苦飢。衆中見毛骨，猶是麒麟兒〔五〕。磊落貞觀事，致君樸直詞〔六〕。家聲蓋六合，行色何其微〔七〕。遇我蒼梧陰③〔八〕，忽驚會面稀。議論有餘地，公侯來未遲〔九〕。虚思黄金貴④，自笑青雲期。長卿久病渴⑤，武帝元同時〔一〇〕。季子黑貂弊，得無妻嫂欺〔一一〕？尚爲諸侯客，獨屈州縣卑。南游炎海甸〔一二〕，浩蕩從此辭。窮途仗神道，世亂輕土宜〔一三〕。解帆歲云暮，可與春風歸。出入朱門家，華屋刻蛟螭。玉食亞王者，樂張游子悲〔一四〕。侍婢艷傾城，綃綺輕霧霏⑥〔一五〕。掌中琥珀鍾〔一六〕，行酒雙逶迤。新歡繼明燭，梁棟星辰飛〔一七〕。兩情顧眄合，珠碧贈於斯〔一八〕。上貴見肝膽，下貴不相疑⑦〔一九〕。心事披寫間〔二〇〕，氣酣達所爲⑧。錯揮鐵如意，莫避珊瑚枝〔二一〕。始兼逸邁興⑨，終慎賓主儀〔二二〕。戎馬闇天宇，嗚

呼生别離。(0382)

【校】

①空名，錢箋校：「一作名空。」《草堂》作「名空」，校：「一作空名。」

②子孫不振耀，宋本、錢箋、《九家》校：「一云子孫没不振。」《草堂》作「子孫没不振」，校：「一作不振耀。」

③陰，錢箋校：「一作野。」《草堂》作「野」。

④貴，宋本、錢箋、《九家》、《草堂》校：「一作遺。」

⑤久病渴，《草堂》作「病渴久」。

⑥輕，宋作、錢箋、《九家》、《草堂》校：「一作烟。」

⑦相，宋本、錢箋、《九家》、《草堂》校：「一作見。」

⑧達，宋本、錢箋、《九家》、《草堂》校：「一作遠。」

⑨兼，宋作、錢箋、《草堂》校：「一作無。」《九家》校：「　作爲。」

【注】

《趙次公先後解》編入大曆四年(七六九)潭州詩。黄鶴注：大曆三年(七六八)在岳州作。若四年，則無外夷之變。仇注編入大曆四年冬潭州詩。

〔一〕魏六丈佑：魏佑，徵裔孫。事迹不詳。交廣：《元和郡縣圖志》卷三四：「廣州，南海。都督府。……孫皓時，以交州土壤太遠，乃分置廣州，理番禺。交州徙理龍編。晉代因而不改。……開元二十一年，又於邊境置節度經略使，式遏四夷，廣州爲嶺南五府經略使理所。」卷三八：「安南，交趾。上都護府。……至德二年改爲鎮南都護府，兼置節度。大曆三年罷節度置經略使，仍改鎮南爲安南都護府。」

〔二〕賢豪句：《易·屯·象》：「雲雷，屯。君子以經綸。」

〔三〕子孫句：《詩·周南·螽斯》：「宜爾子孫，振振兮。」傳：「振振，仁厚也。」揚雄《羽獵賦》：「昭光振耀。」

〔四〕鄭公：《舊唐書·魏徵傳》：「史成，加左光禄大夫，進封鄭國公。」

〔五〕麒麟兒：見卷四《徐卿二子歌》(0187)注。

〔六〕磊落二句：《舊唐書·魏徵傳》史臣曰：「臣嘗閲《魏公故事》，與文皇討論政術，往復應對，凡數十萬言。其匡過弼違，能近取譬，博約連類，皆前代諍臣之不至者。」

〔七〕家聲二句：《史記·李將軍列傳》：「單于既得陵，素聞其家聲。」行色，見卷六《客堂》(0269)注。

〔八〕遇我句：《趙次公先後解》：「蒼梧，則桂州之地也。蒼梧陰，言潭州，蓋在桂州之北也。」黄鶴注：「蒼梧山在道州，今云陰，當在潭岳。」按，蒼梧即泛指湖湘之地。一説鑿。

〔九〕議論二句：《莊子·養生主》：「以无厚入有間，恢恢乎其於游刃必有餘地矣。」《左傳》閔公元

年：「公侯之子孫，必復其始。」仇注：「公侯未遲，可以重振家聲。」

〔一〇〕長卿二句：病渴，見卷六《同元使君春陵行》(0276)注。《史記·司馬相如列傳》：「上讀《子虚賦》而善之，曰：『朕不得與此人同時哉！』」《趙次公先後解》：「長卿病渴，而公有渴病，公每以自況，學者遂疑今句爲公自言。若以爲公自言，則文理不貫矣。豈魏君亦有渴疾？」朱鶴齡注：「歎魏佑之有才而不遇也。舊注屬公自言，於上下文義不貫。」

〔一一〕季子二句：見卷六《壯游》(0295)注。

〔一二〕南游句：張説《喜度嶺》：「洞沿炎海畔，登降閩山陬。」孔稚圭《北山移文》：「張英風於海甸。」

〔一三〕窮途二句：《易·觀·彖》：「聖人以神道設教，而天下服矣。」《周禮·地官·大司徒》：「以土宜之法，辨十有二土之名物。」《趙次公先後解》：「輕土宜，言其不懷土也。」

〔一四〕樂張句：《莊子·天運》：「帝張咸池之樂於洞庭之野。」《文選》李陵《報蘇武書》：「異方之樂，只令人悲。」《史記·高祖本紀》：「游子悲故鄉。」

〔一五〕侍婢二句：《漢書·外戚傳》李延年歌：「北方有佳人，絶世而獨立。一顧傾人城，再顧傾人國。」鄒陽《酒賦》：「綃綺爲席，犀璩爲鎮。」曹植《洛神賦》：「踐遠游之文履，曳霧綃之輕裾。」

〔一六〕掌中句：《拾遺記》：「(石虎)又爲四時浴臺，用鍮石珷玞爲堤岸，或以琥珀車渠爲瓶杓。」古樂府：「琉璃琥珀象牙槃。」

〔一七〕新歡二句：謝靈運《擬魏太子鄴中集·王粲》：「綢繆清宴娱，寂寥梁棟響。」仇注：「星辰，指梁上之燈。」

〔一八〕兩情二句：曹植《美女篇》：「顧眄遺光采，長嘯氣若蘭。」嵇康《贈秀才入軍》：「凌厲中原，顧盼生姿。」《趙次公先後解》：「必言珠碧，則交廣之所有也。」

〔一九〕上貴二句：仇注：「兩者微有深淺，故分上下。」按，上、下表列舉，猶言第一、第二。如《古詩十九首》：「上言長相思，下言久别離。」

〔二〇〕心事句：《晉書·文孝王道子傳》：「玄忝任在遠，是以披寫事實。」

〔二一〕錯揮二句：《世説新語·汰侈》：「石崇與王愷争豪，並窮綺麗，以飾輿服。武帝，愷之甥也，每助愷。嘗以一珊瑚樹高二尺許賜愷，枝柯扶疏，世罕其比。愷以示崇，崇視訖，以鐵如意擊之，應手而碎。愷既惋惜，又以爲疾己之寶，聲色甚厲。崇曰：『不足恨，今還卿。』乃命左右悉取珊瑚樹，有三尺四尺條幹絶世、光彩溢目者六七枚，如愷許比甚衆。愷惘然自失。」《趙次公先後解》：「交廣諸侯甚富貴，宜多有此物也。」

〔二二〕始兼二句：《趙次公先後解》：「兩句則公又戒之以義。雖擊碎珊瑚氣之逸邁，然賓主之儀不可不慎也。」

别張十三建封〔一〕

嘗讀唐實録，國家草昧初〔二〕。劉裴建首義①，龍見尚躊躇〔三〕。秦王撥亂姿，

一劍總兵符。汾晉爲豐沛，暴隋竟滌除〔四〕。宗臣則廟食，後祀何疏蕪〔五〕。彭城英雄種，宜膺將相圖。爾惟外曾孫，倜儻汗血駒〔六〕。眼中萬少年，用意盡崎嶇〔七〕。相逢長沙亭，乍問緒業餘〔八〕。乃吾故人子，童丱聯居諸〔九〕。揮手洒衰淚，仰看八尺軀。内外名家流，風神蕩江湖〔一〇〕。范雲堪晚友②，嵇紹自不孤〔一一〕。擇材征南幕，湖落回鯨魚③〔一二〕。載感賈生慟，復聞樂毅書〔一三〕。主憂急盜賊，師老荒京都。舊丘豈稅駕④，大廈傾宜扶〔一四〕。君臣各有分，管葛本時須〔一五〕。雖當霰雪嚴，未覺栝柏枯〔一六〕。高義在雲臺〔一七〕，嘶鳴望天衢。羽人掃碧海，功業竟何如〔一八〕。（C383）

【校】

① 建首義，《草堂》作「首建義」。

② 晚，錢箋校：「晋作結。」《草堂》校：「或作結。」　友，《九家》作「交」。

③ 湖，錢箋校：「一作潮。」《九家》、《草堂》作「潮」，《草堂》校：「一作湖。非。」

④ 豈，《九家》作「復」，校：「一作豈。」

【注】

黃鶴注：當是大曆四年（七六九）潭州作。

〔一〕張十三建封：張建封，《舊唐書・張建封傳》：「張建封，字本立，兖州人。……大曆初，道州刺史裴虬薦建封於觀察使韋之晋，辟爲參謀，奏授左清道兵曹，不樂吏役而去。滑亳節度使令狐彰聞其名，辟之。彰既未曾朝覲，建封心不悦之，遂投刺於轉運使劉晏，自述其志，不願仕於彰也。晏奏試大理評事，勾當軍務。歲餘，復罷歸。」貞元間爲徐泗濠節度使。朱鶴齡注：「公別建封，蓋在其去職之時。」

〔二〕嘗讀二句：《舊唐書・經籍志》：「《高祖實録》二十卷，房玄齡撰。《太宗實録》二十卷，房玄齡撰。《太宗實録》四十卷，長孫無忌撰。」《易・屯・彖》：「天造草昧，宜建侯而不寧。」王弼注：「造物之始，始於冥昧，故曰草昧也。」

〔三〕劉裴二句：《舊唐書・劉文静傳》：「劉文静，字肇仁，自云彭城人。……隋末，爲晋陽令，遇裴寂爲晋陽宫監，因而結友。……及高祖鎮太原，文静察高祖有四方之志，深自結託。又竊觀太宗，謂寂曰：『非常人也。』……於是部署賓客，潛圖起義，候機當發，恐高祖不從，沈吟者久之。文静見高祖厚於裴寂，欲因寂開説，於是引寂交於太宗，得通謀議。」後被高祖所殺。《易・乾》：「見龍在田，利見大人。」王弼注：「出潛離隱，故曰見龍。」朱鶴齡注：「尚躊躇，言高祖初不從也。」

〔四〕秦王四句：《舊唐書・太宗紀》：「時隋祚已終，太宗潛圖義舉，每折節下士，推財養客，群盜大俠，莫不願效死力。及義兵起，乃率兵略徇西河，克之。拜右領大都督，右三軍皆隸焉。……高祖受禪，拜尚書令，右武候大將軍，進封秦王。」《史記・高祖本紀》：「高祖起微細，撥亂世，

反之正。」又：「吾以布衣提三尺劍取天下，此非天命乎？」《趙次公先後解》：「汾晋則唐公故鄉，比若漢高之豐沛也。」

〔五〕宗臣二句：《舊唐書·劉文静傳》：「貞觀三年，追復官爵，以了樹義襲封魯國公，許尚公主。後與其兄樹藝怨其父被戮，又謀反，伏誅。」

〔六〕汗血駒：見卷一《醉歌行》(0020)注。

〔七〕眼中二句：仇注：「少年崎嶇，言不如舊交款洽。」浦起龍云：「指當時少年人情叵測也。」

〔八〕乍問句：司馬遷《報任安書》：「僕賴先人緒業，得待罪輦轂下。」

〔九〕乃吾二句：《舊唐書·張建封傳》：「父玠，少豪俠，輕財重士。安禄山反，令僞將李庭偉率蕃兵脅下城邑，至魯郡。太守韓擇木具禮郊迎，置於郵館。玠率鄉豪張貴、孫邑、段絳等集兵將殺之，擇木怯懦，大懼。唯員外司兵張孚然其計，遂殺庭偉並其黨數十人，擇木方遣使奏聞。擇木、張孚俱受官賞，玠因游蕩江南，不言其功。」朱鶴齡注：「公父閑爲兖州司馬，此云『故人』，當以趨庭之日與玠游也。建封以貞元十六年終，年六十六。公開元末游兖，建封是時才六七歲，故云『童丱聯居諸』。」《詩·邶風·柏舟》：「日居月諸。」《趙次公先後解》：「居諸，日月也。」仇注：「昌黎詩：『爲爾惜居諸』，亦將虚字作實用。」

〔一〇〕内外二句：仇注：「内家，爲玠之子；外家，爲文静外孫，皆名流也。」《晋書·裴楷傳》：「楷風神高邁，容儀俊爽。」

〔一一〕范雲二句：《梁書·范雲傳》：「少時與領軍長史王畡善，畡亡於官舍，貧無居宅，雲乃迎喪還

家，躬營唅殯。」《趙次公先後解》等引此。仇注又引《何遜傳》：「遜八歲能賦詩，弱冠，州舉秀才。南鄉范雲見其對策，大相稱賞，因結忘年交好。自是一文一詠，雲輒嗟賞。」按，甫乃以雲自喻，當用《何遜傳》。《晉書·山濤傳》：「與嵇康、吕安善……康後坐事，臨誅，謂子紹曰：『巨源在，汝不孤矣。』」朱鶴齡注：「此言得交建封，可以子託之也。」王嗣奭《杜臆》：「范雲、嵇紹二聯，既欲託身，又欲託子，非真重其人，必不輕易下此語。」

〔一二〕擇材二句：《晉書·杜預傳》：「追贈征南大將軍。」朱鶴齡注：「以比韋之晉。建封在之晉幕中，當必不合而去。」《趙次公先後解》：「潮落，以譬主人之恩衰。」仇注：「潮落鯨回，韋卒而張北歸也。」按，湖落謂湖水落，諸家改潮落，反不切。《建封傳》謂不樂吏役而去，或不詳其情。

〔一三〕載感二句：賈生慟，見卷七《别蔡十四著作》(0357)注。《史記·樂毅列傳》太史公曰：「始齊之蒯通及主父偃讀樂毅之報燕王書，未嘗不廢書而泣也。」集解：「夏侯玄曰：觀樂生遺燕惠王書，其殆庶乎知機合道，以禮始終者與。」曹操《讓縣自明本志令》：「昔樂毅走趙，趙王欲與之圖燕，樂毅伏而垂泣……臣每讀此二人書，未嘗不愴然流涕也。」《三國志·蜀書·孟達傳》注引《魏略》載達辭先主表：「昔申生至孝見疑於親，子胥至忠見誅於君，蒙恬拓境而被大刑，樂毅破齊而遭讒佞，臣每讀其書，未嘗不慷慨流涕。」《趙次公先後解》：「言建封之與其主人絶矣。」王嗣奭《杜臆》：「謂既去韋猶有餘戀，見其厚道。」

〔一四〕主憂四句：《趙次公先後解》：「言國步如此，勉建封之必往也。」仇注：「指吐蕃屢寇，此時豈可息駕舊丘。」

〔一五〕君臣二句：《三國志·蜀書·諸葛亮傳》：「每自比管仲、樂毅。」《趙次公先後解》：「管仲之於齊威干，葛亮之於劉先主，君臣相契，蓋皆定分也。」

〔一六〕未覺句：《書·禹貢》：「荆及衡陽惟荆州。……厥貢羽毛齒革，惟金三品，杶榦栝柏。」傳：「柏葉松身曰栝。」

〔一七〕高義句：《後漢書·朱景王杜馬劉傅堅馬傳》：「顯宗追感前世功臣，乃圖畫二十八將於南宫雲臺。」謝瞻《於安城答靈運》：「鴻漸隨事變，雲臺與年峻。」《文選》李善注：「雲臺，以喻爵位也。《淮南子》曰：雲臺之高，墮者折脊碎腦。高誘曰：臺高際於雲，故曰雲臺。」則有二義。

〔一八〕羽人二句：《楚辭·遠游》：「仍羽人於丹丘兮，留不死之舊鄉。」王逸注：「《山海經》言有羽人之國，不死之民。或曰人得道，身生毛羽也。」《趙次公先後解》：「蓋澄清天下之譬乎？」朱鶴齡注：「史云建封不樂吏職，疑其人蓋有志神仙者。故言吾望子以雲臺建立之事，彼羽人之流掃除海外，以視功業濟世者竟何如耶？」

人日寄杜二拾遺

高　適

人日題詩寄草堂，遥憐故人思故鄉〔一〕。柳條弄色不忍見，梅花滿枝空斷腸①。身在南蕃無所預②，心懷百憂復千慮。今年人日空相憶，明年人日知何

處③？一卧東山三十春④，豈知書劍與風塵⑤。龍鍾還忝二千石⑥，愧爾東西南北人。

【校】

①空，錢箋、《草堂》校：「樊作堪。」

②南，錢箋、《草堂》校：「一作遠。」

③人，宋本、錢箋、《九家》校：「一作此。」《草堂》作「此」，校：「一作人。」

④三，錢箋作「二」，校：「一作三。」

⑤與，宋本、錢箋、《九家》、《草堂》校：「一作老。」

⑥還，錢箋、《草堂》校：「一作遠。」

【注】

〔一〕人日二句：黄鶴注：「此合在上元元年作。然上元元年人日，公未有草堂。殆是二年人日作而寄之。」《荆楚歲時記》：「正月七日爲人日，以七種菜爲羹，剪綵爲人，或鏤金薄爲人，以貼屏風，亦戴之頭鬢。又造華勝以相遺，登高賦詩。」

追酬故高蜀州人日見寄并序

開文書帙中，檢所遺忘，因得故高常侍適往居在成都時，高任蜀州刺史，人日相憶見寄詩。淚洒行間，讀終篇末。自枉詩已十餘年，莫記存没，又六七年矣。老病懷舊，生意可知。今海内忘形故人，獨漢中王瑀與昭州敬使君超先在①〔一〕。愛而不見，情見乎辭。大曆五年正月二十一日，却追酬高公此作，因寄王及敬弟。

自蒙蜀州人日作②，不意清詩久零落。今晨散帙眼忽開③，迸淚幽吟事如昨。嗚呼壯士多慷慨，合沓高名動寥廓〔二〕。歎我悽悽求友篇〔三〕，感時鬱鬱匡君略。錦里春光空爛漫，瑶墀侍臣已冥寞〔四〕。瀟湘水國傍黿鼉，鄠杜秋天失鵰鶚〔五〕。東西南北更堪論④〔六〕，白首扁舟病獨存。遥拱北辰纏寇盜⑤，欲傾東海洗乾坤〔七〕。邊塞西蕃最充斥，衣冠南渡多崩奔〔八〕。鼓瑟至今悲帝子，曳裾何處覓王門〔九〕？文章曹植波瀾闊，服食劉安德業尊〔一〇〕。長笛誰能亂愁思⑥，昭州詞翰與招魂〔一一〕。（0384）

【校】

①王，錢箋、《草堂》校：「樊作郡王。」

②蒙，錢箋校：「一作枉。」

③開，宋本、錢箋、《九家》、《草堂》校：「一作明。」

④堪，錢箋作「誰」，校：「吴作堪。」

⑤遥，錢箋校：「一作猶。」《九家》、《草堂》作「猶」，《草堂》校：「一作遥。」

⑥誰能，宋作、錢箋、《九家》、《草堂》校：「一作鄰家。」

【注】

大曆五年(七七〇)作。

〔一〕漢中王瑀：見卷一《苦雨奉寄隴西公兼呈王徵士》(0022)、卷七《八哀詩·汝陽郡王璡》(0333)注。敬超先：或謂即卷一八《湖中送敬十使君適廣陵》(1379)之敬十使君。《元和郡縣圖志》卷三七桂州管州十二：「昭州，平樂。下。……北過嶺至永州六百里。東至賀州三百里。東北過嶺至道州四百里。」

〔二〕合沓：見卷七《復陰》(0346)注。

〔三〕歎我句：《詩·小雅·伐木》：「相彼鳥矣，猶求友聲。」

〔四〕錦里二句：《趙次公先後解》：上句「歎言成都時景」，下句「適爲刑部侍郎、左散騎常侍，乃天

子玉握之從臣」。

〔五〕瀟湘二句：瀟湘水國，《趙次公先後解》：「公今和詩在潭州。」鄠杜，鄠邑、杜陵。《漢書·宣帝紀》：「尤樂杜、鄠之間。」朱鶴齡注：「失鵾鴞，歎高之云亡也。公《簡高使君》詩亦比之『鷹隼出風塵』。」

〔六〕東西句：《禮記·檀弓上》：「今丘也，東西南北人也。」洪邁《容齋隨筆》卷一六：「古人酬和詩必答其來意，非若今人爲次韻所局也。……姑取杜集數篇略紀於此。高適寄杜公云：『愧爾東西南北人。』杜則云：『東西南北更堪論。』高又有詩云：『草玄今已畢，此外更何言。』杜則云：『草玄吾豈敢，賦或似相如。』……皆如鐘磬在簴，扣之則應，往來反復，於是乎有餘味矣。」

〔七〕遥拱二句：《論語·爲政》：「爲政以德，譬如北辰，居其所而衆星共之。」徵引多作「拱之」。《後漢書·班固傳》：「兵纏夷狄。」曹植《與吴季重書》：「傾東海以爲酒。」

〔八〕邊塞二句：《趙次公先後解》：「上句指言吐蕃。」《晋書·地理志》：「自中原亂離，遺黎南渡，並僑置牧司在廣陵，丹徒南城，非舊土也。及胡寇南侵，淮南百姓皆渡江。」《舊唐書·地理志》：「自至德後，中原多故，襄鄧百姓，兩京衣冠，盡投江湘，故荆南井邑，十倍其初。」仇注：「雖用晋元帝渡江事，亦指實事言矣。」謝靈運《入彭蠡湖口》：「洲島驟回合，圻岸屢崩奔。」仇注：「此言避亂涉險，經山崩水奔之處也。」按，此即奔走不暇之義。

〔九〕鼓瑟二句：《楚辭·遠游》：「令湘靈鼓瑟兮，令海若舞馮夷。」又《九歌·湘夫人》：「帝子降兮北渚，目眇眇兮愁予。」王逸注：「帝子，謂堯女也。堯二女娥皇、女英，隨舜不反，没於湘水之渚，因爲湘夫人。」曳裾，見卷六《壯游》(0295)注。

〔一〇〕文章二句：《文心雕龍・時序》：「陳思以公子之豪，下筆琳琅。……觀其時文，雅好慷慨。良由世積亂離，風衰俗怨，並志深而筆長，故梗概而多氣也。」《漢書・淮南王傳》：「淮南王安爲人好書，鼓琴，不喜弋獵狗馬馳騁，亦欲以行陰德拊循百姓，流名譽。招致賓客方術之士數千人，作爲《内書》二十一篇，《外書》甚衆，又有《中篇》八卷，言神仙黄白之術。」《趙次公先後解》：「兩句所以稱美漢中王。」

〔一一〕長笛二句：向秀《思舊賦》序：「鄰人有吹笛者，發聲寥亮，追思曩昔游宴之好，感音而歎。」《趙次公先後解》：「以追思高蜀州而及之……憑仗敬昭州與招其魂也。」

蘇大侍御渙静者也旅于江側凡是不交州府之客人事都絶久矣肩輿江浦忽訪老夫舟檝而已茶酒内余請誦近詩肯吟數首才力素壯詞句動人接對明日憶其涌思雷出書篋几杖之外殷殷留金石聲賦八韻記異亦記老夫傾倒於蘇至矣①〔一〕

龐公不浪出〔二〕，蘇氏今有之。再聞誦新作，突過黄初詩〔三〕。乾坤幾音泊反

覆②，揚馬宜同時〔四〕。今晨清鏡中，勝食齋房芝〔五〕。余髮喜却變，白間生黑絲③。昨夜舟火滅④，湘娥簾外悲〔六〕。百靈未敢散⑤，風破寒江遲⑥。（0385）

【校】

① 凡是，《九家》無。　凡，錢箋校：「一作乃。」　明日，宋本作「明白」，據他本改。　記，錢箋作「見」。錢箋從黃鶴注，以此題爲序，另以「蘇大侍御訪江浦賦八韻紀異」爲題。

② 音洎，錢箋、《草堂》作「一云洎」。《九家》校「洎」誤作「泊」。

③ 生，宋本、錢箋、《九家》、《草堂》校：「一作添。」

④ 昨，錢箋、《草堂》校：「一作永。」　滅，宋本、錢箋、《儿家》、《草堂》校：「一作接。」

⑤ 未敢，錢箋校：「刊作永夜。」

⑥ 破，宋本、錢箋、《九家》校：「一作波。」

【注】

《趙次公先後解》編入大曆五年（七七〇）。黃鶴注：當是大曆四年（七六九）潭州作，而梁權道編在岳州詩內。

〔一〕蘇渙：高仲武《中興間氣集》卷上：「渙本不平者，善放白弩，巴中號曰白跖，賓人患之，以比盜跖。後自知非，變節從學，鄉賦擢第，累遷至御史，佐湖南幕。崔中丞遇害，渙遂踰嶺扇動哥

舒，跋扈交廣，此猶龍蛇見血，本質彰矣。三年中作變律詩十九首，上廣州連帥李公。其文意長於諷刺，亦有陳拾遺一鱗半甲，故善之。或曰：『此子左右嬖臣，侵敗王略，今著其文可歟？』答曰：『漢策紀蒯通説詞，皇史録祖君彦檄書，此大所以容細也。夫善惡必書，《春秋》至訓。明言不廢，《孟子》格言。涣者其殆庶幾乎。豈但不弃彫蟲，亦以深懲戒餘子也。』」《唐詩紀事》、《唐才子傳》皆以「答曰」爲「勉曰」，以爲李勉答或者問。按，此實高仲武之言。《新唐書·藝文志》著録《蘇涣詩》一卷。哥舒晃作亂在大曆八年。《趙次公先後解》：「此序云賦八韻記異，而詩止有七韻，不知是八字之誤，或詩脱一韻也。然詩意則貫耳。」仇注：「詩止七韻，而題云八韻，用韻取耦不取奇也。」按，題稱「七韻」，唐人多有。仇注不足據。

〔二〕龐公句：龐公，見卷三《遺興五首》(0109)注。

〔三〕再聞二句：黄初，魏文帝即位年號。《趙次公先後解》：「言蘇涣新作如建安七子之流也。」

〔四〕乾坤二句：揚馬，揚雄、司馬相如。《趙次公先後解》：「美蘇之文辭如二公，雖當兵亂之際，幸天下不至於傾覆，則天子宜得如揚馬者與之同時而當驚歎召見也。」仇注：「言兩漢至魏，世凡幾變。揚馬宜同時，蓋以蘇匹己也。」按，「宜同時」用《司馬相如傳》「朕不得與同時」語，趙説近是。

〔五〕齋房芝：見卷七《八哀詩·蘇公源明》(0335)注。

〔六〕湘娥句：張衡《西京賦》：「感河馮，懷湘娥。」《文選》李善注：「《楚辭》曰：帝子降兮北渚。王逸曰：言堯二女娥皇、女英，隨舜不及，墮湘水中，因爲湘夫人。」曹植《仙人篇》：「湘娥拊琴瑟，秦女吹笙竽。」《趙次公先後解》：「公在潭州，故使潭州事。」

《苕溪漁隱叢話》前集卷八引《蔡寬夫詩話》：「子美稱蘇涣爲静者，而極美其詩……不知子美何取龐公之比乎？逆旅相遇，一時意氣所許，固不皆當。然以擬龐公，則太不類。乃知詩人之言，類多過實，而所毁譽尤不可盡信。涣詩世猶或見其一二，如『日月東西行，不照大荒北。其中有毒龍，靈怪人莫測。開目爲晨光，閉目爲夜色。一開復一閉，明晦無休息。居然六合内，曠哉天地德。天地且不言，世人浪喧喧。』唐人以爲長於諷刺，得陳拾遺一鱗半甲。觀其詞氣頡頏如此，固自可見其胸中也。」

汪師韓《詩學纂聞》：「杜詩内有《贈蘇涣》詩。蘇詩内有《贈安惇》詩。君子以遠小人，不惡而嚴，杜、蘇何爲贈之詩耶？然杜集又有《入衡州》詩曰：『門闌蘇生在，勇鋭白起强。』以白起比涣，則涣之爲涣，固深知之。題云『紀異』，亦誠不料是人能爲是詩，而所稱傾倒，亦特傾倒其詩而已。『静者』之譽，其以爲諷乎？」

送重表侄王砅評事使南海〔一〕

我之曾老姑①，爾之高祖母。爾祖未顯時，歸爲尚書婦〔二〕。隋朝大業末，房杜俱交友〔三〕。長者來在門，荒年自餬口〔四〕。家貧無供給，客位但箕箒〔五〕。俄頃

羞頗珍②〔六〕，寂寥人散後。入怪鬢髮空，吁嗟爲之久。自陳剪髻鬟，鬻市充杯酒③〔七〕。上云天下亂〔八〕，宜與英俊厚。向竊窺數公，經綸亦俱有。次問最少年，虬髯十八九〔九〕。子等成大名，皆因此人手。下云風雲合，龍虎一吟吼〔一〇〕。願展丈夫雄，得辭兒女醜〔一一〕。秦王時在坐，真氣驚户牖〔一二〕。及乎貞觀初，尚書踐台斗〔一三〕。夫人常肩輿，上殿稱萬壽〔一四〕。六宮師柔順，法則化妃后〔一五〕。至尊均嫂叔〔一六〕，盛事垂不朽。鳳雛無凡毛，五色非爾曹〔一七〕。往者胡作逆，乾坤沸嗷嗷。吾客左馮翊④〔一八〕，爾家同遁逃。争奪至徒步，塊獨委蓬蒿〔一九〕。逗留熱爾腸，十里却呼號。自下所騎馬，右持腰間刀。左牽紫游韁〔二〇〕，飛走使我高。苟活到今日，寸心銘佩牢。亂離又聚散，宿昔恨滔滔。水花笑白首，春草隨青袍〔二一〕。廷評近要津，節制收英髦〔二二〕。北驅漢陽傳，南泛上瀧舠〔二三〕。家聲肯墜地，利器當秋毫〔二四〕。番禺親賢領，籌運神功操〔二五〕。大夫出盧宋⑤，寶貝休脂膏〔二六〕。洞主降接武，海胡舶千艘〔二七〕。我欲就丹砂〔二八〕，跋涉覺身勞。安能陷糞土，有志乘鯨鰲。或驂鸞騰天，聊作鶴鳴皋⑥〔二九〕。昔鄴下童謡曰：「青青御路楊，白馬紫游韁。」(0386)

【校】

①老，錢箋作「祖」，校：「吴作老。」

②羞頗珍，錢箋校：「一作頗羞珍。」

③杯，錢箋校：「一作沽。」

④左，《九家》作「在」，校：「一作左。」

⑤宋，錢箋校：「樊作宗。」

⑥聊，錢箋校：「樊作不。」

【注】

《趙次公先後解》編入大曆五年（七七〇）。黄鶴注：當是大曆四年（七六九）春岳州作。仇注從朱注，編入大曆五年。

〔一〕王砅：珪玄孫。事迹不詳。惠棟《九曜齋筆記》卷三：「子未兄云：『父之表叔謂之重表叔。』未詳出何書。」仇注：「重表，蓋有兩重表親。」施鴻保云：「今按詩云『我之曾祖姑，爾之高祖母』，是即重表之義。蓋姑之子爲表兄弟，由姑而上，祖姑之子孫，則重表矣。由祖姑而上，不得云再重表，故但以重表統之，猶同姓兄弟叔侄，共祖以上皆稱從也。」説與惠棟同，是。《唐六典》卷一八大理寺：「評事十二人，從八品下。……評事掌出使推按。」

〔二〕我之四句：《魏書·列女傳》：「魯乃與老姑徒步詣司徒府。」李商隱有《祭韓氏老姑文》。老姑

當指排行最末者，如老姑娘指排行最小之女。《新唐書·王珪傳》：「始隱居時，與房玄齡、杜如晦善，母李嘗曰：『而必貴，然未知所與游者何如人，而試與偕來。』會玄齡等過其家，李窺大驚，敕具酒食，歡盡日，喜曰：『二客公輔才，汝貴不疑。』」《苕溪漁隱叢話》前集卷一三引《西清詩話》：「質之少陵詩，事未究也。《送重表侄王砅》云：『我之曾老姑，爾之高祖母。爾祖未顯時，歸爲尚書婦。』則珪母杜氏，非盧氏也。……其上下詳諦如此，且一婦人識真主於側微，尤偉甚。史缺失而繆誤，獨少陵載之，號詩史，信矣。」引《桐江詩話》：「今觀其詩，不特不姓盧，乃王珪之妻，非母也。史氏之訛如此。」後集卷八引《復齋漫録》：「《西清詩話》以子美詩獨得其詳，而史爲疏略。然以余考之，房、杜舊不與太宗相識，及太宗起兵，然後杖策謁軍門，乃薦如晦耳。至珪，則誅太子建成而後見召。以他傳參考，未可專以史爲誤也。」《容齋隨筆》卷一二：「予案《唐列女傳》元無此事，《珪傳》末只云：『始隱居時，與房玄齡、杜如晦善，二人過其家，母李窺之，知其必貴。』蔡説妄云有傳，又誤以李爲盧，皆不足辨。但唐高祖在位日，太子建成與秦王不睦，以權相傾，珪爲太子中允，説建成曰：『秦王功蓋天下……』建成乃請行。其後楊文幹之事起，高祖責以兄弟不睦，歸罪珪等而流之。太宗即位，乃召還任用。……然則珪與太宗非素交明矣。《唐書》載李氏事，亦采之小説，恐未必然。而杜公稱其祖姑事，不應不實。且太宗時宰相，别無姓王者，真不可曉也。」洪氏又引杜光庭《虬鬚客傳》，辨其皆妄。仇注：「此詩所載事迹，明與《唐書》紀傳不合，蔡氏欲據此以爲詩史，未免信杜太過矣。大抵人情好爲誇大，每有子孫而自誣其祖宗者。此詩亦據王氏傳聞之説，一時沿訛失考耳。」

〔三〕隋朝二句：《趙次公先後解》：「房則房玄齡，杜則杜如晦，與王珪同學於文中子，則俱交友可知矣。」按，王珪學於文中子，出《中説》。其書記事多有不實處，然杜甫當時皆據以爲説。

〔四〕荒年句：《左傳》隱公十一年：「寡人有弟，不能和協，而使餬其口於四方。」杜預注：「餬，鬻也。」釋文：「《説文》云：寄食。」

〔五〕客位句：《禮記·冠義》：「醮於客位。」注：「户西爲客位。」《曲禮上》：「凡爲長者糞之禮，必加箒於箕上。」注：「《弟子職》曰：執箕膺擖，厥中有箒。」

〔六〕俄頃句：《左傳》文公十六年：「時加羞珍異。」杜預注：「羞，進也。」

〔七〕入怪四句：《趙次公先後解》：「剪髮充杯酒，言其好客，未必實事。暗用陶侃母事以形容之。」仇注：「范逵偶過，故侃母可截髮以供酒食，若太原公子及房杜並至，豈剪髮所能供客乎？」

〔八〕上云句：朱鶴齡注：「上指客言之，下指主言之也。」仇注：「本古詩上言、下言。」此猶先云、後云，中又有「次問」。參本卷《奉送魏六丈佑少府之交廣》(0382)「上貴」注。

〔九〕虬鬚句：太宗虬鬚，見卷七《八哀詩·汝陽郡王璡》(0333)注。

〔一〇〕下云二句：《易·乾·文言》：「雲從龍，風從虎，聖人作而萬物睹。」

〔一一〕顧展二句：《史記·魏其武安侯列傳》：「今日長者爲壽，乃效女兒呫囁耳語。」索隱：「女兒猶云兒女也。」《後漢書·來歙傳》：「欲相屬以軍事，而反效兒女子涕泣乎。」

〔一二〕秦王二句：《後漢書·馬援傳》：「今見陛下，恢廓大度，同符高祖，乃知帝王自有真也。」

〔一三〕及乎二句：《舊唐書·王珪傳》：「珪每推誠納忠，多所獻替。太宗顧待益厚，賜爵永寧縣男，

遷黄門侍郎，兼太子右庶子。（貞觀）二年，代高士廉爲侍中。……七年，坐漏泄禁中語，左遷同州刺史。明年，召拜禮部尚書。」《太平御覽》卷二〇六引《春秋漢含孳》：「三公在天爲三台，九卿爲北斗。」

〔一四〕夫人二句：《分門》洙曰：「夫人以命婦預朝會也。」《唐會要》卷二六《命婦朝皇后》：「永徽五年十一月，武后初立，群臣命婦朝皇后。舊儀，冬至元日，百官不於光順門朝賀皇后。至乾元元年，張皇后遂行此禮。」「景雲四年六月敕：……諸親及外命婦，朝賀辭見參謝入内，從聽依前件，至内命婦朝堂，及夫、子官品高，於等從高，仍並不得乘擔子。其尊屬年老，敕賜擔子者，不在此例。」太宗朝儀制不詳，杜詩所言或有混淆。

〔一五〕六宫二句：《周禮・天官・内宰》：「以陰禮教六宫。」注：「六宫，謂后也。婦人稱寢曰宫。宫，隱蔽之言。后象王，立六宫而居之，亦正寢一，燕寢五。」《禮記・昏義》：「婦順者，順於舅姑，和於室人，而後當於夫。」《舊唐書・職官志》内官：「武德立四妃：一貴妃，二淑妃，三德妃，四賢妃，位次后之下。玄宗以爲后妃四星，其一正后，不宜更有四妃，乃改定三妃之位。」

〔一六〕至尊句：《禮記・曲禮上》：「嫂叔不通問。」按，二句謂嫂叔皆至尊位，非言天子至尊。

〔一七〕鳳雛二句：《南齊書・謝超宗傳》：「帝大嗟賞，曰：『超宗殊有鳳毛，恐靈運復出。』」《説文》：「鳳，神鳥也。天老曰：鳳之像也，麟前鹿後，蛇頸魚尾，龍文龜背，燕頷雞喙，五色備舉。」《趙次公先後解》：「鳳雛無凡毛，指言尚書之子也。」朱鶴齡注：「非爾曹，言非爾曹而誰。」仇注：「言鳳種非爾曹而誰。」施鴻保云：「此亦言鳳雛五色，非凡曹也。」朱、仇説是。

〔一八〕吾客句：左馮翊，同州。參卷一《沙苑行》(0038)注。杜甫避寇同州，參卷一《白水縣崔少府十九翁高齋三十韻》(0042)諸詩。

〔一九〕塊獨句：《楚辭·九辯》：「塊獨守此無澤兮，仰浮雲而永歎。」

〔二〇〕左牽句：紫游韁，見卷七《醉爲馬墜諸公携酒相看》(0356)注。《趙次公先後解》：「公於此係第二次使紫游韁，而始自注，亦猶第二次使昏鴉而始自注引何遜詩矣。」

〔二一〕水花二句：《玉臺新詠》古詩：「青袍似春草，長條隨風舒。」庾信《哀江南賦》：「青袍如草，白馬如練。」《趙次公先後解》：「水花笑白首，公言其在潭州濱於江，故爲水花所笑。春草隨青袍，以言王評事往南海也。」

〔二二〕廷評二句：《唐六典》卷一八大理寺「評事十二人」：「《漢書》云：宣帝地節三年，置廷尉平，秩六百石，員四人。其務在平刑獄，故曰廷平。至後漢光武省右平，唯置左平。魏晋以來，不復云左，但云廷尉平。」節制，節度使。《舊唐書·楊國忠傳》：「國忠以身領劍南節制。」劉峻《辯命論》：「英髦秀達。」《文選》李善注：「毛萇曰：髦，俊也。」

〔二三〕北驅二句：漢陽，沔州。《漢書·高帝紀》：「乘傳詣洛陽。」注：「師古曰：傳者若今之驛，古者以車，謂之傳車。後又單置馬，謂之驛騎。」《水經注》溱水：「武溪水又南入重山，山名藍豪，廣圓五百里，悉曲江縣界。崖峻險阻，岩嶺干天，交柯雲蔚，霾天晦景，謂之瀧中。懸湍回注，崩浪震山，名之瀧水。瀧水又南出峽，謂之瀧口。」《詩·衛風·河廣》：「誰謂河廣，曾不容刀。」釋文：「刀如字，字書作舠。」疏：「劉熙《釋名》云：二百斛以上曰艇，三百斛曰刀。江南

所謂短而廣、安不傾危者也。」

〔二四〕利器句：《老子》三十六章：「國有利器，不可示人。」仇注：「當秋毫，言能應機立斷。」按，謂能察細微。《淮南子·主術訓》：「鴟夜撮蚤蚊，察分秋豪。」

〔二五〕番禺二句：《元和郡縣圖志》卷三四廣州：「孫權以步騭爲交州刺史，遷州於番禺，即今州理是也。孫皓時以交州土壤太遠，乃分置廣州，理番禺。」《舊唐書·李勉傳》：「（大曆）四年，除廣州刺史，兼嶺南節度觀察使。番禺賊帥馮崇道、桂州叛將朱濟時等阻洞爲亂，前後累歲，陷没十餘州。勉至，遣將李觀與容州刺史王翃併力招討，悉斬之，五嶺平。前後西域舶泛海至者歲才四五，勉性廉潔，舶來都不檢閱，故末年至者四十餘。在官累年，器用車服無增飾。及代歸，至石門停舟，悉搜家人所貯南貨犀象諸物，投之江中，耆老以爲可繼前朝宋璟、盧奂、李朝隱之徒。」錢箋：「詩所謂親賢大夫者，謂李勉也。」李勉爲鄭王元懿曾孫。《史記·高祖本紀》：「夫運籌策帷帳之中，決勝於千里之外，吾不如子房。」

〔二六〕大夫二句：《趙次公先後解》：「盧則盧奂，宋則宋璟。謂其出，則又出其上也。」《舊唐書·盧奂傳》：「時南海郡利兼水陸，瓌寶山積，劉巨鱗、彭杲相替爲太守、五府節度，皆坐贓鉅萬而死。乃特授奂爲南海太守。遐方之地，貪吏斂跡，人用安之。以爲自開元已來四十年，廣府節度清白者有四，謂宋璟、裴伷先、李朝隱及奂。中使市舶，亦不干法。」《後漢書·孔奮傳》：「時天下未定，士多不修節操，而奮力行清潔，爲衆人所笑，或以爲身處脂膏，不能以自潤，徒益苦辛耳。」《趙次公先後解》：「謂廉潔而不污於貨利也。」

〔二七〕洞主二句：《舊唐書・王翃傳》：「自安史之亂，頻詔徵發嶺南兵募，隸南陽魯炅軍。炅與賊戰於葉縣，大敗，餘衆離散，嶺南溪洞夷獠乘此相恐爲亂。」參卷六《自平》（0266）注。《禮記・曲禮上》：「堂上接武，堂下步武。」注：「武，跡也。跡相接，謂每移足半躡之，中人之跡尺二寸。」《唐國史補》卷下：「南海舶，外國船也，每歲至安南、廣州。師子國舶最大，梯而上下數丈，皆積寶貨。至則本道奏報，郡邑爲之喧闐。有蕃長爲主領，市舶使籍其名物，納舶脚，禁珍異，蕃商有以欺詐入牢獄者。」

〔二八〕我欲句：《晉書・葛洪傳》：「以年老，欲煉丹以祈遐壽，聞交阯出丹，求爲句屚令。帝以洪資高，不許。洪曰：『非欲爲榮，以有丹耳。』洪遂將子侄俱行。至廣州，刺史鄧岳留不聽去，洪乃止羅浮山煉丹。」

〔二九〕或驂二句：江淹《別賦》：「駕鶴上漢，驂鸞騰大。」《詩・小雅・鶴鳴》：「鶴鳴于九皋，聲聞于野。」傳：「言身隱而名著也。」箋：「喻賢者雖隱居，人咸知之。」仇注：「此公有志南海之游也。不能乘鼇驂鸞，但作鳴鶴以吐意耳。」

詠懷二首

人生貴是男，丈夫重天機〔一〕。未達善一身，得志行所爲〔二〕。嗟余竟轗軻〔三〕，

將老逢艱危。胡雛逼神器，逆節同所歸〔四〕。河洛化爲血，公侯草間啼①。西京復陷没，翠蓋蒙塵飛。萬姓悲赤子，兩宫弃紫微〔五〕。倏忽向二紀〔六〕，奸雄多是非。本朝再樹立〔七〕，未及貞觀時。日給在軍儲，上官督有司。高賢迫形勢，豈暇相扶持②〔八〕。疲苶苟懷策，栖屑無所施〔九〕。先王實罪己〔一〇〕，愁痛正爲兹。歲月不我與〔一一〕，蹉跎病於斯。夜看酆城氣③，回首蛟龍池〔一二〕。齒髮已自料，意深陳苦詞④。（0387）

【校】

① 侯，錢箋校：「一作卿。」《草堂》作「卿」。

② 暇，《草堂》校：「魯作勝。」

③ 氣，《草堂》作「劍」。

④ 苦，錢箋校：「吴本作昔。」

【注】

《趙次公先後解》編入大曆五年（七七〇）自潭州赴衡州時作。黄鶴注：當是大曆四年（七六九）春自岳州上潭州時作。

〔一〕人生三句：《列子·天瑞》：「孔子游於泰山，見榮啓期行乎郕之野，鹿裘帶索，鼓琴而歌。孔子問曰：『先生所以樂，何也？』對曰：『吾樂甚多。天生萬物，唯人爲貴，而吾得爲人，是一樂也。男女之别，男尊女卑，故以男爲貴，吾既得爲男矣，是二樂也。人生有不見日月、不免繈褓者，吾既以行年九十矣，是三樂也。貧者士之常也，死者人之終也，處常得終，當何憂哉？』」

〔二〕未達二句：《孟子·盡心下》：「窮則獨善其身，達則兼善天下。」《莊子·大宗師》：「其耆欲深者，其天機淺。」

〔三〕轗軻：見卷一《醉時歌》(0019)「坎軻」注。

〔四〕胡雛二句：《晉書·石勒載記》：「年十四，隨邑人行販洛陽，倚嘯上東門，王衍見而異之，顧謂左右曰：『向者胡雛，吾觀其聲，視有奇志，恐將爲天下之患。』馳遣收之，會勒已去。」班彪《王命論》：「不知神器有命，不可以智力求也。」《趙次公先後解》：「胡雛逼神器，指言安禄山。逆節同所歸，則所從其爲臣爲將者也。」仇注：「逆節，指附賊者。」

〔五〕西京四句：仇注：「悲赤子，悲號同於赤子。」《趙次公先後解》：「此正指言明皇。兩宫又以言明皇與肅宗尤明。」《晉書·天文志》：「紫宫垣十五星……一曰紫微，大帝之坐也，天子之常居也。」

〔六〕倏忽句：《趙次公先後解》：「自天寶十四載禄山亂，至今大曆五年，凡十六年，故得以『向二紀』爲稱也。」謝靈運《永初三年七月十六日之郡初發都》：「從來漸二紀，始得傍歸路。」王冑《酬陸常侍》：「思之宛如昨，倏焉逾二紀。」

〔七〕本朝句：《趙次公先後解》：「方言代宗也。」仇注：「代宗平河北，逐吐蕃，是本朝再立也。」

〔八〕高賢二句：《趙次公先後解》：「迫於用兵之形勢。」仇注：「當事迫於軍儲，不暇扶持旅困。」

〔九〕疲苶二句：疲苶，見卷七《八哀詩・李公光弼》(0331)注。李騫《釋情賦》：「在下僚而栖屑，願奮迅於泥滓。」《趙次公先後解》：「公自言也。言其疲勞困苦之身，雖有良策，方在流落栖屑間，無所施展也。」苟，雖也。盧諶《贈崔温》：「苟云免罪戾，何暇收民譽。」張翼《詠懷》：「百齡苟未遐，昨辰亦非促。」

〔一〇〕先王句：朱鶴齡注：「先王，疑作先皇，謂肅宗也。按史，肅宗即位後，以寇孽未平，屢下罪己之詔。」《左傳》莊公十一年：「禹湯罪己，其興也悖焉。桀紂罪人，其亡也忽焉。」《論語・堯曰》：「朕躬有罪，無以萬方；萬方有罪，罪在朕躬。」

〔一一〕歲月句：《論語・陽貨》：「日月逝矣，歲不我與。」劉琨《重贈盧諶》：「時哉不我與，去乎若浮雲。」

〔一二〕夜看二句：酆城氣，見卷七《可歎》(0328)「紫氣」注。《三國志・吳書・周瑜傳》：「恐蛟龍得雲雨，終非池中物也。」仇注：「言壯志猶存，而身老不復可爲。」

邦危壞法則，聖遠益愁慕〔一〕。飄飆桂水游，悵望蒼梧暮〔二〕。潛魚不銜鉤，走鹿無反顧〔三〕。皦皦幽曠心，拳拳異平素〔四〕。衣食相拘閡，朋知限流寓〔五〕。風濤

上春沙，千里侵江樹①。逆行少吉日②，時節空復度〔六〕。井竈任塵埃，舟航煩數具〔七〕。牽纏加老病，瑣細隘俗務〔八〕。萬古一死生，胡爲足名數〔九〕？多憂污桃源，拙計泥銅柱〔一〇〕。未辭炎瘴毒，擺落跋涉懼。虎狼窺中原，焉得所歷住？葛洪及許靖，避世常此路〔一一〕。賢愚誠等差，自愛各馳騖〔一二〕。羸瘠且如何，魄奪針灸屢〔一三〕。擁滯僮僕慵，稽留篙師怒〔一四〕。終當挂帆席，天意難告訴。南爲祝融客，勉强親杖屨〔一五〕。結託老人星，羅浮展衰步〔一六〕。（0388）

【校】

① 千，錢箋校：「刊本十。」《草堂》作「十」，校：「一作千。」　侵，錢箋校：「刊作浸。」《九家》、《草堂》作「浸」。

② 少，錢箋、《草堂》校：「陳作值。」

【注】

〔一〕聖遠句：《孟子·盡心下》：「由孔子而來，至於今百有餘歲，去聖人之世，若此其未遠也。」張衡《思玄賦》：「雖游娛以媮樂兮，豈愁慕之可懷。」

〔二〕飄颻二句：《水經注》鍾水：「灌水即桂水也。灌、桂聲相近，故字隨讀變，經仍其非也。桂水

出桂陽縣北界山，山壁高聳，三面特峻，石泉懸注，瀑布而下。北逕南平縣，而東北流屆鍾亭，右會鍾水，通爲桂水也。故應劭曰：桂水出桂陽，東北入湘。」「灌」亦訛作「雞」。《元和郡縣圖志》卷二九郴州臨武縣：「雞水，在縣南，即桂水也。」《方輿勝覽》卷二五郴州：「桂水，在郴縣西南。」錢箋：「湘水自桂陽而來，故云『飄飄桂水游』。公實未嘗到郴也。」朱鶴齡引《元和郡縣圖志》卷三七桂州「桂江一名灕水，經臨桂縣東」。此又名灕水之桂江，乃另一水。《水經注》湘水：「湘、灕同源，分爲二水，南爲灕水，北則湘川。」然朱注謂「湘水自臨桂而來，亦得稱桂水也」，則想當然耳。《山海經·海内經》：「南方蒼梧之丘，蒼梧之淵，其中有九嶷山，舜之所葬，在長沙零陵界中。」郭璞注：「山在今零陵營道縣南，其山九谿皆相似，故云九疑。古者總名其地爲蒼梧也。」

〔三〕潛魚二句：陸機《文賦》：「若游魚銜鉤，而出重淵之深。」《左傳》文公十七年：「鹿死不擇音。小國之事大國也，德，則其人也；不德，則其鹿也。鋌而走險，急何能擇。」朱鶴齡注：「以潛魚、走鹿況己之避難奔走，不得遂生平幽曠之志也。」

〔四〕皦皦二句：《禮記·中庸》：「得一善，則拳拳服膺而弗失之矣。」注：「拳拳，奉持之貌。」《趙次公先後解》：「言幽曠心自分明也，而乃拳拳然屈身以全生，以所以異平素矣。」

〔五〕衣食二句：《後漢書·虞詡傳》：「願寬假轡策，勿令有所拘閡而已。」《廉范傳》：「范遂流寓西州。」仇注：「今拳拳屈身於人，而異於素志者，祇爲衣食所驅，朋知遠隔耳。」按，此謂交友僅限於流寓中所見。

〔六〕逆行二句：《楚辭·離騷》：「靈氛既告余以吉占兮，歷吉日乎吾將行。」仇注：「吉日，謂清明令節。」本書卷一八有《清明二首》(1403)，至潭州作。按，句謂時節空過，而舟行不暇擇吉日。

〔七〕井竈二句：陶淵明《歸園田居》：「井竈有遺處，桑竹殘朽株。」《後漢書·董卓傳》：「具舟船，舉火爲應。」

〔八〕牽纏二句：謝靈運《佛影銘》：「群生因染，六趣牽纏。」《法苑珠林》卷二二：「衆務牽纏，何暇修道。」

〔九〕萬古二句：《趙次公先後解》：「言貴賤壽夭，同一死生。自弔其困於形名度數，不敢踰越也。」朱鶴齡注：「足名數，言求足於名數也。」王嗣奭《杜臆》：「一死不復生矣，將胡以號爲人，而足當人之名數乎？」仇注：「或云萬古同歸一死，何必取足於名數乎。」

〔一〇〕多憂二句：桃源，見卷二《北征》(0052)注。王嗣奭《杜臆》：「公初下江陵，欲訪桃源，其《水宿遣懷》詩可見。今戲言多憂而恐污桃源，拙計而泥於銅柱。」《梁書·諸夷傳》林邑國：「其南界水步道二百餘里，有西國夷亦稱王，馬援植兩銅柱，表漢界處也。」《舊唐書·地理志》安南都督府驩州：「九德，州所治。……又南行二千餘里，有西屠夷國，鑄二銅柱於象林南界，與西屠夷分境，以紀漢德之盛。其時，以不能還者數十人留於其銅柱之下。至隋乃有三百餘家，南蠻呼爲馬留人。」《趙次公先後解》：「今公詩云拙計而泥之，則必欲往也。」

〔一一〕葛洪二句：葛洪，見本卷《送重表侄王砅評事使南海》(0386)注。《三國志·蜀書·許靖傳》：「孫策東渡江，皆走交州以避其難。靖身坐岸邊，先載附從，疏親悉發，乃從後去。當時見者莫

不歎息。既至交阯，交阯太守士燮厚加敬待。……靖與曹公書曰：……會蒼梧諸縣夷越蜂起，州府傾覆，道路阻絶，元賢被害，老弱並殺。靖尋循渚岸五千餘里，復遇疾癘，伯母隕命，並及群從，自諸妻子，一時略盡。復相扶侍，前到此郡，計爲兵害及病亡者十遺一二。」

〔一二〕馳騖：見卷七《送高司直尋封閬州》(0359)注。

〔一三〕魄奪句：《左傳》宣公十五年：「天奪之魄矣。」

〔一四〕擁滯句：《宋書・劉穆之傳》：「決斷如流，事無擁滯。」

〔一五〕南爲二句：《分門》鄭曰：「衡山上有祝融峰。」《南岳小録》：「祝融峰，去地高九千七百八十丈，在諸峰之北，最高，擁諸峰而直上。有祝融廟基。」《趙次公先後解》：「南方，祝融之地。」謂非指衡山。盧元昌曰：「遥望衡山有祝融峰，董鍊師在焉，是亦葛洪、許靖之徒，我將策杖往親。」

〔一六〕結託二句：《史記・天官書》：「狼比地有大星，曰南極老人。老人見，治安，不見，兵起。」《晋書・天文志》：「老人一星，在弧南，一曰南極。」《藝文類聚》卷七引《羅浮山記》：「羅浮者，蓋總稱焉。羅，羅山也。浮，浮山也。二山合體，謂之羅浮，在增城、博羅二縣之境。舊説羅浮高三千丈，有七十石室、七十二長溪，神明神禽，玉樹朱草。」《元和郡縣圖志》卷三四循州博羅縣：「羅浮山，在縣西北二十八里。羅山之西有浮山，蓋蓬萊之一阜，浮海而至，與羅山併體，故曰羅浮。高三百六十丈，周回三百二十七里。峻天之峰，四百三十有二焉。事具袁彦伯《記》。」謝靈運《初發石首城》：「游當羅浮行，息必廬霍期。」《文選》李善注：「舊説浮山從會稽

來，博於羅山，故稱博羅。今羅浮山上獨有東方草木。」

送顧八分文學適洪吉州〔一〕

中郎石經後，八分蓋憔悴〔二〕。顧侯運鑪錘〔三〕，筆力破餘地。昔在開元中，韓擇木蔡有鄰同贔屭〔四〕。玄宗妙其書，是以數子至〔五〕。御札早流傳，揄揚非造次〔六〕。三人並入直，恩澤各不二。顧於韓蔡内，辨眼工小字。分日示諸王①，鈎深法更秘〔七〕。文學與我游，蕭疏外聲利。追隨二十載，浩蕩長安醉。高歌卿相宅，文翰飛省寺〔八〕。視我揚馬間，白首不相弃。驊騮入窮巷，必脱黄金轡〔九〕。一論朋友難，遲暮敢失墜〔一〇〕。古來事反覆，相見横涕泗〔一一〕。嚮者玉珂人，誰是青雲器〔一二〕？才盡傷形體②，病渴污官位〔一三〕。故舊獨依然，時危話顛躓③〔一四〕。我甘多病老，子負憂世志。胡爲困衣食，顔色少稱遂〔一五〕？遠作苦辛行④，順從衆多意〔一六〕。舟檝無根蔕，蛟鼉好爲祟。況兼水賊繁，特戒風飆駛。崩騰戎馬際⑤，往往殺長吏〔一七〕。子干東諸侯〔一八〕，勸勉防縱恣⑥。邦以民爲本，魚飢費香餌〔一九〕。請哀瘡痍深，告訴皇華使〔二〇〕。使臣精所擇，進德知歷試〔二一〕。惻隱誅

求情，固應賢愚異〔二二〕。列士惡苟得⑦，俊傑思自致〔二三〕。贈子猛虎行，出郊載酸鼻〔二四〕。(0389)

【校】

①示，《文苑英華》作「恃」。

②體，宋本、錢箋、《九家》、《草堂》校：「一作骸。」《文苑英華》作「骸」，校：「集作體。」

③話，《文苑英華》作「語」，校：「集作話。」

④苦辛，錢箋、《草堂》作「辛苦」。

⑤際，錢箋校：「一作險。」《草堂》作「險」。

⑥勸，錢箋校：「一作勤。」《草堂》作「勤」，校：「或作勸。」

⑦列，錢箋校：「一作烈。」《文苑英華》校：「集作烈。」《九家》、《草堂》作「烈」。

【注】

黄鶴注：當是大曆三年(七六八)在公安作。梁權道編在大曆四年(七六九)岳州詩内。

〔一〕顧八分文學：歐陽修《集古録》卷七《唐呂諲表》：「右《呂諲表》，元結撰，顧誡奢八分書。景祐三年，余謫夷陵，過荆南，謁呂公祠堂，見此碑立廡下。」《金石録》卷二七《唐呂公表》：「右《唐呂公表》，元結撰，前太子文學、翰林院待詔顧誡奢書。杜甫集有《贈顧八文學》詩，即誡奢也。

誠奢八分不多見，余所得者，衛密撰《吕公廟碑》並此表、郭英奇、郭慎微碑爲四耳。甫詩稱其最工小字，而此表字畫甚大，尤壯偉可喜。」黄伯思《東觀餘論》卷下《跋顧誠奢書吕肅公碑後》：「此詩蓋謂誠奢也。觀其遺跡，乃知子美弗虚稱之。」黄鶴注：「公與顧相遇於公安，今顧又適江西，故送以此詩。」

〔二〕中郎二句：《後漢書·蔡邕傳》：「邕以經籍去聖久遠，文字多謬，俗儒穿鑿，疑誤後學，熹平四年，乃與五官中郎將堂谿典、光禄大夫楊賜、諫議大夫馬日磾、議郎張馴、韓説、太史令單颺等，奏求正定六經文字。靈帝許之，邕乃自書册於碑，使工鐫刻立於太學門外。於是後儒晚學，咸取正焉。及碑始立，其觀視及摹寫者，車乘日千餘兩，填塞街陌。」《水經注》穀水：「東漢靈帝光和六年刻石鏤碑，載五經，立於太學講堂前，悉在東側。……今碑上悉刻蔡邕等名。魏正始中，又立古、篆、隸三字石經。」洪适《隸釋》卷一四：「蓋諸儒受詔在熹平，而碑成則光和年也。《隋志》有一字石經七種，三字石經三種。其論云：漢鐫七經，皆蔡邕書。又云：魏立一字石經。其説自相矛盾。新舊《唐志》有今字石經七種，而注《論語》云：蔡邕作。又有三字石經古、篆兩種。蓋《唐史》以隸爲今字也。觀遺經字畫之妙，非蔡中郎輩不能爲。以黄初後來碑刻比之，相去不啻霄漢，豈魏人筆力可到。當以《水經》爲據，三體者乃魏人所刻。《儒林傳》云爲古文篆、隸三體者非也。史稱邕自書丹，使工鐫刻。今所存諸經字體各不同，雖邕能分篆、隸，兼備衆體，但文字之多，恐非一人可辨。」

〔三〕顧侯句：《莊子·大宗師》：「皆在爐捶之間耳。」

〔四〕昔在二句：韓、蔡，見卷七《李潮八分小篆歌》(0355)注。左思《吴都賦》：「巨鼇贔屭，首冠靈山。」《文選》劉逵注：「贔屭，用力狀貌。」

〔五〕玄宗二句：《趙次公先後解》：「言明皇精妙於此書也。」竇臮《述書賦》注：「開元天寶皇帝，仁孝慈和，兼負英斷，好圖畫，少工八分書及章草，殊異英特。自諸王殿下已下，多效吴嗣、李塗，雖有工夫，不能高遠。開元中，八分書北京義堂、西岳華山、東岳封禪碑。雖有當時院中學士共相摹勒，然其風格大體，皆出自聖心。」

〔六〕御札二句：《大唐新語》卷八：「玄宗朝，張説爲麗正殿學士。嘗獻詩曰：『東壁圖書府，西垣翰墨林。諷詩關國體，講易見天心。』玄宗深佳賞之。優詔答曰：『得所進詩，甚爲佳妙。風雅之道，斯焉可觀。並據才能，略爲贊述。具如别紙，宜各領之。』玄宗自於彩箋上八分書。説《讚》曰：『德重和鼎，功逾濟川。詞林秀發，翰苑光鮮。』其徐堅已下，並有贊述。文多不盡載。」《玉海》卷一六七引《集賢注記》載諸讚。《次柳氏舊聞》：「玄宗善八分書，凡命將相，皆先以御札書其名，置案上。」班固《兩都賦序》：「雍容揄揚，著於後嗣。」

〔七〕分日二句：《述書賦》：「開元應乾，神武聰明。風骨巨麗，碑版峥嶸。思如泉而吐鳳，筆爲海而吞鯨。諸子多藝，天寶之際。跡且師於翰林，嗟源淺而波細。漢王童年，自得書意。夙承義獻，守法不二。惠文靡倦，博好敦勸。」《易·繫辭上》：「探賾索隱，鈎深致遠。」

〔八〕省寺：中央諸省諸寺。《唐律疏議》卷二一「諸佐職及所統屬官」疏：「及所統屬官者，若省寺監管局署、州管縣、鎮管戍、衛管諸府之類。」

〔九〕驊騮二句：《趙次公先後解》：「馬謂之驊騮，譽謂之黄金，侈言其富貴也。」

〔一〇〕遲暮句：《左傳》文公十八年：「行父奉以周旋，弗敢失隊。」

〔一一〕相見句：《詩·陳風·澤陂》：「寤寐無爲，涕泗滂沱。」

〔一二〕鄉者二句：張華《輕薄篇》：「文軒樹羽蓋，乘馬鳴玉珂。」顔延之《五君詠·阮始平》：「仲容青雲器，實禀生民秀。」

〔一三〕才盡二句：《趙次公先後解》：「此公自傷也。」鍾嶸《詩品》江淹：「初，淹罷宣城郡，遂宿冶亭，夢一美丈夫，自稱郭璞，謂淹曰：『我有筆在卿處多年矣，可以見還。』淹探懷中，得五色筆以授之，爾後爲詩，不復成語，故世傳江淹才盡。」病渴，見卷六《同元使君春陵行》（0276）注。

〔一四〕時危句：《左傳》宣公十五年：「杜回躓而顛。」

〔一五〕顔色句：《趙次公先後解》：「稱音去聲，稱意而通遂也。」《别譯雜阿含經》卷六：「彼非己家，云何而得稱遂其心。」《敦煌變文集·父母恩重講經文》：「凡是所爲，不得稱遂。」

〔一六〕順從句：《趙次公先後解》：「衆多，衆人也。」

〔一七〕崩騰二句：李顒《雷賦》：「潰淪隱轔，崩騰磊落。」《趙次公先後解》：「正言湖南兵馬使臧玠殺其團練使崔瓘，遂據潭州反矣。」黄鶴注：「大曆三年，商州兵馬使劉洽殺刺史殷仲卿，幽州兵馬使朱希彩殺節度使李懷仙，所謂『往往殺長吏』也。」繫年亦因此不同。

〔一八〕子干句：《左傳》成公十六年：「郤犨將新軍，且爲公族大夫，以主東諸侯。」仇注：「洪、吉州在荆州之東，故曰東諸侯。」《舊唐書·代宗紀》：「（大曆二年四月己亥）刑部侍郎魏少游爲洪州

刺史、兼御史大夫、江西觀察團練等使。」

〔一九〕邦以二句：《書·五子之歌》：「民惟邦本。」《太平御覽》卷二八〇引《軍讖》：「故香餌之下，必有懸魚；重賞之下，必有勇夫。」《趙次公先後解》：「言當厚施予，以恤民爲本也。」仇注：「費香餌，即招徠意。」

〔二〇〕請哀二句：瘡痍，見卷七《别蔡十四著作》(0357)「創痍」注。皇華使，見卷六《毒熱寄簡崔評事十六弟》(0294)「皇皇使臣」注。

〔二一〕進德句：《易·乾·文言》：「君子進德修業，忠信所以進德也。」《書·舜典》：「歷試諸難。」

〔二二〕惻隱二句：《孟子·公孫丑上》：「今人乍見孺子將入於井，皆有怵惕惻隱之心。」誅求，見卷四《送韋諷上閬州録事參軍》(0196)注。《趙次公先後解》：「彼能惻隱誅求之情，賢者固異於愚人矣。」朱鶴齡注：「蓋惻隱之與誅求，賢愚固有異情耳。」

〔二三〕列士二句：《禮記·曲禮上》：「臨財毋苟得。」《孟子·告子上》：「生亦我所欲，所欲有甚於生者，故不爲苟得也。」《史記·范雎蔡澤列傳》：「賈不意君能自致於青雲之上。」

〔二四〕贈子二句：陸機《猛虎行》：「渴不飲盜泉水，熱不息惡木陰。惡木豈無枝，志士多苦心。」《趙次公先後解》：「皆以戒游子之慎所從也。」宋玉《高唐賦》：「寒心酸鼻。」

上水遣懷

我衰太平時，身病戎馬後。蹭蹬多拙爲〔一〕，安得不皓首。驅馳四海内，童稚

日餬口〔二〕。但遇新少年，少逢舊親友。低顔下色地，故人知善誘〔三〕。後生血氣豪，舉動見老醜〔四〕。窮迫挫曩懷，常如中風走〔五〕。一紀出西蜀，于今向南斗〔六〕。孤舟亂春華①，暮齒依蒲柳〔七〕。冥冥九疑葬〔八〕，聖者骨亦朽②。蹉跎陶唐人，鞭撻日月久〔九〕。中間屈賈輩，讒毁竟自取〔一〇〕。鬱没二悲魂③。蕭條猶在否？崷崒清湘石，逆行雜林藪〔一一〕。篙工密逞巧，氣若酣杯酒。歌謳互激遠④，回斡明受授⑤〔一二〕。善知應觸類⑥，各藉穎脱手⑦〔一三〕。古來經濟才，何事獨罕有〔一四〕？蒼蒼衆色晚，熊挂玄蛇吼〔一五〕。黄羆在樹顛，正爲羣虎守〔一六〕。羸骸將何適，履險顔益厚。庶與達者論，吞聲混瑕垢〔一七〕。（0390）

【校】

① 華，錢箋校：「一作草。」

② 亦，錢箋校：「一作已。」《草堂》作「已」。

③ 没，錢箋、《草堂》校：「樊作悒。」

④ 遠，錢箋校：「樊作越。」

⑤ 受，錢箋校：「樊作相。」

⑥ 善，錢箋、《草堂》校：「一作蓋。」

⑦ 穎脱，《草堂》作「脱穎」。

魯訔《杜工部詩年譜》大曆四年（七六九）：「蓋自岳之潭之衡爲上水，而自衡回潭爲順水。」《趙次公先後解》：此自洞庭湖上湘江往潭州也。

【注】

〔一〕蹭蹬：見卷一《奉贈韋左丞丈二十二韻》（0001）注。

〔二〕餬口：見本卷《送重表侄王砅評事使南海》（0386）注。

〔三〕低顔二句：傅玄《苦相篇》：「低頭和顔色，素齒結朱脣。」《論語・子罕》：「夫子循循然善誘人。」《趙次公先後解》：「言遇新少年每低顔下色，不敢介亢，故人見之者，亦知我以善誘爲心耳。」

〔四〕後生二句：《論語・季氏》：「及其壯也，血氣方剛。」仇注：「少年視爲老醜，新知輕薄也。」

〔五〕窮迫二句：徐陵《爲貞陽侯與王太尉僧辨書》：「夙契逾深，無改曩懷。」朱浮《與彭寵書》：「士無賢不肖，皆樂立名於世，而伯通獨中風狂走。」

〔六〕一紀二句：《趙次公先後解》：「公自乾元二年入蜀以居，至今大曆五年離蜀而在楚地，乃南斗之分，恰十二年。」黄鶴注：「公以天寶十四載冬避亂離長安，自關隴入蜀，至大曆三年春出峽，故曰一紀，非謂在蜀一紀。」朱鶴齡注謂自乾元元年至大曆四年，恰十二年。《史記・天官書》：「南斗爲廟，其北建星。」正義：「南斗六星，在南也。」

〔七〕蒲柳：見卷四《枯椶》(0190)注。

〔八〕冥冥句：見本卷《詠懷二首》(0388)「蒼梧暮」注。《史記・秦始皇本紀》正義：「《括地志》云：九疑山在永州唐興縣東南　百里。《皇覽冢墓記》云：舜冢在零陵郡營浦縣九疑山。」

〔九〕蹉跎一句：《書・五子之歌》：「惟彼陶唐，有此冀方。」傳：「陶唐，帝堯氏。」《趙次公先後解》：「言自陶唐以來，時歲蹉跎，天下之人遭鞭撻之苦，其爲日月也久矣。」錢箋：「陶唐人，舊注指羲和也。」朱鶴齡注引《同諸公登慈恩寺塔》「羲和鞭日月」句。仇注：「或謂指唐堯，或謂指湘妃，或謂公自言唐、杜皆唐堯之後，皆非」；「因思陶唐至今，人生代謝久矣」。

〔一〇〕中間一句：屈賈，屈原、賈誼。《史記・屈原賈生列傳》：「屈原至於江濱……於是懷石遂自沈汨羅以死。」「自屈原沈汨羅後百有餘年，漢有賈生，爲長沙王太傅，過湘水，投書以弔屈原。」正義：「故羅縣城在岳州湘陰縣東北六十里。春秋時羅子國，秦置長沙郡而爲縣也。按，縣北有汨水及屈原廟。」

〔一一〕崷崒二句：崷崒，見卷一《白水縣崔少府十九翁高齋三十韻》(0042)注。《水經注》湘水「湘水出零陵始安縣陽海山」：「即陽朔山也。……羅君章《湘中記》曰：湘水之出於陽朔，則觴爲之舟；至洞庭，日月若出入於其中也。」《趙次公先後解》：「此則往潭州者，自洞庭上湘江水矣。」

〔一二〕歌謳二句：陸機《棹歌行》：「名謳激清唱，榜人縱棹歌。」謝惠連《七月七日夜詠牛女》：「傾河易回斡，款顏難久悰。」《文選》李善注：「如淳《漢書注》曰：斡，轉也。」《趙次公先後解》：「回動斡轉其船也。明受授，則船之首尾皆有所操之職，而相呼相命，以求水脈，此之謂受授。」

〔一三〕善知二句：《易·繫辭上》：「引而伸之，觸類而長之，天下之能事畢矣。」《史記·平原君虞卿列傳》：「使遂蚤得處囊中，乃穎脱而出。」

〔一四〕古來二句：《趙次公先後解》：「然欲求經濟天下者，如操舟之妙，何獨罕有乎？」《晋書·石苞傳》：「夫貞廉之士，未必能經濟世務。」

〔一五〕熊挂句：《趙次公先後解》：「熊言挂，好挂於樹上也。」《太平御覽》卷九〇八引《詩義疏》：「熊能攀緣上高樹，見人則顛倒投地而下。」

〔一六〕黄羆二句：柳宗元《羆説》：「鹿畏貙，貙畏虎，虎畏羆。羆之狀，被髮人立，絶有力而甚害人焉。楚之南有獵者，能吹竹爲百獸之音。昔云持弓矢罌火而即之山，爲鹿鳴以感其類，伺其至，發火而射之。貙聞其鹿也，趨而至。其人恐，因爲虎而駭之。貙走而虎至，愈恐，則又爲羆。虎亦亡去。羆聞而求其類，至則人也，捽搏挽裂而食之。」《趙次公先後解》：「以子厚之説觀之，則公詩語意以羆升樹而守虎明矣。」《説文》：「羆，如熊，黄白文。」

〔一七〕吞聲句：《左傳》宣公十五年：「瑾瑜匿瑕，國君含垢。」

遣遇

磬折辭主人，開帆駕洪濤〔一〕。春水滿南國，朱崖雲日高〔二〕。舟子廢寢食①，

飄風争所操〔三〕。我行匪利涉〔四〕，謝爾從者勞。石間采蕨女，鬻菜輸官曹②。丈夫死百役，暮返空村號。聞見事略同，刻剥及錐刀〔五〕。貴人豈不仁，視汝如莠蒿〔六〕。索錢多門户，喪亂紛嗷嗷。奈何黠吏徒，漁奪成逋逃〔七〕。自喜遂生理，花時甘緼袍③〔八〕。（0391）

【校】

①廢寢，宋本作「寢廢」，據錢箋等改。

②菜，宋本、錢箋、《九家》校：「一作市。」《草堂》校：「一作市。一作米。」

③甘，錢箋、《草堂》校：「刊作貰。」

【注】

黄鶴注：詩云「開帆駕洪濤」，見其爲上水而作。當是大曆四年（七六九）春，自岳之潭作。

〔一〕磬折二句：《禮記・曲禮下》：「立則磬折垂佩。」疏：「臣則身宜僂折，如磬之背，故云磬折也。」曹植《贈白馬王彪》：「泛舟越洪濤，怨彼東路長。」

〔二〕春水二句：《水經注》湘水：「瀟者，水清深也。《湘中記》曰：湘川清照五六丈，下見底石，如樗蒱矢，五色鮮明，白沙如霜雪，赤崖若朝霞，是納瀟湘之名矣。」仇注：「朱崖正指此。」

〔三〕飄風：《詩・檜風・匪風》：「匪風飄兮，匪車嘌兮。」傳：「回風爲飄。」疏：「李巡曰：回風，旋

風也，一曰飄風，別二名。」《趙次公先後解》：「藉風勢而行也。」

〔四〕我行句：《易・需》：「利涉大川。」

〔五〕刻剥句：《左傳》昭公六年：「錐刀之末，將盡争之。」

〔六〕貴人二句：《孟子・滕文公上》：「陽虎曰：爲富不仁矣，爲仁不富矣。」《左傳》哀公元年：「視民如仇，而用之日新。」《管子・形勢解》：「主視民如土，是民不爲用。」《趙次公先後解》：「言爲貴人者豈是不仁，而以蒭蕘視汝等耶？」

〔七〕奈何二句：《漢書・景帝紀》：「吏以貨賂爲市，漁奪百姓，侵牟萬民。」《書・武成》：「爲天下逋逃主，萃淵藪。」傳：「逋，亡也。天下罪人逃亡者，而紂爲魁主。」《舊唐書・高適傳》適上疏論東西兩川：「應差科者，自朝至暮，案牘千重，官吏相承，懼於罪譴。或責之於鄰保，或威之以杖罰。督促不已，逋逃益滋，欲無流亡，理不可得。」

〔八〕自喜二句：自喜，有自慶幸義。《史記・魏其武安侯列傳》：「韓御史良久謂丞相曰：『君何不自喜？夫魏其毁君，君當免冠解印綬歸……上必多君有讓，不廢君。』」集解：「蘇林曰：何不自解釋爲喜樂邪？」索隱：「案小顏云：何不自謙遜爲可喜之事。」《史記・仲尼弟子列傳》：「衣敝緼袍與衣狐貉者立而不恥者，其由也與。」集解：「孔安國曰：緼，枲著也。」《趙次公先後解》：「花時可以單衣，不宜著緼袍，而甘緼袍，則所以得遂生理，勝於逋逃之民也。」仇注：「此遺遇之詞，亦見窮途之狀。」

解憂

減米散同舟，路難思共濟〔一〕。向來雲濤盤〔二〕，衆力亦不細。呀坑瞥眼過①，飛櫓本無蒂〔三〕。得失瞬息間，致遠宜恐泥②〔四〕。百慮視安危〔五〕，分明曩賢計。茲理庶可廣，拳拳期勿替〔六〕。（0392）

【校】

① 坑，宋本、《九家》校：「一作帆。」錢箋校：「一作帆。一作吭。」《草堂》作「吭」，校：「一作坑。」

② 宜，《草堂》作「猶」。

【注】

黄鶴注：當是大曆四年（七六九）自岳入潭時作。

〔一〕減米二句：《孫子·九地》：「夫吴人與越人相惡也，當其同舟而濟，遇風，其相救也如左右手。」《後漢書·郭太傳》：「林宗唯與李膺同舟共濟。」

〔二〕向來句：《趙次公先後解》：「豈言雲濤之間盤轉來出，乃方言謂之『盤灘』者乎？舊注云：雲

濤盤，灘名，極爲險阻。恐只是附會其說。」

〔三〕呀坑二句：《趙次公先後解》：「呀坑者，漩坑如口之呀開者也。」《草堂》夢弼注：「呀吭，乃灘口也。」班固《答賓戲》：「上無所蒂，下無所根。」

〔四〕致遠句：蘇軾《仇池筆記》卷下：「杜甫詩固無敵，然自『致遠』已下，句甚村陋也。世人雷同，不復譏評，過矣。」《朱子語類》卷一四〇：「文字好用經語，亦一病。老杜詩『致遠思恐泥』，東坡寫此詩到此句云：此詩不足爲法。」陳僅《竹林答問》：「老杜此句實不佳。『恐泥』二字本經中極板重語，而老杜前後至四五用，殊不可解。」參卷六《槐葉冷淘》（0282）注。

〔五〕百慮句：《易·繫辭下》：「天下同歸而殊途，一致而百慮。」《莊子·秋水》：「察乎安危，寧於禍福，謹於去就。」

〔六〕拳拳句：《詩·小雅·楚茨》：「子子孫孫，勿替引之。」傳：「替，廢。」

宿鑿石浦〔一〕

早宿賓從勞，仲春江山麗。飄風過無時，舟檝敢不繫①〔二〕。回塘澹暮色，日没衆星嘒〔三〕。缺月殊未生，清燈死分翳〔四〕。窮途多俊異，亂世少恩惠〔五〕。鄙夫亦放蕩，草草頻卒歲②。斯文憂患餘，聖哲垂彖繫〔六〕。（0393）

【校】

① 敢不，錢箋校：「一作不敢。」

② 卒，錢箋校：「樊作年。」

【注】

黃鶴注：大曆四年（七六九）自岳入潭時宿此，遂賦詩。趙子櫟《杜工部年譜》大曆五年（七七〇）：「二月，湖南屯將臧玠犯長沙，甫發潭州，泝湘，宿鑿石浦，過津口，次空靈岸，宿石花戍，過衡山，回棹至衡東南邑曰耒陽。」謂此數詩皆作於自潭赴衡時。按，大曆五年清明，甫尚在潭州。而此詩言仲春已離潭州，今從黃鶴注，以甫四年春往衡州，遇熱北返。五年四月避臧玠亂，再入衡州。

〔一〕鑿石浦：黃鶴注：「蔡興宗《年譜》云：春初發岳陽，泛洞庭，往潭州。尚有《春日岳麓山道林二寺行》。今宿此而云仲春，則浦在洞庭之上，近於潭矣。」《明一統志》卷六三長沙府：「鑿石浦，在湘潭縣西九十里。」樊維綱《杜甫湖南紀行詩編次詮釋》（《文學遺産》一九八二年第三期）謂在湘潭縣東南七十里。其地在潭州以南，非在洞庭之上。

〔二〕飄風」句：飄風，見本卷《遺遇》（0391）注。仇注從誤本作「不敢」，謂浪急不敢繫舟，大謬。

〔三〕日沒句：《詩·召南·小星》：「嘒彼小星，三五在東。」傳：「嘒，微貌。」

〔四〕缺月」句：《禮記·禮運》：「播五行於四時，和而後月生也。是以三五而盈，三五而闕。」《釋名》：「月，闕也。滿則缺也。」仇注：「初三之月爲哉生明。缺未生，必初二也。燈死無光，故

分夜色之陰翳。」

〔五〕窮途二句：《趙次公先後解》：「俊異之士既多在窮途，則膏澤不下於民，而亂世少蒙其恩惠。」仇注：「多俊異，指賓從。少恩惠，中路乏周旋者。」

〔六〕鄙夫四句：《易·繫辭下》：「作《易》者，其有憂患乎？」《史記·孔子世家》：「孔子晚而喜《易》，序《彖》、《繫》、《象》、《説卦》、《文言》。」王嗣奭《杜臆》：「鄙夫日在窮途，正天之所以益我……豈知有憂患後有斯文，斯文乃憂患之餘……公之自負如此，乃知其雖窮而有以自樂也。」

早行

歌哭俱在曉，行邁有期程〔一〕。孤舟似昨日，聞見同一聲。飛鳥數求食①，潛魚亦獨驚②。前王作網罟，設法害生成〔二〕。碧藻非不茂③，高帆終日征。干戈未揖讓④，崩迫開其情⑤〔三〕。（0394）

【校】

① 數，錢箋校：「一作散。」《文苑英華》作「散」，校：「集作數。」

②亦，錢箋、《文苑英華》校：「一作何。」

③茂，《文苑英華》作「暮」，校：「集作茂。」

④未，錢箋校：「一作異。」《文苑英華》校：「集作異。」

⑤開，錢箋校：「樊作闕。」

【注】

黄鶴注：當是大曆四年（七六九）泝流赴湖南時詩。

〔一〕行邁句：《詩·王風·黍離》：「行邁靡靡，中心搖搖。」傳：「邁，行也。」

〔二〕飛鳥四句：《易·繫辭下》：「作結繩而爲網罟，以佃以漁，蓋取諸《离》。」《趙次公先後解》：「網羅其鳥，罟罟其魚，害物之生成，此公所以反傷前王之設法也。」仇注：「此借魚鳥以興畏亂之意。」

〔三〕碧藻四句：任昉《啓蕭太傅固辭奪禮》：「不任崩迫之情，謹奉啓事陳聞。」《趙次公先後解》：「開放其情懷於終日征行之間也。」朱鶴齡注：「言干戈未定，姑以碧藻、高帆一開崩迫之情耳。」王嗣奭《杜臆》：「止動干戈，不知揖讓，因崩迫以開其情，所以致恨於前王也。」仇注：「崩迫，指歌哭者。闕情，觸於聞見也。」按，「崩迫」乃急切義，句意即開其崩迫情，謂高帆速征，開解其急迫心情。

過津口〔一〕

南岳自兹近，湘流東逝深〔二〕。和風引桂楫，春日漲雲岑。回首過津口①，而多楓樹林。白魚困密網，黄鳥喧嘉音②〔三〕。物微限通塞，惻隱仁者心〔四〕。瓮餘不盡酒，膝有無聲琴〔五〕。聖賢兩寂寞，眇眇獨開襟〔六〕。（0395）

【校】

①首，《草堂》校：「一作道。」

②嘉，《文苑英華》作「佳」。

【注】

黄鶴注：當同是大曆四年（七六九）春作。按，亦在赴衡州途中。

〔一〕津口：仇注：「津口當在衡山相近之處。」樊維綱謂即渌水入湘之渌口。《草堂》夢弼注、錢箋謂江陵之津口，引《水經注》江水，不確。

〔二〕南岳二句：《水經注》湘水：「湘水又北逕衡山縣東，山在西南，有三峰，一名紫蓋，一名石囷，

一名芙蓉。芙蓉峰最爲竦傑，自遠望之，蒼蒼隱天。……《山經》謂之岣嶁，爲南岳也。山下有舜廟，南有祝融冢。楚靈王之世山崩，毀其墳，得《營丘九頭圖》。禹治洪水，血馬祭山，得金簡玉字之書。芙蓉峰之東，有仙人石室。學者經過，往往聞諷誦之音矣。衡山東南二面，臨映湘川。自長沙至此，江湘七百里中，有九向九背，故漁者歌曰：帆隨湘轉，望衡九面。……湘水又東北逕湘南縣東，又歷湘西縣南，分湘南置也，衡陽郡治。」

〔三〕白魚二句：《趙次公先後解》：「白魚，白鯈魚也。鯈音條。乃莊子與惠子游於濠梁之上，而莊子曰『鯈魚出游從容』者也。崔豹《古今注》曰：白魚小，好群游浮水上，名曰白萍。惟其小而群，則密網之所取無遺。斯所以爲困也。」按，馬縞《中華古今注》卷下：「白魚，赤尾曰魟，一曰魧。或曰魟，雄又曰魧魚子。好群浮水上者曰白萍。」則與鯈魚不同。朱鶴齡注：「《早行》詩云『飛鳥數求食，潛魚何獨驚』，此詩又云『白魚困密網，黄鳥喧嘉音』，亦因『楚人重魚不重鳥』，故網罟獨密耳。」《詩·邶風·凱風》：「睍彼黄鳥，載好其音。」

〔四〕物微二句：《易·節·象》：「不出户庭，知通塞也。」《孟子·公孫丑上》：「惻隱之心，仁之端也。」朱鶴齡注：「魚困鳥喧，物之通塞雖異，仁者則常懷惻隱之心。」

〔五〕瓮餘二句：曹植《送應氏》：「中饋豈獨薄，賓飲不盡觴。」《晋書·陶潛傳》：「性不解音，而畜素琴一張，絃徽不具，每朋酒之會，則撫而和之，曰：『但識琴中趣，何勞絃上聲。』」

〔六〕眇眇句：王粲《登樓賦》：「憑軒檻以遥望兮，向北風而開襟。」

次空靈岸〔一〕

沄沄逆素浪，落落展清眺〔二〕。幸有舟檝遲，得盡所歷妙。空靈霞石峻，楓栝隱奔峭①〔三〕。青春猶無私②，白日亦偏照③〔四〕。可使營吾居④，終焉託長嘯〔五〕。毒瘴未足憂，兵戈滿邊徼。嚮者留遺恨，恥爲達人誚〔六〕。回帆覬賞延〔七〕，佳處領其要。（0396）

【校】

①栝，宋本、錢箋、《九家》、《草堂》校：「一作枯。」

②無，錢箋校：「一作有。」《文苑英華》作「有」，校：「一作無。」

③亦，錢箋校：「一作已。」《草堂》作「已」。

④居，錢箋、《文苑英華》校：「一作屋。」

【注】

黄鶴注：當是大曆四年（七六九）春作。

〔一〕空靈岸：《草堂》夢弼注：「『空靈』當作『空舲』，刀筆誤耳。酈元《水經》湘水縣有空舲峽，驚浪雷奔，險同三峽。《十道四番志》湘水，載空舲灘。」《水經注》湘水：「湘水又北逕建寧縣，西傍湘水，縣北有空泠峽，驚浪雷奔，濬同三峽。」《方輿紀要》引作空靈峽。《梁書·王僧辯傳》：「自零陵率衆出空靈灘。」《清一統志》卷二七六長沙府：「空靈灘，在湘潭縣北六十里。一名空泠峽，一名空靈岸峽。……《府志》：空靈灘，土人謂之空洲，兩岸石如懸鐘，因名。」則杜詩非誤字。

〔二〕沄沄二句：《楚辭·九思》：「窺見兮溪澗，流水兮沄沄。」注：「沄沄，沸流。」謝靈運《七里瀨》：「羈心積秋晨，晨積展游眺。」

〔三〕空靈二句：《水經注》湘水：「《湘中記》曰：湘川清照五六丈，下見底石，如樗蒱矢，五色鮮明，白沙如霜雪，赤崖如朝霞。」黄希注：「此云『霞石』，蓋亦指岸石如朝霞也。」栝，見本卷《別張十三建封》(0383)注。謝靈運《七里瀨》：「孤客傷逝湍，徒旅苦奔峭。」《趙次公先後解》：「楓與栝之木遮隱欲奔之峭岸間耳。」仇注：「石峭如奔，喜其高聳。」

〔四〕白日句：陸雲《答孫顯世》：「員暉偏照，玄澤謬盈。」《趙次公先後解》：「山嶺障閡，口光不及，所以爲偏照。」

〔五〕可使二句：《左傳》隱公十一年：「使營菟裘，吾將老焉。」《晉書·阮籍傳》：「籍嘗於蘇門山遇孫登，與商略終古及栖神導氣之術，登皆不應，籍因長嘯而退。至半嶺，聞有聲若鸞鳳之間，響乎岩谷，乃登之嘯也。」

〔六〕嚮者二句：《趙次公先後解》：「豈公前日經此而不能久住，故有遺恨之留，而懷達者所誚之恥。」朱鶴齡注：「留遺恨，恨未盡山水之勝也。」王嗣奭《杜臆》：「謂不能擇勝地而隱也。」

〔七〕回帆句：王勃《游梵宇三覺寺》：「遽忻陪妙躅，延賞滌煩襟。」

宿花石戍〔一〕

午辭空靈岑①，夕得花石戍。岸疏開闢水②，木雜今古樹〔二〕。地蒸南風盛，春熱西日暮〔三〕。四序本平分，氣候何回互〔四〕？茫茫天造間，理亂豈恒數〔五〕。繫舟盤藤輪〔六〕，策杖古樵路③。罷人不在村〔七〕，野圃泉自注。柴扉雖蕪没，農器尚牢固〔八〕。山東殘逆氣，吴楚守王度〔九〕。誰能扣君門，下令減征賦〔一〇〕？（0397）

【校】

①靈，《文苑英華》校：「一作虛。」

②水，宋本、錢箋、《九家》、《文苑英華》校：「一作山。」

③策杖，《文苑英華》作「杖策」。

【注】

黄鶴注：當是大曆四年（七六九）春入潭州作。

〔一〕花石戍：《新唐書・地理志》潭州長沙郡：「有渌口、花石二戍。」《清一統志》卷一七七長沙府：「花石戍，在湘潭縣西。」《湖廣通志》卷七九湘潭縣：「花石城，在縣西南一百六十里。《唐書・地理志》長沙郡有花石戍。」引杜甫詩。

〔二〕岸疏二句：《趙次公先後解》謂疏乃疏鑿之疏。《三國志・吴書・步騭傳》注引《吴録》：「此江與開闢俱生，寧有可以沙囊塞理也。」孔稚圭《旦發青林》：「草雜今古色，岩留冬夏霜。」

〔三〕地蒸二句：《趙次公先後解》：「凡暑熱之日，至日暮則須涼，今以炎方之地，故春熱在西日暮而不息也。」

〔四〕四序二句：《楚辭・九辯》：「皇天平分四時兮，竊獨悲此凛秋。」木華《海賦》：「乖蠻隔夷，回互萬里。」朱鶴齡注：「言地蒸春熱，寒暑平分之氣猶回互不齊，何怪理亂之無常數耶。」

〔五〕茫茫二句：《易・屯・象》：「天造草昧。」《趙次公先後解》：「前人云治亂惟冥數耳。今公云理亂豈恒數，蓋立爲新説者也。意以爲在政之得失而已。」按，《管子・小稱》：「天下者，無常亂，無常治。不善人在則亂，善人在則治。」《潛夫論・述赦》：「且夫國無常治，又無常亂。法令行則國治，法令弛則國亂。」詩意蓋同此。

〔六〕繫舟句：王嗣奭《杜臆》：「盤藤輪，謂盤藤作輪以繫舟。」仇注：「舟纜盤岸，圓若藤輪也。」按，本書卷一三《贈王二十四侍御契四十韻》（0869）：「長歌敲柳癭，小睡憑藤輪。」蓋指藤盤繞

如輪。

〔七〕罷人句：朱鶴齡注：「不在村，言皆逃亡。」

〔八〕柴扉二句：何焯云：「言及今尚可招徠，只在減其征調耳。」

〔九〕山東二句：《趙次公先後解》：「山東，今之河北也。……大曆三年六月，兵馬使朱希彩殺其節度李懷仙，猶有逆氣存焉。」朱鶴齡注：「謂河北諸降將。」《左傳》昭公十二年：「祭公謀父作《祈招》之詩……其詩曰：祈招之愔愔，式昭德音，思我王度，式如玉，式如金。」

〔一〇〕誰能二句：黃鶴注：「謂其年二月，遣御史稅商錢。」朱鶴齡注：「時必吴楚爲甚，故末語云然。」

早發

有求常百慮，斯文亦吾病。以兹朋故多，窮老驅馳併〔一〕。早行篙師怠，席挂風不正①〔二〕。昔人戒垂堂，今則奚奔命〔三〕？濤翻黑蛟躍，日出黃霧映〔四〕。煩促瘴豈侵〔五〕，頹倚睡未醒②。僕夫問盥櫛，暮顔靦青鏡③〔六〕。隨意簪葛巾〔七〕，仰慚林花盛。側聞夜來寇，幸喜囊中净〔八〕。艱危作遠客，干請傷直性〔九〕。薇蕨餓首陽，粟馬資歷聘。賤子欲適從，疑誤此二柄〔一〇〕。（0398）

【校】

①席挂，《文苑英華》作「挂席」。

②未，宋本、錢箋、《九家》、《草堂》校：「一作還。」《文苑英華》作「還」。

③顔，宋本、錢箋校：「一作未。」

【注】

黄鶴注：詩亦以船上水而言，當同是大曆四年（七六九）作。

〔一〕有求四句：《易・繫辭下》：「天下同歸而殊途，一致而百慮。」《論語・子罕》：「天之未喪斯文也，匡人其如予何。」《趙次公先後解》：「有所求於人，必多爲思慮，然吾以斯文自任，衆所共知，而亦爲吾病，何也？蓋人以吾任斯文者，多是朋友故舊也。朋友故舊之多，散在他處，則欲見之自是驅馳頻併也。」王嗣奭《杜臆》：「以斯文而朋故多，以朋多而驅馳併，意在有求，一有求便須百慮，是反以斯文受病也。」浦起龍云：「有求百慮，不輕身也。斯文吾病，猶云儒冠誤我也。所以不敢輕身者，緣身繫斯文，不肯爲脂韋之態。以兹之故，朋舊雖多，而驅馳不止。」按，浦説較貼切。此斯文乃取其本義，非所謂天喪斯文。後二句謂雖朋故多，而猶驅馳併。詩謂以己不肯厚顔求人，放不下斯文之態，故到處難以久容，不得不一再驅馳。

〔二〕早行二句：王嗣奭《杜臆》：「風不正而挂席，故篙師怠。」浦起龍云：「篙師怠，正見迫促欲行。風不正，冒險放船也。」按，怠應早行，風不正謂風不順，故挂帆無益。湘水無特湍急處，非冒險

而行，況下文云「睡未醒」。

〔三〕昔人二句：《史記・袁盎鼂錯列傳》：「千金之子，坐不垂堂。」索隱：「張揖云：恐簷瓦墮中人。」《左傳》成公七年：「罷於奔命。」

〔四〕濤翻二句：鮑照《還都中道中作》：「騰沙鬱黃霧，翻浪揚白鷗。」

〔五〕煩促句：張華《答何劭》：「恬曠苦不足，煩促每有餘。」《趙次公先後解》：「言於此困於煩促，豈是瘴欲相侵乎。」

〔六〕暮顏句：顏靦，見卷一《去矣行》(0040)注。青鏡，謂青銅鏡。《太平御覽》卷七一七引蕭方等《三十國春秋》：「乃遺謝玄青銅鏡、黃金宛轉繩等。」

〔七〕隨意句：《三國志・吳書・周瑜傳》注引《江表傳》：「乃布衣葛巾，自託私行詣瑜。」《宋書・陶潛傳》：「取頭上葛巾漉酒。」

〔八〕側聞二句：趙壹《刺世疾邪賦》：「文籍雖滿腹，不如一囊錢。」按，此言寇來，當與臧玠之亂有關。

〔九〕艱危二句：本書卷一《自京赴奉先縣詠懷五百字》(0041)：「以茲悟生理，獨恥事干謁。」

〔一〇〕薇蕨四句：《史記・伯夷列傳》：「武王已平殷亂，天下宗周，而伯夷、叔齊恥之，義不食周粟，隱於首陽山，采薇而食之。」索隱：「薇，蕨也。」《趙次公先後解》：「六國以粟馬資張儀、蘇秦，使之歷聘。一則餓以爲高，一則聘以爲榮，此二柄也。未知所適從，故疑誤而不決矣。」又謂取《韓非子・二柄》之字用之。王嗣奭《杜臆》：「粟馬資歷聘，如孟子之傳食於諸侯者。注引蘇

秦，誤。公豈游説者。」按，《琴操》：「《猗蘭操》者，孔子所作也。孔子歷聘諸侯，諸侯莫能任。」唐高宗《贈孔子爲太師詔》：「歷聘周流，莫能見用。」唐人皆如此用。此當指孔、孟。

次晚洲〔一〕

參錯雲石稠，坡陁風濤壯〔二〕。晚洲適知名，秀色固異狀。棹經垂猿把，身在度鳥上〔三〕。擺浪散帙妨，危沙折花當〔四〕。羈離暫愉悦①，羸老反惆悵。中原未解兵，吾得終疏放〔五〕。（0399）

【校】

①離，《草堂》作「艱」，校：「一作離。」

【注】

黄鶴注：當是大曆四年（七六九）入潭州時。按，當是赴衡州時作。

〔一〕晚洲：《清一統志》卷二七六長沙府：「晚洲，在湘潭縣南一百十里，石洲之北。」

〔二〕坡陁：見卷一《奉同郭給事湯東靈湫作》（0035）注。

〔三〕棹經二句：仇注：「垂猿把，猿把樹枝而垂飲也。」謝脁《落日悵望》：「寒槐漸如束，秋菊行當把。」虞騫《尋沈剡夕至嵊亭》：「澄潭寫度鳥，空嶺應鳴猿。」朱鶴齡注：「二句言春水漲而船行高也。」

〔四〕擺浪二句：謝靈運《酬從弟惠連》：「凌澗尋我室，散帙問所知。」《分門》師曰：「花當，乃花根也。」《九家》師曰：「擺浪有妨於散帙，危沙相過則折花相值。皆紀舟行之實。」朱鶴齡注：「《韓非子》：『玉卮無當。』《廣韻》：『當，底也。』師注花當乃花根，正此義。但對上『妨』字不等。俞舜卿謂插花沙上，以當標識。亦未然。余意危沙謂沙漲，今江中常有之。言客行慮險，惟當以折花自遣，即下所云『暫愉悦』也。」王嗣奭《杜臆》：「危沙，人所不能到者，舟因水高而過之。沙上有花，折之最便，猶俗言便當。」仇注：「散帙在船，浪動則看書有礙。花發沙前，舟近則折之爲便。以『當』對『妨』，乃便當之當。」按，以當作便當解，無此用法。當仍爲對當、抵當之義，且與「妨」字爲對。折花爲抵當，乃詩人戲筆。故下云「暫愉悦」。

〔五〕羈離四句：《趙次公先後解》：「傷時之擾攘，吾豈得終疏放而不憂懼且流落乎。」王嗣奭《杜臆》：「羈艱得之，暫爲愉悦；羸老之人，轉加惆悵。今中原尚未解兵，吾得終於疏放耶？」

望岳①〔一〕

南岳配朱鳥，秩禮自百王〔二〕。欻吸領地靈，澒洞半炎方②〔三〕。邦家用祀典，

在德非馨香〔四〕。巡守何寂寥③，有虞今則亡〔五〕。洎吾隘世網④〔六〕，行邁越瀟湘。渴日絶壁出⑤〔七〕，漾舟清光旁。祝融五峰尊，峰峰次低昂⑥。紫蓋獨不朝，争長嶪相望〔八〕。恭聞魏夫人，羣仙夾翱翔⑦〔九〕。有時五峰氣，散風如飛霜。牽迫限修途⑧，未暇杖崇岡⑨〔一〇〕。歸來覬命駕，沐浴休玉堂〔一一〕。三歎問府主〔一二〕，曷以贊我皇。牲璧忍衰俗⑩，神其思降祥〔一三〕。（0400）

【校】

①望岳，《文苑英華》題作「望南岳山」。

②澒，《草堂》校：「一作鴻。」《九家》作「洪」。錢箋作「鴻」，校：「一作澒。」

③守，《文苑英華》作「狩」。

④洎，錢箋、《草堂》校：「一作泊。」

⑤渴，《草堂》校：「一作遏。」

⑥峰峰，《草堂》校：「或作三峰。」

⑦夾，《草堂》作「來」。

⑧限，錢箋校：「一作恨。」《草堂》作「恨」。

⑨未，《草堂》校：「一作何。」

⑩忍，錢箋、《草堂》校：「一作感。」

【注】

黄鶴注：當是大曆四年（七六九）至潭望見，遂賦此。

〔一〕望岳：參本卷《過津口》(0395)注。李沖昭《南岳小録》：「五峰：祝融峰，去地高九千七百八十丈，在諸峰之北，最高，擁諸峰而直上。紫蓋峰，去地高四千五百丈九尺。其形嵯峨，有似麾蓋，因以爲名。雲密峰，昔夏禹治水，登此峰立碑，紀其山高下丈尺，皆科斗文字。天柱峰，其形似柱，因以爲名。亦名柱括峰。下有魏夫人石壇，或云魏夫人在此處得道。石廩峰，遠望如倉廩，其上方闊十丈，傳云傍通洞府。昔有洞門觀，胡浮先生常乘白豹游之。」《天中記》卷八引《長沙志》：「衡山軒翔聳拔，九千餘丈，尊卑差次，七十二峰。岩洞溪澗泉石之勝，交錯於中。又有數十洞、十五岩、三十八泉、二十五溪、九池九潭、六源八洞，九井三穿三漏。此最著者七十二峰，最大者五：芙蓉、紫蓋、石廩、天柱、祝融，而祝融爲最高。」

〔二〕南岳二句：《史記·天官書》：「南宫朱鳥，權、衡。」索隱：「《文耀鈎》云：南宫赤帝，其精爲朱鳥。」《新唐書·天文志》：「星紀、鶉尾以負南海，其神主於衡山，熒惑位焉。」《書·舜典》：「望秩於山川。」傳：「竟内名山大川如其秩次望祭之。謂五岳牲禮視三公，四瀆視諸侯，其餘視伯子男。」《元和郡縣圖志》卷二九衡州衡山縣：「《南岳記》曰：『衡山者，朱陽之靈臺，太虚之寶洞。』又云：『赤帝館其嶺，祝融託其陽，以其宿當翼軫，度應權衡，故爲名。』又曰：『上如車蓋

及衡軛之形，山高四千一十丈。』衡岳廟，在縣西三十里。《南岳記》曰：『南宮四面皆絶，人獸莫至，周回天險，無得履者。』漢武帝移於江北置廟，隋文帝復移於今所。」《舊唐書・禮儀志》：「五岳、四鎮、四海、四瀆，年別一祭，各以五郊迎氣日祭之。……南岳衡山，於衡州。……其牲皆用太牢，籩豆各四，祀官以當界都督刺史充。」

〔三〕欻吸二句：江淹《雜體詩・王徵君微養疾》：「寂歷百草晦，欻吸鵾雞悲。」《文選》李善注：「欻吸，疾貌。」澒洞，見卷一《自京赴奉先縣詠懷五百字》(0041)注。

〔四〕邦家二句：《左傳》僖公五年宮之奇諫：「神所馮依，將在德矣。若晉取虞而明德以薦馨香，神其吐之乎？」

〔五〕巡守二句：《書・舜典》：「五月南巡守，至於南岳，如岱禮。……五載一巡守，群后四朝。」

〔六〕洎吾句：陸機《赴洛道中作》：「借問子何之，世網嬰我身。」

〔七〕渴日句：《趙次公先後解》：「謂之渴日，則難逢日霽，以望其峰，於日如渴也。」引盛弘之《荆州記》：「衡山有三峰極秀，一峰名芙蓉峰，最爲竦傑，自非清霽素朝，不可望見。」朱鶴齡注：「一云以朝日出水如渴然，猶渴虹之渴。」仇注：「渴日謂旱日。」

〔八〕祝融四句：《草堂》夢弼注引《植萱録》：「岳之諸峰，皆朝于祝融。獨紫蓋一峰，勢轉東去。昔有朝士題曰：紫蓋自知天尚遠，低徊無語獨朝東。」《左傳》隱公十一年：「滕侯、薛侯來朝，爭長。」

〔九〕恭聞二句：《太平廣記》卷五八《魏夫人》(出《集仙録》及本傳)：「魏夫人者，任城人也，晉司徒

劇陽文康公舒之女，名華存，字賢安。幼而好道，靜默恭謹。讀莊老、三傳、五經、百氏，無不該覽。志慕神仙，味真耽玄，欲求衝舉，常服胡麻散、茯苓丸，吐納氣液，攝生夷靜。親戚往來，一無關見。常欲別居閑處，父母不許。年二十四，强適太保掾南陽劉文字幼彦，生二子，長曰璞，次曰瑕。幼彦後爲修武令。夫人心期幽靈，精誠彌篤。二子粗立，乃離隔宇室，齋於別寢。將逾三月，忽有太極真人安度明、東華大神、方諸青童、扶桑碧阿陽谷神王、景林真人、小有仙女、清虛真人王褒來降。……夫人誦經萬遍，積十六年，顔如少女。於是龜山九虛太真金母、金闕聖君、南極元君共迎夫人白日昇天，北詣上清宫玉闕之下……領上真司命南岳夫人，比秩仙公，使治天台大霍山洞臺中。」

〔一〇〕牽迫二句：牽迫，牽制、牽挂。李嶠《自叙表》：「徒以牽迫賤事，卒卒無須臾之閑。」朱鶴齡注：「杖崇岡，言杖策崇岡也。」

〔一一〕沐浴句：左思《吴都賦》：「玉堂對霤，石室相距。」《文選》劉逵注：「玉堂石室，仙人居也。」仇注謂指神廟，微有出入。

〔一二〕府主：幕府主帥。卷五《短歌行》(0250)：「幸爲達書賢府主，江花未盡會江樓。」此指衡州刺史，主祭衡山。朱鶴齡謂指岳神，如仙府、洞府之府，不確。

〔一三〕牲璧二句：《周禮·春官·大宗伯》：「以蒼璧禮天，以黄琮禮地，以青圭禮東方，以赤璋禮南方，以白琥禮西方，以玄璜禮北方。皆有牲幣，各放其器之色。」唐於名山有奠玉之儀。《太平廣記》卷二六《葉法善》(出《集異記》及《仙傳拾遺》)：「則天徵至神都，請於諸名岳投奠龍璧。」

《舊唐書・禮儀志》：「玄宗御極多年，尚長生輕舉之術。……天下名山，令道士中官合煉醮祭，相繼於路，投龍奠玉。」《趙次公先後解》：「牲與璧之費，衰俗不忍具之，而府主忍費於衰俗之中也。」仇注：「其牲璧之薦，忍如衰俗之循行故事，而謂神其降康乎？是當精誠以格之矣。」

湘江宴餞裴二端公赴道州〔一〕

白日照舟師①，朱旗散廣川。羣公餞南伯②，肅肅秩初筵〔二〕。鄙人奉末眷〔三〕，佩服自早年。義均骨肉地〔四〕，懷抱罄所宣。盛名富事業，無取愧高賢〔五〕。不以喪亂嬰，保愛金石堅〔六〕。計拙百寮下，氣蘇君子前。會合苦不久③，哀樂本相纏〔七〕。交游颯向盡，宿昔浩茫然。促觴激萬慮④，掩抑淚潺湲。熱雲集曛黑⑤〔八〕，缺月未生天⑥。白團爲我破，華燭蟠長烟〔九〕。鴰鶡催明星⑦，解袂從此旋〔一〇〕。上請減兵甲，下請安井田〔一一〕。永念病渴老〔一二〕，附書遠山巔。（C401）

【校】

① 舟師，《文苑英華》作「丹旆」。

②伯，《文苑英華》作「北」。

③苦，《九家》、《草堂》校：「或作共。」　久，《草堂》作「及」。

④萬，錢箋作「百」。

⑤集嚑黑，錢箋校：「一作初集黑。」《文苑英華》作「初集黑」，校：「川本作初集嚑。」

⑥生，《文苑英華》作「上」。

⑦鴰鶡，錢箋、《草堂》校：「一作鶡鷄。一作鴰鶬。」

【注】

黃鶴注：當是大曆四年（七六九）夏作。

〔一〕裴二端公：裴虬。見本卷《暮秋枉裴道州手札率爾遣興寄近呈蘇渙侍御》（0379）注。時將赴道州刺史任。《唐國史補》卷下：「惟侍御史相呼爲端公。」《因話録》卷五：「御史臺三院，一曰臺院，其僚曰侍御史，衆呼爲端公。」裴虬帶侍御史銜。

〔二〕羣公二句：《分門》洙曰：「南伯謂道州，南邦也。」《詩・小雅・賓之初筵》：「賓之初筵，左右秩秩。」傳：「秩秩然肅敬也。」

〔三〕鄙人句：《分門》洙曰：「末眷，謂於裴有親也。」仇注引張綖注：「奉末眷，蒙眷顧也。」鄧紹基謂末眷即眷末，説明杜與裴有姻親關係。《金瓶梅詞話》第四十回：「右啓大德望西門大親家老人粧次，下書眷末喬門鄭氏斂。」然唐時未有眷末之説。《唐代墓志彙編》天寶一〇五柳芳

《唐故通議大夫守太子詹事上柱國源府君墓志銘》：「顧惟不才，竊沐餘眷。」餘眷、末眷義近同。

〔四〕義均句：《漢書·枚乘傳》：「不論骨肉之義，民之輕重。」鄧紹基謂用羊角哀、左伯桃義同骨肉事。按，吴筠《經羊角哀墓作》：「兩賢結情愛，骨肉何足云。」然杜詩未必徑用其事。

〔五〕盛名二句：《趙次公先後解》：「公自謙之辭，言盛名與富事業兩件皆無所取，所以慚愧於高賢矣。高賢指言裴端公也。」王嗣奭《杜臆》：「言縱享盛名、富事業而所以致此者，一愧高賢則無取焉。此論乃孔孟所以鄙薄管仲者。」王曲説，不足據。

〔六〕不以二句：《晉書·裴頠傳》：「位高勢重，不以物務自嬰。」《古詩十九首》：「人壽非金石，豈能長壽考。」《趙次公先後解》：「金石，謂保身之意耳。」

〔七〕哀樂句：《史記·滑稽列傳》：「樂極則悲。」《三國志·吴書·諸葛恪傳》：「人情之於品物，樂極則哀生。」

〔八〕熱雲句：謝靈運《擬魏太子鄴中集·陳琳》：「夜聽極星爛，朝游窮曛黑。」

〔九〕白團二句：朱鶴齡注：「白團，團扇也。」吴均《和蕭洗馬子顯古意》：「羃䍥懸丹鳳，逶迤摇白團。」班固《西都賦》：「精曜華燭，俯仰如神。」

〔一〇〕鴰鶡二句：《趙次公先後解》：「鴰音括，鶡音曷。鶡旦鳥也。《禮記注》：求旦之鳥。一云當作括揭。……今句言催明星，則求旦鳥之義。」鶡旦見《禮記·月令》。朱鶴齡注：「此是二鳥名。鴰，鶬鴰也。鶡乃鶡旦。」引《爾雅》及羅願《爾雅翼》。錢箋引《漢書·司馬相如傳》「雙鶬

下」注：「師古曰：鶬鴰也。今關西呼爲鴰鹿，山東通謂之鶬，鄙俗名爲錯落。」《爾雅・釋鳥》：「鶬，麋鴰。」郭璞注：「今呼鶬鴰。」本書卷一八《纜船苦風戲題四韻奉簡鄭十三判官》(1354)：「楚岸朔風疾，天寒鶬鴰呼。」張籍《秋夜長》：「白露滿田風裊裊，千聲萬聲鶬鳥鳴。」是爲二鳥。謝靈運《贈安成》：「解袂告離，雲往風飛。」

〔一一〕上請二句：朱鶴齡注：「道州先經西原蠻寇掠，元結爲守，稍安戢。裴繼元之後，故勉其無愧高賢，不嬰懷於喪亂也。減兵甲、安井田，正告之以靖亂之道。」

〔一二〕病渴：見卷六《同元使君舂陵行》(0276)注。

題衡山縣文宣王廟新學堂呈陸宰〔一〕

旄頭彗紫微，無復俎豆事〔二〕。金甲相排蕩，青衿一憔悴〔三〕。嗚呼已十年，儒服弊于地。征夫不遑息，學者淪素志。我行洞庭野，欻得文翁肆〔四〕。侁侁胄子行，若舞風雩至〔五〕。周室宜中興，孔門未應弃。是以資雅才〔六〕，涣然立新意。衡山雖小邑，首唱恢大義〔七〕。因見縣尹心，根源舊宮閟〔八〕。講堂非曩構，大屋加塗墍〔九〕。下可容百人①，牆隅亦深邃。何必三千徒〔一〇〕，始壓戎馬氣。林木在庭户，

密幹疊蒼翠。有井朱夏時，轆轤凍階戺〔一一〕。耳聞讀書聲，殺伐災髣髴〔一二〕。故國延歸望，衰顔減愁思。南紀改波瀾②，西河共風味〔一三〕。采詩倦跋涉，載筆尚可記③〔一四〕。高歌激宇宙，凡百慎失墜〔一五〕。（0402）

【校】

①百，《草堂》作「萬」。

②改，錢箋、《草堂》校：「陳作收。」

③尚可記，宋本校：「一云嘗記異。」錢箋校：「一云常記異。」《九家》、《草堂》校：「一作記奇異。」

【注】

黄鶴注：公以大曆五年（七七〇）至衡山，當是其年作。

〔一〕衡山縣：《元和郡縣圖志》卷二九衡州：「衡山縣，上。西南至州一百二十里。本漢陰山縣，以縣東一百二十里有陰山爲名。至梁武帝天監中分陰山立湘潭縣，天寶八年改爲衡山。」文宣王廟：《新唐書·禮樂志》：「咸亨元年，詔州縣皆營孔子廟。」「（開元）二十七年，詔夫子既稱先聖，可謚曰文宣王。」《舊唐書·禮儀志》：「乾元元年，以兵革未息，又詔罷州縣學生，以俟豐歲。」陸宰：名不詳。

〔二〕旄頭一句：《漢書·天文志》：「昴曰旄頭，胡星也。」《晉書·天文志》：「昴七星，天之耳目也。

主西方，主獄事。又爲旄頭，胡星也。……大而數盡動若跳躍者，胡兵大起。」「紫宫垣十五星，其西蕃七，東蕃八，在北斗北。一曰紫微，大帝之坐也，天子之常居也。」《趙次公先後解》以彗爲彗孛妖星之名，言胡星爲妖。朱鶴齡注引《廣韻》：「彗，掃也。」《論語·衛靈公》：「俎豆之事，則嘗聞之矣。」集解：「孔曰：俎豆，禮器。」

〔三〕青衿句：《詩·鄭風·子衿》：「青青子衿，悠悠我心。」傳：「青衿，青領也。學子之所服。」

〔四〕欻得句：《華陽國志·蜀志》：「孝文帝末年，以廬江文翁爲蜀守……翁乃立學，選吏子弟就學。遣雋士張叔等十八人東詣博士受七經，還以教授。學徒鱗萃，蜀學比於齊魯。」「始文翁立文學精舍、講堂，作石室，一曰玉室，在城南。」

〔五〕侁侁二句：《楚辭·招魂》：「豺狼從目，往來侁侁些。」王逸注：「侁侁，往來聲也。《詩》曰：侁侁征夫。」《説文》：「詵，致言也。《詩》曰：螽斯羽，詵詵兮。」段注：「此引《周南》説假借也。……或作駪駪、莘莘、侁侁，皆同。」傅咸《皇太子釋奠頌》：「濟濟儒生，侁侁胄子。」《書·舜典》：「命汝典樂，教胄子。」傳：「胄，長也。謂元子以下至卿大夫子弟。」《論語·先進》：「浴乎沂，風乎舞雩，詠而歸。」

〔六〕是以句：《後漢書·周興傳》：「諸郎多俗吏，鮮有雅才。」

〔七〕首唱句：朱鶴齡注：「首唱，言陸宰倡起義兵，共討臧玠之亂。」仇注：「此詩正指建學爲大義。」引劉歆《移書讓太常博士》：「夫子没而微言絶，七十子終而大義乖。」

〔八〕因見二句：《詩·魯頌·閟宫》：「閟宫有侐。」傳：「閟，閉也。先妣姜嫄之廟，在周常閉而無

事。」箋：「閟，神也。姜嫄神所依，故廟曰神宫。」《趙次公先後解》：「今舊宫閟，倒用押韻，且其義大率深閉之謂。」仇注：「謂宰從宫牆而出，能追念本源也。」浦起龍云：「見根源，言其心以振興文教爲根本也。」按，用閟宫典無非復興之義，仇説過實。

〔九〕講堂二句：《後漢書·孝明帝紀》：「幸孔子宅，祠仲尼及七十二弟子，親御講堂。」《祭肜傳》：「過魯，坐孔子講堂。」《舊唐書·崔湜傳》：「行至荆州，夢於講堂照鏡……以告占夢人張由，對曰：『講堂者，受法之所。鏡者，于文爲立見金，此非吉徵。』」《書·梓材》：「若作室家，既勤垣墉，惟其塗塈茨。」釋文：「塈，徐許既反。《説文》云：仰塗也。《廣雅》云：塗也。馬云：堊色。」

〔一〇〕何必句：《吕氏春秋·孝行覽》：「孔子周流海内，再干世主，如齊至衛，委質爲弟子者三千人，達徒七十人。」

〔一一〕轆轤句：《禮記·喪大記》注：「以紼繞碑間之鹿盧，輓棺而下之。」王彪之《井賦》：「方欄結，轆轤懸。」慧琳《一切經音義》：「樚櫨，又作轆轤。二形同。即今用作汲水者也。」《書·顧命》：「火兩階阤。」傳：「堂廉曰阤，士所立處。」

〔一二〕耳聞二句：《趙次公先後解》：「彼殺伐之災在此特覺其髣髴而已，蓋讀書之所之故也。」仇注：「時經臧玠之亂也。」按，臧玠之亂在四月初，甫避難至此。

〔一三〕南紀二句：南紀，見卷七《八哀詩·張公九齡》(0337)注。《史記·仲尼弟子列傳》：「孔子既没，子夏居西河教授，爲魏文侯師。」索隱：「在河東郡之西界，蓋近龍門。」

〔一四〕采詩二句：《漢書·食貨志》：「孟春之月，群居者將散，行人振木鐸徇於路以采詩，獻之大師，比其音律，以聞於天子。」《禮記·曲禮上》：「史載筆，士載言。」《趙次公先後解》：「言采詩之官倦於跋山涉水之勞而不來采之，則史官之載筆尚可記陸宰之美也。」仇注：「欲勸後人之修舉不墜耳。」

〔一五〕凡百句：《詩·小雅·雨無正》：「凡百君子，各敬爾身。」

入衡州〔一〕

兵革自久遠，興衰看帝王〔二〕。漢儀甚照耀〔三〕，胡馬何猖狂。老將一失律〔四〕，清邊生戰場。君臣忍瑕垢，河岳空金湯〔五〕。重鎮如割據，輕權絶紀綱〔六〕。軍州體不一，寬猛性所將〔七〕。嗟彼苦節士，素于圓鑿方〔八〕。寡妻從爲郡，兀者安短牆①〔九〕。凋弊惜邦本，哀矜存事常〔一〇〕。旌麾非其任，府庫實過防〔一一〕。恕己獨在此②，多憂增内傷〔一二〕。偏裨限酒肉，卒伍單衣裳。元惡迷是似，聚謀洩康莊③〔一三〕。竟流帳下血，大降湖南殃。烈火發中夜，高烟燋上蒼④。至今分粟帛，殺氣吹沅湘〔一四〕。福善理顛倒，明徵天莽茫〔一五〕。銷魂避飛鏑，累足穿豺狼〔一六〕。

隱忍枳棘刺，遷延胝趼瘡〔一七〕。遠歸兒侍側，猶乳女在旁〔一八〕。久客幸脱免，暮年慚激昂。蕭條向水陸，汩没隨魚商〔一九〕。報主身已老，入朝病見妨。悠悠委薄俗，鬱鬱回剛腸〔二〇〕。參錯走洲渚，舂容轉林篁〔二一〕。片帆左郴岸，通郭前衡陽〔二二〕。華表雲鳥埤〔二三〕，名園花草香。旗亭壯邑屋，烽櫓蟠城隍〔二四〕。中有古刺史，盛才冠岩廊〔二五〕。扶顛待柱石，獨坐飛風霜〔二六〕。昨者間瓊樹，高談隨羽觴〔二七〕。無論再繾綣〔二八〕，已是安蒼黄。劇孟七國畏，馬卿四賦良〔二九〕。門闌蘇生在，蘇生，侍御涣。勇鋭白起强〔三〇〕。問罪富形勢，凱歌懸否臧〔三一〕。氛埃期必掃，蚊蚋焉能當〔三二〕。橘井舊地宅⑤，仙山引舟航〔三三〕。此行厭暑雨，厥土聞清涼。諸舅剖符近，開緘書札光〔三四〕。頻繁命屢及，磊落字百行。江總外家養，謝安乘興長〔三五〕。下流匪珠玉，擇木羞鸞凰〔三六〕。我師嵇叔夜，世賢張子房。彼掾張勸〔三七〕。紫荆寄樂土〔三八〕，鵬路觀翱翔。（0403）

【校】

① 短，錢箋作「堵」。

② 恕，錢箋校：「刊作怒。」《草堂》校：「或曰怒。當作怒。」

③謀，錢箋、《草堂》校：「一作諜。」

④燋，錢箋作「焦」。

⑤橘，宋本、錢箋校：「一作繘。」

【注】

黃鶴注：大曆五年（七七〇）公在潭，以臧玠之亂遂入衡州，故作此詩。公以四年春自岳陽至潭如衡，畏熱復歸潭，今以兵亂，再入衡州。

〔一〕衡州：《元和郡縣圖志》卷二九：「衡州，衡陽。上。……隋開皇九年罷郡爲衡州，以衡山爲名。……正南微西至永州五百七十里，北至潭州四百六十里。」「衡陽縣，緊。郭下。……縣城東傍湘江，北背蒸水。」

〔二〕兵革二句：仇注：「興衰之運，亦視帝王舉動何如耳。」

〔三〕漢儀：見卷七《八哀詩·嚴公武》(0332)注。

〔四〕老將句：《易·師·象》：「師出以律，失律凶也。」《趙次公先後解》：「似言哥舒翰之失潼關，房琯之敗於陳濤斜，九節度之敗於相州者也。」錢箋：「失律，謂哥舒翰失守潼關也。」

〔五〕君臣二句：瑕垢，見本卷《上水遣懷》(0390)注。《漢書·蒯通傳》：「皆爲金城湯池，不可攻也。」王融《永明九年策秀才文》：「金湯非粟而不守，水旱有待而無遷。」

〔六〕重鎮二句：《漢書·叙傳》：「席卷三秦，割據河山。」《韓非子·亡徵》：「凡人主之國小而家

大，權輕而臣重者，可亡也。」《書・五子之歌》：「亂其紀綱，乃底滅亡。」《趙次公先後解》：「其在天下節度，稍自威重，則如一方之割據。苟或權輕，則絶其紀綱而不振矣。」仇注：「重鎮，指河北叛將。輕權，慨制御無術。」

〔七〕軍州二句：軍州，此指安史之亂後所置節度使。《舊唐書・地理志》：「至德之後，中原用兵，刺史皆治軍戎，遂有防禦、團練、制置之名。要衝大郡，皆有節度之額。寇盜稍息，則易以觀察之號。」《憲宗紀》：「（元和十四年四月）詔：諸道節度、都團練、防禦、經略等使所管支郡，除本軍州外，别置鎮遏、守捉、兵馬者，并合屬刺史。」〔六〕《左傳》昭公二十年：「寬以濟猛，猛以濟寬，政是以和。」朱鶴齡注：「言爲政寬猛，各隨其性。」

〔八〕嗟彼二句：《趙次公先後解》：「苦節，指言崔瓘也。」《舊唐書・崔瓘傳》：「崔瓘，博陵人也。以士行聞，莅職清謹。累遷至澧州刺史，下車削去煩苛，以安人爲務。居二年，風化大行，流亡繈負而至，增户數萬。有司以聞，優詔特加五階，至銀青光禄大夫，以甄能政。遷潭州刺史，兼御史中丞，充湖南都團練觀察處置使。瓘到官，政在簡肅，恭守禮法。將吏自經時艱，久不奉法，多不便之。大曆五年四月，會月給糧儲，兵馬使臧玠與判官達奚覯忿争，覯曰：『今幸無事。』玠曰：『有事何逃？』厲色而去。是夜，玠遂構亂，犯州城，以殺達奚覯爲名。瓘惶遽走，逢玠兵至，遂遇害。」《淮南子・氾論訓》：「是猶持方枘而周員鑿也。」朱鶴齡注：「言其矯俗爲治也。」

〔九〕寡妻二句：《趙次公先後解》：「言寡妻平日遭擾，自從崔太守爲郡之後，如兀足者之安於堵牆

之下也，不復驚動也。」仇注：「寡妻從郡，謂瓘無姬妾之好。兀者安堵，能使殘疾者得所。」引《詩・大雅・思齊》：「刑于寡妻，至于兄弟。」謂寡妻指在位之妻。《莊子・德充符》：「魯有兀者王駘。」釋文：「李云：刖足曰兀。」《史記・高祖本紀》：「餘悉除去秦法，諸吏人皆案堵如故。」集解：「應劭曰：案，案次第。堵，牆堵也。」《田單列傳》：「願無虜掠吾族家妻妾，令安堵。」

〔一〇〕凋弊二句：《書・五子之歌》：「民惟邦本。」《論語・子張》：「上失其道，民散久矣。如得其情，則哀矜而勿喜。」《書・立政》：「乃克立茲常事司牧人。」

〔一一〕旌麾二句：《趙次公先後解》：「委（瓘）以旌麾，則非其所任，蓋爲帥在寬猛適中，施予不吝，豈可過防於府庫之賞乎。」《易・小過》：「弗過防之，從或戕之，凶。」

〔一二〕恕己二句：曹植《求通親表》：「誠可謂恕己治人，推惠施恩者矣。」《文選》李善注：「《三略》曰：良將恕己而治人。」仇注：「恕己而不量人，致將卒洶洶，故崔以此爲憂。」

〔一三〕元惡二句：《趙次公先後解》：「元惡，指言臧玠。迷是似，言兇惡之人不識崔帥所爲本由禮法，而迷此之是似，乃聚謀而洩發於康莊也。」仇注：「迷是似，借缺餉以惑衆聽。」《爾雅・釋宮》：「五達謂之康，六達謂之莊。」

〔一四〕沅湘：《楚辭・離騷》：「濟沅湘以南征兮，就重華而陳詞。」王逸注：「沅、湘，水名。」

〔一五〕福善二句：《書・湯誥》：「天道福善禍淫。」《胤征》：「明徵定保。」傳：「徵，證。保，安也。聖人所謀之教訓，爲世明證。」

〔一六〕銷魂二句：飛鏑，見卷一《夜聽許十誦詩愛而有作》(0036)注。《史記·吴王濞列傳》：「今脅肩累足，猶懼不見釋。」《趙次公先後解》：「行步驚恐之義。」

〔一七〕隱忍二句：司馬遷《報任安書》：「所以隱忍苟活，函糞土之中而不辭者，恨私心有所不盡。」劉向《九歎·愍命》：「折芳枝與瓊華兮，樹枳棘與薪柴。」王逸注：「小棗爲棘。」《左傳》襄公十三年：「晋人謂之遷延之役。」《莊子·讓王》：「手足胼胝。」《天道》：「百舍重趼而不敢息。」釋文：「司馬云：趼，胝也。」

〔一八〕遠歸二句：施鴻保謂：「此云猶乳子，則公晚年又生一女也。後《風疾舟中》詩：『瘞夭追潘岳』，或即此女早殤。」陳貽焮謂亦可解爲其女生子乳之。或又謂此甫納妾所生女，或謂在夔所娶山妻所生，皆無旁證。

〔一九〕汩没：見卷三《泥功山》(0150)注。

〔二〇〕鬱鬱句：嵇康《與山巨源絶交書》：「剛腸疾惡。」司馬遷《報任安書》：「是以腸一日而九回。」

〔二一〕參錯二句：謝靈運《富春渚》：「逆流觸驚急，臨圻阻參錯。」《禮記·學記》：「善待問者如撞鐘，叩之以小者則小鳴，叩之以大者則大鳴，待其從容。」注：「從，讀如富父舂戈之舂。舂容，謂重撞擊也。」張衡《西京賦》：「編町成篁。」《文選》薛綜注：「篁，竹墟名也。」

〔二二〕片帆二句：《趙次公先後解》：「公意欲往郴，故具片帆，而言衡之左即郴岸也。衡州在郴州之西北。」《元和郡縣圖志》卷二九衡州：「東南至郴州三百七十里。」《水經注》耒水：耒水出桂陽郴縣南山，西北過耒陽縣，北入於湘。此自衡至郴之水路。

〔二三〕華表句：《説文》：「桓，亭郵表也。」段注：「《漢書》瘞寺門桓東。如淳曰：舊亭傳於四角面百步，築土四方，有屋，屋上有柱出高丈餘，有大板貫柱而出，名曰桓表。縣所治夾兩邊各一桓，陳宋之俗言桓聲如和，今猶謂之和表。師古曰：即華表也。」《唐語林》卷二引劉禹錫云：「桓楹者，即今之華表也。桓華聲訛，因呼爲桓。桓亦丸丸然柱之形狀也。」《中華古今注》卷上：「程雅問曰：『堯設誹謗之木，何也？』答曰：『今之華表也。以横木交柱頭，狀如華也。形如桔槔，大路交衢悉施焉。或謂之表木，以表王者納諫也，亦以表識衢路。秦乃除之，漢始復修焉。今西京謂之交午柱也。』」雲鳥埤，《趙次公先後解》疑當作「雲鳥陣」。朱鶴齡注：「言華表之旁，皆列雲鳥之陣也。」引本書卷一三《將赴成都草堂途中有作先寄嚴鄭公五首》(0863)：「共説總戎雲鳥陣。」浦起龍云：「此言亭郵之間旌幟稠疊也。」按，此處雲鳥陣亦無義。《國語·晋語》：「松柏不生埤。」《荀子·宥坐》：「其流也埤下。」埤同卑。此言華表高聳而雲鳥在其下。

〔二四〕旗亭二句：張衡《西京賦》：「旗亭五重，俯察百隧。」《文選》薛綜注：「旗亭，市樓也。」郭正一《對酈肆策》：「羅肆巨千，廣充上積之貨；旗亭五里，俯映星繁之珍。」《趙次公先後解》引《三代世表》：「立旗於上，故名旗亭。」鮑照《蕪城賦》：「板築雉堞之殷，井幹烽櫓之勤。」《文選》李善注：「郭璞《上林賦注》：櫓，望樓也。」《趙次公先後解》：「設烽燧於櫓也。」班固《兩都賦序》：「浚城隍。」《文選》李善注：「《説文》曰：城池無水曰隍。」

〔二五〕盛才句：《漢書·董仲舒傳》武帝制：「蓋聞虞舜之時，游於岩郎之上。」注：「文穎曰：殿下小屋也。」「廊」本作「郎」。沈佺期《和韋舍人早朝》：「閶闔連雲起，岩廊拂霧開。」

〔二六〕扶顛二句：扶顛，見卷七《八哀詩・李公光弼》(0331)注。《漢書・霍光傳》：「將軍爲國柱石。」《後漢書・宣秉傳》：「光武特詔御史中丞與司隸校尉、尚書令會同並專席而坐，故京師號曰三獨坐。」《趙次公先後解》：「風霜，則御史之任。」《初學記》卷一二御史大夫事對「霜簡」：「崔篆《御史箴》曰：簡上霜凝，筆端風起。《漢書》：孫寶謂侯文曰：『今鷹隼始擊，以成嚴霜之威。』」朱鶴齡注：「古刺史，謂陽濟也。濟爲衡州刺史，兼御史中丞，故以『獨坐』稱之。次公謂即後篇崔侍御潩，非。」

〔二七〕昨者二句：《文選》李善注引李陵贈蘇武詩：「思得瓊樹枝，以解長渴飢。」朱鶴齡注：「言得侍刺史，如聞瓊樹然。」浦起龍云：「濟或出見其子。」張衡《西京賦》：「羽觴行而無筭。」《文選》李善注：「《漢書音義》曰：羽觴，作生爵形。」

〔二八〕無論句：《左傳》昭公二十五年：「繾綣從公，無通外内。」杜預注：「繾綣，不離散。」

〔二九〕劇孟二句：《史記・吴王濞列傳》：「條侯將乘六乘傳，會兵滎陽。至雒陽，見劇孟，喜曰：『七國反，吾乘傳至此，不自意全。又以爲諸侯已得劇孟，劇孟今無動，吾據滎陽，以東無足憂者。』」馬卿四賦，謂《子虛賦》、《上林賦》、《哀二世賦》、《大人賦》，並載《司馬相如傳》。《趙次公先後解》：「劇孟、馬卿，皆以比刺史。白起以比蘇渙。」仇注謂皆以比蘇渙：「陽濟身爲重臣，可云劇孟乎？」

〔三〇〕門闌二句：《史記・楚世家》：「使張儀南見楚王，謂楚王曰：『敝邑之王所甚説者無先大王，雖儀之所甚願爲門闌之廝者亦無先大王。』」蘇渙，見本卷《蘇大侍御渙静者也旅于江側》

(0385)注。《史記・白起王翦列傳》:「白起者,郿人也。善用兵,事秦昭王。」

〔三一〕問罪二句:《趙次公先後解》:「公於末篇自注云:『聞崔侍御漼乞師於洪府,師已至袁州北。』此所謂『問罪』、『凱歌』者乎?」見本卷《聶耒陽以僕阻水書致酒肉詩得代懷呈聶一首》(0408)。朱鶴齡注:「時澧州刺史楊子琳、道州刺史裴虬、衡州刺史陽濟,各出兵討玠,故曰『問罪富形勢』。」《易・師》:「師出以律,否臧凶。」朱鶴齡注:「懸否臧,言與否臧者懸絶也。」

〔三二〕氛埃二句:《趙次公先後解》:「氛埃、蚊蚋,皆以比臧玠也。」

〔三三〕橘井二句:橘井,見卷七《八哀詩・張公九齡》(0337)「蘇耽井」注。《元和郡縣圖志》卷二九郴州郴縣:「馬嶺山,在縣東北五里。昔蘇耽學道於此得仙,其舊宅在城東半里,俯臨城,餘跡猶存。」《趙次公先後解》:「仙山,則指言蘇仙所仙之山,世謂馬嶺山。公謀欲往郴,故云『引舟航』也。」

〔三四〕諸舅二句:《草堂》夢弼注:「時崔偉攝郴州,甫將往依焉。」本書卷一八有《奉送二十三舅録事之攝郴州》(1395)注:「崔偉。」

〔三五〕江總二句:《陳書・江總傳》:「總七歲而孤,依於外氏。幼聰敏,有至性。舅吳平光侯蕭勱,名重當時,特所鍾愛。」《晋書・謝安傳》:「寓居會稽,與王羲之及高陽許詢、桑門支遁游處,出則漁弋山水,入則言詠屬文,無處世意。……嘗與孫綽等泛海,風起浪涌,諸人並懼,安吟嘯自若。舟人以安爲悦,猶去不止。風轉急,安徐曰:『如此將何歸邪?』舟人承言即回,衆咸服其雅量。」

〔三六〕下流二句：《論語·子張》：「是以君子惡居下流。」《左傳》哀公一一年：「鳥則擇木，木豈能擇鳥。」《趙次公先後解》：「謙言其不暇擇木，非若鸞鳳之非梧桐不栖。」仇注：「江總四句，感崔而傷己。」

〔三七〕我師二句：嵇康《與山巨源絶交書》：「老子、莊周，吾之師也。」此套用其語。《資治通鑑》建中四年十一月：「陝虢觀察使姚明敭以軍事委都防禦副使張勸，去詣行在。勸募兵得數萬人。甲申，以勸爲陝虢節度使。」朱鶴齡注以爲即此張勸。

〔三八〕紫荆：《政和證類本草》卷一四引《圖經》：「紫荆，舊不載所生州郡，今處處有之。人多於庭院間種植，木似黄荆，葉小無椏，花深紫可愛。或云田氏之荆也。至秋，子熟如小珠，名紫珠。江東林澤間尤多。」

風雨看舟前落花戲爲新句

江上人家桃樹枝，春寒細雨出疏籬。影遭碧水潛勾引，風妬紅花却倒吹〔一〕。吹花困癲傍舟楫①，水光風力俱相怯〔二〕。赤憎輕薄遮入懷②，珍重分明不來接③〔三〕。濕久飛遲半欲高④，縈沙惹草細於毛。蜜蜂胡蝶生情性⑤，偷眼蜻蜓避伯勞⑥〔四〕。（0404）

【校】

①癲，錢箋校：「一作懶。」《草堂》作「懶」。

②入，錢箋校：「一作人。」

③接，宋本、錢箋、《九家》校：「一作折。」

④欲，錢箋作「日」，校：「一作欲。」

⑤住，錢箋、《九家》、《草堂》作「性」，錢箋校：「一作住。」

⑥伯，錢箋、《草堂》作「百」。

【注】

黄鶴注：公在潭只船居，蘇大涣肩輿江浦訪老夫舟楫之語可驗。今看舟前落花，乃是在潭，大曆五年（七七〇）作。

〔一〕影遭二句：《趙次公先後解》引古樂府《薄命篇》：「艷花勾引落。」此常理詩，《唐音統籤》己籤謂出《玉臺後集》。

〔二〕吹花二句：本書卷一一《絶句漫興九首》(0686)：「顛狂柳絮隨風去，輕薄桃花逐水流。」困癲，義謂困懶而近癲。

〔三〕赤憎二句：赤憎，《趙次公先後解》謂是方言，或與生憎義同。盧照鄰《長安古意》：「生憎帳額繡孤鸞，好取門簾帖雙燕。」本書卷一二《送路六侍御入朝》(0792)：「不分桃花紅勝錦，生憎柳

絮白於綿。」乃最恨義。洪适《雜詠・苔》：「赤憎賓舍滿，雅稱落花留。」用其語。仇注：「有似憎平日之輕薄遮懷，而珍重不肯近人者。」按，二句謂飛近入懷之落花遭人憎，而分明不與人相接者反受珍重。

〔四〕蜜蜂二句：仇注：「蜂蝶素戀花者，今見墮於沙草，則性情頓覺生疏。蜻蜓偶過花間，有似偷眼旁觀者，一遇伯勞却又倉促避去。」按，二句謂蜂蝶見花而生情停留，蜻蜓一邊偷眼覷花一邊躲避伯勞。《左傳》昭公十七年：「伯趙氏，司至者也。」杜預注：「伯趙，伯勞也。以夏至鳴，冬至止。」《詩・豳風・七月》：「七月鳴鵙，八月載績。」毛傳：「鵙，伯勞也。」

王嗣奭《杜臆》：「此皆從靜中看出，都是虛景，都是游戲，都是弄巧，本大家所不屑，而偶一爲之，故自謂新句。而纖巧濃艷，遂爲後來詞曲之祖。」

劉體仁《七頌堂詞繹》：「詩之不得不爲詞也，非獨《寒夜怨》之類以句之長短擬也。老杜《舟前花落》一首，詞之神理備具。蓋氣運所至，杜老亦忍俊不禁耳。觀其標題曰『新句』、曰『戲』，爲其不敢偭背大雅如是。古人真自喜。」

清明〔一〕

著處繁花務是日①〔二〕，長沙千人萬人出。渡頭翠柳艷明眉，争道朱蹄驕齧

膝〔三〕。此都好游湘西寺〔四〕，諸將亦自軍中至②。馬援征行在眼前，葛强親近同心事〔五〕。金鐙下山紅粉晚③，牙檣棙柂青樓遠〔六〕。古時喪亂皆可知，人世悲歡暫相遣④。弟侄雖存不得書，干戈未息苦離居⑤。逢迎少壯非吾道，況乃今朝更祓除〔七〕。（0405）

【校】

①花務，錢箋校：「陳作華矜。」《九家》作「花矜」，《草堂》作「華矜」。　務是，《九家》校：「又云務足。」是，錢箋校：「一作足。」

②亦，錢箋校：「一作遠。一作方。」　亦自，《草堂》校：「一作方自。一作遠自。一作亦云。」

③粉，宋本、錢箋、《九家》、《草堂》校：「一作日。」

④人世，《草堂》校：「一作世人。」

⑤離，錢箋、《草堂》校：「一作難。」

【注】

黄鶴注：當是大曆五年（七七〇）作，是時臧玠未亂，諸將所以亦事游賞。

〔一〕清明：《晉書・律曆志》二十四氣：「清明三月節，穀雨三月中。」《禮記・月令》疏：「按《通卦驗》及今曆，以清明爲三月節，穀雨爲三月中，餘皆與《律曆志》同。……謂之清明者，謂物生清

淨明絜。」

〔二〕著處：猶言到處、是處。王維《酬黎居士淅川作》：「著處是蓮花，無心變楊柳。」本書卷一一《遠游》(0674)：「賤子何人記，迷方著處家。」

〔三〕爭道句：《趙次公先後解》：「朱蹄，則以朱飾其蹄耳。」引《左傳》定公十年取白馬「朱其尾鬣」。仇注引《莊子·田子方》「乘駁馬而偏朱蹄」釋文：「李云：一蹄偏赤也。」乃自然毛色。王褒《聖主得賢臣頌》：「駕齧膝，驂乘旦。」《漢書》注：「應劭曰：馬怒有餘氣，常齧膝而行也。孟康曰：良馬低頭口至膝，故曰齧膝。」

〔四〕此都句：朱鶴齡注：「湘西寺，即岳麓、道林二寺。」韓愈有《陪杜侍御游湘西兩寺獨宿有題一首因獻楊常侍》。齊己有《湘西道林寺陶太尉井》。

〔五〕馬援二句：《後漢書·馬援傳》：「武威將軍劉尚擊武陵五溪蠻夷，深入軍没，援因請復行。時年六十二，帝愍其老，未許之。援自請曰：『臣尚能披甲上馬。』」葛强，見卷六《壯游》(0295)注。朱鶴齡注：「馬援比主帥，葛强比部將。」

〔六〕金鐙二句：《南齊書·張敬兒傳》：「寄敬兒馬鐙一雙。」蕭綱《金樂歌》：「石闕題書字，金鐙飄落花。」蕭詩乃指鐙盞，杜改言馬鐙。《廣韻》：「鐙，鞍鐙。」庾信《哀江南賦》：「蒼鷹赤雀，鐵軸牙檣。」《分門》師曰：「檣尾鋭如牙，故曰牙檣。」「摇桅曰椗。」《趙次公先後解》：「椗舵，轉船也。」陸龜蒙《引泉詩》：「凌風捩桂柁，隔霧馳犀船。」曹植《美女篇》：「青樓臨大路，高門結重關。」江淹《麗色賦》：「恥新臺之青樓，想上宮之邃閣。」《趙次公先後解》：「青樓，則所祓禊之

處。」浦起龍云：「後人多作妓樓用。」按，王勃《臨高臺》：「復有青樓大道中，繡户文窗雕綺櫳。」崔顥《渭城少年行》：「章臺帝城稱貴里，青樓日晚歌鐘起。」杜詩以紅粉爲對，與王、崔詩意同。

〔七〕況乃句：《趙次公先後解》：「鄭注：歲時祓除，如今三月上巳往水上之類。唐氣朔，大曆五年三月三日清明。以清明日值上巳，則『今朝更祓除』之義尤的。」參卷一《麗人行》(0029)注。

岳麓山道林二寺行〔一〕

玉泉之南麓山殊，道林林壑争盤紆〔二〕。寺門高開洞庭野，殿脚插入赤沙湖〔三〕。五月寒風冷佛骨①，六時天樂朝香爐〔四〕。地靈步步雪山草，僧寶人人滄海珠〔五〕。塔劫宫牆壯麗敞②，香厨松道清涼俱③〔六〕。蓮花交響共命鳥④，金榜雙回三足烏〔七〕。方丈涉海費時節，玄圃尋河知有無〔八〕。暮年且喜經行近〔九〕，春日兼蒙暄暖扶。飄然班白身奚適⑤，旁此烟霞茅可誅⑥〔一〇〕。桃源人家易制度，橘洲田土仍膏腴〔一一〕。潭府邑中甚淳古〔一二〕，太守庭内不喧呼。昔遭衰世皆晦跡，今幸樂國養微軀〔一三〕。依止老宿亦未晚，富貴功名焉足圖。久爲野客尋幽慣⑦，細學

何顒免興孤〔一四〕。一重一掩吾肺腑，仙鳥仙花吾友于⑧〔一五〕。宋公放逐曾題壁〔一六〕，物色分留與老夫⑨。（0406）

【校】

①佛，宋本、錢箋校：「一作拂。」

②宫，宋本作「官」，據錢箋等改。

③香，錢箋、《草堂》校：「一作石。」《文苑英華》作「石」，校：「集作香。」　涼，錢箋校：「樊作崇。」

④花，宋本、《九家》校：「一作池。」錢箋、《草堂》校：「樊、陳俱作池。」《文苑英華》作「池」，校：「集作花。」

⑤身，錢箋校：「一作將。」《文苑英華》作「將」，校：「集作身。」

⑥旁，錢箋、《九家》、《文苑英華》作「傍」。

⑦野，錢箋校：「一作謝。」《草堂》校：「樊作謝。」《文苑英華》作「謝」，校：「集作野。」

⑧仙鳥仙花，錢箋、《九家》作「山鳥山花」。《草堂》校：「一作山鳥山花。」《文苑英華》校：「集作山鳥山花。」

⑨與，宋本、錢箋、《九家》、《草堂》校：「一作待。」《文苑英華》作「待」，校：「集作與。」

【注】

黄鶴注：意是大曆五年（七七〇）春題此，方幸樂國可以養軀，而臧玠之亂，故不償此意也。仇注

從蔡興宗《年譜》，編在大曆四年（七六九）。

〔一〕岳麓山道林二寺：《太平御覽》卷四九引盛弘之《荆州記》：「長沙西岸有麓山，其下有精舍，左右林嶺，環回泉澗。精舍旁有礬石，每至嚴冬，其上不停霜雪。」《元和郡縣圖志》卷二九潭州長沙縣：「岳麓山，在縣西南，隔湘江水六里，蓋衡山之足也，故以麓爲名。」《方輿勝覽》卷二三潭州：「道林寺，在岳麓山下。距善化寺八里。寺有四絶堂，保大中馬氏建，謂沈傳師、裴休筆札，宋之問、杜甫篇章。」「岳麓寺在山上，百餘級乃至。今名惠光寺。下有李邕《麓山寺碑》。晉杉庵，世傳晋太尉陶侃手植。今存者七八株，其圍三丈，中空空如庵。絶頂有道鄉臺。」唐元竑《杜詩攟》：「初讀此題，殆不能解。蓋岳麓寺因山爲名，既稱山遂不再及寺也。然何不除去『山』字？」

〔二〕玉泉二句：玉泉寺，在荆州。《釋文紀》隋文帝《敕給荆州玉泉寺額書》注：「顗以開皇十二年至荆州，於當陽玉泉創立精舍。意嫌迫隘，上金龍池北趺坐入定。夕見有人威儀如王，曰予即關某，此去一舍，山如覆船，弟子當與子平。師既出，定湫潭千丈，化爲平阯，棟宇焕麗，領衆入居。一日，神白師受戒，永爲菩提之本。因奉書晋王，上伽藍圖，帝敕賜名玉泉。」《方輿勝覽》卷二九荆門軍：「玉泉寺，在當陽縣西南二十里玉泉山。陳光大中，浮屠智顗自天台飛錫來居此。山寺雄於一方，殿前有金龜池。」

〔三〕殿脚句：《水經注》澧水：「澧水又東，與赤沙湖水會，湖水北通江而南注澧，謂之決口。」《方輿勝覽》卷二九岳州：「洞庭湖在巴陵縣西，西接赤沙，南連青草，横亘七八百里。」范致明《岳陽

風土記》：「赤沙湖在縣南，夏秋水漲，與洞庭湖通。杜甫《道林岳麓詩》所謂『殿脚插入赤沙湖』也。」《趙次公先後解》：「此廣大之語，而潭州之下流爲洞庭，上流乃永州，湘水所從出，亦可以言矣。」

〔四〕五月二句：《法苑珠林》卷三八故塔部：「《輿志》云：阿育，釋迦弟子，能役鬼神。一日夜於天下造佛骨寶塔八萬四千，皆從地出。」《阿彌陀經》：「彼佛國土常作天樂，黄金爲地，晝夜六時，天雨曼陀羅華。」《金光明最勝王經》卷九：「三月是春時，三月名爲夏，三月名秋分，二月謂冬時。此據一年中，三三而别説。二二爲一節，便成歲六時。初二是花時，三四名熱際。五六名雨際，七八謂秋時。九十是寒時，後二名冰雪。」

〔五〕地靈二句：《法苑珠林》卷六三引《涅槃經》：「佛言：善男子，雪山有草，名曰忍辱。牛若食之，則成醍醐。」卷一九《敬僧篇》：「金檀銅素，漆紵丹青，圖像聖容，名爲佛寶。紙絹竹帛，書寫玄言，名爲法寶。剃髮染衣，執持應器，名爲僧寶。」卷二八引《智度論》：「明月摩尼珠多在龍腦中，有福衆生自然得之，亦名如意珠，常出一切寶物。衣服飲食，隨意皆得。得此珠者，毒不能害，火不能燒。或是帝釋所執金剛，與修羅鬬時，碎落閻浮提，變成此珠。」

〔六〕塔劫二句：塔劫，指佛寺。《法苑珠林》卷一三引《觀佛三昧經》：「昔過久遠，有佛出世，號釋迦牟尼，滅度之後，有一王子，名曰金幢，憍慢邪見，不信佛法。有一比丘，名定自在，語王子言：世有佛像，衆寶嚴飾，極爲可愛，可暫入塔，觀佛形像。王子即隨共入塔中，見像相好。……從是已來，經於百萬阿僧祇劫，不墮惡道。」《趙次公先後解》：「禪刹中有香積厨。」

〔七〕《維摩經·香積佛品》:「於是香積如來,以衆香盛鉢盛滿香飯,與化菩薩。」

蓮花二句:《阿彌陀經》:「彼國常有種種雜色之鳥,白鵠、孔雀、鸚鵡、舍利、迦陵頻伽、共命之鳥。是諸衆鳥,晝夜六時,出和雅音。」《雜寶藏經》卷三共命鳥緣:「昔雪山中,有鳥名爲共命,一身二頭,一頭常食美果,欲使身得安隱。一頭便生嫉妒之心,而作是言:彼常云何食好美果,我不曾得。即取毒果食之,使二頭俱死。」《藝文類聚》卷六二引《神異經》:「西方有宮,白石爲牆,五色黄門,有金牓而銀鏤,題曰天地少女之宮。」《淮南子·精神訓》:「日中有踆烏。」注:「謂三足烏。」《趙次公先後解》:「蓋言大字之勢如此。」朱鶴齡注:「言金牓照耀日烏,爲之回光也。」按,《苕溪漁隱叢話》後集卷一七引《東皐雜録》:「又有歐陽詢書『道林之寺』四大字額,筆勢欲飛動。」疑趙説爲是,日光回照則難言雙回。

〔八〕方丈二句:《史記·秦始皇本紀》:「言海中三神山,名曰蓬萊、方丈、瀛洲。」《大宛列傳》:「漢使窮河源,河源出于窴,其山多玉石,采來,天子案古圖書名河所出山曰崑崙云。」玄圃,指崑崙,見卷二《奉先劉少府新畫山水障歌》(0080)注。《趙次公先後解》:「兩句以言方丈、玄圃遠在何處,皆不可得往,不若今岳麓寺之傍近可即而居也。」

〔九〕暮年句:《維摩經·弟子品》:「憶念我昔,於一處經行,時有梵王,名曰嚴浄。」

〔一〇〕旁此句:《楚辭·卜居》:「寧誅鋤草茅,以力耕乎。」

〔一一〕桃源二句:桃源,見卷二《北征》(0052)注。《分門》洙曰:「橘洲在長沙。」蔡夢弼引《襄陽記》李衡在武陵龍陽洲種橘。《趙次公先後解》:「桃源在今之鼎州。……橘洲在武陵,正亦鼎州武

陵。《圖經》云：橘洲在龍縣東北五十里二百步，周回三十里。……鼎州與潭州與衡並一帶之地，則公所欲往皆爲無礙。」《三國志·吴書·孫休傳》注引《襄陽記》：「衡每欲治家，妻輒不聽，後密遣客十人於武陵龍陽汜洲上作宅，種甘橘千株，臨死，敕兒曰：『汝母惡我治家，故窮如是。然吾州裏有千頭木奴，不責汝衣食，歲上一匹絹，亦可足用耳。』衡亡後二十餘日，兒以白母，母曰：『此當是種甘橘也。……』吴末，衡甘橘成，歲得絹數千匹，家道殷足。」《水經注》湘水：「湘水又北逕南津城西，西對橘洲，或作吉字，爲南津洲尾，水西有橘洲子戍，故郭尚存。」《方輿勝覽》卷二三潭州：「橘洲，《類要》：在長沙西南四十里。湘江中有洲四，曰橘洲，曰直洲，曰誓洲，曰白小洲。江中水泛，唯此不没。上多美橘，故名。晉永興生此洲。諺曰：『昭潭無底橘洲浮。』」

〔一二〕潭府：《元和郡縣圖志》卷二九江南道：「潭州，長沙，中都督府。……自漢至晉，並屬荆州。懷帝分荆州湘中諸郡置湘州，南以五嶺爲界，北以洞庭爲界。漢晋以來，亦爲重鎮。……隋開皇九年平陳，改爲潭州，取昭潭爲名也。又置總管府。大業中罷牧，置都尉府，三年罷爲長沙郡。武德四年，又置潭州總管府，七年改爲都督府。」

〔一三〕今幸句：《詩·魏風·碩鼠》：「逝將去女，適彼樂國。樂國樂國，爰得我所。」

〔一四〕久爲二句：葉夢得《避暑録話》卷上：「何顒，後漢人。見《黨錮傳》。蓋義俠者，與詩不類。當意作周顒。周、何字相近而訛。周顒奉佛，有隱操。」《南齊書·周顒傳》：「泛涉百家，長於佛理。著《三宗論》。……顒於鍾山立隱舍，休沐則歸之。……清貧寡欲，終日長蔬食，雖有妻

子，獨處山舍。」

〔一五〕一重二句：《分門》洙曰：「一重一掩，山也。有如吾肺腑然。」《書・君陳》：「惟孝友于兄弟。」陶淵明《庚子歲五月中從都還阻風於規林》：「一欣侍温顔，再喜見友于。」《趙次公先後解》：「晋以來便用稱兄弟。」

〔一六〕宋公句：楊慎《升庵詩話》卷一〇：「長沙道林、岳麓二寺之勝聞於天下，蓋因杜工部之一詩也。杜公之後有沈傳師二詩、崔珏一詩、韋蟾一詩，皆效工部之體。余舊見家藏石刻有之。近閲《長沙志》，已失其半。今具録於此。……所稱沈、裴、宋、杜，裴乃裴休、宋乃宋之問也。二詩失傳。」《舊唐書・宋之問傳》：「睿宗即位，以之問嘗附張易之、武三思，配徙欽州。先天中，賜死於徙所。之問再被竄謫，經途江嶺，所有篇詠，傳布遠近。友人武平一爲之纂集，成十卷，傳於代。」朱鶴齡注：「欽州屬嶺南，之問道經長沙，故有詩題寺壁。」

《苕溪漁隱叢話》前集卷四七：「張文潛云：『以聲律作詩，其末流也，而唐至今詩人謹守之。獨魯直一掃古今，出胸臆，破弃聲律，作五七言，如金石未作，鐘磬聲和，渾然有律呂外意。近來作詩者頗有此體，然自吾魯直始也。』苕溪漁隱曰：古詩不拘聲律，自唐至今詩人皆然，初不待破弃聲律。詩破弃聲律，老杜自有此體。……魯直詩本得法於杜少陵，其用老杜此體何疑。老杜自我作古，其詩體不一，在人所喜，取而用之。如東坡在嶺外《游博羅香積

寺》、《同正輔游白水山》、《聞正輔將至以詩迎之》，皆古詩，而終篇對屬精切，語意貫穿。此亦是老杜體，如《岳麓山道林二寺行》、《追酬故高蜀州人日見寄》、《入衡州奉贈李八丈判官》、《晚登瀼上堂》之類，概可見矣。」

舟中苦熱遣懷奉呈陽中丞通簡臺省諸公①〔一〕

愧爲湖外客〔二〕，看此戎馬亂。中夜混黎甿，脱身亦奔竄。平生方寸心，反掌帳下難②〔三〕。嗚呼殺賢良，不叱白刃散〔四〕。吾非丈人特③，没齒埋冰炭〔五〕。恥以風病辭，胡然泊湘岸〔六〕？入舟雖苦熱，垢膩可溉灌〔七〕。痛彼道邊人，形骸改昏旦〔八〕。中丞連帥職〔九〕，封内權得按。身當問罪先，縣實諸侯半〔一〇〕。士卒既輯睦，啓行促精悍〔一一〕。似聞上游兵，稍逼長沙館。鄰好彼克修，天機自明斷〔一二〕。南圖卷雲水，北拱戴霄漢〔一三〕。美名光史臣，長策何壯觀。驅馳數公子，咸願同伐叛〔一四〕。聲節哀有餘，夫何激衰懦〔一五〕。偏裨表三上，鹵莽同一貫。始謀誰其間，回首增憤惋〔一六〕。宗英李端公〔一七〕，守職甚昭焕。變通迫脅地，謀畫焉得算〔一八〕。王室不肯微，凶徒略無憚。此流須卒斬，神器資强幹〔一九〕。扣寂豁煩

襟〔二〇〕，皇天照嗟歎。（0407）

【校】

①陽，錢箋、《九家》作「楊」。

②掌，錢箋校：「一作當。」《草堂》作「當」，校：「舊作反掌。蔡作反當。」

③丈人，錢箋作「丈夫」。宋本「丈」作「文」，據他本改。

【注】

黄鶴注：當是大曆五年（七七〇）自潭避亂之衡州時作。

〔一〕陽中丞：陽濟。《舊唐書·代宗紀》：「（大曆五年）夏四月庚子，湖南都團練使崔瓘爲其兵馬使臧玠所殺，玠據潭州爲亂。澧州刺史楊子琳、道州刺史裴虬、衡州刺史楊濟出軍討玠。」《唐代墓志彙編》貞元〇七〇劉長孺《唐故鴻臚少卿貶明州司馬北平陽府君墓志銘》：「少卿諱濟，字利涉。……元帥李公光弼領河南，御史大夫王仲昇鎮許蔡，咸請佐幕，以公力焉。後太尉表公爲密州刺史，加朝散大夫，攝侍御史。未幾，丁内艱，毁瘠過制。後拜大理少卿。西戎叛换，又加御史中丞，持節和蕃。……出爲潭州刺史，轉衡州刺史。遇觀察使被害，公以賊臣逆子，罪之大者，遂率部兵，遽臨叛境。俄辛京杲至，靖譖害能，貶撫州司馬。」

〔二〕愧爲句：《趙次公先後解》：「湖外，指言洞庭湖之外，則衡州是也。」

〔三〕反掌句：浦起龍云：「反掌，謂容易習見。如於蜀則一見徐知道，再見崔旰，於今又見臧玠矣。」按，枚乘《上吴王書》：「變所欲爲，易於反掌。」此謂反掌之間禍起帳下。

〔四〕嗚呼二句：《趙次公先後解》：「帳下，指言臧玠。賢良，指言崔瓘。」《史記·廉頗藺相如列傳》：「左右欲刃相如，相如張目叱之，左右皆靡。」

〔五〕吾非二句：《詩·秦風·黄鳥》：「維此奄息，百夫之特。」箋：「百夫之中最雄俊也。」《韓非子·顯學》：「夫冰炭不同器而久，寒暑不兼時而至。」《趙次公先後解》：「冰炭，言不相入也。」仇注：「冰炭，喻不平之氣。」浦起龍云：「言志不得伸，胸中直須不分皂白。」按，冰炭謂如冰如炭，備受煎熬。

〔六〕恥以二句：《趙次公先後解》：「既不能叱白刃散，却以風病辭，此爲可恥矣。」仇注：「恥風疾，不如姜肱遠遯也。」引《後漢書·姜肱傳》：「桓帝乃下彭城，使畫工圖其形狀。肱卧於幽暗，以被韜面，言患眩疾，不欲出風，工竟不得見。……乃隱身遁命，遠浮海濱。」按，肱乃託疾高隱，如仇説，則「恥」字無着。

〔七〕垢膩句：垢膩，見卷二《北征》(0052)注。此言可以就江水溉垢膩。

〔八〕痛彼二句：《趙次公先後解》：「以言遇亂而死者。」

〔九〕中丞句：《禮記·王制》：「十國以爲連，連有帥。」唐指節度、觀察等使職兼軍事長官者。

〔一〇〕縣實句：《孟子·萬章下》：「天子之制，地方千里，公侯皆方百里，伯七十里，子男五十里。」傅玄《傅子·安民》：「今之刺史，古之牧伯也。今之郡縣，古之諸侯也。」唐玄宗《幸河東推恩

詔》：「今之刺史，古之諸侯。」此謂衡州諸縣約當古諸侯國之半。浦起龍云：「謂南中軍州，半屬所轄。」不確。

〔一一〕士卒二句：《左傳》宣公十二年：「卒乘輯睦，事不奸矣。」《詩・小雅・六月》：「元戎十乘，以先啓行。」《史記・游俠列傳》：「解爲人短小精悍。」

〔一二〕似聞四句：《趙次公先後解》：「即後篇公自注云『楊中丞琳問罪，將士皆自澧上達長沙』也。」黄鶴注：「道州居湘水之上流，故曰上游兵。澧州屬山南道，潭屬淮南道，故曰修鄰好。趙謂公自注者，豈公自注，後人假公以文其説耳。」按，注見次篇《聶耒陽以僕阻水書至酒肉》，爲甫自注無疑。澧州在澧水上游，亦可謂上游兵。鄰好謂鄰州，不必以分道爲説。時逼近長沙者，實爲澧州楊子琳。

〔一三〕南圖二句：《趙次公先後解》：「南之所圖謀，欲卷盡雲水也。……戴霄漢，則所以尊君也。」朱鶴齡注：「言連帥問罪之師，將南靖湘而北尊天子也。」北拱，見本卷《追酬故高蜀州人日見寄》（0394）注。

〔一四〕驅馳二句：《趙次公先後解》謂指楊子琳、裴虬、陽濟、李勉諸人。

〔一五〕聲節二句：《禮記・樂記》：「絲聲哀，哀以立廉，廉以立志。君子聽琴瑟之聲，則思志義之臣。」按，懦字出韻，當作愞。《廣韻》去聲二十九換：「偄，偄弱也。愞同。」《漢書・武帝紀》：「太守坐畏愞弃市。」注：「如淳曰：《軍法》：行逗留畏愞者要斬。愞音如掾反。」盧元昌改愞。仇注懦奴亂切，《全唐詩》懦注叶暖去聲，實無此讀。

〔一六〕偏裨四句：《資治通鑑》大曆五年：「湖南兵馬使臧玠殺觀察使崔灌，澧州刺史楊子琳起兵討之，取賂而還。」錢箋：「初崔旰殺郭英乂，子琳起兵討旰，杜鴻漸各授官以和解之。及子琳攻旰敗還，縱兵涪夔，衛伯玉請於朝，以爲峽州團練使。及臧玠殺崔瓘，子琳聲言問罪，取賂而還。公詩所謂『偏裨表三上』者，合前後三叛言之也。始謀，蓋追論鴻漸、伯玉，故曰『回首增憤惋』。唐藩鎮有事，俱用偏裨上表，假衆論以脅制朝廷也。」朱鶴齡注：「偏裨上表，疑皆請釋玠罪者。此蓋子琳爲之也。時必出於迫脅，非衆心所與，故下有『變通迫脅地』之句。」仇注：「於楊則隱諱其詞，而歸罪於偏裨。」《莊子·則陽》：「君爲政焉勿鹵莽。」錢箋謂指楊子琳取賂而還，甚確。然偏裨上表，則當如朱、仇注。

〔一七〕宗英句：《趙次公先後解》：「端公，李勉也。」時爲嶺南節度觀察使。參本卷《送重表侄王砅評事使南海》(0386)注。錢箋：「是時勉在廣州，方招討番禺賊帥及桂州叛將，未聞起兵討臧玠也。」朱鶴齡注：「或疑遣兵赴難，史不及書。考史，勉鎮嶺南，已兼御史大夫，不當以端公稱之。」按，詩稱「宗英」，非李無以當之。討番禺賊乃大曆四年後事，未可必言此時。勉大曆二年拜京兆尹、兼御史大夫，合稱李大夫。然稱端公，屬上可兼下之例。《唐國史補》卷下：「上可兼下，下不可兼上。惟侍御史相呼爲端公。」《漢書·叙傳》：「禮樂是修，爲漢宗英。」

〔一八〕變通二句：《趙次公先後解》：「言李公能變而通之，於賊兵迫脅之地用其謀畫，焉得算計可行乎。」仇注：「守土之臣爲偏裨所迫，事每牽制，李公官方素著，必能變通出奇，其所謀畫豈同凡算。」浦起龍云：「變通迫脅，婉詞以指諸從亂者，謂黨逆衆而勝算難也。」浦説較勝。變通迫脅

當指取賂縱逆等情事，其謀畫豈能得算。

〔一九〕此流二句：《詩·小雅·節南山》：「國既卒斬，何用不監。」傳：「卒，盡。斬，斷。」班固《西都賦》：「蓋以强幹弱支，隆上都而觀萬國也。」仇注引《杜臆》：「勉本宗室，故有資强幹之語。」

〔二〇〕扣寂句：陸機《文賦》：「課虛無以責有，叩寂寞而求音。」于仲文《侍宴東宮應令》：「承恩叨並作，扣寂繞陽春。」沈約《爲齊竟陵王解講疏》：「滌盥煩襟，栖情正業。」王勃《游梵宇三覺寺》：「遽忻陪妙躅，延賞滌煩襟。」

聶耒陽以僕阻水書致酒肉療飢荒江詩得代懷興盡本韻至縣呈聶令陸路去方田驛四十里舟行一日時屬江漲泊于方田①〔一〕

耒陽馳尺素，見訪荒江眇。義士烈女家，風流吾賢紹〔二〕。昨見狄相孫，許公人倫表〔三〕。前期翰林後②，屈跡縣邑小〔四〕。知我礙湍濤，半旬獲浩渺〔五〕。麾下殺元戎，湖邊有飛旐〔六〕。孤舟增鬱鬱，僻路殊悄悄。側驚猨猱捷，仰羡鸛鶴矯。禮過宰肥羊，愁當置清醥〔七〕。人非西喻蜀，興在北坑趙〔八〕。方行郴岸静，未話長

沙擾。崔師乞已至，澧卒用矜少〔九〕。問罪消息真，開顏憩亭沼。聞崔侍御漼乞師于洪府，師至袁州北。楊中丞琳問罪，將士自澧上達長沙矣③〔一〇〕。（0408）

【校】

①聶耒陽以僕阻水書致酒肉療飢荒江詩得代懷興盡本韻至縣呈聶令陸路去方田驛四十里舟行一日時屬江漲泊于方田，宋本題作「聶耒陽以僕阻水書致酒肉詩得代懷至縣呈聶一首」，據錢箋、《九家》等改。

②期，錢箋、《草堂》校：「刊作朝。」

③宋本無此注，據錢箋、《九家》、《草堂》補。

【注】

黃鶴注：是時方且喜討叛之師已集而憩於亭沼，蓋知凶渠之亡可待。蓋臧玠以大曆五年（七七〇）四月庚子反，公奔竄至衡，又至方田，且半旬阻水矣。

〔一〕聶耒陽：名不詳。《元和郡縣圖志》卷二九衡州：「耒陽縣，上。西北至州一百六十八里。本秦縣，因耒水在縣東爲名。」黃鶴注：「郴州與耒陽皆在衡州東南，衡至郴四百餘里，郴水入衡。公避臧玠之亂，初欲往郴依舅氏，卒不遂。其至方田也，蓋泝郴水而上。」按，當作泝耒水而上。方田驛：《清一統志》卷二八一衡州府：「方田舊驛，在耒陽縣北。唐以前梅嶺路未開，赴嶺者

道必出此，故置驛以通往來。蓋在新城市地，今廢。」

〔二〕義士二句：《戰國策·韓策》：嚴遂厚交聶政，政爲刺殺韓相傀，「韓取聶政屍於市，縣購之千金，久之莫知誰子。政姊聞之……乃抱屍而哭之曰：『此吾弟軹深井里聶政也。』亦自殺於屍下。」

〔三〕昨見二句：狄相孫，《千家注》師曰：「謂狄仁傑孫兼謩也。」按，當爲狄博濟。見卷六《狄明府》（0277）注。《晋書·王承傳》：「王參軍人倫之表，汝其師之。」

〔四〕前期二句：《分門》洙曰：「言聶之才宜在翰苑而反屈跡縣邑也。」《趙次公先後解》：「蔡伯世云別本作前朝，其説是。豈聶之父或祖嘗爲翰林之職乎？」《舊唐書·職官志》翰林院：「玄宗即位，張説、陸堅、張九齡、徐安貞、張垍等召入禁中，謂之翰林待詔。……至德已後，天下用兵，軍國多務，深謀密詔，皆從中出。尤擇名士，翰林學士得充選者，文士爲榮。亦如中書舍人例置學士六人。」玄宗初置翰林院，入者寥寥，無有聶姓者。仍當作前期爲是。

〔五〕半旬句：司馬相如《上林賦》：「然後灝溔潢漾，安翔徐回。」《文選》李善注：「郭璞曰：皆水無涯際貌也。」

〔六〕麾下二句：《趙次公先後解》：「即臧玠殺崔瓘也。」飛旐，見卷七《八哀詩·嚴公武》（0332）注。朱鶴齡注：「謂崔瓘之喪。」

〔七〕禮過二句：《詩·小雅·伐木》：「既有肥羜，以速諸父。」傳：「羜，未成羊也。」左思《蜀都賦》：「觴以清醥。」《文選》李周翰注：「醥，清酒也。」《趙次公先後解》：「兩句以言聶未陽致酒

肉也。」

〔八〕人非二句：《史記·司馬相如列傳》：「會唐蒙使略通夜郎西僰中，發巴蜀吏卒千人，郡又多爲發轉漕萬餘人，用興法誅其渠帥，巴蜀民大恐。上聞之，乃使相如責唐蒙，因喻告巴蜀民以非上意。」《趙世家》：「秦人圍趙括，趙括以軍降，卒四十餘萬皆阬之。」朱鶴齡注：「言臧玠之徒非可檄喻，必盡誅之乃快也。」

〔九〕崔師二句：仇注：「時楊子琳已受臧玠之賂，故其卒矜少。」按，取賂而還恐在此後，仇説鑿。

〔一〇〕崔侍御漼：本書卷一六有《别崔漼因寄薛據孟雲卿》(1171)，注：「内弟漼，赴湖南幕職。」《太平御覽》卷八六三引《明皇雜録》：「杜甫後漂寓湘潭間，羈旅顦悴於衡州耒陽縣，頗爲令長所厭。甫投詩於宰，宰遂致牛炙白酒以遺甫。甫飲過多，一夕而卒。集中猶有《贈聶耒陽》詩也。」

王得臣《麈史》卷中：「世言子美卒於衡之耒陽，故《寰宇記》亦載其墳在縣北二里，不知何緣得此。《唐新書》稱：『耒陽令遺白酒牛肉，一夕而死。』予觀子美僑寄巴峽三歲，大曆三年二月始下峽，流寓荆南，徙泊公安，久之方次岳陽，即四年冬末也。既過洞庭，入長沙，乃五年之春。四月遇臧玠之亂，倉皇往衡陽，至耒陽，舟中伏枕，又畏瘴，復沿湘而下，故有《回櫂》

之作，末云：『舟師煩爾送，朱夏汲寒泉。』又《登舟將適漢陽》云：『春色弃汝去，秋帆催客歸。』蓋回棹在夏末，此篇已入秋矣。繼之以《暮秋將歸秦留别湖南幕府親友》云：『北歸衝雨雪，誰憫弊貂裘。』則子美北還之跡，見此三篇，安得卒於耒陽耶？」

錢箋：「《舊書》本傳：『甫游衡山，寓居耒陽，啗牛肉白酒，一夕而卒於耒陽。』元稹《墓志》：『扁舟下荆楚間，竟以寓卒，旅殯岳陽。』公卒于耒陽，殯于岳陽，史志皆可考據。自吕汲公《詩譜》不明旅殯之義，以爲是夏還襄陽之證。按史，崔旰殺郭英乂，楊子琳攻西川，蜀中大亂。甫以其家避亂荆楚，扁舟下峽，此大曆三年也。是年夏至江陵，移居公安，歲暮之岳陽，明年之潭州。此於詩可考也。大曆五年夏，避臧玠之亂入衡州。史云泝沿湘流，游衡山，寓居耒陽以卒。《明皇雜録》亦與史合，安得反據《詩譜》而疑之？其所引《登舟》、《歸秦》諸詩，皆四年秋冬潭州詩也，斷不在耒陽之後。《回櫂》詩有衡岳蒸池之句，蓋五年夏入衡，苦其炎暍，思回櫂爲襄漢之游而不果也。此詩在耒陽之前明矣，安可據爲北還之證乎？以詩考之，大曆四年公終歲居潭，而諸《譜》皆言是年春入潭，旋之衡，夏畏熱復還潭，則又誤認《回櫂》詩爲是年作也。作《年譜》者臆見猜度，遂奮筆而書之，其不可爲典要如此。吾斷以史、《志》爲證，曰子美三年下峽，由江陵、公安之岳。四年之潭，五年之衡，卒于耒陽，殯于岳陽。其他支離傅會，盡削不載可也。當逆旅憔悴之日，涉旬不食，一飽無時，牛肉白酒何足以爲垢病？」

黄生《杜詩説》：「予按微之《墓志》出於公孫嗣業之請，豈當以此爲據。史文則撮取《雜録》與《墓志》而成，即其末云：『元和中，宗武子嗣業自耒陽遷甫之柩，歸葬於偃師』，已與《志》相抵牾。又況公以大曆五年避臧玠之亂入衡，史書公卒乃在永泰二年，竟以武薨蜀亂，公去成都，下峽，出江陵，過湖南，皆作一年之事。則其疏略紕漏不可據信，亦已明矣。若以卒耒殯岳，兩存其實，則二地懸絶，更隔洞庭一湖，卒此殯彼，理不可信。何獨《明皇雜録》爲與史合而確據之也？詳史所書牛酒飫死之説，實采之《雜録》。《録》叙此事而終之云『今集中猶有贈耒陽詩』，即此勘破，作者正因此詩飾成其事，小説家伎倆畢露。今謂《録》與史合，豈知史正承《録》謬耶？觀『牛肉白酒』四字，顯是此詩題中『書致酒肉療飢荒江』之句文致而成。諸家辨之固當，而反謂其曲爲公諱。觀錢之意，不過欲確明其卒於耒陽，不難盡掃諸家之説耳。然本傳既難憑信，元《志》跡公事雖略，猶賴『旅殯岳陽』四字幸存一綫，爲《回櫂》、《登舟》、《發潭》、《過湖》諸詩左證，而顧必爲耒陽争一杜公之遺蜕，其智不反出宋人下哉。」

杜甫集校注

〔唐〕杜甫 著
謝思煒 校注

二

上海古籍出版社

杜工部集卷第三

古詩七十八首 寓秦州及同谷縣行赴蜀中作

貽阮隱居昉〔一〕

陳留風俗衰，人物世不數〔二〕。塞上得阮生〔三〕，迥繼先父祖。貧知静者性，自益毛髮古①。車馬入鄰家，蓬蒿翳環堵〔四〕。清詩近道要，識子用心苦②〔五〕。尋我草逕微〔六〕，褰裳蹋寒雨。更議居遠林③，避喧甘猛虎〔七〕。足明箕潁客，榮貴如糞土〔八〕。（0093）

【校】

① 自，錢箋校：「晋作白。」《草堂》校：「晋作白。蘇本同。」

② 子，錢箋校：「一作字。」《九家》作「字」。

③ 林，錢箋作「村」。

【注】

黄鶴注：當是公自華之秦州作，乾元二年（七五九）秋冬間。

〔一〕阮隱居：阮昉，秦州人。本書卷一〇有《秋日阮隱居致薤三十束》（0608）。

〔二〕陳留二句：《晋書・阮籍傳》：「阮籍，字嗣宗，陳留尉氏人也。……（阮）咸任達不拘，與叔父籍爲竹林之游，當世禮法者譏其所爲。咸與籍居道南，諸阮居道北，北阮富而南阮貧。」《世説新語・輕詆》注引《晋諸公贊》：「是時陳留爲大郡，多人士，琅玡王澄嘗經郡，入境問：『此郡多士，有誰乎？』」《新唐書・藝文志》著録江敞《陳留人物志》十五卷。

〔三〕塞上：朱鶴齡注：「《古今注》：『塞者，所以壅塞夷狄也。』公秦州、夔州詩每用『塞上』字，蓋秦界羌夷，夔界五溪蠻，二州皆有關隘之設。」按，唐人言塞上皆指西北邊塞。本篇及卷一五《秋興八首》（1908）「江間波浪兼天涌，塞上風雲接地陰」，毋寧爲特例。

〔四〕蓬蒿句：《高士傳》卷中「張仲蔚」：「常居窮素，所處蓬蒿没人，閉門養性，不治榮名。」環堵，見卷一《秋雨歎三首》（0017）注。

〔五〕清詩二句：《淮南子·原道訓》：「執道要之柄，而游於無窮之地。」王逸《九思·怨上》：「沐盥浴兮天池，訪太昊兮道要。」《吴越春秋》卷八：「采葛之婦傷越王用心之苦，乃作苦之詩。」

〔六〕尋我句：陶淵明《歸去來兮辭》：「三逕就荒，松菊猶存。」《文選》李善注：「《三輔決録》曰：蔣詡字元卿，舍中三逕，唯羊仲、求仲從之游，皆挫廉逃名不出。」

〔七〕更議二句：《晉書·董景道傳》：「知天下將亂，隱於商洛山，衣木葉，食樹果，彈琴歌笑以自娱，毒蟲猛獸皆繞其傍。」又《隱逸傳·郭文》：「洛陽陷，乃步擔入吴興餘杭大辟山中窮谷無人之地……時猛獸爲暴，入屋害人，而文獨宿十餘年，卒無患害。……（王導）問曰：『猛獸害人，人之所畏，而先生獨不畏邪？』文曰：『人無害獸之心，則獸亦不害人。』」

〔八〕足明二句：謝靈運《擬魏太子鄴中集·徐幹》序：「少無宦情，有箕潁之心。」《高士傳》卷上「許由」：「由於是遁耕於中岳潁水之陽、箕山之下，終身無經天下色。」《國語·晉語四》：「宜而不施，聚必有闕，玉帛酒食，猶糞土也。」《論衡·非韓》：「利欲不存於心，則視爵禄猶糞土矣。」

遣興三首

下馬古戰場，四顧但茫然〔一〕。風悲浮雲去，黄葉墜我前①〔二〕。朽骨穴螻蟻，又爲蔓草纏〔三〕。故老行歎息，今人尚開邊〔四〕。漢虜互勝負②，封疆不常全〔五〕。

安得廉恥將③，三軍同晏眠〔六〕？（0094）

【校】

①墜，錢箋、《草堂》校：「一作墮。」

②勝負，錢箋校：「樊作失約。」《草堂》校：「一作失約。」

③恥，宋本、錢箋、《九家》、《草堂》校：「一作頗。」

【注】

黄鶴注：當是乾元二年（七五九）秦州作。

〔一〕四顧句：《古詩十九首》：「四顧何茫茫，東風摇百草。」

〔二〕風悲二句：秦嘉《贈婦詩》：「浮雲起高山，悲風激深谷。」何遜《日夕望江山贈魚司馬》：「仲秋黄葉下，長風正騷屑。」

〔三〕朽骨二句：陸機《挽歌詩》：「豐肌饗螻蟻，妍姿永夷泯。」范雲《建除詩》：「危生一朝露，螻蟻將見謀。」江淹《恨賦》：「試望平原，蔓草縈骨，拱木斂魂。」

〔四〕開邊：《漢書·嚴助傳》：「是時征伐四夷，開置邊郡。」《魏書·李順傳》：「辟土開邊，隸首不紀。」

〔五〕漢虜二句：《漢書·匈奴傳》：「當孝武時，雖征伐克獲，而士馬物故亦略相當。雖開河南之

野，建朔方之郡，亦弃造陽之北九百餘里。匈奴人民每來降漢，單于亦輒拘留漢使以相報復。」

〔六〕安得二句：仇注謂當作「廉頗將」，「廉頗安邊而不生事，歎天寶諸將之不然也」。

高秋登寒山①，南望馬邑州〔一〕。降虜東擊胡，壯健盡不留〔二〕。穹廬莽牢落〔三〕，上有行雲愁。老弱哭道路，願聞甲兵休。鄴中事反覆②〔四〕，死人積如丘。諸將已茅土，載驅誰與謀〔五〕？（0095）

【校】

① 寒，《九家》、《草堂》校：「一作塞。」錢箋作「塞」，校：「一作寒。」

② 事反覆，宋本、錢箋、《九家》、《草堂》校：「一云何蕭條。」

【注】

〔一〕馬邑州：《新唐書·地理志》羈縻州隴右道党項州：「馬邑州，開元十七年置，在秦、成二州山谷間。寶應元年徙於成州之鹽井故城。右隸秦州都督府。」《九家》趙注：「馬邑，秦州地名。今於本處有石碑標榜焉。」

〔二〕降虜二句：朱鶴齡注：「降虜謂秦隴間屬夷，調發討賊者。」按，唐初以來內附降唐諸族稱爲降戶，以其首領爲都督、刺史，隸屬邊州。馬邑州即隸秦州都督府。內附部落習武善戰，亦編入

唐軍。朔方軍將領如僕固懷恩爲鐵勒僕固部，從郭子儀討賊雲中。渾瑊爲鐵勒渾部，從李光弼定河北。李光進爲河曲部落稽阿跌族，繼其父爲雞田州刺史，爲朔方軍將。其弟李光顔爲河東軍將。朔方軍由内附諸部組成，且爲唐軍平定叛亂之主力。馬邑州屬党項州，則其地爲党項内附部落。

〔三〕穹廬句：《史記·匈奴列傳》：「匈奴父子乃同穹廬而卧。」集解：「《漢書音義》曰：穹廬，旃帳。」唐太宗《建玉華宮手詔》：「今則毳幕穹廬，取爲郡縣。」莽牢落，見卷二《送樊二十三侍御赴漢中判官》(0086)注。

〔四〕鄴中：相州。見卷二《新安吏》(0060)注。

〔五〕諸將二句：蔡邕《獨斷》卷下：「天子太社，以五色爲壇。皇子封爲王者，受天子之社土，以所封之方色……苴以白茅授之，各以其所封方色歸國以立社，故謂之受茅土。」黄希注：「諸將不指李、郭，如朔方大將軍孫守亮等九人爲異姓王，李商臣等十三人爲同姓王是也。」按，所言乃代宗永泰元年閏十月事，非杜詩所指。此蓋泛言。《詩·小雅·皇皇者華》：「載馳載驅，周爰咨謀。」

豐年孰云遲①，甘澤不在早。耕田秋雨足，禾黍已映道。春苗九月交，顔色同日老〔一〕。勸汝衡門士〔二〕，勿悲尚枯槁。時來展材力，先後無醜好。但訝鹿皮翁，

忘機對芳草〔三〕②。（0096）

【校】

①孰，錢箋、《草堂》校：「一云既。一云亦。」

②芳草，宋本校：「一云荒草。」「芳」字錢箋、《草堂》校：「一作荒。」

【注】

〔一〕春苗二句：《詩·小雅·十月之交》傳：「之交，日月之交會。」此即入九月之意。仇注：「同日老，即日至皆熟意。」

〔二〕衡門：見卷一《秋雨歎三首》（0017）注。

〔三〕但訝二句：《列仙傳》卷下：「鹿皮公者，淄川人也。少爲府小吏木工，舉手能成器械。岑山上有神泉，人不能至也。小吏白府君，請木工斤斧三十人，作轉輪懸閣，意思横生。數十日，梯道四間成。上其巔，作祠舍，留止其旁，絶其二間以自固。食芝草，飲神泉，且七十年。淄水來，三下呼其宗族家室，得六十餘人，令上山半。水盡漂一郡，没者萬計。小吏乃辭遣宗家，令下山。著鹿皮衣遂去，復上閣。後百餘年下，賣藥於市。」《莊子·天地》：「功利機巧，必忘夫人之心。」

昔游

昔謁華蓋君，深求洞宮脚①〔一〕。玉棺已上天〔二〕，白日亦寂寞②。暮升艮岑頂③，巾几猶未却〔三〕。弟子四五人，入來淚俱落。余時游名山，發軔在遠壑〔四〕。良覿違夙願〔五〕，含淒向寥廓④。林昏罷幽磬〔六〕，竟夜伏石閣。王喬下天壇〔七〕，微月映皓鶴。晨溪嚮虚駃⑤〔八〕，歸徑行已昨。豈辭青鞋胝，悵望金匕藥⑥〔九〕。東蒙赴舊隱，尚憶同志樂〔一〇〕。休事董先生⑦〔一一〕，於今獨蕭索。胡爲客關塞，道意久衰薄？妻子亦何人〔一二〕，丹砂負前諾。雖悲髮變鬢⑧〔一三〕，未憂筋力弱。扶藜望清秋⑨，有興入廬霍〔一四〕。（0097）

【校】

① 深求洞宮脚，錢箋校：「陳作緑袍崑玉脚。」《草堂》校：「一作緑袍崑玉脚。」

② 玉，錢箋校：「陳作人。」《草堂》校：「一作人。」　寂，錢箋、《草堂》校：「一作冥。」

③ 岑，錢箋校：「晋作峯。」《草堂》校：「一作峯。」

④淒，錢箋校：「晉作悽。」《草堂》校：「一作悽。」向，《九家》作「尚」。寥，宋本作「廖」，據錢箋改。

⑤駃，宋本作「駛」，據錢箋等改。

⑥悵望，錢箋校：「一云惆悵。」《九家》、《草堂》作「惆悵」，《草堂》校：「一作悵望。」

⑦休，錢箋校：「一作伏。」《草堂》作「伏」，校：「一作休。非是。」

⑧髮變鬢，錢箋作「鬢髮變」，《草堂》作「髮鬢變」。宋本、錢箋校：「一云鬢髮變。」《九家》校：「一云鬢髮變。」《草堂》校：「一作髮變白。」

⑨扶，錢箋校：「一作杖。」《九家》、《草堂》作「杖」，《草堂》校：「一作扶。」

【注】

黃鶴注：此詩殆是記昔時游齊、宋中之事，中云「胡爲客關塞」，當是乾元二年（七五九）在秦州作。仇注：秦州與衡岳絶遠，豈得云「清秋入衡霍」，當是客夔州時作。舊因「關塞」二字，遂誤屬秦州。編入大曆二年（七六七）。川《譜》亦編入大曆二年。按，詩云「廬霍」，有疑義，詳注。

〔一〕昔謁二句：《九家》趙注：「此篇名《昔游》，蓋公紀游王屋山與東蒙山之實也。王屋山有華蓋峯，所謂華蓋君，董先生必是實事。」《明一統志》卷二七懷慶府：「華蓋峯，在濟源縣西天壇山南陽臺宮後，宋徽宗游幸之所。」宋樓異《嵩山二十四詠》有《華蓋峯》一首。仇注引《神仙傳》：「昔周王子喬養道於華蓋山，後昇仙，號華蓋山。」未詳所據。錢箋引《洞天福地記》温州永嘉華蓋山，相距遥遠，非杜甫行履所及。洞宮，指王屋山洞。《雲笈七籤》卷二七《天地宮府圖・十

大洞天》：「第一王屋山洞，週回萬里，號曰小有清虛之天。在洛陽、河陽兩界，去王屋縣六十里，屬西城王君治之。」朱鶴齡注：「華蓋君猶《太白集》之丹丘子，蓋開元天寶間道士隱於王屋者，不必求華蓋所在以實之也。」按，唐司馬承禎修道於王屋山天壇。華蓋君約與其同時。

〔二〕玉棺句：《後漢書·方術傳》「王喬」：「後天下玉棺於堂前，吏人推排，終不搖動。喬曰：『天帝獨召我邪？』乃沐浴服飾寢其中，蓋便立覆。宿昔葬於城東，土自成墳。」

〔三〕暮升二句：《分門》洙曰：「艮岑，東北之岑也。」巾几，道教科戒所用。《三洞奉道科戒》卷一置觀品：「天尊前置香爐幡華浄巾，安食床几褥。」卷二寫經品：「巾帕帙蘊如法，置几案香爐。」

〔四〕發軔：《楚辭·離騷》：「朝發軔於蒼梧兮，夕余至乎縣圃。」王逸注：「軔，搘輪木也。」補注：「軔，止車之木，將行則發之。」

〔五〕良覿：見卷一《白水縣崔少府十九翁高齋三十韻》(0042)注。

〔六〕磬：《三洞奉道科戒》卷三法具品：「凡磬，以節度威儀容止所要。有六種相，一者玉，二者金，三者銀，四者銅，五者鐵，六者石。或兩角四角，或九角無角，或狀若鈎，並題所識，永爲供養。凡鐘磬，皆須作璁懸之。」

〔七〕王喬句：王喬，見卷一《橋陵詩三十韻因呈縣内諸官》(0037)注。《太平寰宇記》卷五王屋縣：「王屋山，在縣北十五里。……天壇山北山，登之可以望海。」《明一統志》卷二八懷慶府：「天壇山，在濟源縣西一百二十里王屋山北。山峰突兀，其東曰日精，西曰月華，絶頂有石壇，名清

虛小有洞天。」仇注引《寰宇記》「王子喬天壇，在緱氏縣東南六里」，混緱氏山與天壇爲一，非原文。

〔八〕晨溪二句：《類篇》：「駃，苦夬切。馬行疾也。」張正見《隴頭水》：「湍高飛轉駃，澗淺蕩還遲。」《太平廣記》卷三九八《石磨》（出《續齊諧記》）：「土人號爲石磨。轉駃則年豐，遲則歲儉。」《酉陽雜俎》卷一四《諾臯記上》：「遂鑿石穿，水北流甚駃。」仇注：「嚮虛駃，水聲急瀉也。」引元好問詩自注：「與快同。」

〔九〕豈辭二句：《莊子·讓王》：「手足胼胝。」《類篇》：「胝，又張尼切。腄也。一曰繭也。」匕爲取藥之具。葛洪《關尹子序》：「匕者食也，釜者化也。」鮑照《代淮南王》：「琉璃藥碗牙作盤，金鼎玉匕合神丹。」

〔一〇〕東蒙二句：東蒙，見卷一《玄都壇歌寄元逸人》（0008）注。又本書卷九《與李十二白同尋范十隱居》（0436）：「余亦東蒙客，憐君如弟兄。」《九家》趙注：「豈所謂赴舊隱與同志樂者？」

〔一一〕董先生：朱鶴齡注：「《昔游》詩當與七古《憶昔行》互證。……公客東蒙，與李白諸人同游好，其時之伏事者則董先生，即衡陽董鍊師也。」本書卷八《憶昔行》（0365）：「更討衡陽董鍊師，南浮早鼓瀟湘柂。」

〔一二〕妻子：《漢書·梅福傳》：「王莽顓政，福一朝弃妻子，去九江，至今傳以爲仙。」《宋書·隱逸傳·劉凝之》：「性好山水，一旦携妻子泛江湖，隱居衡山之陽，登高嶺，絶人跡，爲小屋居之，采藥服食，妻子皆從其志。」

〔一三〕雖悲句：謝朓《晚登三山還望京邑》：「有情知望鄉，誰能鬒不變。」

〔一四〕廬霍：謝靈運《初發石首城》：「游當羅浮行，息必廬霍期。」《文選》李善注：「廬、霍，二山名也。」郭璞《江賦》：「衡霍磊落以連鎮，巫廬嵬崫而比嶠。」李善注引《爾雅》「霍山爲南岳」郭璞注：「今在廬江西。」及慧遠《廬山記》：「山在江州潯陽之南。」《爾雅・釋山》：「霍山爲南岳。」注：「即天柱山。灊水所出。」《風俗通義》卷一〇：「南方衡山，一名霍山。霍者，萬物盛長，垂枝布葉，霍然而大。廟在廬江灊縣。」《釋山》邢昺疏：「云衡、霍一山二名者，本衡山一名霍山。漢武帝移岳神於天柱，又名天柱亦爲霍，故漢以來衡、霍別耳。」「（郭璞注）據作注時霍山爲言，此山本名天柱。……其《經》之霍山，即江南衡是也。」按，六朝人言廬霍同郭注，謂廬山與霍山（天柱山）。李白《題嵩山逸人元丹丘山居》：「夤緣泛潮海，偃蹇陟廬霍。」皇甫冉（一作劉長卿）《送康判官往新安》：「猿聲比廬霍，水色勝瀟湘。」王季文《九華山謠》：「丹崖壓下廬霍勢，白日隱出牛斗星。」皎然《送常清上人還舒州》：「常説歸山意，誅茅廬霍前。」諸詩之霍亦不能解作衡山。以杜詩所指爲衡山，則錢箋、朱注以此詩牽合衡陽董鍊師而爲説也。其以霍爲衡之別名雖似有據，然杜則誤用六朝人語，且別出心裁。

幽人

孤雲亦羣游，神物有所歸①〔一〕。麟鳳在赤霄②，何當一來儀③〔二〕？往與惠荀

輩④，中年滄洲期〔三〕。天高無消息，弃我忽若遺〔四〕。内懼非道流，幽人見瑕疵⑤〔五〕。洪濤隱語笑⑥，鼓枻蓬萊池〔六〕。崔嵬扶桑日，照曜珊瑚枝〔七〕。風帆倚翠蓋⑦，暮把東皇衣〔八〕。嗽漱元和津，所思烟霞微⑧〔九〕。知名未足稱，局促商山芝〔一〇〕。五湖復浩蕩〔一一〕，歲暮有餘悲。（0098）

【校】

① 有，錢箋、《草堂》校：「一作識。」

② 麟，錢箋校：「一作靈。」《草堂》校：「疑作靈。」

③ 當，錢箋校：「一作嘗。」《草堂》作「嘗」，校：「一作當。」

④ 苟，錢箋校：「一作詢。」

⑤ 見，錢箋校：「一作在。」

⑥ 語笑，錢箋校：「樊作笑語。」《九家》、《草堂》作「笑語」，《草堂》校：「樊作語笑。」

⑦ 蓋，錢箋校：「一作巘。」《草堂》校：「一作鳳。」

⑧ 漱，錢箋作「嗽」。　霞，錢箋校：「一作霧。」

【注】

黄鶴注：以「五湖復浩蕩，歲事有餘悲」，意是大曆三年（七六八）出峽歲晚至岳陽作。舊編在秦

州詩内，公在秦止數月，不應有「歲暮有餘悲」之句。《草堂》編入大曆四年（七六九）潭州詩。仇注、川《譜》同。

〔一〕孤雲二句：陶淵明《詠貧士》：「萬族各有託，孤雲獨無依。」《易・繫辭上》：「是故天生神物，聖人則之。」鮑照《贈故人馬子喬》：「雙劍將别離，先在匣中鳴。……神物終不隔，千祀儻還並。」《九家》趙注：「孤雲所以譬幽人之畸獨者也，然以類相聚，則終至於群游，蓋以神物有歸故爾。」按，「神物」當與「孤雲」對舉，啓下「麟鳳」句。

〔二〕麟鳳二句：《孔叢子・記問》獲麟歌：「唐虞世兮麟鳳游，今非其時來何求。」張協《七命》：「挂歸翮於赤霄之表，出華鱗於紫淵之裏。」《書・益稷》：「鳳皇來儀。」《九家》趙注引《南史》徐陵生，寶志見之曰「此兒天上石麒麟」，謂麟自天而降亦宜。《草堂》疑「麟」當作「靈」，仇注乃從改。按，此屬用語連及，不煩改字。

〔三〕往與二句：《分門》歐曰：「惠詢輩，謂惠遠、許詢也。」錢箋引甫逸詩《聞惠二送過東溪》（本書卷一八1443），謂詢或其名。按，宋本字作「荀」，「詢」字後人所改。據詩意，亦連舉二人爲長。《宋書・謝靈運傳》：「靈運既東還，與族弟惠連、東海何長瑜、潁川荀雍、泰山羊璿之以文章賞會，共爲山澤之游，時人謂之四友。」疑杜詩用此典，言惠、荀以概四友。謝朓《之宣城郡出新林浦向板橋》：「既歡懷禄情，復協滄洲趣。」《太平廣記》卷一八《元藏幾》（出《杜陽編》）：「大業九年，爲過海使判官，無何，風浪壞船，黑霧四合，同濟者皆不免，而藏幾獨爲破木所載，殆經半

月，忽達於洲島間。洲人問其從來，則晉然具以事告。洲人曰：『此滄洲，去中國已數萬里。』……其洲方千里，花木常如二月，地土宜五穀，人多不死。出鳳凰、孔雀、靈牛、神馬之屬。更産分蒂瓜，長二尺，其色如椹，一顆二蒂。有碧棗丹栗，皆大如梨。其洲人多衣縫掖衣，戴遠游冠。與之話中國事，則歷歷如在目前。」

〔四〕天高二句：《史記・宋微子世家》：「天高聽卑。」曹植《上疏陳審舉之義》：「天高聽遠，情不上通。」《古詩十九首》：「不念携手好，弃我如遺跡。」

〔五〕内懼二句：孔稚圭《北山移文》：「談空空於釋部，核玄玄於道流。」《易・履》：「履道坦坦，幽人貞吉。」陸機《招隱詩》：「躑躅欲安之，幽人在浚谷。」《左傳》僖公七年：「予取予求，不女疵瑕也。」

〔六〕洪濤二句：曹植《贈白馬王彪》：「泛舟越洪濤，怨彼東路長。」《晋書・王嘉傳》：「滑稽好語笑，不食五穀，不衣美麗，清虚服氣，不與世人交游。」《楚辭・漁父》：「漁父莞爾而笑，鼓枻而去。」《漢書・郊祀志》：「建章宫……其北治大池，漸臺高二十餘丈，名曰泰液，池中蓬萊、方丈、瀛洲、壺梁，象海中神山龜魚之屬。」

〔七〕崔嵬二句：《淮南子・天文訓》：「日出於暘谷，浴於咸池，拂於扶桑，是謂晨明。」珊瑚枝，見卷一《送孔巢父謝病歸游江東兼呈李白》(0026)注。

〔八〕風帆二句：宋玉《高唐賦》：「蜺爲旌，翠爲蓋。」《淮南子・原道訓》：「馳要褭，建翠蓋。」《楚辭・九歌・東皇太一》：「吉日兮良辰，穆將愉兮上皇。」王逸注：「上皇，謂東皇太一。」《文選》

吕向注：「太一，星名，天之尊神。祠在楚東，以配東帝，故云東皇。」

〔九〕噏漱二句：《道教義樞》序：「含養元和，化貸陰陽。」《三洞奉道科戒》卷二：「凡天尊法座，凡有八種。……七者坐雲霄，八者御烟霞。」《雲笈七籤》卷一三三洞經教部《太清中黄真經·烟霞浄志章第四》：「烟霞浄志通神奥，令子坐知生死道。」

〔一〇〕局促句：商山芝，見卷二《喜晴》(0077)注。《九家》趙注：「雖四皓知名，猶爲局促。」錢箋謂此指李泌定太子之後，懼李輔國之譖，請隱衡山。

〔一一〕五湖：《國語·越語下》：「遂滅吴，反至五湖，范蠡辭於王……遂乘輕舟以浮於五湖，莫知其所終極。」

浦起龍云：「此亦因流寓失所，結情於世外之侣耳。鍾氏(惺)所謂絶妙游仙詩，無丹藥瓢笠氣，並無雲霞山澤氣者也。《杜闡》以『蓬萊』等爲青瑣之寓言，以『商山芝』爲扈從之寓言，全作戀戀朝廷之解，殊不類也。」

按，錢箋謂「商山芝」言李泌，盧元昌謂「幽人見瑕疵」訴信見疑、忠見謗，固過鑿。然此詩宋本舊編與《佳人》相次，二篇似皆有寓意。孤雲喻貧士，顯有自寓意。惠、荀輩弃我，恐指在朝者。「天高」喻帝聽，「蓬萊池」亦非泛言東海蓬萊。詩意或非止於言游仙，作年亦可再商榷。

佳人〔一〕

絶代有佳人，幽居在空谷①〔二〕。自云良家子，零落依草木〔三〕。關中昔喪敗②，兄弟遭殺戮〔四〕。官高何足論，不得收骨肉〔五〕。世情惡衰歇，萬事隨轉燭〔六〕。夫婿輕薄兒，新人美如玉③〔七〕。合昏尚知時，鴛鴦不獨宿〔八〕。但見新人笑，那聞舊人哭〔九〕。在山泉水清，出山泉水濁〔一〇〕。侍婢賣珠回④，牽蘿補茅屋〔一一〕。摘花不插髮⑤，采柏動盈掬⑥〔一二〕。天寒翠袖薄，日暮倚修竹〔一三〕。（0099）

【校】

① 空，宋本、錢箋、《九家》、《草堂》校：「一作山。」

② 敗，錢箋、《草堂》校：「一作亂。」

③ 美，錢箋、《九家》、《草堂》作「已」，錢箋、《草堂》校：「一作美。」

④ 侍，《草堂》校：「一作待。」

⑤ 髮，宋本、《九家》、《草堂》校：「一作髻。」錢箋校：「一作髻。晋作鬢。」

⑥ 掬，錢箋校：「一作握。」

【注】

黄鶴注：乾元二年在秦州（七五九）作。

〔一〕佳人：《分門》師曰：「《詩·簡兮》『刺不用賢』，云『彼美人兮，西方之人兮』，蓋言賢者有佳美之德。此詩亦以佳人喻賢者，君用新進少年，至於疏弃舊臣。」仇注：「司馬相如《長門賦》：『夫何一佳人兮，步逍遥以自娱。』此爲陳皇后見廢而作，詩題正取之。」按，「佳人」自當據詩首句用《漢書·外戚傳》李延年歌：「北方有佳人，絶世而獨立。一顧傾人城，再顧傾人國。」

〔二〕幽居句：《禮記·儒行》：「幽居而不淫。」《詩·小雅·白駒》：「皎皎白駒，在彼空谷。」

〔三〕自云二句：《史記·外戚世家》：「竇姬以良家子入宫侍太后。」《禮記·月令》：「（仲夏）行秋令，則草木零落。」

〔四〕關中二句：《草堂》夢弼注：「謂經禄山之亂也。」

〔五〕不得句：《三國志·魏書·三少帝紀》：「骸骨不收，弃於原野。」《梁鼓角横吹曲·企喻歌》：「屍喪狹谷中，白骨無人收。」

〔六〕世情二句：《宋書·后妃傳·明帝陳貴妃》：「始有寵，一年許衰歇。」桓譚《新論·祛蔽》：「今人之養性……如彼促脂轉燭者，至壽極亦獨死耳。」此謂延長燃燒。庾肩吾詩：「聊持轉風燭，暫映廣陵琴。」此言風轉燭滅。

〔七〕夫婿二句：《漢書·酷吏傳》：「雜舉長安中輕薄少年惡子。」阮籍《詠懷》：「輕薄閑游子，俯仰

乍浮沉。」《玉臺新詠》古詩：「上山采蘼蕪，下山逢故夫。長跪問故夫，新人復何如。新人雖言好，未若故人姝。」《古詩十九首》：「燕趙多佳人，美者顔如玉。」

〔八〕合昏二句：《太平御覽》卷九五八引《風土記》：「夜合，葉晨舒而暮合，一名合昏。」《政和證類本草》卷一三引唐本注：「此樹生葉似皂莢槐等，極細。五月花發，紅白色。所謂山澗中有之，今東西京第宅山池間亦有種者。名曰合歡，或曰合昏。」陸倕《新漏刻銘》：「合昏暮卷，蓂莢晨生。」《詩·小雅·鴛鴦》傳：「鴛鴦，匹鳥。」箋：「匹鳥，言其止則相耦，飛則爲雙，性馴耦也。」

〔九〕但見二句：竇玄妻與玄書：「衣不厭新，人不厭故。悲不可忍，怨不自去。彼獨何人，而居我處。」李白《怨情》：「新人如花雖可寵，故人似玉由來重。」

〔一〇〕在山二句：《詩·小雅·四月》：「相彼泉水，載清載濁。」曹植《七哀詩》：「君若清路塵，妾若濁水泥。浮沉各異勢，會合何時諧。」《九家》趙注：「人之同處山谷幽寂之地……其清可知；其夫之出山，隨物流蕩，遂爲山下之濁泉矣。」仇注：「此謂守貞清而改節濁也。」蕭滌非引徐而庵說：「婦人在夫家，爲夫所愛，即是在山之泉水……爲夫所弃，不在夫家，即是出山之泉水。」徐說近是。如曹植詩即以濁水泥喻女子被弃。

〔一一〕侍婢二句：《魏鄭公諫録》卷二：「桂州都督李弘節身死之後，其家賣珠，太宗聞之，乃宣言於朝曰：『此人平生之日，宰相皆言其清，其家今既賣珠，所舉者豈得無罪。』敕案之。公諫曰：『……今弘節爲國立功，前後大蒙賞賚，居官終没不言貪殘，妻子賣珠，未爲有罪。』」又唐小説買珠識寶傳説甚多，見《廣異記》等。此蓋寫女子出身富貴而致破落。鮑照《和王丞》：「明澗

子沿越，飛蘿予縈牽。性好必齊遂，跡幽非妄傳。」牽蘿者喻幽居。岑參有《南池夜宿思王屋青蘿舊齋》。牟融《題山莊》：「蘿屋蕭蕭事事幽，臨風搔首遠凝眸。」白居易《與元微之書》：「青蘿爲牆垣。」仇注：「牽蘿補屋，甚言居不庇身。……一説使青翠滿屋，乃山居幽致，此説亦通。」按，唐人有蘿屋、蘿牆之説，「補」字不必坐實。

〔一二〕摘花二句：謝朓《鏡臺》：「照粉拂紅妝，插花理雲髮。」《開元天寶遺事》卷四：「長安士女於春時鬭花戴插，以奇花多者爲勝。」《詩·小雅·采緑》：「終朝采緑，不盈一匊。」傳：「兩手曰匊。」匊通掬。

〔一三〕天寒二句：吴均《春郊望美人》：「芳郊拾翠人，回袖掩芳春。」蕭綱《梅花賦》：「夾衣始薄，羅袖初單。」東方朔《七諫》：「便娟之修竹兮，寄生乎江潭。」王逸注：「屈原以竹自喻……自恨放流而獨不蒙君之惠也。」

王嗣奭《杜臆》：「大抵佳人事必有所感，而公遂藉以寫自己情事。」

仇注：「天寶亂後，當是實有是人，故形容曲盡其情。舊謂託弃婦以比逐臣，傷新進倡狂、老成凋謝而作，恐懸空撰意，不能淋漓愷至如此。」

赤谷西崦人家〔一〕

躋險不自喧①，出郊已清目〔二〕。溪回日氣暖，逕轉山田熟。鳥雀依茅茨，藩籬帶松菊。如行武陵暮，欲問桃花宿②〔三〕。（0100）

【校】

①躋，《草堂》校：「一作路。」喧，錢箋校：「荆作宣。一作安。」《九家》、《草堂》作「安」，《九家》校：「一作喧。」《草堂》校：「荆作宣。」

②花，《草堂》作「源」。錢箋校：「一作源。」

【注】

黄鶴注：乾元二年（七五九）在秦州作。

〔一〕赤谷西崦：《水經注》渭水：「藉水又東，黄瓜水注之。其水發源黄瓜西谷，東流逕黄瓜縣北，又東，清溪、白水左右夾注。又東北……黄瓜水又東北歷赤谷，咸歸於藉。」《明一統志》卷三五鞏昌府：「赤谷，在秦州西南七里，中有赤谷川。」又：「崦嵫山，在秦州西五十里。」錢箋引《一

統志》：「赤谷在秦州西南七十里。」又引《地理志》：「秦州有崦嵫山，在赤谷之西」，並謂「故曰西崦」。按，赤谷在秦州西南七里，錢引作「七十里」者誤。觀此詩「出郊」句亦可知。崦嵫山則在秦州西五十里，赤谷與崦嵫山相距尚遥，此西崦當與崦嵫山無關。且崦嵫名山，豈可附輟於赤谷？《六書故》：「崦，衣檢切。山有隱曲也。又作嶮。」王僧孺《懺悔禮佛文》：「東榑纔叶，西崦已仄。」固用崦嵫日入之典。然杜甫又有《東屯北崦》（本書卷一六1244），顧況有《崦裏桃花》，皮日休《太湖詩》有《崦裏》，蓋崦亦可泛稱隱曲之山。

〔二〕躋險二句：謝靈運《石門新營所住四面高山回溪》：「躋險築幽居，披雲卧石門。」陶淵明《飲酒》：「結廬在人境，而無車馬喧。」此用其意，謂山居自可避喧。王筠《北寺寅上人房望遠岫玩前池》：「豈若尋幽栖，即目翫清曠。」

〔三〕如行二句：陶淵明《桃花源記》：「晉太元中，武陵人捕魚爲業，緣溪行，忘路之遠近，忽逢桃花林夾岸，數百步中無雜樹……林盡水源，便得一山，山有小口，仿佛若有光。便捨船從口入。」

西枝村尋置草堂地夜宿贊公土室二首〔一〕

出郭眄細岑，披榛得微路〔二〕。溪行一流水，曲折方屢渡。贊公湯休徒，好静心迹素〔三〕。昨枉霞上作〔四〕，盛論岩中趣。怡然共携手〔五〕，恣意同遠步。捫蘿澀

先登，陟巘眩反顧〔六〕。要求陽岡暖，苦涉陰嶺沍①〔七〕。惆悵老大藤，沉吟屈蟠樹〔八〕。卜居意未展，杖策回且暮〔九〕。層巔餘落日②〔一〇〕，草蔓已多露。（0101）

【校】

① 涉，錢箋作「陟」，校：「晉作步。」

② 層，宋本作「嶒」，據錢箋、《草堂》改。《九家》作「曾」。　巔，錢箋、《九家》校：「一作天。」

【注】

黄鶴注：贊公謫居秦州，公乾元二年（七五九）七月自華之秦，意欲居此，故尋置草堂地。當是其年秋晚作。《草堂》夢弼注謂杜甫與贊公相遇在同谷。

〔一〕贊公：見卷一《大雲寺贊公房四首》（0044）注。西枝村：參後《寄贊上人》（0103）注。

〔二〕出郭二句：宋之問《游陸渾南山》：「細岑互攢倚，浮巘競奔蹙。」袁宏《采菊》：「披榛即澗，藉草依陰。」陶淵明《歸園田居》：「試携子侄輩，披榛步荒墟。」

〔三〕贊公二句：《宋書·徐湛之傳》：「時有沙門釋惠休，善屬文，辭采綺艷，湛之與之甚厚。世祖命之還俗。本姓湯，位至揚州從事史。」陶淵明《移居》：「聞多素心人，樂與數晨夕。」《弘明集》卷一一孔稚圭書：「以沖静爲心，以素退成行。」

〔四〕昨枉句：《南史·顔延之傳》：「延之每薄湯惠休詩，謂人曰：『惠休製作，委巷中歌耳，方當誤

後生。』」鍾嶸《詩品》齊惠休上人：「惠休淫靡，情過其才，世遂匹之鮑照，恐商、周矣。」《草堂》夢弼注：「贊公嘗以詩招甫爲鄰居……甫謂其才思挺出烟霞之外，故云『霞上作』也。」仇注：「謂身伴雲霞而作書相寄。」

〔五〕怡然句：《詩・邶風・北風》：「惠而好我，携手同行。」

〔六〕捫蘿二句：范雲《送沈記室夜別》：「捫蘿忽遺我，折桂方思君。」《詩・大雅・公劉》：「陟則在巘，復降在原。」傳：「巘，小山，別於大山也。」張衡《南都賦》：「緜綿綿其若絶，眩將墜而復舉。」《文選》李善注引《國語》賈逵注：「眩，惑也。」仇注：「眩反顧，深入路迷。」按，言下望月眩頭暈。

〔七〕要求二句：顔延之《應詔觀北湖田收》：「陽陸團精氣，陰谷曳寒烟。」苦，甚詞。參卷一《渼陂西南臺》(0032)注。《左傳》昭公四年：「固陰沍寒。」杜預注：「沍，閉也。」

〔八〕沉吟句：束皙《玄居釋》：「徒屈蟠於坎井，眄天路而不游。」

〔九〕卜居二句：《楚辭・卜居》王逸注：「屈原之所作也。……卜己居世，何所宜行。」嵇康《述志詩》：「逝將離群侶，杖策追洪崖。」

〔一〇〕層巔：謝靈運《過始寧墅》：「葺宇臨回江，築觀基曾巔。」李白《夢游天姥吟留別》：「栗深林兮驚層巔。」

天寒鳥已歸〔一〕，月出人更静①。土室延白光，松門耿疏影〔二〕。躋攀倦日短，語樂寄夜永〔三〕。明燃林中薪，暗汲石底井②。大師京國舊，德業天機秉〔四〕。從來

支許游，興趣江湖迥〔五〕。數奇謫關塞，道廣存箕潁〔六〕。何知戎馬間，復接塵事屏〔七〕。幽尋豈一路，遠色有諸嶺〔八〕。晨光稍曚曨③〔九〕，更越西南頂。（0102）

【校】

①人，錢箋校：「晋作天。」《九家》、《草堂》作「山」，校：「一作人。」更，宋本、錢箋、《九家》校：「一作已。」

②底，宋本、錢箋、《九家》校：「一作泉。」

③曚曨，錢箋、《九家》、《草堂》作「朦朧」。

【注】

〔一〕天寒句：郭泰機《答傅咸詩》：「天寒知運速，況復雁南飛。」

〔二〕土室二句：謝肇淛《五雜俎》卷四：「地窖，燕都雖有，然不及秦、晋之多，蓋人家顓以當蓄室矣。其地燥，故不腐。其土堅，故不崩。自齊以南不能爲也。三晋富家，藏粟數百萬石，皆窖而封之。……至於近邊一帶，常作土室以避虜其中，若大廈，盡室處其中，封其隧道，固不啻金湯矣，但苦無水耳。」楊一清《關中奏議》卷一：「況各苑地方，木植難得。土人以窑洞爲家，乃其素習。」謝靈運《入彭蠡湖口》：「攀崖照石鏡，牽葉入松門。」

〔三〕躋攀二句：躋攀，見卷一《白水縣崔少府十九翁高齋三十韻》(0042)注。孫綽《游天台山賦》：「恣語樂以終日，等寂默於不言。」

〔四〕大師二句：《莊子・大宗師》：「其耆欲深者，其天機淺。」曹植《雜詩》：「明晨秉機杼，日昃不成文。」此言秉天機，蓋雙關。

〔五〕從來二句：《世説新語・文學》：「支道林、許掾諸人共在會稽王齋頭，支爲法師，許爲都講。支通一義，四坐莫不厭心。許送一難，衆人莫不抃舞。但共嗟詠二家之美，不辯其理之所在。」曹植《雜詩》：「之子在萬里，江湖迥且深。」

〔六〕數奇二句：《史記・李將軍列傳》：「以爲李廣老，數奇。」索隱：「服虔云：作事數不偶也。」《大戴禮記・四代》：「美哉，子道廣矣。」箕潁，見本卷《貽阮隱居》(0093)注。

〔七〕塵事：陶淵明《辛丑歲七月赴假還江陵夜行塗口》：「閑居三十載，遂與塵事冥。」

〔八〕幽尋二句：謝靈運《讀書齋》：「春事日已歇，池塘曠幽尋。」朱超《别劉孝先》：「陰凝變遠色，落葉泛寒流。」

〔九〕晨光句：陶淵明《歸去來兮辭》：「恨晨光之熹微。」

寄贊上人〔一〕

一昨陪錫杖，卜鄰南山幽〔二〕。年侵腰脚衰，未便陰崖秋〔三〕。重岡北面起〔四〕，竟日陽光留。茅屋買兼土①，斯焉心所求〔五〕。近聞西枝西，有谷杉黍稠②〔六〕。亭

午頗和暖，石田又足收③〔七〕。當期塞雨乾④，宿昔齒疾瘳〔八〕。徘徊虎穴上，面勢龍泓頭〔九〕。柴荆具茶茗，逕路通林丘⑤。與子成二老，來往亦風流〔一〇〕。（0103）

【校】

① 買，錢箋、《九家》校：「一作置。」

② 黍，宋本、錢箋、《九家》校：「一作漆。」《草堂》作「漆」，校：「一作杉黍。」

③ 石，錢箋校：「一作沙。」《草堂》作「沙」。

④ 塞，錢箋校：「一作寒。」《九家》作「寒」。

⑤ 逕，錢箋校：「一作遥。」《九家》、《草堂》作「遥」。

【注】

黄鶴注：當是乾元二年（七五九）在秦州作。

〔一〕贊上人：贊公。《釋氏要覽》卷上：「《增一經》云：夫人處世，有過能自改者名上人，律缾沙王呼佛弟子爲上人。」《能改齋漫録》卷七：「唐詩多以僧爲上人。」

〔二〕一昨二句：《釋氏要覽》卷中：「錫杖，梵云隙弃羅，此云錫杖，由振時作錫聲故。《十誦》云聲杖。……又名智杖，又名德杖。」《菩薩本業經》：「法施天下，無慳貪意，行持錫杖。」《左傳》昭公三年：「非宅是卜，唯鄰是卜。」

〔三〕年侵二句：陸機《豫章行》：「前路既已多，後塗隨年侵。」鮑照《擬古》：「陰崖積夏雪，陽谷散秋榮。」

〔四〕重岡：謝朓《思歸賦》：「援弱葛而能昇，踐重岡而不眩。」

〔五〕茅屋二句：仇注引遠注：「屋兼買土，謂欲得山中帶土之地，可居亦可耕也。」按，買土即買地。柳宗元《與蕭翰林俛書》：「買土一廛爲耕甿。」意同。

〔六〕近聞二句：《草堂》夢弼注：「西枝乃東柯谷西枝村之西也。」夢弼謂甫與贊公在同谷相遇。詳後《别贊上人》（0137）注。然東柯谷實在秦州，故夢弼於秦州、成州之地理亦不甚了然。盧元昌曰：「西枝西有谷者，即指同谷也。」據其説，則西枝必在同谷。然其説亦出臆測。王德全《杜甫在東柯谷和西枝村》（《社會科學》一九八一年第一期）謂西枝村即天水縣甘泉公社西枝大隊，引民國《天水縣志》謂民國十五年鄉人修理廟門見横額背有「古西枝村」四大字。又引《秦州新志》謂馬跑泉東南二十五里爲甘泉寺鎮，「南五里爲西枝村，村後有贊公土室。」又據《秦州新志》謂龜鳳山在西枝村西十里，西枝西谷可能指龜鳳山谷。高天佑《杜甫隴蜀紀行詩注析》、蔡副全《杜甫與贊上人交游在同谷考》（《前沿》二〇〇九年第七期）則考杜甫與贊公交游在成州，高著謂西枝村在今成縣支旗鄉廟灣村一帶。《明一統志》卷三六鞏昌府土産：「杉木，文縣出。」《甘肅通志》卷二〇：「杉，階、文、成出。」

〔七〕亭午二句：《初學記》卷一引《纂要》：「日初出曰旭……在午曰亭午，在未曰昳。」宋之問《早發大庾嶺》：「躊躕戀北顧，亭午晞霽色。」石田，見卷一《醉時歌》（0019）注。

〔八〕當期二句：雨乾，見卷二《洗兵馬》（0090）注。《書·説命》：「厥疾弗瘳。」

〔九〕徘徊二句：《方輿勝覽》卷七〇同慶府：「飛龍峽，在仇池山下。氐楊飛龍者據仇池，因得名。其東乃天寶杜甫避亂居此，有龍灣、虎穴。」「龍泓，一在飛龍峽，一在天井山。」錢箋引此。按，此飛龍峽在仇池山東南洛谷故城附近，即杜甫赴同谷所經之龍門鎮。嚴耕望《唐代交通圖考》：「飛龍峽殆即龍門鎮地，杜翁所經，非住此也。」蔡副全引乾隆《成縣新志》：「飛龍峽有二，一在仇池山下，晉氐楊飛龍據仇池因名。一在縣東南七里，河水經流，相傳有龍飛出，故名。峽口有杜甫草堂。杜詩『徘徊虎穴上，面勢龍泓頭』即此。」然此説出於清代，恐有附會。蕭衍《游鍾山大愛敬寺》：「面勢周大地，縈帶極長川。」

〔一〇〕與子二句：《孟子·離婁上》：「二老者，天下之大老也。」謂伯夷、太公。《世説新語·賞譽》：「范豫章謂王荆州：『卿風流俊望，真後來之秀。』」

太平寺泉眼

招提憑高岡〔一〕，疏散連草莽。出泉枯柳根，汲引歲月古。石間見海眼①，天畔縈水府〔二〕。廣深尺丈間②，宴息敢輕侮。青白二小蛇，幽姿可時覩〔三〕。如絲氣或上，爛漫爲雲雨。山頭到山下，鑿井不盡土。取供十方僧，香美勝牛乳〔四〕。北風起寒文，弱藻舒翠縷③。明涵客衣浄，細蕩林影趣。何當宅下流，餘潤通藥

圃〔五〕。三春濕黃精，一食生毛羽〔六〕。（0104）

【校】

① 間，錢箋、《草堂》校：「一作門。」

② 尺丈，錢箋、《草堂》作「丈尺」。

③ 舒，錢箋、《九家》校：「一作勝。」

【注】

黃鶴注：太平寺在秦州，當是乾元二年（七五九）秋冬之交作。王德全謂太平寺即秦州甘泉寺，距西枝村五里。

〔一〕招提：見卷一《游龍門奉先寺》（0004）注。

〔二〕石間二句：《酉陽雜俎》續集卷四：「蜀石笋街，夏中大雨，往往得雜色小珠，俗謂地當海眼，莫知其故。」《太平廣記》卷一九七《江陵書生》（出《玉堂閑話》）：「數百年前，此州忽爲洪濤所漫……（書生曰）此是息壤之地，在於南門。僕嘗讀《息壤記》云：禹湮洪水，兹有海眼，泛之無恒，禹乃鐫石，造龍之宫室，置於穴中，以塞其水脈。」類似傳説，各地頗有。劉邵《趙都賦》：「其東則有天浪水府，百川是鍾。」《太平御覽》卷五九引《述異記》：「漢沔會流處，岸上有石銘云：『下至水府三十一里。』皆傳李斯刻石於此。」宋之問《新年作》：「鄉心新歲切，天畔獨潸

然。」杜甫秦州、蜀中詩言天畔，皆指偏遠邊地。

〔三〕幽姿：謝靈運《登池上樓》：「潛虬媚幽姿，飛鴻響遠音。」

〔四〕香美句：《法苑珠林》卷三〇引《涅槃經》：「喻如牛乳，味中最上。」卷五五引《佛説乳光佛經》：「時佛世尊適小中風，當須牛乳。」

〔五〕餘潤句：傅亮《喜雨賦》：「洒豐浸於中疇，覃餘潤於嘉蔬。」

〔六〕三春二句：《博物志》卷五：「黄帝問天老曰：『天地所生，豈有食之令人不死者乎？』天老曰：『太陽之草，名曰黄精，餌而食之，可以長生。』」《列仙傳》卷上：「修羊公者，魏人也。在華陰山上石室中，有懸石榻，卧其上，石盡空陷。略不食，時取黄精食之。」謝靈運有《過銅山掘黄精》。方東樹《昭昧詹言》卷六：「東漢以《七緯》爲内學，此服黄精，或出緯書。羊公有《服黄精法》。」《抱朴子・仙藥》：「黄精一名兔竹，一名救窮，一名垂珠。服其花勝其實，服其實勝其根，但花難多得。……服黄精僅十年，乃可大得其益耳。俱以斷穀不及朮，朮餌令人肥健，可以負重涉險，但不及黄精甘美易食，凶年可以與老小休糧，人不能別之，謂爲米脯也。」《政和證類本草》卷六：「黄精味甘平，無毒，主補中益氣，除風濕，安五藏，久服輕身、延年、不飢。一名重樓，一名菟竹，一名雞格，一名救窮，一名鹿竹。生山谷，二月采根陰乾。」引唐本注：「黄精肥地生者即大如拳，薄地生者猶如拇指。萎蕤肥根，頗類其小者。」張衡《西京賦》：「所好生毛羽。」《文選》薛綜注：「毛羽，言飛揚。」

夢李白二首〔一〕

死别已吞聲，生别常惻惻〔二〕。江南瘴癘地，逐客無消息①〔三〕。故人入我夢，明我長相憶〔四〕。恐非平生魂〔五〕，路遠不可測②。魂來楓林青③，魂返關塞黑④〔六〕。今君在羅綱⑤，何以有羽翼⑥〔七〕？落月滿屋梁，猶疑照顔色⑦〔八〕。水深波浪闊，無使蛟龍得〔九〕。（0105）

【校】

① 逐，錢箋、《草堂》校：「一作遠。」

② 遠，錢箋校：「一作迷。」《草堂》作「迷」，校：「一作遠。」

③ 林，錢箋作「葉」，校：「一作林。」

④ 魂，錢箋、《草堂》校：「一作夢。」

⑤ 今君，錢箋、《九家》、《草堂》作「君今」。

⑥ 以，錢箋、《草堂》校：「一作似。」

⑦ 照，錢箋校：「樊作見。」

【注】

梁權道因舊次編在乾元二年(七五九)秦州詩内。黄鶴注謂白實應元年卒，當是大曆二年(七六七)作。盧元昌曰：考白《年譜》乾元元年流夜郎，二年半道承恩放還，自巫山下漢陽，復游潯陽、金陵等處，公在秦州正其時。川《譜》亦編入乾元二年。

〔一〕李白：見卷一《贈李白》(0003)注。《新唐書·李白傳》：「安禄山反，轉側宿松、匡廬間，永王璘辟爲府僚佐。璘起兵，逃還彭澤。璘敗當誅。初，白游并州，見郭子儀奇之，子儀嘗犯法，白爲救免。至是，子儀請解官以贖。有詔長流夜郎，會赦還尋陽，坐事下獄。時宋若思將吴兵三千赴河南，道尋陽，釋囚辟爲參謀。未幾辭職。李陽冰爲當塗令，白依之。代宗立，以左拾遺召，而白已卒，年六十餘。」諸家年譜繫李白未至夜郎遇赦得還在乾元二年。

〔二〕死别二句：《古詩爲焦仲卿妻作》：「生人作死别，恨恨那可論。」吞聲，見卷一《醉歌行》(0020)注。嵇康《思親詩》：「奈何愁兮愁無聊，恒惻惻兮心若抽。」

〔三〕江南二句：左思《魏都賦》：「宅土熇暑，封疆瘴癘。」《文選》劉逵注：「吴蜀皆暑濕，其南皆有瘴氣。」孫萬壽《遠戍江南寄京邑親友》：「江南瘴癘地，從來多逐臣。」

〔四〕故人二句：《列子·周穆王》：「神遇爲夢，形接爲事。故晝想夜夢，神形所遇。故神凝者想夢自消。」《相和歌辭·飲馬長城窟行》：「青青河畔草，綿綿思遠道。遠道不可思，宿昔夢見之。」

〔五〕恐非句：《左傳》昭公七年：「人生始化曰魄，既生魄，陽曰魂。」《論衡·紀妖》：「且人之夢也，

占者謂之魂行。」江淹《別賦》：「知離夢之躑躅，意別魂之飛揚。」仇注：「恐非平生，疑其死於獄也。」

〔六〕魂來二句：《楚辭·招魂》：「湛湛江水兮上有楓，目極千里兮傷春心，魂兮歸來哀江南。」《九家》趙注：「白謫在南，其所經歷乃楓林也。在秦與公相見，故其去又歷關塞也。」

〔七〕今君二句：《後漢書·寇榮傳》：「舉趾觸罘罝，動行絓羅網。」曹植《野田黃雀行》：「羅家得雀喜，少年見雀悲。拔劍捎羅網，黃雀得飛飛。」

〔八〕落月二句：宋玉《神女賦》：「其始來也，耀乎若白日初出照屋梁。其少進也，皎若明月舒其光。」《文選》李善注：「《韓詩》曰：東方之日。薛君曰：詩人所説者，顏色美盛，若東方之日。」此説夜夢，故言月而不言日。

〔九〕水深二句：《續齊諧記》：「屈原五月五日投汨羅水，楚人哀之，至此日，以竹筒子貯米投水以祭之。漢建武中，長沙歐回忽見一士人，自云三閭大夫，謂回曰：『聞君嘗見祭，甚善。常年爲蛟龍所竊，今若有惠，當以楝葉塞其上，以彩絲纏之。此二物，蛟龍所憚。』」《分門》洙曰引此。《九家》趙注：「因借夢寄以憂之且戒之也。言蛟龍，則又因歷江湖而言之也。舊注所引非是。」

浮雲終日行，游子久不至〔一〕。三夜頻夢君，情親見君意〔二〕。告歸常局促，苦

道來不易〔三〕。江湖多風波①，舟楫恐失墜〔四〕。出門搔白首，若負平生志②〔五〕。冠蓋滿京華，斯人獨顦顇〔六〕。孰云網恢恢，將老身反累③〔七〕。千秋萬歲名，寂寞身後事〔八〕。（0106）

【校】

① 多風波，宋本、錢箋、《九家》、《草堂》校：「一云秋多風。」

② 若，錢箋校：「一作苦。」《草堂》作「苦」。

③ 身，錢箋、《九家》、《草堂》校：「一作才。」

【注】

〔一〕浮雲二句：《古詩十九首》：「浮雲蔽白日，游子不顧返。思君令人老，歲月忽已晚。」李白《送友人》：「浮雲游子意，落日故人情。」仇注謂杜詩即用其語。

〔二〕情親：傅咸《感別賦》：「信同聲之相應，意未寫而情親。」

〔三〕苦道：一再說。蔣紹愚謂苦有頻、屢義。本書卷一《夏日李公見訪》(0034)：「苦道此物聒，孰謂吾廬幽。」

〔四〕江湖二句：賈誼《上疏陳政事》：「是猶度江河亡維楫，中流而遇風波，船必覆矣。」《左傳》文公十八年：「行父奉以周旋，弗敢失墜。」

〔五〕出門二句：《詩・邶風・静女》：「愛而不見，搔首踟躕。」陶淵明《停雲》：「良朋悠邈，搔首延佇。」又：「安得促席，説彼平生。」《歸去來兮辭》：「於是悵然慷慨，深愧平生之志。」

〔六〕冠蓋二句：左思《詠史》：「濟濟京城内，赫赫王侯居。冠蓋蔭四術，朱輪竟長衢。」鮑照《代放歌行》：「雞鳴洛城裏，禁門平旦開。冠蓋縱横至，車騎四方來。」《論語・雍也》：「伯牛有疾，子問之，自牖執其手曰：『亡之，命矣夫！斯人也而有斯疾也！斯人也而有斯疾也！』」《楚辭・漁父》：「屈原既放，游于江潭，行吟澤畔，顔色憔悴。」

〔七〕孰云二句：《老子》七十三章：「天網恢恢，疏而不漏。」《淮南子・詮言訓》：「輕天下者，身不累於物。」《論衡・累害》：「夫未進也，身被三累；已用也，身蒙三害。」

〔八〕千秋二句：阮籍《詠懷》：「丘墓蔽山岡，萬代同一時。千秋萬歲後，榮名安所之。」《世説新語・任誕》張季鷹曰：「使我有身後名，不如即時一杯酒。」

施補華《峴傭説詩》：「《夢李白作》『魂來楓林青』八句，本之《離騷》，而仍有厚氣，不似長吉鬼詩，幽奇中有慘澹色也。」

方世舉《蘭叢詩話》：「宜田云：少陵《夢李白》詩，童而習之矣。及自作夢友詩，始益恍然於少陵語語是夢，非憶非懷。乃知讀古人詩文以爲能解，尚有欠體認者在。」

有懷台州鄭十八司户 虔〔一〕

天台隔三江①〔二〕，風浪無晨暮。鄭公縱得歸，老病不識路。昔如水上鷗②，今如罝中兔③〔三〕。性命由他人，悲辛但狂顧〔四〕。山鬼獨一脚，蝮蛇長如樹〔五〕。呼號傍孤城，歲月誰與度？從來禦魑魅，多爲才名誤④〔六〕。夫子嵇阮流，更被時俗惡⑤〔七〕。海隅微小吏，眼暗髮垂素〔八〕。黄帽映青袍⑥，非供折腰具〔九〕。平生一杯酒〔一〇〕，見我故人遇。相望無所成，乾坤莽回互〔一一〕。（0107）

【校】

① 三江，宋本、錢箋、《九家》校：「一云江海。」

② 水，錢箋校：「一作江。晋作天。」《草堂》校：「一作江。」

③ 如，錢箋、《草堂》校：「樊作爲。」

④ 爲，錢箋校：「一作被。」

⑤ 被，錢箋、《草堂》校：「晋作遭。」

⑥ 黄帽映，宋本、錢箋、《九家》校：「一云鳩杖近。」《草堂》作「鳩杖近」，校：「一作黄帽映。」

【注】

黄鶴注：虔以至德二載貶台州，是時公在諫省，明年即有「春深逐客一浮萍」之詩矣。當是乾元二年（七五九）秦、華間作。仇注謂蓋在棄官以後作。

〔一〕鄭虔：見卷一《醉時歌》（0019）注。《新唐書·鄭虔傳》：「安禄山反，遣張通儒劫百官置東都，僞授虔水部郎中，因稱風緩，求攝市令，潛以密章達靈武。賊平，與張通、王維並囚宣陽里。三人者，皆善畫，崔圓使繪齋壁，虔等方悸死，即極思祈解於圓，卒免死，貶台州司户參軍事，維止下選。後數年卒。」據盧季長《大唐故著作郎貶台州司户滎陽鄭府君並夫人瑯琊王氏墓志銘》，虔卒於乾元二年九月。

〔二〕天台句：《元和郡縣圖志》卷二六江南道：「台州，臨海，上。……（武德）五年改海州爲台州，蓋因天台山爲名。」唐興縣：「天台山，在縣北一十里。」《分門》師曰：「三江，一錢塘，二揚子，三吴松。」《九家》趙注引《水經》：韋昭以松江、浙江、浦陽江爲三江。黄希注引《山海經》：岷山大江所出，崍山中江所出，崌山北江所出，東注大江。仇注謂指長江、浙江、曹娥江。按，《書·禹貢》：「三江既入，震澤底定。」釋文引韋昭云：「謂吴松江、錢唐江、浦陽江也。」並引《吴地記》：「松江東北行七十里，得三江口，東北入海爲婁江，東南入海爲東江，並松江爲三江。」疏：「孔爲三江既入，入震澤也。故言江自彭蠡分而爲三江，復共入震澤，出澤又分爲三，此水遂爲北江而入於海。鄭玄以爲三江既入，入於海，不入震澤也。……今南人以大江不入震澤，

震澤之東別有松江等三江。案《職方》揚州『其川曰三江』宜舉州内大川，其松江等雖出震澤，入海既近，《周禮》不應捨岷山大江之名，而記松江等小江之説。」要之，杜詩乃用《禹貢》及《周禮·職方氏》成語，孔安國、鄭玄雖於「三江」解釋不一，韋昭等並有異説，然爲揚州震澤之三江則無誤。仇注乃別出異説，以爲適台之路，實非杜詩本意。

〔三〕昔如二句：《列子·黄帝》：「海上之人有好漚鳥者，每旦之海上，從漚鳥游，漚鳥之至者百住而不止。其父曰：『吾聞漚鳥皆從汝游，汝取來，吾玩之。』明日之海上，漚鳥舞而不下也。」漚通鷗。《詩·周南·兔罝》：「肅肅兔罝，椓之丁丁。」傳：「兔罝，兔罟也。」釋文：「罟音古，罔也。」鮑照《代東武吟》：「昔如韝上鷹，今似檻中猿。」黄希注謂此用其律。

〔四〕性命二句：《梁書·侯景傳》：「然其性命，在君股掌。」李白《古風》：「力盡功不贍，千古爲悲辛。」嵇康《與山巨源絶交書》：「狂顧頓纓，赴蹈湯火。」

〔五〕山鬼二句：《博物志》卷三：「小山有獸，其形如鼓，一足如蠡。」《太平御覽》卷九四二引《永嘉郡記》：「安國縣有山鬼，形體如人，而一脚，裁長一尺許。好啖鹽，伐木人鹽輒偷將去。」又卷八八六引《玄中記》：「山精如人，一足，長三四尺，食山蟹，夜出晝藏。人晝日不見，夜聞其聲。」《博物志》卷三：「（江南）蝮蛇秋月毒盛，無所蜇螫，齧草木以泄其氣，草木即死。人樵采，設爲草木所傷刺者，亦殺人。」

〔六〕從來二句：《左傳》文公十八年：「投諸四裔，以禦螭魅。」杜預注：「螭魅，山林異氣所生，爲人害者。」釋文：「螭，山神獸形。」《魏書·彭城王勰傳》：「高祖大笑，執勰手曰：『二曹才名相

忌，吾與汝以道德相親。』」

〔七〕夫子二句：《晉書·嵇康傳》：「(鍾會)言于文帝曰：『嵇康，卧龍也，不可起。公無憂天下，顧以康爲慮耳。』因譖康欲助毌丘儉……康、安等言論放蕩，非毁典謨，帝王者所不宜容，宜因釁除之，以淳風俗。帝既昵聽信會，遂並害之。」《阮籍傳》：「籍本有濟世志，屬魏晉之際，天下多故，名士少有全者，籍由是不與世事，遂酣飲爲常。……由是禮法之士疾之若仇，而帝每保護之。」

〔八〕海隅二句：張協《詠史》：「抽簪解朝衣，散髮歸海隅。」《隋書·韋世康傳》：「眼暗更劇，不見細書。」潘岳《秋興賦》：「斑鬢髟以承弁兮，素髮颯以垂領。」

〔九〕黄帽二句：《北齊書·孝昭紀》：「諸郡國老人各授版職，賜黄帽鳩杖。」《隋書·禮儀志》引作：「都下及外州人年七十已上，賜鳩杖黄帽。」此言老者。本年鄭虔年六十九。又，本書卷八《發劉郎浦》(0378)：「白頭厭伴漁人宿，黄帽青鞋歸去來。」卷一八《奉酬寇十侍御錫見寄四韻》(1406)：「南瞻按百越，黄帽待君偏。」皆自言。按，《禮記·郊特牲》：「野夫黄冠，黄冠，草服也。」鄧紹基謂黄帽同黄冠，指田夫之服。恐非杜詩所用。青袍，見卷二《徒步歸行》(0054)注。《晉書·陶潛傳》：「郡遣督郵至縣，吏白應束帶見之，潛歎曰：『吾不能爲五斗米折腰，拳拳事鄉里小人邪！』」

〔一〇〕平生句：《世説新語·任誕》張季鷹曰：「使我有身後名，不如即時一杯酒。」

〔一一〕回互：木華《海賦》：「乖蠻隔夷，回互萬里。」《文選》李周翰注：「回互，回轉也。」

遣興五首

蟄龍三冬卧，老鶴萬里心〔一〕。昔時賢俊人，未遇猶視今〔二〕。嵇康不得死①，孔明有知音〔三〕。又如壠底松②，用捨在所尋。大哉霜雪幹，歲久爲枯林〔四〕。（0108）

【校】

① 不得死，宋本、錢箋、《九家》校：「一云且不死。」

② 壠底，《草堂》作「隴坻」。

【注】

黄鶴注：乾元二年（七五九）秦州作。

〔一〕蟄龍二句：《易·繫辭下》：「龍蛇之蟄，以存身也。」黄生注謂老鶴指嵇康，引《世説新語·容止》：「有人語王戎曰：『嵇延祖卓卓，如野鶴之在雞群。』答曰：『君未見其父耳。』」鮑照《舞鶴賦》：「守馴養於千齡，結長悲於萬里。」

〔二〕昔時二句：王羲之《蘭亭序》：「後之視今，亦猶今之視昔。」《九家》趙注：「蓋言視今之未遇

者，則可以推知昔時之賢俊也。」

〔三〕嵇康二句：嵇康，見本卷《有懷台州鄭十八司户》（0107）注。《三國志·蜀書·諸葛亮傳》：「徐庶見先主，先主器之，謂先主曰：『諸葛孔明者，卧龍也。將軍豈願見之乎？』先主曰：『君與俱來。』庶曰：『此人可就見，不可屈致也。將軍宜枉駕顧之。』由是先主遂詣亮，凡三往，乃見。」錢箋：「同爲卧龍，康不得其死，而孔明有知音，用捨之故耳。」

〔四〕又如四句：左思《詠史》：「鬱鬱澗底松，離離山上苗。以彼徑寸莖，蔭此百尺條。」陶淵明《擬古》：「蒼蒼谷中樹，冬夏常如兹。年年見霜雪，誰謂不知時。」李德林《詠松樹》：「寄言謝霜雪，貞心自不移。」

昔者龐德公①，未曾入州府〔一〕。襄陽耆舊間，處士節獨苦②〔二〕。豈無濟時策③，終竟畏羅罟④〔三〕。林茂鳥有歸，水深魚知聚〔四〕。舉家隱鹿門⑤，劉表焉得取。（0109）

【校】

① 昔者，錢箋校：「一作在昔。」

② 獨，錢箋、《草堂》校：「一作猶。」

③ 策，宋本、錢箋、《九家》、《草堂》校：「一作術。」

④ 終竟畏羅罟，宋本、錢箋、《九家》、《草堂》校：「一作『終歲畏罪罟』。」

⑤ 隱，錢箋作「依」，校：「一作隱。」

【注】

〔一〕昔者二句：《後漢書·逸民傳·龐公》：「龐公者，南郡襄陽人也。居峴山之南，未嘗入城府。夫妻相敬如賓。荊州刺史劉表數延請，不能屈，乃就候之。謂曰：『夫保全一身，孰若保全天下乎？』龐公笑曰：『鴻鵠巢於高林之上，暮而得其所栖；黿鼉穴於深淵之下，夕而得其所宿。夫趣捨行止，亦人之巢穴也。且各得其栖宿而已，天下非所保也。』……後遂携其妻子登鹿門山，因采藥不反。」《三國志·蜀書·龐統傳》引《襄陽記》、《水經注》沔水載龐德公事，記事不同。唐章懷太子注《後漢書》，在「龐公」條下引《襄陽記》龐德公事。孟浩然《登鹿門山》：「昔聞龐德公，采藥遂不返。」李白《寄弄月溪吴山人》：「嘗聞龐德公，家住洞湖水。終身栖鹿門，不入襄陽市。」是唐人受章懷注影響，皆已混二人爲一。《分門》洙曰、仇注等引《後漢書》，乃徑改原文爲「龐德公」，實無所據。

〔二〕襄陽二句：《隋書·經籍志》著録「《襄陽耆舊傳》五卷，習鑿齒撰」。此混言龐公、龐德公二人事。《藝文類聚》卷六三引《襄陽耆舊記》：「龐德公在沔水上，至老不入襄陽城。」

〔三〕終竟句：鮑照《空城雀》：「高飛畏鴟鳶，下飛畏網羅。」

〔四〕林茂二句：《荀子·致士》：「川淵深而魚鱉歸之，山林茂而禽獸歸之。」《淮南子·説山訓》：「水積而魚聚，木茂而鳥集。」

我今日夜憂，諸弟各異方〔一〕。不知死與生，何況道路長。避寇一分散，飢寒永相望。豈無柴門歸①，欲出畏虎狼。仰看雲中雁，禽鳥亦有行。（〇一一〇）

【校】

①歸，錢箋校：「一作掃。」《草堂》校：「晋作掃。」

【注】

〔一〕黄鶴注將此詩與以下二首另編爲《遣興三首》，以「客子在故宅，三年門巷空」句，謂是乾元元年（七五八）在華州作。仇注等從之。此等拆亂組詩，皆難信從。

蓬生非無根，漂蕩隨高風。天寒落萬里，不復歸本叢〔一〕。客子念故宅，三年門巷空〔二〕。悵望但烽火，戎車滿關東。生涯能幾何，常在羈旅中。（〇一一一）

【注】

〔一〕蓬生四句：曹操《却東西門行》：「田中有轉蓬，隨風遠飄揚。長與故根絶，萬歲不相當。奈何此征夫，安得去四方。戎馬不解鞍，鎧甲不離傍。冉冉老將至，何時反故鄉。」

〔二〕客子二句：黃鶴注以天寶十四載携家避難，至乾元元年爲三年。按，此難確言。甫避難實自天寶十五載起。杜詩言故宅多指河南陸渾莊。天寶間居長安及避難寄家鄜州，皆不可稱故宅。此「三年」句，乃謂戰亂以來故宅人皆離散，非言己之避難。

昔在洛陽時，親友相追攀〔一〕。送客東郊道，遨游宿南山〔二〕。烟塵阻長河，樹羽成皋間〔三〕。回首載酒地〔四〕，豈無一日還。丈夫貴壯健，慘戚非朱顔〔五〕。（0112）

【注】

〔一〕親友句：王粲《七哀詩》：「親戚對我悲，朋友相追攀。」

〔二〕送客二句：曹植《名都篇》：「鬬雞東郊道，走馬長楸間。」《詩·邶風·柏舟》：「微我無酒，以敖以游。」曹植《名都篇》：「攬弓捷鳴鏑，長驅上南山。」潘尼《迎大駕詩》：「南山郁岑崟，洛川迅且急。」劉琨《扶風歌》：「南山石嵬嵬，松柏何離離。」此皆言洛陽南山。《太平御覽》卷四二引《洛陽記》：「闕塞山在河南縣。《左氏傳》：晋趙鞅納王，使女寬守闕塞。伏虔謂：南山伊

闕是也。」

〔三〕樹羽句：樹羽，見卷一《奉同郭給事湯東靈湫作》(0035)注。此指旌旗。孔寧子《棹歌行》：「倉武戒橋梁，旄人樹羽旗。」《元和郡縣圖志》卷五河南道河南府：「汜水縣，畿。西南至府一百八十里。……漢之成皋縣，一名虎牢。……成皋故關，在縣東南二里。」

〔四〕回首句：《漢書·揚雄傳》：「家素貧，耆酒，人希至其門，時有好事者載酒肴從游學。」

〔五〕丈夫二句：《史記·田叔列傳》：「仁以壯健爲衛將軍舍人，數從擊匈奴。」慘戚，見卷一《白水縣崔少府十九翁高齋三十韻》(0042)注。

遣興五首

朔風飄胡雁，慘澹帶砂礫〔一〕。長林何蕭蕭，秋草萋更碧〔二〕。北里富薰天，高樓夜吹笛。焉知南鄰客，九月猶絺綌〔三〕。(0113)

【注】

黄鶴注：梁權道編在乾元二年(七五九)秦州詩内。公以乾元元年(七五八)六月出爲華州司功，而詩有「九月猶絺綌」，當是其年秋作。仇注編在乾元二年。

〔一〕朔風二句：胡雁，見卷一《秋雨歎三首》(0017)注。劉楨《贈五官中郎將》：「涼風吹沙礫，霜氣何皚皚。」鮑照《代出自薊北門行》：「疾風衝塞起，沙礫自飄揚。」

〔二〕長林二句：陳琳詩：「投觴罷歡坐，逍遥步長林。蕭蕭山谷風，黯黯天路陰。」《古詩十九首》：「回風動地起，秋草萋已緑。」

〔三〕北里四句：左思《詠史》：「南鄰擊鐘磬，北里吹笙竽。」《後漢書·馬廖傳》：「聲薰天地。」《詩·周南·葛覃》：「爲絺爲綌，服之無斁。」傳：「葛所以爲絺綌……精曰絺，粗曰綌。」張望《貧士詩》：「炎夏無完絺，玄冬無暖褐。」

長陵鋭頭兒，出獵待明發〔一〕。騂弓金爪鏑①〔二〕，白馬蹴微雪。未知所馳逐，但見暮光滅〔三〕。歸來懸兩狼，門户有旌節〔四〕。（0114）

【校】

① 騂，錢箋校：「一作解。」

【注】

〔一〕長陵二句：《史記·高祖本紀》：「葬長陵。」集解：「皇甫謐曰：長陵山東西廣百二十步，高十三丈，在渭水北，去長安城三十五里。」《藝文類聚》卷一七引嚴尤《三將叙》：「平原君曰：『澠

池之會，臣察武安君，小頭而鋭，瞳子白黑分明，視瞻不轉。小頭而鋭，斷敢行也；目黑白分，見事明也；視瞻不轉，執志强也。』」《詩・小雅・小宛》：「明發不寐，有懷二人。」傳：「明發，發夕至明。」

〔二〕騂弓句：《詩・小雅・角弓》：「騂騂角弓，翩其反矣。」傳：「騂騂，調利也。」蕭繹《洛陽道》：「玉珂鳴戰馬，金爪鬭場雞。」此蓋借用。仇注：「言箭鏃之鏑如金爪然。」

〔三〕但見句：傅玄《擬楚篇》：「光滅星離。」蕭綱《戲作謝惠連體十三韻》：「絲條轉暮光，影落暮陰長。」

〔四〕歸來二句：《詩・齊風・還》：「並驅從兩狼兮，揖我謂我臧兮。」《周禮・天官・獸人》：「冬獻狼。」《地官・掌節》：「道路用旌節。」注：「旌節，今使者所用節是也。」《唐六典》卷八門下省符寶郎：「凡國有大事，則出納符節……五曰旌節。」「旌節之制，命大將帥及遣使于四方，則請而假之，旌以專賞，節以專殺。」《九家》趙注：「言其獵有所獲，乃是貴家也。旌節，貴人所建而羅列於門者也。」

漆有用而割，膏以明自煎〔一〕。蘭摧白露下，桂折秋風前〔二〕。府中羅舊尹，沙道尚依然〔三〕。赫赫蕭京兆，今爲時所憐〔四〕。（0115）

【注】

〔一〕漆有二句：《莊子・人間世》：「山木自寇也，膏火自煎也。桂可食，故伐之。漆可用，故割之。」《漢書・龔舍傳》：「薰以香自燒，膏以明自銷。」

〔二〕蘭摧二句：陸雲《九愍・行吟》：「貞節志而玉折，厲勁心而蘭摧。」傅玄《明君篇》：「冰霜晝夜結，蘭桂摧爲薪。」顔延之《祭屈原文》：「蘭薰而摧，玉縝則折。」

〔三〕沙道：《唐國史補》卷下：「凡拜相，禮絶班行，府縣載沙填路，自私第至子城東街，名曰沙隄。」

〔四〕赫赫二句：蘇軾《東坡題跋》卷二：「明皇雖誅蕭至忠，然常懷之。侯君集曰：『蹭蹬至此。』至忠亦蹭蹬者耶！故子美亦哀之云：『赫赫蕭京兆，今爲時所憐。』」《九家》趙注取其説。《舊唐書・侯君集傳》：「謂監刑將軍曰：『君集豈反者乎？蹉跌至此。』」《新唐書・蕭至忠傳》：「然玄宗賢其爲人，後得源乾曜，亟用之，謂高力士曰：『若知吾進乾曜遽乎？吾以其貌言似蕭至忠。』」錢箋：「按蕭至忠未嘗官京兆尹，若以蕭望之喻至忠，則望之爲左馮翊，未嘗爲京兆尹也。天寶八載，京兆尹蕭炅坐贓左遷汝陰太守。史稱京兆尹蕭炅、御史中丞宋渾皆林甫所親善，國忠皆誣奏遣逐，林甫不能救。則所謂蕭京兆者，蓋蕭炅也。……京兆尹多宰相私人，相與附麗，若炅與鮮于仲通輩皆是。故曰『府中羅舊尹，沙道尚依然』也。」按，事見《舊唐書・楊國忠傳》。《漢書・五行志中》成帝時歌謡：「故爲人所羨，今爲人所憐。」

猛虎憑其威，往往遭急縛〔一〕。雷吼徒咆哮，枝撐已在脚〔二〕。忽看皮寢處，無復睛閃爍①。人有甚於斯，足以勸元惡②〔三〕。（0116）

【校】

① 睛，宋本作「情」，據錢箋、《九家》、《草堂》改。

② 勸，錢箋校：「一作戒。」

【注】

〔一〕猛虎二句：《後漢書·吕布傳》：「顧謂劉備曰：『……繩縛我急，獨不可一言邪？』操笑曰：『縛虎不得不急。』」

〔二〕枝撐：見卷一《同諸公登慈恩寺塔》（0023）注。此指木栅。

〔三〕忽看四句：《左傳》襄公二十一年：「然二子者，譬於禽獸，臣食其肉而寢處其皮矣。」《太平御覽》卷七五二引王子年《拾遺記》：「始皇二年，蹇涓國獻善畫之工，名裂裔。刻白玉爲兩虎，削玉爲毛，有如真矣。不點兩目睛，始皇點之，即飛去。明年，南郡有獻白虎二頭，始皇使視之，乃是先刻玉者，始皇命去目睛，二虎不復能去。」錢箋：「此蓋指吉温之流。」引《新唐書·吉温傳》：「旻使温佐訊，温分囚廷左右，中取二重囚訊後舍，楚械榜掠，皆呻吟不勝……日中獄具，林甫以爲能。温嘗曰：『若遇知己，南山白額虎不足縛。』」温坐受賕貶端溪尉，楊國忠遣使者

殺之。王嗣奭《杜臆》：「勸元惡，余謂勸惡人使反於善。」

朝逢富家葬①，前後皆輝光②。共指親戚大，緦麻百夫行〔一〕。送者各有死，不須羨其强。君看束練去③，亦得歸山岡〔二〕。（0117）

【校】

①逢，錢箋校：「一作逆。」

②皆，錢箋校：「一作見。」

③練，錢箋校：「一作縛。」

【注】

〔一〕共指二句：親戚大，即親戚多。大讀過韻。敦煌文書P.3125闕題詩：「春來分付與日頭，冬天没衣總獨卧。連竹色淒三個婦，數内最他阿林大。」參卷一《送高三十五書記》（0002）注。《儀禮·喪服》：「緦麻三月者。」注：「緦麻，布衰裳而麻絰帶也。」疏：「五服之内，輕之極者，故以緦如絲者爲衰裳，又以澡治莩垢之麻爲絰帶，故曰緦麻也。」

〔二〕君看二句：《三國志·吴書·諸葛恪傳》：「建業南有長陵，名曰石子岡，葬者依焉。……恪果以葦席裹其身而篾束其腰，投之於此岡。」《太平廣記》卷三六八《桓玄》（出《續齊諧記》）：「荆

州送玄首，用敗籠茵包裹之，又以芒繩束縛其屍，沉諸江中，悉如童謡之言爾。」

王嗣奭《杜臆》：「五首歷數世情，有甘受其貧者，有安享其榮者，有才賢而不克令終爲人所憐者，有兇暴而自取辠戾爲人所快者。其參錯不齊如此，然窮通好醜同歸於盡，故借葬者以發達人之論，見人當順受其正，而不必怨天尤人也。」

遣興五首

天用莫如龍，有時繫扶桑〔一〕。頓轡海徒涌，神人身更長〔二〕。性命苟不存，英雄徒自强〔三〕。吞聲勿復道，真宰意茫茫〔四〕。（0118）

【注】

黄鶴注以「陶潛避俗翁」以下三首與前《遣興五首》「蟄龍三冬卧」（0108）、「昔者龐德公」（0109）二首編爲一組，編入乾元二年（七五九）作。仇注從之。「天用莫如龍」、「地用莫如馬」二首，仇注亦編入乾元二年。

〔一〕天用二句：《史記·平準書》：「又造銀錫爲白金。以爲天用莫如龍，地用莫如馬，人用莫如

龜，故白金三品，其一曰重八兩，圜之，其文龍。」《淮南子・天文訓》：「日出於暘谷，浴於咸池，拂於扶桑，是謂晨明。登於扶桑，爰始將行，是謂朏明。」《楚辭・離騷》：「飲余馬於咸池兮，總余轡乎扶桑。」王逸注：「結我車轡於扶桑，以留日行。」劉向《九歎・遠游》：「貫澒濛以東朅兮，維六龍於扶桑。」王逸注：「繫六龍於扶桑之木。」

〔二〕頓轡二句：《九家》趙注謂神人指言羲和。朱鶴齡謂此詩深警安史之徒，神人更長，謂朝有名將。按，此詩命意據郭璞《游仙詩》：「六龍安可頓，運流有代謝。時變感人思，已秋復願夏。淮海變微禽，吾生獨不化。雖欲騰丹谿，雲螭非我駕。愧無魯陽德，回日向三舍。臨川哀年邁，撫心獨悲吒。」又：「雜縣寓魯門，風暖將爲災。吞舟涌海底，高浪駕蓬萊。神仙排雲出，但見金銀臺。陵陽挹丹溜，容成揮玉杯。姮娥揚妙音，洪崖頷其頤。昇降隨長烟，飄颻戲九垓。奇齡邁五龍，千歲方嬰孩。燕昭無靈氣，漢武非仙才。」皆言人生苦短，回日無術。曹植《與吴季重書》：「思欲抑六龍之首，頓羲和之轡。」沈約《齊故安陸昭王碑文》：「四牡方馳，六龍頓轡。」《文選》李善注：「頓轡，喻死也。」引《九歎》「維六龍於扶桑」。

〔三〕英雄句：薛道衡《奉和月夜聽軍樂應詔》：「嵩岱終難學，丘陵徒自强。」

〔四〕真宰：見卷二《奉先劉少府新畫山水障歌》(0080)注。

地用莫如馬，無良復誰記〔一〕？此日千里鳴，追風可君意〔二〕。君看渥洼

種〔三〕，態與駑駘異。不雜蹄齧間①〔四〕，逍遥有能事。（0115）

【校】

① 雜，錢箋校：「一作在。」

【注】

〔一〕地用二句：《易·坤·象》：「牝馬地類，行地無疆。」《分門》趙曰：「地用良者，良馬也。苟無良馬，何以記取之乎。」《九家》趙注：「一曰良，王良也。言世無王良，豈知記省地用之馬乎。」朱鶴齡謂馬比汗馬之臣，無良者如哥舒翰、僕固懷恩輩是也。其説牽强不可據，當以趙注近是。

〔二〕此日二句：《戰國策·燕策一》：「臣聞古之君人有以千金求千里馬者，三年不能得。」《戰國策·楚策四》：「夫驥之齒至矣，服鹽車而上太行……伯樂遭之，下車攀而哭之，解紵衣以羃之，驥於是俯而噴，仰而鳴，聲達於天。」《九家》趙注：「此言若望王良而鳴矣。可見無良是王良也。」追風，見卷二《徒步歸行》（0054）注。

〔三〕渥洼種：見卷一《沙苑行》（0038）注。

〔四〕不雜句：《周禮·夏官·廋人》：「廋人掌十有二閑之政教，以阜馬、佚特、教駣、攻駒及祭馬祖。」注：「攻駒，制其蹄齧者。」《禮記·月令》：「仲夏之月……游牝別群，則縶騰駒。」注：「爲

其牡氣有餘，相蹄齧也。」

陶潛避俗翁〔一〕，未必能達道。觀其著詩集，頗亦恨枯槁〔二〕。達生豈是足，默識蓋不早。有子賢與愚，何其挂懷抱〔三〕。（0120）

【注】

〔一〕陶潛句：《晉書·陶潛傳》：「陶潛，字元亮，大司馬侃之曾孫也。……以親老家貧，起爲州祭酒，不堪吏職，少日自解歸。州召主簿，不就，躬耕自資，遂抱羸疾。復爲鎮軍、建威參軍，謂親朋曰：『聊欲絃歌，以爲三徑之資可乎？』執事者聞之，以爲彭澤令。在縣，公田悉令種秫穀，曰：『令吾常醉於酒足矣。』妻子固請種粳，乃使一頃五十畝種秫，五十畝種粳。素簡貴，不私事上官。郡遣督郵至縣，吏白應束帶見之，潛歎曰：『吾不能爲五斗米折腰，拳拳事鄉里小人邪！』義熙二年，解印去縣，乃賦《歸去來》。」

〔二〕觀其二句：陶淵明《飲酒》：「顔生稱爲仁，榮公言有道。屢空不獲年，長飢至於老。雖留身後名，一生亦枯槁。」

〔三〕有子二句：《苕溪漁隱叢話》前集卷三引山谷云：「陶淵明《責子詩》曰：『白髮被兩鬢，肌膚不復實。雖有五男兒，總不好紙筆。阿舒已二八，懶惰故無匹。阿宣行志學，而不愛文術。雍端年十三，不識六與七。通子垂九齡，但覓梨與栗。天運苟如此，且進杯中物。』觀淵明此詩，想

見其人慈祥戲謔，可觀也。俗人便謂淵明諸子皆不慧，而淵明愁歎見於詩耳。又云杜子美詩：『陶潛避俗翁，未必能達道。』子美困頓於山川，蓋爲不知者詬病，以爲拙於生事，又往往譏議宗文、宗武失學，故聊解嘲耳。其詩名曰『遣興』，可解也。俗人便謂譏病淵明，所謂癡人前不得説夢也。」葛立方《韻語陽秋》卷一〇：「淵明之子未必賢也，故杜子美論之曰：『有子賢與愚，何其挂懷抱。』然子美於諸子，亦未爲忘情者。子美《遣興詩》云：『驥子好男兒，前年學語時。世亂憐渠小，家貧仰母慈。』又《憶幼子》詩云：『別離驚節換，聰慧與誰論。憶渠愁只睡，炙背俯晴軒。』《得家書》云：『熊兒幸無恙，驥子最憐渠。』《元日示宗武》云：『汝啼吾手戰。』觀此數詩，於諸子鍾情尤甚於淵明矣。」

賀公雅吴語〔一〕，在位常清狂。上疏乞骸骨，黄冠歸故鄉〔二〕。爽氣不可致〔三〕，斯人今則亡。山陰一茅宇〔四〕，江海日淒涼①。（0121）

【校】

①江，錢箋校：「一作淮。」

【注】

〔一〕賀公句：賀知章，見卷一《飲中八仙歌》(0027)注。《世説新語·排調》：「劉真長始見王丞相，

時盛暑之月，丞相以腹熨彈棋局，曰：『何乃淘？』劉既出，人問王公云何，劉曰：『未見他異，唯聞作吴語耳。』」

〔二〕上疏二句：《史記·項羽本紀》范增曰：「願賜骸骨歸卒伍。」《禮記·郊特牲》：「野夫黄冠。黄冠，草服也。」

〔三〕爽氣：《世説新語·簡傲》：「（王子猷）以手版拄頰云：『西山朝來，致有爽氣。』」

〔四〕山陰：《世説新語·言語》：「王子敬云：『從山陰道上行，山川自相映發，使人應接不暇。』」《元和郡縣圖志》卷二六越州：「會稽縣，望，郭下。山陰，越之前故靈文園也。……隋平陳，改山陰爲會稽縣，皇朝因之。……垂拱二年，又割會稽西界别置山陰。」

吾憐孟浩然，裋褐即長夜①〔一〕。賦詩何必多，往往凌鮑謝〔二〕。清江空舊魚②〔三〕，春雨餘甘蔗。每望東南雲，令人幾悲吒〔四〕。（0122）

【校】

① 裋，《草堂》作「短」。

② 空舊魚，錢箋校：「一作舊魚美。一作舊美魚。」《草堂》校：「一作舊魚羹。」

【注】

〔一〕吾憐二句：《舊唐書·文苑傳·孟浩然》：「孟浩然，隱鹿門山，以詩自適。年四十，來游京師，應進士不第，還襄陽。張九齡鎮荆州，署爲從事，與之唱和。不達而卒。」裋褐，見卷一《橋陵詩三十韻因呈縣内諸官》（0037）注。

〔二〕鮑謝：鮑照、謝靈運。蕭綱《與湘東王書》：「歷方古之才人，遠則揚馬曹王，近則潘陸顔謝。」裴子野《雕蟲論》：「爰及江左，稱彼顔謝。」鍾嶸《詩品》卷下：「謝客山泉，叔源離宴，鮑照戍邊，太沖詠史。」前人多顔、謝並稱。參卷一《夜聽許十誦詩愛而有作》（0036）「陶謝」注。

〔三〕清江句：《天中記》卷五六引《襄陽耆舊傳》：「槎頭鯿，峴山下漢水中出鯿魚肥美，常禁人采捕，以槎斷木，謂之槎頭鯿。宋張敬兒爲刺史，齊高帝求此魚，敬兒作六艫船，置魚而獻，曰：奉槎頭縮項鯿魚一千六百頭。」孟浩然《峴潭作》：「試垂竹竿釣，果得槎頭鯿。」

〔四〕令人句：郭璞《游仙詩》：「臨川哀年邁，撫心獨悲吒。」

前出塞九首〔一〕

戚戚去故里，悠悠赴交河〔二〕。公家有程期①，亡命嬰禍羅〔三〕。君已富土境，開邊一何多。弃絶父母恩，吞聲行負戈〔四〕。（0123）

【校】

①家，《文苑英華》作「行」。

【注】

黄鶴注：當是乾元二年（七五九）至秦州思天寶間事而爲之。王嗣奭《杜臆》謂非追作。仇注依范編在天寶年間。川《譜》繫於天寶十一載（七五二）。按，詩云「中原有鬭争」，顯指安史之亂。黄鶴注依舊編不誤。

〔一〕前出塞：《樂府詩集》卷二一引《樂府解題》：「漢横吹曲二十八解，李延年造。魏晋已來，唯傳十曲：……五曰出塞，六曰入塞。」《樂府詩集》按：「按《西京雜記》曰：戚夫人善歌《出塞》、《入塞》、《望歸》之曲。則高帝時已有之，疑不起於延年也。」《晋書·隗疇傳》：「曾避亂塢壁，賈胡百數欲害之，疇無懼色，援笳而吹之，爲《出塞》、《入塞》之聲，以動其游客之思。於是群胡皆垂泣而去。」仇注：「當時初作九首，單名《出塞》。及後來再作五首，故加『前』、『後』字以分别之。」

〔二〕戚戚二句：《古詩十九首》：「極宴娱心意，戚戚何所迫。」交河，見卷一《高都護驄馬行》(0012)注。黄鶴注：「西州交河郡，在唐隴右道，郡亦有交河縣。自縣三百七十里至北庭都護府城，備吐蕃之處也。」王嗣奭《杜臆》：「當是哥舒翰征吐蕃時事。」錢箋：「《前出塞》，爲徵秦隴之兵赴交河而作。」

〔三〕公家二句：《王梵志詩校注》〇一八首：「身是有限身，程期太局促。」《舊唐書·唐休璟傳》：「安西諸州表請兵馬應接，程期一如休璟所畫。」《漢書·張耳陳餘傳》：「嘗亡命游外黄。」注：「師古曰：命者名也。凡言亡命，謂脱其名籍而逃亡。劉奉世曰：顏解太迂。直避禍自逃其命爾。」《九家》趙注：「若畏公家之期程而逃亡其命，則必有收捕，禍所及也。」《晋書·庾敳傳》：「敳見王室多難，終知嬰禍。」嵇康《答二郭詩》：「坎凛趣世教，常恐嬰網羅。」

〔四〕弃絶句：《説苑·修文》：「故制喪三年，所以報父母之恩也。」

出門日已遠，不受徒旅欺〔一〕。骨肉恩豈斷，男兒死無時〔二〕。走馬脱轡頭，手中挑青絲〔三〕。捷下萬仞岡①，俯身試搴旗〔四〕。（0124）

【校】

①仞，錢箋校：「一作丈。」

【注】

〔一〕出門二句：《古詩十九首》：「相去日已遠，衣帶日已緩。」《晋書·五行志》：「諸將分争，頗喪徒旅。」徒旅指軍旅。

〔二〕骨肉二句：《禮記·文王世子》：「骨肉之親無絶也。」《史記·平津侯主父偃列傳》：「尊卑之

序得，而骨肉之恩親。」《梁書・劉峻傳》：「余有犬馬之疾，溘死無時。」

〔三〕走馬二句：脱轡，猶言騁轡、釋轡。曹植《游仙詩》：「翱翔九天上，騁轡遠行游。」嵇康詩：「遥集玄圃，釋轡華池。」青絲，見卷一《高都護驄馬行》(0012)注。

〔四〕捷下二句：左思《詠史》：「振衣千仞岡，濯足萬里流。」曹植《白馬篇》：「仰手接飛猱，俯身散馬蹄。」《史記・劉敬叔孫通列傳》：「斬將搴旗。」集解：「瓚曰：拔取曰搴。」

磨刀嗚咽水①，水赤刃傷手。欲輕腸斷聲，心緒亂已久〔一〕。丈夫誓許國，憤惋復何有〔二〕？功名圖騏驎，戰骨當速朽〔三〕。(0125)

【校】

①咽，錢箋、《九家》校：「一作呼。」

【注】

〔一〕磨刀四句：《初學記》卷一五引《辛氏三秦記》：「隴渭西關，其坂九回，上有水四注下，俗歌云：『隴頭流水，鳴聲幽咽。遥望秦川，肝腸斷絶。』」張正見《度關山》：「還聽嗚咽水，並切斷腸聲。」水赤，刃傷血流而水赤。

〔二〕憤惋句：《吴越春秋》卷七烏鵲歌：「去我國兮心摇，情憤惋兮誰識。」

〔三〕功名二句：《漢書·蘇武傳》：「甘露三年，單于始入朝。上思股肱之美，乃圖畫其人於麒麟閣，法其形貌，署其官爵、姓名，唯霍光不名……凡十一人。」《史記·老子韓非列傳》：「老子曰：『子所言者，其人與骨皆已朽矣，獨其言在耳。』」《禮記·檀弓上》：「有子問于曾子曰：『問喪于夫子乎？』曰：『聞之矣。喪欲速貧，死欲速朽。』」

送徒既有長，遠戍亦有身〔一〕。生死向前去，不勞吏怒嗔〔二〕。路逢相識人，附書與六親〔三〕。哀哉兩決絶〔四〕，不復同苦辛①。（0126）

【校】

①同，錢箋校：「一作問。」

【注】

〔一〕送徒二句：《史記·高祖本紀》：「高祖以亭長爲縣送徒酈山。」《太平廣記》卷四五〇《靳守貞》（出《紀聞》）：「唐時，邑人靳守貞者，素善符咒，爲縣送徒至趙城。」身，人自稱，自身。《太平廣記》卷一〇五《宋參軍》（出《廣異記》）：「婦人便悲泣曰然，言：『身是前司士之婦。司士奉使，其弟見逼。』」

〔二〕生死二句：《王梵志詩校注》二六二首：「你道生勝死，我道死勝生。生即苦戰死，死即無人

征。十六作夫役，二十充府兵。磧裏向前走，衣甲困須擎。」沈約《六憶詩》：「笑時應無比，嗔時更可憐。」杜甫之前詩人罕用「嗔」字，而杜詩屢用。

〔三〕路逢二句：《横吹曲辭·紫騮馬歌辭》：「十五從軍征，八十始得歸。道逢鄉里人，家中有阿誰。」《太平廣記》卷九〇《釋寶志》（出《高僧傳》）：「今附書到鍾山寺西行南頭第二房，覓黃頭付之。」卷一五三《崔樸》（出《續定命録》）：「請假一日，發一急脚附書。」《老子》十八章：「六親不和，有孝慈。」《左傳》昭公二十五年：「爲父子、兄弟、姑姊、甥舅、昏媾姻亞，以象天明。」杜預注：「六親和睦，以事嚴父。」疏：「六親謂父子、兄弟、夫婦也。」

〔四〕哀哉句：《玉臺新詠》卓文君《白頭吟》：「聞君有兩意，故來相決絕。」

迢迢萬餘里，領我赴三軍〔一〕。軍中異苦樂，主將寧盡聞〔二〕。隔河見胡騎，倏忽數百羣〔三〕。我始爲奴僕，幾時樹功勳〔四〕？（0127）

【注】

〔一〕迢迢二句：潘岳《内顧詩》：「漫漫三千里，迢迢遠行客。」《周禮·夏官司馬》：「凡制軍，萬有二千五百人爲軍。王六軍，大國三軍，次國二軍，小國一軍。」

〔二〕軍中二句：王粲《從軍行》：「從軍有苦樂，但問所從誰。」高適《燕歌行》：「戰士軍前半死生，美人帳下猶歌舞。」

〔三〕隔河二句：庾信《同盧記室從軍詩》：「連烽對嶺度，嘶馬隔河聞。」左思《嬌女詩》：「貪華風雨中，倏忽數百適。」

〔四〕我始二句：《史記·衛將軍驃騎列傳》：「青爲侯家人，少時歸其父，其父使牧羊，先母之子皆奴畜之，不以兄弟數。」

挽弓當挽强，用箭當用長〔一〕。射人先射馬，擒寇先擒王①。殺人亦有限，列國自有疆②。苟能制侵陵，豈在多殺傷〔二〕。（〇128）

【校】

①寇，錢箋、《九家》、《草堂》作「賊」。《文苑英華》作「寇」。

②列，錢箋校：「一作立。」

【注】

〔一〕挽弓二句：《魏書·奚康生傳》：「時蕭衍聞康生能引强弓，力至十餘石，故特作大弓兩張，送與康生。……其弓長八尺，把中圍盡二寸，箭粗殆如今之長笛。」《北史·綦連猛傳》：「梁使來聘，云求角武藝，文襄遣猛就館接之……校挽强弓，梁人引弓兩張，皆三石，猛遂並取四張，疊

挽之，過度。梁人嗟服。」

〔二〕殺人四句：《左傳》宣公十二年楚子曰：「夫文，止戈爲武。……夫武，禁暴、戢兵、保大、定功、安民、和衆、豐財者也。」《老子》三十一章：「夫佳兵者，不祥之器，物或惡之，故有道不處。君子居則貴左，用兵則貴右。兵者不祥之器，非君子之器，不得已而用之。恬惔而上，故不美，若美之，是樂殺人。夫樂殺者，不可得意於天下。故吉事尚左，凶事尚右。是以偏將軍居左，上將軍居右。殺人衆多，以悲哀泣之。戰勝，以哀禮處之。」《貞觀政要·征伐》：「貞觀四年，有司上言：『林邑蠻國，表疏不順，請發兵討擊之。』太宗曰：『兵者凶器，不得已而用之。故漢光武曰：每一發兵，不覺頭鬢爲白。自古以來窮兵極武，未有不亡者也。苻堅自恃兵强，欲必吞晋室，興兵百萬，一舉而亡。隋主亦必欲取高麗，頻年勞役，人不勝怨，遂死於匹夫之手。……』竟不發兵。」

驅馬天雨雪，軍行入高山〔一〕。逕危抱寒石，指落曾冰間〔二〕。已去漢月遠，何時築城還〔三〕？浮雲暮南征，可望不可攀〔四〕。（0129）

【注】

〔一〕驅馬二句：《詩·邶風·北風》：「北風其涼，雨雪其雱。」釋文：「雨，于付反，又如字。」西北高山無逾葱嶺，而玄宗時遠征逾險則無過高仙芝討小勃律一役。《新唐書·高仙芝傳》：「仙芝乃自安西過撥换城，入握瑟德，經疏勒，登葱嶺，涉播密川，遂頓特勒滿川，行凡百日。特勒滿

川，即五識匿國也。仙芝乃分軍爲三，使疏勒趙崇玭自北谷道，撥換賈崇瓘自赤佛道，仙芝與監軍邊令誠自護蜜俱入，約會連雲堡。……三日，過坦駒嶺，嶺峻絶，下四十里。仙芝恐士憚險不敢進，乃潛遣二十騎，衣阿弩越胡服來迎。」

〔二〕指落句：《史記·高祖本紀》：「會天寒，士卒墮指者什二三，遂至平城。」《宋書·沈攸之傳》：「爲虜所乘，又值寒雪，士衆墮指十二三。」《隋書·虞慶則傳》：「士卒多寒凍，墮指者千餘人。」曾冰，見卷一李邕《登歷下古城員外孫新亭》注。

〔三〕已去二句：庾信《出自薊北門行》：「關山連漢月，隴水向秦城。」凡駐軍皆築城，天寶間以哥舒翰築城青海最爲知名。《舊唐書·哥舒翰傳》：「明年，築神威軍於青海上，吐蕃至，攻破之。又築城於青海龍駒島，有白龍見，遂名爲應龍城。吐蕃屏跡，不敢近青海。」

〔四〕浮雲二句：曹植《雜詩》：「空室自生風，百鳥翩南征。」曹植《名都篇》：「白日西南馳，光景不可攀。」

單于寇我壘，百里風塵昏〔一〕。雄劍四五動〔二〕，彼軍爲我奔。虜其名王歸①，繫頸授轅門〔三〕。潛身備行列〔四〕，一勝何足論。（0130）

【校】

① 虜，錢箋作「擄」。

【注】

〔一〕單于二句：《史記·匈奴列傳》：「匈奴單于頭曼不勝秦，北徙。」集解：「《漢書音義》曰：單于者，廣大之貌，言其象天單于然。」此代指西北諸侯首領。虞世基《出塞》：「耿介倚長劍，日落風塵昏。」

〔二〕雄劍句：《太平廣記》卷三四三引《列士傳》：「干將、莫耶爲晉君作劍，三年而成。劍有雌雄，天下名器也。乃以雌劍獻君，留其雄者。……君覺，殺干將。妻後生男，名赤鼻，具以告之。……乃逃朱興山中，遇客欲爲之報，乃刎首。將以奉晉君，客令鑊煮之頭三日，三日跳不爛。君往觀之，客以雄劍倚擬君，君頭墮鑊中，客又自刎。三頭悉爛，不可分别分葬之，名曰三王冢。」

〔三〕虜其二句：《漢書·陳湯傳》：「至今無名王大人見將軍受事者。」注：「師古曰：名王，諸王之貴者。」《史記·秦始皇本紀》：「子嬰即繫頸以組。」《史記·項羽本紀》：「項羽召見諸侯將，入轅門。」集解：「張晏曰：軍行以車爲陳，轅相向爲門，故曰轅門。」《周書·武帝紀》：「牽羊道左，銜璧轅門。」《隋書·煬帝紀》：「若高元泥首轅門，自歸司寇。」《舊唐書·竇建德傳》：「集隋文武官，對而斬之，梟首轅門之外。」是轅門乃受降、示衆所在。

〔四〕潛身：《梁書·羊侃傳》：「隸蕭寶夤往討之，潛身巡綫，伺射天生。」此乃默默無聞之意。

從軍十年餘，能無分寸功〔一〕。衆人貴苟得，欲語羞雷同〔二〕。中原有鬬争①，況在狄與戎〔三〕。丈夫四方志，安可辭固窮②〔四〕。（0131）

【校】

①鬭争，《文苑英華》作「争鬭」。

②固，錢箋校：「一作困。」

【注】

〔一〕能無句：《史記·蘇秦列傳》：「無有分寸之功。」

〔二〕衆人二句：《淮南子·謬稱訓》：「小人之從事也，曰苟得，君子曰苟義。」《禮記·曲禮上》：「毋雷同。」注：「雷之發聲，物無不同時應者。」

〔三〕中原二句：仇注：「若（諸將）争功而鬭，則中原且不自安，况能遠征戎狄乎。」浦起龍云：「内地且將致亂，還宜大度包荒。」楊倫云：「以中原亂警人主開邊黷武之心。」鄧魁英謂指李林甫連續殺戮杜有鄰、裴敦復等人。按，司馬相如《檄巴蜀文》：「肝腦塗中原，膏液潤野草。」《後漢書·馮衍傳》：「軍覆於中原，身膏於草野。」《皇甫規傳》：「餓死溝渠，暴骨中原。」《劉表傳》：「旍旆交於中原，暴尸累於城下。」此皆言中原鬭争。本書卷二《送韋十六評事充同谷郡防禦判官》(0088)：「中原正格鬭，後會何緣由？」與此句正相仿。安史亂起，邊兵勇鋭者皆徵發入援。此期間杜詩一再言及，故有此二句。黄鶴從舊編將此組詩繫於乾元二年秦州詩中，不爲無見。參卷二《塞蘆子》(0069)注。蓋諸家皆執定此詩天寶間作，故不得確解。况在，更何況。張九齡《驪山下逍遥公舊居游集》：「已云寵禄過，况在華髮衰。」員半千《隴右途中遭非語》：

「慈母猶且惑，況在行路心。」二句意謂中原格鬬尚無苟且，更何況與戎狄之鬬爭。

〔四〕丈夫二句：《左傳》僖公二十三年：「子有四方之志。」《論語·衛靈公》：「子曰：『君子固窮，小人窮斯濫矣。』」

施補華《峴傭說詩》：「前後《出塞》詩皆當作樂府讀。《前出塞》『君已富土境，開邊一何多』，是諷刺語；『功名圖麒麟，戰骨當速朽』，是憤惋語；『生死向前去，不勞吏怒嗔』，是決絕語；『軍中異苦樂，主將寧盡聞』，是感傷語；『衆人貴苟得，欲語羞雷同』，是自占身分語。竭情盡態，言人所不能言。」

賀裳《載酒園詩話》又編：「《毛詩》無處不佳，予尤愛《采薇》、《出車》、《杕杜》三篇，一氣貫串，篇斷意聯，妙有次第。千載後得其遺意者，惟老杜《出塞》數詩。（其一）此應調之始，故但叙別離之恨，而法重心駭，威尊命賤之意，躍躍不禁自露。（其二）『出門日已遠』二句，壯勇之氣已隱然可掬。『骨肉恩豈斷』二句，見其國而忘家，恩以義斷。『走馬脱轡頭』四句，皆於忙中著閑，上寫征行之苦，下寫争先示勇之致。（其三）此即《毛詩》『憂心孔疚，我行不來』意，忠義激烈，勃然如生。（其四）此句與首章末句意相似，但前是出門時言，猶感意多，此是因附書後再一決絕言之，直前不顧矣。且前止父母，此兼姻戚，文情之密，非復也。補出吏與相識人來，尤見周匝。『附書』下三句，亦暗與次章『骨肉恩豈斷』二語相應，又微反《毛詩》『我戍未

定，靡使歸聘』意，妙於脱胎變化。（其五）上四章俱是途中事，此章始至軍中而述所經歷，末句不徒感慨，亦有鼓鋭意。（其六）此軍中自勵之言，上四句亦即《毛詩》『豈敢定居，豈不日戒』意，下四句更有『薄伐來威』之旨。（其七）『何時築城還』，非還家，乃還幕下，即士將屯軍處也。此是偏師遠役耳。此章言築城事，叙景處不僅本『載途雨雪』，兼從《漸漸之石》章來。末語更有《揚水》之痛。（其八）此方及戰争，八句凡數層折，蹊回徑轉，各具奇觀。（其九）『從軍十年餘』四句，軍中蒙蔽之形，不言而見。『中原有鬬争』四句，亦即『一勝何足論』意。但始猶一勝，此則十年之功，退讓不言，志更不隳，更圖後效。較之『欲言塞下事，天子不召見。東出咸陽門，哀哀淚如霰』，度量相越多少！此詩節節相生，真與《毛詩》表裏，必不可删。世顧避惜群之名，常不全載，真瑣人之見也。」

後出塞五首①

男兒生世間，及壯當封侯〔一〕。戰伐有功業，焉能守舊丘〔二〕。召募赴薊門〔三〕，軍動不可留。千金買馬鞭②，百金裝刀頭〔四〕。閭里送我行〔五〕，親戚擁道周。班白居上列，酒酣進庶羞〔六〕。少年别有贈，含笑看吴鈎〔七〕。（0132）

【校】

① 後出塞五首，《文苑英華》題「同前」，前即「出塞」，校：「一作後出塞。」

② 鞭，宋本、錢箋、《文苑英華》校：「一作鞍。」《九家》作「鞍」，校：「一作鞭。」

【注】

《分門》鮑曰：天寶十四年乙未三月壬午，安禄山及契丹戰於潢水，敗之，故有《後出塞》五首，爲出兵赴漁陽也。黄鶴注：同是乾元二年（七五九）作。仇注：今按末章是説禄山舉兵犯順後事，當是天寶十四載（七五五）冬作。按，當從黄鶴注。

〔一〕男兒二句：《史記·李將軍列傳》：「諸廣之軍吏及士卒或取封侯。廣嘗與望氣王朔燕語，曰：『……豈吾相不當侯邪？且固命也？』」《後漢書·班超傳》：「嘗輟業投筆歎曰：『大丈夫無它志略，猶當效傅介子、張騫立功異域，以取封侯，安能久事筆硯間乎？』」

〔二〕舊丘：《後漢書·蔡邕傳》論：「但願北首舊丘，歸骸先壟。」鮑照《結客少年場行》：「去鄉三十載，復得還舊丘。」《文選》李善注：「《廣雅》曰：丘，居也。」

〔三〕召募句：薊門，薊州。安禄山爲范陽節度使，統幽薊。參卷二《夏日歎》(0066)注。《舊唐書·張説傳》：「時當番衛士，浸以貧弱，逃亡略盡。説又建策，請一切罷之，别召募强壯，令其宿衛，不簡色役，優爲條例，逋逃者必争來應募。上從之。旬日，得精兵一十三萬人，分繫諸衛，更番上下，以實京師。其後彍騎是也。」《新唐書·兵志》：「蓋唐有天下二百餘年，而兵之大勢

三變：其始盛時有府兵，府兵後廢而爲彍騎，彍騎又廢，而方鎮之兵盛矣。……及府兵壞而方鎮盛，武夫悍將雖無事時據要險，專方面，既有其土地，又有其人民，又有其甲兵，又有其財賦，以布列天下。」

〔四〕千金二句：《木蘭詩》：「東市買駿馬，西市買鞍韉。南市買轡頭，北市買長鞭。」《西京雜記》卷二：「武帝時身毒國獻連環羈，皆以白玉作之，瑪瑙石爲勒，白光琉璃爲鞍。鞍在闇室中，常照十餘丈如晝日。自是長安始盛飾鞍馬，競加雕鏤，或一馬之飾直百金。」《玉臺新詠》古絶句：「何當大刀頭，破鏡飛上天。」指刀把圓環。刀頭亦指刀口。

〔五〕閭里句：《周禮・天官・小宰》：「聽閭里以版圖。」《地官・大司徒》：「令五家爲比，使之相保；五比爲閭，使之相受。」注：「閭二十五家。」陶淵明《詠荆軻》：「素驥鳴廣陌，慷慨送我行。」

〔六〕班白二句：《禮記・王制》：「班白者不提挈。」曹操《對酒》：「斑白不負戴。」曹植《箜篌引》：「樂飲過三爵，緩帶傾庶羞。」《文選》李善注：「《儀禮》曰：上大夫庶羞二十品。」

〔七〕吴鉤：鮑照《結客少年場行》：「驄馬金絡頭，錦帶佩吴鉤。」《苕溪漁隱叢話》後集卷一引《復齋漫録》：「沈存中《筆談》謂：『唐詩多有言吴鉤者，刀名也。刃彎，今南蠻謂之葛黨刀。』余按《吴越春秋》：『吴王作鉤，淬以人血，試之以人也。』吴鉤始於此，豈存中忘之邪？」

朝進東門營①，暮上河陽橋〔一〕。落日照大旗，馬鳴風蕭蕭〔二〕。平沙列萬幕，

部伍各見招〔三〕。中天懸明月〔四〕，令嚴夜寂寥。悲笳數聲動，壯士慘不驕〔五〕。借問大將誰，恐是霍嫖姚〔六〕。（0133）

【校】

① 門營，錢箋校：「一作營門。」

【注】

〔一〕朝進二句：錢箋謂東門指洛陽上東門。《水經注》穀水：「穀水又東，屈南，逕建春門石橋下，即上東門也。阮嗣宗《詠懷詩》曰『步出上東門』者也。」《資治通鑑》乾元二年：「時思明游兵已至石橋，諸將請曰：『今自洛城而北乎，當石橋而進乎？』光弼曰：『當石橋而進。』及日暮，光弼秉炬徐行……夜至河陽。」胡注引《水經注》「穀水」，謂：「此言漢晋洛城諸門，非隋唐所徙洛城也。上東門之地，唐爲鎮。」錢箋：「石橋之地，蓋即所謂東門營也。」河陽橋，參卷二《石壕吏》(0066)注。《元和郡縣圖志》卷六河南府河陽縣：「故自乾元以後，常置重兵，貞元後加置節度，爲都城之巨防。造浮橋，架黃河爲之，以船爲脚，竹䈴互之。」

〔二〕落日二句：徐幹《情詩》：「微風起閨闥，落日照階庭。」《左傳》僖公二十八年杜預注：「旆，大旗也。」《史記·刺客列傳》荆軻歌：「風蕭蕭兮易水寒，壯士一去兮不復還。」

〔三〕平沙二句：何遜《慈姥磯》：「野岸平沙合，連山近霧浮。」《史記·李將軍列傳》：「廣行無部伍

行陳。」索隱：「《百官志》云：將軍領軍皆有部曲，大將軍營五部，部校尉一人，部下有曲，曲有軍候一人也。」《通典》卷一四八「兵・立軍」引衛公李靖《兵法》：「復造幕，尺丈已定。且以二萬人爲軍，四千人爲營在中心，左右虞候、左右廂四軍共六總管，各一千人爲營。兵多外面，逐長二十七口幕，横列十八口幕。四部管有營，外面逐長二十二口幕，横列各十八口幕，四步下，計當千一百三十六步。又有十二營街，各闊十五步，計當百八十步，通前當千三百十六步。以圍三徑一取中心豎徑，當四百二十九步以下。」左思《詠史》：「馮公豈不偉，白首不見招。」

〔四〕中天句：蕭衍《邊戍詩》：「秋月出中天，遠近無偏異。」謝脁《奉和隨王殿下》：「雲陰滿池榭，中月懸高城。」

〔五〕悲笳二句：劉孝威《侍宴賦得龍沙宵月明》：「櫪馬悲笳吹，城烏啼夜寒。」《左傳》隱公四年：「寵而不驕。」王褒《太傅燕文公于謹碑銘》：「壯士志驕。」

〔六〕借問二句：《苕溪漁隱叢話》前集卷九：「按《漢史》：『霍去病再從大將軍受詔，予壯士，爲票姚校尉。』服虔曰：『音飄摇。』師古曰：『票音訊妙反，摇音羊召反。票姚，勁疾之貌也。荀悦《漢紀》作「票鷂」字。去病後爲票騎將軍，尚取「票挑」之字耳。今讀者音飄遥，不當其義也。』余謂子美今以平聲用此兩字，蓋從服虔音爾。王荆公嘗有詩云：『莫教空説霍票姚。』亦以平聲用之，必承襲子美之意也。」朱鶴齡引蕭子顯《日出東南隅行》：「漢馬三萬疋，夫婿霍嫖姚」，庾信《詠畫屏風》「寒衣須及早，將寄霍嫖姚」，謂二字作平聲用，在杜甫前已然。《舊唐書・玄宗紀》：「（天寶元年）平盧節度使安禄山進階驃騎大將軍。」霍去病爲驃騎將軍。錢箋引此，蓋謂

其暗指禄山。

古人重守邊，今人重高勳〔一〕。豈知英雄主，出師亘長雲①〔二〕。六合已一家②，四夷且孤軍〔三〕。遂使貔虎士③〔四〕，奮身勇所聞。拔劍擊大荒〔五〕，日收胡馬羣。誓開玄冥北〔六〕，持以奉吾君。（0134）

【校】

① 亘，《文苑英華》校：「一作直。」

② 一家，《文苑英華》作「有家」。

③ 貔，錢箋校：「樊作螭。」虎，錢箋、《文苑英華》校：「一作武。」

【注】

〔一〕今人句：《後漢書·朱景王杜馬劉傅堅馬傳》論：「寇、鄧之高勳，耿、賈之鴻烈。」

〔二〕豈知二句：《宋書·王鎮惡傳》：「若遭遇英雄主，要取萬户侯，當厚相報。」《魏書·燕鳳傳》：「一時之雄主，常有并吞天下之志。」《宋書·樂志》載《鼓吹鐃歌·戰城南篇》：「橫陣亘野若屯雲。」

〔三〕六合二句：賈誼《過秦論》：「以六合爲家，殽函爲固。」《淮南子·覽冥訓》：「諸侯力征，天下

合而爲一家。」《九家》趙注：「内外無患，則四夷之軍孤。」按，謂孤軍討四夷。《後漢書・呂布傳》：「孤軍遠出。」

〔四〕遂使句：《書・牧誓》：「尚桓桓如虎如貔，如熊如羆。」

〔五〕大荒：見卷二《塞蘆子》（0063）注。

〔六〕誓開句：《淮南子・時訓則》：「北方之極……顓頊、玄冥之所司者，萬二千里。」

獻凱日繼踵，兩蕃靜無虞〔一〕。漁陽豪俠地〔二〕，擊鼓吹笙竽①。雲帆轉遼海，粳稻來東吴〔三〕。越羅與楚練，照耀輿臺軀〔四〕。主將位益崇，氣驕凌上都。邊人不敢議，議者死路衢〔五〕。（0135）

【校】

① 吹，《文苑英華》作「呼」。

【注】

〔一〕獻凱二句：《陳書・高宗二十九王傳》：「獻凱而入，列於廟庭。」薛道衡《重酬楊僕射山亭》：「將軍獻凱入，藹藹風雲生。」《史記・范雎蔡澤列傳》：「二人羈旅入秦，繼踵取卿相。」《舊唐書・信安王禕傳》：「玄宗遺忠王爲河北道行軍元帥，以討奚及契丹兩蕃，以禕爲副。」詩言河

北事，兩蕃亦指奚、契丹。《舊唐書·玄宗紀》：「（天寶四載）九月，契丹及奚酋長各殺公主，舉部落叛。」「（十一載）三月，朔方節度副使、奉信王阿布思與安禄山同討契丹，布思與禄山不協，乃率其部下叛歸漠北。」「（十三載二月）禄山奏前後討契丹立功將士跳蕩等……於是超授將軍者五百餘人，中郎將者二千餘人。」《資治通鑑》天寶九載：「安禄山屢誘奚、契丹，爲設會，飲以莨菪酒，醉而坑之，動數千人，函其酋長之首以獻，前後數四。」

〔二〕漁陽二句：《舊唐書·地理志》：「薊州……天寶元年，改爲漁陽郡，乾元元年復爲薊州。」屬幽州大都督府。參卷二《夏日歎》（0066）「幽薊」注。《史記·貨殖列傳》：「夫燕亦勃碣之間一都會也。南通齊趙，東北邊胡。上谷至遼東，地踔遠，人民希，數被寇，大與趙代俗相類，而民雕捍少慮，有魚鹽棗栗之饒。」曹植《白馬篇》：「借問誰家子，幽并游俠兒。」《隋書·地理志》：「冀州……俗重氣俠，好結朋黨，其相赴死生，亦出於仁義。故《班志》述其土風，悲歌慷慨，椎剽掘冢，亦自古之所患焉。」

〔三〕雲帆二句：朱鶴齡注：「唐太宗屢討高麗，舟師皆出萊州，其餽運當從隋故道。駱賓王《討武曌檄》云：『海陵紅粟，倉儲之積靡窮。』蓋隋唐時於揚州置倉，以備海運餽東北邊。禄山鎮范陽，蕃漢士馬居天下之半，江淮輓輸，千里不絶。所云『雲帆轉遼海』者，自遼西轉餽北平也。」按，《舊唐書·食貨志》：「神龍三年，滄州刺史姜師度於薊州之北漲水爲溝，以備奚、契丹之寇。又約舊渠，傍海穿漕，號爲平虜渠，以避海難運糧。」《新唐書·姜師度傳》作「循魏武帝故跡，並海鑿平虜渠，以通餉路，罷海運，省功多」。《舊唐書·五行志》：「（開元十四年七月）滄

州大風，海運船没者十一二，失平盧軍糧五千餘石，舟人皆死。」《暢璀傳》：「天寶末，安禄山奏爲河北海運判官。」《唐會要》卷七八《節度使》：「天寶元年十月，除裴寬范陽節度使，經略、河北支度、營田，河北海運使，已後遂爲定額。」是玄宗時河北軍糧出海運，且設海運使。然朱注謂其「自遼西轉餽北平」，則大謬，蓋不明詩之「遼海」指渤海。姜師度所循魏武舊渠，據《三國志・魏書・武帝紀》：「鑿渠，自呼沱入泒水，名平虜渠。又從泃河口鑿入潞河，名泉州渠，以通海。」平虜渠在唐滄州境，泉州口約在今天津武清縣東。參嚴耕望《唐代交通圖考》第五卷。

〔四〕越羅二句：越羅，見卷一《白絲行》(0014)注。沈約《從齊武帝琅琊城講武應詔》：「秋原嘶代馬，朱光浮楚練。」《説文》：「練，湅繒也。」段注：「湅繒汏諸水中，如汏米然。《考工記》所謂『湅帛』也，已湅之帛曰練。」《左傳》襄公三年：「（楚子重）使鄧廖帥組甲三百、被練三千以侵吴。」《左傳》昭公七年：「王臣公，公臣大夫，大夫臣士，士臣皁，皁臣輿，輿臣隸，隸臣僚，僚臣僕，僕臣臺。」疏引服虔云：「輿，衆也，佐皁舉衆事也。……臺，給臺下，微名也。」張衡《東京賦》：「賚皇寮，逮輿臺。」此言禄山奏言超授將軍、中郎將等。

〔五〕主將四句：《安禄山事迹》卷上：「（天寶）七載六月，賜實封三百户，並賜鐵券，封柳城郡開國公。……九載八月二日，又加河北道采訪處置等使。……又求爲河東節度，（十載）二月二日，遂加雲中太守，兼充河東節度采訪使。」卷中：「禄山既至范陽，憂不自安，始決計稱兵向闕。自是，或言禄山反者，玄宗縛送禄山，以是道路相目，無敢言者。」

我本良家子，出師亦多門〔一〕。將驕益愁思，身貴不足論。躍馬二十年，恐辜明主恩〔二〕。坐見幽州騎，長驅河洛昏〔三〕。中夜間道歸，故里但空村。惡名幸脱免，窮老無兒孫〔四〕。（0136）

【注】

〔一〕我本二句：良家子，見卷一《悲陳陶》（0048）注。浦起龍云：「亦多門，習見主軍心事者也。」蕭滌非謂多門有多次意。按，指唐軍政非一，將帥多門，文武僚佐有歷聘諸帥者。《舊唐書·陸贄傳》上疏：「良以中國之節制多門，蕃醜之統帥專一故也。」

〔二〕躍馬二句：鮑照《擬古詩》：「結髮起躍馬，垂白對講書。」《代出自薊北門行》：「投軀報明主，身死爲國殤。」虞世基《出塞》：「緬懷古人節，思酬明主恩。」

〔三〕坐見二句：謂安禄山叛亂。幽州，見卷二《夏日歎》（0066）注。劉鑠《擬行行重行行》：「卧覺明燈晦，坐見輕紈緇。」謝晦《彭城會》：「先蕩臨淄穢，却清河洛塵。」

〔四〕中夜四句：《史記·黥布列傳》：「又使布等先從間道破關下軍。」索隱：「間道即他道。」《苕溪漁隱叢話》前集卷一二引東坡云：「詳味此詩，蓋禄山反時，其將校有脱身歸國，而禄山執其妻子者，不知其姓名，可恨也。」

《苕溪漁隱叢話》前集卷一四：「《前出塞》九首，爲戍兵作。《後出塞》五首，爲赴募者作。余嘗細考其詞，誠爲不安。」

賀裳《載酒園詩話》又編：「《後出塞》五章，亦有次第，不可删。（其一）較《前出塞》首篇更覺意氣激昂，味其語氣，前篇似徵調之兵，故其言悲。此似應募之兵，故其言雄。前篇『走馬脱轡頭，手中挑青絲』，貧態可掬；此却『千金買鞍，百金裝刀』，軍容之盛如見。前篇『弃絶父母，吞聲負戈』，悲涼滿眼；此則里戚相餞，殽醴錯陳，吴鈎一贈，尤助壯懷。妙在『含笑看』三字，説得少年鬚眉欲動。如此少年，定一俠士。（其二）『朝進東門營』四句，軍前風景如畫。『平沙列萬幕，部伍各見招』二語尤妙。凡勇士所之，無不欲收爲己用者，此語直傳其神。『中天懸明月』二句，『寂寥』妙甚，深見軍中紀律之肅。『悲笳數聲動』四句，古來名將甚多，而獨舉霍氏。史稱去病士卒乏食，而後軍餘粱肉。殊帶怵惕意，却妙在一『恐』字，語意甚圓。（其三）『勇所聞』三字，妙得開邊幸功人一輩心髓，儼然傅介子、陳湯、臧宫、馬武等在目。（其四）首章言應募，次章言入幕，三章言立功，至此極言邊城之富而邊將之横，始有失身之懼矣。末二句尤含蓄無限。叛志已決，既非口舌可諍，君寵方隆，又不可以上變。觀郭從謹語上曰：『亦有指闕告其謀者，陛下往往誅之。』此真實録也。（其五）不惟不願富貴，並不顧妻子，脱身歸家，此真忠臣義士。凡宋人杜注，余多以爲空鑿，獨以此指禄山反時自拔歸國者，似乎不謬。此詩有首尾，有照應，有變換。如『我本良家子』，正與首篇『千金買鞍』等相應。『身貴不

足論』與『及壯當封侯』似相反，然以『恐辜主恩』而念爲之轉，則意自不悖。『故里但空村』，非復送行時擁道周景象，此正見盛衰之感，還家者無以爲懷，意實相應也。此詩後二章多與唐史合，似實有所指，非漫作者。真西山删去末首，殊不可解。五章始終一氣，不説到還家，則意不完，氣亦不住，竟一無結果人矣。」

別贊上人〔一〕

百川日東流，客去亦不息〔二〕。我生苦漂蕩①，何時有終極〔三〕？贊公釋門老，放逐來上國〔四〕。還爲世塵嬰，頗帶憔悴色〔五〕。楊枝晨在手，豆子兩已熟②〔六〕。是身如浮雲，安可限南北〔七〕。異縣逢舊友③，初忻寫胸臆〔八〕。天長關塞寒〔九〕，歲暮飢凍逼④。野風吹征衣，欲別向曛黑⑤〔一〇〕。馬嘶思故櫪⑥，歸鳥盡斂翼〔一一〕。古來聚散地，宿昔長荆棘〔一二〕。相看俱衰年，出處各努力〔一三〕。（0137）

【校】

① 苦，錢箋、《草堂》校：「一作若。」

② 兩，錢箋、《草堂》作「雨」，校：「一作兩。」《九家》校：「一作雨。」

③ 友，錢箋校：「一作交。」《文苑英華》作「交」，校：「集作友。」

④ 天長關塞寒歲暮飢凍逼，宋本、《九家》、《草堂》校：「一云『天長關塞遠，歲暮飢寒逼』。」　寒，《文苑英華》作「遠」，校：「集作寒。」　凍，錢箋校：「一作寒。」《文苑英華》作「寒」，校：「集作凍。」

⑤ 曛，錢箋校：「一作昏。」

⑥ 嘶，宋本、錢箋、《草堂》校：「一作鳴。」《文苑英華》作「鳴」，校：「集作嘶。」

【注】

黃鶴注：公以關輔饑，乃赴成州，遂以乾元二年（七五九）十月去秦州。當是其時作。《草堂》夢弼注謂時贊公貶在同谷，甫自秦入同谷，與贊公相遇，則此詩乃離同谷時作。

〔一〕贊上人：見本卷《寄贊上人》（0103）。

〔二〕百川二句：《相和曲·長歌行》：「百川東到海，何時復西歸。」竺僧度《答苕華》：「良由去不息，故令川上嗟。」

〔三〕我生二句：吴均《贈朱從事》：「客思已飄蕩，相思復非一。」王粲《七哀詩》：「羈旅無終極，憂思壯難任。」

〔四〕放逐句：王延壽《魯靈光殿賦》：「恭王始都下國。」《文選》李善注：「韋昭《國語注》曰：曲沃在絳下，故曰下國。然以天子爲上國，故諸侯爲下國。」此指京師。來上國，謂自上國來。

〔五〕還爲二句：陸機《赴洛道中作》：「借問子何之，世網嬰我身。」《文選》李善注引《説文》：「嬰，繞也。」陶淵明《歸園田居》：「誤落塵網中，一去三十年。」《齊民要術》卷二《氾勝之書》古歌：「男兒在他鄉，焉得不憔悴。」

〔六〕楊枝二句：《四分律》卷五三：「嚼楊枝有五事利益：一口氣不臭，二別味，三熱癊消，四引食，五眼明。」《華嚴經》卷一一：「自晝初時，先嚼楊枝，乃至祠祭，凡有十位：一嚼楊枝，二浄沐浴……」錢箋引《梵網經》、《涅槃經》，謂以楊柳爲齒木乃鑿説。按，此言上人日常居止，舊注不誤。兩已熟，謂兩次收穫。《齊民要術》卷六引《廣志》：「種小豆，一歲三熟。」

〔七〕是身二句：《維摩經·方便品》：「是身如浮雲，須臾變滅。」沈約《送別友人》：「浮雲一南北，何由展言宴。」

〔八〕異縣二句：蔡邕《飲馬長城窟行》：「他鄉各異縣，展轉不可見。」陸機《文賦》：「思風發於胸臆，言泉流於脣齒。」

〔九〕天長句：《老子》七章：「天長地久。」陸倕《石闕銘》：「暑來寒往，地久天長。」仇注謂天長指冬至後天日漸長。按，此雖用《老子》語，然似言天空之長遠。

〔一〇〕野風二句：鮑照《代東門行》：「野風吹秋木，行子心腸斷。」曛黑，見卷二《彭衙行》(0070)注。

〔一一〕馬嘶二句：蕭綱《繫馬詩》：「蹀足絆中憤，摇頭櫪上嘶。」庾信《奉報趙王出師在道賜詩》：「哀笳關塞曲，嘶馬別離聲。」應璩《與侍郎曹長思書》：「不能追參於高妙，復斂翼於故枝。」

〔一二〕古來二句：謝靈運《酬從弟惠連》：「悟對無厭歇，聚散成分離。」蔡邕《飲馬長城窟行》：「遠道

不可思，宿昔夢見之。」《史記・淮南衡山列傳》：「今臣亦見宫中生荆棘，露霑衣也。」阮籍《詠懷》：「繁華有憔悴，堂上生荆杞。」

〔一三〕相看二句：高允《鹿苑賦》：「顧衰年以懷傷，惟負忝以危懼。」《古詩十九首》：「弃捐勿復道，努力加餐飯。」阮籍《詠懷》：「生命幾何時，慷慨各努力。」

萬丈潭〔一〕同谷縣作。

青溪合冥寞①，神物有顯晦〔二〕。龍依積水蟠，窟壓萬丈内〔三〕。跼步凌垠堮，側身下烟靄〔四〕。前臨洪濤寬，却立蒼石大〔五〕。山危一徑盡，岸絶兩壁對②〔六〕。削成根虚無，倒影垂澹瀨③〔七〕。黑如灣澴底④〔八〕，清見光炯碎。孤雲到來深⑤〔九〕，飛鳥不在外。高蘿成帷幄⑥，寒木疊旌旆⑦〔一〇〕。遠川曲通流，嵌竇潛洩瀨〔一一〕。造幽無人境，發興自我輩〔一二〕。告歸遺恨多，將老斯游最⑧〔一三〕。閉藏修鱗蟄〔一四〕，出入巨石礙⑨。何事炎天過⑩，快意風雨會⑪。（0138）

【校】

① 合，錢箋校：「趙鴻刻作含。」《草堂》作「含」，校：「舊作合。」

② 岸，錢箋作「崖」，校：「一作岸。」

③ 瀕，錢箋校：「趙作瀩。一作賴。」《草堂》作「瀩」，校：「舊作頮。」

④ 如，錢箋校：「陳作爲。黄作知。」《草堂》校：「黄作知。」 澴，《草堂》、《文苑英華》作「環」。

⑤ 到，錢箋、《文苑英華》作「倒」。

⑥ 帷，錢箋、《草堂》校：「一作帳。」

⑦ 疊，錢箋作「累」，校：「一作壘。」《九家》、《草堂》作「壘」，校：「一作疊。」

⑧ 斯游，《草堂》作「游斯」。

⑨ 石，錢箋校：「趙作爪。」《草堂》校：「一作爪。」

⑩ 事，錢箋校：「趙作當。」《草堂》、《文苑英華》作「當」。 炎，錢箋、《草堂》作「暑」，校：「一作炎。」

⑪ 雨，錢箋、《九家》、《草堂》校：「一作雲。」

【注】

黄鶴注：乾元二年（七五九）夏在秦州作。是年夏公在秦州，以十月之同谷。朱鶴齡謂詩乃冬作，「何事炎天過」謂思暑天過此。

〔一〕萬丈潭：《方輿勝覽》卷七〇同慶府：「萬丈潭，在同谷縣東南七里。舊《經》：昔有黑龍自潭飛出。」《明一統志》卷三五鞏昌府：「在成縣東南七里。」錢箋：「唐咸通十四載，西康州刺史趙鴻刻《萬丈潭》詩，又《題杜甫同谷茅茨》。……鴻曰：萬丈潭在公宅西，洪濤蒼石，山徑岸壁，

如目見之。」

〔二〕青溪二句：冥寞，黑暗，多指冥間。《後漢書·張奂傳》：「澤流黄泉，施及冥寞。」顯晦，明暗，亦指陰陽兩界。支遁《釋迦文佛像贊》：「日月貞朗，顯晦周遍。」

〔三〕龍依二句：左思《蜀都賦》：「潛龍蟠於沮澤，應鳴鼓而興雨。」龍窟，見卷一《同諸公登慈恩寺塔》(〇〇二三)注。

〔四〕跼步二句：張衡《西京賦》：「前後無有垠堮。」《文選》李善注：「《淮南子》：出於無垠鄂之門。許慎曰：垠堮，端崖也。」張九齡《奉和吏部崔尚書雨後大明朝堂望南山》：「林華鋪近甸，烟靄繞晴川。」

〔五〕前臨二句：曹植《贈白馬王彪》：「泛舟越洪濤，怨彼東路長。」王嗣奭《杜臆》：「成縣之東河，源出秦州南。又有南河，源出青渠堡南。俱入龍峽，注於嘉陵江。嘉陵水即漢水也。……峽旁有潭，其深莫測，曰萬丈潭。乃知『前臨洪濤寬』，即嘉陵江也。」却立，退後一步。《史記·廉頗藺相如列傳》：「相如因持璧却立，倚柱。」此形容山石聳立。王昌齡《小敷谷龍潭祠作》：「百泉勢相蕩，巨石皆却立。」

〔六〕山危二句：蕭綱《晚春賦》：「既浪激而沙游，亦苔生而徑危。」郭璞《江賦》：「絶岸萬丈，壁立赮駮。」

〔七〕削成二句：《山海經·西山經》：「太華之山，削成而四方。」僧肇《涅槃無名論》：「豈謂采微言於聽表，拔玄根於虚壤者哉。」司馬相如《大人賦》：「貫列缺之倒景兮，涉豐隆之滂濞。」夏侯湛

《寒苦謡》：「霜皚皚以被庭，冰溏瀨於井幹。」《正字通》：「瀨，杜貴切，音隊，水帶沙往來之貌。」

〔八〕潨：郭璞《江賦》：「漩潨滎瀯，淴㵋潰瀑。」《文選》李善注：「皆波浪回旋濆涌而起之貌也。」

〔九〕孤雲句：江淹《效阮公詩》：「孤雲出北山，宿鳥驚東林。」鄭公超《送庾羽騎抱》：「舊宅青山遠，歸路白雲深。」

〔一〇〕高蘿二句：郭璞《游仙詩》：「緑蘿結高林，蒙籠蓋一山。」《雜曲歌辭·艷歌》：「垂露成帷幄，奔星扶輪輿。」陸機《尸鄉亭》：「秋草漫長柯，寒木入雲烟。」江總《入龍丘岩精舍》：「陰崖未辨色，疊樹豈知重。」

〔一一〕遠川二句：鮑照《還都道中》：「久宦迷遠川，川廣每多懼。」張衡《西京賦》：「高掌遠蹠，以流河曲。」庾闡《三月三日臨曲水》：「洄瀾自浄縈，臨川疊曲流。」揚雄《甘泉賦》：「崇丘陵之駊騀兮，深溝嵌岩而爲谷。」謝朓《游山詩》：「杳杳雲竇深，淵淵石溜淺。」左思《魏都賦》：「窮岫泄雲，日月恒翳。」《文選》李善注：「洩，猶出也。」

〔一二〕造幽二句：孫綽《游天台山賦》：「始經魑魅之途，卒踐無人之境。」鮑照《園中秋散》：「臨歌不知調，發興誰與歡。」李嶠《楚望賦》序：「是以騷人發興於臨水，柱史詮妙於登臺。」

〔一三〕將老句：桓偉《蘭亭詩》：「今我欣斯游，愠情亦暫暢。」

〔一四〕閉藏句：《淮南子·天文訓》：「萬物閉藏，蟄蟲首穴。」

兩當縣吴十侍御江上宅〔一〕

寒城朝烟澹，山谷落葉赤①〔二〕。陰風千里來，吹汝江上宅〔三〕。鶡雞號枉渚，日色傍阡陌〔四〕。借問持斧翁，幾年長沙客〔五〕？哀哀失木狖，矯矯避弓翮〔六〕。亦知故鄉樂，未敢思宿昔。昔在鳳翔都，共通金閨籍②〔七〕。天子猶蒙塵，東郊暗長戟〔八〕。兵家忌間諜，此輩常接跡〔九〕。臺中領舉劾，君必慎剖析〔一〇〕。不忍殺無辜，所以分黑白③〔一一〕。上官權許與〔一二〕，失意見遷斥。仲尼甘旅人，向子識損益〔一三〕。朝廷非不知，閉口休歎息④。余時忝諍臣，丹陛實咫尺〔一四〕。相看受狼狽，至死難塞責〔一五〕。行邁心多違⑤，出門無與適〔一六〕。於公負明義〔一七〕，惆悵頭更白。（0139）

【校】

① 落葉，《草堂》作「葉落」。

② 閨，錢箋校：「一作門。」

③黑白，錢箋作「白黑」，或爲避篇末重韻。

④朝廷非不知閉口休歎息，錢箋、《草堂》校：「樊本『仲尼』一聯在『朝廷』一聯下。」

⑤心，《草堂》作「必」。

【注】

黄鶴注：公自秦西至同谷，時道經兩當，故作此詩。時乾元二年（七五九）十月也。嚴耕望謂杜甫自同谷又至河池，未即南循驛道入蜀，而東北循驛道至兩當，蓋因事枉道也。

〔一〕兩當縣：《元和郡縣圖志》卷二二興元府鳳州：「兩當縣，中下。東至州五十里。……因縣界兩當水爲名。或云縣西界有兩山相當，因取爲名。」黄鶴注：「《圖經》云：古者相傳嘉陵江與朱沮水相會於縣界，故云兩當。又云東京、西蜀至此三十程，故名兩當。本朝趙抃自成都被召還朝，宿廣鄉驛，有詩云：『被詔趍都景物疏，兩當中夜宿中途。』注云：『《圖經》云：東京、西蜀至此道里均焉。』驛在縣中。」乃宋人説，東京謂宋之東京。吴十侍御：吴郁。《寶刻類編》卷三：「吴郁，雍縣尉。」《歷代法寶記》：「（永泰二年東川）青苗使吴郁。」《方輿勝覽》卷六九鳳州：「吴郁，兩當人。爲侍御史，以言事被謫，居家不仕，與杜子美交游。」王嗣奭《杜臆》：「吴十名郁，今鞏昌古跡有吴郁宅，在兩當縣西南。……公作此詩，侍御尚謫長沙，此過其空宅而思及舊事也。」朱鶴齡以兩當爲侍御貶謫之所，仇注以爲非是。

〔二〕寒城二句：謝朓《宣城郡内登望》：「寒城一以眺，平楚正蒼然。」何遜《答丘長史》：「黄花發岸

草，赤葉翻高樹。」

〔三〕陰風二句：顔延之《北使洛》：「陰風振涼野，飛雲瞀窮天。」王衡《玩雪》：「寒庭浮暮雪，疑從千里來。」謝朓《觀朝雨》：「朔風吹飛雨，蕭條江上來。」

〔四〕鵾雞二句：《楚辭·九辯》：「雁廱廱而南游兮，鵾雞啁哳而悲鳴。」洪興祖補注：「鵾雞似鶴，黄白色。」張衡《南都賦》：「鷫鷞鵾鸕。」《文選》李善注：「鵾與鶤同。」《楚辭·九章·涉江》：「朝發枉陼兮，夕宿辰陽。」王逸注：「枉陼，地名。陼一作渚。或曰枉，曲也。陼，沚也。」《明一統志》卷三五鞏昌府：「枉渚，在兩當縣境。渚斜曲而不直，故謂枉渚。」按，《楚辭》「枉陼」本在辰溪，此或後人附會。何遜《暮秋答朱記室》：「游揚日色淺，騷屑風音勁。」

〔五〕借問二句：《漢書·王訢傳》：「繡衣御史暴勝之使持斧逐捕盜賊。」此指吴侍御。張九齡《酬趙二侍御使西軍贈兩省舊僚之作》：「操刀嘗願割，持斧竟稱雄。」李白《宿鰕湖》：「當與持斧翁，前溪伐雲木。」《史記·屈原賈生列傳》：「乃以賈生爲長沙王太傅。賈生既辭往行，聞長沙卑濕，自以壽不得長，又以適去，意不自得。」張説《巴丘春作》：「自憐心問景，三歲客長沙。」李白《留别賈舍人至》：「君爲長沙客，我獨之夜郎。」

〔六〕哀哀二句：《詩·小雅·蓼莪》：「哀哀父母，生我劬勞。」班固《西都賦》：「猿狖失木，豺狼懾竄。」《文選》李善注：「《蒼頡篇》曰：狖，似狸。」《文選》左思《吴都賦》劉逵注：「《異物志》曰：狖，猿類，露鼻，尾長四五尺，居樹上，雨則以尾塞鼻。建安臨海北有之。」《詩·魯頌·泮水》：「矯矯虎臣，在泮獻馘。」箋：「矯矯，武貌。」此從「矯翮」語變化。《戰國策·楚策四》：「更羸與

魏王處京臺之下，仰見飛鳥，更羸謂魏王曰：『臣爲王引弓虚發而下鳥。』魏王曰：『然則射可至此乎？』更羸曰：『可。』有間，雁從東方來，更羸虚發而下之。……更羸曰：『此孽也。』王曰：『先生何以知之？』對曰：『其飛徐而鳴悲。飛徐者，故瘡痛也。鳴悲者，久失群也。故瘡未息，而驚心未去也。聞弦音，引而高飛，故隕也。』」庾肩吾《九日侍宴樂游苑應令》：「騰猨疑矯箭，驚雁避虚弓。」《吴越春秋》烏鵲歌：「啄蝦矯翮兮雲間。」劉删《賦得獨鶴凌雲去》：「孤鳴思滄海，矯翮避虞機。」

〔七〕昔在二句：肅宗以至德二載二月至鳳翔，參卷二《北征》(0052)注。金閨籍，見卷二《送李校書二十六韻》(0089)注。

〔八〕天子二句：《左傳》僖公二十四年：「天子蒙塵於外。」長戟，見卷二《潼關吏》(0061)注。

〔九〕兵家二句：《史記·廉頗藺相如列傳》：「謹烽火，多間諜。」《因話録》卷五：「並肩而立，接跡而趨。」

〔一〇〕臺中二句：臺指御史臺。《史記·蒙恬列傳》：「求其罪過，舉劾之。」張衡《西京賦》：「剖析毫釐，擘肌分理。」

〔一一〕不忍二句：《書·無逸》：「亂罰無罪，殺無辜。」《漢書·劉向傳》：「白黑不分，邪正雜糅。」

〔一二〕上官句：《宋書·蔡興宗傳》：「私加許與。」《九家》趙注：「言(上官)執許與之權也。」仇注：「上官面與而不能救。」按，謂上官權變許與，不堅持原則。

〔一三〕仲尼二句：《易·乾·文言》王弼注：「文王明夷，則主可知矣。仲尼旅人，則國可知矣。」疏：「若見仲尼羈旅於人，則知國君無道，令其羈旅出外。引文王、仲尼者，明龍潛、龍見之義。」《後

漢書・逸民傳・向長》：「向長字子平，河內朝歌人也。……潛隱於家，讀《易》至《損》、《益》卦，喟然歎曰：『吾已知富不如貧，貴不如賤，但未知死何如生耳。』建武中，男女娶嫁既畢，敕斷家事勿相關，當如我死也。於是遂肆意，與同好北海禽慶俱游五岳名山，竟不知所終。」

〔一四〕余時二句：《孝經》諫諍章：「昔者天子有争臣七人，雖無道，不失其天下。」《左傳》僖公九年：「天威不違顏咫尺。」杜預注：「言天鑒不遠，威嚴常在顏面之前。八寸曰咫。」

〔一五〕至死句：《史記・平津侯主父列傳》：「此皆宰相奉職不稱，恐竊病死，無以塞責。」

〔一六〕行邁二句：《詩・王風・黍離》：「行邁靡靡，中心摇摇。」傳：「邁，行也。」箋：「行，道也。道行，猶行道也。」沈約《學省愁卧》：「纓珮空爲忝，江海事多違。」《左傳》僖公五年：「一國三公，吾誰適從？」

〔一七〕於公句：《書・武成》：「惇信明義。」

發秦州 乾元二年自秦州赴同谷縣紀行十二首〔一〕。

我衰更懶拙，生事不自謀〔二〕。無食問樂土，無衣思南州〔三〕。漢源十月交〔四〕，天氣如涼秋①。草木未黄落，况聞山水幽②。栗亭名更嘉③〔五〕，下有良田疇。充腸多薯蕷，崖蜜亦易求〔六〕。密竹復冬笋〔七〕，清池可方舟。雖傷旅寓遠④，庶遂平生

游。此邦俯要衝〔八〕，實恐人事稠。應接非本性，登臨未銷憂〔九〕。谿谷無異石，塞田始微收。豈復慰老夫，惘然難久留⑤。日色隱孤戍，烏啼滿城頭〔一〇〕。中宵驅車去，飲馬寒塘流〔一一〕。磊落星月高〔一二〕，蒼茫雲霧浮。大哉乾坤内，吾道長悠悠〔一三〕。（0140）

【校】

①如涼，錢箋作「涼如」。

②水，錢箋、《草堂》校：「一作東。」

③嘉，錢箋作「佳」。

④傷，錢箋、《草堂》校：「一作云。」

⑤夫，錢箋、《草堂》校：「一作大。」惘，錢箋、《草堂》校：「一作炯。」

【注】

黄鶴注：乾元二年（七五九）作。

〔一〕發秦州：《元和郡縣圖志》卷三九隴右道：「秦州，天水，中府。……天寶元年改爲天水郡，乾元元年復爲秦州。寶應二年陷於西蕃。……西南至成州二百里。」卷二二山南道：「成州，同

谷。下。……東北至秦州一百八十里。……同谷縣，中下。西北至州一百八十里。」嚴耕望《唐代交通圖考》第三卷篇貳貳仇池山區交通諸道「杜工部秦州入蜀行程」：「（成州）北至秦州，接長安通河西河湟之驛道；東南至河池，接長安通劍南之驛道；故由秦州南經成州折東南至河池之交通道，尤屬重要。杜翁由秦入蜀即取此道：秦州西南略循藉水河谷上行約十里至赤谷亭……又約六十里至鐵堂峽。……又西南度入西漢水上源，凡約百里至鹽井，在西漢水北，有鹽官故城。」

〔二〕生事句：王維《偶然作》：「生事不曾問，肯愧家中婦。」李頎《贈張旭》：「問家何所有，生事如浮萍。」

〔三〕無食二句：《穀梁傳》定公元年：「是年不艾，則無食矣。」《詩·魏風·碩鼠》：「樂土樂土，爰得我所。」《秦風·無衣》：「豈曰無衣，與子同袍。」

〔四〕漢源：王嗣奭《杜臆》謂成縣東河、南河俱入龍峽，注於嘉陵江，嘉陵江即漢水，漢源當在龍峽。又謂漢源非縣，乃同谷别名。按，于邵《漢源縣令廳壁記》：「皇帝觀兵朔方之歲始，上禄縣更名漢源。」《元和郡縣圖志》卷二二成州：「上禄縣，中，郭下。」是上禄爲同谷郡治所，至德二載更名漢源縣。

〔五〕栗亭句：柳宗元《興州江運記》：「自長舉北至於青泥山，又西抵於成州，過栗亭川，逾寶井堡，崖谷峻隘，十里百折，負重而上，若蹈利刃。」《太平寰宇記》卷一五〇成州：「栗亭縣，東五十里，二鄉，本栗亭鎮地。後唐清泰三年六月秦州置栗亭縣。栗亭川，縣治之地。」錢箋：「咸通中刺史趙鴻刻石同谷，曰『工部題栗亭十韻，不復見』。鴻詩曰：『杜甫栗亭詩，詩人多在口。

悠悠二甲子，題記今何有。』」

〔六〕充腸二句：蕭繹《與蕭咨議等書》：「適口充腸。」《異苑》卷二：「薯蕷，一名山芋。根既可入藥，又復可食。野人謂之土藷。若欲掘取，默然則獲，唱名者便不可得。人有植者，隨所種之物而像之也。」王楙《野客叢書》卷九：「代宗諱豫……以薯蕷爲薯藥，至本朝避英宗諱曙，曰山藥。」《政和證類本草》卷二〇引《圖經》：「石蜜即崖蜜也。其蜂黑色似虻。作房於岩崖高峻處，或石窟中，人不可到，但以長竿刺令蜜出，以物承之，多者至三四石。味酸色緑。」另乳糖亦稱石蜜。蘇軾《橄欖詩》：「待得征甘回齒頰，已輸崖蜜十分甜。」《冷齋夜話》謂指櫻桃。《野客叢書》卷一七等有辨。仇注謂唐人大抵稱蜜爲崖蜜，然其中有指乳餳者。

〔七〕密竹句：《太平御覽》卷九六六引《東觀漢記》：「馬援好事，至荔浦，見冬筍，名曰苞筍，上言：『《禹貢》「厥苞橘柚」，疑謂是也。』」《新唐書·地理志》興元府漢中郡：「土貢：穀、蠟、紅藍、燕脂、夏蒜、冬筍……」

〔八〕此邦句：《後漢書·傅燮傳》：「今涼州天下要衝，國家藩衛。」

〔九〕應接二句：《後漢書·馬援傳》：「能應接諸公，專對賓客。」王粲《登樓賦》：「登茲樓以四望兮，聊暇日以銷憂。」

〔一〇〕日色二句：庾信《至老子廟應詔》：「野戍孤烟起，春山百鳥啼。」庾信《烏夜啼》：「御史府中何處宿，洛陽城頭那得棲。」

〔一一〕中宵二句：陶淵明《辛丑歲七月赴假還江陵夜行途中》：「懷役不遑寐，中宵尚孤征。」何遜《與

胡興安夜別》：「露濕寒塘草，月映清淮流。」

〔一二〕磊落句：《藝文類聚》卷五六古詩：「膈膈膞膞雞初鳴，磊磊落落向曙星。」《子夜四時歌・秋歌》：「秋夜涼風起，天高星月明。」

〔一三〕大哉二句：《易・乾・彖》：「大哉乾元，萬物資始。」吾道，見卷一《三川觀水漲二十韻》（0043）注。《古詩十九首》：「回車駕言邁，悠悠涉長道。」

赤谷〔一〕

天寒霜雪繁，游子有所之〔二〕。豈但歲月暮，重來未有期①〔三〕。晨發赤谷亭，險艱方自茲②〔四〕。亂石無改轍，我車已載脂〔五〕。山深苦多風，落日童稚飢。悄然村墟迴，烟火何由追〔六〕。貧病轉零落③，故鄉不可思〔七〕。常恐死道路，永爲高人嗤〔八〕。（0141）

【校】

① 未有期，錢箋校：「一云亦未期。」

② 艱，錢箋、《草堂》校：「一作難。」《九家》作「難」。

③零落，錢箋、《九家》、《草堂》校：「一云飄零。」

【注】

〔一〕赤谷：見本卷《赤谷西崦人家》(0100)注。《清一統志》卷二一〇秦州：「赤峪山，在州西南。杜甫詩『晨發赤峪亭，艱險方自茲』，即此。宋嘉定十年，利州統制王逸復大散關及卓郊堡，進攻秦州，至赤谷口。《通志》：赤峪在州西南十里，有水經其中。」嚴耕望《唐代交通圖考》：「蓋杜翁由秦州出發略循藉水而西南上行也。」

〔二〕天寒二句：《詩·小雅·正月》：「正月繁霜，我心憂傷。」謝瞻《於安城答靈運》：「歲寒霜雪嚴，過半路愈峻。」《相和歌辭·雞鳴》：「蕩子何所之，天下方太平。」

〔三〕重來句：《文選》蘇武詩：「行役在戰場，相見未有期。」

〔四〕險艱句：任昉《贈郭桐廬谿口候余既未至郭仍進村維舟久之》：「滄江路窮此，湍險方自茲。」

〔五〕亂石二句：曹植《贈白馬王彪》：「中逵絶無軌，改轍登高岡。」《詩·邶風·泉水》：「載脂載轄，還車言邁。」

〔六〕悄然二句：陶淵明《歸園田居》：「曖曖遠人村，依依墟里烟。」

〔七〕貧病二句：曹植《野田黃雀行》：「生存華屋處，零落歸山丘。」蔡邕《飲馬長城窟行》：「遠道不可思，宿昔夢見之。夢見在我傍，忽覺在他鄉。」

〔八〕常恐二句：《漢書·王莽傳》：「老弱死道路。」《後漢書·五行志》：「順帝之末，京師童謡曰：

直如弦，死道邊。曲如鉤，反封侯。」《古詩十九首》：「愚者愛惜費，但爲後世嗤。」

鐵堂峽〔一〕

山風吹游子，縹緲乘險絶。硤形藏堂隍，壁色立積鐵①〔二〕。徑摩穹蒼蟠〔三〕，石與厚地裂。修纖無垠竹②，嵌空太始雪③〔四〕。威遲哀壑底〔五〕，徒旅慘不悦④。水寒長冰横，我馬骨正折〔六〕。生涯抵弧矢，盜賊殊未滅〔七〕。飄蓬踰三年，回首肝肺熱〔八〕。（0142）

【校】

① 積，錢箋：「荆作精。」

② 垠，錢箋校：「一作限。」《九家》、《草堂》作「限」，校：「一作垠。」

③ 空，錢箋校：「一作孔。」

④ 徒旅慘不悦，錢箋、《草堂》校：「一作『徒懷松柏悦』。」

【注】

〔一〕鐵堂峽：《方輿勝覽》卷六九天水軍：「鐵堂山，在天水縣東五里。有石笋青翠，長者至丈餘，

小者可以爲礪。」《清一統志》卷二一〇秦州：「鐵堂山，在州西七十里。……《舊志》有蟠龍山，在州西七十里，有鐵爐坡，即鐵堂峽也。其峽四山環抱，中爲鐵堂莊。」嚴耕望《唐代交通圖考》謂《勝覽》南宋人撰，南宋天水廢縣在秦州西南七十里，故《勝覽》所云在天水縣東五里，正亦清代秦州今天水縣西南七十里上下。仇注引邵注謂在秦州東南七十里者誤。今天水縣西南有鐵爐坡，地望正合。

〔二〕硤形二句：《漢書·胡建傳》：「列坐堂皇上。」顔師古注：「室無四壁曰堂皇。」《説文》：「廣，殿之大屋也。」段注：「《倉頡篇》曰：殿，大堂也。《廣雅》曰：堂堭，合殿也。殿謂堂無四壁，《漢書·胡建傳》注『無四壁曰堂皇』是也。」《分門》立之曰：「山臺如堂皇，峽藏於兩山之間。」堂隍同堂皇。積鐵，蓋仿自積甲語。《隋書·楊素傳》：「僵屍蔽野，積甲若山。」

〔三〕徑摩句：曹丕《芙蓉池作》：「卑枝拂羽蓋，修條摩蒼天。」《文選》李善注引東方朔歌：「折羽翼兮摩蒼天。」棘據《雜詩》：「深谷下無底，高巖暨穹蒼。」

〔四〕嵌空句：沈佺期《過蜀龍門》：「長竇亘五里，宛轉復嵌空。」李華《言醫》：「連山黜以當户……露封隙之嵌空，聲小往而大答。」王諲《柱礎賦》：「圖嵌空，設妙算。」皆謂高聳入空。李白《詠山樽》：「擁腫寒山木，嵌空成酒樽。」則謂掏空。《列子·天瑞》：「太始者，形之始也。」

〔五〕威遲句：顔延之《秋胡詩》：「驅車出郊郭，行路正威遲。」《文選》李善注：「《毛詩》曰：『四牡騑騑，周道倭遲。』毛萇曰：『倭遲，歷遠貌。』《韓詩》曰：『周道威夷。』其義同。」殷仲文《南州桓

公九井作》：「爽籟驚幽律，哀壑叩虛牝。」

〔六〕水寒二句：徐陵《出自薊北門行》：「屢戰橋恒斷，長冰塹不流。」應璩《百一詩》：「山崗寒折骨，目面盡生瘡。」江總《并州羊腸坂詩》：「本畏車輪折，翻嗟馬骨傷。」

〔七〕生涯二句：《九家》趙注：「抵者逢抵之抵，抵弧矢則遭用兵之時也。」《易·繫辭下》：「弦木爲弧，剡木爲矢，弧矢之利，以威天下。」

〔八〕飄蓬二句：劉孝綽《答何記室》：「游子倦飄蓬，瞻途杳未窮。」蔡琰《悲憤詩》：「煢煢對孤景，怛吒糜肝肺。」

鹽井〔一〕

鹵中草木白〔二〕，青者官鹽烟。官作既有程〔三〕，煮鹽烟在川。汲井歲榾榾①，出車日連連〔四〕。自公斗三百〔五〕，轉致斛六千。君子慎止足，小人苦喧闐〔六〕。我何良歎嗟，物理固自然②〔七〕。（0143）

【校】

① 榾榾，《草堂》作「搰搰」，注：「字或從木，非。」

②固自然，錢箋、《九家》、《草堂》校：「一云亦固然。」

【注】

〔一〕鹽井：《水經注》漾水：「西漢水又西南逕宕備戍南……右則鹽官水南入焉。水北有鹽官，在嶓冢西五十許里，相承營煮不輟，味與海鹽同。故《地理志》云西縣有鹽官，是也。」《元和郡縣圖志》卷二二成州長道縣：「鹽井在縣東三十里，水與岸齊，鹽極甘美，食之破氣。鹽官故城在縣東三十里，在嶓冢西四十里。」嚴耕望《唐代交通圖考》：「《新唐書・食貨志》：唐有鹽井六百四十，此一地區僅成州此井，蓋此井産鹽量大質美，經營甚盛，故杜翁特詠及之。」

〔二〕鹵中句：《史記・貨殖列傳》：「山東食海鹽，山西食鹽鹵，領南、沙北故往往出鹽。」《説文》：「鹵，西方鹹地也。……安定有鹵縣。東方謂之斥，西方謂之鹵。」

〔三〕官作句：《史記・平準書》：「郡國多不便縣官作鹽鐵。」陳琳《飲馬長城窟行》：「官作自有程，舉築諧汝聲。」

〔四〕汲井二句：《史記・貨殖列傳》正義：「鹽州有烏池，猶出三色鹽。有井鹽、畦鹽、花鹽。其池中鑿井深一二尺，去泥即到鹽，掘取若至一丈，則著平石無鹽矣。其色或白或青黑，名曰井鹽。畦鹽若河東者。花鹽，池中雨下，隨而大小成鹽，其下方微空，上頭隨雨下池中，其滴高起若塔子形處曰花鹽，亦曰即成鹽焉。池中心有泉井，水淡，所作池人馬盡汲此井。」《莊子・天地》：「見一丈人……抱甕而出灌，搰搰用力甚多而見功寡。」疏：「搰搰，用力貌也。」東方朔《非有先

生論》：「余國之不亡也，綿綿連連。」

〔五〕自公句：《新唐書·食貨志》：「天寶、至德間，鹽每斗十錢。乾元元年，鹽鐵、鑄錢使第五琦初變鹽法，就山海井竈近利之地置監院，游民業鹽者爲亭户，免雜徭。盜鬻者論以法。及琦爲諸州榷鹽鐵使，盡榷天下鹽，斗加時價百錢而出之，爲錢一百一十。」又：「貞元四年，淮南節度使陳少游奏加民賦，自此江淮鹽每斗亦增二百，爲錢三百一十，其後復增六十，河中兩池鹽每斗爲錢三百七十。……順宗時始減江淮鹽價，每斗爲錢二百五十，河中兩池鹽斗錢三百。」順宗減價蓋恢復貞元以前水準，杜詩所言「自公斗三百」近實。

〔六〕君子二句：《老子》四十四章：「知足不辱，知止不殆。」張協《詠史》：「達人知止足，遺榮忽如無。」沈約《登北固樓》：「繁華今寂寞，朝市昔喧闐。」

〔七〕物理句：《周書·明帝紀》：「生而有死者，物理之必然。」

寒硤〔一〕

行邁日悄悄，山谷勢多端〔二〕。雲門轉絶岸，積阻霾天寒〔三〕。寒硤不可度，我實衣裳單①。況當仲冬交，泝沿增波瀾〔四〕。野人尋烟語，行子傍水餐〔五〕。此生免荷殳，未敢辭路難〔六〕。（0144）

【校】

①實，錢箋、《九家》校：「一作貧。」

【注】

〔一〕寒硤：《水經注》漾水：「漢水又西，建安川水入焉。……建安水又東北，逕塞峽。元嘉十九年，宋太祖遣龍驤將軍裴方明伐楊難當，難當將妻子北奔，安西參軍魯尚期追出塞峽，即是峽矣。左山側有石穴洞，人言潛通下辨，所未詳也。」《宋書·氐羌傳》記此事作「寒峽」，與杜詩合。嚴耕望謂「塞」乃形訛。《資治通鑑》晉咸安元年胡三省注謂此峽即鷲峽，爲南北用兵要道。《清一統志》卷二〇〇鞏昌府謂塞峽在西和縣東，嚴耕望謂當從楊守敬《水經注圖》在西和縣北，禮縣東南，建安水下游。

〔二〕行邁二句：行邁，見本卷《兩當縣吴十侍御江上宅》（0139）注。悄悄，見卷一《苦雨奉寄隴西公兼呈王徵士》（0022）注。宋玉《九辯》：「何況一國之事兮，亦多端而膠加。」

〔三〕雲門二句：慧遠《廬山東林寺》：「揮手撫雲門，靈關安足辟。」儲光羲《貽丁主簿仙芝別》：「昭昭皇宇廣，隱隱雲門開。」皆泛稱雲天。郭璞《江賦》：「幽澗積岨，礐硞菪碓。」謝靈運《撰征賦》：「蕩積霾之穢氛。」鮑照《冬日》：「曛霧蔽窮天，夕陰晦寒地。烟霾有氛氲，精光無明異。」

〔四〕泝沿句：《左傳》文公十年：「沿漢泝江。」杜預注：「沿，順流。泝，逆流。」謝靈運《登上戍石鼓

山》：「口末澗增波，雲生嶺逾疊。」

〔五〕野人二句：陸機《演連珠》：「尋烟染芬，薰息猶芳。」杜弼《檄梁文》：「連營聚衆，依山傍水。」

〔六〕此生二句：《詩·衛風·伯兮》：「伯也執殳，爲王前驅。」鮑照《擬行路難》：「酌酒以自寬，舉杯斷絶歌路難。」

法鏡寺〔一〕

身危適他州〔二〕，勉强終勞苦。神傷山行深，愁破崖寺古〔三〕。嬋娟碧鮮净①，蕭摵寒籜聚〔四〕。回回山根水②，冉冉松上雨〔五〕。洩雲蒙清晨，初日翳復吐〔六〕。朱甍半光炯，户牖粲可數〔七〕。拄策忘前期③，出蘿已亭午〔八〕。冥冥子規叫〔九〕，微徑不復取④。（0145）

【校】

① 鮮，《草堂》、《文苑英華》作「蘚」，《草堂》注：「謂竹也。」《文苑英華》校：「集作鮮。」

② 回回，《草堂》作「洄洄」。錢箋校：「一作洄洄。」　山，宋本、錢箋、《九家》、《草堂》校：「一作石。」《文苑英華》作「石」。

③ 拄，錢箋校：「一作柱。」

④ 復，錢箋校：「一作敢。」《文苑英華》作「敢」，校：「集作復。」

【注】

〔一〕法鏡寺：其地無考。黄鶴注：「意尚在秦州。」嚴耕望謂當在成州。

〔二〕身危：庾信《和張侍中述懷》：「道險卧槐櫨，身危累素殼。」

〔三〕神傷二句：沈約《夢見美人》：「那知神傷者，潺湲淚沾臆。」周弘讓《答王褒書》：「排愁破涕。」《九家》趙注：「神雖傷於山行之興，而愁之破散以逢崖邊古寺也。」

〔四〕嬋娟二句：左思《吴都賦》：「檀欒蟬蜎，玉潤碧鮮。」《文選》劉逵注：「嬋娟，言竹妍雅也。枚乘《兔園賦》曰：『修竹檀欒，夾水碧鮮。』言竹似之也。」朱鶴齡、仇注皆以「碧鮮」作「碧蘚」，謂四字皆言竹無此句法。按，此明用《吴都賦》語，且蘚言浄亦罕見。夏侯湛《寒苦謡》：「草摵摵以疏葉，木蕭蕭以零殘。」張九齡《將發還鄉示諸弟》：「歲陽亦頹止，林意日蕭摵。」謝靈運《於南山往北山經湖中瞻眺》：「初篁苞緑籜，新蒲含紫茸。」《文選》李善注：「籜，竹皮也。」

〔五〕回回二句：束晳《補亡詩·崇丘》：「漫漫方輿，回回洪覆。」王褒《送觀寧侯葬》：「夕霧擁山根，平原看獨樹。」冉冉，見卷一《橋陵詩三十韻因呈縣内諸官》(0037)注。

〔六〕洩雲二句：左思《魏都賦》：「窮岫洩雲，日月恒翳。」《文選》李善注：「洩，猶出也。」鮑照《望孤石》：「洩雲去無極，馳波往不窮。」王粲《游海賦》：「吐星出日，天與水際。」陸機《贈尚書郎顧

彦先》：「望舒離金虎，屏翳吐重陰。」

〔七〕朱甍二句：謝朓《晚登三山還望京邑》：「白日麗飛甍，參差皆可見。」曹植《苦思行》：「緑蘿緣玉樹，光曜粲相暉。」

〔八〕亭午：見本卷《寄贊上人》（0103）注。

〔九〕子規：《爾雅·釋鳥》：「巂周。」注：「子巂鳥，出蜀中。」疏：「今謂之子規是也。」《説文》：「巂周，燕也。一曰蜀王望帝婬其相妻，慙亡去，爲子巂鳥，故蜀人聞子巂鳴，皆起曰是望帝也。」《太平御覽》卷一六六引《十三州志》：「望帝使鱉冷治水，而淫其妻。冷還，帝慚，遂化爲子規。杜宇死時適二月，而子規鳴，故蜀人憐之而起。」是子規當春鳴。《楚辭·離騷》「恐鵜鴂之先鳴」王逸注：「鵜鴂一名買鵤，常以春分鳴也。」《漢書·揚雄傳》顔師古注乃謂：「鷤鴂，鳥，一名買鵤，一名子規，一名杜鵑，常以立夏鳴，鳴則衆芳皆歇。」《楚辭》洪興祖補注辯子規、鶗鴂爲二物。吴曾《能改齋漫録》卷四：「鮑彪《少陵詩譜論》引陳正敏曰：飛鳴之族，所在名呼不同。有所謂『脱了布褲』，東坡云北人呼爲『布穀』誤矣，此鳥晝夜鳴，土人云不能自營巢，寄巢生子。細詳其聲，乃是云『不如歸去』。此正所謂子規也。今人往往認杜鵑爲子規，杜鵑一名杜宇，子美亦言其寄巢生子。此蓋禽鳥性有相類者。柳子厚作《永州游山詩》云：『多秭歸之禽。』然秭歸又是蜀中地名，疑其地多此禽也。」此辨子規、杜鵑爲二鳥。黄希注：「子規，春鳥，仲冬聲聞，地氣之暖使然也。」

青陽峽〔一〕

塞外苦厭山，南行道彌惡①。岡巒相經亘，雲水氣參錯〔二〕。林迥硤角來，天窄壁面削②〔三〕。磎西五里石，奮怒向我落。仰看日車側，俯恐坤軸弱〔四〕。魑魅嘯有風③〔五〕，霜霰浩漠漠。昨憶踰隴坂④，高秋視吴岳〔六〕。東笑蓮花卑⑤，北知崆峒薄〔七〕。超然侔壯觀，已謂殷寥廓⑥〔八〕。突兀猶趁人，及兹歎冥寞⑦〔九〕。（0146）

【校】

①行道，錢箋校：「一云登路。」

②窄，錢箋、《九家》、《草堂》校：「一作穿。」宋本有此校，然誤作「一作窄」。

③嘯有，錢箋校：「一作有狂。」

④昨憶，錢箋、《草堂》校：「一作憶昨。」隴，宋本作「壠」，據錢箋、《九家》、《草堂》改。

⑤花，錢箋作「華」。

⑥殷，錢箋校：「一作隱。」《草堂》作「隱」，校：「一作殷。」

⑦歎，錢箋、《九家》、《草堂》校：「一作欲。」

【注】

〔一〕青陽峽：《清一統志》卷二〇〇鞏昌府：「青陽峽，在西和縣南，與階州成縣接界。」又卷一八三鳳翔府：「青陽峽，在隴州西北西十里。唐杜甫有詩。」嚴耕望謂：「杜翁所詠當即西和縣南者，非隴州西北也。」《甘肅通志》卷一〇西和縣：「青陽峽隘，在縣東南五十里。」

〔二〕岡巒二句：江淹《從征虜始安王道中》：「山氣亘百里，山色與雲平。」王維《和使君五郎西樓望遠思歸》：「故鄉不可見，雲水空如一。」謝靈運《富春渚》：「逆流觸驚急，臨圻阻參錯。」

〔三〕林迴二句：謝靈運《登永嘉緑嶂山》：「澗委水屢迷，林迴岩逾密。」《王梵志詩校注》二八七首：「于時未與死，眼看天地窄。」岑參《西蜀旅舍春歎寄朝中故人呈狄評事》：「自從兵戈動，遂覺天地窄。」此寫實景。唐瑾《華岳頌》：「削成壁立。」

〔四〕仰看二句：《莊子·徐无鬼》：「若乘日之車，而游於襄城之野。」李尤《九曲歌》：「年歲晚暮時已斜，安得壯士翻日車。」《九家》趙注：「坤軸即地軸。」地軸，見卷一《三川觀水漲二十韻》(0043)注。

〔五〕魑魅句：魑魅，見本卷《有懷台州鄭十八司户》(0107)注。東方朔《七諫·哀命》：「虎嘯而谷風至兮，龍舉而景雲往。」鮑照《蕪城賦》：「木魅山鬼，野鼠城狐。風嗥雨嘯，昏見晨趨。」

〔六〕昨憶二句：《元和郡縣圖志》卷三九秦州清水縣：「少隴山，一名隴坻，又名分水嶺。隗囂時來歙襲得略陽，囂使王元拒之。隴坂九回，不知高幾里。每山東人西役，升此瞻望，莫不悲思。隴上有水，東西分流，因號驛爲分水驛。」《太平御覽》卷五〇隴山引《周地圖記》：「其山高處可

三四里，登山東望秦川可五百里，目極泯然，墟宇桑梓與雲霞一色。其上有懸溜吐於山中爲澄潭，名曰萬石潭，流溢散下皆注於渭。」張衡《西京賦》：「河渭爲之波蕩，吴岳爲之陁堵。」《文選》李善注：「《漢書》曰：自華西名山七，一曰吴山。郭璞云：吴岳别名。」《元和郡縣圖志》卷二隴州吴山縣：「吴山，在縣西南五十里。秦都咸陽，以爲西岳，今爲國之西鎮山。《國語》謂之西吴。」杜甫此年赴秦州時當經隴州、大震關、分水驛。

〔七〕東笑二句：蓮華，指華山。《太平御覽》卷三九引《華山記》：「山頂有池，生千葉蓮花，服之羽化，因曰華山。」又：「山有三峰，謂蓮花、毛女、松檜也。」崆峒，見卷一《自京赴奉先縣詠懷五百字》(0041)注。

〔八〕已謂句：《詩·召南·殷其雷》：「殷其雷，在南山之陽。」傳：「殷，雷聲也。」釋文：「殷音隱。」曹植《贈白馬王彪》：「太谷何寥廓，山樹鬱蒼蒼。」

〔九〕突兀二句：趁，追趕。《寒山詩注》〇三三首：「昨朝曾趁却，今日又纏身。」姚合《武功縣中作》：「到處貧隨我，終年老趁人。」《集韻》：「蹍，乃殄切。蹈也，逐也。或作跈、趁。」「趁，踐也。或作跈、蹍、跟。」今又寫作「撵」。冥寞，見本卷《萬丈潭》(0138)注。

龍門鎮〔一〕

細泉兼輕冰，沮洳棧道濕〔二〕。不辭辛苦行，迫此短景急①〔三〕。石門雪雲隘②，

古鎮峯巒集〔四〕。旌竿暮慘澹，風水白刃澀〔五〕。胡馬屯成皋，防虞此何及〔六〕。嗟爾遠戍人，山寒夜中泣。（0147）

【校】

① 迫，錢箋校：「一作追。」

② 雪雲，錢箋校：「一作雲雷。」《九家》、《草堂》作「雲雷」。　隘，錢箋校：「一作溢。」

【注】

〔一〕龍門鎮：《水經注》漾水：「漢水又東合洛溪水，水北發洛谷南，西南與龍門水合。水出西北龍門谷，東流……又南逕龍門戍東，又東南入洛溪水。又東南逕上禄縣故城西。」《明一統志》卷三五鞏昌府：「龍門鎮，在成縣東。唐杜甫詩：『石門雲雷隘，古鎮峯巒集。』後改府城鎮。」嚴耕望謂當即龍門戍，其地在仇池山東南不遠處，在漢上禄縣之西北，洛谷城之南。

〔二〕細泉二句：《詩·魏風·汾沮洳》：「彼汾沮洳，言采其莫。」傳：「沮洳，其漸洳者。」疏：「沮洳，潤澤之處，故爲漸洳。」《史記·貨殖列傳》：「棧道千里，無所不通，唯褒斜綰轂其口。」集解：「徐廣曰：在漢中。」又《高祖本紀》「去輒燒絶棧道」索隱：「棧道，閣道也。崔浩云：險絶之處，傍鑿山岩，而施版梁爲閣。」漢中山險川阻，所在多有棧道。

〔三〕迫此句：王粲《初征賦》：「當短景之炎陽，犯隆暑之赫曦。」庾信《和何儀同講竟述懷》：「秋雲

低晚氣，短景側餘輝。」鮑照《舞鶴賦》：「窮陰殺節，急景凋年。」

〔四〕石門二句：錢箋引《水經注》沔水：「漢水又東合褒水，水西北出衙嶺山，東南逕大石門，歷故棧道下谷。」謂《蜀都賦》「砠以石門」，斯之謂也。按，據楊守敬《水經注疏》引《方輿紀要》，此大石門當即斜谷口，地在漢中褒城縣北，非龍門鎮所當。詩蓋泛稱。

〔五〕旌竿二句：鄭愔《塞外》：「邊聲入鼓吹，霜氣下旌竿。」刃澀，謂刀劍銹蝕，不鋒利。元稹《三歎》：「孤劍鋒刃澀，猶能神彩生。」

〔六〕胡馬二句：《舊唐書·肅宗紀》：「（乾元二年九月）庚寅，逆胡史思明陷洛陽，副元帥李光弼守河陽，汝、鄭、滑等州陷賊。冬十月丁酉，制親征史思明，竟不行。乙巳，李光弼奏破賊於城下。」《元和郡縣圖志》卷五河南府汜水縣：「漢之成皋縣，一名虎牢。……成皋故關，在縣東南二里。」《九家》趙注：「意言安史之兵耳。舊以爲回紇，非也。」

石龕〔一〕

熊羆咆我東，虎豹號我西〔二〕。我後鬼長嘯，我前狨又啼〔三〕。天寒昏無日，山遠道路迷。驅車石龕下，仲冬見虹蜺〔四〕。伐竹者誰子①，悲歌上雲梯②〔五〕。爲官采美箭，五歲供梁齊〔六〕。苦云直簳盡③〔七〕，無以充提攜④。奈何漁陽騎，颯颯驚蒸

黎〔八〕。（0148）

【校】

① 竹，錢箋、《草堂》校：「一作木。」

② 上，宋本、錢箋、《九家》、《草堂》校：「一作抱。」

③ 簳，錢箋校：「一作笴。」

④ 充，錢箋、《草堂》校：「一作應。」《九家》此校誤植「無」字下。

【注】

〔一〕石龕：《方輿勝覽》卷七〇同慶府：「石龕，在成州近境。」嚴耕望謂石龕地望雖無考，要在龍門東南地區無疑。

〔二〕熊羆二句：《楚辭·招隱士》：「虎豹鬬兮熊羆咆，禽獸駭兮亡其曹。」

〔三〕狨：《埤雅》卷四：「狨蓋猿狖之屬，輕捷善緣木，大小類猿，長尾，尾作金色，今俗謂之金綫狨者是也。生川峽深山中，人以藥矢射殺之，取其尾爲卧褥鞍被坐毯。……狨一名猱，《詩》曰：『無教猱升木。』顔氏以爲其尾柔長可藉，然則制字從柔，以此故也。」《太平寰宇記》卷一五〇成州土産：「狨皮。」

〔四〕驅車二句：《禮記·月令》：「孟冬之月……虹藏不見。」《九家》趙注：「仲冬見虹蜺，怪所見

也。」仇注：「亦地暖使然。」《爾雅・釋天》：「螮蝀，虹也。蜺爲挈貳。」注：「（虹）俗名爲美人虹，江東呼爲雩。蜺，雌虹也。見《離騷》。挈貳，其別名，見《尸子》。」

〔五〕伐竹二句：《禮記・月令》：「仲冬之月……日短至，則伐木，取竹箭。」注：「此其堅成之極時。」阮籍《詠懷》：「所憐者誰子，明察自照妍。」《墨子・公輸》：「公輸般爲楚造雲梯之械。」郭璞《游仙詩》：「靈谿可潛盤，安事登雲梯。」《文選》李善注：「言仙人昇天，因雲而上，故曰雲梯。」

〔六〕爲官二句：《爾雅・釋地》：「東南之美者，有會稽之竹箭焉。」《九家》趙注：「梁謂汴州，齊謂今之山東，皆安史之兵所在也，故采箭以供官用矣。」

〔七〕苦云句：簳同幹。《亢倉子》：「勾粤之簳，鏃以精金。」注：「簳，箭簳也。」庾信《周大將軍司馬裔碑》：「直幹千尋，澄波萬頃。」

〔八〕奈何二句：漁陽騎，指安史叛軍。參本卷《後出塞五首》(0135)注。蒸黎，見卷二《無家別》(0065)注。

積草嶺〔一〕

連峯積長陰，白日遞隱見〔二〕。颼颼林響交，慘慘石狀變〔三〕。山分積草嶺①，

路異明水縣〔四〕。旅泊吾道窮②〔五〕，衰年歲時倦。卜居尚百里③，休駕投諸彥〔六〕。邑有佳主人，情如已會面〔七〕。來書語絶妙，遠客驚深眷〔八〕。食蕨不願餘，茅茨眼中見〔九〕。（0149）

【校】

① 分，錢箋：「一作外。」

② 窮，錢箋、《草堂》校：「一作東。」

③ 卜，《草堂》作「小」。

【注】

〔一〕積草嶺：《清一統志》卷二一〇秦州：「積草山，在徽縣北四十里，與成縣接界。杜甫詩云『山分積草嶺』，即此。」嚴耕望謂積草嶺當在今成縣西約百里。鳴水在興州西百一十里，此嶺有分道至鳴水，則分道蓋南行也，《清一統志》所載則在同谷之東，與「卜居尚百里」不合，且亦不能「路異明水縣」。

〔二〕連峯二句：孫統《蘭亭詩》：「時禽吟長澗，萬籟吹連峯。」蕭綱《詠梔子花》：「日斜光隱見，風還影合離。」

〔三〕颼颼一句：趙壹《迅風賦》：「啾啾颼颼，吟嘯相求。」徐幹《雜詩》：「慘慘時節盡，蘭葉凋

復零。」

〔四〕山分二句：明水，《唐志》均作「鳴水」。《元和郡縣圖志》卷二二興元府興州：「鳴水縣，中下。東至州一百一十里。」《太平寰宇記》卷一三五興州：「廢鳴水縣在州西一百一十里，本漢沮縣地。……今併入長舉縣。」在今略陽西蓋百餘里。《草堂》夢弼注：「謂此嶺之外，東西别行，東則同谷，西則明水。」説誤。鳴水當南行。

〔五〕旅泊句：何遜《與沈助教同宿湓口夜别》：「共泛湓之浦，旅泊次城樓。」《公羊傳》哀公十四年：「西狩獲麟，孔子曰：『吾道窮矣。』」

〔六〕諸彦：謝靈運《擬魏太子鄴中集》：「二三諸彦。」

〔七〕邑有二句：朱鶴齡注：「時同谷宰蓋以書迎公。」

〔八〕深眷：徐陵《與顧記室書》：「緣弟深眷。」

〔九〕食蕨二句：《史記·伯夷叔齊列傳》：「隱於首陽山，采薇而食之。」索隱：「薇，蕨也。《爾雅》云：蕨，虌也。」左思《詠史》：「飲河期滿腹，貴足不願餘。」陶淵明《和劉柴桑》：「茅茨已就治，新疇復應畬。」

泥功山〔一〕

朝行青泥上，暮在青泥中〔二〕。泥濘非一時①，版築勞人功〔三〕。不畏道途

永②，乃將汩沒同③〔四〕。白馬爲鐵驪，小兒成老翁〔五〕。哀猿透却墜④〔六〕，死鹿力所窮。寄語北來人，後來莫忽忽〔七〕。（0150）

【校】

① 濘，錢箋校：「一作穽。」

② 途，錢箋校：「一作路。」 途永，《草堂》校：「一作哀永，一作路永。」

③ 乃將，錢箋校：「一云反將。一云反此。」 乃，《九家》、《草堂》作「反」，《草堂》校：「一作乃。」

④ 猿，錢箋、《九家》、《草堂》校：「一作猱。」

【注】

〔一〕泥功山：《元和郡縣圖志》卷二二成州：「貞元五年節度使嚴震奏割屬山南道，今於同谷縣西界泥公山上權置行成州。」《方輿勝覽》卷七〇同慶府：「泥功山在郡西二十里，唐貞元五年權置行州，今有舊城基。泥功廟，乃石像天成，古質殊甚。」

〔二〕朝行二句：錢箋引《元和郡縣圖志》興州長舉縣：「青泥嶺，在縣西北五十三里接溪山東，即今通路也，懸崖萬仞，山多雲雨，行者屢逢泥淖，故號青泥嶺。」《清一統志》秦州青泥嶺亦引杜此詩。嚴耕望謂此在秦州到同谷道上，仍當是同谷以西之泥功山，而非同谷以東百里之青泥嶺。此詞句偶合而致誤會。

〔三〕版築句：《孟子·告子下》：「傅説舉於版築之間。」《書·説命》傳：「傅氏之岩，在虞虢之界，通道所經，有澗水壞道，常使胥靡刑人築護此道。説賢而隱，代胥靡築之以供食。」

〔四〕乃將句：汩没，淹没。李白《日出行》：「羲和羲和，汝奚汩没於荒淫之波。」高適《酬岑二十主簿秋夜見贈之作》：「汩没嗟後時，蹉跎恥相見。」《九家》趙注：「公言反同版築之汩没於泥中也。」仇注：「汩没同，同歸濡溺也。」

〔五〕白馬二句：《禮記·月令》：「孟冬之月……乘玄路，駕鐵驪。」又《檀弓上》：「夏后氏尚黑，大事斂用昏，戎事乘驪。」注：「馬黑色曰驪。」仇注：「白馬、小兒，爲泥所污。」

〔六〕哀猿句：透，跳。《敦煌變文集·伍子胥變文》：「遥見抱石透河亡，不覺失聲稱冤枉。」又：「魚龍奔波透出。」沈佺期《釣竿篇》：「避楫時驚透，猜鉤每誤牽。」

〔七〕寄語二句：鮑照《代少年時至衰老行》：「寄語後生子，作樂當及春。」《南史·梁宗室傳》梁武帝時童謠：「莫怱怱，且寛公。」

鳳凰臺 山峻，不至高頂〔一〕。

亭亭鳳凰臺，北對西康州〔二〕。西伯今寂寞①，鳳聲亦悠悠〔三〕。山峻路絶蹤，石林氣高浮。安得萬丈梯，爲君上上頭②？恐有無母雛，飢寒日啾啾③〔四〕。我能

剖心出④，飲啄慰孤愁〔五〕。心以當竹實，炯然忘外求⑤〔六〕。血以當醴泉〔七〕，豈徒比清流。所重王者瑞〔八〕，敢辭微命休。坐看綵翮長⑥，舉意八極周⑦〔九〕。自天銜瑞圖⑧，飛下十二樓〔一〇〕。圖以奉至尊⑨，鳳以垂鴻猷〔一一〕。再光中興業，一洗蒼生憂。深衷正爲此，羣盜何淹留。（0151）

【校】

①西伯，《文苑英華》作「西北」。

②君上，《文苑英華》作「君居」，校：「集作上。」

③啾啾，錢箋校：「一云啁啾。」《文苑英華》校：「集作啁。」

④出，《九家》作「血」。

⑤忘，錢箋作「無」。

⑥長，錢箋校：「一作舉。」《文苑英華》作「舉」，校：「集作長。」

⑦舉，錢箋校：「一作縱。」《文苑英華》作「縱」。

⑧瑞圖，錢箋、《九家》、《草堂》校：「一作圖讖。」《文苑英華》作「圖讖」，校：「集作瑞圖。」

⑨奉，錢箋、《草堂》校：「一作獻。」《文苑英華》作「獻」，校：「集作奉。」

【注】

〔一〕鳳凰臺：《水經注》漾水：「濁水南逕槃頭郡東，而南合鳳溪水，水上承濁水於廣業郡，南逕鳳溪，中有二石雙高，其形若闕，漢世有鳳凰止焉，故謂之鳳凰臺。北去郡三里。水出臺下，東南流，左注濁水。」《方輿勝覽》卷七〇同慶府：「鳳凰臺在同谷東南十里，山腰有瀑布，名送璣泉，天寶間哥舒翰有題刻。」嚴耕望謂杜翁自成州南來不應先繞經同谷東南，似爲寓居同谷時游覽之作。

〔二〕亭亭二句：張衡《西京賦》：「干雲霧而上達，狀亭亭以苕苕。」《文選》薛綜注：「亭亭、苕苕，高貌也。」《新唐書·地理志》成州同谷郡：「同谷，中下。武德元年以縣置西康州，貞觀元年州廢，來屬。咸通十三年復置。」嚴耕望謂長慶三年、咸通七年，成州兩次徙治寶井堡，在同谷東南十里，疑即唐初西康州故治，亦即北朝廣業郡故治。

〔三〕西伯二句：《國語·周語上》：「周之興也，鸑鷟鳴於岐山。」《史記·周本紀》：「公季卒，子昌立，是爲西伯。西伯曰文王。」浦起龍云：「玆臺非岐山鳴處，公特因臺名想到鳳聲，因鳳聲想到西伯。」

〔四〕恐有二句：《相和歌辭·隴西行》：「鳳凰鳴啾啾，一母將九雛。」

〔五〕我能二句：《列女傳》卷七：「比干諫……紂怒，以爲妖言，妲己曰：『吾聞聖人之心有七竅。』於是剖心而觀之。」鄒陽《獄中上梁王書》：「兩主二臣，剖心析肝相信，豈移於浮辭哉。」《莊子·養生主》：「澤雉十步一啄，百步一飲。」

〔六〕心以二句：《説苑·辨物》：「黄帝即位……未見鳳凰，維思影像，夙夜晨興。於是乃問天老曰：『鳳像何如？』天老曰：『……故得鳳像之一者鳳過之，得二者鳳下之，得三者則春秋下之，得四者則四時下之，得五者則終身居之。』……於是鳳乃遂集東囿，食帝竹實，棲帝梧樹，終身不去。」《詩·大雅·卷阿》箋：「鳳皇之性，非梧桐不棲，非竹實不食。」

〔七〕血以句：《莊子·秋水》：「夫鵷雛，發於南海而飛於北海，非梧桐不止，非練實不食，非醴泉不飲。」

〔八〕所重句：《左傳》昭公十七年：「我高祖少皞氏之立也，鳳鳥適至，故紀於鳥，爲鳥師而鳥名。」

〔九〕坐看二句：阮籍《詠懷》：「雙翮臨長風，須臾萬里逝。」《淮南子·墜形訓》：「八紘之外，乃有八極。」曹操《氣出唱》：「遨游八極，乃到崑崙之山西王母側。」

〔一〇〕自天二句：《初學記》卷三〇引《春秋合誠圖》：「黄帝坐玄扈洛水上，與大司馬容光等臨觀。鳳皇銜圖置帝前，帝再拜受圖。」《漢書·郊祀志》：「方士有言，黄帝時爲五城十二樓，以候神人於執期，名曰迎年。」《十洲記》：「崑崙……其一角有積金，爲天墉城，面方千里。城上安金臺五所、玉樓十二所。」

〔一一〕鳳以句：《魏書·北海王詳傳》：「保乂鴻猷。」《藝文類聚》卷九九引《異苑》：「東莞劉穆之，字道民，素居京口。晉隆安中，鳳皇集其庭。相人韋藪謂之曰：『子必協贊大猷』。」

盧元昌曰：「鳳雛比太子俶。先是，張良娣生子興王佋，欲以爲嗣，譖殺建寧王倓。李泌

又懼俶不免，故有一摘再摘之諷。上元元年佋薨，太子位始定。則乾元年間良娣之傾危太子，岌岌乎不得保其位，亦可知也。當時李泌久歸衡山，東宫左右無人保護，公欲效園綺之功不得，故曰『安得萬丈梯，爲君上上頭』。太子俶母妃吴氏侍肅宗於青宫，生俶即薨，故曰『上有無母雛』。咏鳳凰臺説到中興，有以夫。」

楊倫引張上若云：「此公欲捨命薦賢以致太平，殆指房琯、張鎬輩。」

浦起龍云：「《杜闡》以『無母雛』一段爲肅宗惑良娣戕諸子而發，彼盧氏不嘗讀至下文耶？下云『坐看綵翮長，舉意八極周』，是何等説話？不幾欲輔廣平以行篡逆耶？藉非中風狂易，當不至是。」

朱弁《風月堂詩話》卷上引東坡曰：「老杜自秦州越成都，所歷輒作一詩，數千里山川在人目中，古今詩人殆無可擬者。獨唐明皇遣吴道子乘傳畫蜀道山川，歸對大同殿，索其畫無有，曰：『在臣腹中，請疋素寫之。』半日而畢。明皇後幸蜀，皆默識其處。惟此可比耳。」

《苕溪漁隱叢話》前集卷一一引《少陵詩總目》：「兩紀行詩，《發秦州》至《鳳凰臺》，《發同谷縣》至《成都府》，合二十四首，皆以經行爲先後，無復差舛。昔韓子蒼嘗論此詩筆力變化，當與太史公諸贊方駕，學者宜常諷誦之。」

乾元中寓居同谷縣作歌七首〔一〕

有客有客字子美〔二〕，白頭亂髮垂過耳①。歲拾橡栗隨狙公〔三〕，天寒日暮山谷裏。中原無書歸不得②，手脚凍皴皮肉死〔四〕。嗚呼一歌兮歌已哀③，悲風爲我從天來④〔五〕。（C152）

【校】

①亂，錢箋、《九家》、《草堂》校：「一作短。」過，錢箋校：「一作兩。」《草堂》作「兩」。

②書，錢箋、《草堂》校：「一作主。」

③已，錢箋、《草堂》校：「一作獨。」

④天，錢箋、《九家》、《草堂》校：「一作東。」

【注】

黄鶴注：公乾元二年（七五九）十一月至同谷，以十二月入蜀，寓居同谷才一月耳。

〔一〕同谷：《元和郡縣圖志》卷二二成州：「同谷縣，中下。西北至州一百八十里。本漢下辨道也，

屬武都郡。故氏白馬王國。……貞觀元年屬成州。」《新唐書・地理志》成州同谷郡：「寶應元年没吐蕃，貞元五年，于同谷之西境泥公山權置行州。咸通七年復置，徙治寶井堡，後徙治同谷。」唐中葉後同谷爲成州治所。《讀史方輿紀要》卷五九成縣「同谷廢縣」引王應麟曰：「成州内保蜀口，外接秦隴，山川險阻，嘗爲襟要。」

〔二〕有客句：《詩・周頌・有客》：「有客有客，亦白其馬。」

〔三〕歲拾句：施鴻保謂「歲」字疑誤，云歲若累歲矣，當作「飢」。蕭滌非謂「歲」爲歲暮之省。按，後詩云「三年饑走荒山道」，作累歲解亦無礙。《莊子・齊物論》：「狙公賦芧，曰：『朝三而暮四。』衆狙皆怒。曰：『然則朝四而暮三。』衆狙皆説。」《列子》張湛注：「好養猿猴者，因謂之狙公。芧音序，栗也。」《列子・説符》：「柱厲叔事莒敖公，自爲不知己，去居海上，夏日則食菱芰，冬日則食橡栗。」《後漢書・李恂傳》：「時歲荒……徙居新安關下，拾橡實以自資。」注：「橡，櫟實也。」

〔四〕手脚句：《梁書・武帝紀》：「執筆觸寒，手爲皴裂。」

〔五〕嗚呼二句：息夫躬《絶命辭》：「秋風爲我吟，浮雲爲我陰。」《古文苑》蘇武詩：「憂心常慘戚，晨風爲我悲。」仇注：「蔡琰《胡笳十八拍》結語曰：『笳一會兮琴一拍，心憤怨兮無人知。』……七歌結語，皆本笳曲。」

長鑱長鑱白木柄〔一〕，我生託子以爲命。黄精無苗山雪盛①〔二〕，短衣數挽不掩

脛。此時與子空歸來②，男呻女吟四壁静。嗚呼二歌兮歌始放，鄰里爲我色惆悵③。(0153)

【校】

①精，宋本、錢箋、《九家》校：「一作獨。」

②空，宋本、錢箋、《九家》、《草堂》校：「一作同。」

③鄰，錢箋校：「一作閭。」《九家》、《草堂》作「閭」，校：「一作鄰。」

【注】

〔一〕長鑱：《玉篇》：「鑱，刺也，鏨也。」《類篇》：「鑱，《説文》：鋭也。一曰犁鐵。或從岑。」

〔二〕黄精句：黄庭堅《杜詩箋》：「『精』一作『獨』。黄獨，狀如芋子，肉白皮黄，苗蔓延生，葉似蘿摩。梁漢人蒸食之，江東謂之土芋。」張耒《明道雜志》：「老杜《同谷詩》有『黄精無苗山雪盛』，後人所改也，其舊乃黄獨也。讀者不知其義，因爲精。其實黄獨自一物也，本處謂之土芋，其根唯一顆，而色黄，故名黄獨耳。饑歲土人掘食以充糧，故老杜云耳。」《苕溪漁隱叢話》後集卷五引《藝苑雌黄》：「僧惠洪則曰：『黄獨，芋魁之小者，俗人易曰黄精。子美流離，亦未至作道人劍客，食黄精也。』此語殊謬。惠洪徒見黄獨一名土芋，遂謂芋魁之小者。殊不知與芋魁懸別。觀子美詩有『三春濕黄精，一食生毛羽』、『掃除白髮黄精在，君看他時冰雪容』之句，安得

云未至作道人劍客食黄精乎？東坡云：『詩人空腹待黄精，生事只看長柄械。』則坡讀杜詩，亦以黄獨爲黄精矣。」

有弟有弟在遠方①，三人各瘦何人强〔一〕？生别展轉不相見，胡塵暗天道路長。東飛駕鵝後鶖鶬〔二〕，安得送我置汝傍？嗚呼三歌兮歌三發，汝歸何處收兄骨②？（0154）

【校】

① 在遠方，錢箋、《九家》、《草堂》校：「一作各一方。」

② 收，錢箋、《九家》校：「一作取。」

【注】

〔一〕有弟二句：《九家》趙注：「江子之説：子美有四弟，此謂三弟者，潁、豐、觀也。一弟占，隨子美。」本書卷一三有《舍弟占歸草堂檢校聊示此詩》(0915)。卷一七有《遠懷舍弟潁觀等》(1300)，卷一五有《第五弟豐獨在江左近三四載寂無消息覓使寄此二首》(1086、1087)等。

〔二〕東飛句：司馬相如《上林賦》：「弋白鵠，連駕鵝。」《文選》張衡《西京賦》注引張揖注：「駕鵝，野鵝。」顧炎武《日知録》卷七：「《爾雅》：舒雁，鵝。注：今江東呼爲鴚。鴚即『駕』字。古

『加』字讀如哥。《詩・君子偕老》之珈，《東山》之嘉，並與何爲韻。《左傳》魯大夫榮駕鵝，《方言》：雁自關而東謂之駉鵝。《太玄經》：裝次二，駕鵝慘於冰。一作鴚鵝。……其從馬者，傳寫之誤爾。」《楚辭・大召》：「鶤鴻羣晨，雜鶖鶬只。」王逸注：「鶖鶬，鴰鶖也。」《古今注》卷下：「扶老，秃鶖也。狀如鶴而大，大者高八尺，善與人鬭，好啖蛇。」方以智《通雅》卷四五：「鴂名秃鶖，一名扶老，或以爲爰居。秃鶖，《説文》作『鴂』，俗曰鶩鶬。如鵜鶘，爪如雞，取其毛爲鶖鶬。《本草》引景焕《閑談》云：『海鳥鶢鶋，即今之秃鶖。』《正楊》曰：『蜀景焕《閑話》云：孟昶時有鸚鶋，俗呼秃鶖。』升庵引之。又一條以秃鶬爲《急就章》之乘風，即爰居。漢元帝時瑯琊有大鳥如馬駒，時人謂之爰居。智則謂以馬駒鳥當魯爰居，豈詎是邪？秃鶖，水鳥較近耳。《急就》注：『一名雜縣。』乃因《爾雅》也。樊光云似鳳凰，皆非。」

有妹有妹在鍾離，良人早歿諸孤癡〔一〕。長淮浪高蛟龍怒〔二〕，十年不見來何時①？扁舟欲往箭滿眼，杳杳南國多旌旗〔三〕。嗚呼四歌兮歌四奏，林猿爲我啼清晝②。（0155）

【校】

① 時，錢箋、《九家》、《草堂》校：「一作遲。」

②林猿，錢箋校：「一作竹林。浩然本作竹林猿。」

【注】

〔一〕有妹二句：本書卷九《元日寄韋氏妹》(0489)：「近聞韋氏妹，迎在漢鍾離。」《九家》趙注：「蓋其夫已歿，夫之兄迎在鍾離也。」《元和郡縣圖志》卷九徐泗節度使：「濠州，鍾離，上。……濠州本屬淮南，與壽陽阻淮帶山，爲淮南之險。貞元元年，竇參爲相，於是越淮割地隸屬徐州。」

〔二〕長淮句：《宋書・桂陽王休範傳》：「況長淮戍卒，歷年思怨。」蛟龍，參本卷《夢李白二首》(0105)注。

〔三〕扁舟二句：《九家》趙注謂此詩乃聞荆南之亂。《資治通鑑》乾元二年：「八月乙巳，襄州康楚元、張嘉延據州作亂，刺史王政奔荆州。楚元自稱南楚霸王。」「九月甲午，張嘉延襲破荆州，荆南節度使杜鴻漸弃城走，澧、朗、郢、峽、歸等州官吏聞之，爭潛竄山谷。」「(十一月)康楚元等衆至萬餘人，商州刺史、兼荆襄等道租庸使韋倫發兵討之，駐於鄧之境，招諭降者，厚撫之。伺其稍怠，進軍擊之，生擒楚元，其衆遂潰，得其所掠租庸二百萬緡，荆襄遂平。」

四山多風溪水急，寒雨颯颯枯樹濕①。黄蒿古城雲不開，白狐跳梁黄狐立②〔一〕。我生胡爲在窮谷，中夜起坐萬感集〔二〕。嗚呼五歌兮歌正長，魂招不來歸

故鄉〔三〕。（0156）

【校】

①雨，錢箋校：「一作風。」枯樹，宋本、錢箋、《九家》、《草堂》校作一云樹枝。

②白，錢箋校：「一作玄。」黄，《草堂》校：「一作玄。」

【注】

〔一〕黄蒿二句：《胡笳十八拍》：「塞上黄蒿兮枝枯葉乾，沙場白骨兮刀痕箭瘢。」《王梵志詩校注》三七七首：「埋著黄蒿中，猶成薄媚鬼。」《莊子·逍遥游》：「子獨不見狸狌乎？卑身而伏，以候敖者，東西跳梁，不辟高下。」《穆天子傳》卷一：「天子獵於滲澤，於是得白狐玄貉焉。」《搜神記》卷一五：「漢廣川王好發冢，發欒書冢，其棺柩盟器，悉毁爛無餘，唯有一白狐，見人驚走。」《搜神後紀》卷九：「襄陽習鑿齒字彦威，爲荆州主簿，從桓宣武出獵……見一黄物，射之，應箭死，往取，乃一老雄狐。」

〔二〕我生二句：《胡笳十八拍》：「泣血仰頭兮訴蒼蒼，胡爲生兮獨罹此殃。」《左傳》昭公四年：「深山窮谷，固陰沍寒。」陸機《苦寒行》：「俯入窮谷底，仰陟高山盤。」曹植《美女篇》：「盛年處房室，中夜起長歎。」謝靈運《入彭蠡湖口》：「千念集日夜，萬感盈朝昏。」

〔三〕魂招：參卷二《彭衙行》（007C）注。

南有龍兮在山湫，古木巃嵸枝相樛〔一〕。木葉黄落龍正蟄，蝮蛇東來水上游。我行怪此安敢出①，拔劍欲斬且復休〔二〕。嗚呼六歌兮歌思遲②，溪壑爲我回春姿。(0157)

【校】

① 安，錢箋校：「一作寒。」

② 歌思遲，錢箋、《九家》校：「一云怨遲遲。」

【注】

〔一〕南有二句：朱鶴齡引《杜詩博議》謂指同谷萬丈潭之龍。參本卷《萬丈潭》(0138)注。巃嵸，《楚辭·招隱士》：「山氣巃嵸兮石嵯峨，溪谷嶄岩兮水曾波。」補注：「山孤貌。」《文選》司馬相如《上林賦》郭璞注：「高峻貌。」《詩·周南·樛木》：「南有樛木，葛藟累之。」傳：「木下曲曰樛。」

〔二〕木葉四句：《論衡·言毒》：「含血之蟲，有蝮蛇蜂蠆，咸懷毒螫，犯中人身，謂獲疾痛，當時不救，流遍一身。」《抱朴子·登涉》：「蛇種雖多，唯有蝮蛇及青金蛇中人爲至急，不治之，一日則煞人。」仇注：「神龍蟄伏，而蝮蛇肆行，此陽微陰盛之象。」按，此以冬日蛇出爲怪。

《九家》東坡云：「六歌一篇爲明皇作也。明皇以至德二年自蜀居興慶宮，謂之南内。明年改元乾元，時持盈公主往來宮中，李輔國常陰候其隙間之，故上元二年，帝遷西内。」

朱鶴齡引《杜詩博議》：「前後六章皆自叙流離之感，不應此章獨譏時事。此蓋詠同谷萬丈潭之龍也。龍蟄而蝮蛇來游，或自傷龍蛇之混，初無所指也。古人詩文，取喻於龍者不一，未嘗專指爲九五之象。」

男兒生不成名身已老，三年飢走荒山道①〔一〕。長安卿相多少年，富貴應須致身早〔二〕。山中儒生舊相識，但話宿昔傷懷抱〔三〕。嗚呼七歌兮悄終曲，仰視皇天白日速〔四〕。（0158）

【校】

① 三，錢箋、《九家》校：「一作十。」

【注】

〔一〕男兒二句：李陵《答蘇武書》：「男兒生以不成名，死則葬蠻夷中。」《九家》趙注：「自丁酉至德二載至己亥乾元二年，爲三年也。」

〔二〕長安二句：《分門》師曰：「肅宗中興，所用皆後生晚進，元勳舊德如郭子儀尚見齟齬，它可知也，故云云。」

〔三〕但話句：蔡邕《飲馬長城窟行》：「遠道不可見，宿昔夢見之。」曹丕《見挽船士兄弟辭別》：「妻子牽衣袂，抆淚沾懷抱。」

〔四〕仰視句：王粲《雜詩》：「風飄揚塵起，白日忽已冥。」曹丕《寡婦詩》：「妾心感兮惆悵，白日急兮西頹。」

朱熹《跋杜工部同谷七歌》：「杜陵此歌，豪宕奇崛，詩流少及之者。顧其卒章歎老嗟卑，則志亦陋矣。人可以不聞道哉！」

施鴻保謂：「朱子此説蓋於君子居易行法言也。然人誠如杜陵之才之學，許身稷契，欲置君於唐虞，而使之終老不遇，既卑且貧，至於飢寒流落，白首無依，如此七章所述，則感慨亦自不免。……朱子特未遭此境耳。」

賀貽孫《詩筏》：「杜子美《同谷歌》，雖略仿《四愁》，然而出脱變化，勝平子遠矣。」

宋徵璧《抱真堂詩話》：「《離騷》不可學，嗣此，其《白馬王彪》一篇及太白《遠别離》、子美《同谷歌》，庶幾《騷》之變乎。」

方東樹《昭昧詹言》卷一：「雖杜、韓猶是先學人而後自成家，如杜《同谷七歌》從《胡笳十八

拍》來，韓《南山詩》從京都賦來。」

發同谷縣 乾元二年十二月一日自隴右赴劍南紀行。

賢有不黔突，聖有不暖席〔一〕。況我飢愚人，焉能尚安宅①〔二〕。始來兹山中，休駕喜地僻②。奈何迫物累，一歲四行役〔三〕。忡忡去絶境，杳杳更遠適〔四〕。停驂龍潭雲，回首白崖石③〔五〕。臨岐別數子④，握手淚再滴〔六〕。交情無舊深⑤，窮老多慘戚〔七〕。平生懶拙意，偶值栖遁跡〔八〕。去住與願違⑥，仰慚林間翮〔九〕。（0159）

【校】

① 人，錢箋、《草堂》、《文苑英華》校：「一作夫。」　能，《文苑英華》作「得」，校：「集作能。」

② 喜，錢箋、《九家》、《草堂》校：「一作嘉。」

③ 白崖，宋本、《九家》校：「一作虎崖。」錢箋校「白」字：「一作虎。」《草堂》作「虎崖」，校：「一作白崖。」

④ 岐，《草堂》作「歧」。

⑤ 交情無舊深，錢箋、《草堂》校：「一作『雖無舊深知』。一作『雖舊情深知』。」

⑥ 違，宋本作「達」，據錢箋、《草堂》、《九家》改。

【注】

〔一〕賢有二句：《淮南子·修務訓》：「孔子無黔突，墨子無暖席。」班固《答賓戲》：「孔席不暖，墨突不黔。」

〔二〕安宅：《易·剥·象》：「上以厚下安宅。」《詩·小雅·鴻雁》：「雖則劬勞，其究安宅。」

〔三〕奈何二句：《莊子·天道》：「故知天樂者，無天怨，無人非，無物累，無鬼責。」《山木》：「物物而不物於物，則胡可得而累邪。」《九家》趙注：「自東都而西趨華，自華而居秦，而赴同谷，自同谷而赴劍南，爲四度行役也。」錢箋：「夏發華州，冬離秦州，十一月至成州，十二月發同谷。」離秦至成爲一事，錢説不確。

〔四〕忡忡二句：《詩·召南·草蟲》：「未見君子，憂心忡忡。」傳：「忡忡，猶沖沖也。」《楚辭·九章·懷沙》：「眴兮杳杳，孔静幽默。」王逸注：「杳杳，深冥貌。」

〔五〕停驂二句：謝朓《新亭渚别范零陵雲》：「停驂我悵望，輟棹子夷猶。」王嗣奭《杜臆》：「龍潭即萬丈潭。虎崖石，按《志》有虎穴在成縣之西。豈《寄贊上人》所云『徘徊虎穴上』者耶。」按，贊上人所居在秦州或成州，有異説。參本卷《寄贊上人》(0103)、《别贊上人》(0137)注。虎崖、虎穴難指實爲一。

〔六〕臨岐二句：吴均《發湘州贈親故别》：「何用叙離别，臨歧贈好音。」李白《贈别從甥高五》：「去去何足道，臨歧空復愁。」歧、岐相通。《文選》蘇武詩：「握手一長歎，淚爲生别滋。」

〔七〕慘戚：《古文苑》蘇武詩：「憂心常慘戚，晨風爲我悲。」

〔八〕栖遁：虞炎《奉和竟陵王經劉𤩽墓下》：「聚學叢烟郊，栖遁事環蓽。」王維《過太乙觀賈生房》：「昔余栖遁日，之子烟霞鄰。」

〔九〕仰慚句：盧諶《答魏子悌》：「顧此腹背羽，愧彼排虚翮。」

木皮嶺〔一〕

首路栗亭西，尚想鳳皇村〔二〕。季冬携童稚①，辛苦赴蜀門〔三〕。南登木皮嶺，艱險不易論。汗流被我體，祁寒爲之暄〔四〕。遠岫争輔佐②，千岩自崩奔〔五〕。始知五岳外，别有他山尊③。仰干塞大明④，俯入裂厚坤〔六〕。再聞虎豹鬭，屢跼風水昏〔七〕。高有廢閣道，摧折如短轅⑤〔八〕。下有冬青林〔九〕，石上走長根。西崖特秀發，焕若靈芝繁〔一〇〕。潤聚金碧氣〔一一〕，清無沙土痕。憶觀崑崙圖⑥，目擊玄圃存〔一二〕。對此欲何適，默傷垂老魂。（0160）

【校】

①童，宋本、錢箋、《九家》、《草堂》校：「一作幼。」

②岫，錢箋校：「一作峘。」

③別，錢箋校：「一作更。」 有，錢箋校：「一作見。」

④干，宋本、錢箋、《九家》、《草堂》校：「一作看。」

⑤短，宋本、錢箋、《九家》、《草堂》校：「一作斷。」

⑥圖，錢箋、《九家》、《草堂》校：「一作墟。」

【注】

〔一〕木皮嶺：《方輿勝覽》卷七〇同慶府：「木皮嶺，在同谷縣東二十里。」卷六九「鳳州」：「木皮嶺，在河池縣西十里。杜甫發同谷取路栗亭，南入郡界，歷當房村，度木皮嶺，由白水峽入蜀，即此。」《新唐書・黃巢傳》：「（王鐸）置關於沮水、七盤、三溪、木皮嶺，以遮秦隴。」嚴耕望謂依《勝覽》同谷至河池三十里，必有誤。河池屬鳳州，至同谷絕不能少過六七十里。

〔二〕首路二句：鮑照《蜀四賢詠》：「首路或參差，投駕均遠託。」栗亭，見本卷《發秦州》（0140）注。鳳皇村，朱鶴齡注：「當與鳳凰臺相近。」《清一統志》卷二一一階州：「鳳凰山，在成縣東南。……漢世有鳳凰至，故謂之鳳凰臺。……《方輿勝覽》：山在縣東南十里，下爲鳳村。」嚴耕望謂據杜詩「栗亭」當在木皮嶺之西，與《清一統志》秦州山川目所載合。大約杜甫發同谷縣，當日經寶井堡，宿栗亭之西，次日又首路至木皮嶺。

〔三〕蜀門：《分門》魯曰：「即劍門也。」張載《劍閣銘》：「惟蜀之門，作固作鎮。」

〔四〕祁寒句：《書・君牙》：「冬祁寒。」傳：「冬大寒，亦天之常道。」疏：「傳以祁爲大，故云冬大

寒。」庾信《奉報趙王惠酒》：「風池還更暖，寒谷遂長暄。」

〔五〕遠岫二句：謝朓《郡内高齋閑望答吕法曹》：「窗中列遠岫，庭際俯喬林。」謝靈運《入彭蠡湖口》：「洲島驟回合，圻岸屢崩奔。」朱鶴齡注：「崩奔猶云奔峭。」

〔六〕仰干二句：張衡《表求合正三史》：「臣仰干史職。」《禮記·禮器》：「大明生於東，月生於西。」注：「大明，日也。」厚坤，厚地。《易·坤·象》：「地勢坤，君子以厚德載物。」

〔七〕屢跼句：顔延之《北使洛》：「改服飭徒旅，首路跼險艱。」

〔八〕高有二句：閣道，棧道。參本卷《龍門鎮》(0147)注。《三國志·魏書·徐晃傳》：「備遣陳式等十餘營絶馬鳴閣道，晃别征破之，賊自投山谷，多死者。太祖聞，甚喜，假晃節，令曰：『此閣道，漢中之險要咽喉也。』」《晋書·王導傳》：「惟有短轅犢車。」

〔九〕冬青：周祇《執友箴》：「霜雪既至，勁柏冬青。」

〔一〇〕西崖二句：陸機《辨亡論》：「逸才命世，弱冠秀發。」張九齡《春江晚景》：「江林多秀發，雲日復相鮮。」張華《答何劭》：「穆如洒清風，焕若春華敷。」

〔一一〕潤聚句：陸機《演連珠》：「金碧之岩，必辱鳳舉之使。」《文選》李善注：「《漢書》曰：或言益州有金馬碧雞之神，可醮而致，於是遣諫議大夫王褒使持節而求之。」見《漢書·郊祀志》。庾闡《揚都賦》：「方響則金聲，比德則玉潤。」

〔一二〕目擊句：玄圃，見卷二《奉先劉少府新畫山水障歌》(0080)注。《莊子·田子方》：「目擊而道存矣。」

白沙渡〔一〕

畏途隨長江，渡口下絶岸〔二〕。差池上舟楫，杳窕入雲漢①〔三〕。天寒荒野外，日暮中流半。我馬向北嘶，山猿飲相喚。水清石礧礧，沙白灘漫漫〔四〕。迥然洗愁辛②，多病一疏散〔五〕。高壁抵嶔崟③，洪濤越凌亂〔六〕。臨風獨回首，攬轡復三歎〔七〕。（0161）

【校】

①杳，《草堂》校：「一作窅。」

②迥，錢箋、《九家》、《草堂》校：「一作脩。」

③崟，錢箋、《九家》校：「一作岑。」

【注】

〔一〕白沙渡：錢箋引《方輿勝覽》：「白沙渡、水會渡，俱屬劍州。」又引《水經注》漾水：「濁水又東逕白石縣南。《續漢書》曰：虞詡爲武都太守，下辨東三十餘里有峽，峽中白水生大石，障塞水

流，春夏輒潰溢，敗壞城郭。詡使燒石，以醯灌之，石皆碎裂，因鐫去焉，遂無泛溢之害。濁水即白水之異名也。」謂：「詩云『水清石磻磻』，當即此地也。」浦起龍云：「此去劍門尚遠，當即成州渡嘉陵江處。」嚴耕望謂《勝覽》説誤，絶無可疑。此二渡當在河池與興州百數十里間無疑。又引《略陽縣志》青泥嶺之南有大八渡山在縣北七十里，小八渡山在縣北一百五里，北麓白水江，山立水環，鳳徽要路。謂杜詩之白沙渡、水會渡，當於此求之。

〔二〕畏途二句：《莊子·達生》：「夫畏途者，十殺一人。」鮑照《登翻車峴》：「畏途疑旅人，忌轍覆行箱。」長江，仇注謂乃嘉陵江，即西漢水。郭璞《江賦》：「絶岸萬丈，壁立赮駮。」

〔三〕差池二句：《詩·邶風·燕燕》：「燕燕于飛，差池其羽。」箋：「差池其羽，謂張舒其尾翼。」亦形容車騎等。吴均《登鍾山宴集望西静壇》：「高車陸離至，駿騎差池出。」杳窕，同窈窕。班固《西都賦》：「步甬道以縈紆，又杳篠而不見陽。」《文選》李善注：「《説文》：杳，杳篠也。《廣雅》曰：窈窕，深也。窈與杳同。」

〔四〕水清二句：《楚辭·九歌·山鬼》：「采三秀兮於山間，石磊磊兮葛蔓蔓。」王褒《從軍行》：「對岸渡沙白，緣河柳色青。」

〔五〕迥然二句：江淹《雜體詩·嵇中散康言志》：「咸池飧爰居，鐘鼓或愁辛。」謝靈運《過白岸亭》：「未若長疏散，萬事恒抱樸。」

〔六〕高壁二句：嶔崟，見卷二《述懷一首》(0050)「嶔岑」注。曹植《贈白馬王彪》：「泛舟越洪濤，怨彼東路長。」按，句意謂抵嶔崟高壁，越凌亂洪濤。

〔七〕臨風二句：《古詩類苑》古詩：「悵望欲何言，臨風送懷抱。」曹植《贈白馬王彪》：「欲還絶無蹊，攬轡止踟蹰。」

水會渡①〔一〕

山行有常程，中夜尚未安。微月没已久，崖傾路何難。大江動我前②，洶若溟渤寬〔二〕。篙師暗理楫，歌嘯輕波瀾③〔三〕。霜濃木石滑，風急手足寒④。入舟已千憂，陟巘仍萬盤〔四〕。迴眺積水外⑤，始知衆星乾〔五〕。遠游令人瘦，衰疾慚加餐〔六〕。（0162）

【校】

① 水會渡，宋本、錢箋、《九家》、《草堂》校：「一云水回渡。」

② 動，錢箋、《草堂》校：「一作當。」

③ 嘯，錢箋、《九家》、《草堂》作「笑」。

④ 急，宋本校：「一作冽。」《九家》、《草堂》校：「一作烈。」錢箋校：「一作烈。一作冽。」

⑤ 迴，錢箋作「迴」，校：「一作迴。」 眺，錢箋、《九家》校：「一作出。」 水，錢箋、《九家》、《草堂》校：

「一作石。」

【注】

〔一〕水會渡：錢箋引《水經注》漾水：「漢水又東南逕濁水城南，又東南會平樂水……又逕甘泉戍南，又東逕平樂戍南，又東入漢，謂之會口。漢水又東南於槃頭郡南與濁水合，水出濁城北，東流與丁令溪水會。……濁水又東逕武街城南，故下辨郡治也。」仇注引黄鶴注，謂即《水經注》「濁水南逕槃頭郡東，而南合鳳溪水」。浦起龍謂即《清一統志》「嘉陵江過略陽，會東谷等水處」。嚴耕望謂鶴、浦説近是。按，此與白沙渡均不能確知，以「會口」或濁水合鳳溪水處當之者未必可據。

〔二〕大江二句：王粲《贈蔡子篤》：「舫舟翩翩，以泝大江。」錢箋等均謂大江指嘉陵江。《太平寰宇記》卷一三五興州長舉縣：「嘉陵水去縣南十里。盤頭故城在縣南三里，因水盤曲爲名。西淮水在縣西南五十里，自階州東南流合嘉陵江。」溟渤，見卷一《自京赴奉先縣詠懷五百字》(0041)注。

〔三〕篙師二句：篙師，篙工。本書卷八《詠懷二首》(0388)：「擁滯僮僕慵，稽留篙師怒。」《早發》(0398)：「早行篙師怠，席挂風不正。」杜詩屢用。左思《吴都賦》：「篙工楫師，選自閩禺。」劉孝綽《太子洑落日望水》：「榜人夜理楫，棹女暗成妝。」沈炯《長安少年行》：「杖策尋遺老，歌嘯詠悲翁。」李白《宣城送劉副使入秦》：「斗酒滿四筵，歌嘯宛溪湄。」

〔四〕陟巘句：《詩·大雅·公劉》：「陟則在巘，復降在原。」錢箋引《水經注》沔水：「漢水又東逕小成固南……東歷上濤，而逕於龍下，蓋伏石驚湍，流屯激怒，故有上下二濤之名。」其地在漢中以東城固縣，距此懸遠，且非一水。

〔五〕迴眺二句：張謙宜《絸齋詩談》卷四：「黑夜渡江，魂魄爲水所移，心疑上下皆波瀾，抵岸回望，始知星乾。神理俱妙，他人那知此訣。」喬儀《劍谿説詩》又編：「杜五言首尾一韻，韻皆平正。惟『迴眺積水外，始知衆星乾』，『乾』字險，餘皆渾渾無奇。及觀退之用韻，或轉或不轉，並神施鬼設，極搏攫之奇。此固爲大才，亦詩遜李杜專門，未免造作耳。」

〔六〕慚：信應舉釋爲少。本書卷二五《偶題》(1129)：「經濟慚長策，飛栖假一枝。」

飛仙閣〔一〕

土門山行窄①，微徑緣秋毫②〔二〕。棧雲闌干峻，梯石結構牢〔三〕。萬壑欹疏林③，積陰帶奔濤〔四〕。寒日外淡泊，長風中怒號〔五〕。歇鞍在地底〔六〕，始覺所歷高。往來雜坐卧，人馬同疲勞。浮生有定分〔七〕，飢飽豈可逃。歎息謂妻子，我何隨汝曹④〔八〕。（0163）

【校】

① 土，宋本、錢箋、《九家》、《草堂》校：「一作出。」《文苑英華》作「出」。

② 微徑緣秋毫，宋本、《九家》、《草堂》校：「一云『徑微上秋毫』。」「毫」錢箋作「豪」。《文苑英華》校：「集作徑微上。」

③ 林，宋本、錢箋、《九家》、《草堂》校：「一作竹。」

④ 何，《文苑英華》作「亦」，校：「集作何。」　汝，錢箋、《草堂》校：「一作爾。」

【注】

〔一〕飛仙閣：《方輿勝覽》卷六九沔州：「飛仙山，在州東三十里。相傳徐佐卿化鶴跧泊之地，故名飛仙。上有閣道百餘間，即入蜀路。」《明一統志》卷三四漢中府：「飛仙嶺，在略陽縣東四十里。」《道光略陽縣志》卷一「飛仙嶺」：「此嶺在接官亭南，嶺下有洞。……洞口對岸即入蜀大路。崖間有鑿孔十二間，道左碑記有『武興之南馳三十里』數字，疑即建閣道處。」

〔二〕土門二句：土門，此爲泛稱。仇注牽言《垂老别》之土門壁，無謂。《莊子·齊物論》：「天下莫大於秋豪之末，而大山爲小。」

〔三〕闌干：左思《吴都賦》：「金鎰磊砢，珠琲闌干。」《文選》劉逵注：「闌干，猶縱横也。」

〔四〕萬壑一句：鮑照《登廬山》：「千岩盛阻積，萬壑勢回縈。」孫綽《秋日》：「疏林積涼風，虚岫結凝霄。」《淮南子·天文訓》：「積陰之寒氣爲水。」王筠《早出巡行矚望山海》：「奔濤延瀾汗，積

翠遠嵯峨。」

〔五〕寒日二句：陶淵明《答龐參軍》：「慘慘寒日，肅肅其風。」《莊子・齊物論》：「夫大塊噫氣，其名爲風。是唯無作，作則萬竅怒號。」

〔六〕歇鞍：張鷟《龍筋鳳髓判》：「卧鼓歇鞍，示其閑暇。」宋之問《早發大庾嶺》：「歇鞍問徒旅，鄉關在西北。」

〔七〕浮生句：歐陽建《臨終詩》：「窮達有定分，慷慨復何歎。」

〔八〕汝曹：《後漢書・列女傳・班昭》：「念汝曹如此，每用惆悵。」《後漢書》、《三國志》屢用「汝曹」字。

五盤〔一〕

五盤雖云險，山色佳有餘。仰凌棧道細①，俯映江木疏。地僻無罟網，水清反多魚②〔二〕。好鳥不妄飛，野人半巢居〔三〕。喜見淳朴俗，坦然心神舒。東郊尚格鬬，巨猾何時除③〔四〕？故鄉有弟妹，流落隨丘墟〔五〕。成都萬事好④，豈若歸吾廬〔六〕。（0164）

【校】

①道，錢箋、《草堂》校：「一云閣。」

②罟網，錢箋、《九家》、《草堂》作「網罟」。　反，《九家》、《草堂》作「至」。《九家》校：「一作反。」

③巨，錢箋校：「一作臣。」

④好，錢箋校：「一作在。」

【注】

〔一〕五盤：《分門》魯曰：「謂棧道盤屈有五重。」岑參《早上五盤嶺》：「平旦驅駟馬，曠然出五盤。江回兩崖鬭，日隱群峰攢。」《清一統志》卷二九七保寧府：「七盤嶺，在廣元縣北一百七十里。一名五盤嶺。與陝西寧羌州接界。自昔爲秦蜀分界處。石磴七盤而上，因名。」引杜甫詩。

〔二〕地僻二句：《莊子・胠篋》：「鉤餌網罟罾笱之知多，則魚亂于水矣。」《大戴禮記・子張問入官》：「水至清則無魚。」

〔三〕野人句：《禮記・禮運》：「昔者先王未有宫室，冬則居營窟，夏則居橧巢。」注：「暑則聚薪柴居其上。」《莊子・盗跖》：「古者禽獸多而人少，於是民皆巢居以避之，晝拾橡栗，暮栖木上，故命曰有巢氏之民。」謝靈運《山居賦》序：「古巢居穴處曰岩栖，棟宇居山曰山居。」此蓋泛指岩居穴處者。

〔四〕東郊二句：指史思明陷洛陽。參本卷《龍門鎮》(0147)注。張衡《東京賦》：「巨猾間釁，竊弄

神器。」

〔五〕流落句：左思《吴都賦》：「兹乃喪亂之丘墟，顛覆之軌轍。」

〔六〕豈若句：陶淵明《讀山海經》：「衆鳥欣有託，吾亦愛吾廬。」

龍門閣〔一〕

清江下龍門，絶壁無尺土〔二〕。長風駕高浪①，浩浩自太古〔三〕。危途中縈盤②，仰望垂綫縷〔四〕。滑石欹誰鑿，浮梁裊相拄〔五〕。目眩隕雜花，頭風吹過雨③〔六〕。百年不敢料，一墜那得取〔七〕。飽聞經瞿塘④，足見度大庾〔八〕。終身歷艱險，恐懼從此數。（0165）

【校】

①高，錢箋、《九家》、《草堂》校：「一作白。」《文苑英華》校：「集作白。」

②中縈盤，錢箋、《九家》、《草堂》校：「一作縈盤道。」《文苑英華》校：「集作縈盤道。」

③吹過雨，錢箋、《九家》、《草堂》校：「一云飛雨過。」《文苑英華》校：「集作過飛。」

④聞，錢箋、《九家》校：「一作知。」《文苑英華》校：「集作知。」

【注】

〔一〕龍門閣：《元和郡縣圖志》卷二二利州綿谷縣：「龍門山，在縣東北八十二里，出好鍾乳。」《輿地紀勝》卷一八四利州：「石欄閣在綿谷縣北一里。自城北至大安軍界，管橋欄閣共一萬五千三百一十六間，其著名者爲石櫃閣、龍洞閣。」「龍洞閣在綿谷縣。杜詩云：『清江下龍門，絶壁無尺土。』馮鈐幹田云：其他閣道雖險，然在山腰亦微有徑可以增治閣道，獨惟此閣，石壁斗立，虛鑿石竅而架木其上，比之他處極險。老杜詩『絶壁無尺土』，謂此也。」《蜀中廣記》卷二四、《清一統志》卷二九七保寧府謂龍門閣在廣元縣北十里千佛崖，引杜詩。嚴耕望《唐代交通圖考》第四卷篇貳叁金牛成都驛道謂其地去《元和志》龍門山甚遠，蓋明清後起之説。

〔二〕清江二句：《元和郡縣圖志》卷二二綿谷縣：「潛水，出縣東北龍門山。《書》曰『沱潛既道』是也。」清江蓋指此。《史記·夏本紀》正義引《括地志》：「潛水一名復水，今名龍門水，源出利州綿谷縣東龍門山大石穴也。」

〔三〕長風二句：張衡《西京賦》：「長風激於別隯，起洪濤而揚波。」郭璞《游仙詩》：「吞舟涌海底，高浪駕蓬萊。」《管子·小問》：「《詩》有之：浩浩者水，育育者魚。」《荀子·正論》：「太古薄葬。」

〔四〕危途二句：蔡邕《述行賦》：「降虎牢之曲陰兮，路丘墟以盤縈。」《楚辭·招魂》：「秦篝齊縷，鄭綿絡些。」王逸注：「篝、絡，縷綫也。」

〔五〕滑石二句：潘岳《閑居賦》：「浮梁黝以徑度，靈臺傑其高峙。」《文選》李善注：「《方言》曰：造

舟謂之浮梁。郭璞曰：即今浮橋也。」此即《紀勝》所謂虛鑿石竅架木其上。《水經注》沔水：「漢水又東合褒水，水西北出衙嶺山，東南逕大石門，歷故棧道下谷，俗謂千梁無柱也。諸葛亮與兄瑾書云：『前趙子龍退軍，燒壞赤崖以北閣道，緣谷百餘里，其閣梁一頭入山腹，其一頭立柱於水中。今水大而急，不得安柱。此其窮極，不可强也。』又云：『頃大水暴出，赤崖以南，橋閣悉壞。』時趙子龍與鄧伯苗一戍赤崖屯田，一戍赤崖口，但得緣崖與伯苗相聞而已。後諸葛亮死於五丈原，魏延先退而焚之，謂是道也。自後按舊修路者，悉無復水中柱，逕涉者浮梁振動，無不摇心眩目也。」

〔六〕目眩二句：《戰國策·燕策三》：「秦王目眩良久。」王儉《春詩》：「輕風摇雜花，細雨亂叢枝。」《三國志·魏書·華佗傳》：「太祖苦頭風，每發，心亂目眩。」此借用。

〔七〕百年二句：潘岳《河陽縣作》：「人生天地間，百年孰能要。」《法苑珠林》卷七引《起世經》頌：「一墜幽暗處，萬劫履鋒鋋。」

〔八〕飽聞二句：《水經注》江水：「江水又東逕廣溪峽，斯乃三峽之首也。……峽中有瞿塘、黄龕二灘，夏水回復，沿泝所忌。瞿塘灘上有神廟，尤至靈驗。刺史二千石徑過，皆不得鳴角伐鼓。商旅上下，恐觸石有聲，乃以布裹篙足。」《舊唐書·地理志》韶州始興縣：「縣界東嶠，一名大庾嶺，南越之北塞。漢討南越時，有將軍姓庾，城於此。五嶺之最東，故曰東嶠也。」張九齡《開大庾嶺路記》：「初嶺東廢路，人苦峻極，行逕夤緣，數里重林之表；飛梁嶫巘，千丈層崖之半。……開元四載冬十有一月，俾使臣左拾遺内供奉張九齡，飲冰矢懷，執藝是度，緣磴道，披

灌叢，相其山谷之宜，革其坂險之故。」按，唐人貶謫嶺南途經大庾嶺。宋之問有《早發大庾嶺》諸詩。

石櫃閣〔一〕

季冬日已長①〔二〕，山晚半天赤。蜀道多早花，江間饒奇石。石櫃曾波上，臨虚蕩高壁〔三〕。清暉回羣鷗，暝色帶遠客〔四〕。羈栖負幽意〔五〕，感歎向絶跡。信甘孱懦嬰〔六〕，不獨凍餒迫。優游謝康樂，放浪陶彭澤〔七〕。吾衰未自由②，謝爾性所適③〔八〕。（0166）

【校】

①季冬，錢箋校：「一作冬季。」　日已，《草堂》作「白日」，校：「一作『冬季日已長』。」

②由，錢箋作「安」，校：「一作由。」

③所，錢箋校：「一作有。」《九家》、《草堂》作「有」，《草堂》校：「一作頗。一作所。」

【注】

〔一〕石櫃閣：參前詩注。《讀史方輿紀要》卷六八廣元縣：「石櫃閣，《郡志》云在縣北二十五里。」

巖耕望引王德昭《中原歸程記》：「石崖壁立，車道斷崖而成，人馬經此，如行櫃中，蓋上下左側（就由北向南言）盡爲石壁，唯右側直落千尋，嘉陵江奔涌其下。」

〔二〕季冬句：《禮記·月令》：「仲冬之月……是月也，日短至。」《淮南子·天文訓》：「陽生於子，故十一月冬至，鵲始加巢，人氣鍾首。」杜甫發同谷在十二月一日，時爲季冬。

〔三〕石櫃二句：《楚辭·招隱士》：「山氣巃嵸兮石嵯峨，溪谷嶄岩兮水曾波。」「曾」同「層」。郭璞《江賦》：「迅蜼臨虚以騁巧，孤玃登危而雍容。」

〔四〕清暉二句：阮籍《詠懷》：「微風吹羅袂，明月耀清暉。」謝靈運《石壁精舍還湖中作》：「林壑斂暝色，雲霞收夕霏。」

〔五〕羈栖：禰衡《鸚鵡賦》：「彼賢哲之逢患，猶栖遲以羈旅。」李嶠《答李清河書》：「貧病爲感慨之資，羈栖無學植之伴。」

〔六〕孱懦：玄宗《降永王璘爲庶人誥》：「不虞孱懦，遂至昏迷。」顔真卿《讓憲部尚書表》：「皆由臣孱懦無謀，致此顛沛。」

〔七〕優游二句：《宋書·謝靈運傳》：「襲封康樂公……少帝即位，位在大臣，靈運構扇異同，非毁執政，司徒徐羨之等患之，出爲永嘉太守。郡有名山水，靈運素所愛好，出守既不得志，遂肆意游遨，遍歷諸縣，動逾旬朔，民間聽訟，不復關懷。所至輒爲詩詠，以致其意焉。」陶淵明爲彭澤令，見本卷《遣興五首》「陶潛避俗翁」(0120)注。

〔八〕吾衰二句：《論語·述而》：「子曰：『甚矣吾衰也！久矣吾不復夢見周公。』」自由，見卷二

《晦日尋崔戢李封》(0075)注。謝晦《悲人道》:「長揖兮數子,謝爾兮明智。」

桔柏渡〔一〕

青冥寒江渡〔二〕,駕竹爲長橋。竿濕烟漠漠①〔三〕,江永風蕭蕭②。連笮動嫋娜〔四〕,征衣颯飄飄。急流鴇鷁散,絶岸黿鼉驕〔五〕。西轅自茲異,東逝不可要〔六〕。高通荆門路,闊會滄海潮〔七〕。孤光隱顧眄〔八〕,游子悵寂寥。無以洗心胸,前登但山椒③〔九〕。(0167)

【校】

① 竿濕烟,錢箋、《九家》、《草堂》校:「一云竹竿濕。」

② 永,錢箋、《九家》校:「一作水。」

③ 登,《草堂》校:「一作路。」

【注】

〔一〕桔柏渡:《舊唐書·玄宗紀》:「(天寶十五載七月幸蜀)壬戌,次益昌縣,渡吉柏江。」《楊復恭

傳》：「奏授黔南節度，至桔柏江，覆舟而没。」《清一統志》卷二九七保寧府：「《方輿勝覽》：桔柏渡在昭化縣。今昭化縣有古柏，土人呼爲桔柏，故以名潭。舊《志》：今在縣東北三里，即嘉陵、白水二江合流處。……唐宋以來皆造浮梁於此。」

〔二〕青冥：鮑照《從登香爐峰》：「青冥摇烟樹，穹跨負天石。」

〔三〕竿濕句：謝朓《游東田》：「遠樹暖阡阡，生烟紛漠漠。」

〔四〕連笮句：《太平御覽》卷七七一引《纂文》：「竹索謂之笮，茅索謂之索。」《元和郡國圖志》卷三二茂州汶川縣：「繩橋，在縣西北三里。架大江水，篾笮四條，以葛藤緯絡，布板其上，雖從風摇動，而牢固有餘，夷人驅牛馬去來無懼。今按其橋以竹爲索，闊六尺，長十步。」翼州衛山縣：「笮橋，在縣北三十七里。以竹篾爲索，架北江水。」蕭綱《贈張纘》：「洞庭枝嫋娜，澧浦葉參差。」

〔五〕急流二句：班固《西都賦》：「鶬鴰鴇鶂。」《文選》李善注：「郭璞《上林賦注》曰：鴇，似雁，無後指。杜預《左氏傳注》曰：鶂，水鳥也。」張衡《西京賦》：「其中則有黿鼉巨鼈。」《文選》李善注：「郭璞《山海經注》曰：鼉似蜥蜴。」左思《蜀都賦》劉逵注：「黿，大龜也。」

〔六〕西轅二句：嚴耕望謂：「益昌東北通金牛道，西南通劍閣道。其西北則循白水出隴西，東南則沿嘉陵至閬、合。故爲川北交通重地。」《元和郡縣圖志》卷二二利州益昌縣：「小劍故城在縣西南五十一里。小劍城去大劍戍四十里。連山絶壁，飛閣通衢，故謂之劍閣道。自縣西南踰小山，入大劍口，即秦使張儀、司馬錯伐蜀所由路也，亦謂之石牛道。」杜甫自此西南行趨劍門。李嶠《與夏縣崔少府書》：「僕事已清白，尋就西轅。」繁欽《與魏文帝箋》：「背山臨谿，流泉東

逝。」陶淵明《雜詩》：「掩淚泛東逝，順流追時遷。」

〔七〕高通二句：《後漢書·光武帝紀》：「公孫述遣將田戎、任滿據荆門。」注引《水經注》江水：「江水東歷荆門、虎牙之間。荆門山在南，上合下開，其狀似門。……此二山，楚之西塞也。」謂：「在今硤州夷陵縣東南。」《九家》趙注：「言我西往於蜀，自此分異，而水則東逝而通荆門，會滄海，爲不可要挽也。」曹操《步出夏門行》：「東臨碣石，以觀滄海。」

〔八〕孤光句：鮑照《發後渚》：「孤光獨徘徊，空烟視昇滅。」沈約《詠湖中雁》：「群浮動輕浪，單泛逐孤光。」仇注：「孤光，孤影也。」信應舉謂指月光。按，詩非寫夜行，説不確。此用鮑照詩，孤光承上，指水光。沈約詩亦指水光。曹植《美女篇》：「顧眄遺光采，長嘯氣若蘭。」隱，映也。蕭綱《夜夜曲》：「月輝横射枕，燈光半隱床。」詩意謂在孤光映照下顧眄左右。

〔九〕無以二句：《易·繫辭上》：「聖人以此洗心。」宗炳《明佛論》：「若老子、莊周之道，松喬列真之術，信可以洗心養身。」謝莊《月賦》：「菊散芳於山椒，雁流哀於江瀨。」《文選》李善注：「王逸《楚辭注》曰：土高四墮曰椒。《漢書》武帝傷李夫人賦曰：『釋子馬於山椒。』」山椒，山頂也。」

劍門〔一〕

惟天有設險，劍門天下壯①〔二〕。連山抱西南，石角皆北向〔三〕。兩崖崇墉

倚〔四〕，刻畫城郭狀。一夫怒臨關②，百萬未可傍③〔五〕。珠玉走中原④，岷峨氣悽愴〔六〕。三皇五帝前，雞犬各相放⑤〔七〕。後王尚柔遠，職貢道已喪〔八〕。至今英雄人，高視見霸王〔九〕。并吞與割據〔一〇〕，極力不相讓。吾將罪真宰，意欲鏟疊嶂〔一一〕。恐此復偶然，臨風默惆悵⑥。（0168）

【校】

①門，錢箋、《九家》、《草堂》校：「一作閣。」

②關，錢箋、《九家》、《草堂》校：「一作門。」

③傍，錢箋、《九家》、《草堂》校：「一作仰。」

④珠玉，錢箋校：「陳作玉帛。」《草堂》校：「陳鮑皆作玉帛。」

⑤各，《九家》作「莫」，校：「一云各。」　相，錢箋校：「一作自。」

⑥默，錢箋、《草堂》校：「一作黯。」

【注】

〔一〕劍門：《太平寰宇記》卷八四劍州劍門縣：「本漢梓潼縣地，諸葛武侯相蜀，於此立劍門，以大劍山至此有隘束之路，故曰劍門。即姜維拒鍾會於此。唐聖曆二年，分普安、臨漢、陰平三縣地，於方期驛城置縣。」《輿地紀勝》卷一九二劍門關：「大劍山，在劍門縣，亦曰梁山。又有小

劍山在其西北三十里，又有小劍故城在益昌縣西南五十里。……大劍雖號天險，有阨塞可守，崇墉之間，徑路頗夷。小劍則鑿石架閣，有不容越。太白所謂『猿猱欲度愁攀援』者，其謂是也。」《元和郡縣圖志》卷三三劍州普安縣：「劍閣道，自利州益昌縣界西南十里，至大劍鎮，合今驛道。」嚴耕望據此謂劍閣道在唐世已非驛道幹線，「今驛道」在此閣道之南，東自益昌與閣道分途向南沿嘉陵江西岸至望喜驛，西至開遠戍大劍鎮，復合爲一道。蓋即隋文帝初年毀弃棧閣，别開之平道。杜甫蓋至大劍鎮一帶賦此詩。

〔二〕惟天二句：《易·坎·象》：「天險，不可升也。地險，山川丘陵也。王公設險以守其國，險之時用大矣哉。」司馬相如《封禪文》：「皇皇哉斯事，天下之壯觀。」庾信《宫調曲》：「壯麗天下觀，是以從蕭相。」

〔三〕連山二句：《分門》洙曰：「劍山上石皆向北，如拜伏狀。」朱弁《風月堂詩話》卷上：「宋子京知成都過之，誦此詩，謂人曰：『此四句蓋劍閣實録也。』」《九家》趙注：「觀劍門之山，雖抱西南而石角北向，則有面内之義，豈欲使之僻爲一區哉。」浦起龍云：「角北向，見顯與我敵。爲篇末『欲鏟疊嶂』之根。」

〔四〕兩崖句：左思《魏都賦》：「於是崇墉濬洫，嬰堞帶涘。」《文選》張載注：「墉，城也。」

〔五〕一夫二句：張載《劍閣銘》：「一人荷戟，萬夫趑趄。」《文選》李善注引陳琳《爲曹洪答文帝書》：「一夫揮戟，萬人不得進。」李白《蜀道難》：「一夫當關，萬夫莫開。」

〔六〕珠玉二句：《九家》趙注：「珠玉之於中原必著『走』字者，按《地境圖》曰：玉之千歲者，行游諸

國。」《太平御覽》卷一五引《地境圖》。江淹《建平王讓右將軍荆州刺史表》：「水交沅澧，山通岷峨。」《書·禹貢》傳：「岷山，江所出，在梁州。」《元和郡縣圖志》卷三二茂州汶山縣：「按汶山，即岷山也。南去青山、石山百里，天色晴明，望見成都。山嶺停雪，常深百丈，夏月融泮，江川爲之洪溢，即隴之南首也。」卷三一嘉州峨眉縣：「峨眉大山，在縣西七里。《蜀道賦》云：『抗峨眉於重阻。』兩山相對，望之如蛾眉，故名。此山亦有洞天石室，高七十六里。」

〔七〕三皇二句：《白虎通義》卷一：「三皇者，何謂也？謂伏羲、神農、燧人也。或曰伏羲、神農、祝融也。」「五帝者，何謂也？《禮》曰：黄帝、顓頊、帝嚳、帝堯、帝舜，五帝也。」《老子》八十章：「鄰國相望，雞狗之聲相聞，民至老死，不相往來。」潘岳《西征賦》：「渾雞犬而亂放，各識家而競入。」

〔八〕後王二句：《書·舜典》：「柔遠能邇。」傳：「言當安遠，乃能安近。」《禮記·中庸》子曰：「凡爲天下國家有九經：……柔遠人也，懷諸侯也。」《左傳》襄公二十九年：「魯之於晋也，職貢不乏。」《周禮·夏官·職方氏》：「制其職，各以其所能；制其貢，各以其所有。」仇注：「此段記其財賦，恐蜀人困於誅求也。」浦起龍云：「言古風闊達，而末法誅求，是則結怨之根也。」

〔九〕至今二句：班彪《王命論》：「英雄陳力，群策畢舉，此高祖之大略。」曹植《與楊德祖書》：「德璉發跡於此魏，足下高視於上京。」《孟子·公孫丑上》：「以力假仁者霸，霸必有大國。以德行仁者王，王不待大。」桓譚《新論·王霸》：「賞善誅惡，諸侯朝事，謂之王。興兵衆，約盟誓，以信義矯世，謂之霸。」《後漢書·公孫述傳》李熊説公孫述：「將軍割據千里，地什湯武，若奮威

德，以投天隙，霸王之業成矣。」蕭滌非云：「是説秦漢以後的野心家據此高視，以分王霸。」按，高視用曹植書語，義近發跡。

〔一〇〕并吞句：賈誼《過秦論》：「有席卷天下，包舉宇内，囊括四海之意，并吞八荒之心。」《漢書·叙傳》：「席卷三秦，割據河山。」《九家》趙注：「并吞則欲兼乎鄰壤，割據則專有乎一方。」仇注：「并吞者王，如漢光武是也。割據者霸，如公孫述是也。」浦起龍云：「恐彼見扼險之已事而欲效之。」

〔一一〕吾將二句：真宰，見卷二《奉先劉少府新畫山水障歌》（0080）注。木華《海賦》：「於是乎禹也，乃鏟臨崖之阜陸，決陂潢而相潑。」《文選》李善注：「《蒼頡篇》曰：鏟，削平也。」蕭衍《直石頭》：「夕池出濠渚，朝雲生疊嶂。」

黄徹《䂬溪詩話》卷一：「《劍閣》云：『吾欲罪真宰，意欲鏟疊嶂。』與太白『搥碎黄鶴樓，剗却君山好』語亦何異。然《劍閣》詩意在削平僭竊，尊崇王室，凛凛有忠義氣；『搥碎』、『剗却』之語但覺一味粗豪耳。故昔人論文字，以意爲上。」

仇注：「此詩云：『恐此復偶然，臨風默惆悵。』知蜀必有事，而深憂遠慮也。未幾段子璋、徐知道、崔旰、楊子琳輩果據險爲亂。公之料事多中如此，可見其經世之才矣。」

浦起龍云：「子美之詩，是一篇籌邊議，有懷遠以德意。故其詞曰『後王尚柔遠，職貢道已喪』，爲當宁者告也。」

施補華《峴傭説詩》：「入蜀諸詩，作游覽詩者，必須仿效。蓋平遠山水，可以王、孟派寫之；奇峭山水，須別鑱刻之筆。《劍門》詩議論雄闊，然唯劍門則可。蓋其地爲古今阨塞，英雄所必争，故有此感慨。若尋常關隘，即作此大議論，反不稱矣。此理不可不知。」

鹿頭山〔一〕

鹿頭何亭亭，是日慰飢渴〔二〕。連山西南斷，俯見千里豁〔三〕。游子出京華①，劍門不可越〔四〕。及兹阻險盡②，始喜原野闊〔五〕。殊方昔三分，霸氣曾間發〔六〕。天下今一家，雲端失雙闕〔七〕。悠然想揚馬，繼起名硉兀〔八〕。有文令人傷③，何處埋爾骨〔九〕？紆餘脂膏地，慘澹豪俠窟〔一〇〕。杖鉞非老臣④，宣風豈專達〔一一〕？冀公柱石姿，論道邦國活⑤。斯人亦何幸，公鎮踰歲月〔一二〕。僕射裴冀公冕。(0169)

【校】

①京華，錢箋、《草堂》校：「一云咸京。」

②阻險，錢箋、《草堂》作「險阻」。

③文，錢箋、《草堂》校：「一作才。」

④ 杖，錢箋、《九家》作「仗」。

⑤ 國，《草堂》作「家」。

【注】

〔一〕鹿頭山：《元和郡縣圖志》卷三一漢州德陽縣：「鹿頭戍，在縣北三十八里。」《舊唐書・高崇文傳》：「成都北一百五十里有鹿頭山，扼兩川之要，（劉）闢築城以守。又連八栅，張犄角之勢，以拒王師。」嚴耕望考鹿頭山盛唐以前尚未置關，置關蓋自安史亂後始。

〔二〕鹿頭二句：亭亭，見本卷《鳳凰臺》(0151)注。《古文苑》李陵詩：「願得萱草枝，以解飢渴情。」潘尼《贈陸機出爲吴王郎中令》：「醪澄莫饗，孰慰飢渴。」

〔三〕連山二句：張衡《南都賦》：「或峮嶙而纚連，或豁爾而中絶。」曹毗《黄帝贊》：「豁焉天扉開，飄然跨騰鱗。」

〔四〕游子二句：《古詩十九首》：「浮雲蔽白日，游子不顧返。」何遜《南還道中送贈劉咨議别》：「一官從府役，五稔去京華。」曹植《朔風詩》：「千仞易陟，天阻可越。」何遜《下直出谿邊望答虞丹徒敬》：「九重不可越，三爵何由舉。」

〔五〕及兹二句：賈誼《過秦論》：「秦人阻險不守。」《三國志・魏志・王肅傳》諫征蜀疏：「又況於深入阻險，鑿路而前。」江淹《效阮公詩》：「時寒原野曠，風急霜露多。」

〔六〕殊方二句：諸葛亮《出師表》：「今天下三分，益州疲弊。」《三國志・蜀書・諸葛亮傳》亮説先

主：「益州險要，沃野千里，天府之土，高祖因之以成帝業。……若跨有荆、益，保其岩阻，西和諸戎，南撫夷越，外結好孫權，内修政理，天下有變，則命一上將將荆州之軍以向宛、洛，將軍身率益州之衆出於秦川，百姓孰敢不簞食壺漿以迎將軍者乎？誠如是，則霸業可成，漢室可興矣。」《晋書·馬隆傳》：「奇謀間發。」

〔七〕天下二句：《史記·劉敬叔孫通傳》：「夫天下合爲一家。」岑參《入劍門作寄杜楊二郎中》：「四海今一家，徒然劍門石。」左思《蜀都賦》：「内則議殿爵堂，武義虎威。宣化之闥，崇禮之闈。華闕雙邈，重門洞開，金鋪交映，玉題相暉。」《九家》趙注：「失雙闕，則以天下既一家也。」

〔八〕悠然二句：《文心雕龍·詮賦》：「枚馬播其風，王揚騁其勢。」又《練字》：「故陳思稱揚馬之作，趣幽旨深。」《漢書·司馬相如傳》：「司馬相如字長卿，蜀郡成都人也。」《揚雄傳》：「揚雄字子雲，蜀郡成都人也。」硉兀，見卷二《瘦馬行》(0073)注。

〔九〕有文二句：《論語·泰伯》：「子曰：『大哉堯之爲君也！巍巍乎！唯天爲大，唯堯則之，蕩蕩乎，民無能名焉。巍巍乎其有成功也，焕乎其有文章。』」《漢書·司馬相如傳》：「上讀《子虛賦》而善之，曰：『朕獨不得與此人同時哉。』得意曰：『臣邑人司馬相如自言爲此賦。』上驚，乃召問相如。……相如既病免，家居茂陵。天子曰：『司馬相如病甚，可往從悉取其書，若不然，後失之矣。』使所忠往，而相如已死，家無遺書。問其妻，對曰：『長卿未嘗有書也。時時著書，人又取去。長卿未死時，爲一卷書，曰「有使來求書，奏之」。』其遺札書言封禪事，所忠奏焉，天子異之。」《揚雄傳》：「孝成帝時，客有薦雄文似相如者，上方郊祠甘泉泰畤、汾陰后土，以求繼

嗣，召雄待詔承明之庭。……雄以病免，復召爲大夫。家素貧，耆酒，人希至其門。時有好事者載酒肴從游學，而巨鹿侯芭常從雄居，受其《太玄》、《法言》焉。劉歆亦嘗觀之，謂雄曰：『空自苦，今學者有禄利，然向不能明《易》，又如《玄》何？吾恐後人用覆醬瓿也。』雄笑而不答。年七十一，天鳳五年卒。」

〔一〇〕紆餘二句：司馬相如《上林賦》：「酆鎬潦潏，紆餘委蛇。」《周禮·冬官·瓬人》：「宗廟之事，脂者膏者以爲牲。」注：「致美味也。」《禮記·内則》：「脂膏以膏之。」疏：「凝者爲脂，釋者爲膏，以膏沃之，使之香美。」此用同膏腴。左思《蜀都賦》：「外負銅梁於宕渠，内函要害於膏腴。」《文選》劉逵注：「膏腴，土地肥沃也。」慘澹，見卷二《北征》(0052)注。左思《蜀都賦》：「三蜀之豪，時來時往，養交都邑，結儔附黨。劇談戲論，扼腕抵掌。出則連騎，歸從百兩。……若夫王孫之屬，郤公之倫，從禽於外，巷無居人。」《文選》劉逵注：「郤公，豪俠也。」《華陽國志》卷三：「然秦惠文、始皇克定六國，輒徙其豪俠於蜀，資我豐土。家有鹽銅之利，户專山川之材，居給人足，以富相尚。故工商致結駟連騎，豪族服王侯美衣，娶嫁設太牢之厨膳，歸女有百兩之從車，送葬必高墳瓦槨，祭奠而羊豕夕牲，贈禭兼加，賵賻過禮。」

〔一一〕仗鉞二句：仗鉞，見卷二《北征》(0052)注。《漢書·王褒傳》：「欲宣風化於衆庶。」陸機《文賦》：「濟文武於將墜，宣風聲於不泯。」《周禮·天官·小宰》：「大事則從其長，小事則專達。」《九家》趙注：「言宣天子之風而非專自己之所爲也。」仇注引《杜臆》：「中宗時蕭至忠爲專達中丞，謂事得專達於天子，不受人節制。」《舊唐書·食貨志》貞元十三年孟簡奏：「天下州府常

平、義倉等斛斗，請准舊例減估出糶，但以石數奏申，有司更不收管，州縣得專達以利百姓。」《顏真卿傳》：「諸司長官皆達官也，言皆專達於天子也。」是專達有二義，然以前義爲常。穆宗《諭刺史詔》：「刺史分憂，得以專達。」此亦專權處理義，言若非仗鉞老臣，豈能宣風專達其政。趙注、《杜臆》皆非。

〔一二〕冀公四句：《舊唐書·裴冕傳》：「裴冕，河東人也，爲河東冠族。……玄宗幸蜀，至益昌郡，遥詔太子充天下兵馬元帥，以冕爲御史中丞兼左庶子，爲之副。是時，冕爲河西行軍司馬，授御史中丞，詔赴朝廷。遇太子於平涼，具陳事勢，勸之朔方，亟入靈武。……凡勸進五上，乃依。肅宗即位，以定策功，遷中書侍郎、同中書門下平章事，倚以爲政。……肅宗移幸鳳翔，罷冕知政事，遷右僕射。兩京平，以功封冀國公，食實封五百户。尋加御史大夫、成都尹，充劍南西川節度使。又入爲右僕射。」冕爲成都尹在乾元二年六月。仇注據此詩「公鎮踰歲月」，疑《唐書》有誤。按，詩言不可過拘。《漢書·霍光傳》：「將軍爲國柱石。」

成都府〔一〕

翳翳桑榆日，照我征衣裳〔二〕。我行山川異，忽在天一方〔三〕。但逢新人民，未卜見故鄉〔四〕。大江東流去①，游子去日長②〔五〕。曾城填華屋〔六〕，季冬樹木蒼。喧

然名都會，吹簫間笙簧③〔七〕。信美無與適，側身望川梁〔八〕。鳥雀夜各歸〔九〕，中原杳茫茫。初月出不高，衆星尚争光〔一〇〕。自古有羈旅，我何苦哀傷。（0170）

【校】

① 東流去，錢箋、《九家》校：「一作從東來。」《草堂》作「從東來」。

② 去日，錢箋校：「一作日月。」《草堂》校：「黄魯直作日月。」

③ 間，錢箋校：「一作奏。」　簧，錢箋作「簀」。

【注】

按，詩言「初月」，是杜甫抵成都已在上元元年（七六〇）正月初。舊説謂在乾元二年十二月末，不確。

〔一〕成都府：《元和郡國圖志》卷三一「劍南道」：「成都府，益州。大都督府。……武德元年改爲益州總管府，三年置西行臺。龍朔二年，復爲大都督府。開元二十一年，又於邊郡置節度使，以式遏四夷，成都爲劍南節度理所……西抗吐蕃，南撫蠻巢。……天寶元年，改蜀郡大都督府。十五年玄宗幸蜀，改爲成都府。」

〔二〕翳翳二句：張協《雜詩》：「翳翳結繁雲，森森散雨足。」《文選》李善注：「《毛詩》曰：曀曀其陰。毛萇曰：如常陰曀然。『翳』與『曀』古字通。《論衡》曰：初出爲雲，繁雲爲翳。」顔延之

《秋胡詩》：「日暮行采歸，物色桑榆時。」《文選》李善注：「物色桑榆，言日晚也。《東觀漢記》光武曰：日出之東隅，收之桑榆。」《陌上桑》：「日出東南隅，照我秦氏樓。」阮籍《詠懷》：「灼灼西隤日，餘光照我衣。」

〔三〕我行二句：潘岳《在懷縣作》：「眷然顧鞏洛，山川邈離異。」《文選》蘇武詩：「良友遠別離，各在天一方。」

〔四〕但逢二句：曹植《送應氏》：「不見舊耆老，但睹新少年。」

〔五〕大江二句：謝脁《暫使下都夜發新林至京邑贈西府同僚》：「大江流日夜，客心悲未央。」《古詩十九首》：「相去日已遠，衣帶日已緩。浮雲蔽白日，游子不顧返。」

〔六〕曾城句：《淮南子·墬形訓》：「掘崑崙虛以下地，中有增城九重。」曾同增。庾肩吾《侍宴應令》：「副君時暇豫，曾城聊近游。」曹植《贈丁翼》：「嘉賓填城闕，豐膳出中厨。」左思《蜀都賦》：「亞以少城，接乎其西。市廛所會，萬商之淵。列隧百重，羅肆巨千。」《文選》劉逵注：「少城，小城也。在大城西，市在其中也。」

〔七〕喧然二句：左思《蜀都賦》：「於是乎金城石郭，兼匝中區。既麗且崇，實號成都。辟二九之通門，畫方軌之廣塗。營新宮於爽塏，擬承明以起廬。」《文選》劉逵注：「漢武帝元鼎二年，立成都十八門。」《詩·小雅·鹿鳴》：「吹笙鼓簧，承筐是將。」謝莊《月賦》：「若乃涼夜自淒，風篁成韻。」江淹《還故園》：「高歌儛關國，微歎依笙篁。」是「篁」字不煩改「簧」。

〔八〕信美二句：王粲《登樓賦》：「雖信美而非吾土兮，曾何足以少留。」謝莊《月賦》：「月既没兮露

欲晞，歲方晏兮無與歸。」張衡《四愁詩》：「欲往從之梁父艱，側身東望涕沾翰。」《相和歌辭・淮南王》：「我欲渡河河無梁，願化雙黄鵠還故鄉。」曹植《贈白馬王彪》：「伊洛廣且深，欲濟川無梁。」

〔九〕烏雀句：陸機《燕歌行》：「白日既没明燈輝，夜禽赴林匹鳥栖。」蕭子顯《燕歌行》：「芳年海上水中鳧，日暮寒夜空城雀。」

〔一〇〕初月二句：何遜《入西塞示南府同僚》：「薄雲岩際出，初月波中上。」《古詩十九首》：「玉衡指孟冬，衆星何歷歷。」《淮南子・説山訓》：「日出星不見，不能與之争光也。」

杜工部集卷第四

古詩三十六首 初寓成都及至閬州作

石笋行〔一〕

君不見益州城西門，陌上石笋雙高蹲①。古來相傳是海眼②，苔蘚蝕盡波濤痕③。雨多往往得瑟瑟④，此事恍惚難明論〔二〕。恐是昔時卿相墓⑤，立石爲表今仍存〔三〕。惜哉俗態好蒙蔽，亦如小臣媚至尊。政化錯迕失大體，坐看傾危受厚恩〔四〕。嗟爾石笋擅虚名，後來未識猶駿奔〔五〕。安得壯士擲天外，使人不疑見本根〔六〕。（0171）

【校】

①陌，錢箋、《草堂》校：「一作街。」

②來，宋本、《九家》校：「一云老。」錢箋校：「一云老。又作遠。」《草堂》作「老」，校：「一作米。一作遠。」《文苑英華》作「老」，校：「集作來。」

③蝕，錢箋校：「舊作食。」《九家》作「食」。

④得，錢箋校：「一作來。」《文苑英華》作「有」，校：「集作得。」

⑤墓，錢箋、《草堂》校：「一作冢。」

【注】

黄鶴注：上元元年（七六〇）作。上元元年七月，李輔國矯稱上語，迎明皇游西内，此詩云蒙蔽、媚悦，其事隱而彰，蓋恨去輔國輩之不速，卒爲盜殺，猶不顯誅之可惜。仇注繫於上元二年（七六一）。

〔一〕石笋：《華陽國志》卷三：「九世有開明帝，始立宗廟……時蜀有五丁力士，能移山，舉萬鈞，每王薨，輒立大石，長三丈，重千鈞，爲墓志，今石笋是也，號曰笋里。」《分門》杜田曰：「杜光庭《石笋記》云：成都子城西曰興義門金容坊，有通衢幾百五十步，有石二株，挺然聳峭，高丈餘，圍八九尺。耆舊傳云其名有六，曰石笋，曰蜀妃闕，曰沈犀石，曰魚凫仙壇，曰西海之眼，曰五丁石門，皆非也。《圖經》云：石笋街乃先（大）秦寺之遺址，殿宇樓臺咸以金寶飾之，爲一代之勝概，後遭兵火而廢。或遇夏秋霖雨，里人猶拾珠玉異物。前蜀丞相諸葛亮命掘之，俯觀方驗

測，隱其象，有篆字曰『蠶叢氏啓國誓蜀之碑』。以二石柱橫理連接，鐵貫其中，歷代故不可毀。復鐫五字『濁歜燭觸斶』，時人莫能曉察。惟孔明默悟斯旨，令左右瘞之。後蜀主李雄召丞相范賢，詰其所自，再掘而詳之。賢議曰：『然。厥字五，其理各有所主。亥子歲，「濁」字可記，主其水災。寅卯歲，「歜」字可記，主其飢饉。巳午歲，「燭」字可記，主其火災。申酉歲，「觸」字可記，主其兵革。辰戌丑未歲，「斶」字可記，主稼穡充益，民物富贍。』悉以年事推之，應驗符響。又云：蜀之城壘，方隅不正，以景測之石笋，於南北爲定，無所偏邪。今按石笋在西門外僅百五十步，二株雙蹲，一南一北。北笋長一丈六尺，圍極於九尺五寸。南笋長一丈三尺，圍極於一丈二尺。南笋蓋公孫述時折，故長不逮北笋。」《後漢書·方術傳》「任文公」章懷注引《蜀王本紀》「武都丈夫化爲女子，顏色美絶，蓋山精也。蜀王納以爲妃，無幾物故，乃發卒之武都擔土，葬於成都郭中，號曰『武擔』，以石鏡一枚表其墓」，謂「其石今俗名爲石笋」。姚寬《西溪叢語》卷上：「章懷太子賢乃高宗第六子，注《漢書》在儀鳳中。豈杜甫作詩時《漢注》未傳耶？抑老杜流寓四方未之見耶？或見而不以賢言爲然耶？」按，杜甫別有《石鏡》詩（本書卷一一0679）。蓋石笋傳説頗多，其事本恍惚難明，杜甫未取章懷注。

〔二〕古來四句：《魏書·西域傳》：「波斯國……多大真珠、頗梨、瑠璃、水精、瑟瑟。」《酉陽雜俎》續集卷四：「蜀石笋街，夏中大雨，往往得雜色小珠，俗謂地當海眼，莫知其故。」《分門》彥輔曰：「《成都記》：石笋及林亭池石之地，雨過必有小珠，或青黄如粟者，亦有細孔，可以貫絲。」吴曾《能改齋漫録》卷七：「按《華陽記》：『開明氏造七寶樓，以真珠結成簾。漢武帝時蜀郡遭火，

燒數千家，樓亦以燼。今人往往於砂土上獲真珠。』又趙清獻《蜀郡故事》：『石笋在衙西門外，二株雙蹲，云真珠樓基也。昔有胡人於此立寺，爲大秦寺。其門樓十間，皆以真珠翠碧貫之爲簾。後摧毀墜地，至今基脚在。每有大雨，其前後人多拾得真珠、瑟瑟、金翠異物。今謂石笋，非爲樓設，而樓之建，適當石笋附近耳。蓋大秦國多璆琳琅玕、明珠、夜光璧，水道通益州永昌郡，多出異物，則此寺大秦國人所建也。』杜田嘗引《酉陽雜俎》，謂『蜀少城飾以金璧珠翠，桓温怒其大侈，焚之』之事爲證，非也。」

〔三〕恐是二句：仇注：「墓前石表，乃公之獨斷。」楊倫云：「今按杜田所云丈尺，與《志》本不相符，公故臆是卿相墓前物耳。」

〔四〕惜哉四句：《分門》師曰：「甫意謂此石必是古者卿相墓前表識，後世妄加緣飾，以爲海眼，以蔽蒙愚俗，蓋譏禄山、國忠以微賤小臣蒙蔽玄宗，致天寶末年之禍。」《九家》趙注：「此篇作於上元元年。是年李輔國日離間二宫，擅權之跡甚彰，故因賦石笋而指譏李輔國也。」浦起龍云：「《石笋》、《石犀》，爲蜀郡淫雨江泛而作也。……舊解都將本旨抛荒，純以輔國蔽主之説支離比附，已是喧賓奪主。至誤以『惜哉』四句譏傳訛之人，則所云『蒙蔽』者本是石笋也，忽又移之世人，而反以石笋比至尊。」楊倫云：「言俗人爲石笋所蒙蔽，猶至尊爲小臣所蒙蔽也。」按，趙注等皆先比附時事而後定作年，反不如師、浦之説較通達。

〔五〕駿奔：《詩·周頌·清廟》：「對越在天，駿奔走在廟。」傳：「駿，長也。」箋：「駿，大也。」

〔六〕安得一句：李尤《九曲歌》：「年歲晚暮時已斜，安得壯士翻日車。」《莊子·知北游》：「此之謂

本根，可以觀於天矣。」

石犀行〔一〕

君不見秦時蜀太守，刻石立作三犀牛。自古雖有厭勝法〔二〕，天生江水向東流①。蜀人矜誇一千載，泛溢不近張儀樓②〔三〕。今年灌口損户口③，此事或恐爲神羞〔四〕。終藉隄防出衆力④，高擁木石當清秋。先王作法皆正道⑤，詭怪何得參人謀〔五〕。嗟爾三犀不經濟，缺訛只與長川逝⑥〔六〕。但見元氣常調和⑦，自免洪濤恣凋瘵〔七〕。安得壯士提天綱，再平水土犀奔茫⑧〔八〕。《後漢書》：户口減如毛米⑨。（0172）

【校】

① 向，宋本、錢箋、《九家》、《草堂》校：「一云須。」《文苑英華》作「須」，校：「集作向。」

② 溢，《文苑英華》作「濫」，校：「集作溢。」

③ 口，錢箋、《草堂》校：「一作注。」《文苑英華》校：「集作注。」

④ 終藉，錢箋校：「《草堂》作修築。」《草堂》校：「一作幾築。」

⑤ 王，宋本作「生」，據他本改。

⑥川，《草堂》作「江」。

⑦常，《文苑英華》作「相」，校：「集作恒。」

⑧壯士，錢箋校：「一作作者。」《文苑英華》作「作者」，校：「集作壯士。」　奔，錢箋校：「一作蒼。」

⑨後漢書户口减如毛米，此注他本不載。

【注】

黄鶴注：上元二年(七六一)秋八月，灌口損户口，故作是詩。然意亦有所寓也。按，其説無據，詳注。

〔一〕石犀：《華陽國志》卷三：「周滅後，秦孝文王以李冰爲蜀守。冰能知天文地理……冰乃壅江作堋，穿郫江、檢江，别支流雙過郡下，以行舟船。岷山多梓柏大竹，頹隨水流，坐致材木，功省用饒。又溉灌三郡，開稻田。於是蜀沃野千里，號爲『陸海』。旱則引水浸潤，雨則杜塞水門，故《記》曰：水旱從人，不知饑饉，時無荒年。天下謂之『天府』也。外作石犀五頭以厭水精，穿石犀溪於江南，命曰犀牛里。後轉置犀牛二頭，一在府市市橋門，今所謂石牛門是也。一在淵中。」《藝文類聚》卷九五引《蜀王本紀》：「江水爲害，蜀守李冰作石犀五枚，二枚在府中，一枚在市橋下，二在水中，以厭水精，因曰石犀里。」陸游《老學庵筆記》卷一：「石犀在廟之東階下，亦粗似一犀，正如陜之鐵牛，但望之大概似牛耳。石犀一足不備，以他石續之，氣象甚古。」

〔二〕自古句：《論衡・讕時》：「世俗起土興功，歲月有所食，所食之地，必有死者。假令太歲在子，歲食於酉，正月建寅，月食於巳，子寅地興功，則酉巳之家見食矣。見食之家，作起厭勝，以五

行之物，懸金木水火。假令歲月食西家，西家懸金。歲月食東家，東家懸炭。設祭禮以除其凶，或空亡徙以辟其殃。連相仿效，皆謂之然。」《晉書·藝術傳》韓友：「受《易》於會稽伍振，善占卜，能圖宅相冢，亦行京費厭勝之術。龍舒長鄧林婦病積年，垂死，醫巫皆息意。友爲筮之，使畫作野猪著卧處屏風上，一宿覺佳，於是遂差。舒縣廷掾王睦病死，已復魄，友爲筮之，令以丹畫版作日月置床頭，又以豹皮馬鄣泥卧上，立愈。」厭勝之法蓋起於漢，杜甫亦以石犀爲廣義之厭勝之術。《顔氏家訓·風操》：「偏傍之書，死有歸殺。子孫逃竄，莫肯在家。畫瓦書符，作諸厭勝。喪出之日，門前然火，户外列灰，祓送家鬼，章斷注連。凡如此者，不近有情，乃儒雅之罪人，彈議所當加也。」

〔三〕泛溢句：岑參《張儀樓》：「傳是秦時樓，巍巍至今在。樓南兩江水，千古長不改。」《元和郡縣圖志》卷三一成都府：「州城，秦惠王二十七年張儀所築。初儀築城，屢頹不立，忽有大龜周行旋走，巫言依龜行處築之，遂得堅立。城西南樓百有餘尺，名張儀樓，臨山瞰江，蜀中近望之佳處也。」《蜀中廣記》卷一引李膺《益州記》：「最東曰陽城門，次西曰宣明門，蜀時張儀樓，即宣明門樓也。重閣複道，跨陽城門，故太沖賦云『結陽城之延閣，飛觀榭乎雲中』矣。江橋者，大江水所經也。稍西爲市橋，曰市橋門，以漢舊州市在此橋南，橋下即石犀所潛淵，亦曰石牛門。」按，「不近張儀樓」，即不近益州城之意。

〔四〕今年二句：《元和郡縣圖志》卷三一彭州導江縣：「灌口山，在縣西北二十六里。漢蜀文翁穿湔江既灌，故以灌口名山。」「灌口鎮，在縣西二十六里。後魏置。自觀坂迄於頃山，五百里間，

兩岸壁立如峰，瀑布飛流，十里而九，昔人以爲井陘之阨。犍尾堰，在縣西南二十五里。李冰作之，以防江決。破竹爲籠，圓徑三尺，長十丈，以石實中，累而壅水。」嚴耕望《唐代交通圖考》考犍尾堰即《水經注》江水所記李冰所作湔堋（湔堰），湔、犍同音，亦即古都安堰。《太平寰宇記》卷七三記都安堰、犍尾堰爲二，誤。詩言灌口水溢，當指犍尾堰。《舊唐書·肅宗紀》：「（上元二年八月癸丑朔）自七月霖雨，至是方止，牆宇多壞，漉魚道中。」黄鶴注引此，謂「灌口損户口」即此時。按，《肅宗紀》所言乃長安地區，以此推言灌口水溢，謬之甚矣。《書·武成》：「無作神羞。」傳：「無爲神羞辱。」

〔五〕先王二句：《淮南子·氾論訓》：「夫聖人作法，而萬物制焉。」《漢書·郊祀志下》：「成帝末年頗好鬼神，亦以無繼嗣故，多上書言祭祀方術者，皆得待詔，祠祭上林苑中長安城旁，費用甚多，然無大貴盛者。谷永説上曰：『臣聞明於天地之性，不可惑以神怪；知萬物之情，不可罔以非類。諸背仁義之正道，不遵五經之法言，而盛稱奇怪鬼神，廣崇祭祀之方……者，皆奸人惑衆，挾左道，懷詐僞，以欺罔世主。』」《後漢書·桓譚傳》：「是時帝方信讖，多以決定嫌疑，又酬賞少薄，天下不時安定。譚復上疏曰：『……凡人情忽於見事而貴於異聞，觀先王之所記述，咸以仁義正道爲本，非有奇怪虚誕之事。』」

〔六〕嗟爾二句：《晉書·石苞傳》：「經濟世務。」阮籍《詠懷》：「孔聖臨長川，惜逝忽若浮。」

〔七〕但見二句：《詩·王風·黍離》傳：「元氣廣大，則稱昊天。」班固《東都賦》：「降烟熅，調元氣。」木華《海賦》：「昔在帝嬀巨唐之代，天綱浡潏，爲凋爲瘵。洪濤瀾汗，萬里無際。」《文選》

李善注：「言水之廣大，爲天綱紀。《説文》曰：凋，半傷也。《爾雅》曰：瘵，病也。」

〔八〕安得二句：王嗣奭《杜臆》：「壯士提天綱，正謂賢相操國柄也。」按，《九家》趙注謂「取《海賦》以水爲天綱」，是。岑參《上嘉州青衣山中峰題惠淨上人幽居》：「諸嶺一何小，三江奔茫茫。」奔茫或爲奔流茫茫之凝縮。

《九家》趙注：「此篇因石犀而指譏廟堂無經濟之人也。」

仇注：「乾元元年九月，置道場於三殿，以宫人爲佛菩薩，北門武士爲金剛神王，召大臣膜拜圍繞。當時黷禮不經甚矣，故有『厭勝』、『詭怪』等語。且自李峴貶斥，朝無正人，故有調和元氣之説。此詩寓言，亦確有所指矣。」

浦起龍云：「『嗟爾』以下，纔是直斥石犀，而又歸到元氣調和，乃爲探本之論。『提天綱』即調元氣也。正道伸而邪氣自屏絶矣。比前篇『擲天外』更上一層。觀此詩調氣、提綱等語，斷無從實指何人，以與朝局紐合。則前詩刺李之説，其非本旨益信。」

杜鵑行

君不見昔日蜀天子，化作杜鵑似老烏①〔一〕。寄巢生子不自啄，羣鳥至今與哺

雛。雖同君臣有舊禮，骨肉滿眼身羈孤②〔二〕。業工竄伏深樹裏，四月五月偏號呼。其聲哀痛口流血〔三〕，所訴何事常區區。爾豈摧殘始發憤③，羞帶羽翮傷形愚。蒼天變化誰料得，萬事反覆何所無？萬事反覆何所無，豈憶當殿羣臣趨。

（0173）

【校】

①似，《文苑英華》作「如」，校：「集作似。」

②身，《文苑英華》作「如」，校：「集作身。」

③豈，《九家》作「惟」，校：「一作豈。」　始，錢箋校：「晋作如。」

【注】

黃鶴注：觀其詩意，乃感明皇失位而作。當是上元元年（七六〇）遷西内後。仇注繫於上元二年（七六一）。

〔一〕君不見二句：《華陽國志》卷三：「後有王曰杜宇，教民務農，一號杜主。……七國稱王，杜宇稱帝，號曰望帝，更名蒲卑。自以功德高諸王，乃以褒斜爲前門，熊耳、靈關爲後户，玉壘、峨眉爲城郭，江、潛、綿、洛爲池澤，以汶山爲畜牧，南中爲園苑。會有水災，其相開明決玉壘山以除

水害。帝遂委以政事，法堯舜禪授之義，遂禪位於開明，帝升西山隱焉。時適二月，子鵑鳥鳴，故蜀人悲子鵑鳥鳴也。巴亦化其教而力務農，迄今巴蜀民農時先祀杜主君。」左思《蜀都賦》：「碧出萇弘之血，鳥生杜宇之魄。」《文選》劉逵注：「《蜀記》曰：昔有人姓杜名宇，王蜀，號曰望帝。宇死，俗説云宇化爲子規。子規，鳥名也。蜀人聞子規鳴，皆曰望帝也。」或辨子規、杜鵑爲二鳥，參卷三《法鏡寺》(0145)注。《九家》趙注：「以次公考之，此鳥乃暮春之時農夫以爲耕候，曰規曰鵑，其義取圓春之事也。王介甫於《字説》言之矣。然有二種，其一褐色，四川中亦有，而内地多有之，名曰子規，仿像其聲之四，云『不如歸去』。其一色黑，似烏而小，兩吻赤如血，而其聲二。内地亦有，而蜀中多有之，名曰杜鵑，仿像其聲之二，云『杜宇』。夫所謂鵑之名，自古有之。《漢書》謂之曰鵑，歐陽率更載《臨海異物志》(《藝文類聚》卷三引)曰：『題鴂，一名田鵑。春三月鳴，晝夜不止，音聲自呼。俗言取梅子塗其口，兩邊皆赤。至麥子熟，鳴乃止。』率更據《志》以爲塗口而後赤，蓋信所傳聞耳。蜀人既傳杜宇化爲鵑，而加杜姓，稱爲杜鵑，又曰杜宇，然其聲未必是呼『杜宇』也。蓋望帝之前，則聲云『布穀』，則催耕之鳥而已。杜公於長安《玄都壇》詩云『子規夜啼山竹裂』，於《雲安》詩云『兩邊山木合，終日子規啼』，則指『不如歸去』四聲者而言之。今有《杜鵑行》，其後又有《杜鵑詩》，則指杜宇之二聲者言之。惟其指杜宇之二聲者言之，故詩皆言帝王之事。」趙次公所考與今鳥類學觀察一致。

〔二〕寄巢四句：《東坡志林》卷九：「按《博物志》：杜鵑生子，寄之他巢，百鳥爲飼之。」後代類書徵引皆出此。鮑照《擬行路難》：「愁思忽而至，跨馬出北門。舉頭四顧望，但見松柏荆棘鬱樽

樽。中有一鳥名杜鵑，言是古時蜀帝魂。聲音哀苦鳴不息，羽毛憔悴似人髠。飛走樹間啄蟲蟻，豈憶往日天子尊。念此死生變化非常理，中心惻愴不能言。」周嬰《卮林》卷二引鮑詩謂：「然則《博物》所稱生子寄他巢，百鳥爲飼之，蓋虚説也。」按，杜鵑科鳥類中只有杜鵑亞科和雞鵑亞科有借巢産卵的習性。其孵化期短，通常將卵産到孵化期較長的鳥類巢中，孵化後幼雛會將其他鳥卵或幼雛推落，獨由他鳥哺育。古人觀察有據。

〔三〕其聲句：《異苑》卷三：「杜鵑始陽相催而鳴，先發聲者便吐血死。昔有人山行，見一群寂然，聊學其聲，便嘔血死。初鳴先聽其聲者主離别，廁上聽其聲不祥。厭之法，當爲大聲以應之。」

《苕溪漁隱叢話》前集卷七：「細詳味此詩，亦是明皇遷居西内時作，其意尤切，讀之可傷。」又引《蔡寬夫詩話》：「此鮑明遠詩（《擬行路難》）也，與子美（《杜鵑行》）語意極相類。或云子美此詩爲明皇作，理宜當然。」

錢箋：「上元元年七月，上皇遷居西内，高力士流巫州，置如仙媛於歸州，玉真公主出居玉真觀，上皇不懌，因不茹葷，浸以成疾。詩云『骨肉滿眼身羈孤』，蓋謂此也。移仗之日，上皇驚，欲墜馬數四，高力士躍馬厲聲曰：『五十年太平天子，李輔國汝舊臣不宜無禮。』又令輔國攏馬，護侍至西内。故曰『雖同君臣有舊禮』，蓋謂此也。」

戲作花卿歌①

成都猛將有花卿，學語小兒知姓名〔一〕。用如快鶻風火生〔二〕，見賊惟多身始輕。綿州副使著柘黄〔三〕，我卿掃除即日平。子璋髑髏血模糊②，手提擲還崔大夫〔四〕。李侯重有此節度〔五〕，人道我卿絶世無③。既稱絶世無，天子何不喚取守京都？（0174）

【校】

①花卿，《草堂》下有「二」字。

②璋，錢箋作「章」，校：「一作璋。」

③世，宋本、錢箋、《草堂》校：「一作代。」

【注】

黄鶴注：上元二年（七六一）作。

〔一〕成都二句：《舊唐書·肅宗紀》：「（上元二年四月）壬午，梓州刺史段子璋叛，襲破遂州，殺刺

史嗣號王巨。東川節度使李奂戰敗，奔成都。」（五月）乙未，劍南節度使崔光遠率師與李奐擊敗段子璋於綿州，擒子璋殺之。綿州平。」《崔光遠傳》：「（上元）二年，兼成都尹，充劍南節度營田觀察處置使，仍兼御史大夫。及段子璋反，東川節度使李奂敗走，投光遠。率將花驚定等討平之。將士肆其剽劫，婦女有金銀臂釧，兵士皆斷其腕以取之，亂殺數千人，光遠不能禁。肅宗遣監軍使按其罪，光遠憂恚成疾，上元二年十月卒。」《高適傳》：「後梓州副使段子璋反，以兵攻東川節度使李奂，適率州兵從西川節度使崔光遠攻子璋，斬之。西川牙將花驚定者，恃勇，既誅子璋，大掠東蜀。天子怒光遠不能戢軍，乃罷之，以適代光遠爲成都尹、劍南西川節度使。」黄庭堅《書花卿歌後》：「楊明叔爲余言，花卿冢在丹稜之東館鎮。至今有英氣，血食其鄉云。」邵伯温《邵氏聞見録》卷二〇：「余爲西蜀憲，其治在嘉州。州之西有花將軍廟。將軍英武，見於杜子美之詩。廟史以匣藏唐至德元年十月鄭丞相告云：『花驚定將軍也。』是歲吐蕃陷嶲州，將軍與丞相豈同功者耶？告後列『金紫光禄大夫左相豳國公臣』、『正議大夫門下侍郎平章事博陵縣開國男臣』，不書姓名。右相缺。『銀青光禄大夫行中書侍郎平章事』，姓名磨滅。謹按至德元年肅宗初即位於靈武，右丞相楊國忠誅死，故缺之。是歲六月丙午，劍南節度使崔圓爲中書侍郎平章事。七月庚午，武部尚書平章事韋見素爲左相，蜀太守崔涣爲門下侍郎平章事。其不書姓名、磨滅者，此三人無疑矣。中書省官臣書姓名，門下省官臣不書姓名，當時節度廢缺如此。然花將軍之名驚定，唯得於此告也。或云將軍丹稜東館人，今東館廟貌尤盛云。」《蜀中廣記》卷一二名勝丹稜縣：「按花欽字敬定，本關中人。唐至德間從崔光遠入

蜀，討段子璋有功。」此欽字疑誤。吴騫《拜經樓詩話》卷二：「今丹陵縣有花卿冢，過者多題詩，黄魯直所謂『至今有英氣，血食其鄉』者。按，孛蘭肹《元一統志》云：花驚定入蜀充牙將，先討叛將段子璋，有功。後征南蠻，又有功。唐封嘉祥縣公。後又平寇，單騎鏖戰，已喪其元，尚騎馬荷戈至鎮，下馬沃盥。適有浣紗女在旁，謂曰：『將軍無頭，何以盥爲？』遂僵仆。居民神之，葬溪上。因植戈於家，祝曰：『戈若發生，當爲立廟。』已而戈果生，遂立廟。歷代封贈，廟食至今。杜甫詩云云。據此則花卿爲牙將時雖縱暴掠，厥後忠烈，實有過人者，轉惜少陵不及見之耳。」

〔二〕用如句：快鶻，參卷二《義鶻》(0071)注。黄徹《䂬溪詩話》卷五：「《南史》曹景宗謂所親曰：『昔在鄉里，與年少輩拓弓弦作霹靂聲，放箭如餓鴟叫，覺耳後生風，鼻尖出火。』子美蓋不拘泥於鴟鶻之異也。」

〔三〕綿州句：朱鶴齡注：「子璋，《新書》作節度兵馬使，《舊書》、《通鑑》作梓州刺史，此詩又云綿州副使，蓋以梓州刺史領副使時據綿州反，遂稱綿州副使耳。」按，節度、觀察諸使下有副使。梓州爲東川節度使理所，綿州爲其管州。《高適傳》稱子璋爲梓州副使，即東川節度副使，爲李奂屬下。節度使例兼理所州刺史，《肅宗紀》等稱子璋爲梓州刺史者不確。詩稱綿州副使，則以其據綿州作亂。《册府元龜》卷四三四《將帥部·獻捷》：「段子璋爲越巂太守，肅宗至德二年三月，太上皇在蜀郡，段子璋俘所獲吐蕃生口來獻，詰責而舍之。」則此前爲巂州刺史。王建《宫詞》：「閑著五門遥北望，柘黄新帕御床高。」元稹《酬孝甫見贈》：「雉尾扇開朝日出，柘黄

衫對碧霄垂。」則柘黄爲宫禁所用。

〔四〕子璋二句：《莊子·至樂》：「莊子之楚，見空髑髏。」《説文》：「髑，髑髏，頂也。」段注：「《廣雅》：頊顱謂之髑髏。按頁部：頊顱，頭骨也。」錢箋引吴若本注：「崔大夫謂光遠。」光遠爲御史大夫。

〔五〕李侯句：錢箋引吴若本注：「李侯疑即奂。嘗領東川，以子璋亂出奔，及平，復得之鎮，故云『重有此節度』也。」按，唐有二李奂。其一爲河間司法，從顔真卿拒史思明，兵敗送至東京，被禄山所害。見《册府元龜》卷七六三《總録部·死節》、《舊唐書·史思明傳》等。東川節度使李奂疑即前任興平節度使、從郭子儀圍相州者。

《苕溪漁隱叢話》前集卷一四：「細考此歌，想花卿當時在蜀中，雖有一時平賊之功，然驕恣不法，人甚苦之。故子美不欲顯言之，但云『人道我卿絶世無，既稱絶世無，天子何不唤取守京都』，語句含蓄，蓋可知矣。」

賀裳《載酒園詩話》卷一：「余意則殊不然。此歌上言其勇，中叙其功，下則惜其不見用。其時禄山雖死，慶緒未滅，思明復叛，良將如卿，遠弃於蜀，此少陵所致歎也。至『錦城絲管日紛紛，半入江風半入雲。此曲只應天上有，人間能得幾回聞』，用修以爲花卿在蜀頗僭，子美作此諷之。則於詩意似合，疑可從耳。要之兩詩不作於一時，前自惜其功，後自譏

其僭，何必牵拘。」

贈蜀僧閭丘師兄太常博士均之孫①〔一〕。

大師銅梁秀，籍籍名家孫〔二〕。嗚呼先博士，炳靈精氣奔〔三〕。惟昔武皇后②，臨軒御乾坤。多士盡儒冠，墨客藹雲屯〔四〕。當時上紫殿〔五〕，不獨卿相尊。世傳閭丘筆，峻極逾崑崙③〔六〕。鳳藏丹霄暮④，龍去白水渾⑤〔七〕。青熒雪嶺東，碑碣舊製存〔八〕。斯文散都邑，高價越璵璠〔九〕。晚看作者意，妙絶與誰論。吾祖詩冠古，同年蒙主恩〔一〇〕。豫章夾日月，歲久空深根〔一一〕。小子思疏闊，豈能達詞門。窮愁一揮淚⑥，相遇即諸昆〔一二〕。我住錦官城，兄居祇樹園〔一三〕。地近慰旅愁，往來當丘樊〔一四〕。天涯歇滯雨，粳稻卧不翻〔一五〕。漂然薄游倦，始與道旅敦⑦〔一六〕。景晏步修廊，而無車馬喧〔一七〕。夜闌接軟語⑧〔一八〕，落月如金盆。漠漠世界黑⑨，驅驅爭奪繁⑩〔一九〕。惟有摩尼珠，可照濁水源〔二〇〕。（0175）

【校】

① 太常博士均之孫，七字宋本無。據錢箋、《九家》、《草堂》補。

② 惟，錢箋、《草堂》校：「一云往。」

③ 逾，錢箋校：「樊作倅。」《草堂》校：「一作倅。」

④ 暮，錢箋、《九家》、《草堂》校：「一作穴。」

⑤ 去，錢箋、《草堂》校：「一作出。」

⑥ 愁，錢箋、《九家》、《草堂》校：「一作秋。」

⑦ 始，錢箋、《草堂》校：「晋作如。」　旅，宋本、《九家》、《草堂》校：「一作侶。」錢箋作「侶」，校：「一作旅。」

⑧ 夜闌接軟語，錢箋、《草堂》校：「一作『夜言詞柔軟』。」

⑨ 黑，錢箋校：「一作空。一作穴。」《九家》、《草堂》校：「一作空。」

⑩ 驅驅，《草堂》校：「一作區區。」

【注】

黄鶴注：詩云「我住錦官城」，當是上元元年（七六〇）秋冬作。

〔一〕閭丘師兄：閭丘均之孫。《舊唐書・文苑傳》：「子昂卒後，益州成都人閭丘均，亦以文章著稱。景龍中，爲安樂公主所薦，起家拜太常博士。而公主被誅，均坐貶爲循州司倉，卒。有集

十卷。」侯圭《東山觀音院記》：「梓州諸寺山院陳跡……牛頭則有閭丘博士均、嚴員外碑。」《宋高僧傳》卷八《弘忍傳》：「開元中，太子文學閭丘均爲塔碑焉。」

〔二〕大師二句：左思《蜀都賦》：「外負銅梁於宕渠，內函要害於膏腴。」《文選》劉逵注：「銅梁，山名。宕渠，縣名。銅梁在巴東，宕縣在巴西，出鐵。」《元和郡縣圖志》卷三三合州石鏡縣：「銅梁山，在縣南九里。《蜀都賦》曰『外負銅梁於宕渠』是也。山出銅及桃枝竹。」袁淑《效曹子建樂府白馬篇》：「籍籍關外來，車徒傾國鄽。」《文選》李善注：「謂被徙關中也。《漢書》武帝曰：事籍籍如此。」本有紛擾、交錯義，此作顯揚解。李頎《放歌行答從弟墨卿》：「徒爾當年聲籍籍，濫作詞林兩京客。」李白《贈韋秘書子春》：「高名動京師，天下皆籍籍。」

〔三〕炳靈：左思《蜀都賦》：「近則江漢炳靈，世載其英。蔚若相如，皭若君平。」

〔四〕惟昔四句：《大唐新語》卷八：「則天初革命，大搜遺逸，四方之士應制者向萬人。則天御洛陽城南門，親自臨試。張説對策，爲天下第一。則天以近古以來未有甲科，乃屈爲第二等。」曹植《大魏篇》：「陛下臨軒笑，左右咸歡康。」多士，見卷一《自京赴奉先縣詠懷五百字》(0041)注。儒冠，見卷一《奉贈韋左丞丈二十二韻》(0001)注。揚雄《長楊賦》：「聊因筆墨之成文章，故藉翰林以爲主人，子墨爲客卿以風。其辭曰：子墨客卿問於翰林主人。」

〔五〕紫殿：謝朓《直中書省》：「紫殿肅陰陰，彤庭赫弘敞。」《文選》李善注：「紫殿，紫宮也。《漢書·成紀》曰：神光降集紫殿。」

〔六〕世傳二句：《文心雕龍·總術》：「今之常言，有文有筆。以爲無韻者筆也，有韻者文也。夫文

以足言，理兼詩書。別目兩名，自近代耳。」本書卷一九《進雕賦表》(1462)：「臣幸賴先臣緒業，自七歲所綴詩筆，向四十載矣。」王縉《進王維集表》：「詩筆共成十卷。」唐以詩、筆對言。《詩・大雅・崧高》：「崧高維岳，峻極於天。」陸機《太山吟》：「峻極周已遠，曾雲鬱冥冥。」

〔七〕鳳藏二句：張衡《東京賦》：「我世祖忿之，乃龍飛白水，鳳翔參墟。」《文選》薛綜注：「白水，謂南陽白水縣也，世祖所起之處也。」仇注：「鳳藏龍去，比閭丘之歿。三鳳八龍，古人以比賢士，原不專指人君也。」引庾信《齊王憲神道碑》「鳳沉丹穴，龍亡黑阪」等。浦起龍云：「或云稱其文，或云比其歿，愚意博士必以碑版之文名世，二句當即摘其文中警策語。」

〔八〕青熒二句：《元和郡縣圖志》卷三二西川松州嘉誠縣：「雪山，在縣東八十里，春夏常有積雪，故名。」《九家》杜《補遺》：「東蜀牛頭山下有閭丘均撰《瑞聖寺磨崖碑》，嚴政書。寺今改爲天寧羅漢禪院。」參前引侯圭《東山觀音院記》。班固《西都賦》：「琳珉青熒。」仇注：「此詩言碑文之光耀。」此句法之間隔。

〔九〕璵璠：曹植《贈徐幹》：「亮懷璵璠美，積久德逾宣。」《文選》李善注引《左傳》「陽虎將以璵璠斂」杜預注：「璵璠，美玉，君所佩也。」

〔一〇〕吾祖二句：《舊唐書・文苑傳・杜審言》：「審言，進士舉，初爲隰城尉。雅善五言詩，工書翰，有能名。然恃才謇傲，甚爲時輩所嫉。乾封中，蘇味道爲天官侍郎，審言預選。試判訖，謂人曰：『蘇味道必死。』人問其故，審言曰：『見吾判，即自當羞死矣。』又嘗謂人曰：『吾之文章，合得屈宋作衙官；吾之書跡，合得王羲之北面。』其矜誕如此。累轉洛陽丞，坐事貶授吉州司

户參軍。……後則天召見審言，將加擢用。問曰：『卿歡喜否？』審言蹈舞謝恩。因令作《歡喜詩》，甚見嘉賞。拜著作佐郎，俄遷膳部員外郎。神龍初，坐與張易之兄弟交往，配流嶺外。尋召授國子監主簿，加修文館直學士。年六十餘卒。」按，傅璇琮《唐才子傳校箋》考審言被召見，在武后長安二年（七〇二）葬其子杜并後。朱鶴齡注：「史稱均拜太常在中宗景龍間。據公詩，則武后時已擢用。」

〔一一〕豫章二句：司馬相如《子虛賦》：「其樹楩楠豫章。」《文選》李善注引《尸子》：「土積則生楩楠豫章。」《詩·秦風·終南》：「終南何有，有條有梅。」傳：「梅，柟也。」陸璣疏：「梅樹皮葉似豫樟，豫樟葉大如牛耳，一頭尖，赤心，華赤黃，子青，不可食。柟葉大，可三四葉一叢，木理細緻於豫樟，子赤者材堅，子白者材脆。江南及新城、上庸、蜀，皆多樟柟。」仇注：「夾日月，言其高大。」

〔一二〕昆：兄也。參卷二《彭衙行》（0070）注。

〔一三〕我住二句：《華陽國志》卷三蜀郡：「其道西城，故錦官也。錦工織錦濯其江中則鮮明，濯他江則不好，故命曰錦里。」此指成都。《法苑珠林》卷三九引《賢愚經》：「須達請太子，欲買園造精舍。祇陀太子言：若能以黃金布地，令間無空者，便當相與。須達曰：諾，謹隨其價。……佛告阿難：今此園地，須達所買，林樹華果，祇陀所有。二人同心，共立精舍，應當與號太子祇陀樹給孤獨食園。」後以祇樹園指佛寺。李迥秀《奉和九月九日登慈恩寺浮圖應制》：「言從祇樹賞，行玩菊叢秋。」

〔一四〕丘樊：謝莊《月賦》：「臣東鄙幽介，長自丘樊。」《文選》李善注：「《爾雅》曰：樊，藩也。郭璞曰：藩，籬也。」

〔一五〕天涯二句：滯雨，謂久雨。本書卷七《久雨期王將軍不至》(0318)：「天雨蕭蕭滯茅屋，空山無以慰幽獨。」卷一八《風疾舟中伏枕書懷三十六韻呈湖南親友》(1393)：「鬱鬱冬炎瘴，濛濛雨滯淫。」粳稻，見卷二《病後遇王倚飲贈歌》(0079)注。

〔一六〕漂然二句：夏侯湛《東方朔畫贊》：「以爲濁世不可以富貴也，故薄游以取位。」唐人多言道侶，如錢起《夕游覆釜山道士觀因登玄元廟》：「孤烟出深竹，道侶止焚香。」韋應物《慈恩伽藍清會》：「蔬食遵道侶，泊懷遺滯想。」

〔一七〕景晏二句：《西京雜記》卷三：「重閣修廊，行之移晷。」陶淵明《飲酒》：「結廬在人境，而無車馬喧。」

〔一八〕軟語：《維摩經·佛國品》：「所言誠諦，常以軟語。」《法苑珠林》卷八九引《大集經》：「佛言休息惡口，獲十種功德。何等爲十？一得柔軟語。」

〔一九〕漠漠二句：《法苑珠林》卷七引《立世界曇論》：「世尊説有大地獄，名曰黑闇，各各世界外邊悉有，皆無覆蓋。此中衆生自舉手，眼不能見。雖復日月具大威神，所有光明，不照彼邑。諸佛出世，大光遍照，因此光明，互得相見。」驅驅，奔競之義。敦煌詞《十二時》：「人定亥，金烏早憶改。驅驅不暫停，萬物徒喪會。」敦煌卷子P. 2555《夏日途中即事》：「何事鎮驅驅，馳騖傍海隅。」

〔二〇〕惟有二句：《法苑珠林》卷二八引《智度論》：「明月摩尼珠多在龍腦中，有福衆生自然得之。亦名如意珠，常出一切寶物。衣服飲食，隨意皆得。得此珠者，毒不能害，火不能燒。或是帝釋所執金剛與修羅鬬時，碎落閻浮提，變成此珠。又言過去久遠佛舍利，法既滅盡，變成此珠，以爲利益。」《大莊嚴論經》卷九：「猶濁水中，若置摩尼珠。水即爲澄清，更無濁穢相。」《華嚴經》卷四〇：「譬如水珠，名曰净光。雖處濁水，實性無異。能令濁水，皆悉清浄。菩薩亦復如是。」《宣室志》嚴生得清水珠，遇胡人識之，謂吾國之至寶故事，蓋由此衍生。

《苕溪漁隱叢話》前集卷六：「《後山詩話》云：『魯直言：杜之詩法出審言，句法出庾信，但過之耳。』苕溪漁隱曰：老杜亦自言『吾祖詩冠古』，則其詩法乃家學所傳云。」又卷四七引洪駒父《詩話》：「老杜祖審言，與沈、宋同時，詩極工，不在沈、宋下。故老杜詩云『吾祖詩冠古，同年蒙主恩』是也。」

泛溪

落景下高堂，進舟泛回溪〔一〕。誰謂築居小，未盡喬木西〔二〕。遠郊信荒僻，秋色有餘凄〔三〕。練練峯上雪，纖纖雲表霓〔四〕。童戲左右岸①，罟弋畢提携〔五〕。翻

倒荷芰亂，指揮逕路迷②〔六〕。得魚已割鱗③，采藕不洗泥〔七〕。人情逐鮮美，物賤事已睽④〔八〕。吾村靄暝姿，異舍雞亦栖〔九〕。蕭條欲何適⑤，出處庶可齊〔一〇〕。衣上見新月，霜中登故畦〔一一〕。濁醪自初熟⑥，東城多鼓鼙〔一二〕。（0176）

【校】

①童戲左右岸，宋本、錢箋、《九家》、《草堂》校：「一云『兒童戲左右』。」

②逕路，《草堂》作「路逕」。

③割，錢箋校：「一作劇。」

④已，宋本、錢箋、《九家》校：「一云迹。」

⑤何，錢箋作「無」。

⑥初，《九家》、《草堂》校：「一作新。」

【注】

黄鶴注：溪謂浣花溪也，當是上元元年（七六〇）秋晚作。

〔一〕落景二句：謝脁《還塗臨渚》：「落景皎晚陰，殘花綺餘日。」枚乘歌：「向虚壑兮背枯槐，依絶區兮臨回溪。」謝靈運《登石門最高頂》：「疏峰抗高館，對嶺臨回溪。」

〔二〕誰謂二句：謝靈運《石門新營所住四面高山回溪石瀨修竹茂林》：「躋險築幽居，披雲卧石

門。」《九家》趙注：「言不必大屋綿亘，以盡喬木之地。」

〔三〕遠郊二句：喬琳《巴州化成縣新移文宣五廟頌》：「祠宇荒僻，垣墉頹圮。」謝靈運《廬山慧遠法師誄》：「習習遺風，依依餘淒。」

〔四〕練練二句：江淹《麗色賦》：「色練練而欲奪，光炎炎其若神。」吴均《遥贈周承》：「練練波中月，亭亭雲上枝。」《九家》趙注：「遠言西山之上峯雪。西山謂之雪山，四時皆雪也。雪云練練，以言其白也。」劉孝綽《望月有所思》：「秋月始纖纖，微光垂步簷。」鮑照《代陽春登荆山行》：「極眺入雲表，窮目盡帝州。」

〔五〕罥弋句：罥，參卷三《五盤》(0164)注。《莊子·則陽》：「田獵畢弋。」《説文》：「畢，田網也。」「堆，繳射飛鳥也。」段注：「經傳多假弋爲之。」仇注謂「畢」字作「盡」字解，不作掩禽之畢。説似不確。

〔六〕指揮：《荀子·富國》：「拱揖指揮。」

〔七〕得魚二句：張衡《七辨》：「鞏洛之鱒，割以爲鮮。」《説苑·立節》：「冬處於山林，食杼栗。夏處洲澤，食菱藕。」

〔八〕人情二句：《分門》師曰：「開元中物賤，今兵火以來，百物踊貴，與向者已睽異矣。」《九家》趙注：「而於人情以鮮美爲貴，於物以非新爲賤。物既可賤，事亦睽離矣。」仇注：「今乃傷鱗帶泥，則是賤其物而乖事理也。」楊倫云：「今以物非鮮美，故事與常異，以況人情厭故喜新。」按，詩意謂魚、藕皆賤物，故雖鮮美而不見逐者，此事之異也。

〔九〕吾村二句：陶淵明《歸園田居》：「曖曖遠人村，依依墟里烟。」又《停雲》：「靄靄停雲，濛濛時雨。」《詩·王風·君子于役》：「雞栖于塒。」

〔一〇〕出處句：《易·繫辭上》：「子曰：君子之道，或出或處，或默或語。」李康《運命論》：「出處不違其時，默語不失其人。」

〔一一〕霜中句：顔延之《和謝監靈運》：「采茨葺昔宇，翦棘開舊畦。」謝脁《和沈祭酒行園》：「霜畦紛綺錯，秋町鬱蒙茸。」

〔一二〕濁醪二句：濁醪，見卷一《夏日李公見訪》（0034）注。《九家》趙注：「是年四月，東川節度兵馬使段子璋反。……花驚定乘勝大掠東蜀，至天子聞之而怒，則雖七月兵應未定。故云。」黄希注：「『東城』謂史思明上元元年入東京。」朱鶴齡注：「成都城在草堂之東，故曰東城。舊指東都者非。」按，《元和郡縣圖志》卷三一成都府：「州城，秦惠王二十七年張儀所築。……少城，一曰小城，在縣西南一里二百步。《蜀都賦》云：『亞以少城，接乎其西。』」則東城指州城。趙、黄説皆牽强。《元和郡縣圖志》卷三一成都府：「蜀郡城内，管兵一萬四千人，馬一千八百匹。」此東城鼓鼙言郡城内兵營，亦不必皆指戰事。儲光羲《大酺得長字韻時任安宜尉》：「鼓鼙迎爽氣，羽籥映新陽。」本書卷一七《水宿遺興奉呈羣公》（1325）：「高枕翻星月，嚴城疊鼓鼙。」

題壁畫馬歌 韋偃畫①〔一〕。

韋侯别我有所適，知我憐君畫無敵②。戲拈秃筆掃驊騮③，欻見騏驎出東壁〔二〕。一匹齕草一匹嘶，坐看千里當霜蹄〔三〕。時危安得真致此，與人同生亦同死。（0177）

【校】

①《九家》題作「題壁上韋偃畫馬歌」。錢箋校：「陳浩然草堂本作『題壁上韋偃畫馬歌』。」

②君，宋本、錢箋、《九家》校：「一作渠。」

③戲，錢箋校：「陳浩然本作試。」

【注】

黄鶴注：以後《韋偃爲雙松圖歌》考之，偃時在成都。此當是上元元年（七六〇）成都作。

〔一〕韋偃：張彦遠《歷代名畫記》卷一〇：「韋鑒，工龍馬。……鑒子鶡，工山水，高僧奇士、老松異石，筆力勁健，風格高舉。善小馬、牛羊、山原。俗人空知鶡善馬，不知松石更佳也。咫尺千

尋，駢柯攢影，烟霞翳薄，風雨颼颼，輪囷盡握蓋之形，宛轉極盤龍之狀。」朱景玄《唐朝名畫録》妙品上：「韋偃，京兆人。寓居於蜀。以善畫山水、竹樹、人物等，思高格逸。居閑嘗以越筆點簇鞍馬人物、山水雲烟，千變萬態，或騰或倚，或齕或飲，或驚或止，或走或起，或翹或跂，其小者或頭一點，或尾一抹。山以墨乾，水以手擦，曲盡其妙，宛然如真。亦有圖麒麟之良，畫銜勒之飾，巧妙精奇，韓幹之匹也。畫高僧松石、鞍馬人物，可居妙上品。山水人物等居能品。」錢箋引吴若本注：「張彦遠《名畫記》：鶠，韋鑒子，善小馬牛羊山原。甫他詩皆云偃，未知孰是。甫與偃同時，不應有誤。疑《畫記》失傳。」又引《東觀餘論》：「『偃』當作『鶠』，蓋傳寫之誤。《閣中集》、《名畫記》皆作『鶠』。」

〔二〕戲拈二句：《朝野僉載》卷六：「僞周滕州録事參軍袁思中，平之子，能於刀子鋒杪倒著揮蠅起，拈其後脚，百不失一。」敦煌詞、禪宗語録多用「拈」字。張懷瓘《書斷列傳》卷一：「前漢蕭何善篆籀，爲前殿成，覃思三月，以題其額，觀者如流。何使禿筆書。」《歷代名畫記》卷二：「樹古之狀，妙於韋鶠，窮於張通、張璪也。通能用紫毫禿鋒，以掌摸色，中遺巧飾，外若混成。」卷一〇「張璪」：「初畢庶子宏擅名於代，一見驚歎之，異其唯用禿毫，或以手摸絹素。」驊騮，見卷一《天育驃騎歌》(0013)注。騏驎，見卷一《驄馬行》(0039)注。

〔三〕一匹二句：《莊子・馬蹄》：「齕草飲水，翹足而陸，此馬之真性也。」蔡君知《君馬黄》：「水凍恒傷骨，蹄寒爲踐霜。」沈炯《詠老馬》：「渡水頻傷骨，翻霜屢損蹄。」

戲題畫山水圖歌①王宰畫。宰丹青絶倫〔一〕。

十日畫一水，五日畫一石。能事不受相促迫②，王宰始肯留真跡〔二〕。壯哉崑崙方壺圖③〔三〕，挂君高堂之素壁。巴陵洞庭日本東，赤岸水與銀河通④，中有雲氣隨飛龍〔四〕。舟人漁子入浦溆，山木盡亞洪濤風⑤〔五〕。尤工遠勢古莫比，咫尺應須論萬里⑥〔六〕。焉得并州快剪刀，剪取吳松半江水〔七〕。（0178）

【校】

①戲題畫山水圖歌，「戲題」下《草堂》、《文苑英華》有「王宰」二字，無題注。錢箋校：「一本『題』字下有『王宰』二字。」

②迫，《文苑英華》作「逼」，校：「一作迫。」

③壺，宋本、錢箋、《九家》、《文苑英華》校：「一作丈。」

④赤，錢箋校：「一作南。」

⑤亞，宋本、錢箋、《九家》校：「一作帶。」《文苑英華》校：「集作帶。」

⑥論，宋本、《九家》校：「一作千。」錢箋校：「一作千。一作行。」《文苑英華》校：「集作行。」

【注】

黃鶴注：梁權道謂上元元年（七六〇）成都作。若如泰伯之説，云公託意言永王璘反，吴松江爲之阻絶，時李光弼在并州，欲得李來平之。至德二年（七五七），與舊次不同。按史，上元元年劉展反，陷潤州、昇州、蘇州。乃吴松江。或者公託意以此。仇注謂黃鶴注太鑿，仍編入上元元年。

〔一〕王宰：《歷代名畫記》卷一〇：「王宰，蜀中人，多畫蜀山，玲瓏窳窆，巉差巧峭。」《唐朝名畫録》妙品上：「王宰家於西蜀，貞元中韋令公以客禮待之。畫山水樹石出於象外，故杜員外贈歌云……景玄曾於故席夔舍人廳見一圖障，臨江雙樹，一松一柏，古藤縈繞，上盤於空，下著於水。千枝萬葉，交植曲屈，分布不雜。或枯或榮，或蔓或亞，或直或倚。葉疊千重，枝分四面。達士所珍，凡目難辨。又於興善寺見畫四時屏風，若移造化。風候雲物，八節四時，於一座之内，妙之至極也。故山水松石，並可躋於妙上品。」郭若虚《圖畫見聞志》卷一：「三王則王維暨王熊、王宰，悉工山水。」《苕溪漁隱叢話》前集卷八引山谷云：「王宰丹青絶倫，如老杜此作決不虚發，而世遂無宰畫。蓋丹青山水李將軍父子最號絶倫，而宰名不著，計世間雖有宰畫，人亦以爲一李矣。」

〔二〕能事二句：陸雲《與兄平原書》：「觸類長之，能事可見。」仇注引吴金氏曰：「不受促迫，方得從容盡其能事，此見王宰品格，亦見主人知音。」盛大士《溪山卧游録》卷一：「唐人畫鈎勒工細，非旦夕可以告成，故杜陵云：『五日畫一水，十日畫一石。能事不受相促迫，王宰始肯留真跡。』自元四大家出，而氣局爲之變。學者宜成竹在胸，了無拘滯。若斷斷續續、枝枝節節而爲

之，神氣必不貫注矣。」

〔三〕壯哉句：《列子·湯問》：「渤海之東不知幾億萬里，有大壑焉，實惟無底之谷，其下無底，名曰歸墟。八紘九野之水，天漢之流，莫不注之，而無增無減焉。其中有五山焉：一曰岱輿，二曰員嶠，三曰方壺，四曰瀛洲，五曰蓬萊。」《初學記》卷五引《拾遺記》：「海中三山，一名方壺方丈，二曰蓬壺蓬萊，三曰瀛洲。形如壺，上廣下狹。」

〔四〕巴陵三句：郭璞《江賦》：「爰有包山洞庭，巴陵地道。」《文選》李善注引郭璞《山海經注》：「洞庭地穴在長沙巴陵。吴縣南太湖中有苞山，山下有洞庭穴道，潛行水底，云無所不通，號爲地脈。」《史記·夏本紀》正義引《括地志》：「倭國，武皇后改曰日本國，在百濟南，隔海依島而居，凡百餘小國。」《舊唐書·東夷傳》「日本」：「日本國者，倭國之别種也。以其國在日邊，故以日本爲名。或曰倭國自惡其名不雅，改爲日本。或云日本舊小國，並倭國之地。其人入朝者，多自矜大，不以實對，故中國疑焉。又云其國界東西南北各數千里，西界、南界咸至大海，東界、北界有大山爲限，山外即毛人之國。」《江賦》：「鼓洪濤於赤岸，淪餘波乎柴桑。」《文選》李善注：「《七發》曰：凌赤岸。或曰赤岸在廣陵興縣。」又《七發》李善注：「山謙之《南徐州記》曰：京江，《禹貢》北江，春秋分朔，輒有大濤。至江乘，北激赤岸，尤更迅猛。然並以赤岸在廣陵，而此文勢似在遠方，非廣陵也。」又《吴越春秋》卷六禹周行宇内「南逾赤岸」，徐天佑注引《水經注》澗水新安縣南白石山：「世謂是山曰廣陽山，水曰赤岸水。」熊會貞《水經注疏》謂非是，《魏書·陳思王植傳》：「臣昔從先皇帝南極赤岸」，蓋即《吴越春秋》之赤岸，其地遠在南

方。按，杜詩二句皆用《江賦》。《文選》注《江賦》、《七發》，皆謂廣陵赤岸，然李善亦謂「此文勢在遠方」，不必鑿實。日本東，即東海之日本。銀河通，兼用浮槎事，參卷一《送孔巢父謝病歸游江東兼呈李白》(0026)注。

〔五〕舟人二句：《楚辭・九章・涉江》：「入溆浦余儃佪兮，迷不知吾所如。」王逸注：「溆浦，水名。」《文選》吕延濟注：「溆亦浦類也。」謝靈運《登石室飯僧》：「迎旭凌絶嶝，映泫歸溆浦。」杜詩顛倒其辭，蓋取五臣注。亞，通壓，使低。杜審言《都尉山亭》：「葉疏荷已晚，枝亞果新肥。」

〔六〕尤工二句：儲光羲《游茅山》：「遠勢一峰出，近形千嶂分。」李白《代壽山答孟少府移文書》：「連翼軫之分野，控荆衡之遠勢。」《南史・齊武帝諸子賁傳》：「能書善畫，於扇上圖山水，咫尺之内，便覺萬里爲遥。」又見姚最《續畫品》。《苕溪漁隱叢話》前集卷八山谷引此謂：「故杜詩於此用之，其引事精致如此。」

〔七〕焉得二句：任華《懷素上人草書歌》：「鋒芒利如歐冶劍，勁直渾是并州鐵。」盧綸《難綰刀子歌》：「黄金鞘裏青蘆葉，麗若剪成銛且翣。輕冰薄玉狀不分，一尺寒光堪決雲。吹毛可試不可觸，似有蟲搜闕裂文。……并州難綰竟何人，每成此物如有神。」是并州以産刀著名，難綰者其工匠之名。《水經注》沔水：「岝嶺山……去太湖三十餘里，東則松江出焉，上承太湖，更逕笠澤，在吴南松江左右也。」《元和郡縣圖志》卷二五蘇州吴縣：「松江，在縣南五十里，經崑山入海。」宋之問《夜渡吴松江懷古》：「宿帆震澤口，曉渡松江濆。」王嗣奭《杜臆》：「吴淞江亦不小，而咫尺中欲剪其半，故云『戲題』。」然又引《通》云：「末二句殆不可曉。」按，詩言赤岸水通

東海，松江則入海三江之一，此山水圖乃長江入海圖，故言剪取吴松江水。

《苕溪漁隱叢話》後集卷六：「許彦周《詩話》云：『畫山水詩，少陵數首，無人可繼者。惟荆公《觀燕公山水詩》前六句，東坡《烟江疊嶂圖》一詩，差近之。』苕溪漁隱曰：少陵題畫山水數詩，其間古風二篇，尤爲超絶。荆公、東坡二詩，悉録於左，時時哦之，以快滯懣。」古風二篇謂《奉先劉少府新畫山水障歌》、《戲題王宰山水圖歌》。

葉矯然《龍性堂詩話》初集：「老杜《題王宰山水圖歌》云『巴陵洞庭日本東，赤岸水與銀河通，中有雲氣隨飛龍。舟人漁子入浦漵，山木盡亞洪濤風』，又《題劉少府山水障歌》云『滄浪水深青溟闊，欹岸側島秋毫末。不見湘妃鼓瑟時，至今斑竹臨江活』等句，筆底烟雲，透出紙背，無能繼者。後子瞻《題三丈大幅圖》云：『扶桑大璽如甕盎，天女織綃雲漢上。往來不遺鳳銜梭，誰能鼓臂投三丈。』《畫竹石壁上》云：『枯腸得酒芒角出，肝肺槎丫生竹石。森然欲作不可回，吐向君家雪色壁。』亦可謂手快風雨、筆下有神者矣。」

題李尊師松樹障子歌〔一〕

老夫清晨梳白頭，玄都道士來相訪〔二〕。握髮呼兒延入户①〔三〕，手提新畫青松

障。障子松林静杳冥，憑軒忽若無丹青〔四〕。陰崖却承霜雪幹②，偃蓋反走虬龍形〔五〕。老夫平生好奇古，對此興與精靈聚〔六〕。已知仙客意相親，更覺良工心獨苦。松下丈人巾屨同③，偶坐似是商山翁④〔七〕。悵望聊歌紫芝曲⑤，時危慘淡來悲風。（0179）

【校】

① 髮，錢箋校：「一云手。」

② 雪，錢箋校：「一云露。一云霧。」《九家》校：「一云露。」

③ 屨，《草堂》作「履」。

④ 似，錢箋、《九家》校：「一作自。」商，錢箋校：「一作南。」

⑤ 悵望，錢箋、《九家》校：「一作惆悵。」

【注】

黄鶴注：梁權道從舊編，謂上元元年（七六〇）成都作。然玄都壇在長安，今云「時危慘淡來悲風」，當在乾元元年（七五八）諫省作。仇注編入乾元元年。按，詩與玄都壇無關，玄都道士亦未必即玄都觀道士。黄、仇説鑿。

〔一〕尊師：對道士的尊稱。《三洞奉道科戒》卷四：「即法師、大德、尊師、上人，是外屬男子美出家之稱。」

〔二〕玄都句：《唐會要》卷五〇《觀》：「玄都觀，本名通達觀，周大象三年於故城中置。隋開皇二年，移至安善坊。玄都觀有道士尹崇，通三教，積儒書萬卷，開元年卒。天寶中道士荆朏，亦出道學，爲時所尚。太尉房琯每執師資之禮，當代知名之士，無不游荆公之門。」然玄都亦爲道教慣用，可用以泛稱習道之人。沈佺期《哭道士劉無得》：「聞有玄都客，成仙不易祈。」錢起《東陵藥堂寄張道士》：「玄都有仙子，采藥早相識。」

〔三〕握髮句：《説苑·敬慎》周公曰：「然嘗一沐三握髮，一食而三吐哺。」《神仙感遇傳》卷四《虬鬚客》：「妓一手握髮，一手映身，摇示靖，令勿怒，急梳頭畢。」

〔四〕無丹青：仇注：「言不異真松。」

〔五〕陰崖二句：江淹《效阮公詩》：「寧知霜雪後，獨見松竹心。」《抱朴子·對俗》：「千歲松樹，四邊披越，上杪不長，望而視之，有如偃蓋。」蕭繹《與劉智藏書》：「蔭偃蓋之松，挹璇玉之源。」何晏《景福殿賦》：「如螭之蟠，如虬之停。」李白《贈宣城趙太守悦》：「錯落千丈松，虬龍盤古根。」

〔六〕精靈：《抱朴子·至理》：「氣疲欲勝，則精靈離身矣。」康僧淵《代答張君祖》：「精靈感冥會，變化靡不經。」

〔七〕商山翁：見卷二《喜晴》(0077)注。

邵博《邵氏聞見後録》卷一九：「歐陽公於詩主韓退之，不主杜子美，劉中原父每不然之。公曰：『子美「老夫清晨梳白頭，玄都道士來相訪」之句有俗氣，退之決不道也。』中原父曰：『亦退之「昔在四門館，晨有僧來謁」之句之類耳。』公賞中原父之辯，一笑也。」

汪師韓《詩學纂聞》：「以綺麗説詩，後之君子所斥爲不知理義之歸也。……是則少陵之傑句，無如『老夫清晨梳白頭』；昌黎之佳作，莫若『老翁真個似童兒』。」

古柏行

孔明廟前有老柏①〔一〕，柯如青銅根如石。霜皮溜雨四十圍②，黛色參天二千尺〔二〕。君臣已與時際會〔三〕，樹木猶爲人愛惜。雲來氣接巫峽長，月出寒通雪山白〔四〕。憶昨路繞錦亭東③，先主武侯同閟宫〔五〕。崔嵬枝幹郊原古，窈窕丹青户牖空〔六〕。落落盤踞雖得地〔七〕，冥冥孤高多烈風。扶持自是神明力，正直元因造化功〔八〕。大廈如傾要梁棟，萬牛回首丘山重〔九〕。不露文章世已驚，未辭剪伐誰能送〔一〇〕？苦心豈免容螻蟻④，香葉終經宿鸞鳳⑤〔一一〕。志士幽人莫怨嗟⑥，古來材大難爲用⑦〔一二〕。（0180）

【校】

① 前，錢箋、《草堂》校：「一作堦。」

② 霜，錢箋、《草堂》校：「一作蒼。」 雨，錢箋、《草堂》校：「一作水。」

③ 亭，錢箋校：「一作城。」《文苑英華》作「城」，校：「一作亭。」

④ 豈，《草堂》作「不」。

⑤ 香，錢箋、《文苑英華》校：「一作密。」 終，錢箋校：「一作曾。」 經，錢箋校：「一作驚。」

⑥ 嗟，錢箋、《草堂》、《文苑英華》校：「一作傷。」

⑦ 難爲，錢箋、《文苑英華》校：「一作皆難。」

【注】

《九家》趙注：成都則先主廟而武侯祠堂附焉，夔州則先主廟、武侯廟各别，今詠柏專是孔明廟而已，豈非夔州柏乎？ 黄鶴注：此詩雖指成都孔明廟而言，而詩云「憶昨路繞錦亭東」，則不在成都作，豈非大曆元年（七六六）至夔見先主武侯廟，遂追憶錦亭所見而成？

〔一〕孔明二句：《九家》趙注謂首八句詠夔州武侯廟之柏，自「憶昨路繞錦亭東」以下追言成都先主廟之柏，引本書卷一六《夔州歌十絶句》(1295)「武侯祠堂不可忘，中有松柏參天長」證之。然宋人論此詩者，多未分别。翁方綱《石洲詩話》卷一：「杜《古柏行》中間雖有『憶昨』一折，然『落落盤踞』以下，只是渾渾就古柏唱歎。朱注分上二句詠成都之柏，此二句詠夔府之柏，殊可

州城中八陣臺也。後封威烈武靈仁濟王。」

〔二〕霜皮二句：范鎮《東齋記事》卷四：「武侯廟柏，其色若牙然，白而光澤，不復生枝葉矣。杜工部甫云『黛色參天二千尺』，其言蓋過，今纔十丈。古之詩人，好大其事，率如此也。工部詩及段相國文昌記石龕於廟堂中。」沈括《夢溪筆談》卷二三：「杜甫《武侯廟柏》詩云：『霜皮溜雨四十圍，黛色參天二千尺。』四十圍乃是徑七尺，無乃太細長乎？」《苕溪漁隱叢話》前集卷八引《遯齋閑覽》：「沈内翰譏『黛色參天二千尺』之句，以謂四十圍配二千尺爲太細長，不知子美之意但言其色而已。猶言其翠色蒼然，仰視高遠，有至於二千尺而幾於參天也。若如此求疵，則二千尺固未足以參天，而詩人謂『峻極於天』者更爲妄語。」又引《緗素雜記》：「予謂存中性機警，善《九章算術》，獨於此爲誤。何也？古制以圍三徑一，四十圍即百二十尺，圍有百二十尺，即徑四十尺矣。安得云七尺也？若以人兩手大指相合爲一圍，則是一小尺即徑一丈三尺三寸，又安得云七尺也？武侯廟柏，當從古制爲定，則徑四十尺，其長二千尺宜矣。豈得以太細長譏之乎？老杜號爲詩史，何肯妄爲云云也。」又引《學林新編》：「四十圍、二千尺者，亦姑言其高且大也。詩人之言當如此，而存中乃拘以尺寸校之，則過矣。」按，圍有二義。一爲圓周，一爲圓周的計量單位，其實長則説法不一，見元人《古今韻會舉要》。沈括謂四十圍乃徑七尺，則以一圍爲五寸。此説源起不明，然例以古人每稱肥腴者「腰帶十圍」，可知一圍五寸爲通行之説。至所謂「圍三徑一」乃謂圍與徑之比率，即圓周率約數。此「圍」指圓周，非計量單位。

《緗素雜記》乃據此謂一圍三尺，四十圍即百二十尺，昧於數理、錯解文意莫甚於此。其又説「一小尺即徑一丈三尺三寸」，更不知所謂，或有文字之誤。古人言樹長成，謂十圍。如《世説新語・言語》：桓温「見前爲琅邪時種柳，皆已十圍」。言巨木，則有謂數十圍者。《水經注》丹水：「（南鄉）城南門外，舊有郡社柏樹，大三十圍。」《文選》江淹《雜體詩・嵇中散言志》李善注引《莊子》：「天爲生樹名瓊枝，高百二十仞，大三十圍。」杜詩乃較此再稍事誇張而已（一仞當七尺或八尺）。至言樹之高，則有謂千丈者。《文選》枚乘《上吴王書》李善注引《尸子》：「千丈之木始若蘖。」袁宏詩：「森森千丈松，磊砢非一節。」蓋誇言高與誇言周徑，因視覺想像不同，自有不同語例。沈括謂二者比例不當，或譏其拘謹而煞風景，然亦可謂覃思精微，方蛇之笑柄不過此類誇言之反耳。

〔三〕君臣句：《漢書・王莽傳》：「安漢公莽輔政三世，比遭際會，安光漢室。」張衡《同聲歌》：「邂逅承際會，得充君後房。」

〔四〕雲來二句：《水經注》江水：「江水又東逕巫峽，杜宇所鑿以通江水也。郭仲産云：按《地理志》：巫山在縣西南，而今縣東有巫山，將郡縣治無恒故也。江水歷峽東，逕新崩灘，此山漢和帝永元十二年崩，晋太元二年又崩。當崩之日，水逆流百餘里，涌起數十丈。今灘上有石，或圓如簞，如方似屋，若此者甚衆，皆崩崖所隕，致怒湍流，故謂之新崩灘。其頹岩所餘，比之諸嶺，尚爲竦桀。其十餘里，有大巫山。」酈氏以廣溪、巫峽、西陵爲三峽。雪山，見本卷《贈蜀僧閭丘師兄》（0175）注。

〔五〕憶昨二句：《草堂》注引《成都記》：「蜀先主廟西院，即武侯廟。」《太平寰宇記》卷七二益州成都：「先主祠在府西八里，惠陵東七十步。」「諸葛武侯祠在先帝廟西。府城西有故宅。」「武侯宅在府西北二里，今爲乘烟觀，有祠在觀内。」《方輿勝覽》卷五一成都府：「武侯廟，在府西北二里。今爲乘烟觀。……李雄稱王，始爲廟於少城内。桓温平蜀，夷少城，獨存孔明廟，後封武興王廟，至今祠祀不絶。」是成都武侯祠有二處，其一在先主廟西，其一爲故宅，宋代爲乘烟觀。錦亭，不詳。有意改爲錦城者。《九家》趙注引嚴武《寄題杜二錦江野亭》（見本書卷一二），謂：「此豈所謂錦亭乎？或是當時先主廟西又有錦亭。」《蜀中廣記》卷五五引費著《歲華紀麗譜》：「八月十五日中秋望月，舊宴於西樓望月錦亭，今宴於大慈寺。」成都或有錦亭，然亦不著名，似不應特據以標方位。《詩・魯頌・閟宫》傳：「閟，閉也。先主姜嫄之廟，在周常閉而無事。」箋：「閟，神也。姜嫄神所依，故廟曰神宫。」

〔六〕窈窕句：謝瞻《於安城答靈運》：「迢遞封畿外，窈窕承明内。」《九家》趙注：「言宫殿之深邃也。」左思《魏都賦》：「丹青焕炳，特有温室。」

〔七〕落落句：孫綽《游天台山賦》：「藉萋萋之纖草，蔭落落之長松。」劉勝《文木賦》：「或如龍盤虎踞，復似鸞集鳳翔。」

〔八〕扶持二句：孫綽《游天台山賦》：「嗟台岳之所奇挺，寔神明之所扶持。」《左傳》莊公三十二年：「神，聰明正直而一者也，依人而行。」造化功，見卷二《畫鶻行》（0072）注。

〔九〕大廈二句：王褒《四子講德論》：「大廈之材，非一丘之木。」《世説新語・賞譽》：「庾子嵩目和

嶠：『森森如千丈松，雖磊砢有節目，施之大廈，有棟梁之用。』」崔敦禮《種松賦》：「凛高節兮，四時不能易其操；建大廈兮，萬牛不得輕其力。」蕭滌非謂：「古柏重如丘山，故萬頭牛也拖不動。」按，此用崔敦禮賦意，謂將以萬牛運載其木。

〔一〇〕不露二句：《文木賦》：「既剥既刊，見其文章。」《詩·召南·甘棠》：「蔽芾甘棠，勿剪勿伐。」

〔一一〕苦心二句：《藝文類聚》卷八八引《漢武故事》：「柏梁臺高二十丈，悉以柏，香聞數十里。」《老子化胡經》卷一〇：「餐松食苦柏，微命乃得存。」《政和證類本草》卷一二：「柏實味甘平，無毒。」「柏葉味苦，微温，無毒。」引《圖經》：「今益州諸葛孔明廟中有大柏木，相傳是蜀世所植，故人多采收以作藥。其味甘香於常柏也。」蕭滌非謂：「柏心味苦，故曰『苦心』。柏葉有香氣，故曰『香葉』。」按，以《本草》所言，則其葉亦苦。蓋柏味苦而氣香，故既稱苦柏，亦稱香柏。

〔一二〕志士二句：《論衡·逢遇》：「孔子絶糧陳蔡，孟軻困於齊梁，非時君主不用善也，才下知淺，不能用大才也。……聖賢務高，至言難行也。夫以大才干小才，小才不能受，不遇固宜。」又《效力》：「論事者不曰才大道重，上不能用，而曰不肖不能自達。……案諸爲人用之物，須人用之，功力乃立。」

范温《潛溪詩眼》：「古人形似之語，如鏡取形，燈取影也。故老杜所題詩，往往親到其處，益知其工。激昂之言，《孟子》所謂不以文害辭，不以辭害志，初不可形跡考，然如此乃見

一時之意。余游武侯廟，然後知《古柏詩》所謂『柯如青銅根如石』，信然決不可改。此乃形似之語。『霜皮溜雨四十圍，黛色參天二千尺。雲來氣接巫峽長，月出寒通雪山白』，此激昂之語，不如此則不見柏之大也。文章固多端，警策往往在此兩體耳。」

戲爲雙松圖歌 韋偃①〔一〕。

天下幾人畫古松②，畢宏已老韋偃少〔二〕。絶筆長風起纖末〔三〕，滿堂動色嗟神妙。兩株慘裂苔蘚皮，屈鐵交錯回高枝〔四〕。白摧朽骨龍虎死，黑入太陰雷雨垂〔五〕。松根胡僧憩寂寞，龐眉皓首無住著〔六〕。偏袒右肩露雙脚〔七〕，葉裏松子僧前落。韋侯韋侯數相見，我有一匹好東絹③，重之不減錦繡段〔八〕。已令拂拭光凌亂，請公放筆爲直幹④。（0181）

【校】

①《草堂》題作「戲韋偃爲雙松圖歌」。《九家》題注作「韋偃畫」。

②松，錢箋校：「一作樹。」

③東，宋本、錢箋、《九家》校：「一云素。」

④直，《草堂》校：「一作真。」

【注】

黃鶴注：詩云「我有一匹好東絹」，指東川梓州鵝溪絹而言，則此詩作於成都。從舊次在上元元年（七六〇）。

〔一〕韋偃：見本卷《題壁上韋偃畫馬歌》（0177）注。

〔二〕畢宏：《歷代名畫記》卷一〇：「畢宏，大曆二年爲給事中。畫松石於左省廳壁，好事者皆許之。改京兆少尹，爲左庶子。樹石擅名於代，樹木改步變古自宏始也。」又張璪：「初畢庶子宏擅名於代，一見驚歎之，異其唯用禿毫，或以手摸絹素，因問璪所受。璪曰：『外師造化，中得心源。』畢宏於是閣筆。」《宣和畫譜》卷一〇：「畢宏，不知何許人。善工山水，乃作松石圖於左省壁間，一時文士皆有詩稱之。其落筆縱横，皆變易前法，不爲拘滯也，故得生意爲多。蓋畫家之流嘗有諺語，謂畫松當如夜叉臂，鸛鵲啄，而深坳淺凸，又所以爲石焉。而宏一切變通，意在筆前，非繩墨所能制。」高適有《同鮮于洛陽於畢員外宅觀畫馬歌》、《同河南李少尹畢員外宅夜飲時洛陽告捷遂作春酒歌》。畢宏年輩當與高適、杜甫相仿。

〔三〕絶筆句：謝赫《古畫品録》：「陵跨群雄，曠代絶筆。」宋玉《風賦》：「夫風生於地，起於青蘋之末。」馬融《笛賦》：「故其應清風也，纖末奮蕱，錚鐄嗇嗃。」

〔四〕屈鐵：蘇渙《懷素上人草書歌》：「鈎鎖相連勢不絶，倔強毒蛇爭屈鐵。」《歷代名畫記》卷九尉

遲乙僧：「畫外國及菩薩，小則用筆緊勁，如屈鐵盤絲。」

〔五〕白摧二句：仇注引張綖注：「『白摧』言畫之枯淡處，『黑入』言畫之濃潤處。」按，句意謂白如龍虎朽骨，黑如太陰雷雨。《楚辭・九歌・東君》：「撰余轡兮高駝翔，杳冥冥兮以東行。」王逸注：「言日過太陰，不見其光，出杳杳，入冥冥。」《史記・天官書》索隱引楊泉《物理論》：「北極，天之中，陽氣之北極也。極南爲太陽，極北爲太陰。日月五星行太陰則無光，行太陽則能照，故爲昏明寒暑之限極也。」

〔六〕松根二句：《歷代名畫記》卷一〇韋鶠：「《天竺胡僧圖》、《渡水僧圖》、《小馬放牧圖》並傳於代。」胡僧圖自六朝時即爲繪畫常見題材。王褒《四子講德論》：「龐眉耆耇之老。」《文選》李善注：「龐，雜也。謂眉有白黑雜色。」《法苑珠林》卷九〇引《智度論》：「又出家之人，須常離著。若偏執一處，即多住著。」《神會和尚語録》：「但自知本體寂静，空無所有，亦無住著。」《九家》趙注：「因畫胡僧而紀詠之，故用佛書字焉。」

〔七〕偏袒句：《弘明集》卷五遠法師《沙門袒服論》：「佛出於世，因而爲教，明所行不左，故應右袒。」

〔八〕我有一句：黄希注：「鵝溪，地名。在梓州鹽亭縣，出絹甚良，時人謂之鵝溪絹，即東絹也。」蘇軾《文與可有詩見寄云待將一段鵝溪絹掃取寒梢萬尺長次韻答之》施注：「《茶録》：蜀東川鵝溪出畫絹，作羅底佳。」《新唐書・地理志》陵州仁壽郡：「土貢：麩金、鵝溪絹……」吴曾《能改齋漫録》卷七：「杜子美詩『我有一匹好東絹』，關東絹也。梁庾肩吾《答武陵王賚絹啓》曰：

『關東之妙，潛織陋其卷綃。』」説恐誤。葛立方《韻語陽秋》卷一四：「老杜《戲韋偃爲雙松歌》云『我有一匹好東絹』，則偃筆之妙，非好東絹不與也。米元章《畫史》云：『古畫唐初皆生絹，後來皆以熟湯，半熟入粉槌如銀版，故作人物精彩。今人收唐畫，必以絹辨，見文粗便謂不唐，非也。』余謂用粉槌絹固善，然視他絹，丹青尤易渝也。」張衡《四愁詩》：「美人贈我錦繡段，何以報之青玉案。」

張謙宜《絸齋詩談》卷四：「『白摧朽骨龍虎死』，説下面突出之根。『黑入太陰雷雨垂』，説上面直起之梢。誰有此雄健沉鬱之力！聲勢色澤，謖謖驚人。題畫作此等語，所謂不經人道也。有謂此篇末五句當刈者，豈得名爲知詩人。」

翁方綱《石洲詩話》卷一：「昔太倉王宫詹原祁嘗自言：作畫使筆如金剛杵。此可以參杜詩歌屈鐵回枝之雙松，故以直幹爲出路。而説者乃以直幹難畫，謂少陵以此戲之，不亦異乎？」

喜雨

春旱天地昏，日色赤如血〔一〕。農事都已休①，兵戈況騷屑〔二〕。巴人困軍

須〔三〕，慟哭厚土熱。滄江夜來雨，真宰罪一雪〔四〕。穀根小蘇息②，沴氣終不滅〔五〕。何由見寧歲，解我憂思結〔六〕。峥嶸羣山雲③〔七〕，交會未斷絶。安得鞭雷公，滂沱洗吴越〔八〕。時聞浙右多盜賊。（0182）

【校】

① 已，錢箋校：「樊作未。」《草堂》校：「一作未。」

② 小，錢箋校：「一作少。」

③ 羣，錢箋校：「一作東。」《草堂》校：「樊作東。」

【注】

黄鶴注：按史永泰元年（七六五）四月己巳，自春不雨，至是而雨。當是永泰元年。梁權道編在上元二年（七六一），而史不言是年有旱，兼滄江是指夔州、雲安。錢箋：寶應元年（七六二）八月，台州賊袁晁陷台州，連陷浙東。廣德元年（七六三）四月，李光弼奏生擒袁晁，浙東盡平。仇注編入廣德元年。按，黄鶴注以京師春旱爲説，誤同《石犀行》，最不可據。而浙右謂浙西，非袁晁舉事之區。錢箋等皆忽略不言。上元二年有平劉展事，地在揚州，屬淮南，然潤、昇州亦陷。疑指此。又寶應元年蜀中大旱，杜甫有《説旱》（本書卷一九1466）文，疑詩作於此年，浙西之亂或影響至是年。

〔一〕日色句：《漢書·武帝紀》：「四年夏，有風赤如血。」《五行志下》：「（成帝河平元年二月）甲申，日出赤如血。」

〔二〕騷屑：見卷一《自京赴奉先縣詠懷五百字》（0041）注。

〔三〕巴人句：《元和郡縣圖志》卷三三渝州：「古之巴國也。閬、白二水東南流，曲折如『巴』字，故謂之巴。然則巴國水爲名。……劉璋爲益州牧，於是分巴郡，自墊江已下爲永寧郡。先主又以固陵爲巴東郡，由是巴而爲三，號曰『三巴』。」綿州、閬州及大曆中所居夔州、雲安均屬巴地。上元二年段子璋據綿州作亂，花驚定平亂後縱兵大掠。詩或言此。

〔四〕真宰：見卷二《奉先劉少府新畫山水障歌》（0080）注。又卷三《劍門》（0168）：「吾將罪真宰，意欲鏟疊嶂。」

〔五〕沴氣：《漢書·五行志》：「氣相傷，謂之沴。沴猶臨莅，不和意也。」

〔六〕憂思：王粲《七哀詩》：「羈旅無終極，憂思壯難任。」

〔七〕崢嶸：見卷一《自京赴奉先縣詠懷五百字》（0041）注。

〔八〕安得二句：《楚辭·遠游》：「左雨師使徑侍兮，右雷公以爲衛。」《初學記》卷一：「雷神曰雷公。」《論衡·雷虛》：「圖畫之工，圖雷之狀，累累如連鼓之形。又圖一人，若力士之容，謂之雷公。使之左手引連鼓，右手推椎，若擊之狀。」《元和郡縣圖志》卷二五潤州上元縣：「至德二年，於縣置江寧郡。乾元元年改爲昇州，並置浙西節度使。上元二年廢昇州，仍改江寧爲上元縣。」節度使後移潤州，轄常、蘇、杭、湖、睦州。《分門》師古曰：「時永王璘反漢中吳越之間，盜

賊乘之而起。」時間不合。錢箋、朱注、仇注並引袁晁事，地望則非。《舊唐書·肅宗紀》：「（上元元年十一月）宋州刺史劉展赴鎮揚州，揚州長史鄧景山以兵拒之，爲展所敗，展進陷揚、潤、昇等州。」「（二年正月）乙卯，平盧軍兵馬使田神功生擒劉展，揚、潤平。」《李光弼傳》：「田神功平劉展後，逗留於揚府，尚衡、殷仲卿相攻於兗、鄆，來瑱旅拒於襄陽，朝廷患之。」《鄧景山傳》：「會劉展作亂，引平盧副大使田神功兵馬討賊。神功至揚州，大掠居人資産，鞭笞發掘略盡，商胡大食、波斯等商旅死者數千人。」此浙右亂事。

太子張舍人遺織成褥段〔一〕

客從西北來，遺我翠織成①〔二〕。開緘風濤涌，中有掉尾鯨〔三〕。逶迤羅水族，瑣細不足名。客云充君褥，承君終宴榮〔四〕。空堂魑魅走②〔五〕，高枕形神清。領客珍重意，顧我非公卿。留之懼不祥，施之混柴荊。服飾定尊卑，大哉萬古程。今我一賤老，裋褐更無營③〔六〕。煌煌珠宮物〔七〕，寢處禍所嬰④。歎息當路子〔八〕，干戈尚縱横。掌握有權柄，衣馬自肥輕⑤〔九〕。李鼎死岐陽，實以驕貴盈〔一〇〕。來瑱賜自盡，氣豪直阻兵⑥〔一一〕。皆聞黄金多⑦，坐見悔吝生⑧〔一二〕。奈何田舍翁，受此

厚晛情。錦鯨卷還客，始覺心和平。振我粗席塵，愧客茹藜羹⑨〔一三〕。（0183）

【校】

①翠，錢箋校：「一作細。」《草堂》作「細」。

②魑魅，錢箋、《草堂》校：「一作魍魎。」

③裋，錢箋、《草堂》校：「一作短。」

④嬰，錢箋、《草堂》校：「一作縈。」

⑤自，錢箋校：「一云已。」

⑥直，錢箋校：「晋作真。」

⑦皆聞，錢箋校：「一作昔聞。」

⑧吝，《草堂》校：「一作咎。」

⑨茹，錢箋、《草堂》校：「一作飯。」

【注】

黄鶴注：來瑱伏誅在廣德元年正月，當是廣德二年（七六四）在成都作。

〔一〕太子張舍人：《唐六典》卷二六太子右春坊：「太子舍人四人，正六品上。」「太子通事舍人八人，正七品下。」此當爲幕府僚佐兼朝銜。

〔二〕客從二句：織成，一種高級織錦。《西京雜記》卷一：「緘以戚里織成錦，一曰斜文錦。」《南齊書·輿服志》記玉輅優游上刀格「織成手匡金花鈿錦文」，龍形板緣裏邊「鏤鍱玳瑁織成衣」，斗蓋絳繫絡「織成顏芼赭舌孔雀毛複錦」，錦複黄紋鄣泥「緣紅錦芼帶，織成花芼的」。又衮衣「宋末用繡及織成。建武中，明帝以織成重，乃采畫爲之，加飾金銀薄」。《舊唐書·五行志》：「中宗女安樂公主，有尚方織成裙，合百鳥毛，正看爲一色，旁看爲一色，日中爲一色，影中爲一色，百鳥之狀，並見裙中。凡造兩腰，一獻韋氏，計價百萬。」《唐會要》卷八六《市》：「開元二年閏三月勅：諸錦、綾羅、縠繡、織成、紬絹、絲、犛牛尾、真珠、金鐵，並不得與諸蕃互市。」此言來自西北。《舊唐書·西戎傳》「波斯」：丈夫「並有巾帔，多用蘇方青白色爲之，兩邊緣以織成錦」。是亦有産自西域者。

〔三〕掉尾鯨：司馬相如《上林賦》：「揵鰭掉尾，振鱗奮翼。」掉，摇也。仇注引胡夏客曰：「劉禹錫詩『華茵織鬬鯨』，知唐時錦樣多織鯨也。」

〔四〕承君句：曹植《公燕詩》：「公子敬愛客，終宴不知疲。」

〔五〕魑魅：見卷三《有懷台州鄭十八司户》(0107)注。

〔六〕裋褐：見卷一《橋陵詩三十韻因呈縣内諸官》(0037)注。

〔七〕煌煌句：《楚辭·九歌·河伯》：「魚鱗屋兮龍堂，紫貝闕兮朱宫。」王逸注：「言河伯所居。」《文選》陸倕《石闕銘》李善注引作「珠宫」。

〔八〕歎息句：《孟子·公孫丑上》：「夫子當路於齊，管仲、晏子之功，可復許乎？」

〔九〕衣馬句：《論語·雍也》：「乘肥馬，衣輕裘。」

〔一〇〕李鼎二句：《舊唐書·肅宗紀》：「（上元元年）十二月庚辰，以右羽林軍大將軍李鼎爲鳳翔尹、興鳳隴等州節度使。」「（二年六月）己卯，以鳳翔尹李鼎爲鄯州刺史、隴右節度營田等使。」《册府元龜》卷六八三《牧守部·遺愛》：「李鼎爲鳳翔尹，百姓爲立生祠。鼎表乞改置佛寺，度僧七人。許之。」卷七〇〇《牧守部·貪黷》：「李鼎自鳳翔入爲衛尉卿，寶應元年貶爲思州長史員外置，坐贓也。鼎守鳳翔，以賄聞。雖去職，姦狀皆露。既行，賜死於路。」汪師韓《詩學纂聞》：「杜詩述時事，每有史所不載者……鼎爲鄯州刺史，而岐陽之死，不知其何以死也。」諸家皆未及查《册府元龜》。

〔一一〕來瑱二句：《舊唐書·來瑱傳》：「上元三年，肅宗召瑱入京。瑱樂襄州，將士亦慕瑱之政，因諷將吏、州牧、縣宰上表請留之。身赴詔命，行及鄧州，復詔歸鎮。肅宗聞其計而惡之。後吕諲、王仲昇及中官皆言瑱布恩惠，懼其得士心，以瑱爲鄧州刺史，充山南東道襄、鄧、唐、復、郢、隨等六州節度，餘並如故。俄而淮西王仲昇與賊將謝欽讓戰於申州城下，爲賊所虜。初，仲昇被圍累月，吕諲病於江陵，瑱在襄州，又恐仲昇構己，遂顧望不救。及師出，仲昇已没。裴茙頻表陳瑱之狀，謀奪其位。……寶應元年五月，代宗即位，因復授瑱襄州節度、奉義軍渭北兵馬等使，官如故，潛令裴茙圖之。……茙軍大敗，投水而死，殺獲殆盡。……八月，瑱入朝謝罪，代宗特寵異之。……時中官驃騎大將軍程元振居中用事，發瑱言涉不順，王仲昇賊平來歸，證瑱與賊合，故令仲昇陷賊三年。代宗含怒久之，因是下詔。……寶應二年正月，貶播州縣尉員

外置。翌日，賜死於鄠縣，籍没其家。……廣德元年，追復官爵。」

〔一二〕悔吝：《易·繫辭上》：「悔吝者，憂虞之象也。」

〔一三〕振我二句：傅玄《雜詩》：「机榻委塵埃。」何遜《贈族人秣陵兄弟》：「霏霏入窗雨，漠漠暗床塵。」《莊子·讓王》：「孔子窮於陳蔡之間，七日不火食，藜羹不糝。」

錢箋：「史稱嚴武累年在蜀，肆志逞欲，恣行猛政，窮極奢靡，賞賜無度。公在武幕下，此詩特藉以諷諭，朋友責善之道也。不然，辭一織成之遺而侈談殺身自盡之禍，不疾而呻，豈詩人之意乎？」按，杜甫與嚴武關係屢爲人議。趙翼《甌北詩話》卷二引此詩及《莫相疑行》等篇，亦有詳論。

浦起龍云：「題中無『答』、『謝』、『却』等字，此亦事後感賦，自存箴笥耳，非以與張也。然今人不敢學。」

張謙宜《絸齋詩談》卷四：「只是本分議論，後人大驚小怪，推爲理學，又許爲經濟，真是没見世面，不足斥也。」

丈人山〔一〕

自爲青城客，不唾青城地〔二〕。爲愛丈人山，丹梯近幽意〔三〕。丈人祠西佳氣

濃〔四〕，緣雲擬住最高峯。掃除白髮黃精在，君看他時冰雪容〔五〕。(0184)

【注】

黃鶴注：梁權道編在上元二年（七六一）。考公有《赴新城縣暫如新津》詩，當是上元元年（七六〇）作。仇注編入上元二年。

〔一〕丈人山：《太平御覽》卷四四引《玉匱經》：「青城山，黃帝封爲五岳丈人，乃岳瀆之上司，真仙之崇秩。一月之内，群岳再朝。六時洒泉，以代晷漏。一名赤城，一名青城都，一名天谷山。亦爲第五洞天、寶仙九室之天。對郡之西北，在岷山之南。群峰掩映，互相連接，靈仙所宅，祥異則多。」《太平寰宇記》卷七三永康軍導江縣：「青城山在縣西北三十二里，道書《福地志》云：上有没溺池，有甘露芝草。……黃帝刻石拜謁，篆書猶存。又有石日月，象天師立青城，治於其中。」

〔二〕不唾句：《法苑珠林》卷三七引《僧祇律》：「不得塔院内浣染曬衣唾地。」卷三九引《涅槃經》：「夫入寺者……當歌唄讚歎，不唾僧地。」

〔三〕丹梯：謝朓《敬亭山》：「要欲追奇趣，即此陵丹梯。」《文選》李善注：「丹梯，謂山也。」宋之問《發端州初入西江》：「金陵有仙館，即事尋丹梯。」

〔四〕丈人祠：《方輿勝覽》卷五五永康軍：「丈人觀，在青城北二十里。今名會慶建福宮。舊《記》云：昔甯封先生栖於北岩之上，黃帝師焉。乃築壇拜甯君爲五岳丈人。」《蜀中廣記》卷六引

《續博物志》：「青城縣歲春秋以蔬饌享青城丈人山，令躬行禮。蓋蜀之望山也。有丈人觀，在青城北二十里。《碑目》云丈人觀四碑：大殿右功德碑，鄭敖書；殿上祝文碣，進士任璠文；三門下置觀碑，徐大亨文；三山右紀符瑞碣，甘遺榮八分書。」

〔五〕掃除一句：黄精，見卷三《太平寺泉眼》(0104)注。《莊子·逍遥游》：「藐姑射之山，有神人居焉。肌膚若冰雪，綽約若處子。」

百憂集行

憶年十五心尚孩〔一〕，健如黄犢走復來。庭前八月梨棗熟，一日上樹能千回。即今倏忽已五十①，坐卧只多少行立。强將笑語供主人，悲見生涯百憂集〔二〕。入門依舊四壁空〔三〕，老妻覩我顔色同。癡兒未知父子禮，叫怒索飯啼門東〔四〕。

(0185)

【校】

① 即今倏忽已五十，錢箋、《草堂》校：「一作『即今年纔五六十』。」　即，《文苑英華》校：「集作只。」

【注】

黄鶴注：當是上元二年（七六一）辛丑作。公生於壬子，至是年恰五十。

〔一〕憶年句：《老子》二十章：「若嬰兒未孩。」四十九章：「百姓皆注其耳目，聖人皆孩之。」《九家》趙注：「十五乃志學之時，心未免於孩，故云尚孩。」

〔二〕强將二句：黄鶴注：「上元元年三月，以京兆尹李若幽尹成都。二年三月，以崔光遠尹成都，與高適同討段子璋。史云花驚定既誅子璋，大掠東蜀，天子怒，以高適代光遠。然光遠是年建子月卒，而建丑月又除嚴武尹成都。則適代光遠在成都才一二月爾。公至成都兩年間更四尹，高適與公爲舊友，然尹時公獨無詩與之，何也？」『公素與適善，豈强供笑語？觀史云若幽後賜名國貞，爲政急，性躁辨，崔光遠無學任氣，宜與公不合。然國貞二月已去成都，光遠十一月卒。當是爲光遠作。」浦起龍云：「公在成都，與李、崔曾無往還之文，何得强派？且此詩是總慨入蜀以來落莫之況，居草堂席不及暖，之蜀州，之新津，之青城，又嘗簡彭州高適、唐興王潛。凡所待命，皆主人也；凡面談簡寄，皆笑語也。奚沾沾膠柱爲。」按，李國貞見卷一一《奉酬李都督表丈早春作》(0654)，與甫有往來。《詩・王風・兔爰》：「我生之後，逢此百憂。」王筠《行路難》：「千門皆閉夜何央，百憂俱集斷人腸。」

〔三〕四壁空：《史記・司馬相如列傳》：「家居徒四壁立。」

〔四〕叫怒句：《苕溪漁隱叢話》前集卷一三引《漫叟詩話》：「『叫怒索飯啼門東』，又云『用激壯士

肝』，説者謂庖厨之門在東，肝主怒，非偶就韻也。可謂至論。」《儀禮·公食大夫禮》：「凡宰夫之具，饌於東房。」曹植《當來日大難》：「日苦短，樂有餘，乃置玉樽辦東厨。」

投簡成華兩縣諸子〔一〕

赤縣官曹擁材傑〔二〕，軟裘快馬當冰雪。長安苦寒誰獨悲①，杜陵野老骨欲折〔三〕。南山豆苗早荒穢，青門瓜地新凍裂〔四〕。鄉里兒童項領成，朝廷故舊禮數絶〔五〕。自然弃擲與時異，況乃疏頑臨事拙。飢卧動即向一旬，弊裘何啻聯百結②〔六〕。君不見空牆日色晚，此老無聲淚垂血〔七〕。（0186）

【校】

①安，錢箋、《草堂》校：「一作夜。」

②裘，《九家》作「衣」。啻，《草堂》作「止」。

【注】

《九家》趙注：蔡伯世云：「此成都詩，不應言長安，其『夜』字之訛，故誤作『安』耳。況卒章之意明

甚。」其說非長。此公雖在成都，而遠念長安之寒，下句「南山」、「青門」則言長安之地矣。黃鶴注：皆長安京兆事，當是天寶間在長安作。意是天寶十年（七五一）召試後送隸有司參選時作。疑是咸陽、華原二縣，咸誤作成也。朱鶴齡注：「《唐志》：成都、華陽兩縣爲附郭，次赤，而咸陽、華原乃畿縣，又相去頗遠，不應連及。則此詩之作於成都，審矣。」仇注編入天寶十載。

〔一〕成華兩縣：《九家》注：「明皇幸蜀，號成都爲南京，故成、華得稱赤縣。」《元和郡縣圖志》卷三一成都府：「成都縣，次赤。郭下。」「華陽縣，次赤。管縣東界，郭下。本漢廣都縣地，貞觀十七年分蜀縣置。乾元元年改爲華陽縣，華陽本蜀國之號，因以爲名。」《新唐書・地理志》：「成都府蜀郡，赤。至德二載曰南京，爲府，上元元年罷京。」黃鶴注謂「咸華」之誤。《元和郡縣圖志》卷一京兆府：「咸陽縣，畿。正東微南至府四十里。」卷二京兆下：「華原縣，畿。西南至府一百六十里。」咸陽、華原方位各異，杜甫在長安時亦未嘗至華原，不應無故二縣並稱。臆改原文無據。

〔二〕赤縣句：《通典》卷三三《職官・縣令》：「大唐縣有赤、畿、望、緊、上、中、下七等之差。京都所治爲赤縣，京之旁邑爲畿縣。」次赤、次畿縣，見《新唐書・地理志》、《唐會要》等。《唐會要》卷六九《縣令》大中三年九月中書門下奏「兩府畿令及次赤令」，又卷七〇「山南道」：「新升次赤縣：江陵府江陵縣，貞元元年九月升爲畿縣。」是次赤在畿縣下。仇注：「赤縣官曹本謂長安貴人，不指兩縣諸子。」牽強爲說。此概稱赤縣，以代次赤。

〔三〕杜陵句：杜陵，見卷一《醉時歌》（0019）注。《後漢書·李固傳》：「昔昌邑之立，昏亂日滋，霍光憂愧發憤，悔之折骨。」

〔四〕南山二句：楊惲《報孫會宗書》：「田彼南山，蕪穢不治。種一頃豆，落而爲萁。人生行樂耳，須富貴何時。」青門瓜，見卷二《喜晴》（0077）「東門瓜」注。

〔五〕鄉里二句：《詩·小雅·節南山》：「駕彼四牡，四牡項領。」傳：「項，大也。」箋：「四牡者人君所乘駕，今但養大其領，不肯爲用。喻大臣自恣，王不能使也。」《後漢書·宦者傳》：「群邪項領，膏脣拭舌。」《九家》趙注：「言其長成而得意也。」任昉《出郡傳舍哭范僕射》：「平生禮數絶，式瞻在國楨。」

〔六〕弊裘：《戰國策·秦策一》：「（蘇秦）黑貂之裘弊，黄金百斤盡。」《藝文類聚》卷六七引王隱《晋書》：「董威輦每得殘碎繒，輒結以爲衣，號曰百結。」

〔七〕淚垂血：參卷二《新安吏》（0060）「泣血」注。

徐卿二子歌〔一〕

君不見徐卿二子生絶奇，感應吉夢相追隨〔二〕。孔子釋氏親抱送，並是天上麒麟兒〔三〕。大兒九齡色清澈，秋水爲神玉爲骨。小兒五歲氣食牛，滿堂賓客皆回

頭〔四〕。吾知徐公百不憂，積善袞袞生公侯〔五〕。丈夫生兒有如此二雛者，名位豈肯卑微休①。（0187）

【校】

① 名位豈肯卑微休，錢箋校：「一云『異時名位豈肯卑微休』。」

【注】

黄鶴注：上元二年（七六一）作。公至成都時，徐知道爲西川兵馬使，上元二年七月反。徐卿或者爲知道，如荆南兵馬使太常趙卿是也。

〔一〕徐卿：徐知道，見本書卷一一《徐九少尹見過》（0709）注。岑參有《東歸留題太常徐卿草堂》：「不謝古名將，吾知徐太常。年纔三十餘，勇冠西南方。」注：「在蜀。」鄧紹基謂當作於大曆三年，與杜詩徐卿當爲同一人，非徐知道。徐卿與花卿及本書卷七《荆南兵馬使太常卿趙公大食刀歌》（0310）等，均以武將兼太常卿或太常少卿銜。

〔二〕吉夢：《詩·小雅·斯干》：「乃占我夢，吉夢維何。」

〔三〕孔子二句：《陳書·徐陵傳》：「母臧氏，嘗夢五色雲化而爲鳳，集左肩上，已而誕陵焉。時寶志上人者世稱其有道，陵年數歲，家人携以候之，寶志手摩其頂曰：『天上石麒麟也。』」《拾遺記》：「周靈王立二十一年，孔子生於魯襄公之世，夜有二蒼龍自天而下，來附徵在之房，因夢

而生夫子。……夫子未生時，有麟吐玉書於闕里人家，文云『水精之子，繼衰周而素王』。」仇注引張邇可注引此，謂：「『麒麟兒』雙承孔、釋，故云『並是』。舊引徐陵事，得一遺一。」按，《拾遺記》乃孔子誕生故事，與詩言夢孔子抱送不符。

〔四〕小兒二句：《尸子》：「虎豹之駒，未成文而有食牛之氣。」《漢書・陳遵傳》：「每大飲，賓客滿堂。」謝莊《月賦》：「滿堂變容，回遑如失。」

〔五〕積善句：《易・坤・文言》：「積善之家，必有餘慶。」《藝文類聚》卷四引《竹林七賢論》：「裴逸民叙前言往行，袞袞可聽。」袞袞有充盈、連綿不絕義。

仇注引申涵光曰：「此等題，雖老杜亦不能佳。今人刻詩集，生子祝壽，套數滿紙，豈不可厭。」

病柏

有柏生崇岡，童童狀車蓋①〔一〕。偃蹙龍虎姿，主當風雲會〔二〕。神明依正直〔三〕，故老多再拜。豈知千年根，中路顏色壞。出非不得地，蟠據亦高大〔四〕。歲寒忽無憑②，日夜柯葉改③〔五〕。丹鳳領九鶵〔六〕，哀鳴翔其外。鴟鴞志意滿，養子穿

穴内④〔七〕。客從何鄉來，佇立久吁怪。静求元精理⑤〔八〕，浩蕩難倚賴。（0188）

【校】

①車，宋本、錢箋、《九家》、《草堂》校：「一作青。」

②憑，錢箋、《草堂》校：「一作用。」

③改，錢箋校：「一云碎。」

④穿，錢箋、《九家》、《草堂》校：「一作窟。」

⑤元精，錢箋、《九家》、《草堂》校：「一云無根。」

【注】

黄鶴注：梁權道編在上元二年（七六一）成都詩内。此詩以郭英乂爲崔旰所殺而作，當是大曆元年（七六六）作。仇注編入上元二年，謂崔、郭事在去成都後，時地未合。

〔一〕有柏二句：嵇康《琴賦》：「惟椅梧之所生兮，託峻岳之崇岡。」《三國志·蜀書·先主傳》：「舍東南角籬上有桑樹生，高五丈餘，遥望見童童如小車蓋。往來者皆怪此樹非凡，或爲當出貴人。先主少時，與宗中諸小兒於樹下戲言：『吾必當乘此羽葆蓋車。』」

〔二〕偃蹙二句：偃，偃蹇。蹙，迫蹙。此促縮其語。班固《答賓戲》：「彼皆躡風雲之會，履顛沛之勢。」

〔三〕神明句：參本卷《古柏行》(〇一三〇)注。

〔四〕出非二句：沈約《高松賦》：「鬱彼高松，栖根得地。」蟠據，同盤踞。見《古柏行》注。

〔五〕日夜句：陶淵明《擬古》：「枝條始欲茂，忽值山河改。柯葉自摧折，根株浮滄海。」

〔六〕丹鳳句：《相和歌辭・隴西行》：「桂樹夾道生，青龍對伏趺。鳳凰鳴啾啾，一母將九雛。」《宋書・何承天傳》：「卿當云鳳凰將九子。」

〔七〕鴟鴞二句：《詩・豳風・鴟鴞》：「鴟鴞鴟鴞，既取我子，無毁我室。」箋：「鴟鴞言：已取我子者，幸無毁我巢。」《荀子・賦》：「螭龍爲蝘蜓，鴟梟爲鳳皇。」東方朔《七諫》：「斥逐鴻鵠兮，近習鴟梟。」王逸注：「鴟梟，惡鳥。」《詩》傳謂鴟鴞爲鸋鴂，陸璣疏謂似黄雀而小。惡鳥乃鴟梟。《詩》意謂鴟鴞言幸無毁我巢，此言鴟鴞據樹養子。蓋混言鴞、梟。《論衡・辨崇》：「鳥有巢栖，獸有窟穴。……或人捕取以給口腹，非作窠穿穴有所觸，東西行徙有所犯也。」《説苑・敬慎》：「夫飛鳥以山爲卑，而層巢其巔；魚鱉以淵爲淺，而穿穴其中。」鳥言巢栖，魚或獸言穿穴。此亦混言。

〔八〕元精：《論衡・超奇》：「天稟元氣，人受元精。」《文選》蔡邕《陳太丘碑文》注引《易通卦驗》：「大皇之先與，耀含元精。」

葉夢得《石林詩話》卷上：「杜子美《病柏》、《病橘》、《枯椶》、《枯楠》四詩，皆興當時事。《病柏》當爲明皇作，與《杜鵑行》同意。《枯椶》比民之殘困，則其篇中自言矣。《枯楠》云：

『猶含棟梁具，無復霄漢志。』當爲房次律之徒作。惟《病橘》始言『惜哉結實小，酸澀如棠梨』，末以比荔枝勞民，疑若指近幸之不得志者。」

《分門》師古曰：「此詩寓意傷郭英乂也。英乂鎮成都，爲人端直，蜀人重之，不幸爲崔旰所殺，其諸孤哀泣，若無所訴。故有『鳳領九雛，哀鳴翔其外』之句。」

黄生曰：「此喻宗社欹傾之時，君子廢斥在外，無從匡救，而宵小根據於内，恣爲姦私。此真天理之不可問者。」

浦起龍云：「志士失路，用以自况焉。」

病橘

羣橘少生意①，雖多亦奚爲〔一〕。惜哉結實小②，酸澀如棠梨〔二〕。剖之盡蠹蟲③，采掇爽其宜④〔三〕。紛然不適口，豈只存其皮〔四〕。蕭蕭半死葉，未忍别故枝⑤。玄冬霜雪積〔五〕，况乃回風吹。嘗聞蓬萊殿，羅列瀟湘姿〔六〕。此物歲不稔〔七〕，玉食失光輝⑥。寇盜尚憑陵，當君減膳時〔八〕。汝病是天意，吾諗罪有司⑦〔九〕。憶昔南海使⑧，奔騰獻荔支⑨。百馬死山谷，到今耆舊悲〔一〇〕。（0189）

【校】

①　羣，宋本、錢箋、《九家》、《草堂》校：「一作伊。」《文苑英華》作「伊」，校：「集作羣。」

②　小，錢箋、《九家》校：「一作少。」《文苑英華》校：「集作少。」

③　剖，錢箋、《九家》、《草堂》校：「一作割。」　蟲，錢箋校：「樊作蝕。」《草堂》校：「一作蝕。」《文苑英華》作「蝕」，校：「集作蟲。」

④　其，錢箋、《九家》、《草堂》校：「一作所。」《文苑英華》作「所」。

⑤　未忍，錢箋校：「一作怱怱。」《文苑英華》作「怱怱」，校：「集作未忍。」

⑥　失，宋本、錢箋、《草堂》校：「一云少。」《九家》作「少」。

⑦　諗，宋本校：「一云愁。」錢箋校：「一云愁。荆作敢。」《九家》、《草堂》作「愁」，校：「一作諗。」《文苑英華》作「意」。

⑧　憶，《草堂》校：「一作聞。」錢箋此校在「南」字下，疑誤。

⑨　奔，《文苑英華》作「崩」，校：「集作奔。」

【注】

黄鶴注：在成都因病橘而思物之失所，故作在上元二年（七六一）。

〔一〕羣橘二句：左思《蜀都賦》：「家有鹽泉之井，户有橘柚之園。」《文選》劉逵注：「《地理志》曰：蜀都嚴道、巴郡朐忍、魚復二縣出橘，有橘官。」《新唐書·地理志》綿州巴西郡：「有橘官。」《論

語·子路》：「雖多，亦奚以爲。」

〔二〕惜哉二句：棠梨：即甘棠，實似梨而小。庾信《小園賦》：「有棠梨而無館，足酸棗而非臺。」《本草綱目》卷三〇：「時珍曰：棠梨，野梨也。處處山林有之。樹似梨而小，葉似蒼朮葉。亦有團者、三叉者，葉邊皆有鋸齒。色頗黲白。」

〔三〕爽：《老子》十二章：「五味令人口爽。」王弼注：「爽，差失也。」

〔四〕紛然二句：《九家》趙注：「橘皮可用於藥，病亦不可用也。」

〔五〕玄冬：《初學記》卷三引梁元帝《纂要》：「冬曰玄英，亦曰安寧，亦曰玄冬、三冬、九冬。」劉楨《贈五官中郎將》：「自夏涉玄冬，彌曠十餘旬。」

〔六〕嘗聞二句：《雍録》卷三：「龍朔二年，高宗染風癉，惡太極宫卑下，故就修大明宫，改名蓬萊宫，取殿後蓬萊池爲名也。至三年四月移仗御蓬萊宫之含元殿，二十五日始御紫宸，故咸亨元年改蓬萊宫爲含元殿。長安五年，又改爲大明宫。……門北三殿相沓，皆在山上。至紫宸又北則爲蓬萊殿。」張華詩（一作鮑照詩）：「橘生湘水側，菲陋人莫傳。逢君金華宴，得在玉階前。」

〔七〕此物句：《國語·吴語》：「不稔於歲。」朱鶴齡注：「橘結實，一年多必一年少。故曰『歲不稔』。」

〔八〕寇盜二句：憑陵，見卷一《今夕行》（0009）注。賈誼《新書》卷六：「歲凶穀不登，臺扉不塗，榭徹于侯，馬不食穀，馳道不除，食減膳，饗祭有闕。」

〔九〕汝病二句：《左傳》閔公二年：「昔辛伯諗周桓公。」杜預注：「諗，告也。」《九家》趙注謂當作「愁」：「言自是天意使橘病而不供，不可歸罪有司。」

〔一〇〕憶昔四句：《後漢書·和帝紀》：「舊南海獻龍眼、荔枝，十里一置，五里一候，奔騰險阻，死者繼路。」《唐國史補》卷上：「楊貴妃生於蜀，好食荔枝。南海所生，尤勝蜀者，故每歲習馳以進。然方暑而熟，經宿則敗。後人皆不知之。」《新唐書·禮樂志》：「帝幸驪山，楊貴妃生日，命小部張樂長生殿，因奏新曲，未有名，會南方進荔枝，因名《荔枝香》。」《輿地紀勝》卷一九〇：「《洋州志》：楊貴妃嗜生荔枝，詔驛自涪陵，由達州取西鄉入子午谷至長安，纔三日，色香俱未變。」《苕溪漁隱叢話》後集卷七引《復齋漫録》：「按《唐志》以荔枝貢自南方，《楊妃外傳》爲南海，杜詩亦以爲南海及炎方，則明皇時進荔枝自嶺表明矣。東坡詩乃以『永元荔枝來交州，天寶歲貢取之涪』，張君房《脞説》以爲忠州，何邪？」又苕溪漁隱曰：「蓋唐都長安，視涪州爲正南，荔枝由子午谷路進入。《唐志》云南方，杜詩云炎方，悉指其方而言之也。若《病橘》詩、《妃子外傳》以爲南海，則道里遼遠，所記必誤。」《分門》修可曰：「公借其事以譏楊妃。舊注引《唐書》，其説非。唐所貢乃涪州荔枝，由子午道而往，非南海也。」錢箋引《唐國史補》等，謂當時蓋南海與涪州並進也。

枯椶

蜀門多椶櫚①〔一〕，高者十八九。其皮割剥甚，雖衆亦易朽。徒布如雲葉②，青

黃歲寒後。交橫集斧斤，凋喪先蒲柳〔二〕。傷時苦軍乏，一物官盡取〔三〕。嗟爾江漢人，生成復何有〔四〕？有同枯椶木③，使我沉歎久。死者即已休，生者何自守④〔五〕？啾啾黃雀啅，側見寒蓬走〔六〕。念爾形影乾⑤，摧殘没藜莠〔七〕。（0190）

【校】

① 椶，宋本、錢箋、《九家》、《草堂》校：「一云栟。」

② 布，錢箋、《草堂》校：「一作有。」

③ 有，《草堂》校：「一作自。」

④ 何，錢箋、《九家》、《草堂》校：「一作能。」

⑤ 形影乾，錢箋校：「一作枯形影。」《草堂》校：「一作枯形乾。一作形影枯。」

【注】

黃鶴注：當是上元二年（七六一）作。時蜀有段子璋之變。

〔一〕椶櫚：《藝文類聚》卷八九引《廣志》：「椶，一名并閭。葉似車輪，乃在顛下。有皮纏之，附地起。二旬一采，轉復上生。」又引《山海經·西山經》「脆之山，其木多椶楠」注：「椶樹高二丈許，無枝條，葉大而員，岐生枝頭。美實。皮相重被，一行一皮者爲一節，可爲索也。」王褒《僮

約》：「推訪堊販椶索，綿亭買席，往來都洛。」左思《蜀都賦》：「其樹則有木蘭梫桂，杞櫹椅桐，椶枒楔樅。」《文選》劉逵注：「椶枒出蜀，其皮可作繩履。」

〔二〕凋喪句：《世説新語·言語》：「顧悦與簡文同年，而髮蚤白。簡文曰：『卿何以先白？』對曰：『蒲柳之姿，望秋而落；松柏之質，經霜彌茂。』」

〔三〕傷時二句：《南齊書·高帝紀》：「太祖軍容寡闕，乃編椶皮爲馬具裝，析竹爲寄生。」椶皮可爲索，亦軍需之物。

〔四〕嗟爾二句：仇注謂江漢指巴蜀。浦起龍云：「嘉陵水兼江漢之名，全注於蜀，故謂蜀爲『江漢人』。」盧照鄰《文翁講堂》：「良哉二千石，江漢表遺靈。」王勃《普安建陰題壁》：「江漢深無極，梁岷不可攀。」王維《送崔九興宗游蜀》：「江漢風流地，游人何歲歸。」皆以江漢稱蜀地。《三國志·吴書·諸葛謹傳》：「在流隸之中，蒙生成之福。」

〔五〕死者二句：《老子化胡經》卷一〇：「死者如流水，去者如浮雲。」《王梵志詩校注》〇五三首：「死者歸長路，生者暫時行。」

〔六〕啾啾二句：秦嘉《贈婦詩》：「啾啾雞雀，群飛赴楹。」啅，聒噪。李白《觀放白鷹二首》：「寄言燕雀莫相啅，自有雲霄萬里高。」曹操《却東西門行》：「田中有轉蓬，隨風遠飄揚。」

〔七〕摧殘句：《漢書·郊祀志》：「嘉禾不生，而蓬蒿藜莠茂。」

枯柟

楩柟枯峥嶸〔一〕，鄉黨皆莫記。不知幾百歲，慘慘無生意〔二〕。上枝摩皇天①，下根蟠厚地〔三〕。巨圍雷霆坼，萬孔蟲蟻萃。凍雨落流膠，衝風奪佳氣〔四〕。白鵠遂不來，天雞爲愁思〔五〕。猶含棟梁具，無復霄漢志②〔六〕。良工古昔少，識者出涕淚。種榆水中央，成長何容易〔七〕。截承金露盤，裊裊不自畏〔八〕。（0191）

【校】

① 皇，錢箋校：「一作蒼。」《草堂》作「蒼」，校：「一作皇。」

② 霄漢，錢箋校：「一作雲霄。」

【注】

黄鶴注：當是爲房琯作。琯乾元間貶邠州刺史，上元元年遷漢州刺史。時公在成都。此詩二年（七六一）作。

〔一〕楩柟：左思《蜀都賦》：「楩柟幽藹於谷底，松柏蓊鬱於山峰。」《文選》劉逵注：「楩柟，二樹名，

皆大木也。」

〔二〕慘慘：《詩・小雅・正月》：「憂心慘慘，念國之爲虐。」傳：「慘慘，猶戚戚也。」此形容物瘁。徐幹《室思》：「慘慘時節盡，蘭葉凋復零。」

〔三〕上枝二句：《相和歌辭・烏生》：「黄鵠摩天極高飛，後宫尚復得烹煮之。」皇天，見卷一《樂游園歌》(0030)注。《莊子・刻意》：「上際於天，下蟠於地。」厚地，見卷一《橋陵詩三十韻因呈縣内諸官》(0037)注。

〔四〕涷雨二句：《九家》趙注：「涷雨，舊本作『涷』。」《爾雅・釋天》：「暴雨謂之涷。」注：「今江東人呼夏月暴雨爲涷雨。《離騷》云：『令飄風兮先驅，使涷雨兮洒塵。』是也。」庾信《園庭》：「古槐時變火，枯楓乍落膠。」朱鶴齡注：「流膠，樹中膠液流出也。」《楚辭・九歌・河伯》：「與女游兮九河，衝風起兮横波。」王逸注：「衝，隧也。」《文選・少司命》五臣注：「衝風，暴風也。」洪興祖補注引《詩・大雅・桑柔》：「大風有隧。」

〔五〕白鵠一句：《藝文類聚》卷八七引《列仙傳》：「蕭史，秦繆公時善吹簫，能致白鵠、孔雀。」《爾雅・釋鳥》：「鶾，天雞。」注：「鶾雞，赤羽。《逸周書》曰：文鶾若彩雞，成王時蜀人獻之。」《逸周書・王會解》：「蜀人以文鶾，文鶾者若皐雞。」《急就篇》卷三：「野雞生在山野，鶉雞、鷃雞、天雞、山雞之類皆是也。」

〔六〕猶含二句：班彪《王命論》：「窠棁之材，不荷棟梁之任。」仲長統《昌言》：「如是則可以陵霄漢，出宇宙之外矣。」

〔七〕種榆二句：《齊民要術》卷七「種榆」：「五年之後，便堪作椽。不挾者即可斫賣。……斫後復生，不勞更種，所謂一勞永逸。能種一頃，歲收千疋。唯須一人守護，指揮處分，既無牛犁種子人功之費，不慮水旱風蟲之災。比之穀田，勞逸萬倍。」

〔八〕截承二句：《史記·孝武本紀》：「其後又作柏梁、銅柱、承露仙人掌之屬矣。」索隱引《三輔故事》：「建章宫承露盤高三十丈，大七圍，以銅爲之。上有仙人掌承露，和玉屑飲之。」《楚辭·九歌·湘夫人》：「嫋嫋兮秋風，洞庭波兮木葉下。」王逸注：「嫋嫋，秋風摇木貌。」楊倫云：「肅宗所相者乃呂諲、苗晋卿之屬，公故惜而悲之。」按，諸家皆襲葉夢得説，謂此詩爲房琯作。

憶昔二首①

憶昔先皇巡朔方，千乘萬騎入咸陽〔一〕。陰山驕子汗血馬，長驅東胡胡走藏〔二〕。鄴城反覆不足怪，關中小兒壞紀綱，張后不樂上爲忙〔三〕。至今今上猶撥亂，勞身焦思補四方②〔四〕。我昔近侍叨奉引，出兵整肅不可當③〔五〕。爲留猛士守未央，致使岐雍防西羌〔六〕。犬戎直來坐御床，百官跣足隨天王〔七〕。願見北地傅介子，老儒不用尚書郎〔八〕。（0192）

【校】

①憶昔二首，《文苑英華》題作「憶昔行二首」。

②身，《文苑英華》校：「集作心。」

③出兵，錢箋、《九家》校：「一作兵出。」《文苑英華》作「岳出」，校：「集作出兵。」　當，錢箋校：「一作忘。」《草堂》校：「晋作忘。」《文苑英華》作「忘」，校：「集作當。」

【注】

黄鶴注：廣德元年吐蕃陷京師，代宗幸陝。當是作於廣德二年（七六四）。

〔一〕憶昔二句：肅宗至德元載即位靈武，倚朔方軍爲恢復根本。參卷一《哀王孫》（0047）、卷二《洗兵馬》（0090）注。

〔二〕陰山二句：肅宗引回紇兵入援，收復兩京。參卷二《北征》（0052）、《留花門》（0068）、《洗兵馬》（0090）注。《漢書·匈奴傳》：「單于遣使遺漢書云：『南有大漢，北有强胡。胡者，天之驕子也。』」

〔三〕鄴城二句：鄴城，見卷二《新安吏》（0060）諸詩注。《東坡題跋》卷二：「『關中小兒壞紀綱』，謂李輔國也。『張后不樂上爲忙』，謂肅宗張皇后也。」《趙次公先後解》：「舊注至謂關中小兒爲越王係欲奪嫡，則自有東坡成説正其謬。『上爲忙』，指肅宗也。舊注云『上爲忙』者代宗畏后也，非是。」《舊唐書·宦官傳·李輔國》：「李輔國，本名静忠，閑厩馬家小兒。……從幸鳳翔，

授太子詹事，改名輔國。肅宗還京，拜殿中監，閑厩、五坊、宫苑、營田、栽接、總監等使。又兼隴右群牧、京畿鑄錢、長春宫等使，勾當少府、殿中二監都使。至德二年十二月，加開府儀同三司，進封郕國公，食實封五百户。宰臣百司，不時奏事，皆因輔國上決。……二年八月，拜兵部尚書，餘官如故。……輔國驕恣日甚，求爲宰臣。……寶應元年四月，肅宗寢疾，宰臣等不可謁見，輔國誣奏（蕭）華專權，請黜之。上不許，輔國固請不已。……及帝崩，華竟被斥逐。代宗即位，輔國與程元振有定策功，愈恣横。私奏曰：『大家但内裏坐，外事聽老奴處置。』代宗怒其不遜，以方握禁軍，不欲遽責。乃尊爲尚父，政無巨細，皆委參決。……程元振欲奪其權，請上漸加禁制，乘其有間，乃罷輔國判元帥行軍事。……十月十八日夜，盗入輔國第，殺輔國，携首臂而去。」《后妃傳》：「肅宗張皇后，本南陽西鄂人。……天寶中，選入太子宫爲良娣。……乾元元年四月，册爲皇后。……皇后寵遇專房，與中官李輔國持權禁中，干預政事，請謁過當，帝頗不悦，無如之何。……先在靈武時，太子弟建寧王倓爲后誣譖而死。自是太子憂懼，常恐后之構禍，乃以恭遜取容。后以建寧之隙，常欲危之。張后生二子：興王佋、定王侗。興王早薨，侗又孩幼，故儲位獲安。寶應元年四月，肅宗大漸，后與内官朱輝光、馬英俊、啖廷瑶、陳仙甫等謀立越王係，矯詔召太子入侍疾。中官程元振、李輔國知其謀，及太子入，二人以難告，請太子在飛龍厩。元振率禁軍收越王，捕朱輝光等。俄而肅宗崩，太子監國，遂移后於別殿，幽崩。」

〔四〕至今二句：《公羊傳》哀公十四年：「撥亂世，反諸正，莫近諸《春秋》。」《史記·夏本紀》：「禹

傷先人父鯀功之不成受誅，乃勞身焦思，居外十三年。」

〔五〕我昔二句：杜甫至德二載拜左拾遺，見卷二《述懷》(0050)注。《趙次公先後解》：「奉引，則供奉之事也。蓋拾遺掌供奉扈從，故子美詩每言奉引、侍祠、扈蹕。」王維《奉和聖制十五然燈繼以酺宴應制》：「奉引迎三事，司儀列萬方。」出兵句，仇注謂指代宗爲太子時拜天下兵馬元帥。《三國志・吴書・孫破虜傳》：「軍令整肅，百姓懷之。」

〔六〕爲留二句：《東坡題跋》卷三：「『爲留猛士守未央』，謂郭子儀奪兵柄入宿衛也。」《趙次公先後解》：「子儀於肅宗時召還，在乾元二年之七月，既留京師，次年吐蕃入寇，陷廓州，而岐雍之間防賊之不暇也。」仇注謂指寶應元年八月子儀自河南入朝，程元振數譖之，子儀請解副元帥、節度使。《史記・高祖本紀》：「自爲歌詩曰：『大風起兮雲飛揚，威加海内兮歸故鄉，安得猛士兮守四方。』」岐雍，鳳翔府岐州、京兆府雍州。《舊唐書・吐蕃傳》：「吐蕃在長安之西八千里，本漢西羌之地也。」乾元後吐蕃進侵，參卷二《塞蘆子》(0069)注。

〔七〕犬戎二句：《舊唐書・代宗紀》：「(廣德元年十月)辛未，高暉引吐蕃犯京畿，寇奉天、武功、盩厔等縣。蕃軍自司竹園渡渭，循南山而東。丙子，駕幸陝州。……戊寅，吐蕃入京師，立廣武王承宏爲帝。……子儀在商州會六軍使張知節，烏崇福、長孫全緒等率兵繼至，軍威遂振。……庚寅，子儀收京城。」《宦官傳・程元振》：「來瑱名將，裴冕元勳，二人既被誣陷，天下方鎮皆解體。元振猶以驕豪自處，不顧物議。九月，吐蕃、党項入犯京畿，下詔徵兵，諸道卒無至者。十月，蕃軍至便橋，代宗蒼黄出幸陝州。賊陷京師，府庫蕩盡。及至行在，太常博士柳

仇上疏切諫誅元振以謝天下，代宗顧人情歸咎，乃罷元振官，放歸田里。」《左傳》閔公二年：「虢公敗犬戎於渭汭。」杜預注：「犬戎，西戎別在中國者。」唐指吐蕃。《舊唐書・郭子儀傳》：「朔方，國之北門，西禦犬戎，北虞獫狁。」《南史・侯景傳》：「齊文宣夢獮猴坐御床。」《晉書・五行志》哀帝隆和初童謡：「桓公入石頭，陛下徒跣走。」

〔八〕願見二句：《漢書・傅介子傳》：「傅介子，北地人也。……至樓蘭，樓蘭王意不親介子……王起隨介子入帳中，屏語，壯士二人從後刺之，刃交胸，立死。……遂持王首還詣闕。」《趙次公先後解》謂杜甫時爲工部員外郎，止願見如傅介子者斬贊普之首，則老儒不復須用尚書郎也。仇注：「『老儒』句，自歎不能靖亂而尸位也。」《木蘭詩》：「可汗問所欲，木蘭不用尚書郎。」

錢箋：「《憶昔》之首章，刺代宗也。肅宗朝之禍亂，成於張后、輔國，代宗在東朝已身履其難。少屬亂離，長於軍旅，即位以來，勞心焦思，禍猶未艾，亦可以少悟矣。乃復信任程元振，解子儀兵柄，以召匈奴之禍。此不亦童昏之尤乎？公不敢斥言，而以『憶昔』爲詞，其旨意婉而切矣。」按，程元振時已罷歸，乃詩之顯斥者。錢箋乃以刺上爲説，陷詩人於刻深，且不知何以解次首「周宣中興望我皇」之語。

憶昔開元全盛日①，小邑猶藏萬家室〔一〕。稻米流脂粟米白，公私倉廩俱豐

實②〔二〕。九州道路無豺虎③，遠行不勞吉日出〔三〕。齊紈魯縞車班班，男耕女桑不相失④〔四〕。宮中聖人奏雲門〔五〕，天下朋友皆膠漆。百餘年間未災變，叔孫禮樂蕭何律〔六〕。豈聞一絹直萬錢〔七〕，有田種穀今流血。洛陽宮殿燒焚盡⑤，宗廟新除狐兔穴〔八〕。傷心不忍問耆舊，復恐初從亂離說。小臣魯鈍無所能，朝廷記識蒙禄秩〔九〕。周宣中興望我皇，洒血江漢長衰疾⑥〔一〇〕。（0193）

【校】

①全，《草堂》校：「一作前。」

②豐，錢箋校：「一作富。荆作盈。」

③虎，錢箋校：「晉作狼。」《文苑英華》校：「集作狼。」

④桑，《文苑英華》校：「一作蠶。」

⑤燒焚，《文苑英華》作「焚燒」，校：「集作燒焚。」

⑥血，錢箋、《草堂》校：「晉作淚。」《文苑英華》校：「一作淚。」　長，宋本、《草堂》校：「一云身。」錢箋作「身」，校：「荆作長。」《文苑英華》作「身」。

【注】

〔一〕憶昔二句：《後漢書·崔駰傳》：「當堯舜之盛世，處光華之顯時。」李暠《手令誡諸子》：「天下

全盛時，海内猶稱之。」《史記·吕不韋世家》：「後百年，旁當有萬家邑。」

〔二〕稻米二句：鄭辨志《宣州稽亭山妙顯寺碑銘》：「賜落脂米二百斛。」粟米，謂粟之米實。粟米色黄，精白則色白。《太平廣記》卷一六五《鄭餘慶》（出《盧氏雜説》）：「每人前下粟米飯一碗，蒸胡蘆一枚。相國餐美，諸人强進而罷。」《管子·牧民》：「倉廩實則知禮節。」潘岳《藉田賦》：「展三時之弘務，致倉廩於盈溢。」《文選》李善注引蔡邕《月令章句》：「穀藏曰倉，米藏曰廩。」

〔三〕九州二句：《周禮·夏官·司險》：「掌九州之圖，以周知其山林川澤之阻，而達其道路。」《楚辭·離騷》：「靈氛既告余以吉日兮，歷吉日乎吾將行。」

〔四〕齊紈二句：《漢書·地理志》齊地：「故其俗彌侈，織作冰紈綺繡純麗之物，號爲冠帶衣履天下。」班婕妤《怨詩》：「新裂齊紈素，鮮潔如霜雪。」《史記·韓長孺列傳》：「且彊弩之極，矢不能穿魯縞。」集解：「許慎曰：魯之縞尤薄。」李白《送魯郡劉長史遷弘農長史》：「魯縞如白烟，五縑不成束。」《唐六典》卷三户部河南道：「厥賦絹、絁、綿、布。……兖州鏡花綾，齊州絲葛。」《後漢書·五行志》桓帝時京都童謡：「車班班，入河間，河間姹女工數錢。」《商君書·畫策》：「男耕而食，婦織而衣。」《鹽鐵論·園池》：「夫男耕女績，天下之大業也。」

〔五〕宫中句：《周禮·春官·大司樂》：「以樂舞教國子，舞《雲門》、《大卷》、《大咸》、《大磬》、《大夏》、《大濩》、《大武》。」注：「此周所存六代之樂。黄帝曰《雲門》、《大卷》。」《後漢書·雷義傳》：「鄉里爲之語曰：膠漆自謂堅，不如雷與陳。」《唐會要》卷三二《雅樂》：「開元十三年，詔

燕國公張説改定樂章。上自定聲度，説爲之詞令，太常樂工就集賢院教習，數月方畢。因定封禪郊廟詞曲及舞，至今行焉。」《舊唐書·音樂志》：「玄宗在位多年，善音樂，若宴設酺會，即御勤政樓。……太常大鼓，藻繪如錦，樂工齊擊，聲震城闕。太常卿引雅樂，每色數十人，自南魚貫而進，列於樓下。鼓笛雞婁，充庭考擊。太常樂立部伎、坐部伎依點鼓舞，間以胡夷之伎。日旰，即内閑廄引蹀馬三十匹，爲《傾杯樂》曲，奮首鼓尾，縱横應節。又施三層板床，乘馬而上，抃轉如飛。又令宫女數百人自帷出擊雷鼓，爲《破陣樂》、《太平樂》、《上元樂》。雖太常積習，皆不如其妙也。若《聖壽樂》，則回身换衣，作字如畫。又五坊使引大象入場，或拜或舞，動容鼓振，中於音律，竟日而退。玄宗又於聽政之暇，教太常樂工子弟三百人爲絲竹之戲，音響齊發，有一聲誤，玄宗必覺而正之。號爲『皇帝弟子』，又云『梨園弟子』，以置院近於禁苑之梨園。太常又有别教院，教供奉新曲。」

〔六〕叔孫句：《史記·劉敬叔孫通列傳》：「叔孫通曰：『五帝異樂，三王不同禮。禮者，因時世人情爲之節文者也。故夏殷周之禮所因損益可知者，謂不相復也。臣願頗采古禮與秦儀雜就之。』上曰：『可試爲之，令易知，度吾所能行爲之。』……及稍定漢諸儀法，皆叔孫生爲太常所論著也。」《漢書·刑法志》：「漢興，高祖初入關，約法三章。……其後四夷未附，兵革未息，三章之法不足以禦姦，於是相國蕭何攈摭秦法，取其宜於時者，作律九章。」《舊唐書·玄宗紀》：「（開元二十年）九月乙巳，中書令蕭嵩等奏上《開元新禮》一百五十卷，制所司行用之。」「（開元二十五年）九月壬申，頒新定《令》、《式》、《格》及《事類》一百三十卷於天下。」

〔七〕豈聞句：一絹，一疋絹。據《通典》卷七，開元間絹一疋二百一十二文。《新唐書·食貨志》：「肅宗乾元元年，經費不給，鑄錢使第五琦鑄乾元重寶錢，徑一寸，每緡重十斤，與開元通寶參用，以一當十。……第五琦爲相，復命絳州諸爐鑄重輪乾元錢，徑一寸二分，其文亦曰乾元重寶，背之外郭爲重輪，每緡重十二斤，與開元通寶錢並行，以一當五十。是時民間行三錢，大而重棱者亦號重棱錢。法既屢易，物價騰踴，米斗錢至七千，餓死者滿道。……代宗即位，乾元重寶錢以一當二，重輪錢以一當三，凡三日而大小錢皆以一當一。自第五琦更鑄，犯法者日數百，州縣不能禁止，至是人甚便之。」元結《永泰二年通州問進士》：「往年粟一斛，估錢四百猶貴；近年粟一斛，估錢五百尚賤。往年帛一匹，估錢五百猶貴；近年帛一匹，估錢二千尚賤。」代宗以後，物價漸趨穩定。至大曆年間，絹一疋近四千。見權德輿《論旱災表》、李翺《疏改税法》等。第五琦更鑄後物價騰踴，故有絹一疋直萬錢者。

〔八〕洛陽二句：《舊唐書·代宗紀》：「（寶應元年十月）乙亥，雍王奏收東京、河陽、汴、許、鄭、滑、相、魏等州。」此言「宫殿燒焚盡」，有詩言。宗廟句，指廣德元年吐蕃陷京師。參前詩注。顔之推《古意》：「狐兔穴宗廟，霜露沾朝市。」仇注：「宗廟毁則狐兔穴除矣。」按，除謂掃除，掃除狐兔謂收復京師。長安宗廟此前曾爲安禄山所焚，乾元元年新修九廟成。

〔九〕小臣二句：劉楨《贈五官中郎將》：「小臣信頑鹵，僶勉安能追。」《文選》李善注：「《論語》曰：『參也魯。』孔安國曰：魯，鈍也。『魯』與『鹵』同。」本書卷一三《奉寄别馬巴州》（0836）注：「時甫除京兆功曹，在東川。」在廣德二年。《舊唐書·杜甫傳》：「久之，召補京兆府功曹。上元二

年冬，黄門侍郎、鄭國公嚴武鎮成都，奏爲節度參謀、檢校尚書工部員外郎，賜緋魚袋。」杜甫入嚴武幕在廣德二年六月。《舊唐書》有誤。

〔一〇〕周宣二句：周宣中興，見卷一《北征》(0052)注。洒血，猶言泣血。參卷二《新安吏》(0060)注。江漢，見本卷《枯椶》(0190)注。

《通典》卷七《食貨·户口》：「至(開元)十三年封泰山，米斗至十三文，青、齊穀斗至五文。自後天下無貴物，兩京米斗不至二十文，麵三十二文，絹一疋二百一十二文。東至宋汴，西至岐州，夾路列店肆待客，酒饌豐溢。每店皆有驢賃客乘，倏忽數十里，謂之驛驢。南詣荆襄，北至太原、范陽，西至蜀川、涼府，皆有店肆，以供商旅。遠適數千里，不持寸刃。二十年，户七百八十六萬一千二百三十六，口四千五百四十三萬一千二百六十五。」

趙子櫟《杜工部年譜》引柳芳《唐曆》：「開元二十八年，天下雄富，西京米價不盈二百，絹亦如之。東由汴宋，西歷岐鳳，夾路列店，陳酒饌待客。行人萬里，不持寸刃。」

冬狩行 時梓州刺史章彝兼侍御史留後東川〔一〕。

君不見東川節度兵馬雄，校獵亦似觀成功〔二〕。夜發猛士三千人，清晨合圍步

驟同〔三〕。禽獸已斃十七八，殺聲落日回蒼穹。幕前生致九青兕，馲駝嵓峞垂玄熊〔四〕。東西南北百里間，髣髴蹴踏寒山空〔五〕。有鳥名鸜鵒〔六〕，力不能高飛逐走蓬。肉味不足登鼎俎，胡爲見羈虞羅中〔七〕？春蒐冬狩侯得同①，使君五馬一馬驄〔八〕。況今攝行大將權，號令頗有前賢風。飄然時危一老翁，十年厭見旌旗紅〔九〕。喜君士卒甚整肅，爲我回轡擒西戎。草中狐兔盡何益，天子不在咸陽宫〔一〇〕。朝廷雖無幽王禍，得不哀痛塵再蒙〔一一〕！嗚呼，得不哀痛塵再蒙！

（0194）

【校】

①侯，錢箋校：「一作候。」《草堂》校：「王荆公作候。」

【注】

黄鶴注：當是廣德元年（七六三）作。

〔一〕章彝：《舊唐書·嚴武傳》：「前後在蜀累年，肆志逞欲，恣行猛政。梓州刺史章彝初爲武判官，及是小不副意，赴成都，杖殺之。」《新唐書·杜甫傳》：「一日欲殺甫及梓州刺史章彝，集吏於門。武將出，冠鈎於簾三，左右白其母，奔救得止，獨殺彝。」武殺章彝事，又見《唐國史補》卷

上等。《古今姓氏書辨證》卷一三：「梓州刺史章彝，湖州人。」《通典》卷三二《職官·都督》：「開元中，凡八節度使……若朝覲則置留後，擇其人而任之。」宰相遥領節度及未有正授者亦置留後。《唐會要》卷七八《宰相遥領節度使》：「蕭嵩以牛仙客爲留後，李林甫以杜希望爲留後，楊國忠以崔圓爲留後。」

〔二〕君不見二句：《元和郡縣圖志》卷三三東川節度使：「梓州，梓潼，上。……今爲東川節度使理所。」《唐會要》卷七八《節度使》：「劍南節度使……至上元二年二月，分爲兩川。廣德二年正月八日，合爲一道。大曆二年正月二十日，又分爲兩川，至今不改。」錢箋：「是時已廢東川節度使，故章以刺史領留後事。詩云『東川節度』，則循其舊稱也。」仇注引《會要》，謂廣德元年冬宜有東川節度。按，仇説是。廢節度則留後亦不應置。章之銜僅爲留後，詩稱「東川節度」，因留後攝節度之職，且詩云「節度兵馬」，不可謂留後兵馬也。司馬相如《上林賦》：「天子校獵。」《文選》郭璞注：「李奇曰：以五校兵出獵也。」《漢書·成帝紀》：「從胡客大校獵。」注：「如淳曰：《周禮》：校人掌王田獵之馬，故曰校獵。師古曰：校，謂以木自相貫穿爲闌校耳。校獵者，大爲闌校以遮禽獸而獵取也。」

〔三〕清晨句：《禮記·王制》：「天子不合圍。」《荀子·禮論》：「故君子上致其隆，下盡其殺，而中處其中。步驟馳騁厲鶩不外是矣。」

〔四〕幕前二句：青兕，見卷二《送韋十六評事充同谷郡防禦判官》（0088）注。馲駝，同橐駝，駱駝。《初學記》卷二九：「《淮南萬畢術》曰：橐駝之本出泉渠。《廣志》曰：天竺以北多馲駝。」王延

壽《魯靈光殿賦》：「瞻彼靈光之爲狀也，則嵯峨嶵嵬，峞巍嵓㟪。」《文選》李善注：「皆高峻之貌。」又：「玄熊舑舕以齗齗，却負載而蹲跠。」玄熊，黑熊。《分門》洙曰：「以馲負熊也。」

〔五〕蹴踏：見卷一《自京赴奉先縣詠懷五百字》（0041）注。

〔六〕有鳥句：《説文》：「鴝，鴝鵒也。」段注：「今之八哥也。《左氏春秋》昭二十五年『有鸜鵒來巢』，鸜，本又作『鴝』。《公羊》作『鸛』，音權。《穀梁》作『鸜』，亦作『鸛』。《考工記》作『鸛』，亦作『鸜』。」

〔七〕肉味二句：《左傳》隱公五年：「鳥獸之肉不登於俎，皮革齒牙、骨角毛羽不登於器，則公不射，古之制也。」《周禮・天官・獸人》：「及弊田，令禽注於虞中。」注引鄭司農云：「虞中，謂虞人釐所田之野，及弊田，植虞旗於其中，致禽而珥焉。」陳子昂《感遇》：「豈不在遐遠，虞羅忽見尋。」

〔八〕春蒐二句：《左傳》隱公五年：「故春蒐、夏苗、秋獮、冬狩，皆於農隙以講事也。」杜預注：「狩，圍守也。冬物畢成，獲則取之，無所擇也。」《相和歌辭・陌上桑》：「使君從南來，五馬立踟躕。」程大昌《演繁露》卷二：「太守五馬，莫知的據。古樂府『五馬立躊躇』，即其來已久。或言《詩》有『良馬五之』，侯國事也。然上言『良馬四之』，下言『良馬六之』，則或四或六，元非定制也。漢有駟馬車，正用四馬，而鄭玄注《詩》曰：『《周禮》：州長建旟。漢太守比州長，法御五馬。』玄以州長比方漢州，大小相絶遠矣。周之州乃反統隸於縣，比漢太守品秩殊不侔，不足爲據。然鄭後漢時人，則太守之用五馬，後漢已然矣。……老杜亦曰：『使君五馬一馬驄。』則是

真有五馬矣。若其制之所始，則未有知者。」《苕溪漁隱叢話》前集卷六：「《遯齋閑覽》云：『世謂太守爲五馬，人罕知其故事。或言《詩》云……後見龐幾先云：古乘駟馬車，至漢時，太守出則增一馬，事見《漢官儀》也。』……苕溪漁隱曰：五馬事當以《遯齋》、《學林》二説出《漢官儀》者爲是。余嘗細考《詩》注『孑孑干旟』：『鳥隼曰旟』。後人多用隼旟爲太守事，又見注云『州長之屬』，因以《詩》之五馬爲太守，誤矣。」浦起龍云：「馬驄，兼侍御也。」驄馬御史，見卷二《送長孫九侍御赴武威判官》(0085)注。

〔九〕十年句：《舊唐書·玄宗紀》：「(天寶十載)五月丁亥，改諸衛幡旗緋色者爲赤黄，以符土運。」黄鶴注引此而漏「黄」字，謂：「所以《諸將》詩云『曾閃朱旗北斗闌』也。」按，緋色者紅，赤黄則非紅旗。王昌齡《從軍行》：「大漠風塵日色昏，紅旗半卷出轅門。」岑參《白雪歌送武判官歸京》：「紛紛暮雪下轅門，風掣紅旗凍不翻。」紅旗乃軍中常見。

〔一〇〕草中二句：仇注引申涵光曰：「即賈生『不獵猛敵而獵禽獸』意。」賈誼《上疏陳政事》：「今不獵猛敵而獵田彘，不搏反寇而搏畜菟，玩細娱而不圖大患，非所以爲安也。」

〔一一〕朝廷二句：《史記·周本紀》：「申侯怒，與繒、西夷犬戎攻幽王。幽王舉烽火徵兵，兵莫至。遂殺幽王驪山下。」《分門》洙曰：「時代宗在陝，詔徵天下兵，而程元振用事，媒蘖大臣，皆疑懼不進，天下無一人應召者。故此詩末章有感激也。」《九家》趙注：「塵再蒙，則言明皇以禄山之禍已蒙塵於蜀，今天子又以吐蕃之故蒙塵於外。」蒙塵，見卷三《兩當縣吴十侍御江上宅》(0139)注。

羅大經《鶴林玉露》丙編卷五：「杜陵《冬狩行》曰：『草間狐兔盡何益，天子不在咸陽宮。』規警將帥也。又曰：『朝廷雖無幽王禍，得不哀痛塵再蒙。』規警人主也。然人主者，本也。人主果有興衰撥亂之志，其誰敢不從？故又曰『烏乎，得不哀痛塵再蒙』，所以深規警人主也。」

王嗣奭《杜臆》：「此詩所致規於章公不淺，非止陰諷之。至云『亦似觀成功』、『頗有前賢風』，俱致不滿之意。此公竟爲嚴武所殺，得非有可指之罪乎？」按，詩人借題發揮固不假，然欲就此以坐實章氏之罪，則穿鑿甚矣。

韋諷録事宅觀曹將軍畫馬圖①〔一〕

國初已來畫鞍馬，神妙獨數江都王〔二〕。將軍得名三十載，人間又見真乘黄②〔三〕。曾貌先帝照夜白③，龍池十日飛霹靂〔四〕。内府殷紅馬腦盤④，婕妤傳詔才人索。盌賜將軍拜舞歸，輕紈細綺相追飛⑤〔五〕。貴戚權門得筆跡，始覺屏障生光輝。昔日太宗拳毛騧，近時郭家師子花〔六〕。今之新圖有二馬⑥，復令識者久歎嗟。此皆騎戰一敵萬，縞素漠漠開風沙。其餘七匹亦殊絶，迥若寒空動烟雪⑦。

霜蹄蹴踏長楸間，馬官廝養森成列〔七〕。可憐九馬争神駿，顧視清高氣深穩〔八〕。借問苦心愛者誰，後有韋諷前支遁〔九〕。憶昔巡幸新豐宫，翠華拂天來向東〔一〇〕。騰驤磊落三萬匹⑧〔一一〕，皆與此圖筋骨同。自從獻寶朝河宗，無復射蛟江水中〔一二〕。君不見金粟堆前松柏裏⑨，龍媒去盡鳥呼風〔一三〕。(0195)

【校】

① 韋諷録事宅觀曹將軍畫馬圖，《文苑英華》題末有「歌」字，校：「集作引。」

② 三，錢箋、《草堂》校：「樊作四。」 又，《文苑英華》作「不」，校：「一作又。」

③ 貌，宋本缺，據錢箋、《草堂》、《九家》補。

④ 盤，錢箋作「盌」，校：「一作盤。」《文苑英華》校：「一作盌。」

⑤ 盌，《文苑英華》校：「一作盤。」《草堂》作「盤」，校：「一作盌。」 飛，錢箋校：「一作隨。」《文苑英華》作「隨」，校：「集作飛。」

⑥ 新，錢箋、《草堂》校：「一作畫。」《文苑英華》校：「集作畫。」

⑦ 動烟，《文苑英華》作「雜霞」，校：「集作動烟。」

⑧ 驤，《文苑英華》校：「一作躍。」

⑨ 前，《文苑英華》作「邊」，校：「集作前。」

【注】

黄鶴注：詩云「君不見金粟堆前松柏裏，龍媒去盡鳥呼風」，當是葬明皇後作。梁權道編在寶應元年（七六二）梓州詩内，恐非。當在廣德二年（七六四）公再到成都時作。韋諷爲閬州録事，諷之居在成都。

〔一〕韋諷：董逌《廣川書跋》卷八：「唐軒轅鑄鼎原銘，虢州刺史王顔撰，華州刺史袁滋籀書。其作銘在貞元十一年九月。至十七年韋諷復書識其後。」未知是否同人。《唐六典》卷三〇上州：「録事參軍事一人，從七品上。録事二人，從九品上。」曹將軍：曹霸。見後注。

〔二〕國初二句：《歷代名畫記》卷一〇：「江都王緒，霍王元軌之子，太宗皇帝猶子也。多才藝，善書畫，鞍馬擅名。垂拱中官至金州刺史。」《唐朝名畫録》：「江都王善畫雀蟬、驢子，應制明皇《潞府十九瑞應圖》，實造神極妙。」

〔三〕將軍二句：《歷代名畫記》卷九：「曹霸，魏曹髦之後。髦畫稱於魏代。霸在開元中已得名，天寶末，每詔畫御馬及功臣。官至左武衛將軍。」乘黄，見卷二《瘦馬行》（0073）注。

〔四〕曾貌二句：《開天傳信記》：「上封泰山回，車駕次上黨。……遂詔吴道玄、韋無忝、陳閎，令同制金橋圖。聖容及上所乘照夜白馬，陳閎主之。」《能改齋漫録》卷六引《明皇雜録》：「上所乘馬，有玉花驄、照夜白。」《天中記》卷五五引《畫鑒》：「曹霸《人馬圖》，紅衣美髯奚官牽玉面騂，緑衣閹官牽照夜白。」《雍録》卷四興慶宮：「大興京城東南角有坊名隆慶，中有明皇爲諸王時

故宅。宅有井，井溢成池。中宗時，數有雲龍之祥，帝以數幸以厭當之。後引龍首堰水注池，池面益廣，即龍池也。明皇開元二年七月，以宅爲宮，既取隆慶坊名以爲宮名，而帝之二名其一爲隆，故改隆爲興，是爲興慶宮也。」《明皇雜録》卷下：「唐開元中，關輔大旱，京師闕雨尤甚。亟命大臣遍禱於山澤間，而無感應。上於龍池新創一殿，因召少府監馮紹正，令於四壁各畫一龍。紹正乃先於西壁畫素龍，奇狀蜿蜒，如欲振躍。繪事未半，若風雲隨筆而生。上及從官於壁下觀之，鱗甲皆濕。設色未終，有白氣若簾廡間出，入於池中。波涌濤洶，雷電隨起。侍御數百人皆見白龍自波際乘雲而上，俄頃陰雨四布，風雨暴作，不終日而甘霖遍於畿内。」詩意所言傳説類此，因馬八尺爲龍而與繪龍牽合。

〔五〕内府四句：王嗣奭《杜臆》：「出盤、詔索，正索其貌照夜白也。拜賜以歸，而紈綺追飛，乃貴戚權門之求畫也。此正倒插法，唯公最善用之。」浦起龍云：「言皇情好畫，貴臣争效。」《梁書·諸夷傳》波斯國：「亦有琥珀、馬腦、真珠、玫珍等，國内不以爲珍。」《舊唐書·裴行儉傳》：「初，平都支、遮匐，大獲瑰寶……有馬腦盤，廣二尺餘，文彩殊絶。」《唐六典》卷二内命婦：「婕妤九員，正三品。」「才人九員，止五品。」

〔六〕昔日二句：《長安志》卷一六太宗昭陵：「所乘六駿石像在陵後……拳毛騧，平劉黑闥時乘。有石真容自拔箭處。」《宣和畫譜》卷一三江都王緒：「寫拳毛騧圖一。」《杜陽雜編》卷上：「上（代宗）因命御馬九花虯並紫玉鞭轡以賜郭子儀，子儀知九花之異，固陳讓者久之。上曰：『此馬高大，稱卿儀質，不必讓也。』子儀身高七尺餘，九花虯即范陽節度使李德山所貢，額高九寸，

毛拳如鱗，頭頸鬃鬣，真虬龍也。每一嘶，則群馬聳耳。以身被九花文，號九花虬。」《天中記》卷五五引此，謂：「杜詩『近時郭家師子花』，注『即九花虬』也。」

〔七〕霜蹄二句：曹植《名都篇》：「鬭雞東郊道，走馬長楸間。」《文選》李周翰注：「古人種楸於道，故曰長楸。」

〔八〕可憐二句：《九家》趙注：「自『昔日太宗』至『氣深穩』十二句，正是韋諷家所見之畫，凡九疋也。」仇注：「此記九馬之圖，正寫本題。」

〔九〕借問二句：《世説新語・言語》：「支道林常養數匹馬，或言：『道人畜馬不韻。』支曰：『貧道重其神駿。』」

〔一〇〕憶昔二句：新豐宮，指驪山華清宮。《舊唐書・地理志》：「昭應，隋新豐縣。……天寶二年，分新豐、萬年置會昌縣。七載，省新豐縣，改會昌爲昭應，治温泉宮之西北。」參卷一《奉同郭給事湯東靈湫作》(0035)注。翠華，見《奉同郭給事湯東靈湫作》「翠旗」注。

〔一一〕騰驤句：騰驤，見卷二《瘦馬行》(0073)注。潘岳《閑居賦》：「石榴蒲陶之珍，磊落蔓衍乎其側。」《文選》李善注：「磊落，實貌。」呂延濟注：「磊落蔓衍，衆多貌。」《舊唐書・王毛仲傳》：「扈從東封，以諸牧馬數萬匹從，每色爲一隊，望如雲錦。」

〔一二〕自從二句：《穆天子傳》卷一：「戊寅，天子西征，鶩行至於陽紆之山，河伯無夷之所都居，是惟河宗氏。河宗伯夭逆天子燕然之山。……天子授河宗璧，河宗伯夭受璧，西向沉璧於河，再拜稽首。」《玉海》卷一四引《水經注》：「《穆天子傳》曰：天子西征至陽紆之山……河伯乃與天子

披圖視典，以觀天子之寶器，玉果、璿珠、燭銀、金膏等物，皆河圖所載，河伯以禮穆王。」《分門》趙注：「所謂朝河宗者，河宗朝而獻寶也。」《九家》趙注：「言先皇之出狩而遂上昇乎。」按，二句兼用漢武帝事。《史記・封禪書》：「過祠泰山。還至瓠子，自臨塞決河，留二日，沈祠而去。」《漢書・武帝紀》：「五年冬，行南巡狩，自尋陽浮江，親射蛟江中，獲之。」玄宗開元十四年冬東封泰山。

〔一三〕君不見一句：《舊唐書・玄宗紀》：「初，上皇親拜五陵，見金粟山崗有龍盤鳳翥之勢，復近先塋，謂侍臣曰：『吾千秋後宜葬此地，得奉先陵，不忘孝敬矣。』至是，追奉先旨以創寢園，以廣德元年三月辛酉葬於泰陵。」龍媒，見卷一《沙苑行》(0038)注。

《唐語林》卷二：「杜善鄭廣文，嘗以《花卿》及《姜楚公畫鷹歌》示鄭。鄭曰：『足下此詩可以療疾。』他日鄭妻病，杜曰：『爾但言「子章髑髏血模糊，手提擲還崔大夫」。如不瘥，即云「觀者徒驚帖壁飛，畫師不是無心學」。未間，更有「太宗拳毛騧」、「郭家師子花」。如又不瘥，雖和扁不能爲也。』其自得如此。」唐蘭考此條出《劉賓客嘉話録》。按，此小說家言。鄭虔早卒於乾元二年，無緣覩《戲作花卿歌》及此詩。

施補華《峴傭說詩》：「前半平叙將軍之畫，『憶昔』一段追溯明皇收馬之蕃、將軍畫馬之妙。今則翠華已逝，畫手猶存。絶大波瀾，無窮感慨。學者熟此，可悟開拓之法。」

送韋諷上閬州録事參軍〔一〕

國步猶艱難〔二〕，兵革未衰息。萬方哀嗷嗷①〔三〕，十載供軍食②。庶官務割剥，不暇憂反側〔四〕。誅求何多門，賢者貴爲德③〔五〕。韋生富春秋，洞澈有清識〔六〕。操持紀綱地，喜見朱絲直〔七〕。當令豪奪吏④〔八〕，自此無顔色。必若救瘡痍，先應去蝥賊〔九〕。揮涙臨大江，高天意悽惻。行行樹佳政，慰我深相憶。（0196）

【校】

① 哀，錢箋、《九家》、《草堂》校：「一作尚。」

② 載，錢箋、《九家》校：「一作年。」

③ 賢者貴爲德，宋本、《九家》校：「一云『賢俊愧爲力』。」錢箋、《草堂》校：「晋作『賢俊愧爲力』。」

④ 當令，錢箋、《草堂》校：「晋作因循。」

【注】

黄鶴注：廣德二年（七六四）作。詩云「十載供軍食」，當是廣德元年。然是年春公在閬，春晚自閬

再歸成都。當在成都作，不應在閬更送諷上閬録參也。意諷居於成都。仇注：自天寶十四載（七五五）至廣德二年爲十載。

〔一〕閬州：《舊唐書·地理志》劍南道：「閬州，隋巴西郡。……天寶元年，改爲閬中郡。乾元元年，復爲閬州。」

〔二〕國步：《詩·大雅·桑柔》：「於乎有哀，國步斯頻。」

〔三〕萬方句：《詩·小雅·鴻雁》：「鴻雁于飛，哀鳴嗸嗸。」傳：「未得所安集則嗸嗸。」嗷同嗸。

〔四〕庶官二句：《書·説命》：「惟治亂在庶官。」《書·湯誓》孔傳：「言奪民農功而爲割剥之政。」《後漢書·光武帝紀》：「收文書，得吏人與郎交關謗毁者數千章。光武不省，會諸將軍燒之，曰：『令反側子自安。』」

〔五〕誅求二句：《左傳》襄公三十一年：「以敝邑褊小，介於大國，誅求無時。」杜預注：「誅，責也。」《梁書·武帝紀》：「至於民間誅求萬端，或供厨帳，或供廐庫，或遣使命，或待賓客，皆無自費，取給於民。」《易·繫辭上》：「有親則可久，有功則可大。可久則賢人之德，可大則賢人之業。」《禮記·曲禮上》：「太上貴德，其次務施報。」《中庸》：「去讒遠色，賤貨而貴德，所以勸賢也。」

〔六〕韋生二句：《史記·秦始皇本紀》：「今陛下富於春秋。」《世説新語·德行》：「荀君清識難尚。」

〔七〕操持二句：《唐六典》卷三〇州縣官吏：「司録、録事參軍，掌付事勾稽，省署抄目，糾正非違，監守符印。若列曹有異同，得以聞奏。」《唐會要》卷五八《左右丞》會昌二年左丞孫簡奏：「京

兆、河南司録及諸州府録事參軍，皆操紀律，糾正諸曹。與尚書省左右丞紀綱六聯略同。」鮑照《代白頭吟》：「直如朱絲繩，清如玉壺冰。」

〔八〕當令句：《管子·國蓄》：「故大賈蓄家不得豪奪吾民矣。」

〔九〕必若二句：《漢書·季布傳》：「今瘡痍未瘳，噲又面諛。」《詩·小雅·大田》：「去其螟螣，及其蟊賊。」傳：「食根曰蟊，食節曰賊。」

陪章留後惠義寺餞嘉州崔都督赴州〔一〕

中軍待上客，令肅事有恒〔二〕。前驅入寶地，祖帳飄金繩〔三〕。南陌既留歡①〔四〕，兹山亦深登。清聞樹杪磬〔五〕，遠謁雲端僧。回策匪新岸②，所攀仍舊藤〔六〕。耳激洞門飈，目存寒谷冰〔七〕。出塵閟軌躅，畢景遺炎蒸〔八〕。永願坐長夏，將衰栖大乘〔九〕。羈旅惜宴會，艱難懷友朋。勞生共幾何，離恨兼相仍〔一〇〕。

(0197)

【校】

①陌，宋本、錢箋校：「一云伯。」

②岸，錢箋、《草堂》校：「樊作崖。」

【注】

黄鶴注：公寶應元年（七六二）雖至梓州，而在秋冬間。此詩云「永願坐長夏」、「畢景遺炎蒸」，當是廣德元年（七六三）作。

〔一〕章留後：章彝。見本卷《冬狩行》（0194）注。惠義寺：楊炯《梓州惠義寺重閣銘》：「長平山兮建重閣，上穹窿兮下磅礴。」《宋高僧傳》卷六《梓州慧義寺神清傳》：「《北山參玄語録》十卷……寺居郪城之北長平山，故云北山。」又卷二五有《梓州慧義寺清虚傳》。《蜀中廣記》卷二九潼川州：「《高僧傳》云：梓州城北有白門蘭若，在長平山，即北山也。山長而平，故名。」《元和郡縣圖志》卷三一《劍南道》：「嘉州，犍爲，中。……武德二年改爲嘉州，割通義、洪雅等四縣別置眉州。」《舊唐書・地理志》：「天寶元年，改爲犍爲郡。乾元元年復爲嘉州。二月，劍南節度使盧元裕請升爲中都督府。尋罷。」《唐六典》卷三〇都督府：「中都督府，都督一人，正三品。」

〔二〕令肅句：《易・家人・象》：「君子以言有物而行有恒。」

〔三〕前驅二句：寶地，指佛寺。王臺卿《奉和望同泰寺浮圖》：「寶地若池沙，風鈴如樹響。」《雜曲歌辭・舍利佛》：「金繩界寶地，珍木蔭瑶池。」《法華經・譬喻品》：「以琉璃爲地，金繩界其道。」《漢書・疏廣傳》：「公卿大夫故人邑子設祖道，供張東都門外。」張九齡《餞王尚書出

邊》：「祖帳傾朝列，軍麾駐道傍。」

〔四〕南陌句：沈君攸《采桑》：「南陌落花移，蠶妾畏桑萎。」沈約《長歌行》：「局塗頓遠策，留歡恨奔箭。」

〔五〕清聞句：《法苑珠林》卷九九引《宣律師住持感應記》：「阿難房前有一鐘磬，可受五升。磬子四邊悉黄金鏤，作過去佛教弟子文。鼻上以紫磨金爲九龍形，背上立天人像。執椎擊之，聲震三千，音中亦説諸佛教誡弟子法。此磬梵天王造，及佛滅後，娑竭龍王亦收入海宫中。」

〔六〕回策二句：佛教以涅槃爲彼岸，此暗用其語。《增壹阿含經》卷三八：「汝等比丘亦如是，設不著此岸，又不中没，復非在岸上，不爲人非人所捉，亦不爲水所回轉，亦不腐敗，便當漸漸至涅槃處。」《大寶積經》卷三二：「雖瞭種種言，世論及諸法。無眼盡邊智，如墜險攀藤。」

〔七〕耳激二句：曹植《贈徐幹》：「春鳩鳴飛棟，流猋激櫺軒。」《文選》李善注：「《爾雅》曰：扶摇謂之飈。郭璞曰：暴風從上下者。『猋』與『飈』同，古字通。」江淹《雜體詩・許徵君詢自叙》：「曲櫺激鮮飈，石室有幽響。」左思《吴都賦》：「高闈有閌，洞門方軌。」《論衡・寒温》：「燕有寒谷，不生五穀，鄒衍吹律，寒谷可種。」

〔八〕出塵二句：《法苑珠林》卷三九引《郁迦長者經》：「我何時當得如是居寺，出塵垢之外。」孔稚圭《北山移文》：「夫以耿介拔俗之標，蕭洒出塵之想。」《詩・鄘風・載馳》：「視爾不臧，我思不閟。」傳：「閟，閉也。」《漢書・叙傳》：「伏周孔之軌躅。」注：「鄭氏曰：躅，跡也。三輔謂牛蹄處爲躅。」鮑照《上潯陽還都道中作》：「侵星赴早路，畢景逐前儔。」《文選》李周翰注：「畢

景，落日也。」

〔九〕永願二句：《佛本行集經》卷三九：「爾時世尊還在於彼波羅奈城鹿苑坐夏。」長夏，季夏。《黃帝内經素問》卷一：「所謂得四時之勝者，春勝長夏，長夏勝冬，冬勝夏，夏勝秋，秋勝春。」注：「春木，夏火，長夏土，秋金，冬水。」此以五行配四季，而以土配季夏。醫家稱長夏。《維摩經·弟子品》：「此比丘久發大乘心，中忘此意，如何以小乘法而教導之。」

〔一〇〕離恨句：鮑照《代白頭吟》：「何慚宿昔意，猜恨坐相仍。」《文選》李善注：「《爾雅》曰：仍，因也。」

閬州東樓筵奉送十一舅往青城縣得昏字〔一〕

曾城有高樓①，制古丹雘存〔二〕。迢迢百餘尺〔三〕，豁達開四門。雖有車馬客②，而無人世喧〔四〕。游目俯大江，列筵慰別魂〔五〕。是時秋冬交，節往顔色昏。天寒鳥獸休③，霜露在草根〔六〕。今我送舅氏，萬感集清樽〔七〕。豈伊山川間，回首盜賊繁〔八〕。高賢意不暇，王命久崩奔〔九〕。臨風欲慟哭，聲出已復吞〔一〇〕。（0198）

【校】

① 樓，錢箋校：「舊作會。」

②有，錢箋、《草堂》校：「一作會。」

③休，錢箋校：「一作伏。」《九家》、《草堂》作「伏」，《草堂》校：「一作休。」

【注】

黄鶴注：當是廣德元年（七六三）初至閬州時作。

〔一〕十一舅：崔姓，名未詳。本書卷一八補遺有《閬州奉送二十四舅使自京赴任青城》（1437）。盧元昌注：「赴青城任者二十四舅，十一舅偕之往耳。」《元和郡縣圖志》卷三一蜀州：「青城縣，望。南至州四十一里。……垂拱二年改屬蜀州，開元十八年改爲青城。」

〔二〕曾城二句：曾城，見卷三《成都府》（0170）注。《書·梓材》：「惟其塗丹雘。」傳：「惟其當塗以漆，丹以朱而後成。」顔延之《赭白馬賦》：「具服金組，兼飾丹雘。」《文選》李善注：「丹、雘，二色也。郭璞《山海經注》曰：雘，黝屬。」

〔三〕迢迢：陸機《擬西北有高樓》：「高樓一何峻，迢迢峻而安。」

〔四〕雖有二句：陶淵明《飲酒》：「結廬在人境，而無車馬喧。」

〔五〕游目二句：曹植《五游詠》：「逍遥八紘外，游目歷遐荒。」曹丕《雜詩》：「俯視清水波，仰看明月光。」謝靈運《石門新營所住四面高山回溪》：「庶持乘日車，得以慰營魂。」儲光羲《舟中别武金壇》：「漾舟清潭裏，慰我别離魂。」

〔六〕霜露句：沈約《宿東園》：「樹頂鳴風飆，草根積霜露。」

〔七〕今我二句：《詩·秦風·渭陽》：「我送舅氏，曰至渭陽。」謝靈運《入彭蠡湖口》：「千念集日夜，萬感盈朝昏。」謝朓《和別沈右率諸君》：「春夜別清樽，江潭復爲客。」

〔八〕豈伊二句：《詩·小雅·頍弁》：「豈伊異人，兄弟匪他。」箋：「豈有異人疏遠者乎。」張衡《西京賦》：「豈伊不虔思於天衢。」《文選》李善注：「伊，惟也。」顔延之《應詔宴曲水作》：「豈伊人和，寔靈所貺。」《文選》李善注：「言化之所感，豈止人和乎。」此作豈止解。《穆天子傳》卷三：「道里悠遠，山川間之。」《九家》趙注：「言一別之後，豈只是山川間隔，回首則有盜賊繁多爲可憂。蓋吐蕃之勢未已，有吞蜀之意。」仇注：「二句傷長安亂離也。」按，當指蜀地之亂，然亦非止憂吐蕃。

〔九〕高賢二句：《九家》趙注：「高賢，指言十一舅。所以不遑暇給者，以王命所在，久崩奔而遵承之。」仇注謂指前奉命而任青城之二十四舅，崩奔比行役之匆遽。謝靈運《入彭蠡湖口》：「洲島驟回合，圻岸屢崩奔。」儲光羲《舟中別武金壇》：「偶坐爛明星，歸志潛崩奔。」王昌齡《詠史》：「明夷方遘患，顧我徒崩奔。」杜詩用法同儲、王，謂奔走匆遽。

〔一〇〕聲出句：鮑照《擬行路難》：「心非木石豈無感，吞聲躑躅不敢言。」江淹《恨賦》：「自古皆有死，莫不飲恨而吞聲。」

將適吳楚留別章使君留後兼幕府諸公得柳字〔一〕

我來入蜀門①，歲月亦已久。豈唯長兒童，自覺成老醜〔二〕。常恐性坦率，失

身爲杯酒〔三〕。近辭痛飲徒，折節萬夫後②〔四〕。昔如縱壑魚③，今如喪家狗〔五〕。既無游方戀，行止復何有〔六〕？相逢半新故，取别隨薄厚〔七〕。不意青草湖，扁舟落吾手〔八〕。眷眷章梓州〔九〕，開筵俯高柳。樓前出騎馬，帳下羅賓友。健兒簸紅旗〔一〇〕，此樂或難朽④。日車隱崑崙，鳥雀噪户牖〔一一〕。波濤未足畏⑤，三峽徒雷吼〔一二〕。所憂盜賊多，重見衣冠走〔一三〕。中原消息斷，黄屋今安否〔一四〕？終作適荆蠻，安排用莊叟〔一五〕。隨雲拜東皇，挂席上南斗〔一六〕。有使即寄書，無使長回首〔一七〕。（0199）

【校】

①我，錢箋、《草堂》校：「一作甫。」
②夫，錢箋、《草堂》校：「一作人。」
③如，錢箋、《草堂》校：「樊作若。」
④或，錢箋、《草堂》校：「一作幾。」《九家》作「幾」。
⑤畏，宋本作「慰」，據錢箋、《九家》、《草堂》改，錢箋校：「一作慰。」

【注】

黄鶴注：當是廣德元年（七六三）十一月代宗未還京時作。

〔一〕章使君留後：章彝。見本卷《冬狩行》(0194)注。

〔二〕豈唯二句：《漢書·食貨志》：「爲吏者長子孫。」阮籍《詠懷》：「朝爲媚少年，夕暮成醜老。」

〔三〕常恐二句：《晉書·庾亮傳》：「便據胡床與浩等談詠竟坐。其坦率行己，多此類也。」仇注謂此暗用灌夫罵座事。《史記·魏其武安侯列傳》：「杯酒責望，陷彼兩賢。」鮑照《代結客少年場行》：「失意杯酒間，白刃起相仇。」

〔四〕折節：《史記·游俠列傳》：「及解年長，更折節爲儉。」

〔五〕昔如二句：王褒《聖主得賢臣頌》：「翼乎如鴻毛遇順風，沛乎如巨魚縱大壑。」《史記·孔子世家》：「累累若喪家之狗。」

〔六〕既無二句：《論語·里仁》：「子曰：『父母在，不遠游，游必有方。』」集解：「鄭曰：方猶常也。」疏：「游必有常所，欲使父母呼己得即知其處也。」《易·艮·象》：「時止則止，時行則行。」

〔七〕相逢二句：王嗣奭《杜臆》：「各有餽贐，可爲行資，故湖舟落手也。」

〔八〕不意二句：《元和郡縣圖志》卷二七岳州巴陵縣：「巴丘湖，又名青草湖，在縣南七十九里。」《方輿勝覽》卷二九岳州：「洞庭湖在巴陵縣西，西接赤沙，南連青草，横亘七八百里。」《史記·貨殖列傳》：「(范蠡)乃乘扁舟，浮於江湖。」《九家》趙注：「(二句)以言將適吴楚，可謂奇句矣。」

〔九〕眷眷：王粲《登樓賦》：「情眷眷而懷歸兮，孰憂思之可任。」《文選》李善注：「《韓詩》曰：眷眷

懷顧。」

〔一〇〕健兒句：健兒，見卷一《哀王孫》(0047)注。簸旗，摇旗。白居易《新豐折臂翁》：「張弓簸旗俱不堪，從兹始免征雲南。」《敦煌變文集·韓擒虎話本》：「直到衾虎陣前，一齊簸旗大喊。」

〔一一〕日車二句：《莊子·徐无鬼》：「若乘日之車而游於襄城之野。」李尤《九曲歌》：「年歲晚暮時已斜，安得壯士翻日車。」高孝緯《空城雀》：「啾啾雀噪城，鬱鬱無歡賞。」

〔一二〕三峽：見本卷《古柏行》(0180)注。

〔一三〕所憂二句：仇注：「禄山、吐蕃兩陷京師，故曰重見衣冠奔走。」參本卷《憶昔二首》(0192)注。

〔一四〕黄屋：見卷二《晦日尋崔戢李封》(0075)注。

〔一五〕終作二句：王粲《七哀詩》：「復弃中國去，委身適荆蠻。」《莊子·大宗師》：「安排而去化，乃入於寥天一。」郭象注：「安於推移，而與化俱去，故乃入於寂寥，而與天惟一也。」謝靈運《登石門最高頂》：「居常以待終，處順故安排。」王嗣奭《杜臆》：「用《莊子》語，以起下文拜東皇、上南斗，等於入寥天也。」

〔一六〕隨雲二句：東皇，見卷三《幽人》(0098)注。謝靈運《游赤石進帆海》：「揚帆采石華，挂席拾海月。」左思《吴都賦》：「仰南斗以斟酌，兼二儀之優渥。」《文選》劉逵注：「《春秋説題辭》曰：南斗爲吴。」

〔一七〕有使二句：釋寶月《估客樂》：「有信數寄書，無信心相憶。」

椶拂子

椶拂且薄陋〔一〕，豈知身效能。不堪代白羽，有足除蒼蠅①〔二〕。熒熒金錯刀，擢擢朱絲繩〔三〕。非獨顔色好，亦用顧眄稱②〔四〕。吾老抱疾病，家貧卧炎蒸。咂膚倦撲滅，賴爾甘服膺〔五〕。物微世競弃〔六〕，義在誰肯徵？三歲清秋至，未敢闕緘縢〔七〕。（0200）

【校】

① 蒼，錢箋、《草堂》校：「一作青。」

② 用，錢箋校：「晋作由。」

【注】

黄鶴注：當是廣德元年（七六三）夏末間作。

〔一〕椶拂句：《宋書·武帝紀》：「床頭有土鄣，壁上挂葛燈籠、麻繩拂。」《獨異志》卷上：「宋劉裕貧賤時，嘗蓋布被，用牛尾作蠅拂子。及登極，亦不弃之。」韋應物《椶櫚蠅拂歌》：「椶櫚爲拂

登君席，青蠅掩亂飛四壁。」是唐人亦以椶爲蠅拂。《漢書・鄒陽傳》：「竊自薄陋，不敢道也。」

〔二〕不堪二句：《初學記》卷二五引裴啓《語林》：「諸葛武侯持白羽扇，指麾三軍。」蕭綱《賦得白羽扇》：「可憐白羽扇，却暑復來氛。終無顧庶子，誰爲一揮軍。」《苕溪漁隱叢話》前集卷一四苕溪漁隱曰：「山谷言：……有足除蒼蠅。事見《新唐書》『適從何處來者』是也，注乃引『營營青蠅』，其義安在哉。余謂此説誤矣。此乃元稹事，在子美後。子美以對白羽，皆前代事。」王楙《野客叢書》卷一八：「杜詩此聯，初非用故事。蓋椶拂者，唐人用以驅蠅。杜詩之意，謂此雖不足以代白羽，亦可以驅蒼蠅，非謂代白羽以除蒼蠅也。」

〔三〕熒熒二句：秦嘉《贈婦詩》：「飄飄帷帳，熒熒華燭。」張衡《四愁詩》：「美人贈我金錯刀，何以報之英瓊瑶。」《漢書・食貨志》：王莽更造大錢，「錯刀，以黄金錯其文，曰一刀直五千」。此錢刀。《後漢書・輿服志》：「佩刀……諸侯王黄金錯環。」錢箋謂此指佩刀。擢擢，同濯濯。《詩・大雅・崧高》：「四牡蹻蹻，鉤膺濯濯。」傳：「濯濯，光明也。」

〔四〕非獨二句：顧眄，見卷三《桔柏渡》(0167)注。《九家》趙注：「言椶拂之柄朴而無飾，非若金錯刀之熒熒。……刀用以佩，弦用以彈，皆係乎人之顧眄焉。」朱鶴齡注：「錯刀、絲繩，皆椶拂之飾。」按，當從趙注。詩謂錯刀、絲繩雖華美，然其被顧眄亦非僅因華美。椶拂能驅蠅，故雖薄陋而不弃。

〔五〕咂膚二句：《莊子・天運》：「蚊虻噆膚，則通昔不寐矣。」《廣韻》：「噆，蚊蟲噆人。咂，入口。」二字音同義通。《禮記・中庸》：「得一善，則拳拳服膺弗失之矣。」仇注：「服膺，持拂於胸前

也。」虛義實解，不可從。

〔六〕物微句：傅玄《鴻雁生塞北行》：「常恐物微易歇，一朝見弃忘。」

〔七〕三歲二句：班婕妤《怨詩》：「常恐秋節至，涼飆奪炎熱。弃捐篋笥中，恩情中道絕。」此反其意。《莊子·胠篋》：「攝緘縢，固扃鐍。」

丹青引 贈曹將軍霸〔一〕。

將軍魏武之子孫，於今爲庶爲清門〔二〕。英雄割據雖已矣①，文彩風流今尚存②〔三〕。學書初學衛夫人，但恨無過王右軍③〔四〕。丹青不知老將至，富貴於我如浮雲〔五〕。開元之中常引見④，承恩數上南薰殿〔六〕。凌烟功臣少顏色，將軍下筆開生面〔七〕。良相頭上進賢冠，猛將腰間大羽箭〔八〕。褒公鄂公毛髮動，英姿颯爽來酣戰⑤〔九〕。先帝天馬玉花驄⑥，畫工如山貌不同〔一〇〕。是日牽來赤墀下，迥立閶闔生長風⑦〔一一〕。詔謂將軍拂絹素，意匠慘淡經營中〔一二〕。斯須九重真龍出〔一三〕，一洗萬古凡馬空。玉花却在御榻上，榻上庭前屹相向〔一四〕。至尊含笑催賜金，圉人太僕皆惆悵〔一五〕。弟子韓幹早入室，亦能畫馬窮殊相⑧。幹惟畫肉不畫骨，忍

使驊騮氣凋喪〔一六〕。將軍盡善蓋有神⑨，必逢佳士亦寫真⑩〔一七〕。即今飄泊干戈際，屢貌尋常行路人。途窮反遭俗眼白〔一八〕，世上未有如公貧⑪。但看古來盛名下，終日坎壈纏其身〔一九〕。（0201）

【校】

①雖，錢箋校：「一作皆。」《文苑英華》作「皆」，校：「集作雖。」

②今，錢箋、《草堂》作「猶」，錢箋校：「荆作今。一作皆。王作今。」《文苑英華》作「猶」，校：「集作今。」

③無，錢箋、《草堂》校：「晉作未。」

④中，錢箋校：「一作年。」《文苑英華》作「年」。

⑤颯爽，錢箋校：「一作颯颯。」《文苑英華》作「颯颯」。　來，錢箋校：「樊作猶。」《草堂》作「猶」，校：「一作來。」《文苑英華》作「猶」，校：「集作颯爽來。」

⑥天，錢箋、《草堂》校：「一作御。」

⑦迥，錢箋、《草堂》校：「一作敻。」

⑧相，錢箋校：「一作狀。」《文苑英華》作「狀」，校：「集作相。」

⑨盡，錢箋、《草堂》作「畫」，錢箋校：「一作盡。」　善，錢箋、《草堂》校：「一作妙。」

⑩必，錢箋校：「一作偶。」

⑪世上未有如公貧，《文苑英華》校：「一作『他富至今吾徒貧』。」

【注】

黃鶴注：公有《韋諷宅觀曹將軍畫馬》詩，在廣德二年（七六四）成都作。意其亦廣德二年作。

〔一〕曹將軍霸：見本卷《韋諷録事宅觀曹將軍畫馬圖》（0195）注。

〔二〕將軍二句：《三國志·魏書·文帝紀》：「追尊皇祖太王曰太皇帝，考武王曰武皇帝。」《左傳》昭公三十二年：「三后之姓，於今爲庶。」清門，清流、清貫。張説《贈户部尚書河東公楊君神道碑》：「清門祖德，勢胄能貧。」《太平廣記》卷三三四《鄭德懋》（出《宣室志》）：「且以清門令族，宜相匹敵。」

〔三〕英雄二句：《漢書·叙傳》：「席卷三秦，割據河山。」《禮記·樂記》：「廣其節奏，省其文采。」《文心雕龍·情采》：「文采所以飾言。」嵇康《琴賦》：「其體制風流，莫不相襲。」《文選》李善注：「《淮南子》曰：晚世風流俗敗，禮義廢。仲長子《昌言》：乘此風順此流而下走，誰復能爲此限者哉。」任昉《王文憲集序》：「自非可以引獎風流，增益標勝，未嘗留心。」《文選》李善注引習鑿齒《晉陽秋》：「王夷甫、樂廣俱以宅心事外，名重於時。故天下之言風流者，稱王、樂焉。」此言風流，亦近風習、體制之義。

〔四〕學書二句：《法書要録》卷八：「衛夫人，名鑠，字茂猗，廷尉展之女弟，恒之從女，汝陰太守李矩之妻也。隸書猶善規矩。鍾公云：碎玉壺之冰，爛瑶臺之月，婉然芳樹，穆若清風。右軍少

常師之。永和五年卒，年七十八。子克，爲中書郎，亦工書。」《晉書・王羲之傳》：「王羲之，字逸少，司徒導之從子也。……既拜護軍，又苦求宣城郡，不許，乃以爲右軍將軍、會稽内史。……羲之書初不勝庾翼、郗愔，及其暮年方妙。嘗以章草答庾亮，而翼深歎伏。」

〔五〕丹青二句：左思《吴都賦》：「丹青圖其珍瑋。」《論語・述而》：「葉公問孔子於子路，子路不對。子曰：『女奚不曰其爲人也，發憤忘食，樂以忘憂，不知老之將至云爾。』」又：「不義而富且貴，於我如浮雲。」

〔六〕承恩句：《長安志》卷九南内興慶宫：「宫内正殿曰興慶殿，其後曰文泰殿。前有瀛洲門，内有南薰殿。」平冽《開元字舞賦》：「横御樓於北極，張古樂於南薰。」李白《宫中行樂詞》：「水緑南薰殿，花紅北闕樓。鶯歌聞太液，鳳吹繞瀛洲。」

〔七〕凌烟二句：《舊唐書・長孫無忌傳》：「（貞觀）十七年，令圖畫無忌等二十四人於凌烟閣。」《封氏聞見記》卷五：「貞觀十七年，又使（閻）立本圖太原幕府功臣長孫無忌等二十四人於凌烟閣，太宗自爲贊，褚遂良題之。其後侯君集謀逆，將就刑，太宗與之訣，流涕曰：『吾爲卿，不復上凌烟閣矣。』中宗曾引修文館學士内燕，因賜游觀。至凌烟閣，見君集像有半涂之跡。傳云君集誅後，將盡涂之，太宗念其功而止。玄宗時以圖畫歲久，恐漸微昧，使曹霸重摹飾之。」《南部新書》甲卷：「凌烟閣在西内三清殿側，畫皆北面。閣中有中隔，隔内面北寫功高宰輔，南面寫功高侯王，隔外面次第功臣。」《雍録》卷四：「按，西内者，太極宫也。太宗時建閣畫功臣在宫内也。畫皆北向者，閣中凡設三隔以爲分際，三隔内一層畫功高宰輔，外一層寫功高侯王，

又外一層次第功臣。此三隔者雖分内外，其所畫功臣像貌皆面北者，恐是在三清殿側，故以北面爲恭耶？」《左傳》僖公三十三年：「（先軫）免胄入狄師，死焉。狄人歸其元，面如生。」《北齊書・王琳傳》：「沾巾雨袂，痛可識之顔；回腸疾首，切猶生之面。」

〔八〕良相二句：《後漢書・輿服志》：「進賢冠，古緇布冠也，文儒者之服也。前高七寸，後高三寸，長八寸。公侯三梁，中二千石以下至博士兩梁，自博士以下至小史私學弟子皆一梁。」《舊唐書・輿服志》：「進賢冠，三品以上三梁，五品以上兩梁，九品以上一梁，皆三公、太子三師三少、五等爵、尚書省、秘書省、諸寺監學、太子詹事府、三寺及散官，親王師友、文學、國官，若諸州縣、關津岳瀆等流内九品以上服之。」《新唐書・劉黑闥傳》：「初秦王建天策府，其弧矢制倍於常。逐黑闥也，爲突厥所窘，自以大箭射却之。突厥得箭傳觀，以爲神。後餘大弓一、長矢五，藏之武庫，世寶之。每郊丘重禮，必陳於儀物之首，以識武功云。」《酉陽雜俎》前集卷一：「太宗虬鬚，嘗戲張弓挂矢，好用四羽大笴長常箭，一膚射洞門闔。」

〔九〕褒公二句：《舊唐書・長孫無忌傳》：「令圖畫無忌等二十四人於凌烟閣，詔曰：……開府儀同三司、鄂國公敬德（第七）……故輔國大將軍、揚州都督、褒忠壯公志玄（第九）……」尉遲敬德封鄂國公，段志玄封褒國公，謚忠壯。颯爽，見卷二《畫鶻行》（0072）注。

〔一〇〕先帝二句：《能改齋漫録》卷六引《明皇雜録》：「上所乘馬，有玉花驄、照夜白。」貌，見卷二《奉先劉少府新畫山水障歌》（0080）注。蕭滌非云：「貌不同，畫不像。」徐仁甫謂畫工之多，所繪各不相同。

〔一一〕是日二句：《漢書・元后傳》：「曲陽侯根驕奢僭上，赤墀青瑣。」《説文》：「墀，涂地也。《禮》：天子赤墀。」閶闔，見卷一《樂游園歌》(0030)注。

〔一二〕詔謂二句：絹素，素絹，又稱紙之良者。《唐國史補》卷下：「又宋亳間有織成界道絹素，謂之烏絲欄、朱絲欄。」任華《懷素上人草書歌》：「或逢花箋與絹素，凝神執筆守恒度。」陸機《文賦》：「辭程才以效伎，意司契而爲匠。」楊炯《王勃集序》：「故能使六合殊材，並推心於意匠；八方好事，咸受氣於文樞。」慘澹，見卷二《北征》(0052)注。謝赫《古畫品》：「六法者何？一氣韻生動是也，二骨法用筆是也，三應物象形是也，四隨類賦彩是也，五經營位置是也，六傳移模寫是也。」

〔一三〕斯須句：宋玉《九辯》：「豈不鬱陶而思君兮，君之門以九重。」真龍，喻馬。參卷一《沙苑行》(0038)注。

〔一四〕玉花二句：仇注：「榻上畫馬，庭前御馬，彼此交映，故云『屹相向』。」王延壽《魯靈光殿賦》：「屹然特立，的爾殊形。」

〔一五〕至尊二句：《周禮・夏官・圉人》：「圉人掌養馬芻牧之事，以役圉師。」《漢書・百官公卿表》：「太僕，秦官，掌輿馬。」《唐六典》卷一七太僕寺：「太僕寺，卿一人，從三品；少卿二人，從四品上。太僕卿之職，掌邦國廄牧、車輿之政令，總乘黄、典廄、典牧、車四署及諸監牧之官屬。」晁説之《晁氏客語》引孫莘老云：「謂小人乘君子之器，圉人太僕養馬者不得賜，而爲假馬者得，故惆悵也。」洪邁《容齋續筆》卷三：「讀者或不曉其旨，以爲畫馬奪真，圉人太僕所爲不

樂，是不然。圉人太僕蓋牧養官曹及馭者，而黄金之賜乃畫史得之，是以惆悵。杜公之意深矣。」《許彦周詩話》：「此語微而顯，《春秋》法也。」《九家》趙注：「公詩微意可推矣。」仇注引申涵光曰：「詬其畫之似真耳，非妬其賜金也。」徐仁甫謂惆悵只能訓失意，不能訓驚訝，則申説非而洪説是。鄧紹基引杜甫《畫馬贊》（本書卷一九1467）「良工惆悵，落筆雄才」諸句，謂惆悵亦可訓驚訝。按，王褒《九懷》：「惆悵兮自憐。」王逸注：「悵然失志，嗟厥命也。」鮑照《舞鶴賦》：「仰天居之崇絶，更惆悵以驚思。」是惆悵有自失義，亦含吃驚、贊歎、傷感等義。徐説非。然詬畫之似真，似不必特由圉人太僕言之。洪説（襲孫莘老説）謂畫之假者價值更勝真者，亦屬藝之趣事，可供參思。

〔一六〕弟子四句：《歷代名畫記》卷九：「韓幹，大梁人。王右丞維見其畫，遂推奬之。官至太府寺丞。善寫貌人物，尤工鞍馬。初師曹霸，後自獨擅。杜甫《贈霸畫馬歌》曰：『……幹唯畫肉不畫骨，忍使驊騮氣凋喪。』彦遠以杜甫豈知畫者，徒以幹馬肥大遂有畫肉之誚。古人畫馬有《八駿圖》，或云史道碩之跡，或云史秉之跡，皆螭頸龍體，矢激電馳，非馬之狀也。晋宋間顧、陸之輩已稱改步，周齊間董展之流亦云變態。……玄宗好大馬，御厩至四十萬，遂有沛艾大馬。……時主好藝，韓君間生。遂命悉圖其駿，則有玉花驄、照夜白等。時岐、薛、寧、申王厩中皆有善馬，幹並圖之，遂爲古今獨步。禄山之亂，沛艾馬種遂絶。韓君端居亡事，忽有人詣焉，稱鬼使請馬一匹，韓君畫馬焚之，他日見鬼使乘馬來謝。其感神如此。」曾季貍《艇齋詩話》：「王平甫在三館曝書，見韓幹所畫馬，作《畫馬行》，又作《畫馬跋》云：明皇召幹上南薰

殿，問曰：『汝奚不師陳翃？』是時翃擅名天下。幹奏曰：『臣不願也。』明皇曰：『然則汝以何爲師？』幹曰：『飛龍厩數萬匹，皆臣師也。』余於是知幹真善畫者。蓋以筆墨之跡、口耳之傳而臻神妙之品者，古今未之有也。又以爲彼一畫史耳，且能不怵於形勢，而信其所知如此，學士大夫其可愧於幹哉！又云：所見畫病馬甚腯，疑少陵所謂畫肉不畫骨者，殆於此有遺恨焉。然少陵爲幹贊，則又愛其駿健清新，疑其論曹、韓二人之詞，不能無抑揚耳。善論文者，當知昔人所謂言豈一端而已，因此可以求著書之意。」揚雄《法言·吾子》：「如孔氏之門用賦也，則賈誼升堂，相如入室矣。」

〔一七〕寫真：畫像。《封氏聞見記》卷五：「閻立本善畫，尤工寫真。太宗之爲秦王也，使立本圖秦府學士杜如晦等一十八人。」

〔一八〕途窮句：《晉書·阮籍傳》：「時率意獨駕，不由徑路，車跡所窮，輒慟哭而反。」又：「籍又能爲青白眼，見禮俗之士，以白眼對之。」庾信《擬行路難》：「唯彼窮途慟，知余行路難。」

〔一九〕但看二句：《後漢書·黃瓊傳》：「盛名之下，其實難副。」劉向《九歎》：「惟鬱鬱之憂毒兮，志坎壈而不違。」王逸注：「坎壈，不遇貌也。」

《許彦周詩話》：「老杜作《曹將軍丹青引》云：『一洗萬古凡馬空。』東坡《觀吴道子畫壁詩》云：『筆所未到氣已吞。』吾不得見其畫矣。此兩句，二公之詩各可以當之。」

施補華《峴傭説詩》：「《丹青引》畫人是賓，畫馬是主。却從善書引起善畫，從畫人引起畫馬，又用韓幹之畫肉墊將軍之畫骨，末後搭到畫人。章法錯綜絶妙，學者亟宜究心。唯收處悲颯，不可學。」

桃竹杖引 贈章留後〔一〕。

江心蟠石生桃竹①，蒼波噴浸尺度足〔二〕。斬根削皮如紫玉，江妃水仙惜不得〔三〕。梓潼使君開一束②〔四〕，滿堂賓客皆歎息。憐我老病贈兩莖，出入爪甲鏗有聲〔五〕。老夫復欲東南征，乘濤鼓枻白帝城③〔六〕。路幽必爲鬼神奪，拔劍或與蛟龍爭④〔七〕。重爲告曰杖兮杖兮，爾之生也甚正直，慎勿見水踴躍學變化爲龍〔八〕。使我不得爾之扶持，滅跡於君山湖上之青峯〔九〕。噫！風塵澒洞兮豺虎咬人，忽失雙杖兮吾將曷從〔一〇〕？（0202）

【校】

① 心，錢箋、《草堂》校：「一作上。」

②君，錢箋、《九家》校：「一作者。」

③柑，錢箋、《九家》、《草堂》校：「一作棹。」

④拔，錢箋、《草堂》校：「一作杖。」《九家》作「杖」，校：「一作拔。」

【注】

黄鶴注：廣德元年（七六三）作。其時公欲下荆岳。後雖不果，然是年秋入閬州，明年以嚴武再鎮蜀，復歸成都。

〔一〕章留後：章彝。見本卷《冬狩行》(0194)注。

〔二〕江心二句：《爾雅・釋草》：「桃枝，四寸有節。」邢昺疏：「此辨竹節希數及中空實萌篠之異名也。凡竹……相去四寸有節者名桃枝。」《苕溪漁隱叢話》前集卷一一引東坡云：「桃竹葉如椶，身如竹，密節而實中，犀理瘦骨，天成拄杖也。嶺外人多種此，而不知其爲桃竹。流傳四方，視其端有眼者，蓋自東坡出也。」《韻語陽秋》卷一六：「竹固多種，所謂桃枝竹者，叢生而節疏，亦謂之慈竹，言生不離本也。王勃所謂『宗生族茂，天長地久。萬柢争盤，千株競糺』者也。梁簡文《答獻簟書》云『五離九折，出桃枝之翠笋』，皆言桃枝竹也。若桃竹，則異是矣。老杜《桃竹杖引》云『……斬根削皮如紫玉』，則其色正紫。今桃枝竹不然。東坡援柳子厚詩云：『盛時一失貴反賤，桃笙葵扇安可常。』初不知桃笙爲何物，偶閲《方言》：宋魏之間，謂簟爲笙。方悟桃笙，以桃竹爲簟也。坡又云：桃竹葉如椶……豈非以此竹爲簟邪？」《蜀中廣記》卷六

三：「《巴國志》：竹木之璝，則有靈壽桃枝。桃枝，竹屬也。《竹譜》云：桃枝竹皮滑而黃，可以爲席。今渝、瀘、合三州有桃竹簟，即此物。杜甫有《桃竹杖贈章留後》詩。」方以智《通雅》卷四二：「桃枝非一種。范成大言桃枝似小椶。劉美之亦曰椶竹皮葉皆似椶，亦謂之桃竹。則與《爾雅》桃枝四寸有節者又殊。今南都扇肆中假充椶竹者，名桃絲竹，或即桃竹。贊寧《笋譜》有二棱竹笋，狀若椶，闊葦，柄有三脊。東坡曰：子厚詩：『桃笙葵扇安可常。』偶閲《方言》：簟謂之笙。乃悟桃笙，以桃竹爲簟也。梁簡文曰：五離九折，出桃枝之翠笋。桃竹出巴渝間，杜子美有《桃竹杖引》。智考：桃竹，觔竹、蔓竹之類也。最細，然大於篠簜。《肇慶志》有桃竹。東壁曰：滑者爲席，曰桃枝。凱之曰：《方志》賦：桃枝皮赤，編之滑勁。《顧命》篇所謂『篾席』也。郭璞注《爾雅》加『竹』字。人言桃竹短節，余見節長踰尺，豫章有之。《山海經》木有桃枝，又《廣志》桃枝出朱提郡，曹爽所用者也。則草族木類自別有桃枝耳。」按，諸家所説不同，桃竹似亦有多種。《韻語陽秋》及《通雅》所引東坡説，見《東坡志林》。漁隱所引另有出處，其言嶺外多有，葉如椶，「天成拄杖」，似近杜詩所言。蘇軾蜀人，所説或有據。又詩言「如紫玉」，乃削皮成杖之後。竹成器則或赤或黃，難以此喻辨其類。

〔三〕江妃句：《列仙傳》卷上：「江妃二女者，不知何所人也。出游於江漢之湄，逢鄭交甫。見而悦之，不知其神人也。……遂手解佩與交甫，交甫悦，受而懷之中當心。趨去數十步，視佩，空懷無佩。顧二女，忽然不見。」《太平御覽》卷二四引《聖賢記》：「馮夷，弘農潼鄉堤首里人，服八石得道，爲水仙河伯。又一説，華陰人，八月上庚日渡河溺死，天帝署爲河伯。」《楚辭·遠游》

王逸注：「馮夷，水仙人。」

〔四〕梓潼使君：《舊唐書・地理志》梓州：「天寶元年，改爲梓潼郡。乾元元年，復爲梓州。」章彝兼梓州刺史。

〔五〕出入句：《法苑珠林》卷三八引《宣律師住持感應傳》：「佛告阿難：我初成道時，從河洗浴訖，我苦行六年，手足爪甲不剪，皆長七寸許。……佛開函取爪甲，普示大衆，我之手足二十爪甲，猶如赤銅色。佛告大衆：汝等天人龍神等，可將我爪甲當細熟視。恐未來世中諸魔及外道別將相似物換我真甲。汝若疑非者，當以金剛錘砧，以甲置鐵砧上，以錘打擊，無片損者，乃我真甲。若以火燒煉，變爲金色，出五色光，上照有頂，見此相者，是我真爪甲也。」此喻杖之末端。

〔六〕乘濤句：鼓枻，見卷三《幽人》(0098)注。白帝城，在夔州。詳後注。

〔七〕拔劍句：仇注謂用澹臺子羽拔劍碎璧事。按，卷三《夢李白二首》(0105)：「水深波浪闊，無使蛟龍得。」詩意近之，未必用典。參該詩注。

〔八〕慎勿句：《神仙傳》卷九壺公：「長房憂不能到家，公以竹杖與之曰：『但騎此到家耳。』長房辭去，騎杖，忽然如睡，已到家……長房以所騎竹杖投葛陂中，視之，乃青龍耳。」《九家》趙注謂用此事。仇注引楊德周曰：「此兼用豐城之劍，躍出延津。」《晉書・張華傳》：「華誅，失劍所在。煥卒，子華爲州從事，持劍行經延平津，劍忽於腰間躍出墮水，使人没水取之，不見劍，但見兩龍各長數丈，蟠縈有文章，没者懼而反。須臾光彩照水，波浪驚沸，於是失劍。」

〔九〕君山：《元和郡縣圖志》卷二七巴陵縣：「君山，在縣西三十里青草湖中。昔秦始皇欲入洞庭觀衡山，遇風浪，至此山止泊，因號焉。又云湘君所游止，故名之也。」

〔一〇〕風塵二句：澒洞，見卷一《自京赴奉先縣詠懷五百字》（0041）注。《玉篇》：「咬，古爻切，鳥聲也。俗亦爲『皎』字。」《説文》：「皎，齧骨也。」段注：「俗以鳥鳴之咬爲皎嚙。」此作皎之俗體。《艇齋詩話》：「『雙杖喻李、郭二人也。』黄鶴注：『喻嚴武、章彝也。是時武已召還，而公又欲舍彝下東南，故云失雙杖。』黄説較可取。《九家》趙注：「觀公重告之辭，以正直美之，以學爲龍戒之，其所望於章留後可謂忠矣。」轉似穿鑿。朱鶴齡注：「蓋借竹杖規諷章留後也。既以踴躍爲龍戒之，又以忽失雙杖危之，其微旨可見。」尤近臆測。

潘德輿《養一齋李杜詩話》卷二：「李氏東陽曰：『古律詩各有音節，然皆限於字數，求之不難。惟樂府長短句初無定數，最難調協，然亦有自然之聲。故隨其長短，皆可以播之律吕。而其太長太短之無節者，則不可以爲樂。如太白《遠别離》、子美《桃竹杖》，皆極其操縱，曷嘗按古人聲調？而和順委曲乃如此，固初學所未到，然學而未至於是，亦未可與言詩也。』按，西涯此則論樂府，頗得懸解，不似于鱗等摹襲爲古，割裂爲奇。然論杜則獨以《桃竹杖引》爲極則，何也？太白《遠别離》一作，怳惚變化，實造絶之構。若《桃竹杖引》特一時興到語耳，非其至也。必求其至，《兵車行》爲杜集樂府首篇。其長短音節，拍拍入神，在《桃竹杖引》之

上。西涯殆捨熟就新，遂不知其偏耳。」李東陽説見《麓堂詩話》。

寄題江外草堂梓州作。寄成都故居。

我生性放誕，難欲逃自然①〔一〕。嗜酒愛風竹〔二〕，卜居必林泉②。遭亂到蜀江，臥痾遣所便③〔三〕。誅茅初一畝，廣地方連延④〔四〕。經營上元始⑤，斷手寶應年〔五〕。敢謀土木麗，自覺面勢堅⑥〔六〕。臺庭隨高下⑦，敞豁當清川。雖有會心侶⑧，數能同釣船。干戈未偃息，安得酣歌眠。蛟龍無定窟，黄鵠摩蒼天⑨〔七〕。古來達士志⑩，寧受外物牽〔八〕？顧惟魯鈍姿，豈識悔吝先〔九〕？偶携老妻去，慘淡凌風烟。事跡無固必，幽貞愧雙全〔一〇〕。尚念四小松，蔓草易拘纏⑪。霜骨不甚長〔一一〕，永爲鄰里憐。（0203）

【校】

① 難，錢箋作「雅」。

② 風，宋本、錢箋、《草堂》校：「一作修。」必，錢箋、《九家》、《草堂》校：「一作此。」

③遺，錢箋校：「晉作遺。」《草堂》校：「一作遺。」
④方，錢箋、《草堂》校：「一作必。」
⑤始，《草堂》校：「一作初。」
⑥堅，錢箋校：「一作賢。」
⑦臺庭，錢箋作「臺亭」，校：「一作亭臺。」
⑧雖，錢箋校：「樊作惟。」《草堂》校：「一作惟。」
⑨鵠，《草堂》校：「或作鶴。」
⑩達士志，宋本、錢箋、《九家》、《草堂》校：「一作賢達士。」
⑪易，錢箋、《草堂》校：「一作已。」

【注】

黄鶴注：寶應元年公避徐知道之亂至梓州，今詩云「顧惟魯鈍姿，豈識悔吝先」，蓋謂不能前知徐知道之反也。詩云「經營上元始，斷手寶應年」，則此詩當是廣德元年（七六三）作。

〔一〕我生二句：《晉書·何曾傳》：「阮籍負才放誕，居喪無禮。」陶淵明《歸園田居》：「久在樊籠裏，復得返自然。」《分門》覺範曰：「自然，道也。釋氏謂之逃禪，儒者謂之逃自然。」按，逃禪語有歧解。此爲逃於自然之意。張説《聞雨》：「誤將心徇物，近得還自然。」張九齡《題畫山水障》：「變化合群有，高深侔自然。」所言皆近自然界之義。

〔二〕風竹：庾信《園庭》：「水蒲開晚結，風竹解寒苞。」

〔三〕卧痾句：謝靈運《登池上樓》：「徇禄反窮海，卧痾對空林。」遺所便，即便所遺，便於遺興。謝靈運《從斤竹澗越嶺溪行》：「情用賞爲美，事昧竟誰辨。觀此遺物慮，一悟得所遣。」

〔四〕誅茅二句：《楚辭・卜居》：「寧誅草茅，以力耕乎。」枚乘《七發》：「沇沇湲湲，蒲伏連延。」《文選》李善注：「連延，相續貌。」

〔五〕經營二句：《九家》趙注：「公以乾元二年十二月末至成都，明年即上元元年，乃公建草堂之始。又二年，即寶應元年，乃公成草堂之日。」《淳化閣帖釋文》卷一唐高宗書：「使至，知玄堂已成，既得早了，深以爲慰。不知諸作早晚總得斷手，日月猶賒，必須牢固。」此斷手爲停手之義。

〔六〕自覺句：《周禮・冬官考工記》：「或審曲面勢，以飭五材。」注引鄭司農云：「審察五材曲直方面形勢之宜以治之，及陰陽之面背是也。」

〔七〕黄鵠句：《相和歌辭・烏生》：「黄鵠摩天極高飛，後宫尚復得烹煮之。」

〔八〕外物牽：見卷一《渼陂西南臺》(0032)注。

〔九〕顧惟二句：顧惟，見卷一《自京赴奉先縣詠懷五百字》(0041)注。魯鈍，見本卷《憶昔二首》(0193)注。悔吝，見本卷《太子張舍人遺織成褥段》(0183)注。識先，即先識之倒。

〔一〇〕事跡二句：《論語・子罕》：「子絶四：毋意，毋必，毋固，毋我。」《易・履》：「履道坦坦，幽人貞吉。」顔延之《拜陵廟作》：「幼壯困孤介，末暮謝幽貞。」仇注：「幽貞，謂隱居守正。」「惜前此

不能遠去，覺有愧於古人。但欲身名兩全，不得不携家他適耳。」

〔一一〕霜骨：鍾嶸《詩品》魏文學劉楨：「真骨凌霜，高風跨俗。」吴均《贈王桂陽》：「未見籠雲心，誰知負霜骨。」

述古三首

赤驥頓長纓，非無萬里姿。悲鳴淚至地，爲問馭者誰〔一〕？鳳凰從天來①，何意復高飛？竹花不結實，念子忍朝飢〔二〕。古時君臣合，可以物理推〔三〕。賢人識定分，進退固其宜②〔四〕。（0204）

【校】

①天，錢箋、《草堂》作「東」，校：「一作天。」

②退，錢箋校：「一作用。」固，錢箋、《草堂》校：「一作因。」

【注】

黄鶴注：當是寶應元年代宗即位後作。時公在梓州。詩意主於任賢耳。仇注編入廣德元年（七

六三〕。

〔一〕赤驥四句：《戰國策·楚策四》：「夫驥之齒至矣，服鹽車而上太行。蹄申膝折，尾湛胕潰，漉汁灑地，白汗交流。中坂遷延，負轅不能上。伯樂遭之，下車攀而哭之，解紵衣以冪之。驥於是俯而噴，仰而鳴，聲達於天，若出金石聲者，何也？彼見伯樂之知己也。」嵇康《與山巨源絶交書》：「禽鹿少見馴育，則服從教制，長而見羈，則狂顧頓纓。」陸機《赴洛道中作》「頓轡倚嵩岩」《文選》李善注：「頓，猶舍也。」此亦作舍解。仇注：「長纓，馬鞅也。」

〔二〕鳳凰四句：《莊子·秋水》：「夫鵷雛，發於南海而飛於北海，非梧桐不止，非練實不食，非醴泉不飲。」成玄英疏：「練實，竹實也。」《韓詩外傳》卷八：「黄帝即位……鳳乃止帝東園，集帝桐樹，食帝竹實，没身不去。」《詩·周南·汝墳》：「未見君子，惄如調飢。」傳：「調，朝也。」箋：「未見君子之時，如朝飢之思食。」

〔三〕可以句：《淮南子·覽冥訓》：「耳目之察，不足以分物理。」

〔四〕賢人二句：歐陽建《臨終詩》：「窮達有定分，慷慨復何歎。」《易·乾·文言》：「知進退存亡而不失其正者，其唯聖人乎。」《禮記·表記》：「子曰：事君難進而易退，則位有序，易進而難退則亂也。故君子三揖而進，一辭而退，以遠亂也。」

市人日中集，於利競錐刀〔一〕。置膏烈火上，哀哀自煎熬〔二〕。農人望歲稔〔三〕，

相率除蓬蒿。所務穀爲本①，邪贏無乃勞〔四〕。舜舉十六相，身尊道何高〔五〕。秦時任商鞅，法令如牛毛〔六〕。（0205）

【校】

① 穀，錢箋校：「一作農。」

【注】

〔一〕市人二句：《易·繫辭下》：「日中爲市，致天下之民，聚天下之貨，交易而退，各得其所。」《左傳》昭公六年：「民知争端矣，將弃禮而徵於書。錐刀之末，將盡争之。」

〔二〕置膏二句：《莊子·人間世》：「山木自寇也，膏火自煎也。」阮籍《詠懷》：「膏火自煎熬，多財爲患害。」

〔三〕農人句：《左傳》昭公三十二年：「閔閔焉如農大之望歲，懼以待時。」陶淵明《歸去來兮辭》：「猶望一稔。」

〔四〕所務二句：《吕氏春秋·士容論》：「后稷曰：所以務耕織者，以爲本教也。」王符《潛夫論·務本》：「夫富民者以農桑爲本，以游業爲末。」張衡《西京賦》：「何必昏於勞作，邪贏優而足恃。」《文選》薛綜注：「言何必當勉力作勤勞之事乎，欺僞之利，自饒足恃也。」

〔五〕舜舉二句：《左傳》文公十八年：「昔高陽氏有才子八人……天下之民謂之八愷。高辛氏有才

子八人……天下之民謂之八元。……舜臣堯，舉八愷，使主后土，以揆百事，莫不時序，地平天成。舉八元，使布五教於四方。」

〔六〕秦時二句：《史記·商君列傳》：「卒定變法之令，令民爲什伍，而相牧司連坐。……令行於民期年，秦民之國都言初令之不便者以千數。……行之十年，秦民大説，道不拾遺，山無盜賊，家給人足。民勇於公戰，怯於私鬬，鄉邑大治。秦民初言令不便者有來言令便者，衛鞅曰：『此皆亂化之民也。』盡遷之於邊城。其後民莫敢議令。」

《九家》趙注：「得其人則治，如舜之舉十六相也。非其人則亂，如秦任商鞅也。明皇初用姚、宋，猶前；終用林甫、國忠，猶後。此其驗也。詳彼所注之意，分爲三：以商之爲末，不如農爲本，不如任人之爲本。夫任人者君也，豈可與商、農爲甲乙哉！」

朱鶴齡注：「是時第五琦、劉晏皆以宰相領度支鹽鐵使，榷税四出，利悉錐刀。故言爲治之道，在乎敦本抑末，舉良相以任之，不當用興利之臣以滋民邪僞也。」盧元昌曰：「竇應間元載代劉晏，專判財利，按籍舉八年租調之違負者，計其大數，籍其所有，謂之白著。故曰商鞅。注家謂指劉晏、第五琦，非也。」

漢光得天下，祚永固有開〔一〕。豈唯高祖聖，功自蕭曹來〔二〕。經綸中興業，何

代無長才？吾慕寇鄧勳〔三〕，濟時信良哉。耿賈亦宗臣〔四〕，羽翼共徘徊。休運終四百①，圖畫在雲臺〔五〕。（0206）

【校】

① 休，《草堂》作「漢」。

【注】

〔一〕漢光二句：《後漢書·光武帝紀》：「世祖光武皇帝諱秀，字文叔，南陽蔡陽人，高祖九世之孫也。……（建武元年）六月己未，即皇帝位。」《禮記·孔子閑居》：「嗜欲將至，有開必先。」注：「謂其于天下之期將至也，神有以開之，必先爲之生賢知之輔佐。」

〔二〕豈唯二句：《史記·曹相國世家》：「參始微時，與蕭何善。及爲將相，有郤。至何且死，所推賢唯參。參代何爲漢相國，舉事無所變更，一遵蕭何約束。……曰：『陛下觀臣能孰與蕭何賢？』上曰：『君似不及也。』參曰：『陛下言之是也。且高帝與蕭何定天下，法令既明，今陛下垂拱，參等守職，遵而勿失，不亦可乎？』惠帝曰：『善。』」《漢書·魏相丙吉傳》贊：「高祖開基，蕭曹爲冠；孝宣中興，丙魏有聲。」豈唯，豈只。詩謂豈只漢高祖時有蕭、曹之功。

〔三〕吾慕句：《後漢書·鄧寇列傳》：「鄧禹字仲華，南陽新野人也。……及聞光武安集河北，即杖策北渡，追及於鄴。……天下平定，諸功臣皆增户邑，定封鄧禹爲高密侯。」「寇恂字子翼，上谷

昌平人也，世爲著姓。……乃拜恂河内太守，行大將軍事。」

〔四〕耿賈句：《後漢書·耿弇傳》：「耿弇字伯昭，扶風茂陵人也。……帝謂弇曰：『昔韓信破歷下以開基，今將軍攻祝阿以發跡，此皆齊之西界，功足相方。而韓信襲擊已降，將軍獨拔勁敵，其功乃難於信也。』」《賈復傳》：「賈復字君文，南陽冠軍人也。……復從征伐，未嘗喪敗，數與諸將潰圍解急，身被十二創。帝以復敢深入，希令遠征，而壯其勇節，常自從之，故復少方面之勳。諸將每論功自伐，復未嘗有言。帝輒曰：『賈君之功，我自知之。』」《漢書·蕭何曹參傳》：「聲施後世，爲一代之宗臣。」

〔五〕休運二句：《後漢書·獻帝紀》贊：「終我四百，永作虞賓。」《後漢書·朱景王杜馬劉傅堅馬傳》：「永平中，顯宗追感前世功臣，乃圖畫二十八將於南宫雲臺，其外又有王常、李通、竇融、卓茂，合三十二人。」

《九家》趙注：「此篇大意，言中興者必得其人耳。」

仇注：「其引寇、鄧、耿、賈，比肅宗恢復諸將，但昔則圖畫雲臺，生享爵禄，而没垂令名，今則功臣疑忌，忠如李、郭，尚憂讒畏譏，故借漢事以諷唐。」按，《舊唐書·代宗紀》：「（寶應二年七月，改元曰廣德）功臣皆賜鐵券，藏名太廟，畫像凌烟閣。」《德宗紀》：「與郭子儀等八人圖形凌烟閣。」詩蓋言此時事，未必有諷意。

杜工部集卷第五

古詩五十二首 居東川再至閬州復還成都作

冬到金華山觀因得故拾遺陳公學堂遺跡〔一〕

涪右衆山内〔二〕，金華紫崔嵬。上有蔚藍天，垂光抱瓊臺〔三〕。繫舟接絶壁，杖策窮縈回。四顧俯層巔，淡然川谷開。雪嶺日色死①，霜鴻有餘哀〔四〕。焚香玉女跪，霧裏仙人來〔五〕。陳公讀書堂，石柱仄青苔〔六〕。悲風爲我起，激烈傷雄才②。（0207）

【校】

① 色，錢箋校：「一作光。」

② 烈，《草堂》作「冽」。

【注】

黃鶴注：公寶應元年（七六二）秋自梓歸成都迎家，再至梓，十一月往射洪，乃是時作。

〔一〕金華山觀：《方輿勝覽》卷六二潼川府：「金華山，在射洪縣。有陳拾遺學堂。」《蜀中廣記》卷二九射洪縣：「子昂讀書堂在金華山。《志》云：上拂霄漢，下瞰涪江，有玉京觀，在本山上。《方輿》云：東晉陳勳學道山中，白日仙去。梁天監中建觀，有唐明皇所鑄老君像。陳拾遺祠中有盧藏用祭文。陸魯望云：枝峰蔓壑，秀氣磅礴，不啻神仙登臨也。」陳子昂有《春日登金華觀》：「白玉仙臺古，丹丘別望遥。山川亂雲日，樓榭入烟霄。鶴舞千年樹，虹飛百尺橋。還疑赤松子，天路坐相邀。」

〔二〕涪右句：黃希注：「《水經》云：涪水東南合射江。故梓州云涪右。」《讀史方輿紀要》卷七一「射洪縣」：「涪江，縣東北七里。自州境流入，經獨坐山下，合於射江，又東南入遂寧縣界。」

〔三〕上有二句：《九家》杜田《補遺》：「《度人經》：三十二天、三十二帝，諸天皆有隱諱隱名。第一太黃皇曾天，鬱襤玉明。襤音藍，蔚藍即鬱襤也。」趙注：「蔚藍即茂蔚之藍，天之青色如此，杜田亦穿鑿相去之遠。蓋此乃經中言東方八天首兩句之文，上句言天名，下句言帝名。既以鬱襤玉明爲天帝隱諱，不應直言其隱名爲天而垂光也。況鬱差爲蔚，襤差爲藍，豈有兩字改易之理耶？」陸游《老學庵筆記》卷六：「蔚藍用隱語天名，非可以義理解也。杜子美《梓州金華山》詩云：『上有蔚藍天，垂光抱瓊臺。』猶未有害。韓子蒼乃云：『水色山光共蔚藍。』乃直謂天與

水之色俱如藍耳，恐又因杜詩而失之。」方以智《通雅》卷一一：「蔚藍猶碧落也。或曰紫落，或曰青冥，或曰黄乾，或曰泰鴻，猶今之言彼蒼、言蒼穹耳。……放翁泥矣。蔚藍正猶碧落，亦指天之色也。」陳僅《竹林答問》：「杜詩誤用之典甚多，若蔚藍天，竟成杜撰。炙手可熱，借取方言。其來歷殊不足恃。如必求來歷，何必杜詩。」

〔四〕雪嶺二句：雪嶺，見卷四《贈蜀僧閭丘師兄》(0175)注。《詩·小雅·鴻雁》：「鴻雁于飛，哀鳴嗷嗷。」曹植《七哀詩》：「上有愁思婦，悲歎有餘哀。」

〔五〕焚香二句：仇注：「玉女，謂燒香者。仙人，謂訪道者。」按，仙人當指陳勳。

〔六〕仄：側也。王維《輞川集·宫槐陌》：「仄徑蔭宫槐，幽陰多緑苔。」

陳拾遺故宅〔一〕

拾遺平昔居①，大屋尚修椽②。悠揚荒山日③，慘淡故園烟④。位下曷足傷，所貴者聖賢〔二〕。有才繼騷雅，哲匠不比肩〔三〕。公生揚馬後，名與日月懸〔四〕。同游英俊人，多秉輔佐權。彦昭趙玉價⑤，郭振起通泉⑥〔五〕。到今素壁滑，洒翰銀鈎連〔六〕。盛事會一時，此堂豈千年。終古立忠義⑦，感遇有遺篇⑧。（0208）

【校】

①平昔，《文苑英華》作「昔日」，校：「集作平昔。」

②屋，錢箋、《草堂》校：「一作宅。」

③悠揚，錢箋校：「一作悠悠。」

④慘淡，錢箋校：「一作崔崒。」《文苑英華》作「摧崒」，校：「集作慘淡。」　園，錢箋校：「一作國。」《文苑英華》作「國」。

⑤趙，宋本校：「一云超。」錢箋、《九家》、《草堂》、《文苑英華》作「超」，錢箋、《九家》校：「一作趙。」

⑥振，錢箋、《草堂》校：「晋作震。」

⑦立，錢箋校：「一作占。」《草堂》作「占」。

⑧篇，錢箋、《草堂》、《九家》作「編」。

【注】

黄鶴注：同寶應元年（七六二）作。

〔一〕陳拾遺故宅：《舊唐書·文苑傳》「陳子昂」：「陳子昂，梓州射洪人也。家世富豪，子昂獨苦節讀書，尤善屬文。初爲《感遇詩》三十首，京兆司功王適見而驚曰：『此子必爲天下文宗矣。』由是知名。舉進士。會高宗崩，靈駕將還長安，子昂詣闕上書，盛陳東都形勝，可以安置山陵……則天召見，奇其對，拜麟臺正字。……再轉右拾遺。數上疏陳事，詞皆典美。……子昂

父在鄉，爲縣令段簡所辱，子昂聞之，遽還鄉里。簡乃因事收繫獄中，憂憤而卒，時年四十餘。」《蜀中廣記》卷二九射洪縣：「陳子昂故宅，在東武山下。本集云子昂四世祖陳方慶好道，隱於此，有唐朝道觀址，而真諦寺在其左。……《碑目》云：陳拾遺故宅有趙彦昭、郭元振題壁。……《圖經》載《陳拾遺建德碑》，大曆六年趙儋代梓州鮮于刺史作。予過縣之東門，闤闠中榜曰『唐拾遺陳公宗祠』。想必其後遷徙入城者。」

〔二〕位下二句：翁方綱《石洲詩話》卷一：「伯玉《峴山懷古》云：『丘陵徒自出，賢聖幾凋枯。』《感遇》諸作，亦多慨慕古聖賢語。杜公《陳拾遺故宅》詩云：『位下曷足傷，所貴者聖賢。』正謂此也。今之解杜者，乃謂以聖賢指伯玉，或又怪『聖賢』字太過，何歟？」

〔三〕有才二句：《文心雕龍·辨騷》：「自風雅寢聲，莫或抽緒，奇文郁起，其《離騷》哉。」殷仲文《南州桓公九井作》：「哲匠感蕭晨，肅此塵外軫。」《文選》李善注引《鄧析子》：「聖人逍遥一世間，宰匠萬物之形。」《吕氏春秋·先識覽》：「千里而有一士，比肩也；累世而有一聖人，繼踵也。」不比肩，謂不能與其比肩。

〔四〕公生二句：揚馬，見卷三《鹿頭山》(0169)注。李白《古風》：「揚馬激頹波，開流蕩無垠。」《荀子·不苟》：「名聲若日月，與舜禹俱傳而不息。」

〔五〕同游四句：《舊唐書·趙彦昭傳》：「趙彦昭者，甘州張掖人也。……少以文辭知名，中宗時累遷中書侍郎、同中書門下三品，兼修國史，充修文館學士。……彦昭素與郭元振、張説友善，及蕭至忠等伏誅，元振、説等稱彦昭先嘗密圖其事，乃以功遷刑部尚書，封耿國公，賜實封一百

户。殿中侍御史郭震奏：『彦昭以女巫趙五娘左道亂常，託爲道姑，潛相影援。既因提挈，乃踐臺階。……』俄而姚崇入相，甚惡彦昭之爲人，由是累貶江州别駕，卒。」郭振，即郭元振。《舊唐書·郭元振傳》：「郭元振，魏州貴鄉人。舉進士，授通泉尉。任俠使氣，不以細務介意。前後掠賣所部千餘人，以遺賓客，百姓苦之。則天聞其名，召見與語，甚奇之。」參本卷《過郭代公故宅》(0213)注。元振以字顯。其名《舊唐書》本傳作「振」，張説所撰《行狀》、《新唐書》本傳作「震」。《九家》趙注：「彦昭本傳雖云以權幸進，然亦必有才智者。……二人皆作宰相，秉輔佐權也。」

〔六〕到今二句：湛方生《七歎》：「幽籠納響，素壁流光。」索靖《草書狀》：「婉若銀鈎，漂若驚鴻。」張戒《歲寒堂詩話》卷上：「此宅蓋拾遺與趙彦昭、郭元振輩嘗題字於壁間，云後登宰輔。少陵詩紀此而已。」此近臆説。據《蜀中廣紀》引《碑目》，拾遺故宅只有趙、郭題壁。

王嗣奭《杜臆》：「『終古立忠義』，觀集中所上書疏及本傳可見，非謂《感遇詩》。若《感遇詩》當世推爲文宗，人皆知之。而公復推于忠義，特闡其幽，亦見所重自有在也。」

朱鶴齡注：「《感遇詩》多感歎武后革命，時寓旨神仙，故公以『忠義』稱之。」

何焯《義門讀書記》卷五二杜甫《陳拾遺故宅》「感遇有遺編」：「《感遇詩》皆言僞周變革之故，『微月生西海』，即指武氏。『本爲貴公子』，指敬業。『玉馬去朝周』，指相王。『樂羊爲

魏將』，指李勣。『聖人秘元命』，指李淳風。『穰侯富秦寵』，指無忌。聞我言者，疑其鑿讀。此詩結句，可涣然矣。碎胡琴而出《感遇詩》，人贈一編，小説之不可信者，即王適事亦失實也。」

潘德輿《養一齋詩話》卷一：「唐之復古者，始於張曲江，大於李太白，子昂與曲江先後不遠。子昂《感遇》之詩，按之無實理。曲江《感遇》之詩，皆性情之中也。安得以復古之功歸子昂哉！或謂昌黎稱唐之文章，子昂、李、杜並列，而杜公於子昂尤三致意。……杜公尊子昂詩，至以『騷雅』、『忠義』目之，子烏得異議？曰：子昂之忠義，忠義於武氏者也。其爲唐之小人無疑也。其詩雖能掃江左之遺習，而諷諫施諸篡逆，烏得與曲江例觀之？杜、韓之推許，許其才耳。吾不謂其才之劣也。若爲千秋詩教定衡，吾不妨與杜、韓異。王元美云：『孔雀雖有毒，不掩其文章。』謂嚴嵩也。究竟今人誰肯讀嚴嵩詩者？於嚴嵩則嚴之，而寬黨逆之阮籍、陳子昂，此人之顛也。不明辨，則詩教在聖教之外，而才士一門，遂爲小人之逋逃藪，害豈小哉！」按，《感遇》詩旨，説者不同，杜公推美，遂生歧義。何氏所解，自是一偏之論；潘氏之責，恐亦難乎衆議。要之，武周之變雖爲唐禍，然玄宗固不能詆其祖母，當時文士亦皆回避不談。杜甫乃審言之後，與沈佺期等爲通家，故於武周朝諸人絶少譏談，而多稱美之語。後人妄揣其忠義，不可爲據。

謁文公上方〔一〕

野寺隱喬木，山僧高下居。石門日色異，絳氣横扶疏〔二〕。窈窕入風磴①〔三〕，長蘿紛卷舒。庭前猛虎卧〔四〕，遂得文公廬。俯視萬家邑，烟塵對階除。吾師雨花外，不下十年餘〔五〕。長者自布金，禪龕只晏如〔六〕。大珠脱玷翳②，白月當空虛③〔七〕。甫也南北人〔八〕，蕪蔓少耘鋤。久遭詩酒污，何事忝簪裾〔九〕？王侯與螻蟻，同盡隨丘墟〔一〇〕。願聞第一義，回向心地初〔一一〕。金篦刮眼膜，價重百車渠〔一二〕。無生有汲引，兹理儻吹噓〔一三〕。（0209）

【校】

①窈，錢箋校：「晋作窅。」

②大，錢箋校：「一作火。」

③月，錢箋、《草堂》校：「一作日。」

【注】

黄鶴注：當在梓州作。文公，未詳何所人。寶應元年（七六二）。

〔一〕上方：《維摩經·香積佛品》：「以神通力，示諸大衆上方界分。」此指佛寺上方院。劉長卿有《登思禪寺上方題修竹茂松》，又《禪智寺上方懷演和尚》，皇甫冉有《清明日青龍寺上方賦得多字》。《景德傳燈録》卷二五羅漢守仁：「止東安興教寺上方院。」

〔二〕絳氣句：江淹《從冠軍建平王登廬山香爐峰》：「絳氣下縈薄，白雲上杳冥。」《文選》李周翰注：「絳氣，赤霞氣也。」司馬相如《上林賦》：「垂條扶疏，落英幡纚。」《説文》：「扶疏，四布也。」

〔三〕風磴：即石磴。鮑照《過銅山掘黄精》：「既類風門磴，復像天井壁。」

〔四〕庭前句：《高僧傳》卷六《晋廬山釋慧永傳》：「水屋中常有一虎，人或畏者，輒驅令上山，人去後，還復馴伏。」翁方綱《石洲詩話》卷六：「庭前猛虎，謂石也。」可備一説。

〔五〕吾師二句：《法華經·化城喻品》：「常雨於天化，以供養彼佛。」《法苑珠林》卷二四唐西京勝光寺釋道宗：「每講大論，天雨衆華，繞旋講堂。」仇注：「文公於説法之外，久不下接塵世矣。」

〔六〕長者二句：布金，見卷四《贈蜀僧閭丘師兄》（一175）「祇樹園」注。禪龕，修行所居。《法苑珠林》卷二八隋終南山楩梓谷釋普安：「有人於子午、虎林兩谷合澗之側，鑿龕結庵，延而住之。」何處士《通士人篇》：「禪龕八想浄，義窟四塵輕。」《漢書·揚雄傳》：「家産不過十金，乏無儋

石之儲，晏如也。」

〔七〕大珠二句：《大般若波羅蜜多經》卷一二八：「譬如無價大寶神珠……若有持此神珠令見珠威勢，故毒即消滅，若諸有情身嬰癩疾、惡瘡、腫皰、目眜翳等。」此謂大珠神力可除眼翳。詩謂珠脱玷翳，似同於《景德傳燈録》卷二師子比丘：「如淨明珠，内外無翳。」《楞嚴經》卷三：「是諸師等，於白月晝，手執方諸，承月中水，此水爲復從珠中出？空中自有，爲從月來？……若從珠出，則此珠中常應流水，何待中宵承白月晝？」詩意似出此。《祖堂集》卷一五東寺和尚：「師曰：『見説廣南有鎮海明珠，還是也無？』對曰：『是也。』師云：『此珠作麼生？』對曰：『白月則隱，黑月則現。』」《法苑珠林》卷四：「初月一日至十五日名爲白月，十六日已去至於月盡名爲黑月。」

〔八〕甫也句：《禮記·檀弓上》：「今丘也，東西南北人也。」

〔九〕久遭二句：荀濟《贈陰梁州》：「詩酒悦風雲，琴歌賞桃李。」盧照鄰《春晚山莊率題》：「唯餘詩酒意，當了一生中。」裴之横《答貞陽侯書》：「僕早預簪裾，夙叨眷與。」劉孝綽《歸沐呈任中丞昉》：「圓淵倒荷芰，方鏡寫簪裾。」

〔一〇〕王侯二句：《列子·楊朱》：「萬物所異者生也，所同者死也。生則有賢愚貴賤，是所異也。死則有臭腐消滅，是所同也。……十年亦死，百年亦死。仁聖亦死，凶愚亦死。」鮑照《代蒿里行》：「同盡無貴賤，殊願有窮伸。」《王梵志詩校注》〇六二首：「世間何物平，不過死一色。老小終須去，信前業道力。縱使公王侯，用錢遮不得。」《敦煌變文集·八相變》：「王侯凡庶一

般，死相亦無二種。」

〔一一〕願聞二句：《大方等大集經》卷二八：「復有三諦，何等三？俗諦、第一義諦、相諦。云何俗諦？若世間所用言語文字假名法等。云何第一義諦？乃至無有心行，何況當有言語文字。云何相諦？觀一切相同於一相，一相者即是無相。」《觀無量壽經》：「一者至誠心，一者深心，三者同向發願心。」心地初，謂初心或初發心。《大般涅槃經》卷二三：「夫聽法者名初發心，乃究竟阿耨多羅三藐三菩提心，以因初心得大涅槃，不以聞故得大涅槃。」《九家》趙注謂乃初地之倒言，引《楞嚴經》「修行有十地，以歡喜爲初地」，似不確。心地，即心。《楞嚴經》卷五：「如來示我：一味清淨，心地法門。」《楞嚴經》神龍中譯出，然真僞有争議。又敦煌本《壇經》多用「心地」字，其寫定亦約在此時或稍後。此前佛典偶有用「心地」字者，均無深意。

〔一二〕金篦二句：《大般涅槃經》卷八：「佛言：善男子，如百盲人爲治目故，造詣良醫。是時良醫即以金錍抉其眼膜。」錍通篦。《法華經·信解品》：「多諸金銀，車渠馬瑙，真珠琉璃。」慧琳《一切經音義》卷二五：「七寶：一金、二銀、三琉璃、四頗梨、五車渠、六赤真珠、七瑪瑙也。」

〔一三〕無生一句：《圓覺經》：「一切衆生，於無生中，妄見生滅，是故説名輪轉生死。」智顗《摩訶止觀》卷五下：「因果不生，亦復不滅。不生不滅，名無生忍。是爲無生門，通於止觀。」沈約《宿東園》：「若蒙西山藥，頹齡儻能度。」儻，或也。《歲寒堂詩話》卷上：「汲引吹噓，皆傳法之意。」

《東坡題跋》卷二：「子美自比稷與契，人未必許也。然其詩云：『舜舉十六相，身尊道益高。秦時用商鞅，法令如牛毛。』此自是契稷輩人口中語也。又云：『知名未足稱，局促商山芝。』又云：『王侯與螻蟻，同盡隨丘墟。願聞第一義，回向心地初。』乃知子美詩外尚有事在也。」

陳善《捫虱新話》下集卷一：「老杜詩當是詩中六經，他人詩乃諸子之流也。杜詩有高妙語，如云：『王侯與螻蟻，同盡隨丘墟。願聞第一義，回向心地初。』可謂深入理窟。晉宋以來詩人無此句也。『心地初』乃《莊子》所謂『游心於淡，合氣於漠』之義也。」

奉贈射洪李四丈①〔一〕

丈人屋上烏，人好烏亦好〔二〕。人生意氣豁，不在相逢早〔三〕。南京亂初定〔四〕，所向邑枯槁②。游子無根株，茅齋付秋草。東征下月峽③，挂席窮海島〔五〕。萬里須十金，妻孥未相保。蒼茫風塵際，蹭蹬騏驎老〔六〕。志士懷感傷，心胸已傾倒。（0210）

【校】

① 題下錢箋注：「明甫。」

②邑，錢箋校：「一作色。」《九家》、《草堂》作「色」。

③下月，《草堂》作「月下」。

【注】

黄鶴注：寶應元年（七六二）七月徐知道反，公避之至梓州，九月歸成都迎家居梓州，十一月嘗往射洪，當是其時作。

〔一〕射洪：《元和郡縣圖志》卷三三梓州：「射洪縣，上。西北至州六十里。本漢郪縣地，後魏分置射洪縣。縣有梓潼水，與涪江合流，急如箭，奔射洪口，蜀人謂水口曰洪，因名射洪。」李四丈：事迹不詳。

〔二〕丈人二句：《説苑・貴德》太公曰：「臣聞愛其人者，兼屋上之烏；憎其人者，惡其餘胥。」

〔三〕人生二句：《北史・序傳》：「古人相知，未必在早。」

〔四〕南京句：《九家》趙注謂指東川段子璋之亂。黄鶴注謂指徐知道之亂。《舊唐書・肅宗紀》：「（至德二載十二月）改蜀郡爲南京。」「（上元元年）九月甲午，以荆州爲南都，州曰江陵府，官吏制置同京兆。其蜀郡先爲南京，宜復爲蜀郡。」詩蓋沿舊稱。

〔五〕東征二句：《太平寰宇記》卷一三六巴縣：「明月峽在縣東八十里。《華陽國志》云：郡東枳縣有明月峽，即此。李膺《益州記》：廣陽州東七里，水南有遮要二塠石，石東二里至明月峽。峽首南岸壁高四十丈，其壁有孔，形似滿月，因以爲名。」《方輿勝覽》卷六六利州：「晏公《類

要》：巫峽、巴峽、明月峽，三峽惟明月在此界。」挂席，見卷一《苦雨奉寄隴西公兼呈王徵士》（0022）注。

〔六〕蒼茫二句：蹭蹬，見卷一《奉贈韋左丞丈二十二韻》（0001）注。騏驎，見卷一《驄馬行》（0039）注。

早發射洪縣南途中作

將老憂貧窶〔一〕，筋力豈能及。征途乃侵星①〔二〕，得使諸病入②。鄙人寡道氣〔三〕，在困無獨立。俶裝逐徒旅，達曙陵險澀③〔四〕。寒日出霧遲，清江轉山急。僕夫行不進，駑馬若維縶④〔五〕。汀洲稍疏散，風景開怏悒⑤〔六〕。空慰所尚懷，終非曩游集〔七〕。衰顔偶一破〔八〕，勝事難屢挹⑥。茫然阮籍途，更洒楊朱泣〔九〕。

（0211）

【校】

① 乃，宋本、《九家》《草堂》校：「一作復。」錢箋校：「吴作後。一作復。」《文苑英華》作「復」。

② 病，《九家》校：「一作疾。」

③ 曙，《九家》校：「一本作曉。」 陵，錢箋作「淩」。

④ 若，《九家》作「苦」，校：「一作若。」

⑤ 怏，錢箋校：「一云悁。」《文苑英華》校：「一作悁。」

⑥ 難屢，錢箋、《草堂》校：「一云皆空。」

【注】

黄鶴注：當是寶應元年（七六二）十一月南之通泉時作。

〔一〕將老句：《詩・邶風・北門》：「終窶且貧，莫知我艱。」傳：「窶者，無禮也。貧者，困於財。」釋文：「窶，無禮也。《爾雅》云：貧也。案，謂貧無可爲禮。」

〔二〕侵星：鮑照《還都道中作》：「侵星赴早路，畢景逐前儔。」

〔三〕道氣：徐陵《天台山館徐則法師碑》：「法師蕭然道氣，卓矣仙才。」

〔四〕俶裝二句：張衡《思玄賦》：「占既吉而無悔兮，簡元辰而俶裝。」《文選》舊注：「俶，始也。裝，束也。」謝靈運《七里瀨》：「孤客傷逝湍，徒旅苦奔峭。」江總《別南海賓化侯》：「崤函多險澀，星琯壯環周。」

〔五〕駑馬句：《詩・小雅・白駒》：「皎皎白駒，食我場苗。縶之維之，以永今朝。」傳：「賢者有乘白駒而去者，縶絆維縶也。」此謂受羈絆。

〔六〕怏悒：即悒怏，同鬱怏。《廣弘明集》卷七：「（荀）濟以不得志，常懷悒怏。」《梁書・侯景傳》：

「於是鬱怏，更成失志。」

〔七〕空慰二句：仇注：「所尚懷，謂意所好尚。」按，即所尚所懷。左思《招隱詩》：「相與觀所尚，逍遥撰良辰。」向秀《思舊賦》序：「追思曩昔游宴之好，感音而歎。」

〔八〕衰顔：邢邵《冬夜酬魏少傅直史館》：「衰顔依候改，壯志與時闌。」

〔九〕茫然二句：《晉書·阮籍傳》：「時率意獨駕，不由徑路，車跡所窮，輒慟哭而反。」《太平御覽》卷一九五引《淮南子》：「楊朱見歧路而哭，曰：可以南，可以北。」

通泉驛南去通泉縣十五里山水作〔一〕

溪行衣自濕，亭午氣始散〔二〕。冬温蚊蚋在①，人遠鳧鴨亂。登頓生曾陰，欹傾出高岸〔三〕。驛樓衰柳側，縣郭輕烟畔〔四〕。一川何綺麗，盡目窮壯觀②〔五〕。山色遠寂寞，江光夕滋漫③。傷時愧孔父④，去國同王粲〔六〕。我生苦飄零，所歷有嗟歎。（0212）

【校】

①在，錢箋校：「一作集。」

②目，錢箋校：「一作日。」《九家》、《草堂》作「日」，《草堂》校：「一作目。」

③夕，《九家》校：「一作日。」

④傷，錢箋、《文苑英華》校：「一作知。」

【注】

黄鶴注：作於寶應元年（七六二）十一月，故詩云「冬温蚊蚋集」。

〔一〕通泉：《元和郡縣圖志》卷三三梓州：「通泉縣，緊。西北至州一百四十里。本漢廣漢縣地。……通泉山，在縣南二里。山前有石蝦蟆，高七八尺。涪江水，經縣東三里。」《太平寰宇記》卷八二梓州：「通泉山在縣西北二十里，東臨涪江，絶壁二百餘丈，水從山頂涌出，下注於涪江，絶壁涌泉，郡故城在此。」《蜀中廣記》卷五四射洪縣：「《志》云：治南五十里通泉古驛，即杜甫題詩處。」

〔二〕亭午：見卷三《寄贊上人》（〇一〇三）注。

〔三〕登頓二句：謝靈運《過始寧墅》：「山行窮登頓，水涉盡洄沿。」《文選》李周翰注：「登頓，謂上下也。」高適《入昌松東界山行》：「鳥道幾登頓，馬蹄無暫閑。」皆謂山行。江淹《從冠軍建平王登廬山香爐峰》：「日落長沙渚，曾陰萬里生。」范縝《擬招隱士》：「杳冥兮吁可畏，嵚崟兮傾欹。」

〔四〕驛樓二句：謝朓《始出尚書省》：「衰柳尚沉沉，凝露方泥泥。」何遜《落日前墟望贈范廣州

雲》：「輕烟澹柳色，重霞映日餘。」

〔五〕一川二句：劉楨《公宴詩》：「投翰長歎息，綺麗不可忘。」《史記・司馬相如列傳》：「天下之壯觀。」

〔六〕傷時二句：《論語・子罕》：「子曰：『鳳鳥不至，河不出圖，吾已矣夫。』」《公羊傳》哀公十四年：「西狩獲麟，孔子曰：『吾道窮矣。』」《孔子家語》卷四：「孔子曰：『麟之至，爲明王也。出非其時而害，吾是以傷焉。』」王粲《七哀詩》：「西京亂無象，豺虎方構患。復弃中國去，遠身適荆蠻。」

過郭代公故宅〔一〕

豪俊初未遇，其跡或脱略①〔二〕。代公尉通泉，放意何自若。及夫登衮冕，直氣森噴薄②〔三〕。磊落見異人，豈伊常情度。定策神龍後〔四〕，宫中翕清廓。俄頃辨尊親，指麾存顧託③〔五〕。羣公有慚色④，王室無削弱。迥出名臣上，丹青照臺閣〔六〕。我行得遺跡⑤，池館皆疏鑿。壯公臨事斷〔七〕，顧步涕横落⑥。高詠寶劍篇，神交付冥寞⑦。（0213）

【校】

①略，《草堂》作「落」。

②直氣森噴薄，錢箋校：「一本此下有『精魄凛如在，所歷終蕭索』。」《草堂》校：「或本以『精魄凛如在，所歷終蕭索』一聯在此下，非是。」

③麾，錢箋、《九家》、《草堂》作「揮」。

④有，錢箋校：「一作見。」

⑤跡，宋本、錢箋、《九家》、《草堂》校：「一作址。」

⑥顧步涕横落，《草堂》此下有「精凛魄如在，所歷終蕭索」一聯。

⑦寞，錢箋、《九家》、《草堂》作「漠」。

【注】

黄鶴注：當是指郭公作尉通泉時所居而言，寶應元年（七六二）十一月自射洪之通泉時作。

〔一〕郭代公：張説《兵部尚書代國公贈少保郭公行狀》：「公名震，字元振，本太原陽曲人也。大父任相州湯陰令，因居於魏。……十六入太學，與薛稷、趙彦昭同業。……十八擢進士第，其年判入高等，時輩皆以校書正字爲榮，公獨請外官，授梓州通泉尉。至縣，落拓不拘小節，嘗鑄錢，掠良人財以濟四方，海内同聲合氣有至千萬者。則天聞其名，驛徵引見，語至夜，甚奇之。問蜀川之跡，對而不隱。令録舊文，乃上《古劍歌》……則天覽而佳之，令寫數十本，遍賜學士

李嶠、閻朝隱等。遂授右武衛胄曹、右控鶴内供奉，尋遷奉宸監丞。屬吐蕃和親，令報命至境上，與贊普相見，宣國威命，責其翻覆，長揖不拜。……無何，吐蕃君臣果相疑貳，遂誅欽陵，弟贊婆及其兄子莽布支並來降。公聲名籍甚。……會太平公主、竇懷貞潛結凶黨，謀廢皇帝，睿宗猶豫不決，諸相皆阿諛順旨，惟公廷争不受詔。及舉兵誅竇懷貞等，宫城大亂，睿宗步出肅章門觀變，諸相皆竄外省，公獨登奉天門樓躬侍。睿宗聞東宫兵至，將欲投於樓下，公親扶聖躬，敦勸乃止。及上即位，宿中書十四日，獨知政事。」

〔二〕脱略：放誕疏失，不拘流俗。《晋書・謝尚傳》：「脱略細行，不爲流俗之事。」王昌齡《宿灞上寄侍御璵弟》：「知我滄溟心，脱略腐儒輩。」《太平廣記》卷二七九《孟德崇》（出《野人閑話》）：「自恃貴族，脱略傲誕。」

〔三〕及夫二句：《周禮・春官・司服》：「公之服，自衮冕而下，如王之服。」左思《吴都賦》：「濆薄沸騰，寂寥長邁。」《文選》李周翰注：「水相激盪曰濆薄。」沈佺期《過蜀龍門》：「流水無晝夜，噴薄龍門中。」

〔四〕定策句：《九家》趙注：「太平擅權自中宗來，則禍胎在神龍而下也。……太平擅寵自中歷睿，至明皇始定。今杜公微意不欲指中睿之失，故追言神龍後，以見代公贊翊除患，召自神龍來也。……直氣噴薄以下，是專説誅太平事。」錢箋：「按代公定策在先天二年，而杜詩云『定策神龍後』。蓋太平、安樂二公主及韋后用事，俱在神龍二年，故云神龍後也。吴若本注云：『明皇與劉幽求平韋庶人之亂，正在神龍後，元振常有功其間，而史失之。微此詩無以見。』不知元

振爲宗楚客等所嫉，出之安西，幾爲所陷，楚客等被誅，始得徵還，何從與平韋后之亂？此泥詩而不考古之過也。」

〔五〕俄頃二句：《宋書·謝景仁傳》：「玄性促急，俄頃之間，騎詔續至。」《漢書·路温傳》：「皆以昌邑尊親，援而立之。」《晋書·阮孚傳》：「今欲屈卿，同受顧託。」

〔六〕迥出二句：《唐會要》卷一八《配享功臣》：「玄宗廟三人，贈太師燕文貞公張説、贈太子少師代國公郭元振、中書令趙國公王琚。」

〔七〕壯公句：《禮記·樂記》：「臨事而屢斷，勇也。」

觀薛稷少保書畫壁〔一〕公詩曰：「驅車越陜郊，北顧臨大河。」①

少保有古風，得之陜郊篇。〔二〕惜哉功名忤，但見書畫傳。我游梓州東，遺跡涪江邊。畫藏青蓮界〔三〕，書入金榜懸。仰看垂露姿，不崩亦不騫〔四〕。鬱鬱三大字，蛟龍岌相纏〔五〕。又揮西方變，發地扶屋椽〔六〕。慘淡壁飛動，到今色未填〔七〕。此行疊壯觀，郭薛俱才賢。不知百載後，誰復來通泉。（0214）

【校】

① 公詩曰驅車越陝郊北顧臨大河，錢箋此注在「少保」二句下，以此注爲吴若本注。

【注】

黄鶴注：當是寶應元年（七六二）在通泉作。

〔一〕薛稷：《舊唐書·薛收傳》：收子元超，「元超從子稷。稷舉進士，累轉中書舍人。……景龍末，爲諫議大夫、昭文館學士。好古博雅，尤工隸書。自貞觀、永徽之際，虞世南、褚遂良時人宗其書跡，自後罕能繼者。稷外祖魏徵家富圖籍，多有虞、褚舊跡，稷鋭精模仿，筆態遒麗，當時無及之者。又善畫，博探古跡。睿宗在藩，留意於小學，稷於是特見招引，俄又令其子伯陽尚仙源公主。……以翊贊睿宗功封晋國公，賜實封三百户，除太子少保。睿宗常召稷入宫中參決庶政，恩遇莫與爲比。及竇懷貞伏誅，稷以知其謀，賜死於萬年縣獄中」。《歷代名畫記》卷九：「薛稷字嗣通……尤善花鳥人物雜畫。畫鶴知名，屏風六扇鶴樣自稷始也。」《唐朝名畫録》：「薛稷，天后朝位至宰輔，文章學術，名冠時流。學書師褚河南，時稱『買褚得薛，不失其節』。畫蹤如閻立本，今秘書省有畫鶴，時號一絶。曾旅游新安郡，遇李白，因相留，請書永安寺額，兼畫西方佛一壁。筆力瀟洒，風姿逸秀，曹、張之匹也。二跡之妙，李翰林題讚見在。又蜀郡亦有鶴並佛像菩薩青牛等傳於世，並居神品。」《苕溪漁隱叢話》後集卷六苕溪漁隱曰：「余觀《法帖》載褚遂良帖云：『舅遂良報薛八侍中。』則稷之外家乃褚氏，而《唐史》云魏氏者，

何邪？」岑仲勉《唐人行第録》考此帖薛八侍中爲薛元超，侍中爲侍郎之訛。稷爲元超從子，元超之舅非稷之外家。

〔二〕少保二句：薛稷有《秋日還京陝西十里作》，注所引爲首二句。仇注：「古風，謂詩體。」李白有《古風》。吴師道《吴禮部詩話》：「薛稷詩明健激昂，有建安七子之風，不類唐人。其字偉麗，亦稱之。」

〔三〕青蓮界：指佛寺。蕭綱《善覺寺碑》：「陽燧暉朝，青蓮開夜。」宋之問《宿雲門寺》：「龕緣緑筱岸，遂得青蓮宫。」慧琳《一切經音義》卷三：「嗢鉢羅花，唐云青蓮花。其花青色，葉細長，香氣遠聞，人間難有，唯無熱惱大龍池中有。或名優鉢羅。」

〔四〕仰看二句：《法書要録》卷一王愔《文字志》目「古書三十六種」有「垂露篆」；卷二：「曹喜字仲則……善懸針、垂露之法，後世行之。」《詩・小雅・天保》：「如南山之壽，不騫不崩。」傳：「騫，虧也。」

〔五〕鬱鬱二句：《蜀中廣記》卷二九射洪縣：「《碑目》云：唐薛稷書『慧普寺』三字，方徑三尺，筆畫雄勁，在通泉壽聖寺聚古堂。按慧普寺梁大同中建，初造彌勒下生一座，相好端足。唐貞觀年放光，户牖皆明燭，人稱異焉。」米芾《海岳名言》：「薛稷書『慧普寺』，老杜以爲『蛟龍岌相纏』。今觀其本，乃如奈重兒握蒸餅勢，信老杜不能書也。」「今有石本，得視之。乃是勾勒，倒收筆鋒，筆筆如蒸餅，『普』字如人偃兩拳，伸臂而立，醜怪難狀。」《百家注》趙注：「八分及草書之纏糾，然後可言有蛟龍之勢也。然稷三大字乃真書，其勢豈若蛟龍耶？」《九家》趙注：「（碑）傍

有贔屭纏捧，乃『龍蛇岌相纏』也。……余嘗到寺觀之，三字之傍有贔屭纏捧，詩人道實事爲『壯觀』之句耳。」

〔六〕又揮二句：佛教題材繪畫稱變相、經變。《酉陽雜俎》前集卷五：「方欲水再三噀壁上，成維摩問疾變相。」《歷代名畫記》卷三西京寺觀等畫壁：「光宅寺，東菩提院内北壁東南偏，尉遲畫降魔等變。殿内吴生、楊廷光畫，又尹琳畫西方變。」西方變描繪西方極樂世界。沈約《游鍾山詩應西陽王教》：「發地多奇嶺，干雲非一狀。」仇注引遠注：「謂西方之像，起自地面，直至屋椽。」

〔七〕慘淡二句：《九家》趙注：「『填』字即『寘』字，《字書》云：塞也。又訓久。今公『色未填』，則色未昏滅之意。豈言其色未久而尚如新邪。」《廣韻》先韻：「填，塞也，加也，滿也。又陟陳切。」真韻：「填，壓也。」訓久者則以「填」通「鎮」，然「鎮」字亦無此種用法。此即指填色。《歷代名畫記》卷三西京寺觀等畫壁：「慈恩寺……大殿東廊從北第一院，鄭虔、畢宏、王維等白畫。」「浄土院……吴畫金剛變，工人成色。」白畫，即不著色者。工人成色，則由工人填色。

葛立方《韻語陽秋》卷一四：「薛稷不特以書名，而畫亦成神品。老杜所謂『我游梓州東，遺跡涪江邊。畫藏青蓮界，書入金榜懸』是也。杜又有《薛少保畫鶴》一篇，所謂『薛公十一鶴，皆寫青田真』是也。余謂陸探微作一筆畫，實得張伯英草書訣。張僧繇點曳斫拂，實得衛夫人《筆陣圖》訣。吴道子又授筆法張長史。信書畫用筆，同一三昧。薛稷書法雁行褚河南，

而丹青之妙乃復如詩，當是書法三昧中流出也。」

潘德興《養一齋李杜詩話》卷一：「嚴氏羽曰：『少陵詩憲章漢魏，而取材於六朝。至其自得之妙，則前輩所謂「集大成」者也。』按，言憲章必當言祖述。少陵所祖述者，其《風》《騷》乎？滄浪不言，何也？且少陵取材，奚啻六朝？觀其《過宋之問舊莊》云：『枉道祇從入，吟詩許更過。』《陳拾遺故宅》云：『公生揚馬後，名與日月懸。』《郭代公故宅》云：『高詠寶劍篇，神交付冥漠。』《觀薛稷書畫壁》云：『少保有古風，得之陝郊篇。』《贈蜀僧閭丘師兄閭丘均》云：『晚看作者意，妙絶與誰論。』《哀故國相張公九齡》云：『自我一家則，未缺隻字警。』則知少陵於本朝諸巨公靡不息心研玩，安得以其『熟精文選理』、『續兒誦文選』之句，遂謂其取資止於六朝哉！」

通泉縣署屋壁後薛少保畫鶴

薛公十一鶴，皆寫青田真〔一〕。畫色久欲盡，蒼然猶出塵〔二〕。低昂各有意〔三〕，磊落如長人。佳此志氣遠，豈唯粉墨新。萬里不以力，羣游森會神〔四〕。威遲白鳳態，非是蒼鷳鄰①〔五〕。高堂未傾覆，幸得慰佳賓②。曝露牆壁外，終嗟風雨頻。赤

霄有真骨，恥飲洿池津〔六〕。冥冥任所往③，脫略誰能馴〔七〕？（0215）

【校】

① 蒼，錢箋、《九家》、《草堂》作「倉」。

② 幸，錢箋作「常」，校：「一作幸。」《草堂》校：「一作常。」 佳，錢箋作「嘉」。

③ 往，《草堂》作「適」。

【注】

黄鶴注：寶應元年（七六二）十一月，自梓州之通泉時作。

〔一〕薛公二句：《藝文類聚》卷九〇引《永嘉郡記》：「有洙沐溪，野青田九里中，有雙白鶴，年年生子，長大便去，只恒餘父母一雙在耳。」虞世南《飛來雙白鶴》：「雙栖集紫蓋，一舉背青田。」

〔二〕畫色二句：《南史·劉訏傳》：「歊矯矯出塵，如雲中白鶴。」

〔三〕低昂句：蕭綱《舞賦》：「或低昂而失侣，乃歸飛而相附。」

〔四〕會神：王褒《聖主得賢臣頌》：「聚精會神，相得益章。」

〔五〕威遲二句：威遲，見卷三《鐵堂峽》（0142）注。《殷芸小説》卷二：「揚雄著《太玄經》，夢吐白鳳凰，集於《玄》上。」蒼鶊，同倉庚。《詩·豳風·七月》：「春日載陽，有鳴倉庚。」傳：「倉庚，離黄也。」釋文：「離，本又作『鵹』，作『鸝』。」《葛覃》陸璣疏：「黄鳥，黄鸝留也。或謂之黄栗留，

幽州人謂之黄鬪，或謂之黄鳥。一名倉庚，一名商庚，一名鵹黄，一名楚雀，齊人謂之摶黍，關西謂之黄鳥。當葚熟時，夾在桑間。」

〔六〕赤霄二句：劉向《九歎》：「譬若王僑之乘雲兮，載赤霄而淩太清。」王逸注：「游天庭也。」張協《七命》：「挂歸翮於赤霄之表，出華鱗於紫淵之裏。」《孟子·梁惠王上》：「數罟不入洿池。」洿同污。江淹《雜體詩·嵇中散康言志》：「朝食琅玕玉，夕飲玉池津。」

〔七〕脱略句：脱略，見本卷《過郭代公故宅》（0213）注。此謂不受羈束。顔延之《五君詠·嵇中散》：「鸞翮有時鎩，龍性誰能馴。」

陪王侍御同登東山最高頂宴姚通泉晚攜酒泛江〔一〕

姚公美政誰與儔，不減昔時陳太丘〔二〕。邑中上客有柱史，多暇日陪驄馬游〔三〕。東山高頂羅珍羞，下顧城郭銷我憂。清江白日落欲盡，復攜美人登綵舟〔四〕。笛聲憤怒哀中流①〔五〕，妙舞逶迤夜未休。燈前往往大魚出，聽曲低昂如有求〔六〕。三更風起寒浪涌，取樂喧呼覺船重。滿空星河光破碎，四座賓客色不動〔七〕。請公臨深莫相違②〔八〕，回船罷酒上馬歸。人生歡會豈有極，無使霜過霑人

衣③〔九〕。（0216）

【校】

① 怒，錢箋、《草堂》作「怨」，錢箋校：「一作怒。」

② 深，錢箋校：「一作江。」

③ 過，宋本、錢箋校：「一作露。」《草堂》作「露」，校：「一作過。」

【注】

黄鶴注：寶應元年（七六二）十一月公至通泉時作。

〔一〕王侍御：陳冠明謂是王掄。見卷一一《王十七侍御掄許携酒至草堂奉寄此詩便請邀高三十五使君同到》（0711）。東山：《方輿勝覽》卷六二潼川府：「東山，在城東。」「東山寺，名普惠寺。在城東涪江之外，去城三里。寺有蘇公泉、臨川門，下瞰涪江。」《明一統志》卷七一潼川府：「東山，在州東四里，隔涪江，修阜若長城。有蘇公泉暨石塔存焉。以山在州東，故名。」姚通泉：名不詳。通泉縣令。

〔二〕陳太丘：陳寔爲太丘長。《世説新語・德行》：「客有問陳季方：『足下家君太丘有何功德而荷天下重名？』」

〔三〕邑中二句：杜史，見卷二《送樊二十三侍御赴漢中判官》（0086）注。驄馬，見卷二《送長孫九侍

御赴武威判官》(0085)注。

〔四〕美人：仇注：「官妓也。」

〔五〕笛聲句：漢武帝《秋風辭》：「橫中流兮揚素波，簫鼓鳴兮發棹歌。」

〔六〕燈前二句：《荀子・勸學》：「昔者瓠巴鼓瑟而流魚出聽。」

〔七〕滿空二句：張融《海賦》：「湍轉則日月似驚，浪動而星河如覆。」賈誼《旱雲賦》：「正惟布而雷動兮，相擊衝而破碎。」仇注：「色不動，斂容知懼。」按，言衆人驚悚。

〔八〕請公句：《詩・小雅・小旻》：「如臨深淵，如履薄冰。」《禮記・曲禮上》：「爲人子者……不登高，不臨深。」《九家》趙注：「如言請公莫違捩臨深之戒。」仇注：「莫相違，毋忘警戒也。」按，相違即相背、相亂之義。張率《白紵歌》：「俱動齊息不相違，令彼嘉客澹忘歸。」此請諸公在船上莫驚慌相亂。

〔九〕人生一句：曹植《雜詩》：「歡會難再遇，芝蘭不重榮。」《秋風辭》：「歡樂極兮哀情多，少壯幾時兮奈老何。」阮籍《詠懷》：「良辰在何許，凝霜霑衣襟。」

趙翼《甌北詩話》卷二：「書生窮眼，偶值聲伎之宴，輒不禁見吟詠而力爲鋪張。杜集中如《陪諸公子丈八溝納涼》則云：『公子調冰水，佳人雪藕絲。』《陪李梓州泛江》有伎樂，則戲爲艷曲云：『江清歌扇底，野曠舞衣前。』《陪王侍御宴姚通泉携酒泛江》有伎，則云：『復携美

人登綵舟，笛聲憤怨哀中流。』《戎州宴楊使君東樓》則云：『座從歌伎密，樂任主人爲。』《江畔獨步尋花》至黄四娘家，則云：『黄四娘家花滿蹊，千朵萬朵壓枝低。』皆不免有過望之喜，而其詩究亦不工。如《陪李梓州艷曲》云：『使君自有婦，莫學野鴛鴦。』固已毫無醖藉。《戲題惱郝使君》云：『願携王趙兩紅顔，再騁肌膚如素練。』則更惡俗，殺風景矣。」

翁方綱《石洲詩話》卷一：「《陪姚通泉宴東山》一首，即《渼陂行》也。更不用『湘妃漢女』等迷離之幻字，而直用真景，則晚年之境更大也。」

春日戲題惱郝使君兄〔一〕

使君意氣淩青霄①〔二〕，憶昨歡娱常見招。細馬時鳴金騕褭，佳人屢出董嬌饒〔三〕。東流江水西飛燕〔四〕，可惜春光不相見。願携王趙兩紅顔，再騁肌膚如素練。通泉百里近梓州，請公一來開我愁②〔五〕。舞處重看花滿面，樽前還有錦纏頭〔六〕。（0217）

【校】

① 意，錢箋校：「一作俊。」

②請，錢箋、《草堂》校：「一作諸。」

【注】

黄鶴注：廣德元年（七六三）春在梓州作。郝使君當是居通泉，公在梓州作此以戲之。按，郝使君宰梓州，此前宴杜甫亦在梓州，更不能離州治而遠駐通泉。此詩乃杜甫在通泉未還梓州前作。諸家拘於寶應二年（即廣德元年）春杜甫已還梓州，乃顛倒二人居止。當從舊編作於通泉。

〔一〕郝使君：名不詳。寶應元年當任梓州刺史。

〔二〕使君句：曹植《盤石篇》：「高彼凌雲霄，浮氣象螭龍。」張華《鷦鷯賦》：「或凌赤霄之際，或託絶垠之外。」

〔三〕細馬二句：細馬，良馬。《舊唐書・職官志》車府署：「凡馬有左右監，以別其粗良。以數紀名，著之簿籍。細馬稱左，粗馬稱右。」驃褭，見卷一《天育驃騎歌》（0013）注。黄希注：「馬謂之金驃褭，因漢武帝鑄金爲麟趾褭蹄，詩人遂用之。」按，蕭統《上林》：「千金驃褭騎，萬斤流水車。」孔奂《賦得名都一何綺》：「黄金絡驃褭，蓮花裝鹿盧。」原指以黄金裝飾名馬。《玉臺新詠》收宋子侯《董嬌饒詩》一首。《分門》洙曰：「嬌饒，名姬也。」

〔四〕東流句：蕭衍《東飛伯勞歌》：「東飛伯勞西飛燕，黄姑織女時相見。」沈約《送別友人》：「遥裔發海鴻，連翩出簷燕。春秋更去來，參差不相見。」《九家》趙注：「燕以比佳人。」

〔五〕顧攜四句：《九家》趙注：「公在通泉，郝在梓州，欲郝自梓州攜二妓來通泉耳。」

〔六〕舞處二句：《酉陽雜俎》前集卷八「黥」：「今婦人面飾用花子，起自昭容上官氏所制以掩黥跡。大曆已前，士大夫妻多妒悍者，婢妾小不如意輒印面，故有月黥、錢黥。」《中華古今注》卷中「花子」：「至後周，又詔宮人帖五色雲母花子，作碎妝，以侍宴。如供奉者，帖勝花子，作桃花妝，插通草朵子，著短袖衫子。」《分門》洙曰：「唐王元寶富而無學識，嘗會賓客。明日親友謂之曰：『昨日必多佳論。』元寶曰：『但費錦纏頭爾。』」杜田曰：「唐明皇宴於清元小殿，自打羯鼓，曲終戲謂八姨曰：『樂籍今日有幸，約供養夫人，請一纏頭。』」《九家》趙注：「唐人以綵賞舞者之稱。」《資治通鑑》廣德元年胡注：「唐人宴集，酒酣爲人舞，當此禮者，以綵物爲贈，謂之纏頭。倡伎當宴舞者，亦有纏頭喝賜。杜甫詩所謂『舞罷錦纏頭』者也。」

天邊行

天邊老人歸未得，日暮東臨大江哭。隴右河源不種田〔一〕，胡騎羌兵入巴蜀。
洪濤滔天風拔木，前飛禿鶖後鴻鵠①〔二〕。九度附書向洛陽，十年骨肉無消息〔三〕。
（0218）

【校】

① 鴻，錢箋、《草堂》校：「一作黃。」

【注】

《九家》趙注謂廣德二年（七六四）在閬州作。黃鶴注：詩云「十年骨肉無消息」，當是永泰元年（七六五）在成都，未下忠渝時作。錢箋：至德二載吐蕃侵取廓、霸、岷等州及河源、莫門軍，寶應元年陷臨洮，取秦、成、渭等州。此云「河源隴右不種田」，則河隴尚未盡失。至廣德元年，始盡取隴右之地也。仇注編入永泰元年。川《譜》編入廣德元年（七六三）。按，鶴注過泥，「十年」乃約數。錢箋謂河隴未盡失，亦不足據。廣德元年十二月吐蕃陷松、維等州，進危巴蜀，詩人蓋感此而作。趙注近是。

〔一〕隴右句：《舊唐書·代宗紀》：「（廣德元年七月）是月，吐蕃大寇河隴，陷我秦、成、渭三州，入大震關，陷蘭、廓、河、鄯、洮、岷等州，盜有隴右之地。」「（十二月）吐蕃陷松州、維州、雲山城、籠城。」河源，唐亦指隴右地區。《元和郡縣圖志》卷三九隴右道鄯州：「河源軍，州西一百二十里。」《九家》趙注：「謂之胡騎羌兵，羌與胡素自交結。」

〔二〕洪濤二句：《書·堯典》：「蕩蕩懷山襄陵，浩浩滔天。」禿鶖，見卷三《乾元中寓居同谷縣作歌七首》（0154）注。

〔三〕骨肉：黃鶴注：「指弟在東都。」

大麥行

大麥乾枯小麥黃，婦女行泣夫走藏①〔一〕。東至集壁西梁洋②，問誰腰鐮胡與

羌〔二〕。豈無蜀兵三千人③，部領辛苦江山長④〔三〕。安得如鳥有羽翅，託身白雲還故鄉。（0219）

【校】

①女，錢箋、《草堂》校：「一作人。」

②西，《九家》校：「趙作北。」《草堂》校：「一作北。」

③三千人，宋本、錢箋、《九家》校：「一云千人去。」

④部，錢箋校：「一作簿。」《草堂》校：「晋作簿。」

【注】

黄鶴注：當是寶應元年（七六二）成都作。

〔一〕大麥二句：《後漢書·五行志》桓帝之初天下童謡：「小麥青青大麥枯，誰當獲者婦與姑。丈人何在西擊胡，吏買馬，君具車，請爲諸君鼓嚨胡。」錢箋引吴若本注：「此詩源流出此。」

〔二〕東至二句：《舊唐書·肅宗紀》：「（寶應元年建辰月）甲午，党項、奴剌寇梁州，刺史李勉弃郡走。丙申，党項寇奉天。」《新唐書·肅宗紀》：「（寶應元年建卯月）壬子，羌、渾、奴剌寇梁州。……（建辰月）甲午，奴剌寇梁州。」黄鶴注：「此詩當是指其年吐蕃、羌、渾、奴剌而言。今云『大麥乾枯小麥黄』，正是夏初事。自是年至大曆三年，無歲無吐蕃、党項、渾、奴剌之亂，而

俱不在春夏。」《舊唐書・地理志》山南西道梁州興元府：「(貞觀)六年，廢都督府。八年又置，依舊督梁、洋、集、壁四州。……乾元元年，復爲梁州。興元元年六月，昇爲興元府。」按，集、壁州在梁、洋之南，故《九家》趙注謂「西梁洋」當作「北梁洋」。

〔三〕豈無二句：朱鶴齡注：「應是蜀兵調發，策應山南者。」《隋書・長孫晟傳》：「詔晟部領降人。」此指部屬。本書卷二〇《爲閬州王使君進論巴蜀安危表》(1486)：「惟獨劍南自用兵以來，税斂則殷，部領不絶。」則疑當作「簿領」。

苦戰行

苦戰身死馬將軍，自云伏波之子孫〔一〕。干戈未定失壯士，使我歎恨傷精魂〔二〕。

去年江南討狂賊①，臨江把臂難再得〔三〕。別時孤雲今不飛，時獨看雲淚橫臆。(0220)

【校】

① 江南，《文苑英華》作「南行」，校：「一作江南。」

【注】

《九家》鮑注：「段子璋戰遂州時，公與此人送別江上。」趙注：「吐蕃去冬陷松、維、保三州，用兵豈

便息邪。」去冬謂廣德元年（七六三）。黄鶴注：段子璋以上元二年又陷遂州、綿州，遂州在涪江之南，今詩云「去年江南討狂賊」，當是寶應元年（七六二）作。

〔一〕苦戰二句：黄鶴注：「疑是爲馬巴州。」本書卷一三有《奉寄别馬巴州》（0836），作於廣德二年，與此詩諸家繫年不合。錢箋：「蓋必死於段子璋之亂者。」《後漢書・馬援傳》：「璽書拜援伏波將軍。」

〔二〕精魂：《易・繫辭上》：「精氣爲物，游魂爲變。」《左傳》昭公二十五年：「心之精爽，是謂魂魄。」阮瑀《七哀詩》：「身盡氣力索，精魂靡所能。」

〔三〕把臂：劉峻《廣絶交論》：「自昔把臂之英，金蘭之友。」

去秋行

去秋涪江木落時，臂槍走馬誰家兒①〔一〕？到今不知白骨處，部曲有去皆無歸〔二〕。遂州城中漢節在，遂州城外巴人稀〔三〕。戰場冤魂每夜哭，空令野營猛士悲。（0221）

【校】

①槍，錢箋校：「一作蒼。」《文苑英華》作「蒼」，校：「集作槍。」

【注】

《分門》魯曰：「時段子璋反於東川。」《九家》趙注：「此廣德二年詩，不是段子璋事。段子璋反……當年夏時已平矣。今云『去秋涪江木落時』。」黄鶴注：當是寶應元年（七六二）作。朱鶴齡襲趙説。仇注：蓋至秋末而寇始削平也，此時舍子璋之外，别無叛東川者。仍編入寶應元年。

〔一〕去秋二句：《元和郡縣圖志》卷三三遂州方義縣：「涪江水，北去縣八十步。」李白《獨不見》：「白馬誰家子，黄龍邊塞兒。」

〔二〕部曲：《後漢書・百官志》：「大將軍營五部，部校尉一人，比二千石；軍司馬一人，比千石。部下有曲，曲有軍候一人，比六百石。」後代多指私人部屬。《唐律疏議》卷六「官户部曲官私奴婢有犯」疏：「部曲，謂私家所有。」

〔三〕遂州二句：《舊唐書・肅宗紀》：「（上元二年四月）壬午，梓州刺史段子璋叛，襲破遂州，殺刺史嗣虢王巨。東川節度使李奐戰敗，奔成都。」《九家》鮑注：「故詩云『遂州城中漢節在』，蓋傷之也。」

光禄坂行〔一〕

山行落日下絶壁，西望千山萬山赤①。樹枝有鳥亂鳴時②，暝色無人獨歸客〔二〕。馬驚不憂深谷墜，草動只怕長弓射。安得更似開元中③，道路即今多擁隔④。白日賊多，翻是長弓子弟⑤〔三〕。（0222）

【校】

① 萬山，宋本、錢箋、《九家》、《草堂》校「山」字：「一作水。」

② 鳴，宋本、錢箋、《九家》、《草堂》校：「一作栖。」

③ 中，《九家》、《草堂》校：「一作年。」

④ 多，錢箋校：「一云何。」

⑤ 白日賊多翻是長弓子弟，錢箋以爲吴若本注。《分門》引此謂「洙曰」。

【注】

黄鶴注：當是寶應元年（七六二）作，公時在梓州。

〔一〕光禄坂：《草堂》夢弼注：「光禄坂在梓州銅山縣。」《元和郡縣圖志》卷三三梓州：「銅山縣，中。東北至州一百二十里。本郪縣地，有銅山。」按，杜甫在梓州曾往射洪、通泉，又至閬、至綿，銅山在梓州西南，不在以上行程中。《全宋詩》卷一一四九收薛紹彭《崇寧元年閏六月廿五日道祖再按鹽亭經光禄坂留題頓軒》：「光禄坂高鹽亭東，潼江直下如彎弓。山長水遠快望眼，少陵過後名不空。」又程公許《鹽亭登高山廟》：「曉馳光禄坂，暑憩鹽亭縣。」知光禄坂在鹽亭縣。《元和郡縣圖志》卷三三梓州：「鹽亭縣，上。西南至州九十三里。本漢廣漢縣地。」夢弼注不確。

〔二〕暝色：謝靈運《石壁精舍還湖中作》：「林壑斂暝色，雲霞收夕霏。」

〔三〕馬驚四句：《舊唐書·崔寧傳》：「寶應初，蜀中亂，山賊擁絶縣道，代宗憂之。嚴武薦旰爲利州刺史，既至，山賊遁散，由是知名。」《分門》鮑曰引此，黄鶴注謂與此詩相合。此蓋亂世常景。按，《唐六典》卷一六武庫令：「弓之制有四：一曰長弓，二曰角弓，三曰稍弓，四曰格弓。……今長弓以桑柘，步兵用之。」長弓乃唐軍步兵所用。宋本注乃甫自注，謂擁隔道路者竟是軍兵。子弟則指軍職世襲者。《唐會要》卷七二《京城諸軍》：「至德二年十月十四日，左右神武兩軍，先取扈從官子弟充。」《新唐書·史朝義傳》：「飯已，軍子弟稍稍辭去。」

山寺

得開字。章留後同游〔一〕。

野寺根石壁①，諸龕遍崔嵬〔二〕。前佛不復辨，百身一莓苔。雖有古殿存②，世

尊亦塵埃〔三〕。如聞龍象泣〔四〕，足令信者哀。使君騎紫馬，捧擁從西來〔五〕。樹羽靜千里，臨江久徘徊。山僧衣藍縷〔六〕，告訴棟梁摧。公爲顧賓徒③，咄嗟檀施開〔七〕。吾知多羅樹〔八〕，却倚蓮華臺。諸天必歡喜〔九〕，鬼物無嫌猜。以兹撫士卒，孰曰非周才〔一〇〕。窮子失浄處，高人憂禍胎〔一一〕。歲晏風破肉〔一二〕，荒林寒可回。思量入道苦④，自哂同嬰孩〔一三〕。（0223）

【校】

①根，錢箋、《草堂》校：「一作限。」

②雖，錢箋校：「一作唯。」

③顧，錢箋校：「一作領。」《草堂》作「領」。　賓徒，錢箋校：「荆作從。一作兵從。」　顧賓徒，《草堂》校：「一作顧賓從。一作願賓從。」

④入，錢箋校：「一作人。」《草堂》校：「一作大。」

【注】

黄鶴注：當是寶應元年（七六二）自通泉回梓州作。仇注編入廣德元年（七六三）冬。

〔一〕章留後：章彝。見卷四《冬狩行》（0194）注。

〔二〕諸龕句：崔嵬謂山，此言佛龕布於山壁。

〔三〕世尊：釋迦牟尼稱號。慧琳《一切經音義》：「《大智度》云：如來尊號有無量名，略而言之有其六種。薄伽梵是總稱也。義曰衆德之美，尊敬之極也。古譯爲世尊。世尊，出世間咸尊重。」

〔四〕龍象：《一切經音義》：「摩訶那伽，此云龍，亦云象。今此力士，力如龍象，故名耳。」《維摩經·不思議品》：「譬如龍象蹴踏，非驢所堪。」

〔五〕捧擁：《敦煌變文集·降魔變文》：「唯見須達大臣，兼有龍神八部，前後捧擁，四面周回。」

〔六〕藍縷：《左傳》宣公十二年：「篳路藍縷，以啓山林。」杜預注：「藍縷，敝衣。」《方言》：「南楚凡人貧衣被醜弊，謂之須捷，或謂之褸裂，或謂之襤褸。故《左傳》曰：『篳路襤褸，以啓山林』，殆謂此也。」襤褸同藍縷。

〔七〕咄嗟句：《世説新語·汰侈》：「石崇爲客作豆粥，咄嗟便辦。」《一切經音義》：「檀波羅蜜，具云檀那波羅蜜多。檀那，此云施也。波羅蜜，云彼岸也。多云到也。言施能到彼岸。」盧照鄰《益州長史胡樹禮爲亡女造畫讚》：「追慟幽途，載營檀施。」

〔八〕多羅樹：《一切經音義》：「多羅者，西域樹名也。其形似椶櫚樹也。體堅如鐵，葉長稠密，縱多時大雨，其葉蔭處乾若屋下。」《中阿含經》卷一四：「阿難：拘尸王城周匝七重，行四寶多羅樹，金銀琉璃及水精。……彼多羅樹間作種種華池，青蓮華池，紅蓮、赤蓮、白蓮花華池。」

〔九〕諸天：《法苑珠林》卷二諸天部：「如《婆沙論》中説：天有三十二種：欲界有十，色界有十八，

無色界有四，合有三十二天也。……問曰：未知此三十二天幾凡幾聖？答曰：二唯凡住，五唯聖住，自餘二十五天凡聖共住。」

〔一〇〕以茲二句：王康琚《反招隱詩》：「周才信衆人，偏智任諸己。」朱鶴齡注：「欲其用此道以治兵敵愾，無但廣求福田也。」

〔一一〕窮子二句：《法華經·信解品》：「譬如童子，幼稚無識，舍父逃逝，遠到他土。……窮子見父，豪貴尊嚴，謂是國王。……長者知子，愚疾狹劣，不信我言，不信是父。……云當相僱，除諸糞穢，倍與汝價。窮子聞之，歡喜隨來，爲除糞穢，浄諸房舍。長者於牖，常見其子。……父知子心，漸已廣大，欲與財物，即聚親族。……佛亦如是，知我樂小，未曾説言：汝等作佛。而説我等：得諸無漏，成就小乘，聲聞弟子。」《漢書·枚乘傳》：「福生有基，禍生有胎。納其基，絶其胎，禍何自來。」張戒《歲寒堂詩話》卷上：「夫窮子以浄處爲安，高人隱士以避世爲福，以近人爲禍。今山寺以使君之威咄嗟檀施開，雖棟宇興修，而煩憂之禍必自此始矣。」《九家》趙注：「窮子，指言藍縷之山僧。高人，指言章留後。章公所以修建僧寺，意欲諸僧得其清浄，而免於梁棟摧壓之禍。」《草堂》夢弼注：「窮子，甫自稱。甫謂己之處心不能以清浄持守，每詩酒所污也。高人指山僧，福有基，禍有胎，山僧以禍福爲憂，則修行務作福田也。」朱鶴齡注：「諷其（章彝）不修臣節，妄覬非分，猶窮子之離浄處而甘糞穢也。浄處失矣，能無禍胎之憂乎？」仇注：「此借修寺託諷。……若移此奉佛之心，以撫恤軍士，豈非弘濟才乎？蓋窮子多行穢不浄，高見者宜防禍於未萌。窮子指士卒。」補注又謂窮子原就佛徒言，指窮子爲士卒終覺未當。

浦起龍云：「窮子泛指士卒，不便斥言章留後也。」按，「窮子失浄」用《法華經》本義，其除糞穢，喻小乘聲聞之人，不能遽喻以大道。未必如夢弼説爲甫自喻，但以其爲高人之反襯則無疑。謂其指言僧徒、士卒者皆不確，蓋泛言世人未向道、達道者。高人則指章留後無疑，憂禍胎謂有遠慮。蓋此詩通篇皆譽美章之檀施功德，「以茲」二句以下言其为政亦周備，並無不敬之意。而朱、仇諸家必以諷刺求之，故不免顛倒詩意，扞格難通。趙注平實，反得其解。

〔一二〕歲晏句：《九家》趙注：「言風淒緊，至於破肉。」

〔一三〕思量二句：《老子》二十章：「我魄未兆，若嬰兒未孩。」《法苑珠林》卷五受苦部：「故《經》説：由色苦故，十時差别：一者膜時，二者泡時，三者皰時，四者肉團時，五者肢時，六者嬰孩時，七者童子時，八者少年時，九者盛壯時，十者衰老時。若非時無常，不應從膜乃至老死。」此言人生無常。《九家》趙注：「公自傷也。言入道如小童之就學辛苦。」仇注：「言當此寒盡春來之候，方欲如嬰孩之自適，豈能與山僧輩爲此入道之艱苦乎。」詩明言「自哂」，仇氏曲解。

南池〔一〕

崢嶸巴閬間〔二〕，所向盡山谷。安知有蒼池，萬頃浸坤軸〔三〕。呀然閬城南，枕帶巴江腹①〔四〕。芰荷入異縣，粳稻共比屋〔五〕。皇天不無意，美利戒止足〔六〕。高田

失西成，此物頗豐熟〔七〕。清源多衆魚，遠岸富喬木。獨歎楓香林〔八〕，春時好顔色②。南有漢王祠③〔九〕，終朝走巫祝。歌舞散靈衣，荒哉舊風俗。高堂亦明王④，魂魄猶正直〔一〇〕。不應空陂上，縹緲親酒食。淫祀自古昔〔一一〕，非唯一川瀆。干戈浩茫茫，地僻傷極目〔一二〕。平生江海興⑤，遭亂身局促。駐馬問漁舟，躊躇慰羈束〔一三〕。（0224）

【校】

① 枕，宋本、錢箋、《九家》、《草堂》校：「一作控。」

② 時，《草堂》作「將」。

③ 王，錢箋、《草堂》校：「晋作主。」

④ 堂，錢箋、《草堂》校：「一作皇。」

⑤ 江海，錢箋校：「一云溟渤。」

【注】

黄鶴注：詩云「高田失西成，此物頗豐熟」，當是廣德元年（七六三）秋在閬州作。仇注：詩云「春時顔色好」，應是廣德二年（七六四）春作。

〔一〕南池：《漢書·地理志》巴郡：「閬中，彭道將池在南，彭道魚池在西南。」王嗣奭《杜臆》：「即今之南池也。」《太平寰宇記》卷八六閬州：「彭道將池，《郡國志》云：彭道魚池在州西南。《四夷述》云：州東南池，東西二里，南北約五里。州城西南十里有郭池，周約五十畝。二池與《漢志》注相符。」《方輿勝覽》卷六七閬州：「南池，在高祖廟傍。東西四里，南北八里。《漢志》彭道將池，在今南池也。魚池在今郭池也。」《明一統志》卷六八保寧府：「南池，在府城南，漢高祖廟東。自漢以來堰大斗小斗之水灌田，里人賴之。唐時堰壞，遂成陸田。至今遺址可見。」

〔二〕巴閬：閬州爲古巴國地。《華陽國志》卷一《巴志》：「巴子時雖都江州，或治墊江，或治平都，後治閬中。」

〔三〕坤軸：地軸。見卷一《三川觀水漲二十韻》(0043)注。

〔四〕呀然二句：班固《西都賦》：「建金城而萬雉，呀周池而成淵。」《文選》李善注：「呀，大空貌。」《水經注》江水：「綿水至江陽縣方山下入江，謂之綿水口，亦曰中水。江陽縣枕帶雙流，據江洛會也。」《元和郡縣圖志》卷三四渝州：「古之巴國也。閬、白二水東南流，曲折如『巴』字，故謂之『巴』。然則巴國因水爲名。」《方輿勝覽》卷六〇重慶府：「巴江，在巴縣，水折三面如『巴』字。」

〔五〕芰荷二句：芰荷，見卷一《曲江三章章五句》(0028)「蔆荷」注。入異縣，言池水之廣。粳稻，見卷二《病後遇王倚飲贈歌》(0079)注。《文選》沈約《奏彈王源》李善注引《尚書大傳》：「周民可比屋而封。」此言粳稻之茂盛。

〔六〕美利句：《老子》四十四章：「知足不辱，知止不殆。」桓範《世要論・臣不易》：「知虧盈之數，達止足之義。」

〔七〕高田二句：《書・堯典》：「平秩西成。」傳：「秋，西方，萬物成。平序其政，助成物。」《九家》趙注：「言高田不豐而失西成，故此粳稻之物爲池水所溉者却豐熟焉。無它，乃皇天之意使人止足之分也。」

〔八〕楓香林：《爾雅・釋木》郭璞注：「楓樹似白楊，葉員而岐，有脂而香，今之楓香是也。」《南方草木狀》卷中楓木、楓香分列，《説文》段注謂其實一也。

〔九〕漢王祠：漢高祖廟。陸游《劍南詩稿》卷三有《唐長慶中南池新亭碑在漢高帝廟側亭已失所在矣》。《蜀中廣記》卷二四保寧府：「南池有漢高祖廟。」

〔一〇〕高堂二句：《書・説命》：「明王奉若天道。」《左傳》莊公三十二年：「神，聰明正直而一者也。」

〔一一〕淫祀：《舊唐書・太宗紀》：「（武德九年九月）壬子，詔私家不得輒立妖神，妄設淫祀，非禮祠禱，一皆禁絶。其龜易五兆之外，諸雜占卜，亦皆停斷。」《狄仁傑傳》：「吴楚之俗多淫祠，仁傑奏毁一千七百所，唯留夏禹、吴太伯、季札、伍員四祠。」

〔一二〕地僻句：《楚辭・招魂》：「湛湛江水兮上有楓，目極千里兮傷春心。」

〔一三〕羈束：張協《雜詩》：「述職投邊城，羈束戎旅間。」

《苕溪漁隱叢話》前集卷三八：「《緗素雜記》云：世俗相傳，古詩不必拘於用韻。余謂不

然。如杜少陵《早發射洪縣南途中作及字韻》詩，皆用緝字一韻，未嘗用外韻也。及觀東坡《與陳季常》汁字韻，一篇詩而用六韻，殊與老杜異。其他側韻詩多如此。以其名重當世，無敢訾議。至荆公則無是弊矣。其《得子固書因寄以及字韻》詩，其一篇中押數韻，亦止用緝字一韻。他皆類此，正與老杜合。苕溪漁隱曰：黄朝英之言非也。老杜側韻詩何嘗不用外韻？如《戲呈元二十一曹長》末字韻，一篇詩而用五韻。《南池》谷字韻，一篇詩而用四韻。《客堂》蜀字韻，一篇詩而用三韻。此特舉其二三耳，其他如此者甚衆。今若以一篇詩偶不用外韻，遂爲定格，則老杜何以謂之能兼衆體也？黄既不細考老杜諸詩，又且輕議東坡，尤爲可笑。」

發閬中①〔一〕

前有毒蛇後猛虎，溪行盡日無村塢〔二〕。江風蕭蕭雲拂地，山木慘慘天欲雨。女病妻憂歸意速②，秋花錦石誰復數③？別家三月一得書④，避地何時免愁苦？

（0225）

【校】

①《文苑英華》題作「發閬中歌」。

②速，錢箋校：「一作急。」《草堂》作「急」。
③復，錢箋、《草堂》校：「樊作能。」
④得書，錢箋校：「一作書來。」《文苑英華》作「書來」，校：「集作得書。」

【注】

黄鶴注：公廣德元年（七六三）九月自梓入閬，冬晚復歸梓，明年初春又至閬。此詩云「別家三月一得書」，當是元年冬晚歸梓時作。

〔一〕閬中：《舊唐書·地理志》：「閬州，隋巴西郡。……先天元年，改爲閬州。天寶元年，改爲閬中郡。乾元元年，復爲閬州。」《太平寰宇記》卷八六引《地形志》：「閬中居蜀漢之半，當東道要衝。今郡城之右之閬中城，梁天監中又於此立東梁州及巴北郡。西魏廢帝二年平蜀，改爲隆州，取其連崗地勢高隆爲郡名。後魏《典略》云：此州故有隆城堅隆，因置隆州。」《方輿勝覽》卷六七閬州：「閬中，閬山四合於郡，故曰閬中。」

〔二〕前有二句：《分門》洙曰：「時盜賊縱橫，政役煩重，而民不安居也。」《九家》趙注：「實道其事，非以興託，舊注非是。」

閬山歌

閬州城東靈山白①，閬州城北玉臺碧②〔一〕。松浮欲盡不盡雲，江動將崩已崩

石③〔二〕。那知根無鬼神會④，已覺氣與嵩華敵〔三〕。中原格鬬且未歸〔四〕，應結茅齋看青壁⑤。（0226）

【校】

①州，《文苑英華》校：「一作山。」　靈，錢箋、《九家》、《草堂》校：「一作雪。」《文苑英華》校：「集作雪。」

②臺，錢箋校：「一作壺。」《文苑英華》校：「一作壺。」

③已，宋本、《九家》校：「一作未。」錢箋作「未」。《文苑英華》校：「集作未。」

④根，《草堂》校：「一作眼。」《文苑英華》校：「集作眼。」

⑤應結茅齋看青壁，錢箋校：「一作『應著茅齋向青壁』。」　結，《文苑英華》校：「一作著。」　看，錢箋、《草堂》校：「一作著。」《文苑英華》校：「一作向。」

【注】

黃鶴注：與後篇《閬水歌》當同是廣德二年（七六四）初春之時作。

〔一〕閬州二句：《太平寰宇記》卷八六閬中縣：「仙穴山，在縣東北十里。《周地圖記》云：靈山峰多雜樹，昔蜀王鱉靈帝登此，因名靈山。山東南有五女擣練石，山頂有池常清，有洞穴絕微。有一小徑通舊靈山。天寶六年，敕改爲仙穴山。」《方輿勝覽》卷六七閬州：「玉臺觀，在州北七

里。唐滕王嘗游，有亭及墓。」

〔二〕松浮二句：《九家》趙注：「蓋欲盡不盡、將崩未崩方成語脈。已崩矣，豈復能動邪？」

〔三〕那知二句：《太平寰宇記》卷八六閬州引《名山志》：「閬中山多仙聖游集焉。」嵩華，嵩山、華山。張載《劍閣銘》：「狹過彭碣，高逾嵩華。」

〔四〕中原句：《九家》趙注：「去歲廣德元年，吐蕃十月陷京師、邠州，寇奉天、武功，車駕幸陝。十二月，陷松、維、保三州。」

張表臣《珊瑚鈎詩話》卷一：「陳無己先生語余曰：『今人愛杜甫詩，一句之内，至竊取數字以仿像之，非善學者。學詩之要，在乎立格、命意、用字而已。』余曰：『如何等是？』曰：『《冬日謁玄元皇帝廟》詩叙述功德，反復外意，事核而理長。《閬中歌》辭致峭麗，語脈新奇，句清而體好。兹非立格之妙乎？《江漢詩》言乾坤之大，腐儒無所寄其身。《縛雞行》言雞蟲得失，不如兩忘而寓於道，兹非命意之深乎？《贈蔡希魯》詩云「身輕一鳥過」，力在一「過」字。《徐步》詩云「蕊粉上蜂鬚」，功在一「上」字。兹非用字之精乎？學者體其格，高其意，煉其字，則自然有合矣。何必規規然仿像之乎！』」

趙翼《甌北詩話》卷二：「杜詩又有獨創句法，爲前人所無者。……《閬山歌》之『松浮欲盡不盡雲，江動將崩未崩石』……皆是創體。」

閬水歌〔一〕

嘉陵江色何所似①，石黛碧玉相因依〔二〕。正憐日破浪花出②，更復春從沙際歸。巴童蕩槳欹側過，水雞銜魚來去飛〔三〕。閬中勝事可腸斷，閬州城南天下稀〔四〕。（0227）

【校】

① 色，錢箋校：「一作山。」《九家》、《草堂》作「山」，《草堂》校：「一作色。」

② 浪花，錢箋、《草堂》校：「一云閬山。」

【注】

〔一〕閬水：《水經注》漾水：「漢水又東南逕津渠戍東，又南逕閬中縣東，閬水出閬陽縣，而東逕其縣南，又東注漢水。」《太平寰宇記》卷八六閬州：「嘉陵水又名西漢水，又名閬中水。《周地圖記》云：水源出秦州嘉陵，因名嘉陵。經閬中，即閬中水。」《水經注》楊守敬疏：「《寰宇記》……皆以西漢水爲閬水。依此注則別有閬水，出西漢之西。《隋志》亦云晉成縣有閬水。

蓋因閬水入西漢，互受通稱，後人遂即以西漢當閬水也。舊《志》：今有北溪，自南部縣流入閬中縣，入嘉陵江，亦謂之老溪。閬、老聲近而誤。其説是矣。《一統志》必謂閬水即嘉陵江，以此水源流甚微駁之，非也。」杜詩即以嘉陵水爲閬水。

〔二〕嘉陵二句：樓鑰《答杜仲高旃書》引蜀士黄文叔裳云：「『嘉陵江水何所似』，一本作『山水』者是。蓋嘉陵江至閬州西北，折而趨南，横流而東，復折而北。州城三面皆水，故亦謂之閬中、閬内，如河内然。地勢平闊，江流舒緩，城南正當佳處。對面即錦屏山。蓋山如石黛，水如碧玉，故云『嘉陵山水何所似，石黛碧玉相因依』，真絶唱也。」

〔三〕水雞：朱鶴齡注：「聞蜀士云：水雞狀如雄雞，短尾，好宿水田中，今川人呼爲水雞公。」陸游《雨中作》：「山雉尾垂衝靄去，水雞翅重蹋波飛。」當與此近同，然或襲杜詩語。

〔四〕閬州句：《方輿勝覽》卷六七閬州：「錦屏山，在城南三里，對郡治。其山四合於郡，山上有四院，曰碼磁寺、羅漢院、畫錦院、西橋院。後又築閬峰臺，以眺望焉。」

三絶句

前年渝州殺刺史①，今年開州殺刺史〔一〕。羣盜相隨劇虎狼，食人更肯留妻子。（0228）

【校】

① 前，錢箋、《草堂》校：「一作去。」

【注】

黄鶴注：梁權道編在廣德二年（七六四）。詳考詩中事，當是大曆三年（七六八）作。朱鶴齡謂以後二章證之，此乃永泰元年（七六五）事。

〔一〕前年二句：《元和郡縣圖志》卷三三東川節度使：「渝州，南平，下。……《禹貢》梁州之域，古之巴國也。」《舊唐書·地理志》山南西道：「開州，隋巴東郡之盛山縣。……天寶元年，改爲盛山郡。乾元元年，復爲開州。」《分門》鮑曰：「《崔寧傳》所書山賊也。『前年渝州殺刺史』，謂段子璋陷綿、遂。『今年開州殺刺史』，謂徐知道之反，有乘亂者。」師曰：「步將吴璘殺渝州刺史劉汴以反，杜鴻漸討平之。又部卒翟封殺開州刺史蕭崇之以叛，楊子琳討平之。」黄鶴注：「杜鴻漸平吴璘，楊子琳平翟封，在大曆元年與三年。」錢箋：「考《杜鴻漸傳》，無討平吴璘事。大曆三年楊子琳攻成都，爲崔寧妾任氏所敗，何從討平開州？天寶亂後蜀中山賊塞路，渝、開之亂，史不及書，而杜詩載之。師古妄人，因杜詩而曲爲之説。並吴璘等姓名，皆師古僞撰以欺人也。」

二十一家同入蜀，唯殘一人出駱谷〔一〕。自説二女齧臂時〔二〕，回頭却向秦雲哭。（0229）

【注】

〔一〕駱谷：《元和郡縣圖志》卷二京兆府盩厔縣：「駱谷關，在縣西南一百二十里。……駱谷道，漢魏舊道也，南通蜀漢。」卷二二洋州興道縣：「儻谷，一名駱谷，在縣北三十里。……駱谷路，在今洋州西北二十里，州至谷四百二十里。……按駱谷在長安西南，南口曰儻谷，北口曰駱谷。」此言駱谷南口。

〔二〕自説句：《史記·孫子吴起列傳》：「與其母訣，齧臂而盟。」

殿前兵馬雖驍雄，縱暴略與羌渾同。聞道殺人漢水上，婦女多在官軍中〔一〕。（0230）

【注】

〔一〕殿前四句：《分門》洙曰：「時神策軍恣横。」《舊唐書·代宗紀》：「（永泰元年九月）丁酉，僕固懷恩死於靈州之鳴沙縣。時懷恩誘吐蕃數十萬寇邠州，客將尚品息贊磨、尚悉東贊等寇奉天、

醴泉，党項、羌、渾、奴剌寇同州及奉天，逼鳳翔府、盩厔縣，京師戒嚴。」朱鶴齡注引此，謂即此詩羌渾爲寇者，二十一家因避羌渾而入蜀。按，《舊唐書・職官志》：「神威軍，本號殿前射生左右廂，貞元二年九月改殿前左右射生軍。」《唐代墓志彙編》建中〇一八《故雲麾將軍守左金吾衛大將軍試鴻臚卿上柱國宋公墓志銘》：「隴右道李懷光領秦兵及殿前兵馬同卄餘萬。」殿前兵馬蓋泛指諸衛禁軍。然僕固懷恩引兵未至漢水。《舊唐書・代宗紀》：「（寶應二年）三月甲辰朔，襄州右兵馬使梁崇義殺大將李昭，據城自固，仍授崇義襄州刺史、山南東道節度使。」《來瑱傳》：「先是，瑱行軍司馬龐充統兵二千人赴河南，至汝州聞瑱死，將士魚目等回兵襲襄州，左兵馬使李昭禦之，奔房州。昭及薛南陽與右兵馬使梁崇義不叶相圖，爲崇義所殺。朝廷授崇義節度使、兼御史中丞以代瑱。」詩所言或指此。

莫相疑行

男兒生無所成頭皓白①，牙齒欲落真可惜。憶獻三賦蓬萊宫〔一〕，自怪一日聲輝赫②。集賢學士如堵牆，觀我落筆中書堂〔二〕。往時文彩動人主，此日飢寒趨路傍③。晚將末契託年少④，當面輸心背面笑⑤〔三〕。寄謝悠悠世上兒，不争好惡莫相疑⑥〔四〕。（0231）

【校】

①男兒生無所成頭皓白，錢箋、《草堂》校：「樊作『男兒一生無成頭皓白』。」

②輝，錢箋校：「一作燀。荆作烜。」

③此，《唐文粹》作「今」。

④契，《唐文粹》作「節」。　託，《唐文粹》作「契」。

⑤輸，宋本、錢箋、《九家》、《草堂》校：「一作論。」《唐文粹》作「論」。

⑥不，錢箋校：「一作莫。」

【注】

《分門》洙曰：「時甫依嚴武，幾爲武所殺。」黃鶴注：公待武初無間，應無此作。郭英乂帥蜀時年方三十餘，當是永泰元年（七六五）與英乂不合去成都時作。

〔一〕憶獻句：本書卷一九有《進三大禮賦表》（1456）及三賦。又《進封西岳賦表》（1460）：「臣本杜陵諸生，年過四十……頃歲國家有事於郊廟，幸得奏賦待制於集賢，委學官試文章。」《舊唐書・玄宗紀》：「（天寶）十載春正月乙酉朔。壬辰，朝獻太清宮。癸巳，朝饗太廟。甲午，有事於南郊，合祭天地。禮畢，大赦天下。」獻三賦在此年。《新唐書・杜甫傳》繫於天寶十三載，誤。《唐會要》卷三〇《大明宮》：「至龍朔二年，高宗染風痺，以宮內湫濕，乃修舊大明宮，改名蓬萊宮，北據高原，南望爽塏。……（三年）四月二十二日，移仗就蓬萊宮新作含元殿。二十五

日，始御紫宸殿聽政。」

〔二〕集賢二句：《新唐書·杜甫傳》：「甫奏賦三篇，帝奇之，使待制集賢院，命宰相試文章。」《唐會要》卷六四《集賢院》：「（開元）十三年四月五日，因奏封禪儀注，敕中書門下及禮官學士等，賜宴於集仙殿。上曰：『今與卿等賢才，同宴於此，宜改集仙殿麗正書院爲集賢院。』乃下詔曰：……院内五品已上爲學士，六品已下爲直學士。」卷五一「中書令」：「舊制，宰相常於門下省議事，謂之政事堂。至永淳二年七月，中書令裴炎以中書執政事筆，其政事堂合在中書，遂移在中書省。至開元十一年，張説奏改政事堂爲中書門下，其政事印亦改爲中書門下之印。」詩稱中書堂，當指政事堂。然詩或有誇言。《新唐書》謂「命宰相試文章」，或據此敷衍。《禮記·射義》：「孔子射於矍相之圃，蓋觀者如堵牆。」

〔三〕晚將二句：陸機《歎逝賦》：「託末契於後生，余將老而爲客。」黄生曰：「公以白頭趨幕，不免爲同列少年所侮。」

〔四〕不争句：浦起龍云：「『不争好惡』，猶言不與汝鬬高低也。盧注讀去聲，作此輩好惡無常解，語氣不順。」按，此「好」字讀去聲爲常。詩意謂不與汝争論是非。

黄徹《䂬溪詩話》卷五：「杜云『曲直吾不知，負暄候樵牧』、『是非何處定，高枕笑浮生』、『洗眼看輕薄，虚懷任屈伸』、『寄謝悠悠世上兒，不争好惡莫相疑』，其寄傲疏放、擺脱世網，所

謂兩忘而化其道者也。」

遭田父泥飲美嚴中丞〔一〕

步屧隨春風〔二〕，村村自花柳。田翁逼社日〔三〕，邀我嘗春酒。酒酣誇新尹，畜眼未見有〔四〕。回頭指大男，渠是弓弩手。名在飛騎籍，長番歲時久〔五〕。前日放營農，辛苦救衰朽。差科死則已〔六〕，誓不舉家走。今年大作社，拾遺能住否？叫婦開大瓶，盆中爲吾取〔七〕。感此氣揚揚，須知風化首〔八〕。語多雖雜亂，説尹終在口。朝來偶然出，自卯將及酉。久客惜人情，如何拒鄰叟？高聲索果栗，欲起時被肘〔九〕。指揮過無禮，未覺村野醜。月出遮我留，仍嗔問升斗〔一〇〕。（0232）

【注】

黄鶴注：當是寶應元年（七六二）春社作。詩云「拾遺能住否」，則是未爲參謀時。奏爲參謀在二年。今曰「嚴中丞」，則是未爲大夫時作。蓋公有與嚴中丞、嚴大夫、嚴侍郎、嚴鄭公，先後可辨也。

〔一〕嚴中丞：嚴武。《舊唐書·嚴武傳》：「既收長安，以武爲京兆少尹、兼御史中丞，時年三十二。

以史思明阻兵不之官，優游京師，頗自矜大。出爲綿州刺史，遷劍南東川節度使。入爲太子賓客，兼御史中丞。上皇誥以劍、兩川合爲一道，拜武成都尹，兼御史大夫，充劍南節度使。」《杜甫傳》：「上元二年冬，黄門侍郎、鄭國公嚴武鎮成都，奏爲節度參謀、檢校尚書工部員外郎，賜緋魚袋。」嚴武代崔光遠爲成都尹在上元二年冬，《舊唐書・高適傳》誤高適代光遠。參本書卷七《八哀詩・嚴公武》(0332)注。泥，貪戀，糾纏。楊慎《升庵詩話》卷六：「俗謂柔言索物曰泥，乃計切。諺所謂『軟纏』也。杜子美詩：『忽忽窮秋泥殺人。』元微之《憶内》詩：『顧我無衣搜畫匣，泥他沽酒拔金釵。』《非烟傳》詩曰：『郎心應似琴心怨，脈脈春情更泥誰。』楊乘詩：『畫泥琴聲夜泥書。』……字又作『𧦝』。《花間集》：『黄鶯嬌囀𧦝芳妍。』又：『記得𧦝人微斂黛。』字又作『妮』。王通叟詩：『十三妮子綠窗中。』今山東目婢曰『小妮子』，其語亦古矣。」楊謂「泥」字又作「妮」，不確。蕭滌非謂：「泥飲，纏著對方喝酒。」「泥」讀去聲，今或寫作「膩」。

〔二〕步屧：《南齊書・高帝紀》：「疏放好酒，步屧白楊郊野間，道遇一士大夫，便呼與酣飲。」《廣韻》：「屧，屐也，履中薦也。」

〔三〕社日：《禮記・月令》仲春之月：「擇元日，命民社。」注：「社，后土也。使民祀焉。神其農業也。祀社日用甲。」《郊特牲》：「社祭土而主陰氣也。……日用甲，用日之始也。」《宋書・禮志》：「祠太社、帝社、太稷，常以歲二月、八月二社日祠之。」丘光庭《兼明書》卷一：「或問曰：《月令》曰：擇元日命民社。注云：元日，近春分前後戊日。《郊特牲》云：日用甲，日之始也。與今注《月令》不同，何也？答曰：《召誥》云：越翌日戊午，乃社於新邑。則是今注《月令》取

《召誥》爲義也。」《歲時廣記》卷一四：「《統天萬年曆》曰：立春後五戊爲春社，立秋後五戊爲秋社。如戊日立春、立秋，則不算也。一云春分日，時在午時以前用六戊，在午時以後用五戊。國朝乃以五戊爲定法。」顧炎武《日知録》卷六：「《月令》：擇元日，命民社。注：祀社日用甲。據《郊特牲》文：日用甲，用日之始也。正義曰：《召誥》：戊午乃社於新邑。用戊者，周公告營洛邑位成，非常祭也。《墨子》云：吉日丁卯，周伐祝社。疑不可信。《禮》：外事用剛日。丁卯非也。漢用午，魏用未，晋用酉。各因其行運。潘尼《皇太子社詩》：孟月涉初旬，吉日惟上酉。則不但用酉，又用孟月。唐武后長壽元年制，更以九月爲社。玄宗開元十八年，詔移社日就千秋節。皆失古人用甲之義矣。」是春社日在春分前後戊日。

〔四〕畜眼：蕭滌非謂：「畜同蓄，畜眼猶老眼。」《王梵志詩校注》〇四九首：「雖然畜兩眼，終是一雙盲。」項楚謂：「畜兩眼，長着兩眼。長眼爲畜眼。」

〔五〕回頭四句：《新唐書·兵志》：「(開元)十三年，始以彍騎分隸十二衛，總十二萬，爲六番，每衛萬人。……其制皆擇下户白丁、宗丁、品子强壯五尺七寸以上，不足則兼以户八等、五尺以上，皆免徵鎮賦役，爲四籍，兵部及州、縣、衛分掌之。十人爲火，五人爲團，皆有首長。又擇材勇者爲番頭，頗習弩射。又有羽林軍飛騎，亦習弩。」天寶以後彍騎之法稍變廢。然此詩所云大體從其制，其人當爲成都軍府内弓弩手。《唐六典》卷五兵部郎中：「任三衛者，配玄武門上，一日上，兩日下。配南衙者，長番，每年一月上。」長番謂輪换期長者。此詩所云似是長年服役。

〔六〕差科句：《唐律疏議》卷一三「差科賦役違法」疏：「依令：凡差科，先富强，後貧弱。先多丁，後少丁。」賦役指賦税丁役，差科指臨時差科。此兼指賦役。仇注：「差科不避，下以義報上也。」

〔七〕盆中句：本書卷一一《少年行二首》(0713)：「莫笑田家老瓦盆，自從盛酒長兒孫。」盛酒以盆。

〔八〕感此二句：《史記·管晏列傳》：「意氣揚揚，甚自得也。」《分門》洙曰：「郡守縣令，風化之首。」

〔九〕欲起句：《左傳》成公二年：「從韓厥，曰：『請寓乘。』從左右，皆肘之，使立於後。」《戰國策·秦策四》：「魏桓子肘韓康子，康子履魏桓子躡其踵，肘足接於車上。」皆謂以肘加於人。蕭滌非釋此爲掣其肘，不確。

〔一〇〕仍嗔句：蕭滌非謂：田父謂客不必問酒喝了多少。或謂田父謂家人只管添酒，不必問多少。

賀貽孫《詩筏》：「遭田父泥飲與嚴中丞何干？發題便妙。篇中政簡俗龐、家給户饒景象，盡從田父口中寫出，却將大男放營一事點綴生動。前後形容，只一真字，別無奇特鋪張，而頌聲已溢如矣。既自占地步，又爲中丞占地步，又爲田父占地步。若在今人，不知如何醜態也。」

施補華《峴傭説詩》：「《遭田父泥飲美嚴中丞》一首，前輩多賞之。然此詩實有村氣。真則可，村則不可。幾微之界，學者自辨。」

别唐十五誡因寄禮部賈侍郎〔一〕

九載一相逢，百年能幾何〔二〕？復爲萬里别，送子山之阿〔三〕。白鶴久同林，潛魚本同河〔四〕。未知栖集期〔五〕，衰老强高歌。歌罷兩悽惻，六龍忽蹉跎〔六〕。相視髮皓白，況難駐羲和〔七〕。胡星墜燕地，漢將仍横戈〔八〕。蕭條四海内，人少豺虎多。少人慎莫投，多虎信所過〔九〕。飢有易子食，獸猶畏虞羅〔一〇〕。子負經濟才，天門鬱嵯峨〔一一〕。飄飖適東周①，來往若崩波②〔一二〕。南宫吾故人，白馬金盤陀〔一三〕。雄筆映千古，見賢心靡他③〔一四〕。念子善師事，歲寒守舊柯。爲吾謝賈公，病肺卧江沱〔一五〕。（0233）

【校】

①飖，《草堂》作「飄」。

②若，錢箋校：「一作亦。」若崩，《草堂》校：「一作亦奔。」

③靡，錢箋、《草堂》校：「一作匪。」

【注】

黃鶴注：當是廣德二年（七六四）作。

〔一〕唐誡：事跡不詳。賈侍郎：賈至。《舊唐書·賈至傳》：「至，天寶末爲中書舍人。禄山之亂，從上皇幸蜀。時肅宗即位於靈武，上皇遣至爲傳位册文。……寶應二年，爲尚書左丞。……廣德二年，轉禮部侍郎。是歲，至以時艱歲歉，舉人赴省者，奏請兩都試舉人，自至始也。」仇注引張遠注：「時唐十五必往東都赴舉，公故寄詩爲之先容也。」按，自蜀往東都赴舉，路轉懸遠。且唐與甫爲舊人，恐已過應舉之年。浦起龍云：「唐必是老舉子。」亦想當然之詞。兩都試舉人，據《册府元龜》卷六四〇、《唐會要》卷七六記載，實在永泰元年。《舊唐書·代宗紀》記於廣德二年九月，是動議之時。

〔二〕百年句：《相和歌辭·怨詩行》：「天道悠且長，人命一何促。百年未幾時，奄若風吹燭。」

〔三〕山之阿：《楚辭·九歌·山鬼》：「若有人兮山之阿，被薜荔兮帶女蘿。」

〔四〕白鶴二句：陸機《贈馮文羆遷斥丘令》：「出自幽谷，及爾同林。」曹植《公燕詩》：「潛魚躍清波，好鳥鳴高枝。」

〔五〕栖集：潘岳《西征賦》：「匪擇木而栖集，鮮林焚而鳥存。」

〔六〕六龍句：《易·乾·彖》：「時乘六龍以御天。」阮籍《詠懷》：「娱樂未終極，白日忽蹉跎。」

〔七〕羲和：《楚辭·離騷》：「吾令羲和弭節兮，望崦嵫而勿迫。」王逸注：「羲和，日御也。」曹植《贈

王粲》：「悲風鳴我側，羲和逝不留。」

〔八〕胡星二句：《九家》趙注：「『胡星墜燕地』，言今歲上元二年三月史朝義弒其父思明。『漢將仍横戈』，言朝義襲僞位復爲亂，而常休明、衛伯玉、尚衡、侯希逸、來瑱之屬，復與之戰也。」黄鶴注：「『胡星』指史朝義廣德元年已縊死，李懷仙取其首至京師。『仍横戈』者，以吐蕃未息。」《新唐書·代宗紀》：「（廣德元年正月）甲申，史朝義自殺，其將李懷仙以幽州降。」此年十月，吐蕃陷京師。廣德二年十月，僕固懷恩引吐蕃寇邠州。《漢書·天文志》：「昴曰旄頭，胡星也。」

〔九〕少人二句：投謂投宿。《太平廣記》卷一三《成仙公》（出《神仙傳》）：「還過長沙郡，投郵舍不及。」張九齡《當塗界寄裴宣州》：「日夕遵前渚，江村投暮烟。」仇注：「『信所過』，謂經過方信。」按，謂所經信多虎。

〔一〇〕飢有二句：《左傳》宣公十五年：「易子而食，析骸而爨。」陳子昂《感遇》：「豈不在遐遠，虞羅忽見尋。」仇注：「畏虞羅，民飢捕獸也。」

〔一一〕天門句：《楚辭·九歌·大司命》：「廣開兮天門，紛吾乘兮玄雲。」仇注：「天門，謂君門。」司馬相如《上林賦》：「嶔岩倚傾，嵯峨嶕嶫。」

〔一二〕飄飄二句：東周，洛陽。《史記·周本紀》：「王赧時東西周分治。」索隱：「高誘曰：西周王城，今河南。東周成周，故洛陽之地。」鮑照《上潯陽還都道中作》：「客行惜日月，崩波不可留。」

〔一三〕南宫二句：南宫，尚書省。蘇頲《奉和魏僕射秋日還鄉有懷之作》：「南宫夙拜罷，東道晝游初。」此指賈至任尚書左丞及禮部侍郎。《後漢書·張湛傳》：「常乘白馬，帝每見湛，輒言『白馬生且復諫矣』。」《草堂》夢弼注：「昔賈逵爲禮部侍郎，常乘白馬，故於賈至亦云。」未詳所據，不可從。本書卷八《魏將軍歌》(0366)：「星躔寶校金盤陀，夜騎天駟超天河。」《分門》時可曰：「蓋馬裝也。」《新唐書·食貨志》：「先是諸爐鑄錢窳薄，熔破錢及佛像，謂之盤陀。」朱鶴齡注引《杜詩博議》引此，謂：「此與『金銅飾盤陀』語頗相合。蓋雕飾鞍勒，以銅雜金爲之，故有日照星纏之麗。而鎔破錢及佛像者取其金銅相和，亦名盤陀也。」參該詩注。按，盤陁當爲譯音。《大唐西域記》卷一二「朅盤陀國」，季羡林注引波斯文《世界疆域志》稱爲「石塔」。此即盤陀山、盤陀石之語源。然與馬裝似無關。《陀羅尼集經》真言有「盤陀盤陀」bandha-bandha，意爲捆綁、扎緊。見Robert Heinemann《漢梵梵漢陀羅尼用語用句辭典》。似與此意有關。仇注謂金盤陀指馬鞍。畢仲游《送范德孺使遼》：「都門冠蓋如雲多，馬頭匼匝金盤陀。」則似指馬頭或馬鬃裝飾。

〔一四〕見賢句：《論語·公冶長》：「見賢思齊焉。」《詩·鄘風·柏舟》：「之死矢靡它。」

〔一五〕病肺句：《黄帝内經素問》卷五：「病肺脈來，不上不下，如循雞羽，曰肺病。」《詩·召南·江有汜》：「江有沱，之子歸。」傳：「沱，江之别名。」箋：「岷山道江，東别爲沱。」仇注：「卧江沱，公自謂。」

枏樹爲風雨所拔歎①

倚江枏樹草堂前〔一〕，故老相傳二百年②。誅茅卜居總爲此〔二〕，五月髣髴聞寒蟬。東南飄風動地至〔三〕，江翻石走流雲氣。幹排雷雨猶力争③，根斷泉源豈天意。滄波老樹性所愛④，浦上童童一青蓋〔四〕。野客頻留懼雪霜，行人不過聽竽籟〔五〕。虎倒龍顛委榛棘⑤〔六〕，淚痕血點垂胸臆。我有新詩何處吟，草堂自此無顔色。（0234）

【校】

①枏，錢箋校：「一作高。」

②故，錢箋、《草堂》校：「一作古。」

③幹，錢箋校：「晋作榦。」《九家》校：「一作榦。」

④滄波，錢箋、《草堂》校：「一云蒼茫。」

⑤榛，錢箋、《草堂》校：「樊作荆。」

【注】

黃鶴注：柟木在成都草堂之前，而師古以「虎倒龍顛」喻嚴武之死，則是詩作於永泰元年（七六五）五月。按史，永泰元年三月大風拔木。朱鶴齡注：黃鶴注太泥。從《草堂》本編入上元二年（七六一）。按，《草堂》夢弼注亦引師古説，未執定上元二年。

〔一〕柟樹：見卷四《枯柟》（0191）注。

〔二〕誅茅：見卷四《寄題江外草堂》（0203）注。

〔三〕東南句：《詩·大雅·卷阿》：「有卷者阿，飄風自南。」傳：「飄風，回風也。」《古詩十九首》：「回風動地起，秋草萋已緑。」

〔四〕童童句：見卷四《病柏》（0188）注。

〔五〕竽籟：宋玉《高唐賦》：「纖條悲鳴，聲似竽籟。」

〔六〕虎倒句：《分門》師曰：「柟樹爲風雨所拔，喻嚴武死於蜀。……今也如虎倒龍顛，使草堂之人憔悴而無所栖託。」

茅屋爲秋風所破歌

八月秋高風怒號，卷我屋上三重茅。茅飛渡江洒江郊①，高者挂罥長林稍，下

者飄轉沉塘坳〔一〕。南村羣童欺我老無力，忍能對面爲盜賊〔二〕。公然抱茅入竹去，脣焦口燥呼不得〔三〕，歸來倚杖自歎息。俄頃風定雲墨色②，秋天漠漠向昏黑。布衾多年冷似鐵③，嬌兒惡卧踏裏裂〔四〕。床床屋漏無乾處④，雨脚如麻未斷絶〔五〕。自經喪亂少睡眠，長夜沾濕何由徹〔六〕？安得廣廈千萬間，大庇天下寒士俱歡顔，風雨不動安如山〔七〕。嗚呼！何時眼前突兀見此屋〔八〕，吾廬獨破受凍死亦足⑤。（0235）

【校】

①洒，宋本、錢箋、《九家》、《草堂》校：「一作滿。」

②墨，《草堂》作「黑」。

③似，錢箋、《草堂》校：「一作象。」

④床床，《九家》作「床頭」。

⑤破，《草堂》作「壞」，校：「鮑作破。」死，錢箋、《草堂》校：「一作意。」

【注】

《百家注》趙注：上二詩皆上元二年（七六一）之作。黃鶴注：永泰元年（七六五）作。師古謂此詩

託以諭崔旰之亂，要之自不必專指旰而作。其作此詩者，以郭英乂好殺如秋風，公在成都值嚴武之死，欲再依英乂，而英乂驕縱不可托，故舍之而去，所以托言茅風爲秋風所破。仇注編入上元二年。

〔一〕高者二句：木玄《海賦》：「或挂罥於岑嶅之峰。」《文選》李善注：「《聲類》曰：罥，繫也。」蕭綱《爲子大心讓當陽公表》：「坳塘之水，豈議大瀆之流。」庾信《小園賦》：「山爲簣覆，地有堂坳。」塘坳同堂坳。

〔二〕忍能：能，蕭滌非據張相《詩詞曲語辭彙釋》釋爲這樣。段成式《桃源僧舍看花》：「今日長安已灰燼，忍能南國對芳枝。」司馬光《柳枝詞》：「歡似白花飄蕩去，忍能弃擲博山爐。」黃庭堅《幾復寄檳榔且答詩》：「鑒中已失兒時面，忍能乞與賓作郎。」忍當作何忍、豈忍、竟忍解，忍能即何能、竟能。

〔三〕脣焦句：《淮南子·主術訓》：「民至於焦脣沸肝。」《史記·仲尼弟子列傳》：「日夜焦脣乾舌。」《相和歌辭·善哉行》：「來日大難，口燥脣乾。」

〔四〕惡臥：《荀子·解蔽》：「有子惡臥而焠掌。」

〔五〕雨脚句：《齊民要術》卷二種麻：「截雨脚即種者，地濕，麻生瘦。」白居易《竹枝詞》：「巴東船舫上巴西，波面風生雨脚齊。」

〔六〕徹：仇注：「徹乃徹曉，即達旦。」

〔七〕安得三句：《淮南子·齊俗訓》：「廣廈闊屋，連闥通房，人之所安也。」《鹽鐵論·取下》：「夫

高堂邃宇、廣廈洞房者，不知專屋狹廬、上漏下濕者之瘖也。」《左傳》昭公元年：「子盍亦遠績禹功，而大庇民乎。」《三國志·魏書·王基傳》：「今與賊家對敵，當不動如山。」

〔八〕突兀：曹毗《涉江賦》：「狂飆蕭瑟以洞駭，洪濤突兀而横峙。」

陳岩肖《庚溪詩話》卷上：「白樂天有《新製綾襖》詩曰：『水波文襖造新成，綾軟綿勻温復輕。百姓多寒無可救，一身獨暖亦何情。』卒章曰：『争得大裘長萬丈，與君都蓋洛陽城。』可謂有善推其所爲之心矣。又觀《新製布裘》詩曰：『桂布白似雪，吴綿軟於雲。布重綿且厚，爲裘有餘温。誰知嚴冬月，支體暖如春。中夕忽有念，撫裘起逡巡。丈夫貴兼濟，豈獨善一身。安得萬里裘，蓋裹週四垠。穩暖皆如我，天下無寒人。』後詩正與杜子美《茅屋爲秋風所破歌》曰『安得廣廈千萬間，大庇天下寒士俱歡顔，風雨不動安如山』同。觀樂天前詩，則與楚人亡弓楚人得之相類。觀樂天後詩及子美詩，可與人亡弓人得之其意同也。」

黄徹《䂬溪詩話》卷九：「（老杜、樂天）皆伊尹身任一夫不獲之辜也。或謂子美詩意寧苦身以利人，樂天詩意推身利以利人，二者較之，少陵爲難。然老杜飢寒而憫人飢寒者也，白氏飽暖而憫人飢寒者也。憂勞者易生於善慮，安樂者多失於不思，樂天宜優。或又謂白氏之官稍達，而少陵尤卑，子美之語在前，而長慶在後。達者宜急，卑者可緩也。前者唱導，後者和之耳。同合之論，而老杜之仁心差賢矣。」

入奏行 贈西山檢察使竇侍御①〔一〕。

竇侍御，驥之子，鳳之雛〔二〕。年未三十忠義俱，骨鯁絶代無〔三〕。炯如一段清冰出萬壑，置在迎風寒露之玉壺②〔四〕。蔗漿歸厨金碗凍③，洗滌煩熱足以寧君軀〔五〕。政用疏通合典則④，戚聯豪貴耽文儒〔六〕。兵革未息人未蘇⑤，天子亦念西南隅。吐蕃憑陵氣頗粗⑥，竇氏檢察應時須⑦〔七〕。運糧繩橋壯士喜，斬木火井窮猿呼⑧〔八〕。八州刺史思一戰，三城守邊却可圖〔九〕。此行入奏計未小，密奉聖旨恩宜殊⑨。繡衣春當霄漢立⑩，綵服日向庭闈趨⑪〔一〇〕。省郎京尹必俯拾⑫，江花未落還成都〔一一〕。江花未落還成都⑬，肯訪浣花老翁無⑭〔一二〕？爲君酤酒滿眼酤，與奴白飯馬青芻⑮〔一三〕。（0236）

【校】

① 入奏行，《文苑英華》題作「入奏行贈竇侍御」，注：「時統檢察使。」

② 寒露，《九家》校：「一作露寒。」

③蔗，《文苑英華》作「柘」，校：「一作蔗。」

④政，宋本、錢箋、《九家》、《草堂》校：「一作整。」《文苑英華》校：「卞圜杜詩注作整。」

⑤兵革，《文苑英華》作「甲兵」，校：「集作兵革。」

⑥氣，《草堂》作「志」。

⑦應時須，錢箋、《草堂》校：「樊作才能俱。」《文苑英華》校：「一作才能俱。」

⑧窮，《文苑英華》校：「集作寒。」

⑨旨，《文苑英華》作「主」，校：「集作旨。」　宜，錢箋校：「一作應。」《草堂》作「應」。

⑩春當，錢箋校：「一云飄飄。」《草堂》校：「一作飄飄。」《文苑英華》校：「卞氏注作飄飄。」

⑪日向，錢箋、《草堂》校：「一云粲粲。」《文苑英華》校：「卞氏注作燦燦。」　闡趨，此下錢箋校：「樊本此下有開濟人所仰飛騰正時須。」《草堂》同，「正時」作「時所」。《文苑英華》校：「一有『開濟人所仰，飛騰時正須』十字。」

⑫俯拾，錢箋校：「一云相付。」

⑬江花未落還成都，《九家》、《文苑英華》此七字不重。　錢箋校：「此句一云還成都多暇。」《草堂》校：「一有重句。」　江花未落，《文苑英華》校：「四字卞氏注作多暇。」

⑭肯訪浣花老翁無，宋本、錢箋、《九家》、《草堂》校：「一云『公來肯訪浣花翁』。」

⑮爲君酤酒滿眼酤，宋本校：「一云『携酒肯訪浣花翁，爲君著衫捋髭鬚』。」錢箋、《草堂》此校在「爲君酤酒滿眼酤」句下。《文苑英華》作「携酒肯訪浣花老，爲君著衫捋髭鬚」，校：「十

四字一作「肯訪浣花老翁無，爲君酤酒滿眼酤，與奴白飯馬青芻」。」酤酒，《九家》作「酣酒」。

【注】

黃鶴注：寶應元年（七六二）春在成都作。蓋廣德元年、二年春，公俱不在成都。詩又云「天子亦念西南隅」，則是西山諸州未没吐蕃前作。末云「江花未落還成都」，以爲廣德二年（七六四）春在梓州、閬州，公知嚴武再鎮成都，期於必歸浣花，故有此語。然八州又已没於吐蕃。仇注編入寶應元年。按，竇侍御即竇少尹，亦嘗至梓州。此詩當亦作於梓州。詳注。廣德元年（七六三）吐蕃大寇隴右，高適率兵出其南鄙，欲牽制其力，既無功，遂亡松、維等州及雲山城。詩所言正此時事。據《章梓州橘亭餞成都竇少尹》詩，入奏當在此年秋。詩言「繡衣春當」，當爲設想之詞。

〔一〕竇侍御：名不詳。按，本書卷一二《章梓州橘亭餞成都竇少尹》（0822）：「預傳籍籍新京尹，青史無勞數趙張。」本詩亦云：「省郎京尹必俯拾，江花未落還成都。」二詩當爲同一人。其人必爲少尹，故許遷京尹以賀。侍御爲所帶憲銜，成都少尹與西山檢察使則爲兼銜。時成都尹常兼西山防禦使。黃鶴注：「考新舊史、《會要》諸書，無檢察使，唯有巡察、觀察、按察之名而已。然《歐陽詹集》乃有《送韋檢察》詩，又似史失書。」錢箋謂《唐會要》有「劍南西山運糧使，檢校户部員外郎」，即此官。按，運糧使專督糧草，檢校員外是其所帶朝銜，與此無關。《舊唐書・王鉷傳》：「七載，又加檢察内作事。」《新唐書》作「加檢察内作、閑廄使」。歐陽詹有《詠德上韋檢察》。是唐代使職有稱檢察者。此使職爲少尹所兼，則職權遜於防禦使。《舊唐書・高適

傳》：「適練兵於蜀，臨吐蕃南境以牽制之，師出無功，而松、維等州尋爲蕃兵所陷。」《資治通鑑》繫其事於廣德元年：「吐蕃陷松、維、保三州及雲山新築二城，西川節度使高適不能救，於是劍南西山諸州亦入於吐蕃矣。」竇侍御入奏而至梓州，蓋取閬中道。此道雖較劍門道紆遠，但稍平坦。本書卷一八補遺有《閬州奉送二十四舅使自京赴任青城》(1437)，亦自閬中道入蜀。參嚴耕望《唐代交通圖考》。

〔二〕驥之二句：《北史·裴宣明傳》：「二子景鸞、景鴻，並有逸才，河東呼景鸞爲驥子，景鴻爲龍文。」《三國志·蜀書·龐統傳》注引《襄陽記》：「龐士元爲鳳雛。」《晉書·陸雲傳》：「此兒若非龍駒，當是鳳雛。」

〔三〕骨鯁：《史記·吴太伯世家》：「方今吴外困於楚，而內空無骨鯁之臣，是無奈我何。」

〔四〕炯如二句：鮑照《代白頭吟》：「直如朱絲繩，清如玉壺冰。」《分門》洙曰：「漢有迎風寒露之館。」《九家》趙注：「舊本作寒露，豈傳者惑於句律而倒寫邪？公有《槐葉冷淘》云：『萬里露寒殿，開冰清玉壺。』則用字初未嘗倒。」露寒殿，見司馬相如《子虛賦》。《漢書·揚雄傳》：「甘泉本因秦離宮，既奢泰，而武帝復增通天、高光、迎風。宮外近則洪崖、旁皇、儲胥、弩阹，遠則石關、封巒、枝鵲、露寒、棠梨、師得。」

〔五〕蔗漿二句：《漢書·禮樂志》郊祀歌《天門》：「泰尊柘漿析朝酲。」注：「應劭曰：柘漿，取甘柘汁以爲飲也。言柘漿可以解朝酲也。」謝敷《食檄》：「日醉之後，悶下慷除，應有蔗漿木瓜，玄李楊梅。」《華嚴經》卷五：「普使滌除煩惱闇。」又卷七六：「以甘露雨滌生死熱。」《九家》趙

注：「『寧君軀』，言寧君王之軀也。」王嗣奭《杜臆》：「時吐蕃分道入寇，上方煩熱，宵旰不寧，得此清直人從公簡較，不徇情面，然後可以制强寇而釋主上之憂也。」

〔六〕政用二句：《禮記・經解》：「疏通知遠而不誣，則深於《書》者也。」詩稱「戚聯豪貴」，扶風竇孝諶女爲睿宗昭成皇后，生玄宗。孝諶孫鍔，尚玄宗女昌樂公主。曾孫克良，尚代宗女壽昌公主。疑與此家族有關。文儒，見卷二《送韋十六評事充同谷郡防禦判官》(0088)注。

〔七〕兵革四句：廣德元年十月，吐蕃陷京師。同月，郭子儀收京城。此言「亦念」，高適蓋奉朝命率兵出擊以牽制吐蕃。

〔八〕運糧二句：繩橋，見卷三《桔柏渡》(0167)「連笮」注。《舊唐書・玄宗紀》：「西蕃酋長，越繩橋而競款玉關。」左思《蜀都賦》：「火井沈熒於幽泉，高焰飛煽於天垂。」《文選》劉逵注：「蜀郡有火井，在臨邛縣西南。火井，鹽井也。欲出其火，先以家火投之，須臾許，隆隆如雷聲，焰出通天，光輝十里。以筩盛之，接其光而無炭也。」《元和郡縣圖志》卷三一邛州臨邛縣：「火井，廣五尺，深三丈，在臨邛縣南一百里。」

〔九〕八州二句：《舊唐書・地理志》：「劍南節度使，西抗吐蕃，南撫蠻獠，統團結營及松、維、蓬、恭、雅、黎、姚、悉等八州兵馬，天寶、平戎、昆明、寧遠、澄川、南江等六軍鎮。」仇注引此。錢箋引《高適傳》，以八州爲梓、遂、果、閬等東川八州。按，梓、遂等州不當吐蕃，其説不確。楊譚《兵部奏劍南節度破西山賊露布》：「領八郡驍勇，並蕃漢武士等七千人。」文又稱「八國」，蓋指松、維等州内附部落。《舊唐書・德宗紀》「加韋皋統押近界諸蠻及西山八國、雲南安撫等使」，

所指亦同。三城，《草堂》夢弼注：「謂姚、維、松也，皆當吐蕃之要衝。」朱鶴齡注引《新唐書・地理志》彭州濛陽郡：「有羊灌田、朋笮、繩橋三守捉城，有七盤、安遠、龍溪三城。」浦起龍云：「彭去成都僅百里，蕃馬之所不及，當時並未於此專設重戍。若所云守捉城，則西川諸州在處有之。」按，《舊唐書・高適傳》：「適因出西山三城置戍，論之曰：劍南雖名東西兩川，其實一道。自邛關、黎、雅，界於南蠻也。茂州而西，經羌中至平戎城，界於吐蕃也。……今所界吐蕃城堡而疲於蜀人，不過平戎以西數城矣。邈在窮山之巔，垂於險絶之末，運糧於束馬之路，坐甲於無人之鄉。」高適所置戍之三城，必當時與吐蕃争奪之地，應含《通鑑》所云「雲山新築二城」（《新唐書・吐蕃傳》作「雲山新籠城」）。《舊唐書・地理志》劍南道保州：「天寶元年，改爲雲山郡。八載，移治所於天保軍，乃改爲天保郡。乾元元年二月，西山子弟兵馬使嗣歸誠王董嘉俊以西山管内天保郡歸附，乃爲保州，以嘉俊爲刺史。」其地在維州西境。楊譚《兵部奏劍南節度破西山賊露布》有「雲山守捉使折衝姚高倡」，知天寶末曾置雲山守捉。又平戎城即安戎城，爲茂州以西之要塞。《元和郡縣圖志》卷三一四川節度使：「平戎城，恭化郡南八十里。開元二十八年章仇兼瓊置，管兵千人。去蜀郡八百里。恭化，今恭州。」《舊唐書・吐蕃傳》記開元末章仇兼瓊誘降安戎、維州兩城，遣兵鎮守。據《高適傳》，松、維州未陷前，平戎、雲山仍爲唐守。松、維州既陷，則其地亦失。

〔一〇〕繡衣二句：繡衣，見卷二《送長孫九侍御赴武威判官》(0085)注。綵服，見卷二《送李校書二十六韻》(0089)「綵衣」注。束晳《補亡詩・南陔》：「眷戀庭闈，心不違安。」《文選》李善注：「庭

闈，親之所居。」

〔一一〕省郎二句：省郎，尚書省郎官。京尹，京兆尹。《漢書・夏侯勝傳》：「始，勝每講授，常謂諸生曰：『士病不明經術，經術苟明，其取青紫如俯拾地芥耳。』」江花，仇注：「指荷。」施鴻保謂：「後《不離西閣》詩云：『江花冷色頻。』《短歌行送祁録事》云：『江花未盡會江樓。』皆非專言荷花。……蓋還就行在夏時之説，附會清冰等句。」

〔一二〕浣花，本卷《溪漲》(0239)：「當時浣花橋，溪水纔尺餘。」參該詩注。

〔一三〕爲君二句：仇注：「滿眼酤，謂滿前皆酒酤也。舊注謂蜀人以竹筒沽酒，酒滿筒眼，似近於俚。」又謂上「酤」字，買酒也；下「酤」字，一宿酒也。按，《詩・商頌・伐木》：「有酒湑我，無酒酤我。」傳：「酤，一宿酒也。」箋：「酤，買也。」疏：「毛以爲言無酒，明是卒爲之，故云一宿酒。蓋於時有之。箋以經傳無名　宿酒爲酤者。既有一宿之酒，不得謂之無酒。……故易之爲『酤，買也。』」傳、箋義歧，然杜詩只用一意，無前後之别。滿眼，謂舉目皆是。《太平廣記》卷三三《顔真卿》：「但滿眼榛蕪，一無所有。」《晋書・五行志》京口百姓謡：「昔年食白飯，今年食麥麩。」又識者曰：「昔年食白飯，言得志也。今年食麥麩，麩粗穢，其精已去。」白飯屬精舂之食。青芻，青草，新鮮飼料。本書卷七《甘林》(0312)：「青芻適馬性，好鳥知人歸。」《九家》趙注：「雖不言主人，而待其奴馬如此，則主人可知。」

大雨

西蜀冬不雪，春農尚嗷嗷〔一〕。上天回哀眷，朱夏雲鬱陶①〔二〕。執熱乃沸鼎，纖絺成緼袍〔三〕。風雷颯萬里，霈澤施蓬蒿。敢辭茅葦漏，已喜黍豆高。三日無行人，二江聲怒號②〔四〕。流惡邑里清，矧兹遠江皐〔五〕。荒庭步鸛鶴，隱几望波濤〔六〕。沉痾聚藥餌，頓忘所進勞〔七〕。則知潤物功，可以貸不毛〔八〕。陰色静壟畝，勸耕自官曹。四鄰耒耜出③〔九〕，何必吾家操。（0237）

【校】

① 朱，宋本、錢箋、《九家》、《草堂》校：「一作清。」

② 二，宋本、錢箋、《九家》校：「一作大。」

③ 耒耜出，錢箋、《草堂》校：「一作出耒耜。」《九家》作「出耒耜」。

【注】

黄鶴注：公寶應元年（七六二）《説旱》云：「蜀自十月不雨，抵建卯非雩之時，奈久旱何。」意此詩

是寶應元年在浣花作。故詩云「朱夏雲鬱陶」，乃夏方雨至。梁權道編在廣德二年（七六四），若在其年夏，公自閬州歸至嚴公幕中，豈有「敢辭茅葦漏」等句。

〔一〕嗷嗷：見卷四《送韋諷上閬州録事參軍》（0196）注。

〔二〕上天二句：《書·召誥》：「天亦哀於四方民，其眷命用懋。」《爾雅·釋天》：「夏爲朱明。」徐幹《答劉楨詩》：「陶陶朱夏德，草木昌且繁。」《書·五子之歌》：「鬱陶乎予心。」傳：「鬱陶，言哀思也。」江淹《雜體詩·謝惠連贈别》：「解纜候前侶，還望方鬱陶。」仇注引趙注：「蓋陶窑之氣鬱結，此形容夏雲也。」

〔三〕執熱二句：《詩·大雅·桑柔》：「誰能執熱，逝不以濯。」《周禮·夏官·挈壺氏》：「以火爨鼎水而沸之。」司馬相如《上林賦》：「潏潏淈淈，湁潗鼎沸。」《詩·周南·葛覃》：「爲絺爲綌，服之無斁。」傳：「精曰絺，粗曰綌。」釋文：「葛之精者曰絺。」潘岳《秋興賦》：「於是乃屏輕箑，釋纖絺。」《論語·子罕》：「衣敝緼袍，與衣狐貉者立而不恥者，其由也與。」集解：「孔曰：緼，枲著也。」疏：「《玉藻》云：纊爲繭，緼爲袍。鄭玄云：衣有著之異名也。纊謂今之新綿，緼謂今纊及舊絮也。然則今云枲著者，雜用枲麻以著袍也。」

〔四〕二江句：左思《蜀都賦》：「帶二江之雙流，抗峨眉之重阻。」《文選》劉逵注：「江水出岷山，分爲二江，經成都南，東流經之，故曰帶也。揚雄《蜀都賦》曰：兩江珥其前。」《元和郡縣圖志》卷三一成都府：「大江，一名汶江，一名流江，經縣南七里。蜀守李冰穿二江成都中，皆可行舟，

溉田萬頃。蜀人又謂流江爲懸笮橋水，此水濯錦，鮮於他水。」

〔五〕流惡二句：《左傳》成公六年：「有汾、澮以流其惡。」杜預注：「惡，垢穢。」《書·大禹謨》：「至誠感神，矧茲有苗。」《楚辭·九歌·湘君》：「朝騁鶩兮江皋，夕弭節兮北渚。」

〔六〕荒廷二句：《詩·豳風·東山》：「鸛鳴于垤，婦歎于室。」箋：「鸛，水鳥也。將陰雨則鳴。」《莊子·徐无鬼》：「南伯子綦隱几而坐，仰天而噓。」

〔七〕沉痾二句：沈約《齊故安陸昭王碑》：「感絶移時，因遘沉痾。」《九家》趙注：「頓忘供進藥餌之勞。」

〔八〕則知二句：《書·洪範》傳：「雨以潤物。」《周禮·地官·載師》：「凡宅不毛者，有里布。」注：「鄭司農云：宅不毛者，謂不樹桑麻也。」《九家》趙注：「因雨之潤，雖不毛之地，亦假貸而生。」

〔九〕耒耜：《禮記·月令》孟春之月：「乃擇元辰，天子親載耒耜。」注：「耒，耜之上曲也。」

揚旗

二年夏六月，成都尹鄭公置酒公堂，觀騎士試新旗幟①〔一〕。

江雨颯長夏②，府中有餘清。我公會賓客，肅肅有異聲〔二〕。初筵閱軍裝〔三〕，羅列照廣庭。庭空六馬入③，駊騀揚旗旌④〔四〕。回回偃飛蓋，熠熠迸流星〔五〕。來纏風飆急⑤，去擘山岳傾〔六〕。材歸俯身盡，妙取略地平〔七〕。虹霓就掌握⑥，舒卷

隨人輕〔八〕。三州陷犬戎⑦，但見西嶺青〔九〕。公來練猛士，欲奪天邊城。此堂不易升，庸蜀日已寧〔一〇〕。吾徒且加餐，休適蠻與荆〔一一〕。（0238）

【校】

① 鄭，錢箋作「嚴」。

② 江，宋本、錢箋、《九家》、《草堂》校：「一作風。」

③ 六，宋本、錢箋、《九家》、《草堂》校：「一作四。」

④ 旗，錢箋校：「一作旆。」

⑤ 纏，宋本、錢箋、《九家》、《草堂》校：「一作衝。」

⑥ 霓，《九家》、《草堂》作「蜺」。

⑦ 三，《草堂》作「二」。

【注】

黄鶴注：廣德元年十二月吐蕃陷松、維、保三州，則詩作於廣德二年（七六四）。

〔一〕成都尹鄭公：《舊唐書·嚴武傳》：「改吏部侍郎，尋還黄門侍郎。與宰臣元載深相結託，冀其引在同列。事未行，求爲方面，復拜成都尹，充劍南節度等使。」《高適傳》：「適練兵於蜀，臨吐蕃南境以牽制之，師出無功，而松、維等州尋爲蕃兵所陷。代宗以黄門侍郎嚴武代還。」武再拜

成都尹在廣德二年二月。

〔二〕肅肅：《詩·周南·兔罝》：「肅肅兔罝，椓之丁丁。」傳：「肅肅，敬也。」疏：「此美其賢人衆多，故爲敬。……《黍苗》説宫室，箋云肅肅嚴正之貌。各隨文勢也。」

〔三〕軍裝：揚雄《甘泉賦》：「八神奔而警蹕兮，振殷轔而軍裝。」

〔四〕庭空二句：仇注：「節度使何以有六馬，前《冬狩行》云『使君五馬一馬驄』亦是一證。」按，此言騎士隊列，非使君之馬，《冬狩行》言五馬中一馬驄也。《甘泉賦》：「崇丘陵之駊騀兮，深溝嶔岩而爲谷。」《文選》李善注：「駊騀，高大貌也。」《説文》：「駊騀，馬摇頭也。」《廣韻》：「駊騀，馬惡行也。」此當同《説文》義。

〔五〕回回二句：張衡《思玄賦》：「紛翼翼以徐戾兮，焱回回其揚靈。」《文選》舊注：「回回，光明貌。」劉楨《雜詩》：「沈迷簿領書，回回自昏亂。」《文選》李善注引《楚辭》「腸回回兮盤紆」。劉良注：「回回，心亂貌。」此當作閃亮、閃爍義。王羲之《用筆賦》：「鬱高峰兮偃蓋，如萬歲兮千秋。」蕭繹《與劉智藏書》：「登却月之嶺，蔭偃蓋之松。」謂蓋低偃。曹植《公燕詩》：「清夜游西園，飛蓋相追隨。」謂車蓋。此指旗幟。阮籍《清思賦》：「色熠熠以流爛兮，紛雜錯以葳蕤。」吴均《入關》：「馬頭要落日，劍尾掣流星。」

〔六〕擘：木華《海賦》：「擘洪波。」《文選》李善注引鄭衆《周禮注》：「擘，破裂也。」

〔七〕材歸二句：曹植《白馬篇》：「仰手接飛猱，俯身散馬蹄。」仇注：「言其奇妙則馬上俯身，而旗尾略地。」《九家》趙注：「『略地』字借取《漢書》『攻城略地』。」楊倫謂即「掠」字。劉禹錫《白

鷹》：「輕拋一點入雲去，喝殺三聲掠地來。」易静《兵要望江南》：「挂翳蔽天兼掠地，蔓瓜蓋路覆平川。」

〔八〕虹霓二句：司馬相如《上林賦》：「拖霓旌，靡雲旗。」《文選》郭璞注：「張揖曰：析羽毛，染以五彩，綴以縷爲旌，有似虹霓之氣也。」《晉鼓吹曲辭·順天道》：「鳴鐲振鼓鐸，旌旗象虹霓。」《淮南子·精神訓》：「玩天地於掌握之中。」鮑照《扶風歌》：「寒烟空徘徊，朝日乍舒卷。」

〔九〕三州二句：《草堂》夢弼注引柳芳《唐曆》：「廣德元年糧運絶，劍南節度高適不能軍，吐蕃陷松、維、保三州。」參本卷《入奏行》(0236)注。犬戎，指吐蕃。見卷四《憶昔二首》(0192)注。西嶺，西山。時指玉壘山、天彭闕以西之邛崍山脈。《元和郡縣圖志》卷三一彭州：「垂拱二年，於此置彭州，以岷山導江、江出山處，兩山相對，古謂之天彭門，因取以名州。」「灌口山西嶺有天彭闕，亦曰天彭門，兩石相立如闕，故名之。」《讀史方輿紀要》卷六七青城山：「自是而西南有成都高臺、天倉、天國諸山，又有聖母山及便傍諸山。便傍山外即番境，蓋天所以界華夷也。」

〔一〇〕庸蜀句：《書·牧誓》：「及庸、蜀、羌、髳、微、盧、彭、濮人。」傳：「八國皆蠻夷戎狄屬文王者國名。……庸、濮在江漢之南。」《華陽國志》卷二：「上庸郡，古庸國，楚與巴、秦所共滅者也。秦時屬蜀，後屬漢中。」

〔一一〕休適句：王粲《七哀詩》：「復弃中國去，遠身適荆蠻。」

溪漲

當時浣花橋〔一〕，溪水纔尺餘。白石明可把①，水中有行車〔二〕。秋夏忽泛溢，豈唯入吾廬②。蛟龍亦狼狽〔三〕，況是鼈與魚。兹晨已半落，歸路跬步疏〔四〕。馬嘶未敢動，前有深填淤〔五〕。青青屋東麻，散亂床上書。不意遠山雨③，夜來復何如？我游都市間④，晚憩必村墟。乃知久行客，終日思其居。（0239）

【校】

①石，宋本、錢箋校：「一作日。」《九家》、《草堂》校：「一作月。」

②惟，錢箋校：「一作伊。」

③意，錢箋、《草堂》校：「一作知。」

④間，錢箋、《草堂》校：「一云或作所。」

【注】

黄鶴注：寶應元年（七六二）作。梁權道編在廣德二年（七六四），恐非。仇注編入寶應元年。

〔一〕當時句：《方輿勝覽》卷五一成都府：「浣花溪，在城西五里，一名百花潭。」韋藹《浣花集序》：「明年，浣花溪尋得杜工部舊址，雖蕪没已久，而柱砥猶存。因命芟夷，結茅爲一室。」

〔二〕水中句：《分門》洙曰：「《華陽風俗録》：浣花亭在州之西南，有江流，至清之所也。其淺可涉，故中有行車。甫有宅在焉。」按，楊伯嵒《六帖補》卷九引《華陽風俗録》，無「其淺可涉，故中有行車」九字。注蓋叙詩意摻入。

〔三〕狼狽：潘岳《西征賦》：「據天位其若兹，亦狼狽而可愍。」《文選》李善注引《文字集略》：「狼狽，猶狼跋也。」《類篇》：「狽，狼屬也。生子或欠一足，二足相附而行，離則躓，故猝遽謂之狼狽。」蘇鶚《蘇氏演義》卷上：「狼狽者，事之乖舛也。狼者豺也，狽者狼之類。《神異經》云：狽無前足。一云前足短，不能自行，附狼背而行，如水母之有蝦也。若狼爲巨獸或獵人逐之而逸，則狽墜於地不能取濟，遂爲衆工所獲。失狼之背，故謂之狼狽。狽字者，形聲也。犬，獸也。貝者，背也。以狽附於狼背，遂犬邊作貝。」《酉陽雜俎》前集卷一六説略同。《九家》趙注：「狼狽本一獸，各半其體，相附而行，苟失其一，無據矣。倉皇失據者謂之狼狽。」據小説而衍變。

〔四〕跬步：《荀子·勸學》：「故不積跬步，無以致千里。」《説文》：「趌，半步也。」

〔五〕填淤：《漢書·溝洫志》：「渠成而用注填閼之水，溉舄鹵之地。」注：「師古曰：閼讀與淤同，音於據反。填淤，謂壅泥也。」

戲贈友二首

元年建巳月，郎有焦校書〔一〕。自誇足膂力，能騎生馬駒〔二〕。一朝被馬踏，脣裂板齒無〔三〕。壯心不肯已〔四〕，欲得東擒胡。（0240）

【注】

黄鶴注：寶應元年（七六二）作。

〔一〕元年二句：《新唐書·肅宗紀》：「（上元二年九月壬寅）去上元號，稱元年，以十一月爲歲首，月以斗所建辰爲名。」「（元年建巳月）甲寅，聖皇天帝崩。乙丑，皇太子監國。大赦，改元年爲寶應元年，復以正月爲歲首，建巳月爲四月。」錢箋：「詩云元年建巳月，記其初也。」仇注：「公詩作於未改元之時，故仍前稱爲建巳月。」焦校書：名不詳。唐秘書省、著作局及弘文館設校書郎，正九品上。

〔二〕自誇二句：《後漢書·陽興傳》：「爲人有膂力。」生馬，未馴育之馬。張籍《老將》：「不怕騎生馬，猶能挽强弓。」孫樵《與王霖秀才書》：「讀之如赤手捕長蛇，不施控騎生馬。」

〔三〕板齒：即門牙。《法苑珠林》卷四七引《僧祇律》：「爾時驢聞復瞋，即説頌曰：安立前二足，雙

飛後兩蹄。折汝前板齒，然後自當知。」

〔四〕壯心句：曹操《步出夏門行》：「烈士暮年，壯心不已。」

元年建巳月，官有王司直〔一〕。馬驚折左臂，骨折面如墨〔二〕。駑駘漫深泥①〔三〕，何不避雨色？勸君休歎恨，未必不爲福〔四〕。（0241）

【校】

① 漫，錢箋、《草堂》校：「一作慢。」　深，錢箋校：「陳浩然本作染。」《九家》作「染」，校：「一作深。」

【注】

〔一〕王司直：名不詳。《唐六典》卷一八大理寺：「司直六人，從六品上。」

〔二〕面如墨：《淮南子·修務訓》：「面若死灰，顔色霉墨。」

〔三〕駑駘：見卷二《李鄠縣丈人胡馬行》(0084)注。

〔四〕勸君二句：《淮南子·人間訓》：「近塞上之人有善術者，馬無故亡而入胡，人皆弔之。其父曰：『此何遽不爲福乎？』居數月，其馬將胡駿馬而歸，人皆賀之。其父曰：『此何遽不能爲禍乎？』家富良馬，其子好騎，墮而折其髀，人皆弔之。其父曰：『此何不遽爲福乎？』居一年，胡人大入塞，丁壯者引弦而戰，近塞之人，死者十九，此獨以跛之故，父子相保。」

黄徹《碧溪詩話》卷一：「子美詩號詩史。觀《北征》詩云『皇帝二載秋，閏八月初吉』、《送李校書》云『乾元元年春，萬姓始安宅』，又《戲友》二詩『元年建巳月，郎有焦校書』、『元年建巳月，官有王司直』，史筆森嚴，未易及也。」

仇注引胡夏客曰：「焦校書、王司直，一爲乘生駒而墮，一爲乘駑駘而墮，天下事之難料如此。公於此有深感焉，非僅戲筆而已也。」

觀打魚歌

綿州江水之東津①，魴魚鱍鱍色勝銀〔一〕。漁人漾舟沉大網，截江一擁數百鱗。衆魚常才盡却弃，赤鯉騰出如有神〔二〕。潛龍無聲老蛟怒，回風颯颯吹沙塵②。饔子左右揮霜刀〔三〕，鱠飛金盤白雪高。徐州秃尾不足憶③，漢陰槎頭遠遁逃〔四〕。魴魚肥美知第一，既飽歡娱亦蕭瑟。君不見朝來割素鬐〔五〕，咫尺波濤永相失。（0242）

【校】

① 之，錢箋校：「一作水。」

② 回，錢箋、《草堂》校：「晋作西。」

③憶，錢箋、《草堂》校：「一作惜。」

【注】

黃鶴注：公以寶應元年(七六二)秋送嚴武至綿州，此詩乃其時作。

〔一〕綿州二句：《元和郡縣圖志》卷三三東川節度使：「綿州，巴西，上。……大業三年改爲金山郡，武德元年復爲綿州。按州理城，漢涪縣也。去成都三百五十里。依山作固，東據天池，西臨涪水，形如北斗，卧龍伏馬，爲蜀東北之要衝。」巴西縣：「涪江水，經縣西，去縣五十步。」黃鶴注：「唐子西《將家游治平院》詩注：蓋老杜所謂『東津』也。」又陸游在綿州有《東津》詩。《爾雅・釋魚》：「魴，魾。」郭璞注：「江東呼魴魚爲鯿。」陸璣疏：「魴，今伊洛濟潁魴魚也。廣而薄肥，恬而少肉，細鱗，魚之美者。遼東梁水魴，特肥而厚，尤美於中國魴。」《詩・衛風・碩人》：「鱣鮪發發。」傳：「發發，盛貌。」釋文：「馬云：魚著罔尾發發然。《韓詩》作『鱍』。」

〔二〕赤鯉句：《列仙傳》卷上琴高：「入涿水中取龍子，與諸弟子期曰：『皆潔齋待於水傍，設祠。』果乘赤鯉來，出坐祠中。旦有萬人觀之，留一月餘，復入水去。」《舊唐書・玄宗紀》：「(開元三年)二月，禁斷天下采捕鯉魚。」又：「(十九年正月)禁采捕鯉魚。」錢箋引《酉陽雜俎》：「國朝律，取得鯉魚即宜放，仍不得喫。號赤鯉公。賣者決六十。」

〔三〕饔子句：饔子，見卷二《閿鄉姜七少府設鱠戲贈長歌》(0082)注。浦起龍云：「以魴爲鱠，且須霜刀割鬐，幾令人不可解，更使篇末數語索然。今詳玩詩意，乃知作鱠者謂赤鯉，魴其陪襯也。」

〔四〕徐州二句：《詩·齊風·敝笱》：「敝笱在梁，其漁魴鱮。」陸璣疏：「鱮似魴，厚而頭大，魚之不美者。故里語曰『網魚得鱮，不如啗茹』。其頭尤大而肥者，徐州人謂之鰱，或謂之鱅。」錢箋引此，謂「殆所謂『徐州秃尾』也」。槎頭，見卷三《遣興五首》「清江空舊魚」(0122)注。

〔五〕君不見句：潘岳《西征賦》：「華魴躍鱗，素鱮揚鬐。」

施補華《峴傭説詩》：「詠物必有寄託。如《觀打魚歌》『衆魚常才盡却弃，赤鯉騰躍如有神。潛龍無聲老蛟怒，回風颯颯吹沙塵』，見賢才被困，憤懣無聊光景。『君不見朝來割素鬐，咫尺波濤永相失』，告以愛惜賢才之意。『既飽歡娱亦蕭瑟』，更爲饕餮者戒。」

又觀打魚

蒼江漁子清晨集①，設網提綱萬魚急②〔一〕。能者操舟疾若風，撑突波濤挺叉入〔二〕。小魚脱漏不可紀③，半死半生猶戢戢〔三〕。大魚傷損皆垂頭，屈强泥沙有時立④〔四〕。東津觀魚已再來，主人罷鱠還傾盃。日暮蛟龍改窟穴，山根鱣鮪隨雲雷⑤〔五〕。干戈兵革鬭未止⑥，鳳凰麒麟安在哉〔六〕？吾徒胡爲縱此樂，暴殄天物聖

所哀〔七〕。（0243）

【校】

①漁，《草堂》作「魚」。

②萬，宋本、錢箋、《九家》、《草堂》校：「一作取。」

③漏，《草堂》校：「或作網。」紀，錢箋作「記」，校：「一作紀。」

④泥沙，錢箋、《草堂》校：「一作沙頭。」

⑤雲，《草堂》作「風」。

⑥干戈兵革鬬未止，宋本、錢箋、《九家》、《草堂》校：「一云干戈格鬬尚未已。」未止，《草堂》作「未已」。

【注】

黄鶴注：當是同上年作。雖廣德元年（七六三）公再至綿，乃春晚。

〔一〕設網提綱：《書·盤庚》：「若網在綱，有條而不紊。」顧歡《獻治綱表》：「臣聞舉網提綱，振裘持領。」

〔二〕能者二句：蕭子顯《南征曲》：「棹歌來揚女，操舟驚越人。」撐，撐船。李白《下涇縣陵陽溪至澀灘》：「漁子與舟人，撐折萬張篙。」錢起《江行無題》：「撐開小漁艇，應到月明歸。」李之儀《次韻孔經甫題剡縣史氏競秀堂》：「峥嶸不知盡何如，撐突雲烟隨望隕。」張耒《春日雜書》：

「徒能出八極，撑突干雲天。」蓋襲杜語，而義衍爲枝撑。潘岳《西征賦》：「垂餌出入，挺叉來往。」

〔三〕戢戢：叢聚貌。韓愈《贈崔立之評事》：「深藏篋笥時一發，戢戢已多如束筍。」張籍《采蓮曲》：「青房圓實齊戢戢，争前競折漾微波。」

〔四〕屈强：陳琳《檄吴將校部曲文》：「驕恣屈强，猖猾始亂。」《文選》李周翰注：「屈强，不順貌。」《分門》鄭曰：「屈强，正作『倔』，渠勿切，梗戾也。」

〔五〕山根句：《爾雅·釋魚》郭璞注：「鱣，大魚，似鱏而短，鼻口在頷下，體有邪行甲，無鱗，肉黄，大者長二三丈。今江東呼爲黄魚。」「鮪，鱣屬也。大者名王鮪，小者名鮇鮪。」張衡《東京賦》：「王鮪岫居。」《文選》薛綜注：「山有穴曰岫也。王鮪，魚名也。居山穴中。……其穴在河南小平山。」《埤雅》卷一：「鮪仲春從河西上，得過龍門則化爲龍，否則點額而還。」《九家》趙注引此，謂：「鮪岫居而能變化，故云『山根鱣鮪隨雲雷』。」

〔六〕干戈二句：《九家》趙注：「是年建卯月，河東軍亂，殺其節度使鄧景山，兵馬使辛雲京自稱節度使。河中軍亂，殺李國正(貞)及其節度使荔非元禮。郭子儀爲兵馬副元帥，屯絳州。而七月十六日徐知道反於成都。皆其事也。」黄鶴注：「蓋指吐蕃與史朝義之亂未息而言也。」《白虎通義》卷五：「德至鳥獸，則鳳皇翔，鸞鳥舞，麒麟臻，白虎至。」

〔七〕暴殄天物：《書·武成》：「今商王受無道，暴殄天物。」傳：「暴絶天物，言逆天也。」

黄徹《䂬溪詩話》卷三：「老杜《觀打魚》云設網萬魚急，蓋指聚斂之臣，苛法侵漁，使民不聊生，乃『萬魚急』也。又云『能者操舟疾若風，撑突波濤挺叉入』，小人舞智趨時，巧宦數遷，所謂『疾若風』也。殘民以逞，不顧傾覆，所謂『挺叉入』也。『日暮蛟龍改窟穴，山根鱣鮪隨雲雷』，魚不得其所，龍豈能安居？君與民猶是也，此與六義比興何異？『吾徒何爲縱此樂，暴殄天物聖所哀』，此樂而能戒，又有仁厚意。亦如『前王作網罟，設法害生成』，不專爲取魚也。」

越王樓歌〔一〕

綿州州府何磊落，顯慶年中越王作〔二〕。孤城西北起高樓〔三〕，碧瓦朱甍照城郭。樓下長江百丈清，山頭落日半輪明〔四〕。君王舊跡今人賞，轉見千秋萬古情〔五〕。（0244）

【注】

黄鶴注：此詩當是寶應元年（七六二）初至綿時作。

〔一〕越王樓：錢箋引《綿州圖經》：「在綿州城外，西北有臺，高百尺，上有樓，下瞰州城。唐顯慶中，太宗子越王貞爲綿州刺史日建。」喬琳有《綿州越王樓即事》。

〔二〕綿州二句：《舊唐書·太宗諸子傳》：「越王貞，太宗第八子也。貞觀五年，封漢王。七年，授徐州都督。十年，改封原王，尋徙封越王，拜揚州都督。」垂拱中起兵反武氏，兵敗飲藥而死。黄鶴注：「越王貞，太宗第八子，未嘗爲綿州。第始封漢王，漢與綿爲鄰耳。前乎貞有衛王泰，以貞觀二年封越王。後乎貞有趙王係，以乾元二年封越王。然亦皆未嘗刺綿州。……意是中，睿宗曾受此封及刺此州，故曰君王。蓋史失書。」錢箋：「貞刺綿州，本傳不載，蓋史闕也。」

〔三〕孤城句：《古詩十九首》：「西北有高樓，上與浮雲齊。」

〔四〕半輪明：江總《關山月》：「兔月半輪明，狐關一路平。」

〔五〕轉見句：劉希夷《公子行》：「百年同謝西山日，千秋萬古北邙塵。」

海椶行〔一〕

左綿公館清江濆〔二〕，海椶一株高入雲。龍鱗犀甲相錯落，蒼棱白皮十抱文〔三〕。自是衆木亂紛紛①，海椶焉知身出羣。移栽北辰不可得，時有西域胡僧識〔四〕。（0245）

【校】

①自，錢箋、《草堂》校：「一作但。」

【注】

黄鶴注：椶在綿州，乃寶應元年（七六二）至綿州作。

〔一〕海椶：椶，同棕。宋祁《益部方物略記》海椶：「椶皆褫皮，此獨自榦攢葉於顛，纛首披散。秋華而實，其值則罕。」注：「大抵椶類，然不皮而榦，葉叢於杪，至秋乃實，似楝子。今城中有四株。」陸游《老學庵筆記》卷五：「老杜《海椶》詩，在左綿所賦，今已不存。成都有一株，在文明廳東廊前，正與制置司簽廳門相直。簽廳乃故錦官閣。聞潼川尤多，予未見也。」劉恂《嶺表録異》卷中：「波斯棗，廣州郭内見其樹，樹身無閑枝，直聳三四十尺，及樹頂，四向共生十餘枝，葉如海椶。」浦起龍引此，而增「彼土人呼爲海椶」語。劉恂原書非謂波斯棗即海椶。方以智《通雅》卷四四：「《魏王花木志》言：……海椶即海棗，一名無漏子。智按即鳳尾蕉，多年高大者葉心漏日不漏月，燒紅鐵釘之則茂。因其辟火，曰火蕉。」

〔二〕左綿句：左思《蜀都賦》：「於東則左綿巴中，百濮所充。」《文選》吕向注：「綿，歷也。巴中，地名。」是舊不以左綿爲地名。《分門》師曰：「綿州，涪水所經。涪居其右，綿居其左，故曰左綿。」按，綿州即漢涪縣地。唐涪城在綿州南、涪水下游，非與綿州夾涪並峙。浦起龍云：「左綿，對蜀都而言。」張説《送嚴少府赴萬安詩序》：「蜀門勝地，邑雄左綿。」常衮《授杜濟東川防

禦使制》：「左綿之東，地方千里。」是綿以東爲東川，故稱左綿。唐庚《將家游治平院》：「昨日西樓弔王孫，今日東津悲逐臣。江邊勝事略尋遍，不見海椶高入雲。」黄鶴注：「據此，則館與椶皆在涪江之東津也。」

〔三〕龍鱗二句：曹丕《柳賦》：「上扶疏而孛散兮，下交錯而龍鱗。」王嗣奭《杜臆》：「十抱，十把也。」按，十抱乃形容巨木，不似椶類。汪師韓《詩學纂聞》：「七字難解，或是訛闕。」

〔四〕移栽二句：王嗣奭《杜臆》：「移栽北辰更奇，此從『天上種白榆』脱來。」《高僧傳》卷一《竺法蘭傳》：「昔漢武穿昆明池底得黑灰，以問東方朔，朔云：『不解，可問西域人。』後法蘭既至，衆人追以問之。蘭云：『世界終盡，劫火洞燒，此灰塵是也。』」

姜楚公畫角鷹歌〔一〕

楚公畫鷹鷹戴角，殺氣森森到幽朔①〔二〕。觀者貪愁掣臂飛②，畫師不是無心學〔三〕。此鷹寫真在左綿，却嗟真骨遂虚傳〔四〕。梁間燕雀休驚怕，亦未摶空上九天〔五〕。（0246）

【校】

① 森森，下「森」字宋本、錢箋、《九家》校：「一作如。」

②貪愁，錢箋校：「舊作徒驚。」《草堂》校：「一作徒驚。」 臂，錢箋校：「一作壁。」

【注】

黄鶴注：寶應元年（七六二）送嚴武至綿州之時作。

〔一〕姜楚公：姜皎。《舊唐書·姜柔遠傳》：「柔遠子皎，長安中，累遷尚衣奉御。時玄宗在藩，見而悦之。……及竇懷貞等潛謀逆亂，玄宗將討之，皎協贊謀議，以功拜殿中監，封楚國公。……（開元）十年，坐漏泄禁中語，爲嗣濮王嶠所奏……既決杖，行至汝州而卒。」《歷代名畫記》卷九：「姜皎，上邽人。善鷹鳥。」

〔二〕楚公二句：《酉陽雜俎》卷二〇《肉攫部》：「雕角鷹等，三月一日停放，四月上旬置籠。」白居易《與嚴礪詔》：「省所進蒼角鷹六聯。」《埤雅》卷六：「鷹鷂，二年之色也。頂有毛角微起，今通謂之角鷹。」《書·堯典》：「申命和叔，宅朔方，曰幽都。」《分門》師曰：「幽，陰也。朔，北也。幽朔，肅殺之方。此鷹殺氣，窮極幽朔。」《九家》趙注：「蓋名鷹出於此地。」

〔三〕觀者二句：仇注：「貪愁有二義，貪其能飛，又愁其飛去。」蔣紹愚謂貪有欲義。此句貪愁，亦作欲愁解。《分門》師曰：「掣臂，掣臂韝而欲飛。」「『畫師不是無心學』，蓋恐人之未信也。」王嗣奭《杜臆》：「『畫師不是無心學』，但不能學耳。」

〔四〕此鷹二句：吴曾《能改齋漫録》卷七：「杜子美《賦姜楚公畫角鷹》，本綿州司録廳照屏。皇祐中，任是官者竊去，易以他畫。」真骨，真鷹。仇注：「世人奈何好畫鷹，而不好真鷹乎？」

〔五〕梁間二句：《分門》洙曰：「言有其質無其才也。」師曰：「末章譏朝廷之士稱才角出者，率有虛名而無實效。」《九家》趙注：「亦詩人變化形容其畫耳。舊注非。」

嚴氏溪放歌行①〔一〕

天下甲馬未盡銷②，豈免溝壑常漂漂。劍南歲月不可度，邊頭公卿仍獨驕③〔二〕。費心姑息是一役，肥肉大酒徒相要〔三〕。嗚呼古人已糞土，獨覺志士甘漁樵。況我飄轉無定所④，終日慽慽忍羈旅。秋宿霜溪素月高⑤，喜得與子長夜語。東游西還力實倦，從此將身更何許〔四〕？知子松根長茯苓〔五〕，遲暮有意來同煮。

（0247）

【校】

① 嚴氏溪放歌行，《草堂》題無「行」字，校：「一有行字。」

② 甲，錢箋、《草堂》校：「晋作兵。」

③ 仍獨驕，錢箋、《草堂》校：「樊作何其驕。」

④ 轉，《草堂》作「蓬」，校：「一作轉。」

⑤宿，錢箋校：「欒作夜。」　霜，錢箋校：「一作清。」　溪，《草堂》校：「一作天。」

【注】

黄鶴注：當是寶應元年（七六二）避徐知道亂入梓州時作。錢箋考嚴氏溪在閬州。仇注從朱鶴齡注，編入廣德元年（七六三）。

〔一〕嚴氏溪：顔真卿《鮮于氏離堆記》：「閬州之東百餘里，有縣曰新政。新政之南數千步，有山曰離堆。斗入嘉陵江，直上數百尺，形勝縮矗，欹壁峻肅，上峥嶸而下回洑，不與衆山相連屬，是之謂離堆。東面有石堂焉，即故京兆尹鮮于君之所開鑿也。……堂北磐石之上，有九曲流杯池焉。懸源螭首，蹙噴鶴咮，釃渠股引，迴坐環溜。若有良朋，以傾醇酎。堂東面有茅齋焉……其壁間有詩焉，皆君舅著作郎嚴從、君甥殿中侍御史嚴銑之等美君考槃之所作也。」錢箋：「按嚴氏溪疑即此地。」《舊唐書·李叔明傳》：「大曆末，有閬州嚴氏子上疏稱叔明少孤，養子於外族，遂冒姓焉，請復之。詔從焉。叔明初不知其從外氏姓，意醜其事，遂抗表乞賜宗姓。」《華陽國志》卷一閬中縣：「大姓有三狐、五馬、蒲、趙、任、黄、嚴等。」

〔二〕劍南二句：《分門》彦輔曰：「時郭英乂代嚴武鎮蜀，粗暴不能容甫，故有公卿獨驕之作。」《苕溪漁隱叢話》前集卷一三：「甫未嘗爲英乂幕客，何爲不見容？」謂指嚴武。《九家》趙注：「英乂乃成都尹，豈得謂邊頭乎？公直言邊之守臣不遵王命，豈若崔旰者乎？」錢箋：「舊注紛紛，指郭英乂、嚴武，皆説夢耳。」仇注：「恐指章彝。」

〔三〕費心二句：《分門》洙曰：「此詩譏邊臣顧望，不爲朝廷憂也。」《九家》趙注：「彼其獨驕而徒於我費心姑息，特一役耳，何補於事哉。所以姑息者，酒肉相招要而已。」王嗣奭《杜臆》：「言公卿費心，不過如小人愛人以姑息，肥酒大肉用以相要，徒以此一役了事而已。」一役，一次而已，不作下回打算。《左傳》僖公十五年：「此一役也，秦可以霸。」

〔四〕從此句：將身，表示自身的意願、行動。將，介詞。《敦煌變文集·伍子胥變文》：「我今更無眷戀處，恨不將身自滅亡。」王建《公無渡河》：「幸無白刃驅向前，何用將身自弃捐。」仇注：「更何許，言此身更往何所乎。」

〔五〕茯苓：《抱朴子·仙藥》：「及夫木芝者，松柏脂淪入地千歲化爲茯苓，茯苓萬歲，其上生小木，狀似蓮花，名曰木威喜芝。」「任子季服茯苓十八年，仙人玉女往從之，能隱能彰，不復食穀，灸瘢皆滅，面體玉光。」

相從歌 贈嚴二别駕①〔一〕。

我行入東川〔二〕，十步一回首。成都亂罷氣蕭瑟②〔三〕，浣花草堂亦何有。梓中豪俊大者誰③，本州從事知名久〔四〕。把臂開樽飲我酒，酒酣擊劍蛟龍吼。烏帽拂塵青螺粟④〔五〕，紫衣將炙緋衣走。銅盤燒蠟光吐日⑤，夜如何其初促膝〔六〕。黄昏

始扣主人門，誰謂俄頃膠在漆⑥〔七〕。萬事盡付形骸外〔八〕，百年未見歡娱畢⑦。神傾意豁真佳士，久客多憂今愈疾。高視乾坤又可愁⑧，一軀交態同悠悠⑨〔九〕。垂老遇君未恨晚，似君須向古人求〔一〇〕。（0248）

【校】

①相從歌贈嚴二別駕，《文苑英華》題作「贈嚴二別駕相逢歌」，「逢」校：「集作從。」《九家》、《草堂》題注：「時方經崔旰之亂。」錢箋謂吴若本無此注。錢箋「贈嚴二別駕」大字，校：「一云『嚴別駕相逢歌』。」

②瑟，錢箋作「颯」，校：「一作瑟。一作索。」《九家》、《草堂》、《文苑英華》作「瑟」。

③中，錢箋校：「一作州。」《九家》、《草堂》作「州」。《九家》校：「一作中。」《文苑英華》校：「卞氏杜詩作州。」　俊，錢箋校：「一作貴。」《文苑英華》作「貴」，校：「卞氏作俊。」

④螺，錢箋校：「一作騾。」《草堂》校：「一作織。一作騾。」《文苑英華》校：「卞氏注作織。又注作騾。」

⑤蠟，宋本作「臘」，據錢箋改。　光，宋本、錢箋、《九家》、《草堂》校：「一作炎。」《文苑英華》校：「卞氏注作炎。」

⑥俄頃，錢箋、《草堂》校：「晋作我傾。」《文苑英華》校：「卞氏注作我傾。」

⑦見，錢箋校：「一作及。」《文苑英華》作「及」，校：「集作見。」

⑧可，錢箋、《草堂》校：「一作何。」《九家》作「何」。《文苑英華》校：「卞氏注作何。」

⑨同，錢箋校：「一作真。」

【注】

黄鶴注：魯、師二注及梁權道編皆以爲永泰元年（七六五）梓州避亂時作。然崔旰之亂在是年閏十月，公已次雲安矣。當是寶應元年（七六二）避徐知道反入梓州時作。

〔一〕嚴二別駕：名不詳。《唐六典》卷三〇州縣：「上州，刺史一人，從三品。別駕一人，從四品下。」又中督府：「永徽中，改別駕爲長史。垂拱初，又置別駕員，多以皇家宗枝爲之。神龍初罷，開元初復置，始通用庶姓焉。」諸州准此。此嚴二別駕爲梓中豪俊，疑與嚴震同宗。参卷一二《行次鹽亭縣聊題四韻奉簡嚴遂州蓬州兩使君咨議諸昆季》（0789）注。

〔二〕東川：《舊唐書・地理志》：「至德之後，中原用兵，刺史皆治軍戎，遂有防禦、團練、制置之名。要衝大郡，皆有節度之額。寇盜稍息，則易以觀察之號。……劍南東川節度使，治梓州，管梓、綿、劍、普、榮、遂、合、渝、瀘等州。」

〔三〕成都句：《新唐書・代宗紀》：「（寶應元年七月）癸巳，劍南西川兵馬使徐知道反。八月己未，知道伏誅。」《册府元龜》卷一二九《帝王部・封建》：「（寶應元年）八月，劍南狂賊徐知道爲麾下將李忠勇所殺，劍南州縣盡平。封忠勇爲臨晋郡王。」《資治通鑑》寶應元年七月：「癸巳，劍南兵馬使徐知道反，以兵守要害，拒嚴武，武不得進。」八月：「己未，徐知道爲其將李忠厚所殺，劍南悉平。」

〔四〕從事：州郡屬官及幕府僚佐皆可稱從事。李頎《送馬録事赴永陽》：「子爲郡從事，主印清淮

邊。」錢起《送唐別駕赴郢州》：「少年從事好，此去别愁輕。」

〔五〕烏帽句：烏帽，烏紗帽。楊巨源《見薛侍御戴不損裹帽子因贈》：「潘郎對青鏡，烏帽似新裁。曉露鴉初洗，春荷葉半開。堪將護巾櫛，不獨隔塵埃。已見籠蟬翼，無因映鹿胎。」劉禹錫《插田歌》：「路旁誰家郎，烏帽衫袖長。自言上計吏，年幼離帝鄉。」《九家》趙注：「烏帽青螺紫衣者進肉，緋衣者奔走。皆席中實事。」按，宴席上不當摻入青騾。青螺謂髮髻。雍裕之《大言》：「四溟杯淥醑，五岳髻青螺。」《朝野僉載》卷三：「鼎曰：『如來螺髻，菩薩寶首，若能修道，何必剃除。』遂長髮。」《中華古今注》卷下：「童子結髮，亦曰結髻，亦謂其形似螺殼也。」青螺粟，即青螺者供粟，動詞承上下文省。

走，言供過之人。粟，則帽之紋也。」仇注謂當作「青騾」：「烏帽則拂其塵，青騾則飼以粟。紫

〔六〕銅盤二句：仇注：「銅盤，燭臺也。」《詩·小雅·庭燎》：「夜如何其，夜未央。」

〔七〕誰謂句：《後漢書·雷義傳》：「鄉里爲之語曰：膠漆自謂堅，不如雷與陳。」

〔八〕萬事句：《莊子·德充符》：「今子與我游於形骸之内，而子索我於形骸之外，不亦過乎？」

〔九〕交態：《史記·汲鄭列傳》：「一貧一富，乃知交態。」

〔一〇〕似君句：《晉書·王衍傳》：「武帝聞其名，問戎曰：『夷甫當世誰比？』戎曰：『未見其比，當從古人中求之。』」

短歌行①贈王郎司直〔一〕。

王郎酒酣拔劍斫地歌莫哀，我能拔爾抑塞磊落之奇才〔二〕。豫樟翻風白日動，鯨魚跋浪滄溟開，且脱佩劍休徘徊〔三〕。西得諸侯棹錦水，欲向何門𩗗珠履②〔四〕？仲宣樓頭春已深③，青眼高歌望吾子，眼中之人吾老矣〔五〕。（0249）

【校】

① 短歌行，《文苑英華》題作「短歌」。

② 𩗗，錢箋、《九家》、《草堂》作「趿」。錢箋校：「吴作𩗗」。

③ 已，錢箋作「色」，校：「一作已。」

【注】

黄鶴注：王郎司直即前所賦《戲友》云「官有王司直」者，梁權道編在永泰元年（七六五）成都詩内，然不應與前作相去三年，意同是寶應元年（七六二）作。朱鶴齡注：此詩「仲宣樓頭」二句，乃在荆南時作。編入大曆三年（七五八）。

〔一〕王郎司直：參本卷《戲贈友二首》(0241)注。兩詩作年既遠，未必爲同一人。施鴻保謂《簡吴郎司法》(本書卷一四1026)之吴郎疑是公壻，此題王郎司直亦不兼行第，疑亦是公之壻。公本有兩女，惟不知吴郎與王郎娶者，誰長誰次耳。其説未有確證。

〔二〕抑塞：阻抑、阻塞。元稹《胡旋女》：「傾天側地用君力，抑塞周遮恐君見。」

〔三〕豫樟三句：豫樟，見卷四《贈蜀僧閭丘師兄》(0175)注。鯨魚，見卷一《自京赴奉先縣詠懷五百字》(0041)注。

〔四〕西得二句：《元和郡縣圖志》卷三一成都府：「大江，一名汶江，一名流江，經縣南七里。蜀守李冰穿二江成都中，皆可行舟，溉田萬頃。蜀人又謂流江爲懸笮橋水，此水濯錦，鮮於他水。」《太平寰宇記》卷七二益州成都縣：「濯錦江，即蜀江。水至此濯錦，錦彩鮮潤於他水，故曰濯錦江。」陶淵明《歸去來兮辭》：「或命巾車，或棹孤舟。」《史記·春申君列傳》：「春申君客三千餘人，其上客皆躡珠履以見趙使。」《説文》：「躡，進足有所擷取也。」

〔五〕仲宣三句：《文選》王粲《登樓賦》李善注：「盛弘之《荆州記》曰：當陽縣城樓，王仲宣登之而作賦。」劉良注：「仲宣避難荆州，依劉表，遂登江陵城樓，因懷歸而有此作。」《方輿勝覽》卷二七江陵府：「仲宣樓，在府城東南。後梁時高季興建，名以望沙樓。」《清一統志》卷二六五安陸府：「仲宣樓，在當陽縣東南。《水經注》：漳水南逕麥城，王仲宣登其東南隅，臨漳水而賦之。按仲宣樓，《荆州記》以爲當陽城樓，與《水經注》合。唐劉良《文選注》以爲在江陵，明王世貞以爲在襄陽。諸説不同，自以在當陽者爲定論。」朱鶴齡謂引《方輿勝覽》後梁所建仲宣樓者非

是，而含糊謂此詩作於荆南。按，杜甫下峽至江陵，未嘗往當陽。詩所謂仲宣樓，或據《文選》劉良注之説，即指江陵城樓。青眼，見卷四《丹青引》（0201）「俗眼白」注。曹丕詩：「回頭四向望，眼中無故人。」陸機《答張士然》：「感念桑梓域，仿佛眼中人。」

仇注：「全詩皆贈王郎司直，單復將上截作王郎勸公者非是。諸侯指成都節鎮，黄氏謂司直刺蜀中者非是。仲宣樓乃送别之地，蔡氏謂公欲依司直者非是。高歌望子蓋望司直遇合，朱氏謂望其早還江陵者非是。」

短歌行 送祁録事歸合州因寄蘇使君①〔一〕。

前者途中一相見，人事經年記君面。後生相動何寂寥②，君有長才不貧賤。君今起柂春江流〔二〕，余亦沙邊具小舟。幸爲達書賢府主，江花未盡會江樓〔三〕。（0250）

【校】

① 短歌行，《文苑英華》題作「短歌」。《草堂》題注連題作大字，「祁録事」作「邛州録事」。

② 動，宋本、錢箋、《九家》、《草堂》校：「一作勸。」《文苑英華》作「勸」，校：「一作動。」

【注】黄鶴注：意是廣德元年（七六三）梓州作。公在梓州有詩云「應須理舟楫，長嘯下荆門」，正是時也。

〔一〕祁録事：名不詳。朱鶴齡注：「乃合州録事，故詩稱蘇使君爲賢府主。魯訔作邛州録事，誤也。」《唐六典》卷三三上州：「録事參軍事一人，從七品上。録事二人，從九品上。」《元和郡縣圖志》卷三三東川節度使：「合州，巴川，中。……以涪江自梓、遂州來，至州南與嘉陵江合流，因名合州。」蘇使君：名不詳。按，蘇使君未必爲合州刺史。本書卷一二有《陪李梓州王閬州蘇遂州李果州四使君登惠義寺》（0802），疑蘇使君即蘇遂州。自梓歸合經遂州，故因寄詩蘇使君。

〔二〕君今句：王粲《爲荀彧與孫權檄》：「今皆擊棹若飛，回柂若環者也。」

〔三〕江花句：《方輿勝覽》卷六四合州：「江樓，在郡治。」「學士山，在石照東五里，直郡治之江樓。其高不踰旁山，而南峰斜崖諸山班班若出其下，亦甚異也。」《蜀中廣記》卷一八合州：「《志》云：會江門樓即唐之江樓也。杜詩：『……江花未盡會江樓。』」

草堂

昔我去草堂，蠻夷塞成都。今我歸草堂，成都適無虞①〔一〕。請陳初亂時，反

覆乃須臾②。大將赴朝廷，羣小起異圖。中宵斬白馬，盟歃氣已粗〔二〕。西取邛南兵，北斷劍閣隅〔三〕。布衣數十人，亦擁專城居。即楊子琳、柏貞節之徒③〔四〕。其勢不兩大，始聞蕃漢殊〔五〕。西卒却倒戈④，賊臣互相誅〔六〕。焉知肘腋禍，自及梟鏡徒〔七〕。義士皆痛憤⑤，紀綱亂相踰〔八〕。一國實三公，萬人欲爲魚⑥〔九〕。唱和作威福，孰肯辨無辜⑦〔一〇〕。眼前列杻械⑧，背後吹笙竽〔一一〕。談笑行殺戮，濺血滿長衢⑨。到今用鉞地，風雨聞號呼〔一二〕。鬼妾與鬼馬⑩〔一三〕，色悲充爾娛。國家法令在，此又足驚吁。賤子且奔走，三年望東吴〔一四〕。弧矢暗江海，難爲游五湖〔一五〕。不忍竟舍此，復來薙榛蕪〔一六〕。入門四松在，步屧萬竹疏⑪〔一七〕。舊犬喜我歸，低徊入衣裾⑫。鄰舍喜我歸⑬，沽酒携胡蘆⑭〔一八〕。大官喜我來⑮〔一九〕，遺騎問所須。城郭喜我來⑯，賓客隘村墟⑰〔二〇〕。天下尚未寧⑱，健兒勝腐儒。飄颻風塵際⑲，何地置老夫⑳？於時見疣贅㉑〔二一〕，骨髓幸未枯。飲啄愧殘生，食薇不敢餘〔二二〕。（0251）

【校】

①成，錢箋校：「一作此。」《文苑英華》作「此」，校：「集作成。」　適，《文苑英華》校：「一作此。」

②須臾，錢箋、《草堂》校：「一作斯須。」《文苑英華》校：「集作斯須。」

③即楊子琳柏貞節之徒，錢箋謂此爲吴若本注。

④却倒戈，《文苑英華》校：「集作倒丁戈。」

⑤皆，《文苑英華》作「猶」，校：「集作皆。」

⑥人，《文苑英華》校：「集作民。」

⑦肯，錢箋校：「一作能。」《草堂》作「能」。

⑧列，《草堂》校：「晋作引。」

⑨濺血，《文苑英華》作「血流」，校：「集作濺血。」　濺，錢箋、《草堂》校：「一作流。」

⑩鬼妾，「鬼」宋本、錢箋、《九家》、《草堂》校：「一作人。」《文苑英華》校：「集作人。」

⑪堞，錢箋作「屧」，校：「一作堞。」《文苑英華》作「屧」，校：「集作堞。」《九家》校：「一云步屧。」　竹，《文苑英華》作「行」。

⑫衣，錢箋校：「舊作我。」

⑬舍，《草堂》作「里」。

⑭携胡盧，宋本、錢箋、《九家》、《草堂》校：「一云提榼壺。」　携，《文苑英華》作「提」，校：「集作携榼壺。」

⑮喜，錢箋、《草堂》校：「一作知。」《文苑英華》作「知」，校：「集作喜。」

⑯喜，錢箋、《草堂》校：「一作知。」《文苑英華》作「知」，校：「集作喜。」

⑰隘，錢箋校：「一作溢。」《文苑英華》校：「集作溢。」

⑱尚，《文苑英華》作「方」，校：「集作尚。」

⑲飄飖，錢箋校：「一作飄飄。」《草堂》作「飄飄」，校：「王作飄飖。」　風塵，《文苑英華》作「塵埃」，校：「集作風塵。」

⑳置，錢箋校：「一作致。」

㉑見，錢箋校：「一作是。」《文苑英華》作「是」。

【注】

黃鶴注：當是廣德二年（七六四）自梓閬歸成都依嚴武時作。若是避崔旰之亂，何至涉三年而始歸。

〔一〕昔我四句：黃鶴注：「公以寶應元年秋，避成都之亂去草堂入梓州，殆是草堂方畢工而遂去也。是年七月，徐知道反。大將赴朝廷，謂嚴武以召去爲京兆尹。廣德二年武再鎮蜀，公復往依之，於是始歸草堂。王洙以爲是崔寧入朝，楊子琳爲亂。然崔旰、楊子琳之亂乃是永泰元年冬，時公在雲安矣。」徐知道反，參本卷《相從歌》(0248)注。高適《賀斬逆賊徐知道表》：「逆賊前成都少尹兼侍御史、僞稱成都尹兼御史中丞劍南節度使徐知道，中官携養，莫知姓族，熒惑主司，叨竊憲臺。不能輸瀝肝膽，以答休明，而懷挾奸邪，嘯聚同惡，傾竭府庫，塗炭黎甿。遂爲欃槍，恣行蠆毒，杜塞劍道，擁遏朝經，部署兇殘，統領州縣。曾未數日，蕩壞一隅，郊原已空，市井如掃。臣與邛南鄰境，左右叶心，積聚軍糧，應接師旅。以今月二十三日大破賊衆，同

惡翻然，共殺知道。」盧元昌曰：「知道非蠻夷，糾合蠻夷爲亂也。」按，蠻夷即下文「西取邛南兵」之邛南諸羌。

〔二〕中宵二句：《戰國策·趙策》：「（蘇秦）令天下之將相相與會於洹水之上，通質，刑白馬以盟之。」《漢書·高惠高后文功臣表》：「申以丹書之信，重以白馬之盟。」《周禮·天官·玉府》注：「合諸侯者，必割牛耳，取其血，歃之以盟。」

〔三〕西取二句：《舊唐書·郭英乂傳》：「乃以黄門侍郎平章事杜鴻漸兼成都尹、山南西道、東川西川邛南等道副元帥、劍南西川節度使。」《代宗紀》：「（永泰二年二月）邛州刺史柏茂林充邛南防禦使。」「（八月）邛南防禦使、邛州刺史柏茂林爲邛南節度使。」《地理志》：「雅州下都督府……乾元元年，復爲雅州，都督羈縻一十九州也。……並生羌、生獠羈縻州，無州縣。」「黎州下……乾元元年復爲黎州，領羈縻五十四州也。……皆徼外生獠，無州，羈縻而已。」邛南即指邛、雅、黎及羈縻之州，亦即西山之地。一度稱邛南道，設節度使。其地爲羌、獠所居，西鄰吐蕃。本書卷二〇《東西兩川説》（1487）：「聞西山漢兵食糧者四千人……兼羌堪戰子弟向二萬人，實足以備邊守險。脱南蠻侵掠，邛、雅子弟不能獨制。……八州素歸心於其世襲刺史，獨漢卒自屬裨將主之。」邛、雅子弟即内屬羌獠之族。黄鶴注：「或者取邛南之兵，以斷劍閣之路爾。」按，二句分述二事。叛者西取羌、獠之兵爲助，又北斷劍閣阻來援之師。北斷劍閣，參卷一二《九日奉寄嚴大夫》（0775）注。

〔四〕布衣句注：錢箋以注文爲吴若本注，然已見於宋本，且洙注誤據此謂詩因楊子琳之亂作，可見

舊本有之，實爲甫自注。《舊唐書・代宗紀》：「（永泰元年閏十月）劍南節度使郭英乂爲其檢校西山兵馬使崔旰所殺，邛州柏茂林、瀘州楊子琳、劍南李昌巙皆起兵討旰。」柏茂林，《杜鴻漸傳》作「柏貞節」。錢箋：「王洙、梁權道輩以爲永泰元年避崔旰之亂，而吳若本於布衣專城之下注云『即楊子琳、柏貞節之徒』。是時嚴武已没，公下峽適楚，何嘗復歸草堂哉。注家唯黄鶴能辨之。」按，《九家》趙注：「專城亦指徐知道輒遂爲守，而數十布衣擁扶之。公自有本注爲『即楊子琳、柏正節之徒』。是時二人必白衣而已。後三年乃永泰元年乙巳，楊子琳、柏正節各以牙將同討崔旰之亂，自别一事。蓋杜公注直云『楊子琳、柏正節之徒』可也，而上更有『即』字，作詩在後三年，是時二人已爲牙將，乃著『即』字明之。」趙注在黄鶴前已辨明此詩言徐知道之亂，其釋注文之意甚有理。然此注或爲杜甫日後整理舊作時所加。《杜鴻漸傳》記柏貞節永泰元年爲「邛州衙將」，後表爲邛州刺史，是必發跡於邛。徐知道爲亂西取邛南兵，必參與其事。後反覆倒戈，以功擢任，亦在情理中。楊子琳大曆三年再攻破成都，五年爲澧州刺史。《新唐書・崔寧傳》：「子琳者本瀘南賊帥，既降，詔隸劍南節度，屯瀘州。」《舊唐書・地理志》：「瀘州，都督十州，皆招撫夷獠置，無户口、道里，羈縻州。」注文乃追述其初跡。

〔五〕其勢二句：《左傳》莊公二十四年：「物莫能兩大。」蕃，當指邛、雅羌、獠之屬。

〔六〕西卒二句：據《册府元龜》，徐知道爲麾下將李忠勇所殺。《資治通鑑》作李忠厚。楊子琳、柏茂林當亦參與倒戈者。

〔七〕焉知二句：《三國志・蜀書・法正傳》：「懼孫夫人生變於肘腋之下。」《史記・孝武本紀》：

「祠黄帝用一梟破鏡。」集解：「孟康曰：梟，鳥名，食母。破鏡，獸名，食父。黄帝欲絶其類，使百物祠皆用之。破鏡如貙而虎眼。」孫萬壽《遠戍江南寄京邑親友》：「牛斗盛妖氛，梟獍已成群。」

〔八〕紀綱句：《書·五子之歌》：「亂其紀綱，乃厎滅亡。」《禮記·王制》：「朋友不相踰。」

〔九〕一國二句：《左傳》僖公五年：「一國三公，吾誰適從。」《左傳》昭公元年：「微禹，吾其魚乎。」

〔一〇〕唱和二句：《書·洪範》：「惟辟作福，惟辟作威。」朱鶴齡注：「忠厚既殺知道，縱兵殘害無辜，如往時花驚定之事，故又備述其事而驚歎之。」

〔一一〕眼前二句：《魏書·刑法志》：「諸犯年刑已上枷鎖，流徙已上增以杻械。」《説文》：「械，桎梏也。」「杽，械也。」段注：「『械』當作『梏』。字從木手，則爲手械無疑也。《廣雅》曰：杽謂之梏。杽、杻古今字。」《雜曲歌辭·艷歌》：「南斗工鼓瑟，北斗吹笙竽。」

〔一二〕到今二句：《左傳》襄公三年：「不能致訓，至於用鉞。」仇注：「濫殺非命，含寃者多，故曰風雨呼號。」

〔一三〕鬼妾句：《九家》趙注：「已殺其主矣，則妾謂之鬼妾，馬謂之鬼馬。如匈奴以亡者之妻爲鬼妻也。」

〔一四〕賤子二句：《九家》趙注：「奔走三年，則其游梓閬三年也。」

〔一五〕弧矢二句：弧矢，見卷三《鐵堂峽》(0142)注。《史記·河渠書》：「於吴，則通渠三江五湖。」集解：「韋昭曰：五湖，湖名耳。實一湖，今太湖是也，在吴西南。」索隱：「五湖者，郭璞《江賦》

云具區、洮滆、彭蠡、青草、洞庭是也。又云太湖周五百里，故曰五湖。」

〔一六〕薙：《周禮・秋官・薙氏》：「薙氏掌殺草。」注：「書或作夷，此皆剪草也。」

〔一七〕步堞：見本卷《遭田父泥飲美嚴中丞》(0232)注。

〔一八〕沽酒句：《世説新語・簡傲》：「東吴有長柄壺盧，卿種來不？」《太平廣記》卷一五三《李藩》(出《逸史》)：「蘆生好飲酒，人詣之，必携一壺，故謂之胡蘆生。」

〔一九〕大官：仇注：「謂嚴武。」

〔二〇〕舊犬八句：《九家》趙注：「此四韻，《木蘭歌》格也。」曾季貍《艇齋詩話》：「本古樂府《木蘭詩》『爺娘聞我歸』、『阿姊聞我歸』之語，老杜用此體。」

〔二一〕於時句：《莊子・大宗師》：「彼以生爲附贅縣疣。」

〔二二〕飲啄二句：《莊子・養生主》：「澤雉十步一啄，百步一飲，不蘄畜乎樊中。」《史記・伯夷列傳》：「隱於首陽山，采薇而食之。」索隱：「薇，蕨也。」庾信《擬詠懷》：「避讒應采葛，忘情遂食薇。」

四松

四松初移時，大抵三尺强。别來忽三歲①，離立如人長〔一〕。會看根不拔，莫

計枝凋傷。幽色幸秀發②，疏柯亦昂藏③〔二〕。所插小藩籬，本亦有隄防。終然振撥損，得愜千葉黄④〔三〕。敢爲故林主，黎庶猶未康。避賊今始歸，春草滿空堂。覽物歎衰謝，及兹慰凄涼。清風爲我起，洒面若微霜〔四〕。足以送老姿⑤，聊待偃蓋張⑥〔五〕。我生無根蔕⑦〔六〕，配爾亦茫茫⑧。有情且賦詩，事迹可兩忘⑨〔七〕。勿矜千載後，慘澹蟠穹蒼〔八〕。（0252）

【校】

①歲，錢箋作「載」，校：「一作歲。」

②幸，錢箋校：「一作會。」《文苑英華》校：「集作會。」

③亦，錢箋校：「一作已。」《文苑英華》作「已」。

④愜，錢箋校：「一作愧。」《九家》、《草堂》作「愧」，校：「一作愜。」《文苑英華》作「愧」，校：「集作愜。」

⑤足以送老姿，宋本、錢箋校：「一作『足爲送老資』。」以，《九家》、《草堂》校：「一作爲。」《文苑英華》作「足爲送老資」。

⑥待，錢箋、《草堂》校：「一作將。」

⑦蔕，錢箋作「帶」，校：「一作蔕。」

⑧爾，錢箋校：「一作汝。」《文苑英華》校：「集作汝。」

⑨可兩，錢箋校：「一作兩可。」《文苑英華》校：「集作兩可。」

【注】

黃鶴注：詩云「別來忽三歲」，廣德二年（七六四）歸成都作。

〔一〕離立：兩立，並立。《禮記·曲禮上》：「離坐離立，毋往參焉。」注：「離，兩也。」疏：「若見彼二人並坐，或兩人並立。」王中《頭陀寺碑文》：「丹刻翬飛，輪奐離立。」

〔二〕幽色二句：左思《蜀都賦》：「王褒韡曄而秀發。」昂藏，偉岸貌。《北史·高昂傳》：「其父曰：『此兒不滅吾族，當大吾門。』以其昂藏敖曹，故以名字之。」

〔三〕終然二句：《玉篇》：「振，觸也。」振亦作根。謝惠連《祭古冢文》：「初開見，悉是人形。以物根撥之，應手灰滅。」《文選》李善注：「《説文》曰：根，杖也。然南人以物觸物爲根也。」恡同吝。《龍龕手鑑》：「恡、悋，恡惜，貪鄙也。」翁方綱《石洲詩話》卷一：「得吝者，不得吝也。或作得愧，非。」

〔四〕清風二句：張華《答何劭》：「穆如洒清風，焕若春華敷。」《法華經·信解品》：「以冷水洒面，令得醒悟。」

〔五〕偃蓋：《抱朴子·對俗》：「千歲松樹，四邊披越，上杪不長，望而視之，有如偃蓋。」

〔六〕我生句：陶淵明《雜詩》：「人生無根蔕，飄如陌上塵。」

〔七〕有情二句：謝朓《晚登三山還望京邑》：「有情知望鄉，誰能鬒不變。」道安《道行般若多羅蜜經

序》：「兩忘玄莫，隤然無主。」《魏書·裴伯茂傳》：「物我兩忘，是非俱遣。」

〔八〕慘澹句：慘澹，見卷二《北征》（0052）注。《詩·大雅·桑柔》：「靡有旅力，以念穹蒼。」

水檻

蒼江多風飆，雲雨晝夜飛。茅軒駕巨浪〔一〕，焉得不低垂。游子久在外，門户無人持〔二〕。高岸尚爲谷①，何傷浮柱欹〔三〕。扶顛有勸誡，恐貽識者嗤〔四〕。既殊大廈傾，可以一木支〔五〕。臨川視萬里，何必欄檻爲。人生感故物，慷慨有餘悲〔六〕。（0253）

【校】

①爲，錢箋作「如」，校：「一作爲。」

【注】

黄鶴注：當是廣德二年（七六四）自梓閬回草堂時作。

〔一〕茅軒句：郭璞《游仙詩》：「吞舟涌海底，高浪駕蓬萊。」駕，凌也。

〔二〕游子二句：《相和歌辭・隴西行》：「健婦持門户，亦勝一丈夫。」《顔氏家訓・治家》：「鄴下風俗，專以婦持門户。」

〔三〕高岸二句：《詩・小雅・十月之交》：「高岸爲谷，深谷爲陵。」張衡《西京賦》：「跱游極於浮柱，結重欒以相承。」《文選》薛綜注：「三輔名梁爲極，作游梁置浮柱上。」

〔四〕扶顛二句：《論語・季氏》：「危而不持，顛而不扶，則將焉用彼相矣。」《三國志・魏書・鄧艾傳》：「有識者笑之。」仇注：「視修檻若扶顛，人或笑以爲迂。」

〔五〕既殊二句：《説苑・建本》：「臺廟之榱，非一木之枝。」王通《中説》卷三：「大廈將顛，非一木所支。」

〔六〕人生二句：《韓詩外傳》卷九：「孔子出游少原之野，有婦人中澤而哭，其音甚哀。孔子使弟子問焉，曰：『夫人何哭之哀？』婦人曰：『鄉者刈蓍薪，亡吾蓍簪，吾是以哀。』弟子曰：『刈蓍而亡蓍簪，有何悲焉？』婦人曰：『非傷亡簪也，蓋不忘故也。』」

破船

平生江海心，宿昔具扁舟〔一〕。豈唯青溪上，日傍柴門游。蒼惶避亂兵①，緬邈懷舊丘〔二〕。鄰人亦已非，野竹獨修修〔三〕。船舷不重扣〔四〕，埋没已經秋。仰看

西飛翼②〔五〕，下愧東逝流。故者或可掘，新者亦易求〔六〕。所悲數奔竄，白屋難久留〔七〕。（0254）

【校】

① 蒼惶，錢箋作「蒼皇」，《草堂》作「傖惶」。

② 西，《草堂》作「兩」。

【注】

黄鶴注：當是廣德二年（七六四）再歸草堂後作。

〔一〕平生二句：江海心，見卷一《自京赴奉先縣詠懷五百字》(0041)注。蔡邕《飲馬長城窟行》：「遠道不可思，宿昔夢見之。」《史記·貨殖列傳》：「乃乘扁舟，浮於江湖。」

〔二〕緬邈：潘岳《寡婦賦》：「遥逝兮逾遠，緬邈兮長乖。」《文選》李善注引《國語》賈逵注：「緬，思貌也。」

〔三〕修修：《雜曲歌辭》古歌：「胡地多飈風，樹木何修修。」

〔四〕船舷句：郭璞《江賦》：「忽忘夕而宵歸，詠采菱以叩舷。」扣同叩。

〔五〕仰看句：劉繪《餞謝文學離夜》：「不見一佳人，徒望西飛翼。」

〔六〕故者二句：《九家》趙注：「故者亦可掘於沙埋之間，新者亦可求買。」仇注引《幽明録》，謂：

「船去頭尾者，江南謂之掘頭船。」與此意不符。

〔七〕白屋：《韓詩外傳》卷三：「周公踐天子之位七年，布衣之士所贄而師者十人，所友見者十二人，窮巷白屋先見者四十九人。」劉孝威《行還值雨又爲清道所駐》：「況余白屋士，自依卑路傍。」

營屋

我有陰江竹，能令朱夏寒〔一〕。陰通積水内，高入浮雲端。甚疑鬼物憑①，不顧剪伐殘〔二〕。東偏若面勢②〔三〕，户牖永可安。愛惜已六載，兹晨去千竿。蕭蕭見白日，洶洶開奔湍〔四〕。度堂匪華麗，養拙異考槃〔五〕。草茅雖薙葺，衰疾方少寬〔六〕。洗然順所適〔七〕，此足代加餐。寂無斤斧響，庶遂憩息歡。（0255）

【校】

①甚，錢箋、《草堂》校：「一作如。」

②若，《九家》校：「一作苦。」

【注】

黄鶴注：「愛惜已六載，兹晨去千竿」，蓋永泰元年（七六五）作。公上元元年營草堂時已植竹。

〔一〕朱夏：見本卷《大雨》（0237）注。

〔二〕甚疑二句：《左傳》昭公七年：「趙景子問焉，曰：『伯有猶能爲鬼乎？』子産曰：『能。人生始化曰魄，既生魄，陽曰魂。用物精多，則魂魄强。是以有精爽，至於神明。匹夫匹婦强死，其魂魄猶能馮依於人。』」鬼物，鬼。《風俗通義》卷九：「世間多有亡人魄持其家語聲氣，所説良是。謹按陳國張漢直到南陽從京兆尹延叔堅讀《左氏傳》，行後數月，鬼物持其女弟。」不顧，不考慮。李白《東海有勇婦》：「損軀報夫仇，萬死不顧生。」此言此前從未考慮剪伐此竹。仇注謂：「竹蔽日疑憑鬼物，施剪伐則通户牖矣。」誤。

〔三〕東偏句：面勢，見卷四《寄題江外草堂》（0203）注。仇注引鮮于注：「若，順也。」按，竹若面勢，言其茂密。仇注不確。

〔四〕洶洶句：曹植《盤石篇》：「岸岩若崩缺，湖水何洶洶。」袁宏《東征賦》：「若魚舟之小狹，衝奔湍以檮杌。」

〔五〕度堂二句：《周禮・冬官考工記》：「室中度以几，堂上度以筵。」注：「各因物宜爲之數。」疏：「謂室中坐時馮几，堂上行禮用筵。」潘岳《閑居賦》：「仰衆妙而絶思，終優游以養拙。」《詩・衛風・考槃》：「考槃在澗，碩人之寬。」傳：「考，成。槃，樂也。」箋：「有窮處，成樂在於此

澗者。」

〔六〕草茅二句：薙，見本卷《草堂》(0251)注。《左傳》襄公三十一年：「繕完葺牆。」杜預注：「葺，覆也。」疏：「《周禮・匠人》有葺屋、瓦屋。瓦屋以瓦覆，葺屋以草覆。」本書卷一八《北風》(1367)：「且知寬疾肺，不敢恨危途。」

〔七〕洗然：潘岳《爲賈謐作贈陸機》：「吾子洗然，恬淡自逸。」《文選》李善注引《莊子》：「庚桑子之始來也，吾洒然異之。」張銑注：「洗然，肅敬之貌。」

宿青溪驛奉懷張員外十五兄之緒〔一〕

漾舟千山内，日入泊枉渚①〔二〕。我生本飄飄，今復在何許〔三〕？石根青楓林，猿鳥聚儔侶〔四〕。月明游子静，畏虎不得語。中夜懷友朋，乾坤此深阻〔五〕。浩蕩前後間，佳期付荆楚〔六〕。（0256）

【校】

①枉，《草堂》校：「一作荒。」《九家》作「荒」，校：「一作枉。」

【注】

黃鶴注：此詩當是永泰元年（七六五）去成都經嘉州下忠渝時所作，故詩有「佳期付荆楚」之句。據錢箋，當編入大曆三年（七六八）。

〔一〕青溪驛：黃鶴注：「青溪驛在嘉州犍爲縣。」《輿地紀勝》卷一四六嘉州：「孝女碑在犍爲青溪口楊洪山下。」錢箋引《輿地紀勝》「青溪驛在嘉州犍爲縣」，今本不載，實據黃鶴注。嚴耕望《唐代交通圖考》謂犍爲有青溪口，青溪驛因此青溪受名無疑。又，《太平寰宇記》卷一四七峽州遠安縣：「清溪在縣南六十五里，源出清溪山下，冬夏無增。」錢箋引此，而字作「青溪」，謂：「公出峽下荆州，宿此，故曰『佳期付荆楚』。」按，據詩意，時詩人當近於荆楚。且「漾舟千山内」，亦與峽州之地更相吻合。然地志此水均作「清溪」，或字淆。張之緒：《新唐書·宰相世系表二下》魏郡張氏：左金吾將軍洽子，「之緒，都官郎中」。《高力士外傳》載李輔國弄權、推案流黔中者：「三員外，張渭、張之緒、李宣是也。」《唐代墓志彙編》天寶一九九《順節夫人墓志銘》，「朝議郎左補闕内供奉張之緒撰」。作於天寶十一載。

〔二〕漾舟二句：謝惠連《西陵遇風獻康樂》：「成裝候良辰，漾舟陶嘉月。」枉渚，見卷三《兩當縣吴十侍御江上宅》（0139）注。

〔三〕何許：何地。《後漢書·文苑傳》：「又有曹朔，不知何許人。」《晉書·隱逸傳》霍原：「時有謡曰：天子在何許，近在豆田中。」

〔四〕石根二句：庾信《詠畫屏風》：「定知歡未足，橫琴坐石根。」嵇康《五言贈秀才》：「徘徊戀儔侶，慷慨高山陂。」

〔五〕深阻：干寶《晋紀總論》：「性深阻有如城府。」

〔六〕佳期句：《楚辭·九歌·湘夫人》：「登白蘋兮騁望，與佳期兮夕張。」王逸注：「佳謂湘夫人也。」謝靈運《登上戍石鼓山》：「佳期緬無像，騁望誰云愜。」仇注：「時張在荆楚，公將往與相會。」

屏跡

衰年甘屏迹①，幽事供高卧〔一〕。鳥下竹根行，龜開萍葉過〔二〕。年荒酒價乏，日併園蔬課〔三〕。猶酌甘泉歌②，歌長擊樽破〔四〕。（0257）

【校】

① 年，宋本、《九家》校：「一作顔。」錢箋作「顔」，校：「一作年。」

② 猶酌甘泉歌，宋本、《九家》校：「一云『獨酌酣且歌』。」《草堂》校：「一作『獨酌酬甘泉』。」錢箋校：「一云『獨酌酣且歌』。一云『獨酌酌甘泉』。」

【注】

黄鶴注：詩云「年荒酒價乏」，當是永泰元年（七六五）作。又云「幽事供高卧」，可見公在幕府而歸溪上矣。仇注：黄氏因詩有「年荒酒價乏」句，遂引永泰元年京師斗米千錢爲證，又引廣德二年定京城上下酤户以收月税爲證。顧氏謂史書所記，乃長安事，不涉成都。編入寶應元年（七六二）。

〔一〕衰年二句：鮑照《臨川王服竟還田里》：「屏跡勤躬稼，衰疾倚芝藥。」王胡之《答謝安》：「願弘玄契，廢疾高卧。」

〔二〕鳥下一句：劉楨《贈徐幹》：「鳳皇集南岳，徘徊孤竹根。」趙儒宗《詠龜》：「不能著下伏，强從蓮上游。」薛道衡《梅夏應教》：「集鳳桐花散，勝龜蓮葉開。」

〔三〕年荒二句：酒價，猶言酒錢。《鑒誡録》卷二：「溥乃差藥院官元邵南齎其酒價，朝夕隨之。」酒價乏，即缺酒錢。《禮記·儒行》：「易衣而出，併日而食。」注：「二日用一日食也。」《後漢書·朱穆傳》：「彼與草木俱朽，此與金石相傾，豈得同年而語、併日而談哉？」此言整日、連日課園蔬。《九家》趙注：「蓋以乏酒價之故，則併課園蔬賣之，以充沽直。」解「併」字不確。

〔四〕猶酌二句：《古詩紀》卷二引《三秦記》：「始皇作驪山陵……民怨之，作甘泉之歌。」仇注：「此詩則言酌甘泉而歌也。」按，詩言無酒，故酌甘泉而歌。《世説新語·豪爽》：「王處仲每酒後，輒詠『老驥伏櫪，志在千里。烈士暮年，壯心不已』，以如意打唾壺，壺邊盡缺。」《九家》杜田《補遺》謂杜詩類此。

贈別賀蘭銛〔一〕

黃雀飽野粟，羣飛動荆榛〔二〕。今君抱何恨，寂寞向時人。老驥倦驤首，蒼鷹愁易馴①〔三〕。高賢世未識〔四〕，固合嬰飢貧。國步初返正〔五〕，乾坤尚風塵。悲歌鬢髮白，遠赴湘吴春。我戀岷下芋，君思千里蓴〔六〕。生離與死別，自古鼻酸辛〔七〕。

（0258）

【校】

① 蒼，錢箋、《草堂》校：「一作飢。」

【注】

黃鶴注：詩云「國步初返正」，當是廣德元年（七六三）公在梓閬州作。仇注：蓋在廣德二年（七六四）春代宗回京後作。

〔一〕賀蘭銛：事迹不詳。

〔二〕黃雀二句：劉楨《贈從弟》：「豈不常勤苦，羞與黃雀群。」《文選》李善注：「黃雀，喻俗士也。」

《九家》師云引之。趙注：「黄雀群飛，比時人之蹇淺。」

〔三〕老驥二句：顔延之《赭白馬賦》：「眷西極而驤首，望朔雲而蹀足。」《文選》張銑注：「驤，舉也。」蒼鷹句，參卷一《送高三十五書記》(0002)「飢鷹」注。

〔四〕高賢：《後漢書·爰延傳》：「夫以光武之聖德，嚴光之高賢，君臣合道，尚降此變。」

〔五〕國步句：《九家》趙注：「是廣德元年十二月，車駕已自陝還長安，而吐蕃繼陷松、維州。」參卷四《憶昔二首》(0192)注。陸雲《南征賦》：「悲國步之未夷，仰夙興而昧旦。」

〔六〕我戀二句：《史記·貨殖列傳》：「吾聞汶山之下沃野，下有蹲鴟，至死不飢。」正義：「蹲鴟，芋也。言邛州臨邛縣其地肥又沃，平野有大芋等也。」《世説新語·言語》：「陸機詣王武子，武子前置數斛羊酪，指以示陸曰：『卿江東何以敵此？』陸云：『有千里蓴羹，但未下鹽豉耳。』」《苕溪漁隱叢話》後集卷八引《藝苑雌黄》：「或言千里、未下，皆地名。或言千里言地廣，或言自洛至吴有千里之遥。或言蓴羹必鹽豉，乃得其真味。是皆不然。蓋千里，湖名也。千里湖之蓴菜，以之爲羹，其美可敵羊酪。然未可猝至，故云『但未下鹽豉耳』。子美又有《别賀蘭銛》詩云：『我戀岷下芋，君思千里蓴。』以『岷下』對『千里』，則『千里』爲湖名可知。《酉陽雜俎》酒食品亦有千里蓴。」其説似附會。

〔七〕生離二句：宋玉《高唐賦》：「孤子寡婦，寒心酸鼻。」